新鲜公案了。”空空道人忙问何人。那人道：“你须待某年某月某日某时，到一个悼红轩中，有个曹雪芹先生，只说贾雨村言托他如此如此。”说毕，仍旧睡下了。那空空道人牢牢记着此言，又不知过了几世几劫，果然有个悼红轩，见那曹雪芹先生正在那里翻阅历来的古史，空空道人便将贾雨村言了，方把这石头记示看。那雪芹先生笑道：“果然是贾雨村言了。”空空道人便问：“先生何以认得此人，便肯替他传述？”雪芹先生笑道：“说你空空，原来你肚里果然空空。既是假语村言，但无鲁鱼亥豕以及背谬矛盾之处，乐得与二三同志，酒馀饭饱，雨夕灯窗之下，同消寂寞，又不必大人先生品题传世。似你这样寻根究底，便是刻舟求剑，胶柱鼓瑟了。”那空空道人听了，仰天大笑，掷下抄本，飘然而去，一面走着，口中说道：“果然是敷衍荒唐！不但作者不知，抄者不知，并阅者也不知。不过游戏笔墨，陶情适性而已！”后人见了这本传奇，亦曾题过四句为作者缘起之言更转一竿云：

说到辛酸处，荒唐愈可悲。
由来同一梦，休笑世人痴。

魁贵子’，莫非他有遗腹之子可以飞黄腾达的么？”士隐微微笑道：“此系后事，未便预说。”雨村还要再问，士隐不答，便命人设具盘飧，邀雨村共食。食毕，雨村还要问自己的终身，士隐便道：“老先生草庵暂歇，我还有一段俗缘未了，正当今日完结。”雨村惊讶道：“仙长纯修若此，不知尚有何俗缘？”士隐道：“也不过是儿女私情罢了。”雨村听了，益发惊异：“请问仙长何出此言？”士隐道：“老先生有所不知，小女英莲幼遭尘劫，老先生初任之时曾经判断。今归薛姓，产难完劫，遗一子于薛家以承宗祧。此时正是尘缘脱尽之时，只好接引接引。”士隐说着拂袖而起，雨村心中恍恍惚惚，就在这急流津觉迷渡口草庵中睡着了。这士隐自去度脱了香菱，送到太虚幻境交那警幻仙子对册。刚过牌坊，见那一僧一道缥缈而来，士隐接着说道：“大士真人，恭喜贺喜！情缘完结，都交割清楚了么？”那僧说道：“情缘尚未全结，倒是那蠢物已经回来了。还得把他送还原所，将他的后事叙明，也不枉他下世一回。”士隐听了，便拱手而别。那僧道仍携了玉到青埂峰下，将宝玉安放在女娲炼石补天之处，各自云游而去。从此后：

天外书传天外事，两番人作一番人。

这一日空空道人又从青埂峰前经过，见那补天未用之石仍在那里，上面字迹依然如旧。又从头的细细看了一遍，见后面偈文后又历叙了多少收缘结果的话头，便点头叹道：“我从前见石兄这段奇文，原说可以闻世传奇，所以曾经抄录，但未见返本还原。不知何时复有此一佳话。方知石兄下凡一次，磨出光明，修成圆觉，也可谓无复遗憾了。只怕年深日久，字迹模糊，反有舛错，不如我再抄录一番，寻个世上清闲无事的人，托他传遍。知道奇而不奇，俗而不俗，真而不真，假而不假。或者尘梦劳人，聊倩鸟呼归去；山灵好客，更从石化飞来。亦未可知。”想毕，便又抄了，仍袖至那繁华昌盛的地方遍寻了一番，不是建功立业之人，即系糊口谋衣之辈，那有闲情更去和石头饶舌。直寻到急流津觉迷渡口，草庵中睡着一个人，因想他必是闲人，便要将这抄录的石头记给他看看。那知那人再叫不醒。空空道人复又使劲拉他，才慢慢的开眼坐起，便接来草草一看，仍旧掷下道：“这事我已亲见尽知，你这抄录的尚无舛错。我只指与你一个人，托他传去，便可归结这一

“老仙长到底是甄老先生！何前次相逢，觌面不认？后知火焚草亭，下鄙深为惶恐。今日幸得相逢，益叹老仙翁道德高深。奈鄙人下愚不移，致有今日！”甄士隐道：“前者老大人高官显爵，贫道怎敢相认！原因故交，敢赠片言，不意老大人相弃之深。然而富贵穷通，亦非偶然。今日复得相逢，也是一桩奇事。这里离草庵不远，暂请膝谈，未知可否？”雨村欣然领命。两人携手而行，小厮驱车随后。到了一座茅庵，士隐让进。雨村坐下，小童献上茶来。雨村便请教仙长超尘的始末。士隐笑道：“一念之间，尘凡顿易。老先生从繁华境中来，岂不知温柔富贵乡中有一宝玉乎？”雨村道：“怎么不知。近闻纷纷传述，说他也遁入空门。下愚当时也曾与他往来过数次，再不想此人竟有如是之决绝。”士隐道：“非也。这一段奇缘我先知之。昔年我与先生在仁清巷旧宅门口叙话之前，我已会过他一面。”雨村惊讶道：“京城离贵乡甚远，何以能见？”士隐道：“神交久矣。”雨村道：“既然如此，现今宝玉的下落仙长定能知之。”士隐道：“宝玉，即宝玉也。那年荣宁查抄之前，钗黛分离之日，此玉早已离世：一为避祸，二为撮合。从此夙缘一了，形质归一。又复稍示神灵，高魁贵子，方显得此玉那天奇地灵煅炼之宝，非凡间可比。前经茫茫大士渺渺真人携带下凡，如今尘缘已满，仍是此二人携归本处。这便是宝玉的下落。”雨村听了，虽不能全然明白，却也十知四五，便点头叹道：“原来如此。下愚不知。但那宝玉既有如此的来历，又何以情迷至此，复又豁悟如此？还要请教。”士隐笑道：“此事说来，老先生未必尽解。太虚幻境即是真如福地，两番阅册原始要终之道，历历生平如何不悟！仙草归真，焉有通灵不复原之理呢！”雨村听着却不明白了，知仙机也不便更问，因又说道：“宝玉之事既得闻命。但是敝族闺秀如此之多，何元妃以下算来结局俱属平常呢？”士隐叹息道：“老先生莫怪拙言。贵族之女俱属从情天孽海而来。大凡古今女子，那淫字固不可犯，只这情字也是沾染不得的。所以崔莺苏小无非仙子尘心，宋玉相如大是文人口孽。凡是情思缠绵的，那结局就不可问了。”雨村听到这里，不觉拈须长叹。因又问道：“请教老仙翁，那荣宁两府尚可如前否？”士隐道：“福善祸淫，古今定理。现今荣宁两府善者修缘，恶者悔祸，将来兰桂齐芳，家道复初，也是自然的道理。”雨村低了半日头，忽然笑道：“是了，是了！现在他府中有一个名兰的已中乡榜，恰好应着兰字。适间老仙翁说‘兰桂齐芳’，又道宝玉‘高了愿意，说道：“你去应了，隔几日进来再接你妹子罢。”王夫人又命人打听，都说是好。王夫人便告诉了宝钗，仍请了薛姨妈细细的告诉了袭人。袭人悲伤不已，又不敢违命的，心里想起宝玉那年到他家去，回来说的死也不回去的话，“如今太太硬作主张，若说我守着，又叫人说我不害臊；若是去了，实不是我的心愿。”便哭得咽哽难鸣。又被薛姨妈宝钗等苦劝，回过念头想道：“我若是死在这里，倒把太太的好心弄坏了，我该死在家里才是。”于是袭人含悲叩辞了众人，那姐妹分手时自然更有一番不忍说。袭人怀着必死的心肠上车回去，见了哥哥嫂子也是哭泣，但只说不出来。那花自芳悉把蒋家的聘礼送给他看，又把自己所办妆奁一一指给他瞧，说那是太太赏的，那是置办的。袭人此时更难开口。住了两天，细想起来：“哥哥办事不错。若是死在哥哥家里，岂不又害了哥哥呢！”千思万想，左右为难，真是一缕柔肠几乎牵断。只得忍住。那日已是迎娶吉期，袭人本不是那一种泼辣的人，委委屈屈的上轿而去，心里原想到那里再作打算。岂知过了门，见那蒋家办事极其认真，全都按着正配的规矩。一进了门，丫头仆妇都称奶奶。袭人此时欲要死在这里，又恐害了人家，辜负了一番好意。那夜原是哭着不肯俯就的，那姑爷却极柔情曲意的承顺。到了第二天开箱，这姑爷看见一条猩红汗巾，方知是宝玉的丫头。原来当初只知是贾母的侍儿，亦想不到是袭人。此时蒋玉菡念着宝玉待他的旧情，倒觉满心惶愧，更加周旋。又故意将宝玉所换那条松花绿的汗巾拿出来。袭人看了，方知这姓蒋的原来就是蒋玉菡，始信姻缘前定。袭人才将心事说出，蒋玉菡也深为叹息敬服，不敢勉强，并越发温柔体贴，弄得个袭人真无死所了。看官听说：虽然事有前定，无可奈何，但孽子孤臣，义夫节妇，这“不得已”三字也不是一概推委得的。此袭人所以在又副册也。正是前人过那桃花庙的诗上说道：

千古艰难惟一死，伤心岂独息夫人。

不言袭人从此又是一番天地。且说那贾雨村犯了婪索的案件，审明定罪，今遇大赦，递籍为民。雨村因叫家眷先行，自己带了一个小厮一车行李来到急流津觉迷渡口。只见一个道者从那渡头草棚里出来，执手相迎。雨村认得是甄士隐，也连忙打恭。士隐道：“贾老先生别来无恙？”雨村道：

不是么！”又说了几句，便辞了王夫人仍到宝钗房中去了。看见袭人泪痕满面，薛姨妈便劝解譬喻了一会。袭人本来老实，不是伶牙利齿的人，薛姨妈说一句他应一句，回来说道：“我是做下人的人，姨太太瞧得起我才和我说这些话，我是从不敢违拗太太的。”薛姨妈听他的话，“好一个柔顺的孩子！”心里更加喜欢。宝钗又将大义的话说了一遍，大家各自相安。

过了几日，贾政回家，众人迎接。贾政见贾赦贾珍已都回家，弟兄叔侄相见，大家历叙别来的景况。然后内眷们见了。不免想起宝玉来，又大家伤了一会子心。贾政喝住道：“这是一定的道理。如今只要我们在外把持家事，你们在内相助，断不可仍是从前这样的散漫。别房的事各有各家料理，也不用承总。我们本房的事里头全归于你，都要按理而行。”王夫人便将宝钗有孕的话也告诉了，将来丫头们都放出去。贾政听了，点头无语。次日，贾政进内请示大臣们，说是：“蒙恩感激，但未服阕，应该怎么谢恩之处望乞大人们指教。”众朝臣说是代奏请旨。于是圣恩浩荡，即命陛见。贾政进内谢了恩，圣上又降了好些旨意，又问起宝玉的事来。贾政据实回奏。圣上称奇，旨意说宝玉的文章固是清奇，想他必是过来人所以如此。若在朝中可以进用，他既不敢受圣朝的爵位，便赏了一个“文妙真人”的道号。贾政又叩头谢恩而出。回到家中贾琏贾珍接着，贾政将朝内的话述了一遍，众人喜欢。贾珍便回说：“宁国府第收拾齐全，回明了要搬过去。栊翠庵圈在园内给四妹妹静养。”贾政并不言语，隔了半日却吩咐了一番仰报天恩的话。贾琏也趁便回说：“巧姐亲事，父亲太太都愿意给周家为媳。”贾政昨晚也知巧姐的始末，便说：“大老爷大太太作主就是了。莫说村居不好，只要人家清白，孩子肯念书能够上进。朝里那些官儿难道都是城里的人么！”贾琏答应了“是”。又说：“父亲有了年纪，况且又有痰症的根子，静养几年，诸事原仗二老爷为主。”贾政道：“提起村居养静甚合我意，只是我受恩深重，尚未酬报耳！”贾政说毕进内，贾琏打发人请了刘老老来应了这件事。刘老老见了王夫人等，便说些将来怎样升官，怎样起家，怎样子孙昌盛。

正说着，丫头回道：“花自芳的女人进来请安。”王夫人问几句话，花自芳的女人将亲戚作媒，说的是城南蒋家的，现在有房有地，又有铺面，姑爷年纪略大几岁，并没有娶过的，况且人物儿长的是百里挑一的。王夫人听担了一辈子的惊，刚刚儿的娶了亲，中了举人，又知道媳妇作了胎，我才喜欢些，不想弄到这样结局！早知这样就不该娶亲，害了人家的姑娘。”薛姨妈道：“这是自己一定的！咱们这样人家还有什么别的说的吗！幸喜有了胎，将来生个外孙子必定是有成立的，后来就有了结果了。你看大奶奶，如今兰哥儿中了举人，明年中了进士，可不是就做了官了么。他头里的苦也算吃尽的了，如今的甜来也是他为人的好处。我们姑娘的心肠儿姊姊是知道的，并不是刻薄轻佻的人，姊姊倒不必耽忧。”王夫人被薛姨妈一番言语说得极有理，心想：“宝钗小时候便是廉静寡欲，极爱素淡的，所以才有这个事。想人生在世真有一定数的。看着宝钗虽是痛哭，他端庄样儿一点不走，却倒来劝我，这是真真难得的。不想宝玉这样一个人，红尘中福分竟没有一点儿！”想了一回，也觉解了好些。又想到袭人身上：“若说别的丫头呢，没有什么难处的。大的配了出去，小的伏侍二奶奶就是了。独有袭人，可怎么处呢？”此时人多也不好说，且等晚上和薛姨妈商量。那日薛姨妈并未回家，因恐宝钗痛哭，所以在宝钗房中解劝。那宝钗却是极明理，思前想后，宝玉原是一种奇异的人，夙世前因自有一定，原无可怨天尤人。更将大道理的话告诉他母亲了。薛姨妈心里反倒安了，便到王夫人那里，先把宝钗的话说了。王夫人点头叹道：“若说我无德，不该有这样好媳妇了！”说着，更又伤心起来。薛姨妈倒又劝了一会子。因又提起袭人来，说：“我见袭人近来瘦的了不得，他是一心想着宝哥儿。但是正配呢，理应守的；屋里人愿守也是有的。惟有这袭人，虽说是算个屋里人，到底他和宝哥儿并没有过明路儿的。”王夫人道：“我才刚想着，正要等妹妹商量商量。若说放他出去，恐怕他不愿意，又要寻死觅活的。若要留着他也罢，又恐老爷不依。所以难处。”薛姨妈道：“我看姨老爷是再不肯叫守着的。再者，姨老爷并不知道袭人的事，想来不过是个丫头，那有留的理呢。只要姊姊叫他本家的人来，狠狠的吩咐他，叫他配一门正经亲事，再多多的赔送他些东西。那孩子心肠儿也好，年纪儿又轻，也不枉跟了姐姐这会子，也算姐姐待他不薄了。袭人那里还得我细细劝他。就是叫他家的人来也不用告诉他，只等他家里果然说定了好人家儿，我们还打听打听，若果然足衣足食，女婿长的像个人儿，然后叫他出去。”王夫人听了，道：“这个主意很是。不然叫老爷冒冒失失的一办，我可不是又害了一个人了么！”薛姨妈听了，点头道：“可士我也见了三次：头一次是那僧道来说玉的好处；第二次便是宝玉病重，他来了，将那玉持诵了一番宝玉便好了；第三次送那玉来，坐在前厅，我一转眼就不见了。我心里便有些诧异，只道宝玉果真有造化，高僧仙道来护佑他的。岂知宝玉是下凡历劫的，竟哄了老太太十九年！如今叫我才明白！”说到那里，掉下泪来。众人道：“宝二爷果然是下凡的和尚，就不该中举人了。怎么中了才去！”贾政道：“你们那里知道。大凡天上星宿，山中老僧，洞里的精灵，他自具一种性情。你看宝玉何尝肯念书，他若略一经心，无有不能的。他那一种脾气也是各别另样。”说着，又叹了几声。众人便拿兰哥得中，家道复兴的话解了一番。贾政仍旧写家书，便把这事写上，劝谕合家不必想念了。写完封好，即着家人回去。贾政随后赶回。暂且不提。

且说薛姨妈得了赦罪的信，便命薛蝌去各处借贷，并自己凑齐了赎罪银两。刑部准了，收兑了银子，一角文书，将薛蟠放出。他们母子姊妹弟兄见面，不必细述，自然是悲喜交集了。薛蟠自己立誓说道：“若是再犯前病，必定犯杀犯剐。”薛姨妈见他这样，便要握他嘴，说：“只要自己拿定主意，必定还要妄口巴舌血淋淋的起这样恶誓么！只香菱跟了你受了多少的苦处，你媳妇已经自己治死自己了，如今虽说穷了，这碗饭还有得吃，据我的主意，我便算他是媳妇了。你心里怎么样？”薛蟠点头愿意。宝钗等也说很该这样。倒把香菱急得脸胀通红，说是：“伏侍大爷一样的，何必如此！”众人便称起大奶奶来，无人不服。薛蟠便要去拜谢贾家，薛姨妈宝钗也都过来。见了众人，彼此聚首，又说了一番的话。

正说着，恰好那日贾政的家人回家，呈上书子，说：“老爷不日到了。”王夫人叫贾兰将书子念给听。贾兰念到贾政亲见宝玉的一段，众人听了，都痛哭起来，王夫人宝钗袭人等更甚。大家又将贾政书内叫家内不必悲伤，原是借胎的话解说了一番：“与其作了官，倘或命运不好，犯了事，坏家败产，那时倒不好了。宁可咱们家出一位佛爷，倒是老爷太太的积德，所以才投到咱们家来。不是说句不顾前后的话，当初东府里太爷倒是修炼了十几年，也没有成了仙，这佛是更难成的。太太这么一想心里便开豁了。”王夫人哭着和薛姨妈道：“宝玉抛了我，我还恨他呢！我叹的是媳妇的命苦，才成了一二年的亲，怎么他就硬着肠子都撂下了走了呢！”薛姨妈听了也甚伤心。宝钗哭得人事不知。所有爷们都在外头，王夫人便说道：“我为他且说贾政扶贾母灵柩，贾蓉送了秦氏凤姐鸳鸯的棺木到了金陵，先安了葬。贾蓉自送黛玉的灵也去安葬。贾政料理坟墓的事。一日接到家书，一行一行的看到宝玉贾兰得中，心里自是喜欢；后来看到宝玉走失，复又烦恼。只得赶忙回来。在道儿上又闻得有恩赦的旨意，又接家书果然赦罪复职，更是喜欢，便日夜趱行。一日行到毗陵驿地方，那天乍寒下雪，泊在一个清净去处。贾政打发众人上岸投帖辞谢朋友，总说即刻开船，都不敢劳动。船中只留一个小厮伺候，自己在船中写家书，先要打发人起早到家。写到宝玉的事，便停笔抬头。忽见船头上微微的雪影里面一个人，光着头赤着脚，身上披着一领大红猩猩毡的斗篷，向贾政倒身下拜。贾政尚未认清，急忙出船，欲待扶住问他是谁。那人已拜了四拜，站起来打了个问讯。贾政才要还揖，迎面一看，不是别人，却是宝玉。贾政吃一大惊，忙问道："可是宝玉么？"那人只不言语，似喜似悲。贾政又问道："你若是宝玉，如何这样打扮，跑到这里？"宝玉未及回言，只见船头上来了两人，一僧一道，夹住宝玉说道："俗缘已毕，还不快走！"说着，三个人飘然登岸而去。贾政不顾地滑，即忙来赶。见那三人在前，那里赶得上。只听得他们三人口中不知是那个作歌曰：

我所居兮，青埂之峰。我所游兮，鸿濛太空。谁与我游兮，吾谁与从。渺渺茫茫兮，归彼大荒。

贾政一面听着一面赶去，转过一小坡倏然不见。贾政已赶得心虚气喘，惊疑不定。回过头来见自己的小厮也是随后赶来。贾政问道："你看见方才那三个人么？"小厮道："看见的。奴才为老爷追赶，故也赶来。后来只见老爷，不见那三个人了。"贾政还欲前走，只见白茫茫一片旷野，并无一人。贾政知是古怪，只得回来。众家人回船见贾政不在舱中，问了船夫，说是老爷上岸追赶两个和尚一个道士去了。众人也从雪地里寻踪迎去，远远见贾政来了，迎上去接着，一同回船。贾政坐下，喘息方定，将见宝玉的话说了一遍。众人回禀，便要在这地方寻觅。贾政叹道："你们不知道，这是我亲眼见的，并非鬼怪。况听得歌声，大有玄妙。那宝玉生下时衔了玉来便也古怪，我早知不祥之兆，为的是老太太疼爱，所以养育到今。便是那和尚道

第一百二十回
甄士隐详说太虚情　贾雨村归结红楼梦

话说宝钗听秋纹说袭人不好，连忙进去瞧看，巧姐儿同平儿也随着走到袭人炕前。只见袭人心痛难禁，一时气厥，宝钗等用开水灌了过来，仍旧扶他睡下，一面传请大夫。巧姐儿问宝钗道："袭人姐姐怎么病到这个样？"宝钗道："大前儿晚上哭伤了心了，一时发晕栽倒了，太太叫人扶他回来他就睡倒了。因外头有事，没有请大夫瞧他，所以致此。"说着，大夫来了，宝钗等略避。大夫看了脉，说是急怒所致，开了方子去了。原来袭人模糊听见说宝玉若不回来，便要打发屋里的人都出去，一急越发不好了。到大夫瞧后，秋纹给他煎药。他各自一人躺着，神魂未定，好像宝玉在他面前，恍惚又像是见个和尚，手里拿着一本册子揭着看，还说道："你别错了主意，我是不认得你们的了。"袭人似要和他说话，秋纹走来说："药好了，姐姐吃罢。"袭人睁眼一瞧，知是个梦，也不告诉人。吃了药便自己细细的想："宝玉必是跟了和尚去。上回他要拿玉出去便是要脱身的样子，被我揪住，看他竟不像往常，把我混推混搡的，一点情意都没有；后来待二奶奶更生厌烦；在别的姊妹跟前也是没有一点情意。这就是悟道的样子。但是你悟了道抛了二奶奶怎么好！我是太太派我服侍你，虽是月钱照着那样的分例，其实我究竟没有在老爷太太跟前回明就算了你的屋里人。若是老爷太太打发我出去，我若死守着，又叫人笑话；若是我出去，心想宝玉待我的情分，实在不忍！"左思右想，实在难处。想到刚才的梦，好像和我无缘的话，倒不如死了干净。岂知吃药以后心痛减了好些，也难躺着，只好勉强支持。过了几日，起来服侍宝钗。宝钗想念宝玉，暗中垂泪，自叹命苦。又知他母亲打算给哥哥赎罪，很费张罗，不能不帮着打算。暂且不表。

里面邢夫人等正愁无人接旨，虽有贾兰，终是年轻，人报琏二爷回来，大家相见，悲喜交集。此时也不及叙话，即到前厅叩见了钦命大人。问了他父亲好，说明日到内府领赏，宁国府第发交居住。众人起身辞别。贾琏送出门去。见有几辆屯车，家人们不许停歇，正在吵闹。贾琏早知是送巧姐来的车，便骂家人道："你们这班糊涂忘八崽子！我不在家就欺心害主，将巧姐儿都逼走了。如今人家送来，还要拦阻，必是你们和我有什么仇么！"众家人原怕贾琏回来不依，想来少时才破。岂知贾琏说得更明，心下不懂，只得站着回道："二爷出门，奴才们有病的，有告假的，都是三爷蔷大爷芸二爷作主，不与奴才们相干。"贾琏道："什么混帐东西！我完了事再和你们说。快把车赶进来。"贾琏进去见邢夫人，也不言语，转身到了王夫人那里，跪下磕了个头，回道："姐儿回来了，全亏太太。环兄弟太太也不用说他了。只是芸儿这东西，他上回看家就闹乱儿，如今我去了几个月便闹到这样。回太太的话，这种人撵了他不往来也使得。"王夫人道："你大舅子为什么也是这样！"贾琏道："太太不用说，我自有道理。"正说着，彩云等回道："巧姐儿进来了。"见了王夫人，虽然别不多时，想起这样逃难的景况，不免落下泪来。巧姐儿也便大哭。贾琏谢了刘老老，王夫人便拉他坐下，说起那日的话来。贾琏见平儿，外面不好说别的，心里感激，眼中流泪。自此贾琏心里愈敬平儿，打算等贾赦等回来要扶平儿为正。此是后话，暂且不提。邢夫人正恐贾琏不见了巧姐，必有一番的周折；又听见贾琏在王夫人那里，心下更是着急，便叫丫头去打听。回来说是巧姐儿同着刘老老在那里说话，邢夫人才如梦初觉，知他们的鬼，还抱怨着王夫人"调唆我母子不和，到底是那个送信给平儿的？"正问着，只见巧姐同着刘老老，带了平儿，王夫人在后头跟着进来，先把头里的话都说在贾芸王仁身上，说："大太太原是听见人说，为的是好事。那里知道外头的鬼！"邢夫人听了，自觉羞惭，想起王夫人主意不差，心里也服。于是邢王夫人彼此心下相安。平儿回了王夫人，带了巧姐到宝钗那里来请安，各自提各自的苦处。又说到"皇上隆恩，咱们家该兴旺起来了。想来宝二爷必回来的。"正说到这话，只见秋纹匆忙来说："袭人不好了！"不知何事，且听下回分解。

好，皇上传旨召见，众大臣奏称据伊侄贾兰回称出场时迷失，现在各处寻访，皇上降旨着五营各衙门用心寻访。这旨意一下，请太太们放心，皇上这样圣恩，再没有找不着了。”王夫人等这才大家称贺，喜欢起来。只有贾环等心下着急，四处找寻巧姐。

那知巧姐随了刘老老带着平儿出了城到了庄上，刘老老也不敢轻亵巧姐，便打扫上房让给巧姐平儿住下。每日供给虽是乡村风味，倒也洁净。又有青儿陪着，暂且宽心。那庄上也有几家富户，知道刘老老家来了贾府姑娘，谁不来瞧，都道是天上神仙。也有送菜果的，也有送野味的，倒也热闹。内中有个极富的人家，姓周，家财巨万，良田千顷，只有一子，生得文雅清秀，年纪十四岁，他父母延师读书，新近科试中了秀才。那日他母亲看见了巧姐，心里羡慕，自想：“我是庄家人家，那能配得起这样世家小姐！”呆呆的想着。刘老老知他心事，拉着他说：“你的心事我知道了。我给你们做个媒罢。”周妈妈笑道：“你别哄我，他们什么人家，肯给我们庄家人么！”刘老老道：“说着瞧罢。”于是两人各自走开。刘老老惦记着贾府，叫板儿进城打听。那日恰好到宁荣街，只见有好些车轿在那里，板儿便在邻近打听。说是：“宁荣两府复了官，赏还抄的家产，如今府里又要起来了。只是他们的宝玉中了举，不知走到那里去了。”板儿心里喜欢，便要回去。又见好几匹马到来，在门前下马。只见门上打千儿请安，说：“二爷回来了！大喜！大老爷身上安了么？”那位爷笑着道：“好了。又遇恩旨，就要回来了。”还问：“那些人做什么的？”门上回说：“是皇上派官在这里下旨意，叫人领家产。”那位爷便喜欢进去。板儿便知是贾琏了，也不用打听，赶忙回去告诉了他外祖母。刘老老听说，喜的眉开眼笑，去和巧姐儿贺喜，将板儿的话说了一遍。平儿笑说道：“可不是亏得老老这样一办，不然姑娘也摸不着那好时候。”巧姐更自欢喜。正说着，那送贾琏信的人也回来了，说是：“姑老爷感激得很，叫我一到家快把姑娘送回去。又赏了我好几两银子。”刘老老听了得意，便叫人赶了两辆车请巧姐平儿上车。巧姐等在刘老老家住熟了，反是依依不舍。更有青儿哭着恨不能留下。刘老老知他不忍相别，便叫青儿跟了进城，一迳直奔荣府而来。且说贾琏先前知道贾赦病重，赶到配所，父子相见痛哭了一场，渐渐的好起来。贾琏接着家书，知道家中的事，禀明贾赦回来，走到中途，听得大赦，又赶了两天。今日到家，恰遇颁赏恩旨。

丢的。况天下那有迷失了的举人。”王夫人等想来不错，略有笑容。众人便趁势劝王夫人等多进了些饮食。只见三门外头焙茗乱嚷说：“我们二爷中了举人是丢不了的了。”众人问道：“怎见得呢？”焙茗道：“‘一举成名天下闻’，如今二爷走到那里那里就知道的，谁敢不送来！”里头的众人都说：“这小子虽是没规矩，这句话是不错的。”惜春道：“这样大人了，那里有走失的，只怕他勘破世情入了空门，这就难找着他了。”这句话又招得王夫人等又大哭起来。李纨道：“古来成佛作祖成神仙的，果然把爵位富贵都抛了也多得很。”王夫人哭道：“他若抛了父母，这就是不孝，怎能成佛作祖！”探春道：“大凡一个人不可有奇处。二哥哥生来带块玉来，都道是好事，这么说起来都是有了这块玉的不好。若是再有几天不见，我不是叫太太生气，就有些缘故了。只好譬如没有生这位哥哥罢了。果然有来头，成了正果，也是太太几辈子的修积。”宝钗听了不言语。袭人那里忍得住，心里一疼，头上一晕，便栽倒了。王夫人见了可怜，命人扶他回去。贾环见哥哥侄儿中了，又为巧姐的事大不好意思，只抱怨蔷芸两个。知道探春回来此事不肯干休，又不敢躲开，这几天竟是如在荆棘之中。明日贾兰只得先去谢恩，知道甄宝玉也中了，大家序了同年。提起贾宝玉心迷走失，甄宝玉叹息劝慰。知贡举的将考中的卷子奏闻，皇上一一的披阅，看取中的文章俱是平正通达的。见第七名贾宝玉是金陵籍贯，第一百三十名又是金陵贾兰。皇上传旨询问两个姓贾的是金陵人氏，是否贾妃一族。大臣领命出来，传贾宝玉贾兰问话。贾兰将宝玉场后迷失的话并将三代陈明，大臣代为转奏。皇上最是圣明仁德，想起贾氏功勋，命大臣查复。大臣便细细的奏明。皇上甚是悯恤，命有司将贾赦犯罪情由查案呈奏。皇上又看到海疆靖寇班师善后事宜一本，奏的是海宴河清，万民乐业的事。皇上圣心大悦，命九卿叙功议赏，并大赦天下。贾兰等朝臣散后拜了座师，并听见朝内有大赦的信，便回了王夫人等。合家略有喜色，只盼宝玉回来。薛姨妈更加喜欢，便要打算赎罪。一日，人报甄老爷同三姑爷来道喜，王夫人便命贾兰出去接待。不多一回，贾兰进来，笑嘻嘻的回王夫人道：“太太们大喜了！甄老伯在朝内听见有旨意，说是大老爷的罪名免了；珍大爷不但免了罪，仍袭了宁国三等世职；荣国世职仍是老爷袭了，俟丁忧服满仍升工部郎中。所抄家产全行赏还。二叔的文章皇上看了甚喜，问知元妃兄弟，北静王还奏说人品亦己找去。倒是王夫人拦住道:“我的儿,你叔叔丢了,还禁得再丢了你么!好孩子,你歇歇去罢。”贾兰那里肯走。尤氏等苦劝不止。众人中只有惜春心里却明白了,只不好说出来,便问宝钗道:“二哥哥带了玉去了没有?”宝钗道:“这是随身的东西,怎么不带!”惜春听了,便不言语。袭人想起那日抢玉的事来,也是料着那和尚作怪,柔肠几断,珠泪交流,呜呜咽咽哭个不住。追想当年宝玉相待的情分,有时怄他,他便恼了,也有一种令人回心的好处。那温存体贴是不用说了。若怄急了,他便赌誓说做和尚。那知道今日却应了这句话!看看那天已觉是四更天气,并没有个信儿。李纨又怕王夫人苦坏了,极力的劝着回房,众人都跟着伺候,只有邢夫人回去。贾环躲着不敢出来。王夫人叫贾兰去了,一夜无眠。次日天明,虽有家人回来,都说没有一处不寻到,实在没有影儿。于是薛姨妈薛蝌史湘云宝琴李婶等接二连三的过来请安问信。如此一连数日,王夫人哭得饮食不进,命在垂危。忽有家人回道:“海疆来了一人,口称统制大人那里来的,说我们家的三姑奶奶明日到京了。”王夫人听说探春回京,虽不能解宝玉之愁,那个心略放了些。到了明日,果然探春回来。众人远远接着,见探春出跳得比先前更好了,服采鲜明。见了王夫人形容枯槁,众人眼肿腮红,便也大哭起来。哭了一会,然后行礼。看见惜春道姑打扮,心里很不舒服。又听见宝玉心迷走失,家中多少不顺的事,大家又哭起来。还亏得探春能言,见解亦高,把话来慢慢儿的劝解了好些时,王夫人等略觉好些。再明儿三姑爷也来了,知有这样的事,探春住下劝解。跟探春的丫头老婆也与众姐妹们相聚,各诉别后的事。从此上上下下的人竟是无昼无夜专等宝玉的信。那一夜五更多天,外头几个家人进来到二门口报喜,几个小丫头乱跑进来,也不及告诉大丫头了,进了屋子便说:“太太奶奶们大喜!”王夫人打谅宝玉找着了,便喜欢的站起身来说:“在那里找着的?快叫他进来。”那人道:“中了第七名举人。”王夫人道:“宝玉呢?”家人不言语。王夫人仍旧坐下。探春便问:“第七名中的是谁?”家人回说:“是宝二爷。”正说着,外头又嚷道:“兰哥儿中了。”那家人赶忙出去接了报单回禀,见贾兰中了一百三十名。李纨心下喜欢,因王夫人不见了宝玉,不敢喜形于色。王夫人见贾兰中了,心下也是喜欢,只想:“若是宝玉一回来,咱们这些人不知怎样乐呢!”独有宝钗心下悲苦,又不好掉泪。众人道喜,说是:“宝玉既有中的命,自然再不会呢。怎么我们逼死了妹妹呢！”王夫人道：“环儿在大太太那里说的，三日内便要抬了走。说亲作媒有这样的么！我也不问你们，快把巧姐儿还了我们，等老爷回来再说。”邢夫人如今也是一句话儿说不出了，只有落泪。王夫人便骂贾环说：“赵姨娘这样混帐的东西，留的种子也是这混帐的！”说着，叫丫头扶了回到自己房中。那贾环贾芸邢夫人三个人互相埋怨，说道：“如今且不用埋怨，想来死是不死的，必是平儿带了他到那什么亲戚家躲着去了。”邢夫人叫了前后的门上人来，骂着问巧姐和平儿知道那里去了。岂知下人一口同音说是：“大太太不必问我们，问当家的爷们就知道了。再大太太也不用闹，等我们太太问起来我们有话说。要打大家打，要发大家都发！自从琏二爷出了门，外头闹的还了得！我们的月钱月米是不给了，赌钱喝酒闹小旦，还接了外头的媳妇儿到宅里来。这不是爷吗！”说得贾芸等顿口无言。王夫人那边又打发人来催说：“叫爷们快找来！”那贾环等急得恨无地缝可钻，又不敢盘问巧姐那边的人。明知众人深恨，是必藏起来了。但是这句话怎敢在王夫人面前说。只得各处亲戚家打听，毫无踪迹。里头一个邢夫人，外头环儿等，这几天闹的昼夜不宁。

看看到了出场日期，王夫人只盼着宝玉贾兰回来。等到晌午不见回来，王夫人李纨宝钗着忙，打发人去到下处打听。去了一起又无消息，连去的人也不来了。回来又打发一起人去，又不见回来。三个人心里如热油熬煎。等到傍晚，有人进来，见是贾兰。众人喜欢，问道：“宝二叔呢？”贾兰也不及请安，便哭道：“二叔丢了。”王夫人听了这话便怔了半天，也不言语，便直挺挺的躺倒床上。亏得彩云等在后面扶着，下死的叫醒转来，哭着。见宝钗也是白瞪两眼，袭人等已哭得泪人一般。只有哭着骂贾兰道：“糊涂东西，你同二叔在一处，怎么他就丢了？”贾兰道：“我和二叔在下处是一处吃，一处睡。进了场相离也不远，刻刻在一处的。今儿一早二叔的卷子早完了，还等我呢。我们两个人一起去交了卷子，一同出来，在龙门口一挤，回头就不见了。我们家接场的人都问我，李贵还说：‘看见的，相离不过数步，怎么一挤就不见了！’现叫李贵等分头的找去，我也带了人各处号里都找遍了没有，我所以这时候才回来。”王夫人是哭的一句话也说不出来，宝钗心里已知八九，袭人痛哭不已。贾蔷等不等吩咐，也是分头而去。可怜荣府的人个个死多活少，空备了接场的酒饭。贾兰也忘却了辛苦，还要自衣服铺盖是要的。”平儿道：“要快走了才中用呢，若是他们定了回来就有了饥荒了。”提醒了王夫人，便道：“是了，你们快办去罢，有我呢。”于是王夫人回去，倒过去找邢夫人说闲话儿，把邢夫人先绊住了。平儿这里便遣人料理去了，嘱咐道：“倒别避人，有人进来看见，就说是大太太吩咐的要一辆车子送刘老老去。”这里又买嘱了看后门的人雇了车来。平儿便将巧姐装做青儿模样，急急的去了。后来平儿只当送人，眼错不见，也跨上车去了。原来近日贾府后门虽开，只有一两个人看着，馀外虽有几个家下人，因房大人少，空落落的，谁能照应。且邢夫人又是个不怜下人的，众人明知此事不好，又都感念平儿的好处，所以通同一气放走了巧姐。邢夫人还自和王夫人说话，那里理会。只有王夫人甚不放心，说了一回话，悄悄的走到宝钗那里坐下，心里还是惦记着。宝钗见王夫人神色恍惚，便问：“太太的心里有什么事？”王夫人将这事背地里和宝钗说了。宝钗道：“险得很！如今得快快儿的叫芸哥儿止住那里才妥当。”王夫人道：“我找不着环儿呢。”宝钗道：“太太总要装作不知。等我想个人去叫大太太知道才好。”王夫人点头，一任宝钗想人。暂且不言。且说外藩原是要买几个使唤的女人，据媒人一面之辞所以派人相看。相看的人回去禀明了藩王，藩王问起人家，众人不敢隐瞒，只得实说。那外藩听了，知是世代勋戚，便说：“了不得，这是有干例禁的，几乎误了大事！况我朝觐已过，便要择日起程。倘有人来再说，快快打发出去。”这日恰好贾芸王仁等递送年庚，只见府门里头的人便说：“奉王爷的命，再敢拿贾府的人来冒充民女者，要拿住究治的。如今太平时候，谁敢这样大胆！”这一嚷，吓得王仁等抱头鼠窜的出来，埋怨那说事的人，大家扫兴而散。贾环在家候信，又闻王夫人传唤，急得烦燥起来。见贾芸一人回来，赶着问道：“定了么？”贾芸慌忙跺足道：“了不得，了不得！不知谁露了风了！”还把吃亏的话说了一遍。贾环气得发怔，说：“我早起在大太太跟前说的这样好，如今怎么样处呢！这都是你们众人坑了我了！”正没主意，听见里头乱嚷，叫着贾环等的名字，说：“大太太二太太叫呢。”两个人只得蹭进去。只见王夫人怒容满面，说：“你们干的好事！如今逼死了巧姐和平儿了，快快的给我找还尸首来完事。”两个人跪下。贾环不敢言语，贾芸低头说道：“孙子不敢干什么，为的是邢舅太爷和王舅爷说给巧妹妹作媒，我们才回太太们的。大太太愿意，才叫孙子写帖儿去的。人家还不要一把抱住，哭得倒在怀里。王夫人也哭道："妞儿不用着急，我为你吃了大太太好些话，看来是扭不过来的。我们只好应着缓下去，即刻着个家人赶到你父亲那里去告诉。"平儿道："太太还不知道么，早起三爷在大太太跟前说了，什么外藩规矩，三日就要过去的。如今大太太已叫芸哥儿写了名字年庚去了，还等得二爷么！"王夫人听说是三爷，便气得说不出话来，呆了半天，一叠声叫人找贾环，找了半日，人回"今早同蔷哥儿王舅爷出去了。"王夫人问"芸哥呢？"众人回说不知道。巧姐屋内人人瞪眼，一无方法。王夫人也难和邢夫人争论，只有大家抱头大哭。有个婆子进来回说："后门上的人说，那个刘老老又来了。"王夫人道："咱们家遭着这样事，那有工夫接待人，不拘怎么回了他去罢。"平儿道："太太该叫他进来。他是姐儿的干妈，也得告诉告诉他。"王夫人不言语，那婆子便带了刘老老进来。各人见了问好。刘老老见众人的眼圈儿都是红的，也摸不着头脑，迟了一会子，便问道："怎么了？太太姑娘们必是想二姑奶奶了。"巧姐儿听见提起他母亲，越发大哭起来。平儿道："老老别说闲话，你既是姑娘的干妈，也该知道的。"便一五一十的告诉了。把个刘老老也吓怔了。等了半天，忽然笑道："你这样一个伶俐姑娘，没听见过鼓儿词么，这上头的方法多着呢。这有什么难的！"平儿赶忙问道："老老，你有什么法儿，快说罢！"刘老老道："这有什么难的呢，一个人也不叫他们知道，扔崩一走就完了事了。"平儿道："这可是混说了。我们这样人家的人走到那里去！"刘老老道："只怕你们不走，你们要走就到我屯里去。我就把姑娘藏起来，即刻叫我女婿弄了人，叫姑娘亲笔写个字儿，赶到姑老爷那里，少不得他就来了。可不好么？"平儿道："大太太知道呢？"刘老老道："我来他们知道么？"平儿道："大太太住在后头，他待人刻薄，有什么信没有送给他的。你若前门走来就知道了，如今是后门来的不妨事。"刘老老道："咱们说定了几时，我叫女婿打了车来接了去。"平儿道："这还等得几时呢！你坐着罢。"急忙进去，将刘老老的话避了旁人告诉了。王夫人想了半天不妥当。平儿道："只有这样。为的是太太才敢说明。太太就装不知道，回来倒问大太太。我们那里就有人去，想二爷回来也快。"王夫人不言语，叹了一口气。巧姐儿听见，便和王夫人道："只求太太救我！横竖父亲回来只有感激的。"平儿道："不用说了，太太回去罢。回来只要太太派人看屋子。"王夫人道："掩密些。你们两个人的不言宝玉贾兰出门赴考。且说贾环见他们考去，自己又气又恨，便自大为王说："我可要给母亲报仇了。家里一个男人没有，上头大太太依了我，还怕谁！"想定了主意，跑到邢夫人那边请了安，说了些奉承的话。那邢夫人自然喜欢，便说道："你这才是明理的孩子呢！像那巧姐儿的事原该我做主的，你琏二哥糊涂，放着亲奶奶倒托别人去。"贾环道："人家那头儿也说了，只认得这一门子。现在定了，还要备一分大礼来送太太呢。如今太太有了这样的藩王孙女婿儿，还怕大老爷没大官做么！不是我说自己的太太，他们有了元妃姐姐便欺压的人难受，将来巧姐儿别也是这样没良心。等我去问问他。"邢夫人道："你也该告诉他，他才知道你的好处。只怕他父亲在家也找不出这么门子好亲事来。但只平儿那个糊涂东西，他倒说这件事不好，说是你太太也不愿意。想来恐怕我们得了意。若迟了，你二哥回家又听人家的话，就办不成了。"贾环道："那边都定了，只等太太出了八字。王府的规矩三天就要来娶的。但是一件，只怕太太不愿意，那边说是不该娶犯官的孙女，只好悄悄的抬了去，等大老爷免了罪，做了官，再大家热闹起来。"邢夫人道："这有什么不愿意，也是礼上应该的。"贾环道："既这么着，这帖子太太出了就是了。"邢夫人道："这孩子又糊涂了，里头都是女人，你叫蔷哥儿写了一个就是了。"贾环听了，喜欢的了不得，连忙答应了出来，赶着和贾芸说了，邀着王仁到那外藩公馆立文书兑银子去了。那知刚才所说的话早被跟邢夫人的丫头听见，那丫头是求了平儿才挑上的，便抽空儿赶到平儿那里，一五一十的都告诉了。平儿早知此事不好，已和巧姐细细的说明，巧姐哭了一夜，必要等他父亲回来作主，大太太的话不能遵。今儿又听见这话，便大哭起来，要和太太讲去。平儿急忙拦住道："姑娘且慢着。大太太是你的亲祖母，他说二爷不在家，大太太做得主的。况且还有舅舅做保山。他们都是一气，姑娘一个人那里说得过呢。我到底是下人，说不上话去。如今只可想法儿，断不可冒失的。"邢夫人那边的丫头道："你们快快的想主意，不然可就要抬走了。"说着，各自去了。平儿回过头来，见巧姐哭作一团，连忙扶着道："姑娘，哭是不中用的，如今是二爷够不着，听见他们的话头——"这句话还没说完，只见邢夫人那边打发人来告诉："姑娘大喜的事来了，叫平儿将姑娘所有应用的东西料理出来。若是赔送呢，原说明了等二爷回来再办。"平儿只得答应了。回来又见王夫人过来。巧姐儿好的中个举人出来。那时太太喜欢喜欢，便是儿子一辈子的事也完了，一辈子的不好也都遮过去了。”王夫人听了，更觉伤心起来，便道：“你有这个心自然是好的，可惜你老太太不能见你的面了。”一面说，一面拉他起来。那宝玉只管跪着不肯起来，便说道：“老太太见与不见总是知道的，喜欢的。既能知道了，喜欢了，便不见也和见了的一样。只不过隔了形质，并非隔了神气啊。”李纨见王夫人和他如此，一则怕勾起宝玉的病来，二则也觉得光景不大吉祥，连忙过来说道：“太太，这是大喜的事，为什么这样伤心！况且宝兄弟近来很知好歹，很孝顺，又肯用功，只要带了侄儿进去好好的作文章，早早的回来，写出来请咱们的世交老先生们看了，等着爷儿两个都报了喜就完了。”一面叫人搀起宝玉来。宝玉却转过身来给李纨作了个揖，说：“嫂子放心，我们爷儿两个都是必中的。日后兰哥还有大出息，大嫂子还要带凤冠穿霞帔呢。”李纨笑道：“但愿应了叔叔的话，也不枉——”说到这里，恐怕又惹起王夫人的伤心来，连忙咽住了。宝玉笑道：“只要有了个好儿子，能够接续祖基，就是大哥哥不能见也算他的后事完了。”李纨见天气不早了，也不肯尽着和他说话，只好点点头儿。此时宝钗听得早已呆了，这些话，不但宝玉，便是王夫人李纨所说，句句都是不祥之兆，却又不敢认真，只得忍泪无言。那宝玉走到跟前，深深的作了一个揖。众人见他行事古怪，也摸不着是怎么样，又不敢笑他。只见宝钗的眼泪直流下来，众人更是纳罕。又听宝玉说道：“姐姐，我要走了。你好生跟着太太听我的喜信儿罢。”宝钗道：“是时候了，你不必说这些唠叨话了。”宝玉道：“你倒催的我紧，我自己也知道该走了。”回头见众人都在这里，只没惜春紫鹃，便说道：“四妹妹和紫鹃姐姐跟前替我说一句罢，横竖是再见就完了。”众人见他的话又像有理，又像疯话，大家只说他从没出过门，都是太太的一套话招出来的，不如早早催他去了就完了事了，便说道：“外面有人等你呢，你再闹就误了时辰了。”宝玉仰面大笑道：“走了，走了，不用胡闹了，完了事了！”众人也都笑道：“快走罢！”独有王夫人和宝钗娘儿两个倒像生离死别的一般，那眼泪也不知从那里来的，直流下来，几乎失声哭出。但见宝玉嘻天哈地，大有疯傻之状，遂从此出门走了。正是：

走求名利无双地，打出樊笼第一关。

第一百十九回

中乡魁宝玉却尘缘　沐皇恩贾家延世泽

话说莺儿见宝玉说话摸不着头脑，正自要走，只听宝玉又说道："傻丫头，我告诉你罢，你姑娘既是有造化的，你跟着他自然也是有造化的了。你袭人姐姐是靠不住的。只要往后你尽心伏侍他就是了。日后或有好处，也不枉你跟着他熬了一场。"莺儿听了前头像话，后头说的又有些不像了，便道："我知道了。姑娘还等我呢。二爷要吃果子时打发小丫头叫我就是了。"宝玉点头，莺儿才去了。一时宝钗袭人回来，各自房中去了。不提。

且说过了几天便是场期，别人只知盼望他爷儿两个作了好文章便可以高中的了，只有宝钗见宝玉的功课虽好，只是那有意无意之间却别有一种冷静的光景。知他要进场了，头一件，叔侄两个都是初次赴考，恐人马拥挤有什么失闪；第二件，宝玉自和尚去后总不出门，虽然见他用功喜欢，只是改的太速太好了，反倒有些信不及，只怕又有什么变故。所以进场的头一天，一面派了袭人带了小丫头们同着素云等给他爷儿两个收拾妥当，自己又都过了目，好好的搁起预备着；一面过来同李纨回了王夫人，拣家里的老成管事的多派了几个，只说怕人马拥挤碰了。次日，宝玉贾兰换了半新不旧的衣服，欣然过来见了王夫人。王夫人嘱咐道："你们爷儿两个都是初次下场，但是你们活了这么大，并不曾离开我一天。就是不在我眼前，也是丫鬟媳妇们围着，何曾自己孤身睡过一夜。今日各自进去，孤孤凄凄，举目无亲，须要自己保重。早些作完了文章出来，找着家人早些回来，也叫你母亲媳妇们放心。"王夫人说着不免伤心起来。贾兰听一句答应一句。只见宝玉一声不哼。待王夫人说完了，走过来给王夫人跪下，满眼流泪，磕了三个头，说道："母亲生我一世，我也无可答报，只有这一入场用心作了文章，好的，你呢？”莺儿把脸飞红了，勉强道：“我们不过当丫头一辈子罢咧，有什么造化呢！”宝玉笑道：“果然能够一辈子是丫头，你这个造化比我们还大呢！”莺儿听见这话似乎又是疯话了，恐怕自己招出宝玉的病根来，打算着要走。只见宝玉笑着说道：“傻丫头，我告诉你罢，——”未知宝玉又说出什么话来，且听下回分解。

宝钗也没很听真，只听得“无佛性”“有仙舟”几个字，心中转又狐疑，且看他作何光景。宝玉便命麝月秋纹等收拾一间静室，把那些语录名稿及应制诗之类都找出来搁在静室中，自己却当真静静的用起功来。宝钗这才放了心。那袭人此时真是闻所未闻，见所未见，便悄悄的笑着向宝钗道：“到底奶奶说话透彻，只一路讲究就把二爷劝明白了。就只可惜迟了一点儿，临场太近了。”宝钗点头微笑道：“功名自有定数，中与不中倒也不在用功的迟早。但愿他从此一心巴结正路，把从前那些邪魔永不沾染就是好了。”说到这里，见房里无人，便悄说道：“这一番悔悟回来固然很好，但只一件，怕又犯了前头的旧病，和女孩儿们打起交道来，也是不好。”袭人道：“奶奶说的也是。二爷自从信了和尚，才把这些姐妹冷淡了。如今不信和尚，真怕又要犯了前头的旧病呢。我想奶奶和我二爷原不大理会，紫鹃去了，如今只他们四个。这里头就是五儿有些个狐媚子，听见说他妈求了大奶奶和奶奶说要讨出去给人家儿呢。但是这两天到底在这里呢。麝月秋纹虽没别的，只是二爷那几年也都有些顽顽皮皮的。如今算来只有莺儿二爷倒不大理会，况且莺儿也稳重。我想倒茶弄水只叫莺儿带着小丫头们伏侍就够了。不知奶奶心里怎么样？”宝钗道：“我也虑的是这些，你说的倒也罢了。”从此便派莺儿带着小丫头伏侍。那宝玉却也不出房门，天天只差人去给王夫人请安。王夫人听见他这番光景，那一种欣慰之情更不待言了。到了八月初三，这一日正是贾母的冥寿，宝玉早晨过来磕了头便回去仍到静室中去了。饭后宝钗袭人等都和姊妹们跟着邢王二夫人在前面屋里说闲话儿，宝玉自在静室冥心危坐。忽见莺儿端了一盘瓜果进来，说：“太太叫人送来给二爷吃的，这是老太太的克什。”宝玉站起来答应了，复又坐下，便道：“搁在那里罢。”莺儿一面放下瓜果，一面悄悄向宝玉道：“太太那里夸二爷呢。”宝玉微笑。莺儿又道：“太太说了，二爷这一用功，明儿进场中了出来，明年再中了进士，作了官，老爷太太可就不枉了盼二爷了。”宝玉也只点头微笑。莺儿忽然想起那年给宝玉打络子的时候宝玉说的话来，便道：“真要二爷中了，那可是我们姑奶奶的造化了。二爷还记得那一年在园子里不是二爷叫我打梅花络子时说的，我们姑奶奶后来带着我不知到那一个有造化的人家儿去呢。如今二爷可是有造化的罢咧！”宝玉听到这里，又觉尘心一动，连忙敛神定息，微微的笑道：“据你说来，我是有造化的，你们姑娘也是有造化少小心，论起理来原该当的，但只二爷也该体谅体谅。况且二奶奶替二爷在老爷太太跟前行了多少孝道，就是二爷不以夫妻为事，也不可太辜负了人心。至于神仙那一层更是谎话，谁见过有走到凡间来的神仙呢！那里来的这么个和尚，说了些混话，二爷就信了真。二爷是读书的人，难道他的话比老爷太太还重么！”宝玉听了，低头不语。袭人还要说时，只听外面脚步走响，隔着窗户问道：“二叔在屋里呢么？”宝玉听了是贾兰的声音，便站起来笑道：“你进来罢。”宝钗也站起来。贾兰进来，笑容可掬的给宝玉宝钗请了安，问了袭人的好。袭人也问了好。便把书子呈给宝玉瞧。宝玉接在手中看了，便道：“你三姑姑回来了？”贾兰道：“爷爷既如此写，自然是回来的了。”宝玉点头不语，默默如有所思。贾兰便问：“叔叔看见爷爷后头写的，叫咱们好生念书了？叔叔这一程子只怕总没作文章罢？”宝玉笑道：“我也要作几篇熟一熟手，好去诓这个功名。”贾兰道：“叔叔既这样，就拟几个题目，我跟着叔叔作作，也好进去混场。别到那时交了白卷子惹人笑话。不但笑话我，人家连叔叔都要笑话了。”宝玉道：“你也不至如此。”说着，宝钗命贾兰坐下。宝玉仍坐在原处，贾兰侧身坐了。两个谈了一回文，不觉喜动颜色。宝钗见他爷儿两个谈得高兴，便仍进屋里去了。心中细想宝玉此时光景或者醒悟过来了，只是刚才说话他把那“从此而止”四字单单的许可，这又不知是什么意思了。宝钗尚自犹豫，惟有袭人看他爱讲文章，提到下场，更又欣然，心里想道：“阿弥陀佛，好容易讲《四书》是的才讲过来了。”这里宝玉和贾兰讲文，莺儿沏过茶来，贾兰站起来接了，又说了一会子下场的规矩并请甄宝玉在一处的话，宝玉也甚似愿意。一时，贾兰回去，便将书子留给宝玉了。那宝玉拿着书子笑嘻嘻走进来递给麝月收了，便出来将那本庄子收了，把几部向来最得意的如《参同契》《元命苞》《五灯会元》之类叫出麝月秋纹莺儿等都搬了搁在一边。宝钗见他这番举动，甚为罕异，因欲试探他，便笑问道：“不看他倒是正经，但又何必搬开呢？”宝玉道：“如今才明白过来了。这些书都算不得什么，我还要一火焚之方为干净。”宝钗听了，更欣喜异常。只听宝玉口中微吟道：

内典语中无佛性，金丹法外有仙舟。

只是不知几时才到。”李婶娘便问了贾政在路好。李纨因向贾兰道:“哥儿瞧见了,场期近了,你爷爷惦记的什么是的。你快拿了去给二叔叔瞧去罢。”李婶娘道:“他们爷儿两个又没进过学,怎么能下场呢?”王夫人道:“他爷爷做粮道的起身时给他们爷儿两个援了例监了。”李婶娘点头。贾兰一面拿着书子出来来找宝玉。

却说宝玉送了王夫人去后,正拿着《秋水》一篇在那里细玩。宝钗从里间走出,见他看的得意忘言,便走过来一看,见是这个,心里着实烦闷,细想他只顾把这些出世离群的话当作一件正经事终久不妥。看他这种光景料劝不过来,便坐在宝玉旁边怔怔的坐着。宝玉见他这般,便道:“你这又是为什么?”宝钗道:“我想你我既为夫妇,你便是我终身的倚靠,却不在情欲之私。论起荣华富贵,原不过是过眼烟云;但自古圣贤,以人品根柢为重。”宝玉也没听完,把那书本搁在旁边,微微的笑道:“据你说人品根柢,又是什么古圣贤,你可知古圣贤说过‘不失其赤子之心’!那赤子有什么好处,不过是无知无识,无贪无忌。我们生来已陷溺在贪嗔痴爱中,犹如污泥一般,怎么能跳出这般尘网!如今才晓得‘聚散浮生’四字,古人说了,不曾提醒一个。既要讲到人品根柢,谁是到那太初一步地位的!”宝钗道:“你既说赤子之心,古圣贤原以忠孝为赤子之心,并不是遁世离群、无关无系为赤子之心。尧舜禹汤周孔时刻以救民济世为心,所谓赤子之心原不过是‘不忍’二字。若你方才所说的忍于抛弃天伦,还成什么道理!”宝玉点头笑道:“尧舜不强巢许,武周不强夷齐。”宝钗不等他说完,便道:“你这个话益发不是了。古来若都是巢许夷齐,为什么如今人又把尧舜周孔称为圣贤呢!况且你自比夷齐,更不成话。伯夷叔齐原是生在商末世,有许多难处之事,所以才有托而逃。当此圣世,咱们世受国恩,祖父锦衣玉食;况你自有生以来,自去世的老太太以及老爷太太视如珍宝。你方才所说,自己想一想是与不是!”宝玉听了,也不答言,只有仰头微笑。宝钗因又劝道:“你既理屈词穷,我劝你从此把心收一收,好好的用用功。但能博得一第,便是从此而止,也不枉天恩祖德了。”宝玉点了点头,叹了口气,说道:“一第呢,其实也不是什么难事。倒是你这个从此而止,不枉天恩祖德,却还不离其宗。”宝钗未及答言,袭人过来说道:“刚才二奶奶说的古圣先贤我们也不懂,我只想着我们这些人从小儿辛辛苦苦跟着二爷,不知赔了多了。若是巧姐儿错给了人家儿，可不是我的心坏！”正说着，平儿过来瞧宝钗并探听邢夫人的口气。王夫人将邢夫人的话说了一遍。平儿呆了半天，跪下求道：“巧姐儿终身全仗着太太，若信了人家的话，不但姑娘一辈子受了苦，便是琏二爷回来，怎么说呢！”王夫人道：“你是个明白人，起来，听我说。巧姐儿到底是大太太孙女儿，他要作主，我能够拦他么！”宝玉劝道：“无妨碍的，只要明白就是了。”平儿生怕宝玉疯颠嚷出来，也并不言语。回了王夫人，竟自去了。

这里王夫人想到烦闷，一阵心痛，叫丫头扶着勉强回到自己房中躺下，不叫宝玉宝钗过来，说睡睡就好的。自己却也烦闷。听见说李婶娘来了，也不及接待。只见贾兰进来请了安，回道：“今早爷爷那里打发人带了一封书子来，外头小子们传进来的。我母亲接了正要过来，因我老娘来了，叫我先呈给太太瞧，回来我母亲就过来来回太太。还说我老娘要过来呢。”说着，一面把书子呈上。王夫人一面接书，一面问道：“你老娘来作什么？”贾兰道：“我也不知道。我只见我老娘说我三姨儿的婆婆家有什么信儿来了。”王夫人听了，想起来还是前次给甄宝玉说了李绮，后来放定下茶，想来此时甄家要娶过门，所以李婶娘来商量这件事情，便点点头儿，一面拆开书信，见上面写着道：

> 近因沿途俱系海疆凯旋船只，不能迅速前行。闻探姐随翁婿来都，不知曾有信否？前接到琏侄手禀，知大老爷身体欠安，亦不知已有确信否？宝玉兰哥场期已近，务须实心用功，不可怠惰。老太太灵柩抵家尚需日时。我身体平善，不必挂念。此谕宝玉等知道。月日手书。蓉儿另禀。

王夫人看了，仍旧递给贾兰，说：“你拿去给你二叔叔瞧瞧，还交给你母亲罢。”正说着，李纨同李婶娘过来，请安问好毕，王夫人让了坐。李婶娘便将甄家要娶李绮的话说了一遍。大家商议了一会子。李纨因问王夫人道：“老爷的书子太太看过了么？”王夫人道：“看过了。”贾兰便拿着给他母亲瞧。李纨看了道：“三姑娘出门了好几年总没有来，如今要回京了，太太也放了好些心。”王夫人道：“我本是心痛，看见探丫头要回来了，心里略好些。

若应了这门亲事，虽说是不是正配，保管一过了门，姊夫的官早复了，这里的声势又好了。”邢夫人本是没主意的人，被傻大舅一番假话哄得心动，请了王仁来一问，更说得热闹，于是邢夫人倒叫人出去追着贾芸去说。王仁即刻找了人去到外藩公馆说了。那外藩不知底细，便要打发人来相看。贾芸又钻了相看的人，说明原是瞒着合宅的，只说是王府相亲。等到成了，他祖母作主，亲舅舅的保山，是不怕的。那相看的人应了。贾芸便送信与邢夫人，并回了王夫人。那李纨宝钗等不知缘故，只道是件好事，也都欢喜。那日果然来了几个女人，都是艳妆丽服。邢夫人接了进去，叙了些闲话，那来人本知是个诰命，也不敢待慢。邢夫人因事未定，也没有和巧姐说明，只说有亲戚来瞧，叫他去见。那巧姐到底是个小孩子，那管这些，便跟了奶妈过来。平儿不放心，也跟着来。只见有两个宫人打扮的，见了巧姐，便浑身上下一看，更又起身来拉着巧姐的手又瞧了一遍。略坐了一坐就走了。倒把巧姐看得羞臊。回到房中纳闷，想来没有这门亲戚，便问平儿。平儿先看见来头，却也猜着八九必是相亲的。“但是二爷不在家，大太太作主，到底不知是那府里的。若说是对头亲，不该这样相看。瞧那几个人的来头不像是本支王府，好像是外头路数。如今且不必和姑娘说明，且打听明白再说。”平儿心下留神打听，那些丫头婆子都是平儿使过的，平儿一问，所有听见外头的风声都告诉了。平儿便吓的没了主意。虽不和巧姐说，便赶着去告诉了李纨宝钗，求他二人告诉王夫人。王夫人知道这事不好，便和邢夫人说知。怎奈邢夫人信了兄弟并王仁的话，反疑心王夫人不是好意，便说：“孙女儿也大了，再琏儿不在家，这件事我还做得主。况且是他亲舅爷爷和他亲舅舅打听的，难道倒比别人不真么！我横竖是愿意的。倘有什么不好，我和琏儿也抱怨不着别人。”王夫人听了这些话，心下暗暗生气。勉强说些闲话便走了出来，告诉了宝钗，自己落泪。宝玉劝道：“太太别烦恼，这件事我看来是不成的。这又是巧姐儿命里所招。只求太太不管就是了。”王夫人道：“你一开口就是疯话。人家说定了，就要接过去。若依平儿的话，你琏二哥可不抱怨我么。别说自己的侄孙女儿，就是亲戚家的，也是要好才好。邢姑娘是我们作媒的，配了你二大舅子。如今和和顺顺的过日子不好么。那琴姑娘梅家娶了去，听见说是丰衣足食的很好。就是史姑娘是他叔叔的主意，头里原好，如今姑爷痨病死了，你史妹妹立志守寡，也就苦且言贾政扶了贾母灵柩一路南行，因遇着班师的兵将船只过境，河道拥挤，不能速行，在道实在心焦。幸喜遇见了海疆的官员，闻得镇海统制钦召回京，想来探春一定回家，略略解些烦心。只打听不出起程的日期，心里又烦燥。想到盘费算来不敷，不得已写书一封，差人到赖尚荣任上借银五百，叫人沿途迎上来，应需用。那人去了几日，贾政的船才行得十数里，那家人回来，迎上船只，将赖尚荣的禀启呈上。书内告了多少苦处，备上白银五十两。贾政看了生气，即命家人立刻送还，将原书发回，叫他不必费心。那家人无奈，只得回到赖尚荣任所。赖尚荣接到原书银两，心中烦闷，知事办得不周到，又添了一百，央来人带回，帮着说些好话。岂知那人不肯带回，撂下就走了。赖尚荣心下不安，立刻修书到家，回明他父亲，叫他设法告假赎出身来。于是赖家托了贾蔷贾芸等在王夫人面前乞恩放出。贾蔷明知不能，过了一日，假说王夫人不依的话回复了。赖家一面告假，一面差人到赖尚荣任上，叫他告病辞官。王夫人并不知道。

那贾芸听见贾蔷的假话，心里便没想头。连日在外又输了好些银钱，无所抵偿，便和贾环相商。贾环本是一个钱没有的，虽说赵姨娘积蓄些微，早被他弄光了，那能照应人家。便想起凤姐待他刻薄，要趁贾琏不在家要摆布巧姐出气，遂把这个当叫贾芸来上。故意的埋怨贾芸道："你们年纪又大，放着弄银钱的事又不敢办，倒和我没有钱的人相商。"贾芸道："三叔你这话说的倒好笑，咱们一块儿玩，一块儿闹，那里有银钱的事！"贾环道："不是前儿有人说是外藩要买个偏房，你们何不和王大舅商量，把巧姐说给他呢。"贾芸道："叔叔，我说句招你生气的话，外藩花了钱买人，还想能和咱们走动么！"贾环在贾芸耳边说了些话，贾芸虽然点头，只道贾环是小孩子的话，也不当事。恰好王仁走来，说道："你们两个人商量些什么，瞒着我么？"贾芸便将贾环的话附耳低言的说了。王仁拍手道："这倒是一种好事，又有银子。只怕你们不能，若是你们敢办，我是亲舅舅，做得主的。只要环老三在大太太跟前那么一说，我找邢大舅再一说，太太们问起来你们齐打伙说好就是了。"贾环等商议定了，王仁便去找邢大舅，贾芸便去回邢王二夫人，说得锦上添花。王夫人听了虽然入耳，只是不信。邢夫人听得邢大舅知道，心里愿意，便打发人找了邢大舅来问他。那邢大舅已经听了王仁的话，又可分肥，便在邢夫人跟前说道："若说这位郡王极是有体面的。

他又哈哈的大笑，走上来道：“我不该说的。这紫鹃蒙太太派给我屋里，我才敢说。求太太准了他罢，全了他的好心。”王夫人道：“你头里姊妹出了嫁，还哭得死去活来；如今看见四妹妹要出家，不但不劝，倒说好事。你如今到底是怎么个意思，我索性不明白了。”宝玉道：“四妹妹修行是已经准的了，四妹妹也是一定主意了。若是真的，我有一句话告诉太太；若是不定的，我就不敢混说了。”惜春道：“二哥哥说话也好笑。一个人主意不定便扭得过太太们来了！我也是像紫鹃的话，容我呢，是我的造化；不容我呢，还有一个死呢。那怕什么！二哥哥既有话，只管说。”宝玉道：“我这也不算什么泄漏了，这也是一定的。我念一首诗给你们听听罢。”众人道：“人家苦得很的时候你倒来作诗怄人！”宝玉道：“不是作诗，我到一个地方儿看了来的。你们听听罢。”众人道：“使得。你就念念，别顺着嘴儿胡诌。”宝玉也不分辩，便说道：“勘破三春景不长，缁衣顿改昔年妆。可怜绣户侯门女，独卧青灯古佛旁。”李纨宝钗听了，诧异道：“不好了，这人入了迷了。”王夫人听了这话，点头叹息，便问：“宝玉，你到底是那里看来的？”宝玉不便说出来，回道：“太太也不必问，我自有见的地方。”王夫人回过味来，细细一想，便更哭起来道：“你说前儿是玩话，怎么忽然有这首诗。罢了，我知道了，你们叫我怎么样呢！我也没有法儿了，也只得由着你们去罢。但是要等我合上了眼，各自干各自的就完了！”宝钗一面劝着，这个心比刀搅更甚，也掌不住便放声大哭起来。袭人已经哭的死去活来，幸亏秋纹扶着。宝玉也不啼哭，也不相劝，只不言语。贾兰贾环听到那里，各自走开。李纨竭力的解说：“总是宝兄弟见四妹妹修行，他想来是痛极了，不顾前后的疯话，这也作不得准的。独有紫鹃的事情准不准，好叫他起来。”王夫人道：“什么依不依，横竖一个人的主意定了，那也是扭不过来的。可是宝玉说的，也是一定的了。”紫鹃听了磕头。惜春又谢了王夫人。紫鹃又给宝玉宝钗磕了头，宝玉念声“阿弥陀佛，难得难得！不料你倒先好了！”宝钗虽然有把持，也难掌住。只有袭人，也顾不得王夫人在上，便痛哭不止，说：“我也愿意跟了四姑娘去修行。”宝玉笑道：“你也是好心，但是你不能享这个清福的。”袭人哭道：“这么说，我是要死的了。”宝玉听到那里，倒觉伤心，只是说不出来。因时已五更，宝玉请王夫人安歇，李纨等各自散去。彩屏等暂且伏侍惜春回去，后来指配了人家。紫鹃终身伏侍，毫不改初。此是后话。

第一百十八回
记微嫌舅兄欺弱女　警谜语妻妾谏痴人

话说邢王二夫人听尤氏一段话，明知也难挽回。王夫人只得说道："姑娘要行善，这也是前生的夙根，我们也实在拦不住。只是咱们这样人家的姑娘出了家，不成了事体。如今你嫂子说了，准你修行，也是好处。却有一句话要说，那头发可以不剃的。只要自己的心真，那在头发上头呢！你想妙玉也是带发修行的，不知他怎样凡心一动，才闹到那个分儿。姑娘执意如此，我们就把姑娘住的房子便算了姑娘的静室。所有服侍姑娘的人也得叫他们来问，他若愿意跟的，就讲不得说亲配人；若不愿意跟的，另打主意。"惜春听了，收了泪拜谢了邢王二夫人李纨尤氏等。王夫人说了，便问彩屏等谁愿跟姑娘修行。彩屏等回道："太太们派谁就是谁。"王夫人知道不愿意，正在想人。袭人立在宝玉身后，想来宝玉必要大哭，防着他的旧病。岂知宝玉叹道："真真难得！"袭人心里更自伤悲。宝钗虽不言语，遇事试探，见是执迷不醒，只得暗中落泪。王夫人才要叫了众丫头来问，忽见紫鹃走上前去，在王夫人面前跪下，回道："刚才太太问跟四姑娘的姐姐，太太看着怎么样？"王夫人道："这个如何强派得人的。谁愿意他自然就说出来了。"紫鹃道："姑娘要修行自然姑娘愿意，并不是别的姐姐们的意思。我有句话回太太，我也并不是拆开姐姐们，各人有各人的心。我服侍林姑娘一场，林姑娘待我也是太太们知道的，实在恩重如山，无以可报。他死了，我恨不得跟了他去。但是他不是这里的人，我又受主子家的恩典，难以从死。如今四姑娘既要修行，我就求太太们将我派了跟着姑娘，伏侍姑娘一辈子。不知太太们准不准。若准了，就是我的造化了。"邢王二夫人尚未答言，只见宝玉听到那里，想起黛玉，一阵心酸，眼泪早下来了。众人才要问他时，做个官儿就好。”众人道:“你的哥哥就是有造化的,现做知县,还不好么?”赖家的说道:“我哥哥虽是做了知县,他的行为只怕也保不住怎么样呢!”众人道:“手也长么?”赖家的点点头儿,便举起杯来喝酒。众人又道:“里头还听见什么新闻?”两人道:“别的事没有,只听见海疆的贼寇拿住了好些,也解到法司衙门里审问。还审出好些贼寇,也有藏在城里的,打听消息抽空儿就劫抢人家。如今知道朝里那些老爷们都是能文能武,出力报效,所到之处早就消灭了。”众人道:“你听见有在城里的,不知审出咱们家失盗了一案来没有?”两人道:“倒没有听见。恍惚有人说是有个内地里的人,城里犯了事,抢了一个女人下海去了。那女人不依,被这贼寇杀了。那贼寇正要跳出关去,被官兵拿住了,就在拿获的地方正了法了。”众人道:“咱们栊翠庵的什么妙玉不是叫人抢去,不要就是他罢。”贾环道:“必是他。”众人道:“你怎么知道?”贾环道:“妙玉这个东西是最讨人嫌的。他一日家捏酸,见了宝玉就眉开眼笑了。我若见了他,他从不拿正眼瞧我一瞧。真要是他,我才趁愿呢!”众人道:“抢的人也不少,那里就是他。”贾芸道:“有点信儿。前日有人说他庵里的道婆做梦,说看见是妙玉叫人杀了。”众人笑道:“梦话算不得。”邢大舅道:“管他梦不梦,咱们快吃饭罢。今夜做个大输赢。”众人愿意,便吃毕了饭,大赌起来。赌到三更多天,只听见里头乱嚷,说是:“四姑娘和珍大奶奶拌嘴,把头发都铰掉了,赶到邢夫人王夫人那里去磕了头,说是要求容他做尼姑呢,送他一个地方;若不容他,他就死在眼前。那邢王二位太太没主意,叫请蔷大爷芸二爷进去。”贾芸听了,便知是那回看家的时候起的念头,想来是劝不过来的了,便和贾蔷商议道:“太太叫我们进去,我们是做不得主的,况且也不好作主。只好劝去。若劝不住,只好由他们罢。咱们商量了写封书给琏二叔便卸了我们的干系了。”两人商量定了主意,进去见了邢王两位太太,便假意的劝了一回。无奈惜春立意必要出家,就不放他出去,只求一两间净屋子给他诵经拜佛。尤氏见他两个不肯作主,又怕惜春寻死,自己便硬做主张,说是:“这个不是索性我耽了罢。说我做嫂子的容不下小姑子,逼他出了家了就完了。若说到外头去呢,断断使不得;若在家里呢,太太们都在这里,算我的主意罢。叫蔷哥儿写封书子给你珍大爷琏二叔就是了。”贾蔷等答应了。不知邢王二夫人依与不依,下回分解。

不得一堵墙么？’众神将都说道：‘好，又不花钱，又便当结实。’于是龟将军便当这个差使，竟安静了。岂知过了几天，那庙里又丢了东西。众神将叫了土地来说道：‘你说砌了墙就不丢东西，怎么如今有了墙还要丢？’那土地道：‘这墙砌的不结实。’众神将道：‘你瞧去。’土地一看，果然是一堵好墙，怎么还有失事？把手摸了一摸道：‘我打谅是真墙，那里知道是个假墙！’”众人听了，大笑起来。贾蔷也忍不住的笑，说道：“傻大舅，你好，我没有骂你，你为什么骂我！快拿杯来罚一大杯。”邢大舅喝了，已有醉意。众人又喝了几杯，都醉起来。邢大舅说他姐姐不好，王仁说他妹妹不好，都说的狠狠毒毒的。贾环听了，趁着酒兴，也说凤姐不好，怎样苛刻我们，怎么样踏我们的头。众人道：“大凡做个人，原要厚道些。看凤姑娘仗着老太太这样的利害，如今焦了尾巴梢子了，只剩了一个姐儿，只怕也要现世现报呢。”贾芸想着凤姐待他不好，又想起巧姐儿见他就哭，也信着嘴儿混说。还是贾蔷道：“喝酒罢，说人家做什么。”那两个陪酒的道：“这位姑娘多大年纪了？长得怎么样？”贾蔷道：“模样儿是好的很的。年纪也有十三四岁了。”那陪酒的说道：“可惜这样人生在府里这样人家，若生在小户人家，父母兄弟都做了官，还发了财呢。”众人道：“怎么样？”那陪酒的说：“现今有个外藩王爷，最是有情的，要选一个妃子。若合了式，父母兄弟都跟了去。可不是好事儿吗。”众人都不大理会，只有王仁心里略动了一动，仍旧喝酒。只见外头走进赖林两家的子弟来，说：“爷们好乐呀！”众人站起来说道：“老大老三怎么这时候才来？叫我们好等。”那两个人说道：“今早听见一个谣言，说是咱们家又闹出事来了，心里着急，赶到里头打听去，并不是咱们。”众人道：“不是咱们就完了，为什么不就来。”那两个说道：“虽不是咱们，也有些干系。你们知道是谁，就是贾雨村老爷。我们今儿进去，看见带着锁子，说要解到三法司衙门里审问去呢。我们见他常在咱们家里来往，恐有什么事，便跟了去打听。”贾芸道：“到底老大用心，原该打听打听。你且坐下喝一杯再说。”两人让了一回便坐下，喝着酒道：“这位雨村老爷人也能干，也会钻营，官也不小了，只是贪财，被人家参了个婪索属员的几款。如今的万岁爷是最圣明最仁慈的，独听了一个贪字，或因糟蹋了百姓，或因恃势欺良，是极生气的。所以旨意便叫拿问。若是问出来了，只怕搁不住。若是没有的事，那参的人也不便。如今真真是好时候，只要有造化，他娘说了，要求着出去。如今宝玉贾环他哥儿两个各有一种脾气，闹得人人不理。独有贾兰跟着他母亲上紧攻书，作了文字送到学里请教代儒。因近来代儒老病在床，只得自己刻苦。李纨是素来沉静，除了请王夫人的安，会会宝钗，余者一步不走，只有看着贾兰攻书。所以荣府住的人虽不少，竟是各自过各自的，谁也不肯做谁的主。贾环贾蔷等愈闹的不像事了，甚至偷典偷卖，不一而足。贾环更加宿娼滥赌，无所不为。一日邢大舅王仁都在贾家外书房喝酒，一时高兴，叫了几个陪酒的来唱着喝着劝酒。贾蔷便说："你们闹的太俗，我要行个令儿。"众人道："使得。"贾蔷道："咱们'月'字流觞罢，我先说起，月字数到那个便是那个喝酒。还要酒面酒底，须得依着令官。不依者罚三大杯。"众人都依了。贾蔷喝了一杯令酒，便说："飞羽觞而醉月。"顺饮数到贾环。贾蔷说："酒面要个'桂'字。"贾环便说道："'冷露无声湿桂花'。酒底呢？"贾蔷道："说个'香'字。"贾环道："天香云外飘。"大舅说道："没趣，没趣！你又懂得什么字了，也假斯文起来！这不是取乐，竟是怄人了。咱们都蠲了。倒是搳搳拳，输家喝，输家唱，叫作'苦中苦'。若是不会唱的说个笑话儿也使得，只要有趣。"众人都道："使得。"于是乱搳起来。王仁输了，喝了一杯，唱了一个。众人道好，又搳起来了。是个陪酒的输了，唱了一个什么"小姐小姐多手彩"。以后邢大舅输了，众人要他唱曲儿，他道："我唱不上来的，我说个笑话儿罢。"贾蔷道："若说不笑，仍要罚的。"邢大舅就喝了杯，便说道："诸位听着。村庄上有一座元帝庙，旁边有个土地祠。那元帝老爷常叫土地来说闲话儿。一日，元帝庙里被了盗，便叫土地去查访。土地禀道：'这地方没有贼的，必是神将不小心，被外贼偷了东西去。'元帝道：'胡说，你是土地，失了盗不问你问谁去呢！你倒不去拿贼，反说我的神将不小心吗！'土地禀道：'虽说是不小心，到底是庙里的风水不好。'元帝道：'你倒会看风水么？'土地道：'待小神看看。'那土地向各处瞧了一会，便来回禀道：'老爷坐的身子背后两扇红门就不谨慎。小神坐的背后是砌的墙，自然东西丢不了。以后老爷的背后亦改了墙就好了。'元帝老爷听来有理，便叫神将派人打墙。众神将叹口气道：'如今香火一炷也没有，那里有砖灰人工来打墙！'元帝老爷没法，叫众神将作法，却都没有主意。那元帝老爷脚下的龟将军站起来道：'你们不中用，我有主意。你们将红门拆下来，到了夜里，拿我的肚子垫住这门口，难道当就是了。”贾琏又说了几句才出来，叫了众家人来交代清楚，写了书，收拾了行装。平儿等不免叮咛了好些话。只有巧姐儿惨伤的了不得。贾琏又欲托王仁照应，巧姐到底不愿意。听见外头托了芸蔷二人，心里更不受用，嘴里却说不出来。只得送了他父亲，谨谨慎慎的随着平儿过日子。丰儿小红因凤姐去世，告假的告假，告病的告病，平儿意欲接了家中一个姑娘来，一则给巧姐作伴，二则可以带着他。遍想无人，只有喜鸾四姐儿是贾母旧日钟爱的，偏偏四姐儿新近出了嫁了，喜鸾也有了人家儿，不日就要出阁，也只得罢了。

且说贾芸贾蔷送了贾琏，便进来见了邢王二夫人。他两个倒替着在外书房住下。日间便与家人厮闹，有时找了几个朋友吃个车箍辘会，甚至聚赌。里头那里知道。一日，邢大舅王仁来瞧见了贾芸贾蔷住在这里，知他热闹，也就借着照看的名儿时常在外书房设局赌钱喝酒。所有几个正经的家人贾政带了几个去，贾琏又跟去了几个，只有那赖林诸家的儿子侄儿。那些少年托着老子娘的福吃喝惯了的，那知当家立计的道理；况且他们长辈都不在家，便是没笼头的马了。又有两个旁主人怂恿，无不乐为。这一闹，把个荣国府闹得没上没下，没里没外。那贾蔷还想勾引宝玉，贾芸拦住道：“宝二爷那个人没运气的，不用惹他。那一年我给他说了一门子绝好的亲，父亲在外头做税官，家里开几个当铺，姑娘长的比仙女儿还好看。我巴巴儿的细细的写了一封书子给他，谁知他没造化——”说到这里，瞧了瞧左右无人，又说：“他心里早和咱们这个二婶娘好上了。你没听见说还有一个林姑娘呢，弄的害了相思病死的，谁不知道！这也罢了，各自的姻缘罢咧。谁知他为这件事倒恼了我了，总不大理。他打谅谁必是借谁的光儿呢！”贾蔷听了，点点头，才把这个心歇了。他两个还不知道宝玉自会那和尚以后，他是欲断尘缘。一则在王夫人跟前不敢任性，已与宝钗袭人等皆不大款洽了。那些丫头不知道，还要逗他，宝玉那里看得到眼里。他也并不将家事放在心里，时常王夫人宝钗劝他念书，他便假作攻书，一心想着那个和尚引他到那仙境的机关。心目中触处皆为俗人，却在家难受，闲来倒与惜春闲讲，他们两个人讲得上了，那种心更加准了几分，那里还管贾环贾兰等。那贾环为他父亲不在家，赵姨娘已死，王夫人不大理会他，便入了贾蔷一路。倒是彩云时常规劝，反被贾环辱骂。玉钏儿见宝玉疯颠更甚，早和用回避了。”贾琏进来，见了王夫人，请了安，宝钗迎着也问了贾琏的安。回说道：“刚才接了我父亲的书信，说是病重的很，叫我就去，若迟了恐怕不能见面。”说到那里，眼泪便掉下来了。王夫人道：“书上写的是什么病？”贾琏道：“写的是感冒风寒起来的，如今成了痨病了。现在危急，耑差一个人连日连夜赶来的，说如若再耽搁一两天就不能见面了。故来回太太，侄儿必得就去才好。只是家里没人照管，蔷儿芸儿虽说糊涂，到底是个男人，外头有了事来还可传个话。侄儿家里倒没有什么事，秋桐是天天哭着喊着不愿意在这里，侄儿叫了他娘家的人来领了去了，倒省了平儿好些气。虽是巧姐没人照应，还亏平儿的心不很坏。妞儿心里也明白，只是性气比他娘还刚硬些，求太太时常管教管教他。”说着，眼圈儿一红，连忙把腰里拴槟榔荷包的小绢子拉下来擦眼。王夫人道：“放着他亲祖母在那里，托我做什么！”贾琏轻轻的说道：“太太要说这个话，侄儿就该活活儿的打死了。没什么说的，总求太太始终疼侄儿就是了。”说着，就跪下来了。王夫人也眼圈儿红了，说：“你快起来，娘儿们说话儿，这是怎么说。只是一件，孩子也大了，倘或你父亲有个一差二错，又耽搁住了，或者有个门当户对的来说亲，还是等你回来，还是你太太作主。”贾琏道：“现在太太们在家，自然是太太们作主，不必等我。”王夫人道：“你要去，就写了禀帖给二老爷送个信，说家下无人，你父亲不知怎样，快请二老爷将老太太的大事早早的完结，快快回来。”贾琏答应了“是”，正要走出去，复转回来回说道：“咱们家的家下人家里还够使唤，只是园里没有人，太空了。包勇又跟了他们老爷去了。姨太太住的房子，薛二爷已搬到自己的房子内住了。园里一带屋子都空着，忒没照应，还得太太叫人常查看查看。那栊翠庵原是咱们家的地基，如今妙玉不知那里去了，所有的根基他的当家女尼不敢自己作主，要求府里一个人管理管理。”王夫人道：“自己的事还闹不清，还搁得住外头的事么！这句话好歹别叫四丫头知道，若是他知道了，又要吵着出家的念头出来了。你想咱们家什么样的人家，好好的姑娘出了家，还了得！”贾琏道：“太太不提起侄儿也不敢说，四妹妹到底是东府里的，又没有父母，他亲哥哥又在外头，他亲嫂子又不大说的上话。侄儿听见要寻死觅活了好几次。他既是心里这么着的了，若是牛着他，将来倘或认真寻了死，比出家更不好了。”王夫人听了，点头道：“这件事真真叫我也难担。我也做不得主，由他大嫂子去问起袭人来由，袭人便将宝玉的话细细说了。王夫人宝钗甚是不放心，又叫人出去吩咐众人伺候，听着和尚说些什么。回来小丫头传话进来回王夫人道："二爷真有些疯了。外头小厮们说，里头不给他玉他也没法，如今身子出来了，求着那和尚带了他去。"王夫人听了，说道："这还了得！那和尚说什么来着？"小丫头回道："和尚说，要玉不要人。"宝钗道："不要银子了么？"小丫头道："没听见说。后来和尚和二爷两个人说着笑着，有好些话，外头小厮们都不大懂。"王夫人道："糊涂东西，听不出来，学是自然学得来的。"便叫小丫头："你把那小厮叫进来。"小丫头连忙出去，叫进那小厮，站在廊下，隔着窗户请了安。王夫人便问道："和尚和二爷的话你们不懂，难道学也学不来吗？"那小厮回道："我们只听见说什么'大荒山'，什么'青埂峰'，又说什么'太虚境''斩断尘缘'这些话。"王夫人听了也不懂，宝钗听了吓得两眼直瞪，半句话都没有了。正要叫人出去拉宝玉进来，只见宝玉笑嘻嘻的进来，说："好了，好了！"宝钗仍是发怔。王夫人道："你疯疯颠颠的说的是什么？"宝玉道："正经话又说我疯颠！那和尚与我原认得的，他不过也是要来见我一见，他何尝是真要银子呢，也只当化个善缘就是了。所以说明了，他自己就飘然而去了。这可不是好了么！"王夫人不信，又隔着窗户问那小厮，那小厮连忙出去问了门上的人，进来回说："果然和尚走了。说请太太们放心，我原不要银子，只要宝二爷时常到他那里去去就是了。诸事只要随缘，自有一定的道理。"王夫人道："原来是个好和尚。你们曾问住在那里？"门上道："奴才也问来着，他说我们二爷是知道的。"王夫人问宝玉道："他到底住在那里？"宝玉笑道："这个地方说远就远，说近就近。"宝钗不待说完，便道："你醒醒儿罢，别尽着迷在里头。现在老爷太太就疼你一个人，老爷还吩咐叫你干功名长进呢。"宝玉道："我说的不是功名么！你们不知道，一子出家，七祖升天呢！"王夫人听到那里，不觉伤心起来，说："我们的家运怎么好！一个四丫头口口声声要出家，如今又添出一个来了，我这样个日子过他做什么！"说着，大哭起来。宝钗见王夫人伤心，只得上前苦劝。宝玉笑道："我说了这一句顽话太太又认起真来了。"王夫人止住哭声道："这些说话也是混说的么！"

正闹着，只见丫头来回说："琏二爷回来了，颜色大变，说请太太回去说话。"王夫人又吃了一惊，说道："将就些，叫他进来罢。小婶子也是旧亲，不挣脱袭人，便要想走。袭人急得赶着嚷道：“你回来，我告诉你一句话。”宝玉回过头来道：“没有什么说的了。”袭人顾不得什么，一面赶着跑，一面嚷道：“上回丢了玉，几乎没有把我的命要了。刚刚儿的有了，你拿了去。你也活不成，我也活不成了。你要还他，除非是叫我死了。”说着，赶上一把拉住。宝玉急了，道：“你死也要还，你不死也要还。”狠命的把袭人一推，抽身要走。怎奈袭人两只手绕着宝玉的带子不放松，哭喊着坐在地下。里面的丫头听见，连忙赶来，瞧见他两个人的神情不好，只听见袭人哭道：“快告诉太太去，宝二爷要把那玉去还和尚呢。”丫头赶忙飞报王夫人。那宝玉更加生气，用手来掰开了袭人的手，幸亏袭人忍痛不放。紫鹃在屋里听见宝玉要把玉给人，这一急比别人更甚，把素日冷淡宝玉的主意都忘在九霄云外了，连忙跑出来帮着抱住宝玉。那宝玉虽是个男人用力挣打，怎奈两个人死命的抱住不放，也难脱身，叹口气道：“为一块玉这样死命的不放，若是我一个人走了，又待怎么样呢！”袭人紫鹃听到那里，不禁嚎啕大哭起来。正在难分难解，王夫人宝钗急忙赶来，见是这样形景，便哭着喝道：“宝玉，你又疯了吗！”宝玉见王夫人来了，明知不能脱身，只得陪笑说道：“这当什么，又叫太太着急。他们总是这样大惊小怪的。我说那和尚不近人情，他必要一万银子，少一个不能。我生气进来拿这玉还他，就说是假的，要这玉干什么。他见得我们不希罕那玉，便随意给他些就过去了。”王夫人道：“我打谅真要还他，这也罢了。为什么不告诉明白了他们，叫他们哭哭喊喊的像什么！”宝钗道：“这么说呢，倒还使得。要是真拿那玉给他，那和尚有些古怪，倘或一给了他，又闹到家口不宁，岂不是不成事了么。至于银钱呢，就把我的头面折变了也还够了呢。”王夫人听了道：“也罢了，且就这么办罢。”宝玉也不回答。只见宝钗走上来在宝玉手里拿了这玉，说道：“你也不用出去，我和太太给他钱就是了。”宝玉道：“玉不还他也使得，只是我还得当面见他一见才好。”袭人等仍不肯放手，到底宝钗明决，说：“放了手，由他去就是了。”袭人只得放手。宝玉笑道：“你们这些人原来重玉不重人那！你们既放了我，我便跟着他走了，看你们就守着那块玉怎么样！”袭人心里又着急起来，仍要拉他，只碍着王夫人和宝钗的面前又不好太露轻薄。恰好宝玉一撒手就走了。袭人忙叫小丫头在三门口传了焙茗等，“告诉外头照应着二爷，他有些疯了。”小丫头答应了出去。王夫人宝钗等进来坐下，

第一百十七回
阻超凡佳人双护玉　欣聚党恶子独承家

话说王夫人打发人来叫宝钗过去商量，宝玉听见说是和尚在外头，赶忙的独自一人走到前头，嘴里乱嚷道："我的师父在那里？"叫了半天，并不见有和尚，只得走到外面。见李贵将和尚拦住，不放他进来。宝玉便说道："太太叫我请师父进去。"李贵听了，松了手，那和尚便摇摇摆摆的进去。宝玉看见那僧的形状与他死去时所见的一般，心里早有些明白了，便上前施礼，连叫："师父，弟子迎候来迟。"那僧说："我不要你们接待，只要银子，拿了来我就走。"宝玉听来又不像有道行的话，看他满头癞疮，浑身腌臜破烂，心里想道："自古说，'真人不露相，露相不真人'，也不可当面错过。我且应了他谢银，并探探他的口气。"便说道："师父不必性急，现在家母料理。请师父坐下略等片刻。弟子请问师父可是从太虚幻境而来？"那和尚道："什么幻境，不过是来处来去处去罢了。我是送还你的玉来的，我且问你，那玉是从那里来的？"宝玉一时对答不来。那僧笑道："你自己的来路还不知，便来问我！"宝玉本来颖悟，又经点化，早把红尘看破，只是自己的底里未知；一闻那僧问起玉来，好像当头一棒，便说道："你也不用银子了，我把那玉还你罢。"那僧笑道："也该还我了。"宝玉也不答言，往里就跑，走到自己院内，见宝钗袭人等都到王夫人那里去了，忙向自己床边取了那玉便走出来。迎面碰见了袭人，撞了一个满怀，把袭人吓了一跳，说道："太太说你陪着和尚坐着很好，太太在那里打算送他些银两，你又回来做什么？"宝玉道："你快去回太太说不用张罗银两了，我把这玉还了他就是了。"袭人听说，即忙拉住宝玉道："这断使不得的。那玉就是你的命，若是他拿去了，你又要病着了。"宝玉道："如今不再病的了，我已经有了心了，要那玉何用！"

一件叫人不解，如今我看他待袭人等也是冷冷儿的，二奶奶是本来不喜欢亲热的，麝月那些人就不抱怨他么？我想女孩子们多半是痴心的，白操了那些时的心，看将来怎样结局。”正想着，只见五儿走来瞧他，见紫鹃满面泪痕，便说：“姐姐又想林姑娘了。想一个人闻名不如眼见，头里听着宝二爷女孩子跟前是最好的，我母亲再三的把我弄进来。岂知我进来了，尽心竭力的伏侍了几次病，如今病好了，连一句好话也没有剩出来，如今索性连眼儿也都不瞧了。”紫鹃听他说的好笑，便扑嗤的一笑，啐道：“呸！你这小蹄子，你心里要宝玉怎么个样儿待你才好！女孩儿家也不害臊！连名公正气的屋里人瞧着他还没事人一大堆呢，有工夫理你去！”因又笑着拿个指头往脸上抹着问道：“你到底算宝玉的什么人那！”那五儿听了，自知失言，便飞红了脸。待要解说不是要宝玉怎样看待，说他近来不怜下的话，只听院门外乱嚷，说：“外头和尚又来了，要那一万银子呢。太太着急，叫琏二爷和他讲去，偏偏琏二爷又不在家。那和尚在外头说些疯话，太太叫请二奶奶过去商量。”不知怎样打发那和尚，下回分解。

僭越。老爷的主意很好，只是这件事也得好几千银子。衙门里缉赃那是再缉不出来的。”贾政道：“我的主意是定了。只为大爷不在家，叫你来商议商议怎么个办法。你是不能出的，现在这里没有人，我为是好几口材都要带回去的，一个怎么样的照应呢。想起把蓉哥儿带了去。况且有他媳妇的棺材也在里头。还有你林妹妹的，那是老太太的遗言说跟着老太太一块儿回去的。我想这一项银子只好在那里挪借几千也就够了。”贾琏道：“如今的人情过于淡薄。老爷呢，又丁忧；我们老爷呢，又在外头。一时借是借不出来的了。只是拿房地文书出去押去。”贾政道：“住的房子是官盖的，那里动得。”贾琏道：“住房是不能动的。外头还有几所可以出脱的，等老爷起服后再赎也使得。将来我父亲回来了，倘能也再起用，也好赎的。只是老爷这么大年纪，辛苦这一场，侄儿们心里实不安。”贾政道：“老太太的事是应该的。只要你在家谨慎些，把持定了才好。”贾琏道：“老爷这倒只管放心。侄儿虽糊涂，断不敢不认真办理的。况且老爷回南，少不得多带些人去，所留下的人也有限了，这点子费用还可以过的来。就是老爷路上短少些，必经过赖尚荣的地方，可也叫他出点力儿。”贾政道：“自己的老人家的事，叫人家帮什么。”贾琏答应了“是”，便退出来打算银钱。贾政便告诉了王夫人，叫他管了家，自己便择了发引长行的日子就要起身。宝玉此时身体复元，贾环贾兰倒认真念书。贾政都交付给贾琏，叫他管教，“今年是大比的年头，环儿是有服的，不能入场；兰儿是孙子，服满了也可以考的。务必叫宝玉同着侄儿考去，能够中一个举人，也好赎一赎咱们的罪名。”贾琏等唯唯应命。贾政又吩咐了在家的人，说了好些话，才别了宗祠，便在城外念了几天经，就发引下船，带了林之孝等而去。也没有惊动亲友，惟有自家男女送了一程回来。

宝玉因贾政命他赴考，王夫人便不时催逼查考起他的功课来。那宝钗袭人时常劝勉，自不必说。那知宝玉病后虽精神日长，他的念头一发更奇僻了，竟换了一种。不但厌弃功名仕进，竟把那儿女情缘也看淡了好些。只是众人不大理会，宝玉也并不说出来。一日恰遇紫鹃送了林黛玉的灵柩回来，闷坐自己屋里啼哭。想着：“宝玉无情，见他林妹妹的灵柩回去并不伤心落泪，见我这样痛哭也不来劝慰，反瞅着我笑。这样负心的人，从前都是花言巧语来哄着我们。前夜亏我想得开，不然几乎又上了他的当。只是桂圆汤叫他喝了几口，渐渐的定了神。王夫人等放心，也没有说麝月，只叫人仍把那玉交给宝钗给他带上。想起那和尚来，“这玉不知那里找来的。也是古怪，怎么一时要银一时又不见了，莫非是神仙不成！”宝钗道：“说起那和尚来的踪迹去的影响，那玉并不是找来的。头里丢的时候必是那和尚取去的。”王夫人道：“玉在家里怎么能取的了去？”宝钗道：“既可送来，就可取去。”袭人麝月道：“那年丢了玉，林大爷测了个字，后来二奶奶过了门我还告诉过二奶奶，说测的那字是什么‘赏’字。二奶奶还记得么？”宝钗想道：“是了，你们说测的是当铺里找去，如今才明白了，竟是个和尚的‘尚’字在上头，可不是和尚取了去的么。”王夫人道：“那和尚本来古怪！那年宝玉病的时候那和尚来说是我们家有宝贝可解，说的就是这块玉了。他既知道，自然这块玉到底有些来历。况且你女婿养下来就嘴里含着的。古往今来，你们听见过这么第二个么！只是不知终久这块玉到底是怎么着！就连咱们这一个也还不知是怎么着！病也是这块玉，好也是这块玉，生也是这块玉——”说到这里，忽然住了，不免又流下泪来。宝玉听了，心里却也明白，更想死去的事愈加有因，只不言语，心里细细的记忆。那时惜春便说道：“那年失玉，还请妙玉请过仙，说是‘青埂峰下倚古松’，还有什么‘入我门来一笑逢’的话，想起来‘入我门’三字大有讲究。佛教的法门最大，只怕二哥不能入得去。”宝玉听了，又冷笑几声。宝钗听了，不觉的把眉头儿肐揪着发起怔来。尤氏道：“偏你一说又是佛门了。你出家的念头还没有歇么？”惜春笑道：“不瞒嫂子说，我早已断了荤了。”王夫人道：“好孩子，阿弥陀佛，这个念头是起不得的！”惜春听了也不言语。宝玉想“青灯古佛旁”的诗句，不禁连叹几声。忽又想起一床席一枝花的诗句来，拿眼睛看着袭人，不觉又流下泪来。众人都见他忽笑忽悲，也不解是何意，只道是他的旧病。岂知宝玉触处机来，竟能把偷看册上诗句俱牢牢记住了，只是不说出来，心中早有一个成见在那里了。暂且不提。

且说众人见宝玉死去复生，神气清爽，又加连日服药，一天好似一天，渐渐的复原起来。便是贾政见宝玉已好，现在丁忧无事，想起贾赦不知几时遇赦，老太太的灵柩久停寺内终不放心，欲要扶柩回南安葬，便叫了贾琏来商议。贾琏便道：“老爷想得极是。如今趁着丁忧，干了一件大事更好。将来老爷起了服，生恐又不能遂意了。但是我父亲不在家，侄儿呢，又不敢无奈出来。心想要问晴雯，回头四顾并不见有晴雯。心下狐疑，只得怏怏出来，又无人引着。正欲找原路而去，却又找不出旧路了。正在为难，见凤姐站在一所房檐下招手。宝玉看见，喜欢道："可好了，原来回到自己家里了。我怎么一时迷乱如此。"急奔前来，说："姐姐在这里么！我被这些人捉弄到这个分儿。林妹妹又不肯见我，不知是何缘故。"说着，走到凤姐站的地方，细看起来并不是凤姐，原来却是贾蓉的前妻秦氏。宝玉只得立住脚，要问凤姐姐在那里。那秦氏也不答言，竟自往屋里去了。宝玉恍恍惚惚的又不敢跟进去，只得呆呆的站着，叹道："我今儿得了什么不是，众人都不理我！"便痛哭起来。见有几个黄巾力士执鞭赶来，说是："何处男人，敢闯入我们这天仙福地来！快走出去。"宝玉听得不敢言语，正要寻路出来，远远望见一群女子说笑前来。宝玉看时，又像有迎春等一干人走来，心里喜欢，叫道："我迷住在这里，你们快来救我！"正嚷着，后面力士赶来，宝玉急得往前乱跑。忽见那一群女子都变作鬼怪形像，也来追扑。宝玉正在情急，只见那送玉来的和尚手里拿着一面镜子一照，说道："我奉元妃娘娘旨意，特来救你。"登时鬼怪全无，仍是一片荒郊。宝玉拉着和尚说道："我记得是你领我到这里，你一时又不见了。看见了好些亲人，只是都不理我，忽又变作鬼怪。到底是梦是真，望老师明白指示？"那和尚道："你到这里曾偷看什么东西没有？"宝玉一想道："他既能带我到天仙福地，自然也是神仙了，如何瞒得他。况且正要问个明白。"便道："我倒见了好些册子来着。"那和尚道："可又来！你见了册子还不解么！世上的情缘都是那些魔障。只要把历过的事情细细记着，将来我与你说明。"说着，把宝玉狠命的一推，说："回去罢！"宝玉站不住脚，一交跌倒，口里嚷道："啊哟！"王夫人等正在哭泣，听见宝玉苏来，连忙叫唤。宝玉睁眼看时，仍躺在炕上，见王夫人宝钗等哭的眼泡红肿。定神一想，心里说道："是了，我是死去过来的。"遂把神魂所历的事呆呆的细想，幸喜多还记得，便哈哈的笑道："是了，是了。"王夫人只道旧病复发，便好延医调治，即命丫头婆子快去告诉贾政，说是："宝玉回过来了。头里原是心迷住了，如今说出话来，不用备办后事了。"贾政听了，即忙进来看视。果见宝玉苏来，便道："没的痴儿你要吓死谁么！"说着，眼泪也不知不觉流下来了。又叹了几口气，仍出去叫人请医生诊脉服药。这里麝月正思自尽，见宝玉回过来，也放了心。只见王夫人叫人端了虽号为潇湘妃子，并不是娥皇女英之辈，何得与凡人有亲。你少来混说，瞧着叫力士打你出去。”宝玉听了发怔，只觉自形秽浊，正要退出，又听见有人赶来说道：“里面叫请神瑛侍者。”那人道：“我奉命等了好些时，总不见有神瑛侍者过来，你叫我那里请去。”那一个笑道：“才退去的不是么。”那侍女慌忙赶出来，说：“请神瑛侍者回来。”宝玉只道是问别人，又怕被人追赶，只得踉跄而逃。正走时，只见一人手提宝剑迎面拦住说：“那里走！”吓得宝玉惊惶无措，仗着胆抬头一看，却不是别人，就是尤三姐。宝玉见了，略定些神，央告道：“姐姐，怎么你也来逼起我来了！”那人道：“你们弟兄没有一个好人，败人名节，破人婚姻。今儿你到这里是不饶你的了。”宝玉听去话头不好，正自着急，只听后面有人叫道：“姐姐快快拦住，不要放他走了。”尤三姐道：“我奉妃子之命等候已久，今儿见了，必定要一剑斩断你的尘缘。”宝玉听了，益发着忙，又不懂这些话到底是什么意思，只得回头要跑。岂知身后说话的并非别人，却是晴雯。宝玉一见，悲喜交集，便说：“我一个人走迷了道儿，遇见仇人，我要逃回，却不见你们一人跟着我。如今好了。晴雯姐姐，快快的带我回家去罢。”晴雯道：“侍者不必多疑，我非晴雯，我是奉妃子之命特来请你一会，并不难为你。”宝玉满腹狐疑，只得问道：“姐姐说是妃子叫我，那妃子究是何人？”晴雯道：“此时不必问，到了那里自然知道。”宝玉没法，只得跟着走。细看那人背后举动恰是晴雯，那面目声音是不错的了，“怎么他说不是？我此时心里模糊，且别管他，到了那边见了妃子，就有不是，那时再求他。到底女人的心肠是慈悲的，必是恕我冒失。”正想着，不多时到了一个所在，只见殿宇精致，彩色辉煌，庭中一丛翠竹，户外数本苍松。廊檐下立着几个侍女，都是宫妆打扮。见了宝玉进来，便悄悄的说道：“这就是神瑛侍者么？”引着宝玉的说道：“就是。你快进去通报罢。”有一侍女笑着招手，宝玉便跟着进去。过了几层房舍，见一正房，珠帘高挂。那侍女说：“站着候旨。”宝玉听了，也不敢则声，只得在外等着。那侍女进去不多时，出来说：“请侍者参见。”又有一人卷起珠帘，只见一女子头带花冠，身穿绣服，端坐在内。宝玉略一抬头，见是黛玉的形容，便不禁的说道：“妹妹在这里，叫我好想！”那帘外的侍女悄叱道：“这侍者无礼！快快出去！”说犹未了，又见一个侍儿将珠帘放下。宝玉此时欲待进去又不敢，要走又不舍，待要问明，见那些侍女并不认得，又被驱逐，元春姐姐了。若都是这样明白，我要抄了去细玩起来，那些姊妹们的寿夭穷通没有不知的了。我回去自不肯泄漏，只做一个未卜先知的人，也省了多少闲想。”又向各处一瞧，并没有笔砚，又恐人来，只得忙着看去。只见图上影影有一个放风筝的人儿，也无心去看。急急的将那十二首诗词都看遍了。也有一看便知的，也有一想便得的，也有不大明白的，心下牢牢记着。一面叹息，一面又取那“金陵又副册”一看，看到“堪羡优伶有福，谁知公子无缘。”先前不懂，见上面尚有花席的影子，便大惊痛哭起来。待要往后再看，听见有人说道：“你又发呆了，林妹妹请你呢。”好似鸳鸯的声气。回头却不见人。心中正自惊疑，忽鸳鸯在门外招手，宝玉一见，喜得赶出来。但见鸳鸯在前影影绰绰的走，只是赶不上。宝玉叫道：“好姐姐，等等我。”那鸳鸯并不理，只顾前走。宝玉无奈，尽力赶去。忽见别有一洞天，楼阁高耸，殿角玲珑，且有好些宫女隐约其间。宝玉贪看景致，竟将鸳鸯忘了。宝玉顺步走入一座宫门，内有奇花异卉，都也认不明白。惟有白石花阑围着一颗青草，叶头上略有红色，但不知是何名草，这样矜贵。只见微风动处，那青草已摇摆不休。虽说是一枝小草，又无花朵，其妩媚之态不禁心动神怡，魂消魄丧。宝玉只管呆呆的看着，只听见旁边有一人说道：“你是那里来的蠢物，在此窥探仙草！”宝玉听了，吃了一惊，回头看时，却是一位仙女，便施礼道：“我找鸳鸯姐姐，误入仙境，恕我冒昧之罪。请问神仙姐姐，这里是何地方？怎么我鸳鸯姐姐到此，还说是林妹妹叫我？望乞明示。”那人道：“谁知你的姐姐妹妹。我是看管仙草的，不许凡人在此逗留。”宝玉欲待要出来，又舍不得，只得央告道：“神仙姐姐既是那管理仙草的，必然是花神姐姐了。但不知道草有何好处？”那仙女道：“你要知道这草，说起来话长着呢。那草本在灵河岸上，名曰‘绛珠草’。因那时萎败，幸得一个神瑛侍者日以甘露灌溉，得以长生。后来降凡历劫，还报了灌溉之恩，今返归真境。所以警幻仙子命我看管，不令蜂缠蝶恋。”宝玉听了不解，一心疑定必是遇见了花神了，今日断不可当面错过，便问：“管这草的是神仙姐姐了，还有无数名花，必有专管的，我也不敢烦问，只有看管芙蓉花的是那位神仙？”那仙女道：“我却不知。除是我主人方晓。”宝玉便问道：“姐姐的主人是谁？”那仙女道：“我主人是潇湘妃子。”宝玉听道：“是了，你不知道这位妃子就是我的表妹林黛玉。”那仙女道：“胡说。此地乃上界神女之所，过去未来，莫谓智贤能打破。前因后果，须知亲近不相逢。

宝玉看了，心下想道："原来如此。我倒要问问因果来去的事了。"这么一想，只见鸳鸯站在那里招手儿叫他。宝玉想道："我走了半日，原不曾出园子，怎么改了样子了呢？"赶着要和鸳鸯说话，岂知一转眼便不见了。心里不免疑惑起来，走到鸳鸯站的地方儿，乃是一溜配殿，各处都有匾额。宝玉无心去看，只向鸳鸯立的所在奔去。见那一间配殿的门半掩半开，宝玉也不敢造次进去，心里正要问那和尚一声，回过头来和尚早已不见了。宝玉恍惚见那殿宇巍峨，绝非大观园景象，便立住脚抬头看那匾额上写道：引觉情痴。两边写的对联道：

喜笑悲哀都是假，贪求思慕总因痴。

宝玉看了，便点头叹息。想要进去找鸳鸯问他是什么所在。细细想来甚是熟识，便仗着胆子推门进去。满屋一瞧，并不见鸳鸯，里头只是黑漆漆的。心下害怕，正要退出，见有十数个大橱，橱门半掩。宝玉忽然想起："我少时作梦曾到过这样个地方，如今能够亲身到此，也是大幸。"恍惚间把找鸳鸯的念头忘了。便壮着胆把上首的大橱开了橱门一瞧，见有好几本册子，心里更觉喜欢，想道："大凡人作梦说是假的，岂知有这梦便有这事。我常说还要做这个梦再不能的，不料今儿被我找着了。但不知那册子是那个见过的不是。"伸手在上头取了一本，册上写着"金陵十二钗正册"。宝玉拿着一想道："我恍惚记得是那个，只恨记不得清楚。"便打开头一页看去，见上头有画，但是画迹模糊，再瞧不出来。后面有几行字迹也不清楚，尚可摹拟，便细细的看去，见有什么"玉带"上头有个好像"林"字，心里想道："不要是说林妹妹罢。"便认真看去，底下又有"金簪雪里"四字，诧异道："怎么又像他的名字呢！"复将前后四句合起来一念道："也没有什么道理，只是暗藏着他两个名字，并不为奇。独有那'怜'字'叹'字不好。这是怎么解？"想到那里，又自啐道："我是偷着看，若只管呆想起来，倘有人来又看不成了。"遂往后看去，也无暇细玩那画图，只从头看去。看到尾儿有几句词，什么"相逢大梦归"一句，便恍然大悟道："是了，果然机关不爽，这必是

第一百十六回
得通灵幻境悟仙缘　送慈柩故乡全孝道

话说宝玉一听麝月的话，身往后仰，复又死去。急得王夫人等哭叫不止。麝月自知失言致祸，此时王夫人等也不及说他。那麝月一面哭着，一面打定主意，心想："若是宝玉一死，我便自尽跟了他去。"不言麝月心里的事。且言王夫人等见叫不回来，赶着叫人出来找和尚救治。岂知贾政进内出去时，那和尚已不见了。贾政正在诧异，听见里头又闹，急忙进来，见宝玉又是先前的样子，口关紧闭，脉息全无。用手在心窝中一摸，尚是温热。贾政只得急忙请医灌药救治。那知那宝玉的魂魄早已出了窍了。你道死了不成，却原来恍恍惚惚赶到前厅，见那送玉的和尚坐着，便施了礼。那知和尚站起身来，拉着宝玉就走。宝玉跟了和尚，觉得身轻如叶，飘飘飖飖，也没出大门，不知从那里走了出来。行了一程，到了个荒野地方，远远的望见一座牌楼，好像曾到过的。正要问那和尚时，只见恍恍惚惚来了一个女人。宝玉心里想道："这样旷野地方那得有如此的丽人，必是神仙下界了。"宝玉想着，走近前来细细一看，竟有些认得的，只是一时想不起来。见那女人和和尚打了一个照面就不见了。宝玉一想，竟是尤三姐的样子。越发纳闷，怎么他也在这里。又要问时，那和尚拉着宝玉过了那牌楼，只见牌上写着"真如福地"四大字，两边一副对联，乃是：

假去真来真胜假，无原有是有非无。

转过牌坊，便是一座宫门。门上横书四个大字道："福善祸淫"。又有一副对子，大书云：

夫人道:“尽着我所有的折变了给他就是了。”宝玉道:“只怕这和尚不是要银子的罢。”贾政点头道:“我也看来古怪。但是他口口声声的要银子。”王夫人道:“老爷出去先款留着他再说。”贾政出来,宝玉便嚷饿了,喝了一碗粥,还说要饭。婆子们果然取了饭来。王夫人还不敢给他吃,宝玉说:“不妨的,我已经好了。”便爬着吃了一碗。渐渐的神气果然好过来了,便要坐起来。麝月上去轻轻的扶起,因心里喜欢忘了情,说道:“真是宝贝,才看见了一会儿就好了。亏的当初没有砸破。”宝玉听了这话,神色一变,把玉一撂,身子往后一仰。未知死活,下回分解。

外头嚷进来说:“这和尚撒野,各自跑进来了。众人拦他拦不住。”贾琏道:“那里有这样怪事,你们还不快打出去呢!”正闹着,贾政听见了,也没了主意了。里头又哭出来说:“宝二爷不好了。”贾政益发着急。只见那和尚嚷道:“要命拿银子来。”贾政忽然想起头里宝玉的病是和尚治好的,这会子和尚来,或者有救星。但是这玉倘或是真,他要起银子来怎么样呢?想了一想,姑且不管他,果真人好了再说。贾政叫人去请,那和尚已进来了,也不施礼也不答话,便往里就跑。贾琏拉着道:“里头都是内眷,你这野东西混跑什么!”那和尚道:“迟了就不能救了。”贾琏急得一面走,一面乱嚷道:“里头的人不要哭了,和尚进来了!”王夫人等只顾着哭,那里理会。贾琏走近来又嚷,王夫人等回过头来,见一个长大的和尚,吓了一跳,躲避不及。那和尚直走到宝玉炕前。宝钗避过一边,袭人见王夫人站着,不敢走开。只见那和尚道:“施主们,我是送玉来的。”说着把那块玉擎着道:“快把银子拿出来,我好救他。”王夫人等惊惶无措,也不择真假,便说道:“若是救活了人,银子是有的。”那和尚笑道:“拿来。”王夫人道:“你放心,横竖折变的出来。”和尚哈哈大笑,手拿着玉在宝玉耳边叫道:“宝玉,宝玉,你的宝玉回来了!”说了这一句,王夫人等见宝玉把眼一睁。袭人说道:“好了!”只见宝玉便问道:“在那里呢?”那和尚把玉递给他手里。宝玉先前紧紧的攥着,后来慢慢的得过手来,放在自己眼前细细的一看,说:“嗳呀,久违了!”里外众人都喜欢的念佛,连宝钗也顾不得有和尚了。贾琏也走过来一看,果见宝玉回过来了,心里一喜,疾忙躲出去了。那和尚也不言语,赶来拉着贾琏就跑。贾琏只得跟着。到了前头,赶着告诉贾政,贾政听了喜欢,即找和尚施礼叩谢。和尚还了礼坐下。贾琏心下狐疑:“必是要了银子才走。”贾政细看那和尚,又非前次见的,便问:“宝刹何方?法师大号?这玉是那里得的?怎么小儿一见便会活过来的?”那和尚微微笑道:“我也不知道,只要拿一万银子来就完了。”贾政见这和尚粗鲁,也不敢得罪,便说:“有。”和尚道:“有便快拿来罢,我要走了。”贾政道:“略请少坐,待我进内瞧瞧。”和尚道:“你去,快出来才好。”贾政果然进去,也不及告诉便走到宝玉炕前。宝玉见是父亲来,欲要爬起,因身子虚弱起不来。王夫人按着说道:“不要动。”宝玉笑着拿这玉给贾政瞧道:“宝玉来了。”贾政略略一看,知道此事有些根源,也不细看,便和王夫人道:“宝玉好过来了,这赏银怎么样?”王说了一顿，叫他去和他母亲说，认真劝解劝解。“若是必要这样，就不是我们家的姑娘了。”岂知尤氏不劝还好，一劝了更要寻死，说：“做了女孩儿终不能在家一辈子的，若像二姐姐一样，老爷太太们倒要烦心，况且死了。如今譬如我死了是的，放我出了家，干干净净的一辈子就是疼我了。况且我又不出门，就是栊翠庵原是咱们家的基址，我就在那里修行。我有什么，你们也照应得着。现在妙玉的当家的在那里。你们依我呢，我就算得了命了；若不依我呢，我也没法，只有死就完了。我如若遂了自己的心愿，那时哥哥回来我和他说，并不是你们逼着我的；若说我死了，未免哥哥回来倒说你们不容我。”尤氏本与惜春不合，听他的话也似乎有理，只得去回王夫人。

王夫人已到宝钗那里，见宝玉魂神失所，心下着忙，便说袭人道：“你们忒不留神，二爷犯了病也不来回我。”袭人道：“二爷的病原来是常有的，一时好一时不好。天天到太太那里仍旧请安去原是好好儿的，今儿才发糊涂些。二奶奶正要来回太太，恐防太太说我们大惊小怪。”宝玉听见王夫人说他们，心里一时明白，恐他们受委屈，便说道：“太太放心，我没什么病，只是心里觉着有些闷闷的。”王夫人道：“你是有这病根子，早说了好请大夫瞧瞧，吃两剂药好了不好！若再闹到头里丢了玉的时候是的，就费事了。”宝玉道：“太太不放心，便叫个人来瞧瞧，我就吃药。”王夫人便叫丫头传话出来请大夫。这一个心思都在宝玉身上，便将惜春的事忘了。迟了一回，大夫看了，服药。王夫人回去。过了几天，宝玉更糊涂了，甚至于饭食不进。大家着急起来。恰又忙着脱孝，家中无人，又叫了贾芸来照应大夫。贾琏家下无人，请了王仁来在外帮着料理。那巧姐儿是日夜哭母，也是病了。所以荣府中又闹得马仰人翻。一日又当脱孝来家，王夫人亲身又看宝玉，见宝玉人事不醒，急得众人手足无措，一面哭着，一面告诉贾政说：“大夫回了，不肯下药，只好预备后事。”贾政叹气连连，只得亲自看视，见其光景果然不好，便又叫贾琏办去。贾琏不敢违拗，只得叫人料理。手头又短，正在为难，只见一个人跑进来说：“二爷不好了，又有饥荒来了！”贾琏不知何事，这一吓非同小可，瞪着眼说道：“什么事？”那小厮道：“门上来了一个和尚，手里拿着二爷的这块丢的玉，说要一万赏银。”贾琏照脸啐道：“我打量什么事，这样慌张！前番那假的你不知道么！就是真的，现在人要死了要这玉做什么！”小厮道：“奴才也说了，那和尚说给他银子就好了。”又听着是愿意的。”正想着，只听得甄夫人道：“前日听得我们老爷回来说，我们宝玉年纪也大了，求这里老爷留心一门亲事。”王夫人正爱甄宝玉，顺口便说道：“我也想要与令郎作伐。我家有四个姑娘，那三个都不用说死的死嫁的嫁了。还有我们珍大侄儿的妹子，只是年纪过小几岁，恐怕难配。倒是我们大媳妇的两个堂妹子生得人才齐正。二姑娘呢，已经许了人家；三姑娘正好与令郎为配。过一天我给令郎做媒。但是他家的家计如今差些。”甄夫人道：“太太这话又客套了。如今我们家还有什么，只怕人家嫌我们穷罢了。”王夫人道：“现今府上复又出了差，将来不但复旧，必是比先前更要鼎盛起来。”甄夫人笑着道：“但愿依着太太的话更好。这么着，就求太太作个保山。”甄宝玉听他们说起亲事，便告辞出来，贾宝玉等只得陪着来到书房。见贾政已在那里，复又立谈几句。听见甄家的人来回甄宝玉道：“太太要走了。请爷回去罢。”于是甄宝玉告辞出来。贾政命宝玉环兰相送。不提。

且说宝玉自那日见了甄宝玉之父，知道甄宝玉来京，朝夕盼望。今日见面原想得一知己，岂知说了半天，竟有些冰炭不投。闷闷的回到自己房中，也不言也不笑，只管发怔。宝钗便问：“那甄宝玉果然像你么？”宝玉道：“相貌倒还是一样的，只是言谈间看起来并不知道什么，不过也是个禄蠹。”宝钗道：“你又编派人家了。怎么就见得也是个禄蠹呢？”宝玉道：“他说了半天，并没个明心见性之谈，不过说些什么文章经济，又说什么为忠为孝，这样人可不是个禄蠹么！只可惜他也生了这样一个相貌。我想来有了他，我竟要连我这个相貌都不要了。”宝钗见他又发呆话，便说道：“你真真说出句话来叫人发笑。这相貌怎么能不要呢！况且人家这话是正理，做了一个男人原该要立身扬名的。谁像你一味的柔情私意，不说自己没有刚烈，倒说人家是禄蠹。”宝玉本听了甄宝玉的话甚不耐烦，又被宝钗抢白了一场，心中更加不乐，闷闷昏昏，不觉将旧病又勾起来了，并不言语，只是傻笑。宝钗不知，只道是我的话错了，他所以冷笑。也不理他。岂知那日便有些发呆，袭人等怄他也不言语。过了一夜，次日起来只是发呆，竟有前番病的样子。

一日，王夫人因为惜春定要铰发出家，尤氏不能拦阻，看着惜春的样子是若不依他，必要自尽的。虽然昼夜着人看着，终非常事，便告诉了贾政。贾政叹气跺脚，只说：“东府里不知干了什么，闹到如此地位！”叫了贾蓉来

“弟少时不知分量，自谓尚可琢磨；岂知家遭消索，数年来更比瓦砾犹贱，虽不敢说历尽甘苦，然世道人情略略的领悟了好些。世兄是锦衣玉食，无不遂心的，必是文章经济高出人上。所以老伯钟爱，将为席上之珍，弟所以才说尊名方称。”贾宝玉听这话头又近了禄蠹的旧套，想话回答。贾环见未与他说话，心中早不自在。倒是贾兰听了这话甚觉合意，便说道：“世叔所言固是太谦，若论到文章经济，实在从历练中出来的方为真才实学。在小侄年幼，虽不知文章为何物，然将读过的细味起来，那膏粱文绣比着令闻广誉真是不啻百倍的了。”甄宝玉未及答言，贾宝玉听了兰儿的话心里越发不合，想道：“这孩子从几时也学了这一派酸论！”便说道：“弟闻得世兄也诋尽流俗，性情中另有一番见解，今日弟幸会芝范，想欲领教一番超凡入圣的道理，从此可以净洗俗肠，重开眼界。不意视弟为蠢物，所以将世路的话来酬应。”甄宝玉听说，心里晓得“他知我少年的性情，所以疑我为假。我索性把话说明，或者与我作个知心朋友也是好的。”便说道：“世兄高论固是真切。但弟少时也曾深恶那些旧套陈言，只是一年长似一年，家君致仕在家，懒于酬应，委弟接待。后来见过那些大人先生，尽都是显亲扬名的人；便是著书立说，无非言忠言孝，自有一番立德立言的事业方不枉生在圣明之时，也不致负了父亲师长养育教诲之恩，所以把少时那一派迂想痴情渐渐的淘汰了些。如今尚欲访师觅友，教导愚蒙，幸会世兄，定当有以教我。适才所言并非虚意。”贾宝玉愈听愈不耐烦，又不好冷淡，只得将言语支吾。幸喜里头传出话来，说：“若是外头爷们吃了饭，请甄少爷里头去坐呢。”宝玉听了，趁势便邀甄宝玉进去。那甄宝玉依命前行，贾宝玉等陪着来见王夫人。贾宝玉见是甄太太上坐，便先请过了安。贾环贾兰也见了。甄宝玉也请了王夫人的安。两母两子互相厮认。虽是贾宝玉是娶过亲的，那甄夫人年纪已老，又是老亲，因见贾宝玉的相貌身材与他儿子一般，不禁亲热起来。王夫人更不用说，拉着甄宝玉问长问短，觉得比自己家的宝玉老成些。回看贾兰也是清秀超群的，虽不能像两个宝玉的形像，也还随得上；只有贾环粗夯，未免有偏爱之色。众人一见两个宝玉在这里，都来瞧看，说道：“真真奇事，名字同了也罢，怎么相貌身材都是一样的！亏得是我们宝玉穿孝，若是一样的衣服穿着，一时也认不出来。”内中紫鹃一时痴意发作，便想起黛玉来，心里说道：“可惜林姑娘死了，若不死时，就将那甄宝玉配了他，只怕也等没法，也只好常常劝解。岂知惜春一天一天的不吃饭，只想铰头发。彩屏等吃不住，只得到各处告诉。邢王二夫人等也都劝了好几次，怎奈惜春执迷不解。邢王二夫人正要告诉贾政，只听外头传进来说："甄家的太太带了他们家的宝玉来了。"众人急忙接出，便在王夫人处坐下。众人行礼，叙些寒温，不必细述。只言王夫人提起甄宝玉与自己的宝玉无二，要请甄宝玉进来一见。传话出去，回来说道："甄少爷在外书房同老爷说话说的投了机了，打发人来请我们二爷三爷，还叫兰哥儿，在外头吃饭。吃了饭进来。"说毕，里头也便摆饭。不提。且说贾政见甄宝玉相貌果与宝玉一样，试探他的文才竟是应对如流，甚是心敬，故叫宝玉等三人出来警励他们。再者，到底叫宝玉来比一比。宝玉听命，穿了素服，带了兄弟侄儿出来，见了甄宝玉，竟是旧相识一般。那甄宝玉也像那里见过的。两人行了礼，然后贾环贾兰相见。本来贾政席地而坐，要让甄宝玉在椅子上坐，甄宝玉因是晚辈不敢上坐，就在地下铺下了褥子坐下。如今宝玉等出来，又不能同贾政一处坐着，为甄宝玉又是晚一辈，又不好叫宝玉等站着。贾政知是不便，站着又说了几句话，叫人摆饭，说："我失陪，叫小儿辈陪着，大家说说话儿，好叫他们领领大教。"甄宝玉逊谢道："老伯大人请便。侄儿正欲领世兄们的教呢。"贾政回复了几句，便自往内书房去。那甄宝玉反要送出来，贾政拦住。宝玉等先抢了一步出了书房门槛站立着，看贾政进去，然后进来让甄宝玉坐下，彼此套叙了一回，诸如久慕渴想的话，也不必细述。且说贾宝玉见了甄宝玉，想到梦中之景，并且素知甄宝玉为人，必是和他同心，以为得了知己。因初次见面不便造次，且又贾环贾兰在坐，只有极力夸赞说："久仰芳名，无由亲炙，今日见面，真是谪仙一流的人物。"那甄宝玉素来也知贾宝玉的为人，今日一见果然不差，"只是可与我共学，不可与你适道。你既和我同名同貌，也是三生石上的旧精魂了。既我略知了些道理，怎么不和他讲讲。但是初见，尚不知他的心与我同不同，只好缓缓的来。"便道："世兄的才名弟所素知的。在世兄是数万人的里头选出来最清最雅的，在弟是庸庸碌碌一等愚人，忝附同名，殊觉玷辱了这两个字。"贾宝玉听了，心想："这个人果然同我的心一样的。但是你我都是男人，不比那女孩儿们清洁，怎么他拿我当作女孩儿看待起来？"便道："世兄谬赞，实不敢当！弟是至浊至愚，只不过一块顽石耳，何敢比世兄品望高清，实称此两字。"甄宝玉道：

特的来瞧姑娘来的。”惜春便问起水月庵的姑子来。那姑子道:“他们庵里闹了些事,如今门上也不肯常放进来了。”便问惜春道:“前儿听见说栊翠庵的妙师父怎么跟了人去了?”惜春道:“那里的话!说这个话的人隄防着割舌头。人家遭了强盗抢去,怎么还说这样的坏话。”那姑子道:“妙师父的为人怪僻,只怕是假惺惺罢。在姑娘面前我们也不好说的。那里像我们这些粗夯人,只知道讽经念佛,给人家忏悔,也为着自己修个善果。”惜春道:“怎么样就是善果呢?”那姑子道:“除了咱们家这样善德人家儿不怕,若是别人家,那些诰命夫人小姐也保不住一辈子的荣华,到了苦难来了可就救不得了。只有个观世音菩萨大慈大悲,遇见人家有苦难的就慈心发动,设法儿救济。为什么如今都说大慈大悲救苦救难的观世音菩萨呢!我们修了行的人虽说比夫人小姐们苦多着呢,只是没有险难的了。虽不能成佛作祖,修修来世或者转个男身,自己也就好了。不像如今脱生了个女人胎子,什么委屈烦难都说不出来。姑娘你还不知道呢,要是人家姑娘们出了门子,这一辈子跟着人是更没法儿的。若说修行也只要修得真。那妙师父自为才能比我们强,他就嫌我们这些人俗,岂知俗的才能得善缘呢。他如今到底是遭了大劫了。”惜春被那姑子一番话说得合在机上,也顾不得丫头们在这里,便将尤氏待他怎样,前儿看家的事说了一遍,并将头发指给他瞧道:“你打谅我是什么没主意恋火坑的人么!早有这样的心,只是想不出道儿来。”那姑子听了,假作惊慌道:“姑娘再别说这个话,珍大奶奶听见还要骂杀我们,撵出庵去呢。姑娘这样人品,这样人家,将来配个好姑爷,享一辈子的荣华富贵。”惜春不等说完,便红了脸说:“珍大奶奶撵得你,我就撵不得么!”那姑子知是真心,便索性激他一激,说道:“姑娘别怪我们说错了话,太太奶奶们那里就依得姑娘的性子呢。那时闹出没意思来倒不好。我们倒是为姑娘的话。”惜春道:“这也瞧罢咧。”彩屏等听这话头不好,便使个眼色儿给姑子,叫他走。那姑子会意,本来心里也害怕,不敢挑逗,便告辞出去。惜春也不留他,便冷笑道:“打谅天下就是你们一个地藏庵么!”那姑子也不敢答言,去了。彩屏见事不妥,恐耽不是,悄悄的去告诉了尤氏说:“四姑娘铰头发的念头还没有息呢。他这几天不是病,竟是怨命。奶奶隄防些,别闹出事来,那会子归罪我们身上。”尤氏道:“他那里是为要出家,他为的是大爷不在家,安心和我过不去,也只好由他罢了。”彩屏

第一百十五回
惑偏私惜春矢素志　证同类宝玉失相知

话说宝玉为自己失言，被宝钗问住，要想掩饰过去，只见秋纹进来说：“外头老爷叫二爷呢。”宝玉巴不得一声便走了去，到贾政那里。贾政道：“我叫你来不为别的，现在你穿着孝，不便到学里去。你在家里必要将你念过的文章温习温习。我这几天倒也闲着，隔两三日要做几篇文章我瞧瞧，看你这些时进益了没有。”宝玉只得答应着。贾政又道：“你环兄弟兰侄儿我也叫他们温习去了。倘若你作的文章不好，反倒不及他们，那可就不成事了。”宝玉不敢言语，答应了个“是”，站着不动。贾政道：“去罢。”宝玉退了出来，正撞见赖大诸人拿着些册子进来。宝玉一溜烟回到自己房中，宝钗问了知道叫他作文章，倒也喜欢，惟有宝玉不愿意，也不敢怠慢。正要坐下静静心，见有两个姑子进来，宝玉看是地藏庵的，来和宝钗说：“请二奶奶安。”宝钗待理不理的说：“你们好。”因叫人来倒茶给师父们喝。宝玉原要和那姑子说话，见宝钗似乎厌恶这些，也不好兜搭。那姑子知道宝钗是个冷人，也不久坐，辞了要去。宝钗道：“再坐坐去罢。”那姑子道：“我们因在铁槛寺做了功德，好些时没来请太太奶奶们的安。今日来了，见过了奶奶太太们，还要看四姑娘呢。”宝钗点头，由他去了。

那姑子便到惜春那里，见了彩屏，说：“姑娘在那里呢？”彩屏道：“不用提了，姑娘这几天饭都没吃，只是歪着。”那姑子道：“为什么？”彩屏道：“说也话长，你见了姑娘，只怕他便和你说了。”惜春早已听见，急忙坐起说：“你们两个人好啊，见我们家事差了，便不来了。”那姑子道：“阿弥陀佛，有也是施主，没也是施主。别说我们是本家庵里的，受过老太太多少恩惠呢。如今老太太的事，太太奶奶们都见了，只没有见姑娘，心里惦记，今儿是特手徐行。贾琏宝玉送出，一路又问了宝玉好些的话。及至登车去后，贾琏宝玉回来，见了贾政，便将应嘉问的话回了一遍。贾政命他二人散去，贾琏又去张罗算明凤姐丧事的帐目。宝玉回到自己房中，告诉了宝钗，说是："常提的甄宝玉我想一见不能，今日倒先见了他父亲了。我还听得说宝玉也不日要到京了，要来拜望我老爷呢。又人人说和我一模一样的，我只不信。若是他后儿到了咱们这里来，你们都去瞧去，看他果然和我像不像。"宝钗听了道："嗳，你说话怎么越发不留神了。什么男人同你一样都说出来了，还叫我们瞧去吗！"宝玉听了，知是失言，脸上一红，连忙的还要解说。不知何话，下回分解。

见。知道贾母新丧，特备祭礼，择日到寄灵的地方拜奠，所以先来拜望。贾政有服不能远接，在外书房门口等着。那位甄老爷一见，便悲喜交集。因在制中不便行礼，便拉着了手叙了些阔别思念的话，然后分宾主坐下，献了茶，彼此又将别后事情的话说了。贾政问道："老亲翁几时陛见的？"甄应嘉道："前日。"贾政道："主上隆恩，必有温谕。"甄应嘉道："主上的恩典真是比天还高，下了好些旨意。"贾政道："什么好旨意？"甄应嘉道："近来越寇猖獗，海疆一带小民不安，派了安国公征剿贼寇。主上因我熟悉土疆，命我前往安抚。但是即日就要起身。昨日知老太太仙逝，谨备瓣香，至灵前拜奠，稍尽微忱。"贾政即忙叩首拜谢，便说："老亲翁即此一行，必是上慰圣心，下安黎庶。诚哉莫大之功正在此行！但弟不克亲睹奇才，只好遥聆捷报。现在镇海统制是弟舍亲，会时务望青照。"甄应嘉道："老亲翁与统制是什么亲戚？"贾政道："弟那年在江西粮道任时，将小女许配与统制少君，结缡已经三载。因海口案内未清，继以海寇聚奸，所以音信不通。弟深念小女，俟老亲翁安抚事竣后，拜恳便中请为一视。弟即修数行烦尊纪带去，便感激不尽了。"甄应嘉道："儿女之情，人所不免。我正在有奉托老亲翁的事。自蒙圣恩召取来京，因小儿年幼，家下乏人，将贱眷全带来京。我因钦限迅速，昼夜先行，贱眷在后缓行，到京尚需时日。弟奉旨出京，不敢久留。将来贱眷到京，少不得要到尊府，定叫小犬叩见。如可进教，遇有姻事可图之处，望乞留意为感。"贾政一一答应。那甄应嘉又说了几句话就要起身，说："明日在城外再见。"贾政见他事忙，谅难再坐，只得送出书房。贾琏宝玉早已伺候在那里代送，因贾政未叫，不敢擅入。甄应嘉出来，两人上去请安。应嘉一见宝玉，呆了一呆，心想："这个怎么甚像我家宝玉？只是浑身缟素。"因问："至亲久阔，爷们都不认得了。"贾政忙指贾琏道："这是家兄名赦之子琏二侄儿。"又指着宝玉道："这是第二小犬，名叫宝玉。"应嘉拍手道奇，"我在家听见说老亲翁有个衔玉生的爱子，名叫宝玉，因与小儿同名，心中甚为罕异。后来想着这个也是常有的事，不在意了。岂知今日一见，不但面貌相同，且举止一般，这更奇了。"问起年纪比这里的哥儿略小一岁。贾政便因提起承属包勇，问及令郎哥儿与小儿同名的话述了一遍。应嘉因属意宝玉，也不暇问及那包勇的得妥，只连连的称道："真真罕异！"因又拉了宝玉的手，极致殷勤。又恐安国公起身甚速，急须预备长行，勉强分人，他怎么就越过我去了呢！”平儿也看出来了，只不理他。倒是贾琏一时明白，越发把秋桐嫌了。一时有些烦恼便拿着秋桐出气。邢夫人知道，反说贾琏不好。贾琏忍气。不提。再说凤姐停了十馀天，送了殡。贾政守着老太太的孝总在外书房。那时清客相公渐渐的都辞去了，只有个程日兴还在那里，时常陪着说说话儿。提起“家运不好，一连人口死了好些，大老爷和珍大爷又在外头，家计一天难似一天，外头东庄田地也不知道怎么样，总不得了呀！”程日兴道：“我在这里好些年，也知道府上的人那一个不是肥己的。一年一年都往他家里拿，那自然府上是一年不够一年了。又添了大老爷珍大爷那边两处的费用，外头又有些债务，前儿又破了好些财，要想衙门里缉贼追赃是难事。老世翁若要安顿家事，除非传那些管事的来，派一个心腹的人各处去清查清查，该去的去，该留的留，有了亏空着在经手的身上赔补，这就有了数儿了。那一座大的园子人家是不敢买的，这里头的出息也不少，又不派人管了。那年老世翁不在家，这些人就弄神弄鬼儿的，闹的一个人不敢到园里。这都是家人的弊。此时把下人查一查，好的使着，不好的便撵了，这才是道理。”贾政点头道：“先生，你所不知。不必说下人，便是自己的侄儿也靠不住。若要我查起来，那能一一亲见亲知；况我又在服中，不能照管这些了。我素来又兼不大理家，有的没的我还摸不着呢。”程日兴道：“老世翁最是仁德的人，若在别家的这样的家计，就穷起来，十年五载还不怕，便向这些管家的要也就够了。我听见世翁的家人还有做知县的呢。”贾政道：“一个人若要使起家人们的钱来便了不得了。只好自己俭省些。但是册子上的产业若是实有还好，只怕有名无实了。”程日兴道：“老世翁所见极是。晚生为什么说要查查呢！”贾政道：“先生必有所闻。”程日兴道：“我虽知道些那些管事的神通，晚生也不敢言语的。”贾政听了，便知话里有因，便叹道：“我自祖父以来都是仁厚的，从没有刻薄过下人。我看如今这些人一日不似一日了。在我手里行出主子样儿来又叫人笑话。”

两人正说着，门上的进来回道：“江南甄老爷到来了。”贾政便问道：“甄老爷进京为什么？”那人道：“奴才也打听了，说是蒙圣恩起复了。”贾政道：“不用说了，快请罢。”那人出去请了进来。那甄老爷即是甄宝玉之父，名叫甄应嘉，表字友忠。也是金陵人氏，功勋之后。原与贾府有亲，素来走动的。因前年罣误革了职，动了家产。今遇主上眷念功臣，赐还世职，行取来京陛处，你们家该认真的发送发送才是。怎么这时候诸事还没有齐备！”贾琏本与王仁不睦，见他说些混帐话，知他不懂的什么，也不大理他。王仁便叫了他外甥女儿巧姐过来说：“你娘在时本来办事不周到，只知道一味的奉承老太太，把我们的人都不大看在眼里。外甥女儿你也大了，看见我曾经沾染过你们没有！如今你娘死了，诸事要听着舅舅的话。你母亲娘家的亲戚就是我和你二舅舅了。你父亲的为人我也早知道的了，只有重别人。那年什么尤姨娘死了，我虽不在京，听见人说花了好些银子。如今你娘死了，你父亲倒是这样的将就办去吗！你也不快些劝劝你父亲。”巧姐道：“我父亲巴不得要好看，只是如今比不得从前了，现在手里没钱，所以诸事省些是有的。”王仁道：“你的东西还少么？”巧姐儿道：“旧年抄去，何尝还有呢。”王仁道：“你也这样说。我听见老太太又给了好些东西，你该拿出来。”巧姐又不好说父亲用去，只推不知道。王仁便道：“哦，我知道了。不过是你要留着做嫁妆罢咧。”巧姐听了，不敢回言，只气得哽噎难鸣的哭起来了。平儿生气说道：“舅老爷有话等我们二爷进来再说，姑娘这么点年纪，他懂的什么。”王仁道：“你们是巴不得二奶奶死了，你们就好为王了。我并不是要什么，好看些也是你们的脸面。”说着，赌气坐着。巧姐满怀的不舒服，心想：“我父亲并不是没情。我妈妈在时，舅舅不知拿了多少东西去，如今说得这样干净。”于是便不大瞧得起他舅舅了。岂知王仁心里想来，他妹妹不知积攒了多少，虽说抄了家，那屋里的银子还怕少吗。“必是怕我来缠他们，所以也帮着这么说。这小东西儿也是不中用的。”从此王仁也嫌了巧姐儿了。贾琏并不知道，只忙着弄银钱使用。外头的大事叫赖大办了，里头也要用好些钱，一时实在不能张罗。平儿知他着急，便叫贾琏道：“二爷也别过于伤了自己的身子。”贾琏道：“什么身子！现在日用的钱都没有，这件事怎么办！偏有个糊涂行子又在这里蛮缠，你想有什么法儿！”平儿道：“二爷也不用着急。若说没钱使唤，我还有些东西，旧年幸亏没有抄去，在里头。二爷要就拿去当着使唤罢。”贾琏听了，心想难得这样，便笑道：“这样更好，省得我各处张罗。等我银子弄到手了还你。”平儿道：“我的也是奶奶给的，什么还不还，只要这件事办的好看些就是了。”贾琏心里倒着实感激他，便将平儿的东西拿了去当钱使用，诸凡事情便与平儿商量。秋桐看着心里就有些不甘，每每口角里头便说：“平儿没有了奶奶，他要上去了。我是老爷的的事情，其实知道他是怎么样了。只怕我连我自己也不知道呢。这样下落可不是虚诞的事，是信得的么！”宝玉道：“别提他了。你只说邢妹妹罢，自从我们这里连连的有事，把他这件事竟忘记了。你们家这么一件大事怎么就草草的完了，也没请亲唤友的？”宝钗道：“你这话又是迂了。我们家的亲戚只有咱们这里和王家最近，王家没了什么正经人了；咱们家遭了老太太的大事，所以也没请，就是琏二哥张罗了张罗。别的亲戚虽也有一两门子，你没过去如何知道。算起来我们这二嫂子的命和我差不多，好好的许了我二哥哥，我妈妈原想要体体面面的给二哥哥娶这房亲事的。一则为我哥哥在监里，二哥哥也不肯大办；二则为咱们家的事；三则为我二嫂子在大太太那边忒苦，又加着抄了家，大太太是苛刻一点的，他也实在难受：所以我和妈妈说了，便将将就就的娶了过去。我看二嫂子如今倒是安心乐意的孝敬我妈妈，比亲媳妇还强十倍呢！待二哥哥也是极尽妇道的；和香菱又甚好，二哥哥不在家，他两个和和气气的过日子。虽说是穷些，我妈妈近来倒安逸好些。就是想起我哥哥来不免悲伤。况且常打发人家里来要使用，多亏二哥哥在外头帐头儿上讨来应付他的。我听见说城里有几处房子已经典去，还剩了一所在那里，打算着搬去住。”宝玉道：“为什么要搬？住在这里你来去也便宜些。若搬远了，你去就要一天了。”宝钗道：“虽说是亲戚，到底各自的稳便些。那里有个一辈子住在亲戚家的呢！”

宝玉还要讲出不搬去的理，王夫人打发人来说：“琏二奶奶咽了气了，所有的人多过去了。请二爷二奶奶就过去。”宝玉听了，也掌不住跺脚要哭。宝钗虽也悲戚，恐宝玉伤心，便说：“有在这里哭的，不如到那边哭去。”于是两人一直到凤姐那里。只见好些人围着哭呢。宝钗走到跟前，见凤姐已经停床，便大放悲声。宝玉也拉着贾琏的手大哭起来。贾琏也重新哭泣。平儿等因见无人劝解，只得含悲上来劝止了。众人都悲哀不止。贾琏此时手足无措，叫人传了赖大来，叫他办理丧事。自己回明了贾政去，然后行事。但是手头不济，诸事拮据，又想起凤姐素日来的好处，更加悲哭不已。又见巧姐哭的死去活来，越发伤心。哭到天明，即刻打发人去请他大舅子王仁过来。那王仁自从王子腾死后，王子胜又是无能的人，任他胡为，已闹的六亲不和。今知妹子死了，只得赶着过来哭了一场。见这里诸事将就，心下便不舒服，说：“我妹妹在你家辛辛苦苦当了好几年家，也没有什么错

第一百十四回
王熙凤历幻返金陵　甄应嘉蒙恩还玉阙

却说宝玉宝钗听说凤姐病的危急,赶忙起来。丫头秉烛伺候。正要出院,只见王夫人那边打发人来说:“琏二奶奶不好了,还没有咽气,二爷二奶奶且慢些过去罢。琏二奶奶病的有些古怪,从三更天起到四更时候,琏二奶奶没有住嘴说些胡话。要船要轿的说到金陵归入册子去。众人不懂,他只是哭哭喊喊的。琏二爷没有法儿,只得去糊了船轿,还没拿来,琏二奶奶喘着气等呢。叫我们过来说,等琏二奶奶去了再过去罢。”宝玉道:“这也奇,他到金陵做什么?”袭人轻轻的和宝玉说道:“你不是那年作梦,我还记得说有多少册子,不是琏二奶奶也到那里去么?”宝玉听了,点头道:“是呀,可惜我都不记得那上头的话了。这么说起来,人都有个定数的了。但不知林妹妹又到那里去了。我如今被你一说,我有些懂得了。若再做这个梦时,我得细细的瞧一瞧,便有未卜先知的分儿了。”袭人道:“你这样的人可是不可和你说话的。偶然提了一句,你便认起真来了吗!就算你能先知了,你有什么法儿呢!”宝玉道:“只怕不能先知;若是能了,我也犯不着为你们瞎操心了。”两人正说着,宝钗走来问道:“你们说什么?”宝玉恐他盘诘,只说:“我们谈论凤姐姐。”宝钗道:“人要死了,你们还只管议论人。旧年你还说我咒人,那个签不是应了么。”宝玉又想了一想,拍手道:“是的,是的。这么说起来,你倒能先知了。我索性问问你,你知道我将来怎么样?”宝钗笑道:“这是又胡闹起来了。我是就他求的签上的话混解的,你就认了真了。你就和邢妹妹一样的了,你失了玉,他去求妙玉扶乩,批出来的众人不解,他还背地里和我说,妙玉怎么前知,怎么参禅悟道。如今他遭此大难,他如何自己都不知道。这可是算得前知吗!就是我偶然说着了二奶奶紫鹃被宝玉一招，越发心里难受，直直的哭了一夜。思前想后：“宝玉的事，明知他病中不能明白，所以众人弄鬼弄神的办成了。后来宝玉明白了，旧病复发，常时哭想，并非忘情负义之徒。今日这种柔情，一发叫人难受。只可怜我们林姑娘真真是无福消受他！如此看来，人生缘分都有一定。在那未到头时，大家都是痴心妄想。及至无可如何，那糊涂的也就不理会了；那情深义重的也不过临风对月，洒泪悲啼。可怜那死的倒未必知道，那活的真真是苦恼伤心，无休无了。算来竟不如草木石头，无知无觉，倒也心中干净。”想到此处，倒把一片酸热之心一时冰冷了。才要收拾睡时，只听东院里吵嚷起来。未知何事，下回分解。

言语。紫鹃在屋里不见宝玉言语，知他素有痴病，恐怕一时实在抢白了他，勾起他的旧病倒也不好了，因站起来细听了一听，又问道："是走了，还是傻站着呢？有什么又不说，尽着在这里怄人！已经怄死了一个，难道还要怄死一个么！这是何苦来呢！"说着，也从宝玉舐破之处往外一张，见宝玉在那里呆听。紫鹃不便再说，回身剪了剪烛花。忽听宝玉叹了一声道："紫鹃姐姐，你从来不是这样铁心石肠，怎么近来连一句好好儿的话都不和我说了？我固然是个浊物，不配你们理我；但只我有什么不是，只望姐姐说明了，那怕姐姐一辈子不理我，我死了倒做个明白鬼呀。"紫鹃听了，冷笑道："二爷就是这个话呀，还有什么？若就是这个话呢，我们姑娘在时我也跟着听俗了；若是我们有什么不好处呢，我是太太派来的，二爷倒是回太太去。左右我们丫头们更算不得什么了！"说到这里，那声儿便哽咽起来。说着，又擤鼻涕。宝玉在外知他伤心哭了，便急的跺脚道："这是怎么说！我的事情你在这里几个月还有什么不知道的。就便别人不肯替我告诉你，难道你还不叫我说，叫我憋死了不成！"说着，也呜咽起来了。宝玉正在这里伤心，忽听背后一个人接言道："你叫谁替你说呢？谁是谁的什么？自己得罪了人，自己央及呀！人家赏脸不赏在人家，何苦来拿我们这些没要紧的垫踹儿呢！"这一句话把里外两个人都吓了一跳。你道是谁，原来却是麝月。宝玉自觉脸上没趣。只见麝月又说道："到底是怎么着？一个赔不是，一个人又不理。你倒是快快的央及呀！嗳，我们紫鹃姐姐也就太狠心了，外头这么怪冷的，人家央及了这半天，总连个活动气儿也没有。"又向宝玉道："刚才二奶奶说了，多早晚了，打谅你在那里呢，你却一个人站在这房檐底下做什么！"紫鹃里面接着说道："这可是什么意思呢！早就请二爷进去，有话明日说罢。这是何苦来！"宝玉还要说话，因见麝月在那里，不好再说别的，只好一面同麝月走回，一面说道："罢了，罢了！我今生今世也难剖白这个心了！惟有老天知道罢了！"说到这里，那眼泪也不知从何处来的，滔滔不断了。麝月道："二爷依我劝你，死了心罢！白赔眼泪也可惜了儿的！"宝玉也不答言，遂进了屋子。只见宝钗睡了，宝玉也知宝钗装睡。却是袭人说了一句道："有什么话明日说不得，巴巴儿的跑到那里去闹，闹出——"说到这里，也就不肯说。迟了一迟，才接着道："身上不觉怎么样？"宝玉也不言语，只摇摇头儿。袭人一面才打发睡下，一夜无眠，自不必说。这里是一而二，二而三，追思起来，想到庄子上的话，虚无缥缈，人生在世难免风流云散，不禁的大哭起来。袭人等又道是他的疯病发作，百般的温柔解劝。宝钗初时不知何故，也用话箴规。怎奈宝玉抑郁不解，又觉精神恍惚。宝钗想不出道理，再三打听，方知妙玉被劫不知去向，也是伤感。只为宝玉愁烦，便用正言解释。因提起："兰儿自送殡回来，虽不上学，闻得日夜攻苦。他是老太太的重孙。老太太素来望你成人，老爷为你日夜焦心，你为闲情痴意糟蹋自己，我们守着你如何是个结果！"说得宝玉无言可答。过了一回才说道："我那管人家的闲事，只可叹咱们家的运气衰颓。"宝钗道："可又来！老爷太太原为是要你成人，接续祖宗遗绪。你只是执迷不悟，如何是好！"宝玉听来话不投机，便靠在桌上睡去。宝钗也不理他，叫麝月等伺候着，自己却去睡了。宝玉见屋里人少，想起："紫鹃到了这里，我从没和他说句知心的话儿，冷冷清清撂着他，我心里甚不过意。他呢，又比不得麝月秋纹，我可以安放得的。想起从前我病的时候他在我这里伴了好些时，如今他的那一面小镜子还在我这里，他的情义却也不薄了。如今不知为什么见我就是冷冷的。若说为我们这一个呢，他是和林妹妹最好的，我看他待紫鹃也不错，我有不在家的日子，紫鹃原与他有说有讲的，到我来了紫鹃便走开了。想来自然是为林妹妹死了，我便成了家的缘故。嗳，紫鹃，紫鹃，你这样一个聪明女孩儿难道连我这点子苦处都看不出来么！"因又一想："今晚他们睡的睡，做活的做活，不如趁着这个空儿我找他去，看他有什么话。倘或我还有得罪之处，便赔个不是也使得。"想定主意，轻轻的走出了房门，来找紫鹃。那紫鹃的下房也就在西厢里间。宝玉悄悄的走到窗下。只见里面尚有灯光。便用舌头舐破窗纸往里一瞧，见紫鹃独自挑灯，又不是做什么，呆呆的坐着。宝玉便轻轻的叫道："紫鹃姐姐，还没有睡么？"紫鹃听了，吓了一跳，怔怔的半日才说："是谁？"宝玉道："是我。"紫鹃听着似乎是宝玉的音声，便问："是宝二爷么？"宝玉在外轻轻的答应了一声。紫鹃问道："你来做什么？"宝玉道："我有一句心里的话要和你说说，你开了门，我到你屋里坐坐。"紫鹃停了一会儿说道："二爷有什么话，天晚了，请回罢，明日再说罢。"宝玉听了，寒了半截。自己还要进去，恐紫鹃未必开门；欲要回去，这一肚子的隐情越发被紫鹃这一句话勾起。无奈，说道："我也没有多馀的话，只问你一句。"紫鹃道："既是一句，就请说。"宝玉半日反不见凤姐安静些，心下略放心。见了刘老老，便说：“刘老老你好？什么时候来的？”刘老老便说：“请太太安。”不及细说，只言凤姐的病，讲究了半天。彩云进来说：“老爷请太太呢。”王夫人叮咛了平儿几句话便过去了。凤姐闹了一回，此时又觉清楚些。见刘老老在这里，心里信他求神祷告，便把丰儿等支开，叫刘老老坐在头边，告诉他心神不宁，如见鬼怪的样。刘老老便说我们屯里什么菩萨灵，什么庙有感应。凤姐道：“求你替我祷告。要用供献的银钱我有。”便在手腕上褪下一只金镯子来交给他。刘老老道：“姑奶奶，不用那个。我们村庄人家许了愿，好了，花上几百钱就是了，那用这些。就是我替姑奶奶求去也是许愿，等姑奶奶好了要花什么自己去花罢。”凤姐明知刘老老一片好心，不好勉强，只得留下，说：“老老，我的命交给你了。我的巧姐儿也是千灾百病的，也交给你了。”刘老老顺口答应，便说：“这么着，我看天气尚早，还赶得出城去，我就去了。明儿姑奶奶好了再请还愿去。”凤姐因被众冤魂缠绕害怕，巴不得他就去，便说：“你若肯替我用心，我能安稳睡一觉，我就感激你了。你外孙女儿叫他在这里住下罢。”刘老老道：“庄家孩子没有见过世面，没的在这里打嘴，我带他去的好。”凤姐道：“这就是多心了。既是咱们一家，这怕什么。虽说我们穷了，这一个人吃饭也不碍什么。”刘老老见凤姐真情，落得叫青儿住几天，又省了家里的嚼吃。只怕青儿不肯，不如叫他来问问，若是他肯就留下。于是和青儿说了几句。青儿因与巧姐儿玩得熟了，巧姐又不愿他去，青儿又愿意在这里，刘老老便吩咐了几句，辞了平儿，忙忙的赶出城去。不提。

且说栊翠庵原是贾府的地址，因盖省亲园子将那庵圈在里头。向来食用香火并不动贾府的钱粮。今日妙玉被劫，那女尼呈报到官，一则候官府缉盗的下落，二则是妙玉基业不便离散，依旧住下。不过回明了贾府。那时贾府的人虽都知道，只为贾政新丧，且又心事不宁，也不敢将这些没要紧的事回禀。只有惜春知道此事，日夜不安。渐渐传到宝玉耳边，说妙玉被贼劫去。又有的说妙玉凡心动了，跟人而走。宝玉听得十分纳闷，想来必是被强徒抢去。这个人必不肯受，一定不屈而死。但是一无下落，心下甚不放心，每日长吁短叹。还说：“这样一个人自称为槛外人，怎么遭此结局！”又想到：“当日园中何等热闹，自从二姐姐出阁以来，死的死嫁的嫁。我想他一尘不染，是保得住的了，岂知风波顿起，比林妹妹死的更奇。”由拿不起来了，就在地里狠狠的哭了一大场。我和女婿说：‘我也顾不得你们了，不管真话谎话，我是要进城瞧瞧去的。’我女儿女婿也不是没良心的，听见了也哭了一回子，今儿天没亮就赶着我进城来了。我也不认得一个人，没有地方打听，一径来到后门，见是门神都糊了，我这一吓又不小。进了门找周嫂子再找不着，撞见一个小姑娘，说周嫂子他得了不是了，撵了。我又等了好半天，遇见了熟人才得进来。不打谅姑奶奶也是那么病。”说着，又掉下泪来。平儿等着急，也不等他说完，拉着就走，说：“你老人家说了半天，口干了，咱们喝碗茶去罢。”拉着刘老老到下房坐着，青儿在巧姐儿那边。刘老老道：“茶倒不要，好姑娘，叫人带了我去请太太的安，哭哭老太太去罢。”平儿道：“你不用忙，今儿也赶不出城的了。方才我是怕你说话不防头，招的我们奶奶哭，所以催你出来的。别思量。”刘老老道：“阿弥陀佛，姑娘是你多心，我知道。倒是奶奶的病怎么好呢？”平儿道：“你瞧去妨碍不妨碍？”刘老老道：“说是罪过，我瞧着不好。”正说着，又听凤姐叫呢。平儿及到床前，凤姐又不言语了。平儿正问丰儿，贾琏进来，向炕上一瞧，也不言语，走到里间气哼哼的坐下。只有秋桐跟了进去倒了茶，殷勤一回，不知嘁嘁喳喳的说些什么。回来贾琏叫平儿来问道：“奶奶不吃药么？”平儿道：“不吃药，怎么样呢？”贾琏道：“我知道么！你拿柜子上的钥匙来罢。”平儿见贾琏有气，又不敢问，只得出来凤姐耳边说了一声。凤姐不言语，平儿便将一个匣子搁在贾琏那里就走。贾琏道：“有鬼叫你吗，你搁着叫谁拿呢！”平儿忍气打开，取了钥匙，开了柜子，便问道：“拿什么？”贾琏道：“咱们有什么吗？”平儿气得哭道：“有话明白说，人死了也愿意！”贾琏道：“还要说么！头里的事是你们闹的。如今老太太的还短了四五千银子，老爷叫我拿公中的地帐弄银子，你说有么！外头拉的帐不开发使得么！谁叫我应这个名儿，只好把老太太给我的东西折变去罢了。你不依么？”平儿听了，一句不言语，将柜里东西搬出。只见小红过来说：“平姐姐快走，奶奶不好呢！”平儿也顾不得贾琏，急忙过来，见凤姐用手空抓。平儿用手攥着哭叫。贾琏也过来一瞧，把脚一跺道：“若是这样，是要我的命了！”说着，掉下泪来。丰儿进来说：“外头找二爷呢。”贾琏只得出去。这里凤姐愈加不好，丰儿等不免哭起来。巧姐听见赶来。刘老老也急忙走到炕前，嘴里念佛，捣了些鬼，果然凤姐好些。一时王夫人听了丫头的信，也过来了。先端端一个人怎么就死了？我记得他也有一个小哥儿，这便怎么样呢？”平儿道：“这怕什么，他还有老爷太太呢。”刘老老道：“姑娘，你那里知道，不好死了是亲生的，隔了肚皮子是不中用的。”这句话又招起凤姐的愁肠，呜呜咽咽的哭起来了。众人都来解劝。巧姐儿听见他母亲悲哭，便走到炕前，用手拉着凤姐的手也哭起来。凤姐一面哭着道：“你见过了老老了没有？”巧姐儿道：“没有。”凤姐道：“你的名字还是他起的呢，就和干娘一样，你给他请个安。”巧姐儿便走到跟前。刘老老忙拉着道：“阿弥陀佛，不要折杀我了。巧姑娘，我一年多不来，你还认得我么？”巧姐儿道：“怎么不认得。那年在园里见的时候我还小。前年你来我还和你要隔年的蝈蝈儿，你也没有给我，必是忘了。”刘老老道：“好姑娘，我是老糊涂了。若说蝈蝈儿，我们屯里多得很，只是不到我们那里去。若去了，要一车也容易。”凤姐道：“不然，你带了他去罢。”刘老老笑道：“姑娘这样千金贵体，绫罗裹大了的，吃的是好东西；到了我们那里，我拿什么哄他玩，拿什么给他吃呢。这倒不是坑杀我了么！”说着，自己还笑。他说：“那么着，我给姑娘做个媒罢。我们那里虽说是屯乡里，也有大财主人家，几千顷地，几百牲口，银子钱亦不少；只是不像这里有金的有玉的。姑奶奶是瞧不起这种人家，我们庄家人瞧着这样大财主也算是天上的人了。”凤姐道：“你说去，我愿意就给。”刘老老道：“这是玩话儿罢咧。放着姑奶奶这样大官大府的人家只怕还不肯给，那里肯给庄家人。就是姑奶奶肯了，上头太太们也不给。”巧姐因他这话不好听，便走了去和青儿说话。两个女孩儿倒说得上，渐渐的就熟起来了。这里平儿恐刘老老话多搅烦了凤姐，便拉了刘老老说：“你提起太太来，你还没有过去呢，我出去叫人带了你去见见，也不枉来这一趟。”刘老老便要走。凤姐道：“忙什么，你坐下，我问你近来的日子还过的么？”刘老老千恩万谢的说道：“我们若不仗着姑奶奶，”说着，指着青儿说：“他的老子娘都要饿死了。如今虽说是庄家人苦，家里也挣了好几亩地，又打了一眼井，种些菜蔬瓜果，一年卖的钱也不少，尽够他们嚼吃的了。这两年姑奶奶还时常给些衣服布匹，在我们村里算过得的了。阿弥陀佛，前日他老子进城，听见姑奶奶这里动了家，我就几乎吓杀了；亏得又有人说不是这里，我才放心。后来又听见说这里老爷升了，我又喜欢，就要来道喜，为的是满地的庄家来不得。昨日又听见说老太太没有了，我在地里打豆子，听见了这话吓得连豆子都凤姐此时只求速死。心里一想，邪魔悉至。只见尤二姐从房后走来，渐近床前，说：“姐姐，许久的不见了，做妹妹的想念的很，要见不能。如今好容易进来见见姐姐。姐姐的心机也用尽了，咱们的二爷糊涂，也不领姐姐的情，反倒怨姐姐做事过于苛刻，把他的前程丢了，叫他如今见不得人。我替姐姐气不平。”凤姐恍惚说道：“我如今也后悔我的心忒窄了。妹妹不念旧恶，还来瞧我。”平儿在旁听见，说道：“奶奶说什么？”凤姐一时苏醒，想起尤二姐已死，必是他来索命。被平儿叫醒，心里害怕，又不肯说出，只得勉强说道：“我神魂不定，想是说梦话，给我捶捶。”平儿上去捶着，见个小丫头子进来，说是“刘老老来了，婆子们带着来请奶奶的安。”平儿急忙下来，说：“在那里呢？”小丫头子说：“他不敢就进来，还听奶奶的示下。”平儿听了点头，想凤姐病里必是懒怠见人，便说道：“奶奶现在养神呢，暂且叫他等着。你问他来有什么事么？”小丫头子说道：“他们问过了，没有事。说知道老太太去世了，因没有报才来迟了。”小丫头子说着，凤姐听见，便叫：“平儿，你来，人家好心来瞧，不要冷淡人家。你去请了刘老老进来，我和他说说话儿。”平儿只得出来请刘老老这里坐。凤姐刚要合眼，又见一个男人一个女人走向炕前，就像要上炕似的。凤姐着忙，便叫平儿，说：“那里来了一个男人，跑到这里来了！”连叫两声，只见丰儿小红赶来说：“奶奶要什么？”凤姐睁眼一瞧，不见有人，心里明白，不肯说出来，便问丰儿道：“平儿这东西那里去了？”丰儿道：“不是奶奶叫去请刘老老去了么。”凤姐定了一会神，也不言语。只见平儿同刘老老带了一个小女孩儿进来，说：“我们姑奶奶在那里？”平儿引到炕边，刘老老便说：“请姑奶奶安。”凤姐睁眼一看，不觉一阵伤心，说：“老老你好？怎么这时候才来？你瞧你外孙女儿也长的这么大了。”刘老老看着凤姐骨瘦如柴，神情恍惚，心里也就悲惨起来，说：“我的奶奶，怎么这几个月不见就病到这个分儿！我糊涂的要死，怎么不早来请姑奶奶的安。”便叫青儿给姑奶奶请安。青儿只是笑。凤姐看了倒也十分喜欢，便叫小红招呼着。刘老老道：“我们屯乡里的人不会病的，若一病了就要求神许愿，从不知道吃药的。我想姑奶奶的病不要撞着什么了罢？”平儿听着那话不在理，便在背地里扯他，刘老老会意，便不言语。那里知道这句话倒合了凤姐的意，扎挣着说：“老老，你是有年纪的人，说的不错。你见过的赵姨娘也死了，你知道么？”刘老老诧异道：“阿弥陀佛，好

第一百十三回

忏宿冤凤姐托村妪 释旧憾情婢感痴郎

话说赵姨娘在寺内得了暴病，见人少了，更加混说起来，吓的众人都怕。就有两个女人搀着赵姨娘双膝跪在地下，说一回，哭一回，有时爬在地下叫饶说:“打杀我了，红胡子的老爷！我再不敢了！”有一时双手合着，也是叫疼，眼睛突出，嘴里鲜血直流，头发披散。人人害怕，不敢近前。那时又将天晚，赵姨娘的声音只管喑哑起来了，居然鬼嚎一般。无人敢在他跟前，只得叫了几个有胆量的男人进来坐着。赵姨娘一时死去，隔了些时又回过来，整整的闹了一夜。到了第二天，也不言语，只装鬼脸，自己拿手撕开衣服，露出胸膛，好像有人剥他的样子。可怜赵姨娘虽说不出来，其痛苦之状实在难堪。正在危急，大夫来了，也不敢诊脉，只嘱咐办后事罢。说了起身就走。那送大夫的家人再三央告说:“请老爷看看脉，小的好回禀家主。”那大夫用手一摸，已无脉息。贾环听了然后大哭起来。众人只顾贾环，谁料理赵姨娘。只有周姨娘心里苦楚，想到“做偏房侧室的下场头不过如此！况他还有儿子的，我将来死起来还不知怎样呢！”于是反哭的悲切。且说那人赶回家去，回禀了贾政，即派家人去照例料理，陪着环儿住了三天，一同回来。

那人去了，这里一人传十，十人传百，都知道赵姨娘使了毒心害人，被阴司里拷打死了。又说是“琏二奶奶只怕也好不了，怎么说琏二奶奶告的呢！”这些话传到平儿耳内，甚是着急。看着凤姐的样子实在是不能好的了。看着贾琏近日并不似先前的恩爱，本来事也多，竟像不与他相干的。平儿在凤姐跟前只管劝慰。又想着邢王二夫人回家几日，只打发人来问问，并不亲身来看，凤姐心里更加悲苦。贾琏回来也没有一句贴心的话。

二，身边搜出了失单上的东西，现在夹讯，要在他身上要这一伙贼呢。”贾政听了，大怒道：“家奴负恩，引贼偷窃家主，真是反了！”立刻叫人到城外，将周瑞捆了，送到衙门审问。林之孝只管跪着不敢起来。贾政道：“你还跪着做什么？”林之孝道：“奴才该死，求老爷开恩。”正说着，赖大等一干办事家人上来请了安，呈上丧事帐簿。贾政道：“交给琏二爷算明了来回。”吆喝着林之孝起来出去了。贾琏一腿跪着，在贾政身边说了一句话。贾政把眼一瞪道：“胡说！老太太的事，银两被贼偷去，就该罚奴才拿出来么！”贾琏红了脸不敢言语，站起来也不敢动。贾政道：“你媳妇怎么样？”贾琏又跪下说：“看来是不中用了。”贾政叹口气道：“我不料家运衰败一至如此。况且环哥儿他妈尚在庙中病着，也不知是什么症候，你们知道不知道？”贾琏也不敢言语。贾政道：“传话出去，叫人带了大夫瞧去。”贾琏即忙答应着出来，叫人带了大夫到铁槛寺去瞧赵姨娘。未知死活，下回分解。

乱嚷。赵姨娘醒来说道:“我是不回去的,跟着老太太回南去。”众人道:“老太太那用你来!”赵姨娘道:“我跟了一辈子老太太,大老爷还不依,弄神弄鬼的来算计我。我想仗着马道婆要出出我的气,银子白花了好些也没有弄死了一个。如今我回去了,又不知谁来算计我。”众人听见,早知是鸳鸯附在他身上。邢王二夫人都不言语瞅着。只有彩云等代他央告道:“鸳鸯姐姐,你死是自己愿意的,与赵姨娘什么相干,放了他罢!”见邢夫人在这里,也不敢说别的。赵姨娘道:“我不是鸳鸯,他早到仙界去了。我是阎王差人拿我去的,要问我为什么和马婆子用魇魔法的案件。”说着,便叫:“好琏二奶奶,你在这里老爷面前少顶一句儿罢,我有一千日的不是还有一天的好呢。好二奶奶,亲二奶奶!并不是我要害你,我一时糊涂,听了那个老娼妇的话!”正闹着,贾政打发人进来叫环儿。婆子们去回说:“赵姨娘中了邪了,三爷看着呢。”贾政道:“没有的事,我们先走了。”于是爷们等先回。这里赵姨娘还是混说,一时救不过来。邢夫人恐他又说出什么来,便说:“多派几个人在这里瞧着他,咱们先走。到了城里打发大夫出来瞧罢。”王夫人本嫌他,也打撒手儿。宝钗本是仁厚的人,虽想着他害宝玉的事,心里究竟过不去,背地里托了周姨娘在这里照应。周姨娘也是个好人,便应承了。李纨说道:“我也在这里罢。”王夫人道:“可以不必。”于是大家都要起身。贾环急忙道:“我也在这里吗?”王夫人啐道:“糊涂东西!你姨妈的死活都不知,你还要走吗!”贾环就不敢言语了。宝玉道:“好兄弟,你是走不得的。我进了城打发人来瞧你。”说毕,都上车回家。寺里只有赵姨娘贾环鹦鹉等人。

贾政邢夫人等先后到家,到了上房,哭了一场。林之孝带了家下众人请了安,跪着。贾政喝道:“去罢,明日问你。”凤姐那日发晕了几次,竟不能出接,只有惜春见了,觉得满面羞惭。邢夫人也不理他,王夫人仍是照常,李纨宝钗拉着手说了几句话。独有尤氏说道:“姑娘,你操心了,倒照应了好几天!”惜春一言不答,只紫涨了脸。宝钗将尤氏一拉,使了个眼色,尤氏等各自归房去了。贾政略略的看了一看,叹了口气,并不言语。到书房席地坐下,叫了贾琏贾蓉贾芸吩咐了几句话。宝玉要在书房来陪贾政,贾政道:“不必。”兰儿仍跟他母亲。一宿无话。次日林之孝一早进书房跪着,贾政将前后被盗的事问了一遍。并将周瑞供了出来,又说“衙门拿住了鲍妙玉如闲云野鹤，无拘无束。我能学他，就造化不小了。但我是世家之女，怎能遂意。这回看家已大耽不是，还有何颜在这里。又恐太太们不知我的心事，将来的后事如何呢！”想到其间，便要把自己的青丝铰去，要想出家。彩屏等听见急忙来劝，岂知已将一半头发铰去。彩屏愈加着忙，说道：“一事不了又出一事，这可怎么好呢！”正在吵闹，只见妙玉的道婆来找妙玉。彩屏问起来由，先吓了一跳，说是昨日一早去了没来。里面惜春听见，急忙问道：“那里去了？”道婆们将昨夜听见的响动，被煤气熏着，今早不见有妙玉，庵内软梯刀鞘的话说了一遍。惜春惊疑不定，想起昨日包勇的话来，必是那些强盗看见了他，昨晚抢去了也未可知。但是他素来孤洁的很，岂肯惜命。“怎么你们都没听见么？”众人道：“怎么不听见，只是我们这些人都是睁着眼，连一句话也说不出。必是那贼子烧了闷香。妙姑一人想也被贼闷住不能言语。况且贼人必多，拿刀弄杖威逼着，他还敢声喊么？”正说着，包勇又在腰门那里嚷说：“里头快把这些混帐的婆子赶了出来罢，快关腰门。”彩屏听见，恐耽不是，只得叫婆子出去，叫人关了腰门。惜春于是更加苦楚，无奈彩屏等再三以礼相劝，仍旧将一半青丝拢起。大家商议不必声张，就是妙玉被抢也当作不知，且等老爷太太回来再说。惜春心里的死定下一个出家的念头，且暂不提。

且说贾琏回到铁槛寺，将到家中查点了上夜的人，开了失单报去的话回了。贾政道：“怎样开的？”贾琏便将琥珀所记得的数目单子呈出，并说：“这上头元妃赐的东西已经注明。还有那人家不大有的东西不便开上，等侄儿脱了孝出去托人细细的缉访，少不得弄出来的。”贾政听了合意，就点头不言。贾琏进内见了邢王二夫人，商量着：“劝老爷早些回家才好呢，不然都是乱麻是的。”邢夫人道：“可不是，我们在这里也是惊心吊胆。”贾琏道：“这是我们不敢说的，还是太太的主意二老爷是依的。”邢夫人便与王夫人商议妥了。过了一夜，贾政也不放心，打发宝玉进来说：“请太太们今日回家，过两三日再来。家人们已经派定了。里头请太太们派人罢。”邢夫人派了鹦哥等一干人伴灵，将周瑞家的等人派了总管，其馀上下人等都回去。一时忙乱套车备马。贾政等在贾母灵前辞别，众人又哭了一场。都起来正要走时，只见赵姨娘还爬在地下不起。周姨娘打谅他还哭，便去拉他，岂知赵姨娘满嘴白沫，眼睛直竖，把舌头吐出，反把众人吓了一大跳。贾环过来自己，索性横了心，倒也不怕。那知那个人把刀插在背后，腾出手来，将妙玉轻轻的抱起，轻薄了一会子，便拖起背在身上。此时妙玉心中只是如醉如痴。可怜一个极洁极净的女儿，被这强盗的闷香薰住，由着他掇弄了去了。却说这贼背了妙玉来到园后墙边，搭了软梯，爬上墙跳出去了。外边早有伙计弄了车辆在园外等着，那人将妙玉放倒在车上，反打起官衔灯笼，叫开栅栏，急急行到城门，正是开门之时。门官只知是有公干出城的，也不及查诘。赶出城去，那伙贼加鞭赶到二十里坡，和众强徒打了照面，各自分头奔南海而去。不知妙玉被劫或是甘受污辱还是不屈而死，不知下落，也难妄拟。只言栊翠庵一个跟妙玉的女尼，他本住在静室后面，睡到五更，听见前面有人声响，只道妙玉打坐不安。后来听见有男人脚步，门窗响动，欲要起来瞧看，只是身子发软，懒怠开口。又不听见妙玉言语，只睁着两眼听着。到了天亮才觉得心里清楚，披衣起来，叫了道婆，预备妙玉茶水，他便往前面来看妙玉。岂知妙玉的踪迹全无，门窗大开。心里诧异，昨晚响动甚是疑心，说："这样早，他到那里去了？"走出院门一看，有一个软梯靠墙立着，地下还有一把刀鞘，一条搭膊。便道："不好了，昨晚是贼烧了闷香了。"急叫人起来查看，庵门仍是紧闭。那些婆子女侍们都说："昨夜煤气薰着了，今早都起不起来，这么早叫我们做什么？"那女尼道："师父不知那里去了。"众人道："在观音堂打坐呢。"女尼道："你们还做梦呢，你来瞧瞧。"众人不知，也都着忙，开了庵门，满园里都找到了，"想来或是到四姑娘那里去了。"众人来叩腰门，又被包勇骂了一顿。众人说道："我们妙师父昨晚不知去向，所以来找。求你老人家叫开腰门问一问来了没来就是了。"包勇道："你们师父引了贼来偷我们，已经偷到手了，他跟了贼去受用去了。"众人道："阿弥陀佛，说这些话的防着下割舌地狱！"包勇生气道："胡说，你们再闹我就要打了。"众人陪笑央告道："求爷叫开门我们瞧瞧，若没有，再不敢惊动你太爷了。"包勇道："你不信你去找，若没有回来问你们。"包勇说着，叫开腰门，众人且找到惜春那里。惜春正是愁闷，惦着"妙玉清早去后不知听见我们姓包的话了没有，只怕又得罪了他以后总不肯来。我的知己是没有了。况我现在实难见人。父母早死，嫂子嫌我，头里有老太太到底还疼我些，如今也死了。留下我孤苦伶仃，如何了局！"想到"迎春姐姐磨折死了，史姐姐守着病人，三姐姐远去，这都是命里所招，不能自由。独有去了。”贾琏道：“这又是个糊涂东西，谁家的人做了贼，被人打死，要偿命么！”林之孝回道：“这不用人家认，奴才就认得是他。”贾琏听了，想道：“是啊，我记得珍大爷那一年要打的可不是周瑞家的么。”林之孝回说：“他和鲍二打架来着，爷还见过的呢。”贾琏听了，更生气，便要打上夜的人。林之孝哀告道：“请二爷息怒。那些上夜的人派了他们还敢偷懒，只是爷府上的规矩，三门里一个男人不敢进去的。就是奴才们里头不叫也不敢进去。奴才在外同芸哥儿刻刻查点，见三门关的严严的，外头的门一重没有开。那贼是从后夹道子来的。”贾琏道：“里头上夜的女人呢？”林之孝将分更上夜奉奶奶的命捆着等爷审问的话回了。贾琏又问：“包勇呢？”林之孝说：“又往园里去了。”贾琏便说：“去叫来。”小厮们便将包勇带来。说：“还亏你在这里，若没有你，只怕所有房屋里的东西都抢了去了呢。”包勇也不言语。惜春恐他说出那话，心下着急。凤姐也不敢言语。只见外头说：“琥珀姐姐等回来了。”大家见了，不免又哭一场。贾琏叫人检点偷剩下的东西，只有些衣服尺头，钱箱未动，馀者都没有了。贾琏心里更加着急，想着：“外头的棚杠银、厨房的钱都没有付给，明儿拿什么还呢！”便呆想了一会。只见琥珀等进去哭了一会，见箱柜开着，所有的东西怎能记忆，便胡乱想猜，虚拟了一张失单，命人即送到文武衙门。贾琏复又派人上夜。凤姐惜春各自回房。贾琏不敢在家安歇，也不及埋怨凤姐，竟自骑马赶出城外。这里凤姐又恐惜春短见，又打发了丰儿过去安慰。天已二更。

不言这里贼去关门，众人更加小心，谁敢睡觉。且说伙贼一心想着妙玉，知是孤庵女众，不难欺负。到了三更静，便拿了短兵器，带了些闷香，跳上高墙。远远瞧见栊翠庵内灯光犹亮，便潜身溜下，藏在房头僻处。等到四更，见里头只有一盏海灯，妙玉一人在蒲团上打坐。歇了一会，便嗳声叹气的说道：“我自玄墓到京，原想传个名的，为这里请来，不能又栖他处。昨儿好心去瞧四姑娘，反受了这蠢人的气，夜里又受了大惊。今日回来，那蒲团再坐不稳，只觉肉跳心惊。”因素常一个打坐的，今日又不肯叫人相伴。岂知到了五更，寒颤起来，正要叫人，只听见窗外一响。想起昨晚的事，更加害怕，不免叫人。岂知那些婆子都不答应。自己坐着，觉得一股香气透入囟门，便手足麻木不能动弹，口里也说不出话来，心中更自着急。只见一个人拿着明晃晃的刀进来。此时妙玉心中却是明白，只不能动，想是要杀听见了，都吓得魂不附体，并无一言，只有啼哭。贾政过了一会子，问失单怎样开的，贾芸回道："家里的人都不知道，还没有开单。"贾政道："还好。咱们动过家的，若开出好的来反担罪名。快叫琏儿。"贾琏领了宝玉等去别处上祭未回，贾政叫人赶了回来。贾琏听了，急得直跳，一见芸儿，也不顾贾政在那里，便把贾芸狠狠的骂了一顿，说："不配抬举的东西，我将这样重任托你，押着人上夜巡更，你是死人么！亏你还有脸来告诉！"说着，往贾芸脸上啐了几口。贾芸垂手站着，不敢回一言。贾政道："你骂他也无益了。"贾琏然后跪下说："这便怎么样？"贾政道："也没法儿，只有报官缉贼。但只是一件，老太太遗下的东西咱们都没动，你说要银子，我想老太太死得几天，谁忍得动他那一项银子，原打谅完了事算了帐还人家，再有的在这里和南边置坟产的。再有东西也没见数儿。如今说文武衙门要失单，若将几件好的东西开上恐有碍，若说金银若干衣饰若干又没有实在数目，谎开使不得。倒可笑你如今竟换了一个人了，为什么这样料理不开！你跪在这里是怎么样呢？"贾琏也不敢答言，只得站起来就走。贾政又叫道："你那里去？"贾琏又跪下道："赶回去料理清楚再来回。"贾政哼的一声，贾琏把头低下。贾政道："你进去回了你母亲，叫了老太太的一两个丫头去，叫他们细细的想了开单子。"贾琏心里明知老太太的东西都是鸳鸯经管，他死了问谁。就问珍珠，他们那里记得清楚。只不敢驳回，连连的答应了起来，走到里头。邢王夫人又埋怨了一顿，叫贾琏快回去，问他们这些看家的说"明儿怎么见我们！"贾琏也只得答应了出来，一面命人套车预备琥珀等进城，自己骑上骡子跟了几个小厮如飞的回去。贾芸也不敢再回贾政，斜签着身子慢慢的溜出来，骑上了马来赶贾琏。一路无话。到了家中，林之孝请了安，一直跟了进来。贾琏到了老太太上屋，见了凤姐惜春在那里，心里又恨又说不出来，便问林之孝道："衙门里瞧了没有？"林之孝自知有罪，便跪下回道："文武衙门都瞧了，来踪去迹也看了，尸也验了。"贾琏吃惊道："又验什么尸？"林之孝又将包勇打死的伙贼似周瑞的干儿子的话回了贾琏。贾琏道："叫芸儿。"贾芸进来也跪着听话。贾琏道："你见老爷时怎么没有回周瑞的干儿子做了贼，被包勇打死的话？"贾芸说道："上夜的人说像他的，恐怕不真，所以没有回。"贾琏道："好糊涂东西，你若告诉了我，就带了周瑞来一认，可不就知道了。"林之孝回道："如今衙门里把尸首放在市口儿招认贼么？”平儿等听着都说：“这是谁这么没规矩？姑娘奶奶都在这里，敢在外头混嚷吗！”凤姐道：“你听见说他甄府里，别就是甄家荐来的那个厌物罢。”惜春听得明白，更加心里过不的。凤姐接着问惜春道：“那个人混说什么姑子，你们那里弄了个姑子住下了？”惜春便将妙玉来瞧他留着下棋守夜的话说了。凤姐道：“是他么，他怎么肯这样！是再没有的话。但是叫这讨人嫌的东西嚷出来，老爷知道了也不好。”惜春愈想愈怕，站起来要走。凤姐虽说坐不住，又怕惜春害怕弄出事来，只得叫他先别走，“且看着人把偷剩下的东西收起来，再派了人看着才好走呢。”平儿道：“咱们不敢收，等衙门里来了踏看了才好收呢。咱们只好看着。但只不知老爷那里有人去了没有？”凤姐道：“你叫老婆子问去。”一回进来说：“林之孝是走不开，家下人要伺候查验的，再有的是说不清楚的，已经芸二爷去了。”凤姐点头，同惜春坐着发愁。

且说那伙贼原是何三等邀的，偷抢了好些金银财宝接运出去，见人追赶，知道都是那些不中用的人，要往西边屋内偷去。在窗外看见里面灯光底下两个美人：一个姑娘一个姑子。那些贼那顾性命，顿起不良，就要踹进来。因见包勇来赶，才获赃而逃。只不见了何三。大家且躲入窝家。到第二天打听动静，知是何三被他们打死，已经报了文武衙门。这里是躲不住的，便商量趁早归入海洋大盗一处去，若迟了，通缉文书一行，关津上就过不去了。内中一个人胆子极大，便说：“咱们走是走，我就只舍不得那个姑子，长的实在好看！不知是那个庵里的雏儿呢？”一个人道：“啊呀，我想起来了，必就是贾府园里的什么栊翠庵里的姑子。不是前年外头说他和他们家什么宝二爷有缘故，后来不知怎么又害起相思病来了，请大夫吃药的就是他。”那一个人听了，说：“咱们今日躲一天，叫咱们大哥借钱置办些买卖行头。明儿亮钟时候陆续出关，你们在关外二十里坡等我。”众贼议定，分赃俵散。不提。

且说贾政等送殡，到了寺内安厝毕，亲友散去。贾政在外厢房伴灵，邢王二夫人等在内，一宿无非哭泣。到了第二日重新上祭。正摆饭时，只见贾芸进来，在老太太灵前磕了个头，忙忙的跑到贾政跟前跪下，请了安，喘吁吁的将昨夜被盗，将老太太上房的东西都偷去，包勇赶贼打死了一个，已经呈报文武衙门的话说了一遍。贾政听了发怔。邢王二夫人等在里头也

第一百十二回
活冤孽妙姑遭大劫　死雠仇赵妾赴冥曹

话说凤姐命捆起上夜众女人送营审问，女人跪地哀求。林之孝同贾芸道："你们求也无益，老爷派我们看家，没有事是造化；如今有了事，上下都耽不是，谁救得你。若说是周瑞的干儿子，连太太起，里里外外的都不干净。"凤姐喘吁吁的说道："这都是命里所招，和他们说什么，带了他们去就是了。那丢的东西你告诉营里去，说实在是老太太的东西，问老爷们才知道，等我们报了去请了老爷们回来，自然开了失单送来。文官衙门里我们也是这样报。"贾芸林之孝答应出去。惜春一句话也没有，只是哭道："这些事我从来没有听见过，为什么偏偏碰在咱们两个人身上！明儿老爷太太回来叫我怎么见人！说把家里交给咱们，如今闹到这个分儿，还想活着么！"凤姐道："咱们愿意吗！现在有上夜的人在那里。"惜春道："你还能说，况且你又病着，我是没有说的。这都是我大嫂子害了我的，他撺掇着太太派我看家的。如今我的脸搁在那里呢！"说着，又痛哭起来。凤姐道："姑娘，你快别这么想。若说没脸，大家一样的。你若这么糊涂想头，我更搁不住了。"二人正说着，只听见外头院子里有人大嚷的说道："我说那三姑六婆是再要不得的，我们甄府里从来是一概不许上门的，不想这府里倒不讲究这个呢！昨儿老太太的殡才出去，那个什么庵里的尼姑死要到咱们这里来，我吆喝着不准他们进来，腰门上的老婆子倒骂我，死央及叫放那姑子进去。那腰门子一会儿开着，一会儿关着，不知做什么。我不放心，没敢睡。听到四更，这里就嚷起来。我来叫门倒不开了。我听见声儿紧了，打开了门，见西边院子里有人站着，我便赶走打死了。我今儿才知道这是四姑奶奶的屋子，那个姑子就在里头。今儿天没亮溜出去了。可不是那姑子引进来的说:“贼在这里打仗,把姑娘都吓坏了。亏得妙师父和彩屏才将姑娘救醒。东西是没失。”林之孝道:“贼人怎么打仗?”上夜的男人说:“幸亏包大爷上了房把贼打跑了去了。还听见打倒一个人呢。”包勇道:“在园门那里呢。”贾芸等走到那边,果见一人躺在地下死了。细细一瞧,好像周瑞的干儿子。众人见了诧异,派一个人看守着,又派两个人照看前后门,俱仍旧关锁着。林之孝便叫人开了门报了。营官立刻到来查勘,踏察贼迹是从后夹道上屋的,到了西院房上,见那瓦破碎不堪,一直过了后园去了。众上夜的齐声说道:“这不是贼,是强盗。”营官着急道:“并非明火执杖,怎算是盗!”上夜的道:“我们赶贼,他在房上掷瓦,我们不能近前,幸亏我们家的姓包的上房打退。赶到园里,还有好几个贼竟与姓包的打仗,打不过姓包的才都跑了。”营官道:“可又来!若是强盗,倒打不过你们的人么?不用说了,你们快查清了东西,递了失单,我们报就是了。”贾芸等又到上屋,已见凤姐扶病过来,惜春也来。贾芸请了凤姐的安,问了惜春的好,大家查看失物。因鸳鸯已死,琥珀等又送灵去了,那些东西都是老太太的,并没见数,只用封锁,如今打从那里查去。众人都说:“箱柜东西不少,如今一空,偷的时候不小,那些上夜的人管什么的!况且打死的贼是周瑞的干儿子,必是他们通同一气的。”凤姐听了,气的眼睛直瞪瞪的,便说:“把那些上夜的女人都拴起来,交给营里审问。”众人叫苦连天,跪地哀求。不知怎生发放,并失去的物有无着落,下回分解。

这些家人听了这话，越发吓得骨软筋酥，连跑也跑不动了。只见这人站在当地只管乱喊，家人中有一个眼尖些的看出来了，你道是谁，正是甄家荐来的包勇。这些家人不觉胆壮起来，便颤巍巍的说道："有一个走了，有的在房上呢。"包勇便向地下一扑，耸身上房追赶那贼。这些贼人明知贾家无人，先在院内偷看惜春房内，见有个绝色女尼，便顿起淫心，又欺上屋俱是女人，且又畏惧，正要踹进门去，因听外面有人进来追赶，所以贼众上房。见人不多，还想抵挡。猛见一人上房赶来，那些贼见是一人，越发不理论了，便用短兵抵住。那经得包勇用力一棍打去，将贼打下房来。那些贼飞奔而逃，从园墙过去。包勇也在房上追捕。岂知园内早藏下了几个在那里接赃，已经接过好些，见贼伙跑回，大家举械保护。见追的只有一人，明欺寡不敌众，反倒迎上来。包勇一见生气道："这些毛贼敢来和我斗斗！"那伙贼便说："我们有一个伙计被他们打倒了，不知死活，咱们索性抢了他出来。"这里包勇闻声即打，那伙贼便轮起器械，四五个人围住包勇乱打起来。外头上夜的人也都仗着胆子只顾赶了来。众贼见斗他不过，只得跑了。包勇还要赶时，被一个箱子一绊，立定看时，心想东西未丢，众贼远逃，也不追赶。便叫众人将灯照看，地下只有几个空箱，叫人收拾，他便欲跑回上房。因路径不熟，走到凤姐那边。见里面灯烛辉煌，便问："这里有贼没有？"里头的平儿战兢兢的说道："这里也没开门，只听上屋叫喊说有贼呢。你到那里去罢。"包勇正摸不着路头，遥见上夜的人过来，才跟着一齐寻到上屋。见是门开户启，那些上夜的在那里啼哭。一时，贾芸林之孝都进来，见是失盗，大家着急。进内查点，老太太的房门大开，将灯一照，锁头拧折，进内一瞧，箱柜已开。便骂那些上夜女人道："你们都是死人么，贼人进来你们不知道的么？"那些上夜的人啼哭着说道："我们几个人轮更上夜，是管二三更的。我们都没有住脚前后走的。他们是四更五更，我们的下班儿。只听见他们喊起来，并不见一个人，赶着照看，不知什么时候把东西早已丢了。求爷们问管四五更的。"林之孝道："你们个个要死，回来再说！咱们先到各处看去。"上夜的男人领着，走到尤氏那边。门儿关紧，有几个接音说："吓死我们了！"林之孝问道："这里没有丢东西？"里头的人方开了门道："这里没丢东西。"林之孝带着人走到惜春院内，只听里面说道："了不得了，吓死了姑娘了！醒醒儿罢。"林之孝便叫人开门，问是怎样了。里头婆子开门子听见有人拌嘴是的，开门一看，见是妙玉已经回身走去，明知必是包勇得罪了走了。近日婆子们都知道上头太太们四姑娘都亲近得很，恐他日后说出门上不放他进来，那时如何耽得住，赶忙走来说：“不知师父来，我们开门迟了。我们四姑娘在家里还正想师父呢，快请回来。看园的小子是个新来的，他不知咱们的事，回来回了太太打他一顿撵出去就完了。”妙玉虽是听见，总不理他。那经得看腰门的婆子赶上再四央求，后来才说出怕自己耽不是，几乎急的跪下。妙玉无奈，只得随了那婆子过来。包勇见这般光景，自然不好拦他，气得瞪眼叹气而回。这里妙玉带了道婆走到惜春那里，道了恼，叙了些闲话。说起：“在家看家，只好熬个几夜。但是二奶奶病着，一个人又闷又是害怕。能有一个人在这里我就放心。如今里头一个男人也没有，今儿你既光降，肯伴我一宵，咱们下棋说话儿可使得么？”妙玉本自不肯，见惜春可怜，又提起下棋，一时高兴应了，打发道婆回去取了他的茶具衣褥，命侍儿送了过来，大家坐谈一夜。惜春欣幸异常，便命彩屏去开上年蠲的雨水，预备好茶。那妙玉自有茶具。那道婆去了不多一时，又来了个侍者，带了妙玉日用之物。惜春亲自烹茶。两人言语投机，说了半天，那时已是初更时候，彩屏放下棋枰，两人对弈。惜春连输两盘，妙玉又让了四个子儿，惜春方赢了半子。不觉已到四更，天空地阔，万籁无声。妙玉道：“我到五更须得打坐一回。我自有人伏侍，你自去歇息。”惜春犹是不舍，见妙玉要自己养神，不便扭他。正要歇去，猛听得东边上屋内上夜的人一片声喊起，惜春那里的老婆子们也接着声嚷道：“了不得了，有了人了！”吓得惜春彩屏等心胆俱裂。听见外头上夜的男人便声喊起来。妙玉道：“不好了，必是这里有了贼了！”正说着，这里不敢开门，便掩了灯光，在窗户眼内往外一瞧，只见几个男人站在院内，吓得不敢作声，回身摆着手轻轻的爬下来说：“了不得，外头有几个大汉站着。”说犹未了，又听得房上响声不绝，便有外头上夜的人进来吆喝拿贼。一个人说道：“上屋里的东西都丢了，并不见人。东边有人去了，咱们到西边去。”惜春的老婆子听见有自己的人，便在外间屋里说道：“这里有好些人上了房了。”上夜的都道：“你瞧，这可不是吗！”大家一齐嚷起来。只听房上飞下好些瓦来，众人都不敢上前。正在没法，只听园门腰门一声大响，打进门来，见一个梢长大汉，手执木棍。众人吓得藏躲不及，听得那人喊说道：“不要跑了他们一个，你们都跟我来。”

骰便说:“我输了几个钱也不翻本儿了,睡去了。”说着,便走出来,拉了何三道:“老三,我和你说句话。”何三跟他出来。那人道:“你这样一个伶俐人这样穷,为你不服这口气!”何三道:“我命里穷,可有什么法儿呢!”那人道:“你才说荣府的银子这么多,为什么不去拿些使唤使唤。”何三道:“我的哥哥!他家的金银虽多,你我去白要一二钱他们给咱们吗!”那人笑道:“他不给咱们,咱们就不会拿吗!”何三听了这话里有话,便问道:“依你说怎么样拿呢?”那人道:“我说你没有本事,若是我早拿了来了。”何三道:“你有什么本事?”那人便轻轻的说道:“你若要发财,你就引个头儿。我有好些朋友都是通天的本事,不要说他们送殡去了家里剩下几个女人,就让有多少男人也不怕。只怕你没这么大胆子罢咧!”何三道:“什么敢不敢,你打谅我怕那个干老子么,我是瞧着干妈的情儿上头才认他做干老子罢咧,他又算了人了!你刚才的话,就只怕弄不来倒招了饥荒。他们那个衙门不熟,别说拿不来,倘或拿了来也要闹出来的。”那人道:“这么说你的运气来了。我的朋友还有海边上的呢,现今都在这里看个风头等个门路。若到了手,你我在这里也无益,不如大家下海去受用不好么。你若撂不下你干妈,咱们索性把你干妈也带了去,大家伙儿乐一乐好不好?”何三道:“老大你别是醉了罢,这些话混说的什么!”说着,拉了那人走到一个僻静地方,两个人商量了一回,各人分头而去。暂且不提。

且说包勇自被贾政吆喝派去看园,贾母的事出来也忙了,不曾派他差使,他也不理会。总是自做自吃,闷来睡一觉,醒时便在园里耍刀弄棍,倒也无拘无束。那日贾母一早出殡,他虽知道,因没有派他差事,他任意闲游。只见一个女尼带了一个道婆来到园内腰门那里扣门。包勇走来说道:“女师父那里去?”道婆道:“今日听得老太太的事完了,不见四姑娘送殡,想必是在家看家。想他寂寞,我们师父来瞧他一瞧。”包勇道:“主子都不在家,园门是我看的,请你们回去罢。要来呢,等主子们回来了再来。”婆子道:“你是那里来的个黑炭头,也要管起我们的走动来了!”包勇道:“我嫌你们这些人,我不叫你们来,你们有什么法儿!”婆子生了气,嚷道:“这都是反了天的事了!连老太太在日还不能拦我们的来往走动呢,你是那里的这么个横强盗,这样没法没天的!我偏要打这里走!”说着,便把手在门环上狠狠的打了几下。妙玉已气的不言语,正要回身便走。不料里头看二门的婆还不知得多少银钱呢，你该更得意了！”一句话戳了他嫂子的心，便红了脸走开了。刚走到二门上，见林之孝带了人抬进棺材来了，他只得也跟进去帮着盛殓，假意哭嚎了几声。贾政因他为贾母而死，要了香来上了三炷，作了一个揖，说:“他是殉葬的人，不可作丫头论。你们小一辈都该行个礼。”宝玉听了，喜不自胜，走上来恭恭敬敬磕了几个头。贾琏想他素日的好处，也要上来行礼，被邢夫人说道:“有了一个爷们便罢了，不要折受他不得超生。”贾琏就不便过来了。宝钗听了，心中好不自在，便说道:“我原不该给他行礼，但只老太太去世，咱们都有未了之事不敢胡为，他肯替咱们尽孝，咱们也该托托他好好的替咱们伏侍老太太西去，也少尽一点子心那。”说着，扶了莺儿走到灵前，一面奠酒，那眼泪早扑簌簌流下来了。奠毕，拜了几拜，狠狠的哭了他一场。众人也有说宝玉的两口子都是傻子，也有说他两个心肠儿好的，也有说他知礼的。贾政反倒合了意。

一面商量定了看家的仍是凤姐惜春，馀者都遣去伴灵。一夜谁敢安眠，一到五更，听见外面齐人。到了辰初发引，贾政居长，衰麻哭泣，极尽孝子之礼。灵柩出了门，便有各家的路祭，一路上的风光不必细述。走了半日，来至铁槛寺安灵。所有孝男等俱应在庙伴宿。不提。且说家中林之孝带领拆了棚，将门窗上好，打扫净了院子，派了巡更的人到晚打更上夜。只是荣府规例，一到二更三门掩上男人便进不去了，里头只有女人们查夜。凤姐虽隔了一夜渐渐的神气清爽了些，只是那里动得，只有平儿同着惜春各处走了一走，吩咐了上夜的人，也便各自归房。却说周瑞的干儿子何三，去年贾珍管事之时，因他和鲍二打架，被贾珍打了一顿撵在外头，终日在赌场过日。近知贾母死了，必有些事情领办，岂知探了几天的信一些也没有想头，便嗳声叹气的回到赌场中闷闷的坐下。那些人便说道:“老三，你怎么样不下来捞本了么？”何三道:“倒想要捞一捞呢，就只没有钱么。”那些人道:“你到你们周大太爷那里去了几日，府里的钱你也不知弄了多少来，又来和我们装穷儿了。”何三道:“你们还说呢，他们的金银不知有几百万，只藏着不用。明儿留着不是火烧了就是贼偷了，他们才死心呢！”那些人道:“你又撒谎，他家抄了家还有多少金银！”何三道:“你们还不知道呢，抄去的是撂不了的，如今老太太死还留了好些金银。他们一个也不使，都在老太太屋里搁着，等送了殡回来才分呢。”内中有一个人听在心里，掷了几这里琥珀辞了灵，听邢王二夫人分派看家的人，想着去问鸳鸯明日怎样坐车的。在贾母的外间屋里找了一遍不见，便找到套间里头。刚到门口，见门儿掩着，从门缝里望里看时，只见灯光半明不灭的，影影绰绰，心里害怕，又不听见屋里有什么动静，便走回来说道："这蹄子跑到那里去了？"劈头见了珍珠，说："你见鸳鸯姐姐来着没有？"珍珠道："我也找他，太太们等他说话呢。必在套间里睡着了罢。"琥珀道："我瞧了，屋里没有。那灯也没人夹蜡花儿，漆黑怪怕的，我没进去。如今咱们一块儿进去瞧，看有没有。"琥珀等进去正夹蜡花，珍珠说："谁把脚凳撂在这里，几乎绊我一跤。"说着往上一瞧，吓的嗳哟一声，身子往后一仰，咕咚的栽在琥珀身上。琥珀也看见了，便大嚷起来，只是两只脚挪不动。外头的人也都听见了，跑进来一瞧，大家嚷着报与邢王二夫人知道。王夫人宝钗等听了都哭着去瞧。邢夫人道："我不料鸳鸯倒有这样志气！快叫人去告诉老爷。"只有宝玉听见此信，便吓的双眼直竖。袭人等慌忙扶着说道："你要哭就哭，别憋着气。"宝玉死命的才哭出来了，心想："鸳鸯这样一个人偏又这样死法！"又想："实在天地间的灵气独钟在这些女子身上了。他算得了死所。我们究竟是一件浊物，还是老太太的儿孙，谁能赶得上他！"复又喜欢起来。那时宝钗听见宝玉大哭，也出来了，及到跟前见他又笑。袭人等忙说："不好了，又要疯了。"宝钗道："不妨事，他有他的意思。"宝玉听了更喜欢宝钗的话，"倒是他还知道我的心，别人那里知道！"正在胡思乱想，贾政等进来着实的嗟叹着说道："好孩子，不枉老太太疼他一场！"即命贾琏出去，吩咐人连夜买棺盛殓，明日便跟着老太太的殡送出，也停在老太太棺后，全了他的心志。贾琏答应出去。这里命人将鸳鸯放下，停放里间屋内。平儿也知道了，过来同袭人莺儿等一干人都哭的哀哀欲绝。内中紫鹃也想起自己终身一无着落，恨不跟了林姑娘去，又全了主仆的恩义，又得了死所。如今空悬在宝玉屋内，虽说宝玉仍是柔情密意，究竟算不得什么。于是更哭得哀切。王夫人即传了鸳鸯的嫂子进来，叫他看着入殓。遂与邢夫人商量了，在老太太项内赏了他嫂子一百两银子，还说等闲了将鸳鸯所有的东西俱赏他们。他嫂子磕了头出去，反喜欢说："真真的我们姑娘是个有志气的，有造化的！又得了好名声，又得了好发送。"旁边一个婆子说道："罢呀，嫂子这会子你把一个活姑娘卖了一百银子便这么喜欢了，那时候儿给了大老爷，你道:“老爷且歇歇儿,等进去商量定了再回。”贾政点了点头,贾琏便进去了。

谁知此时鸳鸯哭了一场,想到“自己跟着老太太一辈子,身子也没有着落。如今大老爷虽不在家,大太太的这样行为我也瞧不上。老爷是不管事的人,以后便乱世为王起来了。我们这些人不是要叫他们掇弄了么。谁收在屋子里谁配小子,我是受不得这样折磨的。倒不如死了干净。但是一时怎么样的个死法呢?”一面想,一面走回老太太的套间屋内。刚跨进门,只见灯光惨淡,隐隐有个女人拿着汗巾子好似要上吊的样子。鸳鸯也不惊怕,心里想道:“这一个是谁?和我的心事一样,倒比我走在头里了。”便问道:“你是谁?咱们两个人是一样的心,要死一块儿死。”那个人也不答言。鸳鸯走到跟前一看,并不是这屋子的丫头。再仔细一看,觉得冷气侵人时就不见了。鸳鸯呆了一呆,退出在炕沿上坐下,细细一想道:“哦,是了,这是东府里的小蓉大奶奶啊!他早死了的了,怎么到这里来?必是来叫我来了。他怎么又上吊呢?”想了一想道:“是了,必是教给我死的法儿。”鸳鸯这么一想,邪侵入骨,便站起来,一面哭,一面开了妆匣,取出那年铰的一绺头发揣在怀里,就在身上解下一条汗巾,按着秦氏方才比的地方拴上。自己又哭了一回,听见外头人客散去,恐有人进来,急忙关上屋门,然后端了一个脚凳自己站上,把汗巾拴上扣儿,套在咽喉,便把脚凳蹬开。可怜咽喉气绝,香魂出窍。正无投奔,只见秦氏隐隐在前。鸳鸯的魂魄疾忙赶上,说道:“蓉大奶奶,你等等我。”那个人道:“我并不是什么蓉大奶奶,乃警幻之妹可卿是也。”鸳鸯道:“你明明是蓉大奶奶,怎么说不是呢?”那人道:“这也有个缘故,待我告诉你,你自然明白了。我在警幻宫中原是个钟情的首坐,管的是风情月债,降临尘世自当为第一情人,引这些痴情怨女早早归入情司,所以该当悬梁自尽的。因我看破凡情,超出情海,归入情天,所以太虚幻境痴情一司竟自无人掌管。今警幻仙子已经将你补入,替我掌管此司,所以命我来引你前去的。”鸳鸯的魂道:“我是个最无情的,怎么算我是个有情的人呢?”那人道:“你还不知道呢,世人都把那淫欲之事当作情字,所以做出伤风败化的事来还自谓风月多情,无关紧要。不知情之一字,喜怒哀乐未发之时便是个性,喜怒哀乐已发便是情了。至于你我这个情正是未发之情,就如那花的含苞一样,欲待发泄出来这情就不为真情了。”鸳鸯的魂听了,点头会意,便跟了秦氏可卿而去。

第一百十一回
鸳鸯女殉主登太虚　狗彘奴欺天招伙盗

话说凤姐听了小丫头的话，又气又急又伤心，不觉吐了一口血，便昏晕过去，坐在地下。平儿急来靠着，忙叫了人来搀扶着，慢慢的送到自己房中，将凤姐轻轻的安放在炕上，立刻叫小红斟上一杯开水送到凤姐唇边，凤姐呷了一口，昏迷仍睡。秋桐过来略瞧了一瞧，却便走开，平儿也不叫他。只见丰儿在旁站着，平儿叫他快快的去回明白了二奶奶吐血发晕不能照应的话。告诉了邢王二夫人，邢夫人打谅凤姐推病藏躲，因这时女亲在内不少，也不好说别的，心里却不全信，只说："叫他歇着去罢。"众人也并无言语。只说这晚人客来往不绝，幸得几个内亲照应。家下人等见凤姐不在，也有偷闲歇力的，乱乱吵吵已闹的七颠八倒，不成事体了。

到二更多天远客去后，便预备辞灵。孝幕内的女眷大家都哭了一阵。只见鸳鸯已哭的昏晕过去了，大家扶住捶闹了一阵才醒过来。便说"老太太疼我一场，我跟了去"的话，众人都打谅人到悲哭俱有这些言语，也不理会。到了辞灵之时，上上下下也有百十众馀人，只鸳鸯不在。众人忙乱之时谁去检点。到了琥珀等一干的人哭奠之时却不见鸳鸯，想来是他哭乏了暂在别处歇着，也不言语。辞灵以后，外头贾政叫了贾琏问明送殡的事，便商量着派人看家。贾琏回说："上人里头派了芸儿在家照应，不必送殡；下人里头派了林之孝的一家子照应拆棚等事。但不知里头派谁在家？"贾政道："听见你母亲说是你媳妇病了不能去，就叫他在家的；你珍大嫂子又说你媳妇病得利害，还叫四丫头陪着，带领了几个丫头婆子照看上屋里才好。"贾琏听见了，心想："珍大嫂子与四丫头两个不合，所以撺掇着不叫他去。若是上头就是他照应也是不中用的。我们那一个又病着也难照应。"想了一回，回贾政更繁了，瞻前不能顾后。正在着急，只见一个小丫头跑来说：“二奶奶在这里呢，怪不得大太太说：‘里头人多照应不过来，二奶奶是躲着受用去了。’”凤姐听了这话，一口气撞上来，往下一咽，眼泪直流，只觉得眼前一黑，嗓子里一甜，便喷出鲜红的血来，身子站不住就蹲倒在地。幸亏平儿急忙过来扶住。只见凤姐的血吐个不住，未知性命如何，下回分解。

两个眼睛倒像个活猴儿是的，东溜溜西看看。虽在那里嚎丧，见了奶奶姑娘们来了，他在孝幔子里头净偷着眼儿瞧人呢。”李纨道：“他的年纪其实也不小了，前日听见说还要给他说亲呢，如今又得等着了。嗳，还有一件事，——咱们家这些人我看来也是说不清的，且不必说闲话，——后日送殡各房的车辆是怎么样了？”众人道：“琏二奶奶这几天闹的像失魂落魄的样儿了，也没见传出去。昨儿听见我的男人说，琏二爷派了蔷二爷料理，说是咱们家的车也不够，赶车的也少，要到亲戚家去借去呢。”李纨笑道：“车也都是借得的么？”众人道：“奶奶说笑话儿了！车怎么借不得。只是那一日所有的亲戚都用车，只怕难借，想起还得雇呢。”李纨道：“底下人的只得雇，上头白车也有雇么的？”众人道：“现在大太太、东府里的大奶奶、小蓉奶奶都没有车了，不雇那里来的呢。”李纨听了，叹息道：“先前见有咱们家儿的太太奶奶们坐了雇的车来咱们都笑话，如今轮到自己头上了！你明儿去告诉你的男人，我们的车马早早儿的预备好了，省得挤。”众人答应了出去，不提。

且说史湘云因他女婿病着，贾母死后只来得一次，屈指算是后日送殡，不能不去；又见他女婿的病已成痨症，暂且不妨，只得坐夜前一日过来。想起贾母素日疼他；又想到自己命苦，刚配了一个才貌双全的男人，性情又好，偏偏的得了冤孽症候，不过捱日子罢了：于是更加悲痛，直哭了半夜。鸳鸯等再三劝慰不止。宝玉瞅着也不胜悲伤，又不好上前去劝。见他淡妆素服，不敷脂粉，更比未出嫁的时候犹胜几分。转念又看宝琴等淡素妆饰，自有一种天生丰韵。独有宝钗浑身孝服，那知道比寻常穿颜色时更有一番雅致。心里想道：“所以千红万紫终让梅花为魁，殊不知并非为梅花开的早，竟是洁白清香四字是不可及的了。但只这时候若有林妹妹也是这样打扮，又不知怎样的丰韵了！”想到这里，不觉的心酸起来，那泪珠便直滚滚的下来了，趁着贾母的事不妨放声大哭。众人正劝湘云不止，外间又添出一个哭的来了。大家只道是想着贾母疼他的好处所以伤悲，岂知他们两个人各自有各自的心事。这场大哭不禁满屋的人无不下泪。还是薛姨妈李婶娘等劝住。

明日是坐夜之期，更加热闹。凤姐这日竟支撑不住，也无方法，只得用尽心力，甚至咽喉嚷破，敷衍过了半日。到了下半天，人客更多了，事情也落得跟了邢夫人行事。馀者更不必说了。独有李纨瞧出凤姐的苦处，也不敢替他说话，只自叹道："俗语说的，'牡丹虽好，全仗绿叶扶持。'太太们不亏了凤丫头那些人还帮着吗！若是三姑娘在家还好，如今只有他几个自己的人瞎张罗，面前背后的也抱怨说是一个钱摸不着，脸面也不能剩一点儿。老爷是一味的尽孝，庶务上头不大明白，这样的一件大事，不撒散几个钱就办的开了吗！可怜凤丫头闹了几年，不想在老太太的事上只怕保不住脸了。"于是抽空儿叫了他的人来吩咐道："你们别看着人家的样儿也糟蹋起琏二奶奶来。别打谅什么穿孝守灵就算了大事了，不过混过几天就是了。看见那些人张罗不开便插个手儿也未为不可，这也是公事，大家都该出力的。"那些素服李纨的人都答应着说："大奶奶说得很是。我们也不敢那么着。只听见鸳鸯姐姐们的口话儿好像怪琏二奶奶的是的。"李纨道："就是鸳鸯我也告诉过他，我说：'琏二奶奶并不是在老太太的事上不用心，只是银子钱都不在他手里，叫他巧媳妇还作的上没米的粥来吗！'如今鸳鸯也知道了，所以他不怪他了。只是鸳鸯的样子竟是不像从前了，这也奇怪，那时候有老太太疼他倒没有作过什么威福，如今老太太死了，没有了仗腰子的了，我看他倒有些气质不大好了。我先前替他愁，这会子幸喜大老爷不在家，才躲过去了。不然他有什么法儿！"说着，只见贾兰走来说："妈妈睡罢，一天到晚人来客去的也乏了，歇歇罢。我这几天总没有摸摸书本儿，今儿爷爷叫我家里睡，我喜欢的很，要理个一两本书才好。别等脱了孝再都忘了。"李纨道："好孩子，看书呢，自然是好的。今儿且歇歇罢，等老太太送了殡再看罢。"贾兰道："妈妈要睡我也就睡，在被窝里头想想也罢了。"众人听了，都夸道："好哥儿，怎么这点年纪得了空儿就想到书上！不像宝二爷娶了亲的人，还是那么孩子气，这几日跟着老爷跪着，瞧他很不受用，巴不得老爷一动身就跑过来找二奶奶，不知唧唧咕咕的说些什么，甚至弄的二奶奶都不理他了。他又去找琴姑娘，琴姑娘也远避他，邢姑娘也不很同他说话。倒是咱们本家的什么喜姑娘咧四姑娘咧哥哥长哥哥短的和他亲密。我们看那宝二爷除了和奶奶姑娘们混混，只怕他心里也没有别的事，白过费了老太太的心疼了他这么大，那里及兰哥儿一零儿呢！大奶奶，你将来是不愁的了。"李纨道："就好也还小，只怕到他大了，咱们家还不知怎么样了呢！环哥儿你们瞧着怎么样？"众人道："这一个更不像样儿了，儿的去料理明儿的事罢。”凤姐不敢再言，只得含悲忍泣的出来，又叫人传齐了众人，又吩咐了一会，说：“大娘婶子们可怜我罢，我上头捱了好些说，为的是你们不齐截，叫人笑话。明儿你们豁出些辛苦来罢。”那些人回道：“奶奶办事不是今儿个一遭儿了，我们敢违拗吗。只是这回的事上头过于累赘，只说打发这顿饭罢，有的在这里吃，有的要在家里吃，请了那位太太，又是那位奶奶不来，诸如此类那得齐全。还求奶奶劝劝那些姑娘们不要挑饬就好了。”凤姐道：“头一层是老太太的丫头们是难缠的，太太们的也难说话，叫我说谁去呢。”众人道：“从前奶奶在东府里还是署事，要打要骂怎么这样锋利，谁敢不依。如今这些姑娘们都压不住了？”凤姐叹道：“东府里的事虽说托办的，太太虽在那里不好意思说什么。如今是自己的事情，又是公平的，人人说得话。再者，外头的银钱也叫不灵。即如棚里要一件东西，传了出来总不见拿进来，这叫我什么法儿呢！”众人道：“二爷在外头倒怕不应付么！”凤姐道：“还提那个，他也是那里为难。第一件银钱不在他手里，要一件得回一件，那里凑手。”众人道：“老太太这项银子不在二爷手里吗？”凤姐道：“你们回来问管事的便知道了。”众人道：“怨不得我们听见外头男人抱怨说：‘这么件大事，咱们一点摸不着，净当苦差，叫人怎么能齐心呢！’”凤姐道：“如今不用说了，眼面前的事大家留些神罢。倘或闹的上头有了什么说的，我和你们不依的。”众人道：“奶奶要怎么样，他们敢抱怨吗！只是上头一人一个主意，我们实在难周到的。”凤姐听了没法，只得央说道：“好大娘们，明儿且帮我一天。等我把姑娘们闹明白了再说罢咧。”众人听命而去。凤姐一肚子的委屈，愈想愈气，直到天亮又得上去。要把各处的人整理整理，又恐邢夫人生气；要和王夫人说，怎奈邢夫人挑唆。这些丫头们见邢夫人等不助着凤姐的威风，更加作践起他来。幸得平儿替凤姐排解，说是：“二奶奶巴不得要好，只是老爷太太们吩咐了外头不许糜费，所以我们二奶奶不能应付到了。”说过几次才得安静些。虽说僧经道忏上祭挂帐络绎不绝，终是银钱吝啬，谁肯踊跃，不过草草了事。连日王妃诰命也来得不少，凤姐也不能上去照应，只好在底下张罗。叫了那个，走了这个，发一回急，央及一会，胡弄过了一起，又打发一起。别说鸳鸯等看去不像样，连凤姐自己心里也过不去了。

邢夫人虽说是冢妇，仗着“悲戚为孝”四个字倒也都不理会。王夫人姐听了，呆了半天，说道："这还办什么！"正说着，见来了一个丫头说："大太太的话，问二奶奶，今儿第三天了，里头还很乱，供了饭还叫亲戚们等着吗。叫了半天，来了菜短了饭，这是什么办事的道理！"凤姐急忙进去吆喝人来伺候，胡弄着将早饭打发了。偏偏那日人来的多，里头的人都死眉瞪眼的。凤姐只得在那里照料了一会子，又惦记着派人，赶着出来叫了旺儿家的传齐了家人女人们一一分派了。众人都答应着不动。凤姐道："什么时候还不供饭！"众人道："传饭是容易的，只要将里头的东西发出来我们才好照管去。"凤姐道："糊涂东西，派定了你们少不得有的。"众人只得勉强应着。凤姐即往上房取发应用之物。要去请示邢王二夫人，见人多难说。看那时候已经日渐平西了，只得找了鸳鸯说要老太太存的这一分家伙。鸳鸯道："你还问我呢，那一年二爷当了赎了来了么！"凤姐道："不用银的金的，只要这一分平常使的。"鸳鸯道："大太太珍大奶奶屋里使的是那里来的！"凤姐一想不差，转身就走，只得到王夫人那边找了玉钏彩云才拿了一分出来，急忙叫彩明登帐，发与众人收管。鸳鸯见凤姐这样慌张，又不好叫他回来，心想："他头里作事何等爽利周到，如今怎么掣肘的这样个儿！我看这两三天连一点头脑都没有，不是老太太白疼了他了吗。"那里知邢夫人一听贾政的话，正合着将来家计艰难的心，巴不得留一点子作个收局；况且老太太的事原是长房作主，贾赦虽不在家，贾政又是拘泥的人，有件事便说请大奶奶的主意。邢夫人素知凤姐手脚大，贾琏的闹鬼，所以死拿住不放松。鸳鸯只道已将这项银两交了出去了，故见凤姐掣肘如此，便疑为不肯用心，便在贾母灵前唠唠叨叨哭个不了。邢夫人等听了话中有话，不想到自己不令凤姐便宜行事，反说"凤丫头果然有些不用心"。王夫人到了晚上叫了凤姐过来，说："咱们家虽说不济，外头的体面是要的。这两三日人来人往，我瞧着那些人都照应不到，想是你没有吩咐，还得你替我们操点心儿才好。"凤姐听了，呆了一会，要将银两不凑手的话说出，但是银钱是外头管的，王夫人说的是照应不到。凤姐也不敢辩，只好不言语。邢夫人在旁说道："论理该是我们做媳妇的操心，本不是孙子媳妇的事。但是我们动不得身，所以托你的。你是打不得撒手的。"凤姐紫涨了脸，正要回说，只听外头鼓乐一奏，是烧黄昏纸的时候了，大家举起哀来，又不得说。凤姐原想回来再说，王夫人催他出去料理，说道："这里有我们呢，你快快奶奶来求作个主。我生是跟老太太的人，老太太死了我也是跟老太太的，若是瞧不见老太太的事怎么办，将来怎么见老太太呢！”凤姐听了这话来的古怪，便说：“你放心，要体面是不难的。况且老爷虽说要省，那势派也错不得。便拿这项银子都花在老太太身上也是该当的。”鸳鸯道：“老太太的遗言说所有剩下的东西是给我们的，二奶奶倘或用着不够，只管拿这个去折变补上。就是老爷说什么，也不好违老太太的遗言。那日老太太分派的时候不是老爷在这里听见的么。”凤姐道：“你素来最明白的，怎么这会子那样的着急起来了。”鸳鸯道：“不是我着急，为的是大太太是不管事的，老爷是怕招摇的，若是二奶奶心里也是老爷的想头，说抄过家的人家丧事还是这么好，将来又要抄起来，也就不顾起老太太来，怎么处！在我呢，是个丫头，好歹碍不着，到底是这里的声名。”凤姐道：“我知道了。你只管放心，有我呢。”鸳鸯千恩万谢的托了凤姐。那凤姐出来想道：“鸳鸯这东西好古怪，不知打了什么主意。论理老太太身上本该体面些。嗳，不要管他，且按着咱们家先前的样子办去。”于是叫了旺儿家的来传话出去请二爷进来。不多时，贾琏进来说道：“怎么找我？你在里头照应着些就是了。横竖作主是咱们二老爷，他说怎么着咱们就怎么着。”凤姐道：“你也说起这个话来了，可不是鸳鸯说的话应验了么。”贾琏道：“什么鸳鸯的话？”凤姐便将鸳鸯请进去的话述了一遍。贾琏道：“他们的话算什么。才刚二老爷叫我去，说老太太的事固要认真办理；但是知道的呢，说是老太太自己结果自己；不知道的只说咱们都隐匿起来了，如今很宽裕。老太太的这种银子用不了谁还要么，仍旧该用在老太太身上。老太太是在南边的坟地虽有，阴宅却没有。老太太的柩是要归到南边去的，留这银子在祖坟上盖起些房屋来，再馀下的置买几顷祭田，咱们回去也好，就是不回去也叫这些贫穷族中住着，也好按时按节早晚上香时常祭扫祭扫。你想这些话可不是正经主意。据你这个话难道都花了罢！”凤姐道：“银子发出来了没有？”贾琏道：“谁见过银子！我听见咱们太太听见了二老爷的话，极力的撺掇二太太和二老爷说这是好主意，叫我怎么着！现在外头棚杠上要支几百银子，这会子还没有发出来。我要去，他们都说有，先叫外头办了回来再算。你想这些奴才们有钱的早溜了，按着册子叫去，有的说告病，有的说下庄子去了。走不动的有几个，只有赚钱的能耐，还有赔钱的本事么！”凤登时成服。贾政报了丁忧，礼部奏闻，主上深仁厚泽，念及世代功勋，又系元妃祖母，赏银一千两，谕礼部主祭。家人们各处报丧。众亲友虽知贾家势败，今见圣恩隆重，都来探丧。择了吉时成殓，停灵正寝。贾赦不在家，贾政为长，宝玉贾环贾兰是亲孙，年纪又小，都应守灵。贾琏虽也是亲孙，带着贾蓉尚可分派家人办事。虽请了些男女外亲来照应，内里邢王二夫人李纨凤姐宝钗等是应灵旁哭泣的；尤氏虽可照应，他贾珍外出，依住荣府，一向总不上前，且又荣府里的事不甚谙练；贾蓉的媳妇更不必说了；惜春年小，虽在这里长的，他于家事全不知道：所以内里竟无一人支持，只有凤姐可以照管里头的事。况又贾琏在外作主，里外他二人倒也相宜。

凤姐先前仗着自己的才干，原打谅老太太死了他大有一番作用。邢王二夫人等本知他曾办过秦氏的事，必是妥当，于是仍叫凤姐总理里头的事。凤姐本不应辞，自然应了。心想这里的事本是我管的，那些家人更是我手下的，大太太和珍大嫂子的人本来难使唤些，如今他们都去了。银项虽没有了对牌，这种银子是现成的。外头的事又是他办着，虽说我现今身子不好，想来也不致落褒贬，必是比宁府里还得办些。心下已定，且待明日接了三，后日一早便叫周瑞家的传出话去，将花名册取上来。凤姐一一的瞧了，统共只有男仆二十一人，女仆只有十九人，馀者俱是些丫头，连各房算上也不过三十多人，难以点派差使。心里想道：这回老太太的事倒没有东府里的人多。又将庄上的弄出几个，也不敷差遣。正在思算，只见一个小丫头过来说："鸳鸯姐姐请奶奶。"凤姐只得过去。只见鸳鸯哭得泪人一般，一把拉着凤姐儿说道："二奶奶请坐，我给二奶奶磕个头。虽说服中不行礼，这个头是要磕的。"鸳鸯说着跪下。慌的凤姐赶忙拉住，说道："这是什么礼！有话好好的说。"鸳鸯跪着，凤姐便拉起来。鸳鸯说道："老太太的事一应内外都是二爷和二奶奶办，这种银子是老太太留下的，老太太这一辈子也没有糟蹋过什么银钱，如今临了这件大事必得求二奶奶体体面面的办一办才好。我方才听见老爷说什么诗云子曰，我不懂；又说什么'丧与其易，宁戚'，我听了不明白。我问宝二奶奶，说是老爷的意思，老太太的丧事只要悲切才是真孝，不必糜费图好看的念头。我想老太太这样一个人，怎么不该体面些！我虽是奴才丫头敢说什么，只是老太太疼二奶奶和我这一场，临死了还不叫他风光风光。我想二奶奶是能办大事的，故此我请二

第一百十回
史太君寿终归地府　王凤姐力诎失人心

却说贾母坐起说道:“我到你们家已经六十多年了,从年轻的时候到老来,福也享尽了。自你们老爷起,儿子孙子也都算是好的了。就是宝玉呢,我疼了他一场——”说到那里,拿眼满地下瞅着。王夫人便推宝玉走到床前。贾母从被窝里伸出手来拉着宝玉道:“我的儿,你要争气才好!”宝玉嘴里答应,心里一酸,那眼泪便要流下来,又不敢哭,只得站着。听贾母说道:“我想再见一个重孙子我就安心了。我的兰儿在那里呢?”李纨也推贾兰上去。贾母放了宝玉,拉着贾兰道:“你母亲是要孝顺的,将来你成了人,也叫你母亲风光风光。凤丫头呢?”凤姐本来站在贾母旁边,赶忙走到跟前说:“在这里呢。”贾母道:“我的儿,你是太聪明了,将来修修福罢。我也没有修什么,不过心实吃亏,那些吃斋念佛的事我也不大干。就是旧年叫人写了些《金刚经》送送人,不知送完了没有?”凤姐道:“没有呢。”贾母道:“早该施舍完了才好。我们大老爷和珍儿是在外头乐了,最可恶的是史丫头没良心,怎么总不来瞧我!”鸳鸯等明知其故,都不言语。贾母又瞧了一瞧宝钗,叹了口气,只见脸上发红。贾政知是回光返照,即忙进上参汤,贾母的牙关已经紧了。合了一回眼,又睁着满屋里瞧了一瞧。王夫人宝钗上去轻轻扶着,邢夫人凤姐等便忙穿衣,底下婆子们已将床安设停当,铺了被褥。听见贾母喉间略一响动,脸变笑容,竟是去了。享年八十三岁。众婆子疾忙停床。

于是贾政等在外一边跪着,邢夫人等在内一边跪着,一齐举起哀来。外面家人各样预备齐全,只听里头信儿一传出来,从荣府大门起至内宅门扇扇大开,一色净白纸糊了,孝棚高起,大门前的牌楼立时竖起,上下人等去。”贾琏进内，见凤姐正要穿衣，一时动不得，暂且靠在炕桌儿上。贾琏道：“你只怕养不住了。老太太的事今儿明儿就要出来了，你还脱得过么。快叫人将屋里收拾收拾就该扎挣上去了。若有了事，你我还能回来么。”凤姐道：“咱们这里还有什么收拾的，不过就是这点子东西，还怕什么！你先去罢，看老爷叫你。我换件衣裳就来。”贾琏先回到贾母房里，向贾政悄悄的回道：“诸事已交派明白了。”贾政点头。外面又报太医进来了。贾琏接入，又诊了一回，出来悄悄的告诉贾琏：“老太太的脉气不好，防着些。”贾琏会意，与王夫人等说知。王夫人即忙使眼色叫鸳鸯过来，叫他把老太太的装裹衣服预备出来。鸳鸯自去料理。贾母睁眼要茶喝，邢夫人便进了一杯参汤。贾母刚用嘴接着喝，便道：“不要那个，倒一钟茶来我喝。”众人不敢违拗，即忙送上来。一口喝了，还要，又喝一口，便说：“我要坐起来。”贾政等道：“老太太要什么只管说，可以不必坐起来才好。”贾母道：“我喝了口水，心里好些，略靠着和你们说说话。”珍珠等用手轻轻的扶起，看见贾母这回精神好些。未知生死，下回分解。

病，恐不能就好，到这里问大夫。”贾母道：“瞧我的大夫就好，快请了去。”王夫人便叫彩云叫这婆子去回大太太去。那婆子去了。这里贾母便悲伤起来，说是：“我三个孙女儿，一个享尽了福死了，三丫头远嫁不得见面。迎丫头虽苦，或者熬出来，不打谅他年轻轻儿的就要死了。留着我这么大年纪的人活着做什么！”王夫人鸳鸯等解劝了好半天。那时宝钗李氏等不在房中，凤姐近来有病，王夫人恐贾母生悲添病，便叫人叫了他们来陪着，自己回到房中，叫彩云来埋怨这婆子不懂事，“以后我在老太太那里，你们有事不用来回。”丫头们依命不言。岂知那婆子刚到邢夫人那里，外头的人已传进来说：“二姑奶奶死了。”邢夫人听了，也便哭了一场。现今他父亲不在家中，只得叫贾琏快去瞧看。知贾母病重，众人都不敢回。可怜一位如花似月之女，结缡年余，不料被孙家揉搓以致身亡。又值贾母病笃，众人不便离开，竟容孙家草草完结。

贾母病势日增，只想这些好女儿。一时想起湘云，便打发人去瞧他。回来的人悄悄的找鸳鸯。因鸳鸯在老太太身旁，王夫人等都在那里，不便上去，到了后头找了琥珀，告诉他道：“老太太想史姑娘，叫我们去打听。那里知道史姑娘哭得了不得，说是姑爷得了暴病，大夫都瞧了，说这病只怕不能好，若变了个痨病还可捱过四五年。所以史姑娘心里着急。又知道老太太病，只是不能过来请安。还叫我不要在老太太面前提起。倘或老太太问起来，务必托你们变个法儿回老太太才好。”琥珀听了，咳了一声，就也不言语了，半日说道：“你去罢。”琥珀也不便回，心里打算告诉鸳鸯，叫他撒谎去，所以来到贾母床前。只见贾母神色大变，地下站着一屋子的人，嘁嘁的说：“瞧着是不好了。”也不敢言语了。这里贾政悄悄的叫贾琏到身旁，向耳边说了几句话。贾琏轻轻的答应出去了，便传齐了现在家的一干家人，说：“老太太的事待好出来了，你们快快分头派人办去。头一件先请出板来瞧瞧，好挂里子。快到各处将各人的衣服量了尺寸，都开明了，便叫裁缝去做孝衣。那棚杠执事都去讲定。厨房里还该多派几个人。”赖大等回道：“二爷，这些事不用爷费心，我们早打算好了。只是这项银子在那里打算？”贾琏道：“这种银子不用打算了，老太太自己早留下了。刚才老爷的主意只要办的好，我想外面也要好看。”赖大等答应，派人分头办去。贾琏复回到自己房中，便问平儿：“你奶奶今儿怎么样？”平儿把嘴往里一努，说：“你瞧

哀怜子孙贾母病笃　亲奉汤药贾政尽孝

来因为园内人少，一个人轻易难出来；况且咱们这里的腰门常关着，所以这些日子不得见你。今儿幸会。”妙玉道：“头里你们是热闹场中，你们虽在外园里住，我也不便常来亲近。如今知道这里的事情也不大好，又听说是老太太病着，又惦记你，并要瞧瞧宝姑娘。我那管你们的关不关。我要来就来，我不来你们要我来也不能啊！”岫烟笑道：“你还是那种脾气。”一面说着已到贾母房中。众人见了都问了好。妙玉走到贾母床前问候，说了几句套话。贾母便道：“你是个女菩萨，你瞧瞧我的病可好得了好不了？”妙玉道：“老太太这样慈善的人，寿数正有呢。一时感冒，吃几贴药想来也就好了。有年纪人只要宽心些。”贾母道：“我倒不为这些。我是极爱寻快乐的。如今这病也不觉怎样，只是胸膈闷饱。刚才大夫说是气恼所致，你是知道的，谁敢给我气受，这不是那大夫脉理平常么。我和琏儿说了，还是头一个大夫说感冒伤食的是，明儿仍请他来。”说着，叫鸳鸯吩咐厨房里办一桌净素菜来，请他在这里便饭。妙玉道：“我已吃过午饭了，我是不吃东西的。”王夫人道：“不吃也罢，咱们多坐一会说些闲话儿罢。”妙玉道：“我久已不见你们，今儿来瞧瞧。”又说了一回话便要走，回头见惜春站着，便问道：“四姑娘为什么这样瘦？不要只管爱画劳了心。”惜春道：“我久不画了。如今住的房屋不比园里的显亮，所以没兴画。”妙玉道：“你如今住在那一所了？”惜春道：“就是你才进来的那个门东边的屋子。你要来很近。”妙玉道：“我高兴的时候来瞧你。”惜春等说着送了出去。回身过来，听见丫头们回说大夫在贾母那边呢。众人暂且散去。

那知贾母这病日重一日，延医调治不效，以后又添腹泻，贾政着急，知病难医，即命人到衙门告假，日夜同王夫人亲视汤药。一日见贾母略进些饮食，心里稍宽。只见老婆子在门外探头。王夫人叫彩云看去，问问是谁。彩云看了，是赔迎春到孙家去的人，便道：“你来做什么？”婆子道：“我来了半日，这里找不着一个姐姐们，我又不敢冒撞，我心里又急。”彩云道：“你急什么？又是姑爷作践姑娘不成么？”婆子道：“姑娘不好了。前儿闹了一场，姑娘哭了一夜，昨日痰堵住了，他们又不请大夫。今日更利害了。”彩云道：“老太太病着呢，别大惊小怪的。”王夫人在内已听见了，恐老太太听见不受用，忙叫彩云带他外头说去。岂知贾母病中心静，偏偏听见，便道：“迎丫头要死了么？”王夫人便道：“没有。婆子们不知轻重，说是这两日有些太太怎么想着拿出来做什么？”贾母道：“你那里知道，这块玉还是祖爷爷给我们老太爷，老太爷疼我，临出嫁的时候叫了我去亲手递给我的。还说：‘这玉是汉时所佩的东西，很贵重，你拿着就像见了我的一样。’我那时还小，拿了来也不当什么，便撩在箱子里。到了这里，我见咱们家的东西也多，这算得什么，从没带过，一撩便撩了六十多年。今儿见宝玉这样孝顺，他又丢了一块玉，故此想着拿出来给他，也像是祖上给我的意思。”一时宝玉请了安，贾母便喜欢道：“你过来，我给你一件东西瞧瞧。”宝玉走到床前，贾母便把那块汉玉递给宝玉。宝玉接来一瞧，那玉有三寸方圆，形似甜瓜，色有红晕，甚是精致。宝玉口口称赞。贾母道：“你爱么，这是我祖爷爷给我的，我传了你罢。”宝玉笑着请了个安谢了，又拿了要送给他母亲瞧。贾母道：“你太太瞧了告诉你老子，又说疼儿子不如疼孙子了。他们从没见过。”宝玉笑着去了。宝钗等又说了几句话，也辞了出来。自此贾母两日不进饮食，胸口仍是结闷，觉得头晕目眩，咳嗽。邢王二夫人凤姐等请安，见贾母精神尚好，不过叫人告诉贾政，立刻来请了安。贾政出来，即请大夫看脉。不多一时大夫来诊了脉，说是有年纪的人停了些饮食，感冒些风寒，略消导发散些就好了。开了方子。贾政看了，知是寻常药品，命人煎好进服。以后贾政早晚进来请安，一连三日不见稍减。贾政又命贾琏：“打听好大夫快去请来瞧老太太的病。咱们家常请的几个大夫我瞧着不怎么好，所以叫你去。”贾琏想了一想说道：“记得那年宝兄弟病的时候，倒是请了一个不行医的来瞧好了的。如今不如找他。”贾政道：“医道却是极难的。愈是不兴时的大夫倒有本领。你就打发人去找来罢。”贾琏即忙答应去了。回来说道：“这刘大夫新近出城教书去了，过十来天进城一次。这时等不得，又请了一位也就来了。”贾政听了，只得等着。不提。

且说贾母病时，合宅女眷无日不来请安。一日众人都在那里，只见看园内腰门的老婆子进来回说：“园里的栊翠庵的妙师父知道老太太病了，特来请安。”众人道：“他不常过来，今儿特地来，你们快去请来。”凤姐走到床前回贾母。岫烟是妙玉的旧相识，先走出去接他。只见妙玉头带妙常髻，身上穿一件月白素绸袄儿，外罩一件水田青缎镶边长背心，拴着秋香色的丝绦，腰下系一条淡墨画的白绫裙，手执尘尾念珠。跟着一个侍儿，飘飘拽拽的走来。岫烟见了问好，说是“在园内住的日子可以常常来瞧瞧你。近话宝钗听见了，笑着勉强说道："这是那里的话！"那五儿听了这一句越发心虚起来，又不好说的，只得且看宝钗的光景。只见宝钗又笑着问五儿道："你听见二爷睡梦中和人说话来着么？"宝玉听了，自己坐不住，搭赸着走开了。五儿把脸飞红，只得含糊道："前半夜倒说了几句，我也没听真，什么'担了虚名'，又什么'没打正经主意'，我也不懂。劝着二爷睡了，后来我也睡了，不知二爷还说来着没有。"宝钗低头一想："这话明是为黛玉了。但尽着叫他在外头，恐怕心邪了招出些花妖月怪来。况兼他的旧病原在姊妹上情重，只好设法将他的心意挪移过来，然后能免无事。"想到这里，不免面红耳热起来，也就讪讪的进房梳洗去了。且说贾母两日高兴，略吃多了些，这晚有些不受用，第二天便觉着胸口饱闷。鸳鸯等要回贾政，贾母不叫言语，说："我这两日嘴馋些吃多了点子，我饿一顿就好了。你们快别吵嚷。"于是鸳鸯等并没有告诉人。这日晚间宝玉回到自己屋里，见宝钗自贾母王夫人处才请了晚安回来，宝玉想着早起之事，未免赧颜抱惭。宝钗看他这样，也晓得是个没意思的光景。因想着他是个痴情人，要治他的这病少不得仍以痴情治之。想了一回，便问宝玉道："你今夜还在外间睡去罢咧。"宝玉自觉没趣，便道："里间外间都是一样的。"宝钗意欲再说，反觉不好意思。袭人道："罢呀，这倒是什么道理呢！我不信睡得那么安稳。"五儿听见这话，连忙接口道："二爷在外间睡别的倒没什么，只是爱说梦话，叫人摸不着头脑儿，又不敢驳他的回。"袭人便道："我今日挪到床上睡睡，看说梦话不说。你们只管把二爷的铺盖铺在里间就完了。"宝钗听了也不作声。宝玉自己惭愧不来，那里还有强嘴的分儿，便依着搬进里间来。一则宝玉负愧欲安慰宝钗之心，二则宝钗恐宝玉思郁成疾，不如假以词色使得稍觉亲近，以为移花接木之计。于是当晚袭人果然挪出去。宝玉因心中愧悔，宝钗欲拢络宝玉之心，自过门至今日方才如鱼得水，恩爱缠绵，所谓二五之精妙合而凝的了。此是后话。

且说次日宝玉宝钗同起，宝玉梳洗了先过贾母这边来。这里贾母因疼宝玉，又想宝钗孝顺，忽然想起一件东西，便叫鸳鸯开了箱子取出祖上所遗一个汉玉玦，虽不及宝玉他那块玉石，挂在身上却也希罕。鸳鸯找出来递与贾母，便说道："这件东西我好像从没见的，老太太这些年还记得这样清楚，说是那一箱什么匣子里装着，我按着老太太的话一拿就拿出来了。老服就过来？”五儿道：“爷叫的紧，那里有尽着穿衣裳的空儿。要知道说这半天话儿时，我也穿上了。”宝玉听了，连忙把自己盖的一件月白绫子绵袄儿揭起来递给五儿，叫他披上。五儿只不肯接，说：“二爷盖着罢，我不凉。我凉我有我的衣裳。”说着回到自己铺边拉了一件长袄披上。又听了听麝月睡的正浓，才慢慢过来说：“二爷今晚不是要养神呢吗？”宝玉笑道：“实告诉你罢，什么是养神，我倒是要遇仙的意思。”五儿听了，越发动了疑心，便问道：“遇什么仙？”宝玉道：“你要知道，这话长着呢。你挨着我来坐下，我告诉你。”五儿红了脸，笑道：“你在那里躺着，我怎么坐呢！”宝玉道：“这个何妨！那一年冷天，也是你麝月姐姐和你晴雯姐姐玩，我怕冻着他，还把他揽在被里渥着呢。这有什么的！大凡一个人总不要酸文假醋才好。”五儿听了，句句都是宝玉调戏之意，那知这位呆爷却是实心实意的话儿。五儿此时走开不好，站着不好，坐下不好，倒没了主意了，因微微的笑着道：“你别混说了，看人家听见这是什么意思。怨不得人家说你专在女孩儿身上用工夫。你自己放着二奶奶和袭人姐姐都是仙人儿是的，只爱和别人胡缠。明儿再说这些话，我回了二奶奶，看你什么脸见人。”正说着，只听外面咕咚一声，把两个人吓了一跳。里间宝钗咳嗽了一声。宝玉听见，连忙努嘴儿，五儿也就忙忙的息了灯悄悄的躺下了。原来宝钗袭人因昨夜不曾睡，又兼日间劳乏了一天，所以睡去都不曾听见他们说话。此时院中一响早已惊醒，听了听也无动静。宝玉此时躺在床上心里疑惑：“莫非林妹妹来了，听见我和五儿说话，故意吓我们的？”翻来覆去，胡思乱想，五更以后才朦胧睡去。却说五儿被宝玉鬼混了半夜，又兼宝钗咳嗽，自己怀着鬼胎，生怕宝钗听见了，也是思前想后一夜无眠。次日一早起来，见宝玉尚自昏昏睡着，便轻轻儿的收拾了屋子。那时麝月已醒，便道：“你怎么这么早起来了？你难道一夜没睡吗？”五儿听这话又似麝月知道了的光景，便只是讪笑，也不答言。不一时宝钗袭人也都起来，开了门，见宝玉尚睡，却也纳闷：怎么外边两夜睡得倒这般安稳。及宝玉醒来，见众人都起来了，自己连忙爬起，揉着眼睛细想，昨夜又不曾梦见，可是仙凡路隔了！慢慢的下了床，又想昨夜五儿说的宝钗袭人都是天仙一般，这话却也不错，便怔怔的瞅着宝钗。宝钗见他发怔，虽知他为黛玉之事，却也定不得梦不梦，只是瞅的自己倒不好意思，便道：“二爷昨夜可真遇见仙了么？”宝玉听了，只道昨晚的宝玉要睡越睡不着，见他两个人在那里打铺，忽然想起那年袭人不在家时晴雯麝月两个人伏侍，夜间麝月出去，晴雯要吓他，因为没穿衣服着了凉，后来还是从这个病上死的。想到这里，一心移在晴雯身上去了。忽又想起凤姐说五儿给晴雯脱了个影儿，因又将想晴雯的心肠移在五儿身上。自己假装睡着，偷偷的看那五儿，越瞧越像晴雯，不觉呆性复发，听了听里间已无声息，知是睡了。却见麝月也睡着了，便故意叫了麝月两声，却不答应。五儿听见宝玉唤人，便问道："二爷要什么？"宝玉道："我要漱漱口。"五儿见麝月已睡，只得起来重新剪了蜡花，倒了一钟茶来，一手托着漱盂。却因赶忙起来的，身上只穿着一件桃红绫子小袄儿，松松的挽着一个纂儿。宝玉看时，居然晴雯复生。忽又想起晴雯说的"早知担个虚名，也就打个正经主意了"，不觉呆呆的呆看，也不接茶。那五儿自从芳官去后，也无心进来了。后来听得凤姐叫他进来伏侍宝玉，竟比宝玉盼他进来的心还急。不想进来以后，见宝钗袭人一般尊贵稳重，看着心里实在敬慕；又见宝玉疯疯傻傻，不是先前风致；又听见王夫人为女孩子们和宝玉玩笑都撵了：所以把这件事搁在心上，倒无一毫的儿女私情了。怎奈这位呆爷今晚把他当作晴雯，只管爱惜起来。那五儿早已羞得两颊红潮，又不敢大声说话，只得轻轻的说道："二爷漱口啊。"宝玉笑着接了茶在手中，也不知道漱了没有，便笑嘻嘻的问道："你和晴雯姐姐好不是啊？"五儿听了，摸不着头脑，便道："都是姐妹，也没有什么不好的。"宝玉又悄悄的问道："晴雯病重了，我看他去，不是你也去了么？"五儿微微笑着点头儿。宝玉道："你听见他说什么了没有？"五儿摇着头儿道："没有。"宝玉已经忘神，便把五儿的手一拉。五儿急得红了脸，心里乱跳，便悄悄说道："二爷有什么话只管说，别拉拉扯扯的。"宝玉才放了手，说道："他和我说来着：'早知担了个虚名，也就打正经主意了。'你怎么没听见么？"五儿听了这话明明是轻薄自己的意思，又不敢怎么样，便说道："那是他自己没脸。这也是我们女孩儿家说得的吗！"宝玉着急道："你怎么也是这个道学先生。我看你长的和他一模一样，我才肯和你说这个话，你怎么倒拿这些话来糟蹋他？"此时五儿心中也不知宝玉是怎么个意思，便说道："夜深了，二爷也睡罢，别紧着坐着，看凉着。刚才奶奶和袭人姐姐怎么嘱咐了。"宝玉道："我不凉。"说到这里，忽然想起五儿没穿着大衣服，就怕他也像晴雯着了凉，便说道："你为什么不穿上衣豫起来。据我说，很该就办。邢姑娘是妈妈知道的，如今在这里也很苦，娶了去虽说我家穷，究竟比他傍人门户好多着呢。”薛姨妈道：“你得便的时候就去告诉老太太，说我家没人，就要拣日子了。”宝钗道：“妈妈只管同二哥哥商量挑个好日子，过来和老太太大太太说了，娶过去就完了一宗事。这里大太太也巴不得娶了去才好。”薛姨妈道：“今日听见史姑娘也就回去了，老太太心里要留你妹妹在这里住几天，所以他住下了。我想他也是不定多早晚就走的人了，你们姊妹们也多叙几天话儿。”宝钗道：“正是呢。”于是薛姨妈又坐了一坐，出来辞了众人回去了。

却说宝玉晚间归房，因想昨夜黛玉竟不入梦，或者他已经成仙，所以不肯来见我这种浊人也是有的；不然就是我的性儿太急了，也未可知。便想了个主意，向宝钗说道：“我昨夜偶然在外间睡着，似乎比在屋里睡的安稳些，今日起来心里也觉清净些，我的意思还要在外间睡两夜，只怕你们又来拦我。”宝钗听了，明知早晨他嘴里念诗是为着黛玉的事了。想来他那个呆性是不能劝的，倒好叫他睡两夜，索性自己死了心也罢了，况兼昨夜听他睡的倒也安静。便道：“好没来由！你只管睡去，我们拦你作什么。但只不要胡思乱想招出些邪魔外祟来。”宝玉笑道：“谁想什么！”袭人道：“依我劝，二爷竟还是屋里睡罢。外边一时照应不到，着了风倒不好。”宝玉未及答言，宝钗却向袭人使了个眼色。袭人会意，便道：“也罢，叫个人跟着你罢，夜里好倒茶倒水的。”宝玉便笑道：“这么说，你就跟了我来。”袭人听了，倒没意思起来，登时飞红了脸，一声也不言语。宝钗素知袭人稳重，便说道：“他是跟惯了我的，还叫他跟着我罢。叫麝月五儿照料着也罢了。况且今日他跟着我闹了一天，也乏了，该叫他歇歇了。”宝玉只得笑着出来。宝钗因命麝月五儿给宝玉仍在外间铺设了，又嘱咐两个人醒睡些，要茶要水都留点神儿。两个答应着出来，看见宝玉端然坐在床上，闭目合掌，居然像个和尚一般。两个也不敢言语，只管瞅着他笑。宝钗又命袭人出来照应，袭人看见这般却也好笑，便轻轻的叫道：“该睡了，怎么又打起坐来了。”宝玉睁开眼看见袭人，便道：“你们只管睡罢，我坐一坐就睡。”袭人道：“因为你昨日那个光景，闹的二奶奶一夜没睡，你再这么着成何事体。”宝玉料着自己不睡都不肯睡，便收拾睡下。袭人又嘱咐了麝月等几句才进去，关门睡了。这里麝月五儿两个人也收拾了被褥，伺候宝玉睡着，各自歇下。那知袭人等进去，便将坐更的两个婆子支到外头，他轻轻的坐起来暗暗的祝了几句便睡下了，欲与神交。起初再睡不着，以后把心一静便睡去了。岂知一夜安眠，直到天亮。宝玉醒来，拭眼坐起来想了一回，并无有梦，便叹口气道："正是：'悠悠生死别经年，魂魄不曾来入梦'！"宝钗却一夜反没有睡着，听宝玉在外边念这两句，便接口道："这句又说莽撞了。如若林妹妹在时又该生气了。"宝玉听了反不好意思，只得起来搭赸着往里间走来，说："我原要进来的，不觉得一个盹儿就打着了。"宝钗道："你进来不进来与我什么相干！"袭人等本没有睡，眼见他们两个说话，即忙倒上茶来。已见老太太那边打发小丫头来问："宝二爷昨晚睡得安顿么？若安顿时，早早的同二奶奶梳洗了就过去。"袭人便说："你去回老太太说，宝玉昨夜很安顿，回来就过来。"小丫头去了。宝钗起来梳洗了，莺儿袭人等跟着先到贾母那里行了礼，便到王夫人那边起至凤姐都让过了，仍到贾母处。见他母亲也过来了。大家问起宝玉晚上好么，宝钗便说："回去就睡了，没有什么。"众人放心。又说些闲话。只见小丫头进来说："二姑奶奶要回去了。听见说孙姑爷那边人来到大太太那里说了些话，大太太叫人到四姑娘那边说不必留了，让他去罢。如今二姑奶奶在大太太那边哭呢，大约就过来辞老太太。"贾母众人听了，心中好不自在，都说："二姑娘这样一个人，为什么命里遭着这样的人！一辈子不能出头。这便怎么好！"说着，迎春进来，泪痕满面，因为是宝钗的好日子，只得含着泪辞了众人要回去。贾母知道他的苦处，也不便强留，只说道："你回去也罢了。但是不要悲伤。碰着了这样人也是没法儿的。过几天我再打发人接你去。"迎春道："老太太始终疼我，如今也疼不来了。可怜我只是没有再来的时候了！"说着，眼泪直流。众人都劝道："这有什么不能回来的，比不得你三妹妹隔得远，要见面就难了。"贾母等想起探春，不觉也大家落泪，只为是宝钗的生日，即转悲为喜，说："这也不难，只要海疆平静，那边亲家调进京来就见的着了。"大家说："可不是这么着呢。"说着，迎春只得含悲而别。众人送了出来，仍回贾母那里，从早至暮又闹了一天。众人见贾母劳乏，各自散了。独有薛姨妈辞了贾母，到宝钗那里说道："你哥哥是今年过了，直要等到皇恩大赦的时候减了等才好赎罪。这几年叫我孤苦伶仃怎么处！我想要与你二哥哥完婚，你想想好不好？"宝钗道："妈妈是为着大哥哥娶了亲吓怕的了，所以把二哥哥的事犹

第一百九回
候芳魂五儿承错爱　还孽债迎女返真元

话说宝钗叫袭人问出缘故，恐宝玉悲伤成疾，便将黛玉临死的话与袭人假作闲谈，说是："人生在世有意有情，到了死后各自干各自的去了。并不是生前那样个人死后还是这样。活人虽有痴心，死的竟不知道。况且林姑娘既说仙去，他看凡人是个不堪的浊物，那里还肯混在世上。只是人自己疑心，所以招些邪魔外祟来缠扰了。"宝钗虽是与袭人说话，原说给宝玉听的。袭人会意，也说是没有的事。"若说林姑娘的魂灵儿还在园里，我们也算好的，怎么不曾梦见了一次。"宝玉在外间听得，细细的想道："果然也奇。我知道林妹妹死了，那一日不想几遍，怎么从没梦过。想是他到天上去了，瞧我这凡夫俗子不能交通神明，所以梦都没有一个儿。我就在外间睡着，或者我从园里回来，他知道我的实心，肯与我梦里一见。我必要问他实在那里去了，我也时常祭奠。若是果然不理我这浊物，竟无一梦，我便不想他了。"主意已定，便说："我今夜就在外间睡了，你们也不用管我。"宝钗也不强他，只说："你不要胡思乱想。你不瞧瞧太太因你园里去了，急得话都说不出来。若是知道还不保养身子，倘或老太太知道了，又说我们不用心。"宝玉道："白这么说罢咧，我坐一会子就进来。你也乏了，先睡罢。"宝钗知他必进来的，假意说道："我睡了，叫袭姑娘伺候你罢。"宝玉听了，正合机宜。候宝钗睡了，他便叫袭人麝月另铺设下一付被褥，常叫人进来瞧二奶奶睡着了没有。宝钗故意装睡，也是一夜不宁。那宝玉知是宝钗睡着，便与袭人道："你们各自睡罢，我又不伤感。你若不信，你就伏侍我睡了再进去。只要不惊动我就是了。"袭人果然伏侍他睡下，便预备下了茶水，关好了门，进里间去照应一回，各自假寐。宝玉若有动静再为出来。宝玉见是心实。不知是会芙蓉神去了，还是寻什么仙去了。”宝玉听着也不答言。独有王夫人急的一言不发。贾母问道:“你到那里可曾吓着么？这回不用说了，以后要逛，到底多带几个人才好。不然大家早散了。回去好好的睡一夜，明日一早过来，我还要找补叫你们再乐一天呢。不要为他又闹出什么缘故来。”众人听说，辞了贾母出来。薛姨妈便到王夫人那里住下。史湘云仍在贾母房中。迎春便往惜春那里去了。馀者各自回去。不提。独有宝玉回到房中，嗳声叹气。宝钗明知其故，也不理他，只是怕他忧闷勾出旧病来，便进里间叫袭人来细问他宝玉到园怎么样的光景。未知袭人怎生回说，下回分解。

着。宝玉进得园来，只见满目凄凉，那些花木枯萎，更有几处亭馆彩色久经剥落，远远望见一丛修竹倒还茂盛。宝玉一想，说："我自病时出园住在后边，一连几个月不准我到这里，瞬息荒凉。你看独有那几竿翠竹菁葱，这不是潇湘馆么。"袭人道："你几个月没来，连方向都忘了。咱们只管说话，不觉将怡红院走过了。"回过头来用手指着道："这才是潇湘馆呢。"宝玉顺着袭人的手一瞧，道："可不是过了吗！咱们回去瞧瞧。"袭人道："天晚了，老太太必是等着吃饭。该回去了。"宝玉不言，找着旧路竟往前走。你道宝玉虽离了大观园将及一载，岂遂忘了路径；只因袭人恐他见了潇湘馆，想起黛玉又要伤心，所以用言混过。岂知宝玉只望里走，天又晚了，恐招了邪气，故宝玉问他只说已走过了，欲宝玉不去。不料宝玉的心惟在潇湘馆内。袭人见他往前急走，只得赶上，见宝玉站着，似有所见，如有所闻，便道："你听什么？"宝玉道："潇湘馆倒有人住着么？"袭人道："大约没有人罢。"宝玉道："我明明听见有人在内啼哭，怎么没有人！"袭人道："你是疑心。素常你到这里常听见林姑娘伤心，所以如今还是那样。"宝玉不信，还要听去。婆子们赶上说道："二爷快回去罢，天已晚了。别处我们还敢走走，只是这里路又隐僻，又听得人说这里林姑娘死后常听见有哭声，所以人都不敢走的。"宝玉袭人听说都吃了一惊。宝玉道："可不是！"说着，便滴下泪来，说："林妹妹，林妹妹，好好儿的是我害了你了！你别怨我，只是父母作主，并不是我负心！"愈说愈痛，便大哭起来。袭人正在没法，只见秋纹带着些人赶来，对袭人道："你好大胆，怎么领了二爷到这里来！老太太太太他们打发人各处都找到了，刚才腰门上有人说是你同二爷到这里来了，吓得老太太太太们了不得，骂着我叫我带人赶来。还不快回去么！"宝玉犹自痛哭，袭人也不顾他哭，两个人拉着就走，一面替他拭眼泪，告诉他老太太着急。宝玉没法，只得回来。袭人知老太太不放心，将宝玉仍送到贾母那边。众人都等着未散。贾母便说："袭人，我素常知你明白，才把宝玉交给你，怎么今儿带他园里去！他的病才好，倘或撞着什么又闹起来，这便怎么处！"袭人也不敢分辩，只得低头不语。宝钗看宝玉颜色不好，心里着实的吃惊。倒还是宝玉恐袭人受委屈，说道："青天白日怕什么！我因为好些时没到园里逛逛，今儿趁着酒兴走走，那里就撞着什么了呢！"凤姐在园里吃过大亏的，听到那里寒毛倒竖，说："宝兄弟胆子忒大了！"湘云道："不是胆大，倒五来。鸳鸯道:“了不得,我输了!”贾母道:“这是不算什么的吗?”鸳鸯道:“名儿倒有,只是我说不上曲牌名来。”贾母道:“你说名儿,我给你诌。”鸳鸯道:“这是‘浪扫浮萍’。”贾母道:“这也不难。我替你说个‘秋鱼入菱窠’。”鸳鸯下手的就是湘云,便道:“‘白萍吟尽楚江秋’。”众人都道:“这句很确。”贾母道:“这令完了,咱们喝两杯吃饭罢。”回头一看,见宝玉还没进来,便问道:“宝玉那里去了,还不来?”鸳鸯道:“换衣服去了。”贾母道:“谁跟了去的?”那莺儿便上来回道:“我看见二爷出去,我叫袭人姐姐跟了去了。”贾母王夫人才放心。等了一回,王夫人叫人去找来。小丫头子到了新房,只见五儿在那里插蜡。小丫头便问:“宝二爷那里去了?”五儿道:“在老太太那边喝酒呢。”小丫头道:“我在老太太那里,太太叫我来找的,岂有在那里倒叫我来找的理。”五儿道:“这就不知道了。你到别处找去罢。”小丫头没法,只得回来,遇见秋纹,便道:“你见二爷那里去了?”秋纹道:“我也找他,太太们等他吃饭,这会子那里去了呢?你快去回老太太去,不必说不在家,只说喝了酒不大受用,不吃饭了,略躺一躺再来,请老太太们吃饭罢。”小丫头依言回去告诉珍珠,珍珠依言回了贾母。贾母道:“他本来吃不多,不吃也罢了。叫他歇歇罢。告诉他今儿不必过来,有他媳妇在这里。”珍珠便向小丫头道:“你听见了?”小丫头答应着,不便说明,只得在别处转了一转,说告诉了。众人也不理会,便吃毕饭,大家散坐说话。不提。

且说宝玉一时伤心,走了出来,正无主意,只见袭人赶来问是怎么了。宝玉道:“不怎么,只是心里烦得慌。何不趁他们喝酒咱们两个到珍大奶奶那里逛逛去。”袭人道:“珍大奶奶在这里,去找谁?”宝玉道:“不找谁。瞧瞧他现在这里住的房屋怎么样。”袭人只得跟着,一面走一面说。走到尤氏那边,有一个小门儿半开半掩。宝玉也不进去。只见看园门的两个婆子坐在门槛上说话儿。宝玉问道:“这小门开着么?”婆子道:“天天是不开的,今儿有人出来说今日预备老太太要用园里的果子,故开着门等着。”宝玉便慢慢的走到那边,果见腰门半开,宝玉便走了进去。袭人忙拉住道:“不用去,园里不干净,常没有人去,不要撞见什么。”宝玉便仗着酒气说:“我不怕那些。”袭人苦苦的拉住不容他去。婆子们上来说道:“如今这园子安静的了。自从那日道士拿了妖去,我们摘花儿打果子一个人常走的。二爷要去,咱们都跟着,有这些人怕什么。”宝玉喜欢,袭人也不便相强,只得跟打点儿。众人叫鸳鸯喝了一杯，就在他身上数起。恰是薛姨妈先掷。薛姨妈便掷了一下，却是四个么。鸳鸯道："这是有名的，叫作'商山四皓'，有年纪的喝一杯。"于是贾母李婶娘邢王两夫人都该喝。贾母举酒要喝，鸳鸯道："这是姨太太掷的，还该姨太太说个曲牌名儿，下家儿接一句《千家诗》。说不出的罚一杯。"薛姨妈道："你又来算计我了。我那里说得上来。"贾母道："不说到底寂寞，还是说一句的好。下家儿就是我了，若说不出来，我陪姨太太喝一钟就是了。"薛姨妈便道："我说个'临老入花丛'。"贾母点点头儿道："'将谓偷闲学少年'。"说完，骰盆过到李纹，便掷了两个四两个二。鸳鸯说："也有名了，这叫作'刘阮入天台'。"李纹便接着说了个"二士入桃源"。下手儿便是李纨，说道："'寻得桃源好避秦'。"大家又喝了一口。骰盆又过到贾母跟前，便掷了两个二两个三。贾母道："这要喝酒了？"鸳鸯道："有名儿的，这是'江燕引雏'。众人都该喝一杯。"凤姐道："雏是雏，倒飞了好些了。"众人瞅了他一眼，凤姐便不言语。贾母道："我说什么呢，'公领孙'罢。"下手是李绮，便说道："'闲看儿童捉柳花'。"众人都说好。宝玉巴不得要说，只是令盆轮不到。正想着，恰好到了跟前，便掷了一个二两个三一个么，便说道："这是什么？"鸳鸯笑道："这是个臭，先喝一杯再掷罢。"宝玉只得喝了又掷，这一掷掷了两个三两个四。鸳鸯道："有了，这叫作'张敞画眉'。"宝玉明白打趣他，宝钗的脸也飞红了。凤姐不大懂得，还说："二兄弟快说了，再找下家儿是谁。"宝玉明知难说，自认："罚了罢，我也没下家。"过了令盆轮到李纨，便掷了一下儿。鸳鸯道："大奶奶的是'十二金钗'。"宝玉听了，赶到李纨身旁看时，只见红绿对开，便说："这一个好看得很。"忽然想起十二钗的梦来，便呆呆的退到自己座上。心里想："这十二钗说是金陵的，怎么家里这些人如今七大八小的就剩了这几个。"复又看看湘云宝钗虽说都在，只是不见了黛玉，一时按捺不住眼泪便要下来，恐人看见，便说身上躁的很，脱脱衣服去，挂了筹出席去了。这史湘云看见宝玉这般光景，打谅宝玉掷不出好的，被别人掷了去心里不喜欢便去了；又嫌那个令儿没趣，便有些烦。只见李纨道："我不说了，席间的人也不齐，不如罚我一杯。"贾母道："这个令儿也不热闹，不如蠲了罢。让鸳鸯掷一下，看掷出个什么来。"小丫头便把令盆放在鸳鸯跟前。鸳鸯依命便掷了两个二一个五，那一个骰子在盆中只管转，鸳鸯叫道："不要五！"那骰子单单转出一个话。凤姐也知贾母之意，竭力张罗，说道：“今儿老太太喜欢些了，你看这些人好几时没有聚在一处，今儿齐全。”说着，回过头去，看见婆婆尤氏不在这里，又缩住了口。贾母为着齐全两字，也想邢夫人等，叫人请去。邢夫人尤氏惜春等听见老太太叫，不敢不来，心内也十分不愿意。想着：“家业零败，偏又高兴给宝钗做生日。到底老太太偏心！”便来了也是无精打采的。贾母问起岫烟来，邢夫人假说病着不来。贾母会意，知薛姨妈在这里有些不便，也不提了。一时摆下果酒。贾母说：“也不送到外头，今日只许咱们娘儿们乐一乐。”宝玉虽然娶过亲的人，因贾母疼爱，仍在里头打混，但不与湘云宝琴等同席，便在贾母身旁设着一个坐儿，他代宝钗轮流敬酒。贾母道：“如今且坐下大家喝酒，到挨晚儿再到各处行礼去。若如今行起来了，大家又闹规矩，把我的兴头打回去就没趣了。”宝钗便依言坐下。贾母又叫人来道：“咱们今儿索性洒脱些，各留一两个人伺候。我叫鸳鸯带了彩云莺儿袭人平儿等在后间去，也喝一钟酒。”鸳鸯等说：“我们还没有给二奶奶磕头，怎么就好喝酒去呢！”贾母道：“我说了你们只管去，用的着你们再来。”鸳鸯等去了。这里贾母才让薛姨妈等喝酒，见他们都不是往常的样子，贾母着急道：“你们到底是怎么着？大家高兴些才好。”湘云道：“我们又吃又喝，还要怎样！”凤姐道：“他们小的时候儿都高兴，如今都碍着脸不敢混说，所以老太太瞧着冷净了。”宝玉轻轻的告诉贾母道：“话是没有什么说的，再说就说到不好的上头来了。不如老太太出个主意，叫他们行个令儿罢。”贾母侧着耳朵听了，笑道：“若是行令，又得叫鸳鸯去。”宝玉听了，不待再说，就出席到后间去找鸳鸯，说：“老太太要行令，叫姐姐去呢。”鸳鸯道：“小爷，让我们舒舒服服的喝一杯罢，何苦来又来搅什么！”宝玉道：“当真老太太说的叫你去呢，与我什么相干！”鸳鸯没法，说道：“你们只管喝，我去了就来。”便到贾母那边。老太太道：“你来了，不是要行令吗。”鸳鸯道：“听见宝二爷说老太太叫我，敢不来吗！不知老太太要行什么令儿。”贾母道：“那文的怪闷的慌，武的又不好，你倒是想个新鲜玩意儿才好。”鸳鸯想了想道：“如今姨太太有了年纪不肯费心，倒不如拿出令盆骰子来，大家掷个曲牌名儿赌输赢酒罢。”贾母道：“这也使得。”便命人取骰盆放在桌上。鸳鸯说：“如今用四个骰子掷去，掷不出名儿来的罚一杯，掷出名儿来每人喝酒的杯数儿掷出来再定。”众人听了道：“这是容易的，我们都随着。”鸳鸯便备两天的酒饭。”鸳鸯领命，叫婆子交了出去。一宿无话。

次日传话出去，打发人去接迎春。又请了薛姨妈宝琴，叫带了香菱来。又请李婶娘。不多半日，李纹李绮都来了。宝钗本没有知道，听见老太太的丫头来请，说：“薛姨太太来了，请二奶奶过去呢。”宝钗心里喜欢，便是随身衣服过去，要见他母亲。只见他妹子宝琴并香菱都在这里，又见李婶娘等人也都来了。心想：“那些人必是知道我们家的事情完了，所以来问候的。”便去问了李婶娘好，见了贾母，然后与他母亲说了几句话，便与李家姐妹们问好。湘云在旁说道：“太太们请都坐下。让我们姐妹们给姐姐拜寿。”宝钗听了，倒呆了一呆，回来一想：“可不是明日是我的生日吗！”便说：“妹妹们过来瞧老太太是该的。若说为我的生日是断断不敢的。”正推让着，宝玉也来请薛姨妈李婶娘的安。听见宝钗自己推让，他心里本早打算过宝钗生日，因家中闹得七颠八倒，也不敢在贾母处提起。今见湘云等众人要拜寿，便喜欢道：“明日才是生日，我正要告诉老太太来。”湘云笑道：“扯臊，老太太还等你告诉！你打谅这些人为什么来，是老太太请的。”宝钗听了，心下未信。只听贾母和他母亲道：“可怜宝丫头做了一年新媳妇，家里接二连三的有事，总没有给他做过生日。今日我给他做个生日，请姨太太太太们来大家说说话儿。”薛姨妈道：“老太太这些时心里才安。他小人儿家还没有孝敬老太太，倒要老太太操心。”湘云道：“老太太最疼的孙子是二哥哥，难道二嫂子就不疼了么！况且宝姐姐也配老太太给他做生日。”宝钗低头不语。宝玉心里想道：“我只说史妹妹出了阁是换了一个人了，我所以不敢亲近他，他也不来理我。如今听他的话原是和先前一样的。为什么我们那个过了门更觉得腼腆了，话都说不出来了呢？”正想着，小丫头进来说：“二姑奶奶回来了。”随后李纨凤姐都进来，大家厮见一番。迎春提起他父亲出门，说：“本要赶来见见，只是他拦着不许来，说是咱们家正是晦气时候，不要沾染在身上。我扭不过没有来，直哭了两三天。”凤姐道：“今儿为什么肯放你回来？”迎春道：“他又说咱们家二老爷又袭了职，还可以走走，不妨事的。所以才放我来。”说着，又哭起来。贾母道：“我原为气得慌，今日接你们来给孙子媳妇过生日，说说笑笑解个闷儿。你们又提起这些烦事来，又招起我的烦恼来了。”迎春等都不敢作声了。凤姐虽勉强说了几句有兴的话，终不似先前爽利，招人发笑。贾母心里要宝钗喜欢，故意的怄凤姐儿说有书字回来么？”贾母道：“自从嫁了去，二老爷回来说你三姐姐在海疆甚好，只是没有书信，我也日夜惦记。为着我们家连连的出些不好事，所以我也顾不来，如今四丫头也没有给他提亲。环儿呢，谁有工夫提起他来。如今我们家的日子比你从前在这里的时候更苦些。只可怜你宝姐姐，自过了门，没过一天安逸日子。你二哥哥还是这样疯疯颠颠，这怎么处呢！”湘云道：“我从小儿在这里长大的，这里那些人的脾气我都知道的。这一回来了竟都改了样子了。我打谅我隔了好些时没来，他们生疏我。我细想起来竟不是的，就是见了我，瞧他们的意思原要像先前一样的热闹，不知道怎么说说就伤心起来了。我所以坐坐就到老太太这里来了。”贾母道：“如今这样日子在我也罢了。你们年轻轻儿的人还了得！我正要想个法儿叫他们还热闹一天才好，只是打不起这个精神来。”湘云道：“我想起来了，宝姐姐不是后儿的生日吗，我多住一天，给他拜过寿，大家热闹一天。不知老太太怎么样？”贾母道：“我真正气糊涂了。你不提我竟忘了。后日可不是他的生日！我明日拿出钱来给他办个生日。他没有定亲的时候倒做过好几次，如今他过了门，倒没有做。宝玉这孩子头里很伶俐很淘气，如今为着家里的事不好，把这孩子越发弄的话都没有了。倒是珠儿媳妇还好，他有的时候是这么着，没的时候他也是这么着，带着兰儿静静儿的过日子，倒难为他。”湘云道：“别人还不离，独有琏二嫂子，连模样儿都改了，说话也不伶俐了。明日等我来引逗他们，看他们怎么样。但是他们嘴里不说，心里要抱怨我，说我有了——”湘云说到那里，却把脸飞红了。贾母会意道：“这怕什么。原来姊妹们都是在一处乐惯了的，说说笑笑，再别要留这些心。大凡一个人，有也罢，没也罢，总要受得富贵耐得贫贱才好。你宝姐姐生来是个大方的人，头里他家这样好，他也一点儿不骄傲；后来他家坏了事，他也是舒舒坦坦的。如今在我家里，宝玉待他好，他也是那样安顿；一时待他不好，不见他有什么烦恼。我看这孩子倒是个有福气的。你林姐姐那是个最小性儿又多心的，所以到底不长命。凤丫头也见过些事，很不该略见些风波就改了样子。他若这样没见识，也就是小器了。后儿宝丫头的生日，我替另拿出银子来热热闹闹给他做个生日，也叫他喜欢这一天。”湘云答应道：“老太太说得很是。索性把那些姐妹们都请来了，大家叙一叙。”贾母道：“自然要请的。”一时高兴道：“叫鸳鸯拿出一百银子来，交给外头，叫他明日起预

第一百八回
强欢笑蘅芜庆生辰　死缠绵潇湘闻鬼哭

却说贾政先前曾将房产并大观园奏请入官，内廷不收，又无人居住，只好封锁。因园子接连尤氏惜春住宅，太觉旷阔无人，遂将包勇罚看荒园。此时贾政理家，又奉了贾母之命将人口渐次减少，诸凡省俭，尚且不能支持。幸喜凤姐为贾母疼惜，王夫人等虽则不大喜欢，若说治家办事尚能出力，所以将内事仍交凤姐办理。但近来因被抄以后诸事运用不来，也是每形拮据。那些房头上下人等原是宽裕惯的，如今较之往日十去其七，怎能周到，不免怨言不绝。凤姐也不敢推辞，扶病承欢贾母。过了些时，贾赦贾珍各到当差地方，恃有用度，暂且自安。写书回家都言安逸，家中不必挂念。于是贾母放心，邢夫人尤氏也略略宽怀。一日史湘云出嫁回门，来贾母这边请安。贾母提起他女婿甚好，史湘云也将那里过日平安的话说了，请老太太放心。又提起黛玉去世，不免大家泪落。贾母又想起迎春苦楚，越觉悲伤起来。史湘云劝解一回。又到各家请安问好毕，仍到贾母房中安歇。言及薛家这样人家，被薛大哥闹的家破人亡。今年虽是缓决人犯，明年不知可能减等。贾母道："你还不知道呢，昨儿蟠儿媳妇死的不明白，几乎又闹出一场大事来。还幸亏老佛爷有眼，叫他带来的丫头自己供出来了，那夏奶奶才没的闹了，自家拦住相验。你姨妈这里才将皮裹肉的打发出去了。你说说真真是六亲同运！薛家是这样了，姨太太守着薛蝌过日，为这孩子有良心，他说哥哥在监里尚未结局，不肯娶亲。你邢妹妹在大太太那边也就很苦。琴姑娘为他公公死了尚未满服，梅家尚未娶去。二太太的娘家舅太爷一死，凤丫头的哥哥也不成人，那二舅太爷也是个小气的，又是官项不清，也是打饥荒。甄家自从抄家以后别无信息。"湘云道："三姐姐去了，曾的府尹前任的兵部是他们的一家。难道有这些人还护庇不来么？”那人道:“你白住在这里！别人犹可,独是那个贾大人更了不得！我常见他在两府来往,前儿御史虽参了,主子还叫府尹查明实迹再办。你道他怎么样,他本沾过两府的好处,怕人说他回护一家,他便狠狠的踢了一脚。所以两府里才到底抄了。你道如今的世情还了得吗！”两人无心说闲话,岂知旁边有人跟着听的明白。包勇心下暗想:“天下有这样负恩的人！但不知是我老爷的什么人。我若见了他,便打他一个死,闹出事来我承当去。”那包勇正在酒后胡思乱想,忽听那边喝道而来。包勇远远站着。只见那两人轻轻的说道:“这来的就是那个贾大人了。”包勇听了,心里怀恨,趁了酒兴便大声的道:“没良心的男女,怎么忘了我们贾家的恩了！”雨村在轿内听得一个“贾”字,便留神观看,见是一个醉汉,便不理会过去了。那包勇醉着不知好歹,便得意洋洋回到府中,问起同伴知是方才见的那位大人是这府里提拔起来的。“他不念旧恩,反来踢弄咱们家里。见了他骂他几句,他竟不敢答言。”那荣府的人本嫌包勇,只是主人不计较他;如今他又在外闯祸,不得不回。趁贾政无事,便将包勇喝酒闹事的话回了。贾政此时正怕风波,听得家人回禀,便一时生气,叫进包勇骂了几句,便派去看园,不许他在外行走。那包勇本是直爽的脾气,投了主子他便赤心护主,岂知贾政反倒责骂他。他也不敢再辩,只得拾行李往园中看守浇灌去了。未知后事如何,下回分解。

不言贾赦等分离悲痛，那些跟去的人谁是愿意的，不免心中抱怨，叫苦连天。正是生离果胜死别，看者比受者更加伤心。好好的一个荣国府，闹到人嚎鬼哭。贾政最循规矩，在伦常上也讲究的，执手分别后，自己先骑马赶至城外举酒送行，又叮咛了好些国家轸恤勋臣，力图报称的话。贾赦等挥泪分头而别。贾政带了宝玉回家，未及进门，只见门上有好些人在那里乱嚷，说："今日旨意，将荣国公世职着贾政承袭。"那些人在那里要喜钱，门上人和他们分争，说是："本来的世职，我们本家袭了，有什么喜报！"那些人说道："那世职的荣耀比任什么还难得，你们大老爷闹掉了，想要这个再不能的了，如今的圣人在位，赦过宥罪，还赏给二老爷袭了。这是千载难逢的，怎么不给喜钱！"正闹着，贾政回家，门上回了，虽则喜欢，究是哥哥犯事所致，反觉感极涕零，赶着进内告诉贾母。王夫人正恐贾母伤心，过来安慰，听得世职复还，自是欢喜。又见贾政进来，贾母拉了说些勤勉报恩的话。独有邢夫人尤氏心下悲苦，只不好露出来。且说外面这些趋炎奉势的亲戚朋友，先前贾宅有事都远避不来，今见贾政袭职，知圣眷尚好，大家都来贺喜。那知贾政纯厚性成，因他袭哥哥的职，心内反生烦恼，只知感激天恩。于第二日进内谢恩，到底将赏还府第园子备摺奏请入官，内廷降旨不必，贾政才得放心。回家以后，循分供职。但是家计萧条，入不敷出。贾政又不能在外应酬。

家人们见贾政忠厚，凤姐抱病不能理家，贾琏的亏缺一日重似一日，难免典房卖地：府内家人几个有钱的怕贾琏缠扰，都装穷躲事，甚至告假不来，各自另寻门路。独有一个包勇，虽是新投到此，恰遇荣府坏事，他倒有些真心办事，见那些人欺瞒主子，便时常不忿。奈他是个新来乍到的人，一句话也插不上。他便生气，每天吃了就睡。众人嫌他不肯随和，便在贾政前说他终日贪杯生事，并不当差。贾政道："随他去罢。原是甄府荐来，不好意思。横竖家内添这一人吃饭，虽说是穷，也不在他一人身上。"并不叫来驱逐。众人又在贾琏跟前说他怎样不好，贾琏此时也不敢自作威福，只得由他。忽一日包勇耐不过，吃了几杯酒，在荣府街上闲逛，见有两个人说话。那人说道："你瞧怎么个大府，前儿抄了家，不知如今怎么样了。"那人道："他家怎么能败，听见说里头有位娘娘是他家的姑娘，虽是死了，到底有根基的。况且我常见他们来往的都是王公侯伯，那里没有照应。便是现在扶着要亲自看去。贾政即忙拦住劝道："老太太伤了好一回的心，又分派了好些事，这会该歇歇。便是孙子媳妇有什么事，该叫媳妇瞧去就是了，何必老太太亲身过去呢。倘或再伤感起来，老太太身上要有一点儿不好，叫做儿子的怎么处呢！"贾母道："你们各自出去，等一会子再进来。我还有话说。"贾政不敢多言，只得出来料理兄侄起身的事，又叫贾琏挑人跟去。这里贾母才叫鸳鸯等派人拿了给凤姐的东西，跟着过来。凤姐正在气厥。平儿哭得眼红，听见贾母带着王夫人宝玉宝钗过来，疾忙出来迎接。贾母便问："这会子怎么样了？"平儿恐惊了贾母，便说："这会子好些。老太太既来了，请进去瞧瞧。"他先跑进去轻轻的揭开帐子。凤姐开眼瞧着，只见贾母进来，满心惭愧。先前原打算贾母等恼他不疼的了，是死活由他的。不料贾母亲自来瞧，心里一宽，觉那壅塞的气略松动些，便要扎挣坐起。贾母叫平儿按着，"不要动，你好些么？"凤姐含泪道："我从小儿过来，老太太太太怎么样疼我。那知我福气薄，叫神鬼支使的失魂落魄，不但不能够在老太太跟前尽点孝心，公婆前讨个好，还是这样把我当人，叫我帮着料理家务，被我闹的七颠八倒，我还有什么脸儿见老太太太太呢！今日老太太太太亲自过来，我更当不起了。恐怕该活三天的又折上了两天去了。"说着，悲咽。贾母道："那些事原是外头闹起来的，与你什么相干！就是你的东西被人拿去，这也算不了什么呀。我带了好些东西给你，任你自便。"说着，叫人拿上来给他瞧瞧。凤姐本是贪得无厌的人，如今被抄尽净，本是愁苦；又恐人埋怨，正是几不欲生的时候。今见贾母仍旧疼他，王夫人也没嗔怪，过来安慰他，又想贾琏无事，心下安放好些，便在枕上与贾母磕头说道："请老太太放心。若是我的病托着老太太的福好了些，我情愿自己当个粗使丫头，尽心竭力的伏侍老太太太太罢！"贾母听他说得伤心，不免掉下泪来。宝玉是从来没有经过这大风浪的，心下只知安乐不知忧患的人，如今碰来碰去都是哭泣的事，所以他竟比傻子尤甚，见人哭他就哭。凤姐看见众人忧闷，反倒勉强说几句宽慰贾母的话，求着："请老太太太太回去，我略好些过来磕头。"说着，将头仰起。贾母叫平儿"好生服侍，短什么到我那里要去。"说着，带了王夫人将要回到自己房中，只听见两三处哭声。贾母实在不忍闻见，便叫王夫人散去，叫宝玉"去见你大爷大哥，送一送就回来。"自己躺在榻上下泪。幸喜鸳鸯等能用百样言语劝解，贾母暂且安歇。

"你说现在还该着人的使用,这是少不得的,你叫拿这金子变卖偿还。这是他们闹掉了我的,你也是我的儿子,我并不偏向,宝玉已经成了家,我剩下这些金银等物大约还值几千两银子,这是都给宝玉的了。珠儿媳妇向来孝顺我,兰儿也好,我也分给他们些。这便是我的事情完了。"贾政见母亲如此明断分晰,俱跪下哭着说:"老太太这么大年纪,儿孙们没点孝顺,承受老祖宗这样恩典,叫儿孙们更无地自容了。"贾母道:"别瞎说。若不闹出这个乱儿,我还收着呢。只是现在家人过多,只有二老爷是当差的,留几个人就够了。你就吩咐管事的,将人叫齐了,他分派妥当。各家有人使就罢了。譬如一抄尽了,怎么样呢。我们里头的也要叫人分派,该配人的配人,赏去的赏去。如今虽说咱们这房子不入官,你到底把这园子交了才好。那些田地原交琏儿清理,该卖的卖,该留的留,断不要支架子做空头。我索性说了罢,江南甄家还有几两银子二太太那里收着,该叫人就送去罢。倘或再有点事出来,可不是他们躲过了风暴又遇了雨了么。"贾政本是不知当家立计的人,一听贾母的话,一一领命。心想:"老太太实在真真是理家的人,都是我们这些不长进的闹坏了。"贾政见贾母劳乏,求着老太太歇歇养神。贾母又道:"我所剩的东西也有限,等我死了做结果我的使用。馀的都给伏侍我的丫头。"贾政等听到那里,更加伤感。大家跪下:"请老太太宽怀,只愿儿子们托老太太的福,过了些时都邀了恩眷,那时兢兢业业的治起家来,以赎前愆,奉养老太太到一百岁的时候。"贾母道:"但愿这样才好,我死了也好见祖宗。你们别打谅我是享得富贵受不得贫穷的人那,不过这几年看着你们轰轰烈烈,我落得都不管,说说笑笑,养身子罢了。那知道家运一败直到这样。若说外头好看里头空虚是我早知道的了,只是居移气养移体一时下不得台来。如今借此正好收敛,守住这个门头,不然叫人笑话你。你还不知,只打谅我知道穷了,便着急的要死。我心里是想着祖宗莫大的功勋,无一日不指望你们比祖宗还强,能够守住也就罢了。谁知他们爷儿两个做些什么勾当!"

贾母正自长篇大论的说,只见丰儿慌慌张张的跑来回王夫人道:"今早我们奶奶听见外头的事,哭了一场,如今气都接不上来。平儿叫我来回太太。"丰儿没有说完,贾母听见便问:"到底怎么样?"王夫人便代回道:"如今说是不大好。"贾母起身道:"嗳,这些冤家竟要磨死我了!"说着,叫人作盘费罢了。过日的事只可再打算。”贾母听了，又急得眼泪直淌，说道：“怎么着，咱们家到了这样田地了么！我虽没有经过，我想起我家向日比这里还强十倍，也是摆了几年虚架子，没有出这样事已经塌下来了，不消一二年就完了。据你说起来，咱们竟一两年就不能支了。”贾政道：“若是这两个世俸不动，外头还有些挪移。如今无可指称，谁肯接济。”说着，也泪流满面。“想起亲戚来，用过我们的如今都穷了；没有用过我们的又不肯照应了。昨日儿子也没有细查，只看家下的人丁册子，别说上头的钱一无所出，那底下的人也养不起许多。”贾母正在忧虑，只见贾赦贾珍贾蓉一齐进来给贾母请安。贾母看这般光景，一只手拉着贾赦，一只手拉着贾珍，便大哭起来。他两人脸上羞惭，又见贾母哭泣，都跪在地下哭着说道：“儿孙们不长进，将祖上功勋丢了，又累老太太伤心，儿孙们是死无葬身之地的了！”满屋中人看这光景，又一齐大哭起来。贾政只得劝解：“倒先要打算他两个的使用，大约在家只可住得一两日，迟则人家就不依了。”老太太含悲忍泪的说道：“你两个且各自同你们媳妇们说说话儿去罢。”又吩咐贾政道：“这件事是不能久待的，想来外面挪移恐不中用，那时误了钦限怎么好。只好我替你们打算罢了。就是家中如此乱糟糟的也不是常法儿。”一面说着，便叫鸳鸯吩咐去了。这里贾赦等出来，又与贾政哭泣了一会，都不免将从前任性，过后懊悔，如今分离的话说了一会，各自同媳妇那边悲伤去了。贾赦年老倒也抛的下，独有贾珍与尤氏怎忍分离。贾琏贾蓉两个也只有拉着父亲啼哭。虽说是比军流减等，究竟生离死别，这也是事到如此，只得大家硬着心肠过去。却说贾母叫邢王二夫人同了鸳鸯等开箱倒笼，将做媳妇到如今积攒的东西都拿出来。又叫贾赦贾政贾珍等一一的分派，说：“这里现有的银子交贾赦三千两，你拿二千两去做你的盘费使用，留一千给大太太另用。这三千给珍儿，你只许拿一千去，留下二千交你媳妇过日子。仍旧各自度日，房子是在一处，饭食各自吃罢。四丫头将来的亲事还是我的事。只可怜凤丫头操心了一辈子，如今弄得精光，也给他三千两，叫他自己收着，不许叫琏儿用。如今他还病得神昏气丧，叫平儿来拿去。这是你祖父留下来的衣服，还有我少年穿的衣服首饰，如今我用不着。男的呢，叫大老爷珍儿琏儿蓉儿拿去分了；女的呢，叫大太太珍儿媳妇凤丫头拿了分去。这五百两银子交给琏儿，明年将林丫头的棺材送回南去。”分派定了，又叫贾政道：

既蒙莫大深恩给还财产,你又何必多此一奏。”众官也说不必。贾政便谢了恩,叩谢了王爷出来。恐贾母不放心,急忙赶回。

上下男女人等不知传进贾政是何吉凶,都在外头打听。一见贾政回家,都略略的放心,也不敢问。只见贾政忙忙的走到贾母跟前,将蒙圣恩宽免的事细细告诉了一遍。贾母虽则放心,只是两个世职革去,贾赦又往台站效力,贾珍又往海疆,不免又悲伤起来。邢夫人尤氏听见那话,更哭起来。贾政便道:“老太太放心。大哥虽则台站效力,也是为国家办事,不至受苦。只要办得妥当,就可复职。珍儿正是年轻,很该出力。若不是这样,便是祖父的馀德亦不能久享。”说了些宽慰的话。贾母素来本不大喜欢贾赦,那边东府贾珍究竟隔了一层。只有邢夫人尤氏痛哭不已。邢夫人想着“家产一空,丈夫年老远出,膝下虽有琏儿,又是素来顺他二叔的,如今是都靠着二叔,他两口子更是顺着那边去了。独我一人孤苦伶仃,怎么好!”那尤氏本来独掌宁府的家计,除了贾珍也算是惟他为尊,又与贾珍夫妇相和,如今犯事远出,家财抄尽,依住荣府,虽则老太太疼爱,终是依人门下,又带了偕鸾佩凤,蓉儿夫妇又是不能兴家立业的人。又想着“二妹妹、三妹妹俱是琏二叔闹的,如今他们倒安然无事,依旧夫妇完聚。只留我们几人怎生度日!”想到这里,痛哭起来。贾母不忍,便问贾政道:“你大哥和珍儿现已定案,可能回家。蓉儿既没他的事,也该放出来了。”贾政道:“若在定例,大哥是不能回家的。我已托人徇个私情,叫我们大老爷同侄儿回家,好置办行装。衙门内业已应了。想来蓉儿同着他爷爷父亲一起出来。只请老太太放心,儿子办去。”贾母又道:“我这几年老的不成人了,总没有问过家事。如今东府是全抄去了,房屋入官不消说的。你大哥那边琏儿那里也都抄去了。咱们西府银库东省地土你知道到底还剩了多少?他两个起身也得给他们几千银子才好。”贾政正是没法,听见贾母一问,心想着:“若是说明,又恐老太太着急;若不说明,不用说将来,现在怎样办法。”定了主意,便回道:“若老太太不问,儿子也不敢说;如今老太太既问到这里,现在琏儿也在这里,昨日儿子已查了,旧库的银子早已虚空,不但用尽,外头还有亏空。现今大哥这件事若不花钱托人,虽说主上宽恩,只怕他们爷儿两个也不大好。就是这项银子尚无打算。东省的地亩早已寅年吃了卯年的租儿了,一时也算不转来,只好尽所有的蒙圣恩没有动的衣服首饰折变了给大哥珍儿

第一百七回

散馀资贾母明大义　复世职政老沐天恩

话说贾政进内见了枢密院各位大人，又见了各位王爷。北静王道："今日我们传你来，有遵旨问你的事。"贾政即忙跪下。众大人便问道："你哥哥交通外官，恃强凌弱，纵儿聚赌，强占良民妻女不遂逼死的事，你都知道么？"贾政回道："犯官自从主恩钦点学政，任满后查看赈恤，于上年冬底回家，又蒙堂派工程，后又往江西监道，题参回都，仍在工部行走。日夜不敢怠惰，一应家务并未留心伺察，实在糊涂，不能管教子侄，这就是辜负圣恩，只求主上重重治罪。"北静王据说转奏。不多时传出旨来，北静王便述道："主上因御史参奏贾赦交通外官，恃强凌弱，据该御史指出平安州互相往来，贾赦包揽词讼。严鞠贾赦，据供平安州原系姻亲来往，并未干涉官事。该御史亦不能指实。惟有倚势强索石呆子古扇一款是实的，然系玩物，究非强索良民之物可比，虽石呆子自尽，亦系疯傻所致，与逼勒致死者有间。今从宽将贾赦发往台站效力赎罪。所参贾珍强占良民妻女为妾，不从逼死一款。提取都察院原案，看得尤二姐实系张华指腹为婚未娶之妻，因伊贫苦，自愿退婚，尤二姐之母愿给贾珍之弟为妾，并非强占。再尤三姐自刎掩埋并未报官一款，查尤三姐原系贾珍妻妹，本意为伊择配，因被逼索定礼，众人扬言秽乱，以至羞忿自尽，并非贾珍逼勒致死。但身系世袭职员，罔知法纪，私埋人命，本应重治，念伊究属功臣后裔，不忍加罪，亦从宽革去世职，派往海疆效力赎罪。贾蓉年幼无干，省释。贾政实系在外任多年，居官尚属勤慎，免治伊治家不正之罪。"贾政听了，感激涕零，叩首不及。又叩求王爷代奏下忱。北静王道："你该叩谢天恩，更有何奏？"贾政道："犯官仰蒙圣恩，不加大罪，又蒙将家产给还，实在扪心惶愧，愿将祖宗遗受重禄积馀置产一并交官。"北静王道："主上仁慈待下，明慎用刑，赏罚无差。如今爷打谅册上没有名字的就只有这个人，不知一个人手下亲戚们也有奴才，奴才还有奴才呢！”贾政道：“这还了得！”想去一时不能清理，只得喝退众人，早打了主意在心里了，且听贾赦等事审得怎样再定。一日正在书房筹算，只见一人飞奔进来，说：“请老爷快进内廷问话。”贾政听了，心下着忙，只得进去。未知凶吉，下回分解。

安心了。”说着，不觉掉下泪来。那女人道：“老太太也不必伤心。姑娘过了门，等回了九，少不得同姑爷过来请老太太的安，那时老太太见了才喜欢呢！”贾母点头。那女人出去，别人都不理论，只有宝玉听了发了一回怔，心里想道：“如今一天一天的都过不得了，为什么人家养了女儿到大了必要出嫁！一出了嫁就改变。史妹妹这样一个人又被他叔叔硬压着配人了，他将来见了我必是又不理我了。我想一个人到了这个没人理的分儿还活着做什么！”想到那里，又是伤心。见贾母此时才安，又不敢哭泣，只是闷闷的。

一时，贾政不放心又进来瞧瞧老太太，见是好些，便出来传了赖大，叫他将阖府里管事家人的花名册子拿来，一齐点了一点，除去贾赦入官的人尚有三十馀家，共男女二百十二名。贾政叫现在府内当差的男人共二十一名进来，问起历年居家用度，共有若干进来，该用若干出去。那管总家人将近年支用簿子呈上。贾政看时，所入的不敷所出，又加连年宫里花用，帐上有在外浮借的也不少。再查东省地租，近年所交不及祖上一半，如今用度比祖上更加十倍。贾政不看则已，看了急得跺脚道：“这了不得！我打谅虽是琏儿管事，在家自有把持，岂知好几年头里已就寅年用了卯年的，还是这样装好看。竟把世职俸禄当作不打紧的事情，为什么不败呢！我如今要就省俭起来已是迟了。”想到那里，背着手踱来踱去，竟无方法。众人知贾政不知理家，也是白操心着急，便说道：“老爷也不用焦心，这是家家这样的。若是统总算起来，连王爷家还不够。不过是装着门面，过到那里就到那里。如今老爷到底得了主上的恩典才有这点子家产，若是一并入了官，老爷就不用过了不成！”贾政嗔道：“放屁！你们这班奴才最没有良心的，仗着主子好的时候任意开销，到弄光了，走的走跑的跑还顾主子的死活吗！如今你们道是没有查封是好，那知道外头的名声。大本儿都保不住，还搁得住你们在外头支架子说大话诓人骗人。到闹出事来望主子身上一推就完了。如今大老爷与珍大爷的事说是咱们家人鲍二在外传播的，我看这人口册上并没有鲍二，这是怎么说？”众人回道：“这鲍二是不在册档上的。先前在宁府册上，为二爷见他老实，把他们两口子叫过来了。及至他女人死了，他又回宁府去。后来老爷衙门有事，老太太们爷们往陵上去，珍大爷替理家事带过来的，以后也就去了。老爷数年不管家事，那里知道这些事来。老家业萧条，宝玉依然疯傻，毫无志气。想到后来终身，更比贾母王夫人哭得更痛。宝玉见宝钗如此大恸，他亦有一番悲戚。想的是老太太年老不得安，老爷太太见此光景不免悲伤，众姐妹风流云散，一日少似一日。追想在园中吟诗起社何等热闹，自从林妹妹一死，我郁闷到今，又有宝姐姐过来，未便时常悲切；见他忧兄思母，日夜难得笑容，今见他悲哀欲绝，心里更加不忍，竟嚎啕大哭。鸳鸯彩云莺儿袭人见他们如此，也各有所思，便也呜咽起来。馀者丫头们看得伤心，也便陪哭。竟无人解慰，满屋中哭声惊天动地。将外头上夜婆子吓慌，急报于贾政知道。那贾政正在书房纳闷，听见贾母的人来报，心中着忙，飞奔进内。远远听得哭声甚众，打谅老太太不好，急得魂魄俱丧，疾忙进来，只见坐着悲啼，神魂方定。说是："老太太伤心，你们该劝解，怎么的齐打伙儿哭起来了？"众人听得贾政声气，急忙止哭，大家对面发怔。贾政上前安慰了老太太，又说了众人几句。各自心想道："我们原恐老太太悲伤，故来劝解。怎么忘情大家痛哭起来。"正自不解，只见老婆子带了史侯家的两个女人进来，请了贾母的安，又向众人请安毕，便说："我们家老爷太太姑娘打发我来，说听见府里的事原没有什么大事，不过一时受惊。恐怕老爷太太烦恼，叫我们过来告诉一声，说这里二老爷是不怕的了。我们姑娘本要自己来的，因不多几日就要出阁，所以不能来了。"贾母听了，不便道谢，说："你回去给我问好。这是我们的家运合该如此。承你老爷太太惦记，过一日再来奉谢。你家姑娘出阁，想来你们姑爷是不用说的了，他们的家计如何？"两个女人回道："家计倒不怎么着，只是姑爷长的很好，为人又和平。我们见过好几次，看来与这里宝二爷差不多。还听得说才情学问都好的。"贾母听了，喜欢道："咱们都是南边人，虽在这里住久了，那些大规矩还是从南方礼儿，所以新姑爷我们都没见过。我前儿还想起我娘家的人来，最疼的就是你们家姑娘，一年三百六十天，在我跟前的日子倒有二百多天，混得这么大了。我原想给他说个好女婿，又为他叔叔不在家，我又不便作主。他既造化配了个好姑爷，我也放心。月里出阁我原想过来吃杯喜酒的，不料我家闹出这样事来，我的心就像在热锅里熬的似的，那里能够再到你们家去。你回去说我问好，我们这里的人都说请安问好。你替另告诉你家姑娘，不要将我放在心里，我是八十多岁的人了，就死也算不得没福的了，只愿他过了门两口子和顺百年到老，我便还要请大夫，可不是你为顾我反倒害了我了么。”平儿愈听愈惨，想来实在难处，恐凤姐自寻短见，只得紧紧守着。

幸贾母不知底细，因近日身子好些，又见贾政无事，宝玉宝钗在旁天天不离左右，略觉放心。素来最疼凤姐，便叫鸳鸯：“将我体己东西拿些给凤丫头，再拿些银钱交给平儿，好好的伏侍好了凤丫头，我再慢慢的分派。”又命王夫人照看了邢夫人。又加了宁国府第入官，所有财产房地等并家奴等俱造册收尽，这里贾母命人将车接了尤氏婆媳等过来。可怜赫赫宁府，只剩得他们婆媳两个并佩凤偕鸾二人，连一个下人没有。贾母指出房子一所居住，就在惜春所住的间壁。又派了婆子四人丫头两个伏侍。一应饮食起居在大厨房内分送。衣裙什物又是贾母送去。零星需用亦在帐房内开销，俱照荣府每人月例之数。那贾赦贾珍贾蓉在锦衣府使用，帐房内实在无项可支。如今凤姐一无所有，贾琏况又多债务满身，贾政不知家务，只说已经托人，自有照应。贾琏无计可施，想到那亲戚里头薛姨妈家已败，王子腾已死，馀者亲戚虽有，俱是不能照应，只得暗暗差人下屯将地亩暂卖了数千金作为监中使费。贾琏如此一行，那些家奴见主家势败，也便趁此弄鬼，并将东庄租税也就指名借用些。此是后话，暂且不提。

且说贾母见祖宗世职革去，现在子孙在监质审，邢夫人尤氏等日夜啼哭，凤姐病在垂危，虽有宝玉宝钗在侧，只可解劝不能分忧，所以日夜不宁，思前想后，眼泪不干。一日傍晚，叫宝玉回去，自己扎挣坐起，叫鸳鸯等各处佛堂上香，又命自己院内焚起斗香，用拐拄着出到院中。琥珀知是老太太拜佛，铺下大红短毡拜垫。贾母上香跪下，磕了好些头，念了一回佛，含泪祝告天地道：“皇天菩萨在上，我贾门史氏，虔诚祷告求菩萨慈悲。我贾门数世以来，不敢行凶霸道。我帮夫助子，虽不能为善，亦不敢作恶。必是后辈儿孙骄侈暴佚，暴殄天物，以致阖府抄检。现在儿孙监禁，自然凶多吉少，皆由我一人罪孽，不教儿孙所以至此。我今即求皇天保佑。在监逢凶化吉，有病的早早安身。总有阖家罪孽，情愿一人承当，只求饶恕儿孙。若皇天见怜，念我虔诚，早早赐我一死，宽免儿孙之罪。”默默说到此，不禁伤心，呜呜咽咽的哭泣起来。鸳鸯珍珠一面解劝，一面扶进房去。只见王夫人带了宝玉宝钗过来请晚安，见贾母悲伤，三人也大哭起来。宝钗更有一层苦楚：想哥哥也在外监，将来要处决，不知可减缓否；翁姑虽然无事，眼见的，从不敢起这要钱的念头。只是奴才在外招摇撞骗，闹出事来我就吃不住了。”众人道：“如今怕也无益，只好将现在的管家们都严严的查一查，若有抗主的奴才，查出来严严的办一办。”贾政听了点头。便见门上进来回禀说：“孙姑爷那边打发人来说，自己有事不能来，着人来瞧瞧。说大老爷该他一种银子，要在二老爷身上还的。”贾政心内忧闷，只说：“知道了。”众人都冷笑道：“人说令亲孙绍祖混帐，真有些。如今丈人抄了家，不但不来瞧看，帮补照应，倒赶忙的来要银子。真真不在理上！”贾政道：“如今且不必说他。那头亲事原是家兄配错的，我的侄女儿的罪已经受够了，如今又招我来。”正说着，只见薛蝌进来说道：“我打听锦衣府赵堂官必要照御史参的办去，只怕大老爷和珍大爷吃不住。”众人都道：“二老爷，还得是你出去求求王爷，怎么挽回挽回才好。不然这两家就完了。”贾政答应致谢，众人都散。那时天已点灯时候，贾政进去请贾母的安，见贾母略略好些。回到自己房中，埋怨贾琏夫妇不知好歹，如今闹出放帐取利的事情，大家不好。方见凤姐所为，心里很不受用。凤姐现在病重，知他所有什物尽被抄抢一光，心内郁结，一时未便埋怨，暂且隐忍不言。一夜无话。次早贾政进内谢恩，并到北静王府西平王府两处叩谢，求两位王爷照应他哥哥侄儿。两位应许。贾政又在同寅相好处托情。

且说贾琏打听得父兄之事不很妥，无法可施，只得回到家中。平儿守着凤姐哭泣，秋桐在耳房中抱怨凤姐。贾琏走近旁边，见凤姐奄奄一息，就有多少怨言一时也说不出来。平儿哭道：“如今事已如此，东西已去，不能复来。奶奶这样，还得再请个大夫调治调治才好。”贾琏啐道：“我的性命还不保，我还管他么！”凤姐听见，睁眼一瞧，虽不言语，那眼泪流个不尽。见贾琏出去，便与平儿道：“你别不达事务了。到了这样田地你还顾我做什么！我巴不得今儿就死才好。只要你能够眼里有我，我死之后你扶养大了巧姐儿，我在阴司里也感激你的。”平儿听了，放声大哭。凤姐道：“你也是聪明人，他们虽没有来说我，他必抱怨我。虽说事是外头闹的，我若不贪财如今也没有我的事。不但是枉费心计，挣了一辈子的强如今落在人后头；我只恨用人不当，恍惚听得那边珍大爷的事说是强占良民妻子为妾，不从逼死，有个姓张的在里头，你想想还有谁，若是这件事审出来，咱们二爷是脱不了的，我那时怎样见人！我要即时就死，又耽不起吞金服毒的。你倒泪叫他，问道：“我因官事在身，不大理家，故叫你们夫妇总理家事。你父亲所为固难劝谏，那重利盘剥究竟是谁干的？况且非咱们这样人家所为。如今入了官，在银钱是不打紧的，这种声名出去还了得吗！”贾琏跪下说道：“侄儿办家事并不敢存一点私心，所有出入的帐目自有赖大吴新登戴良等登记。老爷只管叫他们来查问。现在这几年库内的银子出多入少，虽没贴补在内，已在各处做了好些空头，求老爷问太太就知道了。这些放出去的帐连侄儿也不知道那里的银子，要问周瑞旺儿才知道。”贾政道：“据你说来，连你自己屋里的事还不知道，那些家中上下的事更不知道了。我这回也不来查问你，现今你无事的人，你父亲的事和你珍大哥的事还不快去打听打听！”贾琏一心委屈，含着眼泪答应了出去。

贾政叹气连连的想道：“我祖父勤劳王事，立下功勋，得了两个世职，如今两房犯事都革去了。我瞧这些子侄没一个长进的。老天啊，老天啊！我贾家何至一败如此！我虽蒙圣恩格外垂慈，给还家产，那两处食用自应归并一处，叫我一人那里支撑的住。方才琏儿所说更加诧异，说不但库上无银，而且尚有亏空。这几年竟是虚名在外。只恨我自己为什么糊涂若此！倘或我珠儿在世，尚有膀臂。宝玉虽大，更是无用之物。”想到那里，不觉泪满衣襟。又想：“老太太偌大年纪，儿子们并没有自能奉养一日，反累他吓得死去活来。种种罪孽，叫我委之何人！”正在独自悲切，只见家人禀报各亲友进来看候。贾政一一道谢，说起：“家门不幸，是我不能管教子侄所以至此。”有的说：“我久知令兄赦大老爷行事不妥，那边珍哥更加骄纵。若说因官事错误得个不是，于心无愧，如今自己闹出的，倒带累了二老爷。”有的说：“人家闹的也多，也没见御史参奏。不是珍老大得罪朋友何至如此！”有的说：“也不怪御史，我们听见说是府上的家人同几个泥腿在外头哄嚷出来的。御史恐参奏不实，所以诓了这里的人去才说出来的。我想府上待下人最宽的，为什么还有这事？”有的说：“大凡奴才们是一个养活不得的。今儿在这里都是好亲友我才敢说，就是尊驾在外任我保不得你是不爱钱的。那外头的风声也不好。都是奴才们闹的。你该隄防些。如今虽说没有动你的家，倘或再遇着主上疑心起来，好些不便呢！”贾政听说，心下着忙，道：“众位听见我的风声怎样？”众人道：“我们虽没听见实据，只闻外面人说你在粮道任上怎么叫门上家人要钱。”贾政听了，便说道：“我是对得天

第一百六回

王熙凤致祸抱羞惭　贾太君祷天消灾患

话说贾政闻知贾母危急，即忙进去看视。见贾母惊吓气逆，王夫人鸳鸯等唤醒回来，即用疏气安神的丸药服了，渐渐的好些，只是伤心落泪。贾政在旁劝慰，总说是："儿子们不肖，招了祸来，累老太太受惊。若老太太宽慰些儿子们尚可在外料理，若是老太太有什么不自在，儿子们的罪孽更重了。"贾母道："我活了八十多岁，自作女孩儿起，到你父亲手里，都托着祖宗的福，从没有听见过那些事。如今到老了，见你们倘或受罪，叫我心里过得去么！倒不如合上眼，随你们去罢了！"说着，又哭。贾政此时着急异常，又听外面说："请老爷。内廷有信。"贾政急忙出来，见是北静王府长史，一见面便说："大喜！"贾政谢了，请长史坐下，请问王爷有何谕旨。那长史道："我们王爷同西平郡王进内覆奏，将大人的惧怕的心感激天恩之话都代奏了，主上甚是悯恤。并念及贵妃溘逝未久，不忍加罪，着加恩仍在工部员外上行走。所封家产惟将贾赦的入官，馀俱给还，并传旨令尽心供职。惟抄出借券令我们王爷查核，如有违禁重利的一概照例入官，其在定例生息的同房地文书尽行给还。贾琏着革去职衔，免罪释放。"贾政听毕，即起身叩谢天恩，又拜谢王爷恩典。先请长史大人代为禀谢，明晨到阙谢恩，并到府里磕头。那长史去了。少停传出旨来，承办官遵旨一一查清，入官者入官，给还者给还，将贾琏放出，所有贾赦名下男妇人等造册入官。

可怜贾琏屋内东西除将按例放出的文书发给外，其馀虽未尽入官的早被查抄的人尽行抢去，所存者只有傢伙物件。贾琏始则惧罪，后蒙释放已是大幸，及想起历年积聚的东西并凤姐的体己不下七八万金，一朝而尽，怎得不痛！且他父亲现禁在锦衣府，凤姐病在垂危，一时悲痛。又见贾政含说:“好容易进来了！姨父在那里？”贾政道:“来得好。但是外头怎么放进来的？”薛蝌道:“我再三央说,又许他们钱,所以我才能够出入的。”贾政便将抄去之事告诉了他,便烦去打听打听,“就有好亲友,火头上也不便送信。是你就好通信了。”薛蝌道:“这里的事我倒想不到。那边东府的事我已听见说,完了。”贾政道:“究竟犯什么事？”薛蝌道:“今朝为我哥哥打听决罪的事,在衙内闻得有两位御史风闻得珍大爷引诱世家子弟赌博,——这款还轻;还有一大款是强占良民妻女为妾,因其女不从,凌逼致死。那御史恐怕不准,还将咱们家的鲍二拿去,又还拉出一个姓张的来。只怕连都察院都有不是,为的是张姓的曾告过的。”贾政尚未听完,便跺脚道:“了不得！罢了,罢了！”叹了一口气,扑簌簌的掉下泪来。薛蝌宽慰了几句,即便又出来打听去了。隔了半日仍旧进来说:“事情不好。我在刑科打听倒没有听见两王覆旨的信,但听得说李御史今早参奏平安州奉承京官,迎合上司,虐害百姓好几大款。”贾政慌道:“那管他人的事,到底打听我们的怎么样？”薛蝌道:“说是平安州就有我们。那参的京官就是赦老爷。说的是包揽词讼。所以火上浇油。就是同朝这些官府俱藏躲不迭,谁肯送信。就即如才散的这些亲友,有的竟回家去了,也有远远儿的歇下打听的。可恨那些贵本家便在路上说:‘祖宗挣下的功业,弄出事来了,不知道飞到那个头上,大家也好施威。’”贾政没有听完,复又顿足道:“都是我们大爷忒糊涂,东府也忒不成事体。如今老太太与琏儿媳妇是死是活还不知道呢。你再打听去,我到老太太那边瞧瞧。若有信能够早一步才好。”正说着,听见里头乱嚷出来,说:“老太太不好了。”急得贾政即忙进去。未知生死如何,下回分解。

人宝玉等围住贾母，寂静无言，各各掉泪。惟有邢夫人哭作一团。因见贾政进来，都说："好了，好了！"便告诉老太太说："老爷仍旧好好的进来，请老太太安心罢！"贾母奄奄一息的微开双目，说："我的儿，不想还见得着你！"一声未了，便嚎啕的哭起来。于是满屋里人俱哭个不住。贾政恐哭坏老母，即收泪说："老太太放心罢，本来事情原不小，蒙主上天恩，两位王爷的恩典，万般轸恤。就是大老爷暂时拘质，等问明白了主上还有恩典。如今家里一些也不动了。"贾母见贾赦不在，又伤心起来。贾政再三安慰方止。众人俱不敢走散，独邢夫人回至自己那边，见门总封锁，丫头婆子亦锁在几间屋内。邢夫人无处可走，放声大哭起来。只得往凤姐那边去。见二门旁舍亦上封条，惟有屋门开着，里头呜咽不绝。邢夫人进去，见凤姐面如纸灰，合眼躺着，平儿在旁暗哭。邢夫人打谅凤姐死了，又哭起来。平儿迎上来说："太太不要哭。奶奶抬回来觉着像是死的了，幸得歇息一回苏过来，哭了几声，如今痰息气定，略安一安神。太太也请定定神罢。但不知老太太怎样了？"邢夫人也不答言，仍走到贾母那边。见眼前俱是贾政的人，自己夫子被拘，媳妇病危，女儿受苦，现在身无所归，那里禁得住众人劝慰。李纨等令人收拾房屋请邢夫人暂住，王夫人拨人服侍。

贾政在外心惊肉跳拈须搓手的等候旨意。听见外面看守军人乱嚷道："你到底是那一边的？既碰在我们这里，就记在这里册上，拴着他交给里头锦衣府的爷们。"贾政出外看时，见是焦大，便说："怎么跑到这里来？"焦大见问，便号天蹈地的哭道："我天天劝这些不长进的爷们，倒拿我当作冤家！连爷还不知道焦大跟着太爷受的苦！今朝弄到这个田地，珍大爷蓉哥儿都叫什么王爷拿了去了，里头女主儿们都被什么府里衙役抢得披头散发，拘在一处空房里，那些不成材料的狗男女却像猪狗似的拦起来了。所有的都抄出来搁着，木器钉得破烂，磁器打得粉碎。他们还要把我拴起来，我活了八九十岁，只有跟着太爷捆人的，那里倒叫人捆起来！我便说我是西府里，就跑出来。那些人不依，押到这里，不想这里也是那么着。我如今也不要命了，和那些人拚了罢！"说着，撞头。众役见他年老，又是两王吩咐，不敢发狠，便说："你老人家安静些。这是奉旨的事。你且这里歇歇，听个信儿再说。"贾政听明，虽不理他，但是心里刀搅似的，便道："完了完了！不料我们一败涂地如此！"正在着急，听候内信，只见薛蝌气嘘嘘的跑进来此时急得两眼直竖，淌泪发呆。听见外头叫，只得出来。见贾政同司员登记物件。一人报说：“赤金首饰共一百二十三件，珠宝俱全。珍珠十三挂。淡金盘二件。金碗二对。金抢碗二个。金匙四十把。银大碗八十个。银盘二十个。三镶金象牙箸二把。镀金执壶四把。镀金折盂三对。茶托二件。银碟七十六件。银酒杯三十六个。黑狐皮十八张。青狐六张。貂皮三十六张。黄狐三十张。猞猁狲皮十二张。麻叶皮三张。洋灰皮六十张。灰狐腿皮四十张。酱色羊皮二十张。猢狸皮二张。黄狐腿二把。小白狐皮二十块。洋呢三十度。哔叽二十三度。姑绒十二度。香鼠筩子十件。豆鼠皮四方。天鹅绒一卷。梅鹿皮一方。云狐筩子二件。貉崽皮一卷。鸭皮七把。灰鼠一百六十张。獾子件皮八张。虎皮六张。海豹三张。海龙十六张。灰色羊四十把。黑色羊皮六十三张。元狐帽沿十副。倭刀帽沿十二副。貂帽沿二副。小狐皮十六张。江貉皮二张。獭子皮二张。猫皮三十五张。倭股十二度。绸缎一百三十卷。纱绫一百八十卷。羽线绉三十卷。氆氇三十卷。妆蟒缎八卷。葛布三捆。各色布三捆。各色皮衣一百三十件。棉夹单绢衣三百四十件。玉玩三十二件。带头九副。铜锡等物五百馀件。钟表十八件。朝珠九挂。各色妆蟒三十四件。上用蟒缎迎手靠背三分。宫妆衣裙八套。脂玉圈带一条。黄缎十二卷。潮银五千二百两。赤金五十两。钱七千吊。”一切动用傢伙攒钉登记，以及荣国赐第俱一一开列。其房地契纸家人文书亦俱封裹。贾琏在旁边窃听，只不听见报他的东西，心里正在疑惑，只闻两家王爷问贾政道：“所抄家资内有借券，实系盘剥，究是谁行的？政老据实才好。”贾政听了，跪在地下碰头说：“实在犯官不理家务，这些事全不知道。问犯官侄儿贾琏才知。”贾琏忙走上跪下禀说：“这一箱文书既在奴才屋内抄出来的，敢说不知道么。只求王爷开恩，奴才叔叔并不知道的。”两王道：“你父已经获罪，只可并案办理。你今认了也是正理。如此，叫人将贾琏看守，馀俱散收宅内。政老，你须小心候旨。我们进内覆旨去了。这里有官役看守。”说着，上轿出门。贾政等就在二门跪送。北静王把手一伸，说：“请放心。”觉得脸上大有不忍之色。

此时贾政魂魄方定，犹是发怔。贾兰便说：“请爷爷进内瞧老太太，再想法儿打听东府里的事。”贾政疾忙起身进内。只见各门上妇女乱糟糟的不知要怎样，贾政无心查问，一直到贾母房中。只见人人泪痕满面，王夫知闹到怎么样了？”众人回禀：“贾政等在下房看守着，里面已抄得乱腾腾的了。”西平王便吩咐司员：“快将贾政带来问话。”众人领命带了上来。贾政跪了请安，不免含泪乞恩。北静王便起身拉着说：“政老放心。”便将旨意说了。贾政感激涕零，望北又谢了恩，仍上来听候。王爷道：“政老，方才老赵在这里的时候番役呈禀有禁用之物并重利欠票，我们也难掩过。这禁用之物原办进贵妃用的，我们声明也无碍；独是借券，想个什么法儿才好。如今政老且带司员实在将赦老家产呈出也就了事，切不可再有隐匿，自干罪戾。”贾政答应道：“犯官再不敢。但犯官祖父遗产并未分过，惟各人所住的房屋有的东西便为己有。”两王便说：“这也无妨，惟将赦老那一边所有的交出就是了。”又吩咐司员等依命行去，不许胡混乱动。司官领命去了。且说贾母那边女眷也摆家宴，王夫人正在那边说宝玉不到外头恐他老子生气。凤姐带病哼哼唧唧的说：“我看宝玉也不是怕人，他见前头陪客的人也不少了，所以在这里照应也是有的。倘或老爷想起里头少个人在那里照应，太太便把宝兄弟献出去可不是好。”贾母笑道：“凤丫头病到这地位，这张嘴还是那么尖巧。”正说到高兴，只听见邢夫人那边的人一直声的嚷进来，说：“老太太太太，不——不好了，多多少少的穿靴带帽的强——强盗来了，翻箱倒笼的来拿东西。”贾母等听着发呆。又见平儿披头散发拉着巧姐哭啼啼的来说：“不好了，我正与姐儿吃饭，只见来旺被人拴着进来说：‘姑娘快快传进去，请太太们回避。外面王爷说进来查抄家产。’我听了着忙，正要进房拿要紧东西，被一伙人浑推浑赶出来的。咱们这里该穿该带的快快收拾。”王邢夫人等听得俱魂飞天外，不知怎样才好。独见凤姐先前圆睁两眼听着，后来便一仰身栽倒地下死了。贾母没有听完便吓得涕泪交流，连话也说不出来。那时一屋子人拉那个扯那个正闹得翻天覆地，又听见一叠声嚷说：“叫里面女眷们回避，王爷进来了。”可怜宝钗宝玉等正在没法，只见地下这些丫头婆子乱抬乱扯的时候，贾琏喘吁吁的跑进来说：“好了好了，幸亏王爷救了我们了。”众人正要问他，贾琏见凤姐死在地下，哭着乱叫，又见老太太吓坏了急得死去也回过气来。还亏平儿将凤姐叫醒，令人扶着；老太太也回过气来，哭得气短神昏，躺在炕上，李纨再三宽慰。然后贾琏定神，将两王恩典说明。惟恐贾母邢夫人知道贾赦被拿又要吓死，暂且不敢明说。只得出来照料自己屋内。一进屋门，只见箱开柜破，物件抢得半空。

过一付脸来，回王爷道："请爷宣旨意就好动手。"这些番役却撩衣勒臂专等旨意。西平王慢慢的说道："小王奉旨，带领锦衣府赵全来查看贾赦家产。"贾赦等听见，俱俯伏在地。王爷便站在上头说："有旨意：'贾赦交通外官，依势凌弱，辜负朕恩，有忝祖德，着革去世职。钦此。'"赵堂官一叠声叫拿下贾赦，其馀皆看守。维时贾赦贾政贾琏贾珍贾蓉贾蔷贾芝贾兰俱在，惟宝玉假说有病，在贾母那边打闹，贾环本来不大见人的，所以就将现在几人看住。赵堂官即叫他的家人传齐司员，带同番役分头按房抄查登帐。这一言不打紧，吓得贾政上下人等面面相看，喜得番役家人摩拳擦掌就要往各处动手。西平王道："闻得赦老与政老同房各爨的，理应遵旨查看贾赦的家资，其馀且按房封锁，我们覆旨去再候定夺。"赵堂官站起来说："回王爷，贾赦贾政并未分家，闻得他侄儿贾琏现在承总管家，不能不尽行查抄。"西平王听了也不言语。赵堂官便说："贾琏贾赦两处须得奴才带领去查抄才好。"西平王便说："不必忙，先传言后宅，且请内眷回避，再查不迟。"一言未了，老赵家奴番役已经拉着本宅家人领路分头查抄去了。王爷喝命："不许啰唣，待本爵自行查看。"说着，便慢慢的站起来要走，又吩咐说："跟我的人一个不许动，都给我站在这里候着，回来一齐瞧着登数。"正说着，只见锦衣司官跪禀说："在内查出御用衣裙并多少禁用之物，不敢擅动，回来请示王爷。"一回儿又有一起人来拦住王爷就回说："东跨所抄出两箱房地契又一箱借票，都是违例取利的。"老赵便说："好个重利盘剥，很该全抄！请王爷就此坐下，叫奴才去全抄来再候定夺罢！"说着，只见王府长史来禀说："守门军传进来说：'主上特命北静王到这里宣旨，请爷接去。'"赵堂官听了，心里喜欢说："我好晦气，碰着这个酸王。如今那位来了，我就好施威！"一面想着，也迎出来。只见北静王已到大厅，就向外站着说："有旨意锦衣府赵全听宣。"说："奉旨意：'着锦衣官惟提贾赦质审，馀交西平王遵旨查办。钦此。'"西平王领了，好不喜欢，便与北静王坐下，着赵堂官提取贾赦回衙。里头那些查抄的人听得北静王到，俱一齐出来，及闻赵堂官走了，大家没趣，只得侍立听候。北静王便拣选两个诚实司官并十来个老年番役，馀者一概逐出。西平王便说："我正与老赵生气。幸得王爷到来降旨，不然这里很吃大亏。"北静王说："我在朝内听见王爷奉旨查抄贾宅，我甚放心，谅这里不致荼毒。不料老赵这么混帐。但不知现在政老及宝玉在那里，里面不

第一百五回

锦衣军查抄宁国府　骢马使弹劾平安州

话说贾政正在那里设宴请酒，忽见赖大急忙走上荣禧堂来回贾政道：“有锦衣府堂官赵老爷带领好几位司官说来拜望。奴才要取职名来回，赵老爷说：‘我们至好，不用的。’一面就下车来走进来了。请老爷同爷们快接去。”贾政听了，心想：“赵老爷并无来往，怎么也来。现在有客，留他不便，不留又不好。”正自思想，贾琏说：“叔叔快去罢，再想一回人都进来了。”正说着，只见二门上家人又报进来说：“赵老爷已进二门了。”贾政等抢步接去，只见赵堂官满脸笑容，并不说什么，一迳走上厅来。后面跟着五六位司官，也有认得的，也有认不得的，但是总不答话。贾政等心里不得主意，只得跟了上来让坐。众亲友也有认得赵堂官的，见他仰着脸不大理人，只拉着贾政的手笑着说了几句寒温的话。众人看见来头不好，也有躲进里面屋里的，也有垂手侍立的。贾政正要带笑叙话，只见家人慌张报道：“西平王爷到了。”贾政慌忙去接，已见王爷进来。赵堂官抢上去请了安，便说：“王爷已到，随来各位老爷就该带领府役把守前后门。”众官应了出去。贾政等知事不好，连忙跪接。西平郡王用两手扶起，笑嘻嘻的说道：“无事不敢轻造，有奉旨交办事件，要赦老接旨。如今满堂中筵席未散，想有亲友在此未便，且请众位府上亲友各散，独留本宅的人听候。”赵堂官回说：“王爷虽是恩典，但东边的这位王爷办事认真，想是早已封门。”众人知是两府干系，恨不能脱身。只见王爷笑道：“众位只管就请。叫人来给我送出去，告诉锦衣府的官员说这都是亲友，不必盘查，快快放出。”那些亲友听见，就一溜烟如飞的出去了。独有贾赦贾政一干人吓得面如土色，满身发颤。不多一回，只见进来无数番役，各门把守，本宅上下人等一步不能乱走。赵堂官便转袭人道:“你这话益发糊涂了,怎么一个人不死就搁上一个空棺材当死了人呢。”宝玉道:“不是嗄,大凡成仙的人,或是肉身去的,或是脱胎去的。好姐姐,你到底叫了紫鹃来。”袭人道:“如今等我细细的说明了你的心,他若肯来还好,若不肯来还得费多少话。就是来了见你也不肯细说。据我主意,明后日等二奶奶上去了,我慢慢的问他,或者倒可仔细。遇着闲空儿我再慢慢的告诉你。”宝玉道:“你说得也是。你不知道我心里的着急。”正说着,麝月出来说:“二奶奶说天已四更了,请二爷进去睡罢。袭人姐姐必是说高了兴了,忘了时候儿了。”袭人听了道:“可不是该睡了,有话明儿再说罢。”宝玉无奈,只得含愁进去。又向袭人耳边道:“明儿不要忘了。”袭人笑说:“知道了。”麝月笑道:“你们两个又闹鬼了。何不和二奶奶说了,就到袭人那边睡去,由着你们说一夜我们也不管。”宝玉摆手道:“不用言语。”袭人恨道:“小蹄子,你又嚼舌根,看我明儿撕你!”回转头来对宝玉道:“这不是二爷闹的,说了四更的话总没有说到这里。”一面说,一面送宝玉进屋,各人散去。

那夜宝玉无眠,到了明日还思这事。只闻得外头传进话来说:“众亲朋因老爷回家,都要送戏接风,老爷再四推辞说唱戏不必,竟在家里备了水酒倒请亲朋过来大家谈谈。于是定了后儿摆席请人,所以进来告诉。”不知所请何人,下回分解。

众家人磕头毕，仍复进内，众女仆行礼，不必多赘。

只说宝玉因昨贾政问起黛玉，王夫人答以有病，他便暗里伤心。直待贾政命他回去，一路上已滴了好些眼泪。回到房中，见宝钗和袭人等说话，他便独坐外间纳闷。宝钗叫袭人送过茶去，知他必是怕老爷查问功课，所以如此，只得过来安慰。宝玉便借此说：“你们今夜先睡一回，我要定定神。这时更不如从前，三言可忘两语，老爷瞧了不好。你们睡罢，叫袭人陪着我。”宝钗听去有理，便自己到房先睡。宝玉轻轻的叫袭人坐着，央他把紫鹃叫来，有话问他。“但是紫鹃见了我，脸上嘴里总是有气是的，须得你去解释开了他来才好。”袭人道：“你说要定神，我倒喜欢，怎么又定到这上头了！有话你明儿问不得？”宝玉道：“我就是今晚得闲，明日倘或老爷叫干什么便没空儿。好姐姐，你快去叫他来。”袭人道：“他不是二奶奶叫是不来的。”宝玉道：“我所以央你去说明白了才好。”袭人道：“叫我说什么？”宝玉道：“你还不知道我的心也不知道他的心么！都为的是林姑娘。你说我并不是负心的，我如今叫你们弄成了一个负心人了。”说着这话便瞧瞧里头，用手一指，说：“他是我本不愿意的，都是老太太他们捉弄的，好端端把一个林妹妹弄死了。就是他死也该叫我见见，说个明白，他自己死了也不怨我；你是听见三姑娘他们说的，临死恨怨我。那紫鹃为他姑娘也恨得我了不得。你想我是无情的人么，晴雯到底是个丫头，也没有什么大好处，他死了，我老实告诉你罢，我还做个祭文去祭他。那时林姑娘还亲眼见的。如今林姑娘死了，莫非倒不如晴雯么，死了连祭都不能祭一祭。林姑娘死了还有知的，他想起来不要更怨我么！”袭人道：“你要祭便祭去，要我们做什么？”宝玉道：“我自从好了起来就想要做一首祭文的，不知道我如今一点灵机都没有了。若祭别人胡乱却使得；若是他，断断俗俚不得一点儿的。所以叫紫鹃来问他，姑娘这条心他们打从那样上看出来的。我没病的头里还想得出来，一病以后都不记得。你说林姑娘已经好了，怎么忽然死的？他好的时候我不去，他怎么说？我病时候他不来，他也怎么说？所有他的东西我诓了过来你二奶奶总不叫我动，不知什么意思。”袭人道：“二奶奶惟恐你伤心罢了，还有什么！”宝玉道：“我不信。既是他这么念我，为什么临死都把诗稿烧了，不留给我作个纪念。又听见说天上有音乐响，必是他成了神或是登了仙去。我虽见过了棺材，到底不知道棺材里有他没有。”

么不奉规矩的事么？”众人道:“没听见别的,只有几位侍郎心里不大和睦,内监里头也有些。想来不怕什么。只要嘱咐那边令侄诸事留神就是了。”众人说毕,举手而散。贾政然后回家,众子侄等都迎接上来,贾政迎着请贾母的安,然后众子侄俱请了贾政的安。一同进府,王夫人等已到了荣禧堂迎接。贾政先到了贾母那里拜见了,陈述些违别的话。贾母问探春消息,贾政将许嫁探春的事都禀明了,还说:“儿子起身急促,难过重阳,虽没有亲见,听见那边亲家的人来说的极好。亲家老爷太太都说请老太太的安,还说今冬明春大约还可调进来。这便好了。如今闻得海疆有事,只恐怕那时还不能调。”贾母始则因贾政降调回来,知探春远在他乡,一无亲故,心下不悦。后听贾政将官事说明,探春安好,也便转悲为喜。便笑着叫贾政出去。然后弟兄相见,众子侄拜见,定了明日清晨拜祠堂。贾政回到自己屋内,王夫人等见过,宝玉贾琏替另拜见。贾政见了宝玉果然比起身之时脸面丰满,倒觉安静,并不知他心里糊涂,所以心甚喜欢,不以降调为念,心想幸亏老太太办理的好。又见宝钗沉厚更胜先时,兰儿文雅俊秀,便喜形于色。独见环儿仍是先前,究不甚钟爱。歇息了半天,忽然想起:“为何今日短了一人？”王夫人知是想着黛玉。前因家书未报,今日又初到家,正是喜欢,不便直告,只说是病着。岂知宝玉的心里已如刀搅,因父亲到家,只得把持心性,伺候王夫人家筵接风,子孙敬酒。凤姐虽是侄媳,现办家事,也随了宝钗等递酒。贾政便叫递了一巡酒,都歇息去罢。命众家人不必伺候,待明早拜过宗祠然后进见。分派已定,贾政与王夫人说些别后的话,馀者王夫人都不敢言。倒是贾政先提起王子腾的事来,王夫人也不敢悲戚。贾政又说蟠儿的事,王夫人只说他是自作自受,趁便也将黛玉已死的话告诉。贾政反吓了一惊,不觉掉下泪来,连声叹息。王夫人也掌不住也哭了。旁边彩云等即忙拉衣,王夫人止住,重又说些喜欢的话,便安寝了。次日一早至宗庙行礼,众子侄都随往。贾政便在祠旁厢房坐下,叫了贾珍贾琏过来,问起家中事务。贾珍拣可说的说了。贾政又道:“我初回家,也不便来细细查问。只是听见外头说起你家里更不比从前,诸事要谨慎才好。你年纪也不小了,孩子们该管教管教,别叫他们在外头得罪人。琏儿也该听听。不是才回家便说你们,因我有所闻所以才说的。你们更该小心些。”贾珍等脸涨通红的,也只答应个“是”字,不敢说什么。贾政也就罢了。回归西府,成了灰了。”雨村听毕，心下明白，知士隐仙去，便把那衙役打发了出去。回到房中并没提起士隐火化之言，恐他妇女不知，反生悲感，只说并无形迹，必是他先走了。

雨村出来，独坐书房，正要细想士隐的话，忽有家人传报说：“内廷传旨，交看事件。”雨村疾忙上轿进内，只听见人说：“今日贾存周江西粮道被参回来，在朝内谢罪。”雨村忙到了内阁，见了各大人，将海疆办理不善的旨意看了，出来即忙找着贾政，先说了些为他抱屈的话，后又道喜，问一路可好。贾政也将违别以后的话细细的说了一遍。雨村道：“谢罪的本上了去没有？”贾政道：“已上去了，等膳后下来看旨意罢。”正说着，只听里头传出旨来叫贾政，贾政即忙进去。各大人有与贾政关切的都在里头等着。等了好一回，方见贾政出来。看见他带着满头的汗。众人迎上去接着，问有什么旨意。贾政吐舌道：“吓死人，吓死人！倒蒙各位大人关切，幸喜没有什么事。”众人道：“旨意问了些什么？”贾政道：“旨意问的是云南私带神枪一案。本上奏明是原任太师贾化的家人，主上一时记着我们先祖的名字，便问起来。我忙着磕头奏明先祖的名字是代化。主上便笑了，还降旨意说：‘前放兵部后降府尹的不是也叫贾化么？’”那时雨村也在旁边，倒吓了一跳，便问贾政道：“老先生怎么奏的？”贾政道：“我便慢慢奏道：‘原任太师贾化是云南人，现任府尹贾某是浙江湖州人。’主上又问：‘苏州刺史奏的贾范是你一家了？’我又磕头奏道：‘是。’主上便变色道：‘纵使家奴强占良民妻女，还成事么！’我一句不敢奏。主上又问道：‘贾范是你什么人？’我忙奏道：‘是远族。’主上哼了一声，降旨叫出来了。可不是诧事。”众人道：“本来也巧，怎么一连有这两件事。”贾政道：“事倒不奇，倒是都姓贾的不好。算来我们寒族人多，年代久了，各处都有。现在虽没有事，究竟主上记着一个贾字就不好。”众人说：“真是真假是假，怕什么。”贾政道：“我心里巴不得不做官，只是不敢告老。现在我们家里两个世袭，这也无可奈何的。”雨村道：“如今老先生仍是工部，想来京官是没有事的。”贾政道：“京官虽然无事，我究竟做过两次外任，也就说不齐了。”众人道：“二老爷的人品行事我们都佩服的，就是令兄大老爷也是个好人。只要在令侄辈身上严紧些就是了。”贾政道：“我因在家的日子少，舍侄的事情不大查考。我心里也不甚放心。诸位今日提起，都是至相好，或者听见东宅的侄儿家有什这几天，等我们那一个出来再道乏罢。”说毕出来，另托人将倪二弄了出来，只打了几板，也没有什么罪。倪二回家，他妻女将贾家不肯说情的话说了一遍，倪二正喝着酒，便生气要找贾芸，说：“这小杂种没良心的东西！头里他没有饭吃，要到府内钻谋事办，亏我倪二爷帮了他。如今我有了事，他不管。好罢咧，若是我倪二闹出来，连两府里都不干净。”他妻女忙劝道：“嗳，你又喝了黄汤便是这样有天没日头的！前儿可不是醉了闹的乱子。捱了打还没好呢，你又闹了。”倪二道：“捱了打便怕他不成！只怕拿不着由头。我在监里的时候倒认得了好几个有义气的朋友，听见他们说起来，不独是城内姓贾的多，外省姓贾的也不少。前儿监里收下了好几个贾家的家人。我倒说这里的贾家小一辈子并奴才们虽不好，他们老一辈的还好，怎么犯了事。我打听打听说是和这里贾家是一家，都住在外省，审明白了解进来问罪的。我才放心。若说贾二这小子他忘恩负义，我便和几个朋友说他家怎样倚势欺人，怎样盘剥小民，怎样强娶有男妇女，叫他们吵嚷出来有了风声到了都老爷耳朵里，这一闹起来叫你们才认得倪二金刚呢！”他女人道：“你喝了酒睡去罢。他又强占谁家的女人来了，没有的事，你不用混说了。”倪二道：“你们在家里那里知道外头的事。前年我在赌场里碰见了小张，说他女人被贾家占了，他还和我商量。我倒劝他才了事的。但不知这小张如今那里去了，这两年没见。若碰着了他，我倪二出个主意，叫贾老二死给我，好好的孝敬孝敬我倪二太爷才罢了。你倒不理我了！”说着，倒身躺下，嘴里还是咕咕嘟嘟的说了一回便睡去了。他妻女只当是醉话，也不理他。明日早起，倪二又往赌场中去了。不提。

且说雨村回到家中，歇息了一夜，将道上遇见甄士隐的事告诉了他夫人一遍。他夫人便埋怨他：“为什么不回去瞧一瞧！倘或烧死了，可不是咱们没良心！”说着，掉下泪来。雨村道：“他是方外的人了，不肯和咱们在一处的。”正说着，外头传进话来，禀说：“前日老爷吩咐瞧火烧庙去的回来了回话。”雨村踱了出来。那衙役打千请了安，回说：“小的奉老爷的命回去，也不等火灭便冒火进去瞧那个道士，岂知他坐的地方多烧了。小的想着那道士必定烧死了。那烧的墙屋往后塌去，道士的影儿都没有。只有一个蒲团，一个瓢儿，还是好好的。小的各处找寻他的尸首，连骨头都没有一点儿。小的恐老爷不信，想要拿这蒲团瓢儿回来做个证见，小的这么一拿，岂知都里，只怕不轻饶的。”这话已传到他妻女耳边。那夜果等倪二不见回家，他女儿便到各处赌场寻觅，那赌博的都是这么说，他女儿急得哭了。众人都道：“你不用着急，那贾大人是荣府的一家。荣府里的一个什么二爷和你父亲相好，你同你母亲去找他，说个情就放出来了。”倪二的女儿听了，想了一想，“果然我父亲常说间壁贾二爷和他好，为什么不找他去。”赶着回来即和母亲说了。娘儿两个去找贾芸。那日贾芸恰在家，见他母女两个过来，便让坐，贾芸的母亲便倒茶。倪家母女即将倪二被贾大人拿去的话说了一遍，“求二爷说情放出来。”贾芸一口应承，说：“这算不得什么，我到西府里说一声就放了。那贾大人全仗我家的西府里才得做了这么大官，只要打发个人去一说就完了。”倪家母女欢喜，回来便到府里告诉了倪二，叫他不用忙，已经求了贾二爷，他满口应承，讨个情便放出来的。倪二听了也喜欢。不料贾芸自从那日给凤姐送礼不收，不好意思进来，也不常到荣府。那荣府的门上原看着主子的行事，叫谁走动才有些体面，一时来了他便进去通报；若主子不大理了，不论本家亲戚，他一概不回，支了去就完事。那日贾芸到府上说“给琏二爷请安”。门上的说：“二爷不在家，等回来我们替回罢。”贾芸欲要说请二奶奶的安，生恐门上厌烦，只得回家，又被倪家母女催逼着说：“二爷常说，府上是不论那个衙门，说一声谁敢不依。如今还是府里的一家，又不为什么大事，这个情还讨不来，白是我们二爷了。”贾芸脸上下不来，嘴里还说硬话：“昨儿我们家里有事，没打发人说去，少不得今儿说了就放。什么大不了的事！”倪家母女只得听信。岂知贾芸近日大门竟不得进去，绕到后头要进园内找宝玉，不料园门锁着。只得垂头丧气的回来。想起“那年倪二借银与我，买了香料送给他，才派我种树；如今我没有钱去打点，就把我拒绝。他也不是什么好的，拿着太爷留下的公中银钱在外放加一钱，我们穷本家要借一两也不能。他打谅保得住一辈子不穷的了，那知外头的声名很不好。我不说罢了，若说起来人命官司不知有多少呢。”一面想着来到家中，只见倪家母女都等着。贾芸无言可支，便说道：“西府里已经打发人说了，只言贾大人不依。你还求我们家的奴才周瑞的亲戚冷子兴去才中用。”倪家母女听了，说：“二爷这样体面爷们还不中用，若是奴才是更不中用了。”贾芸不好意思，心里发急道：“你不知道，如今的奴才比主子强多着呢。”倪家母女听来无法，只得冷笑几声说：“这倒难为二爷白跑了

第一百四回
醉金刚小鳅生大浪　痴公子馀痛触前情

话说贾雨村刚欲过渡，见有人飞奔而来，跑到跟前，口称："老爷，方才进的那庙火起了。"雨村回首看时，只见烈焰烧天，飞灰蔽日。雨村心想："这也奇怪，我才出来走不多远，这火从何而来。莫非士隐遭劫于此？"欲待回去，又恐误了过河；若不回去，心下又不安。想了一想，便问道："你方才见这老道士出来了没有？"那人道："小的原随老爷出来，因腹内疼痛，略走了一走。回头看见一片火光，原来就是那庙中火起。特赶来禀知老爷。并没看见有人出来。"雨村虽则心里狐疑，究竟是名利关心的人，那肯回去看视，便叫那人："你在这里，等火灭了进去瞧那老道在与不在，即来回禀。"那人只得答应了，伺候雨村过河，仍自去查看。查了几处，遇公馆便自歇下。明日又行一程，进了都门，众衙役接着，前呼后拥的走着。雨村坐在轿内，听见轿前开路的人吵嚷。雨村问是何事，那开路的拉了一个人过来跪在轿前禀道："那人酒醉不知回避，反冲突过来。小的吆喝他，他倒恃酒撒赖，躺在街心，说小的打了他了。"雨村便道："我是管理这里地方的，你们都是我的子民。知道本府经过，喝了酒不知退避，还敢撒赖。"那人道："我喝酒是自己的钱，醉了躺的是皇上的地，便是大人老爷也管不得。"雨村怒道："这人目无法纪，问他叫什么名字。"那人回道："我叫醉金刚倪二。"雨村听了生气，叫人打这金刚，"瞧他是金刚不是！"手下把倪二按倒，着实的打了几鞭。倪二负痛，酒醒求饶。雨村在轿内笑道："原来是这么个金刚么！我且不打你，叫人带进衙门慢慢的问你。"众衙役答应，拴了倪二拉着便走。倪二哀求也不中用。雨村进内覆旨回曹，那里把这件事放在心上。那街上看热闹的三三两两传说："倪二仗着有些力气恃酒讹人，今儿碰在贾大人手看来不能以富贵动之，那妻女之私更不必说了。”想罢，又道：“仙师既不肯说破前因，弟子于心何忍！”正要下礼，只见众人进来禀说：“天色将晚，快请渡河。”雨村正无主意，那道人道：“请尊官速登彼岸，见面有期，迟则风浪顿起。果蒙不弃，贫道他日尚在渡头候教。”说毕，仍合眼打坐。雨村无奈，只得辞了道人出庙。正要过渡，只见一人飞奔而来。未知何事，下回分解。

外嚷说："不用多说了，快收拾停当，刑部的老爷就到了。"此时惟有夏家母子着忙，想来总要吃亏的，不得已反求薛姨妈道："千不是万不是终是我死的女孩儿不长进，这也是他自作自受。若是刑部相验，到底府上脸面不好看。求亲家太太息了这件事罢。"宝钗道："那可使不得。已经报了，怎么能歇呢。"周瑞家的等人大家做好做歹的劝说："若要息事，除非夏亲家太太自己出去拦验，我们不提长短罢了。"贾琏在外也将他儿子吓住，他情愿迎到刑部具结拦验。众人依允。薛姨妈命人买棺成殓。不提。

且说贾雨村升了京兆府尹，兼管税务。一日出都查勘开垦地亩，路过知机县。到了急流津，正要渡过彼岸，因待人夫，暂且停轿。只见村旁有一座小庙，墙壁坍颓，露出几株古松，倒也苍老。雨村下轿，闲步进庙，但见庙内神像金身脱落，殿宇歪斜，旁有断碣，字迹模糊，也看不明白。意欲行至后殿，只见一株翠柏下荫着一间茅庐，庐中有一个道士合眼打坐。雨村走近看时，面貌甚熟，想着倒像在那里见来的，一时再想不出来。众人便欲吆喝，雨村止住，徐步向前，叫一声老道。那道士双眼微启，微微的笑道："贵官何事？"雨村便道："本府出都查勘事件，路过此地，见老道静修自得，想来道行深通，意欲冒昧请教。"那道人说："来自有地，去自有方。"雨村知是有些来历的，便长揖请问："老道从何处修来在此结庐？此庙何名？庙中共有几人？或欲真修，岂无名山？或欲结缘，何不通衢？"那道人道："葫芦尚可安身，何必名山结舍。庙名久隐，断碣犹存。形影相随，何须修募。岂似那'玉在椟中求善价，钗于匣内待时飞'之辈耶！"雨村原是个颖悟人，初听见葫芦两字，后闻玉钗一对，忽然想起甄士隐的事来，重复将那道士端详一回，见他容貌依然，便屏退从人，问道："君家莫非甄老先生么？"那道人从容笑道："什么真，什么假！要知道真即是假，假即是真。"雨村听说出贾字来，益发无疑，便从新施礼道："学生自蒙慨赠到都，托庇获隽公车，受任贵乡，始知老先生超悟尘凡，飘举仙境。学生虽溯洄思切，自念风尘俗吏，未由再觐仙颜。今何幸于此处相遇！求老仙翁指示愚蒙。倘荷不弃，京寓甚近，学生当得供奉，得以朝夕聆教。"那道人也站起来回礼道："我于蒲团之外不知天地间尚有何物。适才尊官所言，贫道一概不解。"说毕，依旧坐下。雨村复又心疑，想去"若非士隐，何貌言相似若此，离别来十九载面色如旧，必是修炼有成，未肯将前身说破。但我既遇恩公，又不可当面错过。

蟾急的乱嚷，说：“别人赖我也罢了，怎么你们也赖起我来呢！你们不是常和姑娘说，叫他别受委屈，闹得他们家破人亡，那时将东西卷包儿一走，再配一个好姑爷。这个话是有的没有？”金桂的母亲还未及答言，周瑞家的便接口说道：“这是你们家的人说的，还赖什么呢！”金桂的母亲恨的咬牙切齿的骂宝蟾说：“我待你不错呀，为什么你倒拿话来葬送我呢！回来见了官，我就说是你药死姑娘的。”宝蟾气得瞪着眼说：“请太太放了香菱罢，不犯着白害别人。我见官自有我的话。”宝钗听出这个话头儿来了，便叫人反倒放开了宝蟾，说：“你原是个爽快人，何苦白冤在里头！你有话索性说了，大家明白，岂不完了事了呢！”宝蟾也怕见官受苦，便说：“我们奶奶天天抱怨说：‘我这样人，为什么碰着这个瞎眼的娘，不配给二爷，偏给了这么个混帐糊涂行子，要是能够同二爷过一天，死了也是愿意的。’说到那里便恨香菱。我起初不理会，后来看见与香菱好了，我只道是香菱教他什么了，不承望昨儿的汤不是好意。”金桂的母亲接说道：“益发胡说了。若是要药香菱，为什么倒药了自己呢？”宝钗便问道：“香菱，昨日你喝汤来着没有？”香菱道：“头几天我病得抬不起头来，奶奶叫我喝汤，我不敢说不喝。刚要扎挣起来，那碗汤已经洒了，倒叫奶奶收拾了个难。我心里很过不去。昨儿听见叫我喝汤，我喝不下去，没有法儿，正要喝的时候儿呢，偏又头晕起来。只见宝蟾姐姐端了去。我正喜欢，刚合上眼，奶奶自己喝着汤，叫我尝尝，我便勉强也喝了。”宝蟾不待说完，便道：“是了，我老实说罢。昨儿奶奶叫我做两碗汤，说是和香菱同喝。我气不过，心里想着香菱那里配我作汤给他喝呢！我故意的一碗里头多抓了一把盐，记了暗记儿，原想给香菱喝的。刚端进来，奶奶却拦着我叫外头叫小子们雇车，说今日回家去。我出去说了，回来见盐多的这碗汤在奶奶跟前呢，我恐怕奶奶喝着咸，又要骂我，正没法的时候，奶奶往后头走动，我眼错不见就把香菱这碗汤换了过来。也是合该如此，奶奶回来就拿了汤去到香菱床边喝着说：‘你到底尝尝。’那香菱也不觉咸，两个人都喝完了。我正笑香菱没嘴道儿，那里知道这死鬼奶奶要药香菱，必定趁我不在将砒霜撒上了，也不知道我换碗，这可就是天理昭彰，自害自身了。”于是众人往前后一想，真正一丝不错，便将香菱也放了，扶着他仍旧睡在床上。不说香菱得放，且说金桂的母亲心虚事实，还想辩赖。薛姨妈等你言我语，反要他儿子偿还金桂之命。正然吵嚷，贾琏在

泄旧怨主仆欺香菱　施毒计金桂自焚身

了，不然便是宝蟾药死他主子了。怎么不问明白，又不看尸首，就想讹人来了呢。我们就肯叫一个媳妇儿白死了不成！现在把宝蟾捆着；因为你们姑娘必要点病儿，所以叫香菱陪着他，也在一个屋里住，故此两个人都看守在那里。原等你们来眼看着刑部相验，问出道理来才是啊。”金桂的母亲此时势孤，也只得跟着周瑞家的到他女孩儿屋里。只见满脸黑血，直挺挺的躺在炕上，便叫哭起来。宝蟾见是他家的人来，便哭喊说：“我们姑娘好意待香菱，叫他在一块儿住，他倒抽空儿药死我们姑娘。”那时薛家上下人等俱在，便齐声吆喝道：“胡说。昨日奶奶喝了汤才药死的，这汤可不是你做的！”宝蟾道：“汤是我做的，端了来我有事走了，不知香菱起来放些什么在里头药死的。”金桂的母亲听未说完，就奔香菱。众人拦住。薛姨妈便道：“这样子是砒霜药的，家里决无此物。不管香菱宝蟾，终有替他买的。回来刑部少不得问出来才赖不去。如今把媳妇权放平正，好等官来相验。”众婆子上来抬放。宝钗道：“都是男人进来，你们将女人动用的东西检点检点。”只见炕褥底下有一个揉成团的纸包儿。金桂的母亲瞧见便拾起，打开看时，并没有什么，便撩开了。宝蟾看见道：“可不是有了凭据了。这个纸包儿我认得，头几天耗子闹得慌，奶奶家去与舅爷要的。拿回来搁在首饰匣内，必是香菱看见了，拿来药死奶奶的。若不信你们看看首饰匣里有没有了。”金桂的母亲便依着宝蟾的所在取出匣子，只有几支银簪子。薛姨妈便说：“怎么好些首饰都没有了？”宝钗叫人打开箱柜，俱是空的。便道：“嫂子这些东西被谁拿去？这可要问宝蟾。”金桂的母亲心里也虚了好些，见薛姨妈查问宝蟾，便说：“姑娘的东西他那里知道。”周瑞家的道：“亲家太太别这么说呢。我知道宝姑娘是天天跟着大奶奶的，怎么说不知道。”宝蟾见问得紧，又不好胡赖，只得说道：“奶奶自己每每带回家去，我管得么。”众人便说：“好个亲家太太，哄着拿姑娘的东西，哄完了叫他寻死来讹我们。好罢了，回来相验便是这么说。”宝钗叫人到外头：“告诉琏二爷说别放了夏家的人。”里面金桂的母亲忙了手脚，便骂宝蟾道：“小蹄子别嚼舌头了，姑娘几时拿东西到我家去。”宝蟾道：“如今东西是小，给姑娘偿命是大。”宝琴道：“有了东西就有偿命的人了。快请琏二哥哥问准了夏家的儿子买砒霜的话，回来好回刑部里的话。”金桂的母亲着了急，道：“这宝蟾必是撞见鬼了，混说起来。我们姑娘何尝买过砒霜！若这么说，必是宝蟾药死了的。”宝骂的。闹了几时，还不容他两口子在一处，你们商量着把女婿弄在监里永不见面。你们娘儿们仗着好亲戚受用也罢了，还嫌他碍眼，叫人药死了他，倒说是服毒。他为什么服毒？”说着直奔着薛姨妈来。薛姨妈只得后退，说：“亲家太太且请瞧瞧你女儿，问问宝蟾再说歪话不迟。”那宝钗宝琴因外面有夏家的儿子，难以出来拦护，只在里边着急。恰好王夫人打发周瑞家的照看，一进门来见一个老婆子指着薛姨妈的脸哭骂，周瑞家的知道必是金桂的母亲，便走上来说：“这位是亲家太太么？大奶奶自己服毒死的，与我们姨太太什么相干，也不犯这么糟蹋呀。”那金桂的母亲问：“你是谁？”薛姨妈见有了人，胆子略壮了些，便说：“这就是我亲戚贾府里的。”金桂的母亲便说道：“谁不知道你们有仗腰子的亲戚，才能够叫姑爷坐在监里。如今我的女孩儿倒白死了不成！”说着，便拉薛姨妈说：“你到底把我女儿怎样弄杀了，给我瞧瞧。”周瑞家的一面劝说：“只管瞧瞧，用不着拉拉扯扯。”便把手一推。夏家的儿子便跑进来不依，道：“你仗着府里的势头儿来打我母亲么！”说着便将椅子打去，却没有打着。里头跟宝钗的人听见外头闹起来，赶着来瞧，恐怕周瑞家的吃亏，齐打伙的上去，半劝半喝。那夏家的母子索性撒起泼来，说：“知道你们荣府的势头儿，我们家的姑娘已经死了，如今也都不要命了。”说着，仍奔薛姨妈拚命。地下的人虽多，那里挡得住。自古说的，“一人拚命，万夫莫当。”正闹到危急之际，贾琏带了七八个家人进来，见是如此，便叫人先把夏家的儿子拉出去，便说：“你们不许闹，有话好好儿的说。快将家里收拾收拾，刑部里头的老爷们就来相验了。”金桂的母亲正在撒泼，只见来了一位老爷，几个在头里吆喝，那些人都垂手侍立。金桂的母亲见这个光景，也不知是贾府何人。又见他儿子已被众人揪住，又听见说刑部来验。他心里原想看见女儿尸首先闹了一个稀烂，再去喊官去，不承望这里先报了官，也便软了些。薛姨妈已吓糊涂了，还是周瑞家的回说：“他们来了也没有去瞧他姑娘，便作践起姨太太来了。我们为好劝他，那里跑进一个野男人在奶奶们里头混撒村混打，这可不是没有王法了！”贾琏道：“这回子不用和他讲理，等一会子打着问他说，男人有男人的所在，里头都是些姑娘奶奶们，况且有他母亲还瞧不见他们姑娘么，他跑进来不是要打抢来了么。”家人们做好做歹压伏住了。周瑞家的仗着人多，便说：“夏太太你不懂事，既来了该问个青红皂白。你们姑娘是自己服毒死里的门开了才告诉去的。二爷你是明白人，这件事怎么好？”贾琏道：“夏家知道了没有？”薛姨妈道：“也得撕掳明白了才好报啊。”贾琏道：“据我看起来，必要经官才了得下来。我们自然疑在宝蟾身上，别人便说宝蟾为什么药死他奶奶，也是没答对的。若说在香菱身上竟还装得上。”正说着，只见荣府女人们进来说：“我们二奶奶来了。”贾琏虽是大伯子，因从小儿见的，也不回避。宝钗进来见了母亲，又见了贾琏，便往里间屋里同宝琴坐下。薛姨妈也将前事告诉一遍。宝钗便说：“若把香菱捆了，可不是我们也说是香菱药死的了么！妈妈说这汤是宝蟾做的，就该捆起宝蟾来问他呀。一面便该打发人报夏家去，一面报官的是。”薛姨妈听见有理，便问贾琏。贾琏道：“二妹子说得很是。报官还得我去托了刑部里的人，相验问口供的时候有照应得。只是要捆宝蟾放香菱倒怕难些。”薛姨妈道：“并不是我要捆香菱，我恐怕香菱病中受冤着急，一时寻死，又添了一条人命，才捆了交给宝蟾，也是一个主意。”贾琏道：“虽是这么说，我们倒帮了宝蟾了。若要放都放，要捆都捆，他们三个人是一处的。只要叫人安慰香菱就是了。”薛姨妈便叫人开门进去，宝钗就派了带来几个女人帮着捆宝蟾。只见香菱已哭得死去活来，宝蟾反得意洋洋。以后见人要捆他，便乱嚷起来。那禁得荣府的人吆喝着，也就捆了。竟开着门好叫人看着。这里报夏家的人已经去了。那夏家先前不住在京里，因近年消索，又记挂着女儿，新近搬进京来。父亲已没，只有母亲，又继了一个混帐儿子，把家业都花完了。不时的常到薛家。那金桂原是个水性人儿，那里守得住空房；况兼天天心里想念薛蝌，便有些饥不择食的光景。无奈他这一干兄弟又是个蠢货，虽也有些知觉，只是尚未入港。所以金桂时常回去，也帮贴他些银钱。这些时正盼金桂回家，只见薛家的人来，心里就想又拿什么东西来了。不料说这里姑娘服毒死了，他便气得乱嚷乱叫。金桂的母亲听见了，更哭喊起来，说：“好端端的女孩儿在他家为什么服了毒呢！”哭着喊着的带了儿子，也等不得雇车，便要走来。那夏家本是买卖人家，如今没了钱，那顾什么脸面。儿子头里就走，他跟了一个破老婆子出了门，在街上啼啼哭哭的雇了一辆破车，便跑到薛家。进门也不打话，便儿一声肉一声的要讨人命。那时贾琏到刑部托人，家里只有薛姨妈宝钗宝琴，何曾见过个阵仗，都吓得不敢则声。便要与他讲理，他们也不听，只说：“我女孩儿在你家得过什么好处，两口朝打暮倒不如你过去瞧瞧，别理那糊涂东西。”那婆子没听见打发人去，只听见说别理他，他便赌气跑回去了。这里薛姨妈正在着急，再等不来。好容易见那婆子来了，便问：“姨太太打发谁来？”婆子叹说道：“人最不要有急难事，什么好亲好眷看来也不中用！姨太太不但不肯照应我们，倒骂我糊涂。”薛姨妈听了，又气又急道：“姨太太不管，你姑奶奶怎么说了？”婆子道：“姨太太既不管，我们家的姑奶奶自然更不管了。没有去告诉。”薛姨妈啐道：“姨太太是外人，姑娘是我养的，怎么不管！”婆子一时省悟道：“是啊，怎么着我还去。”正说着，只见贾琏来了，给薛姨妈请了安，道了恼，回说：“我婶子知道弟妇死了，问老婆子再说不明，着急得很，打发我来问个明白，还叫我在这里料理。该怎么样姨太太只管说了办去。”薛姨妈本来气得干哭，听见贾琏的话便笑着说：“倒要二爷费心！我说姨太太是待我最好的，都是这老货说不清，几乎误了事。请二爷坐下，等我慢慢的告诉你。”便说：“不为别的事，为的是媳妇不是好死的。”贾琏道：“想是为兄弟犯事怨命死的。”薛姨妈道：“若这样倒好了。前几个月头里他天天蓬头赤脚的疯闹，后来听见你兄弟问了死罪，他虽哭了一场，以后倒擦脂抹粉的起来。我若说他，又要吵个了不得，我总不理他。有一天不知怎么样来要香菱去作伴，我说：‘你放着宝蟾还要香菱做什么？况且香菱是你不爱的，何苦招气生？’他必不依，我没法儿，便叫香菱到他屋里去。可怜这香菱不敢违我的话，带着病就去了。谁知道他待香菱很好，我倒喜欢。你大妹妹知道了，说只怕不是好心罢，我也不理会。头几天香菱病着，他倒亲手去做汤给他吃。那知香菱没福，刚端到跟前他自己烫了手，连碗都砸了。我只说必要迁怒在香菱身上，他倒没生气，自己还拿笤帚扫了，拿水泼净了地，仍旧两个人很好。昨儿晚上又叫宝蟾去做了两碗汤来，自己说同香菱一块儿喝。隔了一回，听见他屋里两只脚蹬响，宝蟾急的乱嚷，以后香菱也嚷着扶着墙出来叫人，我忙着看去，只见媳妇鼻子眼睛里都流出血来，在地下乱滚，两手在心口乱抓，两脚乱蹬，把我就吓死了。问他也说不出来，只管直嚷，闹了一回就死了。我瞧那光景是服了毒的。宝蟾便哭着来揪香菱，说他把药药死了奶奶了。我看香菱也不是这么样的人，再者，他病的起还起不来，怎么能药人呢。无奈宝蟾一口咬定，我的二爷，这叫我怎么办，只得硬着心肠叫老婆子们把香菱捆了，交给宝蟾，便把房门反扣了。我同你二妹妹守了一夜，等府

第一百三回

施毒计金桂自焚身　昧真禅雨村空遇旧

话说贾琏到了王夫人那边，一一的说了。次日到了部里打点停妥，回来又到王夫人那边将打点吏部之事告知。王夫人便道："打听准了么？果然这样，老爷也愿意，合家也放心。那外任是何尝做得的。若不是那样的参回来，只怕叫那些混帐东西把老爷的性命都坑了呢。"贾琏道："太太那里知道？"王夫人道："自从你二叔放了外任，并没有一个钱拿回来，把家里的倒掏摸了好些去了。你瞧那些跟老爷去的人，他男人在外头不多几时，那些小老婆子们便金头银面的妆扮起来了，可不是在外头瞒着老爷弄钱。你叔叔便由着他们闹去，若弄出事来，不但自己的官做不成，只怕连祖上的官也要抹掉了呢。"贾琏道："婶子说得很是。方才我听见参了吓的了不得，直等打听明白才放心。也愿意老爷做个京官，安安逸逸的做几年，才保得住一辈子的声名。就是老太太知道了倒也是放心的。只要太太说得宽缓些。"王夫人道："我知道。你到底再去打听打听。"贾琏答应了才要出来，只见薛姨妈家的老婆子慌慌张张的走来，到王夫人里间屋内也没说请安，便道："我们太太叫我来告诉这里的姨太太，说我们家了不得了，又闹出事来了。"王夫人听了，便问："闹出什么事来？"那婆子又说："了不得，了不得！"王夫人哼道："糊涂东西，有要紧事你到底说啊！"婆子便说："我们家二爷不在家，一个男人也没有，这件事情出来怎么办！要求太太打发几位爷们去料理料理。"王夫人听着不懂，便着急道："究竟要爷们去干什么事？"婆子道："我们大奶奶死了。"王夫人听了，便啐道："这种女人死死了罢咧，也值得大惊小怪的！"婆子道："不是好好儿死的，是混闹死的，快求太太打发人去办办。"说着就要走。王夫人又生气又好笑，说："这婆子好混帐，琏哥儿不谙吏治被属员蒙蔽，着降三级，加恩仍以工部员外上行走，并令即日回京。这信是准的。正在吏部说话的时候来了一个江西引见知县，说起我们二叔是很感激的，俱说是个好上司，只是用人不当，那些家人在外招摇撞骗欺凌属员已经把好名声都弄坏了。节度大人早已知道，也说我们二叔是个好人，不知怎么样这回又参了。想是忒闹得不好，恐将来弄出大祸，所以借了一件失察的事情参的。倒是避重就轻的意思也未可知。”贾赦未听说完，便叫贾琏：“先去告诉你婶子知道，且不必告诉老太太就是了。”贾琏去回王夫人。未知有何话说，下回分解。

请圣。又念了一天的消灾邪的接福的洞元经，以后便出榜召将。榜上大书“太乙混元上清三境灵宝符箓演教大法师行文敕令本境诸神到坛听用”。那日两府上下爷们仗着法师擒妖，都到园中观看，都说：“好大法令，呼神遣将的闹起来，不管有多少妖怪也吓跑了。”大家都挤到坛前，只见小道士们将旗幡举起，按定五方站住，伺候法师号令。三位法师一位手提宝剑拿着法水，一位捧着七星皂旗，一位举着桃木打妖鞭，立在坛前。只听法器一停，上头令牌三下，口中念念有词，那五方旗鞭团团散布。法师下坛，叫本家领着到各处楼阁殿亭房廊屋舍山崖水畔洒了法水，将剑指画了一回回来，连击令牌，将七星旗祭起，众道士将旗幡一聚，接下打怪鞭望空打了三下。本家众人都道拿住妖怪，争着要看，及到跟前并不见有什么形响，只见法师叫众道士拿取瓶罐将妖收下，加上封条，法师朱笔书符收禁，令人带回本观塔下镇住。一方撤坛谢将。贾赦恭敬叩谢了法师。贾蓉等小弟兄背地都笑个不住，说：“这样的大排场，我打量拿着妖怪给我们瞧瞧到底是些什么东西，那里知道是这样收罗。究竟妖怪拿去了没有！”贾珍听见，骂道：“糊涂东西，妖怪原是聚则成形散则成气，如今多少神将在这里还敢现形么！无非把这妖气收了便不作祟就是法力了。”众人将信将疑，且等不见响动再说。那些下人只知妖怪被擒，疑心去了，便不大惊小怪，往后果然没人提起了。贾珍等病愈复原，都道法师神力。独有一个小子笑说道：“头里那些响动我也不知道，就是跟着大老爷进园这一日，明明是个大公野鸡飞过去了，拴儿吓离了眼，说得活像。我们都替他圆了个谎，大老爷就认真起来。倒瞧了个很热闹的坛场。”众人虽然听见，那里肯信，究无人住。

一日贾赦无事，正想要叫几个家下人搬住园中看守房屋，惟恐夜晚藏匿奸人。方欲传出话去，只见贾琏进来请了安，回说今日到他大舅家去，听见一个荒信，说是二叔被节度使参进来，为的是失察属员，重征粮米，请旨革职的事。贾赦听了吃惊道：“只怕是谣言罢！前儿你二叔带书子来，说探春于某日到了任所，择了某日吉时送了你妹子到了海疆，路上风恬浪静，合家不必挂念。还说节度认亲，倒设席贺喜。那里有做了亲戚倒题参起来的！且不必言语，快到吏部打听明白就来回我。”贾琏即刻出去，不到半日回来便说：“才到吏部打听，果然二叔被参。题本上去，亏得皇上的恩典，没有交部便下旨意说是失察属员重征粮米苛虐百姓本应革职，姑念初膺外任

宁国府骨肉病灾祲　大观园符水驱妖孽

治，轻则到园化纸许愿，重则详星拜斗。贾珍方好，贾蓉等相继而病。如此接连数月，闹得两府俱怕。从此风声鹤唳，草木皆妖。园中出息一概全蠲，各房月例重新添起，反弄得荣府中更加拮据。那些看园的没有了想头，个个要离此处，每每造言生事，便将花妖树怪编派起来，各要搬出，将园门封固，再无人敢到园中。以致崇楼高阁，琼馆瑶台，皆为禽兽所栖。

却说晴雯的表兄吴贵正住在园门口，他媳妇自从晴雯死后听见说作了花神，每日晚间便不敢出门。这一日吴贵出门买东西回来晚了，那媳妇子本有些感冒着了，日间吃错了药，晚上吴贵到家已死在炕上。外面的人因那媳妇子不妥当，便都说妖怪爬过墙吸了精去死的。于是老太太着急的了不得，替另派了好些人将宝玉的住房围住巡逻打更。这些小丫头们还说有的看见红脸的，有的看见很俊的女人的，吵嚷不休。吓得宝玉天天害怕。亏得宝钗有把持的，听得丫头们混说便吓唬着要打，所以那些谣言略好些。无奈各房的人都是疑人疑鬼的不安静，也添了人坐更，于是更加了好些食用。独有贾赦不大很信，说好好园子那里有什么鬼怪。挑了个风清日暖的日子，带了好几个家人，手内持着器械到园踹看动静。众人劝他不依。到了园中，果然阴气逼人，贾赦还扎挣前走，跟的人都探头缩脑。内中有个年轻的家人心内已经害怕，只听呼的一声，回过头来只见五色灿烂的一件东西跳过去了，吓得嗳哟一声，腿子发软便躺倒了。贾赦回身查问，那小子喘嘘嘘的回道："亲眼看见一个黄脸红须绿衣青裳一个妖怪走到树林子后头山窟窿里去了。"贾赦听了便也有些胆怯，问道："你们都看见么？"有几个推顺水船儿的回说："怎么没瞧见！因老爷在头里，不敢惊动罢了。奴才们还掌得住。"说得贾赦害怕，也不敢再走，急急的回来，吩咐小子们不要提及，只说看遍了没有什么东西。心里实也相信，要到真人府里请法官驱邪。岂知那些家人无事还要生事，今见贾赦怕了，不但不瞒着，反添些穿凿，说得人人吐舌。贾赦没法，只得请道士到园作法事驱邪逐妖。择吉日先在省亲正殿上铺排起坛场，上供三清圣像，旁设二十八宿并马赵温周四大将，下排三十六天将图像。香花灯烛设满一堂，钟鼓法器排列两边，插着五方旗号。道纪司派定四十九位道众的执事净了一天的坛。三位法官行香取水毕，然后擂起法鼓，法师们俱戴上七星冠，披上九宫八卦的法衣，踏着登云履，手执牙笏，便拜表病？”毛半仙道:“据这卦上世爻午火变水相克，必是寒火凝结。若要断得清楚，揲蓍也不大明白，除非用大六壬才断得准。”贾蓉道:“先生都高明的么？”毛半仙道:“知道些。”贾蓉便要请教。报了一个时辰。毛先生便画了盘子，将神将排定，算去是戌上白虎。“这课叫做‘魄化课’。大凡白虎乃是凶将，乘旺象气受制，便不能为害。如今乘着死神死煞，及时令囚死，则为饿虎，定是伤人。就如魄神受惊消散，故名‘魄化’。这课象说是人身丧魄，忧患相仍，病多丧死，讼有忧惊。按象有日暮虎临，必定是傍晚得病的。象内说凡占此课必定旧宅有伏虎作怪，或有形响。如今尊驾为大人而占，正合着虎在阳忧男，在阴忧女。此课十分凶险呢！”贾蓉没有听完，吓得面上失色道:“先生说得很是。但与那卦又不大相合，到底有妨碍么？”毛半仙道:“你不用慌，待我慢慢的再看。”低着头又咕哝了一会子，便说:“好了，有救星了。算出巳上有贵神救解，谓之‘魄化魂归’。先忧后喜。是不妨事的，只要小心些就是了。”贾蓉奉上卦金，送了出去，回禀贾珍说是:“母亲的病是在旧宅傍晚得的，为撞着什么伏尸白虎。”贾珍道:“你说你母亲前日从园里走回来的，可不是那里撞着的。你还记得你二婶娘到园里去回来就病了，他虽没有见什么，后来那些丫头老婆们都说是山子上一个毛烘烘的东西，眼睛有灯笼大，还会说话，他把二奶奶赶了回来，吓出一场病来。”贾蓉道:“怎么不记得。我还听见宝叔家的茗烟说，晴雯是做了园里芙蓉花的神了；林姑娘死了半空里有音乐，必定他也是管什么花儿了。想这许多妖怪在园里还了得。头里人多阳气重，常来常往不打紧；如今冷落的时候母亲打那里走，还不知踹了什么花儿呢，不然就是撞着那一个。那卦也还算是准的。”贾珍道:“到底说有妨碍没有呢？”贾蓉道:“据他说到了戌日就好了。只愿早两天好或过两天才好。”贾珍道:“这又是什么意思？”贾蓉道:“那先生若是这样准，生怕老爷也有些不自在。”正说着，里头喊说:“奶奶要坐起到那边园里去，丫头们都按捺不住。”贾珍等进去安慰定了。只闻尤氏嘴里乱说:“穿红的来叫我，穿绿的来赶我。”地下这些人又怕又好笑。贾珍便命人买些纸钱送到园里烧化，果然那夜出了汗便安静些，到了戌日也就渐渐的好起来。由是一人传十，十人传百，都说大观园中有了妖怪。吓得那些看园的人也不修花补树，灌溉果蔬。起先晚上不敢行走，以致鸟兽逼人，甚至日里也是约伴持械而行。过了些时，果然贾珍也病。竟不请医调几家看园的人住着。那日尤氏过来送探春起身，因天晚省得套车，便从前年在园里开通宁府的那个便门里走过去了，觉得凄凉满目，台榭依然，女墙一带都种作园地一般，心中怅然如有所失。因到家中便有些身上发热，扎挣一两天竟躺倒了。日间的发烧犹可，夜里身热异常，便谵语绵绵。贾珍连忙请了大夫看视，说感冒起的，如今缠经，入了足阳明胃经，所以谵语不清，如有所见。有了大秽即可身安。尤氏服了两剂，并不稍减，更加发起狂来。贾珍着急，便叫贾蓉来打听外头有好医生再请几位来瞧瞧。贾蓉回道："前儿这位太医是最兴时的了。只怕我母亲的病不是药治得好的。"贾珍道："胡说。不吃药难道由他去罢！"贾蓉道："不是说不治。为的是前日母亲从西府去回来是穿着园子里走来家的，一到了家就身上发烧，别是撞客着了罢。外头有个毛半仙是南方人，卦起的很灵，不如请他来占卦占卦，看有信儿呢就依着他，要是不中用再请别的好大夫来。"贾珍听了，即刻叫人请来。坐在书房内喝了茶，便说："府上叫我，不知占什么事？"贾蓉道："家母有病，请教一卦。"毛半仙道："既如此，取净水洗手，设下香案。让我起出一课来看就是了。"一时下人安排定了，他便怀里掏出卦筒来，走到上头，恭恭敬敬的作了一个揖，手内摇着卦筒，口里念道："伏以太极两仪絪缊交感，图书出而变化不穷，神圣作而诚求必应，兹有信官贾某，为因母病，虔请伏义文王周公孔子四大圣人鉴临在上。诚感则灵，有凶报凶，有吉报吉。先请内象三爻。"说着，将筒内的钱倒在盘内，说："有灵的头一爻就是交。"拿起来又摇了一摇，倒出来说是单。第三爻又是交。检起钱来，嘴里说是："内爻已示，更请外象三爻，完成一卦。"起出来是单拆单。那毛半仙收了卦筒和铜钱，便坐下问道："请坐请坐，让我来细细的看看。这个卦乃是'未济'之卦。世爻是第三爻，午火兄弟劫财，晦气是一定该有的。如今尊驾为母问病，用神是初爻，真是父母爻动出官鬼来。五爻上又有一层官鬼，我看令堂太夫人的病是不轻的。还好还好，如今子亥之水休囚，寅木动而生火。世爻上动出一个子孙来，倒是克鬼的。况且日月生身，再隔两日子水官鬼落空，交到戌日就好了。但是父母爻上变鬼，恐怕令尊大人也有些关碍。就是本身世鬼比劫过重，到了水旺土衰的日子也不好。"说完了，便撇着胡子坐着。贾蓉起先听他捣鬼，心里忍不住要笑；听他讲的卦理明白，又说生怕父亲也不好，便说道："卦是极高明的，但不知我母亲到底是什么

第一百二回

宁国府骨肉病灾祲　大观园符水驱妖孽

话说王夫人打发人来唤宝钗，宝钗连忙过来，请了安。王夫人道："你三妹妹如今要出嫁了，只得你们作嫂子的大家开导开导他，也是你们姊妹之情。况且他也是个明白孩子，我看你们两个也很合的来。只是我听见说宝玉听见他三妹妹出门子，哭的了不得，你也该劝劝他。如今我的身子是十病九痛的，你二嫂子也是三日好两日不好，你还心地明白些，诸事也别说只管吞着不肯得罪人，将来这一番家事都是你的担子。"宝钗答应着。王夫人又说道："还有一件事，你二嫂子昨儿带了柳家媳妇的丫头来说补在你们屋里。"宝钗道："今日平儿才带过来，说是太太和二奶奶的主意。"王夫人道："是呦，你二嫂子和我说，我想也没要紧，不便驳他的回。只是一件，我见那孩子眉眼儿上头也不是个很安顿的。起先为宝玉房里的丫头狐狸是的我撵了几个，那时候你也知道，不然你怎么搬回家去了呢。如今有你，自然不比先前了。我告诉你不过留点神儿就是了。你们屋里就是袭人那孩子还可以使得。"宝钗答应了，又说了几句话便过来了。饭后到了探春那边，自有一番殷勤劝慰之言，不必细说。次日探春将要起身，又来辞宝玉。宝玉自然难割难分。探春便将纲常大体的话说的宝玉始而低头不语，后来转悲作喜，似有醒悟之意。于是探春放心，辞别众人，竟上轿登程，水舟陆车而去。

先前众姊妹们都住在大观园中，后来贾妃薨后也不修葺。到了宝玉娶亲，林黛玉一死，史湘云回去，宝琴在家住着，园中人少，况兼天气寒冷，李纨姊妹探春惜春等俱挪回旧所。到了花朝月夕依旧相约玩耍。如今探春一去，宝玉病后不出屋门，益发没有高兴的人了。所以园中寂寞，只有奶可不是‘衣锦还乡’了。”一面说，一面抄了个签经交与丫头。凤姐也半信半疑的。大了摆了斋来，凤姐只动了一动，放下了要走，又给了香银。大了苦留不住，只得让他走了。凤姐回至家中，见了贾母王夫人等。问起签来，命人一解，都欢喜非常，“或者老爷果有此心，咱们走一趟也好。”凤姐儿见人人这么说，也就信了。不在话下。

却说宝玉这一日正睡午觉，醒来不见宝钗，正要问时，只见宝钗进来。宝玉问道：“那里去了，半日不见？”宝钗笑道：“我给凤姐姐瞧一回签。”宝玉听说，便问是怎么样的。宝钗把签帖念了一回，又道：“家中人人都说好的。据我看，这‘衣锦还乡’四字里头还有缘故。后来再瞧罢了。”宝玉道：“你又多疑了，妄解圣意。‘衣锦还乡’四字从古至今都知道是好的，今儿你又偏生看出缘故来了。依你说这‘衣锦还乡’还有什么别的解说？”宝钗正要解说，只见王夫人那边打发丫头过来请二奶奶。宝钗立刻过去。未知何事，下回分解。

告诉奶奶知道。这个散花菩萨来历根基不浅，道行非常。生在西天大树国中，父母打柴为生。养下菩萨来头长三角，眼横四目，身长三尺，两手拖地。父母说这是妖精，便弃在冰山之后了。谁知这山上有一个得道的老猢狲出来打食，看见菩萨头顶上白气冲天，虎狼远避，知道来历非常，便抱回洞中抚养。谁知菩萨带了来的聪慧，禅也会谈，与猢狲天天谈道参禅，说的天花散漫缤纷，至一千年后飞升了。至今山上犹见谈经之处，天花散漫，所求必灵，时常显圣救人苦厄。因此世人才盖了庙，塑了像供奉。”凤姐道："这有什么凭据呢？”大了道："奶奶又来搬驳了。一个佛爷可有什么凭据呢！就是撒谎也不过哄一两个人罢了，难道古往今来多少明白人都被他哄了不成！奶奶只想，惟有佛家香火历来不绝，他到底是祝国裕民有些灵验人才信服。”凤姐听了大有道理，因道："既这么，我明儿去试试。你庙里可有签？我去求一签，我心里的事签上批的出来我从此就信了。”大了道："我们的签最是灵的，明儿奶奶去求一签就知道了。”贾母道："既这么着，索性等到后日初一你再去求。”说着，大了吃了茶，到王夫人各房里去请了安回去。不提。这里凤姐勉强扎挣着，到了初一清早，令人预备了车马，带着平儿并许多奴仆来至散花寺。大了带了众姑子接了进去，献茶后便洗手至大殿上焚香。那凤姐儿也无心瞻仰圣像，一秉虔诚磕了头，举起签筒默默的将那见鬼之事并身体不安等故祝告了一回，才摇了三下，只听唰的一声筒中撺出一支签来。于是叩头拾起一看，只见写着第三十三签上上大吉。大了忙查签簿看时，只见上面写着“王熙凤衣锦还乡”。凤姐一见这几个字，吃一大惊，忙问大了道："古人也有叫王熙凤的么？”大了笑道："奶奶最是通今博古的，难道汉朝的王熙凤求官的这一段事也不晓得？”周瑞家的在旁笑道："前年李先儿还说这一回书的，我们还告诉他重着奶奶的名字不要叫呢。”凤姐笑道："可是呢，我倒忘了。”说着，又瞧底下的写的是：

去国离乡二十年，于今衣锦返家园。蜂采百花成蜜后，为谁辛苦为谁甜？行人至。音信迟。讼宜和。婚再议。

看完也不甚明白。大了道："奶奶大喜！这一签巧得很。奶奶自幼在这里长大，何曾回南京去了。如今老爷放了外任，或者接家眷来，顺便还家，奶意？要想着晴雯，只瞧见这五儿就是了。”宝玉本要走，听见这些话已呆了。袭人道：“为什么不愿意，早就要弄了来的。只是因为太太的话说的结实罢了。”凤姐道：“那么着，明儿我就叫他进来。太太的跟前有我呢。”宝玉听了，喜不自胜，才走到贾母那边去了。这里宝钗穿衣服。凤姐儿看他两口儿这般恩爱缠绵，想起贾琏方才那种光景，好不伤心。坐不住，便起身向宝钗笑道：“我和你向太太屋里去罢。”笑着出了房门，一同来见贾母。宝玉正在那里回贾母往舅舅家去。贾母点头说道：“去罢。只是少吃酒，早些回来。你身子才好些。”宝玉答应着出来，刚走到院内，又转身回来向宝钗耳边说了几句不知什么。宝钗笑道：“是了，你快去罢。”将宝玉催着去了。这贾母和凤姐宝钗说了没三句话，只见秋纹进来传说：“二爷打发焙茗转来，说请二奶奶。”宝钗说道：“他又忘了什么，又叫他回来？”秋纹道：“我叫小丫头问了，焙茗说是：‘二爷忘了一句话，二爷叫我回来告诉二奶奶：若是去呢，快些来罢；若不去呢，别在风地里站着。’”说的贾母凤姐并地下站着的众老婆子丫头都笑了。宝钗飞红了脸，把秋纹啐了一口，说道：“好个糊涂东西，这也值得这样慌慌张张跑了来说！”秋纹也笑着回去叫小丫头去骂焙茗。那焙茗一面跑着一面回头说道：“二爷把我巴巴的叫下马来，叫回来说的。我若不说，回来对出来又骂我了。这会子说了，他们又骂我。”那丫头笑着跑回来说了。贾母向宝钗道：“你去罢，省的他这么记挂。”说的宝钗站不住，又被凤姐怄他玩笑，没好意思，才走了。

只见散花寺的姑子大了来了，给贾母请安，见过了凤姐，坐着吃茶。贾母因问他这一向怎么不来。大了道：“因这几日庙中作好事，有几位诰命夫人不时在庙里起坐，所以不得空儿来。今日特来回老祖宗，明儿还有一家作好事，不知老祖宗高兴不高兴，若高兴也去随喜随喜。”贾母便问：“做甚么好事？”大了道：“前月为王大人府里不干净，见神见鬼的。偏生那太太夜间又看见去世的老爷。因此昨日在我庙里告诉我，要在散花菩萨跟前许愿烧香，做四十九天的水陆道场，保佑家口安宁，亡者升天，生者获福。所以我不得空儿来请老太太的安。”却说凤姐素日最厌恶这些事的，自从昨夜见鬼，心中总只是疑疑惑惑的，如今听了大了这些话，不觉把素日的心性改了一半，已有三分信意，便问大了道：“这散花菩萨是谁？他怎么就能避邪除鬼呢？”大了见问，便知他有些信意，便说道：“奶奶今日问我，让我

大观园月夜警幽魂　散花寺神签占异兆

衣服，想了想，虽然自己不去，也该带个信儿；再者，宝钗还是新媳妇，出门子自然要过去照应照应的。于是见过王夫人，支吾了一件事便过来到宝玉房中。只见宝玉穿着衣服歪在炕上，两个眼睛呆呆的看宝钗梳头。凤姐站在门口，还是宝钗一回头看见了，连忙起身让坐。宝玉也爬起来。凤姐才笑嘻嘻的坐下。宝钗因说麝月道："你们瞧着二奶奶进来也不言语声儿。"麝月笑着道："二奶奶头里进来就摆手儿不叫言语么。"凤姐因向宝玉道："你还不走等什么呢。没见这么大人了，还是这么小孩子气的，人家各自梳头，你爬在旁边看什么！成日家一块子在屋里还看不够！也不怕丫头们笑话。"说着，哧的一笑，又瞅着他咂嘴儿。宝玉虽也有些不好意思，还不理会；把个宝钗直臊的满脸通红，又不好听着，又不好说什么。只见袭人端过茶来，只得搭讪着自己递了一袋烟。凤姐儿笑着站起来接了道："二妹妹，你别管我们的事，你快穿衣服罢。"宝玉一面也搭讪着找这个弄那个。凤姐道："你先去罢，那里有个爷们等着奶奶们一块儿走的理呢。"宝玉道："我只是嫌我这衣裳不大好，不如前年穿着老太太给的那件金雀泥好。"凤姐因怄他道："你为什么不穿？"宝玉道："穿着太早些。"凤姐忽然想起，自悔失言，幸亏宝钗也和王家是内亲，只是那些丫头们跟前已经不好意思了。袭人却接着说道："二奶奶还不知道呢，就是穿得他也不穿了。"凤姐儿道："这是什么缘故？"袭人道："告诉二奶奶，真真是我们这位爷的行事都是天外飞来的。那一年因二舅太爷的生日，老太太给了他这件衣裳，谁知那一天就烧了。我妈病重了，我没在家。那时候还有晴雯妹妹呢，听见说病着整给他补了一夜，第二天老太太才没瞧出来呢！去年那一天上学天冷，我叫焙茗拿了去给他披披。谁知这位爷见了这件衣裳想起晴雯来了，说了总不穿了，叫我给他收一辈子呢。"凤姐不等说完便道："你提晴雯，可惜了儿的，那孩子模样儿手儿都好，就只嘴头子利害些。偏偏儿的太太不知听了那里的谣言，活活儿的把个小命儿要了。还有一件事，那一天我瞧见厨房里柳家的女人他女孩儿叫什么五儿，那丫头长的和晴雯脱了个影儿是的。我心里要叫他进来。后来我问他妈，他妈说是很愿意。我想着宝二爷屋里的小红跟了我去，我还没还他呢，就把五儿补过来。平儿说太太那一天说了，凡像那个样儿的都不叫派到宝二爷屋里呢。我所以也就搁下了。这如今宝二爷也成了家了，还怕什么呢，不如我就叫他进来。可不知宝二爷愿意不愿里还在那里定戏摆酒。你说说叫人生气不生气！”凤姐听了，才知王仁所行如此。但他素性要强护短，听贾琏如此说，便道：“凭他怎么样，到底是你的亲大舅儿。再者，这件事死的大太爷活的二叔都感激你。罢了，没什么说的，我们家的事少不得我低三下四的求你了，省的带累别人受气，背地里骂我！”说着，眼泪早流下来。掀开被窝，一面坐起来，一面挽头发，一面披衣裳。贾琏道：“你倒不用这么着。是你哥哥不是人，我并没说你呀。况且我出去了，你身上又不好，我都起来了他们还睡觉，咱们老辈子有这个规矩么！你如今做好好先生不管事了，我说了一句你就起来，明儿我要嫌这些人，难道你都替了他们么！好没意思啊！”凤姐听了这些话才把泪止住了，说道：“天也不早了，我也该起来了。你有这么说的，你替他们家在心的办办，那就是你的情分了。再者也不光为我，就是太太听见也喜欢。”贾琏道：“是了，知道了。‘大萝卜还用尿浇’！”平儿道：“奶奶这么早起来做什么，那一天奶奶不是起来有一定的时候儿呢。爷也不知是那里的邪火，拿着我们出气。何苦来呢！奶奶也算替爷挣够了，那一点儿不是奶奶挡头阵，不是我说，爷把现成儿的也不知吃了多少，这会子替奶奶办了一点子事，又关会着好几层儿呢，就是这么拿糖作醋的起来，也不怕人家寒心。况且这也不单是奶奶的事呀！我们起迟了原该爷生气，左右到底是奴才呀，奶奶跟前尽着身子累的成了个病包儿了，这是何苦来呢！”说着，自己的眼圈儿也红了。那贾琏本是一肚子闷气，那里见得这一对娇妻美妾又尖利又柔情的话呢，便笑道：“够了，算了罢！他一个人就够使的了，不用你帮着。左右我是外人，多早晚我死了你们就清净了。”凤姐道：“你也别说那个话，谁知道谁怎么样呢。你不死我还死呢。早死一天早心净。”说着，又哭起来。平儿只得又劝了一回。那时天已大亮，日影横窗。贾琏也不便再说，站起来出去了。

这里凤姐自己起来，正在梳洗，忽见王夫人那边小丫头过来道：“太太说了，叫问二奶奶今日过大舅爷那边去不去，要去说叫二奶奶同着宝二奶奶一路去呢。”凤姐因方才一段话已经灰心丧意，恨娘家不给争气；又兼昨夜园中受了那一惊，也实在没精神。便说道：“你先回太太去，我还有一两件事没办清，今日不能去；况且他们那又不是什么正经事。宝二奶奶要去各自去罢。”小丫头答应着，回去回覆了，不在话下。且说凤姐梳了头，换了气的干咽，要和他分证，想了一想又忍住了，勉强陪笑道："何苦来生这么大气。大清早起，和我叫喊什么！谁叫你应了人家的事，你既应了就得耐烦些，少不得替人家办办。也没见这个人自己有为难的事还有心肠唱戏摆酒的闹。"贾琏道："你可说么！你明儿倒也问问他。"凤姐诧异道："问谁？"贾琏道："问谁，问你哥哥！"凤姐道："是他吗？"贾琏道："可不是他。还有谁呢！"凤姐忙问道："他又有什么事叫你替他跑？"贾琏道："你还在坛子里呢！"凤姐道："真真这就奇了！我连一个字儿也不知道。"贾琏道："你怎么能知道呢，这个事连太太和姨太太都不知道呢。头一件怕太太和姨太太不放心，二则你身上又常嚷不好，所以我在外头压住了，不叫里头知道的。说起来真真可人恼，你今儿不问我我也不便告诉你。你打谅你哥哥行事像个人呢，你知道外头人都叫他什么？"凤姐道："叫他什么？"贾琏道："叫他什么，叫他'忘仁'！"凤姐扑哧的一笑："他可不叫王仁叫什么呢！"贾琏道："你打谅那个王仁吗，是忘了仁义礼智信的那个'忘仁'那！"凤姐道："这是什么人这么刻薄嘴儿糟踏人？"贾琏道："不是糟踏他吗，今儿索性告诉你，你也不知道知道你那哥哥的好处：到底知道他给他二叔做生日啊？"凤姐想了一想道："嗳哟，可是啊，我还忘了问你。二叔不是冬天的生日吗，我记得年年都是宝玉去。前者老爷升了，二叔那边送过戏来，我还偷偷儿的说，二叔为人最是啬刻的，比不得大舅太爷，他们各自家里还乌眼鸡是的。不么，昨儿大舅太爷没了，你瞧他是个兄弟，他还出了个头儿揽了个事儿吗！所以那一天说赶他的生日咱们还他一班子戏，省了亲戚跟前落亏欠。如今这么早就做生日，也不知是什么意思。"贾琏道："你还作梦呢！他一到京，接着舅太爷的首尾就开了一个吊，——他怕咱们知道拦他，所以没告诉咱们——弄好了几千银子。后来二舅嗔着他说他不该一网打尽，他吃不住了，变了个法子，就指着你们二叔的生日撒了个网，想着再弄几个钱好打点二舅太爷不生气。也不管亲戚朋友冬天夏天的人家知道不知道。这么丢脸！你知道我起早为什么，这如今因海疆的事情御史参了一本，说是大舅太爷的亏空，本员已故，应着落其弟王子胜侄王仁赔补。爷儿两个急了，找了我给他们托人情。我见他们吓的那么个样儿，再者又关系太太和你，我才应了。想着找找总理内庭都检点老裘替办办，或者前任后任挪移挪移。偏又去晚了，他进里头去了。我白起来跑了一趟，他们家黑心的养汉老婆下死劲的打他几下子，把妞妞抱过来。”平儿笑道：“奶奶别生气，他那里敢挫磨姐儿，只怕是不隄防错碰了一下子也是有的。这会子打他几下子没要紧，明儿叫他们背地里嚼舌根，倒说三更半夜打人。”凤姐听了，半日不言语，长叹一声说道：“你瞧瞧这会子不是我十旺八旺的呢，明儿我要是死了，剩下这小孽障还不知怎么样呢！”平儿笑道：“奶奶这怎么说！大五更的，何苦来呢！”凤姐冷笑道：“你那里知道。我是早已明白了，我也不久了。虽然活了二十五岁，人家没见的也见了，没吃的也吃了，也算全了。所有世上有的也都有了。气也算赌尽了，强也算争足了，就是寿字儿上头缺一点儿也罢了！”平儿听说，由不的滚下泪来。凤姐笑道：“你这会子不用假慈悲，我死了你们只有欢喜的。你们一心一计和和气气的，省得我是你们眼里的刺是的。只有一件，你们知好歹，只疼我那孩子就是了。”平儿听说这话，越发哭的泪人是的。凤姐笑道：“别扯你娘的臊了，那里就死了呢！哭的那么痛！我不死还叫你哭死了呢。”平儿听说，连忙止住哭，道：“奶奶说得这么伤心。”一面说，一面又捶，半日不言语，凤姐又矇眬睡去。平儿方下炕来要去，只听外面脚步响。谁知贾琏去迟了，那裘世安已经上朝去了，不遇而回，心中正没好气，进来就问平儿道：“那些人还没起来呢么？”平儿回说：“没有呢。”贾琏一路摔帘子进来，冷笑道：“好，好！这会子还都不起来，安心打擂台打撒手儿！”一叠声又要吃茶。平儿忙倒了一碗茶来。原来那些丫头老婆见贾琏出了门，又复睡了，不打谅这会子回来，原不曾预备，平儿便把温过的拿了来。贾琏生气，举起碗来哗啷一声摔了个粉碎。凤姐惊醒，吓了一身冷汗，嗳哟一声睁开眼，只见贾琏气狠狠的坐在旁边，平儿弯着腰拾碗片子呢。凤姐道：“你怎么就回来了？”问了一声，半日不答应，只得又问一声。贾琏嚷道：“你不要我回来，叫我死在外头罢！”凤姐笑道：“这又是何苦来呢！常时我见你不像今儿回来的快，问你一声也没什么生气的。”贾琏又嚷道：“又没遇见，怎么不快回来呢！”凤姐笑道：“没有遇见，少不得耐烦些，明儿再去早些儿自然遇见了。”贾琏嚷道：“我可不吃着自己的饭替人家赶獐子呢。我这里一大堆的事没个动秤儿的，没来由为人家的事瞎闹了这些日子，当什么呢！正经那有事的人还在家里受用，死活不知，还听见说要锣鼓喧天的摆酒唱戏做生日呢。我可瞎跑他娘的腿子！”一面说，一面往地下啐了一口，又骂平儿。凤姐听了，恍忽忽的似乎背后有人说道："婶娘连我也不认得了？"凤姐忙回头一看，只见这人形容俊俏，衣履风流，十分眼熟，只是想不起是那房那屋里的媳妇来。只听那人又说道："婶娘只管享荣华受富贵的心盛，把我那年说的立万年永远之基都付于东洋大海了。"凤姐听说，低头寻思，总想不起。那人冷笑道："婶娘那时怎样疼我了，如今就忘在九霄云外了！"凤姐听了，此时方想起来是贾蓉的先妻秦氏。便说道："嗳呀，你是死了的人哪，怎么跑到这里来了呢！"啐了一口，方转回身，脚下不防一块石头绊了一跤，犹如梦醒一般，浑身汗如雨下。虽然毛发悚然，心中却也明白。只见小红丰儿影影绰绰的来了。凤姐恐怕落人的褒贬，连忙爬起来说道："你们做什么呢，去了这半天？快拿来我穿上罢。"一面丰儿走至跟前，伏侍穿上。小红过来搀扶。凤姐道："我才到那里，他们都睡了。咱们回去罢。"一面说，一面带了两个丫头急急忙忙回到家中。贾琏已回来了，只是见他脸上神色更变，不似往常，待要问他，又知他素日性格，不敢突然相问，只得睡了。至次日五更贾琏就起来，要往总理内庭都检点太监裘世安家来打听事务。因太早了，见桌上有昨日送来的抄报，便拿起来闲看。第一件是云南节度使王忠一本，新获了一起私带神枪火药出边事，共有十八名人犯。头一名鲍音，口称系太师镇国公贾化家人。第二件苏州刺史李孝一本，参劾纵放家奴，倚势凌辱军民，以致因奸不遂，杀死节妇一家人命三口事。凶犯姓时名福，自称系世袭三等职衔贾范家人。贾琏看见这两件，心中早又不自在起来，待要看第三件，又恐迟了不能见裘世安的面，因此急急的穿了衣服，也等不得吃东西，恰好平儿端上茶来，喝了两口便出来骑马走了。平儿在房内收拾换下的衣服。此时凤姐尚未起来，平儿因说道："今儿夜里我听着奶奶没睡什么觉，我这会子替奶奶捶着好生打个盹儿罢。"凤姐半日不言语。平儿料着这意思是了，便爬上炕来，坐在身边轻轻的捶着。才捶了几拳，那凤姐刚有要睡之意，只听那边大姐儿哭了。凤姐又将眼睁开。平儿连向那边叫道："李妈，你到底是怎么着？姐儿哭了你到底拍着他些。你也忒好睡了。"那边李妈从梦中惊醒，听得平儿如此说，心中没好气，只得狠命拍了几下，口里嘟嘟哝哝的骂道："真真的小短命鬼儿，放着尸不挺，三更半夜嚎你娘的丧！"一面说，一面咬牙便向那孩子身上拧了一把。那孩子哇的一声大哭起来了。凤姐听见，说："了不得，你听听他该挫磨孩子了。你过去把那

第一百一回
大观园月夜警幽魂　散花寺神签占异兆

却说凤姐回至房中，见贾琏尚未回来，便分派那管办探春行装奁事的一干人。那天已有黄昏以后，因忽然想起探春来，要瞧瞧他去，便叫丰儿与两个丫头跟着，头里一个丫头打着灯笼。走出门来，见月光已上，照耀如水，凤姐便命打灯笼的回去罢。因而走至茶房窗下，听见里面有人嘁嘁喳喳的，又似哭又似笑又似议论什么的。凤姐知道不过是家下婆子们，又不知搬什么是非，心内大不受用，便命小红进去，装做无心的样子，细细打听着用话套出原委来。小红答应着去了。凤姐只带着丰儿来至园门前，门尚未关，只虚虚的掩着。于是主仆二人方推门进去。只见园中月色比着外面更觉明朗，满地下重重树影，杳无人声，甚是凄凉寂静。刚欲往秋爽斋这条路来，只听唿的一声风过，吹的那树枝上落叶满园中唰喇喇的作响，枝梢上吱喽喽发哨，将那些寒鸦宿鸟都惊飞起来。凤姐吃了酒被风一吹，只觉身上发噤起来。那丰儿也把头一缩，说："好冷！"凤姐也掌不住，便叫丰儿："快回去把那件银鼠坎肩儿拿来。我在三姑娘那里等着。"丰儿巴不得一声，也要回去穿衣裳来，答应了一声，回头就跑了。凤姐刚举步走了不远，只觉身后咈咈哧哧似有闻嗅之声，不觉头发森然竖了起来。由不得回头一看，只见黑油油一个东西在后面伸着鼻子闻他呢，那两只眼睛恰似灯光一般。凤姐吓的魂不附体，不觉失声的咳了一声。却是一只大狗。那狗回头抽身拖着一个扫帚尾巴一气跑上大土山上方站住了，回身犹向凤姐拱爪儿。凤姐儿此时心跳神移，急急的向秋爽斋来。将已来至门口，方转过山子，只见迎面有一个人影儿一晃。凤姐心中疑惑，心里想着必是那一房里的丫头，便问："是谁？"问了两声，并没有人出来，已经吓得神魂飘荡。恍思乱想。袭人等应了,鸳鸯坐了一会子去了。那贾母又想起探春远行,虽不备妆奁,其一应动用之物俱该预备。便把凤姐叫来,将老爷的主意告诉了一遍,即叫他料理去。凤姐答应。不知怎么办理,下回分解。

书信至探春难久留　悲远嫁宝玉感离情

了，因必要紫鹃过来。立刻回了贾母去叫他。无奈紫鹃心里不愿意，虽经贾母王夫人派了过来，也就没法，只是在宝玉跟前，不是嗳声就是叹气的。宝玉背地里拉着他低声下气要问黛玉的话，紫鹃从没好话回答。宝钗倒背地里夸他有忠心，并不嗔怪他。那雪雁虽是宝玉娶亲这夜出过力的，宝钗见他心地不甚明白，便回了贾母王夫人，将他配了一个小厮，各自过活去了。王奶妈养着他，将来好送黛玉的灵柩回南。鹦哥等小丫头仍伏侍了老太太。宝玉本想念黛玉，因此及彼，又想跟黛玉的人已经云散，更加纳闷。闷到无可如何，忽又想黛玉死得这样清楚，必是离凡返仙去了。反又欢喜。忽然听见袭人和宝钗那里讲究探春出嫁之事，宝玉听了，啊呀的一声哭倒在炕上。吓得宝钗袭人都来扶起，说："怎么了？"宝玉早哭的说不出来。定了一回子神，说道："这日子过不得了！我姊妹们都一个一个的散了。林妹妹是成了仙去了。大姐姐呢，已经死了。这也罢了，没天天在一块。二姐姐呢，碰着了一个混帐不堪的东西。三妹妹又要远嫁，总不得见的了。史妹妹又不知要到那里去。薛妹妹是有了人家的。这些姐姐妹妹难道一个都不留在家里，单留我做什么！"袭人忙又拿话解劝。宝钗摆着手说："你不用劝他，让我来问他。"因问着宝玉道："据你的心里，要这些姐妹都在家里陪到你老了，都不要为终身的事吗？若说别人或者还有别的想头，你自己的姐姐妹妹不用说没有远嫁的，就是有，老爷作主，你有什么法儿！打量天下独是你一个人爱姐姐妹妹呢，若是都像你，就连我也不能陪你了。大凡人念书原为的是明理，怎么你益发糊涂了。这么说起来，我同袭姑娘各自一边儿去，让你把姐姐妹妹们都邀了来守着你。"宝玉听了，两只手拉住宝钗袭人道："我也知道。为什么散的这么早呢！等我化了灰的时候再散也不迟。"袭人掩着他的嘴道："又胡说。才这两天身上好些，二奶奶才吃些饭。若是你又闹翻了，我也不管了。"宝玉慢慢的听他两个人说话都有道理，只是心上不知道怎样才好，只得强说道："我却明白，但只是心里闹得慌。"宝钗也不理他，暗叫袭人快把定心丸给他吃了，慢慢的开导他。袭人便欲告诉探春说临行不必来辞，宝钗道："这怕什么。等消停几日，待他心里明白，还要叫他们多说句话儿呢。况且三姑娘是极明白的人，不像那些假惺惺的人，少不得有一番箴谏。他以后便不是这样了。"正说着，贾母那边打发过鸳鸯来说，知道宝玉旧病又发，叫袭人劝说安慰，叫他不要胡去他也摸不着。近来听见益发不好了，也不放他回来。两口子拌起来就说咱们使了他家的银钱。可怜这孩子总不得个出头的日子！前儿我惦记他，打发人去瞧他，迎丫头藏在耳房里不肯出来。老婆子们必要进去，看见我们姑娘这样冷天还穿着几件旧衣裳。他一包眼泪的告诉婆子们说：‘回去别说我这么苦，这也是命里所招。也不用送什么衣服东西来，不但摸不着，反要添一顿打，说是我告诉的。’老太太想想，这倒是近处眼见的，若不好更难受。倒亏了大太太也不理会他，大老爷也不出个头！如今迎姑娘实在比我们三等使唤的丫头还不如。我想探丫头虽不是我养的，老爷既看见过女婿，定然是好才许的。只请老太太示下，择个好日子多派几个人送到他老爷任上，该怎么着老爷也不肯将就。”贾母道：“有他老子作主，你就料理妥当，拣个长行的日子送去，也就定了一件事。”王夫人答应着“是”。宝钗听得明白，也不敢则声，只是心里叫苦：“我们家里姑娘们就算他是个尖儿，如今又要远嫁。眼看着这里的人一天少似一天了。”见王夫人起身告辞出去，他也送了出来。一迳回到自己房中，并不与宝玉说话。见袭人独自一个做活，便将听见的话说了。袭人也很不受用。却说赵姨娘听见探春这事，反欢喜起来，心里说道：“我这个丫头在家忒瞧不起我，我何从还是个娘，比他的丫头还不济！况且洑上水护着别人，他挡在头里，连环儿也不得出头。如今老爷接了去，我倒干净。想要他孝敬我不能够了，只愿意他像迎丫头似的，我也称称愿。”一面想着，一面跑到探春那边与他道喜说：“姑娘你是要高飞的人了，到了姑爷那边自然比家里还好。想来你也是愿意的。便是养了你一场并没有借你的光儿。就是我有七分不好也有三分的好，总不要一去了把我搁在脑杓子后头。”探春听着毫无道理，只低头做活，一句也不言语。赵姨娘见他不理，气忿忿的自己去了。这里探春又气又笑又伤心，也不过自己掉泪而已。坐了一回，闷闷的走到宝玉这边来。宝玉因问道：“三妹妹，我听见林妹妹死的时候你在那里来着，我还听见说林妹妹死的时候远远的有音乐之声，或者他是有来历的也未可知。”探春笑道：“那是你心里想着罢了。只是那夜却怪，不似人家鼓乐之音。你的话或者也是。”宝玉听了，更以为实。又想前日自己神魂飘荡之时曾见一人，说是黛玉生不同人死不同鬼，必是那里的仙子临凡。忽又想起那年唱戏做的嫦娥，飘飘艳艳，何等风致。过了一回探春去人家外人的酒比咱们自己家里的酒是有趣儿的！”薛蝌被他拿话一激，脸越红了，连忙走过来陪笑道：“嫂子说那里的话！”宝蟾见他二人交谈，便躲到屋里去了。这金桂初时原要假意发作薛蝌两句，无奈一见他两颊微红，双眸带涩，别有一种谨愿可怜之意，早把自己那骄悍之气感化到爪洼国去了。因笑说道：“这么说，你的酒是硬强着才肯喝的呢！”薛蝌道：“我那里喝得来！”金桂道：“不喝也好，强如像你哥哥喝出乱子来。明儿娶了你们奶奶儿，像我这样守活寡受孤单呢！”说到这里，两个眼已经乜斜了，两腮上也觉红晕了。薛蝌见这话越发邪僻了，打算着要走。金桂也看出来了，那里容得，早已走过来一把拉住。薛蝌急了道：“嫂子，放尊重些。”说着，浑身乱颤。金桂索性老着脸道：“你只管进来，我和你说一句要紧的话。”正闹着，忽听背后一个人叫道：“奶奶，香菱来了！”把金桂吓了一跳。回头瞧时，却是宝蟾掀着帘子看他二人的光景，一抬头见香菱从那边来了，赶忙知会金桂。金桂这一惊不小，手已松了，薛蝌得便脱身跑了。那香菱正走着原不理会，忽听宝蟾一嚷，才瞧见金桂在那里拉住薛蝌往里死拽。香菱却吓的心头乱跳，自己连忙转身回去。这里金桂早已连吓带气，呆呆的瞅着薛蝌去了。怔了半天，恨了一声，自己扫兴归房。从此把香菱恨入骨髓。那香菱本是要到宝琴那里，刚走出腰门，看见这般，吓回去了。

是日宝钗在贾母屋里听得王夫人告诉老太太要聘探春一事。贾母说道：“既是同乡的人，很好。只是听见说那孩子到过我们家里，怎么你老爷没有提起？”王夫人道：“连我们也不知道。”贾母道：“好便好，但是道儿太远。虽然老爷在那里，倘或将来老爷调任，可不是我们孩子太单了吗！”王夫人道：“两家都是做官的，也是拿不定。或者那边还调进来，即不然终有个叶落归根。况且老爷既在那里做官，上司已经说了，好意思不给么。想来老爷的主意定了，只是不敢做主，故遣人来回老太太的。”贾母道：“你们愿意更好。只是三丫头这一去了，不知三年两年那边可能回家，若再迟了，恐怕我赶不上再见他一面了。”说着掉下泪来。王夫人道：“孩子们大了，少不得总要给人家的。就是本乡本土的人，除非不做官还使得，若是做官的谁保得住总在一处。只要孩子们有造化就好。譬如迎姑娘倒配得近呢，偏是时常听见他被女婿打闹，甚至不给饭吃，就是我们送了东西

传私情金桂无羞耻　破好事香菱结深恨

诉他。”

正说着，只听见金桂跑来外间屋里哭喊道：“我的命是不要的了！男人呢，已经是没有活的分儿了。咱们如今索性闹一闹，大伙儿到法场上去拚一拚。”说着，便将头往隔断板上乱撞，撞的披头散发。气得薛姨妈白瞪着两只眼，一句话也说不出来。还亏得宝钗嫂子长嫂子短，好一句歹一句的劝他。金桂道：“姑奶奶，如今你是比不得头里的了。你两口儿好好的过日子，我是个单身人儿，要脸做什么！”说着，便要跑到街上回娘家去，亏得人还多扯住了，又劝了半天方住。把个宝琴吓的再不敢见他。若是薛蝌在家，他便抹粉施脂描眉画鬓奇情异致的打扮收拾起来，不时打从薛蝌住房前过，或故意咳嗽一声，或明知薛蝌在屋特问房里何人，有时遇见薛蝌，他便妖妖乔乔娇娇痴痴的问寒问热，忽喜忽嗔。丫头们看见都赶忙躲开，他自己也不觉得，只是一意一心要弄得薛蝌感情时好行宝蟾之计，那薛蝌却只躲着，有时遇见也不敢不周旋一二，只怕他撒泼放刁的意思。更加金桂一则为色迷心，越瞧越爱，越想越幻，那里还看得出薛蝌的真假来。只有一宗，他见薛蝌有什么东西都是托香菱收着，衣服缝洗也是香菱，两个人偶然说话，他来了急忙散开，一发动了一个“醋”字。欲待发作薛蝌，却是舍不得，只得将一腔隐恨都搁在香菱身上。却又恐怕闹了香菱，得罪了薛蝌，倒弄得隐忍不发。一日，宝蟾走来，笑嘻嘻的向金桂道：“奶奶看见了二爷没有？”金桂道：“没有。”宝蟾笑道：“我说二爷的那种假正经是信不得的。咱们前日送了酒去，他说不会喝；刚才我见他到太太那屋里去，那脸上红扑扑儿的一脸酒气。奶奶不信，回来只在咱们院门口等他，他打那边过来时，奶奶叫住他问问，看他说什么。”金桂听了，一心的怒气，便道：“他那里就出来了呢。他既无情义，问他作什么！”宝蟾道：“奶奶又迂了。他好说咱们也好说，他不好说咱们再另打主意。”金桂听着有理，因叫宝蟾瞧着他，看他出去了。宝蟾答应着出来。金桂却去打开镜奁，又照了一照，把嘴唇儿又抹了一抹，然后拿一条撒花绢子。才要出来，又似忘了什么的，心里倒不知怎么是好了。只听宝蟾外面说道：“二爷今日高兴啊，那里喝了酒来了？”金桂听了，明知是叫他出来的意思，连忙掀起帘子出来。只见薛蝌和宝蟾说道：“今日是张大爷的好日子，所以被他们强不过吃了半钟，到这时候脸还发烧呢。”一句话没说完，金桂早接口道：“自然闹出人命来了。妈妈和二哥哥也算不得不尽心的了，花了银钱不算，自己还求三拜四的谋干。无奈命里应该，也算自作自受。大凡养儿女是为着老来有靠，便是小户人家还要挣一碗饭养活母亲，那里有将现成的闹光了，反害的老人家哭的死去活来的。不是我说，哥哥的这样行为不是儿子，竟是个冤家对头。妈妈再不明白，明哭到夜，夜哭到明，又受嫂子的气。我呢，又不能常在这里劝解。我看见妈妈这样，那里放得下心。他虽说是傻，也不肯叫我回去。前儿老爷打发人回来说，看见京报，吓的了不得，所以才叫人来打点的。我想哥哥闹了事，担心的人也不少。幸亏我还是在跟前的一样，若是离乡调远，听见了这个信，只怕我想妈妈也就想杀了。我求妈妈暂且养养神，趁哥哥的活口现在，问问各处的帐目，人家该咱们的，咱们该人家的，亦该请个旧伙计来算一算，看看还有几个钱没有。”薛姨妈哭着说道：“这几天为闹你哥哥的事，你来了不是你劝我，便是我告诉你衙门的事。你还不知道，京里的官商名字已经退了。两个当铺已经给了人家，银子早拿来使完了。还有一个当铺管事的逃了，亏空了好几千两银子，也夹在里头打官司。你二哥哥天天在外头要帐，料着京里的帐已经去了几万银子，只好拿南边公分里银子并住房折变才够。前两天还听见一个荒信，说是南边的公当铺也因为折了本儿收了。若是这么着，你娘的命可就活不成的了。”说着，又大哭起来。宝钗也哭着劝道：“银钱的事妈妈操心也不中用，还有二哥哥给我们料理。单可恨这些伙计们，见咱们的势头儿败了，各自奔各自的去也罢了，我还听见说帮着人家来挤我们的讹头。可见我哥哥活了这么大，交的人总不过是些个酒肉弟兄，急难中是一个没有的。妈妈若是疼我，听我的话，有年纪的人自己保重些。妈妈这一辈子想来还不致挨冻受饿。家里这点子衣裳家伙只好听凭嫂子去，那是没法儿的了。所有的家人婆子瞧他们也没心在这里，该去的叫他们去。就可怜香菱苦了一辈子，只好跟着妈妈过去。实在短什么，我要是有的还可以拿些过来，料我们那个也没有不依的。就是袭姑娘也是心术正道的，他听见我哥哥的事，他倒提起妈妈来就哭。我们那一个还道是没事的，所以不大着急，若听见了也是要吓个半死儿的。”薛姨妈不等说完，便说：“好姑娘，你可别告诉他。他为一个林姑娘，几乎没要了命，如今才好了些。要是他急出个缘故来，不但你添一层烦恼，我越法没了依靠了。”宝钗道：“我也是这么想，所以总没告

第一百回
破好事香菱结深恨　悲远嫁宝玉感离情

话说贾政去见了节度，进去了半日不见出来，外头议论不一。李十儿在外也打听不出什么事来，便想到报上的饥荒，实在也着急。好容易听见贾政出来，便迎上来跟着，等不得回去，在无人处便问："老爷进去这半天有什么要紧的事？"贾政笑道："并没有事。只为镇海总制是这位大人的亲戚，有书来嘱托照应我，所以说了些好话。又说我们如今也是亲戚了。"李十儿听得，心内喜欢，不免又壮了些胆子，便竭力怂恿贾政许这亲事。贾政心想薛蟠的事到底有什么罣碍，在外头信息不灵，难以打点，故回到本任来便打发家人进京打听，顺便将总制求亲之事回明贾母。如若愿意，即将三姑娘接到任所。家人奉命，赶到京中回明了王夫人，便在吏部打听得贾政并无处分，惟将署太平县的这位老爷革职。即写了禀帖安慰了贾政，然后住着等信。

且说薛姨妈为着薛蟠这件人命官司，各衙门内不知花了多少银钱，才定了误杀具题。原打量将当铺折变给人，备银赎罪。不想刑部驳审，又托人花了好些钱，总不中用，依旧定了个死罪，监着守候秋天大审。薛姨妈又气又疼，日夜啼哭。宝钗虽时常过来劝解，说是："哥哥本来没造化。承受了祖父这些家业，就该安安顿顿的守着过日子，在南边已经闹的不像样，便是香菱那件事情就了不得，因为仗着亲戚们的势力，花了些银钱，这算白打死了一个公子。哥哥就该改过做起正经人来，也该奉养母亲才是。不想进了京仍是这样。妈妈为他不知受了多少气，哭掉了多少眼泪。给他娶了亲，原想大家安安逸逸的过日子。不想命该如此，偏偏娶的嫂子又是一个不安静的，所以哥哥躲出门的。真正俗语说的'冤家路儿狭'。不多几天就依斗杀律拟绞监候，吴良拟以杖徒。承审不实之府州县应请——”以下注着“此稿未完”。贾政因薛姨妈之托曾托过知县，若请旨革审起来牵连着自己，好不放心。即将下一本开看，偏又不是。只好翻来覆去，将报看完，终没有接这一本的。心中狐疑不定，更加害怕起来。正在纳闷，只见李十儿进来：“请老爷到官厅伺候去，大人衙门已经打了二鼓了。”贾政只是发怔，没有听见。李十儿又请一遍。贾政道：“这便怎么处？”李十儿道：“老爷有什么心事？”贾政将看报之事说了一遍。李十儿道：“老爷放心。若是部里这么办了，还算便宜薛大爷呢！奴才在京里时候，听见薛大爷在店里叫了好些媳妇，都喝醉了生事。直把个当槽儿的活活打死的。奴才听见不但是托了知县，还求琏二爷去花了好些钱，各衙门打通了才提的。不知道怎么部里没有弄明白。如今就是闹破了，也是官官相护的。不过认个承审不实，革职处分罢。那里还有认得银子听情呢。老爷不用想，等奴才再打听罢。不要误了上司的事。”贾政道：“你们那里知道。只可惜那知县听了一个情，把这个官都丢了。还不知道有罪没有呢！”李十儿道：“如今想他也无益，外头伺候着好半天了，请老爷就去罢。”贾政不知节度传办何事，且听下回分解。

逞豪强薛蟠难脱罪　阅邸报老舅自担惊

许结朱陈，至今佩德勿谖。只因调任海疆，未敢造次奉求，衷怀歉仄，自叹无缘。今幸棨戟遥临，快慰平生之愿。正申燕贺，先蒙翰教，边帐光生，武夫额手。虽隔重洋，尚叨樾荫。想蒙不弃卑寒，希望茑萝之附。小儿已承青盼，淑媛素仰芳仪。如蒙践诺，即遣冰人。途路虽遥，一水可通。不敢云百辆之迎，敬备仙舟以俟。兹修寸幅，恭贺升祺，并求金允。临颖不胜待命之至。世弟周琼顿首

贾政看了，心想："儿女姻缘果然有一定的。旧年因见他就了京职，又是同乡的人，素来相好，又见那孩子长得好，在席间原提起这件事。因未说定，也没有与他们说起。后来他调了海疆，大家也不说了。不料我今升任至此，他写书来问。我看起门户却也相当，与探春倒也相配。但是我并未带家眷，只可写字与他商议。"

正在踌躇，只见门上传进一角文书，是议取到省会议事件。贾政只得收拾上省，候节度派委。一日在公馆闲坐，见桌上堆着一堆字纸，贾政一一看去。见刑部一本："为报明事，会看得金陵籍行商薛蟠——"贾政便吃惊道："了不得，已经提本了！"随用心看下去，是"薛蟠殴伤张三身死，串嘱尸证捏供误杀一案。"贾政一拍桌道："完了！"只得又看底下是："据京营节度使咨称：缘薛蟠籍隶金陵，行过太平县，在李家店歇宿，与店内当槽之张三素不相认，于某年月日薛蟠令店主备酒邀请太平县民吴良同饮。令当槽张三取酒，因酒不甘，薛蟠令换好酒。张三因称酒已沽定难换。薛蟠因伊倔强，将酒照脸泼去，不期去势甚猛，恰值张三低头拾箸，一时失手将酒碗掷在张三囟门，皮破血出，逾时殒命。李店主趋救不及，随向张三之母告知。伊母张王氏往看，见已身死，随喊禀地保赴县呈报。前署县诣验，仵作将骨破一寸三分及腰眼一伤漏报填格，详府审转。看得薛蟠实系泼酒失手，掷碗误伤张三身死，将薛蟠照过失杀人，准斗杀罪收赎等因前来。臣等细阅各犯证尸亲前后供词不符，且查斗杀律注云：'相争为斗，相打为殴。必实无争斗情形，邂逅身死，方可以过失杀定拟。'应令该节度审明实情，妥拟具提。今据该节度疏称薛蟠因张三不肯换酒，醉后拉着张三右手先殴腰眼一拳，张三被殴回骂，薛蟠将碗掷出，致伤囟门深重，骨碎脑破，立时殒命。是张三之死实由薛蟠以酒碗砸伤深重致死，自应以薛蟠拟抵。将薛蟠

说凡有新到任的老爷，告示出得愈利害，愈是想钱的法儿。州县害怕了，好多多的送银子。收粮的时候衙门里便说新道爷的法令。明是不敢要钱，这一留难叨蹬，那些乡民心里愿意花几个钱早早了事。所以那些人不说老爷好，反说不谙民情。便是本家大人是老爷最相好的，他不多几年已巴到极顶的分儿，也只为识时达务，能够上和下睦罢了。”贾政听到这话，道：“胡说。我就不识时务吗！若是上和下睦，叫我与他们猫鼠同眠吗！”李十儿回说道：“奴才为着这点忠心儿掩不住才这么说。若是老爷就是这样做去，到了功不成名不就的时候老爷又说奴才没良心，有什么话不告诉老爷了。”贾政道：“依你怎么做才好？”李十儿道：“也没有别的，趁着老爷的精神年纪，里头的照应，老太太的硬朗，为顾着自己就是了。不然到不了一年，老爷家里的钱也都贴补完了，还落了自上至下的人抱怨，都说老爷是做外任的，自然弄了钱藏着受用。倘遇着一两件为难的事，谁肯帮着老爷。那时办也办不清，悔也悔不及。”贾政道：“据你一说，是叫我做贪官吗？送了命还不要紧，必定将祖父的功勋抹了才是。”李十儿回禀道：“老爷极圣明的人，没看见旧年犯事的几位老爷吗？这几位都与老爷相好，老爷常说是个做清官的。如今名在那里！现有几位亲戚，老爷向来说他们不好的，如今升的升，迁的迁，只在要做的好就是了。老爷要知道，民也要顾，官也要顾。若是依着老爷不准州县得一个大钱，外头这些差使谁办！只要老爷外面还是这样清名声原好，里头的委屈只要奴才办去，关碍不着老爷的。奴才跟主儿一场，到底也要掏出忠心来。”贾政被李十儿一番言语说得心无主见，道：“我是要保性命的。你们闹出来不与我相干。”说着，便踱了进去。李十儿便自己做起威福，钩连内外一气的哄着贾政办事，反觉得事事周到，件件随心。所以贾政不但不疑，反多相信。便有几处揭报，上司见贾政古朴忠厚，也不查察。惟是幕友们耳目最长，见得如此，得便用言规谏，无奈贾政不信，也有辞去的，也有与贾政相好在内维持的。于是漕务事毕，尚无陨越。

一日，贾政无事在书房中看书，签押上呈进一封书子，外面官封上开着：“镇守海门等处总制公文一角，飞递江西粮道衙门。”贾政拆封看时，只见上写道：

金陵契好，桑梓情深。昨岁供职来都，窃喜常依座右。仰蒙雅爱，我脸急，若再说什么，岂不带累了二太爷的清名呢。”李十儿过来，拉着书办的手说：“你贵姓啊？”书办道：“不敢，我姓詹，单名是个会字。从小儿也在京里混了几年。”李十儿道：“詹先生，我是久闻你的名的。我们弟兄们是一样的。有什么话，晚上到这里咱们说一说。”书办也说：“谁不知道李十太爷是能事的，把我一诈就吓毛了。”大家笑着走开。那晚便与书办咕唧了半夜。第二天拿话去探贾政，被贾政痛骂了一顿。隔一天拜客，里头吩咐伺候，外头答应了。停了一会子，打点已经三下了，大堂上没有人接鼓。好容易叫个人来打了鼓。贾政踱出暖阁，站班喝道的衙役只有一个。贾政也不查问，在墀下上了轿。等轿夫又等了好一回。来齐了，抬出衙门，那个炮只响得一声，吹鼓亭的鼓手只有一个打鼓，一个吹号筒。贾政便也生气，说：“往常还好，怎么今儿不齐集至此？”抬头看那执事，却是搀前落后。勉强拜客回来，便传误班的要打。有的说因没有帽子误的，有的说是号衣当了误的，又有的说是三天没吃饭抬不动。贾政生气，打了一两个也就罢了。隔一天，管厨房的上来要钱。贾政带来银两付了。以后便觉样样不如意，比在京的时候倒不便了好些。无奈，便唤李十儿问道：“我跟来这些人怎样都变了？你也管管。现在带来银两早使没有了，藩库俸银尚早，该打发京里取去。”李十儿禀道：“奴才那一天不说他们。不知道怎么样，这些人都是没精打采的，叫奴才也没法儿。老爷说家里取银子，取多少？现在打听节度衙门这几天有生日，别的府道老爷都上千上万的送了，我们到底送多少呢？”贾政道：“为什么不早说？”李十儿说：“老爷最圣明的，我们新来乍到，又不与别位老爷很来往，谁肯送信。巴不得老爷不去，便好想老爷的美缺。”贾政道：“胡说。我这官是皇上放的，不与节度做生日便叫我不做不成！”李十儿笑着回道：“老爷说的也不错。京里离这里很远，凡百的事都是节度奏闻。他说好便好，说不好便吃不住。到得明白已经迟了。就是老太太太太们，那个不愿意老爷在外头烈烈轰轰的做官呢。”贾政听了这话，也自然心里明白，道：“我正要问你，为什么都说起来。”李十儿回说：“奴才本不敢说。老爷既问到这里，若不说，是奴才没良心；若说了，少不得老爷又生气。”贾政道：“只要说得在理。”李十儿说道：“那些书吏衙役都是花了钱买着粮道的衙门，不想发财，俱要养家活口。自从老爷到了任，并没见为国家出力，倒先有了口碑载道。”贾政道：“民间有什么话？”李十道：“百姓事，只有一心做好官。便与幕宾商议，出示严禁，并谕以一经查出，必定详参揭报。初到之时果然胥吏畏惧，便百计钻营，偏遇贾政这般古执。那些家人跟了这位老爷在都中一无出息，好容易盼到主人放了外任，便在京指着在外发财的名头向人借贷，做衣裳装体面，心里想着到了任，银钱是容易的了。不想这位老爷呆性发作，认真要查办起来，州县馈送一概不受，门房签押等人心里盘算道："我们再挨半个月，衣服也要当完了。债又逼起来，那可怎么样好呢。眼见得白花花的银子只是不能到手。"那些长随也道："你们爷们到底还没花什么本钱来的。我们才冤，花了若干的银子打了个门子，来了一个多月，连半个钱也没见过。想来跟这个主儿是不能捞本儿的了。明儿我们齐打伙儿告假去。"次日果然聚齐，都来告假。贾政不知就里，便说："要来也是你们，要去也是你们。既嫌这里不好，就都请便。"那些长随怨声载道而去。只剩下些家人，又商议道："他们可去的去了，我们去不了的到底想个法儿才好。"内中有一个管门的叫李十儿，便说："你们这些没能耐的东西，着什么忙！我见这长字号儿的在这里，不犯给他出头。如今都饿跑了，瞧瞧你十太爷的本领，少不得本主儿依我。只是要你们齐心打伙儿弄几个钱回家受用，若不随我，我也不管了。横竖拚得过你们。"众人都说："好十爷，你还主儿信得过。若你不管，我们实在是死症了。"李十儿道："不要我出了头，得了银钱，又说我得了大分儿了，窝儿里反起来。大家没意思。"众人道："你万安，没有的事。就没有多少，也强似我们腰里掏钱。"正说着，只见粮房书办走来找周二爷。李十儿坐在椅子上，跷着一只腿，挺着腰说道："找他做什么？"书办便垂手陪着笑说道："本官到了一个多月的任，这些州县太爷见得本官的告示利害，知道不好说话，到了这时候都没有开仓。若是过了漕，你们太爷们来做什么的！"李十儿道："你别混说。老爷是有根蒂的，说到那里是要办到那里。这两天原要行文催兑，因我说了缓几天才歇的。你到底找我们周二爷做什么？"书办道："原为打听催文的事，没有别的。"李十儿道："越发胡说。方才我说催文，你就信嘴胡诌。可别鬼鬼祟祟来讲什么帐，我叫本官打了你，退你。"书办道："我在这衙门内已经三代了。外头也有些体面，家里还过得，就规规矩矩伺候本官升了还能彀，不像那些等米下锅的。"说着，回了一声："二太爷，我走了。"李十儿便站起，堆着笑说："这么不禁玩，几句话就脸急了。"书办道："不是

秉正气贾政拒钻营　守官箴恶奴同破例

母笑道:“猴儿,我在这里同着姨太太想你林妹妹,你来怄个笑儿还罢了,怎么臊起皮来了!你不叫我们想你林妹妹,你不用太高兴了,你林妹妹恨你,将来不要独自一个到园里去,隄防他拉着你不依。”凤姐笑道:“他倒不怨我,他临死咬牙切齿倒恨着宝玉呢。”贾母薛姨妈听着还道是玩话儿,也不理会,便道:“你别胡拉扯了。你去叫外头挑个很好的日子给你宝兄弟圆了房儿罢。”凤姐去了,择了吉日,重新摆酒唱戏请亲友。这不在话下。

却说宝玉虽然病好复原,宝钗有时高兴,翻书观看,谈论起来,宝玉所有眼前常见的尚可记忆,若论灵机,大不似从前活变了。连他自己也不解。宝钗明知是通灵失去,所以如此。倒是袭人时常说他:“你何故把从前的灵机都忘了?那些旧毛病忘了才好,为什么你的脾气还觉照旧,在道理上更糊涂了呢!”宝玉听了,并不生气,反是嘻嘻的笑。有时宝玉顺性胡闹,多亏宝钗劝说,诸事略觉收敛些。袭人倒可少费些唇舌,惟知悉心伏侍。别的丫头素仰宝钗贞静和平,各人心服,无不安静。只有宝玉到底是爱动不爱静的,时常要到园里去逛。贾母等一则怕他招受寒暑,二则恐他睹景伤情。虽黛玉之柩已寄放城外庵中,然而潇湘馆依然人亡屋在,不免勾起旧病来。所以也不使他去。况且亲戚姊妹们薛宝琴已回到薛姨妈那边去了。史湘云因史侯回京也接了家去了,又有了出嫁的日子,所以不大常来。只有宝玉娶亲那一日与吃喜酒这天来过两次,也只在贾母那边住下。为着宝玉已经娶过亲的人,又想自己就要出嫁的,也不肯如从前的诙谐谈笑。就是有时过来,也只和宝钗说话,见了宝玉,不过问好而已。那邢岫烟却是因迎春出嫁之后便随着邢夫人过去。李家姊妹也另住在外,即同着李婶娘过来,亦不过到太太们与姐妹们处请安问好,即回到李纨那里略住一两天就去了。所以园内的只有李纨探春惜春了。贾母还要将李纨等挪进来,为着元妃薨后,家中事情接二连三,也无暇及此。现今天气一天热似一天,园里尚可住得,等到秋天再挪。此是后话,暂且不提。

且说贾政带了几个在京请的幕友,晓行夜宿,一日到了本省,见过上司,即到任拜印受事,便查盘各属州县粮米仓库。贾政向来作京官,只晓得郎中事务都是一景儿的事情;就是外任原是学差,也无关于吏治上:所以外省州县折收粮米,勒索乡愚这些弊端,虽也听见别人讲究,却未尝身亲其

第九十九回
守官箴恶奴同破例　阅邸报老舅自担惊

话说凤姐见贾母和薛姨妈为黛玉伤心，便说："有个笑话儿说给老太太和姑妈听。"未从开口，先自笑了，因说道："老太太和姑妈打谅是那里的笑话儿，就是咱们家的那二位新姑爷新媳妇啊。"贾母道："怎么了？"凤姐拿手比着道："一个这么坐着，一个这么站着；一个这么扭过去，一个这么转过来；一个又——"说到这里，贾母已经大笑起来，说道："你好生说罢，倒不是他们两口儿，你倒把人怄的受不得了。"薛姨妈也笑道："你往下直说罢，不用比了。"凤姐才说道："刚才我到宝兄弟屋里，我听见好几个人笑。我只道是谁，巴着窗户眼儿一瞧，原来宝妹妹坐在炕沿上，宝兄弟站在地下，宝兄弟拉着宝妹妹的袖子，口口声声只叫：'宝姐姐，你为什么不会说话了？你这么说一句话，我的病包管全好。'宝妹妹却扭着头只管躲。宝兄弟却作了一个揖，上前又拉宝妹妹的衣服。宝妹妹急得一扯，宝兄弟自然病后是脚软的，索性一扑扑在宝妹妹身上了。宝妹妹急得红了脸，说道：'你越发比先不尊重了。'"说到这里，贾母和薛姨妈都笑起来。凤姐又道："宝兄弟便立起身来笑道：'亏了跌了这一交，好容易才跌出你的话来了。'"薛姨妈笑道："这是宝丫头古怪。这有什么的。既作了两口儿，说说笑笑的怕什么。他没见他琏二哥和你。"凤姐儿笑道："这是怎么说呢！我说个笑话给姑妈解闷儿，姑妈反倒拿我打起卦来了。"贾母也笑道："要这么着才好。夫妻固然要和气，也得有个分寸儿。我爱宝丫头就在这尊重上头。只是我愁着宝玉还是那么傻头傻脑的。这么说起来，比头里竟明白多了。你再说说还有什么笑话儿没有？"凤姐道："明儿宝玉圆了房，亲家太太抱了外孙子，那时候不更是笑话儿了么。"贾则咱们吃杯喜酒，也不枉我老人家操了好些心。”薛姨妈听说，自然也是喜欢的，便将要办妆奁的话也说了一番。贾母道：“咱们亲上做亲，我想也不必这些。若说动用的，他屋里已经满了。必定宝丫头他心爱的要你几件，姨太太就拿了来。我看宝丫头也不是多心的人。不比的我那外孙女儿的脾气，所以他不得长寿。”说着，连薛姨妈也便落泪。恰好凤姐进来笑道：“老太太姑妈又想着什么了？”薛姨妈道：“我和老太太说起你林妹妹来，所以伤心。”凤姐笑道：“老太太和姑妈且别伤心，我刚才听了个笑话儿来了，意思说给老太太和姑妈听。”贾母拭了拭眼泪微笑道：“你又不知要编派谁呢。你说来我和姨太太听听。说不笑我们可不依。”只见那凤姐未从开口，先用两只手比着笑弯了腰了。未知他说出些什么来，下回分解。

抚灵柩贾母悲外孙　病神瑛泪洒相思地

一场。贾母等知他病未除根，不许他胡思乱想，怎奈他郁闷难堪，病多反覆。倒是大夫看出心病，索性叫他开散了再用药调理，倒可好得快些。宝玉听说，立刻要往潇湘馆来。贾母等只得叫人抬了竹椅子过来，扶宝玉坐上。贾母王夫人即便先行。到了潇湘馆内，一见黛玉灵柩，贾母已哭得泪干气绝。凤姐等再三劝住。王夫人也哭了一场。李纨便请贾母王夫人在里间歇着，犹自落泪。宝玉一到，想起未病之先，来到这里；今日屋在人亡，不禁嚎啕大哭。想起从前何等亲密，今日死别，怎不更加伤感。众人原恐宝玉病后过哀，都来解劝。宝玉已经哭得死去活来。大家搀扶歇息。其馀随来的如宝钗俱极痛哭。独是宝玉必要叫紫鹃来见，问明姑娘临死有何话说。紫鹃本来深恨宝玉，见如此，心里已回过来些；又见贾母王夫人都在这里，不敢洒落宝玉。便将林姑娘怎么复病，怎么烧毁帕子，焚化诗稿，并将临死说的话一一的都告诉了。宝玉又哭得气噎喉干。探春趁便又将黛玉临终嘱咐带柩回南的话也说了一遍。贾母王夫人又哭起来。多亏凤姐能言劝慰，略略止些，便请贾母等回去。宝玉那里肯舍，无奈贾母逼着，只得勉强回房。贾母有了年纪的人，打从宝玉病起，日夜不宁，今又大痛一阵，已觉头晕身热。虽是不放心惦着宝玉，却也挣扎不住，回到自己房中睡下。王夫人更加心痛难禁，也便回去，派了彩云帮着袭人照应，并说："宝玉若再悲戚，速来告诉我们。"宝钗是知宝玉一时必不能舍，也不相劝，只用讽刺的话说他。宝玉倒恐宝钗多心，也便饮泣收心。歇了一夜，倒也安稳。明日一早，众人都来瞧他。但觉气虚身弱，心病倒觉去了几分。于是加意调养，渐渐的好起来。贾母幸不成病，惟是王夫人心痛未痊。那日薛姨妈过来探望，看见宝玉精神略好，也就放心，暂且住下。

一日，贾母特请薛姨妈过去商量说："宝玉的命都亏姨太太救的，如今想来不妨了。独委屈了你的姑娘。如今宝玉调养百日，身体复旧，又过了娘娘的功服，正好圆房。要求姨太太作主，另择个上好的吉日。"薛姨妈便道："老太太主意很好，何必问我。宝丫头虽生的粗笨，心里却还是极明白的。他的性情老太太素日是知道的。但愿他们两口儿言和意顺，从此老太太也省好些心，我姐姐也安慰些，我也放了心了。老太太便定个日子，还通知亲戚不用呢？"贾母道："宝玉和你们姑娘生来第一件大事，况且费了多少周折如今才得安逸，必要大家热闹几天。亲戚都要请的。一来酬愿，二放心。凤姐便背了宝玉，缓缓的将黛玉的事回明了。贾母王夫人听得都吓了一大跳。贾母眼泪交流，说道："是我弄坏了他了！但只是这个丫头也忒傻气！"说着，便要到园里去哭他一场。又惦记着宝玉，两头难顾。王夫人等含悲共劝贾母不必过去，"老太太身子要紧。"贾母无奈，只得叫王夫人自去。又说："你替我告诉他的阴灵，并不是我忍心不来送你，只为有个亲疏。你是我的外孙女儿，是亲的了；若与宝玉比起来，可是宝玉比你更亲些。倘宝玉有些不好，我怎么见他父亲呢！"说着，又哭起来。王夫人劝道："林姑娘是老太太最疼的，但只寿夭有定。如今已经死了，无可尽心，只是葬礼上要上等的发送。一则可以少尽咱们的心，二则就是姑太太和外甥女儿的阴灵儿也可以少安了。"贾母听到这里，越发痛哭起来。凤姐恐怕老人家伤感太过，明仗着宝玉心中不甚明白，便偷偷的使人来撒个谎儿，哄老太太道："宝玉那里找老太太呢。"贾母听见，才止住泪，问道："不是又有什么缘故？"凤姐陪笑道："没什么缘故，他大约是想老太太的意思。"贾母连忙扶了珍珠儿，凤姐也跟着过来。走至半路，正遇王夫人过来，一一回明了贾母。贾母自然又是哀痛的。只因要到宝玉那边，只得忍泪含悲的说道："既这么着，我也不过去了，由你们办罢。我看着心里也难受。只别委屈了他就是了。"王夫人凤姐一一答应了，贾母才过宝玉这边来。见了宝玉，因问："你做什么找我？"宝玉笑道："我昨日晚上看见林妹妹来了，他说要回南去。我想没人留的住，还得老太太给我留一留他。"贾母听着，说："使得。只管放心罢。"袭人因扶宝玉躺下。贾母出来到宝钗这边来。那时宝钗尚未回九，所以每每见了人倒有些含羞之意。这一天见贾母满面泪痕，递了茶，贾母叫他坐下。宝钗侧身陪着坐了，才问道："听得林妹妹病了，不知他可好些了？"贾母听了这话，那眼泪止不住流下来，因说道："我的儿，我告诉你，你可别告诉宝玉。都是因你林妹妹，才叫你受了多少委屈。你如今作媳妇了，我才告诉你。这如今你林妹妹没了两三天了，就是娶你的那个时辰死的。如今宝玉这一番病还是为着这个。你们先都在园子里，自然也都是明白的。"宝钗把脸飞红了；想到黛玉之死，又不免落下泪来。贾母又说了一回话去了。自此宝钗千回万转，想了一个主意，只不肯造次。所以过了回九才想出这个法子来。如今果然好些，然后大家说话才不至似前留神。

独是宝玉虽然病势一天好似一天，他的痴心总不能解，必要亲去哭他玉睁开眼一看，只有紫鹃和奶妈并几个小丫头在那里。便一手攥了紫鹃的手，使着劲说道："我是不中用的人了。你伏侍我几年，我原指望咱们两个总在一处。不想我——"说着，又喘了一会子，闭了眼歇着。紫鹃见他攥着不肯松手，自己也不敢挪动。看他的光景比早半天好些，只当还可以回转，听了这话又寒了半截。半天，黛玉又说道："妹妹，我这里并没亲人，我的身子是干净的，你好歹叫他们送我回去。"说到这里，又闭了眼不言语了。那手却渐渐紧了，喘成一处。只是出气大，入气小，已经促疾的很了。紫鹃忙了，连忙叫人请李纨。可巧探春来了，紫鹃见了忙悄悄的说道："三姑娘瞧瞧林姑娘罢。"说着，泪如雨下。探春过来摸了摸黛玉的手已经凉了，连目光也都散了。探春紫鹃正哭着叫人端水来给黛玉擦洗，李纨赶忙进来了。三个人才见了不及说话，刚擦着，猛听黛玉直声叫道："宝玉，宝玉，你好——"说到好字，便浑身冷汗，不作声了。紫鹃等急忙扶住，那汗愈出，身子便渐渐的冷了。探春李纨叫人乱着拢头穿衣，只见黛玉两眼一翻，呜呼：

香魂一缕随风散，愁绪三更入梦遥。

当时黛玉气绝，正是宝玉娶宝钗的这个时辰。紫鹃等都大哭起来。李纨探春想他素日的可疼，今日更加可怜，也便伤心痛哭。因潇湘馆离新房子甚远，所以那边并没听见。一时大家痛哭了一阵，只听得远远一阵音乐之声，侧耳一听却又没有了。探春李纨走出院外再听时，惟有竹梢风动，月影移墙，好不凄凉冷淡。一时叫了林之孝家的过来，将黛玉停放毕，派人看守，等明早去回凤姐。

凤姐因见贾母王夫人等忙乱，贾政起身，又为宝玉惛愦更甚，正在着急异常之时，若是又将黛玉的凶信一回，恐贾母王夫人愁苦交加，急出病来。只得亲自到园，到了潇湘馆内也不免哭了一场。见了李纨探春，知道诸事齐备，便说："很好。只是刚才你们为什么不言语，叫我着急？"探春道："刚才送老爷，怎么说呢。"凤姐道："还倒是你们两个可怜他些。这么着我还得那边去招呼那个冤家呢。但是这件事好累坠，若是今日不回使不得，若回了恐怕老太太搁不住。"李纨道："你去见机行事，得回再回方好。"凤姐点头，忙忙的去了。凤姐到了宝玉那里，听见大夫说不妨事，贾母王夫人略觉

潇湘馆静夜闻仙乐　苦绛珠魂归离恨天

心窝，吓的即欲回家，只恨迷了道路。正在踌蹰，忽听那边有人唤他。回首看时，不是别人，正是贾母王夫人宝钗袭人等围绕哭泣叫着，自己仍旧躺在床上。见案上红灯，窗前皓月，依然锦绣丛中，繁华世界。定神一想，原来竟是一场大梦。浑身冷汗，觉得心内清爽。仔细一想，真正无可奈何，不过长叹数声而已。宝钗早知黛玉已死，因贾母等不许众人告诉宝玉知道，恐添病难治；自己却深知宝玉之病实因黛玉而起，失玉次之，故趁势说明，使其一痛决绝，神魂归一，庶可疗治。贾母王夫人等不知宝钗的用意，深怪他造次。后来见宝玉醒了过来，方才放心。立即到外书房请了毕大夫进来诊视。那大夫进来诊了脉，便道："奇怪！这回脉气沉静，神安郁散，明日进调理的药就可以望好了。"说着出去。众人各自安心散去。袭人起初深怨宝钗不该告诉，惟是口中不好说出。莺儿背地也说宝钗道："姑娘忒性急了！"宝钗道："你知道什么好歹，横竖有我呢。"那宝钗任人诽谤，并不介意，只窥察宝玉心病，暗下针砭。一日宝玉渐觉神志安定，虽一时想起黛玉尚有糊涂。更有袭人缓缓的将"老爷选定的宝姑娘为人和厚，嫌林姑娘秉性古怪，原恐早夭。老太太恐你不知好歹，病中着急，所以叫雪雁过来哄你"的话时常劝解，宝玉终是心酸落泪。欲待寻死，又想着梦中之言；又恐老太太太太生气，又不能撩开；又想黛玉已死，宝钗又是第一等人物，方信金石姻缘有定，自己也解了好些。宝钗看来不妨大事，于是自己心也安了，只在贾母王夫人等前尽行过家庭之礼后，便设法以释宝玉之忧。宝玉虽不能时常坐起，亦常见宝钗坐在床前，禁不住生来旧病。宝钗每以正言劝解，以"养身要紧。你我既为夫妇，岂在一时"之语安慰他。那宝玉心里虽不顺遂，无奈日里贾母王夫人及薛姨妈等轮流相伴，夜间宝钗独去安寝，贾母又派人服侍，只得安心静养。又见宝钗举动温柔，也就渐渐的将爱慕黛玉的心肠略移在宝钗身上。此是后话。

却说宝玉成家的那一日黛玉白日已经昏晕过去，却心头口中一丝微气不断，把个李纨和紫鹃哭的死去活来。到了晚间，黛玉却又缓过来了，微微睁开眼，似有要水要汤的光景。此时雪雁已去，只有紫鹃和李纨在旁。紫鹃便端了一盏桂圆汤和的梨汁，用小银匙灌了两三匙。黛玉闭着眼静养了一会子，觉得心里似明似暗的。此时李纨见黛玉略缓，明知是回光返照的光景，却料着还有一半天耐头，自己回到稻香村料理了一回事情。这里黛转，便哭道："我要死了！我有一句心里的话，只求你回明老太太，横竖林妹妹也是要死的，我如今也不能保。两处两个病人都要死的，死了越发难张罗，不如腾一处空房子，趁早将我同林妹妹两个抬在那里，活着也好一处医治伏侍，死了也好一处停放。你依我这话，不枉了几年的情分。"袭人听了这些话，便哭的哽嗓气噎。宝钗恰好同了莺儿过来，也听见了，便说道："你放着病不保养，何苦说这些不吉利的话！老太太才安慰了些，你又生出事来。老太太一生疼你一个，如今八十多岁的人了，虽不图你的封诰，将来你成了人，老太太也看着乐一天，也不枉了老人家的苦心。太太更是不必说了，一生的心血精神抚养了你这一个儿子，若是半途死了，太太将来怎么样呢！我虽是命薄，也不至于此：据此三件看来，你便要死，那天也不容你死的。所以你是不得死的。只管安稳着养个四五天后，风邪散了，太和正气一足，自然这些邪病都没有了。"宝玉听了，竟是无言可答，半晌方才嘻嘻的笑道："你是好些时不和我说话了，这会子说这些大道理的话给谁听？"宝钗听了这话，便又说道："实告诉你说罢，那两日你不知人事的时候林妹妹已经亡故了。"宝玉忽然坐起来，大声诧异道："果真死了吗？"宝钗道："果真死了。岂有红口白舌咒人死的呢。老太太太太知道你姐妹和睦，你听见他死了自然你也要死，所以不肯告诉你。"宝玉听了，不禁放声大哭，倒在床上。忽然眼前漆黑，辨不出方向，心中正自恍惚，只见眼前好像有人走来。宝玉茫然问道："借问此是何处？"那人道："此阴司泉路。你寿未终，何故至此？"宝玉道："适闻有一故人已死，遂寻访至此，不觉迷途。"那人道："故人是谁？"宝玉道："姑苏林黛玉。"那人冷笑道："林黛玉生不同人，死不同鬼，无魂无魄，何处寻访？凡人魂魄聚而成形，散而为气。生前聚之，死则散焉。常人尚无可寻访，何况林黛玉呢！汝快回去罢。"宝玉听了，呆了半晌道："既云死者散也，又如何有这个阴司呢？"那人冷笑道："那阴司说有便有，说无就无。皆为世俗溺于生死之说，设言以警世，便道上天深怒愚人，或不守分安常，或生禄未终自行夭折，或嗜淫欲，尚气逞凶无故自殒者，特设此地狱囚其魂魄，受无边的苦，以偿生前之罪。汝寻黛玉是无故自陷也。且黛玉已归太虚幻境，汝若有心寻访，潜心修养，自然有时相见；如不安生，即以自行夭折之罪囚禁阴司，除父母外欲图一见黛玉终不能矣。"那人说毕，袖中取出一石，向宝玉心口掷来。宝玉听了这话，又被这石子打着

第九十八回
苦绛珠魂归离恨天　病神瑛泪洒相思地

话说宝玉见了贾政，回至房中，更觉头昏脑闷，懒怠动弹，连饭也没吃，便昏沉睡去。仍旧延医诊治，服药不效，索性连人也认不明白了。大家扶着他坐起来还是像个好人。一连闹了几天，那日恰是回九之期，若不过去，薛姨妈脸上过不去；若说去呢，宝玉这般光景。贾母明知是为黛玉而起，欲要告诉明白，又恐气急生变。宝钗是新媳妇，又难劝慰，必得姨妈过来才好。若不回九，姨妈嗔怪。便与王夫人凤姐商议道："我看宝玉竟是魂不守舍，起动是不怕的。用两乘小轿叫人扶着从园里过去，应了回九的吉期，以后请姨妈过来安慰宝钗，咱们一心一计的调治宝玉，可不两全。"王夫人答应了，即刻预备。幸亏宝钗是新媳妇，宝玉是个疯傻的，由人掇弄过去了。宝钗也明知其事，心里只怨母亲办得糊涂，事已至此，不肯多言。独有薛姨妈看见宝玉这般光景，心里懊悔，只得草草完事。到家宝玉越加沉重，次日连起坐都不能了。日重一日，甚至汤水不进。薛姨妈等忙了手脚，各处遍请名医，皆不识病源。只有城外破寺中住着个穷医，姓毕别号知庵的，诊得病源是悲喜激射，冷暖失调，饮食失时，忧忿滞中，正气壅闭：此内伤外感之症。于是度量用药，至晚服了，二更后果然省些人事，便要水喝。贾母王夫人等才放了心，请了薛姨妈带了宝钗都到贾母那里暂且歇息。宝玉片时清楚，自料难保，见诸人散后房中只有袭人，因唤袭人至跟前，拉着手哭道："我问你，宝姐姐怎么来的？我记得老爷给我娶了林妹妹过来，怎么被宝姐姐赶了去了？他为什么霸占住在这里？我要说呢，又恐怕得罪了他。你们听见林妹妹哭得怎么样了？"袭人不敢明说，只得说道："林姑娘病着呢。"宝玉又道："我瞧瞧他去。"说着要起来。岂知连日饮食不进，身子那能动没什么大差。贾政吩咐了几句，宝玉答应了。贾政叫人扶他回去了。自己回到王夫人房中，又切实的叫王夫人管教儿子，断不可如前娇纵。明年乡试，务必叫他下场。王夫人一一的听了，也没提起别的。即忙命人扶了宝钗过来，行了新妇送行之礼，也不出房。其馀内眷俱送至二门而回。贾珍等也受了一番训饬，大家举酒送行，一班子弟及晚辈亲友直送至十里长亭而别。

不言贾政起程赴任，且说宝玉回来，旧病陡发，更加昏愦，连饮食也不能进了。未知性命如何，下回分解。

时心无主意，自己反以为是梦中了，呆呆的只管站着。众人接过灯去，扶了宝玉仍旧坐下，两眼直视，半语全无。贾母恐他病发，亲自扶他上床。凤姐尤氏请了宝钗进入里间床上坐下。宝钗此时自然是低头不语。宝玉定了一回神，见贾母王夫人坐在那边，便轻轻的叫袭人道："我是在那里呢？这不是做梦么？"袭人道："你今日好日子，什么梦不梦的混说。老爷可在外头呢。"宝玉悄悄儿的拿手指着道："坐在那里这一位美人儿是谁？"袭人握了自己的嘴笑的说不出话来，歇了半日才说道："是新娶的二奶奶。"众人也都回过头去忍不住的笑。宝玉又道："好糊涂，你说二奶奶到底是谁？"袭人道："宝姑娘。"宝玉道："林姑娘呢？"袭人道："老爷作主娶的是宝姑娘，怎么混说起林姑娘来。"宝玉道："我才刚看见林姑娘了么，还有雪雁呢。怎么说没有。你们这都是做什么玩呢？"凤姐便走上来轻轻的说道："宝姑娘在屋里坐着呢，别混说。回来得罪了他，老太太不依的。"宝玉听了，这会子糊涂更利害了。本来原有昏愦的病，加以今夜神出鬼没，更叫他不得主意，便也不顾别的了，口口声声只要找林妹妹去。贾母等上前安慰，无奈他只是不懂。又有宝钗在内，又不好明说。知宝玉旧病复发，也不讲明，只得满屋里点起安息香来定住他的神魂，扶他睡下。众人雅雀无闻，停了片时，宝玉便昏沉睡去。贾母等才得略略放心，只好坐以待旦。叫凤姐去请宝钗安歇。宝钗置若罔闻，也便和衣在内暂歇。

贾政在外未知内里原由，只就方才眼见的光景想来，心下倒放宽了。恰是明日就是起程的吉日，略歇了一歇，众人贺喜送行。贾母见宝玉睡着，也回房去暂歇。次早，贾政辞了宗祠，过来拜别贾母，禀称："不孝远离，惟愿老太太顺时颐养。儿子一到任所，即修禀请安，不必挂念。宝玉的事已经依了老太太完结，只求老太太训诲。"贾母恐贾政在路不放心，并不将宝玉复病的话说起，只说："我有一句话，宝玉昨夜完姻，并不是同房，今日你起身必该叫他远送才是。他因病冲喜，如今才好些，又是昨日一天劳乏，出来恐怕着了风。故此问你，你叫他送呢，我即刻去叫他；你若疼他，我就叫人带了他来你见见，叫他给你磕头就算了。"贾政道："叫他送什么，只要他从此以后认真念书，比送我还喜欢呢。"贾母听了，又放了一条心，便叫贾政坐着，叫鸳鸯去如此如此，带了宝玉，叫袭人跟着来。鸳鸯去了不多一会，果然宝玉来了，仍是叫他行礼。宝玉见了父亲，神志略敛些，片时清楚，也

薛宝钗出闺成大礼　贾宝玉昏愦草成婚

跟前不敢露出。因又想道:“也不知用我作什么,我且瞧瞧。宝玉一日家和我们姑娘好的蜜里调油,这时候总不见面了,也不知是真病假病。怕我们姑娘不依他,假说丢了玉,装出傻子样儿来,叫我们姑娘寒了心,他好娶宝姑娘的意思。我看看他去,看他见了我傻不傻。莫不成今儿还装傻么!”一面想着,已溜到里间屋子门口,偷偷儿的瞧。这时宝玉虽因失玉昏愦,但只听见娶了黛玉为妻,真乃是从古至今天上人间第一件畅心满意的事了,那身子顿觉健旺起来,只不过不似从前那般灵透。所以凤姐的妙计百发百中。巴不得即见黛玉,盼到今日完姻,真乐得手舞足蹈。虽有几句傻话,却与病时光景大相悬绝了。雪雁看了,又是生气又是伤心,他那里晓得宝玉的心事,便各自走开。这里宝玉便叫袭人快快给他装新,坐在王夫人屋里。看见凤姐尤氏忙忙碌碌,再盼不到吉时,只管问袭人道:“林妹妹打园里来,为什么这么费事,还不来?”袭人忍着笑道:“等好时辰。”回来又听见凤姐与王夫人道:“虽然有服,外头不用鼓乐,咱们南边规矩要拜堂的,冷清清使不得。我传了家内学过音乐管过戏子的那些女人来,吹打热闹些。”王夫人点头说:“使得。”一时大轿从大门进来,家里细乐迎出去,十二对宫灯排着进来,倒也新鲜雅致。傧相请了新人出轿,宝玉见新人蒙着盖头,喜娘披着红扶着。下首扶新人的你道是谁,原来就是雪雁。宝玉看雪雁犹想:“因何紫鹃不来,倒是他呢?”又想道:“是了。雪雁原是他南边家里带来的,紫鹃仍是我们家的,自然不必带来。”因此见了雪雁竟如见了黛玉的一般欢喜。傧相赞礼,拜了天地。请出贾母受了四拜。后请贾政夫妇登堂行礼毕。送入洞房,还有坐床撒帐等事,俱是按金陵旧例。贾政原为贾母作主,不敢违拗,不信冲喜之说。那知今日宝玉居然像个好人一般,贾政见了倒也喜欢。那新人坐了床便要揭起盖头的,凤姐早已防备,故请贾母王夫人等进去照应。宝玉此时到底有些傻气,便走到新人跟前说道:“妹妹身上好了?好些天不见了。盖着这劳什子做什么?”欲待要揭去,反把贾母急出一身冷汗来。宝玉又转念一想道:“林妹妹是爱生气的,不可造次。”又歇了一歇,仍是按捺不住,只得上前揭了。喜娘接去盖头,雪雁走开,莺儿等上来伺候。宝玉睁眼一看,好像宝钗,心中不信,自己一手持灯,一手擦眼一看,可不是宝钗么。只见他盛妆艳服,丰肩愞体,鬟低鬓亸,眼瞤息微。真是荷粉露垂,杏花烟润了。宝玉发了一回怔,又见莺儿立在旁边,不见了雪雁。宝玉此儿道："我也见见林姑娘。"说着，一面往里走，一面早已流下泪来。这里李纨因和林之孝家的道："你来的正好，快出去瞧瞧去，告诉管事的预备林姑娘的后事。妥当了叫他来回我，不用到那边去。"林之孝家的答应了，还站着。李纨道："还有什么话呢？"林之孝家的道："刚才二奶奶和老太太商量了，那边用紫鹃姑娘使唤使唤呢。"李纨还未答言，只见紫鹃道："林奶奶你先请罢，等着人死了我们自然是出去的。那里用这么——"说到这里，却又不好说了，因又改说道："况且我们在这里守着病人，身上也不洁净。林姑娘还有气儿呢，不时的叫我。"李纨在旁解说道："当真这林姑娘和这丫头也是前世的缘法儿。倒是雪雁是他南边带来的，他倒不理会，惟有紫鹃，我看他两个一时也离不开。"林之孝家的头里听了紫鹃的话未免不受用，被李纨这番一说却也没的说，又见紫鹃哭得泪人一般，只好瞅着他微微的笑，因又说道："紫鹃姑娘这些闲话倒不要紧，只是他却说得，我可怎么回老太太呢。况且这话是告诉得二奶奶的吗！"正说着，平儿擦着眼泪出来道："告诉二奶奶什么事？"林之孝家的将方才的话说了一遍。平儿低了一回头说："这么着罢，就叫雪姑娘去罢。"李纨道："他使得吗？"平儿走到李纨耳边说了几句，李纨点点头儿道："既是这么着，就叫雪雁过去也是一样的。"林之孝家的因问平儿道："雪姑娘使得吗？"平儿道："使得。都是一样。"林家的道："那么姑娘就快叫雪姑娘跟了我去。我先去回了老太太和二奶奶。这可是大奶奶和姑娘的主意，回来姑娘再各自回二奶奶去。"李纨道："是了。你这么大年纪，连这么点子事还不耽呢。"林家的笑道："不是不耽。头一宗，这件事老太太和二奶奶办的，我们都不能很明白；再者，又有大奶奶和平姑娘呢。"说着，平儿已叫了雪雁出来。原来雪雁因黛玉这几日嫌他小孩子家懂得什么，便也把心冷淡了；况且听是老太太和二奶奶叫，也不敢不去。连忙收拾了头。平儿叫他换了新鲜衣服，跟着林家的去了。随后平儿又和李纨说了几句话，李纨又嘱咐平儿打那么催着林之孝家的叫他男人快办了来。平儿答应着出来，转了个弯子，看见林家的带着雪雁在前头走呢，赶忙叫住道："我带了他去罢，你先告诉林大爷办林姑娘的东西去罢。奶奶那里我替回就是了。"那林家的答应着去了。这里平儿带了雪雁到了新房子里，回明了，自去办事。

却说雪雁看见这般光景，想起他家姑娘，也未免伤心，只是在贾母凤姐奶妈王奶妈来，一看，他便大哭起来。这紫鹃因王奶妈有些年纪，可以仗个胆儿，谁知竟是个没主意的人，反倒把紫鹃弄得心里七上八下。忽然想起一个人来，便命小丫头急忙去请。你道是谁？原来紫鹃想起李宫裁是个孀居，今日宝玉结亲，他自然回避。况且园中诸事向系李纨料理，所以打发人去请他。李纨正在那里给贾兰改诗，冒冒失失的见一个丫头进来回说："大奶奶，只怕林姑娘不好了。那里都哭呢！"李纨听了，吓了一大跳，也不及问了，连忙站起身来便走，素云碧月跟着。一头走着一头落泪，想着："姐妹在一处一场，更兼他那容貌才情真是寡二少双，惟有青女素娥可以髣髴一二。竟这样小小的年纪就作了北邙乡女。偏偏凤姐想出一条偷梁换柱之计，自己也不好过潇湘馆来，竟未能少尽姊妹之情。真真可怜可叹！"一头想着，已走到潇湘馆的门口，里面却又寂然无声。李纨倒着起忙来，想来必是已死，都哭过了。那衣衾未知妆裹妥当了没有！连忙三步两步走进屋子来，里间门口一个小丫头已经看见，便说："大奶奶来了。"紫鹃忙往外走，和李纨走了个对脸。李纨忙问："怎么样？"紫鹃欲说话时，惟有喉中哽咽的分儿，却一字说不出，那眼泪一似断线珍珠一般，只将一只手回过去指着黛玉。李纨看了紫鹃这般光景，更觉心酸，也不再问，连忙走过来看时，那黛玉已不能言。李纨轻轻叫了两声，黛玉却还微微的开眼，似有知识之状；但只眼皮嘴唇微有动意，口内尚有出入之息，却要一句话一点泪也没有了。李纨回身见紫鹃不在跟前，便问雪雁。雪雁道："他在外头屋里呢。"李纨连忙出来，只见紫鹃在外间空床上躺着，颜色青黄，闭了眼只管流泪，那鼻涕眼泪把一个砌花锦边的褥子已湿了碗大的一片。李纨连忙唤他，那紫鹃才慢慢的睁开眼欠起身来。李纨道："傻丫头，这是什么时候，且只顾哭你的！林姑娘的衣衾还不拿出来给他换上，还等多早晚呢！难道他个女孩儿家，你还叫他赤身露体，精着来光着去吗！"紫鹃听了这句话，一发止不住痛哭起来。李纨一面也哭，一面着急，一面拭泪，一面拍着紫鹃的肩膀说："好孩子，你把我的心都哭乱了，快着收拾他的东西罢，再迟一会子就了不得了。"正闹着，外边一个人慌慌张张跑进来，倒把李纨吓了一跳，看时却是平儿。跑进来，看见这样，只是呆磕磕的发怔。李纨道："你这会子不在那边，做什么来了？"说着，林之孝家的也进来了。平儿道："奶奶不放心，叫来瞧瞧。既有大奶奶在这里，我们奶奶就只顾那一头儿了。"李纨点点头儿。平腾出手来拿时，黛玉又早拾起，撂在火上。此时紫鹃却够不着，干急。雪雁正拿进桌子来，看见黛玉一撂，不知何物，赶忙抢时，那纸沾火就着，如何能够少待，早已烘烘的着了。雪雁也顾不得烧手，从火里抓起来撂在地下乱踩，却已烧得所馀无几了。那黛玉把眼一闭，往后一仰，几乎不曾把紫鹃压倒。紫鹃连忙叫雪雁上来将黛玉扶着放倒，心里突突的乱跳。欲要叫人时天又晚了，欲不叫人时自己同着雪雁和鹦哥等几个小丫头，又怕一时有什么缘故。好容易熬了一夜，到了次日早起，觉黛玉又缓过一点儿来。饭后忽然又嗽又吐，又紧起来。紫鹃看着不祥了，连忙将雪雁等都叫进来看守，自己却来回贾母。那知到了贾母上房，静悄悄的只有两三个老妈妈和几个做粗活的丫头在那里看屋子呢。紫鹃因问道："老太太呢？"那些人都说不知道。紫鹃听这话诧异，遂到宝玉屋里去看，竟也无人。遂问屋里的丫头，也说不知。紫鹃已知八九，"但这些人怎么竟这样狠毒冷淡！"又想到黛玉这几天竟连一个人问的也没有。越想越悲，索性激起一腔闷气来，一扭身便出来了。自己想了一想："今日倒要看看宝玉是何形状，看他见了我怎么样过的去！那一年我说了一句谎话他就急病了，今日竟公然做出这件事来。可知天下男子之心真真是冰寒雪冷，令人切齿的。"一面走，一面想，早已来到怡红院。只见院门虚掩，里面却又寂静的很。紫鹃忽然想到："他要娶亲，自然是有新屋子的，但不知他这新屋子在何处？"正在那里徘徊瞻顾，看见墨雨飞跑。紫鹃便叫住他。墨雨过来笑嘻嘻的道："姐姐在这里做什么？"紫鹃道："我听见宝二爷娶亲，我要来看看热闹儿。谁知不在这里。也不知是几儿。"墨雨悄悄的道："我这话只告诉姐姐，你可别告诉雪雁他们。上头吩咐了，连你们都不叫知道呢。就是今日夜里娶，那里是在这里，老爷派琏二爷另收拾了房子了。"说着，又问："姐姐有什么事么？"紫鹃道："没什么事，你去罢。"墨雨仍旧飞跑去了。紫鹃自己发了一回呆，忽然想起黛玉来，这时候还不知是死是活。因两泪汪汪，咬着牙发狠道："宝玉，我看他明儿死了，你算是躲的过不见了。你过了你那如心如意的事儿，拿什么脸来见我！"一面哭，一面走，呜呜咽咽的自回去了。还未到潇湘馆，只见两个小丫头在门里往外探头探脑的，一眼看见紫鹃，那一个便嚷道："那不是紫鹃姐姐来了吗！"紫鹃知道不好了，连忙摆手儿不叫嚷，赶忙进去看时，只见黛玉肝火上炎，两颧红赤。紫鹃觉得不妥，叫了黛玉的

知大限临终托义婢　林黛玉焚稿断痴情

常去回。况贾母这几日的心都在宝钗宝玉身上，不见黛玉的信儿也不大提起，只请太医调治罢了。黛玉向来病着，自贾母起，直到姊妹们的下人，常来问候。今见贾府中上下人等都不过来，连一个问的人都没有，睁开眼，只有紫鹃一人。自料万无生理，因扎挣着向紫鹃说道："妹妹，你是我最知心的。虽是老太太派你伏侍我，这几年我拿你就当作我的亲妹妹——"说到这里，气又接不上来。紫鹃听了，一阵心酸，早哭得说不出话来。迟了半日，黛玉又一面喘一面说道："紫鹃妹妹，我躺着不受用，你扶起我来靠着坐坐才好。"紫鹃道："姑娘的身上不大好，起来又要抖搂着了。"黛玉听了，闭上眼不言语了。一时，又要起来。紫鹃没法，只得同雪雁把他扶起，两边用软枕靠住，自己却倚在旁边。黛玉那里坐得住，下身自觉硌的疼，狠命的掌着。叫过雪雁来道："我的诗本子——"说着，又喘。雪雁料是要他前日所理的诗稿，因找来送到黛玉跟前。黛玉点点头儿，又抬眼看那箱子。雪雁不解，只是发怔。黛玉气的两眼直瞪，又咳嗽起来，又吐了一口血。雪雁连忙回身取了水来，黛玉嗽了，吐在盒内。紫鹃用绢子给他拭了嘴。黛玉便拿那绢子指着箱子，又喘成一处，说不上来，闭了眼。紫鹃道："姑娘歪歪儿罢。"黛玉又摇摇头儿。紫鹃料是要绢子，便叫雪雁开箱，拿出一块白绫绢子来。黛玉瞧了，撂在一边，使劲说道："有字的。"紫鹃这才明白过来，要那块题诗的旧帕。只得叫雪雁拿出来，递给黛玉。紫鹃劝道："姑娘歇歇罢。何苦又劳神。等好了再瞧罢。"只见黛玉接到手里也不瞧诗，扎挣着伸出那只手来狠命的撕那绢子。却是只有打颤的分儿，那里撕得动。紫鹃早已知他是恨宝玉，却也不敢说破，只说："姑娘何苦自己又生气！"黛玉点点头儿，掖在袖里，便叫雪雁点灯。雪雁答应，连忙点上灯来。黛玉瞧瞧，又闭了眼坐着，喘了一会子，又道："笼上火盆。"紫鹃打谅他冷，因说道："姑娘躺下，多盖一件罢。那炭气只怕耽不住。"黛玉又摇头儿。雪雁只得笼上，搁在地下火盆架上。黛玉点头，意思叫挪到炕上来。雪雁只得端上来，出去拿那张火盆炕桌。那黛玉却又把身子欠起，紫鹃只得两只手来扶着他。黛玉这才将方才的绢子拿在手中，瞅着那火点点头儿，往上一撂。紫鹃吓了一跳，欲要抢时，两只手却不敢动。雪雁又出去拿火盆桌子。此时那绢子已经烧着了。紫鹃劝道："姑娘这是怎么说呢！"黛玉只作不闻，回手又把那诗稿拿起来，瞧了瞧，又撂下了。紫鹃怕他也要烧，连忙将身倚住黛玉，知我应了，他也没得说的。”便叫薛蝌：“办泥金庚帖，填上八字，即叫人送到琏二爷那边去。还问了过礼的日子来，你好预备。本来咱们不惊动亲友。哥哥的朋友是你说的，都是混帐人；亲戚呢，就是贾王两家，如今贾家是男家，王家无人在京里。史姑娘放定的事他家没有来请咱们，咱们也不用通知。倒是把张德辉请了来，托他照料些，他上几岁年纪的人到底懂事。”薛蝌领命，叫人送帖过去。次日贾琏过来，见了薛姨妈请了安，便说：“明日就是上好的日子，今日过来回姨太太，就是明日过礼罢。只求姨太太不要挑饬就是了。”说着捧过通书来。薛姨妈也谦逊了几句，点头应允。贾琏赶着回去，回明贾政。贾政便道：“你回老太太说，既不叫亲友们知道，诸事宁可简便些。若是东西上请老太太瞧了就是了，不必告诉我。”贾琏答应，进内将话回明贾母。这里王夫人叫了凤姐，命人将过礼的物件都送与贾母过目，并叫袭人告诉宝玉。那宝玉又嘻嘻的笑道：“这里送到园里，回来园里又送到这里。咱们的人送，咱们的人收，何苦来呢。”贾母王夫人听了，都喜欢道：“说他糊涂，他今日怎么这么明白呢。”鸳鸯等忍不住好笑，只得上来一件一件的点明给贾母瞧说：“这是金项圈，这是金珠首饰，共八十件。这是妆蟒四十疋。这是各色绸缎一百二十疋。这是四季的衣服共一百二十件。外面也没有预备羊酒，这是折羊酒的银子。”贾母看了，都说好，轻轻的与凤姐说道：“你去告诉姨太太说，不是虚礼，求姨太太等蟠儿出来慢慢的叫人给他妹妹做来就是了。那好日子的被褥还是咱们这里代办了罢。”凤姐答应了，出来叫贾琏先过去。又叫周瑞旺儿等，吩咐他们：“不必走大门，只从园里从前开的便门内送去，我也就过去。这门离潇湘馆还远，倘别处的人见了，嘱咐他们不用在潇湘馆里提起。”众人答应着送礼而去。宝玉认以为真，心里大乐，精神便觉得好些，只是语言总有些疯傻。那过礼的回来都不提名说姓，因此上下人等虽都知道，只因凤姐吩咐，都不敢走漏风声。

且说黛玉虽然服药，这病日重一日。紫鹃等在旁苦劝说道：“事情到了这个分儿，不得不说了。姑娘的心事我们也都知道。至于意外之事是再没有的。姑娘不信，只拿宝玉的身子说起，这样大病怎么做得亲呢。姑娘别听瞎话，自己安心保重才好。”黛玉微笑一笑，也不答言。又咳嗽数声，吐出好些血来。紫鹃等看去，只有一息奄奄，明知劝不过来，惟有守着流泪。天天三四趟去告诉贾母。鸳鸯测度贾母近日比前疼黛玉的心差了些，所以不还放在我肚子里头。”凤姐听着竟是疯话，便出来看着贾母笑。贾母听了，又是笑又是疼，便说道：“我早听见了。如今且不用理他，叫袭人好好的安慰他。咱们走罢。”说着，王夫人也来了。大家到了薛姨妈那里，只说惦记着这边的事来瞧瞧。薛姨妈感激不尽，说些薛蟠的话。喝了茶，薛姨妈才要叫人告诉，凤姐连忙拦住说：“姑妈不必告诉宝妹妹。”又向薛姨妈陪笑说道：“老太太此来，一则为瞧姑妈，二则也有句要紧的话特请姑妈到那边商议。”薛姨妈听了，点点头儿，说：“是了。”于是大家又说些闲话，便回来了。当晚薛姨妈果然过来，见过了贾母，到王夫人屋里来，不免说起王子腾来，大家落了一回泪。薛姨妈便问道：“刚才我到老太太那里，宝哥儿出来请安，还好好儿的，不过略瘦些，怎么你们说得很利害。”凤姐便道：“其实也不怎么样，只是老太太悬心。目今老爷又要起身外任去，不知几年才来。老太太的意思，头一件叫老爷看着宝兄弟成了家也放心；二则也给宝兄弟冲冲喜，借大妹妹的金锁压压邪气，只怕就好了。”薛姨妈心里也愿意，只虑着宝钗委屈，便道：“也使得。只是大家还要从长计较计较才好。”王夫人便按着凤姐的话和薛姨妈说，只说：“姨太太这会子家里没人，不如把妆奁一概蠲免。明日就打发蝌儿去告诉蟠儿，一面这里过门，一面给他变法儿撕掳官事。”并不提宝玉的心事。又说：“姨太太既作了亲，娶过来早早好一天大家早放一天心。”正说着，只见贾母差鸳鸯过来候信。薛姨妈虽恐宝钗委屈，然也没法儿。又见这般光景，只得满口应承。鸳鸯回去回了贾母。贾母也甚喜欢，又叫鸳鸯过来求薛姨妈和宝钗说明缘故，不叫他受委屈。薛姨妈也答应了。便议定凤姐夫妇作媒人。大家散了，王夫人姊妹不免又叙了半夜话儿。次日薛姨妈回家，将这边的话细细的告诉了宝钗，还说：“我已经应承了。”宝钗始则低头不语，后来便自垂泪。薛姨妈用好言劝慰，解释了好些话。宝钗自回房内，宝琴随去解闷。薛姨妈又告诉了薛蝌，叫他明日起身，“一则打听审详的事；二则告诉你哥哥一个信儿。你即便回来。”薛蝌去了四日，便回来回覆薛姨妈道：“哥哥的事上司已经准了误杀，一过堂就要题本了，叫咱们预备赎罪的银子。妹妹的事说‘妈妈做主很好的，赶着办又省了好些银子，叫妈妈不用等我，该怎么着就怎么办罢。’”薛姨妈听了，一则薛蟠可以回家，二则完了宝钗的事，心里安放了好些。便是看着宝钗心里好像不愿意似的，“虽是这样，他是女儿家，素来也孝顺守礼的人，气不定。如今要用敛阴止血的药方可望好。”王大夫说完，同着贾琏出去开方取药去了。贾母看黛玉神气不好，便出来告诉凤姐等道：“我看这孩子的病，不是我咒他，只怕难好。你们也该替他预备预备冲一冲。或者好了，岂不是大家省心。就是怎么样也不至临时忙乱。咱们家里这两天正有事呢。”凤姐儿答应了。贾母又问了紫鹃一回，到底不知是那个说的。贾母心里只是纳闷，因说：“孩子们从小儿在一处儿玩，好些是有的。如今大了懂的人事，就该要分别些才是做女孩儿的本分，我才心里疼他。若是他心里有别的想头，成了什么人了呢！我可是白疼了他了！你们说了，我倒有些不放心。”因回到房中，又叫袭人来问。袭人仍将前日回王夫人的话并方才黛玉的光景述了一遍。贾母道：“我方才看他却还不至糊涂。这个理我就不明白了。咱们这种人家，别的事自然没有的，这心病也是断断有不得的。林丫头若不是这个病呢，我凭着花多少钱都使得；若是这个病，不但治不好，我也没心肠了。”凤姐道：“林妹妹的事老太太倒不必张罗，横竖有他二哥哥天天同着大夫瞧看。倒是姑妈那边的事要紧。今日早起听见说房子不差什么就妥当了。竟是老太太太太到姑妈那边，我也跟了去，商量商量。就只一件，姑妈家里有宝妹妹，在那里难以说话，不如索性请姑妈晚上过来，咱们一夜都说结了就好办了。”贾母王夫人都道：“你说的是。今日晚了，明日饭后咱们娘儿们就过去。”说着，贾母用了晚饭，凤姐同王夫人各自归房。不提。且说次日凤姐吃了早饭过来，便要试试宝玉。走进里间说道：“宝兄弟大喜！老爷已择了吉日，要给你娶亲了。你喜欢不喜欢？”宝玉听了，只管瞅着凤姐笑，微微的点点头儿。凤姐笑道：“给你娶林妹妹过来，好不好？”宝玉却大笑起来。凤姐看着，也断不透他是明白是糊涂。因又问道：“老爷说你好了才给你娶林妹妹呢。若还是这么傻，便不给你娶了。”宝玉忽然正色道：“我不傻，你才傻呢。”说着便站起来说：“我去瞧瞧林妹妹，叫他放心。”凤姐忙扶住了，说：“林妹妹早知道了。他如今要做新媳妇了，自然害羞，不肯见你的。”宝玉道：“娶过来他到底是见我不见？”凤姐又好笑，又着忙，心里想：“袭人的话不差。提了林妹妹虽说仍旧说些疯话，却觉得明白些。若真明白了，将来不是林姑娘，打破了这个灯虎儿，那饥荒才难打呢。”便忍笑说道：“你好好儿的便见你，若是疯疯颠颠的他就不见你了。”宝玉说道：“我有一个心，前儿已交给林妹妹了。他要过来，横竖给我带来

第九十七回

林黛玉焚稿断痴情　薛宝钗出闺成大礼

话说黛玉到潇湘馆门口，紫鹃说了一句话，更动了心，一时吐出血来，几乎晕倒。亏了还同着秋纹两个人搀扶着黛玉到屋里来。那时秋纹去后，紫鹃雪雁守着，见他渐渐苏醒过来，问紫鹃道："你们守着哭什么？"紫鹃见他说话明白，倒放了心了。因说："姑娘刚才打老太太那边回来，身上觉着不大好，吓的我们没了主意，所以哭了。"黛玉笑道："我那里就能够死呢！"这一句话没完，又喘成一处。原来黛玉因昨日听得宝玉宝钗的事情，这本是他数年的心病，一时急怒，所以迷惑了本性。及至回来吐了这一口血，心中却渐渐的明白过来，把头里的事一字也不记得了。这会子见紫鹃哭，方模糊想起傻大姐的话来，此时反不伤心，惟求速死以完此债。这里紫鹃雪雁只得守着。想要告诉人去，怕又像上次招得凤姐儿说他们失惊打怪的。那知秋纹回去，神情慌遽，正值贾母睡起中觉来。看见这般光景，便问怎么了。秋纹吓的连忙把刚才的事回了一遍。贾母大惊，说："这还了得！"连忙着人叫了王夫人凤姐过来，告诉了他婆媳两个。凤姐道："我都嘱咐到了。这是什么人走了风呢？这不更是一件难事了吗！"贾母道："且别管那些，先瞧瞧去是怎么样了。"说着，便起身带着王夫人凤姐等过来看视。见黛玉颜色如雪，并无一点血色，神气昏沉，气息微细，半日又咳嗽了一阵，丫头递了痰盒，吐出都是痰中带血的。大家都慌了。只见黛玉微微睁眼，看见贾母在他旁边，便喘吁吁的说道："老太太你白疼了我了！"贾母一闻此言，十分难受，便道："好孩子，你养着罢。不怕的。"黛玉微微一笑，把眼又闭上了。外面丫头进来回凤姐道："大夫来了。"于是大家略避。王大夫同着贾琏进来，诊了脉，说道："尚不妨事。这是郁气伤肝，肝不藏血，所以神往潇湘馆来。离门口不远，紫鹃道："阿弥陀佛，可到了家了！"只这一句话没说完，只见黛玉身子往前一栽，哇的一声一口血直吐出来。未知性命如何，且听下回分解。

玉。正在那里看时,只见黛玉颜色雪白,身子恍恍荡荡的,眼睛也直直的,在那里东转西转。又见一个丫头往前头走了,离的远,也看不出是那一个来。心中惊疑不定,只得赶过来轻轻的问道:“姑娘怎么又回去?是要往那里去?”黛玉也只模糊听见,随口应道:“我问问宝玉去。”紫鹃听了,摸不着头脑,只得搀着他到贾母这边来。黛玉走到贾母门口,心里微觉明晰,回头看见紫鹃搀着自己,便站住了,问道:“你作什么来的?”紫鹃陪笑道:“我找了绢子来了。头里见姑娘在桥那边呢,我赶着过去问姑娘,姑娘没理会。”黛玉笑道:“我打量你来瞧宝二爷来了呢。不然怎么往这里走呢。”紫鹃见他心里迷惑,便知黛玉必是听见那丫头什么话了,惟有点头微笑而已。只是心里怕他见了宝玉,那一个已经是疯疯傻傻,这一个又这样恍恍惚惚,一时说出些不大体统的话来,那时如何是好。心里虽如此想,却也不敢违拗,只得搀他进去。那黛玉却又奇怪了,这时不似先前那样软了,也不用紫鹃打帘子,自己掀起帘子进来。却是寂然无声。因贾母在屋里歇中觉,丫头们也有脱滑玩去的,也有打盹儿的,也有在那里伺候老太太的。倒是袭人听见帘子响,从屋里出来一看,见是黛玉,便让道:“姑娘屋里坐罢。”黛玉笑着道:“宝二爷在家么?”袭人不知底里,刚要答言,只见紫鹃在黛玉身后和他努嘴儿,指着黛玉,又摇摇手儿。袭人不解何意,也不敢言语。黛玉却也不理会,自己走进房来。看见宝玉在那里坐着,也不起来让坐,只瞅着嘻嘻的傻笑。黛玉自己坐下,却也瞅着宝玉笑。两个人也不问好,也不说话,也无推让,只管对着脸傻笑起来。袭人看见这番光景,心里大不得主意,只是没法儿。忽然听着黛玉说道:“宝玉,你为什么病了?”宝玉笑道:“我为林姑娘病了。”袭人紫鹃两个吓得面目改色,连忙用言语来岔。两个却又不答言,仍旧傻笑起来。袭人见了这样,知道黛玉此时心中迷惑不减于宝玉,因悄和紫鹃说道:“姑娘才好了,我叫秋纹妹妹同着你搀回姑娘歇歇去罢。”因回头向秋纹道:“你和紫鹃姐姐送林姑娘去罢。你可别混说话。”秋纹笑着也不言语,便来同着紫鹃搀起黛玉。那黛玉也就站起来,瞅着宝玉只管笑,只管点头儿。紫鹃又催道:“姑娘回家去歇歇罢。”黛玉道:“可不是,我这就是回去的时候儿了。”说着,便回身笑着出来了。仍旧不用丫头们搀扶,自己却走得比往常飞快。紫鹃秋纹后面赶忙跟着走。黛玉出了贾母院门,只管一直走去。紫鹃连忙搀住,叫道:“姑娘往这么来。”黛玉仍是笑着,随了

过旧地花冢闻悲啼　泄机关颦儿迷本性

音，也听不出哭着叨叨的是些什么话。心里甚是疑惑，便慢慢的走去。及到了跟前，却见一个浓眉大眼的丫头在那里哭呢。黛玉未见他时还只疑府里这些大丫头有什么说不出的心事，所以来这里发泄发泄；及至见了这个丫头，却又好笑，因想到这种蠢货有什么情种，自然是那屋里作粗活的丫头受了大女子的气了。细瞧了一瞧却不认得。那丫头见黛玉来了，便也不敢再哭，站起来拭眼泪。黛玉问道："你好好的为什么在这里伤心？"那丫头听了这话，又流泪道："林姑娘你评评这个理。他们说话我又不知道，我就说错了一句话，我姐姐也不犯就打我呀！"黛玉听了，不懂他说的是什么，因笑问道："你姐姐是那一个？"那丫头道："就是珍珠姐姐。"黛玉听了，才知他是贾母屋里的。因又问："你叫什么？"那丫头道："我叫傻大姐儿。"黛玉笑了一笑，又问："你姐姐为什么打你？你说错了什么话了？"那丫头道："为什么呢，就是为我们宝二爷娶宝姑娘的事情。"黛玉听了这句话，如同一个疾雷，心头乱跳。略定了定神，便叫这丫头："你跟了我这里来。"那丫头跟着黛玉到那畸角儿上葬桃花的去处，那里僻静。黛玉因问道："宝二爷娶宝姑娘，他为什么打你呢？"傻大姐道："我们老太太和太太二奶奶商量了，因为我们老爷要起身，说就赶着往姨太太商量把宝姑娘娶过来罢。头一宗，给宝二爷冲什么喜；第二宗，"说到这里，又瞅着黛玉笑了一笑，才说道："赶着办了，还要给林姑娘说婆婆家呢。"黛玉已经听呆了。这丫头只管说道："我又不知道他们怎么商量的，不叫人吵嚷，怕宝姑娘听见害臊。我白和宝二爷屋里的袭人姐姐说了一句：'咱们明儿更热闹了，又是宝姑娘，又是宝二奶奶，这可怎么叫呢！'林姑娘，你说我这话害着珍珠姐姐什么了吗，他走过来就打了我一个嘴巴，说我混说，不遵上头的话，要撵出我去。我知道上头为什么不叫言语呢，你们又没告诉我，就打我！"说着，又哭起来。那黛玉此时心里竟是油儿酱儿糖儿醋儿倒在一处的一般，甜苦酸咸竟说不上什么味儿来了。停了一会儿，颤巍巍的说道："你别混说了。你再混说，叫人听见又要打你了。你去罢。"说着，自己转身要回潇湘馆去。那身子竟有千百斤重的，两只脚却像踩着绵花一般，早已软了。只得一步一步慢慢的走将来。走了半天还没到沁芳桥畔。原来脚下软了，走的慢；且又迷迷痴痴信着脚从那边绕过来，更添了两箭地的路。这时刚到沁芳桥畔，却又不知不觉的顺着堤往回里走起来。紫鹃取了绢子来，却不见黛前。贾母正在那里和凤姐儿商议，见王夫人进来，便问道：“袭人丫头说什么，这么鬼鬼祟祟的？”王夫人趁问便将宝玉的心事细细回明贾母。贾母听了，半日没言语。王夫人和凤姐也都不再说了。只见贾母叹道：“别的事都好说，林丫头倒没有什么。若宝玉真是这样，这可叫人作了难了。”只见凤姐想了一想，因说道：“难倒不难，只是我想了个主意，不知姑妈肯不肯。”王夫人道：“你有主意只管说给老太太听，大家娘儿们商量着办罢了。”凤姐道：“依我想这件事只有一个掉包儿的法子。”贾母道：“怎么掉包儿？”凤姐道：“如今不管宝兄弟明白不明白，大家吵嚷起来，说是老爷做主，将林姑娘配了他了。瞧他的神情儿怎么样。要是他全不管，这个包儿也就不用掉了。若是他有些喜欢的意思，这事却要大费周折呢。”王夫人道：“就算他喜欢，你怎么样办法呢？”凤姐走到王夫人耳边，如此这般的说了一遍。王夫人点了几点头儿，笑了一笑，说道：“也罢了。”贾母便问道：“你娘儿两个捣鬼，到底告诉我是怎么着呀。”凤姐恐贾母不懂，露泄机关，便也向耳边轻轻的告诉了一遍。贾母果真一时不懂，凤姐笑着又说了几句。贾母笑道：“这么着也好。可就只忒苦了宝丫头了。倘或吵嚷出来，林丫头又怎么样呢。”凤姐道：“这个话原只说给宝玉听，外头一概不许提起，有谁知道呢。”正说间，丫头传进话来说：“琏二爷回来了。”王夫人恐贾母问及，使个眼色与凤姐，凤姐便出来迎着贾琏努了个嘴儿，同到王夫人屋里等着去了。一回儿王夫人进来，已见凤姐哭的两眼通红。贾琏请了安，将到十里屯料理王子腾的丧事的话说了一遍，便说：“有恩旨赏了内阁的职衔，谥了文勤公。命本宗扶柩回籍。着沿途地方官员照料。昨日起身连家眷回南去了。舅太太叫我回来请安问好，说如今想不到不能进京，有多少话不能说。听见我大舅子要进京，若是路上遇见了，便叫他来到咱们这里细细的说。”王夫人听毕，其悲痛自不必言。凤姐劝慰了一番，“请太太略歇一歇，晚上来再商量宝玉的事罢。”说毕，同了贾琏回到自己房中，告诉了贾琏叫他派人收拾新房。不提。

一日黛玉早饭后带着紫鹃到贾母这边来，一则请安，二则也为自己散散闷。出了潇湘馆走了几步，忽然想起忘了手绢子来，因叫紫鹃回去取来，自己却慢慢的走着等他。刚走到沁芳桥那边山石背后，当日同宝玉葬花之处，忽听一个人呜呜咽咽在那里哭。黛玉煞住脚听时，又听不出是谁的声

瞒消息凤姐设奇谋　受摆弄宝玉定终身

者一概不管。贾母定了主意，叫人告诉他去，贾政只说很好，此是后话。且说宝玉见过贾政，袭人扶回里间炕上。因贾政在外，无人敢与宝玉说话，宝玉便昏昏沉沉的睡去。贾母与贾政所说的话宝玉一句也没有听见。袭人等却静静儿的听得明白。头里虽也听得些风声，到底影响，只不见宝钗过来，却也有些信真。今日听了这些话，心里方才水落归漕，倒也喜欢。心里想道："果然上头的眼力不错，这才配得是。我也造化。若他来了，我可以卸了好些担子。但是这一位的心里只有一个林姑娘，幸亏他没有听见，若知道了又不知要闹到什么分儿了。"袭人想到这里，转喜为悲，心想："这件事怎么好？老太太太太那里知道他们心里的事。一时高兴说给他知道，原想要他病好。若是他仍似前的心事，初见林姑娘便要摔玉砸玉；况且那年夏天在园里把我当作林姑娘，说了好些私心话；后来因为紫鹃说了句玩话儿便哭得死去活来。若是如今和他说要娶宝姑娘，竟把林姑娘撂开，除非是他人事不知还可；若稍明白些，只怕不但不能冲喜，竟是催命了。我再不把话说明，那不是一害三个人了么。"袭人想定主意，等待贾政出去，叫秋纹照看着宝玉，便从里间出来，走到王夫人身旁，悄悄的请了王夫人到贾母后身屋里去说话。贾母只道是宝玉有话，也不理会，还在那里打算怎么过礼，怎么娶亲。那袭人同了王夫人到了后间，便跪下哭了。王夫人不知何意，把手拉着他说："好端端的，这是怎么说！有什么委屈起来说。"袭人道："这话奴才是不该说的，这会子因为没有法儿了。"王夫人道："你慢慢的说。"袭人道："宝玉的亲事老太太太太已定了宝姑娘了，自然是极好的一件事。只是奴才想着，太太看去宝玉和宝姑娘好还是和林姑娘好呢？"王夫人道："他两个因从小儿在一处，所以宝玉和林姑娘又好些。"袭人道："不是好些。"便将宝玉素与黛玉这些光景一一的说了，还说："这些事都是太太亲眼见的，独是夏天的话，我从没敢和别人说。"王夫人拉着袭人道："我看外面儿已瞧出几分来了。你今儿一说更加是了。但是刚才老爷说的话想必都听见了，你看他的神情儿怎么样？"袭人道："如今宝玉若有人和他说话他就笑，没人和他说话他就睡。所以头里的话却倒都没听见。"王夫人道："倒是这件事叫人怎么样呢。"袭人道："奴才说是说了，还得太太告诉老太太想个万全的主意才好。"王夫人便道："既这么着，你去干你的。这时候满屋子的人暂且不用提起，等我瞅空儿回明老太太再作道理。"说着仍到贾母跟不知道几年回来。倘或这孩子果然不好，一则年老无嗣，虽说有孙子，到底隔了一层；二则老太太最疼的是宝玉，若是有差错，可不是我的罪名更重了。”瞧瞧王夫人一包眼泪，又想到他身上。复站起来说：“老太太这么大年纪，想法儿疼孙子，做儿子的还敢违拗。老太太主意该怎么便怎么就是了。但只姨太太那边不知说明白了没有？”王夫人便道：“姨太太是早应了的，只为蟠儿的事没有结案，所以这些时总没提起。”贾政又道：“这就是第一层的难处。他哥哥在监里，妹子怎么出嫁。况且贵妃的事虽不禁婚嫁，宝玉应照已出嫁的姐姐有九个月的功服，此时也难娶亲。再者我的起身日期已经奏明，不敢耽搁，这几天怎么办呢？”贾母想了一想：“说的果然不错。若是等这几件事过去，他父亲又走了。倘或这病一天重似一天怎么好。只可越些礼办了才好。”想定主意，便说道：“你若给他办呢，我自然有个道理，包管都碍不着。姨太太那边我和你媳妇亲自过去求他。蟠儿那里我央蝌儿去告诉他，说是要救宝玉的命，诸事将就，自然应的。若说服里娶亲，当真使不得，况且宝玉病着也不可教他成亲，不过是冲冲喜。我们两家愿意，孩子们又有金玉的道理，婚是不用合的了，即挑了好日子，按着咱们家分儿过了礼，赶着挑个娶亲日子，一概鼓乐不用，倒按宫里的样子，用十二对提灯，一乘八人轿子抬了来，照南边规矩拜了堂，一样坐床撒帐，可不是算娶了亲了么。宝丫头心地明白，是不用虑的。内中又有袭人，也还是个妥妥当当的孩子。再有个明白人常劝他更好。他又和宝丫头合的来。再者，姨太太曾说宝丫头的金锁也有个和尚说过，只等有玉的便是婚姻。焉知宝丫头过来不因金锁倒招出他那块玉来也定不得。从此一天好似一天，岂不是大家的造化。这会子只要立刻收拾屋子，铺排起来。这屋子是要你派的。一概亲友不请，也不排筵席，待宝玉好了过了功服然后再摆席请人。这么着都赶的上。你也看见了他们小两口儿的事，也好放心的去。”贾政听了原不愿意，只是贾母做主，不敢违命，勉强陪笑说道：“老太太想得极是，也很妥当。只是要吩咐家下众人不许吵嚷得里外皆知，这要耽不是的。姨太太那边只怕不肯，若是果真应了也只好按着老太太的主意办去。”贾母道：“姨太太那里有我呢。你去罢。”贾政答应出来，心中好不自在。因赴任事多，部里领凭，亲友们荐人，种种应酬不绝，竟把宝玉的事听凭贾母交与王夫人凤姐儿了。惟将荣禧堂后身王夫人内屋旁边一大跨所二十馀间房屋指与宝玉，馀

“说是在枢密张老爷家听见的。”王夫人怔了半天，那眼泪早流下来了。因拭泪说道：“回来再叫琏儿索性打听明白了来告诉我。”凤姐答应去了。王夫人不免暗里落泪，悲女哭弟，又为宝玉耽忧：如此连三接二都是不随意的事，那里搁得住，便有些心口疼痛起来。又加贾琏打听明白了来说道：“舅太爷是赶路劳乏，偶然感冒风寒，到了十里屯地方延医调治。无奈这个地方没有名医，误用了药，一剂就死了。但不知家眷可到了那里没有。”王夫人听了，一阵心酸，便心口疼得坐不住，叫彩云等扶了上炕，还扎挣着叫贾琏去回了贾政，“即速收拾行装迎到那里，帮着料理完毕，即刻回来告诉我们。好叫你媳妇儿放心。”贾琏不敢违拗，只得辞了贾政起身。贾政早已知道，心里很不受用；又知宝玉失玉以后神志惛愦，医药无效；又值王夫人心疼。那年正值京察，工部将贾政保列一等，二月，吏部带领引见。皇上念贾政勤俭谨慎，即放了江西粮道。即日谢恩，已奏明起程日期。虽有众亲朋贺喜，贾政也无心应酬。只念家中人口不宁，又不敢耽延在家。正在无计可施，只听见贾母那边叫请老爷，贾政即忙进去。看见王夫人带着病也在那里。便向贾母请了安。贾母叫他坐下，便说：“你不日就要赴任，我有多少话与你说，不知你听不听。”说着，掉下泪来。贾政忙站起来说道：“老太太有话只管吩咐，儿子怎敢不遵命呢。”贾母哽咽着说道：“我今年八十一岁的人了，你又要做外任去，偏有你大哥在家，你又不能告亲老。你这一去了，我所疼的只有宝玉，偏偏的又病得糊涂，还不知道怎么样呢。我昨日叫赖升媳妇出去叫人给宝玉算算命，这先生算得好灵，说要娶了金命的人帮扶他，必要冲冲喜才好。不然只怕保不住。我知道你不信那些话，所以教你来商量。你的媳妇也在这里，你们两个也商量商量，还是要宝玉好呢，还是随他去呢？”贾政陪笑说道：“老太太当初疼儿子这么疼的，难道做儿子的就不疼自己的儿子不成么！只为宝玉不上进，所以时常恨他，也不过是恨铁不成钢的意思。老太太既要给他成家，这也是该当的，岂有逆着老太太不疼他的理。如今宝玉病着，儿子也是不放心。因老太太不叫他见我，所以儿子也不敢言语。我到底瞧瞧宝玉是个什么病。”王夫人见贾政说着也有些眼圈儿红，知道心里是疼的，便叫袭人扶了宝玉来。宝玉见了他父亲，袭人叫他请安，他便请了个安。贾政见他脸面很瘦，目光无神，大有疯傻之状，便叫人扶了进去。便想到：“自己也是望六的人了，如今又放外任，

第九十六回
瞒消息凤姐设奇谋　泄机关颦儿迷本性

话说贾琏拿了那块假玉，忿忿走出，到了书房。那个人看见贾琏的气色不好，心里先发了虚了，连忙站起来迎着。刚要说话，只见贾琏冷笑道："好大胆，我把你这个混帐东西！这里是什么地方儿你敢来掉鬼！"回头便问："小厮们呢？"外头轰雷一般几个小厮齐声答应。贾琏道："取绳子去捆起他来。等老爷回来回明了，把他送到衙门里去。"众小厮又一齐答应："预备着呢。"嘴里虽如此，却不动身。那人先自吓的手足无措，见这般势派，知道难逃公道，只得跪下给贾琏碰头，口口声声只叫："老太爷别生气！是我一时穷极无奈，才想出这个没脸的营生来。那玉是我借钱做的，我也不敢要了，只得孝敬府里的哥儿玩罢。"说毕，又连连磕头。贾琏啐道："你这个不知死活的东西！这府里希罕你的那朽不了的浪东西！"正闹着，只见赖大进来，陪着笑向贾琏道："二爷别生气了。靠他算个什么东西。饶了他，叫他滚出去罢。"贾琏道："实在可恶！"赖大贾琏作好作歹，众人在外头都说道："糊涂狗攮的，还不给爷和赖大爷磕头呢！快快的滚罢，还等窝心脚呢！"那人赶忙磕了两个头，抱头鼠窜而去。从此街上闹动了"贾宝玉弄出假宝玉来。"

且说贾政那日拜客回来，众人因为灯节底下，恐怕贾政生气，已过去的事了便也都不肯回。只因元妃的事忙碌了好些时，近日宝玉又病着，虽有旧例家宴，大家无兴，也无有可记之事。到了正月十七日，王夫人正盼王子腾来京，只见凤姐进来回说："今日二爷在外听得有人传说我们家大老爷赶着进京，离城只二百多里地，在路上没了。太太听见了没有？"王夫人吃惊道："我没有听见。老爷昨晚也没有说起。到底在那里听见的？"凤姐道：

外头的人知道了才肯有信儿就送来呢。若是难为了这一个人，就有真的人家也不敢拿来了。”贾琏答应出去。那人还等着呢。半日不见人来，正在那里心里发虚，只见贾琏气忿忿走出来了。未知如何，下回分解。

是个财主了。别这么待理不理的。”门上听他话头来得硬，说道：“你到底略给我瞧一瞧，我好给你回去。”那人初时不肯，后来听人说得有理，便掏出那玉，托在掌中一扬说：“这是不是？”众家人原是在外服役，只知有玉，也不常见，今日才看见这玉的模样儿了。急忙跑到里头，抢头报似的。那日贾政贾赦出门，只有贾琏在家。众人回明。贾琏还细问真不真。门上人口称：“亲眼见过。只是不给奴才，要见主子，一手交银一手交玉。”贾琏却也喜欢，忙去禀知王夫人，即便回明贾母。把个袭人乐得合掌念佛。贾母并不改口，一叠连声：“快叫琏儿请那人到书房内坐下，将玉取来一看，即便送银。”贾琏依言，请那人进来，当客待他，用好言道谢，要借这玉送到里头本人见了，谢银分厘不短。那人只得将一个红绸子包儿送过去。贾琏打开一看，可不是那一块晶莹美玉吗！贾琏素昔原不理论，今日倒要看看。看了半日，上面的字也仿佛认得出来，什么“除邪祟”等字。贾琏看了，喜之不胜，便叫家人伺候，忙忙的送与贾母王夫人认去。这会子惊动了合家的人，都等着争看。凤姐见贾琏进来，便劈手夺去，不敢先看，送到贾母手里。贾琏笑道：“你这么一点儿事还不叫我献功呢。”贾母打开看时，只见那玉比先前昏暗了好些。一面用手擦摸，鸳鸯拿上眼镜儿来戴着一瞧，说：“奇怪，这块玉倒是的，怎么把头里的宝色都没了呢？”王夫人看了一会子，也认不出，便叫凤姐过来看。凤姐看了，道：“像倒像，只是颜色不大对。不如叫宝兄弟自己一看就知道了。”袭人在旁也看着未必是那一块，只是盼得的心盛，也不敢说出不像来。凤姐于是从贾母手中接过来，同着袭人拿来给宝玉瞧。这时宝玉正睡着才醒，凤姐告诉道：“你的玉有了。”宝玉睡眼朦胧，接在手里也没瞧，便往地下一撂道：“你们又来哄我了。”说着只是冷笑。凤姐连忙拾起来道：“这也奇了，怎么你没瞧就知道呢。”宝玉也不答言，只管笑。王夫人也进屋里来了，见他这样，便道：“这不用说了，他那玉原是胎里带来的一种古怪东西，自然他有道理。想来这个必是人见了帖儿照样做的。”大家此时恍然大悟。贾琏在外间屋里听见这话，便说道：“既不是，快拿来给我问问他去。人家这样事他敢来鬼混！”贾母喝住道：“琏儿拿了去给他，叫他去罢。那也是穷极了的人没法儿了，所以见我们家有这样事他便想着赚几个钱也是有的。如今白白的花了钱弄了这个东西，又叫咱们认出来了。依着我不要难为他，把这玉还他，说不是我们的，赏给他几两银子。

以假混真宝玉疯颠　贾母忧孙求玉心切

如真有了，不可吝惜银子。这么一找少不得就找出来了。若是靠着咱们家几个人找，就找一辈子也不能得。”王夫人也不敢直言。贾母传话告诉贾琏，叫他速办去了。贾母便叫人：“将宝玉动用之物都搬到我那里去。只派袭人秋纹跟过来，馀者仍留园内看屋子。”宝玉听了，终不言语，只是傻笑。贾母便携了宝玉起身，袭人等搀扶出园，回到自己房中。叫王夫人坐下，看人收拾里间屋内安置。便对王夫人道：“你知道我的意思么？我为的园里人少，怡红院里的花树忽萎忽开，有些奇怪。头里仗着一块玉能除邪祟，如今此玉丢了，生恐邪气易侵，故我带他过来一块儿住着。这几天也不用叫他出去，大夫来就在这里瞧。”王夫人听说，便接口道：“老太太想的自然是。如今宝玉同着老太太住了，老太太的福气大，不论什么都压住了。”贾母道：“什么福气，不过我屋里干净些，经卷也多，都可以念念定定心神。你问宝玉好不好？”那宝玉见问，只是笑。袭人叫他说好，宝玉也就说好。王夫人见了这般光景，未免落泪，在贾母这里不敢出声。贾母知王夫人着急，便说道：“你回去罢。这里有我调停他。晚上老爷回来，告诉他不必来见我。不许言语就是了。”王夫人去后，贾母叫鸳鸯找些安神定魄的药按方吃了。不提。

且说贾政当晚回家，在车内听见道儿上人说道：“人要发财，也容易的很。”那个问道：“怎么见得？”这个人又道：“今日听见荣府里丢了什么哥儿的玉了，贴着招帖儿，上头写着玉的大小式样颜色，说有人捡了送去就给一万两银子，送信的还给五千呢！”贾政虽未听得如此真切，心内诧异，急忙赶回，便叫门上的人问起那事来。门上的人禀道：“奴才头里也不知道。今儿晌午琏二爷传出老太太的话，叫人去贴帖儿才知道的。”贾政便叹气道：“家道该衰！偏生养这么一个孽障。才养他的时候满街的谣言，隔了十几年略好了些。这会子又大张晓谕的找玉，成何道理。”说着，忙走进里头去问王夫人。王夫人便一五一十的告诉。贾政知是老太太的主意，又不敢违拗，只抱怨王夫人几句。又走出来叫瞒着老太太背地里揭了这个帖儿下来。岂知早有那些游手好闲的人揭了去了。过了些时，竟有人到荣府门上，口称送玉来。家内人们听见，喜欢的了不得，便说：“拿来我给你回去。”那人便怀内掏出赏格来，指给门上人瞧：“这不是你府上的帖子么，写明送玉来的给银一万两。二太爷，你们这会子瞧我穷，回来我得了银子就因他自己的儿子薛蟠的事焦心，只等哥哥进京便好为他出脱罪名。又知元妃已薨，虽然贾府忙乱，却得凤姐好了出来理家，也把贾家的事撂开了。只苦了袭人，虽然在宝玉跟前低声下气的伏侍劝慰，宝玉竟是不懂。袭人只有暗暗的着急而已。过了几日，元妃停灵寝庙，贾母等送殡去了几天。岂知宝玉一日呆似一日，也不发烧，也不疼痛，只是吃不像吃，睡不像睡，甚至说话都无头绪。那袭人麝月等一发慌了，回过凤姐几次。凤姐不时过来。起先道是找不着玉生气，如今看他失魂落魄的样子，只有日日请医调治。煎药吃了好几剂，只有添病的，没有减病的。及至问他那里不舒服，宝玉也不说出来。直至元妃事毕，贾母惦记宝玉，亲自到园看视。王夫人也随过来。袭人等忙叫宝玉接去请安。宝玉虽说是病，每日原起来行动。今日叫他接贾母去，他依然仍是请安，惟是袭人在旁扶着指教。贾母见了，便道："我的儿！我打谅你怎么病着，故此过来瞧你。今你依旧的模样儿，我的心放了好些。"王夫人也自然是宽心的。但宝玉并不回答，只管嘻嘻的笑。贾母等进屋坐下，问他的话，袭人教一句他说一句，大不似往常，直是一个傻子似的。贾母愈看愈疑，便说："我才进来看时不见有什么病，如今细细一瞧，这病果然不轻，竟是神魂失散的样子。到底因什么起的呢？"王夫人知事难瞒，又瞧瞧袭人怪可怜的样子，只得便依着宝玉先前的话将那往南安王府里去听戏时丢了这块玉的话悄悄的告诉了一遍。心里也彷徨的很，生恐贾母着急。并说："现在着人在四下里找寻，求签问卦都说在当铺里找，少不得找着的。"贾母听了，急得站起来，眼泪直流，说道："这件玉如何是丢得的！你们忒不懂事了！难道老爷也是撂开手的不成？"王夫人知贾母生气，叫袭人等跪下，自己敛容低首回说："媳妇恐老太太着急，老爷生气，都没敢回。"贾母咳道："这是宝玉的命根子。因丢了，所以他是这么失魂丧魄的。还了得！况是这玉满城里都知道，谁捡了去便叫你们找出来么。叫人快快请老爷，我与他说。"那时吓得王夫人袭人等俱哀告道："老太太这一生气，回来老爷更了不得了。现在宝玉病着，交给我们尽命的找来就是了。"贾母道："你们怕老爷生气，有我呢！"便叫麝月传人去请。不一时，传进话来说："老爷谢客去了。"贾母道："不用他也使得。你们便说我说的话，暂且也不用责罚下人，我便叫琏儿来，写出赏格，悬在前日经过的地方，便说有人捡得送来者，情愿送银一万两；如有知人捡得送信找得者，送银五千两。

强忍悲戚临终一顾　因讹成实元妃薨逝

等出厅分东西迎着贾母请了安，并贾政王夫人请安，大家哭泣。不提。次日早起，凡有品级的，按贵妃丧礼进内请安哭临。贾政又是工部，虽按照仪注办理，未免堂上又要周旋他些，同事又要请教他，所以两头更忙，非比从前太后与周妃的丧事了。但元妃并无所出，惟谥曰“贤淑贵妃”。此是王家制度，不必多赘。只讲贾府中男女天天进宫，忙的了不得。幸喜凤姐儿近日身子好些，还得出来照应家事；又要预备王子腾进京接风贺喜。凤姐胞兄王仁知道叔叔入了内阁，仍带家眷来京。凤姐心内喜欢，便有些心病，有这些娘家的人也便撂开，所以身子倒觉比前好了些。王夫人看见凤姐照旧办事，又把担子卸了一半。又眼见兄弟来京，诸事放心，倒觉安静些。

独有宝玉原是无职之人，又不念书，代儒学里知他家里有事，也不来管他；贾政正忙，自然没有空儿查他。想来宝玉趁此机会竟可与姊妹们天天畅乐，不料他自失了玉后，终日懒怠走动，说话也糊涂了。并贾母等出门回来，有人叫他去请安便去，没人叫他他也不动。袭人等怀着鬼胎，又不敢去招惹他，恐他生气。每天茶饭端到面前便吃，不来也不要。袭人看这光景不像是有气，竟像是有病的。袭人偷着空儿到潇湘馆告诉紫鹃，说是“二爷这么着，求姑娘给他开导开导。”紫鹃虽即告诉黛玉，只因黛玉想着亲事上头一定是自己了，如今见了他反觉不好意思，“若是他来呢，原是小时在一处的，也难不理他；若说我去找他，断断使不得。”所以黛玉不肯过来。袭人又背地里去告诉探春。那知探春心里明明知道海棠开的怪异，“宝玉”失的更奇，接连着元妃姐姐薨逝，谅家道不祥，日日愁闷，那有心肠去劝宝玉；况兄妹们男女有别，只好过来一两次。宝玉又终是懒懒的，所以也不大常来。宝钗也知失玉。因薛姨妈那日应了宝玉的亲事回去便告诉了宝钗，薛姨妈还说：“虽是你姨妈说了，我还没有应准，说等你哥哥回来再定。你愿意不愿意？”宝钗反正色的对母亲道：“妈妈这话说错了。女孩儿家的事情是父母做主的。如今我父亲没了，妈妈应该做主的。再不然问哥哥。怎么问起我来！”所以薛姨妈更爱惜他，说他虽是从小娇养惯的，却也生来的贞静。因此，在他面前反不提起宝玉了。宝钗自从听此一说，把“宝玉”两字自然更不提起了。如今虽然听见失了玉，心里也甚惊疑，倒不好问，只得听旁人说去，竟像不与自己相干的。只有薛姨妈打发丫头过来了好几次问信。

政未知。袭人等每日提心吊胆，宝玉也好几天不上学，只是怔怔的不言不语，没心没绪的。

王夫人只知他因失玉而起，也不大着意。那日正在纳闷，忽见贾琏进来请安，嘻嘻的笑道："今日听得军机贾雨村打发人来告诉二老爷，说舅太爷升了内阁大学士，奉旨来京，已定明年正月二十日宣麻。有三百里的文书去了。想舅太爷昼夜趱行，半个多月就要到了。侄儿特来回太太知道。"王夫人听说，便欢喜非常。正想娘家人少，薛姨妈家又衰败了，兄弟又在外任，照应不着。今日忽听兄弟拜相回京，王家荣耀，将来宝玉都有倚靠，便把失玉的心又略放开些了。天天专望兄弟来京。忽一天贾政进来，满脸泪痕，喘吁吁的说道："你去快禀知老太太，即刻进宫。不用多人的，是你伏侍进去。因娘娘忽得暴病，现在太监在外立等。他说太医院已经奏明痰厥，不能医治。"王夫人听说，便大哭起来。贾政道："这不是哭的时候，快快去请老太太。说得宽缓些，不要吓坏了老人家。"贾政说着，出来吩咐家人伺候。王夫人收了泪去请贾母，只说元妃有病，进去请安。贾母念佛道："怎么又病了！前番吓的我了不得，后来又打听错了。这回情愿再错了也罢。"王夫人一面回答，一面催鸳鸯等开箱取衣饰穿戴起来。王夫人赶着回到自己房中也穿戴好了，过来伺候。一时出厅上轿进宫。不提。

且说元春自选了凤藻宫后，圣眷隆重，身体发福，未免举动费力。每日起居劳乏，时发痰疾。因前日侍宴回宫，偶沾寒气，勾起旧病。不料此回甚属利害，竟至痰气壅塞，四肢厥冷。一面奏明，即召太医调治。岂知汤药不进，连用通关之剂，并不见效。内官忧虑，奏请预办后事。所以传旨命贾氏椒房进见。贾母王夫人遵旨进宫，见元妃痰塞口涎，不能言语，见了贾母，只有悲泣之状，却少眼泪。贾母进前请安，奏些宽慰的话。少时贾政等职名递进，宫嫔传奏，元妃目不能顾，渐渐脸色改变。内宫太监即要奏闻，恐派各妃看视，椒房姻戚未便久羁，请在外宫伺候。贾母王夫人怎忍便离，无奈国家制度，只得下来，又不敢啼哭，惟有心内悲戚。朝门内官员有信。不多时，只见太监出来，立传钦天监。贾母便知不好，尚未敢动，稍刻，小太监传谕出来说："贾娘娘薨逝。"是年甲寅年十二月十八日立春，元妃薨日是十二月十九日，已交卯年寅月，存年四十三岁。贾母含悲起身，只得出宫上轿回家。贾政等亦已得信，一路悲戚。到家中，邢夫人李纨凤姐宝玉

善岫烟求告栊翠庵　洁妙玉扶乩寻宝玉

强。”妙玉笑了一笑，叫道婆焚香，在箱子里找出沙盘乩架，书了符，命岫烟行礼祝告毕，起来同妙玉扶着乩。不多时，只见那仙乩疾书道：

噫！来无迹，去无踪，青埂峰下倚古松。欲追寻，山万重，入我门来一笑逢。

书毕，停了乩。岫烟便问请是何仙。妙玉道：“请的是拐仙。”岫烟录了出来，请教妙玉解识。妙玉道：“这个可不能。连我也不懂。你快拿去，他们的聪明人多着哩。”岫烟只得回来。进入院中，各人都问怎么样了。岫烟不及细说，便将所录乩语递与李纨。众姊妹及宝玉争看，都解的是：“一时要找是找不着的，然而丢是丢不了的。不知几时不找便出来了。但是青埂峰不知在那里？”李纨道：“这是仙机隐语。咱们家里那里跑出青埂峰来。必是谁怕查出，撂在有松树的山子石底下也未可定。独是‘入我门来’这句到底是入谁的门呢？”黛玉道：“不知请的是谁？”岫烟道：“拐仙。”探春道：“若是仙家的门便难入了。”袭人心里着忙，便捕风捉影的混找，没一块石底下不找到，只是没有。回到院中，宝玉也不问有无，只管傻笑。麝月着急道：“小祖宗！你到底是那里丢的，说明了我们就是受罪也在明处啊。”宝玉笑道：“我说外头丢的，你们又不依。你如今问我，我知道么！”李纨探春道：“今儿从早起闹起，已到三更来的天了。你瞧林妹妹已经掌不住各自去了。我们也该歇歇儿了，明儿再闹罢。”说着，大家散去。宝玉即便睡下。可怜袭人等哭一回想一回，一夜无眠。暂且不提。

且说黛玉先自回去，想起金石的旧话来，反自喜欢。心里说道：“和尚道士的话真个信不得。果真金玉有缘，宝玉如何能把这玉丢了呢！或者因我之事拆散他们的金玉也未可知。”想了半天，更觉安心，把这一天的劳乏竟不理会，重新倒看起书来。紫鹃倒觉身倦，连催黛玉睡下。黛玉虽躺下，又想到海棠花上，说：“这块玉原是胎里带来的，非比寻常之物，来去自有关系。若是这花主好事呢，不该失了这玉呀。看来此花开的不祥。莫非他有不吉之事？”不觉又伤起心来。又转想到喜事上头，此花又似应开，此玉又似应失。如此一悲一喜，直想到五更方睡着。次日，王夫人等早派人到当铺里去查问，凤姐暗中设法找寻。一连闹了几天，总无下落。还喜贾母贾

第九十五回
因讹成实元妃薨逝　以假混真宝玉疯颠

话说焙茗在门口和小丫头子说宝玉的玉有了，那小丫头急忙回来告诉宝玉。众人听了，都推着宝玉出去问他，众人在廊下听着。宝玉也觉放心，便走到门口，问道："你那里得了？快拿来。"焙茗道："拿是拿不来的，还得托人做保去呢。"宝玉道："你快说是怎么得的，我好叫人取去。"焙茗道："我在外头知道林爷爷去测字，我就跟了去。我听见说在当铺里找，我没等他说完，便跑到几个当铺里去。我比给他们瞧，有一家便说有。我说给我罢，那铺子里要票子。我说当多少钱，他说三百钱的也有，五百钱的也有。前儿有一个人拿这么一块玉当了三百钱去，今儿又有人也拿一块玉当了五百钱去。"宝玉不等说完，便道："你快拿三百五百钱去取了来，我们挑着看是不是。"里头袭人便啐道："二爷不用理他。我小时候儿听见我哥哥常说，有些人卖那些小玉儿，没钱用便去当。想来是家家当铺里有的。"众人正在听得诧异，被袭人一说，想了一想，倒大家笑起来，说："快叫二爷进来罢，不用理那糊涂东西了。他说的那些玉想来不是正经东西。"宝玉正笑着，只见岫烟来了。原来岫烟走到栊翠庵，见了妙玉，不及闲话，便求妙玉扶乩。妙玉冷笑几声，说道："我与姑娘来往，为的是姑娘不是势利场中的人。今日怎么听了那里的谣言，过来缠我。况且我并不晓得什么叫扶乩。"说着，将要不理。岫烟懊悔此来，"知他脾气是这么着的，一时我已说出，不好白回去。"又不好与他质证他会扶乩的话，只得陪着笑将袭人等性命关系的话说了一遍。见妙玉略有活动，便起身拜了几拜。妙玉叹道："何必为人作嫁！但是我进京以来素无人知，今日你来破例，恐将来缠绕不休。"岫烟道："我也一时不忍。知你必是慈悲的。便是将来他人求你，愿不愿在你，谁敢相家里也丢了一件不要紧的东西，林之孝必要明白，上街去找了一个测字的，那人叫做什么刘铁嘴，测了一个字，说的很明白，回来依着一找便找着了。”袭人听见，便央及林家的道：“好林奶奶，出去快求林大爷替我们问问去。”那林之孝家的答应着出去了。邢岫烟道：“若说那外头测字打卦的是不中用的。我在南边闻妙玉能扶乩，何不烦他问一问。况且我听见说这块玉原有仙机，想来问得出来。”众人都诧异道：“咱们常见的，从没有听他说起。”麝月便忙问岫烟道：“想来别人求他是不肯的，好姑娘，我给姑娘磕个头，求姑娘就去。若问出来了，我一辈子总不忘你的恩。”说着，赶忙就要磕下头去。岫烟连忙拦住。黛玉等也都怂恿着岫烟速往栊翠庵去。一面林之孝家的进来说道：“姑娘们大喜。林之孝测了字回来说，这玉是丢不了的，将来横竖有人送还来的。”众人听了，也都半信半疑。惟有袭人麝月喜欢的了不得。探春便问：“测的是什么字？”林之孝家的道：“他的话多，奴才也学不上来。记得是拈了个赏人东西的‘赏’字。那刘铁嘴也不问，便说：‘丢了东西不是？’”李纨道：“这就算好。”林之孝家的道：“他还说‘赏’字上头一个‘小’字，底下一个‘口’字，这件东西很可嘴里放得，必是个珠子宝石。”众人听了，夸赞道：“真是神仙！往下怎么说？”林之孝家的道：“他说底下‘贝’字拆开不成一个‘见’字，可不是不见了。因上头拆了‘当’字，叫快到当铺里找去。‘赏’字加一‘人’字可不是‘偿’字，只要找着当铺就有人，有了人便赎了来，可不是偿还了吗？”众人道：“既这么着，就先往左近找起，横竖几个当铺都找遍了少不得就有了。咱们有了东西再问人就容易了。”李纨道：“只要东西，那怕不问人都使得。林嫂子，烦你就把测字话快去告诉二奶奶，回了太太，先叫太太放心。就叫二奶奶快派人查去。”林家的答应了便走。众人略安了一点儿神，呆呆的等岫烟回来。正呆等，只见跟宝玉的焙茗在门外招手儿，叫小丫头子快出来。那小丫头赶忙的出去了。焙茗便说道：“你快进去告诉我们二爷和里头太太奶奶姑娘们，天大喜事！”那小丫头子道：“你快说罢，怎样这么累赘！”焙茗笑着拍手道：“我告诉姑娘，姑娘进去回了，咱们两个人都得赏钱呢。你打量什么，宝二爷的那块玉呀，我得了准信来了。”未知如何，下回分解。

寻赃证兄弟再结怨　失宝玉通灵知奇祸

事不与袭人相干，是我前日到南安王府那里听戏在路上丢了。”王夫人道：“为什么那日不找？”宝玉道：“我怕他们知道，没有告诉他们。我叫焙茗等在外头各处找过的。”王夫人道：“胡说。如今脱换衣服，不是袭人他们伏侍的么。大凡哥儿出门回来，手巾荷包短了还要个明白，何况这块玉不见了，便不问的么！”宝玉无言可答。赵姨娘听见，便得意了，忙接过口道：“外头丢了东西，也赖环儿。”话未说完，被王夫人喝道：“这里说这个，你且说那些没要紧的话！”赵姨娘便不敢言语了。还是李纨探春从实的告诉了王夫人一遍，王夫人也急得泪如雨下，索性要回明贾母去问邢夫人那边跟来的这些人去。凤姐病中也听见宝玉失玉，知道王夫人过来，料躲不住，便扶了丰儿来到园里。正值王夫人起身要走，凤姐姣怯怯的说：“请太太安。”宝玉等过来问了凤姐好。王夫人因说道：“你也听见了么，这可不是奇事吗，刚才眼错不见就丢了，再找不着。你去想想，打从老太太那边丫头起，至你们平儿，谁的手不稳，谁的心促狭。我要回了老太太认真的查出来才好。不然是断了宝玉的命根子了。”凤姐回道：“咱们家人多手杂，自古说的，‘知人知面不知心’，那里保得住谁是好的。但是一吵嚷已经都知道了，偷玉的人若叫太太查出来，明知是死无葬身之地，他着了急，反要毁坏了灭口，那时可怎么处呢。据我的糊涂想头，只说宝玉本不爱他，撂丢了也没有什么要紧。只要大家严密些，别叫老太太老爷知道。这么说了，暗暗的派人去各处察访，哄骗出来，那时玉也可得，罪名也好定。不知太太心里怎么样？”王夫人迟了半日才说道：“你这话虽也有理，但只是老爷跟前怎么瞒的过呢。”便叫环儿过来道：“你二哥哥的玉丢了，白问了你一句，怎么你就乱嚷。若是嚷破了，人家把那个毁坏了，我看你活得活不得！”贾环吓得哭道：“我再不敢嚷了。”赵姨娘听了，那里还敢言语。王夫人便吩咐众人道：“想来自然有没找到的地方儿，好端端的在家里的还怕他飞到那里去不成。只是不许声张，限袭人三天内给我找出来。要是三天找不着，只怕也瞒不住，大家那就不用过安静日子了。”说着，便叫凤姐儿跟到邢夫人那边商议踩缉。不提。这里李纨等纷纷议论，便传唤看园子的一干人来，叫把园门锁上，快传林之孝家的来，悄悄儿的告诉了他，叫他吩咐前后门上三天之内不论男女下人，从里头可以走动，要出时一概不许放出。只说里头丢了东西，待这件东西有了着落，然后放人出来。林之孝家的答应了“是”，因说：“前儿奴才

“使促狭的只有环儿。你们叫个人去悄悄的叫了他来，背地里哄着他，叫他拿出来。然后吓着他叫他不要声张，这就完了。”大家点头称是。李纨便向平儿道：“这件事还是得你去才弄得明白。”平儿答应就赶着去了。不多时，同了环儿来了。众人假意装出没事的样子，叫人沏了碗茶搁在里间屋里，众人故意搭赸走开，原叫平儿哄他。平儿便笑着向环儿道：“你二哥哥的玉丢了，你瞧见了没有？”贾环便急得紫涨了脸，瞪着眼说道：“人家丢了东西，你怎么又叫我来查问。疑我，我是犯过案的贼么！”平儿见这样子，倒不敢再问，便又陪笑道：“不是这么说，怕三爷要拿了去吓他们，所以白问问瞧见了没有，好叫他们找。”贾环道：“他的玉在他身上，看见不看见该问他，怎么问我。捧着他的人多着咧，得了什么不来问我，丢了东西就来问我。”说着，起身就走。众人不好拦他。这里宝玉倒急了，说道：“都是这个劳什子闹事，我也不要他了，你们也不用闹了。环儿一去必是嚷得满院里都知道了，这可不是闹事了么！”袭人等急得又哭道：“小祖宗，你看这玉丢了没要紧，若是上头知道了，我们这些人就要粉身碎骨了。”说着便嚎啕大哭起来。众人更加伤感。明知此事掩饰不来，只得要商议定了话回来好回贾母诸人。宝玉道：“你们竟也不用商议，硬说我砸了就完了。”平儿道：“我的爷，好轻巧话儿！上头要问为什么砸的呢，他们也是个死啊。倘或要起砸破的渣儿来，那又怎么样呢。”宝玉道：“不然，便说我前日出门丢了。”众人一想，这句话倒还混得过去。但是这两天又没上学，又没往别处去。宝玉道：“怎么没有，大前儿还到南安王府里听戏去了呢。便说那日丢的。”探春道：“那也不妥。既是前儿丢的，为什么当日不来回！”众人正在胡思乱想，要装点撒谎，只听得赵姨娘的声儿哭着喊着走来说：“你们丢了东西自己不找，怎么叫人背地里拷问环儿。我把环儿带了来，索性交给你们这一起洑上水的，该杀该剐随你们罢！”说着将环儿一推，说：“你是个贼，快快的招罢！”气得环儿也哭喊起来。李纨正要劝解，丫头来说：“太太来了。”袭人等此时无地可容。宝玉等赶忙出来迎接。赵姨娘暂且也不敢作声，跟了出来。王夫人见众人都有惊惶之色，才信方才听见的话，便道：“那块玉真丢了么？”众人都不敢作声。王夫人走进屋里坐下，便叫袭人。慌得袭人连忙跪下，含泪要禀。王夫人道：“你起来，快快叫人细细找去。一忙乱倒不好了。”袭人哽咽难言。宝玉生恐袭人直告诉出来，便说道：“太太，这蹄子们，玩呢，到底有个玩法。把这件东西藏在那里了？别真弄丢了，那可就大家活不成了。”麝月等都正色道：“这是那里的话！玩是玩，笑是笑，这个事非同儿戏，你可别混说。你自己昏了心了，想想罢，想想搁在那里了，这会子又混赖人了。”袭人见他这般光景，不像是玩话，便着急道：“皇天菩萨，小祖宗到底你摆在那里去了？”宝玉道：“我记得明明放在炕桌上的，你们到底找啊！”袭人麝月秋纹等也不敢叫人知道，大家偷偷儿的各处搜寻。闹了大半天毫无影响。甚至翻箱倒笼，实在没处去找，便疑到方才这些人进来，不知谁捡了去了。袭人说道：“进来的谁不知道这玉是性命是的东西呢，谁敢捡了去呢。你们好歹先别声张，快到各处问去。若有姐妹们捡着吓我们玩呢，你们给他磕头要了回来；若是小丫头偷了去，问出来也不回上头，不论把什么送他换了出来都使得的。这可不是小事，真要丢了这个，比丢了宝二爷的还利害呢！”麝月秋纹刚要往外走，袭人又赶出来嘱咐道：“头里在这里吃饭的倒先别问去，找不成再惹出些风波来更不好了。”麝月等依言分头各处追问，人人不晓，个个惊疑。麝月等回来俱目瞪口呆，面面相窥。宝玉也吓怔了。袭人急的只是干哭。找是没处找，回又不敢回，怡红院里的人吓得个个像木雕泥塑一般。大家正在发呆，只见各处知道的都来了。探春叫把园门关上，先命个老婆子带着两个丫头再往各处去寻去，一面又叫告诉众人，若谁找出来重重的赏银。大家头宗要脱干系，二宗听见重赏，不顾命的混找了一遍，甚至于茅厕里都找到。谁知那块玉竟像绣花针儿一般，找了一天，总无影响。李纨急了说：“这件事不是玩的，我要说句无体的话了。”众人道：“什么呢？”李纨道：“事情到了这里，也顾不得了。现在园里除了宝玉都是女人，要求各位姐姐妹妹姑娘都要叫跟来的丫头脱了衣服，大家搜一搜。若没有，再叫丫头们去搜那些老婆子并粗使的丫头。”大家说道：“这话也说的有理。现在人多手乱，鱼龙混杂，倒是这么一来你们也洗洗清。”探春独不言语。那些丫头们也都愿意洗净自己。先是平儿起，平儿说道：“打我先搜起。”于是各人自己解怀，李纨一气儿混搜。探春嗔着李纨道：“大嫂子，你也学那起不成材料的样子来了。那个人既偷了去，还肯藏在身上。况且这件东西在家里是宝，到了外头不知道的是废物，偷他做什么！我想来必是有人使促狭。”众人听说，又见环儿不在这里，昨儿是他满屋里乱跑，都疑到他身上，只是不肯说出来。探春又道：

草木逢春当茁芽，海棠未发候偏差。
人间奇事知多少，冬月开花独我家。

贾兰恭楷誊正，呈与贾母，贾母命李纨念道：

烟凝媚色春前萎，霜浥微红雪后开。
莫道此花知识浅，欣荣预佐合欢杯。

贾母听毕，便说："我不大懂诗，听去倒是兰儿的好，环儿做得不好。都上来吃饭罢。"宝玉看见贾母喜欢，更是兴头。因想起："晴雯死的那年海棠死的，今日海棠复荣，我们院内这些人自然都好。但是晴雯不能像花的死而复生了。"顿觉转喜为悲。忽又想起前日巧姐提凤姐要把五儿补入，或此花为他而开也未可知。却又转悲为喜，依旧说笑。贾母还坐了半天，然后扶了珍珠回去了。王夫人等跟着过来。只见平儿笑嘻嘻的迎上来说："我们奶奶知道老太太在这里赏花，自己不得来，叫奴才来伏侍老太太太太们。还有两疋红，送给宝二爷包裹这花当作贺礼。"袭人过来接了，呈与贾母看。贾母笑道："偏是凤丫头行出点事儿来叫人看着又体面又新鲜，很有趣儿。"袭人笑着向平儿道："回去替宝二爷给二奶奶道谢。要有喜大家喜。"贾母听了，笑道："嗳哟，我还忘了呢！凤丫头虽病着，还是他想得到，送得也巧。"一面说着，众人就随着去了。平儿私与袭人道："奶奶说这花开得奇怪，叫你铰块红绸子挂挂，便应在喜事上去了。以后也不必只管当作奇事混说。"袭人点头答应，送了平儿出去。不提。

且说那日宝玉本来穿着一裹圆的皮袄在家歇息，因见花开，只管出来看一回，赏一回，叹一回，爱一回的，心中无数悲喜离合都弄到这株花上去了。忽然听说贾母要来，便去换了一件狐腋箭袖，罩一件元狐腿外褂出来迎接贾母。匆匆穿换，未将通灵宝玉挂上。及至后来贾母去了，仍旧换衣。袭人见宝玉脖子上没有挂着，便问："那块玉呢？"宝玉道："才刚忙乱换衣，摘下来放在炕桌上，我没有带。"袭人回看桌上并没有玉，便向各处找寻，踪影全无，吓得袭人满身冷汗。宝玉道："不用着急，少不得在屋里的。问他们就知道了。"袭人当作麝月等藏起吓他玩，便向麝月等笑着说道："小

宴海棠贾母赏花妖　乘酒兴叔侄题新咏

薛宝琴跟他姐姐家去住了；李家姐妹因见园内多事，李婶娘带了在外居住：所以黛玉今日见的只有数人。大家说笑了一回，讲究这花开得古怪。贾母道："这花儿应在三月里开的，如今虽是十一月，因节气迟，还算十月，应着小阳春的天气，这花开因为和暖是有的。"王夫人道："老太太见的多，说得是。也不为奇。"邢夫人道："我听见这花已经萎了一年，怎么这回不应时候儿开了，必有个缘故。"李纨笑道："老太太与太太说得都是。据我的糊涂想头，必是宝玉有喜事来了。此花先来报信。"探春虽不言语，心内想此花必非好兆，大凡顺者昌，逆者亡，草木知运，不时而发，必是妖孽。只不好说出来。独有黛玉听说是喜事，心里触动，便高兴说道："当初田家有荆树一棵，三个弟兄因分了家，那荆树便枯了。后来感动了他弟兄们仍旧归在一处，那荆树也就荣了。可知草木也随人的。如今二哥哥认真念书，舅舅喜欢，那棵树也就发了。"贾母王夫人听了喜欢，便说："林姑娘比方得有理。很有意思。"正说着，贾赦贾政贾环贾兰都进来看花。贾赦便道："据我的主意，把他砍去。必是花妖作怪。"贾政道："见怪不怪，其怪自败。不用砍他，随他去就是了。"贾母听见，便说："谁在这里混说！人家有喜事好处，什么怪不怪的。若有好事，你们享去；若是不好，我一个人当去。你们不许混说。"贾政听了，不敢言语，讪讪的同贾赦等走了出来。那贾母高兴，叫人传话到厨房里，快快预备酒席，大家赏花。叫"宝玉环儿兰儿各人做一首诗志喜。林姑娘的病才好，不要他费心，若高兴给你们改改。"对着李纨道："你们都陪我喝酒。"李纨答应了"是"，便笑对探春道："都是你闹的。"探春道："饶不叫我们做诗，怎么我们闹的？"李纨道："海棠社不是你起的么，如今那棵海棠也要来入社了。"大家听着都笑了。一时摆上酒菜，一面喝着，彼此都要讨老太太的欢喜，大家说些兴头话。宝玉上来斟了酒，便立成了四句诗，写出来念与贾母听道：

> 海棠何事忽摧隤，今日繁花为底开。
> 应是北堂增寿考，一阳旋复占先梅。

贾环也写了来念道：

肯应，心里只要和咱们这种人家作亲才肯。一回夸奖一回奉承，把老太太的心都说活了。”紫鹃听了一呆，便假意道：“若老太太喜欢，为什么不就给宝玉定了呢？”鸳鸯正要说出缘故，听见上头说：“老太太醒了。”鸳鸯赶着上去。紫鹃只得起身出来，回到园里。一头走，一头想道：“天下莫非只有一个宝玉？你也想他，我也想他。我们家的那一位越发痴心起来了，看他的那个神情儿，是一定在宝玉身上的了。三番五次的病，可不是为着这个是什么。这家里金的银的还闹不清，若添了一个什么傅姑娘，更了不得了。我看宝玉的心也在我们那一位的身上，听着鸳鸯的说话竟是见一个爱一个的。这不是我们姑娘白操了心了吗？”紫鹃本是想着黛玉，往下一想，连自己也不得主意了，不免掉下泪来。要想叫黛玉不用瞎操心呢，又恐怕他烦恼；若是看着他这样，又可怜见儿的。左思右想，一时烦躁起来。自己啐自己道：“你替人耽什么忧！就是林姑娘真配了宝玉，他的那性情儿也是难伏侍的。宝玉性情虽好，又是贪多嚼不烂的。我倒劝人不必瞎操心，我自己才是瞎操心呢。从今以后我尽我的心伏侍姑娘，其馀的事全不管。”这么一想，心里倒觉清净。回到潇湘馆来，见黛玉独自一人坐在炕上理从前做过的诗文词稿。抬头见紫鹃来，便问：“你到那里去了？”紫鹃道：“我今儿瞧了瞧姐妹们去。”黛玉道：“敢是找袭人姐姐去么？”紫鹃道：“我找他做什么。”黛玉一想，这话怎么顺口说了出来，反觉不好意思，便啐道：“你找谁与我什么相干！倒茶去罢。”

紫鹃也心里暗笑，出来倒茶。只听见园里的一叠声乱嚷，不知何故。一面倒茶，一面叫人去打听。回来说道：“怡红院里的海棠本来萎了几棵，也没人去浇灌他。昨日宝玉走去，瞧见枝头上好像有了苞朵儿是的。人都不信，没有理他。忽然今日开得很好的海棠花。众人诧异，都争着去看。连老太太太太都哄动了，来瞧花儿呢。所以大奶奶叫人收拾园里败叶枯枝，这些人在那里传唤。”黛玉也听见了，知道老太太来，便更了衣，叫雪雁去打听：“若是老太太来了，即来告诉我。”雪雁去不多时，便跑来说：“老太太太太好些人都来了。请姑娘就去罢。”黛玉略自照了一照镜子，掠了一掠鬓发，便扶着紫鹃到怡红院来。已见老太太坐在宝玉常卧的榻上。黛玉便说道：“请老太太安。”退后便见了邢王二夫人，回来与李纨探春惜春邢岫烟彼此问了好。只有凤姐儿因病未来；史湘云因他叔叔调任回京，接了家去；

里我原要打发他们去来着，都是你们说留着好。如今不是弄出事来了么。你竟叫赖大把那些人带去，细细的问他的本家有人没有，将文书查出，花上几十两银子，雇只船，派个妥当人送到本地，一概连文书发还了，也落得无事。若是为着一两个不好，个个都押着他们还俗，那又太造孽了。若在这里发给官媒，虽然我们不要身价，他们弄去卖钱，那里顾人的死活呢！芹儿呢，你便狠狠的说他一顿。除了祭祀喜庆，无事叫他不用到这里来，看仔细碰在老爷气头儿上，那可就吃不了兜着走了。并说与帐房儿里，把这一项钱粮档子销了。还打发个人到水月庵，说老爷的谕：除了上坟烧纸，若有本家爷们到他那里去，不许接待。若再有一点不好风声，连老姑子一并撵出去。”贾琏一一答应了，出去将王夫人的话告诉赖大，说：“是太太主意，叫你这么办去。办完了告诉我，去回太太。你快办去罢。回来老爷来，你也按着太太的话回去。”赖大听说，便道：“我们太太真正是个佛心。这班东西着人送回去。既是太太好心，不得不挑个好人。芹哥儿竟交给二爷开发了罢。那个贴帖儿的奴才想法儿查出来重重的收拾他才好。”贾琏点头说：“是了。”即刻将贾芹发落。赖大也赶着把女尼等领出，按着主意办去了。晚上贾政回家，贾琏赖大回明贾政。贾政本是省事的人，听了也便撂开手了。独有那些无赖之徒，听得贾府发出二十四个女孩子出来，那个不想。究竟那些人能够回家不能，未知着落，亦难虚拟。

且说紫鹃因黛玉渐好，园中无事，听见女尼等预备宫内使唤，不知何事，便到贾母那边打听打听。恰遇着鸳鸯下来闲着，坐下说闲话儿。提起女尼的事，鸳鸯诧异道：“我并没有听见。回来问问二奶奶就知道了。”正说着，只见傅试家两个女人过来请贾母的安，鸳鸯要陪了上去。那两个女人因贾母正睡晌觉，就与鸳鸯说了一声儿回去了。紫鹃问：“这是谁家差来的？”鸳鸯道：“好讨人嫌。家里有了一个女孩儿生得好些，便献宝的是的，常常在老太太面前夸他家姑娘长得怎么好，心地怎么好，礼貌上又能，说话儿又简绝，做活计儿手儿又巧，会写会算，尊长上头最孝敬的，就是待下人也是极和平的。来了就编这么一大套，常常说给老太太听。我听着很烦。这几个老婆子真讨人嫌。我们老太太偏爱听那些个话；老太太也罢了，还有宝玉，素常见了老婆子便很厌烦的，偏见了他们家的老婆子便不厌烦。你说奇不奇！前儿还来说他们姑娘现有多少人家儿来求亲，他们老爷总不

第九十四回
宴海棠贾母赏花妖　失宝玉通灵知奇祸

话说赖大带了贾芹出来，一宿无话，静候贾政回来。单是那些女尼女道重进园来，都喜欢的了不得，欲要到各处逛逛，明日预备进宫。不料赖大便吩咐了看园的婆子并小厮看守，惟给了些饭食，却是一步不准走开。那些女孩子摸不着头脑，只得坐着等到天亮。园里各处的丫头虽都知道拉进女尼们来预备宫里使唤，却也不能深知原委。到了明日早起，贾政正要下班，因堂上发下两省城工估销册子，立刻要查核，一时不能回家，便叫人回来告诉贾琏说："赖大回来，你务必查问明白。该如何办就如何办了，不必等我。"贾琏奉命，先替芹儿喜欢。又想道若是办得一点影儿都没有，又恐贾政生疑。"不如回明二太太，讨个主意办去。便是不合老爷的心，我也不至甚担干系。"主意定了，进内去见王夫人，陈说："昨日老爷见了揭帖生气，把芹儿和女尼女道等都叫进府来查办。今日老爷没空问这种不成体统的事，叫我来回太太该怎么便怎么样。我所以来请示太太，这件事如何办理。" 王夫人听了，诧异道："这是怎么说！若是芹儿这么样起来，这还成咱们家的人了么！但只是这个贴帖儿的也可恶，这些话可是混嚼说得的么。你到底问了芹儿有这件事没有呢？"贾琏道："刚才也问过了。太太想，别说他干了没有，就是干了，一个人干了混帐事也肯应承么。但只我想芹儿也不敢行此事，知道那些女孩子都是娘娘一时要叫的，倘或闹出事来怎么样呢！依侄儿的主见，要问也不难，若问出来太太怎么个办法呢？"王夫人道："如今那些女孩子在那里？"贾琏道："都在园里锁着呢。"王夫人道："姑娘们知道不知道？"贾琏道："大约姑娘们也都知道是预备宫里头的话，外头并没提起别的来。"王夫人道："很是。这些东西一刻也是留不得的。头出去。到了没人的地方儿，又给赖大磕头。赖大说："我的小爷，你太闹的不像了。不知得罪了谁，闹出这个乱儿。你想想谁和你不对罢。"贾芹想了一想，忽然想起一个人来。未知是谁，下回分解。

水月庵掀翻风月案　贾存周怒斥不肖郎

进来。凤姐欲待问他，见贾琏一脸的怒气，暂且装作不知。贾琏饭没吃完，旺儿来说："外头请爷呢。赖大回来了。"贾琏道："芹儿来了没有？"旺儿道："也来了。"贾琏便道："你去告诉赖大，说老爷上班儿去了，把这些个女孩子暂且收在园里。明日等老爷回来送进宫去。只叫芹儿在内书房等着我。"旺儿去了。贾芹走进书房，只见那些下人指指点点，不知说什么。看起这个样儿来不像宫里要人。想着问人，又问不出来。正在心里疑惑，只见贾琏走出来。贾芹便请了安，垂手侍立，说道："不知道娘娘宫里即刻传那些孩子们做什么，叫侄儿好赶。幸喜侄儿今儿送月钱去，还没有走，便同着赖大来了。二叔想来是知道的。"贾琏道："我知道什么！你才是明白的呢！"贾芹摸不着头脑儿，也不敢再问。贾琏道："你干得好事！把老爷都气坏了。"贾芹道："侄儿没有干什么。庵里月钱是月月给的，孩子们经忏是不忘记的。"贾琏见他不知，又是平素常在一处玩笑的，便叹口气道："打嘴的东西！你各自去瞧瞧罢！"便从靴掖儿里头拿出那个揭帖来，扔与他瞧。贾芹拾来一看，吓得面如土色，说道："这是谁干的！我并没得罪人，为什么这么坑我！我一月送钱去只走一趟，并没有这些事。若是老爷回来打着问我，侄儿便该死了。我母亲知道，更要打死。"说着，见没人在旁边，便跪下去说道："好叔叔，救我一救儿罢。"说着，只管磕头，满眼流泪。贾琏想道："老爷最恼这些，要是问准了有这些事，这场气也不小。闹出去也不好听，又长那个贴帖儿的人的志气了。将来咱们的事多着呢。倒不如趁着老爷上班儿，和赖大商量着，若混过去就可以没事了。现在没有对证。"想定主意，便说："你别瞒我，你干的鬼鬼祟祟的事你打谅我都不知道呢！若要完事，就是老爷打着问你，你一口咬定没有才好。没脸的，起去罢！"叫人去唤赖大。不多时，赖大来了。贾琏便与他商量。赖大说："这芹大爷本来闹的不像了。奴才今儿到庵里的时候，他们正在那里喝酒呢。帖儿上的话是一定有的。"贾琏道："芹儿你听，赖大还赖你不成！"贾芹此时红涨了脸，一句也不敢言语。还是贾琏拉着赖大，央他："护庇护庇罢，只说是芹哥儿在家里找来的。你带了他去，只说没有见我。明日你求老爷也不用问那些女孩子了，竟是叫了媒人来领了去一卖完事。果然娘娘再要的时候儿，咱们再买。"赖大想来闹也无益，且名声不好，就应了。贾琏叫贾芹："跟了赖大爷去罢，听着他教你。你就跟着他。"说罢，贾芹又磕了一个头，跟着赖大里赖大爷来了。”众女尼忙乱收拾,便叫贾芹躲开。贾芹因多喝了几杯,便道:“我是送月钱来的,怕什么！”话犹未完,已见赖大进来,见这般样子,心里大怒。为的是贾政吩咐不许声张,只得含糊装笑道:“芹大爷也在这里呢么。”贾芹连忙站起来道:“赖大爷,你来作什么？”赖大说:“大爷在这里更好。快快叫沙弥道士收拾上车进城,宫里传呢。”贾芹等不知缘故,还要细问。赖大说:“天已不早了,快快的好赶进城。”众女孩子只得一齐上车。赖大骑着大走骡押着赶进城。不提。却说贾政知道这事,气得衙门也不能上了,独坐在内书房叹气。贾琏也不敢走开。忽见门上的进来禀道:“衙门里今夜该班是张老爷,因张老爷病了,有知会来请老爷补一班。”贾政正等赖大回来要办贾芹,此时又要该班,心里纳闷,也不言语。贾琏走上去说道:“赖大是饭后出去的,水月庵离城二十来里,就赶进城也得二更天。今日又是老爷的帮班,请老爷只管去。赖大来了,叫他押着,也别声张。等明儿老爷回来再发落。倘或芹儿来了,也不用说明,看他明儿见了老爷怎么样说。”贾政听来有理,只得上班去了。贾琏抽空才要回到自己房中,一面走着,心里抱怨凤姐出的主意,欲要埋怨,因他病着,只得隐忍,慢慢的走着。且说那些下人一人传十,传到里头。先是平儿知道,即忙告诉凤姐。凤姐因那一夜不好,恹恹的总没精神,正是惦记铁槛寺的事情。听说外头贴了匿名揭帖的一句话,吓了一跳,忙问贴的是什么。平儿随口答应,不留神就错说了,道:“没要紧,是馒头庵里的事情。”凤姐本是心虚,听见馒头庵的事情,这一吓直吓怔了,一句话没说出来,急火上攻,眼前发晕,咳嗽了一阵,哇的一声吐出一口血来。平儿慌了,说道:“水月庵里,不过是女沙弥女道士的事,奶奶着什么急。”凤姐听是水月庵,才定了定神,说道:“呸,糊涂东西！到底是水月庵呢,是馒头庵？”平儿笑道:“是我头里错听了是馒头庵,后来听见不是馒头庵是水月庵。我刚才也就说溜了嘴,说成馒头庵了。”凤姐道:“我就知道是水月庵。那馒头庵与我什么相干！原是这水月庵是我叫芹儿管的,大约尅扣了月钱。”平儿道:“我听着不像月钱的事,还有些腌脏话呢。”凤姐道:“我更不管那个。你二爷那里去了？”平儿说:“听见老爷生气,他不敢走开。我听见事情不好,我吩咐这些人不许吵嚷。不知太太们知道了么。但听见说老爷叫赖大拿这些女孩子去了。且叫个人前头打听打听。奶奶现在病着,依我竟先别管他们的闲事。”正说着,只见贾琏一面洗。刚才李德揭了一张给奴才瞧，就是那门上贴的话。奴才们不敢隐瞒。”说着，呈上那帖儿。贾政接来看时，上面写着：

西贝草斤年纪轻，水月庵里管尼僧。
一个男人多少女，窝娼聚赌是陶情。
不肖子弟来办事，荣国府内出新闻。

贾政看了，气得头昏目晕。赶着叫门上的人不许声张，悄悄叫人往宁荣两府靠近的夹道子墙壁上再去找寻。随即叫人去唤贾琏出来。贾琏即忙赶至，贾政忙问道：“水月庵中寄居的那些女尼女道，向来你也查考查考过没有？”贾琏道：“没有。一向都是芹儿在那里照管。”贾政道：“你知道芹儿照管得来照管不来？”贾琏道：“老爷既这么说，想来芹儿必有不妥当的地方儿。”贾政叹道：“你瞧瞧这个帖儿写的是什么！”贾琏一看，道：“有这样事么！”正说着，只见贾蓉走来，拿着一封书子，写着：“二老爷密启”。打开看时，也是无头榜一张，与门上所贴的话相同。贾政道：“快叫赖大带了三四辆车子到水月庵里去，把那些女尼女道士一齐拉回来。不许泄漏，只说里头传唤。”赖大领命去了。且说水月庵中小女尼女道士等初到庵中，沙弥与道士原系老尼收管，日间教他些经忏。以后元妃不用，也便习学得懒怠了。那些女孩子们年纪渐渐的大了，都也有个知觉了。更兼贾芹也是风流人物，打量芳官等出家只是小孩子性儿，便去招惹他们。那知芳官竟是真心，不能上手，便把这心肠移到女尼女道士身上。因那小沙弥中有个名叫沁香的和女道士中有个叫做鹤仙的，长得都甚妖娆，贾芹便和这两个人勾搭上了。闲时便学些丝弦，唱个曲儿。那时正当十月中旬，贾芹给庵中那些人领了月例银子，便想起法儿来，告诉众人道：“我为你们领月钱不能进城，又只得在这里歇着。怪冷的，怎么样？我今儿带些果子酒，大家吃着乐一夜好不好？”那些女孩子都高兴，便摆起桌子，连本庵的女尼也叫了来。惟有芳官不来。贾芹喝了几杯，便说道要行令。沁香等道：“我们都不会，倒不如搳拳罢。谁输了喝一杯，岂不爽快！”本庵的女尼道：“这天刚过晌午，混嚷混喝的不像。且先喝几钟，爱散的先散去。谁爱陪芹大爷的回来晚上尽子喝去，我也不管。”正说着，只见道婆急忙进来说：“快散了罢，府

无心语正中有心人　甄家仆投靠贾家门

爷安。”贾政回问了甄老爷的好，便把他上下一瞧，但见包勇身长五尺有零，肩背宽肥，浓眉曝眼，磕额长髯，气色粗黑，垂着手站着。便问道：“你是向来在甄家的，还是住过几年的？”包勇道：“小的向在甄家的。”贾政道：“你如今为什么要出来呢？”包勇道：“小的原不肯出来，只是家爷再四叫小的出来。说是别处你不肯去，这里老爷家里只当原在自己家里一样的。所以小的来的。”贾政道：“你们老爷不该有这事情，弄到这样的田地。”包勇道：“小的本不敢说，我们老爷只是太好了，一味的真心待人，反倒招出事来。”贾政道：“真心是最好的了。”包勇道：“因为太真了，人人都不喜欢。讨人厌烦是有的。”贾政笑了一笑道：“既这样，皇天自然不负他的。”包勇还要说时，贾政又问道：“我听见说你们家的哥儿不是也叫宝玉么？”包勇道：“是。”贾政道：“他还肯向上巴结么？”包勇道：“老爷若问我们哥儿，倒是一段奇事。哥儿的脾气也和我家老爷一个样子，也是一味的诚实。从小儿只管和那些姐妹们在一处玩，老爷太太也狠打过几次，他只是不改。那一年太太进京的时候儿，哥儿大病了一场，已经死了半日，把老爷几乎急死，装里都预备了。幸喜后来好了，嘴里说道走到一座牌楼那里，见了一个姑娘，领着他到了一座庙里，见了好些柜子，里头见了好些册子。又到屋里见了无数女子，说是多变了鬼怪似的，也有变做骷髅儿的。他吓急了，便哭喊起来。老爷知他醒过来了，连忙调治，渐渐的好了。老爷仍叫他在姐妹们一处玩去，他竟改了脾气了，好着时候的玩意儿一概都不要了，惟有念书为事。就有什么人来引诱他，他也全不动心。如今渐渐的能够帮着老爷料理些家务了。”贾政默然想了一回道：“你去歇歇去罢，等这里用着你时自然派你一个行次儿。”包勇答应着退下来，跟着这里人出去歇息。不提。

一日，贾政早起刚要上衙门，看见门上那些人在那里交头接耳，好像要使贾政知道的是的；又不好明回，只管咕咕唧唧的说话。贾政叫上来问道：“你们有什么事这么鬼鬼祟祟的？”门上的人回道：“奴才们不敢说。”贾政道：“有什么事不敢说的？”门上的人道：“奴才今儿起来，开门出去，见门上贴着一张白纸上写着许多不成事体的字。”贾政道：“那里有这样的事，写的是什么？”门上的人道：“是水月庵里的腌脏话。”贾政道：“拿给我瞧。”门上的人道：“奴才本要揭下来，谁知他贴得结实，揭不下来。只得一面抄不察。诗词一道，但能传情，不能入骨。自后想要讲究讲究音律。”宝玉想出了神，忽见贾赦起身，主人不及相留。宝玉没法，只得跟了回来。到了家中，贾赦自回那边去了。宝玉来见贾政。

贾政才下衙门，正向贾琏问起拿车之事。贾琏道：“今儿叫人拿帖儿去，知县不在家。他的门上说了：‘这是本官不知道的，并无牌票出去拿车。都是那些混帐东西在外头撒野挤讹头。既是老爷府里的，我便立刻叫人去追办，包管明儿连车连东西一并送来。如有半点差迟，再行禀过本官，重重处治。此刻本官不在家，求这里老爷看破些，可以不用本官知道更好。”贾政道：“既无官票，到底是何等样人在那里作怪？”贾琏道：“老爷不知，外头都是这样。想来明儿必定送来的。”贾琏说完下来。宝玉上去见了贾政，问了几句，便叫他往老太太那里去。贾琏因为昨夜叫空了家人，出来传唤那起人，多已伺候齐全。贾琏骂了一顿，叫大管家赖升：“将各行档的花名册子拿来，你去查点查点。写一张谕帖，叫那些人知道。若有并未告假私自出去，传唤不到贻误公事的，立刻给我打了撵出去。”赖升连忙答应了几个“是”，出来吩咐了一回。家人各自留意。

过不几时，忽见有一个人头上戴着毡帽，身上穿着一身青布衣裳，脚下穿着一双撒鞋，走到门上，向众人作了个揖。众人拿眼上上下下打谅了他一番，便问他是那里来的。那人道：“我自南边甄府中来的。并有家老爷手书一封，求这里的爷们呈上尊老爷。”众人听见他是甄府来的，才站起来，让他坐下，道：“你乏了，且坐坐。我们给你回就是了。”门上一面进来回明贾政，呈上来书。贾政拆书看时，上写着：

> 世交夙好，气谊素敦。遥仰襜帷，不胜依切。弟因菲材获谴，自分万死难偿；幸邀宽宥，待罪边隅。迄今门户凋零，家人星散。所有奴子包勇，向曾使用，虽无奇技，人尚悫实。倘使得备奔走，餬口有资，屋乌之爱，感佩无涯矣。专此奉达，馀容再叙。不宣。

贾政看完，笑道：“这里正因人多，甄家倒荐人来。又不好却的。”吩咐门上：“叫他见我。且留他住下，因材使用便了。”门上出去，带进人来。见贾政便磕了三个头，起来道：“家老爷请老爷安。”自己又打个千儿，说：“包勇请老且说临安伯第二天又打发人来请，贾政告诉贾赦道：“我是衙门里有事，琏儿要在家等候拿车的事情，也不能去，倒是大老爷带宝玉应酬一天也罢了。”贾赦点头道：“也使得。”贾政遣人去叫宝玉，说：“今儿跟大爷到临安伯那里听戏去。”宝玉喜欢的了不得，便换上衣服，带了焙茗扫红锄药三个小子出来，见了贾赦，请了安，上了车，来到临安伯府里。门上人回进去，一会子出来说：“老爷请。”于是贾赦带着宝玉走入院内，只见宾客喧阗。贾赦宝玉见了临安伯，又与众宾客都见过了礼。大家坐着说笑了一回。只见一个掌班的拿着一本戏单，一个牙笏，向上打了一个千儿，说道：“求各位老爷赏戏。”先从尊位点起，挨至贾赦，也点了一出。那人回头见了宝玉，便不向别处去，竟抢步上来打个千儿道：“求二爷赏两出。”宝玉一见那人面如傅粉，唇若涂朱，鲜润如出水芙蕖，飘扬似临风玉树。原来不是别人，就是蒋玉菡。前日听得他带了小戏儿进京，也没有到自己那里。此时见了，又不好站起来，只得笑道：“你多早晚来的？”蒋玉菡把手在自己身子上一指，笑道：“怎么二爷不知道么？”宝玉因众人在坐，也难说话，只得胡乱点了一出。蒋玉菡去了，便有几个议论道：“此人是谁？”有的说：“他向来是唱小旦的，如今不肯唱小旦。年纪也大了，就在府里掌班。头里也改过小生。他也攒了好几个钱，家里已经有两三个铺子，只是不肯放下本业，原旧领班。”有的说：“想必成了家了。”有的说：“亲还没有定。他倒掌定一个主意，说是人生配偶，关系一生一世的事，不是混闹得的。不论尊卑贵贱，总要配的上他的才能。所以到如今还并没娶亲。”宝玉暗忖度道：“不知日后谁家的女孩儿嫁他。要嫁着这样的人材儿，也算是不辜负了。”那时开了戏，也有昆腔，也有高腔，也有弋腔，梆子腔，做得热闹。过了晌午，便摆开桌子吃酒。又看了一回，贾赦便欲起身。临安伯过来留道：“天色尚早。听见说蒋玉菡还有一出占花魁，他们顶好的首戏。”宝玉听了，巴不得贾赦不走。于是贾赦又坐了一会。果然蒋玉菡扮着秦小官，伏侍花魁醉后神情，把这一种怜香惜玉的意思做得极情尽致。以后对饮对唱，缠绵缱绻。宝玉这时不看花魁，只把两只眼睛独射在秦小官身上。更加蒋玉菡声音响亮，口齿清楚，按腔落板，宝玉的神魂都唱了进去了。直等这出戏进场后，更知蒋玉菡极是情种，非寻常戏子可比。因想着：“乐记上说的是：‘情动于中，故形于声；声成文谓之音。’所以知声、知音、知乐，有许多讲究。声音之原，不可

第九十三回
甄家仆投靠贾家门　水月庵掀翻风月案

却说冯紫英去后，贾政叫门上的人来吩咐道："今日临安伯那里来请吃酒，知道是什么事？"门上的人道："奴才曾问过，并没有什么喜庆事。不过南安王府里到了一班小戏子，都说是个名班，伯爷高兴，唱两天戏，请相好的老爷们瞧瞧，热闹热闹。大约不用送礼的。"说着，贾赦过来问道："明儿二老爷去不去？"贾政道："承他亲热，怎么好不去的。"说着，门上进来回道："衙门里书办来请老爷明日上衙门，有堂派的事必得早些去。"贾政道："知道了。"说着，只见两个管屯里地租子的家人走来，请了安，磕了头，旁边站着。贾政道："你们是郝家庄的？"两个答应了一声。贾政也不往下问，竟与贾赦各自说了一回话儿散了。家人等秉着手灯送过贾赦去。这里贾琏便叫那管租的人道："说你的。"那人说道："十月里的租子奴才已经赶上来了，原是明儿可到。谁知京外拿车，把车上的东西不由分说都掀在地下。奴才告诉他说是府里收租子的车，不是买卖车。他更不管这些。奴才叫车夫只管拉着走，几个衙役就把车夫混打了一顿，硬扯了两辆车去了。奴才所以先来回报，求爷打发个人到衙门里去要了来才好。再者，也整治整治这些无法无天的差役才好。爷还不知道呢，更可怜的是那买卖车，客商的东西全不顾，掀下来赶着就走。那些赶车的但说句话，打的头破血出的。"贾琏听了，骂道："这个还了得！立刻写了一个帖儿，叫家人拿去，向拿车的衙门里要车去，并车上东西。若少了一件是不依的。快叫周瑞。"周瑞不在家。又叫旺儿，旺儿晌午出去了，还没有回来。贾琏道："这些忘八羔子一个都不在家，他们终年家吃粮不管事。"因吩咐小厮们："快给我找去。"说着，也回到自己屋里睡下。不提。

有事的。”冯紫英道：“果然尊府是不怕的。一则里头有贵妃照应；二则故旧好，亲戚多；三则你家自老太太起至于少爷们，没有一个刁钻刻薄的。”贾政道：“虽无刁钻刻薄，却没有德行才情。白白的衣租食税，那里当得起。”贾赦道：“咱们不用说这些话，大家吃酒罢。”大家又喝了几杯，摆上饭来。吃毕喝茶。冯家的小厮走来，轻轻的向紫英说了一句。冯紫英便要告辞了。贾赦贾政道：“你说什么？”小厮道：“外面下雪，早已下了梆子了。”贾政叫人看时，已是雪深一寸多了。贾政道：“那两件东西你收拾好了么？”冯紫英道：“收好了。若尊府要用，价钱还自然让些。”贾政道：“我留神就是了。”紫英道：“我再听信罢。天气冷，请罢，别送了。”贾赦贾政便命贾琏送了出去。未知后事如何，下回分解。

有要买的人我便送信给你去。”冯紫英只得收拾好，坐下说些闲话。没有兴头，就要起身。贾政道：“你在我这里吃了晚饭去罢。”冯紫英道：“罢了，来了就叨扰老伯吗！”贾政道：“说那里的话。”正说着，人回：“大老爷来了。”贾赦早已进来。彼此相见，叙些寒温。不一时，摆上酒来，肴馔罗列，大家喝着酒。至四五巡后，说起洋货的话。冯紫英道：“这种货本是难消的。除非要像尊府这种人家还可消得，其馀就难了。”贾政道：“这也不见得。”贾赦道：“我们家里也比不得从前了。这回儿也不过是个空门面。”冯紫英又问：“东府珍大爷可好么？我前儿见他说起家常话儿来，提到他令郎续娶的媳妇，远不及头里那位秦氏奶奶了。如今后娶的到底是那一家的，我也没有问起。”贾政道：“我们这个侄孙媳妇儿也是这里大家，从前做过京畿道的胡老爷的女孩儿。”紫英道：“胡道长我是知道的。但是他家教上也不怎么样。也罢了，只要姑娘好就好。”贾琏道：“听得内阁里人说起，贾雨村又要升了。”贾政道：“这也好。不知准不准？”贾琏道：“大约有意思的了。”冯紫英道：“我今儿从吏部里来，也听见这样说。雨村老先生是贵本家不是？”贾政道：“是。”冯紫英道：“是有服的还是无服的？”贾政道：“说也话长。他原籍是浙江湖州府人，流寓到苏州，甚不得意。有个甄士隐和他相好，时常周济他。以后中了进士，得了榜下知县，便娶了甄家的丫头。——如今的太太不是正配。岂知甄士隐弄到零落不堪，没有找处。雨村革了职以后，——那时还与我家并未相识，——只因舍妹丈林如海林公在扬州巡盐的时候请他在家做西席，外甥女儿是他的学生。因他有起复的信要进京来，恰好外甥女儿要上来探亲，林姑老爷便托他照应上来的。还有一封荐书，托我吹嘘吹嘘。那时看他不错，大家常会。岂知雨村也奇，我家世袭起从代字辈下来宁荣两宅人口房舍以及起居事宜一概都明白，因此遂觉得亲热了。”因又笑说道：“几年间门子也会钻了。由知府推升转了御史，不过几年升了吏部侍郎，署兵部尚书。为着一件事降了三级，如今又要升了。”冯紫英道：“人世的荣枯，仕途的得失，终属难定。”贾政道：“像雨村算便宜的了。还有我们差不多的人家就是甄家。从前一样功勋，一样的世袭，一样的起居，我们也是时常往来。不多几年，他们进京来，差人到我这里请安，还很热闹。一回儿抄了原籍的家财，至今杳无音信，不知他近况若何。心下也着实惦记。看了这样，你想做官的怕不怕！”贾赦道：“咱们家是最没

冯紫英拜谒献洋货　玩母珠贾政参聚散

儿。”就在身边拿出一个锦匣子，见几重白绵裹着，揭开了绵子，第一层是一个玻璃盒子，里头金托子大红绉绸托底，上放着一颗桂圆大的珠子，光华耀目。冯紫英道：“据说这就叫做母珠。”因叫拿一个盘儿来。詹光即忙端过一个黑漆茶盘，道：“使得么？”冯紫英道：“使得。”便又向怀里掏出一个白绢包儿，将包儿里的珠子都倒在盘里散着，把那颗母珠搁在中间，将盘置于桌上。看见那些小珠子儿滴溜滴溜都滚到大珠身边来，一回儿把这颗大珠子抬高了，别处的小珠子一颗也不剩，都粘在大珠上。詹光道：“这也奇怪。”贾政道：“这是有的。所以叫做母珠，原是珠之母。”那冯紫英又回头看着他跟来的小厮道：“那个匣子呢？”那小厮赶忙捧过一个花梨木匣子来。大家打开看时，原来匣内衬着虎文锦，锦上叠着一束蓝纱。詹光道：“这是什么东西？”冯紫英道：“这叫做鲛绡帐。”在匣子里拿出来时，叠得长不满五寸，厚不上半寸。冯紫英一层一层的打开，到十来层已经桌上铺不下了。冯紫英道：“你看里头还有两摺，必得高屋里去才张得下。这就是鲛丝所织。暑热天气张在堂屋里头，苍蝇蚊子一个不能进来，又轻又亮。”贾政道：“不用全打开，怕叠起来倒费事。”詹光便与冯紫英一层一层折好收拾。冯紫英道：“这四件东西价儿也不很贵，两万银他就卖。母珠一万，鲛绡帐五千，汉宫春晓与自鸣钟五千。”贾政道：“那里买得起！”冯紫英道：“你们是个国戚，难道宫里头用不着么？”贾政道：“用的着的很多，只是那里有这些银子。等我叫人拿进去给老太太瞧瞧。”冯紫英道：“很是。”贾政便着人叫贾琏把这两件东西送到老太太那边去，并叫人请了邢王二夫人凤姐儿都来瞧着，又把两样东西一一试过。贾琏道：“他还有两件：一件是围屏，一件是乐钟。共总要卖二万银子呢。”凤姐儿接着道：“东西自然是好的，但是那里有这些闲钱。咱们又不比外任督抚要办贡。我已经想了好些年了，像咱们这种人家，必得置些不动摇的根基才好。或是祭地，或是义庄，再置些坟屋。往后子孙遇见不得意的事还是点儿底子，不到一败涂地。我的意思是这样，不知老太太老爷太太们怎么样。若是外头老爷们要买，只管买。”贾母与众人都说：“这话说的倒也是。”贾琏道：“还了他罢。原是老爷叫我送给老太太瞧，为的是宫里好进。谁说买来搁在家里！老太太还没开口，你便说了一大些丧气话。”说着，便把两件东西拿了出去，告诉了贾政说老太太不要。便与冯紫英道：“这两件东西好可好，就只没银子。我替你留心，抹死了。司棋的母亲懊悔起来，倒哭得了不得。如今坊上知道了，要报官。他急了，央我来求奶奶说个人情，他再过来给奶奶磕头。”凤姐听了诧异道：“那有这样傻丫头，偏偏的就碰见这个傻小子。怪不得那一天翻出那些东西来，他心里没事人是的，敢只是这么个烈性孩子。论起来我也没这么大工夫管他这些闲事，但只你才说的叫人听着怪可怜见儿的。也罢了，你回去告诉他，我和你二爷说，打发旺儿给他撕掳就是了。”凤姐打发那人去了，才过贾母这边来。不提。

且说贾政这日正与詹光下大棋，通局的输赢也差不多，单为着一只角儿死活未分在那里打结。门上的小厮进来回道：“外面冯大爷要见老爷。”贾政道：“请进来。”小厮出去请了，冯紫英走进门来。贾政即忙迎着。冯紫英进来在书房中坐下，见是下棋，便道：“只管下棋，我来观局。”詹光笑道：“晚生的棋是不堪瞧的。”冯紫英道：“好说，请下罢。”贾政道：“有什么事么？”冯紫英道：“没有什么话。老伯只管下棋，我也学几着儿。”贾政向詹光道：“冯大爷是我们相好的，既没事，我们索性下完了这一局再说话儿。冯大爷在旁边瞧着。”冯紫英道：“下采不下采？”詹光道：“下采的。”冯紫英道：“下采的是不好多嘴的。”贾政道：“多嘴也不妨，横竖他输了十来两银子，终久是不拿出来的。往后只好罚他做东便了。”詹光笑道：“这倒使得。”冯紫英道：“老伯和詹公对下么？”贾政笑道：“从前对下，他输了；如今让他两个子儿，他又输了。时常还要悔几着，不叫他悔他就急了。”詹光也笑道：“没有的事。”贾政道：“你试试瞧。”大家一面说笑，一面下完了。做起棋来。詹光还了棋头，输了七个子儿。冯紫英道：“这盘终吃亏在打结里头。老伯结少，就便宜了。”贾政对冯紫英道：“有罪有罪！咱们说话儿罢。”冯紫英道：“小侄与老伯久不见面，一来会会，二来因广西的同知进来引见，带了四种洋货，可以做得贡的。一件是围屏，有二十四扇隔子，都是紫檀雕刻的。中间虽说不是玉，却是绝好的硝子石，石上镂出山水人物楼台花鸟等物。一扇上有五六十个人，都是宫妆的女子。名为‘汉宫春晓’。人的眉目口鼻以及出手衣褶，刻得又清楚又细腻。点缀布置都是好的。我想尊府大观园中正厅上却可用得着。还有一个钟表，有三尺多高，也是一个小童儿拿着时辰牌，到了什么时候他就报什么时辰。里头也有些人在那里打十番的。这是两件重笨的，却还没有拿来。现在我带在这里两件却有些意思听见婆婆们先到了，自己不好落后，只得打发平儿先来告假，说是正要过来，因身上发热，过一回儿就来。贾母道："既是身上不好，不来也罢。咱们这时候很该吃饭了。"丫头们把火盆往后挪了一挪儿，就在贾母榻前一溜摆下两桌。大家序次坐下。吃了饭，依旧围炉闲谈，不须多赘。

且说凤姐因何不来，头里为着倒比邢王二夫人迟了不好意思；后来旺儿家的来回说："迎姑娘那里打发人来请奶奶安，还说并没有到上头，只到奶奶这里来。"凤姐听了纳闷，不知又是什么事，便叫那人进来，问姑娘在家好。那人道："有什么好的！奴才并不是姑娘打发来的，实在是司棋的母亲央我来求奶奶的。"凤姐道："司棋已经出去了，为什么来求我？"那人道："自从司棋出去，终日啼哭。忽然那一日他表兄来了，他母亲见了，恨得什么是的，说他害了司棋，一把拉住要打。那小子不敢言语。谁知司棋听见了，急忙出来，老着脸和他母亲道：'我是为他出来的，我也恨他没良心。如今他来了，妈要打他，不如勒死了我。'他母亲骂他：'不害臊的东西！你心里要怎么样？'司棋说道：'一个女人配一个男人。我一时失脚上了他的当，我就是他的人了，决不肯再失身给别人的。我恨他为什么这样胆小！一身作事一身当，为什么要逃！就是他一辈子不来了，我也一辈子不嫁人的。妈要给我配人，我原拚着一死的。今儿他来了，妈问他怎么样，若是他不改心，我在妈跟前磕了头，只当是我死了，他到那里我跟到那里，就是讨饭吃也是愿意的。'他妈气得了不得，便哭着骂着说：'你是我的女儿，我偏不给他，你敢怎么着！'那知道那司棋这东西糊涂，便一头撞在墙上，把脑袋撞破，鲜血直流竟死了。他妈哭着救不过来，便要叫那小子偿命。他表兄说道：'你们不用着急。我在外头原发了财，因想着他才回来的。心也算是真了。你们若不信，只管瞧。'说着，打怀里掏出一匣子金珠首饰来。他妈妈看见了便心软了，说：'你既有心，为什么总不言语？'他外甥道：'大凡女人都是水性杨花。我若说有钱，他便是贪图银钱了。如今他这为人就是难得的。我把金珠给你们，我去买棺盛殓他。'那司棋的母亲接了东西，也不顾女孩儿了，便由着外甥去。那里知道他外甥叫人抬了两口棺材来。司棋的母亲看见诧异，说怎么棺材要两口。他外甥笑道：'一口装不下，得两口才好。'司棋的母亲见他外甥又不哭，只当是他心疼的傻了。岂知他忙着把司棋收拾了，也不啼哭。眼错不见，把带的小刀子往脖子里一抹，也就说了，想来是知道的。那姜后脱簪待罪，齐国的无盐虽丑能安邦定国，是后妃里头的贤能的。若说有才的是曹大姑、班婕妤、蔡文姬、谢道韫诸人。孟光的荆钗裙布，鲍宣妻的提甕出汲，陶侃的母截发留宾，还有画荻教子的，这是不厌贫的。那苦的里头有乐昌公主破镜重圆，苏蕙的回文感主。那孝的是更多了：木兰代父从军，曹娥投水寻父的尸首等类也多，我也说不得许多。那个曹氏的引刀割鼻是魏国的故事。那守节的更多了，只好慢慢的讲。若是那些艳的：王嫱、西子、樊素、小蛮、绛仙等。妒的是秃妾发，怨洛神等类也少。文君红拂是女中的——”贾母听到这里，说：“够了，不用说了。你讲的太多，他那里还记得呢。”巧姐儿道：“二叔叔才说的，也有念过的，也有没念过的。念过的二叔叔一讲我更知道了好些。”宝玉道：“那字是自然认得的了，不用再理。明儿我还上学去呢。”巧姐儿道：“我还听见我妈妈昨儿说，我们家的小红头里是二叔叔那里的，我妈妈要了来还没有补上人呢。我妈妈想着要把什么柳家的五儿补上，不知二叔叔要不要。”宝玉听了更喜欢，笑着道：“你听你妈妈的话！要补谁就补谁罢咧，又问什么要不要呢。”因又向贾母笑道：“我瞧大妞妞这个小模样儿，又有这个聪明儿，只怕将来比凤姐姐还强呢。又比他认的字。”贾母道：“女孩儿家认得字呢，也好，只是女工针凿倒是要紧的。”巧姐儿道：“我也跟着刘妈妈学着做呢！什么扎花儿咧、拉锁子，我虽弄不好，却也学着会做几针儿。”贾母道：“咱们这样人家固然不仗着自己做，但只到底知道些，日后才不受人家的拿捏。”巧姐儿答应着“是”，还要宝玉解说《列女传》，见宝玉呆呆的，也不敢再说。你道宝玉呆的是什么，只因柳五儿要进怡红院，头一次是他病了不能进来；第二次王夫人撵了晴雯，大凡有些姿色的都不敢挑。后来又在吴贵家看晴雯去，五儿跟着他妈给晴雯送东西去，见了一面，更觉娇娜妩媚。今日亏得凤姐想着，叫他补入小红的窝儿，竟是喜出望外了。所以呆呆的想他。贾母等着那些人，见这时候还不来，又叫丫头去请，回来李纨同着他妹子，探春惜春史湘云黛玉都来了。大家请了贾母的安，众人厮见。独有薛姨妈未到，贾母又叫请去。果然姨妈带着宝琴过来。宝玉请了安，问了好。只不见宝钗邢岫烟二人，黛玉便问起：“宝姐姐为何不来？”薛姨妈假说身上不好。邢岫烟知道薛姨妈在坐，所以不来。宝玉虽见宝钗不来，心中纳闷，因黛玉来了，便把想宝钗的心暂且搁开。不多时，邢王二夫人也来了。凤姐

恤幼女宝玉讲典故　评女传巧姐慕贤良

样冷天，已经告了假，又去，倒叫学房里说，既这么着就不该告假呀。显见的是告谎假，脱滑儿。依我说，落得歇一天。就是老太太忘记了，咱们这里就不消寒了么？咱们也闹个会儿不好么。”袭人道：“都是你起头儿，二爷更不肯去了。”麝月道：“我也是乐一天是一天，比不得你要好名儿，使唤一个月再多得二两银子。”袭人啐道：“小蹄子，人家说正经话你又来胡拉混扯的了。”麝月道：“我倒不是混拉扯，我是为你。”袭人道：“为我什么？”麝月道：“二爷上学去了，你又该咕嘟着嘴想着，巴不得二爷早一刻儿回来就有说有笑的了。这会子又假撇清，何苦呢！我都看见了。”袭人正要骂他，只见老太太那里打发人来说道：“老太太说了，叫二爷明儿不用上学去呢。明儿请了姨太太来给他解闷。只怕姑娘们都来，家里的史姑娘邢姑娘李姑娘们都请了，明儿来赴什么消寒会呢。”宝玉没有听完，便喜欢道：“可不是。老太太最高兴的，明日不上学是过了明路的了。”袭人也便不言语了。那丫头回去。宝玉认真念了几天书，巴不得玩这一天。又听见薛姨妈过来，想着“宝姐姐自然也来”，心里喜欢，便说：“快睡罢。明日早些起来。”于是一夜无话。到了次日，果然一早到老太太那里请了安。又到贾政王夫人那里请了安，回明了老太太今儿不叫上学，贾政也没言语。便慢慢退出来。走了几步，便一溜烟跑到贾母房中。见众人都没来，只有凤姐那边的奶妈子带了巧姐儿跟着几个小丫头过来，给老太太请了安，说：“我妈妈先叫我来请安，陪着老太太说说话儿。妈妈回来就来。”贾母笑着道：“好孩子！我一早就起来了，等他们总不来。只有你二叔叔来了。”那奶妈子便说：“姑娘给你二叔叔请安。”宝玉也问了一声：“妞妞好。”巧姐儿道：“我昨夜听见我妈妈说，要请二叔叔去说话。”宝玉道：“说什么呢？”巧姐儿道：“我妈妈说，跟着李妈认了几年字，不知道我认得不认得。我说都认得，我认给妈妈瞧。妈妈说我瞎认，不信，说我一天尽子玩，那里认得。我瞧着那些字也不要紧，就是那《女孝经》也是容易念的。妈妈说我哄他，要请二叔叔得空儿的时候给我理理。”贾母听了，笑道：“好孩子，你妈妈是不认得字的，所以说你哄他。明儿叫你二叔叔理给他瞧瞧他就信了。”宝玉道：“你认了多少字了？”巧姐儿道：“认了三千多字，念了一本《女孝经》。半个月头里又上了《列女传》。”宝玉道：“你念了懂得吗？你要不懂，我倒是讲讲这个你听罢。”贾母道：“做叔叔的也该讲究给侄女儿听听。”宝玉道：“那文王后妃是不必

第九十二回
评女传巧姐慕贤良　玩母珠贾政参聚散

话说宝玉从潇湘馆出来，连忙问秋纹道："老爷叫我作什么？"秋纹笑道："没有叫。袭人姐姐叫我请二爷，我怕你不来，才哄你的。"宝玉听了才把心放下，因说："你们请我也罢了，何苦来吓我。"说着，回到怡红院内。袭人便问道："你这好半天到那里去了？"宝玉道："在林姑娘那边，说起薛姨妈宝姐姐的事来，便坐住了。"袭人又问道："说些什么？"宝玉将打禅语的话述了一遍。袭人道："你们再没个计较。正经说些家常闲话儿，或讲究些诗句也是好的，怎么又说到禅语上了。又不是和尚。"宝玉道："你不知道，我们有我们的禅机，别人是插不下嘴去的。"袭人笑道："你们参禅参翻了，又叫我们跟着打闷葫芦了。"宝玉道："头里我也年纪小，他也孩子气，所以我说了不留神的话他就恼了。如今我也留神，他也没有恼的了。只是他近来不常过来，我又念书，偶然到一处好像生疏了是的。"袭人道："原该这么着才是。都长了几岁年纪了，怎么好意思还像小孩子时候的样子。"宝玉点头道："我也知道。如今且不用说那个，我问你，老太太那里打发人来说什么来着没有？"袭人道："没有说什么。"宝玉道："必是老太太忘了。明儿不是十一月初一日么，年年老太太那里必是个老规矩，要办消寒会，齐打伙儿坐下喝酒说笑。我今日已经在学房里告了假了，这会子没有信儿，明日可是去不去呢。若去了呢，白白的告了假；若不去，老爷知道了，又说我偷懒。"袭人道："据我说，你竟是去的是。才念的好些儿了，又想歇着。依我说，也该上紧些才好。昨儿听见太太说，兰哥儿念书真好，他打学房里回来还各自念书作文章，天天晚上弄到四更多天才睡。你比他大多了，又是叔叔，倘或赶不上他，又叫老太太生气。倒不如明儿早起去罢。"麝月道："这里有事了，他病到那步田地，你像没事人一般，他怎么不恼呢！”宝玉道：“这样难道宝姐姐便不知我好了不成？”黛玉道：“他和你好不好我却不知，我也不过是照理而论。”宝玉听了，瞪着眼呆了半晌。黛玉看见宝玉这样光景，也不睬他，只是自己叫人添了香，又翻出书来细看了一会。只见宝玉把眉一皱，把脚一跺，道：“我想这个人生他做什么！天地间没有了我倒也干净。”黛玉道：“原是有了我，便有了人，有了人便有无数的烦恼，生出来恐怖颠倒梦想，更有许多缠碍。才刚我说的都是玩话，你不过是看见姨妈没精打采，如何便疑到宝姐姐身上去。姨妈过来原为他的官司事情，心绪不宁，那里还来应酬你。都是你自己心上胡思乱想钻入魔道里去了。”宝玉豁然开朗，笑道：“很是很是。你的性灵比我竟强远了，怨不得前年我生气的时候，你和我说过几句禅语，我实在对不上来。我虽丈六金身，还借你一茎所化。”黛玉乘此机会说道：“我便问你一句话，你如何回答？”宝玉盘着腿，合着手，闭着眼，嘬着嘴道：“讲来。”黛玉道：“宝姐姐和你好你怎么样？宝姐姐不和你好你怎么样？宝姐姐前儿和你好如今不和你好你怎么样？今儿和你好后来不和你好你怎么样？你和他好他偏不和你好你怎么样？你不和他好他偏要和你好你怎么样？”宝玉呆了半晌，忽然大笑道：“任凭弱水三千，我只取一瓢饮。”黛玉道：“瓢之漂水奈何？”宝玉道：“非瓢漂水，水自流，瓢自漂耳。”黛玉道：“水止珠沉奈何？”宝玉道：“禅心已作沾泥絮，莫向春风舞鹧鸪。”黛玉道：“禅门第一戒是不打诳语的。”宝玉道：“有如三宝。”黛玉低头不语。只听见檐外老鸹呱呱的叫了几声，便飞向东南上去。宝玉道：“不知主何吉凶？”黛玉道：“人有吉凶事，不在鸟音中。”忽见秋纹走来说道：“请二爷回去，老爷叫人到园里来问过，说二爷打学里回来了没有。袭人姐姐只说已经来了。快去罢。”吓得宝玉站起身来往外忙走，黛玉也不敢相留。未知何事，下回分解。

点顽石黛玉露机锋　布疑阵宝玉妄谈禅

必须打点才好。”王夫人又提起宝钗的事来，因说道：“这孩子也苦了。既是我家的人了，也该早些娶了过来才是。别叫他糟蹋坏了身子。”贾政道：“我也是这么想。但是他家乱忙，况且如今到了冬底，已经年近岁逼，不无各自要料理些家务。今冬且放了定，明春再过礼。过了老太太的生日就定日子娶。你把这番话先告诉薛姨太太。”王夫人答应了。到了明日，王夫人将贾政的话向薛姨妈述了，薛姨妈想着也是。到了饭后，王夫人陪着来到贾母房中，大家让了坐。贾母道：“姨太太才过来？”薛姨妈道：“还是昨儿过来的。因为晚了，没得过来给老太太请安。”王夫人便把贾政昨夜所说的话向贾母述了一遍，贾母甚喜。说着，宝玉进来了。贾母便问道：“吃了饭了没有？”宝玉道：“才打学房里回来，吃了要往学房里去，先见见老太太。又听见说姨妈来了，过来给姨妈请请安。”因问：“宝姐姐可大好了？”薛姨妈笑道：“好了。”原来方才大家正说着，见宝玉进来都煞住了。宝玉坐了坐，见薛姨妈情形不似从前亲热，“虽是此刻没有心情，也不犯大家都不言语！”满腹猜疑，自往学中去了。晚间回来，都见过了，便往潇湘馆来。掀帘进去，紫鹃接着。见里间屋内无人，宝玉道：“姑娘往那里去？”紫鹃道：“上屋里去了。知道薛姨太太过来，姑娘请安去了。二爷没有到上屋里去么？”宝玉道：“我去了来的。没有见你姑娘。”紫鹃道：“这也奇了。”宝玉问：“姑娘到底那里去了？”紫鹃道：“不定。”宝玉往外便走。刚出屋门，只见黛玉带着雪雁冉冉而来。宝玉道：“妹妹回来了。”缩身退步进来。黛玉进来，走入里间屋内，便请宝玉里头坐。紫鹃拿了一件外罩换上，然后坐下，问道：“你上去看见姨妈没有？”宝玉道：“见过了。”黛玉道：“姨妈说起我没有？”宝玉道：“不但没有说起你，连见了我也不像先时亲热。今日我问起宝姐姐病来，他不过笑了一笑，并不答言。难道怪我这两天没有去瞧他么？”黛玉笑了一笑道：“你去瞧过没有？”宝玉道：“头几天不知道。这两天知道了，也没有去。”黛玉道：“可不是。”宝玉道：“老太太不叫我去，太太也不叫我去，老爷又不叫我去，我如何敢去。若是像从前这扇小门走得通的时候，要我一天瞧他十趟也不难。如今把门堵了，要打前头过去，自然不便了。”黛玉道：“他那里知道这个缘故。”宝玉道：“宝姐姐为人是最体谅我的。”黛玉道：“你不要自己打错了主意。若论宝姐姐，更不体谅。又不是姨妈病，是宝姐姐病。向来在园中做诗赏花饮酒何等热闹，如今隔开了，你看见他家头上末下的来，留在咱们这里吃了饭再去罢。”金桂答应着，薛姨妈自去了。金桂见婆婆去了，便向夏三道：“你坐着。今日可是过了明路的了，省得我们二爷查考你。我今日还叫你买些东西，只别叫众人看见。”夏三道：“这个交给我就完了。你要什么，只要有钱，我就买得来。”金桂道：“且别说嘴。你买上了当我可不收。”说着，二人又笑了一回，然后金桂陪夏三吃了晚饭，又告诉他买的东西，又嘱咐一回，夏三自去。从此夏三往来不绝。虽有个年老的门上人，知是舅爷，也不常回，从此生出无限风波。这是后话，不表。

一日薛蟠有信寄回，薛姨妈打开叫宝钗看时，上写：

> 男在县里也不受苦，母亲放心。但昨日县里书办说府里已经准详，想是我们的情到了。岂知府里详上去，道里反驳下来。亏得县里主文相公好，即刻做了回文顶上去了。那道里却把知县申饬。现在道里要亲提，若一上去，又要吃苦。必是道里没有托到。母亲见字快快托人求道爷去。还叫兄弟快来，不然就要解道。银子短不得，火速火速。

薛姨妈听了，又哭了一场，自不必说。薛蝌一面劝慰，一面说道：“事不宜迟。”薛姨妈没法，只得叫薛蝌到县照料，命人即便收拾行李，兑了银子，家人李祥本在那里照应的，薛蝌又同了一个当中伙计连夜起程。那时手忙脚乱，虽有下人办理，宝钗又恐他们思想不到，亲来帮着。直闹至四更才歇。到底富家女子娇养惯的，心上又急，又劳苦了一会，晚上就发烧。到了明日，汤水都吃不下。莺儿去回了薛姨妈。薛姨妈急来看时，只见宝钗满面通红，身如燔灼，话都不说。薛姨妈慌了手脚，便哭得死去活来。宝琴扶着劝薛姨妈，秋菱也泪如泉涌，只管叫着。宝钗不能说话，手也不能摇动，眼干鼻塞。叫人请医调治，渐渐苏醒回来。薛姨妈等大家略略放心。早惊动荣宁两府的人，先是凤姐打发人送十香返魂丹来，随后王夫人又送至宝丹来，贾母邢王二夫人以及尤氏等都打发丫头来问候，却都不叫宝玉知道。一连治了七八天终不见效。还是他自己想起冷香丸，吃了三丸才得病好。后来宝玉也知道了，因病好了，没有瞧去。那时薛蝌又有信回来，薛姨妈看了，怕宝钗耽忧，也不叫他知道。自己来求王夫人，并述了一会子宝钗的病。薛姨妈去后，王夫人又求贾政。贾政道：“此事上头可托底下难托，我作筏子。是不是呢？”宝蟾道：“只是奶奶那么想罢咧。我倒是替奶奶难受。奶奶要真瞧二爷好，我倒有个主意。奶奶想，那个耗子不偷油呢。他也不过怕事情不密，大家闹出乱子来不好看。依我想，奶奶且别性急，时常在他身上不周不备的去处张罗张罗，他是个小叔子，又没娶媳妇儿，奶奶就多尽点心儿和他贴个好儿别人也说不出什么来。过几天他感奶奶的情，他自然要谢候奶奶。那时奶奶再备点东西儿在咱们屋里，我帮着奶奶灌醉了他，怕跑了他。他要不应，咱们索性闹起来，就说他调戏奶奶。他害怕，他自然得顺着咱们的手儿。他再不应，他也不是人，咱们也不至白丢了脸面。奶奶想怎么样？”金桂听了这话，两颧早已红晕了，笑骂道：“小蹄子，你倒偷过多少汉子的是的！怪不得大爷在家时离不开你。”宝蟾把嘴一撇，笑说道：“罢哟！人家倒替奶奶拉纤，奶奶倒往我们说这个话咧！”从此金桂一心笼络薛蝌，倒无心混闹了，家中也少觉安静。当日宝蟾自去取了酒壶，仍是稳稳重重一脸的正气。薛蝌偷眼看了，反倒后悔疑心，或者是自己错想了他们也未可知。果然如此，倒辜负了他这一番美意，保不住日后倒要和自己也闹起来，岂非自惹的呢。过了两天，甚觉安静。薛蝌遇见宝蟾，宝蟾便低头走了，连眼皮儿也不抬。遇见金桂，金桂却一盆火儿的赶着。薛蝌见这般光景，反倒过意不去。这且不表。

且说宝钗母女觉得金桂几天安静，待人忽亲热起来，一家子都为罕事。薛姨妈十分欢喜，想到必是薛蟠娶这媳妇时冲犯了什么，才败坏了这几年。目今闹出这样事来，亏得家里有钱，贾府出力，方才有了指望。媳妇儿忽然安静起来，或者是蟠儿转过运气来了也未可知。于是自己心里倒以为希有之奇。这日饭后扶了同贵过来，到金桂房里瞧瞧。走到院中，只听一个男人和金桂说话。同贵知机，便说道：“大奶奶，老太太过来了。”说着已到门口。只见一个人影儿在房门后一躲，薛姨妈一吓倒退了出来。金桂道：“太太请里头坐。没有外人，他就是我的过继兄弟。本住在屯里，不惯见人。因没有见过太太，今儿才来。还没去请太太的安。”薛姨妈道：“既是舅爷，不妨见见。”金桂叫兄弟出来，见了薛姨妈作了一个揖，问了好。薛姨妈也问了好，坐下叙起话来。薛姨妈道：“舅爷上京几时了？”那夏三道：“前月我妈没有人管家，把我过继来的。前日才进京。今日来瞧姐姐。”薛姨妈看那人不尴尬，于是略坐坐儿便起身道：“舅爷坐着罢。”回头向金桂道：“舅爷

存邪念金桂起事端　纵淫心宝蟾工设计

生许多觊觎之心。也有想插在里头做跑腿的;也有能做状子的;认得一二个书役的,要给他上下打点的;甚至有叫他在内趁钱的;也有造作谣言恐吓的:种种不一。薛蝌见了这些人远远躲避,又不敢面辞,恐怕激出意外之变。只好藏在家中听候转详。不提。

且说金桂昨夜打发宝蟾送了些酒果去探探薛蝌的消息,宝蟾回来将薛蝌的光景一一的说了。金桂见事有些不大投机,便怕白闹一场,反被宝蟾瞧不起;欲把两三句话遮饰改过口来,又可惜了这个人。心里倒没了主意,只怔怔的坐着。那知宝蟾亦知薛蟠难以回家,正欲寻个头路。因怕金桂拿他,所以不敢透漏。今见金桂所为先已开了端了,他便乐得借风使船,先弄薛蝌到手,不怕金桂不依,所以用言挑拨。见薛蝌似非无情,又不甚兜揽,一时也不敢造次。后来见薛蝌吹灯自睡,大觉扫兴,回来告诉金桂,看金桂有甚方法,再作道理。及见金桂怔怔的似乎无技可施,他也只得陪金桂收拾睡了。夜里那里睡得着,翻来覆去,想出一个法子来:不如明儿一早起来,先去取了家伙,却自己换上一两件动人的衣服,也不梳洗,越显出一番娇媚来。只看薛蝌的神情,自己反倒装出一番恼意,索性不理他。那薛蝌若有悔心,自然移船泊岸,不愁不先到手。及至见了薛蝌,仍是昨晚这般光景,并无邪僻之意,自己只得以假为真,端了碟子回来。却故意留下酒壶,以为再来搭转之地。只见金桂问道:“你拿东西去有人碰见么?”宝蟾道:“没有。”“二爷也没问你什么?”宝蟾道:“也没有。”金桂因一夜不曾睡着,也想不出一个法子来,只得回思道:“若作此事,别人可瞒,宝蟾如何能瞒。不如我分惠于他,他自然没有不尽心的。我又不能自去,少不得要他作脚,倒不如和他商量一个稳便主意。”因带笑说道:“你看二爷到底是个怎么样的人?”宝蟾道:“倒像个糊涂人。”金桂听了笑道:“你如何说起爷们来了!”宝蟾也笑道:“他辜负奶奶的心,我就说得他。”金桂道:“他怎么辜负我的心?你倒得说说。”宝蟾道:“奶奶给他好东西吃他倒不吃,这不是辜负奶奶的心么。”说着,却把眼溜着金桂一笑。金桂道:“你别胡想。我给他送东西,为大爷的事不辞劳苦,我所以敬他。又怕人说瞎话,所以问你。你这些话向我说,我不懂是什么意思。”宝蟾笑道:“奶奶别多心,我是跟奶奶的,还有两个心么。但是事情要密些,倘或声张起来,不是玩的。”金桂也觉得脸飞红了,因说道:“你这个丫头就不是个好货,想来你心里看上了,却拿

第九十一回
纵淫心宝蟾工设计　布疑阵宝玉妄谈禅

话说薛蝌正在狐疑，忽听窗外一笑，吓了一跳，心中思道："不是宝蟾，定是金桂。只不理他们，看他们有什么法儿。"听了半日，却又寂然无声。自己也不敢吃那酒果，掩上房门，刚要脱衣时，只听见窗纸上微微一响。薛蝌此时被宝蟾鬼混了一阵，心中七上八下，竟不知是如何是可。听见窗纸微响，细看时又无动静，自己反倒疑心起来。掩了怀，坐在灯前呆呆的细想。又把那果子拿了一块，翻来覆去的细看。猛回头看见窗上纸湿了一块，走过来觑着眼看时，冷不防外面往里一吹，把薛蝌吓了一大跳。听得吱吱的笑声，薛蝌连忙把灯吹灭了，屏息而卧。只听外面一个人说道："二爷为什么不喝酒吃果子就睡了？"这句话仍是宝蟾的语音。薛蝌只不作声装睡。又隔有两句话时，又听得外面似有恨声道："天下那里有这样没造化的人。"薛蝌听了是宝蟾又似是金桂的语音。这才知道他们原来是这一番意思，翻来覆去，直到五更后才睡着了。刚到天明，早有人来扣门。薛蝌忙问是谁，外面也不答应。薛蝌只得起来，开了门看时，却是宝蟾，拢着头发，掩着怀，穿一件片锦边琵琶襟小紧身，上面系一条松花绿半新的汗巾，下面并未穿裙，正露着石榴红洒花夹裤，一双新绣红鞋。原来宝蟾尚未梳洗，恐怕人见，赶早来取家伙。薛蝌见他这样打扮便走进来，心中又是一动，只得陪笑问道："怎么这样早就起来了？"宝蟾把脸红着，并不答言，只管把果子折在一个碟子里端着就走。薛蝌见他这般，知是昨晚的缘故。心里想道："这也罢了。倒是他们恼了，索性死了心，也省得来缠。"于是把心放下，唤人舀水洗脸。自己打算在家里静坐两天，一则养养心神，二则出去怕人找他。原来和薛蟠好的那些人因见薛家无人，只有薛蝌在那里办事，年纪又轻，便叫我亲自悄悄儿的送来。”说着，又笑瞅了薛蝌一眼道：“明儿二爷再别说这些话，叫人听着怪不好意思的。我们不过也是底下的人，伏侍的着大爷就伏侍的着二爷，这有何妨呢。”薛蝌一则秉性忠厚，二则到底年轻，只是向来不见金桂和宝蟾如此相待，心中想到刚才宝蟾说为薛蟠之事，也是情理，因说道：“果子留下罢。这个酒儿姐姐只管拿回去，我向来的酒上实在很有限，挤住了偶然喝一钟，平白无事是不能喝的。难道大奶奶和姐姐还不知道么。”宝蟾道：“别的我作得主，独这一件事我可不敢应。大奶奶的脾气儿二爷是知道的，我拿回去不说二爷不喝，倒要说我不尽心了。”薛蝌没法，只得留下。宝蟾方才要走，又到门口往外看看，回过头来向着薛蝌一笑，又用手指着里面说道：“他还只怕要来亲自给你道乏呢。”薛蝌不知何意，反倒讪讪的起来，因说道：“姐姐替替我谢大奶奶罢。天气寒，看凉着。再者，自己叔嫂也不必拘这些个礼。”宝蟾也不答言，笑着走了。薛蝌始而以为金桂为薛蟠之事或者真是不过意，备此酒果给自己道乏，也是有的；及见了宝蟾这种鬼鬼祟祟不尴不尬的光景，也觉了几分。却自己回心一想：“他到底是嫂子的名分，那里就有别的讲究了呢。或者宝蟾不老成，自己不好意思怎么样，却指着金桂的名儿也未可知。然而到底是哥哥的屋里人，也不好。”忽又一转念：“那金桂素性为人毫无闺阁理法，况且有时高兴，打扮得妖调非常，自以为美，又焉知不是怀着坏心呢。不然就是他和琴妹妹也有了什么不对的地方儿，所以设下这个毒法儿要把我拉在浑水里，弄一个不清不白的名儿也未可知。”想到这里，索性倒怕起来。正在不得主意的时候，忽听窗外扑哧的笑了一声，把薛蝌倒吓了一跳。未知是谁，下回分解。

悲家道薛蝌愤题诗　送果品小郎惊叵测

上，不许传进这种人来。”薛姨妈道：“又是蒋玉菡那些人哪？”薛蝌道：“蒋玉菡却倒没来，倒是别人。”薛姨妈听了薛蝌的话，不觉又伤心起来，说道：“我虽有儿，如今就像没有的了。就是上司准了，也是个废人。你虽是我侄儿，我看你还比你哥哥明白些，我这后辈子全靠你了。你自己从今后更要学好。再者，你聘下的媳妇儿家道不比往时了，人家的女孩儿出门子不是容易，再没别的想头，只盼着女婿能干，他就有日子过了。若邢丫头也像这个东西，”说着把手往里头一指道，“我也不说了。那丫头实在是个有廉耻有心计儿的，又守得贫耐得富。只是等咱们的事情过去了，早些把你们的正经事完结了，也了我一宗心事。”薛蝌道：“琴妹妹还没有出门子，这倒是太太烦心的一件事。至于这个，可算什么呢。”大家又说了一回闲话。薛蝌回到自己房中，吃了晚饭，想起邢岫烟住在贾府园中，终是寄人篱下；况且又穷，日用起居不想可知。况兼当初一路同来，模样儿性格儿都知道的。可知天意不均，如夏金桂这种人，偏教他有钱，娇养得这般泼辣；邢岫烟这种人偏教他这样受苦。阎王判命的时候不知如何判法的。想到闷来，也想吟诗一首，写出来出出胸中的闷气。又苦自己没有工夫，只得混写道：

蛟龙失水似枯鱼，两地情怀感索居。同在泥涂多受苦，不知何日向清虚。

写毕，看了一回，意欲拿来粘在壁上，又不好意思，自己沉吟道：“不要被人看见笑话。”又念了一遍，道：“管他呢，左右粘上自己看着解闷儿罢。”又看了一回，到底不好，拿来夹在书里。又想自己年纪可也不小了，家中又碰见这样飞灾横祸，不知何日了局，致使幽闺弱质弄得这般凄凉寂寞！正在那里想时，只见宝蟾推门进来，拿着一个盒子，笑嘻嘻放在桌上。薛蝌站起来让坐。宝蟾笑着向薛蝌道：“这是四碟果子，一小壶儿酒。大奶奶叫给二爷送来的。”薛蝌陪笑道：“大奶奶费心。但是叫小丫头们送来就完了，怎么又劳动姐姐呢。”宝蟾道：“好说。自家人，二爷何必说这些套话。再者，我们大爷这件事实在叫二爷操心，大奶奶久已要亲自弄点什么儿谢二爷，又怕别人多心。二爷是知道的，咱们家里都是言合意不合，送点子东西没要紧，倒没的惹人七嘴八舌的讲究。所以今日些微的弄了一两样果子，一壶酒，未必能暖和。他的被窝多半是薄的。至于房中桌上摆设的东西就是老太太拿来的,却一些不动,收拾的干干净净。凤姐心上便很爱敬他,说道:“一件衣服原不要紧,这时候冷,又是贴身的,怎么就不问一声儿呢。这撒野的奴才了不得了!”说了一回,凤姐出来各处去坐了一坐,就回去了。到了自己房中,叫平儿取了一件大红洋绉的小袄儿,一件松花色绫子一斗珠儿的小皮袄,一条宝蓝盘锦镶花绵裙,一件佛青银鼠褂子,包好叫人送去。那时岫烟被那老婆子聒噪了一场,虽有凤姐来压住,心上终是不安。想起“许多姊妹们在这里,没有一个下人敢得罪他的,独自我这里,他们言三语四,刚刚凤姐来碰见。”想来想去,终是没意思,又说不出来。正在吞声饮泣,看见凤姐那边的丰儿送衣服过来。岫烟一看,决不肯受。丰儿道:“奶奶吩咐我说,姑娘要嫌是旧衣裳,将来送新的来。”岫烟笑谢道:“承奶奶的好意,只是因我丢了衣服,他就拿来,我断不敢受。你拿回去千万谢你们奶奶,承你奶奶的情,我算领了。”倒拿个荷包给了丰儿。那丰儿只得拿了去了。不多时,又见平儿同着丰儿过来,岫烟忙迎着问了好,让了坐。平儿笑说道:“我们奶奶说,姑娘特外道的了不得。”岫烟道:“不是外道,实在不过意。”平儿道:“奶奶说,姑娘要不收这衣裳,不是嫌太旧,就是瞧不起我们奶奶。刚才说了,我要拿回去,奶奶不依我呢。”岫烟红着脸笑谢道:“这样说了,叫我不敢不收。”又让了一回茶。平儿同丰儿回去,将到凤姐那边,碰见薛家差来的一个老婆子,接着问好。平儿便问道:“你那里来的?”婆子道:“那边太太姑娘叫我来请各位太太奶奶姑娘们的安。我才刚在奶奶前问起姑娘来,说姑娘到园中去了。可是从邢姑娘那里来么?”平儿道:“你怎么知道?”婆子道:“方才听见说。真真的二奶奶和姑娘们的行事叫人感念。”平儿笑了一笑,说:“你回来坐着罢。”婆子道:“我还有事,改日再过来瞧姑娘罢。”说着走了。平儿回来,回复了凤姐,不在话下。

且说薛姨妈家中被金桂搅得翻江倒海,看见婆子回来,述起岫烟的事,宝钗母女二人不免滴下泪来。宝钗道:“都为哥哥不在家,所以叫邢姑娘多吃几天苦。如今还亏凤姐姐不错。咱们底下也得留心,到底是咱们家里人。”说着,只见薛蝌进来说道:“大哥哥这几年在外头相与的都是些什么人,连一个正经的也没有来,一起子都是些狐群狗党。我看他们那里是不放心,不过将来探探消息儿罢咧,这两天都被我干出去了。以后吩咐了门

失绵衣贫女耐嗷嘈　敬品格凤姐怜远亲

道宝玉定下宝丫头，那倒不成事了。”贾母道：“自然先给宝玉娶了亲，然后给林丫头说人家。再没有先是外人后是自己的。况且林丫头年纪到底比宝玉小两岁。依你们这样说，倒是宝玉定亲的话不许叫他知道倒罢了。”凤姐便吩咐众丫头们道：“你们听见了？宝二爷定亲的话不许混吵嚷。若有多嘴的，隄防着他的皮。”贾母又向凤姐道：“凤哥儿，你如今自从身上不大好，也不大管园里的事了。我告诉你，须得经点儿心。不但这个，就像前年那些人喝酒要钱都不是事。你还精细些，少不得多分点心儿，严紧严紧他们才好。况且我看他们也就只还服你。”凤姐答应了，娘儿们又说了一回话方各自散了。

从此凤姐常到园中照料。一日刚走进大观园，到了紫菱洲畔，只听见一个老婆子在那里嚷。凤姐走到跟前，那婆子才瞧见了，早垂手侍立，口里请了安。凤姐道：“你在这里闹什么？”婆子道：“蒙奶奶们派我在这里看守花果，我也没有差错，不料邢姑娘的丫头说我们是贼。”凤姐道：“为什么呢？”婆子道：“昨儿我们家的黑儿跟着我到这里玩了一回，他不知道，又往邢姑娘那边去瞧了一瞧，我就叫他回去了。今儿早起听见他们丫头说丢了东西了。我问他丢了什么，他就问起我来了。”凤姐道：“问了你一声也犯不着生气呀。”婆子道：“这里园子到底是奶奶家里的，并不是他们家里的。我们都是奶奶派的，贼名儿怎么敢认呢。”凤姐照脸啐了一口，厉声道：“你少在我跟前唠唠叨叨的！你在这里照看，姑娘丢了东西你们就该问哪，怎么说出这些没道理的话来。把老林叫了来，撵出他去。”丫头们答应了。只见邢岫烟赶忙出来，迎着凤姐陪笑道：“这使不得，没有的事，事情早过去了。”凤姐道：“姑娘，不是这个话。倒不讲事情，这名分上太岂有此理了。”岫烟见婆子跪在地下告饶，便忙请凤姐到里边去坐。凤姐道：“他们这种人我知道，他除了我，其馀都没上没下的了。”岫烟再三替他讨饶，只说自己的丫头不好。凤姐道：“我看着邢姑娘的分上饶你这一次。”婆子才起来，磕了头，又给岫烟磕了头，才出去了。这里二人让了坐。凤姐笑问道：“你丢了什么东西了？”岫烟笑道：“没有什么要紧的，是一件红小袄儿，已经旧了的。我原叫他们找，找不着就罢了。这小丫头不懂事，问了那婆子一声，那婆子自然不依了。这都是小丫头糊涂不懂事。我也骂了几句。已经过去了，不必再提了。”凤姐把岫烟内外一瞧，看见虽有些皮绵衣服，已是半新不旧的，是怎么说，你这样吓人？”紫鹃道：“实在头里看着不好才敢去告诉的，回来见姑娘竟好了许多，也就怪了。”贾母笑道：“你也别怪他，他懂得什么。看见不好就言语这倒是他明白的地方，小孩子家不嘴懒脚懒就好。”说了一回，贾母等料着无妨，也就去了。正是：

心病终须心药治，解铃还是系铃人。

不言黛玉病渐减退。且说雪雁紫鹃背地里都念佛。雪雁向紫鹃说道：“亏他好了。只是病的奇怪，好的也奇怪。”紫鹃道：“病的倒不怪，就只好的奇怪。想来宝玉和姑娘必是姻缘。人家说的，‘好事多磨’，又说道‘是姻缘棒打不回’。这样看起来，人心天意，他们两个竟是天配的了。再者，你想那一年我说了林姑娘要回南去，把宝玉没急死了，闹得家翻宅乱。如今一句话，又把这一个弄得死去活来。可不说的三生石上百年前结下的么。”说着，两个悄悄的抿着嘴笑了一回。雪雁又道：“幸亏好了。咱们明儿再别说了。就是宝玉娶了别的人家儿的姑娘，我亲见他在那里结亲，我也再不露一句话了。”紫鹃笑道：“这就是了。”不但紫鹃和雪雁在私下里讲究，就是众人也都知道黛玉的病也病得奇怪，好也好得奇怪，三三两两，唧唧哝哝议论着。不多几时，连凤姐儿也知道了，邢王二夫人也有些疑惑，倒是贾母略猜着了八九。那时正值邢王二夫人凤姐等在贾母房中说闲话。说起黛玉的病来，贾母道：“我正要告诉你们，宝玉和林丫头是从小儿在一处的，我只说小孩子们怕什么。以后时常听得林丫头忽然病，忽然好，都为有了些知觉了。所以我想他们若尽着搁在一块儿毕竟不成体统。你们怎么说？”王夫人听了，便呆了一呆，只得答应道：“林姑娘是个有心计儿的，至于宝玉，呆头呆脑，不避嫌疑是有的。看起外面却还都是个小孩儿形像。此时若忽然或把那一个分出园外，不是倒露了什么痕迹了么。古来说的，‘男大须婚，女大须嫁’，老太太想，倒是赶着把他们的事办办也罢了。”贾母皱了一皱眉说道：“林丫头的乖僻虽也是他的好处，我的心里不把林丫头配他也是为这点子。况且林丫头这样虚弱，恐不是有寿的。只有宝丫头最妥。”王夫人道：“不但老太太这么想，我们也是这样。但林姑娘也得给他说了人家儿才好；不然，女孩儿家长大了那个没有心事，倘或真与宝玉有些私心，若知意思。别说大太太说不好，就是大太太愿意，说那姑娘好，那大太太眼里看的出什么人来。再者，老太太心里早有了人了，就在咱们园子里的。大太太那里摸的着底呢。老太太不过因老爷的话不得不问问罢咧。又听见二奶奶说，宝玉的事老太太总是要亲上作亲的，凭谁来说亲横竖不中用。”雪雁听到这里也忘了神了，因说道：“这是怎么说，白白的送了我们这一位的命了。”侍书道：“这是从那里说起？”雪雁道：“你还不知道呢，前日都是我和紫鹃姐姐说来着，这一位听见了，就弄到这步田地了。”侍书道：“你悄悄儿的说罢，看仔细他听见了。”雪雁道：“人事都不醒了，瞧瞧罢，左不过在这一两天了。”正说着，只见紫鹃掀帘进来说：“这还了得，你们有什么话还不出去说，还在这里说。索性逼死他就完了。”侍书道：“我不信有这样奇事。”紫鹃道：“好姐姐，不是我说，你又该恼了，你懂得什么呢！懂得也不传这些舌了。”这里三个人正说着，只听黛玉忽然又嗽了一声，紫鹃连忙跑到炕沿前站着，侍书雪雁也都不言语了。紫鹃弯着腰在黛玉身后轻轻问道：“姑娘喝口水罢？”黛玉微微答应了一声。雪雁连忙倒了半钟滚白水，紫鹃接了托着。侍书也走近前来。紫鹃和他摇头儿，不叫他说话。侍书只得咽住了。站了一回，黛玉又嗽了一声，紫鹃趁势问道：“姑娘喝水呀？”黛玉又微微应了一声，那头似有欲抬之意，那里抬得起。紫鹃爬上炕去，爬在黛玉旁边，端着水试了冷热，送到唇边，扶了黛玉的头，就到碗边喝了一口。紫鹃才要拿时，黛玉意思还要喝一口，紫鹃便托着那碗不动。黛玉又喝了一口，摇摇头儿不喝了。喘了一口气，仍旧躺下。半日微微睁眼说道：“刚才说话不是侍书么？”紫鹃答应道：“是。”侍书尚未出去，因连忙过来问候。黛玉睁眼看了，点点头儿，又歇了一歇，说道：“回去问你姑娘好罢。”侍书见这番光景，只当黛玉嫌烦，只得悄悄的退出去了。原来那黛玉虽则病势沉重，心里却还明白。起先侍书雪雁说话时他也模糊听见了一半句，却只作不知，也因实无精神答理。及听了雪雁侍书的话，才明白过前头的事情原是议而未成的；又兼侍书说是凤姐说的，老太太的主意亲上作亲，又是园中住着的，非自己而谁。因此一想，阴极阳生，心神顿觉清爽许多，所以才喝了两口水，又要想问侍书的话。恰好贾母王夫人李纨凤姐听见紫鹃之言都赶着来看，黛玉心中疑团已破，自然不似先前寻死之意了。虽身体软弱，精神短少，却也勉强答应一两句了。凤姐因叫过紫鹃问道：“姑娘也不至这样，这

第九十回
失绵衣贫女耐嗷嘈　送果品小郎惊叵测

却说黛玉自立意自戕之后，渐渐不支，一日竟至绝粒。从前十几天内，贾母等轮流看望，他有时还说几句话，这两日索性不大言语。心里虽有时昏晕，却也有时清楚。贾母等见他这病不似无因而起，也将紫鹃雪雁盘问过两次。两个那里敢说。便是紫鹃欲向侍书打听消息，又怕越闹越真，黛玉更死得快了。所以见了侍书毫不提起。那雪雁是他传话弄出这样缘故来，此时恨不得长出百十个嘴来说“我没说”，自然更不敢提起。到了这一天黛玉绝粒之日，紫鹃料无指望了，守着哭了会子，因出来偷向雪雁道：“你进屋里来好好儿的守着他，我去回老太太太太和二奶奶去。今日这个光景大非往常可比了。”雪雁答应。紫鹃自去。这里雪雁正在屋里伴着黛玉，见他昏昏沉沉，小孩子家那里见过这个样儿，只打谅如此便是死的光景了，心中又痛又怕，恨不得紫鹃一时回来才好。正怕着，只听窗外脚步走响，雪雁知是紫鹃回来，才放下心了。连忙站起来，掀着里间帘子等他。只见外面帘子响处进来了一个人，却是侍书。那侍书是探春打发来看黛玉的。见雪雁在那里掀着帘子，便问道：“姑娘怎么样？”雪雁点点头儿，叫他进来。侍书跟进来见紫鹃不在屋里，瞧了瞧黛玉只剩得残喘微延，吓的惊疑不止，因问：“紫鹃姐姐呢？”雪雁道：“告诉上屋里去了。”那雪雁此时只打谅黛玉心中一无所知了，又见紫鹃不在面前，因悄悄的拉了侍书的手问道：“你前日告诉我说的什么王大爷给这里宝二爷说了亲，是真话么？”侍书道：“怎么不真！”雪雁道：“多早晚放定的？”侍书道：“那里就放定了呢。那一天我告诉你时是我听见小红说的，后来我到二奶奶那边去，二奶奶正和平姐姐说呢。说那都是门客们借着这个事讨老爷的喜欢，往后好拉拢的这样早？”黛玉道：“可不是，睡得早，所以醒得早。”紫鹃连忙起来，叫醒雪雁伺候梳洗。那黛玉对着镜子只管呆呆的自看，看了一回，那泪珠儿断断连连早已湿透了罗帕。正是：

瘦影正临春水照，卿须怜我我怜卿。

紫鹃在旁也不敢劝，只怕倒把闲话勾引旧恨来。迟了好一会，黛玉才随便梳洗了，那眼中泪渍终是不干。又自坐了一会，叫紫鹃道：“你把藏香点上。”紫鹃道：“姑娘你睡也没睡得几时，如何点香？不是要写经？”黛玉点点头儿。紫鹃道：“姑娘今日醒得太早，这会子又写经，只怕太劳神了罢。”黛玉道：“不怕。早完了早好。况且我也并不是为经，倒借着写字解解闷儿。以后你们见了我的字迹就算见了我的面儿了。”说着，那泪直流下来。紫鹃听了这话，不但不能再劝，连自己也掌不住滴下泪来。原来黛玉立定主意，自此以后有意糟蹋身子，茶饭无心，每日渐减下来。宝玉下学时也常抽空问候，只是黛玉虽有万千言语，自知年纪已大，又不便似小时可以柔情挑逗，所以满腔心事只是说不出来。宝玉欲将实言安慰，又恐黛玉生嗔，反添病症。两个人见了面，只得用浮言劝慰，真真是亲极反疏了。那黛玉虽有贾母王夫人等怜恤，不过请医调治，只说黛玉常病，那里知他的心病。紫鹃等虽知其意，也不敢说。从此一天一天的减到半月之后，肠胃日薄一日，果然粥都不能吃了。黛玉日间听见说的都似宝玉娶亲的话，看见怡红院中的人无论上下也像宝玉娶亲的光景，薛姨妈来看，黛玉不见宝钗，越发起疑心。索性不要人来看望，也不肯吃药，只要速死。睡梦之中常听见有人叫“宝二奶奶”的。一片疑心，竟成蛇影。一日竟是绝粒，粥也不喝，恹恹一息，垂毙殆尽。未知黛玉性命如何，且看下回分解。

以讹传讹风声走漏　蛇影杯弓颦卿绝粒

府家，家资也好，人才也好。”紫鹃正听时，只听得黛玉咳嗽了一声，似乎起来的光景。紫鹃恐怕他出来听见，便拉了雪雁摇摇手儿，往里望望，不见动静，才又悄悄儿的问道:“他到底怎么说来？”雪雁道:“前儿不是叫我到三姑娘那里去道谢吗，三姑娘不在屋里，只有侍书在那里。大家坐着，无意中说起宝二爷的淘气来，他说宝二爷怎么好，只会玩儿，全不像大人的样子，已经说亲了，还是这么呆头呆脑。我问他定了没有，他说是定了，是个什么王大爷做媒的，那王大爷是东府里的亲戚，所以也不用打听，一说就成了。”紫鹃侧着头想了一想:“这句话奇！”又问道:“怎么家里没有人说起？”雪雁道:“侍书也说的是老太太的意思，若一说起，恐怕宝玉野了心，所以都不提起。侍书告诉了我，又叮嘱千万不可露风说出来，只道是我多嘴。”把手往里一指，“所以他面前也不提。今日是你问起，我不犯瞒你。”正说到这里，只听鹦鹉叫唤，学着说:“姑娘回来了，快倒茶来。”倒把紫鹃雪雁吓了一跳。回头并不见有人，便骂了鹦鹉一声。走进屋内，只见黛玉喘吁吁的刚坐在椅子上。紫鹃搭赸着问茶问水。黛玉问道:“你们两个那里去了？再叫不出一个人来。”说着，便走到炕边，将身子一歪，仍旧倒在炕上，往里躺下，叫把帐子撩下。紫鹃雪雁答应出去，他两个心里疑惑方才的话只怕被他听了去了，只好大家不提。谁知黛玉一腔心事，又窃听了紫鹃雪雁的话，虽不很明白，已听得了七八分，如同将身撂在大海里一般。思前想后，竟应了前日梦中之谶。千愁万恨，堆上心来。左右打算，不如早些死了，免得眼见了意外的事情，那时反倒无趣。又想到自己没了爹娘的苦。自今以后把身子一天一天的糟蹋起来，一年半载，少不得身登清净。打定了主意，被也不盖，衣也不添，竟是合眼装睡。紫鹃和雪雁来伺候几次，不见动静，又不好叫唤。晚饭都不吃。点灯以后，紫鹃掀开帐子见已睡着了，被窝都蹬在脚后。怕他着了凉，轻轻儿拿来盖上。黛玉也不动，单待他出去，仍然褪下。那紫鹃只管问雪雁今儿的话到底是真的是假的。雪雁道:“怎么不真。”紫鹃道:“侍书怎么知道的？”雪雁道:“是小红那里听来的。”紫鹃道:“头里咱们说话只怕姑娘听见了，你看刚才的神情大有缘故。今日以后咱们倒别提这件事了。”说着，两个人也收拾要睡。紫鹃进来看时，只见黛玉被窝又蹬下来，复又给他轻轻盖上。一宿晚景不提。次日黛玉清早起来，也不叫人，独自一个呆呆的坐着。紫鹃醒来，看见黛玉已起，便惊问道:“姑娘怎么虽是清高之品，却不是好东西。从没有弹琴里弹出富贵寿考来的，只有弹出忧思怨乱来的。再者弹琴也得心里记谱，未免费心。依我说，妹妹身子又单弱，不操这心也罢了。”黛玉抿着嘴儿笑。宝玉指着壁上道：“这张琴可就是么？怎么这么短？”黛玉笑道：“这张琴不是短，因我小时学抚的时候别的琴都够不着，因此特地做起来的。虽不是焦尾枯桐，这鹤山凤尾还配得齐整，龙池雁足高下还相宜。你看这断纹不是牛旄是的么，所以音韵也还清越。”宝玉道：“妹妹这几天来做诗没有？”黛玉道：“自结社以后没大作。”宝玉笑道：“你别瞒我，我听见你吟的什么‘不可惙，素心如何天上月’，你搁在琴里觉得音响分外的响亮。有的没有？”黛玉道：“你怎么听见了？”宝玉道：“我那一天从蓼风轩来听见的。又恐怕打断你的清韵，所以静听了一会就走了。我正要问你，前路是平韵，到末了儿忽转了仄韵，是个什么意思？”黛玉道：“这是人心自然之音，做到那里就到那里，原没有一定的。”宝玉道：“原来如此。可惜我不知音，枉听了一会子。”黛玉道：“古来知音人能有几个。”宝玉听了，又觉得出言冒失了，又怕寒了黛玉的心。坐了一坐，心里像有许多话，却再无可讲的。黛玉因方才的话也是冲口而出，此时回想觉得太冷淡些，也就无话。宝玉一发打量黛玉设疑，遂讪讪的站起来说道：“妹妹坐着罢。我还要到三妹妹那里瞧瞧去呢。”黛玉道：“你若见了三妹妹，替我问候一声罢。”宝玉答应着便出来了。黛玉送至屋门口，自己回来闷闷的坐着。心里想道：“宝玉近来说话半吐半吞，忽冷忽热，也不知他是什么意思。”正想着，紫鹃走来道：“姑娘经不写了，我把笔砚都收好了。”黛玉道：“不写了，收起去罢。”说着，自己走到里间屋里床上歪着，慢慢的细想。紫鹃进来问道：“姑娘喝碗茶罢？”黛玉道：“不喝呢。我略歪歪儿。你们自己去罢。”紫鹃答应着出来。只见雪雁一个人在那里发呆，紫鹃走到他跟前问道：“你这会子也有了什么心事了么？”雪雁只顾发呆，倒被他吓了一跳，因说道：“你别嚷，今日我听见了一句话，我告诉你听，奇不奇！你可别言语。”说着，往屋里努嘴儿。因自己先行，点着头儿叫紫鹃同他出来，到门外平台底下，悄悄儿的道：“姐姐你听见了么，宝玉定了亲了。”紫鹃听见，吓了一跳，说道：“这是那里来的话？只怕不真罢。”雪雁道：“怎么不真，别人大概都知道，就只咱们没听见。”紫鹃道：“你是那里听来的？”雪雁道：“我听见侍书说的，是个什么知袭人道:“怎么出来了?想来又闷的慌了。”宝玉笑了一笑,假说道:“我原是心里烦才找个地方儿静坐坐儿。这会子好了,还要外头走走去呢。”说着,一迳出来。到了潇湘馆中,在院里问道:“林妹妹在家里呢么?”紫鹃接应道:“是谁?”掀帘看时,笑道:“原来是宝二爷。姑娘在屋里呢,请二爷到屋里坐着。”宝玉同着紫鹃走进来,黛玉却在里间呢,说道:“紫鹃请二爷屋里坐罢。”宝玉走到里间门口,看见新写的一付紫墨色泥金云龙笺的小对,上写着:

绿窗明月在,青史古人空。

宝玉看了笑了一笑,走入门去,笑问道:“妹妹做什么呢?”黛玉站起来迎了两步,笑着让道:“请坐。我在这里写经,只剩得两行了。等写完了再说话儿。”因叫雪雁倒茶。宝玉道:“你别动,只管写。”说着,一面看见中间挂着一幅单条,上面画着一个嫦娥,带着一个侍者;又一个女仙,也有一个侍者,捧着一个长长儿的衣囊似的:二人身旁边略有些云护,别无点缀。全仿李龙眠白描笔意,上有“斗寒图”三字,用八分书写着。宝玉道:“妹妹这幅斗寒图可是新挂上的?”黛玉道:“可不是。昨日他们收拾屋子,我想起来,拿出来叫他们挂上的。”宝玉道:“是什么出处?”黛玉笑道:“眼前熟的很的,还要问人。”宝玉笑道:“我一时想不起。妹妹告诉我罢。”黛玉道:“岂不闻‘青女素娥俱耐冷,月中霜里斗婵娟’。”宝玉道:“是啊,这个实在新奇雅致。却好此时拿出来挂。”说着,又东瞧瞧西走走。雪雁沏了茶来,宝玉吃着。又等了一会子,黛玉经才写完,站起来道:“简慢了。”宝玉笑道:“妹妹还是这么客气。”但见黛玉身上穿着月白绣花小毛皮袄,加上银鼠坎肩。头上挽着随常云髻,簪上一枝赤金扁簪,别无花朵。腰下系着杨妃色绣花绵裙。真比如:

亭亭玉树临风立,冉冉香莲带露开。

宝玉因问道:“妹妹这两日弹琴来着没有?”黛玉道:“两日没弹了。因为写字已经觉得手冷,那里还去弹琴。”宝玉道:“不弹也罢了。我想琴

“还是随便罢，不必闹的大惊小怪的。倒是要几个果子搁在那屋里，借点果子香。”袭人道：“那个屋里好？别的都不大干净，只有晴雯起先住的那一间因一向无人，还干净。就是清冷些。”宝玉道：“不妨，把火盆挪过去就是了。”袭人答应了。正说着，只见一个小丫头端了一个茶盘儿，一个碗一双牙筯，递给麝月道：“这是刚才花姑娘要的，厨房里老婆子送了来了。”麝月接了一看，却是一碗燕窝汤，便问袭人道：“这是姐姐要的么？”袭人笑道：“昨夜二爷没吃饭，又翻腾了一夜，想来今日早起心里必是发空的。所以我告诉小丫头们叫厨房里作了这个来的。”袭人一面叫小丫头放桌儿，麝月打发宝玉喝了，漱了口。只见秋纹走来说道：“那屋里已经收拾妥了，但等着一时炭劲过了二爷再进去罢。”宝玉点头，只是一腔心事，懒怠说话。一时小丫头来请，说笔砚都安放妥当了。宝玉道：“知道了。”又一个小丫头回道：“早饭得了，二爷在那里吃？”宝玉道：“就拿了来罢，不必累赘了。”小丫头答应了自去，一时端上饭来。宝玉笑了一笑，向袭人麝月道：“我心里闷得很，自己吃只怕又吃不下去，不如你们两个同我一块儿吃，或者吃的香甜，我也多吃些。”麝月笑道：“这是二爷的高兴，我们可不敢。”袭人道：“其实也使得。我们一处喝酒也不止今日。只是偶然替你解闷儿还使得，若认真这样，还有什么规矩体统呢。”说着，三人坐下，宝玉在上首，袭人麝月两个打横陪着。吃了饭，小丫头端上漱口茶，两个看着撤了下去。宝玉因端着茶默默如有所思，又坐了一坐，便问道：“那屋里收拾妥了么？”麝月道：“头里就回过了，这回子又问。”宝玉略坐了一坐，便过这间屋子来，亲自点了一炷香，摆上些果品，便叫人出去，关上了门。外面袭人等都静悄无声。宝玉拿了一幅泥金角花的粉红笺出来，口中祝了几句，便提起笔来写道：“怡红主人焚付晴姐知之。酌茗清香，庶几来飨。”其词云：

随身伴，独自意绸缪。谁料风波平地起，顿教躯命即时休，孰与话轻柔。东逝水，无复向西流。想像更无怀梦草，添衣还见翠云裘，脉脉使人愁。

写毕，就在香上点个火焚化了。静静儿等着，直待一炷香点尽了，才开门出来。

“我身上不大冷，且不穿呢。包上罢。”代儒只当宝玉可惜这件衣服，却也心里喜他知道俭省。焙茗道：“二爷穿上罢，着了凉又是奴才的不是了。二爷只当疼奴才罢。”宝玉无奈，只得穿上，呆呆的对着书坐着。代儒也只当他看书，不甚理会。晚间放学时，宝玉便向代儒托病告假一天。代儒本来上年纪的人，也不过伴着几个孩子解闷儿，时常也八病九痛的，乐得去一个少操一日心。况且明知贾政事忙，贾母溺爱，便点点头儿。宝玉一迳回来，见过贾母王夫人也是这样说，自然没有不信的，略坐一坐便回园中去了。见了袭人等也不似往日有说有笑的，便和衣躺在炕上。袭人道：“晚饭预备下了，这会儿吃还是等一等儿。”宝玉道：“我不吃了，心里不舒服。你们吃去罢。”袭人道：“那么着你也该把这件衣服换下来了，那个东西那里禁得住揉搓。”宝玉道：“不用换。”袭人道：“倒也不但是娇嫩物儿，你瞧瞧那上头的针线也不该这么糟蹋他呀。”宝玉听了这话，正碰在他心坎儿上，叹了一口气道：“那么着你就收起来，给我包好了，我也总不穿他了。”说着站起来脱下。袭人才过来接时，宝玉已经自己叠起。袭人道：“二爷怎么今日这样勤谨起来了？”宝玉也不答言，叠好了，便问：“包这个的包袱呢？”麝月连忙递过来，让他自己包好，回头却和袭人挤着眼儿笑。宝玉也不理会。自己坐着，无精打采，猛听架上钟响，自己低头看了看表，针已指到酉初二刻了。一时小丫头点上灯来。袭人道：“你不吃饭，喝一口粥儿罢。别净饿着，看仔细饿上虚火来，那又是我们的累赘了。”宝玉摇摇头儿说道：“不大饿，强吃了倒不受用。”袭人道：“既这么着，就索性早些歇着罢。”于是袭人麝月铺设好了，宝玉也就歇下。翻来覆去，只睡不着，将及黎明反朦胧睡去，不一顿饭时早又醒了。此时袭人麝月也都起来。袭人道：“昨夜听着你翻腾到五更多，我也不敢问你。后来我就睡着了，不知到底你睡着了没有？”宝玉道：“也睡了一睡，不知怎么就醒了。”袭人道：“你没有什么不受用？”宝玉道：“没有，只是心上发烦。”袭人道：“今日学房里去不去？”宝玉道：“我昨儿已经告了一天假了，今儿我要想园里逛一天散散心，只是怕冷。你叫他们收拾一间房子，备下一炉香，搁下纸墨笔砚，你们只管干你们的，我自己静坐半天才好。别叫他们来搅我。”麝月接着道：“二爷要静静儿的用工夫，谁敢来搅。”袭人道：“这么着很好，也省得着了凉。自己坐坐心神也不散。”因又问：“你既懒待吃饭，今日吃什么，早说好传给厨房里去。”宝玉道：

睹物思旧芳魂难感　人亡物在公子填词

第八十九回
人亡物在公子填词　蛇影杯弓颦卿绝粒

却说凤姐正自起来纳闷，忽听见小丫头这话又吓了一跳，连忙问道："什么官事？"小丫头道："也不知道。刚才二门上小厮回进来回老爷有要紧的官事，所以太太叫我请二爷来了。"凤姐听是工部里的事，才把心略略的放下，因说道："你回去回太太，就说二爷昨日晚上出城有事，没有回来。打发人先回珍大爷去罢。"那丫头答应着去了。

一时贾珍过来，见了部里的人，问明了，进来见了王夫人，回道："部中来报，昨日总河奏到，河南一带决了河口，湮没了几府州县。又要开销国帑修理城工，工部司官又有一番照料，所以部里特来报知老爷的。"说完退出，及贾政回家来回明。从此直到冬间，贾政天天有事，常在衙门里。宝玉的功课也渐渐松了，只是怕贾政觉察出来，不敢不常在学房里去念书，连黛玉处也不敢常去。

那时已到十月中旬，宝玉起来要往学房中去，起来天气陡寒，只见袭人早已打点出一包衣服，向宝玉道："今日天气很冷，早晚宁使暖些。"说着，把衣服拿出来给宝玉挑了一件穿。又包了一件，叫小丫头拿出交给焙茗，嘱咐道："天气凉，二爷要换时好生预备着。"焙茗答应了，抱着毡包跟着宝玉自去。宝玉到了学房中，做了自己的功课，忽听得纸窗呼喇喇一派风声。代儒道："天气又发冷。"把风门推开一看，只见西北上一层层的黑云渐渐往东南扑上来。焙茗走进来回宝玉道："二爷，天气冷了，再添些衣服罢。"宝玉点点头儿。只见焙茗拿进一件衣服来，宝玉不看则已，看了时神已痴了，那些小学生都巴着眼瞧。却原是晴雯所补的那件雀金裘。宝玉道："怎么拿这一件来？是谁给你的？"焙茗道："是里头姑娘们包出来的。"宝玉道：

后灯还点着呢，他便叫他们吹灯，个个都睡着了，没有人答应，只得自己亲自起来给他们吹灭了。回到炕上，只见有两个人——一男一女——坐在炕上，他赶着问是谁，那里把一根绳子往他脖子上一套，他便叫起人来。众人听见，点上灯火一齐赶来，已经躺在地下，满口吐白沫子，幸亏救醒了。此时还不能吃东西，所以叫来寻些小菜儿的。’我因奶奶不在房中，不便给他。我说：‘奶奶此时没有空儿，在上头呢，回来告诉。’便打发他回去了。才刚听见说起南菜方想起来了，不然就忘了。”凤姐听了，呆了一呆，说道：“南菜不是还有呢，叫人送些去就是了。那银子过一天叫芹哥来领就是了。”又见小红进来回道：“才刚二爷差人来说是今晚城外有事，不能回来，先通知一声。”凤姐道：“是了。”说着，只听见小丫头从后面喘吁吁的嚷着直跑到院子里来，外面平儿接着，还有几个丫头们，咕咕唧唧的说话。凤姐道：“你们说什么呢？”平儿道：“小丫头子有些胆怯，说鬼话。”凤姐叫那一个小丫头进来问道：“什么鬼话？”那丫头道：“我才刚到后边去叫打杂儿的添煤，只听得三间空屋子里哗喇哗喇的响，我还道是猫儿耗子；又听得嗳的一声，像个人出气儿的是的，我害怕就跑回来了。”凤姐骂道：“胡说！我这里断不兴说神说鬼，我从来不信这些个话。快滚出去罢。”那小丫头出去了。凤姐便叫彩明将一天零碎日用帐对过一遍，时已将近二更，大家又歇了一回，略说些闲话，遂叫各人安歇去罢。凤姐也睡下了。将近三更，凤姐似睡不睡，觉得身上寒毛一乍，自己惊醒了。越躺着越发起渗来。因叫平儿秋桐过来作伴。二人也不解何意。那秋桐本来不顺凤姐，后来贾琏因尤二姐之事不大爱惜他了，凤姐又笼络他，如今倒也安静，只是心里比平儿差多了，外面情儿。今见凤姐不受用，只得端上茶来。凤姐喝了一口道：“难为你，睡去罢，只留平儿在这里就够了。”秋桐却要献勤儿，因说道：“奶奶睡不着，倒是我们两个轮流坐坐也使得。”凤姐一面说，一面睡着了。平儿秋桐看见凤姐已睡，只听得远远的鸡叫了，他二人方都穿着衣服略躺了一躺就天亮了，连忙起来伏侍凤姐梳洗。凤姐因夜中之事心神恍惚不宁，只是一味要强，仍然扎挣起来。正坐着纳闷，忽听个小丫头子在院里问道：“平姑娘在屋里么？”平儿答应了一声。那小丫头掀起帘子进来，却是王夫人打发过来来找贾琏，说：“外头有人回要紧的官事，老爷才出了门，太太叫快请二爷过去呢。”凤姐听见，吓了一跳。未知何事，下回分解。

着说道："这就是大妹妹么，你要什么好东西不要？"那巧姐儿便哑的一声哭了。贾芸连忙退下。凤姐道："乖乖不怕。"连忙将巧姐揽在怀里道："这是你芸大哥哥，怎么认起生来了。"贾芸道："妹妹生得好相貌，将来又是个有大造化的。"那巧姐儿回头把贾芸一瞧，又哭起来。叠连几次。贾芸看这光景坐不住，便起身告辞要走。凤姐道："你把东西带了去罢。"贾芸道："这一点子婶娘还不赏脸？"凤姐道："你不带去，我便叫人送到你家去。芸哥儿，你不要这么样。你又不是外人，我这里有机会少不得打发人去叫你，没有事也没法儿。不在乎这些东东西西上的。"贾芸看见凤姐执意不受，只得红着脸道："既这么着，我再找得用的东西来孝敬婶娘罢。"凤姐儿便叫小红拿了东西跟着贾芸送出来。贾芸走着，一面心中想道："人说二奶奶利害，果然利害。一点儿都不漏缝，真正斩钉截铁。怪不得没有后世。这巧姐儿更怪，见了我好像前世的冤家是的。真正晦气，白闹了这么一天。"小红见贾芸没得彩头，也不高兴，拿着东西跟出来。贾芸接过来，打开包儿拣了两件，悄悄的递给小红。小红不接，嘴里说道："二爷别这么着，看奶奶知道了，大家倒不好看。"贾芸道："你好生收着罢，怕什么，那里就知道了呢。你若不要，就是瞧不起我了。"小红微微一笑，才接过来，说道："谁要你这些东西，算什么呢！"说了这句话，把脸又飞红了。贾芸也笑道："我也不是为东西，况且那东西也算不了什么。"说着话儿，两个已走到二门口，贾芸把下剩的仍旧揣在怀内。小红催着贾芸道："你先去罢，有什么事情只管来找我。我如今在这院里了，又不隔手。"贾芸点点头儿说道："二奶奶太利害，我可惜不能常来。刚才我说的话你横竖心里明白，得了空儿再告诉你罢。"小红满脸羞红，说道："你去罢，明儿也来常走走。谁叫你和他生疏呢。"贾芸道："知道了。"贾芸说着，出了院门。这里小红站在门口，怔怔的看他去远了才回来了。

却说凤姐在房中吩咐预备晚饭，因又问道："你们熬了粥了没有？"丫鬟们连忙去问，回来回道："预备了。"凤姐道："你们把那南边来的糟东西弄一两碟来罢。"秋桐答应了，叫丫头们伺候。平儿走来笑道："我倒忘了，今儿晌午奶奶在上头老太太那边的时候，水月庵的师父打发人来要向奶奶讨两瓶南小菜，还要支用几个月的月银。说是身上不受用。我问那道婆来着，师父怎么不受用。他说：'四五天了，前儿夜里因那些小沙弥小道士里头有几个女孩子睡觉没有吹灯，他说了几次不听。那一夜看见他们三更以怕人撞见，不等说完，赶忙问道："那年我换给二爷的一块绢子二爷见了没有？"那贾芸听了这句话，喜的心花俱开，才要说话，只见一个小丫头从里面出来，贾芸连忙同着小红往里走。两个人一左一右相离不远，贾芸悄悄的道："回来我出来还是你送出我来，我告诉你还有笑话儿呢。"小红听了，把脸飞红，瞅了贾芸一眼，也不答言。同他到了凤姐门口，自己先进去回了，然后出来，掀起帘子，点手儿，口中却故意说道："奶奶请芸二爷进来呢。"贾芸笑了一笑，跟着他走进房来。见了凤姐儿，请了安，并说母亲叫问好。凤姐也问了他母亲好。凤姐道："你来有什么事？"贾芸道："侄儿从前承婶娘疼爱，心上时刻想着，总过意不去。欲要孝敬婶娘，又怕婶娘多想。如今重阳时候，略备了一点儿东西。婶娘这里那一件没有，不过是侄儿一点孝心，只怕婶娘不肯赏脸。"凤姐儿笑道："有话坐下说。"贾芸才侧身坐了，连忙将东西捧着搁在旁边桌上。凤姐又道："你不是什么有馀的人，何苦又去花钱。我又不等着使。你今日来意是怎么个想头儿，你倒是实说。"贾芸道："并没有别的想头儿，不过感念婶娘的恩惠，过意不去罢咧。"说着微微的笑了。凤姐道："不是这么说。你手里窄我很知道，我何苦白白儿使你的。你要我收下这个东西，须先和我说明白了。要是这么含着骨头露着肉的我倒不收。"贾芸没法儿，只得站起来陪着笑儿说道："并不是有什么妄想。前几日听见老爷总办陵工，侄儿有几个朋友办过好些工程，极妥当的，要求婶娘在老爷跟前提一提。办得一两种，侄儿再忘不了婶娘的恩典。若是家里用得着，侄儿也能给婶娘出力。"凤姐道："若是别的，我却可以作主。至于衙门里的事，上头呢，都是堂官司员定的；底下呢，都是那些书办衙役们办的。别人只怕插不上手。连自己的家人也不过跟着老爷伏侍伏侍。就是你二叔去亦只是为的是各自家里的事，他也并不能搀越公事。论家事，这里是踹一头儿撬一头儿的，连珍大爷还弹压不住，你的年纪儿又轻，辈数儿又小，那里缠的清这些人呢。况且衙门里头的事差不多儿也要完了，不过吃饭瞎跑。你在家里什么事作不得，难道没了这碗饭吃不成。我这是实在话，你自己回去想想就知道了。你的情意我已经领了，把东西快拿回去。是那里弄来的仍旧给人家送了去罢。"正说着，只见奶妈子一大起带了巧姐儿进来。那巧姐儿身上穿得锦团花簇，手里拿着好些玩意儿，笑嘻嘻走到凤姐身边学舌。贾芸一见，便站起来笑盈盈的赶

正家法贾珍鞭悍仆　失周详仆从起流言

瑞的干儿子打架。”贾珍道:“周瑞的干儿子是谁?”门上的回道:“他叫何三,本来是个没味儿的,天天在家里喝酒闹事,常来门上坐着。听见鲍二与周瑞拌嘴,他就插在里头。”贾珍道:“这却可恶!把鲍二和那个什么何几给我一块儿捆起来。周瑞呢?”门上的回道:“打架时他先走了。”贾珍道:“给我拿了来。这还了得了!”众人答应了。正嚷着,贾琏也回来了。贾珍便告诉了一遍。贾琏道:“这还了得!”又添了人去拿周瑞。周瑞知道躲不过,也找到了。贾珍便叫都捆上。贾琏便向周瑞道:“你们前头的话却也不要紧,大爷说开了很是了,为什么外头又打架!你们打架已经使不得,又弄个野杂种什么何三来闹。你不压伏压伏他们,倒竟走了。”就把周瑞踢了几脚。贾珍道:“单打周瑞不中用。”喝命人把鲍二和何三各人打了五十鞭子,撵了出去,方和贾琏两个商量正事。下人背地里便生出许多议论来:也有说贾珍护短的;也有说不会调停的;也有说他本不是好人,前儿尤家姊妹弄出许多丑事来,那鲍二不是他调停着二爷叫了来的吗,这会子又嫌鲍二不济事,必是鲍二的女人伏侍不到了。人多嘴杂,纷纷不一。

却说贾政自从在工部掌印,家人中尽有发财的。那贾芸听见了,也要插手弄一点事儿。便在外头说了几个工头,讲成了数,便买了些时新绣货要走凤姐儿门子。凤姐正在房中听见丫头们说:“大爷二爷都生了气,在外头对打人呢。”凤姐听了,不知何故。正要叫人去问问,只见贾琏已进来了,把外面的事告诉了一遍。凤姐道:“事情虽不要紧,但这风俗儿断不可长。此刻还算咱们家里正旺的时候儿,他们就敢打架。以后小辈儿们当了家,他们越发难制伏了。前年我在东府里亲眼见过焦大吃的烂醉,躺在台阶子底下骂人,不管上上下下一混汤子的混骂。他虽是有过功的人,到底主子奴才的名分也要存点儿体统才好。珍大奶奶不是我说,是个老实头,个个人都叫他养得无法无天的,如今又弄出一个什么鲍二。我还听见是你和珍大爷得用的人,为什么今儿又打他呢?”贾琏听了这话刺心,便觉讪讪的,拿话来支开,借有事说着就走了。小红进来回道:“芸二爷在外头要见奶奶。”凤姐一想:“他又来做什么?”便道:“叫他进来罢。”小红出来,瞅着贾芸微微一笑。贾芸赶忙凑近一步问道:“姑娘替我回了没有?”小红红了脸说道:“我就是见二爷的事多。”贾芸道:“何曾有多少事能到里头来劳动姑娘呢。就是那一年姑娘在宝二叔房里,我才和姑娘——”小红说你对的好对子，师父夸你来着。”贾兰也不言语，只管抿着嘴儿笑。鸳鸯过来说道：“请示老太太，晚饭伺候下了。”贾母道：“请你姨太太去罢。”琥珀接着便叫人去王夫人那边请薛姨妈。这里宝玉贾环退出。素云和小丫头们过来把双陆收起。李纨尚等着伺候贾母的晚饭，贾兰便跟着他母亲站着。贾母道：“你们娘儿两个跟着我吃罢。”李纨答应了。一时摆上饭来，丫鬟回来禀道：“太太叫回老太太：姨太太这几天浮来暂去，不能过来回老太太，今日饭后家去了。”于是贾母叫贾兰在身旁边坐下，大家吃饭，不必细述。

却说贾母刚吃完了饭，盥漱了歪在床上说闲话儿，只见小丫头子告诉琥珀，琥珀过来回贾母道：“东府大爷请晚安来了。”贾母道：“你们告诉他，如今他办理家务乏乏的，叫他歇着去罢。我知道了。”小丫头告诉老婆子们，老婆子才告诉贾珍。贾珍然后退出。到了次日，贾珍过来料理诸事。门上小厮陆续回了几件事。又一个小厮回道：“庄头送果子来了。”贾珍道：“单子呢？”那小厮连忙呈上。贾珍看时，上面写着不过是时鲜果品，还夹带菜蔬野味若干在内。贾珍看完，问向来经管的是谁。门上的回道：“是周瑞。”便叫周瑞：“照帐点清，送往里头交代。等我把来帐抄下一个底子，留着好对。”又叫：“告诉厨房，把下菜中添几宗给送果子的来人，照常赏饭给钱。”周瑞答应了，一面叫人搬至凤姐儿院子里去，又把庄上的帐同果子交代明白。出去了一回儿，又进来回贾珍道：“才刚来的果子大爷曾点过数目没有？”贾珍道：“我那里有工夫点这个呢。给了你帐，你照帐点就是了。”周瑞道：“小的曾点过，也没有少，也不能多出来。大爷既留下底子，再叫送果子来的人问问他这帐是真的假的。”贾珍道：“这是怎么说，不过是几个果子罢咧，有什么要紧。我又没有疑你。”说着，只见鲍二走来，磕了一个头，说道：“求大爷原旧放小的在外头伺候罢。”贾珍道：“你们这又是怎么着？”鲍二道：“奴才在这里又说不上话来。”贾珍道：“谁叫你说话？”鲍二道：“何苦来，在这里做眼睛珠儿。”周瑞接口道：“奴才在这里经管地租庄子银钱出入，每年也有三五十万来往，老爷太太奶奶们从没有说过话的，何况这些零星东西！若照鲍二说起来，爷们家里的田地房产都被奴才们弄完了。”贾珍想道：“必是鲍二在这里拌嘴，不如叫他出去。”因向鲍二说道：“快滚罢。”又告诉周瑞说：“你也不用说了，你干你的事罢。”二人各自散了。贾珍正在厢房里歇着，听见门上闹的翻江搅海。叫人去查问，回来说道：“鲍二和周

做功德惜春抄经文　博庭欢宝玉赞孤儿

见贾母与李纨打双陆，鸳鸯旁边瞧着李纨的骰子好，掷下去把老太太的锤打下了好几个去。鸳鸯抿着嘴儿笑。忽见宝玉进来，手中提了两个细篾丝的小笼子，笼内有几个蝈蝈儿，说道："我听说老太太夜里睡不着，我给老太太留下解解闷。"贾母笑道："你别瞅着你老子不在家，你只管淘气。"宝玉笑道："我没有淘气。"贾母道："你没淘气，不在学房里念书，为什么又弄这个东西呢？"宝玉道："不是我自己弄的。今儿因师父叫环儿和兰儿对对子，环儿对不来，我悄悄的告诉了他，他说了，师父喜欢，夸了他两句。他感激我的情，买了来孝敬我的。我才拿了来孝敬老太太的。"贾母道："他没有天天念书么，为什么对不上来！对不上来就叫你儒大爷爷打他的嘴巴子，看他臊不臊。你也够受了，不记得你老子在家时，一叫做诗做词，吓的倒像个小鬼儿是的，这会子又说嘴了！那环儿小子更没出息，求人替做了就变着方法儿打点人。这么点子孩子就闹鬼闹神的也不害臊，赶大了还不知是个什么东西呢。"说的满屋子人都笑了。贾母又问道："兰小子呢，做上来了没有？这该环儿替他了。他又比他小了。是不是？"宝玉笑道："他倒没有，却是自己对的。"贾母道："我不信。不然就也是你闹了鬼了。如今你还了得，羊群里跑出骆驼来了，就只你大。你又会做文章了。"宝玉笑道："实在是他作的。师父还夸他明儿一定有大出息呢。老太太不信，就打发人叫了他来亲自试试，老太太就知道了。"贾母道："果然这么着我才喜欢。我不过怕你撒谎。既是他做的，这孩子明儿大概还有一点儿出息。"因看着李纨，又想起贾珠来："这也不枉你大哥哥死了，你大嫂子拉扯他一场。日后也替你大哥哥顶门壮户。"说到这里，不禁流下泪来。李纨听了这话，却也动心，只是贾母已经伤心，自己连忙忍住泪笑劝道："这是老祖宗的馀德，我们托着老祖宗的福罢咧！只要他应得了老祖宗的话就是我们的造化了。老祖宗看着也喜欢，怎么倒伤起心来呢。"因又回头向宝玉道："宝叔叔明儿别这么夸他，他多大孩子，知道什么。你不过是爱惜他的意思，他那里懂得，一来二去，眼大心肥，那里还能够有长进呢。"贾母道："你嫂子这也说的是。就只他还太小呢，也别逼㩟紧了他。小孩子胆儿小，一时逼急了弄出点子毛病来，书倒念不成，把你的工夫都白糟蹋了。"贾母说到这里，李纨却忍不住扑簌簌掉下泪来，连忙擦了。只见贾环贾兰也都进来给贾母请了安。贾兰又见过他母亲，然后过来在贾母旁边侍立。贾母道："我刚才听见你叔叔

第八十八回
博庭欢宝玉赞孤儿　正家法贾珍鞭悍仆

却说惜春正在那里揣摩棋谱，忽听院内有人叫彩屏，不是别人，却是鸳鸯的声儿。彩屏出去，同着鸳鸯进来。那鸳鸯却带着一个小丫头，提了一个小黄绢包儿。惜春笑问道："什么事？"鸳鸯道："老太太因明年八十一岁是个暗九，许下一场九昼夜的功德，发心要写三千六百五十零一部《金刚经》。这已发出外面人写了。但是俗说《金刚经》就像那道家的符壳，《心经》才算是符胆，故此《金刚经》内必要插着《心经》，更有功德。老太太因《心经》是更要紧的，观自在又是女菩萨，所以要几个亲丁奶奶姑娘们写上三百六十五部，如此又虔诚又洁净。咱们家中除了二奶奶——头一宗他当家没有空儿，二宗他也写不上来，其馀会写字的，不论写得多少，连东府珍大奶奶姨娘们都分了去，本家里头自不用说。"惜春听了，点头道："别的我做不来。若要写经，我最信心的。你搁下喝茶罢。"鸳鸯才将那小包儿搁在桌上，同惜春坐下。彩屏倒了一钟茶来。惜春笑问道："你写不写？"鸳鸯道："姑娘又说笑话了。那几年还好，这三四年来姑娘见我还拿了拿笔儿么。"惜春道："这却是有功德的。"鸳鸯道："我也有一件事：向来服侍老太太安歇后，自己念上米佛，已经念了三年多了。我把这个米收好，等老太太做功德的时候我将他衬在里头供佛施食，也是我一点诚心。"惜春说道："这样说来，老太太做了观音，你就是龙女了。"鸳鸯道："那里跟得上这个分儿！却是除了老太太，别的也服侍不来，不晓得前世什么缘分儿。"说着要走，叫小丫头把小绢包打开，拿出来道："这素纸一扎是写《心经》的。"又拿起一子儿藏香道："这是叫写经时点着写的。"

惜春都应了。鸳鸯遂辞了出来，同小丫头来至贾母房中回了一遍。看

“你是我的妈呀！你不救我，我不得活了。”那女尼一面唤醒他，一面给他揉着。道婆倒上茶来喝了，直到天明才睡了。女尼便打发人去请大夫来看脉，也有说是思虑伤脾的，也有说是热入血室的，也有说是邪祟触犯的，也有说是内外感冒的，终无定论。后请得一个大夫来看了，问曾打坐过没有，道婆说道：“向来打坐的。”大夫道：“这病可是昨夜忽然来的么？”道婆道：“是。”大夫道：“这是走魔入火的缘故。”众人问有碍没有，大夫道：“幸亏打坐不久，魔还入得浅，可以有救。”写了降伏心火的药，吃了一剂，稍稍平复些。外面那些游头浪子听见了，便造作许多谣言，说：“这样年纪，那里忍得住。况且又是很风流的人品，很乖觉的性灵，以后不知飞在谁手里，便宜谁去呢。”过了几日，妙玉病虽略好，神思未复，终有些恍惚。一日，惜春正坐着，彩屏忽然进来回道：“姑娘知道妙玉师父的事吗？”惜春道：“他有什么事？”彩屏道：“我昨日听见邢姑娘和大奶奶那里说呢，他自从那日和姑娘下棋回去，夜间忽然中了邪，嘴里乱嚷，说强盗来抢他来了。到如今还没好。姑娘你说这不是奇事吗！”惜春听了，默然无语。因想：“妙玉虽然洁净，毕竟尘缘未断。可惜我生在这种人家不便出家，我若出了家时，那有邪魔缠扰，一念不生，万缘俱寂。”想到这里，蓦与神会，若有所得，便口占一偈云：

大造本无方，云何是应住。
既从空中来，应向空中去。

占毕，即命丫头焚香，自己静坐了一回。又翻开那棋谱来，把孔融王积薪等所著看了几篇。内中“荷叶包蟹势”“黄莺搏兔势”都不出奇；“三十六局杀角势”一时也难会难记；独看到“八龙走马”觉得甚有意思。正在那里作想，只听见外面一个人走进院来，连叫彩屏。未知是谁，下回分解。

动妄想妙玉独心惊　坐禅寂走火入邪魔

响也觉得过悲了。”里头又调了一回弦。妙玉道：“君弦太高了，与无射律只怕不配呢。”里边又吟道：

人生斯世兮如轻尘，天上人间兮感夙因。感夙因兮不可惙，素心如何天上月。

妙玉听了，呀然失色道：“如何忽作变徵之声？音韵可裂金石矣。只是太过。”宝玉道：“太过便怎么？”妙玉道：“恐不能持久。”正议论时，听得君弦嘣的一声断了。妙玉站起来连忙就走。宝玉道：“怎么样？”妙玉道：“日后自知，你也不必多说。”竟自走了。弄得宝玉满肚疑团，没精打采的归至怡红院中。不表。

单说妙玉归去，早有道婆接着，掩了庵门，坐了一回，把禅门日诵念了一遍。吃了晚饭，点上香，拜了菩萨，命道婆自去歇着。自己的禅床靠背俱已整齐，屏息垂帘，跏趺坐下，断除妄想，趋向真如。坐到三更过后，听得屋上骨碌碌一片瓦响。妙玉恐有贼来，下了禅床，出到前轩，但见云影横空，月华如水。那时天气尚不很凉，独自一个凭栏站了一回，忽听房上两个猫儿一递一声厮叫。那妙玉忽想起日间宝玉之言，不觉一阵心跳耳热，自己连忙收摄心神，走进禅房，仍到禅床上坐了。怎奈神不守舍，一时如万马奔驰，觉得禅床便恍荡起来，身子已不在庵中。便有许多王孙公子要来娶他，又有些媒婆扯扯拽拽扶他上车。自己不肯去。一回儿又有盗贼劫他，持刀执棍的逼勒。只得哭喊求救。早惊醒了庵中女尼道婆等众，都拿火来照看。只见妙玉两手撒开，口中流沫。急叫醒时，只见眼睛直竖，两颧鲜红，骂道：“我是有菩萨保佑，你们这些强徒敢要怎么样！”众人都吓的没了主意，都说道：“我们在这里呢，快醒转来罢。”妙玉道：“我要回家去，你们有什么好人送我回去罢。”道婆道：“这里就是你住的房子。”说着，又叫别的女尼忙向观音前祷告，求了签，翻开签书看时，是触犯了西南角上的阴人。就有一个说：“是了。大观园中西南角上本来没有人住，阴气是有的。”一面弄汤弄水的在那里忙乱。那女尼原是自南边带来的，伏侍妙玉自然比别人尽心，围着妙玉坐在禅床上。妙玉回头道：“你是谁？”女尼道：“是我。”妙玉仔细瞧了一瞧，道：“原来是你！”便抱住那女尼呜呜咽咽的哭起来，说道：

着宝玉道:“你从何处来？”宝玉巴不得问这一声,好解释前头的话,忽又想道:“或是妙玉的机锋。”转红了脸,答应不出来。妙玉微微一笑,自和惜春说话。惜春也笑道:“二哥哥,这什么难答的,你没的听见人家常说的‘从来处来’么。这也值得把脸红了,见了生人的是的。”妙玉听了这话,想起自家心上一动,脸上一热,必然也是红的,倒觉不好意思起来。因站起来说道:“我来得久了,要回庵里去了。”惜春知妙玉为人,也不深留,送出门口。妙玉笑道:“久已不来,这里弯弯曲曲的,回去的路头都要迷住了。”宝玉道:“这倒要我来指引指引何如？”妙玉道:“不敢。二爷前请。”于是二人别了惜春,离了蓼风轩,弯弯曲曲,走近潇湘馆,忽听得叮咚之声。妙玉道:“那里的琴声？”宝玉道:“想必是林妹妹那里抚琴呢。”妙玉道:“原来他也会这个,怎么素日不听见提起？”宝玉悉把黛玉的事述了一遍,因说:“咱们去看他。”妙玉道:“从古只有听琴,再没有看琴的。”宝玉笑道:“我原说我是个俗人。”说着,二人走至潇湘馆外,在山子石坐着静听,甚觉音调清切。只听得低吟道:

风萧萧兮秋气深,美人千里兮独沉吟。望故乡兮何处,倚栏杆兮涕沾襟。

歇了一回,听得又吟道:

山迢迢兮水长,照轩窗兮明月光。耿耿不寐兮银河渺茫,罗衫怯怯兮风露凉。

又歇了一歇。妙玉道:“刚才‘侵’字韵是第一叠,如今‘阳’字韵是第二叠了。咱们再听。”里边又吟道:

子之遭兮不自由,予之遇兮多烦忧。之子与我兮心焉相投,思古人兮俾无尤。

妙玉道:“这又是一拍。何忧思之深也！”宝玉道:“我虽不懂得,但听他音

感秋声抚琴悲往事　闻悲歌听客动忧思

就放了学，依我说也该养养神儿了。”宝玉站住脚，低了头说道：“你的话也是。但是好容易放一天学，还不散散去。你也该可怜我些儿了。”袭人见说的可怜，笑道：“由爷去罢。”正说着，端了饭来。宝玉也没法儿，只得且吃饭。三口两口忙忙的吃完，漱了口，一溜烟往黛玉房中去了。走到门口，只见雪雁在院中晾绢子呢。宝玉因问：“姑娘吃了饭了么？”雪雁道：“早起喝了半碗粥，懒怠吃饭，这时候打盹儿呢。二爷且到别处走走，回来再来罢。”宝玉只得回来。无处可去，忽然想起惜春有好几天没见，便信步走到蓼风轩来。刚到窗下，只见静悄悄一无人声。宝玉打谅他也睡午觉，不便进去。才要走时，只听屋里微微一响，不知何声。宝玉站住再听，半日又拍的一响。宝玉还未听出，只见一个人道：“你在这里下了一个子儿，那里你不应么？”宝玉方知是下大棋，但只急切听不出这个人的语音是谁。底下方听见惜春道：“怕什么。你这么一吃我，我这么一应；你又这么吃，我又这么应。还缓着一着儿呢，终久连得上。”那一个又道：“我要这么一吃呢？”惜春道：“阿嗄，还有一着反扑在里头呢！我倒没防备。”宝玉听了听，那一个声音很熟，却不是他们姊妹。料着惜春屋里也没外人，轻轻的掀帘进去。看时不是别人，却是那栊翠庵的槛外人妙玉。这宝玉见是妙玉，不敢惊动。妙玉和惜春正在凝思之际，也没理会。宝玉却站在旁边看他两个的手段。只见妙玉低着头问惜春道：“你这个畸角儿不要了么？”惜春道：“怎么不要。你那里头都死子儿，我怕什么。”妙玉道：“且别说满话，试试看。”惜春道：“我便打了起来，看你怎么样。”妙玉却微微笑着把边上子一接，却搭转一吃，把惜春的一个角儿都打起来了，笑着说道：“这叫做‘倒脱靴势’。”惜春尚未答言，宝玉在旁情不自禁，哈哈一笑，把两个人都吓了一大跳。惜春道：“你这是怎么说，进来也不言语，这么使促狭吓人。你多早晚进来的？”宝玉道：“我头里就进来了。看着你们两个争这个畸角儿。”说着，一面与妙玉施礼，一面又笑问道：“妙公轻易不出禅关，今日何缘下凡一走？”妙玉听了，忽然把脸一红，也不答言，低了头自看那棋。宝玉自觉造次，连忙陪笑道：“倒是出家人比不得我们在家的俗人，头一件心是静的。静则灵，灵则慧，——”宝玉尚未说完，只见妙玉微微的把眼一抬，看了宝玉一眼，复又低下头去，那脸上的颜色渐渐的红晕起来。宝玉见他不理，只得讪讪的旁边坐了。惜春还要下子，妙玉半日说道：“再下罢。”便起身理理衣裳，重新坐下，痴痴的问遂夹在这毡包里的。这黛玉不看则已，看了时也不说穿那一件衣服，手里只拿着那两方手帕呆呆的看那旧诗。看了一回，不觉得簌簌泪下。紫鹃刚从外间进来，只见雪雁正捧着一毡包衣裳在旁边呆立，小几上却搁着剪破的香囊、两三截儿扇袋和那铰折了的穗子。黛玉手中自拿着两方旧帕，上边写着字迹，在那里对着滴泪。正是：

失意人逢失意事，新啼痕间旧啼痕。

紫鹃见了这样，知是他触物伤情，感怀旧事，料到劝也无益，只得笑着道："姑娘还看那些东西作什么，那都是那几年宝二爷和姑娘小时，一时好了，一时恼了，闹出来的笑话儿。要像如今这样厮抬厮敬，那里能把这些东西白糟蹋了呢。"紫鹃这话原给黛玉开心，不料这几句话更提起黛玉初来时和宝玉的旧事来，一发珠泪连绵起来。紫鹃又劝道："雪雁这里等着呢，姑娘披上一件罢。"那黛玉才把手帕撂下。紫鹃连忙拾起，将香袋等物包起拿开。这黛玉方披了一件皮衣，自己闷闷的走到外间来坐下。回头看见案上宝钗的诗启尚未收好，又拿出来瞧了两遍。叹道："境遇不同，伤心则一。不免也赋四章，翻入琴谱，可弹可歌，明日写出来寄去，以当和作。"便叫雪雁将外边桌上笔砚拿来，濡墨挥毫，赋成四叠。又将琴谱翻出，借他猗兰思贤两操，合成音韵，与自己做的配齐了，然后写出，以备送与宝钗。又即叫雪雁向箱中将自己带来的短琴拿出，调上弦，又操演了指法。黛玉本是个绝顶聪明人，又在南边学过几时，虽是手生，到底一理就熟。抚了一番，夜已深了，便叫紫鹃收拾睡觉。不提。

却说宝玉这日起来梳洗了，带着焙茗正往书房中来，只见墨雨笑嘻嘻的跑来迎头说道："二爷今日便宜了，太爷不在书房里，都放了学了。"宝玉道："当真的么？"墨雨道："二爷不信，那不是三爷和兰哥儿来了。"宝玉看时，只见贾环贾兰跟着小厮们，两个笑嘻的嘴里咭咭呱呱不知说些什么，迎头来了。见了宝玉，都垂手站住。宝玉问道："你们两个怎么就回来了？"贾环道："今日太爷有事，说是放一天学，明儿再去呢。"宝玉听了，方回身到贾母贾政处去禀明了，然后回到怡红院中。袭人问道："怎么又回来了？"宝玉告诉了他，只坐了一坐儿，便往外走。袭人道："往那里去，这样忙法？

姑娘想着好么？”黛玉道：“也罢了。”紫鹃道：“还熬了一点江米粥。”黛玉点点头儿，又说道：“那粥该你们两个自己熬了，不用他们厨房里熬才是。”紫鹃道：“我也怕厨房里弄的不干净，我们各自熬呢。就是那汤我也告诉雪雁和柳嫂儿说了，要弄干净着。柳嫂儿说了，他打点妥当，拿到他屋里，叫他们五儿瞅着炖呢。”黛玉道：“我倒不是嫌人家腌脏，只是病了好些日子，不周不备，都是人家；这会子又汤儿粥儿的调度，未免惹人厌烦。”说着，眼圈儿又红了。紫鹃道：“姑娘这话也是多想。姑娘是老太太的外孙女儿，又是老太太心坎儿上的，别人求其在姑娘跟前讨好儿还不能呢，那里有抱怨的。”黛玉点点头儿，因又问道：“你才说的五儿，不是那日和宝二爷那边的芳官在一处的那个女孩儿？”紫鹃道：“就是他。”黛玉道：“不听见说要进来么？”紫鹃道：“可不是，因为病了一场，后来好了才要进来，正是晴雯他们闹出事来的时候，也就耽搁住了。”黛玉道：“我看那丫头倒也还头脸儿干净。”说着，外头婆子送了汤来。雪雁出来接时，那婆子说道：“柳嫂儿叫回姑娘：这是他们五儿作的，没敢在大厨房里作，怕姑娘嫌腌脏。”雪雁答应着，接了进来。黛玉在屋里已听见了，吩咐雪雁告诉那老婆子回去说，叫他费心。雪雁出来说了，老婆子自去。这里雪雁将黛玉的碗筯安放在小几儿上，因问黛玉道：“还有咱们南来的五香大头菜，拌些麻油醋可好么？”黛玉道：“也使得。只不必累赘了。”一面盛上粥来，黛玉吃了半碗，用羹匙舀了两口汤喝，就搁下了。两个丫鬟撤了下来，拭净了小几端下去，又换上一张常放的小几。黛玉漱了口，盥了手，便道：“紫鹃，添了香了没有？”紫鹃道：“就添去。”黛玉道：“你们就把那汤和粥吃了罢，味儿还好，且是干净。待我自己添香罢。”两个人答应了，在外间自吃去了。这里黛玉添了香，自己坐着，才要拿本书看，只听得园内的风自西边直透到东边，穿过树枝，都在那里唏嚠哗喇不住的响。一回儿，檐下的铁马也只管叮叮当当的乱敲起来。一时雪雁先吃完了，进来伺候。黛玉便问道：“天气冷了，我前日叫你们把那些小毛儿衣服晾晾，可曾晾过没有？”雪雁道：“都晾过了。”黛玉道：“你拿一件来我披披。”雪雁走去，将一包小毛的衣服抱来，打开毡包，给黛玉自拣。只见内中夹着个绢包儿。黛玉伸手拿起，打开看时，却是宝玉病时送来的旧手帕，自己题的诗，上面泪痕犹在。里头却包着那剪破了的香囊扇袋并宝玉通灵玉上的穗子。原来晾衣服时从箱中检出，紫鹃恐怕遗失了，来，却是探春湘云李纹李绮。彼此问了好，雪雁倒上茶来，大家喝了，说些闲话。因想起前年的菊花诗来，黛玉便道："宝姐姐自从挪出去，来了两遭，如今索性有事也不来了，真真奇怪。我看他终久还来我们这里不来。"探春微笑道："怎么不来！横竖要来的！如今是他们尊嫂有些脾气，姨妈上了年纪的人，又兼有薛大哥的事，自然得宝姐姐照料一切。那里还比得先前有工夫呢。"正说着，忽听得唿喇喇一片风声，吹了好些落叶打在窗纸上。停了一回儿，又透过一阵清香来。众人闻着都说道："这是何处来的香风？这像什么香？"黛玉道："好像木樨香。"探春笑道："林姐姐终不脱南边人的话，这大九月里的那里还有桂花呢。"黛玉笑道："原是啊，不然怎么不竟说是桂花香，只说似乎像呢。"湘云道："三姐姐，你也别说，你可记得'十里荷花，三秋桂子'，在南边正是晚桂开的时候了。你只没有见过罢了。等你明日到南边去的时候，你自然也就知道了。"探春笑道："我有什么事到南边去？况且这个也是我早知道的，不用你们说嘴。"李纹李绮只抿着嘴儿笑。黛玉道："妹妹，这可说不齐。俗语说：'人是地行仙'，今日在这里，明日就不知在那里。譬如我原是南边人，怎么到了这里呢。"湘云拍着手笑道："今儿三姐姐可叫林姐姐问住了。不但林姐姐是南边人到这里，就是我们这几个人就不同，也有本来是北边的，也有根子是南边生长在北边的，也有生长在南边到这北边的。今儿大家都凑在一处，可见人总有一个定数。大凡地和人总是各自有缘分的。"众人听了都点头。探春也只是笑。又说了一会子闲话儿，大家散出。黛玉送到门口，大家都说："你身上才好些，别出来了，看着了风。"于是黛玉一面说着话儿，一面站在门口，又与四人殷勤了几句，便看着他们出院去了。进来坐着，看看已是林鸟归山，夕阳西坠。因史湘云说起南边的话，便想着父母若在，南边的景致，春花秋月，水秀山明，二十四桥，六朝遗迹，不少下人伏侍，诸事可以任意，言语亦可不避。香车画舫，红杏青帘，惟我独尊。今日寄人篱下，纵有许多照应，自己无处不要留心。不知前生作了什么罪孽，今生这样孤凄。真是李后主说的，"此间日中只以眼泪洗面"矣。一面思想，不知不觉神往那里去了。紫鹃走来看见这样光景，想着必是刚才因说起南边北边的话来，一时触着黛玉的心事了，便问道："姑娘们来说了半天话，想来姑娘又劳了神了。刚才我叫雪雁告诉厨房里给姑娘作了一碗火肉白菜汤，加了一点儿虾米儿，配了点青笋紫菜。

第八十七回
感秋声抚琴悲往事　坐禅寂走火入邪魔

却说黛玉叫进宝钗家的女人来，问了好，呈上书子，黛玉叫他去喝茶，便将宝钗来书打开看时，只见上面写着：

妹生辰不偶，家运多艰，姊妹伶仃，萱亲衰迈。兼之猇声狺语，旦暮无休；更遭惨祸飞灾，不啻惊风密雨。夜深辗侧，愁绪何堪。属在同心，能不为之愍恻乎！回忆海棠结社，序属清秋，对菊持螯，同盟欢洽，犹记"孤标傲世偕谁隐，一样花开为底迟"之句，未尝不叹冷节遗芳如吾两人也！感怀触绪，聊赋四章。匪曰无故呻吟，亦长歌当哭之意耳。

悲时序之递嬗兮，又属清秋。感遭家之不造兮，独处离愁。北堂有萱兮，何以忘忧。无以解忧兮，我心咻咻。一解。

云凭凭兮秋风酸，步中庭兮霜叶干。何去何从兮，失我故欢。静言思之兮，恻肺肝。二解。

惟鲔有潭兮，惟鹤有梁。鳞甲潜伏兮，羽毛何长。搔首问兮茫茫，高天厚地兮，谁知余之永伤。三解。

银河耿耿兮，寒气侵。月色横斜兮，玉漏沉。忧心炳炳兮，发我哀吟，吟复吟兮，寄我知音。四解。

黛玉看了，不胜伤感。又想："宝姐姐不寄与别人单寄与我，也是惺惺惜惺惺的意思。"正在沉吟，只听见外面有人说道："林姐姐在家里呢么？"黛玉一面把宝钗的书叠起，口内便答应道："是谁？"正问着，早见几个人进是对——”黛玉说到那里，想起心上的事，便缩住口不肯往下说了。宝玉便笑着道：“只要你们能弹，我便爱听。也不管牛不牛的了。”黛玉红了脸一笑。紫鹃雪雁也都笑了。于是走出门来，只见秋纹带着小丫头捧着一小盆兰花来，说：“太太那边有人送了四盆兰花来，因里头有事没有空儿玩他，叫给二爷一盆，林姑娘一盆。”黛玉看时，却有几枝双朵儿的。心中忽然一动，也不知是喜是悲，便呆呆的呆看。那宝玉此时却一心只在琴上，便说：“妹妹有了兰花，就可以做猗兰操了。”黛玉听了，心里反不舒服。回到房中，看着花，想到“草木当春，花鲜叶茂；想我年纪尚小，便像三秋蒲柳。若是果能随愿，或者渐渐的好来；不然，只恐似那花柳残春，怎禁得风催雨送”。想到那里，不禁又滴下泪来。紫鹃在旁看见这般光景，却想不出缘故来：方才宝玉在这里那么高兴，如今好好的看花怎么又伤起心来。正愁着没法儿劝解，只见宝钗那边打发人来。未知何事，下回分解。

这几篇没有曲文，只有操名，我又到别处找了一本有曲文的来看着才有意思。究竟怎么弹得好实在也难。书上说的师旷鼓琴能来风雷龙凤；孔圣人尚学琴于师襄，一操便知其为文王；高山流水得遇知音——”说到这里，眼皮儿微微一动，慢慢的低下头去。宝玉正听得高兴，便道：“好妹妹，你才说的实在有趣。只是我才见上头的字都不认得，你教我几个呢。”黛玉道：“不用教的，一说便可以知道的。”宝玉道：“我是个糊涂人，得教我那个‘大’字加一勾，中间一个‘五’字的。”黛玉笑道：“这‘大’字‘九’字是用左手大拇指按琴上的九徽，这一勾加‘五’字是右手钩五弦。并不是一个字，乃是一声，是极容易的。还有吟、揉、绰、注、撞、走、飞、推等法，是讲究手法的。”宝玉乐得手舞足蹈的说：“好妹妹，你既明琴理，我们何不学起来。”黛玉道：“琴者，禁也。古人制下，原以治身，涵养性情，抑其淫荡，去其奢侈。若要抚琴，必择静室高斋，或在层楼的上头，在林石的里面，或是山巅上，或是水涯上。再遇着那天地清和的时候，风清月朗，焚香静坐，心不外想，气血和平，才能与神合灵，与道合妙。所以古人说知音难遇。若无知音，宁可独对着那清风明月，苍松怪石，野猿老鹤抚弄一番，以寄兴趣，方为不负了这琴。还有一层，又要指法好，取音好。若必要抚琴，先须衣冠整齐，或鹤氅，或深衣，要如古人的像表，那才能称圣人之器。然后盥了手，焚上香，方才将身就在榻边，把琴放在案上，坐在第五徽的地方儿对着自己的当心，两手方从容抬起，这才心身俱正。还要知道轻重疾徐，卷舒自若，体态尊重方好。”宝玉道：“我们学着玩，若这么讲究起来那就难了。”两个人正说着，只见紫鹃进来，看见宝玉，笑说道：“宝二爷今日这样高兴。”宝玉笑道：“听见妹妹讲究的叫人顿开茅塞，所以越听越爱听。”紫鹃道：“不是这个高兴，说的是二爷到我们这边来的话。”宝玉道：“先时妹妹身上不舒服，我怕闹的他烦；再者我又上学，因此显着就疏远了是的。”紫鹃不等说完便道：“姑娘也是才好。二爷既这么说，坐坐也该让姑娘歇歇儿了。别叫姑娘只是讲究劳神了。”宝玉笑道：“可是我只顾爱听，也就忘了妹妹劳神了。”黛玉笑道：“说这些倒也开心，也没有什么劳神的。只是怕我只管说，你只管不懂呢。”宝玉道：“横竖慢慢的自然明白了。”说着便站起来道：“当真的妹妹歇歇儿罢。明儿我告诉三妹妹和四妹妹去，叫他们都学起来，让我听。”黛玉笑道：“你也太受用了。即如大家学会了抚起来，你不懂，可不

答疑惑黛玉论知音　寄闲情淑女解琴书

呢。恰好黛玉也来请安，宝玉稍觉心里喜欢，便把想宝钗来的念头打断，同着姊妹们在老太太那里吃了晚饭。大家散了，薛姨妈将就住在老太太的套间屋里。

宝玉回到自己房中，换了衣服，忽然想起蒋玉菡给的汗巾。便向袭人道："你那一年没有系的那条红汗巾子还有没有？"袭人道："我搁着呢。问他做什么？"宝玉道："我白问问。"袭人道："你没有听见薛大爷相与这些混帐人，所以闹到人命关天。你还提那些作什么！有这样白操心，倒不如静静儿的念念书，把这些个没要紧的事撂开了也好。"宝玉道："我并不闹什么，偶然想起，有也罢，没也罢，我白问一声，你们就有这些话。"袭人笑道："并不是我多话。一个人知书达理，就该往上巴结才是。就是心爱的人来了，也叫他瞧着喜欢尊敬啊。"宝玉被袭人一提，便说："了不得！方才我在老太太那边，看见人多，没有与林妹妹说话，他也不曾理我。散的时候他先走了。此时必在屋里，我去就来。"说着就走。袭人道："快些回来罢，这都是我提头儿，倒招起你的高兴来了。"宝玉也不答言，低着头一径走到潇湘馆来。只见黛玉靠在桌上看书，宝玉走到跟前笑说道："妹妹早回来了？"黛玉也笑道："你不理我，我还在那里做什么！"宝玉一面笑说："他们人多说话，我插不下嘴去，所以没有和你说话。"一面瞧着黛玉看的那本书，书上的字一个也不认得。有的像"芍"字；有的像"茫"字；也有一个"大"字旁边"九"字加上一勾，中间又添个"五"字；也有上头"五"字"六"字又添一个"木"字，底下又是一个"五"字。看着又奇怪又纳闷，便说："妹妹近日愈发进了，看起天书来了。"黛玉嗤的一声笑道："好个念书的人，连个琴谱都没有见过！"宝玉道："琴谱怎么不知道，为什么上头的字一个也认不得。妹妹你认得么？"黛玉道："不认得瞧他做什么。"宝玉道："我不信，从没有听见你会抚琴。我们书房里挂着好几张，前年来了一个清客先生叫做什么嵇好古，老爷烦他抚了一曲。他取下琴来说都使不得，还说：'老先生若高兴，改日携琴来请教。'想是我们老爷也不懂，他便不来了。怎么你有本事藏着？"黛玉道："我何尝真会呢。前日身上略觉舒服，在大书架上翻书。看有一套琴谱，甚有雅趣，上头讲的琴理甚通，手法说的也明白，真是古人静心养性的工夫。我在扬州也听得讲究过，也曾学过，只是不弄了，就没有了。这果真是三日不弹，手生荆棘。前日看拿得定呢？’他说道：‘前几年正月，外省荐了一个算命的，说是很准。那老太太叫人将元妃八字夹在丫头们八字里头送出去，叫他推算。他独说这正月初一日生日的那位姑娘只怕时辰错了，不然真是个贵人，也不能在这府中。老爷和众人说，不管他错不错，照八字算去。那先生便说：甲申年正月丙寅这四个字内有伤官败财，惟申字内有正官禄马，这就是家里养不住的，也不见什么好。这日子是乙卯。初春木旺，虽是比肩，那里知道愈比愈好，就像那个好木料，愈经斲削才成大器。独喜得时上什么辛金为贵，什么巳中正官禄马独旺，这叫作飞天禄马格。又说什么日禄归时，贵重的很，天月二德坐本命，贵受椒房之宠。这位姑娘若是时辰准了，定是一位主子娘娘。这不是算准了么！我们还记得说可惜荣华不久，只怕遇着寅年卯月，这就是比而又比，劫而又劫，譬如好木，太要做玲珑剔透，本质就不坚了。他们把这些话都忘记了，只管瞎忙。我才想起来告诉我们大奶奶，今年那里是寅年卯月呢。’”宝钗尚未说完，薛蝌急道：“且不要管人家的事，既有这样个神仙算命的，我想哥哥今年什么恶星照命，遭这么横祸。快开八字与我，给他算去，看有妨碍么。”宝钗道：“他是外省来的，不知如今在京不在了。”说着，便打点薛姨妈往贾府去。到了那里，只有李纨探春等在家接着，便问道：“大爷的事怎么样了？”薛姨妈道：“等详上司才定，看来也到不了死罪了。”这才大家放心。探春便道：“昨晚太太想着说，上回家里有事，全仗姨太太照应；如今自己有事，也难提了。心里只是不放心。”薛姨妈道：“我在家里也是难过。只是你大哥遭了这事，你二兄弟又办事去了，家里你姐姐一个人中什么用，况且我们媳妇儿又是个不大晓事的，所以不能脱身过来。目今那里知县也正为预备周贵妃的差事不得了结案件，所以你二兄弟回来了，我才得过来看看。”李纨便道：“请姨太太这里住几天更好。”薛姨妈点头道：“我也要在这边给你们姐妹们作作伴儿。就只你宝妹妹冷静些。”惜春道：“姨妈要惦着，为什么不把宝姐姐也请过来？”薛姨妈笑着说道：“使不得。”惜春道：“怎么使不得？他先怎么住着来呢？”李纨道：“你不懂的，人家家里如今有事，怎么来呢。”惜春也信以为实，不便再问。正说着，贾母等回来，见了薛姨妈，也顾不得问好，便问薛蟠的事。薛姨妈细述了一遍。宝玉在旁听见什么蒋玉菡一段，当着人不问，心里打量是他：“既回了京，怎么不来瞧我？”又见宝钗也不过来，不知是怎么个缘故，心内正自呆呆的想磕碰伤。”知县查对尸格相符，早知书吏改轻，也不驳诘，胡乱便叫画供。张王氏哭喊道：“青天老爷！前日听见还有多少伤，怎么今日都没有了？”知县道：“这妇人胡说。现有尸格，你不知道么。”叫尸叔张二便问道：“你侄儿身死，你知道有几处伤？”张二忙供道：“脑袋上一伤。”知县道：“可又来。”叫书吏将尸格给张王氏瞧去，并叫地保尸叔指明与他瞧，现有尸场亲押证见俱供并未打架，不为斗殴。只依误伤吩咐画供。将薛蟠监禁候详，馀令原保领出，退堂。张王氏哭着乱嚷，知县叫众衙役撵他出去。张二也劝张王氏道：“实在误伤，怎么赖人。现在大老爷断明，不要胡闹了。”薛蝌在外打听明白，心内喜欢，便差人回家送信。等批详回来便好打点赎罪。且住着等信。只听路上三三两两传说，有个贵妃薨了，皇上辍朝三日。这里离陵寝不远，知县办差垫道，一时料着不得闲，住在这里无益，不如到监告诉哥哥安心等着，“我回家去过几日再来。”薛蟠也怕母亲痛苦，带信说“我无事，必须衙门再使费几次，便可回家了。只是不要可惜银钱。”

薛蝌留下李祥在此照料，一径回家。见了薛姨妈陈说知县怎样徇情，怎样审断，终定了误伤。将来尸亲那里再花些银子，一准赎罪便没事了。薛姨妈听说，暂且放心。说：“正盼你来家中照应。贾府里本该谢去，况且周贵妃薨了，他们天天进去，家里空落落的，我想着要去替姨太太那边照应照应作伴儿，只是咱们家又没人。你这来的正好。”薛蝌道：“我在外头原听见说是贾妃薨了，这么才赶回来的。我们元妃好好儿的，怎么说死了。”薛姨妈道：“上年原病过一次，也就好了。这回又没听见元妃有什么病。只闻那府里头几天老太太不大受用，合上眼便看见元妃娘娘。众人都不放心，直至打听起来又没有什么事。到了大前儿晚上，老太太亲口说是‘怎么元妃独自一个人到我这里？’众人只道是病中想的话，总不信。老太太又说：‘你们不信，元妃还与我说是：“荣华易尽，须要退步抽身。”’众人都说谁不想到，这是有年纪的人思前思后的心事，所以也不当件事。恰好第二天早起里头吵嚷出来说娘娘病重，宣各诰命进去请安。他们就惊疑的了不得，赶着进去。他们还没有出来，我们家里已听见周贵妃薨逝了。你想外头的讹言，家里的疑心，恰碰在一处，可奇不奇！”宝钗道：“不但是外头的讹言舛错，便在家里的一听见娘娘两个字也就都忙了，过后才明白。这两天那府里这些丫头婆子来说，他们早知道不是咱们家的娘娘。我说：‘你们那里

薛二爷设法救族兄　受私贿老官翻案牍

薛蟠，刑房书吏俱一一点名。知县便叫地保对明初供，又叫尸亲张王氏并尸叔张二问话。张王氏哭禀道："小的的男人是张大，南乡里住，十八年前死了。大儿子二儿子也都死了，光留下这个死的儿子叫张三。今年二十三岁，还没有娶女人呢。为小人家里穷，没得养活，在李家店里做当槽儿的。那一天晌午，李家店里打发人来叫俺，说：'你儿子叫人打死了。'我的青天老爷，小的就吓死了。跑到那里，看见我儿子头破血出的躺在地下喘气儿，问他话也说不出来，不多一会儿就死了。小人就要揪住这个小杂种拚命。"众衙役吆喝一声。张王氏便磕头道："求青天老爷伸冤。小人就只这一个儿子了！"知县便叫下去。又叫李家店的人问道："那张三是在你店内佣工的么？"那李二回道："不是佣工，是做当槽儿的。"知县道："那日尸场上你说张三是薛蟠将碗砸死的，你亲眼见的么？"李二说道："小的在柜上，听见说客房里要酒，不多一回便听见说不好了，打伤了。小的跑进去，只见张三躺在地下，也不能言语。小的便喊禀地保，一面报他母亲去了。他们到底怎样打的，实在不知道，求太爷问那喝酒的便知道了。"知县喝道："初审口供，你是亲见的，怎么如今说没有见？"李二道："小的前日吓昏了乱说。"衙役又吆喝了一声。知县便叫吴良问道："你是同在一处喝酒的么？薛蟠怎么打的，据实供来。"吴良说："小的那日在家，这个薛大爷叫我喝酒。他嫌酒不好要换，张三不肯，薛大爷生气把酒向他脸上泼去，不晓得怎么样就碰在那脑袋上了。这是亲眼见的。"知县道："胡说。前日尸场上薛蟠自己认拿碗砸死的，你说你亲眼见的，怎么今日的供不对。掌嘴。"衙役答应着要打，吴良求着说："薛蟠实没有与张三打架，酒碗失手碰在脑袋上的。求老爷问薛蟠便是恩典了。"知县叫提薛蟠问道："你与张三到底有什么仇隙？毕竟是如何死的？实供上来。"薛蟠道："求大老爷开恩！小的实没有打他。为他不肯换酒，故拿酒泼他，不想一时失手，酒碗误碰在他的脑袋上。小的即忙掩他的血，那里知道再掩不住。血淌多了，过一回就死了。前日尸场上怕大老爷要打，所以说是拿碗砸他的。只求大老爷开恩。"知县便喝道："好个糊涂东西！本县问你怎么砸他的，你便供说恼他不换酒才砸的；今日又供是失手碰的。"知县假作声势，要打要夹。薛蟠一口咬定。知县叫仵作将前日尸场填写伤痕据实报来。仵作禀报说："前日验得张三尸身无伤，惟囟门有磁器伤长一寸七分，深五分，皮开，囟门骨脆裂破三分。实系主意，说是须得拉扯着同哥哥喝酒的吴良，弄人保出他来，许他银两，叫他撕掳。他若不依，便说张三是他打死，明推在异乡人身上。他吃不住就好办了。我依着他，果然吴良出来。现在买嘱尸亲见证，又做了一张呈子。前日递的，今日批来，请看呈底便知。

因又念呈底道：

具呈人某。呈为兄遭飞祸，代伸冤抑事。窃生胞兄薛蟠，本籍南京，寄寓西京。于某年月日备本往南贸易。去未数日，家奴送信回家，说遭人命。生即奔宪治，知兄误伤张姓，及至囹圄。据兄泣告，实与张姓素不相认，并无仇隙。偶因换酒角口，生兄将酒泼地，恰值张三低头拾物，一时失手，酒碗误碰囟门身死。蒙恩拘讯，兄惧受刑，承认斗殴致死。仰蒙宪天仁慈，知有冤抑，尚未定案。生兄在禁，具案诉辩，有干例禁。生念手足，冒死代呈。伏乞宪慈恩准，提证质讯，开恩莫大。生等举家仰戴鸿仁，永永无既矣。激切上呈。

批的是：

尸场检验，证据确凿。且并未用刑，尔兄自认斗杀，招供在案。今尔远来，并非目睹，何得捏词妄控。理应治罪，姑念为兄情切，且恕不准。

薛姨妈听到那里，说道："这不是救不过来了么！这怎么好呢！"宝钗道："二哥的书还没看完，后面还有呢。"因又念道："有要紧的，问来使便知。"薛姨妈便问来人。因说道："县里早知我们的家当充足，须得在京里谋干得大情，再送一分大礼，还可以覆审，从轻定案。太太此时必得快办，再迟了就怕大爷要受苦了。"薛姨妈听了，叫小厮自去。即刻又到贾府与王夫人说明缘故，恳求贾政。贾政只肯托人与知县说情，不肯提及银物。薛姨妈恐不中用，求凤姐与贾琏说了，花上几千银子，才把知县买通。薛蝌那里也便弄通了。然后知县挂牌坐堂，传齐了一干邻保证见尸亲人等。监里提出

第八十六回
受私贿老官翻案牍　寄闲情淑女解琴书

话说薛姨妈听了薛蝌的来书，因叫进小厮问道："你听见你大爷说到底是怎么就把人打死了呢？"小厮道："小的也没听真切。那一日，大爷告诉二爷说——"说着，回头看了一看，见无人才说道："大爷说自从家里闹的特利害，大爷也没心肠了，所以要到南边置货去。这日想着约一个人同行，这人在咱们这城南二百多地住。大爷找他去了，遇见在先和大爷好的那个蒋玉菡带着些小戏子进城，大爷同他在个铺子里吃饭喝酒。因为这当槽儿的尽着拿眼瞟蒋玉菡，大爷就有了气了。后来蒋玉菡走了，第二天大爷就请找的那个人喝酒。酒后想起头一天的事来，叫那当槽儿的换酒，那当槽儿的来迟了，大爷就骂起来了。那个人不依，大爷就拿起酒碗照他打去。谁知那个人也是个泼皮，便把头伸过来叫大爷打，大爷拿碗就砸他的脑袋一下，他就冒了血了，躺在地下。头里还骂，后头就不言语了。"薛姨妈道："怎么也没人劝劝吗？"那小厮道："这个没听见大爷说，小的不敢妄言。"薛姨妈道："你先去歇歇罢。"小厮答应出来。这里薛姨妈自来见王夫人，托王夫人转求贾政。贾政问了前后，也只好含糊应了。只说等薛蝌递了呈子，看他本县怎么批了再作道理。这里薛姨妈又在当铺里兑了银子，叫小厮赶着去了。三日后果有回信。薛姨妈接着了，即叫小丫头告诉宝钗，连忙过来看了。只见书上写道：

带去银两做了衙门上下使费。哥哥在监也不大吃苦，请太太放心。独是这里的人很刁，尸亲见证都不依，连哥哥请的那个朋友也帮着他们。我与李祥两个俱系生地生人，幸找着一个好先生，许他银子，才讨个

泪涟涟姨妈惊噩耗　薛文起复惹放流刑

情头尾尚未明白，就只听见说我哥哥在外头打死了人，被县里拿了去了。也不知怎么定罪呢。刚才二爷才去打听去了，一半日得了准信，赶着就给那边太太送信去。你先回去道谢太太惦记着，底下我们还有多少仰仗那边爷们的地方呢。”那丫头答应着去了。薛姨妈和宝钗在家抓摸不着。过了两日，只见小厮回来，拿了一封书交给小丫头拿进来。宝钗拆开看时，书内写着：

> 大哥人命是误伤，不是故杀。今早用蝌出名补了一张呈纸进去，尚未批出。大哥前头口供甚是不好，待此纸批准后再录一堂，能够翻供得好便可得生了。快向当铺内再取银伍百两来使用。千万莫迟。并请太太放心。馀事问小厮。

宝钗看了，一一念给薛姨妈听了。薛姨妈拭着眼泪说道：“这么看起来，竟是死活不定了。”宝钗道：“妈妈先别伤心，等着叫进小厮来问明了再说。”一面打发小丫头把小厮叫进来，薛姨妈便问小厮道：“你把大爷的事细说与我听听。”小厮道：“我那一天晚上听见大爷和二爷说的，把我吓糊涂了。”未知小厮说出什么话来，下回分解。

去。并里头回明太太也请速回去。家中有要紧事。”薛蝌道:“什么事?”家人道:“家去说罢。”薛蝌也不及告辞就走了。薛姨妈见里头丫头传进话去,更骇得面如土色,即忙起身,带着宝琴别了一声即刻上车回去了,弄得内外愕然。贾母道:“咱们这里打发人跟过去听听,到底是什么事。大家都关切的。”众人答应了个“是”。不说贾府依旧唱戏,单说薛姨妈回去,只见有两个衙役站在二门口,几个当铺里伙计陪着,说:“太太回来自有道理。”正说着,薛姨妈已进来了。那衙役们见跟从着许多男妇,簇拥着一位老太太,便知是薛蟠之母。看见这个势派,也不敢怎么,只得垂手侍立,让薛姨妈进去了。那薛姨妈走到厅房后面,早听见有人大哭,却是金桂。薛姨妈赶忙走来,只见宝钗迎出来,满面泪痕,见了薛姨妈便道:“妈妈听了先别着急,办事要紧。”薛姨妈同着宝钗进了屋子,因为头里进门时已经走着听见家人说了,吓的战战兢兢的了,一面哭着,因问:“到底是和谁?”只见家人回道:“太太此时且不必问那些底细。凭他是谁,打死了总是要偿命的。且商量怎么办才好。”薛姨妈哭着出来道:“还有什么商议?”家人道:“依小的们的主见,今夜打点银两同着二爷赶去和大爷见了面,就在那里访一个有斟酌的刀笔先生,许他些银子,先把死罪撕掳开,回来再求贾府去上司衙门说情。还有外面的衙役,太太先拿出几两银子来打发了他们,我们好赶着办事。”薛姨妈道:“你们找着那家子,许他发送银子,再给他些养济银子,原告不追事情就缓了。”宝钗在帘内说道:“妈妈,使不得。这些事越给钱越闹的凶,倒是刚才小厮说的话是。”薛姨妈又哭道:“我也不要命了,赶到那里见他一面,同他死在一处就完了。”宝钗急的一面劝,一面在帘子里叫人“快同二爷办去罢。”丫头们搀进薛姨妈来。薛蝌才往外走,宝钗道:“有什么信打发人即刻寄了来。你们只管在外头照料。”薛蝌答应着去了。这宝钗方劝薛姨妈。那里金桂趁空儿抓住香菱,又和他嚷道:“平常你们只管夸他们家里打死了人,一点事也没有就进京来了的。如今撺掇的真打死人了。平日里只讲有钱有势有好亲戚,这时候我看着也是吓的慌手慌脚的了。大爷明儿有个好歹儿,不能回来时,你们各自干你们的去了,撂下我一个人受罪。”说着,又大哭起来。这里薛姨妈听见,越发气的发昏。宝钗急的没法。正闹着,只见贾府中王夫人早打发大丫头过来打听来了。宝钗虽心知自己是贾府的人了,一则尚未提明,二则事急之时,只得向那大丫头道:“此时事

送戏酒亲戚贺荣升　欣欢聚潇湘庆芳辰

些话，越发乐的手舞足蹈了。一时，大家都在贾母这边吃饭，甚热闹自不必说。饭后那贾政谢恩回来，给宗祠里磕了头，便来给贾母磕头。站着说了几句话便出去拜客去了。这里接连着亲戚族中的人来来去去，闹闹穰穰，车马填门，貂蝉满座。真是：

花到正开蜂蝶闹，月逢十足海天宽。

如此两日，已是庆贺之期。这日一早王子腾和亲戚家已送过一班戏来，就在贾母正厅前搭起行台。外头爷们都穿着公服陪侍。亲戚来贺的约有十馀桌酒。里面为着是新戏，又见贾母高兴，便将琉璃戏屏隔在后厦，里面也摆下酒席。上首薛姨妈一桌是王夫人宝琴陪着，对面老太太一桌是邢夫人岫烟陪着。下面尚空两桌，贾母叫他们快来。一回儿，只见凤姐领着众丫头都簇拥着林黛玉来了。黛玉略换了几件新鲜衣服，打扮得宛如嫦娥下界，含羞带笑的出来见了众人。湘云李纹李纨都让他上首坐，黛玉只是不肯。贾母笑道："今日你坐了罢。"薛姨妈站起来问道："今日林姑娘也有喜事么？"贾母笑道："是他的生日。"薛姨妈道："咳，我倒忘了。"走过来说道："恕我健忘，回来叫宝琴过来拜姐姐的寿。"黛玉笑说："不敢。"大家坐了。那黛玉留神一看，独不见宝钗，便问道："宝姐姐可好么？为什么不过来？"薛姨妈道："他原该来的，只因无人看家，所以不来。"黛玉红着脸微笑道："姨妈那里又添了大嫂子，怎么倒用宝姐姐看起家来！大约是他怕人多热闹，懒待来罢。我倒怪想他的。"薛姨妈笑道："难得你惦记他。他也常想你们姊妹们，过一天我叫他来，大家叙叙。"说着，丫头们下来斟酒上菜，外面已开戏了。出场自然是一两出吉庆戏文，及至第三出，只见金童玉女，旗幡宝幢，引着一个霓裳羽衣的小旦，头上披着一条黑帕，唱了一回儿进去了。众皆不识。听见外面人说，这是新打的"蕊珠记"里的"冥升"，小旦扮的是嫦娥，前因堕落人寰，几乎给人为配，幸亏观音点化，他就未嫁而逝，此时升引月宫。不听见曲里头唱的"人间只道风情好，那知道秋月春花容易抛，几乎不把广寒宫忘却了。"第四出是吃糠，第五出是达摩带着徒弟过江回去。正扮出些海市蜃楼，好不热闹。

众人正在高兴时，忽见薛家的人满头汗闯进来向薛蝌说道："二爷快回到学里请去。”宝玉笑道：“谁说的？”李贵道：“老太太才打发人到院里去找二爷，那边的姑娘们说二爷学里去了。刚才老太太打发人出来，叫奴才去给二爷告几天假。听说还要唱戏贺喜呢。二爷就来了。”

说着，宝玉自己进去。进了二门，只见满院里丫头老婆都是笑容满面。见他来了，笑道：“二爷这早晚才来，还不快进去给老太太道喜去呢。”宝玉笑着进了房门，只见黛玉挨着贾母左边坐着呢，右边是湘云。地下邢王二夫人，探春惜春李纨凤姐李纹李绮邢岫烟一干姐妹都在屋里，只不见宝钗宝琴迎春三人。宝玉此时喜的无话可说，忙给贾母道了喜，又给邢王二夫人道喜。一一见了众姐妹，便向黛玉笑道：“妹妹身体可大好了？”黛玉也微笑道：“大好了。听见说二哥哥身上也欠安，好了么？”宝玉道：“可不是，我那日夜里忽然心里疼起来，这几天刚好些就上学去了，也没能过去看妹妹。”黛玉不等他说完，早扭过头和探春说话去了。凤姐在地下站着，笑道：“你两个那里像天天在一处的。倒像是客一般，有这些套话。可是人说的‘相敬如宾’了。”说的大家一笑。林黛玉满脸飞红，又不好说，又不好不说，迟了一回儿才说道：“你懂得什么！”众人越发笑了。凤姐一时回过味来，才知道自己出言冒失。正要拿话岔时，只见宝玉忽然向黛玉道：“林妹妹，你瞧芸儿这种冒失鬼——”说了这一句，方想起来，便不言语了。招的大家又都笑起来，说：“这从那里说起？”黛玉也摸不着头脑，也跟着讪讪的笑。宝玉无可搭赸，因又说道：“可是刚才我听见有人要送戏，说是几儿？”大家都瞅着他笑。凤姐儿道：“你在外头听见，你来告诉我们。你这会子问谁呢！”宝玉得便说道：“我外头再去问问去。”贾母道：“别跑到外头去。头一件看报喜的笑话；第二件你老子今日大喜，回来碰见你又该生气了。”宝玉答应了个“是”才出来了。这里贾母因问凤姐谁说送戏的话。凤姐道：“说是舅太爷那边说，后儿日子好，送一班新出的小戏儿给老太太老爷太太贺喜。”因又笑着说道：“不但日子好，还是好日子呢。”说着这话，却瞅着黛玉笑。黛玉也微笑。王夫人因道：“可是呢，后日还是外甥女儿的好日子呢。”贾母想了一想，也笑道：“可见我如今老了，什么事都糊涂了。亏了有我这凤丫头是我个给事中。既这么着很好，他舅舅家给他们贺喜，你舅舅家就给你做生日。岂不好呢！”说的大家都笑起来，说道：“老祖宗说句话儿都是上篇上论的，怎么怨得有这么大福气呢！”说着，宝玉进来，听见这

接拜帖宝玉触心事　贾存周报升郎中任

搁下了，仍是闷闷的歪在床上。一时间忽然掉下泪来。此时袭人麝月都摸不着头脑。麝月道：“好好儿的这又是为什么？都是什么芸儿雨儿的不知什么事弄了这么个浪帖子来，惹的这么样傻了的是的哭一会子笑一会子。要天长日久闹起闷葫芦来可叫人怎么受呢！”说着，竟伤起心来。袭人旁边由不得要笑，便劝道：“好妹妹，你也别怄人了。他一个人就够受了，你又这么着。他那帖子上的事难道与你相干？”麝月道：“你混说起来了。知道他帖儿上写的是什么混帐话，你混往人身上扯。要那么说，他帖儿上只怕倒与你相干呢。”袭人还未答言，只听宝玉在床上扑哧的一声笑了，爬起来抖了抖衣裳，说：“咱们睡觉罢，别闹了。明日我还起早念书呢。”说着便躺下睡了。一宿无话。

次日宝玉起来梳洗了，便往家塾里去。走出院门，忽然想起，叫焙茗略等，急忙转身回来叫：“麝月姐姐呢？”麝月答应着出来问道：“怎么又回来了？”宝玉道：“今日芸儿要来了，告诉他别在这里闹，再闹我就回老太太和老爷去了。”麝月答应了，宝玉才转身去了。刚往外走着，只见贾芸慌慌张张往里来，看见宝玉，连忙请安，说：“叔叔大喜了。”那宝玉估量着是昨日那件事，便说道：“你也太冒失了，不管人心里有事没事，只管来搅。”贾芸陪笑道：“叔叔不信，只管瞧去。人都来了，在咱们大门口呢。”宝玉越发急了，说：“这是那里的话？”正说着，只听外边一片声嚷起来。贾芸道：“叔叔听这不是。”宝玉越发心里狐疑起来，只听一个人嚷道：“你们这些人好没规矩，这是什么地方，你们在这里混嚷。”那人答道：“谁叫老爷升了官呢，怎么不叫我们来吵喜呢！别人家盼着吵还不能呢。”宝玉听了，才知道是父亲升了郎中了，人来报喜的。心中自是甚喜。连忙要走时，贾芸赶着说道：“叔叔乐不乐？叔叔的亲事要再成了，不用说是两层喜了。”宝玉红了脸，啐了一口道：“呸，没趣儿的东西！还不快走呢。”贾芸把脸红了道：“这有什么的。我看你老人家就不——”宝玉沉着脸道：“就不什么？”贾芸未及说完，也不敢言语了。宝玉连忙来到家塾中，只见代儒笑着说道：“我才刚听见你老爷升了，你今日还来了么？”宝玉陪笑道：“过来见了太爷，好到老爷那边去。”代儒道：“今日不必来了，放你一天假罢。可不许回园子里玩去。你年纪不小了，虽不能办事，也当跟着你大哥他们学学才是。”宝玉答应着回来，刚走到二门口，只见李贵走来迎着旁边站住，笑道：“二爷来了么，奴才才要又想着黛玉最是心多，探不成消息再惹着了他倒是不好。又坐了坐，搭赸着辞了出来了。将到怡红院门口，只见两个人在那里站着呢。袭人不便往前走，那一个早看见了，连忙跑过来。袭人一看却是锄药。因问："你作什么？"锄药道："刚才芸二爷来了。拿了个帖儿，说给咱们宝二爷瞧的。在这里候信。"袭人道："宝二爷天天上学，你难道不知道，还候什么信呢。"锄药笑道："我告诉他了。他叫告诉姑娘，听姑娘的信呢。"袭人正要说话，只见那一个也慢慢的蹭了过来。细看时就是贾芸，溜溜湫湫往这边来了。袭人见是贾芸，连忙向锄药道："你告诉说知道了。回来给宝二爷瞧罢。"那贾芸原要过来和袭人说话，无非亲近之意，又不敢造次，只得慢慢踱来。相离不远，不想袭人说出这话，自己也不好再往前走，只好站住。这里袭人已掉背脸往回里去了。贾芸只得怏怏而回，同锄药出去了。晚间宝玉回房，袭人便回道："今日廊下小芸二爷来了。"宝玉道："作什么？"袭人道："他还有个帖儿呢。"宝玉道："在那里？拿来我看看。"麝月便走去在里间屋里书槅子上头拿了来。宝玉接过看时，上面皮儿上写着"叔父大人安禀"。宝玉道："这孩子怎么又不认我作父亲了？"袭人道："怎么？"宝玉道："前年他送我白海棠时称我作父亲大人，今日这帖子封皮上写着叔父，可不是又不认了么。"袭人道："他也不害臊，你也不害臊。他那么大了倒认你这么大儿的作父亲，可不是他不害臊。你正经连个——"刚说到这里，脸一红，微微的一笑。宝玉也觉得了，便道："这倒难讲。俗语说：'和尚无儿，孝子多着呢。'只是我看着他还伶俐得人心儿才这么着，他不愿意我还不希罕呢。"说着，一面拆那帖儿。袭人也笑道："那小芸二爷也有些鬼鬼头头的。什么时候又要看人，什么时候又躲躲藏藏的。可知也是个心术不正的货。"宝玉只顾拆开看那字儿，也不理会袭人这些话。袭人见他看那帖儿，皱一回眉，又笑一笑儿，又摇摇头儿，后来光景竟大不耐烦起来。袭人等他看完了，问道："是什么事情？"宝玉也不答言，把那帖子已经撕作几段。袭人见这般光景，也不便再问，便问宝玉吃了饭还看书不看。宝玉道："可笑芸儿这孩子竟这样的混帐！"袭人见他所答非所问，便微微的笑着问道："到底是什么事？"宝玉道："问他作什么，咱们吃饭罢。吃了饭歇着罢。心里闹的怪烦的。"说着，叫小丫头子点了一点火儿来，把那撕的帖儿烧了。一时小丫头们摆上饭来，宝玉只是怔怔的坐着，袭人连哄带怄催着吃了一口儿饭，便说:“这不是我那一块玉,那里就掉了呢。比起来两块玉差远着呢,那里混得过。我正要告诉老太太,前儿晚上我睡的时候把玉摘下来挂在帐子里,他竟放起光来了,满帐子都是红的。”贾母说道:“又胡说了。帐子的檐子是红的,火光照着自然红是有的。”宝玉道:“不是。那时候灯已灭了,屋里都漆黑的了,还看得见他呢。”邢王二夫人抿着嘴笑。凤姐道:“这是喜信发动了。”宝玉道:“什么喜信?”贾母道:“你不懂得。今儿个闹了一天,你去歇歇儿去罢,别在这里说呆话了。”宝玉又站了一回儿才回园中去了。这里贾母问道:“正是,你们去看薛姨妈说起这事没有?”王夫人道:“本来就要去看的,因凤丫头为巧姐儿病着耽搁了两天,今日才去的。这事我们都告诉了,姨妈倒也十分愿意,只说蟠儿这时候不在家,目今他父亲没了,只得和他商量商量再办。”贾母道:“这也是情理的话。既这么样,大家先别提起,等姨太太那边商量定了再说。”不说贾母处谈论亲事,且说宝玉回到自己房中,告诉袭人道:“老太太与凤姐姐方才说话含含糊糊,不知是什么意思。”袭人想了想,笑了一笑道:“这个我也猜不着。但只刚才说这些话时林姑娘在跟前没有?”宝玉道:“林姑娘才病起来,这些时何曾到老太太那边去呢。”正说着,只听外间屋里麝月与秋纹拌嘴。袭人道:“你两个又闹什么?”麝月道:“我们两个斗牌,他赢了我的钱他拿了去,他输了钱就不肯拿出来。这也罢了,他倒把我的钱都抢了去了。”宝玉笑道:“几个钱什么要紧,傻丫头,不许闹了。”说的两个人都咕嘟着嘴坐着去了。这里袭人打发宝玉睡下。不提。却说袭人听了宝玉方才的话,也明知是给宝玉提亲的事。因恐宝玉每有痴想,这一提起不知又招出他多少呆话来,所以故作不知。自己心上却也是头一件关切的事。夜间躺着想了个主意,不如去见见紫鹃,看他有什么动静,自然就知道了。次日一早起来打发宝玉上了学,自己梳洗了,便慢慢的去到潇湘馆来。只见紫鹃正在那里掐花儿呢。见袭人进来,便笑嘻嘻的道:“姐姐屋里坐着。”袭人道:“坐着。妹妹掐花儿呢吗?姑娘呢?”紫鹃道:“姑娘才梳洗完了,等着温药呢。”紫鹃一面说着,一面同袭人进来。见了黛玉正在那里拿着一本书看。袭人陪着笑道:“姑娘怨不得劳神,起来就看书。我们宝二爷念书若能像姑娘这样,岂不好了呢。”黛玉笑着把书放下。雪雁已拿着个小茶盘里托着一钟药一钟水,小丫头在后面捧着痰盒漱盂进来。原来袭人来时要探探口气,坐了一回,无处入话;

逢佳期王府迎宾客　慕威仪宝玉拜寿辰

倒是大家说说话儿罢。”说着，几个老公打起帘子，北静王说“请”，自己却先进去，然后贾赦等都躬着身跟进去。先是贾赦请北静王受礼，北静王也说了两句谦辞，那贾赦早已跪下；次及贾政等挨次行礼，自不必说。那贾赦等复肃敬退出。北静王吩咐太监等让在众戚旧一处好生款待，却单留宝玉在这里说话儿。又赏了坐，宝玉又磕头谢了恩，在挨门边绣墩上侧坐。说了一回读书作文诸事，北静王甚加爱惜。又赏了茶。因说道：“昨儿巡抚吴大人来陛见，说起令尊翁前任学政时秉公办事，凡属生童俱心服之至。他陛见时万岁爷也曾问过，他也十分保举，可知是令尊翁的喜兆。”宝玉连忙站起，听毕这一段话才回启道：“此是王爷的恩典，吴大人的盛情。”正说着，小太监进来回道：“外面诸位大人老爷都在前殿谢王爷赏宴。”说着，呈上谢宴并请午安帖子来。北静王略看了一看，仍递给小太监，笑了一笑说道：“知道了。劳动他们。”那小太监又回道：“这贾宝玉王爷单赏的饭预备了。”北静王便命那太监带了宝玉到一所极小巧精致的院里派人陪着吃了饭，又过来谢了恩。北静王又说了些好话儿，忽然笑说道：“我前次见你那块玉倒有趣儿，回来说了个式样，叫他们也作了一块来。今日你来得正好，就给你带回去玩罢。”因命小太监取来，亲手递给宝玉。宝玉接过来，捧着又谢了，然后退出。北静王又命两个小太监跟出来。才同着贾赦等回来了。贾赦便各自回院里去。这里贾政带着他三人回来见过贾母，请过了安，说了一回府里遇见的人。宝玉又回了贾政吴大人陛见保举的话。贾政道：“这吴大人本来咱们相好，也是我辈中人，还倒是有骨气的。”又说了几句闲话儿。贾母便叫：“歇着去罢。”贾政退出，珍琏宝玉都跟到门口。贾政道：“你们都回去陪老太太坐着去罢。”说着，便回房去。刚坐了一坐，只见一个小丫头回道：“外面林之孝请老爷回话。”说着递上个红单帖来，写着吴巡抚的名字。贾政知是来拜，便叫小丫头叫林之孝进来。贾政出至廊檐下，林之孝进来回道：“今日巡抚吴大人来拜，奴才回了去了。再奴才还听见说现今工部出了一个郎中缺，外头人和部里都吵嚷是老爷拟正呢。”贾政道：“瞧罢咧。”林之孝又回了几句话才出去了。

且说珍琏宝玉三人回去，独有宝玉到贾母那边，一面述说北静王待他的光景，并拿出那块玉来大家看着笑了一回。贾母因命人给他收起去罢，别丢了。因问：“你那块玉好生带着罢，别闹混了。”宝玉在项上摘了下来

第八十五回
贾存周报升郎中任　薛文起复惹放流刑

话说赵姨娘正在屋里抱怨贾环，只听贾环在外间屋里发话道："我不过弄倒了药铞子洒了一点子药，那丫头子又没就死了，值的他也骂我，你也骂我，赖我心坏，把我往死里糟蹋！等着我明儿还要那小丫头子的命呢，看你们怎么着！只叫他们隄防着就是了。"那赵姨娘赶忙从里间出来握住他的嘴说道："你还只管信口胡唚，还叫人家先要了我的命呢！"娘儿两个吵了一回。赵姨娘听见凤姐的话，越想越气，也不着人来安慰凤姐一声儿。过了几天，巧姐儿也好了，因此两边结怨比从前更加一层了。

一日林之孝进来回道："今日是北静郡王生日，请老爷的示下。"贾政吩咐道："只按向年旧例办了回大老爷知道送去就是了。"林之孝答应了，自去办理。不一时贾赦过来，同贾政商议，带了贾珍贾琏宝玉去与北静王拜寿。别人还不理论，惟有宝玉素日仰慕北静王的容貌威仪，巴不得常见才好。遂连忙换了衣服，跟着来到北府。贾赦贾政递了职名候谕。不多时里面出来了一个太监，手里掐着数珠儿，见了贾赦贾政，笑嘻嘻的说道："二位老爷好？"贾赦贾政也都赶忙问好。他兄弟三人也过来问了好。那太监道："王爷叫请进去呢。"于是爷儿五个跟着那太监进入府中，过了两层门，转过一层殿去，里面方是内宫门。刚到门前，大家站住，那太监先进去回王爷去了。这里门上小太监都迎着问了好。一时那太监出来，说了个"请"字，爷儿五个肃敬跟入。只见北静郡王穿着礼服已迎到殿门廊下。贾赦贾政先上来请安，捱次便是珍琏宝玉请安。那北静郡王单拉着宝玉道："我久不见你，很惦记你。"因又笑问道："你那块玉儿好？"宝玉躬着身打着一半千儿回道："蒙王爷福庇，都好。"北静王道："今日你来没有什么好东西给你吃的，的，要找真牛黄方用得。”贾母道了乏，那大夫同贾琏出去开了方子去了。凤姐道：“人参家里常有，这牛黄倒怕未必有，外头买去只是要真的才好。”王夫人道：“等我打发人到姨太太那边去找找，他家蟠儿是向与那些西客们做买卖，或者有真的也未可知。我叫人去问问。”正说话间，众姊妹都来瞧来了，坐了一回也都跟着贾母等去了。这里煎了药给巧姐儿灌了下去，只见喀的一声，连药带痰都吐出来，凤姐才略放了一点儿心。只见王夫人那边的小丫头拿着一点儿的小红纸包儿说道：“二奶奶，牛黄有了。太太说了，叫二奶奶亲自把分两对准了呢。”凤姐答应着接过来，便叫平儿配齐了真珠冰片朱砂，快熬起来。自己用戥子按方秤了，搀在里面，等巧姐儿醒了好给他吃。只见贾环掀帘进来说：“二姐姐，你们巧姐儿怎么了？妈叫我来瞧瞧他。”凤姐见了他母子便嫌，说：“好些了。你回去说叫你们姨娘想着。”那贾环口里答应，只管各处瞧看。看了一回，便问凤姐儿道：“你这里听的说有牛黄，不知牛黄是怎么个样儿，给我瞧瞧呢。”凤姐道：“你别在这里闹了。妞儿才好些。那牛黄都煎上了。”贾环听了，便去伸手拿那铞子瞧时，岂知措手不及，沸的一声铞子倒了，火已泼灭了一半。贾环见不是事，自觉没趣，连忙跑了。凤姐急的火星直爆，骂道：“真真那一世的对头冤家！你何苦来还来使促狭！从前你妈要想害我，如今又来害妞儿。我和你几辈子的仇呢！”一面骂平儿不照应。正骂着，只见丫头来找贾环。凤姐道：“你去告诉赵姨娘，说他操心也太苦了！巧姐儿死定了，不用他惦着了。”平儿急忙在那里配药再熬，那丫头摸不着头脑，便悄悄问平儿道：“二奶奶为什么生气？”平儿将环哥弄倒药铞子说了一遍。丫头道：“怪不得他不敢回来，躲了别处去了。这环哥儿明日还不知怎么样呢！平姐姐，我替你收拾罢。”平儿说：“这倒不消。幸亏牛黄还有一点，如今配好了，你去罢。”丫头道：“我一准回去告诉赵姨奶奶，也省得他天天说嘴。”丫头回去果然告诉了赵姨娘。赵姨娘气的叫快找环儿。贾环在外间屋子里躲着，被丫头找了来。赵姨娘便骂道：“你这个下作种子！你为什么弄洒了人家的药，招的人家咒骂！我原叫你去问一声，不用进去。你偏进去，又不就走，还要虎头上捉虱子。你看我回了老爷打你不打。”这里赵姨娘正说着，只听贾环在外间屋子里更说出些惊心动魄的话来。未知何言，下回分解。

论亲事凤姐点金玉　探惊风贾环重结怨

分娇养，也识得几个字，见不得大阵仗儿，常在房中不出来的。张大老爷又说，只有这一个女孩儿，不肯嫁出去，怕人家公婆严，姑娘受不得委屈，必要女婿过门赘在他家给他料理些家事。”贾母听到这里，不等说完便道：“这断使不得。我们宝玉别人伏侍他还不够呢，倒给人家当家去。”邢夫人道：“正是老太太这个话。”贾母因向王夫人道：“你回来告诉你老爷，就说我的话，这张家的亲事是作不得的。”王夫人答应了。贾母便问：“你们昨日看巧姐儿怎么样？头里平儿来回我说很不大好，我也要过去看看呢。”邢王二夫人道：“老太太虽疼他，他那里耽的住。”贾母道：“却也不止为他，我也要走动走动，活活筋骨儿。”说着，便吩咐：“你们吃饭去罢，回来同我过去。”邢王二夫人答应着出来，各自去了。一时，吃了饭，都来陪贾母到凤姐房中。凤姐连忙出来接了进去。贾母便问巧姐儿到底怎么样。凤姐儿道：“只怕是搐风的来头。”贾母道：“这么着还不请人赶着瞧？”凤姐道：“已经请去了。”贾母因同邢王二夫人进房来看，只见奶子抱着，用桃红绫子小绵被儿裹着，脸皮趣青，眉梢鼻翅微有动意。贾母同邢王二夫人看了看便出外间坐下。正说间，只见一个小丫头回凤姐道：“老爷打发人问姐儿怎么样。”凤姐道：“替我回老爷，就说请大夫去了。一会儿开了方子就过去回老爷。”贾母忽然想起张家的事来，向王夫人道：“你该就去告诉你老爷，省得人家去说了回来又驳回。”又问邢夫人道：“你们和张家如今为什么不走了？”邢夫人因又说：“论起那张家的行事也难和咱们作亲，太啬尅，没的玷辱了宝玉。”凤姐听了这话已知八九，便问道：“太太不是说宝兄弟的亲事？”邢夫人道：“可不是么。”贾母接着因把刚才的话告诉凤姐。凤姐笑道：“不是我当着老祖宗太太们跟前说句大胆的话，现放着天配的姻缘何用别处去找。”贾母笑问道：“在那里？”凤姐道：“一个宝玉，一个金锁，老太太怎么忘了？”贾母笑了一笑，因说：“昨日你姑妈在这里你为什么不提？”凤姐道：“老祖宗和太太们在前头，那里有我们小孩子家说话的地方儿。况且姨妈过来瞧老祖宗，怎么提这些个。这也得太太们过去求亲才是。”贾母笑了，邢王二夫人都也笑了。贾母因道：“可是我背晦了。”说着，人回大夫来了。贾母便坐在外间，邢王二夫人略避。那大夫同贾琏进来，给贾母请了安，方进房中。看了出来，站在地下躬身回贾母道：“妞儿一半是内热，一半是惊风。须先用一剂发散风痰药，还要用四神散才好。因病势来得不轻。如今的牛黄都是假了，只是心重些，所以身子就不大很结实了。要赌灵性儿也和宝丫头不差什么，要赌宽厚待人里头却不济他宝姐姐有耽待有尽让了。”薛姨妈又说了两句闲话儿，便道：“老太太歇着罢。我也要到家里去看看，只剩下宝丫头和香菱了。打那么同着姨太太看看巧姐儿。”贾母道：“正是。姨太太上年纪的人看看是怎么不好，说给他们也得点主意儿。”薛姨妈便告辞，同着王夫人出来往凤姐院里去了。

却说贾政试了宝玉一番，心里却也喜欢，走向外面和那些门客闲谈，说起方才的话来，便有新近到来最善大棋的一个王尔调名作梅的说道：“据我们看来，宝二爷的学问已是大进了。”贾政道：“那有进益，不过略懂得些罢咧。学问两个字早得很呢。”詹光道：“这是老世翁过谦的话。不但王大兄这般说，就是我们看宝二爷必定要高发的。”贾政笑道：“这也是诸位过爱的意思。”那王尔调又道：“晚生还有一句话，不揣冒昧，和老世翁商议。”贾政道：“什么事？”王尔调陪笑道：“也是晚生的相与，做过南韶道的张大老爷家有一位小姐，说是生得德容功貌俱全，此时尚未受聘。他又没有儿子，家资巨万。但是要富贵双全的人家，女婿又要出众才肯作亲。晚生来了两个月，瞧着宝二爷的人品学业都是必要大成的，老世翁这样门楣，还有何说。若晚生过去，包管一说就成。”贾政道：“宝玉说亲却也是年纪了，并且老太太常说起。但只张大老爷素来尚未深悉。”詹光道：“王兄所提张家，晚生却也知道。况和大老爷那边是旧亲。老世翁一问便知。”贾政想了一回道：“大老爷那边不曾听得这门亲戚。”詹光道：“老世翁原来不知，这张府上原和邢舅太爷那边有亲的。”贾政听了，方知是邢太太的亲戚。坐了一回进来了，便要向王夫人说知，转问邢夫人去。谁知王夫人陪了薛姨妈到凤姐那边看巧姐儿去了。那天已经掌灯时候，薛姨妈去了，王夫人才过来了。贾政告诉了王尔调和詹光的话，又问巧姐儿怎么了。王夫人道：“怕是惊风的光景。”贾政道：“不甚利害呀？”王夫人道：“看着是搐风的来头，只还没搐出来呢。”贾政听了便不言语。各自安歇，一宿晚景不提。却说次日邢夫人过贾母这边来请安，王夫人便提起张家的事，一面回贾母，一面问邢夫人。邢夫人道：“张家虽系老亲，但近年来久已不通音信，不知他家的姑娘是怎么样的。倒是前日孙亲家太太打发老婆子来问安，却说起张家的事。说他家有个姑娘，托孙亲家那边有对劲的提一提。听见说只这一个女孩儿，十

小设宴席贾母待客　重拭老泪姨妈诉苦

那孩子好好的又改了名字呢？”薛姨妈满脸飞红，叹了口气道：“老太太再别提起！自从蟠儿娶了这个不知好歹的媳妇，成日家咕咕唧唧，如今闹的也不成个人家了。我也说过他几次，他牛心不听说，我也没那么大精神和他们尽着吵去，只好由他们去。可不是他嫌这丫头的名儿不好改的。”贾母道：“名儿什么要紧的事呢？”薛姨妈道：“说起来我也怪臊的，其实老太太这边有什么不知道的。他那里是为这名儿不好，听见说他因为是宝丫头起的他才有心要改。”贾母道：“这又是什么缘故呢？”薛姨妈把手绢子不住的擦眼泪，未曾说又叹了一口气道：“老太太还不知道呢，这如今媳妇子专和宝丫头怄气。前日老太太打发人看我去，我们家里正闹呢。”贾母连忙接着问道：“可是前儿听见姨太太肝气疼，要打发人看去，后来听见说好了，所以没着人去。依我劝，姨太太竟把他们别放在心上。再者，他们也是新过门的小夫妻，过些时自然就好了。我看宝丫头性格儿温厚和平，虽然年轻，比大人还强几倍。前日那小丫头子回来说，我们这边还都赞叹了他一会子。都像宝丫头那样心胸儿，脾气儿，真是百里挑一的。不是我说句冒失话，那给人家作了媳妇儿，怎么叫公婆不疼，家里上上下下的不宾服呢。”宝玉头里已经听烦了，推故要走；及听见这话，又坐了呆呆的往下听。薛姨妈道：“不中用。他虽好，到底是女孩儿家。养了蟠儿这个糊涂孩子，真真叫我不放心。只怕在外头喝点子酒，闹出事来。幸亏老太太这里的大爷二爷常和他在一块儿，我还放点儿心。”宝玉听到这里，便接口道：“姨妈更不用悬心。薛大哥相好的都是些正经买卖大客人，都是有体面的，那里就闹出事来。”薛姨妈笑道：“依你这样说，我敢只不用操心了。”说话间饭已吃完，宝玉先告辞了，晚间还要看书，便各自去了。这里丫头们刚捧上茶来，只见琥珀走过来向贾母耳朵旁边说了几句。贾母便向凤姐儿道：“你快去罢，瞧瞧巧姐儿去罢。”凤姐听了，还不知何故。大家也怔了。琥珀遂过来向凤姐道：“刚才平儿打发小丫头子来回二奶奶，说：‘巧姐儿身上不大好，请二奶奶忙着些过来才好呢。’”贾母因说道：“你快去罢，姨太太也不是外人。”凤姐连忙答应，在薛姨妈跟前告了辞。又见王夫人说道：“你先过去，我就去。小孩子家魂儿还不全呢，别叫丫头们大惊小怪的。屋里的猫儿狗儿也叫他们留点神儿。尽着孩子贵气，偏有这些琐碎。”凤姐答应了，然后带了小丫头回房去了。这里薛姨妈又问了一回黛玉的病。贾母道：“林丫头那孩子倒罢

"这是你做的么?"宝玉答应道:"是。"贾政点点头儿,因说道:"这也并没有什么出色处,但初试笔能如此还算不离。前年我在任上时,还出过'惟士为能'这个题目。那些童生都读过前人这篇,不能自出心裁,每多抄袭。你念过没有?"宝玉道:"也念过。"贾政道:"我要你另换个主意,不许雷同了前人。只做个破题也使得。"宝玉只得答应着,低头搜索枯肠。贾政背着手也在门口站着作想。只见一个小小厮往外飞走,看见贾政,连忙侧身垂手站住。贾政便问道:"作什么?"小厮回道:"老太太那边姨太太来了,二奶奶传出话来,叫预备饭呢。"贾政听了,也没言语,那小厮自去了。谁知宝玉自从宝钗搬回家去,十分想念,听见薛姨妈来了,只当宝钗同来,心中早已忙了。便乍着胆子回道:"破题倒作了一个,但不知是不是。"贾政道:"你念来我听。"宝玉念道:"天下不皆士也,能无产者亦仅矣。"贾政听了,点着头道:"也还使得。以后作文总要把界限分清,把神理想明白了再去动笔。你来的时候老太太知道不知道?"宝玉道:"知道的。"贾政道:"既如此,你还到老太太处去罢。"宝玉答应了个"是",只得拿捏着慢慢的退出。刚过穿廊月洞门的影屏,便一溜烟跑到老太太院门口。急得焙茗在后头赶着叫:"看跌倒了!老爷来了!"宝玉那里听得见。刚进得门来便听见王夫人凤姐探春等笑语之声。丫鬟们见宝玉来了,连忙打起帘子,悄悄告诉道:"姨太太在这里呢。"宝玉赶忙进来给薛姨妈请安,过来才给贾母请了晚安。贾母便问:"你今儿怎么这早晚才散学?"宝玉悉把贾政看文章并命作破题的话述了一遍。贾母笑容满面。

宝玉因问众人道:"宝姐姐在那里坐着呢?"薛姨妈笑道:"你宝姐姐没过来,家里和香菱作活呢。"宝玉听了,心中索然,又不好就走。只见说着话儿已摆上饭来,自然是贾母薛姨妈上坐,探春等陪坐。薛姨妈道:"宝哥儿呢?"贾母忙笑说道:"宝玉跟着我这边坐罢。"宝玉连忙回道:"头里散学时,李贵传老爷的话叫吃了饭过去。我赶着要了一碟菜泡茶吃了一碗饭就过去了。老太太和姨妈姐姐们用罢。"贾母道:"既这么着,凤丫头就过来跟着我。你太太才说他今儿吃斋,叫他们自己吃去罢。"王夫人也道:"你跟着老太太姨太太吃罢,不用等我。我吃斋呢。"于是凤姐告了坐,丫头安了杯箸,凤姐执壶斟了一巡才归坐。大家吃着酒,贾母便问道:"可是才姨太太提香菱,我听见前儿丫头们说秋菱,不知是谁,问起来才知道是他。怎么到底开了笔了没有？”宝玉道：“才做过三次。师父说，且不必回老爷知道，等好些再回老爷知道罢。因此这两天总没敢回。”贾政道：“是什么题目？”宝玉道：“一个是‘吾十有五而志于学’，一个是‘人不知而不愠’，一个是‘则归墨’三字。”贾政道：“都有稿儿么？”宝玉道：“都是作了抄出来，师父又改的。”贾政道：“你带了家来了还是在学房里呢？”宝玉道：“在学房里呢。”贾政道：“叫人取了来我瞧。”宝玉连忙叫人传话与焙茗：“叫他往学房中去，我书桌子抽屉里有一本薄薄儿竹纸本子，上面写着‘窗课’两字的就是，快拿来。”一回儿焙茗拿了来，递给宝玉。宝玉呈与贾政。贾政翻开看时，见头一篇写着题目是“吾十有五而志于学”。他原本破的是“圣人有志于学，幼而已然矣。”代儒却将“幼”字抹去，明用“十五”。贾政道：“你原本‘幼’字便扣不清题目了，‘幼’字是从小起至十六以前都是‘幼’。这章书是圣人自言学问工夫与年俱进的话，所以十五、三十、四十、五十、六十、七十俱要明点出来，才见得到了几时有这么个光景，到了几时又有那么个光景。师父把你‘幼’字改了‘十五’，便明白了好些。”看到承题，那抹去的原本云：“夫不志于学，人之常也。”贾政摇头道：“不但是孩子气，可见你本性不是个学者的志气。”又看后句：“圣人十五而志之，不亦难乎。”说道：“这更不成话了。”然后看代儒的改本云：“夫人孰不学，而志于学者卒鲜。此圣人所为自信于十五时欤。”便问：“改的懂得么？”宝玉答应道：“懂得。”又看第二艺题目是“人不知而不愠”。便先看代儒的改本云：“不以不知而愠者，终无改其悦乐矣。”方觑着眼看那抹去的底本说道：“你是什么‘能无愠人之心，纯乎学者也’。上一句似单做了‘而不愠’三个字的题目，下一句又犯了下文君子的分界，必如改笔才合题位呢。且下句找清上文方是书理。须要细心领略。”宝玉答应着。贾政又往下看：“夫不知，未有不愠者也，而竟不然，是非由悦而乐者曷克臻此。”原本末句：“非纯学者乎。”贾政道：“这也与破题同病的。这改的也罢了，不过清楚，还说得去。”第三艺是“则归墨”，贾政看了题目，自己扬着头想了一想，因问宝玉道：“你的书讲到这里了么？”宝玉道：“师父说《孟子》好懂些，所以倒先讲《孟子》。大前日才讲完了。如今讲上《论语》呢。”贾政因看这个破承倒没大改。破题云：“言于舍杨之外，若别无所归者焉。”贾政道：“第二句倒难为你。”“夫墨，非欲归者也；而墨之言已半天下矣，则舍杨之外欲不归于墨，得乎。”贾政道：

评子孙贾母露褒贬　试文字宝玉始提亲

么穷啊富的，只要深知那姑娘的脾性儿好，模样儿周正的就好。”贾政道：“老太太吩咐的很是。但只一件，姑娘也要好，第一要他自己学好才好；不然，不稂不莠的反倒耽误了人家的女孩儿，岂不可惜。”贾母听了这话，心里却有些不喜欢，便说道：“论起来，现放着你们作父母的，那里用我去操心。但只我想宝玉这孩子从小儿跟着我，未免多疼他一点儿，耽误了他成人的正事也是有的。只是我看他那生来的模样儿也还齐整，心性儿也还实在，未必一定是那种没出息的，必至糟蹋了人家的女孩儿。也不知是我偏心，我看着横竖比环儿略好些，不知你们看着怎么样。”几句话说得贾政心中甚实不安，连忙陪笑道：“老太太看的人也多了，既说他好，有造化的，想来是不错的。只是儿子望他成人性儿太了急一点，或者竟和古人的话相反，倒是莫知其子之美了。”一句话把贾母也怄笑了，众人也都陪着笑了。贾母因说道：“你这会子也有了几岁年纪，又居着官，自然越历练越老成。”说到这里，回头瞅着邢夫人和王夫人笑道：“想他那年轻的时候，那一种古怪脾气比宝玉还加一倍呢。直等娶了媳妇才略略的懂了些人事儿。如今只抱怨宝玉，这会子我看宝玉比他还略体些人情儿呢。”说的邢夫人王夫人都笑了，因说道：“老太太又说起逗笑儿的话儿来了。”说着，小丫头子们进来告诉鸳鸯：“请示老太太，晚饭伺候下了。”贾母便问：“你们又咕咕唧唧的说什么？”鸳鸯笑着回明了。贾母道：“那么着，你们也都吃饭去罢。单留凤姐儿和珍哥媳妇跟着我吃罢。”贾政及邢王二夫人都答应着，伺候摆上饭来，贾母又催了一遍，才都退出各散。却说邢夫人自去了。贾政同王夫人进入房中。贾政因提起贾母方才的话来，说道：“老太太这样疼宝玉，毕竟要他有些实学，日后可以混得功名，才好不枉老太太疼他一场，也不至糟蹋了人家的女儿。”王夫人道：“老爷这话自然是该当的。”贾政因着个屋里的丫头传出去告诉李贵：“宝玉放学回来，索性吃饭后再叫他过来，说我还要问他话呢。”李贵答应了“是”。至宝玉放了学，刚要过来请安，只见李贵道：“二爷先不用过去。老爷吩咐了，今日叫二爷吃了饭再过去呢。听见还有话问二爷呢。”宝玉听了这话，又是一个闷雷，只得见过贾母，便回园吃饭。三口两口吃完，忙漱了口，便往贾政这边来。贾政此时在内书房坐着，宝玉进来请了安，一旁侍立。贾政问道：“这几日我心上有事，也忘了问你。那一日你说你师父叫你讲一个月的书就要给你开笔，如今算来将两个月了，你

第八十四回
试文字宝玉始提亲　探惊风贾环重结怨

却说薛姨妈一时因被金桂这场气怄得肝气上逆，左肋作痛。宝钗明知是这个缘故，也等不及医生来看，先叫人去买了几钱钩藤来，浓浓的煎了一碗给他母亲吃了。又和秋菱给薛姨妈捶腿揉胸，停了一会儿，略觉安顿。这薛姨妈只是又悲又气：气的是金桂撒泼；悲的是宝钗有涵养，倒觉可怜。宝钗又劝了一回，不知不觉的睡了一觉，肝气也渐渐平复了。宝钗便说道："妈妈，你这种闲气不要放在心上才好。过几天走的动了，乐得往那边老太太姨妈处去说说话儿，散散闷也好。家里横竖有我和秋菱照看着，靠他也不敢怎么样。"薛姨妈点点头道："过两日看罢了。"

且说元妃疾愈之后，家中俱各喜欢。过了几日，有几个老公走来，带着东西银两，宣贵妃娘娘之命，因家中省问勤劳，俱有赏赐。把物件银两一一交代清楚。贾赦贾政等禀明了贾母，一齐谢恩毕，太监吃了茶去了。大家回到贾母房中说笑了一回。外面老婆子传进来说："小厮们来回道：'那边有人请大老爷说要紧的话呢。'"贾母便向贾赦道："你去罢。"贾赦答应着退出来自去了。这里贾母忽然想起，和贾政笑道："娘娘心里却甚实惦记着宝玉，前儿还特特的问他来着呢。"贾政陪笑道："只是宝玉不大肯念书，辜负了娘娘的美意。"贾母道："我倒给他上了个好儿，说他近日文章都做上来了。"贾政笑道："那里能像老太太的话呢。"贾母道："你们时常叫他出去作诗作文，难道他都没作上来么！小孩子家慢慢的教导他。可是人家说的，'胖子也不是一口儿吃的'。"贾政听了这话，忙陪笑道："老太太说的是。"贾母又道："提起宝玉，我还有一件事和你商量。如今他也大了，你们也该留神看一个好孩子给他定下。这也是他终身的大事。也别论远近亲戚，什炕沿大哭起来，说："我那里比得秋菱，连他脚底下的泥我还跟不上呢！他是来久了的，知道姑娘的心事，又会献勤儿；我是新来的，又不会献勤儿，如何拿我比他！何苦来，天下有几个都是贵妃的命，行点好儿罢！别修的像我嫁个糊涂行子守活寡，那就是活活儿的现了眼了！"薛姨妈听到那里，万分气不过，便站起身来道："不是我护着自己的女孩儿，他句句劝你，你却句句怄他。你有什么过不去，不要寻他，勒死我倒也是稀松的。"宝钗忙劝道："妈妈，你老人家不用动气。咱们既来劝他，自己生气倒多了层气。不如且出去，等嫂子歇歇儿再说。"因吩咐宝蟾道："你可别再多嘴了。"跟了薛姨妈出得房来。走过院子里，只见贾母身边的丫头同着秋菱迎面走来。薛姨妈道："你从那里来？老太太身上可安？"那丫头道："老太太身上好。叫来请姨太太安。还谢谢前儿的荔枝，还给琴姑娘道喜。"宝钗道："你多早晚来的？"那丫头道："来了好一会子了。"薛姨妈料他知道，红着脸说道："这如今我们家里闹得也不像个过日子的人家了，叫你们那边听见笑话。"丫头道："姨太太说那里的话！谁家没个碟大碗小磕着碰着的呢，那是姨太太多心罢咧。"说着，跟了回到薛姨妈房中，略坐了一回就去了。宝钗正嘱咐香菱些话，只听薛姨妈忽然叫道："左胁疼痛的很。"说着，便向炕上躺下。吓得宝钗香菱二人手足无措。要知后事如何，下回分解。

乱家宅夏金桂骂仆　闹闺阃薛宝钗吞声

还不说，谁知道他那些事！”金桂冷笑道：“如今还有什么奶奶太太的，都是你们的世界了。别人是惹不得的，有人护庇着，我也不敢去虎头上捉虱子。你还是我的丫头，问你一句话，你就和我摔脸子，说塞话，你既这么有势力，为什么不把我勒死了，你和秋菱不拘谁做了奶奶，那不清净了么！偏我又不死，碍着你们的道儿。”宝蟾听了这话，那里受得住，便眼睛直直的瞅着金桂道：“奶奶这些闲话只好说给别人听去，我并没和奶奶说什么！奶奶不敢惹人家，何苦来拿着我们小软儿出气呢！正经的奶奶又装听不见，没事人一大堆了。”说着，便哭天哭地起来。金桂越发性起，便爬下炕来要打宝蟾。宝蟾也是夏家的风气，半点儿不让。金桂将桌椅杯盏尽行打翻，那宝蟾只管喊冤叫屈，那里理会他半点儿。岂知薛姨妈在宝钗房中听见如此吵嚷，叫香菱：“你去瞧瞧，且劝劝他。”宝钗道：“使不得，妈妈别叫他去。他去了岂能劝他，那更是火上浇了油了。”薛姨妈道：“既这么样，我自己过去。”宝钗道：“依我说，妈妈也不用去。由着他们闹去罢。这也是没法儿的事了。”薛姨妈道：“这那里还了得！”说着，自己扶了丫头往金桂这边来。宝钗只得也跟着过去。又嘱咐香菱道：“你在这里罢。”母女同至金桂房门口，听见里头正还嚷哭不止。薛姨妈道：“你们是怎么着，又这样家翻宅乱起来？这还像个人家儿吗！矮墙浅屋的，难道都不怕亲戚们听见笑话了么！”金桂屋里接声道：“我倒怕人笑话呢，只是这里扫帚颠倒竖，也没有主子，也没有奴才，也没有妻，没有妾，是个混帐世界了。我们夏家门子里没见过这样规矩，实在受不得你们家这样委屈了。”宝钗道：“大嫂子，妈妈因听见闹得慌才过来的。就是问的急了些，没有分清‘奶奶’‘宝蟾’两字也没有什么。如今且先把事情说开，大家和和气气的过日子，也省的妈妈天天为咱们操心。”那薛姨妈道：“是啊，先把事情说开了，你再问我的不是还不迟呢。”金桂道：“好姑娘，好姑娘！你是个大贤大德的。你日后必定有个好人家，好女婿，决不像我这样守活寡，举眼无亲，叫人家骑上头来欺负的。我是个没心眼儿的人，只求姑娘我说话别往死里挑捡，我从小儿到如今没有爹娘教道。再者，我们屋里老婆汉子大女人小女人的事姑娘也管不得。”宝钗听了这话，又是羞又是气；见他母亲这样光景，又是疼不过。因忍了气说道：“大嫂子，我劝你少说句儿罢。谁挑捡你？又是谁欺负你？不要说是嫂子，就是秋菱，我也从来没有加他一点声气儿的。”金桂听了这几句话，更加拍着骑马，跟着众家人，一齐去了。贾琏贾蓉在家中看家。且说贾家的车辆轿马俱在外西垣门口歇下等着。一回儿有两个内监出来说道：“贾府省亲的太太奶奶们着令入宫探问。爷们俱着令内宫门外请安，不得入见。”门上人叫快进去。贾府中四乘轿子跟着小内监前行，贾家爷们在轿后步行跟着，令众家人在外等候。走近宫门口，只见几个老公在门上坐着。见他们来了，便站起来说道：“贾府爷们至此。”贾赦贾政便捱次立定。轿子抬至宫门口，便都出了轿，早有几个小内监引路，贾母等各有丫头扶着步行。走至元妃寝宫，只见金璧辉煌，琉璃照耀。又有两个小宫女儿传谕道：“只用请安，一概仪注都免。”贾母等谢了恩，来至床前请安毕，元妃都赐了坐。贾母等又告了坐。元妃便向贾母道：“近日身上可好？”贾母扶着小丫头颤颤巍巍站起来答应道：“托娘娘洪福，起居尚健。”元妃又向邢夫人王夫人问了好，邢王二夫人站着回了话。元妃又问凤姐家中过的日子若何。凤姐站起来回奏道：“尚可支持。”元妃道：“这几年来难为你操心。”凤姐正要站起来回奏，只见一个宫女传进许多职名，请娘娘龙目。元妃看时，就是贾赦贾政等若干人。那元妃看了职名，眼圈儿一红，止不住流下泪来。宫女儿递过绢子，元妃一面拭泪，一面传谕道：“今日稍安，令他们外面暂歇。”贾母等站起来，又谢了恩。元妃含泪道：“父女弟兄，反不如小家子得以常常亲近。”贾母等都忍着泪道：“娘娘不用悲伤，家中已托着娘娘的福多了。”元妃又问宝玉近来若何。贾母道：“近来颇肯念书。因他父亲逼得严紧，如今文字也都做上来了。”元妃道：“这样才好。”遂命外宫赐宴。便有两个宫女儿四个小太监引了到一座宫里。已摆得齐整，各按坐次坐了。不必细述。一时吃完了饭，贾母带着他婆媳三人谢过宴，又耽搁了一回。看看已近酉初，不敢羁留，俱各辞了出来。元妃命宫女儿引道，送至内宫门。门外仍是四个小太监送出。贾母等依旧坐着轿子出来，贾赦接着，大伙儿一齐回去。到家又要安排明后日进宫，仍令照应齐集。不提。

且说薛家夏金桂赶了薛蟠出去，日间拌嘴没有对头，秋菱又住在宝钗那边去了，只剩得宝蟾一人同住。既给与薛蟠作妾，宝蟾的意气又不比从前了。金桂看去更是一个对头，自己也后悔不来。一日吃了几杯闷酒，躺在炕上，便要借那宝蟾做个醒酒汤儿。因问着宝蟾道：“大爷前日出门到底是到那里去？你自然是知道的了！”宝蟾道：“我那里知道！他在奶奶跟前且说贾琏走到外面，只见一个小厮迎上来回道："大老爷叫二爷说话呢。"贾琏急忙过来，见了贾赦。贾赦道："方才风闻宫里头传了一个太医院御医、两个吏目去看病，想来不是宫女儿下人了。这几天娘娘宫里有什么信儿没有？"贾琏道："没有。"贾赦道："你去问问二老爷和你珍大哥。不然，还该叫人去到太医院里打听打听才是。"贾琏答应了。一面吩咐人往太医院去，一面连忙去见贾政贾珍。贾政听了这话，因问道："是那里来的风声？"贾琏道："是大老爷才说的。"贾政道："你索性和你珍大哥到里头打听打听。"贾琏道："我已经打发人往太医院打听去了。"一面说着，一面退出来，去找贾珍。只见贾珍迎面来了，贾琏忙告诉贾珍。贾珍道："我正为也听见这话来回大老爷二老爷去的。"于是两个人同着来见贾政。贾政道："如系元妃，少不得终有信的。"说着，贾赦也过来了。到了晌午，打听的尚未回来，门上人进来回说："有两个内相在外要见二位老爷呢。"贾赦道："请进来。"门上的人领了老公进来。贾赦贾政迎至二门外，先请了娘娘的安，一面同着进来，走至厅上，让了坐。老公道："前日这里贵妃娘娘有些欠安，昨日奉过旨意，宣召亲丁四人进里头探问。许各带丫头一人，馀皆不用。亲丁男人只许在宫门外递个职名请安听信，不得擅入。准于明日辰巳时进去，申酉时出来。"贾政贾赦等站着听了旨意，复又坐下。让老公吃茶毕，老公辞了出去。贾政贾赦送出大门，回来先禀贾母。贾母道："亲丁四人，自然是我和你们两位太太了。那一个人呢？"众人也不敢答言。贾母想了想道："必得是凤姐儿。他诸事有照应。你们爷儿们各自商量去罢。"贾赦贾政答应了出来，因派了贾琏贾蓉看家外，凡文字辈至草字辈一应都去。遂吩咐家人预备四乘绿轿，十馀辆大车，明儿黎明伺候。家人答应去了。贾赦贾政又进去回明老太太，辰巳时进去，申酉时出来。今日早些歇歇，明日好早些起来收拾进宫。贾母道："我知道。你们去罢。"赦政等退出。这里邢夫人、王夫人、凤姐儿也都说了一会子元妃的病，又说了些闲话，才各自散了。次日黎明，各间屋子丫头们将灯火俱已点齐。太太们各梳洗毕，爷们亦各整顿好了。一到卯初，林之孝和赖大进来，至二门口回道："轿车俱已齐备，在门外伺候着呢。"不一时，贾赦、邢夫人也过来了，大家用了早饭。凤姐先扶老太太出来，众人围随，各带使女一人，缓缓前行。又命李贵等二人先骑马去外宫门接应。自己家眷随后。"文"字辈至"草"字辈各自登车

闻风声内廷传消息　省宫闱贾元妃染恙

的是月钱。况且近来你也知道，出去的多，进来的少，总绕不过弯儿来。不知道的还说我打算的不好，更有那一种嚼舌根的说我搬运到娘家去了。周嫂子，你倒是那里经手的人，这个自然还知道些。”周瑞家的道：“真正委屈死人！这样大门头儿，除了奶奶这样心计儿当家罢了。别说是女人当不来，就是三头六臂的男人还撑不住呢。还说这些个混帐话。”说着，又笑了一声道：“奶奶还没听见呢，外头的人还更糊涂呢。前儿周瑞回家来，说起外头的人打谅着咱们府里不知怎么样有钱呢。也有说‘贾府里的银库几间，金库几间，使的家伙都是金子镶了玉石嵌了的。’也有说‘姑娘做了王妃，自然皇上家的东西分的了一半子给娘家。前儿贵妃娘娘省亲回来，我们还亲见他带了几车金银回来，所以家里收拾摆设的水晶宫是的。那日在庙里还愿花了几万银子，只算得牛身上拔了一根毛罢咧。’有人还说‘他门前的狮子只怕还是玉石的呢，园子里还有金麒麟，叫人偷了一个去，如今剩下一个了。家里的奶奶姑娘不用说，就是屋里使唤的姑娘们也是一点儿不动，喝酒下棋弹琴画画，横竖有伏侍的人呢。单管穿罗罩纱，吃的带的都是人家不认得的。那些哥儿姐儿们更不用说了，要天上的月亮也有人去拿下来给他玩。’还有歌儿呢，说是：‘宁国府，荣国府，金银财宝如粪土。吃不穷，穿不穷，算来——’”说到这里，猛然咽住。原来那时歌儿说道是：“算来总是一场空。”这周瑞家的说溜了嘴，说到这里，忽然想起这话不好，因咽住了。凤姐儿听了，已明白必是句不好的话了，也不便追问。因说道：“那都没要紧，只是这金麒麟的话从何而来？”周瑞家的笑道：“就是那庙里的老道士送给宝二爷的小金麒麟儿。后来丢了几天，亏了史姑娘捡着还了他，外头就造出这个谣言来了。奶奶说这些人可笑不可笑。”凤姐道：“这些话倒不是可笑，倒是可怕的。咱们一日难似一日，外面还是这么讲究。俗语儿说的，‘人怕出名猪怕壮。’况且又是个虚名儿，终久还不知怎么样呢。”周瑞家的道：“奶奶虑的也是。只是满城里茶坊酒铺儿以及各衙衕儿都是这样说，并且不是一年了，那里握的住众人的嘴。”凤姐点点头儿。因叫平儿称了几两银子，递给周瑞家的道：“你先拿去交给紫鹃，只说我给他添补买东西的。若要官中的只管要去。别提这月钱的话。他也是个伶透人，自然明白我的话。我得了空儿就去瞧姑娘去。”周瑞家的接了银子，答应着自去。不提。

动气，且多疑多惧。不知者疑为性情乖诞，其实因肝阴亏损，心气衰耗，都是这个病在那里作怪。——不知是否？”紫鹃点点头儿，向贾琏道：“说的很是。”王太医道：“既这样就是了。”说毕，起身同贾琏往外书房去开方子。小厮们早已预备下一张梅红单帖。王太医吃了茶，因提笔先写道：

六脉弦迟，素由积郁。左寸无力，心气已衰。关脉独洪，肝邪偏旺。木气不能疏达，势必上侵脾土，饮食无味，甚至胜所不胜，肺金定受其殃。气不流精，凝而为痰，血随气涌，自然咳吐。理宜疏肝保肺，涵养心脾。虽有补剂，未可骤施。姑拟黑逍遥以开其先，复用归肺固金以继其后。不揣固陋，俟高明裁服。

又将七味药与引子写了。贾琏拿来看时，问道：“血势上冲，柴胡使得么？”王大夫笑道：“二爷但知柴胡是升提之品，为吐衄所忌；岂知用鳖血拌炒，非柴胡不足宣少阳甲胆之气，以鳖血制之，使其不致升提，且能培养肝阴，制遏邪火，所以内经说：‘通因通用，塞因塞用。’柴胡用鳖血拌炒，正是假周勃以安刘的法子。”贾琏点头道：“原来是这么着。这就是了。”王大夫又道：“先请服两剂，再加减或再换方子罢。我还有一点小事，不能久坐。容日再来请安。”说着，贾琏送了出来，说道：“舍弟的药就是那么着了？”王大夫道：“宝二爷倒没什么大病，大约再吃一剂就好了。”说着，上车而去。这里贾琏一面叫人抓药，一面回到房中告诉凤姐黛玉的病原与大夫用的药，述了一遍。

只见周瑞家的走来，回了几件没要紧的事。贾琏听到一半，便说道：“你回二奶奶罢，我还有事呢。”说着就走了。周瑞家的回完了这件事，又说道：“我方才到林姑娘那边，看他那个病竟是不好呢。脸上一点血色也没有，摸了摸身上，只剩得一把骨头。问问他也没有话说，只是淌眼泪。回来紫鹃告诉我说：‘姑娘现在病着，要什么自己又不肯要，我打算要问二奶奶那里支用一两个月的月钱。如今吃药虽是公中的，零用也得几个钱。’我答应了他，替他来回奶奶。”凤姐低了半日头，说道：“竟这么着罢，我送他几两银子使罢。也不用告诉林姑娘。这月钱却是不好支的。一个人开了例，要是都支起来，那如何使得呢。你不记得赵姨妈和三姑娘拌嘴了，也无非为已走到床前。黛玉命紫鹃扶起，一手指着床边让袭人坐下。袭人侧身坐了，连忙陪着笑劝道："姑娘倒还是躺着罢。"黛玉道："不妨，你们快别这样大惊小怪的。——刚才是说谁半夜里心疼起来？"袭人道："是宝二爷偶然魇住了，不是认真怎么样。"黛玉会意，知道是袭人怕自己又悬心的缘故，又感激又伤心。因趁势问道："既是魇住了，不听见他还说什么？"袭人道："也没说什么。"黛玉点点头儿，迟了半日，叹了一声，才说道："你们别告诉宝二爷说我不好，看耽搁了他的工夫，又叫老爷生气。"袭人答应了，又劝道："姑娘还是躺躺歇歇罢。"黛玉点头，命紫鹃扶着歪下。袭人不免坐在旁边又宽慰了几句，然后告辞。回到怡红院，只说黛玉身上略觉不受用，也没什么大病，宝玉才放了心。

且说探春湘云出了潇湘馆，一路往贾母这边来。探春因嘱咐湘云道："妹妹回来见了老太太，别像刚才那样冒冒失失的了。"湘云点头笑道："知道了。我头里是叫他吓的忘了神了。"说着，已到贾母那边。探春因提起黛玉的病来。贾母听了，自是心烦，因说道："偏是这两个玉儿多病多灾的。林丫头一来二去的大了，他这个身子也要紧。我看那孩子太是个心细。"众人也不敢答言。贾母便向鸳鸯道："你告诉他们，明儿大夫来瞧了宝玉，就叫他到林姑娘那屋里去。"鸳鸯答应着，出来告诉了婆子们，婆子们自去传话。这里探春湘云就跟着贾母吃了晚饭，然后同回园中去。不提。到了次日，大夫来了，瞧了宝玉，不过说饮食不调，着了点儿风邪，没大要紧，疏散疏散就好了。这里王夫人凤姐等一面遣人拿了方子回贾母，一面使人到潇湘馆告诉说大夫就过来。紫鹃答应了，连忙给黛玉盖好被窝，放下帐子。雪雁赶着收拾房里的东西。一时，贾琏陪着大夫进来了，便说道："这位老爷是常来的，姑娘们不用回避。"老婆子打起帘子，贾琏让着进入房中坐下。贾琏道："紫鹃姐姐，你先把姑娘的病势向王老爷说说。"王大夫道："且慢说。等我诊了脉，听我说了看是对不对。若有不合的地方，姑娘们再告诉我。"紫鹃便向帐中扶出黛玉的一只手来，搁在迎手上。紫鹃又把镯子连袖子轻轻的搂起，不叫压住了脉息。那王大夫诊了好一回儿，又换那只手也诊了，便同贾琏出来到外间屋里坐下，说道："六脉皆弦，因平日郁结所致。"说着，紫鹃也出来站在里间门口。那王大夫便向紫鹃道："这病时常应得头晕，减饮食，多梦，每到五更必醒个几次。即日间听见不干自己的事也必要春又道："你别心烦，我来看你是姊妹们应该的。你又少人伏侍。只要你安心肯吃药，心上把喜欢事儿想想，能够一天一天的硬朗起来，大家依旧结社做诗，岂不好呢。"湘云道："可是三姐姐说的，那么着不乐。"黛玉哽咽道："你们只顾要我喜欢，可怜我那里赶得上这日子。只怕不能够了！"探春道："你这话说的太过了。谁没个病儿灾儿的，那里就想到这里来了。你好生歇歇儿罢，我们到老太太那边，回来再看你。你要什么东西只管叫紫鹃告诉我。"黛玉流泪道："好妹妹，你到老太太那里只说我请安，身上略有点不好，不是什么大病，也不用老太太烦心的。"探春答应道："我知道。你只管养着罢。"说着，才同湘云出去了。这里紫鹃扶着黛玉躺在床上，地下诸事自有雪雁照料，自己只守着旁边。看着黛玉，又是心酸，又不敢哭泣。那黛玉闭着眼躺了半晌，那里睡得着。觉得园里头平日只见寂寞，如今躺在床上，偏听得风声，虫鸣声，鸟语声，人走的脚步声，又像远远的孩子们啼哭声，一阵一阵的聒噪的烦躁起来，因叫紫鹃放下帐子来。雪雁捧了一碗燕窝汤递与紫鹃，紫鹃隔着帐子轻轻问道："姑娘喝一口汤罢？"黛玉微微应了一声。紫鹃复将汤递给雪雁，自己上来搀扶黛玉坐起，然后接过汤来，搁在唇边试了一试，一手搂着黛玉肩臂，一手端着汤送到唇边。黛玉微微睁眼喝了两三口，便摇摇头儿不喝了。紫鹃仍将碗递给雪雁，轻轻扶黛玉睡下。静了一时，略觉安顿。只听窗外悄悄问道："紫鹃妹妹在家么？"雪雁连忙出来，见是袭人，因悄悄说道："姐姐屋里坐着。"袭人也便悄悄问道："姑娘怎么着？"一面走，一面雪雁告诉夜间及方才之事。袭人听了这话，也吓怔了，因说道："怪道刚才翠缕到我们那边，说你们姑娘病了，吓的宝二爷连忙打发我来看看是怎么样。"正说着，只见紫鹃从里间掀起帘子望外看，见袭人，点头儿叫他。袭人轻轻走过来，问道："姑娘睡着了吗？"紫鹃点点头儿，问道："姐姐才听见说了？"袭人也点点头儿，蹙着眉道："终久怎么样好呢！那一位昨夜也把我吓了个半死儿。"紫鹃忙问："怎么了？"袭人道："昨日晚上睡觉还是好好儿的，谁知半夜里一叠连声的嚷起心疼来，嘴里胡说白道，只说好像刀子割了去的是的。直闹到打亮梆子以后才好些了。你说吓人不吓人。今日不能上学，还要请大夫来吃药呢。"正说着，只听黛玉在帐子里又咳嗽起来。紫鹃连忙过来捧痰盒儿接痰。黛玉微微睁眼问道："你和谁说话呢？"紫鹃道："袭人姐姐来瞧姑娘来了。"说着袭人

第八十三回
省宫闱贾元妃染恙　闹闺阃薛宝钗吞声

话说探春湘云才要走时，忽听外面一个人嚷道："你这不成人的小蹄子，你是个什么东西，来这园子里头混搅！"黛玉听了，大叫一声道："这里住不得了！"一手指着窗外，两眼反插上去。原来黛玉住在大观园中，虽靠着贾母疼爱，然在别人身上凡事终是寸步留心。听见窗外老婆子这样骂着，在别人呢，一句是贴不上的，竟像专骂着自己的。自思一个千金小姐，只因没了爹娘，不知何人指使这老婆子来这般辱骂，那里委屈得来。因此肝肠崩裂，哭晕去了。紫鹃只是哭叫："姑娘怎么样了，快醒转来罢。"探春也叫了一回。半晌，黛玉回过这口气，还说不出话来，那只手仍向窗外指着。探春会意，开门出去，看见老婆子手中拿着拐棍，赶着一个不干不净的毛丫头道："我是为照管这园中的花果树木来到这里，你作什么来了！等我家去打你一个知道。"这丫头扭着头，把一个指头探在嘴里，瞅着老婆子笑。探春骂道："你们这些人如今越发没了王法了！这里是你骂人的地方儿吗！"老婆子见是探春，连忙陪着笑脸儿说道："刚才是我的外孙女儿看见我来了，他就跟了来，我怕他闹，所以才吆喝他回去。那里敢在这里骂人呢。"探春道："不用多说了，快给我都出去。这里林姑娘身上不大好，还不快去么！"老婆子答应了几个"是"，说着，一扭身去了。那丫头也就跑了。探春回来看见湘云拉着黛玉的手只管哭，紫鹃一手抱着黛玉，一手给黛玉揉胸口，黛玉的眼睛方渐渐的转过来了。探春笑道："想是听见老婆子的话你疑了心了么？"黛玉只摇摇头儿。探春道："他是骂他外孙女儿。我才刚也听见了。这种东西说话再没有一点道理的，他们懂得什么避讳。"黛玉听了，点点头儿，拉着探春的手道："妹妹——"叫了一声，又不言语了。探翠缕道："怎么不真。"翠墨道："我们刚才进去去瞧了瞧，颜色不成颜色，说话儿的气力儿都微了。"湘云道："不好的这么着，怎么还能说话呢。"探春道："怎么你这么糊涂，不能说话不是已经——"说到这里，却咽住了。惜春道："林姐姐那样一个聪明人，我看他总有些瞧不破，一点半点儿都要认起真来。天下事那里有多少真的呢。"探春道："既这么着，咱们都过去看看。倘若病的利害，咱们好过去告诉大嫂子，回老太太，传大夫进来瞧瞧，也得个主意。"湘云道："正是这样。"惜春道："姐姐们先去，我回来再过去。"于是探春湘云扶了小丫头都到潇湘馆来。进入房中，黛玉见他二人，不免又伤心起来。因又转念想起梦中，"连老太太尚且如此，何况他们。况且我不请他们，他们还不来呢。"心里虽是如此，脸上却碍不过去，只得勉强令紫鹃扶起，口中让坐。探春湘云都坐在床沿上，一头一个。看了黛玉这般光景，也自伤感。探春便道："姐姐怎么身上又不舒服了？"黛玉道："也没什么要紧，只是身子软得很。"紫鹃在黛玉身后，偷偷的用手指那痰盒儿。湘云到底年轻，性情又兼直爽，伸手便把痰盒拿起来看。不看则已，看了吓的惊疑不止，说："这是姐姐吐的？这还了得！"初时黛玉昏昏沉沉，吐了也没细看，此时见湘云这么说，回头看时，自己早已灰了一半。探春见湘云冒失，连忙解说道："这不过是肺火上炎，带出一半点来也是常事。偏是云丫头不拘什么就这样蝎蝎螫螫的。"湘云红了脸，自悔失言。探春见黛玉精神短少，似有烦倦之意，连忙起身说道："姐姐静静的养养神罢。我们回来再瞧你。"黛玉道："累你二位惦着。"探春又嘱咐紫鹃好生留神伏侍姑娘，紫鹃答应着。探春才要走，只听外面一个人嚷起来。未知是谁，下回分解。

说话声音带着悲惨的光景，心中觉了八九分，便叫紫鹃："进来罢，外头看凉着。"紫鹃答应了一声，这一声更比头里凄惨，竟是鼻中酸楚之音。黛玉听了，凉了半截。看紫鹃推门进来时尚拿手帕拭眼，黛玉道："大清早起，好好的为什么哭？"紫鹃勉强笑道："谁哭来，早起起来眼睛里有些不舒服。姑娘今夜大概比往常醒的时候更大罢，我听见咳嗽了大半夜。"黛玉道："可不是。越要睡越睡不着。"紫鹃道："姑娘身上不大好，依我说，还得自己开解着些。身子是根本。俗语说的：'留得青山在，依旧有柴烧。'况这里自老太太太太起，那个不疼姑娘。"只这一名话又勾起黛玉的梦来，觉得心头一撞，眼中一黑，神色俱变。紫鹃连忙端着痰盒，雪雁捶着脊梁，半日才吐出一口痰来。痰中一缕紫血，簌簌乱跳。紫鹃雪雁脸都吓黄了，两个旁边守着。黛玉便昏昏躺下。紫鹃看着不好，连忙努嘴叫雪雁叫人去。

雪雁才出屋门，只见翠缕翠墨两个人笑嘻嘻的走来。翠缕便道："林姑娘怎么这早晚还不出门？我们姑娘和三姑娘都在四姑娘屋里讲究四姑娘画的那张园子景儿呢。"雪雁连忙摆手儿，翠缕翠墨二人倒都吓了一跳，说："这是什么缘故？"雪雁将方才的事一一告诉他二人，二人都吐了吐舌头儿说："这可不是玩的，你们怎么不告诉老太太去。这还了得，你们怎么这么糊涂。"雪雁道："我这里才要去，你们就来了。"正说着，只听紫鹃叫道："谁在外头说话，姑娘问呢。"三个人连忙一齐进来。翠缕翠墨见黛玉盖着被躺在床上，见了他二人便说道："谁告诉你们了，你们这样大惊小怪的？"翠墨道："我们姑娘和云姑娘才都在四姑娘屋里讲究四姑娘画的那张园子图儿，叫我们来请姑娘来，不知姑娘身上又欠安了。"黛玉道："也不是什么大病，不过觉得身子略软些，躺躺儿就起来了。你们回去告诉三姑娘和云姑娘，饭后若无事，倒是请他们来这里坐坐罢。宝二爷没到你们那边去？"二人答道："没有。"翠墨又道："宝二爷这两天上了学了，老爷天天要查功课，那里还能像从前那么乱跑呢。"黛玉听了，默然不言。二人又略站了一回，都悄悄的退出来了。且说探春湘云正在惜春那边评论惜春所画大观园图，说这个多一点，那个少一点；这个太疏，那个太密。大家又议着题诗，着人去请黛玉商议。正说着，忽见翠缕翠墨二人回来，神色匆忙。湘云便先问道："林姑娘怎么不来？"翠缕道："林姑娘昨日夜里又犯了病了，咳嗽了一夜。我们听见雪雁说，吐了一盒子痰血。"探春听了诧异道："这话真么？"

老妈妈戏语引情思　病潇湘痴魂惊恶梦

叫你住下。你不信我的话,你就瞧瞧我的心。”说着,就拿着一把小刀子往胸口上一划,只见鲜血直流。黛玉吓得魂飞魄散,忙用手握着宝玉的心窝哭道:“你怎么做出这个事来!你先来杀了我罢。”宝玉道:“不怕,我拿我的心给你瞧。”还把手在划开的地方儿乱抓。黛玉又颤又哭,又怕人撞破,抱住宝玉痛哭。宝玉道:“不好了,我的心没有了,活不得了。”说着,眼睛往上一翻,咕咚就倒了。黛玉拚命放声大哭,只听见紫鹃叫道:“姑娘,姑娘,怎么压住了!快醒醒儿脱了衣服睡罢。”黛玉一翻身,却原来是一场恶梦。喉间犹是哽咽,心上还是乱跳,枕头上已经湿透,肩背身心但觉冰冷。想了一回,“父亲死得久了,与宝玉尚未放定,这是从那里说起!”又想梦中光景,无倚无靠,再真把宝玉死了那可怎么样好!一时痛定思痛,神魂俱乱。又哭了一回,遍身微微的出了一点儿汗。扎挣起来,把外罩大袄脱了,叫紫鹃盖好了被窝,又躺下去。翻来覆去,那里睡得着。只听得外面淅淅飒飒,又像风声,又像雨声。又停了一会子,又听得远远的吆呼声儿,却是紫鹃已在那里睡着,鼻息出入之声。自己扎挣着爬起来,围着被坐了一会。觉得窗缝里透进一缕凉风来,吹得寒毛直竖,便又躺下。正要朦胧睡去,听得竹枝上不知有多少家雀儿的声儿,啾啾唧唧叫个不住。那窗上的纸隔着屉子渐渐的透进清光来。黛玉此时已醒得双眸炯炯,一回儿咳嗽起来,连紫鹃都咳嗽醒了。紫鹃道:“姑娘,你还没睡着么?又咳嗽起来了,想是着了风了。这会儿窗户纸发清了,也待好亮起来了。歇歇儿罢,养养神,别尽着想长想短的了。”黛玉道:“我何尝不要睡,只是睡不着。你睡你的罢。”说了,又嗽起来。紫鹃见黛玉这般光景,心中也自伤感,睡不着了。听见黛玉又嗽,连忙起来捧着痰盒。这时天已亮了,黛玉道:“你不睡了么?”紫鹃笑道:“天都亮了,还睡什么呢。”黛玉道:“既这样,你就把痰盒儿换了罢。”紫鹃答应着,忙出来换了一个痰盒儿,将手里的这个盒儿放在桌上。开了套间门出来,仍旧带上门,放下撒花软帘,出来叫醒雪雁。开了屋门去倒那盒子时,只见满盒子痰,痰中好些血星。吓了紫鹃一跳,不觉失声道:“嗳哟,这还了得!”黛玉里面接着问是什么,紫鹃自知失言,连忙改说道:“手里一滑,几乎撂了痰盒子。”黛玉道:“不是盒子里的痰有了什么?”紫鹃道:“没有什么。”说着这句话时,心中一酸,那眼泪直流下来,声儿早已岔了。黛玉因为喉间有些甜腥,早自疑惑,方才听见紫鹃在外边诧异,这会子又听见紫鹃难道不知道林姑爷升了湖北的粮道，娶了一位继母，十分合心合意。如今想着你撂在这里不成事体，因托了贾雨村作媒，将你许了你继母的什么亲戚，还说是续弦，所以着人到这里来接你回去。大约一到家中就要过去的。都是你继母作主。怕的是道儿上没有照应，还叫你琏二哥哥送去。”说得黛玉一身冷汗。黛玉又恍惚父亲果在那里做官的样子，心上急着硬说道：“没有的事，都是凤姐姐混闹。”只见邢夫人向王夫人使个眼色儿：“他还不信呢，咱们走罢。”黛玉含着泪道：“二位舅母坐坐去。”众人不言语，都冷笑而去。黛玉此时心中干急，又说不出来。哽哽咽咽，恍惚又是和贾母在一处的是的。心中想道：“此事惟求老太太或还可救。”于是两腿跪下去，抱着贾母的腰说道：“老太太救我！我南边是死也不去的。况且有了继母，又不是我的亲娘。我是情愿跟着老太太一块儿的。”但见老太太呆着脸儿笑道：“这个不干我事。”黛玉哭道：“老太太，这是什么事呢？”老太太道：“续弦也好，倒多一副妆奁。”黛玉哭道：“我若在老太太跟前，决不使这里分外的闲钱。只求老太太救我！”贾母道：“不中用了！做了女人，终是要出嫁的。你孩子家不知道，在此地终非了局。”黛玉道：“我在这里情愿自己做个奴婢过活，自做自吃，也是愿意。只求老太太作主。”老太太总不言语。黛玉抱着贾母的腰哭道：“老太太，你向来最是慈悲的，又最疼我的，到了紧急的时候怎么全不管？不要说我是你的外孙女儿，是隔了一层了，我的娘是你的亲生女儿，看我娘分上，也该护庇些。”说着，撞在怀里痛哭。听见贾母道：“鸳鸯，你来送姑娘出去歇歇。我倒被他闹乏了。”黛玉情知不是路了，求去无用，不如寻个自尽。站起来往外就走。深痛自己没有亲娘，便是外祖母与舅母姊妹们平时何等待的好，可见都是假的。又一想今日怎么独不见宝玉，或见一面，看他还有法儿。便见宝玉站在面前，笑嘻嘻的说：“妹妹大喜呀！”黛玉听了这一句话，越发急了，也顾不得什么了，把宝玉紧紧拉住，说：“好！宝玉，我今日才知道你是个无情无义的人了。”宝玉道：“我怎么无情无义？你既有了人家儿，咱们各自干各自的了。”黛玉越听越气，越没了主意，只得拉着宝玉哭道：“好哥哥，你叫我跟了谁去？”宝玉道：“你要不去，就在这里住着。你原是许了我的，所以你才到我们这里来。我待你是怎么样的，你也想想。”黛玉恍惚又像果曾许过宝玉的，心内忽又转悲作喜，问宝玉道：“我是死活打定主意的了。你到底叫我去不去？”宝玉道：“我说模模糊糊认得是薛姨妈那边的人。便问道:“作什么?”婆子道:“我们姑娘打发来给这里林姑娘送东西的。”雪雁道:“略等等儿。”雪雁进来回了黛玉,黛玉便叫领他进来。那婆子进来请了安,且不说送什么,只是觑着眼瞧黛玉。看的黛玉脸上倒不好意思起来,因问道:“宝姑娘叫你来送什么?”婆子方笑着回道:“我们姑娘叫给姑娘送了一瓶儿蜜饯荔枝来。”回头又瞧见袭人,便问道:“这位姑娘不是宝二爷屋里的花姑娘么?”袭人笑道:“妈妈怎么认得我?”婆子笑道:“我们只在太太屋里看屋子,不大跟太太姑娘出门,所以姑娘们都不大认得。姑娘们碰着到我们那边去,我们都模糊记得。”说着,将一个瓶儿递给雪雁。又回头看看黛玉,因笑着向袭人道:“怨不得我们太太说这林姑娘和你们宝二爷是一对儿,原来真是天仙似的。”袭人见他说话造次,连忙岔道:“妈妈你乏了,坐坐吃茶罢。”那婆子笑嘻嘻的道:“我们那里忙呢,都张罗琴姑娘的事呢。姑娘还有两瓶荔枝,叫给宝二爷送去。”说着,颤颤巍巍告辞出去。黛玉虽恼这婆子方才冒撞,但因是宝钗使来的,也不好怎么样他。等他出了屋门,才说一声道:“给你们姑娘道费心。”那老婆子还只管嘴里咕咕哝哝的说:“这样好模样儿,除了宝玉,什么人擎受的起。”黛玉只装没听见。袭人笑道:“怎么人到了老来,就是混说白道的,叫人听着又生气又好笑。”一时,雪雁拿过瓶子来与黛玉看。黛玉道:“我懒待吃,拿了搁起去罢。”又说了一回话,袭人才去了。

一时晚妆将卸,黛玉进了套间,猛抬头看见了荔枝瓶,不禁想起日间老婆子的一番混话,甚是刺心,当此黄昏人静,千愁万绪,堆上心来。想起自己身子不牢,年纪又大了,看宝玉的光景,心里虽没别人,但是老太太舅母又不见有半点意思,深恨父母在时何不早定了这头婚姻。又转念一想道:“倘若父母在时,别处定了婚姻,怎能够似宝玉这般人材心地,不如此时尚有可图。心内一上一下,辗转缠绵,竟像辘轳一般。叹了一回气,掉了几点泪,无情无绪,和衣倒下。不知不觉,只见小丫头走来说道:“外面雨村贾老爷请姑娘。”黛玉道:“我虽跟他读过书,却不比男学生,要见我作什么?况且他和舅舅往来,从未提起,我也不便见的。”因叫小丫头回覆:“身上有病,不能出来。与我请安道谢就是了。”小丫头道:“只怕要与姑娘道喜,南京还有人来接。”说着,又见凤姐同邢夫人王夫人宝钗等都来笑道:“我们一来道喜,二来送行。”黛玉慌道:“你们说什么话?”凤姐道:“你还装什么呆!你

贾宝玉读书谈可畏　老学究讲义警顽心

是叹息的话，又是望人回转来的意思。并且见得人就有好德的，好得终是浮浅，直要像色一样的好起来那才是真好呢。”代儒道：“这也讲的罢了。我有句话问你：你既懂得圣人的话，为什么正犯着这两件病？我虽不在家中，你们老爷也不曾告诉我，其实你的毛病我却尽知的。做一个人怎么不望长进？你这回儿正是‘后生可畏’的时候，‘有闻’，‘不足畏’全在你自己做去了。我如今限你一个月把念过的旧书全要理清，再念一个月文章，以后我要出题目叫你作文章了。如若懈怠，我是断乎不依的。自古道：‘成人不自在，自在不成人。’你好生记着我的话。”宝玉答应了，也只得天天按着功课干去，不提。

且说宝玉上学之后，怡红院中甚觉清净闲暇，袭人倒可做些活计。拿着针线要绣个槟榔包儿，想着如今宝玉有了功课，丫头们可也没有饥荒了。早要如此，晴雯何至弄到没有结果。兔死狐悲，不觉滴下泪来。忽又想到自己终身，本不是宝玉的正配，原是偏房。宝玉的为人却还拿得住，只怕娶了一个利害的，自己便是尤二姐香菱的后身。素来看着贾母王夫人光景及凤姐儿往往露出话来，自然是黛玉无疑了。那黛玉就是个多心人。想到此际，脸红心热，拿着针不知戳到那里去了。便把活计放下，走到黛玉处去探探他的口气。黛玉正在那里看书，见是袭人，欠身让坐。袭人也连忙迎上来问：“姑娘这几天身子可大好了？”黛玉道：“那里能够，不过略硬朗些。你在家里做什么呢？”袭人道：“如今宝二爷上了学，房中一点事儿没有，因此来瞧瞧姑娘，说说话儿。”说着，紫鹃拿茶来。袭人忙站起来道：“妹妹坐着罢。”因又笑道：“我前儿听见秋纹说，妹妹背地里说我们什么来着。”紫鹃也笑道：“姐姐信他的话。我说宝二爷上了学，宝姑娘又隔断了，连香菱也不过来，自然是闷的。”袭人道：“你还提香菱呢，这才苦呢，撞着这位太岁奶奶，难为他怎么过。”把手伸着两个指头道：“说起来，比他还利害，连外头的脸面都不顾了。”黛玉接着道：“他也够受了，尤二姑娘怎么死了。”袭人道：“可不是。想来都是一个人，不过名分里头差些，何苦这样毒，外面名声也不好听。”黛玉从不闻袭人背地里说人，今听此话有因，便说道：“这也难说。但凡家庭之事，不是东风压了西风，就是西风压了东风。”袭人道：“做了旁边人心里先怯了，那里倒敢去欺负人呢。”说着，只见一个婆子在院里问道：“这里是林姑娘的屋子么？那位姐姐在这里呢？”雪雁出来一看，烧。袭人道:“你别动了,有些发烧了。”宝玉道:“可不是。”袭人道:“这是怎么说呢!”宝玉道:“不怕,是我心烦的缘故。你别吵嚷,省得老爷知道了,必说我装病逃学。不然,怎么病的这样巧。明儿好了,原到学里去就完事了。”袭人也觉得可怜,说道:“我靠着你睡罢。”便和宝玉捶了一回脊梁,不知不觉大家都睡着了。直到红日高升方才起来,宝玉道:“不好了,晚了!”急忙梳洗毕,问了安,就往学里来了。代儒已经变着脸说:“怪不得你老爷生气,说你没出息。第二天你就懒惰,这是什么时候才来!”宝玉把昨儿发烧的话说了一遍,方过去了,原旧念书。到了下晚,代儒道:“宝玉,有一章书你来讲讲。”宝玉过来一看,却是“后生可畏”章。宝玉心上说:“这还好,幸亏不是学庸。”问道:“怎么讲呢?”代儒道:“你把节旨句子细细儿讲来。”宝玉把这章先朗朗的念了一遍,说:“这章书是圣人勉励后生,教他及时努力,不要弄到——”说到这里,抬头向代儒一瞧。代儒觉得了,笑了一笑道:“你只管说,讲书是没有什么避忌的。礼记上说‘临文不讳’,只管说不要弄到什么?”宝玉道:“不要弄到老大无成。先将‘可畏’二字激发后生的志气,后把‘不足畏’二字警惕后生的将来。”说罢,看着代儒。代儒道:“也还罢了。串讲呢?”宝玉道:“圣人说:人生少时,心思才力样样聪明能干,实在是可怕的。那里料得定他后来的日子不像我的今日。若是悠悠忽忽到了四十岁,又到五十岁,既不能够发达,这种人虽是他后生时像个有用的,到了那个时候这一辈子就没有人怕他了。”代儒笑道:“你方才节旨讲的倒清楚,只是句子里有些孩子气。‘无闻’二字不是不能发迹做官的话,‘闻’是实在自己能够明理见道,就不做官也是有闻了。不然,古圣贤有遁世不见知的,岂不是不做官的人,难道也是‘无闻’么?‘不足畏’是使人料得定,方与‘焉知’的‘知’字对针,不是‘怕’的字眼。要从这里看出方能入细。你懂得不懂得?”宝玉道:“懂得了。”代儒道:“还有一章,你也讲一讲。”代儒往前揭了一篇,指给宝玉。宝玉看是“吾未见好德如好色者也”。宝玉觉得这一章却有些刺心,便陪笑道:“这句话没有什么讲头。”代儒道:“胡说。譬如场中出了这个题目,也说没有做头么!”宝玉不得已,讲道:“是圣人看见人不肯好德,见了色便好的了不得。殊不想德是性中本有的东西,人偏都不肯好他。至于那个色呢,虽也是从先天中带来,无人不好的;但是德乃天理,色是人欲,人那里肯把天理好的像人欲是的。孔子虽了；更有一种可笑的，肚子里原没有什么，东拉西扯，弄的牛鬼蛇神，还自以为博奥。这那里是阐发圣贤的道理。目下老爷口口声声叫我学这个，我又不敢违拗，你这会子还提念书呢。”黛玉道：“我们女孩儿家虽然不要这个，但小时跟着你们雨村先生念书也曾看过。内中也有近情近理的，也有清微淡远的，那时候虽不大懂，也觉得好，不可一概抹倒。况且你要取功名，这个也清贵些。”宝玉听到这里，觉得不甚入耳，因想黛玉从来不是这样人，怎么也这样势欲熏心起来！又不敢在他跟前驳回，只在鼻子眼里笑了一声。正说着，忽听外面两个人说话，却是秋纹和紫鹃。只听秋纹道：“袭人姐姐叫我老太太那里接去，谁知却在这里。”紫鹃道；“我们这里才沏了茶，索性让他喝了再去。”说着，二人一齐进来。宝玉和秋纹笑道：“我就过去，又劳动你来找。”秋纹未及答言，只见紫鹃道：“你快喝了茶去罢，人家都想了一天了。”秋纹啐道：“呸，好混帐丫头！”说的大家都笑了。宝玉起身才辞了出来，黛玉送到屋门口儿，紫鹃在台阶下站着，宝玉出去才回房里来。

却说宝玉回到怡红院中，进了屋子，只见袭人从里间迎出来，便问：“回来了么？”秋纹应道：“二爷早来了。在林姑娘那边来着。”宝玉道：“今日有事没有？”袭人道：“事却没有。方才太太叫鸳鸯姐姐来吩咐我们：如今老爷发狠叫你念书，如有丫鬟们再敢和你玩笑，都要照着晴雯司棋的例办。我想伏侍你一场，赚了这些言语，也没什么趣儿。”说着便伤起心来。宝玉忙道：“好姐姐，你放心。我只好生念书，太太再不说你们了。我今儿晚上还要看书，明日师父叫我讲书呢。我要使唤，横竖有麝月秋纹呢，你歇歇去罢。”袭人道：“你要真肯念书，我们伏侍你也是欢喜的。”宝玉听了，赶忙吃了晚饭，就叫点灯。把念过的四书翻出来，只是从何处看起！翻了一本看去，章章里头似乎明白，细按起来却不很明白。看着小注，又看讲章，闹得梆子下来了。自己想道：“我在诗词上觉得很容易，在这个上头竟没头脑。”便坐着呆呆的呆想。袭人道：“歇歇罢，做工夫也不在这一时的。”宝玉嘴里只管胡乱答应。麝月袭人才伏侍他睡下，两个才也睡了。及至睡醒一觉，听得宝玉炕上还是翻来覆去。袭人道：“你还醒着呢么？你倒别混想了，养养神，明儿好念书。”宝玉道：“我也是这样想，只是睡不着。你来给我揭去一层被。”袭人道：“天气不热，别揭罢。”宝玉道：“我心里烦躁的很。”自把被窝褪下来。袭人忙爬起来按住，把手去他头上一摸，觉得微微有些发

前心不改厌弃功名　一日三秋潇湘絮语

第八十二回
老学究讲义警顽心　病潇湘痴魂惊恶梦

话说宝玉下学回来，见了贾母，贾母笑道："好了，如今野马上了笼头了。去罢，见见你老爷，回来散散儿去罢。"宝玉答应着，去见贾政。贾政道："这早晚就下了学了么？师父给你定了功课没有？"宝玉道："定了：早起理书，饭后写字，晌午讲书念文章。"贾政听了，点点头儿。因道："去罢，还到老太太那边陪着坐坐去。你也该学些人功道理，别一味的贪玩。晚上早些睡，天天上学早些起来。你听见了？"宝玉连忙答应几个"是"，退出来，忙忙又去见王夫人。又到贾母那边打了个照面儿，赶着出来，恨不得一走就走到潇湘馆才好。刚进门口，便拍着手笑道："我依旧回来了！"猛可里倒吓了黛玉一跳。紫鹃打起帘子，宝玉进来坐下。黛玉道："我恍惚听见你念书去了，这么早就回来了？"宝玉道："嗳呀，了不得！我今儿不是被老爷叫了念书去了么，心上倒像没有和你们见面的日子了。好容易熬了一天，这会子瞧见你们，竟如死而复生的一样。真真古人说'一日三秋'，这话再不错的。"黛玉道："你上头去过了没有？"宝玉道："都去过了。"黛玉道："别处呢？"宝玉道："没有。"黛玉道："你也该瞧瞧他们去。"宝玉道："我这会子懒待动了，只和妹妹坐着说一会子话儿罢。老爷还叫早睡早起，只好明儿再瞧他们去了。"黛玉道："你坐坐儿，可是正该歇歇儿去了。"宝玉道："我那里是乏，只是闷得慌。这会子咱们坐着才把闷散了，你又催起我来。"黛玉微微的一笑，因叫紫鹃："把我的龙井茶给二爷沏一碗，二爷如今念书了，比不的头里。"紫鹃笑着答应去拿茶叶，叫小丫头子沏茶。宝玉接着说道："还提什么念书，我最厌这些道学话。更可笑的是八股文章，拿他诓功名混饭吃也罢了，还要说代圣贤立言。好些的不过拿些经书凑搭凑搭还罢晌午讲书，念几遍文章就是了。”宝玉答应了个“是”，回身坐下时，不免四面一看。见昔时金荣辈不见了几个，又添了几个小学生，都是些粗俗异常的。忽然想起秦钟来，如今没有一个做得伴说句知心话儿的，心上凄然不乐。却不敢作声，只是闷着看书。代儒告诉宝玉道：“今日头一天，早些放你家去罢。明日要讲书了。但是你又不是很愚夯的，明日我倒要你先讲一两章书我听，试试你近来的功课何如，我才晓得你到怎么个分儿上头。”说得宝玉心中乱跳。欲知明日听解何如，且听下回分解。

长进，你也不用念书了，我也不愿有你这样的儿子了。”遂叫李贵来，说：“明儿一早传焙茗跟了宝玉去收拾应念的书籍，一齐拿过来我看看，亲自送他到家学里去。”喝命宝玉：“去罢，明日起早来见我。”宝玉听了，半日竟无一言可答。因回到怡红院来。袭人正在着急听信，见说取书，倒也欢喜。独是宝玉要人即刻送信与贾母，欲叫拦阻。贾母得信，便命人叫过宝玉来，告诉他说：“只管放心先去，别叫你老子生气。有什么难为你，有我呢。”宝玉没法，只得回来，嘱咐了丫头们：“明日早早叫我，老爷要等着送我到家学里去呢。”袭人等答应了，同麝月两个倒替着醒了一夜。次日一早，袭人便叫醒宝玉，梳洗了，换了衣服，打发小丫头子传了焙茗在二门上伺候，拿着书籍等物。袭人又催了两遍，宝玉只得出来过贾政书房中来，先打听老爷过来了没有。书房中小厮答应：“方才一位清客相公请老爷回话，里边说梳洗呢，命清客相公出去候着去了。”宝玉听了，心里稍稍安顿，连忙到贾政这边来。恰好贾政着人来叫，宝玉便跟着进去。贾政不免又嘱咐几句话，带了宝玉上了车，焙茗拿着书籍，一直到家塾中来。早有人先抢一步回代儒说老爷来了。代儒站起身来，贾政早已走入，向代儒请了安，代儒拉着手问了好，又问：“老太太近日安么？”宝玉过来也请了安。贾政站着，请代儒坐了，然后坐下。贾政道：“我今日自己送他来，因要求托一番。这孩子年纪也不小了，到底要学个成人的举业才是终身立身成名之事。如今他在家中只是和些孩子们混闹，虽懂得几句诗词也是胡诌乱道的。就是好了，也不过是风云月露，与一生的正事毫无关涉。”代儒道：“我看他相貌也还体面，灵性也还去得，为什么不念书，只是心野贪玩。诗词一道不是学不得的，只要发达了以后再学还不迟呢。”贾政道：“原是如此。目今只求叫他读书讲书作文章。倘或不听教训，还求太爷认真的管教管教他，才不至有名无实的白耽误了他的一世。”说毕，站起来又作了一个揖，然后说了些闲话，才辞了出去。代儒送至门首，说：“老太太前替我问好请安罢。”贾政答应着，自己上车去了。代儒回身进来，看见宝玉在西南角靠窗户摆着一张花梨小桌，右边堆下两套旧书，薄薄儿的一本文章，叫焙茗将纸墨笔砚都搁在抽屉里藏着。代儒道：“宝玉，我听见说你前儿有病，如今可大好了？”宝玉站起来道：“大好了。”代儒道：“如今论起来，你可也该用功了。你父亲望你成人恳切的很，你且把从前念过的书打头儿理一遍。每日早起理书，饭后写字，

占旺相四美钓游鱼　奉严词两番入家塾

子传饭，“我和太太都跟着老太太吃。”正说着，只见玉钏儿走来，对王夫人道:“老爷要找一件什么东西，请太太伺候了老太太的饭完了自己去找一找呢。”贾母道:“你去罢，保不住你老爷有要紧的事。”王夫人答应着，便留下凤姐儿伺候，自己退了出来。

回至房中，和贾政说了些闲话，把东西找了出来。贾政便问道:“迎儿已经回去了，他在孙家怎么样？”王夫人道:“迎丫头一肚子眼泪，说孙姑爷凶横的了不得。”因把迎春的话述了一遍。贾政叹道:“我原知不是对头，无奈大老爷已说定了，教我也没法。不过迎丫头受些委屈罢了。”王夫人道:“这还是新媳妇，只指望他以后好了好。”说着，嗤的一笑。贾政道:“笑什么？”王夫人道:“我笑宝玉今儿早起，特特的到这屋里来，说的都是些孩子话。”贾政道:“他说什么？”王夫人把宝玉的言语笑述了一遍。贾政也忍不住的笑。因又说道:“你提宝玉，我正想起一件事来，这小孩子天天放在园里也不是事。生女儿不得济还是别人家的人，生儿若不济事，关系非浅。前日倒有人和我提起一位先生来，学问人品都是极好的，也是南边人。但我想南边先生情性最是和平，咱们城里的孩子个个踢天弄井，鬼聪明倒是有的，可以搪塞就搪塞过去了，胆子又大，先生再要不肯给没脸，一日哄哥儿是的，没的白耽误了。所以老辈子不肯请外头的先生，只在本家择出有年纪再有点学问的请来掌家塾。如今儒大太爷虽学问也只中平，但还弹压的住这些小孩子们，不至以颟顸了事。我想宝玉闲着总不好，不如仍旧叫他家塾中读书去罢了。”王夫人道:“老爷说的很是。自从老爷外任去了，他又常病，竟耽搁了好几年。如今且在家学里温习温习也是好的。”贾政点头，又说些闲话。不提。

且说宝玉次日起来，梳洗已毕，早有小厮们传进话来，说老爷叫二爷说话。宝玉忙整理了衣服，来至贾政书房中，请了安，站着。贾政道:“你近来作些什么功课？虽有几篇字，也算不得什么。我看你近来的光景越发比头几年散荡了;况且每每听见你推病不肯念书。如今可大好了？我还听见你天天在园子里和姊妹们玩玩笑笑，甚至和那些丫头们混闹，把自己的正经事总丢在脑袋后头。就是做得几句诗词，也并不怎么样，有什么稀罕处。比如应试选举，到底以文章为主，你这上头倒没有一点儿工夫。我可嘱咐你，自今日起再不许做诗做对的了，单要习学八股文章。限你一年，若毫无这样坏心，宝玉枉认了他做干妈。倒是这个和尚道人，阿弥陀佛，才是救宝玉性命的。只是没有报答他。”凤姐道：“怎么老太太想起我们病来呢？”贾母道：“你问你太太去，我懒待说。”王夫人道：“才刚老爷进来，说起宝玉的干妈竟是个混帐东西，邪魔外道的。如今闹破了，被锦衣府拿住，送入刑部监，要问死罪的了。前几天被人告发的，那个人叫做什么潘三保，有一所房子，卖与斜对过当铺里。这房子加了几倍价钱，潘三保还要加，当铺里那里还肯。潘三保便买嘱了这老东西。因他常到当铺里去，那当铺里人的内眷都与他好的。他就使了个法儿，叫人家的内人便得了邪病，家翻宅乱起来，他又去说这个病他能治，就用些神马纸钱烧献了，果然见效。他又向人家内眷们要了十几两银子。岂知老佛爷有眼，应该败露了。这一天急要回去，掉了一个绢包儿。当铺里人检起来一看，里头有许多纸人，还有四丸子很香的香。正诧异着呢，那老东西倒回来找这绢包儿。这里的人就把他拿住，身边一搜，搜出一个匣子，里面有象牙刻的一男一女不穿衣服光着身子的两个魔王，还有七根朱红绣花针。立时送到锦衣府去，问出许多官员家大户太太姑娘们的隐情事来。所以知会了营里，把他家中一抄，抄出好些泥塑的煞神，几匣子闷香。炕背后空屋子里挂着一盏七星灯，灯下有几个草人，有头上戴着脑箍的，有胸前穿着钉子的，有项上拴着锁子的。柜子里无数纸人儿，底下几篇小帐，上面记着某家验过，应找银若干。得人家油钱香分也不计其数。”凤姐道：“咱们的病一准是他。我记得咱们病后，那老妖精向赵姨妈处来过几次，要向赵姨妈讨银子。见了我便脸上变貌变色，两眼薰鸡是的。我当初还猜疑了几遍，总不知什么缘故。如今说起来都原来都是有因的。但只我在这里当家，自然惹人恨怨，怪不得人治我。宝玉可和人有什么雠呢，忍得下这样毒手。”贾母道：“焉知不因我疼宝玉不疼环儿，竟给你们种了毒了呢。”王夫人道：“这老货已经问了罪，决不好叫他来对证。没有对证，赵姨娘那里肯认帐。事情又大，闹出来外面也不雅。等他自作自受，少不得要自己败露的。”贾母道：“你这话说的也是。这样事没有对证也难作准。只是佛爷菩萨看的真，他们姐儿两个如今又比谁不济了呢！罢了，过去的事凤哥儿也不必提了。今日你和你太太都在我这边吃了晚饭再过去罢。”遂叫鸳鸯琥珀等传饭。凤姐赶忙笑道：“怎么老祖宗倒操起心来！”王夫人也笑了。只见外头几个媳妇伺候。凤姐连忙告诉小丫头那鱼都在三妹妹那边呢，还是三妹妹快着钓罢。”李绮笑着，接了钓竿儿，果然沉下去就钓了一个。然后岫烟也钓着了一个，随将竿子仍旧递给探春，探春才递与宝玉。宝玉道：“我是要做姜太公的。”便走下石矶，坐在池边钓起来。岂知那水里的鱼看见人影儿，都躲到别处去了，宝玉抡着钓竿等了半天那钓丝儿动也不动。刚有一个鱼儿在水边吐沫，宝玉把竿子一幌，又吓走了。急的宝玉道：“我最是个性儿急的人，他偏性儿慢，这可怎么样呢！好鱼儿，快来罢，你也成全成全我呢！”说得四人都笑了。一言未了，只见钓丝微微一动。宝玉喜得满怀，用力往上一兜，把钓竿往石上一碰，折作两段，线也振断了，钩子也不知往那里去了。众人越发笑起来。探春道：“再没见像你这样卤人。”正说着，只见麝月慌慌张张的跑来说：“二爷，老太太醒了，叫你快去呢。”五个人都吓了一跳。探春便问麝月道：“老太太叫二爷什么事？”麝月道：“我也不知道。就只听见说是什么闹破了，叫宝玉来问。还要叫琏二奶奶一块儿查问呢。”吓得宝玉发了一回呆，说道：“不知又是那个丫头遭了瘟了。”探春道：“不知什么事，二哥哥你快去。有什么信儿先叫麝月来告诉我们一声儿。”说着，便同李纹李绮岫烟走了。

宝玉走到贾母房中，只见王夫人陪着贾母摸牌。宝玉看见无事，才把心放下了一半。贾母见他进来，便问道：“你前年那一次大病的时候，后来亏了一个疯和尚和个瘸道士治好了的。那会子病里你觉得是怎么样？”宝玉想了一回，道：“我记得得病的时候儿，好好的站着，倒像背地里有人把我拦头一棍，疼的眼睛前头漆黑，看见满屋子里都是些青面獠牙拿刀举棒的恶鬼。躺在炕上，觉着脑袋上加了几个脑箍是的。以后便疼的任什么不知道了。到好的时候，又记得堂屋里一片金光直照到我房里来，那些鬼都跑着躲避便不见了。我的头也不疼了，心上也就清楚了。”贾母告诉王夫人道：“这个样儿也就差不多了。”说着，凤姐也进来了。见了贾母，又回身见过了王夫人，说道：“老祖宗要问我什么？”贾母道：“你前年害了邪病，你还记得怎么样？”凤姐儿笑道：“我也全不记得。但觉自己身子不由自主，倒像有些鬼怪拉拉扯扯要我杀人才好。有什么拿什么，见什么杀什么，自己原觉很乏，只是不能住手。”贾母道：“好的时候还记得么？”凤姐道：“好的时候好像空中有人说了几句话是的，却不记得说什么来着。”贾母道：“这么看起来竟是他了。他姐儿两个病中的光景和才说的一样。这老东西竟倒了茶来，见他这般光景，便道：“你为什么又不看了？”宝玉也不答言，接过茶来喝了一口，便放下了。袭人一时摸不着头脑，也只管站在旁边呆呆的看着他。忽见宝玉站起来，嘴里咕咕哝哝的说道：“好一个‘放浪形骸之外’！”袭人听了，又好笑又不敢问他，只得劝道：“你若不爱看这些书，不如还到园里逛逛，也省得闷出毛病来。”那宝玉只管口中答应，只管出着神往外走了。一时走到沁芳亭，但见萧疏景象，人去房空。又来至蘅芜院，更是香草依然，门窗掩闭。转过藕香榭来，远远的只见几个人在蓼溆一带阑干上靠着，有几个小丫头蹲在地下找东西。宝玉轻轻的走在假山背后听着，只听一个说道：“看他浮上来不浮上来。”好似李纹的语音。一个笑道：“好，下去了。我知道他不上来的。”这个却是探春的声音。一个又道：“是了，姐姐你别动，只管等着，他横竖上来。”一个又说：“上来了。”这两个是李绮邢岫烟的声儿。宝玉忍不住拾了一块小砖头儿往那水里一撂。咕咚一声，四个人都吓了一跳，惊讶道：“这是谁这么促狭，吓了我们一跳？”宝玉笑着从山子后直跳出来，笑道：“你们好乐啊！怎么不叫我一声儿？”探春道：“我就知道再不是别人，必是二哥哥这样淘气。没什么说的，你好好儿的赔我们的鱼罢。刚才一个鱼上来，刚刚儿的要钓着，叫你吓跑了。”宝玉笑道：“你们在这里玩，竟不找我，我还要罚你们呢。”大家笑了一回。宝玉道：“咱们大家今儿钓鱼占占谁的运气好。看谁钓得着就是他今年的运气好，钓不着就是他今年运气不好。咱们谁先钓？”探春便让李纹，李纹不肯。探春笑道：“这样就是我先钓。”回头向宝玉说道：“二哥哥你再赶走了我的鱼，我可不依了。”宝玉道：“头里原是我要吓你们玩，这会子你只管钓罢。”探春把丝绳抛下，没十来句话的工夫就有一个杨叶窜儿吞着钩子把漂儿坠下去，探春把竿一挑，往地下一撩，却是活迸的。侍书在满地上乱抓，两手捧着搁在小磁坛内，清水养着。探春把钓竿递与李纹。李纹也把钓竿垂下，但觉丝儿一动，忙挑起来，却是个空钩子。又垂下去，半晌钓丝一动，又挑起来，还是空钩子。李纹把那钩子拿上来一瞧，原来往里钩了。李纹笑道：“怪不得钓不着。”忙叫素云把钩子敲好了，换上新虫子，上边贴好了苇片儿。垂下去一会儿，见苇片直沉下去，急忙提起来，倒是一个二寸长的鲫瓜儿。李纹笑着道：“宝哥哥钓罢。”宝玉道：“索性三妹妹和邢妹妹钓了我再钓。”岫烟却不答言。只见李绮道：“宝哥哥先钓罢。”说着，水面上起了一个泡儿，探春道：“不必尽着让了。你看道了是不依你的。快去干你的去罢，不要在这里混说。”说得宝玉也不敢作声，坐了一回，无精打彩的出来了。憋着一肚子闷气，无处可泄，走到园中，一迳往潇湘馆来。刚进了门，便放声大哭起来。黛玉正在梳洗才毕，见宝玉这个光景，倒吓了一跳。问是怎么了，和谁怄了气了。连问几声，宝玉低着头伏在桌子上，呜呜咽咽哭的说不出话来。黛玉便在椅子上怔怔的瞅着他。一会子问道：“到底是别人和你怄了气了，还是我得罪了你呢？”宝玉摇手道：“都不是，都不是。”黛玉道：“那么着为什么这么伤起心来？”宝玉道：“我只想着咱们大家越早些死的越好，活着真真没有趣儿！”黛玉听了这话，更觉惊讶道：“这是什么话？你真正发了疯了不成？”宝玉道：“也并不是我发疯。我告诉你，你也不能不伤心。前儿二姐姐回来的样子和那些话你也都听见看见了，我想人到了大的时候为什么要嫁？嫁出去受人家这般苦楚。还记得咱们初结海棠社的时候大家吟诗做东道那时候何等热闹，如今宝姐姐家去了，连香菱也不能过来，二姐姐又出了门子了，几个知心知意的人都不在一处，弄得这样光景。我原打算去告诉老太太接二姐姐回来，谁知太太不依，倒说我呆，混说，我又不敢言语。这不多几时，你瞧瞧园中光景已经大变了。若再过几年，又不知怎么样了。故此越想不由人不心里难受起来。”黛玉听了这番言语，把头渐渐的低了下去，身子渐渐的退至炕上，一言不发，叹了口气，便向里躺下去了。紫鹃刚拿进茶来，见他两个这样，正在纳闷。只见袭人来了，进来看见宝玉，便道：“二爷在这里呢么，老太太那里叫呢。我估量着二爷就是在这里。”黛玉听见是袭人，便欠身起来让坐。黛玉的两个眼圈儿已经哭的通红了。宝玉看见道：“妹妹我刚才说的不过是些呆话，你也不用伤心。你要想我的话时，身子更要保重才好。你歇歇儿罢，老太太那边叫我，我看看去就来。”说着往外走了。袭人悄问黛玉道：“你两个人又为什么？”黛玉道：“他为他二姐姐伤心；我是刚才眼睛发痒揉的，并不为什么。”袭人也不言语，忙跟了宝玉出来，各自散了。宝玉来到贾母那边，贾母却已经歇晌，只得回到怡红院。

到了午后，宝玉睡了中觉起来，甚觉无聊，随后拿了一本书看。袭人见他看书，忙去沏茶伺候。谁知宝玉拿的那本书却是古乐府，随手翻来，正看见曹孟德“对酒当歌，人生几何”一首，不觉刺心。因放下这一本，又拿一本看时，却是晋文。翻了几页，忽然把书掩上，托着腮只管痴痴的坐着。袭人

附录

第八十一回
占旺相四美钓游鱼　奉严词两番入家塾

且说迎春归去之后，邢夫人像没有这事，倒是王夫人抚养了一场，却甚实伤感，在房中自己叹息了一回。只见宝玉走来请安，看见王夫人脸上似有泪痕，也不敢坐，只在旁边站着。王夫人叫他坐下，宝玉才捱上炕来，就在王夫人身旁坐了。王夫人见他呆呆的瞅着，似有欲言不言的光景，便道："你又为什么这样呆呆的？"宝玉道："并不为什么，只是昨儿听见二姐姐这种光景，我实在替他受不得。虽不敢告诉老太太，却这两夜只是睡不着。我想咱们这样人家的姑娘那里受得这样的委屈，况且二姐姐是个最懦弱的人，向来不会和人拌嘴，偏偏儿的遇见这样没人心的东西，竟一点儿不知道女人的苦处。"说着，几乎滴下泪来。王夫人道："这也是没法儿的事。俗语说的，'嫁出去的女孩儿泼出去的水'，叫我能怎么样呢！"宝玉道："我昨儿夜里倒想了一个主意：咱们索性回明了老太太，把二姐姐接回来，还叫他紫菱洲住着，仍旧我们姐妹弟兄们一块儿吃，一块儿玩，省得受孙家那混帐行子的气。等他来接，咱们硬不叫他去。由他接一百回，咱们留一百回，只说是老太太的主意。这个岂不好呢！"王夫人听了，又好笑又好恼，说道："你又发了呆气了，混说的是什么！大凡做了女孩儿，终久是要出门子的，嫁到人家去，娘家那里顾得。也只好看他自己的命运，碰得好就好，碰得不好也就没法儿。你难道没听见人说'嫁鸡随鸡，嫁狗随狗'，那里个个都像你大姐姐做娘娘呢。况且你二姐姐是新媳妇，孙姑爷也还是年轻的人，各人有各人的脾气，新来乍到，自然要有些扭别的。过几年，大家摸着脾气儿，生儿长女以后那就好了。你断断不许在老太太跟前说起半个字。我知

红樓夢

【下】

俞平伯精校评点 脂批本

[清]曹雪芹 著
[清]无名氏 续
[清]脂砚斋 评
俞平伯 评点

陕西師範大學出版总社

红樓夢

【上】

俞平伯精校评点 脂批本

[清] 曹雪芹 著
[清] 无名氏 续
[清] 脂砚斋 评
俞平伯 评点

陕西师范大学出版总社

图书代号　WX22N0555

图书在版编目（CIP）数据

红楼梦：俞平伯精校评点脂批本：上、中、下 /（清）曹雪芹著；（清）无名氏续；（清）脂砚斋评；俞平伯评点．—西安：陕西师范大学出版总社有限公司，2023.5（2024.10 重印）

ISBN 978-7-5695-2574-8

Ⅰ.①红…　Ⅱ.①曹…　②无…　③脂…　④俞…　Ⅲ.①章回小说－中国－清代　Ⅳ.①I242.4

中国版本图书馆 CIP 数据核字（2021）第 232756 号

红楼梦：俞平伯精校评点脂批本（上、中、下）

HONGLOUMENG:YUPINGBO JINGJIAO PINGDIAN ZHIPIBEN（SHANG、ZHONG、XIA）

［清］曹雪芹　著　［清］无名氏　续　［清］脂砚斋　评　俞平伯　评点

出 版 人　刘东风
特约编辑　王亚松　文　涌
责任编辑　高　歌
责任校对　刘　定
封面设计　吴黛君
出版发行　陕西师范大学出版总社
（西安市长安南路 199 号　邮编 710062）
网　　址　http://www.snupg.com
印　　刷　小森印刷霸州有限公司
开　　本　787 mm×1092 mm　1/16
印　　张　97
字　　数　1607 千
版　　次　2023 年 5 月第 1 版
印　　次　2024 年 10 月第 4 次印刷
书　　号　ISBN 978-7-5695-2574-8
定　　价　398.00 元（上、中、下）

---

[1] 俞校:“试忙玉”——从庚;原“试宝玉”。“慈姨妈”——从庚、晋、甲;原“慈姨母”。

[2] 俞校:“茜纱窗真情揆痴理”——从庚、晋、甲;原“茜红纱真情拨痴理”。

[3] 俞校:前一行原有“卷七”,今删去。“宝玉瞒赃”——从甲;原“宝玉情赃”。“平儿行权”——从甲;原“平儿徇私”,戌“平儿情权”。

[4] 俞校:“贾二舍偷娶尤二姨,尤三姐思嫁柳二郎”——从庚、晋、甲;原“膏粱子惧内偷娶妾,淫奔女改行自择夫”。

[5] 俞校:“见土仪颦卿思故里,闻秘事凤姐讯家童”——从己卯抄配、甲;原“馈土物颦卿思故里,讯家童凤姐蓄阴谋”。(庚此回缺)

[6] 俞校:“大闹宁国府”——从庚、晋、甲;原“闹翻宁国府”。

附录

---

[1] 俞校：前一行原有“卷八”，今删去。

[2] 俞校：“美香菱屈受贪夫棒，王道士胡诌妒妇方”——从甲；原“懦弱迎春肠回九曲，姣怯香菱病入膏肓”。（庚缺目）

《红楼梦八十回校本》序言

《红楼梦》是出现于中国小说史上具有代表意义的现实主义的伟大著作之一。关于这书的作者，早年有人还弄不清楚[1]，现在从各种记载看，曹雪芹著作《红楼梦》是没有什么问题的。这里首先就作者及其著作《红楼梦》的情况做一个概括的叙述。

曹霑，字梦阮，号芹溪居士[2]。雪芹是他的别号之一。本书开首即称“曹雪芹”，因而《红楼梦》的读者们都习惯这样叫他。曹家本河北省丰润县人[3]，降清后入正白旗内务府籍[4]，他们祖孙三代四个人做了五十八年的江宁织造。织造为内务府的专差，只有皇帝家的奴才能够充任，其实是封建统治者的耳目爪牙。虽说是包衣[5]，本职不过部曹、主事员外之类，但在当时确是炙手可热的权要。由于社会关系及其他许多复杂的原因，曹氏的家庭环境很有文艺的气息。江宁织造首先是曹玺做的。他的儿子曹寅。曹寅有两个儿子，一个亲生的叫曹连生即曹颙；曹颙死了，又过继一个叫曹頫。雪芹是曹寅的孙，他是曹

---

[1] 程本高鹗序：“作者相传不一，究未知出何人，惟书内记曹雪芹先生删改数过。”乾隆甲辰年抄本梦觉主人序：“说梦者谁，或言彼，或言此。”

[2] 张宜泉《春柳堂诗稿·题芹溪居士诗注》。

[3] 李玄伯《曹雪芹家世新考》，见《故宫周刊》第八十四期。

[4] 曹氏旗籍有说为汉军，有说为满洲的，但本为汉族并无问题。

[5] 包衣，满洲语奴才。内务府旗即“皇室”的包衣。

颙之子还是曹頫之子却不能确定。我认为若说是曹颙的儿子，这个可能性要大些[1]。

曹寅、曹颙、曹頫连任江宁织造，一七二八年曹頫丢官抄家以后，全家北返。关于曹雪芹生平的情况我们知道得很有限。他似曾到过扬州[2]，不仅回到北京究竟在哪一年这些细节无从查考，甚至想比较简略地勾勒出雪芹一生的轮廓，也由于材料的零星漶漫，目前还不易办到。我们只知道他和敦诚同学读书[3]，并工诗，善画，好饮酒，善谈吐，娓娓令人终日不倦。后来住在北京西山附近，境况相当贫穷[4]。只有一个小儿子也不幸殇亡，雪芹因而感伤成病，不多几个月他也死了，葬在北京西郊。剩下的只有他的寡妻，身后很萧条。《红楼梦》后半的稿子很快地遭到散失，这未必不是一个原因。

曹雪芹是个磊落不平的"慷慨悲歌之士"，这从他的朋友如敦敏、敦诚、张宜泉的赠诗里可以看出。他字"梦阮"，朋友诗中也每每用阮籍来比他[5]。又"酒

---

[1] 雪芹为曹颙遗腹子之说，初见上引李玄伯文，又见《文学遗产》第六十期王利器文。曹寅只有两个儿子，雪芹既是曹寅之孙，若非颙之子，便是頫之子。若说为曹颙之子，年岁可以符合，参看下注。若说曹頫之子，曹頫在康熙五十四年奏折上自称"黄口无知"，五十七年康熙朱批上说"你小孩无知"，可见那时曹頫的年纪的确很轻。雪芹即使说他整活了四十岁，生于雍正初元，距康熙五十七年不过三年，其为曹頫的儿子已不大可能；如说他活到将近五十，可能性自然更小了。从积极方面看，曹頫之子何人不见记载。近人多说雪芹頫子，不过用错误的自传说，从《红楼梦》里贾政跟宝玉的关系推比出来的，本不足信。

[2] 敦诚《四松堂集·寄怀曹雪芹》诗云"扬州旧梦久已觉"，注云："雪芹曾随其先祖寅织造之任。"所以人说他到过扬州。但看原注明指江宁织造说，文人措词用典不必甚拘，雪芹真到过扬州也不过这么一说罢了。

[3] 敦诚诗："当时虎门数晨夕，西窗剪烛风雨昏。"周礼："师氏以三德教国子。居虎门之左。"敦敏所作《敬亭（敦诚）小传》说他"入宗学"。宗学的制度名称见《大清会典》卷一。虎门疑即指此。

[4] 敦诚说他"举家食粥"，用颜真卿食粥帖的典。虽相当穷，也不必真穷到吃粥，所以诗还说"酒常赊"。

[5] 敦敏《懋斋诗钞·赠芹圃》："一醉毷氉白眼斜"，敦诚《赠曹芹圃》："步兵白眼向人斜"；见写本《四松堂集》。

渴如狂”，朋友将淳于髡比他[1]，死后又用刘伶来比他[2]。他擅长诗与画。他画山水，也画石头[3]。他喝了酒画画，画得了钱又去沽酒[4]，不屑用他的画来讨好权贵帝王[5]。从这里也可以看出曹雪芹的性格。他的诗的风格近李长吉[6]。生平作诗好新奇，至今还有断句如“白傅诗灵应喜甚，定教蛮素鬼排场”，作风大抵如此[7]。有人以为《红楼梦》有传诗之意，这种看法是不正确的。我们可以明白看出《红楼梦》里人物的诗是作为小说的有机组成部分之一。这类诗作也是服从于作者笔下的人物的性格的。这是值得注意的一点。此外他还可能会弹琴唱曲。他是个多才多艺的旗下才人——自然他的最大成就还在小说方面。

关于雪芹的生卒年月也是历来为人们所关心的问题。因为在某种程度来说，这关涉作者所处的年代，也就关涉到对于创作《红楼梦》一书的理解。根据某些材料加以推测，他大约生于一七一五年（？），死于一七六三年，即清乾隆二十七年壬午除夕[8]。他著作《红楼梦》，主要的是在三十至四十岁左

[1] 敦诚《佩刀质酒歌》：“相逢况是淳于辈”。“酒渴如狂”即见本诗序。

[2] 敦诚《挽曹雪芹》：“鹿车荷锸葬刘伶”，见写本《四松堂集》。

[3] 张宜泉《题芹溪居士》诗：“门外山川供绘画”。敦敏《题芹圃画石》诗：“傲骨如君世已奇，嶙峋更见此支离。醉余奋扫如椽笔，写出胸中磈磊时。”

[4] 敦敏《赠芹圃》：“卖画钱来付酒家”。

[5] 张宜泉诗：“羹调未羡青莲宠，苑召难忘立本羞。”

[6] 敦诚《寄怀曹雪芹》：“爱君诗笔有奇气，直追昌谷披篱樊。”

[7] 这是曹雪芹仅存的两句诗，题敦诚琵琶行的，见敦诚《四松堂集·鹪鹩庵笔麈》。后面的话亦敦诚说的，见同条。

[8] 根据甲戌本脂砚斋评，他卒于乾隆二十七年的壬午除夕，公元已入一七六三年，详见拙作《曹雪芹的卒年》一文。若说他卒于次年癸未，原根据《懋斋诗钞》，但此书稿本剪贴，次序可能凌乱，其《小诗代简寄曹雪芹》一诗并未注明年月，证据很薄弱，自不如从脂评为妥。生年更不好说，只可就他活了多少岁来推算。关于雪芹的年寿，现在只有两条：（一）敦诚《挽曹雪芹》：“四十年华付杳冥”。（二）张宜泉《伤芹溪居士》诗注：“年未五旬而卒。”“四十年华”不一定整四十，“年未五旬”将近五十，他总活了四十多岁。若说他活了四十七或四十八岁，对上边两条都不违反。他大概是曹頫的儿子，故推定生年为一七一五。雪芹及见他家盛时的“末世”，自己固这样说，其他的同时记载也这样说。如敦诚诗注，袁枚《随园诗话》都说雪芹随任在江宁织造衙门，这大约不会错的。明我斋诗又说“馔玉炊金未几春”，可见时间不很长。依这生年推算，曹頫卸任抄家，雪芹已十四岁了，与上边各证相合。况且必须这样，《红楼梦》才会有许多真实的材料。这事实的说明有相当的重要，故不嫌烦琐。

右[1]。这不是说三十以前四十以后就不搞《红楼梦》了，他写《红楼梦》原并不止一个稿子，如本书第一回说“增删五次”。如脂砚斋评[2]所谓“旧作《风月宝鉴》”[3]，当然写得更早。四十岁以后，有“脂砚斋四阅评本”（一七五九至一七六〇），离他的死只有三年。所以我们如说曹雪芹的一生都在写《红楼梦》，也不为过。

这里我们应该揭破“自传”之说。所谓“自传说”，是把曹雪芹和贾宝玉看作一人，而把曹家跟贾家处处比附起来，此说始作俑者为胡适。笔者过去也曾在此错误影响下写了一些论《红楼梦》的文章。这种说法的实质便是否定本书的高度的概括性和典型性，从而抹杀它所包涵的巨大的社会内容。我们知道，作者从自己的生活经验取材，加以虚构，创作出作品来，这跟“自传说”完全是两回事，不能混为一谈。持“自传说”的人往往迷惑于本书的开头一些话以及脂砚斋评，其实这都是不难理解的。本书开头仿佛楔子，原是小说家言，未可全信；而且意在说明这不是“怨时骂世”之书，在当时封建统治很严厉，自是不得已的一种说法，我们亦不能信以为真。脂砚斋评承用了这种说法，但也只个别的就某人某事说它有什么真的做蓝本而已，也并没有概说全书都是自传。我们看《红楼梦》必须撇开这错误的“自传说”，才能得到比较正确的认识。

中国封建社会的存在是长期的，在文化上却有它的优良的传统。就文学艺术来看，也曾不断地反映了人民大众的要求，被剥削阶级的痛苦和对当时封建统治集团的不满以至反抗的情绪。这个传统，从先秦一直到清代，可以说绵绵不绝，历历可寻。就作者方面来说，也出现了许多旁行斜出，反对纲常名

---

[1] 创作约十年之说，一见于本书第一回，二见于甲戌本题诗，他自己说过两次当然可信。至于当作者生平那一年代，依上注推算当在三十至四十之间，若说为二十至三十之间，年纪未免太小了。要创作像这样的巨著，我们很难相信。

[2] 脂砚斋不知何人。所谓“脂评”在作者生前是跟本书始终不分的，在这里不及详说。

[3] 甲戌本脂评：“雪芹旧有《风月宝鉴》之书乃其弟棠村序也。今棠村已逝，余睹新怀旧，故仍因之。”《风月宝鉴》既是《红楼梦》的别名，这原来的《风月宝鉴》大概是雏形的《红楼梦》。

教，“非汤武而薄周孔”的杰出人物，即《红楼梦》里引庄子的所谓“畸人”。他们的叛逆性格久为封建统治阶级人们所头痛，摧残压迫不遗余力。《红楼梦》第二回借贾雨村口中说明，列举了历朝“间气所钟”一些人物正是这个意思。曹雪芹自己便是属于这个类型，上面已经说过了。《红楼梦》遥承古代文学中的现实主义和人民性的传统，并且大大地发扬了这个优良的传统。这书不先不后出现于十八世纪的初期，在封建统治最严厉的时候，决不是偶然的。伟大的作品每跟它的时代密切地联系着。《红楼梦》正多方面地来反映了那个时代的社会。

像以前“索隐”的或“考证”的“红学”，不论说《红楼梦》影射什么人什么事，或者作者自叙生平，都是歪曲本书的真相，从而抽掉了它的政治意义。我们必须从思想内容和艺术成就来衡量这一部巨大的名著。首先要提出的是它的倾向性——它的反封建的实质。他同情什么，拥护什么，他憎恨什么，打击什么，这在《红楼梦》中是十分鲜明的。自然，曹雪芹“描绘世界不仅用黑白两种颜色。恨和爱一样针对的也是活的具体的人，而不是抽象的概念”[1]，他从封建社会的核心去动摇一切腐朽的上层建筑而加以深刻地描画和抨弹。他用典型的官僚地主家庭，青年们的恋爱问题作为题材来反映那个特定时代的真实。因此我们读了《红楼梦》，仿佛看到中国整个封建社会的缩影，同时也感到它深刻地批判了这个社会制度。

封建社会里地主剥削农民的情形，《红楼梦》描写得虽不多，却说得很明白。如第五十三、五十四两回是本书最火炽、热闹的场面，在这段故事开端详叙乌进孝交宁国府田租事，又间接地表出了荣国府，就把两府富贵繁华的经济基础给说明了。此外如叙凤姐放高利贷、纳贿害人等，都严正地贬斥她。本书反封建的倾向是不含糊的。在政治上，封建统治集团拿功名利禄来歆动人心，《红楼梦》也明显地反对这个。如贾宝玉痛恶科举，骂官僚们为“国贼禄鬼”，林黛玉自幼不劝宝玉立身扬名，等等，这是大家都熟悉的了。不但如此，

[1] 引文见爱伦堡《谈作家的工作》一文中第五节。

它的书主人贾宝玉且怀疑到当时统制人心的伦理道德的观念。这比反功名利禄还更稀有难得。宝玉跟他父亲贾政是敌对的，即跟他母亲王夫人也有斗争——有些表面孝顺的写法正泄露了典型人物精神上的深刻的矛盾。又如旧本在第三十六回有“宝玉焚书”之说：

因此祸延古人，除《四书》外，竟将别的书焚了。

今本大概认为这未免“骇人听闻”，且亦不像真有这回事，便把它删了[1]。像这里不仅是版本词句的各别，而应该认为作者的思想认识、愤慨所寄托。在第二十回说宝玉，更直接攻击到“孝道”：

只是父亲叔伯兄弟中，因孔子是亘古第一人说下的不可忤慢，只得要听他这句。（今本也改坏了）

照他的口气，听这“亘古第一人”这句话也还是勉强的，这两个小小的例子已充分表示《红楼梦》是怎样针对了古老的封建传统的观念形态，提出了反抗的呼声。本书他处虽有些“歌功颂德”的表面文章，只不过是掩饰之词罢了。

在这些地方，《红楼梦》原都击中了封建社会的要害，若把《红楼梦》作为文艺作品反封建来看，固不仅仅如此。它的最精彩的地方，即感动人心的所在，也还不在此。追求个性解放，歌唱恋爱自由，提高女性地位，这都是本书一望而知的突出之点，《红楼梦》之所以为《红楼梦》。虽然有人觉得《红楼梦》还没有真正男女平等的观念，也还谈不到妇女解放，然而像宝玉著名的宣言“女儿是水做的，男人是泥做的”这种话出现在十八世纪初，中国封建统治严厉的时代，应该说是惊人之笔。这话针对着传统“女卑”的说法加以反驳，不

[1] 甲辰年抄本作：“因此讨厌，延及古人”，还保留原句的一部分，到程本便全删了。

恤矫枉过正地把男子看成浊物。我们尽不妨说它不合乎逻辑。唯其“狂妄”，所以有力。且假如把它孤立起来看，不过是句口号，文艺上的价值也还有限。妙在《红楼梦》全书支持了、说明了这个，使后来的读者都觉得女儿们真是冰雪聪明不可不有，那些贾府的男人们以及雨村、薛蟠辈真是混沌渣滓断不可有。我们似乎很自然地相信了贾宝玉的“怪话”。这是作者创作的成功。这是《红楼梦》里跟封建观念冰炭不相容的最现实的东西。虽然有些夸大，却能够帮助有概括性的艺术形象的完成。曹雪芹的思想，在这些方面已逸出古代“畸人”的范围，对刘伶、阮籍辈毕竟不同了。

小说主要是通过人物的形象来反映社会的真实的。《红楼梦》所创造的人物，不但众多，性格也是多姿的、复杂的；谁是正面人物，谁是反面人物，它的倾向性原很鲜明，但也不适于用一个公式来硬扣。我们一面要区别他们所代表的某种社会力量的本质，同时又不能忽略他们个性的差别、繁变和全部性格所含有的复杂的意义。正由于《红楼梦》写得几乎像生活本身一样丰富多彩，所写人物既是典型的，同时又有明确的个性，我们读《红楼梦》就仿佛走进了一个现实的世界，跟许多真人真事接触，跟书中人的喜怒哀乐愤慨不平处处起了共鸣。

我们要分析这许多典型人物的复杂的含义，自非三言两语的事情。这儿只将宝玉、黛玉、宝钗略为一谈。宝玉是书主人，《红楼梦》的思想性往往借他来表现，如上边所说，他反功名利禄，反礼教伦常，反男尊女卑，等等，他的叛逆性格本不成问题。但作者对他的写法却有两种保留：(一)宝玉的叛逆性，似乎不够彻底。(二)作者也有一些保留的看法和说法。这由于作者的时代局限，思想上的矛盾呢；还是怕触犯文字的禁网，事实上的不得已呢？我想，是兼而有之。但这并不妨碍宝玉在《红楼梦》中成为正面的肯定人物。有人举出宝玉有许多缺点，因而怀疑肯定的看法。这是不对的。分析一个人物要从他主要的、本质的地方着眼，要从他所处身的客观环境来体会，不能孤立地摘出个别的现象作为事证。这样就不能恰当地了解正面典型的性格，同时也无从说明本书批判的意义。

至于作者对宝钗、黛玉，胸中原是黑白分明的，表现在书中人贾宝玉心理方面亦正复如此。如第三十二回宝玉说："林妹妹不说这些混账话，要说这话，我也和他生分了。"第三十六回"绣鸳鸯梦兆绛芸轩"，他又说："什么金玉姻缘，我偏说木石姻缘。"宝玉的左钗右黛以及为什么赞成黛玉，都说得很分明；但作者却不把宝钗写成戏上的小丑，对钗黛二人既采用才貌均等的写法，而对于宝钗的批判多通过一些个别的事例，但却十分本质地暴露了她的深沉险谲。作者用这样手法来写钗黛是适当的。在以爱情为题材的小说上，譬如把宝钗写成凤姐儿一样，也就不能恰当地衬托出黛玉的性格。而且大观园许多女子以至于宝玉都是封建社会、封建制度下的牺牲者，虽然对这封建阶级，有不妥协以至于叛逆的，也有服从以至于拥护的，分明各各不同，自不能混为一谈，但总起来说，这些不幸的牺牲者应该都在哀矜之列；所以"怀金悼玉"，无碍事实上的左钗右黛，而"千红一哭，万艳同悲"，也不因而削弱作者笔下鲜明的倾向性。《红楼梦》书中对封建制度的本身很表愤慨，但对于处在被压迫地位的妇女，如"十二钗"之类，哀愁的成分要多一些，这不是很可理解的么！

作者对宝钗用笔比较地含蓄。但他兼用了另外一种办法来使他的倾向性表达得很分明，这就是自来晴、袭为黛、钗影子的说法。不便用黛玉来写的便用晴雯，不便用宝钗的便用袭人。这自然也因她们性格身分的不同。八十回中对袭人的贬斥，虽也相当地含蓄，却比写宝钗已露骨多了。如袭人的暗害晴雯，阴诋黛玉，都写得很清楚，而宝钗只在琐屑的小事上，有意无意地嫁祸给黛玉，如二十七回叙扑蝶事。又如七十七回宝玉明知，且已几乎明说晴雯是袭人害的，而三十六回他对"木石""金玉"的表示便只在梦中叫出。本书扼要地抓着正副十二钗的领袖"黛晴""钗袭"，写为两种典型：一种是封建统治者视为肖子完人的，另一种是他们看作叛臣逆子的。大观园荣宁二府的女子虽多，却用这线索把它贯穿提挈起来；更借了书主人宝玉的思想、言论、态度和行为，明确地表示出抑扬、褒贬、上下、左右来。这是作者之意，也就是本书很值得注意的事。虽然黛玉晴雯这一类型的人，很难说她们是有意识地反封建，却无碍《红楼梦》反封建的意义。

《红楼梦》的倾向性这样地鲜明，典型的形象这样地突出，所以它的主题是很明确的。跟这个密切配合的是它的艺术成就。离开思想性固没有《红楼梦》，离开了它的艺术的成就，也不成其为《红楼梦》。《红楼梦》的所以伟大，首先在于通过生动的艺术形象真实地勾勒出一幅出现在十八世纪的中国时代生活的巨大的画图，从而深刻地暴露了封建社会的罪恶，批判了统治着人的心灵数千年之久的封建的观念形态，并在一定程度上透露出了封建社会必然要走向崩溃灭亡的消息。

《红楼梦》所写人物很多。小说的好坏原不必以人物的多少来分，但难得它把许多人物都写得那样成功。这么多的人自然不能一个一个地仔细描写。对于很多的次要人物，作者每只用寥寥几笔或只用一种暗示，而这个人物的形象便显露出来。就在外的相貌来说，对“十二钗”的正面描写，全书非常之少，不过黛玉、宝钗、凤姐、迎春、探春、袭人、鸳鸯、尤三姐等几个人，其他的人并不曾多说，但如妙玉、平儿、紫鹃等人的形象也还是逼真的。性格方面几乎没有雷同。即在同一类型的人物中，也必同中有异，写出他们的个性来。如黛玉跟晴雯不同，而晴雯跟芳官又不同；宝钗跟袭人不同，跟凤姐也不同。其他如写贾赦、贾政、邢夫人、王夫人之辈也都是这样的。

作者又是记事的能手，本书“人”“事”的复杂难得记载，在第六回他本人曾透露一点：

> 按荣府一宅人合算起来，人口虽不多，从上至下也有三四百丁，事虽不多，一天也有一二十件，竟如乱麻，并无个头绪可作纲领。正寻思从那一件事，自那一个写起方妙。

《红楼梦》里许多事情互相关联，互为因果，大事包着小事，小事又引起大事，此起彼伏，形成波澜，相生相引，有如螺旋，作者说要找头绪，的确被他找着了。以这样多的人物活动，这样多的事情穿插，而我们读来一点不觉纷繁、杂乱、琐屑，只情不自禁地跟了他走，跟着故事的情节活动，而对于书中人物的

爱憎好恶又自然地符合作者原来的意图。这岂不是他找着了头绪线索的缘故？《红楼梦》固亦有极繁极密处，尤妙能“执简驭繁”。它的明清简要干脆的地方实不可及。

作者尤擅长描写环境，渲染空气。有透过人物的心理而境界变化的。如第三回林黛玉到的，第六回刘姥姥到的是同一荣国府，而在林黛玉眼中的荣国府跟刘姥姥眼中的荣国府大不相同。有随着时间情事而境界变化的。如同一大观园，十七回是新造的空园，十八回是人工装点的，到了四十回刘姥姥进去，便是有人住的花园了。可惜后来败落的大观园，当在雪芹的残稿内，我们不能看见。今存八十回后半却也写了一些，如鸳鸯、宝玉眼中的园景，也就够萧瑟的了。渲染空气的地方，如五十四回庆元宵，七十八回赏中秋，同一夜宴，同一盛会，而繁热凄凉，俨若冰炭不同的两个世界。那中秋晚上，无论贾母怎样地带头起劲，众人怎样地努力追陪，都是强颜欢笑而已。其实那时贾府并没有事实明显上的破败，而哀愁的预感已渗透了每一个角落里。

再就结构来说，《红楼梦》超过了以前白话小说的名著。它的结构是完整的，谨严的；同时又是有变化的，不落入公式化的窠臼。可惜书没有写完，无从全面地谈它的结构。有一点可以提到的，大概本书分为上下两部，五十四、五十五两回做它的分界。五十四回记元宵夜宴繁华极盛时，是个顶点，以后便走下坡路。原书大概本计划一百十回左右，恰好当它的一半。五十五回紧接五十四回，文章的境界风格迥不同，好像音乐上的变调[1]，我认为这个评语是中肯的。

谈《红楼梦》艺术的成就，自不能丢开它的语言。语言虽只似文学工具的问题，却跟思想内容息息相关的。曹雪芹在《红楼梦》里大大地发挥了北京语的特长。口语体的文学，宋元以来早有了，像《红楼梦》这样的小说出现于清初，并非偶然。它用流畅圆美而又简洁的北京语做基础，掺上了他家习用的方言（如原籍丰润，便有丰润话，久住金陵，便偶有南京话）和一些白话小说传统

[1] 有正本第五十五回总批：“此回接上文，恰似黄钟大吕后，转出羽调商声，别有清凉滋味。”

的语言。它并非纯粹“写话”，也吸收了一些文言的成分。这些文言成分不但不妨碍白话的生动活泼，反而丰富了口语。《红楼梦》的语言不止在叙述上用得很好，而且善用语言来表现人物的个性。如凤姐宝钗袭人可说是一类人罢，但凤姐开出口来便是凤姐，宝钗是宝钗，袭人是袭人，决不相混。宝玉黛玉是同心人罢，而开出口来也不相同。本书所用语言实际上帮助了典型的完成。

上面说了《红楼梦》在思想上艺术上的许多优点，它有没有缺点呢？当然有的。它的作者不能不受到时代和阶级的限制。这种限制，主要的在于作者的基本倾向虽然如上所述，是对当时的封建统治阶级做了深刻的批判的，但对他的本阶级仍不能不有若干的留恋。这就是本书最重要的缺点。第七十八回“开夜宴异兆发悲音”，用神秘空气渲染的写法来预说贾氏的衰亡，又对于这些子弟们不能“继绳祖武”表示惋惜。像这些地方自然会跟作者的反封建的基本倾向有些矛盾。本书一些唯心的、神秘的甚至于神怪的表现，可以说是缺点。但这也是时代的限制，我们可以理解的。大体上说，从他所创造的现实的东西看，我们不能不说作者已尽了他最大的努力了。

下面将叙说我整理《红楼梦》的经过。先从续书说起。曹雪芹只写了八十回，这是事实。八十回后据说他还写好了五六段，却不幸一起“迷失”了。对于这问题，暂置不论。曹雪芹没有亲自写完这部不朽的著作[1]，终归很可惜的，谁也不能做这炼石补天的工作。程、高续刊四十回应该说是难能的，但以视全作，却不免大有逊色。续成之书从一七九一年以来，通行一百多年，客观效果不太坏，书中人物如只就结局说，距作者原意相差也不太多。在若干程度上它为原作保存了悲剧的空气，这可算续书最大的功绩。续书的价值应该从它的本身，客观地重新估计。我原来整理校勘的只是曹著八十回的《红楼梦》，续书本不在范围之内。但程伟元、高鹗两人不仅刊行后四十回，并且也搞过前八十回，所以后文还不免牵连到他们。

[1] 看明义（我斋）《绿烟琐窗集》中《题红楼梦》诗，其当时所见与今红楼殊异，且已写到黛玉之死，“金玉如烟”“石归山下”，雪芹是否曾写成全书亦只可存疑。这里说没有写完是指现在我们所见到的版本情况。

怎样整理《红楼梦》？为什么要整理八十回本系统的《红楼梦》？《红楼梦》过去很凌乱吗？这一点首先需要说明。原来程、高的百二十回有两种工作：（一）补完后四十回。（二）连着前书把八十回整理了一遍。程、高既把前八十回给修改了，这样一来，表面上比较完整，然而就保存曹著本来面目一方面来说，就成为缺点了。用八十回本正式流通，在清代可以说没有，直到一九一一年左右才出现了有正书局石印戚序本。它又不是根据原本影印，只抄写后重印，自不免抄错妄改。原本听说后来被烧了。以后虽陆续发现三个脂砚斋评本，也都出于过录，而且是残缺讹乱的。一言蔽之，曹雪芹所著八十回从作者身后直到今天，始终没有经过好好地整理。现在由我来担任这项工作，自己觉得能力不胜，非常惭愧。又因原来计划目的不够明确，工作上也存在许多缺点。

由于抄本既零乱残缺，刻本又是被后人改过的，所以最初就把目的放在两个地方：（一）尽可能接近曹著的本来面目。（二）使它的文字情节能够比较地完整可读。乍一看，这两个目的可以统一的。曹氏原著当然很好，假如接近他的原本，岂有不可读之理。然而仔细推求，在整理工作的过程中，时常发生困难。这种困难主要可分作两层来说：（一）因原著未完，本是草稿，虽脂砚斋本写着“四阅评过”，实际上还不曾脱离稿本的面目。（二）草稿就是草稿罢，自有它可宝贵的地方，然而我们所有的“旧抄本”，并草稿的资格也还不够。它们只是些过录的本子。所谓乾隆甲戌本并不是一七五四年的原本，己卯本也不是一七五九年的，庚辰本也不是一七六〇年的。抄写的时间或不会离原标年份太远，却不能确定其为何年。汇合这些过录传抄的本子，与原稿的真面目是有距离的。照现在的情形说，只可以说总比刻本接近一些罢。所以就上述第一个目的说，整理这些抄本还是有意义的。但如兼顾第二个目的，则矛盾更多。这些抄本，姑且算它原本，假如文词不顺，情节不合，我们要把不顺的使它顺，不合的使它合，那就必须改。在这抄本群里改来改去，还没有太大的问题。假如不成，就不得不借重校后或更后的刻本，以至于用校者自己的意见。无论改得成绩如何，反正已非曹著的真面目了。主要的困难就是这样。

新校本的用途，相应地也有两个目的：（一）《红楼梦》既然是一部十分伟大的作品，除了过去流行的各本以外，整理出一个更接近作者原著的本子来，附有详细的校勘记，以备研究者的参考，这是需要的。（二）当然，同时我们也希望这个本子至少不要讹字满篇，断烂残缺，可供相当范围的读者阅读。这两个要求也是有些抵触着的。从第一个目的来说，应该用某一本做底子，哪怕它错得明显，错得离奇，端的一字不改，只详详细细地无遗漏地写在校勘记上。从第二个目的着眼，便得汇集各本并包括一部分刻本在内，尽可能斟酌去取，使它比较完善。这两个做法是不同的。我那时怀着两个目的，所以一方面做校勘工作，另一方面又做了审定工作。这个企图也有相当的理由，而做起来就不免顾此失彼，弄得不良不莠了。以抄本陆续发现，性格不同，有些情形当时没有想到，工作上也添了一些缺陷。总起来说，目的定得太大了，就不够明确切实了。

总的情况如此，若更详细一点说，还得先从《红楼梦》的版本本身谈起，先要概说它早年流传的情况。所谓早年，即从我们所知曹雪芹生前有《红楼梦》抄本的时候算起，直到程伟元、高鹗初次排印本出现，约不足四十年，从一七五四年到一七九一年。这四十年又分为两段，以一七六三年曹雪芹卒年为分界线，前段不足十年，后段不足三十年。

曹雪芹生前《红楼梦》大约只在友朋间传观，不曾公开流通。瑶华所谓"《红楼梦》非传世小说"即为显证[1]，程、高引言云云亦可参考[2]。现存的三"脂本"（甲戌、己卯、庚辰），它们原底决定在曹氏生前。此外还有一个传疑的戚蓼生序本，其底本可能亦在雪芹生前，今原本已不可见，但就所附批语看，包括一大部分的"脂评"，它属于上述三个"脂本"同一系统，毫无问题。所以尽不妨说有四个本子。现在只就三个脂本来说。

它们也分为两类：甲戌是一类，己卯、庚辰另是一类。以写作时间来说，

[1] 弘旿（瑶华道人）评永忠诗语，见《延芬室集》。

[2] 程乙本引言："藏书家抄录传阅几三十年"，时为一七九二年，上推三十年恰在雪芹身后。

甲戌本最早，虽题明“再评”，我却以为再评之先可能没有初评。因“至脂砚斋甲戌再评仍用《石头记》”云云，在甲戌本原写作正文，即在“曹雪芹披阅十载”云云之后；那么脂砚斋再评对雪芹增删而言，殆无所谓初评，初评即是初写《红楼梦》。而且甲戌本的确很早，又可以用它的内容来证明。例如第一回僧道跟石头问答一段，约多四百多字，此本独有，不但后来的各本没有，即己卯、庚辰两本也没有。这很明白是另一个稿子，而这另稿又是作者的初稿。其他文字的异同，也还有可以用来说明的。至于己、庚两本相隔只一年，皆题“四阅评本”，大概相同，亦不妨说几乎完全相同。庚辰在曹死前三年，以后大约没有更晚的定本了。再就本子现存的情况说，也应该这样分为两类。甲戌本不在我们这里，己、庚两本却俱在，庚本且已印出。甲戌本残存十六回只到第二十八回为止，原本是否具有八十回的规模不能确定。己卯、庚辰都是八十回本，己卯只存四十回，庚辰大体完全，只缺六十四、六十七两回。比较最完整的要数它了，虽然庚辰本的缺点也不少。

到了雪芹身后，《红楼梦》即以八十回的抄本在社会上流行着，传抄者置庙市中，昂其值，得数十金，不胫而走[1]。这些抄本当时一定很多。现在我看到的就有三种：(一)乾隆甲辰年(一七八四年)梦觉主人序本八十回；(二)吴晓铃先生藏乾隆己酉年舒元炜序本八十回，今存前半部；(三)郑振铎先生藏残本两回(第二十三、二十四)。这(一)(二)两种的序文年月证明它在曹雪芹身后，刻本以前。郑藏残本年代不知，它在文字上改动很多，大约也在刻本没有通行的时候传抄的。

这三十年是《红楼梦》无定本最混乱的时期。那些抄者不但随便抄，而且任意改，这样下去可能把这部文学名著给糟践了。所以刻本之出，不能不说对于《红楼梦》的保存和流传，有它一定的功绩。

比较重要的还推甲辰本。虽也是八十回，从脂本出来，却改动得很多。《红楼梦》一开始就带着评注，有些明出于作者之手，又有跟正文纠混在一起

[1] 程甲本程伟元序。

的地方。甲辰本虽然也还有些评注，却绝不提脂砚斋，在第十九回总评明说评注过多，反碍正文，主张删去[1]，它删改本文及回目也很厉害，把原来曲折的变为径直，复杂的变为简单，干脆的变为啰唆，北京话变为普通话、南方话，等等。抄刻的不同，我们从前认为程、高所改，事实上甲辰本已先改了，当然他们还继续地改下去。程、高是否看到这甲辰本不得知。即使不曾看见这个本子，至少他们看见过这一类的本子，大概无须疑惑的了。换句话说，前八十回今本的规模，在甲辰本上已大体有了。不过它却没有后四十回的。这后四十回的出现，在这里找不到线索，梦觉主人序文明说："书之传述未终，余帙杳然。"吴藏舒元炜序本，文字的讹乱过于甲辰本，却在他序上透露了一点消息。序成于一七八九年，在程、高排书前两三年，已传闻全书有"秦关百二"之数，即一百二十回。这后四十回的来历，既不是甲辰本校者做的，又不很像程伟元、高鹗做的[2]，至今还是一个谜。

作者生前身后这两段时期的抄本虽都是很乱的，却有性质上的差别。曹氏生前的抄本，有些由于原稿笔迹草率而引起的，有些出于传抄之误，妄改的地方不能说没有，却不太多（如脂庚本的小字大都是后人改的）。大体说来，其讹谬是从原稿来的，所以有时反而可从这里窥见原稿的真面。自然，讹谬较多的地方，使我们也无从寻找原文。曹氏身后抄本的混乱，情形却迥乎不同，大都后人瞎改，也有与原稿精神相悖的——瞎改的原因，可能出于牟利，即"昂其值置庙市中"，故意造出文字的差别来眩惑人。我们从这里去找，非但不容易得到什么，反而会被它们搅糊涂了。但这些晚出的抄本是否毫无用处，也不能一概而论。如就追穷流变来看，甲辰本便很重要，它为程排甲本和以后的各

---

[1] 见《脂砚斋红楼梦辑评》第二九七页。

[2] 程高本未排印前已有百二十回的传闻，今本后四十回是程、高所作否，或系真像他们序上所说从鼓儿担上买来的也说不定。且程甲本高序题辛亥冬至日（阴历十二月三日），而程乙本引言题壬子花朝后一日（次年阴历二月十三日），相距只七十天，却改动得很多，甚至于有改坏、改错了的地方，则两本很不像同出一人之手。高鹗补书只见于张问陶诗注。所谓"补"者或指把后四十回排印出来，更加以修改罢了。

刻本前八十回的祖本。

这些抄本，无论旧抄新出都是一例的混乱。程乙本程、高引言“书中前八十回抄本文字互异”之说，又谓“是书流传既久，坊间缮本及诸家所藏秘稿，繁简歧出，前后错见”；他们看见的抄本，要比我们今日的多得多，这里所说抄本文字歧错的情形当是真的。至于他们做过整理的工作，所谓“广集核勘，准情酌理，补遗订讹”，虽未免有些夸大其词，大概有一部分也是实情。《红楼梦》在一七九一年左右经过程、高的整理，这八十回就带着这来历不明又不很合式的后四十回，称为百二十回全本，一直流传到现在。

程伟元、高鹗整理《红楼梦》的目的似乎跟我上文所说第二个目的相同，要出一种比较好的本子。但他们却没有我们这第一个目的，而且似乎很反对像这样的目的，在那边有意无意地遮盖、埋没曹著的真面目。后四十回的本身且丢开不论。从整理前八十回说，他们有两个错误：(一)主要的依据是甲辰本之类，即后人妄改的本子。(二)正因为他们有后四十回，就不得不进一步来改动前八十回。有些地方，如甲辰本并没有改，而程甲本就改了，这是最明白的例子。如柳五儿早已死了的。作者把这一个跟平、袭、紫、鸳相类的人写成沧海遗珠，自有深意。五儿不应该进怡红院的。续作者意思不同，在程高本第一百零九回有“候芳魂五儿承错爱”，而且是相当得意的文章，那么五儿就不能早死了。所以甲辰本第七十七回上有：

是谁调唆宝玉要柳家的丫头五儿了，幸而那丫头短命死了。

仍同脂本，在程本上自然不应该再有。且牵涉到晴雯之死。今本七十七回晴雯的嫂子缠着宝玉，被五儿撞来解围，这个在脂评系统里的各本当然都不会有的，只写晴雯的嫂子灯姑娘自动地把宝玉放走。这个例子已很明白，谁好谁歹，不是一两句话能够说明白。至于刻本改抄本不当的地方，自不胜枚举。程乙本又把甲本改坏了不少，这已入后四十回的范围，也不能多说了。

抄本固然很乱，刻本添了妄改之病，也未尝完全不乱，我们整理本书的目的，不能简简单单只重研究者的参考，而必须兼顾一般阅读者的需要，其理由实在此。这两个目的是有些抵触的，我们必须克服这个困难，使互相矛盾的地方在可能范围内适当地统一起来。这个工作总是值得一做的。

要解决这些具体的问题，先要看问题到底有多大。如书的未完，这个问题是无从弥补的。因后四十回有违失作者之意处，风格上也很不同，把它联合起来，会在阅读方面发生相当混乱的印象。又曹雪芹写《红楼梦》，并不是从头到底挨着写下去的，乃纵笔所至，一大段一大段地写，然后把它斗拢来；故有些地方残缺的痕迹至今还在。如第二十二回最后一段，后来各本虽有，其实不是原稿。如第三十五回跟三十六回现存所有的各本都不接。如第七十回跟七十一回，脂本原也不衔接，刻本把它接上了，却并不见好。如第七十五回，原缺宝玉、贾兰、贾环的诗。又各回长短非常参差，长的达万言，短的不过四千五百字，相差到一倍以上。分回也没分好，回目也没完全。如第十七、十八回，己卯、庚辰两脂本都不分回，后人把它分开，不但分法各各不同，而且回目也始终没有搞好。

若说到本书前后抵触，脱支失节的地方却多了。论理应该可以弥补，但也得看实际的情形。有些比较容易解决，有些就不容易或不可能。这儿且各举一例。如凤姐只有一个女儿叫巧姐，今传各本均同，大家知道的。但据脂本却跑出两个女儿来了，一个大的叫巧姐儿，一个小的叫大姐儿，而且两见，一见于第二十七回芒种饯花神条：

……凤姐等并巧姐、大姐、香菱。

二见于第二十九回，这更明白，决非什么笔误：

奶子抱着大姐儿，带着巧姐儿另在一车，还有两个丫头。

庚辰、甲辰本同，有趣的是有正本。今有正本虽没了“巧姐”字样，但所依据的“戚本”大概亦同脂本。如二十七回有正本作：

> ……凤姐等并同了大姐、香菱。

这“同了”两字显然是“巧姐”两字的替代。“并同了”文理不通，且这“同了”两字，在有正大字本小字本上都还看得出有改写的痕迹，恐是抄写以后临时改的。第二十九回也同样地分明，有正本作：

> 奶子抱着大姐儿带着丫头们另在一车，还有两个丫头。

这“丫头们”三字又是“巧姐儿”三字的替身，更不用说了。所以说戚本原同脂本。

从各抄本汇合看来，这大概曹雪芹原写如此。是否矛盾呢？的确很矛盾的。在第四十二回上，更千真万确地，凤姐只有一个女儿叫大姐，其时尚未起名，不过叫叫而已；后来还是凤姐请了刘姥姥从她的生日七夕联想，按照“以毒攻毒”的古法命名为巧姐，遇难成祥，逢凶化吉，都从这“巧”字儿来。各本均同，没有例外。这是原作自相矛盾的一个例子。要想解决它，自只好删二十七、二十九回之文，四十二回是无法改动的。这样统一是很简单的，又从这里可以看出作者写《红楼梦》可能不止一个稿子，又是一段一段地写，这一段那一段不必同时。大概作者先想给凤姐两个女儿，后来才改为一个。凤姐有两个女儿的时候，这巧姐的名字并非刘姥姥所给，如第四十二回所说。

但并非说所有类似这样的问题，都可以这样简易解决的。例如宝玉的年纪究竟比元春小多少，这是老问题，早有人提起过，我也曾有所说明[1]，这儿不妨说得简单些。这第二回跟第十八回的冲突终究不好解决。表面一看似亦适用上边的办法，改第二回的“次年”两字以迁就十八回之文，口气文理上差了

[1]《红楼梦研究》，第二六〇至二六一页。

一点，就让它差一点罢，反正比自相矛盾要好一些。仔细看了全书，知道不这样简单，即使硬改第二回之文亦无济于事；因其他地方还在表示着宝玉的年纪并不小了，莫非也一一去改。有一节文字本身在数行内就是矛盾的，即引第二十三回作家出版社本。

当时有一等势力人见是荣国府十二三岁的公子做的……谁想静中生动，忽一日不自在起来，这也不好，那也不好，出来进去只是发闷。园中那些女孩子正是混沌世界天真烂漫之时，坐卧不避，嬉笑无心，那里知宝玉此时的心事。

上文说"十二三岁"分明很小，下叙春思发动年岁已大了。而且这些女孩比十二三岁的宝玉还要小，也是不可通的。可见宝玉的真实年龄并不小了。另一证见于三十五回：

那傅试原是暴发的。因傅秋芳有几分姿色，聪明过人，那傅试安心仗着妹子，要与豪门贵族结亲，不肯轻易许人，所以耽误到如今。目今傅秋芳已二十三岁，尚未许人。……那傅试与贾家亲密，也自有一段心事。

照例结婚女的总要比男的小一些。傅试想跟贾家攀亲，傅秋芳今年二十三岁，那么，宝玉应该几岁？就算他比傅秋芳稍小些，也已总在二十左右了。宝玉若只有十三四岁，那傅家的妄想攀高，也未免太妄了些。

在这些地方却从来没有人改动过的。这些不改，单改这第二回的次年，为"后来"，为"隔了十几年"，徒损原作之真而毫无实惠。碰到这样的矛盾，不得不认为《红楼梦》原有的问题，只好让它去了。所以这个本子虽说要帮着解决原来的问题，实际上弥补是很有限度的。我上述两个目的也在那边冲突，有时只好偏重一个。用哪一个，得看情形。如巧姐之例，为了情节一致所谓第二个目的，牺牲了接近原稿所谓第一个目的。如宝玉年龄之例，反其道而行之，又把第二目的服从于第一目的。虽似标准无定，做法相反，却事实上也只能这样做。

说到这里，可以谈到校勘整理的工作了。先说定什么做底本。我们用有正本做底本。有正本对戚本是有距离的，如上所述。用它做底本，却为事实所限：一则由于易得，便于丹黄涂抹；二则它也最完整。因这些缘故，除第六十七回、第六十八回一部分以外[1]，就用有正本做底本，而依据他本改字。

用的主要校本：脂砚斋庚辰本七十八回，己卯本四十回，甲戌本因原书不在，只用了一部分。参考校本：甲辰本，郑藏残本，程甲、乙本，等。其用法的区别大致如下：对主要的校本引录得比较详细，多用作改字的根据；对参考校本引得比较粗略，除掉个别的以外，一般不用作改字的最初根据。参考校本里的刻本用得更少，程甲本每在做改字的参考时引用，程乙以下，只于必要时偶一引用而已。校本的用法既很不一致，所以只是重点的校勘，还不够全面的，有严格客观标准的校勘，等下面再谈。这儿先谈改字的标准。

有正本虽是脂本的系统，自它流行以来，若沉若浮，始终不惬人望，这是有缘故的。拿它跟通行的坊本比来，不见得好，或反而不如，至少也是各有短长。我们拿来做底本必须改字，而且要改得相当多，那就不能没有标准。先依版本排列先后，从（一）不宜则从（二），从（二）不宜则从（三），从（三）亦不得则从（四）。改字依版本的次序如下：

（一）从脂本。

（二）从后起的抄本，如甲辰本。

（三）从刻本。

---

[1] 第六十七回庚辰本缺；有正本、甲辰本大致相同，出于一稿却很坏；程甲、乙本另是一稿；己卯本亦缺，抄配用程乙本。比较各本还是程甲本好些，我们就采用了它。第六十八回，凤姐对尤二姐一段长白，各抄本都是文言（有正大字本原用文言，后涂改为白话；小字本改为白话，但亦不彻底），酸气很重，跟她平常说话不同。这大概是作者的原稿，或者想用来表示凤姐的虚伪。我们觉得今本一律白话要好些，所以这一段改从程本。

（四）以意改字[1]。

至于更具体的哪些要改，哪些不要改，我曾写出一部分的校勘举例和校勘随笔。大体上我也拟了三个标准如下：（一）择善，（二）从同，（三）存真。主要的是择善，从同存真只是附带的。很显明，这三个标准跟着上文所说两个目的来。原来的目的既不能没有矛盾，则这儿的三个标准亦不能没有矛盾。如以“择善”来说，有时便不得不违反下面的两标准，而且会打乱了上开版本的次序，即（三）（四）会跑到（一）（二）的头里去。独用“择善”的例子，这儿举出两个：（一）我用了光绪间石印的金玉缘本，（二）没有版本根据，以意改字。这可以算极端的例子。

（一）如第五十六回引脂庚辰本：

咱们这园子只算比他们的多一半，加一倍算，一年便有四百银子的利息。若此时也出脱生发银子，自然小器，不是咱们这样人家的事；若[不]派出两个一定的人来，既有许多值钱之物，一味任人作践，也似乎暴殄天物。

方括弧里的“不”字是添的。早年的刻本如程甲乙本、嘉庆本、道光本都没有，以手头的材料直查到光绪间石印金玉缘本方才有了，更后的亚东本、作家出版社本当然也是有的，可见这个“不”字添得很晚，但添得对，便不得不用它。

（二）再极端一点便是我改的，如第十四回也引脂庚本：

那应佛僧正开方破狱，传灯照亡，参阎君，拘都鬼，延请地藏王，引幢幡；那道士们正伏章申表，朝三清，叩玉帝；禅僧们行香，放焰口，拜水忏；又有十三众尼僧搭绣衣，靸红鞋，在灵前默诵接引诸咒，

[1] 以意改字处很少，在新本上拟用方括弧表示。以意删去的字可查阅校字记。

十分热闹。

这“应佛”二字可能出于原稿，却是错的。各本或作“应福”“应付”这些同音字，皆误，应该作“应赴”。“应赴僧”正对下面“禅僧们”说的。对这个的了解我有一段经过，不妨一谈。幼年在苏州知道给亡人做法事有两种和尚：一叫“禅门”，一叫“ㄈㄨㄧㄣ”。禅门念经拜忏，ㄈㄨㄧㄣ念经外主要的奏乐唱曲。我始终不知道ㄈㄨㄧㄣ是哪两个字。后来朋友告诉我，方知道应作“赴应”。赴应即应赴。凡和尚们应俗家的邀请到那里去做法事叫应赴，自然也得到报酬。早年大约搞音乐的和尚接受外会，而清修的和尚却不，所以有禅门赴应之别。但后来禅僧们亦应赴，而名称既用惯了，便不再改，所以仍有这样的区别。有钱的人家做佛事，两者兼用，以外还有道士尼姑，像《红楼梦》记秦氏丧仪正是这样的排场，这四种僧道是全的。所以“应佛”为“应赴”之讹甚明，但作者已写错了，依“存真”的标准原不能改，我却以为“择善”居先，既知道得比较确实，便依我的意思改了。

从同、存真两个标准，放在择善的条件下，若单独使用它不很合理[1]。既然改字，至少我自己认为好的才改，虽然真好与不好是另一问题。若认为还不及底本自然不改。但重点有时亦放在从同或存真上。所谓从同，大抵各本均同，有正独异。如有些字句可以两存，因这个缘故把它改了。我那时有一种心理，不太相信这有正本。这底本独异的字句，虽好歹进出不大，却可能出于后人所改，甚至于狄平子改的[2]。又“从同”大都是从“己、庚、晋（甲辰）、甲（程甲）”，包括两个脂本在内，则亦符合“存真”的意思，并非独用。

“存真”这一点比较复杂，独用“存真”也很少，往往用在存疑或存原本痕

[1] 个别地方，也有因从同存真，表面上丢开了择善的。如第四十九回“孟光接了梁鸿案”，分明是有七个字，但下文偏说“五个字”好像错了。但脂本及各本均同作“五”，没有作“七”的，我们不便轻易改动它。作者不至于“五”“七”都不辨。且可能本来不错，只看怎么去解释。

[2] 见拙作《红楼梦随笔》“有正本妄改”一条。

迹的地方。如有些名物，我们还不知道怎样解释，既旧本如此，则姑存其真。如第三回凤姐穿的“萍缎”，不知是什么衣料，但作“洋缎”却怕不对。第六十三回芳官穿的三色缎子拼的水田夹袄，里边有一种叫“酡绒”，也不知什么衣料，但作“驼绒”恐怕不对。如第十七、十八两回，后来的分回和回目都不恰当，我们仍照脂本不分。又如本书及叙作诗必录诗句；甚至于唱的曲子（如脂庚本有正本第六十三回芳官唱《邯郸•扫花》），行的酒令（如第六十二回湘云醉中念的）都是全文。在第七十五回回目上题明“赏中秋新词得佳谶”，偏偏宝玉、贾兰、贾环的诗句都不见。现在只有脂庚本还留下一些痕迹，残迹留着自无用，但删了则缺诗一事便不可见，且与原书一般体例不符，所以我主张保存。其他类似的例子也还有。

究竟什么叫“真”，也有问题。事实上所谓存真，不过从旧本（脂本）的意思。但旧本亦有互异的，将何所从？又不得不归到择善的老路上去。没有太大的优劣就干脆不动了。如第四十一回刘姥姥吃茄鲞，各本均同，有正本偏作“茄胙”，原可用从同的标准。但有正本的独异，在这里颇难设想出于妄改。菜的做法既完全不同，殆作者原有两稿，一作茄鲞，一作茄胙，反正都没法弄来吃，故无大优劣。茄鲞之文既已通行，这里不如存茄胙之真，因此便没有动。虽无关宏旨，这也可算存真独用的一例。

至于三者并用，也就是三个标准统一起来的例子也很多。这儿举一个稍微复杂一点的，再举一个简单的。先引脂庚本第七十一回：

> 鸳鸯道：罢哟，还提凤丫头虎丫头呢……总而言之，为人是难作的。

这“为人是难作的”，就从同来说，各本大都这样，有正本独异；就存真来说，脂本是这样。只有从择善来说，有些问题。“为人是难作的”或“为人是难做的”确乎不合文法，但鸳鸯当时的说话正不必合于文法。此正作者善用语言的变化，为人物传神。若如今有正本作“为人是难的”，当然合了文法而神情稍失了[1]。在这里不用有正本是同时符合了三个标准。简单的例子，如第五回“红楼梦曲文”中说黛玉一支曲牌名各本都作“枉凝眉”，切合颦黛本意，和其他十二钗曲一例，当然是对的，有正本却作“枉凝眸”。这里改了有正本，也是符合三个标准的。

在八十回书中这样的改字，自不能一一列举。虽然定了这三个标准，能否使人惬意却很难说。我自己看来即有三种毛病：（一）这三个标准我所悬拟，本不一定妥当。（二）它们虽不必处处矛盾，却总归是有矛盾的，而我的处理也未必皆妥。（三）我是否能依上项的原则，恰如其分地运用这三个标准，也不敢说。唯愿竭尽己力为《红楼梦》添一个较好的版本，但这主观的意图能否如愿，只有请关心《红楼梦》的读者检定了。

这儿可以提起校勘记的作用。有了校勘记，便有踪迹线索可寻，即使不幸我把这有正本“点金成铁”，或在其他各本中“看朱成碧”，迷于去取，读者如肯破费一些工夫，就很容易把那遗失的珠玉找回来的。校勘记的详于改字部分而略于一般文字的异同，其故在此。我们打算把这改字部分的校勘记首先印行，其故亦在此。

最后谈到校勘工作和做校勘记的情形。这工作大体上分四个步骤：（一）将各本的异文校在这有正本上。（二）根据这校本写校勘记初稿。（三）用上边这两种材料，仍参照各原书，斟酌改定文字。（四）依这改字的新校本重写校勘记。这工作的（一）（三）两项均由我担任，（二）（四）两项是我的计划，由王佩璋同志写的。

校勘工作很繁重，校勘记的文字亦很多。从一方面说，还是不够详备。即主要的校本如庚辰本也并没有每一个字都校在上面，有些庚辰本的明显的错字就没有校上去。参考校本如甲辰本，省略得更多。因当初原预备只做重点的校勘。从另一方面说，又未免嫌过于烦琐了，有些像全面校勘似的。因何谓重

[1] 第二十四回庚辰本还有一个同类的例子。“倪二听了大怒。要不是令舅便骂不出好话来”，叠用两“不”。这第二个“不”字，按文理说是衍文，故有正本没有，但否定语叠用为加重语气，俗语中往往有这样的说法，所以我采用庚本把它添上。

点，自有主观出入的地方，才有这繁简不匀称的现象。我认为这有必要在这儿向读者交代清楚的。

当初还有一种想法：说抄本跟刻本是两个系统，只可用抄本来校抄本，不能用刻本来校抄本。这原是对的。似乎可以完全撇开刻本了，事实上却又不然。因“抄”“刻”在《红楼梦》的流传上虽似形成为两个系统，原先却并非完全的两回事。如程、高说他们广集各家抄本加以校勘，这大概是真话。那时离雪芹之死还不到三十年，抄本要比我们今日多得多。这些材料现在虽消灭了，有些却保存在程排本里，尤以程甲本为多。所以我认为酌引刻本亦有必要的，特别在改字处引用，可以明了各本均同的情形。但或引或不引，读者或者会引起迷惑来。

即就抄本校抄本来说，也不很简单。在作者身后出现的讹谬妄改的抄本有没有拿来做校勘的必要呢？却是一个问题。按理说，没有什么必要。当时又因为这些抄本都非常罕见，不搜罗进去未免可惜。况且《红楼梦》的问题多，而我们手头材料只嫌其少，想从多里捞摸，愈多愈好。希望将从这凌乱丛残之中解决一些问题。而当时对这些抄本的性格，也还没有太大的把握。就材料多寡来说，截至目前，纯粹的脂本海内所见不过三，而我们得其二，似不为少。但己卯本和庚辰本差别不多，用一个脂庚本来校有正本实在也差不多了。我当时却抱着“贪多务得”的心理。这样就造成了这庞大非凡，一百二三十万字的校勘记。

这校勘记的庞大，主要由于甲辰本的录入，一则甲辰有八十回之多（郑藏残本只有两回），二则甲辰本大体跟程排甲本相类似，跟脂本差别很多。所以虽说不将刻本来校抄本，事实上差不多已等于用刻本来校抄本了。这样做法有没有必要呢？我想还是有必要的。甲辰本是抄本跟刻本间的连锁。从抄本说是“穷流”，从刻本说是“溯源”。我们从它可以知道哪些出于程、高以前人改的，哪些是程、高改的。在《红楼梦》的版本史上非常重要，它不仅仅因罕见而成为珍本。

因上述这些缘由，校勘记跟新本有密切的关系，有它的重要功用，原应该把它印行出来。但篇幅既很庞大，虽研究者或者还感不够，而一般的读者可能不一定要看这一百多万字的校勘记。所以现在由王佩璋同志再把校勘记的改字部分摘录了先印出来，凡改定字句，根据什么都一一写明，称为校字记；全部的校勘记，俟有时间加以整理，斟酌社会上的需要，再考虑另行印出，供研究者的参考。

最后略谈我的感想。我早年就有整理《红楼梦》的意图，经过了三四十年的时间，在伟大的毛泽东时代，才能够完成我的夙愿，这是首先应当感谢和欣幸的。同时又深切地惭愧着，从北京大学文学研究所成立以来，我就担任这工作，直到现在才勉强完成了，诚有力不从心之感，而且在计划上、工作上还不免伴随着许多缺点，这个新本能否集众本之长，或更接近原作之真，都是不敢说的。在工作进行中间，承朋友们给我真心大力的帮助：潘家洵先生曾帮我校过本书三十一回以下，郑振铎先生借给我许多珍秘的材料，傅惜华先生所藏的程甲本搁在我家里多少年了。我这微小的成绩如何能对得起他们的热情，使我更觉惭愧。又承本所中国古代文学组几位同志提出许多很好的意见，王佩璋同志又帮我校定句读，邓绍基、刘世德同志帮我统一字体，都是我非常感谢的。

新本有什么好处，读者们或者想知道。简单说来，这是一个各抄本的汇校本。以现行的脂戚两本，一本影印，没有经过整理，一本抄印，不免有所妄改，所以不妨说它是抄本系统的普及本。用戚本为主，用脂本来校，参用刻本地方不多，也可以说它是比较接近曹雪芹原著的本子之一。虽意在择善而从，但所"择"所"从"是否"善"，不免有主观的偏见，正不必妥当。尤其是以意改字的地方，恐怕讹谬更多。这个新本行世以后，诚恳地盼望全国的文化界以及爱好《红楼梦》和专门研究的人不断地批评和指教，使它有机会得到修正，渐臻完善。我认为只有在人民做主人的时代，伟大的曹雪芹及他的名著《红楼梦》，才有可能廓清一切曲解，得到真实的和充分的评价。如果读者能透过我这微末的工作更多地引起对《红楼梦》的热爱来，那将是我最大的希求了。

重订《红楼梦八十回校本》弁言

自一九五八年本书出版，已过了五个年头，出版社方面预备将它重印，嘱我再校对一下。我正因为今年“脂评十六回本”（即甲戌本）已影印出来，添了新的材料，这是一个很好的修订的机会，颇乐于从事。但期程匆迫，约费了一个月的时间重校一次。略书校勘的感想于后。

首先感到五八年校本的质量还不够好：其一是客观上的缺陷，当时甲戌本（下简称“戌本”或“戌”）原书不在，所据只是辗转过录的，非但很不完全，而且不免有误；其二是主观方面的毛病，工作太粗糙了，做得不够地道——更严重的，我在那时，有些想法、看法也不大对头。自然，总也有一些缘由，这里不多说了。

检查的结果，得到两点：一点肯定，一点否定。（一）用庚辰本或用戚本（即有正本）来做校勘的底本，当初原很踌躇，后决定用了有正本，大半为工作的方便起见。决定以后，甚至校完以后，我仍不免疑惑：是否还应当用庚辰本做底本呢？是否错了呢？现在看来，这倒不算错。有正本虽经妄改，但它的原底（戚本）实和其他的脂评本是一个系统，而且距离这现存最早、比较最好的甲戌本很接近。这一点到下面再详说。（二）错误又安在呢？那时我对庚辰本（己卯本和庚辰本大致相同）过于重视。当然，庚辰本是现在仅有的比较完全的八十回本值得重视，但我的重视已近乎迷信，这就很不妥当。再说，庚辰本假如几乎处处都好，那么，我们用它来做底本，改正一些错字，再句读一遍，岂不也就完了，何必绕这么大的弯子来做这汇校工作呢？现在校正本文若干条，部分的改写了校字记，是否足够也很难说。检查的情形大致如此。以下就校勘中的具体例子，分为三项，来说明上面的话。

〔一〕甲戌本质量很高。当我去年为中华书局写《后记》的时候，未曾逐句细勘，所以肯定得还不够。共举七个例证：(1)第二回二一页“坐馆”——今从戌。庚作“做馆”，不通，“做”乃“坐”之误。程甲本作“处馆”。(2)第五回五一页“子系中山狼”，“系”庚作“係”，“系”“係”字可通用，但此处影“孫”，自当作“系”。(3)同回五八页警幻最后训宝玉的话，各本均作“则深负我从前谆谆警戒之语矣”，虽无毛病，却很肤泛，似乎结不住这很重要的第五回。戌独作“则深负我从前一番以情悟道，守理衷情之言”，此句当直贯后回宝玉的结局。今从戌。又此句之末无“矣”字，似很短促；但其下文本云“话犹未了”则无“矣”字者实较诸本有“矣”者为尤妥。(4)第八回八六页黛玉的话：“我来了，你就该去了。”原冲着宝玉说的，所以下文接宝玉道：“我多早晚要走来着”。各本“你”均作“他”。这“他”当然也指宝玉，却对旁人说，就未免显得生分了，不合宝黛相处的情况，文情亦不够生动。今从戌。(5)第十五回一四九页写秦钟与智能“只得含泪而别”，这“泪”字，已、庚、晋、甲均作“恨”，旧校本从之。戚作“情”。“含恨”“含情”均可，总不如“含泪”为更恰当。今改从戌。(6)第二十五回二五八页，“并家中一干家人，上上下下……”旧校本从庚、晋、甲作“并周瑞家的一干家人，上上下下……”按下文固有周瑞媳妇抱着凤姐夺刀一事，但这里总叙家人，特提周瑞家的领衔不妥当。今改从戌。(7)同回二六二页，兹并引旧新两个校本文字同异，较为明白：(异文傍点)

薛宝钗便回头看了他半日，嗤的一声笑。众人都不会意。贾惜春道——从庚。(旧本)

宝钗便回头看了他半日，嗤的一笑，众人都不会意。惜春问道——从戌。(新本)

这优劣很显明，不需多说。旧校本“薛”“贾”二字无须多，这里本不必带姓；新本“问”之一字不可少。又若多一“声”字，那宝钗就笑得出了声，则众人皆知，又何待惜春发问呢。以上的七条在十六回中，不过略举数例以见大凡。其他的优点还很多，有些或已见另文，有些又比较琐碎，在此都不再提了。

〔二〕戚本很接近戌本。这里也就优点，举出较突出的两条：(1)戚本似误而实不误的——如第六回六八页，旧校本作：“刘姥姥……拉了板儿过来，䠁唇咂嘴的道谢”，有正本“咂嘴”作“打嘴”，错得很荒唐，故改从庚、晋、甲。似乎没有问题了，其实不然。这“䠁唇咂嘴”，写得有些贫气。戌作“䠁唇抹嘴”，“抹嘴”自较“咂嘴”为佳。戚本的“打嘴”，“打”乃“抹”字之形讹。(2)戚本不误而容易认为误的。如第七回七四页，旧校本作：“只见奶子正拍着大姐儿睡觉呢。周瑞家的悄问奶子道：‘姐儿睡中觉呢，也该请醒了。’奶子摇头儿。”各本都是这样，我们对它很熟悉。有正本作“奶奶睡中觉呢”，好像也不对。上文既有奶子拍着大姐儿睡觉之文，似乎应当作“姐儿”才是，其实又不然。这一问正指凤姐，已入“贾琏戏熙凤”的正文。所以上有“悄问”，下有“摇头儿”。脂评曰：“有神理。”若果指小孩睡觉，便用不着那么神秘、那么紧张了。况且小孩睡觉不拘时刻，也无所谓该醒与否。大姐儿虽是个小主人，但她还是极小的孩子，用“请醒”两字亦觉过于隆重。我从前读到这里，总觉得有些别扭，不知读者亦有同感否。但既然这样，读者当然要问：为什么旧校改从己、庚呢？这就看出我过去过于轻视那有正本而迷信己、庚本的实况来。今戌本正作“奶奶睡中觉呢”，则戚本在此不误和它的接近戌本，都是很明显的。这里附带说一句：新校本“还原”(即仍从有正本)的地方甚多，即以第一回至八回已有了二十五条。这也同时说明用戚本来做校勘的底本是不错的。

〔三〕甚至于甲辰(晋)本，程甲(甲)本也有和甲戌本相合的。亦举其有关文义的两条为例。(1)第一回，旧校本第四页，“只愿他们当那醉淫饱卧之时”，这“淫”字很坏。戚本自不好，庚本亦不佳。这一个字颇伤《红楼梦》的品格，关系不小。程甲本作“醉馀”实远过于诸抄本，而当时不从之，大误。今观戌，正作“醉馀”，与甲本合。(2)第七回末，旧校本八〇页“凤姐道：这才是呢”，晋、甲在“这才”之上并有“好兄弟”，状凤姐安慰宝玉，哄骗小孩子的神态极佳，而旧校失从。戌本亦有此三字。

关于晋甲两本，出于后人所改，而远同甲戌本这一点，如何解释方才对，原是很困难的。或者后人拟改暗合前人，也或者其间另有渊源，恐怕得看具体情形来决定。即此可见《红楼梦》的版本问题原是很繁复的，即较晚的本子如晋、甲等亦不宜一概抹杀，而汇校的工作也是有些意义的。

从前所举三项各例，可略见新校本的情形，且可看出庚辰本也有不少的缺点。旧校本“从庚”者很多，现有改回“从戚”的，也有“从戌”或“从晋、甲”的，但“从庚”的地方还依然很多，因为它的长处是不该抹杀的。至于意虽在“择善而从”，我所从是否善，自是另一问题。又这次重校，主要的为了新有了影印的甲戌本，故凡有戌本十六回可互校的，这些回改得就比较多，却亦不限于此。如第三回三一页便从甲删去了“倒不见那蠢物也罢了”，其理由已两见另文，这里不赘。这一句各脂本并作正文，程、高例删评语，把这条也删去，却是很有见识的。

校字记原由王惜时君写，她现不在这里了，因此重校时，便由我自己来改写，又增删了若干条，虽颇费力，恐怕未必能搞得好。又各旧本（抄本和最初排本）大都有序，昔曾抄下，今一并附在第八十回的后面，供读者参考。

汇校的工作虽然很有意义，自惭做得不够。假若这重校本比先前的校本，质量上有一些进步，不至于太辜负这批珍贵的材料和这伟大的原著，那我已十分欣幸了。

一九六二，十，二十三，北京

校改《红楼梦》凡例

(一)说明

1. 以戚本为底本，以脂庚本为主要校本，定为新本，而以其他各抄本参校之，不得已则参考刻本。

2. 所谓改字，实兼指改字、增字、删字、钩乙字句而言。

3. 无论改字与否均作校勘记。校勘记省略之例另见下。

(二)改字之例

1. 底本明显错误处均改字。

依各本改字的次序大致如下，但斟酌情形加以移动。

(1)庚辰(2)己卯(3)甲戌(4)甲辰(5)残本(6)程甲及其他

2. 最明显的讹文得不据版本径直改字。

3. 底本、校本均误，而校者考知其当作何字者改字。

4. 实系错误而各本俱无可据改，则以意改字。在依各本改字的情形下，意改列为最后。意改之字用方括弧示之。

5. 底本虽无明显错误，但他本别作较佳者，得改字。

6. 底本虽不发生问题，而主要校本及其他校本文字相同（例如庚辰、己卯、甲辰三本同），得改字。

7. 为求前后一致，若前文已据某本改字，在相同情形下的后文得径直改字。

（三）不改字之例

1. 底本无误或无问题，俱不改字。（例外见上节5、6）

2. 专名或名物之类可以并存者，不改字。

3. 字体异写，或用字偶别无关宏旨者，不改字。（例外见上节7，但经过后来统一字体，此条不全适用。）

（四）校勘记省略之例

1. 底本不误而校本讹误，一般的不作校记，但亦有注明者。

2. 文字小节过于琐屑者，不作校记。

3. 改正很明显的错字，或为前后统一字体，不作校记。

4. 字体异同，不悉作校记。（若认为稍有关系，或可存原作之真面目者，亦间作校记。）

5. 校勘以抄本为主，依据刻本改字，始引刻本。其他不引，亦有间或注明者。

《红楼梦》校勘记所用本子及其简称的说明

（一）过录清乾隆甲戌（一七五四）脂砚斋重评本十六回（一至八，十三至十六，二十五至二十八）——简称为“戌”。

（二）过录己卯冬月（一七五九）脂砚斋四阅评本四十回（一至二十，三十一至四十，六十一至七十）——“己”。

（三）过录庚辰秋（一七六〇）脂砚斋四阅评本八十回（缺六十四、六十七）——“庚”。

（四）乾隆甲辰（一七八四）梦觉主人序抄本八十回（近在山西发见）——“晋”。

（五）郑振铎藏抄本两回（二十三、二十四）——“残”。

（六）乾隆辛亥（一七九一）萃文书屋初排活字本百二十回——“甲”。

（七）乾隆壬子（一七九二）萃文书屋第二次排活字本百二十回——“乙”。

（程氏甲本只作参考，乙本间或引用。更晚的本子引用更少，不列此表。）

（八）有正书局（一九一一）石印戚蓼生序本八十回（校勘时所用的底本）——“原”。

有正书局石印本《石头记》序

吾闻绛树两歌，一声在喉，一声在鼻；黄华二牍，左腕能楷，右腕能草：神乎技矣，吾未之见也。今则两歌而不分乎喉鼻，二牍而无区乎左右，一声也而两歌，一手也而二牍。此万万所不能有之事，不可得之奇，而竟得之《石头记》一书。嘻，异矣！夫敷华掞藻，立意遣词，无一落前人窠臼，此固有目共赏，姑不具论。第观其蕴于心而抒于手也，注彼而写此，目送而手挥，似谲而正，似则而淫，如春秋之有微词，史家之多曲笔。试一一读而绎之：写闺房则极其雍肃也，而艳冶已满纸矣；状阀阅则极其丰整也，而式微已盈睫矣；写宝玉之淫而痴也，而多情善悟，不减历下琅琊；写黛玉之妒而尖也，而笃爱深怜，不啻桑娥石女。他如摹绘玉钗金屋，刻画芗泽罗襦，靡靡焉几令读者心荡神怡矣，而欲求其一字一句之粗鄙猥亵，不可得也。盖声止一声，手止一手，而淫佚贞静，悲戚欢愉，不啻双管之齐下也。噫，异矣！其殆稗官野史中之盲左腐迁乎。然吾谓作者有两意，读者当具一心。譬之绘事，石有三面，佳处不过一峰；路看两蹊，幽处不逾一树。必得是意，以读是书，乃能得作者微旨。如捉水月，只挹清辉；如雨天花，但闻香气，庶得此书弦外音乎。乃或者以未窥全豹为恨；不知盛衰本是回环，万缘无非幻泡，作者慧眼婆心，正不必再作转语，而万千领悟，便具无数慈航矣。彼沾沾焉刻楮叶以求之者，其与开卷而寐者几希！德清戚蓼生晓堂氏。

第一回

甄士隐梦幻识通灵　贾雨村风尘怀闺秀

此开卷第一回也。作者自云：因曾历过一番梦幻之后，故将真事隐去，而借“通灵”之说，撰此《石头记》一书也。故曰“甄士隐”云云。但书中所记何事何人，自又云：今风尘碌碌，一事无成，忽念及当日所有之女子，一一细考较去，觉其行止见识，皆出于我之上。何我堂堂须眉诚不若彼裙钗哉？俞校：“裙钗哉”——从庚、晋；原“裙钗女子”。蒙侧：何非梦幻，何不通灵？作者托言，原当有自。受气清浊，本无男女别。实愧则有馀，悔又无益之俞校：“悔又无益之”——从戊、庚；原“悔又无益，是”。大无可如何之日也。当此时，俞校：“当此时”——从戊；原“当此则”。（戊“时”下有“则”字，今删。）自欲将已往所赖天恩祖德，锦衣纨袴之时、饫甘餍肥之日，背父兄教育之恩、负师友规谈之德，俞校：“规谈之德”——从庚、晋；原“规训之德”。以致今日一技无成、半生潦倒之罪，蒙侧：明告看者。编述一集以告天下人。虽我之罪固不能免，俞校：“虽我之罪固不能免”——从戊；原“我之罪固不免”。然闺阁中本自历历有人，万不可因我之不肖，自护己短，俞校：“自护己短”——从庚、晋、甲；原“自己护短”。一并使其泯灭也。俞校：“使其泯灭也”——从戊、庚、甲；原“其使泯灭”。蒙侧：因为传他，并可传我。虽今日之茅椽蓬牖，瓦灶绳床，其风晨月夕，俞校：“风晨月夕”——从戊；原“晨夕风露”。阶柳庭花，亦未有妨我俞校：“妨我”——从晋、甲；原“防我”。之襟怀笔墨者，俞校：“笔墨者”——从戊；原“束笔阁墨”。虽我未学，下笔无文，又何妨用假语村言，俞校：“假语村言”——从戊、晋、甲；原“俚语村言”。敷演出一段故事来，以悦人之耳目哉？俞校：“以悦人之耳目哉”——从戊；原“亦可使闺阁照传，复可悦世之目，破人愁闷，不亦宜乎”。故曰“贾雨村”云云。乃是俞校：“乃是第一回”至“十年辛苦不寻常”——从戊；原无。第一回题纲正义也。开卷即云“风尘怀闺秀”，则知作者本意原为记述当日闺友闺情，并非怨世骂时之书矣。虽一时有涉于世态，然亦不得不叙者，但非其本旨耳，阅者切记之。诗曰：

浮生着甚苦奔忙，盛席华筵终散场。
悲喜千般同幻泡，古今一梦尽荒唐。
谩言红袖啼痕重，更有情痴抱恨长。
字字看来皆是血，十年辛苦不寻常。

列位看官，你道此书从何而来？说起根由虽近荒唐，甲侧：自占地步。自首荒唐，妙！细按则深有趣味，待在下将此来历注明，方使阅者了然不惑。

原来女娲氏炼石补天之时，甲侧：补天济世，勿认真，用常言。于大荒山甲侧：荒唐也。无稽崖甲侧：无稽也。炼成高经十二丈、甲侧：总应十二钗。方经二十四丈甲侧：照应副十二钗。顽石三万六千五百零一块。娲皇氏只用了三万六千五百块，甲侧：合周天之数。只单单的剩了一块未用，甲侧：剩了这一块，便生出这许多故事。使当日虽不以此补天，就该去补地之坑陷，使地平坦，而不有此一部鬼话。蒙侧：数足，偏遗我。"不堪入选"句中透出心眼。便弃在此山青埂峰下。甲眉：妙！自谓落堕情根，故无补天之用。谁知此石自经煅炼之后，灵性已通，甲侧：煅炼后性方通，甚哉！人生不能学也。因见众石俱得补天，独自己无材不堪入选，遂自怨自叹，日夜悲号惭愧。俞校："悲号惭愧"——从戌、庚、晋；原"悲啼惭愧"。一日，正当嗟悼之际，俄见一僧一道远远而来，生得骨格不凡，丰神迥别，俞校："丰神迥别"——从戌；原"丰神迥异"。蒙戚双：这是真像，非幻象也。靖眉：作者自己形容。说说笑笑俞校："说说笑笑"至"变成一块"——从戌；原"来至石下，席地而坐长谈，见一块"。来至峰下，坐于石边高谈快论。先是说些云山雾海神仙玄幻之事；后便说到红尘中荣华富贵。此石听了，不觉打动凡心，也想要到人间去享一享这荣华富贵；但自恨粗蠢，不得已，便口吐人言，甲侧：竟有人问：口生于何处？其无心肝，可笑可恨之极。向那僧道说道："大师，弟子蠢物，甲侧：岂敢岂敢。不能见礼了。适闻二位谈那人世间荣耀繁华，心切慕之。弟子质虽粗蠢，甲侧：岂敢岂敢。性却稍通，况见二师仙形道体，定非凡品，必有补天济世之材，利物济人之德。如蒙发一点慈心，携带弟子得入红尘，在那富贵场中、温柔乡里受享几年，自当永佩洪恩，万劫不忘也。"二仙师听毕，齐憨笑道："善哉，善哉。那红尘中却有些乐事，但不能永远依恃；况又有‘美中不足，好事多魔’八个字紧相联属，瞬息间则又乐极悲生，人非物换，究竟是到头一梦，万境归空，（甲侧：四句乃一部之总纲。）倒不如不去的好。”这石凡心已炽，那里听得进这话去，乃复苦求再四。二仙知不可强制，乃叹道：“此亦静极思动，无中生有之数也。既如此，我们便携你去受享受享，只是到不得意时，切莫后悔。”石道：“自然，自然。”那僧又道：“若说你性灵，却又如此质蠢，并更无奇贵之处，如此也只好踮脚而已。（甲侧：煅炼过，尚与人踮脚，不学者又当如何？）也罢，我如今大施佛法助你助，待劫终之日，复还本质，以了此案。（甲侧：妙！佛法亦须偿还，况世人之债乎？近之赖债者来看此句。所谓游戏笔墨也。）你道好否？”石头听了，感谢不尽。那僧便念咒书符，大展幻（甲侧：明点“幻”字，好。）术，将一块大石登时变成一块鲜明莹洁的美玉，（俞校：“莹洁的美玉”——从戌、庚、晋；原“莹洁美玉”。）且又缩成扇坠大小的可佩可拿。（甲侧：奇诡险怪之文，有如髯苏《石钟》《赤壁》用幻处。）那僧托于掌上，笑道：“形体倒也是个宝物了，（甲侧：自愧之语。）（蒙双：世上人原自据看得见处为凭。）还只没有实在的好处，（俞校：“实在的好处”——从戌、庚、晋、甲；原“实在好处”。）（甲侧：好极！今之金玉其外，败絮其中者，见此大不欢喜。）须得再镌上数字，使人一见便知是奇物方妙。（甲侧：世上原宜假，不宜真也。谚云：一日卖了三千假，三日卖不出一个真。信哉！）然后好携你到那昌明隆盛之邦，（俞校：“好携你到那昌明隆盛之邦”——从戌；原“好携你到隆盛昌明之邦”。）（甲侧：伏长安大都。）诗礼簪缨之族，（甲侧：伏荣国府。）花柳繁华地，（甲侧：伏大观园。）温柔富贵乡（俞校：“花柳繁华地，温柔富贵乡”——从戌、庚、晋、甲；原“花柳繁华之地，温柔富贵之乡”。）（甲侧：伏紫（绛）芸轩。）去安身乐业。”（甲侧：何不再添一句云：择个绝世情痴作主人？）（甲眉：昔子房后谒黄石公，惟见一石。子房当时恨不随此石去。余亦恨不能随此石而去也。聊供阅者一笑。）石头听了，喜之不尽，乃问道：“不知赐了弟子那几件奇处，（甲侧：可知若果有奇贵之处，自己亦不知者。若自以奇贵而居，究竟是无真奇贵之人。）（靖眉：果有奇贵，自己亦不知。若以奇贵而居，即无真奇贵。）又不知携了弟子到何地方？望乞明示，使弟子不惑。”那僧笑道：“你且莫问，日后自然明白的。”说着便袖笼了这石，同那道人飘然而去，竟不知投奔何方何舍。后来，又不知过了几世几劫，因有个空空道人访道求仙，从这大荒山（俞校：“从这大荒山”——从甲；原“忽从这大荒山”。）无稽崖青埂峰下经过，忽见大块石上（俞校：“大块石上”——从庚；原“一大石上”。）字迹分明，编述历历。空空道人乃从头一看，原来就是无材补天，幻形入世，（甲侧：八字便是作者一生惭恨。）蒙茫茫大士、渺渺真人携入红尘，历尽离合悲欢炎凉世态的一段故事。后面又有一首偈云：

青埂峰顽石遇僧道　大荒山情僧录传奇

无材可去补苍天，（甲侧：书之本旨。）枉入红尘若许年。（甲侧：惭愧之言，呜咽如闻。）

此系身前身后事，倩谁记去作奇传？

诗后便是此石坠落之乡，投胎之处，亲自经历的一段陈迹故事。其中家庭闺阁琐事以及闲情诗词倒还全备，或（甲侧："或"字谦得好。）可适趣解闷，然朝代年纪，地舆邦国，（甲侧：若用此套者，胸中必无好文字，手中断无新笔墨。）却反失落无考。（俞校："却反失落无考"——从戌、庚、晋；原"却失落无考"。）（甲侧：据余说，却大有考证。）（蒙侧：妙在"无考"。）空空道人遂向石头说道："石兄，你这一段故事，据你自己说有些趣味，故编写在此，意欲问世传奇。据我看来，第一件，无朝代年纪可考，（甲侧：先驳得妙。）第二件，并无大贤大忠理朝廷治风俗的善政，（甲侧：将世人欲驳之腐言预先代人驳尽。妙！）其中只不过几个异样女子，或情或痴，或小才微善，亦无班姑蔡女之德能。我纵抄去，恐世人不爱看呢。"石头笑答曰（俞校："石头笑答曰"——从戌、庚；原"石头笑曰"。）："我师何太痴也！若云无朝代可考，今我师竟假借汉唐等年纪添缀，又有何难？（甲侧：所以答的好。）但我想历来野史，皆蹈一辙，莫如我不借此套者，反倒新奇别致，不过只取其事体情理罢了，又何必拘拘于朝代年纪哉！再者，（俞校："再者"——从戌、庚、晋；原无。）市井俗人喜看理治之书者甚少，爱看适趣闲文（俞校："适趣闲文"——从戌、庚、晋；原"适情闲文"。）者特多。历来野史，或讪谤君相，或贬人妻女，（甲侧：先批其大端。）奸淫凶恶，不可胜数；更有一种风月笔墨，其淫污秽臭，荼毒笔墨，坏人子弟，又不可胜数；至若佳人才子等书，则又千部共出一套，且其中终不能不涉于淫滥，以致满纸潘安、子建、西子、文君，不过作者要写出自己的那两首情诗艳赋来，故假拟出男女二人（俞校："男女二人"——从戌、庚、晋、甲；原"男女二"。）名姓，又必旁出一小人其间拨乱，（蒙侧：放笔以情趣世人，并评倒多少传奇。文气淋漓，字句切实。）亦如剧中之小丑然。且鬟婢开口，即者也之乎，非文即理。故逐一看去，悉皆自相矛盾，大不近情理之说。竟不如我半世亲睹亲闻的这几个女子，虽不敢说强似前代所有书中之人，但事迹原委亦可以消愁破闷，也有几首歪诗熟词，可以喷饭供酒；至若离合悲欢，兴衰际遇，则又追踪蹑迹，不敢稍加穿凿，徒为哄人之目而反失其真传者。（甲眉：事则实事，然亦叙得有间架、有曲折、有顺逆、有映带、有隐有见、有正有闰，以致草蛇灰线、空谷传声、一击两鸣、明修栈道、暗渡陈仓、云龙雾雨、两山对峙、烘云托月、背面传（傅）粉、千皴万染，诸奇书中之秘法，亦不复少。余亦干（于）逐回中搜剔刳剖，明白注释，以待高明，再批示误谬。）（甲眉：开卷一篇立意，真打破历来小说窠臼。阅其笔则是《庄子》《离骚》之亚。）（甲眉：斯亦太过。）今之人，贫者日为衣食所累，富者又怀不足之心，纵一时稍闲，又有贪淫恋色、好货寻愁之事，那里有工夫去看那理治之书？所以我这一段故事，（俞校："一段故事"——从庚；原"一段事"。）也不愿世人称奇道妙，也不定要（俞校："也不定要"——从戌、庚、晋；原"也不要"。）世人喜悦检读，（甲侧：转得更好。）只愿他们当那醉馀饱卧（俞校："醉馀饱卧"——从戌、甲；原"醉饱淫卧"。）之时，或避世去愁之际，把此一玩，岂不省了些寿命筋力？就比那谋虚逐妄，却也省了口舌是非之害，腿脚奔忙之苦；再者，亦令世人换新眼目，不比那些胡牵乱扯，忽离忽遇，满纸才人淑女，子建、文君、红娘、小玉等，通共熟套之旧稿。我师以为何如？"（甲侧：余代空空道人答曰：不独破愁醒盹，且有大益。）空空道人听如此说，（俞校："听如此说"——从戌；原"听了此语"。）思忖半晌，将这《石头记》（甲侧：本名。）再细阅一遍，（甲侧：这空空道人也太小心了，想亦世之一腐儒耳。）因见上面虽有些（俞校："虽有些"——从戌、庚、晋；原"虽有"。）指奸责佞贬恶诛邪之语，（甲侧：亦断不可少。）亦非伤时骂世（俞校："伤时骂世"——从戌、庚、晋；原"骂世"。）之旨，（甲侧：要紧句。）及至君仁臣良父慈子孝，凡伦常所关之处，皆是称功颂德，眷眷无穷，实非别书之可比。（俞校："别书之可比"——从戌、庚、晋；原"别书可比"。）虽其中大旨谈情，亦不过实录其事，又非假拟妄称，（甲侧：要紧句。）一味淫邀艳约、私讨偷盟之可比。因毫不干涉时世，（甲侧：要紧句。）方从头至尾抄录回来，问世传奇。因空见色，由色生情，传情入色，自色悟空，遂易名为情僧，改《石头记》为《情僧录》。东鲁孔梅溪则题曰《风月宝鉴》。（甲眉：雪芹旧有《风月宝鉴》之书，乃其弟棠村序也。今棠村已逝，余睹新怀旧，故仍因之。）后因曹雪芹于悼红轩中披阅十载，增删五次，纂成目录，分出章回，则题曰《金陵十二钗》。（甲眉：若云雪芹披阅增删，然则开卷至此，这一篇楔子又系谁撰？足见作者之笔狡猾之甚。后文如此者不少。这正是作者用画家烟云模糊处，观者万不可被作者瞒弊（蔽）了去，方是巨眼。）并题一绝云：

满纸荒唐言，一把辛酸泪。

都云作者痴，谁解其中味。（甲眉：能解者，方有辛酸之泪，哭成此书。壬午除夕，书未成，芹为泪尽而逝。余尝哭芹，泪亦待尽。每意觅青埂峰再问石兄，余（奈）不遇獭（癞）头和尚何！怅怅！）（甲眉：今而后惟愿造化主再出一芹一脂，是书何本（幸），余二人亦大快遂心于九泉矣！甲午八月泪笔。）（甲双：此是第一首标题诗。）

出则既明，且看石上是何故事。按那石上书云（甲侧：以下系石上所记之文。）：当日地陷东南，这东南一隅有处曰姑苏，甲侧：是金陵。有城曰阊门者，俞校："曰阊门者"——从戊、庚、晋；原"曰阊门"。最是红尘中一二等富贵风流之地。甲侧：妙极！是石头口气，惜米颠不遇此石。这阊门外有个十里街，甲侧：开口先云势利，是伏甄、封二姓之事。街内有个仁清巷，甲侧：又言人情，总为士隐火后伏笔。巷内有个古庙，因地方窄狭，甲侧：世路宽平者甚少。亦凿。人皆呼作俞校："人皆呼作"——从戊、庚、晋、甲；原"皆呼作"。葫芦庙。甲侧：糊涂也，故假语从此具焉。蒙侧：尽（画）的虽不依样，却是葫芦。庙旁住着一家乡宦，甲侧：不出荣国大族，先写乡宦小家，从小至大，是此书章法。姓甄，甲眉：真。后之甄宝玉亦借此音，后不注。名费，俞校："名费"——从戊、晋；原"名费废"。（"废"，戊、晋小字，系脂评，有正误成正文。）甲侧：废。字士隐。甲侧：托言将真事隐去也。嫡妻封甲侧：风。因风俗来。氏，情性贤淑，深明礼义。甲侧：八字正是写日后之香菱，见其根源不凡。家中虽不甚富贵，然本地便也推他为望族了。甲侧：本地推为望族，宁荣则天下推为望族，叙事有层落。因这甄士隐禀性恬淡，不以功名为念，甲侧：自是羲皇上人，便可作是书之朝代年纪矣。总写香菱根基，原与正十二钗无异。蒙侧：伏笔。每日只以观花修竹，酌酒吟诗为乐，倒是神仙一流人品。只是一件不足，如今年已半百，膝下无儿，甲侧：所谓"美中不足"也。只有一女，乳名英莲，甲侧：设云"应怜（怜）"也。年方三岁。

一日，炎夏永昼。甲侧：热日无多。士隐于书房闲坐，俞校："书房闲坐"——从戊、己、庚、晋、甲；原"书房中闲坐"。至手倦抛书，伏几少憩，不觉朦胧睡去。梦至一处，不辨是何地方。俞校："不辨是何地方"——从戊、己、庚、晋、甲；原"不知是何地"。忽见那厢来了一僧一道，甲侧：是方从青埂峰袖石而来也，接得无痕。且行且谈。只听道人问道："你携了这蠢物，意欲何往？"那僧笑道："你放心，如今现有一段风流公案正该了结，俞校："正该了结"——从戊、己、庚、晋、甲；原"正该结了"。这一干风流冤家，尚未投胎入世，趁此机会就将此蠢物夹带于中，使他去经历经历。"俞校："经历经历"——从戊、己、庚、甲；原"经历"。那道人道："原来近日风流冤孽又将造劫历世去不成？蒙侧：苦恼是"造劫历世"，又不能不"造劫历世"，悲夫！但不知落于何方何处？"那僧笑道："此事说来好笑，竟是千古未闻的罕事。只因西方灵河岸上三生石畔甲侧：妙！所谓"三生石上旧精魂"也。甲眉：全用幻。情之至，莫如此。今采来压卷（卷），其后可知。有绛珠甲侧：点"红"字。甲侧：细思"绛珠"二字岂非血泪乎！草一株，时有赤瑕甲侧：点"红"字、"玉"字二。甲眉：按"瑕"字本注："玉，小赤也，又，玉有病也。"以此命名恰极。宫神瑛甲侧：单点"玉"字二。侍者俞校："神瑛侍者"——从戊、己、庚、晋、甲；原"神瑛使者"。下同。日以甘露灌溉，这绛珠草始得久延岁月。后来既受天地精华，复得雨露滋养，遂得脱却草胎木质，得换人形，仅修成个女体，甲眉：以顽石草木为偶，实历尽风月波澜，尝遍情缘滋味，至无可如何，始结此木石因果，以泄胸中悒郁。古人之"一花一石如有意，不语不笑能留人"，此之谓也。蒙侧：点体处，清雅。终日游于离恨天外，饥则食蜜青果为膳，渴则饮灌愁海水为汤；甲侧：饮食之名奇甚，出身履历更奇甚，写黛玉来历自与别个不同。只因尚未酬报灌溉之德，故其五衷俞校："故其五衷"——从戊；原"故其在五内"。便郁结着俞校："郁结着”——从戊、己、庚、晋、甲；原“郁结成”。一段缠绵不尽〔俞校：“缠绵不尽”——从戊、己、庚、晋、甲；原“缠绵不舒”。〕之意。〔甲侧：妙极！恩怨不清，西方尚如此，况世之人乎？趣甚警甚！〕恰近日〔俞校：“恰近日”——从戊、己、庚、晋；原“近日”。〕这神瑛侍者凡心偶炽，〔甲侧：总悔轻举妄动之意。〕乘此昌明太平朝世，意欲下凡造历幻〔甲侧：点“幻”字。〕缘，已在警幻〔甲侧：又出一警幻，皆大关键处。〕仙子案前挂了号。警幻亦曾问及灌溉之情未偿，趁此倒可了结的。那绛珠仙子道：‘他是甘露之惠，我并无水可还。他既下世为人，我也去下世为人，但把我一生所有的眼泪还他，也偿还得过〔俞校：“偿还得过”——从戊、己、庚、晋；原“偿还的过”。〕他了。’〔甲侧：观者至此请掩卷思想，历来小说中可曾有此句？千古未闻之奇文。〕〔甲眉：知眼泪还债，大都作者一人耳。余亦知此意，但不能说得出。〕〔蒙侧：恩情山海偿（债），唯有泪堪还。〕因此一事，就勾出多少风流冤家来，〔甲侧：余不及一人者，盖全部之主惟二玉二人也。〕陪他们去了结此案。”那道人道：“果是罕闻，〔俞校：“果是罕闻”——从戊、己、庚、晋；原“果真是罕闻”。〕实未闻有还泪之说。〔蒙侧：作想得奇！〕想来这一段故事，比历来风月故事更加琐碎细腻〔俞校：“更加琐碎细腻”——从戊、己、庚、晋；原“更为琐碎细腻”。〕了。”那僧道：“历来几个风流人物，不过传其大概以及诗词篇章而已，至家庭闺阁中一饮一食，总未述记；再者，大半风月故事，不过偷香窃玉暗约私奔而已，并不曾将儿女之真情发泄一二。〔蒙侧：所以别致。〕想这一干人入世，〔俞校：“这一干人入世”——从己、庚、晋；原“这一干人入去”。〕其情痴色鬼贤愚不肖者，悉与前人传述不同矣。”那道人道：“趁此何不你我也去下世〔俞校：“也去下世”——从戊、己、庚、晋；原“也去世上”。〕度脱〔蒙侧：度脱，请问是幻不是幻？〕几个，岂不是一场功德？”那僧道：“正合吾意。你且同我到警幻仙子宫中，将这蠢物交割清楚。待这一干〔俞校：“待这一干”——从戊、己、庚、晋、甲；原“这一干”。〕风流孽鬼下世已完，你我再去。〔蒙侧：幻中幻，何不可幻？情中情，谁又无情？不觉僧道亦入幻中矣。〕如今虽已有一半落尘，〔甲侧：若从头逐个写去，成何文字？《石头记》得力处在此。丁亥春。〕然犹未全集。”道人道：“既如此，便随你去来。”却说甄士隐俱听得明白，但不知所云“蠢物”系何东西。遂不禁上前施礼，笑问道：“二仙师请了。”那僧道也答礼相问。〔俞校：“答礼相问”——从戊、己；原“忙答礼相问”。〕士隐因说道：“适闻仙师所谈因果，实人世罕闻者。但弟子愚浊，不能洞悉明白，若蒙大开痴顽，备细一闻，弟子则洗耳谛听，稍能警省，亦可免沉沦之苦。”二仙笑道：“此乃玄机〔俞校：“此乃玄机”——从戊、己、庚、晋；原“此乃元机”。下同。〕不可预泄者。到那时只不要忘了我二人，便可跳出〔俞校：“便可跳出”——从戊、己、庚、晋、甲；原“可便跳出”。〕火坑矣。”士隐听了，不便再问。因笑道：“玄机不可预泄，但适云‘蠢物’，不知为何，或可一见否？”那僧道：“若问此物，倒有一面之缘。”说着，取出递与士隐。俞校：“递与士隐”——从戊、己、庚、晋、甲；原“递于士隐”。士隐接了看时，原来是块鲜明美玉，俞校：“鲜明美玉”——从戊、己、庚、晋、甲；原“美玉”。上面字迹分明，镌着“通灵宝玉”四字，甲侧：凡三四次始出明玉形，隐屈之至。后面还有几行小字。正欲细看俞校：“正欲细看”——从戊、己、庚、晋、甲；原“正欲看”。时，那僧便说已到幻境，甲侧：又点“幻”字，云书已入幻境矣。蒙侧：幻中言幻，何等法门。便强从手中夺了去，与道人竟过一大石牌坊，上书四个大字，俞校：“四个大字”——从庚；原“四字”。乃是“太虚幻境”。甲侧：四字可思。两边又有一副对联，道是蒙戚双：无极太极之轮转，色空之相生，四季之随行，皆不过如此。：

假作真时真亦假，无为有处有还无。甲侧：叠用真、假、有、无字，妙！

士隐意欲也跟了过去，方举步时，忽听一声霹雳，有若山崩地陷。士隐大叫一声，定睛一看，蒙侧：真是大警觉大转身。只见烈日炎炎，芭蕉冉冉，甲侧：醒得无痕，不落旧套。梦中之事便忘了对半。甲侧：妙极！若记得，便是俗笔了。又见奶母正抱了英莲走来。俞校：“抱了英莲走来”——从戊、己、庚、晋、甲；原无“走”。士隐见女儿越发生得粉妆玉琢，乖觉可喜，便伸手接来，俞校：“伸手接来”——从戊、己、庚、晋、甲；原“伸手来”。抱在怀中，逗他顽耍一回，又带至街前，看那过会的热闹。方欲进来时，只见从那边来了俞校：“从那边来了”——从戊、己、庚、晋、甲；原“从那边来”。一僧一道，甲侧：所谓“万境都如梦境看”也。那僧则癞头跣脚，俞校：“癞头跣脚”——原“癞头跣足”，庚“癞头跌脚”，今兼用。（庚“跌”系“跣”之误。）那道则跛足蓬头，甲侧：此则是幻像。疯疯颠颠，挥霍谈笑而至。及到了他门前，看见士隐抱着英莲，那僧便大哭起来，甲侧：奇怪！所谓情僧也。又向士隐道：“施主，你把这有命无运累及爹娘之物，抱在怀内俞校：“抱在怀内”——从戊、己、庚、晋、甲；原“抱在怀中”。作甚！”甲眉：八个字屈死多少英雄，屈死多少忠臣孝子，屈死多少仁人志士，屈死多少词客骚人。今又被作者将此一把眼泪洒与闺阁之中，见得裙钗尚遭逢此数，况天下之男子乎？甲眉：看他所写开卷之第一个女子，便用此二语以订终身，则知托言寓意之旨，谁谓独寄兴于一“情”字耶！甲眉：武侯之三分，武穆之二帝，二贤之恨，及今不尽，况今之草芥乎？甲眉：家国君父，事有大小之殊，其理其运其数，则略无差异。知运知数者，则必谅而后叹也。士隐听了，知是疯话，也不去睬他。那僧还说：“舍我罢，舍我罢！”蒙侧：如果舍出，则不成幻境矣。行文至此，又不得不有此一语。士隐不耐烦，便抱女儿撤身要进去，俞校：“撤身要进去”——从庚；原“要进去”。那僧乃指着他俞校：“乃指着他”——从戊、己、庚、晋、甲；原“指著他”。大笑，口内念了俞校：“口内念了”——从戊、己、庚、晋、甲；原“口念了”。四句言词道：

惯养娇生笑你痴，甲侧：为天下父母痴心一哭。菱花空对雪澌澌。俞校：“雪澌澌”——从戊、己、晋、甲；原“雪斯斯”。

甲侧：生不遇时。遇又非偶。

好防佳节元宵后，（甲侧：前后一样，不直云前而云后，是讳知者。）便是烟消火灭时。（甲侧：伏后文。）

士隐听得明白，心下犹豫，意欲问他们来历。（俞校："问他们来历"——从戊、己、庚；原"问他来历"。）只听道人（俞校："只听道人"——从戊、己、庚、晋、甲；原"只听得道人"。）说道："你我不必同行，就此分手，各干营生去罢。三劫后，（甲眉：佛以世谓"劫"，凡三十年为一世。三劫者，想以九十春光寓言也。）我在北邙山等你，会齐了同往太虚幻境销号。"那僧道："最妙，最妙！"（俞校："最妙，最妙"——从己、庚、晋、甲；原"妙极，妙极"。）说毕，二人一去，再不见个踪影了。（俞校："踪影了"——从戊、己、庚、晋、甲；原"踪迹"。）士隐心中此时自忖，这两个人必有来历，该试一问，如今悔却晚也。

这士隐正痴想，忽见隔壁（甲侧："隔壁"二字极细极险，记清。）葫芦庙（俞校："隔壁葫芦庙"——从戊、己、庚、晋、甲；原"葫芦庙"。）内，寄居一个穷儒，（俞校："一个穷儒"——从戊、己、庚、晋、甲；原"一穷儒"。）姓贾名化，（甲侧：假话。妙！）表字（俞校："表字"——从晋、甲；原"字"。）时飞，（甲侧：实非。妙！）别号雨村（甲侧：雨村者，村言粗语也。言以村粗之言，演出一段假话也。）者，走了出来。这贾雨村原系湖州（甲侧：胡诌也。）人氏，也是（俞校："也是"——从晋、甲；原"原是"。）诗书仕宦之族，因他生于末世，（甲侧：又写一末世男子。）父母祖宗根基已尽，（俞校："根基已尽"——从己、庚、晋、甲；原"根基一尽"。）人口衰丧，（俞校："人口衰丧"——从戊、己、庚、晋、甲；原"人口衰微"。）只剩得他一身一口，在家乡无益，（蒙侧：形容落破（魄）诗书子弟，逼真。）因进京求取功名，再整基业。自前岁来此，又淹蹇住了，暂寄庙中（俞校："暂寄庙中"——从戊、庚、晋、甲；原"暂在庙中"。）安身，每日卖字作文为生，（蒙侧："庙中安身""卖字为生"，想是过午不食的了。）故士隐常与他交接。（甲侧：又夹写士隐实是翰林文苑，非守钱虏也，直灌入"慕雅女雅集苦吟诗"一回。）当下雨村见了士隐，忙施礼陪笑道："老先生倚门伫望，敢街市上有甚新闻否？"士隐笑道："非也，适因小女啼哭，引他出来作耍，正是无聊之甚，兄来得正妙，请入小斋一谈，彼此皆可消此永昼。"说着，便令人送女儿进去，（俞校："送女儿进去"——从戊、己、庚、晋、甲；原"送女进去"。）自携了雨村来至书房中。小童献茶。方谈得三五句话，忽家人飞报严（甲侧："炎"也。炎既来，火将至矣。）老爷来拜。士隐慌的忙起身谢罪道："恕诳驾之罪，略坐，弟即来陪。"雨村忙起身亦让道："老先生请便。晚生乃常造之客，稍候何妨。"（蒙侧：世态人情，如闻其声。）说着，士隐已出前厅（俞校："已出前厅"——从戊、己、庚、晋、甲；原"已出前庭"。）去了。这里雨村且翻弄书籍解闷。忽听得（俞校："忽听得"——从戊、己、庚、晋、甲；原"忽听"。）窗外有女子嗽声，雨村遂起身往窗外一看，原来是一个丫鬟在那里掐花，（俞校："掐花"——从己、甲；原"撷花"。）生得仪容

甄士隐慷慨济落拓　贾雨村风尘怀闺秀

不俗，眉目清明，俞校：“眉目清明”——从己、庚；原“眉目清朗”。 甲侧：八字足矣。虽无十分姿色，却也有俞校：“却也有”——从己、甲；原“却亦有”。动人之处。甲眉：更好。这便是真正情理之文。可笑近之小说中满纸“羞花闭月”等字。这是雨村目中，又不与后之人相似。雨村不觉看得呆了。甲侧：今古穷酸，色心最重。那甄家丫鬟掐了花，俞校：“掐了花”——从己、甲；原“撷了花”。方欲走时，猛抬头见窗内有人，敝巾旧服虽是贫窘，然生得腰宽背厚，面阔口方，更兼剑眉星眼，直鼻权腮。甲侧：是莽、操遗容。 甲眉：最可笑世之小说中，凡写奸人，则用“鼠耳鹰腮”等语。这丫鬟忙转身回避，心下乃想：“这人生得这样雄壮，却又这样蓝缕，想他定是我家主人常说的什么贾雨村了，每有意帮助周济，只是没甚机会。我家并无这样贫窘亲友，想定是此人无疑了。怪道又说他必非久困之人。”如此想，不免又回头两次。甲眉：这方是女儿心中意中正文。又最恨近之小说中满纸红拂、紫烟。 蒙侧：如此忖度，岂得为无情？雨村见他回头，便以为俞校：“便以为”——从晋、甲；原“便自为”。这女子心中有意于他，甲侧：今古穷酸皆会替女妇心中取中自己。便狂喜不禁，自为此女子必是个巨眼英豪，风尘中之知己也。蒙侧：在此处已把种点出。一时小童进来，雨村打听得俞校：“雨村打听得”——从戊、己、庚、晋、甲；原“听得”。前面留饭，不可久待，遂从夹道中自便出门去了。士隐待客既散，知雨村自便，也不去再邀。俞校：“不去再邀”——从戊、己、庚、晋、甲；原“不去再邀了”。

一日，早又中秋佳节。士隐家宴已毕，乃又另具俞校：“乃又另具”——从己、庚；原“乃具”。一席于书房，却自己步月至庙中来邀雨村。甲侧：写士隐爱才好客。原来雨村俞校：“原来雨村”——从戊、己、庚、晋、甲；原“雨村”。自那日见了甄家之婢曾回顾他俞校：“回顾他”——从己、庚、晋、甲；原“回头顾他”。两次，自为是个知己，便时刻放在心上。蒙侧：也是不得不留心。不独因好色，多半感知音。今又正值中秋，俞校：“正值中秋”——从戊、己、庚、甲；原“值中秋”。不免对月有怀，因而口占五言一律云甲双：这是第一首诗。后文香奁闺情皆不落空。余谓雪芹撰此书，中亦为(有)传诗之意。：

未卜三生愿，频添一段愁。
闷来时敛额，行去几回头。
自顾风前影，谁堪月下俦。
蟾光如有意，先上玉人楼。

雨村吟罢，因又思及平生抱负苦未逢时，乃又搔首对天长叹，复高吟一联俞校：“复高吟一联”——从戊、己、庚、晋、甲；原“后高吟一联”。云：

玉在椟中求善价，钗于奁内待时飞。甲侧：表过黛玉则紧接上宝钗。甲侧：前用二玉合传，今用二宝合传，自是书中正眼。

蒙侧：偏有些脂气。

恰值士隐走来听见，笑道："雨村兄真抱负不浅也！"雨村忙笑道："岂敢。不过偶吟前人之句，何敢狂诞至此。"因问"老先生何兴至此？"俞校："何兴至此"——从戌、己、庚、晋、甲；原"何兴"。士隐笑道："今夜中秋，俗谓团圆之节，想尊兄旅寄僧房，不无寂寥之感，故特具小酌，邀兄到敝斋一饮，不知可纳芹意否？"雨村听了，并不推辞，蒙侧：不推辞，语便不入估（俗）套。便笑道："既蒙谬爱，何敢拂此盛情。"俞校："拂此盛情"——从戌、己、庚、晋、甲；原"拂此盛意"。甲侧：写雨村豁达，气象不俗。说着，便同士隐过这边书院中来。须臾茶毕，早已设下杯盘，那美酒佳肴自不必说。二人归坐，先是款斟慢饮，渐次谈至兴浓，不觉飞觥限斝起来。当时街坊上家家箫管，户户弦歌，俞校："户户弦歌"——从戌、庚；原"户户纮歌"。当头一轮明月飞彩凝辉，二人愈添豪兴，俞校："愈添豪兴"——从戌、己、庚、晋、甲；原"愈觉豪兴"。酒到杯干。雨村此时已有七八分酒意，狂兴不禁，乃对月寓怀，俞校："对月寓怀"——从戌、己、晋、甲；原"对月当怀"。口号一绝云：

时逢三五便团圆，甲侧：是将发之机。满把晴光护玉栏。甲侧：奸雄心事，不觉露出。

天上一轮才捧出，人间万姓仰头看。甲眉：这首诗非本旨，不过欲出雨村，不得不有者。甲眉：用中秋诗起，用中秋诗收，又用起诗社于秋日。所叹者，三春也，却用三秋作关键。

士隐听了大叫妙哉，"吾每谓兄必非久居人下者，今所吟之句，飞腾之兆已见，不日可得接步履于云霓之上矣。可贺，可贺。"蒙侧：伏笔，作巨言语。妙。乃亲斟一斗为贺。甲侧：这个"斗"字，莫作升斗之斗看，可笑。雨村因干过，叹道："非晚生酒后狂言，若论时尚之学，甲侧：四字新而含蓄最广，若必指明，则又落套矣。晚生也或可去充数沽名，只是目今行囊路费一概无措，神京路远，非赖卖字撰文即能到者。"士隐不待说完，便道："兄何不早言。愚每有此心，但每遇兄时，兄并未谈及，俞校："兄并未谈及"——从戌、己、庚、晋；原"并未谈及"。愚故未敢唐突。今既及此，愚虽不才，'义利'二字却还识得。蒙侧："义利"二字，时人故自不识。且喜明岁正当大比，俞校："正当大比"——从戌、己、庚、晋、甲；原"大比"。

兄宜作速入都，春闱一战，方不负兄之所学也。其盘费馀事弟自代为处置，亦不枉兄之谬识矣。”当下即命小童进去，速封五十两白银并两套冬衣。（甲眉：写士隐如此豪爽，又全无一些粘皮带骨之气相，愧杀近之读书假道学矣。）又云（俞校：“又云”——从戌、己、庚、晋、甲；原“又去”。）：“十九日乃黄道之期，兄可即买舟西上，待雄飞高举，明冬再晤，岂非大快之事耶！”雨村收了银衣，不过略谢一语，并不介意，仍是吃酒谈笑。（甲侧：写雨村真是个英雄。）（蒙侧：托大处，即（既）遇此等人，又不得太索（琐）细。）那天已交三鼓，二人方散。士隐送雨村去后，回房一觉，直至红日三竿方醒。（甲侧：是宿酒。）因思昨夜之事，意欲再写两封荐书（俞校：“两封荐书”——从戌、己、庚；原“两封书”。）与雨村带至都中去，（俞校：“带至都中去”——从晋、甲；原“带至神都”。）使雨村投谒个仕宦之家，为寄足之地。（甲侧：又周到如此。）因使人过去请时，那家人去了回来说（俞校：“回来说”——从戌、己、庚、晋、甲；原“回来言”。）：“和尚说，贾爷今日五鼓已进京去了，也曾留下话与和尚转达老爷，说读书人不在黄道黑道，总以事理为要，不及面辞了。”（甲侧：写雨村真令人爽快。）士隐听了，也只得罢了。

真是闲处光阴易过，倏忽又是元宵佳节矣。因士隐命家人霍启（甲侧：妙！祸起也。此因事而命名。）抱了英莲去看社火花灯，半夜中霍启因要小解，便将英莲放在一家门槛上坐着，待他小解完了来抱时，那有英莲的踪影。急得霍启直寻了半夜，至天明不见，那霍启也就不敢回来见主人，便逃往他乡去了。那士隐夫妇见女儿一夜不归，便知有些不妥，再使几人去寻找，回来皆云连音响全无。（俞校：“连音响全无”——从戌、己、庚；原“音信全无”。）夫妻二人（俞校：“夫妻二人”——从戌、己、庚、晋、甲；原“夫妇二人”。）半世只生此女，一旦失落，岂不思想，因此昼夜啼哭，几乎不曾寻死。（甲眉：唤醒天下父母之痴心。）（蒙侧：天下作子弟的，看了想去。）看看的一月，（俞校：“看看的一月”——从庚；原“看看一月”。）士隐先就得了一病，当时封氏孺人（俞校：“封氏孺人”——从戌、己、庚；原“封氏”。）也因思女构疾，日日请医调治。

不想这日三月十五，（俞校：“这日三月十五”——从戌、庚、晋、甲；原“这一日三月十五日”。）葫芦庙中（俞校：“葫芦庙中”——从戌、己、庚、晋、甲；原“葫芦庙”。）炸供，那些和尚不加小心，致使油锅火逸，便烧着窗纸。此方人家多用竹篱木壁，（俞校：“竹篱木壁”——从戌、己、庚、晋、甲；原“竹壁”。）（甲侧：土俗人风。）（蒙侧：交竹（待）滑溜婉转。）大抵也因劫数，于是接二连三，牵五挂四，（俞校：“牵五挂四”——从戌、己、庚、晋、甲；原“捧五挂六”。）将一条街烧得如（俞校：“烧得如”——从戌、晋、甲；原“烧如”。）火焰山一般。（甲眉：写出南直召祸之实病。）彼时虽有军民来救，那火已成了势，如何救得下，直烧了一夜方渐渐的熄去，也不知烧了几家，只可怜甄氏在隔壁，早已烧成一片瓦砾场了，只有他夫妇并几个家人的性命不曾伤了。急得士隐惟跌足长叹而已。只得与妻子商议，且到田庄上去俞校：“且到田庄上去”——从戌、己、庚、晋、甲；原“且将就到田庄上去”。安身。偏值近年水旱不收，鼠盗蜂起，无非抢田夺地，民不安生，因此官兵剿捕，难以安身。士隐只得将田庄都折变了，俞校：“都折变了”——从戌、己、庚、晋、甲；原“都质变”。便携了妻子俞校：“便携了妻子”——从戌、己、庚、晋；原“携妻子”。与两个丫鬟，投他岳丈家去。他岳丈名唤封肃，俞校：“名唤封肃”——从戌、己、庚、晋、甲；原“名封肃”。蒙戚双：风俗。本贯大如州人氏，甲眉：托言大概如此之风俗也。虽是务农，家中都还殷实。今见女婿俞校：“今见女婿”——从戌、己、庚、晋、甲；原“今见女儿女婿”。这等狼狈而来，心中便有些不乐，甲侧：所以大概之人情如是，风俗如是也。蒙侧：大都不过如此。幸而士隐还有折变田产俞校：“折变田产”——从晋、甲；原“质变地”。蒙侧：若非“幸而”，则有不留之意。的银子未曾用完，拿出来托他随分就价置些房地，俞校：“置些房地”——从晋、甲；原“置些须房地”。为后日衣食之计。那封肃便半哄半赚，俞校：“半哄半赚”——从戌、己、庚、晋；原“半哄赚”。些须与他些薄田朽屋。俞校：“薄田朽屋”——从戌、庚；原“薄田杇屋”。士隐乃读书之人，不惯生理稼穑等事，勉强支持了一二年，越觉穷了下去。封肃每见面时，便说些现成话；俞校：“便说些现成话”——从戌、己、庚、晋、甲；原无“便”。且人前人后，又怨他们不善过活，只一味俞校：“只一味”——从戌、己、庚、晋、甲；原“一味”。好吃懒做等语。甲侧：此等人何多之极。士隐知投人不着，心中未免悔恨，再兼上年惊吓，急忿怨痛，已有积伤，暮年之人贫病交攻，竟渐渐的俞校：“竟渐渐的”——从己、庚、晋、甲；原“渐渐的”。露出那下世的光景俞校：“下世的光景”——从戌、己、庚、晋、甲；原“下世光景”。来。蒙侧：几几乎。世人则不能止于几几乎，可悲！观至此，不（以下有缺文）。可巧这日拄了拐，挣扎到街前俞校：“到街前”——从己、庚、晋、甲；原“到街上”。散散心时，忽见那边来了一个跛足道人，疯狂落拓，俞校：“疯狂落拓”——从晋、甲；原“疯狂落脱”。麻屣鹑衣，俞校：“麻屣鹑衣”——从戌、己、庚、晋；原“麻履鹑衣”。口内念着几句言词道：

世人都晓神仙好，惟有功名忘不了，

古今将相在何方，荒冢一堆草没了。

世人都晓神仙好，只有金银忘不了，

终朝只恨聚无多，及至多时俞校：“及至多时”——原“及到”，己“即至”。今兼取。眼闭了。

世人都晓俞校：“世人都晓”——从戌、己、庚、晋、甲；原“世人都说”。下一处同。神仙好，只有娇妻忘不了，君生日日说恩情，君死又随人去了。

世人都晓神仙好，只有儿孙（俞校："只有儿孙"——从戊、己、庚、晋、甲；原"惟有儿孙"。）忘不了，

痴心父母古来多，孝顺儿孙谁见了。

士隐听了，便迎上来道："你满口说些（俞校："满口说些"——从己、庚、晋、甲；原"说些"。）什么？只听见些'好''了'，'好''了'。"那道人笑道（俞校："那道人笑道"——从戊、己、庚、晋、甲；原"那道人道"。）："你若果听见'好''了'二字还算你明白。（俞校："还算你明白"——从戊、己、庚、晋、甲；原"还算明白"。）可知世上（俞校："可知世上"——从戊、晋、甲；原"可知世人"。）万般，好便是了，了便是好；若不了，便不好；若要好，须是了。我这歌儿便名《好了歌》。"士隐本是有宿慧的，一闻此言，心中早已彻悟，因笑道："且住，待我将你这（俞校："将你这"——从戊、己、庚、晋、甲；原无"这"。）《好了歌》解注出来何如？"道人笑道："你解，你解。"士隐乃说道（蒙戚双：要写情，要写幻境，偏先写出一篇奇人奇境来。）：

陋室空堂，当年笏满床。（甲侧：宁荣未有之先。）衰草枯杨，曾为歌舞场。（甲侧：宁荣既败之后。）蛛丝儿结满雕梁，（甲侧：潇湘馆、紫（绛）芸轩等处。）绿纱（俞校："绿纱"——从戊、己、庚、甲；原"绿纱儿"。）今又糊在蓬窗上。（甲侧：雨村等一干新荣暴发之家。）（甲眉：先说场面，忽新忽败，忽丽忽朽，已见得反覆不了。）说甚么脂正浓，粉正香，如何两鬓又成霜。（甲侧：宝钗、湘云一干人。）昨日黄土陇头送白骨，（甲侧：黛玉、晴雯一干人。）今宵红灯帐底卧鸳鸯。（甲侧：熙凤一干人。）（甲眉：一段妻妾迎新送死，倏恩倏爱，倏痛倏悲，缠绵不了。）金满箱，银满箱，转眼乞丐人皆谤。（甲侧：甄玉、贾玉一干人。）正叹他人命不长，那知自己归来丧。（甲眉：一段石火光阴，悲喜不了。风露草霜，富贵嗜欲，贪婪不了。）训有方，保不定日后作强梁。（俞校："日后作强梁"——从戊、己、庚、晋、甲；原"后日作强梁"。）（甲侧：言父母死后之日。）（甲侧：柳湘莲一干人。）择膏粱，谁承望流落在烟花巷。（甲眉：一段儿女死后无凭，生前空为筹划计算，痴心不了。）因嫌纱帽小，致使锁枷扛。（甲侧：贾赦、雨村一干人。）昨怜破袄寒，今嫌紫蟒长。（俞校："紫蟒长"——从戊、己、庚、甲；原"紫袍长"。）（甲侧：贾兰、贾菌一干人。）（甲眉：一段功名升黜无时，强夺苦争，喜惧不了。）乱烘烘，（俞校："乱烘烘"——从戊、己、庚、甲；原"乱哄哄"。）（甲侧：总收。）（甲眉：总收古今亿兆痴人，共历幻场。此幻事扰扰纷纷，无日可了。）你方唱罢我登场，反认他乡是故乡。（甲侧：太虚幻境、青埂峰一并结住。）甚荒唐，到头来，都是为他人作嫁衣裳。（俞校："作嫁衣裳"——从戊、己、庚、晋、甲；原"作了衣裳"。）（甲侧：语虽旧句，用于此妥极是极。）（甲侧：苟能如此，便能了得。）

（甲眉：此等歌谣原不宜太雅，恐其不能通俗，故只此便妙极。其说得痛切处，又非一味俗语可到。）（蒙戚双：谁不解得世事如此，有龙象力者方能放得下。）

那疯跛道人听了拍掌笑道："解得切，解得切！"士隐便说一声：

“走罢！”俞校：“走罢”——从戊、己、庚、甲；原“罢”。 甲侧：如闻如见。 甲眉：“走罢”二字真悬崖撒手，若个能行？ 蒙侧：一转念间蹬（登）彼岸。 靖眉：“走罢”二字如闻如见，真悬崖撒手。非过来人，若个能行？将道人肩上搭连抢了过来背着，竟不回家，俞校：“竟不回家”——从戊、己、庚、晋、甲；原“竟不知回家”。同了疯道人俞校：“同了疯道人”——从戊、己、庚、晋、甲；原“同了道人”。飘飘而去。当下烘动街坊众人，当作一件新闻传说。封氏闻得此信，哭个死去活来，俞校：“哭个死去活来”——从戊、己、庚、甲；原“哭了死去活来”。只得与父亲商议，遣人各处访寻，那讨音信。俞校：“那讨音信”——从戊、己、庚、晋、甲；原“那知音信全无”。无奈何，少不得依靠着俞校：“依靠着”——从戊、庚、晋、甲；原“依着”。他父母度日。幸而身边还有两个旧日的丫鬟伏侍，主仆三人日夜做些针线发卖，帮着父亲用度。俞校：“用度”——从戊、己、庚、晋、甲；原“过活”。那封肃虽然日日抱怨，也无可如何俞校：“也无可如何”——从己、庚、晋、甲；原“然也无可如何”。了。

这日甄家大丫头在门前买线，忽听街上喝道之声，众人都说新太爷到任。丫鬟隐在门内俞校：“隐在门内”——从晋、甲；原“于是隐在门内”。看时，只见军牢快手一对一对的过去，俄而大轿内抬着一个乌纱猩袍的官府过去。甲侧：雨村别来无恙否？可贺，可贺。 甲眉：所谓“乱烘烘，你方唱罢我登场”是也。丫鬟倒发了个怔，俞校：“发了个怔”——从庚；原“发了怔”。自忖这官好面善，倒像在那里见过的。俞校：“见过的”——从戊、己、庚、晋、甲；原“会过的”。 蒙侧：起初到底有心乎？无心乎？于是进入房中，也就丢过不在心上。甲侧：是无儿女之情，故有夫人之分。至晚间正待歇息之时，俞校：“歇息之时”——从戊、己、庚、晋、甲；原“歇时”。忽听一片声打的门响，蒙侧：不忘情的先写出头一位来了。许多人乱嚷，说本府太爷的差人来传人问话，封肃听了，吓得目瞪口呆。不知有何祸事，且听下回分解。

蒙戚回后：出口神奇，幻中不幻。文势跳跃，情里生情。借幻说法，而幻中更自多情，因情捉笔，而情里偏成痴幻。试问君家识得否，色空空色两无干。

第二回
贾夫人仙逝扬州城　冷子兴演说荣国府

俞校：紧接回目后原有“此回亦非正文本旨，只在冷子兴一人，即俗谓冷中出热，无中生有也。其演说荣国府一篇者，盖因族大人多，若从作者笔下一一叙出，尽一二回不能得明，则成何文字。故借用冷子一人，略出其大半，使阅者心中已有一荣府隐隐在心，然后用黛玉、宝钗等两三次皴染，则耀然于心中眼中矣。此即画家三染法也。未写荣府正人，先写外戚，是由远及近，由小至大也。若使先叙出荣府，然后一一叙及外戚，又一一至朋友、至奴仆，其死板拮据之笔，岂作十二钗人手中之物也。今先写外戚者，正是写荣国一府也。故又怕闲文赘瘰，开笔即写贾夫人已死，是特使黛玉入荣府之速也。通灵宝玉于士隐梦中一出，今又于子兴口中一出，阅者已豁然矣，然后于黛玉、宝钗二人目中极精细一描，则是文章锁合处。盖不肯一笔直下，有若放闸之水，然信之爆，使其精华一泄而无馀也。究竟此玉原应出自钗、黛目中方有照应，今预从子兴口中说出，实虽写而却未写，观其后文可知。此一回（文）则是虚敲旁击之文，笔则是反逆隐回之笔”。此系本回总批，这里引文有从甲戌本校订处。以非正文，今从甲删去。

戚回前：以百回之大文，先以此回作两大笔以冒之，诚是大观。世态人情，尽盘旋于其间，而一丝不乱，非具龙象力者，其孰能哉？

诗云：

一局输赢料不真，香销茶尽尚逡巡。

欲知目下兴衰兆，须问傍观冷眼人。甲双：只此一诗便妙极！此等才情，自是雪芹平生所长，余自谓评书，非关评诗也。

甲眉：故用冷子兴演说。　己双：此回亦非正文，至诗云一节是楔子，须低二格写。

却说封肃因听见公差传唤，忙出来陪笑启问。那些人只嚷："快请出甄爷来。"甲侧：一丝不乱。封肃忙陪笑道："小人姓封，并不姓甄。只有当日小婿姓甄，今已出家一二年了，不知可是问他。"那些公人道："我们也不知什么'真''假'，甲侧：点晴（睛）妙笔。因奉太爷之命来问你。他既是俞校："他既是"——从戊、己；原"他是"。你女婿，便带了你去亲见太爷面禀，省得乱跑。"说着，不容封肃多言，大家推拥他去了。封家人俞校："封家人"——从戊、己、庚、晋；原"封肃家内人"。各各惊慌，不知何兆。那天约二更时，只见封肃方回来，欢天喜地，甲侧：出自封肃口内，便省却多少闲文。众人忙问端的，他乃说道："原来本府新升的俞校："新升的"——从戊、己、庚；原"新任的"。太爷，姓贾名化，本湖州人氏，俞校："湖州人氏"——从戊、晋；原"湖州人"。曾与女婿旧日相交。蒙侧：世态精神，叠露于数语间。方才在咱门前俞校："咱门前"——从戊、己、庚；原"门前"。过去，因看见娇杏甲侧：侥幸也。托言当日丫头回顾，故有今日，亦不过偶然侥幸耳，非真实得尘中英杰也。非近日小说中满纸红拂、紫烟之可比。甲眉：余批重出。余阅此书，偶有所得，即笔录之。非从首至尾阅过，复从首加批者，故偶有复处。且诸公之批，自是诸公眼界；脂斋之批，亦有脂斋取乐处。后每一阅，亦必有一语半言，重加批评于侧，故又有于前后照应之说等批。那丫头买线，所以他只当女婿移住于此。我一一将原故回明，那太爷倒伤感叹息了一回。又问外孙女儿，甲侧：细。我说看灯丢了。太爷说：'不妨，我自使番役务必探访回来。'甲侧：为葫芦案伏线。说了一回话，临走倒送了我二两银子。"蒙侧：此事最要紧。甄家娘子听了，不免心中伤感。甲侧：所谓"旧事凄凉不可闻"也。一宿无话。至次日早有雨村遣人送了两封银子、四匹锦缎，答谢甄家娘子。甲侧：雨村已是下流人物，看此，今之如雨村者亦未有矣。又寄一封密书与封肃，托

遭劫数火起葫芦庙　悟道机解注好了歌

他向甄家娘子要那娇杏作二房。（甲侧：谢礼却为此。险哉，人之心也。）封肃喜的屁滚尿流，巴不得去奉承，便在女儿前一力撺掇成了，（甲侧：一语道尽。）乘夜只用一乘小轿，便把娇杏送进去了。雨村欢喜自不必说，（蒙侧：知己相逢，得遂平生，一大快事。）乃封百金赠封肃，外又谢甄家娘子许多物事，令其好生养赡，以待寻访（俞校："以待寻访"——从戌、己、庚；原"以待寻"。）女儿下落。（甲侧：找前伏后。士隐家一段小荣枯至此结住，所谓"真不去，假焉来"也。）封肃回家无话。

却说娇杏这丫鬟，便是那年回顾雨村者。（蒙侧：点出情事。）因偶然一顾，便弄出这段事来，亦是自己意料不到之奇缘。（甲侧：注明一笔，更妥当。）谁想他命运两济，（甲眉：好极！与英莲"有命无运"四字，遥遥相映射。莲，主也；杏，仆也。今莲反无运，而杏则两全，可知世人原在运数，不在眼下之高低也。此则大有深意存焉。 晋双：妙！与英莲"有命无运"四字遥相对照。）不承望自到雨村身边，只一年便生了一子。又半载，（俞校："又半载"至"便为人上人"——从庚；原"因此十分得宠"。（"偶因"从戌。））雨村嫡妻忽染疾下世，雨村便将他扶侧作正室夫人了。正是：

偶因一着错，（甲侧：妙极！盖女儿原不应私顾外人之谓。）便为人上人。（甲侧：更妙！可知守礼俟命者，终为饿莩。其调侃寓意不小。）

（甲眉：从来只见集古、集唐等句，未见集俗语者。此又更奇之至！）

原来雨村（俞校："原来雨村"——从戌、己、庚、晋、甲；原"却说雨村"。）因那年士隐赠银之后，他于十六日便起身入都。至大比之期，不料他十分得意，已会了进士，选入外班，今已升了本府知府。虽才干优长，未免有贪酷之弊，且又恃才侮上，那些官员皆侧目而视。（甲侧：此亦奸雄必有之理。）不上两年，便被上司寻了一个空隙，作成一本，参他"生性狡猾，擅纂礼仪，且沽清正之名，而暗结虎狼之属，致使地方多事，民命不堪"（甲侧：此亦奸雄必有之事。）等语。龙颜大怒，即批革职。（蒙侧：罪重而法轻，何其幸也。）该部文书一到，本府官员无不喜悦。那雨村心中虽十分惭恨，却面上全无一点怨色，仍是嘻笑自若。（甲侧：此亦奸雄必有之态。）交代过公事，将历年做官积的些赀本并家小人属（俞校："家小人属"——从戌、己、庚；原"家小"。）（甲侧：先云"根基已尽"，故今用此四字，细甚！）送至原籍安插妥协，却是自己担风袖月，游览天下胜迹。（甲侧：已伏下至金陵一节矣。）

那日偶又至维扬地面，因闻得今岁鹾政（俞校："鹾政"——从戌、庚；原"盐政"。下同。）点的是林如海。这林如海姓林名海，表字如海，（甲侧：盖云"学海文林"也。总是暗写黛玉。）乃是前科的探花，今已升至兰台寺大夫。（甲眉：官制半遵古名亦好。余最喜此等半有半无，半古半今，事之所无，理之必有，极玄极幻，荒唐不经之处。）本贯姑苏人氏，（甲侧：十二钗正出之地，故用真。）今钦点出为巡盐御史，到任方一月有馀。原来这林如海之祖曾袭过列侯，今到如海已经五世。起初时只封袭三世，因当今隆恩盛德，远迈前代，（甲眉：可笑近时小说中，无故极力称扬浪子淫女，临收结时，还必致感动朝廷，使君父同入其情欲之界，明遂其意，何无人心之至！不知被（彼）作者有何好处，有何谢报到朝廷廊庙之上？直将半生淫（朽）污，秽渎睿聪，又苦拉君父作一干证护身符，强媒硬保，得遂其淫欲哉！）额外加恩，至如海之父又袭了一代，至如海便从科第出身。虽系钟鼎之家，却亦是书香（甲侧：要紧二字，盖钟鼎亦必有书香方至美。）之族。只可惜这林家支庶不盛，子孙有限，虽有几门，却与如海俱是堂族而已，没甚亲支嫡派的。（甲侧：总为黛玉极力一写。）今如海年已四十，只有一个三岁之子，偏又于去岁死了。虽有几房姬妾，（甲侧：带写贤妻。）奈他命中无子，亦无可如何之事。（俞校："无可如何之事"——从戊、己、庚、甲；原"无可如何了"。）今只有嫡妻贾氏生得一女，（俞校："生得一女"——从戊、己、庚、晋、甲；原"生了一女"。）乳名黛玉，年方五岁。夫妻无子，故爱女如珍；且又见他聪明清秀，（甲侧：看他写黛玉，只用此四字。可笑近来小说中，满纸"天下无二""古今无双"等字。）便也欲使他读书识几个字，不过假充养子之意，聊解膝下荒凉之叹。（甲眉：如此叙法，方是至情至理之妙文。最可笑者，近小说中满纸班昭、蔡琰、文君、道韫。）

雨村正值偶感风寒，病在旅店，将一月光景方渐愈。一因身体劳倦，二因盘费不继，也正欲寻个合式之处（俞校："合式之处"——从戊、己、庚、晋；原"作合之处"。）暂且歇下。幸有（俞校："幸有"——从戊、己、庚；原"幸而"。）两个旧友亦在此境住居，（甲侧：写雨村自得意后之交识也。又为冷子兴作引。）因闻得鹾政欲聘一西宾，雨村便相托友力，谋了进去，且作安身之计。妙在只一个女学生，并两个伴读丫鬟。这女学生年又小，（俞校："年又小"——从庚；原"年又极小"。）身体又极怯弱，功课不限多寡，故十分省力。堪堪（俞校："堪堪"——从戊、庚；原"看看"。）又是一载的光景，谁知女学生之母贾氏夫人一疾而终，女学生侍汤奉药，守丧尽哀，（蒙侧：先要使黛玉哭起。）遂又将要辞馆别图。林如海意欲令女守制读书，故又将他留下。近因女学生哀痛过伤，本自怯弱多病的，（甲侧：又一染。）触犯旧症，遂连日不曾上学。（甲眉：上半回已终，写"仙逝"正为黛玉也。故一句带过，恐闲文有防（妨）正笔。）雨村闲居无聊，每当风日晴和，饭后便出来闲步。

这日偶至郭外，意欲赏鉴那村野风光。（甲眉：大都世人意料此，终不能此；不及彼者，而反及彼。故特书意在村野风光，却忽遇见子兴一篇荣国繁华气象。）忽信步至一山环水旋，茂林深竹之处，隐隐有座庙宇，门巷倾颓，墙垣朽败，俞校："墙垣朽败"——从戊、己、庚、晋、甲；原"墙垣折败"。门前有额题着"智通寺"三字。甲侧：谁为智者？又谁能通？一叹。 靖眉：是智者，方能通。谁为智者？一叹。门旁又有一副旧破的俞校："旧破的"——从戊、己、庚、晋、甲；原"旧破"。对联曰：

身后有馀忘缩手，眼前无路想回头。甲双：先为宁荣诸人当头一喝，却是为余一喝。

雨村看了，因想道："这两句话，文虽浅近，其意则深。甲侧：一部书之总批。也曾游过些名山大刹，倒不曾见过这话头。其中想必有个翻过筋斗来的，甲侧：随笔带出禅机，又为后文多少语录不落空。也未可知，何不进去试试。"想着，走入看时，只有一个龙钟老僧俞校："龙钟老僧"——从甲；原"胧肿老僧"。在那里煮粥。甲侧：是雨村火气。雨村见了，便不在意，甲侧：火气。及至问他两句话，那老僧既聋且昏，甲侧：是翻过来的。齿落舌钝，甲侧：是翻过来的。 蒙侧：欲写冷子兴，偏闲闲有许多着力语。所答非所问。

雨村不耐烦，便仍出来，甲眉：毕竟雨村还是俗眼，只能识得阿凤、宝玉、黛玉等未觉之先，却不识得既证之后。 甲眉：未出宁荣繁华盛处，却先写一荒凉小境；未写通部入世迷人，却先写一出世醒人。回风舞雪，倒峡逆波，别小说中所无之法。 靖眉：雨村聿意（毕竟）还是俗眼，只能识得双玉等未觉之先，却不晓既证之后。意欲到那村肆中俞校："村肆中"——从戊、己、庚、晋、甲；原"肆中"。沽饮三杯，以助野趣。于是款步行来，刚入肆门，只见座上吃酒之客有一人起身大笑，接了出来，口内说："奇遇，奇遇。"雨村忙看时，此人是都中在古董行中俞校："此人是都中在古董行中"——从庚、晋；原"此人都中古董行"。贸易的，号冷子兴者，甲侧：此人不过借为引绳，不必细写。旧日在都相识。雨村最赞这冷子兴是个有作为大本领的人，蒙戚双：不赞出则文不灵活，而冷子兴之谈吐似觉唐突矣。这子兴俞校："这子兴"——从戊、己、庚、晋、甲；原"这冷子兴"。又借雨村斯文之名，故二人说话投机，最相契合。雨村忙亦笑问："老兄何日到此，弟竟不知。今日偶遇，真奇缘也。"子兴道："去年岁底到家。今因还要入都，从此顺路找个敝友说一句话，承他之情，留我多住两日，我也无甚紧事，且盘桓两日，待月半时也就起身了。今日敝友有事，我因闲步至此，且歇歇脚，不期这样巧遇。"一面说，一面让雨村同席坐了，另整上酒肴来。二人闲谈慢饮，叙些别后之事。甲侧：好！若多谈则累赘。 蒙侧：又抛一笔。雨村因问："近日都中可有新闻没有？"甲侧：不突然，亦常问常答之言。子兴道："倒没有什么新闻，倒是老先生你贵同宗家

（甲侧：雨村已无族中矣，何及此耶？看他下文。）出了一件小小的（俞校："小小的"——从戌、己、庚、晋、甲；原"小小"。）异事。"雨村笑道："弟族中无人在都，何谈及此？"子兴笑道："你们同姓，实非同宗一族。"雨村问是谁家，子兴道："荣国府贾府中，可也不玷辱了先生的门楣了。"（甲侧：刳小人之心肺，闻小人之口角。）雨村笑道："原来是他家。若论起来，寒族人丁却不少。自东汉贾复以来，（甲侧：此话纵真，亦必谓是雨村欺人语。）（蒙侧：如闻其声。）支派繁盛，各省皆有，谁能逐细考查。若论荣国一支，却是同谱，但他那等荣耀，我们不便去攀扯，至今故越发生疏难认了。"子兴叹（甲侧：叹得怪。）道："老先生休如此说。如今的这宁荣两门也都萧索了，（俞校："萧索了"——从晋、甲；原"萧疏了"。下同。）不比先时的光景。"（甲侧：记清此句。可知书中之荣府，已是末世了。）雨村道："当日宁荣两宅的人口也极多，如何就萧索了？"（甲侧：作者之意原只写末世。）（甲侧：此已是贾府之末世了。）冷子兴道："正是，说来也话长。"雨村道："去岁我到金陵地界，因欲游览六朝遗迹，那日进了石头城，（甲侧：点睛（睛）神妙。）从他老宅门前经过。路北，东是宁国府，西是荣国府，二宅相连，竟将大半条街占了。大门前虽冷落无人，（甲侧：好！写出空宅。）隔着围墙（俞校："围墙"——从戌、己、庚、晋、甲；原"园墙"。）一望，里面厅殿楼阁，也还都峥嵘轩峻，就是后一带花园子里，（甲侧："后"字何不直用"西"字？）（甲侧：恐先生堕泪，故不敢用"西"字。）树木山石，也还都有（俞校："也还都有"——从戌、己、庚、晋；原"此都还有"。）蓊蔚洇润（俞校："洇润"——从戌、己、庚、晋、甲；原"泱润"。）之气，那里像个衰败之家！"子兴笑道（俞校："子兴笑道"——从己、甲；原"子兴冷笑道"。）："亏你是进士出身，原来不通！（俞校："原来不通"——从戌、己、庚、晋、甲；原"原何不通"。）古人有云：'百足之虫，死而不僵。'如今虽说不似先年那样兴盛，较之平常仕宦之家，到底气象不同。如今生齿日繁，事务日盛，主仆上下安富尊荣者尽多，运筹谋画者无一。（甲侧：二语乃今古富贵世家之大病。）其日用排场，又不能将就省俭。如今外面的架子虽未甚倒，（甲侧："甚"字好！盖已半倒矣。）内囊却也尽上来了。这还是小事，更有一件大事。谁知这钟鸣鼎食之家，翰墨诗书之族，（甲侧：两句写出荣府。）如今的儿孙竟一代不如一代了。"（甲眉：文是极好之文，理是必有之理，话则极痛极悲之话。）（蒙侧：世家兴败，寄口于人，诚可悲夫。）雨村听说也纳罕道（俞校："纳罕道"——从庚傍改（"纳"傍添）；原"骇道"。）："这样诗礼之家，岂有不善教育之理。别门不知，只说这宁荣两宅，是最教子有方的。"子兴叹道（甲侧：一转有力。）："正说的是这两门呢。待我告诉你：当日宁国公（甲侧：演。）与荣国公（甲侧：源。）是一母同胞弟兄两个。宁公居长，生了四个儿子。（甲侧：贾蔷、贾菌之祖，不言可知矣。）宁公死后，长子贾代化袭了官，（甲侧：第二代。）也养了（俞校："也养了"——从戌、己、庚、晋、甲；原"也生了"。）两个儿子。长名贾敷，至八九岁上便死了。只剩了次子贾敬袭了官，（甲侧：第三代。）如今一味好道，只爱烧丹炼汞，（甲侧：亦是大族末世常有之事。叹叹！）（蒙侧：偏先从好神仙的苦处说来。）余者一概不在心上。幸而早年留下一子，（俞校："留下一子"——从戌、己、庚、晋、甲；原"生下一子"。）名唤贾珍，（甲侧：第四代。）因他父亲一心想作神仙，把官倒让他袭了，他父亲又不肯回原籍来，只在都中城外和道士们胡羼。这位珍爷倒生了一个儿子，今年才十六岁，名叫贾蓉。（甲侧：至蓉五代。）（晋双：至此五代。）如今敬老爹（俞校："敬老爹"——从戌、己、庚、晋；原"敬老爷"。）一概不管，这珍爷那里肯读书，只一味高乐不了，把宁国府竟翻了过来，也没有（俞校："也没有"——从戌、己、庚；原"也没有人"。）敢来管他的人。（俞校："管他的人"——从晋、甲；原"管他"。）（甲侧：伏后文。）再说荣府你听，方才所说（俞校："方才所说"——从戌、己、庚、晋、甲；原"方才说"。）异事就出在这里。自荣公死后，长子贾代善袭了官，（甲侧：第二代。）娶的也是金陵世勋史侯家的小姐为妻，（甲侧：因湘云，故及之。）生了两个儿子，长名贾赦，次名贾政。（甲侧：第三代。）如今代善早已去世，太夫人尚在。（甲侧：记真，湘云祖姑史氏太君也。）长子贾赦袭着官。（晋双：伏下贾琏、凤姐当家之文。）次子贾政自幼酷喜读书，祖父最疼，原欲以科甲出身的；不料代善临终时，遗本一上，皇上因恤先臣，即时令长子袭官外，问还有几子，立刻引见，遂额外赐了这政老爹（俞校："政老爹"——从戌、庚；原"政老爷"。下同。）一个主事之衔，（甲侧：嫡真实事，非妄拥（拟）也。）令其入部习学。如今现已升了员外郎了。（甲侧：总是称功颂德。）这政老爹的夫人王氏，（甲侧：记清。）头胎生得公子名唤贾珠，十四岁进学，不到二十岁就娶了妻，生了一子，（甲侧：此即贾兰也。至兰第五代。）一病死了。（甲侧：略可望者即死，叹叹！）第二胎生了一位小姐，生在大年初一日就奇了。不想次年（俞校："不想次年"——从戌、己、庚、晋、甲；原"不想后来"。）又生了一位公子，（甲眉：一部书中第一人却如此淡淡带出，故不见后来玉兄文字繁难。）说来更奇，一落胎胞，嘴里便衔下（俞校："便衔下"——从戌、庚、甲；原"即衔下"。）一块五彩晶莹的玉来，上面还有许多字迹，（甲侧：青埂顽石已得下落。）就取名叫作宝玉。（俞校："就取名叫作宝玉"——从戌、己、庚；原无。）你道是新奇异事（俞校："新奇异事"——从戌、己、庚；原"奇异事"。）不是？"（晋双：正是宁荣二处支谱。）雨村笑道："果然奇异。只怕这人来历不小。"（俞校："只怕这人来历不小"——从戌、庚；原"这人来历只怕不小"。）子兴冷笑道："万人皆如此说，因而乃祖母便先（俞校："便先"——从戌、己、庚、晋；原"便觉"。）爱如珍宝。那年周岁时，政老爹便要试他将来的志向，便将那世上所有之物件摆了无数，与他抓取，谁知他一概不取，伸手只把（俞校：“伸手只把”——从戊、己、庚、晋、甲；原“只把”。）些脂粉钗环抓来。政老爹便大怒了，说将来酒色之徒（俞校：“酒色之徒”——从戊、己、庚、晋、甲；原“酒色徒”。）耳，因此便大不喜悦。独那史老太君，还是命根一样。说来又奇，如今长了七八岁，虽然淘气异常，但其聪明乖觉处，百个不及他一个。（俞校：“不及他一个”——从戊、己、庚、晋、甲；原“不及他”。）说起（俞校：“说起”——从戊、己、庚、晋、甲；原“他说起”。）孩子话来也奇怪，他说：‘女儿是水做的骨肉，男人是泥做的骨肉。（甲侧：真千古奇文奇情。）我见了女儿，我便清爽；见了男子，便觉浊臭逼人。’你道（俞校：“你道”——从戊、己、庚、晋、甲；原“你到”。）好笑不好笑？将来色鬼无疑了。”（甲侧：没有这一句，雨村如何罕然厉色，并后奇奇怪怪之论？）雨村罕然（俞校：“罕然”——从戊、己、庚、晋；原“骇然”。）厉色，忙止道：“非也。可惜你们不知道这人来历。大约政老前辈也错以淫魔色鬼看待了。若非多读书识事，（俞校：“识事”——从戊、己、庚、晋、甲；原“识字”。）加以致知格物之功、悟道参玄（俞校：“参玄”——从戊、己、庚；原“参元”。）之力者，不能知也。”子兴见他说得这样重大，忙请教其端。雨村道：“天地生人，除大仁大恶两种，馀者皆无大异。若大仁者，则应运而生；大恶者，则应劫而生。运生世治，劫生世危。尧、舜、禹、汤、文、武、周、召、孔、孟、董、韩、周、程、张、朱，皆应运而生者。蚩尤、共工、桀、纣、始皇、王莽、曹操、桓温、安禄山、秦桧等，（甲侧：此亦略举大概几人而言。）皆应劫而生者。大仁者，修治天下；（俞校：“大仁者，修治天下”——原“仁”作“人”，在“皆应运而生”下，今从戊、己、庚、晋移后。“仁”从己、庚、晋改。）大恶者，挠乱天下。清明灵秀，天地之正气，仁者之所秉也；残忍乖僻，天地之邪气，恶者之所秉也。今当运隆祚永之朝，太平无为之世，清明灵秀之气所秉者，上至朝廷，下至草野，比比皆是。所馀之秀气漫无所归，遂为甘露，为和风，洽然溉及四海。彼残忍乖僻之邪气不能荡溢于光天化日之中，遂凝结充塞于深沟大壑之内，偶因风荡，或被云推，略有摇动感发之意，一丝半缕误而泄出者，偶值灵秀之气适过，正不容邪，邪复妒正，（甲侧：譬得好。）两不相下，亦如风水雷电地中既遇，（俞校：“地中既遇”——从戊、己、庚、晋、甲；原“地中”。）既不能消，又不能让，必致搏击掀发后始尽。故其气亦必赋人，发泄一尽始散。使男女偶秉此气而生者，上则不能成仁人君子，下亦不能为大凶大恶。（甲侧：恰极，是确论。）置之于万万人之中，其聪俊灵秀之气则在万万人之上；其乖僻邪谬不近人情之态，又在万万人之下。若生于富贵公侯之家，则为情痴情种；若生于诗书清贫之族，（蒙侧：巧笔奇言，另开（生）面。但此数语恐误尽聪明后生者。）则为逸士高人；（俞校："则为逸士高人"——从戊、己、庚、晋、甲；原"则逸士高人"。）纵然（俞校："纵然"——从庚；原"纵再"。）偶生于薄祚寒门，断不能为走卒健仆，甘遭庸人驱制驾驭，必为奇优名娼。如前代之许由、陶潜、阮籍、嵇康、刘伶、王谢二族、顾虎头、陈后主、唐明皇、宋徽宗、刘庭芝、（俞校："刘庭芝"——从戊、己、庚、晋、甲；原无。）温飞卿、米南宫、石曼卿、柳耆卿、秦少游，近日之倪云林、唐伯虎、祝枝山，再如李龟年、黄幡绰、敬新磨、卓文君、红拂、薛涛、崔莺、（俞校："崔莺"——从戊、庚、晋、甲；原"崔莺莺"。）朝云之流：此皆易地则同之人也。”子兴道：“依你说，成则公侯，败则贼了。”（甲侧：《女仙外史》中论魔道已奇，此又非《外史》之立意，故觉愈奇。）雨村道：“正是这意。你还不知，（俞校："你还不知"——从戊、庚、晋、甲；原"你不知"。）我自革职以来，这两年遍游各省，（俞校："遍游各省"——从晋、甲；原"遍游名省"。）也曾遇见两个异样孩子，（甲侧：先虚陪一个。）所以方才你一说这宝玉，我就猜着了八九亦是这一派人物。不用远说，只金陵城内钦差金陵省体仁院总裁（甲侧：此衔无考，亦因寓怀而设，置而勿论。）甄家，（甲眉：又一真正之家，持（特）与假家遥对，故写"假"则知"真"。）你可知道么？”子兴道：“谁人不知。这甄府和贾府就是老亲，又系世交，两家来往极其亲热的。便在下也和他家来往非止一日了。”（甲侧：说大话之走狗，毕真。）雨村笑道：“去岁我在金陵，曾有人荐我到甄府处馆。我进去看其光景，谁知他家那等显贵，却是个（俞校："却是个"——从己、庚、晋、甲；原"却是一个"。）富而好礼之家，（甲侧：如闻其声。）（甲眉：只一句便是一篇世家传，与子兴口中是两样。）倒是个难得之馆。但这一个学生虽是启蒙，却比一个举业的还劳神。说起来更可笑，他说：‘必得两个女儿伴着我读书，我方能认得字，心里也明白；不然，我自己心里糊涂。’（甲侧：甄家之宝玉，乃上半部不写者，故此处极力表明，以遥照贾家之宝玉，凡写贾家之宝玉，则正为真宝玉传影。）又常对跟他的小厮们道：‘这女儿（俞校："这女儿"——从戊、己、庚、晋、甲；原"女儿"。）两个字，极尊贵、极清净的，比那阿弥陀佛、元始天尊的这两个宝号，（俞校："这两个宝号"——从戊、庚；原"这个宝号"。）还更尊荣无对的呢！（甲眉：如何只以释、老二号为譬，略不敢及我先师儒圣等人？余则不敢以顽劣目之。）你们这浊口臭舌，（蒙侧：固（故）作险笔，以为后文之伏线。）万不可唐突了这两个字，要紧。但凡要说时，（俞校："要说时"——从戊、己、庚、晋；原"说时"。）必须先用清水香茶（甲侧：恭敬。）漱了口才可。设若失错，（俞校："设若失错"——从戊、庚、甲；原"说，若失错"。）（甲侧：罪过。）便要凿牙穿腮等事。’其暴虐浮躁，顽劣憨痴，种种异常，只一放了学，进去见了那些女儿们，其温柔和平，聪敏文雅，（甲侧：与前八个字嫡对。）竟又变了一个人了。（俞校："一个人了"——从己；原"一个"。）因此他尊人也曾下死笞楚过几次，无奈竟不能改。每打的吃疼不过时，他便姐姐妹妹乱叫起来。后来听得（俞校："后来听得"——从戊、己、庚、晋、甲；原"听得"。）里面女儿们拿他取笑：'因何打急了只管叫（俞校："只管叫"——从己、庚、晋、甲；原"只唤"。）姐妹作甚，莫不是求姐妹去说情讨饶，你岂不愧羞！'他回答的最妙，他说：'急疼之时只叫姐姐妹妹字样，或可解疼也未可知，因叫了一声，便果觉不疼了，（蒙侧：闲闲逗出无穷奇语，都只为下文。）遂得了秘法，每疼痛之极，便连叫姐妹起来。'你说好笑不好笑？（甲眉：以自古未闻之奇语，故写成自古未有之奇文。此是一部书中大调侃寓意处。盖作者实因鹡鸰之悲、棠棣之威，故撰此闺阁庭帏之传。）为他祖母（俞校："为他祖母"——从晋、甲；原"也因祖母"。）溺爱不明，每因孙辱师责子，因此我就辞了馆出来。如今在巡盐御史林家坐馆了。你看（俞校："如今在巡盐御史林家坐馆了。你看"——从戊；原无。）这等子弟，必不能守祖父之根基，从师友之规谏的。只可惜他家几个好姊妹都是少有的。"（甲侧：实点一笔，余谓作者必有。）子兴道："便是贾府中现在三个也不错。（俞校："也不错"——从庚、晋、甲；原"亦不错"。）政老爹的长女（俞校："政老爹的长女"——从庚；原"政老爷之女"。）名元春，（甲侧："原"也。）现因贤孝才德，选入宫中（俞校："选入宫中"——从己；原"入宫"。）作女史去了。（甲侧：因汉以前例，妙！）二小姐乃赦老爹之妾所出，（俞校："赦老爹之妾所出"——戊"前妻所出"；己"赦老爷之女，政老爷养为己女"；庚"政老爹前妻所出"，晋、甲"赦老爷姨娘所出"。（从有正本，例不须有校记；但前印本有误校处，今仍录各本异文。））名迎春。（甲侧："应"也。）三小姐乃政老爹之庶出，名探春。（甲侧："叹"也。）四小姐乃宁府珍爷之胞妹，名唤惜春。（甲侧："息"也。）（晋双：贾敏之女。）因史老夫人极爱孙女，都跟在祖母这边一处读书，听得个个不错。"（晋双：复续前文未及，正词源三叠。）雨村道："更妙在甄家的风俗，女儿之名亦皆从男子之名命字，不似别家另外用那些'春''红''香''玉'等艳字的。何得贾府亦落此俗套？"子兴道："不然。只因现今大小姐是正月初一日所生，故名元春，馀者方从了春字。上一辈的却也是从弟兄而来的。现有对证，目今你贵东家林公之夫人，即荣府中赦政二公之胞妹，（蒙侧：黛玉之入宁（荣）国府的根源。却借他二人之口，下文便不废（费）力。）在家时（俞校："在家时"——从戊、己、庚、晋、甲；原"他在家时"。）原名唤贾敏。不信时，你回去细访可知。"雨村拍案笑道："怪道这女学生读至凡书中有'敏'字，他皆念作'密'（俞校："密"——从戊、庚、晋；原"蜜"。）字，每每如是；写的字遇着'敏'字，又减一二笔，我心中就有些疑惑。今听你说，的是为此（俞校："的是为此"——从庚；原"是为此"。）

无疑矣。怪道我这女学生言语举止另是一样，不与近日女子相同。度其母必不凡，方得其女。今知为荣府之外孙，俞校:"外孙"——从己、甲;原"孙女"。又不足罕矣。俞校:"不足罕矣"——从戌、己、庚、晋、甲;原"不足骇矣"。可伤其母上月竟亡故了。"子兴叹道："老姊妹四个，这一个极小的又没了。长一辈的姊妹一个也没有了，只看这小一辈的将来之东床如何呢。"雨村道："正是。俞校:"正是"——从戌、己、庚、晋、甲;原"正"。方才说这政公已有了一个衔玉之儿，蒙侧:灵玉却只一块，而宝玉有两个，情性如一，亦如之(六)耳、误(悟)空之意耶?又有长子所遗一个弱孙，这赦老竟无一个不成？"子兴道："政公既有玉儿之后，其妾又生了俞校:"其妾又生了"——从庚、晋、甲;原"其妾后又生了"。一个，甲侧:带出贾环。倒不知其好歹。只眼前现有二子一孙，却不知将来如何。若问那赦公，也有二子，长名贾琏，蒙侧:本家族谱，记不清者甚多，偏是旁人说来，一丝不乱。今已二十来往了。亲上作亲，甲侧:另出熙凤一人。娶的就是政老爹夫人王氏之内侄女，今已娶了二年。这位琏爷身上，现捐的是个同知，也是不喜读书，于世路上好机变言谈去得，俞校:"去得"——从己、晋、甲;原"去的"。所以如今只在乃叔政老爹俞校:"乃叔政老爹"——原"乃叔政老爷"，各本均同，兹依前文改字。家住着，帮着料理些家务。谁知自娶了他令夫人之后，倒上下无一人不称颂他夫人的，琏爷倒退了一射之地。说模样又极标致，言谈又极爽利，心机又极深细，竟是个男人万不及一的。"甲侧:未见其人，先已有照。雨村听了笑道："可知我前言不谬。甲侧:略一总住。你我方才所说这几个人，都只怕是那正邪两赋而来一路之人，未可知也。"甲眉:非警幻案下而来为谁?子兴道："邪也罢，正也罢，俞校:"邪也罢，正也罢"——从戌、己、庚;原"那管正邪"。只顾算别人家的账，蒙侧:笔转如流，毫无沾滞。你也吃一杯酒才好。"雨村道："正是只顾说话，竟多吃了几杯。"子兴笑道："说着别人家俞校:"说着别人家"——从戌、己、庚、晋、甲;原"说别人家"。的闲话，正好下酒，甲侧:盖云此一段话，亦为世人茶酒之笑谈耳。即多吃几杯何妨。"雨村向窗外看道甲侧:画。："天也晚了，仔细关了城门。我们慢慢进城再谈，未为不可。"于是二人起身俞校:"二人起身"——从戌、己、庚、晋、甲;原无。算还酒账。

甲侧:不得谓此处收得索然，盖原非正文也。

方欲走时，只听得俞校:"只听得"——从己;原"听得"。后面有人叫道："雨村兄，恭喜了。来这等村野地方何干？"甲侧:此等套头，亦不得不用。雨村忙回头俞校:"忙回头"——从戌、己、庚、晋、甲;原"听说忙回头"。看时己双:语言无味，令人不耐。古人云"惜墨如金"，视此则视墨如土矣。似此则演至千回万回可也。……要知是谁，俞校:"要知是谁"——从晋、甲;原无。且听下回分解。

戚回后：先自写幸遇之情于前，而叙借口谈幻境之情于后。世上不平事，道路口如碑。虽作者之苦心，亦人情之必有。

雨村之遇娇杏，是此文之总冒，故在前。冷子兴之谈，是事迹之总冒，故叙写于后。冷暖世情，比比如画。

有情原比无情苦，生死相关总在心。也是前缘天作合，何妨黛玉泪淋淋。

第三回
托内兄如海酬训教　接外孙贾母惜孤女

戚回前：我为你持戒，我为你吃斋。我为你百行百计不舒怀，我为你泪眼愁眉难解。无人处，自疑猜，生怕那慧性灵心偷改。

宝玉通灵可爱，天生有眼堪穿。万年幸一遇仙缘，从此春光美满。随时喜怒哀乐，远却离合悲欢。地久天长香影连，可意方舒心眼。

宝玉衔来，是补天之馀，落地已久，得地气收藏，因人而现。其性质内阳外阴，其形体光白温润，天生有眼可穿，故名曰宝玉，将欲得者尽皆宝爱此玉之意也。

天地循环秋复春，生生死死旧重新。君家著笔描风月，宝玉羣羣解爱人。

却说雨村忙回头看时，不是别人，乃是当日同僚一案参革的号张如圭者。甲侧：盖言如鬼如蜮也，亦非正人正言。他本系此地人，革后家居，今打听得都中奏准起复旧员之信，他便四下里寻情俞校："寻情"——从戌、己、庚、晋、甲；原"寻"。找门路，蒙侧：此（仕）途宦境，描写的（得）当。忽遇见雨村，故忙道喜。二人见了礼，张如圭便将此信告诉，雨村自是欢喜，忙忙的叙了两句，甲侧：画出心事。遂作别各自回家。冷子兴听得此言，便忙献计，甲侧：毕肖，赶热灶者。令雨村央烦林如海，转向都中去央烦贾政。雨村领其意而别，回至俞校："而别，回至"——从晋、甲；原"作别回去，至"。馆中，忙寻邸报看真确了。甲侧：细。

次日面谋之如海。如海道："天缘凑巧，因贱荆去世，都中家岳母念及小女无人依傍教育，前已遣了男女船只来接，因小女未曾大痊，故未及行。此刻正思向蒙训教之恩，未经酬报，遇此机会，岂有不尽心图报之理。但请放心。弟已预为筹画至此，已修下荐书一封，转托内兄，务为周旋协佐，方可少尽弟之鄙诚。蒙侧：要说正文，故以此作引，且黛玉路中实无可托之人，文笔逼切得宜。即有所费用之例，弟于内兄信中俞校："内兄信中"——从戊、晋；原"家信中"。已注明白，亦不劳尊兄多虑矣。"雨村一面打恭，谢不释口，一面又问："不知令亲大人现居何职？甲侧：奸险小人欺人语。只怕晚生草率，不敢遽然入都干渎。"甲侧：全是假，全是诈。蒙侧：借雨村细密心思之语，容容易易转入正文。亦是宦途人之口头心头。最妙！如海笑道："若论舍亲，与尊兄犹系同谱，俞校："犹系同谱"——从戊、己、庚；原"系同谱"。乃荣公之孙。大内兄现袭一等将军之职，名赦，字恩侯。二内兄名政，字存周，甲侧：二名二字，皆颂德而来，与子兴口中作证。现任工部员外郎。其为人谦恭厚道，大有祖父遗风，非膏粱轻薄仕宦之流，晋双：复醒一笔。故弟方致书烦托。否则不但有污尊兄之清操，即弟亦不屑为矣。"甲侧：写如海实不（系）写政老。所谓此书有不写之写是也。蒙侧：作弊者每每偏能如此说。雨村听了，心下方信了昨日子兴之言，于是又谢了林如海。如海乃说："已择了出月初二日俞校："出月初二日"——从戊、己、庚、晋、甲；原"正月初六日"。小女入都，尊兄即同路而往，俞校："同路而往"——从戊、己、庚、晋、甲；原"同路入都"。岂不两便。"雨村唯唯听命，心中十分得意。如海遂打点礼物并饯行之事，俞校："饯行之事"——从戊、己、庚、晋、甲；原"饯行之物"。雨村一一领了。那女学生黛玉身体方愈，原不忍弃父而往；无奈他外祖母执意要他去，且兼如海说："汝父年将半百，再无续室之意。且汝多病，年又极小，上无亲母教养，俞校："教养"——从戊、己、庚、晋、甲；原"教育"。下无姊妹兄弟扶持，甲侧：可怜！一句一滴血，一句一滴血之文。今依傍外祖母及舅氏姊妹去，俞校："舅氏姊妹去"——从戊、己、庚；原"舅氏姊妹"。正好减我内顾之忧，俞校："内顾之忧"——从晋、甲；原"顾盼之忧"。何反云不往！"蒙侧：此一段是不肯使黛玉作弃父乐为远游者。以此可见作者之心，保（宝）爱黛玉如己。黛玉听了，方洒泪拜别，甲侧：实写黛玉。随了奶娘及荣府中几个老妇人，登舟而去。雨村另有一只船，带两个小童，俞校："两个小童"——从

接外孙贾母惜孤女　别故乡黛玉入贾府

戊、己、庚、晋、甲：原“二个小童”。依附黛玉俞校：“依附黛玉”——从戊、己、庚、晋、甲；原“依黛玉”。而行。甲侧：老师依附门生，怪道今时以收纳门生为幸。蒙侧：细密如此，是大家风范。

有日到了都中，甲侧：繁中简笔。进入神京，俞校：“进入神京”——从戊、己、庚；原“进了神京”。雨村先整了衣冠，甲侧：且按下黛玉，以待细写。今故先将雨村安置过一边，方起荣府中之正文也。带了小童，拿着宗侄的名帖，甲侧：至此渐渐好看起来也。甲侧：此帖妙极，可知雨村的品行矣。至荣府门前投了。彼时贾政已看了妹夫之书，即忙请入相会。见雨村相貌魁伟，言谈不俗；且这贾政最喜读书人，甲侧：君子可欺其方也，况雨村正在王莽谦恭下士之时，虽政老亦为所惑，在作者系指东说西也。礼贤下士，拯溺济危，大有祖风；况又系妹丈致意，因此优待雨村，更又不同。俞校：“更又不同——从戊、己、庚、晋、甲；原“又更不同”。便竭力内中协助，俞校：“协助”——从戊、己、庚；原“协力”。题奏之日，轻轻谋了一个复职候缺。甲侧：《春秋》字法。不上两个月，金陵应天府缺出，便谋补了此缺。甲侧：《春秋》字法。雨村辞了贾政，择日到任去了，不在话下。甲侧：因宝钗故及之，一语过至下回。蒙侧：了结雨村。

且说黛玉自那日弃舟登岸时，甲侧：这方是正文起头处。此后笔墨，与前两回不同。便有荣国府打发了轿子并拉行李的车辆久候。这林黛玉常听见甲侧：三字细。蒙侧：以常听见等字，省下多少笔墨。母亲说过，他外祖母家与别家不同。他近日所见的这几个三等的俞校：“这几个三等的”——从戊、己、庚、晋、甲；原“这三等”。仆妇，吃穿用度，已是不凡了，何况今至其家。因此步步留心，时时在意，不肯轻易俞校：“轻易”——从己、庚；原“轻意”。多说一句话，多行一步路，蒙侧：颦颦故（固）自不凡。生恐俞校：“生恐”——从戊、己；原“止恐”。被人耻笑了去。俞校：“耻笑了去”——从晋、甲；原“耻笑了他去”。甲侧：写黛玉自幼之心机。晋双：黛玉自忖之语。自上轿进入城中，从纱窗外瞧了一瞧，其街市之繁华，人烟之阜盛，自与别处不同。甲侧：先从街市写来。又行了半日，忽见街北蹲着两个大石狮子，三间兽头大门前列坐着十来个华冠丽服之人。正门却不开，只有东西两角门俞校：“两角门”——从戊、己、庚、晋、甲；原“两脚门”。有人出入。正门上有匾，蒙侧：以下写宁国府第，总借黛玉一双俊眼中传来。非黛玉之眼，也不得如此细密周详。匾上大书“敕造宁国府”五个大字。甲侧：先写宁府，这是由东向西而来。黛玉想道：“这是外祖的俞校：“外祖的”——从戊；原“外祖之”。“的”字从晋、甲。长房了。”想着，又往西行不多远，照样也是三间大门，方是荣国府了。却不进正门，只进了西角门。那轿夫抬进去，走了一射之地，俞校：“一射之地”——从戊、己、庚；原“一箭之地”。将转弯时，便歇下，退出去了。后面的婆子们已都下了轿，赶上前来。另换了三四个衣帽周全、十七八岁的小厮上来，复抬起轿子，众婆子步下围随，至一垂花门前落下。众小厮退出，众婆子上来打起轿帘，扶黛玉下了轿。俞校："下了轿"——从晋、甲；原"下轿，黛玉下了轿"。 林黛玉俞校："林黛玉"——从戊、己、庚、晋、甲；原"黛玉"。扶着婆子的手，进了垂花门。两边是抄手游廊，当中是穿堂，当地放着俞校："当地放着"——从戊、己、庚；原"当地放"。一个紫檀架子的大理石的大插屏。转过插屏，小小三间厅。厅后就是后面的正房大院。正面五间上房，皆是雕梁画栋。两边穿山游廊厢房，挂着各色鹦鹉、画眉等鸟雀。台阶之上坐着几个穿红着绿的丫头，一见他们来了，便忙都笑迎上来，说："才刚俞校："才刚"——从戊、己；原"刚才"。老太太还念呢，可巧就来了。"甲侧：如见如闻，活现于纸上之笔，好看煞！ 晋双：有层次。 于是三四人争着打起帘栊，俞校："帘栊"——从戊；原"帘子"。 甲侧：真有是事，真有是事。 一面听得人回说俞校："回说"——从己；原"回话说"。："林姑娘到了。"甲眉：此书得力处，全是此等地方，所谓"颊上三毫"也。黛玉方进入房时，只见两个人搀着一位鬓发如银的老母迎上来，黛玉便知是他外祖母，方欲拜见时，早被他外祖母一把搂入怀中，心肝儿肉叫着，蒙戚双：写尽天下疼女儿之神理。大哭起来。俞校："大哭起来"——从戊、己、庚、晋；原"哭起来"。 甲侧：几千斤力量写此一笔。 蒙侧：此一段文字，是天性中流出，我读时不觉泪盈双袖。当下地下侍立之人俞校："侍立之人"——从戊、己、庚、晋、甲；原"伏侍之人"。无不掩面涕泣，甲侧：旁写一笔，更妙！ 黛玉也哭个不住。甲侧：自然顺写一笔。 蒙侧：逼真。一时众人慢慢解劝住了，黛玉方拜见了外祖母，甲眉：书中正文之人，却如此写出，却是天生地设章法，不见一丝勉强。 此即冷子兴所云之史氏太君，贾赦、贾政之母也。俞校："贾赦、贾政之母也"——从己、庚；原"也，贾赦、贾政之母"。 甲侧：书中人目太繁，故明注一笔，使观者省眼。当下贾母一一的指与黛玉："这是你大舅母。晋双：邢氏。这是你二舅母。晋双：王氏。这是你先珠大哥的媳妇珠大嫂。"晋双：李纨。黛玉一一拜见过。贾母又说："请姑娘们来。今日远客才来，可以不必上学去了。"众人答应了一声，便去了两个。不一时，只见三个奶嬷嬷并五六个丫鬟，甲侧：声势如现纸上。簇拥着三个姊妹来了。甲眉：从黛玉眼中写三人。第一个肌肤微丰，甲侧：不犯宝钗。合中身材，腮凝新荔，鼻腻鹅脂，温柔沉默，观之可亲。甲侧：为迎春写照。 第二个削肩细腰，甲侧：《洛神赋》中云，"肩若削成"是也。 长挑身材，鸭蛋脸面，俊眼修眉，顾盼神飞，文彩精华，见之忘俗。 甲侧：为探春写照。 第三个身材未足，形容尚小。甲眉：浑写一笔，更妙！必个个写去则板矣。可笑近之小说中有一百个女子，皆是如花似玉一副脸面。其钗环裙袄，三人皆是一样的妆饰。甲侧：是极，逼(毕)肖。 蒙侧：欲画天尊，先画纵(众)神如此，其天尊自当另有一番高山世外的景像。 黛玉忙起身迎上来见礼，甲侧：此笔亦不可少。互相厮认过，各归坐，丫鬟们斟上茶来。不过说些俞校："不过说些"——从戊、己、庚；原"不过说"。黛玉之母如何得病，如何请医服药，如何送死发丧。蒙侧：层层不露（漏），周密之至。不免贾母又伤感起来，甲侧：妙！因说："我这些儿女，所疼者独有你母，今日一旦先舍我而去，连面也不能一见，俞校："也不能一见"——从庚；原"不能一见"。今见了你，我怎不伤心！"说着，搂了黛玉在怀，又呜咽起来。蒙侧：不禁我也跟他哭起。众人忙都宽慰解释，方略略止住。甲侧：总为黛玉自此不能别往。众人见黛玉年貌虽小，其举止言谈不俗，身体面庞虽怯弱不胜，甲侧：写美人是如此笔伏（仗），看官怎得不叫绝称赏！却有一段自然的俞校："自然的"——从庚；原"自然"。风流态度，甲侧：为黛玉写照。众人目中，只此一句足矣。甲眉：从众人目中写黛玉。草胎卉质，岂能胜物耶？想其衣裙，皆不得不免（勉）强支持者也。便知他有不足之症。因问常服何药，如何不急为疗治。黛玉笑道："我自来是如此，从会吃饮食时便吃药，到今未断。请了多少名医，修方配药，皆不见效。那一年，我才三岁时，听得说来了一个癞头和尚，甲侧：文字细如牛毛。甲眉：奇奇怪怪一至于此。通部中假借癞僧、跛道二人点明迷情幻海中有数之人也。非袭《西游》中一味无稽，至不能处便用观世音可比。说要化我去出家，我父固是不从。俞校："固是不从"——从戊、庚；原"母因不从"。他又说：'既舍不得他，只怕他的病一生也不能好的。若要好时，除非从此以后，总不许见哭声；蒙侧：作者既以黛玉为绛珠化生，是要哭的了，反要使人先叫他不许哭，妙！蒙戚双：爱哭的偏写出有人不教哭。除父母之外，凡有外姓亲友之人，一概不见，俞校："一概不见"——从戊、己、庚、晋、甲；原"概不见"。方可平安了此一世。'疯疯颠颠，说了这些不经之谈，甲侧：是作书者自注。也没人理他。如今还是吃人参养荣丸。"甲侧：人参（生）自当自养荣卫。甲眉：甄英莲乃付（副）十二钗之首，却明写癞僧一点。今黛玉为正十二钗之贯（冠），反用暗笔。盖正十二钗，人或洞悉可知；副十二钗，或恐观者惑（忽）略，故须（写）极力一提，使观者万勿稍加玩忽之意耳。贾母道："这正好，我这里正配丸药呢，甲侧：为后菖、菱伏脉。叫他们多配一料就是了。"一语未了，只听后院中有人笑声，甲侧：懦笔庸笔何能及此！说："我来迟了，不曾迎接远客。"甲侧：第一笔，阿凤三魂六魄已被作者拘定了，后文焉得不活挑（跳）纸上？此等非仙助即神助，从何而得此机括耶？甲眉：另磨新墨，搦锐笔，特独出熙凤一人。未写其形，先使闻声，所谓"绣幡开，遥见英雄俺"也。靖眉：阿凤三魂六魄已被作者勾走了，后文方得活跳纸上。黛玉纳罕道俞校："纳罕道"——从戊、庚；原"纳想道"。：这些人个个皆敛声屏气，恭肃严整如此，这来者系谁，这样放诞无礼。甲侧：原有此一想。蒙侧：天下事不可一盖（概）而论。心下想时，只见一群媳妇丫鬟围拥着一个人，从后房门俞校："后房门"——从戊、庚；原"后房"。进来。这个人打扮与众姑娘不同，彩绣辉煌，恍若神妃仙子：头上戴着金丝八宝攒珠髻，绾着朝阳五凤挂珠钗，甲侧：头。项下戴着赤金盘螭璎珞圈，甲侧：颈。裙边系着豆绿宫绦双鱼比目玫瑰珮，甲侧：腰。身上穿着蒙侧：大凡能事者，多是尚奇好异，不肯泛泛同流。缕金百蝶穿花大红洋缎窄裉袄，俞校："窄裉袄"——从己、庚、晋；原"穿福袄"，系字误。外罩五彩刻丝石青银鼠褂，下罩翡翠撒花俞校："撒花"——从戊、己、庚、晋；原"洒花"。洋绉裙。一双丹凤三角眼，两弯柳叶吊梢眉。蒙侧：非如此眼，非如此眉，不得为熙凤，作者读过《麻衣相法》。身量苗条，体格风骚，粉面含春威不露，丹唇未启笑先闻。甲侧：为阿凤写照。甲眉：试问诸公，从来小说中可有写形追像至此者？蒙侧：英豪本等。黛玉连忙起身接见。贾母笑道："你不认得他，甲侧：阿凤一至，贾母方笑，与后文多少笑字作偶。他是我们这里有名的一个泼皮破落户儿，南省俗谓作辣子，你只叫他'凤辣子'就是了。"甲侧：阿凤笑声进来，老太君打诨，虽是空口传声，却是补出一向晨昏起居，阿凤于太君处承欢应候，一刻不可少之人，看官勿以闲文淡文也。黛玉正不知以何称呼，蒙侧：想黛玉此时神情，含浑可爱。只见众姊妹都忙告诉道："这是琏嫂子。"俞校："琏嫂子"——从戌、己、晋、甲；原"琏嫂"。黛玉虽不认识，也曾听见俞校："也曾听见"——从戌、庚；原"曾听见"。母亲说过，大舅贾赦之子贾琏娶的就是二舅母王氏之内侄女，自幼假充男儿教养的，学名王熙凤。蒙戚双：奇想奇文。以女子曰"学名"固奇，然此偏有学名的反到(倒)不识字，不曰学名者反若彼。黛玉忙陪笑见礼，以嫂呼之。这熙凤携着黛玉的手，上下细细的打量了一回，甲侧：写阿凤全部转(传)神第一笔也。便仍送至贾母身边俞校："贾母身边"——从戌、己、庚、晋、甲；原"贾母的身边"。坐下，因笑道："天下真有这样标致的俞校："标致的"——从庚；原"标致"。人物，甲侧：这方是阿凤言语，若一味浮词套语，岂复为阿凤哉！甲眉："真有这样标致人物"出自凤口，黛玉丰姿可知。宜作史笔看。我今儿俞校："我今儿"——从己、庚；原"我今"。才算见了。况且这通身的气派，竟不像老祖宗的外孙女儿，甲侧：仍归太君，方不失《石头记》文字，且是阿凤身心之至文。竟是个嫡亲的孙女。怨不得老祖宗天天口头心头，一时不忘。甲侧：却是极淡之语，偏能恰投贾母之意。蒙侧：以"真有"，"愿(怨)不得"五字，写熙凤之口头，真是机巧异常，"愿(怨)不得"三字，愚弄了多少聪明特达者。只可怜我这妹妹这样命苦，甲侧：这是阿凤见黛玉正文。怎么姑妈偏就去世了。"甲侧：若无这几句，便不是贾府媳妇。说着，便用帕拭泪。贾母笑道："我才好了，你倒来招我。甲侧：文字好看之极！你妹妹远路才来，俞校："远路才来"——从戌、己、庚、晋、甲；原"远客才来"。身子又弱，也才劝住了，快再休提前话。"俞校："休提前话"——从戌、晋、甲；原"休提前言"。甲侧：反用贾母劝，看阿凤之术亦甚矣。这熙凤听了，忙转悲为喜道："正是呢，我一见了俞校："一见了"——从戌、己、庚、甲；原"一见"。妹妹，一心都在他身上了，又是喜欢，又是伤心，俞校："又是喜欢，又是伤心"——从庚、晋、甲；原"又是欢喜，又一伤心"。竟忘记了老祖宗，该打该打。"又忙携黛玉之手，问"妹妹几岁了？可也上过学？现吃什么药？在这里不要想家。要什么吃的，什么顽的，只管告诉我。丫头老婆们不好了，也只管告诉我。"一面又问婆子们："林姑娘的行李东西可搬进来了？带了几个人来？甲侧：当家的人车(事)如此，毕肖！蒙侧：三句话不离本行。职任在兹也。你们赶早打扫两间下房，让他们去歇歇。"说话时，已摆了茶果上来。熙凤亲为捧茶捧果。甲侧：总为黛玉眼中写出。蒙侧：熙凤后到，为有事，写其势能，先为筹画，写其机巧。摇前映

（后之笔。）又见二舅母问他月钱放完了不曾。（甲侧：不见后文，不见此笔之妙。）熙凤道："月钱也放完了。（俞校："也放完了"——从戌、己、庚、晋、甲；原"已放完"。）才刚带着人到后楼上找缎子，（甲侧：接闲文，是本意避繁也。）找了这半日，也并没有见（俞校："也并没有见"——从戌、庚；原"并无有见"。）昨日太太说的那样，（甲侧：却是日用家常实事。）想是太太记错了。"（蒙侧：陪笔用得灵活，兼能形容熙凤之为人，妙心妙手，故有妙文妙口。）王夫人道："有没有，什么要紧。"因又说道："该随手拿出两个来，给你这妹妹（俞校："这妹妹"——从戌、己、庚、晋、甲；原"妹妹"。）去裁衣裳的。等晚上想着，叫人再去拿罢，（甲侧：仍归前文。妙妙！）可别忘了。"熙凤道："这倒是我先料着了。知道妹妹不过这两日到的，我已预备下了，（甲眉：余知此缎阿凤并未拿出，此借王夫人之语，机变欺人处耳。若信彼果拿出预备，不独被阿凤瞒过，亦且被石头瞒过了。）等太太回去过了目，好送来。"（俞校："好送来"——从戌、己、庚、晋、甲；原"再送来"。）（甲侧：试看他心机。）王夫人一笑，点头不语。（甲侧：深取之意。）（晋双：狠漏凤姐是个当家人。）

当下茶果已撤，贾母命两个老嬷嬷（俞校："老嬷嬷"——从晋；原"老婆"。（戌作"老嫫嫫"。））带了黛玉，去见两个舅舅。时贾赦之妻邢氏忙亦起身，笑回道："我带了外甥女过去，倒也便宜。"（蒙侧：以黛玉之来去候安之便，便将荣宁二府的势排（派）描写尽矣。）贾母笑道："正是呢，你也去罢，不必过来了。"邢氏夫人答应了一声（俞校："答应了一声"——从庚；原"答了一个"。）"是"字，遂带了黛玉与王夫人作辞，大家送至穿堂前。出了垂花门，早有众小厮们拉过一辆翠幄青油车来，邢夫人携了黛玉坐上。（晋双：未识黛卿能乘此否？）众婆子（俞校："众婆子"——从己、庚；原"众婆娘"。）们放下车帘，方命小厮们抬起，拉至宽处，方驾上驯骡，亦出了西角门，往东过荣府正门，便入一黑油大门中，至仪门前方下来。众小厮退出，方打起车帘，邢夫人搀着黛玉的手，（俞校："搀着黛玉的手"——从戌、庚；原"挽了黛玉手"。）进入院中。黛玉度其房屋院宇，必是荣府中花园（俞校："花园"——从庚；原"之花园"。）隔断过来的。（甲侧：黛玉之心机眼力。）进入三层仪门，果见正房厢庑游廊，（蒙侧：分别得沥沥（历历），可想如见。）悉皆小巧别致，不似方才那边轩峻壮丽，且院中随处之树木山石皆有。（甲侧：为大观园伏脉。试思荣府园今在西，后之大观园偏写在东，何不畏难之若此？）（晋双：为大观园伏脉。）一时进入正室，早有许多盛妆丽服之姬妾丫鬟迎着。（甲侧：这一句都是写贾赦，妙在全是指东击西、打草惊蛇之笔。若看其写一人即作此一人看，先生便呆了。）邢夫人让黛玉坐了，一面命人到外面书房中请贾赦。（甲眉：余久不作此语矣，见此语未免一醒。）一时人来回说："老爷说了：连日身子不好，（蒙侧：作者绣口锦心，见有见的亲切，不见有不见的亲切，直说横讲，一毫不爽。）见了姑娘，彼此倒伤心，（甲侧：追魂摄魄。）暂且不忍相见。（甲侧：若一见时，不独死板，且亦大失情理，亦不能有此等妙文矣。）劝姑娘不要伤心想家，（蒙侧：亦在情理之内。）跟着老太太和舅母，是同家里一样。姊妹们虽拙，大家一处伴着，俞校："伴着"——从戊、己、庚、晋、甲；原"拌著"。亦可以解些烦闷。甲侧：赦老亦能作此语，叹叹！或有委屈之处，只管说得，不要外道才是。"黛玉忙站起来，俞校："站起来"——从庚；原"跕起来"。一一听了。再坐一刻，便告辞，邢夫人苦留吃过晚饭去。黛玉笑回道："舅母爱惜俞校："爱惜"——从晋、甲；原"爱恤"。赐饭，原不应辞；只是还要过去拜见二舅舅，恐领了赐去俞校："领了赐去"——从庚；原"领赐去"。不恭，甲侧：得体。蒙侧：黛玉之为人，必当有如此身分。异日再领未为不可，望舅母容谅。"邢夫人听说，笑道："这倒是了。"遂令两三个嬷嬷，用方才的车好生俞校："好生"——从戊、己、庚；原"好好"。送了过去。于是黛玉告辞，邢夫人送至仪门前，又嘱咐了众人俞校："嘱咐了众人"——从庚、晋；原"嘱咐了"。几句，蒙侧：又嘱咐了几句，方是舅母的本等。眼看着车去了方回来。

一时黛玉进入荣府，下了车，众嬷嬷引着，便往东转弯，俞校："往东转弯"——从戊、庚、晋；原"转湾"。穿过一个东西的穿堂，甲侧：这一个穿堂，是贾母正房之南者，凤姐处所通者，则是贾母正房之北。向南大厅之后，仪门内大院落。上房五间大正房，两边厢房，鹿顶耳房钻山，四通八达，轩昂壮丽，比贾母处不同。黛玉便知这方是俞校："便知这方是"——从戊、己、庚、晋、甲；原"方知这便是"。正内室。俞校："正内室"——从晋、甲；原"正紧正内室"。一条大甬路，直接出大门的。进入堂屋中，抬头迎面先看见一个赤金九龙青地大匾，上写着斗大三个字，是"荣禧堂"，蒙侧：真是荣国府。后有一行小字俞校："一行小字"——从戊、己、庚、晋、甲；原"一行小字是"。："某年月日书赐荣国公贾源"，又有万几俞校："万几"——从戊、己、庚、晋、甲；原"万岁"。宸翰之宝。大紫檀雕螭案上设着三尺来高青绿古铜鼎，悬着待漏随朝墨龙大画，一边是金蜼彝，甲侧：蜼，音垒。周器也。一边是玻璃盒。甲侧：盒，音海。盛酒之大器也。地下两溜十六张楠木交椅。又有一副对联，乃是乌木联牌，甲侧：雅而丽，富而文。镶着錾银字迹，道是：

座上珠玑昭日月，俞校："昭日月"——从戊、己、庚、晋、甲；原"照日月"。堂前黼黻焕烟霞。俞校："焕烟霞"——从戊、己、庚、晋、甲；原"焕云霞"。甲双：实贴。蒙戚双：实衬。

下面一行小字道是"同乡世教弟勋袭东安郡王穆莳拜手书"。甲侧：先虚陪一笔。原来王夫人时常居坐宴息亦不在这正室，甲侧：黛玉由正室一段而来，是为拜见政老耳，故进东房。只俞校："在这正室，只"——从己、庚、晋、甲；原"在正室"。在东边的三间耳房内。于是老嬷嬷引黛玉进东房门来。甲侧：若见王夫人，直写引至东廊小正室内矣。临窗大炕上猩红洋罽，正面设着大红金钱蟒靠背，石青金钱蟒引枕，秋香色金钱蟒大条褥。两边设一对梅花式洋漆小几。左边几上文王鼎，匙箸香盒；右边几上汝窑美人觚内插着时鲜花卉，并茗碗唾壶等物。地下面西一溜四张椅上，都搭着银红撒花椅搭，俞校："撒花椅搭"——从戌、己、庚、晋、甲；原"洒花椅披"。底下四副脚踏。椅之两边也有一对高几，几上茗碗瓶花俱备。其馀陈设自不必细说。甲侧：此不过略叙荣府家常之礼数，特使黛玉一识阶级座次耳，余则繁。老嬷嬷们让黛玉炕上坐，炕沿上却也有两个锦褥对设。黛玉度其位次，便不上炕，只向东边椅上坐了。甲侧：写黛玉心意。本房内丫鬟俞校："本房内丫鬟"——从庚；原下有"们"。忙捧上茶来。黛玉一面吃茶，一面打量这些丫鬟们，蒙侧：借黛玉眼写三等使婢。妆饰衣裙，举止行动，果亦与别家不同。茶未吃了，只见一个穿红绫袄、青缎掐牙俞校："掐牙"——从戌、己、甲；原"拍牙"。背心的丫鬟走来，甲侧：金乎？玉乎？笑说道："太太说，请林姑娘到那边坐罢。"蒙侧：唤去见，方是舅母，方是大家风范。老嬷嬷听了，于是又引黛玉出来，到了东廊三间小正房内。正面炕上横设俞校："横设"——从戌、己、庚、晋、甲；原"横著"。一张炕桌，桌上磊着俞校："磊着"——从戌、己、庚；原"堆著"。书籍茶具，甲侧：伤心笔，堕泪笔。靠东壁面西设着半旧的俞校："半旧的"——从己、庚、晋；原无。下同。青缎靠背引枕。王夫人却坐在俞校："却坐在"——从戌、己、庚、晋、甲；原"却在"。西边下首，亦是半旧的青缎靠背坐褥。见黛玉来了，便往东让。黛玉料定这是俞校："料定这是"——从戌、己、庚、晋、甲；原"料定是"。贾政之位，甲侧：写黛玉心到眼到，伧夫但云为贾府叙坐位，岂不可笑！因见挨炕一溜三张椅子上也搭着半旧甲侧：三字有神。此处则一色旧的，可知前正室中，亦非家常之用度也。可笑近之小说中，不论何处，则曰商彝、周鼎、绣帏、珠帘、孔雀屏、芙蓉褥等样字眼。弹墨椅袱，甲眉：近闻一俗笑语云：一庄农人进京，回家众人问曰："你进京去，可见些个世面否？"庄人曰："连皇帝老爷都见了。"众罕然问曰："皇帝如何景况？"庄人曰："皇帝左手拿一金元宝，右手拿一银元宝，马上稍着一口袋人参，行动人参不离口。一时要屙屎了，连擦屁股都用的是鹅黄缎子，所以京中掏茅厕的人都富贵无比。"试思凡稗官写富贵字眼者，悉皆庄农进京之一流也。盖此时彼实未身经目睹，所言皆在情理之外焉。甲眉：又如人嘲作诗者，亦往往爱说富丽话，故有"胫骨变成金玳瑁，眼睛嵌作碧琉璃"之诮。余自是评《石头记》，非鄙弃前人也。黛玉便向椅上坐了。王夫人再四携他上炕坐，他方挨王夫人坐了。王夫人因说："你舅舅今日斋戒去了，甲侧：点缀宦途。再见罢。甲侧：赦老不见，又写政老，政老又不能见，是重不见重，犯不见犯。作者惯用此等章法。只是有一句话嘱咐你：你三个姊妹倒都极好，以后一处念书、认字，学针线，或是偶一顽笑都有尽让的。但我不放心的最是一件，蒙侧：王夫人嘱咐与邢夫人嘱咐，似同的（而）迥异。儿女累心，我欲代伊哭诉一面（回）愁苦。我有一个孽根祸胎，甲侧：四字是血泪盈面，不得已无奈何而下，四字是作者痛哭。是家里的俞校："是家里的"——从庚、晋、甲；原"是这家里的"。混世魔王，甲侧：占（与）"绛洞花王"为对看。今日因庙里还愿去了，甲侧：是富贵公子。尚未回来，晚间你看见便知了。你只以后不要睬他，你这些姊妹都不敢沾惹他的。”黛玉亦常听得母亲说过，蒙侧：有（幼）曾听得，所以闻言便知，不必用心搜求了。二舅母生的有个表兄，乃衔玉而诞，顽劣异常，甲侧：与甄家子恰对。极恶读书，甲侧：是极恶每日“诗云”“子曰”的读书。甲眉：这是一段反衬章法。黛玉心用“猜度蠢物”等句对着（看）去，方不失作者本旨。最喜在内帏俞校：“内帏”——从戌、己、庚、晋、甲；原“内闱”。厮混，外祖母又极溺爱，无人敢管。今见王夫人如此说，便知说的是这表兄了，因陪笑道：“舅母说的，可是衔玉所生的这位哥哥？在家时亦曾听见母亲常说，这位哥哥比我大一岁，小名就唤宝玉，甲侧：以黛玉道宝玉名，方不失正文。虽极憨顽，甲侧：“虽”字是有情字，宿根而发，勿得泛泛看过。说在姊妹情中俞校：“说在姊妹情中”——从戌、己、庚；原无“说”。极好的。蒙侧：黛玉口中心中早中（如）此。况我来了，自然只和姊妹一处，蒙侧：用黛玉反衬一句，更有深味。兄弟们自是别院另室的，甲侧：又登开一笔，妙妙！岂有得俞校：“岂有得”——从晋、甲；原“岂有去”。沾惹之理。”王夫人笑道：“你不知道原故。他与别人不同，自幼因老太太疼爱，原系同姊妹们一处娇养惯了的。甲侧：此一笔收回，是明通部同处原委也。若姊妹们有日不理他，俞校：“有日不理他”——从戌、己、庚；原“不理他”。他倒还安静些，——纵然他没趣，不过出了二门，背地里拿着他的两三个小幺儿俞校：“小幺儿”——从戌；原“小子”。出气，咕唧一会子就完了。甲侧：这可是宝玉本性真情，前四十九字迥异之批，今始方知。盖小人口碑累累如是。是是非非，任尔口角，大都皆然。若这一日姊妹们和他多说一句话，他心里一乐，便生出多少事来。所以嘱咐你别睬他。他嘴里一时甜言蜜语，一时有天无日，一时又疯疯傻傻，只休信他。”黛玉一一的俞校：“一一的”——从戌、己、庚、晋、甲；原“一一”。都答应着。甲眉：不写黛玉眼中之宝玉，却先写黛玉心中已早有一宝玉矣，幻妙之至！自冷子兴口中之后，余已极思欲一见，及今尚未得见，狡猾之至！蒙侧：客居之苦，在有意无意中写来。只见一个丫鬟来回：“老太太那里传晚饭了。”王夫人忙携黛玉，从后房门，甲侧：后房门。由后廊往西，甲侧：是正房后廊也。出了角门，甲侧：这是正房后西界墙角门。是一条南北宽夹道。俞校：“宽夹道”——从戌、己、庚、晋；原“宽过道”。南边是倒座三间小小的俞校：“小小的”——从己、庚、晋；原无。抱厦厅。北边立着一个粉油大影壁，后有一半大门，小小一所房室。王夫人笑指向黛玉道：“这是你凤姐姐的屋子，蒙侧：灵活，无一漏空。回来你好往这里找他来。少什么东西，你只管和他说就是了。”这院门上也有甲侧：二字是他处不写之写也。四五个才总角的小厮，都垂手侍立。俞校：“都垂手侍立”——从戌、己、庚、晋、甲；原“垂手侍立”。王夫人遂携黛玉俞校：“遂携黛玉”——从戌、己、庚、晋、甲；原“随携黛玉”。穿过一个东西穿堂，甲眉：这正贾母正室后之穿堂也，与前穿堂是一带之屋，中一带乃贾母之下室也。记清。便是贾母的后院了。甲侧：写得清，一丝不错。于是进入后房门，已有多人在此伺候，见王夫人来了，方安设俞校："安设"——从戌、己、庚、晋、甲；原"安"。桌椅。甲侧：不是待王夫人用膳，是恐使王夫人有失侍膳之礼耳。贾珠之妻李氏捧饭，蒙侧：大人家规矩礼法。熙凤安箸，王夫人进羹。贾母正面榻上独坐，两傍四张空椅。熙凤忙拉了黛玉，在左边第一张椅上坐了，黛玉十分推让。贾母笑道："你舅母和你嫂子们俞校："你嫂子们"——从己、庚；原"嫂子们"。不在这里吃饭，你是客，原应如此坐的。"黛玉方告了坐，坐了。贾母命王夫人也坐了。俞校："也坐了"——从晋、甲；原"坐了"。迎春姊妹三个告了坐方上来，迎春便坐右手第一，探春左第二，惜春右第二。旁边丫鬟执着拂尘、漱盂、巾帕。李凤二人立于案傍布让。外间伺候之俞校："伺候之"——从戌、己、庚、甲；原"伺候着"。媳妇丫鬟虽多，却连一声咳嗽不闻。寂然饭毕，蒙侧：作者非身履其境过，不能如此细密完足。各有丫鬟用小茶盘捧上茶来。当日林如海教女以惜福养身，云饭后务待饭粒咽完，过一时再吃茶，方不伤脾胃。甲侧：夹写如海一派书气，最妙！今黛玉见了这里俞校："见了这里"——从戌、己、庚；原"见了这"。许多事情，不合家中之式，不得不随的，少不得一一改过来。蒙侧：幼而学，壮而行者，常情。有不得已，行权达变，多至于失守者。亦千古用（同）慨，诚可悲夫！因而接了茶，早见人又捧过漱盂来，黛玉也照样漱了口。盥手毕，俞校："盥手毕"——从戌、庚；原"然后盥手毕"。又捧上茶来，这方是吃的茶。甲侧：总写黛玉以后之事，故只以此一件小事略为一表也。甲眉：余看至此，故想日前所阅"王敦初尚公主，登厕时不知塞鼻用枣，敦辄取而啖之，早为宫人鄙诮多矣"。今黛玉若不漱此茶，或饮一口，不为荣婢所诮乎？观此则知黛玉平生之心思过人。贾母便说："你们去罢，让我们自在说话儿。"王夫人听了忙起身，又说了两句闲话，方引李凤二人去了。

贾母因问黛玉念何书。黛玉道："只刚念了《四书》。"甲侧：好极！稗官专用"腹隐五车书"者来看。黛玉又问俞校："黛玉又问"至"就罢了"——从己；原"是睁眼瞎子罢了"。（戌无"就"字，馀同己。）姊妹们读何书，贾母道："读的是什么书，不过是认得两个字，不是睁眼的瞎子就罢了。"一语未了，只听院外一声脚步响，甲侧：与阿凤之来相映而不相犯。丫鬟进来笑道："宝玉来了。"甲侧：余为一乐。蒙侧：刑（形）容出姣（娇）养神[情]。黛玉心中正疑惑着这个宝玉不知是俞校："不知是"——从戌、己、庚、晋；原"不知"。怎生个惫懒人物，甲侧：文字不反，不见正文之妙，似此应从《国策》得来。懵懂顽童。俞校："倒不见那蠢物也罢了"——当系作者自批，非正文，今从甲删去。甲侧：这蠢物不是那蠢物，却有个极蠢之物相待，妙极！蒙侧：从黛玉口中故反一句，则不（下）文更觉生色。心中正想着，忽见丫鬟话未报完，已进来了一位年轻的俞校："一位年轻的"——从己、庚；原"一个轻年"。公子。头上戴着束发嵌宝俞校："嵌宝"——从戌、己、庚、晋、甲；原无。紫金冠，齐眉勒着二龙抢珠金抹额；穿一件二色金百蝶穿花大红箭袖，束着五彩丝攒花结长穗宫绦，外罩石青起花八团倭缎排穗褂；登着青缎粉底小朝靴。面若中秋之月，甲眉：此非套满月，盖人生有面扁而青白色者，则皆可谓之秋月也。用满月者不知此意。色如俞校："色如"——从戌、己、庚、晋、甲；原"色若"。春晓之花，甲眉："少年色嫩不坚牢"，以及"非夭即贫"之语，余犹在心，今阅至此，放声一哭。鬓若刀裁，眉如墨画，脸似俞校："脸似"——从戌；原"脸若"。（戌"脸"作"眼"，乃误字。）桃瓣，睛若秋波。虽怒时而若笑，即瞋视而有情。甲侧：真真写杀。项上金螭璎珞，又有一根五色丝绦系着一块美玉。黛玉一见，便吃一大惊，甲侧：怪甚。蒙侧：此一惊方[见]下文之留连缠绵，不为猛（孟）浪，不是淫邪。心下想道："好生奇怪，倒像在那里见过一般，何等眼熟到如此。"甲侧：正是想必在灵河岸上三生石畔曾见过。蒙戚双：写宝玉只是宝玉，写黛玉只是黛玉，从中用黛玉一惊，宝玉之面善等字，文气自然笼就，要分开不得了。只见这宝玉向贾母请了安，贾母便命俞校："贾母便命"——从戌、己、庚、晋、甲；原"贾母命"。"去见你娘来"，宝玉即转身去了。一时回来，再看已换了冠带：头上周围一转的短发都结成俞校："结成"——从己、庚、晋、甲；原"结成了"。小辫，红丝结束，共攒至顶中胎发，总编一根大辫，黑亮如漆。从顶至梢，一串四颗大珠，用金八宝坠脚；身上穿着银红撒花俞校："撒花"——从戌、己、庚、晋、甲；原"洒花"。下同。半旧大袄，仍旧戴着项圈、宝玉、寄名锁、护身符等物；下面半露松花色撒花绫裤腿，锦边弹墨袜，厚底大红鞋。越显得面如敷粉，俞校："敷粉"——从戌、己、庚；原"团粉"。唇若俞校："唇若"——从己、庚、晋；原无。施脂，转盼多情，语言常笑。天然一段风骚，全在眉梢；蒙侧：总是写宝玉，总是为下文留地步。平生万种情思，悉堆眼角。看其外貌最好，俞校："最好"——从己、庚；原"最是极好"。却难知其底细。后人有《西江月》二词，批宝玉极合。甲眉：二词更妙。最可厌野史"貌如潘安""才如子建"等语。其词曰：

无故寻愁觅恨，有时似傻如狂。纵然生得好皮囊，腹内原来草莽。

潦倒不通世务，俞校："世务"——从戌、己、庚；原"时务"。愚顽怕读文章。行为偏僻性乖张，那管世人诽谤。

富贵不知乐业，贫穷俞校："贫穷"——从戌、己、庚、晋、甲；原"贫时"。难耐凄凉。可怜辜负好韶光，俞校："好韶光"——从戌、己、庚、晋、甲；原"好时光"。于国于家无望。

天下无能第一，古今不肖无双。寄言纨袴与膏粱，莫效此儿形状。甲眉：末二语最要紧。只是纨袴膏粱，亦未必不见笑我玉卿。可知能效一二者，亦必不是蠢然纨袴矣。蒙戚双："纨袴膏粱"，"此儿形状"，有意思。当设想其像，合宝玉之来历同看，方不被作者愚弄。

贾母因笑道："外客未见，就脱了衣裳，俞校："衣裳"——从戌、己、庚、晋、甲；原"衣服"。还不去见你妹妹。"宝玉早已看见多了一个姊妹，便料定是林姑妈俞校："林姑妈"——从己、庚；原"林姑母"。之女，忙来作揖，厮见毕，归坐。细看形容，与众各别甲眉：又从宝玉目中细写一黛玉，直画一美人图。：两湾似蹙非蹙笼烟眉，俞校："笼烟眉"——从甲；原"罥烟眉"。甲侧：奇眉妙眉，奇想妙想。一双似喜非喜含情目。俞校："似喜非喜含情目"——从晋；原"俊目"。（戌作"似□非□□□□"，朱匡内字，后人所添。）甲侧：奇目妙目，奇想妙想。态生两靥之愁，娇袭一身之病。泪光点点，娇喘微微。闲静时如娇花照水，行动处似弱柳扶风。甲侧：至此八句，是宝玉眼中。心较比干多一窍，甲侧：此一句，是宝玉心中。甲眉：更奇妙之至！多一窍固是好事，然未免偏僻了，所谓"过犹不及"也。蒙侧：写黛玉，也是为下文留地步。病如西子胜三分。甲侧：此十句定评，直抵一赋。甲眉：不写衣裙妆饰，正是宝玉眼中不屑之物，故不曾看见。黛玉之举止容貌，亦是宝玉眼中看、心中评。若不是宝玉，断不能知黛玉终是何等品貌。宝玉看罢，因笑道甲侧：看他第一句是何话。甲眉：黛玉见宝玉写一"惊"字，宝玉见黛玉写一"笑"字，一存于中，一发乎外，可见文于下笔，必推敲的准稳，方才用字。："这个妹妹，我曾见过的。"甲侧：疯话。与黛玉同心，却是两样笔墨。观此则知玉卿心中，有则说出，一毫宿滞皆无。贾母笑道："可又是胡说。你又何曾见过他。"宝玉笑道："虽然未曾见过他，然我看着面善，心里就算是旧相认识的，俞校："认识的"——从己；原"认识"。甲侧：一见便作如是语，宜乎王夫人谓之"疯疯傻傻"也。蒙侧：世人得遇相好者，每日（曰）一见如故，与此一意。今日只作俞校："今日只作"——从戌、己、庚；原"今日只做"。远别重逢，亦未为不可。"甲侧：妙极奇语，全作如是等语，[无]怪人谓曰痴狂。贾母笑道："更好，更好，若如此更相和睦了。"甲侧：作小儿语瞒过世人亦可。甲侧：亦是真话。宝玉便走近黛玉身边坐下，又细细打量一番，甲侧：与黛玉两次打谅一对。蒙侧：姣（娇）惯处如画。如此亲近，而黛玉之灵心巧性，能不被其缚住，反不是性（情）理。文从宽缓中写来，妙！因问："妹妹可曾读书？"甲侧：自己不读书，却问到人，妙！黛玉道："不曾读，只上了一年学，俞校："一年学"——从戌、己、庚、晋、甲；原"二年学"。些须认得几个字。"宝玉又道："妹妹尊名是那两个字？"俞校："两个字"——从戌、己、庚；原"两字"。黛玉便说了名。宝玉又问表字。黛玉道："无字。"宝玉笑道："我送妹妹一个妙字，莫若'颦颦'二字极妙。"探春便问何出。甲侧：写探春。蒙侧：借问难，说探春，以足后文。宝玉道："《古今人物通考》上说，西方有石名黛，可代画眉之墨。况这林妹妹眉尖若蹙，蒙侧：黛玉泪因宝玉，而宝玉赠曰颦颦，初见时亦（已）定盟矣。用取这两个字，岂不两妙。"探春笑道："只恐又是你的杜撰。"宝玉笑道："除《四书》外杜撰的太多，偏只我是杜撰不成。"甲侧：如此等语，焉得怪彼世人谓之怪？只瞒不过批书者。又问黛玉可也有玉没有，俞校："有玉没有"——从戌、己、庚、晋、甲；原"有玉无有"。甲侧：奇极，怪极，痴极，愚极！焉得怪人目为痴哉？众人不解其语。黛玉便忖度着因他有玉，故问我有也无，甲眉：奇之至，怪之至，又忽将黛玉亦写成一极痴女子，观此初会二人之心，则可知以后之事矣。因答道："我没有那个。想来那玉亦是一件罕物，岂能人人有的。"宝玉听了，登时

会故人宝玉砸通灵　见外亲黛玉始垂泪

发作起痴狂病来，摘下那玉，就狠命摔去，（俞校：“狠命摔去”——从戊、甲；原“狠摔去”。（戊“狠”作“恨”，乃误字。））（甲侧：试问石兄，此一摔，比在青峰（埂）峰下萧然坦卧何如？）骂道：“什么罕物！连人之高低不择，还说通灵不通灵呢！我也不要这劳什子（俞校：“劳什子”——从戊、己、庚、晋、甲；原“劳什古子”。）了！”吓得地下众人一拥争去拾玉。贾母急的搂了宝玉道：“孽障！（甲侧：如闻其声，恨极语，却是疼极语。）你生气，要打骂人容易，何苦摔那命根子！”（甲侧：一字一千斤重。）宝玉满面泪痕，哭道（甲侧：千奇百怪，不写黛玉泣，却反先写宝玉泣。）：“家里姊姊妹妹都没有，（俞校：“都没有”——从戊、己、庚、晋、甲；原“都无有”。）（蒙侧：不是写宝玉狂，下（亦）不是写贾母疼，总是要下种在黛玉心里，则下文写黛玉之近宝玉之由。作者苦心，妙，妙！）单我有，我说没趣。（俞校：“没趣”——从戊、己、庚、晋、甲；原“无趣”。）如今来了这么一个（俞校：“这么一个”——从戊、己；原“一个”。）神仙似的妹妹也没有，（俞校：“也没有”——从戊、己、庚、晋、甲；原“也无有”。）可知这不是个好东西。”（甲眉：“不是冤家不聚头”，第一场也。）贾母忙哄他道：“你这妹妹原有这个来的，因你姑妈去世时，舍不得你妹妹，无法可处，遂将他的玉带了去。一则全殉葬之礼，（俞校：“全殉葬之礼”——从戊、己、庚、晋、甲；原“权当殉葬之礼”。）尽你妹妹的孝心；二则你姑妈之灵，亦可权作见了女儿（俞校：“权作见了女儿”——从戊、己、庚、晋；原“收作常得见女”。）之意。因此他只说没有，（俞校：“只说没有”——从戊、己、庚；原“只说无有”。）这个不便自己夸张之意。（蒙侧：不如此说，则不为姣（娇）养。文灵活之至。）你如今怎比得他，还不好生慎重戴上，仔细你娘知道了。”说着便向丫鬟手中接来，亲与他戴上。宝玉听如此说，想一想，竟大有情理，也就不生别论了。（甲侧：所谓小儿易哄，余则谓“君子可欺以其方”云。）

当下奶娘来请问（俞校：“来请问”——从戊、庚；原“来问”。）黛玉之房舍，贾母便说：“今将宝玉挪出来，同我在套间暖阁儿（俞校：“暖阁儿”——从己、庚；原“暖阁”。）里，把你林姑娘暂安置（俞校：“暂安置”——从戊、己、庚、晋、甲；原“暂安”。）碧纱厨里。（蒙侧：女死，外孙女来，不得不令其近己。移疼女之心疼外孙女者，当然。）等过了残冬，（俞校：“残冬”——从戊、己、庚、晋、甲；原无。）春天再与他们收拾房屋，另作一番安置罢。”宝玉道：“好祖宗，我就在碧纱厨外的床上（甲侧：跳出一小儿。）很妥当，何必又出来，闹的老祖宗不得安静。”贾母想了一想，说“也罢了”。每人一个奶娘并一个丫头照管，（蒙侧：小儿不禁，情事无违。下笔运用有法。）馀者在外间上夜听唤。一面早有熙凤命人送了一顶藕合色（俞校：“藕合色”——从戊、己、庚、甲；原“藕色”。）花帐并几件锦被缎褥之类。黛玉只带了两个人来。一个是自幼（俞校：“自幼”——从戊、己、庚；原“自己”。）奶娘王嬷嬷；（俞校：“王嬷嬷”——从戊、晋；原“王妈妈”。下同。）一个是十岁的小丫头，亦是自幼随身的，名唤雪雁。（甲侧：新雅不落套，是黛玉之文章也。）贾母见雪雁甚小，一团孩气，王嬷嬷又极老，料黛玉皆不遂心省力的，便将自己身边一个二等丫头名唤鹦哥者， 甲眉：妙极！此等名号，方是贾母之文章。最厌近之小说中，不论何处，满纸皆是红娘、小玉、嫣红、香翠等俗字。 与了黛玉。外亦如 俞校："外亦如"——从戊、己、庚；原"外亦"。 迎春等例，每人除自幼乳母外，另有四个教引嬷嬷；除贴身掌管钗钏盥沐两个丫鬟外，另有五六个洒扫房屋来往使唤的小丫头。当下王嬷嬷与鹦哥陪侍黛玉在碧纱厨内；宝玉之乳母李嬷嬷 俞校："李嬷嬷"——从戊、晋；原"李妈妈"。下同。 并大丫鬟名唤袭人者， 甲侧：奇名新名，必有所出。 陪侍在外大床上。原来这袭人亦是贾母之婢，本名珍珠。 蒙侧：袭人之情性，不得不点染明白者，为后日旧（归）案。 蒙戚双：亦是贾母之文章。前鹦哥已伏下一鸳鸯，今珍珠又伏下一琥珀矣，以下乃宝玉之文章。 贾母因溺爱宝玉， 蒙侧：贾母爱孙，锡以善人，此诚为能爱人者，非世俗之爱也。 生恐宝玉之婢无竭力尽忠之人， 俞校："尽忠之人"——从戊、己、庚；原"尽忠之心"。 素喜袭人心地纯良，肯尽职任，遂与了宝玉。宝玉因知他本姓花，又曾见旧人诗句上有"花气袭人"之句，遂回明贾母，即更名袭人。这袭人亦有些痴处， 甲侧：只如此写又好极！最厌近之小说中，满纸"千伶百俐""这妮子亦通文墨"等语。 蒙侧：世人有职任的，能如袭人，则天下幸甚。 伏侍贾母时，心中眼中只有一个贾母；今与了宝玉，心中眼中又只有 俞校："又只有"——从戊、己、庚、晋、甲；原"只有"。 一个宝玉。只因宝玉情性乖僻，每每规谏，宝玉不听，心中着实忧郁。 蒙侧：我读至此，不觉放声大哭。 是晚宝玉、李嬷嬷已睡了，他见里面黛玉和鹦哥犹未安歇，他自在卸了妆，悄悄地进来，笑问："姑娘怎还不安歇？"黛玉忙笑让道："姐姐请坐。"袭人在床沿上坐了。鹦哥笑道："林姑娘正在这里 俞校："在这里"——从戊、己、晋；原"在"。 伤心， 甲侧：可知前批不谬。 自己淌眼抹泪的， 甲侧：黛玉第一次哭，却如此写来。 甲眉：前文反明写宝玉之哭，今却反如此写黛玉，几被作者瞒过。这是第一次算还，不知下剩还该多少？ 说'今儿才来了，就惹出你家哥儿的狂病来。倘或摔坏了那玉，岂不是因我之过'。 甲侧：所谓宝玉知己，全用体贴功夫。 蒙侧：我也心疼，岂独颦颦！ 因此便伤心。我好容易劝好了。"袭人道："姑娘 俞校："姑娘"——从戊、己、庚、晋、甲；原无。 快休如此。将来只怕比这更奇怪的笑话儿还有呢。若为他这种行止，你多心伤感，只怕伤感不了呢。 蒙侧：后百十回黛玉之泪，总不能出此二语。 快别多心。" 蒙侧："月上窗纱人到堦，窗上影儿先进来"，笔未到而竟（境）先到矣。 晋双：应知此非伤感，来还甘露水也。 黛玉道："姐姐们说的，我记着就是了。究竟不知那玉是怎么个来历，上头还有字迹？"袭人道："连一家子也不知来历。听得说落草时从他口里掏出来的， 俞校："掏出来的"——从己；原"掏出"。 蒙侧：天生带来美玉，有现成可穿之眼，岂不可爱，岂不可惜！ 上面有现成的 俞校："有现成的"——从戊；原"有现成"。 穿眼。 甲侧：癞僧幻术亦太奇矣。 让我拿来你看便知。"黛玉忙止道："罢了。此刻夜深了，明日再看不迟。”甲侧：总是体贴，不肯多事。蒙侧：他天生带来的美玉，他自己不爱惜，遇知己替他爱惜，连我看书的人，也着实心疼不了，不觉背人一哭，以谢作者。大家又叙了一回，方才安歇。

次早起来，省过贾母，因往王夫人处来。正值王夫人与熙凤在一处拆金陵来的书信看，又有王夫人之俞校：“又有王夫人之”——从戌、己、庚、晋、甲；原“又王夫人之”。兄嫂处遣了两个媳妇来说话的。黛玉虽不知原委，探春等却都晓得是议论金陵城中所居的薛家姨母之子——姨表兄薛蟠，倚财仗势，俞校：“倚财仗势”——从戌、己、晋、甲；原“倚仗势力”。打死人命，现在应天府案下审理。蒙侧：作者每用牵前摇后之笔。如今母舅王子腾得了信息，故遣人来告诉这边，意欲唤取进京之意。蒙侧：接下文。且听下回分解。

蒙戚回后：补不完的是离恨天，所余之石，岂非离恨石乎？而绛珠之泪偏不因离恨而落，为惜其石而落。可见惜其石必惜其人，其人不自惜，而知己能不千方百计为之惜乎？所以绛珠之泪，至死不干，万苦不怨，所谓“求仁而得仁，又何怨”，悲夫！

第四回
薄命女偏逢薄命郎　葫芦僧乱判葫芦案

蒙戚回前：阴阳交结变无伦，幻境生时即是真。秋月春花谁不见，朝晴暮雨自何因。心肝一点劳牵恋，可意偏长遇喜嗔。我爱世缘随分定，至诚相感作痴人。

请君着眼护官符，把笔悲伤说世途。作者泪痕同我泪，燕山仍旧窦公无。

却说黛玉同姊妹们至王夫人处，见王夫人与兄嫂处的来使俞校：“兄嫂处的来使”——从戊、己、庚、晋、甲；原“兄嫂”。计议家务，又说姨母家遭了人命官司等语。蒙侧：又来一位，宝钗将出现矣。因见王夫人事情冗杂，姊妹们遂出来，至寡嫂李氏房中来了。蒙侧：慢慢度入法。原来这李氏，即贾珠之妻。甲侧：起笔写薛家事，他偏写宫裁，是结黛玉，明李纨本末，又在人意料之外。珠虽夭亡，幸存一子，取名贾兰，今方五岁，已入学攻书。这李氏亦系金陵名宦之女，父名李守中，甲侧：妙！盖云人能以理自守，安得为情所陷哉！曾为国子监祭酒。族中男女无有不诵诗读书者。俞校：“读书者”——从戊、己、庚；原“读书”。甲侧：未出李纨，先伏下李纹、李绮。至守中承继以来，便说女子无才便有德，甲侧：“有”字改得好。蒙侧：确论。故生了李氏，便不十分令其读书，只不过将些《女四书》《列女传》《贤媛集》等三四种书，使他认得几个字，记得前朝几个贤女事迹便罢了，却只以纺绩井臼为要。取名李纨，字宫裁。甲侧：一洗小说窠臼俱尽，且命名字，亦不见红香翠玉恶俗。因此这李纨虽青春丧偶，蒙侧：反有此等文章。且居处于膏粱锦绣之中， 甲侧：此时处此境，最能越理生事，彼竟不然，实罕见者。 竟如槁木死灰一般，一概无闻无见；惟知侍亲养子， 蒙侧：此中不得不有如此又（人），天地覆载，何物不有，而才子手中，亦何物不有！ 外则陪侍小姑等针黹 俞校："针黹"——从戌；原"针东"。下同。 诵读而已。 甲侧：一段叙出李纨，不犯熙凤。 今黛玉虽客寄于此，日有 俞校："日有"——从戌、己、庚、晋；原"终日有"。 这般姑嫂相伴，除老父外，馀者也就无庸虑及 俞校："无庸虑及"——从戌、己、庚；原"毋庸虑及"。 了。 甲侧：仍是从黛玉身上写来，以上了结住黛玉，复找前文。

如今且说贾雨村，因补授了应天府，一下马，就有一件人命官司详至案下， 蒙侧：非雨村难以了结此案。 乃是两家争买一婢，各不相让，以致殴伤人命。彼时雨村即传原告之人来审。那原告道："被殴死者乃小人之主人。因那日买了一个丫头，不想是拐子拐来 俞校："拐来"——从晋；原"所拐来"。 卖的。这拐子先已得了我家的银子，我家小爷原说第三日方是好日子，再接入门。 甲侧：所谓"迟则有变"，往往世人因不经之谈误却大事。 这拐子便又悄悄的 俞校："悄悄的"——从戌、己、庚、晋、甲；原"悄悄"。 卖与薛家，被我们知道了，去找拿卖主，夺取这丫头。无奈薛家原系金陵一霸，倚财仗势， 蒙侧：一派世境，恶习活现。 众豪奴将我小主人 俞校："我小主人"——从己、庚、晋；原"小人的主人"。 竟打死了。凶身主仆已皆逃走，无影无踪， 俞校："无踪"——从戌、己、庚；原"无迹"。 只剩得几个局外之人。小人告了一年的状，竟无人做主。 蒙侧：悲夫！千古世情，不过如此。 望大老爷拘拿凶犯， 俞校："拘拿凶犯"——从庚、晋、甲；原下有"剪恶除凶"。 以救孤寡，死者感戴天地之恩不尽。"雨村听了大怒道 蒙侧：偏能用反跌（叠）法。 ："岂有这样 俞校："岂有这样"——从戌、己、庚；原"岂有此"。 放屁的事。打死人命竟白白走了，再拿不来的。"因发签差公人立刻将凶犯族人拿来拷问，令他们实供藏在何处；一面再动海捕文书。正要发签时，只见案边立着一个 俞校："立着一个"——从戌、己、晋、甲；原"立的一"。 门子，使眼色儿不令他发签。 俞校："不令他发签"——从晋、甲；原下有"之意"。 雨村心下甚为疑怪， 俞校："疑怪"——从戌、己、庚；原"怪异"。 甲侧：原可疑怪，余亦疑怪。 蒙侧：请看见（衍）文字递出第（递）转，闲中皆是要笔。 只得停了手，即时退堂。至密室，使从人皆出，只留门子一人伏侍。这门子忙上前请安，笑问："老爷一向加官进禄，八九年来便忘了我了？" 甲侧：语气傲慢，怪甚！ 蒙侧：似闲语，是要人。 雨村道："却十分面善，只是一时 俞校："只是一时"——从戌、己、庚；原"却一时"。 想不起来。"那门子笑道："老爷真是贵人多忘事，把出身之地竟忘了。 甲侧：刹心语。自招其祸，亦因夸能恃才也。 不记当年葫芦庙里之事了。"雨村听罢，如雷震一惊， 甲侧：余亦一惊，但不知门子何知，尤为怪甚。 方想起往事。原来这门子本是葫芦庙内一个小沙弥，因被火之后，无处安身，欲投别庙去修行，又耐不了清冷景况，因想这件生意倒还轻省热闹，甲侧：新鲜字眼。遂趁年纪蓄了发，俞校："蓄了发"——从戊、己、庚、晋、甲；原"畜了发"。充了门子。甲侧：一路奇奇怪怪调侃世人，总在人意臆之外。雨村那里料得俞校："雨村那里料得"——从戊、庚、晋、甲；原"一时间雨村那里辨得"。是他，便忙携手笑道："原来是故人。"甲侧：妙称！全是假态。又让坐了好谈。甲侧：假极！这门子不敢坐。雨村笑道："贫贱之交不可忘，你我故人也；甲侧：全是奸险小人态度，活现活跳。二则此系私室，蒙侧：如此亲近，其先必有故事。既欲长谈，岂有不坐之理。"俞校："不坐之理"——从戊、己、庚；原"不坐之礼"。这门子听说方告了坐，斜签着俞校："斜签着"——从戊、己、庚、晋、甲；原"斜签"。坐了。雨村便问方才何故不令发签。这门子道："老爷既荣任到俞校："荣任到"——从戊、己、庚；原"荣任"。这一省，难道就没俞校："就没"——从戊、庚、晋、甲；原"没"。抄一张本省的护官符来不成？"甲侧：可对"聚宝盆"，一笑。甲侧：三字从来未见，奇之至！雨村忙问："何为护官符？我竟不知。"甲侧：余亦欲问。门子道："这还了得！连这个不知，怎能做得长远！俞校："长远"——从戊、己、庚；原"常远"。甲侧：骂得爽快！蒙侧：真是警世之言。使我看之，不知要哭要笑。如今凡做地方官者，皆有一个私单，上面写的是本省最有权有势、极富极贵俞校："极富极贵"——从戊、己、庚；原"极贵"。大乡绅的名姓，各省皆然。倘若不知，一时触犯了这样的人家，俞校："这样的人家"——从戊、己、庚、晋、甲；原"这样人家"。不但官爵，只怕俞校："只怕"——从戊、己、庚、晋、甲；原无。连性命还保不成呢。甲侧：可怜可叹，可恨可气，变作一把眼泪也。蒙侧：快论！请问其言是乎，否乎？所以绰号叫做护官符。甲侧：奇甚趣甚，如何想来？方才所说的这薛家，老爷如何惹得他。他这件俞校："他这件"——从庚、晋；原"这一件"。官司并无难断之处，皆因都碍着情分脸面，所以如此。"一面说，一面从顺袋中取出一张抄写的护官符来，递与雨村看时，皆是本地大族名宦之家的俗谚口碑。其口碑排写得俞校："排写得"——从戊、己、庚；原"排写"。明白，下面皆注着始祖官爵并房次，甲侧：忙中闲笔用得好。蒙侧：可怜伊等始祖。石头亦曾俞校："石头亦曾"至"所抄云"——从庚；原"云"。抄写了一张，今据石上所抄云蒙戚双：此等人家，岂必欺霸方始成名耶。总因子弟不肖，招接匪人，一朝生事，则百计营求，父为子隐，群小迎合，虽暂时不沾祸网，而从此放胆，非破家灭族不已。哀哉！：

贾不假，白玉为堂金作马。（宁国荣国二公之后共二十房分，除宁荣亲派八房在都外，现原籍住者十二房。）

阿房宫，三百里，住不下金陵一个史。（保龄侯尚书令史公之后，房分共十八，俞校："共十八"——从戊、晋；原"共二十"。都中现住十房，原籍八房。

俞校："八房"——从戊、晋；原"十房"。）

东海缺少白玉床，龙王来请金陵王。（都太尉统制县伯王公之后，共十二房，都中二房，馀在籍。）

丰年好大雪，俞校："好大雪"——从戊、己、庚、晋、甲；原"大雪"。甲双：隐"薛"字。真珠如土金如铁。（紫薇舍人薛公之后，现领内库帑银行商，共八房。）

雨村犹未看完，甲眉：妙极！若只有此四家，则死板不活，若再有两家，又觉累赘，故如此断法。忽闻传点，人报王老爷来拜。雨村听说，忙具衣冠出去迎接，有顿饭工夫方回来细问。甲侧：横云断岭法，是板定大章法。这门子道："这四家俞校："这四家"——从戊、己、庚、晋、甲；原"四家"。皆连络有亲，蒙侧：此四家不相为结亲，则无门当户对者，亦理势之必然。既结亲之后，岂不照应，又人情之不可无。一损皆损，一荣俱荣，扶持遮饰皆有照应的。甲侧：早为下半部伏根。才告打死人之薛，就系'丰年大雪'之'薛'也。不单靠这三家，他的世交亲友俞校："世交亲友"——从戊、己、庚、晋、甲；原"世友亲戚"。在都在外者，本亦不少。俞校："本亦不少"——从戊、己、庚、晋、甲；原"本自不少"。老爷如今拿谁去？"雨村听如此说，便笑问道："据你这样说来，却怎么了结此案？你大约也深知这凶犯躲去的方向了。"门子笑道："不瞒老爷说，不但凶犯逃躲的方向我知道，俞校："我知道"——从戊、己、庚、晋、甲；原"我已知道"。并这拐卖之人我也知道，甲侧：斯何人也！死鬼买主也深知道，蒙侧：放胆一说，毫无避忌。世态人情，被门子惨（参）透了。待我细细说与老爷听：这个被打之人乃是本地一个小乡宦之子，名唤冯渊，甲侧：真真是冤孽相逢。自幼父母早亡，又无兄弟，只他一个守着些薄产过日。蒙侧：我为幼而失父母者一哭。长到十八九岁上，酷爱男风，不喜女色。甲侧：最厌女子，仍为女子丧生，是何等大笔！不是写冯渊，正是写英莲。这也是前生冤孽，可巧的遇见这拐子卖丫头，甲侧：善善恶恶，多从可巧而来，可畏可怕。他便一眼看上了这丫头，定要买来做妾，立誓再不交结男子，甲侧：谚云：人若改常，非病即亡。信有之乎？也再不娶第二个了，甲侧：虚写一个情种。蒙侧：也是幻中情魔。所以郑重其事，必待俞校："郑重其事，必待"——从晋、甲；原无。三日后方过门。谁知道这拐子又偷卖与俞校："卖与"——从庚、晋、甲；原"卖与了"。薛家，蒙侧：一定情即了结，请问是幻不是？点醒"幻"字，人皆不醒。我今日看了，批了，仍也是不醒。他意欲卷了两家的银子，再逃往他乡去，谁知又不曾走脱，两家拿住，打了个臭死，都不肯收银，只要领人。那薛家公子岂肯让人的，便喝着手下人一打，将冯公子俞校："将冯公子"——从戊、己、庚、晋、甲；原"把个冯公子"。打了个稀烂，蒙侧：有情反是无情。抬回家去三日死了。这薛

薄命女偏逢薄命郎　葫芦僧乱判葫芦案

公子原是早已择定日子上京去的，头起身两日前，俞校："两日前"——从戊、己、庚；原"二日前"。偶然见了这丫头，意欲买了俞校："意欲买了"——从戊、己、庚；原"欲买了"。就进京的，谁知闹出事来。既打了冯公子，夺了丫头，他便没事人一般，只管带了家眷走他的路。他这里自有弟兄奴仆俞校："弟兄奴仆"——从己、庚；原"兄弟奴仆"。在此料理，并非俞校："并非"——从己、庚、甲；原"并不"。为此些微小事值得他一逃。甲侧：妙极！人命视为些些小事，总是刻画阿呆耳。这且别说。老爷你道这被卖的丫头是谁？"甲侧：问得又怪。雨村道俞校："雨村道"——从戊、己、庚、晋、甲；原"雨村笑道"。："我如何得知！"门子冷笑道："这人算来还是老爷的俞校："老爷的"——从戊、己、庚、晋、甲；原"老爷"。大恩人呢！蒙侧：当心一脚！请看后文，并无蹴动。他就是葫芦庙旁住的甄老爷的女儿，小名英莲的。"甲侧：至此一醒。雨村骇然道："原来就是他！闻得养至五岁被人拐去，蒙侧："闻得"只说一曾（层），并无言及要娇杏自道子（之）语。非作者忘怀，欲写世态，故作幻笔。却如今才来卖呢？"门子道："这种拐子单管偷拐五六岁的儿女，养在一个僻静之处，到十一二岁时，度其容貌，带至他乡转卖。当日他这英莲，我们天天哄他顽耍。虽隔了七八年，如今十二三岁的光景，其模样虽然出脱得齐整，然大概自是不改，熟人易认；况他眉心中原有米粒大的一点胭脂痣，俞校："胭脂痣"——从戊、己、晋、甲；原"胭脂瘢"。甲侧：宝钗之热，黛玉之怯，悉从胎中带来。今英莲有痣，其人可知矣。从胎里带来的，所以我却认得。偏生这拐子又租了我的房舍居住。戚双：作者要说容貌势力，要说情，要说幻，又要说小人之居心，豪强之托大，了结前文旧案，铺设后文根基，点明英莲，收叙宝钗等项诸事，只借先之沙弥，今日门子之口，层层叙来。真是大悲菩萨，千手千眼一时转动，毫无遗露（漏）。可见具大光明者，故无难事，诚然。那日拐子不在家，我也曾问他。他是被拐子打怕了的，甲侧：可怜！万不敢说，蒙侧：世家子女至此。可想见其先世亦必有如薛公子者。只说拐子是他亲爹，俞校："亲爹"——从戊、庚、晋、甲；原"亲爷"。因无钱偿债故卖他。我又哄之再四，他又哭了，只说：'我不记得俞校："只说：我不记得"——从己、庚；原"说我原不记得"。小时之事。'蒙侧：写其心机，总为后文。这可无疑了。那日冯公子相看了，兑了银子，拐子醉了。他自己叹道：'我今日罪孽可满了。'蒙侧：天下英雄，失足匪人，偶得机会可以跳出者，与英莲同声一哭。后听得冯公子三日后俞校："三日后"——从戊、己、晋；原"三日"。才令过门，他又转有俞校："又转有"——从戊、己、庚、晋、甲；原"反转有"。忧愁之态。我又不忍其形景，等拐子出去，命内人解释他：'这冯公子必待好日期来接，可知必不以丫鬟相看。况他是绝风流之人品，家里又过得，素昔又最厌恶俞校："又最厌恶"——从庚、晋、甲；原"最又厌恶"。堂客，今竟破价买你，后事不言可知。只耐得三两日，俞校："三两日"——从戊、己、庚、晋、甲；原"两三日"。蒙侧：良人者所望而终身也。何必忧闷。'他听如此说，方才略解些，自为俞校：“自为”——从戊、己；原“自以为”。从此得所。谁料天下竟有这等不如意事，甲侧：可怜，真可怜！一篇《薄命赋》，特出英莲。蒙侧：天下同患难者同来一哭。靖眉：批书亲见。一篇《薄命赋》，特出英莲。第二日他偏又卖与薛家了。若卖与第二个人还好，这薛公子的混名俞校：“的混名”——从戊、己、庚、晋、甲；原“浑名”。人称‘呆霸王’，最是天下第一个弄性尚气的人，俞校：“第一个弄性尚气的人”——从戊、己、庚、晋、甲；原“头一个爱弄性的”。且使钱如土，甲侧：世路难行钱作马。蒙侧：使钱如土，方能称霸王。遂打了个俞校：“遂打了个”——从戊、己、庚、晋；原“打了个”。落花流水，生拖死拽，把个英莲拖去，如今也不知死活。甲侧：为英莲留后步。这冯公子空喜一场，一念未遂，反花了钱，送了命，俞校：“花了钱，送了命”——从戊、己、庚、晋、甲；原“花了性命”。岂不可叹。”甲眉：又一首《薄命叹》。英、冯二人一段小悲欢幻景，从葫芦僧口中补出，省却闲文之法也。所谓“美中不足，好事多魔”，先用冯渊作一开路之人。雨村听了，叹道：“这也是他们的俞校：“他们的”——从戊、己、庚、晋、甲；原“他们”。孽障遭遇，亦非偶然。不然这冯渊如何偏只看准了这英莲。俞校：“这英莲”——从戊、晋、甲；原无。这英莲受了拐子这几年折磨俞校：“这几年折磨”——从戊、己、庚、晋、甲；原“数年折磨”。才得了个头路，俞校：“得了个头路”——从戊、己、庚、晋、甲；原“得个头路”。且又是多情的，若能聚合了，倒是一件美事，偏又生出这段事来。蒙侧：冯渊之事之人，是英莲之幼（幻）景中之痴情人。薛家纵比冯家有钱，想其为人，自然姬妾众多，淫佚无度，俞校：“淫佚无度”——从戊、己、庚、晋、甲；原无。未必及冯渊之定情于一人。这正是梦幻情缘，蒙侧：点明白了，直入本题。恰遇一对薄命儿女。甲眉：使雨村一评，方补足上半回之题目。所谓此书有繁处愈繁，省中愈省；又有不怕繁中繁，只有繁中虚；不畏省中省，只要省中实。此则省中实也。且不要议论他，只目今这官司，如何判断才好？”门子笑道：“老爷当年何其明决，俞校：“明决”——从戊、己、庚、晋、甲；原“明”。今日何翻成了个没主意的人了！蒙侧：利欲熏心，必致如此。小的闻道老爷补升此任，亦系贾府、王府之力。此薛蟠即贾府之亲，老爷何不顺水行舟，作个整人情，将此案了结，日后也好见贾王二公的面。”雨村道：“你说的何尝不是。甲侧：可发一长叹。这一句，已见奸雄全是假。但事关人命，蒙皇上俞校：“蒙皇上”——从戊、己、庚、晋、甲；原“况皇上”。隆恩起复委用，甲侧：奸雄。实是重生再造，正当殚心竭力图报之时，甲侧：奸雄。岂可因私而废法，甲侧：奸雄。蒙侧：良明不昧势难当。是我实不能忍为者。”甲侧：全是假。门子听了，俞校：“门子听了”——从戊、己、庚、晋、甲；原“门子”。冷笑道：“老爷说的何尝不是，但只如今世上是行不去的。岂不闻古人云：大丈夫相时而动。蒙侧：误尽多少苍生。又曰：趋吉避凶者为君子。甲侧：近时错会书意者，多多如此。依老爷这一说，不但不能报效朝廷，亦且自身不保，还要三思为妥。”蒙侧：说了来也是一团道理。雨村低了半日头，甲侧：奸雄欺人。方说道：“依你怎么样？”门子道：“小人已想了一个极好的俞校：“极好的”——从戊、己、庚、晋；原“极好”。主意在此：老爷明日坐堂，只管虚张声势，动文书，发签拿人，原凶是自然拿不来的。原告固是定要，俞校：“固是定要”——从戊、己、庚、晋；原“因是自然要”。自然将俞校：“自然将”——从戊、己、晋、甲；原“自然要将”。薛家族中及奴仆人等俞校：“奴仆人等”——从戊、己、庚、晋、甲；原“家人”。拿几个来拷问。小的在暗中调停，令他们报个‘暴病身亡’，合族及地方上共递一张保呈。老爷只说善能扶鸾请仙，堂上设了乩坛，令军民人等只管来看。乩仙批了俞校：“乩仙批了”——从戊、庚；原上有“老爷就说”。：死者冯渊与薛蟠原因夙孽相逢，今狭路既遇，原应了结；薛蟠今已俞校：“薛蟠今已”——从戊、己、庚、晋；原“今已”。得无名之病，甲侧：“无名之症”却是病之名，而反曰“无”，妙极！被冯渊魂追索已死；俞校：“追索已死”——从戊、己、庚；原“已追索去了”。其祸皆由拐子某人而起；所拐之人原系俞校：“原系”——从戊、己、庚；原“系”。某乡某姓人氏；俞校：“人氏”——从戊、己、庚；原“氏”。按例处治，馀不累及等语。小人暗中嘱托拐子，令其实招。众人见乩仙批语与拐子相符，馀者自然也不虚了。薛家有的是钱，老爷断一千也得，五百也得，与冯渊作烧埋之费，那冯家也就无甚紧要的人，不过为的是钱，见有了这银子，想来也就无话了。俞校：“想来也就无话了”——从庚；原“想也就无话说了”。老爷想想，此计如何？”雨村笑道：“不妥，不妥。甲侧：奸雄欺人。等我再斟酌斟酌，俞校：“斟酌斟酌”——从戊、己、庚、晋、甲；原“斟酌”。或可压伏口声。”蒙侧：一张口就是了结，[何]其腐臭！以再斟酌收结，真是不凡之笔。二人计议，天色已晚，别无甚话。至次日坐堂勾取一应有名人犯，俞校：“有名人犯”——从戊、己、庚、晋、甲；原“有名姓人犯”。雨村详加审问。果见冯家人口稀疏，不过赖此欲多得些烧埋之费；薛家仗势倚情，偏不相让，故致颠倒未决。俞校：“故致颠倒未决”——从戊、己、庚、晋、甲；原“故此颠倒”。甲侧：因此三四语收住，极妙！此则重重写来，轻轻抹去也。雨村便徇情枉法，胡乱俞校：“胡乱”——从戊、己、庚、晋、甲；原“乱”。判断了此案。甲侧：实注一笔，更好。不过是如此等事，又何用细写。可谓此书不敢干涉廊庙者，即此等处也，莫谓写之不到。盖作者立意写闺阁尚不暇，何能又及此等哉！冯家得了许多烧埋银子，也就无甚话说了。甲眉：盖宝钗一家，不得不细写者。若另起头绪，则文字死板，故仍只借雨村一人，穿插出阿呆兄人命一事，且又带叙出英莲一向之行踪，并以后之归结，是以故意戏用“葫芦僧乱判”等字样，撰成半回，略一解颐，略一叹世，盖非有意讥刺仕途，实亦出人之闲文耳。甲眉：又注冯家一笔，更妥。可见冯家正不为人命，实赖此获利耳。故用“乱判”二字为题，虽曰不涉世事，或亦有微辞耳。但其意实欲出宝钗，不得不做此穿插，故云此等皆非《石头记》之正文。雨村断了此案，俞校：“断了此案”——从己、庚；原“既判了此案”。疾忙作书信俞校：“书信”——从戊、己、庚；原“书”。二封与贾政并京营节度使俞校：“京营节度使”——从戊、己、庚、晋、甲；原无。王子腾，甲侧：随笔带出王家。不过说“令甥之事已完，不必过虑”等语。俞校：“等语”——从戊、己、庚；原无。此事皆由葫芦庙内俞校：“葫芦庙内”——从晋、甲；原“葫芦庙内之”。沙弥新门子所出，雨村又恐他对人俞校：“又恐他对人”——从戊、己、庚、晋、甲；原“诚恐他”。说出当日贫贱时俞校：“贫贱时”——从戊、己、庚；原“贫贱”。的事来，因此心中大不乐意。

俞校:“大不乐意”——从庚、晋、甲;原“大不乐”。 甲侧:瞧他写雨村如此,可知雨村终不是大英雄。 后来到底寻了个不是,远远充发了他才罢。 甲侧:至此了结葫芦庙文字。 甲侧:又伏下千里伏线。 甲侧:起用“葫芦”字样,收用“葫芦”字样,盖云一部书皆系葫芦提之意也,此亦系寓意处。 蒙侧:口如悬河者,当于出言时小心。

靖眉:了结文字,伏下千里线。“葫芦”字样起,盖一部书皆系葫芦提之意也。知乎?

当下言不着 俞校:“言不着”——从戊、己、庚、晋、甲;原“且不说”。 雨村。且说那买了英莲、打死冯渊的薛公子, 甲侧:本是立意写此,却不肯特起头绪,故意设出“乱判”一段戏文其中穿插,至此却淡淡写来。 亦系金陵人氏,本是书香继世之家。 蒙侧:为书香人家一叹! 只是如今这薛公子幼年丧父,寡母又怜他是个独根孤种,未免溺爱纵容, 蒙侧:爱(受)病处。富而且孤,自多溺爱。孟母三边(迁),故难再见。 遂至老大无成。且家中有百万之富,现领着内帑钱粮,采办杂料。这薛公子学名薛蟠,表字文起,从五六岁时就是性情奢侈,言语傲慢。 俞校:“傲慢”——从戊、晋、甲;原“放傲”。 虽也上过学,不过略识几个字儿, 甲侧:这句加于老兄,却是实写。 终日惟有斗鸡走马, 俞校:“走马”——从戊、己、庚、晋、甲;原“走狗”。 游山玩水而已。虽是皇商,一应经纪世事全然不知,尽赖祖父旧日情分,户部挂了虚名,支领钱粮,其馀事体自有伙计 俞校:“伙计”——从戊、己、庚、晋、甲;原“旧伙计”。 老家人等措办。寡母王氏乃现任京营节度使王子腾之妹,与荣国府贾政的夫人王氏是一母所生的姊妹,今年方四十上下, 俞校:“四十上下”——从晋、甲;原“四十上下年纪”。 只有薛蟠一子。 蒙侧:非母溺爱,非家道殷实,非节度,荣国之至亲,则不能到如此强霸。富贵者其思之。 还有一女比薛蟠小两岁,乳名宝钗,生得肌骨 俞校:“肌骨”——从戊、己、庚、晋、甲;原“肌肤”。 莹润,举止娴雅。 甲侧:写宝钗只如此,更妙! 当日有他父亲,酷爱此女, 俞校:“有他父亲,酷爱此女”——从己、庚;原“父亲在日”。 令其读书识字,较之乃兄竟高过十倍。 俞校:“高过十倍”——从戊、己、庚;原“高超十倍”。 甲侧:又只如此写来,更妙! 自父亲死后, 俞校:“父亲死后”——从戊、己、庚、晋、甲;原“父死后”。 见哥哥不能依贴母怀,他便不以书字为事,只留心针黹家计 俞校:“家计”至“分忧解劳”——从戊、己、庚、晋;原无。 等事,好为母亲分忧解劳。近因今上崇诗尚礼,征采才能,降不世出之 俞校:“不世出之”——从戊、己、庚;原“不世出”。 隆恩,除选聘妃嫔外,凡世宦名家 俞校:“凡世宦名家”——从戊;原“世宦名家”。 之女皆亲名达部,以备选为 俞校:“选为”——从己、庚;原“挑选择为”。 公主郡主入学陪侍, 俞校:“入学陪侍”——从戊、己、庚、晋;原“之入学陪侍”。 充为才人赞善之职。 甲侧:一段称功颂德,千古小说中所无。 二则自薛蟠父亲 俞校:“薛蟠父亲”——从戊、己、庚、晋;原“薛翁”。 死后,各省中所有的 俞校:“所有的”——从戊、己、庚、晋;原“所有”。 买卖承局总管伙计人等,见薛蟠年轻不谙世事, 蒙侧:我为创家立业者一哭! 便趁时拐骗起来,京都中几处生意渐亦消耗。 蒙侧:有制人,无制法。 薛蟠素闻得都中乃第一繁华之地,正思一游,便趁此机会,一为送妹待选，二为望亲，三因亲自入都销算旧账，再计新支，其实则为游览上国风光之意。因此早已打点下行装细软以及馈送亲友各色土物人情等类，俞校："等类"——从戊、己、庚、晋、甲；原"等物"。正择日俞校："正择日"——从戊、己、庚、晋、甲；原"择日"。一定起身，不想偏遇见那拐子重卖俞校："重卖"——从戊、己、庚；原"卖"。英莲，见他生得不俗，甲侧：阿呆兄亦知不俗，英莲人品可知矣。立意买了。又遇冯家来夺人，因恃强喝令手下豪奴将冯渊打死。他便将家中事务嘱托族人并几个老家人，他便带了母亲妹子竟自起身长行去了。俞校："长行去了"——从戊、己、庚、晋、甲；原"长行去讫"。蒙侧：破销不顾业已之事，业已如此，到是走的妙。人命官司，他竟视为儿戏，自为俞校："自为"——从戊、己、庚；原"以为"；晋、甲"自谓"。花上几个臭钱，无有不了的。甲侧：是极！人谓薛蟠为呆，余则谓是大彻悟。在路不计其日。甲侧：更妙！必云程限则又有落套，岂暇又记路程单哉！那日已将入都时，忽闻得母舅王子腾升了九省统制，奉旨出都查边。蒙侧：天下之母舅，再无不教外甥以正途者。必使其升任出京，亦是留下文地步。薛蟠心中暗喜道："我正想进京去，有个嫡亲母舅管辖，不能任意挥霍。如今却好升出去了，可知天从人愿。"甲侧：写尽五陵心意。蒙侧：写不肖子弟如画。因和母亲商议道："咱们京中虽有几处房舍，只是这十来年无人进京居住，那看守的人俞校："看守的人"——从戊、己、庚、晋、甲；原"守看的人"。也难定他们不租赁与人，须得先着人去打扫收拾才好。"他母亲道："何必如此招摇。咱们这一进京，原该先拜亲友，或是在你舅舅家，甲侧：陪笔。或在你姨爹俞校："姨爹"——从戊、己、庚、晋、甲；原"姨娘"。下同。家。甲侧：正笔。他两家俞校："他两家"——从戊、己、庚、晋、甲；原"他们家"。的房舍极是便宜，咱们先能着住下，俞校："能着住下"——从戊、己、庚；原"去寄住"。再慢慢的着人去收拾，岂不消停些。"俞校："消停些"——从戊、己、庚、晋、甲；原"消停"。薛蟠道："如今舅舅正升了外省去，俞校："外省去"——从戊、己、庚、晋、甲；原"外省去了"。家里自然忙乱起身，蒙侧：好游荡不要管束的子弟，每惯会说此等语。咱们这工夫一窝一拖的俞校："一窝一拖的"——从戊、庚、甲；原"反一窝一块的"。奔了去，岂不没眼色些。"他母亲道："你舅舅俞校："你舅舅"——从晋、甲；原"你舅舅家"。虽升了去，还有你姨爹家。况这几年来，他们常常捎书俞校："捎书"——从己、庚、晋；原"稍书"。来要咱们进京。如今既来了，你舅舅虽忙着起身，你贾家姨娘未必不苦留我们。俞校："未必不苦留我们"——从戊、己、庚、晋、甲；原"家，自必苦留"。咱们且忙忙收拾房屋，岂不使人见怪。甲侧：闲语中补出许多前文，此画家之云罩峰尖法也。你的意思，我也知道，甲侧：知子莫如父。守着舅舅姨爹处住着，未免拘紧了你，俞校："拘紧了你"——从戊、己、庚、晋、甲；原"拘束"。蒙侧：用为子[弟]不得放荡一逼，再收入本意。不如你各自住着，好任意俞校："好任意"——从戊、己、庚、晋、甲；原"任意"。施为。甲侧：寡母孤儿一段，写得毕肖毕真。靖侧：寡母孤儿，逼肖！逼真！既然如此，你自去挑所宅子 俞校："宅子"——从戊、己、庚、晋、甲；原"房子"。 去住。我和你姨娘，姊妹们别了这几年，却要厮守几日，我带了你妹妹投你姨娘家去。你道好不好？" 甲侧：薛母亦善训子。 薛蟠见母亲如此说，情知扭不过的， 俞校："扭不过的"——从戊、己、庚、晋；原"扭不过"。 蒙侧：情理如真。 只得吩咐人夫，一路奔荣国府来。

那时王夫人已知薛蟠官司一事，亏贾雨村就中维持了结，才放了心。又见哥哥升了边缺，正愁少了 俞校："少了"——从晋、甲；原"又少了"。 娘家的 俞校："娘家的"——从己、庚、晋、甲；原"娘家"。 亲戚来往， 甲侧：大家尚义，人情大都[如]是也。 略加寂寞。过了几日，忽家人传报："姨太太带了哥儿姐儿合家进京，正在门外 俞校："正在门外"——从戊、庚；原"在外"。 下车。" 蒙侧：开留住之根。 喜的王夫人忙带了女媳人等，接出大厅，将薛姨妈 俞校："薛姨妈"——从戊、己、庚；原"薛姨"。 等接了进来。姊妹们暮年相见，自不必说悲喜交集，泣笑 俞校："泣笑"——从戊、己、庚；原"泣笑并见"。 叙阔一番。忙又引了拜见 俞校："忙又引了拜见"——从戊、己、庚；原"又引见了"。 贾母，将人情土物各种酬献了。合家俱厮见过。又治席 俞校："又治席"——从庚、晋、甲；原"忙又治席"。 接风。薛蟠已拜见过 俞校："拜见过"——从戊、己、庚、晋；原"见过"。 贾政，贾琏又引着拜见了贾赦、贾珍等。贾政便使人上来对王夫人说 俞校："对王夫人说"——从戊、己、庚、晋、甲；原"说"。："姨太太已有了春秋， 俞校："已有了春秋"——从己、庚、晋、甲；原"有春秋"。 外甥年轻，不知世路，在外住着， 俞校："在外住着"——从戊、己、庚、晋；原无。 恐有人生事。 俞校："有人生事"——从戊、己、庚；原"有人引诱生事"。 咱们东北角上梨香院 甲侧：好香色。 一所十来间，白空闲着， 俞校："空闲着"——从己、庚、晋、甲；原"空着"。 打扫了，请姨太太和哥儿 俞校："哥儿"——从戊、己；原"哥"。 姐儿住了甚好。" 甲眉：用政老一段，不但王夫人得体，且薛母亦免靠亲之嫌。 王夫人未及留，贾母也就遣人 俞校："也就遣人"——从戊、己、庚、晋、甲；原"也遣人"。 来说"请姨太太就在这里住下，大家亲密些"等语。 甲侧：老太君口气，得情。偏不写王夫人留，方不死板。 薛姨妈正欲同居一处，方可拘紧些 俞校："拘紧些"——从戊、己、庚；原"拘束些"。 儿子。若另住在外，又恐 俞校："又恐"——从戊、己、庚；原"恐他"。 纵性惹祸。遂忙道谢 俞校："忙道谢"——从戊、己、庚、晋、甲；原"连忙道谢"。 应允。 蒙侧：父母为子弟处每每如此。 又私与王夫人说明， 俞校："说明"——从戊、己、庚、晋、甲；原"说"。 一应日费供给一概免却，方是处常之法。 甲侧：作者题清，犹恐看官误认今之靠亲投友者一例。 蒙侧：补足。真是一丝不漏。 王夫人知他家不难于此，遂亦从其愿。自此后薛家母子就在梨香院中住了。原来这梨香院，乃当日荣公暮年养静之所，小小巧巧，约有十馀间房舍，前厅后舍俱全。另有一门通街，薛蟠家人就走此门出入。西南又有一角门，通一夹道，出了夹道，便是王夫人正房的东院了。每日或饭后，或晚间，薛姨妈便过来，或与贾母闲谈，或和王夫人相叙。宝钗日与黛玉、迎春姊妹等一处，甲眉：金玉如（初）见，却如此写，虚虚实实，总不相犯。或看书着棋，俞校："着棋"——从戊；原"下棋"。下同。或做针黹，倒也十分乐业。甲侧：这一句衬出后文黛玉之不能乐业，细甚，妙甚！只是薛蟠起初之心，原不欲在贾宅居住者，俞校："居住者"——从戊、己、庚；原"居住"。生恐姨父管约的紧，俞校："管约的紧"——原、戊"管约拘紧"；庚"管的紧约"。今改"管约的紧"。料必不自在的；俞校："不自在的"——从戊、己、庚；原"不得自在的"。无奈母亲执意在此，且贾宅中又十分殷勤苦留，只得暂且住下，俞校："住下"——从戊、己、庚、晋、甲；原"居下"。一面使人打扫出自家的房屋，再作移居之计。甲侧：交代结构，曲曲折折，笔墨尽矣。谁知自来此间，住了不上一月俞校："一月"——从戊、己、庚、晋；原"半个月"。的日期，贾宅族中凡有的子侄俱已认熟了俞校："认熟了"——从戊、己、庚、晋、甲；原"认熟"。一半，但是那些纨袴气习者，莫不喜与他来往。今日会酒，明日观花，甚至聚赌嫖娼，蒙侧：膏梁（粱）子弟每习成的风化，处[处]皆然，诚为可叹。渐渐无所不至，引诱的薛蟠比当日更坏了十倍。甲侧：虽说为纨绔设鉴，其意原只罪贾宅，故用此等句法写来。虽说贾政训子有方，治家有法，甲侧：八字特洗出政老来，又是作者隐意。一则族大人多照管不到这些；二则现在族长乃是贾珍，彼系宁府长孙，又现袭职，凡族中事俞校："族中事"——从己、庚、晋、甲；原"族中大小事体"。自有他掌管；三则公私冗杂，且素性潇洒，不以俗务为要，每公暇之时，俞校："公暇之时"——从己、庚、晋、甲；原"公暇之馀"。不过看书着棋而已，戚双：其用笔墨何等灵活，能足前摇后，即境生文，真到不期然而然，所谓水到渠成，不劳着力者也。馀事多不介意；况梨香院相隔两层房子，又有街门俞校："又有街门"——从己、庚、晋、甲；原"又另有街门"。别开，任意可以俞校："任意可以"——从己、庚、晋、甲；原"可以"。出入，蒙侧：既无（为）作姨父的开一条生路。若无此段，则姨父非木偶即不仁，则不成为姨父矣。所以这些子弟们竟可以放意畅怀的闹，俞校："畅怀的闹"——从己；原"畅怀行事"。因此把薛蟠移居之念渐渐打灭了。俞校："打灭了"——从己、庚、晋；原"消灭了"。要知端的，且听下回分解。

戚回后：看他写一宝钗之来，先以英莲事逼其进京，及以舅氏官出，惟姨可倚，辗转相逼来，且加以世态人情隐跃其间，如人饮醇酒，不期然而已醉矣。

第五回
游幻境指迷十二钗　饮仙醪曲演红楼梦

戚回前：万种豪华原是幻，何尝造孽，何是风流？曲终人散有谁留，为甚营求，只爱蝇头！一番遭遇几多愁，点水根由，泉涌难酬！

题曰：

春困葳蕤拥绣衾，恍随仙子别红尘。
问谁幻入华胥境，千古风流造孽人。

第四回中既将薛家母子在荣国府中寄居等事略已表明，此回则暂不能写矣。甲侧：此等处实又非别部小说之熟套起法。如今且说林黛玉，甲眉：不叙宝钗，反仍叙黛玉，盖前回只不过欲出宝钗，非实写之文耳，此回若仍续写，则将二玉高搁矣，故急转笔仍归至黛玉，使荣府正文方不至于冷落也。甲眉：今写黛玉，神妙之至，何也？因写黛玉实是写宝钗，非真有意去写黛玉，几乎又被作者瞒过。自在荣府以来，贾母万般怜爱，寝食起居一如宝玉，甲侧：妙极！所谓一击两鸣法，宝玉身分可知。迎春、探春、惜春三个亲孙女倒且靠后。甲侧：此句写贾母。便是宝玉和黛玉二人之亲密友爱处，亦自较别个不同，甲侧：此句妙，细思有多少文章。日则同行同坐，夜则同息同止，真是言和意顺，俞校："言和意顺"——从戌、己、庚、晋、甲；原"言合意顺"。略无参商。不想如今忽来了一个薛宝钗，甲侧：总是奇峻之笔，写来健跋，似新出一人耳。甲眉：此处如此写宝钗，前回中略不一写，可知前回迥非十二钗之正文也。甲眉：欲出宝钗，便不肯从宝钗身上写来，却先款款叙出二玉，陡然转出宝钗，三人方可鼎立。行文之法又一变体。年纪虽大不多，然品格端方，容貌丰美，人多谓黛玉所不及；俞校：“黛玉所不及”——原下有“想世人目中各有所取也。按黛玉宝钗二人一如娇花，一如纤柳，各极其妙，此乃世人性分甘苦不同之故耳”。此段戌为夹评，其上多“此句定评”四字；己、庚、晋、甲俱无；今删去。而且宝钗行为豁达，随分从时，俞校：“从时”——从戌、己、庚、晋、甲；原“随时”。不比黛玉孤高自许，目无下尘，俞校：“目无下尘”——从戌、己、庚、晋、甲；原“目下无人”。甲侧：将两个行止摄总一写，实是难写，亦实系千部小说中未敢说写者。故比黛玉大得下人之心。便是那些小丫头们，亦多喜与宝钗去顽。俞校：“去顽”——从庚；原“去顽笑”。因此黛玉心中便有些悒郁不忿之意，甲侧：此一句，是今古才人同病，如人人皆如我黛玉之为人，方许他妒。此是黛玉缺处。宝钗却浑然不觉。甲侧：这还是天性，后文中则是又加学力了。那宝玉亦在孩提之间，况自天性所秉来的一片愚拙偏僻，俞校：“偏僻”——从戌、庚、晋、甲；原“偏僻”。甲侧：四字是极不好，却是极妙。只不要被作者瞒过。视姊妹弟兄皆出一意，并无亲疏远近之别。甲侧：如此反谓愚痴，正从世人意中写也。其中因与黛玉同随贾母俞校：“同随贾母”——从戌、己、庚；原“同贾母”。一处坐卧，故略比俞校：“略比”——从晋、甲；原“略与”。别个姊妹熟惯些；既熟惯，则更觉亲密；既亲密，则不免一时有求全之毁、不虞之隙。甲侧：八字定评，有趣。不独黛玉宝玉二人，亦可为古今天下亲密人当头一喝。甲眉：八字为二玉一生文字之纲。这日俞校：“这日”——从戌、己、庚、晋、甲；原“这一日”。不知为何，他二人言语俞校：“言语”——从戌、己、庚、晋、甲；原“语言”。有些不合起来。黛玉又气的独在房中垂泪。甲侧：“又”字妙极！补出近日无限垂泪之事矣，此仍淡淡写来，使后文来得不突然。宝玉又自悔言语冒撞，甲侧：“又”字妙极！凡用二“又”字，如双峰对峙，总补二玉正文。前去俯就，那黛玉方渐渐的回转来。

因东边宁府中花园内梅花盛开，甲侧：元春消息动矣。贾珍之妻尤氏乃治酒请贾母、邢夫人、王夫人等赏花。是日先携了贾蓉夫妻二人来面请。贾母等于早饭后过来，就在会芳园游玩，甲侧：随笔带出，妙！字义可思。先茶后酒，不过皆是宁荣二府女眷家宴小集，并无别样新文趣事可记。甲侧：这是第一家宴，偏如此草草写。此如晋人倒食甘蔗，渐入佳境一样。一时，宝玉倦怠，欲睡中觉。贾母命人好生哄着，歇息一回再来。贾蓉之妻秦氏便忙笑回道：“我们这里有给宝叔收拾下的屋子，老祖宗放心，只管交与我就是了。”又向宝玉的奶娘丫鬟等道：“嬷嬷姐姐们，请宝叔随我这里来。”贾母素知秦氏是个极妥当的人，甲侧：借贾母心中定评。生得袅娜纤巧，行事又温柔和平，乃重孙媳俞校：“重孙媳”——从戌、己、晋、甲；原“众孙媳”。中第一个得意之人，见他去安置宝玉自是安稳的。甲侧：又夹写出秦氏来。

当下秦氏引了一簇人来至上房内间，宝玉抬头，先看见一幅画贴在上面，画的人物甚好，其故事乃是《燃藜图》，也不看系何人所画，心中便有些不快。甲眉：如此画联，焉能入梦？又有一副对联，写的是：

世事洞明皆学问，人情练达即文章。甲双：看此联极俗，用于此则极妙。盖作者正因古今王孙公子，劈头先下金针。

及看了这两句，纵然室宇精美，铺陈华丽，亦断断不肯在这里了，俞校：“在这里了”——从戊、己、庚、晋、甲；原“在这里”。忙说道：“出去，出去。”秦氏听了笑道：“这里还不好，可往那边俞校：“可往那边”——从戊、己、庚；原“要往那里”。去呢？不然，往我屋里去罢。”宝玉点头微笑。有一个俞校：“有一个”——从庚；原“一”。嬷嬷说道：“那里有个俞校：“那里有个”——从戊、晋、甲；原“那里有”。叔叔往侄儿房里俞校：“房里”——从戊、己、庚、晋；原“屋里”。睡觉的礼！”俞校：“的礼”——从戊；原“的道理”。秦氏笑道：“嗳哟哟，不怕他恼。他能多大了，就忌讳这些个！上月你没看见我那兄弟来了，虽然和宝叔同年，两个人若站在一处，只怕那一个还高些呢。”甲眉：伏下秦钟，妙！甲侧：又伏下一人，随笔便出，得隙便入，精细之极。宝玉道：“我怎么没见过？甲侧：侯门少年纨袴，活跳下来。你带他来我瞧瞧。”众人笑道：“隔着俞校：“隔着”——从戊、己、庚、晋、甲；原“隔这”。二三十里，那里带去！俞校：“那里带去”——从戊、己、晋、甲；原“带去”。见的日子有呢。”俞校：“有呢”——从戊、己、庚、晋、甲；原“有哩”。说着，大家来至秦氏房中。刚至房门，便有一股细细的甜香袭人。甲侧：此香名“引梦香”。宝玉便觉眼饧骨软，连说“好香”！甲侧：刻骨吸髓之情景，如何想得来，又如何写得来？晋双：进房如梦境。入房，向壁上看时，有唐伯虎画的《海棠春睡图》；甲侧：妙图。两边有宋学士秦太虚写的一副对联，俞校：“一副对联”——从己、庚；原“对联”。其联云：

嫩寒锁梦因春冷，甲侧：艳极，淫极！芳气笼人俞校：“笼人”——从戊、己、庚；原“袭人”。是酒香。甲侧：已入梦境矣。蒙戚双：艳极，淫极！已入梦境矣。

案上设着武则天当日镜室中设的宝镜。甲侧：设譬调侃耳，若真以为然，则又被作者瞒过。一边摆着飞燕立着舞过的俞校：“舞过的”——从戊、己、庚；原“舞过”。金盘，盘内盛着安禄山掷过伤了太真乳的木瓜。上面设着寿昌公主于含章殿下卧的榻，悬的是同昌公主制的连珠帐。宝玉含笑，连说：“这里好。”晋双：摆设就合着他的意。秦氏笑道：“我这屋子，大约连神仙也可以（俞校：“也可以”——从戊、己、庚、晋；原“也”。）住得了。”（甲侧：一路设譬之文，迥非《石头记》大笔所屑，别有他属，余所不知。）说着，亲自展开了西子浣过的纱衾，移了红娘抱过的鸳枕。（俞校：“鸳枕”——从戊、庚、晋、甲；原“鸳鸯枕”。）于是众奶母伏侍宝玉卧好，款款散去，只留下袭人、（甲侧：一个再见。）媚人、（甲侧：二新出。）晴雯、（甲侧：三新出，名妙而文。晋双：三个新出。）麝月（甲侧：四新出，尤妙！看此四婢之名，则知历来小说难与并肩。晋双：四个新出。）四个丫鬟为伴。（甲眉：文至此，不知从何处想来！）秦氏便吩咐小丫鬟们，好生在廊檐下看着猫儿狗儿打架。（甲侧：细极。）

那宝玉刚合上眼，便惚惚的（俞校：“惚惚的”——从庚；原“物物的”。）睡去，犹似秦氏在前，遂悠悠荡荡随了秦氏至一所在。（甲侧：此梦文情固佳，然必用秦氏引梦，又用秦氏出梦，竟不知立意何属。惟批书人知之。蒙戚双：此梦文情固佳，然必用秦氏引梦，又用秦氏出梦，竟不知立意何属。晋双：此梦用秦氏引梦，又用秦氏出梦，妙！）但见朱栏白石，绿树清溪，真是人迹希逢，（俞校：“希逢”——从戊、己、庚；原“罕逢”。）飞尘不到。（甲侧：一篇《蓬莱赋》。）宝玉在梦中欢喜，想道：“这个去处有趣。我就在这里（俞校：“在这里”——从戊、己、庚、晋；原“在此处”。）过一生，纵然失了家，也愿意，（俞校：“也愿意”——从戊、庚、晋、甲；原“我也愿意”。）强如天天被父母师傅打呢。”（俞校：“打呢”——从庚；原“打去”。甲侧：一句忙里点出小儿心性。）正胡思之间，忽听山后有人作歌曰：

> 春梦随云散，（甲双：开口拿“春”字，最紧要！）飞花逐水流。（甲双：二句比也。）
> 寄言众儿女，何必觅闲愁。（甲双：将通部人一喝。）

宝玉听了，是女子的声音。（甲侧：写出终日与女儿厮混最熟。）歌音未息，早见那边走出一个人来，蹁跹袅娜，端的与人不同。有赋为证：

> 方离柳坞，乍出花房。但行处鸟惊庭树，将到时影度回廊。仙袂乍飘兮，闻麝兰之馥郁。荷衣欲动兮，听环珮之铿锵。靥笑春桃兮，云堆翠髻。唇绽樱颗兮，榴齿含香。纤腰之楚楚兮，回风舞雪。珠翠之辉辉兮，满额鹅黄。出没花间兮，宜嗔宜喜。徘徊池上兮，若飞若扬。蛾眉（俞校：“蛾眉”——从戊、己、庚、晋、甲；原“娥眉”。）颦笑兮，将言而未语。莲步乍移兮，待止而欲行。（俞校：“待止而欲行”——从庚；原“欲止而仍行”。）羡彼之良质兮，冰清玉润。慕彼之华服兮，闪灼（俞校：“闪灼”——从戊、庚、晋；原“闪烁”。）文章。爱彼之貌

容兮，香培玉琢。美彼之态度兮，凤翥龙翔。其素若何，春梅绽雪。其洁若何，秋兰披霜。其静若何，松生空谷。其艳若何，霞映澄塘。其文若何，龙游曲沼。其神若何，月射寒江。应惭西子，实愧王嫱。奇矣哉，生于孰地，俞校："孰地"——从戌、己、庚、晋、甲；原"熟地"。来自何方？信矣乎，瑶池不二，紫府无双。果何人哉，如斯之美也！甲眉：按此书凡例，本无赞赋闲文，前有宝玉二词，今复见此一赋，何也？盖此二人乃通部大纲，不得不用此套。前词却是作者别有深意，故见其妙。此赋则不见长，然亦不可无者也。

宝玉见是一个仙姑，喜的忙来作揖，笑问道："神仙姐姐，甲侧：千古未闻之奇称，写来竟成千古未闻之奇语，故是千古未有之奇文。不知从那里来，如今要往那里去？我也不知这是何处，望乞携带携带。"那仙姑笑道："吾居离恨天之上，灌愁海俞校："灌愁海"——从戌、己、庚、晋、甲；原"忘愁海"。之中，乃放春山遣香洞太虚幻境俞校："太虚幻境"——从戌、己、庚、晋、甲；原"太虚"。警幻仙姑是也。甲侧：与首回中甄士隐梦景一照。司人间之风情月债，掌尘世俞校："尘世"——从戌、己、庚、晋、甲；原"人世"。之女怨男痴。因近来风流冤孽，甲侧：四字可畏。缠绵于此处，是以前来访察机会，布散相思。今忽与尔相逢，亦非偶然。此离吾境不远，别无他物，仅有自采仙茗一盏，亲酿美酒一瓮，素练魔舞歌姬数人，新填俞校："新填"——从戌、己、庚、晋、甲；原"新添"。《红楼梦》仙曲十二支，甲侧：点题。盖作者自云所历不过红楼一梦耳。试随吾一游否？"宝玉听了，喜跃非常，便忘了秦氏在何处，甲侧：细极。竟随了仙姑至一所在。有石牌坊横建，上书"太虚幻境"四个大字，两边一副对联，乃是：

假作真时真亦假，无为有处有还无。甲双：正恐观者忘却首回，故特将甄士隐梦景重一渲染。晋双：士隐曾见此匾对，而僧道不能领入，留此回警幻邀宝玉后文。

转过牌坊，便是一座宫门，上面横书四个大字，乃是"孽海情天"，又有一副对联，大书云：

厚地高天，堪叹古今情不尽。

痴男怨女，可怜风月债难偿。

宝玉看了，心下自思道（甲眉：菩萨天尊皆因僧道而有，以点俗人，独不许幻造太虚幻境以警情者乎？观者恶其荒唐，余则喜其新鲜。 甲眉：有修庙造塔祈福者，余今意欲起太虚幻境以较修七十二司更有功德。）：“原来如此。但不知何为古今之情，又何为风月之债，从今倒要领略领略。”宝玉只顾如此一想，不料早把些邪魔招入膏肓（俞校：“膏肓”——原“膏盲”。）了。（甲侧：奇极妙文。）当下随了仙姑，进入二层门内，只见两边配殿，皆有匾额对联，一时看不尽许多。惟见几处写着：“痴情司”“结怨司”“朝啼司”“夜怨司”“春感司”“秋悲司”。（甲侧：虚陪六个。）宝玉看了，（俞校：“宝玉看了”——从己；原“看了”。）因向仙姑道：“敢烦仙姑引我到各司中游玩游玩，不知可使得？”仙姑道：“此各司中皆贮的是普天之下所有的女子过去未来的簿册，尔凡眼尘躯，未便先知的。”宝玉听了，那里肯依，复央之再四。仙姑无奈（俞校：“无奈”——从戌、己、庚；原无。）说：“也罢，就在此司内略随喜随喜罢了。”宝玉喜不自胜，抬头看这司的匾上，乃是“薄命司”三字。（甲侧：正文。）两边对联写着：

春恨（俞校：“春恨”——从戌、己、庚、晋、甲；原“春怨”。）秋悲皆自惹，花容月貌为谁妍。

宝玉看了，便知感叹。（甲侧：“便知”二字是字法，最为紧要之至。）进入门来，只见（俞校：“进入门来，只见”——从戌、己、庚；原“进了门来见”。）有十数个大厨皆用封条封着。看那封条（俞校：“看那封条”——从戌、己、庚、晋、甲；原“见那封条”。）上，皆是各省地名。宝玉一心只拣自己的家乡封条看，遂无心看别省的了。只见那边厨上封条大书七字云：“金陵十二钗正册”，（甲侧：正题。 蒙戚双：正文点题。）宝玉因问：“何为‘金陵十二钗正册’”？警幻道：“即贵省中十二冠首女子之册，故为正册。”宝玉道：“常听（甲侧：“常听”二字，神理极妙。）人说金陵极大，怎么只十二个（俞校：“只十二个”——从戌、己、庚、晋、甲；原“只有十二个”。）女子？如今单我们家里上上下下，就有几百女孩儿呢。”（甲侧：贵公子口声。）警幻冷笑道（俞校：“冷笑道”——从戌、己、庚；原“道”。）：“贵省女子固多，不过择其紧要者（俞校：“紧要者”——从戌、己、庚、晋、甲；原“善者”。）录之。下边二厨，则又次之。馀者庸常（俞校：“庸常”——从戌、己、庚、晋、甲；原“庸愚”。）之辈，则无册可录矣。”宝玉听说，再看下首二厨上，果然写着“金陵十二钗副册”，又一个写着“金陵十二钗又副册”。宝玉便伸手将又副册厨门开了，拿出一本册来。揭开一看，只见这首页上俞校：“这首页上”——从戌、己、庚、晋、甲；原“上首页上”。画着一幅画，又非人物，也无山水，俞校：“也无山水”——从己、庚；原“亦无山水”。不过是水墨滃染俞校：“滃染”——从戌、己、晋、甲；原“烘染”。的满纸乌云浊雾俞校：“浊雾”——从戌、己、庚、晋、甲；原“浊露”。而已。后有几行字迹俞校：“字迹”——从戌、己、庚、晋、甲；原“字”。写着：

霁月难逢，彩云易散。心比天高，身为下贱。风流灵巧招人怨，寿夭俞校：“寿夭”——从戌、己、庚、晋、甲；原“夭寿”。多因诽谤生，多情公子空牵念。甲双：恰极之至！“病补雀金裘”回中与此合看。

宝玉看了，又见后面画着一簇鲜花、一床破席。也有几句言词写着：

枉自温柔和顺，空云似桂如兰。
堪羡优伶有福，谁知公子无缘。甲双：骂死宝玉，却是自悔。

宝玉看了不解。遂掷下这个，又去开了副册俞校：“副册”——从戌、庚；原“一副册”。厨门，拿起一本册来。揭开看时，只见画着一株桂花，下面有一池沼，其中水涸泥干，莲枯藕败。画后书云：

根并俞校：“根并”——从戌、己、庚、晋、甲；原“种并”。荷花一茎香，甲双：却是咏菱妙句。平生遭际实堪伤。
自从两地生孤木，甲夹批：拆字法。致使香魂返故乡。

宝玉看了仍不解。他又掷了，再去取俞校：“掷了，再去取”——从己、庚；原“掷下再取”。正册看。只见头一页上便画着两株俞校：“两株”——从戌、己、庚、晋、甲；原“四株”。枯木，木上悬着一围玉带；又有一堆雪，雪下一股金簪。俞校：“金簪”——从戌、己、庚、晋、甲；原“金钗”。下同。也有四句言词道：

可叹停机德，甲夹批：此句薛。蒙戚双：乐羊子妻事。堪怜咏絮才。甲夹批：此句林。

玉带林中挂，蒙双：此句林。金簪雪里埋。甲双：寓意深远，皆非生其地之意。

宝玉看了仍不解。待要问时，情知他必不肯泄漏；待要丢下，又不舍。遂又往后看时，俞校："往后看时"——从戌、己、庚、晋；原"往后看"。只见画着一张弓，弓上挂一香橼。也有一首歌词云俞校："一首歌词云"——从戌、己、庚、晋、甲；原"一词"。甲眉：世之好事者，争传《推背图》之说，想前人断不肯煽惑愚迷，即有此说，亦非常人供谈之物。此回悉借其法，为儿（几）女子数运之机。无可以供茶酒之物，亦无干涉政事，真奇想奇笔。：

二十年来辨是非，榴花开处照宫闱。甲夹批：显极。

三春争及初春景，虎兕相逢大梦归。

后面又画着两人放风筝，一片大海，一只大船，船中有一女子掩面泣涕之状。俞校："泣涕之状"——从戌、己、庚、晋、甲；原"泣涕"。也有四句写云俞校："写云"——从戌、己、庚、晋、甲；原"云"。：

才自精明志自高，生于末世俞校："末世"——从戌、己、庚、晋、甲；原"没世"。下同。运偏消。甲双：感叹句，自寓。

清明涕送江边望，千里东风一梦遥。俞校："一梦遥"——从戌、己、庚、晋、甲；原"一望遥"。甲夹批：好句！

后面又画几缕飞云，一湾逝水。其词曰：

富贵又何为，襁褓之间父母违。

转眼吊斜晖，湘江水逝楚云飞。

后面又画着一块美玉，落在泥垢俞校："泥垢"——从戌、己、庚；原"污垢"。之中。其断语云：

欲洁何曾洁，云空未必空。

可怜金玉质，终陷淖泥中。

后面忽画一恶狼，追扑一美女，欲啖之意。其书云（俞校："其书云"——从戌、庚、晋、甲；原"其判曰"。）：

子系（俞校："子系"——从戌；原"子係"。）中山狼，得志便猖狂。（甲双：好句！）
金闺花柳质，一载赴黄粱。

后面便是一座古庙，里面有一美人在内独坐看经。其判云：

勘破三春景不长，缁衣顿改昔年妆。
可怜绣户侯门女，独卧青灯古佛旁。（甲双：好句！）

后面便是一片冰山，山上有一只雌凤。其判云：

凡鸟偏从末世来，都知爱慕此生才。
一从二令三人木，（甲双：拆字法。）哭向金陵事更哀。

后面又是一座荒村野店，有一美人在那里纺织。其判曰：

势败休云贵，家亡莫论亲。（甲双：非经历过者，此二句则云纸上谈兵。过来人那得不哭！）
偶因济刘氏，巧得遇恩人。

诗后又画一盆茂兰，旁有一位凤冠霞帔的美人。其判云：

桃李春风结子完，到头谁似一盆兰。
如冰水好空相妒，枉与他人作笑谈。（甲双：真心实语。）

后面又画着高楼大厦，有一美人悬梁自缢。其判云：

情天情海幻情身，情既相逢必主淫。

漫言不肖皆荣出，造衅开端实在宁。

宝玉还欲看时，那仙姑知他俞校："知他"——从戊、己、庚、晋、甲；原"知道他"。天分高明，性情颖慧，甲眉：通部中笔笔贬宝玉，人人嘲宝玉，语语谤宝玉，今却于警幻意中忽写出此八字来，真是意外之意。此法亦别书中所无。恐把天机泄漏，遂掩了俞校："掩了"——从戊、己、庚、晋、甲；原"卷了"。卷册，笑向宝玉道："且随我去游玩奇景，甲侧：是哄小儿语，细甚。何必在此打这闷葫芦。"甲侧：为前文"葫芦庙"一点。晋双：觉醒。宝玉恍恍惚惚，不觉弃了卷册，甲侧：是梦中景况，细极。又随了警幻来至后面。但见珠帘绣幙，画栋雕檐，俞校："雕檐"——从戊、己、庚、晋、甲；原"雕梁"。说不尽那光摇朱户金铺地，雪照琼窗玉作宫；更见仙花馥郁，异草芬芳，真好个所在！俞校："好个所在"——从戊、己、庚、晋；原"好一个所在"。甲侧：已为省亲别墅画下图式矣。宝玉正在观之不尽，忽听警幻笑呼道俞校："宝玉正在观之不尽，忽听警幻笑呼道"——从己；原"又听警幻笑道"。："你们快出来迎接贵客。"一语未了，只见房中又走出几个仙子来，皆是荷袂蹁跹，羽衣飘舞，娇若春花，媚如秋月。一见了宝玉，都怨谤警幻道："我们不知系何贵客，忙的接了出来。姐姐曾说今日今时，必有绛珠妹子的生魂前来游玩旧景，俞校："旧景"——从己；原无。甲侧：绛珠为谁氏？请观者细思首回。故我等久待。何故反引这浊物来，污染这清净女儿之境？"甲眉：奇笔摅奇文。作书者视女儿珍贵之至，不知今时女儿可知？余为作者痴心一哭，又为近之自弃自败之女儿一恨。蒙戚双：奇笔奇文。宝玉听如此说，便吓得俞校："便吓得"——从戊、己、庚、晋、甲；原"吓得"。欲退不能退，果觉自形污秽不堪。甲侧：贵公子不怒而反退，却是宝玉天外（分）中一段情痴。蒙戚双：贵公子岂容人如此厌弃，反不怒而反欲退，实实写尽宝玉天分中一段情痴来。若是薛阿呆至此，闻是语，则警幻之辈共成齑粉矣。一笑！警幻忙携住宝玉的手，甲侧：妙！警幻自是个多情种子。向众姊妹笑道："你等不知原委。今日原欲往荣府去接绛珠，适从宁府经过，俞校："宁府经过"——从晋、甲；原"宁国所过"。偶遇俞校："偶遇"——从戊、己、庚、晋、甲；原"偏遇"。宁荣二公之灵，嘱吾云：'吾家自国朝定鼎以来，功名奕世，富贵传流，虽历百年，奈运终数尽，不可挽回。子孙虽多，竟无一个可以继业者。甲侧：这是作者真正一把眼泪。惟嫡孙宝玉一人，俞校："一人"——从戊、己；原"一"。秉性乖张，生情俞校："生情"——从戊、己、庚；原"性情"。怪谲，虽聪明俞校："虽聪明"——从戊、己、庚、晋、甲；原"虽不聪明"。灵慧，略可望成，无奈吾家运数合终，恐无人规引入正。俞校："规引入正"——从戊、己、庚、晋、甲；原"引入正路"。幸仙姑偶来，万望俞校："万望"——从戊；原"望"。先以情欲声色等事警其痴顽，或能使彼跳出迷人圈子，然后入于正路，亦吾弟兄之幸矣。'甲侧：二公真无可奈何，开一觉世觉人之路也。如此嘱吾，故发慈心，引彼至此。先以彼家上中下三等女子之终身册籍，令彼熟玩，尚未觉悟；故引彼再至此处，令其再历饮馔声色之幻，或冀（俞校："或冀"——从戊、己、庚、晋、甲；原"或可"。）将来一悟，亦未可知也。"（甲侧：一段叙出宁荣二公，足见作者深意。）说毕，携了（俞校："携了"——从戊、己、庚、晋、甲；原"携"。）宝玉入室。但闻一缕幽香，竟不知其（俞校："不知其"——从庚；原"不知"。）所焚何物。宝玉遂不禁相问。警幻冷笑道（俞校："冷笑道"——从戊、己、庚、晋、甲；原"笑道"。）："此香尘世中既无，尔何能知。此系（俞校："此系"——从晋、甲；原"此香乃系"。）诸名山胜境（俞校："胜境"——从晋、甲；原"胜境内"。）初生异卉之精，合各种宝林珠树之油所制，（晋双：细玩此句。）名为'群芳髓'。"（甲侧：好香！）（甲眉："群芳髓"可对"冷香丸"。）宝玉听了，自是羡慕而已。（俞校："而已"——从己、庚、晋、甲；原"已而"。）大家入坐，小鬟捧上茶来。宝玉自觉清香异味，（俞校："清香异味"——从己、庚；原"香清味异"。）纯美非常，因又问何名。警幻道："此茶出在放春岩（俞校："放春岩"——从庚；原"放春山"。）遣香洞，又以仙花灵叶上所带之（俞校："所带之"——从庚；原"所带"。）宿露而烹。此茶名曰'千红一窟'。"（甲侧：隐"哭"字。）宝玉听了，点头称赏。因看房内，瑶琴、宝鼎、古画、新诗，无所不有，更喜窗下亦有唾绒，奁间时渍粉污。（蒙戚双：是宝玉心事。）壁上亦有一副对联，书云：（俞校："书云"——从戊、己、晋；原"书著"。）

幽微灵秀地，（甲双：女儿之心，女儿之境。）无可奈何天。（甲双：两句尽矣。撰通部大书不难，最难是此等处，可知皆从无可奈何而有。蒙戚双：女儿之境，两句尽矣。）

宝玉看毕，无不羡慕。因又请问众仙姑姓名。一名"痴梦仙姑"，一名"钟情大士"，一名"引愁金女"，一名"度恨菩提"，各道名号（俞校："各道名号"——从庚；原"各各道号"。）不一。少刻有小鬟来调桌安椅，摆设酒肴，真是琼浆满泛玻璃盏，玉液浓斟琥珀杯，更不用再说那肴馔之盛。宝玉因闻得此酒清香甘冽异乎寻常，又不禁相问。警幻道："此酒乃以百花之蕊、万木之汁，加以麟髓之醅、凤乳之麴酿成，因名为'万艳同杯'。"（甲侧：与"千红一窟"一对，隐"悲"字。）宝玉称赏不迭。（俞校："宝玉称赏不迭"——从戊、己、庚、晋、甲；原无。）饮酒之间，又有十二个舞女上来，请问演何词曲。警幻道："就将新制《红楼梦》十二支演上来。"舞女们答应了，便轻敲檀板，款按银筝，听他

饮仙醪曲演红楼梦　游幻境宝玉入迷津

唱道：

开辟鸿蒙，甲双：故作顿挫摇摆。

方歌了一句，警幻便说道："此曲不比尘世中所填传奇之曲，必有生旦净末俞校："净末"——从戊、己、庚、晋、甲；原"净末丑"。之别，俞校："之别"——从戊；原"之则"。又有南北九宫之限。此或咏叹一人，或感怀一事，偶成一曲，即可谱入管弦。若非个中人，甲侧：三字要紧。不知谁是个中人，宝玉即个中人乎？然则石头亦个中人乎？作者亦系个中人乎？观者亦个中人乎？不知其中之妙。料尔亦未必深明此调。若不先阅其稿，后听其歌，翻成俞校："翻成"——从戊、己、庚；原"反成"。嚼蜡矣。"甲眉：警幻是个极会看戏人。近之大老观戏，必先翻阅角本，目睹其词，彼(耳)听彼歌，却从警幻处学来。说毕，回头俞校："回头"——从戊、己、庚、晋；原无。命小鬟取了《红楼梦》原稿来，递与宝玉。俞校："递与宝玉"——从戊、己、庚、晋；原"递过"。宝玉揭起，俞校："揭起"——从庚；原"接起"。一面目视其文，一面耳聆其歌俞校："一面目视其文，一面耳聆其歌"——从戊、己、庚；原"一面看，一面听其歌"。曰甲眉：作者能处，惯于自站地步，又惯于陡起波澜，又惯于故为曲折，最是行文秘诀。：

〔第一支·红楼梦引子俞校："引子"——从戊、己、庚、晋、甲；原"引"。〕开辟鸿蒙，谁为情种？甲侧：非作者为谁？余又曰："亦非作者，乃石头耳。"都只为风月情浓。趁着这奈何天、伤怀日、寂寥时，试遣愚衷。甲侧："愚"字自谦得妙！因此上，演出这怀金悼玉的《红楼梦》。甲眉："怀金悼玉"，大有深意。甲双：读此几句，翻厌近之传奇中必用开场副末等套，累赘太甚。

〔第二支·终身误〕都道是金玉良姻，俺只念木石前盟。空对着，山中高士晶莹雪。终不忘，世外仙姝寂寞林。叹人间，美中不足今方信。纵然是齐眉举案，到底意难平。甲眉：语句泼撒，不负自创北曲。

〔第三支·枉凝眉俞校："枉凝眉"——从戊、己、庚、晋、甲；原"枉凝眸"。〕一个是阆苑仙葩，一个是美玉无瑕。若说没奇缘，今生偏又遇着他。若说有奇缘，如何心事终虚化？俞校："终虚化"——从己、庚；原"终虚花"。一个枉自嗟呀，一个空劳牵挂。一个是水中月，一个是镜中花。想眼中能有多少泪珠儿，怎经得俞校："怎经得"——从戊、己、庚、晋、甲；原"怎禁得"。秋流到冬尽，春流到夏！

宝玉听了此曲，散漫无稽，不见得好处，甲侧：自批驳，妙极！但其声韵悽惋，竟能销魂醉魄。因此也不察其原委，问其来历，就暂以此释闷而已。甲眉：妙！设言世人亦应如此法看此《红楼梦》一书，更不必追究其隐寓。因又听下面唱道俞校："因又听下面唱道"——从己；原无。：

〔第四支·恨无常〕喜荣华正好，恨无常又到。眼睁睁把万事全抛，荡悠悠芳魂消耗。望家乡路远山高，故向爹娘梦里相寻告：儿今命已入黄泉，天伦呵，须要退步抽身早！甲双：悲险之至！

〔第五支·分骨肉〕一帆风雨路三千，把骨肉家园齐来抛闪。恐哭损残年，告爹娘，休把儿悬念。自古穷通皆有定，俞校："皆有定"——从戌、己、庚、晋、甲；原"皆有命"。离合岂无缘？从今分两地，各自保平安。奴去也，莫牵连。蒙戚双：探乡（卿）声口如闻。

〔第六支·乐中悲〕襁褓中，父母叹双亡。甲侧：意真辞切，过来人见之不免失声。纵居那绮罗丛，俞校："绮罗丛"——从戌、己、庚、晋、甲；原"绮罗中"。谁知娇养？幸生来英豪阔大宽宏量，从未将儿女私情略萦心上。好一似霁月光风耀玉堂，蒙戚双：勘与湘乡（卿）作照。厮配得才貌仙郎，博得个地久天长，准折得幼年时坎坷形状。终久是云散高唐，水涸湘江。这是尘寰中消长数应当，何必枉悲伤！甲眉：悲壮之极，北曲中不能多得。

〔第七支·世难容〕气质美如兰，甲侧：妙卿实当得起。才华复比仙，天生成孤癖人皆罕。你道是啖肉食腥膻，甲侧：绝妙！曲文填词中，不能多见。视绮罗俗厌，却不知太高人愈妒，过洁世同嫌。甲双：至语。可叹这青灯古殿人将老，辜负了红粉朱楼春色阑，到头来依旧是风尘肮脏违心愿。好一似无瑕白玉遭泥陷，又何须王孙公子叹无缘。

〔第八支·喜冤家蒙戚双："冤家"上加一"喜"字，真新，真奇！〕中山狼，无情兽，全不念当日根由。一味的骄奢淫荡贪顽彀，觑着那侯门艳质同蒲柳，作践的公府千金似下流。叹芳魂艳魄，一载荡悠悠。甲双：题只十二钗，却无人不有，无事不备。

〔第九支·虚花悟〕将那三春看破，桃红柳绿待如何。把这韶华打灭，觅那俞校："觅那"——从戌、庚；原"觉那"。清淡天和。说甚么天上天桃盛，蒙戚双：此休

（话）恰甚。云中杏蕊多，到头来谁见把秋捱过？则看那白杨村里人呜咽，青枫林下鬼吟哦，更兼着连天衰草遮坟墓。这的是昨贫今富人劳碌，春荣秋谢俞校："秋谢"——从己、庚、晋、甲；原"秋落"。花折磨。似这般生关死劫谁能躲？闻说道西方宝树唤婆娑，俞校："唤婆娑"——从戌、己、庚、晋、甲；原"婆娑"。上结着俞校："上结着"——从戌、己、庚、晋、甲；原"结著"。长生果。甲双：末句、开句、收句。蒙双：唱醒大重（众），是极。

〔第十支·聪明累〕机关算尽太聪明，反送了卿卿性命。甲侧：警拔之句。生前心已碎，死后性空灵。家富人宁，终有个家亡人散各奔腾。枉费了意悬悬半世心，好一似荡悠悠三更梦。忽喇喇如大厦倾，昏惨惨似灯将尽。俞校："灯将尽"——从戌、己、庚、晋、甲；原"将尽灯"。呀！一场欢喜忽悲辛，叹人世，终难定。甲眉：过来人睹此，宁不放声一哭！甲双：见得到。戚双：见得到，是极。过来人睹此，能不放声一哭！

〔第十一支·留馀庆〕留馀庆，留馀庆，俞校："留馀庆，留馀庆"——从戌、己、庚、晋、甲；原"留馀庆"。忽遇恩人。幸娘亲，幸娘亲，积得阴功。俞校："积得阴功"——从戌、己、庚、晋、甲；原"幸积得阴功"。劝人生，济困扶穷，休似俺那爱银钱、忘骨肉的狠舅奸兄。正是乘除加减，上有苍穹。

〔第十二支·晚韶华〕镜里恩情，更那堪梦里功名！甲夹批：起得妙！那美韶华去之何迅，再休提绣帐鸳衾。只这戴珠冠，披凤袄，也抵不了无常性命。虽说是人生莫受老来贫，也须要阴骘积儿孙。气昂昂头戴簪缨，簪缨！光灿灿俞校："光灿灿"——从戌、己、庚、晋、甲；原"光闪闪"。胸悬金印。威赫赫爵禄高登，高登！昏惨惨黄泉路近。问古来将相可还存？也只是俞校："也只是"——从戌、己、庚、晋、甲；原"也正是"。虚名儿，与后人钦敬。

〔第十三支·好事终〕画梁春尽落香尘。甲侧：六朝妙句。擅风情，秉月貌，便是败家的根本。箕裘颓堕皆从敬，甲侧：深意他人不解。家事消亡首罪宁。宿孽总因情。甲双：是作者具菩萨之心，秉刀斧之笔，撰成此书。一字不可更，一语不可少。

〔第十四支·飞鸟各投林〕甲双：收尾愈觉悲惨可畏。为官的家业凋零，富贵的金银散尽。甲侧：二句先总宁荣。戚双：二句总宁荣，与"树倒猢狲散"作反照。有恩的死里逃生，无情的分明报应。欠命的命已还，欠泪的泪已尽。冤冤相报实非轻，俞校："实非轻"——从庚；原"岂非轻"。分离聚合皆前定。俞校："皆前定"——从戌、己、庚、晋、甲；原"前生定"。欲知命短问前生，老来富贵也真侥幸。看破的遁入空门，痴迷的枉送了性命。甲侧：将通部女子一总。

好一似食尽鸟投林，落了片白茫茫大地真干净。甲双：又照看“葫芦庙”。与“树倒猢狲散”反照。

歌毕，还要歌俞校：“还要歌”——从庚；原“还又歌”。副曲。甲侧：是极，香菱、晴雯辈岂可无，亦不必再。警幻见宝玉甚无趣味，蒙戚双：自站地步。因叹俞校：“因叹”——从戊、庚、晋、甲；原无。：“痴儿竟尚俞校：“竟尚”——从戊、己、庚、晋、甲；原“意尚”。未悟！”那宝玉忙止歌姬不必再唱，自觉朦胧恍惚，告醉俞校：“告醉”——从戊、己、晋、甲；原“告辞”。求卧。警幻便命撤去残席，送宝玉至一香闺绣阁之中。其间铺陈之盛乃素所未见俞校：“素所未见”——从戊、己、庚、晋、甲；原“素未见”。之物，更可骇者，早有一女子在内，其鲜妍妩媚有似宝钗，其袅娜风流则又如黛玉。甲侧：难得双兼，妙极！正不知何意，忽警幻道：“尘世中多少富贵之家，那些绿窗风月，绣阁烟霞，皆被淫污纨袴与那些流荡女子悉皆玷辱。甲侧：真极！更可恨者，自古来多少轻薄浪子，皆以好色不淫为饰，又以情而不淫作案，蒙戚双：“色而不淫”四字，已滥熟于各小说中，今却特贬其说，批驳出矫饰之非，可谓至切至当，亦可以唤醒众人，勿谓前人之矫词所感也。此皆饰非掩丑之语也。好色即淫，知情更淫。是以巫山之会，云雨之欢，皆由既悦其色，俞校：“悦其色”——从戊、己、庚、晋、甲；原“恍其色”。复恋其情之所致也。甲侧：“色而不淫”，今翻案，奇甚！吾所爱汝者，乃天下古今第一淫人也。”甲侧：多大胆量，敢作如此之文！甲眉：绛芸轩中诸事情景，由此而生。蒙戚双：不见下文，使人一惊，多大胆量，敢如此作文。宝玉听了，吓得忙答道：“仙姑差矣，我因懒于读书，家父母尚每垂训饬，岂敢再冒‘淫’字。况且年纪尚小，不知‘淫’字为何物。”警幻道：“非也。淫虽一理，意则有别。如世之好淫者，不过悦容貌，喜歌舞，调笑无厌，云雨无时，俞校：“无时”——从戊、己、庚、晋、甲；原“无休”。恨不能尽天下之美女供我片时之趣兴，甲侧：说得恳切恰当之至。此皆皮肤滥淫之蠢物耳。如尔，则天分中生成一段痴情，吾辈推之为‘意淫’。甲侧：二字新雅。‘意淫’二字，惟心会而不可口传，俞校：“口传”——从戊、己、庚、晋、甲；原“言传”。（戊作“言”，系后人所改。）可神通而不可语达。甲侧：按宝玉一生心性，只不过是“体贴”二字，故曰“意淫”。汝今独得此二字，在闺阁中俞校：“闺阁中”——从戊、己、庚、晋、甲；原“闺闼中”。固可为良友，然于世道中未免迂阔怪诡，百口嘲谤，万目睚眦。今既遇令祖宁荣二公，剖腹深嘱，吾不忍君独为我闺阁增光，见弃于世道，故特引俞校：“故特引”——从己；原“是特引”。前来，醉以灵酒，沁以仙茗，警以妙曲，再将吾妹俞校：“吾妹”——从戊、己、庚、晋、甲；原“吴妹”。一人，乳名兼美，甲侧：妙！盖指薛林而言也。字可卿者，许配与汝。俞校："许配与汝"——从戊、己、晋、甲；原"许配于汝"。今夕良时，俞校："良时"——从戊、己、庚、晋、甲；原"良辰"。即可成姻。不过令汝领略此仙闺幻境之俞校："此仙闺幻境之"——从己、庚、晋、甲；原"仙闺幻境"。风光尚然如此，何况尘境之情俞校："尘境之情"——从戊、己；原"尘世之情景"。（戊，"情"下有"景"字。）哉！而今以后，万万俞校："万万"——从戊、己、庚、晋、甲；原"万望"。解释，改悟前情，留意于孔孟之间，委身于经济之道。"蒙戚双：说出此二句，警幻亦腐矣，然亦不得不然耳。说毕，便秘授以云雨之事，蒙戚双：这是情之末了一着，不得不说破。于是推宝玉入房，将门掩上自去。那宝玉恍恍惚惚，依警幻所嘱之言，未免有儿女之事，蒙戚双：如此方免累赘。难以尽述。至次日便柔情缱绻，软语温存，与可卿难解难分。二人因携手出去游玩，忽至一个所在，但见荆榛遍地，俞校："遍地"——从戊、己、庚、晋、甲；原"满地"。蒙戚双：略露心迹。狼虎同群，俞校："同群"——从戊、己、庚；原"成群"。蒙戚双：凶极！试问观者此系何处？迎面一道黑溪阻路，并无桥梁可通。甲侧：若有桥梁可通，则世路人情犹不算艰难。蒙戚双：若有桥梁可通，则世路人情犹不算艰难，特用"形如槁木、心如死灰"句以消其念，可谓善于读矣。正在犹豫之间，忽见警幻从后追来，告道："快休前进，作速回头要紧！"甲侧：机锋。晋双：点醒世人。宝玉忙止步问道："此系何处？"警幻道："此即迷津也。深有万丈，遥亘千里，中无舟楫可通，蒙戚双：可思。只有一个木筏，乃木居士掌柁，灰侍者撑篙，不受金银之谢，但遇有缘者渡之。尔今偶游至此，设如俞校："设如"——从己、庚、晋、甲；原"如"。堕落其中，则深负我从前一番以情悟道，守理衷情之言。"俞校："一番以情悟道，守理衷情之言"——从戊；原"谆谆警戒之语矣"。蒙戚双：看他忽转笔作此语，则知此后皆是自悔。话犹未了，只听迷津内水响如雷，竟有许多夜叉海鬼将宝玉拖将下去。俞校："拖将下去"——从己、庚、晋、甲；原"拖下去"。吓的宝玉汗下如雨，一面失声喊叫："可卿救我！"慌得俞校：从戊；"慌得"——原"吓的"。袭人辈众丫鬟俞校："众丫鬟"——从己、庚、晋；原"众丫环们"。忙上来搂住，叫："宝玉别怕，我们在这里。"蒙戚双：接得无痕迹，历来小说中之梦，未见此一醒。

却说秦氏正在房外，嘱咐小丫头们好生看着猫儿狗儿打架，蒙戚双：细，又是照应前文。忽听宝玉在梦中唤他的小名，甲侧：云龙作雨，不知何为龙，何为云，又何为雨。戚双：奇奇怪怪之文，令人摸头不着，云龙作雨？不知何为龙，何为云，又何为雨矣。因纳闷道："我的小名这里从无人知道，他如何知道得，在梦里叫将出来？"正是：

一场俞校："一场"——从庚；原"一枕"。幽梦同谁近，俞校："同谁近"——从庚；原"同谁诉"。千古情人独我痴。

戚回后：将一部全盘点出几个，以陪衬宝玉，使宝玉从此倍偏，倍痴，倍聪明，倍潇洒，亦非突如其来。作者真妙心、妙口、妙笔、妙人。

第六回
贾宝玉初试云雨情　刘姥姥一进荣国府

甲回前：宝玉、袭人亦大家常事耳，写得是已全领警幻意淫之训。

此回借刘妪，却是写阿凤正传，并非泛文，且伏“二递（进）”“三递（进）”及巧姐之归着。

此刘妪一进荣国府，用周瑞家的，又过下回无痕，是无一笔写一人文字之笔。

戚回前：风流真假一般看，借贷亲疏触眼酸。总是幻情无了处，银灯挑尽泪漫漫。

题曰：

朝叩富儿门，富儿犹未足。
虽无千金酬，嗟彼胜骨肉。

却说秦氏因听见宝玉从梦中唤他的乳名，心中自是纳闷，又不好细问。彼时宝玉迷迷惑惑，若有所失。众人忙端上桂圆汤俞校：“桂圆汤”——从戊、己、庚、晋、甲；原“桂元汤”。来，呷了两口，遂起身整衣。袭人伸手与他系裤带时，不觉伸手至大腿处，只觉冰凉一片粘湿，吓的忙退出手来，问是怎么俞校：“问是怎么”——从戊、己、庚、晋、甲；原“问道是怎么”。了。宝玉红涨了脸，把他的手一捻，袭人本是个聪明女子，年纪本又比宝玉大两岁，近来也渐通人事。今见宝玉如此光景，心中便觉察了一半，不觉也羞红了脸，蒙侧：存身分。遂不敢再问。俞校：“再问”——从戊、己、庚、晋；原“问”。蒙侧：既少通人事，无心者则再不复问矣，既问，则无限幽思，皆在于伏身之一笑，所以必当有偷试之一番。行文轻巧，皆出于自然，毫无一些勉强，妙极！仍旧理好衣裳，随至贾母处来，胡乱吃毕晚饭，过这边来。俞校：“过这边来”——从己、庚、晋、甲；原“过这边”。袭人忙趁众奶娘俞校：“忙趁众奶娘”——从戊；原“忙乘奶娘”。丫鬟不在旁时，另取出一件中衣来与宝玉换上。宝玉含羞央告道：“好姐姐，千万别告诉人。”俞校：“别告诉人”——从己；原“不要告诉别人要紧”。袭人亦含羞笑问道：“你梦见什么故事了？是那里流出来的那些脏东西？”俞校：“脏东西”——从晋、甲；原“赃东西”。蒙侧：是必当问者，若不问则下文涉于唐突。宝玉道：“一言难尽。”便把俞校：“便把”——从晋、甲；原“说着便把”。梦中之事细细说与袭人听了，然后说至警幻所授云雨之情，俞校：“之情”——从戊、己、庚、晋、甲；原“之事”。羞的袭人掩面伏身而笑。蒙侧：试想。宝玉亦素喜袭人柔媚娇俏，遂强袭人同领警幻所训俞校：“所训”——从戊、己、庚、晋、甲；原“所授”。云雨之事。甲侧：数句文，完一回提纲文字。袭人素知贾母已将自己俞校：“将自己”——从戊、己、庚；原无。与了宝玉的，今便如此，亦不为越礼，甲双：写出袭人身分。遂和宝玉偷试一番，幸无人撞见。自此宝玉视袭人更与别个俞校：“别个”——从戊、己、庚、晋、甲；原“别人”。不同，甲双：伏下晴雯。袭人侍宝玉更为尽职。甲双：一段小儿女之态，可谓追魂摄魄之笔。暂且别无话说。甲双：一句接住上回《红楼梦》大篇文字，另起本回正文。

按荣府中一宅中合算起来，人口虽不多，从上至下也有三四百丁；俞校：“三四百丁”——从戊、己、庚；原“三四百了”。事虽不多，一天也有一二十件，竟如乱麻俞校：“乱麻”——从己、庚、晋、甲；原“乱蔴”。一般，并没个俞校：“并没个”——从戊；原“并没有个”。头绪可作纲领。正寻思从那一件事自那一个人写起方妙，恰好忽从千里之外，芥豆俞校：“芥豆”——从戊、晋、甲；原“芥头”。之微，小小一个人家，向与荣府略有些瓜葛，甲侧：略有些瓜葛，是数十回后之正脉也。真千里伏线。这日正往荣府中来，因此便就这一家俞校：“就这一家”——从晋、甲；原“就从此一家”。说来，倒还是个俞校：“还是个”——从晋、甲；原“还是”。头绪。你道这一家姓甚名谁，又与荣府有甚瓜葛。且听细讲。俞校：“且听细讲”——从己、庚；原、戊“诸公若嫌琐碎粗鄙呢，则快掷下此书，另觅好书去醒目，若谓聊可破闷时，待蠢物细细言来”。（戊“细细”作“逐细”。）

方才所说这小小之家，姓王，乃本地人氏，祖上曾做过小小的一个京官，昔年曾与凤姐之祖、王夫人之父识认，因贪王家的势利，蒙侧：可怜。便连了宗，认做侄儿。俞校："侄儿"——从己、庚、晋、甲；原"侄子"。甲双：与贾雨村遥遥相对。那时只有王夫人之大兄、凤姐之父甲双：两呼两起，不过欲观者自醒。与王夫人，随在京中的知有此一门连宗之族，俞校："连宗之族"——从己、庚；原"远族"。馀者皆不认识。蒙侧：强认亲的榜样。目今其祖已故，只有一个儿子，名唤王成。因家业萧条，仍搬出城外原乡中住去了。王成新近亦因病故，只有其子，小名狗儿。狗儿亦生俞校："狗儿亦生"——从己、庚；原"亦生"。一子，小名板儿。嫡妻刘氏。又生一女，名唤青儿。甲双：《石头记》中公勋世宦之家以及草莽庸俗之族，无所不有，自能各得其妙。一家四口，仍以务农为业。因狗儿白日间又做些生计，刘氏又操井臼等事，青板姊弟两个无人看管，狗儿遂将岳母刘姥姥甲双：音老，出《偕声字笺》，称呼毕肖。接来一处过活。蒙侧：总是用过（逼）近法。这刘姥姥乃是个久经世代的老寡妇，膝下又无子息，俞校："又无子息"——从晋；原"又无儿女"。只靠两亩薄田度日。如今女婿接来养活，岂不愿意，遂一心一计俞校："一心一计"——从己、庚、晋、甲；原"一心一意"。帮趁着女儿女婿过活起来。

因这年秋尽冬初，天气冷将上来，俞校："冷将上来"——从戌、己、庚、晋、甲；原"冷将下来"。家中冬事未办，狗儿未免心中俞校："未免心中"——从戌、己、庚、晋；原"心中未免"。烦虑，蒙侧：贫苦人多有此等景象。吃了几杯闷酒，在家闲寻气恼，甲眉：自《红楼梦》一回至此，则珍馐中之齑耳，好看煞！甲双：病此病人不少，请来看狗儿。刘氏不敢顶撞。因此刘姥姥看不过，乃劝道："姑爷，俞校："姑爷"——从己、庚、晋、甲；原"姑夫"。你别嗔着我多嘴，咱们村庄人那一个不是老老诚诚的，守着多大碗儿，吃多大碗的饭。甲侧：能两亩薄田度日，方说得出来。你皆因年小时节，托着你那老家俞校："老家"——从己、庚；原"老"。的福，甲双：妙称，何肖之至！吃喝惯了，如今所以把持不住。有了钱就顾头不顾尾，没了钱就瞎生气，成个什么男子汉大丈夫了！甲侧：此口气自何处得来？甲双：为纨袴下针，却先从此等小处写来。蒙侧：英雄失足，千古同慨，笑（哭）煞天下一切。如今咱虽离城住着，终是天子脚下。这长安城中，遍地都是钱，只可惜没人会拿去罢了。在家跳蹋会子俞校："跳蹋会子"——从己、庚；原"跳蹋"。也不中用的。"狗儿听说，便急道："你老只会炕头儿上混说，俞校："混说"——从戌、己、庚、晋、甲；原"混话"。难道叫我打劫偷去不成？"蒙侧：古人有错用"盗"字之说，的的是此句章（张）本。刘姥姥道："谁叫你偷去呢！也到底想法儿大家俞校："想法儿大家"——从己、庚；原"大家想方法儿"。裁度。不然，那银子钱自己跑到咱家来不成！"狗儿冷笑道俞校："冷笑道"——从戌、己、庚、晋、甲；原"笑道"。："有法儿，还等到这会子呢！我又没有收税的（俞校："收税的"——从戊、己、庚、晋；原"收租的"。）亲戚，（甲双：骂死。）作官的朋友，（甲双：骂死。）（靖眉：骂死世人，可叹可悲！）有什么法子可想的。便有，也只怕他们未必来理我们呢。"刘姥姥道："这倒不然。谋事在人，成事在天。咱们谋到了，靠菩萨的保佑，有些机会，（俞校："有些机会"——从戊、己、庚、晋、甲；原"有此机会"。）也未可知。我倒替你们想出一个机会来。当日你们原是和金陵王家（甲双：四字便抵一篇世家传。）连过宗的，二十年前，他们看承你们还好；如今自然是你们拉硬屎，不肯去亲近他，（俞校："去亲近他"——从庚；原"去俯就他的"。）故疏远起来。（蒙侧：天下事无有不可为者。总因打不破，若打破时何事不能。请看刘姥姥一篇议论，便应解得些个才是。）想当初我和女儿还去过一遭。（甲双：补前文之未到处。）他家的二小姐着实响快，（俞校："响快"——从戊、庚；原"爽快"。）会待人的，倒不拿大。如今现是荣国府贾二老爷的夫人，听得说如今上了年纪，越发怜贫恤老，最爱斋僧敬道，舍米舍钱的。如今王府虽升了边任，只怕这二姑太太还认得咱们。你何不去走动走动，或者他念旧，有些好处，也未可知。只要他发一点好心，拔一根寒毛比咱们的腰还粗呢。"刘氏一旁（俞校："一旁"——从戊、己、庚、晋、甲；原"在傍"。）接口道："你老虽说的是。但只你我这样个嘴脸，怎么好到他门上（俞校："他门上"——从戊、己、庚、晋、甲；原"他们门上"。）去的！先不先，（俞校："先不先"——从戊、己、庚；原无。）他们那些门上的人（俞校："门上的人"——从己、庚；原"门上人"。）也未必肯去通信。（俞校："通信"——从己、庚；原"通报"。）没的去打嘴现世。"（蒙侧："打嘴现世"等字，误尽多少苍生，也能成全多少事体。）谁知狗儿利名心最重，（甲双：调侃语。）听如此一说，心下便有些活动起来，又听他妻子这番话，便笑接道："姥姥既如此说，况且当年你又见过这姑太太一次，何不你老人家明日就走一趟，先试试风头再说？"刘姥姥道："嗳哟！（甲侧：口声如闻。）可是说的'侯门深似海'，（俞校："深似海"——从己、庚；原"似海"。）我是个什么东西，他家人又不认得我，我去了也是白去的。"狗儿笑道："不妨，我教你老一个法子。你竟带了外孙子小板儿，先去找陪房周瑞。若见了他，就有些意思了。这周瑞先时曾和我父亲（俞校："和我父亲"——从戊、晋、甲；原"与我父亲"。）交过一桩事，（蒙侧：画初（出）当日品行。）我们极好的。"（甲双：欲赴豪门，必先交其仆，写来一叹。）刘姥姥道："我也知道他的，只是许多时不走动，（俞校："不走动"——从晋、甲；原"不曾往他家去了一趟儿过，又"。（戊作"不走"。））知道他如今是怎样。这也说不得了。你又是个男人，又这样个嘴脸，自然去不得。我们姑娘，年轻媳妇子，也难卖头卖脚的。倒还是舍着我这副老脸去碰一碰。果然有些好处，大家都有益。便是没银子拿来，我也到那公府侯门见一见世面，也不枉我一生。”说毕，大家笑了一回。当晚计议已定。

次日天未明，刘姥姥便起来梳洗了，又将板儿教训了（俞校：“教训了”——从己、庚；原“教训”。）几句。那板儿才五六岁的孩子，一无所知，听见带他进城逛去，（甲双：音光，去声。游也。出《偺声字笺》。）便喜的无不应承。于是刘姥姥带他进城，找至宁荣街，（甲双：街名。本地风光，妙！）来至荣府（俞校：“至荣府”——从戊、己、庚、晋；原“荣府”。）大门石狮子前，只见簇簇的轿马，刘姥姥便不敢过去，且掸了掸（俞校：“掸了掸”——从庚；原“弹弹”。）衣服，又教了板儿几句话，然后蹭到角门前。（甲侧：“蹭”字神理。）只见几个挺胸叠肚、指手画脚的人，（蒙侧：世家奴仆，个个皆然，形容逼真。）坐在大凳上说东谈西的。（甲双：不知如何想来，又为侯门三等豪奴写照。）刘姥姥只得蹭上来说：“太爷们纳福。”众人打量了他一会，便问是那里来的。刘姥姥陪笑道：“我找太太的陪房周大爷的，烦那位太爷替我请他老出来。”那些人听了，都不揪睬，半日，方说道：“你远远的那墙角下等着，（蒙侧：故套。）一会子，他们家有人就出来的。”内中有一年老的说道：“不要误他的事，何苦要他。”因向刘姥姥道：“那周大爷已往南边去了。他在后一带（俞校：“他在后一带”——从戊、己、庚、晋、甲；原“他后一带”。）住着，他娘子却在家。你要找时，从这边绕到后街上，（蒙侧：转换法。写门上豪奴，不能尽是规矩，故用转换法，则不强硬而笔气自顺。）后门上去问就是了。”（甲双：有年纪人诚厚，亦是自然之理。）刘姥姥听了谢过，随带了（俞校：“随带了”——从庚；原“遂手携”。）板儿，绕到（俞校：“绕到”——从戊、己、庚；原“绕至”。）后门上。只见门前歇着些生意担子，也有卖吃的，也有卖顽耍物件的，闹吵吵（俞校：“闹吵吵”——从己、庚、晋、甲；原“闹闹炒炒”。）三二十个孩子在那里厮闹。（甲双：如何想来？合眼如见。）刘姥姥便拉住一个道：“我问哥儿一声，有个周大娘，可在家么？”孩子道：“那个周大娘？我们这里周大娘有三个呢，还有两个周奶奶。不知是那一个行当上的？”（俞校：“那一个行当上的”——从庚；原“那一行当差的”。）刘姥姥道：“是太太的陪房周瑞。”孩子们道（俞校：“孩子们道”——从庚；原“孩子道”。）：“这个容易。你跟我来。”说着，跳蹿蹿的（俞校：“跳蹿蹿的”——从庚；原无“的”。）引着刘姥姥，进了后门，（甲侧：因女眷，又是后门，故容易引入。）至一院墙边，指与刘姥姥道（俞校：“进了后门”至“指与刘姥姥道”——从戊、己、庚；原“道”。）：“这就是他家。”又叫道：“大大妈，有个老奶奶来找你呢，我带了来了。”

俞校："我带了来了"——从己、庚；原无。周瑞家的在内听说，忙迎了出来，问是那位。刘姥姥忙迎上来俞校："忙迎上来"——从戊、己、庚；原"迎上来"。问道："好呀，周嫂子！"周瑞家的认了半日，方笑道："刘姥姥，你好呀！你说说，能几年，我就忘了。甲侧：如此口角，从何处出来？请家里来坐罢。"俞校："来坐罢"——从戊、己、庚；原"坐坐罢"。刘姥姥一壁里走着，俞校："一壁里走着"——从己、庚；原无。一壁笑说道："你老是贵人多忘事，那里还记得我们了。"说着，来至房中。周瑞家的命雇的小丫头倒上茶来吃着。周瑞家的又问板儿道："你都长这们大了！"俞校："道：你都长这们大了"——从庚；原"到长的这么大了"。又问些别后闲话，再问刘姥姥："今日还是路过，还是特来的？"甲侧：问的有情理。蒙侧：刘姥姥此时一团要紧事在心，有问，不得不答。递转递进，不敢陟（陡）然。看之令人可怜。而大英雄亦有若此者，所谓欲图大事，不据（拘）小节。刘姥姥便说："原是特来瞧瞧嫂子你，俞校："瞧瞧嫂子你"——从己、庚；原"看看你"。二则也请请姑太太的安。若可以领我见一见俞校："见一见"——从戊、己、庚、晋、甲；原"见见"。更好；若不能，便借重嫂子转致意罢了。"甲双：刘婆亦善于权变应酬矣。周瑞家的听了，便已猜着几分来意。只因昔年他丈夫周瑞争买田地一事，其中多得狗儿之力，今见刘姥姥如此而来，心中难却其意。甲双：在今世，周瑞妇算是个怀情不忘的正人。二则也要显弄自己的体面。甲眉："也要显弄"句为后文作地步也，也陪房本心本意实事。蒙侧：实有此等情理。听如此说，便笑道："姥姥，俞校："姥姥"——从戊、己、庚、晋；原"刘姥姥"。你放心，甲侧：自是有宠人声口。大远的诚心诚意来了，岂有个不教你见个俞校："不教你见个"——从戊、己、庚、晋；原"不叫你见了"。真佛儿去的！甲双：好口角。论那人来客去回话，却不与我相干。我们这里都是各占一样儿。甲侧：略将荣府中带一带。我们男的，他只管春秋两季的地租子，闲时只带着小爷们出门就完了。我只管跟太太奶奶们出门的事。皆因你原是太太的亲戚，又拿我当个人，投奔了我来，我就破个例，俞校："我就破个例"——从庚；原"我竟破个例"。给你通个信去。但只一件，姥姥有所不知，我们这里又不比俞校："又不比"——从己、庚；原"又不是"。五年前了。如今太太竟不大管事，都是琏二奶奶管家了。你道这琏二奶奶是谁，就是太太的内侄女，当日俞校："当日"——从戊、己、庚、晋、甲；原无。大舅老爷的女儿，小名叫凤哥的。"刘姥姥听了，纳罕问道俞校："纳罕问道"——原"问道"；戊、己、庚、甲"罕问道"。今改"纳罕问道"。："原来是他！怪道呢，我当日就说他不错呢。甲双：我亦说不错。这等说来，俞校："这等说来"——从戊、己、庚、晋、甲；原"这等说"。我今儿俞校："我今儿"——从戊、己、庚、晋、甲；原"我今"。还得见他了？"周瑞家的道："这个自然。如今太太事多心烦，有客来了，略可推的也就推过去了，都是凤姑娘周旋迎待。今儿宁可不会太太，蒙侧：礼势必然。倒要见他一面，俞校："见他一面"——从戌、己、庚、晋、甲；原"见见他"。才不枉这里来一遭。"刘姥姥道："阿弥陀佛！这全仗嫂子方便了。"周瑞家的道："说那里话。俗语说的，与人方便，自己方便。不过用我说一句话罢了，害着我什么。"说着，便唤小丫头子到倒厅上甲双：一丝不乱。悄悄的打听打听，老太太屋里摆了饭了没有。小丫头去了，这里二人又说些闲话。蒙侧：急忙中偏不就进去，又添一番议论，从中又伏下多少线索，方见得大家势派。出入不易，方见得周瑞家的处事详细。即至后文，放笔写凤姐，亦不唐突，仍用冷子兴说荣宁旧笔法。刘姥姥因说："这位凤姑娘，今年大不过二十岁罢了，就这等有本事，当这样的家，俞校："这样的家"——从戌、己、庚、晋、甲；原"这样家"。可是难得的。"周瑞家的听了道："嗐，俞校："嗐"——从戌、己、晋、甲；原"咳"。我的姥姥，告诉不得你呢！俞校："告诉不得你呢"——从戌、己、庚、晋、甲；原"呢"作"了"。这位凤姑娘年纪虽小，行事却比是人俞校："是人"——从晋、甲；原"世人"。都大呢！俞校："都大呢"——从戌、己、庚、晋、甲；原"都大"。如今出挑的俞校："出挑的"——从戌、己、庚；原"出条的"。美人一样的模样儿，少说些有一万个心眼子。再要赌口齿，十个会说话的男人也说他不过。回来你见了，就信了。就只一件，待下人未免太严了些儿。"甲双：略点一句，伏下后文。说着，只见小丫头回来说："老太太屋里已摆完了饭。二奶奶在太太屋里呢。"周瑞家的听了，连忙起身，催着刘姥姥说："快走，快走。这一下来他吃饭俞校："他吃饭"——从戌、己、庚、晋、甲；原"吃饭"。是个空子，咱们先等着去。蒙侧：非身临其境者不知。若迟一步，俞校："迟一步"——从戌、己、庚、晋、甲；原"迟了"。回事的人多了，就难说话。俞校："就难说话"——从晋、甲；原"难说话"。蒙侧：有曰："富贵不还乡，如衣锦夜行。"今日周瑞家的得遇刘姥姥，实可谓锦衣不夜行者。再歇了中觉，越发没了时候了。"甲眉：写阿凤勤劳等事，然却是虚笔，故于后文不犯。甲双：写出阿凤勤劳冗杂，并骄矜珍贵等事来。说着，一齐下了炕，打扫打扫衣服，又教了板儿几句话，随着周瑞家的，逶迤往贾琏的住宅来。

先到了俞校："先到了"——从戌、己、庚；原"先至了"。倒厅，周瑞家的将刘姥姥安插在那里略等一等。自己先过影壁，进了院门，知凤姐未下来，俞校："未下来"——从戌；原"未出来"。先找着了凤姐的一个心腹通房大丫头，甲双：着眼。这也是书中一要紧人。《红楼梦》曲内虽未见有名，想亦在"副册"内者也。蒙侧：三等奴仆，第次不乱。名唤平儿的。俞校："名唤平儿的"——从戌、晋；原无"的"。甲双：名字真极，文雅则假。靖眉：观警幻情榜方知余言不谬。靖双：要紧人。虽未见有名，想亦在"副册"内者也。周瑞家的先将刘姥姥起初来历说明，甲双：细！盖平儿原不知此一人耳。又说："今日大远的特来请安。当日太太是常会的，俞校："常会的"——从己、庚、晋、甲；原"长会的"。今儿不可不见，所以我带了他进来了。等奶奶下来，我细细回明，奶奶想也不责备我莽撞的。”〔俞校：“莽撞的”——从戌、己、庚、晋；原“莽撞”。〕平儿听了便作了主意，〔蒙侧：各自[有]各自的身分。〕叫他们〔俞校：“叫他们”——从戌、己、庚、晋、甲；原“叫他”。〕进来，〔甲双：暗透平儿身分。〕先在这里坐着就是了。周瑞家的听了，方出去领了他们进入院来。上了正房台阶，〔俞校：“台阶”——从晋；原“台矶”。〕小丫头打起了猩红毡帘，〔甲双：是冬日。〕才入堂屋，只闻〔俞校：“只闻”——从戌、己、庚、晋、甲；原“口，闻”。〕一阵香扑了脸来，〔甲双：是刘姥姥鼻中。〕竟不辨是何气味。身子如在云端里一般。〔甲双：是刘姥姥身子。〕满屋中〔俞校：“满屋中”——从己、庚、晋、甲；原“满屋”。〕之物都耀眼争光的，〔俞校：“都耀眼争光的”——从庚；原“都是耀眼争光”。〕使人头悬目眩。〔甲双：是刘姥姥头目。〕〔晋双：俱从刘姥姥目中看出。〕刘姥姥此时，〔俞校：“此时”——从己、庚、晋、甲；原“斯时”。〕惟点头咂嘴念佛而已。〔甲双：六字尽矣，如何想来？〕〔蒙侧：是写府第奢华，还是写刘姥姥粗夯？大抵村舍人家见此等气象，未有不破胆惊心、迷魂醉魄者。刘姥姥犹能念佛，已自出人头地矣。〕于是来至东边这间屋内，乃是贾琏的女儿大姐儿睡觉之所。〔甲双：记清。〕〔蒙侧：不知不觉，先到大姐寝室，岂非有缘。〕平儿站在炕沿边，打量了刘姥姥两眼，〔甲双：写豪门侍儿。〕只得〔甲双：字法。〕问个好，让坐。刘姥姥见平儿遍身绫罗，插金带银，花容玉貌的，〔甲双：从刘姥姥心中目中略一写，非平儿正传。〕便当是凤姐儿了，〔俞校：“凤姐儿了”——从戌、己、庚、晋、甲；原“凤姐儿”。〕〔甲双：毕肖。〕〔蒙侧：的真！有是情理。〕才要称姑奶奶，忽见周瑞家的称他是“平姑娘”，又见平儿赶着周瑞家的称“周大娘”，〔俞校：“忽见”至“周大娘”——从己、庚；原“忽见称周瑞家的是周大娘”。〕方知不过是个有些体面的丫头。于是让刘姥姥和板儿上了炕，平儿和周瑞家的对面坐在炕沿上。小丫头们斟了茶来吃茶。刘姥姥只听见咯当咯当〔俞校：“咯当咯当”——从戌、己、庚、晋、甲；原“咯噔咯噔”。〕的响声，大有似乎打箩柜筛面的一般，〔甲双：从刘姥姥心中意中，幻拟出奇怪文字。〕〔杨双：批：小家气象，不免东张西望。〕不免东瞧西望的。忽见堂屋中柱子上挂着一个匣子，底下又坠着一个秤砣般的一物，却不住的乱晃。〔甲双：从刘姥姥心中目中设譬拟想，真是镜花水月。〕刘姥姥心中想着：“这是个什么爱物儿？有煞用呢？”正呆想时，〔甲双：三字有劲。〕陡听得〔俞校：“陡听得”——从戌；原“听得”。〕当的一声，又若金钟铜磬一般，不妨倒吓的一展眼，〔俞校：“一展眼”——从己、庚；原“转眼”。〕接着又是一连八九下。〔甲侧：写得出。〕〔甲双：细！是巳时。〕方欲问时，〔蒙侧：刘姥姥不认得，偏不令问明。〕只见小丫头子们一齐乱跑，说“奶奶下来了”。〔蒙侧：即以奶奶下来之结局，是画云龙妙手。〕平儿、周瑞家的忙起身，命刘姥姥“只管坐着，等是时候我们来请你”。说着，都迎出去了。刘姥姥只屏声侧耳默候。只听远远有人笑声，约有一二十妇人，衣裙悉率，〔甲侧：写得侍仆妇。〕渐入堂屋内去了。又见两三个妇人都捧着大漆捧盒，进这边来等候。

听得那边说了声“摆饭”，渐渐的人才散出，只有伺候端菜的俞校：“端菜的”——从戊、庚；原“端菜”。几人。半日鸦雀不闻之后，忽见二人俞校：“二人”——从庚；原“两个人”。抬了一张炕桌来，放在这边炕上。桌上盘碗森列，仍是满满的鱼肉在内，不过略动了几样。蒙侧：白描入神。板儿一见了，便吵着要肉吃，刘姥姥一巴掌打了他去。忽见周瑞家的笑嘻嘻走过来，招手儿叫他。刘姥姥会意，于是携了板儿下炕，至堂屋中，周瑞家的又和他唧咕了俞校：“又和他唧咕了”——从己、庚；原“又向他嘱咐了”。一会，方蹭到这边屋里来。俞校：“这边屋里来”——从己、庚；原“这边屋内来”。只见门外錾铜钩俞校：“錾铜钩”——从己、庚；原“凿铜钩”。上悬着大红撒花俞校：“撒花”——从戊、己、庚；原“洒花”。软帘，甲侧：从门外写来。南窗下是炕，炕上大红毡条；靠东边板壁立着一个锁子锦靠背与一个引枕，铺着金心闪缎大坐褥，旁边有银唾盒。那凤姐儿家常带着紫貂昭君套，围着攒珠勒子，穿着桃红撒花袄俞校：“撒花袄”——从戊、己、庚；原“洒花袄”。、石青刻丝灰鼠披风俞校：“披风”——从戊、己、庚、晋、甲；原“皮褂”。、大红洋绉银鼠皮裙，粉光脂艳，端端正正坐在那里，甲双：一段阿凤房室起居器皿家常正传，奢侈珍贵好奇贷（货）注脚，写来真是好看。手内拿着小铜火箸儿，拨手炉内的灰。甲侧：至平，实至奇，稗官中未见此笔。甲双：这一句是天然地设，非别文杜撰妄拟者。靖眉：虽平常而至奇，稗官中未见。平儿站在炕沿边，捧着小小的一个填漆茶盘，盘内一小盖锺。凤姐也不接茶，也不抬头，甲侧：神情宛肖。只管拨手炉内的灰，慢慢俞校：“慢慢”——从戊；原“漫漫”。的问道：“怎么还不请进来？”甲侧：此等笔墨，真可谓追魂摄魄。蒙侧：“还不请进来”五字，写尽天下富贵人代（待）穷亲戚的态度。一面说，一面抬头要茶时，只见周瑞家的已带了两个人在地下站着呢，俞校：“站着呢”——从己、庚；原“站着了”。这才忙欲起身，犹未起身时，俞校：“犹未起身时”——从己、庚；原无。满面春风的问好，又嗔周瑞家的怎么不早说。刘姥姥在地下已是拜了数拜，问姑奶奶安。凤姐忙说：“周姐姐，快搀起来，别拜罢，请坐。我的年轻，不大认得，可也不知是什么辈数，不敢称呼。”俞校：“周姐姐”至“不敢称呼”——从己、庚；原无。周瑞家的忙回道：“这就是我才回的那姥姥了。”甲侧：凤姐云“不敢称呼”，周瑞家的云“那个姥姥”。凡三四句一气读下，方是凤姐声口。凤姐点头。刘姥姥已在炕沿上坐下了。板儿便躲在他背后，百端的哄他出来作揖，他死也不肯。凤姐笑道甲侧：二笑。：“亲戚们不大走动，都疏远了。知道的呢，说你们弃厌我们，甲侧：阿凤真真可畏可恶。不肯常来。不知道的那起小人，还只当我们眼里没人是的。”俞校：“是的”——从己、庚；原“似的”。蒙侧：偏会如此写来，教人爱煞。刘姥姥忙念佛道

刘姥姥一进荣国府　王熙凤借物含隐情

甲侧：如闻。：“我们家道艰难，俞校：“家道艰难”——从戊、己、庚、甲；原“家难”。走不起，来了这里，俞校：“来了这里”——从戊、己、庚、晋、甲；原“来在这里”。没的给姑奶奶打嘴，就是管家爷们看着也不像。”凤姐笑道甲侧：三笑。：“这话没的叫人恶心，不过借赖着祖父虚名，作个穷官儿罢了。谁家有什么，不过是个俞校：“不过是个”——从戊、己、庚、晋、甲；原“不过是”。旧日的空架子。俗语说，朝廷还有三门子穷亲戚呢，何况你我。”蒙侧：点醒多少势利鬼。说着，又问周瑞家的：“回了太太了俞校：“回了太太了”——从戊、己、庚、晋、甲；原“回了太太”。没有？”甲侧：一笔不肯落空，的是阿凤。周瑞家的道：“如今等奶奶的示下。”凤姐道：“你去瞧瞧，要是有人有事俞校：“有人有事”——从戊、己、庚、晋、甲；原“有事”。就罢，得闲呢俞校：“得闲呢”——从戊、己、晋；原“得闲”。就回，看怎么说。”蒙侧：“看”之一字细极。周瑞家的答应着去了。

这里凤姐叫人抓些果子与板儿吃，刚问些闲话时，就有家下许多媳妇管事的来回话。甲侧：不落空，家务事却不实写。妙极！妙极！平儿回了，凤姐道：“我这里陪着客呢，晚上再来回。若有很要紧的，你就带进来现办。”俞校：“现办”——从戊、己、庚、晋；原无。平儿出去，一会进来说：“我都问了，没什么紧事，我就叫他们散了。”凤姐点头。蒙侧：能事者故自不凡。只见周瑞家的回来，向凤姐道：“太太说了，今日不得闲，二奶奶陪着便是一样。多谢费心想着。白来逛逛呢俞校：“逛逛呢”——从庚、晋；原“侄侄”。便罢，若有甚说的，只管告诉二奶奶都是一样。”俞校：“都是一样”——从戊、己、庚、晋、甲；原无。刘姥姥道：“也没甚说的，俞校：“没甚说的”——从戊、己、庚；原“没有什么说的”。不过是来瞧瞧俞校：“来瞧瞧”——从己、庚、晋；原“瞧”。姑太太、姑奶奶，也是亲戚们的情分。”周瑞家的道：“没甚说的便罢，若有话，俞校：“若有话”——从戊、己、庚、晋、甲；原“若有说的”。只管回二奶奶，是和太太一样的。”甲侧：周妇系真心为老妪也，可谓得方便。一面说，俞校：“一面说”——从戊、己、庚、晋、甲；原无。一面递眼色与刘姥姥。甲侧：何如？余批不谬。刘姥姥会意，未语先飞红了脸，蒙侧：开口告人难。欲待不说，今日又所为何来，俞校：“所为何来”——从戊、己、庚、甲；原“所为何也”。只得忍耻说道甲眉：老妪有忍耻之心，故后有招大姐之事。作者并非泛写，且为求亲靠友下一棒喝。：“论理今儿初次见姑奶奶，却不该说，只是大远的奔了你老这里俞校：“你老这里”——从戊、己、庚、晋、甲；原“你老”。来，也少不的说了。……”刚说到这里，只听二门上小厮们回说：“东府里小大爷来了。”凤姐忙止刘姥姥不必说了，一面便问：“你蓉大爷在那里呢？”甲侧：惯用此等横云断山法。只听一路靴子脚响，进来了一个十七八岁的少年，面目清秀，身材夭矫，俞校：“夭矫”——原“夭乔”；戊“夭娇”。今改“天娇”。轻裘宝带，美服华冠。甲侧：如纨袴写照。刘姥姥此时坐不是，立不是，藏没处藏。俞校：“藏没处藏”——从戌、己、庚、晋、甲；原“没藏处”。凤姐笑道：“你只管坐着，这是我侄儿。”刘姥姥方扭扭捏捏在炕沿上坐了。贾蓉笑道：“我父亲打发我来求婶子，说上回老舅太太给婶子的那架玻璃炕屏，明日请一个要紧的客，借了略摆一摆就送过来。”俞校：“送过来”——从戌、己、庚；原“送来”。甲侧：夹写凤姐好奖誉。凤姐道：“说迟了一日，俞校：“迟了一日”——从戌、己、庚、晋；原“迟了”。昨儿俞校：“昨儿”——从戌、己、庚、晋；原“昨日”。已经给了人了。”贾蓉听说，嘻嘻的俞校：“嘻嘻的”——从戌、庚；原无。笑着在炕沿上俞校：“炕沿上”——从己、庚；原“炕沿下”。半跪道：“婶子若不借，又说我俞校：“又说我”——从戌、己、庚；原“就说我”。不会说话了，又挨一顿好打呢。婶子只当可怜侄儿罢。”凤姐笑道甲侧：又一笑，凡五。靖眉：五笑写凤姐活跃纸上。何如？当知前批不谬。：“也没见我们俞校：“也没见我们”——从戌；原“没有见我们”。王家的东西都是好的不成。你们那里放着那些好东西，俞校：“好东西”——从己、庚、晋、甲；原“东西”。只是看不见，偏我的就是好的。”俞校：“偏我的就是好的”——从己、庚；原无。贾蓉笑道：“那里有这个好俞校：“有这个好”——从己、庚；原“如这个好”。呢！只求开恩罢。”凤姐道：“要碰一点儿，俞校：“要碰一点儿”——从己；原“磞一点儿”。你可仔细你的皮。”因命平儿拿了楼房的俞校：“楼房的”——从己、庚；原“楼门的”。钥匙，传几个妥当人来抬去。贾蓉喜的眉开眼笑，忙说：“我亲自带了人拿去，别由他们乱碰。”说着，便起身出去了。这里凤姐忽又想起一事来，便向窗外叫“蓉儿回来”。外面几个人接声说：“蓉大爷快回来。”贾蓉忙复身转来，垂手侍立，听何指示。俞校：“听何指示”——从戌、晋、甲；原“听何示下”。甲眉：传神之笔，写阿凤跃跃纸上。那凤姐只管慢慢的俞校：“慢慢的”——从戌；原“漫漫的”。吃茶，出了半日的神，俞校：“半日的神”——从己、庚；原“半日神”。方笑道：“罢了，你且去罢。蒙侧：试想且去以前的丰态，其心思用意，作者无一笔不巧，无一事不丽。晚饭后，你来再说俞校：“你来再说”——从戌、己、庚、晋、甲；原“你再来说”。罢。这会子有人，我也没精神了。”贾蓉应了一声，俞校：“应了一声”——从己、庚；原“应了”。方慢慢的退去。甲侧：妙！却是从刘姥姥身边目中写来。度至下回。

这里刘姥姥心身方安，才又说道俞校：“才又说道”——从己、庚；原“又说道”。：“今日我带了你侄儿来，也不为别的，只因他老子娘在家里，连吃的俞校：“连吃的”——从戌、己、庚；原“连吃”。都没有。如今天又冷了，越想没个派头儿，俞校：“派头儿”——从戌、己、庚；原“派头”。只得带了你侄儿奔了你老来。”说着，又推板儿道：“你那爹在家怎么教导你了？打发咱们作煞事来？只顾吃果子咧！”凤姐早已明白了，听他不会说话，因笑止道 甲双：又一笑，凡六。自刘姥姥来，凡笑五次，写得阿凤乖滑伶俐，合眼如立在前。 甲双：若会说话之人，便听他说了，阿凤厉害处正在此。 甲双：问看官常有将挪移借贷已说明白了，彼仍推聋妆（装）哑，这人为阿凤若何？呵呵，一叹！：“不必说了，我知道了。”因问周瑞家的 俞校：“问周瑞家的”——从己、庚；原“问周瑞家的道”。：“这姥姥不知可用了早饭没有？” 俞校：“用了早饭没有”——从己、庚；原下有“呢”。 刘姥姥忙道：“一早就往这里赶咧，那里还有 俞校：“那里还有”——从戊、己、庚、晋、甲；原“还有”。 吃饭的工夫咧。”凤姐听说，忙命 俞校：“忙命”——从戊、己、庚、晋、甲；原“忙命人”。 快传饭来。一时周瑞家的传了一桌客馔来，摆在东边屋内，过来带了刘姥姥和板儿过去吃饭。凤姐说道：“周姐姐好生让着些儿，我不能陪了。”於是过东边房里来。凤姐又叫过周瑞家的去问他，才回了 俞校：“才回了”——从己、庚；原“方才回了”。 太太，说了些什么。周瑞家的道：“太太说，他们家原不是一家子，不过因出一姓， 俞校：“因出一姓”——从戊、己、庚；原“因为一姓”。 当年又与太老爷 俞校：“太老爷”——从戊、己、庚；原“老太爷”。 在一处做官，偶然连了宗的。这几年来也不大走动。当时他们来一遭， 俞校：“来一遭”——从戊、己、庚；原“来一回”。 却也没空了他们。今儿既来了 俞校：“既来了”——从戊、己、庚；原“来一回”。 瞧瞧我们，是他的好意思， 俞校：“好意思”——从戊、己、庚；原“好意”。 甲侧：穷亲戚来看，是“好意思”，余又自《石头记》中见了，叹叹！ 也不可简慢了他。便是有什么说的，叫奶奶 俞校：“叫奶奶”——从己、庚；原“叫二奶奶”。 裁度着 俞校：“裁度着”——从戊、庚；原“裁夺著”。 就是了。” 甲眉：王夫人数语令余几哭出。 凤姐听了，说道：“我说呢，既是一家子，我如何连影儿也不知道。”说话时，刘姥姥已吃毕了饭， 俞校：“吃毕了饭”——从己、庚；原“吃毕饭”。 拉了板儿过来，舔唇抹嘴 俞校：“舔唇抹嘴”——从戊；原“舔唇打嘴”。 的道谢。凤姐笑道：“且请坐下，听我告诉你老人家。方才的意思，我已知道了。若论亲戚之间，原该不待上门来就该有照应才是。但如今家里杂事太烦，太太渐上了年纪，一时想不到也是有的； 甲侧：点“不待上门就该有照应”数语，此亦于《石头记》再见话头。 况是我近来 俞校：“近来”——从戊、己、庚；原“进来”。 接着管些事，都不大知道 俞校：“都不大知道”——从戊、己、晋；原“都是不大知道”。 这些亲戚们。二则外头看着 俞校：“外头看着”——从戊、庚；原“外头看看这里”。 虽是烈烈轰轰的，殊不知大有大的 俞校：“大有大的”——从戊、己、庚；原“大有大用的”。 艰难去处，说与人也未必信罢。 俞校：“未必信罢”——从己、庚；原“未必信罢了”。 今儿你既老远的来了，又是头一次见我张口，怎好教你空手回去呢。 俞校：“空手回去呢”——从己、庚；原“空回去的”。 甲侧：也是《石头记》再见了，叹叹！ 可巧昨儿太太给我的丫头们做衣裳 俞校：“做衣裳”——从己、庚；原“作衣裳”。 的二十两银子，我还没动 俞校：“没动”——从戊、己、庚、晋；原“没使”。 呢，你们不嫌少，就暂且先拿了去罢。” 蒙侧：凤姐能事，在能体王夫人的心，托故周全，无过不及之蔽（弊）。 那刘姥姥先听见告艰难， 俞校：“告艰难”——从戊、己、庚；原“告难”。 只当是没有，心里便突突的；甲侧：可怜，可叹！后来听见给他二十两，喜的又浑身俞校："又浑身"——从己、庚；原"浑身又"。发痒起来，甲侧：可怜，可叹！说道："嗳，我也是俞校："我也是"——从戌、己、庚；原"我也"。知道艰难的！但俗语说的，俞校："俗语说的"——从己、庚；原"俗语说"。瘦死的骆驼比马大，凭他怎么，你老拔根寒毛，比我们的腰还粗呢。"靖眉：如见如闻。此种话头，作者从何想来？应是心花欲开之侯（候）。周瑞家的在旁，听他说的粗鄙，只管使眼色止他。凤姐看见，俞校："凤姐看见"——从己、庚；原"凤姐听了"。笑而不睬，只命平儿把昨日那包银子拿来，再拿一吊钱俞校："一吊钱"——从己、庚；原"一串钱"。来，甲侧：这样常例亦再见。都送到俞校："都送到"——从己、庚；原"都送至"。刘姥姥跟前。凤姐乃道："这是二十两银子，暂且给这孩子做件冬衣俞校："做件冬衣"——从戌、庚；原"作件冬衣"。罢。若不拿着，可真是怪我了。这钱雇车俞校："雇车"——从己、庚；原"雇了车子"。坐罢。改日无事，只管来逛逛，俞校："来逛逛"——从戌、己、庚、晋；原"来"。方是亲戚们的意思。天也晚了，也不虚留你们了。到家里该问好的，问个好儿罢。"蒙侧：口角春风，如闻其声。一面说，一面就站了起来。刘姥姥只管千恩万谢的拿了银子钱，俞校："银子钱"——从己、庚；原"银钱"。随周瑞家的来至外厢。周瑞家的道："我的娘啊，俞校："我的娘啊"——从庚；原"我的娘"。你见了他，怎么倒不会说了，开口就是你侄儿。我说句不怕你恼的话，便是亲侄儿，也要说和软些。蒙侧：不自量者每每有之，而能不露圭角，形诸无事，凤姐亦可谓人豪矣。那蓉大爷才是他的正经俞校："正经"——从己、庚；原"正紧"。侄儿呢，他怎么又跑出这么个侄儿来了。"甲双：与前"眼色"真（针）对，可见文章中无一个闲字。甲双：为财势一哭。刘姥姥笑道："我的嫂子，甲侧：赧颜如见。我见了他，心眼儿里爱还爱不过来，那里还说的上话来了。"二人说着，又到俞校："又到"——从己、庚；原"又至"。周瑞家俞校："周瑞家"——从戌、己、庚、晋、甲；原"周瑞家的屋子里"。坐了片刻。刘姥姥便要留下一块银子与周瑞家的孩子们俞校："孩子们"——从己、庚、晋；原"儿女"。买果子吃。周瑞家的如何放在眼里，执意不肯。刘姥姥感谢不尽，仍从后门去了。要知端详，且听下回分解。正是：

得意浓时易接济，受恩深处胜亲朋。

甲回后：一进荣府一回，曲折顿挫，笔如游龙，且将豪华举止令观者已得大概，想作者应是心花欲开之候。

借刘妪入阿凤正文，"送宫花"写"金玉初聚"为引，作者真笔似游龙，变幻难测，非细究至再三再四不记数，那能领会也？叹叹！

戚回后：梦里风流，醒后风流，试问何真何假？刘姆乞谋，蓉儿借求，多少颠倒相酬。英雄反正用计筹，不是死生看守。

第七回
送宫花贾琏戏熙凤　宴宁府宝玉会秦钟

蒙回前：苦尽甘来递转，正强忽弱谁明？惺惺自古惜惺惺，世运文章摇动。无缝机关难见，多少笔墨偏精。有情情处特无情，何是人人不醒。

靖回前：他小说中一笔作两三笔者、一事启两事者均曾见之。岂有似“送花”一回，间三带四、攒花簇锦之文哉？

题曰：

十二花容色最新，不知谁是惜花人。
相逢若问何名氏，家住江南姓本秦。

话说周瑞家的送了刘姥姥去后，便上来回王夫人话。俞校：“回王夫人话”——从戊、己、庚、晋、甲；原“回王夫人”。甲侧：不回凤姐，却回王夫人，不交代处正交代得清楚。谁知王夫人不在上房，问丫鬟们时，方知往薛姨妈那边闲话去了。甲侧：文章只是随笔写来，便有流离生动之妙。周瑞家的听说，便转出东角门俞校：“转出东角门”——从己、庚；原“转东角门出”。至东院，往梨香院来。刚至院门前，只见王夫人的丫鬟名金钏儿俞校：“金钏儿”——从戊、己、庚、晋；原“金钏”。（戊“儿”下有“者”字。）甲侧：金钏、宝钗，互相映射。妙！和一个才留了头（俞校："才留了头"——从戌、己、庚、晋、甲；原"才留了头发"。）的小女孩儿站在台阶坡上（俞校："台阶坡上"——从己、庚；原"台矶石上"。）顽。（甲侧：莲卿别来无恙否？）见周瑞家的来了，便知有话回，因向内（俞校："因向内"——从戌、己、庚、晋；原"向内"。）努嘴儿。（甲侧：画。）周瑞家的轻轻掀帘进去，只见王夫人和薛姨妈长篇大套的说些家务、人情等话。（俞校："等话"——从晋、甲；原"的话"。）（蒙侧：非此等事，不能长篇大套。）

周瑞家的不敢惊动，遂进里间来。（甲双：总用双歧岔路之笔，令人估料不到之文。）只见薛宝钗（甲侧：自入梨香院，至此方写。）穿着家常衣服，（甲眉："家常爱着旧衣常（裳）"是也。）（甲双：好！写一人换一付笔墨，另出一花样。）头上只散挽着鬓儿，（俞校："散挽着鬓儿"——从己、庚；原"插著钗儿"。）坐在炕里边，伏在小炕几上，同丫鬟莺儿正描花样子呢。（甲侧：一幅《绣窗仕女图》，亏想得周到。）见他进来，宝钗才放下（俞校："才放下"——从己、庚；原"便放下"。）笔，转过身来，满面堆笑，让周姐姐坐着。（俞校："周姐姐坐着"——从己、庚；原"周姐姐坐"。）周瑞家的也忙陪笑问"姑娘好"，一面炕沿边坐了。因说："这有两三天也没见姑娘到那边逛逛去，只怕是你宝兄弟（俞校："宝兄弟"——从庚、甲；原"宝玉兄弟"。）冲撞了你（俞校："冲撞了你"——从戌、己、庚、晋；原"冲撞了"。）不成？"（甲侧：一人不漏，一笔不板。）宝钗笑道："那里的话！只因我那种病又发了，（甲眉："那种病""那"字，与前二玉"不知因何"二"又"字，皆得天成地设之体，且省却多少闲文，所谓"惜墨如金"是也。）这两天没出屋子。"（俞校："这两天没出屋子"——从己、庚；原"两天，所以且静养两日"。）（甲侧：得空便入。）周瑞家的道："正是呢，姑娘到底有什么病根儿，也该趁早儿请个大夫来，好生开个方子，认真吃几剂药，一势儿（俞校："一势儿"——从己、庚；原"一势"。）除了根才是。小小的年纪，倒做下个病根儿，也不是顽的。"宝钗听说，便笑道："再不要提吃药！为这病请大夫吃药，也不知白花了多少银子钱呢！（俞校："多少银子钱呢"——从戌、己、庚；原"几许银子钱的"。）凭你什么名医仙药，（俞校："仙药"——从戌、己、庚；原"仙方"。）总不见（俞校："总不见"——从戌；原"不见"。）一点儿效。后来还亏了一个秃头和尚，（甲侧：奇奇怪怪，真如云龙作雨，忽隐忽见，使人逆料不到。）说专治无名之症，因请他看了。他说我这是从胎里（俞校："胎里"——从戌、己、庚、晋、甲；原"胎"。）带来的一股热毒，（甲侧：凡心偶炽，是以孽火齐攻。）（蒙戚双："热毒"二字，画出富家夫妇，图一时，遗害于子女，而可不谨慎。）幸而我先天结壮，（俞校："先天结壮"——从戌；原"先健壮"。）（甲侧：浑厚故也，假是颦、凤辈，不知又何如治之。）还不相干。若吃凡药，是不中用的，他就说了一个海上方，又给了一包末药作引，异香异气的，不知是那里弄来的。他说发了时，吃一丸就好。倒也奇怪，这倒效验些。"（甲双：卿不知从那里弄来，予（余）则深知是从放春山采来，以灌愁海水和成，烦广寒玉兔捣碎，在太虚幻境空灵殿上炮制配合者也。）周瑞家的因问（俞校："因问"——从己、庚；原"因问道"。）："不知是个什么海上方儿？姑娘说了，我们也记着说与人知道。倘遇见这样的病，也是行好的事。"宝钗见问，乃笑道："不问这方儿还好，若问起这方儿，真真把人琐碎坏了。东西药料一概都有限的，俞校：“有限的”——原“有限易得的”：己、庚“有限”。今改“有限的”。只难得‘可巧’。俞校：“可巧”——从己、庚；原“可巧二字”。要春天开的白牡丹花蕊十二两，甲侧：凡用“十二”字样，皆照应十二钗。蒙侧：周岁十二月之象。夏天开的白荷花蕊十二两，秋天的俞校：“秋天的”——从己、庚、晋、甲；原“秋天开的”。白芙蓉花蕊十二两，冬天的俞校：“冬天的”——从己、庚、晋、甲；原“冬天开的”。白梅花蕊十二两。将这四样俞校：“将这四样”——从戊、己、庚、晋、甲；原“这四样”。花蕊，于次年春分这日晒干，和在末药一处，一齐研好。又要雨水这日的雨水十二钱……”周瑞家的忙道：“嗳哟！俞校：“嗳哟”——从戊、己、庚、晋、甲；原“嗳哟哟”。这样说来这就得三年的工夫。倘或雨水这日竟不下雨，可又怎处呢？”宝钗笑道：“所以了，那里有这样可巧的雨，便没雨也只好再等罢了。白露这日露水十二钱，霜降这日的霜十二钱，小雪这日的雪十二钱。把这等水俞校：“这等水”——从庚；原“这四样水”。调匀，和了药，俞校：“和了药”——从庚；原“和了丸药”。再加十二钱蜂蜜、十二钱白糖，丸成龙眼大的丸子，盛在旧磁坛俞校：“磁坛”——从己、庚、晋、甲；原“磁罐”。内，埋在花根底下。若发了病时，拿出来吃一丸，用十二分黄柏蒙戚双：历着炎凉，知着甘苦，虽离别亦自能安，故名曰‘冷香丸’；又以为香可冷得，天下一切无不可冷者。煎汤送下。”甲双：末用黄柏，更妙。可知“甘苦”二字，不独十二钗，世皆同有者。周瑞家的听了，笑道：“阿弥陀佛，真巧死了人！等十年未必都这样巧呢。”宝钗道：“竟好。自他说了去后，一二年间，可巧都得了，好容易配成一料。如今从南带至北，现就埋在梨花树底下呢。”俞校：“底下呢”——从己、庚；原“下”。甲侧：“梨香”二字有着落，并未白白虚设。周瑞家的又道：“这药可有名字没有呢？”宝钗道：“有。甲侧：一字句。这也是那癞头和尚俞校：“癞头和尚”——从己、庚、晋；原“癞和尚”。说下的，叫做‘冷香丸’。”甲侧：新雅奇甚。周瑞家的听了点头儿，因又说：“这病发了时，俞校：“这病发了时”——从戊、己、庚、晋、甲；原“这发病了时”。到底觉怎么着？”俞校：“怎么着”——从己；原“怎样”。宝钗道：“也不觉什么，只不过喘嗽些，吃一丸也就罢了。”甲双：以花为药，可是吃烟火人想得出者？诸公且不必问其事之有无，只据此新奇妙文悦我等心目，便当浮一大白。周瑞家的还欲说话时，蒙侧：了结得齐整。忽听俞校：“忽听”——从戊、己、庚、晋、甲；原“忽听得”。王夫人问：“谁在里头？”周瑞家的忙出去答应了，趁便回了刘姥姥之事。略待半刻，见王夫人无话，方欲退出。甲双：行文原只在一二字，便有许多省力处。不得此窍者，便在窗下百般扭捏。薛姨妈忽又笑道甲双：“忽”字、“又”字与“方欲”二字对射。：“你且站住。我有一宗东西，你带了去罢。”说着，便叫香菱。俞校：“便叫香菱”——从戊、己、庚、晋、甲；原“叫香菱”。甲双：二字仍从“莲”上起来。盖“英莲”者，“应怜”也，“香菱”者亦“相怜”之意。甲双：此是改名之英莲也。只听帘栊响处，方才和金钏儿顽的那个小丫头进来了，问：“奶奶叫我做什么？”俞校：“只听帘栊”至“做什么”——从己；原无。（戌略同己。）

甲双：这是英莲天生成的口气，妙甚！

薛姨妈道：“把那匣子里的花儿拿来。”香菱答应了，向那边捧了个俞校：“捧了个”——从戌、己、庚、晋、甲；原“捧了”。小锦匣子来。薛姨妈乃道：“这是宫里头做的新鲜样法堆纱的花儿俞校：“堆纱的花儿”——从己；原“堆纱花”。十二枝。昨儿俞校：“昨儿”——从戌、己、庚、晋、甲；原“昨日”。我想起来，白放着可惜了儿的，俞校：“可惜了儿的”——从己、庚；原“可惜旧了”。何不给他们姊妹们戴去，昨儿要送去，偏又忘了。你今儿来的巧，就带了去罢。你家的三位姑娘，每人一对；俞校：“每人一对”——从己、庚；原“每人两枝”。剩下的俞校：“剩下的”——从庚；原“下剩”。六枝，送林姑娘两枝，那四枝给了凤哥儿罢。”甲侧：妙文！今古小说中，可有如此口吻者？王夫人道：“留着给宝丫头戴罢，俞校：“戴罢”——从己、庚；原“戴罢了”。又想着他们作什么。”俞校：“作什么”——从己、庚；原无。薛姨妈道：“姨娘不知道宝丫头古怪着呢，俞校：“古怪着呢”——从己、庚；原“古怪呢”。甲侧：“古怪”二字，正是宝卿身分。他从来不爱俞校：“不爱”——从戌、己、庚、晋；原“不爱惜”。这些花儿粉儿的。”甲双：可知周瑞一回，正为宝菱二人所有，正《石头记》得力处也。说着，周瑞家的拿了匣子，走出房门，见金钏儿仍在那里晒日阳儿。俞校：“日阳儿”——从己、庚；原“日阳”。周瑞家的因问他道：“那香菱小丫头子，可就是时常说，临上京时买的，为他打人命官司的那个小丫头子？”俞校：“那个小丫头子”——从戌、己、庚、晋、甲；原“那个丫头子”。蒙侧：点醒从来。金钏道：“可不就是他。”俞校：“就是他”——从己、甲；原“就是”。甲侧：出明英莲。正说着，只见香菱笑嘻嘻的走来。周瑞家的便拉了他的手，细细的看了一回，因向金钏儿笑道：“倒好个模样儿，竟有些像咱们东府里蓉大奶奶的品格儿。”俞校：“品格儿”——从己、庚；原“品格”。甲双：一击两鸣法，二人之美，并可知矣。再忽然想到秦可卿，何玄幻之极。假使说像荣府中所有之人，则死板之至，故远远以可卿之貌为譬，似极扯淡，然都（却）是天下必有之情事。金钏笑道：“我也是这么说呢。”周瑞家的又问香菱：“你几岁投身到这里？”又问：“你父母今在何处？今年十几岁了？本处是那里人？”香菱听问，都摇头说：“记不得了。”甲双：伤痛之极，亦必如此收住方妙。不然，则又将作出“香菱思乡”一段文字矣。蒙侧：西施心疼之态，其时自己也还耐得，到时旁人留（替）伊为多少思虑不禁，无穷痛楚[之]香菱，其是乎否乎？周瑞家的和金钏儿听了，倒反为叹息伤感一回。

一时间，俞校：“一时间”——从庚；原“一时”。周瑞家的携花至王夫人正房后头俞校：“正房后头”——从己、庚；原“正房后”。来。原来近日贾母说孙女儿俞校：“孙女儿”——从己、庚；原“孙女”。们太多了，一处挤着倒不便，只留宝玉、黛玉二人在这边解闷，却将迎、探、惜三人移到王夫人这边房后三间小抱厦内居住，令李纨陪伴照管。甲侧：不作一笔安逸之笔矣。

薛宝钗病谈冷香丸　周瑞家复命识香菱

如今俞校："如今"——从戊、己、庚、晋、甲；原"如此"。周瑞家的故顺路先往这里俞校："先往这里"——从戊、己、庚、晋、甲；原"往这里来"。来。只见几个小丫头子都在抱厦内听呼唤呢。俞校："听呼唤呢"——从己、庚；原"听呼唤默坐"。迎春的丫鬟司棋与探春的丫鬟侍书，甲双：妙名。贾家四钗之环，暗以琴、棋、书、画四字列名，省力之甚，醒目之甚，却是俗中不俗处。二人正掀帘子出来，手里都捧着茶盘、茶钟。俞校："茶钟"——从庚、晋、甲；原"茶鐘"。周瑞家的便知他姊妹在一处坐着，遂进房内，只见迎春、探春二人正在窗下围棋。周瑞家的将花送上，说明原故。他二人忙住了棋，都欠身道谢，命丫鬟们俞校："命丫鬟们"——从戊、己、庚、晋、甲；原"命丫环"。收了。周瑞家的答应了，俞校："答应了"——从戊、己、庚、晋、甲；原"答应"。因说："四姑娘不在房里，只怕在老太太那边呢。"丫鬟们道："在那屋里不是！"甲双：用画家三五聚散法写来，方不死板。周瑞家的听了，便往这边屋里俞校："这边屋里"——从晋、甲；原"这屋内"。来，只见惜春正同水月庵列双：即馒头庵。的小姑子智能儿两个一处顽笑。甲眉：闲闲一笔，却将后半部线索提动。甲双：总是得空便入，百忙中又带出王夫人喜施舍等事，可知一支笔作千百支用。又伏后文。见周瑞家的进来，惜春便问他何事。周瑞家的便把花匣打开，说明原故。惜春笑道："我这里正和智能儿说，我明儿也剃了头，同他做姑子去呢，可巧又送了花儿来。若剃了头，可把这花儿戴在那里！"蒙侧：触景生情，透漏身分。说着，大家取笑一回，惜春命丫鬟入画来收了。俞校："来收了"——从戊、晋、甲；原"来收"。甲侧：曰司棋，曰侍书，曰入画，后文补抱琴。琴、棋、书、画四字最俗，上添一虚字，则觉新雅。

周瑞家的因问智能儿："你是什么时候来的？你师父那秃歪拉那里去了？"俞校："那里去了"——从晋；原"往那里去了"。智能儿道："我们一早俞校："一早"——从戊、己、庚、晋、甲；原"一早儿"。就来了。我师父见过太太，就往于老爷府里去了，叫我在这里等他呢。"甲双：又虚贴一个于老爷，可知尚僧尼者，悉愚人也。周瑞家的又道："十五的月例香供银子可得了没有？"智能儿摇头说："不知道。"甲双：妙！年轻未任事也。一应骗布施、哄斋供诸恶，皆是老秃贼设局。写一种人，一种人活像。惜春听了，便问周瑞家的："如今各庙月例银子都是谁管着？"周瑞家的道："是余信管着。"甲侧：明点"愚性"二字。惜春听了，笑道："这就是了。他师父一来了，余信家的就赶上来，和他师父咕唧了半日，想是就为这事了。"蒙戚双：一人不落，一事不忽，伏下多少后文，岂真为送花哉！那周瑞家的又和智能儿唠叨了一回，便往凤姐处来。穿夹道，从李纨后窗下过，甲双：细极！李纨虽无花，岂可失而不写者？故用此顺笔便墨，间三带四，使观者不忽。隔着玻璃窗户，见李纨在炕上歪着睡觉呢。俞校："隔着玻璃"至"睡觉呢"——从己、庚；原无。遂越过俞校："遂越过"——从庚；原"越"。西花墙，出西角门，进入俞校："进入"——从戊、己、庚、晋、甲；原"进"。凤姐院中。走至堂屋，只见小丫头丰儿坐在凤姐的门槛子上。见周瑞家的来了，连忙甲侧：二字着紧。摆手儿，叫他往东屋里俞校："东屋里"——从戌、己、庚、晋；原"东房里"。去。周瑞家的会意，忙蹑手蹑脚的俞校："忙蹑手蹑脚的"——原"忙"作"慌的"；己、庚"忙蹑手蹑足"。今改"忙"。往东边房里来，只见奶子正拍着大姐儿睡觉呢。甲侧：总不重犯，写一次有一次的新样文法。周瑞家的悄问奶子道："奶奶睡中觉呢？也该请醒了。"俞校："请醒了"——从戌、己、庚、晋、甲；原"请醒"。奶子摇头儿。甲侧：有神理。正问着，只听那边俞校："只听那边"——从戌、己、庚、晋；原"只听那"。一阵笑声，却有贾琏的声音。接着房门响处，平儿拿着大铜盆出来，叫丰儿舀水进去。甲眉：余素所藏仇十洲《幽窗听莺暗春图》，其心思笔墨，已是无双，今见此阿凤一传，则觉画工太板。甲双：妙文奇想！阿凤之为人，岂有不着意于"风月"二字之理哉？若直以明笔写之，不但唐突阿凤身价，亦且无妙文可赏。若不写之，又万万不可。故只用"柳藏鹦鹉语方知"之法，略一皴染，不独文字有隐微，亦且不至污渎阿凤之英风俊骨。所谓此书无一不妙。平儿便进这边来，一见了俞校："一见了"——从戌、己、庚、晋；原"见了"。周瑞家的，便问："你老人家又跑了来作什么？"周瑞家的忙起身拿匣子与他，说送花儿一事。俞校："送花儿一事"——从己、庚；原"送花之事"。平儿听了，便打开匣子拿了四枝，转身去了。半刻工夫，手里又拿出两枝来，甲侧：攒花簇锦文字，故使人耳目眩乱。先叫彩明来吩咐他送到那边府里，给小蓉大奶奶戴去；甲侧：忙中更忙，又曰"密处不容针"，此等处是也。次后方命周瑞家的回去道谢。周瑞家的这才往贾母这边来。过了穿堂，顶头忽见他女儿打扮着，才从他婆家来。周瑞家的忙问："你这会子跑来作什么？"他女儿笑道："妈一向身上好？我在家里等了这半日，妈竟不出去。什么事情，这样忙的不回家？我等烦了，自己先到了老太太跟前请了安了，这会子请太太的安去。妈还有什么不了的差事？手里是什么东西？"周瑞家的笑道："嗳！今儿偏偏的俞校："偏偏的"——从戌、己、庚；原"偏偏儿的"。来了个俞校："来了个"——从戌、己、庚、晋；原"来了"。刘姥姥，我自己多事，为他跑了半日。这会子又被姨太太看见了，送这几枝花儿与姑娘奶奶们，这会子还没送清白呢。你这会子跑来，一定有什么事情。"俞校："什么事情"——从己；原"什么事情的"。他女儿笑道："你老人家倒会猜。实对你说，你女婿前儿因多吃了两杯酒，和人分争起来，不知怎的被人放了一把邪火，说他来历不明，告到衙门里，要递解他还乡。所以我来和你老人家商议商议，这个情分，求那一个俞校："求那一个"——从戌、己、庚、晋、甲；原"求那个"。才了事？"周瑞家的听了道："我就知道的，有什么大不了的！俞校："大不了的"——从戌；原"大不了的事情"。你且家去等我，俞校："家去等我"——从戌、己、庚、晋、甲；原"回去等著"。

我送林姑娘的花儿去了就回家来。俞校："回家来"——从晋、甲；原"回家"。此时太太、二奶奶都不得闲儿。你回去等我。这没有什么忙的！"他女儿听说，俞校："听说"——从己、庚、晋、甲；原"听说如此"。便回去了，还说："妈好歹快来。"周瑞家的道："是了。小人儿家俞校："小人儿家"——从庚、晋、甲；原"小人家"。没经过什么事的，就急得你这样了。"俞校："急得你这样了"——从己、庚；原"急的那样儿了"。说着，便到黛玉房中去了。甲双：又生出一小段来，是荣宁中常事，亦是阿凤正文，若不如此穿插，直用一送花到底，亦太死板，不是《石头记》笔墨矣。

谁知黛玉此时，不在自己房里，俞校："自己房里"——从晋、甲；原"自己房中"。却在宝玉房中，大家解九连环顽呢。俞校："顽呢"——从己、庚；原"作戏"。甲侧：妙极！又一花样，此时二玉已隔房矣。周瑞家的进来，俞校："周瑞家的进来"——从戌、己、庚、晋、甲；原"周瑞家的"。笑道："林姑娘，姨太太着我送花儿来俞校："送花儿来"——从己、庚；原"送花来"。与姑娘戴。"宝玉听说，便先问俞校："便先问"——从庚；原"先便说"。："什么花儿？俞校："什么花儿"——从己、庚；原"什么花"。拿来给我。"一面早伸手接过来了。甲侧：瞧他夹写宝玉。开匣看时，原来是两枝宫制堆纱新巧的假花。甲侧：此处方一细写花形。黛玉只就宝玉手中看了一看，俞校："看了一看"——从戌、己、庚、晋、甲；原"看一看"。甲侧：妙！看他写黛玉。便问道："还是单送我一个人的，还是别的姑娘们都有呢？"俞校："都有呢"——从庚；原"都有"。甲双：在黛玉心中，不知有何丘壑。周瑞家的道："各位都有了，这两枝是姑娘的了。"黛玉冷笑道："我就知道，别人不挑剩下的，也不给我。"甲侧：吾实不知黛卿胸中有何丘壑，在"看一看"上传神。周瑞家的听了，一声儿不言语。俞校："不言语"——从戌、己、庚、晋、甲；原"也不言语"。甲眉：余问（阅）送花一回，薛姨妈云，宝丫头不喜这些花儿粉儿的，则谓是宝钗正传。又主（出）阿凤、惜春一段，则又知是阿凤正传。今又到颦儿一段，却又将阿颦之天性，从骨中一写，方知亦系颦儿正传。小说中一笔作两三笔者有之，一事启两事者有之，未有如此恒河沙数之笔也。宝玉便问道："周姐姐，你作什么俞校："你作什么"——从戌、己、庚、晋；原"你为什么"。到那边去了？"周瑞家的因说："太太在那里，因回话去了，姨太太就顺便叫我带了来。"宝玉道："宝姐姐在家做什么呢？怎么这几日也不过来？"周瑞家的道："身上不大好呢。"宝玉听了，便和丫头说："谁去瞧瞧，就说我和林姑娘打发来甲侧："和林姑娘"四字着眼。问姨娘、姐姐安。问姐姐是什么病，吃什么药。论理我该亲自来的，说我才从学里回来，也着了些凉，改日俞校："改日"——从晋、甲；原"异日"。再亲来。"说着，茜雪便答应去了。周瑞家的自去，无话。甲眉：余观"才从学里来"几句，忽追思昔日形景，可叹！想纨袴小儿，自开口云"学里"，亦如市俗人开口便云"有些小事"，然何尝真有事哉！此掩饰推托之词耳。宝玉若不云"从学房里来凉着"，然则便云"因憨顽时凉着"者哉。写来一笑，继之一叹。

原来这周瑞的女婿俞校："周瑞的女婿"——从己、庚；原"周瑞家的女婿"。便是雨村的好友冷子兴，甲侧：着眼。近因卖古董俞校："卖古董"——从戌、己、庚、晋、甲；原"古董"。和人打官司，故教女人俞校："教女人"——从己、庚；原"遣女人"。来讨情分。周瑞家的仗着主子的势利，把这些事也不放在心上，晚间只求求凤姐儿便完了。 俞校："便完了"——从戊、己、庚、甲；原"便"。 至掌灯时分，凤姐已卸了妆，来见王夫人，回说："今儿甄家 甲侧：又提甄家。 蒙戚双：又是甄家。 送了来的东西，我已收了。 甲侧：不必细说方妙。 咱们送他的，趁着他家有年下送鲜的船去，一并都交给他们带了去罢。" 俞校："带了去罢"——从己、庚；原"带了去了"。 王夫人点头。凤姐又道："临安伯老太太生日的礼已经打点了，太太派谁送去？" 甲侧：阿凤一生尖处。 王夫人道："你瞧谁闲着，就叫他们去四个女人就是了， 俞校："就叫他们去四个女人就是了"——从己、庚；原"只管打发四个女人去就完了"。 又来当 俞校："又来当"——从戊、己、庚；原"又当"。 什么正经事问我。" 甲双：虚描二事，真真千头万绪，纸上虽一回两回中或有不能写到阿凤之事，然亦有阿凤在彼处手忙心忙矣，观此回可知。 蒙侧：各自(有)各自心计，在问答之间渺茫欲露。 凤姐又笑道："今日珍大嫂子来请我明日过去逛逛，明儿倒没有什么事。"王夫人道："没事有事，都害不着什么。每常他来请，有我们，你自然不便意。他既不请我们，单请你，可知是他诚心叫你 俞校："诚心叫你"——从戊、己、庚、晋、甲；原"诚心请你"。 散淡散淡，别辜负了他的心。便有事也该过去才是。" 蒙侧：用人刀(力)者，当有此段心想。 凤姐答应了。当下李纨、迎、探等姊妹们亦来定省毕， 俞校："亦来定省毕"——从己、庚；原"亦曾定省毕"。 各自归房无话。

次日，凤姐梳洗了，先回王夫人毕，方来辞贾母。宝玉听了，也要跟了逛去。 俞校："跟了逛去"——从庚；原"侄去"。 凤姐只得答应着，立等换了衣服，姐儿两个坐了车，一时进了宁府。早有贾珍之妻尤氏与贾蓉之妻秦氏婆媳两个，引了多少姬妾、丫鬟、媳妇等接出仪门。那尤氏一见了凤姐，必先嘲笑一阵， 俞校："嘲笑一阵"——从己、庚、甲；原"笑嘲一阵"。 一手携了 俞校："一手携了"——从戊、己、庚、晋、甲；原"手携了"。 宝玉，同入上房来 俞校："上房来"——从戊、己、庚、晋、甲；原"上房"。 归坐。秦氏献茶毕。凤姐因说："你们请我来作什么？ 俞校："作什么"——从戊、己、庚、晋、甲；原无。 有什么好东西孝敬我，就快献上来， 俞校："有什么好东西孝敬我，就快献上来"——从己、庚；原"有什么东西孝敬就献来"。 我还有事呢。" 蒙侧：口头心头，惟恐人不知。 尤氏、秦氏未及答话， 俞校："答话"——从戊、己、庚；原"答应"。 地下几个姬妾先就笑说道："二奶奶 俞校："二奶奶"——从戊、己、庚、晋、甲；原"奶奶"。 今儿不来就罢， 蒙侧：非把世态熟于胸中者，不能有如此妙文。 既来了，就依不得二奶奶了。"正说着，只见贾蓉进来请安。宝玉因问："大哥哥今日不在家？"尤氏道："出城请老爷安去了。"又道："可是你怪闷的，也坐在这里作什么，何不去逛逛？" 俞校："也坐在这里作什么，何不去逛逛"——从戊、己；原"何不去往"。 秦氏笑道 俞校："秦氏笑道"——从戊、己、庚、晋、甲：原“秦氏道”。：“今儿巧，上回宝叔立刻要见的我那兄弟，他今儿也在这里，想在书房里呢。宝叔何不去瞧一瞧？”俞校：“今儿巧”至“瞧一瞧”——从己，庚；原“宝叔叔要见我兄弟，今儿巧来了，瞧一瞧”。宝玉听了，即便下炕要走。俞校：“要走”——从戊、己、庚；原“走”。尤氏、凤姐都忙说：“好生着。忙什么。”甲眉：欲出鲸卿，却先小妯娌闲闲一聚，随笔带出，不见一丝作造。一面便吩咐人：“好生小心跟着，别委屈着他，倒比不得跟了老太太过来就罢了。”甲双：“委屈”二字极不通，却是至情，写愚妇至矣！凤姐儿道：“既这么着，何不请进这秦小爷来，我也瞧一瞧？难道我见不得他不成？”尤氏笑道：“罢，罢，可以不必见。他比不得咱们家的孩子们，蒙侧：偏会反衬，方显尊重。胡打海摔的惯了。甲双：卿家胡打海摔，不知谁家方珍怜珠惜？此极相矛盾却极入情，盖大家妇人口吻如此。人家的孩子都是斯斯文文俞校：“斯斯文文”——从戊、己、甲；原“斯斯文文的”。惯了的，乍见了你这破落户，还被人笑话死了呢！”俞校：“还被人笑话死了呢”——从戊、己、庚、晋；原“被人笑话呢”。凤姐笑道甲侧：自负得起。：“普天下的人，我不笑话就罢了，俞校：“就罢了”——从戊、己、庚；原“就罢”。竟叫这小孩子笑话我不成！”贾蓉道：“不是这话。他生的腼腆，没见过大阵仗儿，婶子见了没的生气。”凤姐啐道俞校：“啐道”——从戊、甲；原“道”。甲眉：此等处写阿凤之放纵，是为后回伏线。：“他是哪吒，我也要见一见，别放你娘的屁了。再不带去，俞校：“带去”——从戊；原“带来”。看给你一顿好嘴巴子。”贾蓉笑嘻嘻的说：“我不敢强，就带他来。”说着，果然出去带进一个小后生来。较宝玉略瘦巧些，清眉秀目，粉面朱唇，身材俊俏，举止风流，似在宝玉之上，只是俞校：“只是”——从戊、己、庚、晋、甲；原“只见”。怯怯羞羞有女儿之态。甲侧：伏笔也，不可不知。腼腆含糊，慢向俞校：“慢向”——从己、庚；原“的向”。凤姐作揖问好。凤姐喜的先推宝玉俞校：“先推宝玉”——从戊、己、庚、晋、甲；原“手推宝玉”。笑道：“比下去了！”甲侧：不知从何处想来。便探身一把携了这孩儿的手，就叫他身旁坐了，慢慢问他年纪、读书等事，甲侧：分明写宝玉，却先偏写阿凤。方知他学名唤秦钟。俞校：“名唤秦钟”——从戊；原“名叫秦钟”。甲双：设云“情种”。古诗云：“未嫁先名玉，来时本姓秦。”二语便是此书大纲目、大比托、大讽刺处。早有凤姐的丫鬟、媳妇们，见凤姐初会秦钟，并未备得表礼来，遂忙过那边去俞校：“那边去”——从戊、己、庚、晋、甲；原“那边里”。告诉平儿。平儿素知凤姐与秦氏厚密，虽是小后生家亦不可太俭，遂自作了主意，俞校：“自作了主意”——从戊；原“自做主意”。拿了一疋尺头，两个状元及第的小金锞子，交付与来人送过去。凤姐犹笑说“太简薄”等语，秦氏等俞校：“秦氏等”——从戊、己、庚、晋；原“秦氏”。谢毕。一时吃过饭，尤氏、凤姐、秦氏等抹骨牌，不在话下。甲双：一人不落，又带出强将手下无弱兵。宝玉、秦钟二人随便起坐说话。甲侧：淡淡写来。那宝玉只一见俞校："只一见"——从戊；原"自一见了"。秦钟人品，心中便有所失。俞校："便有所失"——从戊、己、晋、甲；原"如有所失"。痴了半日，自己心中又起了呆意，乃自思道："天下竟有这等的人物！如今看了我，竟成了泥猪癞狗了。可恨我为什么生在这侯门公府之家，若也生在俞校："也生在"——从戊、己、庚、晋、甲；原"生在"。寒儒薄宦之家，早得与他交结，俞校："与他交结"——从戊、庚；原"与他交接了"。也不枉俞校："也不枉"——从戊、己、庚、晋、甲；原"不枉"。生了一世。我虽如此比他尊贵，甲双：这一句不是宝玉本意中语，却是古今历来膏粱纨绔之意。可知绫锦纱罗，也不过裹了我这根死木头；俞校："死木头"——从己、庚；原"死木"。美酒羊羔，只不过填了我这粪窟泥沟。'富贵'二字，不料遭我荼毒了。"俞校："荼毒了"——从己、庚、晋；原"涂毒"。甲双：一段痴情，翻"贤贤易色"一句筋斗，使此后朋友中，无复再敢假谈道义，虚论情常。蒙侧：此是作者一大发泄处。秦钟自见了宝玉形容出众，举止不浮，俞校："不浮"——从戊、晋、甲；原"不群"。甲双："不浮"二字妙！秦卿目中所取，正在此。更兼金冠绣服，娇婢侈童。甲双：这二句是贬，不是奖。此八字遮饰过多少魑魅纨绮，秦卿目中所鄙者。秦钟心中亦自思道甲侧：所谓两情脉脉。："果然这宝玉怨不得人俞校："怨不得人"——从己、庚；原"怨不得人人"。溺爱他。可恨我偏生于清寒之家，不能与他耳鬓交接。可知'贫富'二字限人，亦世间之大不快事。"甲双："贫富"二字中，失却多少英雄朋友！蒙侧：总是作者大发泄处，借此以伸多少不乐。二人一样的胡思乱想。蒙戚双：作者又欲瞒过众人。忽又甲双：二字写小儿，得神。有宝玉问他读什么书。甲双：宝玉问读书，亦想不到之大奇事。秦钟见问，便因实而答。俞校："因实而答"——从戊、己；原"因而实答"。甲双：四字普天下朋友来看。二人你言我语，十来句后越觉亲密起来。一时，摆上茶果。俞校："摆上茶果"——从庚；原下有"吃茶"。宝玉便说："我两个俞校："我两个"——从庚；原"我们两个"。又不吃酒，把果子摆在里间小炕上，我们那里坐去，省得闹你们。"甲双：眼见得二人一身一体矣。于是二人进里间来吃茶。秦氏一面张罗与凤姐摆酒果，一面忙进来嘱咐宝玉道："宝叔，你侄儿年小，倘或言语不防头，你千万看着我不要理他。他虽俞校："他虽"——从戊、己、庚、晋、甲；原"他虽然"。腼腆，却性子左强，俞校："左强"——从戊、己、庚、晋、甲；原"倔强"。不大随和些是有的。"蒙侧：伏后文。蒙戚双：实写秦钟，双映宝玉。宝玉笑道："你去罢。我知道了。"秦氏又嘱了俞校："又嘱了"——从戊、己、庚、晋；原"又嘱"。他兄弟一回，方去陪凤姐。一时，凤姐、尤氏又打发人来问宝玉："要吃什么，外面有，只管要去。"俞校："只管要去"——从戊、己、庚、晋、甲；原"只管去要"。宝玉只答应着，也无心在饮食上，只问秦钟近日家务等事。甲双：宝玉问读书已奇，今又问家务，岂不更奇？秦钟因说："业师于去年病故。俞校："去年病故"——从己、庚；原"去岁病故"。家父又年纪老迈，残疾在身，公务繁冗，因此尚未讲及俞校："尚未讲及"——从己、庚；原"尚未议及"。再延师一事，目下不过在家温习旧课而已。再读书一事，也必须有一二知己为伴，（蒙侧：伏线。）时常大家讨论，才能进益。”宝玉不待说完，便答道：“正是呢。我们家却有个家塾，合族中有不能延师的便可入塾读书，子弟们中亦有亲戚在内，可以附读。我因上年业师回家去了，也现荒废着。家父之意亦欲暂送我去且温习着旧书，待明年业师上来，再各自在家里亦可。家祖母因说，一则家学里子弟太多，生恐大家淘气反不好；二则也因我病了几天，（俞校：“病了几天”——从戌、己、庚、晋、甲；原“病了几日”。）遂暂且耽搁着。如此说来，尊翁如今也为此事悬心。今日回去，何不禀明，就往我们这敝塾中来？我也相伴，彼此有益，岂不是好事。”秦钟笑道（甲眉：真是可儿之弟。）：“家父前日在家提起延师一事，也曾提起这里的义学倒好，原要来和这里的亲翁商议引荐。因这里又事忙，不便为这点小事来聒絮的。（俞校：“为这点小事来聒絮的”——从戌、己、庚、晋、甲；原“为这小事来聒絮”。）宝叔果然度小侄或可（俞校：“或可”——从戌；原“可以”。）磨墨涤砚，何不速速的作成，（甲眉：真是可卿之弟。）彼此不致荒废，又可以常相谈聚，又可以慰父母之心，又可以得朋友之乐，岂不是美事！”（蒙侧：痛快淋漓，以至于此。）宝玉道：“放心，放心。咱们回来先（俞校：“回来先”——从戌、己、庚、晋、甲；原“回去先”。）告诉你姐夫、姐姐和琏二嫂子。（俞校：“琏二嫂子”——从戌、己、庚、晋、甲；原“连二嫂子”。）你今日回家就禀明令尊，我回去再回明祖母，再无不速成之理。”（俞校：“速成之理”——从己、庚、晋、甲；原“速成之理的”。）二人计议已定，那天色已是掌灯时候，出来又看他们顽了一会牌。算账时却又是秦氏、尤氏二人输了戏酒的东道，（甲侧：自然是二人输。）言定后日吃这东道。一面又说了回话。（俞校：“说了回话”——从戌；原“说传晚饭”。）

晚饭毕，（俞校：“晚饭毕”——从戌；原“饭毕”。）因天黑了，尤氏说：“先派两个小子，送了这秦相公家去。”媳妇们传出去半日，秦钟告辞起身。尤氏问派了谁（俞校：“派了谁”——从己、庚；原“派了谁人”。）送去，媳妇们回说：“外头派了焦大，谁知焦大醉了，又骂呢。”（甲双：可见骂非一次矣。）（蒙侧：恶恶而不能去，善善而不能用，所以流毒无穷。可胜叹哉！）尤氏、秦氏（俞校：“尤氏、秦氏”——从戌、己、庚、晋、甲；原“尤氏”。）都道：“偏又派他作什么！放着这些小子们，那一个派不得，偏要（俞校：“偏要”——从戌、己、庚；原“偏又”。）惹他去。”（甲侧：便奇。）凤姐道：“我成日家（俞校：“成日家”——从戌、己、庚、晋、甲；原“成日”。）说你太软弱了，纵的家里人这样，还了得了。”（俞校：“还了得了”——从己、庚；原“还了得呢”。）尤氏叹道：“你难道不知这焦大的？连老爷都不理他的，（俞校："不理他的"——从戊、己、庚、晋、甲；原"不理他"。）你珍大哥哥（俞校："珍大哥哥"——从己、庚、晋；原"珍大哥"。）也不理他。因他从小儿跟着太爷们出过三四回兵，从死人堆里把太爷背了出来；得了命，自己挨着饿，却偷了东西来给主子吃；两日没得水，得了半碗水给主子喝，他自己喝马溺。不过仗着（俞校："仗着"——从戊、己、庚、晋、甲；原"仗"。）这些功劳情分，有祖宗时，都另眼相待，如今谁肯难为他。他自己又老了，又不顾体面，一味的咊酒，一吃醉了无人不骂。我常说给管事的，不要派他差事，（俞校："派他差事"——从己、庚；原"派他事"。）权当一个死的就完了。今儿又派了他。"（俞校："又派了他"——从戊、己、庚、晋、甲；原"又派了"。）（蒙侧：有此功劳，实不可轻易推（摧）折，亦当处之[以]道，厚其瞻仰（赡养），尊其等次。送人回家，原作（非）酬功之事。所谓汉（叹）之功臣不得保其首领者，我知之矣。）凤姐道："我何尝（俞校："何尝"——原"何曾"；己、庚"何常"。今改"何尝"。）不知这焦大，倒是你们没主意。有这样，何不打发他远远的庄子上去就完了。"（甲眉：这是为后协理宁国伏线。）说着，因问："我们的车可备齐了？"地下众人都应："伺候齐了。"凤姐亦起身告辞，和宝玉携手同行。尤氏等送至大厅，只见灯烛辉煌，众小厮都在丹墀侍立。那焦大又恃贾珍不在家，即在家亦不好怎样他，（俞校："怎样他"——从己、庚；原"怎样"。）更可以恣意的洒落洒落。因趁着酒兴，先骂（甲侧：来了！）大总管赖二，（甲双：记清，荣府中则是赖大，又故意综错的妙。）说他不公道，欺软怕硬，"有了好差事就派别人，像这样黑更半夜送人的事就派我。没良心的忘八羔子！瞎充管家！你也不想想，焦大太爷跷起一只腿，比你的头还高呢！二十年头里的焦大太爷，眼里有谁，别说你们这一把子杂种忘八羔子们！"正骂的兴头上，贾蓉送凤姐的车出去，众人喝他不听，贾蓉忍不得，便骂了两句，使人捆起来，"等明日酒醒了问他，还寻死不寻死了。"（蒙侧：可怜，天下每每如此。）那焦大那里把贾蓉放在眼里，反大叫起来，赶着贾蓉叫："蓉哥儿，（甲侧：来了！）你别在焦大跟前使主子性儿。别说你这样儿的，（俞校："这样儿的"——从戊、己、庚、晋、甲；原"这样的"。）就是你爹、你爷爷，也不敢和焦大挺腰子呢。不是焦大一个人，你们就（俞校："你们就"——从庚；原"你们"。）做官儿，享荣华，受富贵！你祖宗九死一生挣下这个家业，到如今不报我的恩，反和我充起主子来了。不和我说别的还可；若再说别的，咱们红刀子进去，白刀子出来。"（俞校："红刀子进去，白刀子出来"——从己、庚；原"白刀子进去，红刀子出来”。 甲侧：忽接此焦大一段，真可惊心骇目，一字化一泪，一泪化一血珠。 甲双：是醉人口中文法。一段借醉奴口角，闲闲补出宁荣往事近故，特为天下世家一笑。 靖眉：焦大之醉，伏可卿死。作者秉刀斧之笔，一字一泪，一泪化一血珠！惟批书者知之。凤姐在车上说与贾蓉俞校：“说与贾蓉”——从戊、晋；原“说”。：“以后还不早打发了这没王法的东西。留在这里，俞校：“留在这里”——从戊、己、庚；原“在这里”。岂不是祸害。倘或亲友知道了，岂不笑话咱们这样的人家，连个王法规矩都没有。”贾蓉答应：“是。”众小厮见他撒野不堪了，只得上来几个，揪翻捆倒，拖往俞校：“拖往”——从戊、己、庚、晋、甲；原“拖到”。马圈里去。焦大越发俞校：“越发”——从己、庚；原“亦发”。连贾珍甲侧：来了！都说出来，乱嚷乱叫，说：“我要往祠堂里哭太爷去。甲眉：“不如意事常八九，可与人言无二三。”以二句批是假（段），聊慰石兄。那里承望到如今生下这些畜牲来，每日家偷狗戏鸡，爬灰的爬灰，养小叔子的养小叔子，我什么不知道！咱们胳膊折了，往袖子里藏。”甲眉：一部《红楼》，淫邪之处，恰在焦大口中揭明。 蒙侧：放笔痛骂一回，富贵之家，每掠（罹）此祸。众小厮们听他说出这些没天日的话来，吓得魂飞魄丧，也不顾别的，便把他捆起来，用土和马粪满满的填了他一嘴。凤姐和贾蓉等俞校：“贾蓉等”——从戊、己、庚；原“贾蓉”。也遥遥的闻得，便都装作听不见。俞校：“听不见”——从戊；原“不听见”。 甲侧：是极！宝玉在车上，见这般醉闹倒也有趣，因问凤姐道：“姐姐，你听他说‘爬灰的爬灰’，什么是‘爬灰’？”甲侧：问得妙！ 蒙侧：暗伏起（后）来史湘云之问。凤姐听了，连忙立眉嗔目断喝俞校：“立眉嗔目断喝”——从戊、己、庚；原“竖眉瞪目乱喝”。道：“少胡说，那是醉汉嘴里混唚！俞校：“混唚”——从戊、己、庚；原“溜浸”。 甲侧：答得妙！ 蒙侧：熙凤能事。你是什么样的人，不说不听见，还倒细问。俞校：“还倒细问”——从戊、己、庚；原“还要细问”。等我回去回了太太，俞校：“回了太太”——从己、庚、晋、甲；原“回了老太太”。仔细捶你不捶你。”吓的宝玉连忙央告：“好姐姐，我再不敢了。”凤姐道甲侧：哄得妙！：“好兄弟，俞校：“好兄弟”——从戊、晋、甲添；原无。这才是呢。等咱们到了家，俞校：“这才是呢。等咱们到了家”——从己、庚；原“这才是，等回去，咱们”。回了老太太，打发你同你秦家侄儿俞校：“同你秦家侄儿”——从己、庚；原无。学里念书去要紧。”说着，自回荣府而来。要知端的，且听下回分解。正是：

不因俊俏难为友，正为风流始读书。甲侧：原来不读书即蠢物矣。

蒙戚回后：焦大之醉，伏可卿之病至死。周妇之谈，势利之害真凶。作者具菩提心，于世人说法。

第八回
比通灵金莺微露意　探宝钗黛玉半含酸

蒙戚回前：幻情浓处故多嗔，岂独颦儿爱妒人。莫把心思劳展转，百年事业总非真。

题曰：

古鼎新烹凤髓香，那堪翠斝贮琼浆。
莫言绮谷无风韵，试看金娃对玉郎。俞校："题曰"至"对玉郎"——从戚；原无。

话说凤姐和宝玉回家，见过众人。宝玉先便回明贾母秦钟要上家塾之事，自己也有了个伴读的朋友，正好发奋，甲侧：未必。又着实的称赞秦钟的人品行事最使人怜爱。蒙侧："怜爱"二字，写出宝玉真神。若是别个，断不肯透露。凤姐又在一旁俞校："在一旁"——从己、庚、晋、甲；原"在旁"。帮着说蒙侧：凤姐帮话，是为秦氏，用意屈（曲）尽人情。"过日他还来拜老祖宗"等语，说的贾母喜悦起来。甲侧：止此便十成了，不必繁文再表，故妙。偷度金针法。凤姐又趁势请贾母后日过去看戏。贾母虽年高，却极有兴头。甲侧：为贾母写传。至后日，又有尤氏来请，遂携了王夫人、林黛玉、宝玉等过去看戏。至晌午，贾母便回来歇息了。甲双：叙事有法，若只管写看戏，便是一无见世面之暴发贫婆矣。写"随便"二字，兴高则往，兴败则回，方是世代封君正传。且"高兴"二字，又可生出多少文章来。王夫人本是好清净的，甲双：偏与邢夫人相犯，然却是各有各传。见贾母回来，也就回来了。然后凤姐坐了首席，尽欢至晚，无话。（甲侧：细甚，交代毕。）

却说宝玉因送贾母回来，待贾母歇了中觉，意欲还去看戏取乐，（俞校："看戏取乐"——从己、庚；原无。）又恐扰的秦氏等人不便。（甲侧：全是体贴功夫。）因想起近日薛宝钗在家养病，未去亲候，意欲去望他一望。若从上房后角门过去，又恐遇见别事缠绕，再或可巧遇见他父亲，（甲侧：本意正传，实是曩时苦恼，叹叹！）更为不妥，（甲侧：细甚。）宁可绕远路罢了。当下众嬷嬷、丫鬟伺候他换衣服，见他不换，仍出二门去了。众嬷嬷、丫鬟只得跟随出来，还只当他去那府中看戏。谁知到了穿堂，便往东向北，（俞校："往东向北"——从戊；原"向东北"。）绕厅后而去。偏顶头遇见了门下清客相公詹光（甲侧：妙！盖沾光之意。）、单聘仁（甲侧：更妙！盖善于骗人之意。）二人走来。一见了宝玉，便都笑着赶上来，一个抱住腰，一个携着手，都道："我的菩萨哥儿，（甲侧：没理没伦，口气毕肖。）我说作了好梦呢，好容易得遇见了你。"说着，请了安，又问好，唠叨半日，（俞校："唠叨半日"——从庚、晋；原"啰叨半日"。）方才走开。（俞校："方才走开"——从己、庚；原"方才去了"。）（甲眉：一路用淡三色烘染、行云流水之法，写出贵公子家常不迹不离气致。经历过者则喜其写真，未经者恐不免嫌繁。）这老嬷嬷又叫住，因问："你二位爷（俞校："因问：你二位爷"——从戊、己、晋、甲；原"问你二位"。）是从老爷跟前来的（俞校："从老爷跟前来的"——从戊、己、庚；原"往老爷跟前去的"。）不是？"（甲侧：为玉兄一人，却人人俱有心事，细致。）他二人点头道（甲侧：使人起遐思。）："老爷在梦坡斋（甲侧：妙！梦遇坡之处也。）小书房里歇中觉呢，不妨事的。"（甲侧：玉兄知己。一笑。）一面说，一面走了。说的宝玉也笑了。于是转弯向北，奔梨香院来。（蒙侧：吃冷香丸，往（住）梨香院。有趣。）可巧银库房的总领名唤吴新登，（甲侧：妙！盖云无星戥也。）与仓上的头目（俞校："头目"——从戊、己、庚、晋、甲；原"头领"。）名唤戴良，（甲侧：妙！盖云大量也。）还有几个管事的头目，共有七个人从账房里出来，一见了宝玉，赶来都一齐垂手站住。独有一个买办名唤钱华的，（甲双：亦钱开花之意。随事生情，因情得文。）因他多日未见宝玉，忙上来打千儿（俞校："打千儿"——从戊、己、庚、晋；原"打跧儿"。）请安。宝玉忙含笑携他起来。众人都笑说（俞校："都笑说"——从戊、己、庚、晋、甲；原"都笑道"。）："前儿在一处看见二爷写的斗方儿，（俞校："斗方儿"——从己、庚、晋、甲；原"斗方"。）字法越发好了，（俞校："字法越发好了"——从戊、己、庚、晋、甲；原"字儿益发好了"。）多早晚赏我们几张贴贴。"（甲眉：余亦受过此骗，今阅至此，赧然一笑。此时有三十年前向余作此语之人在侧，观其形已皓首驼腰矣，乃使彼亦细听此数语，彼则潸然泣下，余亦为之败兴。）（靖眉：沾光、善骗人、无星戥皆随事生情，调侃世人。余亦受过此骗，阅此一笑。三十年前作此话之人，观其形，已皓首驼腰矣。使彼亦细听此语，彼则潜（潸）然泣下，余亦为之败兴。）宝玉笑道："在那里看见了？"众人道："好几处都有，都称赞的了不得，（蒙侧：侍奉上人者，无此等见识，无此等迎奉者，难乎免于厌弃。呜呼哀哉！）还和我们寻呢。"宝玉笑道："不值什么，你们说给我的小幺儿们就是了。”一面说，一面前走。众人待他过去，方都各自散了。（甲双：未入梨香院，先故作若许波澜曲折。瞧他无意中又写出宝玉写字来，固是愚弄公子之闲文，然亦是暗逗宝玉历来文课事，不然后文岂不太突？）

闲言少述，（甲双：此处用此句最当。）且说宝玉来至梨香院中，先入薛姨妈室中来，见薛姨妈打点针黹（俞校：“针黹”——从戌、己、庚、晋、甲；原“针东”。）与丫鬟们呢。宝玉忙请了安。薛姨妈忙一把拉了他，抱入怀内，笑说：“这么冷天，我的儿，难为你想着来。快上炕来坐着罢。”命人倒滚滚的茶来。宝玉因问：“哥哥不在家？”薛姨妈叹道：“他是没笼头的马，天天逛不了，那里肯在家一日！”宝玉道：“姐姐可大安了？”薛姨妈道：“可是呢，你前儿又想着，打发人瞧他。他在里间呢，你去瞧他。里间比这里暖和，那里坐着，（蒙侧：作者何等笔法，“里问（间）里”三字，恐文气不足，又贯之以“比这里和缓（暖）”，其笔真是神龙云中弄影，是必当进去的神理。）我收拾收拾就进来和你说话儿。”宝玉听说，忙下了炕，来至里间门前，只见吊着半旧的红绸软帘。（甲侧：从门外看起，有层次。）宝玉掀帘，一迈步进去，先就看见薛宝钗坐在炕上做针线。（俞校：“做针线”——从戌；原“作针线”。）头上挽着漆黑油光的鬓儿，（俞校：“鬓儿”——从戌、己、庚、晋、甲；原“发儿”。）蜜合色棉袄，玫瑰紫二色金银鼠比肩褂，葱黄绫绵裙，（俞校：“绵裙”——从戌、己、庚、晋、甲；原“洒线裙”。）一色半新不旧，看去不觉奢华。唇不点而红，眉不画而翠，脸若银盆，眼如水杏。罕言寡语，人谓藏愚。安分随时，自云守拙。（甲双：这方是宝卿正传。与前写代（黛）玉之传一齐参看，各极其妙，各不相犯，使其人难其左右于毫末。）（甲眉：画神鬼易，画人物难。写宝卿，正是写人之笔，若与黛玉并写，更难。今作者写得一毫难处不见，且得二人真体实传，非神助而何？）（靖眉：十六字乃宝卿正传。参看前写黛玉传，各不相犯，令人左右难其于毫末。）宝玉一面看，一面口内问：“姐姐可大愈了？”宝钗抬头，（甲侧：与宝玉“迈步”针对。）只见宝玉进来，（甲双：此则神情尽在烟飞水逝之间，一展眼便失于千里矣。）连忙起身，含笑答道（俞校：“含笑答道”——从戌、己、晋、甲；原“笑答道”。）：“已经大好了，倒多谢记挂着。”说着，让他在炕沿上坐了，即命莺儿斟茶来。一面又问老太太、姨娘安，别的姊妹们都好。（甲侧：这是口中如此。）一面（甲侧：“一面”二，口中眼中，神情俱到。）看宝玉头上戴着累丝嵌宝紫金冠，额上勒着二龙抢珠金抹额，身上穿着秋香色立蟒白狐腋箭袖，系着五色蝴蝶鸾绦，项上挂着长命锁、记名符，另外有那一块落草时衔下来的（俞校：“衔下来的”——从戌、己、庚、晋、甲；原“衔来的”。）宝玉。宝钗因笑说道：“成日家（俞校：“成日家”——从己、庚、晋、甲；原“成日人家”。）说你的这玉，究竟未曾细细的赏鉴，我今儿倒要瞧瞧。”（甲双：自首回至此，回回说有通灵玉一物，余亦未曾细细赏鉴，今亦欲一见。）说着，便挪近前来。宝玉亦凑了上去，（俞校：“凑了上去”——从己、庚、晋、甲；原“凑了去”。）从项上（俞校：“项上”——从己、庚、晋、甲；原“头上”。）摘了下来，递在宝钗手内。宝钗托于掌上，（甲双：试问石兄：此一托，比在青埂峰下猿啼虎啸之声何如？　甲眉：余代答曰：“遂心如意！”）只见大如雀卵，（甲侧：体。）灿若（俞校：“灿若”——从戊、庚；原“耀若”。）明霞，（甲侧：色。）莹润如酥，（甲侧：质。）五色花纹（俞校：“五色花纹”——从己、庚、晋、甲；原“五色纹”。）缠护。（甲侧：文。）这就是大荒山中青埂峰下的那块顽石的幻相。（甲侧：注明。）后人曾有诗（俞校：“曾有诗”——从己、庚、晋、甲；原“有诗”。）嘲云：

女娲炼石已荒唐，又向荒唐演大荒。

失去幽灵真境界，幻来新就（俞校：“新就”——从晋、甲；原“亲就”。）臭皮囊。（甲侧：二语可入道，故前引庄叟秘诀。）

好知运败金无彩，堪叹时乖玉不光。（甲侧：又夹入宝钗，不是虚图对的工。　甲侧：二语虽粗，本是真情，然此等诗只宜如此，为天下儿女一哭。　靖眉：伏下文，又夹入宝钗，不是虚图对的工。）

白骨如山忘姓氏，无非公子与红妆。（甲侧：批得好。末二句似与题不切，然正是极贴切语。）

那顽石亦曾记下他这幻相并癞僧所镌的篆文，今亦按图画于后。但其真体最小，方能从胎中小儿口中衔下。今若按其体画，恐字迹过于微细，使观者大费眼光，亦非畅事。故今只按其形式，无非略展放些规矩，使观者便于灯下醉中可阅。今注明此故，方无“胎中之儿口有多大，怎得衔此狼犺蠢物”等语之谤。（俞校：“之谤”——从戊、己、庚；原“谤余之谈”。）

（甲眉：又忽作此数语，以幻弄成真，以真弄成幻，真真假假，恣意游戏于笔墨之中，可谓狡猾之至。　甲眉：作人要老诚，作文要狡猾。）

通灵宝玉正面图式

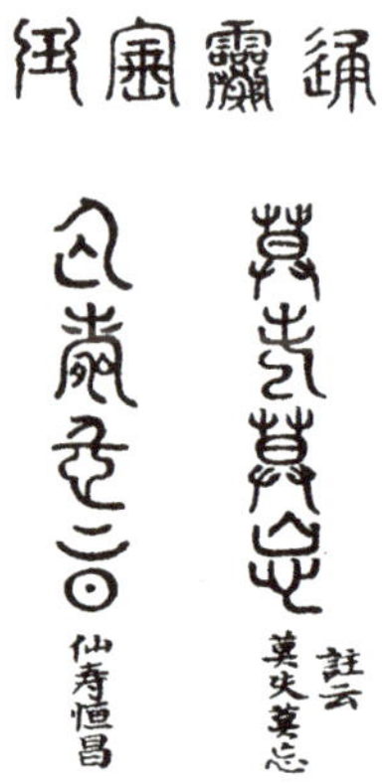

通灵宝玉反面图式

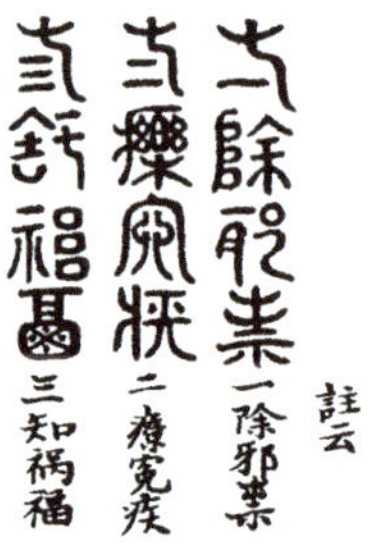

宝钗看毕，甲双：余亦想见其物矣。前回中总用草蛇灰线写法，至此方细细写出，正是大关节处。靖眉：前回中总用草蛇灰线细细写法，至此方写出，是大关节处，奇之至！又从新俞校："从新"——从庚；原"从"。翻过正面来细看，甲侧：可谓真奇之至。口内念道："莫失莫忘，仙寿恒昌。"甲侧：是心中沉音神理。甲眉：《石头记》立誓一笔不写一家文字。念了两遍，乃回头向莺儿笑道："你不去倒茶，也在这里发獃俞校："发獃"——从戊、己、庚、晋、甲；原"发呆"。作什么？"甲双：请诸公掩卷合目想其神理，想其坐立之势，想宝钗面上口中。真妙！莺儿嘻嘻笑道："我听这两句话，倒像和姑娘的项圈上的两句话是一对儿。"甲眉：恨颦儿不早来听此数语，若使彼闻之，不知又有何等妙论趣语，以悦我等心臆。甲双：又引出一个金项圈来，莺儿口中说出方妙。宝玉听了，忙笑道俞校："忙笑道"——从己、庚、晋、甲；原"笑说道"。："原来姐姐那项圈上也有八个字，甲侧：不着而着。甲双：补出素日眼中虽见，而实未留心。我也赏鉴赏鉴。"宝钗道："你别听他的话，甲侧：写宝钗身分。没有什么字。"宝玉笑央："好姐姐，你怎么瞧我的俞校："瞧我的"——从戊；原"瞧我的了"。呢！"宝钗被缠不过，因说道："也是个人给了两句吉利话儿，蒙侧："也是个"等字，移换得巧妙。其雅量尊重，在不言之表。所以錾上了，叫天天戴着；不然，沉甸甸的有什么趣儿。"甲双：一句骂死天下浓妆艳饰富贵中之脂妖粉怪。一面说，一面解了排扣，甲侧：细。蒙侧：打开。好看煞人。从里面大红袄上将那珠宝晶莹黄金灿烂的璎珞掏将出来。俞校："掏将出来"——从戊、己、庚、晋；原"掏了出来"。甲双：按：璎珞者，头饰也，想近俗即呼为项圈者是矣。宝玉忙托了锁看时，果然一面有四个篆字，两面八个，共成两句吉谶，亦曾按式画下形相俞校："亦曾按式画下形相"——从己、庚、晋、甲；原"亦画形相"。：

璎珞正面式

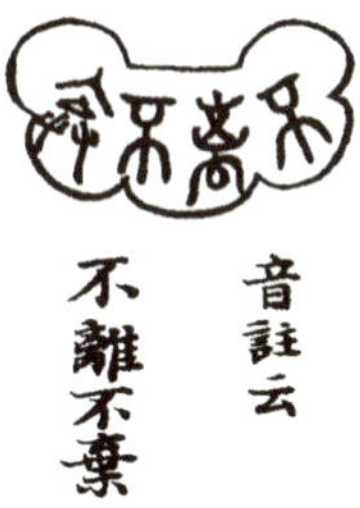

璎珞反面式

甲侧：合前读之，岂非一对？宝玉看了，也念了两遍，又念自己的两遍，因笑问："姐姐这八个字，倒与我的是一对。"甲眉："花看平（半）开，酒饮微醉"，此文字是也。甲双：余亦谓是一对，不知干支中四柱（注）八字，可与卿亦对否？莺儿笑道："是个癞头和尚俞校："癞头和尚"——从戊、庚、晋；原"癞和尚"。送的。他说必须錾在金器上。"蒙侧：和尚在幻境中作如此勾当，亦属多事。宝钗不待他说完，便嗔他甲侧：写宝钗身分。蒙侧：嗔字一劫（截），劫（截）得妙！不去倒茶。一面又问宝玉从那里来。甲侧：妙神，妙理，请观者自思。宝玉此时与宝钗就

比通灵金莺微露意　探宝钗黛玉半含酸

近，只闻一阵阵凉森森、甜丝丝（俞校："甜丝丝"——从戌、己、庚；原"甜甜"。）的幽香，（蒙侧：这方是花香袭人正意。）竟不知是何香气，遂问："姐姐熏的什么香？我竟从来未闻见过这味儿。"（甲侧：不知比"群芳髓"又何如？）宝钗笑道："我最怕（俞校："我最怕"——从戌、己、庚、晋、甲；原"我怕"。）熏香，好好的衣服熏的烟燎火气的。"（甲侧：真真骂死一干浓妆艳饰鬼怪。）宝玉道："既如此，这是什么香？"宝钗想了一想，笑道："是了，是我早起吃了丸药的香气。"（甲侧：点"冷香丸"。）宝玉笑道："什么丸药这么好闻？好姐姐，给我一丸尝尝。"（甲双：仍是小儿语气。究竟不知别个小儿，只宝玉如此。）宝钗笑道："又混闹了。一个药也是混吃的。"一语未了，（蒙侧：每善用此等转换法。）忽听外面人说："林姑娘来了。"（甲侧：紧处愈紧，密不容针之文。）话犹未了，林黛玉已摇摇的（俞校："摇摇的"——从戌、己、庚；原无。）（甲侧：二字画出身。）走了进来，一见宝玉，便笑道："嗳哟，我来的不巧了！"（甲侧：奇文，我实不知颦儿心中是何丘壑。）（蒙侧：怪急语。）宝玉等忙起身笑让坐。宝钗因笑道："这话怎么说？"（蒙侧：不得不问。）黛玉笑道："早知他来，我就不来了。"（蒙侧：更叫人急煞。）宝钗道："我更不解这意。"黛玉笑说道："要来时一群都来，要不来一个也不来。今儿他来了，明儿我再来，（俞校："明儿我再来"——从戌；原"明日我来"。）如此间错开了来着，岂不天天有人来了。（甲侧：强词夺理。）（蒙侧：又一转换。若无此，则必有宝玉之穷究，而宝钗之重复，加长无味。此等文章是《西游记》的请观世音菩萨，菩萨一到，无不扫地完结者。）也不至于太冷落，也不至于太热闹了。（甲侧：好点缀。）姐姐如何反不解这意思？"（甲双：吾不知颦儿以何物为心、为齿、为口、为舌，实不知胸中有何丘壑。）宝玉因见他外面罩着大红羽缎对襟褂子，（甲侧：岔开文字，避繁章法，妙极，妙极！）因问："下雪了么？"地下婆娘们道："下了这半日雪珠儿了。"（俞校："雪珠儿了"——从戌、己、庚；原"雪珠儿"。）宝玉道："取了我的斗篷来不曾？"（俞校："取了我的斗篷来不曾"——从己、庚；原"取了我的斗篷来了不曾"。）黛玉道："是不是！我来了，你就（俞校："你就"——从戌；原"他就"。）该去了。"（俞校："该去了"——从己、庚、晋、甲；原"讲去了"。）（甲侧：实不知有何丘壑。）宝玉笑道："我多早晚说要去来着，不过拿来预备着。"（俞校："预备着"——从己、庚、晋、甲；原"预备"。）宝玉的奶母李嬷嬷因说道："天又下雪，也好早晚的了，就在这里同姐姐妹妹一处顽顽罢。姨妈（俞校："姨妈"——从己、庚、晋、甲；原"姨娘"。）那里摆茶果子（俞校："茶果子"——从己、庚、晋；原"茶果了"。）呢。我叫丫头去取了斗篷来，说给小么儿们散了罢。"宝玉应允。李嬷嬷出去，（俞校："出去"——从己、庚、晋、甲；原"出"。）命小厮们都各散去不提。（蒙侧：极力写嬷嬷周旋，是反衬下文。）

这里薛姨妈已摆了几样细巧茶果，留他们吃茶。（甲侧：是溺爱，非势力。）宝玉因夸前日在那府里珍大嫂子的好鹅掌、鸭信，（甲双：为前日秦钟之事，恐观者忘却，故忙中闲笔，重一渲染。）薛姨妈听了，忙也把命校："忙也把"——从戊、己、庚；原"也把"。自己糟的取了些来与他尝。甲侧：是溺爱，非夸富。蒙侧：不写酒，先写糟，将糟引酒。宝玉笑道："这个须得就酒命校："就酒"——从戊、己、庚、晋；原"酧酒"。才好。"薛姨妈便命人去灌了最上等的酒来。甲侧：愈见溺爱。李嬷嬷便上来道："姨太太，酒倒罢了。"甲眉：余最恨无调教之家，任其子侄肆行哺啜，观此则知大家风范。宝玉笑央道："好妈妈，我只吃一钟。"李嬷嬷道："不中用！当着老太太、太太，那怕你吃一坛呢。想那日我眼错不见一会，不知是那一个没调教的，命校："没调教的"——从戊、晋、甲；原"没调教"。只图讨你的好儿，不管别人死活，给了你一口酒吃，葬送的我挨了两日骂。姨太太不知道他性子又可恶，甲侧：补出素日。吃了酒更弄性。有一日老太太高兴了，又尽着他命校："又尽着他"——从戊、己、庚、晋、甲；原"尽著他"。吃；什么日子，又不许他吃。何苦我白赔在里面。"甲侧：浪酒闲茶，原不相宜。蒙侧：嬷嬷口气。薛姨妈笑道："老货，甲侧：二字如闻。你只放心吃你的去，我也不许他吃多了。便是老太太问，有我呢。"一面命小丫鬟来，命校："小丫鬟来"——从己、庚、晋；原"小丫鬟们"。"让你奶奶们去，也吃杯命校："也吃杯"——从戊、己、庚、晋、甲；原"也吃一杯"。搪搪雪气。"那李嬷嬷听如此说，只得和众人且去吃些酒水。命校："酒水"——从己、庚；原"酒"。这里宝玉又说："不必温暖了，命校："温暖了"——从己、庚；原"荡暖了"。我只爱吃冷的。"薛姨妈忙道命校："薛姨妈忙道"——从己、庚；原"薛姨妈道"。："这可使不得！吃了冷酒，写字手打飐儿。"甲侧：酷肖。蒙侧：点石成金。宝钗笑道："宝兄弟，亏你每日家命校："每日家"——从己、庚、晋、甲；原"每家"。杂学傍收命校："傍收"——从戊；原"傍搜"。的，甲侧：着眼。若不是宝卿说出，竟不知玉卿日就何业。甲眉：在宝卿口中说出玉兄学业，是作微露卸春挂之萌耳。是书勿看正面为幸。难道就命校："难道就"——从戊、庚、晋、甲；原"难道"。不知道酒性最热。若热吃命校："若热吃"——从戊、己、庚、晋、甲；原"吃"。下去，发散的就快；若冷吃下去，便凝结命校："凝结"——从戊、己、庚、晋、甲；原"结"。在内，以五脏去暖他，岂不受害。从此还不快不要吃那冷的呢。"甲双：知命知身，识理识性，博学不杂，庶可称为佳人。可笑别小说中一首歪诗，几句淫曲，便自佳人相许，岂不丑杀。宝玉听这话有情理，命校："有情理"——从戊、己、庚、晋、甲；原"有理"。甲双：宝玉亦听的出有情理的话来，与前回问读书、家务，并皆大奇之事。便放下冷的，命人暖来方饮。黛玉磕着瓜子儿，只抿着嘴笑。甲侧：实不知其丘壑，自何处设想而来？蒙侧：笑的毒。可巧甲侧：又用此二字。黛玉的小丫鬟雪雁走来与黛玉送小手炉，黛玉因含笑问他说命校："因含笑问他说"——从戊、晋、甲；原"含笑问他说"。："谁叫你送来的？难为他费心。命校："费心"——从戊、己、庚、晋、甲；原无。那里就冷死了我！"命校："冷死了我"——从戊、己、庚、晋、甲；原"冷死我了"。甲侧：吾实不知何为心，何为齿、口、舌。雪雁道："紫鹃姐姐甲侧：鹦哥改名已。甲双：又顺笔带出一个妙名来，洗尽春花、腊梅等套。怕姑娘冷，叫我送来的。"命校："叫我送来的"——从晋、甲；原"使我送来的"。黛玉一面接了，抱在怀中，笑道："也亏你倒听他的话。我平日和你说的，全当耳旁风。怎么他说了你就依，比圣旨还快些！”（甲双：要知尤物方如此，莫作世俗中一味酸妒狮吼辈看去。）（蒙侧：句句尖刺，可恨可爱，而句意毫无滞碍。）宝玉听这话，知是黛玉借此奚落他，也无回复之词，只嘻嘻的（俞校：“嘻嘻的”——从戊、己、庚、晋、甲；原无。）笑两阵罢了。（甲侧：这才好，这才是宝玉。）宝钗素知黛玉是如此惯了的，也不去睬他。（甲侧：浑厚天成，这才是宝钗。）薛姨妈因道：“你素日身子弱，禁不得冷的，他们记挂着你倒不好？”黛玉笑道：“姨妈不知道。（蒙侧：又转出此等言语，令人疼煞黛玉，敬煞作者。）幸亏是这里，倘或在别人家，人家岂不恼。（俞校：“人家岂不恼”——从戊、己、庚；原“岂不恼”。）好说（俞校：“好说”——从戊、己、庚；原“难道说”。）就看的人家连个手炉也没有，巴巴的从家里送个来。（俞校：“送个来”——从戊、己、庚；原“送来”。）不说丫头们太小心过馀，（俞校：“小心过馀”——从戊；原“过于小心”。）还只当（俞校：“还只当”——从戊、己、庚、晋、甲；原“只当”。）我素日是这等轻狂惯了呢。”（俞校：“轻狂惯了呢”——从戊、晋；原“轻狂”。）薛姨妈道：“你这个（俞校：“你这个”——从己、庚；原“你是个”。）（甲双：用此一解，真可拍案叫绝，足见其以兰为心，以玉为骨，以莲为舌，以冰为神。真真绝倒天下之裙钗矣！）多心的，有这样想。我就没这心了。”说话时，宝玉已是三杯（俞校：“三杯”——从戊、己、庚、晋、甲；原“三钟”。）过去了，李嬷嬷又上来拦阻。宝玉正在心甜意洽之时，和宝、黛姊妹说说笑笑的，（甲双：试问石兄，皆（比）当日青埂峰猿啼虎啸之声何如？）那肯不吃。宝玉只得屈意央告：“好妈妈，我再吃两钟（俞校：“好妈妈，我再吃两钟”——从戊、己、庚；原“妈妈，我吃两钟”。）就不吃了。”李嬷嬷道：“你可仔细。老爷今儿在家，隄防问你的书。”（甲侧：不入耳之言是也。）（甲双：不合提此话。这是李嬷嬷激醉了的，无怪乎后文，一笑。）宝玉听了此话，便心中大不自在，慢慢的放了酒，垂了头。（甲双：画出小儿愁蹙之状，楔紧后文。）黛玉先忙的说（俞校：“先忙的说”——从戊、己、庚；原“慌忙的说”。）：“别扫（俞校：“别扫”——从戊、己、庚、晋；原“别扫了”。）大家的兴。舅舅（甲侧：二字指贾政也。）若叫你，只说姨妈留着呢。这个妈妈，他吃了酒，（俞校：“他吃了酒”——从戊、己、庚、晋、甲；原“你吃了酒”。）又拿我们来醒脾了。”（甲侧：这方是阿颦真意对玉卿之文。）一面悄推宝玉，使他赌气，一面悄悄的咕哝说：“别理那老货，咱们只管乐咱们的。”那李嬷嬷也素知黛玉的，因说道（俞校：“也素知黛玉的，因说道”——从戊、晋、甲；原“便向黛玉笑道”。）：“林姐儿，（俞校：“林姐儿”——从戊、己、庚、晋、甲；原“林姑娘”。）（甲侧：如此之称似不通，却是老妪真心道出。）你不要助着他了。你倒劝劝他，只怕他还听些。”林黛玉冷笑道（俞校：“林黛玉冷笑道”——从戊、己、庚、晋、甲；原无“林”。）：“我为什么助着他？我也不犯着（俞校：“我也不犯着”——从己、庚、晋、甲；原“也不犯著”。）劝他。你这妈妈，也太小心了。往常（俞校：“往常”——从戊、己、庚、晋、甲；原“素日”。）老太太又给他酒吃，如今在姨妈这里多吃一口，料也不妨事。（俞校：“料也不妨事”——从戊、己、庚、晋、甲；原“也不妨事”。）必定姨妈这里是外人，不当在这里的也未可知。”李嬷嬷听了，又是急，又是笑，（甲侧：是认

（不的真，是不忍认真，是爱极颦儿、疼煞颦儿之意。）说道：“真真（俞校：“真真”——从戊、己、庚、晋、甲；原“真”。）这林姐儿说出一句话来，比刀子还尖。你这算了什么！”宝钗也忍不住笑着，把黛玉腮上一拧，（甲侧：我也欲拧。）说道：“真真这个（俞校：“真真这个”——从戊、己、庚、晋、甲；原无。）颦丫头的一张嘴，叫人恨又不是，喜欢又不是。”（俞校：“恨又不是，喜欢又不是”——从戊、己、庚、晋；原“恨不是，喜又不是”。）（甲侧：可知余前批不谬。）（蒙侧：恨不是，喜不是，写尽一晌含容之量。）薛姨妈一面又说：“别怕，别怕，（甲侧：是接前老爷问书之语。）我的儿！来了这里，没好的你吃，（俞校：“你吃”——从戊、己、庚、晋、甲；原“给你吃”。）别把这点子东西吓的存在心里，倒叫我不安。只管放心吃，都有我呢。（俞校：“都有我呢”——从戊、己、庚；原“有我呢”。）越发吃了晚饭去。便醉了，（俞校：“便醉了”——从戊、己、庚、晋、甲；原“便是醉了”。）就跟着我睡。”因命“再热酒来，（俞校：“热酒来”——从戊；原“荡酒来”。）姨妈陪你吃两杯，可就吃饭罢。”（甲侧：二语不失长上之体，且收拾若干文，千斤力量。）宝玉听了，方又鼓起兴来。李嬷嬷因吩咐小丫头们：“你们在这里小心伺候着，（俞校：“伺候着”——从庚；原“著”。）我家去换了衣服就来。悄悄的回姨太太（蒙侧：“家去换衣服”，是含酸欲怒。“悄悄回”的光景，是不露怒。）：别由他的性，多给他吃。”说着，便家去了。（俞校：“家去了”——从戊、己、庚、晋、甲；原“去了”。）

这里虽还有三两个婆子，都是不关痛痒的，（甲侧：写的到。）见李嬷嬷走了，也都悄悄的（俞校：“悄悄的”——从戊、己、庚、晋；原无。）自寻方便去了。只剩了两个小丫鬟，乐得讨宝玉的欢喜。（俞校：“宝玉的欢喜”——从戊、己、庚、晋、甲；原“宝玉的喜欢”。）幸而薛姨妈千哄万哄的，（俞校：“千哄万哄的”——从戊、己、庚；原“千哄万哄”。）只容他吃了几杯，就忙收过了。作了酸笋鸡皮汤，（俞校：“作了酸笋鸡皮汤”——从戊、己、甲；原“作酸笋鸭皮汤”。）宝玉痛喝了两碗，吃了半碗饭，（俞校：“半碗饭”——从戊、己、庚；原“半碗”。）碧粳粥。（甲侧：美粥名。）一时薛林二人也吃完了饭。又酽酽的（俞校：“酽酽的”——从戊、己、庚、晋；原无。）沏上茶来，大家吃了。薛姨妈方放了心。（俞校：“方放了心”——从己、庚、晋、甲；原“放下心”。）雪雁等三四个丫头已吃了饭，进来伺候。黛玉因问宝玉道：“你走不走？”（甲侧：妙问。）（蒙侧：走不走，语言真是黛玉。）宝玉乜斜倦眼道（甲侧：醉意。）：“你要走，我和你一同走。”（甲侧：妙答。此等话，阿颦心中最乐。）黛玉听说，遂起身道：“咱们来了这一日，也该回去了。还不知那边怎么找咱们呢。”说着，二人便告辞。小丫头忙捧过斗笠（俞校：“斗笠”——从戊、己、庚、晋、甲；原“斗篷”。）来。（甲侧：不漏。）宝玉便把头略低一低，命他戴上。（俞校：“命他戴上”——从戊、己、庚、晋、甲；原“命他戴上斗笠”。）那丫头便将这大红猩毡斗笠一抖，才往宝玉头上一合，（俞校：“将这大红猩毡斗笠一抖，才往宝玉头上一合”——从戊、己、甲；原“将大红毡斗笠往宝玉头上一遏”。）宝玉便说：“罢，罢！好蠢东西！你也轻些儿。难道没见别人戴过的？（甲侧：“别人”者，袭人、晴雯之辈也。）让我自己戴罢。”黛玉站在炕沿上道："啰唆什么，过来，我瞧瞧 俞校："我瞧瞧"——从戊、己、庚；原"我瞧"。 罢。" 蒙侧：知己最难逢，相逢意自同。花新水上香，花下水含红。 宝玉忙就近前来。 俞校："就近前来"——从戊、己、庚；原"就前来"。 黛玉用手整理， 俞校："用手整理"——从戊、己、庚；原"用手"。 轻轻拢住束发冠，将笠沿掖在抹额之上， 俞校："掖在抹额之上"——从庚、甲；原"拽在抹额上"。 将那一颗 俞校："那一颗"——从戊、己、庚、晋、甲；原"那一朵"。 核桃大的绛绒簪缨扶起，颤巍巍露于笠外。整理已毕，端相了端相， 俞校："端相了端相"——从庚；原"端像了一回"。 说道："好了，披上斗篷罢。" 甲双：若使宝钗整理，颦卿又不知有多少文章。 宝玉听了，方接了斗篷披上。薛姨妈忙道："跟你们的妈妈都还没来呢，且略等等不迟。" 俞校："略等等不迟"——从己；原"略等等"。 宝玉道："我们倒去 俞校："倒去"——从己、庚、晋、甲；原"到"。 等他们！有丫头们跟着也够了。" 蒙侧：伏笔。 薛姨妈不放心，到底命 俞校："到底命"——从己、庚；原"因命"。 两个妇女跟随他兄妹方罢。他二人道了扰，一迳回至贾母房中。

贾母尚未用晚饭，知是薛姨妈处来，更加欢喜。 甲侧：收得好极，正是写薛家母女。 因见宝玉吃了酒，遂命他自回房去歇着，不许再出来了。因命人好生看侍着， 俞校："看侍着"——从戊；原"管待"。 忽想起跟宝玉的人来，遂问众人："李奶子怎么不见？" 俞校："问众人：李奶子怎么不见"——从戊、己、庚、晋、甲；原"问李嬷嬷怎不见"。 甲侧：细。 蒙侧：逼近。 众人不敢直说家去了， 甲侧：有是事，大有是事。 只说："才进来的， 俞校："才进来的"——从戊、己、庚、晋、甲；原"才进来了"。 想有事才去了。"宝玉跟跄回顾道："他比老太太还受用呢。问他作什么！没有他，只怕我还多活两日。"一面说，一面来至自己卧室，只见笔墨在案。 甲侧：如此找前文最妙，且无逗笋（榫）之迹。 晴雯先接出来，笑说道："好，好，要我研了那些墨，早起高兴只写了三个字，丢了笔就走了，哄的我们等了一日。 甲侧：憨，活现，余双圈不及。 快来给我写完这些墨才罢！" 甲侧：补前文之未到。 蒙侧：姣（娇）痴婉转，自是不凡。引后文。 宝玉忽然想起早起的事来，因笑道："我写的那三个字在那里呢？"晴雯笑道："这个人可醉了。你头里过那府里去，嘱咐 俞校："嘱咐"——从庚；原"嘱咐我"。 贴在这门斗上， 俞校："这门斗上"——从己、庚、晋；原"这门斗上的"。 这会子又这么问。我生怕别人贴坏了， 俞校："生怕别人贴坏了"——从戊、己、庚、晋、甲；原"还怕别人贴歪了"。 甲侧：全是体贴一人。 我亲自爬高上梯的贴上， 甲侧：可儿，可儿。 这会子还冻的手僵冷的呢。" 甲侧：可儿，可儿。 甲双：写晴雯是晴雯走下来，断断不是袭人、平儿、莺儿等语气。 宝玉听了，笑道 甲侧：是醉笑。 ："我忘了。你的手冷，我替你渥着。" 俞校："渥着"——从戊、己、庚；原"握著"。 说着，便伸手携了晴雯的手，同仰首看门斗上新书的三个字。 甲侧：究竟不知是三个什么字，妙！ 甲眉：是不作词幻（开门）见山文字。 蒙侧：何等景象！真是一付（副）《教歌图》。

一时黛玉来了。宝玉便笑道："好妹妹，你别撒谎，你看这三个字（俞校："这三个字"——从戊、己、庚、晋、甲；原"这个字"。）那一个好？"黛玉仰头看里间门斗上新贴了三个字，写着（俞校："新贴了三个字，写着"——从己、庚；原"新贴的三个字，看著"。）"绛芸轩"。（甲侧：出题妙。原来是这三字。）（蒙侧：照应绛珠。）笑道（俞校："笑道"——从晋；原"黛玉笑道"。）："个个都好，怎么写的这们好了，（俞校："写的这们好了"——从己、庚；原"写这么好了"。）明儿也替我写一个匾。"（甲侧：滑贼。）宝玉嘻嘻的笑道："又哄我呢。"说着，又问："袭人姐姐呢？"（甲侧：断不可少。）晴雯向里间炕上努嘴。（俞校："努嘴"——从戊、己、庚、晋；原"呶嘴"。）（甲侧：画。）宝玉一看，只见袭人和衣睡着在那里。宝玉笑道："好，太渥早了些。"（俞校："好，太渥早了些"——从戊、庚；原"好，好，太早了些"。）（甲侧：绛芸轩中事。）因又问晴雯道："今儿我在那府里（俞校："我在那府里"——从庚；原"我那府里"。）吃早饭，有一碟子（俞校："一碟子"——从戊、己、庚；原"碟子"。）豆腐皮的包子。我想着（俞校："我想着"——从戊、己、庚、晋、甲；原"我想"。）你爱吃，和珍大奶奶说了，只说我留着晚上吃，叫人送过来的，（俞校："送过来的"——从戊、己、庚、晋、甲；原"送过来了"。）你可吃了？"晴雯道："快别提。（俞校："快别提"——从戊、己、庚；原"你别提"。）（蒙侧：与颦儿抿着嘴儿笑的文字一样葫芦。）一送了来，我知道是我的，偏我才吃了饭，就搁在那里。后来李奶奶（俞校："李奶奶"——从己、庚、晋、甲；原"李嬷嬷"。）来了，看见说：'宝玉未必吃了，（蒙侧：嬷嬷们脱文（托大）处，每每如此。）拿来给我孙子（俞校："孙子"——从戊、己、庚、晋、甲；原"孙孙"。）吃去罢。'他就叫人拿了家去了。"（甲双：奶母之倚势，亦是常情；奶母之昏愦，亦是常情。然特于此处细写一回，与后文袭卿之酥酪遥遥一对，足见晴卿不及袭卿远矣。余谓晴有林风，袭乃钗副，真真不错。）接着茜雪捧上茶来。宝玉因让"林妹妹吃茶"。众人笑说："林妹妹早走了，（甲侧：三字是接上文口气而来，非众人之称。）还让呢。"（甲眉：写颦儿去，如此章法，从何设想？奇笔，奇文。）宝玉吃了半碗茶，忽又想起早起的茶来，（甲双：偏是醉人搜寻的出。细事，亦是真情。）因问茜雪道："早起沏了一碗（俞校："沏了一碗"——从己、庚；原"滗一碗"。）枫露茶，（甲侧：与"千红一窟"遥映。）我说过那茶是三四次后才出色的。这会子怎么又沏了这个来？"（甲侧：所谓闲茶是也，与前浪酒一般起落。）茜雪道："我原是留着的，那会子李奶奶来了，他要尝尝，就给他吃了。"（甲侧：又是李嬷，事有凑巧，如此类是。）宝玉听了，将手中的茶杯只顺手（甲侧：是醉后，故用二字，非有心动气也。）望地下一掷，豁郎一声打个粉碎，泼了茜雪一裙子的茶。又跳起来问着茜雪（俞校："问着茜雪"——从戊、己、庚、晋、甲；原"问茜雪"。）道："他是你那一门子的奶奶，你们这么孝敬他？不过是仗着我小时候吃过他几日奶罢了。（甲侧：真醉了。）如今逞的他比祖宗还大了。（俞校："还大了"——从戊、己、庚；原"还大"。）如今我又吃不着奶了，白白的养着祖宗作什么！（俞校："作什么"——从戊、己、庚；原"似的"。）撵了出去，大家干净。"（甲侧：真真大醉了。）说着，立刻便要去（俞校："便要去"——从戊、晋；原"要去"。）回贾母，撵他乳母。原来袭人实未睡着，俞校：“实未睡着”——从戊、己、庚、晋、甲；原“并未睡着”。 不过故意装睡，引宝玉来怄他俞校：“怄他”——从晋、甲；原“抠他”。顽。蒙侧：只须（许）郎看不进（近）郎。真是妙法！ 先闻得说字、俞校：“说字”——从戊、己、庚、晋、甲；原无。 问包子等事，也还可不必起来；后来摔了茶钟，动了气，遂连忙起来俞校：“连忙起来”——从戊、己、庚、晋、甲；原“连忙来”。 甲侧：断不可少之文。解释劝阻。早有贾母遣人来问是怎么了。袭人忙道：“我才倒茶来，被雪滑倒了，甲侧：现成之至，瞧他写袭卿为人。 蒙侧：袭人另有一段居心，一番行止。 失手砸了俞校：“砸了”——从戊、己、庚、晋、甲；原“轧了”。钟子。”一面又安慰宝玉道：“你立意要撵他也好。甲侧：二字奇，使人一惊。 蒙侧：先主取西川，方得立基业，而偏不肯取，大与此意同。 我们也都愿意出去，不如趁势连我们一齐撵了，我们也好，你也不愁没有好的来伏侍你。”俞校：“伏侍你”——从戊、己、庚、晋、甲；原“伏侍”。宝玉听了这话，方无言语，俞校：“方无言语”——从晋、甲；原“方无了言语”。被袭人等俞校：“袭人等”——从戊、己、庚、晋；原“袭人”。 甲眉：按警幻讲（情）榜，宝玉系“情不情”。凡世间之无知无识，彼俱有一痴情去体贴。今加“大醉”二字于石兄，是因问包子、问茶、顺手掷杯、问茜雪、撵李嬷，乃一部中未有第二次事也。袭人数语，无言而止，石兄真大醉也。 甲眉：余亦云，实实大醉也。难辞（辞）醉闹，非薛蟠纨袴辈可比。扶至炕上，脱换了衣服。不知宝玉口内还说些俞校：“还说些”——从戊、己、庚、晋、甲；原“说些”。什么，只觉口齿绵缠，俞校：“绵缠”——从戊、己、晋；原“线缠”。 眼眉俞校：“眼眉”——从戊、己、庚、晋；原“眼皮”。 愈加饧涩，甲侧：二字带出平素形像。忙伏侍他睡下。袭人伸手从他项上俞校：“项上”——从戊、己、庚；原“头上”。 摘下那通灵玉来，用自己的手帕包好，塞在褥下。次日戴时，便冰不着脖子。甲双：试问石兄，此一渥，比青埂峰下松风明月如何？那宝玉就枕便睡着了。彼时俞校：“彼时”——从戊、己、庚、晋、甲；原无。李嬷嬷等已进来了，听见醉了，不敢前来再加触犯，只悄悄的打听睡了，方放心散去。甲侧：交代清楚。“塞玉”一段，又为“误窃”一回伏线。晴雯、茜雪二婢，又为后文先作一引。 甲眉：偷度金针法，最巧。

次日醒来，甲双：以上已完正题，以下是后文引子，前文之余波。此文收法，与前数[回]不同矣。 就有人回：“那边小蓉大爷带了秦相公来拜。”宝玉忙接了出去，领了拜见贾母。贾母见秦钟形容标致，举止温柔，堪陪宝玉读书，甲侧：骄（娇）养如此，溺爱如此。心中十分欢喜，便留茶留饭，又命人带去见王夫人等。众人因素爱秦氏，今见了秦钟是这般的人品，也都欢喜，临去时都有表礼。贾母与了一个荷包甲眉：作者今尚记金魁星之事乎？抚今思昔，肠断心摧。 靖眉：作者抚今之事，尚记金魁星乎？思昔肠断心催（摧）。并一个金魁星，取“文星和合”之意。蒙侧：雅致。又嘱咐他道：“你家住的远，或一时寒热饥饱不便，只管住在我这里，俞校：“住在我这里”——从戊；原“在我这里”。不必限定了。只和你宝叔在一处，别跟着那一起不长进的东西们学。”甲侧：总伏后文。秦钟一一的答应，回去禀知。他父秦业，甲双：妙名。业者，孽也，盖云情因孽而生也。 现任营缮郎，甲双：官职更妙，设云因情孽而缮此一书之意。年近七十，夫人早亡。因当年无儿女，便向养生堂抱了一个儿子并一个女儿。（甲眉：写可儿出身自养生堂，是褒中贬。后死封袭（龙）禁尉，是贬中褒。灵巧一至于此。）谁知儿子又死了。（甲侧：一顿。）只剩女儿，小名唤可儿，（俞校："可儿"——从戊、己、庚、晋；原"可卿"。）（甲双：出名。秦氏究竟不知系出何氏，所谓寓褒贬、别善恶是也。秉刀斧之笔，具菩萨之心，亦甚难矣！如此写出可儿来历，亦甚苦矣！又知作者是欲天下人共来哭此情字。）长大时，生得形容袅娜，性格风流。（甲侧：四字便有隐意。《春秋》字法。）因素与贾家有些瓜葛，故结了亲，许与贾蓉为妻。那秦业至五旬之上方得了秦钟。因去岁业师亡故，未暇延请高明之士，只得暂时（俞校："只得暂时"——从庚；原"只暂"。）在家温习旧课。正思要和（俞校："正思要和"——从戊、己、庚；原"正思要合"。）亲家（甲侧：指贾珍。）去商议，送往他家塾中去，暂且不致荒废。可巧遇见了宝玉这个机会，又知贾家塾中（俞校："又知贾家塾中"——从戊、己、庚、晋；原"又且贾家"。）现今司塾的（俞校："司塾的"——从戊、己、庚、晋；原"司塾"。）是贾代儒，乃当今之老儒，（甲侧：随笔命名，省事。）秦钟此去，学业料必进益，成名可望，因此十分喜悦。只是宦囊羞涩，那贾家上上下下都是一双富贵眼睛，（甲侧：为天下读书[人]一哭，寒素人一哭。）容易拿不出来，（俞校："容易拿不出来"——从戊、己、庚；原"贽见礼必须丰厚，一时又不能拿出"。）为儿子的终身大事，（甲侧：原来读书是终身大事。）说不得东拼西凑的，（蒙侧：父母之恩，昊天罔极。）恭恭敬敬（俞校："恭恭敬敬"——从戊、己、庚、晋、甲；原"恭恭敬敬的"。）（甲侧：四字可思，近之鄙薄师傅者来看。）封了二十四两贽见礼，（俞校："贽见礼"——从戊、己、庚、晋、甲；原"礼"。）（甲双：可知"宦囊羞涩"与"东拼西凑"等样，是特为近日守钱虏而不使子弟读书之辈一大哭。）亲身带了秦钟来代儒家拜见了。（俞校："拜见了"——从戊、己、庚；原"拜见"。）然后听宝玉上学之日，好一同入塾。（俞校："好一同入塾"——从戊、己、庚；原"好入塾"。）（甲双：不想浪酒闲茶一段金玉旖旎之文后，忽用此等寒瘦古拙之词收住，亦行文之大变体处。《石头记》多用此法，历观后文便知。）正是：

早知日后闲争气，岂肯今朝错读书。（甲侧：这是隐语微词，岂独指此一事哉？余则为读书正为争气。但此"争气"与彼"争气"不同。写来一笑。）

蒙回后：一是先天含来之玉，一是后天造就之金。金水相合，是成万物之象，再遇水而过寒，虽有酒浆，岂能助火？因生出黛玉之讽刺，李嬷嬷之唠叨，晴雯、茜雪之嗔恼，故不得不收功静息，涵养性天，以待再举，识丹道者，当解吾意。

第九回
恋风流情友入家塾　起嫌疑顽童闹学堂

戚回前：君子爱人以道，不能减牵恋之情。小人图谋以霸，何可逃侮慢之辱？幻境幻情，又造出一番晓妆新样。

话说秦业父子专候贾家的人来送上学择日之信。原来宝玉急于要和秦钟相遇，蒙戚双：妙！不知是怎样相遇。却顾不得别的，遂择了后日一定上学。“后日一早请秦相公先到我这里会齐了，一同前去。”打发人送了信。至是日俞校：“至是日”——从庚；原“是日”。一早，宝玉未起，袭人早已把书笔文物包好，收拾得停停妥妥，坐在炕沿上发闷。蒙侧：此等神理，方是此书的正文。蒙戚双：神理可思，忽又写小儿学堂中一篇文字，亦别书中未有。见宝玉醒来，只得伏侍他梳洗。宝玉见他闷闷的，因笑问道：“好姐姐，蒙双：开口断不可少之三字。你怎么又不自在了？难道怪我上学去，丢的你们冷清了不成？”袭人笑道：“这是那里话！读书是极好的事。不然，就潦倒一辈子，俞校：“一辈子”——从己、庚、晋；原“一背子”。终久怎么样呢！但只一件，只是念书的时节想着书，蒙侧：袭人方才的闷闷，此时的正论，请教诸公，投（设）身处地，亦必是如此方是，真是屈（曲）尽情理，一字也不可少者。不念的时节想着家些。别和他们一处顽闹，蒙侧：长亭之嘱，不过如此。碰见老爷不是顽的。虽说奋志要强，那功课宁可少些：一则贪多嚼不烂，二则身子也要保重。这就是我的意思。你可要体谅着些。”蒙双：书正语细嘱一番。盖袭卿心中，明知宝玉他并非真心奋志之意，袭人自别有说不出来之语。袭人说一句，宝玉应一句。袭人又道俞校：“袭人又道”——从己、庚、晋、甲；原“袭人道”。：“大毛衣服我也包好了，交出给小子们去了。学里冷，好歹想着添换，比不得家里有人照看。脚炉、手炉的炭也交出去了，你可着他们添。俞校："着他们添"——从己、庚；原"逼著他们添"。那一起懒贼，你不说，他们乐得不动，白冻坏了你。"宝玉道："你放心，到外头我自己都会调停俞校："都会调停"——从己、庚、晋、甲；原"会调停"。的。蒙侧：无人体贴，自己扶持。你们也别闷死在这屋里，长和林妹妹一处去顽笑才好。"说着，俱已穿戴齐备，俞校："穿戴齐备"——从己、庚、晋、甲；原"穿戴明白"。袭人催他去见贾母、贾政、王夫人等。宝玉又嘱咐了晴雯、麝月等人几句，蒙侧：这才是宝玉的本来面目。方出来见贾母。贾母也未免俞校："也未免"——从己、庚、晋、甲；原"未免也"。有几句嘱咐的话。然后去见王夫人，又出来书房中见贾政。偏生这日贾政回家的早，蒙双：若俗笔则又云不在家矣。试思若再不见，则成何文字哉？所谓不敢作安逸苟且塞责文字。正在书房中与相公清客俞校："清客"——从己、庚、晋、甲；原无。们闲话。见宝玉进来请安，回说上学里去，俞校："上学里去"——从己、庚、晋、甲；原"上学去"。便冷笑道："你如果再提上学两字，连我也羞死了。蒙双：这一句才补出已往许多文字。是严父之声。依我说，你竟顽你的去俞校："顽你的去"——从己、庚、晋、甲；原"顽的"。是正理。仔细看站脏了俞校："看站脏了"——从庚；原"站脏了"。我这地，靠脏了我的门。"蒙双：画出宝玉的俯首挨壁之形像来。众清客相公们都俞校："众清客相公们都"——从己、庚；原"众清客们"。早起身笑道："老世翁何必又如此。俞校："又如此"——从己、庚；原"如此"。今日世兄一去，三二年俞校："三二年"——从己、庚；原"二三年"。就可显身成名的了，俞校："成名的了"——从己、庚、晋、甲；原"成名了"。断不似往年仍作小儿之态的。天也将俞校："天也将"——从己、庚、晋、甲；原"天将"。饭时，世兄竟快请罢。"说着，便有两个年老的携了宝玉出去。俞校："携了宝玉出去"——从己、庚、晋、甲；原"携了宝玉的手走出去了"。贾政便问："跟宝玉的是谁？"只听外面答应了两声，早进来俞校："早进来"——从己、庚、晋、甲；原"早进来了"。三四个大汉，打千儿俞校："打千儿"——从己、庚、晋、甲；原"打跧儿"。请安。贾政看时，认得是宝玉的奶姆之子名唤李贵，因问他："你们成日家跟他上学，俞校："因问他：你们成日家跟他上学"——从己、庚、晋；原"因说道，你跟他上了几年学"。他到底念了些什么书？倒念了些流言混语在肚子里，学了些精致的淘气。等我闲一闲，俞校："闲一闲"——从己、庚、晋、甲；原"闲了"。先揭了你的皮，俞校："揭了你的皮"——从己、庚、晋、甲；原"揭揭你的皮"。蒙侧：此等话似觉无味无理，然而作父母的，到无可如何处，每多用此等法术，所谓百计经营、心力俱碎（瘁）者。再和那不长进的算帐。"吓得李贵忙双膝跪下，摘了帽子，碰头有声，连连答应"是"，又回说："哥儿已念到第三本《诗经》，什么'呦呦鹿鸣，荷叶浮萍'，小的不敢撒谎。"说的满座哄然大笑起来。贾政也掌不住笑了，因说道俞校："因说道"——从己、庚、晋、甲；原"说道"。：

“那怕再念三十本《诗经》，也都是掩耳偷铃，哄人而已。俞校：“掩耳偷铃，哄人而已”——从己、庚；原“虚应故事而已”。你去请学里太爷的安，俞校：“太爷的安”——从己、庚、晋、甲；原“太爷安”。就说我说的：什么《诗经》古文一概不用虚应故事，俞校：“虚应故事”——从己、庚、晋；原“念”。只是先把《四书》一气俞校：“一气”——从庚；原无。讲明背熟是最要紧的。”俞校：“最要紧的”——从己、庚、晋、甲；原“要紧的”。李贵忙答应“是”，见贾政无话，方退了出去。此时宝玉独站在院外屏声静候，俞校：“独站在院外屏声静候”——从己、庚、晋；原“站在院外静候”。待他们出来，便忙忙的走了。李贵等一面掸衣服，一面说道：“哥儿可听见了俞校：“哥儿可听见了”——从己、晋；原“可听见”。不曾？先要揭我们的皮呢！人家的奴才，跟主子赚些好体面。我们这等奴才，白陪着挨打受骂的，从此后也可怜儿些才好。”蒙侧：可以谓能达主人之意，不辱君命。宝玉笑道：“好哥哥，你别委屈，我明儿请你。”李贵道：“小祖宗，谁敢望你请，俞校：“你请”——从己、庚；原“请”。只求听一句半句话就有了。”俞校：“只求听一句半句话就有了”——从己、庚；原“只求你听一两句话就完了”。说着，又至贾母这边，秦钟已早来候着了，俞校：“候着了”——从庚；原“等候了”。贾母正和他说话儿呢。蒙双：此处便写贾母爱秦钟一如其孙，至后文方不突然。于是二人见过，辞了贾母。宝玉忽想起未辞黛玉，蒙双：妙极！何顿挫之至！余已忘却，至此心神一畅，一丝不漏。因又忙至俞校：“因又忙至”——从己、庚；原“又来至”。黛玉房中来作辞。彼时黛玉才在窗下对镜，听宝玉来说上学去，因笑道：“好，这一去可是要俞校：“可是要”——从晋、甲；原“可要”。‘蟾宫折桂’了。蒙侧：此写黛玉，差强人意。《西厢》双文，能不抱愧！我不能送你了。”宝玉道：“好妹妹，等我下了学再吃晚饭。和胭脂膏子，俞校：“和胭脂膏子”——从己、庚；原“那胭脂膏子”。也等我来再制。”唠叨俞校：“唠叨”——原“哰叨”；己、庚、晋、甲“劳叨”。今改“唠叨”。了半日，方撤身去了。蒙戚双：如此总一句，更妙！黛玉忙又叫住俞校：“忙又叫住”——从己、庚、晋、甲；原“又叫住”。问道：“你怎么不去辞辞你宝姐姐呢？”俞校：“你宝姐姐呢”——从庚；原“宝姐姐去”。蒙双：必有是语，方是黛玉，此又系黛玉平生之病。宝玉笑而不答，蒙侧：黛玉之问，宝玉之笑，两心一照，何等神工鬼斧文章。一迳俞校：“一迳”——从己、庚、晋、甲；原“竟”。同秦钟上学去了。靖眉：此岂是宝玉所乐为者？然不入家塾则何能有后回“试才”“结社”文字？作者从不作安逸苟且文字，于此可见。靖眉：此以俗眼读《石头记》也，作者之意又岂是俗人所能知。余谓《石头记》不得与俗人读。

原来贾家之义学离此不远，不过一里之遥，原系俞校：“原系”——从己、庚；原“系当日”。当日始祖所立，恐族中子弟有贫穷俞校：“贫穷”——从己、庚；原无。不能请师者，即入此中肄业。凡族中有官爵之人皆供给银两，俞校：“皆供给银两”——从庚；原“皆有供给银两”。按俸之多寡帮助为学中之费。特共举俞校：“特共举”——从己、庚；原“特举”。年高有德之人为塾掌，俞校：“塾掌”——从庚傍改（“堂”改“掌”）；原“塾之长”。专为训课子弟。蒙侧：创立者之用心（心），可为至矣。如今俞校：“如今”——从己、庚、晋、甲；原“今”。宝秦二人来了，一一的都互相拜见过，俞校："互相拜见过"——从己、庚、晋、甲；原"相见过"。读起书来。自此以后，他二人俞校："自此以后，他二人"——从庚；原"自此二人"。同来同往，同坐同起，俞校："同坐同起"——从己、庚；原无。愈加亲密。又兼贾母爱惜，也时常留下这秦钟住上三天五日，俞校："三天五日"——从己、庚；原"三天五夜"。和自己的重孙俞校："重孙"——从己、庚、晋、甲；原"众孙"。一般疼爱。因见秦钟俞校："因见秦钟"——从己、庚；原"因见秦钟家中"。不甚宽裕，更又助他些俞校："更又助他些"——从庚；原"又助些"。衣履等物，不上一月之工，俞校："一月之工"——从己、庚；原"一月之后"。秦钟在荣府便熟了。俞校："熟了"——从己、庚；原"熟惯了"。蒙侧：交代的清。宝玉终是不安本分之人，俞校："不安本分之人"——从己、庚；原"不能安分守己的人"。蒙双：写宝玉总作如此笔。靖眉：安分守己，也不是宝玉了。一味的随心所欲，因此又俞校："因此又"——从己、庚；原"又"。发了癖性，又特向秦钟悄说道蒙侧：悄说之时何时？舍尊就卑何心？随心所欲何癖？相亲爱密何情？："咱们两个人俞校："咱们两个人"——从己、庚；原"咱二人"。一样的年纪，况又是俞校："况又是"——从己、庚；原"况又"。同窗，以后俞校："以后"——从己、庚、晋、甲；原"此后"。不必论叔侄，只论弟兄朋友就是了。"先是秦钟不肯，当不得宝玉不从，只叫他兄弟，或俞校："或"——从庚；原"或叫"。他的表字鲸卿，俞校："表字鲸卿"——从己、庚、晋、甲；原"表号"。也只得混着乱叫起来。

原来这学中虽都是本族人丁俞校："本族人丁"——从己、庚；原"本族人"。与些亲戚的子弟，俗语说的好，一龙生九种，俞校："一龙生九种"——从己、庚；原"一龙九种"。种种各别。未免人多了，就有龙蛇混杂，下流人物在内。蒙戚双：伏一笔。自宝秦二人来了，都生的花朵儿俞校："花朵儿"——从己、庚、晋、甲；原"花朵"。一般的模样，又见秦钟腼腆温柔，未语面先红，俞校："面先红"——从己、庚；原"先面红"。怯怯羞羞，有女儿之风，宝玉又是天生成惯能作小服低，赔身下气，性情体贴，话语缠绵，蒙戚双：凡四语十六字，上用"天生成"三字，真正写尽古今情种人也。因此二人更加亲厚，俞校："更加亲厚"——从己、庚；原"又这般亲厚"。也怨不得那起同窗人起了嫌疑之念，背地里俞校："背地里"——从己、庚、晋；原"都背地里"。你言我语，诟谇谣诼，俞校："诟谇谣诼"——从晋；原"淫污之谈"。布满书房内外。蒙双：伏下文"阿呆争风"一回。原来薛蟠自来王夫人处住后，便知有一家学，学中广有青年子弟，不免偶动了"龙阳"之兴。因此也假来俞校："假来"——从己、庚；原"假说来"。上学读书，不过是三日打鱼，两日晒网，白送些束脩礼物与贾代儒，却不曾有一些进益，只图结交些契弟。谁想这学内就有好几个小学生，图了薛蟠的银钱吃穿，被他哄上手的，蒙戚双：先虚写几个淫浪蠢物，以陪下文，方不孤不板。晋双：伏下金荣。也不消多说。更又有两个多情的小学生，蒙戚双：此处用"多情"二字，方妙。亦不知那一房的亲眷，亦未考真名姓，蒙戚双：一并隐其姓名，所谓"具菩提之心，秉刀斧之笔"。只因生得妩媚风流，满学中都送了他两个外号，一叫“香怜”，一叫“玉爱”。(俞校：“一叫香怜，一叫玉爱”——从晋、甲；原“一个叫香怜，一个叫玉爱”。)虽都有窃慕之意，(俞校：“窃慕之意”——从己、庚、晋、甲；原“窃慕之心”。)将不利于孺子之心，(俞校：“之心”——从己、庚、晋、甲；原“之意”。)(蒙戚双：诙谐得妙，又似李笠翁书中之趣语。)只是都惧薛蟠的威势，不敢来沾惹。如今宝秦二人一来了，见了他两个，也不免缱绻羡爱，亦因知系薛蟠相知，故未敢轻举妄动。香玉二人心中也一般的留情与宝秦。因此四人心中，虽有情意，只未发迹。每日一入学中，四处各坐，却八目勾留，或设言托意，或咏桑寓柳，遥以心照，却外面自为避人眼目。(蒙双：小儿之态活现，掩耳偷铃者亦然，世人亦复不少。)不意偏又有(俞校：“偏又有”——从己、庚、晋、甲；原“偏有”。)几个滑贼看出形景来，都背后挤眼弄眉，或咳嗽扬声，(蒙侧：才子辈偏无不解之事。)(蒙戚双：又画出历来学中一群顽皮来。)这也非止一日。

可巧这日代儒有事，早已回家去了，只留下一句七言对联命学生(俞校：“命学生”——从己、庚；原“命众”。)对了，明日再来上书。将学中之事，又命长孙贾瑞暂且管理。(俞校：“暂且管理”——从己、庚；原“掌管”。)(蒙戚双：又出一贾瑞。)妙在薛蟠如今不大来学中应卯了，因此秦钟趁此和香怜挤眉弄眼，递暗号儿，(俞校：“挤眉弄眼，递暗号儿”——从己、庚；原“挤眼使暗号”。)二人假装(俞校：“假装”——从己、庚；原“假作”。)出小恭，走到后院说私己话。秦钟先问他：“家里的大人，可管你交朋友不管？”(蒙双：妙问，真真活跳出两个小儿来。)一语未了，只听背后咳嗽了一声。(蒙双：太急了些，该再细听他二人如何结局，正所谓小儿之态也，酷肖之极。)二人吓的忙回头(俞校：“忙回头”——从己、庚；原“回头”。)看时，原来是(俞校：“原来是”——从己、庚、甲；原“原来”。)窗友名金荣者。(戚双：妙名，盖云有金自荣，廉耻何益哉？)香怜本有些性急，便羞怒相激，问他道：“你咳嗽什么？难道不许我们说话不成？”金荣笑道：“许你们(俞校：“许你们”——从晋、甲；原“你们”。)说话，难道不许我咳嗽不成？我只问你们，有话不明说，谁许你们这样鬼鬼祟祟(俞校：“鬼鬼祟祟”——从己、庚、晋、甲；原“鬼祟”。)的，干什么故事！我可也拿住了，还赖什么！先得让我抽个头儿，咱们一声儿不言语；不然，大家就奋起来。”秦香二人急得(俞校：“急得”——从己；原“急的”。)飞红的脸，(俞校：“飞红的脸”——从己、庚、晋、甲；原“飞红了脸”。)便问道：“你拿住什么了？”金荣笑道：“我现拿住了是真的！”说着，又拍着手笑嚷道：“贴的好烧饼，你们都不买一个吃去！”秦钟、香怜又气又急，忙进来向贾瑞前告金荣，说金荣(俞校：“说金荣”——从己、庚、晋、甲；原无。)无故欺负他两个。原来这贾瑞最是个图便宜没行止的人，每在学中，以公报私，勒索子弟们请他。(蒙侧：学中亦自有此辈，可为痛哭。)后又附助着薛蟠，图些银钱酒肉，一任薛蟠横行霸道，他不但不去管约，俞校："不去管约"——从己、庚、晋、甲；原"不管约"。反"助纣为虐"讨好儿。偏那薛蟠本是浮萍心性，今日爱东，明日爱西，近来又有了新朋友，把香玉二人又丢开一边。就连金荣亦是当日好友，自有了俞校："自有了"——从己、庚、晋、甲；原"因有了"。香玉二人，便弃了金荣。近日连香玉亦已见弃，故贾瑞便无了提携帮衬俞校："帮衬"——从己、庚、晋、甲；原"帮助"。之人，不说薛蟠得新弃旧，俞校："不说薛蟠得新弃旧"——从己、庚；原"他不说薛蟠弃旧迎新"。只怨香玉二人不在薛蟠前提携帮补他。俞校："帮补他"——从己、庚；原"他了"。蒙戚双：无耻小人，真有此心。靖眉：前有幻境遇可卿，今又出学中小儿淫浪之态，后文更放笔写贾瑞正照。看书人细心体贴，方许你看。因此，贾瑞、金荣等一干人，正醋妒他两个。今见秦香二人来告金荣，贾瑞心中便更不自在俞校："便更不自在"——从己、庚；原"便不自在"。起来，虽不好呵叱秦钟，却拿着香怜作法，反说他多事，着实的抢白了几句。香怜反讨了没趣，连秦钟也讪讪的各归坐位去了。金荣越发俞校："越发"——从己、庚、晋；原"益发"。得了意，摇头咂嘴的，口内还说许多闲话。玉爱偏又听了不忿，俞校："听了不忿"——从己、庚；原"听见了不忿"。两个人隔座俞校："隔座"——从己、庚；原"隔著桌子"。咕咕唧唧的角起口来。金荣只一口咬定说："方才明明的撞见他两个，在后院里亲嘴摸屁股。两个商议定了，一对一肏，撅草棍儿抽长短，谁长谁先干。"俞校："亲嘴"至"先干"——从己、庚；原"商议著怎么长短"。蒙侧："怎长么（么长）短"四字，何等韵雅，何等浑含！俚语得文人提来，便觉有金玉为声之象。金荣只顾得意乱说，却不防还有别人。谁知早又触怒了一个。你道这一个是谁？原来此人名唤贾蔷，蒙戚双：新而艳，得空便入。亦系俞校："亦系"——从己、庚、晋、甲；原"系"。宁府中之正派玄孙，俞校："玄孙"——从己、庚、晋、甲；原"元孙"。父母早亡，从小儿跟着贾珍过活。如今长了十六岁，比贾蓉生的还风流俊俏。他弟兄二人最相亲厚，俞校："亲厚"——从己、庚、晋、甲；原"厚"。常相共处。宁府中人多口杂，那些不得志的奴仆们，专能造言诽谤主人，因此俞校："因此"——从己、庚、晋、甲；原无。不知又有了什么小人诟谇谣诼之词。俞校："有了什么小人诟谇谣诼之词"——从己；原"编出些淫污之词"。贾珍亦风闻得些口声不大好，俞校："不大好"——从己、庚；原"不大好听"。自己也要避些嫌疑，如今竟分给房舍，命他搬出宁府，自去立门户过活去了。蒙侧：此等嫌疑不敢认真搜查，悄为分计，皆以含而不露为文，真是灵活至极之笔。这贾蔷外相既美，蒙戚双：亦不免招谤，难怪小人之口。内性又聪明，虽应名来上学，亦不过俞校："亦不过"——从己、庚、晋、甲；原"不过"。虚掩耳目而已，仍是斗鸡走狗，赏花玩柳。俞校："玩柳"——从己、庚；原"阅柳"。总恃俞校："总恃"——从庚；原"从事"。上有贾珍溺爱，蒙戚双：贬贾珍最重。下有贾蓉匡

恋风流情友入家塾　起嫌疑顽童闹学堂

助，蒙戚双：贬贾蓉次之。因此族中人谁敢触逆于他！俞校："谁敢触逆于他"——从己、晋；原"不敢触逆他"。他既和贾珍、贾蓉最好，今见有人欺负秦钟，如何肯依。如今自己俞校："如今自己"——从己、庚、晋；原"自己"。要挺身出来报不平，心中且忖度一番，想道俞校："忖度一番，想道"——从己、庚；原"又忖度一番"。蒙双：这一忖度，方是聪明人之心机，写得最好看，最细致。："金荣、贾瑞一干人俞校："一干人"——从己、庚；原无。都是薛大叔的相知，向日俞校："向日"——从己、庚；原"素来"。我又与薛大叔相好，倘或我一出头，他们告诉了老薛，蒙双：先曰"薛大叔"，次曰"老薛"，写尽骄侈纨袴。我们岂不伤和气。俞校："我们岂不伤和气"——从己、庚、晋、甲；原"岂不伤了和气"。待要不管，如此谣言说的大家没趣。俞校："说的大家没趣"——从己、庚、晋、甲；原"大家都没趣"。如今何不用计制伏，又息口声，又不伤脸面。"想毕，也装作出恭，走至外面，悄悄把跟宝玉的书童名唤茗烟者蒙戚双：又出一茗烟。唤到身边，俞校："唤到身边"——从己、庚；原"唤至"。如此这般，调拨他几句。蒙戚双：如此便好，不必细述。这茗烟乃是宝玉第一个得用的，且又年轻俞校："且又年轻"——从己、庚、晋、甲；原"而且又年轻"。不谙事，如今俞校："如今"——从己、庚、晋、甲；原"今"。听贾蔷说金荣如此欺负秦钟，连他的爷宝玉都干连在内，不给他个利害，下次越发狂纵难制俞校："狂纵难制"——从己、庚；原"难制"。了。这茗烟无故就要欺压人的，如今得了这个信，俞校："得了这个信"——从己、庚；原"听了这话"。又有贾蔷助着，便一头进来找金荣，也不叫金相公了，俞校："金相公了"——从己、庚、晋、甲；原"相公"。只说："姓金的，你是什么东西！"贾蔷便跺一跺靴子，故意整整衣服，看了看日影儿，说"是时候了"，遂先向贾瑞说有事要早走一步。贾瑞不敢强他，只得由他去了。这里茗烟先一把俞校："先一把"——从己、庚；原"走进来便一把"。揪住金荣问道："我们肏屁股不肏屁股，管你䳄䳄相干。横竖没肏你爹去罢了。俞校："我们"至"罢了"——从庚；原"我们的事管你什么相干"。你是好小子，出来动一动俞校："动一动"——从己、庚、晋、甲；原"动动"。你茗大爷。"蒙侧：豪奴辈，虽系主人亲故亦随便欺慢，即有一二不伏气者，而豪家多是偏护家人。理之所无，而事之尽有，不知是何心思，实非凡常可能测略。吓的满屋中俞校："满屋中"——从己、庚；原"满室中"。子弟都忳忳的痴望。俞校："痴望"——从己、庚、晋、甲；原"痴看"。贾瑞忙吆喝茗烟，不许撒野。金荣气黄了脸，说："反了，反了！奴才小子都敢如此撒野！我只和你主子说。"便夺手要去抓打宝玉、秦钟。蒙戚双：好看之极！尚未去时，从脑后飕的一声，俞校："飕的一声"——从甲；原"飕一声"。早见一方砚瓦俞校："砚瓦"——从己、庚、晋、甲；原"瓦砚"。飞来，蒙戚双：好看好笑之极！并不知系何人打来的，幸未打着，却又打在旁人的俞校："旁人的"——从己、庚；原"傍人"。座上。这座上乃是俞校："乃是"——从己、庚；原"便是"。贾兰、贾菌。俞校："贾菌"——从己、庚、晋、甲；原"贾茵"。本回下同。这贾菌又系荣府近派的重孙，俞校："近派的重孙"——从己、庚、晋、甲；原"近派元孙”。蒙戚双：先写一宁派，又写一荣派，互相错综得妙。其母亦少寡，独守着贾菌。俞校：“独守着贾菌”——从己、庚；原“独守”。这贾菌与贾兰最好，所以二人同桌而坐。俞校：“同桌而坐”——从己、庚；原“一同坐”。谁知贾菌年纪虽小，志气最大，极是淘气不怕人的。俞校：“淘气不怕人的”——从己、庚、晋、甲；原“个不怕人爱淘气的”。蒙戚双：要知没志气小儿，必不会淘气。他在座上，冷眼看见金荣的朋友暗助金荣，飞砚来打茗烟，偏没打着，反落在他座上，正打在面前，将个磁砚水壶俞校：“磁砚水壶”——从己、庚、晋；原“砚水壶”。打了个粉碎，溅了一书黑水。俞校：“黑水”——从己、庚、晋、甲；原“墨水”。蒙戚双：这等忙，有此闲处用笔。贾菌如何依得，便骂：“好囚攮的们，这不都动了手了么！”蒙戚双：好听煞。靖眉：声口如闻。骂着，也便抓起砚砖俞校：“砚砖”——从己、庚、晋、甲；原“砖砚”。来要飞。蒙双：先瓦砚，次砖砚，转换得妙极。贾兰是个省事的，忙按住砚，极口的劝道：“好兄弟，不与咱们相干。”蒙戚双：是贾兰口气。贾菌如何忍得住，见按住砚，俞校：“见按住砚”——原“他见按住砚”；晋、甲“见按住砚砖”。今删“他”。他便两手抱起书匣子来，照这边抡了来。蒙双：先“飞”后“抡”，用字得神，好看之极！终是身小力薄，却抡不到那里，刚到俞校：“抡不到那里，刚到”——从己、庚；原“抡到半道，至”。宝玉、秦钟案上就落了下来。只听得豁啷啷一声俞校：“豁啷啷一声”——从己；原“豁啷一声响”。砸在桌上，俞校：“砸在桌上”——从己、庚、晋；原“轧在桌上”。书本、纸片、笔、墨等物撒了一桌，又把宝玉的一碗茶也砸得俞校：“也砸得”——从己、庚、晋；原“也轧得”。碗碎茶流。蒙双：好看之极！不打着别个，偏打着二人，亦想不到文章也。此书此等笔法，与后文踢着袭人、误打平儿，是一样章法。贾菌便跳出来，要揪打那一个飞砚的。金荣此时随手抓了一根毛竹大板在手，地窄人多，那里经得舞动长板。茗烟早吃了一下，俞校：“吃了一下”——从己、庚、晋、甲；原“吃一下”。乱嚷道俞校：“乱嚷道”——从己、庚、晋；原“都嚷道”。：“你们还不来动手！”宝玉还有三个小厮：一名锄药，一名扫红，一名墨雨。这三个岂有不淘气的，一齐乱嚷：“小妇养的，动了兵器了！”蒙戚双：好听之极，好看之极！墨雨遂掇起一根门闩，扫红、锄药手中都是马鞭子，蜂拥而上。贾瑞急的拦一回这个，劝一回那个，俞校：“拦一回这个，劝一回那个”——从己、庚、晋、甲；原“拦一回这里劝一回”。谁听他的话，肆行大乱。众顽童也有趁势帮着打太平拳的，也有胆小藏过一边的，也有直立在桌上，拍着手儿乱笑，喝着声儿叫打的，登时鼎沸起来。蒙侧：燕青打擂台，也不过如此。外边李贵等几个大仆人听见里边作起反来，俞校：“作起反来”——从己、庚；原“作反起来”。忙都进来，一齐喝住，问是何故。众声不一，俞校：“众声不一”——从己、庚、晋、甲；原“众口不一”。这一个俞校：“这一个”——从己、庚、晋、甲；原“这个”。如此说，那一个又俞校：“那一个又”——从己、庚、晋、甲；原“那个”。如彼说。蒙戚双：妙！如闻其声。李贵且喝骂了茗烟四个俞校：“茗烟四个”——从己、庚；原“茗烟等四人”。一顿，

（蒙戚双：处治的好。）撵了出去。秦钟的头早撞在金荣的板子上，打起（俞校："打起"——从己、庚；原"打去"。）一层油皮，宝玉正拿褂襟子给他揉。见喝住了众人，便命李贵："收书，拉马来，我去回太爷去！我们被人欺负了，不敢说别的，守礼（俞校："守礼"——从己、庚、晋、甲；原"按礼"。）来告诉瑞大爷，大爷反倒（俞校："反倒"——从庚；原"反"。）派我们的不是，听着人家骂我们，还调唆他们（俞校："调唆他们"——从己、庚；原"调唆他"。）打我们茗烟。（俞校："打我们茗烟"——从庚；原下有"见人欺负我，他岂有不为我的，他们反打伙儿打了茗烟"。）连秦钟的头也打破了，还在这里念什么书！茗烟他也是为有人欺负我的。不如散了罢！"（俞校："茗烟他也是"至"散了罢"——从庚；原无。）李贵劝道："哥儿不要性急。太爷既有事回家去了，这会子为这点子事去聒噪他老人家，倒显的咱们没理。（俞校："没理"——从庚；原"没理似的"。）依我的主意，那里的事情那里了结好，（俞校："了结好"——从庚；原"了结"。）何必去（俞校："何必去"——从庚；原"何必"。）惊动他老人家。（俞校："他老人家"——从庚；原"老人家"。）（蒙侧：劝的心思，有个太爷得知，未必然之。故巧为展转，以结其局，而不失其体。）这都是瑞大爷的不是，太爷不在这里，你老人家就是这学里的（俞校："这学里的"——从己、庚、晋、甲；原"学里的"。）头脑了，众人看你行事。众人有了不是，该打的打，该罚的罚，如何等闹到这步田地还不管！"贾瑞道："我吆喝着，都不听。"（蒙戚双：如闻。）李贵笑道："不怕你老人家恼我，素日（俞校："素日"——从己、庚、晋、甲；原"素知"。）你老人家到底有些不正，所以这些兄弟才不听。就闹到太爷跟前去，连你老人家也脱不过的。还不快些作个主意，撕罗开了罢。"宝玉道："撕罗什么！我必是（俞校："我必是"——从己、庚、晋；原"我必要"。）回去的。"秦钟哭道："有金荣，我是不在这里念书的了！"宝玉道："这是为什么？难道有人家来的，咱们倒来不得！我必回明白（俞校："回明白"——从己、庚、晋、甲；原"回明白了"。）众人，撵了金荣去。"又问李贵，金荣是那一房的亲戚。李贵想一想道："也不用问了。若说起那一房的亲戚，（俞校："说起那一房的亲戚"——从己、庚；原下有"来"。）更伤了兄弟们的（俞校："兄弟们的"——从庚；原"弟兄们的"。）和气。"茗烟在窗外道："他是东胡同子里（俞校："东胡同子里"——从己、庚；原"东衚衕的"。）璜大奶奶的侄儿，那是什么硬正仗腰子的，（俞校："仗腰子的"——从己、庚、晋；原"仗腰子"。）也唬我们来了。璜大奶奶是他姑娘。你那姑妈只会打旋磨儿，给我们琏二奶奶跪着借当头，（蒙侧：可怜！开口告人，终身是玷。）我看不起他那样的主子奶奶。"李贵忙断喝不止，说（俞校："断喝不止，说"——从己、庚；原"乱喝不止说道"。）："偏你这小（俞校："偏你这小"——从己、庚；原"偏这小狗"。）肏的知道，有这些蛆嚼。"宝玉冷笑道："我只当是（俞校：“我只当是”——从己、庚、晋、甲；原“我只道是”。）谁的亲戚，原来是璜嫂子的侄儿。我就去问他来。”（俞校：“问问他来”——从己、庚；原“问问他去”。）说着，便要走，叫茗烟进来包书。茗烟包着书，（俞校：“包着书”——从己、庚；原“进来包书”。）又得意道：“爷也不用自去，等我去他家，就说老太太有话问他呢，雇上一辆车，拉进去，当着老太太问他，岂不省事。”（蒙戚双：又以贾母欺压，更妙！）李贵忙喝道：“你要死！仔细回去我好不好先捶了你，然后再回（俞校：“然后再回”——从己、庚；原“然后回”。）老爷、太太，就说宝玉全是你调唆的。我这里（俞校：“我这里”——从己、庚、晋、甲；原“我”。）好容易劝哄的（俞校：“劝哄的”——从己、晋、甲；原“哄的”。）好了一半，你又来生个新法子。你闹了学堂，不说变法儿压息了才是，倒要往大里闹。”（俞校：“倒要往大里闹”——从己、庚；原“反要迈火坑”。）茗烟方不敢作声儿。此时贾瑞也恐怕闹大了，自己不干净，只得委屈着来央告秦钟，又央告宝玉。先是他二人不肯，后来宝玉说：“不回去也罢了，只叫金荣赔不是便罢。”金荣先是不肯，后来禁不得（俞校：“禁不得”——从己、庚；原“禁不起”。）贾瑞也来逼他去赔不是。李贵等只得好劝金荣说：“原是你起的端，你不这样，怎得了局。”金荣强不过，只得与秦钟作了一个揖。宝玉还不依，偏定要磕头。贾瑞只要暂息此事，又悄悄的劝金荣说：“俗语说的好，杀人不过头点地，你既惹出事来，少不得下点气儿，磕个头，就完事了。”金荣无奈，只得进前来与秦钟磕头。且听下回分解。

蒙戚回后：此篇写贾氏学中，非亲即族，且学乃大众之规范，人伦之根本。首先悖乱，其贾家之气数，即此可知。挟用袭人之风流，群小之恶逆，一扬一抑，作者自必有所取。

第十回
金寡妇贪利权受辱　张太医论病细穷源

戚回前：新样幻情欲收拾，可卿从此世无缘。和肝益气浑闲事，谁识今朝寻病源？

话说金荣因人多势众，俞校："人多势众"——从己、庚、甲；原"人多势重"。又兼贾瑞勒令赔了不是，给秦钟磕了头，宝玉方才不吵闹了。大家散了学，金荣回到家中，越想越气，说："秦钟不过是俞校："不过是"——从己、庚、晋、甲；原"这奴才是"。贾蓉的小舅子，又不是贾家的子孙，附学读书，也不过和我一样。他因仗着宝玉和他好，他就目中无人。他既是这样，就该行些正经事，人也没的说。他素日又和宝玉鬼鬼祟祟的，只当人都是瞎子看不见。今日他又去俞校："他又去"——从己、庚、晋、甲；原"他又"。勾搭人，偏偏的撞在我眼睛里。蒙侧：偏是鬼鬼祟祟者多，以为人不见其行，不知其心。就是闹出事来，我还怕什么不成！"他母亲胡氏，听见他咕咕唧唧的说，因问道："你又要争什么闲气？好容易我望你姑妈说了，蒙侧："好容易"三字，写尽天下迎逢要便宜苦恼。你姑妈又千方百计的向他们西府里的琏二奶奶跟前说了，你才得了这个念书的地方。若不是仗着人家，咱们家里还有力量请的起先生！况且人家学里，茶也是现成的，俞校："茶也是现成的"——从己、庚；原"茶"。饭也是现成的，你这二年在那里念书，家里也省好大的嚼用呢。省出来的，你又爱穿件鲜明衣服。再者，不是因你在那里念书，你就认得什么薛大爷了。那薛大爷一年不给不给，这二年也帮了咱们有七八十两（俞校：“有七八十两”——从己、庚；原“也有七八十两”。）银子。（己侧：因何无故结（给）许多银子？金母亦当思之。）（蒙侧：可怜！妇人爱子，每每如此。自知所得者多，而不知所失者大，可胜叹者！）你如今要闹出了这个学房，（俞校：“闹出了这个学房”——从己、庚、晋；原“闹出这学房”。）再要找这么一个地方，我告诉你说罢，比登天的还难呢！（己侧：如此弄银，若有金荣在，亦可得。）你给我老老实实的顽一会子，睡你的觉去，好多着呢！”于是金荣忍气吞声，不多一时，他自己去睡了。次日仍旧上学去了。不在话下。

且说他姑娘原聘给的是贾家“玉”字辈的嫡派，名唤贾璜。但其族人，那里皆能像宁荣二府的富势，原不用细说。这贾璜夫妻守着些小小的产业，又时常到宁荣二府里去请请安，又会奉承凤姐儿并尤氏，所以凤姐儿、尤氏也时常资助资助他，方能如此度日。（蒙侧：原来根由如此，大与秦钟不同。）今日正遇天气晴明，又值家中无事，（俞校：“今日正遇天气晴明，又值家中无事”——从己、庚、晋、甲；原“却说这日贾璜之妻金氏因天气晴明，家中又无事”。）遂带了一个婆子，坐上车，来家里（俞校：“来家里”——从己、庚、晋、甲；原“家里”。）走走，瞧瞧寡嫂、侄儿。闲话（俞校：“闲话”——从己、庚、晋、甲；原“闲语”。）之间，金荣的母亲偏提起昨日贾家学房里的（俞校：“学房里的”——从己、庚；原“学里”。）那事，从头至尾，一五一十都向他小姑子说了。这璜大奶奶不听则已，听了一时怒从心上起，说道：“这秦钟小崽子是贾门亲戚，难道荣儿不是贾门的亲戚！（己侧：这贾门的亲戚比那贾门的亲戚。）人都别忒势利了，况且都作的是什么有脸的好事！就是宝玉，也不犯上（俞校：“不犯上”——从庚；原“不犯著”。）向着他（俞校：“向着他”——从己、庚、晋、甲；原“向他”。）到这个田地。等我去到东府，瞧瞧我们珍大奶奶，再向秦钟他姐姐说说，叫他评评这个理。”（己侧：未必能如此说。）（蒙侧：狗伏（仗）人势者，问（开）口便有少必胜之谈，事要三思，勉（免）劳后悔。）（靖侧：这个理怕不能评。）这金荣的母亲（俞校：“金荣的母亲”——从己、庚、晋、甲；原“金荣母亲”。）听了这话，急的了不得，忙说道：“这都是我的嘴快，告诉了姑奶奶。求姑奶奶快别去说去，别管他们谁是谁非，（己侧：不论“谁是谁非”，有钱就可矣。）（蒙侧：胡氏可谓善哉！）倘或闹起来，怎么在那里站得住。家里不但不能请先生，反倒在他身上添出许多嚼用来呢。”璜大奶奶听了，说道：“那里管得许多！你等我去说了，看是怎么样。”也不容他嫂子劝，一面叫老婆子瞧了车，就坐上往宁府里来。（蒙侧：何等气派，何等声势，有射石饮羽之力，动天摇地，如项羽喑咤。）

到了宁府，进了车门，到了东边小角门前下了车，进去（俞校：“进去”——从己、庚、晋、甲；原

“进来”。见了贾珍之妻俞校：“贾珍之妻”——从庚；原“贾珍的妻”。尤氏，也未敢气高，殷殷勤勤叙过寒温，说了些闲话，方问道蒙侧：何故性自索然？：“今日怎么没见俞校：“怎么没见”——从己、庚、晋、甲；原“怎么不见”。蓉大奶奶？”己侧：何不叫秦钟的姐姐？尤氏说道俞校：“尤氏说道”——从己、庚；原“尤氏说”。：“他这些日子，不知道是怎么着，俞校：“是怎么着”——从己、庚；原“他怎著”。经期有两个多月没来，叫大夫瞧了，又说并不是喜。那两日到了下半天就懒待动，话也懒待说，眼神也发眩。我说他：‘你且不必拘礼，早晚不用照例上来，你竟好生养养罢。就是有亲戚一家儿来，有我呢。就有长辈们怪你，等我替你告诉。’连蓉哥我都嘱咐了，我说：‘你不许累掯他，不许招他生气，叫他静静的养养就好了。蒙侧：只一丝不露。他要想什么吃，只管到我这里取来。倘或我这里没有，俞校：“没有”——从己、庚；原“无有”。只管望你琏二婶子俞校：“望你琏二婶子”——从己、庚；原“往你琏二婶子”。那里要去。倘或他有个好和歹，俞校：“有个好和歹”——从己、庚；原“有了好歹”。你再要娶俞校：“你再要娶”——从己、庚、晋、甲；原“再要”。这么一个媳妇，这么个俞校：“这么个”——从己、庚、晋、甲；原“这么一个”。紧接下一个同。模样儿、这么个性情俞校：“性情”——从庚；原“情性”。的人儿，打着灯笼也没地方找去。’己侧：还有这么个好小舅子。他这为人行事，那个亲戚，那个一家的长辈不喜欢他。俞校：“喜欢他”——从己、庚、晋、甲；原“欢喜他”。所以我这两日好不心烦，焦的我了不得。偏偏今儿早晨俞校：“早晨”——从己、庚；原“早辰”。他兄弟来瞧他。谁知那小孩子家不知好歹，看见他姐姐俞校：“他姐姐”——从己、庚、晋、甲；原“姐姐”。身上不大爽快，就有事也不当告诉他，别说是这么一点子俞校：“一点子”——从己、庚；原“点子”。小事，就是你受了一万分的委屈，也不该向他说才是。谁知他们昨儿学房里俞校：“学房里”——从己、庚、晋、甲；原“学里”。打架，不知是俞校：“不知是”——从己、庚、晋、甲；原“不知”。那里附学来的一个人欺负了俞校：“欺负了”——从己、庚；原“欺负”。他了，己侧：眼前竟像不知者。蒙侧：文笔之妙，妙至于此。本是璜大奶奶不忿来告，又偏从尤氏口中先出，却是秦钟之语，且是情理必然，形势逼近。孙悟空七十二变，未有如此灵巧活跳。里头还有些俞校：“还有些”——从己、庚、晋、甲；原“有些”。不干不净的话，都告诉了他姐姐。婶子，你是知道那媳妇的，虽则见了人有说有笑，会行事儿，他可心细，心又重，不拘听见了什么话儿，都要度量个三日五夜才罢。这病就是打这个俞校：“打这个”——从己、庚；原“把这个”。秉性上头思虑出来的。今儿听见俞校：“今儿听见”——从己、庚、晋、甲；原“今听见了”。有人欺负了兄弟，又是恼，又是气。恼的是那群混账狐朋狗友的，扯是搬非调三惑四的那些人；俞校：“那些人”——从庚；原“是那些人”。气的是他兄弟不学好，不上心念书，俞校：“念书”——从庚；原“读书”。以致如此学里吵闹。

他听了这事，今日索性连早饭也没吃。（俞校："也没吃"——从己、庚；原"也不吃"。）我听见了，我方才到他那边安慰了他一会子，又劝解了他兄弟一会子，我叫他兄弟到那边府里找宝玉去了。我又瞧着（俞校："又瞧着"——从晋；原"才瞧著"。）他吃了半盏燕窝汤，我才过来的。（俞校："过来的"——从晋；原"过来了"。）婶子，你说我心焦不心焦！（蒙侧：这会子金氏听了这话，心里当如何料理？实在令人悔杀从前高兴。天下事不得不豫为三思，先为防渐。）况且如今又没有好大夫。我想到（俞校："我想到"——从己、庚、晋、甲；原"我为"。）他这病上，我心里倒像针扎是的。（俞校："针扎是的"——从己、庚；原"针扎的"。）你们知道有什么好大夫没有？"（蒙侧：作无意相间（问）语，是逼近一分，则金氏尤（犹）不免当为分诉。一逼之下，实无可赘之间（词）。）金氏听了这半日话，把方才在他嫂子家里（俞校："在他嫂子家里"——原"在嫂子家里"；己、庚、晋、甲"在他嫂子家的"。今增"他"。）那一团要向秦氏论理的盛气，早吓的都丢在（俞校："都丢在"——从庚；原"丢在"。）爪洼国（俞校："爪洼国"——从庚、晋、甲；原"瓜洼国"。）去了。（己侧：又何必用金母着急。）（靖眉：吾为趋炎附势，仰人鼻息者一叹。）听见尤氏问他有知道的好大夫的话，连忙答道："我们这么听着，实在也没见人说有个好大夫。如今听起（俞校："听起"——从己、庚、晋、甲；原"听见"。）大奶奶这个来，（俞校："这个来"——从己、庚；原"这个不来"。）定不得还是喜呢。嫂子倒别叫人混治，倘或认错了，这可是了不得的。"尤氏道："可不是呢。"正说话之间，贾珍从外进来，见了金氏，便向尤氏问道："这不是璜大奶奶么。"金氏向前给贾珍请了安。贾珍向尤氏说道（俞校："向尤氏说道"——从己、庚、晋、甲；原"向这尤氏说道"。）："让这大妹妹吃了饭去。"（俞校："让这大妹妹吃了饭去"——从己、庚、晋、甲；原"让这妹子吃饭去"。）贾珍说着话，就过那屋里去了。（靖眉：不知心中作何想。）金氏此来，原要向秦氏说说秦钟欺负了他侄儿的事，听见秦氏有病，不但不能说，亦且不敢提了。况且贾珍、尤氏又待的很好，（俞校："又待的很好"——从己、庚；原"待的也狠好"。）反转怒为喜的，又说了一会子话儿，方家去了。（俞校："方家去了"——从己、庚、晋；原"方回家去了"。）（蒙侧：金氏何面目再见江东父老？然而如金氏者，世不乏其人。）

金氏去后，贾珍方过来坐下，问尤氏道："今日他来有什么说的事情么？"尤氏答道："倒没说什么。（俞校："没说什么"——从己、庚、晋、甲；原"没说甚么"。）一进来的时候，脸上倒像有些着了恼（俞校："着了恼"——从庚；原"著恼"。）的气色是的。（俞校："是的"——从庚；原"似的"。）及至说了半天话，又提起媳妇这病，他倒渐渐的气色平静了。你又叫（俞校："你又叫"——从己、庚、晋、甲；原"又叫"。）让他吃饭，他听见（俞校："他听见"——从己、庚、晋、甲；原"他见"。）媳妇这么病，也不好意思只管坐着，又说了几句闲话儿（俞校："闲话儿"——从己、庚；原"儿"。）就去了。倒没有求什么事。如今且说媳妇这病，你到那里寻个好大夫来，给他瞧瞧要紧，

金寡妇贪利权受辱　张太医论病细穷源

可别耽误了。现今咱们家走的这群大夫，那里要得？蒙侧：医毒。非止近世，从古有之。一个个俞校："一个个"——从甲；原"一个"。都是听着人的口气儿，俞校："人的口气儿"——从己、庚、晋；原"人口气儿"。人怎么说，他也添几句文话儿说一遍。俞校："说一遍"——从己、庚、晋、甲；原"说一篇"。可倒殷勤的很，三四个人俞校："三四个人"——从己、庚、晋、甲；原"三四人"。一日轮流着倒有俞校："轮流着倒有"——从己、庚、晋、甲；原"轮流到"。四五遍俞校："四五遍"——从己、庚；原"四五遍的"。来看脉。他们大家商量着立个方子，吃了也不见效，倒弄得一日换四五遍衣裳坐起来见大夫，其实于病人无益。"贾珍说道："可是这孩子也糊涂，何必脱脱换换的。倘再俞校："倘再"——从庚；原"倘或又"。着了凉，更添一层病，那还了得。俞校："那还了得"——从己、庚、晋；原"那换了的"。衣裳任凭是什么好的，可又值什么呢，孩子的身子要紧。就是一天穿一套新的，也不值俞校："也不值"——从己、庚、晋、甲；原"不值"。什么。我正进来要告诉你，方才冯紫英来看我，他见我有些抑郁之色，问我是怎么了。我才告诉他说，媳妇忽然身子有好大的俞校："好大的"——从己、庚；原"好大"。不爽快，因为不得个俞校："不得个"——从己、庚、晋、甲；原"不得"。好太医，断不透是喜是病，又不知有妨碍无妨碍，俞校："有妨碍无妨碍"——从己、庚、晋、甲；原"有妨无妨"。所以我这两日心里着实着急。俞校："着急"——从己、庚；原"急"。冯紫英因说起，他有一个幼时从学的先生，姓张，名友士，学问最渊博的，俞校："最渊博的"——从己、庚；原"最渊博"。更兼医理极深，俞校："医理极深"——从己、庚；原"医理精明"。且能断人的生死。己侧：为(未)必能如此。蒙侧：举荐人的通套，多是如此说。今年是上京给他儿子来捐官，俞校："来捐官"——从己、庚；原"捐官"。现在他家俞校："现在他家"——从己、庚、晋、甲；原"在他家"。住着呢。这么看来，竟合该媳妇的病在他手里除灾，亦未可知。我即刻差人拿我的名帖请去了。蒙侧：父母之心，昊天罔极。今日倘或天晚了不能来，明日想来俞校："明日想来"——从己、庚；原"想来明日"。一定来。况且冯紫英又即刻回家，亲自去求他，务必叫他来瞧瞧。等这个张先生来瞧了，再说罢。"尤氏听了，心中甚喜，因说道："后日是太爷的寿日，俞校："太爷的寿日"——从己、庚、晋；原"太爷寿日"。到底怎么办？"贾珍说道："我方才到了太爷那里去请安，兼请太爷来家来俞校："来家来"——从己、庚；原"来家"。受一受一家子的礼。太爷因说道：'我是清净惯了的，我不愿意往你们那是非场中闹去。你们必定说是我的生日，要叫我去俞校："要叫我去"——从庚、晋；原"要我去"。受众人些头，俞校："些头"——从己、庚；原"的礼"。莫过俞校："莫过"——从己、庚；原"莫若"。你把我从前注的《阴骘文》给我俞校："给我"——从庚、晋、甲；原"你给我"。叫人好好的写出来刻了，俞校："刻了"——从己、庚、晋、甲；原"刻去"。比叫我俞校："比叫我"——从己、庚；原"这比我"。受众人的头还强俞校："还强"——从己、庚、晋；原"强"。百倍呢。倘或明日后日这两天一家子要来，俞校："明日后日这两天一家子要来"——从甲；原"后日这两家的要来"。你就在家里好好的款待他们就是了。也不必给我送什么东西来。连你后日也不必来。你要俞校："你要"——从己、庚、晋、甲；原"你若"。心里不安，你今日就给我磕了头去。蒙侧：将写可卿之好事多虑。至于天生之文中，转出好清静之一番议论，清新醒目，立见不凡。倘或后日你来，又跟随多少人来闹我，我必和你不依。'如此说了又说，后日我是再不敢去的了。俞校："再不敢去的了"——从己、庚、晋、甲；原"不敢去的"。且叫来升来，吩咐他预备两日的俞校："两日的"——从己、庚、晋；原"两日"。筵席。"尤氏因叫人叫了贾蓉来："吩咐来升照旧例预备两日的筵席，俞校："尤氏因叫人"至"两日的筵席"——从己、庚；原无。要丰丰富富的。你再亲自到西府里去请老太太、大太太、二太太和你琏二婶子来逛逛。俞校："来逛逛"——原下有"正说著，贾蓉上来请安，尤氏便把上项的话一一交代了，并说"；从己、庚、晋、甲删。你父亲今日又听见一个好大夫，业已打发人请去了，俞校："请去了"——从己、庚、晋、甲；原"去请了"。想明日必来。你可将他这些日子的病症细细告诉他。"贾蓉一一的答应着出去了。正遇着方才去冯紫英家请那先生俞校："那先生"——从己、庚、晋；原"那张先生"。紧接下一个同。的小子回来了，因回道："奴才方才到了冯大爷家，拿了老爷的名帖，请那先生去。那先生说道俞校："那先生说道"——从庚、晋；原"那张先生说道"。：'方才这里大爷也向我说了。但是今日拜了一天的客，才回到家，此时精神实在不能支持，就是去到府上也不能看脉。'他说：'等待调息一夜，明日务必到府。'蒙侧：医生多是推三阻四，拿腔作调。他又说他，俞校："他又说他"——从己、庚；原"他又说"。'医学浅薄，本不敢当此重荐，因我们冯大爷和府上的大人俞校："和府上的大人"——从己、庚；原"合府上太爷"。既已如此说了，又不得不去。你先代我回明大人俞校："回明大人"——从己、庚、晋、甲；原"回明了太爷"。就是了。大人的名帖，俞校："大人的名帖"——从己、庚、晋、甲；原"太爷的名帖"。实不敢当。'仍叫俞校："仍叫"——从己、庚、晋、甲；原"叫"。奴才拿回来了。哥儿替奴才回一声儿罢。"贾蓉复转身进去，回了贾珍、尤氏的话，方出来叫了来升，吩咐他预备两日的筵席的话。来升听毕，自去照例料理，不在话下。

且说次日午间，俞校："午间"——从己、庚、晋、甲；原"午时间"。人回道："请的那张先生来了。"贾珍遂延入大厅坐下，茶毕，方开言道："昨承冯大爷示知老先生人品学问，又兼深通医学，小弟不胜欣仰俞校："欣仰"——从庚；原"钦仰"。之至。"张先生道："晚生粗鄙下士，本知见浅陋。俞校："本知见浅陋"——从己、庚；原"本来见识浅陋"。昨因冯大爷示知大人家第俞校："大人家第"——从己、庚、晋、甲；原"大人家"。谦恭下士，又承呼唤，敢不奉命。但毫无实学，倍增颜汗。"贾珍道："先生何必过谦。就请先生进去看看儿妇，仰仗高明，以释下怀。"于是贾蓉同了进去。到了贾蓉居室，见了秦氏，向贾蓉说道："这就是尊夫人了？"贾蓉道："正是。请先生坐下。让我把俞校："让我把"——从己、庚、晋、甲；原"让把"。贱内的病症俞校："病症"——从己、晋、甲；原"病源"。说一说再看脉，如何？"那先生道："依小弟的意思，先看过脉，再说的为是。我是初造尊府的，本也俞校："本也"——从己、庚、晋；原"也"。不晓得什么，但我们冯大爷务必叫小弟过来看看，小弟所以不得不来。如今看了脉息，看小弟说的是不是。再将这些日子的病势讲一讲，大家斟酌一个方儿，俞校："方儿"——从庚、晋、甲；原"好方儿"。可用不可用，那时大爷再定夺。"贾蓉道："先生实在高明，如今恨相见之晚。就请先生看一看脉息，可治不可治，以便使家父母俞校："家父母"——从己、庚、晋、甲；原"家父"。放心。"于是家下媳妇们捧过大迎枕俞校："大迎枕"——从己、庚、晋、甲；原"大宁枕"。来，一面给秦氏拉着袖口露出脉来。先生方伸手按在右手脉上，调息了至数，俞校："至数"——从己、庚、晋、甲；原"次数"。宁神细诊俞校："细诊"——从己、庚、晋、甲；原"胗"。了有半刻的工夫，方换过左手，亦复如是。俞校："如是"——从己、庚、晋、甲；原"如此"。诊毕脉，说道："我们外边坐罢。"贾蓉于是同先生到外边房里炕上坐下。一个婆子端了茶来。贾蓉道："先生请茶。"于是陪先生吃了茶，俞校："吃了茶"——从己、庚；原"吃茶"。遂问道："先生看这脉息，还治得治不得？"先生道："看得尊夫人这脉息：左寸沉数，左关沉伏，右寸细而无力，右关需而无神。俞校："需而无神"——从己、庚；原"虚而无神"。其左寸沉数者，乃心气虚而生火；左关沉伏者，乃肝家气滞血亏；右寸细而无力者，乃肺经气分太虚；右关需而无神者，俞校："需而无神者"——从己、庚、晋、甲；原"虚而无神者"。乃脾土被肝木尅制。心气虚而生火者，俞校："生火者"——从己、庚、晋、甲；原"生火"。应现经期不调，夜间不寐；俞校："不寐"——从己、庚、晋、甲；原"不寝"。肝家血亏气滞者，必然胁下疼胀，月信过期，心中发热；肺经气分太虚者，头目不时眩晕，寅卯间必然自汗，俞校："必然自汗"——从庚、晋、甲；原"必自汗"。如坐舟中；脾土被肝木尅制者，必然不思饮食，俞校："饮食"——从己、庚、晋、甲；原"饭食"。精神倦怠，四肢酸软。据我看这脉息，应当有这些症候（俞校："这些症候"——从己、庚、晋、甲；原"这症候"。）才对。或以这个脉为喜脉，则小弟不敢从其教也。"旁边一个贴身伏侍的婆子道："何尝不是这样呢，真正先生说的如神，倒不用（俞校："倒不用"——从己、庚、晋、甲；原"到不要"。）我们告诉了。如今我们家里现有好几位太医老爷瞧着呢，都不能的当真切的这么说。（俞校："的当真切的这么说"——从庚；原"说这么真切"。）有一位说是喜，有一位说是病，这位说不相干，那位说怕冬至。总没有个准话儿。（俞校："准话儿"——从庚；原"真实话儿"。）求老爷明白指示指示。"那先生笑道（俞校："笑道"——从庚；原"笑说道"。）（蒙侧：说是了，不觉笑，描出神情跳跃，如见其人。）："大奶奶这个症候，可是那众位耽搁了。要在初次行经（俞校："行经"——从己、庚、晋、甲；原"经"。）的日期就用药治起来，不但断无今日之患，而且此时已全愈了。如今既是把病耽误到这个地位，也是应有此灾。依我看来，（俞校："依我看来"——从庚；原上有"实在"。）这病尚有三分治得。吃了我的药看，若是夜间睡得着觉，（俞校："睡得着觉"——从庚、晋；原"睡得著"。）那时又添了二分拿手了。据我看这脉息，（俞校："看这脉息"——从庚、晋；原"看著脉息"。）大奶奶是个心性高强，聪明不过的人。聪明忒过，则不如意事常有；不如意事常有，则思虑太过。此病是忧虑伤脾，肝木忒旺，经血（俞校："经血"——从庚、晋、甲；原"经水"。）所以不能按时而至。大奶奶从前的行经的日子，问一问，断不是常缩，必是常长的。（俞校："常长的"——从庚、晋、甲；原"常长日子的"。）（蒙侧：恐不合其方，又加一番议论，一为合方药，一为夭亡症，无一字一句不前后照应者。）是不是？"这婆子答道："可不是，从没有（俞校："从没有"——从庚、晋、甲；原"从前没有"。）缩过，或是长两日三日，以至十日都长过。"先生听了道："妙啊，（俞校："妙啊"——从庚；原"妙阿"。）这就是病源了。从前若能彀（俞校："能彀"——从庚；原"能"。）以养心调经之药服之，何至于此。这如今明显出（俞校："明显出"——从庚、晋、甲；原"显出"。）一个水亏木旺的症候（俞校："症候"——从庚、晋、甲；原"虚症候"。）来。待用药看看。"（俞校："用药看看"——从庚、晋；原"用药再看"。）于是写了方子，递与贾蓉，上写的是：

益气养荣补脾（俞校："补脾"——从庚、晋、甲；原无。）和肝汤

人参二钱　白术二钱土炒　云苓三钱　熟地四钱　归身二钱酒炒　白芍二钱炒　川芎一钱五分　黄芪三钱　香附米二钱制　醋柴胡八分　怀山药二钱炒　真阿胶二钱蛤粉炒　延胡索一钱五分酒炒　炙甘草八分

引用建莲子七粒去心　红枣二枚

贾蓉看了说："高明的很。还要请教先生，这病与性命终久有妨无妨？"先生笑道："大爷是（俞校："大爷是"——从庚、晋；原"大爷"。）最高明的人。人病到这个地位，非一朝一夕的症候，吃了这药，也要看医缘了。（俞校："医缘了"——从庚、晋、甲；原"医缘"。）依小弟看来，（俞校："依小弟看来"——从庚、晋、甲；原"小弟看来"。）今年一冬是不相干的，（俞校："不相干的"——从庚、晋、甲；原"不相干"。）总是过了春分，就可望全愈了。"贾蓉也是个（俞校："也是个"——从庚、晋、甲；原"也是一个"。）聪明人，也不往下细问了。于是贾蓉送了先生去了，方将这药方子并脉案都给贾珍看了，说的话也都回了贾珍并尤氏。尤氏向（俞校："尤氏向"——从庚、晋；原"于是尤氏向"。）贾珍说道："从来大夫不像他说的这么痛快，想必用的药（俞校："用的药"——从庚；原"用药"。）也不错。"贾珍道（俞校："贾珍道"——从庚、晋、甲；原"贾珍说道"。）："人家原不是混饭吃久惯行医的人。因为冯紫英我们好，（俞校："我们好"——从庚；原"我们相好"。）他好容易求来了。既有这个人，媳妇的病或者就能好了。（俞校："就能好了"——从庚、晋、甲；原"就能好"。）他那方子上有人参，就用前日买的那一斤好的罢。"贾蓉听毕话，方出来叫人打药去，煎给秦氏吃。不知秦氏服了此药，病势如何，且听下回分解。

戚回后：欲速可卿之死，故先有恶奴之凶顽，而后及以秦钟来告，层层克入，点露其用心过当，种种文章逼之，虽贫女得居富室，诸凡遂心，终有不能不夭亡之道。我不知作者于着笔时，何等妙心绣口，能道此无碍法语，令人不禁眼花缭乱。

第十一回
庆寿辰宁府排家宴　见熙凤贾瑞起淫心

戚回前：幻景无端换境生，玉楼春暖述乖情。闹中寻静浑闲事，运得灵机属凤卿。

话说是日贾敬的寿辰，贾珍先将上等可吃的东西，稀奇些的果品，装了十六大捧盒，（俞校："十六大捧盒"——从己、庚、晋、甲；原"六大捧盒"。）着贾蓉（俞校："着贾蓉"——从己、庚、晋、甲；原"有贾蓉"。）带领家下人等与贾敬送去，向贾蓉说道："你留神看太爷喜欢不喜欢，你就行了礼来。你说：'我父亲遵太爷的话不敢来，在家里率领合家都朝上行了礼了。'"贾蓉听罢，即率领（俞校："即率领"——从己、庚、晋、甲；原"率领"。）家人去了。这里渐渐的（俞校："渐渐的"——从己、庚、晋、甲；原"渐渐"。）就有人来了。先是贾琏、贾蔷到来，先看了各处的坐位，并问有什么顽意儿（俞校："什么顽意儿"——从己、庚、晋；原"什吗顽意儿"。）没有。家人答道："我们爷原算计请太爷今日来家来，（俞校："来家来"——从己、庚；原"来家"。）所以并未敢（俞校："并未敢"——从己、庚、晋、甲；原"并不敢"。）预备顽意儿。前日听见太爷又不来了，现叫奴才们找了一班小戏儿并一档子打十番的，都在园子里戏台上预备着呢。"次后邢夫人、王夫人、（俞校："邢夫人、王夫人"——从己、庚、晋、甲；原"又有邢夫人"。）凤姐儿、宝玉都来了。贾珍并尤氏接了进去。尤氏的母亲已先在这里呢。大家见过了，彼此让了坐。贾珍尤氏二人亲自递了茶，因笑说道："老太太原是老祖宗，我父亲又是侄儿，这样日子原不敢请他老人家。但是这个时候，天气正凉爽，满园的菊花又盛开，请老祖宗过来散散闷，看看众儿孙 俞校："看看众儿孙"——从己、庚、晋、甲；原"看著众儿女"。 热闹热闹，是这个意思。谁知老祖宗又不肯赏脸。"凤姐儿 俞校："凤姐儿"——从己、庚、晋、甲；原"凤姐"。 未等王夫人开口，先说道："老太太昨日还说 俞校："昨日还说"——从己、庚、晋；原"昨日原"。 要来着呢，因为晚上看着 俞校："看着"——从己、庚；原"忽看见"。 宝兄弟他们吃桃儿，老人家又嘴馋，吃了有大半个。五更天的时候， 俞校："的时候"——从己、庚；原"明时候"。 就一连起来了两次， 蒙侧：此一问一答，即景生情，请教是真[是]假？非身经其事者，想不到，写不出。 今日早晨， 俞校："早晨"——从己、庚、晋、甲；原"早辰"。 略觉身子倦些。因叫我回大爷，今日断不能来了，说有好吃的要几样，还要很烂的。" 蒙侧：是。 贾珍听了笑道："我说老祖宗是爱热闹的， 俞校："爱热闹的"——从己、庚、晋、甲；原"爱热闹"。 今日不来必定有个原故。若是这么着，就是了。"王夫人道："前日听见你大妹妹说，蓉哥儿媳妇儿 俞校："蓉哥儿媳妇儿"——从庚；原"蓉儿媳妇"。 身上有些不大好，到底是怎么样？"尤氏道："他这个病的也奇。上月中秋，还跟着老太太、太太们 俞校："太太们"——从己、庚；原"太太"。 顽了半夜，回家来好好的。到了二十后，一日比一日觉懒，也懒待吃东西。这将近有半个多月了。经期又有两个月没来。"邢夫人接着说道："别是喜罢？" 蒙侧：此书总是一副（幅）《云龙图》。 正说着， 俞校："正说着"——从己、庚、晋、甲；原"正谈著"。 外头人回道："大老爷、二老爷并一家子的 俞校："一家子的"——从己、庚；原"一家的"。 爷们都来了，在厅上呢。"贾珍连忙出去了。这里尤氏方说道："从前大夫也有说是喜的。昨日冯紫英荐了他从学过的 俞校："从学过的"——从己、庚；原"从过学的"。 一个先生，医道很好，瞧了说不是喜，竟是很大的一个症候。昨日开了方子，吃了一剂药，今日头眩的略好些，别的仍不见怎么样大见效。"凤姐儿道："我说他不是十分支持不住，今日这样的日子，再也不肯 俞校："再也不肯"——从己、庚、晋、甲；原"他再也不肯"。 不扎挣着上来。"尤氏道："你是初三日在这里见他的，他强扎挣 俞校："他强扎挣"——从己、庚、晋、甲；原"还强扎挣"。 了半天，也是因你们娘儿两个好的上头，他才恋恋的舍不得去。" 俞校："恋恋的舍不得去"——从己、庚、晋、甲；原"恋恋不舍得去"。 凤姐儿听了，眼圈儿红了半日，半天方说道："真是'天有不测风云，人有旦夕祸福'。 俞校："天有不测风云，人有旦夕祸福"——从己、庚、晋、甲；原"天有不测的风云，人有旦夕的祸福"。 蒙侧：揣摩得极平常言语，来写无涯之幻景幻情，反作了悟之意，且又转至别处，真是月下梨花，几不能变（辨）。 这个年纪，倘或就因这个病上怎么样了，人还活着有甚么 俞校："有甚么"——从己、庚、晋、甲；原"有甚"。 趣儿！" 蒙侧：大英雄多在此等处悟得，每能超凡入圣。

正说话间，贾蓉进来，给邢夫人、王夫人、凤姐儿前都请了安，方回尤氏道："方才我去给太爷送吃食去，并回说我父亲在家中伺候老爷们，款待一家子的爷们，（俞校："的爷们"——从己、庚、晋、甲；原无。）遵太爷的话并未敢来。（俞校："并未敢来"——从己、庚；原"并不敢来"。）太爷听了甚喜欢，说这才是。（俞校："这才是"——从己、庚、晋、甲；原"这个才是"。）叫告诉父亲母亲，好生伺候太爷、太太们，叫我们好生伺候叔叔、婶子并哥哥们。还说那《阴骘文》，叫急急的刻出来，（俞校："刻出来"——从己、庚、晋、甲；原"刻下出来"。）印一万张散人。（俞校："散人"——从己、庚、晋、甲；原"散"。）我将此话，（俞校："将此话"——从己、庚、晋、甲；原"将此语"。）都回了我父亲了。我这会子（俞校："这会子"——从己、庚；原"如今"。）得快出去打发太爷们并合家爷们吃饭。"（俞校："合家爷们吃饭"——从己、庚、晋、甲；原"爷们吃饭去呢"。）凤姐儿说："蓉哥儿，你且站住。你媳妇今日（俞校："今日"——从己、庚、晋、甲；原"的病"。）到底是怎么着？"贾蓉皱皱眉，说道："不好么。婶子回来瞧瞧去，就知道了。"（蒙侧：伏线自然。）于是贾蓉出去了。这里尤氏向邢夫人、王夫人道："太太们在这里吃饭阿，还是在园子里吃去好？小戏儿现预备（俞校："现预备"——从己、庚；原"预备"。）在园子里呢。"王夫人向邢夫人道："我们索性吃了饭再过去罢，也省好些事。"邢夫人道："很好。"于是尤氏就吩咐媳妇婆子们快送饭来。门外一齐答应了一声，都各人端各人的去了。不多一时，摆上了饭。尤氏让邢夫人、王夫人并他母亲都上了坐，（俞校："上了坐"——从己、庚；原"上坐了"。）他与凤姐儿、宝玉侧席（俞校："侧席"——从己、庚、晋、甲；原"侧"。）坐了。邢夫人、王夫人道："我们来原为给大老爷拜寿，这不竟是我们来过生日来了么！"（俞校："来了么"——从己、庚、晋、甲；原"么"。）凤姐儿说道："大老爷原是好养静的，已经修炼成了，（俞校："修炼成了"——从己、庚、晋、甲；原"修炼的成了"。）也算得是神仙了。太太们这么一说，这就叫作心到神知了。"（蒙侧：此等趣语，亦不肯无着落。）一句话说得满屋里的人都笑起来了。

于是尤氏的母亲并邢夫人、王夫人、凤姐儿（俞校："凤姐儿"——从己、庚、晋、甲；原"凤姐"。）都吃毕饭，漱了口，净了手，才说要往园子里去。贾蓉进来向尤氏说道："老爷们并众叔叔、哥哥、兄弟们也都吃了（俞校："也都吃了"——从己、庚；原"都吃了"。）饭了。大老爷说家里有事，二老爷是不爱听戏，又怕人闹的慌，都才去了。别的一家子（俞校："一家子"——从己、庚、晋、甲；原"一家子的"。）爷们，被琏二叔（俞校："被琏二叔"——从晋；原"都被琏二叔"。）并蔷兄弟都让过去听戏去了。方才南安郡王、东平郡王、西宁郡王、北静郡王四家王爷，并镇国公牛府等六家、忠靖侯史府等八家，都差人（俞校："差人"——从己、庚、晋、甲；原"著人"。）持了名帖送寿礼来，都回了我父亲，先收在帐房里了，（俞校："帐房里了"——从己、庚；原"账房里面"。）礼单都上上档子（俞校："上上档子"——从己、庚；原"上了档子"。）了，老爷的领谢的名帖都交给各来人了。各来人也都照旧例赏过，（俞校："赏过"——从晋；原"赏了"。）都让吃了饭去了。（俞校："都让吃了饭去了"——从晋；原"众人都让吃了饭才去了"。）母亲该请二位太太、老娘、婶子都过园子里坐着去罢。"（俞校："坐着去罢"——从己、庚；原"坐著罢"。）（蒙侧：人送寿礼，是为园子；回人去的去了，在的在，是为可以过园子里坐；园子里坐，可以转入正文中之幻情；幻情里有乖情，而乖情初写偏不乖。真是慧心神手！）尤氏道："也是才吃完了饭，就要过去了。"凤姐儿说："我回太太，我先瞧瞧蓉哥儿媳妇，我再过去。"（俞校："再过去"——从己、庚；原"再过来"。）王夫人道："很是。我们都要去瞧瞧他，倒怕他嫌（俞校："他嫌"——从己、庚、晋、甲；原"嫌"。）闹的慌，（蒙侧：为下文留地步。）说我们问他好罢。"尤氏道："好妹妹，媳妇听你的话，你去开导开导他，我也放心。你就快些过园子里来。"（俞校："过园子里来"——从己、庚、晋、甲；原"来园子里来"。）宝玉也要跟了凤姐儿去瞧秦氏去。王夫人道："你看看就过去罢。那是侄儿媳妇。"于是尤氏请了邢夫人、王夫人并他母亲都过会芳园去了。凤姐儿、宝玉方和贾蓉到秦氏这边来了。

进了房门，悄悄的走到里间房门口。秦氏见了，就要站起来。凤姐说："快别起来，看起猛了头晕。"（蒙侧：知心每每如此。）于是凤姐儿就紧走了两步，拉住秦氏的手，说道："我的奶奶，怎么几日不见，就瘦的这么着了！"于是就坐在秦氏坐的褥子上。宝玉也问了好，坐在对面椅子上。贾蓉叫："快倒茶来。婶子和二叔在上房还未喝茶呢。"秦氏拉着凤姐儿的手，强笑道："这都是我没福！这样人家，公公婆婆当自己的（俞校："自己的"——从己、庚；原"自己"。）女孩儿似的待。（蒙侧：正写幻情，偏作锥心刺骨语。呼渡河者三，是一意。）婶娘的侄儿虽说年轻，却也是他敬我，我敬他，（俞校："也是他敬我，我敬他"——从庚；原"彼此相敬"。）从来没有红过脸儿。就是一家子的长辈同辈（俞校："同辈"——从己、庚、晋、甲；原无。）之中，除了婶子倒不用说了，别人也从没不疼我的，也无不和我好的。这如今得了这个病，把我那（俞校："把我那"——从己、庚、晋、甲；原"把我"。）要强的心一分也没了。公婆跟前未得孝顺一天。就是婶娘这样疼我，我就有十分孝顺的心，如今也不能够了。我自想着，未必熬的过年去呢。”宝玉正眼瞅着（俞校：“正眼瞅着”——从己、庚；原“正然瞅著”。）那《海棠春睡图》并那秦太虚写的“嫩寒锁梦因春冷，芳气笼人是酒香”的对联，不觉想起在这里睡晌觉，梦到太虚幻境的事来。正自出神，听得（俞校：“听得”——从己、庚、晋、甲；原“听了”。）秦氏说了这些话，如万箭攒心，那眼泪不知不觉就流下来了。凤姐儿心中虽（俞校：“心中虽”——从己、庚；原“虽心中”。）十分难过，但恐（俞校：“但恐”——从己、庚、晋、甲；原“但只怕”。）病人见了众人这个样儿（俞校：“这个样儿”——从己、庚；原“这个样子”。）反添心酸，倒不是来开导劝解的意思了，见宝玉这个样子，因说道：“宝兄弟，你忒婆婆妈妈的了。他病人不过是这们说，那里就到得这个田地（俞校：“这个田地”——从己、庚；原“这田地”。）了。况且能多大年纪的人，略病一病儿，就这们想那们想的，这不是自己倒给自己添病了么。”（俞校：“添病了么”——从己、庚、甲；原“添病么”。）贾蓉道：“他这病也不用别的，只是吃得些饮食，（俞校：“饮食”——从己、庚；原“饭食”。）就不怕了。”（蒙侧：各人是各人伎俩，一丝不乱，一毫不遗。）凤姐儿道：“宝兄弟，太太叫你快过去呢。你别在这里只管这们着，倒招的媳妇也心里不好。太太那里又惦着（俞校：“惦着”——从晋、甲；原“垫著”。）你。”因向贾蓉说道：“你先同你宝叔叔（俞校：“宝叔叔”——从庚；原“宝叔”。）过去罢，（蒙侧：为本。）我还（俞校：“我还”——从己、庚、晋、甲；原“我”。）略坐一坐儿。”贾蓉听说，即同宝玉过会芳园来了。这里凤姐儿又劝解了（俞校：“劝解了”——从己、庚、晋、甲；原“劝了”。）秦氏一番，又低低的（俞校：“低低的”——从己、庚；原“低低”。）说了许多衷肠话儿。尤氏打发人请了两三遍，凤姐儿才向秦氏（俞校：“才向秦氏”——从己、庚、晋、甲；原“才望秦氏”。）说道：“你好生（俞校：“好生”——从己、庚、晋、甲；原“好”。）养着罢，我再来看你。合该你这病要好，所以前日就有人荐了这个好大夫（俞校：“这个好大夫”——从己、庚、晋、甲；原“个好大夫”。）来，再也是不怕的了。”秦氏笑道：“任凭是神仙也罢，（俞校：“也罢”——从己、庚；原“也能”。）治得病，治不得命。婶子，我知道（俞校：“我知道”——从己、庚；原“你道”。）我这病不过是挨日子。”凤姐儿说道：“你只管这么想着，（俞校：“这么想着”——从己、庚、晋；原“这们想”。）病那里能好呢。总要想开了才是。况且听得大夫说，若是不治，怕的是春天不好。如今才九月半，还有四五个月的工夫，什么病治不好呢。咱们若是不能吃人参的人家，这也难说了。你公公婆婆听见治得好你，别说一日二钱人参，就是二斤也能够吃得起。好生养着罢，我过园子里去了。”秦氏又道：“婶子，恕我不能跟过去了。闲了的时候，还求婶子常过来瞧瞧我，咱们娘儿们坐坐，多说几遭（俞校："几遭"——从己、庚；原"遭"。）话儿。"凤姐儿听了，不觉得（俞校："不觉得"——从己、庚；原"不觉"。）又眼圈儿一红，遂说道："我得了闲儿，必常来看你。"

于是凤姐儿带领跟来的婆子丫头并宁府的媳妇婆子们，从里头绕进园子的便门来。（蒙侧：偏不独行，用此等反克文字。）但只见：（俞校："但只见"——从庚；原"但见"。）

> 黄花满地，白柳（俞校："白柳"——从己、庚、晋、甲；原"绿柳"。）横坡。小桥通若耶之溪，曲径接天台之路。（蒙侧：点明题目。）石中清流激湍，篱落飘香。树头红叶翩翻，疏林如画。西风乍紧，初罢莺啼。暖日当暄，又添蛩语。遥望东南，建几处依山之榭。纵观西北，结三间（俞校："三间"——从己、庚、晋、甲；原"数间"。）临水之轩。笙簧盈耳，别有幽情。罗绮穿林，倍添韵致。

凤姐儿正自看（俞校："正自看"——从己、庚；原"正看"。）园中的景致，（俞校："园中的景致"——从庚；原"园中景致"。）一步步行来赞赏。猛然从假山石后走过一个人来，向前对凤姐儿说道："请嫂子安。"凤姐儿猛然见了，将身子望后（俞校："将身子望后"——从己、庚；原"将身往后"。）一退，说道："这是瑞大爷不是？"贾瑞说道："嫂子连我也不认得了！不是我是谁！"凤姐儿道（俞校："凤姐儿道"——从己、庚、晋、甲；原"凤姐儿说道"。）："不是不认得，猛然一见，不想到（俞校："不想到"——从己、庚；原"不想"。）是大爷到这里来。"贾瑞道："也是合该我（俞校："合该我"——从己、庚、晋、甲；原"合该"。）与嫂子有缘。（蒙侧：作者何等心思，能在此等事想到如此出言。渐入之妙，无过于此。）我方才偷出了席，在这个清净地方略散一散，（俞校："略散一散"——从己、庚、晋、甲；原"散一散"。）不想就遇见嫂子也从这里来，这不是有缘么！"（蒙侧：重点"有缘"二字，方是笔力。）一面说着，（俞校："说着"——从己、庚、晋、甲；原"说"。）一面拿眼睛不住的（俞校："不住的"——从己、庚、晋、甲；原"不住"。）觑着凤姐儿。凤姐儿是个聪明人，见他这个光景，如何不猜透八九分呢。因向贾瑞假意含笑道："怨不得你哥哥常提你，（俞校："常提你"——从己、庚、晋、甲；原"常提起"。）说你很好。今日见了，听你说这几句（俞校："说这几句"——从己、庚；原"这几句"。）话儿，就知道你是个聪明和气的人了。这会子我要到太太那里去，不得和你说话儿，等闲了咱们再说话儿罢。"贾瑞道："我要到嫂子家里去请安，（俞校："去请安"——从己、庚、晋、甲；原"请安"。）又恐怕嫂子年轻，不肯轻易（俞校："不肯轻易"——从己、

〔庚、晋、甲：原“不”。〕见人。”凤姐儿假意笑道〔俞校：“假意笑道”——从己、庚；原“假意含笑道”。〕：“一家子〔俞校：“一家子”——从己、庚；原“一家”。〕骨肉，说什么年轻不年轻的话。”贾瑞听了这话，再不想到今日得这个奇遇，那神情光景一发不堪难看了。凤姐儿说道：“你快入席〔俞校：“快入席”——从庚；原“快去入席”。〕去罢，看他们拿住，罚你酒。”贾瑞听了，身上已木了半边，慢慢的〔俞校：“慢慢的”——从己、庚、晋、甲；原“慢慢”。〕一面走着，〔俞校：“一面走着”——从己、庚；原“一面步著”。〕一面回过头来看。凤姐儿故意的把脚步放迟了些，见他去远了，心里暗忖道：“这才是‘知人知面不知心’呢。那里有这样禽兽的人呢！〔俞校：“禽兽的人呢”——从庚；原“禽兽样的人呢”。〕〔蒙侧：大英雄气概。作者以此命凤，其有为耶？〕他如果如此，几时叫他死在我手里，他才知道我的手段。”于是凤姐儿方移步前来。将转过了〔俞校：“将转过了”——从己、庚、晋、甲；原“将转”。〕一重山坡，见两三个婆子慌慌张张的走来，见了凤姐儿，笑说道：“我们奶奶见二奶奶只是不来，急的了不得，叫奴才们又来请奶奶来了。”〔蒙侧：别者必将遇贾瑞的［事］声张一番，以表清节。此文偏若无事，一则可以见熙凤非凡，一则可以见熙凤包含广大。〕凤姐儿说道：“你们奶奶就是这么急脚鬼是的。”〔俞校：“这么急脚鬼是的”——从己、庚；原“这样急脚鬼似的”。原下有“于是”，从己、庚、晋、甲删。〕凤姐儿慢慢的走着，问戏唱了有几出了。那婆子回道：“有八九出了。”说话之间，已到了天香楼的后门，见宝玉和一群丫头子们那里顽呢。凤姐儿说道：“宝兄弟，别忒淘气了。”〔蒙侧：照应前文。〕一个丫头说道：“太太们都在楼上坐着呢，请奶奶就从这边上去罢。”凤姐儿听了，款步提衣上了楼来，见尤氏已在楼梯口等着呢。尤氏便笑道：“你们娘儿两个〔俞校：“你们娘儿两个”——从己、庚、晋、甲；原“你娘儿两个”。〕忒好了，见了面，总舍不得来了。你明日搬来和他住着罢。你坐下，我先敬你一钟。”于是凤姐儿在邢王二夫人前告了坐，尤氏的母亲前周全了一遍，仍同尤氏坐一桌上，吃酒听戏。尤氏叫拿戏单来，让凤姐儿点戏。凤姐儿说道：“太太们在这里，我如何敢点。”邢夫人、王夫人说道：“亲家太太都点了好几出了，你点两出好的我们听。”凤姐儿立起身来答应了一声，方接过了戏单，从头一看，点了一出《还魂》，一出《弹词》。递过戏单去说：“现在唱的这〔俞校：“现在唱的这”——从己、庚、晋、甲；原“现在唱”。〕《双官诰》，〔蒙侧：点下文。〕唱完了，再唱这两出，也就是时候了。”王夫人道：“可不是呢，也该趁早叫你哥哥嫂子歇歇，他们又心里不静。”尤氏说：“太太们又不常过来，娘儿们多坐一会子俞校：“多坐一会子”——从己、庚、甲；原“多坐会子”。去，才有趣儿，天还早着呢。”凤姐儿立起身来望楼下一看，说：“爷们都往那里去了？”旁边一个婆子道：“爷们才到凝曦轩，带了打十番的那里吃酒俞校：“那里吃酒”——从己、庚、晋、甲；原“人吃酒”。去了。”凤姐儿说道：“在这里不便宜，背地里又不知干什么俞校：“干什么”——从己、庚、晋、甲；原“干什吗”。去了。”蒙侧：偏是爱吃酸醋。尤氏笑道：“那里都像你这么俞校：“那里都像你这么”——从己、庚、晋、甲；原“那都像你这”。正经人呢！”于是说说笑笑，点的戏都唱完了，方才撤下酒席，摆上饭来。俞校：“摆上饭来”——从己、庚、晋、甲；原“上饭来”。吃毕，大家才出园子来到上房，坐下吃了茶，方才叫预备车，向尤氏的母亲告了辞。尤氏率同众姬妾并家下婆子俞校：“并家下婆子”——从己、庚；原“家人婆子”。媳妇们方送出来。贾珍率领众子侄都在车旁俞校：“都在车旁”——从己、庚；原“都在车傍边”。侍立等候着呢，见了俞校：“见了”——从己、庚、甲；原“见”。邢王二夫人，说道：“二位婶子俞校：“婶子”——从己、庚、晋、甲；原“婶婶”。明日还过来逛逛。”王夫人道：“罢了，我们今日整坐了一日也乏了，明日歇歇罢。”于是都上车去了。俞校：“都上车去了”——从己、庚、晋、甲；原“上车去了”。贾瑞犹不时拿眼觑着凤姐儿。蒙侧：无有不足不尽处。贾珍等进去后，李贵才拉过马来，俞校：“拉过马来”——从晋、甲；原“拿过马来”。宝玉骑上，随了王夫人去了。这里贾珍同一家子的弟兄子侄俞校：“弟兄子侄”——从己、庚、晋、甲；原“兄弟子侄”。吃过晚饭，方大家散了。次日，仍是众族人等闹了一日，不必细说。此后凤姐儿不时亲自来看秦氏。秦氏也有几日好些，也有几日仍是那样。俞校：“也有几日好些，也有几日……”——从己、庚、晋、甲；原“有几日好些，几日……”贾珍、尤氏、贾蓉好不焦心。俞校：“焦心”——从己、庚、甲；原“心焦”。蒙侧：陪衬补足。

且说贾瑞到荣府来了几次，偏都遇着凤姐儿俞校：“凤姐儿”——从己、庚、晋、甲；原“凤姐”。往宁府那边去了。这年正是十一月三十日冬至。到交节的那几日，贾母、王夫人、凤姐儿日日差人去看秦氏。回来的人都说这几日也未见添病，也不见甚好。王夫人向贾母说：“这个症候遇着这样大节不添病，就有好大的指望了。”贾母说俞校：“这个症候”至“贾母说”——从己、庚；原无。：“可是呢，好个孩子，要是有些原故，可不叫人疼死。”说着，一阵心酸，叫凤姐儿说道：“你们娘儿两个也好了一场，明日大初一，过了明日，你后日再去看看他去。你细细的瞧瞧他那光景。倘或好些儿，你回来告诉我，我也喜欢喜欢。那孩子素日俞校："那孩子素日"——从己、庚、晋、甲；原"素日"。爱吃的，也常叫人做些，给他送过去。"凤姐一一的俞校："一一的"——从己、庚、晋；原"一一"。答应了。到了初二日，吃了早饭，来到宁府，看见秦氏的光景，虽未甚添病，但是那脸上身上的肉全瘦干了。于是和秦氏坐了半日，说了些闲话儿，又将这病无妨的话开导了一番。秦氏道："好不好，春天就知道了。如今现过冬至，又没怎么样，俞校："又没怎么样"——从己、庚、晋、甲；原"又无怎样"。或者好的了，俞校："好的了"——从己、庚、晋、甲；原"好"。也未可知。婶子回老太太、太太放心罢。蒙侧：文字一变，人于将死时也应有一变。昨日老太太赏的那枣泥馅的山药糕，我倒吃了两块，倒像克化的动是的。"俞校："是的"——从晋、甲；原"似的"。凤姐儿说道："明日再给你送来。俞校："给你送来"——从己、庚、晋、甲；原"给你送过来"。我到你婆婆那里瞧瞧，就要赶着回去，回老太太俞校："回老太太"——从己、庚、晋、甲；原"回太太"。的话去。"秦氏道："婶子替我请老太太、太太的安罢。"凤姐答应着，就出来了，到了尤氏上房坐下。尤氏道："你冷眼瞧媳妇是怎么样？"凤姐儿低了半日头，说道："这实在无法了！你也该将一应的后事用的东西俞校："后事用的东西"——从己、庚；原"东西后事用的"。给他料理料理，俞校："给他料理料理"——从甲；原"也该料理料理"。冲一冲俞校："冲一冲"——从己、庚、晋、甲；原"冲他一冲"。也好。"蒙侧：伏下文代办理丧事。尤氏道："我也叫人暗暗的俞校："叫人暗暗的"——从庚；原"暗暗的叫人"。预备了。就是那件东西，不得好木头，暂且慢慢的办罢。"俞校："办罢"——从己、庚；原"罢"。于是凤姐儿吃了茶，说了一会子俞校："一会子"——从己、庚、晋、甲；原"会子"。话儿，说道："我要快回去回老太太话去呢。"尤氏道："你可缓缓的说，别吓着老人家。"凤姐儿道："我知道。"于是凤姐儿就回来了。到了家中，见了贾母，说："蓉哥儿媳妇请老太太安，给老太太磕头，说他好些了，俞校："说他好些了"——从己、庚、晋、甲；原"他说好些了"。求老祖宗放心罢。他再略好些，还要给老祖宗磕头请安俞校："请安"——从己、庚、晋、甲；原无。来呢。"贾母道："你看他是怎么样？"俞校："怎么样"——从己、庚、晋、甲；原"怎么样了"。凤姐说道："暂且无妨，精神还好呢。"蒙侧："精神还好呢"五字，写得出神入化。贾母听了，沉吟了半日，因向凤姐儿说："你换换衣服，歇歇去罢。"凤姐儿答应着出来，见过了王夫人。到了房中，平儿将烘的家常的衣服给凤姐儿换了。凤姐儿方坐下，问道："家里没有什么事么？"俞校："没有什么事么"——从己、庚、晋、甲；原"没有什么事"。平儿方端了茶来，递了过去，说："没有什么事，就是那三百两银子的利银，旺儿媳妇送进来，我收了。蒙侧：陪。再有俞校："再有"——从己、庚、晋、甲；原"再"。瑞大爷蒙侧：正。使人来俞校："使人来"——从己、庚、晋、甲；原"使人"。打听奶奶在家没有，俞校："在家没有"——从己、庚、晋、甲；原"在家无有"。蒙侧：没他。他要来俞校："他要来"——从己、庚、晋、甲；原"他要"。请安说话。"凤姐儿听了，哼了一声，说道俞校："说道"——从己、庚、晋、甲；原"道"。："这畜生合该作死！俞校："作死"——从己、庚、晋、甲；原"求死"。看他来了俞校："他来了"——从己、庚、晋、甲；原"他来"。怎么样。"平儿因问道："这瑞大爷因为什么只管来？"凤姐儿遂将九月里在宁府园子里遇见他的光景，他说的话，俞校："他说的话"——从己、庚、晋、甲；原"他把话"。都告诉了俞校："都告诉了"——从己、庚、晋、甲；原"都告诉"。平儿。平儿说道："癞虾蟆想天鹅肉吃，没人伦的混账东西！起这个念头，叫他不得好死。"俞校："不得好死"——从己、庚、晋、甲；原"不好死"。凤姐儿道："等他来了，我自有道理。"不知贾瑞来时作何光景，且听下回分解。

戚回后：将可卿之病将死作幻情一劫；又将贾瑞之遇唐突作幻情一变。下回同归幻境，真风马牛不相及之谈。同范并趋，毫无滞碍，灵活之至，飘飘欲仙。默思作者其人之心，其人之形，其人之神，其人之文，必宋玉、子建一般心性，一流人物。

第十二回
王熙凤毒设相思局　贾天祥正照风月鉴

蒙回前：反正从来总一心，镜光至意两相寻。有朝敲破蒙头瓮，绿水青山任好春。

话说凤姐正与平儿说话，只见有人回说："瑞大爷来了。"凤姐急命（庚侧：立意追命。）快请进来。贾瑞见往里让，心中喜出望外，急忙进来，见了凤姐，满面陪笑，（庚侧：如蛇。）连连问好。凤姐也假意殷勤，让茶让坐。贾瑞见凤姐如此打扮，一发酥倒，因饧了眼问道："二哥哥怎么还不回来？"凤姐道："不知什么原故。"贾瑞笑道："别是在路上有人绊住了脚，（俞校："绊住了脚"——从己、晋、甲；原"纤住了脚"。）（蒙侧：旁敲远引。）舍不得回来也未可知。"（俞校："舍不得回来也未可知"——从己、庚；原"不得来"。）凤姐道："也未可知。（俞校："也未可知"——从己、庚；原"未可知"。）男人家见一个爱一个，也是有的。"（蒙侧：这是钩。）贾瑞笑道（蒙戚双：如闻其声。）："嫂子这话说错了，我就不这样。"（蒙戚双：渐渐入港。）凤姐笑道："像你这样的人，能有几个呢。十个里也挑不出一个来。"（庚眉：勿作正面看为幸。畸笏。）（蒙侧：游鱼虽有入釜之志，无钩不能上岸；一上钩来，欲去亦不可得。）（靖眉：千万勿作正面看为幸。畸笏老人。）贾瑞听了，喜的抓耳挠腮，又道："嫂子天天（俞校："嫂子天天"——从庚、晋、甲；原"嫂嫂天天"。）也闷的很！"凤姐道："正是呢，只盼个人来说话，解解闷儿。"贾瑞笑道："我倒天天闲着，天天过来替嫂子解解闲闷，可好不好？"凤姐笑道："你哄我呢。你那里肯（俞校："你那里肯"——从己、庚、晋、甲；原"那里肯"。）往我这里来。"贾瑞道："我在嫂子跟前若有一点谎话，天打雷劈。只因素日闻得人说嫂子是个利害人，在你跟前一点也俞校："在你跟前一点也"——从己、庚、晋、甲；原"在你前一点"。错不得，所以吓住了。我如今见嫂子最是个俞校："最是个"——从庚；原"最是"。有说有笑，极疼人的。蒙戚双：奇妙！我怎么不来，死了我也愿意！"庚侧：这倒不假。凤姐笑道："果然你是个俞校："你是个"——从己、庚、晋、甲；原"你是"。明白人，比贾蓉两个强远了。我看他那样清秀，只当他们心里明白，谁知竟是两个糊涂虫，庚侧：反文着眼。一点不知人心。"俞校："不知人心"——从己、庚、晋、甲；原"不知人事"。贾瑞听了这话，越发撞在心坎儿上，俞校："心坎儿上"——从庚、晋、甲；原"心坎上"。由不得又往前凑了一凑，蒙侧：写呆人痴性活现。觑着眼看凤姐带的荷包，俞校："带的荷包"——从庚；原"带著荷包"。然后又问戴着俞校："戴着"——从晋、甲；原"带著"。什么戒指。凤姐悄悄道："放尊重着，别叫丫头们看了笑话。"俞校："看了笑话"——从己、庚；原"看见笑话"。贾瑞如听纶音佛语一般，忙往后退。凤姐笑道："你该去了。"蒙戚双：叫去正是叫来也。贾瑞道："我再坐一坐儿。好狠心的嫂子！"凤姐又悄悄的道："大天白日，人来人往，你就在这里也不方便。你且去等着，俞校："且去等着"——从己、庚；原"且去著"。晚上起了更你来，悄悄的在西边穿堂儿等我。"庚眉：先写穿堂，只知房舍之大，岂料有许多用处。蒙侧：凡人在平静时，物来言至，无不照见。若迷于一事一物，虽风雷交作，有所不闻。即"穿堂儿等"之一语，府第非比凡常，关殷（启）门户，必要查看，且更夫朴（仆）妇势必往来，岂容人藏过于其间？只因色迷，闻声连诺，不能有回思之暇，信可悲夫！贾瑞听了，如得珍宝，忙问道："你别哄我。但只那里人过的多，怎么好躲的？"凤姐道："你只放心。我把上夜的小厮们都放了假，两边门一关，再没别人了。"贾瑞听了，喜之不尽，俞校："喜之不尽"——从甲；原"喜之不禁"。忙忙的告辞而去，心内以为俞校："以为"——从晋、甲；原"已为"。得手。庚侧：未必。

盼到晚上，果然黑地里摸入荣府，趁掩门时钻入穿堂，果见漆黑无一人，往贾母那边去的门户已倒锁，俞校："倒锁"——从甲；原"锁，到"。只有向东的门未关。贾瑞侧耳听着，半日不见人来，忽听咯噔一声，东边的门也倒关了。俞校："倒关了"——从庚傍改（"了"旁添）；原"都关了"。庚侧：平平略施小计。贾瑞急的也不敢则声，俞校："不敢则声"——从己、庚、晋、甲；原"不敢作声"。只得悄悄出来，将门撼了撼，关的铁桶一般。蒙侧：此大底（抵）是凤姐调遣，不先为点明者，可以少许多事故，又可以藏拙。此时要求出去亦不能够，南北皆是大房墙，要跳亦无攀援。俞校："亦无攀援"——从己、庚；原"又无攀援"。这屋内又是过门风，空落落。现是腊月天气，夜又长，朔风凛凛，侵肌裂骨，一夜几乎不曾冻死。庚眉：可为偷情一戒。蒙侧：教导之法、慈悲之心尽矣，无奈迷径不悟何！

好容易盼到早晨，只见一个老婆子先将东门开了，进来去叫〔俞校：“进来去叫”——从己、晋、甲；原“去叫”。〕西门。贾瑞瞅的背着脸，一溜烟抱着肩跑了出来。〔俞校：“跑了出来”——从己、庚；原“竟跑了”。〕幸而天色尚早，人都未起，从后门一径跑回家去。原来贾瑞父母早亡，只有他祖父代儒教养。那代儒素日教训最严，〔庚眉：教训最严，奈其心何！一叹。〕不许贾瑞多走一步，生怕他在外吃酒赌钱，有误学业。今忽见他一夜不归，只料定他在外非饮即赌，嫖娼宿妓，〔庚侧：展转灵活，一人不放，一笔不肖。〕那里想到这段公案，〔庚侧：世人万万想不到，况老学究乎！〕因此气了一夜。贾瑞也捻着一把汗，少不得回来撒谎，只说：“往舅舅家去了，天黑了，留我住了一夜。”代儒道：“自来出门，非禀我不敢擅出，如何昨日私自去了？据此亦该打，何况是撒谎！”〔俞校：“何况是撒谎”——从己、庚、晋、甲；原“况且撒谎”。〕〔庚眉：处处点父母痴心、子孙不肖。此书系自愧而成。〕因此发狠，到底打了三四十板，〔蒙侧：教令何尝不好，业种故此不同。〕还不许吃饭，令他跪在院内读文章，定要补出十天的功课来方罢。贾瑞直冻了一夜，今又遭了苦打，且饿着肚子，跪在风地里读文章，其苦万状。〔庚双：祸福无门，惟人自招。〕

此时贾瑞前心犹未改，〔庚侧：四字是寻死之根。〕〔庚眉：苦海无边，回头是岸。若个能回头也？叹叹！壬午春，畸笏。〕再想不到是凤姐捉弄他。过后两日得了空，〔俞校：“得了空”——从己、庚、晋、甲；原“空闲”。〕仍来找寻凤姐。凤姐故意抱怨他失信，贾瑞急的赌身发誓。〔俞校：“急的赌身发誓”——原“就发誓”；己、庚“急的睹身发誓”。今取己、庚，改“赌”。〕凤姐因见他自投罗网，〔庚侧：可谓因人而使。〕少不得再寻别计，令他知改，〔庚侧：四字是作者明阿凤身分，勿得轻轻看过。〕故又〔俞校：“故又”——从己、庚、晋、甲；原“过，又”。〕约他道：“今日晚上，你别在那里了，你在我这房后小过道子里那间空屋里等我。可别冒撞了。”〔蒙戚双：伏的妙！〕贾瑞道：“果真？”凤姐道：“谁可哄你。你不信，就别来。”〔庚侧：紧一句。〕〔蒙侧：大士心肠。〕贾瑞道：“来，来，来，〔俞校：“来，来，来”——从己、庚、晋、甲；原“来来”。〕死也要来！”〔蒙戚双：不差。〕凤姐道：“这会子你先去罢。”贾瑞料定晚间必妥，〔庚侧：未必。〕此时先去了。凤姐在这里便点兵派将，设下圈套。〔庚侧：四字用得新，必有新文字好看。〕〔蒙侧：剩文最妙！〕

那贾瑞只盼不到晚上，偏生家里亲戚又来了，〔蒙戚双：专能忙中写闲，狡猾之极！〕直吃了晚饭才去。那天已有掌灯时分，又等他祖父安歇了，方溜进〔俞校：“方溜进”——从己、庚、晋、甲；原“方才进”。〕荣府，直往那夹道中屋子里来等着，热锅上蚂蚁一般，〔蒙侧：有心人记着，其实苦恼。〕只是干转，左等不见人影，右听也没〔俞校：“右听也没”——从庚；原“右等不见”。〕声响，心下自思道："别是又不来了，又冻我一夜不成？"（蒙侧：似醒非醒语。）正自胡猜，（俞校："正自胡猜"——从己、庚、晋、甲；原"正是胡猜"。）只见黑魆魆的来了一个人。（庚侧：真到了。）贾瑞便意定是凤姐，不管皂白，饿虎一般，等那人刚至门前，便如猫捕鼠的一般，抱住叫道："亲嫂子，等死我了！"说着，抱到屋里炕上，就亲嘴，扯裤子，满口里亲娘亲爹（俞校："亲爹"——从己、庚；原"亲爷"。）的乱叫起来。（蒙侧：丑态可笑。）那人只不作声。（庚侧：好极！）贾瑞扯了自己裤子，硬帮帮就将顶入。（庚侧：将到矣。）忽见灯光一闪，只见贾蔷举着个（俞校："举着个"——从己、庚、晋；原"举著"。）捻子照道："谁在屋里？"只见炕上那人笑道："瑞大叔要臊我呢。"贾瑞一见，却是贾蓉，（蒙戚双：奇绝！）真臊的（俞校："真臊的"——从己、庚；原"直臊的"。）无地可入，（庚侧：亦未必真。）不知要怎么样才好，回身就要跑。被贾蔷一把揪住道："别走！如今琏二婶已经（俞校："琏二婶已经"——从己、庚、晋、甲；原"琏二婶婶"。）告到太太跟前，（庚侧：好题目。）说你无故调戏他。（庚眉：调戏还有故，一笑！）他暂用了个脱身计，哄你在这边等着。太太气死过去，（庚侧：好大题目。）因此叫我来拿你。刚才你又拦住他，（俞校："拦住他"——从己、庚；原"认作他"。）没的说，跟我去见太太。"贾瑞听了，魂不附体，只说："好侄儿，只说没有见我，明日我重重的（俞校："重重的"——从己、庚、晋、甲；原"重重"。）谢你。"贾蔷道："你谢我，放你不值什么，只不知你谢我多少？况且口说无凭，写一文契来。"贾瑞道："这如何落纸呢？"（俞校："落纸呢"——从己、庚、晋、甲；原"落纸"。）（庚侧：也知写不得，一叹！）贾蔷道："这也不妨，写一个赌钱输了外人账目，借头家银若干两便罢。"（俞校："便罢"——从己、庚、晋、甲；原无。）贾瑞道："这也容易。只是此时无纸笔。"贾蔷道："这也容易。"说罢，（俞校："说罢"——从己、庚；原"说毕"。）翻身出来，纸笔现成，（庚侧：二字妙！）拿来命贾瑞写。他两个作好作歹，只写了五十两银子，（俞校："五十两银子"——从晋；原"五十两，然后"。）画了押。贾蔷收起来，然后撕罗贾蓉。（蒙侧：可怜至此！好事者当自度。）贾蓉先咬定牙不依，只说："明日（俞校："明日"——从己、庚、晋、甲；原"明"。）告诉族中的人，（俞校："族中的人"——从己、庚、晋、甲；原"族中人"。）评评理。"贾瑞急的至于叩头。贾蔷作好作歹的，（蒙侧：此是加一陪（倍）法。）也写了一张五十两欠契才罢。贾蔷又道："如今要放你，我就担着不是。（蒙戚双：又生波澜。）老太太那边的门早已关了，老爷正在厅上看南京的东西，那一条路定难过去。如今只好走后门。若这一走，（俞校："这一走"——从己、庚、晋、甲；原"这一条路"。）倘或遇见了人，连我也完了。等我先去哨探哨探，（俞校："哨探哨探"——从己、庚；原"哨探了"。）再来领你。

这屋里你还藏不得，少刻就来堆东西。等我寻个地方。”说毕，拉着贾瑞，俞校：“拉着贾瑞”——从己、庚；原无。仍息了灯，蒙戚双：细。出至院外，摸着大台阶底下，说道：“这窝儿里好，你只蹲着，别哼一声，等我们来再动。”庚侧：未必如此收场。说毕，二人去了。贾瑞此时身不由己，只得蹲在那里。心下正盘算，只听俞校：“只听”——从己、庚、晋、甲；原“只厅”。头顶上一声响，骨拉拉一净桶尿粪从上面直泼下来，可巧浇了他一头一身。贾瑞掌不住嗳哟了俞校：“嗳哟了”——从己、庚；原“嗳哟”。一声，忙又掩住口，蒙戚双：更奇。不敢声张，满头满脸浑身皆是尿屎，冰冷打颤。庚侧：余料必有新奇，改（解）恨文字收场，方是《石头记》笔力。庚眉：瑞奴实当如是报之。此一节可入《西厢记》批评内十大快中。畸笏。蒙侧：这也未必不是预为埋伏者。总是慈悲设教，遇难教者，不得不现三头六臂，并吃人心、喝人血之象，以警戒之耳。只见贾蔷跑来，叫“快走，快走”。贾瑞如得了命，三脚两步从后门跑到家里，天已三更，只得叫门。开门人见他这般景况，问是怎的，少不得扯谎，俞校：“扯谎”——从己、庚；原“撒谎”。说黑了，失脚俞校：“失脚”——从己、庚、晋、甲；原“失了脚”。掉在毛厕里了。俞校：“毛厕里了”——原无“了”；己、庚、晋、甲“毛厮里了”。今增“了”。一面到了自己房中，更衣洗濯。心下方想到是俞校：“方想到是”——从己、庚；原“方想是”。凤姐顽他，因此发了一回恨；再想想俞校：“再想想”——从己、庚、晋、甲；原“再想一想”。那凤姐的模样儿，庚侧：欲根未断。又恨不得一时搂在怀内。一夜竟不曾合眼。自此满心想凤姐，庚眉：此刻还不回头，真自寻死路矣。蒙侧：孙行者非有紧箍儿，虽老君之炉、太（五）行之山，河常（何尝）屈其一二？只不敢往荣府去了。

贾蓉两个常常的俞校：“常常的”——从己、庚；原“常常”。来索银子，他又怕祖父知道，正是相思尚且难禁，更又添了债务；日间功课又紧；他二十来岁人，尚未娶亲，俞校：“娶亲”——从己、庚、晋、甲；原“娶过亲”。迩来想着凤姐，未免有那“指头儿告了消乏”等事；更兼两回冻恼奔波；蒙戚双：写得历历病源，如何不死呢？因此三五下里夹攻，庚侧：所谓步步紧。不觉就得了一病：心内发膨胀，口中无滋味，脚下如棉，眼中似醋，俞校：“似醋”——从己、庚、晋、甲；原“似漆”。黑夜作烧，白昼常倦，下溺连精，嗽痰带血……诸如此症，不上一年，都添全了。庚侧：简捷之至！于是不能支持，一头跌倒，俞校：“跌倒”——从甲；原“失倒”。合上眼还只梦魂颠倒，满口乱说胡话，俞校：“乱说胡话”——从己、庚；原“胡说乱话”。惊怖异常。百般请医疗治，诸如肉桂、附子、鳖甲、麦冬、玉竹等药，吃了有几十斤下去，也不见个动静。蒙戚双：说得有趣。倏忽又腊尽春回，这病更又沉重。代儒也着了忙，各处请医疗治，皆不见效。因后来吃独

王熙凤毒设相思局　贾天祥正照风月鉴

参汤，代儒如何有这力量，只得往荣府来寻。王夫人命凤姐秤二两给他。（蒙戚双：王夫人之心慈若是。）凤姐回说："前儿新近都替老太太配了药。那整的，太太又说留着送杨提督的太太配药，偏生昨儿我已送了去了。"王夫人道："就是咱们这边没了，你打发个人往你婆婆那边问问，或是你珍大哥哥那府里再寻些来凑着，给人家吃好了，救人一命，也是你的好处。"（蒙戚双：夹写王夫人。）凤姐听了，也不遣人去寻，只得将些渣末泡须凑了几钱，命人送去，只说（蒙侧：只说。）："太太送来的，再也没了。"然后回王夫人，只说都寻了来，共凑了有二两送去。（俞校："有二两送去"——从己、庚、晋、甲；原"有二两去"。）（庚双：然便有二两独参汤，贾瑞固亦不能微好，又岂能望好？但凤姐之毒何如是？终是瑞之自失也。）

那贾瑞此时要命心胜，无药不吃，只是白花钱，不见效。忽然这日有个跛足道人（蒙戚双：自甄士隐随君一去，别来无恙否？）来化斋，口称专治冤孽之症。贾瑞偏生（俞校："偏生"——从己、庚、晋、甲；原"偏"。）在内就听见了，直着声叫喊，（蒙戚双：如闻其声，吾不忍听也。）说："快请进（俞校："快请进"——从己、庚、晋；原"快请"。）那位菩萨来救我。"（俞校："来救我"——从己、庚；原"来救"。）一面叫，一面在枕上叩首。（己双：如见其形，吾不忍看也。）众人只得带了那道士进来，贾瑞一把拉住，连叫："菩萨救我！"（己双：人之将死，其言也哀。作者如何下笔？）那道士叹道："你这病非药可医。我有个宝贝与你，你天天看时，此命可保矣。"说毕，从搭连中（蒙戚双：妙极！此搭连犹是士隐所抢背者乎？）取出一面镜子来，（己双：凡看书者，从此细心体贴，方许你看，否则此书哭矣。）两面皆可照人，（蒙戚双：此书表里皆有喻也。）镜把上面錾着"风月宝鉴"四字，（蒙戚双：明点。）递与贾瑞道："这物出自太虚玄境空灵殿上，警幻仙子所制，（庚眉：与《红楼梦》呼应。）（蒙戚双：言此书原系空虚幻设。）专治邪思妄动之症，（己双：毕真。）有济世保生之功。（己双：毕真。）所以带他到世上，单与那些聪明俊杰，风雅王孙等看照。（俞校："看照"——从己、庚、晋、甲；原"照看"。）（蒙戚双：所谓无能纨袴是也。）千万不可照正面，（庚侧：谁人识得此句！）（蒙戚双：观者记之，不要看这书正面，方是会看。）只照他的背面，（蒙戚双：记之。）要紧，要紧！三日后吾来收取，（俞校："吾来收取"——从己、庚、晋、甲；原"我来收取"。）管教你好了。"说毕，扬长而去，众人苦留不住。贾瑞收了镜子，想道："这道士倒有意思。我何不照一照试试。"想毕，拿起风月鉴来，向反面一照，只见一个骷髅立在里面。（俞校："向反面"至"立在里面"——从己、庚、晋、甲；原"向反面"。）（己双：所谓"好知青冢骷髅骨，就是红楼掩面人"是也。作者好苦心思！）吓得贾瑞连忙掩了，骂："道士混账，如何吓我！我倒再照照正面是什么。"想着，又将正面一照，只见凤姐站在里面招手叫他。庚侧：可怕是“招手”二字。 蒙戚双：奇绝。贾瑞心中一喜，荡悠悠的觉得进了镜子，蒙戚双：写得奇峭，真好笔墨。与凤姐云雨一番，凤姐仍送他出来。俞校：“送他出来”——从己、庚、晋、甲；原“送出来”。 到了床上，嗳哟了俞校：“嗳哟了”——从己、庚、晋、甲；原“嗳哟”。一声，一睁眼，镜子从手里掉过来，俞校：“从手里掉过来”——从晋；原“从里吊过来”。仍是反着俞校：“反着”——从己、庚；原“反面”。立着一个骷髅。贾瑞自觉汗津津的，底下已遗了一滩俞校：“一滩”——从己、庚、甲；原“一摊”。精。蒙侧：此一句力如龙象，意谓正面你方才已自领略了，你也当思想反面才是。心中到底不足，又翻过正面来，只见凤姐还招手叫他，他又进去。如此三四次。到了这次，刚要出镜子来，只见两个人走来，拿铁锁把他套住，拉了就走。己双：所谓醉生梦死也。贾瑞叫道俞校：“叫道”——从己、庚、晋、甲；原“道”。：“让我拿了镜子再走！”蒙侧：这是作书者之立意要写情种，故于此试一深写之。在贾瑞则是求仁而得人（仁），未尝不含笑九泉，虽死亦不解脱者，悲矣！蒙戚双：可怜！大众齐来看此。只说这句，就再不能俞校：“就再不能”——从己、庚、晋、甲；原“再不能”。说话了。旁边伏侍贾瑞的众人，只见他先还拿着镜子照，落下来，仍睁开眼拾在手内，末后镜子落下来，便不动了。众人上来看看，已没了气，身子底下，冰凉渍湿一大滩俞校：“一大滩”——从己、庚、甲；原“一大摊”。精。这才忙着穿衣抬床。代儒夫妇哭的死去活来，大骂道士：“是何妖镜！蒙戚双：此书不免腐儒一谤。若不早毁此物，蒙戚双：凡野史俱可毁，独此书不可毁。遗害于世不小！”蒙戚双：腐儒。遂命架火俞校：“架火”——从甲；原“火”。来烧。只听镜内哭道：“谁叫你们瞧正面了！你们自己以假为真，何苦来烧我。”蒙戚双：观者记之。正哭着，只见那跛足道人从外跑来，喊道：“谁毁风月鉴，吾来救也。”说着，直入中堂，抢入手内，飘然去了。当下代儒料理丧事，各处去报丧，三日起经，七日发引，寄灵于铁槛寺，蒙戚双：所谓“铁门限”是也。先安一开路之人，以备秦氏仙柩有方也。 晋双：所谓“铁门限”是也。为秦氏停柩作引子。日后带回原籍。当下贾家众人齐来吊问。荣国府贾赦赠银二十两，贾政亦是二十两，宁国府贾珍亦有二十两；别者族中贫富不等，俞校：“贫富不等”——从己、庚；原“贫富不一”。或三两，或五两不可胜数。俞校：“不可胜数”——从己、庚；原“不可胜数外”。另有各同窗家分资，也凑了二三十两。代儒家道虽然淡薄，倒也丰丰富富完了此事。

谁知这年冬底，林如海的书信寄来，却为身染重疾，写书特来接林黛玉回去。蒙侧：须要林黛玉长住，偏要暂离。贾母听了，未免又加忧闷，只得忙忙的打点黛玉起身。宝玉大不自在，争奈父女之情，也不好拦劝。

于是贾母定要贾琏送他去，仍叫带回来。一应土仪盘缠，不消烦说，自然要俞校："自然要"——从己、庚、晋；原"自然"。妥帖。作速择了日期，贾琏与林黛玉辞别了众人，俞校："众人"——从晋；原"同人"。带了仆从，登舟往扬州去了。要知端的，且听下回分解。

庚回后：此回忽遣代（黛）玉去者，正为下回可儿之文也。若不遣去，只写可儿、阿凤等人，却置代（黛）玉于荣府，成何文哉？故必遣去，方好放笔写秦，方不脱发。况代（黛）玉乃书中正人，秦为陪客，岂因陪而失正耶！后大观园方是宝玉、宝钗、代（黛）玉等正紧文字，前皆系陪衬之文也。

戚回后：儒家正心，道者炼心，释辈戒心。可见此心无有不到，无不能入者，独畏其入于邪而不反，故用心炼戒以缚之。请看贾瑞一起念，及至于死，专诚不二，虽经两次警教，毫无反悔，可谓痴子，可谓愚情。相乃可思，不能相而独欲思，岂逃倾颓？作者以此作一新样情种，以助解者生笑，以为痴者设一棒喝耳！

第十三回
秦可卿死封龙禁尉　王熙凤协理宁国府

甲回前：贾珍尚奢，岂有不请父命之理？因敬□□□要紧，不问家事，故得姿（恣）意放为。□□□□□若明指一州名，似落《西游》□□□□□□□地，不待言可知，是光天□□□□□□□□矣。不云国名更妙，□□□□□□□□□□义之乡也。直与□□□□□□□□□□□今秦可卿托□□□□□□□□□□□□理宁府亦□□□□□□□□□□□□□凡□□□□□□□□□□□□□□□□□□□□□□□□□□□□□□□□□□在封龙禁尉写，乃褒中之贬，隐去天香楼一节，是不忍下笔也。

庚回前：此回可卿梦阿凤，盖作者大有深意存焉。可惜生不逢时，奈何，奈何！然必写出自可卿之意也，则又有他意寓焉。

荣宁世家未有不尊家训者。虽贾珍当（尚）奢，岂明逆父哉？故写敬老不管，然后姿（恣）意，方见笔笔周到。

戚回前：生死穷通何处真？英明难遏是精神。微密久藏偏自露，幻中梦里语惊人。

靖回前：此回可卿梦阿凤，作者大有深意，惜已为末世，奈何，奈何！贾珍虽奢淫，岂能逆父哉？特因敬老不管，然后恣意，足为世实诫。“秦可卿淫丧天香楼”，作者史笔也。老朽因有魂托凤姐贾家后事二件，岂是安富尊荣坐享人能想得到者？其事虽未漏，其言其意，令人悲切感服，姑赦之，因命芹溪删去“遗簪”“更衣”诸文，是以此回只十页，删去天香楼一节，少去四五页也。

话说凤姐儿自贾琏送黛玉往扬州去后，心中实在无趣，每到晚间，不过和平儿说笑一回，就胡乱睡了。甲侧：“胡乱”二字奇。这日夜间，正和平儿灯下拥炉倦绣，早命浓薰绣被，二人睡下。屈指算行程该到何处，甲侧：所谓“计程今日到梁州”是也。不知不觉已交三鼓，平儿已睡熟了。凤姐方觉星眼微朦，恍惚只见秦氏从外走来，含笑说道：“婶婶好睡阿！我今日回去，你也不送我一程。因娘儿们素日相好，我舍不得婶婶，故来俞校：“我舍不得婶婶，故来”——从戌、己、庚、晋、甲；原“我不得不走过来”。别你一别。还有一件心愿未了，非告诉婶婶，别人未必中用。”甲侧：一语贬尽贾家一族空顶冠束带者。凤姐听了，恍惚问道俞校：“问道”——从戌、己、庚、晋、甲；原“间道”。：“有何心愿，你只管托我就是了。”秦氏道：“婶婶，你是个脂粉队里的英雄，庚侧：称得起。连那些束带顶冠的男子也不能过你，你如何连两句俗语也不晓得！常言‘月满则亏，水满则溢’，又道是‘登高必跌重’。如今我们家赫赫扬扬，已将百载，一日倘或乐极悲生，甲侧：“倘或”二字，酷肖妇女口气。若应了那句‘树倒猢狲散’的俗语，甲眉：“树倒猢狲散”之语，余犹在耳，屈指卅五年矣。伤哉，宁不恸杀！庚眉：“树倒猢狲散”之语，今犹在耳，屈指卅五年矣。哀哉伤哉，宁不痛杀！岂不虚称了一世的诗书旧族了！”凤姐听了此话，心胸大快，十分敬畏，忙问道：“这话虑的极是。但有何法，可以永保无虞？”甲侧：非阿凤不明，盖古今名利场中患失之同意也。秦氏冷笑道：“婶婶好痴也。否极泰来，荣辱自古周而复始，岂人力能可常保俞校：“能可常保”——从己、庚；原“可能常保”。的。但如今能于荣时筹画下将来衰时的世业，亦可谓俞校：“亦可谓”——从戌、己、庚、晋；原“亦可以”。常保永全了。即如今日诸事都妥，只有两件未妥。若把此事如此一行，则后日可保永全了。”凤姐便问何事，秦氏道：“目今祖茔虽四时祭祀，只是无一定的钱粮；俞校：“一定的钱粮”——从戊、己、庚、晋、甲；原“一定钱粮”。第二，家塾虽立，无一定的供给。依我想来，如今盛时固不缺祭祀供给，但将来败落之时，此二项有何出处。莫若依我定见，趁今日富贵，将祖茔附近多置田庄房舍地亩，以备祭祀、供给之费皆出自此处，将家塾亦设于此。合同族中长幼，大家定了则例，日后按房掌管这一年的地亩、钱粮、祭祀、供给之事。如此周流，又无争竞，亦没有典卖诸弊。便是有了罪，凡物可入官，这祭祀产业连官也不入的。便败落下来，子孙回家读书务农，也有个退步，戚双：幻情文字中忽入此等警句，提醒多少热心人。祭祀又可永久。若目今以为俞校：“若目今以为”——从戊、己、庚、晋、甲；原“若自今以后”。荣华不绝，不思后日，终非长策。眼见不日又有一件非常喜事，真是烈火烹油，鲜花着锦之盛。要知道也不过是瞬息的繁华，一时的欢乐，蒙侧：“瞬息繁华，一时欢乐”二语，可共天下有志事业功名者同来一哭。但天生人非无所为，遇机会，成事业，留名于后世者，亦必有奇传奇遇，方能成不世之功。此亦皆苍天暗中扶助，虽有波澜，而无甚害，反觉其铮铮有声。其不成也，亦由天命。其奸人倾险之计，亦非天命不能行。其繁华欢乐，亦自天命。人于其间，知天命而存好生之心，尽己力以周旋其间，不计其功之成与否，所谓心安而理尽，又何患乎？一时瞬息，随缘遇缘，乌乎不可！万不可忘了那‘盛筵必散’的俗语。此时若不早为后虑，临期只恐后悔无益了。”凤姐忙问：“有何喜事？”秦氏道：“天机不可泄漏。甲侧：伏的妙！只是我与婶婶好了一场，临别赠你两句话，须要记着。”因念道：

三春去后诸芳尽，各自须寻各自门。甲侧：此句令批书人哭死。甲眉：不必看完，见此二句，即欲堕泪。梅溪。

庚眉：可从此批。

凤姐还欲问时，只听二门上传事云板连叩四下，将凤姐惊醒。人回：“东府蓉大奶奶没了。”凤姐闻声，吓了一身冷汗，出了一回神，只得忙忙的穿衣服，俞校：“穿衣服”——从戊；原“穿衣”。往王夫人处来。

彼时合家皆知，无不纳罕，都有些疑心。俞校：“无不纳罕，都有些疑心”——从戊、己、庚；原“无不纳叹，都有些伤心”。甲眉：九个字写尽天香楼事，是不写之写。靖眉：九个字写尽天香楼事，是不写之写。棠村。靖眉：可从此批。通回将可卿如何死故隐去，是余大发慈悲也。叹叹！壬午季春，畸笏叟。那长一辈的想他素日孝顺，平一辈的想他素日和睦亲密，庚眉：松斋云：好笔力，此方是文字佳处。下一辈的想他素日慈爱，以及家中仆从老小想他素日怜贫惜贱，俞校：“惜贱”——从戊、己、庚、晋、甲；

原“恤贱”。慈老爱幼之恩，庚侧：八字乃为上人之当铭于五衷。莫不悲嚎痛哭者。庚侧：老健。闲言少叙。却说宝玉因近日林黛玉回去，剩得自己孤恓，也不和人顽耍，甲侧：与凤姐反对。淡淡写来，方是二人自幼气味相投，可知后文皆非突然文字。每到晚间，便索然睡了。如今从梦中听见说俞校：“听见说”——从戊、己、庚、晋；原“听见”。秦氏死了，连忙翻身爬起来，只觉心中似戳了一刀的，不忍哇的一声，直奔出一口血来。甲侧：宝玉早已看定，可继家务事者，可卿也，今闻死了，大失所望。急火攻心，焉得不有此血？为玉一叹！袭人等慌慌忙忙俞校：“慌慌忙忙”——从戊、己、庚、晋、甲；原“俱慌忙”。上来搂扶，问是怎么样，又要回贾母来请大夫。宝玉笑道：“不用忙。不相干。庚侧：又淡淡抹去。这是急火攻心，血不归经。”甲侧：如何自己说出来了？说着，便爬起来，要衣服换了，来见贾母，即时要过去。庚眉：如在。总是淡描轻写，全无痕迹，方见得有生以来，天分中自然所赋之性如此，非因色所感也。袭人见他如此，心中虽放不下，又不敢拦，只是由他罢了。贾母见他要去，因说：“才咽气俞校：“才咽气”——从戊、己、庚、晋、甲；原“才咽了气”。的人，那里不干净；二则夜里风大，等明早再去不迟。”宝玉那里肯依。贾母命人备车，多派跟随人役，拥护前来。一直到了宁国府前，只见府门洞开，两边灯笼照如白昼，乱烘烘人来人往，里面哭声摇山振岳。甲侧：写大族之丧，如此起绪。宝玉下了车，忙忙奔至停灵之室，痛哭一番，然后见过尤氏，谁知尤氏正犯了胃疼旧疾，甲侧：妙！非此何以出阿凤！庚侧：紧处愈紧，密处愈密。庚眉：所谓曾（层）峦叠翠之法也，野史中从无此法。即观者到此，亦为写秦氏未必全到，岂料更又写一尤氏哉！睡在床上，然后又出来见贾珍。彼时贾代儒带领俞校：“带领”——从戊；原“代修”。贾敕、贾效、贾敦、贾赦、贾政、贾琮、贾㻞、俞校：“贾㻞”——原下有“贾璜”，从戊、己、庚、晋、甲删。贾珩、贾珖、贾琛、贾琼、贾璘、贾蔷、贾菖、贾菱、贾芸、贾芹、贾蓁、贾萍、贾藻、贾蘅、贾芬、贾芳、贾兰、贾菌、俞校：“贾菌”——从戊、己、庚、晋、甲；原“贾茵”。贾芝等都来了。庚侧：将贾族约略一总，观者方不惑。贾珍哭的泪人一般，甲侧：可笑！如丧考妣，此作者刺心笔也。正和贾代儒等说道：“合家大小，远近亲友，谁不知我这媳妇比儿子还强十倍。如今伸腿去了，可见这长房内绝灭无人了。”说着，又哭起来。众人忙劝俞校：“众人忙劝”——从己、庚、晋；原“众人忙劝道”。：“人已辞世，哭也无益。且商议如何料理要紧。”庚侧：淡淡一句，勾出贾珍多少文字来。贾珍拍手道：“如何料理，不过尽我所有俞校：“不过尽我所有”——从戊、己、庚、晋、甲；原“尽我所有”。罢了！”戚双：“尽我所有”，为媳妇是非礼之谈，父母又将何以待之？故前此有恶奴酒后狂言，及今复见此语，含而不露，吾不能为贾珍隐讳。

正说着，只见秦业、俞校：“秦业”——从晋、甲；原“秦叶”。秦钟并尤氏的几个眷属俞校：“尤氏的几个眷属”——原

〔下有双行夹批“伏后文”，下有正文“尤氏姊妹”；此批戊、己、庚、晋均有。正文戊、己、庚、晋、甲均有。此“尤氏姊妹”疑本联“伏后文”为批语，混入正文，今删。〕〔甲侧：伏后文。〕也都来了。贾珍便命贾琼、贾琛、贾璘、贾蔷四个人去陪客，一面吩咐去请钦天监阴阳司来择日。〔俞校：“来择日”——从戊、己、庚、晋；原“来”。〕择准停灵七七四十九日，三日后开丧送讣闻。这四十九日，单请一百单八众禅僧，在大厅上拜大悲忏，〔俞校：“大悲忏”——原“大悲懺”，今改正。〕超度前亡后化诸魂，以免亡者之罪；另设一坛于天香楼上，〔甲侧：删，却是未删之笔。〕〔靖眉：何必定用“西”字？读之令人酸笔（鼻）！（按：此条所评，正文为“天香楼”，靖藏本作“西帆楼”。）〕是九十九位全真道士，打四十九日解冤洗孽醮。然后停灵于会芳园中，灵前另外五十众高僧，五十众高道，对坛按七作好事。那贾敬闻得长孙媳死了，因自为早晚就要飞升，〔庚侧：可笑可叹。古今之儒，中途多惑老佛。王梅隐云：“若能再加东坡十年寿，亦能跳出这圈子来。”斯言信矣。〕〔蒙侧：“就要飞升”的“要”，用得的当。凡“要”者，则身心急切，急切之者，百事无成。正为后文作引绵（线）。〕如何肯又回家染了红尘，将前功尽弃呢，因此并不在意，只凭贾珍料理。贾珍见父亲不管，一发恣意奢华。看板时，几副杉木板皆不中用。可巧薛蟠来吊问，因见贾珍寻好板，便说道：“我们木店里有一副板，叫作什么‘樯木’，〔甲眉：樯者，舟具也。所谓“人生若泛舟”而已，宁不可叹！〕出在潢海铁网山上，〔甲侧：所谓迷津易堕，尘网难逃也。〕作了棺材，万年不坏。这还是当年先父带来，原系义忠亲王老千岁要的，因他坏了事，〔蒙侧：“坏了事”等字毒极，写尽势利场中故套。〕就不曾拿去。现在还封在店内，也没有人出价敢买。你若要，就抬来使罢。”〔俞校：“抬来使罢”——从己、庚；原“抬来便罢”。〕贾珍听说，喜之不尽，即命人抬来。大家看时，只见帮底皆厚八寸，纹若槟榔，味若檀麝，以手扣之，玎珰如金玉。大家都奇异称赞。贾珍笑问价值几何。薛蟠笑道：“拿一千两银子来，只怕也没处买去。什么价不价，赏他们几两工钱就是了。”〔甲侧：的是阿呆兄口气。〕贾珍听说，忙谢不尽，即命解锯糊漆。贾政因劝道〔甲眉：写个个皆知，全无安逸之笔，深得《金瓶》壶（壸）奥。〕〔庚眉：写个个皆到，全无安逸之笔，深得《金瓶》壶（壸）奥。〕：“此物恐非常人可享者，〔甲侧：政老有深意存焉。〕殓以〔俞校：“殓以”——从戊、己、庚、晋、甲；原“检以”。〕上等杉木也就是了。”〔甲侧：夹写贾政。〕此时贾珍恨不能代秦氏之死，这话如何肯听。〔蒙侧：“代秦氏死”等句，总是填实前文。〕因忽又听得秦氏之丫鬟名唤瑞珠者，见秦氏死了，〔甲侧：补天香楼未删之文。〕〔靖侧：是亦未删之文。〕他也触柱而亡。此事可罕，合族人也都称叹。贾珍遂以孙女之礼殓殡，一并停灵于会芳园中之登仙阁。〔俞校：“登仙阁”——从戊、己、庚、晋、甲；原“发仙阁”。〕小丫鬟名宝珠者，因见秦氏身无所出，乃甘心愿为义女，誓任摔丧驾灵之任。贾珍喜之不尽，即时传下，从此皆呼宝珠为“小姐”。那宝珠按未嫁女之丧，在灵前哀哀欲绝。甲侧：非恩惠爱人，那能如是？惜哉可卿，惜哉可卿！于是合族人丁并家下诸人都各遵俞校：“都各遵”——从戊、己、庚、晋、甲；原“诸各遵”。旧制行事，自然不得紊乱。甲侧：两句写尽大家。晋双：转叠法，叙前文未及。贾珍因想着贾蓉不过是个黉门监，庚侧：又起波澜，却不突然。灵幡经榜上写时不好看，便是执事也不多，因此心下甚不自在。甲侧：善起波澜。可巧这日正是首七第四日，早有大明宫掌宫内相俞校：“掌宫内相”——从戊、己、庚；原“掌官内相”。戴权，甲侧：妙！大权也。先备了祭礼遣人来，次后坐了大轿，打伞鸣锣，亲来上祭。贾珍忙接着，让至逗蜂轩献茶。甲侧：轩名可思。贾珍心中打算定了主意，因而趁便就说要与贾蓉捐个前程的话。戴权会意，因笑道：“想是为丧礼上风光些。”甲侧：得内相机括之快如此。贾珍忙笑道：“老内相所见不差。”戴权道：“事倒凑巧，正有个美缺。如今三百员龙禁尉短了两员。昨儿襄阳侯的兄弟老三来求我，现拿了一千五百两银子送到我家里。你知道，咱们都是老相与，不拘怎么样，看着他爷爷的分上胡乱应了。甲侧：忙中写闲。还剩了一个缺，谁知永兴俞校：“永兴”——从戊、晋、甲；原“永”。节度使冯胖子来求，要与他孩子捐，我就没工夫应他。既是咱们的孩子俞校：“咱们的孩子”——从戊、己、庚、晋、甲；原“咱们的”。要捐，甲侧：奇谈，画尽阉官口吻。快写个履历来。”俞校：“写个履历来”——从戊、己、庚、晋、甲；原“写个履历”。贾珍听说，忙吩咐快命书房里人恭敬写了大爷的履历来。小厮不敢怠慢，去了一刻，便拿了一张红纸来与贾珍。贾珍看了，忙送与戴权。戴权看时，上面写道：“江南江宁府江宁县监生贾蓉，年二十岁。曾祖，原任京营节度使世袭一等神威将军贾代化。祖，乙卯科进士贾敬。父，世袭三品爵威烈将军贾珍。”戴权看了，回手便递与一个贴身的小厮收了，说道：“回来送与户部堂官老赵，说我拜上他，起一张五品龙禁尉的票，再给个执照，就把这履历填上。明儿我来兑银子送去。”小厮答应了。戴权也就告辞了。贾珍十分款留不住，只得送出府门。临上轿，贾珍因问：“银子还是我到部兑，还是一并送入老相府中？”戴权道：“若到部里，你又吃亏了。不如平准一千二百俞校：“一千二百”——从戊、己、庚；原“一千二百两”。银子，送到我家就完了。”贾珍感谢不尽，只说：“待服满后，亲带小犬到府叩谢。”于是作别。接着，便又听喝道之声。原来忠靖侯史鼎的夫人来了。甲侧：史小姐湘云消息也。蒙戚双：伏湘云一笔。晋双：伏下文。王夫人、俞校：“王夫人”——从戌、己、庚、晋；原“邢王夫人”。邢夫人、凤姐等刚迎入上房，又见锦乡侯、川宁侯、寿山伯三家祭礼摆在灵前。少时，三人下轿。贾珍等忙接上大厅。如此亲朋你来我去，也不能胜数。只这四十九日，宁国府街上一条白漫漫人来人往，甲侧：是有服亲友并家下人丁之盛。庚侧：就简去繁。花簇簇官去官来。甲侧：是来往祭吊之盛。贾珍命贾蓉次日换了吉服，领凭回来。灵前供用执事等物俱按五品职例。灵牌疏上俞校：“灵牌疏上”——从戌、己、庚、晋、甲；原“灵牌上”。皆写天朝诰授贾门秦氏恭人俞校：“恭人”——从戌、己、庚；原“宜人”。下同。之灵位。会芳园临街大门洞开，旋在两边起了鼓乐厅，两班青衣按时奏乐。一对对执事摆的刀斩斧齐。更有两面硃红销金大字大牌俞校：“大牌”——从晋；原“牌位”。竖在门外，上面大书：

防护内廷俞校：“内廷”——从庚、晋；原“内庭”。下一个同。紫禁道御前侍卫龙禁尉

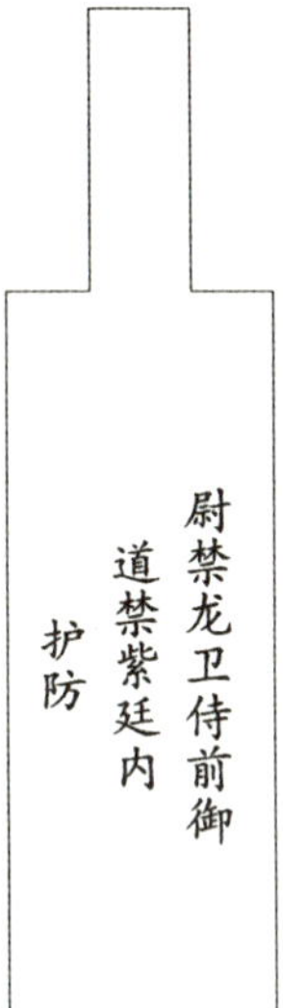

对面高起着宣坛，僧道对坛榜文。榜上大书“世袭宁国公冢孙妇，防护内廷御前侍卫龙禁尉，贾门秦氏宜人之丧。庚眉：贾珍是乱费，可卿却实如此。

第 21175 號

秦可卿死封龙禁尉　王熙凤协理宁国府

来，强递与凤姐了。又问："妹妹住在这里，还是天天来呢？若是天天来，越发辛苦了。不如我这里赶着俞校："赶着"——从戌、己、庚、晋、甲；原"趁著"。收拾出一个院落来，妹妹住过这几日倒安稳。"凤姐笑道："不用。甲侧：二字句，有神。那边也离不得我，倒是天天来的好。"贾珍听说，只得罢了。然后又说了一会闲话，方才出去。一时女眷散后，王夫人因问凤姐："你今儿怎么样？"凤姐儿道："太太只管请回去。俞校："请回去"——从戌、己、庚、晋、甲；原"请回"。我须得先理出一个头绪来，才回去得呢。"王夫人听说，便先同邢夫人等回去，不在话下。

这里凤姐儿来至三间一所抱厦内坐了，因想：头一件是人口混杂，遗失东西；第二件，事无专执，临期推委；第三件，需用过费，滥支冒领；第四件，任无大小，苦乐不均；第五件，家人豪纵，有脸者不服钤束，俞校："钤束"——从庚；原"约束"。无脸者不能上进。此五件实是宁国府中风俗。甲眉：旧族后辈受此五病者颇多，余家更甚。三十年间（前）事见知于卅年后，令余悲恸，血泪盈[面]。庚眉：读五件事未完，余不禁失声大哭，三十年前作书人在何处耶？不知凤姐如何处治，且听下回分解。正是甲眉：此回只十页，因删去天香楼一节，少去四五页也。蒙戚双：五件事若能如法整理得当，岂独家庭，国家天下治之不难。：

金紫万千谁治国，裙钗一二可齐家。

甲回后："秦可卿淫丧天香楼"，作者用史笔也。老朽因有魂托凤姐贾家后事二件，岂是安富尊荣坐享人能想得到处？其事虽未漏，其言其意则令人悲切感服，姑赦之，因命芹溪删去。

庚回后：通回将可卿如何死故隐去，是大发慈悲心也，叹叹！壬午春。

戚回后：借可卿之死，又写出情之变态，上下大小，男女老少，无非情感而生情。且又藉凤姐之梦，更化就幻空中一片贴切来交与你八个，然后按我的定数再往各处去分派。这三十个每日轮流各处上夜，照管门户，监察火烛，打扫地方。这下剩的按着房屋分开，某人守某处，某处所有桌椅古董起，至于痰盒掸帚，俞校：“掸帚”——从己、庚；原“扫帚”。一草一苗，或丢或坏，就和守这处的人算账描赔。来升家的每日揽总查看，或有偷懒的，赌钱吃酒的，打架拌嘴俞校：“拌嘴”——从甲；原“辨嘴”。（戌作“办嘴”。）的，立刻来回我。你有徇情，经我查出，三四辈子的老脸就顾不成了。如今都有定规，以后那一行乱了，只和那一行说话。素日跟我的人，随身自有钟表，不论大小事，我是皆有一定的时辰。横竖你们上房里也有时辰钟。卯正二刻我来点卯，巳正吃早饭。凡有领牌回事的，只在午初刻。戌初烧过黄昏纸，我亲到各处查一遍回来，上夜的交明钥匙。第二日仍是卯正二刻过来。说不得咱们大家辛苦这几日罢。甲侧：是协理口气，好听之至！ 庚侧：所谓“先礼而后宾（兵）”是也。事完了，你们家大爷自然赏你们。”庚侧：滑贼，好收煞。说罢，又吩咐按数发与茶叶、油烛、鸡毛掸子、笤帚等物。一面又搬取家伙：桌围、椅搭、坐褥、毡席、痰盒、脚踏之类。一面交发，一面提笔登记，某人管某处，某人领某物，开得十分清楚。众人领了去，也都有了投奔，不似先时只拣便宜的做，剩下的苦差没个招揽。各房中也不能趁乱失迷东西。便是人来客往，也都安静了，不比先前一个正摆茶，又去端饭，正陪举哀，又顾接客。如这些无头绪，荒乱推托、偷闲、窃取等弊，次日一概都蠲了。凤姐儿见自己威重令行，心中十分得意。因见尤氏犯病，贾珍又过于悲哀，不大进饮食，自己每日从那府中煎了各样细粥，精致小菜，命人送来劝食。庚眉：写凤之心机。贾珍也另外吩咐每日送上等菜到抱厦内，单与凤姐。庚眉：写凤之珍贵。那凤姐不畏勤劳，蒙双：不畏勤劳者，一则任专而易办，一则技痒而莫遏。士为知己者死。不过勤劳，有何可畏？天天于卯正二刻，就过来点卯理事。庚眉：写凤之英勇。独在抱厦内起坐，不与众妯娌合群，便有堂客来往也不迎会。

庚眉：写凤之骄大。如此写得可叹，可笑。

这日乃五七正五日上，那应[赴]僧俞校：“应[赴]僧”——原“应福僧”。今意改“应赴僧”。正开方大家早来晚散，宁可辛苦这一个月，过后再歇着，不要把老脸面丢了。庚侧：此是都总管的话头。那是个有名的烈货，脸酸心硬，一时恼了，不认人的。”众人都道有理。又有一个笑道：“论理，我们里面也须得他来整治整治，庚侧：伏线在二十板之误差妇人。都忒不像了。”正说着，只见来旺媳妇拿了对牌来领取呈文经榜俞校：“经榜”——从晋、甲；原“京榜”。纸扎，票上批着数目。众人连忙让坐倒茶，一面命人按数取纸来抱着，同来旺媳妇一路来至俞校：“来至”——从己、庚、甲；原“行来至”。仪门口，方交与来旺媳妇自己抱进去了。凤姐即命彩明钉造簿册。甲眉：宁府如此大家，阿凤如此身分，岂有使贴身丫头与家里男人答话交事之理呢？此作者忽略之处。庚眉：彩明系未冠小童，阿凤便于出入使令者。老兄并未前后看明是男是女，乱加批驳。可笑。庚眉：且明写阿凤不识字之故。壬午春。靖眉：用彩明，因自身识字不多，且系未冠之童故也。即时传来升媳妇，兼要家口花名册来查看。又限于明日一早，传齐家人媳妇进来听差等语。大概点了一点数目单册，甲侧：已有成见。问了来升媳妇几句话，便坐车回家。一宿无话。

至次日卯正二刻便过来了。那宁国府中婆娘媳妇闻得到齐，只见凤姐正与来升媳妇分派，众人不敢擅入，只在窗外听觑。甲侧：传神之笔。只听凤姐与来升媳妇道：“既托了我，我就说不得要讨你们嫌了。甲侧：先站地步。我可比不得你们奶奶好性儿，由着你们去。再不要说你们这府里原是这样的话，甲侧：此话听熟了。一叹！蒙侧：“不要说”，“原是这样的说（话）”，破尽固蔽（痼弊）根底。如今可要依着我行。甲侧：宛转得妙！错我半点儿，管不得谁是有脸的，谁是没脸的，一例现清白处治。”说罢，便吩咐彩明念花名册，按名一个一个唤进来看视。庚侧：量才而用之意。一时看完，便又吩咐道：“这二十个分作两班，一班十个，每日在里头单管人客来往倒茶，别的事不用他们管。这二十个也分作两班，每日单管本家亲戚茶饭，别的事也不用他们管。这四十个人也分作两班，单在灵前上香、添油、挂幔、守灵、供饭、供茶、随起举哀，别的事也不与他们相干。这四个人单在内茶房俞校：“单在内茶房”——从己、庚、晋；原“在内茶房”。收管杯碟茶器，若少一件，便叫他四个描赔。俞校：“描赔”——从戊、己、庚；原“补赔”。下同。这四个人单管酒饭器皿，少一件，也是他四个描赔。这八个单管监收祭礼。这八个单管各处灯油、蜡烛、纸扎。我总支了

第十四回
林如海捐馆扬州城　贾宝玉路谒北静王

甲回前：凤姐用彩明，因自识字不多，且彩明系未冠之童。

写凤姐之珍贵，写凤姐之英气，写凤姐之声势，写凤姐之心机，写凤姐之骄大。

昭儿回，并非林文、琏文，是黛玉正文。

牛，丑也。清，属水，子也。柳折（拆）卯字，彪折（拆）虎字，寅字寓焉。陈即辰，翼火为蛇，巳字寓焉。马，午也。魁折（拆）鬼，鬼，金羊，未字寓焉。侯、猴同音，申也。晓鸣，鸡也，酉字寓焉。石即豕，亥字寓焉。其祖回（曰）守业，即守夜也，犬字寓焉。此所谓十二支寓焉。

路谒北静王，是宝玉正文。

蒙戚回前：家书一纸千金重，勾引难防嘱下人。任你无双肝胆烈，多情念起自眉颦。

话说宁国府中都总管来升闻得里面委请了（俞校："委请了"——从戌、己、庚、晋、甲；原"邀请了"。）凤姐，因传齐同事人等说道："如今请了西府里琏二奶奶管理内事，倘或他来支取东西，或是说话，我们须要比往日小心些。每日之情，所谓寂然不动，感而遂通。所感之象，所动之萌，深浅诚伪，随种必报，所谓幻者此也，情者亦此也。何非幻，何非情？情即是幻，幻即是情，明眼者自见。

来，强递与凤姐了。又问：“妹妹住在这里，还是天天来呢？若是天天来，越发辛苦了。不如我这里赶着（俞校：“赶着”——从戊、己、庚、晋、甲；原“趁著”。）收拾出一个院落来，妹妹住过这几日倒安稳。”凤姐笑道：“不用。（甲侧：二字句，有神。）那边也离不得我，倒是天天来的好。”贾珍听说，只得罢了。然后又说了一会闲话，方才出去。一时女眷散后，王夫人因问凤姐：“你今儿怎么样？”凤姐儿道：“太太只管请回去。（俞校：“请回去”——从戊、己、庚、晋、甲；原“请回”。）我须得先理出一个头绪来，才回去得呢。”王夫人听说，便先同邢夫人等回去，不在话下。

这里凤姐儿来至三间一所抱厦内坐了，因想：头一件是人口混杂，遗失东西；第二件，事无专执，临期推委；第三件，需用过费，滥支冒领；第四件，任无大小，苦乐不均；第五件，家人豪纵，有脸者不服钤束，（俞校：“钤束”——从庚；原“约束”。）无脸者不能上进。此五件实是宁国府中风俗。（甲眉：旧族后辈受此五病者颇多，余家更甚。三十年间（前）事见知于卅年后，令余悲恸，血泪盈［面］。）（庚眉：读五件事未完，余不禁失声大哭，三十年前作书人在何处耶？）不知凤姐如何处治，且听下回分解。正是（甲眉：此回只十页，因删去天香楼一节，少去四五页也。）（蒙戚双：五件事若能如法整理得当，岂独家庭，国家天下治之不难。）：

金紫万千谁治国，裙钗一二可齐家。

甲回后：“秦可卿淫丧天香楼”，作者用史笔也。老朽因有魂托凤姐贾家后事二件，岂是安富尊荣坐享人能想得到处？其事虽未漏，其言其意则令人悲切感服，姑赦之，因命芹溪删去。

庚回后：通回将可卿如何死故隐去，是大发慈悲心也，叹叹！壬午春。

戚回后：借可卿之死，又写出情之变态，上下大小，男女老少，无非情感而生情。且又藉凤姐之梦，更化就幻空中一片贴切家，庚侧：三字愈令人可爱可怜。何曾经过这些事。倘或料理不清，反叫人笑话，倒是再烦别人好。”贾珍笑道：“婶婶的意思侄儿猜着了，是怕大妹妹劳苦了。若说料理不开，我包管必料理的开，便是错一点儿，别人看着还是不错的。从小儿大妹妹顽笑着，就有杀伐俞校：“杀伐”——从甲；原“杀抹”。决断，庚侧：阿凤身分。如今出了阁，又在那府里办事，越发历练老成了。我想了这几日，除了大妹妹再无人了。婶婶不看侄儿、侄儿媳妇的份上，只看死了的分上罢。”说着，滚下泪来。庚侧：有笔力。王夫人心中，怕的是凤姐儿未经过丧事，怕他料理不清，惹人耻笑。今见贾珍苦苦的说到这步田地，心中已活了几分，却又眼看着凤姐出神。那凤姐素日最喜揽事办，好卖弄才干，虽然当家妥当，也因未办过婚丧大事，恐人还不服，俞校：“恐人还不服”——从戌；原“恐还不妥”。巴不得遇见这事。今见贾珍如此一来，他心中早已欢喜。先见王夫人不允，后见贾珍说的情真，王夫人有活动之意，便向王夫人道：“大哥哥说的这么恳切，太太就依了罢。”王夫人悄悄的道：“你可能么？”凤姐道：“有什么不能的。外面的大事已经大哥哥料理清了，庚侧：王夫人是悄言，凤姐是响应，故称“大哥哥”。已得三昧矣。不过是里头照管照管。俞校：“照管照管”——从戌、甲；原“管管”。便是我有不知道，问太太就是了。”甲侧：胸中成见已有之语。王夫人见说的有理，便不作声。贾珍见凤姐允了，又陪笑道：“也管不得许多了，横竖要求大妹妹辛苦辛苦。我这里先与妹妹行礼，等事完了，我再到那府里去谢。”说着，就作揖下去，凤姐儿还礼不迭。贾珍便忙向袖中取了宁国府对牌出来，俞校：“对牌出来”——从戌、己、庚；原“对牌来”。命宝玉送与凤姐，又说：“妹妹爱怎样，就怎样。要什么，只管拿这个取去，也不必问我。只求别存心替我省钱，只要好看为上；二则也要同那府里一样待人才好，不要存心怕人抱怨。只这两件外，我再没不放心的了。”凤姐不敢就接牌，蒙戚双：凡有本领者，断不越礼。接牌小事而必待命于王夫人者，诚家道之规范，亦天下之规范也。看是书者，不可草草从事。只看着王夫人。俞校：“只看着王夫人”——从戌、己、庚、晋、甲；原“只见那”。王夫人道：“你哥哥既这么说，你就照看照看罢了。只是别自作主意，有了事，打发人问你哥哥嫂子要紧。”宝玉早向贾珍手里接过对牌四大部州至中之地，奉天承运太平之国，庚眉：奇文，若明指一州名，似若《西游》之套，故曰至中之地，不待言可知是光天化日仁风德雨之下矣。不亡（云）国名更妙，可知是尧街舜巷衣冠礼义之乡矣。直与第一回呼应相接。总理虚无寂静教门僧录司正堂万虚、总理元始三一教门道录司正堂叶生等，敬谨修斋，朝天叩佛"，以及"恭请诸伽蓝揭谛功曹等神，圣恩普锡，神威远镇，四十九日消灾洗孽平安水陆道场"等语，亦不消烦记。俞校："不消烦记"——从戌、己、庚；原"不烦记"。

只是贾珍虽然此时心意满足，蒙侧：可笑。但里面尤氏又犯了旧疾，不能料理事务，惟恐各诰命来往，亏了礼数，怕人笑话，因此心中不自在。当下正忧虑时，因宝玉在侧问道甲侧：余正思如何高搁起玉兄了。："事事都算妥帖了，大哥哥还愁什么？"贾珍见问，便将里面无人的话说了出来。宝玉听说，笑道："这有何难。我荐一个人与你，甲侧：荐凤姐须得宝玉，俱龙华会上人也。权理这一个月的事，管必妥当。"贾珍忙问是谁。宝玉见坐间还有许多亲友，不便明言，走至贾珍耳边说了两句。贾珍听了，喜不自禁，连忙起身笑道："果然妥帖。如今就去。"说着，拉了宝玉，辞了众人，便往上房里来。可巧这日非正经日期，亲友来的少，里面不过几位近亲堂客。邢夫人、王夫人、凤姐并合族中的内眷陪坐。闻人报："大爷进来了。"吓的众婆娘忽的一声，往后藏之不迭，甲侧：素日行止可知，作者自是笔笔不空，批者亦字字留神之至矣。庚侧：素日行止可知。独凤姐款款站了起来。庚侧：又写凤姐。贾珍此时也有些病症在身，二则过于悲痛了，因拄个拐踱了进来。邢夫人等因说道："你身上不好，又连日事多，该歇歇才是，又进来做什么。"贾珍一面扶拐庚侧：一丝不乱。靖眉：刺心之笔。扎挣着，要蹲身跪下，请安道乏。邢夫人等忙叫宝玉搀住，命人挪椅子来与他坐。贾珍断不肯坐，因勉强陪笑道："侄儿进来，有一件事要求二位婶婶并大妹妹。"邢夫人等忙问："什么事？"贾珍忙笑道："婶婶自然知道。如今孙子媳妇没了，侄儿媳妇偏又病倒，我看里头着实不成个体统。怎么屈尊大妹妹一个月，庚侧：不见突然。在这里料理料理，俞校："料理料理"——从戌、己、庚、晋、甲；原"料理"。庚侧：阿凤此刻心痒矣。我就放心了。"邢夫人笑道："原来为这个。你大妹妹现在你二婶婶家，只和你二婶婶说就是了。"王夫人忙道："他一个小孩子

秦可卿死封龙禁尉　王熙凤协理宁国府

破狱，传灯照亡，参阎君，拘都鬼，俞校：“拘都鬼”——从戌、己、庚、晋、甲；原“拘都鬼”。延请地藏王，开金桥，引幢幡；那道士们正伏章申表，朝三清，叩玉帝；禅僧们行香，放焰口，拜水忏；俞校：“拜水忏”——原“拜水瀸”，今改正。又有十三众尼僧搭绣衣，靸红鞋，在灵前默诵俞校：“默诵”——从戌、己、庚、晋、甲；原“点诵”。接引诸咒，十分热闹。那凤姐必知今日人客不少，在家中歇宿一夜，至寅正平儿便请起来梳洗。及收拾完备，更衣盥手，吃了两口奶子糖粳米粥，漱口已毕，已是卯正二刻了。来旺媳妇率领诸人伺候已久。凤姐出至厅前，上了车，前面打了一对明角灯，大书“荣国府”三个大字，款款来至宁国府。大门上门灯朗挂，俞校：“门灯朗挂”——从戌、己、晋；原“门灯廊挂”。两边一色戳灯，照如白昼，白汪汪穿孝仆从两边侍立。请车至正门上，小厮等退去，众媳妇上来揭起车帘。俞校：“车帘”——从戌、己、庚、晋、甲；原“帘”。凤姐下了车，一手扶着丰儿，两个媳妇执着手把灯罩，俞校：“手把灯罩”——从戌、己、庚；原“手把灯儿”。簇拥着凤姐进来。宁府诸媳妇迎来请安接待。凤姐缓缓走入会芳园中登仙阁俞校：“登仙阁”——从戌、己、庚、晋、甲；原“登发仙阁”。灵前，一见了棺材，那眼泪恰似断线之珠，滚将下来。院中许多小厮垂手伺候烧纸。凤姐吩咐得一声：“供茶烧纸。”只听一棒锣鸣，诸乐齐奏。早有人端过一张大圈椅来，放在灵前，凤姐坐了，放声大哭。庚侧：谁家行事，宁不堕泪？于是里外男女上下，见凤姐出声，都忙忙接声嚎哭。一时，贾珍、尤氏遣人来劝，凤姐方才止住。来旺媳妇献茶漱口毕，凤姐方起身，俞校：“起身”——从戌、己、庚、晋、甲；原“起来”。别过族中诸人，自入抱厦内来。按名查点各项人数，都已到齐，只有迎送亲客上的一人未到，庚侧：须得如此，方见文章妙用。余前批非谬。即命传到。那人已慌张愧惧。凤姐冷笑道甲侧：凡凤姐恼时，偏偏用“笑”字，是章法。：“我说是谁误了，原来是你。庚侧：四字有神，是有名姓上等人口气。你原比他们俞校：“你原比他们”——从戌、己、庚；原“你比他们”。有体面，所以才不听我的话。”那人道：“小的天天都来的早，只有今儿醒了，觉得早些，因又睡迷了，来迟了一步。求奶奶饶过这次。”正说着，只见荣国府中的王兴媳妇来了，庚侧：偏用这等闲文间住。在前探头。甲侧：惯起波澜，惯能忙中写闲，又惯用曲笔，又惯综错，真妙！凤姐且不发放这人，却先问王兴媳妇作什么。庚侧：的是凤姐作伤。王兴媳妇巴不得先问他完了事，连忙进去说：“领牌取线，打车轿网络。”庚侧：是丧事中用物，闲闲写却。说着，将个帖儿递上去。凤姐命彩明念道：“大轿两顶，小轿四顶，车四辆，共用大小络子若干根，用珠儿线若干斤。”凤姐听了，数目相合，便命彩明登记，取荣国府对牌掷下。王兴家的去了。凤姐方欲说话时，只见荣国府的四个执事人进来，全都是俞校：“全都是”——从己、庚；原“却都是”。要支取东西，领牌来的。凤姐命他们要了帖，念过听了，一共四件，指两件说道：“这两件开销错了，再算清了来取。”庚侧：好看煞，这等文字。说着，掷下帖子来。那二人扫兴而去。凤姐因见张材家的在旁，庚侧：又一顿挫。因问：“你有什么事？”俞校：“你有什么事”——从戌、己、庚、晋、甲；原“你为什么”。张材家的忙取帖儿回说：“就是方才车轿围作成，领取裁缝工银若干两。”凤姐听了，便收了帖子，命彩明登记，待王兴[家的]俞校：“王兴[家的]”——原“王兴”。今意增“家的”。交过牌，得了买办的回押相符，然后方与张材家的俞校：“张材家的”——从戌、晋、甲；原“张材的”。去领。一面又命念那一个，是为宝玉外书房完竣，支买纸料糊裱。庚侧：却从闲中又引出一件关系文字乎（来）。凤姐听了，即命收帖儿登记，待张材家的缴清，又发与这人俞校：“又发与这人”——从戌、己、庚；原“再发给那人”。去了。凤姐便说道：“明儿他也睡迷了，后儿我也睡迷了，甲侧：接上文，一点痕迹俱无，且是仍与方才诸人说话神色口角。庚侧：接得紧，且无痕迹，是山断云连法也。将来都没了人了。俞校：“没了人了”——从庚；原“没有人了”。本来要饶你，只是我头一次宽了，下次人就难管，不如现开发俞校：“现开发”——从庚；原“开发”。的好。”登时放下脸来，喝命带出，打二十板子。一面又掷下宁国府对牌出去，说与来升，革他一月银米。俞校：“银米”——从戌、己、庚；原“饭米”。众人听说，又见凤姐眉立，庚侧：二字如神。知是恼了，不敢怠慢，拖人的出去拖人，执牌传谕的忙去传谕。那人身不由己，已拖出去挨了二十大板，还要进来叩谢。凤姐道：“明日再有误的打四十，后日的六十，要挨打的只管误。”说着，吩咐：“散了罢！”窗外众人听说，方各自执事去了。彼时宁国荣国两处执事领牌交牌的，人来人往不绝。那抱愧被打之人含羞去了。甲侧：又伏下文，非独为阿凤之威势费此一段笔墨。这才知道凤姐利害，众人不敢偷闲。俞校：“偷闲”——从己、庚；原“偷安”。自此兢兢业业，庚侧：收什（拾）得好。执事保全。不在话下。

如今且说宝玉，庚侧：忙中闲笔。因见今日人众，恐秦钟受了委屈，因私与他商议，要同他往凤姐处来坐。秦钟道："他的事多，况且不喜人去。咱们去了，他岂不烦腻。"（甲侧：纯是体贴人情。）宝玉道："他怎好腻我们！不相干，只管跟我来。"说着，便拉了秦钟直至抱厦。凤姐才吃饭，见他们来了，便笑道："好长腿子，快上来罢。"（庚侧：家常戏言，毕肖之至！）宝玉道："我们偏了。"凤姐道："在这边外头吃的，还是那边吃的？"宝玉道："这边同那些浑人吃什么！（甲侧：奇称。试问谁是清人？）原是那边，我们两个同老太太吃了来的。"一面归坐。凤姐吃毕饭，就有宁国府中的一个媳妇来领牌，为支取香灯事。凤姐笑道："我算着你们今儿该来支取，总不见来，想是忘了。这会子到底来取。要忘了，自然是你们包出来，都便宜了我。"那媳妇笑道："何尝不是忘了。（甲侧：此妇亦善迎合。）（庚侧：下人迎合凑趣，毕真。）方才想起来，再迟一步也领不成了。"说罢，领牌而去。一时，登记交牌。秦钟因笑道："你们两府里都是这牌，倘或别人私弄一个，支了银子跑了怎样？"（庚侧：小人语。）凤姐笑道："依你说，都没王法了。"宝玉因道："怎么咱们家（俞校："怎么咱们家"——从戌、己、庚、晋、甲；原"怎样咱们家"。）没人领牌子做东西？"（庚侧：写不理家务公子之语。）凤姐道："人家来领的时候，你还做梦呢。（庚侧：言甚是也。）我且问你，你们这夜书多早晚才念呢？"（庚侧：补前文之未到。）宝玉道："巴不得这如今就念才好。他们只是不快收拾出书房来，这也无法。"凤姐笑道："你请我一请，包管就快了。"宝玉道："你要快也不中用。他们该作到那里的，自然就有了。"凤姐笑道："便是他们作，也得要东西，拦不住我不给对牌，是难的。"宝玉听说，便猴（庚侧：诗中知有炼字一法，不期于《石头记》中多得其妙。）向凤姐身上，立刻要牌，说："好姐姐，给出牌子来，叫他们要东西去。"凤姐道："我乏的身子上生疼，还搁的住揉搓。你放心罢，今儿才领了纸，裱糊去了。他们该要的，还等叫去呢。可不傻了。"宝玉不信，凤姐便叫彩明查册子与宝玉看了。正闹着，人回苏州去的人昭儿来了。（甲侧：接得好！）凤姐急命唤进来。昭儿打千儿（俞校："打千儿"——从己、庚、晋、甲；原"打跧儿"。）请安。凤姐便问："回来做什么的？"昭儿道："二爷打发回来的。林姑老爷是九月初三巳时没的。（甲眉：颦儿方可长居荣府之文。）二爷带了林姑娘同送俞校："同送"——从戌、己、庚、晋、甲；原"送"。林姑老爷灵到苏州，庚侧：暗写代（黛）玉。大约赶年底就回来。二爷打发小的来报个信请安，讨老太太示下，还瞧瞧奶奶家里好，叫把大毛衣服带几件去。"凤姐道："你见过别人了没有？"昭儿道："都见过了。"说毕，连忙退去。凤姐向宝玉笑道："你林妹妹可在咱们家住长了。"庚侧：此系无意中之有意，妙！宝玉道："了不得！想来这几日他不知哭的怎样呢。"说着，蹙眉长叹。凤姐见昭儿回来，因当着人未及细问贾琏，心中自是记挂，待要回去，争奈事情繁，一时去了恐有些失误，惹人笑话。少不得耐到晚上回来，复令昭儿进来，细问一路平安信息，连夜打点大毛衣服，和平儿亲自检点包裹。再细细追想所需何物，蒙侧："追想所需"四字，写尽能事者之所以能事者之的（底）蕴。一并包藏，交付昭儿。又细细吩咐昭儿"好生在外小心伏侍，不要惹你二爷生气，时时劝他少吃酒，别勾引他认得混账老婆，甲侧：切心事耶？回来打折你的腿"等语。甲侧：此一句最要紧。赶乱完了，俞校："乱完了"——从戌、己、庚、晋、甲；原"说完了"。天已四更将尽，总睡下又走了困，俞校："又走了困"——从己、庚；原"又要走了困"。庚侧：此为病源伏线。后文方不突然。不觉俞校："不觉"——从庚；原"不觉又是"。天明鸡唱，便梳洗过宁府中来。

那贾珍因见发引日近，亲自坐车，带了阴阳司吏，往铁槛寺来踏看寄灵所在。又一一嘱咐住持色空："好生预备新鲜陈设，多请名僧，以备接灵使用。"色空忙看晚斋。贾珍也无心茶饭，因天晚不得进城，就在净室胡乱歇了一夜。次日早，便进城来料理出殡之事，一面又派人先往铁槛寺连夜另外修饰停灵之处，并厨茶等项，接灵人口。里面凤姐见日期有限，也预先逐细分派料理，一面又派荣府中车轿人从跟王夫人送殡，又顾自己送殡去占下处。俞校："占下处"——从戌、己、庚、晋；原"站下处"。目今正值缮国公诰命亡故，王邢二夫人又去打祭送殡；西安郡王妃华诞，送寿礼；镇国公诰命生了长男，预备贺礼；又有胞兄王仁连家眷回南，一面写家信禀叩父母并带往之物；又有迎春染病，每日请医服药，看医生、启帖、症源、药案等事，亦难尽述。又兼发引在迩，因此忙的凤姐茶饭也没工夫吃得，坐卧不能清净。庚眉：总得好。刚到了宁府，荣府的人又跟到宁府；既回到荣府，

宁国府发引冢孙妇　贾宝玉路谒北静王

宁府的人又找到荣府。俞校：“刚到了”至“找到荣府”——原“若到了荣府，宁府的人又跟到荣府，既回到宁府，荣府的人又找到宁府”；己、庚作“刚到了荣府，宁府的人……”，今取己、庚，改正其“刚到了荣府，宁府的人”为“刚到了宁府，荣府的人”。凤姐如此，心中倒十分欢喜，并不偷安推托，恐落人褒贬，因此日夜不暇，筹画得十分的整肃。于是合族上下无不称叹者。这日伴宿之夕，里面两班小戏并耍百戏的与亲朋堂客伴宿，尤氏犹卧于内室，一应张罗款待，独是凤姐一人周全承应。合族中虽有许多妯娌，但或有羞口的，或有羞脚的，或有不惯见人的，或有惧贵怯官的，种种之类，俱不及俞校：“俱不及”——从己、庚、晋、甲；原“但不及”。凤姐举止舒徐，言语慷慨，珍贵宽大；因此也不把众人放在眼里，挥霍指示，任其所为，目若无人。甲侧：写秦氏之丧，却只为凤姐一人。一夜中灯明火彩，客送官迎，那百般热闹自不用说的。至天明，吉时已到，一班六十四名青衣请灵，前面铭旌上大书“奉天洪建兆年不易之朝庚眉：“兆年不易之朝，永治太平之国。”奇甚，妙甚！诰封一等宁国公冢孙妇防护内廷紫禁道御前侍卫龙禁尉享强寿贾门秦氏恭人之灵柩”。俞校：“灵柩”——从戊、晋、甲；原“灵位”。那一应执事陈设皆系现赶着新做出来的，一色光艳夺目。宝珠自行未嫁女之礼，摔丧驾灵，俞校：“摔丧驾灵”——从戊、晋、甲；原“又摔丧驾灵”。十分哀苦。

那时官客送殡的有：镇国公牛清之孙现袭一等伯牛继宗，理国公柳彪之孙现袭一等子柳芳，齐国公陈翼之孙世袭三品威镇将军陈瑞文，治国公马魁之孙世袭三品威远将军马尚，修国公侯晓明之孙世袭一等子侯孝康，缮国公诰命亡故，故其孙石光珠守孝不曾来得：这六家与宁荣二家，当日所称八公的便是。馀者更有南安郡王之孙，西宁郡王之孙，忠靖侯史鼎，平原侯之孙世袭二等男蒋子宁，定城侯之孙世袭二等男兼京营游击谢鲸，襄阳侯之孙世袭二等男戚建辉，景田侯之孙五城兵马司裘良。馀者锦乡伯俞校：“锦乡伯”——从戊、庚、甲；原“锦卿伯”。公子韩奇、神武将军公子冯紫英、陈也俊、卫若兰等，诸王孙公子，不可枚数。堂客算来亦有十来顶大轿，三四十顶小轿，连家下大小轿车辆，不下百馀十乘。连前面各色执事，陈设百耍，浩浩荡荡，一带摆三四里远。

走不多时，路旁彩棚高搭，设席张筵，和音奏乐，俱是各家路祭。第一座是东平王府祭棚，第二座是南安郡王祭棚，第三座是西宁郡王，第四座是北静郡王的。原来这四王，当日惟北静王功高，及今子孙犹袭王爵。现今北静王水溶年未弱冠，生得形容秀美，情性谦和。近闻宁国公冢孙妇（俞校："冢孙妇"——从戌、己、庚、晋、甲；原"家孙妇"。）告殂，因想当日彼此祖父相与之情，同难同荣，难以异姓相视；因此不以王位自居，上日（俞校："上日"——从戌、己、庚、晋、甲；原"前日"。）已曾探丧上祭。如今又设路奠，命麾下各官在此伺候。自己五更入朝，公事已毕，便换了素服，坐大轿，鸣锣张伞而来，至棚前落轿。手下各官两旁拥侍，军民人众不得往还。一时，只见宁府大殡浩浩荡荡压地银山一般，从北而至。（庚眉：数字道尽声势。壬午春，畸笏老人。）早有宁府开路传事人看见，连忙回去报与贾珍。贾珍急命前面驻扎，同贾赦、贾政三人连忙迎来，以国礼相见。水溶在轿内欠身含笑答礼，仍以世交称呼接待，并不妄自尊大。贾珍道："犬妇之丧，累蒙郡驾下临，蔭生辈何以克当。"水溶道："世交之谊，何出此言。"遂回头命长府官主祭代奠。贾赦等一傍还礼（俞校："一傍还礼"——从戌、己、庚、晋、甲；原"在傍还礼"。）毕，复身又来谢恩。水溶十分谦逊，因问贾政道："那一位是衔宝而诞者？（庚眉：忙中闲笔，点缀玉兄，方不失正文中之正人。作者良苦。壬午春，畸笏。）几次要见一见，都为杂冗所阻，想今日是来的，何不请来一会。"贾政听说忙回去，急命宝玉脱去孝服，领他前来。那宝玉素日就曾听得父兄亲友人等说闲话时（俞校："说闲话时"——从戌、己、庚；原"说闲话"。）赞水溶是个贤王，（蒙侧：宝玉见北静王水溶，是为后文伏线。）且生得才貌双全，风流潇洒，不为（俞校："不为"——从晋；原"每不以"。）官俗国体所缚。每思相会，只是父亲拘束严密，无由得会。今见反来叫他，自是欢喜。一面走，一面早瞥见那水溶坐在轿内，好个仪表人材。不知近看时又是怎样，且听下回分解。

庚回后：此回将大家丧事详细剔尽，如见其气概，如闻其声音，丝毫不错，作者不负大家后裔。

写秦死之盛，贾珍之奢，实是却写得一个凤姐。

蒙回后：大抵事之不理，法之不行，多因偏于爱恶，幽柔不断。请看凤姐无私，犹能整齐丧事。况丈夫辈受职于庙堂之上，倘能奉公守法，一毫不苟，承上率下，何有不行？

第十五回
王凤姐弄权铁槛寺　秦鲸卿得趣馒头庵

甲回前：宝玉谒北静王，辞对神色，方露出本来面目，迥非在闺阁中之形景。

北静王问玉上字果验否，政老对以未曾试过，是隐却多少捕风捉影闲文。

北静王论聪明伶俐，又年幼时为溺爱所累，亦大得病源之语。

凤姐中火，写纺线村姑，是宝玉闲花野景一得情趣。

凤姐另住，明明系秦、玉、智能幽事，却是为净虚钻营凤姐大大一件事作引。

秦智幽情，忽写宝秦事云："不知算何账目，未见真切，不曾记得，此系疑案蓁（纂）创。"是不落套中，且省却多少累赘笔墨。昔安南国使有题一丈红句云："五尺墙头遮不得，留将一半与人看。"

戚回前：欲显铮铮不避嫌，英雄每入小人缘。鲸卿些子风流事，胆落魂销已可怜。

话说宝玉举目，见北静王水溶头上带着洁白簪缨银翅王帽，穿着江牙海水五爪坐龙白蟒袍，系着碧玉红鞓带，(俞校："红鞓带"——从戌、己、庚、晋、甲；原"红挺带"。)面如美玉，目似明星，真好秀丽人物。宝玉忙抢上来参见。水溶连忙从轿内伸出手来挽住，见宝玉戴着(俞校："戴着"——从晋、甲；原"带著"。)束发银冠，勒着双龙出海抹额，穿着白蟒箭袖，围着攒珠银带，面若春花，目如点漆。(甲侧：又换此一句，如见其形。)(靖眉：伤心笔。)水溶笑道："名不虚传，果然如宝似玉。"因问："衔的那宝贝在那里？"宝玉见问，连忙从衣内(俞校："衣内"——从戌、己、庚、晋、甲；原"衣里"。)取了，递与过去。水溶细细的看了，又念了那上头的字，因问："果灵验否？"贾政忙道："虽如此说，只是未曾试过。"水溶一面极口称奇道异，一面理好彩绦，亲自与宝玉带上。(甲侧：钟爱之至。)又携手问宝玉几岁，读何书。宝玉一一答应。水溶见他语言清楚，谈吐有致，(庚眉：八字道尽玉兄，如此等方是玉兄正文写照。壬文(壬午)季春。)一面又向贾政笑道："令郎真乃龙驹凤雏。非小王在世翁前唐突，将来'雏凤清于老凤声'，(俞校："雏凤清于老凤声"——从戌、己、庚、晋、甲；原"雏凤胜于老凤，家声"。)未可量也。"(甲侧：妙极！开口便是西昆体，宝玉闻之，宁不刮目哉！)贾政忙陪笑道："犬子岂敢谬承金奖。赖藩郡馀祯，(俞校："藩郡馀祯"——从戌、庚、晋、甲；原"藩郡提携"。)果如是言，亦廕生辈之幸矣。"(庚侧：谦的得体。)水溶又道："只是一件，令郎如是资质，(俞校："资质"——从晋、甲；原"姿格"。(戌作"咨致"。))想老太夫人、夫人辈自然钟爱极矣。但吾辈后生甚不宜钟溺，钟溺则未免荒失学业。昔小王曾蹈此辙，想令郎亦未必不如是也。若令郎在家难以用功，不妨常到寒第。小王虽不才，却多蒙海上众名士，凡至都者未有不另垂青目，是以寒第高人颇聚。令郎常去谈会谈会，则学问可以日进矣。"贾政忙躬身(俞校："躬身"——从戌、己、庚、晋；原"鞠躬"。)答应。水溶又将腕上一串念珠卸了下来，递与宝玉道："今日初会，仓促(俞校："仓促"——从己、庚；原"仓猝"。)竟无敬贺之物。此即前日圣上亲赐鹡鸰香念珠一串，权为贺敬之礼。"(俞校："贺敬之礼"——从戌、己、庚、晋、甲；原"敬贺之礼"。)宝玉连忙接了，回身奉与贾政。(庚侧：转出没调教。)贾政与宝玉一齐谢过。于是贾赦、贾珍等一齐上来，请回舆。水溶道："逝者已登仙界，非碌碌你我尘寰中之人也。小王虽上叨天恩，(俞校："上叨天恩"——从晋、甲；原"上叩天恩"。)虚邀郡袭，岂可越仙輀而进也。"贾赦等见执意不从，只得告辞谢恩回来，命手下掩乐停音，滔滔然将殡过完，（庚侧：有层次，好看煞。）方让水溶回舆去了。不在话下。

且说宁府送殡，一路热闹非常。刚至城门前，又有贾赦、贾政、贾珍（俞校："贾赦、贾政、贾珍"——从戊、己、庚、晋、甲；原"贾赦、贾政"。）等诸同僚属下各家祭棚接祭，一一的谢过，然后出城，竟奔铁槛寺大路行来。彼时贾珍带贾蓉来到诸长辈前，让坐轿上马。因而贾赦一辈的，各自上了车轿；贾珍一辈的，也将要上马。凤姐儿因记挂着宝玉，（甲侧：千百件忙事内不漏一丝。）（庚侧：细心人自因（应）如是。）怕他在郊外纵性逞强，不服家人的话，贾政管不着这些小事，惟恐有个失闪，难见贾母。因此便命小厮来唤他。（俞校："来唤他"——从戊、己、庚、晋、甲；原"来唤宝玉"。）宝玉只得来到他车前。凤姐笑道："好兄弟，你是个尊贵人，女孩儿一样的人品，（甲侧：非此一句宝玉必不依，阿凤真好才情。）别学他们猴在马上。下来，咱们姐儿两个坐车岂不好！"宝玉听说，忙下了马，爬入凤姐车上。二人说笑前来。不一时，只见从那边两骑马压地飞来，（庚侧：有气有声，有形有影。）离凤姐车不远，一齐蹿下来，扶车回说："这里有下处，奶奶请歇更衣。"凤姐急命请邢夫人、王夫人的示下。（庚侧：有次序。）那人回来说（俞校："那人回来说"——从戊、己、庚、甲；原"那人回说"。）："太太们说不用歇了，叫奶奶自便罢。"凤姐听了，便命歇了再走。众小厮听了，一带辕马，岔出人群，往北飞走。宝玉在车内，急命请秦相公。那时秦钟正骑马随着他父亲的轿，忽见宝玉的小厮跑来，请他去打尖。秦钟看时，只见凤姐儿的车往北而去，后面拉着宝玉的马搭着鞍笼，便知宝玉同凤姐坐车，自己也便带马赶上来，同入一庄门内。早有家人将众庄汉撵尽。那村庄人家（俞校："村庄人家"——原"庄的人家"；戊、庚"时庄人家"。今改"村庄人家"。）无多房舍，婆娘们无处回避，只得由他们去了。那些村姑庄妇见了凤姐、宝玉、秦钟的人品衣服，礼数款段，岂有不爱看的。一时，凤姐进入茅堂，因命宝玉等先出去玩玩。宝玉等会意，因同秦钟出来，带着小厮们各处游玩。凡庄农动用之物皆不曾见过。（庚侧：真，毕真！）宝玉一见了锹、镢、锄、犁等物，皆以为奇，不知何项所使，（俞校："何项所使"——从庚旁改（"向"改"项"）；原"何向所使"。）其名为何。（甲侧：凡膏粱子弟齐来着眼。）小厮从旁一一的告诉了名色，说明原委。宝玉听了，甲侧：也盖因未见之故也。因点头叹道："怪道古人诗上说，'谁知盘中餐，粒粒皆辛苦'。正为此也。"甲侧：聪明人自是一喝即悟。庚眉：写玉兄正文总于此等处，作者良苦。壬午季春。一面说，一面又至一间房前，只见炕上有个纺车。宝玉又问小厮们："这又是什么？"小厮们又告诉他原委。宝玉听说，便上来拧转作耍，自为有趣。只见一个约有十七八岁的村庄丫头跑了来乱嚷："别动坏了！"庚侧：天生地设之文。众小厮忙断喝拦阻。宝玉忙丢开手，陪笑说道庚眉：一"忙"字，二"陪笑"字，写玉兄是在女儿分上。壬午季春。："我因为没见过这个，所以试他一试。"那丫头道："你们那里会弄这个。站开了，甲侧：如闻其声，见其形。庚侧：三字如闻。蒙侧：这丫头是技痒，是多情，是自己生活恐至损坏？宝玉此时一片心神，另有主张。我纺与你瞧。"秦钟暗拉宝玉笑道："此卿俞校："此卿"——从戌、己、庚；原"此乡"。大有意趣。"庚侧：忙中闲笔，却伏下文。宝玉一把推开，笑道："该死的，再胡说，我就打了。"甲侧：的是宝玉性生之言。庚侧：玉兄身分本心如此。说着，只见那丫头纺起线来。宝玉正要说话时，庚眉：若说话，便不是《石头记》中文字也。只听那边老婆子叫道："二丫头，快过来。"那丫头听见，丢下纺车，一径去了。宝玉怅然无趣。甲侧：处处点"情"，又伏下一段后文。晋双：伏下文。只见凤姐儿打发人来叫他两个进去。凤姐洗了手，换衣服抖灰，问他们换不换。宝玉不换，只得罢了。家下仆妇们将带着行路的茶壶、茶杯、十锦屉盒各样小食端来，凤姐等吃过茶，待他们收拾完备，便起身上车。外面旺儿预备下赏封，赏了本村主人。庄妇等来叩赏，凤姐并不在意，宝玉却留心看时，内中并无二丫头。庚侧：妙在不见。一时，上了车出来，走不多远，只见迎头二丫头怀里抱着他小兄弟，庚侧：妙在此时方见，错综之妙如此！同着几个小女孩子说笑而来。宝玉恨不得下车跟了他去，料是众人不依的，少不得以目相送。争奈车轻马快，甲侧：四字有文章。人生离聚亦未尝不如此也。一时展眼俞校："展眼"——从戌、己、庚；原"转眼"。无踪。走不多时，仍又跟上大殡了。早又前面法鼓金铙，幢幡宝盖，铁槛寺接灵众僧齐至。少时，入寺中，另演佛事，重设香坛，安灵于内殿旁室之中。宝珠安理寝室相伴。外面贾珍款待一应亲友，也有扰饭的，也有不吃饭而辞的。一应谢过乏，从公侯伯子男一起一起的散去，至未末时，方才散尽了。里面的堂客皆凤姐张罗接待，先从显

浩荡荡银山压青山　恭肃肃众僧迎灵柩

官诰命散起，也到晌午大错时方散尽了。只有几个亲戚是至近的，等做过三日安灵道场方去。那时邢王二夫人知凤姐必不能来家，也便就要进城。王夫人要带宝玉去，宝玉乍到郊外，那里肯回去，只要跟凤姐住着。王夫人无法，只得交与凤姐，便回来了。

原来这铁槛寺原是宁荣二公当日修造，现今还是有香火地亩布施，以备京中（俞校：“京中”——从戌、己、庚、晋、甲；原“族中”。）老了人口，在此便宜寄放。其中阴阳两宅俱已预备妥帖，（甲双：大凡创业之人，无有不为子孙深谋至细。奈后辈仗一时之荣显，犹为不足，另生枝叶，虽华丽过先，奈不常保，亦足可叹，争及先人之常保其朴哉！近世浮华子弟齐来着眼。）好为送灵人口寄居。（甲侧：祖宗为子孙之心，细到如此！　庚眉：《石头记》总于没要紧处闲三二笔，写正文筋骨。看官当用巨眼，不为彼瞒过方好。壬午季春。）不想如今后辈人口繁盛，其中贫富不一，或性情参商，（甲双：所谓“源远水则浊，枝繁果则稀”。余为天下痴心祖宗为子孙谋千年业者痛哭。）有那家业艰难安分的，（甲侧：妙在艰难就安分，富贵则不安分矣。）便住在这里了；有那尚排场有钱势的，只说这里不方便，一定另外或村庄或尼庵寻个下处，为事毕宴退之所。（甲侧：真真辜负祖宗体贴子孙之心。）即今秦氏之丧，族中诸人皆权在铁槛寺下榻，独有凤姐嫌不方便，（甲侧：不用说，阿凤自然不肯将就一刻的。）因而早遣人来和馒头庵的姑子（俞校：“姑子”——从戌、己、庚、晋、甲；原“尼姑”。）净虚说了，腾出两间房子来作下处。原来这馒头庵就是水月寺，（俞校：“水月寺”——从戌、己、庚、晋、甲；原“水月庵”。）因他庙里做的馒头好，就起了（俞校：“就起了”——从戌、己、庚、晋、甲；原“就出了”。）这个浑号，离铁槛寺不远。（甲双：前人诗云：“纵有千年铁门限，终须一个土馒头。”是此意。故“不远”二字有文章。　晋双：所谓：“纵有十年铁门限，终须一个土馒头。”此意可会。）当下和尚功课已完，奠过晚茶，贾珍便命贾蓉请凤姐歇息。凤姐见还有几个妯娌陪着女亲，自己便辞了众人，带了宝玉、秦钟往水月庵来。秦业年迈多病，（甲侧：伏一笔。）不能在此，只命秦钟等待安灵罢了。那秦钟便只跟着（俞校：“只跟着”——从戌、己、庚、晋；原“只跟”。）凤姐、宝玉。一时，到了水月庵，净虚带领智善、智能两个徒弟出来迎接，大家见过。凤姐另至净室，更衣净手毕。见智能儿越发长高了，模样儿越发出息了。因说道：“你们师徒怎么这些日子也不往我们那里去？”净虚道：“可是这几天都没工夫。因胡老爷府里产了公子，太太送了十两银子来这里，叫请几位师父念三日《血盆经》，忙的没个空儿，就没来请奶奶的安。”（甲侧：虚陪一个胡姓，妙！言是糊涂人之所为也。）不言老尼陪着凤姐。且说秦钟宝玉二人正在殿上玩耍，因见智能过来，宝玉笑道：“能儿来了。”秦钟道：“理那东西作什么！”宝玉笑道：“你别弄鬼，那一日在老太太屋里，一个人没有，你搂着他作什么？这会子还哄我。”蒙戚双：补出前文未到处，细思秦钟近日在荣府所为可知矣。秦钟笑道：“这可是没有的话。”宝玉笑道：“有没有也不管你，你只叫住他倒碗茶来我吃，就丢开手。”秦钟笑道：“这又奇了。你叫他倒去，还怕他不倒，何必要我说呢。”宝玉道：“我叫他倒是无情意的，不及你叫他倒的是有情意的。”甲侧：总作如是等奇语。秦钟只得说道：“能儿倒碗茶来给我。”那智能儿自幼在荣府走动，无人不识，因常与宝玉、秦钟玩笑。他如今大了，渐知风月，便看上了秦钟人物风流，那秦钟也极爱他妍媚。二人虽未上手，却已情投意合了。甲侧：不爱宝玉，却爱秦钟，亦是各有情孽。今智能见了秦钟，心眼俱开，走去倒了茶来。秦钟笑说：“给我。”甲侧：如闻其声。宝玉叫：“给我。”智能儿抿嘴笑道：“一碗茶也争，我难道手里有蜜！”甲侧：一语毕肖，如闻其语，观者已自酥倒，不知作者从何着想。宝玉先抢得了吃着，方要问话，只见智善来叫智能去摆茶碟子。一时，来请他两个去吃茶果点心。他两个那里吃这些东西，俞校：“这些东西”——从戊、己、庚、晋、甲；原“这东西”。坐一坐，仍出来玩耍。凤姐也略坐俞校：“也略坐”——从戊、己、庚、晋、甲；原“亦略坐”。片时，便回至净室歇息，老尼相送。

此时众婆娘媳妇见无事，都陆续散了，自去歇息，跟前不过几个心腹常侍小婢。老尼便趁机说道：“我正有一事，要到府里求太太，先请奶奶一个示下。”凤姐因问何事。老尼道：“阿弥陀佛！甲侧：开口称佛，毕有（肖）。可叹，可笑！只因当日我先在长安县内善才庵甲侧：“才”字妙。内出家的时节，那时有个施主姓张，是大财主，他有个女儿小名金哥。甲侧：俱从“财”一字上发出。那年都往我庙里来俞校：“都往我庙里来”——从戊、己、庚、晋、甲；原“都来我庙里”。进香，不想遇见了长安府府太爷的小舅子李衙内。那李衙内一心看上，要娶俞校：“要娶”——从戊、己、庚、晋、甲；原“要取”。金哥，打发人来求亲。不想金哥已受了原任长安守备的公子的聘定。张家若退亲，又怕守备不依，因此说已有了人家。谁知李公子执意不依，定要娶他女儿。张家正无计策，两处为难。不想守备家听了此信，也不管青红皂白，俞校：“青红皂白”——从戊、晋、甲；原“清红皂白”。便来作践辱骂：

‘一个女儿许几家！’偏不许退定礼，就打官司告状起来。 甲双：守备一闻便问，断无此理。此必是张家惧府尹之势，必先退定礼，守备方不从，或有之。此时老尼，只欲与张家完事，故将此言遮饰，以便退亲，受张家之贿也。 那张家急了， 甲双：如何便急了，话无头绪，可知张家理缺。此系作者巧摹老尼无头绪之语，莫认作者无头绪，正是神处奇处。摹一人，一人必到纸上活现。 只得着人上京来寻门路，赌气偏要退定礼。 甲侧：如何？的是张家要与府尹攀亲。 我想如今长安节度云老爷与府上 俞校："与府上"——从戌、己、庚、晋、甲；原"与老爷"。 最契，可以求太太与老爷说一声， 俞校："说一声"——从戌、己、庚、晋、甲；原"说声"。 打发一封书去，求云老爷和那守备说一声，不怕那守备不依。若是肯行，张家连倾家孝顺也都情愿。” 俞校："也都情愿"——从戌、己、庚、晋、甲；原"也就情愿"。 甲双：坏极，妙极！若与府尹攀了亲，何惜张财不能再得？小人之心如此，良民遭害如此！ 凤姐听了，笑道："这事倒不大， 甲侧：五字是阿凤心迹。 只是太太再不管这样的事。"老尼道："太太不管，奶奶可以主张了。"凤姐听说，笑道："我也不等银子使，也不做这样的事。" 庚侧：口是心非，如闻已见。 净虚听了，打去妄想，半晌，叹道 庚侧：一叹转出多少至恶不畏之文来。 ："虽如此说，张家已知我来求府里。如今不管这事，张家不知道没工夫管这事，不希罕他的谢礼，倒像府里连这点子手段也没有的一般。" 庚眉：闺阁营谋说事，往往被此等语惑了。 凤姐听了这话，便发了兴头，说道："你是素日知道我的，从来不信什么是阴司地狱报应的。 庚侧：批书人深知卿有是心，叹叹！ 凭是什么事，我说要行就行。你叫他拿三千银子来，我就替他出这口气。"老尼听说，喜不自禁，忙说："有，有。这个不难。"凤姐又道："我比不得他们扯篷 俞校："扯篷"——原"扯蓬"。今改正。 扯牵的图银子。 庚侧：欺人太甚。 这三千银子，不过是给打发说去的小厮做盘缠，使他 俞校："使他"——从戌、己、庚、晋、甲；原"使用"。 赚几个辛苦钱，我一个钱也不要他的。 庚眉：对如是之奸妮（尼），阿凤不得不如是语。 便是三万两，我此刻也拿的出来。" 甲侧：阿凤欺人如此。 老尼连忙答应，又说道："既如此，奶奶明日就开恩也罢了。"凤姐道："你瞧瞧我忙的，那一处少了我。既应了你，自然快快的了结。"老尼道："这点子事，在别人的跟前就忙的不知怎么样， 俞校："不知怎么样"——从戌、己、庚、晋、甲；原"不知怎么"。 若是奶奶的跟前， 俞校："奶奶的跟前"——从己、庚；原"奶奶跟前"。 再添上些，也不够奶奶一发挥的。 蒙侧："若是奶奶"等语，陷害杀无穷英明豪烈者。誉而不喜，毁而不怒，或可逃此等术法。 只是俗语说的，能者多劳，太太因大小事见奶奶妥帖，越性都推给奶奶了，奶奶也要保重金体才是。"一路话奉承的凤姐越发受用，也不顾劳乏，更攀谈起来。 甲侧：总写阿凤聪明中的痴人。

王凤姐弄权铁槛寺　秦鲸卿得趣馒头庵

谁想秦钟趁黑无人，来寻智能。刚至后面房中，〔俞校：“后面房中”——从戊、己、庚、晋、甲；原“后面房”。〕只见智能独在房中洗茶碗。秦钟跑来便搂着亲嘴，智能急的跺脚，说着：“这算什么！再这么，我就叫唤。”秦钟求道：“好人，我已急死了！你今儿再不依，我就死在这里。”智能道：“你想怎样，除非等我出了这牢坑，离了这些人，才依你。”秦钟道：“这也容易，只是远水救不得近渴。”说着，一口吹了灯，满屋漆黑，将智能抱到炕上，就云雨起来。〔庚侧：此处写小小风波事，亦在人意外。谁知为小秦伏线，大有根处。〕〔庚眉：实表奸淫，尼庵之事如此。壬午季春。〕〔靖眉：又写秦钟智能事，尼庵之事如此。壬午季春，畸笏。〕那智能百般的挣扎不起，又不好叫的，〔庚侧：还是不肯叫。〕少不得依他了。正在得趣，只见一人进来，将他二人按住，也不则声。〔俞校：“也不则声”——从戊、己、庚；原“也不作声”。〕二人不知是谁，吓的不敢动一动。只听那人嗤的一声，掌不住笑了。〔庚侧：请掩卷细思此刻形景，真可喷饭。历来风月文字，可有如此趣味者？〕二人听声，方知是〔俞校：“方知是”——从戊、晋、甲；原“知是”。〕宝玉。秦钟连忙起身，〔俞校：“起身”——从戊；原“起誓”。〕抱怨道：“这算什么！”宝玉笑道：“你倒不依。咱们就叫喊起来。”羞的智能趁黑地跑了。〔庚眉：若历写完，则不是《石头记》文字了，壬午季春。〕〔蒙侧：请问此等光景，是强是顺？一片儿女之态，自与凡常不同。细极，妙极！〕宝玉拉了秦钟出来道：“你可还和我强？”秦钟笑道：“好人，〔庚侧：前以二字称智能，今又称玉兄，看官细思。〕你只别嚷的众人知道，你要怎样，我都依你。”〔俞校：“我都依你”——从戊、己、庚、晋、甲；原“我都依”。〕宝玉笑道：“这会子也不用说，等一会〔俞校：“等一会”——从戊、己、庚、晋、甲；原“等一回”。〕睡下，再细细的算账。”一时，宽衣安歇的时节，凤姐在里间，秦钟、宝玉在外间，满地下皆是家下婆子打铺坐更。凤姐因怕通灵玉失落，便等宝玉睡下，命人拿来塞在自己枕边。宝玉不知与秦钟算何账目，未见真切，未曾记得。此系疑案，不敢纂创，〔甲双：忽又作如此评断，似自相矛盾，却是最妙之文。若不如此隐去，则又有何妙文可写哉？这方是世人意料不到之大奇笔。若通部中万万件细微之事俱备，《石头记》真亦太觉死板矣。故特因此二三件隐事，指石之未见真切，淡淡隐去，越觉得云烟渺茫之中，无限丘壑在焉。〕一宿无话。

至次日一早，便有贾母、王夫人打发了人来看宝玉，又命多穿两件衣服，无事宁可回去。宝玉那里肯回去，又有秦钟恋着智能，调唆宝玉求凤姐再住一天。凤姐想了一想〔甲侧：一想便有许多的好处。真好阿凤！〕：凡丧仪大事虽妥，还有一半点小事未曾安插，可以指此〔俞校：“指此”——从戊、己、庚、晋、甲；原“借此”。〕再住一日，岂不又在贾珍跟前送了满情；二则又可以完净虚那事；

三则顺了宝玉的心，贾母听见岂不欢喜。因有此三益，甲侧：世人只云一举两得，独阿凤一举更添一。便向宝玉道："我事都完了，你要在这里逛，俞校："在这里逛"——从戊、晋、甲；原"俇"。少不得越性辛苦一日罢了。明儿可是定要走的了。"宝玉听说，千姐姐万姐姐的央求："只住一日，明儿必回去的。"于是又住了一夜。凤姐便命悄悄将昨日老尼之事说与来旺儿。来旺儿心中俱已明白，急忙进城，找着主文的相公，假托贾琏所嘱，修书一封，甲侧：不细。连夜往长安县来。不过百里路程，两日工夫俱已妥协。俞校："妥协"——从戊、己、庚、晋、甲；原"妥贴"。那节度使名唤云光，久见贾府之情，这点小事俞校："这点小事"——从庚；原"这一点小事"。岂有不允之理。给了回书，旺儿回来，且不在话下。甲侧：一语过下。却说凤姐等又过了一日，次日方别了老尼，着他三日后往府里去讨信。甲侧：过至下回。那秦钟与智能百般不忍分离，背地里多少幽期密约，俱不用细述，只得含泪而别。俞校："含泪而别"——从戊；原"含情而别"。凤姐又到铁槛寺中照望一番。宝珠执意不肯回家，贾珍只得派妇女相伴。后回再见分解。俞校："再见分解"——从晋；原"再见"。

蒙回后：请看作者写势利之情，亦必因激动；写儿女之情，偏生含蓄不吐，可谓细针密缝。其述说一段，言语形迹无不逼真，圣手神文，敢不熏沐拜读？

第十六回
贾元春才选凤藻宫　秦鲸卿夭逝黄泉路

甲回前：幼儿小女之死，得情之正气，又为痴贪辈一针疚（灸）。凤姐恶迹多端，莫大于此件者：受赃婚以致人命。贾府连日闹热非常，宝玉无见无闻，却是宝玉正文。夹写秦智数句，下半回方不突然。

黛玉回，方解宝玉为秦钟之忧闷，是天然之章法。平儿借香菱答话，是补菱姐近来着落。

赵妪讨情闲文，却引出通部脉络。所谓由小及大，譬如登高必自卑之意。细思大观园一事，若从如何奉旨起造，又如何分派众人，从头细细直写将来，几千样细事如何能顺笔一气写清？又将落于死板拮据之乡，故只用琏、凤夫妻二人一问一答，上用赵妪讨情作引，下文蓉、蔷来说事作收，馀者随笔顺笔略一点染，则耀然洞彻矣。此是避难法。

大观园用省亲事出题，是大关键处，方见大手笔行文之立意。

借省亲事写南巡，出脱心中多少忆惜（昔）感今。

极热闹极忙中，写秦钟夭逝，可知除“情”字，俱非宝玉正文。

大鬼小鬼论势利兴衰，骂尽攒炎附势之辈。

蒙戚回前：请看财势与情根，万物难逃造化门。旷典传来空好听，那如知己解温存？

话说宝玉见收拾了外书房，约定与秦钟读夜书。偏那秦钟秉赋最弱，因在郊外受了些风霜，又与智能儿（俞校："智能儿"——从戌、己、庚、晋、甲；原"智能"。）偷期缱绻，（庚侧：勿笑这样无能，却是写与人看。）未免失于调养，回来时便咳嗽伤风，懒进饮食，大有不胜之态，遂不敢出门，只在家中养息。（甲侧：为下文伏线。）宝玉便扫了兴头，只得付于无可奈何，且自静候大愈时再约。（甲侧：所谓"好事多磨"也。）（庚双：所谓"好事多魔"也。脂研。）

那凤姐儿已是得了云光的回信，俱已妥协。老尼达知张家，果然那守备忍气吞声的受了前聘之物。谁知那个张财主虽（俞校："那个张财主虽"——从戌；原"那张家父母"。）如此爱势贪财，（俞校："爱势贪财"——从戌、己、庚；原"畏势贪财"。）却养了一个知义多情的女儿，（庚侧：所谓"老鸦窝里出凤凰"，此女是在十二钗之外付（副）者。）闻得父母退了前夫，他便一条麻绳，悄悄的自缢了。那守备之子闻得金哥自尽，他也是个极多情的，遂也投河而死，不负妻义。（庚侧：不（一）双美满夫妻。）张李两家没趣，真是人财两空。这里凤姐却坐享了三千两，（庚侧：如何消檄（缴）？造业者不知，自有知者。）王夫人等连一点消息也不知道。自此凤姐胆识愈壮，以后有了这样的事便恣意的作为起来，也不消多记。（甲双：一段收拾过阿凤心机胆量，真与雨村是一对乱世之奸雄。后文不必细写其事，则知其平生之作为。回首时，无怪乎其惨痛之态，使天下痴心人同来一警，或可期共入于恬然自得之乡矣。脂砚。）

一日，正是贾政生辰，宁荣二处人丁都齐集庆贺，热闹非常。（俞校："热闹非常"——从己、庚、晋、甲；原"闹热非常"。）忽有门吏忙忙进来，至席前报说，有六宫都太监夏老爷来降旨。吓的贾赦、贾政等一干人不知是何消息，忙止了戏文，撤去酒席，摆了香案，启中门跪接。早见六宫都监夏守忠乘马而至，前后左右又有许多内监跟从。那夏守忠也并不曾负诏捧敕，至檐下马，（俞校："至檐下马"——从戌、己、庚；原"至檐下下马"。）满面笑容，走至厅上，南面而立，口内说："特旨立刻宣贾政入朝，（庚眉：泼天喜事却如此开宗，出人意料外之文也。壬午季春。）在临敬殿陛见。"说毕，也不及吃茶便乘马去了。贾政等不知是何兆头，只得急忙（俞校："急忙"——从戌；原"急忙忙去"。）更衣入朝。贾母等合家人等心中皆惶惶不定，不住的使人飞马来往报信。俞校：“报信”——从戊、己、庚、晋、甲；原“探信”。有两个时辰工夫，忽见赖大等三四个管家喘吁吁跑进仪门报喜，又说“奉老爷命，速请老太太带领太太等进朝谢恩”等语。那时贾母正心神不定，在大堂廊下伫立。庚侧：慈母爱子写尽。回廊下伫立，与“日暮倚庐仍怅望”对景，余掩卷而泣。庚眉：“日暮倚庐仍怅望”，南汉先生句也。邢夫人、王夫人、尤氏、李纨、凤姐、迎春姊妹以及薛姨妈等皆在一处。听如此信至，俞校：“如此信至”——从戊、己、庚；原“如此说，同”。贾母便唤进赖大来，细问端的。赖大禀道：“小的们只在临敬门外伺候，里头的信息一概不能得知。后来还是夏太监出来道喜，说咱们家大小姐晋封为凤藻宫尚书，加封贤德妃。后来老爷出来，亦如此吩咐俞校：“亦如此吩咐”——从戊、己、庚、晋、甲；原“如此吩咐”。小的。如今老爷又往东宫去了，速请老太太领众俞校：“领众”——从庚；原“领著太太们”。去谢恩。”贾母等听了，方心神安定，不免又都洋洋喜气盈腮。庚侧：字眼，留神。亦人之常情。于是都按品大妆起来。俞校：“按品大妆起来”——从戊、晋、甲；原下有“了”。贾母带领邢夫人、王夫人、尤氏，一共四乘大轿入朝。贾赦、贾珍亦换了朝服，带领贾蓉、贾蔷，奉侍贾母大轿前往。于是宁荣两处上下里外，莫不欣然踊跃，晋双：秦氏生魂先告凤姐矣。个个面上皆有得意之状，言笑鼎沸不绝。

谁知近日水月庵的智能私逃进城，甲侧：好笔仗，好机轴。甲眉：忽然接水月庵，似大脱泄。及读至后，方知为紧收。此大段有如歌疾调迫之际，忽闻戛然檀板截断，真见其大力量处，却便于写宝玉之文。找至秦钟家下，看视秦钟。不意被秦业俞校：“秦业”——从戊、己、庚、晋、甲；原“秦叶”。知觉，将智能逐出，将秦钟打了一顿，自己气的老病发作，俞校：“老病发作”——从戊、己、庚；原“老病发了”。三五日的俞校：“三五日的”——从戊；原“三五日”。光景，呜呼死了。秦钟本自怯弱，又带病未愈，受了笞杖，今见老父气死，俞校：“老父气死”——从戊、己、庚、晋、甲；原“老父死了”。此时悔痛无及，俞校：“悔痛无及”——从戊、己、庚、晋、甲；原“痛悔无及”。更又添了俞校：“更又添了”——从戊、己、庚；原“又添了”。许多症候。因此宝玉心中怅然，如有所失，庚眉：凡用宝玉收什（拾），俱是大关键。虽闻得元春晋封之事，亦未解得愁闷。甲双：眼前多少闹热文字不写，却从万人意外撰出一段悲伤，是别人不屑写者，亦别人之不能处。贾母等如何谢恩，如何回家，亲朋如何来庆贺，宁荣两处近日如何热闹，众人如何得意，独他一个视有如无，毫不曾介意。庚侧：的的真真宝玉。因此众人嘲他越发呆了。甲双：大奇至妙之文，却用宝玉一人。连用五“如何”，隐过多少繁华势利等文。试思若不如此，必至种种写到，其死板拮据、琐碎杂乱，何可胜哉？故只借宝玉一人如此一写，省却多少闲文，却有无限烟波。庚侧：越发呆了。

且喜贾琏与黛玉回来，先遣人来报信，明日就可到家。宝玉

贾元春才选凤藻宫　林黛玉抛却鹡鸰串

听了，方略有些喜意。甲双：不如此，后文秦钟死去，将何以慰宝玉？细问原由，方知贾雨村亦进京陛见，皆由王子腾累上保本，此来候补京缺。与贾琏是同宗弟兄，又与黛玉有师徒之谊，故同路作伴而来。林如海已葬入祖坟了。诸事停妥，贾琏方进京的。本该出月到家，因闻得元春喜信，遂昼夜兼程而进，一路俱各平安。宝玉只问得黛玉“平安”二字，馀者也就不在意了。甲双：又从天外写出一段离合来，总为掩过宁荣两处许多琐细闲笔。处处交代清楚，方好起大观园也。好容易庚侧：三字是宝玉心中。盼至明日午错，果报“琏二爷和林姑娘进府了”，见面时彼此悲喜交集，俞校：“悲喜交集”——从晋、甲；原“悲喜交接”。未免又大哭一阵，后又致喜庆之词。甲双：世界上亦如此，不独书中瞬息，观此便可省悟。宝玉心中品度黛玉，越发出落的超逸了。黛玉又带了许多书籍来，忙着打扫卧室，安插器具，又将些纸笔等物分送宝钗、迎春、宝玉等人。宝玉又将北静王所赠蓉苓香串俞校：“蓉苓香串”——原“鹡鸰香串”，依上回改。珍重取出来，转赠黛玉。黛玉说：“什么臭男人拿过的，我不要他。”遂掷而不取。宝玉只得收回。暂且无话。甲双：略一点黛玉情性，赶忙收住，正留为后文地步。

且说贾琏自回家参见过众人，回至房中，正值凤姐近日多事之时，无片刻闲暇之工，甲双：补阿凤二句，最不可少。见贾琏远路归来，少不得拨冗接待。庚侧：写得尖利刻薄。房内无外人，俞校：“无外人”——从戌、己、庚、晋、甲；原“并无外人”。便笑道：“国舅老爷大喜！国舅老爷一路风尘辛苦！甲侧：娇音如闻，俏态如见，少年夫妻常事，的确有之。庚侧：娇音好闻，俏态如见，少年好夫妻有是事。小的听见昨日的头起报马来报，俞校：“头起报马来报”——从戌、己、庚、晋、甲；原“头报马来”。说今日大驾归府，略预备了一杯水酒掸尘，俞校：“掸尘”——从己、庚、晋、甲；原“挥尘”。庚侧：却是为下文作引。不知赐光谬领否？”贾琏笑道：“岂敢，岂敢。多承，多承。”庚侧：一言答不上，蠢才，蠢才！一面平儿与众丫鬟参拜毕，献茶。贾琏遂问别后家中的诸事，又谢凤姐的操持劳碌。凤姐道：“我那里照管得这些事！见识又浅，口角又笨，心肠又直率，人家给个棒槌，我就认作针。脸又软，搁不住人给两句好话心里就慈悲了。况且又没经历过大事，胆子又小，太太略有些不自在，就吓的我连觉也睡不着了。我苦辞了几回，太太又不容辞，倒反说我图受用，不肯习学了，殊不知我是捻着一把汗儿呢。一句也不敢多说，一步也不敢多走。甲眉：此等文字，作者尽力写来，欲诸公认识阿凤，好看后文，勿为泛泛看过。庚眉：此等文字，作者尽力写来，是欲诸公认得阿凤，好看以后之书，勿作等闲看过。你是知道的，咱们家所有的这些管家奶奶们，那一位是好缠的。甲侧：独这一句不假。脂砚。错一点儿，他们就笑话打趣；偏一点儿，他们就指桑说槐的抱怨。坐山观虎斗，借剑杀人，引风吹火，站干岸儿，推倒油瓶不扶，都是全挂子的武艺。况且我年轻，头等不压众，怨不得不放我在眼里。更可笑，庚侧：三字是得意口气。那府里忽然蓉儿媳妇死了，俞校："蓉儿媳妇死了"——从戌、晋、甲；原无"了"。珍大哥又再三再四的在太太跟前跪着讨情，只要请我帮他几日。我是再四推辞，太太断不依，只得从命。依旧被我闹了个马仰人翻，更不成个体统，庚侧：得意之至口气。至今珍大哥哥还抱怨后悔呢。你这一来了，明儿你见了他，好歹描补描补，就说我年纪小，原没见过世面，谁叫大爷错委他的。"甲眉：阿凤之带（待）琏兄如弄小儿，可思之至。庚侧：阿凤之弄琏兄如弄小儿，可怕可畏！若生于小户，落在贫家，琏兄死矣！正说着，甲双：又用断法方妙。盖此等文断不可无，亦不可太多。只听外间有人说话，凤姐便问是谁。平儿进来回道："姨太太打发香菱妹子来问我一句话，我已经说了，打发他回去了。"贾琏笑道："正是呢。方才我见姨妈去，不防和一个年轻的小媳妇子撞了个对面，生的好齐整模样。庚侧：酒色之徒。我疑惑咱家并无此人，说话时因问姨妈。谁知就是上京来买的那小丫头，名叫香菱的，竟与薛大傻子做了房里人，开了脸，越发出挑的俞校："出挑的"——从戌、己、庚；原"出跳的"。标致了。那薛大傻子俞校："薛大傻子"——从戌、己、庚、晋、甲；原"大傻子"。真玷辱了他。"甲双：垂涎如见，试问兄宁有不玷平儿乎？脂砚。凤姐道："嗳，庚侧：如闻。往苏杭走了一趟回来，也该见些世面了，甲侧：这"世面"二字，单指女色也。还是这么眼馋肚饱的。你若爱他，不值什么，我去拿平儿换了他来如何？甲侧：奇谈，是阿凤口中方有此等语句。甲眉：用平儿口头谎言，写补菱卿一项实事，并无一丝痕迹，而有作者有多少机括。那薛老大甲侧：又一样称呼，各得神理。也是吃着碗里，看着锅里的。俞校："锅里的"——从甲；原"锅里"。这一年来的光景，他为要香菱不能到手，甲侧：补前文之未到，且并将香菱身分写出。脂砚。和姨妈打了多少饥荒。也因姨妈看着香菱，模样儿好还是末则，其为人行事却又比别的女孩子不同，温柔安静，差不多的主子姑娘也跟他不上呢，甲双：何曾不是主子姑娘？盖卿不知来历也，作者必用阿凤一赞，方知莲卿尊重不虚。故此摆酒请客的费事，明堂正道的与他作了妾。俞校："作了妾"——从戌；原"作亲"。过了没半月，俞校："没半月"——从戌、晋、甲；原"半月"。也看得马棚风一般了。我倒心里俞校："我倒心里"——从戌、晋；原"说到这里"。可惜了的。"甲双：一段纳宠之文，偏于阿凤口中补出，亦奸猾幻妙之至！一语未了，二门上（俞校：“二门上”——从戌、己、庚、晋、甲；原“二门”。）小厮传报：“老爷在大书房等二爷呢。”贾琏听了，忙忙整衣出去。

这里凤姐乃问平儿：“方才姨妈有什么事，巴巴的打发了香菱来？”（甲侧：必有此一问。）平儿笑道：“那里来的香菱，是我借他暂撒个谎。（甲侧：卿何尝谎言？的是补菱姐正文。）奶奶说说，旺儿嫂子越发连个成算（俞校：“成算”——从晋、甲；原“承算”。）也没了。”（晋双：此处系平儿捣鬼。）说着，又走至（俞校：“又走至”——从戌、己、庚、晋、甲；原“又至”。）凤姐身边悄悄的说道（庚侧：如闻如见。）：“奶奶的那利钱银子，迟不送来，早不送来，这会子二爷在家，他且送这个来了。（甲侧：总是补遗。）幸亏我在堂屋里撞见。不然时，走了来回奶奶，二爷倘或问奶奶是什么利钱，奶奶自然不肯瞒二爷的，少不得照实告诉二爷。（甲侧：平姐看欺（欺看）书人了。）（庚侧：可儿可儿，凤姐竟被他哄了。）我们二爷那脾气，油锅里的钱还要找出来花呢，听见奶奶有了这个体己，他还不放心的花了呢。所以我赶着接了过来，叫我说了他两句。谁知奶奶偏听见了问，我就撒谎说香菱了。”（甲双：一段平儿见识作用，不枉阿凤平日刮目；又伏下多少后文，补尽前文未到。）凤姐听了，笑道：“我说呢，（俞校：“我说呢”——从戌、晋、甲；原“我说你”。）姨妈知道你二爷来了，忽剌巴的反打发个房里人来了。原来你这蹄子调鬼。”（庚侧：疼极反骂。）说话时，贾琏已进来。凤姐便命摆上酒馔来，夫妻对坐。凤姐虽善饮，却不敢任兴，（甲双：百忙中又点出大家规范，所谓无不周详，无不贴切。）只陪侍着贾琏。一时，（俞校：“一时”——从戌、己、庚；原“对饮”。）贾琏的乳母赵嬷嬷走来。贾琏、凤姐忙让吃酒，令其上炕去。赵嬷嬷执意不肯。平儿等早于炕沿下设下一杌，又有一小脚踏，赵嬷嬷在脚踏上坐了。贾琏向桌上拣两盘肴馔与他放在杌上自吃。凤姐又道：“妈妈很嚼不动那个，倒没的矼了他的牙。”（庚侧：何处着想？却是自然有的。）因向平儿道：“早起我说那一碗火腿炖肘子很烂，正好给妈妈吃。你怎么不拿了去，赶着叫他们热来。”又道：“妈妈，你尝一尝你儿子带来的惠泉酒。”（庚侧：补点不到之文，像极！）赵嬷嬷道：“我喝呢。奶奶也喝一钟怕什么，只不要过多了就是了。（甲双：宝玉之李嬷，此处偏又写一赵嬷，特犯不犯。先有梨香院一回，今又写此一回，两两遥对，却无一笔相重，一事合掌。）我这会子跑了来，倒也不为饮酒，倒有一件正经事，奶奶好歹记在心里，疼顾我些罢。我们这爷，只是嘴里说的好，到了跟前就忘了我们，（俞校：“忘了我们”——从戌、己、庚、晋、甲；原“忘了”。）幸亏我从小儿奶了你这么大。我也老了，有的是那两个儿子，你就另眼照看他们些，别人也不敢呲牙儿（俞校："呲牙儿"——原"嘴牙儿"；戊、己、庚、晋、甲"龇牙儿"。今改"呲牙儿"。）的。（庚侧：为蔷、蓉作引。）我还再四的求了你几遍，你答应的倒好，到如今还是燥屎。（庚侧：有是乎？）这如今又从天上跑出这一件大喜事来，那里用不着人？所以倒是来和奶奶来说是正经，靠着我们爷，只怕我还饿死了呢。"凤姐笑道："妈妈，你放心，（俞校："妈妈，你放心"——从戊、己、庚、晋；原"嬷嬷你放心"。）两个奶哥哥都交给我。你从小儿奶的儿子，你还有什么不知他那脾气的。拿着皮肉，倒往那不相干的外人身上贴。可是现放着奶哥哥，那一个不比人强，你疼顾照看（俞校："照看"——从戊、己、庚、晋、甲；原"照管"。）他们，谁敢说个不字儿，（庚侧：会送情。）没的白便宜了外人。我这话也说错了。我们看着是'外人'，你却是看着'内人'一样呢！"（庚侧：可儿可儿！）说的满屋里人都笑了。赵嬷嬷也笑个不住，（俞校："也笑个不住"——从戊、己、庚、晋、甲；原"笑个不住"。）又念佛道："可是屋子里跑出青天来了。若说'内人''外人'这些混账原故我们爷（俞校："我们爷"——从戊、晋、甲；原"我们"。）是没有，（甲侧：千真万真，是没有。一笑。）（庚侧：有是语，像极，毕肖。乳母护子。）不过是脸软心慈，搁不住人求两句罢了。"凤姐笑道："可不是呢！有内人的他才慈软呢，他在咱们娘儿们跟前才是刚硬呢。"赵嬷嬷笑道："奶奶说的太尽情了，我也乐了。再吃一杯好酒。从此我们奶奶做了主，我就没的愁了。"贾琏此时没好意思，只是讪笑（俞校："讪笑"——从戊、晋、甲；原"趣笑"。）吃酒，说："胡话，胡话。（俞校："胡话，胡话"——从晋；原"胡说二字"。）快盛饭来，吃碗子，还要往珍大爷那边去商议事呢。"凤姐道："可是别误了正事。才刚老爷叫你作什么？"（己双：一段赵妪讨情间（闲）文，却引出通部脉络。所谓由小及大，譬如登高必自卑之意。细思大观园一事，若从如何奉旨起造，又如何分派众人，从头细细直写将来，几千样细事，如何能顺笔一气写清？又将落于死板拮据之乡，故只用琏、凤夫妻二人一问一答，上用赵妪讨情作引，下文蓉、蔷来说事作收，馀者随笔顺笔略一点染，则耀然洞彻矣。此是避难法。）贾琏道："就为省亲。"（甲双：二字醒眼之极，却只如此写来。）凤姐忙问道（甲双："忙"字最要紧，特于凤姐口中出此字，可知事关巨要，非同浅细，是此书中正眼矣。）："省亲的事竟准了不成？"（甲双：问得珍重，可知是外方人意外之事。脂砚。）（庚眉：大观园用省亲事出题，是大关键事，方见大手笔行文之立意。畸笏。）贾琏笑道："虽不十分准，也有八分准了。"（甲双：如此故顿一笔，更妙！见得事关重大，非一语可了者，亦是大篇文章，抑扬顿挫之至。）凤姐笑道："可见当今的（俞校："当今的"——从戊、己、庚、晋、甲；原"当今"。）隆恩。历来听书看戏，古时从来未有的。"（甲双：于闺阁中作此语，直与击壤同声。脂砚。）赵嬷嬷又接口道："可是呢。我也老糊涂了。我听见上上下下吵嚷了这些日子，什么省亲不省亲，我也不理论他去。俞校："理论他去"——从戊、己、庚、晋、甲；原"理论他"。如今又说省亲，到底是怎么个原故？"

甲侧：补近日之事，启下回之文。 甲眉：赵嬷一问，是文章家进一步门庭法则。 庚眉：自政老生日用降旨截住，贾母等进朝如此热闹，用秦业死岔开，只写几个"如何"，将泼天喜事交代完了，紧接代（黛）玉回，琏、凤闲话，以老妪勾出省亲事来。其千头万绪，合笋（榫）贯连，无一毫痕迹，如此等，是书多多，不能枚举。想兄在青硬（埂）峰上，经锻炼后，参透重关至恒河沙数，如否？余曰：万不能有此机括，有此笔力，恨不得面问果否。叹叹！丁亥春，畸笏叟。贾琏道："如今当今体贴万人之心。世上至大莫如'孝'字，想来父母儿女之性皆是一理，不是贵贱上分别的。甲侧：大观园一篇大文，千头万绪，从何处写起，今故用贾琏夫妻问答之间，闲闲叙出，观者已省大半。后再用蓉蔷二人重一渲染。便省却多少□□□□□□赘瘤笔墨。此是避难法。当今自为日夜侍奉太上皇、皇太后，尚不能略尽孝意。因见宫里嫔妃才人等皆是入宫多年，抛离父母音容，岂有不思想之理？在儿女思想父母是分所应当想，俞校："分所应当想"——从戊、己、庚；原"分所当然"。父母在家，若只管思念儿女竟不能见，倘因此成疾致病，甚至死亡，皆由朕躬禁锢，不能使其遂天伦之愿，亦大伤天和之事。故启奏上皇太后，每月逢二六日期，准其椒房眷属入宫请候看视。于是太上皇、皇太后大喜，深赞当今至孝纯仁，体天格物。因此二位老圣人又下旨意说：椒房眷属入宫，未免有国体仪制，母女尚不能惬怀。竟大开方便之恩，特降谕诸椒房俞校："诸椒房"——从戊、己、庚、晋；原"旨，椒房"。贵戚，除二六日入宫之恩外，凡有重宇别院之家，可以驻跸关防之处，不妨启请内廷銮舆入其私第，俞校："入其私第"——从戊、己、庚、晋、甲；原"幸其私第"。庶可略尽骨肉私情，俞校："骨肉私情"——从戊、己、庚、晋、甲；原"骨肉之情"。天伦中之至性。俞校："天伦中之至性"——从戊、己、庚；原"天伦之性"。此旨一下，谁不踊跃感戴。现今周贵人的父亲，已在家里动了工了，修盖省亲别院呢。又有吴贵妃的父亲吴天祐家，也往城外踏看地方去了。甲侧：又一样布置。这岂不有八九分了？"赵嬷嬷道："阿弥陀佛！原来如此。这样说，咱们家也要预备接咱们大小姐了。"庚侧：文忠公之嬷。贾琏道："这何用说呢。不然，这会子忙的是什么。"甲侧：一段闲谈中补明多少文章！真是费长房壶中天地也。凤姐笑道："若果如此，我可也见个大世面了。可恨我小几岁年纪，若早生二三十年，如今这些老人家也不薄我俞校："薄我"——从戊、己、庚、晋、甲；原"驳我"。没见世面了。甲侧：忽接入此句，不知何意，似属无谓。说起当年太祖皇帝仿舜巡的故事，比一部书还热闹，庚侧：既知舜巡而又说热闹，此妇人女子口头也。我偏没造化赶上。"庚侧：不用忙，往后看。老赵嬷嬷道："嗳哟哟，那可是千载希逢的！那时候我才记事儿。咱们贾府正在姑苏扬州一带，监造海舫，修理海塘，只预备接驾一次，(庚侧：又要瞒人。)把银子都花的淌海水似的。说起来——”(甲侧：又截得好。)凤姐忙接道(甲侧："忙"字妙！上文"说起来"必未完，粗心看去，则说疑阙，殊不知正传神处。)："我们王府也预备过一次。那时我爷爷单管各国进贡朝贺的事，凡有的外国人来，都是我们家养活。(甲侧：点出阿凤所有外国奇玩等物。)粤、闽、滇、浙所有的洋船货物都是我们家的。"赵嬷嬷道："那是谁不知道的，如今还有个口号儿呢，说'东海少了白玉床，龙王来请江南王'，(庚侧：应前"葫芦案"。)(晋双：照应葫芦案前文。)这说的就是奶奶府上了。还有如今现在江南的甄家，(甲侧：甄家正是大关键、大节目，勿作泛泛口头语看。)嗳哟哟，(庚侧：口气如闻。)好势派！独他家接驾四次。(庚侧：点正题正文。)若不是我们亲眼看见，告诉谁，谁也不信的。别讲银子成了土泥，(庚侧：极力一写，非夸也，可想而知。)凭是世上所有的没有不是堆山塞海的，'罪过可惜'四个字竟顾不得了。"(庚侧：真有是事，经过见过。)凤姐道："我常听见我们太爷们也这样说，岂有不信的。(庚侧：对证。)只纳罕(俞校："只纳罕"——从戌、己、庚、晋、甲；原"只希罕"。)他家怎么就这么富贵呢？"赵嬷嬷道："告诉奶奶一句话，也不过是拿着皇帝家的银子往皇帝身上使罢了！(甲侧：是不忘本之言。)谁家有那些钱买这个虚热闹去。"(甲侧：最要紧语。人若不自知，能作是语者吾未尝见。)

正说的热闹，王夫人又打发人来瞧凤姐吃了饭不曾。凤姐便知有事等着，忙忙的(俞校："忙忙的"——从戌、己、庚、晋、甲；原"忙的"。)吃了半碗饭，漱口要走。(庚侧：好顿挫。)又有二门上小厮们回："东府里蓉蔷二位哥儿来了。"贾琏才漱了口，平儿捧着盆盥手，见他二人来了，便问："什么话？快说。"凤姐且止步稍候，听他二人回些什么。贾蓉先回说："我父亲打发我来回叔叔：老爷们已经议定了，(庚侧：简净之至。)从东边一带借着东府里花园起，转至北边，(庚侧：园基乃一部之主，必当如此写清。)一共丈量準了，(俞校："丈量準了"——从戌、己、庚；原"丈量准了"。)三里半大，可以盖造(俞校："盖造"——从戌、己、庚、晋、甲；原"盖"。)省亲别院了。已经传人画图样去了，(庚侧：后一图伏线。大观园系玉兄与十二钗之太虚幻境，岂不草索。)明日就得。叔叔才回家，未免劳乏，不用过我们那边去。(庚侧：应前贾琏口中。)有话明日一早再请过去面议。"贾琏笑着，忙说："多谢大爷费心体谅，我就不过去了。正经是这个主意才省事，盖的也容易。若采置别处地方去，那更费事，且倒不成体统。你回去说这样很好。若老爷们再要改时，全仗大爷谏阻，万不可另寻地方。

明日一早，我给大爷去请安去，再议细话罢。”贾蓉忙应几个“是”。庚侧：园已定矣。贾蔷又近前回说：“下姑苏合聘教习，庚侧：“画蔷”一回伏线。采买女孩子，置办乐器行头等事，大爷派了侄儿，带领着来管家儿子两个，还有单聘仁、卜固修两个清客相公，一同前往。庚侧：凡各物事工价重大，兼伏隐着情字者，莫如此件。故园定后便先写此一件，馀便不必细写矣。所以命我来见叔叔。”贾琏听了，将贾蔷打量了打量，庚侧：有神。笑道：“你能在这个行么？庚侧：勾下文。这个事虽不算甚大，里头大有藏掖的。”甲侧：射利人微露心迹。庚侧：射利语，可叹是亲侄。贾蔷笑道：“只好学习着办罢了。”贾蓉在身旁灯影下悄拉凤姐的衣襟，俞校：“凤姐的衣襟”——从戌、己、庚、晋、甲；原“凤姐衣襟”。凤姐会意，因笑道：“你也太操心了，难道大爷比咱们还不会用人！偏你又怕他不在行了。谁都是在行的！孩子们已长的这么大了，没吃过猪肉，也看见过猪跑。大爷派他去，原不过是个坐纛旗儿，难道认真的叫他去讲价钱会经纪去呢。依我说，就很好。”贾琏道：“自然是这样。并不是我驳回，少不得替他筹算筹算。”因问：“这一项银子动那一处的？”贾蔷道：“才也议到这里。赖爷爷说，甲侧：此等称呼，令人酸鼻。庚侧：好称呼。不用从京里带下去。江南甄家还收着我们五万银子，明日写一封书信会票我们带去，先支三万，下剩二万存着，等置办花烛彩灯并各色帘栊俞校：“帘栊”——从戌、己、庚；原“帘笼”。帐幔的使费。”贾琏点头道：“这个主意好。”庚眉：《石头记》中多作心传神会之文，不必道明。一道明白，便入庸俗之套。凤姐忙向贾蔷道甲侧：再不略让一步，正是阿凤一生短处。脂砚。：“既这样，我有两个在行妥当人，你就带他们去办。这个便宜了你呢！”贾蔷忙陪笑说：“正要和婶婶讨两个人呢。甲侧：写贾蔷乖处。脂砚。蒙戚双：写贾蔷乖处如见。这可巧了。”因问名字。凤姐便问赵嬷嬷。彼时赵嬷嬷已听呆了话，平儿忙笑推他，他才醒悟过来，蒙侧：真是强将手下无弱兵。至精至细。忙说：“一个叫赵天梁，一个叫赵天栋。”凤姐道：“可别忘了。我可干我的去了。”庚眉：从头至尾细看阿凤之待蓉、蔷，可为一体一党，然尚作如此语欺蓉，其待他人可知矣。说着，便出去了。贾蓉忙送出来，又悄悄的俞校：“悄悄的”——从己、庚、甲；原“悄悄”。向凤姐道：“婶婶要什么东西，吩咐我，开个账给蔷兄弟带了去，叫他按账置办了来。”凤姐笑道庚侧：有神。：“别放你娘的屁！我的东西还没处撂呢，庚侧：像极，的是阿凤。希罕你们鬼鬼祟祟的。”说着，一径去了。甲侧：阿凤欺人处如此。忽又写到利弊，真令人一叹。脂砚。这里贾蔷也悄问贾琏要什么东西，顺便织来孝敬。贾琏笑道："你别兴头，才学着办事，倒先学会了这把戏。我短了什么，少不得写信来告诉你。庚侧：又作此语，不犯阿凤。且不要论到这里。"说毕，打发他二人去了。接着回事的人俞校："回事的人"——从戊、己、庚、晋、甲；原"回事人"。来，不止三四次，贾琏害乏，便传与二门上一应不许传报，俱等明日料理。凤姐至三更时分方下来安歇，一宿无话。庚侧：好文章，一句内隐两处若许事情。

次早，贾琏起来，见过贾赦、贾政，便往宁府中来，合同老管事的人等并几位世交门下清客相公，审察两府地方，缮画省亲殿宇。一面察度办理人丁。自此后，各行匠役齐集，蒙侧：一总。金银铜锡以及土木砖瓦之物搬运移送不歇。先令匠人拆宁府会芳园墙垣楼阁，俞校："楼阁"——从戊、己、庚、晋、甲；原"楼门"。直接入荣府东大院中。荣府东边所有下人一带群房尽已拆去。当日宁荣两宅虽有一小巷界断不通，然这小巷亦系私地，并非官道，故可以连属。甲侧：补明，使观者如身临足到。会芳园本是从北拐角墙下引来一段活水，今亦无烦再引。甲侧：园中诸景，最要紧是水，亦必写明方妙。甲侧：余最鄙近之修造园亭者，徒以顽石土堆为佳，不知引泉一道。甚至丹青，惟知乱作山石树木，不知画泉之法，亦是恨事。其山石树木虽不敷用，贾赦住的俞校："贾赦住的"——从戊、己、庚、晋、甲；原"东边住的"。乃是荣府旧园，其中竹树山石以及亭榭栏杆等物，皆可挪就前来。如此两处又甚近，凑来一处，省得许多财力。纵有不敷，所添亦有限。全亏一个老明公号"山子野"者，甲侧：妙号，随事生名。一一筹画起造。贾政不惯于俗务，庚侧：这也少不得的一节文字，省下笔来好作别样。只凭贾赦、贾珍、贾琏、赖大、来升、林之孝、吴新登、詹光、俞校："詹光"——从戊、己、庚、晋、甲；原"詹先"。程日兴等些人，安插摆布。凡堆山凿池，起楼竖阁，种竹栽花一应点景等事，又有山子野制度。下朝闲暇，不过各处看望看望，最要紧处和贾赦等商议商议俞校："商议商议"——从戊、己、庚、晋、甲；原"商议"。便罢了。贾赦只在家高卧，有芥豆之事，贾珍等或自去回明，或写略节。或有话说，便传呼贾琏、赖大等领命。贾蓉单管打造金银器皿。蒙侧：好差。贾蔷已起身往姑苏去了。贾珍、赖大等又点人丁，开册籍，监工等事，一笔不能写到，不过是喧阗热闹非常而已。暂且无话。

且说宝玉近因家中有这等大事，贾政不来问他的书，庚侧：一笔不漏。心中是件畅事。无奈秦钟之病日重一日，也着实悬心，不能乐业。甲侧："天下本无事，庸人自扰之"，世上人个个如此，又非此秦钟意切。甲眉：偏于大热闹处写大不得意之文，却无丝毫牵强，且有许多令人笑不了、哭不了、叹不了、悔不了，惟以大白酬我作者。壬午季春，畸笏。这日一早起来，才梳洗完毕，意欲回了贾母，去望候秦钟。忽见茗烟在二门前照壁间探头缩脑，宝玉忙出来问他作什么。茗烟道："秦相公不中用了。"甲侧：从茗烟口中写出，省却多少闲文。宝玉听说，吓了一跳，忙问道："我昨儿才瞧了他来，庚侧：点常去。还明明白白，怎么就不中用了？"茗烟道："我也不知道。才刚是他家的老头子来，特告诉我的。"宝玉听了，忙转身回明贾母。贾母吩咐好生派妥当人跟去，"到那里尽一尽同窗之情就回来，不许多耽搁了。"宝玉听了，忙忙的更衣出来，车犹未备，甲侧：顿一笔方不板。急的满厅乱转。俞校："满厅乱转"——从戌、己、庚、晋、甲；原"满地乱转"。一时，催促的车到，忙上了车。李贵、俞校："李贵"——从戌、晋、甲；原"李景"。本回下同。茗烟等跟随，来至秦钟门首，悄无一人，甲侧：目睹萧条景况。遂蜂拥至他内室。吓的秦钟的两个远房婶母并几个俞校："并几个"——从戌、己、庚、晋、甲；原"几个"。弟兄，都藏之不迭。甲侧：妙！这婶母兄弟是特来等分绝户家私的，不表可知。此时秦钟已发过两三次昏了，移床易箦多时矣。甲侧：余亦欲哭。宝玉一见，便不禁失声。李贵忙劝道："不可，不可。秦相公是弱症，未免炕上挺矼的骨头不受用，庚侧：李贵亦能道此等语。所以暂且挪下来俞校："挪下来"——从戌、己、庚、晋、甲；原"挪下床"。松散些。哥儿如此，岂不反添了他的病。"宝玉听了，方忍住近前，见秦钟面如白蜡，合目呼吸于枕上。宝玉忙叫道："鲸兄，宝玉来了。"连叫两三声，秦钟不睬。宝玉又道："宝玉来了。"那秦钟早已魂魄离身，只剩得一口悠悠的馀气在胸，正见许多鬼判，持牌提锁来捉他。甲双：看至此一句令人失望，再看至后面数语，方知作者故意借世俗愚谈愚论设譬，喝醒天下迷人，翻成千古未见之奇文奇笔。庚眉：《石头记》一部中，皆是近情近理必有之事，必有之言。又如此等荒唐不经之谈，间亦有之，是作者故意游戏之笔耶？以破色取笑，非如别书认真说鬼话也。那秦钟魂魄那里肯就去，又记念着家中无人掌管家务，甲侧：扯淡之极，令人发一大笑。余请诸公莫笑，且请再思。又记挂着父亲俞校："父亲"——从己、庚；原"父母"。还有留积下的三四千两银子，甲双：更属可笑，更可痛哭。又记挂着智能尚无下落，甲双：忽从死人心中补出活人原由，更奇，更奇。因此百般求告鬼判。无奈这些鬼判都不肯徇私，反叱咤秦钟道："亏你还是读过书的人，庚眉：可想鬼不读书，信已哉！岂不知俗语说的，阎王叫你三更死，谁敢留人到五更！我们阴间上下都是铁面无私的，不比你们阳间瞻情顾意，庚侧：写杀了。有许多的关碍处。”正闹着，那秦钟魂魄忽听见“宝玉来了”四字，便忙又央求道：“列位神差略发慈悲，让我回去和这一个好朋友说一句话就来的。”众鬼道：“又是什么好朋友？”秦钟道：“不瞒列位，就是荣国公孙子，小名宝玉的。”都判官听了，先就吓慌起来，忙喝骂鬼使道：“我说你们放了他回去走走罢，你们断不依我的话。如今只等他请出个运旺时盛的人来才罢。”甲双：如闻其声，试问谁曾见都判来？观此则又见一都判跳出来。调侃世情固深，然游戏笔墨一至于此，真可压倒古今小说。这才算是小说。众鬼见都判如此，也都忙了手脚，一面又抱怨道：“你老人家先是那等雷霆电雹，原来见不得‘宝玉’二字。甲侧：调侃“宝玉”二字，极妙！甲眉：世人见“宝玉”而不动心者为谁？晋双：大可发笑。依我们愚见，他是阳，我们是阴，怕他们也无益于我们。”甲侧：神鬼也讲有益无益。列双：此章无非笑趋势之人。都判道：“放屁。俗语说的好，天下官管天下民，自古人鬼之道却是一般，俞校：“自古人鬼之道却是一般”——从庚；原无。阴阳并无二理。己双：更妙！愈不通愈妙，愈错会意愈奇。脂砚。别管他阴也罢，阳也罢，敬着点没错了的。”俞校：“阴也罢，阳也罢，敬着点没错了的”——从戌；原“阴，也别管他阳，没有错了的”。众鬼听说，只得将他魂放回。哼了一声，微开双目，见宝玉在侧，乃勉强叹道：“怎么不早来？庚侧：千言万语，只此一句。再迟一步，也不能见了。”宝玉忙携手俞校：“忙携手”——从戌、己、庚；原“携手”。垂泪道：“有什么话，留下两句？”蒙戚双：只此句便足矣。秦钟道：“并无别话。以前你我见识自为高过世人，我今日才知自误了。蒙戚双：谁不悔迟！以后还该立志功名，以荣耀显达为是。”庚侧：此刻无此二语，亦非玉兄之知己。庚眉：观者至此，必料秦钟另有异样奇语，然却只以此二语为嘱。试思若不如此为嘱，不但不近人情，亦且太露穿凿。读此则知全是悔迟之恨。说毕，便长叹一声，萧然长逝了。下回分解。蒙戚双：若是细述一番，则不成《石头记》之文矣。

戚回后：大凡有势者，未尝有意欺人。然群小蜂起，浸润左右，伏首下气，奴颜婢膝，或激或顺，不计事之可否，以要一时之利。有势者自任豪爽，斗露才华，未审利害，高下其手，偶有成就，一试再试，习以为常，则物理人情皆所不论。又财货丰馀，衣食无忧，则所乐者必旷世所无。要其必获，一笑百万，是所不惜。其不知排场已立，收敛实难，从此勉强，至成蹇窘，时衰运败，百计颠翻。昔年豪爽，今朝指背。此千古英雄同一慨叹者。大抵作者发大慈大悲愿，欲诸公开巨眼，得见毫微，塞本穷源，以成无碍极乐之至意也。

第十七、十八回
大观园试才题对额　荣国府归省庆元宵

己回前：此回宜分二回方妥。

宝玉系诸艳之冠，故大观园对额必得玉兄题跋，且暂题灯匾联上，再请赐题，此千妥万当之章法。

诗曰：

豪华虽足羡，离别却难堪。
博得虚名在，谁人识苦甘。俞校："诗曰"至"识苦甘"——己、庚、原三本俱在本回目之前，今移后。 庚侧：好诗，全是讽刺。近之谚云：又要马儿好，又要马儿不吃草。真骂尽无厌贪痴之辈。

话说秦钟既死，宝玉痛哭不已，李贵等好容易劝解半日方住，归时犹是凄恻哀痛。贾母帮了几十两银子外，又另备奠仪，宝玉去吊纸。七日后便送殡掩埋了，别无述记。只有宝玉日日思慕感悼，然亦无可如何了。蒙戚双：每于此等文后使用此语作结，是板定大章法，亦是此书大旨。

又不知历几何时，蒙庚侧：惯用此等章法。 蒙戚双：年表如此写，亦妙！这日贾珍等来回贾政："园内工程俱已告竣。大老爷已瞧过了，只等老爷瞧了，俞校："大老爷已瞧过了，只等老爷瞧了"——从晋、甲；原"大老爷瞧了"。或有不妥之处，再行改造，好题匾额对联的。"贾政听了，沉思一回，说道："这匾额对联倒是一件难事。论理，该请贵妃赐题才是，然贵妃若不亲睹其景，大约亦必不肯妄拟。若直待贵妃游幸过再请题，偌大景致若干亭榭无字标题，也觉寥落无趣，任有花柳山水也断不能（俞校："也断不能"——从己、庚、晋、甲；原"断不能"。）生色。"众清客在傍笑答道："老世翁所见极是。如今我们有个愚见：各处匾额对联断不可少，亦断不可定名。如今且按其景致，或两字、三字、四字，虚合其意，拟了出来，暂且做灯匾联悬了。待贵妃游幸时再请定名，岂不两全。"贾政等听了，都道："所见不差。我们今日且看看去。只管题了，若妥当便用；不妥时，然后将雨村请来，令他再拟。"（庚双：点雨村，照应前文。）众人笑道："老爷今日一拟定佳，何必又待雨村？"贾政笑道："你们不知。我自幼于花鸟山水题咏上就平平，（庚侧：是纱帽头口气。）如今上了年纪，且案牍劳烦，于这怡情悦性文章上更生疏了。（庚眉：政老情字如此写。壬午季春，畸笏。）纵拟了出来，不免迂腐古板，反不能使花柳园亭生色，似不妥协，（俞校："似不妥协"——从己、庚；原"如不妥协"。）反没意思。"众清客笑道："这也无妨。我们大家看了公拟，各举其长，优则存之，劣则删之，未为不可。"贾政道："此论极是。且喜今日天气和暖，大家去逛逛。"（戚双：音光，字去声，出《俗声字笺》。）说着起身引众人前往。贾珍先去园中知会众人。可巧近日宝玉因思念秦钟，忧戚不尽，贾母常命人带他到园中来戏耍。（庚侧：现成笋（榫）楔，一丝不费力。若特唤出保（宝）玉来，则成何文字？）此时亦才进去，忽见贾珍走来，向他笑道："你还不出去！老爷一会就来了。"宝玉听了，带着奶娘小厮们，一溜烟就出园来。（庚侧：不肖子弟来看形容。余初看之，不觉怒焉，盖谓作者形容余幼年往事，因思彼亦自写其照，何独余哉？信笔书之，供诸大众同一发笑。）方转过弯，顶头贾政引众客来了，躲之不及，只得一边站了。贾政近因闻得塾掌称赞（俞校："称赞"——从己、庚、晋、甲；原"说"。）宝玉专能对对联，虽不喜读书，偏倒有些歪才情似的。（蒙侧：如此顺笔间写来，然却是宝玉正传。）今日偶然撞见这机会，便命他跟来。（戚双：如此偶然方妙，若特特唤来题额，真不成文矣。）宝玉只得随往，尚不知何意。

贾政刚至园门前，只见贾珍带领许多执事人来，一傍侍立。贾政道："你且把园门都关上。我们先瞧了外面再进去。"（蒙侧：是行家看法。）贾

衔山抱水诸景齐备　芳园佳名应锡大观

珍听说，命人将门关了。贾政先秉正看门。只见正门五间，上面桶瓦泥鳅脊，那门栏窗隔皆是细雕新鲜花样，并无朱粉涂饰，一色水磨群墙，蒙戚双：门雅，墙雅，不落俗套。下面白石台阶，俞校："台阶"——从晋、甲；原"台矶"。凿成西番草花样。左右一望皆雪白粉墙，下面虎皮石随势砌去，果然不落富丽俗套。自是欢喜，遂命开门。只见迎面一带翠嶂挡在前面。庚双：掩映好极。众清客都道："好山，好山。"贾政道："非此一山，一进来，园中所有之景悉入目中，则有何趣。"众人道："极是。非胸中大有丘壑，焉想及此。"说毕，往前一望，见白石崚嶒，己双：想入其中，一时难辩方向。用"前""后""这边""那边"等字，正是不辨东西。或如鬼怪，或如猛兽，纵横拱立，上面苔藓成斑，藤萝掩映，蒙戚双：曾用两处旧有之园所改，故如此写方可，细极。其中微露羊肠小径。庚双：好景界，山子野精于此技。此是小径，非行车辇通道，今贾政原欲游览其景，故指此等处写之。想其通路大道，自是堂堂冠冕气象，无庸细写者也。后于省亲之时已得知矣。贾政道："我们就从此小径游去，回来由那一边俞校："由那一边"——从己、庚、甲；原"那一边"。出去，方可遍览。"说毕，命贾珍前引导，自己扶了宝玉，逶迤进入山口。庚侧：宝玉此刻已料定吉多凶少。戚双：此回乃一部之纲绪，不得不细写，尤不可不细批注。盖后文十二钗书，出入来往之境，方不能错落，观者亦如身临足到矣。今贾政虽进的是正门，却行的是僻路，按此一大园，羊肠鸟道不止几百十条，穿东度西，临山过水，万勿以今日贾政所行之径，考其方向基址。故正殿反于末路写之，足见未由大道而往，乃逶迤转折而经也。抬头忽见山上有镜面白石一块，庚侧：新奇。正是迎面留题处。蒙戚双：留题处便精，不必限定凿金镂银一色恶俗，赖及枣梨之力。贾政回头笑道："诸公请看此处，题以何名方妙？"众人听说，也有说该题"叠翠"二字，也有说该题"锦嶂"的，又有说"赛香炉"的，又有说"小终南"的，种种名色不止几十个。俞校："不止几十个"——从己、庚、晋、甲；原"不知几十个"。原来众客心中早知贾政要试宝玉的功业进益如何，只将些俗套来敷衍，宝玉亦料定此意。蒙戚双：补明，好。贾政听了，便回头命宝玉拟来。宝玉道："尝闻古人有云：编新不如述旧，刻古终胜雕今。俞校："雕今"——从晋、甲；原"调今"。（"调"乃"琱"之误，今写作"雕"。）蒙戚双：未闻古人说此两句，却又似有者。况此处并非主山正景，原无可题之处，不过是探景一进步耳。蒙戚双：此论却是。莫若直书'曲径通幽处'这句旧诗在上，倒还大方气派。"众人听了，都赞道："是极。二世兄天分高，才情远，不似我们读腐了书的。"贾政笑道："不可谬奖。俞校："不可谬奖"——从己、庚；原"过赞了"。他年小，不过以一知充十用，取笑罢了。再俟选拟。"说着，进入石洞来。只见佳木茏葱，奇花烂灼，俞校："烂灼"——从己、庚、晋；原"闪烁"。一带清流，从花木深处曲折泻于石隙之下。蒙戚双：这水是人力引来做的。再进数步，渐向北边，蒙戚双：细极。后文所以云进贾母卧房后之角门，是诸钗日相来往之境也。后文又云诸钗所居之处，只在西北一带，最近贾母卧室之后，皆从此“北”字而来。平坦宽豁。两边飞楼插空，雕甍绣槛皆隐于山坳树杪之间。俯而视之，则清溪俞校：“清溪”——从己、庚；原“清流”。泻雪，石磴穿云。列双：前已写山至宽处，此则由低至高处，各景皆遍。白石为栏，环抱池沿。俞校：“池沿”——从己、庚；原“池沼”。石桥三港，俞校：“石桥三港”——从己、庚、晋、甲；原“石桥跨港”。兽面衔吐，桥上有亭。蒙戚双：前已写山写石，今则写池写楼，各景皆遍。贾政与诸人上了亭子，倚栏坐了。蒙戚双：此亭大抵四通八达，为诸小径之咽喉要路。因问：“诸公以何题此？”诸人都道：“当日欧阳公《醉翁亭记》有云：‘有亭翼然’，就名‘翼然’。”俞校：“就名翼然”——从己、庚；原“颇好”。贾政笑道：“‘翼然’虽佳，但此亭压水而成，还须偏于水题方称。依我拙裁，欧阳公之‘泻出于两峰之间’，竟用他这一个‘泻’字。”有一客道：“是极，是极，竟是‘泻玉’二字妙。”贾政拈髯寻思，因抬头见宝玉侍侧，便笑命他也拟一个来。宝玉听说，连忙回道：“老爷方才所议已是。但是如今追究了去，似乎当日欧阳公题酿泉用一‘泻’字则妥，今日此泉若亦用‘泻’字，则觉不妥。况此处虽省亲驻跸别墅，亦当入于应制之例，用此等字眼，亦觉粗陋不雅。求再拟较些蕴藉含蓄者。”贾政笑道：“诸公听此论若何？方才众人编新，你又说不如述古；如今我们述古，你又说粗陋不妥。你且说你的来我听。”宝玉道：“有用‘泻玉’二字，莫若‘沁芳’二字，岂不新雅？”庚侧：真新雅。蒙戚双：果然。贾政拈髯点头不语。庚眉：六字是严父大露悦容也。壬午春。众人都忙迎合，赞宝玉才情不凡。贾政道：“匾上二字容易，再作一副七言对联来。”宝玉听说，立于亭上，四顾一望，便机上心来，乃念道：

绕堤柳借三篙翠，蒙戚双：要紧，贴切水字。隔岸花分一脉香。蒙戚双：恰极，工极！绮靡秀媚，香奁正体。

贾政听了，点头微笑。众人先称赞不已。于是出亭过池，一山一石，一花一木，莫不着意观览。蒙戚双：浑写两句，已见经行处愈远，更至北一路矣。忽抬头看见前面一带粉垣，里面数楹精舍，有千百竿俞校：“千百竿”——从己、庚、晋、甲；原“百竿”。翠竹遮映。众人都道："好个所在。"于是大家进入。庚侧：此方可为颦儿之居。只见入门便是曲折游廊，蒙戚双：不犯超手游廊。阶下石子漫成俞校："漫成"——从己、庚、晋、甲；原"慢成"。甬路。上面小小两三间俞校："两三间"——从庚；原"二三间"。房舍，一明两暗，里面都是合着地步打就的床几椅案。从里间房内，又得一小门出去，则是后院，有大株梨花兼着芭蕉。又有两间小小退步。后院墙下忽开一隙，得泉一派，俞校："得泉一派"——从己、庚、晋、甲；原"清泉一派"。开沟仅尺许，灌入墙内，俞校："灌入墙内"——从己、庚、晋、甲；原"灌水入墙内"。绕阶缘屋，俞校："绕阶缘屋"——从己、庚、晋、甲；原"绕阶缠屋"。至前院盘旋竹下而出。贾政笑道："这一处还罢了。庚侧：一处。若能月夜坐此窗下读书，不枉虚生一世。"说毕，看着宝玉，吓的宝玉忙垂了头。蒙戚双：点一笔。众客忙用话开释，蒙戚双：客不可不有。又说道："此处的匾该题四个字。"贾政笑问那四字。一个道是"淇水遗风"，贾政道："俗。"蒙戚双：余亦如此。又一个是"睢园雅迹"，贾政道："也俗。"贾珍笑道："还是宝兄弟拟一个来。"庚眉：又换一章法。壬午春。贾政道："他未曾作，先就要议论人家的好歹，俞校："人家的好歹"——从己、庚、晋、甲；原"人家好歹"。可见就是个轻薄人。"庚侧：知子者莫如父。众客道："议论的极是，其奈他何。"贾政忙道："休如此纵了他。"因命他道："今日任你狂为乱道，俞校："狂为乱道"——从己、庚、晋、甲；原"狂言乱道"。先设议论来，然后方许你作。庚眉：于作诗文时，虽政老亦有如此令旨，可知严父亦无可奈何也。不学纨袴来看。畸笏。蒙戚双：又一格式，不然，不独死板，且亦大失严父素体。方才众人说的俞校："众人说的"——从晋、甲；原"众人"。可有使得的？"宝玉见问，答道："都似不妥。"戚双：明知是故意要他盘驳议论，乐得肆行施展。贾政冷笑道："怎么不妥？"宝玉道："这是第一处行幸之处，必须颂圣方可。若用四字的匾，又有古人现成的，何必再作。"贾政道："难道'淇水''睢园'，不是古人的？"宝玉道："这太板腐了。莫若'有凤来仪'四字。"蒙戚双：果然，妙在双关暗合。众人都哄然叫妙。贾政点头道："畜生，畜生，可谓管窥蠡测矣。"因命再题一联来。宝玉便念道：

宝鼎茶闲烟尚绿，戚双："尚"字妙极！不必说竹，然恰恰是竹中精舍。幽窗棋罢指犹凉。蒙戚双："犹"字妙！"尚绿""犹凉"四字，便如置身于森森万竿之中。

贾政摇头说道："也未见长。"说毕，引人出来。方欲走时，忽又想起一事来，己侧：不板。因问贾珍道：“这些院落房宇并几案桌椅都算有了，庚侧：此一顿少不得。还有那些帐幔帘子并陈设玩器古董，可也都是一处一处俞校：“一处一处”——从己、庚、晋、甲；原“一处处”。合式配就的？”戚双：大篇长文不如此顿，则成何说话？贾珍回道：“那陈设的东西早已添了许多，自然临期合式陈设。帐幔帘子，昨日听见琏兄弟说，还不全。原是一起工程之时就画了各处的图样，量准尺寸，就打发人办去的。想必昨日得了一半。”蒙戚双：补出近日忙冗，千头万绪景况。贾政听了，便知此事不是贾珍的首尾，便命人去唤贾琏。一时，贾琏赶来。俞校：“一时，贾琏赶来”——从己；原“赶来”。蒙戚双：写出忙冗景况。贾政问他共有几种，现今得了几种，尚欠几种。贾琏见问，忙向靴桶取靴掖内装的俞校：“忙向靴桶取靴掖内装的”——从晋；原“忙取靴桶内靴掖装的”。一个纸摺略节来，蒙戚双：细极！从头至尾，誓不作一笔逸安苟且之笔。看了一看，回道：“妆、蒙戚双：一字一句。蟒、绣、堆、刻丝、弹墨蒙戚双：二字一句。并各色绸绫大小幔子一百二十架，昨日得了八十架，下欠四十架。帘子二百挂，昨日俱得了。外有猩猩毡帘二百挂，金丝藤红漆竹帘二百挂，墨漆竹帘二百挂，五彩线络盘花帘二百挂，每样得了一半，也不过秋天都全了。椅搭、桌围、床裙、杌套，俞校：“杌套”——从甲；原“罩套”。每分一千二百件，也有了。”一面走，一面说。蒙戚双：是极！倏尔青山斜阻。己双：“斜”字细，不必拘定方向。诸钗所居之处，若稻香村、潇湘馆、怡红院、秋爽斋、蘅芜苑等，都相隔不远，究竟只在一隅。然处置得巧妙，使人见其千邱万壑，恍然不知所穷，所谓会心处不在乎远。大抵一山一水一木一石，全在人之穿插布置耳。转过山怀中，隐隐露出一带黄泥筑就矮墙，墙头皆用稻茎掩护。蒙戚双：配的甚好！有几百株杏花，如喷火蒸霞一般。里面数楹茅屋。外面却是桑、榆、槿、柘各色树稚新条，俞校：“树稚新条”——从己、庚、晋、甲；原“树木新条”。随其曲折，编就两溜青篱。篱外山坡之下有一土井，旁有桔槔辘轳之属。下面分畦列亩，佳蔬菜花，漫然无际。己双：阅至此，又笑别部小说中，一万个花园中，皆是牡丹亭、芍药圃、雕栏画栋、琼榭朱楼，略不差别。贾政笑道：“倒是此处有些道理。固然系人力穿凿，此时一见，未免勾引起我归农之意。蒙戚双：极热中偏以冷笔点之，所以为妙。我们且进去歇息歇息。”说毕，方欲进篱门去，忽见路旁有一石碣，亦为留题之备。庚侧：真妙，真新。己双：更恰当。若有悬额之处，或再用镜面石，岂复成文哉？忽想到“石碣”二字，又托出许多郊野气色来，一度（肚）皮千秋（邱）万壑，只在这石碣上。众人笑道：“更妙，更妙！此处若悬匾待题，则田舍家风一洗尽矣。立此一碣，俞校：“立此一碣”——从己、庚、晋、甲；原“立此碣”。又觉生色许多，非范石湖田家之咏不足以尽其妙。”庚侧：赞得

青篱茅舍一洗富贵　峭然孤出尽失天然

是，这个蔑翁有些意思。蒙戚双：客不可不养。贾政道："诸公请题。"众人道："方才世兄有云，'编新不如述旧'。此处古人已道尽矣，莫若直书'杏花村'妙极。"贾政听了，笑向贾珍道："正亏提醒了我。此处都妙极，只是还少一个酒幌。明日竟作一个，不必华丽，就依外面村庄的式样作来，用竹竿挑在树梢。"贾珍答应了，又回道："此处竟还不可养别的雀鸟，只是买些鹅鸭子鸡之类俞校："鹅鸭子鸡之类"——从庚傍改；原"鹅鸭鸡类"。庚本来如原。才都相称了。"俞校："相称了"——从己、庚；原"称了"。贾政与众人都道更妙。贾政又向众人道："'杏花村'固佳，只是犯了正名村名，直待请名俞校："请名"——从己、庚、晋、甲；原"清明"。方可。"众客都道："是呀。如今虚的，便是什么字样好？"大家想着，宝玉却等不得了，蒙戚双：又换一格，方不板。也不等贾政的命，蒙戚双：忘情有趣。便说道："旧诗有云：'红杏梢头挂酒旗'，俞校："酒旗"——从己、庚、晋、甲；原"酒斾"。如今莫若'杏帘在望'蒙戚双：妙在一"在"字。四字。"众人都道："好个'在望'。又暗合'杏花村'意。"宝玉冷笑道蒙戚双：忘情最妙。："村名若用'杏花'二字则俗陋不堪了。又有古人诗云：'柴门临水稻花香'，何不就用'稻香村'俞校："稻香村"——从己、庚、晋、甲；原"稻村"。的妙？"众人听了，一发哄声拍手道妙。贾政一声断喝："无知的孽障！庚眉：爱之至，喜之至，故作此语。作者至此，宁不笑杀？壬午春。你能知道俞校："你能知道"——从己、庚、晋、甲；原"你这孩子能知道"。几个古人，能记得几首熟诗，也敢在老先生前俞校："老先生前"——从己、庚、晋、甲；原"老先生跟前"。卖弄。你方才那些胡说的，不过是试你的清浊，取笑而已。你就认真了。"说着，引人步入茆堂。俞校："茆堂"——从晋、甲；原"苑堂"。里面纸窗木榻，富贵气象一洗皆尽。贾政心中自是欢喜，却瞅宝玉道："此处如何？"众人见问，都忙悄悄的推宝玉，教他说好。宝玉不听人言，便应声道："不及'有凤来仪'多矣。"戚双：公然自定名，妙！贾政听了道："无知的蠢物，你只知朱楼画栋，恶赖富丽为佳，那里知道这清幽气象，终是不读书之过。"宝玉忙答道："老爷教训的固是。但古人常云'天然'二字，不知何意？"众人见宝玉牛心，俞校："宝玉牛心"——从晋；原"宝玉"。都怪他呆痴不改。今见问"天然"二字，众人忙道："别的都明白，为何连'天然'不知？'天然'者，天之自然而有，非人力之所成也。"宝玉道："却又来！此处置一田庄，分明见得人力穿凿扭捏而成。远无邻村，近不负郭，背山山无脉，临水水无源，高无隐寺之塔，下无通市之桥，峭然孤出，似非大观。争似先处有自然之理，得自然之气，虽种竹引泉，亦不伤于穿凿。古人云‘天然图画’四字，正畏非其地而强为地，非其山而强为山，虽百般精而终不相宜。”未及说完，贾政气的喝命：“叉出去！”俞校：“叉出去”——从己、庚、晋；原“出去”。刚出去，又喝命回来，命再题一联。“若不通，一并打嘴。”庚眉：所谓奈何他不得也，呵呵！畸笏。宝玉只得念道：

新涨绿添浣葛处，蒙戚双：采《诗》颂圣最恰当。好云香护采芹人。戚双：采《风》、采《雅》都恰当，然冠冕中又不失香奁格调。

贾政听了，摇头说：“更不好。”一面引人出来，转过山坡，穿花度柳，抚石依泉。过了荼蘼架，再入木香棚，越牡丹亭，度芍药圃，入蔷薇院，出芭蕉坞，盘旋曲折。蒙戚双：略用套语一束，与前顿破格不板。忽闻水声潺湲，泻出石洞，上则萝薜倒垂，下则落花浮荡。蒙戚双：仍是沁芳溪矣，究竟基址不大，全是曲折掩映之巧可知。众人都道：“好景，好景！”贾政道：“诸公题以何名？”众人道：“再不必拟了，恰恰乎是‘武陵源’三个字。”贾政笑道：“又落实了，而且陈旧。”众人笑道：“不然，就用‘秦人旧舍’四字也罢了。”宝玉道：“这越发过露了。‘秦人旧舍’说避乱之意，如何使得！莫若‘蓼汀花溆’四字。”贾政听了，更批胡说。于是要进港洞时，又想起有船无船。贾珍道：“采莲船共四只，座船一只，如今尚未造成。”贾政笑道：“可惜不得入了。”贾珍道：“从上盘道亦可以进去。”说毕，在前导引。大家攀藤抚树过去。只见水上落花愈多，其水愈清，溶溶荡荡，曲折萦纡。池边两行垂柳，杂着桃杏，遮天蔽日，真无一些尘土。忽见柳阴中又露出一条折带朱栏板桥来。戚双：此处才见一朱粉字样，绿柳红桥，此等点缀亦不可少。后文写芦雪广则曰蜂腰板桥，都施之得宜，非一幅死稿也。度过桥去，诸路可通。己双：补四字，细极！不然后文宝钗来往，则将日日爬山越岭矣。记请（清）此处，则知后文宝玉所行常径非此处也。便见一所清凉瓦舍，一色水磨砖墙，清瓦花堵。那大主山所分之脉，蒙戚双：两见大主山，稻香村又云怀中，不写主山，而主山处处映带，连络不断可知矣。皆穿墙而过。蒙戚双：好想。贾政道：

"此处这所房子无味的很。"己双：先故顿此一笔，使后文愈觉生色，未扬先抑之法。盖钗颦对峙有甚难写者。因而步入门时，忽迎面突出插天的大玲珑山石来，四面群绕各式石块，竟把里面所有房屋悉皆遮住。而且一株花木皆无，蒙戚双：更奇妙！只见许多异草，或有牵藤的，或有引蔓的，或垂山巅，或穿石隙，甚至垂檐绕柱，萦砌盘阶，蒙戚双：更妙！或如翠带飘飖，俞校："飘飖"——从己、庚、甲；原"飘飘"。或如金绳盘屈，俞校："盘屈"——从己、庚、晋；原"盘窟"。或实若丹砂，或花如金桂，味芬气馥，非花香之可比。己双：前三处皆还在人意之中，此一处则今古书中未见之工程也。连用几"或"字，是从昌黎《南山诗》中学得。贾政不禁笑道："有趣！蒙戚双：前有"无味"二字，及云"有趣"二字，更觉生色，更觉重大。只是不大认识。"有的说是薜荔藤萝，贾政道："薜荔藤萝不得如此异香。"宝玉道："果然不是。这些之中也有藤萝薜荔。俞校："也有藤萝薜荔"——从己、庚、晋、甲；原"也有薜荔藤萝"。那香的是杜若蘅芜，那一种大约是茝兰，这一种大约是清葛，那一种是金䔲草，俞校："金䔲草"——从己、庚、晋、甲；原"金簦草"。这一种是玉蕗藤，红的自然是紫芸，绿的定是清芷。蒙双：金䔲草，见《字汇》。玉蕗，见《楚辞》。"菎蕗杂于黀蒸"，茝、葛、芸、芷，皆不必注，见者太多。此书中异物太多，有人生之未闻未见者，然实系所有之物，或名差理同者亦有之。想来《离骚》文选等书上所有的那些异草：也有叫作什么俞校："叫作什么"——从己、庚、晋、甲；原"叫做"。藿蒳姜汇俞校："姜汇"——从晋、甲；原"姜荨"。的，也有叫作什么纶组紫绛俞校："叫作什么纶组紫绛"——从己、庚、晋；原"叫做紫纶绛组"。的，还有石帆、水松、扶留等样，蒙戚双：左太冲《吴都赋》。又有叫什么绿荑的，还有什么丹椒、蘼芜、风连。蒙戚双：以上《蜀都赋》。如今年深岁改，俞校："年深岁改"——从己、庚、晋、甲；原"年深岁久"。人不能识，故皆俞校："故皆"——从己、庚、晋、甲；原"皆"。像形夺名，渐渐的唤差了也是有的。"俞校："也是有的"——从己、庚、晋、甲；原"也有的"。蒙戚双：自实注一笔，妙！未及说完，贾政喝道："谁问你来！"蒙戚双：又一样止法。吓的宝玉倒退，不敢再说。贾政因见两边俱是超手游廊，便顺着游廊步入。只见上面五间清厦连着卷棚，俞校："连着卷棚"——从晋、甲；原"儿卷棚"。四面出廊，绿窗油壁，更比前几处清雅不同。贾政叹道："此轩中煮茶操琴，亦不必再焚名香矣。蒙双：前二处，一曰"月下读书"，一曰"勾起归农之意"，此则曰"操琴煮茶"，断语皆妙。此造已出意外，诸公必有佳作新题以颜其额，方不负此。"众人笑道："再莫若'兰风蕙露'贴切了。"贾政道："也只好用这四字。其联若何？"一人道："我倒想了一对，大家批削改正。"念道是：

麝兰芳霭斜阳院，杜若香飘明月洲。

众人道："妙则妙矣，只是'斜阳'二字不妥。"那人道："古人诗云：'蘼芜满院泣斜晖'。"众人道："颓丧，颓丧。"又一人道："我也有一联，诸公评阅评阅。"因念道：

三径香风飘玉蕙，一庭明月照金兰。戚双：此二联皆不过为钓宝玉之饵，不必认真批评。

贾政拈髯沉吟，意欲也题一联。忽抬头见宝玉在旁不敢则声，俞校："不敢则声"——从己、庚、晋；原"不敢啧声"。因喝道："怎么你应说话时，又不说了？还要等人请教你不成！"宝玉听说，便回道："此处并没有什么'兰麝''明月''洲渚'之类，若要这样着迹说起来，就题二百联也不能完。"贾政道："谁按着你的头，叫你必定说这些字样呢！"宝玉道："如此说，匾上则莫如'蘅芷清芬'四字。"对联则是：

吟成荳蔻才犹艳，俞校："才犹艳"——从己、庚；原"诗犹艳"。睡足酴醾梦也香。蒙戚双：实佳。

贾政笑道："这是套的'书成蕉叶文犹绿'，不足为奇。"众客道："李太白'凤凰台'之作全套'黄鹤楼'，只要套得妙。俞校："套得妙"——从己、庚、晋、甲；原"套得好"。庚侧：这一位蔑翁更有意思。如今细评起来，方才这一联，竟比'书成蕉叶'犹觉幽娴活泼。视'书成'之句，竟似套此而来。"贾政笑道："岂有此理。"说着，大家出来。行不多远，则见崇阁巍峨，层楼高起，面面琳宫合抱，迢迢复道萦纡，青松拂檐，玉栏绕砌，金辉兽面，彩焕螭头。贾政道："这是正殿了。蒙戚双：想来此殿在园之正中，按园不是殿方之基，西北一带通贾母卧室后，可知西北一带是多宽出一带来的，诸钗始便于行也。只是太富丽了些。"众人都道："要如此方是。虽然贵妃崇节尚俭，天性恶繁悦朴，庚侧：写出贾妃身分、天性。然今日之尊，礼仪如此，不为过也。"一面说，一面走。只见正面蒙戚双：正面，细。现出一座玉石牌坊来，上面龙蟠螭护，玲珑凿就。贾政道："此处书以何文？"众人道："必是'蓬莱仙境'方妙。"贾政摇头不语。宝玉见了这个所在，心中忽有所动，寻思起来倒像那里曾见过的一般，庚眉：路顺顺逆逆，已成千邱万壑之景，若不有此一段大江截住，直成一盆景矣。作者从何落笔着想！却一时想不起那年月日的事了。蒙双：仍归于葫芦一梦之太虚玄境。贾政又命他作题。宝玉只顾细思前景，全无心于此了。众人不知其意，只当他受了这半日的折磨，精神耗散，才尽词穷了，再要考难逼迫，着了急，或生出事来倒不便。遂忙都劝贾政："罢，罢，明日再题罢了。"贾政心中也怕贾母不放心，蒙戚双：一笔不漏。遂冷笑道："你这畜生也竟有不能之时了。也罢，限你一日。明日若再不能，我定不饶。这是要紧一处，更要好生作来。"说着，引人出来，再一观望。原来自进门起，所行至此，才游了十之五六。己双：总住，妙！伏下后文所补等处。若都入此回写完，不独太繁，使后文冷落，亦且非《石头记》之笔。又值人来回，有雨村处遣人回话。蒙戚双：又一紧，故不能终局也。此处渐渐写雨村亲切，正为后文地步。伏脉千里，横云断岭法。贾政笑道："此数处不能游也。虽如此，到底从那一边出去，纵不能细观，也可稍览。"说着，引客行来，至一大桥前，见水如晶帘一般奔入。原来这桥便是通外河之闸，引泉而入者。己双：写出水源，要紧之极！近之画家着意于山，若不讲水。又造园囿者，惟知弄莽憨顽石壅笨冢，辄谓之景，皆不知水为先着。此园大概一描，处处未尝离水，盖又未写明水之从来，今终补出，精细之至！贾政因问此闸何名。宝玉道："此乃沁芳泉之正源，就名'沁芳闸'。"己双：究竟只一脉，赖人力引道之功，园不易造，景非泛写。贾政道："胡说。偏不用'沁芳'二字。"蒙戚双：此以下皆系文终之馀波，收的方不突。于是一路行来，或清堂茅舍，或堆石为垣，或编花为牖，或山下得幽尼佛寺，或林中藏女道丹房，或长廊曲洞，或方厦圆亭，贾政皆不及进去。己双：伏下栊翠庵、芦雪广、凸碧山庄、凹晶溪馆、暖香坞等诸处，于后文一断一断补之，方得云龙作雨之势。因说半日腿酸，未尝歇息，忽又见前面又露出一所院落来。俞校："一所院落来"——从晋、甲；原"一所院落来了"。庚眉：词（问）卿此居比大荒山若何？贾政笑道："到此可要进去歇息歇息了。"说着，一径引人绕着碧桃花，蒙戚双：怡红院如此写来，用无意之笔，却是极精细文字。穿过一层竹篱花障编就的月洞门。蒙戚双：未写其居，先写其境。俄见粉墙环护，绿柳周垂。蒙戚双：与"万竿修竹"遥映。贾政与众人进去，一入门，两边都是游廊相接。院中点缀几块山石，一边种着几本芭蕉，那一边乃是一棵西府海棠，其势若伞，丝垂翠缕，葩吐丹砂。众人赞道："好花，好花。从来也见过许多海棠，那里有这样妙的。"贾政道："这叫作'女儿棠'，蒙戚双：妙名。乃是外国之种。俗传系出女儿国中，庚侧：出自政老口中，奇特之至！云彼国此种最盛，亦荒唐不经之说罢了。"庚侧：政老应如此语。众人笑道："虽然 俞校："虽然"——意改；原"然虽"。 不经，如何此名传久了？"宝玉道："大约骚人咏士，以此花之色红晕若施脂，轻弱似扶病， 庚眉：十字若海棠有知，必深深谢之。 蒙戚双：体贴的切，故形容的妙！ 大近乎闺阁风度，所以以 俞校："所以以"——从己、庚；原"所以"。 女儿命名。想因被世间俗恶听了，他便以野史纂入为证， 俞校："为证"——从己、庚；原"为诬"。 以俗传俗，以讹传讹，都认真了。" 蒙戚双：不独此花，近之谬传者不少，不能悉道，只借此花数语驳尽。 众人都摇身赞妙。 俞校："摇身赞妙"——从己、庚；原"摇首赞妙"。 一面说话，一面都在廊外抱厦下打就的榻上坐了。 蒙戚双：至阶又至檐，不肯轻易写过。 贾政因问："想几个什么新鲜字来题此？"一客道："'蕉鹤'二字最妙。"又一个道："'崇光泛彩'方妙。"贾政与众人都道："好个'崇光泛彩'！"宝玉也道："妙极。"又叹："只是可惜了。"众人问："如何可惜？"宝玉道："此处蕉棠两植，其意暗蓄'红''绿'二字在内。若只说蕉，则棠无着落；若只说棠，蕉亦无着落。固有蕉无棠不可，有棠无蕉更不可。"贾政道："依你如何？"宝玉道："依我题'红香绿玉'四字，两全其妙。"贾政摇头道："不好，不好。"说着，引人进入房内。只见这几间房内收拾的与别处不同，竟分不出间隔来的。 庚侧：特为青埂峰下凄凉，与别处不同耳。 戚双：新奇希见之法式。 原来四面皆是雕空玲珑木板，或流云百蝠，或岁寒三友，或山水人物，或翎毛花卉，或集锦，或博古， 庚双：花样周全之极！然必用下文者，正是作者无聊，撰出新异笔墨，使观者眼目一新。所谓集小说之大成，游戏笔墨，雕虫之技，无所不备，可谓善戏者矣。又供诸人同同一戏，妙极！ 或卍福卍寿 俞校："卍福卍寿"——从己、庚；原"圖"作"圕"。 蒙双：前金玉篆文是可考正篆，今则从俗花样，真是醒睡魔。其中诗词雅谜以及各种风俗字文，一概不必究，只据此等处便是一绝。 各种花样。皆是名手雕镂，五彩销金嵌宝的。 己双：至此方见一朱彩之处，亦必如此式方可。可笑近之园庭，行动便以粉油从事。 一槅一槅，或有贮书处，或有设鼎处，或安置笔砚处，或供花设瓶、安放盆景处。其槅各式各样，或天圆地方，或葵花蕉叶，或连环半璧。真是花团锦簇，剔透玲珑。倏尔五色纱糊就，竟系小窗；倏尔彩绫轻覆，竟系幽户。 蒙戚双：精工之极！ 且满墙满壁，皆系随依古董玩器之形抠成的槽子。诸如琴、剑、悬瓶、 蒙戚双：悬于壁上之瓶也。 桌屏之类，虽悬于壁，却都是与壁相平的。 戚双：皆系人意想不到，目所未见之文，若云拟编虚想出来，焉能如此？一段极清极细，后文鸳鸯瓶、紫玛瑙碟、西洋酒令、自行船等处，不必细表。 众人都赞："好精致想头！难为怎么想来！" 蒙双：谁不如此赞！ 原来贾政等走了进来，未进两层，便都迷了旧路，左瞧也有门可通，右瞧又有窗暂隔，及到了跟前，又被一架书挡住。回头再走，又有窗纱明透，门径可行，及至门前，忽见迎面也进来一群人，都与自己形相一样，却是玻璃大镜相照。及转过镜去，庚侧：石兄迷否？一发见门子多了。庚侧：所谓投投是道是也。贾珍笑道："老爷，随我来。从这门出去，便是后院。从后院出去，倒比先近了。"说着又转了两层纱厨锦槅，果得一门出去，庚侧：此方便门也。院中满架蔷薇宝相。俞校："宝相"——从己；原"宝玉"。转过花障，则见清溪前阻。蒙戚双：又写水。众人诧异："这股水又是从何而来？"贾珍遥指道："原从那闸起流至那洞口，从东北山坳里引到那村庄里，又开一道岔口引到西南上，共总流到这里，仍旧合在一处，庚侧：于怡红总一园之看，是书中大立意。从那墙下出去。"众人听了，都道："神妙之极。"说着，忽见大山阻路。众人都道："迷了路了。"贾珍笑道："随我来。"乃在前俞校："乃在前"——从己、甲；原"仍在前"。导引。众人随他直由山脚边忽一转，便是平坦宽阔大路，庚侧：众善归缘，自然有平坦大道。豁然大门前见。蒙戚双：可见前进来是小路径，此云忽一转，便是平坦宽阔之正甬路也，细极！众人都道："有趣，有趣，庚眉：以上可当《大观园记》。真搜神夺巧之至。"俞校："搜神夺巧之至"——从庚傍改（"之"傍添）；原"搜神夺巧"。于是大家出来。

那宝玉一心只记挂着里边，又不见贾政吩咐，少不得跟到书房。贾政忽想起他来，方喝道："你还不去！难道还逛不足！庚侧：冤哉，冤哉！也不想逛了这半日，老太太必悬挂着。快进去。疼你也白疼了！"蒙戚双：如此去法，大家严父风范，无家法者不知。宝玉听说，方退了出来。俞校："退了出来"——从己、庚不分回；原下有"下回分解"，本回至此为止，十八回回目作"庆元宵贾元春归省，助情人林黛玉传诗"。按：第十七回戚回后：好将富贵回头看，总有文章如意难。零落机缘君记去，黄金万斗大观摊。第十八回蒙戚回前：一物珍藏见至情，豪华每向闹中争。黛林宝薛传佳句，豪宴仙缘留趣名。为剪荷包绾两意，屈从优女结三生。可怜转眼皆虚话，云自飘飘月自明。至院外，俞校："至院外"——从己、庚、晋；原"却说宝玉来至院外"。就有跟贾政的几个小厮上来拦腰抱住，都说："今儿亏我们，老爷才喜欢，老太太打发人出来问了几遍，都亏我们回说喜欢；庚侧：下人口气毕肖。不然，若老太太叫你进去，就不得展才了。人人都说，你才那些诗比世人的俞校："比世人的"——从己、庚；原"比是人的"。都强。今儿得了这样的彩头，该赏我们了。"俞校："赏我们了"——从己、庚、晋、甲；原"赏我们"。宝玉笑道："每人俞校："每人"——从己、庚、晋、甲；原"每一人"。一吊钱。"众人道："谁没见那一吊钱！庚侧：钱亦有没用处。把这荷包赏了罢。"说着，一个上来解荷包，那一个解扇囊，不容分说，将宝玉所佩之物尽行解去。又道："好生送上去罢。"一个抱了起来，几个围绕，（庚侧：好收煞。）送至贾母二门前。那时贾母已命人看了几次。众奶娘丫鬟跟上，见过贾母。知不曾难为着他，心中自是欢喜。少时袭人倒了茶来，见身边佩物一件无存，（庚侧：袭人在玉兄一身无时不照察到。）因笑道："带的东西又是那起没脸的东西们解了去了。"林黛玉听说，走来瞧瞧，果然一件无存，因向宝玉道："我给的那个荷包也给他们了！（庚侧：又起楼阁。）你明儿再想我的东西，可不能够了。"说毕，赌气回房，将前日宝玉所烦他作的那个香袋儿——才做了一半——赌气拿过来就铰。宝玉见他生气，便知不妥，忙赶过来，早剪破了。宝玉已见过这香囊，虽尚未完，却十分精巧，费了许多工夫。今见无故剪了，却也可气。因忙把衣领解了，从里面（俞校："从里面"——从晋；原"从里"。）红袄襟上将黛玉所给的那荷包解了下来，递与黛玉瞧道："你瞧瞧，这是什么！我那一回把你的东西给人了！"林黛玉见他如此珍重，带在里面，（己双：按理论之，则是"天下本无事，庸人自扰之"。若以儿女子之情论之，则事必有之，事必有之，理又系古今小说中不能写到写得，谈情者亦不能说出讲出，情痴之至文也！）可知是怕人拿去之意，因此又自悔莽撞，未见皂白就剪了香袋，（己双：情痴之至！若无此悔，便是一庸俗小性之女子矣。）因此又愧又气，低头一言不发。宝玉道："你也不用铰。（俞校："不用铰"——从庚傍改（"剪"改"铰"）；原"不用剪"。）我知道你是懒待给我东西，我连这荷包奉还何如？"说着，掷向他怀中便走。（蒙戚双：这却难怪。）黛玉见如此，越发气起来，声咽气堵，又汪汪的滚下泪来，（蒙戚双：怒之极正是情之极。）拿起荷包来又剪。宝玉见他如此，忙回身抢住，笑道："好妹妹，饶了他罢。"（蒙戚双：这方是宝玉。）黛玉将剪子一摔，拭泪说道："你不用同我好一阵歹一阵的。要恼，就撂开手。这当了什么！"说着，赌气上床，面向里倒下拭泪。禁不住宝玉上来，妹妹长妹妹短，赔不是。前面贾母一片声找宝玉。众奶娘丫鬟们忙回说："在林姑娘房里呢。"贾母听说，道："好，好，好！让他姊妹们一处玩玩罢。才他老子拘了他这半天，让他开心一会子罢。（俞校："一会子罢"——从己、庚、晋、甲；原"一会子"。）只别叫他们拌嘴。不许扭了他。"众人答应着。黛玉被宝玉缠不过，只得起来道："你的意思，不叫我安生，我就离了你。"说着，往外就走。宝玉笑道："你到那里，我跟到那里。"一面仍拿起荷包来带上。黛玉伸手抢道："你说不要了，这会子又带上，我也替你怪臊的。"说着，嗤的一声又笑了。宝玉道："好妹妹，明儿另替我作个香袋儿罢。"黛玉道："那也只瞧我高兴罢了。"一面说，一面二人出房，到王夫人上房中去了，蒙戚双：一段点过二玉公案，不可少。可巧宝钗亦在那里。

此时王夫人那边热闹非常。俞校："热闹非常"——从己、庚、晋、甲；原"闹热非常"。 蒙戚双：四字特补近日千忙万冗，多少花团锦簇文字。原来贾蔷已从姑苏采买了十二个女孩子，并聘了教习，以及行头等事来了。那时薛姨妈另迁于东北上一所幽静房舍居住，将梨香院早已腾挪出来，另行修理了，就令教习在此教演女戏。又另派家中旧有曾演学过歌唱的女人们——如今皆已皤然老妪了——蒙戚双：又补出当日宁荣在世之事，所谓此是末世之事也。着他们带领管理。就令贾蔷总理其日用出入银钱等事，以及诸凡大小所需之物料账目。蒙戚双：补出女戏一段，又伏一案。 靖眉："孙策[以]天下为三分，众才一旅；项籍用江东之子弟，人惟八千。遂乃分裂山河，宰割天下。岂有百万义师，一朝卷申（甲），芟夷斩伐，如草木焉！江淮无涯岸之阻，亭壁无藩篱之固。头会箕敛者，合从缔交；锄耰棘矜者，因利乘便。将非江表王气，终于三百年乎？是知并吞六合，不免帜（轵）道之灾；混一车书，无救平阳之祸。呜呼！山岳崩颓，既履危亡之运；春秋迭代，不免去故之悲。天意人事，可以凄沧（怆）伤心者矣！"大族之败，必不致如此之速，特以子孙不肖，招接匪类，不知创业之艰难。当知"瞬息荣华，暂时欢乐"，无异于"烈火烹油，鲜花着锦"，岂得久乎？戊子孟夏，读虞（庾）子山文集，因将数语系此。后世子孙，其毋慢忽之。又有林之孝[家的]俞校："林之孝家的"——原无"家的"，依下文增。来回："采访聘买得十二个俞校："十二个"——从晋、甲；原"十个"。小尼姑、小道姑都有了，连新作的二十[四]分俞校："二十[四]分"——原"二十分"，意改。道袍也有了。外有一个带发修行的，本是苏州人氏，祖上也是读书仕宦之家。因生了这位姑娘自小多病，买了许多替身儿俞校："替身儿"——原"替生儿"；晋、甲"替身"。今改"替身儿"。皆不中用，足的俞校："足的"——从己、庚；原"促的"。这位姑娘亲自入了空门，方才好了，所以带发修行。今年才十八岁，法名妙玉。己双：妙卿出现。至此细数十二钗，以贾家四艳再加薛林二冠有六，去秦可卿有七，再凤有八，李纨有九，今又加妙玉仅得十人矣。后有史湘云与熙凤（凤）之女巧姐儿者共十二人，雪芹题曰《金陵十二钗》，盖本宗《红楼梦》十二曲之义。后宝琴、岫烟、李纹、李绮皆陪客也，《红楼梦》中所谓副十二钗是也。又有又副删（册）三断词，乃晴雯、袭人、香菱三人而已，馀未多及，想为金玔（钏）、玉玔（钏）、鸳央（鸳鸯）、苗云（茜雪）、平儿等人无疑矣。观者不待言可知，故不必多费笔墨。 庚眉：妙玉，世外人也，故笔笔带写，妙极，妥极！畸笏。 庚眉：树（榭）处引十二钗总未的确，皆系漫拟也。至末回"警幻情榜"，方知正、副、再副及三四副芳讳。壬午季春，畸笏。 靖眉：前处（须）十二钗总未的确，皆是慢终（漫拟）也。至来（末）回"警幻[情]榜"，始知情正、副、再副，乃三四副芳讳。壬午季春。如今父母俱已亡故，俞校："亡故"——从己、庚、晋、甲；原"亡过"。身边只有两个老嬷嬷、一个小丫头伏侍。文墨也极通，经文也不用学了，模样儿又极好。因听见长安都中有观音遗迹并贝叶遗文，去岁随了师父上来，蒙戚双：因此方使妙卿入都。现在西门外牟尼庵住着。俞校："住着"——从己、庚、晋、甲；原"住"。

他师父极精演先天神数，于去冬圆寂了。妙玉本欲扶灵回乡的，他师父临寂遗言，说他衣食起居不宜回乡，在此静居，后来自有你的结果，所以他竟未回。”王夫人不等回完，便说：“既这样，我们何不接了他来。”林之孝家的回道：“请他，他说：‘侯门公府必以贵势压人，我再不去的。’”蒙双：补出妙卿身世不凡，心性高洁。王夫人笑道：“他既是官宦小姐，自然骄傲些，就下个帖子请他何妨。”林之孝家的答应了出去，命书启相公写请帖去请妙玉。次日遣人备车轿去接等后话俞校：“去接等后话”——从己、庚；原“去接迎，后话”。暂且搁过，此时不能表白。己眉：“不能表白”后是第十八回的起头。蒙戚双：补尼道一段，又伏一案。当下又有人回，工程上等着糊东西的纱绫，请凤姐去开楼拣纱绫。又有人来回，俞校：“有人来回”——从己、庚、晋、甲；原“有人回”。请凤姐开库，收金银器皿。连王夫人并上房丫鬟等众，皆一时不得闲的。宝钗便说：“咱们别在这里碍手碍脚，找探丫头去。”说着，同宝玉、黛玉往迎春等房中来闲玩，无话。

王夫人等日日忙乱，直到十月将尽，幸皆全备。各处监管都交清账目；俞校：“交清账目”——从晋、甲；原“清账目”。各处古董文玩皆已陈设齐备；采办鸟雀的，自仙鹤、孔雀以及鹿、兔、鸡、鹅等类悉已买全，交于园中各处像景饲养；贾蔷那边也演出二十出杂戏来；小尼姑、道姑也都学念会了几卷经咒。贾政方略心意宽畅，蒙双：好极！可见智者居心无一时弛息。又请贾母等进园，色色斟酌，点缀妥当，再无一些遗漏不当之处了。于是贾政方择日题本。己双：至此方完大观园工程公案，观者则为大观园费尽精神，余则为若许笔墨，却只因一个葬花冢。本上之日，奉朱批准奏：次年正月十五上元之日，恩准贾妃省亲。贾府领了此恩旨，一发日夜俞校：“日夜”——从晋、甲；原“昼夜”。不闲，年也不曾好生过的。己双：一语带过。是以“岁首祭宗祀，元宵开家宴”一回留在后文细写。

展眼俞校：“展眼”——从己、庚；原“转眼”。元宵在迩，自正月初八日就有太监出来先看方向：何处更衣，何处燕坐，何处受礼，何处开宴，何处退息。又有巡察地方总理关防太监等带了许多小太监出来，各处关防，挡围幕；指示贾宅人员何处退，何处跪，何处进膳，何处启事，种种仪注不一。外面又有工部官员并五城兵备道打扫街道，撵逐闲

体仁沐德贾妃归省　工整肃穆阖府迎驾

人。贾赦等督率匠人扎花灯烟火之类，至十四日俱已停妥。这一夜上下通不曾睡。至十五日五鼓，自贾母等有爵者，按品服大妆，园内各处，帐舞蟠龙，帘飞彩凤，金银焕彩，珠宝争辉，（戚双：是元宵之夕，不写灯月而灯光月色满纸矣。）鼎焚百合之香，瓶插长春之蕊，（己双：抵一篇大赋。）静悄悄（俞校："静悄悄"——从甲；原"静悄"。）无人咳嗽。（蒙戚双：有此句方足。）贾赦等在西街门外，贾母等在荣府大门外，街头巷口俱系围帐幕挡严。正等的不耐烦，（俞校："耐烦"——从晋；原"不奈烦"。）忽一太监坐大马（俞校："坐大马"——从己、庚、晋；原"骑大马"。）而来。（蒙戚双：有是礼。）贾母忙接入，问其消息。太监道："早多着呢。未初刻用过晚膳，未正二刻还到宝灵宫拜佛，（蒙戚双：暗贴王夫人，细。）酉初刻进大明宫领宴看灯方请旨，只怕戌初才起身呢。"凤姐听了道："既这么着，老太太、太太且请回房，（庚侧：自然当家人先说话。）等是时候再来也不迟。"于是贾母等暂且自便，园中悉赖凤姐照理。又命各执事人带领太监们去吃酒饭。（俞校："去吃酒饭"——从己、庚、晋；原"用酒饭"。）一时传人一担一担的挑进蜡烛来，各处点灯。方点完时，忽听外边马跑之声。（蒙双：静极故闻之，细极。）一时，又十来个太监都喘吁吁跑来拍手儿。（蒙戚双：神异！画出内家风范。《石头记》最难之处，别书中摸不着。）这些太监会意，（庚侧：难（难）得他[写]的出，是经至（过）之人也。）都知道是来了，（俞校："是来了"——从晋、甲；原"说来了来了"。）各按方向站住。贾赦领合族子侄在西街门外，贾母领合族女眷在大门外迎接。半日静悄悄的。忽见一对红衣太监骑马缓缓的走来，（蒙戚双：形容毕肖。）至西街门下了马，将马赶出围幙（俞校："围幙"——从己、庚、晋、甲；原"围帐"。）之外，便垂手面西站住。（蒙戚双：形容毕肖。）半日，又是一对，亦是如此。少时便来了十来对，方闻得隐隐细乐之声。一对对龙旌凤翣，雉羽夔头，又有销金提炉，焚着御香，然后一把曲柄七凤黄金伞过来，便是冠袍带履。又有值事太监捧着香珠、绣帕、漱盂、拂尘（俞校："拂尘"——从己、庚、晋、甲；原"扫尘"。）等类。一队队过完，后面方是八个太监抬着一顶金顶（俞校："金顶"——从己、庚、晋、甲；原无。）金黄绣凤版舆，缓缓行来。贾母等连忙路旁跪下。（庚侧：一丝不乱。）早飞跑过几个太监来扶起贾母、邢夫人、王夫人。（俞校："贾母、邢夫人、王夫人"——从己、庚；原"并邢王两夫人来"。）那版舆抬进大门，入仪门往东去，（俞校："往东去"——从己、庚；原"东去"。）到一所院落门前，有执拂太监跪请下舆更衣，于是抬舆入门，太监等散去，只有昭容彩嫔等引领元春下舆。只见院内各色花灯烔灼，俞校：“烔灼”——从晋、甲；原“烂灼”。庚侧：元春目中。皆系纱绫扎成，精致非常。上面有一匾灯，写着“体仁沐德”四字。元春入室更衣毕，复出上舆进园。只见园中香烟缭绕，花彩缤纷，处处灯光相映，俞校：“灯光相映”——从己、庚、晋、甲；原“灯花相映”。时时细乐声喧，说不尽这太平气象，富贵风流。此时自己回想当初在大荒山中，青埂峰下，那等凄凉寂寞，若不亏癞僧跛道二人携来到此，又安得能见这般世面。本欲作一篇《灯月赋》《省亲颂》，以志今日之事，但又恐入了别书的俗套。按此时之景，即作一赋一赞也不能形容得尽其妙；即不作赋赞，其豪华富丽，观者诸公亦可想而知矣。所以倒是省了这工夫纸墨，且说正经为是。

庚眉：如此繁华盛极、花团锦簇之文，忽用石兄自语截住，是何笔力！令人安得不拍案叫绝。是（试）阅历来诸小说中，有如此章法乎？　蒙戚双：自“此时”以下皆石头之语，真是千奇百怪之文。

且说贾妃在轿内看此园内外如此豪华，因默默叹息奢华过费。忽又见执拂太监跪请登舟，贾妃乃下舆。只见清流一带，势如游龙，两边石栏上皆系水晶玻璃各色风灯，点的如银光雪浪。俞校：“银光雪浪”——从己、庚、晋、甲；原“银花雪浪”。上面柳杏诸树虽无花叶，然皆用通草绸绫纸绢依势作成，粘于枝上的，每一株悬灯数盏。更兼池中荷荇凫鹭之属亦皆系螺蚌羽毛之类作就的：诸灯上下争辉，真系玻璃世界，珠宝乾坤。船上亦系各种精致盆景诸灯，珠帘绣幕，桂楫兰桡，自不必说。已而入一石港，港上俞校：“港上”——从己、庚、晋、甲；原“洞，洞上”。一面匾灯，明现着“蓼汀花溆”四字。按此四字并“有凤来仪”等处，皆系上回贾政偶然一试宝玉之课艺才情耳，何今日认真用此匾联？庚眉：驳得好！况贾政世代诗书，来往诸客屏侍座陪者，悉皆才技之流，岂无一名手题撰，竟用小儿一戏之辞苟且唐塞，真似暴发新荣之家，滥使银钱，一味抹油涂朱毕，则大书“前门绿柳垂金锁，后户青山列锦屏”之类，则以为大雅可观，庚眉：《石头记》贯（惯）用特犯不犯之笔，真令人惊心骇目读之。岂《石头记》中通部所表之宁荣贾府所为哉！据此论之，竟大相矛盾了。诸公不知，待蠢物将原委说明，大家方知。蒙戚双：石兄自谦，妙！可代答云：岂敢。当日这贾妃未入宫时，自幼亦系贾母教养。后来添了宝玉，贾妃乃长姊，宝玉为弱弟，贾妃每上念母年将迈，始得此弟，是以怜爱宝玉，与诸弟待之不同。且同随祖母，俞校：“同随祖母”——从己、庚；原“伺随祖母”。刻未暂离。那宝玉未入学堂之先，三四岁时已得贾妃手引口传，庚侧：批书人领至（过）此教，故批至此竟放声大哭，俺先姊先（仙）逝太早，不然余何得为废人耶？教授了几本书，数千字在腹内了。其名分虽系姊弟，其情形有如母子。俞校：“有如母子”——从己、庚；原“犹如母子”。自入宫后，时时带信出来与父母说：千万好生扶养，不严不能成器，过严恐生不虞，且致父母之忧。眷念切爱之心刻未能忘。前日贾政闻塾师背后赞宝玉偏才尽有，贾政未信，适巧遇园已落成，令其题撰，聊一试其情思之清浊。其所拟之匾联虽非妙句，在幼童为之，亦或可取。即另使名公大笔为之，固不费难，然想来倒不如这本家风味有趣。庚侧：转得好。更使贾妃见之，知系其爱弟所为，亦或不负其素日切望之意。庚侧：有是论。蒙戚双：一驳一解，跌宕摇曳之至，且写得父母兄弟体贴恋爱之情，淋漓痛切，真是天伦至情。因有这段原委，故此竟用了宝玉所题之联额。那日虽未曾题完，后来亦曾补拟。蒙戚双：一句补前文之不暇，启后文苗裔。至后文凹晶馆黛玉口中又一补，所谓“一击空谷，八方皆应”。

闲文少述，且说贾妃看了四字，笑道：“‘花溆’二字便妥，何必‘蓼汀’。”侍座太监听了，忙下小舟登岸，飞传与贾政。贾政听了，即忙移换。己双：每的周到可悦。一时，舟临内岸，复弃舟上舆，便见琳宫绰约，桂殿巍峨。石牌坊上明显“天仙宝镜”四大字，蒙戚双：不得不用俗。贾妃忙命换“省亲别墅”四字。蒙戚双：妙！是特留此四字与彼自命。于是进入行宫。但见庭燎烧空，己双：庭燎最恰。香屑布地，火树琪花，金窗玉槛。说不尽帘卷虾须，毯铺鱼獭，鼎飘麝脑之香，屏列雉尾之扇：真是：

金门玉户神仙府，桂殿兰宫妃子家。

贾妃看罢，乃问：“此殿何无匾额？”随侍太监跪启曰：“此系正殿，外臣未敢擅拟。”贾妃点头不语。礼仪太监跪请升座受礼，两阶俞校：“两阶”——从晋、甲；原“两陛”。乐起。礼仪太监二人引贾赦等于月台下排班，殿上昭容传谕曰：“免。”太监引贾赦等退出。又有太监引荣国太君及

画舫击水流翻雪浪　明灯焕彩夜争辉煌

女眷等自东阶升月台上排班，蒙戚双：一丝不乱，精致大方。有如欧阳公九九。昭容再传谕曰：“免。”于是引退。茶已三献，贾妃降座，乐止。退入侧殿更衣，方备省亲车驾出园。至贾母正室，欲行家礼。贾母等俱跪止不迭。贾妃满眼垂泪，方彼此上前厮见，一手搀贾母，一手搀王夫人，三个人满心里皆有许多话，只是俱说不出，只管呜咽对泣。庚眉：非经历过如何写得出！壬午春。蒙双：《石头记》得力擅长全是此等地方。邢夫人、李纨、王熙凤、迎、探、惜三姊妹等俱在旁围绕，垂泪无言。半日，贾妃方忍悲强笑，安慰贾母、王夫人道：“当日既送我到那不得见人的去处，好容易今日回家娘儿们一会，不说说笑笑反倒哭起来。一会子我去了，又不知多早晚才来。”说到这句，不禁又哽咽起来。蒙戚双：追魂摄魄，《石头记》传神摸影全在此等地方，他书中不得有此见识。邢夫人等忙上来解劝。己双：说完不可，不先说不可，说之不痛不可，最难说者是此时贾妃口中之语。只如此一说，万（方）千贴万妥，一字不可更改，一字不可增减，入情入神之至！贾母等让贾妃归座，又逐次一一见过，又不免哭泣一番。然后东西府掌家执事人丁在厅外行礼，及两府掌家执事媳妇领丫鬟等行礼毕。贾妃因问薛姨妈，宝钗、黛玉因何不见。晋双：谅前信息皆知，故有此问。王夫人启曰：“外眷无职，未敢擅入。”戚双：所谓诗书世家，守礼如此。偏是暴发，骄妄自大。贾妃听了，忙命快请。蒙戚双：又谦之如此，真是世界好人物。一时，薛姨妈等进来，欲行国礼，亦命免过，上前各叙阔别寒温。又有贾妃原带进宫去的丫鬟抱琴等上来叩见，己双：前所谓贾家四钗之外（鬟），暗以琴棋书画排行，至此始全。贾母等连忙扶起，命人别室款待。执事太监及彩嫔昭容各侍从人等，宁国府及贾赦那宅俞校：“贾赦那宅”——从己、庚、晋、甲；原“贾赦宅”。两处自有人款待，只留三四个小太监答应。母女姊妹深叙些离别情景及家务私情。蒙戚双：“深”字妙！又有贾政至帘外问安，贾妃垂帘行参等事。又隔帘含泪谓其父曰：“田舍之家，虽齑盐布帛，终能聚天伦之乐；今虽富贵已极，骨肉各方，然终无意趣。”贾政亦含泪启道：“臣，草莽寒门，鸠群鸦属之中，岂意得征凤鸾之瑞。庚侧：此语犹在耳。今贵人上锡天恩，俞校：“上锡天恩”——从己、庚、晋、甲；原“上沐天恩”。下昭祖德，此皆山川日月之精奇、祖宗之遗德钟于一人，幸及政夫妇。且今上启天地生物之大德，垂古今未有之旷恩，虽肝脑涂地，臣子岂能得报于万一。惟朝乾夕惕，忠于厥职外，愿我君俞校：“我君”——从己、庚；原“我后”。万寿千秋，乃天下苍生之同幸也。贵妃切勿以（俞校："切勿以"——从甲；原"窃勿以"。）政夫妇残年（俞校："残年"——从晋、甲；原"残黎"。）为念，懑愤金怀，更祈自加珍爱。惟业业兢兢，勤慎恭肃以侍上殿，不负上体贴眷爱如此之隆恩也。"贾妃亦嘱只以国事为重，暇时保养，切勿记念等语。贾政又启："园中所有亭台轩馆皆系宝玉所题，如果有一二稍可寓目者，请别赐名为幸。"元妃听了宝玉能题，便含笑说："果进益了。"（俞校："果进益了"——从己、庚、晋、甲；原"进益了"。）贾政退出。贾妃见宝林二人一发比别姊妹不同，真是娇花软玉一般。因问："宝玉为何不进见？"（蒙戚双：至此方出宝玉。）贾母乃启："无谕，外男不敢擅入。"元妃命快引进来。小太监出去引宝玉进来，先行国礼毕。元妃命他近前，携手拦于怀内，（庚侧：作书人将批书人哭坏了。）又抚其头颈，笑道："比先竟长了好些。"一语未终，泪如雨下。（己双：只此一句，便补足前面许多文字。）尤氏、凤姐等上来启道："筵宴齐备，请贵妃游幸。"元妃起身，（俞校："元妃起身"——从晋、甲；原"元妃等起身"。）命宝玉导引，遂同诸人步至园门前。早见灯光火树之中，诸般罗列非常。进园来先从"有凤来仪""红香绿玉""杏帘在望""蘅芷清芬"等处，登楼步阁，涉水缘山，百般眺览徘徊。一处处铺陈不一，一桩桩点缀新奇。贾妃极加奖赞，又劝以后不可太奢，此皆过分之极。已而至正殿，谕免礼归座。大开筵宴，贾母等在下相陪，尤氏、李纨、凤姐等亲捧羹把盏。元妃乃命传笔砚伺候，亲搦湘管，择其几处最喜者赐名，按其书云：

顾恩思义（匾额）

天地启宏慈，赤子苍头同感戴。

古今垂旷典，九州万国被恩荣。（此一匾一联书于正殿）（己庚：是贵妃口气。）

大观园（园之名）

有凤来仪赐名曰潇湘馆。

红香绿玉改怡红快绿（即名曰怡红院）。

蘅芷清芬赐名曰蘅芜苑。

杏帘在望赐名曰浣葛山庄。

正楼曰“大观楼”。东面飞楼曰“缀锦阁”。西面斜楼曰“含芳阁”。更有“蓼风轩”“藕香榭”蒙戚双：雅而新。“紫菱洲”“荇叶渚”等名。又有四字的匾额十数个：诸如“梨花春雨”“桐剪秋风”“荻芦夜雪”等名，此时悉难全记。蒙双：故意留下秋爽斋、凸碧山堂、凹晶溪馆、暖香坞等处，为后文另换眼目之地步。又命旧有匾联，俞校：“旧有匾联”——从己、庚、晋、甲；原“旧有匾”。俱不必摘去。于是先题一绝云：

衔山抱水建来精，多少工夫筑始成。
天上人间诸景备，芳园应锡大观名。己双：诗却平平，盖彼不长于此也，故只如此。

写毕，向诸姊妹笑道：“我素乏捷才，不长于吟咏，妹辈素所深知。今夜聊以塞责，不负斯景而已。异日少暇，必补撰《大观园记》并《省亲颂》等文，以记今日之事。妹辈亦各题一匾一诗，随才之长短，亦暂吟成，不可因我微才所缚。且喜宝玉竟知题咏，是我意外之想。此中‘潇湘馆’‘蘅芜苑’二处，我所极爱；次之‘怡红院’‘浣葛山庄’。此四大处必别有章句题咏方妙。前所题之联虽佳，如今再各赋五言律一首，使我当面试过，方不负我自幼教授之苦心。”宝玉只得答应了下来，自去构思。迎、探、惜三人之中，要算探春又出于姊妹之上，然自忖亦难与薛林争衡，俞校：“争衡”——从己、庚、晋、甲；原“争”。己双：只一语便写出宝代（黛）二人，又写出探卿知己知彼，伏下后文多少地步。只得勉强随众塞责而已。李纨也勉强凑成一律。蒙戚双：不表薛林可知。贾妃先挨次看姊妹们的，写道是：

旷性怡情（匾额）　　迎　春

园成景备特精奇，奉命羞题额旷怡。
谁信世间有此境，游来宁不畅神思。

万象争辉（匾额）　　**探　春**

名园筑出势巍巍，奉命偏惭学浅微。

精妙一时言不出，果然万物生光辉。俞校："万物生光辉"——从庚、晋；原"万象耀光辉"。

文章造化（匾额）　　**惜　春**

山水横拖千里外，楼台高起五云中。

园修日月光辉里，景夺文章造化功。蒙戚双：使牵强。三首之中，还算探卿略有作意，故后又写出许多意外妙文。

文采风流（匾额）　　**李　纨**

秀水明山抱复回，风流文采胜蓬莱。蒙双：起妙！

绿裁歌扇迷芳草，红衬湘裙舞落梅。蒙戚双：凑成。

珠玉自应传盛世，神仙何幸下瑶台。

名园一自邀游赏，未许凡人到此来。蒙戚双：此四诗列于前，正为滃托下韵也。

凝晖钟瑞（匾额）己双：便有含蓄。　**薛宝钗**

芳园筑向帝城西，华日祥云笼罩奇。

高柳喜迁莺出谷，修篁俞校："修篁"——从己、庚、晋、甲；原"脩篁"。时待凤来仪。蒙双：恰极！

文风已著宸游夕，孝道应隆归省时。

睿藻仙才盈彩笔，自惭何敢再为辞。己双：好诗！此不过颂圣应酬耳，犹未见长，以后渐知。

世外仙源（匾额）己双：落想便不与人同。　**林黛玉**

名园筑何处，仙境别红尘。

借得山川秀，添来景物新。蒙戚双：所谓"信手拈来无不是"，阿颦自是一种心思。

香融金谷酒，花媚玉堂人。

何幸邀恩宠，宫车过往频。戚双：末二首是应制诗。余谓宝、黛此作未见长，何也？盖后文别有惊人之句也。在宝卿有生不屑为此，在黛卿实不足一为。

贾妃看毕，称赏一番，又笑道："终是薛林二妹之作与众不同，非愚姊妹可同列者。"原来林黛玉安心今夜大展奇才，将众人压倒，蒙戚双：这却何必，然尤物方如此。不想贾妃只命一匾一咏，倒不好违谕多作，只胡乱作一首五言律应景罢了。蒙戚双：请看前诗，却云是胡乱应景。彼时宝玉尚未作完，只刚作了"潇湘馆"与"蘅芜苑"二首，正作"怡红院"一首，起草内有"绿玉春犹卷”一句。宝钗转眼瞥见，便趁众人不理论，急忙回身悄推道：“他（蒙戚双：此“他”字指贾妃。）因不喜‘红香绿玉’四字，改了‘怡红快绿’，（庚眉：这样章法，又是不曾见过的。）你这会子偏用‘绿玉’二字，岂不是有意和他争驰了。况且蕉叶之说也颇多，再想一个字改了罢。”宝玉见宝钗如此说，便拭汗道（己双：想见其构思之苦，方是至情。最厌近之小说中满纸“神童”“天分”等语。）：“我这会子总想不起什么典故出处来。”宝钗笑道：“你只把‘绿玉’的‘玉’字改作‘蜡’字就是了。”宝玉道：“‘绿蜡’可有出处？”（庚侧：好极！）宝钗见问，悄悄的咂嘴点头笑道（庚侧：媚极！韵极！）：“亏你今夜不过如此，将来金殿对策，你大约连‘赵钱孙李’都忘了呢！（戚双：有得宝卿奚落，但就谓宝卿无情，只是较阿颦施之特正耳。）（庚眉：如此穿插安得不令人拍案叫绝！壬午季春。）唐钱珝咏芭蕉诗头一句：‘冷烛无烟绿蜡干’，你都忘了不成？”（戚双：此等处便用硬证实处，最是大力量，但不知是何心思，是从何落想，穿插到如此玲珑锦绣地步！）（晋双：乃翁前何多敏捷，今见乃姐何反迟钝，未免怯才，拘紧人所必有耳。）宝玉听了，不觉洞开心臆，笑道：“该死，该死！现成眼前之物偏倒想不起来，真可谓‘一字师’了。从此后我只叫你师父，再不叫姐姐（俞校：“姐姐”——从己、庚、晋、甲；原“姊姊”。本回下同。）了。”宝钗亦悄悄的笑道：“还不快作上去，只管姐姐妹妹的。谁是你姐姐，那上头穿黄袍的（俞校：“穿黄袍的”——从晋；原“穿黄袍”。）才是你姐姐，你又认我这姐姐来了。”一面说笑，因说笑又怕他（俞校：“又怕他”——从庚；原“却又怕他”。）耽延工夫，遂抽身走开了。（蒙戚双：一段忙中闲文，已是好看之极，出人意外。）宝玉只得续成，共有了三首。此时林黛玉未得展其抱负，自是不快。因见宝玉独作四律，大费神思，何不代他作两首，也省他些精神不到之处。（庚眉：偏又写一样，是何心意构思而得？畸笏。）（蒙戚双：写黛卿之情思，待宝玉却又如此，是与前文特犯不犯之处。）想着，便也走至宝玉案旁，（俞校：“案旁”——从己、庚；原“前”。）悄问可都有了。宝玉道：“才有了（俞校：“才有了”——从己、庚；原“才有”。）三首，只少‘杏帘在望’一首了。”黛玉道：“既如此，你只抄录前三首罢。趁你写完那三首，我也替你作出这首了。”说毕，低头一想，早已吟成一律，（庚双：瞧他写阿颦只如此，便妙极。）便写在纸条上，搓成个团子，掷在他眼前。（庚眉：纸条送迭系应童生秘诀，代（黛）卿自何处学得？一笑。丁亥春。）（晋双：姐姐做试官，尚用枪手，难怪世间之代倩多耳。）宝玉打开一看，只觉此首（俞校：“只觉此首”——从己、庚；原无。）比自己所作的三首高过十倍，真是喜出望外，（蒙戚双：这等文字亦是观书者望外之想。）遂忙恭楷呈上。贾妃看道：

庆归省荣府开筵宴　记盛景群芳展才藻

有凤来仪　臣宝玉谨题

秀玉初成实，堪宜待凤凰。己双：起便拿得住。

竿竿青欲滴，个个绿生凉。

迸砌妨阶水，穿帘碍鼎香。蒙戚双：妙句！古云："竹密何妨水过？"今偏翻案。

莫摇清碎影，好梦昼初长。

蘅芷清芬

蘅芜满净苑，俞校："满净苑"——从己、庚；原"满净院"。萝薜助芬芳。蒙戚双："助"字妙！通部书所以皆善练字。

软衬三春草，柔拖一缕香。戚双：刻画入妙。

轻烟迷曲径，冷翠滴回廊。蒙戚双：甜脆满颊。

谁谓池塘曲，谢家幽梦长。

怡红快绿

深庭长日静，两两出婵娟。庚双：双起双敲，读此首始信前云"有蕉无棠不可，有棠无蕉更不可"等批，非泛泛妄批驳他人，到自己身上则无能为之论也。

绿蜡己双：本是"玉"字，此遵宝卿改，似较"玉"字佳。蒙戚双：是蕉。春犹卷，红妆夜未眠。蒙戚双：是海棠。

凭栏垂绛袖，蒙戚双：是海棠之情。倚石护青烟。己双：是芭蕉之神。何得如此工恰自然？真是好诗，却是好书。

对立东风里，蒙双：双收。主人应解怜。己双：归到主人方不落空。王梅隐云："咏物体又难双承双落，一味双拿则不免牵强。"此首可谓诗题两称，极工、极切、极流丽妩媚。

杏帘在望

杏帘招客饮，在望有山庄。戚双：分题作一气呵成，格调熟练，自是阿颦口气。

菱荇鹅儿水，桑榆燕子梁。蒙戚双：阿颦之心臆才情，原与人别，亦不是从读书中得来。

一畦春韭绿，十里稻花香。

盛世无饥馁，何须耕织忙。戚双：以幻入幻，顺水推舟，且不失应制，所以称阿颦。

贾妃看毕，喜之不尽，说："果然进益了。"又指"杏帘"一首为前三首俞校："前三首"——从己、庚；原"前首"。之冠，遂将"浣葛山庄"改为"稻香村"。庚眉：仍用玉兄前拟"稻香村"，却如此幻笔幻体，文章之格式至矣，尽矣！壬午春。蒙戚双：如此服善，妙！又命探春另以彩笺誊录出方才一共十数首诗，令太监俞校："令太监"——从晋、甲；原"出令太监"。传与外厢贾政等看了，都称颂不已。贾政又进《归省颂》。元春又命以琼酥金脍等物赐与宝玉并贾兰。

己双：百忙中点出贾兰，一人不落。此时贾兰极幼，未达诸事，只不过随母依叔行礼，故无别传。贾环从年内染病未痊，自有处调养，故亦无传。蒙戚双：补明，方不遗失。

那时贾蔷带领十二个女戏，在楼下正等的不耐烦，只见一太监飞来说："作完了诗，快拿戏目来。"贾蔷急将锦册呈上，并十二个花名单子。少时，太监出来，只点了四出戏：第一出《豪宴》，蒙戚双：《一捧雪》中，伏贾家之败。第二出《乞巧》，戚双：《长生殿》中，伏元妃之死。第三出《仙缘》，蒙戚双：《邯郸梦》中，伏甄宝玉送玉。第四出《离魂》。戚双：《牡丹亭》中，伏黛玉死。己双：所点之戏剧伏四事，乃通部书之大过节、大关键。贾蔷忙张罗扮演起来。一个个歌欺裂石之音，舞有天魔之态。虽是装演的形容，却作尽悲欢情状。蒙戚双：二句毕矣。刚演完了，一太监执一金盘糕点之类，来问谁是龄官。贾蔷便知是赐龄官之物，喜的忙接了，蒙戚双：何喜之有？伏下后面许多文字，只用一"喜"字。命龄官叩头。太监又道："贵妃有谕，说龄官极好，再作两出戏，俞校："两出戏"——从己、庚、晋、甲；原"出戏"。不拘那两出就是了。"贾蔷忙答应了，因命龄官作《游园》《惊梦》二出。龄官自为此二出原非本角之戏，俞校："本角之戏"——从己、庚、晋、甲；原"本脚之戏"。执意不作，定要作《相约》《相骂》二出。蒙戚双：《钗钏记》中，总隐后文不尽风月等文。蒙戚双：按近之俗语云：能养千军，不养一戏。盖甚言优伶之不可养之意也。大抵一班之中，此一人技业稍出众，此一人则拿腔作势、辖众恃强种种可恶，使主人逐之不舍，责之不可，虽欲不怜，实不能不怜，虽欲不爱，实不能不爱。余历梨园弟子广矣，各各皆然，亦曾与惯养梨园诸世家兄弟谈议及此，众皆知其事而皆不能言。今阅《石头记》至"原非本角之戏，执意不作"二语，便见其恃能压众、乔酸姣妒，淋漓满纸矣。复至"情悟梨香院"一回，更将和盘托出，与余三十年前目睹身亲之人现形于纸上。使言《石头记》之为书，情之至极、言之至恒，然非领略过乃事、迷陷过乃情，即观此茫然嚼蜡，亦不知其神妙也。贾蔷扭他不过，己双：如何反扭他不过？其中便隐许多文字。只得依他作了。贾妃甚喜，命不可难为了这女孩子，好生教习。蒙戚双：可知尤物了。额外赏了两匹宫缎，两个荷包，并金银锞子食物之类。庚双：又伏下一个尤物，一段新文。然后撤筵，将未到之处复又游玩。忽见山环佛寺，忙另盥手进去焚香拜佛，又题一匾云：苦海慈航。蒙戚双：寓通部人事，一篇热文，却如此冷收。又额外加恩与一班幽尼女道。少时，太监跪启："赐物俱齐，请验等例。"乃呈上略节。贾妃从头看了，俱甚妥协，即命照此遵行。太监听了下来，一一发放。原来贾母的是金玉如意各一柄，俞校："各一柄"——从己、庚、晋、甲；原"二柄"。沉香拐拄一根，伽楠念珠一串，富贵长春宫缎四匹，福寿绵长宫绸四匹，紫金笔锭如意锞十锭，吉庆有鱼银锞十锭。邢夫人、王夫人二分只减了如意、拐、珠四样。贾敬、贾赦、贾政等每分御制新书二部，宝墨二匣，金银爵各二只，表礼按前。宝钗、黛玉诸姊妹等，每人新书一部，宝砚（俞校：“宝砚”——从己、庚、晋、甲；原“宝镜”。）一方，新样格式金银锞二对。宝玉亦同此。（己双：此中忽夹上宝玉，可思。）贾兰则是金银项圈二个，金银锞二对。尤氏、李纨、凤姐等，皆金银锞四锭，表礼四端。外表礼二十四端，清钱（俞校：“清钱”——从己、庚、晋、甲；原“青钱”。下同。）一百串，是赐与贾母、王夫人及诸姊妹房中奶娘众丫鬟的。贾珍、贾琏、贾环、贾蓉等，皆是表礼一分，金锞一双。其馀彩缎百端，金银千两，御酒华筵是赐东西两府凡园中管理工程、陈设、答应并司戏、掌灯诸人的。外有清钱五百串，是赐厨役、优伶、百戏、杂行人丁的。众人谢恩已毕。执事太监启道：“时已丑正三刻，请驾回銮。”贾妃听了，不由的满眼又滚下泪来。却又勉强堆笑，拉住贾母、王夫人的手，紧紧的不忍释放，（蒙戚双：使人鼻酸。）再四叮咛：“不须记挂，好生自养。如今天恩浩瀚，（俞校：“浩瀚”——原“浩荡”；己、庚“浩浣”。今改“浩瀚”。）一月许进内省视（俞校：“省视”——从庚、晋、甲；原“省亲”。）一次，见面是尽有的，何必伤惨。倘明岁天恩仍许归省，万不可如此奢华糜费了。”（庚双：妙极之谶，试看别书中专能故用一不祥之语为谶？今偏不然，只有如此现成一语，便是不再之谶，只看他用一“倘”字，便隐讳，自然之至。）贾母等已哭的哽噎难言了。贾妃虽不忍别，怎奈皇家规范违错不得，只得忍心上舆去了。（庚眉：一回离合悲欢夹写之文，真如山阴道上令人应接不暇，尚有许多忙中闲、闲中忙小波澜，一丝不漏，一笔不苟。）这里诸人好容易将贾母、王夫人安慰解劝，搀扶出园去了。下回分解。

戚回后：此回铺排，非身经历、开巨眼、伸大笔，则必有所滞罣牵强，岂能如此触处成趣，立后文之根，足本文之情者？且借象说法，学我佛阐经，代天女散花，以成此奇文妙趣，惟不得与四才子书之作者同时讨论臧否，为可恨耳。

第十九回
情切切良宵花解语　意绵绵静日玉生香

蒙回前：彩笔辉光若转环，情心魔态几千般。写成浓淡兼深浅，活现痴人恋恋间。

话说贾妃回宫，次日见驾谢恩，并回奏归省之事，龙颜甚悦。又发内帑彩缎金银等物，以赐贾政及各椒房等员，（蒙戚双：补还一句，细。方见省亲不独贾家一门是也。）不必细说。

且说荣宁二府（俞校："荣宁二府"——从己、庚、晋、甲；原"宁荣二府"。）中，因连日用尽心力，真是人人力倦，各各神疲。又将园中一应陈设动用之物，收拾了两三天方完。第一个凤姐事多任重，别人或可偷安躲静，独他是不能脱得的；二则本性要强，不肯落人褒贬，只扎挣着与无事的人一样。（蒙戚双：伏下病源。）第一个宝玉是极无事最闲暇的。偏这日一早，袭人的母亲又亲来回过贾母，接袭人家去吃年茶，（俞校："吃年茶"——从己、庚、晋、甲；原"吃茶"。）晚间才得回来。（蒙戚双：一回一回各生机轴，总在人意想之外。）因此宝玉只和众丫头们掷骰子赶围棋作戏。（蒙戚双：写出正月光景。）正在房内玩的没兴头，忽见丫头们来回说："东府珍大爷来请过去看戏放花灯。"宝玉听了，便命换衣裳。才要去时，忽又有贾妃赐出糖蒸酥酪来。（蒙戚双：总是新正妙景。）宝玉想上次袭人喜吃此物，便命留与袭人了。自己回过贾母，过去看戏。谁想贾珍这边唱的是

《丁郎认父》《黄伯央大摆阴魂阵》，更有《孙行者大闹天宫》《姜子牙斩将封神》等类的戏文。（蒙戚双：真真热闹。）倏尔神鬼乱出，忽又妖魔毕露，甚至于扬幡过会，号佛行香。锣鼓喊叫之声远闻巷外。（己双：形容克剥之至，弋阳腔能事毕矣。）（己双：阅至此则有如耳内喧哗、目中撩乱，后文至隔墙闻“袅晴丝”数曲，则有如魂随笛转、魄逐歌销，形容一事，一事毕真，石头是第一能手矣。）满街之人个个都赞：“好热闹戏，别人家断不能有的。”（蒙戚双：必有之言。）宝玉见繁华热闹到如此不堪的田地，只略坐了一坐，便走开各处闲耍。先是进内去和尤氏和丫鬟姬妾说笑了一回，便出二门来。尤氏等仍料他出来看戏，遂也不曾照管。贾珍、贾琏、薛蟠等只顾猜枚行令，百般作乐，也不理论，纵一时不见他在座，只道在里边去了，故也不问。至于跟宝玉的小厮们，那年纪大些的知宝玉这一来了，必是晚间才散，因此偷空也有去会赌的，也有往亲友家去吃年茶的，更有或嫖或饮的，都私散了，待晚间再来，那小些的钻进戏房里瞧热闹去了。宝玉见一个人没有，因想：“这里素日有个小书房内曾挂着一幅美人，极画的得神。今日这般热闹，想那里那美人自然是寂寞的，须得我去望慰他一回。”（蒙侧：天生一段痴情，所谓“情不情”也。）（己双：极不通极胡说中，写出绝代情痴，宜乎众人谓之疯傻。）（晋双：写出绝代情痴，宜乎众人谓之疯傻。）想着，便往书房里来。刚到窗前闻得房内有呻吟之韵。宝玉倒吓了一跳：敢是美人活了不成！（己双：又带出小儿心意，一丝不落。）乃乍着胆子，（俞校：“乍着胆子”——从己、庚；原“大著胆子”。）舔破窗纸，向内一看。那轴美人却不曾活，却是茗烟按着一个女孩子也干那警幻所训之事。宝玉禁不住大叫：“了不得！”一脚踹进门去，（俞校：“踹进门去”——从己、庚、晋、甲；原“进门去”。）将那两个吓开了，抖衣而颤。茗烟见是宝玉，忙跪求不迭。宝玉道：“青天白日，这是怎么说！（蒙戚双：开口便好。）珍大爷知道，你是死是活！”一面看那丫头，虽不标致，倒还白净，些微亦有动人处，羞的脸红耳赤，低首无言。宝玉跺脚道：“还不快跑！”（己双：此等搜神夺魄至神至妙处，只在囫囵不解中得。）一语提醒了那丫头，（俞校：“提醒了那丫头”——从己、庚、晋、甲；原“提醒了丫头”。）飞也似去了。宝玉又赶出去叫道：“你别怕，我是不告诉人的。”（己双：活宝玉，移之他人不可。）急的茗烟在后叫：“祖宗，这是分明告诉人了！”宝玉因问：“那丫头十几岁了？”茗烟道：“大不过十六七岁了。”宝玉道：“连他的岁数也不问问，别的自然越发不知了。可见他白认得你了。可怜，可怜！”俞校：“可怜，可怜”——从己、庚、晋、甲；原“可怜”。己双：按此书中写一宝玉，其宝玉之为人，是我辈于书中见而知有此人，实未目曾亲睹者。又写宝玉之发言每每令人不解，宝玉之生性件件令人可笑，不独于世上亲见这样的人不曾，即阅今古所有之小说传奇中，亦未见这样的文字。于颦儿处更为甚。其囫囵不解之实可解，可解之中又说不出理路，合目思之，却如真见一宝玉，真闻此言者，移之第二人万不可，亦不成文字矣。余阅《石头记》中至奇至妙之文，合在宝玉、颦儿至痴至呆囫囵不解之语中，其诗词雅谜、奇衣奇食奇文等类，固他书中未能，然在此书中评之，犹为二首。又问：“名字叫什么？”茗烟笑道俞校：“茗烟笑道”——从晋；原“茗烟大笑道”。：“若说出名字来，话长，真真新鲜奇文，竟写不出来的。己双：若都写的出来，何以见此书中之妙？脂研。蒙戚双：若都写的出来，何以见此书中之妙耶！据他说，他母亲养他的时节做了个梦，俞校：“做了个梦”——从庚；原“做了梦”。蒙戚双：又是一个梦，只是随手成趣耳。梦见得了一匹锦，上面是五色富贵不断头卍字的花样，己双：千奇百怪之想，所谓“牛溲马勃皆至药也，鱼鸟昆虫皆妙文也”，天地间无一物不是妙物，无一物不可成文，但在人意拾取耳。此皆信手拈来，随笔成趣，大游戏、大慧悟、大解脱之妙文也。所以他的名字叫作卍儿。”蒙戚双：音“万儿”。宝玉听了，笑道：“真也新奇。想必他将来有些造化。”说着，沉思一会。茗烟因问：“二爷为何不看这样的好戏？”宝玉道：“看了半日，怪烦的，出来逛逛就遇见你们了。这会子作什么呢？”茗烟欻欻笑道俞校：“欻欻笑道”——从己、庚；原“趋近笑道”。庚侧：欻，音希，欻欻，笑貌。：“这会子没人知道，我悄悄的引二爷往城外逛逛去，一会子再往这里来，他们就不知道了。”己双：茗烟此时只要掩饰方才之过，故设此以悦宝玉之心。宝玉道：“不好，仔细花子俞校：“花子”——从己、庚、晋、甲；原“看”。拐了去。便是他们知道了，又闹大了。不如往熟近些的地方去，还可就来。”茗烟道：“熟近地方，谁家可去？这却难了。”宝玉笑道：“依我的主意，咱们竟找你花大姐姐去，瞧他在家作什么呢。”己双：妙！宝玉心中早安了这着，但恐茗烟不肯引去耳。恰遇茗烟私行淫媾，为宝玉所协，故以城外引以悦其心，宝玉始悦，出往花家去。非茗烟适有罪所协，万不敢如此私引出外。别家子弟尚不敢私出，况宝玉哉？况茗烟哉？文字笋楔细极。茗烟笑道：“好，好，倒忘了他家。”又道：“若他们知道了，说我引着二爷胡走，要打我呢！”蒙戚双：必不可少之语。宝玉道：“有我呢。”茗烟听说，拉了马，二人从后门就走了。

幸而袭人家不远，不过一半里俞校：“一半里”——从己、庚、晋、甲；原“半里”。路程，转眼已到门前。茗烟先进去叫袭人之兄花自芳。蒙戚双：随姓成名，随手成文。彼时袭人之母接了袭人与几个外甥女儿、蒙戚双：一树千枝，一源万派，无意随手，伏脉千里。几个侄女儿来家，正吃果茶。俞校：“正吃果茶”——从己、庚、晋、甲；原“正吃茶果”。听见外面有人叫“花大哥”，花自芳忙出去看时，见是他主仆两个，吓的惊疑不止，连忙抱下宝玉来，在院内嚷道：“宝二爷来了。”别人听见还可，袭人听了，也不知为何，忙跑出来迎着宝玉，一把拉着，问："你怎么来了？"宝玉笑道："我怪闷的，来瞧瞧你作什么呢。"袭人听了，才放下心来，已双：精细周到。嗐了一声，笑道蒙戚双：转至"笑"字，妙！神！："你也忒胡闹了。蒙戚双：该说，说得是。可作什么来呢。"一面又问茗烟："还有谁跟来？"蒙戚双：细。茗烟笑道："别人都不知，就只我们两个。"袭人听了，复又惊慌，蒙戚双：是必有之神理，非特故作顿挫。说道："这还了得。倘或碰见了人，或是遇见老爷，街上人挤车碰，马轿纷纷的，若俞校："马轿纷纷的，若"——从庚；原"马"。有个闪失，也是玩得的！你们的胆子比斗还大。都是茗烟调唆的，回去我定告诉嬷嬷们打你。"蒙戚双：该说，说的更是。指(脂)研。茗烟撅了嘴，便道："二爷骂着打着，叫我带了来。这会子推到我身上。我说别来罢；不然，我们还去罢。"已双：茗烟贼。花自芳忙劝："罢了。已是来了，俞校："已是来了"——从己、庚、晋、甲；原"既是来了"。也不用多说了。只是茅檐草舍，又窄又脏，爷怎么坐呢。"袭人之母也早迎了出来。俞校："迎了出来"——从己、庚、晋、甲；原"迎出来"。袭人拉了宝玉进去。宝玉见房中三五个女孩儿，见他进来都低了头，羞惭惭的。花自芳母子两个百般怕宝玉冷，又让他上炕，又忙另摆果桌，又忙倒好茶。已双：连用三"又"字，上文一个"百般"，神理活现。袭人笑道："你们不用白忙，蒙戚双：妙！不写袭卿忙，正是忙之至。若一写袭人忙，便是庸俗小派了。我自然知道。果子也不用摆，也不敢乱给东西吃。"已双：如此至微至小中，便带出家常情，他书写不及此。蒙侧：至敬至情。一面说，一面将自己的坐褥拿了，俞校："拿了"——从己、庚、晋、甲；原"拿来"。铺在一个炕上，宝玉坐了；用自己的脚炉垫了脚；向荷包内取出两个梅花香饼儿来，又将自己的手炉掀开焚上，仍盖好，放与宝玉怀内；然后将自己的茶杯斟了茶，送与宝玉。已双：叠用四"自己"字，写得宝袭二人素日如何亲洽，如何尊荣，此时一盘托出。盖素日身居侯府绮罗锦绣之中，其安富尊荣之宝玉，亲密浃洽勤慎委婉之袭人，是分所应当不必写者也。今于此一补，更见二人平素之情义，且暗透此回中所有母女兄长欲为赎身角口等未到之过文。彼时他母兄已是忙另齐齐整整摆上一桌子果品来。袭人见总无可吃之物，已双：补明宝玉自幼何等娇贵，以此一句留与下部后数十回"寒冬噎酸齑，雪夜围破毡"等处对看，可为后生过分之戒。叹叹！因笑道："既来了，没有空去之礼，好歹尝一点儿，也是来我家一趟。"蒙戚双：得意之态，是才与母兄较争以后之神理。最细。说着，拈了几个松子瓤，蒙戚双：惟此品稍可一拈，别品便大错了。吹去细皮，用手帕托着送与宝玉。宝玉看见袭人两眼微红，粉光融滑，蒙戚双：八字画出才收泪之一女儿，是好形容，且是宝玉眼中意中。因悄问袭人："好好的哭什么？"袭人笑道："何尝哭。才迷了眼揉的。"因此便遮掩过了。蒙戚双：伏下后文，所补未到多少文字。当下宝玉穿着大红金蟒狐腋箭袖，外罩石青貂裘排穗褂。袭人道：“你特为往这里来又换新衣服，俞校：“新衣服”——从晋；原“新服”。他们己双：指晴雯、麝月等。就不问你往那去的？”俞校：“那去的”——从己、庚；原“那里去的”。己双：必有是问。阅此则又笑尽小说中无数家常穿红挂绿绮绣绫罗等语，自谓是富贵语，究竟反是寒酸话。宝玉笑道：“珍大爷那里去看戏俞校：“珍大爷那里去看戏”——从庚；原“珍大爷请看戏”。换的。”袭人点头，又道：“坐一坐就回去罢。这个地方不是你来的。”宝玉笑道：“你就家去才好呢。我还替你留着好东西呢。”庚侧：生员切已（己）之事。袭人悄笑道俞校：“悄笑道”——从己、庚；原“道”。：“悄悄的，叫他们听着，什么意思。”己双：想见二人来日情常。蒙侧：追魂！一面又伸手从宝玉项上俞校：“项上”——从己、庚、晋、甲；原“顶上”。将通灵玉摘了下来，向他姊妹们笑道：“你们见识见识。时常说起来都当希罕，蒙侧：不可少之文。恨不能一见，今儿可尽力瞧了再瞧。什么希罕物儿，也不过是这么个东西。”庚眉：自“一把拉住”至此诸形景动作，袭卿有意微露峰芒（绛芸）轩中隐事也。蒙戚双：行文至此，固好看之极且勿论，按此言固是袭人得意之语，盖言你等所希罕不得一见之宝，我却常守常见视为平物。然余今窥其用意之旨，则是作者借此正为贬玉，原非大观者也。说毕，递与他们传看了一遍，仍与宝玉挂好。又命他哥哥去，或雇一乘小轿，或雇一辆小车，送宝玉回去。花自芳道：“有我送去，骑马也不妨了。”庚侧：只知保重耳。袭人道：“不为不妨，为的是碰见人。”蒙戚双：细极！花自芳忙去雇了一顶小轿来。众人也不敢相留，只得送宝玉出去。袭人又抓果子与茗烟，又把些钱与他买花炮放，教他不可告诉人：“连你也有不是。”蒙侧：细密。一直送宝玉至门前，看着上轿，放下轿帘。花茗二人牵马跟随。来至宁府街，茗烟命住轿，向花自芳道：“须等我同二爷还到东府里混一混，才好过去的。不然，人家就疑惑了。”花自芳听说有理，忙将宝玉抱出轿来，送上马去。宝玉笑说：“倒难为你了。”庚侧：公子口气。于是仍进后门来，俞校：“进后门来”——从己、庚、晋、甲；原“进后门”。俱不在话下。

却说宝玉自出了门，他房中这些丫鬟们，都越性恣意的玩笑，也有赶围棋的，也有掷骰抹牌的，磕了一地瓜子皮。偏奶母李嬷嬷拄拐进来请安，瞧瞧宝玉。见宝玉不在家，丫头们只顾玩闹，十分看不过，蒙戚双：人人都看不过，独宝玉看得过。因叹道：“只从我俞校：“只从我”——从己、庚、晋、甲；原“自从我”。出去了，不大进来，你们越发没个样儿了。俞校：“没个样儿了”——从己、庚、晋；原“没个样儿”。蒙戚双：说得是，原该说。别的妈妈们越不敢说你们了。蒙戚双：补明好！宝玉虽不吃乳，岂无伴从之媪妪哉？那宝玉是个丈八的灯台——照见人家，照不见自家的。蒙戚双：用俗语入妙。只知嫌人家脏。这是他的屋子，由着你们糟蹋，越不成体统了。”蒙戚双：所以为今古未有之一宝玉。这些丫头们明知宝玉不讲究这些，二则李嬷嬷已是告老解事出去的了，蒙戚双：调侃入微，妙，妙！如今管他们不着，因此只顾玩，并不理他。那李嬷嬷还只管问宝玉如今一顿吃多少饭，什么时辰睡觉等语。蒙戚双：可叹！丫头们总胡乱答应。有的说：“好一个讨厌的老货。”庚侧：实在有的。蒙侧：入神！李嬷嬷又问道：“这盖碗里是酥酪，怎不送与我去？我就吃了罢。”说毕，拿匙就吃。蒙双：写龙钟奶姆，便是龙钟奶姆。一个丫头道：“快别动。那是说了给袭人留着的，蒙戚双：过下无痕。回来又惹气了。蒙戚双：照应茜雪枫露茶前案。你老人家自己承认，别带累我们受气。”己双：这等话声口，必是晴雯无疑。李嬷嬷听了，又气又愧，便说道：“我不信他这样坏了。且别说我吃了一碗牛奶，就是再比这值钱的，也是应该的。难道待袭人比我还重！难道他不想想怎么长大了！我的血变的奶吃的长这么大，如今我吃他一碗牛奶，他就生气了。我偏吃了，看怎么样！俞校：“看怎么样”——从己、庚；原“怎么样”。你们看袭人不知怎样，那是我手里调理出来的毛丫头，什么阿物儿！”蒙戚双：虽暂委曲唐突袭卿，然亦怨不得李媪。一面说，一面赌气将酥酪吃尽。又一个丫头笑道：“他们不会说话，怨不得你老人家生气。宝玉还时常送东西孝敬你老去，岂有为这个不自在的。”蒙戚双：听这声口，必是麝月无疑。李嬷嬷道：“你们也不必装狐媚子哄我。打量上次为茶撵茜雪的事俞校：“撵茜雪的事”——从己、庚、晋、甲；原“撵茜雪”。我不知道呢！戚双：照应前文，又用一“撵”字，屈杀宝玉，然在李媪心中口中毕肖。明儿有了不是，我再来领。”说着，赌气去了。蒙戚双：过至下回。

少时，宝玉回来，命人去接袭人。只见晴雯躺在床上不动，蒙戚双：娇态已惯。宝玉因问：“敢是病了？再不然，输了？”秋纹道：“他倒是赢的，谁知李老太太俞校：“李老太太”——从己、庚、甲；原“老太太”。来了，混输了，他气的睡去了。”宝玉笑道：“你别和他一般见识，由他去就是了。”说着，袭人已来，彼此相见。袭人又问宝玉何处吃饭，多早晚回来，又代母妹问诸同伴姊妹好。一时换衣卸妆。宝玉命取酥酪来，丫鬟们回说：“李

思纷纷幼主探情婢　情切切良宵花解语

奶奶吃了。”俞校：“李奶奶吃了”——从己、庚、晋、甲；原“李嬷嬷”。宝玉才要说话，袭人便忙笑道：“原来是留的这个，多谢费心。前儿我吃的时候好吃，吃过了好肚子疼，足的吐了才好。他吃了倒好，搁在这里倒白糟蹋了。蒙戚双：与前文应失手碎钟遥对，通部袭人皆是如此，一丝不错。我只想风干栗子吃。你替我剥栗子，我去铺床。”蒙戚双：必如此方是。宝玉听了，信以为真，方把酥酪丢开，取栗子来，自向灯前拣剥。一面见众人不在房中，乃笑问袭人道：“今儿那个穿红的是你什么人？”蒙戚双：若见过女儿之后，没有一段文字，便不是宝玉，亦非《石头记》矣。袭人道：“那是我两姨妹子。”宝玉听了，赞叹两声。己双：这一赞叹又是令人囫囵不解之语，只此便抵过一大篇文字。袭人道：“叹什么？蒙戚双：只一“叹”字，便引出“花解语”一回来。我知道你心里的缘故，想是说他那里配红的。”俞校：“配红的”——从己、庚；原“配穿红”。蒙戚双：补出宝玉素喜红色，这是激语。宝玉笑道：“不是，不是。那样的不配穿红的，谁还敢穿。蒙戚双：活宝玉。我因为见他实在好的很，怎么也得他在咱们家就好了。”蒙戚双：妙谈妙意。袭人冷笑道：“我一个人是奴才命罢了，难道连我的亲戚都是奴才命不成！定还要拣实在好的丫头才往你家来。”俞校：“我一个人”至“你家来”——从己、庚、晋、甲；原“实在好的该给你家作奴才么”。己双：妙答！宝玉并未说“奴才”二字，袭人连补“奴才”二字最是劲节，怨不得作此语。宝玉听了，忙笑道：“你又多心了。我说往咱们家来，必定是奴才不成？己双：勉强，如闻。说亲戚就使不得？”蒙戚双：更强。蒙侧：这样妙文，何处得来。非目见身行，岂能如此的确。袭人道：“那也搬配不上。”己双：说的是。宝玉便不肯再说，只是剥栗子。袭人笑道：“怎么不言语了？想是我才冒撞冲犯了。你明儿赌气花几两银子，买他们进来就是了。”蒙戚双：总是故意激他。宝玉笑道：“你说的话俞校：“你说的话”——从己、庚、晋、甲；原“你说的”。怎么叫我答言呢！我不过赞他好，正配生在俞校：“正配生在”——从己、庚、晋、甲；原“正该生在”。这深堂大院里，没的我们这种浊物蒙戚双：妙号！后文又曰“须眉浊物”之称，今古未有之一人，始有此今古未有之妙称妙号。倒生在这里。”蒙戚双：这皆宝玉意中心中确实之念，非前勉强之词，所以谓今古未有之一人耳。听其囫囵不解之言，察其幽微感触之心，审其痴妄委婉之意，皆今古未见之人，亦是未见之文字。说不得贤，说不得愚，说不得不肖，说不得善，说不得恶，说不得正大光明，说不得混账恶赖，说不得聪明才俊，说不得庸俗，又说不得好色好淫，说不得情痴情种，恰恰只有一颦儿可对，令他人徒加评论，总未摸着他二人是何等脱胎、何等心臆、何等骨肉。余阅此书，亦爱其文字耳，实亦不能评出此二人终是何等人物。后观“情榜”评曰：“宝玉情不情，黛玉情情。”此二评自在评痴之上，亦属囫囵不解，妙甚！袭人道：“他虽没这造化，倒也是娇生惯养的呢，我姨爹姨娘的宝贝。如今十七岁，各样的嫁妆都齐备了，明年就出嫁。”庚侧：所谓不入耳之言也。宝玉听了“出嫁”二字，不禁又俞校：“不禁又”——从己、庚、晋、甲；原“不禁”。嗐了两声。蒙戚双：宝玉心思另是一样，余前评可见。正不自在，又听袭人叹道蒙戚双：袭人亦叹，自有别论。：“只从我来这几年，姊妹们都不得在一处。如今我要回去了，他们又都去了。”宝玉听这话俞校：“听这话”——从己、庚、晋、甲；原“听了这话”。内有文章，蒙戚双：余亦如此。不觉吃一惊，蒙戚双：余亦吃惊。忙丢下栗子，问道：“怎么你如今要回去了？”袭人道：“我今儿听得我妈和哥哥商议，教我再耐烦一年，明年俞校：“明年”——从己、庚、晋、甲；原无。他们上来就赎我出去的呢。”蒙戚双：即余今日，尤难为情，况当日之宝玉哉！宝玉听了这话，越发怔了，因问：“为什么要赎你？”袭人道：“这话奇了！我又比不得是你这里家生子儿，一家子都在别处，独我一个人在这里，怎么是个了局！”蒙戚双：说得极是。宝玉道：“我不叫你去也难。”蒙戚双：是头一句驳，故用贵公子声口，无理。袭人道：“从来没这道理。便是朝廷宫里也有个定例，或几年一选，几年一入，也没有个长远留下人的理。别说你了。”俞校：“别说你了”——从己、庚；原“别说你咧”。蒙戚双：一驳更有理。宝玉想一想，果然有理，蒙戚双：自然。又道：“老太太不放你也难。”蒙戚双：第二层，仗祖母溺爱，更无理。袭人道：“为什么不放？我果然是个最难得的，或者感动了老太太、太太，已双：宝玉并不提王夫人，袭人偏自补出，周密之至！必不放我出去，俞校：“必不放我出去”——从乙；原下有“的”。设或多给我们家几两银子留下我，也或有之；俞校：“也或有之”——从晋；原“然或有之”。我却也不过是个平常的人，蒙侧：此等语言，便是袭卿心事。比我强的多而且多。自我从小儿来了，跟着老太太，先伏侍了史大姑娘几年，蒙戚双：百忙中又补出湘云来，真是七穿八达，得空便入。如今又伏侍了你几年，如今我们家来赎，正是该叫去的，只怕连身价也不要，就开恩叫我去呢。若说为伏侍的你好，不叫我去，断然没有的事。那伏侍的好俞校：“不叫我去”至“那伏侍的好”——从己、庚、晋、甲；原无。是分内应当的，俞校：“分内应当的”——从己、庚、晋、甲；原“分内应当”。庚侧：这却是真心话。不是什么奇功。我去了，仍旧有好的来了，俞校：“好的来了”——从庚傍改（“来”傍添）；原“好的了”。不是没了我就不成事。”已双：再一驳，更精细，更有理。蒙侧：反敲。宝玉听了这些话，竟是有去的理，无留的理，蒙戚双：自然。心内越发急了，蒙戚双：原当急。因又道：“虽然如此说，我只一心留下你，不怕老太太不和你母亲说。多多给蒙侧：三字入神。你母亲些银子，他也不好意思接你了。”蒙戚双：急心肠，故入于霸道无理。袭人道：“我妈自然不敢强。且慢说俞校：“且慢说”——从甲；原“且漫说”。和他好说，又多给银子；就便不好和他说，一个钱也不给，安心要强留下我，他也不敢不依。但只是咱们家从没干过这倚势仗贵霸道的事。这比不得别的事。俞校：“别的事”——从己；原“别的”。东西，因为你喜欢，加十倍利弄了来给你，那卖的人不得吃亏，可以行得；如今无故平空留下我，于你又无益，反叫我们骨肉分离。这件事老太太、太太断不肯行的。”己双：三驳，不独更有理，且又补出贾府自家慈善宽厚等事。宝玉听了，思忖半晌，蒙戚双：正是思忖只有去的理，无留的理。乃说道俞校：“乃说道”——从己、庚、晋、甲；原无。：“依你说，你是去定了？”蒙戚双：自然。袭人道：“去定了。”庚侧：口气像极。宝玉听了自思道：“谁知这样一个人，这样薄情无义！”蒙戚双：余亦如此见疑。乃叹道：“早知道都是要去的，蒙戚双：“都是要去的”，妙！可谓触类旁通，活是宝玉。我就不该弄了来。临了剩我一个孤鬼儿。”俞校：“孤鬼儿”——从甲；原“孤鬼”。蒙侧：上古至今及后世有情者，同声一哭。蒙戚双：可谓见首知尾，活是宝玉。说着，便赌气上床睡去了。蒙戚双：又到无可奈何之时了。

原来袭人在家，听见他母兄要赎他回去，蒙戚双：补前文。他就说至死也不回去的。俞校：“至死也不回去的”——从己、庚；原“宝玉至死不放回去的”。又说：“当日原是你们没饭吃，就剩我还值几两银子，若不叫你们卖，没有个看着老子娘饿死的理。庚侧：孝女，义女。蒙戚双：补出袭人幼时艰辛苦状，与前文之香菱、后文之晴雯大同小异，自是又副十二钗中之冠，故不得不补传之。如今幸而卖到这个地方，蒙戚双：可谓不幸中之幸。吃穿和主子一样，又不朝打暮骂。况且如今爹虽没了，你们却又整理的家成业就，复了元气。若果然还艰难，把我赎出来，再多掏澄俞校：“掏澄”——从己、庚；原“淘澄”。几个钱，也还罢了，庚侧：孝女，义女。其实又不难了，这会子又赎我作什么！权当我死了，庚侧：可怜，可怜。再不必起赎我的念头。”因此哭闹了一阵。己双：以上补在家今日之事，与宝玉问哭一句针对。庚侧：我也要笑（哭）。蒙侧：同心同志，更觉幸遇。他母兄见他这般坚执，自然必不出来的了。况且原是卖倒的死契，明仗着贾宅是慈善宽厚之家，不过求一求，只怕身价银一并赏了，这是有的事呢。蒙戚双：又夹带出贾府平素施为来，与袭人口中针对。二则贾府中从不曾作践下人，只有恩多威少的。蒙侧：铁鉴（槛）寺凤卿受贿，令人怅恨。蒙戚双：伏下多少后文。且凡俞校：“且凡”——从己、庚、晋、甲；原“大凡”。老少房中所有亲侍的女孩子们，更比待家下众人不同，平常寒薄人家的小姐也不能那样尊重的。蒙戚双：又伏下多少后文。先一句是传中陪客，此一句是传中本旨。因此他母子两个也就死心不赎了。蒙戚双：既如此，何得袭人又作前语以愚宝玉？不知何意，且看后文。次后忽然宝玉去了，他二人又是那般景况，蒙戚双：一件闲事一句闲文皆无，警甚。他母子二人心下更明白了，越发石头落了地，而且是意外之想，彼此放心，再无赎念了。蒙戚双：一段情结，妙甚！

如今且说袭人自幼见宝玉性格异常，己双：四字好！所谓“说不得好，又说不得不好”也。其淘气憨顽自是出于众小儿之外，更有几件千奇百怪，口不能言的毛病儿。己双：只如此说更好。所谓“说不得聪明贤良，说不得痴呆愚昧”也。近来仗着祖母溺爱，父母亦不能十分严紧拘管，更觉放荡弛纵，己双：四字妙评。任情恣性，蒙戚双：四字更好。亦不涉于恶，亦不涉于淫，亦不涉于骄，不过一味任性耳。最不喜务正。蒙戚双：这还是小儿同病。每欲劝时，料不能听。今日可巧有赎身之论，故先用骗词以探其情，以压其气，蒙侧：以此法游刃，有何不可解之牛。然后好下箴规。蒙戚双：原来如此。今见他默默睡去了，知其情有不忍，气已馁堕。蒙戚双：不独解语，亦且有智。自己原不想栗子吃的，只因怕为酥酪又生事故，亦如茜雪之茶等事，蒙戚双：可谓贤而多智术之人。是以假以栗子为由，混过宝玉不提就完了。于是命小丫头子们将栗子俞校：“将栗子”——从己、庚、晋、甲；原“将栗”。拿去吃了，自己来推宝玉。只见宝玉俞校：“只见宝玉”——从晋、甲；原无。泪痕满面。袭人便笑道蒙侧：不知何故，我亦掩涕。蒙戚双：正是无可奈何之时。：“这有什么伤心的！你果然留我，我自然不出去了。”宝玉听这话有文章，蒙戚双：宝玉不愚。便说道：“你倒说说，我还要怎么留你？我自己也难说了。”蒙戚双：二人素常情义。袭人笑道：“咱们素日好处，再不用说。但今日你安心留我，不在这上头。我另说出两三件事来，你果然依了我，就是你真心留我了，刀搁在脖子上，蒙侧：以此等心，行此等事，昭昭苍天，岂无明见（鉴）。我也是不出去的了。”宝玉忙笑道：“你说，那几件？我都依你。好姐姐，好亲姐姐，己双：叠二语，活见从纸上走一宝玉下来，如闻其呼、见其笑。别说两三件，就是两三百件我也依。蒙戚双：“两三百”不成话，却是宝玉口中。只求你们同看着我，守着我，等我有一日化成了飞灰，己双：脂砚斋所谓“不知是何心思，始得口出此等不成话之至奇至妙之话”，诸公请如何解得，如何评论？己双：所劝者正为此，偏于劝时一犯，妙甚！——飞灰还不好，灰还有形有迹，俞校：“有形有迹”——从己、庚、晋、甲；原“有形迹”。还有知识；己双：灰还有知识，奇之不可甚言矣！余则谓人尚无知识者多多。等我化成一股轻烟，风一吹便散了的时候，你们也管不得我，我也顾不得你们了。那时凭我去，我也凭你们爱那里去就去了。”蒙侧：人人皆以宝玉为痴，孰（殊）不知世人比宝玉更痴。蒙戚双：是聪明，是愚昧，是小儿淘气？余皆不知，只觉悲感难言，奇瑰愈妙。急的袭人忙握他的嘴，说：“好好的，正为劝你这些，更说的狠了。”宝玉忙说道：“再不说这话了。”庚侧：只说今日一次。呵呵，玉兄玉兄，你到底哄的那一个？袭人道：“这是头一件要改的。”宝玉道：“改了。再要说，你就拧嘴。还有什么？”袭人道：“第二件，你真喜读书也罢，假喜也罢，庚侧：新鲜，真新鲜！只是在老爷跟前，或在别人跟前，你别只管批驳诮谤，只作出个喜读书的样子来，庚侧：所谓“开方便门”。

蒙戚双：宝玉又诮谤读书人，恨此时不能一见如何诮谤。也教老爷少生些气，在人前也好说嘴。蒙侧：大家听听，可是丫环说的话？他心里想着，我家代代读书，只从有了你，不承望你不喜读书，已经他心里便又气又愧；而且背前背后，乱说那些混话，读书上进的人你就起个名字，叫作‘禄蠹’，蒙戚双：二字从古未见，新奇之至！难怨世人谓之可杀，余却最喜。又说只除‘明明德’外无书，都是前人俞校：“都是前人”——从己、庚、晋、甲；原“却是前人”。自己不能解圣人之书，另出己意混编纂出来的。蒙戚双：宝玉目中犹有“明明德”三字，心犹有“圣人”二字，又素日皆作如是等语，宜乎人人谓之疯傻不肖。这些话，怎么怨得老爷不气，不时时打你！叫别人怎么想你！”宝玉笑道：“再不说了。那原是我小时俞校：“我小时”——从晋；原“那小时”。不知天高地厚，信口胡说，俞校：“信口胡说”——从己、庚、晋、甲；原“信心胡说”。如今再不敢说了。蒙戚双：又作是语，说不得不乖觉，然又是作者瞒人之处也。还有什么？”袭人道：“再不可毁僧谤道，蒙戚双：一件，是妇女心意。调脂弄粉。蒙戚双：二件，若不如此，亦非宝玉。还有更要紧的一件，蒙戚双：忽又作此一语。再不许吃人嘴上擦的胭脂了，蒙戚双：此一句是闻所未闻之语，宜乎其父母严责也。与那爱红的毛病儿。”宝玉道：“都改，都改。再有什么？快说。”袭人笑道：“再也没有了。只是百事检点些，不任意任情的就是了。蒙戚双：总包括尽矣。其所谓“花解语”者，大矣！不独冗冗为儿女之分也。你若果都依了，便拿八人轿也抬不出我去了。”宝玉笑道：“你在这里俞校：“你在这里”——从晋；原“你这里”。长远了，不怕没八人轿你坐。”袭人冷笑道：“这我可不希罕的。俞校：“不希罕的”——从己、庚、晋、甲；原“不希罕”。有那个福气，没有那个道理，纵坐了也没甚趣。”庚眉：“花解语”一段，乃袭卿满心满意将玉兄为终身得靠，千妥万当故有是。余阅至此，余为袭卿一叹。丁亥春，畸笏叟。蒙侧：真正逼人。蒙戚双：调侃不浅，然在袭人能作是语，实可爱可敬可服之至，所谓“花解语”也。二人正说着，只见秋纹俞校：“只见秋纹”——从己、庚、晋、甲；原“见秋纹”。走进来说：“快三更了，该睡了。方才老太太打发嬷嬷来问，我答应睡了。”宝玉命取表来蒙戚双：照应前凤姐之文。看时，果然针已指到亥正，俞校：“亥正”——从己、庚、晋、甲；原“亥时”。蒙戚双：表则是表的写法，前形容自鸣钟则是自鸣钟，各尽其神妙。方从新盥漱宽衣安歇，不在话下。至次日清晨，袭人起来，便觉身体发重，头疼目胀，四肢火热。先时还扎挣的住，次后捱不住，只要睡着，因而和衣躺在炕上。庚侧：过下引线。宝玉忙回了贾母，传医诊视，说道：“不过偶感风寒，吃一两剂药疏散疏散就好了。”开方去后，令人取药来煎好。刚服下去，命他盖上被渥汗，宝玉自去黛玉房中来看视。蒙戚双：为下文留地步。

彼时黛玉自在床上歇午，丫鬟们皆出去自便，满屋内静悄悄的。宝玉揭起绣线软帘，进入里间，只见黛玉睡在那里，忙去上来推他道：“好妹妹，（蒙戚双：才住了“好姐姐”，又闻“好妹妹”，大约宝玉一日之中，一时之内，此六个字未曾暂离口角。妙甚！）才吃了饭，又睡觉！”将黛玉唤醒。（蒙双：若是别部书中写，此时之宝玉一进来，便生不轨之心，突萌苟且之念，更有许多贼形鬼状等丑态邪言矣。此却反推唤醒他，毫不在意，所谓说不得淫荡是也。）黛玉见是宝玉，因说道：“你且出去逛逛。我前儿闹了一夜，今儿还没有歇过来，（己双：补出姣怯态度。）浑身酸疼。”宝玉道：“酸疼事小，睡出来的病大。（俞校：“睡出来的病大”——从己、庚、晋、甲；原“怕睡出病来”。）我替你解闷儿，混过困去就好了。”（蒙戚双：宝玉又知养身。）黛玉只合着眼，说道：“我不困，只略歇歇儿，你且别处去闹会子再来。”宝玉推他道：“我往那里去呢，见了别人就怪腻的。”（蒙戚双：所谓只有一颦可对，亦属怪事。）黛玉听了，嗤的一声笑道：“你既要在这里，那边去老老实实的坐着，咱们说话儿。”宝玉道：“我也歪着。”黛玉道：“你就歪着。”宝玉道（己双：绵缠密秘入微。）：“没有枕头，（俞校：“黛玉道：你就歪着”至“没有枕头”——从己、庚、晋、甲；原“宝玉见没有枕头，因说”。）咱们在一个枕头上罢。”（蒙戚双：更妙！渐逼渐近，所谓“意绵绵”也。）黛玉道：“放屁。（庚侧：如闻。）外头不是枕头，拿一个来枕着。”宝玉出至外间，看了一看，回来笑道：“那个我不要，也不知是那个脏婆子的。”黛玉听了，睁开眼，（蒙戚双：睁眼。）起身（蒙戚双：起身。）笑道（蒙戚双：笑。）：“真真你就是我命中的天魔星。（俞校：“天魔星”——从己、庚、晋、甲；原“妖魔星”。）（蒙戚双：妙语，妙之至！想见其态度。）请枕这一个。”说着，将自己枕的（俞校：“将自己枕的”——从己、庚、甲；原“就将自己枕的”。）推与宝玉，又起身将自己的再拿了一个来，自己枕了。二人对面倒下。黛玉因看见宝玉左边腮上有钮扣大小的一块血渍，便欠身凑近前来，以手抚之细看，（戚双：想见其缠绵态度。）又道：“这又是谁的指甲刮破了？”（蒙戚双：妙极！补出素日。）宝玉侧身，一面笑道（庚侧：对“推醒”看。）：“不是刮的，只怕是才刚替他们淘漉胭脂膏子，掘上了（俞校：“掘上了”——从己、庚；原“溅上了”。）一点儿。”（蒙戚双：遥与后文平儿于怡红院晚妆时对照。）说着，便找手帕子要揩拭。黛玉便用自己的帕子替他揩拭了，（蒙戚双：想见其情之脉脉，意之绵绵。）口内说道：“你又干这些事了。（蒙戚双：又是劝戒语。）干也罢了，（蒙戚双：一转，细极！这方是颦卿，不比别人一味固执死劝。）必定还要带出幌子来。便是舅舅看不见，（俞校：“看不见”——从己、庚、晋、甲；原“不见”。）别人又当奇事新鲜话儿去学舌讨好儿，（己双：补前文之未到，伏后文之线脉。）（蒙戚双：补前文之未足者。）吹到舅舅耳朵里，（俞校：“耳朵里”——从晋、甲；原“耳里”。）又大家（俞校：“又大家”——从晋、甲；原“使大家”。）不干净惹气。”（己双：“大家”二字，何妙之至，神之至，细腻之至！乃父责其子，纵加以笞楚，何能使“大家不干净”哉？今偏“大家不干净”，则知贾母如何管孙责子，迁怒于众，及自己心中多少抑郁。难堪难禁，代忧代痛，一齐托出。）宝玉总未听见这些话，（庚眉：一句描写玉刻骨刻髓，至已尽矣。壬午春。）（蒙戚双：可知昨夜“情切切”之语，亦属行云

（流水矣。）只闻得一股幽香，却是从黛玉袖中发出，闻之令人醉魂酥骨。（蒙戚双：却像是淫极，然究竟不犯一些淫意。）宝玉一把便将黛玉的袖拉住，要瞧笼着何物。黛玉笑道："冬寒十冷，（俞校："冬寒十冷"——原"□□□冷"；己、庚"冬寒十月"。今改"冬寒十冷"。）（庚侧：口头语，犹在寒冷之时。）谁带什么香呢。"宝玉笑道："既然如此，这香是那里来的？"黛玉道："连我也不知道，（蒙戚双：正是按谚云："人在气中忘气，鱼在水中忘水。"余今续之曰："美人忘容，花则忘香。"此则黛玉不知自骨肉中之香同。）想必是柜子里头的香气，衣服上薰染的也未可知。"（蒙戚双：有理。）宝玉摇头道："未必。这香的气味奇怪，不是那些香饼子、香毬子、香袋子的香。"（蒙戚双：自然。）黛玉冷笑道（蒙戚双：冷笑便是文章。）："难道我也有什么罗汉真人给我些香不成！便是得了奇香，也没有亲哥哥亲兄弟，弄了花儿、朵儿、霜儿、雪儿替我炮制。（蒙戚双：活颦儿，一丝不错。）我有的是那些俗香（俞校："是那些俗香"——从己、庚、晋、甲；原"是些俗香"。）罢了。"宝玉笑道："凡我说一句，你就拉上这么些。不给你个利害，也不知道。从今儿可不饶你了。"说着，翻身起来，将两只手呵了两口，（蒙侧：情景如画。）（蒙戚双：活画。）便伸向黛玉膈肢窝内两胁下乱挠。黛玉素性触痒不禁，宝玉两手伸来乱挠，便笑的喘不过气来，口里说："宝玉，你再闹，我就恼了。"（蒙戚双：如见如闻。）宝玉方住了手，笑问道："你还说这些不说了？"黛玉笑道："再不敢了。"一面理鬓，（蒙戚双：画。）笑道："我有'奇香'，你有'暖香'没有？"（蒙戚双：奇问。）宝玉见问，一时解不来，（蒙戚双：一时原难解，终逊黛卿一等，正在此等处。）因问："什么暖香？"黛玉点头叹笑道（蒙戚双：画。）："蠢才，蠢才！你有玉，人家就有金来配你；人家有'冷香'，你就没有'暖香'去配！"宝玉方听出来，（蒙戚双：的是颦儿，活画。然这是阿颦一生心事，故每不禁自及之。）因笑道（俞校："因笑道"——从晋；原"宝玉笑道"。）："方才求饶，如今更说狠了。"说着，又去伸手。黛玉忙笑道："好哥哥，我可不敢了。"宝玉笑道："饶便饶你，（俞校："饶便饶你"——从己、庚、晋、甲；原"饶你"。）只把袖子我闻一闻。"说着，便拉了袖子，笼在面上，闻个不住。黛玉夺了手道："这可该去了。"宝玉笑道："去，不能。咱们斯斯文文的躺着说话儿。"说着，复又倒下。黛玉也倒下，用手帕子盖上脸。（蒙戚双：画。）宝玉有一搭没一搭的说些鬼话，（蒙戚双：先一总。）黛玉只不理。宝玉问他几岁上京，路上见何景致古迹，扬州有何遗迹故事，土俗民风。黛玉只不答。宝玉只怕他睡出病来，

（己双：原来只为此故，不暇傍人嘲笑，所以放荡无忌处不特此一件耳。）便哄他道："嗳哟，你们扬州衙门里有一件大故事，你可知道？"（庚侧：像个亲（说）故事的。）黛玉见他说的郑重，且又正言厉色，只当是真事，因问什么事。宝玉见问，便忍着笑，顺口诌道（俞校："诌道"——从己、庚、晋、甲；原"顺口说道"。）（庚侧：又哄我看书人。）："扬州有一座黛山，山上有个（俞校："山上有个"——从己、庚、晋、甲；原"山上有一个"。）林子洞。"黛玉笑道："就是扯谎，（俞校："就是扯谎"——从己、庚、甲；原"真是撒谎"。）（庚侧：山名洞名，颦儿已知之矣。）自来也没听见这山。"宝玉道："天下山水多着呢，你那里知道这些。等我说完了，你再批评。"（庚侧：不先了此句，可知此谎再诌不完的。）黛玉道："你且说。"宝玉又诌（俞校："又诌"——从己、庚；原"又说"。）："林子洞里原来有群耗子精。那一年腊月初七日，老耗子升座议事，（己双：耗子亦能升座且议事，自是耗子有赏罚有制度矣。何今之耗子犹穿壁啮物，其升座者置而不问哉？）因说：'明日乃是腊八，世上人都熬腊八粥。如今我们洞中果品短少，（庚侧：难道耗子也要腊八粥吃？一笑。）须得趁此（俞校："趁此"——从己、庚、晋、甲；原"乘此"。）打劫些来方妙。'（己双：议的是这事，宜乎为鼠矣。）乃拔令箭一枝，遣一能干的小耗（俞校："能干的小耗"——从己、庚、晋、甲；原"能干的小耗子"。）（蒙戚双：原来能干此者便是小鼠。）前去打听。一时，小耗回报：'各处察访打听已毕，惟有山下庙里，果米最多。'（蒙戚双：庙里原来最多，妙妙！）老耗问：'米有几样？果有几品？'小耗道：'米豆成仓，不可胜记。果品有五种：一红枣、二栗子、三落花生、四菱角、五香芋。'（俞校："香芋"——从晋、甲；原"香玉"。（以下均同，只末一个"香玉"不动。））老耗听了大喜，即时点耗前去。乃拔令箭问：'谁去偷米？'一耗便接令箭去偷米。又拔令箭问：'谁去偷豆？'又一耗接令去偷豆。然后一一的都各领令去了，（俞校："领令去了"——从己、庚、晋、甲；原"领去了"。）（庚侧：玉兄也知琐碎，以抄近为妙。）只剩下香芋一种，因又拔令箭问：'谁去偷香芋？'只见一个极小极弱的小耗应道（庚侧：玉兄玉兄，唐突颦儿了！）：'我愿去偷香玉。'老耗并众耗见他这样，（俞校："见他这样"——从己、庚、晋、甲；原"见他形样"。）恐不谙练，且怯懦无力，都不准他去。小耗道：'我虽年小身弱，（俞校："年小身弱"——从己、庚、晋、甲；原"年少身弱"。）却是法术无边，口齿伶俐，机谋深远。（戚双：这三句暗为黛玉作评，讽得妙！）此去包管比他们偷的还巧呢。'众耗忙问：'如何比他们巧呢？'（俞校："比他们巧呢"——从己、庚、晋、甲；原"比他们巧"。）小耗道：'我不学他们直偷。我只摇身一变，（庚侧：不直偷，可畏可怕。）也变成个香芋，（蒙侧：作意从此透露。）滚在香芋堆里，使人看不出听不见，却暗暗的用分身法搬运，渐渐的就搬运尽了。（庚侧：可怕可畏。）岂不比直偷硬取的巧些！'（蒙双：果然巧，而且最毒，直偷者可防，此法不能防矣，可惜这样才情，这样学术，却只一耗耳。）众耗听了，都道：'妙却妙，只是不知怎么个变法，你先变个我们瞧瞧。’小耗听了，俞校：“小耗听了”——从己、庚、晋、甲；原“小耗”。笑道：‘这个不难，等我变来。’说毕，摇身说变，俞校：“摇身说变”——从己、庚、晋、甲；原“摇身就变”。竟变了一个最标致美貌的一位小姐。庚侧：奇文，怪文。众耗忙笑道俞校：“忙笑道”——从庚；原“忙笑说”。：‘变错了，变错了。原说变果子的，如何变出小姐来？’己双：余亦说变错了。小耗现形笑道：‘我说你们没见世面，只认得这果子是香芋，却不知盐课林老爷的小姐才是真正香玉呢。’”己双：前面有“试才题对额”，故紧接此一篇无稽乱话，前无则可，此无则不可，盖前系宝玉之懒为者，此系宝玉不得不为者。世人诽谤无碍，奖誉不必。黛玉听了，翻身爬起来，按着宝玉，笑道：“我把你烂了嘴的。我就知道你是编我呢。”说着，便拧的宝玉连连央告，说：“好妹妹，饶我罢！再不敢了！我因为闻你香，忽然想起这个故典来。”黛玉笑道：“饶骂了人，还说是故典呢。”庚眉：“玉生言（香）”是要与“小恙梨香院”对看，愈觉生动活泼，且前以黛玉后以宝钗，特犯不犯，好看煞！丁亥春，畸笏叟。一语未了，只见宝钗走来，蒙侧：不犯梨香院。蒙戚双：妙！笑问：“谁说故典呢？我也听听。”黛玉忙让坐，笑道：“你瞧瞧，有谁！他饶骂了人，还说是故典。”宝钗笑道：“原来是宝兄弟，怨不得他，他肚子里的故典原多。蒙戚双：妙讽。只是可惜一件，蒙戚双：妙转。凡该用故典之时，他偏就忘了。蒙戚双：更妙！有今日记得的，前儿夜里的芭蕉诗就该记得。眼面前的倒想不起来。别人冷的那样，你急的只出汗。戚双：与前“拭汗”二字针对，不知此书何妙至如此，有许多妙谈妙语机锋诙谐，各得其时，各尽其理，前梨香院黛玉之讽，则偏而趣，此则正而趣，二人真是对手，两不相犯。列双：与前“拭汗”二字针对。这会子偏又有记性俞校：“记性”——从己、庚、晋、甲；原“记心”。了。”黛玉听了，笑道：“阿弥陀佛！到底是我的好姐姐。你一般也遇见对子了。可知一还一报，不爽不错的。”刚说到这里，只听宝玉房中一片声嚷嚷俞校：“一片声嚷嚷”——从己、庚、晋；原“一片嚷声”。吵闹起来。后回再见。

蒙戚回后：若知宝玉真性情者，当留心此回。其与袭人何等留连，其于画美人事何等古怪，其遇茗烟事何等怜惜，其于黛玉何等保护。再袭人之痴忠，画人之惹事，茗烟之屈奉，黛玉之痴情，千态万状，笔力劲尖，有水到渠生之象，无微不至。真画出一个上乘智慧之人，入于魔而不悟，甘心堕落。且影出诸魔之神通，亦非泛泛，有势不能轻登彼岸之形。凡我众生掩卷自思，或于身心少有补益。小子妄谈，诸公莫笑。

晋回后：戏谑主人调笑仆，相合姊妹合欢亲。

第二十回
王熙凤正言弹妒意　林黛玉俏语谑娇音

蒙回前：智慧生魔多象，魔生智慧方深。智慧寂灭万缘根，不解智慧作甚。

话说宝玉在林黛玉房中说耗子精，宝钗撞来，讽刺宝玉元宵不知“绿蜡”之典，三人正在房中互相讥刺取笑。那宝玉正恐黛玉饭后贪眠，一时存了食，或夜间走了困，俞校：“走了困”——从己、庚、晋、甲；原“失了困”。皆非保养身体之法。蒙戚双：云宝玉亦知医理，却只是在颦钗等人前方露，亦如后回许多明理之语，只在闺前现露三分，越在雨村等经济人前，如痴如呆，实令人可恨。但雨村等视宝玉不是人物，岂知宝玉视彼等更不是人物，故不与接谈也。宝玉之情痴，真乎？假乎？看官细评。幸而宝钗走来，大家谈笑，那林黛玉方不欲睡，自己才放了心。忽听他房中嚷起来。大家侧耳听了一听，林黛玉先笑道：“这是你妈妈和袭人叫呢。那袭人也罢了，你妈妈再要认真排场他，可见老背晦了。”己双：袭卿能使颦卿一赞，愈见彼之为人矣，观者诸公以为何如？宝玉忙要赶过来，宝钗忙一把拉住道庚侧：的是宝钗行事。：“你别和你妈妈俞校：“你妈妈”——从己、庚、晋、甲；原“妈妈”。吵才是。他老糊涂了，倒要让他一步为是。”蒙戚双：宝钗如何？观者思之。宝玉道：“我知道了。”说毕，走来。只见李嬷嬷俞校：“李嬷嬷”——从己、庚、晋、甲；原“李妈妈”。本回下同。拄着拐棍，在当地骂袭人庚侧：活像过时奶妈骂丫头。：“忘了本的小娼妇！我抬举你起来，庚侧：在袭卿身上去叫下撞天屈来。这会子我来了，你大模大样俞校：“大模大样”——从己、庚、晋、甲；原“大摸大样”。的躺在炕上，见我来也不理一理。一心只想装狐媚子哄宝玉，庚侧：看这句几把批书人吓杀了。哄的宝玉不理我，听你们的话。庚侧：幸有此二句，不然我石兄、袭卿扫地矣。你不过是几两臭银子买来的毛丫头，这屋里你就作耗，如何使得！好不好，拉出去配一个小子，庚侧：虽写得酷肖，然唐突我袭卿，实难为情。看你还妖精似的哄宝玉不哄！”庚侧：若知“好事多魔”，方会昨（作）者这意。袭人先只道李嬷嬷不过为他躺着生气，少不得分辨，说“病了才出汗，蒙着头，原没看见你老人家”等话，后来只管听他说哄宝玉，装狐媚，又说配小子等，俞校：“配小子等”——从己、庚；原“配小子等话”。由不得又愧又委屈，禁不住哭起来。宝玉虽听了这些话，也不好怎样，少不得替袭人分辨病了吃药等语，又说：“你不信，只问别的丫头们。”李嬷嬷听了这话，一发气起来了，说道：“你只护着那起狐狸，那里认得我了，叫我问谁去！庚侧：真有是语。谁不帮着你呢！庚侧：真有是事。谁不是袭人拿下马来的！庚侧：冤枉，冤哉！我都知道那些事。庚侧：囫囵语，难解。我只和你在老太太、太太跟前去讲。俞校：“去讲”——从晋、甲；原“去讲了”。把你奶了这么大，庚侧：奶妈拿手话。到如今吃不着奶了，把我丢在一旁，逞着丫头们要我的强。”一面说，一面也哭起来。彼时黛玉、宝钗等也走过来劝说：“妈妈，你老人家担待俞校：“担待”——从晋、甲；原“耽待”。他们一点子就完了。”李嬷嬷见他二人来了，庚眉：特为乳母传照，暗伏后文倚势奶娘线脉。《石头记》无闲文并虚字在此。壬午孟夏，畸笏老人。蒙侧：四字妈妈，是看重二人身分。便拉住诉委屈，将当日吃茶，茜雪出去，与昨日酥酪等事，唠唠叨叨，说个不清。庚侧：好极，妙极，毕肖极！庚眉：茜雪至“狱神庙”方呈正文。袭人正文标昌（目）[曰]：“花袭人有始有终。”余只见有一次誊清时，与“狱神庙慰宝玉”等五六稿，被借阅者迷失。叹叹！丁亥夏，畸笏叟。可巧凤姐正在上房算完输赢账，听得后面一片声俞校：“一片声”——从晋；原“声”。嚷动，便知是李嬷嬷老病发了，排揎宝玉的人，正值他今儿输了钱，庚侧：找上文。迁怒于人。庚侧：有是争竞事。便连忙赶过来，拉了李嬷嬷笑道：“好妈妈，别生气。大节下老太太才喜欢了一日，你是个老人家，别人高声，你还要管他们呢！难道你反不知道俞校：“反不知道”——从己、庚、晋；原“还不知道”。规矩，在这里嚷起来，叫老太太生气不成！庚侧：阿凤两提“老太太”，是叫老妪想袭卿是老太太的人，况又双关大体，勿泛泛看去。你只说谁不好，我替你打他。我家里烧的滚热的野鸡，快来跟我吃酒去。”庚侧：何等现成，何等自然，的是凤卿笔法。一面说，一面拉着走，又叫：“丰儿，替你李奶奶拿着拐棍子，擦眼泪的手帕子。”庚侧：一丝不漏。那李嬷嬷脚不沾地，跟了凤姐走了。一面还说：“我也不要这老命了。索性今儿没了规矩，闹一场子，讨个没脸，强如受那娼妇蹄子的气。”后面宝钗、黛玉随着，见凤姐儿 俞校：“见凤姐儿”——从己、庚、晋、甲；原“凤姐儿”。 这般，都拍手笑道：“亏这一阵风来， 庚侧：批书人也是这样说。看官将一部书中人一一想来，收拾文字非阿凤俱有琐细引迹事。《石头记》得力处俱在此。 把个老婆子撮了去了。”宝玉点头叹道：“这又不知是那里的帐，只拣软的排揎。昨儿又不知是那个姑娘得罪了，上在他账上了。” 俞校：“上在他账上了”——从甲；原无“了”。 一句未了，晴雯在旁笑道：“谁又不疯了，得罪他作什么。便得罪了他，就有本事承任，不犯着带累别人。”袭人一面哭， 俞校：“一面哭”——从己、庚、晋、甲；原无。 一面拉宝玉道：“为我得罪了 俞校：“得罪了”——从己、庚、晋、甲；原“得罪”。 一个老奶奶，你这会子又为我得罪这些人。这还不够我受的，还只是拉别人。”宝玉见他这般病势，又添了这些烦恼，连忙忍气吞声，安慰他仍旧睡下出汗。又见他汤烧火热，自己守他歪在旁边，劝他只养着病，别只想着些没要紧的事生气。袭人冷笑道：“要为这些事生气，这屋里一刻还站不得了！ 庚侧：实言，非谬语也。 但只是天长日久，只管这样，可叫人怎么样才好呢。时常我劝你别为我们得罪人。你只顾一时为我们那样，他们都记在心里，遇着坎儿，说的好说不好听，大家什么意思。” 庚侧：从“狐媚子”等语来，实实好语，的是袭卿。 一面说，一面禁不住流泪，又怕宝玉烦恼，只得又勉强忍着。 庚眉：一段特为怡红袭人、晴雯、茜雪三鬟之性情、见识、身分而写。己卯冬夜。 一时杂使的老婆子煎了二和药来。宝玉见他才有汗意，不肯叫他起来，自己便端着，就枕与他吃了。即命小丫头子们铺炕。袭人道：“你吃饭不吃饭，到底老太太、太太跟前坐一会子， 庚侧：心中时时刻刻正意语也。 和姑娘们玩一会子再回来。我就静静的躺一躺也好。”宝玉听说，只得替他去了簪环，看他躺下，自往上房来。

同贾母吃毕饭。贾母犹欲同那几个老管家嬷嬷 俞校：“管家嬷嬷”——从己、庚；原“管家妈妈”。 斗牌解闷，宝玉惦着 俞校：“惦着”——从乙；原“记著”。 袭人，便回至房中，见袭人朦朦睡去。自己要睡，天色尚早。彼时晴雯、绮霰、 俞校：“绮霰”——从己、庚；原“绮霞”。 秋纹、碧痕，都寻热闹，找鸳鸯、琥珀等耍戏去了，独见麝月一个人在外间房里灯下抹骨牌。宝玉笑问道：“你怎么不同他们玩去？”麝月道：“没有钱。”宝玉道：“床底下堆着那么些，还不够你输的。”麝月道：“都玩去了，这屋子（俞校：“这屋子”——从晋、甲；原“这屋里”。）交给谁呢？（庚侧：正文。）（庚眉：麝月闲闲无语，令余酸鼻，正所谓对景伤情。丁亥夏，畸笏。）那那一个又病了。满屋里上头是灯，地下是火。（俞校：“地下是火”——从己、庚；原“下头是火”。）（庚侧：灯节。）那些老妈妈子们，老天拔地，伏侍一天，也该叫他们（俞校：“叫他们”——从庚；原“叫他”。）歇歇；小丫头子们也伏侍了一天，这会子还不叫他们玩玩去。所以让他们都去罢，我在这里看着。”宝玉听了这话，公然又是一个袭人。（庚侧：岂敢。）因笑道：“我在这里坐着。你放心去罢。”（庚侧：每于如此等处，石兄何常（尝）轻轻放过，不介意来？亦作[者]欲瞒看官，又被批书人看去，呵呵。）麝月道：“你既在这里，越发不用去了。咱们两个说话玩笑岂不好。”（庚侧：全是袭人口气，所以后来代任。）宝玉笑道：“咱两个（俞校：“咱两个”——从庚；原“两个”。）作什么呢？怪没意思的。也罢了，早上你说头痒，这会子没什么事，我替你篦头罢。”麝月听见，便道：“就是这样。”说着，将文具镜匣搬来，卸去钗钏，打开头发。宝玉拿了篦子（俞校：“拿了篦子”——从己、庚、晋、甲；原“拿篦子”。）替他一一的梳篦。（庚侧：金闺细事如此写。）只篦了三五下，只见晴雯忙忙走进来取钱，一见了他两个，便冷笑道：“哦，交杯盏还没吃，倒上头了！”（庚侧：虽谑语，亦少露怡红细事。）宝玉笑道：“你来，我也替你篦一篦。”晴雯道：“我没那么大福。”说着，拿了钱，便摔帘子出去了。宝玉在麝月身后，麝月对镜，二人在镜内相视。（庚侧：此系石兄得意处。）宝玉便向镜内笑道：“满屋里就只是他磨牙。”麝月听说，忙也向镜中摆手，（俞校：“摆手”——从己、庚、晋、甲；原“摇手”。）（庚侧：好看，趣。）宝玉会意。忽听唿一声帘子响，晴雯又跑进来问道（庚侧：麝月摇手为此，可儿可儿！）：“我怎么磨牙了？（庚侧：好看煞！）咱们倒得说说。”（俞校：“倒得说说”——从己、庚、晋、甲；原“到要说说”。）（庚眉：娇憨满纸，令人叫绝。壬午九月。）麝月笑道：“你去你的罢。又来问人了。”晴雯笑道：“你又护着。你们那瞒神弄鬼的（庚侧：找上文。）我都知道。（俞校：“我都知道”——从晋、甲；原“我知道”。）等我捞回本儿来再说话。”说着，一径出去了。（蒙戚双：闲上一段儿女口舌，却写麝月一人。有袭人出嫁之后，宝玉、宝钗身边还有一人，虽不及袭人周到，亦可免微嫌小敝等患，方不负宝钗之为人也。故袭人出嫁后云“好歹留着麝月”一语，宝玉便依从此话。可见袭人虽去，实未去也。写晴雯之疑忌，亦为下文跌扇角口等文伏脉，却又轻轻抹去。正见此时都在幼时，虽微露其疑忌，见得人各禀天真之性，善恶不一，往后渐大渐生心矣。但观者凡见晴雯诸人则恶之，何愚也哉！要知自古及今，愈是尤物，其猜忌妒愈甚。若一味浑厚大量涵养，则有何可令人怜爱护惜哉？然后知宝钗、袭人等行为，并非一味蠢拙古板，以女夫子自居，当绣幙灯前、绿窗月下，亦颇有或调或妒、轻俏艳丽等说，不过一时取乐买笑耳，非切切一味妒才嫉贤也，是以高诸人百倍。不然，宝玉何甘心受屈于二女夫子哉！看过后文则知矣。故观书诸君子不必恶晴雯，正该感晴雯金闺绣阁中生色方是。）这里宝玉通了头，命麝月悄悄的伏侍他睡下，不肯惊动袭人。一宿无话。（俞校：“一宿无话”——从己、庚、晋、甲；原“一宿无语”。）

至次日清晨起来，袭人已是夜间发了汗，觉得轻省了些，只吃些米汤静养。宝玉放了心。因饭后时，到薛姨妈这边来闲逛。彼时正月内，学房中放年学，闺阁中忌针黹，俞校："针黹"——从己、甲；原"针茶"。却都是闲时。因贾环也过来玩。正遇见宝钗、香菱、莺儿三个赶围棋作耍，贾环见了也要玩。宝钗素昔俞校："素昔"——从晋、甲；原"素习"。看他亦如宝玉，并没他意。今儿听他要玩，让他上来坐了一处玩。一磊十个钱。头一回自己赢了，心中十分欢喜。庚眉：写环兄先赢，亦是天生地设现成文字。己卯冬夜。后来接连输了几盘，便有些着急。赶着这盘正该自己掷骰子，若掷个七点便赢；若俞校："正该自己掷骰子，若掷个七点便赢；若"——从己、庚、晋、甲；原"正该自己"。掷个六点，下该莺儿掷三点就赢了。因拿起骰子来，狠命一掷，俞校："狠命一掷"——从甲；原"恨命一掷"。一个作定了五，那一个乱转，莺儿拍着手只叫"幺"。庚侧：好看煞。蒙戚双：娇态如此。贾环便瞪着眼，六七八混叫。那骰子偏生转出幺来。贾环急了，伸手便抓起骰子来，然后就拿钱，说是个六点。庚侧：更也好看。莺儿便说："分明是个幺。"俞校："是个幺"——从己、庚、晋、甲；原"是幺"。宝钗见贾环急了，便瞅莺儿说道："越大越没规矩。难道爷们还赖你？俞校："还赖你"——从己、庚、晋、甲；原"要赖你"。蒙侧：酷肖。还不放下钱来呢。"莺儿满心委屈，俞校："满心委屈"——从己、庚、晋、甲；原无。见宝钗说，不敢则声，俞校："不敢则声"——从己、庚、甲；原"不敢啧声"。本回下同。只得放下钱来，口内嘟囔说："一个作爷的，还赖我们这几个钱。连我也不在眼里。庚侧：酷肖。前儿和宝玉玩，他输了那些也没着急，庚侧：倒卷帘法，实写幼时往事，可伤。下剩的钱还是几个小丫头子俞校："小丫头子"——从己、庚、晋、甲；原"小丫头"。们一抢，他一笑就罢了。"宝钗不等说完，连忙断喝。贾环道："我拿什么比宝玉呢！你们怕他，都和他好，都欺负我不是太太养的。"庚侧：蠢驴！庚侧：观者至此，有不卷帘厌看者乎？余替宝卿实难为情。说着，便哭了。宝钗忙劝他："好兄弟，快别说这话，俞校："别说这话"——从己、庚、晋、甲；原"别说这话儿"。人家笑话你。"又骂莺儿。正值宝玉走来，见了这般形况，问是怎么了。俞校："问是怎么了"——从己、庚、晋、甲；原"问是谁怎么了"。贾环不敢则声。宝钗素知他家规矩，凡作兄弟的都怕哥哥，己双：大族规矩原是如此，一丝儿不错。却不知那宝玉是不要人怕他的。他想着："弟兄们一并都有父母教训，何必我多事，反生疏了。况且我是正出，他是庶出，饶这样还有人背后谈论，庚侧：此意不呆。还禁得辖治他了。"更有个呆意思存在心里，庚眉：又用讳人语瞒着看官。己卯冬夜。你道是何呆意？因他自幼姊妹丛中长大，

李嬷嬷恶语讽贤人　王熙凤正言弹妒意

亲姊妹有元春、探春，叔伯的 俞校：“叔伯的”——从甲；原“堂姊妹”。有迎春、惜春，亲戚中又有史湘云、林黛玉、薛宝钗等诸人，他便料定原来天生人为万物之灵，凡山川日月之精秀，俞校：“精秀”——从己、庚；原“精气”。只钟于女儿，须眉男子不过是些渣滓浊沫而已。因有这个呆念在心，把一切男子都看成混沌浊物，可有可无。只是父亲叔伯兄弟中，因孔子是亘古第一人说下的不可忤慢，只得要听他这句话。庚侧：听了这一个人之话，岂是呆子？由你自己说罢，我把你作极乖的人看。所以弟兄之间不过尽其大概的情理就罢了，并不想自己是丈夫，须要为子弟之表率。是以贾环等都不怕他，却怕贾母，才让他三分。如今宝钗恐怕宝玉教训他，倒没意思，便连忙替贾环掩饰。宝玉道：“大正月里，哭什么！这里不好，你别处玩去。你天天念书，倒念糊涂了。比如这件东西不好，横竖那一件好，就弃了这件取那个。难道你守着这个东西哭一会子，就好了不成！你原是取乐玩的，俞校：“取乐玩的”——从己、庚、晋；原“来乐的”。既不能取乐，就往别处去再寻乐，玩一会子。俞校：“玩一会子”——从己、庚；原下有“你如今自招烦恼”。难道这算 俞校：“这算”——从庚傍改（“这”傍添）；原“算”。取乐玩了不成！倒招自己烦恼。俞校：“倒招自己烦恼”——从己、庚；原无。不如快去为是。”俞校：“快去为是”——从己、庚、晋；原“快去为是呢”。庚侧：呆子都会立这样意，说这样话。贾环听了，只得回来。赵姨娘见他这般，因问：“又是在那里垫了踹窝来了？”庚侧：多事人等口谈吐。一问不答，庚侧：毕肖。再问时，贾环便说：“同宝姐姐玩的。莺儿欺负我，赖我的钱。宝玉哥哥撵我来了。”赵姨娘啐道：“谁叫你上高台盘 俞校：“高台盘”——从晋；原“高台攀”。去了！下流没脸的东西。那里玩不得，谁叫你跑了去讨没意思。”正说着，可巧凤姐在窗外过，都听在耳内，便隔窗说道：“大正月，又怎么了？环兄弟小孩子家，一半点儿 俞校：“一半点儿”——从己、庚、晋、甲；原“一半点”。错了，你只教导他，说这些淡话作什么！凭他怎么去，还有太太、老爷管他呢，就大口啐他！庚侧：反得了理了，所谓贬中褒，想赵姨即不畏阿凤，亦无可回答。庚眉：嫡嫡是彼亲生，句句竟成正中贬，赵姨实难答言。到此方知题标用“弹”字甚妥协。己卯冬夜。他现是主子，不好了，横竖有教导他的人，与你什么相干！环兄弟，出来，跟我玩去。”贾环素日怕凤姐比怕王夫人更甚，听见叫他，忙唯唯的出来。赵姨娘也不敢则声。庚侧：“谈（弹）妒意”正文。凤姐向贾环道：“你也是个没气性的。时常说给你：

要吃，要喝，要玩，要笑，只爱同那一个姐姐妹妹哥哥嫂子玩，就同那个玩。你不听我的话，反叫这些人教的歪心邪意，狐媚子霸道的。庚侧：借人发脱，好阿凤！好口齿！句句正言正理。赵姨安得不抿翅低头，静听发挥？批至此，不禁一大白又一大白矣。自己不尊重，要往下流走，安着坏心，俞校："安着坏心"——从己、庚、晋、甲；原"安著这心"。还只管怨人家偏心。输了几个钱，庚侧：转得好。就这么个样儿？"贾环见问，俞校："见问"——从己、庚、晋、甲；原"见说"。只得诺诺的回说："输了一二百。"凤姐道："亏你还是爷，输了一二百钱就这样。"庚侧：几（作）者当记一大百乎。笑笑。回头叫丰儿，"去取一吊钱来。姑娘们都在后头玩呢，把他送了玩去。蒙侧：收拾得好。——你明儿再这么下流狐媚子，我先打了你，打发人告诉学里，皮不揭了你的！为你这个不尊重，庚侧：又一折笔，更觉有味。恨的你哥哥俞校："你哥哥"——从己、庚、晋、甲；原"哥哥"。牙痒，不是我拦着，窝心脚把你的肠子窝出来呢。"俞校："窝出来呢"——从晋、甲；原"抓出来呢"。喝命："去罢。"庚侧：本来面目，断不可少。贾环诺诺的跟了丰儿，得了钱，蒙侧：三字写着环哥。自己和迎春等玩去，不在话下。蒙戚双：一段大家子奴妾口吻，如见如闻，正为下文五鬼作引也。余为宝玉肯效凤姐一点余风，亦可继荣宁之盛，诸公当为如何？

且说宝玉正和宝钗玩笑，忽见人说："史大姑娘来了。"蒙戚双：妙极！凡宝玉、宝钗正闲相遇时，非黛玉来，即湘云来，是恐泄漏文章之精华也。若不如此，则宝玉久坐忘情，必被宝卿见弃，杜绝后文成其夫妇时无可谈旧之情，有何趣味哉！宝玉听了，抬身就走。宝钗笑道："等着。庚眉："等着"二字，大有神情。看官闭目热（熟）思，方知趣味。非批书人谩（漫）拟也。己卯冬夜。咱们两个一齐走，瞧瞧他去。"说着，下了炕，同宝玉一齐来至贾母这边。只见史湘云大笑大说的，见他两个来，忙问好厮见。蒙戚双：写湘云又一笔法，特犯不犯。正值林黛玉在旁，因问宝玉在那里的。宝玉便说："在宝姐姐家的。"黛玉冷笑道："我说呢，俞校："我说呢"——从己、庚、晋、甲；原"我说你"。亏在那里绊住，不然，早就飞了来了。"庚侧：总是心中事语，故机括一动，随机而出。宝玉笑道："只许同你玩，替你解闷儿。不过偶然去他那里一趟，就说这话。"林黛玉道："好没意思的话！去不去，管我什么事。我又没叫你替我解闷儿。可许你从此不理我呢。"说着，便赌气回房去了。宝玉忙跟了来问道："好好的又生气了。就是我说错了，你到底也还坐在那里，和别人说笑一会子，又来自己纳闷。"林黛玉道："你管我呢！"宝玉笑道："我自然不敢管你，只没有个看着你自己作践俞校："作践"——从晋、甲；原"作贱"。紧接下一个同。了身子呢。"林黛玉道：

“我作践坏了身子，我死，与你何干？”宝玉道：“何苦来，大正月里，死了活了的。”林黛玉道：“偏说死！我这会子就死！你怕死，你长命百岁的如何？”宝玉笑道：“要像只管这样闹，我还怕死呢，倒不如死了干净。”林黛玉忙道：“正是了。要是这样闹，不如死了干净。”宝玉道：“我说我自己死了干净，别听错了话赖人。”正说着，宝钗走来道：“史大妹妹等你呢。”说着，便推宝玉走了。己双：此时宝钗尚未知他二人心性，故来劝，后文察其心性，故掷之不闻矣。这里林黛玉越发气闷，只向窗前流泪。没两盏茶的工夫，宝玉仍来了。戚双：盖宝玉亦是心中只有黛玉，见宝钗难却其意，故暂随彼去，以完宝钗之情，是以少坐仍来也。林黛玉见了，越发抽抽噎噎俞校：“抽抽噎噎”——从己、庚、晋、甲；原“哽哽噎噎”。的哭个不住。宝玉见了这样，知难挽回，打叠起千百样的款语温言俞校：“款语温言”——从己、庚、晋、甲；原“腻语温言”。来劝慰。不料自己未张口，庚侧：石头惯用如此笔仗。只见黛玉先说道：“你又来作什么？横竖如今有人和你玩，比我又会念，又会作，又会写，又会说笑，又怕你生气拉了你去，你又作什么来？死活凭我去罢了。”宝玉听了，忙上来悄悄的说道：“你这么个明白人，难道连‘亲不间疏，先不僭后’也不知道？庚侧：八字足可消气。我虽糊涂，却明白这两句话。头一件，咱们是姑舅姊妹，宝姐姐是两姨姊妹，论亲戚他比你疏；第二件，你先来，咱们两个一桌吃，一床睡，长的这么大了，他是才来的，岂有个为他疏你的。”林黛玉啐道：“我难道为叫你疏他，我成了个什么人了呢！我为的是俞校：“我为的是”——从己、庚、晋、甲；原“我为是”。我的心。”宝玉道：“我也为的是你的心。难道你就知你的心，不知我的心不成？”蒙戚双：此二语不独观者不解，料作者亦未必解；不但作者未必解，想石头亦未必解；不过述宝林二人之语耳。石头既未必解，宝、林此刻更自己亦不解，皆随口说出耳。若观者必欲要解，须自揣自身是宝、林之流，则洞然可解；若自料不是宝、林之流，则不必求解矣。万不可将此二句不解，错谤宝、林及石头、作者等人。林黛玉听了，低头一语不发，半日，说道：“你只怨人行动嗔怪了你，你再不知道你自己怄人难受。——就拿今日天气比，分明今儿冷的这样，你怎么倒反把个俞校：“倒反把个”——从庚傍改（“个”傍添）；原“倒反把”。青肷披风脱了呢？”己双：真真奇绝妙文，真如羚羊挂角，无迹可求。此等奇妙，非口中笔下可形容出者。宝玉笑道：“何尝不穿着。见你一恼，我一炮燥俞校：“炮燥”——从己、庚；原“炮躁”。就脱了。”林黛玉叹道：“回来伤了风，又该饿着俞校：“饿着”——从晋、甲；原“饥着”。吵吃的了。”己双：一语仍归儿女本传，却又轻轻抹去也。庚眉：明明写湘云来是正文，只用二三答言，反接写玉、林小角口，又用宝钗岔开，仍不了局。再用千句柔言，百般温态，正在情完未完之时，湘云突在“谑娇音”之文才见真己。"费（卖）弄有家私"之笔也。丁亥夏，畸笏叟。二人正说着，见湘云走来笑道："二哥哥，晋双：龅口字音。林姐姐，你们天天一处玩，我好容易来了，也不理我一理儿。"林黛玉笑道："偏是俞校："偏是"——从己、庚、晋、甲；原"偏"。咬舌子爱说话，连这二哥哥也叫不出来，只是爱哥哥爱哥哥的。回来赶围棋儿，又该着你闹'幺爱三四五'了。"宝玉笑道："你学惯了他，明儿连你还咬起来呢！"蒙戚双：可笑近之野史中，满纸羞花闭月、莺啼燕语。殊不知真正美人方有一陋处。如太真之肥、飞燕之瘦、西子之病，若施于别个，不美矣。今见"咬舌"二字加以湘云，是何大法手眼，敢用此二字哉？不独不见其陋，且更觉轻俏娇媚，俨然一娇憨湘云立于纸上，掩卷合目思之，其"爱""厄"娇音如入耳内。然后将满纸莺啼燕语之字样填粪窖可也。史湘云道："他再不放人一点儿，专挑人的不好。你自己俞校："你自己"——从己、庚、晋、甲；原"你"。便比世人好，也不犯着见一个打趣一个。指出一个人来，你敢挑他，我就服你。"黛玉忙问是谁。湘云道："你敢挑宝姐姐的俞校："宝姐姐的"——从己、庚、晋、甲；原"宝姐姐"。短处，就算你是好的。我算不如你，他怎么不及你呢。"黛玉听了，俞校："黛玉听了"——从庚、晋、甲；原"林黛玉听了"。冷笑道："我当是谁，原来是他！我那里敢挑他呢。"庚眉：此作者放笔写，非褒钗贬颦也。己卯冬夜。宝玉不等说完，忙用话分开。湘云笑道："这一辈子我自然比不上你。我只保佑着明儿得一个咬舌的林姐夫，时时刻刻你可听'爱厄'去。阿弥陀佛，那才现在我眼里！"说的众人一笑，俞校："说的众人一笑"——从己、庚、晋、甲；原"笑的众人不了"。湘云忙回身跑了。要知端的，下回分解。

庚回后：脂砚斋重平（评）《石头记》有客题《红楼梦》一律，失其姓氏，惟见其诗意骇警，故录于斯："自执金矛又执戈，自相戕戮自张罗。茜纱公子情无限，脂砚先生恨几多。是幻是真空历遍，闲风闲月枉吟哦。情机转得情天破，情不情兮奈我何？"凡是书题者不可[不以]此为绝调。诗句警拔，且深知拟书底里，惜乎失石（名）矣！

蒙戚回后：此回文字重作轻抹，得力处是凤姐拉李嬷嬷去，借环哥弹压赵姨。

细致处——宝钗为李嬷劝宝玉，安慰环哥，断喝莺儿。

至急为难处是宝、颦论心。

无可奈何处是“就拿今日天气比”；“黛玉冷笑道：‘我当谁，原来是他！’”

冷眼最好看处是宝钗、黛玉看凤姐拉李嬷嬷，云“这一阵风”；玉、麝一节；湘云到，宝玉就走，宝钗笑说“等着”；湘云大笑大说；颦儿学咬舌；湘云念佛跑了。数节可使看官于纸上能耳闻目睹其音其形之文。

第二十一回

贤（庚侧：当得起。）袭人娇嗔箴宝玉　俏平儿软语救贾琏

蒙戚回前：按此回之文固妙，然未见后卅回犹不见此之妙。此曰“娇嗔箴宝玉”“软语救贾琏”，后曰“薛宝钗借词含讽谏，王熙凤知命强英雄”。今只从二婢说起，后则直指其主。然今日之袭人、之宝玉，亦他日之袭人、他日之宝玉也。今日之平儿、之贾琏，亦他日之平儿、他日之贾琏也。何今日之玉犹可箴，他日之玉已不可箴耶？今日之琏犹可救，他日之琏已不能救耶？箴与谏无异也，而袭人安在哉？宁不悲乎！救与强无别也。甚矣，今因平儿救，此日阿凤英气何如是也！他日之强，何身微运蹇，展眼何如彼耶？甚矣！人世之变迁如此，光阴倏尔如此！

今日写袭人，后文写宝钗；今日写平儿，后文写阿凤。文是一样情理，景况光阴，事却天壤矣！多少恨泪，洒出此两回书。

此回袭人三大功，直与宝玉一生三大病映射。

话说史湘云跑了出来，怕林黛玉赶上。宝玉在后忙说：“仔细绊跌了。那里就赶上了。”林黛玉赶到门前，被宝玉叉手在门框上拦住，笑劝道：“饶他这一遭罢。”林黛玉扳着手说道：“我要饶过云儿，再不活着。”湘云见宝玉拦住门，料黛玉不能出来，（蒙戚双：写得湘云与宝玉又亲厚）

贤袭人娇嗔箴宝玉　俏平儿软语救贾琏

之极，却不见疏远黛玉，是何情思耶？便立住脚笑道："好姐姐，饶我这一遭罢。"恰值宝钗来在湘云身后，也笑道："我劝你两个看宝兄弟分上，都丢开俞校："都丢开"——从晋；原"却丢开"。手罢。"庚双：好极，妙极！玉、颦、云三人已难解难分，插入宝钗云"我劝你两个看宝玉兄弟分上"，话只一句，便将四人一齐笼住，不知孰远孰近，孰亲孰疏，真好文字！黛玉道："我不依！你们是一气的，都戏弄我不成！"蒙戚双：语是颦儿口吻，虽属尖利，真实堪爱堪怜。宝玉劝道："谁敢戏弄你！你不打趣他，他焉敢说你？"蒙戚双：好！二"你"字连二"他"字，华灼之至。四人正难分解，蒙戚双：好！前三人，今忽四人，俱是书中正眼，不可少矣。有人来请吃饭，方往前边来。蒙戚双：好文章！正是闺中女儿口角之事，若只管谆谆不已，则成何文矣！

那天早又有掌灯时分，王夫人、李纨、凤姐、迎、探、惜等都往贾母这边来，大家闲话了一回，各自归寝。湘云仍往黛玉房中安歇。蒙双：前文黛玉未来时，湘云、宝玉则随贾母。今湘云已去，黛玉既来，年岁渐成，宝玉各自有房，黛玉亦各自有房，故湘云自应同黛玉一处也。宝玉送他二人到房，那天已二更多时，袭人来催了几次，方回自己房中来睡。次早天明时，便披衣靸鞋往黛玉房中来，俞校："黛玉房中来"——从甲；原"黛玉房中时"。不见紫鹃翠缕二人，只见他姊妹两个尚卧在衾内。那林黛玉庚双：写代（黛）玉身分。严严密密裹着一幅杏子红绫被，安稳合目而睡。蒙戚双：一个睡态。那史湘云却一把青丝拖于枕畔，被只齐胸，一弯雪白的膀子掠于被外，又带着两个金镯子。蒙戚双：又一个睡态。写黛玉之睡态，俨然就是娇弱女子，可怜。湘云之态，则俨然是个娇态女儿，可爱。真是人人俱尽，个个活跳，吾不知作者胸中埋伏多少裙钗。宝玉见了，叹道蒙戚双："叹"字奇。除玉卿外，世人见之，自曰喜也。："睡觉还是不老实。回来风吹了，又嚷肩窝疼了。"一面说，一面轻轻的替他盖上。林黛玉早已醒了，庚侧：不醒不是代（黛）玉了。觉得有人，就猜着定是宝玉，因翻身一看，果中其料，说道："这早晚就跑过来作什么？"宝玉笑道："这天还早呢！你起来瞧瞧。"黛玉道："你先出去，让我们起来。"庚侧：一丝不乱。宝玉听了，转身出至外边。黛玉起来叫醒湘云，二人都穿了衣服。宝玉复又进来，坐在镜台旁边。只见紫鹃、雪雁进来伏侍梳洗。湘云洗了面，翠缕便拿残水要泼。宝玉道："站着。我趁势洗了就完了，省得又过去费事。"说着，便走过来，弯着腰洗了两把。庚侧：妙在两把。紫鹃递过俞校："递过"——从庚、晋、甲；原"付过"。香皂去。宝玉道："这盆里的俞校："盆里的"——从庚；原"盆里"。就不少，不用搓了。"蒙侧：此等用心，淫极。请看却自不淫，诽（非）世之凡夫俗子，得梦见者，真雅极，趣极。再洗了俞校："再洗了"——从庚、晋、甲；原"又洗了"。两把，便要手巾。庚侧：在怡红何其废事多多。翠缕道："还是这个毛病儿，多早晚才改。”庚侧：冷眼人傍点，一丝不漏。宝玉也不理，忙忙的要过青盐擦了牙，漱了口，完毕。见湘云已梳完了头，便走过来，笑道：“好妹妹，替我梳上头罢。”湘云道：“这可不能了。”宝玉笑道：“好妹妹，你先时怎么替我梳了呢！”湘云道：“如今我忘了，庚眉：“忘了”二字在娇憨。怎么梳呢？”宝玉道：“横竖我不出门，又不戴冠子勒子，不过打几根散辫子就完了。”说着，又千妹妹万妹妹的央告。庚眉：口中自是应声而出，捉笔人却从何处设想而来，成此天然对答。壬午九月。蒙侧：逼近情态。湘云只得扶他的头过来，一一梳篦。在家不戴冠，并不总角，只将四围短发编成小辫，往顶心发上归了总，编一根大辫，红绦结住。自发顶至辫梢，一路四颗珍珠，下面有金坠脚。湘云一面编着，一面说道：“这珠子只三颗了，这一颗不是的。庚侧：梳头亦有文字，前已叙过，今将珠子一穿插，却天生有是事。我记得是一样的。怎么少了一颗？”宝玉道：“丢了一颗。”湘云道：“必定是外头去掉下来，不防被人拣了去，倒便宜他。”庚眉：“到便宜他”四字与“忘了”二字是一气而来，将一侯门千金白描矣。畸笏。蒙侧：是湘云口气。蒙戚双：妙谈！“到便宜他”四字，是大家千金口吻。近日多用“可惜了的”四字。今失一珠，不闻此四字。妙极，是极！黛玉在旁盥手，冷笑道：“也不知是真丢了，也不知是给了人镶什么戴去了！”庚侧：纯用画家烘染法。蒙侧：是黛玉口气。宝玉不答。蒙戚双：有神理，有文章。因镜台两边俱是妆奁等物，顺手拿起来赏玩，蒙戚双：何赏玩耶？写来奇特。不觉又顺手拈了胭脂，意欲要往口边送。蒙戚双：是袭人劝后馀文。因又怕史湘云说，蒙戚双：好极！的是宝玉也。正犹豫间，湘云果在身后看见，一手攏着辫子，便伸手来拍的一下，从手中将胭脂打落，说道：“这不长进的毛病儿，庚侧：前翠缕之言并非白写。多早才改过。”一语未了，只见袭人进来，看见这般光景，知是梳洗过了，只得回来自己梳洗。忽见宝钗走来，因问：“宝兄弟那去了？”袭人含笑道：“宝兄弟那里还有在家里的工夫！”宝钗听说，心中明白。又听袭人叹道：“姊妹们和气，也有个分寸礼节，也没个黑家白日闹的。凭人怎么劝，都是耳傍风。”宝钗听了，心中暗忖道：“倒别看错了这个丫头，听他说话，俞校：“听他说话”——从甲；原“听说话”。倒有些识见。”蒙戚双：此是宝卿初试，以下渐成知己，盖宝卿从此心察得袭人果贤女子也。宝钗便在炕上坐了，蒙戚双：好！逐回细看，宝卿待人接物，不疏不亲，不远不近。可厌之人，亦未见冷淡之态，形诸声色；可喜之人，亦未见醴蜜之情，形诸声色。今日“便在炕上坐了”，盖深取袭卿矣。二人文字，此回为始。详批于此，诸公请记之。慢慢的闲言中套问他年纪家乡等语，留神窥察其言语志量，深可敬爱。庚双：四字包罗许多文章笔墨，不似近之开口便云“非诸女子之可比者”，此句大坏，然袭人故佳矣。不书此句，是大手眼。

一时，宝玉来了，宝钗方出去。庚双：此一回将宝玉、袭人、钗、颦、云等行止大概一描，已启后大观园中文字也。今详批于此，后久不忽矣。

蒙戚双：奇文！写得钗玉二人形景，较诸人皆近，何也？宝玉之心，凡女子前不论贵贱，皆亲密之至，岂于宝钗前反生远心哉？盖宝钗之行止端肃恭严，不可轻犯，宝玉欲近之，而恐一时有渎，故不敢狎犯也。宝钗待下愚尚且和平亲密，何反于兄弟前有远心哉？盖宝玉之形景已泥于闺阁，近之则恐不逊，反成远离之端也。故二人之远，实相近之至也。至颦儿于宝玉实近之至矣，却远之至也。不然，后文如何反较胜角口诸事皆出于颦哉？以及宝玉砸玉，颦儿之泪枯，种种孽障，种种忧忿，皆情之所陷，更何辩哉！

蒙戚双：钗与玉远中近，颦与玉近中远，是要紧两大股，不可粗心看过。宝玉便问袭人道：“怎么宝姐姐和你说的这么热闹，见我进来就跑了？”庚侧：此问必有。蒙侧：我则以宝钗之去，因袭人之言，不得不去。问一声不答。再问时，袭人方道：“你问我么，我那里知道你们的原故。”宝玉听了这话，见他脸上气色非往日可比，便笑道：“怎么动了真气？”蒙戚双：宝玉如此。袭人冷笑道：“我那里敢动气！只是俞校：“只是”——从庚；原“只是你”。从今以后别进这屋子了。横竖有人伏侍你，再别来俞校：“再别来”——从庚；原“再不必来”。支使我，我仍旧还伏侍老太太去。”一面说，一面便在炕上合眼倒下。庚双：醋妒妍憨假态，至矣尽矣！观者但莫认真此态为幸。蒙侧：是醋？是谏？不敢拟定，似在可否之间。宝玉见了这般景况，深为骇异，蒙戚双：好！可知未尝见袭人之如此技艺也。禁不住赶来劝慰。那袭人只管合了眼不理。俞校：“不理”——从晋；原“不管”。蒙戚双：与颦儿前番娇态如何？愈觉可爱犹甚。宝玉无了主意，因见麝月进来，蒙戚双：偏麝月来，好文章！便问道俞校：“便问道”——从庚、晋、甲；原“道”。：“姐姐怎么了？”俞校：“怎么了”——从庚、晋、甲；原“怎么来”。蒙戚双：如见如闻。麝月道：“我知道么？问你自己便明白了。”庚双：又好麝月！蒙侧：溺入者每受侮谩而不顾。宝玉听说，呆了一回，自觉无趣，便起身咳道：“不理我罢，俞校：“不理我罢”——从庚、晋、甲；原“不理罢”。我也睡去。”说着，便起身下炕，到自己床上歪下。袭人听他半日无动静，微微的打齁，料他睡着，庚侧：真乎？诈乎？便起身拿一领斗篷来替他刚压上，只听忽的一声，庚侧：文是好文，唐突我袭卿，吾不忍也。蒙侧：不可少。宝玉便掀过去，也仍合目装睡。蒙戚双：写得烂熳。袭人明知其意，便点头冷笑道：“你也不用生气。从此后，我也只当哑巴，俞校：“哑巴”——从庚、晋；原“哑子”。再不说你一声儿，如何？”宝玉禁不住起身问道：“我又怎么了？俞校：“我又怎么了”——从庚、晋、甲；原“你又怎么了”。你又劝我。——你劝也罢了，刚才又没见你劝。我一进来，你就不理我，赌气睡了，我还摸不着是为什么。这会子你又说我恼了，庚侧：这是委屈了石兄。蒙侧：足（是）神理。我何尝听见你劝我什么话了。”俞校：“什么话了”——从庚；原“是什么话了”。袭人道：“你心里还不明白！还等我说呢！”庚侧：亦是囫囵语，却从有生以来肺腑中出，千斤重。庚眉：《石头记》每用囫囵语处，无不精绝奇绝，且总不觉相犯。壬午九月，畸笏。正闹着，贾母遣人来叫他吃饭，方往前边来，胡乱吃了半碗，仍回自己房中。只见袭人睡在外头炕上，麝月在旁抹骨牌。宝玉素知麝月与袭人亲厚，一并连麝月也不理，揭起软帘，自往里间来。麝月只得跟进来。宝玉便推他出去，说："不敢惊动你们。"麝月只得笑着出来，唤两个小丫头进来。宝玉拿一本书，歪着看了半日，蒙侧：斗凑得巧。因要茶，抬头只见两个小丫头在地下站着，一个大些儿的俞校："大些儿的"——从庚；原"大些的"。生得十分水秀。庚双：二字奇绝！多少姣态包括一尽。今古野史中无有此文也。宝玉便问："你叫甚么名字？"那丫头便说："叫蕙香。"蒙戚双：也好。宝玉便问："是谁起的？"蕙香道："我原叫芸香的，蒙戚双：原俗。是花大姐姐改了蕙香。"宝玉道："正经该叫'晦气'罢了，什么'蕙香'呢！"蒙戚双：好极，趣极！又问："你姊妹几个？"蕙香道："四个。"宝玉道："你第几？"蕙香道："第四。"宝玉道："明儿就叫'四儿'，不必什么蕙香兰气的。那一个配比这些花，没的玷辱了好名好姓。"戚双："花袭人"三字在内，说得有趣。一面说，一面命他倒了茶来吃。袭人和麝月在外间听了抿嘴而笑。庚侧：一丝不漏，好精神。

这一日宝玉也不大出房，蒙侧："不大出房"四字，见宝玉是真情种。蒙戚双：此是袭卿第一功劳也。也不和姊妹、丫头等厮闹，庚双：此是袭卿第二功劳也。自己闷闷的，只不过拿书解闷，或弄笔墨，庚双：此虽未必成功，较往日终有微补小益，所谓袭卿有三大功劳也。蒙侧：可怜，可爱。也不使唤众人，只叫四儿答应。谁知这个四儿是个聪敏乖巧不过的丫头，戚双：又是一个有害无益者。作者一生为此所误，批者一生亦为此所误，于开卷凡见如此人，世人故为喜，余反抱恨，盖四字误人甚矣。被误者深感此批。见宝玉用他，俞校："见宝玉用他"——从庚、晋、甲；原"宝玉用他"。他就俞校："他就"——从晋；原"他"。变尽方法笼络宝玉。蒙戚双：也好，但不知袭卿之心思如何？至晚饭后，宝玉因吃了两杯酒，眼饧俞校："眼饧"——从庚、晋、甲；原"面颊"。耳热之际，若往日则有袭人等大家喜笑有兴，今日却冷清清的，一人对灯好没兴趣。待要赶了他们去，又怕他们得了意，以后越发来劝；俞校："越发来劝"——从庚；原"越来劝"。蒙戚双：宝玉恶劝，此是第一大病也。若拿出做上的规矩来镇吓，似乎无情太甚。蒙戚双：宝玉重情不重礼，此是第二大病也。说不得横了心，俞校："横了心"——从晋；原"横心"。只当他们死了，横竖自然也要过的。便权当他们死了，毫无牵挂，反能怡然自悦。蒙侧：此是宝玉大智慧、大力量处，别个不能，我也不能。蒙戚双：此意却好，但袭卿辈不应如此弃也。宝玉之情，今古无人可比，固矣。然宝玉有情极之毒，亦世人莫忍为者，看至后半部则洞明矣。此是宝玉三大病也。宝玉见此世人莫忍为之毒，故后文方有"悬崖撒手"一回。若他人得宝钗之妻，麝月之婢，岂能弃而为僧哉？玉一生偏僻之处。正看至《南华经》俞校："南华经"——意增。外篇《胠箧》一则，其文曰：

故绝圣弃知，大盗乃止。摘玉毁珠，小盗不起。焚符破玺，而民朴鄙。掊斗折衡，而民不争。殚残天下之圣法，而民始可与论议。擢乱六律，铄绝竽瑟，（俞校："竽瑟"——从晋、甲；原"筝瑟"。）塞瞽旷之耳，而天下始人含其聪矣。灭文章，散五采，胶离朱之目，而天下始人含其明矣。毁绝钩绳而弃规矩，攦工倕之指，而天下始人有其巧矣。

（庚双：此上语本《庄子》。）

看至此段，意趣洋洋，（俞校："意趣洋洋"——从庚、晋、甲；原"意趣畅然"。）趁着酒头，不禁提笔续曰：

（庚眉：趁着酒兴，不禁而续，是非（作）者自站地步处，谓余何人耶，敢续《庄子》？然奇极怪极之笔，从何设想，怎不令人叫绝！已卯冬夜。）（蒙侧：敢续！）

焚花散麝，而闺阁始人含其劝矣。（戚双：奇。）戕宝钗之仙姿，灰黛玉之灵窍，丧减情意，而闺阁之美恶始相类矣。彼含其劝，则无参商之虞矣；戕其仙姿，无恋爱之心矣；灰其灵窍，无才思之情矣。彼钗、玉、花、麝者，皆张其罗而穴其隧，（蒙侧：见得透测（彻），恨不守此，人人同病。）所以迷眩缠陷天下者也。（庚双：直似庄老，奇甚怪甚！）

续毕，掷笔就寝。头刚着枕，便忽睡去，（俞校："便忽睡去"——从庚；原"便忽然睡去"。）一夜竟不知（俞校："竟不知"——从庚、晋、甲；原"不知"。）所之，直至天明方醒。（庚双：此犹是袭人余功也。想每日每夜，宝玉自是心忙身忙口忙之极，今则怡然自适。虽此一刻，于身心无所补益，能有一时之闲闲自若，亦岂非袭卿之所使然耶？）翻身看时，只见袭人和衣睡在衾上。（蒙戚双：神极之笔！试思袭人不来同卧亦不成文字，来同卧更不成文字。却云"和衣衾上"，正是来同卧不来同卧之间。何神奇文妙绝矣！）（庚双：好袭人！真好石头，记得。真好述者，述得不错。真好批者，批得出。）宝玉将昨日的事已付诸意外，（庚眉：这亦暗露玉兄闲窗净几、不寂不离之工业。壬午孟夏。）（蒙双：更好，可见玉卿的是天真烂熳之人也。近之所谓"呆公子"，又曰"老好人"，又曰"无心道人"是也。殊不知尚古淳风。）便推他说道："起来好生睡，看冻着了。"原来袭人见他无晓夜和姊妹厮闹，若直劝他，料不能改，故用柔情以警之，料他不过半日片刻仍复好了。不想宝玉一昼夜竟不回转，自己反不得主意，直一夜没好生睡得。今忽见宝玉如此，料是他心意回转，便越性不睬他。宝玉见他不应，便伸手替他解衣。刚解开了钮子，被袭人将手推开，（庚侧：好看煞！）又自扣了。宝玉无法，只得拉他的手，笑道："你到底怎么了？”连问几声，袭人睁眼说道：“我也不怎么。你睡醒了，你自过那边房里去梳洗，再迟了就赶不上。”庚双：说得好通（痛）快。宝玉道：“我过那里去？”蒙戚双：问得更好。袭人冷笑道：“你问我，庚侧：三字如闻。我知道？你爱往那里去，就往那里去。从今咱们两个丢开手，省得鸡声鹅斗，叫别人笑。横竖那边腻了，过来这边又有个什么四儿五儿伏侍。我们这起东西，可是白‘玷辱了好名好姓’的。”宝玉笑道：“你今儿还记着呢！”庚侧：非浑一纯翠（粹），那能至此！袭人道：“一百年还记着！比不得你拿着我的话当耳傍风，夜里说了，早起就忘了。”蒙戚双：这方是正文，直勾起“花解语”一回文字。宝玉见他娇嗔满面，情不可禁，庚侧：又用幻笔瞒过看官。便向枕边拿起一根玉簪来，一跌两段，说道：“我再不听你说，就同这个一样。”蒙侧：迎头一捧（棒）。袭人忙的拾了簪子，说道：“大清早起，这是何苦来！听不听什么要紧，庚侧：已留后文地步。蒙侧：撞心儿盟誓，教人听了折柔肠，好些不忍。也值得这种样子。”宝玉道：“你心里俞校：“你心里”——从庚；原“你”。那里知道我心里急。”袭人笑道蒙戚双：自此方笑。：“你也知道着急么，可知道我心里怎么样。快起来洗脸去罢。”说着，二人方起来梳洗。庚侧：结得一星渣滓全无，且合怡红常事。宝玉往上房去后，谁知黛玉走来，见宝玉不在房中，因翻弄案上书看，可巧翻出昨日的《庄子》来。看至所续之处，不觉又气又笑，不禁也提笔续书云：

> 无端弄笔是何人，作践南华庄子文。俞校：“庄子文”——从晋、甲；原“庄子因”。不悔自家俞校：“自家”——从晋、甲；原“自己”。无见识，却将丑语怪他人。庚侧：不用宝玉见此诗，若长若短亦是大手法。庚眉：又借阿颦诗自相鄙驳，可见余前批不谬。己卯冬夜。庚眉：宝玉不见诗，是后文余步也，《石头记》得力所在。丁亥夏，畸笏叟。庚眉：赵香梗先生《秋树根偶谭》内，兖州少陵台有子美词（祠）为郡守毁为己词（祠）。先生叹子美生遭丧乱，奔走无家，孰料千百年后数椽片瓦犹遭贪吏之毒手。甚矣，才人之厄也！因改公《茅屋为秋风所破歌》数句，为少陆（陵）解嘲："少陵遗像太守欺无力，忍能对面为盗贼，公然折克非己祠，傍人有口呼不得，梦归来兮闻叹息，白日无光天地黑。安得旷宅千万官（间），太守取之不尽生钦（欢）颜，公祠免毁安如山。"凑（读）之令人感慨悲愤，心常耿耿。庚眉：壬午九月，因索书甚迫，姑志于此，非批《石头记》也。为续《庄子因》数句，真是打破胭脂阵，坐透红粉关，另开生面之文，无可评处。庚双：骂得痛快，非颦儿不可。真好颦儿，真好颦儿！好诗！若云知音者，颦儿也。至此方完“箴玉”半回。

写毕，也往上房来见贾母，后往王夫人处来。

谁知凤姐之女大姐病了，正乱着请大夫来诊过脉。大夫便说："替夫人奶奶们道喜，姐儿发热是见喜了，并非别病。"王夫人、凤姐听了，忙遣人问可好不好。医生回道："病虽险，却顺，倒还不妨。（庚侧：在"子嗣艰难"化出。）预备桑虫猪尾要紧。"凤姐听了，登时忙将起来：一面打扫房屋供奉痘疹娘娘；一面传与众人忌煎炒等物；一面命平儿打点铺盖衣服与贾琏隔房；一面又拿大红尺头与奶子丫头亲近人丁裁衣。（蒙戚双：几个"一面"，写得如见其景。）外面又打扫净室，款留两个医生，轮流斟酌诊脉下药，十二日不放回家去。贾琏只得搬出外书房来斋戒。（庚侧：此二字内生出许多事来。）凤姐与平儿都随着王夫人（蒙侧：写尽母氏为子之心。）日日供奉娘娘。那个贾琏，只离了凤姐便要寻事，独寝了两夜，便十分难熬，便暂将小厮们内有清俊的选来出火。不想荣国府内有一极不成器破烂酒头厨子，名唤多官，（庚双：今是多多也，妙名！）人见他懦弱无能，都唤他作"多浑虫"。（庚双：更好！今之浑虫更多也。）因他自小父母替他在外娶了一个媳妇，今年方二十来往年纪，生得有几分人才，见者无不羡爱。他生性轻浮，最喜拈花惹草，多浑虫又不理论，只是有酒有肉有钱，便诸事不管了，所以荣宁二府之人都得入手。因这个媳妇美貌异常，轻浮无比，众人都呼他作"多姑娘儿"。（俞校："多姑娘儿"——从庚、甲；原"多姑娘"。）（蒙戚双：更妙！）如今贾琏在外熬煎，往日也曾见过这媳妇，失过魂魄，只是内惧娇妻，外惧娈宠，不曾下得手。那多姑娘儿也曾有意于贾琏，（俞校："有意于贾琏"——从晋；原"有意于琏"。）只恨没空。今闻贾琏挪在外书房来，他便没事走三趟去招惹，惹得贾琏似饥鼠（俞校："饥鼠"——从庚；原"饑鼠"。）一般。少不得和心腹的小厮们计议，合同遮掩谋求，多以金帛相许，小厮们焉有不允之理，况都和这媳妇是好友，一说便成。是夜，二鼓人定，多浑虫醉昏在炕，贾琏便溜了来相会。进门一见其态，早已魂飞魄散，也不用情谈款叙，便宽衣动作起来。谁知这媳妇有天生的奇趣，一经男子挨身，便觉遍身筋骨瘫软，（蒙戚双：淫极！亏想得出。）使男子如卧绵上，（蒙戚双：如此境界，自胜西方、蓬莱等处。）更兼淫态（蒙戚双：总为后文宝玉一篇作引。）浪言，压倒娼妓，诸男子至此岂有惜命者哉！（庚侧：凉水灌顶之句。）那贾琏恨不得连身化在他身上。（蒙戚双：亲极之语，趣极之语。）那媳妇故作浪语，在下说道："你家女儿出花儿，供着娘娘，你也该忌两日，倒为我脏了身子。庚侧：淫妇勾人，惯加反语，看官着眼。快离了我这里罢。”贾琏一面大动，俞校：“大动”——从庚、甲；原“火动”。一面喘吁吁答道：“你就是娘娘，我那里还管什么娘娘！”庚侧：乱语不伦，的是有之。那媳妇越浪，贾琏越丑态毕露。蒙戚双：可以喷饭。一时事毕，两个又海誓山盟，难分难舍。庚侧：着眼，再从前看如何光景。蒙侧：此种文字亦不可少，请看者自度。自此后遂成相契。庚眉：一部书中，只有此一段丑极太露之文，写于贾琏身上，恰极，当极！己卯冬夜。庚眉：看官熟思，写珍、琏辈当以何等文，方妥方恰也？壬午孟夏。庚眉：此段系书中情之瘕疵，写为阿凤生日泼醋回及“大（夭）风流”宝玉悄看晴雯回作引，伏线千里外之笔也。丁亥夏，畸笏。蒙戚双：趣文！“相契”作如此用，“相契”扫地矣。

一日，大姐毒尽瘢回，庚侧：好快日子吓！十二日后送了娘娘，合家祭天祀祖，还愿焚香，庆贺放赏已毕，贾琏仍复搬进卧室。见了凤姐，正是俗语云，新婚不如远别。更有无限恩爱，自不必烦絮。庚侧：隐得好。次日早起，凤姐往上屋俞校：“上屋”——从庚；原“上房”。去后，平儿收拾贾琏在外的衣服铺盖，不承望枕套中抖出一绺青丝来。平儿会意，忙掖在袖内，俞校：“忙掖在袖内”——意改；原“掖”作“拽”。庚双：好极！不料平儿大有袭卿之身分，可谓何地无材，盖遭际有别耳。便走至这边房内来，拿出头发来向贾琏笑道：“这是什么？”蒙戚双：好看之极。贾琏一见了，俞校：“一见了”——从晋；原“看见，著了”。忙抢上来要夺。庚侧：也有今日。平儿便跑，被贾琏一把揪住，按在炕上，掰手俞校：“掰手”——从庚；原“用手”。要夺，口内笑道：“小蹄子，你不趁早拿出来，我把你膀子撅折了。”庚侧：无情太甚！蒙侧：此等人口中，只好说此等话。平儿笑道：“你就是没良心的。我好意瞒着他来问你，你倒赌狠。你只赌狠，俞校：“你只赌狠”——从庚；原无。等他回来我告诉他，俞校：“我告诉他”——从庚；原“告诉他”。庚侧：有是语，恐卿口不应。看你怎么。”贾琏听说，忙陪笑央求道：“好人，赏我罢。我再不赌狠了。”蒙侧：彼此用强用霸。蒙双：好听好看之极，迥不犯袭卿。一语未了，只听凤姐声音进来。庚侧：《石头记》大法小法累累如是，并不为厌。庚双：惊天骇地之文！如何不知下文怎样了结，使贾琏及观者一齐丧胆。贾琏听见，松了不是，抢又不是，只叫，“好人，别叫他知道。”俞校：“贾琏听见”至“别叫他知道”——从晋、甲；原无。平儿刚起身，凤姐已走进来，命平儿：“快开匣子，替太太找样子。”平儿忙答应了找时，凤姐见了贾琏，忽然想起来，便问平儿：“前儿拿出去的东西都收进来了么？”平儿道：“收进来了。”凤姐道：“可少什么没有？”平儿道：“我也怕丢下一两件，细细的查了查，也不少。”凤姐道：“不少就好，只是别多出来罢？”庚侧：看至此，宁不拍案叫绝！蒙戚双：奇。平儿笑道：“不丢万幸，谁还添出来呢！”俞校：“添出来呢”——从庚；原“多添出些”。庚侧：可儿可儿，卿亦明知故说耳。凤姐冷笑道："这半个月难保干净，或者有相厚的丢失下的东西。——戒指、汗巾、香袋儿，再至于头发、指甲，都是东西。"蒙侧：行文故犯，反觉别致。蒙戚双：好阿凤，令人胆寒。一席话说的贾琏脸都黄了，在凤姐身背后，俞校："在凤姐身背后"——从晋；原"贾琏在凤姐身后"。只望着平儿杀鸡抹脖使眼色儿。蒙侧：作文夫者要当自重。平儿只装着看不见，庚侧：余自有三分主意。因笑道："怎么我的心就和奶奶的心一样。我就怕有这个，留神搜了一搜，竟一点破绽也没有。奶奶不信时，那些东西我还没收呢，奶奶亲自翻寻一遍去。"蒙戚双：好平儿，遍天下惧内者来感谢。凤姐笑道："傻丫头！蒙戚双：可叹可笑，竟不知谁傻。他便有这些东西，那里就叫咱们翻着了。"蒙戚双：好阿凤，好文字，虽系闺中女儿口角小事，读之无不聪明得失，痴心真假之感。说着，寻了样子又上去了。俞校："又上去了"——从庚；原"上去了"。平儿指着鼻子，庚侧：好看煞。晃着头笑道庚侧：可见（儿），可见（儿）。："这件事，怎么回谢我呢？"蒙戚双：姣俏如见，迥不犯袭卿、麝月一笔。喜的个贾琏身痒难挠，庚侧：不但贾兄痒痒，即批书人此刻几乎落笔。试问看官：此际若何光景？跑上来搂着，心肝肠肉乱叫乱谢。平儿仍拿了头发，笑道："这是我一生的把柄了。好就好，不好就抖漏出俞校："抖漏出"——从庚傍改（"漏"傍添）；原"抖出"。这事来。"贾琏笑道："你只好生收着罢，千万别给他知道。"口里说着，瞅他不防，便抢了过来，庚侧：毕肖。琏兄不分玉石，但负我平姐，奈何，奈何！笑道："你拿着终是祸患，不如我烧了他完事。"俞校："完事"——从庚；原"完事了"。戚双：妙！设使平儿收了，再不致泄漏，故仍用贾琏抢回，后文遗失，方能穿插过脉也。一面说着，一面便塞于靴掖内。平儿咬牙道："没良心的东西，过了河就拆桥。明儿还想我替你扯谎！"贾琏见他娇俏动情，便搂着求欢，被平儿夺手跑了。急的贾琏弯着腰恨道："死促狭小淫妇！一定浪上人的火来，他又跑了。"蒙戚双：丑态如见，淫声如闻，今古淫书未有之章法。平儿在窗外笑道："我浪我的，谁叫你动火了？蒙戚双：妙极之谈，直是理学工夫，所谓不可正照风月鉴也。难道图你庚侧：阿平，"你"字作牵强，全（余）不画押。一笑。受用一回，俞校："一回"——从庚；原"一面"。叫他知道了，又不待见我。"俞校："待见我"——从庚；原"得见我"。蒙戚双：凤姐醋妒，于平儿前犹如是，况他人乎！余谓凤姐必是甚于诸人。观者不信，今平儿说出，然乎否乎？贾琏道："你不用怕他。等我性子上来，把这醋罐子俞校："醋罐子"——从庚、甲；原"醋確"。打个稀烂，他才认得我呢。他防我像防贼是的，俞校："是的"——从晋；原"的"。只许他同男人说话，不许我和女人说话。我和女人略近些，他就疑惑；他不论小叔子、侄儿，蒙侧：作者又何必如此想，亦犯此病也。大的小的，说说笑笑，就不怕我吃醋了。以后我也不许他见人。"蒙戚双：无理之甚，却是妙极趣谈，天下惧内者背后之谈皆如此。平儿道："他醋你使得，你醋他使不得。他原行的正，走的正；你行动便有个坏心，连我也不放心，别说他了。”贾琏道：“你两个一口贼气。都是你们行的是，我凡行动都存坏心。多早晚都死在我手里！”（蒙侧：一片俗气。）一句未了，凤姐走进院来，因见平儿在窗外，就问道：“要说话，两个人不在屋里说，怎么跑出一个来，隔着窗子，是什么意思？”贾琏在窗内接道：“你可问他，倒像屋里有老虎吃他呢。”（庚眉：此等章法，是在戏场上得来，一笑。畸笏。）（蒙戚双：好！）平儿道：“屋里一个人没有，我在他跟前作什么！”凤姐儿笑道：“正是没人才好呢。”平儿听说，便说道：“这话是说我呢？”凤姐笑道（蒙戚双：“笑”字妙。平儿反正色，凤姐反陪笑，奇极意外之文。）：“不说你说谁？”平儿道：“别叫我说出好话来了。”说着，也不打帘子让凤姐，自己先摔帘子进来，（庚侧：若在屋里，何敢如此形景，不要加上许多小心？平儿平儿，有你说嘴的。）往那边去了。凤姐自掀帘子进来，说道：“平儿疯魔了。这蹄子认真要降伏我。仔细你的皮要紧。”贾琏听了，已绝倒在炕上，（庚侧：惧内形景写尽了。）拍手笑道：“我竟不知平儿这么利害，从此倒伏他了。”凤姐道：“都是你惯的他，我只和你说。”（俞校：“和你说”——从庚；原“和你说话”。）贾琏听说，忙道：“你两个不卯，又拿我来作人。我躲开你们。”凤姐道：“我看你（俞校：“我看你”——从庚、晋、甲；原“我看”。）躲到那里去。”（蒙侧：世俗之态熏人。）贾琏道：“我就来。”凤姐道：“我有话和你商量。”不知商量何事，且听下回分解。（蒙戚双：收后，淡雅之至。）正是：

淑女自来多抱怨，娇妻从古便含酸。（蒙戚双：二语包尽今古万万世裙衩。）

蒙戚回后：不惜恩爱为良人，方是温存一脉真。俗子妒妇浑可笑，语言偏自涉风尘。

第二十二回
听曲文宝玉悟禅机　制灯谜贾政悲谶语

戚回前：禅理偏成曲调，灯谜巧隐谶言。其中冷暖自寻看，昼夜因循暗转。

话说贾琏听凤姐说有话商量，因止步问是何话。凤姐道："二十一是薛妹妹的生日，蒙戚双：好。你到底怎么样呢？"贾琏道："我知道怎么样！你连多少大生日都料理过了，这会子倒没了主意？"凤姐道："大生日料理，不过是有一定的则例在那里。如今他这生日，大又不是，小又不是，所以和你商量。"蒙戚双：有心机人在此。贾琏听了，低头想了半日，道："你今儿糊涂了。现有比例：那林妹妹就是例。往年怎么给林妹妹过的，如今也照依给薛妹妹过俞校："给薛妹妹过"——从庚；原"给薛妹妹"。就是了。"庚双：此例引的极是。无怪贾政委以家务也。凤姐听了，冷笑道："我难道连这个也不知道！我原也这么想定了。但昨儿听见老太太说，问起大家的年纪生日来，听见薛大妹妹今年十五岁，虽不是整生日，也算得将笄之年。老太太说要替他作生日。想来若果然替他做，自然比往年与林妹妹的俞校："与林妹妹的"——从庚；原"与林妹妹"。不同了。"贾琏道："既如此，比林妹妹的多增些。"凤姐道："我也这么想着，所以讨你的口气。我若私自添了东西，你又怪我不告诉明白你了。"贾琏笑道："罢，罢，这空头情我不领，你不盘察我就够了，我还怪你！”说着，一径去了。俞校：“一径去了”——从甲；原“一竟去了”。不在话下。庚眉：将薛、林作甄玉、贾玉看书，则不失执笔人本旨矣。丁亥夏，畸笏叟。 戚双：一段题纲写得如见如闻，且不失前篇惧内之旨。最奇者，黛玉乃贾母溺爱之人也，不闻为他作生辰，却云特意与宝钗，实非人想得着之文也。此书通部皆用此法，瞒过多少见者，余故云不写而写是也。且说史湘云住了两日，俞校：“住了两日”——从庚、甲；原“住了几日”。因要回去。贾母因说：“等过了俞校：“等过了”——从庚、甲；原“过了”。你宝姐姐的生日，看了戏再回去。”史湘云听了，只得住下。又一面遣人回去，将自己旧日作的两色针线活计取来，为宝钗生辰之仪。谁想贾母自见宝钗来了，喜他稳重和平，蒙戚双：四字评倒黛玉，是以特从贾母眼中写出。正值他才过第一个生辰，便自己蠲资二十两，庚眉：前看凤姐问琏作生日数语甚泛泛，至此见贾母蠲资，方知作者写阿凤心机，无丝毫漏笔。己卯冬夜。 蒙戚双：写出太君高兴，世家之常事耳。唤了凤姐来，交与他置酒戏。凤姐凑趣笑道：“一个老祖宗给孩子们作生日，不拘怎样，谁还敢争？庚侧：家常话，却是空中楼阁，陡然架起。又办什么酒戏。既高兴要热闹，就说不得自己花上几两。巴巴的找出这霉烂的二十两银子来作东西，这意思还叫我赔上。果然拿不出来也罢了，金的银的，圆的扁的，压塌了俞校：“压塌了”——从庚、晋、甲；原“压揭了”。箱子底，庚眉：小科诨解颐，却为借当伏线。壬午九月。只是勒掯我们。举眼看看，谁不是儿女。难道将来只有宝兄弟顶了你老人家上五台山不成！那些梯己俞校：“那些梯己”——从庚；原“那些兄弟”。只留与他。我们如今虽不配使，也别苦了我们。这个够酒的，够戏的！”说的满屋里都笑起来。贾母亦笑道：“你们听听这嘴。我也算会说的，怎么说不过这猴儿。你婆婆也不敢强嘴。你和我梆梆的。”凤姐笑道：“我婆婆也是一样的疼宝玉，我也没处去诉冤，倒说我强嘴。”说着，又引着俞校：“又引着”——从庚；原“又引”。贾母笑了一回，庚侧：正文在此一句。贾母十分喜悦。到晚间，众人都在贾母前，定昏之馀，大家娘儿姊妹等说笑时，贾母因问宝钗爱听何戏，爱吃何物等语。宝钗深知贾母年老人，喜热闹戏文，爱甜烂之食，便总依贾母向日所喜者说了出来。庚双：看他写宝钗，比颦儿如何？贾母更加欢悦。次日，便先送过衣服玩物礼去。王夫人、凤姐、黛玉等诸人皆有，随分不一，不须多记。至二十一日，就贾母内院中搭了家常小巧戏台，蒙戚双：另有大礼所用之戏台也，侯门风俗断不可少。定了一班新出小戏，昆弋两腔皆有。蒙戚双：是贾母好热闹之故。就在贾母上房排了几席家宴酒席。庚双：是家宴，非东阁盛设也。非世代公子再想不及此。

并无一个外客，只有薛姨妈、史湘云、宝钗是客，馀者皆是自己人。蒙戚双：将黛玉亦算为自己人，奇甚！

这日早起，宝玉因不见林黛玉，蒙戚双：又转至黛玉文字，亦不可少也。便到他房中来寻，只见林黛玉歪在炕上。宝玉笑道："起来，吃饭去，就开戏了。你爱看那一出，我好点。"林黛玉冷笑道："你既这样说，你特叫一班戏，拣我爱的唱给我看。这会子犯不上跐着人，借光儿问我。"蒙戚双：好听之极，令人绝倒。宝玉笑道："这有什么难的。明儿就这样行，也叫他们借咱们的光儿。"一面说，一面拉他起来，携手出去，吃了饭。点戏时，贾母一定先叫宝钗点。宝钗推让一遍，无法，只得点了一折俞校："一折"——从甲；原"一摺"。《西游记》。蒙戚双：是顺贾母之心也。贾母自是欢喜。然后命凤姐点。凤姐亦知贾母喜热闹，更喜谑笑科诨，俞校："科诨"——从庚、晋、甲；原"科浑"。蒙双：写得周到，想得奇趣，实是必真有之。庚眉：凤姐点戏，脂砚执笔事，今知者聊聊（寥寥）矣，不怨夫！庚眉：前批书"知者聊聊（寥寥）"，今丁亥夏，只剩朽物一枚，宁不痛乎！靖眉：凤姐点戏，脂砚执笔事，今知者聊聊（寥寥）矣，不怨夫！前批"知者聊聊（寥寥）"，不数年，芹溪、脂砚、杏斋诸子皆相继别去，今丁亥夏，只剩朽物一枚，宁不痛杀！便点了一出《刘二当衣》。贾母果真更又喜欢。俞校："更又喜欢"——从庚、晋、甲；原"更又加喜欢"。然后命黛玉，蒙双：先让凤姐点者，是非待凤先而后玉也。盖亦素喜凤嘲笑得趣之故，今故命彼点，彼亦自知，并不推让，承命一点，便合其意。此篇是贾母取乐，非礼筵大典，故如此写。黛玉因让薛姨妈、王夫人等。贾母道："今日原是我特带着你们取笑，咱们只管咱们的，别理他们。——我巴巴的唱戏摆酒，为他们不成！他们在这里白听白吃，已经便宜了，俞校："便宜了"——从甲；原"便宜"。还让他们点呢！"说着，大家都笑了。黛玉方点了一出。戚双：不题何戏，妙！盖黛玉不喜看戏也。正是与后文"妙曲警芳心"留地步，正见此时不过草草随众而已，非心之所愿也。然后宝玉、史湘云、迎、探、惜、李纨等俱各点了，接出扮演。至上酒席时，贾母又命宝钗点。宝钗点了一出《鲁智深醉闹五台山》。宝玉道："只好点这些戏。"宝钗道："你白听了这几年戏，那里知道这出戏的好处，排场又好，词藻更妙。"宝玉道："我从来俞校："我从来"——从庚、晋、甲；原"从来"。怕这些热闹。"宝钗笑道："要说这一出热闹，你还算不知戏呢。蒙戚双：是极！宝钗可谓博学矣，不似黛玉只一《牡丹亭》便心身不自主矣。真有学问如此，宝钗是也。你过来，我告诉你，俞校："我告诉你"——从庚、晋、甲；原"告诉你"。这一出戏热闹不热闹。俞校："这一出戏热闹不热闹"——从庚；原"这一出热闹戏"。是一套北《点绛唇》，铿锵顿挫，韵律不用说是好的了；只那词藻中，有一只俞校："一只"——从晋、甲；原"一枝"。《寄生草》填的极妙，你何曾知道。"宝玉见说的这

庆寿辰宝钗评词藻　听曲文宝玉悟禅机

般好，便凑近来俞校："凑近来"——从晋、甲；原"凑进来"。央告："好姐姐，念与我听听。"宝钗便念道：

> 慢揾英雄泪，相离处士家。谢慈悲，剃度在莲台下。没缘法，转眼分离乍。赤条条来去无牵挂。那里讨烟蓑雨笠卷单行，一任俺芒鞋破钵随缘化。蒙戚双：此阕出自《山门·传奇》。近之唱者将"一任俺"改为"早辞却"，无理不通之甚。必从"一任俺"三字，则"随缘"二字方不脱落。

宝玉听了，喜的拍膝画圈，称赏不已。又赞宝钗无书不知。林黛玉道："安静看戏罢。还没唱俞校："还没唱"——从庚、晋、甲；原"还无唱"。《山门》，你倒《妆疯》了。"庚双：趣语！今古利口莫过于优伶。此一诙谐，优伶亦不得如此急速得趣，可谓才人百技也。一段醋意可知。说的湘云也笑了。于是大家看戏。至晚散时，贾母深爱那作小旦的与一个作小丑的，俞校："作小丑的"——从庚、晋；原"做小丑的"。因命人带进来。细看时一发可怜见，庚双：是贾母眼中之见、心内之想。因问年纪。那小旦才十一岁，小丑才九岁。大家叹息一回。贾母命人另拿些肉果俞校："肉果"——从庚、晋、甲；原"肉菜"。与他两个，又另外赏钱两串。凤姐笑道："这个孩子扮上，活像一个人，庚侧：明明不叫人说出。你们再看不出来。"宝钗心里也知道，便只一笑，俞校："便只一笑"——从庚；原"便一笑"。不肯说。蒙戚双：宝钗如此。宝玉也猜着了，亦不敢说。庚双：不敢少。史湘云接着笑道："倒像林妹妹的模样儿。"庚侧：事无不可对人言。庚眉：湘云、探春二卿，正"事无不可对人言"芳性。丁亥夏，畸笏叟。蒙戚双：心直口快，无有不可说之事。宝玉听了，忙把湘云瞅了一眼，使个眼色。众人却都听了这话，留神细看，都笑起来了，说果然不错。一时散了。晚间史湘云更衣时，便命翠缕把衣包打开收拾，都包了起来。翠缕道："忙什么，等去的日子再包不迟。"湘云道："明儿一早就走。在这里作什么！看人家的鼻子眼睛，什么意思！"蒙戚双：此是真恼，非颦儿之恼可比，然错怪宝玉矣，亦不可不恼。宝玉听了这话，忙赶近前拉他，说道："好妹妹，你错怪了我。林妹妹是个多心的人，别人分明知道，不肯说出来，也皆因怕他恼。谁知你不防头，就说了出来，他岂不恼你。我是怕你得罪了人，所以才使眼色。你这会子恼我，不但辜负了我，而且反倒委屈了我。若是别个，俞校："若是别个"——从晋、甲；原"若是别人"。那怕他得罪了十个人，与我何干呢！"湘云摔手道：“你那花言巧语别哄我。我也原不如你林妹妹。别人说他，拿他取笑都使得，只我说了就有不是。我原不配说他。他是小姐主子，我是奴才丫头，得罪了他，使不得。”宝玉急的说道：“我倒是为你，反为出不是来了。 俞校：“为出不是来了”——从庚、晋、甲；原无“了”。 我要有外心， 庚侧：玉兄急了。 立刻化成灰，叫万人践踹。” 庚双：千古未闻之誓，恳切尽情。宝玉此刻之心为如何？ 湘云道：“大正月里， 庚侧：回护石兄。 少信嘴胡说。这些没要紧恶誓、散话、歪话，说给那些小性儿、行动爱恼的人，会辖治你的人听去。 庚侧：此人为谁？ 别叫我啐你。”说着，一径至贾母里间，忿忿的躺着去了。宝玉没趣，只得又来寻黛玉。刚到门槛前，黛玉便推出来，将门关上。宝玉又不解何意，在窗外只是吞声叫“好妹妹”，黛玉总不理他。宝玉闷闷的垂头自审。袭人早知端的，当此时断不能劝。 蒙戚双：宝玉在此时，一劝必崩了，袭人见机甚妙。 那宝玉只呆呆的站在那里。 俞校：“站在那里”——从庚；原“站著”。 黛玉只当他回房去了，便起来 俞校：“便起来”——从庚；原“起来”。 开门，只见宝玉还站在那里。 俞校：“还站在那里”——从庚、晋、甲；原“还站著在那里”。 黛玉反不好意思，不好再关，只得抽身上床躺着。 俞校：“躺着”——原“歪著”；庚“倘着”。今改“躺着”。 宝玉随进来问道：“凡事都有个原故，说出来人也不委屈。好好的就恼了，终久是为什么起？”林黛玉冷笑道：“问的我倒好。我也不知为什么原故。 俞校：“为什么原故”——从庚；原“为什么”。 我原是 俞校：“我原是”——从庚、晋；原“我该”。 给你们取笑儿的，拿着我比戏子，给众人取笑。”宝玉道：“我并没有比你，我并没有笑，为什么恼我呢？”黛玉道：“你还要比？你还要笑？ 庚侧：可谓“官断十条路”是也。 你不比不笑，比人比了笑了的还利害呢！”宝玉听说，无可分辨，不则一声。 俞校：“不则一声”——从庚；原“不啧一声”。 庚眉：此书如此等文章多多，不能救（校）举，机括神思自从天分而有。其毛锥写人口气传神摄魄处，怎不令人拍案称奇叫绝！丁亥夏，畸笏叟。 蒙戚双：何便无言可辩？真令人不解。前文湘云方来，“正言弹妒意”一篇中，颦、玉角口后收至褂子一篇，余已注明不解矣。回思自心自身是玉、颦之心，则洞然可解，否则无可解也。身非宝玉，则有辩有答。若是宝玉，则再不能辩不能答。何也？总在二人心上想来。 黛玉又道：“这一节还恕得。 俞校：“还恕得”——从庚；原“还可恕”。 再你为什么又和云儿使眼色，这安的是什么心？莫不是他和我玩，他就自轻自贱了？他原是公侯的小姐，我原是贫民的丫头，他和我玩，设如我回了口，岂不他自惹人轻贱 俞校：“自惹人轻贱”——从庚；原“自惹轻贱”。 呢！是这主意不是？这却也是你的好心，只是那一个偏又不领你这好情，一般也恼了。 戚双：颦儿自知云儿恼，用心甚矣。 你又拿我作情，倒说我小性儿、 庚双：颦儿却又听见，用心甚矣。行动肯恼；又怕他得罪了我，我恼他。俞校："得罪了我，我恼他"——从庚；原"得罪了我恼他"。——我恼他，与你何干？他得罪了我，又与你何干？"庚眉：神工乎，鬼工乎？文思至此尽矣。丁亥夏，畸笏。蒙戚双：问的却极是，但未必心应。若能如此，将来泪尽夭亡已化乌有，世间亦无此一部《红楼梦》矣。

宝玉见说，方才与湘云私谈，他也听见了。俞校："他也听见了"——从庚、晋、甲；原"他已听见了"。细想自己原为他二人，怕生隙恼，俞校："怕生隙恼"——从庚；原"怕生隙"。方在中调和，不想并未调和成功，反已落了两处的贬谤。正合着前日所看《南华经》上，有"巧者劳而智者忧，无能者无所求，饱食而遨游，泛若不系之舟"；又曰"山木自寇，蒙戚双：按原注："山木，漆树也。精脉自出，岂人所使之？故云'自寇'，言自相戕贼也。"源泉自盗"等语。庚双：源泉味甘，然后人争取之，自寻干涸也，亦如山木，意皆寓人智能聪明多知之害也。前文无心云看《南华经》，不过袭人等恼时，无聊之甚，偶以释闷耳。殊不知用于今日，大解悟大觉迷之功甚矣。市徒见此必云：前日看的是外篇《胠箧》，如何今日又知若许篇？然则彼时只曾看外篇数语乎？想其理，自然默默看过几篇，适至外篇，故偶触其机，方续之也。若云只看了那几句便续，则宝玉彼时之心是有意续《庄子》，并非释闷时偶续之也。且更有见前所续，则曰续的不通，更可笑矣！试思宝玉虽愚，岂有安心立意与庄叟争衡哉！且宝玉有生以来，此身此心为诸女儿应酬不暇，眼前多少现有益之事尚无暇去做，岂忽然要分心于腐言糟粕之中哉？可知除闺阁之外，并无一事是宝玉立意作出来的。大则天地阴阳，小则功名荣枯，以及吟篇琢句，皆是随分触情。偶得之，不喜；失之，不悲。若当作有心，谬矣。只看大观园题咏之文，已算平生得意之句、得意之事矣，然亦总不见再吟一句，再题一事，据此可见矣。然后可知前夜是无心顺手拈了一本《庄子》在手，且酒兴醺醺，芳愁默默，顺手不计工拙，草草一续也。若使顺手拈一本近时鼓词，或如"钟无艳赴会，其太子走国"等草野风邪之传，必亦续之矣。观者试看此批，然后谓余不谬。所以可恨者，彼夜却不曾拈了《山门》一出传奇。若使《山门》在案，彼时拈着，又不知于《寄生草》后续出何等超凡入圣大觉大悟诸语录来。庚双：代（黛）玉一生是聪明所误，宝玉是多事[所误]，[多事]者，情之事也，非世事也。多情曰多事，亦宗《庄》笔而来，盖余亦偏矣，可笑。阿凤是机心所误，宝钗是博知所误，湘云是自爱所误，袭人是好胜所误，皆不能跳出庄叟言外，悲亦甚矣。再笔。因此，越想越无趣。再细想来，目下不过这两个人，尚未应酬妥协，将来犹欲何为。俞校："犹欲何为"——从庚、晋、甲；原"犹欲为何"。庚双：看他只这一笔，写得宝玉又如何用心于世道。言闺中红粉尚不能周全，何碌碌僭欲治世待人接物哉！视闺中自然女（如）儿戏，视世道如虎狼矣，谁云不然？想到其间，也无庸分辩回答，俞校："分辩回答"——从庚；原"分辨回答"。自己转身回房来。戚双：颦儿云"与你何干"，宝玉如此一回则曰"与我何干"可也。口虽未出，心已悟矣，但恐不常耳。若常存此念，无此一部书矣。看他下文如何转折。林黛玉见他去了，便知回思无趣，赌气去了，一言也不曾发，不禁自己越发添了气，戚双：只此一句，又勾起波浪。去则去，来则来，又何气哉？总是断不了这根孽肠，忘不了这个祸害，既无而又有也。便说道："这一去，一辈子也别来，也别说话。"宝玉不理，蒙戚双：此是极心死处，将来如何？回房躺在床上，只是瞪瞪的。袭人深知原委，不敢就说，庚双：一说必崩。只得以他事来解释，因笑道："今儿看了戏，又勾出几天戏来。宝姑娘一定要还席的。"宝玉冷笑道："他还不还，管谁什么相干。"庚双：大奇大神之文。此"相干"之语，仍是近文与颦儿之语之"相干"也。上文来说，终存于心，却于宝钗身上发泄。素厚者惟颦、云，今为彼等尚存此心，况于素不契者有不直言者乎！情理笔墨，无不尽矣。袭人见这话不是往日口吻，因又笑道："这是怎么说？好好的大正月里，娘儿姊妹们都喜喜欢欢的，俞校："喜喜欢欢的"——从庚；原无"的"。你又怎么这个形景了？"宝玉冷笑道："他们娘儿们姊妹们欢喜不欢喜，也与我无干。”戚双：先及宝钗，后及众人，皆一颦之祸流毒于众人。宝玉之心，实仅有一颦乎！袭人笑道：“他们既随和，你也随和，岂不大家彼此有趣。”宝玉道：“什么是大家彼此！他们有大家彼此，我是‘赤条条来去无牵挂’。”戚双：拍案叫好！当此一发，西方诸佛亦来听此棒喝，参此语录。谈及此句，不觉泪下。蒙戚双：还是心中不净、不了、斩不断之故。袭人见此景况，不肯再说。宝玉细想这一句意味，俞校：“意味”——从晋、甲；原“趣味”。不禁大哭起来，戚双：此是忘机大悟，世人所谓疯颠是也。翻身起来至案，遂提笔立占一偈：

你证我证，心证意证。是无有证，斯可云证。无可云证，是立足境。戚双：已悟已觉，是好偈矣。戚双：宝玉悟禅亦由情，读书亦由情，读《庄》亦由情。可笑。

写毕，自虽解悟，又恐人看此不解，蒙戚双：自悟则自了，又何用人亦解哉？此正是犹未正觉大悟也。因此亦填一支《寄生草》也写在偈后。蒙戚双：此处亦续《寄生草》，余前批云，不曾见续，今却见之，是意外之幸也。盖前夜《庄子》是道悟，此日是禅悟，天花散漫之文也。自己又念一遍，自觉无挂碍，心中自得，便上床睡了。蒙戚双：前夜已悟，今夜又悟，二次翻身不出，故一世堕落无成也。不写出曲文何辞，却留与宝钗眼中写出，是交代过节也。谁想黛玉见宝玉此番果断而去，故以寻袭人为由，来视动静。蒙戚双：这又何必？总因慧刀不利，未斩毒龙之故也。大都如此，叹叹！袭人笑回：“已经睡了。”黛玉听说，便要回去。袭人笑道：“姑娘请站住。有一个字帖儿，瞧瞧是什么话。”说着，便将方才那曲子偈语悄悄拿来，递与黛玉看。黛玉看了，知是宝玉因一时感忿而作，不觉可笑可叹，蒙戚双：是个善知觉，何不趁此大家一解，齐证上乘，甘心堕落迷津哉？便向袭人道：“作的是玩意儿，无甚关系。”蒙戚双：黛玉说“无关系”，将来必无关系。余正恐颦、玉从此一悟，则无妙文可看矣。不想颦儿视之为漠然，更曰“无关系”，可知宝玉不能悟也。余心稍慰。盖宝玉一生行为，颦知最确，故余闻颦语则信而又信，不必定玉而后证之方信也，余云恐他二人一悟则无妙文可看，然欲为闻（开）我怀，为醒我目，却愿他二人永坠迷津，生出孽障，余心甚不公矣。世云损人利己者，余此愿是矣。试思之，可发一笑。今自呈于此，亦可为后人一笑，以助茶前酒后之兴耳。而今后天地间岂不又添一趣谈乎？凡书皆以趣谈读去，其理自明，其趣自得矣。说毕，便携了回房去，与湘云同看。庚双：却不同湘云分崩，有趣。次日又与宝钗看。宝钗看其词曰蒙戚双：出自宝钗目中，正是大关键处。：

无我原非你，从他不解伊。肆行无碍凭来去。茫茫着甚悲愁喜，纷纷说甚亲疏密。从前碌碌却因何，俞校：“却因何”——从庚、晋、甲；原“却何因”。到如今，回头试想真无趣。戚双：看此一曲，试思作者当日发愚不作此书，却立意要作传奇，则又不知有如何词曲矣。

看毕，又看那偈语，又笑曰："这个人悟了。都是我的不是。都是我昨儿一支曲子惹出来的。这些道书禅机最能移性，戚双：拍案叫绝！此方是大悟彻语录，非宝卿不能谈此也。明儿认真说起这些疯话来，存了这个意思，都是从我这一支曲子上来，我成了个罪魁了。"说着，便扯了个粉碎，递与丫头们说俞校："递与丫头们说"——从庚旁改（"说"旁添）；原无"说"。："快烧了罢。"黛玉笑道："不该撕，等我问他。你们跟我来，包管叫他收了这痴心邪话。"三人果然都往宝玉屋里来。一进来，黛玉便笑道："宝玉，我问你：至贵者是宝，至坚者是玉，你有何贵？你有何坚？"蒙戚双：拍案叫绝！大都尚未答此机锋，想亦不能答也。非颦儿，第二人无此灵心慧性也。宝玉竟不能答。三人拍手笑道："这样钝愚，还参禅呢。"黛玉又道："你那偈末云，'无可云证，是立足境'，固然好了，只是据我看，还未尽善。我再续二句在后。"因念云："无立足境，是方干净。"戚双：拍案叫绝！此又深一层也。亦如谚云："去年贫，只立锥；今年贫，锥也无。"其理一也。宝钗道："实在这方悟彻。当日南宗六祖惠能，初寻师至韶州，闻五祖弘忍在黄梅，他便充役火头僧。五祖欲求法嗣，令徒弟诸僧各出一偈。上座神秀说道：

身是菩提树，心如明镜台。
时时勤拂拭，莫使有尘埃。

彼时惠能在厨房碓米，庚眉：用得妥当之极。听了这偈，说道：'美则美矣，了则未了。'因自念一偈曰：

菩提本非树，明镜亦非台。
本来无一物，何处染尘埃。

五祖便将衣钵传他。戚双：出语录，总写宝卿博学宏览，胜诸才人。颦儿却聪慧灵智，非学力所致——皆绝世绝伦之人也。宝玉宁不愧杀！今儿这偈语，亦同此意了。只是方才这句机锋，俞校："机锋"——从晋、甲；原"讥讽"。尚未完全了结，这便丢开手不成？"黛玉笑道："彼时不能答，就算输了。这会子答上了，也不为出奇。只是以后再不许谈禅了。连我们两个所知俞校：“所知”——从庚、晋、甲；原“所知的”。所能的，你还不知不能呢，还去参禅呢。”宝玉自以为俞校：“自以为”——原“自己为”；晋“自己以为”。今改“自以为”。觉悟，不想忽被黛玉一问，便不能答；宝钗又比出语录来，此皆素不见他们能者。自己想了一想：“原来他们比我的知觉在先，尚未解悟，我如今何必自寻苦恼。”庚眉：前以《庄子》为引，故偶续之。又借颦儿诗一鄙驳，兼不写着落，以为瞒过看官矣。此回用若许曲折，仍用老庄引出一偈来，再续一《寄生草》，可为大觉大悟已。以之上承果位，以后无书可作矣。却又轻轻用黛玉一问机锋，又续偈言二句，并用宝钗讲五祖六祖问答二实偈子，使宝玉无言可答，仍将一大善知识，始终跳不出警幻幻榜中，作下回若干回书。真有机心游龙不则（测）之势，安得不叫绝！且历来小说中万写不到者。己卯冬夜。想毕，便笑道：“谁又参禅，不过一时玩话罢了。”说着，四人仍复如旧。蒙戚双：轻轻抹去也。“心净难”三字不谬。

忽然人报，娘娘差人送出一个灯谜来，命你们大家去猜。猜着了，每人也作一个进去。四人听说，忙来至贾母上房。只见一个小太监拿了一盏四角平头红纱灯，专为灯谜而制，上面已有一个。众人都争看乱猜。小太监又下谕道：“众小姐猜着了，不要说出来，每人只暗暗的写在纸上，一齐封进宫去，娘娘自验是否。”宝钗等听了，近前一看，是一首七言绝句，并无甚新奇，口中少不得称赞，只说难猜，故意寻思，其实一见便猜着了。宝玉、黛玉、湘云、探春戚双：此处透出探春，正是草蛇灰线，后文方不突然。四个人也都解了，各自暗暗的写了半日。一并将贾环、贾兰等传来，一齐各揣心机蒙戚双：写出猜谜人形景，看他偏于两次戒机后，写此机心机事，足见用意至深至远。都猜了，写在纸上。然后各人拈一物作成一谜，恭楷写了，挂在灯上。太监去了。至晚，出来传谕：“前娘娘所制，俱已猜着，惟二小姐与三爷猜的不是。蒙戚双：迎春、贾环也。交错有法。小姐们作的也都猜了，俞校：“也都猜了”——从晋、甲；原“也都猜著了”。不知是否。”说着，已将写的拿出来，也有猜着的，也有猜不着的，都胡乱说猜着了。太监又将颁赐之物送与猜着之人，每人一个宫制诗筒，蒙戚双：诗筒，身边所佩之物，以待偶成之句草录暂收之，其归至窗前不致有忘也。或茜牙成，或琢香屑，或以绫素为之不一，想来奇特事从不知也。一柄茶筅。蒙戚双：破竹如帚，以净茶具之积也。二物极微极雅。独迎春贾环二人未得。迎春自为玩笑小事，并不介意。蒙戚双：大家小姐。贾环便觉得没趣。且又听太监说：“三爷说的这个不通，娘娘也没猜，叫我带回问三爷是个什么。”众人听了，都来看他作的是什么，写道是：

大哥有角只八个，二哥有角只两根。

大哥只在床上坐，二哥爱在房上蹲。戚双：可发一笑，真环哥之谜。诸卿勿笑，难为了作者摹拟。

众人看了，大发一笑。贾环只得告诉太监说：“一个枕头，一个兽头。”蒙戚双：亏他好才情，怎么想来！太监记了，领茶而去。贾母见元春这般有兴，自己越发喜欢，便命速作一架小巧精致围屏灯来，设于堂屋。命他姊妹各自暗暗的作了，写出来粘于屏上，然后预备下看茶细果以及各色玩物为猜着之贺。贾政朝罢，见贾母高兴，况在节间，晚上也来承欢取乐。设了酒果，备了玩物，上房悬了彩灯，请贾母赏灯取乐。上面贾母、贾政、宝玉一席；下面王夫人、宝钗、黛玉、湘云又一席，迎、探、惜三人又一席。地下婆娘丫鬟站满。李宫裁王熙凤二人在里间又一席。庚侧：细致。贾政因不见贾兰，便问：“怎么不见兰哥？”蒙戚双：看他透出贾政极爱贾兰。地下婆娘忙进里间问李氏。李氏起身笑着回道：“他说方才老爷并没去叫他，他不肯来。”婆娘回复了贾政。众人都笑说：“天生的牛心古怪！”贾政忙遣贾环与两个婆娘将贾兰唤来。贾母命他在身旁坐了，抓果品俞校：“果品”——从庚、晋；原“果子”。与他吃。大家说笑取乐。往常间只有宝玉长谈阔论，今日贾政在这里，便惟俞校：“便惟”——从庚；原“惟有”。有唯唯而已。蒙戚双：写宝玉如此。非世家曾经严父之训者，断写不出此一句。馀者湘云虽系闺阁弱女，却素喜谈论，今日贾政在席，也是拑口禁言。俞校：“拑口禁言”——从晋、甲；原“插口禁言”。蒙戚双：非世家经明训者，断不知此一句。写湘云如此。黛玉本性懒与人共，原不肯多话。庚双：黛玉如此。与人多话则不肯，问（何）得与宝玉话更多哉？宝钗原不妄言轻动，便此时亦是坦然自若。蒙戚双：瞧他写宝钗，真是又曾经严父慈母之明训，又是世府千金，自己又天性从礼合节，前三人之长并归于一身。前三人向有捏作之态，故惟宝钗一人作坦然自若，亦不见逾规越矩也。故此一席虽是家常取乐，反见拘束不乐。蒙双：非世家公子断写不及此。想近时之家，纵其女儿哭笑索饮，长者又以为乐，其无礼不法，何如是耶！贾母亦知因贾政一人在此所致，俞校：“所致”——从晋、甲；原“所致之故”。戚双：这一句又明补出贾母亦是世家明训之千金也，不然断想不及此。酒过三巡，便撵贾政去歇息。贾政亦知贾母之意，撵了自己去后，好让他们姊妹兄弟取乐的。贾政忙陪笑道：“今日原听见老太太这里大设春灯雅谜，俞校：“雅谜”——从庚、晋、甲；原“哑谜”。故也备了彩礼酒席，特来入会。何疼孙儿孙女之心，便不略赐以儿子半点。”庚双：贾政如此，余亦泪下。贾母笑道："你在这里，他们都不敢说笑，没的倒叫我闷。你要猜谜时，我便说一个你猜。猜不着是要罚的。"贾政忙笑道："自然要罚。若猜着了，也是要领赏的。"贾母道："这个自然。"说着，便念道：

猴子身轻站树梢。蒙双：所谓"树倒猢狲散"是也。——打一果名。蒙戚双：的是贾母之谜。

贾政已知是荔枝，便故意乱猜别的，罚了许多东西，然后方猜着，也得了贾母的东西。然后也念一个与贾母猜，念道：

身自端方，体自坚硬，虽不能言，有言必应。庚双：好极！的是贾老之谜，包藏贾府祖宗自身，"必"字隐"笔"字。妙极，妙极！——打一用物。

说毕，便悄悄的说与宝玉。俞校："说与宝玉"——从庚、晋、甲；原"说与了宝玉"。宝玉意会，又悄悄的告诉了贾母。贾母想了想，俞校："想了想"——从庚；原"想了"。庚侧：太君身分。果然不差，便说："是砚台。"贾政笑道："到底是老太太，一猜就是。"回头说："快把贺彩送上来。"地下妇女答应一声，大盘小盘一齐捧上。贾母逐件看去，都是灯节下所用所玩新巧之物，甚喜，遂命："给你老爷斟酒。"宝玉执壶，迎春送酒。贾母因说："你瞧瞧那屏上都是他姊妹们做的，再猜一猜我听。"贾政答应起身，走至屏前，只见第一个写道是：

能使妖魔胆尽摧，身如束帛气如雷。

一声震得人方恐，回首相看已化灰。庚双：此元春之谜。才得侥幸，奈寿不长，可悲哉！列双：此是元春之作。

贾政道："这是爆竹吓。"俞校："爆竹吓"——原"爆竹嗄"；庚"炮竹吓"。今改"吓"字。宝玉答道："是。"贾政又看道是：

天运人功理不穷，有功无运也难逢。

因何镇日纷纷乱，只为阴阳数不同。蒙戚双：此迎春一生遭际，惜不得其夫何！ 列双：此是迎春之作。

贾政道："这是算盘。"迎春笑道："是。"又往下看道是：

阶下儿童仰面时，清明妆点最堪宜。

游丝一断俞校："一断"——从庚、晋、甲；原"一段"。浑无力，莫向东风怨别离。戚双：此探春远适之谶也。使其人不远去，将来事败，诸子孙不至流散也，悲哉，伤哉！ 列双：此是探春之作。

贾政道："这是风筝。"探春笑答："是。"又看道是：

前身色相总无成，不听菱歌听佛经。

莫道此生沉黑海，俞校："黑海"——从庚；原"墨海"。性中自有大光明。庚眉：此后破失，俟再补。 戚双：此惜春为尼之谶也。公府千金至缁衣乞食，宁不悲夫！ 列双：此是惜春之作。

贾政道："这是佛前海灯吓。"俞校："海灯吓"——原"海灯嘎"。依前改。惜春笑答道："是海灯。"

贾政心内沉思道："娘娘所作爆竹，此乃一响而散之物。迎春所作算盘，是打动乱如麻。探春所作风筝，乃飘飘浮荡之物。惜春所作海灯，一发清净孤独。今乃上元佳节，如何皆用此不祥之物为戏耶？"心内愈思愈闷，因在贾母之前，不敢形于色，只得仍勉强往下看去。只见后面写着七言律诗一首，却是宝钗所作，随念道：

朝罢谁携两袖烟，琴边衾里总无缘。

晓筹不用鸡人报，五夜无烦侍女添。

焦首朝朝还暮暮，煎心日日复年年。

光阴荏苒须当惜，风雨阴晴任变迁。庚眉：暂记宝钗制谜云。 晋双：此黛玉一生愁绪之意。

贾政看完，心内自忖道："此物还倒有限。只是小小之人作此诗句，更觉不祥，皆非永远福寿之辈。”想到（俞校：“想到”——从甲；原“想道”。）此处，愈觉烦闷，大有悲戚之状，因而将适才的精神减去十之八九，只垂头沉思。贾母见贾政如此光景，想到或是他身体劳乏亦未可定，又兼恐拘束了众姊妹不得高兴玩耍，即对贾政云：“你竟不必猜了，去安歇罢。让我们再坐一会，也好散了。”贾政一闻此言，连忙答应几个“是”字，又勉强劝了贾母一回酒，方才退出去了。回至房中，只是思索，翻来覆去，竟难成寐，不由伤悲感慨，不在话下。且说贾母见贾政去了，便道：“你们可自在乐一乐罢。”一言未了，早见宝玉跑至围屏灯前，指手画脚，满口批评，这个这一句不好，那一个做的不恰当，如同开了锁的（俞校：“开了锁的”——从甲；原“开了笼的”。）猴子一般。宝钗便道：“还像适才坐着，大家说说笑笑，岂不斯文些儿。”凤姐自里间忙出来插口道：“你这个人，就该老爷每日和你（俞校：“和你”——从甲；原“令你”。）寸步不离方好。适才我忘了，为什么不当着老爷撺掇，叫你也作诗谜儿。若如此，怕不得这会子正出汗呢。”说的宝玉急了，扯着凤姐儿，扭股儿糖似的只是厮缠。贾母又与李宫裁并众姊妹说笑了一会，也觉有些困倦起来。听了听已是漏下四鼓，命将食物撤去，赏散众人，（俞校：“赏散众人”——从甲；原“赏散与众人”。）随起身道：“我们安歇罢。明日还是节下，该当早起。明日晚间再玩罢。”且听下回分解。

庚回后：此回未成而芹逝矣，叹叹！丁亥夏，畸笏叟。

戚回后：作者具菩提心，捉笔现身设法，每于言外警人，再三再四。而读者但以小说古词目之，则大罪过。其先以《庄子》为引，及偈曲句作醒悟之语，以警觉世人。犹恐不入，再以灯谜伸词致意，自解自叹，以不成寐为言，其用心之切之诚，读者忍不留心而慢忽之耶！

第二十三回
西厢记妙词通戏语　牡丹亭艳曲警芳心

蒙戚回前：群艳大观中，柳弱系轻风。惜花与度曲，笑看利名空。

话说贾元春自那日幸大观园回宫去后，便命将那日所有的题咏，命探春依次抄录妥协，自己编次，叙其优劣，又命在大观园勒石，为千古风流雅事。因此，贾政命人各处选拔精工名匠，大观园磨石（俞校："磨石"——从晋、甲；原"摹石"。）镌字。贾珍率领贾蓉、贾萍等监工。因贾蔷又管理着文官等十二个女戏并行头等事，不大得便，因此贾珍又将贾菖、贾菱唤来监工。一日，汤蜡钉朱，动起手来。这也不在话下。

且说那个玉皇庙并达摩庵两处，一班的十二个小沙弥并十二个小道士，如今挪出大观园来，贾政正想着要打发到（俞校："正想着要打发到"——从庚；原"正思想发到"。）各庙去居住。不想后街上住的贾芹之母周氏，正盘算着也要到贾政这边谋一个大小事务（俞校："事务"——从庚、残；原"事物"。）与儿子管管，也好弄些银钱使用。可巧听见有这件事，（俞校："有这件事"——从庚；原"这件事"。）便坐轿子来求凤姐。凤姐因见他素日不大拿班作势的，便依允了。想了几句话，（庚侧：一派心机。）便回王夫人说："这些小和尚道士万不可打发到别处去，一时娘娘出来就要承应。倘或散了伙，若再用时，可是又费事。依我的主意，不如将他们竟送到咱们家庙俞校：家庙”——从晋、甲；原“家庙里”。铁槛寺去，月间不过俞校：“不过”——从庚、晋、甲；原“可”。派一个人拿几两银子去买柴米就完了。说声用，走去叫来，一点儿不费事的。”王夫人听了，便商之于贾政。贾政听了，笑道：“倒是提醒了我，就这样。”即时唤贾琏来。当下贾琏正同凤姐吃饭，一闻呼唤，不知何事，放下饭便走。凤姐一把拉住，笑道：“你且站住，听我说话。若是别的事我不管；俞校：“我不管”——从庚、晋、残、甲；原“我也不管”。若是为小和尚们的那事，好歹依我这么着。”如此这般，教了一套话。贾琏笑道：“我不知道。你有本事你说去。”凤姐听了，把头一梗，蒙侧：活跳。把筷子一放，腮上似笑不笑的，瞅着贾琏道：“你当真的，是玩话？”贾琏笑道：“西廊下五嫂子的儿子芸儿，蒙侧：可发一笑。来求了我两三遭，要个事情管管，我依了，叫他等着。好容易出来这件事，你又夺了去。”凤姐笑道：“你放心。园子东北角上，俞校：“东北角上”——从晋、残、甲；原“东北角子上”。娘娘说了还叫多多的种松柏树，楼底下还叫种些花草等物。这件事出来，我保管叫芸儿管这件工程。”贾琏道：“果然这样，也罢了。只是昨儿晚上，我不过是要改个样儿，你就扭手扭脚的。”庚侧：写凤姐风月之文如此，总不脱漏。蒙侧：粗蠢，惜（情）景可笑。后将有大观园中一段奇情韵，不得不先为此等丑语一迭，以作未火先烟之象。凤姐儿听了，嗤的一声笑了，庚侧：好章法！向贾琏啐了一口，低下头便吃饭。贾琏一径笑着去了。到了前面，见了贾政，果然是小和尚一事。贾琏便依了凤姐主意，说道：“如今看来，芹儿倒大大的出息了，这件事竟交与他去管办。横竖照在里头的规例，每月叫芹儿支领就是了。”贾政原不大理论这些事，听贾琏如此说，便如此依了。贾琏回到房中，告诉凤姐儿。凤姐即命人去告诉周氏。贾芹便来见贾琏夫妻两个，感谢不尽。凤姐又作情，央贾琏先支三个月的，叫他写了领字，贾琏批票，画了押，登时发了对牌出去。银库上按数发出俞校：“按数发出”——从庚、晋、残、甲；原“按数发给”。三个月的供给来：白花花二三百两。贾芹随手拈一块，撂与掌平的人，叫他们吃了茶罢。于是命小厮拿回家，与母亲商议。登时雇了大脚驴自己骑上，又雇了几辆车子，至荣国府角门前，唤出二十四个人来，坐上车，一径往城外铁槛寺去了。当下无话。

如今且说贾元春因在宫中自编大观园题咏之后，忽想起那大观园中景致，庚眉：大观园原系十二钗栖止之所，然工程浩大，故借元春之名而起，再用元春之命以安诸艳，不见一丝扭捻。己卯冬夜。自己幸过之后，贾政必定敬谨封锁，不敢使人进去搔扰，俞校："搔扰"——从庚、残；原"骚扰"。岂不寥落！况家中现有几个能诗会赋的姊妹，何不命他们进去居住，也不使佳人落魄，花柳无颜。庚侧：韵人行韵事。却又想到宝玉蒙侧：何等精细。自幼在姊妹丛中长大，不比别的兄弟，若不命他进去，只怕他冷清了，一时不大畅快，未免贾母、王夫人愁虑，须得也命他进园居住方妙。想毕，遂命太监夏忠到荣国府来下一道谕，命宝钗等只管在园中居住，不可禁约封锢，命宝玉仍随进去读书。贾政、王夫人接了这谕，待夏忠去后，便来回明贾母，遣人进去各处收拾打扫，安设帘幔床帐。别人听了，还自犹可，惟宝玉听了这谕，喜的无可不可。正和贾母盘算，要这个，弄那个，忽见俞校："忽见"——从庚、晋、残、甲；原"忽见了"。丫鬟来说："老爷叫宝玉。"俞校："叫宝玉"——从庚、晋、甲；原"叫你"。庚侧：多大力量写此句。余亦惊骇，况宝玉乎！回思十二三时，亦曾有是病来。想时不再至，不禁泪下。蒙侧：大家风范。宝玉听了，好似打了个焦雷，登时扫去兴头，脸上转了颜色，便拉着贾母扭的好似扭股儿糖，杀死不敢去。贾母只得安慰他道："好宝贝，你只管去，有我呢。他不敢委屈了你。蒙侧：写尽祖母溺爱，作后文之本。况且你又作了那篇好文章。想是娘娘叫你进去住，他吩咐你几句话，俞校："几句话"——从庚、晋、甲；原"几句"。不过不教你在里头淘气。他说什么，只好生答应着就是了。"一面安慰，一面唤了两个老嬷嬷来，吩咐"好生带了宝玉去，别叫他老子吓着他"。老嬷嬷答应了。宝玉只得前去，一步挪不了俞校："挪不了"——从晋、甲；原"挪了"。三寸，蹭庚侧：蹭，撑去声。到俞校："蹭到"——从晋、甲；原"挨到"。这边来。可巧在王夫人房中商议事情，金钏儿、彩云、彩霞、绣鸾、绣凤等众丫鬟，都在廊檐下站着呢。一见宝玉来，都抿着嘴儿笑。金钏一把拉住宝玉，庚侧：有是事，有是人。悄悄的笑道："我这嘴上是才擦的香浸胭脂，庚侧：活像活现。你这会子可吃不吃了？"彩云连忙一把推开金钏，笑道："人家心里正不自在，你还奚落他。趁这会子喜欢，快进去罢。"宝玉只得挨进门去。原来贾政和王夫人都在里间呢。赵姨娘打起帘子，宝玉躬身进去。（俞校："躬身进去"——从庚；原"躬身挨入"。）只见贾政和王夫人对面坐在炕上说话，地下一溜椅子，迎、探、惜并贾环四个人都坐在那里。一见他进来，惟有探春、惜春和贾环站了起来。贾政一举目，见宝玉站在跟前，神彩飘逸，秀色夺人，（庚侧："消气散"用得好。）看看贾环人物委蕤，举止荒疏，忽又想起贾珠来，（俞校："想起贾珠来"——从庚、晋、残、甲；原"想起贾珠"。）再看看王夫人（庚侧：批至此，几乎失声哭出。）只有这一个亲生的儿子，素爱如珍，自己的胡须将已苍白（蒙侧：为天下年老者父母一哭！）：因这几件上，把素日嫌恶处分宝玉之心不觉减了八九。半晌，说道："娘娘吩咐，说你日日外头嬉游，渐次疏懒，如今叫禁管你，同（俞校："禁管你，同"——从晋、甲；原"禁管同你"。）姊妹在园里读书写字，（庚眉：写宝玉可入园，用"禁管"二字，得体理之至。壬午九月。）你可好生用心习学。若再不（俞校："若再不"——从晋、残；原"再若不"。）守分安常，你可仔细。"宝玉连连的答应了几个"是"。王夫人便拉他在身旁坐下。（蒙侧：活现。）他姊弟三人依旧坐下。王夫人摸娑着宝玉的脖项（俞校："脖项"——从庚、晋、残、甲；原"脖头"。）说道："前儿的丸药都吃完了？"宝玉答道："还有一丸。"王夫人道："明儿再取十丸来，天天临睡的时候，叫袭人伏侍你吃了再睡。"宝玉道："只从太太吩咐了，袭人天天晚上想着，打发我吃。"（庚侧：大家细细听去，活似小儿口气。）贾政问道："袭人是何人？"王夫人道："是个丫头。"贾政道："丫头不管（俞校："丫头不管"——从庚、残；原"不管"。）叫个什么罢了，是谁这样刁钻，起这样的名字？"王夫人见贾政不自在了，便替宝玉掩饰道："是老太太起的。"贾政道："老太太如何知道这样的话，一定是宝玉。"宝玉见瞒不过，只得起身回道："因素日读诗，曾记古人有一句诗云：'花气袭人知昼暖'。因这个丫头姓花，便随口起了这个。"（俞校："起了这个"——从庚；原"起了这个名字"。）王夫人忙又道："宝玉，（俞校："忙又道：宝玉"——从庚；原"忙又向宝玉道"。）你回去改了罢。老爷也不用为这小事动气。"贾政道："究竟也无碍，又何用改？（庚侧：几乎改去好名。）只是可见宝玉不务正，专在这些浓词艳赋上（俞校："浓词艳赋上"——从庚；原"浓诗艳词"。）作功夫。"说毕，断喝一声（庚侧：好收什。）（蒙侧：严父慈母，其事虽异，其行则一。）："作孽的畜生，还不出去！"王夫人也忙道："去罢，只怕老太太等你吃饭呢。"（俞校："老太太等你吃饭呢"——从庚、甲；原"太太等你吃饭"。）宝玉答应了，慢慢的出去，向金钏儿笑着伸伸舌头，带着两个老嬷嬷，一溜烟去了。刚至穿堂门前，（蒙戚双：妙！这便是凤姐扫雪拾玉之处，一丝不乱。）只见袭人倚门立在那里，（蒙侧：何等牵连！）一见宝玉平安回来，堆下笑来，问（庚侧：等坏了，愁坏了，所以有"堆下笑来问"问话。）："叫你作什么？"宝玉告诉他："没有什么。不过怕我进园去淘气，吩咐吩咐。"（庚侧：就说大话，毕肖之至。）一面说，一面回至贾母跟前，回明原委。只见林黛玉正在那里，宝玉便问他："你住那一处好？"黛玉（俞校："黛玉"——从晋、甲；原"林黛玉"。）正在心里盘算这事，（庚侧：颦儿亦有盘算事，拣择清幽处耳，未知择邻否？一笑。）忽见宝玉问他，便笑道："我心里想着潇湘馆好，我爱那几竿竹子隐着一道曲栏，比别的更觉幽静。"宝玉听了，拍手笑道："正和我的主意一样。我也要叫你住这里呢。我就住怡红院。咱们两个又近，又都清幽。"（庚侧：择邻出于玉兄，所谓真知己。）（蒙侧：作后文无限章（张）本。）二人正计较，就有贾政遣人来回贾母说："二月二十二（俞校："二月二十二"——从庚；原"二月二十二的"。）日子好，哥儿姐儿们好搬进去的。"这几日内遣人进去分派收拾。薛宝钗住了蘅芜苑，林黛玉住了潇湘馆，贾迎春住了缀锦楼，探春住了秋爽斋，惜春住了蓼风轩，李氏住了稻香村，宝玉住了怡红院。每一处添两个老嬷嬷，四个丫头，除各人奶娘亲随丫鬟不算外，另有专管收拾打扫的。至二十二日一齐进去，登时园内花招绣带，（俞校："花招绣带"——从庚、晋、残、甲；原"花摇绣带"。）柳拂香风，（蒙戚双：八字写得满园之内，处处有人，无一处不到。）不似前番那等寂寞（俞校："寂寞"——从庚、晋、残、甲；原"寂寥"。）了。

闲言少叙。且说宝玉自进园来，心满意足，再无别项可生贪求之心。每日只和姊妹丫头们一处，或读书，或写字，（庚侧：未必。）或弹琴下棋，作画吟诗，以至描鸾刺凤，（庚侧：有之。）斗草簪花，低吟悄唱，拆字猜枚，无所不至，倒也十分快乐。他曾有几首即事诗，虽不算好，（俞校："虽不算好"——从庚、晋、甲；原"虽不好"。）却是（俞校："却是"——从晋、甲；原"却倒是"。）真情真景，略记几首云：

春夜即事

霞绡云幄任铺陈，隔巷蟆更听未真。

枕上轻寒窗外雨，眼前春色梦中人。

盈盈烛泪因谁泣，点点花愁（俞校："点点花愁"——从庚、晋、甲；原"默默花愁"。）为我嗔。

自是小鬟娇懒惯，拥衾不耐笑言频。

夏夜即事

倦绣佳人幽梦长，金笼鹦鹉唤茶汤。

窗明麝月开宫镜，室霭檀云品御香。

琥珀杯倾荷露滑，玻璃槛纳柳风凉。

水亭处处齐纨动，帘卷朱楼（俞校："朱楼"——从庚、晋、残、甲；原"珠楼"。）罢晚妆。

秋夜即事

绛芸轩里绝喧哗，桂魄流光浸茜纱。

苔锁石纹容睡鹤，井飘桐露湿栖鸦。

抱衾婢至舒金凤，倚槛人归落翠花。

静夜不眠因酒渴，沉烟重拨索烹茶。

冬夜即事

梅魂竹梦已三更，锦罽鹴衾睡未成。

松影一庭惟见鹤，梨花满地不闻莺。

女郎翠袖诗怀冷，公子金貂酒力轻。

却喜侍儿知试茗，扫将新雪及时烹。（庚眉：四诗作尽安福万（尊）荣之贵介公子也。壬午孟夏。）

因这几首诗，当时有一等势利人，见荣府十二三岁的公子作的，录出来各处称颂；再有一等轻浮子弟，爱上那风骚妖艳之句，也写在扇头壁上，不时吟哦赏赞。因此竟有人来寻诗觅字，倩画求题的。宝玉一发得了意，镇日家（俞校："镇日家"——从庚、残；原"镇日在家"。）作这些外务。谁想静中生烦恼，忽一日不自在起来，这也不好，那也不好，出来进去只是闷闷的。（俞校："这也不好"至"闷闷的"——从庚、晋、甲；原"发闷"。）园中那些人（俞校："园中那些人"——从庚；原"园中的那些人"。）多半是女孩儿，正在混沌世界，天真烂熳之时，坐卧不避，嬉笑无心，那里知宝玉此时的心事。那宝玉心内不自在，便懒在园内，只在外头鬼混，却又痴痴的。（蒙戚双：不进园去，真不知何心事。）茗烟见他这样，因想与他开心。左思右想，皆是宝玉玩烦了的，（俞校："玩烦了的"——从庚、残、甲；原"顽的不耐烦了的"。）不能开心，惟有这件，宝玉不曾看见过。（庚侧：书房伴读累累如是，余至今痛恨。）想毕，便走去到书坊内，把那古今小说并那飞燕、合德、武则天、杨贵妃的外传与那传奇脚本买了许多来，引宝玉看。宝玉何曾见过这些书，一看见了，便如得了珍宝。茗烟又嘱咐他（蒙侧：自古恶奴坏事。）：“不可拿进园去。若叫人知道了，我就吃不了兜着走呢！”宝玉那里舍的不拿进园，踌蹰再三，单把那文理细密的拣了几套（俞校：“拣了几套”——从庚、晋、甲；原“拿了几套”。）进去，放在床顶上，无人时自己密看。那粗俗过露的都藏在外面书房里。

那一日（俞校：“那一日”——从庚；原“那日”。）正当三月中浣，早饭后，宝玉携了一套《会真记》，走到沁芳闸桥边（俞校：“桥边”——从庚；原“桥那边”。）桃花底下一块石上坐着。展开《会真记》，从头细玩。正看到“落红成阵”，只见一阵风过，把树上桃花吹下一大半来，（庚侧：好一阵凑趣风。）落的满身满书满地皆是。宝玉要抖将下来，恐怕脚步践踏了，（蒙戚双：情不情。）只得兜了那花瓣，来至池边，抖在池内。那花瓣浮在水面，飘飘荡荡，竟流出沁芳闸去了。回来只见地下还有许多。宝玉正踌躇间，只听背后有人说道：“你在这里作什么？”宝玉一回头，（俞校：“一回头”——从庚、晋、甲；原“回头”。）却是林黛玉来了，肩上担着花锄，上挂着纱囊，（俞校：“纱囊”——从晋、残、甲；原“行囊”。）手内拿着花帚。（庚侧：一幅《采芝图》，非《葬花图》也。）（庚眉：此图欲画之心久矣，誓不过仙笔不写，恐亵（亵）我颦卿故也。己卯冬。）（庚眉：丁亥春间，偶识一浙省发，其白描美人，真神品物，甚合余意。奈彼因宦缘所缠无暇，且不能久留都下，未几南行矣。余至今耿耿，怅然之至。恨与阿颦结一笔墨缘之难若此！叹叹！丁亥夏，畸笏叟。）（蒙侧：真是韵人韵事。）（晋双：写出扫花仙女。）宝玉笑道：“好！好！来把这个花扫起来，（庚侧：如见如闻。）撂在那水里。我才撂了好些在那里呢。”林黛玉道：“撂在水里不好。你看这里的水干净，只一流出去，有人家的地方脏的臭的混倒，仍旧把花糟蹋了。那畸角上我有一个花冢。（庚侧：好名色！新奇！葬花亭里埋花人。）如今把他扫了，装在这绢袋里，拿土埋上，日久不过随土化了，（庚侧：宁使香魂随土化。）岂不干净。”（蒙戚双：写黛玉又胜宝玉十倍痴情。）宝玉听了，喜不自禁，笑道：“待我放下书帮你来收拾。”（庚侧：顾了这头，忘却那头。）黛玉道：“什么书？”宝玉见问，慌的藏之不迭，便说道：“不过是《中庸》《大学》。”黛玉笑道：“你又在我跟前弄鬼。趁早儿给我瞧，好多着呢。”宝玉道：“好妹妹，若论你，我是不怕的。你看了，好歹别告诉别人去。真真这是好文章。你要看了，

（俞校："你要看了"——从庚；原"你看了"。）连饭也不想吃呢。"（俞校："不想吃呢"——从庚；原"不想呢"。）一面说，一面递了过去。（俞校："递了过去"——从庚、晋、残、甲；原"递与了林黛玉"。）黛玉把花具且都放下，（俞校："且都放下"——从庚；原"都且放下"。）接书来瞧。从头看去，越看越爱。不顿饭工夫，将十六出俱已看完，自觉词藻警人，馀香满口。（俞校："馀香满口"——从庚、晋、残、甲；原无。）虽看完了书，却只管出神，心内还默默记诵。宝玉笑道："妹妹，你说好不好？"林黛玉笑道："果然有趣。"宝玉笑道："我就是个'多愁多病身'，（俞校："多病身"——从庚傍改（"多病的身"，"的"点去）、残；原"多病的身"。）你就是那'倾国倾城貌'。"（庚侧：看官说宝玉忘情有之，若认作有心取笑，则看不得《石头记》。）（晋双：借用得妙。）林黛玉听了，不觉带腮连耳通红，登时直竖起两道似蹙非蹙的眉，瞪了两只似睁非睁的眼，微腮带怒，薄面含嗔，指宝玉道："你这该死的胡说！好好的把这淫词艳曲弄了来，还学了这些混话来欺负我。我告诉舅舅、舅母去。"说到"欺负"两个字上，早又把眼圈儿（俞校："眼圈儿"——从晋、残、甲；原"眼睛圈儿"。）红了，转身就走。（庚侧：唬杀！急杀！）宝玉着了忙，向前拦道："好妹妹，千万饶我这一遭。原是我说错了。若有心欺负你，明儿我掉在（俞校："我掉在"——从甲；原"叫我吊在"。）池子里，教个（俞校："教个"——从庚；原"叫个"。）癞头鼋吞了去，变个大忘八，等你明儿做了一品夫人，病老归西的时候，我往你坟上替你驮一辈子的碑去。"（庚侧：虽是混话一串，却成了最新最奇的妙文。）（晋双：此誓新鲜。）说的林黛玉嗤的一声（俞校："嗤的一声"——从庚、晋、残；原"嗐一声"。）笑了，（庚侧：看官想用何等话令代（黛）玉一笑收科？）揉着眼睛，（俞校："揉着眼睛"——从庚；原"揉著眼"。）一面笑道："一般也吓的（俞校："也吓的"——从庚；原"唬的"。）这个调儿，还只管胡说。'呸，原来（俞校："原来"——从残；原"原来是"。）苗儿不秀，是个银样蜡枪头。'"（晋双：更借得好。）宝玉听了，笑道："你这个呢！我也告诉去。"林黛玉笑道："你说你会过目成诵，难道我就不能一目十行么！"（蒙侧：儿女情态，毫无淫念，韵雅之至！）宝玉一面收书，一面笑道："正经快把花埋了罢，别提那个了。"二人便收拾落花，正才掩埋妥协，只见袭人走来，说道："那里没找到，摸在这里来。那边大老爷身上不好，姑娘们都过去请安，老太太叫打发你去呢。快回去换衣裳去罢。"宝玉听了，忙拿了书，别了黛玉，同袭人回房换衣不提。（蒙戚双：一语度下。）

这里林黛玉见宝玉去了，又听见众姊妹也不在房，自己闷闷的，（蒙戚双：有原故。）正欲回房，刚走到梨香院墙角上，（俞校："墙角上"——从庚、晋；原"墙下"。）只听见墙内

大观园美景迎群芳　西厢记妙词通戏语

笛韵悠扬，庚侧：入正文方不牵强。歌声婉转。林黛玉便知是那十二个孩子演习戏文呢。只是俞校："只是"——从庚；原无。林黛玉素习不大喜看戏文，蒙戚双：妙法！必云"不大喜看"。便不留心，只管往前走。偶然两句只吹到耳内，明明白白，一字不落，蒙戚双：却一喜便总不忘，方见契得紧。唱道是：

原来姹紫嫣红开遍，庚眉：情小姐故以情小姐词曲警之，恰极，当极！己卯冬。似这般都付与断井颓垣。

林黛玉听了，倒也十分感慨缠绵，便止住步俞校："止住步"——从庚；原"止步"。侧耳细听，又听唱道是：

良辰美景奈何天，赏心乐事谁家院。

听了这两句，不觉点头自叹，心下自思道："原来戏上也有好文章。庚侧：非不及钗，系不曾于杂学上用意也。可惜世人只知看戏，未必能领略这其中的趣味。"庚侧：将进门便是知音。想毕，又后悔不该胡想，耽误了听曲子。再侧耳时，只听唱道：

则为你如花美眷，似水流年。

林黛玉听了这两句，不觉心动神摇。又听道"你在幽闺自怜"等句，一发如醉如痴，站立不住，便一蹲身坐在一块山子石上，细嚼"如花美眷似水流年"八个字的滋味。忽又想起前日见古人诗中，有"水流花谢两无情"之句，又词中俞校："又词中"——从残；原"再又有词中"。有"流水落花春去也，天上人间"之句，又兼方才所见俞校："方才所见"——从晋、残、甲；原"所见"。《西厢记》中"花落水流红，闲愁俞校："闲愁"——从庚、晋、残、甲；原"闲情"。万种"之句，都一时想起来，凑聚在一处。仔细忖度，不觉心痛神驰，眼中落泪。正没个开交处，忽觉背上击了一下。及回头看时，原来是……且听下回分解。正是：

妆晨绣夜心无矣，对月临风恨有之。

庚回后：前以《会真记》文，后以《牡丹亭》曲，加以有情有景、消魂落魄诗词，总是急于令颦儿种病根也。看其一路不迹不离，曲曲折折，写来令观者亦技难持，况瘦怯怯之弱女乎！

蒙回后：诗童才女，添大观之颜色。埋花听曲，写灵慧之幽娴。妒妇主谋，愚夫听命，恶仆殷勤，淫词胎邪。开楞严之密语，阐法戒之真宗。以撞心之言，与石头讲道，悲夫！

第二十四回
醉金刚轻财尚义侠　痴女儿遗帕惹相思

庚回前：夹写“醉金刚”一回，是书中之大净场，聊醒看官倦眼耳。然亦书中必不可少之文，必不可少之人。今写在市井俗人身上，又加一“侠”字，则大有深意存焉。

靖回前：“醉金刚”一回文字，伏芸哥仗义探庵。余三十年来得遇金刚之样人不少，不及金刚者亦复不少。惜不便一一注明耳。壬午孟夏。

话说林黛玉正自情思萦逗，缠绵固结之时，忽有人从背后击了他一掌，说道：“你作什么一个人在这里？”林黛玉倒吓了一跳，回头看时，不是别人，却是香菱。林黛玉道：“你这个傻丫头，庚侧：此“傻”字加于香菱，则有多少丰神跳于纸上，其娇憨之态可想而知。吓我这么一跳好的。你这会子打那里来？”香菱嘻嘻的笑道：“我来寻我们姑娘的，找他总找不着。俞校：“找他总找不着”——从庚；原“总找他不著”。你们紫鹃也找你呢，庚侧：一丝不漏。说琏二奶奶送了什么茶叶来给你的。走罢，回家去坐着。”庚侧：“是（回）家去坐着”之言，是恐石上冷意。一面说着，一面拉着黛玉的手，回潇湘馆来。果然凤姐儿送了两小瓶上用新茶来。林黛玉和香菱坐了。况他们俞校：“况他们”——从庚、晋；原“试问他们”。有何正事谈讲，庚侧：为学诗伏线。不过说些这一个绣的好，那一个刺的精，又下一回棋，看两句书，（庚眉：是书最好看如此等处，系画家山水树头邱壑俱备，末用浓淡墨点苔法也。丁亥夏，畸笏叟。）（蒙双：棋不论盘，书不论章，皆是娇憨女儿神理，写得不迹不离，似有似无，妙极！）香菱便走了。不在话下。

如今且说宝玉因被袭人找回房去，果见鸳鸯歪在床上看袭人的针线呢。见宝玉来了，便说道："你往那里去了？老太太等着你呢，叫你过那边（俞校："叫你过那边"——从庚、晋、残、甲；原"叫过那边"。）请大老爷的安去。还不快换了衣服走呢。"袭人便进房去取衣服。宝玉坐在床沿上，褪了鞋，等靴子穿的工夫，回头见鸳鸯穿着水红绫子袄儿，青缎子背心，束着白绉绸汗巾儿，脸向那边低着头看针线，脖子上戴着花领子。宝玉便把脸凑在脖项闻那香油气，不住用手摩挲，其白腻不在袭人之下。便猴上身去，涎皮笑道："好姐姐，把你嘴上的胭脂赏我吃了罢！"（庚侧：胭脂是这样吃法。看官阿（可）经过否？）一面说，一面扭股糖似的粘在身上。鸳鸯便叫道（俞校："便叫道"——从庚、晋、残；原"叫道"。）："袭人，你出来瞧瞧。（庚侧：不向宝玉说话，又叫袭人，宛央（鸳鸯）亦是幻情洞天也。）你跟他一辈子，也不劝劝，还是这么着。"袭人抱了衣服出来，向宝玉道："左劝也不改，右劝也不改，（俞校："左劝也不改，右劝也不改"——从庚、晋、甲；原无二"也"字。）你到底是怎么样？你再这么着，（庚侧：此五字内有深意深心。）这个地方可就难住了。"一边说，一边催他穿了衣服，（俞校："穿了衣服"——从庚、残；原"穿衣服"。）同鸳鸯往前面来。见过贾母，出至外面，人马俱已齐备。刚欲上马，只见贾琏请安回来了，（庚侧：一丝不漏。）正下马。二人对面，彼此问了两句话。只见傍边转出一个人来，（庚侧：芸哥此处一现，后文不见突然。）"请宝叔安。"（俞校："请宝叔安"——从庚、晋、残、甲；原"请宝玉安"。）宝玉看时，只见这人容长脸，（俞校："容长脸"——从庚、甲；原"俊容长脸"。）长挑身材，年纪只好十八九岁，生得着实斯文清秀，倒也十分面善，只是想不起是那一房的，（庚侧：大族人众，毕真，有是理。）叫什么名字。贾琏笑道："你怎么发呆，连他也不认得？他是后廊上住的五嫂子的儿子芸儿。"宝玉笑道："是了，是了。我怎么就忘了。"因问他母亲好，这会子什么勾当。贾芸指贾琏道："找二叔说句话。"宝玉笑道："你倒比先越发出挑了，（庚侧：何尝是十二三岁小孩语。）倒像我的儿子。"贾琏笑道："好不害臊！人家比你大四五岁呢，就替你作儿子了？"宝玉笑道："你今年十几岁？"贾芸道："十八了。"原来这贾芸最伶俐乖觉，听宝玉这样说，便笑道："俗语说的，摇车里的爷爷，拄拐的孙孙。虽然岁数大，山高高不过（俞校："高不过"——从庚；原"遮不过"。）太阳。只从我父亲没了，这几年也无人照管教导。（庚侧：虽是随机而应，伶俐人之语，余却伤心。）若宝叔不嫌侄儿蠢笨，认作儿子，就是我的造化了。"贾琏笑道："你听见了？认儿子，不是好开交的呢。"（庚侧：是兄凑弟趣，可叹！）说着，就进去了。宝玉笑道："明儿你闲了，只管来找我，别和他们鬼鬼祟祟的。（庚侧：何其堂皇正大之语。）这会子我不得闲儿。明儿你到书房里来，和你说天话儿，我带你园里玩耍去。"说着，扳鞍上马，众小厮围随，（俞校："围随"——从庚、残；原"围拥，随"。）往贾赦这边来。见了贾赦，不过是偶感些风寒，先述了贾母问的话，然后自己请了安。贾赦先站起来（庚侧：一丝不乱。）回了贾母话，（俞校："回了贾母话"——从庚、残；原"回了贾母"。）次后便唤人来，"带哥儿进去太太屋里坐着。"宝玉退出，来至后面，进入上房。邢夫人见了他来，先倒站了起来，（庚侧：一丝不乱。）请过贾母的安。宝玉方请安。（晋双：好规矩。）邢夫人拉他上炕坐了，方问别人，又命人倒茶来。（庚侧：好层次，好礼法，谁家故事。）一钟茶未吃完，只见那贾琮（俞校："那贾琮"——从庚；原"贾琮"。）来问宝玉好。邢夫人道："那里找活猴子去！你那奶妈子死绝了，也不收拾收拾你，弄得黑眉乌嘴，那里像大家子念书的孩子！"正说着，只见贾环、贾兰小叔侄两个也来了，请过安，邢夫人便叫他两个椅子上坐了。贾环见宝玉同邢夫人坐在一个坐褥上，邢夫人又百般摩挲抚弄他，早已心中不自在了。（庚侧：千里伏线。）坐不多时，便和贾兰（俞校："便和贾兰"——从庚；原"和贾兰便"。）使眼色儿要走。贾兰只得依他，一同起身告辞。宝玉见他们要走，（俞校："他们要走"——从庚、残；原"他们走"。）自己也就起身，要一同回去。邢夫人笑道："你且坐着，我还和你说话呢。"（俞校："和你说话呢"——从庚；原"合你说话"。）宝玉只得坐了。邢夫人向他两个道："你们回去，各人替我问你们各人母亲好。你们姑娘姐姐妹妹都在这里呢，闹的我头晕，今儿不留你们吃饭了。"（庚侧：明显薄情之至。）贾环等答应着，便出来回家去了。宝玉笑道："可是姐姐们都过来了，（俞校："都过来了"——从晋、残、甲；原"都过来"。）怎么不见？"邢夫人道："他们坐了一会子，都往后头不知那屋里去了。"宝玉道："大娘方才说有话说，不知是什么话？"邢夫人笑道："那里什么话。不过叫你等着，同你姊妹们（俞校："同你姊妹们"——从庚；原"同姊妹们"。）吃了饭去。还有一个好玩的东西给你带回去玩。"娘儿两个说话，不觉早又晚饭时节。调开桌椅，罗列杯盘，母女姊妹们吃毕了饭。宝玉去辞别了贾赦，同姊妹一同回家，见过贾母、王夫人等，各自回房安歇。不在话下。（庚双：一段为五鬼压（魇）魔法作引。）

且说贾芸进去见了贾琏，因打听可有什么事情。贾琏告诉他："前儿倒有一件事情出来，偏生你婶婶再三求我，（俞校："再三求我"——从残；原"再三的求了我"。）（庚侧：反说体面话，惧内人累累如是。）给了贾芹了。他许了我，说明儿园里还有几处要栽花木的地方，等这个工程出来，一定给你就是了。"贾芸听了，半晌，说道："既是这样，我就等着罢。叔叔也不必先在婶婶跟前提我今儿（俞校："我今儿"——从庚、晋、残、甲；原"我今"。）来打听的话，（庚侧：已得了主意了。）到跟前再说也不迟。"贾琏道："提他作什么。（庚侧：已被芸哥瞒过了。）我那里有这些工夫说闲话儿呢。明儿一个五更，还要到兴邑去走一趟，须得当日赶回来才好。你先去等着。（俞校："先去等着"——从庚、晋、残、甲；原"你先等著"。）后日起更以后，你来讨信儿。早了，我不得闲。"说着，便回后面换衣服去了。贾芸出了荣国府回家，一路思量，想出一个主意来，便一径往他母舅卜世仁家来。（庚侧：既云"不是人"，如何肯共事？想芸哥此来空了。）（晋双：名义可思。）原来卜世仁现开香料铺，方才从铺子里回来，忽见贾芸进来，彼此见过了，因问他这早晚什么事跑了来。贾芸道："有件事求舅舅帮衬帮衬。我有一件事，要些（俞校："要些"——原"用些"；晋、甲"要用"。今改"要些"。）冰片、麝香使用，好歹舅舅每样赊四两给我，八月里按数送了银子来。"（庚双：甥舅之谈如此，叹叹！）卜世仁冷笑道："再休提赊欠一事。（庚侧：何如何如？余言不谬。）前儿也是我们铺子里一个伙计，替他的亲戚赊了几两银子的货，至今总未还上。因此，我们大家赔上，立了合同，再不许替亲友赊欠。谁要错了，就要罚他二十两银子的东道。况且如今这个货也短。你就拿（俞校："你就拿"——从晋、甲；原"你说拿"。）现银子到我们这不三不四的铺子里来买，（庚侧：推脱之辞。）也还没有这些，只好倒扁儿（俞校："倒扁儿"——从晋、甲；原"倒包儿"。）去，这是一；二则你那里有正经事，不过赊了去，又是胡闹。你只说舅舅见你一遭儿，就派你一遭儿不是。你小人儿家，很不知好歹，也到底立个主意，赚几个钱，弄的吃的是吃的，穿的是穿的，我看着也喜欢。”贾芸笑道：“舅舅说的倒干净。我父亲没的时节，我年纪又小，（俞校：“年纪又小”——从庚、晋、残、甲；原“偏又小”。）不知事。后来听见我母亲说，都还亏舅舅们在我们家中作主意，料理的丧事。难道舅舅就不知道的，还是有一亩田，两间房子，如今我手里花了不成？巧媳妇做不出没米的粥来，叫我怎么样呢！——还亏是我呢，要是别的，死皮赖脸，三日两头儿来缠着舅舅，（庚侧：芸哥亦善谈，井井有理。）要个三升米二升豆子的，（庚侧：余二人亦不曾有是气。）舅舅也就没有法呢。”卜世仁道：“我的儿，舅舅要有，还不是该的。我天天和你舅母说，只愁你没个计算儿。你但凡立的起来，到你大房里，就是他们爷儿们见不着，（俞校：“他们爷儿们见不着”——从庚、晋、残、甲；原“他爷儿们你见不著”。）便下个气，和他们的管家或者管事的人们嘻和嘻和，（庚侧：可怜，可叹，余竟为之一哭。）也弄个事儿管管。前儿我出城去，撞见了你们三房里的（俞校：“三房里的”——从庚、晋、残、甲；原“三房”。）老四，骑着大叫驴，带着五辆车，有四五十和尚道士，（戚双：妙极！写小人口角，羡慕之言加一倍，毕肖。却又是背面傅粉法。）往家庙去了。他那不亏（俞校：“那不亏”——从庚、晋、残、甲；原“不亏”。）能干，这事就到他了！”（俞校：“这事就到他了”——从庚；原“此事如何轮到他呢”。）贾芸听他韶刀的（俞校：“韶刀的”——从庚；原“唠叨”。）不堪，便起身告辞。（庚侧：有志气，有果断。）卜世仁道：“怎么急的这样？吃了饭再去罢。”一句未完，（俞校：“一句未完”——从庚；原“一句未说完”。）只见他娘子说道：“你又糊涂了。（庚侧：虽写小人家涩细，一吹一唱，酷肖之至，却是一气逼出，后文方不突然。《石头记》笔杖全在如此样者。）说着（俞校：“说着”——从庚、晋、残、甲；原“说道”。）没有米，这里买了半斤面来下给你吃，这会子还装胖呢。留下外甥挨饿不成？”卜世仁道：“再买半斤来添上就是了。”他娘子便叫女孩儿银姐往对门王奶奶家去问，“有钱借三二十个，你说（俞校：“你说”——从庚、残；原无。）明儿就送过来。”夫妻两个说话，那个贾芸早说了几个“不用费事”，去的无影无踪了。（庚侧：有知识有果断人，自是不同。）（晋双：世情写透。）

不言卜家夫妻。且说贾芸赌气离了母舅家门，一径回归旧路，心下正自烦恼，一边想，一边低头只管走，不想一头就碰在一个醉汉身上，把贾芸唬了一跳。（庚侧：自上看来，可是一口气否？）听那醉汉骂道（俞校：“骂道”——从庚、残、甲；原“骂”。）：“臊你娘的！瞎了眼睛，碰起我来了。”贾芸忙要躲了，早被那醉

醉金刚轻财尚义侠　痴女儿遗帕惹相思

汉一把抓住。对面一看，不是别人，却是紧邻倪二。原来这倪二是个泼皮，专放重利债，在赌博场吃闲钱，专惯打降吃酒。如今正从欠钱人家索了利钱，吃醉回来，不想被贾芸碰了一头，正没好气，俞校："没好气"——从庚、残；原"没出气"。抡拳就要打。庚眉：这一节对《水浒记》杨志卖刀遇没毛大虫一回看，觉好看多矣。己卯冬夜，脂砚。只听那人叫道："老二，住手，是我冲撞了你。"倪二听见是熟人的语音，将醉眼睁开看时，见是贾芸，忙把手松了，趔趄着俞校："趔趄着"——从庚、晋、甲；原"趔趄著"。笑道庚侧：写生之笔。："原来是贾二爷，庚侧：如此称呼，可知芸哥素日行止，是"金盆虽破分两在"也。我该死！这会子往那里去？"贾芸道："告诉不得你，平白地又讨了个没趣儿。"俞校："没趣儿"——从庚、残、甲；原"没趣"。庚侧：本无心之谈也。倪二道："不妨，不妨。庚侧：如闻。有什么不平的事，俞校："不平的事"——从庚、晋、残、甲；原"不平事"。告诉我，替你出气。庚侧：写得酷肖，总是渐次逼出，不见一丝勉强。这三街六巷，凭他是谁，有人得罪了我醉金刚倪二的街坊，管叫他人离家散。"贾芸道："老二，你且别气，庚侧：可是一顺而来。听我告诉你这原故。"说着，便把卜世仁一段事告诉了倪二。倪二听了大怒，"要不是令舅，俞校："令舅"——从庚、残；原"你令舅"。我便骂不出俞校："骂不出"——从庚；原"骂出"。好话来，庚侧：仗义人岂有不知礼者乎？何常(尝)是破落户？冤杀金刚了！真真气死我倪二。也罢，你也不用愁烦，我这里现有几两银子，你若用什么，俞校："用什么"——从庚；原"用什么东西"。只管拿去买办。但只一件，你我作了这些年的俞校："作了这些年的"——从庚、残；原"住了这些年"。街坊，我在外头有名放账，你却从没有和我张过口。也不知你厌恶我是个泼皮，庚侧：知己知彼之话。怕低了你的身分；也不知是你怕我难缠，利钱重？若说怕利钱，俞校："怕利钱"——从庚；原"怕利钱重"。这银子我是不要利钱的，也不用写文约；若说怕低了你的身分，庚侧：知己知彼之话。我就不敢俞校："我就不敢"——从庚、残；原"就不敢"。借给你了，各自走开。"一面说，一面果然从搭包里掏出一卷银子俞校："一卷银子"——从庚、残；原"一包银子"。来。贾芸心下自思：素日倪二虽然是泼皮无赖，却因人而施，庚侧：四字是评，难得难得，非豪杰不可当。颇颇的有义侠之名，若今日不领他这情，怕他臊了，倒恐生事，不如借了他的，改日加倍还他也倒罢了。俞校："也倒罢了"——从庚、残；原"倒也罢了"。想毕，笑道："老二，你果然是个好汉，我何曾不想着你，和你张口。但只是我见你所相与交结的都是些有胆量的、有作为的人，像我们俞校："像我们"——从残；原"似我们"。这等无能无为的庚侧：芸哥亦善谈，好口齿。你倒不理我。若和你张口，你岂肯借给我。今日既蒙高情，我怎敢不领，回家按例写了文约过来便是了。”倪二大笑道：“好会说话的人，我却听不上这话。（庚侧：“光棍眼内揉不下沙子”是也。）既说‘相与交结’四个字，如何放帐给他，使他的利钱！（俞校：“放帐给他，使他的利钱”——从庚；原“放帐给你使，图赚你利钱”。）（庚侧：如今单是亲友言利，不但亲友，即闺阁中亦然，不但生意新发户，即大户旧族颇颇有之。）既把银子借与他，图他的利钱，（俞校：“借与他，图他的利钱”——从庚；原“借与你，图你的利钱”。）便不是相与交结了。闲话也不必讲。既肯青目，（俞校：“既肯青目”——从庚；原“既你肯青目”。）这是十五两三钱有零的银子，便拿去置买东西。（俞校：“置买东西”——从残；原“治买东西”。）你要写什么文契，趁早把银子还我，让我放给那些有指望的人使去。”（庚侧：爽快人，爽快话。）贾芸听了，一面接了银子，一面笑道：“我便不写罢了，有何着急的。”倪二笑道：“这不是话！天色黑了，也不让茶让酒，我还到那边有点事情去。你竟请回去。（俞校：“请回去”——从庚；原“回去”。）还求你（俞校：“求你”——从庚、晋、甲；原“烦你”。）带个信儿与舍下，叫他们早些关门睡罢，我不回家去了。倘或有什么要紧的事，叫我们女儿明儿一早（俞校：“明儿一早”——从庚、晋、残、甲；原“一早”。）到马贩子王短腿家来找我。”（庚侧：常起作处人，毕真。）一面说，一面趔趄着（俞校：“趔趄着”——从庚、晋、甲；原“越趄著”。）脚儿去了。（庚侧：仍应前。）不在话下。（庚眉：读阅“醉金刚”一回，务吃刘铉丹家山查（楂）丸一付，一笑。）（庚眉：余卅年来得遇金刚之样人不少，不及金刚者亦不少，惜书上不便历历注上芳讳，是余不是心事也。壬午孟夏。）且说贾芸偶然碰了这件事，心下也十分希罕，想那倪二倒果然有些意思，只是还怕他一时醉中慷慨，到明日加倍的要起来，便怎处？（俞校：“便怎处”——从庚、残；原“怎处”。）（庚侧：芸哥实怕倪二，并非以小人之心度君子也。）心内犹豫不决。忽又想道（俞校：“忽又想道”——从庚、晋、甲；原“又想道”。）：“不妨，等那件事（俞校：“那件事”——从庚、晋、残、甲；原“件事”。）成了，也可加倍还他。”想毕，一直走到个钱铺（俞校：“钱铺”——从庚、晋、残、甲；原“铜钱铺”。）里，将那银子称一称，十五两三钱四分二厘。贾芸见倪二不撒谎，心下越发欢喜。（俞校：“越发欢喜”——从庚、残；原“越发喜欢”。）收了银子，来至家门，先到隔壁将倪二的信捎与他娘子知道，（俞校：“捎与他娘子知道”——从庚（“捎”误“稍”）；原“稍与他娘子”。）方回家来。（俞校：“回家来”——从庚、晋、残、甲；原“回来”。）见他母亲自在炕上拈线，见他进来，便问那去了一日。贾芸恐他母亲生气，便不说起卜世仁的事来，（庚侧：孝子可敬。此人后来荣府事败，必有一番作为。）（靖眉：果然。）只说在西府里等琏二叔的。问他母亲吃了饭不曾，他母亲已吃过了，说留的饭在那里。小丫头子拿过来与他吃。那天已是掌灯时候，贾芸吃了饭，收拾歇息，一宿无语。

次日一早起来，洗了脸，便出南门，大香铺里买了冰、麝，便往荣国府来。打听贾琏出了门，贾芸便往后面来，到贾琏院门前，只见几个小厮拿着大高笤帚在那里扫院子呢。忽见周瑞家的从门里出来，叫小厮们："先别扫，奶奶出来了。"贾芸忙上来笑问："二婶婶那去？"周瑞家的道："老太太叫，想必是裁什么尺头。"正说着，只见一群人簇着凤姐出来了。庚侧：当家人有是派。贾芸深知凤姐是喜奉承尚排场的，庚侧：那一个不喜奉承？忙把手逼着，恭恭敬敬，抢上来请安。凤姐连正眼也不看，仍往前走着，只问他母亲好，"怎么不来我们这里逛逛？"贾芸道："只是身上不大好，倒时常记挂着要来瞧瞧，都不能来。"凤姐笑道："可是你会撒谎，不是我提起他来，俞校："提起他来"——从庚、残；原"提起他"。你就不说他想我了。"贾芸笑道："侄儿不怕雷打了，就敢在长辈前撒谎。昨儿晚上还提起婶婶来，说婶婶身子生得单弱，事情又多，亏婶婶好大精神，竟料理的周周全全。要是差一个儿的，累的不知怎么样呢！"庚眉：自往卜世仁处去，已安排下的，芸哥可用。己卯冬夜。凤姐听了，满脸是笑，不由的便止住了步，问道："怎么好好的，你娘儿两个在背地里嚼起我来？"庚侧：过下无痕，天然而来文字。贾芸道："有个原故。庚侧：接得如何？只因我有个朋友，俞校："朋友"——从庚；原"极好的朋友"。家里有几个钱，现开香铺。只因他身上捐着个俞校："捐着个"——原"捐个"；庚"蠲着个"。今增"着"。通判，前儿选了云南不知那一处，庚侧：随口语，极妙！连家眷一齐去，把这香铺也不在这里开了。便把帐物攒了一攒，该给人的给人，该贱发的贱发了。蒙侧：世法人情，随便招（拈）来，皆是奇妙文章。像这细贵的货，都分着送与亲朋。俞校："亲朋"——从庚、残；原"亲友"。他就一共送了我些冰片、麝香。我就和我母亲商量，庚侧：像得紧，何尝撒谎？若要转卖，不但卖不出原价来，而且谁家拿这些银子买这个作什么，便是很有钱的大家子，俞校："大家子"——从庚、残；原"大家"。也不过使个几分就挺折腰了；若说送人，也没个人配使这些，蒙侧：作者是何神圣，俱（具）此等大光明眼，无微不照。倒叫他一文不值半文的俞校："一文不值半文的"——从残；原无"的"。转卖了。因此我就想起婶婶来。蒙侧：为大千世界一哭。往年间我还见婶婶大包的银子买这些东西呢。别说今年贵妃宫中，就是这个端阳节下，不用说这些香料自然比往常加上十倍去的。因此想来想去，只有孝顺婶婶一个人才合式，蒙侧：有此一番必当孝顺，必当收下，必得备用之情景，行文妙（好）看杀人，立意稀（奚）落杀人，看致（至）此，不和（知）当哭当笑。方不算糟蹋这东西。”一边说，一边将一个锦匣举起来。凤姐正是要办端阳的节礼，采买香料药饵的时节，忽见贾芸如此，一来听这篇话，心下又是得意，又是欢喜，蒙侧：逼真。便命丰儿：“接过芸哥儿的来，庚侧：像个婶子口气，好看煞！送了家去交给平儿。”因又说道：“看着你这样知好知歹的，怪道你叔叔常提你，俞校：“常提你”——从庚、残；原“常提起你”。说你说话儿也明白，心里有见识。”庚双：看官须知，凤姐所喜者是奉承之言，打动了心，不是见物而喜，若说是见物喜，便不是阿凤矣。贾芸听这话入了港，便打进一步来，故意问道：“原来叔叔也曾提我的？”凤姐见问，才要告诉他与他事情管的那话，便忙又止住，心下想道蒙侧：的是阿凤行事心机笔意。：“我如今要告诉他那话，倒叫他看着我见不得东西似的，为得了这点子香，俞校：“这点子香”——从庚；原“这点香”。就混许他管事了。今儿先别提起这事。”想毕，便把派他监种花木工程的事都隐瞒的一字不提，随口说了两句淡话，俞校：“淡话”——从晋、甲；原“闲话”。便往贾母那里去了。贾芸也不好提的，只得回来。因昨日见了宝玉，叫他到外书房等着，蒙侧：一样叔婶，两般侍奉。贾芸吃了饭，便又进来，到贾母那边仪门外绮霰斋俞校：“绮霰斋”——从庚、晋、残；原“绮霞斋”。下同。书房里来。只见焙茗、锄药两个小厮下象棋，为夺车正拌嘴。还有引泉、扫花、挑云、伴鹤四五个，庚侧：好名色。又在房檐上掏小雀儿玩。蒙侧：行云流[水]，一字不空。真是空灵活跳。贾芸进入院内，把脚一跺，说道：“猴头们淘气。我来了。”众小厮俞校：“众小厮”——从庚、晋、残、甲；原“引泉小厮”。看见贾芸进来，都才散了。贾芸进入房内，便坐在椅子上，问：“宝二爷没下来？”焙茗道：“今儿总没下来。二爷说什么，替你哨探哨探去。”庚侧：五遁之外，名曰“哨探遁法”。说着，便出去了。这里贾芸便看字画古玩。有一顿饭工夫，还不见来。再看看别的小厮都玩去了，正自烦闷，俞校：“正自烦闷”——从残；原“正是烦闷”。只听门前娇声嫩语的叫了一声“哥哥”。贾芸往外瞧时，却是一个十六七岁的丫头，生的倒也细巧干净。那丫头见了贾芸，便抽身躲了过去。蒙侧：是必然之理。恰好焙茗走来，见那丫头在门前，便说道：“好，好，庚侧：二“好”字是遮饰半句来不到语。正抓不着个信儿。”贾芸见了焙茗，也就赶了出来，问怎么样。焙茗道：“等了这一日，也没个人儿过来。这就是宝二爷房里的。好姑娘，（庚侧：口气极像。）你进去带个信儿，就说廊下的（俞校："廊下的"——从庚；原"廊上"。）二爷来了。"那丫头听说，方知是本家的爷们，便不似先前那等回避，（庚侧：一句，礼当。）下死眼把贾芸钉了两眼。（庚侧：这句是情孽上生。）（蒙侧：五百年风流孽冤。）听那贾芸说："什么是廊上廊下的，你只说（俞校："你只说"——从晋、甲；原"你只说是"。）芸儿就是了。"半晌，那丫头冷笑了一笑（庚侧：神情是深知房中事的。）："依我说，二爷竟请回去。有什么话，明儿再来。今儿晚上得空儿我回他。"焙茗道："这是怎么说？"那丫头道："他（庚侧：一连两个"他"字，怡红院中使得，否则有假矣。）今儿也没睡中觉，自然吃的晚饭早。晚上他又不下来。（俞校："他又不下来"——从庚；原"又不下来"。）难道只是要的二爷在这里等着挨饿不成！（蒙侧：业已种下爱根，侯后无计可拔。）不如家去，明儿来是正经。就便回来有人带信，那都是不中用。他不过口里应着，他倒给带呢！"（俞校："给带呢"——从庚；原"给带信呢"。）贾芸听这丫头说话简便俏丽，待要问他的名字，因是宝玉房里的，又不便问，只得说道："这话倒是，我明儿再来。"说着，便往外走。焙茗道："我倒茶去，二爷吃了茶（俞校："吃了茶"——从残；原"吃茶"。）再去。"（庚侧：滑贼。）贾芸一面走，一面回头说："不吃茶，我还有事呢。"口里说话，眼睛瞧那丫头还站在那里呢。

那贾芸一径回家。至次日，来至大门前，可巧遇见凤姐往那边去请安，才上了车。见贾芸来，便命人唤住，隔窗子笑道："芸儿，你竟有胆子在我跟前弄鬼，（庚侧：也作的不像撒谎，用心机人可怕是此等处。）怪道你送东西给我，原来你有事求我。（蒙侧：非此等话法，则是因昨日之物起见了。锦心绣口，真真拜服。）昨儿你叔叔才告诉我说你求他。"贾芸笑道："求叔叔这事，婶婶休提，我昨儿（俞校："我昨儿"——从庚；原"我这里"。）正后悔呢。早知这样，我竟一起头求婶婶，这会子也早完了。（蒙侧：这样话实是以非理加之，而世人大都乐爱喜闻，吾深怪之。）谁承望（俞校："谁承望"——从晋、残、甲；原"谁成望"。）叔叔竟不能的。"凤姐笑道："怪道你那里没成儿，昨儿又来寻我。"贾芸道："婶婶辜负了我的孝心。我并没有这个意思。若有这意思，昨儿还不求（俞校："还不求"——从庚、晋、残、甲；原"还求"。）婶婶。如今婶婶既知道了，我倒要把叔叔丢下，少不得求婶婶好歹疼我一点儿。"凤姐冷笑道："你们要拣远路儿走，叫我也难说。（俞校："也难说"——从庚；原"也难"。）（庚侧：曹操语。）早告诉我一声儿，什么不成了。多大点子事，耽误到这会子。那园子里还要种花，我只想不出个人来，早来不早完了。”贾芸笑道：“既这样，婶婶明儿就派我罢。”凤姐半晌道：“这个我看着不大好。庚侧：又一折。等明年正月里烟火灯烛那个大宗儿下来，再派你罢。”贾芸道：“好婶婶，先把这个派了我罢。果然这个办的好，再派我那个。”凤姐笑道：“你倒会拉长线儿。罢了，要不是俞校：“要不是”——从庚；原“若不是”。你叔叔说，庚侧：总不认受冰、麝贿。我不管你的事。我也不过俞校：“我也不过”——从庚；原“我不过”。吃了饭就过来，你到午错的时候来领银子，后儿就进去种树。”俞校：“种树”——从庚、残；原“种花”。说毕，令人驾起香车，一径去了。贾芸喜不自禁。来至绮霰斋，打听宝玉。谁知宝玉一早便往北静王府里去了。贾芸便呆呆的坐到晌午，打听凤姐回来，便写个领票来领对牌。至院外，命人通报了，彩明走了出来，单要了俞校：“单要了”——从庚、晋、残、甲；原“单要”。领票进去，批了银数年月，一并连对牌交与贾芸。俞校：“交与贾芸”——从晋；原“交与”；庚“交与了”。贾芸接了，看那批上银数批了二百两，心中喜不自禁，翻身走到银库上，交与收牌票的，领了银子俞校：“领了银子”——从庚、晋、残、甲；原“领银子”。回家，告诉母亲。自是母子俱各欢喜。次日一个五鼓，贾芸先找了倪二，将前银按数还他。那倪二见贾芸有了银子，也便按数收回，不在话下。这里贾芸又拿了五十两，出西门找到花儿匠方椿家里去买树。不在话下。蒙双：至此便完种树工程。一者见得趱赶工程原非正文，不过虚描盛时光景，借此以出情文。二者又为避难法，若不如此了，必曰其树其价怎么，买定几株，岂不烦絮矣！

如今且说宝玉，自那日见了贾芸，曾说明日着他进来说话儿。如此说了之后，他原是富贵公子的口角，那里还把这个放在心上，因而便忘怀了。庚侧：若是一个女孩儿，可保不忘的。这日晚上从北静王府里回来，见过贾母、王夫人等，回至园内，换了衣服，正要洗澡。袭人因被薛宝钗烦了去打结子；秋纹、碧痕两个去催水；檀云又因他母亲的生日俞校：“他母亲的生日”——从庚、残；原“他母的生日”。接了回去；麝月又现在家中养病；虽还有几个作粗活听唤的丫头，估量着叫不着他们，都出去寻伙觅伴的玩去了。不想这一刻的工夫，戚双：妙！必用“一刻”二字，方是宝玉的房中，见得时时原有人的，又有今一刻无人，所谓凑巧具一也。只剩了宝玉在房内。偏生的蒙戚双：三字不可少。宝玉要吃茶，一连叫了两三声，方见两三个老嬷嬷走进来。〔蒙戚双：妙！文字细密，一丝不落，非批得出者。〕宝玉见了他们，连忙摇手儿，说："罢，罢，不用你们。"〔俞校："不用你们"——从庚旁改（下有"了"今去）；原"不用你们了"。〕〔蒙戚双：是宝玉口气。〕老婆子们只得退出。宝玉见没丫头们，只得自己下来拿了碗，向茶壶去倒茶。只听背后说道〔庚侧：神龙变化之文，人岂能测？〕："二爷仔细烫了手，让我们来倒。"一面说，一面走上来，早接了过去。〔俞校："接了过去"——从庚；原"接了碗过去"。〕宝玉倒吓了一跳，问："你在那里的？〔俞校："你在那里的"——从庚、晋；原"你在那里"。〕忽然来了，吓我一跳。"那丫头一面递茶，一面回说："我在后院子里，才从里间的后门进来，难道二爷就没听见脚步响？"宝玉一面吃茶，一面仔细打量，〔戚双：六个"一面"，是神情，并不觉厌。〕那丫头穿着几件半新不旧的衣裳，倒是一头黑鬒鬒的好头发，挽着个鬏，容长脸面，〔俞校："容长脸面"——从庚、晋、残、甲；原"茏长脸面"。〕细巧身材，却十分俏丽干净。〔俞校："俏丽干净"——从庚；原"俏丽甜净"。〕〔蒙戚双：与贾芸目中所见不差。〕宝玉看了，便笑问道〔蒙戚双：神情写得出。〕："你也是我这屋里的人么？"〔蒙戚双：妙问。必如此问，方是笼络前文。〕那丫头道："是的。"宝玉道："既是这屋里的，我怎么不认得？"那丫头听说，便冷笑了一声道〔蒙戚双：神理如画。〕："认不得也多，岂只我一个。从来我又不〔俞校："我又不"——从庚；原"我不"。〕递茶递水，拿东拿西，眼见的事一点儿不作，那里认得呢。"宝玉道："你为什么不作那眼见的事？"〔庚侧：这是下情不能上达意语也。〕那丫头道："这话我也难说。〔庚侧：不伏气语，况非尔可完，故云"难说"。〕——只是有一句话回二爷：昨儿有个什么芸儿来找二爷，我想二爷不得空儿，便叫焙茗回他，叫他今日早起来，不想二爷又往北府里去了。"刚说到这句话，只见秋纹、碧痕嘻嘻哈哈的说笑着进来。两个人共提着一桶水，一手撩着衣裳，趔趔趄趄，〔俞校："趔趔趄趄"——从庚、残、晋、甲；原"�趄趄"。〕泼泼撒撒的。那丫头便忙迎去接。〔庚侧：好！有眼色。〕秋纹、碧痕正对抱怨"你湿了我的裙子"，那个又说"你踹了我的鞋"。忽见走出一个人〔俞校："走出一个人"——从晋、甲；原"走一个人"。〕来接水，二人看时，不是别人，原来是小红。二人便都诧异，将水放下，忙进房来东瞧西望，〔庚侧：四字渐露大丫头素日怡红细事也。〕〔庚眉：怡红细事，俱用带笔白描，是大章法也。丁亥夏，畸笏叟。〕并没个别人，只有宝玉，便心中大不自在。只得预备下洗澡之物，待宝玉脱了衣裳，二人便带上门出来，〔庚侧：清楚之至。〕走到那边房内，〔俞校："那边房内"——从庚、晋、残、甲；原"那边门内"。〕便找小红，问他方才在屋里做什么。〔俞校："做什么"——从晋、甲；原"说什么"。〕小红道："我何曾在屋里的。只因我的手帕子不见了，往后头找手帕子去。不想二爷要茶吃，叫姐姐们，一个没有，是我进去了，才倒了茶，姐姐们便来了。”秋纹听了，兜脸（俞校：“兜脸”——从晋、残、甲；原“抖脸”。）便啐了一口，骂道：“没脸的下流东西！正经叫你催水去，你说有事故，倒叫我们去。你可等着做这个巧宗儿。（庚侧：难说小红无心，白写。）一里一里的，这不上来了。难道我们倒跟不上你了。你也拿镜子照照，配递茶递水不配！”（庚侧：“难说”二字，全在此句来。）碧痕道：“明儿我说给他们，凡要茶要水送东送西（俞校：“要茶要水送东送西”——从庚；原“要茶水送东拿西”。）的事咱们都别动，只叫他去便是了。”秋纹道：“这么说，还不如我们散了，单让他在这屋里呢。”二人你一句，我一句，正闹着，只见有个老嬷嬷进来传凤姐的话，说：“明儿有人带花儿匠进来种树，叫你们（俞校：“叫你们”——从庚、晋、残、甲；原“叫你”。）严紧些，（俞校：“严紧些”——从残；原“严禁些”。）衣服裙子别混晒晾的。那土山上一溜都拦着帏幕呢，可别混跑。”秋纹便问（庚侧：用秋纹问，是暗透之法。）：“明儿不知是谁带进匠人来监工？”那婆子道：“说什么后廊下的（俞校：“后廊下的”——从庚；原“后廊上的”。）芸哥儿。”（俞校：“芸哥儿”——从庚、晋、甲；原“芸哥”。）秋纹、碧痕听了，都不知道，只管混问别的话。那小红听见了，心内却明白，（庚侧：可是暗透法。）就知是昨儿外书房所见那人了。原来这小红本姓林，（蒙戚双：又是个林。）小名红玉，（蒙戚双：“红”字切“绛珠”，“玉”字则直通矣。）只因玉字犯了林黛玉、宝玉，（蒙戚双：妙文。）便都把这个字隐起来，便叫他小红。原是荣国府中世代的旧仆，他父母现在收管各处房田事务。这红玉年方十六岁，因分人在大观园的时节，把他便分在怡红院中，倒也清幽雅静。不想后来命人进来居住，偏生这一所儿又被宝玉占了。这红玉虽然是个不谙事（俞校：“不谙事”——从庚；原“不谙事理”。）的丫头，却因他原有三分容貌，（蒙戚双：有三分容貌尚且不肯受屈，况黛玉等一干才貌者乎？）心内着实妄想痴心的向上攀高，（蒙戚双：争夺者同来一看。）每每的要在宝玉面前显弄显弄。只是宝玉身边一干人，都是能牙利爪（俞校：“能牙利爪”——从庚；原“灵牙利爪”。）的，（庚侧：“难说”的原故在此。）那里插的下手去。（俞校：“插的下手去”——从晋、甲；原“还能下的手去”。）不想今儿才有些消息，（庚侧：余前批不谬。）又遭秋纹等一场恶意，心内早灰了一半。（蒙戚双：争名夺利者齐来一哭。）正闷闷的，忽然听见老嬷嬷说起贾芸来，不觉心中一动，便闷闷的回至房中，睡在床上，暗暗盘算，翻来覆去，正没个（俞校：“正没个”——从庚、晋、甲；原“没个”。）

抓寻。忽听窗外低低的叫道："红玉，你的手帕子我拾在这里呢。"红玉听了，忙走出来，一看俞校："一看"——从庚；原"看"。不是别人，正是贾芸。红玉不觉的粉面含羞，问道："二爷在那里拾着的？"贾芸笑道："你过来，我告诉你。"一面说，一面就上来拉他。那红玉急回身一跑，却被门槛绊倒。俞校："绊倒"——从庚、晋、甲；原下有"唬醒方知是梦"。庚侧：隆（睡）梦中当然一跑，这方是怡红之嬛（鬟）。要知端详，下回分解。

庚回后：《红楼梦》写梦，章法总不雷同。此梦更写的新奇，不见后文，不知是梦。

红玉在怡红院为诸嬛（鬟）所掩，亦可谓生不遇时，但看后四章供阿凤驱使可知。

蒙戚回后：冷暖时，只自知，金刚、卜氏浑闲事。眼中心，言中意，三生旧债原无底。任你贵比王侯，任你富似郭、石，一时间，风流愿，不怕死！

第二十五回
魇魔法叔嫂逢五鬼　红楼梦通灵遇双真

蒙戚回前：有缘的，推不开；知心的，死不改。总然是通灵神玉也遭尘败。梦里徘徊，醒后疑猜，时时兜底上心来。怕人窥破笑盈腮，独自无言偷打嗐。这的是，前生造定今生债。

话说红玉心神恍惚，情思缠绵，忽朦胧睡去，遇见贾芸要拉他，却回身一跑，被门槛绊了一跤，吓醒过来，方知是梦。因此翻来覆去，一夜无眠。至次日天明，方才起来，就有几个丫头子来会他去打扫房子地面，提洗脸水。这红玉也不梳洗，向镜中胡乱挽了一挽头发，洗了洗手，腰内束了一条汗巾子，便来打扫房屋。谁知宝玉昨日见了红玉，也就留了心。若要直点名唤他来使用，一则怕袭人等寒心；二则又不知红玉是何等行为，甲侧：是宝玉心中想，不是袭人拈酸。若好还罢了，甲侧：不知“好”字是如何讲？答曰：在“何等行为”四字上看便知，玉儿每情不情，况有情者乎！若不好起来，那时倒不好退送的。因此心下闷闷的，早起来也不梳洗，只坐着出神。一时下了窗子，隔着纱屉子，俞校：“纱屉子”——从庚、甲；原“纱屜子”。向外看的真切。只见好几个丫头在那里扫地，都擦脂抹粉，簪花插柳的，蒙双：八字写尽蠢鬟，是为衬红玉，亦如用豪贵人家浓妆艳饰，插金戴银的，衬宝钗、黛玉也。独不见昨日那一个。宝玉便靸了鞋，晃出了房门，只装着看花儿，这里瞧瞧，那里望望，庚侧：文字有层次。一抬头，只见西南角上游廊底下栏杆上似有一个人倚在那里。却恨面前有一株海棠花遮着，看不真切。甲双：余所谓此书之妙，皆从诗词句中翻出者，皆系此等笔墨也。试问观者，此非“隔花人远天涯近”乎？可知上几回非余妄拟也。只得又转了一步，仔细一看，可不是昨儿那个丫头在那里出神。待要迎上去，又不好去的。正想着，忽见碧痕来催他洗脸，只得进去了。不在话下。却说红玉正自出神，忽见袭人招手叫他，甲侧：此处方写出袭人来，是衬贴法。只得走上前来。袭人笑道：“我们这里的喷壶俞校：“喷壶”——从戌、庚、晋、甲；原“唾壶”。下一个同。还没有收拾了来呢，你到林姑娘那里去，把他们的借来使使。”红玉答应了，便走出来往潇湘馆去。正走上翠烟桥，抬头一望，只见山坡上高处都拦着帏幕。方想起今儿有匠人在里头种树。因转身一望，只见那边远远一簇人在那里掘土，贾芸正坐在那山子石上。红玉待要过去，又不敢过去，只得闷闷的向潇湘馆取了喷壶回来，无精打采，自回房内倒着。众人只说他一时身上不爽快，俞校：“不爽快”——从庚；原“不快”。都不理论。甲侧：文字到此一顿，狡猾之甚。

展眼过了一日。庚双：必云“展眼过了一日”者，是反衬红玉“捱一刻似一夏”也，知乎？原来次日就是王子腾夫人的寿诞。那里原打发人来请贾母、王夫人的，王夫人见贾母不自在，俞校：“不自在”——从庚；原“不去，自己”。也便不去了。甲侧：所谓一笔两用也。倒是薛姨妈同凤姐儿并贾家三个姊妹、宝钗、宝玉一齐都去了，至晚方回。可巧王夫人见贾环下了学，命他来抄个《金刚咒》唪诵。俞校：“唪诵”——从戌、晋、甲；原“捧诵”。甲侧：用《金刚咒》引五鬼法。那贾环正在王夫人炕上坐着，命人点上灯烛，拿腔作势的抄写。甲侧：小人乍得意者，齐来一玩。一时又叫彩霞倒杯茶来，一时又叫玉钏儿来夹夹蜡花，俞校：“夹夹蜡花”——从庚；原“剪剪蜡花”。一时又说金钏儿挡了灯影。众丫鬟们素日厌恶他，都不答理。只有彩霞还和他合的来，甲侧：暗中又伏一风月之隙。倒了一钟茶俞校：“一钟茶”——从庚；原“一杯茶”。递与他。因见王夫人和人说话，他便悄悄的向贾环说道：“你安些分罢。何苦讨这个厌那个厌的。”贾环道：“我也知道了。你别哄我。如今你和宝玉好，把我不答理，我也看出来了。”俞校：“我也看出来了”——从戌、庚、晋、甲；原“被我也看出了”。彩霞咬着嘴唇，向贾环头上戳了一指头，说道：“没良心的！狗咬吕洞宾，不识好人心。”甲双：风月之情，皆系彼此业障所牵。虽云“惺惺惜惺惺”，但亦从业障而来。蠢妇配才郎，世间固不少，然俏女慕村夫者尤多，所谓业障牵魔，不在才貌之论。庚眉：此等世俗之言，亦因人而用，妥极，当极！壬午孟夏，雨窗，畸笏。两人正说着，只见凤姐来了，拜见过王夫人。王夫人便一长一短的问他，今日是那几位堂客，戏文好歹，酒席如何等语。说了不多几句话，宝玉也来了。进门见了王夫人，不过规规矩矩说了几句，甲侧：是大家子弟模样。便命人除去抹额，俞校："抹额"——从戌、庚、晋、甲；原"珠额"。脱了袍服，拉了靴子，便一头滚在王夫人怀里。甲侧：余几几失声哭出。王夫人便用手满身满脸去摩挲抚弄他。甲侧：普天下幼年丧母者齐来一哭。宝玉也搬着王夫人的脖子，说长说短的。甲侧：慈母娇儿写尽矣。王夫人道："我的儿，你又吃多了酒，脸上滚热。你还只是揉搓，俞校："揉搓"——从戌、庚、晋、甲；原"揉握"。一会闹上酒来。还不在那里静静的倒一会子呢。"说着，便叫人拿个枕头来。宝玉听说下来，在王夫人身后倒下，又叫彩霞来替他拍着。宝玉便和彩霞说笑，只见彩霞淡淡的不大答理，两眼睛只向贾环处看。宝玉便拉他的手，笑道："好姐姐，你也理我理儿呢。"一面说，一面拉他的手。彩霞夺手不肯，便说："再闹，我就嚷了。"二人正闹着，原来贾环听的见。素日原恨宝玉，如今又见他和彩霞厮闹，心中越发按不下这口毒气，虽不敢明言，却每每暗中算计，甲侧：已伏金钏回矣。只是不得下手。今见相离甚近，便要用热油烫他一下。俞校："烫他一下"——从戌；原"烫瞎他眼睛"。因而故意装作失手，把那一盏油汪汪的蜡灯向宝玉脸上只一推。只听宝玉嗳哟了一声，满屋里众人都吓一跳，连忙将地下的戳灯俞校："戳灯"——从戌；原"掉灯"。挪过来，又将里外间屋里的拿了三四盏看时，只见宝玉满脸满头都是蜡油。俞校："蜡油"——从戌；原"油"。王夫人又急又气，一面命人来替宝玉擦洗，一面又骂贾环。凤姐三步两步的上炕去，替宝玉收拾着，甲侧：阿凤活现纸上。一面笑道："老三还这么慌脚鸡似的。我说你上不得高台盘。俞校："高台盘"——原"高台板"；晋、甲"台盘"。今改"高台盘"。赵姨娘时常也该教导教导他。"庚侧：为下文紧一步。一句话提醒了王夫人。那王夫人不骂贾环，便叫过赵姨娘来，俞校："叫过赵姨娘来"——从戌、庚、晋、甲；原"叫过赵姨娘"。骂道："养出这样黑心不知道理下流种子来，也不管管。几番几次我都不理论，甲侧：补出素日来。你们得了意了，越发上来了。"那赵姨娘素日虽然也常怀嫉妒之心，不忿凤姐、宝玉两个，也不敢露出来；如今贾环又生了事，受这场恶气，不但吞声承受，而且还要走去替宝玉收拾。只见宝玉左边脸上烫了一溜燎泡（俞校：“燎泡”——原“燎炮”。今改。）出来，幸而眼睛竟没动。王夫人看了，又是心疼，又怕贾母明日问怎样回答，急的又把赵姨娘数落一顿。（甲侧：总是为楔紧“五鬼”一回文字。）然后又安慰了宝玉一回，又命取败毒消肿药来敷上。宝玉道：“有些疼，还不妨事。明日老太太问，就说是我自己烫的罢了。”凤姐笑道（庚眉：为五鬼法作耳，非泛文也。雨窗。）（戚双：两笑，坏极。）：“便说是自己烫的，（甲侧：玉兄自是悌弟之心性，一叹。）也要骂人，为什么不小心看着，叫你烫了！横竖有一场气生的。明日凭你怎么说去罢。”（蒙戚双：坏极！总是调唆口吻，赵氏宁不觉乎？）王夫人命人好生送了宝玉（俞校：“送了宝玉”——从戊、庚；原“送去宝玉”。）回房去后，袭人等见了，都慌的了不得。林黛玉见宝玉出了一天门，（俞校：“出了一天门”——从戊；原“出一天门”。）就觉闷闷的没个可说话的人。至晚打发人来问了两三遍回来不曾。这遍方才回来，又偏生烫了，便赶着（俞校：“便赶着”——原“林黛玉便赶著”；晋、甲“便亲自赶着”。今删“林黛玉”。）来瞧。只见宝玉正拿镜子照呢，左边脸上满满的敷了一脸的药。林黛玉只当烫的十分利害，忙上来问怎么烫了，要瞧瞧。宝玉见他来了，忙把脸遮着，摇手叫他出去，不肯叫他看。知道他的癖性喜洁，见不得这些东西。（甲双：写宝玉文字，此等方是正紧笔墨。）林黛玉自己也知道自己也有这件癖性，（蒙双：写林黛玉文字，此等方是正紧笔墨。故二人文字虽多，如此等暗伏淡写处亦不可少，观者实实看不出。）知道宝玉的心内怕他嫌脏，（甲侧：二人纯用体贴工夫。）（甲双：将二人一并，真真写他二人之心玲珑七窍。）因笑道：“我瞧瞧烫了那里了。有什么遮着藏着的。”一面说，一面就凑上来，强搬着脖子瞧了一瞧，问他疼的怎么样。宝玉道：“也不很疼，养一两日就好了。”林黛玉坐了一会，闷闷的回房去了。一宿无话。

次日，宝玉见了贾母，虽然自己承认是自己烫的，不与别人相干，免不得那贾母又把跟从的人骂一顿。（甲侧：此原非正文，故草草写去。）过了一日，就有宝玉寄名的干娘马道婆进荣国府来请安。见了宝玉，吓一大跳，问其缘由，说是烫的。便点头叹惜一回，向宝玉脸上用指头画了几画，（俞校：“画了几画”——从戊、晋、甲；原“画了一画”。）口内嘟嘟囔囔的又持诵了一回，说道：“管保（俞校：“管保”——从戊、庚；原“包管”。）就好了。这不过是一时飞灾。”又向贾母道：“祖宗老菩萨，那里知道那经典佛法上说的利害。（甲侧：一段无伦无理信口开河的浑话，却句句都是耳闻目睹者，并非杜撰而有。作者与余实实经过。）

大凡那王公卿相人家的子弟，只一生长下来，暗里便有许多促狭鬼跟着他，得空便拧他一下，或掐他一下，或吃饭时打下他的饭碗来，或走着推他一跤。所以往往的那些大家子孙，多有长不大的。”贾母听如此说，便赶着问：“这有个什么佛法解释没有呢？”马道婆道：“这个容易，只是替他多做些因果善事，也就罢了。再那经上还说：西方有位大光明普照菩萨，专管照耀阴暗邪祟。若有善男子善女人（俞校：“善女人”——从戊、庚；原“信女人”。）虔心供奉者，可以永佑儿孙康宁安静，再无惊恐邪祟撞客（俞校：“撞客”——从戊、庚；原“撞磕”。）之灾。”贾母道：“倒不知怎么个供奉这位菩萨？”马道婆道：“也不值些什么，不过除香烛供养之外，一天多添几斤香油，点上个大海灯。这海灯便是菩萨现身法像，昼夜不敢息的。”贾母道：“一天一夜也得多少油？明白告诉我，我也好做这件功德的。”马道婆听如此说，便笑道：“这也不拘，随施主菩萨们心愿舍罢了。（俞校：“心愿舍罢了”——从戊；原“随心”。）像我家里，就有好几处的王妃诰命供奉的。南安郡王府里的太妃，他许的愿心大，（俞校：“许的愿心大”——从晋、甲；原“许多的愿心，大约”。）一天是四十八斤油，一斤灯草，（甲侧：贼婆先用大铺排试之。）那海灯也只比缸略小些。锦田侯的诰命次一等，一天不过二十四斤油。（俞校：“二十四斤油”——从庚、晋、甲；原“二十四斤”。）再还有几家，也有五斤的、三斤的、一斤的，都不拘数。那小家子穷人家舍不起这些，就是四两半斤，也少不得替他点。”贾母听了，点头思忖。（甲眉：“点头思忖”，是量事之大小，非吝涩（啬）也。日费香油四十八斤，每月油二百五十馀斤，合钱三百馀串。为一小儿，如何服众？太君细心若是。）（庚眉：“点头思忖”，是量事之大小，非吝涩（啬）也。壬午夏雨窗，畸笏。）马道婆又道：“还有一件。若是为父母尊亲长上的，多舍些不妨；若是像老祖宗如今为宝玉，若舍多了倒不好，还怕哥儿禁不起，倒折了福。也不当家花花的。要舍，大则七斤，小则五斤，也就是了。”（甲侧：贼道婆！是自太君思忖上来，后用如此数语收之，使太君必心悦诚服愿行。贼婆，贼婆，废（费）我作者许多心机摹写也。）贾母道：“既是这样说，你便一日五斤，合准了，每月来打趸关了去。”马道婆念一声：“阿弥陀佛慈悲大菩萨。”贾母又命人来吩咐：“以后大凡宝玉出门的日子，拿几串钱交给他小子们（俞校：“他小子们”——从戊、晋、甲；原“小子们”。）带着，遇见僧道穷苦，好施舍。”说毕，马道婆又坐了一回，便又往各院各房问安，闲逛了一回。一时，来至赵姨娘房内，〔甲侧：有“各院各房”，接此方不觉突然。〕二人见过。赵姨娘命小丫头倒了茶来〔俞校：“倒了茶来”——从戌、庚；原“泗杯茶来”。〕与他吃。马道婆因见炕上堆着些零碎绸缎弯角，赵姨娘正粘鞋呢。马道婆道：“可是我正没了鞋面子了。〔甲侧：见者有分是也。〕赵奶奶你有零碎缎子，不拘什么颜色的，弄一双鞋面给我。”赵姨娘听说，便叹口气，说道：“你瞧瞧，那里头还有那一块是成样的！成了样的东西也到不了我手里来。有的没的都在这里，〔俞校：“都在这里”——从庚；原“都在那里”。〕你不嫌，就挑两块子去。”马道婆见说，果真便挑了两块，袖将起来。〔俞校：“袖将起来”——从庚；原“收将起来”。〕赵姨娘问道：“可是前儿〔俞校：“可是前儿”——从戌；原“前日”。〕我送了五百钱去，在药王跟前上供，你可收了没有？”马道婆道：“早已替你上了供了。”赵姨娘叹口气道：“阿弥陀佛！我手里但凡从容些，也时常的上个供。只是心有馀力不足。”〔俞校：“力不足”——从晋；原“力量不足”。〕马道婆道：“你只放心。将来熬的环哥儿大了，得个一官半职，那时你要做多大的功德不能。”〔俞校：“不能”——从戌、庚；原“也不难”。〕赵姨娘听说，鼻子里笑了一声，说道：“罢，罢，再别说起。如今就是个样儿，我们娘儿们跟的上这屋里那一个儿！也不是有了宝玉，竟是得了个活龙，——他还是小孩子家，长的得人意儿，〔甲侧：赵妪数语，可知玉兄之身分，况在背后之言。〕大人偏疼他些也还罢了，〔俞校：“也还罢了”——从戌、庚、晋、甲；原“也罢了”。〕我只不伏这个主儿。”〔甲侧：活现赵妪。〕一面说，一面伸出两个指头儿来。〔甲侧：活现阿凤。〕马道婆会意，便问道：“可是琏二奶奶？”赵姨娘吓得忙摇手儿，走到门前，掀帘子向窗外看看无人，〔俞校：“无人”——从戌、庚、晋、甲；原“无一个人”。〕〔甲侧：是心胆俱怕破。〕方进来〔俞校：“方进来”——从戌、庚；原“方来”。〕向马道婆悄悄说道：“了不得！了不得！提起这个主儿，这一分家私要不都教他搬送到娘家去，我也不是个人。”〔庚侧：这是妒心正题目。〕马道婆见他如此说，便探他口气说道〔庚侧：有隙即入，所谓贼婆，是极！〕：“我还用你说，难道都看不出来！也亏你们心里也不理论，只凭他去。倒也妙。”赵姨娘道：“我的娘！不凭他去，难道谁还敢把他怎么样呢。”马道婆听说，鼻子里一笑，〔庚侧：二笑。〕半晌说道：“不是我说句造孽的话，——你们没有本事，也难怪别人，明不敢怎样，暗里也就算计了，还等到这如今。”〔庚侧：贼婆操必胜之权（券），赵妪已堕术中，故

（敢直出明言。可畏，可怕！）赵姨娘闻听这话里有道理，心内暗暗的欢喜，便说道："怎么暗里算计？我倒有这个心，只是没这样的能干人。你若教给我这法子，我大大的谢你。"马道婆听说这话打拢了一处，便又故意说道："阿弥陀佛，你快休来问我，（俞校："休来问我"——从戍；原"休问我"。）我那里知道这些事。罪过，罪过！"（甲侧：远一步却是近一步。贼婆，贼婆！）赵姨娘道："你又来了。你是最肯济困扶危的人，难道就眼睁睁的看人家来摆布死了我们娘儿两个不成？难道还怕我不谢你？"马道婆听说如此，便笑道："若说我不忍叫你娘儿们受人委屈还犹可，若说'谢'的这个字，（俞校："若说谢的这个字"——从戍；原"若谢的这个字"。）可是你错打了法马（俞校："法马"——从戍；原"筭"。）了。就便是我希图你谢，靠你有些什么东西能打动我？"（甲侧：探谢礼大小是如此说法，可怕，可畏！）赵姨娘听这话，口气松动了，便说道："你这么个（俞校："这么个"——从戍、庚、晋、甲；原"这个"。）明白人，怎么糊涂起来了？你若果然法子灵验，把他两个（俞校："他两个"——从戍、庚；原"他两人"。）绝了，明日这家私不怕不是我环儿的。那时你要什么不得。"马道婆听了，低了头，半晌说道："那时候事情妥当了，又无凭据，你还理我呢！"赵姨娘道："这又何难。如今我虽手里没什么，也零碎攒了几两梯己，还有几件衣服簪子，你先拿些去，下剩的我写个欠银子文契给你。你要什么保人也有。那时我照数给你。"马道婆道："果然这样？"赵姨娘道："这如何还撒得谎。"说着，便叫过一个心腹婆子来，耳根底下嘁嘁喳喳说了几句话。（甲侧：所谓狐群狗党，大家难免，看官着眼。）（庚侧：所谓狐群狗党是也，大族所在不免，看官着眼。）那婆子出去了。一时回来，果然写了个五百两银子欠契来。赵姨娘便印了手模，（甲侧：痴妇，痴妇！）走到厨柜里将梯己拿了出来，与马道婆看看，说道："这个你先拿去做个香烛供养使费，可好不好？"马道婆看看白花花的一堆银子，又有欠契，并不顾青红皂白，满口里应着，（甲侧：有道婆作干娘者来看此句。"并不顾"三字怕杀人。千万件恶事皆从三字生出来。可怕，可畏，可警，可长存戒之。）（庚侧："并不顾"三字写得怕杀人，细想千万件坏事，皆从此三字上作来。叹叹！）伸手先去抓了银子掖起来，然后收了欠契。又向裤腰里掏了半晌，掏出十个纸铰的青面白发的鬼来，并两个纸人，（甲侧：如此现成，更可怕。）（庚侧：如此现成，想贼婆所害之人，岂止宝玉阿凤二人哉？大家太君夫人诚之慎。）递与赵姨娘，又悄悄的教他道："把他两个的年庚八字写在这两个纸人身上，一并五个鬼都掖在他们各人的床上就完了。我只在家里作法，自有效验。千万小心不要害怕。”甲眉：宝玉乃贼婆之寄名儿，况阿凤乎！三姑六婆之为害如此，即贾母之神明，在所不免，其他只知吃斋念佛之夫人、太君，岂能防悔得来？此作者一片婆心，不避嫌疑，特为写出，看官再四着眼，吾家儿孙慎之戒之！ 庚眉：宝玉系马道婆寄名干儿，一样下此毒手，况阿凤乎？三姑六婆之为害如此，即贾母之神明，在所不免。其他只知吃斋念佛之夫人太君，岂能防慊得来？此系老太君一大病。作者一片婆心，不避嫌疑，特为写出，使看官再四思之，慎之，戒之，戒之！正才说着，俞校：“正才说着”——从庚；原“正才说完”。只见王夫人的丫鬟进来找道：“马奶奶俞校：“马奶奶”——从晋；原“奶奶”。可在这里？太太等你呢。”二人方散了。不在话下。

却说林黛玉因见宝玉近日烫了脸总不出门，倒时常在一处说说话儿。这日饭后，看了两篇书，自觉无趣，便同紫鹃、雪雁做了一回针线，更觉烦闷。便倚着房门出了一回神，甲侧：所谓“闲倚绣房吹柳絮”是也。信步出来，看阶下新迸出的稚笋，甲侧：妙，妙！“笋根稚子无人见”，今得颦儿一见，何幸如之。 庚侧：好，好！妙，妙！是番（翻）“笋根稚子无人见”句也。不觉出了院门。一望园中，四顾无人，惟见花光柳影，鸟语溪声。甲侧：恐冷落园亭花柳，故有是十数字也。 甲侧：纯用画家笔写。 庚侧：全用画家笔意写法。林黛玉信步便往怡红院中来，只见几个丫头舀水，都在回廊上围着看画眉洗澡呢。甲侧：闺中女儿乐事。听见房内有笑声，林黛玉便进入了房中看时，原来是李宫裁、凤姐、宝钗都在这里呢。一见他进来，都笑道：“这不又来了一个。”林黛玉笑道：“今日齐全，谁下帖子请来的？”凤姐道：“前日我打发了丫头送了两瓶茶叶去，庚侧：有照应。你往那去了？”俞校：“往那去了”——从戌、庚；原“往那里去了”。林黛玉笑道：“我可是倒忘了，甲侧：该云“我正看《会真记》呢”。一笑。多谢多谢。”凤姐儿又道：“你尝了可还好？”没有说完，宝玉便说：“论理可倒罢了，只是我说不大甚好。也不知别人尝着怎么样。”宝钗道：“味倒轻，只是颜色不大好些。”俞校：“不大好些”——从庚；原“不狠好些”。 庚眉：二宝答言，是补出诸艳俱领过之文。乙酉冬，雪窗，畸笏老人。凤姐道：“那是暹罗进贡来的。我尝着也没什么趣儿，俞校：“趣儿”——从戌、庚；原“趣味儿”。还不如我每日吃的呢。”林黛玉道：“我吃着好，甲侧：卿爱，因味轻也。卿如何担得起味厚之物耶！不知你们的脾胃是怎样。”宝玉道：“你果然吃着好，俞校：“果然吃着好”——从戌；原“果然爱吃”。把我这个你拿了去吃罢。”凤姐笑道：“你要爱吃，我那里还有呢。”林黛玉道：“果真的，我就打发丫头取去了。”凤姐道：“不用取去，我打发人送来就是了。我明日还有一件事求你，一同打发人送来。”林黛玉听了，笑道：“你们听听，这是吃了他们家一点子茶叶，便来使唤了。”凤姐笑道：“倒求你，你倒说这些闲话，吃茶吃水的。你既吃了我们家的茶，怎么还不给（俞校：“还不给”——从戌、晋、甲；原“不给”。）我们家作媳妇儿？”（俞校：“媳妇儿”——从晋、甲；原“媳妇”。）（甲侧：二玉事，在贾府上下诸人，即看书人、批书人皆信定一段好夫妻，书中常常每每道及，岂其不然。叹叹！）（庚侧：二玉之配偶，在贾府上下诸人，即观者、批者、作者皆为无疑，故常常有此等点题语。）众人听了，一齐都笑起来。（庚侧：我也要笑。）林黛玉红了脸，一声儿不言语，便回过头去了。李宫裁笑向宝钗道：“真真我们二婶子的诙谐是好的。”（庚侧：好赞！该他赞。）林黛玉道：“什么诙谐，不过是贫嘴贱舌，讨人厌恶罢了。”（甲侧：此句还要候查。）说着，便啐了一口。凤姐笑道：“你作梦。你给我们家做了媳妇，少什么？”指宝玉道：“你瞧瞧，人物儿、门第配不上？（甲侧：大大一泻，好接后文。）根基配不上？（俞校：“根基配不上”——原下有“模样儿配不上”，从庚、晋删。）家私配不上？那一点还玷辱了谁呢？”林黛玉抬身就走。宝钗便叫：“颦儿急了，还不回来坐着。走了倒没意思。”说着，便站起来拉住。刚至房门前，只见赵姨娘和周姨娘两个人进来瞧宝玉。李宫裁、宝钗、宝玉等都让他两个坐。独凤姐只和林黛玉说笑，正眼也不看（俞校：“也不看”——从戌；原“不看”。）他们。宝钗方欲说话时，只见王夫人房内的丫头来说：“舅太太来了，请奶奶姑娘出去呢。”李宫裁听了，连忙叫着凤姐等要走。（俞校：“要走”——从戌；原“走了”。）赵、周两个也忙辞了宝玉出去。宝玉道：“我也不能出去，你们好歹别叫舅母进来。”又道：“林妹妹，你先略站一站，我说一句话。”凤姐听了，回头向林黛玉笑道：“有人叫你说话呢。”说着，便把林黛玉往里一推，和李纨一同去了。

这里宝玉拉着林黛玉的袖子，（庚侧：此刻好看之至！）只是嘻嘻的笑，心里有话，只是口里说不出来。（甲侧：是已受镇，“说不出来”，勿得错会了意。）此时林黛玉只是禁不住把脸红涨起来，挣着要走。宝玉道：“嗳哟，好头疼！”（甲侧：自代（黛）玉看书起，分三段写来，真无容针之空。如夏日乌云四起，疾闪长雷不绝，不知雨落何时，忽然霹雳一声，倾盆大注，何快如之，何乐如之，其令人宁不叫绝！）林黛玉道：“该，阿弥陀佛！”（庚眉：代（黛）玉念佛，是吃茶之语在心故也。然摹写神妙，一丝不漏如此。己卯冬夜。）宝玉大叫一声：“我要死！”将身一纵，离地跳有三四尺高，口内乱嚷乱叫，说起胡话来了。林黛玉并丫头们都吓慌了，忙去报知王夫人、贾母等。此时王子腾的夫人也在这里，都一齐来时，宝玉一发拿刀弄杖，寻死觅活的，闹得天翻地覆。贾母、王夫人见了吓的抖衣而颤，俞校：“抖衣而颤”——从庚；原“抖衣乱颤”。且儿一声，肉一声，放声恸哭起来。俞校：“恸哭起来”——从戌；原“恸哭”。于是惊动诸人，连贾赦、邢夫人、贾政、贾珍、俞校：“贾珍”——原无；戌、庚、甲“贾珍”在“邢夫人”下。今增“贾珍”在“贾政”下。贾琏、贾环、贾蓉、贾芸、贾萍、薛姨妈、薛蟠，并家中一干家人，俞校：“家中一干家人”——从戌；原“周瑞家一干家中”。上上下下里里外外众媳妇丫头等，都来园内看视。登时园内俞校：“登时园内”——从庚；原“登时”。乱麻一般。甲侧：写玉兄惊动若许多人忙乱，正写太君一人之钟爱耳。看官勿被作者瞒。正没个主见，只见凤姐手持一把明晃晃钢刀俞校：“钢刀”——原“刚刀”。今改“钢刀”。砍进园来，见鸡杀鸡，见狗杀狗，见人就要杀人。甲双：此处焉用鸡犬？然辉煌富丽，非处家之常也。鸡犬闲闲，始为儿孙千年之业，故于此处必用“鸡犬”二字，方是一簇（族）腾腾大舍。众人一发慌了。周瑞媳妇忙带着几个有力量的、胆壮的婆娘上去抱住，夺下刀来，抬回房去。平儿、丰儿等哭的泪天泪地。贾政等心中也有些烦难，顾了这里，丢不下那里。别人慌张自不必讲，独有薛蟠，更比诸人忙到十分去俞校：“忙到十分去”——从戌、庚；原“忙到十分了”。甲侧：写呆兄忙，是愈觉忙中之愈忙，且避正文之絮烦。好笔伏（仗），写得出。庚侧：写呆兄忙，是躲烦碎文字法。好想头，好笔力。《石头记》最得力处在此。：又恐薛姨妈被人挤倒，又恐薛宝钗被人瞧见，又恐香菱被人臊皮，——知道贾珍等是在女人身上做工夫的，甲侧：从阿呆兄意中，又写贾珍等一笔，妙！因此忙的不堪。忽一眼瞥见了林黛玉，风流婉转，已酥倒在那里。俞校：“酥倒在那里”——从戌、庚；原“酥倒那里”。甲侧：忙到容针不能，以似唐突颦儿，却是写“情”字万不能禁止者，又可知颦儿之丰神若仙子也。甲双：忙中写闲，真大手眼，大章法。

当下众人七言八语，有的说请端公送祟的，有的说请巫婆跳神的，有的又荐什么俞校：“又荐什么”——从戌；原“又荐”。玉皇阁的张真人，种种喧腾不一。也百般医治祈祷，问卜求神，总无效验。堪堪的日落，俞校：“堪堪的日落”——从戌；原“看看日落”。王子腾夫人告辞去后，次日王子腾也来瞧问。甲侧：写外戚，亦避正文之繁。接着小史侯家、邢夫人弟兄辈并各亲戚眷属都来瞧望。也有送符水的，也有荐僧道的，总不见效。他叔嫂二人越发俞校：“越发”——从戌；原“愈发”。糊涂，不省人事，睡在床上，浑身火炭一般，口内无般不说。到夜晚间，那些婆娘媳妇丫头们都不敢上前。因此把他二人都抬到王夫人的上房内，甲侧：收拾得干净，有着落。庚侧：收什（拾）的得体正大。夜晚派了贾芸等俞校：“贾芸等”——从戌；原“贾芸”。带着小子们挨次轮班看守。贾母、王夫人、邢夫人、薛姨妈等寸地不离，只围着干哭。此时贾赦、贾政又恐哭坏了贾母，日夜熬油费火，闹的人口不

魇魔法叔嫂逢五鬼　红楼梦通灵遇双真

安，也都没了主意。俞校："没了主意"——从庚；原"没有主意"。贾赦还各处去觅僧寻道。贾政见都不灵效，俞校："都不灵效"——从戊；原"不灵效"。着实懊恼，甲侧：四字写尽政老矣。因阻贾赦道："儿女之数皆由天命，非人力可强者。他二人之病出于不意，百般医治不效，想天意该如此，也只好由他们去罢。"甲侧：念书人自应如是语。贾赦也不理此话，仍是百般忙乱，那里见些效验。看看三日光阴，那凤姐和宝玉躺在床上，一发连气都将没了。合家人口无不心慌，都说没了指望，忙着将他二人的后事衣履都治备下了。贾母、王夫人、贾琏、平儿、袭人这几个人，更比诸人哭的忘餐废寝，觅死寻活。赵姨娘、贾环等俞校："贾环等"——从庚；原"贾环等心"。自是称愿。甲侧：补明赵姬进怡红，为作法也。到了第四日早晨，贾母等正围着宝玉哭时，只见宝玉睁开眼说道甲侧："语不惊人死不休"，此之谓也。："从今以后，我可不在你家了。快收拾了，打发我走罢。"贾母听了这话，如同摘心去肝俞校："摘心去肝"——从庚；原"摘去心肝"。一般。赵姨娘在傍劝道："老太太也不必过于悲痛。庚侧：断不可少此句。哥儿已是俞校："哥儿已是"——从戊、庚、甲；原"哥儿也是"。不中用了，不如把哥儿的衣服穿好，让他早些回去，也免些苦。俞校："也免些苦"——从戊、庚；原"已免些苦"。只管舍不得他，这口气不断，他在那世也受罪不安生。"庚侧：大遂心人，必有是语。这些话没说完，被贾母照脸啐了一口唾沫，骂道："烂了舌头的混帐老婆，谁叫你来多嘴多舌的！你怎么知道他在那世里受罪不安生？怎么见得不中用了？你愿他死了，有什么好处？你别做梦。他死了，我只和你们要命。素日都不是你们调唆着，逼他写字念书，甲双：奇语，所谓溺爱者不明，然天生必有是一段文字的。把胆子吓破了，见了他老子，不像个避猫鼠儿！都不是你们这起淫妇调唆的！这会子逼死了，你们遂了心。我饶那一个！"一面骂，一面哭。贾政在傍听见这些话，心里越发难过，便喝退赵姨娘，自己上来委婉解劝。一时又有人来回话："两口棺椁都做齐备了，俞校："做齐备了"——从庚、晋、甲；原"作齐了"。（从戊添"备"字。）甲侧：偏写一头不了又一头之文，真步步紧之文。请老爷出去看。"贾母听了，如火上浇油俞校："火上浇油"——从戊、庚；原"火烧油"。一般，便骂："是谁做了棺材？"一叠连声俞校："一叠连声"——从戊；原"一叠声"。只叫把做棺材的拉来打死。

正闹得天翻地覆，没个开交，只闻得隐隐的木鱼声响，甲侧：不费丝毫勉强，轻轻收住数百言文字，《石头记》得力处全在此处。以幻作真，以真为幻，看书人亦要如是看法为本（幸）。念一句："南无解冤孽菩萨！有那人口不利，家宅颠倾，或逢凶险，或中邪祟者，我们善能医治。"贾母、王夫人听见这些话，那里还耐得住，便命人去快请进来。贾政虽不自在，奈贾母之言如何违拗。想如此深宅，何得听的这样真切，甲侧：作者是幻笔，合屋俱是幻耳，焉能无闻？心中亦希罕，甲侧：政老亦落幻中。命人请了进来。众人举目看时，原来是一个癞头和尚与一个跛足道人。甲双：僧因凤姐，道因宝玉，一丝不乱。见那和尚是怎生模样：

鼻如悬胆两眉长，目似明星蓄宝光。
破衲芒鞋无住迹，腌臜更有满头疮。

那道人又是怎生模样，但见：

一足高来一足低，浑身带水又拖泥。
相逢若问家何处，却在蓬莱弱水西。

贾政问道："你道友二人在那庙焚修？"那僧笑道："长官不须多话。甲侧：避俗套法。因闻得府上人口不利，故特来医治。"贾政道："倒有两个人中邪，不知你们有何符水？"那道人笑道："你家现放着俞校："现放着"——从戊；原"现有"。希世奇珍，如何倒还问俞校："倒还问"——从戊；原"还问"。我们有符水？"贾政听这话有意思，心中便动了，因说道："小儿落草时虽带了一块宝玉下来，上面说能除邪祟，庚侧：点题。谁知竟不灵验。"那僧道："长官你那里知道那物的妙用。只因他如今被声色货利所迷，甲双：石皆能迷，可知其害不小。观者着眼，方可读《石头记》。庚侧：棒喝之声。故此俞校："故此"——从戊；原"故"。不灵验了。甲侧：读书者观之。你今且取他出来，待我们持诵持诵，只怕就好了。"庚侧："只怕"二字，是不知此石肯听持诵否。贾政听说，便向宝玉项上俞校："项上"——从晋、甲；原"顶上"。取下那玉来递与他二人。那和尚接了过来，擎在掌上，长叹一声道：青埂峰俞校："青埂峰"——从戊、庚；原"青岘峰下"。一别，庚侧：正点题，大荒山手捧时语。转眼已过十三载矣。人世光阴如此迅速，尘缘满目，若似弹指。甲双：见此一句，令人可叹可惊，不忍往后再看矣！可羡你当时的那段好处：

天不拘来地不羁，心头无喜亦无悲。

却因锻炼通灵后，便向人间觅是非。甲侧：所谓越不聪明越快活。

可叹你今日这番经历：

粉渍脂痕污宝光，绮栊昼夜困鸳鸯。

沉酣一梦终须醒，甲侧：无百年的筵席。冤孽偿清好散场。甲侧：三次锻炼，焉得不成佛作祖？

念毕，又摩弄一回，说了些疯话，递与贾政道："此物已灵，不可亵渎。悬于卧室上槛，将他二人安在一室之内，除亲身妻母外，不可使阴人冲犯。庚侧：是要紧语，是不可不写之套语。三十三日之后，包管身安病退，复旧如初。"说着，回头便走了。庚眉：通灵玉除邪，全部百回只此一见，何得再言。僧道踪迹虚实，幻笔幻想，写幻人于幻文也。壬午孟夏，雨窗。贾政赶着还说话，让二人坐了吃茶，要送谢礼，他二人早已出去了。贾母等还只管着人去赶，那里有个踪影。俞校："踪影"——从戌、庚；原"踪迹"。少不得依言将他二人就安放在王夫人卧室之内，将玉悬在门上，王夫人亲身守着，不许别个人进来。至晚间，他二人竟渐渐醒来，甲侧：能领持颂，故如此灵效。庚侧：肯听持诵，故有是灵。说腹中饥饿。贾母、王夫人如得珍宝一般，甲侧：昊天罔极之恩，如何报得？哭杀幼而丧亲者。旋熬了米汤来俞校："米汤来"——从戌、庚；原"米汤"。与他二人吃了。精神渐长，邪祟稍退，一家子才把心放下来。甲眉：通灵玉听癞（癞）和尚二偈，即刻灵应，抵却前回若于（干）《庄子》反语录机锋偈子。正所谓"物各有主"也。李宫裁并贾府三艳、薛宝钗、林黛玉、平儿、袭人等，在外间听消息。闻得吃了米汤，省了人事，别人未开口，林黛玉先就念了一声"阿弥陀佛"。宝钗俞校："宝钗"——从戌、晋、甲；原"薛宝钗"。便回头看了他半日，嗤的一笑，众人都不会意。惜春问俞校："惜春问"——从戌；原"惟惜春"。晋、甲无"问"，馀同。道："宝姐姐，好好的笑什么？"宝钗笑道："我笑如来佛俞校："如来佛"——从戌、庚、晋、甲；原"弥陀佛"。比人还忙庚侧：这一句作正意看，馀皆雅谑，但此一谑抵颦儿半部之谑。：又要讲经说法；

又要普渡众生；甲眉：叹不得见玉兄"悬崖撒手"文字为恨。 庚眉：叹不能得见宝玉"悬崖撒于（手）"文字为恨。丁亥夏，畸笏叟。这如今宝玉、凤姐姐病了，又烧香还愿，赐福消灾；今日才好些，又要管俞校："又要管"——从戌；原"又管"。林姑娘的俞校："林姑娘的"——从戌、庚；原"林姑娘"。姻缘了。你说忙的可笑不可笑？"林黛玉不觉的红了脸，啐了一口道："你们这起人不是好人，不知怎么死。再不跟着好人学，只跟那些贫嘴恶舌的人学。"俞校："只跟那些贫嘴恶舌的人学"——从戌；原"只跟著凤姐贫嘴烂舌的学"。一面说，一面摔帘子出去了。俞校："出去了"——从戌、庚、晋、甲；原"走出去了"。不知端详，且听下回分解。

甲回后：先写红玉数行，引接正文，是不作开门见山文字。

灯油引大光明普照菩萨，大光明普照菩萨引五鬼魇魔法，是一线贯成。

通灵玉除邪，全部只此一见，却又不灵，遇癞和尚、疲（跛）道人一点方灵应矣。写利欲之害如此。

此回本意是为禁三姑六婆进门之害，难以防范。

庚回后：此回书因才干乖觉太露，引出事来，作者颇（婆）心，为世之乖觉人为鉴。

蒙戚回后：欲深魔重复何疑，苦海冤河解者谁？结不休时冤日盛，井天甚小性难移。

第二十六回
蜂腰桥设言传密意　潇湘馆春困发幽情

蒙戚回前：一个是时才得传消息，一个是旧喜化作新歌。真真假假事堪疑，哭向花林月底。

话说宝玉养过了（俞校："养过了"——从戌、庚、晋、甲；原"养了"。）三十三天之后，不但身体强壮，亦且连脸上疮痕平服，仍回大观园内去。这也不在话下。

且说近日宝玉病的时节，贾芸带着家下小厮坐更看守，昼夜在这里。那红玉同众丫鬟也在这里守着宝玉。彼此相见多日，都渐渐混熟了。那红玉见贾芸手里拿着手帕子，倒像是自己从前丢的，待要问他，又不好问的。不料那和尚道士来过，用不着一切男人，贾芸仍种树去了。这件事待要放下，心内又放不下；待要问去，又怕人猜疑。正是犹豫不决，神魂不定之际，忽听窗外问道："姐姐在屋里没有？"（甲侧：岔开正文，却是为正文作引。）（庚侧：你看他偏不写正文，偏有许多闲文，却是补遗。）红玉闻听，在窗眼内望外一看，原来是本院的个小丫头名叫佳蕙的，因答说："在家里，（俞校："在家里"——从戌、庚、晋、甲；原"在这里"。）你进来罢。"佳蕙听了跑进来，就坐在床上，笑道："我好造化。才刚在院子里洗东西，宝玉叫往林姑娘那里送茶叶，（甲侧：交代井井有法。）（庚侧：前文有言。）花大姐姐交给我送去，可巧老太太那里给林姑娘送钱来，（庚侧：是补写否？）正分给他们的丫头们呢，（甲侧：潇湘常事出自别院婢口中，反觉新鲜。）（庚眉：此等细事是旧族大家闺中常情，今特为暴发钱奴写来作鉴，一笑。壬午夏，雨窗。见我去了，林姑娘就抓了两把给我，也不知多少。你替我收着。”便把手帕子打开，把钱倒了出来，红玉替他一五一十的数了收起。佳蕙道：“你这一程子心里到底觉怎么样？依我说，你竟家去住两日，请一个大夫来瞧瞧，吃两剂药就好了。”红玉道：“那里的话。好好的，家去作什么！”佳蕙道：“我想起来了。林姑娘生的弱，时常他吃药，庚侧：是补写否？你就和他要些来吃，也是一样。”甲侧：闲言中叙出代（黛）玉之弱，草蛇灰线。红玉道：“胡说。药也是混吃的？”庚侧：如闻。佳蕙道：“你这也不是个长法儿，又懒吃懒喝的，终久怎么样？”庚侧：从傍人眼中口中出，妙极！红玉道：“怕什么。还不如早些死了倒干净！”甲侧：此句令人气噎，总在无可奈何上来。佳蕙道：“好好的，怎么说这些话？”红玉道：“你那里知道我心里的事。”佳蕙点头，想了一会道：“可也怨不得。这个地方难站。就像昨儿老太太因宝玉病了这些日子，庚侧：是补文否？说跟着伏侍的这些人都辛苦了，如今身上好了，各处还完了愿，庚侧：是补写否？叫把跟着的人都按着等儿赏他们。庚侧：是补写否？我们算年纪小，上不去，不得我也不抱怨；像你怎么也不算在里头？庚侧：道着心病。我心里就不服。袭人那怕他得十分儿，也不恼他，原该的。说良心话，庚侧：确论公论，方见袭卿身分。谁还敢比他呢！别说他素日殷勤小心，便是不殷勤小心，也拚不得。俞校：“拚不得”——从戌、庚、晋；原“拼不得”。可气晴雯、绮霰他们这几个都算在上等里去，仗着老子娘的脸面，俞校：“脸面”——从戌、庚、甲；原“脸”。众人倒捧着他去。你说可气不可气！”红玉道：“也不犯着气他们。俗语说的，千里搭长棚，没有个不散的筵席。俞校：“不散的筵席”——从戌、庚、晋、甲；原“不散筵席”。甲侧：此时写出此等言语，令人堕泪。谁守谁一辈子呢。不过三年五载，各人干各人的去了。那时谁还管谁呢。”这两句话不觉感动了佳蕙的心肠，俞校：“佳蕙的心肠”——从戌、庚；原“佳蕙心肠”。庚侧：不但佳蕙，批书者亦泪下矣。由不得眼睛红了，又不好意思好端端的俞校：“好端端的”——从庚；原“好端的”。哭，只得勉强笑道：“你这话说的却是。昨儿宝玉还说，庚侧：还是补文。明儿怎么样收拾房子，怎么样做衣裳，倒像有几百年的俞校：“几百年的”——从戌、庚、晋、甲；原“几百年”。熬煎。”

甲眉：“狱神庙”红玉、茜雪一大回文字，惜迷失无稿。

甲双：却是小女儿口中无味之谈，实是写宝玉不如一环婢。

庚眉：红玉一腔委屈怨愤，系身在怡红不能遂志，看官勿错认为芸儿害相思也。己卯冬。

庚眉：“狱神庙”回有茜雪、红玉一大回文字，惜迷失无稿。叹叹！丁亥夏，畸笏叟。

红玉听了，冷笑了两声，方要说话，俞校：“方要说话”——从戌、庚、晋、甲；原“方才说话”。

甲侧：文字又一顿。只见一个未留头的小丫头子走进来，手里拿着些花样子并两张纸，说道："这是两个样子，叫你描出来呢。"说着，向红玉掷下，回身就跑了。红玉向外问道："倒是谁的？也等不得说完就跑。谁蒸下馒头等着你，怕冷了不成！"那小丫头在窗外只说得一声："是绮大姐姐的。"甲侧：又是不合式之言，擢心语。抬起脚来，咕咚咕咚又跑了。庚侧：活龙活现之文。红玉便赌气庚侧：如画。把那样子掷在一边，庚侧：何如？向抽屉内找笔，找了半天，都是秃了的，因说道："前儿一支新笔，庚侧：是补文否？放在那里了？怎么一时想不起来？"庚侧：既在矮檐下，怎敢不低头？一面说，一面出神。甲侧：总是画境。想了一会，方笑道："是了。前儿晚上莺儿拿了去了。"庚侧：还是补文。便向佳蕙道："你替我俞校："你替我"——从戌、庚、晋、甲：原"替我"。取了来。"佳蕙道："花大姐姐还等着我替他抬箱子呢，你自取去罢。"红玉道："他等着你，你还坐着闲打牙儿？庚侧：袭人身分。我不叫你取去，他也不等着你了。坏透了的小蹄子！"说着，自己便出房来，出了怡红院，一径往宝钗院内来。庚侧：曲折再四，方逼出正文来。刚至沁芳亭畔，只见宝玉的奶娘李嬷嬷从那边走来。甲侧：奇文，真令人不得机关。红玉立住笑问道："李奶奶，你老人家那去了？怎打这里来？"李嬷嬷站住，将手一拍道："你说说，好好的，又看上了甲侧：囫囵不解语。那个种树的什么云哥儿雨哥儿的，甲侧：奇文神文。这会子逼着我叫了他来。明儿叫上房里听见，可又是不好。"甲侧：更不解。红玉笑道："你老人家当真的就依着他去叫了？"甲侧：是遂心语。李嬷嬷道："可怎么样呢！"甲侧：妙！的是老妪口气。红玉笑道："那一个要是知道好歹，甲侧：更不解。就回不进来才是。"甲双：是私心语，神妙！李嬷嬷道："他又不痴，为什么不进来！"红玉道："既是来了，俞校："既是来了"——从戌：原"即要进来"。你老人家该同他一齐来。回来叫他一个人俞校："回来叫他一个人"——从戌、庚、甲：原"叫他一个人"。乱碰，可是不好呢。"甲双：总是私心语，要直问又不敢，只用这等语慢慢的套出。有神理。李嬷嬷道："我有那样工夫和他走，不过告诉了他。回来打发个小丫头子，或是老婆子，带进他来俞校："带进他来"——从戌、庚、甲：原"带他进来"。就完了。"说着，拄着拐一径去了。红玉听说，便站着出神，甲双：总是不言神情，另出花样。且不去取笔。一时，只见一个小丫头子跑来，见红玉站在那里，便问道："林姐姐，你在这里作什么呢？"红玉抬头见是小丫头子坠儿。甲双：坠儿者，赘也。人生天地间已是赘疣，况又生

（许多冤情孽债。叹！）红玉道："那去？"坠儿道："叫我带进芸二爷来。"（庚侧：等的是这句话。）说着，一径跑了。这里红玉刚走至蜂腰桥门前，只见那边坠儿引着贾芸来了。（甲双：妙！不说红玉不走，亦不说走，只说"刚走到"三字，可知红玉有私心矣。若说出必定不走必定走，则文字死板，亦且棱角过露，非写女儿之笔也。）那贾芸一面走，一面拿眼把红玉（俞校："拿眼把红玉"——从戌、庚、晋、甲；原"把眼向红玉"。）一溜；那红玉只装着和坠儿说话，也把眼去一溜贾芸，四目却相对时，（甲双：看官至此，须掩卷细想：上三（二）十回中篇篇句句点"红"字处，可与此处想，如何？）红玉不觉脸红了，一扭身，往蘅芜苑去了。不在话下。

这里贾芸随着坠儿，逶迤来至怡红院中。坠儿先进去回明了，然后方领贾芸进去。贾芸看时，只见院内略略有几点山石，种着芭蕉，那边有两只仙鹤在松树下剔翎。一溜回廊上吊着各色笼子，各色仙禽异鸟。上面小小五间抱厦，一色雕镂新鲜花样隔扇，（俞校："隔扇"——从戌、庚、晋；原"隔窗"。）上面悬着一个匾额，四个大字，题道是：怡红快绿。贾芸想道："怪道叫怡红院，原来匾上是恁样四个字。"（甲双：伤哉，转眼便红稀绿瘦矣。叹叹！）正想着，只听里面隔着纱窗子笑说道（甲侧：是文若僧繇点睛之龙，破璧（壁）飞矣，焉得不拍案叫绝！）："快进来罢。我怎么就忘了你两三个月。"贾芸听得是宝玉的声音，连忙进入房内。抬头一看，只见金碧辉煌，（甲侧：器皿叠叠。）（庚侧：不能细览之文。）文章闪灼，（俞校："文章闪灼"——从庚；原"文章闪烁"。）（甲侧：陈设垒垒。）（庚侧：不得细玩之文。）却看不见宝玉在那里。（甲侧：武夷九曲之文。）一回头，只见左边立着一架大穿衣镜，从镜后（俞校："从镜后"——从戌、庚、晋、甲；原"后"。）转出两个一般大的十五六岁的丫头来说："请二爷里头屋里坐。"贾芸连正眼（俞校："连正眼"——从戌、庚、晋；原"正眼"。）也不敢看，连忙答应了。又进一道碧纱厨，只见小小一张填漆床上悬着大红销金撒花（俞校："撒花"——从戌、庚、晋、甲；原"洒花"。）帐子，宝玉穿着家常衣服，靸着鞋，倚在床上，拿着本书看。（甲侧：这是等芸哥看，故作款式者。果真看书，在隔纱窗子说话时已放下了。玉兄若见此批，必云：老货，他处处不放松我，可恨，可恨！回思将余比作钗、颦等，乃一知己，全（余）何幸也！一笑。）见他进来，将书掷下，早堆着笑，立起身来。（庚侧：小叔身段。）贾芸忙上前请了安。宝玉让坐，便在下面一张椅子上坐了。宝玉笑道："只从那个月见了你，我叫你往书房里来，谁知接接连连许多事情，就把你忘了。"贾芸笑道："总是我没福，偏偏又遇着叔叔身上欠安。叔叔如今可大安了？"宝玉道："大好了。（俞校："大好了"——从戌、庚、晋、甲；原"好了"。）我倒听见说你辛苦了好几天。"贾芸道："也是该当的。（俞校："也是该当的"——从庚；原上有"辛苦"。）

怡红院叔侄叙家常　蜂腰桥设言传密意

叔叔大安了，也是我们一家子的造化。”（甲侧：不论（伦）不理，迎合字样，口气逼肖，可笑，可叹！　庚侧：谁一家子？可发一大笑。）说着，只见有个丫鬟端了茶来与他。那贾芸口里和宝玉说着话，眼睛却溜瞅那丫鬟（甲侧：前写不敢正眼，今又如此写，是用茶来，有心人故留此神，于接茶时站起，方不突然。　庚侧：此句是认人，非前溜红玉之文。）：细挑身材，容长脸面，（俞校：“容长脸面”——从戌、庚、晋、甲；原“龙长脸面”。）穿着银红袄儿，（俞校：“袄儿”——从庚、甲；原“袄子”。）青缎背心，白绫细摺裙。——不是别个，却是袭人。（甲侧：《水浒》文法，用的恰当，是芸哥眼中也。）那贾芸只从宝玉病了几天，（俞校：“病了几天”——从庚；原“病了”。）他在里头混了两日，（俞校：“混了两日”——从庚；原“混了两天”。）他却把（俞校：“他却把”——从戌；原“他都把”。）那有名人口都记了一半。（蒙戚双：一路总是贾芸是个有心人，一丝不乱。）他也知道袭人在宝玉房中比别个不同。（庚侧：何如？可知前批非谬。）今见他端了茶来，宝玉又在傍边坐着，便忙站起来，笑道：“姐姐怎么替我倒起茶来！我来到叔叔这里又不是客，让我自己倒罢。”（甲双：总写贾芸乖觉，一丝不乱。）宝玉道：“你只管坐着罢。丫头们跟前，也是这样。”贾芸笑道：“虽如此说，叔叔房里姐姐们，我怎么敢放肆呢。”（甲侧：红玉何以使得？）一面说，一面坐下吃茶。那宝玉便和他说些没要紧的散话。（甲双：妙极，是极！况宝玉又有何正紧可说的？　庚侧：此批被作者骗过了。）又说道，谁家的戏子好，谁家的花园好；又告诉他，谁家的丫头标致，谁家的酒席丰盛；又是谁家有奇货，又是谁家有异物。（甲双：几个“谁家”，自北静王公候（侯）驸马诸大家包括尽矣，写尽纨袴口角。对芸哥原无可说之话，故闲叙。）那贾芸口里只得顺着他说。说了一会，（俞校：“说了一会”——从庚；原“说了一回”。）见宝玉有些懒懒的了，便起身告辞。宝玉也不甚留，只说：“你明儿闲了，只管来。”仍命小丫头子坠儿送他出去。出了怡红院，贾芸见四顾无人，便把脚慢慢停着些走，口里一长一短和坠儿说话。先问他“几岁了？”“名字叫什么？”“你父母在那一行上？”“在宝叔房内几年了？”（甲侧：渐渐入港。）“一个月多少钱？”“共总宝叔房内有几个女孩子？”那坠儿见问，便一桩桩的都告诉他了。贾芸又道：“才刚那个与你说话的，他可是叫小红？”坠儿笑道：“他倒叫小红，（俞校：“他倒叫小红”——从戌、庚；原“他便叫小红”。）你问他作什么？”贾芸道：“方才他问你什么手帕子，我倒拣了一块。”坠儿听了，笑道：“他问了我好几遍，可看见他的手帕子。我有那么大工夫管这些事！今儿他又问我，他说替他找着了，他还谢我呢。（庚侧：“传”字正文，此处方露。）才在蘅芜苑门口说的，二爷也听见了，不是我撒谎。

好二爷，你既拣了，给我罢。我看他拿什么谢我。”原来上月贾芸进来种树之时，便拣了一块罗帕，便知是在园内的人失落的，但不知是那一个人的，故不敢造次。今听见红玉问坠儿，便知是红玉的，心内不胜喜幸。又见坠儿追索，心中早得了主意，（俞校：“早得了主意”——从庚、晋、甲；原“早已得了主意”。）便向袖内将自己的一块取了出来，向坠儿笑道：“我给是给你，你若得了他的谢礼，可不许瞒着我。”坠儿满口里答应了，接了手帕子，送出贾芸，回来找红玉。不在话下。（甲双：至此一顿，狡猾之甚！原非书中正文之人，写来门（间）色耳。蒙戚双：至此一顿，狡滑之甚！）

如今且说宝玉打发了贾芸去后，意思懒懒的，歪在床上，似有朦胧之态。袭人便走上来，坐在床沿上推他，说道：“怎么又要睡觉？闷的很，（俞校：“闷的很”——从戌、庚、甲；原“闷的慌”。）你出去逛逛不是？”宝玉见说，便拉他的手笑道：“我要去，只是舍不得你。”袭人笑道：“快起来罢。”（甲侧：不答得妙！庚侧：不答上文，妙极！）一面说，一面拉了宝玉起来。宝玉道：“可往那里去呢？怪腻腻烦烦的。”（庚侧：玉兄最得意之文，起笔却如此写。）袭人道：“你出去了就好了。只管这么葳蕤，越发心里烦腻。”宝玉无精打采的，只得依他，晃出了房门，在回廊上调弄了一回雀儿；出至院外，顺着沁芳溪看了一回金鱼。只见那边山坡上两只小鹿箭也似的跑来。宝玉不解其意，（俞校：“不解其意”——从庚；原“不解何意”。甲侧：余亦不解。）正自纳闷，只见贾兰在后面拿着一张小弓，追了下来，（甲侧：前文。庚侧：此等文可是人能意料的？）一见宝玉在前面，便站住了，笑道：“二叔叔在家里呢，我只当出门去了。”宝玉道：“你又淘气了。好好的，射他作什么？”贾兰笑道：“这会子不念书，闲着作什么？（庚侧：答的何其堂皇正大，何其坦然之至！）所以演习演习骑射。”（甲侧：奇文奇语，默思之，方意会为玉兄毫无一正事，只知安富尊荣而写。）宝玉道：“把牙栽了，那时才不演呢。”说着，顺着脚一径来至一个院门前，（庚侧：像无意。）只见凤尾森森，龙吟细细。（甲双：与后文“落叶萧萧，寒烟漠漠”一对，可伤，可叹！庚侧：原无意。）举目望门上一看，只见匾上写着“潇湘馆”三字。（甲侧：无一丝心迹，反似初至者，故接有忘形忘情话来。庚侧：三字如此出，足见真出无意。）宝玉信步走入，只见湘帘垂地，悄无人声。走至窗前，觉得一缕幽香，从碧纱窗中暗暗透出。（甲侧：写得出，写得出。）宝玉便将脸贴在纱窗上，往里看时，耳内忽听甲双：未曾看见先听见，有神理。得细细的长叹了一声道："'每日家情思睡昏昏！'"甲侧：用情忘情，神化之文。庚眉：先用"凤尾森森，龙吟细细"八字，"一缕幽香自纱窗中暗暗透出"，"细细的长叹一声"等句，方引出"每日家情思睡昏昏"仙音妙音来，非纯化工夫之笔不能，可见行文之难。宝玉听了，不觉心内痒将起来。再看时，只见黛玉在床上伸懒腰。甲侧：有神理，真真画出！宝玉在窗外笑道："为什么'每日家情思睡昏昏'？"一面说，一面掀帘子进来了。庚眉：二玉这回文字，作者亦在无意上写来，所谓"信手拈来无不是"是也。林黛玉自觉忘情，不觉红了脸，拿袖子遮了脸，翻身向里装睡着了。宝玉才走上来，要扳他的身子，只见黛玉的奶娘并两个婆子却跟了进来，甲侧：一丝不漏，且避若干咬蜡之文。说："妹妹睡觉呢，等醒了再请来。"刚说着，黛玉便翻身坐了起来，笑道："谁睡觉呢！"蒙戚双：妙极！可知黛玉是怕宝玉去也。那两三个婆子见黛玉起来，便笑道："我们只当姑娘睡着了。"说着，便叫紫鹃，说："姑娘醒了，进来伺候。"一面说，一面都去了。黛玉坐在床上，一面抬手整理鬓发，一面笑向宝玉道："人家睡觉，你进来作什么？"宝玉见他星眼微饧，香腮带赤，不觉神魂早荡，一歪身坐在椅子上，笑道："你才说什么？"黛玉道："我没说什么。"宝玉笑道："给你个榧子吃。我都听见了。"二人正说话，只见紫鹃进来。宝玉笑道："紫鹃，把你们的好茶倒碗我吃。"紫鹃道："那里是好的呢。要好的，只是等袭人来。"黛玉道："别理他。你先给我舀水去罢。"紫鹃笑道："他是客，自然先倒了茶来再舀水去。"俞校："再舀水去"——从戌、庚、晋、甲；原"再舀水"。说着，倒茶去了。宝玉笑道："好丫头，'若共你多情小姐同鸳帐，怎舍得叠被铺床。'"甲侧：真正无意忘情。庚侧：真正无意忘情，冲口而出之语。庚眉：方才见芸哥所拿之书，一定见是《西厢》，不然如何忘情至此？黛玉登时撂下脸来，甲侧：我也要恼。说道："二哥哥，你说什么？"宝玉笑道："我何尝说什么。"黛玉便哭道："如今新兴的，外头听了村话来，也说给我听；看了混帐书，也来拿我取笑儿：我成了替爷们解闷的。"一面哭着，一面下床来，往外就走。宝玉不知要怎样，心下慌了，忙赶上来："好妹妹，我一时该死，你别告诉去。我再要敢，嘴上就长个疔，烂了舌头。"

正说着，只见袭人走来说道："快回去穿衣服，老爷叫你呢。"

潇湘馆春困发幽情　摆寿宴薛蟠赚宝玉

庚眉：若无如此文字收拾二玉，写颦无非至再哭恸哭，玉只以陪尽小心软求漫恳，二人一笑而止。且书内若此亦多多矣，未免有犯雷同之病。故用险句结住，使二玉心中不得不将现事抛却，各怀一惊心意，再作下文。壬午孟夏，雨窗，畸笏。宝玉听了，不觉打了个雷一般，也顾不得别的，急忙回来俞校：“急忙回来”——从戌；原“疾忙回家”。穿衣服。甲侧：不止玉兄一惊，即阿颦亦不免一唬，作者只顾写来收拾二玉之文，忘却颦儿也。想作者亦似宝玉道《西厢》之句，忘情而出也。出园来，只见焙茗在二门前等着。宝玉问道：“你可知道叫我是为什么？”焙茗道：“爷，快出来罢。横竖是见去的，到那里就知道了。”一面说，一面催着宝玉。转过大厅，宝玉心里还自狐疑。只听墙角边一阵呵呵大笑，俞校：“呵呵大笑”——从戌、庚、晋、甲；原“哈哈大笑”。回头只见薛蟠拍着手跳了出来，笑道甲侧：如此戏弄，非呆兄无人。欲释二玉，非此戏弄不能立解，勿得泛泛看过。不知作者胸中有多少丘壑。庚侧：非呆兄行不出此等戏弄，但作者有多少丘壑在胸中，写来酷肖。：“要不说姨父叫你，你那里出来的这么快。”焙茗也笑道：“爷别怪我。”忙俞校：“也笑道，爷别怪我，忙”——从庚；原“也笑著”。跪下了。宝玉怔了半天，方解过来，是薛蟠哄他出来。薛蟠连忙俞校：“是薛蟠哄他出来。薛蟠连忙”——从戌、庚、晋、甲；原“是哄他。薛蟠”。打恭作揖陪不是，庚侧：酷肖。又求：“不要难为了小子，都是我逼他去的。”宝玉也无法了，只好笑，因道：“你哄我也罢了，怎么说我父亲呢。我告诉姨妈去，评评这个理可使得么。”薛蟠忙道：“好兄弟，我原为求你快些出来，就忘了忌讳这句话。改日你也哄我，说我的父亲就完了。”甲侧：写粗豪无心人，毕肖。庚侧：真真乱话。宝玉道：“嗳，嗳，越发该死了。”又向焙茗道：“反叛肏的，还跪着做什么。”焙茗连忙叩头起来。薛蟠道：“要不是，我也不敢惊动。只因明儿五月初三日是我的生日，谁知古董行的程日兴，他不知那里寻了来的这么粗这么长粉脆的鲜藕，庚侧：如见如闻。这么大的大西瓜，这么长一尾新鲜的鲟鱼，这么大的一个暹罗国进贡的灵柏香熏的暹猪。你说他这四样礼，可难得不难得！那鱼猪不过贵而难得，这藕和瓜亏他怎么种出来的。我连忙孝敬了母亲，赶着给你们老太太、姨父、姨母送了些去。如今留了些，我要自己吃，恐怕折福。甲侧：呆兄亦有此语，批书人至此，诵《往生咒》至恒河沙数也。左思右想，除我之外，惟有你还配吃，甲侧：此语令人哭不得笑不得，亦真心语也。所以特请你来。可巧唱曲儿的小幺儿俞校：“小幺儿”——从庚傍改（“幺”字傍添）；原“一个小儿”。又才来了，我同你乐一天俞校：“乐一天”——从庚；原“乐一日”。何如？”一面说，一面来至他书房里。只见詹光、程日兴、胡斯来、单聘仁等并唱曲儿的都在这里，见他进来，请安的，问好的，都彼此见过了。吃了茶，薛蟠即命人摆酒来。说犹未了，众小厮七手八脚摆了半天，（庚侧：又一个写法。）方才停当归坐。宝玉果见瓜藕新异，因笑道：“我的寿礼还未送来，倒先扰了。”薛蟠道：“可是呢，明儿你送我什么？”（庚侧：毕真酷肖。）宝玉道：“我可有什么可送的。若论银钱吃的穿的（俞校：“吃的穿的”——从庚；原“吃穿等类的”。）东西，究竟还不是我的。（甲侧：谁说得出？经过者方说得出。叹叹！）惟有我写一张字，画一张画，才算是我的。”薛蟠笑道：“你提画儿，我才想起来了。昨儿我看人家一张春宫，（庚侧：啊！呆兄所见之画也！）画的着实好。上面还有许多的字，我也没细看，只看落的款，原来是庚黄画的。（甲侧：奇文，奇文！）真真好的了不得。”宝玉听说，心下猜疑道：“古今字画也都见过些，那里有个‘庚黄’？”想了半天，不觉笑将起来，命人取过笔来，在手心里写了两个字，又问薛蟠道：“你看真了是‘庚黄’？”薛蟠道：“怎么看不真！”（甲眉：闲事顺笔，骂死不学之纨袴。叹叹！）（庚眉：闲事顺笔，将骂死不学之纨袴。壬午雨窗，畸笏。）宝玉将手一撒，与他看道：“别是这两字罢，其实与（俞校：“其实与”——从戊、庚、晋、甲；原“其实”。）‘庚黄’相去不远。”众人都看时，原来是“唐寅”两个字，都笑道：“想必是这两字。大爷一时眼花了，也未可知。”薛蟠只觉没意思，（庚侧：实心人。）笑道：“谁知他‘糖银’‘果银’的。”正说着，小厮来回：“冯大爷来了。”宝玉便知是神武将军冯唐之子冯紫英来了。薛蟠等一齐都叫“快请”，说犹未了，只见冯紫英一路说笑，（庚侧：如见如闻。）已进来了。（甲侧：一派英气如在纸上，特为金闺润色也。）众人忙起席让坐。冯紫英笑道：“好呀！也不出门了，在家里高乐罢。”（庚侧：如见其人于纸上。）宝玉、薛蟠都笑道：“一向少会。老世伯身上康健？”紫英答道：“家父倒也托庇康健。近来家母偶着些风寒，不好了两天。”（庚眉：紫英豪侠小三段，是为金闺间色之文，壬午雨窗。）（庚眉：写倪二、[紫]英、湘莲、玉菡侠文，皆各得传真写照之笔。丁亥夏。畸笏叟。）（庚眉：惜“卫若兰射圃”文字迷失无稿。叹叹！丁亥夏，畸笏叟。）薛蟠见他面上有些青伤，便笑道：“这脸上又和谁挥拳的？挂了幌子了。”冯紫英笑道：“从那一遭把仇都尉的儿子打伤了，我就记了，再不怄气，如何又挥拳。这个脸上，是前日打围，（俞校：“前日打围”——从戊、庚、晋、甲；原“打围”。）在铁网山教兔鹘捎一翅膀。”（庚侧：如何看（着）想？新奇字样。）宝玉道：“几时的话？”紫英道：“三月二十八日去的，前儿也就回来了。”宝玉道：“怪道前儿初三四儿，我在沈世兄家去不见你呢。我要问，不知怎么就忘了。单你去了，还是老世伯也去了？”紫英道：“可不是家父去，我没法儿去罢了，难道我闲疯了，咱们几个人吃酒听唱的不乐，寻那个苦恼去！这一次大不幸之中又大幸。”甲侧：似又伏一大事样，英侠人累累如是，令人猜摹。薛蟠众人见他吃完了茶，都说道：“且入席，有话慢慢的说。”庚侧：馀文再述。冯紫英听说，便立起身来，说道：“论理，我该陪饮几杯才是；只是今儿有一件大大要紧的事，俞校：“要紧的事”——从庚；原“要紧事”。回去还要见家父面回，实不敢领。”薛蟠、宝玉众人那里肯依，死拉着不放。冯紫英笑道：“这又奇了。庚侧：如闻如见。你我这些年，那一回有这个道理的。果然不能遵命。若必定叫我领，拿大杯来，庚侧：写豪爽人如此。我领两杯就是了。”众人听说，只得罢了。薛蟠执壶，宝玉把盏，斟了两大海。那冯紫英站着，一气而尽。甲侧：令人快活煞。庚侧：爽快人如此，令人羡煞。宝玉道：“你到底把这个‘不幸之幸’说完了再走。”冯紫英笑道：“今儿说的也不尽兴。我为这个，还要特治一东，俞校：“特治一东”——从戌、庚、晋；原“特治一柬”。请你们去细谈一谈。一则还有所恳俞校：“所恳”——从戌；原“可恳”。之处。”说着，执手就走。薛蟠道：“越发说的人热剌剌的丢不下。多早晚才请我们？告诉了，也免的人犹疑。”俞校：“犹疑”——从庚；原“犹豫”。庚侧：实心人如此，丝毫形迹俱无，令人痛快煞。冯紫英道：“多则十日，少则八天。”一面说，一面出门上马去了。众人回来，依席又饮了一回方散。甲侧：收拾得好。宝玉回至园中。袭人正记挂着他去见贾政，甲侧：生员切己之事，时刻难忘。不知是祸是福，庚侧：下文伏线。只见宝玉醉醺醺的俞校：“醉醺醺的”——从戌、庚；原“醉醺醺”。回来，问其原故，宝玉一一向他说了。袭人道：“人家牵肠挂肚的等着，你且高乐去了，也到底俞校：“也到底”——从戌、庚、晋、甲；原“倒底”。打发人来给个信儿。”宝玉道：“我何尝不要送信儿，只因冯世兄来了，就混忘了。”正说，只见宝钗走进来，笑道：“偏了我们新鲜东西了。”宝玉笑道：“姐姐家的俞校：“姐姐家的”——从戌、庚、晋、甲；原“姐姐家”。东西自然先偏了我们了。”宝钗摇头笑道：“昨儿哥哥倒特特的请我吃，我不吃他，叫他留着送人请人罢。我知道我的命小福薄，不配吃那个。”甲侧：暗对呆兄言宝玉“配吃”语。说着，丫鬟倒了茶来，吃茶说闲话儿。不在话下。

却说那林黛玉听见贾政叫了宝玉去了，一日不回来，心中也替他忧虑。甲侧：本是切己事。至晚饭后，闻得宝玉来了，心里要找他问问是怎么样了。俞校："怎么样了"——从戊、庚、晋、甲；原"怎么了"。甲侧：呆兄比（此）席，的是合和筵也。一笑。庚侧：这席东道，是和事酒不是？一步步行来，见宝钗进宝玉的院内去了，甲侧：《石头记》是最好看处，[是]此等章法。自己也便随后走了来。刚到了沁芳桥，只见各色水禽都在池中浴水，也认不出名色来，但见一个个文彩炫耀，好看异常。因而站住看了一会，庚侧：避难法。再往怡红院来。只见院门关着，黛玉便以手扣门。谁知晴雯和碧痕正拌了嘴，没好气，忽见宝钗来了，那晴雯把气移在俞校："把气移在"——从晋；原"正把气移在"。宝钗身上，庚眉：晴雯遣（迁）怒是常事耳，写钗、颦二卿身上，与踢袭人之文，令人于何处设想着笔？丁亥夏，畸笏叟。正在院内抱怨说："有事没事，跑了来坐着，甲侧：犯宝钗如此写法。叫我们三更半夜的不得睡觉！"甲侧：指明人则暗写。忽听又有人叫门，晴雯越发动了气，也并不问是谁，甲侧：犯代（黛）玉如此写明。便说道："都睡下了，明儿再来罢！"甲侧：不知人则明写。林黛玉素知丫头们的情性，他们彼此玩耍惯了，俞校："玩耍惯了"——从戊、庚、晋、甲；原"顽耍惯"。恐怕院内的丫头没听真是他的声音，只当是别的丫头们了，所以不开门。因而又高声说道甲侧：想代（黛）玉高声，亦不过你我平常说话一样耳，况晴雯素昔浮躁多气之人，如何辨得出？此刻须得批书人唱"大江东[去]"的喉咙，嚷着"是我林代（黛）玉叫门"方可。又想若开了门，如何有后面许多好字样、好文章，看官者意为是否？："是我。还不开么？"晴雯偏生还没听出来，便使性子说道："凭你是谁，二爷吩咐的，一概不许放人进来呢。"林黛玉听了，不觉气怔在门外。待要高声问他，逗起气来，自己又回思一番："虽说是舅母家俞校："舅母家"——从戊、庚、晋、甲；原"母舅家"。如同自己家一样，到底是客边。甲侧：寄食者着眼，况颦儿何等人乎！如今父母双亡，无依无靠，现在他家依栖。如今认真淘气，也觉没趣。"一面想，一面又滚下泪珠来。正是回去不是，站着不是。正没主意，只听里面一阵笑语之声，细听一听，竟是宝玉宝钗二人，林黛玉心中一发动了气。左思右想，忽然想起早起的事来："必竟是宝玉恼我告他的原故。但只我何尝告你去了。你也不打听打听，就恼我到这步田地。你今儿不叫我进来，难道明儿就不见面了！"俞校："就不见面了"——从戊、庚、晋、甲；原"又不见面了"。越想越伤感起来，也不顾苍苔露冷，花径风寒，独立墙角边花阴之下，悲悲戚戚，呜咽起来。甲侧：可怜杀！可疼杀！余亦泪下。原来这林黛玉秉绝代姿容，具希世俊美，俞校："俊美"——从戌、庚、晋、甲；原"俊貌"。不期这一哭，那附近柳枝花朵上的宿鸟栖鸦甲侧：沉鱼落雁，闭月羞花，来(原)来[是]哭止(出)的。一笑。一闻此声，俱忒楞楞飞起远避，不忍再听。真是：

花魂默默俞校："默默"——从戌、庚、晋；原"点点"。无情绪，鸟梦痴痴何处惊。

因有一首诗道：

颦儿才貌世应希，独抱幽芳出绣闺。
呜咽一声犹未了，落花满地鸟惊飞。

那林黛玉正自啼哭，忽听吱喽一声，院门开处，不知是那一个出来。要知端的，且听下回分解。甲双：每阅此本，掩卷者十有八九，不忍下阅看完，想作者此时泪下如豆矣。

甲回后：此回乃颦儿正文，故借小红许多曲折琐琐之笔作引。

怡红院见贾芸，宝玉心内似有如无，贾芸眼中应接不暇。

"凤尾森森，龙吟细细"八字，"一缕幽香从碧纱窗中暗暗透出"，又"细细的长叹一声"等句，方引出"每日家情思睡昏昏"仙音妙音，俱纯化工夫之笔。

二玉这回文字，作者亦在无意上写来，所谓"信手拈来无不是"是也。

收拾二玉文字，写颦无非哭玉、再哭、恸哭，玉只以陪事小心软求慢恳，二人一笑而止。且书内若此亦多多矣，未免有犯雷同之病。故险语结住，使二玉心中不得不将现事抛却，各怀以惊心意，再作下文。

前回倪二、紫英、湘莲、玉菡四样侠文皆得传真写照之笔，惜

“卫若兰射圃”文字迷失无稿，叹叹！

晴雯迁怒系常事耳，写于钗、颦二卿身上，与踢袭人、打平儿之文，令人于何处设想着笔。

黛玉望怡红之泣，是“每日家情思睡昏昏”上来。

蒙戚回后：喜相逢，三生注定；遗手帕，月老红丝。幸得人语说连理，又忽见他枝并蒂。难猜未解细追思，罔多疑，空向花枝哭月底。

第二十七回
滴翠亭杨妃戏彩蝶　埋香冢飞燕泣残红

蒙戚回前：《葬花吟》是大观园诸艳之归源小引，故用在饯花日诸艳毕集之期。饯花日不论其典与不典，只取其韵耳。

话说林黛玉正自悲泣，忽听院门响处，只见宝钗出来了，宝玉、袭人一群人送了出来。待要上去问着宝玉，又恐当着众人问，羞了宝玉不便，因而闪过一旁，让宝钗去了，宝玉等进去关了门，（俞校："关了门"——从戌、庚、晋、甲；原"闭了门"。）方转过来，犹望着门洒了几点泪。（庚侧：四字闪煞颦儿也。）自觉无味，方转身回来，无精打采的卸了残妆。紫鹃、雪雁素日知道林黛玉的情性，无事闷坐，不是愁眉，便是长叹，（庚侧：画美人之秘诀。）且好端端的不知为什么常常的便自泪道不干的。（俞校："便自泪道不干的"——从庚；原"便自泪自干的"。）（庚侧：补写，却是避繁文法。）先时还有人解劝，或怕他思父母，想家乡，受了委屈，只得用话宽慰解劝。谁知后来一年一月的竟常常如此，（甲侧：补潇湘馆常文也。）把这个样儿看惯，也都不理论了。所以也没人去理，由他去闷坐，（庚侧：所谓"久病床前少孝子"是也。）只管睡觉去了。那林黛玉倚着床栏杆，两手抱着膝，眼睛含着泪，（甲侧：画美人秘诀。）（庚侧：前批得画美人秘诀，今竟画出《金闺夜坐图》来了。）好似木雕泥塑的一般，（甲侧：木是旃檀，泥是金沙方可。）直坐二更多天方才睡了。一宿无话。

至次日乃是四月二十六日。原来这日未时交芒种节。尚古风

大观园群芳饯花神　滴翠亭杨妃戏彩蝶

俗，俞校：“尚古风俗”——从戌、庚、晋、甲；原“上古风俗”。凡交芒种节的这日，都要设摆各色礼物祭饯花神。言芒种一过便是夏日了，众花皆卸，花神退位，须要饯行。庚侧：无论事之有无，看去有理。然闺中更兴这件风俗，所以大观园中之人都早起来了。那些女孩子们，或用花瓣柳枝编成轿马的，或用绫锦纱罗叠成干旄旌幢的，都用彩线系了。每一棵树，每一枝花上都系了这些事物。俞校：“这些事物”——从戌、庚；原“这些物事”。满园里绣带飘飖，花枝招展；俞校：“花枝招展”——从戌、庚、晋、甲；原“花枝飐飐”。甲侧：数句大观园景，倍胜省亲一回，在一园人俱得闲闲寻乐上看，被（彼）时只有元春一人闲耳。庚侧：数句抵省亲一回文字，反觉闲闲有趣有味的领略。更兼这些人打扮的桃羞杏让，燕妒莺惭，甲侧：桃、杏、燕、莺是这样用法。一时也道不尽。且说宝钗、迎春、探春、惜春、李纨、凤姐等庚眉：写凤姐随大众一笔，不见红玉一段则认为泛文矣。何一丝不漏若此。畸笏。并大姐、俞校：“大姐”——原“同了大姐”；甲“大姐儿”。今删“同了”。香菱与众丫鬟们，在园内玩耍，独不见林黛玉。迎春因说道：“林妹妹怎么不见？好个懒丫头，这会子还睡觉不成？”宝钗道：“你们等着，等我去闹了他来。”说着，便丢下众人，一直往潇湘馆来。正走着，只见文官等十二个女孩子也来了，庚侧：一人不漏。上来问了好，说了一回闲话。宝钗回身指道：“他们都在那里呢，你们找他们去罢。俞校：“找他们去罢”——从庚；原“找他们去”。我叫林姑娘去就来。”说着，便逶迤往潇湘馆来。甲侧：安插一处，好写一处，正一张口难说两家话也。忽然抬头见宝玉进去了。宝钗便站住，低头想了一想：“宝玉和林黛玉是从小儿一处长大，他兄妹间多有不避嫌疑之处，嘲笑喜怒无常，庚侧：道尽二玉连日事。况且林黛玉素昔俞校：“素昔”——从晋、甲；原“素习”。猜忌，好弄小性儿的。此刻自己也跟了进去，一则宝玉不便，二则黛玉嫌疑。罢了，倒是回来的妙。”甲侧：道尽代（黛）玉每每小性，全不在宝钗身上。蒙侧：道尽黛玉每每尖刺，全不在宝钗心上。想毕，抽身回来。刚要寻别的姊妹去，忽见前面一双俞校：“一双”——从戌、庚、晋、甲；原“一只”。玉色蝴蝶，大如团扇，一上一下，迎风蹁跹，十分有趣。宝钗意欲扑了来玩耍，庚侧：可是一味知书识理女夫子行止？写宝钗无不相宜。遂向袖中取出扇子来，向草地下来扑。只见那一双俞校：“那一双”——从戌、庚、晋、甲；原“那一只”。蝴蝶，忽起忽落，来来往往，穿花度柳，将欲过河去了，倒引的宝钗蹑手蹑脚的，一直跟到池中滴翠亭上，香汗淋漓，娇喘细细。庚侧：若玉兄在，必有许多张罗。宝钗也无心扑了，庚侧：原是无可无不可。刚欲回来，只听滴翠亭里边嘁嘁喳喳有人说话。甲侧：无闲纸闲笔之文如此。原来这亭子四面俱是游廊曲桥，盖在池中水上，四面雕镂隔子，糊着纸。宝钗在亭外听见说话，便煞住脚，往里细听，只听说道："你瞧瞧这手帕子，果然是你丢的那块，你就拿着；要不是，就还芸二爷去。"又有一人说话（庚眉：这桩风流案，又一体写法，甚当。己卯冬夜。）："可不是我那块！拿来给我罢。"又听道："你拿什么谢我呢？难道白寻了来不成！"又答道："我既许了谢你，自然不哄你的。"又听说道："我寻了来给你，自然谢我；但只是拣的人，你就不拿什么谢他？"又回道："你别胡说。他是个爷们家，拣了我们的东西，自然该还的。我拿什么谢他呢。"又听说道："你不谢他，我怎么回他呢？况且他再三再四的和我说了，若没谢的，不许我给你呢。"半晌，又听答道："也罢，拿我这个给他，算谢他的罢。——你要告诉别人呢？须说个誓来。"又听说道："我要告诉一个人，就长一个疔，日后不得好死。"又听说道："嗳呀，咱们只顾说话，看有人来悄悄在外头听见。（庚侧：岂敢。）（庚眉：这是自难自法，好极，好极！）不如把这隔子都推开了，（庚侧：贼起飞志，不假。）便是人见咱们在这里，他们只当我们说玩话呢。若走到跟前，咱们也看的见，就别说了。"宝钗在外面听见这话，心中吃惊，（甲侧：四字写宝钗守身如此。）（庚眉：惯用险笔如此。壬午夏，雨窗。）想道："怪道从古至今那些奸淫（俞校："奸淫"——从戌、庚、晋；原"姦淫"。）狗盗的人，心机都不错。（庚侧：道尽矣。）这一开了，见我在这里，他们岂不臊了。况才说话的语音，大似宝玉房里红儿的言语。他素昔眼空心大，是个头等刁钻古怪东西。今儿我听了他的短儿，一时人急造反，狗急跳墙，不但生事，而且我还没趣。如今便赶着躲了，料也躲不及，少不得要使个'金蝉脱壳'的法子。"犹未想完，只听咯吱一声，宝钗便故意放重了脚步，（庚侧：闺中弱女机变，如此之便，如此之急。）笑说道："颦儿，我看你往那里藏！"一面说，一面故意往前赶。（庚眉：此节实借红玉反写宝钗也，勿得认错作者章法。）那亭内的红玉、坠儿刚一推窗，只听宝钗如此说着往前赶，两个人都吓怔了。宝钗反向他二人笑道："你们把林姑娘藏在那里了？"（庚侧：像极！好煞，妙煞！焉得不拍案叫绝！）坠儿道："何曾见林姑娘了。"宝钗道："我才在河那边（俞校："河那边"——从庚、晋、甲；原"河边"。）看着林姑娘在这里蹲着弄水儿的。我要悄悄的吓他一跳，还没有走到跟前，他倒看见我了，朝东一绕，就不见了。别是藏在里头了。”庚侧：像极！是极！一面说，一面故意进去寻了一寻，庚侧：像极。抽身就走，庚侧：是极。口内说道：“一定又钻在山子洞里去了。遇见蛇，咬一口也罢了。”一面说，一面走，心中又好笑庚侧：真弄婴儿，轻便如此，即余至此，亦要发笑。：“这件事算遮过去了，不知他二人是怎样。”谁知红玉见了俞校：“见了”——从戌、庚、晋；原“听了”。宝钗的话，便信以为真，甲侧：宝钗身分。庚侧：宝钗身分实有这一句的。让宝钗去远，便拉坠儿道：“了不得了！林姑娘蹲在这里，一定听了话去了。”庚侧：移东挪西，任意写去，却是真有的。坠儿听说，也半日不言语。红玉又道：“这可怎么样呢？”甲侧：二句系代（黛）玉身分。坠儿道：“便听见了，管谁筋疼，各人干各人就完了。”庚侧：勉强话。红玉道：“若是宝姑娘听见还倒罢了。林姑娘嘴里又爱刻薄人，心里又细，他一听见了，倘或走露了风声，俞校：“风声”——从庚；原无。怎么样呢？”二人正说着，俞校：“正说着”——从戌、庚、晋、甲；原“正说者”。只见文官、香菱、司棋、侍书等上亭子来了。二人只得掩住这话，且和他们玩笑。

只见凤姐儿站在山坡上招手叫。红玉连忙弃了众人，跑至凤姐前，堆着笑，问：“奶奶使唤作什么事？”凤姐打量了一打量，见他生的干净俏丽，说话知趣，因笑道：“我的丫头今儿没跟进我来。我这会子想起一件事来，要使唤个人出去，不知你能干不能干，说的齐全不齐全。”红玉笑道：“奶奶有什么话语只管吩咐我说去。若说的不齐全，误了奶奶的事，凭奶奶责罚就是了。”甲侧：操必胜之权（券）。红儿机括志量，自知能应阿凤使令意。凤姐笑道：“你是那位小姐房里的？庚侧：反如此问。我使你出去，他回来找你，我好替你说的。”庚侧：问那小姐为此。红玉道：“我是宝二爷房里的。”凤姐听了，笑道：“嗳哟，你原是宝玉房里的。怪道呢。甲侧：“嗳哟”“怪道”四字，一是玉兄手下无能为者。前文打谅生的“干净俏丽”四字，合而观之，小红则活现于纸上矣。庚侧：夸赞语也。也罢了，等他问，我替你说。你到我们家，告诉你平姐姐：外头屋里桌子上，汝窑盘子架儿底下放着一卷银子，俞校：“一卷银子”——从戌、庚、晋、甲；原“一捲银子”。那是一百六十两，给绣匠的工价，等张材家的来，要当面称给他瞧了，再给他拿去。庚侧：一件。再里头床头间有一个小荷包，拿了来。”庚侧：二件。红玉听说，彻身去了俞校：“彻身去了”——从戌、庚、晋、甲；原“抽身去了”。

一回，只见凤姐不在这山坡子上俞校：“山坡子上”——从庚；原“山坡上”。了。因见司棋从山洞里出来，站着系裙子，庚侧：小点缀，一笑。便赶上来问道：“姐姐可知道二奶奶往那里去了？”司棋道：“没理论。”庚侧：妙极！红玉听了，抽身又往四下里一看，只见那边探春、宝钗在池边看鱼。红玉上来陪笑问道：“姑娘们可看见二奶奶没有？”俞校：“可看见二奶奶没有”——从戌；原“可知道二奶奶那去了”。探春道：“往你大奶奶院里找去。”红玉听了，才往稻香村来，顶头的只见晴雯、庚侧：又一折。绮霰、碧痕、紫绡、麝月、侍书、入画、莺儿等一群人来了。晴雯一见了红玉，便说道：“你只是疯罢。院子里花儿也不浇，雀儿也不喂，茶炉子也不烧，就在外头逛。”庚侧：必有此数句，方引出称心得意之语来。再不用本院人见小红，此差只几分遂心。红玉道：“昨儿二爷说了，今儿不用浇花，过一日浇一回罢。我喂雀儿的时候，姐姐还睡觉呢。”碧痕道甲侧：岔一人问，俱是不受用意。：“茶炉子呢？”红玉道：“今儿不该我烧的班儿。有茶没茶别问我。”绮霰道：“你听听他的嘴。你们别说了，让他逛去罢。”红玉道：“你们再问问我逛了没逛，二奶奶才使唤我俞校：“才使唤我”——从戌、晋、甲；原“使唤我”。说话取东西的。”甲侧：非小红夸耀，系尔等逼出来的，离怡红意已定矣。说着，将荷包举给他们看，庚侧：得意！称心如意，在此一举荷包。方没言语了。甲侧：众女儿何苦自讨之。大家分路走开。晴雯冷笑道：“怪道呢，原来爬上高枝儿去了，把我们不放在眼里。不知说了一句话半句话，名儿姓儿知道了不曾呢，就把他兴的这样。俞校：“兴的这样”——从戌、庚；原“兴的这个样”。这一遭半遭儿的算不得什么，过了后儿还得听呵。俞校：“还得听呵”——从戌、庚、晋、甲；原“还听得么”。有本事从今儿出了这园子，长长远远的在高枝儿上，才算得。”庚侧：虽是醋语，却与下无痕。一面说着去了。

这里红玉听说，不便分证，只得忍着气来找凤姐儿。到了李氏房中，果见凤姐儿在这里和李氏说话儿呢。红玉上来回道：“平姐姐说，奶奶刚出来了，他就把银子收了起来，甲侧：交代不在盘架下了。才将张材家的来取，当面称了给他拿去了。”说着，将荷包递了上去。庚侧：两件完了。又道：“平姐姐叫我回奶奶：才旺儿进来，讨奶奶的示下，好往那家去的，平姐姐就把那话按着奶奶的主意打发他去了。”凤姐笑道：“他怎么按我的主意打发去了？”甲侧：可知前红玉云“就把那[话]按奶奶的主意”，“主意”是欲俭，但恐累赘耳，故阿凤有是问，彼能细答。

红玉道："平姐姐说：我们奶奶问这里奶奶好。原是我们二爷不在家，虽然迟了两天，只管请奶奶放心。等五奶奶好些，我们奶奶还会了五奶奶来瞧奶奶呢！（甲侧：又一门。）五奶奶前儿打发了人来说，舅奶奶带了信来了，问奶奶好，（俞校："问奶奶好"——从戌、庚、晋、甲；原"奶奶好"。）还要和这里的姑奶奶寻两丸延年神验万全丹。（甲侧：又一门。）若有了，奶奶打发人来，只管送在我们奶奶这里。明儿有人去，（俞校："有人去"——从戌、庚、晋、甲；原"有人"。）就顺路给那边舅奶奶带去。"（甲侧：又一门。）话未说完，李氏道（甲侧：红玉今日方遂心如意，却为宝玉后伏线。）（庚侧：又一润色。）："嗳哟哟，这些话（俞校："这些话"——从庚；原"这话"。）我就不懂了。什么'奶奶''爷爷'的一大堆。"凤姐笑道："怨不得你不懂，这是四五门子（俞校："四五门子"——从戌、晋；原"四门子"。）的话呢。"说着，又向红玉笑道："好孩子，难为你说的齐全。别像他们扭扭捏捏，蚊子似的。（庚侧：写死假斯文。）——嫂子你不知道，（俞校："嫂子你不知道"——从庚；原"嫂子不知道"。）如今除了我随手使的这几个丫头老婆之外，我就怕和别人说话。他们必定把一句话拉长了，作两三截儿，咬文嚼字，拿着腔儿，哼哼唧唧的，急的我冒火，他们那里知道！先时我们平儿也是这么着。我就问着他：难道必定装蚊子哼哼就是美人了？（庚侧：贬杀，骂杀。）说了几遭，才好些儿了。"李宫裁笑道："都像你破落户才好。"凤姐又道："这一个丫头就好。（甲侧：红玉听见了么？）方才两遭，说话虽不多，听那口声就简断。"（甲侧：红玉此刻心内想，可惜晴雯等不在傍。）说着，又向红玉笑道："你明儿伏侍我去罢，我认你作女儿。我一调理你就出息了。"（庚侧：不假。）红玉听了，扑哧一笑。凤姐道："你怎么笑？你说我年轻，比你能大几岁，就作你的妈了？你还作春梦（俞校："你还作春梦"——从庚；原"你作春梦"。）呢。你打听打听，这些人头比你大的大的，（俞校："大的大的"——从戌、庚、晋；原"大的"。）赶着我叫妈，我不理。今儿抬举了你呢。"红玉笑道："我不是笑这个。我笑奶奶认错了辈数了。我妈是奶奶的女儿，（庚侧：所以说"比你大的大的"。）这会子又认我作女儿。"凤姐道："谁是你妈？"（庚侧：晴雯说过。）李宫裁笑道："你原来不认得。他是林之孝之女。"（甲侧：管家之女，而晴卿辈挤之，招祸之媒也。）凤姐听了，十分诧异，因说道："哦，（甲侧：传神。）原来是他的丫头。"又笑道："林之孝两口子，都是锥子扎不出一声儿来的。我成日家说，他们倒是配就了的一对夫妻，一个天聋，一个地哑，甲侧：用的是阿凤口角。那里承望养出这么个俞校："这么个"——从戌、庚、晋、甲；原"这么样"。伶俐丫头来。——你十几岁了？"红玉道："十七了。"又问名字。甲侧：真真不知名，可叹！红玉道："原叫红玉的，因为重了宝二爷，如今只叫红儿了。"凤姐听说，将眉一皱，把头一回，说道："讨人嫌的很。得了玉的益似的，庚侧：又一下针。你也玉，我也玉。"因说道："既这么着，肯跟我。俞校："这么着，肯跟我"——从戌、庚；原"这么，肯跟"。——我还和他妈说：'赖大家的如今事多，也不知这府里谁是谁，你替我好好的挑两个丫头我使。'他一般的答应着。他饶不挑，倒把他这女孩子俞校："他这女孩子"——从戌；原"他的这女孩子"。送了别处去。难道跟我必定不好？"李氏笑道："你可是又多心了。他进来在先，你说在后，怎么怨的他妈！"凤姐道："既这么着，明儿我和宝玉说，甲侧：有悌弟之心。叫他再要人，叫这丫头跟我去。可不知本人愿意不愿意？"甲侧：总是追写红玉十分心事。红玉笑道："愿意不愿意，庚侧：有话。我们也不敢说。甲侧：好答！可知两处俱是主儿。只是跟着奶奶，我们也学些眉眼高低，庚侧：千愿意万愿意之言。出入上下大小的事也得见识见识。"俞校："见识见识"——从戌、庚、晋、甲；原"见识"。甲侧：且系本心本意，"狱神庙"回内。庚眉：奸邪婢岂是怡红应答者，故即逐之。前良儿，后篆儿，便是却（确）证。作者又不得可也。己卯冬夜。庚眉：此系未见"抄没""狱神庙"诸事，故有是批。丁亥夏，畸笏。刚说着，庚侧：截得真好。只见王夫人的丫头来请，凤姐便辞了李宫裁去了。红玉回怡红院去。庚侧：好，接得更好。不在话下。

如今且说林黛玉，因夜间失寐，次日起来迟了，闻得众姊妹都在园中作饯花会，恐人笑他痴懒，连忙梳洗了出来。刚到院中，只见宝玉进门来了，笑道："好妹妹，你昨儿可告我了不曾？甲侧：明知无是事，不得不作开设。教我悬了一夜心。"庚侧：并不为告悬心。林黛玉便回头叫紫鹃道甲侧：不见宝玉，阿颦断无此一段闲言，总在欲言不言难禁之意，了却"情情"之正文也。庚侧：到像不曾听见的。："把屋子收拾了，撂下俞校："撂下"——从庚；原"下"。一扇纱屉。看那大燕子回来，把帘子放下来，俞校："放下来"——从戌、庚；原"放了下来"。拿狮子倚住。烧了香就把炉罩上。"一面说，一面仍往外走。俞校："仍往外走"——从戌；原"直往外走"。宝玉见他这样，还认作是昨日中晌的事，甲侧：毕真不错。那知晚间的这段公案，还打恭作揖的。林黛玉正眼也不看，各自出了院门，一直找别的姊妹去了。宝玉心中纳闷，自己猜疑："看起这个光景来，不像是为俞校："不像是为"——从庚、晋、甲；原"不像是"。昨日的事；但只昨日我回来的晚了，又没有见他，再没有冲撞了他去处了。”庚侧：毕真不错。一面想，一面由不得随后追了来。只见宝钗、探春正在那边看鹤舞，庚侧：二玉文字岂是容易写的，故有此载（截）。 庚眉：《石头记》用截法、岔法、突然法、伏线法、由近渐远法、将繁改俭（简）法、重作轻抹法、虚稿实应法种种诸法，总在人意料之外，且不曾见一丝牵强，所谓“信手拈来无不是”是也。己卯冬夜。见黛玉去了，三个一同站着说话儿。又见宝玉来了，探春便笑道：“宝哥哥，身上好？我整整的三天没见你了。”甲侧：横云裁（截）岭，好极，妙极！二玉文原不易写，《石头记》得力处在兹。宝玉笑道：“妹妹身上好？我前儿还在大嫂子跟前问你呢。”探春道：“宝哥哥，你往这里来，我和你说话。”庚侧：是移一处语。宝玉听说，便跟了他，离了钗玉两个，到了一棵石榴树下。探春因说道：“这几天老爷可曾叫你？”宝玉笑道：“没有叫。”探春道：“昨儿我恍惚听见说老爷叫你出去的。”甲侧：老爷叫宝玉再无喜事，故园中合宅皆知。宝玉笑道：“那想是别人听错了，甲侧：非谎也，避繁也。 庚侧：怕文繁。并没叫的。”探春又笑道：“这几个月，我又攒下俞校：“又攒下”——从戌、晋、甲；原“又存下”。有十来吊钱了，你还拿了去。庚眉：若无此一岔，二玉和合则成嚼蜡文字。《石头记》得力处正此。丁亥夏，畸笏叟。明儿出门逛去的时候，或是好字画，好轻巧玩意儿，替我带些来。”宝玉道：“我这么城里城外，大廊小庙俞校：“大廊小庙”——从戌、庚；原“大廊大庙”。的逛，也没见个俞校：“也没见个”——从戌、庚、晋、甲；原“也没见过”。新奇精致东西，左不过俞校：“左不过”——从戌、庚；原“总不过”。是那些金玉铜瓷，俞校：“金玉铜瓷”——从庚；原“金玉铜器”。没处撂的古董，再就是绸缎吃食衣服了。”探春道：“谁要这些！怎么像你上回买的那柳枝儿编的小篮子，整竹子根抠的俞校：“抠的”——从庚；原“镂的”。香盒儿，胶泥垛的风炉儿，这就好了。我喜欢的什么似的，谁知他们都爱上了，都当宝贝俞校：“都当宝贝”——从戌、庚、晋、甲；原“当宝贝”。似的抢了去了。”宝玉笑道：“原来要这个。这不值什么，俞校：“这不值什么”——从戌、庚、晋、甲；原“不值什么”。拿五百钱出去蒙侧：不知物理（力）艰难，公子口气也。给小子们，包管拉两车来。”探春道：“小厮们知道什么。你拣那朴而不俗，直而不拙者，甲侧：是论物，是论人？看官着眼。这些东西你多多的替我带了来。我还像上回的鞋作一双你穿，比那一双俞校：“那一双”——从庚；原“那双”。还加工夫，如何呢？”宝玉笑道：“你提起鞋来，我想起个故事。那一回我穿着，可巧遇见了老爷，蒙侧：补遗法。老爷就不受用，问是谁作的。我那里敢提‘三妹妹’三个字，我就回说是前儿我生日，是舅母给的。老爷听了是舅母给的，才不好说什么，俞校：“不好说什么”——从戌、庚；原“不好说什么的”。半日还说：‘何苦来！虚耗人力，作践绫罗，作这样的东西。’我回来告诉了袭人。袭人说这还罢了，赵姨娘气的抱怨的了不得：‘正经兄弟，（庚侧：指环哥。）鞋搭拉袜搭拉的，（甲侧：何至如此，写妒妇信口逗。）没人看的见，且作这些东西。’”探春听说，登时沉下脸来道：“这话糊涂到什么田地。怎么我是该作鞋的人么！环儿难道没有分例的，没有人的。一般的衣裳是衣裳，鞋袜是鞋袜，丫头老婆一屋子，怎么抱怨这些话！给谁听呢！我不过闲着没事儿，（俞校：“没事儿”——从庚；原“没事”。）作一双半双，爱给那个哥哥兄弟，随我的心。谁敢管我不成！这也是他瞎气。”（俞校：“这也是他瞎气”——从晋、甲；原“这有什么他也气”。）宝玉听了，点头笑道：“你不知道，他心里自然又有个想头了。”探春听说，一发动了气，将头一扭，说道：“连你也糊涂了。他那想头自然是有的，不过是那阴微鄙贱的见识。他只管这么想，我只管认得老爷、太太两个人，别人我一概不管。就是姊妹弟兄跟前，谁和我好，我就和谁好，什么偏的庶的，我也不知道。论理我不该说他，但忒昏愦的不像了。还有笑话呢，（甲侧：开一步，妙，妙！）就是上回我给你那钱，替我带那玩的东西。过了两天，他见了我，也是说没钱使，怎么难，我也不理论。谁知后来丫头们出去了，（俞校：“出去了”——从晋、甲；原“出去”。）他就抱怨起我来，说我攒了钱，（俞校：“攒了钱”——从戌；原“存的钱”。）为什么给你使，倒不给环儿使呢。（俞校：“不给环儿使呢”——从庚；原无“呢”。）我听见这话，又好笑，又好气，就出来往太太跟前去了。”（庚眉：这一节特为“兴利除弊”一回伏线。）正说着，只见宝钗那边笑道（庚侧：截得好。）：“说完了，来罢。显见的是哥哥妹妹了，丢下别人，且说梯己去。我们听一句儿就使不得了！”说着，探春、宝玉二人方笑着来了。

宝玉因不见了林黛玉，（甲侧：兄妹话虽久长，心事总未少歇，接得好。）便知他躲了别处去了。想了一想，越性迟两日，（甲侧：作书人调侃耶？）等他的气消一消再去也罢了。因低头看见许多凤仙、石榴等各色落花锦重重的落了一地，（庚眉：不因见落花，宝玉如何突至埋香冢？不至埋香冢，如何写《葬花吟》？《石头记》无闲文闲字正此。丁亥夏，畸笏叟。）因叹道：“这是他心里生了气，也不收拾这花儿来了。待我送了去，明儿再问着他。”（甲侧：至埋香冢方不牵强，好情理。）说着，只见宝钗约着他们往外头去，（甲侧：收拾得干净。）宝玉道：“我就来。”说毕，等他二人去

榴树荫兄妹话梯己　埋香冢飞燕泣残红

远了，甲侧：怕人笑说。便把那花兜了起来，登山度水，过树穿花，一直奔了那日同林黛玉葬桃花的去处来。将已到了花冢，庚侧：新鲜。犹未转过山坡，只听山坡那边俞校："只听山坡那边"——从戌、庚、晋、甲；原"那边"。有呜咽之声，一行数落着，哭的好不伤感。甲侧：奇文异文，俱出《石头记》上，且念出，愈奇文。宝玉心下想道："这不知是那房里的丫头受了委屈，跑到这个地方来哭。"甲侧：岔开线络，活泼之至！一面想，一面煞住脚步，听他哭道是：甲侧：诗词歌赋，如此章法写于书上者乎？ 甲眉："开生面""立新场"，是书多多矣，惟此回处[更]生更新。非颦儿断无是佳吟，非石兄断无是情聆。难为了作者了，故留数字以慰之。 庚侧：诗词文章，试问有如此行笔者乎？ 庚眉："开生面""立新场"是书不止《红楼梦》一回，惟是回更生更新，且读去非阿颦无是且吟，非石兄断无是章法行文，愧杀古今小说家也。畸笏。

花谢花飞花满天，俞校："花满天"——从庚；原"飞满天"。红消香断有谁怜？
游丝软系飘春榭，落絮轻沾扑绣帘。
闺中女儿惜春暮，愁绪满怀无释处。
手把花锄出绣帘，俞校："出绣帘"——从戌、庚、晋、甲；原"出绣闺"。忍踏落花来复去。
柳丝榆荚自芳菲，不管桃飘与李飞。
桃李明年能再发，明年闺中知有谁？
三月香巢已垒成，梁间燕子太无情！
明年花发虽可啄，却不道人去梁空巢也倾。
一年三百六十日，风刀霜剑严相逼。
明媚鲜妍能几时？一朝飘泊难寻觅。
花开易见落难寻，阶前闷杀葬花人。
独把花锄泪暗洒，洒上空枝俞校："洒上空枝"——从戌、庚、晋、甲；原"洒上花枝"。见血痕。
杜鹃无语正黄昏，荷锄归去掩重门。
青灯照壁人初睡，冷雨敲窗被未温。
怪奴底事倍伤神，半为怜春半恼春。
怜春忽至恼忽去，至又无言去不闻。俞校："去不闻"——从戌、晋、甲；原"去未闻"。
昨宵庭外悲歌发，知是花魂与鸟魂？
花魂鸟魂总难留，鸟自无言花自羞。
愿奴胁下生双翼，随花飞到天尽头。

天尽头，何处有香丘？

未若锦囊收艳骨，一抔净土掩风流。

质本洁来还洁去，强于俞校："强于"——从戌、庚、晋、甲；原"强如"。污淖陷渠沟。

尔今死去侬收葬，未卜侬身何日丧？

侬今葬花人笑痴，他年葬侬知是谁？

试看春残花渐落，便是红颜老死时。

一朝春尽红颜老，花落人亡两不知！

甲侧：余读《葬花吟》至再，至三四，其凄楚感慨，令人身世两忘，举笔再四，不能下批。有客曰："先生身非宝玉，何能下笔？即字字双圈，批词通仙，料难遂颦儿之意。俟看玉兄之后文再批。"噫嘻！阻余者，想亦《石头记》来的，故停笔以待。

庚眉：余读《葬花吟》凡三阅，其凄楚感慨，令人身世两忘，举笔再四，不能加批。先生想身宝玉，何得而下笔？即字字双圈，料难遂颦儿之意。俟看过玉兄后文再批。噫嘻！客亦《石头记》化来之人！故掷笔以待。

宝玉听了，不觉痴倒。要知端详，且听下回分解。

甲回后：饯花辰不论典与不典，只取其韵致生趣耳。

池边戏蝶，偶而适兴；亭外急智脱壳。明写宝钗非拘拘然一迂女夫子。

凤姐用小红，可知晴雯等理（埋）没其人久矣，无怪有私心私情。且红玉后有宝玉大得力处，此于千里外伏线也。

《石头记》用截法、岔法、突然法、伏线法、由近渐远法、将繁改俭（简）法、重作轻抹法、虚稿实应法种种诸法，总在人意料之外，且不曾见一丝牵强，所谓"信手拈来无不是"是也。

不因见落花，宝玉如何突至埋香冢？不至埋香冢又如何写《葬花吟》？

埋香冢葬花乃诸艳归源，《葬花吟》又系诸艳一偈也。

蒙戚回后：幸逢知己无回避，密语隔窗怕有人。总是关心浑不了，叮咛嘱咐为轻春。

心事将谁告，花飞动我悲。埋香吟哭后，日日敛双眉。

第二十八回
蒋玉菡情赠茜香罗　薛宝钗羞笼红麝串

蒙戚回前：茜香罗、红麝串写于一回，盖琪官虽系优人，后回与袭人供奉玉兄、宝卿得同终始者，非泛泛之文也。

蒙回后：自“闻曲”回以后，回回写药方，是白描颦儿添病也。

话说林黛玉只因昨夜晴雯不开门一事，错疑在宝玉身上。至次日又可巧遇见饯花之期，正是一腔无明正未发泄，又勾起伤春愁思，因把些残花落瓣去掩埋，由不得感花伤己，哭了几声，便随口念了几句。不想宝玉在山坡上听见，先不过点头感叹；次后听到“侬今葬花人笑痴，他年葬侬知是谁”“一朝春尽红颜老，花落人亡两不知”等句，不觉恸倒山坡之上，怀里兜的落花撒了一地。试想林黛玉的花颜月貌，将来亦到无可寻觅之时，宁不心碎肠断！既黛玉终归无可寻觅之时，推之于他人，如宝钗、香菱、袭人等亦可以到无可寻觅之时矣。宝钗等终归无可寻觅之时，则自己又安在哉？且自身尚不知何在何往，则斯处、斯园、斯花、斯柳，又不知当属谁姓矣。甲眉：不言炼句炼字，词藻工拙，只想景想情想事想理，反复追求，悲伤感慨，乃玉兄一生天性。真颦儿不知己，则实无再有者。昨阻余批《葬花吟》之客，嫡是玉兄之化身无移（疑）。余几点金成钱（铁）之人，笨甚，笨甚！　庚眉：不言炼句炼字，辞藻工拙，只想景想情［想］事想理，反复推求悲慨，乃玉兄一生之天性。真颦儿之知己，玉兄外实无一人。想昨阻批《葬花吟》之客，嫡是宝玉之化身无移（疑）。余几作点金为铁之人，幸甚，幸甚！因此一而二，二而三，反复推求了去，庚侧：百转千回矣。真不知此时此际欲为何等蠢物，杳无所知，逃大造，出尘网，便可解释俞校：“便可解释”——从戌、庚、晋；原“使可解释”。这段悲伤。甲侧：非大善知识，说不出这句话来。正是：

花影不离身左右，鸟声只在耳东西。甲侧：二句作禅语参。甲眉：一大篇《葬花吟》却如此收拾，真好机思笔伏（仗），令人焉得不叫绝称奇！

那林黛玉正自伤感，忽听山坡上也有悲声，心下想道：“人人都笑我有些痴病，难道还有一个痴子不成？”甲侧：岂敢岂敢。想着，抬头一看，见是宝玉。林黛玉看见，便道：“啐，我当是谁，原来是这个狠心短命的。”刚说到“短命”二字，俞校：“短命二字”——从戌、庚、甲；原“知命二字上”。又把口掩住，甲侧：“情情”，不忍道出“的”字来。蒙侧：情情。长叹了一声，蒙侧：不忍也。自己抽身便走了。这里宝玉悲恸了一回，忽抬头不见了黛玉，便知黛玉看见他躲开了。自己也觉无味，抖抖土起来，下山寻归旧路，甲侧：折得好，誓不写开门见山文字。往怡红院来。可巧庚侧：哄人字眼。看见林黛玉在前头走，连忙赶上去，说道：“你且站着。我知道俞校：“我知道”——从戌；原“我知”。你不理我。我只说一句话，从今以后撂开手。”甲侧：非此三字难留莲步，玉兄之机变如此。林黛玉回头见是宝玉，待要不理他，听他说“只说一句话，从此撂开手”，这话里有文章，少不得站住，说道：“有一句话，请说来。”宝玉笑道：“两句话说了，你听不听？”甲侧：相离尚远，用此句补空，好近阿颦。黛玉听说，回头就走。庚侧：走的是。宝玉在身后面俞校：“身后面”——从戌、庚、晋、甲；原“在后面”。叹道：“既有今日，何必当初！”甲侧：自言自语，真是一句话。林黛玉听见这话，由不得站住，回头道：“当初怎么样？今日怎么样？”宝玉叹道甲侧：以下乃答言，非一句话也。：“当初姑娘来了，那不是我陪着顽笑？甲侧：我阿颦之恼，玉兄实摸不着，不得不将自幼之苦心实事一诉，方可明心以白今日之故，勿作闲文看。凭我心爱的，姑娘要，就拿去；我爱吃的，听见姑娘俞校：“听见姑娘”——从戌、庚、晋、甲；原“听姑娘”。也爱吃，连忙干干净净收着等姑娘吃。一桌子吃饭，一床上睡觉。丫头们想不到的，我怕姑娘生气，我替丫头们想到了。俞校：“想到了”——从庚傍改（“了”傍添）；原“想到”。我心里想着：姊妹们从小儿长大，亲也罢，热也罢，和气到了儿，俞校：“到了儿”——从庚、甲；原“到了头”。才见得比人好。庚侧：要紧语。如今谁承望姑娘人大心大，庚侧：反派不是。不把我放在眼睛里，倒把外四路的什么宝姐姐、（庚侧：心事。）凤姐姐的放在心坎儿上，（甲侧：用此瞒看官也，瞒颦儿也。心动阿颦，在此数句也。一节颇似说闻，玉兄口中却是衷肠话。）（庚眉：一节颇似说辞，在兄口中却是衷肠之语。己卯冬夜。）倒把我三日不理，四日不见的。我又没个亲兄弟亲姊妹。——虽然有两个，你难道不知道是和我隔母的！我也和你是的（俞校："和你是的"——从庚；原"和你是"。）独出，只怕同我的心一样。谁知我白操了这个心，弄的有冤无处诉。"说着，不觉滴下眼泪。（甲侧：玉兄泪非容易有的。）林黛玉耳内听了这话，（俞校："听了这话"——从戌、晋、甲；原"听了这说话"。）眼内见了这形景，心中不觉灰了大半，也不觉滴下泪来，低头不语。宝玉见他这般形景，遂又说道："我也知道我如今不好了。但只凭着怎么不好，万不敢在妹妹跟前有错处。（庚侧：有是语。）便有一二分错处，你倒是或教导我，戒我下次；（庚侧：可怜语。）或骂我两句，打我两下，我都不灰心。谁知你总不理我，（庚侧：实难为情。）叫我摸不着头脑，少魂失魄，不知怎么样才好。（俞校："怎么样才好"——从庚；原"怎么样才是"。）（庚侧：真有是事。）就便死了，也是屈死鬼，任凭高僧高道忏悔，也不能超升，（庚侧：又瞒看官及批书人。）还得你伸明了缘故，我才得托生（俞校："托生"——从戌、庚、甲；原"脱生"。）呢！"黛玉听了这话，不觉将昨晚的事都忘在九霄云外了，（甲侧："情情"本来面目也。）（庚侧："情情"衷肠。）便说道："你既这么说，昨儿为什么我去了，你不叫丫头开门？"（庚侧：正文，该问。）宝玉诧异道："这话从那里说起？（庚侧：实实不知。）我要是这么样，立刻就死了！"（甲侧：急了。）（庚侧：真急了。）林黛玉啐道（庚侧：如闻。）："大清早起，（俞校："大清早起"——从庚、晋、甲；原"大清早"。）死呀活的，也不忌讳。你说有呢就有，没有就没有，起什么誓呢。"宝玉道："实在没有见你去，就是宝姐姐坐了一坐就出来了。"（俞校："就出来了"——从戌、庚、晋、甲；原无。）（庚侧：不要见言，彼已亲睹。）林黛玉想了一想，笑道："是了。想必是你的丫头们（俞校："你的丫头们"——从庚、晋；原"你丫头们"。）懒待动，丧声歪气的，也是有的。"宝玉道："想必是这个原故。等我回去问了是谁，教训教训（俞校："教训教训"——从戌、庚、晋、甲；原"教训"。）他们就好了。"（庚侧：玉兄口气毕真。）黛玉道（俞校："黛玉道"——从庚、甲；原"林黛玉道"。）："你的那些姑娘们（庚侧：不快活之称。）也该教训教训，（庚侧：照样的妙！）只是论理我不该说，今儿得罪了我的事小，倘或明儿宝姑娘来，（庚侧：也还一句，的是心坎上人。）什么贝姑娘来，也得罪了，事情岂不大了。"（甲侧：至此心事全无矣。）说着，抿着嘴笑。宝玉听了，又是咬牙，又是笑。

二人正说话，只见丫头来请吃饭，（甲侧：收拾得干净。）遂都往前头来了。

王夫人见了林黛玉，俞校：“见了林黛玉”——从戊、庚、晋；原“见林黛玉”。因问道：“大姑娘，你吃那鲍太医的药可好些？”庚侧：是新换了的口气。林黛玉道：“也不过这么着。老太太还叫我吃王大夫的药呢。”庚侧：何如？宝玉道：“太太不知道，林妹妹是内症，先天生的弱，所以禁不住一点儿风寒，不过吃两剂煎药疏散了风寒，还是吃丸药的好。”甲侧：引下文。王夫人道：“前儿大夫说了个丸药的名字，我也忘了。”宝玉道：“我知道那些丸药，不过叫他吃什么人参养荣丸。”王夫人道：“不是。”宝玉道：“八珍益母丸，左归，右归，再不，就是六味地黄丸。”王夫人道：“都不是。我只记得俞校：“只记得”——从戊、庚、晋；原“只记”。有个‘金刚’两个字的。”甲侧：奇文奇语。宝玉扎手俞校：“扎手”——从戊、庚；原“拍手”。笑道甲侧：慈母前放肆了。庚眉：此写玉兄，亦是释却心中一夜半日要事，故大大一拽。己卯冬夜。：“从来没听见有个什么金刚丸。若有了金刚丸，自然有菩萨散了！”甲侧：宝玉因代（黛）玉事完，一心无挂碍，故不知不觉手之舞之，足之蹈之。说的满屋里人都笑了。宝钗抿嘴笑道：“想是天王补心丹。”甲侧：慧心人自应知之。王夫人笑道：“是这个名儿。如今我也糊涂了。”宝玉道：“太太倒不糊涂，都是叫金刚、菩萨支使糊涂了。”甲侧：是语甚对，余幼时可闻之语合符，哀哉，伤哉！王夫人道：“扯你娘的臊，又欠你老子捶你了。”庚侧：伏线。宝玉笑道：“我老子再不为这个捶我的。”甲侧：此语亦不假。王夫人又道：“既有这个名儿，明儿个俞校：“明儿个”——从庚傍改（“个”傍添）；原“明儿”。就叫人买些来吃。”庚眉：写药案是暗度颦卿病势渐加之笔，非泛泛闲文也。丁亥夏，畸笏叟。宝玉道：“这些都不中用的。俞校：“这些都不中用的”——从庚；原“这些药都不中用的”。太太给我三百六十两银子，我替妹妹配一料丸药，包管一料不完就好了。”王夫人道：“放屁！什么药就这么贵？”宝玉笑道：“当真的呢，我这个方子比别的不同。那个药名儿也古怪，一时也说不清。俞校：“说不清”——从戊、庚、晋、甲；原“说不尽”。只讲那头胎紫河车，庚侧：只闻名。人形带叶参，三百六十两还不够。龟大的何首乌，庚侧：听也不曾听过。千年松根茯苓胆，诸如此类的药，都不算为奇。庚侧：还有奇的。庚眉：写得不犯冷香丸方子。前“玉生香”回中，颦云：他有金，你有玉；他有冷香，你岂不该有暖香？是宝玉无药可配矣。今颦儿之剂若许材料皆系滋补热性之药，兼有许多奇物，而尚未拟名，何不竟以“暖香”名之，以代补宝玉之不足，岂不三人一体矣。己卯冬夜。只在群药里算那为君的药，说起来吓人一跳。前儿薛大哥哥求了我一二年，我才给了他这方子。他拿了方子去，又寻了二三年，花了有上千的银子，才配成了。太太不信，只问宝姐姐。”宝钗听说，笑着摇手儿，道俞校：“摇手儿，道”——从戊；原“摇手儿说道”。：“我不知道，也没听见，你别叫姨妈问我。”王夫人笑道：“到底是宝丫头，好孩子，不撒谎。”宝玉站在当地，听见如此说，一回身把手一拍，说道：“我说的倒是真话呢，倒说我撒谎。”口里说着，忽一回身，只见林黛玉坐在宝钗身后抿着嘴笑，用手指头在脸上画着羞他。（庚侧：好看煞，在颦儿必有之。）凤姐因在里间房里看着人放桌子，（庚侧：且不接宝玉文字，妙！）听如此说，便走来笑道：“宝兄弟不是撒谎，这倒是有的。上日薛大哥亲自和我来寻（俞校：“和我来寻”——从庚、晋、甲；原“来向我寻”。）珍珠，我问他作什么，他说配药。（俞校：“他说配药”——从庚、晋、甲；原“他说是配药”。）他还抱怨说，不配也罢了，（俞校：“也罢了”——从戌、庚、晋、甲；原“也罢”。）如今那里知道这么费事。我问他什么药，他说是宝兄弟的方子，说了多少药，我也没工夫听。他说：‘不然我也买几颗珍珠了，只是定要头上带过的，所以来和我寻。’他说：‘妹妹就没散的，花儿上也使得，（俞校：“也使得”——从甲、庚傍改（“使”傍添）；原“也得”。）掐下来，过后儿我拣好的再给妹妹穿了来。’我没法儿，把两枝珠花儿（俞校：“珠花儿”——从庚；原“珠花”。）现拆了给他。还要一块三尺上用大红纱去。乳钵乳了，合面子呢。”凤姐说一句，那宝玉念一句佛，说：“太阳在屋子里呢。”凤姐说完了，宝玉又道：“太太想，这不过是将就呢。正经按那方子，这珍珠宝石定要在古坟里的，有那古时富贵人家妆裹的头面拿了来才好。如今那里为这个去刨坟掘墓，所以只是活人带过的，也可以使得。”王夫人道：“阿弥陀佛！没当家花花的，就是坟里有这个，人家死了几百年，这会子翻尸盗骨的，作了药也不灵。”（甲侧：不止阿凤圆谎，今作者亦为圆谎了，看此数句则知矣。）宝玉向林黛玉说道：“你听见了没有，难道二姐姐也跟着我撒谎不成？”脸望着林黛玉说话，（俞校：“说话”——从庚；原“说”。）却拿眼睛飘着（俞校：“飘着”——从戌、庚；原“摽”。）宝钗。林黛玉便拉王夫人道：“舅母听听，宝姐姐不替他圆谎，他直问着我。”（俞校：“直问着我”——从戌；原“支吾著我”。）王夫人也道：“宝玉很会欺负（俞校：“欺负”——从甲；原“欺侮”。）你妹妹。”宝玉笑道：“太太不知道这原故。宝姐姐先在家里住着，那薛大哥哥的事他也不知道，何况如今在里头住着呢，自然是越发不知道了。（庚侧：分晰（析）得是，不敢正犯。）林妹妹才在背后（俞校：“才在背后”——从戌、晋、甲；原“绕在背后”。）羞我，打量我撒谎呢。”（俞校：“羞我，打量我撒谎呢”——从庚；原“以为我是撒谎，就羞我”。）

正说着，只见贾母房里的丫头找宝玉、林黛玉去吃饭。林黛玉也不叫宝玉，便起身拉了那丫头就走。俞校："就走"——从戊；原"走"。那丫头说："等着宝玉一块儿走。"林黛玉道："他不吃饭了。咱们走。我先走了。"说着，便出去了。宝玉道："我今儿还跟着太太吃罢。"王夫人道："罢，罢。我今儿吃斋，你正经吃你的去罢。"宝玉道："我也跟着吃斋。"说着，便叫那丫头去罢，自己先跑到桌子上坐了。王夫人向宝钗等笑道："你们只管吃你们的，由他去罢。"宝钗因笑道："你正经去罢。吃不吃，陪着林妹妹走一趟，他心里打紧的不自在呢。"宝玉道："理他呢，过一会子就好了。"庚侧：后文方知。一时吃过饭，宝玉一则怕贾母记挂，二则也记挂着林黛玉，忙忙的要茶漱口。探春、惜春都笑道："二哥哥，你成日家忙些什么？甲侧：冷眼人自然了了。吃饭吃茶，也是这么忙碌碌的。"宝钗笑道："你叫他快吃了，瞧黛玉妹妹去罢。叫他在这里胡羼些什么。"宝玉吃了茶，便出来，一直往西院来。可巧走到凤姐儿院门前，俞校："院门前"——从庚；原"院前"。只见凤姐站着，蹬着门槛子，拿耳挖子剔牙，看着十来个小厮们挪花盆呢。庚侧：也才吃了饭。是阿凤身段。见宝玉来了，笑道："你来的好。进来，进来，庚侧：如闻。替我写几个字儿。"宝玉只得跟了进来。到了屋里，俞校："到了屋里"——从庚；原"到了房里"。凤姐命人取过笔砚纸来，向宝玉道："大红妆缎四十匹，蟒缎四十匹，上用纱各色一百匹，金项圈四个。"宝玉道："这算什么？又不是账，又不是礼物，怎么个写法？"凤姐道："你只管写上，横竖我自己明白就罢了。"庚侧：有是语，有是事。宝玉听说，只得写了。凤姐一面收起，俞校："一面收起"——从庚；原"一面收起来"。一面笑道："还有句话告诉你，不知你依不依。你屋里有个丫头叫红玉的，我要叫了来俞校："叫了来"——从戊、庚、晋、甲；原"叫来"。使唤，明儿我再替你挑几个，可使得？"甲侧：字眼。宝玉道："我屋里的人也多的很，姐姐喜欢谁，只管叫了来，何必问我。"甲侧：红玉接杯倒茶，自纱屉内觅至回廊下，再见此处如此写来，可知玉兄除颦儿外，俱是行云流水。又了却怡红一孽冤，一叹！凤姐笑道："既这么着，我就叫人带他去了。"宝玉道："只管带去。"说着便要走。甲侧：忙极！凤姐儿道："你回来，我还有一句话呢。"宝玉道："老太太叫我呢，（甲侧：非也，林妹妹叫我。一笑。）有话等我回来罢。”说着，便来至贾母这边，只见都已吃完饭了。贾母因问他：“跟着你娘吃了什么好的？”宝玉笑道：“也没什么好的，我倒多吃了一碗饭。”（甲侧：安慰祖母之心也。）因问：“林妹妹在那里？”（甲侧：何如？余言不谬。）贾母道：“里头屋里呢。”宝玉进来，只见地下一个丫头吹熨斗，炕上（俞校：“炕上”——从戌、庚、晋、甲；原“坑上”。）两个丫头打粉线，黛玉弯着腰拿着剪子裁什么呢。宝玉走进来，笑道：“哦，（庚侧：句。）这是作什么呢？才吃了饭，这么空着头，一会子又头疼了。”黛玉并不理，只管裁他的。有一个丫头说道：“那块绸子角儿还不好呢，再熨他一熨。”黛玉便把剪子一撂，说道：“理他呢，过一会子就好了。”（甲侧：有意无意，暗合针对，无怪。 庚侧：有意无意，暗合针对，无怪玉兄纳闷。）宝玉听了，只是纳闷。只见宝钗、探春等也来了，和贾母说了一回话。宝钗也进来，问：“林妹妹作什么呢？”见（俞校：“见”——从戌；原“因”。）林黛玉裁剪，因笑道：“越发能干了，连裁剪都会了。”黛玉笑道：“这也不过是撒谎哄人罢了。”宝钗笑道：“我告诉你个笑话儿，才刚为那个药我说了个不知道，宝兄弟心里不受用了。”林黛玉道：“理他呢，过一会子就好了。”（甲眉：连重二次前言，是颦、宝气味暗合，认作有小人过言也。 庚眉：连重两遍前言，是颦、玉气味相仿，无非偶然暗合相符。勿认作有过言小人也。）宝玉向宝钗道：“老太太要抹骨牌，正没人呢，（俞校：“正没人呢”——从庚；原“正没人”。）你抹骨牌去罢！”（俞校：“你抹骨牌去罢”——从庚、甲；原“你去抹骨牌呢”。）宝钗听说，便笑道：“我是为抹骨牌（俞校：“我是为抹骨牌”——从戌；原“我是为抹那骨牌”。）才来了？”说着，便走了。林黛玉道：“你倒是去罢。这里有老虎，看吃了你！”说着又裁。宝玉见他不理，只得还陪笑说道：“你也去逛逛再裁不迟。”林黛玉总不理。宝玉便问丫头们：“这是谁叫裁的？”林黛玉见问丫头们，便说道：“凭他谁叫我裁，也不关（俞校：“也不关”——从晋；原“也不干”。）二爷的事。”宝玉方欲说话，只见有人进来回说：“外头有人请。”宝玉听了，忙彻身出来。（俞校：“彻身出来”——从戌、庚、晋、甲；原“抽身出来”。）黛玉向外头说道（甲侧：仍丢不下，叹叹！）：“阿弥陀佛，赶你回来，我死了也罢了。”（甲侧：何苦来！余不忍听。）

宝玉出来（俞校：“宝玉出来”——从戌、庚、晋、甲；原“宝玉出”。）至外面，只见焙茗说道：“冯大爷家请。”（俞校：“冯大爷家请”——从戌、庚、晋、甲；原“冯大爷请”。）宝玉听了，知道是昨日的话，便说：“要衣裳去。”自己便往书房里来。焙茗一直到了二门前等人，（甲侧：此门请出玉兄来，故信步又至书房，文人弄笔，虚点赘也。只见出来了一个老婆子，焙茗上去说道："宝二爷在书房里等出门的衣裳，你老人家进去带个信儿。"那婆子道："放你娘的屁！庚侧：活现活跳。倒好，宝二爷如今在园里住着，甲侧：与夜间叫人对看。跟他的人都在园里，你又跑了这里来带信儿。"焙茗听了，笑道："骂的是，我也糊涂了。"说着，一径往东边二门前来。可巧门上小厮在甬路底下踢毬，焙茗将原故说了，有个小厮跑了进去半日，才抱了一个包袱出来，递与焙茗。回到书房里，宝玉换了，命人备马，只带着焙茗、锄药、双瑞、双寿四个小厮去了。一径到了冯紫英家门口，俞校："冯紫英家门口"——从庚；原无"家"。有人报与冯紫英，出来迎接进去。只见薛蟠早已在那里久候，俞校："久候"——从戌、庚；原"久候了"。还有许多唱曲儿的小厮并唱小旦的蒋玉菡、锦香院的妓女云儿。大家都见过了，然后吃茶。宝玉擎茶笑道："前儿所言幸与不幸之事，我昼悬夜想，今日一闻呼唤即至。"冯紫英笑道："你们令姑表弟兄倒都心实。前日不过是我的设辞，诚心请你们一饮，恐又推托，故说下这句话。今日一邀即至，谁知都信真了。"甲眉：若真有一事，则不成《石头记》文字矣。作者得三昧在兹，批书人得书中三昧亦在兹。壬午孟夏。说毕，大家一笑，然后摆上酒来，依次坐定。冯紫英先命唱曲儿的小厮过来让酒，然后命云儿也来敬酒。俞校："也来敬酒"——从庚；原"也来敬"。那薛蟠三杯下肚，不觉忘了情，拉着云儿的手笑道："你把那梯己新样儿的曲子唱个我听，我吃一坛如何？"云儿听说，只得拿起琵琶来，唱道：

两个冤家，都难丢下，想着你来又记挂着他。两个人形容俊俏，都难描画。想昨宵幽期私订在荼蘼架，一个偷情，一个寻拿，拿住了三曹对案，我也无回话。甲侧：此唱一曲为直刺宝玉。

唱毕，笑道："你喝一坛子罢了。"薛蟠听说，笑道："不值一坛，再唱好的来。"宝玉笑道："听我说来，如此滥饮，易醉而无味。我先喝一大海，庚眉：大海饮酒，西堂产九台灵芝日也，批书至此，宁不悲乎？壬午重阳日。发一新令，有不遵者，连罚十大海，逐出席外，俞校："逐出席外"——从戌、庚、晋、甲；原"遂出席外"。与人斟酒。"甲侧：谁曾经过？叹叹！西堂故事。冯紫英、蒋玉菡等都道："有理有理。"俞校："有理有理"——从戌、庚、晋、甲；原"有理"。宝玉拿起海来，一气饮尽，说道："如今要说悲、愁、喜、乐四字，都要说出女儿来，还要注明这四字的原故。俞校："四字的原故"——从戌；原"四字原故"。说完了，饮门杯。酒面要唱一个新鲜时样曲子；酒底要席上生风一样东西，或古诗旧对四书五经成语。"薛蟠未等说完，先站起来拦道甲侧：爽人爽语。："我不来，别算我。这竟是捉弄我呢！"庚侧：岂敢。云儿也站起来，推他坐下，笑道："怕什么！这还亏你天天吃酒呢，难道连我也不如！我回来还说呢。说是了，罢；不是了，不过罚上几杯，那里就醉死了。你如今一乱令，倒喝十大海，下去给人斟酒不成？"俞校："下去给人斟酒不成"——从戌；原"下去斟酒过来"。庚侧：有理。众人都拍手道妙。薛蟠听说，无法只得坐了。听宝玉说道：

女儿悲，青春已大守空闺。

女儿愁，悔教夫婿觅封侯。

女儿喜，对镜晨妆颜色美。

女儿乐，秋千架上春衫薄。

众人听了，都说道："说得有理。"薛蟠独扬着脸，摇头说："不好，该罚。"众人问如何该罚。薛蟠道："他说的我通不懂，怎么不该罚！"云儿便拧他一把，笑道："你悄悄的想你的罢。回来说不出，又该罚了。"于是拿琵琶听宝玉唱道：

滴不尽相思血泪抛红豆，开不完春柳春花满画楼。睡不稳纱窗风雨黄昏后，忘不了新愁与旧愁。咽不下玉粒金莼噎满喉，照不见菱花镜里形容瘦。展不开的眉头，挨不明的更漏。呀！恰便似遮不住的青山隐隐，流不断的绿水悠悠。

唱完，大家齐声喝彩，薛蟠说无板。宝玉饮了门杯，便拈起一片梨来，说道：

雨打梨花深闭门。

完了令。下该冯紫英，说道（俞校："下该冯紫英，说道"——从庚、晋、甲；原"下该冯紫英说，便道是"。）：

女儿悲，儿夫染病在垂危。
女儿愁，大风吹倒梳妆楼。
女儿喜，头胎养了双生子。
女儿乐，私向花园掏蟋蟀。（甲侧：紫英口中应当如是。）

说毕，端起酒来，唱道：

你是个可人，你是个多情，你是个刁钻古怪鬼灵精，你是个神仙也不灵，我说的话儿你全不信，只叫你去背地里细打听，才知道我疼你不疼！

唱完，饮了门杯，（俞校："饮了门杯"——从戌、庚、晋、甲；原下有"拈起一片鸡肉"。）说道：

鸡声茅店月。

令完，下该云儿。云儿便说道：

女儿悲，将来终身指靠谁？（甲侧：道着了。）

薛蟠叹道："我的儿，有你薛大爷在，你怕什么！"众人都道："别混他，别混他。”云儿又道：

女儿愁，妈妈打骂何时休。

薛蟠道：“前儿我见了你妈，还吩咐他，不叫他打你呢。”众人都道：“再多言者罚酒十杯。”薛蟠连忙自己打了一个嘴巴子，说道：“没耳性，再不许说了。”云儿又道：

女儿喜，情郎不舍还家里。

女儿乐，住了箫管弄弦索。

说完，便唱道：

豆蔻开花三月三，一个虫儿往里钻。钻了半日不得进去，爬到花儿上（俞校：“花儿上”——从庚、甲；原“花上”。）打秋千。肉儿小心肝，我不开了你怎么钻。（甲侧：双关，妙！）

唱毕，饮了门杯，便拈起一个桃来，说道：

桃之夭夭。

令完，下该薛蟠。薛蟠道：“我可要说了：女儿悲——”说了半日，不见说底下的。（俞校：“不见说底下的”——从戌、晋、甲；原“不言语了”。）冯紫英笑道（俞校：“冯紫英笑道”——从戌、晋、甲；原“冯紫英道”。）：“悲什么？快说来。”（俞校：“悲什么？快说来”——从戌、晋；原“快说来，怎么悲”。）薛蟠登时急的（俞校：“登时急的”——从戌、晋、甲；原“急的”。）眼睛铃铛一般，瞪了半日，才说道（俞校：“眼睛铃铛一般，瞪了半日，才说道”——从戌；原“眼瞪的铃铛似的，便说道”。）：“女儿悲——”又咳嗽了两声，说道（俞校：“又咳嗽了两声，说道”——从戌、晋；原“咳嗽了两声，又说道”。）（甲侧：受过此急者，大都不止呆兄一人耳。）：

女儿悲，嫁了个男人是乌龟。（俞校：“男人是乌龟”——从戊、晋、甲；原“大乌龟”。）

众人听了，都大笑起来。（俞校：“大笑起来”——从戊、晋、甲；原“笑起来”。）（甲眉：此段与《金瓶梅》内西门庆、应伯爵在李桂姐家饮酒一回对看，未知孰家生动活泼？）薛蟠道：“笑什么？难道我说的不是？一个女儿嫁了汉子，要当忘八，怎么不伤心呢！”众人笑的弯腰，说道（俞校：“说道”——从戊；原“忙说道”。）：“你说的很是，（俞校：“说的很是”——从戊；原“说的是”。）快说底下的。”（俞校：“快说底下的”——从戊、晋；原“快说来”。）薛蟠瞪了一瞪眼，又说道：“女儿愁——”说了这句，又不言语了。众人道：“怎么愁？”薛蟠道：

女儿愁，绣房撺出个大马猴。

众人呵呵笑道（俞校：“呵呵笑道”——从戊、庚、晋；原“哈哈笑道”。）：“该罚该罚。这句更不通，先还可恕。”（甲侧：不愁，一笑。）说着便要筛酒。宝玉笑道：“押韵就好。”薛蟠道：“令官都准了，你们闹什么！”众人听说，方才罢了。（俞校：“方才罢了”——从庚；原“方罢了”。）云儿笑道：“下两句越发难说了，我替你说罢。”薛蟠道：“胡说。当真我没好的了！听我说罢。”

女儿喜，洞房花烛朝慵起。

众人听了，都诧异道：“这句何其太韵。”薛蟠又道：

女儿乐，一根𣯊𣯊往里戳。（甲侧：有前韵句，故有是句。）

众人听了，都回头说道：“该死该死！快唱了罢。”薛蟠便唱道：

一个蚊子哼哼哼。

众人都怔了，说："这是个（俞校："这是个"——从庚、晋、甲；原"这个"。）什么曲儿？"薛蟠还唱道：

两个苍蝇嗡嗡嗡。

众人都道："罢，罢，罢。"薛蟠道："爱听不听！这是新鲜曲儿，叫作哼哼韵。你们要懒待听，连酒底都免了，（甲侧：何常（尝）呆！）我就不唱。"众人都道："免了罢，免了罢，（俞校："免了罢，免了罢"——从庚；原"免了罢"。）倒别耽误了别人家。"于是蒋玉菡说道：

女儿悲，丈夫一去不回归。
女儿愁，无钱去打桂花油。
女儿喜，灯花并头结双蕊。（甲侧：佳谶也。）
女儿乐，夫唱妇随真和合。

说毕，唱道：

可喜你天生百媚娇，恰便似活神仙离碧霄，度青春年正小，配鸾凤真也着。呀！看天河正高，听谯楼（俞校："谯楼"——从甲；原"瞧楼"。）鼓敲，剔银灯同入鸳帏悄。（俞校："鸳帏悄"——从戌、庚、晋、甲；原"鸳鸯悄"。）

唱毕，饮了门杯，笑道："这诗词上我倒有限，幸而昨日见了一副对子，可巧只记得这句，（甲侧：真巧！）幸而席上还有这件东西。"（甲侧：瞒至（过）众人。）说毕，便干了酒，拿起一朵木樨来，念道：

花气袭人知昼暖。

众人倒都依了，（俞校："倒都依了"——从戌、庚；原"道都依了"。）完令。薛蟠又跳了起来，喧嚷道："了

贾宝玉妙发新鲜令　蒋玉菡情赠茜香罗

不得，了不得！该罚，该罚！这席上并没有宝贝，甲侧：奇谈。你怎么念起宝贝来？”蒋玉菡怔了，说道：“何曾有宝贝？”薛蟠道：“你还赖呢！你再念来。”蒋玉菡只得又念了一遍。薛蟠道：“袭人可不是宝贝是什么！你们不信，只问他。”说毕，指着宝玉。宝玉没好意思起来，说：“薛大哥，你该罚多少？”薛蟠道：“该罚，该罚。”说着，拿起酒来一饮而尽。冯紫英与蒋玉菡等不知原故，云儿便告诉了出来。甲侧：用云儿细说，的是章法。 庚眉：云儿知怡红细事，可想玉兄之风情意也。壬午重阳。蒋玉菡忙起身陪罪。众人都道：“不知者不作罪。”俞校：“不作罪”——从戌、庚、晋、甲；原“不罪”。

少刻，宝玉出席解手，蒋玉菡便随了出来。二人站在廊檐下，蒋玉菡又陪不是。宝玉见他妩媚温柔，心中十分留恋，便紧紧的搭着俞校：“搭着”——从戌、庚、晋、甲；原“捏著”。他的手，叫他：“闲了我们那里去。还有一句话借问，也是俞校：“也是”——从戌、庚、晋、甲；原无。你们贵班中有一个叫琪官的，他在那里？如今名驰天下，我独无缘一见。”蒋玉菡笑道：“就是我的小名儿。”宝玉听说，不觉欣然跌足，笑道：“有幸，有幸！果然名不虚传。今儿初会，便怎么样呢？”想了一想，向袖中取出扇子，将一个玉玦扇坠解下来，递与琪官道：“微物不堪，略表今日之谊。”琪官接了，笑道：“无功受禄，何以克当！也罢，我这里得了一件奇物，今日早起方系上，还是簇新的，俞校：“簇新的”——从晋；原“簇新”。聊可表我一点亲热之意。”说毕，撩衣将系小衣儿一条大红汗巾子解了下来，递与宝玉道：“这汗巾子是茜香国女国王所贡之物，夏天系着，肌肤生香，不生汗渍。昨日北静王给我的，今日才上身。若是别人，我断不肯相赠。二爷请把自己系的解下来，给我系着。”宝玉听说，喜不自禁，连忙接了，将自己一条松花汗巾解了下来，递与琪官。甲侧：红绿牵巾是这样用法。一笑。二人方束好，只听一声大叫：“我可拿住了！”只见薛蟠跳了出来，拉着二人道：“放着酒不吃，两个人逃席出来干什么？快拿出来我瞧瞧。”二人都道：“没有什么。”薛蟠那里肯依，还是冯紫英出来，才解开了。于是复又归坐饮酒，至晚方散。

宝玉回至园中，宽衣吃茶。袭人见扇子上的扇坠儿（俞校："扇坠儿"——从戌；原"扇坠"。）没了，（庚侧：身上事。）便问他往那里去了。宝玉道："马上丢了。"（庚侧：随口谎言。）睡觉时只见腰里一条血点似的大红汗巾子，袭人便猜了八九分，因说道："你有了好的系裤子，把我那条还我罢。"宝玉听说，方想起那条汗巾子（俞校："那条汗巾子"——从戌、庚、晋、甲；原"那条汗巾"。）原是袭人的，不该给人才是，心里后悔，口里说不出来，只得笑道："我赔你一条罢。"袭人听了，点头叹道："我就知道又干这些事。也不该拿着我的东西给那起（俞校："给那起"——从戌、庚、甲；原"给那些"。）混帐人去。也难为你心里没个算计儿。"再要说几句，又恐怄上他的酒来，少不得也睡了，一宿无话。至次日天明，方才醒了，只见宝玉笑道："夜里失了盗也不晓得，你瞧瞧裤子上。"袭人低头一看，只见昨日宝玉系的那条汗巾子系在自己腰里呢，便知是宝玉夜间换了，连忙一头解下来，说道："我不希罕这行子，趁早儿拿了去。"宝玉见他如此，只得委婉解劝了一回。袭人无法，只得系上。过后宝玉出去，终久解下来，掷在个空箱子里，自己又换了一条系着。宝玉并未理论。因问起昨日可有什么事情，袭人便回说："二奶奶打发人叫了红玉去了。他原要等你来的，我想什么要紧，我就作了主，打发他去了。"宝玉道："很是。我已知道了，不必等我罢了。"袭人又道："昨儿（俞校："昨儿"——从戌、庚、晋、甲；原"昨日"。）贵妃打发夏太监出来，送了一百二十两银子，叫在清虚观，初一到初三打三天平安醮，唱戏献供，叫珍大爷领着众位爷们跪香拜佛呢。还有端午儿的节礼也赏了。"说着，命小丫头子来将昨日所赐之物取了出来，只见上等宫扇两柄，红麝香珠二串，凤尾罗二端，芙蓉簟一领。宝玉见了，喜不自胜，问："别人的也都是这个？"袭人道："老太太的（俞校："老太太的"——从戌、庚；原"老太太"。）多着一个香如意，一个玛瑙枕。太太、老爷、姨太太的只多着（俞校："只多着"——从戌、庚、晋、甲；原"只多的"。）一个香如意。你的同宝姑娘的一样。（甲侧：金姑玉郎是这样写法。）林姑娘同二姑娘、三姑娘、四姑娘只单有扇子同数珠儿。别人都没有。（俞校："别人都没有"——从晋；原"别人都没了"。）大奶奶、二奶奶他两个是每人两匹纱，两匹罗，两个香袋，两个锭子药。”宝玉听了，笑道：“这是怎么个原故，怎么林姑娘的倒不同我的一样，倒是宝姐姐的同我一样？别是传错了罢？”袭人道：“昨儿拿出来都是一分一分写着签子，怎么就错了！俞校：“怎么就错了”——从戌、庚、晋、甲；原“怎么说错了”。你的是在老太太屋里来着，俞校：“在老太太屋里来着”——从戌；原“在老太太屋里的”。我去拿了来了。老太太说了，明儿叫你一个五更天进去谢恩呢。”宝玉道：“自然要走一趟。”说着，便叫紫绡来：“拿了这个到林姑娘那里去，就说是昨儿我得的，爱什么留下什么。”紫绡答应了，拿了去，不一时回来说：“林姑娘说了，昨儿也得了，二爷留着罢。”宝玉听说，便命人收了。刚洗了脸出来，要往贾母那里请安去，只见林黛玉顶头来了。宝玉赶上去笑道：“我的东西叫你拣，你怎么不拣？”林黛玉昨日所恼宝玉的心事早又丢开，只顾今日的事了，因说道：“我没这么大福禁受。比不得宝姑娘什么金什么玉的，我们不过是草木之人。”甲侧：自道本是绛珠草也。宝玉听他提出“金玉”二字来，不觉心动疑猜，便说道：“除了别人说什么金什么玉，我心里要有这个想头，天诛地灭，万世不得人身。”林黛玉听他这话，便知他心里动了疑，忙又笑道：“好没意思，白白的说什么誓。管你什么金什么玉的呢。”宝玉道：“我心里的事，也难对你说，日后自然明白。除了老太太、老爷、太太这三个人，第四个就是妹妹了。要有第五个人，我也说个誓。”林黛玉道：“你也不用说誓。我很知道你心里有妹妹，但只是见了姐姐，就把妹妹忘了。”宝玉道：“那是你多心，我再不的。”林黛玉道：“昨日宝丫头不替你圆谎，为什么问着我呢？那要是我，你又不知怎么样了。”

正说着，只见宝钗从那边来了，二人便走开了。宝钗分明看见，只装看不见，低着头过去了。到了王夫人那里坐了一回，然后到了贾母这边，只见宝玉在这里呢。甲侧：宝钗往王夫人处去，故宝玉先在贾母处，一丝不乱。薛宝钗因往日母亲对王夫人等曾提过“金锁是个和尚给的，等日后有玉的俞校：“有玉的”——从戌、庚、晋、甲；原“有玉”。方可结为婚姻”等话，甲侧：此处表明以后二宝文章，宜换眼看。所以总远着宝玉。甲眉：峰峦全露，又用

（烟云截断，好文字。）昨日见元春所赐的东西独他与（俞校：“独他与”——从戌、庚、晋、甲；原“独与”。）宝玉一样，心里越发（俞校：“越发”——从戌、庚、晋、甲；原“愈发”。）没意思起来。幸亏宝玉被一个林黛玉缠绵住了，心心念念只挂着林黛玉，并不理论这事。此刻忽见，（俞校：“忽见”——从戌、庚、晋、甲；原“忽遇见宝钗”。）宝玉笑问道（俞校：“笑问道”——从戌；原“笑道”。）：“宝姐姐，我瞧瞧（俞校：“我瞧瞧”——从戌、庚、晋、甲；原“我瞧”。）你的红麝串子。”可巧宝钗左腕上笼着一串，见宝玉问他，少不得褪了下来。宝钗原生的肌肤丰泽，容易褪不下来。宝玉在傍（俞校：“在旁”——从戌、庚；原“在旁边”。）看着雪白一段酥臂，不觉动了羡慕之心，暗暗想道：“这个膀子要长在林妹妹身上，或者还得摸一摸，偏生长在他身上。”正是自恨（俞校：“自恨”——从庚傍改（“自”傍添）；原“恨”。）没福得摸，忽然想起金玉一事来；（俞校：“金玉一事来”——从戌、庚、晋、甲；原“金玉一事”。）再看看宝钗形容，只见脸若银盆，眼同水杏，唇不点而红，眉不画而翠，（甲侧：太白所谓“清水出芙蓉”。）比林黛玉另具一种妩媚风流，不觉就呆了。（俞校：“就呆了”——从戌、庚；原“呆了”。）（甲侧：忘情，非呆也。）宝钗褪了串子来递与他，也忘了接。宝钗见他怔了，自己倒不好意思的，丢下串子，回身才要走，只见林黛玉蹬着门槛子，嘴里咬着手帕子笑呢。宝钗道：“你又禁不得风儿吹，怎么又站在那风口里？”林黛玉笑道：“何曾不是在屋里的，只因听见天上一声叫唤，（俞校：“叫唤”——从庚；原“叫”。）出来瞧了一瞧，原来是个呆雁。”薛宝钗道：“呆雁在那里呢？我也瞧瞧。”林黛玉道：“我才出来，他就忒儿一声飞了。”口里说着，将手里帕子一甩，向宝玉脸上甩来。宝玉不防，正打在眼上，嗳哟了一声。要知端的，且听下回分解。

甲回后：茜香罗、红麝串写于一回，棋（琪）官虽系优人，后回与袭人供奉玉兄、宝卿得同终始者，非泛泛之文也。

自“闻曲”回以后，回回写药方，是白描颦儿添病也。

前“玉生香”回中，颦云：他有金，你有玉；他有冷香，你岂不该有暖香？是宝玉无药可配矣。今颦儿之剂若许材料皆系滋补热性之药，兼有许多奇物，而尚未拟名，何不竟以“暖香”名之？以代补宝玉之不足，岂不三人一体矣。

宝玉忘情，露于宝钗，是后回累累忘情之引。茜香罗暗系于袭人腰中，系伏线之文。

蒙戚回后：世间最苦是痴情，不遇知音休应声。盟誓已成了，莫迟误今生。

第二十九回
享福人福深还祷福　痴情女情重愈斟情

蒙戚回前：清虚观贾母、凤姐原意大适意、大快乐，偏写出多少小不适意事来，此亦天然至情至理必有之事。

二玉心事，此回大书，是难了割，却用太君一言以定，是道悉通部书之大旨。

话说宝玉正自发怔，不想黛玉（俞校："不想黛玉"——从庚、晋、甲；原"不想林黛玉"。）将手帕子甩了来，（俞校："甩了来"——从庚、晋、甲；原"摔了来"。）正碰在眼睛上，倒吓了一跳，问是谁。林黛玉摇着头儿（俞校："林黛玉摇着头儿"——从庚、晋、甲；原"黛玉摇著头"。）笑道："不敢，是我失了手。因为宝姐姐要看呆雁，我比给他看，不想失了手。"宝玉揉着眼睛，待要说什么，又不好说的。一时，凤姐儿来了，因说起初一日在清虚观打醮的事来，遂约着宝钗、宝玉、黛玉等看戏去。宝钗笑道："罢了，怪热的。什么没看过的戏，我可不去。"（俞校："我可不去"——从庚；原"我不去"。）凤姐儿道："他们那里凉快，两边又有楼。咱们要去，我头几天打发人去把那些道士都赶出去，把楼打扫干净，（俞校："把楼打扫干净"——从庚；原"把楼上都打扫了"。）挂起帘子来，一个闲人不许放进庙去，才是好呢！我已经回了太太了。（俞校："回了太太了"——从庚、晋、甲；原"回了太太"。）你们不去，我去。这些日子也闷的很了。家里唱动戏，我又不得舒舒服服（俞校："舒舒服服"——从庚、晋、甲；原"舒舒展展"。）的看。"贾母听说，笑道："既这么着，（俞校："这么着"——

（从庚、晋、甲；原“这么说”。）我同你去。”凤姐听说，笑道：“老祖宗也去，敢情好；就只是我又不得（俞校：“我又不得”——从庚、晋、甲；原“我不得”。）受用了。”贾母道：“到明儿（俞校：“明儿”——从庚、晋、甲；原“明日”。）我在正面楼上，（俞校：“正面楼上”——从庚、晋、甲；原“正楼上”。）你在傍边楼上，（俞校：“傍边楼上”——从庚、晋、甲；原“两边楼上”。）你也不用到我这边来立规矩，可好不好？”（俞校：“可好不好”——从庚、晋、甲；原“好不好”。）凤姐儿笑道（俞校：“凤姐儿笑道”——从庚；原“凤姐道”。）：“这就是老祖宗疼我了。”贾母因又向宝钗道：“你也去，（俞校：“你也去”——从庚、晋、甲；原“你也去侄侄”。）连你母亲也去。长天老日的，在家里也是睡觉。”宝钗只得答应着。贾母又打发人去请了薛姨妈，顺路告诉王夫人，要带了他们姊妹（俞校：“他们姊妹”——从庚、晋、甲；原“他们姐妹”。）去逛。王夫人因一则身上不好，二则预备着元春有人出来，早已回了不去的；听贾母如今这样说，（俞校：“如今这样说”——从庚；原“如此说”。）笑道（俞校：“笑道”——从庚、晋、甲；原“还笑道”。）：“还是这么高兴。”因打发人去到园子里告诉：“有要逛去的，只管初一（俞校：“初一”——从庚、晋、甲；原“初一日”。）跟了老太太逛去。”这句话一传开了，别人都还可已，只是那些丫头们，天天不得出门槛子，（俞校：“门槛子”——从庚；原“门槛儿的”。）听了这话，谁不要去。（俞校：“谁不要去”——从庚、晋、甲；原“谁不爱去”。）便是各人的主子懒待去，他也百般的（俞校：“百般的”——从晋、甲；原“万般的”。）撺掇了去。因此李宫裁等都说去。贾母越发心中喜欢，（俞校：“心中喜欢”——从庚、晋、甲；原“心中欢喜”。）早已吩咐人去打扫安置，都不必细说。

单表到了初一这一日，荣国府门前车轿纷纷，人马簇簇。那底下凡执事人等，闻得是贵妃作好事，贾母亲去拈香，正是初一日乃月之首日，况是端阳节间，因此凡动用的什物，一色都是齐全的，不同往日。（俞校：“不同往日”——从庚、晋、甲；原“不同往日一样”。）少时，贾母等出来。贾母独坐一乘八人大轿，（俞校：“八人大轿”——从庚、晋、甲；原“八人大亮轿”。）李氏、凤姐儿、薛姨妈每一人一乘四人轿，宝钗黛玉二人共坐一辆翠盖珠缨八宝车，迎春、惜春、探春三人共坐一辆朱轮华盖车。然后贾母的丫头鸳鸯、鹦鹉、琥珀、珍珠，林黛玉的丫头紫鹃、雪雁、春纤，宝钗的丫头莺儿、文杏，迎春的丫头司棋、绣橘，探春的丫头侍书、翠墨，惜春的丫头入画、彩屏，薛姨妈的丫头同喜、同贵，外带着香菱，香菱的丫头臻儿，李氏的丫头素云、碧月，凤姐儿的丫头平儿、丰儿、小红，并王夫人的两个丫头也要跟了凤姐儿来（俞校：“跟了凤姐儿来”——从庚、晋、甲；原“跟了凤姐儿去的是”。）——金钏、（俞校：“金钏”——

（从庚、晋、甲；原“金钏儿”。）彩云，奶子抱着大姐儿（俞校：“抱着大姐儿”——原下有“带著丫头们”，从甲删。）另在一车，还有两个丫头，一共再连上各房的老嬷嬷奶娘并跟出门的家人媳妇子，乌压压的站了一街的车。贾母等已经坐轿去了多远，这门前尚未坐完。这个说“我不同你（俞校：“不同你”——从庚、晋、甲；原“不同”。）在一处”，那个说“你压了我们奶奶的包袱”，那边车上又说“搌了（俞校：“搌了”——原“蹭了”；庚“蹭了”。今改“掘了”。）我的花儿”，这边又说“碰折了（俞校：“碰折了”——从庚；原“蹦断了”。）我的扇子”，咭咭呱呱，说笑不绝。周瑞家的过来过去的说道：“姑娘们，这是街上，看人笑话。”（俞校：“看人笑话”——从庚、晋、甲；原“看人家笑话”。）说了两遍，（俞校：“说了两遍”——从庚、晋、甲；原“说了几遍”。）方觉好了。前头的全副执事摆开，早已到了清虚观了。（俞校：“到了清虚观了”——从庚；原“到了清虚观门口”。）宝玉骑着马，在贾母轿前。街上人（俞校：“街上人”——从庚、晋、甲；原“街上的人”。）都站在两边。

将至观前，只听钟鸣鼓响，早有张法官执香披衣，（俞校：“执香披衣”——从庚、晋、甲；原“执笏披衣”。）带领众道士在路傍迎接。（俞校：“迎接”——从庚、晋、甲；原“请安”。）贾母的轿刚至山门（俞校：“山门”——从庚、晋、甲；原“庙门”。）以内，贾母在轿内因看见有守门大帅并千里眼、顺风耳、当方土地、（俞校：“当方土地”——从庚；原“当坊土地”。）本境城隍各泥胎圣像，便命住轿。贾珍带领各子侄上来迎接。凤姐儿知道鸳鸯等在后面，赶不上来搀贾母，自己下了轿，忙要上来搀。可巧有个十二三岁的小道士儿，拿着剪筒，照管剪各处的（俞校：“剪各处的”——从庚、晋、甲；原“各处的”。）蜡花，正欲得便且藏出去，（俞校：“且藏出去”——从庚、晋、甲；原“瞧瞧出去”。）不想一头撞在凤姐儿怀里。（俞校：“怀里”——从庚、晋、甲；原“怀内”。）凤姐便一扬手，照脸一下，把那小孩子（俞校：“把那小孩子”——从晋、甲；原“把那孩子”。）打了一个筋斗，骂道：“野牛肏的，胡朝那里跑！”（俞校：“胡朝那里跑”——从庚；原“朝那里跑”。）那小道士也不顾拾烛剪，爬起来往外还要跑。正值宝钗等下车，众婆娘媳妇正围随的风雨不透，但见一个小道士子（俞校：“小道士子”——从庚；原“小道士”。）滚了出来，都喝声叫：“拿，拿，拿！打，打，打！”贾母听了，忙问（俞校：“忙问”——从庚、晋、甲；原“忙问道”。）是怎么了。贾珍忙出来问。凤姐儿上去搀住贾母，就回说（俞校：“搀住贾母，就回说”——从庚、晋、甲；原“就搀住贾母回说”。）：“一个小道士儿，剪灯花的，没躲出去，这会子混钻呢。”贾母听说，忙道：“快带了那孩子来，别吓着他。小门小户的孩子，都是娇生惯养的，（俞校：“娇生惯养的”——从庚；原下有“惯了”。）那里见的这个势派。倘或吓着他，倒怪可怜见的，俞校："倘或吓着他，倒怪可怜见的"——从庚、晋、甲；原"可怜见的，倘或一时唬著了他"。他老子娘岂不疼的慌！"说着，便叫贾珍去好生带了来。贾珍只得去拉了那孩子来。那孩子还一手拿着烛剪，跪在地下乱颤。贾母命贾珍拉起来，俞校："拉起来"——从庚、晋、甲；原"拉他起来"。叫他别怕，俞校："别怕"——从庚；原"不要怕"。问他几岁了。那孩子通说不出话来。贾母还说"可怜见的"，又向贾珍道："珍哥儿，带他去罢。给他些钱买果子吃，别叫人难为了他。"贾珍答应，俞校："贾珍答应"——从庚、晋、甲；原"贾珍答应了"。领他去了。这里贾母带着众人，一层层的瞻拜俞校："瞻拜"——从庚、晋、甲；原无。观玩。外面小厮们见贾母进入二层山门，俞校："二层山门"——从庚、晋、甲；原"三层山门"。忽见贾珍领了一个小道士出来，叫人来带去，给他几百钱，俞校："几百钱"——从庚、晋、甲；原"几个钱"。不要难为了他。家人听说，忙上来几个，领了下去。俞校："领了下去"——从庚、晋、甲；原"领了下来"。贾珍站在阶矶上，因问："管家在那里？"底下站的小厮们见问，都一齐喝声说："叫管家。"登时林之孝一手整理着帽子，俞校："整理着帽子"——从庚、晋、甲；原"扣著帽子"。跑了来，到贾珍跟前。贾珍道："虽说俞校："虽说"——从庚、晋、甲；原"虽"。这里地方大，今儿不承望来这么些人。你使的人，你就带了往你的那院里去；俞校："往你的那院里去"——从庚；原"你那院里去"。使不着的，打发到那院里去。把小么儿们多挑几个俞校："多挑几个"——从庚、晋、甲；原"挑几个"。在这二层门上同两边角门上，伺候着要东西传话。你可知道俞校："你可知道"——从庚、晋、甲；原"你知道"。不知道，今儿小姐奶奶们都出来了。一个闲人也到不了这里。"俞校："到不了这里"——从庚；原"不许到这里来"。林之孝忙答应"晓得"，又说了几个"是"。贾珍道："去罢。"又问："怎么不见蓉儿？"一声未了，只见贾蓉扣着钮子，从钟楼里跑了出来。俞校："跑了出来"——从庚、晋、甲；原"跑出来"。贾珍道："你瞧瞧他！我这里也没热，俞校："也没热"——从庚、晋、甲；原"还受著热"。他倒乘凉去了。"喝命家人啐他。那小厮们都知道贾珍素日的性子，违拗不得，有个小厮便上来俞校："那小厮们"至"便上来"——从庚、晋、甲；原"那小厮上来"。向贾蓉脸上啐了一口。贾珍又道俞校："贾珍又道"——从庚；原"贾珍道"。："问着他！"那小厮便问贾蓉道："爷还不怕热，哥儿怎么先乘凉去了？"贾蓉垂着手，俞校："垂着手"——从甲；原"拖著手"。一声不敢说。那贾芸、贾萍、贾芹俞校："贾萍、贾芹"——从庚、晋、甲；原"贾芹、贾萍"。等听见了，不但他们慌了，亦且连贾琏、贾瑞、贾琼俞校："贾琏、贾瑞、贾琼"——从庚、晋、甲；原"贾璜、贾瑞、贾瑗"。等也都忙了，一个一个俞校："也都忙了，一个一个"——从庚、晋、甲；原"也都忙带了帽子，一个个"。从墙根下慢慢的溜上来。贾珍又向贾蓉道(俞校:"又向贾蓉道"——从庚、晋、甲;原"又问贾蓉道"。):"你站着作什么!还不骑了马,跑到家里告诉你娘母子去!老太太同姑娘们都来了,叫他们快来伺候。"贾蓉听说,忙跑了出来,一叠连声要马,一面抱怨道:"早都不知作什么的,这会子寻趁我。"一面又骂小子:"捆着手呢?马也拉不来!"待要打发小厮去,又怕后来对出来,说不的亲自走一趟,骑马去了。不在话下。

且说贾珍方要抽身进来,(俞校:"抽身进来"——从庚、晋、甲;原"抽身进去"。)只见张道士站在旁边,陪笑说道:"论理,我(俞校:"论理,我"——从庚、晋、甲;原"我论理"。)比不得别人,应该里头伺候;(俞校:"里头伺候"——从庚、晋、甲;原"在这里头伺候"。)只因天气炎热,众位千金都出来了,法官不敢擅入,请爷的示下。恐老太太问我,(俞校:"老太太问我"——从庚;原"老太太问,或"。)要随喜那里,我只在这里伺候罢。"贾珍知道这张道士(俞校:"这张道士"——从庚、晋、甲;原"这道士"。)虽然是当日荣国府国公(俞校:"荣国府国公"——从庚;原"荣国公"。)的替身,(俞校:"替身"——从庚、晋、甲;原"替身儿,后又倒作了道录司的正堂"。)曾经先皇御口亲呼为(俞校:"呼为"——从庚、晋、甲;原"封为"。)"大幻仙人",如今现掌道录司印,又是当今封为"终了真人",现在王公藩镇都称他为"神仙",所以不敢轻慢;二则他又常往两个府里去,凡夫人小姐都是见的。今见他如此说,便笑道:"咱们自己,你又说起这话来。再多说,我把你这胡子还挦了呢。(俞校:"挦了呢"——从庚;原"挦了你的"。)还不跟我进来。"那张道士呵呵大笑,(俞校:"呵呵大笑"——从庚、甲;原"呵呵笑著"。)跟了贾珍进来。贾珍到贾母跟前,控身陪笑说(俞校:"控身陪笑说"——从庚、晋、甲;原"躬身陪笑道"。):"这张爷爷(俞校:"这张爷爷"——从庚、甲;原"张爷爷"。)进来请安。"贾母听了,忙道:"搀他来。"(俞校:"搀他来"——从庚、晋、甲;原"搀起来"。)贾珍忙去搀了过来。(俞校:"贾珍忙去搀了过来"——从庚、晋;原无。)那张道士先哈哈笑道(俞校:"哈哈笑道"——从庚;原"呵呵笑道"。):"无量寿佛!老祖宗,一向福寿安康?(俞校:"福寿安康"——从庚;原"福寿康宁"。)众位奶奶小姐(俞校:"奶奶小姐"——从庚、晋、甲;原"小姐奶奶"。)纳福?一向没到府里请安,老太太气色越发好了。"贾母笑道:"老神仙,你好?"张道士笑道:"托老太太万福万寿,小道也还康健。别的倒罢了,(俞校:"倒罢了"——从庚、甲;原"到罢"。)只记挂着哥儿一向身上好?前日四月二十六日,我这里做遮天大王的圣诞,人也来的少,东西也很干净,我说请哥儿来逛逛,怎么说不在家?"贾母说道(俞校:"贾母说道"——从庚、晋、甲;原"贾母笑说道"。):"果真不在家。"一面回头叫宝玉。

谁知宝玉解手去了才来，忙上前俞校："忙上前"——从庚；原"忙上来"。问张爷爷好。张道士忙抱住问了好，俞校："问了好"——从庚、晋、甲；原"请了安"。又向贾母笑道："哥儿越发发福了。"俞校："发福了"——从庚、晋、甲；原"发了福了"。贾母道："他外头好，里头弱；又搭着他老子逼着他念书，生生的把个孩子逼出病来了。"张道士道："前日我在俞校："前日我在"——从庚、晋、甲；原"我前日在"。好几处看见哥儿写的字，作的诗，都好的了不得，怎么老爷还抱怨说哥儿不大欢喜念书俞校："念书"——从庚、晋、甲；原"读书"。呢！依小道看来，也就罢了。"又叹道："我看见哥儿的这个形容身段，言谈举动，怎么就同当日国公爷一个稿子。"说着，两眼流下泪来。贾母听了，俞校："贾母听了"——从晋、甲；原"贾母听说"。也由不得满脸泪痕，说道："正是呢，我养了这些儿子孙子，也没一个俞校："没一个"——从庚、晋、甲；原"没个"。像他爷爷的，就只这玉儿俞校："这玉儿"——从庚、晋、甲；原"这宝玉还"。像他爷爷。"那张道士又向贾珍道："当日国公爷的模样儿，爷们一辈的俞校："爷们一辈的"——从庚、晋、甲；原"爷们辈的"。不用说，自然没赶上；大约连大老爷、二老爷也记不清楚了。"说毕，呵呵又一大笑。又道："前儿在一个人家看见一位小姐，今年十五岁了，生的倒也好个模样儿。我想着哥儿也该寻亲事了。若论这个小姐模样儿，聪明智慧，根基家当，倒也配的过，但不知老太太怎么样？小道也不敢造次，等请了老太太的示下，才敢向人去说。"俞校："向人去说"——从庚；原"向人去张口"。贾母道："上回有个和尚说了，这孩子命里不该早娶，等再大一大儿再定罢。你可如今也打听着，不管他根基富贵，只要模样儿配的上就好，俞校："就好"——从庚；原"就罢了"。来告诉我。便是那家子穷，不过给他几两银子罢了。俞校："罢了"——从庚、晋；原"也罢"。只是模样俞校："模样"——从庚；原"模样儿"。性格儿难得好的。"

说毕，只见凤姐儿笑道："张爷爷，我们丫头的寄名符儿俞校："寄名符儿"——从庚、晋、甲；原"寄名的符"。你也不换去。俞校："换去"——从庚、晋、甲；原"换了去"。前儿亏你还有那们大脸，打发人和我要鹅黄缎子去。要不给你，又恐怕俞校："要不给你，又恐怕"——从庚、晋、甲；原"我要不给你，又怕"。你那老脸上过不去。"张道士呵呵大笑道："你瞧，我眼花了，也没看见奶奶在这里，也没道多谢。符早已有了，前日原要送去的，不指望俞校："不指望"——从庚、晋、甲；原"不料"。娘娘来做好事，就混忘了。俞校："混忘了"——从庚、晋、甲；原"忘了"。还在佛前

车轿纷纷清虚打醮　人马簇簇堆红叠翠

镇着，待我取来。”说着，跑到大殿上去。一时，拿了一个茶盘，俞校：“茶盘”——从庚、晋、甲；原“茶盘子”。搭着大红蟒缎经袱子，托出符来。大姐儿的奶子接了符。张道士方欲抱过大姐儿来，只见凤姐儿笑道：“你就手里拿出来俞校：“你就手里拿出来”——从庚、晋、甲；原“你手里拿来”。罢了，又用个盘子托着。”张道士道：“手里不干不净的，怎么拿！用盘子洁净些。”凤姐儿笑道：“你只顾拿出盘子来，倒吓我一跳。我不说你是为送符，倒像是俞校：“倒像是”——从庚、晋、甲；原“到像”。和我们化布施来了。”众人听说，哄然一笑，连贾珍也掌不住笑了。俞校：“掌不住笑了”——从庚、晋、甲；原“掌不住也笑了”。贾母回头道：“猴儿，猴儿，你不怕割舌头下地狱？”俞校：“割舌头下地狱”——从庚；原“下割舌头地狱”。凤姐儿笑道：“我们爷儿们不相干。他怎么常常的说我该积阴骘，迟了就短命呢！”张道士也笑道：“我拿出盘子来，一举两用，却不为化布施，倒要将哥儿的这玉请了下来，托出去给那些远来的俞校：“远来的”——从庚、晋、甲；原无。道友并徒子徒孙们见识见识。”贾母道：“既这们着，你老人家老天拔地的俞校：“你老人家老天拔地的”——从庚、晋、甲；原“你老天拔地”。跑什么。就带他去瞧了，叫他进来，岂不省事。”张道士道：“老太太不知道。看着小道是八十多岁的人，托老太太的福，倒也健壮；二则外面的人多气味难闻，况是个暑热的天，俞校：“况是个暑热的天”——从庚、晋、甲；原“况是暑热天”。哥儿受不惯，倘或哥儿受了腌臜气味，倒值多了。”贾母听说，便命宝玉摘下通灵玉来，放在盘内。那张道士兢兢业业的用蟒袱子垫着，俞校：“垫着”——从庚、晋、甲；原“垫了”。捧了出去。这里贾母与众人各处游玩了俞校：“各处游玩了”——从庚；原“游玩了”。一回，方去上楼。俞校：“方去上楼”——从庚、晋、甲；原“方上楼去”。只见贾珍回说：“张爷爷送了玉来。”俞校：“送了玉来”——从庚、晋、甲；原“送了玉来了”。刚说着，只见张道士捧了盘子，走到跟前，笑道：“众人托小道的福，见了哥儿的玉，实在可罕。俞校：“实在可罕”——从庚、晋；原“实在希罕”。都没什么敬贺之物，这是他们各人传道的法器，都愿意为敬贺之礼。哥儿便不希罕，只留着在房里顽耍赏人罢。”贾母听说，向盘内看时，只见也有金璜，也有玉玦，俞校：“也有金璜，也有玉玦”——从庚、晋、甲；原“也有金璜的，也有玉玦的”。或有事事如意，或有岁岁平安，皆是珠穿宝贯，玉琢金镂，俞校：“玉琢金镂”——从庚、晋、甲；原无。共有三五十件。因说道：“你也胡闹。他们出家人是那里来的，俞校：“是那里来的”——

从庚、晋、甲；原“都是那里来的”。何必这样。这不能收。”俞校：“这不能收”——从庚；原“这断不收的”。张道士笑道：“这是他们一点敬心，俞校：“敬心”——从庚；原“敬意”。小道也不能阻挡。老太太若不留下，岂不叫他们看着小道微薄，不像是门下出身了。”贾母听如此说，方命人接了。俞校：“命人接了”——从庚、晋；原“命人收下了”。宝玉笑道：“老太太，张爷爷既说，又推辞不得，我要这个也无用，不如叫小子们捧了这个，跟我出去，散给穷人罢。”贾母笑道：“这倒说的是。”张道士又忙拦道：“哥儿虽要行好，俞校：“行好”——从庚、晋、甲；原“虽要行好事”。但这些东西虽说不甚希奇，到底也是几件器皿。若给了乞丐，一则与他们无益，二则反倒蹧蹋了这些东西。要舍给穷人，俞校：“舍给穷人”——从庚、甲；原“舍穷人”。何不就散钱与他们？”宝玉听说，便命收下，等晚间拿钱施舍罢了。俞校：“罢了”——从庚；原“罢”。说毕，张道士方退出去。俞校：“方退出去”——从庚；原“方退出”。这里贾母与众人上了楼，在正面楼上归坐。俞校：“在正面楼上归坐”——从庚、晋、甲；原“贾母在正面楼上坐了”。凤姐等占了东楼。俞校：“占了东楼”——从庚；原“估了东楼”。众丫头等在西楼轮流伺候。贾珍一时来回：“神前点了戏，俞校：“点了戏”——从庚；原“拈了戏”。头一本《白蛇记》。”贾母问：“《白蛇记》是什么故事？”贾珍道：“是汉高祖斩蛇方起首俞校：“方起首”——从庚、晋、甲；原“起首”。的故事。第二本是《满床笏》。”贾母笑道：“这倒是俞校：“这倒是”——从庚、甲；原“这倒在”。第二本上？也罢了。神佛要这样，也只得罢了。”又问第三本。贾珍道：“第三本是《南柯梦》。”贾母听了，便不言语。贾珍退了下来，至外边预备着申表，俞校：“申表”——从乙；原“伸表”。焚钱粮，俞校：“焚钱粮”——从庚、晋、甲；原“焚香”。开戏。不在话下。

且说宝玉在楼上，坐在贾母傍边，因叫个小丫头子捧着方才那一盘子俞校：“那一盘子”——从庚、晋、甲；原“那盘子”。贺物，将自己的玉带上，俞校：“将自己的玉带上”——从庚傍改（“的”傍添）；原“自己将玉带上”。用手翻弄寻拨，俞校：“翻弄寻拨”——从庚、晋、甲；原“翻弄”。一件一件的俞校：“一件一件的”——从庚、晋、甲；原“一件一件”。挑与贾母看。贾母因看见有个赤金点翠的麒麟，便伸手翻弄，俞校：“伸手翻弄”——从庚；原“伸手”。拿了起来，笑道：“这件东西，好像我看见谁家的孩子也带着这么一个的。”俞校：“这么一个的”——从庚、晋；原“这么一个”。宝钗笑道：“史大妹妹有一个，比这个小些。”贾母道：“是云儿有这个。”俞校：“是云儿有这个”——从庚、晋；原“原来是湘云儿有这个”。宝玉道：“他这么往我们家去住着，俞校：“往我们家去住着”——从庚、晋、甲；原“住在我们家”。我也没看见。”探春笑道：“宝姐姐有心，不管什么他都记得。”林黛玉冷笑道：“他在别的上还有限，俞校：“还有限”——从庚；原“心还有限”。惟有这些人带的东西上越发留心。”宝钗听说，便回头装没听见。宝玉听见史湘云有这件东西，自己便将俞校：“自己便将”——从庚、晋、甲；原“便将”。那麒麟忙拿起来揣在怀里。俞校：“怀里”——从庚、晋、甲；原“怀内”。一面心里又想到俞校：“心里又想到”——从庚、晋、甲；原“揣著，心里想到”。怕人看见他听见史湘云有了，他就留这件，因此手里揣着，却拿眼睛飘人。俞校：“飘人”——从庚；原“摽人”。只见众人都倒不大理论，俞校：“都倒不大理论”——从庚；原“到不理论”。惟有林黛玉瞅着他点头儿，似有赞叹之意。宝玉不觉心里没好意思俞校：“没好意思”——从庚、晋；原“不好意思”。起来，又掏了出来，向黛玉俞校：“向黛玉”——原“向林黛玉”；庚“向带玉”；晋“便向黛玉”。今删“林”字。趔笑道俞校：“趔笑道”——从甲；原“笑道”。：“这个东西倒好顽，我替你留着，到了家穿上你带。”林黛玉将头一扭，说道：“我不希罕。”宝玉笑道：“你果然不希罕，我少不得就拿着。”说着，又揣了起来。俞校：“又揣了起来”——从庚、晋、甲；原“又复揣了起来”。刚要说话，只见贾珍、贾蓉的妻子婆媳两个来了。彼此见过。贾母方说：“你们又来作什么，我不过没事来逛逛。”一句话没说了，俞校：“没说了”——从庚；原“说完了”。只见人报：“冯将军家有人来了。”俞校：“有人来了”——从庚、晋、甲；原“有人来”。原来冯紫英家听见贾府在庙里打醮，连忙预备了猪羊香烛茶银俞校：“香烛茶银”——从庚；原“香供茶食”。之类的东西送礼。俞校：“送礼”——从庚、晋、甲；原“送了来”。凤姐儿听了，俞校：“凤姐儿听了”——从甲；原“凤姐儿听见了”。忙赶过正楼来，拍手笑道：“嗳呀！我就不防这个。只说咱们娘儿们来闲逛逛，俞校：“闲逛逛”——从庚、晋、甲；原“伍伍”。人家只当咱们大摆斋坛的来送礼。都是老太太闹的。这又不得俞校：“这又不得”——从庚、甲；原“这又得”。预备赏封儿。”刚说着，俞校：“刚说着”——从晋；原无。只见冯家的两个管家娘子上楼来了。冯家的两个未去，接着俞校：“接着”——从庚、晋、甲；原“又接著”。赵侍郎家也有礼来了。于是接二连三，都听见贾府打醮，女眷都在庙里，凡一应远亲近友，俞校：“远亲近友”——从庚、晋、甲；原“远近亲友”。世家相与，都来送礼。贾母才后悔起来，说：“又不是什么正经事，我们不过闲逛逛，就想不到这礼上。没的惊动了人。”因此虽看了一天戏，俞校：“看了一天戏”——从庚、晋、甲；原“看了一回戏”。至下午便回来了，次日便懒待去。凤姐儿又说：“打墙也是动土，俞校：“也是动土”——从庚、晋、甲；原“也动土”。已经惊动了人，俞校：“已经惊动了人”——从庚、晋、甲；原“已惊动了人家”。今儿乐得还去逛逛。”那贾母因昨日俞校：“因昨日”——从庚、晋、甲；原“只因昨日”。张道士提起宝玉说亲的事来，谁知宝玉一日心中不自在，回家来生气，嗔着张道士与他说了亲，口口声声说，从今以后，再不见张道士了，别人也并不知俞校："也并不知"——从庚、晋、甲；原"也不知"。为什么原故；二则林黛玉昨日回家又中了暑，因此二事，贾母便执意不去了。凤姐见不去，自己带了人去，也不在话下。

且说宝玉因见林黛玉又病了，心里放不下，饭也懒去吃，不时来问。林黛玉又怕他有个好歹，因说道俞校："因说道"——从庚、晋、甲；原无。："你只管看你的戏去，在家里作什么？"宝玉因昨日张道士提亲，俞校："提亲"——从庚；原"提起说亲"。心中大不受用，俞校："大不受用"——从庚、晋、甲；原"不受用"。今听见林黛玉如此说，因想道："别人不知道我的心还可恕，俞校："还可恕"——从庚、晋、甲；原"也还可恕"。连他也奚落起我来。"因此，心中更比往日烦恼加了百倍。俞校："加了百倍"——从庚、晋、甲；原"加之百倍"。若是别人跟前，断不能动这肝火，只是黛玉说了俞校："黛玉说了"——从晋、甲；原"林黛玉说了"。这话，倒比往日别人说这话俞校："别人说这话"——从庚、晋、甲；原"别人说话"。不同，由不得立刻沉下脸来道："我白认得了你。俞校："白认得了你"——从庚、晋、甲；原"白认得你"。罢了，罢了！"林黛玉听说，便冷笑了两声俞校："冷笑了两声"——从庚；原"冷笑了两声道"。原下并有"我也知道"，从庚、晋、甲删。："白认得了我！那里像人家有什么配的上呢。"宝玉听了，便向前来直问到脸上俞校："直问到脸上"——从庚、晋、甲；原"直问道"。："你这么说，是安心咒我天诛地灭。"林黛玉一时解不过这话来。宝玉又道："昨儿还为这个俞校："还为这个"——从庚、晋、甲；原"我还为这个"。赌了几回咒，今儿你到底又准我一句。俞校："又准我一句"——从庚；原"准了我一句"。我便天诛地灭，你又有什么益处？"林黛玉一闻此言，方想起上日俞校："上日"——从庚、晋、甲；原"上回"。的话来。今日原是自己说错了，又是着急，又是羞愧，便战战兢兢的说道："我要安心咒你，我也天诛地灭。何苦来！我知道，昨日张道士说亲，俞校："张道士说亲"——从庚、晋、甲；原"张道士说的亲"。你怕阻了你的好姻缘，你心里生气，来拿我杀性子。"俞校："杀性子"——从庚、晋；原"来杀性子"。原来那宝玉俞校："那宝玉"——从庚、晋、甲；原"宝玉"。自幼生成有一种下流痴病，况从小时和黛玉耳鬓厮磨，心情相对；及如今俞校："及如今"——从庚、晋、甲；原"既如今"。稍明时事，又看了那些俞校："看了那些"——从庚、晋、甲；原"看了这些"。邪书僻传，凡远亲近友俞校："远亲近友"——从庚、晋、甲；原"远近亲友"。之家所见的那些闺英闱秀，俞校："闺英闱秀"——从庚、晋、甲；原"闺英阁秀"。皆未有稍及林黛玉者；俞校："林黛玉者"——从庚、晋、甲；原"黛玉者"。所以早存了俞校："早存了"——从庚；原"早存留"。一段心事，只不好说出来。故每每或喜或怒，变尽

张道士闲谈提亲事　贾宝玉机缘得麒麟

法子，暗中试探。那林黛玉偏生也是个（俞校："也是个"——从庚、晋、甲；原"他也是个"。）有些痴病的，也每用假情试探。因你既将（俞校："你既将"——从庚旁改（"也"改"既"）；原"你也将"。）真心真意瞒了起来，只用假意，我也将真心真意瞒了起来，只用假意；如此两假相逢，终有一真。其间琐琐碎碎，难保不有（俞校："不有"——从庚、晋、甲；原"不著"。）口角之争。即如此刻，宝玉心内想的是："别人不知我的心，还有可恕，难道你就不想我的心里眼里只有你！你不能为我烦恼，（俞校："为我烦恼"——从庚；原"为我解烦恼"。）反来以这话奚落堵噎我，可见我心里一时一刻白有你，（俞校："白有你"——从庚、晋、甲；原"白有了你"。）你竟心里没我。"心里这意思，（俞校："心里这意思"——从庚、晋；原"我心里这意思"。）只是口里说不出来。那林黛玉心里想着："你心里自然有我。虽有金玉相对之说，你岂是重这邪说，不重我的。我便时常提这金玉，你只管了然自若无闻的，方见得待我重而毫无此心了。如何我只一提金玉的事，你就着急，可知你心里时时有金玉，见我一提，你又怕（俞校："你又怕"——从庚、晋、甲；原"又怕"。）我多心，故意着急，安心哄我。"看来两个人原本是一个心，但都多生了枝叶，反弄成（俞校："反弄成"——从庚、晋、甲；原"反弄成了"。）两个心了。那宝玉心中（俞校："宝玉心中"——从庚、晋、甲；原"宝玉心里"。）又想着："我不管怎么样都好，只要你随意，我便立刻因你死了（俞校："因你死了"——从庚、晋、甲；原"同你死了"。）也情愿。你知也罢，不知也罢，只由我的心，方可见你和我近，（俞校："方可见你和我近"——原"可见你方知我近"；庚"可见你方和我近"；晋"你方是和我近"；甲"那才是你和我近"。今改"方可见你和我近"。）不和我远。"（俞校："不和我远"——从晋、甲；原"不知我远"。）那林黛玉心里又想着："你只管你，你好我自好。（俞校："我自好"——从庚、晋、甲；原"我就好"。）你何必为我而自失。殊不知你失我自失。可见是你（俞校："可见是你"——从庚、晋；原"可见你是"。）不叫我近你，有意叫我远你了。"如此看来，却都是求近之心，反弄成（俞校："反弄成"——从庚、晋、甲；原"弄成"。）疏远之意。如此之话皆他二人素昔所存私心，也难备述。

如今只述他们外面的形容：那宝玉又听见他说（俞校："听见他说"——从庚、晋、甲；原"听见"。）"好姻缘"三个字，越发逆了己意，心里干咽，口里说不出话来，便赌气向颈上抓下通灵玉来，咬牙恨命往地下一摔，道："什么劳什骨子，（俞校："劳什骨子"——从庚、晋；原"劳什东西"。）我砸了你（俞校："砸了你"——从庚、晋、甲；原"轧了你"。本回下"砸"同。）完事。"偏生那玉坚硬非常，摔了一下，竟文风没动。（俞校："文风没动"——从庚；原"公然不动"。）宝玉见没摔碎，俞校:“没摔碎”——从庚;原“不碎”。便回身找东西来砸。林黛玉见他如此，早已哭起来，说道:“何苦来！你摔砸那俞校:“摔砸那”——从庚、晋、甲;原“又轧那”。哑吧物件。有砸他的，不如来砸我。”俞校:“来砸我”——从庚、晋、甲;原“轧我”。二人闹着，紫鹃、雪雁等忙来劝解。俞校:“忙来劝解”——从庚;原“都忙进来解劝”。后来见宝玉下死力砸玉，忙上来夺，又夺不下来。见比往日闹的大了，少不得去叫袭人。袭人忙赶了来，俞校:“袭人忙赶了来”——从庚、晋、甲;原“忙赶了来”。才夺了下来。宝玉冷笑道:“我砸我的东西，与你们什么相干！”袭人见他脸都气黄了，眼眉都变了，俞校:“脸都气黄了，眼眉都变了”——从庚、晋、甲;原“脸上都气黄了，眉眼都变了”。从来没气的这样，便拉着他的手，笑道:“你同妹妹拌嘴，不犯着砸他。倘或砸坏了，叫他心里脸上怎么过的去！”林黛玉一行哭着，一行听了这话说到自己心坎儿上来，可见宝玉连袭人不如，越发伤心大哭起来。心里一烦恼，方才吃的香薷饮解暑汤便承受不住，哇的一声，都吐了出来。紫鹃忙上来用手帕子接住，登时一口一口的把一块手帕子俞校:“把一块手帕子”——从庚;原“把一块手帕”。吐湿。雪雁忙上来捶。紫鹃道:“虽然生气，姑娘到底也该保重着些。俞校:“保重着些”——从庚;原“保重著”。才吃了药好些，这会子因和宝二爷拌嘴，又吐出来。倘或犯了病，宝二爷怎么过的去呢！”宝玉听了这话说到自己心坎儿上来，可见黛玉不如一紫鹃。俞校:“不如一紫鹃”——从庚、晋、甲;原“不如紫鹃”。因又见林黛玉脸红头胀，一行哭，一行气凑，一行是泪，一行是汗，不胜怯弱，宝玉见了这般，又自己后悔方才不该同他校证，这会子他这样光景，俞校:“这样光景”——从庚、晋、甲;原“这个光景”。我又替不了他：心里想着，也由不的滴下泪来了。俞校:“滴下泪来了”——从庚、晋、甲;原“滴下泪来”。袭人见他两个哭，由不得守着宝玉也心酸起来。又摸着宝玉的手冰凉。待要劝宝玉不哭罢，一则又恐宝玉有什么委屈闷在心里，二则又恐薄了林黛玉。不如大家一哭，就丢开手了。俞校:“丢开手了”——从庚、晋、甲;原“丢开了手”。因此也流下泪来。紫鹃一面收拾了吐的药，一面拿扇子替黛玉轻轻的扇着，见三人鸦雀无声，各自哭各自的，也由不的伤心起来，俞校:“伤心起来”——从庚;原“伤起心来”。也拿手帕子擦泪。俞校:“拿手帕子擦泪”——从庚;原“拿帕子擦眼泪”。四个人都无言对泣。一时，袭人勉强笑向宝玉道俞校:“笑向宝玉道”——从晋、甲;原“向宝玉道”。:“你不看别的，你看看这玉上俞校:“这玉上”——从庚、晋、甲;原“玉上”。穿的穗子，也不该同姑娘拌嘴。”林黛玉听了，也不顾病，起来夺过去，顺手抓起一把剪子来要剪。袭人、紫鹃刚要夺，已经剪了几段。林黛玉哭道：“我也是白效力，他也不希罕，自有别人替他再穿好的俞校：“替他再穿好的”——从庚、晋、甲；原“再给他穿好的”。去。”袭人忙接了玉，道：“何苦来！这是我才多嘴俞校：“我才多嘴”——从庚、晋、甲；原“我方才多嘴”。的不是了。”宝玉向林黛玉道：“你只管剪，我横竖不带他，俞校：“不带他”——从庚、甲；原“总不带他”。也没什么。”只顾里头闹，谁知那些老婆子们见林黛玉大哭大吐，宝玉又砸玉，不知要闹到什么田地，倘或连累了他们，便一齐往前头回贾母、王夫人知道，好不干连他们。那贾母、王夫人见他们忙忙的作一件正经事的来告诉，也不知有了什么大祸，便一齐进园来俞校：“便一齐进园来”——从庚、晋、甲；原“一齐进园来”。瞧他兄妹。急的袭人俞校：“急的袭人”——从庚、晋、甲；原“袭人急的”。抱怨紫鹃，为什么惊动了老太太、太太；紫鹃又只当是俞校：“只当是”——从庚、晋、甲；原“只道是”。袭人去告诉的，也抱怨袭人。那贾母、王夫人进来，见宝玉也无言，林黛玉也无话，俞校：“也无话”——从庚、晋、甲；原“也没话”。问起来又没为什么事，便将这祸移到袭人、紫鹃两个人身上，说：“为什么你们不小心伏侍，这会子闹起来都不管了！”因此将他二人连骂带说，教训了一顿。二人都没话，只得听着。还是贾母带出宝玉去了，俞校：“带出宝玉去了”——从庚、晋、甲；原“带了宝玉去了”。方才平服。俞校：“方才平服”——从庚、晋、甲；原“方才平复”。

过了一日，至初三日，乃是薛蟠的生日，家里摆酒唱戏，来了贾府诸人。俞校：“来了贾府诸人”——从庚；原“请贾府诸人”。宝玉因得罪了林黛玉，二人总未见面，心中正自后悔，俞校：“正自后悔”——从庚、晋、甲；原“已后悔”。无精打采的，那里还有心肠去看戏，因而推病不去。林黛玉不过俞校：“林黛玉不过”——从庚、晋、甲；原“黛玉不过”。前日中了些暑溽之气，俞校：“暑溽之气”——从庚、晋、甲；原“暑熱之气”。本无甚大病，听见他不去，心里想俞校：“心里想”——从庚、晋、甲；原“心里想道”。：“他是好吃酒看戏的，今儿反不去，俞校：“反不去”——从庚、晋、甲；原“反不往他们家去”。自然是因为昨儿气着了。再不然，他见我不去，俞校：“见我不去”——从庚、晋、甲；原“见我不得去”。他也没心肠去。只是昨儿千不该万不该剪了俞校：“剪了”——从庚、晋、甲；原“剪”。那玉上的穗子。管定他再不带了，还得我穿了俞校：“还得我穿了”——从庚、晋、甲；原“还得我穿好了”。他才带。”因而心中十分后悔。那贾母见他两个俞校：“他两个”——从庚、晋、甲；原“他二人”。都生了气，只说趁今儿那边去看戏，他两个见了，也就完了，不想又都不去。老人家急的抱怨说："我这老冤家是那世里（俞校："那世里"——从庚、晋、甲；原"那世的"。）孽障，偏生遇见了这么两个不省事的小冤家，没有一天不叫我操心。真是俗语说的，不是冤家不聚头。几时我闭了这眼，断了这口气，凭着这两个（俞校："凭着这两个"——从庚；原"凭你两个"。）冤家闹上天去，我眼不见心不烦，也就罢了。偏又（俞校："偏又"——从庚、晋、甲；原"偏生"。）不咽这口气。"自己抱怨着，也哭了。这话传入宝林二人（俞校："宝林二人"——从庚、晋、甲；原"宝黛二人"。）耳内。原来他二人竟从未（俞校："竟从未"——从晋、甲；原"未"。）听见过"不是冤家不聚头"的这句俗语，如今忽然得了这句话，好似（俞校："好似"——从庚、晋、甲；原"好是"。）参禅的一般，都低头细嚼这句的滋味，（俞校："这句的滋味"——从庚、晋；原"此说的滋味"。）都不觉潸然泣下。（俞校："泣下"——从庚、晋、甲；原"泪下"。）虽不曾会面，然一个在潇湘馆临风洒泪，一个在怡红院对月长吁，（俞校："长吁"——从庚、晋、甲；原"长叹"。）却不是（俞校："却不是"——从庚、晋、甲；原"却是"。）人居两地，情发一心！袭人因劝宝玉道："千万不是，都是你的不是。往日家里的小厮们和他们的姊妹拌嘴，或是两口子分争，你听见了，你还骂小厮们（俞校："你还骂小厮们"——从庚、晋；原"还骂小子们"。）蠢，不能体贴女孩儿（俞校："女孩儿"——从庚、晋、甲；原"女孩子"。）们的心肠。今儿你也这么着了。明儿初五大节下，你们两个再这么仇人似的，老太太越发要生气，一定弄的不安生。（俞校："不安生"——从庚、晋、甲；原"大家不安生"。）依我劝你：正经下个气儿，赔个不是，大家还是照常一样，这么也好，那么也好。"那宝玉听了，不知依也不依。要知端详，（俞校："要知端详"——从庚、晋、甲；原无。）且听下回分解。

蒙戚回后：一片哭声，总因情重。金玉无言，何可为证？

第三十回
宝钗借扇机带双敲　龄官划蔷痴及局外

蒙回前：指扇敲双玉，是写宝钗金蝉脱壳。银钗画“蔷”字，是写痴女梦中说梦。脚踢袭人，是断无是理，竟有是事。

靖回前：无限文字，痴情画蔷，可知前缘有定，人力非。

话说林黛玉自与宝玉角口后，也自后悔，但又无去就他之理，因此日夜闷闷，如有所失。紫鹃度其意，乃劝道：“若论俞校：“若论”——从庚；原“论”。前日之事，竟是姑娘太浮躁了些。别人不知宝玉那脾气，难道咱们也不知道的！为那玉也不是闹了一遭两遭了。”黛玉啐道：“你倒来替人派我的不是，我怎么浮躁了？”紫鹃笑道：“好好的，为什么又剪了那穗子，岂不是宝玉只有三分不是，姑娘倒有七分不是。我看他素日在姑娘身上就好，皆因姑娘小性儿，常要歪派他，才这么。”俞校：“才这么”——从庚；原“才这么样”。林黛玉欲答话，只听院外叫门。紫鹃听了一听，笑道：“这是宝玉的声音，想必是来赔不是来了。”林黛玉听了道：“不许开门。”紫鹃道：“姑娘又不是了。这么热天毒日头地下，晒坏了他如何使得呢！”口里说着，便出去开门，果然是宝玉。一面让他进来，一面笑道俞校：“一面笑道”——从庚；原“一面笑著说道”。：“我只当（俞校："我只当"——从晋、甲；原"我只道"。）宝二爷再不上我们这门了。谁知这会子又来了。"宝玉笑道："你们把极小的事倒说大了。好好的为什么不来！我便死了，魂也要一日来一百遭。——妹妹可大好了？"紫鹃道："身上病好了，只是心里气不大好。"宝玉笑道："我晓得有什么气。"一面说着，一面进来，只见林黛玉又在床上哭。那林黛玉本不曾哭，听见宝玉来，由不得伤了心，（俞校："伤了心"——从庚；原"伤心了"。）止不住滚下泪来。宝玉笑着，走近床来道："妹妹身上可大好了？"林黛玉只顾拭泪，并不答应。宝玉因便挨在床沿上坐了，一面笑道："我知道妹妹不恼我，（俞校："妹妹不恼我"——从庚；原"你不恼我"。）但只是我不来，叫旁人看着，倒像是咱们又拌了嘴似的。若等他们来劝咱们，那时节（俞校："那时节"——从庚、晋、甲；原"那时"。）岂不咱们倒觉生分了。不如这会子，你要打要骂，凭着你怎么样，千万别不理我。"说着，又把好妹妹叫了几万声。（俞校："几万声"——从庚、晋、甲；原"几十声"。）林黛玉心里原是再不理宝玉的，这会子见宝玉说（俞校："见宝玉说"——从庚；原"听见宝玉说"。）别叫人知道他们拌了嘴就生分了似的（俞校："似的"——从庚、晋、甲；原无。）这一句话，又可见得比人原亲近，因又掌不住哭道："你也不用哄我。从今以后，我也不敢亲近二爷，二爷也全当（俞校："二爷也全当"——从庚；原"也全当"。）我去了。"宝玉听了，笑道："你往那去呢？"（俞校："往那去呢"——从庚；原"往那里去呢"。）林黛玉道："我回家去。"宝玉笑道："我跟了你去。"（俞校："跟了你去"——从庚；原"跟了去"。）林黛玉道："我死了？"宝玉道："你死了，我做和尚。"林黛玉一闻此言，登时将脸放下来，问道："想是你要死了，胡说的是什么！你家倒有几个亲姐姐亲妹妹呢，明儿都死了，你几个身子去作和尚？明儿我倒把这话告诉别人（俞校："告诉别人"——从庚；原"告诉人"。）去评评。"宝玉自知这话说的造次了，后悔不来，登时脸上红胀起来，（俞校："红胀起来"——从庚；原"红胀"。）低着头（俞校："低着头"——从庚；原"低了头"。）不敢则一声。（俞校："不敢则一声"——从庚、晋、甲；原"不敢啧一声"。）幸而屋里没人。林黛玉直瞪瞪的（俞校："直瞪瞪的"——从庚；原"两眼直瞪瞪的"。）瞅了他半天，气的一声儿也说不出来。（俞校："也说不出来"——从庚；原"说不出话来"。）见宝玉憋的（俞校："憋的"——从乙；原"瘪的"。）脸上紫胀，便咬着牙用指头狠命的在他额颅上戳了一下，哼了一声，咬牙说道："你这——"刚说了两个字，便又叹了一口气，仍拿起手帕子来擦眼泪。宝玉心里原有无限的心事，(俞校：“无限的心事”——从庚；原“无限心事”。)又兼说错了话，正自后悔，又见黛玉戳他一下，要说也说不出来，自叹自泣：因此自己也有所感，不觉滚下泪来。要用帕子揩拭，不想又忘了带来，便用衫袖去擦。林黛玉虽然哭着，却一眼看见了，见他穿着簇新藕合纱衫，竟去拭泪，便一面自己拭着泪，一面回身将枕边(俞校：“枕边”——从庚；原“枕上”。)搭的一方绡帕拿起来向宝玉怀里一摔，一语不发，仍掩面自泣。宝玉见他摔了手帕来，忙接住拭了泪，(晋双：写尽宝、黛无限心曲，假使圣叹见之，正不知批出多少妙处。)又挨近前些，伸手挽了林黛玉一只手，笑道：“我的五脏都碎了，你还只是哭。走罢，我同你往老太太跟前去。”林黛玉将手一摔，道：“谁同你拉拉扯扯的。一天大似一天的，还这么涎皮赖脸的，连个道理也不知道。”一句没说完，只听喊道：“好了！”宝林二人(俞校：“宝林二人”——从庚；原“宝、黛两个”。)不防，都吓了一跳，回头看时，只见凤姐儿跳了进来，笑道：“老太太在那里抱怨天，抱怨地，只叫我来瞧瞧你们好了没有。我说不用瞧，过不了三天，他们自己就好了。老太太骂我，说我懒。我来了，果然应了我的话。也没见你们两个人(俞校：“你们两个人”——从庚；原“你们两个”。)有什么可拌的，三日好了，两日恼了，越大越成了孩子了。(俞校：“成了孩子了”——从庚、甲；原“成了孩子”。)有这会子拉着手哭的，昨儿为什么又成了乌眼鸡呢！还不跟我走到老太太跟前，叫老人家也放些心。”说着，拉了林黛玉就走。林黛玉回头叫丫头们，一个也没有。凤姐道：“又叫他们作什么？有我伏侍你呢。”一面说，一面拉了就走。宝玉在后面跟着，出了园门。到了贾母跟前，凤姐笑道：“我说他们不用人费心，自己就会好的。老祖宗不信，一定叫我去说合。(俞校：“去说合”——从庚；原“去说和”，本回下同。)我及至(俞校：“我及至”——从庚、晋、甲；原“及至我”。)到那里要说合，(俞校：“要说合”——从庚；原“说和”。)谁知两个人倒在一处对赔不是了，对笑对诉，(俞校：“对笑对诉”——从庚、晋；原“对笑对说”。)倒像黄鹰抓住了鹞子的脚，两个都扣了环了。(俞校：“扣了环了”——从庚、甲；原“扣了环”。)那里还要人去说合。”说的满屋里都笑起来。

此时宝钗正在这里。那林黛玉只一言不发，挨着贾母坐下。

宝玉没甚说的，便向宝钗笑道："大哥哥好日子，偏生我又不好了，没别的礼送，连个头也不得磕去。大哥哥不知我病，倒像我懒，推故不去的。倘或明儿（俞校："明儿"——从庚、晋；原"明日"。）恼了，姐姐替我分辨分辨。"宝钗笑道："这也多礼。你便要去，也不敢惊动，何况身上不好。弟兄们日日一处，要存这个心，倒生分了。"宝玉又笑道："姐姐知道，体谅我就好了。"又道："姐姐怎么不看戏去？"宝钗道："我怕热。看了两出，热的很。要走，客又不散。我少不得推身上不好，就来了。"宝玉听说，自己由不得（俞校："自己由不得"——从庚、晋、甲；原"便由不得"。）脸上没意思，只得又搭赸（俞校："搭赸"——从庚、晋、甲；原"搭讪"，本回下同。）笑道："怪不得他们拿姐姐比杨妃，原也体丰怯热。"宝钗听说，不由的大怒，待要怎样，又不好怎样。回思了一回，脸红起来，便冷笑了两声，说道："我倒像杨妃，只是没一个好哥哥好兄弟，可以作得杨国忠的。"二人正说着，可巧小丫头靛儿因不见了扇子，和宝钗笑道："必是宝姑娘藏了我的。好姑娘，赏我罢！"（俞校："赏我罢"——从庚、晋、甲；原"赏了我罢"。）宝钗指他道："你要仔细！我和你顽过你再疑我。和你素日（俞校："和你素日"——从庚、晋、甲；原"你和素日"。）嘻皮笑脸的那些姑娘们跟前，你该问（俞校："你该问"——从庚、晋、甲；原"该问"。）他们去。"说的个（俞校："说的个"——从庚；原"说的"。）靛儿跑了。宝玉自知又把话说造次了，当着许多人，更比方才在（俞校："方才在"——原"方才"；庚、晋、甲"才在"。今加"在"。）林黛玉跟前更不好意思，便急回身又同别人搭赸去了。林黛玉听见宝玉奚落宝钗，心中着实得意。才要搭言，也趁势儿（俞校："趁势儿"——从庚；原"趁势"。）取个笑，不想靛儿因找扇子，宝钗又发了两句话，他便改口笑道："宝姐姐，你听了两出什么戏？"宝钗因见林黛玉面上有得意之态，一定是听了宝玉方才奚落之言，遂了他的心愿，忽又见问他这话，便笑道："我看的是李逵骂了宋江，后来又赔不是。"宝玉便笑道："姐姐通今博古，色色都知道，怎么连这一出戏的名字也不知道，就说了这么一串子。这叫《负荆请罪》。"宝钗笑道："原来这叫作（俞校："这叫作"——从庚；原"这叫"。）《负荆请罪》！你们通今博古，才知道'负荆请罪'，我不知道什么是（俞校："什么是"——从庚、晋、甲；原"是什么"。）'负荆请罪'。"一句话还未说完，（俞校："还未说完"——从

林黛玉恼论金玉缘　金钏儿误惹杀身祸

（庚；原“未说了”。）宝玉林黛玉二人心里有病，听了这话，早把脸羞红了。凤姐于这些上虽不通达，（俞校：“虽不通达”——从庚；原“虽不通”。）但只看他三人形景便知其意，便也笑着问人道：“你们大暑天，谁还吃生薑（俞校：“生薑”——从庚、晋、甲；原“生姜”。本回下同。）呢？”众人不解其意，（俞校：“不解其意”——从庚、晋、甲；原“不解意”。）便说道：“没有吃生薑。”凤姐故意用手摸着腮，诧异道：“既没人吃生薑，怎么这么辣辣的？”宝玉黛玉二人听见这话，越发不好过了。宝钗再要说话，（俞校：“再要说话”——从庚；原“再欲说话”。）见宝玉十分惭愧，形景改变，也就不好再说，只得一笑收住。别人总未解得他四个人的言语，因此付之流水。一时，宝钗、凤姐去了。林黛玉笑向宝玉道：“你也试着比我利害的人了。（俞校：“利害的人了”——从庚、晋、甲；原无“了”。）谁都像我心拙口笨（俞校：“口笨”——原“口夯”。今改“口笨”。）的，由着人说呢。”宝玉正因宝钗多了心，自己没趣；又见林黛玉来问着他，越发没好气起来。待要说两句，又恐林黛玉多心，说不得忍着气，无精打采，一直出来。谁知（俞校：“谁知”——从庚、晋、甲；原无。）目今盛暑之际，又值早饭已过，各处主仆人等多半都因日长神倦。宝玉背着手，到一处一处鸦雀无闻。从贾母这里出去，往西走过了穿堂，便是凤姐的院落。到他们院门前，（俞校：“他们院门前”——从庚；原“他院门前”。）只见院门掩着。知道凤姐素日的规矩，每到天热，午间要歇一个时辰的，进去不便，遂进角门来，到王夫人上房内。只见几个丫头子手里拿着针线，却打盹儿呢。（俞校：“打盹儿呢”——从庚；原“打盹儿”。）王夫人在里间凉榻上睡着，金钏儿坐在旁边捶腿，也乜斜着眼乱晃。宝玉轻轻的走到跟前，把他耳上带的坠子一拨。金钏儿睁开眼，见是宝玉。宝玉悄悄的笑道：“就困的这么着？”金钏抿嘴一笑，摆手令他出去，仍合上眼。宝玉见了他，就有些恋恋不舍的。悄悄的探头瞧瞧王夫人合着眼，便自己向身边荷包里带的香雪润津丹掏了出来，便向金钏儿口里一送。金钏儿并不睁眼，只管噙了。宝玉上来便拉着手，悄悄的笑道：“我明日和太太讨你，咱们在一处罢。”金钏儿不答。宝玉又道：“不然，等太太醒了，我就讨。”金钏儿睁开眼，将宝玉一推，笑道：“你忙什么！‘金簪子掉在井里头，有你的只是有你的'，连这句话语难道也不明白！我倒告诉你个（俞校："告诉你个"——从庚；原"告诉了你这个"。）巧宗儿，你往东小院子里拿环哥儿同彩云去。"宝玉笑道："凭他怎么去罢，我只守着你。"只见王夫人翻身起来，照金钏儿脸上就打了一个（俞校："就打了一个"——从晋、甲；原"打了个"。）嘴巴子，指着骂道："下作小娼妇！好好的爷们，都叫你们教坏了。"宝玉见王夫人起来，早一溜烟去了。这里金钏儿半边脸火热，一声不敢言语。登时众丫头听见王夫人醒了，都忙进来。王夫人便叫玉钏儿："把你妈叫来，（俞校："叫来"——从庚；原"叫上来"。）带出你姐姐去。"金钏儿听说，（俞校："金钏儿听说"——从庚；原"金钏儿听见说"。）忙跪下哭道："我再不敢了。太太要打骂，只管发落，（俞校："发落"——从晋、甲；原"罚落"。）别叫我出去，就是天恩了。我跟了太太十来年，这会子撵出去，我还见人不见人呢！"王夫人固然是个宽仁慈厚的人，从来不曾打过丫头们一下。今忽见金钏儿行此无耻之事，此乃平生最恨者，故气忿不过，打了一下，骂了几句。虽金钏儿苦求，亦不肯收留，到底唤了金钏儿之母白老媳妇来，领了下去。那金钏儿含羞忍辱的出去。不在话下。

且说那宝玉（俞校："且说那宝玉"——从庚；原"且说宝玉"。）见王夫人醒来，自己没趣，忙进大观园来。只见赤日当空，（俞校："赤日当空"——从庚；原"赤日白天"。）树阴合地，满耳蝉声，静无人语。刚到了蔷薇花架，只听见有人哽噎之声。宝玉心中疑惑，便站住细听，果然架下那边有人。如今五月之际，那蔷薇正是花叶茂盛之时，宝玉便悄悄的隔着篱笆洞儿一看，只见一个女孩子蹲在花下，手里拿着根绾头的簪子在地下抠土，一面悄悄的流泪。（俞校："流泪"——从晋；原"流泣"。）宝玉心中想道："难道这也是个痴丫头，又像颦儿来葬花不成！"因又自叹道（俞校："自叹道"——从庚；原"自笑道"。）："若真也葬花，可谓东施效颦，不但不为新特，（俞校："新特"——从庚、晋、甲；原"奇特"。）且更可厌了。"想毕，便要叫那女子说："你不用跟着那（俞校："跟着那"——从庚；原"跟著"。）林姑娘学了。"话未出口，幸而再看时，这女孩子面生，不是个侍女，倒像是那十二个学戏的女孩子之内的，（俞校："之内的"——从庚；原"之内一个"。）却辨不出他是生旦净丑那一个脚色来。宝玉忙把舌头一伸，将口掩住，自己想道："幸而不曾造次。上两回（俞校："上两回"——从晋、甲；原"上两次"。）

皆因造次了，颦儿也生气，宝儿（俞校："宝儿"——从庚、晋、甲；原"宝钗儿"。）也多心。如今再得罪了他们，越发没意思了。"一面想，一面又恨认不得这个是谁。再留神细看，只见这女孩子眉蹙春山，眼颦秋水，面薄腰纤，袅袅婷婷，大有林黛玉之态。宝玉早又不忍弃他而去，（俞校："弃他而去"——从晋、甲；原："弃他相去"。）只管痴看。只见他虽然用金簪划地，并不是掘土埋花，竟是向土上画字。宝玉用眼随着簪子的起落，一直、一画、一点、一勾的看了去数，（俞校："看了去数"——从庚、晋、甲；原"去数"。）一数十八笔。（俞校："十八笔"——从庚、晋、甲；原"十七笔"。）自己又在手心里，用指头按着他方才下笔的规矩写了，猜是个什么字。写成一想，原来就是蔷薇花的"蔷"字。宝玉想道："必定是他也要作诗填词，这会子见了这花，因有所感，或者偶成了两句，一时兴至恐忘，（俞校："兴至恐忘"——从庚、晋、甲；原"兴至恐忘了，故"。）在地下画着推敲，也未可知。且看他底下再写什么。"一面想，一面又看，只见那女孩子还在那里画呢，（俞校："画呢"——从庚、晋、甲；原"划呢"。）画来画去，还是个"蔷"字。再看，还是个"蔷"字。里面的原是早已痴了，画完一个"蔷"，又画一个"蔷"，已经画了有几千个。（俞校："几千个"——从庚；原"几十个"。）外面的不觉（俞校："外面的不觉"——从庚、晋；原"外面不觉的"。）也看痴了，两个眼睛珠儿只管随着簪子动，心里却想："这女孩子一定有什么话说不出的（俞校："话说不出的"——从庚、晋、甲；原"说不出的"。）大心事，才这么个形景。外面既是这个形景，心里不知怎么熬煎。看他的模样儿这般单薄，心里那里还搁的住熬煎。可恨我不能替你分些过来。"伏中阴晴不定，片云可致雨，忽一阵凉风过了，（俞校："凉风过了"——从庚、晋、甲；原"凉风过来"。）刷刷的落下一阵雨来。宝玉看着那女子头上滴下水来，纱衣裳登时湿了。宝玉想道："这时下雨，（俞校："这时下雨"——从庚；原"这是下雨"。）他这个身子如何禁得骤雨一激！"因此禁不住便说道："不用写了。你看下大雨，身上都湿了。"那女孩子听说，倒吓了一跳，抬头一看，只见花外一个人叫他不要写了，下大雨了。一则宝玉脸面俊秀，二则花叶繁茂，上下俱被枝叶隐住，刚露着半边脸：那女孩子只当是个丫头，再不想是宝玉，因笑道："多谢姐姐提醒了我。难道姐姐在外头有什么遮雨的？"一句提醒了宝玉，嗳哟了一声，觉得浑身冰凉。低头一看，自己身上也都湿了，说声“不好”，（俞校：“说声不好”——从庚、晋、甲；原“说声不好了”。）只得一气跑回怡红院去了。心里却还记挂着那女孩子没处避雨。

原来明日是端阳节，那文官等十二个女子都放了学，进园来各处顽耍。可巧小生宝官、正旦玉官两个女孩子正在怡红院和袭人顽笑，被雨阻住。大家把沟堵了水积在院内，把些绿头鸭、花鸂鶒、彩鸳鸯捉的捉，赶的赶，缝了翅膀，放在院内顽耍，将院门关了，袭人等都在游廊上（俞校：“游廊上”——从庚、晋、甲；原“游廊下”。）嘻笑。宝玉见关着门，便以手扣门，里面诸人只顾笑，那里听见。叫了半日，拍的门山响，里面方听见了，估量着（俞校：“估量着”——原“估著”；庚“估谅着”。今改“估量着”。）宝玉这会子再不回来的，袭人笑道：“谁这会子叫门？谁人开去？”宝玉道：“是我。”麝月道：“是宝姑娘的声音。”晴雯道：“胡说。宝姑娘这会子做什么来？”袭人道：“让我隔着门缝儿瞧瞧，可开就开。要不可开，叫他淋着去。”说着，便顺着游廊到门前，往外一瞧，只见宝玉淋的雨打鸡一般。袭人见了，又是着忙，又是可笑，忙开了门，笑的弯着腰，拍手道（俞校：“弯着腰，拍手道”——从庚；原“弯腰拍手道：你”。）：“怎么大雨里跑什么？那里知道是爷回来了。”宝玉一肚子没好气，满心里要把开门的踢几脚，及开了门，并不看真是谁，还只当是那些小丫头子们，便抬腿（俞校：“抬腿”——从庚、晋、甲；原“抬脚”。）踢在肋上。袭人嗳哟了一声。宝玉还骂道：“下流东西们！我素日担待你们得了意，一点儿也不怕，越发拿我取笑儿了。”口里说着，一低头，见是袭人哭了，方知踢错了。忙笑道：“嗳哟，是你来了！（俞校：“是你来了”——从庚、晋、甲；原“原来是你”。）踢在那里了？”袭人从来不曾受过一句大话的，今儿（俞校：“今儿”——从庚；原“今”。）忽见宝玉生气，踢他一下，又当着许多人，又是羞，又是气，又是疼，真一时置身无地。待要怎么样，料着宝玉未必是安心踢他，少不得忍着说道：“没有踢着。还不换衣裳去。”宝玉一面进房来解衣，一面笑道：“我长了这么大，今日头一遭儿生气打人，不想就偏遇见了你。”袭人一面忍痛换衣裳，一面笑道：“我是个起头儿的人，不论事大事小，事好事歹，（俞校："事好事歹"——从庚；原"是好是歹"。）自然也该从我起。但只是别说打了我，明儿顺了手也打起别人来。"宝玉道："我才刚也不是安心。"袭人道："谁说是（俞校："谁说是"——从庚、晋；原"谁说是你"。）安心了！素日开门关门的，都是那起（俞校："那起"——从庚、晋；原"那些"。）小丫头子们的事。他们是憨皮惯了的，早已恨的人牙痒痒，（俞校："牙痒痒"——从庚、甲；原"牙痒"。）他们也没个怕惧儿。你当是他们，踢一下子，吓吓他们也好。才刚是我淘气，不叫开门的。"说着，那雨已住了，宝官、玉官也早去了。（俞校："也早去了"——从庚、晋、甲；原"已早去了"。）

袭人只觉肋下疼的心里发闹，晚饭也不曾好生吃。至晚间洗澡时，脱了衣服，只见肋上青了碗大一块，自己倒吓了一跳，又不好声张。一时睡下，梦中作痛，由不得嗳哟（俞校："嗳哟"——从庚；原"嗳哟"。本回下同。）之声从睡中哼出。宝玉虽说不是安心，因见袭人懒懒的，也睡不稳。忽夜间听见嗳哟，便知踢重了，自己下床，（俞校："自己下床"——从庚；原"自己下床来"。）悄悄的秉灯来照。刚到床前，只见袭人嗽了两声，吐出一口痰来，嗳哟一声，睁开眼见了宝玉，倒吓了一跳，道："作什么？"宝玉道："你梦里嗳哟，必定踢重了。（俞校："踢重了"——从庚、晋、甲；原"我踢重了"。）我瞧瞧。"袭人道："我头上发晕，嗓子里又腥又甜，你倒照一照地下罢。"宝玉听说，果然持灯向地下一照，只见一口鲜血在地。宝玉慌了，只说："了不得了！"袭人见了，（俞校："袭人见了"——从庚、晋、甲；原"袭人见了他"。）也就心冷了半截。要知端的，且听下回分解。

蒙戚回后：爱众不常，多情不寿；风月情怀，醉人如酒。

第三十一回
撕扇子作千金一笑　因麒麟伏白首双星

戚回前：“撕扇子”是以不知情之物，供娇嗔不知情时之人一笑，所谓“情不情”。“金玉姻缘”已定，又写一金麒麟，是间色法也。何颦儿为其所惑？故颦儿谓“情情”。

话说袭人见了自己吐的鲜血在地，也就冷了半截。想着往日常听人说，少年吐血，年月不保，纵然命长，终是（俞校：“终是”——从己、庚、晋、甲；原“总是”。）废人了。想起此言，不觉将素日想着后来争荣夸耀之心尽皆灰了，眼中不觉滴下泪来。宝玉见他哭了，也不觉心酸起来，因问道：“你心里觉的怎么样？”袭人勉强笑道：“好好的觉怎么呢。”宝玉的意思即刻便要叫人烫黄酒，（俞校：“烫黄酒”——从甲；原“荡黄酒”。）要山羊血、黎洞丸来。袭人拉了他的手，笑道：“你这一闹（俞校：“你这一闹”——从己、庚、晋、甲；原“这一闹”。）不打紧，闹多少人来，倒抱怨我轻狂。分明人不知道，倒闹的人知道了，你也不好，我也不好。正经明儿你打发小子问问王太医去，弄点子药吃吃就好了，人不知鬼不觉的，可不好？”（俞校：“可不好”——从己、庚、晋、甲；原“可不好么”。）宝玉听了有理，也只得罢了，向案上斟了茶来，给袭人漱了口。袭人知宝玉心内是不安稳的，待要不叫他伏侍，他又未必依，（俞校：“未必依”——从庚傍改（“未必不依”之“不”点去）；原“必不依”。）二则定要惊动别人，（俞校：“惊动别人”——从己、庚、晋、甲；原“惊动人”。）不如由他去罢，因此只在榻上由宝玉去伏侍。一交五更，宝玉也顾不的梳洗，忙穿衣出来，将王济仁叫来，亲自确问。王济仁问其原故，不过是伤损，俞校："不过是伤损"——从己、庚、晋、甲；原"是伤损"。便说了个丸药的名字，怎么服，怎么敷。宝玉记了回园，依方调治。不在话下。

这日正是端阳佳节，蒲艾簪门，虎符系臂。俞校："系臂"——从乙；原"系背"。午间，王夫人治了酒席，请薛家母女等赏午。宝玉见宝钗淡淡的也不和他说话，自知是昨儿的原故。王夫人见宝玉没精打采，也只当是为俞校："只当是为"——从庚；原"只当是"。金钏儿昨日之事，他没好意思的，越发不理他。林黛玉俞校："林黛玉"——从己、庚、晋、甲；原"黛玉"。见宝玉懒懒的，只当是他因为得罪了宝钗的原故，心中不自在，俞校："不自在"——从己、庚、晋、甲；原"不悦"。形容也就懒懒的。凤姐昨日晚间王夫人就告诉了他宝玉、金钏的事，知道王夫人不自在，自己如何敢说笑，也就随着王夫人的气色行事，便觉淡淡的。俞校："便觉淡淡的"——从庚；原"更觉淡淡的"。贾迎春姊妹见众人无意思，也都无意思了。因此，大家坐了一坐就散了。林黛玉天性喜散不喜聚，他想的也有个道理，他说："人有聚就有散。聚时欢喜，到散时岂不清冷！既清冷则生伤感，所以不如倒是不聚的好。比如那花开时令人爱慕，谢时则增惆怅，所以倒是不开的好。"故此，人以为喜之时，他反以为悲。那宝玉的情性俞校："宝玉的情性"——从己、庚、晋、甲；原"宝玉情性"。只愿常聚，生怕一时散了添悲。比如那花只愿常开，生怕一时谢了没趣。只到筵散花谢，虽有万种悲伤，也就无可如何了。因此，今日之筵，大家无兴散了，林黛玉倒不觉得，倒是宝玉心中闷闷不乐，回至自己房中，长吁短叹。俞校："长吁短叹"——从己、庚、晋、甲；原"长嗟短叹"。偏生晴雯上来换衣服，不防又把扇子失了手，俞校："失了手"——从己、庚、晋、甲；原"失手"。跌在地下，将股子跌折。宝玉因叹道："蠢才，蠢才！将来怎么样！明儿你自己当家立事，难道也是这么顾前不顾后的！"晴雯冷笑道："二爷近来气大的很，行动就给脸子瞧。前儿连袭人都打了，今儿又来寻我们的不是。要踢要打凭爷去。就是跌了扇子，也是平常的事。先时连那么样的玻璃缸、玛瑙碗，不知弄坏了多少，[俞校："弄坏了多少"——从己、庚、晋、甲；原"弄坏多少"。]也没见个大气儿。这会子一把扇子就这么着了！何苦来！要嫌我们，就打发我们，再挑好的使。好离好散的倒不好？"宝玉听了这些话，气的浑身乱战，[俞校："浑身乱战"——从己、庚、晋、甲；原"浑身发颤"。]因说道："你不用忙，将来有散的日子。"袭人在那边早已听见，忙赶过来向宝玉道："好好的，又怎么了？可是我说的，一时我不到，就有事故儿。"晴雯听了，冷笑道："姐姐既会说，就该早来，也省了爷生气。自古以来，[俞校："自古以来"——从晋、甲；原"自古一来"。]就是你一个人伏侍爷的，我们原没伏侍过。因为你伏侍的好，昨日才挨[俞校："才挨"——从己、庚、晋、甲；原"才挨过"。]窝心脚。我们不会伏侍的，明儿还不知是个什么罪呢！"袭人听了这话，又是恼，又是愧，待要说几句话，又见宝玉已经气的黄了脸，少不得自己忍了性子，推晴雯道："好妹妹，你出去逛逛，原是我们的不是。"晴雯听他说"我们"两个字，自然是他和宝玉了，不觉又添了酸意，[俞校："酸意"——从庚；原"醋意"。]冷笑几声道："我倒不知道你们是谁，别叫我替你们害臊了。便是你们[俞校："便是你们"——从己、庚、晋、甲；原"便是你们的"。]鬼鬼祟祟干的那事儿，也瞒不过我去，那里就称起'我们'来了。明公正道，[俞校："明公正道"——从己、庚、甲；原"正明公道"。]连个姑娘还没挣上去呢，也不过和我似的，那里就称上'我们'了。"袭人羞的脸紫胀起来，想一想原是自己把话说错了。宝玉一面说："你们气不忿，我明儿偏抬举他。"袭人忙拉了宝玉的手[俞校："拉了宝玉的手"——从己、庚；原下有"道"。]："他一个糊涂人，你和他分证什么！况且你素日又是有担待的，比这大的过去了多少，今儿是怎么了！"晴雯冷笑道："我原是糊涂人，那里配和你说话呢！"袭人听说道："姑娘到底是和我拌嘴呢，是和二爷拌嘴呢？要是心里恼我，你只和我说，不犯着[俞校："不犯着"——从己、庚、晋、甲；原"不犯"。]当着二爷吵；要是恼二爷，不该这么吵的万人知道。我才也不过是为了事，进来劝开了，大家保重。姑娘倒寻上我的晦气。又不像是恼我，又不像是恼二爷，夹枪带棒，终久是个什么主意？我就不多说，让你说去。"说着，便往外走。宝玉向晴雯道："你也不用生气，我也猜着你的心事了。我回太太去，你也大了，打发你出去，好不好？”俞校：“好不好”——从庚、甲；原“可好不好”。晴雯听见了这话，不觉又伤起心来，含泪说道：“我为什么出去？要嫌我，变着法儿打发我出去，也不能够。”宝玉道：“我何曾经过这个吵闹。一定是你要出去了，不如回太太打发你去罢。”说着，站起来就要走。袭人忙回身拦住，笑道：“往那里去？”宝玉道：“回太太去。”袭人笑道：“好没意思。真个的俞校：“真个的”——从庚；原“认真的”。去回，你也不怕臊了他。俞校：“你也不怕臊了他”——从己、庚、晋、甲；原“也不怕臊了”。（“他”字从甲添）便是他认真要去，也等把这气俞校：“也等把这气”——从己、庚、晋、甲；原“也等他把这气”。下去了，等无事中说话儿回了太太也不迟。这会子急急的当一件正经事去回，岂不叫太太犯疑？”宝玉道：“太太必不犯疑。我只明说是他闹着要去的。”晴雯哭道：“我多早晚闹着要去了？饶生了气，还拿话压派我。只管去回，我一头碰死了，也不出这门儿。”宝玉道：“这也奇了，俞校：“这也奇了”——从庚；原“这又奇了”。你又不去，你又闹些什么？我经不起这么吵，俞校：“这么吵”——从庚傍改（“么”傍添）；原“这吵”。不如去了倒干净。”说着，一定要去回。袭人见拦不住，只得跪下了。碧痕、秋纹、麝月等众丫鬟见吵闹，都鸦雀无闻的在外头听消息，这会子听见袭人跪下央求，便一齐进来都跪下了。宝玉忙把袭人扶起来，叹了一声，在床上坐下，叫众人起去。向袭人道：“叫我怎么样才好！这个心使碎了，也没人知道。”说着，不觉滴下泪来。袭人见宝玉流下泪来，自己也就哭了。晴雯在旁哭着，方欲说话，只见林黛玉进来，便出去了。林黛玉笑道：“大节下怎么好好的哭起来？难道是为争粽子吃，争恼了不成？”宝玉和袭人嗤的一笑。黛玉道：“二哥哥不告诉我，我问你俞校：“我问你”——从己、庚、晋；原“问他”。就知道了。”一面说，一面拍着袭人的肩，笑道：“好嫂子，你告诉我。必定是你两个俞校：“你两个”——从庚；原“你们两个”。拌了嘴了。俞校：“拌了嘴了”——从晋；原“拌了嘴”。告诉妹妹，替你们和劝和劝。”袭人推他道：“林姑娘，你闹什么！我们一个丫头，姑娘只是混说。”黛玉笑道：“你说你是丫头，我只拿你当嫂子待。”俞校：“当嫂子待”——从己、庚、晋、甲；原“当嫂子”。宝玉道：“你何苦来，替他招骂名儿。饶这么着，还有人说闲话。还搁的住你来说他。”袭人笑道：“林姑娘，你

龄官划蔷痴及局外　宝玉动怒误伤袭人

不知道我的心事，除非一口气不来，死了倒也罢了。”林黛玉笑道：“你死了，别人不知怎么样，我先就哭死了。”宝玉笑道：“你死了，我作和尚去。”袭人笑道：“你老实些罢，何苦还说这些话。”林黛玉将两个指头一伸，抿嘴笑道：“作了两个和尚了。我从今以后，都记着你作和尚的遭数儿。”宝玉听了，知道是他点前日的话，自己一笑也就罢了。

一时，黛玉去后，就有人说：“薛大爷请。”宝玉只得去了。原来是吃酒，不能推辞，只得尽席而散。晚间回来，已带了几分酒踉跄来至自己院内，只见院中早把乘凉枕榻设下，榻上有个人睡着。宝玉只当是袭人，一面在榻沿上坐下，一面推他问道：“疼的好些了？”只见那人翻身起来说：“何苦来，又招我！”俞校：“何苦来，又招我”——从己、庚、晋、甲；原“何苦又来招我”。宝玉一看，原来不是袭人，却是晴雯。宝玉将他一拉，拉在身旁坐下，笑道：“你的性子越发惯娇了。俞校：“惯娇了”——从己、庚、甲；原“姣惯了”。早起就是跌了扇子，我不过说了那两句，俞校：“说了那两句”——从己、晋；原“就说那两句”。你就说上那些话。你说我也罢了。袭人好意来劝，你又括上他。你自己想想该不该？”晴雯道：“怪热的，拉拉扯扯作什么！俞校：“作什么”——从己、庚；原“像什么”。叫人来看见俞校：“叫人来看见”——从己、庚、晋、甲；原“叫人看见”。像什么！我这身子也不配坐在这里。”宝玉笑道：“你既知道不配，为什么睡着呢？”晴雯没的话，嗤的又笑了，说：“你不来，便使得；你来了，就不配了。起来，让我洗澡去。袭人、麝月都洗了澡了，俞校：“洗了澡了”——从庚；原“洗了澡”。我叫了他们来。”宝玉笑道：“我才又吃了好些酒，还得洗一洗。你既没有洗，拿了水来，咱们两个洗。”晴雯摇手笑道：“罢，罢，我不敢惹爷。还记得碧痕打发你洗澡，足有两三个时辰，也不知道作什么呢，我们也不好进去的。后来洗完了，进去瞧瞧，地下的水淹着床腿，连席子上都汪着水，也不知是怎么洗了。笑了几天。我也没那工夫收拾，也不用同我洗去。今儿也凉快，那会子洗了，可以不用再洗。俞校：“可以不用再洗”——从庚傍改（“可也不用”改）；原“可也不用洗了”。我倒舀一盆水来，你洗洗脸，通通头。才刚鸳鸯送了好些果子来，都湃在那水晶缸里呢，叫他们打发你吃。”宝玉笑道：“既这么着，你也不许洗去。只洗洗手来，拿果子来（俞校：“拿果子来”——从己、庚、晋、甲；原“拿果子”。）吃罢。”晴雯笑道：“我慌张的很，连扇子还跌折了，那里还配打发吃果子！倘或再打破了盘子，还更（俞校：“还更”——从己、庚；原“更”。）了不得呢。”宝玉笑道：“你爱打就打。这些东西原不过是借人所用。你爱这样，我爱那样，各自性情不同。比如那扇子，（俞校：“那扇子”——从己、庚、晋、甲；原“搧扇子”。）原是扇的，你要撕着顽（俞校：“你要撕着顽”——从己、庚、晋、甲；原“我要撕著顽”。）也可以使得，只是不可生气时拿他出气。就如杯盘，原是盛东西的，你喜欢听那声响，就故意的碎了，（俞校：“碎了”——从己、晋；原“打碎了”。）也可以使得，只是别在生气时拿他出气。这就是爱物了。”晴雯听了，笑道：“既这么说，你就拿了扇子来我撕。我最喜欢撕的。”宝玉听了，便笑着递与他。晴雯果然接过来，嗤的一声撕了两半，接着嗤嗤又听几声。宝玉在旁笑着说：“响的好，再撕响些！”正说着，只见麝月走过来，笑道：“少作些孽罢！”宝玉赶上来，一把将他手里的扇子也夺了，递与晴雯。晴雯接了，也撕了几半子。二人都大笑。麝月道：“这是怎么说？拿我的东西开心儿。”宝玉笑道：“打开扇子匣子你拣去。什么好东西！”麝月道：“既这么说，就把匣子搬了出来，让他尽力的撕，岂不好？”宝玉笑道：“你就搬去。”麝月道：“我可不造这孽。他也没折了手，叫他自己搬去。”晴雯笑着，倚在床上，说道：“我也乏了，明儿再撕罢。”宝玉笑道：“古人云：千金难买一笑。几把扇子，能值几何！”一面说着，一面叫袭人。袭人才换了衣服走出来。小丫头佳蕙过来拾去破扇，大家乘凉，不消细说。

至次日午间，王夫人、薛宝钗林黛玉众姊妹正在贾母房中坐着，就有人回：“史大姑娘来了。”一时，果见史湘云带领众多丫鬟（俞校：“众多丫鬟”——从己、庚、晋、甲；原“许多丫环”。）媳妇走进院来。宝钗、黛玉等忙迎至阶下相见。青年姊妹间经月不见，一旦相逢，其亲密自不消说得。一时，进入房中，请安问好，都见过了。贾母因说：“天热，把外头的衣服脱了罢。”史湘云忙起身宽衣。王夫人因笑道：“也没见穿上这些作什么？”史湘云笑道：“都是二婶婶叫穿的，谁愿意穿这些。”宝钗一旁笑道俞校：“一旁笑道”——从己、庚、晋、甲；原“在傍笑道”。：“姨妈不知道他穿衣裳还更爱穿别人的衣裳。可记得旧年三四月里，他在这里住着，把宝兄弟的袍子俞校：“宝兄弟的袍子”——从己、庚、晋、甲；原“兄弟的袍”。穿上，靴子也穿上，额子也勒上，猛一瞧，倒像是宝兄弟，就是多两个坠子。他站在那椅子背后，哄的老太太只是叫：‘宝玉，你过来，仔细那上头挂的俞校：“那上头挂的”——从己、庚、晋、甲；原“头上挂的那”。灯穗子招下灰来迷了眼。’他只是笑，也不过去。后来大家掌不住笑了，老太太才笑了，说：‘倒扮上小子好看了。’”林黛玉道：“这算什么。惟有前年正月里接了他来，住了没两日，下起雪来，老太太和舅母那日想是才拜了影回来，老太太的一个簇新的大红猩猩毡斗篷放在那里，谁知眼错不见，他就披了，又大又长，他就拿了个汗巾子俞校：“汗巾子”——从己、庚、晋、甲；原“手帕子”。拦腰系上，和丫头们在后院子里扑雪人儿去。一跤栽在沟跟前，弄了一身泥水。”说着，大家想着前情，都笑了。宝钗笑向那周奶妈俞校：“向那周奶妈”——从己、庚、晋、甲；原“向周奶妈”。道：“周妈，你们姑娘还那么俞校：“还那么”——从己、晋；原“还那们”。淘气不淘气了？”周奶娘也笑了。迎春笑道：“淘气也罢了，我就嫌他爱说话。也没见睡在那里，还咭咭呱呱笑一阵说一阵，也不知那里来的那些话。”俞校：“那些话”——从庚；原“那些谎话”。王夫人道：“只怕如今好了。前日有人家来相看，眼见有婆婆家了，还是那么着？”贾母因问：“今儿还是住着，还是家去呢？”周奶娘笑道：“老太太没有看见衣服都带了来，可不住两天。”史湘云问道：“宝玉哥哥不在家么？”宝钗笑道：“他不想着别人，只想宝兄弟。两个人好憨的。俞校：“好憨的”——从己、庚、晋；原“好顽的”。这可见还没改了淘气。”贾母道：“如今你们大了，别提小名儿了。”刚说着，只见宝玉来了，笑道：“云妹妹来了。怎么前儿打发人接你去，怎么不来？”王夫人道：“这里老太太才说这一个，他又来提名道姓的了。”林黛玉道：“你哥哥得了好东西等着你呢。”史湘云道俞校：“史湘云道”——从己、庚、晋；原“湘云道”。：“什么好东西？”宝玉笑道：“你信他呢。几日不见，越发高了。”湘云笑道：“袭人姐姐好？”宝玉道：“多谢你记罣。”俞校：“记罣”——从己、庚、晋；原“记念”。湘云道：“我给他带了好东西来了。”说着，拿出手帕子来，挽着一个跎踖。俞校：“跎踖”——从己、庚；原“朐朐”。宝玉道：“什么好的？你倒不如把前儿送来的那种绛纹石的戒指儿带两个给他。”湘云笑道：“这是什么？”说着便打开，众人看时，果然就是上次送来的那绛纹戒指，俞校：“绛纹戒指”——从己、庚、晋、甲；原“绛纹石戒指”。一包四个。林黛玉笑道：“你们瞧瞧他这主意。前儿一般的打发人给我们送了来，你就把他也带了来，岂不省事。今儿巴巴的自己带了来，我当又是什么新奇东西，原来还是他。真真你是糊涂人。”史湘云笑道：“你才糊涂呢。我把这理说出来，大家评一评谁糊涂：给你们送东西，就是使来的人不用说话，拿进来一看，自然就知道是送姑娘们的了。若带他们的东西，这得我先告诉来人，这是那一个丫头的，那是那一个丫头的。那使来的人明白还好，再糊涂些，丫头的名字他也不记得，混闹胡说的，反连你们的东西都搅糊涂了。若是打发个女人素日知道的还罢了，偏生前儿又打发小子来，可怎么说丫头们的名字呢！横竖我来给他们带来，岂不清白。”说着，把四个戒指放下，说道：“袭人姐姐一个，鸳鸯姐姐一个，金钏儿姐姐一个，平儿姐姐一个。这倒是四个人的，难道小子们也记得这么清白！”众人听了，都笑道：“果然明白。”宝玉笑道：“还是这么会说话，不让人。”林黛玉听了，冷笑道：“他不会说话，他的金麒麟也会说话。”一面说着，便起身走了。幸而诸人都不曾听见，只有薛宝钗抿嘴一笑。宝玉听见了，俞校：“宝玉听见了”——从己、庚、晋、甲；原“宝玉听见”。倒自己后悔又说错了话，忽见宝钗一笑，由不得也笑了。宝钗见宝玉笑了，忙起身走开，找了林黛玉去说话。俞校：“去说话”——从庚；原“去说笑”。

贾母因向湘云道：“吃了茶，歇一歇，瞧瞧你的嫂子们去。园里也凉快，同你姐姐们去逛逛。”湘云答应了，将三个戒指儿包上，歇了一歇，便起身要瞧凤姐等人去。众奶娘丫头跟着，到了凤姐那里，说笑了一回出来，便往大观园来。见过了李宫裁，少坐片时，便往怡红院来找袭人。因回头说道：“你们不必跟着，只管瞧你们的朋友亲戚去。留下翠缕伏侍就是了。”众人听了，自去寻姑觅嫂，早剩下湘云、翠缕两个人。翠缕道：“这荷花怎么还不开？”史湘云道：“时候没到。”翠缕道：“这也和咱们家池子里的一样，也是楼子花。”湘云道：“他们这个，还不如咱们的。”翠缕道：“他们那边有棵石榴，接连四五枝，真是楼子上起楼子。这也难为他长。”湘云道：“花草也是同人一样，气脉充足，长的就好。”翠缕把脸一扭，说道：“我不信这话。若说同人一样，我怎么不见头上又长出一个头来的人？”湘云听了，由不得一笑，说道：“我说你不用说话，你偏好说。这叫人怎么好答言！天地间都赋阴阳二气所生，或正或邪，或奇或怪，千变万化，都是阴阳顺逆。多少一生出来，人罕见的就奇，究竟理还是一样。”翠缕道：“这么说起来，从古至今，开天辟地，都是阴阳了？”湘云笑道：“糊涂东西，越说越放屁，什么都是些阴阳。难道还有个阴阳不成！阴阳两个字还只是一字，（俞校：“还只是一字”——从己、庚、晋；原“还只一字”。）阳尽了就成阴，阴尽了就成阳。不是阴尽了又有个阳生出来，阳尽了又有个阴生出来。”翠缕道：“这糊涂死了我！什么是个阴阳？没影没形的。我只问姑娘，这阴阳是怎么个样儿？”湘云道：“阴阳可有什么样儿，不过是个气，器物赋了成形。比如天是阳，地就是阴；水是阴，火就是阳；日是阳，月就是阴。”翠缕听了，笑道：“是了，是了。我今儿可明白了。怪道人都管着日头（俞校：“管着日头”——从己、庚、甲；原“看著日头”。）叫‘太阳’呢，算命的（俞校：“算命的”——从己、庚、晋、甲；原“筭命”。）管着月亮叫什么‘太阴星’，就是这个理了。”湘云笑道：“阿弥陀佛！刚刚的明白了。”翠缕道：“这些大东西有阴阳也罢了，难道那些蚊子、蛇蚤、蠓虫儿、花儿、草儿、瓦片儿、砖头儿，也有阴阳不成？”湘云道：“怎么没有呢！比如那一个树叶儿，（俞校：“那一个树叶儿”——从己、庚、晋、甲；原“个”作“颗”。）还分阴阳呢！那边向上朝阳的就是阳，这边背阴覆下的就是阴。”

贾宝玉痴心诉肺腑　史湘云高谈论阴阳

翠缕听了，点头笑道："原来这样。我可明白了。只是咱们这手里的扇子怎么是阳，怎么是阴呢？"湘云道："这边正面就是阳，那反面就为阴。"翠缕又点头笑了，还要找几件东西问，（俞校："找几件东西问"——从庚；原"拿几件东西"。）因想不起个什么来，猛低头就看见湘云宫绦上系的金麒麟，便提起来，笑道："姑娘这个，难道也有阴阳？"湘云道："走兽飞禽：雄为阳，雌为阴；牝为阴，牡为阳；怎么没有呢！"翠缕道："这是公的，到底是母的呢？"湘云道："这连我也不知道。"翠缕道："这也罢了。怎么东西都有阴阳，咱们人倒没有阴阳呢？"湘云照脸啐了一口道："下流东西！好生走罢。越问越问出（俞校："越问越问出"——从己、庚；原"越说越说出"。）好的来了。"翠缕笑道："这有什么不告诉我的呢。我也知道了，不用难我。"湘云笑道："你知道什么？"翠缕道："姑娘是阳，我就是阴。"说着，湘云拿手帕子握着嘴呵呵的笑起来。翠缕道："说是了，就笑的这样。"湘云道："很是很是。"翠缕道："人规矩主子为阳，奴才为阴，我连这个大道理也不懂得！"湘云笑道："你很懂得。"一面说，一面走，（俞校："一面走"——从庚；原"一面"。）刚到蔷薇架下，湘云道："你瞧那是谁掉的首饰，金晃晃在那里。"翠缕听了，忙赶上拾在手里攥着，笑道："可分出阴阳来了。"说着，先拿史湘云的麒麟瞧。史湘云要他捡的瞧，翠缕只管不放手，笑道："是件宝贝，姑娘瞧不得。这是从那里来的？好奇怪。我从来在这里没见有人有这个。"湘云道："拿来我瞧瞧。"翠缕将手一撒，笑道："请看。"湘云举目一验，却是文采辉煌的一个金麒麟，比自己佩的又大又有文彩。湘云伸手擎在掌上，只是默默不语。正自出神，忽见宝玉从那边来了，笑问道："你两个在这日头底下（俞校："日头底下"——从庚、晋、甲；原"日头低下"。）作什么呢？怎么不找袭人去？"（俞校："不找袭人去"——从庚；原下有"了"。）史湘云连忙将那麒麟藏起，道："正要去呢。咱们一处走。"说着，大家进入怡红院来。袭人正在阶下倚槛迎风，（俞校："迎风"——从晋、甲；原"追风"。）忽见湘云来了，连忙迎下来，携手笑说一向别情景况。一时，进来归坐。宝玉因笑道："你该早来，我得了一件好东西，专等你呢。”说着，一面在身上摸掏，掏了半天，阿呀了一声，便问袭人：“那个东西你收起来了么？”袭人道：“什么东西？”宝玉道：“前儿得的麒麟。”袭人道：“你天天带在身上的，怎么问我！”宝玉听了，将手一拍，说道：“这可丢了。往那里找去！”就要起身自己寻去。史湘云听了，方知是他遗落的，便笑问道：“你几时又有了（俞校：“又有了”——从己、庚；原“也有”。）麒麟了？”宝玉道：“前儿好容易得的呢，不知多早晚丢了。我也糊涂了。”史湘云笑道：“幸而是顽的东西，还是这么慌张。”说着，将手一撒（俞校：“将手一撒”——从庚；原下有“笑道”。）：“你瞧瞧，是这个不是？”宝玉一见，由不得欢喜非常，因说道……不知是如何，且听下回分解。

蒙戚回后：后数十回，若兰在射圃所佩之麒麟，正此麒麟也。提纲伏于此回中，所谓“草蛇灰线，在千里之外”。

第三十二回
诉肺腑心迷活宝玉　含耻辱情烈死金钏

蒙回前：前明显祖汤先生有《怀人》诗一截，读之堪合此回，故录之以待知音：“无情无尽却情多，情到无多得尽么？解到多情情尽处，月中无树影无波。”

话说宝玉见那麒麟，心中甚是欢喜，便伸手来拿，笑道：“亏你捡着了！你是那里捡的？”史湘云笑道：“幸而是这个。明儿倘或把印也丢了，难道也就罢了不成？”宝玉笑道：“倒是丢了印平常；若丢了这个，我就该死了。”袭人斟了茶来，与史湘云吃，一面笑道：“大姑娘，听见前儿你大喜了。”史湘云红了脸，吃茶不答。袭人道：“这会子又害臊了。你还记得十年前，咱们在西边暖阁住着，晚上你同我说的话儿。那会子不害臊，这会子怎么又害臊了？”史湘云笑道：“你还说呢。那会子咱们那么好，后来我们太太没了，我家去住了一程子，怎么就把你派了跟二哥哥。我来了，你就不像先待我了。”袭人笑道：“你还说呢。先姐姐长姐姐短，哄着我替你梳头洗脸，作这个，弄那个；如今大了，就拿出小姐的款儿来了。俞校：“小姐的款儿来了”——从庚；原“小姐的款来”。 蒙侧：大家风范，情景逼真。你既拿小姐的款，我怎么敢亲近呢！”史湘云道：“阿弥陀佛！冤枉冤哉！俞校：“冤枉冤哉”——从己、庚、晋、甲；原“冤枉冤灾”。我要这样，就立刻死了。你瞧瞧，这么大热天，我来了，必定赶来先瞧瞧你。你不信，你问问缕儿。我在家，时时刻刻，那一回不念你几声。”话未说了，俞校：“话未说了”——从庚；原“话未了”。忙的袭人和宝玉都劝道：“顽话，你又认真了。还是这么性急。”史湘云道：“你不说你的话噎人，倒说人性急。”一面说，一面打开手帕子，将戒指递与袭人。蒙侧：心中意中，多少情致。袭人感谢不尽，因笑道：“你前儿送你姐姐们的，我已得了。今儿你亲自俞校：“你亲自”——从己、庚、晋、甲；原“亲自”。又送来，可见是没忘了我。只这个，就试出你来了。戒指儿能值多少，可见你的心真。”史湘云道：“是谁给你的？”袭人道：“是宝姑娘给我的。”湘云笑道：“我只当林姐姐给你的，原来是宝钗姐姐给了你。我天天在家里想着这些姐姐们，再没一个比宝姐姐好的。可惜我们不是一个娘养的。蒙侧：感知己之一叹。我但凡有这么个亲姐姐，就是没了父母，也是没妨碍的。”说着，眼睛圈儿就红了。蒙侧：千古同概（慨）。宝玉道：“罢，罢，不用提这话。”史湘云道：“提这个便怎么？我知道你的心病，恐怕你的林妹妹听见，又怪嗔我赞了宝姐姐，可是为这个不是？”袭人在旁嗤的一笑，说道：“云姑娘，你如今大了，越发心直口快俞校：“心直口快”——从庚；原“心直嘴快”。了。”宝玉笑道：“我说你们这几个人难说话，俞校：“难说话”——从己、庚、晋、甲；原“是难说话”。果然不错。”史湘云道：“好哥哥，你不必说话，俞校：“不必说话”——从己、庚、晋、甲；原“不必说了”。叫我恶心。只会在我们跟前说话，见了你林妹妹，又不知怎么了！”蒙侧：豪爽情形如画。

袭人道：“且别说话，正有一件事还要求你呢。”史湘云便问什么事。袭人道：“有一双鞋，抠了垫心子，我这两日身上不好，不得做。你可有工夫替我做做？”史湘云笑道：“这又奇了。你家放着这些巧人不算，还有什么针线上的、裁剪上的，怎么叫我做起来？你的活计叫谁做，谁好意思不做呢。”袭人笑道：“你又糊涂了。你难道不知道我们这屋里的针线，蒙侧：“我们这屋里”等字，精神活跳。是不要那些针线上的人俞校：“针线上的人”——从己、庚、晋、甲；原“针线上的”。做的？”史湘云听了，便知是宝玉的鞋了，因笑道：“既这么说，我就替你做了罢。——只是一件，你的我才做，别人的我可不能。”袭人笑道：“又来了。我是个什么，就烦你做鞋了。实告诉你，可不是我的。你别管是谁的，横竖我领情就是了。”史湘云道：“论理，你的东西也不知烦我做了多少，今儿我倒不做了的原故，你必定也知道。”袭人道：“倒也不知道。”（蒙侧：反衬迭起，灵活之至。）史湘云冷笑道：“前儿我听见把我做的扇套子拿着和人家比，赌气又铰了。我早就听见了，你还瞒我！这会子又叫我做，我成了你们的奴才了！”宝玉忙笑道：“前儿的那事，本不知是你做的。”袭人也笑道：“他本不知是你做的。是我哄他的话，说是新近外头有个会做活的（俞校：“会做活的”——从己、庚、晋、甲；原“会做活计的”。）女孩子，说扎的（俞校：“扎的”——从己、庚、晋、甲；原“紥的”。）出奇的花，我叫他们拿了一个扇套子试试看好不好。他就信了，（俞校：“他就信了”——从己、庚、晋、甲；原“也就信了”。）拿出去给这个瞧，给那个看的。不知怎么，又惹恼了林姑娘，铰了两段。（俞校：“铰了两段”——从己、庚、晋、甲；原“便铰了两段”。）回来他还叫着做去，（俞校：“叫着做去”——从己；原“叫著人做去”。）我才说了是你做的，他后悔的什么似的。”（蒙侧：描神！）史湘云道：“这越发奇了。林姑娘他也犯不上生气。他既会剪，就叫他做。”袭人道：“他可不做呢。饶这么着，老太太还怕他劳碌呢。大夫又说道：‘好生静养才好。’谁还烦他做！旧年好一年的工夫，做了个香袋儿；今年半年，还没见拿针线呢。”

正说着，有人来回说：“兴隆街的大爷来了，老爷叫二爷出去会。”宝玉听了，便知是（俞校：“便知是”——从庚；原“便知”。）贾雨村来了，心中好不自在。袭人忙去拿衣服。宝玉一面登着靴子，一面抱怨道：“有老爷和他坐着就罢了，回回定要见我。”（蒙侧：原本烦俗。）史湘云一边摇着扇子，（俞校：“一边摇着扇子”——从己、庚、晋、甲；原“一面摇著扇子”。）笑道：“自然你能会宾接客，老爷才叫你出去呢。”宝玉道：“那里是老爷，都是他自己要请我去见的。”湘云笑道：“主雅客来勤。自然你有些警他的（俞校：“警他的”——从己、庚、晋；原“惊他的”。）好处，他才只要会你。”宝玉道：“罢，罢！我也不敢称雅，俗中又俗的一个俗人，并不愿同这些人往来。”（蒙侧：我也不知宝玉是雅是俗，请诸同类一拟。）湘云笑道：“还是这个情性改不了。如今大了，你就不愿读书，去考举人进士的，也该常会会这些为官做宰的人们，谈谈讲讲些仕途俞校："仕途"——从己、庚、晋、甲；原"世途"。经济的学问，也好将来应酬世务，日后也有个朋友。没见你成年家只在我们队里搅些什么。"宝玉听了道："姑娘，请别的姊妹屋里坐坐，我这里仔细脏了你知经济学问的。"袭人道："云姑娘，快别说这话。蒙侧：此际不同湘云一语，湘云也实难出一语。上回也是宝姑娘也说过一回，他也不管人脸上过的去过不去，就咳了一声，拿起脚来走了。这里宝姑娘的话也没说完，见他走了，登时羞得脸通红，说又不是，俞校："说又不是"——从己、庚、晋；原"看他说不是"。不说又不是。幸而是宝姑娘，那要是林姑娘，不知又闹到怎么样，俞校："闹到怎么样"——从庚；原"闹的怎么样"。哭的怎么样呢！提起这些话来，真真宝姑娘教人敬重，自己讪了一会子去了。我倒过不去，蒙侧：袭人善解忿。只当他恼了。谁知道后来还是照旧一样，真真有涵养，心地宽大。谁知这一个反倒同他生分了。——那林姑娘见你赌气不理他，你得赔多少不是呢！"宝玉道："林姑娘从来说过这些混帐话不曾？蒙侧：花爱水清明，水怜花色鲜。浮落虽同流，空惹鱼龙涎。若他也说过这些混帐话，我早和他生分了。"袭人和湘云都点头笑道："这原是混帐话？"晋双：写足憨宝玉，殊可发一大笑。

原来林黛玉知道史湘云在这里，宝玉又赶来，一定说俞校："宝玉又赶来，一定说"——从庚；原"宝玉一定要赶来说"。麒麟的缘故。因此心下忖度着：近日宝玉弄来的外传野史，多半才子佳人，都因小巧玩物上撮合，或有鸳鸯，或有凤凰，或玉环金珮，或鲛帕鸾绦，皆由小物而遂终身。今忽见宝玉亦有麒麟，便恐因此生隙，同史湘云也做出那些风流佳事来。因而悄悄走来，见机行事，以察二人之意。不想刚走来，正听见史湘云说经济事，宝玉又说："林妹妹不说这样混帐话，若说这话，我也和他生分了。"林黛玉听了这话，不觉又喜又惊，又悲又叹。所喜者：果然自己眼力不错，素日认他是个知己，果然是个知己。所惊者：他在人前，一片私心称扬于我，其亲热厚密竟不避嫌疑。所叹者：你既为我之知己，自然我亦可为你之知己矣；既你我为知己，则又何必有金玉之论哉？既有金玉之论，亦该你我有之，则又何必来一宝钗哉！所悲者：父母早逝，虽有铭心刻骨之言，无人为我主张；况近日每觉神思恍惚，病已渐成，医者更云：“气弱血亏，恐致劳怯之症。”你我虽为知己，但恐自不能久待；你纵为我知己，奈我薄命何！想到此间，不禁滚下泪来。蒙侧：普天下才子佳人、英雄侠[士]都同来一哭！我虽愚浊，也愿同声一哭！待要进去相见，自觉无味，便一面拭泪，一面抽身回去了。这里宝玉忙忙的穿了衣服俞校：“穿了衣服”——从己、庚、晋、甲；原“穿了衣裳”。出来，忽见俞校：“忽见”——从庚、晋、甲；原“忽抬头见了”。林黛玉在前面慢慢的走着，似有拭泪之状，便忙赶上来笑道：“妹妹往那里去？蒙侧：关心情致。怎么又哭了？又是谁得罪了你？”林黛玉回头见是宝玉，便勉强笑道：“好好的，我何曾哭了！”宝玉笑道：“你瞧瞧眼睛上的泪珠儿未干，还撒谎呢！”一面说，一面禁不住抬起手来替他拭泪。林黛玉忙向后退了几步，说道：“你又要死了。作什么这么动手动脚的！”蒙侧：娇羞熊(态)！宝玉笑道：“说话忘了情，不觉的动了手，也就顾不的死活。”林黛玉道：“你死了倒不值什么，只是丢下了什么金，又是什么俞校：“又是什么”——从己、庚、晋、甲；原“又甚么”。麒麟，可怎么样呢！”一句话又把宝玉说急，赶上来问道：“你还说俞校：“你还说”——从己、晋；原“你说”。这话！到底是咒我，还是气我呢？”林黛玉见问，方想起前日事来，遂自悔自己又说造次了，忙笑道：“你别着急，我原说错了。这有什么的。筋都暴起来，急的一脸汗。”一面说，一面禁不住近前伸手替他拭面上的汗。蒙侧：痴情熊(态)。宝玉瞅了半天，方说道“你放心”三个字。蒙侧：连我今日看之，也不懂是何等文章。林黛玉听了，怔了半天，方说道：“我有什么不放心的？我不明白这话。你倒说说，怎么放心不放心？”宝玉叹了一口气，问道：“你果不明白这话？难道我素日在你身上的心都用错了？连你的意思若体贴不着，就难怪你天天为我生气了。”林黛玉道：“果然我不明白放心不放心的话。”宝玉点头叹道：“好妹妹，你别哄我。果然不明白这话，不但我素日之意白用了，且连你素日待我之意也都辜负了。蒙侧：第二层。你皆因总是不放心的原故，才弄了一身病。但凡宽慰些，这病也不得一日重似一日。”蒙侧：真疼真爱、真怜真惜中，每每生出此等心病来。林黛玉听了这话，如轰雷掣电，细细思之，竟比自己肺腑中掏出来的还觉恳切，竟有万句言语满心要说，只是半个字也不能吐，蒙侧：何等神佛开慧眼，照见众生业障，为现此锦诱（绣）文章，说此上乘功德法。却怔怔的望着他。此时宝玉心中也有万句言词，一时不知从那一句上说起，却也怔怔的望着黛玉。两个人怔了半天。林黛玉只咳了一声，两眼不觉滚下泪来，回身便要走。蒙侧：下笔时用一“走”，文之大力，孟贲不若也。宝玉忙上前拉住，说道：“好妹妹，且略站住，我说一句话再走。”林黛玉一面拭泪，一面将手推开，说道：“有什么可说的。你的话，我早知道了。”口里说着，却头也不回竟去了。宝玉站着，只管发起呆来。晋双：儿女之情毕露，至此极矣。原来方才出来慌忙，不曾带得扇子，袭人怕他热，忙拿了扇子赶来送与他。忽抬头见了林黛玉和他站着。一时，林黛玉走了，俞校：“林黛玉走了”——从己、庚、晋、甲；原“林黛玉走开”。他还站着不动，因而赶上来说道：“你也不带了扇子去，亏我看见，赶了送来。”宝玉出了神，见袭人和他说话，并未看出是何人来，便一把拉住，说道：“好妹妹，我的这心事，从来也不敢说，俞校：“也不敢说”——从己、庚、晋、甲；原“不敢说”。今儿我大胆说出来，死也甘心！我为你也弄了一身的病在这里，俞校：“在这里”——从晋、甲；原“这里”。又不敢告诉人，只好掩着。只等你的病好了，只怕我的病才得好呢。睡里梦里也忘不了你。”袭人听了这话，吓得魂销魄散，只叫：“神天菩萨，坑死我了！”便推他道：“这是那里的话？敢是中了邪？还不快去。”宝玉一时醒过来，方知是俞校：“方知是”——从己、庚、晋、甲；原“方知”。袭人送扇子来，羞得满面紫涨，俞校：“紫涨”——从己、庚、晋、甲；原“紫胀”。夺了扇子，便忙忙的抽身跑了。

这里袭人见他去了，自思方才之言，一定是因黛玉而起。如此看来，将来难免不才之事，令人可惊可畏。想到此间，也不觉怔怔的滴下泪来。心下暗度，如何处治，方免此丑祸。正裁疑间，忽有宝钗俞校：“忽有宝钗”——从己、庚、晋；原“忽见宝钗”。从那边走来，笑道：“大毒日头地下，出什么神呢？”袭人见问，俞校：“袭人见问”——从己、庚、晋、甲；原“这袭人见问”。忙笑道：“那边两个雀儿打架，倒也好顽，我就看住了。”宝钗道：“宝兄弟这会子穿了衣服，忙忙的那去了？俞校：“那去了”——从己、庚、晋；原“那里去了”。我才看见走过去，倒要叫住问他呢。他如今说话越发没了经纬，我故此没叫他，（俞校："没叫他"——从庚；原"没叫他了"。）由他过去罢。"（俞校："过去罢"——从己、晋、甲；原"去罢"。）袭人道："老爷叫他出去。"宝钗听了，忙道："嗳哟，这么黄天暑热的，叫他做什么？别是想起什么来，生了气，叫他出去教训一场。"（蒙侧：偏是近。）袭人笑道："不是这个，（俞校："不是这个"——从己、庚、晋、甲；原"不是这么"。）想是有客要会。"宝钗笑道："这个客也没意思，这么热天，不在家里凉快，还跑些什么！"袭人笑道："倒是你说说罢。"（俞校："你说说罢"——从己、庚；原"你说的是"。）宝钗因而问道："云丫头在你们家做什么呢？"袭人笑道："才说了一会子闲话。你瞧，我前儿粘的那双鞋，明儿烦他做去。"（俞校："烦他做去"——从晋；原"叫他做去"。）宝钗听见这话，便两边回头，看无人来往，便笑道："你这么个明白人，（俞校："这么个明白人"——从己、庚、晋、甲；原"这个明白人"。）怎么一时半刻的就不会体谅人情。我近来看着云丫头的神情，再风里言风里语的听起来，那云丫头在家里竟一点儿作不得主。他们家嫌费用大，竟不用那些针线上的人，差不多的东西都是他们娘儿们动手。为什么这几次他来了，他和我说话儿，见没人在跟前，他就说家里累的很；我再问他两句家常过日子的话，他就连眼圈儿红了，口里含含糊糊待说不说的。想其形景（俞校："想其形景"——从己、庚、晋；原"想形景"。）来，自然从小儿没爹娘的苦。（蒙侧：真是知己，不罔湘云前言。）我看着他，也不觉的伤起心来。"袭人见说这话，将手一拍，说："是了，是了。怪道上月我烦他打十根蝴蝶结子，过了那些日子才打发人送来，还说：'这是粗打的，且在别处能（晋双：叶音。）着（俞校："能着"——从庚、晋；原"哝着"。）使罢；要匀净的，等明儿来住着再好生打罢。'如今听宝姑娘这话，想来我们烦他，他不好推辞。不知他在家里怎么三更半夜的做呢。可是我也糊涂了。早知是这样，我也不烦他了。"宝钗道："上次他就告诉我，（俞校："他就告诉我"——从己、庚、晋；原"他告诉我"。）在家里做活（俞校："做活"——从己、庚、甲；原"做活计"。）做到三更天，若是替别人做一点半点，他家的那些奶奶太太们还不受用呢。"袭人道："偏生我们那个牛心左性的小爷，凭着小的大的活计，一概不要家里这些活计上的人作。（蒙侧：多情的尝（常）有这样"牛心左性"之癖。）我又弄不开这些。"宝钗笑道："你理他呢。只管叫人做去，只说是你做的就是了。”袭人道：“那里哄的信他。他才是认得出来呢。说不得，我只好慢慢的（俞校：“慢慢的”——从己、庚、甲；原“慢慢”。）累去罢了。”（蒙侧：痴心的情愿。）宝钗笑道：“你不必忙，我替你做些如何？”袭人笑道：“当真的这样，就是我的福了。晚上我亲自送过来。”一句话未了，忽见一个老婆子忙忙走来，说道：“这是那里说起！金钏儿姑娘好好的投井死了。”袭人吓了一跳，忙问：“那个金钏儿？”那老婆子道：“那里还有两个金钏儿呢，就是太太屋里的。前儿不知为什么撵他出去，在家里哭天哭地的，也都不理会他。谁知找他不见了。才刚打水的人在那东南角上（俞校：“东南角上”——从己、庚、晋、甲；原“东南角下”。）井里打水，见一个尸首，赶着叫人打捞起来，谁知是他！他们家还只管乱着要救活，那里中用了。”宝钗道：“这也奇了。”袭人听说，点头赞叹，想素日同气之情，不觉流下泪来。（蒙侧：又一哭法。）宝钗听见这话，忙向王夫人处来道安慰。（俞校：“来道安慰”——从己、庚、晋；原“来安慰”。）这里袭人回去不提。

却说宝钗来至王夫人处，（俞校：“王夫人处”——从庚；原“王夫人房中”。）只见鸦雀无闻，独有王夫人在里间房内坐着垂泪。（蒙侧：又一哭法。）宝钗便不好提这事，只得一旁坐了。（俞校：“一旁坐了”——从己、庚、晋、甲；原“在傍坐了”。）王夫人便问：“你从那里来？”宝钗道：“从园里来。”王夫人道：“你从园里来，可见你宝兄弟？”（蒙侧：世人多是凡事欲瞒人，偏不意中将要着逗露，理之所无，而事则多有，何也？）宝钗道：“才倒看见了他（俞校：“看见了他”——从己、庚、晋；原“看见他”。）穿了衣服出去了，不知那里去。”王夫人点头哭道：“你可知道一桩奇事？金钏儿忽然投井死了。”宝钗见说，道：“怎么好好的投井？这也奇了。”王夫人道：“原是前儿他把我一件东西弄坏了，我一时生气，打了他几下，撵了他下去。只说气他两天，还叫他上来。谁知他这么气性大，就投井死了，岂不是我的罪过！”宝钗叹道：“姨娘（俞校：“姨娘”——从己、庚、晋、甲；原“姨妈”。本回下同。）是慈善人，固然是这么想。据我看来，他并不是赌气投井，多半他下去住着，或是在井跟前憨顽，失了脚掉下去的。他在上头拘束惯了，这一出去，自然要到各处去顽顽逛逛。岂有这样大气的理！纵然有这样大气，也不过是个糊涂人，也不为可惜。”（蒙侧：善劝人，大见解。惜乎不知其情，虽精[金]美玉之言，不中奈何！王夫人点头叹道："这话虽然如此说，到底我心不安。"宝钗叹道："姨娘也不劳念念于兹。俞校："不劳念念于兹"——从己、晋；原"不必劳神念念于兹"。十分过不去，俞校："十分过不去"——从己、庚、晋、甲；原"若十分过不去"。不过多赏他几两银子发送他，也就尽主仆情了。"王夫人道："才刚我赏了他娘五十两银子。原要还把你妹妹们的新衣服拿两套给他妆裹，谁知凤丫头说，可巧都没有什么新做的衣服，只有你林妹妹作生日的两套。我想你林妹妹那个孩子素日是个俞校："素日是个"——从己、庚、晋、甲；原"素日是"。有心的，况且他原也三灾八难的，既说了给他过生日，这会子又给人去妆裹，岂不忌讳！因为这么样，我现叫裁缝赶两套给他。要是别的丫头，赏他几两银子也就完了；只是金钏儿虽然是个丫头，素日在我跟前，比我的女儿也差不多。"口里说着，不觉流下泪来。宝钗忙道："姨娘这会子又何用叫裁缝赶去。我前儿倒做了两套，拿来给他，岂不省事。况且他活着的时候，俞校："活着的时候"——从己、庚；原"活著时候"。也穿过我的旧衣服，身量又相对。"王夫人道："虽然这样，难道你不忌讳？"宝钗笑道："姨娘放心，我从来不计较这些。"一面说，一面起身就走。王夫人忙叫了两个人来，跟宝姑娘去。一时，宝钗取了衣服回来。只见宝玉在王夫人傍边坐着垂泪，王夫人正才说他，因宝钗来了，却掩了口不说了。蒙侧：云龙现影法，可爱煞人。宝钗见此景况，察言观色，早知觉了八分，于是将衣服交割明白。王夫人将他母亲叫来拿了去。俞校："拿了去"——从己、庚、晋、甲；原"拿了去了"。再听下回分解。

蒙戚回后：世上无情空大地，人间少爱景何穷。其中世界其中了，含笑同归造化功。

袭人、湘云、黛玉、宝钗等之爱之哭，各具一心，各具一见。而宝玉、黛玉之痴情痴性，行文如绘，真是现身说法，岂三家村老学究之可能梦见者？不禁炷香再拜！

第三十三回
手足眈眈小动唇舌　不肖种种大承笞挞

蒙戚回前：富贵公子，侯王应袭，容易在红粉场中作罪。风流情性，诗赋文词，偏只为莺花路间留滞。笑嘻嘻，哭啼啼，总是一般情事。

却说王夫人唤他母亲上来，（俞校："唤他母亲上来"——从庚；原"唤上他母亲来"。）拿几件簪环，当面赏与，又吩咐请几众僧人念经超度。他母亲磕头谢了出去。原来宝玉会过雨村回来，听见了，便知金钏儿含羞赌气自尽，心中早又五内摧伤。进来被王夫人数落教训，也无可回说。见宝钗进来，方得便出来，茫然不知何往，背着手，低头一面感叹，一面慢慢的走着。信步来至厅上，刚转过屏门，不想对面来了一人正往里走，可巧儿撞了个满怀。只听那人喝一声："站住！"宝玉吓了一跳，抬头一看，不是别人，却是他父亲，早不觉倒抽了一口气，只得垂手一旁站了。（俞校："一旁站了"——从己、庚、晋、甲；原"在傍站了"。）贾政道："好端端的，你垂头丧气，嗐些什么？（俞校："嗐些什么"——从己、庚；原"咳些什么"。）方才雨村来了，要见你，叫你那半天你才出来了；（俞校："你才出来了"——从庚；原"才出来"。）既出来，（俞校："既出来"——从庚；原"既出来了"。）全无一点慷慨挥洒谈吐，仍是葳葳蕤蕤。我看你脸上一团思欲愁闷气色。这会子又咳声叹气。你那些还不足，还不自在？无故这样，却是为何？"宝玉素日虽然口角伶俐，只是此时（俞校：“只是此时”——从己、庚、晋、甲；原“只是”。）一心总为金钏儿感伤，恨不得此时也身亡命殒，跟了金钏儿去。（蒙侧：真有此情，真有此理。）如今见了他父亲说这些话，究竟不曾听见，只是怔呵呵的（俞校：“怔呵呵的”——从庚；原“怔怔的”。）站着。

贾政见他惶悚，应对不似往日，原本无气的，这一来倒生了三分气。方欲说话，忽有回事人来回：“忠顺亲王府里有人来要见老爷。”贾政听了，心下疑惑，暗暗思忖道：“素日并不与忠顺府来往，为什么今日打发人来？”一面想，一面命快请。急走出来看时，却是忠顺府长史官，忙接进厅上坐了献茶。未及叙谈，那长史官先就说道：“下官此来，并非擅造潭府，皆因奉王命而来，有一件事相求。看王爷面上，敢烦老大人作主。不但王爷知情，（俞校：“知情”——从己、庚、晋；原“承情”。）且连下官辈亦感谢不尽。”贾政听了这话，抓不住（俞校：“抓不住”——从己、庚；原“抓不著”。）头脑，忙陪笑起身问道：“大人既奉王命而来，不知有何见谕？望大人宣明，学生好遵谕承办。”那长史官冷笑道：“也不必承办，只用大人一句话就完了。我们府里有一个做小旦的琪官，一向好好在府里，如今竟三五日不见回去。各处去找，又摸不着他的道路。因此各处察访。这一城内，十停人倒有八停人都说他近日和衔玉的那位令郎相与甚厚。下官辈听了，尊府不比别家，可以擅来索取，因此启明王爷。王爷亦云：‘若是别的戏子呢，一百个也罢了，只是这琪官随机应答，谨慎老成，甚合我老人家的心，竟断断少不得此人。’故此求老大人转谕令郎，请将琪官放回，一则可慰王爷谆谆奉恳，二则下官辈也可免操劳求觅之苦。”说毕，忙打一躬。贾政听了这话，又惊又气，即命唤宝玉来。宝玉也不知是何原故，忙赶来时，贾政便问：“该死的奴才！你在家不读书也罢了，怎么又做出这些无法无天的事来。那琪官现是忠顺王爷驾前承奉的人，你是何等草芥，无故引逗他出来，如今祸及于我。”宝玉听了，吓了一跳，忙回道：“实在不知此事。究竟连‘琪官’两个字，不知为何物，岂更又加‘引逗’二字。”说着，便哭了。贾政未及开言，只见那长史官冷笑道：“公子也不必掩饰。或隐藏在家，或知其下落，早说了出来，我们也少受些辛苦，岂不念公子之德。”宝玉连说不知，“恐是讹传，也未见得。”那长史官冷笑道：“现有据证，何必还赖？必定当着老大人说了出来，公子岂不吃亏！——既云不知此人，那红汗巾子怎么到了公子腰里？”宝玉听了这话，不觉轰去魂魄，目瞪口呆。心下自思：“这话他如何得知？他既连（俞校：“他既连”——从己、庚、晋、甲；原“既连”。）这样机密事都知道了，大约别的瞒他不过，不如打发他去了，免的再说出别的事来。”因说道：“大人既知他的底细，如何连他置买房舍这样大事倒不晓得了？听得说他如今在东郊离城二十里，有个什么紫檀堡，他在那里置了几亩田地，几间房舍。想是在那里，也未可知。”那长史官听了，笑道：“这样说，一定是在那里。我且去找一回。若有了便罢；若没有，还要来请教。”（蒙侧：宝玉其人，爱之有馀，岂可挞者！用此等文章逼之，能不使人肝胆愤烈，以成下文之严酷耶？）说着，便忙忙的走了。

贾政此时气的目瞪口歪，一面送出那长史官，一面回头命宝玉：“不许动，回来有话问你。”一直送那官员去了。才回身，忽见贾环带着几个小厮一阵乱跑。贾政喝命小厮：“快打，快打。”贾环见了他父亲，（俞校：“见了他父亲”——从己、庚、晋、甲；原“见他父亲”。）吓得骨软筋酥，忙低头站住。贾政便问道：“你跑什么？带着你的（俞校：“带着你的”——从己、庚、晋、甲；原“跟著你的”。）那些人都不管你，不知往那里逛去，由你野马一般。”喝命叫跟上学的人来。贾环见他父亲盛怒，便乘机说道：“方才原不曾跑。只因从那井边一过，那井里淹死了一个丫头，我看见人头这样大，身子这样粗，泡的实在可怕，所以才赶着跑了过来。”贾政听了，惊疑问道：“好端端的，谁去跳井？我家从无这样事情。自祖宗以来，皆是宽柔以待下人。大约我近年于家务疏懒，自然执事人操克夺之权，致使出这暴殄轻生的祸患。若外人知道，祖宗颜面何在。”喝命快叫贾琏、赖大、来兴来。（俞校：“来兴来”——原“兴来”，各本均同。己、庚勾转成“来兴”。疑应作“来兴来”。）小厮们答应了一声，方欲去叫。贾环忙上前拉住贾政袍襟，贴膝跪下，（俞校：“贴膝跪下”——从庚、晋、甲；原“贴膝下”。）道：“父亲不用生气。此事除太太房里的人，别人一点也不知道。我听见我母亲说……”说到这里，便回头四顾一看。蒙侧：如画。贾政知意，将眼一看众小厮。小厮们明白，都往两边后面退去。贾环便悄悄说道：“我母亲告诉我说，宝玉哥哥前日在太太屋里，拉着太太的丫头金钏儿强奸不遂，打了一顿，那金钏儿便赌气投井死了。”蒙侧：再逼下文，有不得不尽情若（苦）打之势。话未说完，把个贾政气的面如金纸，大喝：“快拿宝玉来！”一面说，一面便往里边书房俞校：“里边书房”——从庚；原“书房”。去。喝命：“今日再有人劝我，我把这冠带家私一应就交与他与宝玉过去。我免不得做个罪人，把这几根烦恼鬓毛剃去，寻个干净去处自了，俞校：“自了”——从己、庚、晋、甲；原“是了”。也免得上辱先人，下生逆子之罪！”蒙侧：一激再激，实文实事。众门客仆从见贾政这个形景，便知又是为宝玉了，一个个都是啖指咬舌，连忙退出。俞校：“连忙退出”——从己、庚、晋；原“连忙退去”。那贾政喘吁吁的直挺挺坐在椅子上，满面泪痕，蒙侧：为天下父母一哭。一叠声：“拿宝玉，拿大棍，拿索子捆上。把各门都关上。有人传信往里头去，立刻打死。”众小厮们俞校：“众小厮们”——从己、庚、晋、甲；原“众小厮”。只得齐声答应。有几个来找宝玉。

那宝玉听见贾政吩咐他不许动，早知凶多吉少，那里承望贾环又添了许多的话。正在厅上乾转，俞校：“乾转”——从己、庚；原“干转”。怎得个人来往里头去捎信，偏生没个人，连焙茗也不知在那里。正盼望时，只见一个老姆姆出来，宝玉如得了珍宝，便赶上来拉他，说道：“快进去告诉，老爷要打我呢。快去，快去！要紧，要紧！”宝玉一则急了，说话不明白；二则老婆子偏生又聋，竟不曾听见是什么话，把“要紧”二字只听作“跳井”二字，便笑道：“跳井让他跳去，二爷怕什么？”宝玉见是个聋子，便着急道：“你出去叫我的小厮来罢。”那婆子道：“有什么不了的事，老早的完了。太太又赏了衣服，又赏了银子，怎么不了事的！”蒙侧：写老妓（婆）子爱说无要紧的说（话），真如见其人，如闻其声。宝玉急的跺脚，正没抓寻处，只见贾政的小厮走来，逼着他出去了。贾政一见，眼都红紫，也不暇问他在外流荡优伶，表赠私物；在家荒疏学业，淫辱母

手足眈眈小动唇舌　不肖种种大承笞挞

婢等语，（蒙侧：了结得灵活。）只喝命："堵起嘴来，着实打死！"小厮们不敢违拗，只得将宝玉按在凳上，举起大板打了十来下。贾政犹嫌打轻了，一脚踢开掌板的，自己夺过来，咬着牙，狠命盖了三四十下。众门客见打的不祥了，（俞校："不祥了"——从己、庚、甲；原"不像了"。）忙上前夺劝。贾政那里肯听，说道："你们问问他干的勾当可饶不可饶！素日皆是你们这些人把他酿坏了，到这步田地还来解劝。明日酿到他弑君杀父，你们才不劝不成！"（俞校："才不劝不成"——从己、庚、晋、甲；原"才解劝不成"。）众人听这话不好听，知道气急了，（俞校："气急了"——从己、庚、晋、甲；原"气极了"。）忙又退出，只得觅人进去给信。王夫人不敢先回贾母，只得忙穿衣出来，也不顾有人没人，忙忙赶往书房中来。（蒙侧：为天下慈母一哭。）慌的众门客小厮等避之不及。王夫人一进房来，贾政更如火上浇油一般，那板子越发下去的又狠又快。按宝玉的两个小厮忙松了手走开，宝玉早已动弹不得了。

贾政还欲打时，早被王夫人抱住板子。贾政道："罢了，罢了，今日必定要气死我才罢！"王夫人哭道："宝玉虽然该打，老爷也要自重。况且炎天暑日的，老太太身上也不大好。打死宝玉事小，倘或老太太一时不自在了，岂不事大！"（蒙侧：父母之心，昊天罔极。贾政、王夫人易地则皆然。）贾政冷笑道："倒休提这话。我养了这不肖的孽障，已不孝；教训他一番，又有众人护持；不如趁今日一发勒死了，以绝将来之患。"说着，便要绳索来勒死。王夫人连忙抱住，哭道："老爷虽然应当管教儿子，也要看夫妻分上。我如今已将五十岁的人，只有这个孽障。必定苦苦的以他为法，我也不敢深劝。（俞校："不敢深劝"——从己、庚、晋、甲；原"不敢死劝"。）今日越发要他死，岂不是有意绝我！既要勒死他，快拿绳子来，先勒死我，再勒死他。我们娘儿们不敢含怨，到底在阴司里得个依靠。"（蒙侧：使人读之，声哽咽而泪雨下。）（蒙戚双：未丧母者来细玩，既丧母者来痛哭。）说毕，爬在宝玉身上大哭起来。贾政听了此话，不觉长叹一声，向椅子上坐了，泪如雨下。王夫人抱着宝玉，只见他面白气弱，底下穿着一条绿纱小衣皆是血渍，禁不住解下汗巾（俞校："解下汗巾"——从己、庚、晋、甲；原"解汗巾"。）看，由臀至胫，（俞校："由臀至胫"——原"由豚至胫"，今改。）或青或紫，或整或破，竟无一点好处，不觉失声大哭起来："苦命的儿吓！"因哭出"苦命儿"俞校："苦命儿"——从己、庚、晋、甲；原"命苦儿"。来，忽又想起贾珠来，便叫着贾珠，哭道蒙侧：慈母如画。："若有你活着，便死一百个我也不管了。"此时里面的人闻得王夫人出去，那李宫裁、王熙凤与迎春姊妹早已出来了。王夫人哭着贾珠的名字，别人还可，惟有宫裁禁不住也放声哭了。贾政听了，那泪珠更似滚瓜一般滚了下来。正没开交处，忽听丫鬟来说："老太太来了。"一句话未了，只听窗外俞校："只听窗外"——从己、庚、晋、甲；原"只见窗外"。颤巍巍的声气说道蒙侧：老人家形影活现。："先打死我，再打死他，岂不干净了！"贾政见他母亲来了，又急又痛，连忙迎出来。只见贾母扶着丫头，喘吁吁的俞校："喘吁吁的"——从庚；原"喘气的"。走来。贾政上前躬身陪笑，说道："大暑热天，母亲有何生气，亲自走来。有话，只该叫了儿子进去吩咐。"贾母听说，便止住步，喘息一回，厉声道蒙侧：大家规模，一丝不乱。："你原来是俞校："你原来是"——从己、庚；原"你原来"。和我说话！我倒有话吩咐，只是可怜我一生没养个好儿子，却叫我和谁说去？"贾政听这话不像，忙跪下含泪说道："为儿的俞校："为儿的"——从己、庚、晋、甲；原"为儿"。教训儿子，也为的是光宗耀祖。母亲这话，我做儿的如何禁得起？"贾母听说，便啐了一口，说道："我说了一句话，你就禁不起；你那样下死手的板子，难道宝玉就禁得起了！蒙侧：偏有是理。你说教训儿子是光宗耀祖，当初你父亲是怎么教训你来！"蒙侧：如此碍犯文字，随景生情，毫无牵滞。说着，不觉就俞校："不觉就"——从庚；原"也不觉"。滚下泪来。

贾政又陪笑道："母亲也不必伤感，皆是做儿的一时性起。从此以后，再不打他了。"贾母便冷笑道："你也不必和我使性子赌气的。俞校："使性子赌气的"——从庚；原"赌气"。你的儿子，我也不该管你打不打。我猜着你也厌烦我娘儿们，不如我们赶早儿俞校："赶早儿"——从庚；原"早"。离了你，大家干净。"说着，便命人："看轿马！我和你太太、宝玉立刻回南京去。"家下人只得干答应着。贾母又叫王夫人道："你也不必哭了。如今宝玉年纪小，你疼他；他将来长大成人，俞校："长大成人"——从庚；原"长大"。为官做宰的，也未必想着你是他母亲了。你如今倒不要疼他，只怕将来还少生一口气呢！”贾政听说，忙叩头哭道：“母亲如此说，贾政无立足之地。”贾母冷笑道：“你分明使我无立足之地，你反说起你来！只是我们回去了，你心里干净，看有谁来许你打。”一面说，一面只命快打点行李车轿回去。贾政苦苦叩求认罪。贾母一面说话，一面又记挂宝玉，忙进来看时，只见今日这顿打不比往日，又是心疼，又是生气，也抱着哭个不了。王夫人与凤姐等解劝了一会，方渐渐的止住。早有丫鬟媳妇等上来，要搀宝玉。凤姐便骂道（蒙侧：能事者自不凡。）：“糊涂东西，也不睁开眼瞧瞧。打的这么个样儿，还要搀着走！还不快进去，把那藤屉子春凳抬出来呢。”众人听说，连忙进去，果然抬出春凳来，将宝玉抬放凳上，随着贾母、王夫人等进去，（俞校：“进去”——从己、庚、晋、甲；原“送去”。）送至贾母房中。彼时贾政见贾母气未全消，不敢自便，也跟了进去。看看宝玉，果然打重了。再看看王夫人，儿一声，肉一声，“你替珠儿早死了，留着珠儿，免你父亲生气，我也不白操这半世的心了。这会子你倘或有个好歹，丢下我，叫我靠那一个？”数落一场，又哭“不争气的儿”！贾政听了，也就灰心，自悔不该下毒手，打到如此地步。（蒙侧：天下作父兄者，教子弟时亦当留意。）先劝贾母。贾母含泪道：“你不出去，还在这里做什么？难道于心不足，还要眼看着他死了才去不成？”（蒙侧：遣之有法。）贾政听说，方退了出去。

此时薛姨妈同宝钗、香菱、袭人、史湘云也都在这里。袭人满心委屈，只不好十分使出来。见众人围着，灌水的灌水，打扇的打扇，自己插不下手去，便越性走出来，（蒙侧：各自有各自一番作用。）到二门前，命小厮们找了焙茗来细问：“方才好端端的，为什么打起来？你也不早来透个信儿。”焙茗急的说：“偏生我没在跟前，（俞校：“没在跟前”——从己、庚、晋、甲；原“不在跟前”。）打到半中间，我才听见了。忙打听原故，却是为琪官同金钏姐姐的事。”袭人道：“老爷怎么得知道的？”（俞校：“怎么得知道的”——从己、庚、晋；原无“道”。）焙茗道：“那琪官的事，多半是薛大爷素日吃醋，（俞校：“素日吃醋”——从庚；原“素习吃醋”。）没法儿出气，不知在外头挑唆了谁来，在老爷跟前下的火。那金钏儿的事，是三爷说的。我也是听见老爷的人说的。”袭人听了这两件事都对景，心中也就信了八九分。然后回来，只见众人都替宝玉疗治。调停完备，贾母命好生抬到他房内去。众人答应，七手八脚，忙把宝玉送入怡红院内自己床上卧好。又乱了半日，众人渐渐散去，袭人方进前来俞校：“进前来”——从己、庚、晋、甲；原“近前来”。经心伏侍。问他端的，且听下回分解。

戚回后：严酷其刑以教子，不情中十分用情。牵连不断以思婢，有恩处一等无恩。严父慈母一般爱子，亲优溺婢总是乖淫。蒙头花柳谁解春光，跳出樊笼一场笑话。

第三十四回
情中情因情感妹妹　错里错以错劝哥哥

蒙戚回前：两条素帕，一片真心。三首新诗，万行珠泪。袭卿高见动夫人，薛家兄妹空争气。自古道：情是苦根苗，慧性灵心的，回头须早。

话说袭人见贾母、王夫人等去后，便走来宝玉身边坐下，含泪问他怎么就打到这步田地。宝玉叹气说道："不过为那些事，问他做什么。只是下半截疼的很，你瞧瞧，打坏了那里？"袭人听说，便轻轻的伸手进去，将中衣褪下。宝玉略动一动，便咬着牙叫嗳哟。袭人连忙停住手。如此三四次，才褪了下来。袭人看时，只见腿上半段青紫，都有四指阔的僵痕高了起来。袭人咬着牙说道："我的娘！怎么下这般的狠手！你但凡听我一句话，也不得到这步地位。幸而没动筋骨，倘或打出个残疾来，可叫人怎么样呢！"

正说着，只听丫鬟们说："宝姑娘来了。"袭人听见，知道穿不及中衣，便拿了一床袷纱被俞校："袷纱被"——从己、庚；原"夹纱被"。替宝玉盖了。只见宝钗手里托着一丸药走进来，蒙侧：请问是关心不是关心？向袭人说道："晚上把这药用酒研开，替他敷上，把那淤血的热毒散开，可以就好了。"说毕，递与袭人。又问道："这会子可好些？"宝玉一面道谢，说好了，又让坐。宝钗见他睁开眼说话，不像先时，心中也宽慰了好些，便点头叹道："早听人一句话，蒙侧：同袭人语。也不至今日。别说老太太、太太心疼，就是我们看着，心里也疼。"刚说了半句，又忙咽住，俞校："咽住"——从己、庚；原"掩住"。紧接下一处同。自悔说的话急速了，蒙侧：行云流水语，微露半含时。不觉红了脸，低下头来。宝玉听得这话如此亲切稠密，大有深意；忽见他又咽住不往下说，红了脸，低下头，只管弄衣带，那一种娇羞怯怯非可形容得出者，不觉心中大畅，将疼痛早丢在九霄云外。心中自思："我不过捱了几下打，他们一个个就有这些怜惜悲感之态露出，令人可玩可观，可怜可敬。假若我一时竟遭殃横死，他们还不知是何等悲感呢！蒙侧：得遇知己者，多生［此］等痴思痴喜。既是他们这样，我便一时死了，得他们如此，一生事业纵然尽付东流，亦无足叹惜。冥冥之中，若不怡然自得，亦可谓俞校："亦可谓"——从己、庚、晋；原"亦谓"。糊涂鬼祟矣。"想着，只听宝钗问袭人道："怎么好好的动了气就打起来了？"袭人便把焙茗的话说了出来。宝玉原来还不知道贾环的话，见袭人说出，方才知道。因又拉上薛蟠，惟恐宝钗沉心，忙又止住袭人道："薛大哥哥从来不这样的，你们别混猜度。"俞校："别混猜度"——从晋、甲；原"别混裁度"。宝钗听说，便知宝玉是怕他多心，用话相拦俞校："相拦"——从庚；原"拦"。袭人，因心中暗暗想道："打的这个形象，疼还顾不过来，还是这样细心，怕得罪了人，可见在我们身上也算是用心了。蒙侧：天下古今英雄，同一感慨。你既这样用心，何不在外头大事上做功夫，老爷也欢喜了，也不能吃这样亏。但你固然怕我沉心，所以拦袭人的话，难道我就不知我的哥哥素日恣心纵欲，毫无防范的那种心性。当日为一个秦钟，还闹的天翻地覆，自然如今比先更利害了。"想毕，因笑道："你们也不必怨这个，怨那个。据我想，到底宝兄弟素日不正，肯和那些人来往，老爷才生气。就是我哥哥说话不防头，一时说出宝兄弟来，也不是有心调唆：一则也是本来的实话；二则他原不理论这些防嫌小事。袭姑娘从小儿只见宝兄弟这么样细心的人，

〔蒙侧：心头口头，不觉透露。〕你何曾见过〔俞校："何曾见过"——从庚；原"何曾见过我那哥"。〕天不怕，地不怕，心里有什么口里就说什么的人。"袭人说出薛蟠来，见宝玉拦他的话，早已明白自己说造次了，〔俞校："造次了"——从己、晋；原"放恣了"。〕恐宝钗没意思。听宝钗如此说，更觉羞愧无言。宝玉又听宝钗这番话，一半是堂皇正大，一半是去自己疑心，更觉比先畅快了。方欲说话时，只见宝钗起身说道："明儿再来看你。你好生养着罢。方才我拿了药来〔俞校："拿了药来"——从己、庚、晋、甲；原"拿来的药"。〕交给袭人，晚上敷上，管就好了。"〔蒙侧：何等关心！〕说着，便走出门去。袭人赶着送出院外，说："姑娘倒费心了。改日宝二爷好了，亲自来谢。"宝钗回头笑道："有什么谢处！你只劝他好生静养，别胡思乱想的就好了。〔蒙侧：的确真心。〕不必惊动老太太、太太众人。倘或吹到老爷耳朵里，虽然彼时不怎么样，将来对景终是要吃亏的。"〔蒙侧：要紧。〕说着，一面去了。袭人抽身回来，心内着实感激宝钗。进来见宝玉沉思默默，似睡非睡的模样，因而退出房外，自去栉沐。宝玉默默的躺在床上，无奈臀上〔俞校："臀上"——原"豚上"。今改。〕作痛，如针挑刀挖一般，更又热如火炙，略展转时，禁不住嗳哟之声。那时天色将晚，因见袭人去了，却有三两个丫鬟伺候，此时并无呼唤之事，因说道："你们且去梳洗，等我叫时再来。"众人听了，也都退出。

这里宝玉昏昏默默，只见蒋玉菡走了进来，诉说忠顺府拿他之事；一时，又见金钏儿进来，哭说为他投井之情。〔俞校："投井之情"——从己、晋、甲；原"投井之故"。〕宝玉半梦半醒，都不在意。忽又觉有人推他，恍恍惚惚，听得有人悲泣之声。宝玉从梦中惊醒，睁眼一看，不是别人，却是林黛玉。宝玉犹恐是梦，忙又将身子欠起来，向脸上细细一认，只见他两个眼睛肿的桃儿一般，满面泪光，不是黛玉，却是那个！宝玉还欲看时，怎奈下半截疼痛难禁，支持不住，便嗳哟一声，仍就倒下，叹了一声，说道："你又做什么跑来！虽说太阳落下去，那地上馀热未散，走两趟，又要受了暑。我虽然捱了打，并不觉疼痛。我这个样儿，只装出来哄他们，好在外头布散与老爷听，其实是假的。（蒙侧：有这样一段语（话），方不没减颦儿之痛哭眼肿。英雄失足，每每至死不改，皆犹此耳。）你不可认真。”此时林黛玉虽不是嚎啕大哭，然越是这等无声之泣，气噎喉堵，更觉利害。听了宝玉这番话，心中虽有万句言词，只是不能说得半句，（俞校：“说得半句”——从庚；原“说得”。）半日方抽抽噎噎的说道：“你从此可都改了罢！”（蒙侧：心血淋漓，酿成此数字。）宝玉听说，便长叹一声道：“你放心。别说这样话。我便为这些人死了，也是情愿的。”一句话未了，（俞校：“一句话未了”——从己、庚、晋、甲；原“况已是活过来了”。）（蒙侧：文气斩节（截）。）只见院外人说：“二奶奶来了。”林黛玉便知是凤姐来了，连忙立起身，说道：“我从后院子里去罢，回来再来。”宝玉一把拉住道：“这又奇了。好好的怎么怕起他来？”林黛玉急的跺脚，悄悄的说道：“你瞧瞧我的眼睛，又该他取笑开心呢。”（蒙侧：不避嫌疑，不惜声名，破格牵连，诚为可叹，着实可怜。）宝玉听说，赶忙的放了手。黛玉三步两步，转过床后，出后院而去。凤姐从前头已进来了，问宝玉：“可好些了？想什么吃？叫人往我那里取去。”接着，薛姨妈又来了。一时，贾母又打发了人来。

至掌灯时分，宝玉只喝了两口汤，便昏昏沉沉的（俞校：“昏昏沉沉的”——从己、庚、晋、甲；原无“的”。）睡去。接着周瑞媳妇、吴新登媳妇、（俞校：“吴新登媳妇”——依前后文统一，盖非别有一人；原“吴龙登媳妇”。）郑好时媳妇，这几个有年纪常往来的，听见宝玉捱了打，也都进来。袭人忙迎出来，悄悄的笑道：“婶婶们来迟了一步，二爷才睡着了。”（蒙侧：袭卿善词令，会周旋。）说着，一面带他们到那边房里坐了，倒茶与他们吃。（俞校：“与他们吃”——从己、庚、晋、甲；原“与他吃”。）那几个媳妇子都悄悄的（俞校：“悄悄的”——从己、庚、晋、甲；原“悄悄”。）坐了一回，向袭人说：“等二爷醒了，你替我们说罢。”袭人答应了，（俞校：“答应了”——从己、庚、晋、甲；原“答应”。）送他们出去。刚要回来，只见王夫人使个婆子来，口称：“太太叫一个跟二爷的人呢。”袭人见说，想了一想，便回身悄悄的告诉晴雯、麝月、檀云、秋纹等说：“太太叫人。你们好生在房里，我去了就来。”（蒙侧：身任其责，不惮劳烦。）说毕，同那婆子一径（俞校：“一径”——从己、庚、晋、甲；原“径”。）出了园子，来至上房。王夫人正坐在凉榻上，摇着芭蕉扇子，见他来了，说道：“你不管叫个谁来也罢了。你又丢了他来了，谁伏侍他呢？”袭人见说，忙陪笑回道：“二爷才睡安稳了。那四五个丫头如今也好了，

（俞校：“也好了”——从己、庚、晋、甲；原“也”。）会伏侍二爷了。太太请放心。恐怕太太有什么话吩咐，打发他们来，一时听不明白，倒耽误了。”（蒙侧：能事解事，能了事。）王夫人道：“也没甚话，（俞校：“也没甚话”——从己、庚、晋；原“也没话说”。）白问问他这会子疼的怎么样。”袭人道：“宝姑娘送去的药，我给二爷敷上了，（蒙侧：补足。）比先好些了。先疼的躺不稳，这会子都睡沉了，可见好些了。”王夫人又问：“吃了什么没有？”袭人道：“老太太给的一碗汤，喝了两口，只嚷干渴，要吃酸梅汤。我想着酸梅是个收敛的东西，才刚挨了打，又不许叫喊，自然急的那热毒热血未免不（俞校：“未免不”——从己、庚；原“未免”。）存在心里，倘或吃下这个去，激在心里，（俞校：“激在心里”——从己、庚、晋、甲；原“结在心里”。）再弄出大病来，可怎么样呢！（俞校：“怎么样呢”——从庚；原“怎么样”。）因此，我劝了半天，才没吃，（蒙侧：能事处。）只拿那糖腌的玫瑰卤子和了吃。吃了半碗，又嫌吃絮了，不香甜。”王夫人道：“嗳哟，你不该（俞校：“你不该”——从己、庚；原“你不”。）早来和我说！前儿有人送了两瓶子香露（俞校：“两瓶子香露”——从己、庚、晋；原“两瓶香露”。）来，原要给他点子的，我怕胡糟蹋（俞校：“胡糟蹋”——从己、庚、晋、甲；原“胡乱糟蹋”。）了，就没给。既是他嫌那些玫瑰膏子絮烦，把这个拿两瓶子去。一碗水里只用挑一茶匙儿，就香的了不得呢。”说着，就唤彩云来，把前儿的那几瓶香露拿了来。袭人道：“只拿两瓶来罢，多了也白糟蹋。等不够再要，再来取也是一样。”彩云听说，去了半日，果然拿了两瓶（俞校：“拿了两瓶”——从己、庚、晋、甲；原“拿了两瓶子”。）来，付与袭人。袭人看时，（俞校：“袭人看时”——从己、庚、晋、甲；原“看时”。）只见两个玻璃小瓶，却有三寸大小，上面螺丝银盖，鹅黄签上写着“木樨清露”，那一个写着“玫瑰清露”。袭人笑道：“好金贵东西！这么个小瓶儿，能有多少。”王夫人道：“那是进上的。你没看见鹅黄签子？你好生替他收着，别糟蹋了。”袭人答应着，方要走时，王夫人又叫：“站着，我想起一句话来问你。”袭人忙又回来。王夫人见房内无人，便问道：“我恍惚听见宝玉今儿挨打是环儿在老爷跟前说了什么话，你可听见这个了？你要听见，你告诉我听听，我也不吵出来，（俞校：“吵出来”——从己、庚、晋、甲；原“吵嚷出来”。）教人知道（俞校：“教人知道”——从己、庚；原“叫人知道”。）是你说的。”袭人道：“我倒没听见这话。为二爷霸占着戏子，人家来和老爷要，为这个打的。”

王夫人摇头，说道："也为这个，还有别的原故。"袭人道："别的原故，实在不知道了。我今儿在太太跟前大胆说句（俞校："在太太跟前大胆说句"——从庚；原"大胆在太太跟前说句"。）不知好歹的话。论理——"说了半截，忙又咽住。王夫人道："你只管说。"袭人笑道："太太别生气，我就说了。"王夫人道："我有什么生气的，你只管说来。"袭人道："论理，（俞校："论理"——从己、庚、晋、甲；原无。）我们二爷也须得老爷教训两顿；若老爷再不管，将来不知（俞校："将来不知"——从庚、晋；原"不知将来"。）做出什么事来呢！"王夫人一闻此言，便合掌念声"阿弥陀佛"，（蒙侧：能了事处。）由不得赶着袭人叫了一声："我的儿！亏了你也明白这话，和我的心一样。（蒙侧：袭卿之心，所谓"良人所仰望而终身也"。今若此，能不痛哭流泣（涕），以成此语？）我何曾不知道管儿子。先时你珠大爷在，我是怎么样管他，难道我如今倒不知管儿子了！只是有个原故：如今我想，我已经快五十岁的人，通共剩了他一个，他又长的单弱，况且老太太宝贝似的；若管紧了他，倘或再有个好歹，或是老太太气坏了，那时上下不安，岂不倒坏了！（俞校："倒坏了"——从己、庚、晋；原"坏了"。）所以就纵坏了他。（俞校："纵坏了他"——从己、庚、晋、甲；原"纵坏他"。）我常常掰着口儿（俞校："掰着口儿"——从己、庚、甲；原"苦著口儿"。）劝一阵，说一阵，气的骂一阵，哭一阵，彼时他好，过后儿还是不相干，端的吃了亏才罢了。若打坏了，将来我靠谁呢？"（蒙侧：变转之句，勉强之言，真体贴尽溺爱之心。）说着，由不得滚下泪来。袭人见王夫人这般悲感，自己也不觉伤了心，陪着落泪。又道："二爷是太太养的，岂不心疼。便是我们做下人的，伏侍一场，大家落个平安，也算是造化了。要这样起来，连平安都不能了。那一日，那一时，我不劝二爷，只是再劝不醒。偏生那些人又肯亲近他，也怨不得他这样。总是我们劝的倒不好了。今儿太太提起这话来，我还记挂着一件事，每要来回太太，讨太太个主意，只是我怕太太疑心，（俞校："怕太太疑心"——从己、庚、晋、甲；原"怕太太心疑"。）不但我的话白说了，且连葬身之地都没了。"（蒙侧：打进一层。非有前项如许讲究，这一层即为唐突了。）王夫人听了这话内有因，忙问道："我的儿，你有话只管说。近来我因听见众人背前背后都夸你，我只说你不过是在宝玉身上留心，或是诸人跟前和气，这些小意思好；（俞校："小意思好"——原下有"所以将你合老姨娘一体行事"，从甲删。）谁知你方才和我说的话全是大道理，正和我的想头一样。俞校："正和我的想头一样"——从庚；原"正合我的心事"。你有什么，只管说什么，只别叫别人知道就是了。"袭人道："我也没什么别的说，我只想着讨太太一个示下，怎么变个法儿，以后竟还叫二爷搬出园外来住就好了。"王夫人听了，吃一大惊，忙拉了袭人的手，问道："宝玉难道和谁作怪了不成？"袭人忙回道："太太别多心，并没有这话。不过是我的小见识：如今二爷也大了，里头姑娘们也大了，——况且林姑娘、宝姑娘又是两姨姑表姊妹，虽说是姊妹们，到底是男女之分，日夜一处起坐不方便，由不得叫人悬心；便是外人看着，也不像一家子的事。俞校："一家子的事"——从己、庚、晋；原"大家子的事"。蒙侧：远虑近忧，言言字字，真是可人。俗语说的，没事常思有事。俞校："常思有事"——从己、庚、晋、甲；原"常说有事"。世上多少无头脑的事，多半因为无心中做出，俞校："做出"——从己、庚、晋、甲；原"作出"。有心人看见，当作有心事，反说坏了。只是预先不防着，断然不好。二爷素日性格，太太是知道的，他又偏好在我们队里闹。倘或不防前后，错了一点半点，不论真假，人多口杂。那起小人的嘴有什么避讳，心顺了，说的比菩萨还好；心不顺，就贬的连畜牲不如。二爷将来倘或有人说好，不过大家直过没事；俞校："直过没事"——从庚；原"直过"。若要叫人说出一个不好字来，俞校："若要叫人说出一个不好字来"——从庚；原"设若叫人哼出一声不字来"。我们不用说粉身碎骨，罪有万重，都是平常小事，但后来二爷一生的声名品行岂不完了。蒙侧：袭卿爱人以德，竟至如此，字字逼来，不觉令人敬听。看官自省，切[不]可阔略，戒之。二则太太也难见老爷。俗语又说，君子防未然。不如这会子防避的为是。太太事情多，一时固然想不到。我们想不到则可，既想到了，若不回明太太，罪越重了。近来我为这事，日夜悬心，又不好说与人，惟有灯知道罢了。"王夫人听了这话，如雷轰电掣的一般，正触了金钏儿之事，心内越发感爱袭人不尽，忙笑道："我的儿，你竟有这个心胸，想的这样周全。我何曾又不想到俞校："又不想到"——从己、庚、晋、甲；原"不想到"。这里，只是这几次有事就忘了。你今儿这一番话俞校："这一番话"——从己、庚、晋、甲；原"这一翻话"。提醒了我。难为你成全我娘儿两个名声体面，真真我竟不知道你这样好。罢了，你且去罢，我自有道理。蒙侧：溺爱者偏会如此说。只是还

情中情因情感妹妹　错里错以错劝哥哥

有一句话：你今（俞校："你今"——从己、庚；原"你今日"。）既说了这样的话，我就把（俞校："我就把"——从己、庚、晋、甲；原"就把"。）他交给你了，好歹留心。保全了他，（俞校："保全了他"——从己、庚、晋；原"保全他"。）就是保全了我。我自然不辜负你。"袭人连连答应着去了。回来正值宝玉睡醒，袭人回明香露之事，宝玉喜不自禁，即命调来尝试，果然香妙非常。（俞校："香妙非常"——从己、庚、晋、甲；原"绝妙非常"。）因心下记挂着黛玉，满心里要（俞校："满心里要"——从己、庚、晋、甲；原"要满心里"。）打发人去，只是怕袭人，便设一法，先使袭人往宝钗那里去借书。

袭人去了，宝玉便命晴雯来，（蒙戚双：前文晴雯放肆，原有把柄所持也。）吩咐道："你到林姑娘那里看看他做什么呢。他要问我，只说我好了。"晴雯道："白眉赤眼，做什么去呢？到底说一句话儿，也像一件事。"宝玉道："没有什么可说的。"（俞校："可说的"——从己、庚、晋、甲；原"可说"。）晴雯道："若不然，或是送件东西，或是取件东西。不然，我去了怎么搭赸（俞校："搭赸"——从己、庚、晋、甲；原"搭闪"。）呢？"宝玉想了一想，便伸手拿了两条手帕子撂与晴雯，笑道："也罢，就说我叫你送这个给他去了。"（俞校："送这个给他去了"——从己、庚、晋、甲；原无"了"。）晴雯道："这又奇了。他要这半新不旧的两条手帕子！他又要恼了，说你打趣他。"宝玉笑道："你放心，他自然知道。"晴雯听了，只得拿了帕子往潇湘馆来。只见春纤正在栏杆上晾手帕子，（蒙侧：送的是手帕，晾的是手帕，妙文。）见他进来，忙摆手儿，（俞校："摆手儿"——从己、庚；原"拍手儿"。）说："睡下了。"晴雯走进来，满屋魆黑，并未点灯。黛玉已睡在床上，问是谁。晴雯忙答道："晴雯。"黛玉道："做什么？"晴雯道："二爷送手帕子来给姑娘。"黛玉听了，心中发闷（俞校："心中发闷"——从庚；原下有"暗想"。）："做什么送手帕子来给我？"因问："这帕子是谁送他的？必定是上好的。叫他留着送别人罢，我这会子（俞校："我这会子"——从庚、晋；原"我这会"。）不用这个。"晴雯笑道："不是新的，就是家常旧的。"林黛玉听见，越发闷住，（俞校："越发闷住"——从己、庚、晋、甲；原"越发著闷"。）着实细心搜求，思忖一时，方大悟过来，连忙说："放下，去罢。"晴雯听了，只得放下，抽身回去。一路盘算，不解何意。这里林黛玉体贴出手帕子的意思来，不觉神魂驰荡：宝玉这番苦心，能领会我（俞校："能领会我"——从己、庚、晋、甲；原"能领"。）这番苦意，又令我可喜；我这番意思，（俞校："我这番意思"——从庚旁改（"思"旁添）；原"我这番意"。）不知将来如何，又令我可悲；忽然好好的送两块旧帕子来，俞校："旧帕子来"——从己、庚；原"旧手帕子"。若不是领我深意，单看了这帕子，又令我可笑；再想俞校："再想"——从己、庚、晋；原"再"。令人私相传递与我，俞校："与我"——从庚；原"于我"。下"令我"二字，原无，以意补。［令我］可惧；我自己每每好哭，俞校："每每好哭"——从己、庚、晋、甲；原"每每好笑"。想来也无味，又令我可愧：如此左思右想，一时五内沸然炙起，黛玉由不得馀意缠绵，命掌灯，也想不起嫌疑避讳等事，便向案上研墨蘸笔，便向那两块旧帕上走笔写道：

其一

眼空蓄泪泪空垂，暗洒闲抛却为谁。

尺幅鲛绡劳解赠，叫人焉得不伤悲！

其二

抛珠滚玉只偷潸，俞校："只偷潸"——从乙；原"只偷潜"。镇日无心镇日闲。

枕上袖边难拂拭，任他点点与斑斑。

其三

彩线难收面上珠，湘江旧迹已模糊。

窗前亦有千竿竹，不识香痕渍也无。

林黛玉还要往下写时，觉得浑身火热，面上作烧，走至镜台，揭起锦袱一照，只见腮上通红，自羡压倒桃花，却不知病由此萌。一时，方上床睡去，犹拿着那帕子思索。不在话下。

却说袭人来见宝钗，俞校："来见宝钗"——从己、庚、晋、甲；原"来看宝钗"。谁知宝钗不在园内，往他母亲那里去了，袭人便空手回来。等至二更，宝钗方回来。原来宝钗素知薛蟠情性，心中已有一半疑薛蟠调唆了人来告宝玉的；谁知又听袭人说出来，越发信了。究竟袭人是焙茗说的，那焙茗也是私心窥度，一半据实，竟认准是他说的。那薛蟠都因素日有这个名声，其实这一次俞校："这一次"——从庚、晋、甲；原"这次"。却不是俞校："却不是"——从己、庚、晋、甲；原"都不是"。他干的，被人生生的一口咬死是他，有口难分。这日正从外头吃了酒回来，见过母亲，只见宝钗在这里。说了几句闲话，因问：“听见宝兄弟吃了亏，是为什么？”薛姨妈正为这个不自在，见他问时，便咬牙道：“不知好歹的冤家，都是你闹的，你还有脸来问！”薛蟠见说，便怔了，忙问道：“我何尝闹什么？”薛姨妈道：“你还装憨呢！人人都知道是你说的，还赖呢。”薛蟠道：“人人说我杀了人，也就信了罢？”薛姨妈道：“连你妹妹都知道 俞校：“你妹妹都知道”——从己、庚、晋、甲；原无“道”。 是你说的，难道他也赖你不成！”宝钗忙劝道：“妈和哥哥且别叫喊，消消停停的就有个青红皂白了。”因向薛蟠道：“是你说的也罢，不是你说的也罢，事情也过去了，俞校：“也过去了”——从己、庚、晋、甲；原“已过去了”。不必较证，倒把小事儿 俞校：“小事儿”——从己、庚；原“小事”。弄大了。我只劝你从此以后，少在外头胡闹，少管别人的事。天天一处大家胡逛，你是个不防头的人，过后没事就罢了，倘或有事，不是你干的，人人都也疑惑[着] 俞校：“疑惑[着]”——原“疑惑若”，己、庚、晋均同。意改“疑惑着”。是你干的。不用说别人，我就先疑惑。”薛蟠本是个心直口快的人，一生见不得这样藏头露尾的事，又见那宝钗劝他不要逛去，他母亲又说他犯舌，宝玉之打是他治的，早已急的乱跳，赌身发誓的分辨。又骂众人：“谁这样赃派我？我把那囚攮的牙敲了才罢。分明是为打了宝玉，没的献勤儿，拿我来作幌子。难道宝玉是天王？他父亲打他一顿，一家子定要闹几天。那一回为他不好，姨爹打了他两下子，过后老太太不知怎么知道了，说是珍大哥哥治的，好好的叫了去骂了一顿。今儿越发拉上我了。既拉上我也不怕，越性进去把宝玉打死了，我替他偿了命，俞校：“把宝玉打死了，我替他偿了命”——从己、庚、晋、甲；原“宝玉打死我，他替我偿了命”。大家干净。”一面嚷，一面抓起一根门闩来就跑。慌的薛姨妈一把拉住，骂道：“作死的孽障！你打谁去？你先打我来。”

薛蟠急的眼似铜铃一般，嚷道：“何苦来！又不叫我去，又好好的赖我。将来宝玉活一日，我担一日的口舌，不如大家死了清净。”宝钗忙也上前 俞校：“忙也上前”——从己、庚、晋、甲；原“忙又上前”。劝道：“你忍耐些儿罢。妈急的这个样儿，你不说来劝妈，俞校："你不说来劝妈"——从己、庚、晋、甲；原"不说来劝妈"。你还反闹的这样。别说是妈，便是旁人来劝你，也为你好，倒把你的性子劝上来了。"薛蟠道："你这会子俞校："你这会子"——从己、庚、晋、甲；原"这会子"。又说这话。都是你说的。"宝钗道："你只怨我说，再不怨你顾前不顾后的形景。"薛蟠道："你只会怨我顾前不顾后，你怎么不怨宝玉外头招风惹草的那个样子？别说多的，只拿前儿琪官的事比给你们听：那琪官，我们见过十来次的，我并未和他俞校："我并未和他"——从庚；原"他并未和我"。说一句亲热话；怎么前儿他见了，连姓名还不知道，就把汗巾子给他了！难道这也是我说的不成！"薛姨妈和宝钗急的说道："还提这个！可不是为这个打他呢！可见是你说的了。"薛蟠道："真真的气死人了！赖我说的我不恼；我只为个宝玉闹的这样俞校："闹的这样"——从己、庚、晋、甲；原"闹的"。天翻地覆的。"宝钗道："谁闹了！你先持刀动杖的闹起来，倒说别人闹。"薛蟠见宝钗说的话句句有理，俞校："句句有理"——从己、庚、晋、甲；原"有理"。难以驳正，比母亲的话反难回答，因此便要设法拿话堵回他去，就无人敢拦自己的话了，也因正在气头上，未曾想话之轻重，便说道："好妹妹，你不用和我闹，我早知道你的心了。从先妈和我说，你这金，要拣有玉的才可正配。你留了心，俞校："留了心"——从己、庚、晋、甲；原"留心了"。见宝玉有那劳什骨子，你自然如今行动护着他。"话未说了，把个宝钗气怔了，拉着俞校："拉着"——从己、庚、晋、甲；原"拉住"。薛姨妈哭道："妈妈，你听哥哥说的是什么话！"俞校："是什么话"——从己、庚、晋、甲；原"什么话"。蒙侧：插写薛蟠，不过要补足宝钗告袭人前项之言。薛蟠见妹妹哭了，便知自己冒撞了，便赌气走到自己房里安歇不提。这里薛姨妈气的乱战，俞校："乱战——"从己、庚；原"乱颤"。一面又劝宝钗道："你素日俞校："你素日"——从己、庚；原"你素"。知那孽障说话没道理，明儿我叫他给你陪不是。"宝钗满心委屈气忿，待要怎样，又怕他母亲不安，少不得含泪别了母亲，各自回来，到房里整哭了一夜。次日一早起来，俞校："一早起来"——从庚傍改（"一"傍添）；原"早起来"。也无心梳洗，胡乱整理整理，俞校："整理整理"——从己、庚；原"整整"。便出来瞧母亲。可巧遇见林黛玉独立在花阴之下，问他那去。薛宝钗因说家去，口里说着，便只管走。黛玉见他无精打采的去了，又见眼上有哭泣之状，大非往日可比，便在后面笑道："姐姐也自保重些儿。就是哭出俞校："哭出"——从己、庚、晋、甲；原"哭"。两缸眼泪来，也医不好棒疮。"蒙侧：自己眼肿为谁？偏是以此笑人。世间人多犯此症。不知薛宝钗如何答对，且听下回分解。

戚回后：人有百折不回之真心，方能成旷世稀有之事业。宝玉意中诸多辐辏，所谓"求仁得仁，又何怨？"凡人作臣作子，出入家庭廊庙，能推此心此志，何患忠孝之不全，事业之不立耶？

第三十五回
白玉钏亲尝莲叶羹　黄金莺巧结梅花络

戚回前：情因相爱反相伤，何事人多不揣量。黛玉徘徊还自苦，莲羹甘受使儿狂。

话说宝钗分明听见林黛玉刻薄他，因记挂着母亲、哥哥，并不回头，一径去了。这里林黛玉还自立于花阴之下，远远的却向怡红院内望着，（俞校：“望着”——从晋、甲；原“看著”。）只见李宫裁、迎春、探春、惜春并各项人等都向怡红院内去过之后，一起一起的散尽了，只不见凤姐儿来，心里自己盘算道：“如何他不来瞧宝玉？便是有事缠住了，他必定也是要来打个花胡哨，讨老太太和太太的好儿才是。今儿这早晚不来，必有原故。”一面猜疑，一面抬头再看时，只见花花簇簇一群人又向怡红院内来了。定睛看时，只见贾母搭着凤姐儿的手，后头邢夫人、王夫人，跟着周姨娘并丫鬟媳妇等人（俞校：“丫鬟媳妇等人”——从己、庚、晋、甲；原无“等”。）都进院去了。黛玉看了，不觉点头，想起有父母的人的好处来，早又泪珠满面。少顷，只见宝钗、薛姨妈等也进去了。（俞校：“也进去了”——从庚傍改（“也进入去了”，“入”点去）；原“也进入去了”。）忽见紫鹃从背后走来，说道：“姑娘吃药去罢，开水又冷了。”黛玉道：“你到底要怎么样，只是催？我吃不吃，管你什么相干？”紫鹃笑道：“咳嗽的才好了些，又不吃药了。如今虽然是五月里天气热，到底也还该小心些。(蒙侧：闺中相怜之情，令人羡慕之至。)大清早起，在这个潮地方(俞校："潮地方"——从己、庚、晋、甲；原"潮湿地方"。)站了半日，也该回去歇息歇息了。"一句话提醒了黛玉，方觉得有点腿酸，呆了半日，方慢慢的扶着紫鹃回潇湘馆来。一进院门，只见满地下竹影参差，苔痕浓淡，不觉又想起《西厢记》中所云"幽僻处可有人行，点苍苔白露泠泠"二句来。因暗暗的叹道："双文，双文，诚为命薄人矣。然你虽命薄，尚有孀母弱弟。今日林黛玉之命薄，一并连孀母弱弟俱无。古人云：佳人命薄。然我又非佳人，何命薄胜于双文哉！"一面想，一面只管走，不防廊上的鹦哥见林黛玉来了，嘎的一声，扑了下来，倒吓了一跳，因说道："作死的，又扇了我一头的灰。"那鹦哥仍飞上架去，便叫："雪雁，快掀帘子，姑娘来了。"黛玉便止住步，以手扣架道："添了食水不曾？"那鹦哥便长叹一声，竟大似林黛玉素日吁嗟音韵，接着念道："侬今葬花人笑痴，他年葬侬知是谁？"(俞校："葬侬知是谁"——原下有"试看春残花渐落，便是红颜老死时。一朝春尽红颜老，花落人亡两不知"，从甲删。)(蒙侧：哭成的句字，到今日听了，竟作一场笑话。)黛玉、紫鹃听了，都笑起来。紫鹃笑道："这都是素日姑娘念的，难为他怎么记了。"黛玉便命将架摘下来，(俞校："摘下来"——从己、庚、晋、甲；原"摘来"。)另挂在月洞窗外的钩上。于是进了屋子，在月洞窗内坐了，吃毕药。只见窗外竹影映入纱来，满屋内阴阴翠润，几簟生凉。黛玉无可释闷，便隔着纱窗，调逗鹦哥作戏，又将素日所喜的诗词也教与他念。这且不在话下。

且说薛宝钗来至家中，只见母亲正自梳头呢。一见他来了，便说道："你大清早起跑来作什么？"宝钗道："我瞧瞧妈身上好不好。昨儿我去了，不知他可又(俞校："不知他可又"——从己、庚、晋、甲；原"知道他又"。)过来闹了没有？"一面说，一面在他母亲身旁坐了，由不得哭将起来。薛姨妈见他一哭，自己掌不住也就哭了一场，一面又劝他："我的儿，你别委屈了。你等我处分他。(俞校："处分他"——从庚；原"处分那孽障"。)你要有个好歹，我指望那一个来。"薛蟠在外听见，连忙跑了过来，(俞校："跑了过来"——从己、庚、晋、甲；原"跑了进来"。)对着宝钗，左一个揖，右一个揖，只说："好妹妹，恕我这一次(俞校："这一次"——从庚；原"这次"。)罢。原是我昨儿吃了酒，回来的晚了，路上撞客（俞校：“撞客”——从己、庚、晋、甲；原“撞磕”。）着了，来家未醒，不知胡说了什么，连自己也不知道，怨不得你生气。”宝钗原是掩面哭的，听如此说，由不得又好笑了，遂低头向地下啐了一口，说道：“你不用做这些像生儿。我知道你的心里多嫌我们娘儿两个。你是变着法儿叫我们离了你，你就心静了。”（俞校：“你就心静了”——从庚；原“就心静了”。）薛蟠听说，连忙笑道：“妹妹这话从那里说起来的！这样我连立足之地都没了。妹妹从来不是这样多心说歪话的人。”薛姨妈忙又接着道：“你只会听见（俞校：“只会听见”——从己、庚；原“只会听”。）你妹妹的歪话，难道昨儿晚上你说的那话就应该的（俞校：“就应该的”——从庚；原“就该的”。）不成！当真是你发昏了。”薛蟠道：“妈也不必生气，妹妹也不用烦恼。从今以后，我再不同他们一处吃酒闲逛如何？”（蒙侧：亲生兄妹，形景逼真贴切。）宝钗笑道：“这不明白过来了。”薛姨妈道：“你要有这个横劲，（俞校：“横劲”——从己、庚、晋、甲；原“恒心”。）那龙也下蛋了。”薛蟠道：“我若再和他们一处逛，妹妹听见了，只管啐我，再叫我畜生，不是人，如何？何苦来！为我一个人，娘儿两个天天操心。妈为我生气还有可恕，若只管叫妹妹为我操心，我更不是人了。如今父亲没了，我不能孝顺妈，多疼妹妹，反教妈生气，（俞校：“妈生气”——从庚旁改（“娘”改“妈”）；原“娘生气”。）妹妹烦恼，真连个畜生也不如了。”口里说，（俞校：“口里说”——从晋；原“口里谈”。）眼睛里禁不起也滚下泪来。（蒙侧：又是一样哭法，不过是情之所至。）薛姨妈本不哭了，听他一说，又勾起伤心来。宝钗勉强笑道（俞校：“勉强笑道”——从己、庚、晋、甲；原“强笑道”。）：“你闹够了，这会子又招着妈哭起来了。”薛蟠听说，忙收了泪，笑道：“我何曾（俞校：“我何曾”——从己、庚、晋、甲；原“何曾”。）招妈哭来！罢，罢，丢下这个（俞校：“丢下这个”——从己、庚、晋；原“且丢下这个”。）别提了。叫香菱来倒茶妹妹吃。”宝钗道：“我也不吃茶，等妈（俞校：“等妈”——从己、庚、晋；原“等妈妈”。）洗了手，我们就过去了。”薛蟠道：“妹妹的项圈，我瞧瞧，只怕该炸一炸（俞校：“炸一炸”——从己、庚、晋、甲；原“炸炸”。）去了。”宝钗道：“黄澄澄的，（俞校：“黄澄澄的”——从己、庚、晋、甲；原“黄灯灯”。）又炸他作什么！”薛蟠又道：“妹妹如今也该添补些衣裳了。（俞校：“衣裳了”——从己、庚、晋、甲；原“衣裳”。）要什么颜色花样，告诉我。”宝钗道：“连那些衣服我还没穿遍了，又作什么！”（蒙侧：一写骨肉悔过之情，一写本等贞静之女。）一时，薛姨妈换了衣裳，拉着宝钗进去，薛蟠方出去了。

这里薛姨妈和宝钗进园来瞧宝玉，到了怡红院中，只见抱厦里外回廊上许多丫鬟老婆站着，便知贾母等都在这里。母女两个进来，大家见过了，只见宝玉躺在榻上。薛姨妈问他可好些，宝玉忙欲欠身，口里答应着好些，又说："只管惊动姨妈、姐姐，我禁不起。"薛姨妈忙扶他睡下，又问他："想什么，只管告诉我。"宝玉笑道："我想起来，自然和姨妈要去的。"王夫人又问："你想什么吃？回来好给你送来的。"宝玉笑道："也倒不想什么吃，倒是那一回做的那小荷叶儿小莲蓬儿的汤还好些。"俞校："那小荷叶儿小莲蓬儿的汤还好些"——从己、庚、晋、甲；原"小荷叶儿莲蓬儿的汤还好"。凤姐一旁笑道俞校："一旁笑道"——从己、庚、晋、甲；原"在旁笑道"。："听听口味，不算高贵，只是太磨牙了，巴巴的想这个吃了。"贾母便一叠声的俞校："一叠声的"——从己、庚；原"一叠连声的"。叫人做去。凤姐儿笑道俞校："凤姐儿笑道"——从己、庚、晋、甲；原"凤姐笑道"。："老祖宗别急。等我想一想，这模子谁收着呢。"因回头吩咐个婆子去问管厨房的要去。那婆子去了半天，来回说："管厨房的说，四副汤模子都交上来了。"凤姐儿听说，想了一想道："我记得交给谁了。多半在茶房里。"一面又遣人去问管茶房的，也不曾收。次后还是管金银器皿的送了来。薛姨妈先接过来瞧时，原来是个小匣子，里面装着四副银模子，都有一尺多长，一寸见方。上面凿着有豆子大小，也有菊花的，也有梅花的，也有莲蓬的，俞校："莲蓬的"——从己、庚、晋、甲；原"莲花的"。也有菱角的，共有三四十样，打的十分精巧。因笑向贾母、王夫人道："你们府上也都想绝了，俞校："也都想绝了"——从己、庚、晋、甲；原"都想绝了"。吃碗汤还有这些样子。若不说出来，我见这个，也不认得这是作什么用的。"俞校："作什么用的"——从己、庚；原"什么用的"。凤姐儿不等人说完，便笑道："姑妈俞校："姑妈"——从己、庚、晋、甲；原"姨妈"。那里晓得。这是旧年备膳，他们想的法儿，不知弄些什么面印出来，借点新荷叶的清香，全仗着好汤。究竟没意思，谁家常吃他了。那一回呈样的作了一回，他今日怎么想起来了。"说着，接了过来，递与个妇人，吩咐厨房里立刻拿几只鸡，另外添了东西，做出十来碗俞校："十来碗"——从己、庚；原"十来碗汤"。来。王夫人道："要这些做什么？”（俞校：“做什么”——从己、庚、晋、甲；原“怎么”。）凤姐儿笑道（俞校：“凤姐儿笑道”——从己、庚、晋、甲；原“凤姐笑道”。）：“有个原故：这一宗东西，家常不大做，（俞校：“不大做”——从晋、甲；原“不大作”。）今儿宝兄弟提起来了，单做给他吃，（俞校：“做给他吃”——从庚、晋、甲；原“作给他吃”。）老太太、姑妈、太太（俞校：“姑妈、太太”——从己、庚、晋、甲；原“姨太太”。）都不吃，似乎不大好；不如借势儿弄些大家吃，托赖着连我也上个俊儿。”贾母听了，笑道：“猴儿，把你乖的！拿着官中的钱你做人。”（俞校：“你做人”——从庚；原“你作人”。）说的大家笑了。凤姐也忙笑道：“这不相干。这个小东道我还孝敬的起。”便回头吩咐妇人：“说给厨房里，只管好生添补着做了，（俞校：“做了”——从庚、晋、甲；原“作了”。）在我的帐上来领银子。”（俞校：“来领银子”——从庚、晋、甲；原“领银子”。）妇人答应着去了。

宝钗一傍笑道（俞校：“一傍笑道”——从己、庚、晋、甲；原“在傍笑道”。）：“我来了这么几年，留神看起来，凤丫头凭他怎么巧，再巧不过老太太去。”贾母听说，便答道：“我如今老了，那里还巧什么。当日我像凤哥儿这么大年纪，比他还来得呢。他如今（俞校：“他如今”——从己、庚、晋、甲；原“他今”。）虽说不如我们，也就算好了，比你姨娘（俞校：“你姨娘”——从己、庚、晋、甲；原“你姨妈”。紧接下一处同。）强远了。你姨娘可怜见的，不大说话，和木头似的，在公婆跟前就不大显好。凤儿（俞校：“凤儿”——从己、庚、甲；原“凤姐儿”。）嘴乖，怎么怨人疼他。”宝玉笑道：“若这么说，不大说话的就不疼了。”贾母道：“不大说话的又有不大说话的（俞校：“不大说话的又有不大说话的”——从己、庚、晋、甲；原无二“大”字。）可疼之处，嘴乖的也有一宗可嫌的，倒不如不说话的好。”（俞校：“不说话的好”——从庚；原“不说的好”。）宝玉笑道：“这就是了。我说大嫂子倒不大说话呢，老太太也是和凤姐姐一样的看待。（俞校：“一样的看待”——原“一样看待”；己、庚“的一样看待”；甲“一样的疼”。疑作“一样的看待”。）若是单是会说话的可疼，（俞校：“会说话的可疼”——从己、庚、晋、甲；原“只会说话的可疼”。）这些姊妹里头也只是（俞校：“也只是”——从庚；原“也只”。）凤姐姐和林妹妹可疼了。”贾母道：“提起姊妹，不是我当着姨太太的面奉承，千真万真，从我们家四个女孩儿算起，全不如（俞校：“全不如”——从庚；原“都不及”。）宝丫头。”薛姨妈听说，忙笑道（俞校：“忙笑道”——从己、庚、晋、甲；原“笑道”。）：“这话是老太太（俞校：“是老太太”——从庚、晋、甲；原“老太太是”。）说偏了。”王夫人忙又笑道：“老太太时常背地里和我说宝丫头好，这倒不是假话。”宝玉勾着贾母，原为赞林黛玉的，不想反赞起（俞校：“反赞起”——从己、庚、晋、甲；原“赞起”。）宝钗来，倒也意出望外，便看着宝钗一笑。宝钗早扭过头去，和袭人说话去了。忽有人来请吃饭，贾母方立起身来，（俞校：“方立起身来”——从己、庚、晋、甲；原“立起身来”。）命宝玉好生养着，又把丫头们嘱咐了一回，方扶着（俞校：“方扶着”——从己、庚、晋、甲；原“方扶”。）凤姐儿，让着薛姨妈，大家出房去了。因问汤好了不曾，又问薛姨妈等：“想什么吃，只管告诉我，我有本事叫凤丫头弄了来咱们吃。”薛姨妈笑道：“老太太也会怄他的。时常他弄了东西孝敬，究竟又吃不了多少。”凤姐儿笑道：“姑妈（俞校：“姑妈”——从己、庚、晋、甲；原“姨妈”。）倒别这样说。我们老祖宗只是嫌人肉酸，若不嫌人肉酸，（俞校：“若不嫌人肉酸”——从己、庚、晋、甲；原“不然”。）早已把我还吃了呢。”一句话没说了，引的（俞校：“引的”——从己、庚、晋、甲；原“连”。）贾母众人都哈哈的笑起来。宝玉在房里也掌不住笑了。袭人笑道：“真真的二奶奶的这张嘴怕死人。”宝玉伸手拉着（俞校：“拉着”——从己、庚、晋、甲；原“拉”。）袭人笑道：“你站了这半日，（俞校：“这半日”——从己、庚、晋、甲；原“半日”。）可乏了。”一面说，一面拉他身傍坐了。（俞校：“身傍坐了”——从己、庚；原“身傍坐下”。）袭人笑道：“可是又忘了。趁宝姑娘在院子里，你和他说，烦他们莺儿来打上那几根络子。”宝玉笑道：“亏你提起来。”说着，便仰头向窗外道：“宝姐姐，吃过饭，叫莺儿来，烦他打几根络子，可得闲儿？”宝钗听见，回头道：“怎么不得闲儿！一会叫他来就是了。”贾母等尚未听真，都止步问宝钗。宝钗说明了，大家方明白。贾母又说道：“好孩子，叫他来替你兄弟作几根。你要无人使唤，（俞校：“无人使唤”——从庚；原“人使”。）我那里闲着的丫头多呢，你喜欢谁，只管叫了来（俞校：“叫了来”——从己；原“叫他来”。）使唤。”薛姨妈、宝钗等都笑道：“只管叫他来作就是了。有什么使唤的去处！他天天也是闲着淘气。”大家说着，往前迈步（俞校：“迈步”——从庚；原无。）正走，忽见史湘云、平儿、香菱等在山石边掐凤仙花呢，见了他们走来，都迎上来了。少顷，出至园外，（俞校：“出至园外”——从己、晋、甲；原“出了园中”。）王夫人恐贾母乏了，便欲让至上房内坐。贾母也觉腿酸，便点头依允。王夫人便命丫头忙先去铺设坐位。那时赵姨娘推病，只有周姨娘与众婆娘丫头们忙着打帘子，立靠背，铺褥子。贾母扶着凤姐儿进来，与薛姨妈分宾主坐了。薛宝钗、史湘云坐在下面。王夫人亲捧了茶，奉与贾母，李宫裁奉与薛姨妈。贾母向王夫人道："让他们小妯娌伏侍，你在那里坐了，说说话儿。"王夫人方向一张小杌子上坐下，便吩咐凤姐儿道："老太太饭在这里放，添了东西来。"凤姐答应出去，便命人去贾母那边俞校："去贾母那边"——从己、庚、晋、甲；原"往贾母那边去"。告诉。那边的婆娘忙往外传俞校："忙往外传"——从己、庚、晋、甲；原"快往外传"。了，并丫头们忙都赶过来。俞校："忙都赶过来"——从己、庚、晋、甲；原"快都赶过来"。王夫人又命："请姑娘们去。"请了半天，只有俞校："只有"——从己、庚、晋、甲；原"只见"。探春、惜春两个来了。迎春身上不耐烦，不吃饭；林黛玉自不消说，平素十顿饭只好吃五顿，众人也不着意了。少顷，饭至，众人调放了桌子。凤姐儿俞校："凤姐儿"——从己、庚、晋、甲；原"凤姐"。用手巾裹着一把牙箸，站在地下，笑道："老祖宗和姑妈不用让，俞校："不用让"——从己、庚、晋、甲；原"不用让了"。还听我说就是了。"贾母笑向薛姨妈道："我们就是这样。"薛姨妈笑着应了。于是凤姐放了四双：上面两双是贾母、薛姨妈，两边是薛宝钗、史湘云的。王夫人、李宫裁等都站在地下，看着放菜。凤姐先忙着要干净家伙来，替宝玉拣菜。蒙侧：家庭之间，亦复如此。少顷，荷叶汤来，贾母看过了。王夫人回头见玉钏儿在那边，便命玉钏与宝玉送去。凤姐道："他一个人拿不去。"可巧莺儿和喜儿都来了，宝钗知道他们已吃了饭，便向莺儿道："宝兄弟正叫你去打络子，你们两个一同去罢。"莺儿答应，同着玉钏儿出来。莺儿道："这么远，怪热的，怎么端了去？"玉钏笑道："你放心，我自有道理。"说着，便命一个婆子来，将汤饭等物俞校："汤饭等物"——从庚；原"汤饭等类"。放在一个捧盒里，蒙侧：大家气象。命他端了跟着，他两个却空着手走。一直到了怡红院门内，俞校："门内"——从庚；原"门口"。玉钏儿方接了过来，同莺儿进入宝玉房中。

袭人、麝月、秋纹三个人正和宝玉顽笑呢，见他两个来了，都忙起来，笑道："你两个怎么来的这么俞校："怎么来的这么"——从庚；原"来的怎么"。碰巧，俞校："碰巧"——从晋、甲；原"硼巧"。一齐来了。"一面说，一面接了下来。玉钏便向一张杌子俞校："一张杌子"——从己、庚、晋、甲；原"一椅子"。上坐了，莺儿不敢坐下。蒙侧：两人不一样写，真是各进其文于后。袭人便忙端了个脚踏来，蒙侧：宝卿之婢，自应与众不同。莺儿还不敢坐。宝玉见莺儿来了，却倒十分欢喜；忽见了玉钏儿，便想起他姐姐金钏来了，又是伤心，又是惭愧，便把莺儿丢

白玉钏亲尝莲叶羹　黄金莺巧结梅花络

下，且和玉钏儿说话。袭人见把莺儿不理，恐莺儿没好意思的；（蒙侧：能事者。）又见莺儿不肯坐，便拉了莺儿出来，到那边房里去吃茶说话儿去了。这里麝月等预备了碗箸来伺候吃饭，宝玉只是不吃，问玉钏儿道：“你母亲身子好？”玉钏儿满脸怒色，正眼也不看宝玉，半日，方说了一个“好”字。宝玉便觉没趣，半日，只得又陪笑问道（蒙侧：何等幽（涵）度。）：“谁叫你给我送来（俞校：“给我送来”——从庚；原“替我送来”。）的？”玉钏儿道：“不过是奶奶太太们。”宝玉见他还是这样（俞校：“还是这样”——从己、庚；原“还是”。）哭丧着脸，便知他是为金钏儿的原故，待要虚心下气磨转他，（俞校：“磨转他”——从晋；原“摸转他”。）又见人多，不好下气的。（蒙侧：金钏儿如若有知，敢何等感激！）因而变尽方法（俞校：“变尽方法”——从庚旁改（“便”改“变”）；原“使尽方法”。）将人都支出去，然后又陪笑问长问短。那玉钏儿先虽不悦，只管见宝玉一些性子（俞校：“性子”——从庚；原“性气”。）没有，凭他怎么丧谤，还是温存和气，自己倒不好意思的了，脸上方有三分喜色。（蒙侧：我看到此处，也着实不过意。）宝玉便笑求他：“好姐姐，你把汤拿了来我尝尝。”玉钏儿道：“我从来不会喂人东西，等他们来了再吃。”宝玉笑道：“我不是要你喂我。我因为走不动，你递给我吃了，（俞校：“递给我吃了”——从己、庚、晋、甲；原“递过来尝了”。）你好赶早回去交代了，你好吃饭的。我只管耽误时候，你岂不饿坏了！你要懒待动，（俞校：“懒待动”——从己、庚、晋、甲；原“懒怠带动”。）我少不了忍了疼（俞校：“忍了疼”——从己、庚、晋、甲；原“忍著疼”。）下去取来。”说着，便要下床来，挣扎起来，禁不住嗳哟之声。玉钏儿见他这般，忍不住起身说道：“躺下罢！那世里造了来的孽，（俞校：“造了来的孽”——从庚傍改（“业”改“孽”）；原“造了孽的”。）这会子现世现报。教我那一个眼睛看的上！”（蒙侧：偏于此间写此不情之态，以表白多情之苦。）一面说，一面嗤的一声又笑了，端过汤来。宝玉笑道：“好姐姐，你要生气，只管在这里生罢。见了老太太、太太可放和气些。若还这样，你就又要（俞校：“又要”——从庚旁改（“要”旁添）；原“又”。）挨骂了。”玉钏儿道：“吃罢，吃罢，不用和我甜嘴蜜舌的。我可不信这样话。”说着，催宝玉喝了两口汤。宝玉故意说：“不好吃，不吃了。”玉钏儿道：“阿弥陀佛！这还不好吃，什么好吃！”宝玉道：“一点味儿也没有。你不信，尝一尝就知道了。”玉钏儿果真赌气尝一尝。宝玉笑道：“这可好吃了。”玉钏儿听说，方解过意来，原是宝玉哄他吃一口，便说道：“你既说不好吃，这会子说好吃，也不给你吃了。”宝玉只管陪笑央求要吃，蒙侧：写尽多情人无限委屈柔肠。玉钏儿又不给他，一面又叫人打发吃饭。俞校：“打发吃饭”——从己、庚、晋、甲；原“打发吃饭的”。丫头们方进来时，忽有人来回话：“傅二爷家的两个嬷嬷来请安，来见二爷。”宝玉听说，便知是通判傅试家的嬷嬷俞校：“嬷嬷”——从己、庚、晋、甲；原“妈妈”。紧接下一处同。来了。那傅试原是贾政的门生，年来都赖贾家的名势得意，贾政也着实看待，故与别个门生不同。他那里常遣人来走动。宝玉素昔最厌俞校：“素昔最厌”——从甲；原“素习厌”。勇男蠢妇的，今日却如何又命这两个婆子过来？其中原来有个原故：只因那宝玉闻得傅试有个妹子，名唤傅秋芳，也是个琼闺秀玉，常有人传说，俞校：“常有人传说”——从庚傍改（“有”旁添）；原“听人传说”。才貌俱全。虽自未亲睹，然遐思遥爱之心十分诚敬，不命他们进来，恐薄了傅秋芳。俞校：“薄了傅秋芳”——原下有“痴想”；己、庚为批语，晋、甲无；今删。因此连忙命让进来。那傅试原是暴发的，因傅秋芳有几分姿色，聪明过人，那傅试安心仗着妹妹，要与豪门贵族结姻，不肯轻易许人，俞校：“轻易许人”——从己；原“轻意许人”。所以耽误到如今。目今傅秋芳已二十三岁，尚未许人。争奈那些豪门贵族，又嫌他穷酸，根基浅薄，不肯求配。蒙侧：大抵诸色非情不生，非情不合。情之表见于爱，爱众则心无定象，心不定则诸幻从生，诸魔蜂起，则汲汲乎流于无情。此宝玉之多情而不情之案，凡我同人其留意。那傅试与贾家俞校：“与贾家”——从己、庚、晋、甲；原“与贾母”。亲密，也自有一段心事。今日遣来的两个婆子偏生是极无知识的，闻得宝玉要见，进来只刚问了好，说了没两句话。俞校：“两句话”——从己、庚、晋、甲；原“二句话”。那玉钏见生人来，也不和宝玉厮闹了，手里端着汤，只顾听话。宝玉又只顾和婆子说话，一面吃饭，一伸手俞校：“一伸手”——从己；原“一面伸手”。去要汤，两个人的眼睛都看着人，不想伸猛了手，便将碗撞落，将汤泼了宝玉手上。玉钏儿倒不曾烫着，吓了一跳，忙笑了，俞校：“忙笑了”——从庚；原“忙笑道”。“这是怎么说！”慌的丫头们忙上来接碗。宝玉自己烫了手，倒不觉的，却只管问玉钏儿烫了那里了，痛不痛。玉钏儿和众人都笑了。蒙侧：多情人每于苦恼时不自觉，反说彼家苦恼。爱之至、惜之深之故也。玉钏儿道：“你自己烫了，只管问我。”宝玉听说，方觉自己烫了。众人上来连忙收拾。宝玉也不吃饭了，洗手吃茶。又和那两个婆子说了两句话，然后两个婆子告辞出去。晴雯等送至桥边方回。那两个婆子见没人了，一行走，一行谈论。这一个笑道："怪道有人说他们家宝玉是外像好，里头糊涂，中看不中吃的。果然有些（俞校："果然有些"——从庚；原"果然竟有些"。）呆气。他自己烫了手，倒问人疼不疼，这可不是个呆子。"那一个又笑道："我前一回来，听见他谈论，家里许多人抱怨，千真万真的有些呆气。大雨淋的水鸡似的，他反告诉别人：'下雨了，快避雨去罢。'你说可笑不可笑！时常没人在跟前，就自哭自笑的；看见燕子，就和燕子说话；河里看见了鱼，就和鱼说话；见了星星、（俞校："星星"——从己、庚、晋、甲；原"星与"。）月亮，不是长吁短叹，就是咕咕哝哝的。且连一点刚性也没有，连那些毛丫头的气都受的。爱惜东西，连个线头儿都是好的；糟蹋起来，那怕值千值万的都不管了。"（蒙侧：如人饮水，冷暖自知。其中深意味，岂能持告君？）两个人一面说，一面走出园来，辞别诸人回去。不在话下。（己双：宝玉之为人，非此一论，亦描写不尽；宝玉之不肖，非此一鄙，亦形容不到。试问作者，是丑宝玉乎？是赞宝玉乎？试问观者，是喜宝玉乎？是恶宝玉乎？）

如今且说袭人，见人去了，便携了莺儿过来，问宝玉打什么络子。宝玉笑向莺儿（俞校："笑向莺儿"——从己、庚、晋、甲；原"笑著向莺儿"。）道："才只顾说话，就忘了你。（俞校："就忘了你"——从己、庚、晋、甲；原"忘了你"。）烦你来不为别的，也替我打几根络子。"莺儿道："装什么的络子？"宝玉见问，便笑道："不管装什么的，你都每样打几个罢。"莺儿拍手笑道："这还了得！要这样，十年也打不完了。"宝玉笑道："好姐姐，你闲着也没事，都替我打了罢。"（蒙侧：富家子弟，每多有如是语，只不自觉耳。）袭人笑道："那里一时都打得完。如今且拣要紧的打两个罢。"莺儿道："什么要紧，不过是扇子、香坠儿、汗巾子。"宝玉道："汗巾子就好。"莺儿道："汗巾子是什么颜色的？"（俞校："什么要紧"至"什么颜色的"——从己、庚；原"什么颜色呢"。）宝玉道："大红的。"莺儿道："大红的须是黑络子才好看，（俞校："才好看"——从晋、甲；原"才好看呢"。）或是石青的才压的住（俞校："才压的住"——从己、庚、晋；原无。）颜色。"宝玉道："松花色配什么？"莺儿道："松花配桃红。"宝玉笑道："这才娇艳。再要雅淡之中带些娇艳。"莺儿道："葱绿柳黄，我是最爱的。"（俞校："宝玉笑道"至"我是最爱的"——从己、晋；原无。）宝玉道："也罢了，也打一条桃红，再打一条葱绿。"莺儿道：

"什么花样呢?"宝玉道:"共有几样花样?"莺儿道:"一炷香、朝天凳、俞校:"朝天凳"——从己、庚、晋、甲;原"朝天蹬"。象眼块、方胜、连环、梅花、柳叶。"俞校:"柳叶"——从己、庚、晋、甲;原"柳絮"。宝玉道:"前儿你替三姑娘打的那花样是什么?"莺儿道:"那是攒心梅花。"宝玉道:"就是那样好。"一面说,一面叫袭人。俞校:"叫袭人"——从庚;原"袭人"。刚拿了线来,俞校:"拿了线来"——从己、庚、晋、甲;原"拿了来"。窗外婆子说:"姑娘们的饭都有了。"宝玉道:"你们吃饭去,快吃了来罢。"袭人笑道:"有客在这里,我们怎好去的!"蒙侧:人情物理,一丝不乱。莺儿一面理线,一面笑道:"这话又打那里说起。正经快吃了来罢。"袭人等听说,方去了,只留下俞校:"只留下"——从己、庚、晋、甲;原"留下"。两个小丫头听呼唤。

宝玉一面看莺儿打络子,一面说闲话。因问他十几岁了。莺儿手里打着,一面答话,说:"十六岁了。"宝玉道:"你本姓什么?"俞校:"你本姓什么"——从己、庚、晋、甲;原"本姓什么"。莺儿道:"姓黄。"宝玉笑道:"这个名姓倒对了,果然是个黄莺儿。"莺儿笑道:"我的名字本来是两个字,叫作俞校:"叫作"——从己、庚、晋;原"呼作"。金莺。姑娘嫌拗口,俞校:"嫌拗口"——从己、庚、晋、甲;原"拗口"。就单叫莺儿,如今就叫开了。"宝玉道:"宝姐姐也算疼你了。明儿宝姐姐出阁,少不得是你跟去了。"莺儿抿嘴一笑。宝玉笑道:"我常常和袭人说,明儿不知那一个有福的,消受你们主子奴才两个呢。"蒙侧:是有心?是无心?莺儿笑道:"你还不知道我们姑娘有几样世人都没有的好处呢,模样儿还在次。"宝玉见莺儿娇憨婉转,语笑如痴,早不胜其情了,那禁又提起宝钗来,便问他道:"好处在那里?好姐姐,细细告诉我听。"莺儿笑道:"我告诉你,你可不许又告诉他去。"俞校:"又告诉他去"——从己、庚、晋、甲;原"告诉他去"。蒙侧:闺房闲话,着实幽韵。宝玉笑道:"这个自然的。"正说着,只听外头说道:"怎么这样静悄悄的?"二人回头看时,不是别人,正是宝钗来了。宝玉忙让坐。宝钗坐了,因问莺儿:"打什么呢?"一面问,一面向他手里去瞧,才打了半截。宝钗笑道:"这有什么趣儿。倒不如打个络子,把玉络上呢。"一句话提醒了宝玉,便拍手笑道:"倒是姐姐说的是,我就忘了。只是配个什么颜色才好?"宝钗道:"若用杂色,断然使不得。大红又犯了色，黄的又不起眼，黑的又过暗。等我想个法儿：把那金线拿来，配着黑珠儿线，一根一根的拈上，打成络子，这才好看。”宝玉听说，喜之不尽，一叠声便叫袭人来取金线。正值袭人端了两碗菜走进来告诉宝玉道：“今儿奇怪，才刚太太打发人替我送了两碗菜来。”宝玉笑道：“必定是今儿菜多，[俞校：“今儿菜多”——从庚、甲；原“今儿菜”。]送来给你们大家吃的。”袭人道：“不是，指名给我送来，还不叫我过去磕头。这可是奇了。”宝钗笑道：“给你的，你就吃了，[俞校：“你就吃了”——从庚；原“就吃去”。]这有什么猜疑的。”袭人笑道：“从来没有的事，倒叫我[俞校：“倒叫我”——从己、庚、晋、甲；原“叫我”。]不好意思的。”宝钗抿嘴一笑，说道：“这就不好意思了？[蒙侧：宝玉（钗）之慧性灵心。]明儿[俞校：“明儿”——从己、庚；原“明儿还有”。]比这个更叫你不好意思的还有呢！”[俞校：“还有呢”——从己、庚；原“呢”。]袭人听了话内有因，素知宝钗不是轻嘴薄舌奚落人的，自己方想起上日王夫人的意思来，便不再提，将菜与宝玉看了，说：“洗了手来拿线。”说毕，便一直出去了。吃过饭，洗了手，进来拿金线与莺儿打络子。此时宝钗早被薛蟠遣人来请出去了。这里宝玉正看着打络子，忽见邢夫人那边遣了两个丫鬟送了两样果子来与他吃，问他：“可走得了？若走得动，叫哥儿明儿过去散散心。太太着实记挂着呢！”宝玉忙道[俞校：“宝玉忙道”——从己、庚、晋、甲；原“宝玉忙答道”。]：“若走得了，必请太太的安去。疼的比先好些，请太太放心罢。”一面叫他两个坐下，一面又叫秋纹来，把才刚那果子拿一半送与林姑娘去。秋纹答应了，刚欲去时，只听黛玉在院内说话，宝玉忙叫快请。要知端的，且听下回分解。

蒙戚回后：此回是以情说法，警醒世人。黛玉因情凝思默度，忘其有身，忘其有病；而宝玉千屈万折，因情忘其尊卑，忘其痛苦，并忘其性情。爱河之深无底，何可泛滥，一溺其中，非死不止。且泛爱者不专，新旧叠增，岂能尽了？其多情之心，不能不流于无情之地。究其立意，倏忽千里而自不觉，诚可悲夫。

第三十六回
绣鸳鸯梦兆绛芸轩　识分定情悟梨香院

己回前：绛芸轩梦兆，是金针暗度法。夹写月钱，是为袭人渐入金屋地步，梨香院是明写大家蓄戏，不免奸淫之陋。可不慎哉，慎哉！

蒙戚回前：造物何尝作主张，任人禀受福修长。划蔷亦自非容易，解得臣忠子也良。

话说贾母自王夫人处回来，见宝玉一日好似一日，心中自是欢喜。因怕将来贾政又叫他，遂命人将贾政的亲随小厮头儿唤来，吩咐他："以后倘有会人待客诸样的事，你老爷要叫宝玉，你不用上来传话，就回他说，我说了：一则打重了，得着实将养几个月才走得。二则他的星宿不利，祭了星，不见外人，过了八月才许出二门。"那小厮头儿听了，领命而去。贾母又命李嬷嬷、袭人等来，将此话说与宝玉，使他放心。那宝玉本就懒与士大夫诸男人接谈，又最厌峨冠礼服贺吊往还等事，今日得了这句话，越发得了意，不但亲戚朋友一概杜绝了，而且连家庭中晨昏定省一发都随他的便了。日日只在园中游卧，不过每日一清早到贾母、王夫人处走走就回来了，却每每甘心为诸丫鬟充役，竟也得十分闲消日月。或如宝钗辈有时见机导劝，（俞校："有时见机导劝"——从己、庚、晋、甲；原"常见机导劝"。）反生起气来，只说："好好的一个清净洁白女儿，也学的沽名钓誉，入了国贼禄鬼（俞校："禄鬼"——从晋、甲；原"禄儿"。）之流。这总是前人无故生事，立言竖辞，原为导后世的（俞校："后世的"——从己、庚、晋、甲；原"后世"。）须眉浊物。不想我生不幸，亦且琼闺绣阁中亦染此风，真真有负天地钟灵毓秀之德。"因此祸延古人，除《四书》外，竟将别的书焚了。（蒙侧：宝玉何等心思，作者何等意见，此文何等笔墨！）众人见他如此疯颠，也都不向他说这些正经话了。独有林黛玉自幼不曾劝他去立身扬名等话，所以深敬黛玉。

闲言少述。如今且说王凤姐自见金钏死后，忽见几家仆人常来孝敬他些东西，（蒙侧：为当涂（途）人一笑。）又不时的来请安奉承，自己倒生了疑惑，不知何意。这日，又见人来孝敬他东西，因晚间无人时，笑问平儿道："这几家人不大管我的事，为什么忽然这么和我贴近？"平儿冷笑道（俞校："冷笑道"——从己、庚、晋、甲；原"笑道"。）："奶奶连这个都想不起来了。我猜他们的女儿都必是太太房里的丫头。如今太太房里有四个大的，一个月一两银子的分例，下剩的都是一个月几百钱。如今金钏儿死了，必定他们要弄这一两银子的巧宗儿呢！"凤姐听了，笑道："是了，是了。倒是你提醒了我。看这些人也太不知足，（俞校："不知足"——从庚、甲；原"不识足"。）钱也赚够了，苦事情又侵不着，弄个丫头搪塞着身子也就罢了，又还想这个。也罢了，他们几家的钱容易也不能花到我跟前。这是他们自寻的，送什么来，我就收什么，横竖我有主意。"（蒙侧：确见高论，而其心思则不可问矣。任事者戒之！）凤姐儿安下这个心，所以只管迁延着，等那些人把东西送足了，然后乘空（俞校："乘空"——从庚、甲；原"趁空"。）方回王夫人。

这日午间，（俞校："午间"——从己、庚、晋、甲；原"午刻"。）薛姨妈母女两个与林黛玉等正在王夫人房里大家吃西瓜呢。凤姐儿得便，回王夫人道："自从玉钏儿的姐姐死了，太太跟前少着一个人。太太或看准了那个丫头好，就吩咐，下月好发放月钱（俞校："发放月钱"——从己、庚、晋、甲；原"放给月钱"。）的。"王夫人听了，想了一想道："依我说，什么是例，必定四个五个的。够使就罢了，竟可以免了罢。"凤姐笑道："论理，太太说的也是。这原是旧例，别人屋里还有两个呢，太太倒不按例了。况且省下一两银子也有限。"王夫人听了，又想一想道："也罢，这个分例只管关了来，不用补人，就把这一两银子给他妹妹玉钏儿罢。他姐姐伏侍了我一场，没个好结果，剩下他妹妹跟着我，吃个双分子不为过馀了。"凤姐答应着，回头找玉钏儿笑道："大喜，大喜。"玉钏儿过来磕了头。俞校："磕了头"——从己、庚、晋、甲；原"磕头"。王夫人问道："正要问你，如今赵姨娘、周姨娘的月例多少？"凤姐道："那是定例，每人二两。赵姨娘有环兄弟的二两，共是四两，另外四串钱。"王夫人道："可都按数给他们？"凤姐见问的奇怪，俞校："问的奇怪"——从庚；原"问的奇"。忙道："怎么不按数给！"王夫人道："前儿我恍惚听见有人抱怨，说短了一吊钱，是什么原故？"凤姐忙笑道："姨娘们的丫头月例，原是人各一吊。从旧年他们外头商议的，姨娘们每位的丫头分例减半，人各五百钱。每位两个丫头，所以短了一吊钱。这也抱怨不着我。我倒乐得给他们呢，俞校："给他们呢"——从庚；原"给他呢"。他们外头又扣着，难道我添上不成！这个事我不过是接手儿，怎么来，怎么去，由不得我作主。俞校："作主"——从己、庚、晋；原"著主"。我倒说了两三回，仍旧添上这两分的。他们说，只有这个项数，叫我也难再说了。如今我手里每月连日子都不错给他们呢！先时在外头关，那个月不打饥荒？何曾顺顺溜溜的得过一遭儿！"蒙侧：能事能言。王夫人听说，也就罢了。半日，又问："老太太屋里几个一两的？"凤姐道："八个。如今只有七个，那一个是袭人。"王夫人道："这就是了。你宝兄弟也并没有一两的丫头，袭人还算是老太太房里的人。"凤姐笑道："袭人原是老太太的人，不过给了宝兄弟使，他这一两银子还在老太太的丫头俞校："老太太的丫头"——从己、庚、晋、甲；原无"的"。分例上领。如今说因为袭人是宝玉的人，裁了这一两银子，断乎使不得。若说再添一个人给老太太，这个还可以裁他的。若不裁他的，须得环兄弟屋里也添上一个，才公道均匀了。就是晴雯、麝月等七个大丫头，每月人各月钱（俞校："各月钱"——从己、庚、晋、甲；原"各钱"。）一吊；佳蕙等八个小丫头，每月人各月钱（俞校："各月钱"——从庚、晋、甲；原"各钱"。）五百，还是老太太的话，别人如何恼得气得呢！"薛姨妈笑道："只听凤丫头的嘴，倒像倒了核桃车子的，只听他的帐也清楚，理也公道。"凤姐笑道："姑妈，（俞校："姑妈"——从己、庚、晋、甲；原"姨妈"。紧接下一个同。）难道我说错了不成？"薛姨妈笑道："说的何尝错。只是你慢些说，岂不省力。"凤姐才要笑，忙又忍住了，（俞校："忍住了"——从己、庚、晋、甲；原"忍住"。）听王夫人示下。王夫人想了半日，向凤姐道："明儿挑一个好丫头送去老太太使，补袭人。把袭人的一分裁了，把我每月的月例二十两银子里拿出二两银子一吊钱来给袭人。（蒙侧：写尽慈母苦心。）以后凡事有赵姨娘、周姨娘（俞校："周姨娘"——从己、庚、晋、甲；原无。）的，也有袭人的。只是袭人的这一分都从我的（俞校："都从我的"——从己、庚、晋、甲；原"都也从我的"。）分例上匀出来，不必动官中的（俞校："官中的"——从己、庚、晋、甲；原"官中"。）就是了。"凤姐一一的（俞校："一一的"——从己、庚、晋、甲；原"一一"。）答应了，笑推薛姨妈道："姑妈听见了！我素日说的话如何！今儿果然应了我的话。"薛姨妈道："早就该如此。模样儿自然不用说的，他的那一种行事大方，说话见人和气里头带着刚硬要强，这个实在难得。"王夫人含泪说道："你们那里知道袭人那孩子的好处，（戚双："孩子"二字愈见亲热，故后文连呼二声"我的儿"。）比我的宝玉强十倍。（蒙戚双：忽加"我的宝玉"四字，愈令人堕泪。加"我的"二字者，是明显袭人是"彼的"。然彼的何如此好，我的何如此不好？又气又愧，宝玉罪有万重矣。作者有多少眼泪写此一句，观者又不知有多少眼泪也！）宝玉果然是有造化的，能够得他长长远远的伏侍他一辈子，也就罢了。"（己双：真好文字，此批得出者。）凤姐道："既这么样，就开了脸，明放他在屋里岂不好？"王夫人道："那就不好了。一则都年轻；二则老爷也不许；三则那宝玉见袭人是个丫头，总有放纵的事，倒能听他的劝，如今作了跟前人，那袭人该劝的也不敢十分劝了。（蒙侧：苦心！作子弟的，读此等文章，能不堕泪？）如今且混着，（俞校："如今且混着"——从己、庚、晋、甲；原"全且浑著"。）等再过二三年再说。"（俞校："再说"——从己、庚、晋、甲；原"再说罢"。）说毕，半日，凤姐见无话，便转身出来。刚至廊檐上，只见有几个执事的媳妇子正等他回事。见他出来，都笑道："奶奶今儿回什么事，这半天？可是要热着了。"（俞校："热着了"——从己、庚；原"热著"。）凤姐把袖子挽了几挽，跐着（俞校："跐着"——从己、庚、晋、甲；原"踏著"。）那角门的门槛子，

〔蒙侧：能事得意之人，如画。〕笑道："这里过门风，倒凉快，吹一吹再走。"又告诉众人道："你们说我回了这半日的话，太太把二百年都想起来问我，难道我不说罢。"又冷笑道："我从今以后倒要干几样刻毒事了。抱怨给太太听，我也不怕。糊涂油蒙了心，烂了舌头，不得好死的下作东西，别作娘的〔俞校："娘的"——从己、庚、晋、甲；原"他娘的"。〕春梦！明儿一裹脑子扣的日子还有呢！如今裁了丫头的钱，就抱怨了，咱们也不想一想〔俞校："就抱怨了，咱们也不想一想"——从己、庚、晋、甲；原"就抱怨咱们了。也不想一想"。〕是奴几，也配使两三个丫头！"〔蒙侧：的真活现。〕一面骂，一面方走了，自去挑人，回贾母话去。不在话下。

却说王夫人等这里吃毕西瓜，又说了一回闲话，各自方散去。宝钗与黛玉等回至园中，宝钗因约黛玉往藕香榭去，黛玉回说立刻要洗澡，〔俞校："立刻要洗澡"——从己、庚、晋；原"就要洗澡"。〕便各自散了。〔俞校："各自散了"——从己、庚、晋、甲；原"各自散去"。〕宝钗独自行来，顺路进了怡红院，意欲寻宝玉谈讲，以解午倦。不想一入院来，鸦雀无闻，一并连两只仙鹤在芭蕉下都睡着了。宝钗便顺着游廊来至房中，只见外间床上横三竖四，都是丫头们睡觉。转过十锦槅子，来至宝玉的房内。〔俞校："宝玉的房内"——从己、庚、晋、甲；原"宝玉房内"。〕宝玉在床上睡着了，袭人坐在身旁，手里做针线，旁边放着一柄白犀麈。〔俞校："白犀麈"——从己、晋、庚、甲；原"白犀拂尘"。〕宝钗走近前来，悄悄的笑道："你也过于小心了。这个屋里那里还有苍蝇、蚊子，还拿蝇帚子赶什么？"袭人不防，猛抬头见是宝钗，忙放下针线，起身悄悄笑道："姑娘来了。我倒也不防，吓了一跳。〔蒙侧：闲情闲景，随便拈来，便是佳文佳话。〕姑娘不知道，虽然没有苍蝇、蚊子，谁知有一种小虫子，从这纱眼里钻进来，人也看不见。只睡着了，咬一口，就像蚂蚁夹的。"宝钗道："怨不得。这屋子后头又近水，〔俞校："又近水"——从晋、甲；原"又窄小"。〕又都是香花儿，这屋子里头又香。这种虫子都是花心里长的，闻香就扑。"说着，一面又瞧他手里的针线。原来是个〔俞校："原来是个"——从己、庚、晋、甲；原"原来是"。〕白绫红里的兜肚，上面扎着鸳鸯戏莲的花样，红莲绿叶，五色鸳鸯。宝钗道："嗳哟，好鲜亮活计！这是谁的，也值的费这么大工夫？"袭人向床上努嘴儿。〔蒙侧：妙形景。〕宝钗笑道："这么大了，还带这个？”袭人笑道：“他原是不带，所以特特的做的好了，叫他看见由不得不带。如今天气热，睡觉都不留神，哄他带上了，便是夜里纵盖不严些儿，也就不怕了。俞校：“不怕了”——从庚旁改（“了”傍添）；原“罢了”。你说这一个就用了工夫，还没看见他身上现带的那一个呢。”宝钗笑道：“也亏你耐烦。”袭人道：“今儿做的工夫大了，脖子低的怪酸的。”蒙侧：随便写来，有神有理，生出下文多少故事。又笑道：“好姑娘，俞校：“好姑娘”——从己、庚、晋、甲；原“姑娘”。你略坐一坐，我出去走走就来。”说着，便走了。宝钗只顾看着活计，便不留心一蹲身，刚刚的也坐在袭人方才坐的俞校：“方才坐的”——从己、庚、晋、甲；原“方才的”。所在；因又见那活计实在可爱，由不得拿起针来，替他代刺。不想林黛玉因遇见史湘云约他来与袭人道喜，二人来至院中，见静悄悄的，湘云便转身先到厢房里去找袭人。林黛玉却来至窗外，隔着纱窗往里一看，只见宝玉穿着银红纱衫子，随便睡着在床上，宝钗坐在身傍作针线，傍边俞校：“傍边”——从晋、甲；原“椅边”。放着蝇帚子。林黛玉见了这个景儿，连忙把身子一藏，手握着嘴不敢笑出来，招手儿叫湘云。湘云一见他这般景况，只当有什么新闻，忙也来一看，也要笑时，忽然想起宝钗素日待他厚道，俞校：“待他厚道”——从己、晋、甲；原“原好”。便忙掩住口。知道林黛玉不让人，俞校：“不让人”——从庚；原“口里不让人”。怕他言语之中俞校：“言语之中”——从庚；原无。取笑，便拉过他来道：“走罢。我想起袭人来，他说午间要到池子里去俞校：“池子里去”——从己、庚、晋、甲；原“池子”。洗衣裳，想必去了，咱们那里找他去。”林黛玉心下明白，冷笑了两声，只得随他走了。

俞校：“随他走了”——从己、庚、晋、甲；原“随他去了”。　蒙侧：触眼偏生碍，多心偏是痴。万魔随事起，何日是完时？

这里宝钗只刚做了两三个花瓣，忽见宝玉在梦中喊骂，说：“和尚道士的话如何信得！什么是金玉姻缘，我偏说是木石姻缘！”薛宝钗听了这话，不觉怔了。蒙侧：情（请）问：此“怔了”是吃语之故，还是吃语之意不妥之故？猜猜。忽见袭人走过来，笑道：“还没有醒呢？”宝钗摇头。袭人又笑道：“我才碰见林姑娘、史大姑娘，俞校：“史大姑娘”——从己、庚、晋、甲；原无。他们可曾进来？”宝钗道：“没见他们进来。”俞校：“他们进来”——从己、庚、晋、甲；原“那们进来”。因向袭人笑道：“他们没告诉你什么话？”袭人笑道：“左不过俞校：“左不过”——从己、庚、晋；原“总不过”。是他们那些顽话，有什么正经说的。”

宝钗笑道："他们说的可不是顽话，我正要告诉你呢，你又忙忙的出去了。"一句话未完，只见凤姐儿打发人来叫袭人。宝钗笑道："就是为那话了。"袭人只得唤起两个丫鬟来，一同宝钗出怡红院，自往凤姐这里来。果然是告诉他这话，又叫他与王夫人叩头，且不必去见贾母，俞校："去见贾母"——从己、庚、晋、甲；原"见贾母"。倒把袭人不好意思的。见过王夫人，急忙回来，宝玉已醒了，问起原故，袭人且含糊答应。至夜间人静，袭人方告诉。蒙侧：夜深人静时，不减长生殿风味。何等告法？何等听法？人生不遇此等景况，实辜负此一生！宝玉喜不自禁，俞校："喜不自禁"——从己、庚、晋、甲；原"喜之不禁"。又向他笑道："我可看你回家去不去了！那一回往家里走了一趟，回来就说你哥哥要赎你，又说在这里没着落，终久算什么，说了那么些俞校："那么些"——从己、庚；原"那些"。无情无义的生分话唬我。己双："唬"字妙！尔果系明决男子，何得畏女子唬哉？从今以后，我可看谁来敢叫你去。"袭人听了，便冷笑道："你倒别这么说。从此以后，我是太太的人了。我要走，连你也不必告诉，只回了太太就走。"宝玉笑道："就便算我不好，你回了太太竟去了，叫别人听见，说我不好你去了，俞校："你去了"——从己、庚、晋、甲；原无。你也没意思。"袭人笑道："有什么没意思？难道作了强盗贼，我也跟着罢！再不然，还有一个死呢。人活百岁，横竖要死，这一口气不在，听不见看不见就罢了。"蒙侧：自古及今，大凡大英雄、大豪杰、忠臣孝子，至其真极，不过一死，呜呼哀哉！宝玉听见这话，便忙握他的嘴，说道："罢，罢，罢！不用说这些话了。"袭人深知宝玉性情古怪，听见奉承吉利话，又厌虚而不实；听了这些尽情实话，又生悲感。便悔自己说冒撞了，连忙笑着用话截开。只拣那宝玉素喜谈者问之。先问他春风秋月，再谈及粉淡脂莹，然后谈到女儿如何好，又谈到女儿死，袭人忙掩住口。宝玉谈至浓快时，见他不说了，便笑道："人谁不死，只要死的好。那些个须眉浊物，只知道文死谏，武死战，这二死是大丈夫死名死节。竟何如不死的好。必定有昏君，他方谏；他只顾邀名，猛拚一死，将来弃君于何地！必定有刀兵，他方战；猛拚一死，他只顾图汗马之名，将来弃国于何地！所以这皆非正死。"袭人道："忠臣良将，出于不得已他才死。”宝玉道：“那武将不过仗血气之勇，疏谋少略，他自己无能，送了性命，这难道也是不得已！那文官更不比武官了，他念两句书窝在心里，若朝廷少有疵瑕，他就胡谈乱劝，俞校：“胡谈乱劝”——从己、庚；原“聒谈乱劝”。只顾他邀忠烈之名，浊气一涌，即时拚死，俞校：“拚死”——从己、庚、晋、甲；原“拚命”。这难道俞校：“这难道”——从己、庚、晋、甲；原“难道”。也是不得已！还要知道那朝廷是受命于天，他不圣不仁，那天地断不把这万几重任与他了。可知那些死的都是沽名，并不知大义。蒙侧：此一段议论文武之死，真真确确，的非凡常可能道者。比如我此时若果有造化，该死于此时的，俞校：“该死于此时的”——从庚；原“该死的时如今”。趁你们在，我就死了。再能够你们哭我的眼泪流成大河，把我的尸首漂起来，送到那鸦雀不到的俞校：“鸦雀不到的”——从己、庚、晋、甲；原“鸦雀不到”。幽僻之处，随风化了，自此再不要托生为人，俞校：“托生为人”——从己、庚、晋、甲；原“脱生为人”。就是我死的得时了。”袭人忽见说出这些疯话来，忙说困了，不理他。那宝玉方合眼睡着，至次日也就丢开了。

一日，宝玉因各处游的烦腻，便想起《牡丹亭》曲来，自己看了两遍，犹不惬怀。因闻得梨香院的十二个女孩子中有小旦龄官最是唱的好，因着意出角门来找时，只见宝官、玉官都在院内，见宝玉来了，都笑嘻嘻的俞校：“笑嘻嘻的”——从庚；原“笑”。让坐。宝玉因问龄官在那里。俞校：“在那里”——从晋、甲；原“独在那里”。众人都告诉他说：“在他房里呢。”宝玉忙至他房内，只见龄官独自倒在枕上，见他进来，文风不动。俞校：“文风不动”——从己、庚；原“公然不动”。蒙侧：另有风味。宝玉素昔俞校：“素昔”——从晋、甲；原“素习”。与别的女孩子顽惯了的，只当龄官也同别人一样，因近前来身旁坐下，又陪笑央他起来俞校：“央他起来”——从己、庚、晋、甲；原“唤他起来”。唱“袅晴丝”一套。不想龄官见他坐下，忙抬身起来躲避，正色说道：“嗓子哑了。前儿娘娘传进我们去，我还没有唱呢。”宝玉见他坐正了，再一细看，原来就是那日蔷薇花下划“蔷”字的那一个。又见如此景况，从来未经过这番被人弃厌，自己便讪讪的红了脸，只得出来了。宝官等不解何故，因问其所以。宝玉便说了，遂出来。蒙侧：非龄官不能如此作势，非宝玉不能如此忍[耐]。其文冷中浓，其意韵而诚，有“富贵不能移，威武不能屈”之意。宝官便说道：“只略等一等，蔷二爷来了，叫他唱，是必唱的。”宝玉听了，心下纳闷，因问俞校：“因问”——从己、庚、晋、甲；原“问”。：“蔷哥儿那去了？”宝官道：“才出去了。一定还是龄官要什么，他去变弄去了。”宝玉听了，以为奇特。少站片时，果见贾蔷从外头来了，手里提着个雀儿笼子，上面扎着小戏台并一个雀儿，兴头头往里走，找龄官。见了宝玉，只得站住。宝玉问他：“是个什么雀儿，会衔旗串戏台？”贾蔷笑道：“是个玉顶金豆。”宝玉道：“多少钱买的？”贾蔷道：“一两八钱银子。”一面说，一面让宝玉坐，自己往龄官房里来。宝玉此刻把听曲子的心都没了，且要看他和龄官是怎样。俞校：“是怎样”——从己、庚；原“是怎么样”。只见贾蔷进去笑道：“你起来，瞧这个顽意儿。”龄官起身，问是什么。贾蔷道：“买了雀儿你顽，省得天天闷闷的无个开心。我先顽个你看。”说着，便拿些谷子，哄的那个雀儿果然在戏台上乱串，衔鬼脸旗帜。众女孩子都笑道“有趣”，独龄官冷笑了两声，赌气仍睡去了。贾蔷还只管陪笑问他好不好。龄官道俞校：“龄官道”——从己、庚、晋、甲；原“龄官笑道”。：“你们家把好好的人弄了来，关在这牢坑里学这劳什子俞校：“劳什子”——原“牢什古子”；己、庚、晋、甲“牢什子”。今依下改“劳什子”。还不算；你这会子又弄个雀儿来，也偏生干这个。你分明是弄了他来俞校：“弄了他来”——从己、庚、晋、甲；原“弄他来”。打趣形容我们，还问我好不好。”贾蔷听了，不觉慌起来，俞校：“不觉慌起来”——从己、庚；原“不觉的慌起来”。连忙赌身立誓。又道：“今儿我那里的香脂油俞校：“香脂油”——从庚；原“脂油”。蒙了心！费一二两银子买他来，原说解闷，就没有想到这上头。罢，罢！放了生，免免你的灾病。”蒙侧：此一番文章，从“画蔷”而来，“蔷”之画为不谬矣。说着，果然将雀儿放了，一顿把那笼子拆了。龄官还说：“那雀儿虽不如人，他也有个老雀儿在窝里，你拿了他来弄这个劳什子俞校：“弄这个劳什子”——从己、庚、晋、甲；原“弄这牢什古子”。也忍得！今儿我咳嗽出两口血来，太太叫大夫来细问问。你且弄这个取笑。偏生我这没人管没人理的，又偏病。”说着，又哭起来。贾蔷忙道：“昨儿晚上我问了大夫，他说不相干。他说吃两剂药，后儿再瞧。谁知今儿又吐了。这会子请他去。”说着，便要请去。龄官又叫站住，“这会子大毒日头地下，你赌气子去请了来，我也不瞧。”贾蔷听如此说，俞校：“听如此说”——从己、庚、晋、甲；原“听了如此说”。只得又站住。宝玉见了这般景况，不觉痴了，这才领会了划“蔷”深意。（蒙侧：点明。）自己站不住，便抽身走了。贾蔷一心都在龄官身上，也不愿送，倒是别的女孩子送了出来。那宝玉一心裁夺盘算，（俞校：“裁夺盘算”——从己、庚、晋、甲；原“裁度盘算”。）痴痴的（俞校：“痴痴的”——从己、庚、晋、甲；原“痴痴”。）回至怡红院中，正值林黛玉和袭人坐着说话儿呢。宝玉一进来，就和袭人长叹，说道：“我昨晚上的话竟说错了。怪道老爷说我是‘管窥蠡测’。昨夜说你们眼泪单葬我，这就错了。我竟不能全得了。从此后，只是各人各得眼泪罢了。”（蒙侧：这样误（悟）了，才是真误（悟）。）袭人昨夜不过是些顽话，已经忘了，不想宝玉今又提起来，便笑道：“你可真真有些疯了。”宝玉默默不对。（俞校：“默默不对”——从己、庚、晋、甲；原“默默不答”。）自此深悟人生情缘，各有分定，只是每每暗伤，（俞校：“每每暗伤”——从己、庚、晋、甲；原“每暗暗伤心”。）不知将来葬我洒泪者为谁。此皆宝玉心中所怀，也不可（俞校：“也不可”——从己、庚、晋；原“者，不必”。）十分妄拟。

且说林黛玉当下见了宝玉如此形象，便知是又从那里着了魔来，也不便多问，因向他说道：“我才在舅母跟前的，（俞校：“跟前的”——从己、晋；原“跟前说”。）明儿是（俞校：“明儿是”——从己、庚、晋、甲；原“明儿”。）薛姨妈的生日，叫我顺便来问你出去不出去。你打发人前头说一声去。”宝玉道：“上回连大老爷（俞校：“大老爷”——从己、庚、晋、甲；原“大爷”。）的生日我也没去，这会子我又去，倘或碰见了人（俞校：“碰见了人”——从己、庚、晋、甲；原“磞见人”。）呢。我一概都不去。这么怪热的，又穿衣裳，我不去，姨妈也未必恼。”袭人忙道：“这是什么话！他比不得大老爷。这里又住得近，又是亲戚，你不去岂不叫他思量。你怕热，只清早起到那里磕个头，吃钟茶再来，岂不好看。”宝玉未说话，黛玉便先笑道：“你看着（俞校：“看着”——从己、庚、晋、甲；原“看看”。）人家赶蚊子的分上也该走走。”宝玉不解，忙问：“怎么赶蚊子？”袭人便将昨日睡觉，无人作伴，宝姑娘坐了一坐的话说了出来。宝玉听了，忙说：“不该。我怎么睡着了，亵渎了他。”一面又说明日必去。正说着，（俞校：“正说着”——从己、庚、晋、甲；原“说著”。）忽见史湘云穿得（俞校：“穿得”——从甲；原“穿的”。）齐齐整整的（俞校：“齐齐整整的”——从庚、晋；原无“的”。）走来辞说家里打发人来接他。宝玉、林黛玉（俞校：“林黛玉”——从己、庚；原“黛玉”。）听说，忙站起来让坐，史湘云也不坐。宝、黛两个只得送他至前面。那史湘云只是眼泪汪汪的，见有他家人在跟前，又不敢十分委屈。少时，薛宝钗赶来，愈觉缱绻难捨。俞校：“难捨”——从己、庚、晋、甲；原“难舍”。还是宝钗心内明白，他家人若回去告诉了他婶娘，待他家去，又恐受气，因此倒催他走了。众人送至二门前。宝玉还要往外送，戚双：每逢此时就忘却严父，可知前云“为你们死也情愿”不假。倒是湘云拦住了。一时，回身又叫宝玉到跟前悄悄的嘱道俞校：“嘱道”——从己、庚；原“嘱咐道”。：“便是老太太想不起我来，你时常提着，打发人接我去。”宝玉连连答应了。眼看着他上车去了，大家方才进来。要知端的，且听下回分解。

第三十七回
秋爽斋偶结海棠社　蘅芜苑夜拟菊花题

己回前：美人用别号，亦新奇花样，且韵且雅，呼去觉满口生香。起社出自探春意，作者已伏下回“兴利除弊”之文也。

此回才放笔写诗、写词、作札，看他诗复诗、词复词、札又札，总不相犯。

湘云，诗客也，前回写之，其今才起社，后用不寂不离闲人数语数折，仍归社中。何巧活之笔如此。

戚回前：海棠名诗社，林史傲秋闺。纵有才八斗，不如富贵儿。

这年贾政又点了学差，择于八月二十日起身。是日，拜过宗祠及贾母起身，宝玉诸子弟等送至洒泪亭。却说贾政出门去后，外面诸事不能多记。单表宝玉每日在园中任意纵性的旷荡，俞校：“旷荡”——从己、庚；原“侹荡”。真把光阴虚度，岁月空添。这日正无聊之际，只见翠墨进来，手里拿着一幅俞校：“一幅”——从甲；原“一副”。花笺送与他。宝玉因道：“可是我忘了，才说要瞧瞧三妹妹去的。可好些了？你偏走来。”翠墨道：“姑娘好了，今日也不吃药了，不过是凉着一点儿。”宝玉听说，便展开花笺看时，上面写道：

妹探（俞校：“妹探”——从甲；原“妹探春”。）谨奉

二兄文几：前夕新霁，月色如洗，因惜清景难逢，讵忍就卧。时漏已三转，犹徘徊于桐槛（俞校：“桐槛”——从己、庚、晋、甲；原“桐槐”。）之下，未防风露所欺，（俞校：“所欺”——从己、庚、晋、甲；原“所侵”。）致获采薪之患。昨蒙亲劳抚嘱，复又（俞校：“复又”——从己、庚、晋；原“后又”。）数遣侍儿问切，兼以鲜荔并真卿墨迹见赐，何痌瘝惠爱之深耶！今因伏几凭床处默之时，因思及历来古人中处名攻利敌之场，犹置一些山滴水（俞校：“些山滴水”——从己、庚、晋、甲；原“些山水”。）之区，远招近揖，投辖攀辕，务结二三同志（俞校：“二三同志”——从己、庚、甲；原“一二同志者”。）盘桓于其中，或竖词坛，或开吟社，虽一时之偶兴，遂成千古之佳谈。妹虽不才，窃同叨栖处于泉石之间，而兼慕薛、林之技。风庭月榭，惜未讌集诗人；帘杏溪桃，或可醉飞吟盏。（俞校：“吟盏”——从己、庚、晋、甲；原“银盏”。）孰谓莲社之雄才，独许须眉，直以东山之雅会，让余脂粉。（俞校：“让余脂粉”——从己、庚、晋、甲；原“让于脂粉”。）若蒙棹雪（俞校：“棹雪”——原“绰云”；己、庚“掉雪”。今改“棹雪”。）而来，妹则扫花以待。谨奉。

宝玉看了，不觉喜的拍手笑道：“倒是三妹妹高雅。我如今就去商议。”一面说，一面就走。翠墨跟在后面。刚到了沁芳亭，只见园中后门上值日的婆子手里拿着一个字帖走来。见了宝玉，便迎上去，（俞校：“迎上去”——从己、庚、晋、甲；原“递上去”。）口内说道：“芸哥儿请安，在后门只等着，（俞校：“只等着”——从己、庚；原“口等著”。）叫我送来的。”宝玉打开看时，写道是：

不肖男　芸恭请

父亲大人万福金安。男思自蒙天恩，认于膝下，日夜思一孝顺，竟无可孝顺之处。前因买办花草，上托大人金福，竟认得许多花儿匠，（俞校：“花儿匠”——从己、庚、晋、甲；原“花匠”。）（己双：直欲喷饭，真好新鲜文字。）并认得许多名园。因忽见（俞校：“因忽见”——从庚；原“前因忽见”。）有白海棠一种，不可多得，故变尽方法，只弄得两

盆。大人若视男如亲男一般，（己双：皆千古未有之奇文，初读令人不解，思之则喷饭。）便留下赏玩。因天气暑热，恐园中姑娘们不便，故不敢面见。奉书恭启，并叩台安。男芸跪书。（蒙戚双：一笑。）（晋双：接连二启，字句因人而施。诚作者之妙。）

宝玉看了，笑道："独他来了，还有什么人？"婆子道："还有两盆花儿。"宝玉道："你出去说，我知道了，难为他想着。你便把花儿送到我屋里去（俞校："我屋里去"——从己、庚、晋、甲；原"我房里去"。）就是了。"一面说，一面同翠墨往秋爽斋来。只见宝钗、黛玉、迎春、惜春已都在那里了。（庚双：却因芸之一字，夫已将诸艳请来，省却多少闲文。不然必云如何请，如何来，则必至有犯宝玉，终成重复之文矣。）众人见他进来，都笑说："又来了一个。"探春笑道："我不算俗，偶然起个念头，写了几个帖儿试一试，谁知一招皆到。"宝玉笑道："可惜迟了，早该起个社（俞校："起个社"——从己、庚、晋、甲；原"起这社"。）的。"黛玉说道："你们只管起社，可别算上我。（俞校："算上我"——从庚；原"算我"。）我是不敢的。"迎春笑道："你不敢，谁还敢呢！"（蒙戚双：必得如此方是妙文。）（己双：若也如宝玉说兴头说（话），则不是黛玉矣。）宝玉道："这是一件正经大事，大家鼓舞起来，不要你谦我让的。各有主意，自管说出来，（俞校："自管说出来"——从己、庚；原"尽管说出来"。）大家平章。（己双：这是"正紧大事"已妙，且曰"平章"，更妙！的是宝玉口角。）宝姐姐也出个主意，林妹妹也说个话儿。"宝钗道："你忙什么，人还不全呢。"（己双：妙！宝钗自有主见，真不诬也。）一语未了，李纨也来了，进门笑道："雅的紧！要起诗社，我自荐我掌坛。前儿春天，（俞校："前儿春天"——从己、庚、晋、甲；原"前日春天"。）我原有这个意思的，我想了一想，我又不会做诗，瞎乱些什么。（俞校："瞎乱些什么"——从己、庚、晋；原"瞎乱说些什么"。）因而也忘了，就没有说得。既是三妹妹高兴，我就帮你作兴起来。"（己双：看他又是一篇文字，分叙单传之法也。）黛玉道："既然定要起诗社，咱们都是诗翁了，先把这些姐妹叔嫂的字样改了才不俗。"（己双：看他写代（黛）玉，真可人也。）李纨道："极是。何不大家起个别号，彼此称呼则雅。（蒙戚双：未起诗社，先起别号。）我是定了'稻香老农'，再无人占的。"（己双：最妙！一个花样。）探春笑道："我就是'秋爽居士'罢。"宝玉道："居士主人，到底不恰，（俞校："不恰"——从己、庚；原"不确"。）且又累赘。（俞校："累赘"——从甲；原"累瘿"。）这里梧桐、芭蕉尽有，或指梧桐、芭蕉起个倒好。"探春笑道："有了。我最喜芭蕉，就称'蕉下客'罢。"众人都道别致有趣。黛玉笑道：

“你们快牵了他去，〔俞校：“牵了他去”——从己、庚、晋、甲；原“牵了他”。〕顿了脯子〔俞校：“顿了脯子”——从己、庚；原“顿脯子”。〕吃酒。”众人不解。黛玉笑道：“古人曾云：蕉叶覆鹿。他自称‘蕉下客’，可不是一只鹿了。快作了〔俞校：“快作了”——从己、庚、晋；原“快作”。〕鹿脯来。”众人听了，都笑起来。探春因笑道：“你别忙中〔俞校：“忙中”——从庚；原“忙”。〕使巧话来骂人。我已替你想了个极当的〔俞校：“极当的”——从己、庚、晋、甲；原“极妥当的”。〕美号了。”又向众人道：“当日娥皇、〔俞校：“娥皇”——从己、庚、晋、甲；原“娥黄”。〕女英洒泪在竹上成斑，故今斑竹又名湘妃竹。如今他住的是潇湘馆，他又爱哭，将来他想林姐夫，那些竹子也是要变成斑竹的，以后都叫他作‘潇湘妃子’就完了。”大家听说，都拍手叫妙。林黛玉低了头，方不言语。〔己双：妙极，趣极！所谓“夫人必自侮，然后人侮之”，看因一谑，便勾出一笑号来，何等妙文哉！另一花样。〕李纨笑道：“我替薛大妹妹也早已想了个好的，也只三个字。”惜春、迎春都问：“是什么？”〔俞校：“都问是什么”——从庚；原“都忙问是什么”。〕〔己双：妙文！迎春、惜春故不能答言，然不便撕之不序（叙），故插他二人问。试思近日诸豪宴集雄语伟辩之时，座上或有一二愚夫不敢接谈，然偏好问，亦真可厌之事也。〕李纨道：“我是封他‘衡芜君’了，〔俞校：“封他蘅芜君了”——从庚；原“封他为蘅芜君”。〕不知你们如何？”探春道：“这个封号极好。”〔俞校：“极好”——从己、庚、晋、甲；原“极好呢”。〕宝玉道：“我呢？你们也替我想一个。”〔俞校：“想一个”——从己、庚、晋、甲；原“想个”。〕〔己双：必有是问。〕宝钗笑道：“你的号早有了，‘无事忙’三字恰当的很。”〔俞校：“三字恰当的很”——从己、庚、晋、甲；原“忙字确当的狠”。〕〔己双：真恰当，形容的尽。〕李纨道：“你还是你的旧号‘绛洞花王’〔俞校：“绛洞花王”——从己、庚；原“绛洞花主”。〕就好。”〔己双：妙极！又点前文。通部中从头至末，前文已过者，恐去之冷落，使人忘怀。得便一点，未来者恐来之突然，或先伏一线。皆行文之妙诀也。〕宝玉笑道：“小时候干的营生，还提他作什么！”〔己双：赧言（颜）如闻，不知大时又有何营生。〕探春道：“你的号多的很，又起什么，我们爱叫你什么，你就答应着就是了。”〔己双：更妙！若只管挨次一个一个乱起，则成何文字？另一花样。〕宝钗道：“还得我送你个号罢。有最俗的一个号，却于你最当。天下难得的是富贵，又难得的是闲散，这两样再不能兼有，不想你兼有了，就叫你‘富贵闲人’也罢了。”宝玉笑道：“当不起，当不起，倒是随你们混叫去罢。”李纨道：“二姑娘、四姑娘〔俞校：“四姑娘”——从晋、甲；原“三姑娘”。〕起个什么？”迎春道：“我们又不大会诗，白起个号作什么？”〔己双：假斯文、守钱虏来看这句。〕探春道：“虽如此，也起个才是。”宝钗道：“他住的是紫菱洲，就叫他‘菱洲’；四丫头在藕香榭，就叫他‘藕榭’就是了。”李纨道：“就是这样好。但序齿我大，你们都要依我的主意，赶情说了大家合意。我们七个人起社，我和二姑娘、四姑娘都不会作诗，须得让出我们三个人去。我们三个各分一件事。”探春笑道：“已有了号，还只管这样称呼，不如不有了。以后错了，也要立个罚约才好。”李纨道：“立定了社，再定罚约。我那里地方大，竟在我那里作社。我虽不能作诗，这些诗人竟不厌俗客，我作个东道主人，我自然也清雅起来了。若是要推我作社长，我一个社长自然不够，必要再请两位副社长，就请菱洲、藕榭二位学究来，（俞校：“二位学究来”——从己、庚、晋、甲；原“二位学究”。）一位出题限韵，一位誊录监场。亦不可拘定了我们三个不作，若遇见容易些的题目韵脚，我们也随便作一首。你们四个都是要限定的。若如此（俞校：“若如此”——从己、庚、晋、甲；原“若是如此”。）便起，若不依我，我也不敢附骥了。”

迎春、惜春本性懒于诗词，又有薛、林在前，听了这话便深合己意，二人皆说是极。探春等也知此意，见他二人悦服，也不好强，只得依了。因笑道：“这话也罢了。只是我自想好笑，好好的（俞校：“好好的”——从己、庚、晋、甲；原“的”。）我起了个主意，反叫你们三个来管起我来了。”宝玉道：“既这样，咱们就往稻香村去。”李纨道：“都是你忙。今日不过商议了，等我再请。”宝钗道：“也要议定几日一会才好。”（俞校：“才好”——从己、庚、晋、甲；原“方好”。）探春道：“若只管会的多，又没趣了。一月之中，只可两三次才好。”宝钗点头道：“一月只要两次就够了。拟定日期，风雨无阻。除这两日外，倘有高兴的，他情愿加一社的，或情愿到他那里去，或附就了来，（俞校：“附就了来”——从己、庚、晋、甲；原“附就了”。）亦可使得，岂不活泼有趣。”众人都道：“这个主意更好。”（俞校：“更好”——从己、庚；原“便好”。）探春道：“只是原系我起的意，我须得先作个东道主人，方不负我这兴。”李纨道：“既这样说，明日你就先开一社如何？”探春道：“明日不如今日，此刻就很好。（俞校：“此刻就很好”——从庚；原“就是此刻好”。）你就出题，菱洲限韵，藕榭监场。”迎春道：“依我说，也不必随一人出题限韵，竟是拈阄公道。”李纨道：“方才我来时，看见他们抬进两盆白海棠来，倒是好花。你们何不就咏起他来？”俞校：“咏起他来”——从己、庚、晋、甲；原“咏起来”。己双：真正好题。妙在未起诗社，先得了题目。迎春道：“都还未赏，先倒作诗。”宝钗道：“不过是白海棠，又何必定要见了才作。古人诗赋，也不过都是寄兴写情俞校：“寄兴写情”——从己、庚；原“寄性写情”。耳。若都是看见了作，如今也没这些诗了。”己双：真诗人语。迎春道：“既如此，待我限韵。”说着，走到书架前抽出一本诗来，随手一揭，这首诗竟是一首七言律，递与众人看了，都该作七言律。迎春掩了诗，又向一个小丫头道：“你随口说一个字来。”那丫头正倚门立着，便说了个俞校：“便说了个”——从庚、晋、甲；原“便说了”。“门”字。迎春笑道：“就是门字韵，‘十三元’了。俞校：“十三元了”——从己、庚、晋、甲；原“十三元，押”。头一个韵定要这‘门’字。”说着，又要了韵牌匣子过来，抽出“十三元”一屉，俞校：“一屉”——从己、庚、晋、甲；原“一篇”。又命那小丫头随手拿四块。那丫头便拿了“盆”“魂”“痕”“昏”四块来。宝玉道：“这‘盆’‘门’两个字不大好作呢。”侍书一样预备下四分纸笔，便都悄然各自思索起来。独黛玉或抚梧桐，或看秋色，或又和丫鬟们嘲笑。蒙戚双：看他单写黛玉。迎春又命丫鬟炷了一枝“梦甜香”。俞校：“梦甜香”——从己、庚、晋、甲；原“梦酣香”。原来这“梦甜香”只有三寸来长，有灯草粗细，以其易烬，故以此烬为限。俞校：“故以此烬为限”——从己、庚；原“为限”。如香烬未成，便要罚。己双：好香！尚能撰此新奇字样。一时，探春便先有了，自提笔写出，又改抹了一回，递与迎春。因问宝钗：“蘅芜君，你可有了？”宝钗道：“有却有了，只是不好。”宝玉背着手，在回廊上踱来踱去，因向黛玉说道：“你听，他们都有了。”黛玉道：“你别管我。”宝玉又见宝钗已誊写出来，因说道：“了不得！香只剩了俞校：“只剩了”——从己、庚、晋、甲；原“只剩下了”。一寸了，我才有了四句。”又向黛玉道：“香完快了，只管蹲在那潮地下作什么？”黛玉也不理。宝玉道：“我可顾不得你了，好歹也写出来罢。”说着，也走在案前写了。李纨道：“我们要看诗了。若看完了还不交卷，是必罚的。”宝玉道：“稻香老农虽不善作，俞校：“虽不善作”——从庚；原“并不善作”。却善看，又最公道。己双：理岂不公。你就评阅优劣，我们都服的。”众人都道：“自然。”于是先看俞校：“先看”——从己、庚、晋、甲；原“看”。探春的稿上写道俞校：“写道”——从己、庚、晋、甲；原“写是”。：

咏白海棠 限门盆魂痕昏为韵

斜阳寒草带重门，苔翠盈铺雨后盆。
玉是精神难比洁，雪为肌骨易销魂。
芳心一点娇无力，倩影三更月有痕。
莫谓缟仙能羽化，多情伴我咏黄昏。

次看宝钗的是俞校："次看宝钗的是"——从庚傍改（本无，后添小字）；原"大家看了，称赏一回，又看宝钗的道"。：

珍重芳姿昼掩门，己双：宝钗诗全是自写身分，讽刺时事。只以品行为先，才技为末。纤巧流荡之词、绮靡秾艳之语，一洗皆尽，非不能也，屑而不为也。最恨近日小说中一百美人诗词语气，只得一个艳稿。自携手瓮灌苔盆。
胭脂洗出秋阶影，冰雪招来露砌魂。己双：看他清洁自厉，终不肯作一轻浮语。
淡极始知花更艳，己双：好极！高情巨眼能几人哉！正"一鸟不鸣山更幽"也。愁多焉得玉无痕。己双：看他讽刺林宝二人着手。
欲偿白帝凭清洁，己双：看他收到自己身上来，是何等身分。蒙戚双：看他讽刺林，收到自己身上，是何等身分！不语婷婷日又昏。

李纨笑道："到底是俞校："到底是"——从晋、甲；原"倒是"。蘅芜君。"说着，又看宝玉的，道是：

秋容浅淡映重门，七节攒成雪满盆。
出浴俞校："出浴"——从己、庚、晋、甲；原"初浴"。太真冰作影，捧心西子玉为魂。
晓风不散愁千点，己双：这句直是自己一生心事。宿雨还添泪一痕。己双：妙在终不忘代（黛）玉。
独倚画栏如有意，清砧远笛送黄昏。己双：宝玉再细心作，只怕还有好的。只是一心挂着代（黛）玉，故手（平）妥不警也。

大家看了，宝玉说探春的好，李纨终要推宝钗这诗有身分。因又催黛玉。黛玉道："你们都有了。"说着，提笔一挥而就，掷与众人。李纨等看他写道是：

半卷湘帘半掩门，己双：且不说花，且说看花的人，起的突然别致。碾冰为土玉为盆。己双：极妙！料定他自与别人不同。

看了这句，宝玉先喝起来，只说："从何处想来！"又看下面道是：

偷来梨蕊三分白，借得梅花一缕魂。

众人看了，也都不禁叫好，说："果然比别人又是一样心肠。"又看下面道：

月窟仙人缝缟袂，秋闺怨女试啼痕。俞校："试啼痕"——从己、庚；原"拭啼痕"。己双：虚敲傍比，真逸才也。且不脱落自己。

娇羞默默同谁诉，倦倚西风夜已昏。己双：看他终结到自己，一人是一人口气。逸才仙品固让颦儿，温雅沉着终是宝钗。今日之作，宝玉自应居末。

众人看了，都道是这首为上。李纨道："若论风流别致，自是这首；俞校："自是这首"——从己、庚、晋、甲；原"是推潇作"。若论含蓄浑厚，终让蘅稿。"探春道："这评的有理。潇湘妃子当居第二。"李纨道："怡红公子是压尾，你服不服？"宝玉道："我的那首原不好，这评的最公。"己双：话内细思，则似有不服先评之意。又笑道："只是蘅、潇二首，还要斟酌。"李纨道："原是依我评论，不与你们相干，俞校："不与你们相干"——从己、庚、晋、甲；原"不与你相干"。再有多说者必罚。"宝玉听说，只得罢了。李纨道："从此后，我定于每月初二、十六俞校："十六"——从己、庚、晋、甲；原"十六的"。这两日开社。出题限韵，都要依我。这其间你们有高兴的，只管另择日子补开。那怕一个月每天都开社，我也不管。只是到了初二、十六这两日，是必往我那里去。"宝玉道："到底要起个社名才是。"探春道："俗了又不好，忒新了，刁钻古怪也不好。可巧才是海棠诗开端，就叫个俞校："就叫个"——从己、庚、晋、甲；原"就呼作"。'海棠社'罢。虽然俗些，因真有此事，也就不碍了。"说毕，大家又商议了一回，略用些酒果，方各自散去，也有回家的，也有往贾母、王夫人处去的。当下别人无话。己双：一路总不大写薛、林兴头，可见他二人并不着意于此。不写薛、林，正是大手笔，独他二人长于诗，必使他二人为之则板腐矣。全是错综法。

且说袭人，己双：忽然写到袭人，真令人不解。看他如何终此诗社之文。因见宝玉看了字帖儿，便慌慌张张同翠墨去了，也不知何事。后来又见后门上婆子送了两盆海棠花来。袭人问是那里来的，婆子们便将宝玉前一番缘故说了。袭人听说，便命他们摆好，让他们在下房里坐了。自己走到自己房内，秤了俞校："秤了"——从己、庚；原"称了"。六钱银子封好，又拿了三百钱走来，俞校："走来"——从己、庚、晋、甲；原"来"。都递与那两个婆子道："这银子赏那抬花来的小子们。这钱你们打酒吃罢。"婆子们站起来，眉开眼笑，千恩万谢的不肯受，见袭人执意不收，方领了。袭人又道："后门上外头可有该班的小子们？"婆子忙应道："天天有四个，原预备俞校："原预备"——从己、庚、晋、甲；原"预备"。里面差使的。姑娘有什么差使，我们吩咐去。"袭人笑道："我有什么差使！今儿俞校："今儿"——从己、庚、晋、甲；原"今日"。宝二爷要打发人到小侯爷家与史大姑娘俞校："史大姑娘"——从己、庚、晋、甲；原"大姑娘"。送东西去，可巧你们来了，顺便出去，叫后门上的小子们雇辆车来。回来你们就往这里俞校："往这里"——从己、庚、晋、甲；原"来这里"。拿钱，不用叫他们俞校："不用叫他们"——从庚、甲；原"不用叫他"。又往前头混碰去。"婆子答应着去了。袭人回至房中，拿碟子盛东西与史湘云送去，己双：线头却牵出，观者犹不理会。不知是何碟何物，令人犯思夺。却见槅子上碟槽空着。庚双：妙极，细极！因此处系依古董式样抠成槽子，故无此件此槽遂空。若忘却前文，此句不解。因回头见晴雯、秋纹、麝月等都在一处做针黹，俞校："针黹"——从己、庚、晋、甲；原"针指"。本回下同。袭人问道："这一个缠丝白玛瑙碟子那去了？"众人见问，都你看我，我看你，都想不起来。半日，晴雯笑道："给三姑娘送荔枝俞校："荔枝"——从己、庚、晋、甲；原"荔支"。本回下一处同。去的，还没送来呢。"袭人道："家常送东西的家伙也多，俞校："家伙也多"——从庚傍改（"也"傍添）；原"家伙多呢"。巴巴的拿这个去。"俞校："巴巴的拿这个去"——从己、庚、晋、甲；原"何必用这个"。晴雯道："我何尝不也这样说。俞校："不也这样说"——从己、庚；原"不这样说"。他说这个碟子，配上鲜荔枝才好看。己双：自然好看，原该如此。可恨今之有一二好花者，不肯像景而用。我送去，三姑娘见了也说好看，叫连碟子放着，就没带来。你再瞧，那槅子尽上头的俞校："尽上头的"——从己、庚、晋、甲；原"尽上的"。一对联珠瓶还没收来呢。"秋纹笑道："想起瓶来，我又想起笑话。我们宝二爷说声孝心一动，也孝敬到

（俞校：“也孝敬到”——从己、庚、晋、甲；原“也敬到”。）二十分。因那日见园里桂花，折了两枝，原是自己要插瓶的，忽然想起来说，这是自己园里的才开的新鲜花，不敢自己先玩，巴巴的把那一对瓶拿下来，亲自灌水插好了，叫个人拿着，亲身送一瓶进老太太，又进一瓶与太太。谁知他孝心一动，连跟的人都得福了。可巧那日是我拿去的。老太太见了这样，喜的无可无不可，见人就说（俞校：“见人就说”——从己、庚、晋、甲；原“见人说”。）：‘到底是宝玉孝顺我，连一枝花儿也想的到。别人还只抱怨我疼他。’你们知道，老太太素日（俞校：“素日”——从己、庚、晋、甲；原“平日”。）不大同我说话的，有些不入他老人家的眼的。那日竟叫人拿几百钱给我，说我可怜见的，生的单柔。这可是再想不到的福气。几百钱事小，难得这个脸面。及至到了太太那里，太太正和二奶奶、赵姨奶奶、周姨奶奶好些人翻箱子，找太太当日年轻的颜色衣裳，不知给那一个。一见了，连衣裳也不找了，且看花儿。又有二奶奶在旁边凑趣儿，（俞校：“凑趣儿”——从己、庚、晋、甲；原“凑趣，也”。）夸宝玉又是怎样孝敬，又是怎样知好歹，有的没的说了两车话。当着众人，太太自为又增了光，堵了众人的嘴，太太越发喜欢了。现成的衣服，就赏了我两件。（俞校：“赏了我两件”——从己、庚、晋、甲；原“赏我两件”。）衣裳也是小事，年年横竖也得，却不像这个彩头。”晴雯笑道：“呸，没见世面的小蹄子！那是把好的给了人，挑剩下的才给你，你还充有脸呢。”秋纹道：“凭他给谁剩的，到底是太太的恩典。”晴雯道：“要是我，我就不要。若是给别人剩下的（俞校：“给别人剩下的”——从己、庚；原“给别人剩的”。）给我也罢了，一样这屋里的人，难道谁又比谁高贵些？把好的给他，剩的才给我，我宁可不要，冲撞了太太，我也不受这口软气。”（俞校：“这口软气”——从己、庚、晋、甲；原“这口气”。）秋纹忙问：“给这屋里（俞校：“给这屋里”——从己、庚、晋、甲；原“给谁屋里”。）谁的？我因为前儿（俞校：“我因为前儿”——从己、庚；原“我因前日”。）病了几天，家去了，不知是给谁的。好姐姐，你告诉我知道知道。”晴雯道：“我告诉了你，难道你这会子（俞校：“你这会子”——从庚傍改（“子”傍添）；原“你这会”。）退还太太去不成？”秋纹笑道：“胡说。我白听了（俞校：“白听了”——从己、庚；原“自听了”。）喜欢喜欢。那怕给这屋里的狗剩下的，我只领太太的恩典，也不犯管别的事。”众人听了，都笑道：“骂的巧，可不是给了那西洋花点子哈吧儿了。”袭人笑道：“你们这起烂了嘴的！得了空，就拿我取笑打牙儿。一个个不知怎么死呢！”秋纹笑道：“原来姐姐得了。我实在不知道。我赔个不是罢。”袭人笑道：“少轻狂罢。你们谁取了碟子来是正经。”己双：看他忽然夹写女儿喁喁一段，总不脱落正事。所谓此书一回是两段，两段中却有无限事体，或有一语透至一回者，或有反补上回者，错综穿插，从不一气直起，直泻至终为了。麝月道：“那瓶俞校：“那瓶”——从庚、晋、甲；原“那瓶儿”。得空也该俞校：“得空也该”——从庚；原“也该得空”。收来了。老太太屋里还罢了。太太屋里人多手杂，别人还可以，赵姨奶奶一伙的人见是这屋里的东西，又该使黑心弄坏了才罢。太太也不大管这些，不如早些收来正经。”晴雯听说，便掷下针黹，道：“这话倒是，等我取去。”秋纹道：“还是我取去罢。你取碟子去。”晴雯笑道：“我偏取一遭儿去。是巧宗儿你们都得了，难道不许我得一遭儿！”麝月笑道：“通共秋丫头得了一遭儿衣裳，那里今儿又可巧，俞校：“今儿又可巧”——从己、庚、晋、甲；原“今日又可巧”。你也遇见找衣裳不成？”晴雯冷笑道：“虽然碰不见找衣裳，俞校：“碰不见找衣裳”——从庚傍改（“找”傍添）；原“碰不见衣裳”。或者太太看见我勤谨，一个月也把太太的公费里分出二两银子来给我，也定不得。”说着，又笑道：“你们别和我装神弄鬼的，什么事我不知道。”一面说，一面往外跑了。秋纹也同他出来，自去探春那里取了碟子来。袭人打点齐备东西，叫过本处的一个老宋妈妈来，己双：“宋”，送也。随事生文，妙！向他说道：“你先好生梳洗了，换了出门的衣裳来。如今打发你与史大姑娘送东西去。”那宋嬷嬷俞校：“宋嬷嬷”——从己、庚、晋、甲；原“宋妈妈”。本回下同。道：“姑娘只管交给我，有话说与我，我收拾了就好一顺去的。”袭人听说，便端过两个小掐丝盒子来，先揭开一个，里面装的是红菱和鸡头俞校：“鸡头”——从己、晋；原“鸡豆”。己双：妙。两样鲜果；又那一个，是一碟子桂花糖蒸新栗粉糕。又说道：“这都是今年咱们这里园里新结的果子，宝二爷送来与姑娘尝尝。再前日姑娘说这玛瑙碟子好，俞校：“这玛瑙碟子好”——从己、庚、晋、甲；原无“好”。姑娘就留下顽罢。俞校：“就留下顽罢”——从己、庚、晋、甲；原“留下顽罢”。己双：妙！隐这一件公案。余想袭人必要玛瑙碟子盛去，何必骄奢轻发如是耶？固有此一案，则无怪矣。这绢包儿里是姑娘上日叫我作的活计，姑娘别嫌粗糙，能着用罢。俞校：“能着用罢”——从己、晋；原“咴著些罢”。替我们请安，替二爷问好就是了。”宋嬷嬷道：

“宝二爷不知还有什么说的，俞校：“什么说的”——从庚；原“甚说的”。姑娘再问问去，回来又别说忘了。”袭人因问秋纹：“方才可见在三姑娘那里？”秋纹道：“他们都在那里商议起什么诗社呢，又都作诗。想来没话，你只去罢。”宋嬷嬷听了，便拿了东西出去，另外穿带了。袭人又嘱咐他：“从后门出去，有小子和车等着呢。”俞校：“等着呢”——从己、庚、晋、甲；原“等著你”。宋妈去后，不在话下。

一时，俞校：“一时”——从晋、甲；原无。宝玉回来，先忙着看了一回海棠，至房内告诉袭人起诗社的事。袭人也把打发宋妈妈与史湘云送东西去的话告诉了宝玉。宝玉听了，俞校：“宝玉听了”——从己、庚、晋、甲；原“宝玉”。拍手道：“偏忘了他！我自觉心里有件事，俞校：“有件事”——从己、庚、晋、甲；原“有什么事”。只是想不起来，亏你提起来，正要请他去。这诗社里若少了他，还有什么意思！”袭人劝道：“什么要紧，不过玩意儿。他比不得你们自在，家里又作不得主儿。告诉他，他要来，又由不得他；不来，他又牵肠挂肚的。没的叫他不受用。”宝玉道：“不妨事，我回老太太打发人接他去。”正说着，宋妈妈已经回来，回复俞校：“回复”——从己、庚；原“回覆”。道生受，与袭人道乏。又说：“问二爷作什么呢，我说和姑娘们起什么诗社，作诗呢。史姑娘说，他们作诗，也不告诉他去，俞校：“告诉他去”——从己、庚、晋、甲；原“告诉我来”。急的了不得。”宝玉听了，起身便往贾母处来，立逼着叫人接去。贾母因说：“今儿天晚了，俞校：“今儿天晚了”——从己、庚、晋、甲；原“今日又晚了”。明日一早再去。”宝玉只得罢了，回来闷闷的。次日一早，便又往贾母处来催逼人接去。直到午后，史湘云才来了，宝玉方放了心。见面时就把始末原由告诉他，又要与他诗看。李纨等因说道：“且别给他看，先说与他韵。他后来，先罚他和了诗。若好，便请入社；若不好，还要罚他一个东道再说。”湘云笑道：“你们忘了请我，我还要罚你们呢。就拿韵来，我虽不能，只得勉强出丑。容我入社，扫地焚香，我也情愿。”众人见他这般有趣，越发喜欢，都埋怨昨日怎么忘了他，遂忙告诉他韵。史湘云一心兴头，等不得推敲删改，一面只管和人说着话，心内早已和成，即用随便的纸笔录出。己双：可见起（越）是好文字，不管怎样就有了。越用工夫越讲究笔墨，终成涂雅。先笑说道："我却依韵和了两首，己双：更奇！想前四律已将形容尽矣，一首犹恐重犯，不知二首又从何处着笔。好歹我却不知，不过应命而已。"说着，递与众人。众人道："我们四首也算想绝了，再一首也不能了，你倒弄了两首。那里有许多话说，必要重了我们的。"俞校："必要重了我们的"——从晋、甲；原"不要重了我们"。一面说，一面看诗，只见那两首诗写道：

其一俞校："其一"——从己、庚、晋、甲；原无。

神仙昨日降都门，己双：落想便新奇，不落彼四套。种得蓝田玉一盆。己双：好！"盆"字押得更稳，总不落彼三套。蒙戚双：押得稳。

自是霜娥俞校："霜娥"——从己、庚、晋、甲；原"素娥"。偏爱冷，己双：又不脱自己将来形景。非关倩女俞校："倩女"——从己、庚、晋、甲；原"青女"。亦离魂。

秋阴捧出何方雪，己双：拍案叫绝！压倒群芳在此一句。雨渍添来隔宿痕。

却喜诗人吟不倦，岂令寂寞度朝昏。己双：真好！

其二俞校："其二"——从己、庚、晋、甲；原"皆道，好诗好诗，又往下看写道"。

蘅芷阶通萝薜门，也宜墙角也宜盆。己双：更好！

花因喜洁难寻偶，人为悲秋易断魂。

玉烛滴干风里泪，晶帘隔破月中痕。

幽情欲向嫦娥诉，无奈虚廊夜色昏。俞校："夜色昏"——从己、庚；原"夜已昏"。庚双：二首真可压卷。诗是好诗，文是奇奇怪怪之文，总令人想不到，忽有二首来压卷。

众人看一句，惊讶一句，看到了，赞到了，都说："这个不枉作了海棠诗，真该要起海棠社了。"史湘云道："明日先罚我个俞校："先罚我个"——从己、庚；原"先罚了我个"。东道，就让我先邀一社，可使得？"众人笑道："这更妙了。"因又将昨日的与他评论了一回。靖眉：观湘云作海棠诗，如见其娇憨之态。是乃实有，非作书者杜撰也。

至晚，宝钗将湘云邀往蘅芜苑去安歇。湘云灯下计议如何设东拟题。俞校："拟题"——从己、庚、晋、甲；原"如何拟题"。宝钗听他说了半日，皆不妥当，戚双：却于此刻方写宝钗。因向他说道："既开社，便要作东。虽然是个玩意儿，也要瞻前顾后，又要自己便宜，又要不得罪了人，俞校："得罪了人"——从己、庚、晋、甲；原"得罪人"。然后方大家有趣。你家里你又作不得主，一个月通共那几串钱，你还不够盘缠呢，这会子又干这没要紧的事。你婶子俞校："你婶子"——从庚；原"你婶婶"。听见了，越发抱怨你了。况且你就都拿出来做这个东道也不够。难道为这个家去要俞校："家去要"——从己、庚、晋、甲；原"家去要去"。不成？还是和这里要呢？"一席话提醒了湘云，倒踌躇起来。宝钗道："这个我已经有个主意：我们当铺里有个伙计，俞校："有个伙计"——从庚、甲；原"有一个伙计"。他家田上出的好肥螃蟹，前儿俞校："前儿"——从己、庚、晋、甲；原"前日"。送了几斤来。现在这里的人，从老太太起，连上园里的人，有多一半都是爱吃螃蟹的。前日姨娘俞校："姨娘"——从己、庚、晋、甲；原"姨妈"。还说要请老太太在园里赏桂花，吃螃蟹，因为有事，还没有请。你如今且把诗社别提起，只管普通一请。等他们散了，咱们有多少诗做不得的。我和我哥哥说，要几篓极肥极大的俞校："极肥极大的"——从己、庚、晋、甲；原"极肥大的"。螃蟹来，再往铺子里取上几坛俞校："取上几坛"——从己、庚、晋、甲；原"取出几坛"。好酒，再备上四五桌果碟，岂不又省事，又大家热闹了。"湘云听了，心中自是感服，极赞他想的周到。宝钗又笑道："我是一片真心为你的话，俞校："为你的话"——从己、庚、晋、甲；原"为"。你千万别多心想着我小看了你，俞校："小看了你"——从己、庚、晋、甲；原"小视了你"。咱们两个就白好了。你若不多心，我就好叫他们办去的。"湘云忙笑道："好姐姐，你这样说，倒多心待我了。凭他怎么糊涂，连个好歹也不知，还成个人了！我若不把姐姐当作亲姐姐一样看，上回那些家常话烦难事，也不肯尽情告诉你了。"宝钗听说，便叫一个婆子来："出去和大爷说，依前日的大螃蟹要几篓来，明日饭后请老太太、姨娘俞校："姨娘"——从己、庚、晋、甲；原"姨妈"。赏桂花。你说大爷好歹别忘了，我今儿俞校："我今儿"——从己、庚、晋、甲；原"我今日"。已请下人了。"己双：必得如此叮咛，阿呆兄方记得。那婆子出去说明，回来无话。

这里宝钗又向湘云道："诗题也不要过于新巧了。你看古人诗中，那些刁钻古怪的题目和那极险的韵了，俞校："极险的韵了"——从己、庚；原"极险的韵脚"。若题过于新巧，韵过于险，再不得有好诗，终是小家气。诗固然怕说熟话，更不可过于求生。只要头一件俞校："只要头一件"——从己、庚、晋、甲；原"头一件只要"。立意清新，自然措词就不俗了。究竟这也算不得什么，还是纺绩针凿是你我的本等。一时闲了，倒是于你我深有益俞校："于你我深有益"——从庚；原"于身心有益"。的书，看几章是正经。"湘云只答应着。因笑道："我如今心里想着，昨日作了海棠诗，我如今要作个菊花诗，如何？"宝钗道："菊花倒也合景，只是前人太多了。"湘云道："我也是如此想着，恐怕落套。"宝钗想了一想说道俞校："想了一想说道"——从己、庚、晋、甲；原"想了想道"。："有了。如今以菊花为宾，以人为主，竟拟出几个题目来，都是两个字：一个虚字，一个实字。实字就用菊花，虚字便用通用门的。俞校："便用通用门的"——从己、晋、甲；原"通用的"。如此又是咏菊，又是赋事，前人也没作过，也不能落套。赋景咏物两关着，俞校："两关着"——从己、庚、晋、甲；原"双关著"。又新鲜，又大方。"湘云笑道："这却很好，只是不知用何等虚字才好，你先想一个我听听。"宝钗想了一想，笑道："《菊梦》就好。"湘云笑道："果然好，我也有一个，俞校："我也有一个"——从己、庚、晋、甲；原"我也有个"。《菊影》可使得？"宝钗道："也罢了。只是也有人作过，若题目多，这个也夹的上。我又有了一个。"湘云道："快说出来。"宝钗道："《问菊》如何？"湘云拍案叫妙，因接说道："我也有了，《访菊》如何？"宝钗也赞有趣，因说道："越性拟出十个来，写上再来。"说着，俞校："再来说着"——从己、庚、晋、甲；原"再说来看"。二人研墨蘸笔，湘云便写，宝钗便念，一时凑了十个。湘云看了一遍，又笑道："十个还不成幅，越性凑成十二个便全了，也如人家字画册页一样。"宝钗听说，又想了两个，俞校："想了两个"——从己、庚、晋、甲；原"想了二个"。一共凑成十二个。俞校："凑成十二个"——从甲；原下有"了"。又说道："既这样，越性编出他个次序先后来。"湘云道："如此更妙，竟弄成个菊谱了。"宝钗道："起首是《忆菊》。忆之不得俞校："忆之不得"——从己、庚、晋、甲；原"之意，不得"。故访，第二是《访菊》。访之既得俞校："访之既得"——从己、庚、晋、甲；原"既得"。便种，第三是《种菊》。种既盛开，俞校："种既盛开"——从己、庚、甲；原"种菊盛开"。故相对而赏，第四是《对菊》。相对而兴有馀，故折来供瓶为玩，第五是《供菊》。既供而不吟，亦觉菊无彩色，第六便是《咏菊》。既入词章，不可不供笔墨，俞校："不供笔墨"——从己、庚、晋、甲；原"无笔墨"。第七便是《画菊》。既为菊如是碌碌，究竟不知菊有何妙处，俞校："菊有何妙处"——从己、庚、晋、甲；原"有何妙处"。不禁有所问，第八便是《问菊》。菊如解语，使人狂喜不禁，（俞校："狂喜不禁"——从己、庚、晋、甲；原"不禁狂喜"。）第九便是《簪菊》。如此人事虽尽，犹有菊之可咏者，《菊影》《菊梦》二首续在（俞校："续在"——从己、庚、晋、甲；原无。）第十、第十一。末卷便以《残菊》总收前题之盛。这便是三秋的妙景妙事都有了。"湘云依言，将题录出，又看了一回。又问："该限何韵？"宝钗道："我平生最不喜限韵的，（俞校："限韵的"——从庚；原"限韵"。）分明有好诗，（俞校："好诗"——从己、庚、晋、甲；原"好事"。）何苦为韵所缚。咱们别学那小家派。只出题，不拘韵。原为大家偶得了好句取乐，并不为以此难人。"（俞校："以此难人"——从甲；原"那些难人"。）湘云道："这话很是。这样大家的诗还进一层。但只咱们五个人，这十二个题目，难道每人作十二首不成？"宝钗道："那也太难人了。将这题目誊好，都要七言律诗，明日贴在墙上。他们看了，谁作那一个，就作那一个。有力量者，十二首都作也可；不能的，一首不成也可。高才捷足者为尊。若十二首已全，便不许他后赶着又作，（俞校："后赶着又作"——从己、庚；原"作，赶著"。）罚他就完了。"湘云道："这倒也罢了。"二人商议妥帖，方才息灯安寝。要知端的，且听下回分解。

蒙戚回后：薛家女子何贞侠，总因富贵不须夸。发言行事何其嘉，居心用意不狂奢。世人若肯平心度，便解云、钗两不暇。

第三十八回
林潇湘魁夺菊花诗　薛蘅芜讽和螃蟹咏

己回前：题曰“菊花诗”“螃蟹咏”，偏自太君前，阿凤若许诙谐中不失体，鸳鸯、平儿宠婢中多少放肆之迎合取乐写来，似难入题，却轻轻用弄水、戏鱼、看花等游玩事及王夫人云“这里风大”一句收住。入题并无纤毫牵强，此重作轻抹法也。妙极！好看煞！

话说宝钗湘云二人计议已妥，一宿无话。湘云次日便请贾母等赏桂花。贾母等都说：“倒是他有兴头，须要扰他这雅兴。”己双：若在世俗小家，则云：“你是客，在我们舍下，怎么反扰你的？”一何可笑。至午，果然贾母带了王夫人、凤姐，兼请薛姨妈等进园来。贾母因问：“那一处好？”蒙戚双：必如此问方好。王夫人道：“凭老太太爱在那一处，就在那一处。”己双：必是王夫人如此答方妙。凤姐道：“藕香榭已经摆下了。那山坡下两棵桂花开的又好，河里水又碧清，坐在河当中亭子上，岂不敞亮。看着水，眼也清亮。”庚双：智者乐水，岂具然乎？贾母听了，说：“这话很是。”说着，引了众人往藕香榭来。原来这藕香榭盖在池中，四面有窗，左右有曲廊可通，亦是跨水接岸，后面又有曲折竹桥暗接。众人上了竹桥，凤姐忙上来搀着贾母，俞校：“搀着贾母”——从己、庚、晋、甲；原“拖著贾母”。口里说：“老祖宗只管迈大步走，俞校：“迈大步走”——从己、庚、晋、甲；原“迈大步”。不相干的，这竹子桥规矩是咯吱咯喳的。”蒙戚双：如见其势，如临其上，非走过者形容不出。一时，进入榭中，只见栏杆外另放着两张竹案，一个上面设着杯箸酒具，一个上头设着茶筅、俞校：“茶筅”——从己、庚、晋、甲；原“茶洗”。茶盂各色茶具。那边有两三个丫头扇风炉煮茶，这一边另外几个丫头也扇风炉烫酒呢。贾母喜的忙问俞校：“喜的忙问”——从庚；原“欢喜道”。：“这茶想的到。且是地方，东西都干净。”湘云笑道：“这是宝姐姐帮着我预备的。”贾母道：“我说这个孩子细致，凡事想的妥当。”一面说，一面又看见柱上挂的黑漆嵌蚌的对子，命人念。湘云念道：

芙蓉影破归兰桨，菱藕香深写竹桥。己双：妙极！此处忽又补出一处，不入贾政“试才”一回，皆错综其势，不作一直笔也。

贾母听了，又抬头看匾，因回头向薛姨妈道：“我先小时，家里也有这么一个亭子，叫做什么‘枕霞阁’。我那时也像他们这么大年纪，同姊妹们天天玩去。那日谁知我失了脚掉下去，几乎没淹死，好容易救了上来，到底被那木钉把头碰破了。如今这鬓角上那指头顶大一块窝儿就是那残破了。俞校：“残破了”——从己、庚、晋；原“残疾了”。众人都怕经了水，又怕冒了风，都说活不得了，谁知竟好了。”凤姐不等人说，俞校：“不等人说”——从己、庚、晋、甲；原“不等人说完”。先笑道：“那时要活不得，如今这么大福可叫谁享呢！可知老祖宗从小儿的福寿俞校：“从小儿的福寿”——从己、庚、晋、甲；原“从小儿福气”。就不小，神差鬼使，碰出那个窝儿来，好盛福寿的。寿星老儿头上原是一个窝儿，因为万福万寿俞校：“万福万寿”——从己、庚、晋、甲；原“万寿万福”。盛满了，所以倒凸高出些来了。”未及说完，贾母与众人都笑软了。己双：看他忽用贾母数语，闲闲又补出此书之前，似已有一部“十二钗”的一般，令人遥忆不能一见，余则将欲补出枕霞阁中十二钗来，岂不又添一部新书！贾母笑道：“这猴儿惯的了不得了，只管拿我取笑起来，恨的我撕你那油嘴。”凤姐笑道：“回来吃螃蟹，恐积了冷在心里，讨老祖宗笑一笑，开开心，一高兴多吃两个就无妨了。”贾母笑道：“明儿俞校：“明儿”——从己、庚；原“明日”。叫你日夜跟着我，我倒常笑笑，觉的开心。不许回家去。”王夫人笑道：“老太太因为喜欢他，才惯的他这样。还这样

藕香榭湘云宴螃蟹　枕霞阁贾母话往事

说，他明儿俞校："他明儿"——从己、庚；原"他明日"。越发无理了。"贾母笑道："我喜欢他这样。况且他又不是那不知高低的孩子。家常没人，娘儿们原该这样。横竖礼体不错就罢了，没的倒叫他从神儿似的作什么。"蒙戚双：近之暴发专讲礼法竟不知礼法，此似无礼而礼法井井，所谓"整瓶不动半瓶摇"，又曰"习惯成自然"，真不谬也。说着，一齐进入亭子，献过茶。凤姐忙着搭桌子，俞校："搭桌子"——从己、庚、晋；原"摆桌子"。要杯箸。上面一桌：贾母、薛姨妈、宝钗、黛玉、宝玉。东边一桌：史湘云、王夫人、迎、探、惜。西边靠门一小桌：李纨和凤姐的。俞校："和凤姐的"——从己、庚；原"和凤姐"。虚设坐位，俞校："虚设坐位"——从己、庚、甲；原"明虽设坐位"。二人皆不敢坐，只在贾母、王夫人两桌上伺候。凤姐吩咐："螃蟹不可多拿来，仍旧放在蒸笼里。拿十个来，吃了再拿。"一面又要水洗了手，站在贾母跟前剥蟹肉。头次让薛姨妈。薛姨妈道："我自己掰着吃俞校："掰着吃"——从甲；原"剥著吃"。香甜，不用人让。"凤姐便奉与贾母。二次的便与宝玉。又说："把酒烫的滚热的俞校："滚热的"——从己、庚、晋、甲；原"热热的"。拿来。"又命小丫头们去取菊花叶儿、桂花蕊熏的绿豆面子来，预备洗手。史湘云陪着吃了一个，就下坐来让人，又出至外头，命人盛两盘子与赵姨娘、周姨娘送去。又见凤姐走来道："你不惯张罗，你吃你的去。我先替你张罗，等散了，我再吃。"湘云不肯。又命在那边廊上摆了两桌，让鸳鸯、琥珀、彩霞、彩云、平儿去坐。鸳鸯因向凤姐笑道："二奶奶在这里伺候，我们可吃去了。"凤姐儿笑道："你们只管去，都交给我就是了。"说着，史湘云仍入了席，凤姐和李纨也胡乱应个景儿。凤姐仍是下来张罗。一时，出至廊上，鸳鸯等正吃的高兴，见他来了，鸳鸯等站起来道："奶奶又出来作什么？让我们也受用一会子。"凤姐笑道："鸳鸯小蹄子越发坏了。我替你当差，倒不领情，还抱怨我。还不快斟一钟酒来我喝呢。"鸳鸯笑着，忙斟了一杯酒，送至凤姐唇边，凤姐一扬脖子吃了。琥珀彩霞二人也斟上一杯，送到凤姐唇边，凤姐也吃了。平儿早剔了一壳黄子送来。凤姐道："多倒些姜醋。"一面也吃了。笑道："你们坐着吃罢，我可去了。"鸳鸯笑道："好没脸，俞校："好没脸"——从己、庚、晋、甲；原"好没脸的"。吃我们的东西。”凤姐儿笑道：“你和我少作怪。你知道，你琏二爷爱上了你，要和老太太讨了你作小老婆呢。”鸳鸯道：“啐，这也是作奶奶说出来的话！我不拿（俞校：“我不拿”——从己、庚、晋、甲；原“不拿”。）腥手抹你一脸算不得。”说着，赶来就要抹。凤姐儿央道（俞校：“央道”——从己、庚；原“笑道”。）：“好姐姐，饶我这一遭儿罢。”琥珀笑道：“鸳丫头要去了，平丫头还饶他。你们看看他，没有吃了两个螃蟹，倒喝了一碟子醋，他也算不会揽酸了！”（俞校：“不会揽酸了”——从己、庚；原“会揽酸的了”。）平儿手里正掰了个（俞校：“掰了个”——原“剥了个”。依前改。）满黄的螃蟹，听如此奚落他，便拿着螃蟹照着琥珀脸上抹来，（俞校：“照着琥珀脸上抹来”——从庚；原“向著琥珀脸上来抹”。）口内笑骂：“我把你这嚼舌根的小蹄子！”琥珀也笑着，往旁边一躲。平儿使空了，往前一撞，正恰恰的抹在凤姐儿腮上。凤姐正和鸳鸯嘲笑，不防吓了一跳，嗳哟（俞校：“嗳哟”——从庚、晋、甲；原“嗳呀”。）了一声。众人掌不住都哈哈的大笑起来。凤姐也禁不住笑骂道：“死娼妇，吃离了眼了！（俞校：“吃离了眼了”——从己、庚、晋、甲；原“吃瞎了眼了”。）混抹你娘的。”平儿忙赶过来替他擦了，亲自去端水。鸳鸯道：“阿弥陀佛！这是个报应。”贾母那边听见，一叠连声问：“见了什么，这样乐？告诉我们也笑笑。”鸳鸯等忙高声笑回道：“二奶奶来抢螃蟹吃，平儿恼了，抹了他主子一脸的螃蟹黄子，主子奴才打架呢！”贾母和王夫人等听了，也笑起来。贾母笑道：“你们看他可怜见的，把那小腿子脐子给他点子吃也就完了。”（俞校：“也就完了”——从庚；原“也完了”。）鸳鸯等笑着答应了，高声又说道：“这满桌子的腿子，二奶奶只管吃就是了。”凤姐洗了脸走来，又伏侍贾母等吃了一回。黛玉独不敢多吃，只吃了一点夹子肉就下来了。贾母一时不吃了，大家方散。都洗了手，（俞校：“都洗了手”——从己、庚、晋、甲；原“都洗手”。）也有看花的，也有弄水看鱼的，游玩了一回。王夫人因回贾母说：“这里风大，才又吃了螃蟹，老太太还是回房去歇歇罢了。若高兴，明日再来逛逛。”贾母听了，笑道：“正是呢。我怕你们高兴，我走了，又怕扫了你们的兴。既这么说，（俞校：“这么说”——从己、庚、晋、甲；原“这样说”。）咱们就都去罢。”回头又嘱咐湘云（俞校：“嘱咐湘云”——从己、庚、晋、甲；原“吩咐湘云”。）：“别让你宝哥哥、林姐姐多吃了。”湘云答应着。又嘱咐湘云宝钗二人说："你两个也别多吃。（俞校："也别多吃"——从己、庚、晋、甲；原"也别吃了"。）那东西虽好吃，不是什么好的，吃多了肚子疼。"二人忙应着，送出园外，仍旧回来，命将残席收拾了另摆。宝玉道："也不用摆，咱们且作诗。把那大团圆桌子放在当中，酒菜都放着，也不必拘定坐位，有爱吃的去吃，大家散坐，岂不便宜。"宝钗道："这话极是。"湘云道："虽如此说，还有别人。"因又命另摆一桌，拣了热螃蟹来，请袭人、紫鹃、司棋、侍书、入画、莺儿、翠墨等一处共坐。山坡桂树底下铺下两条花毡，命答应的婆子并小丫头等也都坐了，只管随意吃喝，等使唤再来。

湘云便取了诗题，用针绾在墙上。众人看了，都说："新奇固新奇，（俞校："新奇固新奇"——从己、庚、晋；原"新奇新奇"。）只怕作不出来。"湘云又把不限韵（俞校："不限韵"——从己、庚、晋、甲；原"限韵"。）的原故说了一番。宝玉道："这才是正理。我也最不喜限韵。"林黛玉因不大吃酒，又不吃螃蟹，自命人掇了一个绣墩，倚栏坐着，拿了钓竿钓鱼。宝钗手里拿着一枝桂花，玩了一回，俯在窗槛上，爬了桂蕊（俞校："爬了桂蕊"——从己、庚；原"掐了桂花"。）掷向水面，引的（俞校："引的"——从己、庚、晋、甲；原"引"。）游鱼浮上来唼喋。湘云出一回神，又让一回袭人等，又招呼山坡下的众人，只管放量吃。探春和李纨、惜春立在垂柳阴中看鸥鹭。迎春又独在花阴下，拿着花针穿茉莉花。（己双：看他各人各式，亦如画家有孤耸独出，则有攒三聚五，疏疏密密，直是一幅《百美图》。）宝玉又看了一回黛玉钓鱼，一会又俯在（俞校："俯在"——从己、庚、晋、甲；原"挤在"。）宝钗旁边说笑两句，一回又看袭人等吃螃蟹，自己也陪他饮两口酒，袭人又剥一壳肉给他吃。黛玉放下钓竿，走至座间，拿起那乌银梅花自斟壶来，（己双：写壶非写壶，正写黛玉。）拣了一个小小的海棠冰石蕉叶杯。（己双：妙杯！非写杯，正写黛玉。"拣"字有神理，盖黛玉不善饮，此任兴也。）丫鬟看见，知他要饮酒，忙着走上来斟。黛玉道："你们只管吃去，让我自己斟才有趣儿。"说着，便斟了半盏，看时却是黄酒，因说道："我吃了一点子螃蟹，觉得心口微微的疼，须得热热的吃口烧酒。"宝玉忙道："有烧酒。"便命将那合欢花浸的酒烫一壶来。（己双：伤哉！作者犹记矮䫜舫前以合欢花酿酒乎？屈指二十年矣！）黛玉也只吃了一口，便放下了。宝钗也走过来，另

林潇湘魁夺菊花诗　薛蘅芜讽和螃蟹咏

拿一只杯俞校:“一只杯”——从晋;原“一个杯”。来，也饮了一口放下，便蘸笔至墙上把头一个《忆菊》勾了，底下又赘了一个“蘅”字。蒙戚双:妙极，韵极!宝玉忙道:“好姐姐，第二个我已经有了四句了，你让我作罢。”宝钗笑道:“我好容易有了一首，你就忙的这样。”黛玉也不说话，接过笔来，把第八个《问菊》勾了，接着把第十一个《菊梦》也勾了，也赘一个俞校:“也赘一个”——从己、庚;原“写一个”。“潇”字。己双:这两个妙题，料定黛卿必喜，岂让他人作去哉!宝玉也拿起笔来，将第二个《访菊》也勾了，也赘上俞校:“也赘上”——从己、庚、晋、甲;原“也写上”。一个“绛”字。俞校:“‘绛’字”——从己、庚、晋;原“‘红’字”。探春走来看看道:“竟没人俞校:“竟没人”——从己、晋、甲;原“竟无人”。作《簪菊》，让我作这《簪菊》。”又指着宝玉笑道:“才宣过，总不许带出闺阁字样来，你可要留神。”说着，只见湘云走来，将第四、第五《对菊》《供菊》一连两个都勾了，也赘上俞校:“也赘上”——从己、庚、晋、甲;原“也写上”。一个“湘”字。探春道:“你也该起个号。”湘云笑道:“我们家如今虽有几个轩馆，我又不住着，借了来也没趣。”己双:近之不读书暴发户偏爱起一别号。一笑。宝钗笑道:“方才老太太说你们家也有这个水亭，叫枕霞阁，难道不是你的？如今虽没了，你到底是旧主人。”俞校:“旧主人”——从己、庚、晋、甲;原“旧主人家”。众人都道有理。宝玉不待湘云动手，便代将“湘”字抹了，改了一个“霞”字。又有顿饭工夫，十二题已全，各自誊出来，俞校:“誊出来”——从己、庚、晋、甲;原“写出来”。都交与迎春。另拿了一张雪浪笺俞校:“雪浪笺”——从己、庚、晋、甲;原“薛涛笺”。过来，一并誊录出来，俞校:“誊录出来”——从己、庚、晋、甲;原“写录出来”。某人作的底下写明某人的号。李纨等从头看道:

忆菊　　蘅芜君己双:真用此号，妙极!

怅望西风抱闷思，蓼红苇白断肠时。

空篱俞校:“空篱”——从己、庚、晋、甲;原“空离”。旧圃秋无迹，瘦月清霜梦有知。俞校:“瘦月清霜梦有知”——从己、庚、晋、甲;原“瘦损清霜梦自知”。

念念心随归雁远，寥寥坐听晚砧痴。俞校:“晚砧痴”——从己、庚、晋;原“晚砧迟”。

谁怜我为黄花病，慰语重阳会有期。

访菊　　怡红公子

闲趁霜晴试一游，酒杯药盏（俞校："药盏"——从己、庚、晋、甲；原"茶盏"。）莫淹留。

霜前月下谁家种，槛外篱边何处秋。

蜡屐远来情得得，冷吟不尽兴悠悠。

黄花若解（俞校："若解"——从己、庚、晋、甲；原"若许"。）怜诗客，休负今朝挂杖头。

种菊　　怡红公子

携锄秋圃自移来，篱畔庭前故故栽。（俞校："故故栽"——从己、庚；原"处处栽"。）

昨夜不期经雨活，今朝犹喜带霜开。

冷吟秋色诗千首，醉酹寒香酒一杯。

泉溉泥封勤护惜，好知井径（俞校："井径"——从己、庚、晋、甲；原"三径"。）绝尘埃。

对菊　　枕霞旧友

别圃移来贵比金，一丛浅淡一丛深。

萧疏篱畔科头坐，清冷香中抱膝吟。

数去更无君傲世，看来惟有我知音。

秋光荏苒休辜负，相对原宜惜寸阴。

供菊　　枕霞旧友

弹琴酌酒喜堪俦，几案婷婷点缀幽。

隔坐香分三径露，抛书人对一枝秋。

霜清纸帐来新梦，圃冷斜阳忆旧游。

傲世也因同气味，春风桃李未淹留。

咏菊　　潇湘妃子

无赖诗魔昏晓侵，绕篱欹石自沉音。

毫端运秀临霜写，口齿（俞校："口齿"——从己、庚、晋；原"口底"。本回下二处同。）噙香对月吟。

满纸自怜题素怨，片言谁解诉秋心。（俞校："诉秋心"——从己、庚、晋、甲；原"诉愁心"。）

一从陶令平章后，千古高风说到今。

画菊　　蘅芜君

诗馀戏笔不知狂，岂是丹青费较量。

聚叶泼成千点墨，攒花染出几痕霜。
淡浓神会风前影，跳脱秋生腕底香。
莫认东篱闲采掇，粘屏聊以慰重阳。

问菊　　潇湘妃子

欲讯秋情众莫知，喃喃负手（俞校："喃喃负手"——从己、庚、晋、甲；原"漫将幽意"。）叩东篱。
孤标傲世偕谁隐？一样花开（俞校："一样花开"——从庚、晋；原"一样开花"。）为底迟？
圃露庭霜何寂寞，鸿归蛩病可相思。
休言举世无谈者，解语何妨话片时。

簪菊　　蕉下客

瓶供篱栽日日忙，折来休认镜中妆。
长安公子因花癖，彭泽先生是酒狂。
短鬓冷沾三径露，葛巾香染九秋霜。
高情不入时人眼，拍手凭他笑路旁。

菊影　　枕霞旧友

秋光叠叠复重重，潜度偷移三径中。（俞校："三径中"——从己、庚、晋、甲；原"山径中"。）
窗隔疏灯描远近，篱筛破月锁玲珑。
寒芳留照魂应驻，霜印传神梦也空。
珍重暗香休踏碎，凭谁醉眼认朦胧。

菊梦　　潇湘妃子

篱畔秋酣一觉清，和云伴月不分明。
登仙非慕庄生蝶，忆旧还寻陶令盟。
睡去依依随雁断，惊回故故恼蛩鸣。
醒时幽怨同谁诉，衰草寒烟无限情。

残菊　　蕉下客

露凝霜重渐倾欹，宴赏才过小雪时。
蒂有馀香金淡泊，枝无全叶翠离披。
半床落叶蛩声病，万里寒云雁阵迟。

明岁秋风知再会，俞校："知再会"——从己、庚、晋、甲；原"知有会"。暂时分手莫相思。

众人看一首，赞一首，彼此称扬不绝。李纨笑道："等我从公评来。通篇看来，各有各人的警句。今日公评：《咏菊》第一，《问菊》第二，《菊梦》第三，题目新，诗也新，立意更新，恼不得俞校："恼不得"——从己、庚；原"怨不得"。要推潇湘妃子为魁了；俞校："为魁了"——从己、庚、晋、甲；原"为魁"。然后《簪菊》《对菊》《供菊》《画菊》《忆菊》次之。"宝玉听说，喜的拍手叫："极是，极公道。"黛玉道："我那首也不好，到底伤于纤巧些。"李纨道："巧的却好，不露堆砌生硬。"黛玉道："据我看来，头一句好的是'圃冷斜阳忆旧游'，这句背面傅粉。俞校："背面傅粉"——从己、庚、晋、甲；原"背面转至"。'抛书人对一枝秋'已经妙绝，俞校："妙绝"——从己、庚、晋、甲；原"妙极"。将供菊说完，没处再说，故翻回来俞校："翻回来"——从己、庚、晋、甲；原"又回来"。想到未折未供之先，意思深透。"俞校："深透"——从己、庚；原"深远"。李纨笑道："固如此说，俞校："李纨笑道：固如此说"——从己、庚；原"李纨道，固是说"。你的'口齿噙香'一句也敌得过俞校："敌得过"——从晋、甲；原"敌过"。了。"探春又道："到底要算蘅芜君沉着，俞校："沉着"——从己、庚、晋、甲；原无。'秋无迹''梦有知'，俞校："梦有知"——从己、庚、晋、甲；原"梦自知"。本回下一处同。把个'忆'字竟烘染出来了。"宝钗笑道："你的'短鬓冷沾''葛巾香染'，也就把簪菊形容的一个缝儿也没了。"湘云笑道："'偕谁隐''为底迟'，真个把个菊花问的无言可对。"李纨笑道："你的'科头坐''抱膝吟'，竟一时也捨不得别开，俞校："捨不得别开"——从己、晋、甲；原"舍不得离开"。菊花有知，也必腻烦了。"说的大家都笑了。宝玉笑道："我又落第。难道'谁家种''何处秋''蜡屐远来''冷吟不尽'都不是访，'昨夜雨''今朝霜'都不是种不成？但恨敌不上'口齿噙香对月吟''清冷香中抱膝吟''短鬓''葛巾''金淡泊''翠离披''秋无迹''梦有知'，这几句罢了。"己双：总写宝玉不及，妙极！又道："明日闲了，我一个人作出十二首来。"李纨道："你的也好，只是不及这几句新巧就是了。"大家又评了一回，复又要了热蟹来，就在大圆桌子上吃了一回。

宝玉笑道："今日持螯赏桂，亦不可无诗。己双：全是他忙，全是他不及。妙极！我已吟成，谁还敢作（俞校："谁还敢作"——从庚、甲；原"谁敢还作"。）呢？"说着，便忙洗了手，提笔写出。（己双：且莫看诗，只看他偏于如许一大回诗后，又写一回诗，岂世人想的到的？）众人看道（俞校："众人看道"——此之后，诗之前，原有"食螯"题目，从己、庚、晋、甲删。）：

持螯更喜桂阴凉，泼醋擂姜兴欲狂。
饕餮王孙应有酒，横行公子却无肠。
脐间积冷馋忘忌，（俞校："馋忘忌"——从己、庚、晋、甲；原"才忘忌"。）指上沾腥洗尚香。
原为世人美口腹，坡仙曾笑一生忙。

黛玉笑道："这样的诗，要一百首也有。"（己双：看他这一说。）（蒙戚双：可有这一说。）宝玉笑道："你这会子才力已尽，不说不能作了，还贬人家。"黛玉听了，并不答言，也不思索，提起笔来，一挥已有了一首。众人看道：

铁甲长戈死未忘，堆盘色相喜先尝。
螯封嫩玉双双满，壳凸红脂块块香。
多肉更怜（俞校："更怜"——从晋、甲；原"更怡"。）卿八足，助情谁劝我千觞。（蒙戚双：不脱自己身分。）
对斟佳品酬佳节，桂拂清风菊带霜。

宝玉看了正喝彩，黛玉便一把撕了，命人烧去，因笑道："我的（俞校："我的"——从己、庚；原"我作的"。）不及你的，我烧了他。你那个（俞校："你那个"——从己、庚、晋、甲；原"你那诗"。）很好，比方才的菊花诗还好，你留着他给人看。"宝钗接着笑道："我也（俞校："我也"——从己、庚、晋、甲；原"我又"。）勉强了一首，未必好，写出来取笑儿罢。"说着，也写了出来。大家看时，写道是：

桂霭桐阴坐举觞，长安涎口盼重阳。
眼前道路无经纬，皮里春秋空黑黄。（俞校："空黑黄"——从己、庚、晋、甲；原"空白黄"。）

看到这里，众人不禁叫绝。宝玉道："写得痛快，我的诗也该烧了。"又看底下道：

酒未敌腥（俞校："敌腥"——从己、庚；原"敲醒"。）还用菊，性防积冷定须姜。

于今落釜成何益，月浦空馀禾黍香。

众人看毕，都说："这是食螃蟹绝唱。（俞校："这是食螃蟹绝唱"——从己、庚；原"是食螃蟹"。）这些小题目原要寓大意，才算是大才。只是讽刺世人太毒了些。"说着，只见平儿复进园来。不知作什么，且听下回分解。

戚回后：请看此回中，闺中儿女能作此等豪情韵事，且笔下各能自尽其性情，毫无乖舛。作者之锦心绣口，无庸赘渎。其用意之深，奖劝之勤，读此文者亦不得轻忽，戒之。

第三十九回
村姥姥是信口开河　情哥哥偏寻根究底

蒙戚回前：只为贫寒不拣行，富家趋入且逢迎。岂知着意无名利，便是三才最上乘。

话说众人见平儿来了，都说："你们奶奶作什么呢？怎么不来了？"平儿笑道："他那里得空儿来！因为说没有好生吃得，（俞校："好生吃得"——从己、庚、甲；原"好生吃"。）又不得来，所以叫我来问还有没有，叫我要几个拿了家去吃罢。"湘云道："有，多着呢。"忙命人拿了十个极大的。平儿道："多拿几个团脐的。"众人又拉平儿坐，平儿不肯。李纨拉着笑道："偏要你坐。"拉着他身旁坐下，端了一杯酒，送到他嘴边。平儿忙喝了一口，就要走。李纨道："偏不许你去。显见得只有凤丫头，就不听我的话了。"说着，又命嬷嬷们先送了盒子去，"就说我留下平儿了。"那婆子一时拿了盒子回来，说："二奶奶叫奶奶和姑娘们别笑话要嘴吃。这个盒子里是方才舅太太那里送来的菱粉糕和鸡油卷儿，给奶奶姑娘们吃的。"又向平儿道："说使唤你来，你就贪住玩不去了，劝你少喝一杯儿罢。"平儿笑道："多喝了，又把我怎么样！"一面说，一面只管喝，又吃螃蟹。李纨揽着他（俞校："揽着他"——从己、庚、晋、甲；原"拉著他"。）笑道："可惜这么个好体面模样儿，命却平常，只落得屋里使唤。不知道的人，谁不拿你当作奶奶太太看。”平儿一面和宝钗、湘云等吃喝，一面回头笑道：“奶奶，别只（俞校：“别只”——从己、庚；原“别只管”。）摸的我怪痒的。”李氏道：“嗳哟，这硬的是什么？”平儿道：“钥匙。”李氏道：“什么钥匙？要紧梯己东西怕人偷了去，却带在身上。我成日家和人说笑，有个唐僧取经，就有个白马来驮他；刘智远打天下，就有个瓜精来送盔甲；有个凤丫头，就有个你。你就是你奶奶的一把总钥匙，（俞校：“总钥匙”——从己、庚、晋、甲；原下有“不要”。）还要这钥匙做什么！”平儿笑道：“奶奶吃了酒，又拿了我来打趣着取笑儿了。”宝钗笑道：“这倒是真话。我没事评论起人来，你们这几个，都是百个里头挑不出一个（俞校：“挑不出一个”——从己、庚、晋、甲；原“一”作“二”。（小字本作“一”））来的。妙在各人有各人的好处。”李纨道：“大小都有个天理。譬如老太太屋里，要没那个鸳鸯，如何使得！从太太起，那一个敢驳老太太的回，他现敢驳回。偏老太太只听他一个人的话。老太太的那些穿带的，别人不记得，他都记得，要不是他经管着，不知叫人诓骗了多少去呢。那孩子心也公道，虽然这样，倒常替人说好话儿，还倒不倚势欺人的。”惜春笑道：“老太太昨儿还说（俞校：“昨儿还说”——从己、庚；原“昨日还说”。）呢，他比我们还强呢。”平儿道：“那原是个好的，我们那里比的上他。”宝玉道：“太太屋里的彩霞，是个老实人。”探春道：“可不是，（俞校：“可不是”——从己、庚、晋、甲；原“可不”。）外头老实，心里有数儿。太太是那么佛爷似的，事情上不留心，他都知道。凡百一应事，他提着（俞校：“他提着”——从庚；原“都是他提著”。）太太行。连老爷在家出外去的（俞校：“出外去的”——从庚、晋、甲；原“出外去”。）一应大小事他都知道，太太忘了，他背地里（俞校：“背地里”——从庚；原“背后”。）告诉太太。”李纨道：“那也罢了。”指着宝玉道：“这一个小爷屋里，要不是袭人，你们度量（俞校：“你们度量”——从己、晋、甲；原“的度量”。）到个什么田地！凤丫头就是楚霸王，也得这两只膀子好举千斤鼎。他不是这丫头，就得这么周到了！”平儿笑道：“先时陪了四个丫头，死的死，去的去，只剩下我一个孤鬼了。”李纨道：“你倒是有造化的。凤丫头也是有造化的。想当初你珠大爷在日，何曾也没两个人。你们看我还是那容不下人的？天天只见他两个不自在，所以你珠大爷一没了，趁年轻，我都打发了。若有一个守得住，我倒有个膀臂。”俞校：“有个膀臂”——从己、晋、甲；原“有个臂膀”。说着，滴下泪来。众人都道：“又何必伤心，不如散了倒好。”说着，便都洗了手，大家约往贾母、王夫人处问安。众婆子丫头打扫亭子，收拾杯盘。

袭人和平儿同往前去，让平儿到房里坐坐，便问道：“这个月的月钱为什么还不放？”平儿见问，忙悄悄说道：“迟两天就放了。这个月的月钱我们奶奶早已支了，放给人使了；俞校：“放给人使了”——从庚；原“放给人使呢”。等利钱收齐了才放呢。你可不许告诉一个人去。”袭人笑道：“难道他俞校：“难道他”——从庚；原“他难道”。还短钱使！何苦还操这心？”平儿笑道：“这几年拿着这一项银子，他的公费月例，放出去利钱，一年不到上千的银子呢。”袭人笑道：“拿着我们的钱，你们主子奴才赚利钱，哄的我们呆等。”平儿道：“你又说没良心的话。你难道俞校：“你难道”——从己、庚、晋、甲；原“难道”。还少钱使？”袭人道：“我虽不少，只是我也没地方使去，就只预备我们那一个。”平儿道：“你倘若有要紧事，用银钱使时，俞校：“用银钱使时”——从己、庚、晋、甲；原“用银钱使”。我那里还有几两银子，你先拿来使，明日我扣下你的就是了。”袭人道：“此时也用不着。怕一时要用起来不够了，我打发人去取就是了。”平儿答应着，一径出了园门，来至家内。只见凤姐儿不在房里。忽见上回来打抽丰俞校：“打抽丰”——从己、庚、晋、甲；原“打抽风”。的那刘姥姥和板儿又来了，坐在那边屋里，还有张材家的、周瑞家的陪着；又有两三个丫头在地下倒口袋里的枣子、倭瓜并些野菜。

众人见他进来，都忙站起来了。庚双：妙文！上回是先见平儿后见凤姐，此则先见凤姐后见平儿也。何错综巧妙，得情得理之至耶？刘姥姥因上次来过，知道平儿的身分，忙跳下地来，问：“姑娘好？”又说：“家里都问好。早要来请姑奶奶的安，看姑娘来的，因为庄家忙。好容易今年多打了两石粮食，瓜果菜蔬也丰盛。这是头一起摘下来的，并没敢卖呢，留的尖儿，孝敬姑奶奶、姑娘们尝尝。姑娘们天天山珍海味的也吃腻了，这个吃个野意儿，俞校：“野意儿”——从己、庚；原“野意罢”。也算是我们的穷心。”平儿忙道：“多谢费心。”又让坐，自己也坐了。又让“张婶子、周大娘坐”。俞校：“周大娘坐”——从己、晋；原“周大娘”。又命小丫头子俞校：“小丫头子”——从己、庚、晋、甲；原“小丫头”。倒茶去。周瑞张材两家的因笑道：“姑娘今日脸上有些春色，眼圈儿俞校：“眼圈儿”——从庚；原“眼睛圈儿”。都红了。”平儿笑道：“可不是。我原是不吃的，大奶奶和姑娘们只是拉着死灌，不得已，喝了两钟，俞校：“两钟”——从己、庚、晋、甲；原“两杯”。脸就红了。”张材家的笑道：“我倒想着要吃呢，又没人让我。明儿俞校：“明儿”——从己、庚；原“明日”。再有人请姑娘，可带了我去罢。”说着，大家都笑了。俞校：“都笑了”——从己、庚、晋、甲；原“笑了”。周瑞家的道：“早起我就看见那螃蟹了，一斤只好秤了俞校：“只好秤了”——从己；原“只好称了”。两个三个。这么三大篓，俞校：“三大篓”——从庚；原“两三大篓”。想是有七八十斤呢。”周瑞家的又道：“若是上上下下，只怕还不够。”平儿道：“那里够，不过都是有名儿的吃两个子。那些散众的，也有摸的着的，也有摸不着的。”刘姥姥道：“这样螃蟹，今年就值五分一斤，十斤五钱。五五二两五，三五一十五，再搭上酒菜，俞校：“酒菜”——从己、庚、晋、甲；原“酒果”。一共倒有二十多两银子。阿弥陀佛！这一顿的钱，够我们庄家人过一年的了。”平儿因问：“想是见过奶奶了？”己双：写平儿伶俐如此。刘姥姥道：“见过了，叫我们等着呢。”说着，又往窗外看天色，己双：是八月中当开窗时，细致之甚。说道：“天好早晚了，我们也去罢。别出不去城，才是饥荒呢。”周瑞家的道：“这话倒是，我替你瞧瞧去。”说着，一径去了。半日方来，笑道：“可是你老的福来了，竟投了这两个人俞校：“这两个人”——从己、庚、晋、甲；原“这两人”。的缘了。”平儿等问：“怎么样？”周瑞家的笑道俞校：“周瑞家的笑道”——从己、庚、晋、甲；原“周瑞家的道”。：“二奶奶在老太太跟前呢，我原是悄悄的告诉二奶奶：‘刘姥姥要家去呢，怕晚了赶不出城去。’二奶奶说：‘大远的，难为他扛了些沉东西来。俞校：“沉东西来”——从己、庚；原“沉东西”。晚了，就住一夜，明儿俞校：“明儿”——从己、庚；原“明日”。去罢。’这可不投上二奶奶的缘了。这也罢了。偏生老太太又听见了，问：‘刘姥姥是谁？’二奶奶便回明白了。老太太说：‘我正想个积古的老人家说话儿，请了来我见一见。’俞校：“我见一见”——从己、庚、晋、甲；原“见一见”。这可不是想不到天上缘分了。”说着，催刘姥姥下来前去。

刘姥姥道："我这生像儿，怎好见的。好嫂子，你就说我去了罢。"平儿忙道："你快去罢，不相干的。俞校："不相干的"——从己、庚、晋、甲；原"不怕的"。我们老太太最是惜老怜贫的，比不得那个狂三诈四俞校："狂三诈四"——从己、庚、晋、甲；原"拿三作四"。的那些人。想是你怯上，我和周大娘送你去。"说着，同周瑞家的引了俞校："引了"——从己、庚、晋、甲；原"随了"。刘姥姥往贾母这边来。二门口该班的小厮们见了平儿出来，都站了起来，有两个又跑上来，赶着平儿俞校："赶着平儿"——从己、庚、晋、甲；原"赶平儿"。叫"姑娘"。蒙戚双：想这一个"姑娘"，非下称上之"姑娘"也，按北俗以姑母曰"姑姑"，南俗曰"姑娘"，此定是"姑姑""姑娘"之称。每见大家有小童称少主妾曰"姑姑""姑娘"者。按此书中千人说话语气及动用前照饮食诸类，皆东西南北互相兼用，此"姑娘"之称，亦南北相兼而用者无疑矣。平儿问："又说什么？"俞校："平儿问：又说什么"——从己、庚；原"平儿又问说什么"。那小厮笑道："这会子也好早晚了，我妈病了，俞校："我妈病了"——从庚；原"我妈病"。等着我去请大夫。俞校："我去请大夫"——从己、庚、晋、甲；原"我请大夫"。好姑娘，我讨半日假可使得？"平儿道："你们倒好，都商议定了，一天一个告假。又不回奶奶，只和我胡缠。前儿俞校："前儿"——从己、庚；原"前日"。住儿去了，二爷偏生叫他叫不着，我应起来了，俞校："应起来了"——从庚、晋、甲；原"应起了"。还说我作了情。你今儿俞校："你今儿"——从己、庚；原"你今"。又来了。"己双：分明几回没写到贾琏，今忽闲中一语，便补得贾琏这边天天闹热，令人却如看见听见一般。所谓不写之写也。刘姥姥眼中耳中又一番识面，奇妙之甚！周瑞家的道："当真的他妈病了，姑娘也替他应着，放了他罢。"平儿道："明儿一早俞校："明儿一早"——从己、庚；原"明日一早"。来。听着，我还要使你呢。再睡的日头晒着屁股才来！你这一去，带个信儿给旺儿，就说奶奶的话，问着他那剩的利钱，明日若不交了来，奶奶也不要了，就越性送他使罢。"己双：交代过袭人的话，看他如此说，真比风（凤）姐又甚一层，李纨之语不谬也。不知阿风（凤）何福得此一人。那小厮欢天喜地，答应去了。

平儿等来至贾母房中，彼时大观园中姊妹们都在贾母前承奉。蒙戚双：妙极！连宝玉一并算入姊妹队中了。刘姥姥进去，只见满屋里珠围翠绕，花枝招展，俞校："花枝招展"——从己、庚；原"花枝招飐"。并不知都系何人。只见一张榻上歪着一位老婆婆，身后坐着一个纱罗裹的美人一般的丫鬟，俞校："美人一般的丫鬟"——从晋；原"丫鬟"上有"个"。在那里捶腿。凤姐儿站着正说笑。己双：奇奇怪怪文章。在刘姥姥眼中，以为阿凤至尊至贵，普天下人都该站着说，阿凤独坐才是。如何今见阿凤独站哉？真妙文字。刘姥姥便知是贾母了，忙上来陪着笑，福了几福，口里说："请老寿星安。"庚双：更妙！贾母之号何其多耶！在诸人口中则曰"老太太"，在阿凤口中则曰"老祖宗"，在僧尼口中则曰"老菩萨"，在刘姥姥口中则曰"老寿星"者，却似有数人，想去则皆贾母，难得如此各尽其妙，刘姥姥亦善应接。贾母亦欠身问好，俞校："欠身问好"——从庚；原"忙欠身问好"。又命周瑞家的端过椅子来让坐着。那板儿仍是怯人，不知问候。蒙双："仍"字妙！盖有上文故也，不知教训者来看此句。贾母道："老亲家，你今年多大年纪了？"己双：神妙之极！看官至此，必愁贾母以何相称，谁知公然曰"老亲家"！何等现成，何等大方，何等有情理！若去（云）作者心中编出，余断断不信。何也？盖编得出者，断不能有这等情理。刘姥姥忙立身答道俞校："立身答道"——从己、庚、晋；原"起身答道"。："我今年俞校："我今年"——从己、庚、晋、甲；原"今年"。七十五了。"贾母向众人道："这么大年纪了，还这么健朗。俞校："健朗"——从己、晋；原"健浪"。比我大好几岁呢！我要到这么大年纪，还不知怎么动不得呢。"俞校："动不得呢"——从己、庚、晋、甲；原"动不得了"。刘姥姥笑道："我们生来是受苦的人，老太太生来是享福的。若我们也这样，那些庄家活也没人作了。"贾母道："眼睛、牙齿都还好？"刘姥姥道："都还好，就是今年左边的槽牙活动了。"贾母道："我老了，都不中用了。眼也花，耳也聋，记性也没了。你们这些老亲戚我都不记得了。亲戚们来了，我怕人笑我，我都不会。不过嚼的动的吃两口，睡一觉，闷了时，和这些孙子、孙女儿玩笑一回就完了。"刘姥姥笑道："这正是老太太的福了。我们想这么着也不能。"俞校："也不能"——从庚；原"不能"。贾母道："什么福，不过是个老废物罢了！"说的大家都笑了。贾母又笑道："我才听见凤哥儿俞校："凤哥儿"——从己、庚、晋、甲；原"凤姐儿"。说，你带了好些瓜菜来。叫他快收拾去。我正想个地里现摘的瓜儿菜儿吃。外头买的不像你们田地里的好吃。"刘姥姥笑道："这是野意儿，不过吃个新鲜。依我们想鱼肉吃，只是吃不起。"贾母又道："今儿俞校："今儿"——从己、庚；原"今日"。既认着了亲，俞校："认着了亲"——从己、庚、晋、甲；原"认著亲"。别空空儿的俞校："别空空儿的"——从庚；原"别要空空的"。就去，不嫌我这里，就住一两天再去。我们也有个园子，园子里头也有果子，你明日也尝尝，带些家去。你也算俞校："你也算"——从庚；原"也算"。看亲戚一趟。"凤姐儿见贾母喜欢，俞校："贾母喜欢"——从己、庚、晋、甲；原"贾母欢喜"。也忙留道："我们这里虽不比你们的场院大，空屋子还有两间。你住两天，把你们那里的俞校："你们那里的"——从己、庚、晋、甲；原"你们那里"。新闻故事儿说些与我们老太太听听。"贾母笑道："凤丫头，别和他取笑儿。俞校："取笑儿"——从己、庚、晋、甲；原"取笑"。他是乡屯里的俞校："乡屯里的"——从己、庚；原"乡村里的"。人，老实，那里搁的住你打趣他。"说着，又命人去先抓果子与板儿吃。板儿见人多了，又不敢吃。贾母又命拿些钱给他，叫小么儿们带他外头玩去。刘姥姥吃了茶，便把些乡村

村姥姥是信口开河　情哥哥偏寻根究底

中所见所闻的事情，说与贾母，贾母一发得了趣味。正说着，凤姐儿便命人来请刘姥姥吃晚饭。贾母又将自己的菜拣了几样，命人送过去与刘姥姥吃。凤姐知道合了贾母的心，吃了饭，便又打发过来。鸳鸯忙命老婆子带了刘姥姥去洗了澡，自己挑了两件随常的衣服，命给刘姥姥换上。己双：一段鸳鸯（鸳鸯）身分、权势、心机，写贾母也。 蒙戚双：鸳鸯身分写出来了。那刘姥姥那里见过这般行事，忙换了衣裳出来，坐在贾母榻前，又搜寻些话出来说。彼时宝玉姊妹们也都在这里坐着。他们何曾听见过这些话，自觉比那些瞽目先生们说的书还好听。俞校："还好听"——从己、庚、晋、甲；原"还好听些"。

那刘姥姥虽是个村野人，却生来的俞校："生来的"——从己、庚、晋、甲；原"生的"。有些见识；况且年纪老了，世情上经历过的。见头一个贾母高兴，第二见这些哥儿姐儿俞校："姐儿"——从己、庚、甲；原无。们都爱听，便没了话也编出些话来讲。因说道："我们村庄上种地种菜，俞校："种地种菜"——从己、庚、晋、甲；原"种果种地"。每年每日，春夏秋冬，风里雨里，那里有个坐着的空儿，天天都是在那地头子上作歇马凉亭，什么奇奇怪怪的事不见呢！就像去年冬天，接连下了几天雪，地下压了三四尺深。我那日起的早，还没出房门，只听外头柴草响。我想着必定是有人偷柴草俞校："偷柴草"——从己、庚、晋、甲；原"抽柴草"。来了。我爬着窗眼儿俞校："窗眼儿"——从己、晋；原"窗儿里"。一瞧，却不是我们村庄上的人。"贾母道："必定是过路的客人们，冷了，见现成的柴，抽些烤火去，也是有的。"刘姥姥笑道："也并不是客人，所以说来奇怪。老寿星当个什么人？原来是一个十七八岁的极标致的一个小姑娘，梳着溜油光的头，穿着大红袄儿，白绫裙儿。——"蒙戚双：刘姥姥口气如此。才说到这里，忽听外面人吵嚷起来，又说俞校："又说"——从己、庚、晋、甲；原"有说"。："不相干的，别吓着老太太。"贾母等听了，忙问："怎么了？"丫鬟回说："南院马棚里走了水。不相干，已经救下去了。"贾母最胆小的，听了这话，忙起身扶了人，出至廊上俞校："廊上"——从己、庚、晋、甲；原"廊下"。来瞧，只见东南上火光犹亮。吓的口内念佛，忙命人去火神跟前烧香。王夫人等也忙过来请安，又回说："已经下去了，老太太请进房去罢。"贾母足的看着俞校："足的看着"——从己、庚；原"看著真的"。火光熄了，方领众人进来。己双：一段为后回作引，然偏于宝玉爱听时截住。宝玉且忙着问刘姥姥："那女孩儿大雪地里作什么抽柴草？倘或冻出病来呢？"贾母道："都是才说抽柴草，惹出火来了，你还问呢。别说这个了，再说别的罢。"宝玉听说，心里虽不乐，也只得罢了。刘姥姥便又想了一篇话，说道："我们庄子东边庄上有个老奶奶子，今年九十多岁了。他天天吃斋念佛，谁知就感动了观音菩萨，夜里来托梦，说：'你这样虔心，原本你该绝后的，如今奏了玉皇，给你个俞校："给你个"——从己、庚、晋、甲；原"给你一个"。孙子。'原来这老奶奶只有一个儿子，这儿子也只一个儿子，好容易养到十七八岁上死了，哭的什么似的。后来果然又养了一个，俞校："又养了一个"——从己、庚、晋、甲；原"养了一个"。今年才十三四岁，生的雪团儿俞校："雪团儿"——从己、庚、晋；原"雪团"。一般，聪明伶俐非常。可见这些神佛是有的。"这一席话暗合了俞校："暗合了"——从晋、甲；原"是合了"。贾母、王夫人的心事，连王夫人也都听住了。

宝玉心中只记挂着抽柴的故事，因闷的心中筹画。探春因问他："昨日扰了史大妹妹，咱们回去商议着邀一社，又还了席，也请俞校："也请"——从己、庚、晋、甲；原"请"。老太太赏菊花，何如？"俞校："何如"——从己、庚、晋、甲；原"如何"。宝玉道："老太太说了，还要摆酒还史妹妹的席，叫咱们作陪呢。等吃了老太太的，咱们再请不迟。"探春道："越往前去越冷了，老太太未必高兴。"宝玉道："老太太又喜欢下雨下雪的，不如咱们等下头场雪，请老太太赏雪，岂不好？咱们雪下吟诗，也更有趣了。"林黛玉忙笑道："咱们雪下吟诗？依我说，还不如弄一捆柴火，雪下抽柴，还更有趣儿呢。"说着，宝钗等都笑了。宝玉瞅了他一眼，俞校："瞅了他一眼"——从甲；原"看了他一眼"。也不答话。一时散了，背地里宝玉足的俞校："足的"——从己；原"真的"。拉了刘姥姥细问那女孩儿俞校："那女孩儿"——从己、庚、晋、甲；原"那女孩"。是谁。刘姥姥只得编了告诉他道："那原是我们庄北沿地埂子上有一个小祠堂里供的，不是神佛，当先有个什么老爷——"说着，又想名姓。宝玉道："不拘什么名姓，你不必想了，只说原故就是了。"刘姥姥道："这老爷没有儿子，俞校："没有儿子"——从己、庚、晋、甲；原"没儿子"。只有一位小姐，名叫茗玉。小姐知书识字，老爷、太太爱如珍宝。可惜这茗玉小姐生到十七岁，一病死了。”宝玉听了，跌足叹息，又问后来怎么样。刘姥姥道：“因为老爷、太太思念不尽，便盖了这祠堂，塑了这茗玉小姐的像，派了人烧香拨火。如今日久年深的，人也没了，庙也烂了，那像就成了精。”宝玉忙道：“不是成精，规矩这样人是虽死不死的。”刘姥姥道：“阿弥陀佛！原来如此。不是哥儿说，我们都当他成精。他时常变了人出来各村庄店道上闲逛。我才说这抽柴火的就是他了。我们村庄上的人还商议着，要打了这塑像，（俞校：“这塑像”——从己、庚、晋、甲；原“塑像”。）平了庙呢！”宝玉忙道：“快别如此！若平了庙，罪过不小。”刘姥姥道：“幸亏哥儿告诉我。我明儿回去，（俞校：“我明儿回去”——从己、庚；原“我明日回去”。）拦住他们就是了。”宝玉道：“我们老太太、太太都是善人，合家大小都好善喜舍，最爱修庙塑神的。我明儿（俞校：“我明儿”——从己、庚；原“我明日”。）做一个疏头，替你化些布施，你就做香头，（俞校：“就做香头”——从己、庚、晋、甲；原“作香头”。）攒了钱，把这庙修盖，再装潢了（俞校：“装潢了”——从己、庚；原“装塑了”。）泥像，每月给你香火钱烧香，岂不好？”刘姥姥道：“若这样，我托那小姐的福，也有几个钱使了。”宝玉又问他地名庄名，来往远近，坐落何方。刘姥姥便顺口胡诌（俞校：“胡诌”——从己、庚、晋、甲；原“胡扚”。）了出来。宝玉信以为真，回至房中，盘算了一夜。次日一早，便出来给了茗烟几百钱，按着刘姥姥说的方向地名，着茗烟去先踏看明白，（俞校：“踏看明白”——从庚、甲；原“踏看，明日”。）回来再做主意。那茗烟去后，宝玉左等也不来，右等也不来，（俞校：“右等也不来”——从己、晋、甲；原无。）急的热锅上的蚂蚁一般。好容易等到日落，方见茗烟兴兴头头的（俞校：“兴兴头头的”——从己、庚；原无“的”。）回来。宝玉忙问：“可有庙了？”茗烟笑道：“爷听的不明白，叫我好找。（俞校：“叫我好找”——从庚、甲；原“要我好找”。）那地名坐落，不似爷说的一样，所以找了一日，找到东北上田埂子上（俞校：“找到东北上田埂子上”——从甲；原“找”作“我”。）才有一个破庙。”宝玉听说，喜的眉开眼笑，忙说道：“刘姥姥有年纪的人，一时错记了，也是有的。你且说你见的。”茗烟道：“那庙门却倒是朝南开，（俞校：“朝南开”——从己、晋；原“朝南开的”。）也是稀破的。我找的正没好气，一见这个，我说‘可好了’，连忙进去。一看泥胎，吓的我跑出来了，活似真的一般。”宝玉喜的笑道：“他能变化人了，自然有些生气。”茗烟拍手道：“那里有什么女孩儿，竟是一位青脸红发的瘟神爷。”宝玉听了，啐了一口，骂道：“真是一个无用的杀材！这点子事也干不来。”茗烟道：“二爷又不知看了什么书，或者听了谁的混话，信真了，把这件没头脑的事派我去碰头，怎么说我没用呢！”宝玉见他急了，忙抚慰（俞校：“抚慰”——从晋、甲；原“俯慰”。）他道：“你别急。改日闲了，你再找去。若是他哄我们呢，自然没了；若竟是有的，你岂不也积了阴骘！我必重重的（俞校：“重重的”——从己、庚、晋、甲；原“重重”。）赏你。”正说着，只见二门上的小厮来说：“老太太房里的（俞校：“房里的”——从己、庚、晋、甲；原“的房里”。）姑娘们，站在二门口，找二爷呢。”且听下回分解。

戚回后：此回第一写势利之好财，第二写穷苦趋势之求财。且文章不得雷同，先既有诗社，而今不得不用套坡公听鬼之遗事，以振其馀响，即此以点染宝玉之痴。其文真如环转，无端倪可指。

第四十回
史太君两宴大观园　金鸳鸯三宣牙牌令

蒙戚回前：两宴不觉已深秋，惜春只如画春游。可怜富贵谁能保，只有恩情得到头。

话说宝玉听了，忙进来看时，只见琥珀站在屏风跟前，说："快去罢，立等你说话呢。"宝玉来至上房，只见贾母正和王夫人众姊妹商议给史湘云还席。宝玉因说道："我有个主意。俞校："有个主意"——从己、庚、晋、甲；原"有主意"。既没有外客，吃的东西也别定了样数，谁素日俞校："素日"——从己、庚、晋、甲；原"平日"。爱吃的拣样儿做几样，也不要按桌席，每人跟前摆一张高几，各人爱吃的东西一两样，再一个十锦攒心盒子、自斟壶，岂不别致。"贾母听了，说："很是！"命人传与厨房，明日就拣我们爱吃的东西作了，按着人数，再装了盒子来。俞校："装了盒子来"——从己、庚、晋、甲；原"装了盒子"。早饭也摆在园里吃。商议之间，早又掌灯，一夕无话。

次日清早起来，可喜这日天气清朗。李纨侵晨俞校："侵晨"——从己、庚；原"清晨"。先起来，看着老婆子、丫头们扫那些落叶，己双：是八月尽。并擦抹桌椅，预备茶酒器皿。只见丰儿带了刘姥姥、板儿进来，说："大奶奶倒忙的紧。"李纨笑道："我说你昨儿去不成，只忙着要去。"刘姥姥笑道："老太太留下我，叫我也热闹一天去。"丰儿拿了几把大小钥匙，说道："我们奶奶说了：外头的高几恐不够使，不如开了楼，把那收着的（俞校："收着的"——从庚；原"收的"。）拿下来使一天罢。奶奶原该亲自来的，因和太太说话呢。请大奶奶开了，带着人搬罢。"李氏便命素云接了钥匙，又命婆子出去，把二门上的小厮叫几个来。李氏站在大观楼下，往上看，令人上去开了缀锦阁，一张一张往下抬。小厮、老婆子、丫头一齐动手，抬了二十多张下来。李纨道："好生着。别慌慌张张鬼赶来似的，仔细碰了牙子。"又回头向刘姥姥笑道："姥姥，你也上去（俞校："你也上去"——从庚；原"也上去"。）瞧瞧。"刘姥姥听说，巴不得一声儿，便拉了板儿，登梯上去。进里面，（俞校："进里面"——从己、庚、晋、甲；原"进至里面"。）只见乌压压的堆着些围屏、桌椅、大小花灯之类，虽不大认得，只见五彩炫耀，各有奇妙。念了几声佛，（俞校："几声佛"——从己、庚、晋、甲；原"一声佛"。）便下来了。然后锁上门，一齐才下来。李纨道："恐怕老太太高兴，越性把船上划子、篙桨、遮阳幔子，都搬了下来（俞校："搬了下来"——从己、庚、晋、甲；原"搬下来"。）预备着。"众人答应，又复开了，色色的搬了下来。命小厮传驾娘们，到船坞里撑出两只船来。正乱着安排，只见贾母已带了一群人进来了。李纨忙迎上去，笑道："老太太高兴，倒进来了。我只当还没梳头呢，才撷了菊花送去。"一面说，一面碧月早捧过一个大荷叶式的翡翠盘子来，里面养着（俞校："养着"——从己、晋、甲；原"奉著"。）各色的折枝菊花。贾母便拣了一朵大红的簪了鬓上。因回头看见了刘姥姥，忙笑道："过来带花儿。"一语未完，凤姐便拉过刘姥姥来，笑道："让我打扮你。"（俞校："打扮你"——从己、庚、晋、甲；原"打扮你老人家"。）说着，将一盘子花横三竖四的插了一头。贾母和众人笑的不住。刘姥姥笑道："我这头也不知修了什么福，今儿（俞校："今儿"——从己、庚、晋、甲；原"今日"。本回下同。）这样体面起来。"众人笑道："你还不拔下来（俞校："拔下来"——从己、庚、晋、甲；原"折下来"。）摔到他脸上呢，把你打扮的成了个老妖精了。"刘姥姥笑道："我虽老了，年轻时也风流，爱个花儿粉儿（俞校："花儿粉儿"——从己、庚、甲；原"花儿"。）的，今儿老风流才好。"说笑之间，来至沁芳亭子上。丫鬟们抱了一个大锦褥子来，铺在栏杆榻板上。贾母倚柱坐下，命刘姥姥也坐在旁边，因问他："这园子好不好？"刘姥姥念佛说道："我们乡下人到了年下，都上城来买画儿贴。时常闲了，大家都说，怎么得也到画儿上去逛逛。想着那个画儿也不过是假的，那里有这个真地方呢！俞校："真地方呢"——从庚；原"真地方"。谁知我今儿进这园里一瞧，竟比那画儿还强十倍。怎么得有人也照着这个园子画一张，我带了家去，给他们见见，死了也得好处。"贾母听说，便指着惜春笑道："你瞧我这个小孙女儿，他就会画。等明儿俞校："等明儿"——从己、庚、晋、甲；原"等明日"。叫他画一张如何？"刘姥姥听了，喜的忙跑过来，拉着惜春说道："我的姑娘，你这么大年纪儿，又这么个好模样，还有这个能干，别是个神仙托生的俞校："托生的"——从己、晋、甲；原"脱生的"。罢？"

贾母少歇了一回，自然领着俞校："自然领着"——从己、庚；原"便要领著"。刘姥姥都见识见识。先到了潇湘馆。一进门，只见两边翠竹夹路，土地下苍苔布满，中间羊肠一条石子漫的路。刘姥姥让出路来与贾母众人走，自己却赿走土地。俞校："赿走土地"——从己；原"走土地"。琥珀拉着他俞校："拉着他"——从庚；原"拉他"。说道："姥姥，你上来走，仔细苍苔滑了。"俞校："苍苔滑了"——从庚；原"苔滑了"。刘姥姥道："不相干的，我们走熟了的。姑娘们只管走罢。可惜你们的那绣鞋，别沾脏了。"他只顾上头和人说话，不防底下果跴滑了，咕咚一交跌倒。众人都拍手哈哈的笑起来。贾母笑骂道："小蹄子们，还不搀起来，只站着笑。"说话时，刘姥姥已爬了起来，自己也笑了，说道："才说嘴，就打了嘴。"贾母问他："可扭了腰了不曾？叫丫头们捶一捶。"刘姥姥道："那里说的我这么娇嫩了。那一天不跌两下子，都要捶起来，还了得呢。"紫鹃早打起湘帘，贾母等进来坐下。林黛玉亲自用小茶盘捧了一盖碗茶来，奉与贾母。王夫人道："我们不吃茶，姑娘不用倒了。"林黛玉听说，便命个丫头把自己窗下常坐的一张椅子挪到下首，请王夫人坐了。刘姥姥因见窗下案上设着笔砚，又见书架上磊着满满的书，刘姥姥道："这必定是那位哥儿的书房了？"贾母笑指黛玉道："这是我这外孙女儿的屋子。"刘姥姥留神打量了林黛玉一番，方笑道："这那里像个小姐的绣房，竟比那上等的书房还好。”贾母因问：“宝玉怎么不见？”众丫头们答说：“在池子里船上呢。”贾母道：“谁又预备下船了？”李纨忙回说：“才开楼拿几子，我恐怕老太太高兴，就预备下了。”贾母听了，方欲说话时，人回说：“姨太太来了。”贾母等刚站起来，俞校：“刚站起来”——从己、庚、晋、甲；原“才站起来”。只见薛姨妈早进来了。一面归坐，笑道：“今儿老太太高兴，这早晚就来了。”贾母笑道：“我才说来迟了的要罚他，不想姨太太就来迟了。”俞校：“就来迟了”——从己、庚、晋、甲；原“就来迟”。说笑一会，俞校：“说笑一会”——从己、庚、晋、甲；原“说笑一回”。贾母因见窗上纱的颜色俞校：“纱的颜色”——从庚；原“纱颜色”。旧了，便和王夫人说道：“这个纱，新糊上好看，过了后来就不翠了。这个院子里头又没有个桃杏树，这竹子已是绿的，再拿这绿纱糊上，反不配。我记得咱们先有四五样颜色糊窗的纱呢。明儿俞校：“明儿”——从己、庚、晋、甲；原“明日”。本回下同。给他把这窗上的换了。”凤姐儿忙道：“昨儿我俞校：“昨儿我”——从己、庚、晋、甲；原“昨日”。开库房，看见大板箱里还有好些疋俞校：“好些疋”——从己；原“好几疋”。银红蝉翼纱，也有各样折枝花样的，也有流云卍福花样的，也有百蝶穿花花样的，颜色又鲜，俞校：“颜色又鲜”——从己、庚、晋、甲；原“颜色又鲜明”。纱又轻软，我竟没见过这样的。拿了两匹出来，作两床绵纱被，想来一定是好的。”贾母听了，笑道：“呸，人人都说你没有不经过，不见过，连这个纱还不认得呢，明儿还说嘴。”薛姨妈等都笑说俞校：“都笑说”——从己、庚、晋、甲；原“都说”。：“凭他怎么经过见过，如何敢比俞校：“如何敢比”——从己、庚、晋、甲；原“他如何敢比”。老太太呢！老太太何不教导了他，我们也听听。”凤姐也笑说：“好祖宗，教给我罢。”贾母笑向薛姨妈众人道：“那个纱，比你们年纪还大呢。怪不得他认作蝉翼纱，原也有些像。不知道的，都认作蝉翼纱。正经名字，叫作‘软烟罗’。”凤姐儿道：“这个名儿也好听。只是我这么大了，纱罗也见过几百样，从没听见过这个名儿。”贾母笑道：“你能活了多大，见过几样没处放的东西，就说嘴来了。那个软烟罗只有四样颜色：一样雨过天青，俞校：“雨过天青”——从甲；原“雨过天晴”。一样秋香色，一样松绿的，一样就是银红的。若是作了帐子，糊了窗屉，远远的看着，就似烟雾一样，所以叫作‘软烟罗’。那银红的又叫作‘霞影纱’。俞校：“霞影纱”——从己、庚、晋、甲；原“霞彩纱”。如今上用的府纱，也没有这样软厚轻密的了。”薛姨妈笑道：“别说凤丫头没见，俞校：“凤丫头没见”——从己、庚、晋、甲；原“凤丫头不见”。连我也没听见过。”凤姐儿一面说话，早命人取了一疋来了。俞校：“取了一疋来了”——从己、庚、晋、甲；原“取了一疋来”。贾母道：“可不是这个。先时原不过是俞校：“原不过是”——从己、庚、晋、甲；原“不过是”。糊窗屉，后来我们拿这个作被，作帐子，试试也竟好。明儿就找出几匹来，拿银红的替他糊窗子。”凤姐儿答应着。众人都看了，称赞不已。刘姥姥也觑着眼看个不了，念佛说道：“我们想他作衣裳也不能，拿着糊窗子，岂不可惜？”贾母道：“倒是做衣裳不好看。”凤姐忙把自己身上穿的一件大红绵纱袄子襟儿拉了出来，向贾母、薛姨妈道：“看我的这袄儿。”贾母、薛姨妈都说俞校：“贾母薛姨妈都说”——从己、庚、晋、甲；原无“都”。：“这也是上好的了，这是如今的上用内造的。俞校：“上用内造的”——从庚；原“上用内造”。竟比不上这个。”凤姐儿道：“这个薄片子还说是内造上用呢。俞校：“内造上用呢”——从己、晋、甲；原“内造上用的”。竟连这个官用的也比不上了。”贾母道：“再找一找，只怕还有青的。若有时都拿出来，送这刘亲家两匹，做一个帐子我挂，俞校：“我挂”——从己、庚、晋；原“挂”。下剩的配上里子，做些夹背心子给丫头们穿，白收着霉坏了。”俞校：“霉坏了”——从己、庚、晋、甲；原“霉烂了”。凤姐儿忙答应了，仍命人送去。贾母起身笑道：“这屋里窄，再往别处逛去。”刘姥姥念佛道：“人人说大家子住大房。俞校：“住大房”——从己、庚、晋、甲；原“住大房子”。昨儿见了俞校：“昨儿见了”——从己、庚、晋、甲；原“昨日见”。老太太正房，配上大箱、大柜、大桌子、大床，果然威武。那柜子比我们一间房子还大还高。怪道后院子里有个梯子。我想又不上房晒东西，预备个梯子作什么？后来我想起来，定是为开顶柜，收放东西。离了那梯子俞校：“离了那梯子”——从晋、甲；原“若离了梯子”。怎么得上去呢！如今又见了这小屋子，更比大的越发俞校：“越发”——从己、庚、晋、甲；原“益发”。齐整了。满屋里的东西都只好看，都不知叫什么，俞校：“叫什么”——从从己、庚、晋、甲；原“叫作什么”。我越看越舍不得离了这里。”凤姐道：“还有好的呢，俞校：“还有好的呢”——从己、庚、晋、甲；原“还有好的”。我都带你去瞧瞧。”俞校：“去瞧瞧”——从己、庚、晋、甲；原“瞧瞧”。说着，一径离了潇湘馆。远远的望见池中一群人在那里撑船，贾母道：“他们既预备下船，咱们就坐。”一面说着，便向紫菱洲蓼溆一带走来。

未至池前，只见几个婆子手里都捧着一色捏丝戗金五彩大盒子走来。凤姐忙问王夫人早饭在那里摆。王夫人道："问老太太在那里，就在那里俞校："就在那里"——从己、庚、晋、甲；原"就那里"。罢了。"贾母听说，便回头说："你三妹妹那里好，你就带了人摆去，我们从这里坐了船去。"

凤姐儿听说，便回身同了李纨、探春、鸳鸯、琥珀带着端饭的人等，超着近路，到了秋爽斋，就在晓翠堂上调开桌案。鸳鸯笑道："天天咱们说，外头老爷们俞校："老爷们"——从己、庚、晋、甲；原"老爷"。吃酒吃饭，都有一个篾片俞校："篾片"——从己、庚、晋；原"蔑片"。相公，拿他取笑儿。咱们今儿也得了一个女篾片了。"李纨是个厚道人，听了不解。凤姐儿却知是说的刘姥姥了，也笑说道："咱们今儿就拿他取个笑儿。"二人便如此这般的商议。李纨笑劝道："你们一点好事也不做，又不是个小孩儿，还这么淘气。仔细老太太说。"鸳鸯笑道："很不与你相干，有我呢。"正说着，只见贾母等来了，各自随便坐下。先有丫头端过两盘茶来，大家吃毕。凤姐手里拿着西洋布手巾，裹着一把乌木三镶银箸，敁敠人位，俞校："敁敠人位"——从己、庚、晋；原"按人数位"。按席摆下。贾母因说："把那一张小楠木桌子抬过来，让刘亲家近我这边坐着。"众人听说，忙抬了过来。凤姐一面递眼色与鸳鸯，鸳鸯便拉了刘姥姥出去，悄悄的嘱咐了俞校："嘱咐了"——从己、庚、晋、甲；原"嘱咐"。刘姥姥一席话，又说："这是我们家的规矩，若错了，我们就笑话呢。"调停已毕，然后归坐。薛姨妈是吃过饭来的，不吃，只坐在一边吃茶。己双：妙！若只管写薛姨妈来则吃饭，则成何文理？贾母带着宝玉、湘云、黛玉、宝钗一桌，王夫人带着迎春姊妹三个一桌，刘姥姥傍着贾母一桌。贾母素日吃饭，俞校："素日吃饭"——从己、庚、晋、甲；原"平日吃饭"。皆有小丫鬟在旁边，拿着漱盂、麈尾、巾帕之物。俞校："巾帕之物"——从己、晋、甲；原"巾子帕物"。如今俞校："如今"——从晋、甲；原"如"。鸳鸯是不当这差的了，今日鸳鸯偏接过麈尾来拂着。丫鬟们知道他要撮弄刘姥姥，便躲开让他。鸳鸯一面侍立，一面悄向俞校："悄向"——从晋；原"悄问"。刘姥姥说道："别忘了。"刘姥姥道："姑娘放心。"那刘姥姥入了坐，拿起箸来，沉甸甸的不伏手。原是凤姐和鸳鸯商议定了，单拿了一双老年四楞象牙镶金的筷子与刘姥姥。刘姥姥见了，说道："这叉爬子俞校："叉爬子"——从己、庚、晋；原"义把子"。比俺那里铁锨还沉，那里偃的过俞校："偃的过"——从己、庚；原"强的过"。他。"说的众人都笑起来。只见一个媳妇端了一个盒子站在当地，一个丫鬟上来揭去盒盖，里面盛着两碗菜。李纨端了一碗，放在贾母桌上。凤姐儿偏拣了一碗鸽子蛋，放在刘姥姥桌上。贾母这边说声"请"，刘姥姥便站起身来，高声说道："老刘，老刘，食量大似牛，吃个老母猪，不抬头。"自己却鼓着腮不语。众人先是发怔，后来一听，上上下下都哈哈的大笑俞校："哈哈的大笑"——从己、庚、晋；原"哈哈大笑"。起来。史湘云掌不住，一口饭都喷了出来。林黛玉笑岔了气，伏着桌子嗳哟。俞校："嗳哟"——从己、庚；原"叫嗳哟"。宝玉早滚到贾母怀里，贾母笑的搂着宝玉俞校："搂着宝玉"——从己、庚、晋、甲；原"搂宝玉"。叫"心肝"。王夫人笑的用手指着凤姐儿，只说不出话来。薛姨妈也掌不住，口里茶喷了探春一裙子。探春手里的饭碗都合在迎春身上。惜春离了坐位，拉着他奶姆，叫揉一揉俞校："叫揉一揉"——从己、庚、晋、甲；原"揉一揉"。肠子。地下的无一个不弯腰屈背，也有躲出去蹲着笑去的，也有忍着笑上来替他姊妹换衣裳的。独有凤姐鸳鸯二人掌着，俞校："掌着"——从己、庚、晋、甲；原"撑著"。还只管让刘姥姥。刘姥姥拿起箸来，只觉不听使，又说道："这里的鸡儿俞校："鸡儿"——从己、庚、晋、甲；原"鸡子"。也俊，下的这蛋也小巧。俞校："也小巧"——从己、庚、晋、甲；原"小巧"。怪俊的，我且肏攮俞校："肏攮"——从己、庚、晋；原"肏囊"。接下一个同。一个。"众人方住了笑，听见这话，又笑起来。俞校："又笑起来"——从己、庚、晋、甲；原"又笑起"。贾母笑的眼泪出来，琥珀在后捶着。贾母笑道："这定是凤丫头促狭鬼儿闹的，快别信他的话了。"那刘姥姥正夸鸡蛋小巧，要肏攮一个。凤姐儿笑道："一两银子一个俞校："一两银子一个"——从己、庚、晋、甲；原"一两银子"。呢，你快尝尝罢。那冷了就不好吃了。"刘姥姥便伸箸子要夹，那里夹的起来。满碗里闹了一阵，好容易撮起一个来，俞校："撮起一个来"——从己、庚、晋、甲；原"撮起一个的来"。才伸着脖子要吃，偏又滑下来，滚在地下。忙放下箸子，要亲自去捡，早有地下的人捡了出去俞校："捡了出去"——从己、庚、晋；原"捡了起来"。了。刘姥姥叹道："一两银子，也没听见俞校："也没听见"——从庚；原"也没听见了"。响声儿就没了。"众人已没心吃饭，都看着他取笑。贾母又说："谁这会子俞校："谁这会子"——

（从己、晋、甲；原“谁这回子”。）又把那个筷子拿了出来？又不请客，摆大筵席。都是凤丫头支使的。（俞校：“支使的”——从己、庚、晋、甲；原“指使的”。）还不换了呢！”地下的人原不曾预备这牙箸，（俞校：“这牙箸”——从己、庚、晋、甲；原“送牙箸”。）本是（俞校：“本是”——从己、庚、晋、甲；原“是”。）凤姐和鸳鸯拿了来的，听如此说，忙收了过去，也照样换上一双乌木镶银的。（俞校：“镶银的”——从己、庚、晋、甲；原“镶银筋”。）刘姥姥道（俞校：“刘姥姥道”——从己、庚、晋；原“姥姥道”。）：“去了金的，又是银的，到底不及俺们那个伏手。”（俞校：“伏手”——从己、庚、晋、甲；原“顺手”。）凤姐儿道：“菜里若有毒，这银子下去了就试的出来。”刘姥姥道：“这个菜里有毒，俺们那些都成了砒霜了。那怕毒死了，也要吃尽了。”贾母见他如此有趣，吃的又香甜，（俞校：“吃的又香甜”——从己、庚、晋、甲；原“的又香甜”。）把自己的菜也都端过来与他吃。又命一个老嬷嬷（俞校：“老嬷嬷”——从己、庚、甲；原“老妈妈”。）来，将各样的菜给板儿夹在碗上。一时吃毕，贾母等都往探春卧室中去闲话。这里收拾过残桌，又放了一桌。刘姥姥看着李纨与凤姐儿对坐着吃饭，叹道（俞校：“叹道”——从己、庚、晋、甲；原“说道”。）：“别的罢了，我只爱你们家这行事。怪道说‘礼出大家’。”凤姐儿忙笑道：“你可别多心，才刚不过大家取笑儿。”（俞校：“不过大家取笑儿”——从庚；原“大家不过取乐儿”。）一言未了，鸳鸯也进来笑道：“姥姥别恼，我给你老人家赔个不是。”刘姥姥笑道：“姑娘说那里话！咱们哄着老太太开个心儿，可有什么恼的！你先嘱咐我，我就明白了，不过人家取个笑儿。（俞校：“取个笑儿”——从己、庚、晋、甲；原“取笑儿”。）我要心里恼，也就不说了。”（俞校：“不说了”——从己、庚、晋、甲；原“不说”。）鸳鸯便骂人：“为什么不倒茶给姥姥吃？”刘姥姥忙道：“才刚那个嫂子倒了茶来，我吃过了。姑娘也该用饭了。”凤姐儿便拉鸳鸯（俞校：“便拉鸳鸯”——从己、庚、晋、甲；原“便拉著鸳鸯”。）：“你坐下（俞校：“你坐下”——从庚；原“坐下，你”。）和我们吃了罢，省得回来又闹。”鸳鸯便坐下了。婆子们添上碗筷来。三人吃毕，（俞校：“吃毕”——从己、庚、晋、甲；原“吃完”。）刘姥姥笑道：“我看你们这些人，都只吃这一点儿就完了，亏你们也不饿。怪只道（俞校：“怪只道”——从己、庚；原“怪道的”。）风儿都吹得倒。”鸳鸯便问：“今儿剩的菜不少，都那去了？”婆子们道：“都还没散呢，在这里等着，一齐散与他们吃。”鸳鸯道：“他们吃不了这些，挑两碗给二奶奶屋里（俞校：“给二奶奶屋里”——从己、庚、晋、甲；原无“给”。）平丫头送去。”凤姐儿道：“他早吃了饭了，不用给他。”鸳鸯道：“他不吃了，喂你们的猫。”婆子听了，忙拣了两样，拿盒子送去。鸳鸯道：“素云那去了？”李纨道：“他们都在这里一处吃，又找他作什么。”鸳鸯道：“这就罢了。”凤姐道：“袭人不在这里，你倒是叫人送两样给他去。”鸳鸯听说，便命人也送两样去后，鸳鸯又问婆子们回来吃酒的攒盒可装上了，婆子道：“想必还得一回子。”鸳鸯道：“催着些儿。”婆子答应了。

凤姐儿等来至探春房中，只见他娘儿们正说笑。俞校：“正说笑”——从晋、甲；原“正笑”。探春素喜阔朗，这三间屋子并不曾隔断。当地放着一张花梨大理石大案，上磊着各种名人法帖并数十方宝砚，各色笔筒笔海内插的笔如树林一般。俞校：“树林一般”——从己、庚、晋、甲；原“松林一般”。那一边设着斗大的一个汝窑花囊，插着满满的一囊水晶球的白菊。西墙上当中挂着一大幅米襄阳俞校：“米襄阳”——从己、庚、晋、甲；原“的襄阳”。《烟雨图》，左右挂着一副对联，乃是颜鲁公墨迹，其词云俞校：“其词云”——从庚；原“其联云”。：

烟霞闲骨格，泉石野生涯。

案上设着大鼎。左边紫檀架上放着一个大观窑的大盘，盘内盛着数十个娇黄玲珑大佛手。右边洋漆架上，悬着一个白玉比目磬，旁边挂着小锤。那板儿略熟了些，便要摘那锤子要击，丫鬟们忙拦住他。他又要那佛手吃，探春拣了一个与他，说：“顽罢，吃不得的。”东首便设着卧榻，拔步床上悬着葱绿双绣花卉草虫的纱帐。板儿又跑过来看，说：“这是蝈蝈。这是蚂蚱。”刘姥姥忙打了他俞校：“打了他”——从庚；原“打他”。一巴掌，骂道：“下作黄子，没干没净的乱闹。俞校：“下作黄子，没干没净的乱闹”——从己、庚、晋、甲；原“下作的夯子，没干净的乱闹”。倒叫你进来瞧瞧，就上脸了。”打的板儿哭起来。众人忙劝解方罢。贾母因隔着纱窗往后院内看了一回，因说：“这后廊檐下的梧桐也好了，就只细些。”正说话，忽一阵风过，隐隐听得鼓乐之声。贾母问：“是谁家娶亲呢？这里临街倒近。”王夫人等笑回道：“街上的那里听的见，这是咱们那十来个女孩子们演习吹打呢。”贾母便笑道：“既他们演，何不叫他们进来演习。他们也逛一逛，咱们可又乐了。”凤姐听说，忙命人（俞校：“忙命人”——从己、庚、晋、甲；原“忙叫人”。）出去叫来，又一面吩咐摆下条桌，铺下红毡子。贾母道：“就铺排在藕香榭的水亭子上，借着水音更好听。回来咱们（俞校：“回来咱们”——从己、庚、晋、甲；原“的，咱们”。）就在缀锦阁底下吃酒，又宽阔，（俞校：“又宽阔”——从己、庚、晋、甲；原“宽阔”。）又听的近。”众人都说那里好。（俞校：“那里好”——从晋、甲；原“那里狠好”。）贾母向薛姨妈笑道：“咱们走罢。他们姊妹们都不大喜欢人来坐着，（俞校：“来坐着”——从庚；原“来坐”。）怕脏了屋子。咱们别没眼色，正经坐一回子船，喝酒去。”（俞校：“坐一回子船，喝酒去”——从己、庚、晋、甲；原“坐一回子吃酒去”。）说着，大家起身便走。探春笑道：“这是那里的话。求着老太太、姨妈、太太来坐坐（俞校：“来坐坐”——从己、庚、晋、甲；原“坐坐”。）还不能呢。”贾母笑道：“我的这三丫头却好。只有两个玉儿可恶，回来吃醉了，咱们偏往他们屋里闹去。”说着，众人都笑了。一齐出来，走不多远，已到了荇叶渚。那姑苏选来的几个驾娘早把两只棠木舫撑来。众人扶了贾母、王夫人、薛姨妈、刘姥姥、鸳鸯、玉钏儿上了这一只，落后李纨也跟上去，凤姐也上去，（俞校：“也上去”——从己、庚、晋、甲；原“也跟上去”。）立在船头上，也要撑船。贾母在舱内道：“这不是玩的，虽不是河里，也有好深的。你快不给我进来！”（俞校：“快不给我进来”——从己；原“快不要给我进来”。）凤姐儿笑道：“怕什么！老祖宗只管放心。”说着，便一篙点开。到了池当中，船小人多，凤姐只觉乱晃，忙把篙子递与驾娘，方蹲下了。然后迎春姊妹等并宝玉上了那只，随后跟来。其馀老嬷散众丫鬟（俞校：“老嬷散众丫鬟”——从己、庚、晋；原“老妈妈与众丫环”。）俱沿河随行。宝玉道：“这些破荷叶可恨，怎么还不叫人来拔去。”宝钗笑道：“今年（俞校：“今年”——从己、庚、晋、甲；原“你瞧”。）这几日，何曾饶了这园子闲了，天天逛，那里还有叫人来收拾的工夫。”林黛玉道：“我最不喜欢（俞校：“最不喜欢”——从己、庚、晋、甲；原“最喜欢”。）李义山的诗，只喜他这一句：‘留得残荷听雨声。’偏你们又不留着残荷了。”宝玉道：“果然好句。以后咱们别叫人拔去了。”说着，已到了花溆的萝港（俞校：“萝港”——从己、庚、晋、甲；原“芦港”。）之下，觉得阴森透骨，两滩上衰草残菱，俞校："残菱"——从己、庚、晋、甲；原"残茭"。更助秋情。贾母因见岸上的清厦旷朗，俞校："清厦旷朗"——从己、庚、晋、甲；原"清爽旷朗"。便问："这是你薛姑娘的屋子不是？"众人道："是。"贾母忙命拢岸，俞校："忙命拢岸"——从己、庚、甲；原"忙叫拢岸"。顺着云步石梯上去。一同进了蘅芜苑，只觉异香扑鼻。那些奇草仙藤，愈冷愈苍翠，都结了实，似珊瑚豆子一般，累垂可爱。及进了房屋，雪洞一般，一色玩器全无。案上只有一个土定瓶中供着数枝菊花，并两部书、茶奁、茶杯而已。床上只吊着青纱帐幔，衾褥也十分朴素。贾母笑道："这孩子俞校："这孩子"——从己、庚、晋、甲；原"这孙女"。太老实了。你没有陈设，何妨和你姨娘俞校："你姨娘"——从己、庚、晋、甲；原"你姨妈"。要些。我也不理论，也没想到，你们的东西，俞校："你们的东西"——从己、庚、晋、甲；原"你们东西"。自然在家里没带了来。"说着，命鸳鸯去取些古董来。又嗔着凤姐儿："不送些玩器来与你妹妹，这样小器。"王夫人、凤姐儿等都笑回说："他自己不要的。我们原送了来，都退回去了。"薛姨妈也笑说："他在家里，也不大弄这些东西的。"贾母摇头道："使不得。虽然他省事，倘或俞校："倘或"——从庚；原"倘"。来一个亲戚，看着不像；二则年轻的姑娘们，房里这样素净，也忌讳。我们这老婆子，越发该住马圈去了。你们听那些书上戏上说的小姐们的绣房，精致的还了得呢。他们姊妹们虽不敢比那些小姐们，也不要很离了格儿。有现成的东西，为什么不摆？若很爱素净，少几样倒使得。我最会收拾屋子的，如今老了，没这闲心了。他们姊妹们，也还学着收拾的好。只怕俗气，有好东西也摆坏了。我看他们还不俗。如今让我替你收拾，包管又大方，又素净。我的梯己两件，收到如今，没给宝玉看见过，若经了他的眼，也没了。"说着，叫过鸳鸯来，亲吩咐道："你把那石头盆景儿和那架纱桌屏，还有个墨烟冻石鼎，这三样摆在这案上就够了。再把那水墨字画白绫帐子拿来，把这帐子也换了。"鸳鸯答应着，笑道："这个东西都搁在东楼上的不知那个箱子里，还得慢慢找去，明儿再拿去也罢了。"贾母道："明日后日都使得，只别忘了。"说着，坐了一回方出来，一径来至缀锦阁下。

史太君两宴大观园　金鸳鸯三宣牙牌令

文官等上来请过安，因问演习何曲。贾母道：“只拣你们生的演习几套罢。”文官等下来，往藕香榭去，不提。

这里凤姐儿已带着人摆设整齐。（俞校：“摆设整齐”——从己、庚；原“摆设齐整”。）上面左右两张榻，榻上都铺着锦裀蓉簟，（俞校：“锦裀蓉簟”——从己、庚、晋、甲；原“锦茵绒毯”。）每一榻前两张雕漆几——也有海棠式的，也有梅花式的，也有荷叶式的，（俞校：“荷叶式的”——从己、庚、晋、甲；原“荷花式的”。）也有葵花式的，也有方的，也有圆的，其式不一。一个上面放着炉瓶，一分攒盒；一个上面空设着，预备放人所喜食物。上面二榻四几是贾母、薛姨妈，下面一椅两几（俞校：“一椅两几”——从己、庚、晋、甲；原“两椅两几”。）是王夫人的，馀者都是一椅一几。东边是刘姥姥，刘姥姥之下便是王夫人。西边便是史湘云，第二便是宝钗，第三便是黛玉，第四迎春，探春、惜春挨次下去，宝玉在末。李纨凤姐二人之几，设于三层槛内，二层纱厨之外。攒盒式样，亦随几之式样。（俞校：“亦随几之式样”——从己、庚、晋、甲；原无“亦”。）每人一把乌银洋钻（俞校：“洋钻”——从己、庚；原“洋錾”。）自斟壶，一个十锦珐琅杯。大家坐定，贾母先笑道：“咱们先吃两杯，今日也行一令，才有意思。”薛姨妈笑说道（俞校：“薛姨妈笑说道”——从甲；原“薛姨妈等笑说道”。）：“老太太自然有好酒令，我们如何会呢！安心要我们醉了，我们都多吃两杯就有了。”贾母笑道：“姨太太今儿也过谦起来，想是厌我老了。”薛姨妈笑道：“不是谦，只怕行不上来，倒是笑话了。”王夫人忙笑道：“便说不上来，只多吃一杯酒，（俞校：“多吃一杯酒”——从庚；原“多吃了一杯酒”。）醉了睡觉去，还有谁笑话咱们不成。”薛姨妈点头笑道：“依令。老太太到底吃一杯令酒才是。”贾母笑道：“这个自然。”说着，便吃了一杯。凤姐儿（俞校：“凤姐儿”——从己、庚、晋、甲；原“凤姐”。）忙走至当地，笑道：“既行令，还叫鸳鸯姐姐来行更好。”（俞校：“更好”——从己、庚、晋、甲；原“便好”。）众人都知贾母所行之令必得鸳鸯提着，故听了这话，都说“很是”。凤姐儿便拉了鸳鸯过来。王夫人笑道：“既在令内，没有站着的礼。”回头命小丫头子：“端一张椅子，放在你二位奶奶的席上。”鸳鸯也半推半就，谢了坐，便坐下，也吃了一钟酒，（俞校：“吃了一钟酒”——从己、庚、晋、甲；原“吃了一杯酒”。）笑道：“酒令大如军令，不论尊卑，惟我是主。违了我的话，是要受罚的。”

俞校："是要受罚的"——从己、庚、晋、甲；原"便要受罚的"。王夫人等都笑道："一定如此，快些说来。"鸳鸯未开口，刘姥姥便下了席，摆手道："别这样捉弄人家。俞校："捉弄人家"——从庚；原"捉弄人"。我家去了。"众人都笑道："这却使不得。"鸳鸯喝命小丫头子们拉上席去。小丫头子们也笑着，果然拉入席中。刘姥姥只叫："饶了我罢。"鸳鸯道："再多言的，罚一壶。"刘姥姥方住了声。鸳鸯道："如今我说骨牌副儿，从老太太起，顺领说下去，至刘姥姥止。比如我说一副儿，将这三张牌拆开，先说头一张，次说第二张，再说第三张，说完了，合成这一副儿的名字。无论诗词歌赋，成语俗话，比上一句，都要叶韵，错了的罚一杯。"众人笑道："这个令好，就说出来。"鸳鸯道："有了一副了。左边是张天。"贾母道："头上有青天。"众人道："好。"鸳鸯道："当中是个五与六。"贾母道："六桥梅花香彻骨。"鸳鸯道："剩得一张六与幺。"贾母道："一轮红日出云霄。"鸳鸯道："凑成便是个蓬头鬼。"贾母道："这鬼抱住钟馗腿。"说完，大家笑着喝采。贾母饮了一杯。鸳鸯又道："有了一副。左边是个大长五。"薛姨妈道："梅花朵朵风前舞。"鸳鸯道："右边还是个大五长。"俞校："还是个大五长"——从己、庚、晋、甲；原"还是长五张"。薛姨妈道："十月梅花岭上香。"鸳鸯道："当中二五是杂七。"薛姨妈道："织女牛郎俞校："牛郎"——从己、庚、晋、甲；原"牵牛"。会七夕。"鸳鸯道："凑成二郎游五岳。"薛姨妈道："世人不及神仙乐。"说完，大家称赏，饮了酒。鸳鸯又道："有了一副。左边长幺两点明。"湘云道："双悬日月照乾坤。"鸳鸯道："右边长幺两点明。"湘云道："闲花落地听无声。"鸳鸯道："中间还得幺四来。"湘云道："日边红杏倚云栽。"鸳鸯道："凑成樱桃九熟。"湘云道："御园却被鸟衔出。"俞校："鸟衔出"——从己、庚、晋、甲；原"鸟衔落"。说完，饮了一杯。鸳鸯道："有了一副。左边是长三。"宝钗道："双双燕子语梁间。"俞校："语梁间"——从己、庚、晋、甲；原"语呢喃"。鸳鸯道："右边是三长。"宝钗道："水荇牵风翠带长。"鸳鸯道："当中三六九点在。"宝钗道："三山半落青天外。"鸳鸯道："凑成铁锁练孤舟。"俞校："练孤舟"——从己、庚、晋、甲；原"链孤舟"。宝钗道："处处风波处处愁。”说完，饮毕。鸳鸯又道（俞校：“鸳鸯又道”——从己、庚、晋、甲；原“鸳鸯道”。）：“左边一个天。”黛玉道：“良辰美景奈何天。”宝钗听了，回头看着他。黛玉只顾怕罚，也不理论。鸳鸯道：“中间锦屏颜色俏。”黛玉道：“纱窗也没有红娘报。”鸳鸯道：“剩了二六八点齐。”黛玉道：“双瞻玉座引朝仪。”（俞校：“引朝仪”——从晋、甲；原“饮朝仪”。）鸳鸯道：“凑成篮子好采花。”（俞校：“好采花”——从己、庚、晋、甲；原“好探花”。）黛玉道：“仙杖香挑芍药花。”说完，饮了一口。鸳鸯道：“左边四五成花九。”迎春道：“桃花带雨浓。”众人道：“该罚。错了韵，而且又不像。”迎春笑着饮了一口。原是凤姐儿和鸳鸯都要听刘姥姥的笑话，故意都命说错，都罚了。至王夫人，鸳鸯代说了个，（俞校：“代说了个”——从己、庚、晋；原“代说了，过”。）下便该刘姥姥。刘姥姥道：“我们庄家人闲了，也常会几个人弄这个，但不如（俞校：“但不如”——从己、庚、晋、甲；原“但不知”。）说的这么好听。少不得我也试一试。”众人都笑道：“容易说的。你只管说，不相干。”鸳鸯笑道：“左边四四是个人。”（俞校：“四四是个人”——从己、庚、晋；原“长四是个人”。）刘姥姥听了，想了半日，说道：“是个庄家人罢。”众人哄堂笑了。贾母笑道：“说的好，就是这样说。”刘姥姥也笑道：“我们庄家人，不过是现成的本色，众位别笑。”鸳鸯道：“中间三四绿配红。”刘姥姥道：“大火烧了毛毛虫。”众人笑道：“这是有的。还说你的本色。”鸳鸯道：“右边幺四真好看。”刘姥姥道：“一个萝卜（俞校：“萝卜”——从己、庚；原“萝匐”。）一头蒜。”众人又笑了。鸳鸯笑道：“凑成便是一枝花。”刘姥姥两只手比着说道：“花儿落了结个大倭瓜。”众人大笑起来。只听外面乱嚷，且听下回分解。

戚回后：写贫贱辈低首豪门，凌辱不计，诚可悲夫！此故作者以警贫贱，而富室贵豪亦当于其间着意。

第四十一回
贾宝玉品茶栊翠庵　刘姥姥醉卧怡红院

庚回前：此回栊翠品茶，怡红遇劫。盖妙玉虽以清净无为自守，而怪洁之癖未免有过。老妪只污得一杯，见而勿用，岂似玉兄日享洪福，竟至无以复加而不自知。故老妪眠其床，卧其席，酒屁熏其屋，却被人袭（袭人）遮过，则仍用其床其席其屋。亦作者特为转眼不知身后事写来作戒，纨绔公子可不慎哉？

蒙戚回前：任呼牛马从来乐，随分清高方可安。自古世情难意拟，淡妆浓抹有千般。立松轩。

话说刘姥姥两只手比着说道："花儿落了结个大倭瓜。"众人听了，哄堂大笑起来。于是吃过门杯，因又逗趣，俞校："因又逗趣"——从庚；原"又逗"。笑道："实告诉俞校："实告诉"——从庚、晋；原"实告"。说罢，我的手脚子粗笨，又喝了酒，俞校："喝了酒"——从庚、晋、甲；原"嗑醉了酒"。仔细失手打了这磁杯。有木头的杯俞校："木头的杯"——从庚、晋、甲；原"木头杯"。取个子来，俞校："取个子来"——从庚；原"取了来"。便失了手俞校："失了手"——从庚、晋、甲；原"失手"。掉了地下也打不了。"众人听了，又笑起来。俞校："笑起来"——从庚、晋、甲；原"笑将起来"。凤姐听如此说，便忙笑道："果真要俞校："果真要"——从庚、晋、甲；原"果然要"。木头的，我就取了来。可有一句俞校："可有一句"——从庚；原"可有一件"。先说下：这木头的可比不得磁的，他都是一套，俞校："他都是一套"——从庚、晋、甲；原"那都是一套"。定要吃遍一套方使得。"

刘姥姥听了，心下敁敠（俞校："敁敠"——从庚、晋、甲；原"掂掇"。）道："我方才不过是趣话取笑儿，谁知他果真竟有。（俞校："果真竟有"——从庚、晋、甲；原"果然竟有"。）我时常在（俞校："我时常在"——从庚、晋、甲；原"我时常"。）村庄上缙绅大家子也赴过席，金杯银杯倒都也见过，（俞校："都也见过"——从庚、晋、甲；原"都见过"。）从来没见有木头的。——哦，是了。想必是小孩子们使的木碗儿，（俞校："小孩子们使的木碗儿"——从庚、晋、甲；原"小孩子使的木碗子"。）不过诓我多吃两碗。别管他，横竖这酒蜜水儿（俞校："蜜水儿"——从庚、晋、甲；原"蜜水"。）似的，多喝点子也不怕。"（庚双：为登厕伏脉。）想毕，便说："取了来再商量。"凤姐乃命丰儿到前面里间屋书架子上，有十个竹根套杯取来。（俞校："命丰儿"至"取来"——从庚；原"命丰儿去"。）丰儿听了，答应着才要去。鸳鸯笑道："我知道，你这十个杯还小。（俞校："你这十个杯还小"——从庚、晋；原"我这十个杯还小些"。）况且你才说是木头的，这会子又拿了竹根子的来，倒不好看。不如把我们那里的黄杨木根整抠的十个大套杯拿来，灌他十下子。"凤姐儿笑道（俞校："凤姐儿笑道"——从庚、晋、甲；原"凤姐笑道"。接下一个同。）："更好了。"鸳鸯果命人取来。刘姥姥一看，又惊又喜：惊的是一连十个，挨次大小分下来，那大的足似个小盆子，（俞校："足似个小盆子"——从庚、晋；原"足有小盆子大"。）第十个极小的还有手里的杯子两个大；（俞校："手里的杯子两个大"——从庚、晋、甲；原"手里杯子大"。）喜的是雕镂奇绝，一色山水树木人物，并有草字图记。因忙说道："拿了那小的来就是了。怎么这么些个？"凤姐儿笑道："这个杯，没有喝一个的理。我们家因没有这大量的，（俞校："这大量的"——从庚、晋、甲；原"这些大量的"。）所以没人敢使他。姥姥既要，（俞校："姥姥既要"——从庚、晋；原"你既要使"。）好容易寻了出来，必定要挨次吃一遍才使得。"刘姥姥吓的忙道："这可不敢。好姑奶奶，饶了我罢！"（俞校："饶了我罢"——从庚、晋、甲；原"竟饶了我罢"。）（蒙侧：挟炎的苦恼。）贾母、薛姨妈、王夫人都知道他有年纪的人，禁不起，忙笑道："说是说，笑是笑，（俞校："忙笑道：说是说，笑是笑"——从庚、晋、甲；原"忙都道"。）不可多吃了，只吃这头一杯罢。"刘姥姥道："阿弥陀佛！我还使小杯吃罢。把这大杯收着，我带了家去，慢慢的（俞校："慢慢的"——从庚、晋、甲；原"慢慢"。）吃罢。"说的众人又笑起来。（俞校："说的众人又笑起来"——从庚、晋、甲；原无。）鸳鸯无法，（俞校："鸳鸯无法"——从庚、晋、甲；原"鸳鸯等无法"。）只得命人满斟了一大杯，刘姥姥两手捧着喝。（俞校："捧着喝"——从庚、晋、甲；原"捧著嗑干"。）贾母、薛姨妈都道（俞校："贾母、薛姨妈都道"——从庚、晋、甲；原"贾母道"。）："慢些吃，不要呛了。"薛姨妈又命凤姐儿（俞校："又命凤姐儿"——从庚、晋、甲；原"又命凤姐"。）布了菜。（俞校："布了菜"——从庚；原"拣了菜"。）凤姐笑道："姥姥要吃什么，说出名儿来，我搛了喂你。”刘姥姥道：“我知道什么名儿！样样都是好的。”俞校：“凤姐笑道”至“样样都是好的”——从庚、晋、甲（晋、甲“搛”作“夹”）；原无。贾母笑道：“你把茄胙搛些喂他。”凤姐儿听说，俞校：“凤姐儿听说”——从庚、晋、甲；原“凤姐听说”。依言搛些茄胙送入刘姥姥口中，因笑道：“你们天天吃茄子，也尝尝我们的茄子弄的可口不可口？”刘姥姥笑道：“别哄我了。俞校：“别哄我了”——从庚、晋、甲；原“别哄我”。茄子跑出这个味儿来了，我们也不用种粮食，只种茄子了。”俞校：“只种茄子了”——从庚、晋、甲；原“只种茄子罢了”。众人笑道：“真是茄子，我们再不哄你。”刘姥姥诧异道：“真是茄子？我白吃了这半日，姑奶奶你再喂我些。这一口俞校：“这一口”——从庚、晋、甲；原“让我”。细嚼嚼。”凤姐果又搛了些放入口内。刘姥姥细嚼了半日，俞校：“细嚼了半日”——从庚、晋、甲；原“因细嚼了半日”。笑道：“虽有一点俞校：“虽有一点”——从庚、晋、甲；原“虽有”。茄子香，只是还不像是茄子。告诉我是什么法子俞校：“什么法子”——从庚、晋、甲；原“什么方法”。弄的，我也弄着吃去。”凤姐笑道：“这也不难。你把四五月里的新茄包儿摘下来，把皮和瓤子去尽，只要净肉，切成头发细的丝儿，晒干了。拿一只肥母鸡，靠出老汤来。把这茄子丝上蒸笼蒸的鸡汤入了味，再拿出来晒干。如此九蒸九晒，必定晒脆了。盛在磁罐子里封严了。要吃时拿出一碟子来，用炒的鸡瓜俞校：“鸡瓜”——从庚；原“鸡瓜子”。一拌就是了。”刘姥姥听了，摇头吐舌道：“我的佛祖！倒得十来只鸡俞校：“十来只鸡”——从晋；原“十几只鸡儿”。来配他。怪道这个味儿。”俞校：“这个味儿”——从庚、晋、甲；原“好吃”。一面说笑，一面慢慢的吃完了酒，还只管细玩那杯。凤姐笑道：“还是不足兴，俞校：“还是不足兴”——从庚、晋；原“还不足兴”。再吃一杯罢。”刘姥姥忙道：“了不得，俞校：“了不得”——从庚、晋、甲；原“了不得了”。那就醉死了！我因为爱这样儿，亏他怎么做俞校：“怎么做”——从晋、甲；原“怎样作”。来着。”鸳鸯笑道：“酒也吃完了，这到底是什么木的？”刘姥姥笑道：“怨不得姑娘不认得，俞校：“不认得”——从庚、晋、甲；原“不认得的”。你们在这金门绣户俞校：“这金门绣户”——从庚、晋、甲；原“金门绣户”。的，如何认得木头！我们成日家和树林子俞校：“树林子”——从庚、晋、甲；原“树林子里”。作街坊，蒙侧：好，充懂得的来看。困了枕着他睡，乏了靠着他坐，荒年间饿了还吃他，眼睛里天天见他，耳朵里天天听他，口儿里天天讲他，俞校：“眼睛里”至“天天讲他”——从庚、晋、甲（晋、甲“讲”作“说”）；原无。所以好歹真假，我是认得的。让我认一认他。”一面说，一面细细的端详了半日，道：“你们这样人家，断没有那贱东西。俞校：“那贱东西”——从庚、晋、甲；原“贱东西”。那容易得的木头你们也不收着了。我掂着这杯体沉，断乎不是杨木，俞校：“杨木”——从庚、晋、甲；原“杉木的”。这一定是俞校：“这一定是”——从庚、晋；原“一定是”。黄松的。”众人听了，哄堂大笑起来。

只见一个婆子走来请问贾母，说：“姑娘们俞校：“姑娘们”——从庚、甲；原“女孩子们”。都到了藕香榭了，请示下。俞校：“请示下”——从庚、晋、甲；原“请老太太的示下”。就演罢，还是再等俞校：“再等”——从庚、晋、甲；原“等”。一会子？”贾母忙笑道：“可是，倒忘了他们了，就叫他们演罢。”那婆子答应着去了。不一时，只听得箫管悠扬，笙笛俞校：“笙笛”——从庚、晋、甲；原“笙簧”。并发。正值风清气爽之时，那乐声穿林度水而来，自然令人神移心旷。俞校：“神移心旷”——从庚、晋；原“神怡心旷”。蒙侧：作者似曾在坐（座）。宝玉先禁不住拿起壶来，斟了一杯，一口饮尽。复又斟上，才要饮，只见王夫人也要饮，命人换暖酒来。宝玉连忙将自己的杯捧了过来，送到王夫人口边，俞校：“王夫人口边”——从庚、晋、甲；原“王夫人的口边”。庚双：妙极！忽写宝玉如此，便是天地间母子之至情至性。献芹之民之意，令人酸鼻。王夫人便就他手内俞校：“他手内”——从庚、晋、甲；原“手内”。吃了两口。一时，暖酒来了，宝玉仍归旧座。王夫人提了暖壶俞校：“暖壶”——从庚、晋、甲；原“自己的暖酒壶”。下席来，众人皆出了席，薛姨妈也立起来。贾母忙命李纨凤姐二人接过壶来，“让你姑妈坐了，俞校：“坐了”——从庚、晋、甲；原“坐下”。大家才便。”俞校：“大家才便”——从庚、晋、甲；原“大家才方便”。王夫人见如此说，方将壶递与凤姐，自己归坐。贾母笑道：“大家吃上两杯，今日着实有趣。”说着，擎杯俞校：“擎杯”——从庚、晋、甲；原“拿杯”。让薛姨妈，又向湘云、宝钗道：“你两个也吃一杯。俞校：“也吃一杯”——从庚、晋、甲；原“多吃一杯”。你林妹妹虽不大会吃，俞校：“虽不大会吃”——从庚；原“虽不会吃”。也别饶他。”说着，自己径干了。湘云、宝钗、黛玉也都干了。当下刘姥姥听见这般音乐，且又有了酒，越发喜的手舞足蹈起来。宝玉因下席过来向黛玉笑道：“你瞧瞧刘姥姥的样子。”黛玉笑道：“当日圣乐一奏，俞校：“圣乐一奏”——从庚、晋、甲；原“舜乐一奏”。百兽率舞，如今才一牛耳。”蒙侧：随笔写来，趣极。众姐妹都笑了。俞校：“众姐妹都笑了”——从庚、晋、甲；原“众人都笑了”。须臾，乐止。薛姨妈出席笑道：“大家的酒想也都有了，且出去散散再坐罢。”贾母也正要散散，于是大家出席，都随着俞校：“都随着”——从庚、晋、甲；原“随著”。贾母游玩。贾母因要带着刘姥姥散闷，遂携了刘姥姥至山前树下盘桓了半晌，又说与他这是什么树，这是什么石，这是什么花。俞校：“这是什么石，这是什么花"——从庚、晋、甲；原"这是什么花，这是什么石"。刘姥姥一一的领会，又向贾母道："谁知城里（俞校："城里"——从庚、晋、甲；原"城里的"。）不但人尊贵，连雀儿也是尊贵的。偏这雀儿到了你们这里，他也变俊了，也会说话了。"众人不解，因问："什么雀儿（俞校："什么雀儿"——从庚、晋、甲；原"怎么雀儿"。）变俊了，会说话？"刘姥姥道："那廊上金架子上站的绿毛红嘴是鹦哥儿，（俞校："绿毛红嘴是鹦哥儿"——从庚、晋、甲；原"绿毛红嘴的是鹦哥"。）我是认得的。那笼子里黑老鸹子，（俞校："黑老鸹子"——从晋、甲；原"老鹳子"。）怎么又长出凤头来，也会说话呢！"众人听了，又都笑将起来。一时，只见丫鬟们（俞校："丫鬟们"——从庚；原"丫头们"。）来请用点心。贾母道："吃了两杯酒，倒也不饿。（俞校："倒也不饿"——从庚、晋、甲；原"也就不饿了"。）也罢，就拿了这里来，大家随便吃些罢。"（俞校："大家随便吃些罢"——从庚、晋、甲；原"大伙儿随便吃些"。）丫鬟便去（俞校："丫鬟便去"——从庚；原"丫头们听说走去"。）抬了两张高几来，又端了两个小捧盒。（俞校："小捧盒"——从庚、晋、甲；原"小捧盒来"。）揭开看时，每个盒内两样：这盒内（俞校："这盒内"——从庚；原下有"是两样蒸食"。）一样是藕粉桂糖糕，一样是松瓤鹅油卷。那盒内（俞校："那盒内"——从庚；原下有"是两样炸的"。）一样是只有一寸来大的小饺儿。贾母因问："什么馅儿？"（俞校："什么馅儿"——从庚；原"是什么馅子"。）婆子们忙回（俞校："忙回"——从庚、晋、甲；原"回"。）："是螃蟹的。"贾母听了，皱眉（俞校："皱眉"——从晋、甲；原"绉眉"。）说（俞校："说"——从庚；原"说道"。）："这会子，油腻腻的，（俞校："油腻腻的"——从庚、晋、甲；原"腻腻的"。）谁吃这个！"又看那一样，是奶油炸的各色小面果子，也不喜欢。（俞校："也不喜欢"——从庚、晋、甲；原"也不喜欢吃"。）因让薛姨妈吃。薛姨妈只拣了一块糕。贾母拣了一个卷子，只尝了一尝，（俞校："薛姨妈只拣了"至"尝了一尝"——从庚、晋、甲；原"薛姨妈只拣了一个卷儿尝了一尝"。）剩的半个，递与丫鬟（俞校："递与丫鬟"——从庚；原"递与丫头"。）了。刘姥姥因见那小面果子都玲珑剔透，各式各样，便拣了（俞校："便拣了"——从庚、晋；原"因拣了"。）一朵牡丹花样的，笑道："我们那里（俞校："我们那里"——从庚；原"我们乡里"。）最巧的姐儿们，也不能铰出（俞校："也不能铰出"——从庚；原上有"拿剪子"。）这么个纸的来。我又爱吃，又舍不得吃，（蒙侧：世上竟有这样人。）包些家去给他们做花样子去倒好。"（俞校："倒好"——从庚、晋、甲；原"倒是不得的"。）众人都笑了。贾母笑道："家去（俞校："家去"——从庚、晋、甲；原"等你家去时"。）我送你一坛子。（俞校："一坛子"——从庚（又傍改成"一盒子"）；原"一磁坛子"。）你先趁热儿吃这个罢。"别人不过（俞校："别人不过"——从庚、甲；原"别人"。）拣各人爱吃的一两点（俞校："一两点"——从庚；原"吃了一两点儿"。）就罢了。刘姥姥原不曾吃过这些东西，且都作的小巧，不显盘堆（俞校："不显盘堆"——从庚、晋；原"不显堆盘"。）的，他和板儿每样吃了些，就去了半盘子。剩的，凤姐又命人攒了两盘（俞校："攒了两盘"——从庚、晋、甲；原"攒了两盘子"。）并一个攒盒，拿与文官等吃去。（俞校："吃去"——从庚、晋、甲；原"吃"。）忽见奶子抱了大姐儿来，大家哄他玩了一回。那大姐儿因抱着个大柚子玩的，忽见板儿抱着个佛手，便也要佛手。庚双：小儿常情，遂成千里伏线。丫鬟哄他取去，大姐儿等不得，俞校："丫鬟哄他取去，大姐儿等不得"——从庚、晋、甲；原"丫头们哄他取去，大姐等不得"。便哭了。众人忙把柚子与了板儿，蒙侧：伏线千里。将板儿的佛手哄过来与他才罢。俞校："才罢"——从庚、甲；原"才罢了"。那板儿因玩了半日佛手，此刻又两手抓着些面果子吃，又忽见这柚子又香又圆，更觉好顽，且当毬踢着玩去，也就不要那佛手了。

庚双：抽（柚）子即今香团（圆）之属也，应与缘通。佛手者，正指迷津者也。以小儿之戏暗透前后通部脉络，隐隐约约，毫无一丝漏泄，岂独为刘姥姥之俚言博笑，而有此一大回文字哉？　蒙侧：画工。

当下贾母等吃过茶，俞校："吃过茶"——从庚、晋；原"吃毕"。又带了刘姥姥至栊翠庵来。妙玉忙接了进去。至院中，只见花木繁盛。贾母笑道："到底是他们修行的人，没事常常修理，俞校："常常修理"——从庚、晋、甲；原"常常的修理"。比别处的越发好看。"俞校："比别处的越发好看"——从庚、晋、甲；原"比他处的越发好看了"。一面说，一面便往俞校："一面便往"——从庚、晋、甲；原"一面往"。东禅堂来。妙玉笑往里让。贾母道："我们才都俞校："才都"——从庚、晋、甲；原"才"。吃了酒肉，你这里头有菩萨，冲了罪过。我们这里坐坐，俞校："这里坐坐"——从庚、晋、甲；原"在这里坐坐罢"。把你的好茶拿来，我们吃一杯就去了。"俞校："就去了"——从庚、晋、甲；原"就是了"。妙玉听了，忙去烹了茶来。宝玉留神看他怎么行事。只见妙玉亲自捧了一个俞校："捧了一个"——从庚、晋、甲；原"拣了一个"。海棠花式雕漆填金云龙献寿的小茶盘，里面放一个成窑五彩泥金小盖钟，奉与贾母。靖眉：尚记丁巳春日谢园送茶乎？展眼二十年矣！丁丑仲春，畸笏。贾母道："我不吃六安茶。"妙玉笑说俞校："妙玉笑说"——从庚、甲；原"妙玉笑道"。："知道。这是老君眉。"贾母接了，又问是什么水，妙玉笑回："是旧年蠲的雨水。"贾母便吃了半盏，便笑着递与刘姥姥，说："你尝尝这个茶。"刘姥姥接来一口吃尽，笑道："好是好，就只淡些，再熬浓些更好了。"贾母众人都笑起来。然后众人都是一色官窑脱胎填白盖碗。俞校："一色官窑脱胎填白盖碗"——从庚、晋；原"一色的瓜皮青描金的官窑新磁盖碗，涸了茶来"。那妙玉便把宝钗和黛玉的衣襟一拉，二人随他出去。宝玉悄悄的随后跟了来。只见妙玉让他二人在耳房内，宝钗坐在榻上，俞校："坐在榻上"——从庚；原"便坐在榻上"。黛玉便坐在妙玉的蒲团上。妙玉自向风炉上扇滚了水，另泡一壶茶。俞校："另泡一壶茶"——从庚；原"另泡了一壶茶来"。宝玉便走了进来，笑道："偏你们俞校："偏你们"——从庚、晋、甲；原"偏我们"。吃梯己茶俞校："梯己茶"——从庚、甲；原"梯己"。呢！"二人俞校："二人"——从庚、晋、甲；原"三人"。都笑道："你又赶了来餈茶

贾宝玉品茶栊翠庵　刘姥姥错拜石牌坊

吃。（俞校："餐茶吃"——从庚、晋；原"作什么"。）这里并没你的。"（俞校："并没你的"——从庚；原"并没你吃的"。）妙玉刚要去取杯，只见道婆收了上面的茶盏来。妙玉忙命将那成窑的茶杯别收了，（俞校："忙命将那成窑的茶杯别收了"——从庚、晋、甲；原"忙将那成窑杯命道婆不用收了"。）搁在外头去罢。（靖眉：妙玉偏辟（僻）处，此所谓"过洁世同嫌"也。他日瓜州口劝惩不哀哉，屈从红颜固能不枯骨□□□。）宝玉会意，知为刘姥姥吃了，他嫌脏不要了。又见妙玉另拿出两只杯来。一个旁边有一耳，（俞校："有一耳"——从庚、晋、甲；原"有耳"。）杯上镌着"𤦟瓟斝"（俞校："𤦟瓟斝"——从庚、晋、甲；原"𤦟瓟斚"。）三个隶字，后有一行小真字是"晋王恺珍玩"，又有"宋元丰五年四月眉山苏轼见于秘府"（俞校："见于秘府"——从庚、晋、甲；原"赏于秘府的"。）一行小字。妙玉便斟了一斝，递与宝钗。那一只形似钵而小，也有三个垂珠篆字，镌着"杏犀盉"。妙玉斟了一盉与黛玉。仍将前番自己常日（俞校："常日"——从庚、晋、甲；原"常常"。）吃茶的那只绿玉斗来（俞校："绿玉斗来"——从庚、晋；原"绿玉斗"。）斟与宝玉。宝玉笑道："常言：世法平等。他两个就用那样古玩奇珍，我就是个俗器了。"妙玉道："这是俗器？不是我说狂话，只怕你家里未必找的出这么一个（俞校："这么一个"——从庚、晋、甲；原"这么个"。）俗器来呢。"宝玉笑道："俗说（俞校："俗说"——从庚；原无。）：随乡入乡。到了你这里，自然把那（俞校："自然把那"——从庚；原"把这"。）金玉珠宝一概贬为俗器了。"妙玉听如此说，十分欢喜，遂又寻出一只九曲十环，（俞校："九曲十环"——从庚、晋、甲；原"九曲十八环"。）一百二十节，蟠虬整雕竹根（俞校："竹根"——从庚、晋、甲；原"的湘妃竹根"。）的一个大𥁋（俞校："大𥁋"——从庚；原"大海"。）出来，笑道（俞校："出来，笑道"——从庚、晋、甲；原"来，道"。）："就剩了这一个，你可吃的了这一海？"（俞校："吃的了这一海"——从庚、晋、甲；原下有"么"。）宝玉喜的忙道："吃的了。"妙玉笑道："你虽吃的了，也没这些茶糟蹋。（庚双：茶下"糟蹋"二字，成窑杯已不屑再要，妙玉真清洁高雅，然亦怪谲孤僻甚矣。实有此等人物，但罕耳。）岂不闻一杯为品，二杯即是解渴的蠢物，（俞校："解渴的蠢物"——从庚、晋、甲；原"解渴蠢物"。）三杯便是饮牛饮骡（俞校："饮骡"——从庚；原"饮驴"。）了。你吃这一海，便成什么？"说的宝钗、黛玉、宝玉都笑了。妙玉执壶，只向海内斟了约有一杯。宝玉细细吃了，（俞校："细细吃了"——从庚、晋、甲；原"细细的吃了"。）果觉轻淳无比，（俞校："轻淳无比"——从晋、甲；原"轻清无比"。）赏赞不绝。（俞校："赏赞不绝"——从庚、晋、甲；原"赏赞不已"。）妙玉正色道："你这遭吃的茶，（俞校："吃的茶"——从庚；原"吃茶"。）是托他两个的福。独你来了，我是不能给你吃的。"（靖眉：玉兄独至，岂真无吃茶？作书人又弄狡猾，只瞒不过老朽。然不知落笔时作者如何想。丁亥夏。）宝玉笑道："我深知道的。我也不领你的情，只谢他二人便是了。"妙玉听了，方说："这话明白。"黛玉因问道："这水也是旧年的雨水？"（俞校："旧年的雨水”——从晋、甲；原下有“么”。妙玉冷笑道：“你这么个人，竟是大俗人，连水也尝不出来。这是五年前我在玄墓蟠香寺住着，收的梅花上的雪，共得了那鬼脸青的花磁瓮一瓮，总舍不得吃，埋在地下。蒙侧：妙手。层层叠起，竟能以他人所画之天王作纵（众）神矣。今年夏天才开了，我只吃过一回，这是第二回了。你怎么尝不出来？隔年蠲的雨水，那有这样轻淳，俞校：“那有这样轻淳”——从晋、甲；原“火爆气不尽”。如何吃得！”俞校：“如何吃得”——从庚、晋、甲；原“如何吃的”。黛玉知他天性怪僻，不好多话，亦不好多坐，俞校：“不好多话，亦不好多坐”——从庚、晋、甲；原“好”俱作“敢”。吃过茶，便约着俞校：“便约着”——从庚、晋、甲；原“便约”。宝钗走了出来。靖眉：黛是解事人。

宝玉也随出来，和妙玉陪笑道：“那茶杯虽然脏了，白撂了岂不可惜。依我说，不如就给那俞校：“就给那”——从庚；原“给那”。贫婆子罢，他卖了也可以度日。你道可使得？”妙玉听了，想了一想，点头说道：“这也罢了。幸而那杯子是我没吃过的；若我吃过的，我就砸碎了也不能给他。俞校：“砸碎了也不能给他”——从庚、晋、甲；原“轧碎了。只是我可不亲自给他”。蒙侧：更奇！世上我也见过此等人。你要给他，我也不管，我只交给你，快拿了去罢。”宝玉笑道：“自然如此。你那里和他说话授受去，越发连你也脏了。俞校：“也脏了”——从庚；原“都脏了”。蒙侧：人若亡（忘）形，最喜此等言语。只交与我就是了。”妙玉便命人拿来，递与宝玉。宝玉接了，又道：“等我们出去了，我叫几个小幺儿来，河里俞校：“河里”——从庚、晋、甲；原“河内”。打几桶水来洗地，如何？”妙玉笑道：“这更好了。俞校：“更好了”——从庚、晋、甲；原“正好了”。只是你嘱咐他们抬了水，俞校：“抬了水”——从庚、晋、甲；原“抬了水来”。只搁在山门外头墙根下，别进门来。”蒙侧：偏于无可写处，深入一层。宝玉道：“这是自然的。”俞校：“这是自然的”——从庚、晋、甲；原“自然”。说着，便袖了那杯出来，递与俞校：“递与”——从庚、晋、甲；原“便递与”。贾母房中小丫头俞校：“小丫头”——从庚；原“的一个小丫头子”。拿着，说：“明日刘姥姥家去，俞校：“刘姥姥家去”——从庚、晋、甲；原“刘姥姥家去时”。给他带去罢。”交代明白，贾母已经出来要回去。妙玉亦不甚留，送出山门，回身便将门闭了。不在话下。

且说贾母因觉身上乏倦，便命王夫人和迎春姊妹陪了薛姨妈去吃酒，自己便往稻香村来歇息。凤姐命人将小竹椅俞校：“小竹椅”——从庚、晋、甲；原“竹椅小轿”。抬来，贾母坐上，两个婆子抬起，凤姐、李纨和众丫鬟婆子围随去了。不在话下。这里薛姨妈也就辞出。俞校：“也就辞出”——从庚、甲；原“也就辞了出去”。王夫人打发文官等出去，将攒盒散与众丫鬟们俞校：“众丫鬟们”——从庚；原“众丫环婆子”。吃去，自己便也乘空歇着，随便歪在方才贾母坐的榻上，命一个小丫头放下帘子来，又命他捶着腿，吩咐他俞校：“吩咐他”——从庚、晋、甲；原“吩咐人道”。：“老太太那里有信儿，俞校：“老太太那里有信儿”——从庚；原“老太太那边醒了”。你就叫我。”俞校：“你就叫我”——从庚、晋、甲；原“你们就来叫我”。说着，也歪着睡着了。俞校：“也歪着睡着了”——从庚、晋、甲；原“就歪著睡着了。于是众人方散出来”。宝玉、湘云等看着丫鬟们将攒盒搁在山石上，也有坐在山石上的，俞校：“坐在山石上的”——从庚、晋、甲；原无“上”。也有坐在草地下的，也有靠着树的，也有傍着水的，倒也十分热闹。一时，又见鸳鸯来了，要带着刘姥姥各处去逛。蒙侧：又另是一番气象。众人也都赶着取笑。俞校：“赶着取笑”——从庚、晋；原“跟著取笑”。一时来至“省亲别墅”的牌坊底下，刘姥姥道：“嗳呀，俞校：“嗳呀”——从庚、晋、甲；原“嗳哟”。这里还有个大庙呢！”说着，便爬下磕头。众人笑弯了腰。俞校：“笑弯了腰”——从庚、晋、甲；原“笑湾腰”。刘姥姥道：“笑什么？这牌楼上字俞校：“这牌楼上字”——从庚；原“这牌坊上的字”。我都认得。我们那里这样庙宇最多，都是这样的牌坊，那字就是庙的名字。”俞校：“庙的名字”——从庚、晋、甲；原“这庙的名字”。众人笑道：“你认得这是什么庙？”刘姥姥便抬头指那字道：“这不是‘玉皇宝殿’四字？”众人笑的拍手打脚，俞校：“拍手打脚”——从庚；原“拍手打掌”。还要拿他取笑。俞校：“拿他取笑”——从庚、甲；原“拿他取笑时”。刘姥姥觉得俞校：“觉得”——从庚、晋、甲；原“觉的”。腹内一阵乱响，忙的拉着一个小丫头，要了两张纸，就解衣。俞校：“就解衣”——从庚、晋、甲；原“就解中衣”。众人又是笑，又忙喝他：“这里使不得。”忙命一个婆子，俞校：“一个婆子”——从庚、晋、甲；原“人”。带了他东北角上去了。那婆子指与他地方，便乐得走开去歇息。那刘姥姥因喝了些酒，他的脾气不与黄酒相宜，且又吃了许多油腻饮食，发渴俞校：“发渴”——从庚、晋、甲；原“因发渴”。多喝了几碗茶，俞校：“几碗茶”——从庚、晋、甲；原“几杯茶”。不免通泻起来，蹲了半日方完。及出厕来，酒被风禁，且又年迈之人，蹲了半天，忽一起身，只觉眼花头眩，辨不出路迳。四顾一望，俞校：“四顾一望”——从庚、晋、甲；原“回头一望”。皆是树木山石，楼台亭榭，却不知俞校：“却不知”——从庚、晋、甲；原“都不知”。那一处是往那里去的俞校：“往那里去的”——从庚；原“往那一路去的”。了，只得认着俞校：“认着”——从庚；原“顺著”。一条石子路俞校：“石子路”——从庚、晋、甲；原“石路”。慢慢的走来。及至到了房舍跟前，又找不着门。再找了半日，俞校：“再找了半日”——从庚、晋、甲；原“找了半日”。忽见一带竹篱。刘姥姥心中自忖道俞校：“自忖道”——从庚、晋、甲；原“自忖”。：“这里也有扁豆架子。”一面想，一面顺着花障走了来，俞校：“走了来”——从庚、晋、甲；原“去了来”。得了一个俞校：“得了一个”——从庚、晋、甲；原“到了一个”。月洞门进去。只见迎面忽有一带水池，只有七八尺宽，（俞校："七八尺宽"——从庚、晋、甲；原"五六尺宽"。）石头砌岸，里面碧浏清的水（俞校："碧浏清的水"——原"碧清的水"；庚"碧浏清水"。今加"浏"。）流往那边去了，（蒙侧：借刘姥姥醉中，写境中景。）上面一块白石横架在上面。刘姥姥便度过石来，（俞校："度过石来"——原"渡过石来"；庚、晋"度石过去"。今改"度"。）顺着石子甬路走去。转了两个弯子，只见有一房门。于是进了房门，只见迎面一个女孩儿，满面含笑迎了出来。刘姥姥忙笑道："姑娘们把我丢下了，要我碰头碰到这里（俞校："碰到这里"——从庚、晋、甲；原"到这里"。）来。"说了，只见那女孩儿不答应。刘姥姥便赶上来拉他的手，咕咚一声，便撞到板壁上，把头碰的生疼。细瞧了一瞧，原来是幅画儿。刘姥姥自忖道："原来画儿有这样活凸出来的。"一面想，一面看，（俞校："细瞧了一瞧"至"一面看"——从庚；原"细瞧瞧"。）一面又用手摸去，（俞校："又用手摸去"——从庚、晋、甲；原"用手去摸"。）却是一色平的，点头叹了两声。一转身，方得了一个小门，门上挂着葱绿撒花（俞校："撒花"——从庚、晋、甲；原"洒花"。）软帘。刘姥姥掀帘进去，抬头一看，只见四面墙壁，玲珑剔透，琴剑瓶炉皆贴在墙上，锦笼纱罩，金彩珠光，连地下踹的砖，（俞校："踹的砖"——从庚、晋、甲；原"踏的砖"。）皆是碧绿凿花，竟越发把眼花了。找门出去，那里有门，左一架书，右一架屏。刚从屏后得了一门，才要出去，只见他亲家母也从外面迎了进来。（俞校："迎了进来"——从庚、晋；原"进来"。）刘姥姥诧异，忙问道："亲家母，你想是见我这几日没家去，亏你找我来。（俞校："亏你找我来"——从庚、晋、甲；原"你找我来了"。）那一位姑娘带你进来的？"他亲家只是笑，不还言。（俞校："他亲家只是笑，不还言"——从庚、晋；原"只见他亲家只见笑，不答言"。）刘姥姥笑道："你好没见世面，见这园子里（俞校："见这园子里"——从庚、晋；原"这园子里"。）的花好，你就没死活带了一头。"他亲家也不答应。便忽然想起："常听见大富贵人家有一种穿衣镜，这别是我在镜子里头呢罢！"（俞校："镜子里头呢罢"——从庚；原无"呢"。）说毕，伸手一摸，（俞校："说毕，伸手一摸"——从庚；原"想毕用手一摸"。）再细一看，可不是四面雕空紫檀板壁，将这镜子嵌在中间。因说："这已经拦住，如何走出去呢？"一面说，一面只管用手去摸。这镜子原是西洋机括，可以开合。不意刘姥姥乱摸之间，其力巧合，便撞开消息，掩过镜子，露出门来。刘姥姥又惊又喜，迈步出来，（俞校："迈步出来"——从庚、晋；原"便迈步出去"。）忽见有一副最精致的床帐。他此时又带了七八分醉，又走乏了，便一屁股坐在床上，只说歇歇，不承望身不由己，前仰后合的，俞校：“前仰后合的”——从庚、甲；原“便前仰后合的”。朦胧两眼，俞校：“朦胧两眼”——从庚、晋、甲；原“朦胧著眼”。一歪身就睡熟在床上。外面众人等他不见，板儿见没了他姥姥，急的哭了。众人都笑道：“别是掉在茅厕里俞校：“茅厕里”——从庚、晋、甲；原“茅厕坑里”。了，快叫人去瞧瞧。”因命两个婆子去找，回来说俞校：“回来说”——从庚、晋、甲；原“婆子去了回来说”。没有。众人各处搜寻不见。袭人度其道路，“定是他醉了，迷了路，顺着这一条路往我们后院子里去了。若进了花障子，到后房门进去，虽然碰头，还有小丫头们知道；俞校：“知道”——从庚、晋、甲；原“看见”。若不进花障子，再往西南上去，若绕出去还好，若绕不出去，可够他绕回子好的。俞校：“可够他绕回子好的”——从庚、晋；原“可叫他绕会子呢”。我且瞧瞧去。”一面想着，一面回来。进了怡红院便叫人，谁知那几个看屋子的小丫头已偷空玩去了。袭人一直进了房门，转过集锦槅子，就听的鼾齁如雷。俞校：“鼾齁如雷”——从庚、晋、甲；原“齁声如雷”。忙进来，只闻得酒屁臭气，满屋一瞧，只见刘姥姥扎手舞脚的仰卧在床上。袭人这一惊不小，俞校：“这一惊不小”——从庚、晋、甲；原无。慌忙赶上来，将他没死活的推醒。俞校：“慌忙赶上来，将他没死活的推醒”——从庚；原“慌的忙赶上来将他推醒”。那刘姥姥惊醒，睁眼见了袭人，连忙爬起来道：“姑娘，我失错了！并没弄脏了床帐。”俞校：“床帐”——从庚；原“床”。一面说，一面用手去掸。袭人恐惊动了人，被宝玉知道了，只向他摇手，不叫他说话。俞校：“只向他摇手，不叫他说话”——从庚、晋、甲；原无。忙将当地大鼎内贮了三四把合香，仍用罩子罩上。些须收拾收拾，所喜不曾呕吐。俞校：“仍用罩子罩上”至“不曾呕吐”——从庚；原“仍旧盖上顶”。忙悄悄的笑道：“不相干，有我呢。俞校：“有我呢”——从庚、晋、甲；原下有“你只说是你醉了在外头山子石上打了个盹儿”。你随我出来。”蒙侧：这方是袭人的平素，笔至此不得不屈，再增支派则累矣。刘姥姥跟了袭人，俞校：“跟了袭人”——从庚；原上有“满口答应”。出至小丫头们房中。命他坐了，向他说道：“你就说醉倒在山子石上，打了个盹儿。”蒙侧：总是恰好便住。刘姥姥答应“知道”。俞校：“向他说道”至“答应知道”——从庚；原无。又与他两碗茶吃，刘姥姥方觉酒醒了，因问道：“这是那位小姐的绣房，这样精致？我就像到了天宫里一样。”袭人微微笑道：“这个么，俞校：“微微笑道：这个么”——从庚、晋、甲；原“笑道，这个”。是宝二爷的卧室。”那刘姥姥俞校：“那刘姥姥”——从庚、晋、甲；原“刘姥姥”。吓的不敢作声。袭人带他从前头出去，见了众人，只说他在草地下睡着了，带了他来的。众人都不理会，也就罢了。要知端的，俞校："要知端的"——从庚；原无。下回分解。

蒙回后：刘姥姥之憨从利，妙玉尼之怪图名，宝玉之奇，黛玉之妖，亦自敛迹。是何等画工，能将他人之天王，作我卫护之踪神？文技至此，可为至美！

红樓夢

【中】

俞平伯精校评点 脂批本

[清] 曹雪芹 著
[清] 无名氏 续
[清] 脂砚斋 评
俞平伯 评点

陕西師範大學出版总社

第四十二回
蘅芜君兰言解疑癖　潇湘子雅谑补馀香

庚回前：钗、玉名虽二个，人却一身，此幻笔也。今书至三十八回时，已过三分之一有馀，故写是回，使二人合而为一。请看黛玉逝后宝钗之文字，便知余言不谬矣。

蒙戚回前：谁谓诗书解误人，豪华相尚失天真。见得古人原立意，不正心身总莫论。

话说贾母一时醒了，就在稻香村摆晚饭。贾母因觉懒懒的，也没吃饭，便坐了竹椅小轿，回至房中歇息，命凤姐等去吃饭。他姊妹们方复进园来，吃过饭，大家散出，都无别话。

且说刘姥姥带着板儿，先来见凤姐，说："明儿一早定要家去了。虽然住了两三天，日子却不多，把古往今来没见过的，没吃过的，没听过的都经验了。难得老太太和姑奶奶并那些小姐们，连各房里的（俞校："各房里的"——从庚、晋、甲；原"各房里"。）姑娘们，都这样怜贫惜老的照看我。我这一回去，没别的报答，惟有请些高香，天天（俞校："天天"——从庚、晋、甲；原"大大的"。）给你们念佛，保佑你们长命百岁的，就算我的心了。"凤姐笑道："你别喜欢。都是为你，老太太也被风吹病了，睡着说不好过；（俞校："不好过"——从庚、晋；原"不好过呢"。）

我们大姐儿也着了凉，在那里发热呢。”刘姥姥听了，忙叹道：“老太太有年纪的人，不惯十分劳乏的。”凤姐道：“从来没像昨儿高兴。往常也进园子（俞校：“也进园子”——从庚、晋、甲；原“进园子”。）逛去，不过到一两处坐坐就回来了。昨儿因为（俞校：“昨儿因为”——从庚、晋、甲；原“因为”。）你在这里，要叫你逛逛，一个园子倒走了（俞校：“倒走了”——从庚、晋、甲；原“走了”。）多半个。大姐儿因为找我去，（俞校：“因为找我去”——从庚、晋；原“因找我去了”。）太太递了一块糕给他，谁知风地里吃了，就发起热来。”刘姥姥道：“小姐儿只怕不大进园子，生地方儿，（俞校：“生地方儿”——从庚、晋；原“生地方”。）小人儿家，（俞校：“小人儿家”——从庚、晋、甲；原“小人家”。）比不得我们的孩子，（俞校：“我们的孩子”——从庚、晋、甲；原“我们的孩子们”。）会走了，那个坟圈子里不跑去。（俞校：“那个坟圈子里不跑去”——从庚、甲；原“就坟圈子里跑去”。）一则风扑了，也是有的；二则只怕他身上干净，眼睛又净，（俞校：“眼睛又净”——从庚、晋、甲；原“眼又干净”。）或是遇见什么神了。依我说，给他瞧瞧祟书本子，（俞校：“祟书本子”——从庚、晋、甲；原“祟”误“崇”。（小字本作“祟”））仔细撞客着了。”（俞校：“撞客着了”——从庚；原“撞客著”。）一语提醒了凤姐，便叫平儿拿出《玉匣记》，着彩明来念。（俞校：“着彩明来念”——从庚、晋、甲；原“来叫彩明念”。）彩明翻了一会，念道：“八月廿五日病者，在东南方得遇花神，（俞校：“在东南方得遇花神”——从庚、晋；原“东南方得之，遇见花神”。）用五色纸钱四十张，向东南方四十步送之大吉。”凤姐笑道（俞校：“凤姐笑道”——原“凤姐道”；庚、晋、甲“凤姐儿笑道”。今加“笑”。）：“果然不错。园子里头可不是花神！只怕老太太也是遇见了。”（俞校：“只怕老太太也是遇见了”——从庚、晋、甲；原无。）一面说，一面命人请两分纸钱来，着两个人来，一个与贾母送祟，一个与大姐儿（俞校：“与大姐儿”——从庚、晋、甲；原“与大姐”。）送祟。果见大姐儿安稳睡了。（庚双：岂真送了就安稳哉？盖妇人之心意皆如此，即不送，岂有一夜不睡之理？作者正描愚人之见耳。）凤姐笑道：“到底是你们有年纪的人经历的多。我这大姐儿时常肯病，（俞校：“时常肯病”——从庚、晋、甲；原“时常要病”。）也不知是个（俞校：“不知是个”——从庚；原“不知是”。）什么原故。”刘姥姥道：“这也有的事。富贵人家养的孩子多太娇嫩，（俞校：“多太娇嫩”——从庚、晋；原“太娇嫩”。）自然禁不得一些儿委屈；再他小人儿家，（俞校：“小人儿家”——从庚、晋、甲；原“小人家”。）过于尊贵了，也禁不起，以后姑奶奶倒少疼他些就好了。”凤姐道：“这也有理。我想起来他还没个名字，你就给他起个名字，一则（俞校：“一则”——从庚；原无。）借借你的寿；二则你们是庄家人，——不怕你恼，——到底贫苦些。你贫苦人（俞校：“你贫苦人”——从庚、晋、甲；原“你这贫苦人”。）起个名字，只怕压的住他。”（俞校：“压的住他”——从庚、晋、甲；原“还压的住他”。）（庚双：一篇愚妇无理之谈，实是世间必有之事。）刘姥姥听说，便想了一想，笑道：

“不知他几时生的？”俞校：“几时生的”——从庚、晋、甲；原“几时生日”。凤姐道：“正是生日的日子不好呢，俞校：“正是生日的日子不好呢”——从庚、晋；原“正是呢，生的日子不大好”。可巧是七月初七日。”俞校：“七月初七日”——从庚、晋、甲；原“七月初七”。刘姥姥忙笑道：“这个正好，就叫他是巧哥儿。俞校：“是巧哥儿”——从庚；原“作巧哥儿罢”。这叫作‘以毒攻毒，以火攻火’的法子。姑奶奶定要依我这名字，他必长命百岁。日后大了，各人成家立业，或一时有不遂心的事，必然是遇难成祥，逢凶化吉，都从这‘巧’字俞校：“从这巧字”——从庚、晋；原“从那巧字”。上来。”蒙侧：作谶语以影射后文。靖眉：应了这话固好，批书人焉能不心伤！狱庙相逢之日，始知“遇难成祥，逢凶化吉”实伏线千里。哀哉，伤哉！此后文字，不忍卒读！辛卯冬日。凤姐听了，自是欢喜，俞校：“自是欢喜”——从庚、甲；原“自然欢喜”。忙道谢，又笑道：“只保佑他俞校：“只保佑他”——从庚、晋、甲；原“你只保佑他”。应了你这话就好了。”晋双：伏后文。说着，叫平儿来吩咐道：“明儿咱们有事，恐怕不得闲儿。你这空儿闲着，把送姥姥的东西打点了，他明儿一早就好走的便宜了。”刘姥姥忙说：“不敢多破费了。俞校：“不敢多破费了”——从庚、晋、甲；原“不要多破费”。已经蹧扰了几日，又拿着走，越发心里不安起来。”蒙侧：世俗常态，逼真。凤姐道：“也没有什么，不过随常的东西。好也罢，歹也罢，俞校：“歹也罢”——从庚、晋、甲；原“不好也罢”。带了家去，你们街坊邻舍看着也热闹些，也是上城一次。”说着，只见平儿走来，说：“姥姥过这边来瞧瞧。”

刘姥姥忙跟了平儿到那边屋里，只见堆着半炕东西。平儿一一的拿与他瞧着，俞校：“拿与他瞧着”——从庚、晋、甲；原“拿与他瞧，又”。说道：“这是你昨儿要的青纱一匹，奶奶另外送你一个实地子月白纱作里子。这是两个茧绸，作袄儿、裙子俞校：“裙子”——从庚、晋、甲；原“作裙子”。都好。这包袱里是两匹绸子，年下做件衣裳穿。俞校：“做件衣裳穿”——从庚、晋、甲；原“作件衣服穿”。这是一盒子各样俞校：“各样”——从庚、晋、甲；原“各样的”。内造点心，也有你吃过的，也有你没吃过的，拿去摆碟子请客，比你们买的强些。这两条口袋是你前儿装瓜果子俞校：“瓜果子”——从庚、晋、甲；原“瓜果”。来的，如今这一个里头装了两斗御田粳米，俞校：“御田粳米”——从庚、晋；原“玉田京米”。熬粥是难得的。这一条里头俞校：“这一条里头”——从庚；原“这一条里”。是园子里果子和各样干果子。俞校：“果子和各样干果子”——从庚、晋、甲；原“的各样的果子”。这一包是八两银子。这都是俞校：“这都是”——从庚、晋、甲；原“都是”。我们奶奶给的。这两包，每包里头五十两，共是一百两，俞校：“是一百两”——从庚、晋、甲；原“一百两银子”。是太太给的，叫你拿去，俞校：“叫你拿去”——从庚、晋、甲；原“叫你们拿去”。或者作个小本买卖，或是置几亩地，以后再别求亲靠友（俞校："求亲靠友"——从庚、晋、甲；原"求人告友"。）的。"说着，又悄悄的笑道："这两件袄儿和两条裙子，（俞校："两条裙子"——从庚、晋、甲；原"这条裙子"。）还有四块包头，一包绒线，可是我送姥姥的。那衣裳虽是旧的，我也没大很穿，你要弃嫌，我就不敢说了。"（俞校："不敢说了"——从庚、晋、甲；原"不敢送了"。）平儿说一样，刘姥姥念一句佛，已经念了几千声佛了。（俞校："几千声佛了"——从庚、晋；原"几千佛了"。）又见平儿也送他这些东西，又如此谦逊，忙念佛道："姑娘说那里话来！这样好东西，我还弃嫌！我便有银子，也没处去买这样的呢。（俞校："也没处去买这样的呢"——从庚；原"还没处买这样的去呢"。）只是我怪臊的，（俞校："我怪臊的"——从庚、晋、甲；原"怪臊的"。）收了不好，不收又辜负了姑娘的心。"平儿笑道："休说外话，咱们都是自己，我才这样。你放心收了罢。（俞校："收了罢"——从庚、晋、甲；原"收罢"。）我还和你要东西呢：到年下，你只把你们晒的那灰条菜根子（俞校："灰条菜根子"——从庚；原"灰条菜干子"。）和豇豆、扁豆、茄子、（俞校："扁豆、茄子"——从庚、晋、甲；原无。）胡芦条儿，各样干菜（俞校："各样干菜"——从庚、晋、甲；原"各样菜干"。）带些来，我们这里上上下下都爱吃。这个就算了，别的一概不要，别枉费了心。"（俞校："枉费了心"——原"枉费心"；庚、晋、甲"罔费了心"。今增"了"。）刘姥姥千恩万谢的答应了。平儿道："你只管睡你的去，我替你收拾妥当了，就放在这里。明儿一早，打发小厮们雇辆车装上，（俞校："雇辆车装上"——从庚、晋、甲；原"雇了车来装上"。）不用你费一点心的。"（俞校："费一点心的"——从庚、晋、甲；原"费心"。）刘姥姥越发感激不尽。过来又千恩万谢的辞了凤姐，方过贾母这边睡了一夜。次早梳洗了，就要告辞。

因贾母欠安，众人都过来请安，出去传请（俞校："出去传请"——从庚、晋、甲；原"命人出去传请"。）大夫。一时，婆子回说："大夫来了。"老嬷嬷（俞校："老嬷嬷"——从晋、甲；原"老嬷嬷们"。）请贾母进幔子去坐。（俞校："请贾母进幔子去坐"——从庚、晋、甲；原"要请贾母进帐子去，放下帐子来"。）贾母道："我也老了，（俞校："我也老了"——从庚、晋、甲；原"我已老了"。）那里养不出那阿物儿（俞校："阿物儿"——从庚、晋、甲；原"阿物"。）来，还怕他不成！不用放幔子，就这样瞧罢。"（俞校："还怕他不成，不用放幔子，就这样瞧罢"——从庚、晋、甲；原"还怕他笑话不成，不用放帐子，就对面瞧罢"。）众婆子听了，便拿过一张小桌（俞校："小桌"——从庚；原"小桌子"。）来，放下一个小枕头，（俞校："一个小枕头"——从庚、晋、甲；原"一套书"。）便命人请。（俞校："便命人请"——从庚、晋、甲；原"便命人出去请大夫"。）一时，只见贾珍、贾琏、贾蓉三个人将王太医领来。（俞校："领来"——从庚、晋、甲；原"领进"。）王太医不敢走甬路，只走旁阶，（俞校："旁阶"——从庚、晋、甲；原"边砖"。）跟着贾珍到了阶矶上。早有两个婆子在两边（俞校："两个婆子在两边"——从庚、晋、甲；原"四个婆子走在两边"。）打起帘子，两个婆子在前导引进去。（俞校："两个婆子在前导引进去"——从庚、甲；原"迈步进去"。）又见（俞校："又见"——从庚、晋、甲；原"只见"。）

宝玉迎了出来。只见贾母穿着青绉绸一斗珠的羊皮褂子，端坐在榻上。两边四个未留头的小丫鬟，俞校："未留头的小丫鬟"——从庚、晋、甲；原"未留头发小丫头"。都拿着蝇帚、漱盂等物；又有五六个老嬷嬷，雁翅排立两旁。碧纱厨后，隐隐约约有许多穿红着绿戴宝簪珠的人。王太医便不敢抬头，忙上来俞校："忙上来"——从庚、晋、甲；原"上来"。请了安。贾母见他穿着六品服色，便知是御医了，含笑问"供奉好"。俞校："问供奉好"——从庚、晋、甲；原"称呼供奉好"。因问贾珍："这位供奉俞校："这位供奉"——从庚、晋、甲；原"这位"。贵姓？"贾珍等忙回俞校："贾珍等忙回"——从庚、晋、甲；原"贾珍道"。："姓王。"贾母笑道："当日太医院正堂有个王君效，好脉息。"王太医忙躬身低头含笑回说："那是晚晚生俞校："晚晚生"——从庚；原"晚生"。的家叔祖。"贾母听了，笑道："原来这样，俞校："原来这样"——从庚、晋、甲；原"原来"。也是世交了。"俞校："世交了"——从庚、晋、甲；原"世交"。一面说，一面慢慢的伸手放在小枕头上。俞校："放在小枕头上"——从庚；原"放在书上"。老嬷嬷端着一张小杌，连忙放在小桌前，略偏些。王太医便屈一膝坐下，俞校："老嬷嬷"至"坐下"——从庚；原"王太医忙屈膝在榻上"。歪着头诊了半日，又诊了那只手，俞校："又诊了那只手"——从庚、晋、甲；原"又胗那只手毕"。忙欠身低头退出。贾母笑道："劳动了。俞校："劳动了"——从庚、晋、甲；原"劳动"。珍儿让出去，俞校："让出去"——从庚、晋、甲；原"让出去书房里坐"。好生看茶。"贾珍、贾琏等忙答应了几个"是"，复领王太医出至外书房中。王太医说："太夫人并无别症，不过偶感一点风凉，俞校："风凉"——从庚、晋；原"风寒"。究竟不用吃药，不过略清淡些，暖着一点儿俞校："暖着一点儿"——从庚；原"常暖著一点儿"。就好了。如今写个方子在这里，若老人家爱吃呢，便按方煎一剂吃；若懒待吃，也就罢了。"说着吃过茶，俞校："吃过茶"——从庚；原"吃了茶"。写了方子。俞校："写了方子"——从庚、晋、甲；原"写了方"。刚要告辞，只见奶子抱了大姐儿俞校："大姐儿"——从庚、晋、甲；原"大姐"。出来，笑说："王老爷也瞧瞧我们。"王太医听说，忙站起来，就奶子怀里，用左手托着俞校："托着"——从晋、甲；原"挽著"。大姐儿的手，右手诊了一诊，又摸了一摸头，俞校："诊了一诊，又摸了一摸头"——从庚、晋、甲；原"胗了胗脉，又摸一摸头"。又叫伸出舌头来瞧瞧，笑道："我说，俞校："我说"——从庚；原"我说了"。姐儿又要骂我了。只是要清清净净的俞校："清清净净的"——从庚、晋、甲；原"清清净净"。饿两顿就好了。不必吃煎药，我送丸药俞校："丸药"——从庚、晋、甲；原"几丸丸药"。来，临睡时用姜汤研开，吃下去就是了。"俞校："就是了"——从庚、晋、甲；原"就好了"。说毕作辞而去。俞校："作辞而去"——从庚；原"告辞"。贾珍等拿了药方来，回明贾母原故，俞校："拿了药方来，回明贾母原故"——从庚、晋、甲；原"送出回来拿了药方回明贾母，命"。将药方放在案上出去。

不在话下。这里王夫人和李纨、凤姐、宝钗姊妹们见大夫出去，方从厨后出来。王夫人略坐了一坐，也回房去了。（俞校："回房去了"——从庚、晋、甲；原"回房去"。）

刘姥姥见无事，方上来和贾母告辞。（俞校："和贾母告辞"——从庚、晋、甲；原"向贾母告辞"。）贾母说："闲了再来。"又命鸳鸯来，"好生打发刘姥姥出去。（俞校："刘姥姥出去"——从庚、晋、甲；原"你姥姥出去"。）我身上不好，不能送你了。"（俞校："不能送你了"——从庚；原"不能送了"。）刘姥姥十分道了谢，又作辞，方同鸳鸯出来。到了下房，鸳鸯指炕上一个包袱说道："这是老太太的几件衣服，（俞校："几件衣服"——从庚；原"两件衣裳"。）都是往年间生日节下众人孝敬的。老太太从不穿人家做的，（俞校："人家做的"——从庚、甲；原"人家作的"。）收着也可惜，（俞校："也可惜"——从庚、晋、甲；原"也是白收著"。）却是一次也没穿过的，（蒙侧：写富贵常态，一笔作三五笔用，妙文。）昨儿叫我拿出两套来送你带回去，或是送人，或是自己家里穿罢，别见笑。（俞校："或是送人，或是自己家里穿罢，别见笑"——从庚、晋；原"或是自己家里穿或是送人"。）这盒子里是你要的面果子。这包儿里是你前儿说的药，（俞校："说的药"——从庚、晋、甲；原"说要"。）梅花点舌丹也有，紫金锭也有，活络丹也有，催生保命丹也有，（俞校："催生保命丹也有"——从庚、晋、甲；原"清心丸"。）每一样是一张方子包着，总包在里头了。这是两个荷包，带着玩罢。"说着，便抽开系子，掏出两个笔锭如意的锞子来给他瞧，又笑道（俞校："又笑道"——从庚、晋、甲；原"瞧，笑道"。）："荷包你拿去，这个留下给我罢。"刘姥姥已经喜出望外，早又念了几千声佛，听鸳鸯如此说，（俞校："如此说"——从庚、晋、甲；原"说"。）便说道："姑娘只管留下罢。"（俞校："留下罢"——从庚、甲；原"留下罢了"。）鸳鸯见他信以为真，便笑着仍与他装上，（俞校："仍与他装上"——从庚、晋、甲；原"仍与装上"。）说道："哄你玩呢，我有好些呢。留着年下（俞校："留着年下"——从庚、甲；原"你留著年下"。）给小孩子们罢。"（蒙侧：逼真。）说着，只见一个小丫头拿了个（俞校："拿了个"——从庚、晋、甲；原"拿了"。）成窑钟子来递与刘姥姥，道："这是宝二爷给你的。"刘姥姥道："这是那里说起。我那一世修了来的，今儿这样。"（俞校："今儿这样"——从庚、晋、甲；原"今儿这样的"。）说着，便接了过来。（俞校："接了过来"——从庚、晋、甲；原"接过来"。）鸳鸯道："前儿我叫你洗澡换的那衣裳是我的，你不弃嫌，我还有（俞校："我还有"——从庚、晋、甲；原"还有"。）几件也送你罢。"刘姥姥又忙道谢。鸳鸯果然又拿出两件来，（俞校："拿出两件来"——从庚；原"拿了两件出来"。）与他包好。刘姥姥又要到园中辞谢宝玉和众姊妹、王夫人等去，鸳鸯道："不用去了。他们这会子也不见人，回来我替你说罢。闲了再来。"（俞校："闲了再来"——从庚、晋、甲；原"闲了可再来"。）又命一个老婆子吩咐他：“二门上叫两个俞校：“叫两个”——从庚、晋、甲；原“叫个”。小子来，帮着姥姥拿了东西送出去。”俞校：“帮着姥姥拿了东西送出去”——从庚；原“帮著他拿出去”。婆子答应了，又和刘姥姥到了凤姐那边，一并拿了东西，在角门上命小厮们搬了出去，俞校：“在角门上命小厮们搬了出去”——从庚、晋、甲；原“雇了车儿命小厮搬了出去装上”。直送俞校：“直送”——从庚、晋、甲；原“一直送”。刘姥姥上车去了。不在话下。俞校：“不在话下”——从庚、晋、甲；原“不提”。

且说宝钗等吃过早饭，俞校：“宝钗等吃过早饭”——从庚、晋、甲；原“宝玉等吃过饭”。又往贾母处问过安。回园至分路之处，俞校：“回园至分路之处”——从庚、晋、甲；原“回园中至分路各归之时”。宝钗便叫黛玉道：“颦儿跟我来，有一句话问你。”黛玉便同了宝钗来至蘅芜苑中。进了房，宝钗便坐了，笑道：“你跪下，俞校：“笑道：你跪下”——从庚、晋、甲；原“笑问道：你跪下”。我要审你！”蒙侧：严整。黛玉不解何故，因笑道：“你瞧俞校：“你瞧”——从庚、晋、甲；原“你们瞧”。这宝丫头疯了，审问我什么？”俞校：“审问我什么”——从庚、晋、甲；原“你审我什么”。宝钗冷笑道：“好个千金小姐，好个不出闺门的女孩儿，俞校：“好个千金小姐”至“女孩儿”——从庚、晋、甲；原二句颠倒。满嘴里说的是什么！你只俞校：“是什么！你只”——从庚、晋、甲；原“都是什么！你”。实说便罢。”黛玉不解，只管发笑，心里也不免疑惑起来，口里只说：“我何曾说什么来！你不过要捏我的错儿俞校：“要捏我的错儿”——从庚、晋、甲；原“拿我的错儿”。罢了。你倒说出来我听听。”俞校：“我听听”——从庚、晋、甲；原“我听”。宝钗笑道：“你还装憨儿。昨儿行酒令儿，你说的是什么？我竟不知那里来的！”俞校：“那里来的”——从庚；原“是那里来的”。蒙侧：何等爱惜。黛玉一想，方想起来昨儿俞校：“方想起来昨儿”——从庚、晋、甲；原“方想起来了昨日”。失于检点，把《牡丹亭》《西厢记》说了两句，不觉红了脸，便上来搂着宝钗笑道：“好姐姐，原是我不知道，随口说的。你教给我，俞校：“教给我”——从晋、甲；原“教导我”。我再不说了。”蒙侧：真能受教。尊重之态，娇痴之情，令人爱煞！宝钗笑道：“我也不知道，听你说的怪生的，所以请教你。”黛玉道：“好姐姐，你别说与别人，俞校：“说与别人”——从庚、晋、甲；原“说与别人知道”。我以后再不说了。”宝钗见他羞得俞校：“羞得”——从庚；原“羞的”。满脸飞红，俞校：“满脸飞红”——从庚、晋、甲；原“脸飞红”。满口央告，便不肯再往下追，俞校：“再往下追”——从庚；原“再追问了”。因拉他坐下吃茶，款款的告诉他道：“你当我是谁，我也是个淘气的。从小七八岁上，也俞校：“从小七八岁上，也”——从庚、晋；原“从小儿七八岁”。够个人缠的。蒙侧：若无下文，自己何由而知？笔下一丝不露痕迹中补足，存小姐身分，颦儿不得反问。我们家也算靖眉：“也算”二字太谦。是个读书人家，祖父手里也爱藏书。俞校：“也爱藏书”——从庚；原“也极爱藏书”。先时人口多，姊妹弟兄都在一处，俞校：“都在一处”——从庚；原“也在一处”。都怕看正经书。弟兄们也有爱诗的，俞校：“爱诗的”——从晋、甲；原“喜诗的”。也有爱词的，诸如这《西厢》《琵

刘姥姥醉卧怡红院　蘅芜君兰言解疑癖

琶》以及《元人百种》，无所不有。蒙侧：藏书家当留意。他们是偷背着俞校："他们是偷背着"——从庚、晋；原"他们背著"。我们看，我们却也偷背着他们看。俞校："也偷背着他们看"——从庚；原"偷著背了他们瞧"。后来大人知道了，俞校："大人知道了"——从庚、晋、甲；原"大人知道"。打的打，骂的骂，烧的烧，才丢开了。所以咱们女孩儿家，不认得字的倒好。俞校："倒好"——从庚、晋、甲；原"好"。男人们读书不明理，尚且不如不读书的好，俞校："不读书的好"——从庚、晋、甲；原"不读书的"。何况你我。就连作诗写字等事，这并非你我分内之事，究竟也不是男人分内之事。靖眉：男人分内究是何事？男人们读书明理，辅国治民，这便好了；蒙侧：作者一片苦心，代佛说法，代圣讲道，看书者不可轻忽。靖眉：读书明理治民辅国者能有几人？只是如今并不听见有这样的人，俞校："如今并不听见有这样的人"——从庚、晋、甲；原"能有几个这样"。读了书，倒更坏了。这是书误了他，俞校："书误了他"——从庚、晋、甲；原"读书误了他"。可惜他也把书俞校："也把书"——从庚；原"到把书"。糟蹋了。所以竟不如俞校："竟不如"——从庚、晋、甲；原"到是"。耕种买卖，倒没有俞校："倒没有"——从庚、晋、甲；原"到没"。什么大害处。——你我只该作些针黹纺绩的事俞校："针黹纺绩的事"——从庚；原"针线之事"。才是。偏又认得了字；既认得了字，不过拣那正经的俞校："正经的"——原"正经书"；庚"正紧的"。今改"的"。看也罢了，俞校："看也罢了"——从庚、晋、甲；原"看看罢了"。最怕见了些俞校："最怕见了些"——从庚；原"最怕是见了这些"。杂书，移了性情，就不可救了。"一席话说的黛玉垂头吃茶，心下暗服，只有答应"是"的一字。忽见素云进来说蒙侧：结得妙。："我们奶奶请二位姑娘商议要紧的事俞校："要紧的事"——从庚、甲；原"要紧事"。呢，二姑娘、三姑娘、四姑娘、史大姑娘、宝二爷都在那里等着呢。"宝钗道："又是什么事？"俞校："又是什么事"——从庚、晋、甲；原"又有什么事"。黛玉道："咱们到了那里俞校："到了那里"——从庚、晋、甲；原"到那里"。就知道了。"说着，便和宝钗往稻香村来，果见俞校："果见"——从庚、晋、甲；原"果然"。众人都在那里。李纨见了他两个，先笑道："社还没起，俞校："社还没起"——从庚、晋、甲；原"社才起"。就有脱滑儿俞校："脱滑儿"——从甲；原"脱滑"。的了。四丫头要告一年的假呢。"黛玉笑道："都是老太太昨儿一句话，又叫他画什么园子图儿，俞校："园子图儿"——从庚、晋、甲；原"园子图呢"。惹的他乐得告假了。"探春笑道："也别要怪俞校："也别要怪"——从庚；原"也别怪"。老太太，都是刘姥姥一句话。"黛玉忙接道："可是呢，都是他一句话。他是那一门子的俞校："他是那一门子的"——从庚、晋、甲；原"那一门子的"。姥姥，直叫他个'母蝗虫'就是了。"说着，大家都笑起来。俞校："说着，大家都笑起来"——从庚、晋、甲；原"说的众人都笑了"。宝钗笑道："世上的话，到了凤丫头嘴里也就尽了。幸而凤丫头不认得字，不大通，不过一概是市俗取笑。惟有颦儿这促狭嘴，他用春秋的法子，（俞校：“春秋的法子”——从庚、晋、甲；原“春秋的法儿”。）将市俗的粗话，（俞校：“将市俗的粗话”——从庚傍改（“将”傍添）；原无“将”。）撮其要，删其繁，再加润色比方出来，一句是一句。（蒙侧：触目惊心，请自回思。）这‘母蝗虫’三字，把昨日那些形景都现出来了。亏他想的倒也快。”众人听了，都笑道：“你这一注解，也就不在他两个以下。”李宫裁道：“我请你们来，大家商议，给他多少日子的假。我给了他一个月，他嫌少，你们怎么说？”黛玉道：“论理，一年也不多。（俞校：“一年也不多”——从庚、晋、甲；原“也不多”。）这园子盖才盖了一年，如今要画，自然得二年的工夫呢：又要研墨，又要蘸笔，（俞校：“又要蘸笔”——从庚、晋、甲；原无。）又要铺纸，又要着颜色，又要——”刚说到这里，众人知道他是取笑惜春，便都笑问说：“还要怎样？”黛玉也自己掌不住笑道：“又要照着这样儿（俞校：“照着这样儿”——从庚、晋、甲；原“照著样儿”。）慢慢的画，可不得二年的工夫！”众人听了，都拍手笑个不住。宝钗笑道：“‘又要照着这个慢慢的画’，这落后一句最妙。（俞校：“又要照着”至“最妙”——从庚；原“有趣，最妙落后一句是慢慢的画，他可不画”。）所以昨日那些笑话儿虽然可笑，回想是没味的。你们细想颦儿这几句话，虽是（俞校：“虽是”——从庚、晋；原“虽”。）淡淡的，回想却有滋味，我倒笑的动不得了。”（庚双：看他刘姥姥笑后复一笑，亦想不到之文也。听宝卿之评，亦千古定论。）惜春道：“都是宝姐姐赞的他越发逞强，（俞校：“逞强”——从庚、晋、甲；原“逞起强来了”。）这会子拿我也取笑儿。”（俞校：“拿我也取笑儿”——从庚；原“又拿我取笑儿”。）黛玉忙拉他笑道：“我且问你：还是单画这园子（俞校：“这园子”——从庚、晋、甲；原“园子”。）呢，还是连我们众人都画在上头（俞校：“画在上头”——从庚、晋、甲；原“画上”。）呢？”惜春道：“原说只画这园子的。昨儿老太太又说，单画了园子，成个（俞校：“单画了园子，成个”——从庚；原“单画园子，成了个”。）房样子了，叫连人都画上，就像行乐似的才好。我又不会这工细楼台，（俞校：“工细楼台”——从庚、晋、甲；原“工致楼台”。本回下一处同。）又不会画人物，又不好驳回，正为这个为难呢！”黛玉道：“人物还容易，你草虫上不能。”（俞校：“不能”——从庚、晋、甲；原“能不能”。）李纨道：“你又说不通的话了。这个上头那里又用的着草虫！（俞校：“又用的着草虫”——从庚、晋、甲；原“又用草虫了”。）或者翎毛（俞校：“翎毛”——从庚、晋、甲；原“羽毛”。）倒要点缀一两样。”黛玉笑道：“别的草虫（俞校：“别的草虫”——从庚、晋、甲；原“别的草虫儿”。）不画罢了，昨儿的母蝗虫不画上，岂不缺了典！”（俞校：“缺了典”——从庚、晋、甲；原“缺典”。）众人听了，又都笑起来。（俞校：“又都笑起来”——从庚、晋、甲；原“又大笑起来”。）黛玉一面笑的两手捧着胸口，一面说道：“你快画罢，我连题跋都有了，起个名字，就叫作《携蝗大嚼图》。”蒙侧：愈出愈奇。众人听了，越发哄然大笑，俞校：“哄然大笑”——从庚；原“笑的”。前仰后合。只听咕咚一声响，不知什么倒了，急忙看时，原来是史湘云伏在椅子背儿上，俞校：“椅子背儿上”——从晋；原“椅子背上笑的”。那椅子原不曾放稳，被他全身伏着背子大笑，俞校：“大笑”——从庚、晋、甲；原“大笑起来”。他又不提防，俞校：“不提防”——从庚；原“不防”。两下里错了劲，向东一歪，连人带椅子都歪倒了。幸有板壁挡住，不曾落地。众人一见，越发笑个不住。宝玉忙赶上去扶了起来，方渐渐的止了笑。俞校：“止了笑”——从庚、晋、甲；原“止了笑声”。宝玉和黛玉使个眼色儿，黛玉会意，蒙侧：何等妙文，故意唐突。便走至里间，俞校：“里间”——从庚、晋、甲；原“里间屋里”。将镜袱揭起照了照，只见两鬓略松了些。俞校：“略松了些”——从庚、晋、甲；原“略松”。忙开了李纨的妆奁，拿出俞校：“拿出”——从庚、晋、甲；原“拿了”。抿子来，对镜抿了两抿，仍旧收拾好了，方出来，俞校：“方出来”——从庚、晋、甲；原“出来”。指着李纨道：“这是叫你俞校：“这是叫你”——从庚、晋、甲；原“这是你”。带着我们作针线，教道理呢。你反招我们来俞校：“招我们来”——从庚；原“招了我们来”。大玩大笑的。”李纨笑道：“你们听他这刁话。他领着头儿闹，引着人俞校：“引着人”——从庚、甲；原“引著众人”。笑了，倒赖我的不是。真真恨的我只保佑你俞校：“保佑你”——从庚；原“保佑著你”。庚又旁添“着”。明儿得个利害婆婆，再得几个千刁万恶的大姑子、小姑子，试试你那会子还这么刁不刁了。”蒙侧：收结转折，处处情趣。黛玉早红了脸，拉着宝钗说：“咱们放他一年的假罢。”宝钗道：“我有一句公道话，你们听听。藕丫头俞校：“藕丫头”——从晋、甲；原“四丫头”。虽会画，不过是几笔写意。如今画这园子，非离了肚子里有几幅邱壑的，如何成得。这园子却是像画儿俞校：“却是像画儿”——从庚、晋、甲；原“都是像画儿”。一般，山石树木，楼阁房屋，远近疏密，也不多，也不少，恰恰的是这样。你就照样儿俞校：“你就照样儿”——从晋；原“你既照样儿”。往纸上一画，俞校：“一画”——从庚、晋、甲；原“画”。是必不能讨好的。这要看纸的地步俞校：“看纸的地步”——从庚、晋、甲；原“想纸上地步”。远近，该多该少，俞校：“该多该少”——从庚、晋、甲；原“该多少”。分主分宾，该添的要添，该减的要减，该藏的要藏，该露的要露。这一起了稿子，再端详斟酌，方成一幅图样。第二件，这些楼台房舍，是必要用界划的。一点不留神，栏杆也歪了，柱子也塌了，门窗也斜了，阶矶也离了缝，甚至于桌子挤到墙里俞校：“墙里”——从庚；原“墙里头”。去，花盆放在帘子上来，俞校：“帘子上来”——从庚、甲；原“帘子上”。岂不倒成了一张笑话儿了。俞校：“笑话儿了”——从庚、晋、甲；原“笑话儿”。

第三件，安插人物，也要有疏密，有高低。衣摺裙带，俞校："衣摺裙带"——从庚、晋、甲；原"衣褶裙带"。手指足步，最是要紧。俞校："最是要紧"——从庚、晋、甲；原"最是要紧的"。一笔不细，俞校："一笔不细"——从庚、晋、甲；原"下笔不细"。不是肿了手，就是跏了脚。染脸撕发，倒是小事。依我看来，俞校："依我看来"——从庚、晋、甲；原"依我想"。竟难的很。如今一年的假也太多，一月的假俞校："一月的假"——从庚、晋、甲；原"一月"。也太少，竟给他半年的假，再派了俞校："再派了"——从庚、晋、甲；原"再派"。宝兄弟帮着他。并不是为宝兄弟知道，俞校："宝兄弟知道"——从庚、晋、甲；原"宝玉知道"。教着他画，那就更误了事。俞校："误了事"——从庚、晋、甲；原"误了事了"。为的是有不知道的，或难安插的，宝兄弟好拿出去俞校："宝兄弟好拿出去"——从庚、晋；原"好叫宝兄弟拿出去"。问问那几个会画的相公，就容易了。"

宝玉听了，先喜的说："这话极是。俞校："这话极是"——从庚、晋、甲；原"这极好"。詹子亮的工细楼台就极好，程日兴的美人是绝技，如今就问他们去。"宝钗道："我说你是无事忙。说了一声，你就要问去。也等着商议定了再去。如今且说拿什么画。"宝玉道："家里有雪浪纸，俞校："雪浪纸"——从庚、晋、甲；原"薛涛纸"。本回下一处同。又大，又托墨。"宝钗冷笑道："我说你俞校："我说你"——从庚、晋、甲；原"我就说你"。不中用。那雪浪纸写字，画写意画儿，俞校："写意画儿"——从庚、晋、甲；原"写意儿"。或是会山水的画南宗山水，俞校："南宗山水"——从庚；原"南宋山水"。庚又涂改为"南宋山水"。托墨俞校："托墨"——从庚、晋、甲；原"最托墨"。禁得俞校："禁得"——从庚、甲；原"禁的"。皴搜；拿了画这个，俞校："拿了画这个"——从庚、晋、甲；原"若拿来画这图"。又不托色，又难滃，俞校："又难滃"——从庚、晋、甲；原"又难烘染"。画也不好，纸也可惜。我教你一个法子。原先盖这园子，就有一张细致图样，虽是匠人描的，那地步方向是不错的。你和太太要了出来，也比着那纸大小，和凤丫头要块重绢，叫相公给矾了出来。叫他照着这图样删补着俞校："照着这图样删补着"——从庚、晋、甲；原"照这园样删削著"。立了稿子，添了人物就是了。就是配这些青绿颜色并泥金泥银，也得他们配去。你们也得另笼上俞校："另笼上"——从晋；原"笼上"。风炉子，预备化胶、出胶、洗笔。还得一个粉油大案，铺上毡子。俞校："铺上毡子"——从庚、甲；原下有"好画"。你们那些碟子也不全，笔也不全，都得从新再弄一分儿俞校："再弄一分儿"——从甲；原"再治"。才好。"惜春道："我何曾有俞校："何曾有"——从庚、晋、甲；原"何从有"。这些画器，不过随手写字的笔俞校："随手写字的笔"——从庚；原"写字的笔"。画画罢了。就是颜色，只有赭石、广花、藤黄、胭脂这四样。俞校："这四样"——从庚、晋、甲；原无。再有，不过是两枝着色的笔就完了。"宝钗道："你不该早说！俞校："不该早说"——从庚；原"怎不早说"。

这些东西我却还有，只是你也用不着，给你也白放着。如今我且替你收着，等你用着这个的时候，我送你些。——也只可留着画扇子，若画这大幅的，也就可惜了的。今儿替你开个单子，照着单子和老太太要去。你们也未必知道的全，我说着，宝兄弟写。”宝玉早已预备下笔砚，原怕记不清白，要写了记着。听宝钗如此说，喜的提起笔来静听宝钗说道：“头号排笔俞校：“排笔”——从庚、晋、甲；原“挑笔”。紧接下二处同。四枝，二号排笔四枝，三号排笔四枝，大染四枝，中染四枝，小染四枝，大南蟹爪俞校：“大南蟹爪”——从庚，原“大甬蟹瓜”。十枝，小蟹爪十枝，俞校：“小蟹爪十枝”——从庚、晋、甲；原无。须眉十枝，大着色二十枝，小着色二十枝，开面十枝，柳条二十枝，箭头朱俞校：“箭头朱”——从庚；原“箭头”。四两，南赭四两，石黄四两，石青四两，石绿四两，管黄四两，广花八两，蛤粉四匣，胭脂十片，俞校：“胭脂十片”——从庚、晋；原“胭脂十张”。大赤飞金二百帖，俞校：“大赤飞金二百帖”——从庚、晋、甲；原“帖”作“张”。原下有“鱼子金二百张”，从庚、晋、甲删。青金二百帖，俞校：“青金二百帖”——从庚、晋、甲；原“帖”作“张”。广匀胶四两，净矾四两。俞校：“净矾四两”——从庚、晋、甲；原“净矾二两”。——矾绢的胶矾在外，别管他们，你只把俞校：“你只把”——从庚；原“只把”。绢交出去，叫他们矾去。这些颜色，咱们淘澄飞跌俞校：“淘澄飞跌”——从晋、甲；原“淘澄”。着，又玩了，又使了，包你一辈子都够使了。再要顶细的绢箩俞校：“绢萝”——从庚、晋、甲；原“绢罗”。四个，粗箩四个，俞校：“粗箩四个”——从庚；原“粗罗二个”。担笔四枝，大小乳钵四个，大粗碗二十个，五寸粗碟俞校：“五寸粗碟”——从庚；原“五寸碟子”。十个，三寸粗白碟二十个，俞校：“三寸粗白碟二十个”——从庚、晋、甲；原“三寸碟子三十个”。风炉两个，沙锅大小四个，俞校：“沙锅大小四个”——从庚、晋、甲；原“大小沙锅四个”。新磁缸二口，俞校：“二口”——从庚、晋、甲；原“二个”。新水桶四只，一尺长俞校：“一尺长”——从庚、晋、甲；原“长一尺”。白布口袋四条，桴炭二十斤，柳木炭一斤，三屉木箱一个，实地纱一丈，生姜二两，俞校：“生姜二两”——从庚、晋、甲；原“生姜四两”。酱半斤。”黛玉忙道：“铁锅一口，锅铲一个。”俞校：“锅铲一个”——从庚、晋；原“铁铲一个”。宝钗道：“这作什么？”俞校：“这作什么”——从庚、晋、甲；原“作什么”。黛玉笑道：“你要生姜和酱俞校：“和酱”——从庚、晋、甲；原“合酱”。这些作料，我替你要口锅来，好炒颜色吃。”众人都笑起来。宝钗笑道：“你那里知道。俞校：“你那里知道”——从庚、晋；原无。那粗色碟子保不住不上火烤。不拿姜汁子和酱先抹在底子上烤过，一经了火是要炸的。”俞校：“一经了火是要炸的”——从庚、晋、甲；原“一经火就炸”。众人听说，俞校：“众人听说”——从庚、晋、甲；原“众人”。都道：“原来如此。”黛玉又看了一回单子，笑着拉探春俞校：“笑着拉探春”——从庚、晋、甲；原“拉著探春”。悄悄的道：“你瞧

稻香村笑议画佳园　潇湘子雅谑补馀香

瞧，画个画儿，又要这些俞校：“你瞧瞧，画个画儿，又要这些”——从庚、晋、甲；原“瞧，画画儿又要这样”。水缸箱子来了。想必他糊涂了，把他的俞校：“把他的”——从庚、晋、甲；原“他把他的”。嫁妆单子也写上了。”俞校：“也写上了”——从庚、晋、甲；原“也写出来了”。探春嗳了一声，笑个不住，俞校：“笑个不住”——从庚、晋、甲；原“笑了个不住”。说道：“宝姐姐，你还不拧他的嘴！你问问他编排你的话。”俞校：“编排你的话”——从庚、晋、甲；原“说你的是什么话”。宝钗笑道俞校：“宝钗笑道”——从庚、晋、甲；原“宝钗道”。：“不用问，狗嘴里还有象牙不成！”俞校：“象牙不成”——从庚、晋、甲；原“象牙”。一面说，一面走上来，俞校：“走上来”——从庚、晋、甲；原“走来”。把黛玉按在炕上，便要拧他的脸。俞校：“拧他的脸”——从庚、晋、甲；原“拧他的嘴”。黛玉笑着，忙央告道：“好姐姐，饶了我罢！颦儿年纪小，只知说，不知道轻重，做姐姐的教道我。俞校：“教道我”——从庚、晋；原“教训我”。姐姐不饶我，我还求谁去！”众人不知话内有因，都笑道：“说的好可怜见的。连我们也软了，饶了他罢。”宝钗原是和他顽，俞校：“原是和他顽”——从庚；原“原要和他顽的”。忽听他俞校：“忽听他”——从庚、晋、甲；原“忽听”。又拉扯上前番说他胡看杂书的话，便不好再和他厮闹，俞校：“厮闹”——从庚、晋；原“厮闹了，便”。放起他来。黛玉笑道：“到底是姐姐。要是我，再不饶人的。”宝钗笑指他道：“怪不得老太太疼你，众人爱你伶俐，今儿我俞校：“今儿我”——从庚、晋、甲；原“今儿连我”。也怪疼你的了。过来，我替你把头发拢一拢。”黛玉果然转过身来，宝钗用手拢上去。俞校：“拢上去”——从庚、晋、甲；原“替他拢上去”。宝玉在傍看着，只觉更好，俞校：“只觉更好”——从庚、晋、甲；原“只觉更好看”。不觉后悔，不该令他抿上鬓去，也该留着，此时叫他俞校：“此时叫他”——从庚、晋、甲；原“叫我”。替他抿去。蒙侧：又一点。作者可称无漏子。正自胡想，只见宝钗说道：“写完了，明儿回老太太去。若家里有的就罢，若没有的就拿些钱去俞校：“若没有的就拿些钱去”——从庚、晋、甲；原“没有的去”。买了来，我帮着你们配。”宝玉忙收了俞校：“忙收了”——从庚、晋、甲；原“收了”。单子。大家又说了一回闲话。俞校：“又说了一回闲话”——从庚、晋、甲；原“闲话了一回”。至晚饭后，又往贾母处来请安。俞校：“来请安”——从庚、晋、甲；原“请安”。贾母原没有大病，俞校：“原没有大病”——从庚、晋、甲；原“原非大病”。不过是劳乏了，兼着了些凉。俞校：“兼着了些凉”——从庚、晋、甲；原“著了些凉”。温存了一日，又吃了一剂药，疏散了疏散，至晚也就好了。不知次日又有何话，俞校：“又有何话”——从庚、晋、甲；原“又有何事”。下回分解。

蒙回后：摸写富贵，至于家人，女子，无不妆颜，论诗书，讲画法，皆尽其妙，而其中隐语，惊人教人，不一而足，作者之用心，诚佛菩萨之用心。读者不可因其浅近而渺忽之。

第四十三回
闲取乐偶攒金庆寿　不了情暂撮土为香

蒙戚回前：了与不了在心头，迷却原来难自由。如有如无谁解得，相生相灭第传流。

话说王夫人因见贾母那日在大观园不过着了些风寒，不是什么大病，请医生吃了两剂药，（俞校："两剂药"——从庚、晋、甲；原"药"。）也就好了，便放了心，因命凤姐来吩咐他预备给贾政带送东西。（俞校："带送东西"——从庚、晋、甲；原"带去的东西"。）正商议着，只见贾母打发人请，王夫人忙引着凤姐儿过来。王夫人又请问（俞校："又请问"——从庚、晋、甲；原"又问"。）："这会子可又觉（俞校："可又觉"——从庚、晋、甲；原"又"。）大安些？"贾母道："今日可大好了。方才你送来的野鸡崽子（俞校："野鸡崽子"——从庚、晋、甲；原"鹌鹑崽子"。）汤，我尝了一尝，倒有味儿，（俞校："尝了一尝，倒有味儿"——从庚、晋、甲；原"尝了尝，到有味"。）又吃了两块肉，心里很受用。"王夫人笑道："这是凤丫头孝敬老太太的。算他的孝心虔，不枉了老太太素日疼他。"贾母点头笑道："难为他想着。（俞校："想着"——从庚、晋、甲；原"想"。）若是还有生的，再炸上两块，（俞校："再炸上两块"——从庚、晋、甲；原"炸两块"。）咸浸浸的，吃粥有味儿。那汤虽好，就只不对稀饭。"（俞校："不对稀饭"——从庚、晋、甲；原"不对吃稀粥"。）凤姐听了，连忙答应，命人去（俞校："命人去"——从庚、晋、甲；原"命人"。）厨房传话。这里贾母又向王夫人笑道："我打发人请你来（俞校："请你来"——从庚、晋；原"请你"。）不为别的。初二（俞校："初二"——从庚；原"初二日"。）是凤丫头的生日，上两年我原早想替他（俞校："早想替他"——从庚；原"就想著给他"。）作生日，偏到跟前，有大事就混过去了。俞校："有大事就混过去了"——从庚；原"就有大事混过"。今年人又齐全，料着又没事，咱们大家好生乐一日。"俞校："咱们大家好生乐一日"——从庚、晋、甲；原"大家好生乐一乐"。庚双：贾母犹云"好生乐一日"，可见逐日虽乐，皆还不趁心也。所以世人无论贫富，各有愁肠，终不能时时遂心如意。此是至理，非不足语也。王夫人笑道："我也想着呢。俞校："想着呢"——从庚、晋、甲；原"这么想著呢"。既是老太太高兴，何不就商议定了？"贾母笑道："我想，往年不拘谁作生日，都是各自送各自的礼，这个也俗了，也觉很生分似的。今儿我出个俞校："我出个"——从庚、晋、甲；原"出个"。新法子，又不生分，又可取乐。"俞校："又可取乐"——从晋、甲；原"又可取笑"。王夫人忙道："老太太怎么想着好，就是怎么样行。"贾母笑道："我想着咱们也学那小家子，大家凑分子，庚双：原来请（凑）分子是小家的事。近见多少人家红白事一出，且筹算分子之多寡，不知何说。多少尽着这钱俞校："尽着这钱"——从庚、晋、甲；原"尽著钱"。去办。你道好玩不好玩？"庚双：看他写与宝钗作生日后，又偏写与凤姐作生日。阿凤何人也，岂不为彼之华涎（诞）大用一回笔墨哉！只是亏他如何想来，特写于宝钗之后，较姊妹胜而有馀；于贾母之前，较诸父母相去不远。一部书中，若一个一个只管写过生日，复成何文哉？故起用宝钗，盛用阿凤，终用贾母，各有妙文，各有妙景。馀者诸人，或一笔不写，或偶因一语带过，或丰或简，其情当理合，不表可知。岂必谆谆死笔，按数而写众人之生日哉？迥不犯宝钗。王夫人笑道："这个很好。但不知怎么凑法？"贾母听说，一发高兴起来，忙命人去请薛姨妈、邢夫人等，蒙侧：世家之长上，多犯此等"办寿也要请人"毛病。又叫："请姑娘们俞校："姑娘们"——从庚、晋、甲；原"姑娘"。并宝玉、那府里珍儿媳妇。并赖大家的等有头脸管事的媳妇，也都叫了来。"众丫头婆子见贾母十分高兴，也都高兴，俞校："也都高兴"——从庚、晋、甲；原"也都高兴起来"。忙忙的各自分头去请的请，传的传。没顿饭的工夫，俞校："顿饭的工夫"——从庚、晋、甲；原"顿饭时的工夫"。老的少的，上上下下的，乌压压挤了一屋子。俞校："一屋子"——从庚、晋、甲；原"一地"。只薛姨妈和贾母对坐，邢夫人、王夫人只坐在房门前两张椅子上，宝钗姊妹等五六个人坐在炕上，宝玉坐在贾母怀前，底下俞校："底下"——从晋、甲；原"地下"。满满的站了一地。贾母忙命俞校："贾母忙命"——从庚、晋、甲；原"贾母命"。拿几个小杌子来，给赖大母亲俞校："赖大母亲"——从庚、晋、甲；原"赖大家的"。等几个年高有体面的俞校："年高有体面的"——从庚、晋、甲；原"有体面年高的"。嬷嬷坐了。——贾府风俗，年高伏侍过父母的家人，比年轻的主子还有体面，所以尤氏、凤姐等只管地下站着。那赖大的母亲等三四个老嬷嬷告了罪，都坐在俞校："都坐在"——从庚、晋、甲；原"坐在"。小杌子上了。贾母笑着，把方才的一席话说与众人听了。众人谁不凑这趣儿。再也有和凤姐儿好，俞校："和凤姐儿好"——从庚、晋、甲；原"和凤姐好的"。情愿这样的。俞校："情愿这样的"——从甲；原"情愿这样"。也有畏惧凤姐儿的，俞校："畏惧凤姐儿的"——从庚、晋、甲；原"畏惧凤姐的"。巴不得俞校："巴不得"——从庚；原"爬不得"。来奉承的。况且都是拿得出来的，俞校："拿得出来的"——从晋；原"拿的出来的"。所以一闻此言，都欣然应诺。贾母先道：“我出二十两。”俞校：“我出二十两”——从庚、晋、甲；原“我出二十两银子”。薛姨妈笑道：“我随着老太太，也是二十两了。”俞校：“也是二十两了”——从庚；原“也是二十两”。邢王二夫人笑道：“我们不敢和老太太并肩，自然矮一等，每人十六两罢了。”尤氏、李纨也笑道：“我们自然又矮一等，俞校：“又矮一等”——从庚、晋、甲；原“也矮一等”。每人十二两罢。”贾母忙向李纨道：“你寡妇失业的，那里还拉你出这个钱，我替你出了罢。”庚双：必如是方妙。凤姐忙笑道：“老太太别高兴，且算一算账再揽事。老太太身上已有两分呢，这会子又替大嫂子出十二两，说着高兴，一会子回想，俞校：“一会子回想”——从庚、晋、甲；原“过会子”。又心疼了。过后儿又说都是为俞校：“都是为”——从庚、甲；原“是为”。凤丫头花了钱，使个巧法子，哄着我拿出三四倍子俞校：“三四倍子”——从晋、甲；原“三四倍”。来暗里补上，我还作梦呢。”说的众人都笑了。贾母笑道俞校：“贾母笑道”——从庚、晋、甲；原“贾母道”。：“依你怎么样呢？”庚双：又写阿凤一详（评），更妙。若一笔直下，有何趣哉！凤姐笑道：“生日没到，我这会子俞校：“我这会子”——从庚、晋、甲；原“这会子”。已经折受的不受用了。我一个钱饶不出，惊动这些人，实在不安，不如大嫂子这一分俞校：“大嫂子这一分”——从庚；原“大嫂子这分”。我替他出了罢。我到了那一日俞校：“那一日”——从庚、晋、甲；原“那日”。多吃些东西，就享了福了。”邢夫人等听了，都说“很是”，贾母方允了。凤姐又笑道：“我还有一句话俞校：“一句话”——从庚、晋、甲；原“句话”。呢。我想老祖宗自己二十两，又有林妹妹、宝兄弟俞校：“宝兄弟”——从庚、晋、甲；原“和宝兄弟”。的两分子。姨妈自己二十两，又有宝妹妹的一分子，这倒也公道。俞校：“倒也公道”——从庚、晋、甲；原“也公道”。只是二位太太每位十六两，自己又少，又不替人出，这有些不公道。老祖宗吃了亏了。”贾母听了，忙笑道：“倒是我的凤丫头向着我，这说的俞校：“这说的”——从庚、晋、甲；原“说的”。很是。要不是你，我叫他们又哄了去了。”凤姐笑道：“老祖宗只把他姐儿两个交给两位太太，俞校：“两位太太”——从庚、晋、甲；原“二位太太”。一位占一个，俞校：“占一个”——从庚、晋、甲；原“点一个”。派多派少，每位替出一分就是了。”贾母忙说：“这很公道，就是这样。”赖大的母亲忙站起来，笑说道：“这可反了，我替二位太太生气。在那边是儿子媳妇，在这边是内侄女儿，倒不向着婆婆姑娘，倒向着别人。这儿媳妇成了陌路人，内侄女儿竟成了个外侄女儿了。”说的贾母与众人都大笑起来了。俞校：“赖大的母亲”至“大笑起来了”——从庚、晋；原无。庚双：写阿凤全付精神，虽一戏，亦人想不到之文。赖大之母俞校：“赖大之母”——从庚；原“赖大的母亲”。因又问道：“少奶奶们俞校：“少奶奶们”——从庚；原“少奶奶出”。十二两，我们自然也该矮一等了。”贾母听说道：“这使不得。俞校：“这使不得”——从庚、晋、甲；原“这可使不得”。你们虽该矮一等，我知道你们这几个都是财主，俞校：“都是财主”——从庚、晋、甲；原“是财主”。分位虽低，钱却比他们多。俞校：“比他们多”——从庚；原“比他们的多”。庚“多”上又旁添“要”。庚双：惊魂夺魄只此一句。所以一部书全是老婆舌头，全是讽刺世事，反面春秋也。所谓“痴子弟正照风自（月）鉴”，若单看了家常老婆舌头，岂非痴子弟乎！你们和他们一例才使得。”众嬷嬷俞校：“众嬷嬷”——原“众妈妈”。今改。听了，连忙答应。俞校：“连忙答应”——从庚、晋、甲；原“连忙答应是”。贾母又道：“姑娘们不过应个景儿，每人照一个月的月例俞校：“月例”——从庚、晋、甲；原“例”。就是了。”又回头叫鸳鸯来：“你们也凑几个人，商议俞校：“商议”——从庚、晋、甲；原“商议商议”。凑了来。”鸳鸯答应着，俞校：“答应着”——从庚、晋、甲；原“答应了”。去不多时，带了平儿、袭人、彩霞等，还有几个小丫鬟俞校：“小丫鬟”——从庚；原“丫环”。来，也有二两的，也有一两的。贾母因问平儿俞校：“因问平儿”——从庚、晋、甲；原“因问平儿道”。：“你难道不替你主子作生日？还入在这里头？”俞校：“这里头”——从晋、甲；原“里头”。平儿笑道：“我那个私自另外有了，这是官中的，也该出一分。”贾母笑道：“这才是好孩子。”凤姐又笑道：“上下都全了。还有二位姨奶奶，他们出不出，也问一声儿。尽到他们是礼，不然，他们只当小看了他们了。”庚双：纯写阿凤以衬后文。贾母听了，忙说：“可是呢，怎么倒忘了他们！只怕他们不得闲儿，叫一个丫头问问去。”说着，早有丫头俞校：“早有丫头”——从庚、晋、甲；原“早有一个丫头”。去了，半日回来，说道：“每位也出二两。”贾母喜道：“拿笔砚来，算明共计多少。”俞校：“共计多少”——从庚；原“共记多少”。尤氏因悄骂凤姐道：“我把你这没足厌的俞校：“没足厌的”——从庚、晋；原“没足厌”。小蹄子！这么些婆婆婶子来凑银子给你过生日，俞校：“过生日”——从庚；原“作生日”。你还不足？又拉上两个苦瓠子作什么？”凤姐也悄笑道：“你少胡说。一会子离了这里，我才和你算账。俞校：“一会子离了这里，我才和你算账”——从庚、晋、甲；原“你给我离了这里”。他们两个为什么苦呢，有了钱也是白填还别人，不如拘了来咱们乐。”庚双：纯写阿凤以衬后文，二人形景如见，语言如闻，真描画的到。说着，早已合算了，共凑了一百五十两有零。贾母道：“一日戏酒用不了。”尤氏道：“既不请客，酒席又不多，俞校：“酒席又不多”——从庚、晋、甲；原“酒席不多”。两三日的用度都够了。头等戏不用钱，省在这上头。”贾母道：“凤丫头说那一班好，俞校：“那一班好”——从庚、晋、甲；原“那一班”。就传那一班。”凤姐道：“咱们家的班子都听熟了，倒是花几个钱，叫一班来听听罢。”（俞校：“听听罢”——从庚、甲；原“听听”。）贾母道：“这件事，我交给珍哥媳妇了。越性叫凤丫头别操一点心，（俞校：“别操一点心”——从庚、晋、甲；原“别操心”。）受用一日才算。”（俞校：“才算”——从庚、晋、甲；原“才是”。）（庚双：所以特受用了，才有琏卿之变。乐极生悲，自然之理。）尤氏答应着。又说了一回话，都知贾母乏了，才渐渐的都散出来。（俞校：“都散出来”——从庚；原“散出去”。）尤氏等送邢夫人、王夫人散去，便往凤姐房中来商议怎么办生日（俞校：“办生日”——从庚、晋、甲；原“办法”。）的话。凤姐儿道（俞校：“凤姐儿道”——从庚、晋、甲；原“凤姐道”。）：“你不用问我，你只看老太太的眼色行事就完了。”尤氏笑道：“你这阿物儿，也忒行了大运了。我当有什么事叫我们去，（俞校：“叫我们去”——从庚、甲；原“叫我们来”。）原来单为这个。出了钱不算，还要我来操心，你怎么谢我？”凤姐笑道：“别扯臊，（俞校：“别扯臊”——从晋；原“别拉臊”。）我又没叫你来，（俞校：“我又没叫你来”——从庚、晋、甲；原“谁又没叫你来”。）谢你什么！你怕操心，你这会子就回老太太去，再派一个（俞校：“再派一个”——从庚、晋、甲；原“再派别人办”。）就是了。”尤氏笑道：“你瞧他兴的这样儿！我劝你收着些儿好。太满了，就要泼出来的。”（俞校：从庚傍改（“要”傍添）；原“就泼出来了”。）二人又说了一回（俞校：“又说了一回”——从庚、晋、甲；原“又说了一回话”。）方散。

次日将银子送到宁国府来，尤氏方才起来梳洗，因问是谁送过来的，丫头们回说（俞校：“回说”——从庚、晋、甲；原“说”。）：“是林大娘。”尤氏便命叫他进来。丫头们走至下房叫了林之孝家的过来，尤氏命他脚踏上坐了。一面忙着梳洗，（俞校：“梳洗”——从庚、晋、甲；原“梳头”。）一面问他：“这一包银子共多少？”林之孝家的回说：“这是我们底下人的银子，凑了先送过来。老太太和太太们的还没有呢。”正说着，丫鬟们回说：“那府里（俞校：“那府里”——从庚、晋、甲；原“那府”。）太太和姨太太打发人送分子来了。”尤氏笑骂道：“小蹄子们（俞校：“小蹄子们”——从庚、甲；原“小蹄子”。）专会记得这些没要紧的话。昨日不过老太太一时高兴，故意的要学那（俞校：“故意的要学那”——从庚、晋、甲；原“故意的说要学”。）小家子凑分子，你们就记住了。到了你们嘴里，就当正经的话。（蒙侧：世家风调。）还不快接了进来，（俞校：“接了进来”——从庚、晋；原“接了银子进来”。）好生待茶，再打发他们去。”丫鬟答应着，忙接了进来，一共两封，连宝钗、黛玉的都有了。尤氏问：“还少谁的？”林之孝家的道：“还少老太太、太太、姑娘们的，和底下姑娘们的。”（俞校：“姑娘们的，和底下姑娘们的”——从庚；原

“的和姑娘们的还有底下姑娘们的”。尤氏道：“还有你们大奶奶的呢？”林之孝家的道：“奶奶过去，这银子都从二奶奶手里发，蒙侧：伏线。一共都有了。”说着，尤氏已梳洗了，命人伺候车辆。一时来至荣府，先来见凤姐，只见凤姐已将银子封好，正要送去。尤氏问俞校：“尤氏问”——从庚、晋、甲；原“尤氏笑道”。：“都齐了？”凤姐笑道庚双：“笑”字就有神情。：“都有了，俞校：“都有了”——从庚、晋、甲；原“都齐了”。快拿了去罢，丢了我不管。”蒙侧：斗起。尤氏笑道：“我有些信不及，倒要当面点一点。”说着，果然按数一点，只没有李纨的一分。蒙侧：点明题面。尤氏笑道：“我说你闹鬼俞校：“闹鬼”——从晋、甲；原“弄鬼”。呢。怎么你大嫂子的俞校：“你大嫂子的”——从庚、晋、甲；原“你大嫂子”。没有？”凤姐笑道：“那么些，还不彀使！俞校：“还不彀使”——从庚；原“还不彀么，使”。短一分儿也罢了。等不够了，我再给你。”庚双：可见阿凤处处心机。尤氏道：“昨儿你在人跟前作人，今儿又来和我赖，俞校：“又来和我赖”——从庚、晋、甲；原“又和我赖”。这个断不依你。我只和老太太要去。”凤姐笑道：“我看你利害！明儿有了事，我也丁是丁卯是卯的，你也别抱怨。”尤氏笑道：“你一般的俞校：“一般的”——从庚；原“一般”。也怕。不看你素日孝敬我，我才是不依你呢！”蒙侧：处处是世情作趣，处处是随笔埋伏。说着把平儿的一分俞校：“平儿的一分”——从庚；原“平儿一分子”。拿了出来，说道：“平儿，来。把你的俞校：“把你的”——从庚、晋、甲；原“把你这分子”。收起去，等不够了，我替你添上。”平儿会意，因说道：“奶奶先使着，若剩下了，再赏我一样。”俞校：“再赏我一样”——从庚、晋、甲；原“再偿我也是一样”。尤氏笑道：“只许你那主子俞校：“你那主子”——从庚；原“你主子”。作弊，蒙侧：请看。就不许我作情儿。”俞校：“就不许我作情儿”——从庚、晋、甲；原“不许我作情”。平儿只得收了。尤氏又道：“我看着你主子这么细致，弄这些钱那里使去！使不了，明儿带了棺材里使去。”庚双：此言不假，伏下后文短命。尤氏亦能干事矣，惜不能劝夫治字（家），惜哉，痛哉！一面说着，俞校：“一面说着”——从庚、晋、甲；原“一面说”。一面又往贾母处来，先请了安，俞校：“往贾母处来，先请了安”——从庚、晋、甲；原“往贾母处请了安”。大概说了两句话，便走到鸳鸯房中，和鸳鸯商议，只听鸳鸯的主意行事，何以讨贾母的喜欢。俞校：“喜欢”——从庚、甲；原“喜欢呢”。二人计议妥当。尤氏临走时，俞校：“临走时”——从庚、晋、甲；原“临走”。也把鸳鸯的二两银子还了他，蒙侧：请看世情。可笑，可笑！说：“这还使不了呢。”俞校：“这还使不了呢”——从庚、晋、甲；原“还使不了呢”。说着，一迳出来，又至王夫人跟前说了一回话。因王夫人进了佛堂，把彩云的一分俞校：“彩云的一分”——从晋、甲；原“彩云一分”。也还了他。见凤姐不在跟前，把周赵二人的也还了。蒙侧：另是一番作用。他两个还不敢收。庚双：阿凤声势亦甚矣。尤氏道："你们可怜见的，那里有这些闲钱。凤丫头便知道了，有我应着呢。"二人听说，千恩万谢的方收了。(俞校："千恩万谢的方收了"——从庚、晋；原"方千恩万谢的收了"。原下有"于是尤氏一径出来，坐车回家，不在话下。且说"，从庚、晋、甲删。)(庚双：尤氏亦可谓有才矣。论有德比阿凤高十倍，惜乎不能谏夫治家，所谓"人各有当"也。此方是至理至情，最恨近之野史中，恶则无往不恶，美则无一不美，何不近情理之如是耶！)(靖眉：人各有当，方是至情。)

展眼(俞校："展眼"——从庚；原"转眼"。)已是九月初二日，园中人都打听得尤氏办得十分热闹，不但有戏，连耍百戏(俞校："耍百戏"——从庚、晋、甲；原"耍百戏的"。)并说书的男女先儿(俞校："男女先儿"——从庚；原"男女瞎儿"。)全有，(蒙侧：剩笔，且影射能事不独熙凤。)都打点(俞校："都打点"——从庚、晋、甲；原"因而都打点"。)取乐玩耍。李纨又向众姊妹(俞校："众姊妹"——从庚、晋、甲；原"众人"。)道："今儿(俞校："今儿"——从庚、晋、甲；原"今日"。)是正经社日，可别忘了。(庚双：看书者已忘，批书者亦已忘了，作者竟未忘，忽写此事，真忙中愈忙，紧处愈紧也。)宝玉也不来，想必他只图热闹，把清雅就丢开了。"(俞校："就丢开了"——从庚；原"就忘了"。)(庚双：此独宝玉乎？亦骂世人。余亦为宝玉忘了，不然何不来耶？)说着，便命丫鬟去瞧作什么呢，快请了来。丫鬟去了半天，回来说："花大姐姐说，今儿一早(俞校："今儿一早"——从庚、晋、甲；原"今日一早"。)就出门去了。"(庚双：奇文。)众人听了都诧异，说："再没有出门之理。这丫头糊涂，不知说话。"因又命翠墨去。一时，翠墨回来，说："可不真出了门了。说有个朋友死了，出去探丧去了。"(庚双：奇文。信有之乎？花团锦簇之日，偏如此写法。)探春道："断然没有的事。凭他什么，(俞校："凭他什么"——从庚、晋、甲；原"凭他什么事"。)再没有今日出门之理。你叫袭人来，我问他。"刚说着，只见(俞校："只见"——从庚、晋、甲；原"见"。)袭人走来。李纨等都说道："今儿凭他有什么事，也不该出门。头一件，你二奶奶的生日，老太太都这等高兴，(俞校："这等高兴"——从庚；原"这么高兴"。)(蒙侧：因行文不肯平，下一反笔，则文语并奇，好看煞人。)两府里上下众人来凑热闹，他倒走了；第二件，又是头一社的正日子，他也不告假，就私自去了。"袭人叹道(俞校："叹道"——从庚、晋、甲；原"笑道"。)："昨儿晚上就说了：今儿一早起(俞校："一早起"——从庚、晋；原"一早"。)有要紧的事，到北静王府里去，就赶回来的。劝他不要去，他必不依。今儿一早起来，又要素衣裳穿，想必是北静王府里的要紧姬妾没了，也未可知。"李纨等道："若果如此，(俞校："若果如此"——从庚、晋、甲；原"果如此"。)也该去走走，只是也该回来了。"说着，大家又商议："咱们只管作诗，等他回来(俞校："等他回来"——从庚傍改（"他"傍添）；原"等回来"。)罚他。"刚说着，只见贾母已打发人来请，(俞校："来请"——从庚、甲；原"来"。)便都往前头来了。(俞校："前头来了"——从庚；原"前头去了"。)袭人回明(俞校："回明"——从庚、晋、甲；原"回明贾母"。)宝玉的事，贾母不乐，便命人接去。

原来宝玉心里（俞校："宝玉心里"——从庚、晋、甲；原"宝玉心内"。）有件私事，于头一日就吩咐茗烟："明日一早要出门，备下两匹马在后门口等着，不要别一个（俞校："别一个"——从庚、晋、甲；原"别的一个"。）跟着。说给李贵，我往北府里去了。倘或要有人（俞校："要有人"——从庚、晋、甲；原"有人"。）找我，叫他拦住不用找，只说北府里留下了，横竖就来的。"（俞校："横竖就来的"——从庚、晋、甲；原"横竖就来"。）茗烟也摸不着头脑，只得依言说了。今儿一早，（俞校："今儿一早"——从庚、甲；原"那日一早"。）果然备了两匹马，在园子后门（俞校："园子后门"——从庚、晋；原"园子里后门"。）等着。天亮了，只见宝玉遍体纯素，从角门出来，一语不发，跨上马，一弯腰，顺着街就趱下去了。（俞校："趱下去了"——从庚、晋、甲；原"趱下去了"。）茗烟也只得跨马加鞭赶上，在后面忙问："往那里去？"宝玉道："这条路是往那里去的？"茗烟道："这是出北门的大道。出去了，冷清清没有可顽的。"（俞校："可顽的"——从庚、晋、甲；原"可顽的去处"。）宝玉听说，点头道："正要冷清清的地方好。"（俞校："冷清清的地方好"——从庚、晋、甲；原"冷清清的地方才好"。）说着，率性加了两鞭，那马早已转了两个弯子，出了城门。茗烟越发不得主意，只得紧紧跟着。（俞校："紧紧跟着"——从庚；原"紧跟著"。）一气跑了七八里路出来，人烟渐渐稀少，宝玉方勒住马，回头问茗烟道："这里可有卖香的？"茗烟道："香倒有，不知是（俞校："不知是"——从庚、晋、甲；原"不知要"。）那一样？"宝玉想道："别的香不好，须得檀芸降三样。"（俞校："檀芸降三样"——从庚、晋、甲；原"檀芸格三样香"。）茗烟笑道："这三样可难得。"宝玉为难。茗烟见他为难，因问道："要香作什么使？我见二爷时常小荷包里有散香，（俞校："散香"——从庚、晋、甲；原"碎香"。）何不找一找？"（俞校："找一找"——从庚、晋、甲；原"用"。）一句话提醒了宝玉，便回手从衣襟下掏出一个荷包来，摸了一摸，（俞校："摸了一摸"——从庚、晋、甲；原"摸了摸"。）竟有两星沉素，（俞校："两星沉素"——从庚；原"两星儿沉素香"。庚"星"又旁改"块"。）心内欢喜，（俞校："心内欢喜"——从庚、晋、甲；原"心内欢喜道"。）只是不恭些。再想，自己亲身带的，倒比买的又好些。（俞校："又好些"——从庚、晋、甲；原"好些"。）于是又问炉炭。茗烟道："这可罢了。荒郊野外，那里有！（俞校：从"那里有"——庚、晋、甲；原"那里有这个"。）用这些，（俞校："用这些"——从庚；原"既要用这些东西"。）何不早说，带了来岂不便宜。"宝玉道："糊涂东西！若可带了来，又不这样没命的跑了。"（庚双：奇奇怪怪，不知为何，看他下文怎样。）茗烟想了半日，笑道："我得了个主意，（俞校："得了个主意"——从庚、晋、甲；原"得了主意"。）不知二爷心下如何。我想二爷不止用这个呢，只怕还要用别的。这也不是事。（俞校："这也不是事"——从庚、晋、甲；原"东西"。）如今我们往前再走

无尽意借茗烟代祝　不了情暂撮土为香

（俞校：“往前再走”——从庚；原“率性再往前走”。）二里地，就是水仙庵了。”（俞校：“水仙庵了”——从庚、晋、甲；原“水仙庵”。）宝玉听了，忙问：“水仙庵就在这里？更好了，我们就去。”说着，就加鞭前行。一面回头向茗烟道：“这水仙庵的姑子长往咱们家去。咱们这一去到那里，和他借（俞校：“和他借”——从庚、晋、甲；原“借”。）香炉使使，他自然是肯的。”茗烟道：“别说他是（俞校：“别说他是”——从庚；原“别说是”。）咱们家的香火，就是平白（俞校：“平白”——从庚、晋、甲；原“平常”。）不认识的庙里，和他借，他也不敢驳回。只是一件，我常见二爷最厌这水仙庵的，如何今儿又这样喜欢了？”宝玉道：“我素日因恨俗人不知原故，混供神，混盖庙。这都是当日有钱的老公们和那些有钱的愚妇们，（俞校：“愚妇们”——从庚、晋、甲；原“愚妇”。）听见有个神，就盖起庙来供着，也不知那神是何人，因听些野史小说，便信真了。（俞校：“信真了”——从庚、晋、甲；原“信了真”。）（庚双：近闻刚丙庙，又有三教庵，以如来为尊，太上为次，先师为末，真杀有馀辜，所谓此书救世之溺，不假。）比如这水仙庵里面，因供的是洛神，故名水仙庵。殊不知古来并没有个（俞校：“并没有个”——从庚、晋、甲；原“并无有个”。）洛神，那原是曹子建的谎话。谁知这起愚人就塑了像供着。今儿却合我的心事，故借他一用。”说着，早已来到门前。那老姑子见宝玉来了，事出意外，就像天上掉下个活龙来的一般，忙上来问好，命老道来接马。（俞校：“接马”——从庚、晋、甲；原“拉马”。）宝玉进去，也不拜洛神之像，却只管赏鉴。虽是泥塑的，却真有“翩若惊鸿，婉若游龙”之态，“荷出绿波，日映朝霞”之姿。（庚双：妙极！用《洛神赋》谮（赞）洛神，本地风光，愈觉新奇。）宝玉不觉滴下泪来。老姑子献了茶，宝玉因和他借香炉。（俞校：“借香炉”——从庚；原“借香炉烧香”。）那姑子去了半日，连香供纸马都预备了来。宝玉道：“一概不用。”（俞校：“一概不用”——从庚、晋、甲；原下有“单用个香炉”。）便命茗烟捧着炉，（俞校：“捧着炉”——从庚、晋、甲；原无。）出至后院中，（俞校：“后院中”——从庚；原“园后，要”。）拣一块干净地方儿，竟拣不出来。茗烟道：“那井台儿（俞校：“井台儿”——从庚；原“井台”。）上如何？”宝玉点头。一齐来至井台上，将炉放下。（庚双：妙极之文。宝玉心中拣定是井台上了，故意使茗烟说出，使彼不犯疑猜矣。宝玉亦有欺人之才，盖不用耳。）

茗烟站过一边。宝玉掏出香来焚上，含泪施了半礼，（庚双：奇文。云只“施半礼”，终不知为何事也。）回身命收了去。（俞校：“命收了去”——从庚、晋、甲；原“便命收了去”。）茗烟答应着，且不收，忙爬下磕了几个头，口内祝道（俞校：“口内祝道”——从庚、晋、甲；原“口里祝道”。）：“我茗烟跟二爷（俞校：“跟二爷”——从庚、晋、甲；原“跟随二爷”。）这几年，二爷的心事（俞校：“心事”——从庚、晋、甲；原“事”。）我没有不知道的。只有今儿这一祭祀，没有告诉我，我也不敢问。只是这受祭的阴魂，虽不知名姓，想来自然是那人间有一，天上无双，俞校："天上无双"——从庚；原"天上无双的"。极聪明极俊雅俞校："俊雅"——从庚；原"精雅"。的一位俞校："一位"——从庚、晋、甲；原"位"。姐姐妹妹了。二爷的心事，不能出口，让我代祝俞校："让我代祝"——从庚、甲；原"等我代祝"。：若芳魂俞校："若芳魂"——从庚；原"你若芳魂"。有感，香魄多情，虽然阴阳间隔，既是知己之间，时常来望候二爷，未尝不可。你在阴间，保佑二爷来生也变个女孩儿，和你们一处相伴，再不可又托生俞校："托生"——从庚、晋；原"托"。这须眉浊物了。"说毕，又磕几个头，才爬起来。俞校："爬起来"——从庚、晋、甲；原"爬起"。庚双：忽插入茗烟一篇流言，粗看则小儿戏语，亦甚无味。细玩则大有深意，试思宝玉之为人，岂不应有一极伶俐乖巧小童哉？此一祝亦如《西厢记》中双文降香，第三柱（炷）则不语，红娘则待（代）祝数语，直将双文心事道破。此处若写宝玉一祝，则成何文字！若不祝，直成一哑迷，如何散场？故写茗烟一戏，直戏入宝玉心中，又发出前文，又可收后文，又写茗烟素日之乖觉可人，且衬出宝玉直似一个守礼待嫁的女儿一般，其素日脂香粉气不待写而全现出矣。今看此回，直欲将宝玉当作一个极轻俊羞怯的女儿看，茗烟则极乖觉可人之丫环也。宝玉听他没说完，便掌不住笑了，庚双：方一笑，盖原可发笑，且说的合心，愈见可笑也。靖眉：这方是作者真意。因踢他道："休胡说，看人听见笑话。"庚双：也知人笑，更奇。茗烟起来，收过香炉，和宝玉走着，因道俞校："因道"——从庚、晋、甲；原"说道"。："我已经和姑子说了，二爷还没用饭，叫他随便收拾了些东西，二爷勉强吃些。我知道今儿咱们里头大排筵宴，热闹非常，二爷为此才躲了出来的。横竖在这里清净一天，俞校："清净一天"——从庚、晋、甲；原"清静一天"。也就尽到礼了。俞校："尽到礼了"——从庚、晋；原"尽到了礼了"。若不吃些东西，断使不得。"宝玉道："戏酒既不吃，这随便素的吃些何妨。"茗烟道："这便才是。俞校："这便才是"——从庚、晋；原"这才是呢"。还有一说，咱们出来了，还有人俞校："还有人"——从庚；原"必有人"。不放心。若没有人俞校："若没有人"——从庚、晋、甲；原"若说没人"。不放心，就晚了进城何妨；若有人不放心，二爷须得进城回家去才是。头一件，老太太、太太俞校："老太太、太太"——从庚、甲；原"老太太和太太"。也放了心；第二件，礼也尽了，不过如此，就是家去了看戏吃酒，也并不是二爷有意，原不过陪着父母尽孝道。二爷若单为了这个，俞校："为了这个"——从庚、甲；原"为这个"。不顾老太太、太太悬心，就是方才那受祭的阴魂也不安生。俞校："不安生"——从庚、晋、甲；原"不安"。二爷想我这话如何？"宝玉笑道："你的意思我猜着了。你想着只你一个跟了我出来，俞校："跟了我出来"——从庚、晋、甲；原"跟了我来"。回来俞校："回来"——从庚、晋、甲；原"回去"。你怕担不是，所以拿这大题目来劝我。庚双：亦知这个大，妙极！我才来了，俞校："我才来了"——从庚、晋、甲；原"我才出来"。不过为尽个礼，再去吃酒看戏，并没说一天不进城。这已完了俞校："这已完了"——从庚、晋；原"这一完了"。心愿，赶着进城，俞校："赶着进城"——从庚、晋、甲；原"赶著去"。大家放心，岂不两尽其道。"庚双：这是大通的意见，世人不及的去处。茗烟道："这更好了。"说着，二人来至禅堂。果然那姑子收拾了一桌素菜，俞校："一桌素菜"——从庚、晋、甲；原"些素菜"。宝玉胡乱吃了些，茗烟也吃了。二人便上马，仍回旧路。茗烟在后面，只嘱咐："二爷好生骑着，这马总没大骑的，俞校："没大骑的"——从庚、晋；原"没大骑"。手提紧着些。"庚双：看他偏不写凤姐那样热闹，却写这般清冷，真世人意料不到这一篇文字也。一面说着，早已进了城，仍从后门进去，忙忙来至怡红院中。袭人等都不在房里，只有几个老婆子看屋子，见他来了，都喜的眉开眼笑，道俞校："眉开眼笑，道"——从甲；原"眉开眼笑说"。："阿弥陀佛，可来了！把花姑娘急疯了。上头正坐席呢，二爷快去罢。"宝玉听说，忙将素服俞校："素服"——从庚、晋；原"素衣服"。脱了，自去寻了华服换上，问在什么地方坐席，老婆子回说："在新盖的大花厅上。"宝玉听说，一径往花厅上来，耳内早已隐隐闻得歌管之声。刚至穿堂那边，只见玉钏儿独坐在廊檐下垂泪。庚双：总是千奇百怪的文字。一见他来，便收泪说道："凤凰来了，快进去罢。再一会子不来，俞校："再一会子不来"——从庚、晋、甲；原"再一会子不回来"。都反了。"庚双：是平常言语，却是无限文章，无限情理。看至后文，再细思此言，则可知矣。宝玉陪笑道："你猜我往那里去了？"玉钏儿不答，只管擦泪。庚双：无限情理。宝玉忙进厅里，俞校："忙进厅里"——从庚、晋；原"忙进厅内"。见了贾母、王夫人等，众人真如得了凤凰一般。宝玉忙赶着与凤姐儿俞校："忙赶着与凤姐儿"——从庚、晋；原"与凤姐"。行礼。贾母、王夫人都说他不知道好歹，俞校："不知道好歹"——从庚；原"不知好歹"。"怎么也不说声就私自跑了，这还了得！明儿再这样，等老爷回家来，俞校："老爷回家来"——从庚、晋；原"你老子回家"。必告诉他打你。"说着，又骂跟的小厮们俞校："小厮们"——从庚、晋；原"人"。："都偏俞校："都偏"——从庚、晋；原"偏都"。听他的话，说那里去俞校："说那里去"——从庚、晋；原"往那里去"。就去，也不回一声儿。"一面又问他："到底那去了？俞校："那去了"——从庚；原"那里去了"。可吃了什么？可吓着了？"俞校："可吃了什么？可吓着了"——从庚、晋；原"可吃了什么没有，唬著了没有"。庚双：奇文，毕肖。宝玉只回说俞校："只回说"——从庚、晋、甲；原"只应说"。："北静王的一个爱妾昨日没了，俞校："昨日没了"——从庚、晋、甲；原"昨日死了"。给他道恼去。他哭的那样，不好撇下就回来，所以多等了一会子。"贾母道："以后再私自出门，不先告诉我们，俞校："告诉我们"——从庚；原"告诉我"。一定叫你老子打你。"宝玉答应着。贾母又要打跟的小子们，俞校："跟的小子们"——从庚、晋；原"跟的人"。众人又忙说情，俞校："又忙说情"——从庚、晋；原无。又劝道："老太太也不必过虑俞校："过虑"——从庚、晋；原"多虑"。了。

他已经回来，大家该放心乐一回了。”贾母先不放心，自然发了恨；今见来了，喜且有馀，俞校：“喜且有馀”——从庚、晋、甲；原“喜且不尽”。那里还恨，也就不提了。还怕他不受用，或者别处没吃饱，俞校：“没吃饱”——从庚、晋；原“没吃饭”。路上着了惊怕，反百般的俞校：“百般的”——从庚、晋、甲；原“百般”。哄他。袭人早过来伏侍。大家仍旧看戏。当日演的是《荆钗记》，贾母、薛姨妈等都看的心酸落泪，也有叹的，俞校：“也有叹的”——从庚、晋；原“也有笑的”。也有骂的。要知端的，下回分解。

蒙戚回后：攒金办寿家常乐，素服焚香无限情。

写办事不独熙凤，写多情不漏亡人，情之所钟，必让若辈。此所谓“情情”者也。

第四十四回
变生不测凤姐泼醋　喜出望外平儿理妆

蒙戚回前：云雨谁家院，飘来花自奇。莺莺燕燕斗芳菲，枝枝因风滴玉露，正春时。

话说众人看演《荆钗记》，宝玉和姊妹们一处坐着。林黛玉因看到《男祭》这出上，便和薛宝钗说道："这王十朋也不通的很，不管在那里祭一祭罢了，必定跑到江边子上来（俞校："跑到江边子上来"——从庚、晋、甲；原"跪到江边子上去"。）作什么！俗语说：睹物思人。天下水总归一源，不拘那里的水舀一碗，看着哭去，（俞校："看着哭去"——从晋、甲；原"看著哭"。）也就尽情了。"宝钗不答。宝玉回头要热酒敬凤姐儿。（俞校："敬凤姐儿"——从庚；原"敬凤姐"。）原来贾母说今日不比往日，定要叫凤姐痛乐一日。本来自己懒待坐席，只在里间屋里榻上歪着，和薛姨妈看戏，随心爱吃的（俞校："随心爱吃的"——从庚、晋、甲；原"随心爱的"。）拣几样放在小几上，随意吃着（俞校："随意吃着"——从庚、晋、甲；原"随便吃著"。）说话儿。将自己两桌席面赏给那没有席面的（俞校："没有席面的"——从庚、晋、甲；原"没席面的"。）大小丫头并那应差听差的妇人等，命他们在窗外廊檐下也只管坐着，（俞校："只管坐着"——从庚、晋、甲；原"只管坐"。）随意吃喝，不必拘礼。王邢二夫人在地下高桌上坐着。外面几席是他们姊妹们坐。贾母不时吩咐尤氏等："让凤丫头坐在上面，你们好生替我待东，（俞校："待东"——从庚、晋、甲；原"作东"。）难为他一年到头辛苦。"尤氏答应了，又笑回道："他（俞校："笑回道：他"——原"笑回说"；庚"笑回说道，他"；晋、

（甲"笑回道说，他"。今改"笑回道"。）坐不惯首席，坐在上头，（俞校："坐在上头"——从庚、甲；原"坐上头"。）横不是竖不是的，（俞校："竖不是的"——从庚、晋、甲；原"竖不是"。）酒也不肯吃。"贾母听了，笑道："你不会，等我亲自让他去。"凤姐忙也进来，（俞校："凤姐忙也进来"——从庚、晋、甲；原"凤姐听说忙也进来"。）笑道："老祖宗，别信他们的话，我吃了好几钟了。"贾母笑着，（俞校："贾母笑着"——从庚、晋、甲；原"贾母笑道"。）命尤氏："快拉他出去，按在椅子上，你们都轮流敬他。他再不吃，我当真的就亲自（俞校："当真的就亲自"——从庚、晋、甲；原"当真就自"。）去了。"尤氏听说，忙笑着又拉他出来坐下，命人拿了台盏来斟酒，笑道："一年到头，（俞校："一年到头"——从庚、晋、甲；原"一年到底"。）难为你孝顺老太太和太太和我，我今儿没什么疼你的，亲自斟杯酒，乖乖儿的（俞校："乖乖儿的"——从庚；原"你乖乖儿的"。）在我手里喝一口。"凤姐笑道："你要安心孝敬我，跪下，我就喝。"尤氏笑道："说的你不知是谁！（俞校："你不知是谁"——从庚、晋、甲；原"不知你是谁"。）我告诉你说，（俞校："告诉你说"——从庚、甲；原"告诉你说罢"。）好容易今儿这一遭，过了后儿，知道还得像今儿这样不得了。趁着尽力灌丧两钟罢。"（庚双：闲闲一戏语，伏下后文，令人可伤，所谓"盛筵难再"。）凤姐见推不过，只得喝了两钟。接着众姊妹也来，（俞校："众姊妹也来"——从庚、晋、甲；原下有"敬酒"。）凤姐也只得每人的喝一口。赖大妈妈见贾母尚这等高兴，也少不得来凑趣儿，领着些嬷嬷们也来敬酒。（俞校："也来敬酒"——从庚；原"也都来敬酒"。）凤姐也难推脱，只得喝了两口。鸳鸯等也来敬。凤姐真不能了，忙央告道："好姐姐们，饶了我罢。我明儿再喝罢。"鸳鸯笑道："真个的，我们是没脸的了！就是我们在太太跟前，太太还赏个脸儿（俞校："赏个脸儿"——从庚、甲；原"赏个脸"。）呢。往常倒有些体面，今儿当着这些人，倒拿起主子的款儿来了。我原不该来。不喝，我们就走。"说着，真个回去了。凤姐儿忙赶上拉住，笑道："好姐姐，我喝就是了。"说着，拿过酒来，满满的斟了一杯喝干，鸳鸯方笑了散去。然后又入席。凤姐自觉酒沉了，心里突突的似往上撞，要往家去歇歇。只见那耍百戏的上来，便和尤氏说："预备赏钱，我要洗洗脸去。"尤氏点头。

凤姐瞅人不防，便出了席，往房门后檐下走来。平儿留心，也忙跟了来。凤姐便扶着他。才至穿廊下，只见他房里的一个小丫头子正在那里站着，见他两个来了，回身就跑。凤姐便疑心，忙叫。俞校："忙叫"——从庚、晋、甲；原"忙叫站住"。那丫头先只装听不见，无奈后面连平儿也叫，只得回来。凤姐越发起了疑心，忙和平儿进了穿堂，叫那小丫头也进来，把槅扇俞校："槅扇"——从庚、晋、甲；原"槅窗"。关了。凤姐坐在小院子的台矶上，命那丫头俞校："命那丫头"——从庚；原"那丫头"。跪了。喝命平儿："叫两个二门上的小厮来，拿绳子、鞭子，把这眼睛里没主子的俞校："没主子的"——从庚、晋、甲；原"没主子"。小蹄子打烂了。"那小丫头已经吓的魂飞魄散，哭着，只管碰头求饶。凤姐问道："我又不是鬼，你见了我，不说规规矩矩站住，怎么倒往前跑？"那小丫头哭道："我原没看见奶奶来，我又记挂着房里没人，所以跑了。"凤姐道："房里既没人，俞校："既没人"——从庚、晋、甲；原"既无人"。谁叫你来的！俞校："谁叫你来的"——从庚；原"谁叫你又来的"。你便没见我，我和平儿在后头扯着脖子叫了你十来声，越叫越跑，离的又不远，你聋了不成！你还和我强嘴。"说着，便扬手一掌打在脸上，打的那小丫头子一栽。这边脸上又一下，登时小丫头子两腮俞校："小丫头子两腮"——从庚；原"小丫头脸上"。紫胀起来。平儿忙劝："奶奶仔细手疼。"凤姐便说："你再打着问他跑什么。他再不说，把嘴撕烂了他的。"那小丫头子先还强嘴，后来听见凤姐要烧了红烙铁来烙嘴，方哭道："二爷在家里，打发我来这里瞧着奶奶的。若见奶奶散了，俞校："若见奶奶散了"——从庚、晋、甲；原"若是散了"。先叫我送信儿去。不承望奶奶这会子就来了。"俞校："就来了"——从庚、甲；原"就回来了"。凤姐见话中有文章，俞校："话中有文章"——从晋、甲；原下有"必有别的缘故"。便又问道："叫你瞧着我作什么？难道怕我家去不成？必有别的缘故。俞校："必有别的缘故"——从庚、晋、甲；原无。快告诉我，我从此以后俞校："我从此以后"——从庚、晋、甲；原"从此以后"。疼你。你若不细说，俞校："不细说"——从庚、晋、甲；原"不说"。立刻拿刀子来割你的肉。"俞校："割你的肉"——从庚、晋、甲；原"割你的嘴"。说着，回手向头上拔下一根簪子来，向那丫头嘴上乱戳。吓的那丫头一行躲，一行哭求道："我告诉奶奶，可别说我说的。"平儿一旁劝，俞校："一旁劝"——从庚、晋、甲；原"在旁劝"。一面催他，俞校："一面催他"——从晋、甲；原"一回推他"。叫他快说。俞校："叫他快说"——从庚、晋、甲；原"快说"。那丫头便说道："二爷也是才来房里的，睡了一会醒了，打发人来瞧瞧奶奶，说才坐席，还得好一会才来呢。二爷就开了箱子，拿了两块银子，还有两根簪子，两疋缎子，俞校："两疋缎子"——从庚、晋、甲；原无。叫我悄悄的送与鲍二的老婆俞校："鲍二的老婆"——从庚、甲；原"鲍二老婆"。

去，叫他进来。他收了东西，就往咱们屋里来了。二爷叫我来瞧着（俞校：“叫我来瞧着”——从庚、晋、甲；原“又叫我来瞧著”。）奶奶。底下的事，我就不知道了。”凤姐听了，已气的浑身发软，忙立起身来，一迳来家。刚至院门，只见有个小丫头在门前探头，一见了凤姐，也缩头就跑。（俞校：“也缩头就跑”——从庚、晋、甲；原“缩头就跑”。）（庚双：如见其形。）凤姐提着名字喝住。（俞校：“喝住”——从庚、晋、甲；原“喝叫站住”。）那丫头本来伶俐，（俞校：“本来伶俐”——从庚、晋、甲；原“伶俐”。）见躲不过了，越性跑了出来，笑道：“我正要告诉奶奶去呢，可巧奶奶来了。”凤姐道：“告诉我什么？”那丫头便说二爷在家，这般如此将方才的话也说了一遍。凤姐啐道：“你早作什么来着！这会子我看见你了，你来推干净儿。”说着，也扬手一下，打的那丫头一个趔趄。便蹑手蹑脚的（俞校：“蹑手蹑脚的”——原“摄脚的”；庚“摄手摄脚的”。今改。）走至窗前，往里听时，只听里面说笑。那妇人笑道：“多早晚你那阎王老婆死了就好了。”贾琏道：“他死了，再娶一个，也是这样。又怎么样呢！”那妇人道：“他死了，你倒是把平儿扶了正，只怕还好些。”贾琏道：“如今连平儿他也不叫我（俞校：“不叫我”——从庚、晋、甲；原“不许我”。）沾一沾了。平儿也是一肚子委屈不敢说。我命里怎么就该犯了（俞校：“犯了”——从庚、甲；原“犯”。）夜叉星！”凤姐听了，气的浑身乱颤。又听他俩（俞校：“又听他俩”——从庚；原“又听他两个”。）都赞平儿，便疑平儿素日背地里自然也有埋怨的话了。那酒越发涌了上来，（俞校：“涌了上来”——从庚、晋；原“涌上”。）也并不忖度，回身把平儿先打了两下，一脚踢开门进去。也不容分说，抓着（俞校：“抓着”——从庚、晋、甲；原“抓住”。）鲍二家的撕打一顿。（俞校：“撕打一顿”——从庚、晋、甲；原“打了一顿”。）又怕贾琏走出去，便堵着门站着，骂道：“好淫妇，你偷主子汉子，还要治死主子老婆。平儿过来。你们淫妇忘八一条藤儿，多嫌着我，外面儿你哄我。”说着，又把平儿打了几下。（庚双：奇极！先打平儿，可是世人想得着的？）打的平儿有冤无处诉，只气的干哭，骂道：“你们做这些（俞校：“做这些”——从庚、晋、甲；原“作这些”。）没脸的事，好好的又拉上我做什么！”（俞校：“做什么”——从庚、晋、甲；原“作什么”。）说着，也把鲍二家的撕打起来。（俞校：“撕打起来”——从庚、甲；原“厮打起来”。）贾琏也因吃多了酒，进来高了兴，未曾作的机密。一见凤姐来了，已没了主意；又见平儿也闹起来，把酒也气上来了。凤姐儿打鲍二家的，他已（俞校：“他已”——从庚、晋、甲；原“他自己”。）又气又愧，只不好说的；今见平儿也打，便上来踢骂道："好娼妇，俞校："好娼妇"——从庚、晋、甲；原"好淫妇"。你也动手打人！"平儿怕打，忙住了手，哭道："你们背地里说话，为什么拉我呢！"凤姐见平儿怕贾琏，越发气了，又赶上来打着平儿，偏叫打鲍二家的。平儿急了，便跑出去，找刀子要寻死。外面众婆子丫头忙拦住解劝。这里凤姐见平儿寻死去，便一头撞在贾琏怀里，俞校："一头撞在贾琏怀里"——从庚、晋、甲；原"自己便一头撞在贾琏怀内"。叫道："你们一条藤儿害我，被我听见了，倒都吓起我来。俞校："吓起我来"——从庚、晋、甲；原"唬起我来了"。你也勒死我。"俞校："勒死我"——从庚、晋、甲；原"勒死我罢"。贾琏气的墙上拔出剑来，俞校："拔出剑来"——从庚、晋、甲；原"拔下剑来"。说道："不用寻死，我也急了，一齐杀了，我偿了命，大家干净。"正闹的不开交，只见尤氏等一群人来了，说："这是怎么说？才好好的，就闹起来。"贾琏见了人，越发倚酒三分醉，逞起威风来，庚双：天下小人大都如是。故意要杀凤姐儿。俞校："要杀凤姐儿"——从庚、晋、甲；原"要杀凤姐"。凤姐儿见人来了，俞校："凤姐儿见人来了"——从庚、晋、甲；原"凤姐见有人来了"。便不似先前那般泼了，庚双：天下奸雄、妒妇、恶妇大都如是，只是恨无阿凤之才耳。丢下众人，便哭着往贾母那边跑。

此时戏已散出，凤姐跑到贾母跟前，爬在贾母怀里，俞校："贾母怀里"——从庚、晋、甲；原"贾母怀内"。只说："老祖宗救我，琏二爷要杀我呢！"庚双：瞧他称呼。贾母、邢夫人、王夫人等忙问："怎么了？"凤姐哭道："我才家去换衣裳，不防琏二爷在家和人说话，我只当是有客来了，吓的我不敢进去。在窗户外头听了一听，原来是和鲍二的媳妇俞校："鲍二的媳妇"——从庚旁改（"二"下有"家"点去）；原"和鲍二家的"。商议，说我利害，要拿毒药给我吃了，治死我，把平儿扶了正。我原气了，又不敢和他吵，原打了平儿两下。问他为甚么要害我，他臊了，就要杀我。"贾母等听了，都信以为真，说："这还了得！快拿了那下流种子来。"一语未完，只见贾琏拿着剑赶来，后面许多人跟着。贾琏明仗着俞校："贾琏明仗着"——从庚、晋、甲；原无。贾母素日疼他们，连母亲、婶母也无碍，俞校："也无碍"——从庚、晋、甲；原"也无关碍"。故逞强闹了来。邢夫人、王夫人见了，俞校："邢夫人、王夫人见了"——从庚、晋、甲；原"邢夫人见了"。气的忙拦住骂道："这下流种子，你越发反了！老太太在这里呢。"俞校："在这里呢"——从庚、晋、甲；原"还在这里呢"。贾琏乜斜着眼道："都是老太太惯的他，他才这样，连我也骂起来了。"邢夫人气的夺下剑来，只管喝他快出去。那贾琏撒娇撒痴，涎言涎语的，俞校："撒娇撒痴，涎言涎语的"——从庚、晋、甲；原"只管撒娇撒痴，涎言涎语的"。还只乱说。贾母气的说道："我知道你不把我们放在眼睛里，俞校："眼睛里"——从庚；原"眼里"。叫人把他老子叫来，看他去不去。"贾琏听见这话，方趔趄着脚儿出去了，赌气也不往家去，便往外书房来。这里邢夫人、王夫人也说凤姐儿。贾母笑道："什么要紧的事。小孩子年轻，馋嘴猫儿俞校："馋嘴猫儿"——从庚、晋、甲；原"馋嘴猫"。似的，那里保得住不这么着。俞校："不这么着"——从庚、晋、甲；原"不这么样"。从小儿世人都打这么过的。都是我的不是。他多吃了两口酒，又吃起醋来。"说的众人都笑了。贾母又道："你放心，等明儿我叫他来替你赔不是。你今儿别要过去俞校："别要过去"——从庚；原"别过去"。臊着他。"因又骂："平儿那蹄子，素日俞校："素日"——从庚、晋、甲；原"素习"。我倒看他好，怎么暗地里俞校："暗地里"——从晋、甲；原"暗地"。这么坏！"尤氏等笑道："平儿没有不是，是凤丫头拿着人家出气。两口子不好对打，都拿着平儿煞性子，平儿委屈的什么是的俞校："什么是的"——从庚、晋、甲；原"什么似的"。呢！老太太还骂人家。"贾母道："原来这样。我说那孩子倒不像那狐媚魇道的。既这么着，可怜见的，俞校："可怜见的"——从庚、晋、甲；原"可怜见儿的"。白受他的气。"俞校："白受他的气"——从庚、晋、甲；原"白受他主子的气"。因叫琥珀来："你出去俞校："你出去"——从庚；原"你去"。告诉平儿，就说我的话：我知道他受了委屈，俞校："受了委屈"——从庚、晋、甲；原"受了委屈了"。明儿我叫凤姐儿替他俞校："替他"——从庚；原"来替他"。庚"替"又傍改"给"。赔不是。今儿是他主子的好日子，不许他胡闹。"原来平儿早被李纨拉入大观园去了。庚双：可知吃蟹一回非闲文也。平儿哭的哽噎难抬。宝钗劝道："你是个明白人。庚双：必用宝钗评出，方是身分。素日凤丫头何等待你。今儿不过他多吃俞校："不过他多吃"——从庚、甲；原"他不过多吃了"。一口酒，他可不拿你出气，难道倒拿别人俞校："倒拿别人"——从庚、晋、甲；原"拿别人"。出气不成！别人又笑话他吃醉了。你只管这会子委屈，素日你的好处，岂不都是假的了。"正说着，只见琥珀走来，说了贾母的话。平儿自觉面上有了光辉，方才渐渐的好了，也不往前头来。宝钗等歇息了一会，方来看贾母、凤姐。宝玉便让平儿俞校："便让平儿"——从庚、晋；原"便让了平儿"。到怡红院中来。袭人忙接着，笑道："我先原要让你的，只因大奶奶和姑娘们都让你，我就不好让的了。"平儿也陪笑说："多谢。"因又说道："好好儿的，从那里说起，无缘无故白受了一场气。”袭人笑道：“二奶奶素日待你好，俞校：“素日待你好”——从庚、晋、甲；原“待你狠好”。这不过是一时气急了。”俞校：“气急了”——从庚、晋、甲；原“气了”。平儿道：“二奶奶倒没说的，只是那个淫妇治的我，俞校：“治的我”——从庚、晋、甲；原无。他又偏拿我凑趣儿。还有我们那俞校：“还有我们那”——从庚、晋、甲；原“我们”。糊涂爷倒打我。”说着，便又委屈，禁不住落泪。宝玉忙劝道：“好姐姐，别伤心，我替他们两个赔个不是罢。”平儿笑道：“与你什么相干？”宝玉笑道：“我们弟兄姊妹都一样，他们得罪了人，我替他俞校：“我替他”——从庚、晋、甲；原“我替”。赔个不是，也是应该的。”又道：“可惜这新衣裳也沾了。这里有你花妹妹的衣裳，何不换了下来，拿些烧酒喷了俞校：“喷了”——从庚、晋、甲；原“喷喷”。熨一熨。把头也另梳一梳。”一面说，一面便吩咐小丫头子们舀洗脸水，俞校：“舀洗脸水”——从庚、晋、甲；原“舀水洗脸”。烧熨斗来。平儿素昔俞校：“素昔”——从晋、甲；原“素习”。只闻人说宝玉专能和女孩儿俞校：“女孩儿”——从庚；原“女孩子”。们接交。宝玉素日因平儿是贾琏的爱妾，又是凤姐的心腹，故不肯和他厮近，因不能尽心，也常为恨事。平儿今见他这般，心中也暗暗的战敠俞校：“战敠”——从庚、甲；原“掂掇”。：“果然话不虚传，色色想的周到。”又见袭人特特的开了箱子，拿出两件不大穿的衣裳来与他换，便赶忙的俞校：“赶忙的”——从庚；原“连忙”。脱下自己的衣服，忙去洗了脸。宝玉一旁俞校：“一旁”——从庚、晋、甲；原“在旁”。笑劝道：“姐姐还该擦上些脂粉，不然，倒像是和凤姐姐赌气子俞校：“赌气子”——从庚；原“赌气了”。似的；况且又是他的好日子，而且老太太又打发了人来安慰你。”平儿听了有理，便去找粉，只不见粉。宝玉忙走至妆台前，俞校：“妆台前”——从庚、晋、甲；原“妆前”。将一个宣窑磁盒揭开，里面盛着一排十根玉簪花棒，拈了一根，递与平儿，又笑向他道俞校：“笑向他道”——从庚；原“向他道”。：“这不是铅粉。这是紫茉莉花种，研碎了，兑上香料制的。”平儿倒在掌上看时，果见轻白俞校：“轻白”——从庚、晋、甲；原“青白”。红香，四样俱美；摊在面上，俞校：“摊在面上”——从庚；原“扑在面上”。也容易匀净，且能润泽肌肤，不似别的粉青重涩滞。随后看见胭脂也不是成张的，却是一个小小的白玉盒子，里面盛着一盒，如玫瑰膏子一样。宝玉笑道：“那市卖的胭脂都不干净，颜色也薄。这是上好的胭脂，拧出汁子来，淘澄净了渣滓，配了花露蒸叠成的。只用细簪子挑一点

变生不测凤姐泼醋　喜出望外平儿理妆

儿抹在手心里，用一点水化开，抹在唇上，手心里剩的就够打颊腮了。”平儿依言妆饰，俞校：“妆饰”——从庚、晋、甲；原“粉饰”。果见鲜艳异常，且又甜香满颊。宝玉又将盆内的俞校：“盆内的”——从庚、晋；原“盆内开的”。一枝并蒂秋蕙，用竹剪撷了下来，与他簪在鬓上。忽见李纨打发丫头来唤他，方忙忙的去了。庚双：忽使平儿在绛芸轩中梳妆，非世人想不到，宝玉亦想不到者也。作者费尽心机了。写宝玉最善闺阁中事，诸如胭粉等类，不写成别致文章，则宝玉不成宝玉矣。然要写又不便特为此费一番笔墨，故思及借人发端。然借人又无人，若袭人辈则逐日皆如此，又何必拣一日细写？似觉无味。若宝钗等又系姊妹，更不便来细搜袭人之妆奁，况也是自幼知道的了。因左想右想，须得一个又甚亲、又甚疏、又可唐突、又不可唐突、又和袭人等极亲、又和袭人等不大常处、又得袭人辈之美、又不得袭人辈之修饰一人来，方可发端。故思及平儿一人方如此，故放手细写绛芸闺中之什物也。宝玉因自来从未在平儿跟前尽过心，——且平儿又是个极聪明极清俊的俞校：“极聪明极清俊的”——从庚、晋、甲；原“极聪明的人极清俊”。上等女孩儿，比不得那起俗蠢拙物，俞校：“俗蠢拙物”——从庚；原“俗拙蠢物”。——深为恨怨。今日是金钏儿的生日，故一日不乐。庚双：原来为此！宝玉之私祭，玉珋（钏）之潜哀，俱针对矣。然于此刻补明，又一法也。真十（千）变万化之文，万法俱备，毫无脱漏，真好书也。不想落后闹出这件事来，竟得在平儿前俞校：“平儿前”——从庚、晋、甲；原“平儿跟前”。稍尽片心，亦今生意中不想之乐也。因歪在床上，心内怡然自得。忽又思及贾琏惟知以淫乐悦己，并不知作养脂粉。又思平儿并无父母兄弟姊妹，独自一人，供应贾琏夫妇二人，贾琏之俗，凤姐之威，他竟能周全妥帖，今日还遭荼毒，想来此人薄命，比黛玉俞校：“比黛玉”——从庚；原“似黛玉”。尤甚。想到此间，便又伤感起来，不觉洒然泪下。因见袭人等不在房中，尽力落了几点俞校：“落了几点”——从庚；原“几点”。痛泪。复起身，又见方才的衣裳上喷的酒已半干，便拿熨斗熨了叠好；见他手帕子忘去，上面犹有泪渍，又在脸盆中俞校：“脸盆中”——从庚；原“面盆中”。洗了晾上。又喜又悲，闷了一会，也往稻香村来，说一回闲话，俞校：“说一回闲话”——从庚、晋、甲；原“说了一回闲话”。掌灯后方散。

平儿就在李纨处歇了一夜。凤姐只跟着贾母。贾琏晚间归房，冷清清的，又不好去叫，只得胡乱睡了一夜。次日醒了，想昨日之事，大没意思，后悔不来。邢夫人记挂着昨日贾琏醉了，忙一早过来，叫了贾琏过贾母这边来。贾琏只得忍愧前来，在贾母面前跪下。贾母问他：“怎么了？”贾琏忙陪笑说：“昨儿原是吃了酒，惊了老太太的驾了，今儿来领罪。”贾母啐道：“下流东西，灌了黄汤，不说安分守己的挺尸去，倒打起老婆来了。凤丫头成日家说嘴，俞校："说嘴"——从庚、晋、甲；原"嘴"。霸王似的一个人，昨儿吓的可怜。要不是我，你要伤了他的命。——这会子怎么样？"俞校："怎么样"——从庚、晋、甲；原"可怎么样"。贾琏一肚子的委屈，不敢分辩，俞校："分辩"——从庚、甲；原"分辨"。只认不是。贾母又道："那凤丫头和平儿还不是个美人胎子，俞校："还不是个美人胎子"——从庚、晋、甲；原"还不是美人似的"。你还不足！俞校："你还不足"——从庚、晋、甲；原"还不足"。成日家偷鸡摸狗，脏的臭的都拉了你屋里去。为这起俞校："为这起"——从庚、晋、甲；原"为这"。淫妇打老婆，又打俞校："又打"——从庚、晋、甲；原"打"。屋里的人，你还亏是俞校："还亏是"——从庚、晋、甲；原"还是"。大家公子出身，俞校："大家公子出身"——从庚；原"大家的公子"。活打了嘴了。你若眼睛里有我，你起来，我饶了你，乖乖的俞校："乖乖的"——从庚、晋、甲；原"你乖乖的"。替你媳妇赔个不是，拉了他家去，我就喜欢了。要不然，你只管出去，我也不敢受你的跪。"贾琏听如此说，又见凤姐儿站在那边，也不盛妆，俞校："盛妆"——从庚、晋、甲；原"甚妆"。哭的眼睛肿着，也不施脂粉，俞校："不施脂粉"——从庚、晋、甲；原"不甚施脂粉"。黄黄的脸儿，庚双：大妙大奇之文，此一句便伏下病根了，草草看去，便可惜了作者行文苦心。比往常更觉可怜可爱，想着："不如赔了不是，彼此也好了，又讨了老太太的喜欢。"想毕，便笑道："老太太的话我不敢不依，只是越发纵了他了。"贾母笑道："胡说。我知道他最有礼的，俞校："最有礼的"——从庚、晋、甲；原"是最有礼的"。再不会冲撞人。他日后俞校："日后"——从庚、晋、甲；原"日后要"。得罪了你，我自然也作主，俞校："也作主"——从庚、晋、甲；原"要作主"。叫你降伏俞校："降伏"——从庚、晋、甲；原"降伏他"。就是了。"贾琏听说，爬起来，便与凤姐俞校："与凤姐"——从庚、晋、甲；原"向凤姐"。作了一个揖，笑道："原是我的不是，二奶奶饶过我罢。"满屋里的人都笑了。贾母笑道："凤丫头不许恼了。再恼，我就恼了。"说着，又命人去叫平儿来，命凤姐儿和贾琏俞校："凤姐儿和贾琏"——从庚、晋、甲；原"贾琏、凤姐"。两个安慰平儿。俞校："安慰平儿"——从晋、甲；原"安慰他"。贾琏见了平儿，越发顾不得了，俞校："顾不得了"——从晋、甲；原"图不得了"。所谓"妻不如妾，妾不如偷"，俞校："所谓妻不如妾，妾不如偷"——从庚、晋；原无。听贾母一说，便赶上来说道："姑娘昨儿受了屈了，俞校："受了屈了"——从晋、甲；原"受了委屈了"。都是我的不是。奶奶得罪了你，也是因我而起。俞校："因我而起"——从庚、晋、甲；原"因我起"。我赔了不是不算外，还替你奶奶赔个不是。"说着，也作了一个揖。俞校："作了一个揖"——从庚、晋、甲；原"作下揖去"。引的俞校："引的"——从庚、晋、甲；原无。贾母笑了，凤姐也笑了。贾母又命凤姐儿来安慰他。平儿忙走上来给凤姐磕头，说："奶奶的千秋，我惹了奶奶生气，是我该死。"凤姐正自愧悔昨日酒吃多了，不念素日之情，浮躁起来，为听了傍人的话无故给平儿没脸。今反见他如此，又是惭愧，又是心酸，忙一把拉起来，落下泪来。平儿道：“我伏侍了奶奶这么几年，也没弹我一指甲；（俞校：“一指甲”——从庚、晋、甲；原“一指头”。）就是昨儿打我，我也不怨奶奶，都是那淫妇治的，怨不得奶奶生气。”说着，也滴下泪来了。（俞校：“滴下泪来了”——从庚、晋、甲；原“哭了”。）（庚双：妇人女子之情毕有（肖），但世之大英雄，羽翼偶摧，尚按剑生悲，况阿凤与平儿哉？所谓此书真是哭成的。）贾母便命人将他三人送回房去，“有一个再提此事，即刻来回我，（俞校：“来回我”——从庚、晋、甲；原“回我”。）不管是谁，拿拐棍子给他一顿。”三个人从新给贾母、邢夫人、王夫人磕了头，老嬷嬷答应了，送他二人回去。（俞校：“送他三人回去”——从庚、晋、甲；原“送他三人回”。）至房中，凤姐见无人，方说道：“我怎么像个阎王，又像夜叉？那淫妇咒我死，你也帮着咒。我千日不好，也有一日好。可怜我熬的连个淫妇（俞校：“连个淫妇”——从庚、晋、甲；原“连一个淫妇”。）也不如了，我还有什么脸来过这日子。”（俞校：“来过这日子”——从晋、甲；原“过这日子”。）说着，又哭了。（庚双：辖治丈夫此是首计，懦夫来看此句。）贾琏道：“你还不足？你细想想，昨儿谁的不是多？（庚双：妙！不敢自说没不是，只论多少，懦夫来者（看）。）今儿当着人还是我跪了一跪，又赔不是，你也争足了光了。（俞校：“争足了光了”——从庚、晋、甲；原“争足了光”。）这会子还叨叨，（俞校：“还叨叨”——从庚、晋；原“还唠叨”。）难道还叫我给你跪下才罢？太要足了强，也不是好事。”说的凤姐无言可对。平儿嗤的一声（俞校：“平儿嗤的一声”——从庚、晋、甲；原无“平儿”。）笑了。贾琏也笑道：“又好了。真真（俞校：“真真”——从庚；原“真真的”。）我也没法子。”

正说着，（俞校：“正说着”——从庚、晋、甲；原“正说”。）只见一个媳妇来回说：“鲍二媳妇吊死了。”（庚双：到也有气性，只是又是情累一个，可怜！）贾琏、凤姐都吃了一惊。凤姐忙收了（俞校：“忙收了”——从庚、晋、甲；原“收了”。）怯色，反喝道：“死了罢了，有什么大惊小怪的。”（庚双：写阿凤如此。）一时，只见林之孝家的进来，悄回凤姐道：“鲍二媳妇吊死了，他娘家的亲戚（俞校：“他娘家的亲戚”——从庚、晋、甲；原“娘家亲戚”。）要告呢。”凤姐笑道（庚双：偏于此处写阿凤笑。怀（坏）哉阿凤！）：“这倒好了，我正想要打官司呢。”林之孝家的道：“我才和众人劝了他们，（俞校：“劝了他们”——从庚；原“劝他们一回”。）又威吓了一阵，又许了他几个钱，（俞校：“几个钱”——从庚、晋、甲；原“几吊钱”。）也就依了。”凤姐道：“我没一个钱。有钱也不给。（俞校：“也不给”——从庚、晋、甲；原“也不给他”。）只管叫他去告。也不许劝他，也不用镇吓他，（俞校：“镇吓他”——从晋、甲；原“镇喝他”。）只管让他告去。告不成，倒问他个以尸讹诈。”（庚双：写阿凤如此。）林之孝家的正在为难，见贾琏和他使眼色儿，心下明白，便出来等着。（俞校："出来等着"——从庚、晋、甲；原"出去等著"。）贾琏道："我出去（俞校："我出去"——从庚、晋、甲；原"等我出去"。）瞧瞧，看是怎么样。"凤姐道："不许给他钱。"贾琏一迳出来，和林之孝来商议，（俞校："来商议"——从庚、晋、甲；原"商议"。）着人去（俞校："着人去"——从庚、晋、甲；原"命人去"。）作好作歹，许了二百两发送（俞校："发送"——从庚、晋、甲；原"银子"。）才罢。贾琏生恐有变，又命人去和王子腾说，（俞校："和王子腾说"——从庚；原下有"了"。）将番役仵作人等叫了几名来，帮着办丧事。那些人见了如此，纵要复辨，（俞校："复辨"——从庚；原"复办"。）亦不敢辨，（俞校："不敢辨"——从庚；原"不敢办"。）只得忍气吞声罢了。贾琏又命林之孝将那二百银子入在流年帐上，分别添补开销过去。（庚双：大敝（弊）小敝（弊），无一不到。）又梯己给鲍二些银两，安慰他说："另日再挑个好媳妇给你。"鲍二又有体面，又有银子，有何不依，便仍然奉承贾琏。（庚双：为天下夫妻一哭。）不在话下。里面凤姐心中虽不安，面上只管佯不理论。因房内无人，便拉平儿笑道："我昨儿灌丧醉了，你别埋怨。（俞校："埋怨"——从晋、甲；原"愤怨"。）打了那里？（俞校："打了那里"——从庚、晋、甲；原"打了那里了"。）让我瞧瞧。"平儿道："也没打重。"只听得说（俞校："只听得说"——从庚、晋、甲；原"只听说"。）："奶奶姑娘们都进来了。"要知端的，（俞校："要知端的"——从庚；原无。）下回分解。

蒙戚回后：富贵少年多好色，那如宝玉会风流。阎王夜叉谁曾说，死到临头身不由。

第四十五回
金兰契互剖金兰语　风雨夕闷制风雨词

蒙戚回前：富贵荣华春暖，梦破黄粮（粱）愁晚。金玉作楼台，也是戏场妆点。莫缓，莫缓，遗却灵光不远。

话说凤姐正在安慰平儿，忽见众姊妹（俞校："众姊妹"——从庚；原"众人"。）进来，忙让了坐。平儿斟上茶来。凤姐笑道："今儿来的这么齐全，倒像下帖子请了来的。"探春先笑道："我们有两件事：一件是我的，（俞校："一件是我的"——从庚、晋、甲；原无。）一件是四妹妹的，还夹着老太太的话。"凤姐笑道："有什么事，这么要紧？"探春笑道："我们起了个诗社，（俞校："起了个诗社"——从庚、晋、甲；原"起了一个诗社"。）头一社就不齐全，众人脸软，所以就乱了。我想必得你去作个监社御史，铁面无私才好。再四妹妹为画园子，（俞校："画园子"——从庚、晋、甲；原"画园子的图儿"。）用的东西这般那般不全，回了老太太，老太太说（俞校："老太太说"——从庚、晋、甲；原"说"。）：'只怕后头（俞校："后头"——从庚、晋、甲；原"后"。）楼底下，还有当年剩下的。找一找，若有呢，拿出来；若没有，叫人买去。'"凤姐笑道："我又不会作什么湿的干的，要我吃东西去（俞校："吃东西去"——从庚、晋、甲；原"吃东西"。）不成？"探春道："你虽不会作，也不要你作，你只（俞校："你只"——从庚、晋、甲；原"诗，只"。）监察着我们里头有偷安怠惰的，（俞校："有偷安怠惰的"——从庚、晋、甲；原"有偷安的有怠惰的"。）该怎么样罚他（俞校："罚他"——从庚、晋、甲；原"罚"。）就是了。"凤姐笑道："你们别哄我，（俞校："别哄我"——从庚、晋、甲；原"别哄我了"。）我猜着了。那里是请我作监社御史，（俞校："监社御史"——从庚；原"监社"。）

分明是（俞校："分明是"——从庚、晋、甲；原"这分明是"。）叫我作个（俞校："作个"——从庚；原"作一个"。）进钱的铜商。你们弄什么社，（俞校："弄什么社"——从庚、晋、甲；原"算什么社"。）必是要轮流作东道的，你们的月钱（俞校："你们的月钱"——从庚；原"你们月钱"。）不够花了，想出这个法子来，勾了我去，好和我要钱。可是这个主意？"一席话说的众人都笑起来了。李纨笑道："真真你是个水晶心肝玻璃人。"凤姐笑道："亏你是个大嫂子呢！把姑娘们（俞校："把姑娘们"——从庚；原"把姑娘"。）原交给你带着念书学规矩针线的，他们不好，你要劝。（俞校："你要劝"——从庚；原"你还要劝"。）这会子他们起诗社，能用几个钱，你就不管了。老太太、太太罢，（俞校："老太太、太太罢"——从庚；原下有"了"。庚末旁添"了"。）原是老封君。你一个月十两银子的月钱，比我们多两倍子，老太太、太太还说你（俞校："还说你"——从庚、晋、甲；原"还是说你"。）寡妇失业的，可怜不够用，因有个小子，足的（俞校："足的"——从庚；原无。）又添了十两，和老太太、太太平等；又给你园子地，各人取租子；（俞校："取租子"——从庚、晋、甲；原"取租钱"。）年终分年例，你又是（俞校："你又是"——从庚、晋、甲；原"又是"。）上上分儿。你娘儿们主子奴才共总没十个人，吃的穿的仍旧是官中的，一年通共算起来，也有四五百（俞校："四五百"——从庚、晋、甲；原"四五百两"。）银子。这会子你就每年拿出一二百两（俞校："一二百两"——从庚、晋、甲；原"一二百"。）银子来，陪他们（俞校："陪他们"——从晋、甲；原"赔他们"。）玩玩，能几年的限期！（俞校："限期"——从庚；原"限"。庚又点去"期"，"限"上傍添"远"。）他们各人出了阁，难道还要你赔不成！这会子你怕花钱，调唆他们来闹我，我乐得去吃一个河涸海干，（俞校："河涸海干"——从庚、晋；原"河落海干"。）我还通不知道呢！"

李纨笑道："你们听听，我说了一句，（俞校："说了一句"——从庚、晋、甲；原"说了一句话"。）他就疯了，（俞校："他就疯了"——从庚、晋；原下有"似的"。）说了两车的无赖泥腿市俗专会打细算盘分斤拨两（俞校："两车的无赖泥腿市俗专会打细算盘分斤拨两"——从庚；原"两车无赖的泥腿市俗家常打算盘分金拨两"。）的话出来。（庚双：心直口拙之人急了，恨不得将万句话来并成一句，说死那人，毕肖！）这东西亏他托生在（俞校："托生在"——从庚、晋、甲；原"脱生在"。）诗书大宦名门之家做小姐，（俞校："做小姐"——从庚、晋、甲；原"作小姐出身"。）出了嫁又是这样，他还是这么着；若生在贫寒小户人家（俞校："贫寒小户人家"——从庚；原"贫寒之家小门小户的"。）作个小子，还不知怎么下作贫嘴恶舌的呢。天下人都被你算计了去。昨儿还打平儿呢，亏你伸的出手来。那黄汤难道灌丧了狗肚子里去了？气的我只要给平儿打抱不平儿，忖度了半日，好容易狗长尾巴尖儿的好日子，又怕老太太心里不受用，因此没来，究竟气还未平。你今儿又招我（俞校："又招我"——从庚、晋；原"还招我"。）来了。给平儿拾鞋也不要。你们两个，只该换一个过子才是。”说的众人都笑了。凤姐忙笑道：“竟不是为诗为画来找我，（俞校：“来找我”——从庚、甲；原“来找我的”。）这脸子竟是为给平儿来报仇的。我竟不承望平儿有你这么一位仗腰子的人，早知道，便有鬼（俞校：“便有鬼”——从庚；原“有鬼”。）拉着我的手打他，我也不打了。——平姑娘过来，我当着大奶奶、姑娘们替你（俞校：“替你”——从庚、晋、甲；原“给你”。）赔个不是，担待我酒后无德罢。”说着，众人又都笑起来了。李纨笑问平儿道：“如何？我说必定要给你争气才罢。”平儿笑道：“虽如此，（俞校：“虽如此”——从庚、晋；原“虽然如此”。）奶奶们取笑，我禁不起。”李纨道：“什么禁不起！有我呢。快拿了（俞校：“快拿了”——从庚、晋；原“快拿”。）钥匙，叫你主子开了楼房找东西去。”凤姐笑道：“好嫂子，你且同他们回园子里去。我才要把这米帐合算一算；（俞校：“合算一算”——原“和他们算一算”；庚“和算一算”；晋、甲“合他们算一算”；今改“合算一算”。庚“和”下傍添“他们”。）那边大太太又打发人来叫，又不知有什么话说，须得过去走一趟；还有年下你们添补的衣服，还没打点给他们做去。”（俞校：“给他们做去”——从庚；原“给他们作去”。）李纨笑道：“这些事我都不管，你只把我的事完了，我好歇着去，省得这些姑娘小姐（俞校：“姑娘小姐”——从庚、晋、甲；原“姑娘们小姐们”。）闹我。”凤姐忙笑道：“好嫂子，赏我一点空儿。你是最疼我的，怎么今儿（俞校：“怎么今儿”——从庚、晋、甲；原“怎么”。）为平儿就不疼我了？往常你还劝我，说事情虽多，也该保养身子，检点着，偷空儿歇歇。你今儿反倒逼我的命了。况且误了别人的年下衣裳（俞校：“别人的年下衣裳”——从庚、晋；原“别人年下的衣裳”。）无碍，他姊妹们的（俞校：“他姊妹们的”——从庚、晋、甲；原“他姊妹们”。）若误了，非是（俞校：“非是”——从庚；原“却是”。庚“非”又旁改“不”。）你的责任，老太太岂不怪你不管闲事，连一句现成的话（俞校：“现成的话”——从庚、晋；原“现成话”。）也不说！我宁可自己落不是，岂敢带累你呢！”李纨笑道：“你们听听，说的好不好？把他会说话的！我且问你，这诗社你到底管不管？”凤姐笑道：“这是什么话。我不入社（俞校：“我不入社”——从庚、晋、甲；原“我若不入社”。）花几个钱，不成了（俞校：“不成了”——从庚；原“我不成了”。）大观园的反叛了，还想在这里吃饭不成！（俞校：“吃饭不成”——从庚、晋、甲；原“吃饭”。）明儿一早就到任，下马拜了印，先放下五十两银子，给你们慢慢的作会社东道。（俞校：“会社东道”——从庚、晋、甲；原“社会东道”。）过后几天，我又不作诗作文，只不过作个俗人罢了，监察也罢，不监察也罢，有了钱了，你们还撵出我来！”俞校：“撵出我来”——从庚、晋；原下有“也使得”。说的众人又都笑起来。凤姐儿道俞校：“凤姐儿道”——从庚、晋、甲；原“凤姐又道”。：“过会子我开了楼房，凡有俞校：“凡有”——从庚、晋、甲；原“凡有的”。这些东西都叫人搬出来你们看。若使得，留着使；若少什么，照你们的单子，俞校：“照你们的单子”——从庚、晋、甲；原“照著你们的单子”。我叫人替你们买去就是了。画绢我就裁出来。那图样没在太太跟前，还在那边俞校：“那边”——从庚、晋、甲；原无。珍大爷那里呢，说给你们，别碰钉子去。我打发人取了来，一并叫人连绢交给相公们矾去如何？”李纨点头笑道：“这难为你。果然这样还罢了。既如此，咱们家去罢。等着他不送了去，再来闹他。”说着，便带了他姊妹就走。俞校：“带了他姊妹就走”——从庚；原“带著众人就要走”。凤姐道：“这些事再没两个人，俞校：“再没两个人”——从庚；原“再无两个人”。都是宝玉生出来的。”俞校：“生出来的”——从庚、晋、甲；原“作出来的”。李纨听了，忙回身笑道：“正是为宝玉来，反忘了。头一社就是他误了，我们脸软，你说俞校：“你说”——从庚、晋、甲；原“你”。该怎么罚他？”凤姐想了一想，说道：“没有别的法子，只叫他把你们各人俞校：“你们各人”——从庚、晋、甲；原“你们各人的”。屋子里的地，罚他扫一遍才好。”众人都笑道：“这话不差。”

说着，才要回去，只见一个小丫头扶了赖嬷嬷进来。凤姐儿等忙站起来笑道俞校：“笑道”——从晋、甲；原“笑让”。：“大娘坐。”又都给他道喜。赖嬷嬷向炕沿上坐了，笑道：“我也喜，主子们也喜。若不是主子们的俞校：“主子们的”——从庚、晋、甲；原“主子们”。恩典，我们这喜从何来！昨儿奶奶又打发彩哥儿赏东西，我孙子在门上朝上磕了头了。”李纨笑道：“多早晚上任去？”赖嬷嬷叹道俞校：“赖嬷嬷叹道”——从庚、晋、甲；原“赖大嫫嫫笑道”。：“我那里管他们，俞校：“管他们”——从庚、晋、甲；原“管他”。由他们去罢。前儿在家里给我磕头，我没好话，我说：哥哥儿，俞校：“哥哥儿”——从庚；原“哥儿”。你别说你是官儿了，横行霸道的。俞校：“横行霸道的”——从庚、晋、甲；原“就横行霸道起来”。你今年活了三十岁，虽然是人家的奴才，一落娘胎胞，俞校：“娘胎胞”——从庚、晋、甲；原“娘胞胎”。主子恩典俞校：“主子恩典”——从晋；原“主子的典恩”。放你出来，上托着主子的洪福，下托着你老子娘，也是公子哥儿似的读书认字，也是丫头老婆奶子捧凤凰似的长了这么大，你那里知道那‘奴才’两字是怎么写的！俞校：“怎么写的”——从庚；原“怎么写”。只知道享福，也不知你爷爷和你老子受的那苦恼。熬了两三辈子，俞校：“两三辈子”——

从庚、晋、甲；原“三辈子”。好容易挣出你这么个东西来。从小儿三灾八难，花的银子也照样打出你这么个银人儿俞校：“银人儿”——从庚、晋、甲；原“银人”。来了。到二十岁上，又蒙主子的恩典，许你捐个前程俞校：“捐个前程”——原“捐了前程”；庚“躅个前程”。今改“捐个前程”。在身上。你看那正根正苗的，忍饥挨饿的要多少！你一个奴才秧子，仔细折了福。如今乐了十年，不知怎么弄神弄鬼的求了主子，又选了出来。州县官儿虽小，事情却大，为那一州的州官，就是那一方的父母。你不安分守己，尽忠报国，孝敬主子，只怕天也不容你。”俞校：“天也不容你”——从庚、晋、甲；原“天地不容你”。李纨、凤姐都笑道：“你也多虑。我们看他也就好了。俞校：“也就好了”——从庚；原“也就好”。先那几年还进来了两次，俞校：“两次”——从庚、晋、甲；原“几次”。这有好几年没来了，年下生日，只见他的名字就罢了。前儿给老太太、太太磕头来，在老太太那院里，见他又穿着新官的俞校：“新官的”——从庚、晋、甲；原“新官”。服色，倒发的威武了，比先时也胖了。他这一得了官，正该你乐呢，反倒愁起这些来。他不好，还有他父亲呢，你只俞校：“你只”——从庚、晋、甲；原“你只管”。受用你的就完了。闲了坐个轿子进来，和老太太斗一日牌，俞校：“斗一日牌”——从庚；原“斗一天牌”。说一天话儿，谁好意思的委屈了你。家去一般也是楼房厦厅，谁不敬你，自然也是老封君似的了。”平儿斟上茶来，赖嬷嬷俞校：“赖嬷嬷”——从庚、晋、甲；原“赖大嬷嬷”。忙站起来接了，笑道：“姑娘不管叫那个孩子倒来罢了，又折受我。”说着，一面吃茶，一面又道：“奶奶不知道，这些小孩子们，俞校：“小孩子们”——从庚、晋、甲；原“孩子们”。全要管的严。饶这么严，俞校：“这么严”——从庚、晋、甲；原“这么样”。他们还偷空儿闹个乱子来，叫大人操心。知道的说小孩子们淘气；不知道的人家就要说俞校：“就要说”——原“就说”；庚“就要”。今改“就要说”。仗着财势欺人，连主子的名声也不好。俞校：“也不好”——从庚、晋、甲；原“也不好了”。恨的我没法儿，常把他老子叫了来骂一顿，才好些。”因又指着宝玉道：“不怕你嫌我。如今老爷不过这么管你一管，老太太护在头里。当日老爷小时挨你爷爷的打，谁没看见的！老爷小时，何曾像你这么俞校：“像你这么”——从庚、晋、甲；原“像你”。天不怕地不怕的了。还有那大老爷，俞校：“那大老爷”——从庚；原“那边大老爷”。虽然淘气，也没像你这扎窝子的样儿，也是天天打。还有东府里你珍哥哥的俞校：“你珍哥哥的”——原“的珍哥儿他”；庚“你珍哥儿的”；晋“你珍大哥哥的”。今改“你珍哥哥的”。爷爷，那才是火上浇油的性子，说声恼了，什么儿子，竟是审贼！如今我眼里看着，耳朵里听着，那珍大爷管儿子倒也像（俞校：“倒也像”——从庚、甲；原“到像”。）当日老祖宗的规矩，只是管的到三不着两的。他自己也不管一管自己，怎么怨的这些兄弟侄儿不怕他。你心里明白，喜欢我说；不明白，嘴里不好意思，（俞校：“不好意思”——从庚、晋、甲；原“不好意思说”。）心里不知怎么骂我呢。”正说着，只见赖大家的来了。接着周瑞家的、张材家的（俞校：“张材家的”——从庚、晋、甲；原“林之孝家的”。）都进来回事情。凤姐儿笑道：“媳妇来接婆婆来了。”赖大家的笑道：“不是接他老人家，倒是打听打听奶奶姑娘们赏脸不赏脸。”（俞校：“赏脸不赏脸”——从庚、晋、甲；原“赏脸不赏”。）赖嬷嬷听了，笑道：“可是我糊涂了，正经话且不说，且说陈谷子烂芝麻的混捣熟。（俞校：“混捣熟”——从庚；原“混捣”。庚“熟”旁改“鬼”。）因为我们小子（俞校：“我们小子”——从庚、晋、甲；原“我的小子”。）选了出来，众亲友要给他贺喜，少不得家里摆个酒。我想摆一日酒，（俞校：“摆一日酒”——从庚、晋、甲；原“摆酒”。）请这个也不是，请那个也不是；又想了一想，托主子的洪福，想不到的这样荣耀，就倾了家我也是愿意的，因此吩咐他老子连摆三日。（俞校：“连摆三日”——从庚；原“连摆三日酒”。）头一日在我们破花园子里摆几席酒，一台戏，请老太太太太们，奶奶姑娘们去散一日闷；外头大厅上一台戏，摆几席酒，请老爷们爷们去增增光。（俞校：“去增增光”——原“增增光”；庚“去争争光”。今增“去”。）第二日再请亲友。（俞校：“亲友”——从庚、晋、甲；原“亲友们”。）第三日再把我们两府里的伴儿（俞校：“我们两府里的伴儿”——从庚、晋、甲；原“我们的这两府里的伴儿们”。）请一请。热闹三天，也是托着主子的洪福一场，光辉光辉。”李纨、凤姐都笑道：“多早晚的日子？我们必去。只怕老太太高兴要去，也定不得。”赖大家的忙道：“择了十四的日子，只看我们奶奶的老脸罢了。”凤姐笑道：“别人不知道，我是一定去的。——先说下，我是没有贺礼的，也不知道放赏，吃完了一走，可别笑话。”赖大家的笑道：“奶奶说那里话。奶奶要赏，赏我们三二万银子就有了。”赖嬷嬷笑道：“我才去请老太太，（俞校：“去请老太太”——从庚、晋、甲；原“去请”。）老太太也说去，可算我这脸还好。”说毕，又叮咛了一回，方起身要走，因看见周瑞家的，便想起一事来，因说道：“可是还有一句话问奶奶：这周嫂子（俞校：“这周嫂子”——从庚、甲；原“周瑞”。）的儿子犯了什么不是，撵了他不用？”俞校：“不用”——从庚、晋、甲；原“不用了”。凤姐听了，笑道：“正是我要告诉你媳妇，事情多，也忘了。赖嫂子回去，说给你老头子，两府里不许收留他小子，叫他各人去罢。”赖大家的只得答应着。周瑞家的忙跪下央求。赖嬷嬷忙道：“什么事？说给我评评。”凤姐儿道：“前儿我生日，俞校：“我生日”——从庚；原“我的生日”。里头还没吃酒，俞校：“还没吃酒”——从庚、晋、甲；原“还无吃酒”。他小子先醉了。老娘那边送了礼来，他不说在外头张罗，他倒坐着骂人，礼也不送进来。两个女人进来了，他才带着小幺们往里抬。小幺儿们倒好，他拿的一盒子倒失了手，撒了一院子馒头。俞校：“馒头”——从晋、甲，原“馒首”。人去了，打发彩明去说他，他倒骂了彩明一顿。俞校：“一顿”——从庚、晋、甲；原“好一顿”。这样无法无天的忘八羔子，还不撵了作什么！”赖嬷嬷笑道：“我当什么事情，原来为这个。奶奶听我说：他有了不是，打他骂他，使他改过；撵了去，断乎使不得。他又比不得咱们家的家生子儿，他现是太太的陪房，奶奶只顾撵了他，太太脸上俞校：“太太脸上”——从庚、晋；原“太太”。不好看。依我说，奶奶教导他几板子，俞校：“几板子”——从庚、晋、甲；原“几个板子”。以戒下次，仍旧留着俞校：“仍旧留着”——从庚、甲；原“仍留著”。才是。不看他娘，也看太太。”凤姐听说，便向赖大家的说道：“既这样，打他四十棍，以后不许他吃酒。”赖大家的答应了。周瑞家的磕头起来，又要与赖嬷嬷磕头，赖大家的拉着方罢。然后他三人去了。李纨等也就回园中来。

至晚，果然凤姐命人找了许多旧收的画具出来，送至园中。宝钗等选了一回，各色东西可用的只有一半，将那一半又开了单子，与凤姐去照样置买，不必细说。一日，外面矾了绢，起了稿子进来，俞校：“起了稿子进来”——从庚、晋、甲；原“起了稿子拿进来”。宝玉每日便在惜春这里帮忙。庚双：自忙不暇，又加上一“帮”字，可笑可笑。所谓《春秋》笔法。探春、李纨、迎春、宝钗等也多往那里俞校：“也多往那里”——从庚；原“也都往那里来”。庚“多”又旁改“常”。闲坐，一则观画，二则便于会面。宝钗因见天气凉爽，夜复渐长，庚双：“复”字妙，补出宝钗每年夜长之事，皆《春秋》字法也。遂至母亲房中商议，打点些针线来。俞校：“打点些针线来”——从庚、晋、甲；原“打点些针线”。日间俞校：“日间”——从庚、晋、甲；原“日间作，及”。至贾母处、王夫人处省候两次，俞校：“两次”——从庚；原“二次”。不免又承色陪坐，闲话半时；园中姊妹处俞校：“姊妹处”——从庚、晋；原“姊妹”。也要不时

（俞校："不时"——从晋、甲；原"度时"。）闲话一回，故日间不大得闲，每夜灯下女工，必至三更方寝。（庚双：代下收夕。写针线下"商议"二字，直将寡母训女多少温存活现在纸上。不写阿呆兄已见阿呆兄终日醉饱优游，怒则吼，喜则跃，家务一概无闻之形景毕露矣。《春秋》笔法。）

黛玉每岁至春分秋分之后，（俞校："春分秋分之后"——从庚、晋、甲；原"春分秋分之际"。）必犯嗽疾。（俞校："嗽疾"——从庚、晋；原"嗽痰"。）今秋又遇贾母高兴，多游玩了两次，未免过劳了神，近日又复嗽起来，觉得比往常又重些。所以总不出门，只在自己房中将养。有时闷了，又盼个姊妹来（俞校："姊妹来"——从庚、晋；原"姊妹们来"。）说些闲话排遣；（俞校："排遣"——从庚、晋、甲；原"排遣排遣"。）及至宝钗等来望候他，说不得三五句话，又厌烦了。众人都体谅他病中，且素日形体太弱，（俞校："太弱"——从庚傍改（"态"改"太"）；原"姣弱"。）禁不得一些委屈，所以他接待不周，礼数粗忽，（俞校："粗忽"——从庚、晋；原"疏忽"。）也都不（俞校："也都不"——从庚、晋、甲；原"都不"。）苛责。这日宝钗来望他，因说起这病症来。宝钗道："这里走的几个太医虽都还好，只是你吃他们的药总不见效；不如再请一个高明的人（俞校："高明的人"——从庚；原"高明人"。）来瞧一瞧，治好了岂不好！每年间闹一春一夏，（俞校："一春一夏"——从甲；原"一春"。）又不老，又不小，成什么，（俞校："成什么"——从庚、晋、甲；原"成个什么"。）不是个常法儿。"黛玉道："不中用。我知道我这样病（俞校："我这样病"——从庚；原"我这病"。）是不能好的了。（俞校："不能好的了"——从庚、晋、甲；原"不能好的"。）且别说病，只论好的日子我是怎么个形景，就可知了。"宝钗点头道："可正是这话。古人说：食谷者生。你素日吃的竟不能添养精神气血，（俞校："气血"——从庚、晋、甲；原"血气"。）也不是好事。"（俞校："也不是好事"——从庚、晋、甲；原"也是不好的事"。）黛玉叹道："'死生有命，富贵在天。'也不是人力可强的。今年比往年反觉又重了些似的。"说话之间，已咳嗽了（俞校："咳嗽了"——从庚、晋、甲；原"咳嗽"。）两三次。宝钗道："昨儿我看你那药方上，人参、肉桂觉得太多了。虽然益气补神，也不宜太热。依我说，先以平肝健胃为要。肝火一平，不能克土，胃气无病，饮食就可以养人了。每日早起，拿上等燕窝一两，冰糖五钱，用银铫子熬出粥来。若吃惯了，比药还强，最是滋阴补气的。"黛玉叹道："你素日待人固然是极好的，然我最是个多心的人，只当你心里藏奸。从前日你说看杂书不好，又说我那些好话，竟大感激你。（俞校："竟大感激你"——从庚、晋、甲；原"我大感激你"。）往日竟是我错了，实在误到如今。细细算来，我母亲去世的早，又无姊妹兄弟，我长

金兰契互剖金兰语　风雨夕闷制风雨词

了今年十五岁，庚双：代（黛）玉才十五岁，记清。竟没一个人俞校："没一个人"——从庚、晋、甲；原"无一个人"。像你前日的话教导我。怨不得云丫头说你好。我往日见他赞你，我还不受用；昨儿我亲自经过，才知道了。比如要是你说了那个，我再不轻放过你的，俞校："轻放过你的"——从庚、甲；原"轻放过"。你竟不介意，反劝我那些话，可知我竟自误了。若不是从前日看出来，俞校："看出来"——从庚、晋、甲；原"看出你来"。今日这话再不对你说。你方才说叫我吃燕窝粥的话，虽然燕窝易得，但只我因身上不好了，每年犯这个病，也没什么要紧的去处，请大夫，熬药，人参、肉桂已经闹了个天翻地覆；这会子我又兴出新闻来，熬什么燕窝粥。老太太、太太、凤姐姐这三个人俞校："这三个人"——从庚、晋、甲；原"三个人"。便没话说，那些底下的婆子丫头们俞校："婆子丫头们"——从晋；原"人"。未免不俞校："未免不"——从庚；原"未免"。嫌我太多事了。你看俞校："你看"——从庚、晋、甲；原无。这里这些人，因见老太太多疼了俞校："多疼了"——从庚、晋、甲；原"多疼"。宝玉和凤丫头两个，他们尚虎视眈眈，俞校："虎视眈眈"——原"虎视昂昂"；庚、晋"虎视耽耽"。今改。背地里言三语四的；何况于我，又不是他们这里正经主子，原是无依无靠，投奔了来的，他们已经多嫌着我了，如今我还不知进退，何苦叫他们咒我！"宝钗道："这样说，我也是和你一样。"黛玉道："你如何比我！你又有母亲，又有哥哥，这里又有买卖地土，家里又仍旧有房有地，你不过是亲戚的情分，白住了俞校："白住了"——从庚；原"白住在"。这里，一应大小事情又不沾他们一文半个，要走就走了。我是一无所有，吃穿用度，一草一纸，皆是和他们家姑娘一样，那起小人岂有不多嫌的。"宝钗笑道："将来也不过多费得一分嫁妆罢了。如今也愁不到这里。"庚双：宝钗此一戏，直抵过通部代（黛）玉之戏宝钗矣，又恳切、又真情、又平和、又雅致、又不穿凿、又不牵强，代（黛）玉因识得宝钗后方吐真情，宝钗亦识得代（黛）玉后方肯戏也，此是大关节大章法，非细心看不出。细心二人此时好看之极，真是儿女小窗中喁喁也。黛玉听了，不觉红了脸，笑道："人家才拿你当个正经人，把心里的烦难告诉你听，你反拿我取笑儿。"宝钗笑道："虽是取笑儿，俞校："虽是取笑儿"——从庚、晋、甲；原"虽是取笑"。却也是真话。你放心。我在这里一日，我与你消遣一日。你有什么委屈烦难，只管告诉我，我能解的，俞校："我能解的"——从庚、晋、甲；原"我能解得"。自然替你解一日。俞校："自然替你解一日"——从庚；原"自替你解一解"。我虽有个哥哥，你也是知道的；只有个母亲，比你略强些。咱们也算同病相怜。你也是个明白人，何必作‘司马牛之叹’！（庚双：通部众人，必从宝钗之评方定，然宝钗亦必从颦儿之评始可，何妙之至！）你才说的也是，多一事不如省一事。我明日家去，和妈妈说了，只怕我们家里还有，与你送几两来，每日叫丫头们就熬了，又便宜，又不劳师动众的。”黛玉忙笑道（俞校：“忙笑道”——从庚、晋、甲；原“忙叹道”。）：“东西事小，难得你多情如此。”宝钗道：“这有什么放在口里的。只愁我人人跟前（俞校：“人人跟前”——从庚、晋、甲；原“在你跟前”。）失于应候罢了。只怕你烦了，我且去了。”黛玉道：“晚上再来和我说句话儿。”（俞校：“和我说句话儿”——从庚、晋、甲；原“和你说句话儿”。）宝钗答应着便去了。不在话下。这里黛玉喝了两口稀粥，仍歪在床上。不想日未落时，天就变了，淅淅沥沥下起雨来。秋霖脉脉，阴晴不定。那天渐渐的黄昏，且阴的沉黑，（俞校：“沉黑”——从庚、晋、甲；原“沉重”。）兼着那雨滴竹梢，更觉凄凉。（俞校：“凄凉”——从庚、晋；原“凄凉”。）知宝钗不能来，便在灯下随便拿了一本书，却是《乐府杂稿》，有《秋闺怨》《别离怨》等词。黛玉不觉心有所感，亦不禁发于章句，遂成《代别离》一首，拟《春江花月夜》之格，乃名其词曰《秋窗风雨夕》。其词曰：

秋花惨淡秋草黄，耿耿秋灯秋夜长。
已觉（俞校：“已觉”——从庚、晋、甲；原“已贯”。）秋窗秋不尽，那堪风雨助凄凉。
助秋风雨来何速，惊破秋窗秋梦绿。
抱得秋情不忍眠，（俞校：“不忍眠”——从庚、晋、甲；原“不得眠”。）自向秋屏移泪烛。
泪烛摇摇爇短檠，（俞校：“爇短檠”——从庚；原“地短檠”。）牵愁照恨（俞校：“牵愁照恨”——从庚、晋；原“牵情照恨”。）动离情。
谁家秋院无风入，何处秋窗无雨声。
罗衾不奈秋风力，残漏声催秋雨急。
连宵脉脉复飕飕，灯前似伴离人泣。
寒烟小院转萧条，疏竹虚窗时滴沥。
不知风雨几时休，已教泪洒窗纱湿。

吟罢搁笔，方要安寝，（俞校：“方要安寝”——从庚；原“方欲要安寝”。）丫鬟报说：“宝二爷来了。”一语未完，只见宝玉头上戴着大箬笠，（俞校："大箬笠"——从晋、甲；原"大斗笠"。）身上披着蓑衣。黛玉不觉笑了（俞校："不觉笑了"——从庚；原"不觉笑了说"。）："那里来的渔翁！"（俞校："渔翁"——从庚；原"一个渔翁"。）宝玉忙问："今儿好些？（俞校："今儿好些"——从庚、甲；原"今儿好了"。）（庚双：一句。）吃了药没有？（庚双：两句。）今儿一日吃了多少饭？"（庚双：三句。）一面说，一面摘笠脱蓑，忙一手举起灯来，一手遮住灯光，向黛玉脸上照了一照，（俞校："照了一照"——从庚、晋、甲；原"照一照"。）觑着眼细瞧了一瞧，笑道："今儿气色好了些。"（俞校："好了些"——从庚、晋、甲；原"好了"。）黛玉看脱了蓑衣，（俞校："脱了蓑衣"——从庚、晋、甲；原"蓑衣"。）里面只穿着半旧红绫短袄，系着绿汗巾子，膝上（俞校："膝上"——从庚、晋、甲；原"膝下"。）露出油绿绸撒花（俞校："撒花"——从庚、晋、甲；原"洒花"。）裤子，底下是掐金（俞校："掐金"——从庚、晋、甲；原"描金"。）满绣的绵纱袜子，靸着蝴蝶落花鞋。黛玉问道："上头怕雨，底下这鞋袜子是不怕雨的？（俞校："这鞋袜子是不怕雨的"——从庚、晋、甲；原"不怕雨，鞋袜子"。）也倒干净。"宝玉笑道："我这一套是全的。有一双棠木屐子，才穿了来，脱在廊檐上了。"黛玉又看那蓑衣斗笠不是寻常市卖的，十分细致轻巧，因说道："是什么草编的？怪道穿上不像那刺猬似的。"宝玉道："这三样都是北静王送的。他闲了，下雨时，在家里也是这样。你喜欢这个，我也弄一套来送你。——别的都罢了，惟有这斗笠有趣，竟是活的。头上的这顶儿（俞校："头上的这顶儿"——从庚；原"上头这顶儿"。）是活的，冬天下雪，（俞校："冬天下雪"——从庚、晋、甲；原"冬天下雪时"。）戴上帽子，就把竹信子抽了，去下顶子来，只剩了这圈子。（俞校："戴上帽子"至"这圈子"——从庚；原无。）下雪时男女都戴得。（俞校："下雪时男女都戴得"——从庚、晋；原"男妇都戴的"。）我送你一顶，冬天下雪戴。"（俞校："下雪戴"——从庚、晋、甲；原"戴"。）黛玉笑道："我不要他。戴上那个，成了画儿上画的和戏上扮的（俞校："戏上扮的"——从庚、晋、甲；原"戏扮的"。）渔婆儿了。"及说了出来，方想起话未忖度，（俞校："话未忖度"——从庚；原"话来，忖度"。）与方才说宝玉的话相连，后悔不及，羞的满面飞红，便伏在桌上嗽个不住。（庚双：妙极之文。使代（黛）玉自己直说出夫妻来，却又云"画的""扮的"，本是闲谈，却是暗隐不吉之兆。所谓"画儿中爱宠"是也，谁曰不然？）宝玉却不留心，（庚双：必云"不留心"方好，方是宝玉，若着心，又有何文字？且直是一时时猎色一贼矣。）因见案上有诗，遂拿起来看了一遍，又不禁（俞校："又不禁"——从庚；原"不禁"。）叫好。黛玉听了，忙起来夺在手内，向灯上烧了。宝玉笑道："我已背熟了，烧也无碍。"（俞校："我已背熟了，烧也无碍"——从庚；原"我已经背熟了，烧了也无益"。）黛玉道："我也好了许多，（俞校："好了许多"——原"好些"；庚"好了许"。今改如此。）多谢你一天来几次瞧我，下雨还来。这会子夜深了，我也要歇着，你且请回去，明儿再来。"

俞校："明儿再来"——从庚；原"明日再来"。宝玉听说，回手向怀中掏出个核桃大小的一个金表来，瞧了一瞧，那针已指到戌末亥初之间，忙又揣了，说道："原该歇了。又扰的你劳了半日神。"说着，披蓑戴笠出去了。又翻身进来问道："你想什么吃，告诉我，俞校："告诉我"——从庚；原"你告诉我"。我明儿一早回老太太，岂不比老婆子们说的明白。"庚双：直与后部宝钗之文遥遥针对。想彼姊妹房中婆子、丫鬟皆有，随便皆可遣使，今宝玉独云"婆子"而不云"丫鬟"者，心内已度定丫鬟之为人，一言一事无论大小，是方无错谬者也，一何可笑。黛玉笑道："等我夜里想着了，俞校："想着了"——从庚、晋、甲；原"想起来"。明儿早起告诉你。你听，雨越发紧了，快去罢！可有人跟着没有？"有两个婆子答应俞校："答应"——从庚、晋、甲；原"答应道"。："有人外面俞校："外面"——从庚、晋、甲；原"在外面"。拿着伞，点着灯笼呢。"黛玉笑道："这个天点灯笼？"宝玉道："不相干，是明瓦的，不怕雨。"黛玉听说，回手向书架上把个玻璃绣球灯拿了下来，命点上一枝小蜡来，递与宝玉道："这个又比那个亮，正是雨里点的。"宝玉道："我也有这么一个，怕他们失脚滑倒了打破了，所以没点来。"黛玉道："跌了灯值钱？跌了人值钱？你又穿不惯木屐子。那灯笼命他们前头照着；这个又轻巧又亮，原是雨里自己拿着的，你自己手里拿着俞校："手里拿着"——从庚、晋、甲；原"拿著"。这个，岂不好。明儿再送来。就失了手，俞校："失了手"——从庚、晋、甲；原"失了手打了"。也有限的。怎么忽然又俞校："忽然又"——从庚、晋、甲；原"又忽然"。变出这'剖腹藏珠'的脾气来！"俞校："脾气来"——从庚、晋、甲；原"脾气来了"。宝玉听说，连忙接了过来。俞校："接了过来"——从庚；原"接了过去"。前头两个婆子打着伞，提着明瓦灯；后头还有两个小丫头打着伞，宝玉便将这个灯递与一个小丫头捧着。宝玉扶着他的肩，俞校："他的肩"——从庚、晋、甲；原"他的肩头"。一迳去了。就有蘅芜苑的一个婆子，也打着伞，提着灯，送了一大包上等燕窝来，还有一包子洁粉梅片雪花洋糖，说："这比买的强。姑娘说了：姑娘先吃着，吃完了再送来。"黛玉回说"费心"，命他外头坐了吃茶。婆子笑道："不吃茶了，我还有事呢。"黛玉笑道："我也知道你们忙。如今天又凉，夜又长，俞校："天又凉，夜又长"——从庚、晋、甲；原"天又凉了，夜又长了"。越发该会个夜局，痛赌两场了。"婆子笑道："不瞒姑娘说，今年我大沾光儿俞校："沾光儿"——从庚、晋、甲；原"沾了光"。了。横竖每夜各处有几个上夜的人，误了更也不好，不如会个夜局，又坐了更，又解了闷。今儿又是我的头家。如今园门关了，就该上场了。”庚双：几句闲话，将潭潭大宅夜间所有之事描写一尽。虽偌大一园，且值秋冬之夜，岂不寥落哉？今用老妪数语，更写得每夜深人定之后，各处[灯]光灿烂、人烟簇集，柳陌之[上][花]巷之中，或提灯同酒，或寒月烹茶者，竟仍有络绎人迹不绝，不但不见寥落，且觉更胜于日间繁华矣。此是大宅妙景，不可不写出，又伏下后文，且又衬出后文之冷落。此闲话中写出，正是不写之写也。脂砚斋评。黛玉听说，笑道：“难为你。误了你发财，冒雨送来。”命人给他几百钱，打些酒吃，避避雨气。俞校：“避避雨气”——从庚旁改（第二“避”旁添）；原“避雨气”。那婆子笑道：“又破费姑娘赏酒吃。”说着，磕了个头，外面俞校：“外面”——从庚、晋、甲；原“到外面”。接了钱，打着伞去了。紫鹃收起燕窝，然后移灯下帘，伏侍黛玉睡下。黛玉自在枕上俞校：“自在枕上”——从庚、晋、甲；原“在枕上”。感念宝钗，一时又羡他有母兄；俞校：“有母兄”——从庚；原“有母有兄”。一回又想宝玉虽俞校：“宝玉虽”——从庚；原“宝玉与我虽”。素昔和睦，俞校：“素昔和睦”——从晋、甲；原“素习和睦”。终有嫌疑。又听见窗外竹梢蕉叶之上雨声淅沥，清寒透幔，不觉又滴下泪来。直到四更将阑方渐渐的俞校：“渐渐的”——从庚、晋、甲；原“渐渐”。睡了。暂且无话。要知端的，俞校：“要知端的”——从庚、晋；原无。且听下回分解。

戚回后：请看赖大，则知贵家奴婢身分，而本主毫不以为过分，习惯自然，故是有之。见者当自度是否可也。

第四十六回
尴尬人难免尴尬事　鸳鸯女誓绝鸳鸯偶

庚回前：此回亦有本而笔，非泛泛之笔也。只看他题纲用“尴尬”二字于邢夫人，可知包藏含蓄文字之中莫能量也。

戚回前：裹脚与缠头，欲觅终身伴。顾影自为怜，静住深深院。好事不称心，恶语将人慢。誓死守香闺，远却杨花片。

话说林黛玉直到四更将阑，方渐渐的睡去，俞校：“睡去”——从庚、晋、甲；原“睡著”。暂且无话。如今且说凤姐因见邢夫人叫他，不知何事，忙另穿戴了一番，俞校：“穿戴了一番”——从晋、甲；原“穿了戴了”。坐车过来。邢夫人将房内人遣出，俞校：“将房内人遣出”——从庚、晋、甲；原“将房内的人都遣出去”。悄向凤姐道：“叫你来不为别的，有一件为难的事，老爷托我，我不得主意，先和你商议。老爷因看上了老太太的鸳鸯，要他在房里，俞校：“在房里”——从庚、晋、甲；原“作房里的人”。叫我和老太太讨去。我想这倒平常有的事，俞校：“平常有的事”——从庚、晋、甲；原“是平常的事”。只是怕老太太不给。你可有法子？”凤姐听了，忙道：“依我说，竟别碰这个钉子去。老太太离了鸳鸯，饭也吃不下去的，那里就舍得了。俞校：“就舍得了”——从庚、晋、甲；原“肯”。况且平日说起闲话来，老太太常说，老爷如今上了年纪，作什么左一个小老婆右一个小老婆放在屋里，没的耽误了人家；放着身子不保养，官儿也不好生作去，成日家和小老婆喝酒。太太听这话，很喜欢老爷呢？这会子回避还恐俞校："还恐"——从庚、晋、甲；原"还"。回避不及，倒拿草棍儿俞校："倒拿草棍儿"——从庚；原"反倒拿草棍"。戳老虎的鼻子眼儿去了。俞校："鼻子眼儿去了"——从庚、晋、甲；原无"了"。太太别恼，我是不敢去的。明放着不中用，而且反招出没意思来。老爷如今俞校："老爷如今"——从庚、晋、甲；原"如今老爷"。上了年纪，行事不妥，太太该劝才是。比不得年轻，作这些事无碍。如今兄弟、侄儿、儿子、俞校："侄儿、儿子"——从庚、晋、甲；原"儿子侄儿"。孙子一大群，还这么闹起来，怎样见人俞校："怎样见人"——从庚；原"怎么见人"。呢。"邢夫人冷笑道："大家子三房四妾俞校："三房四妾"——从庚、晋、甲；原"三房五妾"。的也多，偏咱们就使不得。我劝了也未必依。就是老太太心爱的丫头，这么胡子苍白了俞校："苍白了"——从庚、晋、甲；原"养白了"。又作了官的一个大儿子俞校："一个大儿子"——从庚、晋、甲；原"大儿子"。要了作房里人，俞校："房里人"——从庚、晋、甲；原"房里的人"。也未必好驳回的。我叫了你来，不过商议商议，你先派上了俞校："派上了"——从庚；原"派上"。庚"了"又旁改"我"。一篇不是。也有叫你俞校："也有叫你"——从庚、晋、甲；原"也没有叫你"。要去的理，自然是我说去。你倒说我不劝，你还不知道的那性子的，俞校："那性子的"——从庚、晋、甲；原"那性子"。劝不成，先和我恼了。"凤姐知道邢夫人俞校："知道邢夫人"——从庚、晋、甲；原"知道他婆婆"。秉性愚犟，俞校："愚犟"——从庚；原"愚拙"。只知承顺贾赦以自保，次则俞校："次则"——从庚、晋、甲；原无。贪婪财货为自得。家下一应大小事务，俞校："事务"——从庚、晋；原无。俱由贾赦摆布。凡出入银钱事务，一经他手，便克啬异常。以贾赦浪费为名。俞校："为名"——从庚、晋、甲；原"自为"。须得我就中俭省，方可偿补。儿女奴仆，一人不靠，一言不听的。如今又听邢夫人如此的话，俞校："邢夫人如此的话"——从庚、晋、甲；原"他如此说"。便知他又弄左性，劝了也不中用，连忙陪笑说道："太太这话说的极是。我能活了多大，知道什么轻重。想来想，俞校："想来想"——从庚；原"想来"。父母跟前，别说一个丫头，就是那么大的活宝贝，俞校："活宝贝"——从庚；原"一个活宝贝"。不给老爷给谁！背地里的话那里信得。我竟是个呆子。琏二爷或有日得了不是，老爷、太太恨的那样，恨不得俞校："恨不得"——从庚、晋、甲；原"怎不"。立刻拿来一下子打死；及至见了面也罢了，俞校："也罢了"——从庚、晋、甲；原"也就罢了"。依旧拿着老爷、太太心爱的东西赏他。如今老太太待老爷自然也是那样了。依我说，老太太今儿喜欢，要讨，今儿就讨去。我先过去哄着老太太发笑，等太太过去了，我搭讪着走开，把屋子里的人我也带开，太太好和老太太说的。（俞校："和老太太说的"——从庚；原"和老太太说，说的"。）给了更好，不给也没妨碍，众人也不得知道。"

邢夫人见他这般说，便又喜欢起来，又告诉他道："我的主意先不和老太太要，老太太要说不给，这事便死了。我心里想着，先悄悄的和鸳鸯说。他虽害臊，我细细的告诉了他，（俞校："细细的告诉了他"——从庚、晋、甲；原"细细告诉他"。）他自然不言语，就妥了。那时再和老太太说。老太太虽不依，搁不住他愿意。常言'人去不中留'，（俞校："人去不中留"——从庚、晋、甲；原"要去难留"。）自然这就妥了。"凤姐笑道："到底是太太有智谋。这是千妥万妥的。别说是鸳鸯，凭他是谁，那一个（俞校："那一个"——从庚、晋、甲；原"那个"。）不想巴高（俞校："巴高"——从庚、晋、甲；原"爬高"。）望上，不想出头的。这半个主子不做，（俞校："不做"——从晋、甲；原"不作"。）倒愿意做个丫头，（俞校："做个丫头"——从庚、晋；原"做奴才丫头"。）将来配个小子就完了。"邢夫人笑道："正是这个话了。别说鸳鸯，就是那些执事的大丫头，谁不愿意这样呢！你先过去，别露一点风声，我吃了晚饭就过来。"凤姐暗想："鸳鸯素昔（俞校："素昔"——从晋、甲；原"素习"。）是个可恶的，虽如此说，保不严（俞校："保不严"——从庚、甲；原"包不严"。）他就愿意。我先过去了，太太后过去，若他依了，便没话说；倘或不依，太太是多疑的人，只怕就疑我走了风声，使他拿腔作势的。那时太太又见应了我的话，羞恼变成怒，拿我出起气来，倒没意思。不如同着一齐过去了，他依也罢，不依也罢，就疑不到我身上了。"想毕，因笑道："方才临来，舅母那边送了两笼子鹌鹑，（俞校："两笼子鹌鹑"——从庚、甲；原"笼子鹌鹑来"。）我吩咐（俞校："我吩咐"——从庚、晋、甲；原"他吩咐"。）他们炸了，原要赶太太晚饭上（俞校："太太晚饭上"——从庚、晋、甲；原"太太的晚饭"。）送过来的。我才进大门时，见小子们抬车，说太太的车拔了缝，（俞校："拔了缝"——从庚、晋、甲；原"拔了缝了"。）拿去收拾去了。不如这会子坐了我的车，一齐过去倒好。"邢夫人听了，便命人来换衣服。凤姐忙着伏侍了一回，娘儿两个坐车过来。凤姐又说道："太太过老太太那里去，我若跟了去，老太太若问起我过去作什么的，倒不好。不如太太先去，我脱了衣裳再来。"邢夫人听了有理，便自往贾母处（俞校："贾母处"——从庚；原"贾母处来"。）和贾母说了一回闲话，便出来，假托往王夫人房里（俞校："王夫人房里"——从庚、晋、甲；原"王夫人房"。）去，从后房门出去，打鸳鸯的卧房门前过。只见鸳鸯正然坐在那里俞校：“正然坐在那里”——从庚；原“正坐著”。做针线，俞校：“做针线”——从庚、晋、甲；原“作针线”。见了邢夫人，忙站起来。邢夫人笑道：“做什么呢？俞校：“做什么呢”——从庚、晋、甲；原“作什么呢”。我瞧瞧。你揸的花儿越发好了。”一面说俞校：“一面说”——从庚、晋、甲；原无。一面便俞校：“一面便”——从庚；原“一面便进来”。接他手内的针线瞧了一瞧，只管赞好。放下针线，又浑身打量。只见他穿着半新的藕合色绫袄，青缎掐牙俞校：掐牙”——从庚、晋、甲；原“褰牙”。背心，下面水绿裙子；蜂腰削背，鸭蛋脸面，乌油头发，高高的鼻子，两边腮上微微的俞校：“微微的”——从庚、晋、甲；原“微微”。几点雀斑。鸳鸯见这般看他，自己倒不好意思起来，心里便觉诧异，因笑问道：“太太这回子不早不晚的过来做什么？”俞校：“做什么”——从庚、晋、甲；原“作什么”。邢夫人使了个眼色，跟的人退出。邢夫人便坐下，拉着鸳鸯的手笑道：“我特来给你道喜来了。”鸳鸯听了，心中已猜着三分，不觉红了脸，低了头，不发一言。听邢夫人又道：“你知道，你老爷跟前竟没有个俞校：“竟没有个”——从庚、晋、甲；原“竟无有个”。可靠的人，庚双：说得得体。我正想开口一句不知如何说，如此则妙极是极，如闻如见。心里再要买一个，又怕那些人牙子家出来的，不干不净，也不知道毛病儿，买了来家，三日两日，俞校：“三日两日”——从庚、晋、甲；原“三两日”。又弄鬼俞校：“弄鬼”——从晋、甲；原“合鬼”。吊猴的。因满府里俞校：“因满府里”——从庚、晋、甲；原“因此满府里”。要挑一个家生女儿俞校：“家生女儿”——从庚、晋、甲；原“家生子儿的女儿”。收了，又没个好的，俞校：“没个好的”——从庚、晋、甲；原“没有好的”。不是模样儿俞校：“模样儿”——从庚、晋、甲；原“模样”。不好，就是性子不好，有了这个好处，没了俞校：“没了”——从庚、晋、甲；原“没有”。那个好处。因此冷眼选了半年，这些女孩子里头，就只你是个尖儿。模样儿，行事作人，温柔可靠一概是齐全的。俞校：“齐全的”——从庚、晋、甲；原“齐全”。意思要和老太太讨了你去，收在屋里。你比不得俞校：“你比不得”——从庚、晋、甲；原“比不得”。外头新买的，你这一进去了，俞校：“一进去了”——从庚、晋、甲；原“一收进去了”。进门就开了脸，就封你姨娘，又体面，又尊贵。你又是个要强的人，俗语说的，金子终得金子换。谁知竟被老爷看重了你。如今这一来，你可遂了素日志大心高俞校：“志大心高”——从庚；原“心高志大”。的愿了，也堵一堵那些嫌你的人的嘴。跟了我回老太太去。”说着，拉了他的手就要走。鸳鸯红了脸，夺手不行。邢夫人知他害臊，便又说道：“这有什么臊处？你又不用说话，只跟着我就是了。”鸳鸯只低了头俞校："低了头"——从庚；原"低头"。不动身。邢夫人见他这样，便又说道："难道你俞校："难道你"——从庚、晋、甲；原"你这"。还不愿意不成？若果然不愿意，俞校："果然不愿意"——从庚、晋、甲；原"果然真不愿意"。可真是个傻丫头了。放着主子奶奶不作，倒愿意俞校："倒愿意"——从庚、晋、甲；原"到愿"。作丫头！三年二年，不过配上个小子，俞校："配上个小子"——从庚、晋、甲；原"配上个人"。还是奴才。你跟了我们去，你知道我的性子又好，又不是那不容人的人，俞校："不容人的人"——从庚、晋、甲；原"不容人的"。老爷待你们又好。过一年半载，生下个一男半女，俞校："生下个一男半女"——从庚；原"生个或男或女"。你就和我并肩了。家里人你要使唤谁，谁还不动。现成主子不做去，俞校："不做去"——从庚、晋、甲；原"不作去"。错过俞校："错过"——从庚；原"错过了"。这个机会，后悔就迟了。"鸳鸯只管低了头，仍是不语。邢夫人又道："你这么个响快人，俞校："响快人"——从庚；原"爽快人"。怎么又这样积粘起来？有什么不称心之处只管说与我，我包管你遂心如意就是了。"鸳鸯仍不言语。邢夫人又笑道："想必你有老子娘，你自己不肯说话，怕臊，你等他们问你。这也是理。让我俞校："让我"——从庚、晋、甲；原"等我"。问他们去，叫他们来问你，有话只管告诉他们。"说毕，便往凤姐房中来。

凤姐早换了衣服，因房内无人，便将此话告诉了平儿。平儿也摇头俞校："也摇头"——从庚、晋、甲；原"摇头"。笑道："据我看，此事未必妥。平常我们背着人说起话来，听他那主意，未必是肯的。也只说着瞧罢了。"俞校："罢了"——从庚、晋、甲；原"罢"。凤姐道："太太必来这屋里商议，俞校："必来这屋里商议"——从庚、晋、甲；原"叫来这屋里商量"。依了还可，若不依白讨个臊，当着你们，岂不脸上不好看。你说给他们炸些鹌鹑，再有什么配几样，预备吃饭。你且别处逛逛去，估量着去了再来。"平儿听说，照样传给婆子们，便逍遥自在的往园子里来。俞校："园子里来"——从庚、晋、甲；原"园里来"。这里鸳鸯见邢夫人去了，俞校："邢夫人去了"——从庚、晋、甲；原"邢夫人去"。必在凤姐房里商议去了，必定有人来问他的，俞校："问他的"——从庚、晋、甲；原"问的"。不如躲了这里。庚双：终不免女儿气，不知躲在那里方无人来罗皂。写得可怜可爱。因找了琥珀说道："老太太要问我，只说我病了，没吃早饭，往园子里逛逛俞校："逛逛"——从庚、晋、甲；原"逛逛去"。就来。"琥珀答应了。鸳鸯也往园子里来，各处游玩，不想正遇着平儿。平儿因见无人，便笑道："新姨娘来了。"鸳鸯听了，便红了脸，说道："怪道，你们串通一气来算计我。等着我和你主子闹去就是了。”平儿听了，自悔失言，便拉他到枫树底下，（庚双：随笔带出妙景，正愁园中草木黄落，不想看此一句，便恍如值(置)身于千霞万锦、绛雪红霜之中矣。）坐在一块石上，越性把方才凤姐过去回来所有的形景言词，始末原由，告诉与他。鸳鸯红了脸，向平儿冷笑道：“这是咱们好。比如袭人、琥珀、素云、紫鹃、（俞校：“紫鹃”——从晋、甲；原“和紫鹃”。）彩霞、玉钏儿、麝月、翠墨，跟了史姑娘去的翠缕，死了的可人和金钏儿，去了的茜雪，（庚双：余按此一算，亦是十二钗，真镜中花、水中月、云中豹、林中之鸟、穴中之鼠，无数可考，无人可指，有迹可追，有形可据，九曲八折，远响近影，迷离烟灼，纵横隐现，千奇百怪，眩目移神，现千手千眼大游戏法也。脂砚斋。）连上你我，这十来个人，从小儿什么话儿不说，什么事儿不作。这如今因都大了，各自干各自的去了，（庚双：此语已可伤，犹未各自干各自去，后日更有各自之处也，知之乎！）然我心里仍是照旧，有话有事并不瞒你们。这话我先放在你心里，且别和二奶奶说。别说大老爷要我做小老婆，（俞校：“做小老婆”——从庚、甲；原“作小老婆”。）就是太太（俞校：“太太”——从庚、晋、甲；原“大太太”。）这会子死了，他三媒六聘的娶我去作大老婆，我也不能去。”平儿笑着，方欲答言，只听山石背后哈哈的笑道：“好个没脸的丫头，亏你不怕牙碜。”二人听了，不免吃了一惊，忙起身向山石背后找寻，不是别个，却是袭人笑着走了出来，问：“什么事情？告诉我。”（俞校：“告诉我”——从庚、晋、甲；原“告诉我听”。）说着，三人坐在石上。平儿又把方才的话说与袭人。袭人听了，说道（俞校：“袭人听了，说道”——从晋、甲；原“听道”。）：“真真这话论理不该我们说，这个大老爷太好色了。略平头正脸的他就不放手了。”平儿道：“你既不愿意，我教给你个法子，不用费事就完了。”鸳鸯道：“什么法子，你说来我听。”（俞校：“说来我听”——从庚、晋；原“说来我听听”。）平儿笑道：“你只和（俞校：“你只和”——从庚、晋、甲；原“你向”。）老太太说，就说已经给了琏二爷了，大老爷就不好要了。”鸳鸯啐道：“什么东西！（俞校：“什么东西”——从庚、晋、甲；原“什么东西儿”。）你还说呢，前儿你主子不是这么混说的，谁知应到今儿（俞校：“应到今儿”——从庚、晋、甲；原“应在今日”。）了。”袭人笑道：“他们两个都不愿意，我就和（俞校：“我就和”——从庚；原“你向”。）老太太说，叫老太太说（俞校：“叫老太太说”——从庚；原“叫老太太就说”。）把你已经许了宝玉了，大老爷也就死了心。”（俞校：“死了心”——从庚、晋；原“死了心了”。）鸳鸯又是气，又是臊，又是急，因骂道：“两个蹄子，不得好死的！人家有为难的事，拿着你们当正经人，（俞校：“当正经人”——从庚；原“当作正经人”。）告诉你们与我排解排解，你们倒替换着取笑儿。你们自为都有了结果了，将来都是做姨娘的。俞校："做姨娘的"——从庚、晋、甲；原"作姨娘的"。据我看，天下的事未必都遂心如意。你们且收着些儿，别忒乐过了头儿。"二人见他急了，忙陪笑央告道："好姐姐，别多心。咱们从小儿都是亲姊妹一般，不过无人处偶然取个笑儿。你的主意告诉我们知道，也好放心。"鸳鸯道："什么主意，我只不去就完了。"平儿摇头道："你不去，未必得干休。大老爷的性子你是知道的。虽然你是俞校："虽然你是"——从庚、晋、甲；原"虽然是"。老太太房里俞校："房里"——从庚；原无；庚又旁改为"使"。的人，此刻不敢把你怎样，俞校："把你怎样"——从庚；原"把你怎么样"。将来难道你跟老太太一辈子不成？也要出去的。那时落了他的手，倒不好了。"鸳鸯冷笑道："老太太在一日，我一日不离这里。若是老太太归西去了，他横竖还有三年的孝呢，没个娘死了，他先放小老婆的。等过了三年，知道又是怎么个光景，那时再说。纵到了至急为难，我剪了头发当姑子去。不然，还有一死。一辈子不嫁男人，又怎么样？俞校："又怎么样"——从庚、晋、甲；原"又怎样"。乐得干净呢！"平儿、袭人俞校："平儿、袭人"——从庚、晋、甲；原"平儿"。笑道："真这蹄子没了脸，越发信口儿都说出来了。"鸳鸯道："事到如此，臊一会子怎么样！你们不信，慢慢的看着就是了。太太才说了，俞校："太太才说了"——从庚、晋、甲；原"大太太才说"。找我老子娘去。我看他俞校："我看他"——从庚、晋、甲；原"我看"。南京找去。"平儿道："你的父母都在南京俞校："都在南京"——从庚、晋、甲；原"都在南边"。看房子，没上来，终久也寻的着。现在还有你哥哥嫂子在这里。可惜你是这里的俞校："你是这里的"——从庚、甲；原"你是这里"。家生女儿，不如我们两个人是单在这里。"鸳鸯道："家生女儿怎么样？'牛不吃水俞校："牛不吃水"——从庚、晋；原"牛不噬水"。强按头'？我不愿意，难道杀我的老子娘俞校："杀我的老子娘"——从庚、晋、甲；原"叫了我的老子娘来就愿意了"。不成？"

正说着，只见他嫂子从那边走来。袭人道："当时找不着你的爹娘，一定和你嫂子说了。"鸳鸯道："这个娼妇，专管是个九国贩骆驼的，听了这话，他有个不奉承去的！"说话之间，已来到跟前。他嫂子笑道："那里没找到，姑娘跑了这里来。俞校："跑了这里来"——从庚、晋、甲；原"跑了这里来了"。你跟了我来，我和你说话。"俞校："说话"——从庚、晋、甲；原"说句话"。平儿、袭人都忙让坐。他嫂子只说："姑娘们请坐，我找我们姑娘（俞校："我找我们姑娘"——从庚；原"找我们姑娘"。）说句话。"平儿、袭人都装不知道，笑道："什么话（俞校："什么话"——从庚傍改（"话"傍添）、甲；原"什么事"。）这样忙？我们这里猜谜儿，（俞校："猜谜儿"——从庚、晋、甲；原"猜谜儿呢"。）赢手批子（俞校："手批子"——从晋；原"瓜子"。）打呢，等猜了（俞校："等猜了"——从庚、晋、甲；原"猜了"。）这个再去。"鸳鸯道："什么话？你说罢。"他嫂子笑道："你跟我来，（俞校："跟我来"——从庚、晋、甲；原"跟了我来"。）到那里我告诉你，横竖有好话儿。"鸳鸯道："可是大太太和你说的那话？"他嫂子笑道："姑娘既知道，还奈何我。快来，（俞校："快来"——从庚、晋、甲；原"快来罢"。）我细细的告诉你。可是天大的（俞校："天大的"——从庚、晋、甲；原"天大"。）喜事。"鸳鸯听说，立起身来，照他嫂子脸上，下死劲（俞校："下死劲"——从庚、晋、甲；原"使劲的"。）啐了一口，指着他（俞校："指着他"——从晋；原"指著"。）骂道："你快夹着毯嘴，（俞校："毯嘴"——从庚、晋、甲；原"那油嘴"。）离了这里，好多着呢。什么好话，宋徽宗的鹰，赵子昂的马，都是好画儿。（俞校："好画儿"——从庚、晋；原"好话"。）什么喜事，状元痘儿灌的浆（俞校："浆"——从庚；原"浆儿"。庚下又旁添"儿"。）又满是喜事。怪道成日家羡慕人家女儿作了小老婆，（俞校："作了小老婆"——从庚、晋；原"作了小老婆了"。）一家子都仗着他横行霸道的，一家子都成了小老婆了。看的眼热了，也把我送在火坑里去。我若得脸呢，你们在外头（俞校："在外头"——从庚；原"外头"。）横行霸道，自己就封自己（俞校："封自己"——从庚、晋；原"封了自"。）是舅爷了；我若不得脸，败了时，你们把忘八脖子一缩，生死由我去。"一面骂，一面哭。平儿、袭人拦着劝。他嫂子脸上下不来，因说道："愿意不愿意，你也好说，不犯着牵三挂四的。俗语说，当着矮人，别说短话。姑奶奶（俞校："姑奶奶"——从庚、晋；原"姑娘"。）骂我，我不敢还言。这二位姑娘并没（俞校："并没"——从晋、甲；原"并没有"。）惹着你，小老婆长，小老婆短，人家脸上怎么过得去！"（俞校："过得去"——从庚；原"过的去"。）袭人、平儿忙道："你倒别（俞校："你倒别"——从庚、晋、甲；原"你别"。）这么说。他也并不是说我们，你倒别牵三挂四的。你听见那位太太、太爷们（俞校："太爷们"——从庚、晋、甲；原"老爷"。）封了我们做小老婆？（俞校："做小老婆"——从晋；原"姨娘了"。）况且我们两个也没有爹娘哥哥兄弟在这门子里，仗着我们横行霸道的。他骂的人自有他骂的，我们犯不着多心。"鸳鸯道："他见我（俞校："他见我"——从庚、晋、甲；原"他见了我"。）骂了他，他臊了，没的盖脸，又拿话调唆你们两个。幸亏你们两个明白。原是我急了，也没分别出来，他就挑出这个空儿来。"他嫂子自觉没趣，赌气去了。鸳

尴尬人难免尴尬事　鸳鸯女誓绝鸳鸯偶

鸯气得还骂，俞校:“气得还骂”——从庚;原“气的还骂”。平儿、袭人俞校:“平儿、袭人”——从庚、晋、甲;原“平儿”。劝了他一回方才罢了。俞校:“方才罢了”——从庚;原“方罢了”。平儿因问袭人道:“你在那里藏着做什么俞校:“做什么”——从晋、甲;原“作什么”。的？我们竟没看见你。”俞校:“竟没看见你”——从庚、晋、甲;原“就没看见你”。袭人道:“我因为往四姑娘房里瞧我们宝二爷俞校:“瞧我们宝二爷”——从庚;原“瞧”作“找”。去的，谁知迟了一步儿，说是来家里俞校:“来家里”——从庚、晋;原“来家”。来了。我疑惑怎么不遇见俞校:“不遇见”——从庚、晋;原“没看见”。呢，想要往林姑娘家里俞校:“林姑娘家里”——从庚;原“林姑娘屋里”。找去，又遇见他的人，俞校:“他的人”——从庚、甲;原“他们屋里的人”。说也没去。我这里俞校:“我这里”——从庚、晋、甲;原“我心里”。正疑惑是出园子去了。可巧你从那里来了，我一闪，你也没看见。后来他又来了，我从这树后头俞校:“这树后头”——从庚、晋、甲;原“树后头”。走到山子石后，我却见你两个说话来了。谁知你们四个眼睛没见我。”俞校:“没见我”——从晋、甲;原“没看见我”。一语未了，又听身后笑道:“四个眼睛没见你，你们六个眼睛竟没见我。”三人吓了一跳，回身一看，俞校:“回身一看”——从庚、晋、甲;原“回头看时”。不是别个，正是宝玉走来。庚双:通部情案，皆必从石兄挂号，然各有各稿，穿插神妙。袭人先笑道:“要我好找。俞校:“要我好找”——从庚、晋;原“叫我好找”。你在那里来？”宝玉笑道:“我从四妹妹那里出来，迎头看见你来了，我就知道是找我去的，我就藏了起来哄你。看你趋着头俞校:“看你趋着头”——从庚、晋;原“见回著头”。过去了，进了院子，又出来了，逢人就问。我在那里好笑，俞校:“我在那里好笑”——从庚、晋、甲;原“我在那里。我好笑”。只等你俞校:“只等你”——从晋、甲;原“原要等你”。到了跟前，吓你一跳的。后来见你也藏藏躲躲的，我就知道也是要哄人了。我探头往前看了一看，却是他两个，俞校:“他两个”——从庚、晋、甲;原“他们两个”。所以我就绕到你身后。你出去，俞校:“你出去”——从庚、晋、甲;原“你出去了”。我就躲在你躲的那里了。”平儿笑道:“咱们再往后找找去，俞校:“再往后找找去”——从庚、晋、甲;原“再找一找去”。只怕还找出两个人来，也未可知。”宝玉笑道:“这可再没了。”鸳鸯已知话俱被宝玉听了去，只伏在石头上装睡。宝玉推他笑道俞校:“推他笑道”——从庚、晋、甲;原“笑推他道”。:“这石头上冷，咱们回房里去睡，岂不好。”说着，拉起鸳鸯来，又忙让平儿来家坐俞校:“来家坐”——从庚;原“来家”。吃茶。平儿和袭人俞校:“平儿和袭人”——从庚;原“平儿、袭人”。都劝鸳鸯走，鸳鸯方立起身来，四人竟往怡红院来。宝玉将方才的话俱已听见，心中自然俞校:“心中自然”——从庚;原“此时自然心中”。不快，俞校:“不快”——从庚、晋、甲;原“不悦”。只默默的歪在床上，任他三人在外间说笑。

外边俞校:“外边”——从晋;原“且说”。——邢夫人因问凤姐儿俞校:“因问凤姐儿”——从庚、晋、甲;原“因问凤姐”。鸳鸯的父母。凤姐回说:“他爹的名字叫金彩,庚双:姓金名彩,由“욕央”(鸳鸯)二字化出,因文而生文也。两口子都在南京看房子,从不大上京。他哥哥金文翔庚双:更妙!现在是老太太那边的买办,他嫂子也是老太太那边浆洗上的头儿。”庚双:只욕央(鸳鸯)一家,写的荣府中人各有各职,如目已睹。邢夫人便命人俞校:“便命人”——从庚、晋、甲;原“听了,便命人”。叫了他嫂子金文翔媳妇来,俞校:“金文翔媳妇来”——从庚、晋、甲;原无“来”。细细说与他。金家媳妇自是喜欢,俞校:“金家媳妇自是喜欢”——从庚、晋、甲;原“金文翔媳妇自是欢喜”。兴兴头头去找鸳鸯,指望一说必妥。不想被鸳鸯抢白了一顿,又被袭人、平儿说了几句,羞恼回来,俞校:“羞恼回来”——从庚、晋、甲;原“著恼回来”。便对邢夫人说:“不中用。他倒骂了我一场。”俞校:“一场”——从庚、晋、甲;原“一顿”。因凤姐在旁,不敢提平儿,只说:“袭人也帮着他抢白我,也说了许多俞校:“也说了许多”——从庚;原“说了许多”。不知好歹的话,回不得主子的。太太和老爷商议再买罢。谅那小蹄子也没有这么大福,我们也没有这么造化。”俞校:“这么造化”——从晋;原“这么大造化”。邢夫人听了,因说道:“又与袭人什么相干?他们如何知道的?”俞校:“他们如何知道的”——从庚、晋、甲;原无“们”。又问:“还有谁在跟前?”金家的道俞校:“金家的道”——从庚、晋、甲;原“金文翔家的道”。:“还有平姑娘。”凤姐忙道:“你不该俞校:“你不该”——从庚、晋、甲;原“你不会”。拿嘴巴子打他回来!俞校:“打他回来”——从庚、晋、甲;原“打他,回回”。我一出了门,他就逛去了;回家来,俞校:“回家来”——从庚、晋、甲;原“我回家来”。连一个影儿俞校:“连一个影儿”——从庚;原“连个影儿”。也摸不着他。俞校:“摸不着他”——从庚、晋、甲;原“摸不著他的”。他必定也帮着说什么呢!”俞校:“说什么呢”——从庚、晋;原“说什么来”。金家的道俞校:“金家的道”——从庚、晋、甲;原“金文翔家的道”。:“平姑娘没在跟前,远远的看着倒像是他,可也不真切,不过是我白忖度。”俞校:“白忖度”——从庚、晋;原“白忖度著”。凤姐便命人去:“快打了他来。告诉他我来家了,太太也在这里,俞校:“太太也在这里”——从庚、甲;原“大太太也在这里呢”。请他来帮个忙儿。”丰儿忙上来回道俞校:“回道”——从庚、晋、甲;原“回说”。:“林姑娘打发了人俞校:“打发了人”——从庚、晋、甲;原“打发人来”。下请字儿请了三四次,他才去了。奶奶一进门,俞校:“一进门”——从庚、晋、甲;原“一进门来”。我就叫他去的。林姑娘说:‘告诉你奶奶,我烦他有事呢。’凤姐听了方罢,故意的还说:“天天烦他,有些什么事?”俞校:“有些什么事”——从庚;原“有什么事”。邢夫人无计,吃了饭回家,晚间告诉了贾赦。贾赦想了一想,即刻叫贾琏来,说俞校:“叫贾琏来,说”——从庚、晋、甲;原“叫贾琏来说道”。:“南京的房子还有人看着,不止一家,即刻叫上金彩来。”贾琏回道:“上次南京信

来，(俞校："南京信来"——从庚、晋、甲；原"东京的信来"。)金彩已经得了痰迷心窍，那边连棺材银子都赏了，(俞校："都赏了"——从庚、晋、甲；原"都赏了去"。)不知如今是死是活。(俞校："是死是活"——从庚、晋、甲；原"是活是死"。)便是活着，人事不知，叫来无用。他老婆子(俞校："他老婆子"——从庚、甲；原"他老婆"。)又是个聋子。"贾赦听了，喝了一声，又骂："下流囚攮的，偏你这么知道。还不离了我这里。"(俞校："我这里"——从庚、晋、甲；原"这里"。)吓得(俞校："吓得"——从庚、晋；原"唬的"。)贾琏退出。一时又叫传金文翔。(俞校："传金文翔"——从庚、晋、甲；原"传文翔"。)贾琏在外书房伺候着，又不敢家去，又不敢见他父亲，只得听着。一时，金文翔来了，小么儿们直带入二门里去，(俞校："直带入二门里去"——从庚、晋、甲；原"直带到二门口去"。)隔了五六顿饭的工夫(俞校："的工夫"——从庚、晋、甲；原"时"。)才出来去了。贾琏暂且不敢打听，隔了一回，又打听贾赦睡了，方才过来。至晚间，凤姐儿告诉他，方才明白。

鸳鸯一夜没睡，至次日，他哥哥回贾母，(俞校："回贾母"——从庚、晋、甲；原"进来回贾母说"。)接他家去逛逛。贾母允了，命他出去。鸳鸯意欲不去，又怕贾母疑心，只得勉强出来。他哥哥只得将贾赦的话说与他，(俞校："说与他"——从庚、晋、甲；原"说与他听"。)又许他怎么体面，又怎么当家作姨娘。鸳鸯只咬定牙不愿意。他哥哥无法，(俞校："无法"——从庚、晋、甲；原"没法"。)少不得去回覆了(俞校："去回覆了"——从庚；原"回覆了"。)贾赦。贾赦怒起来，(俞校："怒起来"——从庚、晋、甲；原"怒起"。)因说道："我这话告诉你，叫你女人向他说去，就说我的话：自古嫦娥爱少年，他必定(俞校："他必定"——从庚、晋、甲；原"必定是"。)嫌我老了，大约他恋着少爷们，多半是看上了(俞校："看上了"——从庚、晋、甲；原"看上"。)宝玉，只怕也有贾琏。果有此心，(俞校："果有此心"——从庚；原"若有此心"。)叫他早早歇了。我要他不来，以后谁还敢收！(俞校："谁还敢收"——从庚；原"谁还敢收他"。)此是一件。第二件，想着老太太疼他，将来自然往外聘，作正头夫妻去。(俞校："作正头夫妻去"——从庚；原"想正头夫妻去"。)叫他细想，凭他嫁到谁家，也难出我的手心。(俞校："也难出我的手心"——从庚、晋、甲；原"也出我的手中"。)除非他死了，或是终身不嫁男人，我就伏了他。(俞校："伏了他"——从庚、晋、甲；原"伏了他了"。)若不然时，叫他趁早回心转意，有多少好处。"贾赦说一句，金文翔应一声"是"。贾赦道："你别哄我。我明儿(俞校："我明儿"——从庚；原"明儿"。)还打发你太太过去问鸳鸯。你们说了，他不依，便没你们的不是；(俞校："便没你们的不是"——从庚、晋、甲；原"便不与你相干"。)若问他，他再依了，仔细你的脑袋。"金文翔忙应了又应，退出回家，也等不得告诉他女人转说，竟自己对面说了这话。把个鸳鸯气的无话可回，（俞校："无话可回"——从庚、晋、甲；原"无话说"。）想了一想，便说道："便愿意去，（俞校："便愿意去"——从庚；原"我便愿意"。）也须得你们带了我回声老太太去。"（俞校："回声老太太去"——从庚、晋、甲；原"去回声老太太"。）他哥嫂听了，只当他回想过来，都喜之不胜。（俞校："喜之不胜"——从庚；原"喜之不尽"。）他嫂子即刻带了他上来见贾母。可巧王夫人、薛姨妈、李纨、凤姐、宝钗等姊妹并外头的（俞校："外头的"——从庚、晋、甲；原"外头"。）几个执事有头脸的媳妇都在贾母跟前凑趣儿呢。鸳鸯喜之不尽，拉了他嫂子到贾母跟前跪下，一行哭，一行说，把邢夫人怎么来说，园子里（俞校："园子里"——从庚、晋、甲；原"在园子里"。）他嫂子又如何说，今儿他哥哥又如何说，"因为不依，方才大老爷越性说我恋着宝玉，不然要等着往外聘，凭我到天上，（俞校："到天上"——从庚、晋、甲；原"到天边上"。）这一辈子也跳不出他的手心（俞校："手心"——从庚、晋、甲；原"手中"。）去，终久要报仇。我是横了心的。当着众人在这里，我这一辈子，别说是宝玉，便是宝金、宝银、宝天王、宝皇帝，（俞校："宝皇帝"——从庚、晋、甲；原"皇帝"。）横竖不嫁人就完了。就是老太太逼着我，我一刀子（俞校："一刀子"——从晋、甲；原"一把刀子"。）抹死了，也不能从命。若有造化，我死在老太太之先；若没造化，该讨吃的命，伏侍老太太归了西，我也不跟着我老子娘哥哥去，或是寻死，或是剪了头发当姑子去。若说我（俞校："若说我"——从庚、晋、甲；原"若说"。）不是真心，暂且拿话来支吾，（俞校："来支吾"——从庚；原"支吾"。）日后再图别的，天地鬼神，日头月亮照着嗓子，从嗓子里头长疔，烂了出来，烂化成酱在这里。"（俞校："在这里"——从庚、晋；原无。）原来他一进来时，便袖了一把剪子，一面说着，一面左手（俞校："左手"——从庚；原"回手"。）打开头发右手便铰。（俞校："便铰"——从庚；原"就铰"。）众婆娘丫鬟（俞校："婆娘丫鬟"——从庚、晋、甲；原"婆娘丫头"。）忙上来拉住，已剪下半绺来了。众人看时，幸而他的头发极多，铰的不透，连忙替他挽上。贾母听了，气的浑身乱颤，口内只说："我通共剩了这么一个可靠的人，他们还要来算计。"因见王夫人在傍，便向王夫人道："你们原来都是哄我的，（俞校："哄我的"——从晋、甲；原"哄我呢"。）外头孝敬，暗地里盘算我。有好东西也来要，有好人也要。剩了这么个毛丫头，见我待他好了，你们自然气不过，弄开了他，好摆弄我。"（俞校："有好东西"至"摆弄我"——从庚；原无。）王夫人忙站起来，（俞校："站起来"——从庚、甲；原"站起"。）不敢还一言。（庚双：千奇百怪，王夫人亦有罪乎？老人家迁怒之言，必应如此。）薛姨妈见连王夫人怪上，反不好劝的了。李纨一听见鸳鸯这话，早带了姊妹们出去。探春是有心的人，想王夫人虽有委屈，俞校："虽有委屈"——从庚、晋、甲；原"虽委屈"。如何敢辩；薛姨妈现是亲姊妹，自然也是不好辩的；俞校："不好辩的"——从庚、晋、甲；原"不好劝的"。宝钗也不便为姨母俞校："姨母"——从庚、晋、甲；原"姨妈"。辩；李纨、凤姐、宝玉一概不敢辩；这正用着女孩儿之时，迎春老实，惜春小，俞校："惜春小"——从庚、晋、甲；原"惜春又小"。因此窗外俞校："窗外"——从庚、甲；原"在窗外"。听了一听，便走进来陪笑向贾母道："这事与太太什么相干？老太太想一想，也有大伯子要收屋里的人，俞校："屋里的人"——从庚；原"屋里人"。小婶子俞校："小婶子"——从晋、甲；原"小婶"。如何知道！便知道也推不知道。"犹未说完，俞校："犹未说完"——从庚；原"话未说完"。贾母笑道："可是俞校："可是"——从庚；原"可是我"。老糊涂了。姨太太别笑话我。你这个姐姐，他极孝顺我，不像我那大太太一味怕老爷，婆婆跟前不过应景儿。可是委屈了他。"俞校："委屈了他"——从庚、晋、甲；原"委屈了他了"。薛姨妈只答应"是"，又说："老太太偏心，多疼小儿子媳妇也是有的。"贾母道："不偏心。"俞校："不偏心"——从庚、晋、甲；原"我不偏心"。因又说道俞校："因又说道"——从庚；原"因又说"。："宝玉，我错怪了你娘，你怎么也不提我，俞校："也不提我"——从庚、晋、甲；原"不提我"。看着你娘委屈？"俞校："你娘委屈"——从庚、晋；原"你娘受委屈"。宝玉笑道："我偏着娘，俞校："偏着娘"——从庚、晋；原"偏著我娘"。说大爷大娘不成？通共一个不是，我娘在这里不认，却推给谁去。我倒要认是我的不是，老太太又不信。"贾母笑道："这也有理。你快给你娘跪下，你说：太太别委屈了，老太太有年纪了，看着宝玉罢。"宝玉听了，忙走过来，便跪下要说。王夫人忙笑着拉他起来说："快起来，快起来，断乎使不得。俞校："拉他起来说"至"断乎使不得"——从庚；原"拉起他来道：起来，使不得"。终不成你替老太太给我赔不是不成。"宝玉听说，俞校："宝玉听说"——从庚、晋、甲；原"宝玉"。忙站起来。庚双：宝玉亦有罪了。贾母又笑道："凤姐儿俞校："凤姐儿"——从庚、晋、甲；原"凤丫头"。也不提我。"庚双：阿凤也有了罪。奇奇怪怪之文，所谓《石头记》不是作出来的。凤姐笑道："我倒不派老太太的不是，老太太倒寻上我了。"贾母听了与众人都笑道："这也奇了，俞校："这也奇了"——原"这可奇了"；庚"只也奇了"（又旁改为"这又奇了"）。今改"这也奇了"。倒要听听俞校："倒要听听"——从庚、晋、甲；原"到听听"。这不是。"凤姐道："谁叫老太太会调理人，调理的水葱儿俞校："水葱儿"——从庚、晋、甲；原"水葱"。似的，怎么怨得人要！我幸亏是孙子媳妇，若是孙子，俞校："若是孙子"——从庚；原"我若是孙子"。我早要了，还等到这会子呢！"贾母笑道："这倒是我的不是了！"

凤姐笑道："自然是老太太的不是了。"（俞校："老太太的不是了"——从庚、晋、甲；原无"了"。）贾母笑道："这样，我也不要了，你带了去罢。"凤姐笑道："等着（俞校："等着"——从庚、晋、甲；原"等我"。）修了这辈子，来生托生（俞校："托生"——从庚、晋、甲；原"脱生"。）个男人，我再要罢。"（俞校："我再要罢"——从庚、晋、甲；原"再要罢"。）贾母笑道："你带了去给琏儿放在屋里，看你那没脸的公公还要不要了。"凤姐道："琏儿不配，就只配（俞校："就只配"——从庚、晋、甲；原无。）我和平儿这一对烧糊了的捲子和他混罢。"说的众人都笑起来了。丫鬟回说（俞校："丫鬟回说"——原上有"忽见"，从庚、晋、甲删。）："大太太来了。"王夫人忙迎了出去。（俞校："迎了出去"——从庚、晋、甲；原"迎出来"。）要知端详，下回分解。

戚回后：鸳鸯女从热闹中别具一副肠胃，"不轻许人"一事，是宦途中药石仙方。

第四十七回
呆霸王调情遭苦打　冷郎君惧祸走他乡

戚回前：不是同人，且莫浪作知心语。似假如真，事事应难许。着紧温存，白雪阳春曲。谁堪比？船上要离，未解奸侠起。

话说王夫人听见邢夫人来了，连忙迎了出去。俞校："迎了出去"——从庚、晋、甲；原"迎了出来"。邢夫人犹不知贾母已知鸳鸯之事，正还要来俞校："正还要来"——从庚；原"正还又来"。打听信息。进了院门，早有几个婆子悄悄的回了他，他方知道。待要回去，里面已知，又见王夫人接了出来，少不得进来。先与贾母请安，贾母一声儿不言语，俞校："不言语"——从庚、晋、甲；原"也不言语"。自己也觉得愧悔。凤姐早指一事回避了。鸳鸯也自回房去生气。薛姨妈、王夫人等恐碍着邢夫人的脸面，也都渐渐的退了。邢夫人且不敢出去。贾母见无人，方说道："我听见你替你老爷说媒来了。俞校："说媒来了"——从庚、晋、甲；原"说媒呢"。你倒也三从四德的，只是这贤惠也太过了。你们如今也是孙子儿子满眼了，你还怕他，劝两句都使不得？还由着你老爷那性儿闹！"邢夫人满面通红，回道："我劝过几次都不依。老太太还有什么不知道的呢，我也是不得已儿。"俞校："不得已儿"——从庚、晋、甲；原"不得已儿的"。贾母道："他逼着你俞校："逼着你"——从庚、晋、甲；原"逼著"。杀人，你也杀去？如今你也想想俞校："你也想想"——从庚、晋、甲；原"你也想"。：你兄弟媳妇本来老实，又生得俞校："又生得"——从庚；原"又生的"。多病多痛的，上上下下那不是他操心；你一个媳妇虽然帮着，也是天天丢下爬儿弄扫帚。凡百事情，我如今都自己减了。他们两个就有一些不到的去处，有鸳鸯那孩子还心细些，俞校："心细些"——从庚、晋、甲；原"细心些"。我的事情他还想着一点子，该要去的，他就要了来；俞校："要了来"——从庚、晋、甲；原"要了来了"。该添什么，俞校："该添什么"——从甲；原"该添什么的"。他就度空儿告诉他们添了。鸳鸯再不这样，他娘儿两个，里头外头，大的小的，那里不忽略一件半件，俞校："一件半件"——从庚、晋、甲；原"一点半点"。我如今反倒自己操心去不成？还是天天盘算和你们要东西去？我这屋里有的没的，剩了他一个，年纪也大些，俞校："年纪也大些"——从庚、晋、甲；原"年纪还大些"。我凡百的脾气性格儿他还知道些；二则他还投主子们的缘法，也并不俞校："也并不"——从庚；原"他也并不"。指着我和这位太太要衣裳去，又和那位奶奶要银子去。所以这几年，一应事情，他说什么，俞校："他说什么"——从庚、晋、甲；原"他都料理"。从你小婶和你媳妇起以至家中大大小小，没有不信的。所以不单我得靠，连你小婶、媳妇俞校："你小婶媳妇"——从晋、甲；原"你小婶和你媳妇"。也都省心。我有了俞校："我有了"——从庚、晋、甲；原"我有"。这么个人，便是媳妇和孙子媳妇俞校："和孙子媳妇"——从庚；原"孙子媳妇"。有想不到的，我也不得缺了，也没气可生了。这会子他去了，你们弄个什么人来我使？你们就弄他那么一个俞校："弄他那么一个"——从庚、晋、甲；原"弄个他那么大一个"。真珠人来，不会说话也是无用。我正要打发人和你老爷说去，他要什么人，我这里有钱，叫他只管一万八千的买去，就这个丫头不能。俞校："就这个丫头不能"——从庚；原"我只要这个丫头，但能"。庚"就"下又旁添"只"。留下他伏侍我几年，就比他日夜伏侍我尽了孝的一般。俞校："一般"——从庚、晋、甲；原"一样"。你来的也巧，你就去说，更妥当了。"说毕，命人来："请了姨太太你姑娘们俞校："你姑娘们"——从庚、晋、甲；原"和你姑娘"。来。说个话儿才高兴，俞校："说个话儿才高兴"——从庚；原"才高兴说个话儿"。怎么又都散了。"丫头们忙答应着去了。众人忙赶的又来。只有薛姨妈向丫鬟说道："我才来了，又作什么去，你就说我睡了觉了。"俞校："睡了觉了"——从庚；原"睡了觉"。那丫头俞校："那丫头"——从庚、晋、甲；原"那丫环"。道："好亲亲的姨太太，姨祖宗！我们老太太生气呢，你老人家不去，没个开交了。只当疼我们罢。你老人家嫌乏，我背了俞校："我背了"——从庚、晋、甲；原"背了"。你老人家去。"薛姨妈笑道："小鬼头儿，你怕些什么，不过骂几句完了。"说着，只得和这小丫头子俞校："小丫头子"——从庚、晋、甲；原"丫头"。走来。贾母忙让坐，又笑道：“咱们斗牌罢。姨太太的牌也生，咱们一处坐着，别叫凤姐儿俞校：“凤姐儿”——从庚、晋；原“凤丫头”。混了我们去。”薛姨妈笑道：“正是呢，老太太替我看着些儿。俞校：“看着些儿”——从庚、晋、甲；原“看著些”。就是咱们娘儿四个斗呢，还是再添那个俞校：“再添那个”——从庚；原“再添个人”。呢？”王夫人笑道：“可不只四个。”俞校：“只四个”——从庚；原“只四个人”。庚双：老实人言语。凤姐道：“再添一个人热闹些。”贾母道：“叫鸳鸯来，叫他在这下手里坐着。姨太太的眼也花了，咱们两个的牌都叫他瞧着些儿。”凤姐儿叹了一声，向探春道：“你们知书识字的，倒不学算命！”探春道：“这又奇了。这会子你不打点精神赢老太太几个钱，又想算命。”凤姐道：“我正要算算今儿该输多少俞校：“该输多少”——从庚；原“该输多少钱”。呢。我还想赢呢！俞校：“想赢呢”——从庚、晋、甲；原“想赢”。你瞧瞧，场子没上，左右都埋伏下了。”说的贾母、薛姨妈都笑起来。俞校：“都笑起来”——从庚、甲；原“都笑了”。一时，鸳鸯来了，便坐在贾母下手。鸳鸯之下便是凤姐儿。俞校：“便是凤姐儿”——从庚、晋、甲；原“是凤姐”。铺下红毡，俞校：“红毡”——从庚、晋、甲；原“红毡子”。洗牌告幺，五人起牌。斗了一回，鸳鸯见贾母的牌已十严，俞校：“十严”——从庚；原“十全”。只等一张二饼，便递了暗号俞校：“暗号”——从庚；原“个眼色”。与凤姐儿。凤姐正该发牌，俞校：“正该发牌”——从庚、晋、甲；原“正应该发牌”。便故意踌躇了俞校：“踌躇了”——从庚、晋、甲；原“踌躇”。半晌，笑道：“我这一张牌定在姨妈的手里扣着呢。俞校：“扣着呢”——从庚、晋、甲；原“拿著呢”。我若不发这一张，再顶不下来的。”俞校：“再顶不下来的”——从庚、晋、甲；原“真顶不下来”。薛姨妈道：“我手里并没有俞校：“并没有”——从庚、晋、甲；原“没有”。你的牌。”凤姐儿道：“我回来是要查的。”俞校：“是要查的”——从晋、甲；原“是察牌的”。薛姨妈道：“你只管查。俞校：“只管查”——从晋、甲；原“只管察”。你且发下来，我瞧瞧是张什么。”凤姐便送在薛姨妈跟前。薛姨妈一看是个二饼，便笑道：“我倒不稀罕他，只怕老太太满了。”凤姐儿听了，忙笑道：“我发错了。”贾母笑的已掷下牌来，俞校：“已掷下牌来”——从庚、甲；原“掷下牌来”。说：“你敢拿回去。谁叫你错的不成！”俞校：“错的不成”——从庚、晋、甲；原“错了”。凤姐道：“可是我要算一算命呢。这是自己发的，也怨埋伏！”俞校：“也怨埋伏”——从庚；原“可埋怨谁”。庚“伏”又旁改“别人”。贾母笑道：“可是你自己该打着你那嘴，问着你自己俞校：“问着你自己”——从庚、晋、甲；原“问著自己”。才是。”又向薛姨妈笑道：“我不是小器爱赢钱，原是个彩头儿。”薛姨妈笑道：“可不是这样。那里有那样糊涂人，说老太太爱钱呢。”凤姐正数着钱，听了这话，忙又（俞校："忙又"——从庚、晋、甲；原"又"。）把钱穿上了，向众人笑道："彀了我的了。竟不为赢钱，单为赢彩头儿。（俞校："赢彩头儿"——从庚、晋、甲；原"彩头儿"。）我到底小器，输了就数钱，快收起来罢。"贾母规矩是鸳鸯代洗牌，因和薛姨妈说笑，不见鸳鸯动手，贾母道："你怎么恼了，连牌也不替我洗？"鸳鸯拿起牌来，笑道："二奶奶不给钱么！"贾母道："他不给钱，那是他（俞校："那是他"——从庚、晋、甲；原"那是"。）交运了。"便命小丫头子（俞校："便命小丫头子"——从庚、晋、甲；原"便命小丫头"。）把他那一吊钱都拿过来。小丫头子真就拿了搁在贾母傍边。凤姐忙笑道："赏我罢！我照数儿给就是了。"薛姨妈笑道："果然凤丫头小器，不过是顽儿罢了。"凤姐听说，便站起来，拉着（俞校："拉着"——从庚；原"拉"。）薛姨妈，回头指着贾母素日放钱的一个木匣子（俞校："放钱的一个木匣子"——从庚；原"放钱一个木箱子"。）笑道（俞校："笑道"——从庚、晋、甲；原"便笑道"。）："姨妈瞧瞧，那个里头不知顽了我多少去了。这一吊钱，顽不了半个时辰，那里头的钱就招手儿叫他了。只等把这一吊也叫进去了，（俞校："叫进去了"——从庚、晋、甲；原"进去了"。）牌也不用斗了，老祖宗的气也平了，又有正经事（俞校："正经事"——从庚、晋、甲；原"正经事情"。）差我办去了。"话未说完，引的贾母众人笑个不住。偏有（俞校："偏有"——从庚、晋；原"偏"。）平儿怕钱不彀，又送了一吊来。凤姐道："不用放在我跟前，也放在老太太的那一处罢。一齐叫进去（俞校："一齐叫进去"——从庚、晋、甲；原"一齐儿叫他进去"。）倒省事，不用作两次，叫箱子里的钱费事。"贾母笑的手里的牌撒了一桌子，推着鸳鸯，叫"快撕他的嘴"。平儿依言放下钱，也笑了一回，方回来。至院门前，遇见贾琏，问他："太太在那里呢？老爷叫我请过去呢。"平儿忙笑道："在老太太跟前呢，站了这半日，（俞校："这半日"——从庚、晋、甲；原"这半天"。）还没动呢。趁早儿丢开手罢。老太太生了半日气，这会子亏二奶奶凑了半日趣儿，才略好了些。"（俞校："略好了些"——从庚、晋、甲；原"略好些"。）贾琏道："我过去只说讨老太太的示下，十四往赖大家去不去，好预备轿子的。（俞校："预备轿子的"——从庚、晋；原"预备轿子"。）又请了太太，又凑了趣儿，岂不好。"平儿笑道："依我说，你竟不去罢。合家子连太太、（俞校："连太太"——从庚、晋、甲；原"连二太太"。）宝玉都有了不是，这会子你又填限去了。"贾琏道："已经完了，难道还找补不成？况且与我又无干。二则老爷亲自吩咐（俞校："亲自吩咐"——从庚、晋、甲；原"又亲自吩咐”。我请太太的，这会子我打发人去，倘或知道了，正没好气呢，指着这个，拿我出气罢。”说着，就走。平儿见他说得有理，俞校：“说得有理”——从庚；原“说的有理”。也便跟了过来。贾琏到了堂屋里，便把脚步放轻了，往里间探头，只见邢夫人站在那里。俞校：“站在那里”——从庚、晋、甲；原“站著”。凤姐儿眼尖，俞校：“凤姐儿眼尖”——从庚、晋、甲；原“凤姐眼尖”。先就瞧见了，使眼色儿俞校：“使眼色儿”——从庚；原“便使眼色儿”。不命他进来；又使眼色与邢夫人。邢夫人不便就走，只得倒了一碗茶俞校：“一碗茶”——从庚、晋、甲；原“一杯茶”。来，放在贾母跟前。贾母一回身，贾琏不防，便没躲伶俐。贾母便问：“外头是谁？倒像个俞校：“倒像个”——从庚、晋、甲；原“到像”。小子一伸头。”凤姐忙起身说：“我也恍惚看见一个人影儿，让我俞校：“让我”——从庚、晋；原“等我”。瞧瞧去。”一面说，一面起身出来。贾琏忙进去，陪笑道：“打听老太太十四可出门，俞校：“可出门”——从庚、晋、甲；原“出门不出门”。好预备轿子。”贾母道：“既这么样，怎么不进来？又作鬼作神的。”贾琏陪笑道：“见老太太顽牌，俞校：“顽牌”——从晋、甲；原“顽牌呢”。不敢惊动，不过叫媳妇出来俞校：“出来”——从庚、晋、甲；原“出去”。问问。”贾母道：“就忙到这一时？俞校：“贾母道：就忙到这一时”——从晋、甲；原“贾母就忙道：这一时”。等他家去，你问多少问不得！俞校：“问不得”——从庚、晋、甲；原“问不的”。那一遭儿你这么小心来着！又不知是来作耳报神的，也不知是来作探子的。鬼鬼祟祟的，俞校：“鬼鬼祟祟的”——从庚；原无“的”。倒吓了我一跳。什么好下流种子！你媳妇和我顽牌呢，还有半日的空儿。你家去再和那赵二家的商量治你媳妇俞校：“商量治你媳妇”——从庚、晋、甲；原“商量著治他”。去罢。”说着，众人都笑了。鸳鸯笑道：“鲍二家的，老祖宗又拉上赵二家的。”贾母笑道：“可是，我那里记得什么俞校：“记得什么”——从庚、晋、甲；原“记得”。抱着背着的。提起这些事来，不由我不生气。我进了这门子作重孙子媳妇起，到如今我也有了重孙子媳妇了，连头带尾五十四年，凭着俞校：“凭着”——从庚、晋、甲；原“凭他什么”。大惊大险千奇百怪的事，也经了些，俞校：“经了些”——从晋、甲；原“经过了些”。从没经过俞校：“从没经过”——从庚、晋、甲；原“从无经过”。这些事。还不离了我这里呢。”贾琏一声儿不敢言语，忙退了出来。平儿站在窗外，俞校：“站在窗外”——从庚；原“在窗外站著”。悄悄的笑道俞校：“悄悄的笑道”——从庚；原“悄悄笑道”。：“我说着俞校：“我说着”——从庚；原“说著”。你不听，到底碰在网里了。”正说着，只见邢夫人也出来了。贾琏道：“都是老爷闹的，如今都搬在我和太太身上。”俞校：“我和太太身上”——从庚、晋、甲；原“我和太太身上了”。邢夫人道："我把你这没孝心（俞校："没孝心"——从庚；原"没孝心的"。）雷打的下流种子！人家还替老子死呢，白说了几句，你就抱怨了。你还不好好的呢。这几日生气，仔细他捶你。"贾琏道："太太快过去罢，叫我来请了好半日了。"说着，送他母亲出来，过那边去。邢夫人将方才的话只略说了几句，贾赦无法，又含愧，自此便告病，（俞校："便告病"——从庚、晋；原"要告病"。）且不敢见贾母，只打发邢夫人及贾琏每日过去请安。只得又各处遣人购求寻觅，终久费了八百两银子，买了一个十七岁的女孩子来，名唤嫣红，收在屋内。不在话下。这里斗了半日牌，吃晚饭才罢。此一二日间无话。

展眼（俞校："展眼"——从庚、晋；原"转眼"。）到了十四日黑早，赖大的媳妇又进来请。贾母高兴，便带了王夫人、薛姨妈及宝玉姊妹等，至赖大家花园中坐了半日。那花园虽不及大观园，却也十分齐整宽阔，泉石林木，楼阁亭轩，也有好几处惊人骇目的。外面厅上，薛蟠、贾珍、贾琏、贾蓉并几个近族的。很远的也没来，贾赦也没来。（俞校："也没来"——从庚、晋；原"也就没来"。）赖大家内也请了几个现任的官长并几个世家子弟作陪。因其中有柳湘莲，薛蟠自上次会过一次，已念念不忘。又打听他最喜串戏，且串的都是（俞校："串的都是"——从庚；原"都串的是"。）生旦风月戏文，不免错会了意，误认他作了（俞校："误认他作了"——从庚；原"误认了他是"。）风月子弟。正要与他相交，恨没有个引进。这日可巧遇见，乐得（俞校："乐得"——从甲；原无。）无可不可。且贾珍等（俞校："贾珍等"——从庚、甲；原"贾珍"。）也慕他的名，酒盖住了脸，就求他串了（俞校："求他串了"——从庚、晋、甲；原"求他串"。）两出戏。下来，移席和他一处坐着，（俞校："一处坐着"——从庚、晋、甲；原"坐在一处"。）问长问短，说此说彼。那柳湘莲原是世家子弟，读书不成，父母早丧，素性爽侠，不拘细事，酷好耍枪舞剑，赌博吃酒，以至眠花卧柳，吹笛弹筝，无所不为。因他年纪又轻，生得又美，不知他身分的人，却误认作（俞校："却误认作"——从庚；原"都误认作"。）优伶一类。那赖大之子赖尚荣与他素昔交好，故今日请来作陪。不想酒后，别人犹可，独薛蟠又犯了旧病。他心中早已不快，得便意欲要走开完事，无奈赖尚荣死也不放。赖尚荣又说："方才宝二爷又嘱咐我，（俞校："嘱咐我"——从庚；原"吩咐我"。）才一进门，虽见了，（俞校："虽见了"——从庚、晋、甲；原"虽然见了"。）只是人多不好说话；叫我嘱咐你，散的时候别走，他还有话说呢。你既一定要去，等我叫他出来，你两个见了再走，与我无干。"说着，便命小厮们到里头找一个老婆子悄悄告诉，请出宝二爷来。那小厮去了没一盏茶时，果见（俞校："果见"——从庚、晋、甲；原"见"。）宝玉出来了。赖尚荣向宝玉笑道："好叔叔，把他交给你，（俞校："交给你"——从庚、晋、甲；原"交给你罢"。）我张罗人去了。"说着，一迳去了。

宝玉便拉了柳湘莲到厅侧小书房中坐下，问他这几日可到秦钟的坟上去了。（俞校："上去了"——从庚、晋、甲；原下有"没有"。）（庚双：忽提此人使我堕泪。近几回不见提此人，自谓不表矣。乃忽于此处柳湘莲提及，所谓"方以类聚，物以群分"也。）柳湘莲道："怎么不去！前日我们几个人放鹰去，（俞校："放鹰去"——从庚、晋、甲；原"放鹰"。）离他坟上还有二里，（俞校："还有二里"——从庚、甲；原"不远"。）我想今年夏天的（俞校："今年夏天的"——从庚；原"今年夏天"。）雨水勤，恐怕他的坟站不住，我背着众人走到那里去瞧了一瞧，（俞校："瞧了一瞧"——从庚、晋、甲；原"瞧了瞧"。）果然又动了一点子。回家来就便弄了几百钱，第三日一早（俞校："一早"——从庚、晋、甲；原无。）出去，雇了两个人收拾好了。"宝玉道："怪道呢。（俞校："怪道呢"——从庚、晋、甲；原"怪道"。）上月我们大观园的（俞校："大观园的"——从庚、晋、甲；原"大观园"。）池子里结了莲蓬，我摘了十个，叫茗烟出去到坟上供他去。（俞校："到坟上供他去"——从庚、晋、甲；原"到他坟上供去"。）回来我也问他可被雨冲坏了（俞校："冲坏了"——从庚、甲；原"冲坏"。）没有。他说不但没冲，且比上回又新了些。我想着不过是这几个朋友新筑了。我只恨我天天圈在家里，一点儿作不得主，行动就有人（俞校："就有人"——从庚、晋、甲；原"有人"。）知道，不是这个拦，就是那个劝的，能说不能行。虽然有钱，又不能由我使。"湘莲道："这个事也用不着你操心，外头有我呢，你只心里有了就是。（俞校："心里有了就是"——从庚、晋、甲；原下有"了"。）眼前十月初一，我已经打点下上坟的花消。（俞校："花消"——从庚、晋、甲；原"花消了"。）你知道我一贫如洗，家里是没的积聚（俞校："没的积聚"——从庚、晋、甲；原"没有积聚"。）的，纵有几个钱来，随手就光的，不如趁空儿留下这一分，省得到了跟前扎煞手。"宝玉道："我也正为这个要打发茗烟找你，（俞校："找你"——从庚、晋、甲；原"找你去"。）你又不大在家，知道你天天萍踪浪迹，没个一定的（俞校：从庚、晋、甲；原"一定"。）去处。"湘莲道："你也不用找我。这个事不过（俞校："不过"——从庚；原"也不过"。）各尽其道。眼前我还

呆霸王调情遭苦打　冷郎君惧祸走他乡

要出门去走走，外头逛个三年五载再回来。”宝玉听了，忙问：“这是为何？”柳湘莲冷笑道：“你不知道我的心事。等到跟前，你自然知道。我如今要别过了。”宝玉道：“好容易会着，晚上同散，岂不好？”湘莲道：“你那令姨表兄还是那样，再坐着，未免有事，不如我回避了倒好。”宝玉想了一想道（俞校：“想了一想道”——从庚；原“想了一想说道”。）：“既是这样，倒是回避他为是。只是你要果真远行，（俞校：“果真远行”——从庚、晋、甲；原“远行”。）必须先告诉我一声，千万别悄悄的走了。”说着，便滴下泪来。柳湘莲道：“自然要辞的，你只别和别人说（俞校：“别和别人说”——从庚、晋、甲；原“别和人说”。）就是了。”说着，便站起来要走，又道：“你们进去，（俞校：从庚；原“你就进去罢”。）不必送我。”一面说，一面出了书房。刚至大门前，早遇见薛蟠在那里乱嚷乱叫，说（俞校：“乱嚷乱叫，说”——从庚；原无“说”。）：“谁放了小柳儿走了！”（俞校：“放了小柳儿走了”——从庚、晋、甲；原“放走了小柳儿”。）（靖眉：奇谈，此亦是[阿]呆。）柳湘莲听了，火星乱迸，恨不得一拳打死；复思酒后挥拳，又碍着赖尚荣的脸面，只得忍了又忍。薛蟠忽见他走出来，如得了珍宝，（俞校：“得了珍宝”——从庚、晋、甲；原下有“一般”。）忙趔趄着上来，（俞校：“趔趄着上来”——从庚；原“趔趄走上来”。）一把拉住，笑道：“我的兄弟，你往那里去了？”（俞校：“往那里去了”——从庚、甲；原“往那里去”。）湘莲道：“走走就来。”薛蟠笑道：“好兄弟，你一去都没兴了，好歹坐一坐，你就是疼我了。（靖眉：呆子声口如闻。）凭你有什么要紧的事，交给哥，你只别忙。有你这个哥，你要做官发财（俞校：“发财”——从庚、晋、甲；原“要发财”。）都容易。”湘莲见他如此不堪，心中又恨又愧，早生一计，（俞校：“早生一计”——从庚、晋、甲；原“忽心生一计”。）便拉他到避人之处，（俞校：“避人之处”——从庚；原“别处”。庚“避”又旁改“无”。）笑道：“你真心和我好，假心和我好呢？”薛蟠听这话，（俞校：“听这话”——从庚；原“听他如此说”。）喜得心痒难挠，（俞校：“难挠”——从庚、晋、甲；原“难搔”。）乜斜着眼，忙笑道：“好兄弟，你怎么问起我这话来！我要是假心，立刻死在眼前。”湘莲道：“既如此，这里不便。等坐一坐，我先走，你随后出来，跟我到下处，咱们提另喝一夜酒。我那里还有两个绝好的（俞校：“绝好的”——从庚、晋、甲；原“绝色的”。）孩子，从没出门的。你可连一个跟的人也不用带，（俞校：“不用带”——从庚；原“不用带了去”。）到了那里，伏侍的人都是现成的。”（俞校：“到了那里，伏侍的人都是现成的”——从庚傍改（“的”傍添）；原“那里有人伏侍”。）薛蟠听如此说，喜得（俞校：“喜得”——从庚；原“喜的”。）酒醒了一半，说：“果然如此？”湘莲笑道：“如何人拿真心待你，你倒不信了？”薛蟠忙笑道：“我又不是呆子，怎么有个不信的呢！既如此，我又不认得，你先去了，我在那里找你？”（俞校：“那里找你”——从庚、晋、甲；原“那里找你呢”。）湘莲道：“我这下处在北门外头。你可舍得家，城外住一夜去？”薛蟠笑道：“有了你，我还要家做什么！”（俞校：“做什么”——从庚、甲；原“作什么”。）湘莲道：“既如此，我在北门外头桥上（俞校：“北门外头桥上”——从庚、晋、甲；原“北门外桥头上”。）等你。咱们席上且吃酒去。你看我走了之后你再走，他们就不留心了。”薛蟠听了，连忙答应。于是二人复又入席，饮了一回。那薛蟠难熬，只拿眼看湘莲，心内越想越乐，左一壶，右一壶，并不用人让，自己便吃了又吃，不觉酒已八九分了。湘莲便起身出来，瞅人不防去了。至门外，命小厮杏奴：“先家去罢。我到城外就来。”说毕，跨马直出北门（俞校：“跨马直出北门”——从庚、甲；原“直上马出城”。）桥上等候薛蟠。没顿饭时的工夫，只见薛蟠骑着一匹大马，远远的赶了来，（俞校：“赶了来”——从庚、晋、甲；原“走来”。）张着嘴，（俞校：“张着嘴”——从晋、甲；原“张著口”。）瞪着眼，头似（俞校：“头似”——从庚、晋、甲；原“头”。）泼浪鼓一般，不住左右乱瞧。及至从湘莲马前过去，只顾望远处瞧，不曾留心近处，反蹦过去了。湘莲又是笑，又是恨，便也撒马随后赶来。（俞校：“随后赶来”——从庚；原“随后跟来”。）薛蟠往前看时，渐渐人烟稀少，便又圈马回来再找。不想一回头见了湘莲，如获奇珍，忙笑道：“我说你是个再不失信的。”湘莲笑道：“快往前走，（俞校：“快往前走”——从庚、晋、甲；原“忙往前走”。）仔细人看见跟了来就不便了。”（俞校：“不便了”——从庚、晋；原“不好了”。）说着，先就撒马前去。薛蟠也紧紧的跟来。（俞校：“跟来”——从庚、晋、甲；原“跟随”。）湘莲见前面人迹已稀，且有一带苇塘，便下马将马拴在树上，向薛蟠笑道：“你下来，咱们先设个誓，日后要变了心，（俞校：“变了心”——从庚、晋、甲；原“变心”。）告诉人去的，就应了誓。”（俞校：“应了誓”——从庚；原“应誓了”。）薛蟠笑道：“这话有理。”连忙下了马，也拴在树上，便跪下说道：“我要日久变心，（俞校：“日久变心”——从庚、晋、甲；原“日久变了心”。）告诉人去的，天诛地灭。”一语未完，只听嘡的一声，颈后好似铁锤砸下来，（俞校：“砸下来”——从庚、甲；原“轧下来一般”。）只觉得一阵黑，满眼金星乱迸，身不由己，便倒下了。湘莲走上来瞧瞧，知他是个笨家子，不惯捱打，只使了三分气力向他脸上拍了几下，登时便开了果子铺。薛蟠先还要挣扎起来，又被湘莲用脚尖点了两点，仍旧跌倒，口内说道："原是两家情愿。你不依，只好说，为什么哄出我来打我？"一面说，一面乱骂。湘莲道："我把你瞎了眼的！你认认柳大爷（俞校："柳大爷"——从庚、晋、甲；原"大爷"。）是谁。你并不哀求，你还伤我。我打死你也无益，只给你个利害罢。"说着，便取了马鞭子过来，从背至胫，打了三四十下。薛蟠酒已醒了大半，觉得疼痛难禁，不禁有嗳哟之声。湘莲冷笑道："也只如此！我只当你是（俞校："只当你是"——从庚、晋、甲；原"只当你"。）不怕打的。"一面说，一面又把薛蟠的左腿拉起来，朝苇中泞泥处拉了几步，滚的满身泥水，又问道："你可认得我了？"薛蟠不应，只伏着哼哼。湘莲又掷下鞭子，用拳头向他身上擂了几下。薛蟠便乱滚乱叫，说："肋条折了。我知道你是正经人，因为我错听了傍人的话了。"湘莲道："不用拉旁人，你只说现在的。"薛蟠道："现在没什么说的。（俞校："没什么说的"——从庚、晋；原"也没有说的"。）不过你是个正经人，我错了。"湘莲道："还要说软些才饶你。"（俞校："才饶你"——从庚、晋、甲；原"饶你"。）薛蟠哼哼着道："好兄弟。"湘莲便又一拳。薛蟠嗳了一声（俞校："嗳了一声"——从甲；原"嗳哟一声"。）道："好哥哥。"湘莲又连两拳。薛蟠忙嗳哟叫道："好老爷，饶了我这没眼睛的瞎子罢。从今以后，我敬你怕你了。"湘莲道："你把那水（俞校："那水"——从庚、晋、甲；原"这水"。）喝两口。"薛蟠一面听了，（俞校："一面听了"——从庚、晋、甲；原无。）一面皱眉道："这水脏的很，怎么喝得下去。"（俞校："喝得下去"——从庚；原"喝的下去"。）湘莲举拳就打。薛蟠忙道："我喝，喝。"（俞校："我喝，喝"——从庚；原"我喳，我喳"。）说着说着，（俞校："说着说着"——从庚；原"说著"。）只得俯头向苇根下喝了一口，犹未咽下去，只听哇的一声，（俞校："哇的一声"——从庚、晋、甲；原"咕的一声"。）把方才吃的东西都吐了出来。湘莲道："好脏东西。你快吃尽了（俞校："吃尽了"——从庚、晋；原"吃干净了"。）饶你。"薛蟠听了，叩头不迭，道（俞校："叩头不迭，道"——从庚；原"叩头不迭说"。）："好歹积点阴功饶我罢。这至死不能吃的。"（俞校："这至死不能吃的"——从庚、晋、甲；原"这个至死不能吃的"。）湘莲道："这样气息，倒熏坏了我。"说着，丢下薛蟠，便牵马认镫去了。（俞校："去了"——从庚、晋、甲；原"上骑去了"。）这里薛蟠见他已去，方放下心来，（俞校："方放下心来"——从庚、晋、甲；原"放下心来"。）后悔自己不该误认了人。待要扎挣起来，无奈遍体疼痛难禁。（靖眉：纨袴子弟，齐来看此。）谁知贾珍等在席上忽不见了他两个，各处寻找（俞校："各处寻找"——从庚、晋、甲；原"便各处寻找"。）不见。有人说，恍惚出北门去了。薛蟠的小厮们素日是惧他的，俞校："惧他的"——从庚、晋、甲；原"惧怕他的"。他吩咐了不许跟去，谁还敢找去。庚双：亦如秦法自误。后来还是贾珍不放心，命贾蓉带着小厮们寻踪问迹的俞校："寻踪问迹的"——从庚、晋、甲；原无"的"。直找出北门，下桥二里多路，忽见苇坑俞校："苇坑"——从庚、晋、甲；原"一带苇坑"。旁边薛蟠的马拴在那里。俞校："拴在那里"——从庚、晋、甲；原"拴在树上"。众人都道："可好了。有马必有人。"一齐来至马前，只听苇中有人呻吟。大家忙走来一看，只见薛蟠衣衫零碎，面目肿破，没头没脸，遍身内外滚的似个泥猪俞校："似个泥猪"——从庚；原"似泥母猪"。一般。贾蓉心内已猜着九分了，俞校："猜着九分了"——从庚、晋；原"猜著了九分"。忙下马命人搀了出来，笑道："薛大叔天天调情，今儿调到苇子坑里来了。必定是俞校："必定是"——从庚、甲；原"必是"。龙王爷也爱上你风流，要你俞校："要你"——从晋；原"想要你"。招驸马去，你就碰到俞校："碰到"——从庚、甲；原"磞在"。龙犄角上了。"薛蟠羞的恨没地缝儿钻进去，那里爬的上马去。贾蓉只得命人赶到俞校："赶到"——从庚、晋、甲；原"到"。关厢里雇了一乘小轿来，薛蟠坐了，一齐进城。贾蓉还要抬往赖家去赴席，俞校："去赴席"——从庚、晋、甲；原"赴席去"。薛蟠百般央告，又命他不要告诉人，贾蓉方依允了，让他各自回家。俞校："各自回家"——从庚、晋、甲；原"各自回家去了"。贾蓉仍往赖家俞校："往赖家"——从庚、晋、甲；原"往赖家来"。回覆贾珍，并说方才形景。贾珍也知为湘莲所打，俞校："为湘莲所打"——从庚；原"被湘莲所打"。笑道："他也须得吃个亏俞校："吃个亏"——从庚、晋、甲；原"吃了亏"。才好。"至晚散了，便来问候。薛蟠自在卧房俞校："卧房"——从晋、甲；原"卧室"。将养，推病不见。俞校："推病不见"——从庚、晋、甲；原"推病不见人"。

且说贾母等回来，各自归家俞校："归家"——从庚、晋、甲；原"回房"。时，薛姨妈和宝钗见香菱哭得俞校："哭得"——从庚；原"哭的"。眼睛肿了。问其原故，忙赶来瞧俞校："赶来瞧"——从庚；原"赶来瞧瞧"。薛蟠时，见脸上身上虽有疮痕，并未伤筋动骨。薛姨妈又是心疼，又是发恨，骂一回薛蟠，又骂一回柳湘莲，意欲告诉王夫人遣人寻拿柳湘莲。俞校："寻拿柳湘莲"——从庚、晋、甲；原"寻拿湘莲"。宝钗忙劝道："这不是什么大事，不过他们一处吃酒，醉后反脸常情。俞校："常情"——从庚、晋、甲；原"亦是常事"。谁醉了，多挨几下子打，也是有的。况且咱们家的无法无天，人所共知。妈不过是心疼的缘故。要出气也容易，等三五天哥哥养好了，出的去时，那边珍大爷、琏二爷俞校："珍大爷琏二爷"——从庚、晋、甲；原"珍大哥琏二哥"。这干人也未必白丢开了，俞校："白丢开了"——从晋、甲；原“白丢开了手”。自然备个东道，叫了那个人来，当着众人替哥哥赔不是认罪就是了。如今妈先当件大事告诉众人，倒显得俞校：“显得”——从庚；原“显的”。妈偏心溺爱，纵容他生事招人，今儿偶然吃了一次亏，妈就这样兴师动众，倚着亲戚之势，欺压常人。”薛姨妈听了道：“我的儿，到底是你想的到。我一时气糊涂了。”宝钗笑道：“这才好呢。他又不怕妈，又不听人劝，一天纵似一天，吃过两三个亏，俞校：“两三个亏”——从晋、甲；原“二三个亏”。他倒罢了。”薛蟠睡在炕上，俞校：“睡在炕上”——从庚、甲；原“在炕上”。痛骂柳湘莲，又命小厮们去拆他的房子，打死他，和他打官司。薛姨妈禁住小厮们，只说柳湘莲一时酒后放肆，如今酒醒，后悔不及，惧罪俞校：“惧罪”——从庚、晋、甲；原“害怕”。逃走了。薛蟠见如此说了……要知端的，俞校：“要知端的”——从庚、晋、甲；原“气方渐平”。且听下回分解。

戚回后：自斗牌一节，写贵家长上之尊重，卑幼之侍奉；遭打一节，写薛蟠之呆，湘莲之豪，薛母、宝钗之言，无不逼真。

第四十八回
滥情人情误思游艺　慕雅女雅集苦吟诗

庚回前：题曰“柳湘莲走他乡”，必谓写湘莲如何走，今却不写，反细写阿呆兄之游艺了心，却湘莲之分内走者，而不细写其走，反写阿呆不应走而写其走，文牵岐（歧）路，令人不识者如此。至“情小妹”回申（中），方写湘莲文字，真神化之笔。

蒙戚回前：心地聪明性自灵，喜同雅品讲诗经，姣柔倍觉可怜形。皓齿朱唇真㚟㚟，痴情专意更娉娉，宜人解语小星星。

话说薛蟠听见柳湘莲逃走，气方渐平。三五日后，疼痛虽愈，伤痕未平，只装病愧见亲友。展眼（俞校：“展眼”——从庚、晋、甲；原“转眼”。）已到十月。因有各铺面伙计内有算年帐要回家的，少不得家内治酒饯行。内有一个张德辉，年过六十，自幼在薛家当铺内揽总，家内也有二三千金（俞校：“二三千金”——从庚、晋、甲；原“三二千金”。）的过活，今岁也要回家，明春方来。因说起：“今年纸札香料短少，明年必是贵的。明年先打发大小儿来当铺内照管照管，赶端阳节前，我顺路贩些纸札香扇来卖，除去关税花消，亦可以剩得几倍利息。”薛蟠听了，心下忖度：“如今我捱了打，正难见人，想着要躲个一年半载，又没处去躲。天天装病，也不是事。

况且我长了这么大，文又不文，武又不武，俞校："文又不文，武又不武"——从庚；原"文不文，武不武"。虽说做买卖，俞校："做买卖"——从庚、甲；原"作买卖"。究竟戥子算盘从没拿过，地土风俗，远近道路又不知道。不如也打点几个本钱，和张德辉逛一年来。赚钱也罢，不赚钱也罢，且躲躲羞去；二则逛逛山水，也是好的。"心内主意已定，至酒席散后，便和张德辉说知，命他等一二日，一同前往。晚间，薛蟠告诉了他母亲。薛姨妈听了，虽是欢喜，但又恐他在外生事，花了本钱倒是末事，因此不命他去，只说："好歹你守着我，我还放心些。况且也不用做这买卖，俞校："也不用做这买卖"——从庚、晋；原"用不著你作买卖"。也不等着俞校："不等着"——从晋；原"不等"。这几百银子来用。你在家里安分守己的，就强似这几百银子了。"薛蟠主意已定，那里肯依，只说："天天又说我不知世事，俞校："不知世事"——从庚、晋；原"不知事"。这个也不知，那个也不学；如今我发狠把那些没要紧的都断了，如今要成人立事，俞校："成人立事"——从庚、晋、甲；原"成人主事"。学习着俞校："学习着"——从庚；原"学习著作"。庚又旁改成"学着做"。买卖，又不准我了。叫我怎么样呢？我又不是个丫头，把我关在家里，何日是个了日！俞校："了日"——从晋；原"了"。况且那张德辉，又是个俞校："又是个"——从庚、晋、甲；原"又是"。年高有德的，咱们和他世交，俞校："世交"——从庚；原"是世交"。我同他去，怎么得有舛错！我就一时半刻有不好的去处，他自然俞校："他自然"——从庚、甲；原"自然他"。说我劝我。就是东西贵贱行情，他是知道的，自然色色问他，何等顺利，倒不叫我去。过两日我不告诉家里，私自俞校："私自"——从庚、晋、甲；原"我自己"。打点了一走。明年发了财回来，那时才知道我呢！"说毕，赌气睡觉去了。薛姨妈听他如此说，因和宝钗商议。宝钗笑道："哥哥果然要经历正事，正是好的了；只是他在家时说着好听，俞校："在家时说着好听"——从庚；原"在家里说的好听"。到了外头旧病复犯，越发难拘束了。俞校："难拘束了"——从庚；原"难拘束他"。但也愁不得许多。他若是真改了，是他一生的福；若不改，妈也不能又有别的法子。一半尽人力，一半听天命罢了。这么大人了，若只管怕他不知世路，出不得门，干不得事，今年关在家里，明年还是这个样儿。他既说的名正言顺，妈就打量着俞校："就打量着"——从庚、晋、甲；原"就打发他去试一试，只打谅"。丢了八百一千银子，竟交与他试一试。俞校："竟交与他试一试"——从庚、晋、甲；原无。横竖有伙计们帮着呢，也未必好意思哄骗他的。二则他出去了，左右没有（俞校："左右没有"——从庚；原"左右没了"。）助兴的人，又没了倚仗的人，到了外头，谁还怕谁，有了的吃，没了的饿着，举眼无靠，他见了这样，只怕比在家里省了事，也未可知。”（庚双：作书者曾吃此亏，批书者亦曾吃此亏，故特于此注明，使后人深思默戒。脂砚斋。）薛姨妈听了，思忖半晌，说道：“倒是你说的是。花两个钱，叫他学些乖来也值了。”商议已定，一宿无话。

至次日，薛姨妈命人请了张德辉来，在书房中命薛蟠款待酒饭。自己在后廊下，隔着窗子，向里千言万语，嘱托张德辉照管薛蟠。张德辉满口应承，吃过饭告辞，又回说：“十四日是上好出行日期，（俞校："出行日期"——从庚、晋、甲；原"出门的日子"。）大世兄即刻（俞校："即刻"——从庚、晋、甲；原无。）打点行李，雇下骡子，十四一早就长行了。”薛蟠喜之不尽，将此话告诉了薛姨妈。薛姨妈便和宝钗、香菱并两个老年的嬷嬷连日打点行装。派下薛蟠之乳父老苍头一名，当年谙事旧仆（俞校："旧仆"——从庚、晋、甲；原"旧奴"。）二名，外有薛蟠随身常使小厮二人。主仆一共六人，雇了三辆大车，单拉行李使物；又雇了四个长行骡子。薛蟠自骑一匹家内养的铁青大走骡，（俞校："铁青大走骡"——从庚、晋、甲；原"大青走骡"。）外备一匹坐马。诸事完毕。（俞校："完毕"——从庚、晋、甲；原"完备"。）薛姨妈、宝钗等连日劝戒之言，自不必备说。（俞校："备说"——从庚、晋、甲；原"细说"。）至十三日，薛蟠先去辞了他母舅，然后过来辞了贾宅诸人。贾珍等（俞校："贾珍等"——从庚、甲；原"贾珍"。）未免又有饯行之说，也不必细述。至十四日一早，薛姨妈、宝钗等直同薛蟠（俞校："直同薛蟠"——从庚、晋、甲；原"直送薛蟠"。）出了仪门，母女两个四只泪眼看他去了方回来。

薛姨妈上京带来的（俞校："带来的"——从庚、晋、甲；原"带来"。）家人不过四五房，并两三个老嬷嬷小丫头。今跟了薛蟠一去，外面只剩下一两个男子。（俞校："一两个男子"——从庚、晋、甲；原"一个男人"。）因此，薛姨妈即到书房中将一应陈设玩器并帘幔等物，尽行搬了进来收贮。命那两个跟去的男子之妻一并也进来睡觉。又命香菱将他屋里也收拾严紧，将门锁了，晚间和我去睡。宝钗道：“妈既有这些人作伴，不如叫菱姐姐（俞校："菱姐姐"——从庚、晋、甲；原"香菱姐姐"。）和我作伴儿去。我们园子里又空，夜长了，我每夜作活，越多一个人，岂不越好。”

薛姨妈听了 俞校："薛姨妈听了"——从庚；原"薛姨妈"。 笑道："正是我忘了， 俞校："我忘了"——从庚、晋、甲；原"忘了"。 原该叫他同你去才是。我前日还同你哥哥说， 俞校："还同你哥哥说"——从庚、晋；原"还向你哥哥说"。 文杏又小，道三不着两 俞校："道三不着两"——从庚；原"到三不著两"。 的，莺儿一个人不彀伏侍的，还要买一个丫头来你使。"宝钗道："买的不知底里，倘或走了眼，花了钱事小，没的淘气。倒是慢慢的打听着，有知道来历的，买个还罢了。" 庚双：闲言过耳无迹，然已伏下一事矣。 一面说，一面命香菱收拾了衾褥妆奁，命一个老嬷嬷并臻儿送至蘅芜苑去。然后宝钗和香菱才同回园中来。 庚双：细想香菱之为人也，根基不让迎、探，容貌不让凤、秦，端雅不让纨、钗，风流不让湘、黛，贤惠不让袭、平，所惜者青年罹祸，命运乖蹇，足为侧室，且虽曾读书，不能与林、湘辈并驰于海棠之社耳。然此一人岂可不入园哉？故欲令入园，终无可入之隙，筹画再四，欲令入园，必呆兄远行后方可。然阿呆兄又如何方可远行？曰：名，不可；利，不可；正事，不可；必得万人想不到，自己忽发一机之事方可。因此思及"情"之一字及呆素所误者，故借"情误"二字生出一事，使阿呆游艺之志已坚，则菱卿入园之隙方妥。回思因欲香菱入园，是写阿呆情误，因欲阿呆情误，先写一赖尚荣，实委婉严密之甚也。脂砚斋评。 香菱笑向宝钗道："我久要 俞校："久要"——从庚、晋；原"原要"。 和奶奶说的，大爷去了，我和姑娘作伴儿去。又恐怕 俞校："又恐怕"——从庚；原"我又恐怕"。 奶奶多心，说我贪着园内来顽。 俞校："来顽"——从晋、甲；原"顽"。 谁知你竟说了。"宝钗笑道："我知道你心里羡慕这园子不是一日两日的了，只是没个空儿。就每日来一趟，慌慌张张的也没趣儿。所以趁着这机会越性住上一年，我也多个作伴的，你也遂了心。"香菱笑道："好姑娘，你趁着 俞校："你趁着"——从庚；原"趁著"。 这个工夫，教给我 俞校："教给我"——从庚；原"你教给我"。 作诗罢。" 庚双：写得何其有趣，今忽见菱卿此句，合卷从纸上另走出一姣小美人来，并不是湘、林、探、凤等一样口气声色。真神骏之技，虽驰驱万里而不见有倦怠之色。 宝钗笑道："我说你'得陇望蜀'呢。我劝你今儿头一日 俞校："头一日"——从庚、晋、甲；原"头一天"。 进来，先出园东角门，从老太太起，各处各人，你都瞧瞧问候一声儿，也不必特意告诉他们说搬进园来。若有提起因由的，你只带口说我带了你进来作伴儿就完了。回来进了园子，再到各姑娘房里走走。"香菱答应着，才要走时，只见平儿忙忙的 俞校："忙忙的"——从庚、甲；原"忙忙"。 走来。 庚双："忙忙"二字奇，不知有何妙文。 香菱忙问了好，平儿只得陪笑相问。 俞校："陪笑相问"——从庚、晋、甲；原"勉强陪笑相问"。 宝钗因向平儿笑道："我今儿带了他来 俞校："带了他来"——从庚、晋；原"把他带了来"。 作伴儿，正要 俞校："正要"——从庚、晋、甲；原"正要打发人"。 去回你奶奶一声儿。"平儿笑道："姑娘说的是那里话。我竟没话答言 俞校："答言"——从庚、甲；原"答应"。 了。"宝钗道："这才是正理。店房也有个住人，庙里也有个主持。虽不是大事，到底告诉一声儿。便是园里 俞校："园里"——从庚、晋、甲；原"园子里"。 坐更上夜的人知道添了他两个，也好关门候户的了。俞校："关门候户的了"——从庚、晋、甲；原无"了"。你回去俞校："你回去"——从庚；原"你回去就"。告诉一声罢，我不打发人去了。"俞校："不打发人去了"——从庚；原"不打发人说去了"。平儿答应着，因又向香菱笑道："你既来了，也不拜一拜街坊邻舍去。"庚双：是极，恰是戏言，实欲支出香菱去也。宝钗笑道："我正叫他去俞校："正叫他去"——从庚、甲；原"正要叫他去"。呢。"平儿道："你且不必往我们家去。二爷病了在家里呢。"香菱答应着去了，先从贾母处来。不在话下。且说平儿见香菱去了，便拉宝钗忙说道俞校："忙说道"——从庚；原"悄说道"。："姑娘可听见我们的新闻俞校："我们的新闻"——从庚；原"我们家的新文"。了？"宝钗道："我没听见新闻。因连日打发我哥哥出门，所以你们这里的事一概也不知道，连姊妹们这两日也没见。"平儿笑道："老爷把二爷打了个动不得，俞校："动不得"——从庚、甲；原"动不的"。难道姑娘就没听见？"宝钗道："早起恍惚听见了一句，俞校："听见了一句"——从庚、晋、甲；原"听见一句"。也信不真。我也正要瞧你奶奶去呢，不想你来了。又是为了什么打他？"平儿咬牙骂道："都是那贾雨村，什么风村，俞校："什么风村"——从庚、晋；原"什么"。半路途中那里来的饿不死的野杂种，认了不到十年，生了多少事出来。今年春天，老爷不知在那个地方看见了几把旧扇子，回家来，看家里所有收着的这些好扇子俞校："这些好扇子"——从庚、晋、甲；原"些好扇子"。都不中用了。立刻叫人各处搜求。谁知就有一个不知死的冤家，混号儿世人都叫他作石呆子，穷的连饭也没得吃，偏他家就有二十把旧扇子，死也不肯拿出大门来。二爷好容易烦了多少情，见了这个人，说之再三，他把二爷请到他家里坐着，拿出这扇子略瞧了一瞧。据二爷说，原是不能再有的，俞校："不能再有的"——从庚；原"不能再有的了"。全是湘妃、棕竹、麋鹿、玉竹的，皆是古人写画真迹。俞校："写画真迹"——从庚、晋、甲；原"写画的真迹"。回来告诉了老爷，俞校："告诉了老爷"——从庚、晋、甲；原"告诉"。老爷便叫买他的，要多少银子给他多少银子。偏那石呆子说：'我饿死冻死，一千两银子一把我也不卖。'老爷没法了，俞校："没法了"——从甲；原"没法"。天天骂二爷没能为。俞校："没能为"——从庚、晋、甲；原无。已经许了他五百两，俞校："许了他五百两"——从庚；原"许他五百两了"。先兑银子，后拿扇子，他只是不卖，只说：'要扇子，先要我的命。'姑娘想想，这有什么法子？谁知雨村那没天理的听见了，便设了个法子，讹他拖欠官银，俞校："拖欠官银"——从晋、甲；原"拖欠官银子"。拿他到衙门里去，说：‘所欠官银，变卖家产赔补。’把这扇子抄了来，作了官价，送了来。那石呆子如今不知是死是活。老爷拿着扇子问着二爷说：‘人家怎么弄了来了？’俞校：“弄了来了”——从晋、甲；原“弄来了”。二爷只说了一句：‘为这点子小事，弄得人俞校：“弄得人”——从庚；原“弄的人”。坑家败业，也不算什么能为。’老爷听了，就生了气，说二爷拿话堵老爷。俞校：“堵老爷”——从庚、晋、甲；原“堵老爷了”。因此，这是第一件大的，这几日俞校：“这几日”——从庚、晋、甲；原无。还有几件小的，我也记不清，所以都凑在一处，就打起来了。也没拉倒用板子棍子，就站着，不知拿什么混打一顿，俞校：“混打一顿”——从庚、晋；原“混打了一顿”。脸上打破了两处。我们听见姨太太这里俞校：“姨太太这里”——从庚、晋、甲；原“姨太太那里”。有种丸药，上棒疮的，姑娘快寻一丸子给我。”俞校：“给我”——从庚、晋；原下有“家去给他上”。宝钗听了，忙命莺儿去要了一丸子来与平儿。宝钗道：“既这样，替我问候罢，我就不去了。”平儿答应着去了。不在话下。

且说香菱见过众人之后，吃过晚饭，宝钗等都往贾母处去了，自己便往潇湘馆中来。此时黛玉已好了大半，见香菱也进园来住，自是欢喜。香菱因笑道：“我这一进来了，也得了空儿，好歹教给我作诗，就是我的造化了。”黛玉笑道：“既要作诗，你就拜我作师。俞校：“既要作诗，你就拜我作师”——从庚；原“既要学作诗你就拜我为师”。我虽不通，大略也还教得起你。”俞校：“也还教得起你”——从庚；原“还教的起你”。香菱笑道：“果然这样，我就拜你作师。你可不许腻烦的。”俞校：“腻烦的”——从庚、甲；原“腻烦”。黛玉道：“什么难事，也值得去学！不过是起承转合，当中承转是两副对子，平声俞校：“平声”——从庚；原“平声的”。对仄声，虚的对[虚]的，实的对[实]的。俞校：“虚的对[虚]的，实的对[实]的”——原“虚的对实的，实的对虚的”，各本均然，恐误。今意改。若是果有了奇句，连平仄虚实不对俞校：“连平仄虚实不对”——从庚、晋、甲；原无“连”。都使得的。”香菱笑道：“怪道我常弄一本旧诗偷空儿看一两首，又有对的极工的，又有不对的；又听见说：‘一三五不论，二四六分明。’看古人的诗上，亦有顺的，亦有俞校：“亦有顺的，亦有”——从庚、晋、甲；原“竟有”。二四六上错了的，所以天天疑惑。俞校：“天天疑惑”——从庚、晋、甲；原“天天的疑惑”。如今听你一说，原来这些格调规矩竟是末事，只要词句新奇为上。”黛玉道：“正是这个道理。词句究竟还是末事，第一主意要紧。俞校："主意要紧"——从庚；原"是立意要紧"。若意趣真了，连词句不用修饰，自是好的。这叫做'不以词害意'。"香菱笑道："我只爱陆放翁的诗俞校："陆放翁的诗"——从庚、晋、甲；原下有"有一对"。：'重帘不卷留香久，古砚微凹聚墨多。'说的真有趣。"俞校："真有趣"——从庚；原"真切有趣"。黛玉道："断不可看这样的诗。你们因不知诗，所以见了这浅近的就爱。俞校："就爱"——从庚、晋、甲；原"就念"。一入了这个格局，再学不出来的。俞校："再学不出来的"——从庚、甲；原上有"是"。你只听我说，你若真心要学，我这里有《王摩诘全集》，俞校："王摩诘全集"——从晋、甲；原"王摩诘的全集"。你且把他的五言律读一百首，细心揣摩透熟了；然后再读　二百首老杜的七言律，再李青莲的七言绝句读一二百首。肚子里先有了这三个人俞校："这三个人"——从庚、晋、甲；原"这三个人的诗"。作了底子，然后再把俞校："然后再把"——从庚、晋、甲；原"再把"。陶渊明、应玚、谢、阮、庾、鲍等人的俞校："等人的"——从庚、甲；原"等人的诗"。一看。你又是一个俞校："又是一个"——从庚；原"又是这样一个"。极聪明伶俐的人，不用一年的工夫，不愁不是俞校："不愁不是"——从庚、晋、甲；原"不愁是个"。诗翁了。"香菱听了，笑道："既这样，好姑娘，你就把这书俞校："把这书"——从庚、甲；原"把这诗"。给我拿出来，我带回去，夜里念几首也是好的。"黛玉听说，便命紫鹃将王右丞的五言律拿来，递与香菱，又道："你只看有红圈俞校："红圈"——从庚、晋、甲；原"红圈儿"。的，都是我选的，有一首念一首。不明白的，问你姑娘，或者遇见我，我讲与你就是了。"香菱拿了诗，回至蘅芜苑中，诸事不顾，只向灯下一首一首的读起来。宝钗连催他数次睡觉，他也不睡。宝钗见他这般苦心，俞校："这般苦心"——从庚、晋、甲；原"这样苦心"。只得随他去了。

一日，黛玉方梳洗完了，只见香菱笑吟吟的送了书来，俞校："送了书来"——从庚、晋、甲；原"送了诗来"。又要换杜律。黛玉笑道："共记得多少首？"香菱笑道："凡红圈选的，我尽读了。"俞校："我尽读了"——从庚、晋、甲；原"我都读了"。黛玉道："可领略了些滋味没有？"香菱笑道："领略了些俞校："领略了些"——从庚；原"我到领略了些"。滋味，不知可是不是，说与你听听。"黛玉笑道："正要讲究讨论，方能长进。你且说来我听。"香菱笑道："据我看来，诗的好处，有口里说不出来的意思，想去却是逼真的；有似乎俞校："有似乎"——从庚、晋、甲；原"有似"。无理的，想去竟是有理有情的。"俞校："有理有情的"——从庚、晋、甲；原"有情有理的"。黛玉笑道："这话有了些意思。俞校："有了些意思"——从庚、晋、甲；原"有些意思了"。

论骚人黛玉讲作诗　慕雅女香菱苦沉吟

但不知你从何处见得？”香菱笑道：“我看他（俞校：我看他”——从庚、晋、甲；原“见”。）《塞上》一首那一联云（俞校：“那一联云”——从庚；原“内一联云”。）：‘大漠孤烟直，长河落日圆。’想来烟如何直，日自然是圆的；这‘直’字似无理，‘圆’字似太俗。合上书一想，倒像是见了这景的。若说再找两个字换这两个，（俞校：“换这两个”——从庚、晋、甲；原“换这两个字”。）竟再找不出两个字来。（俞校：“再找不出两个字来”——从庚、晋、甲；原“找不出来”。）再还有：‘日落江湖白，潮来天地青。’这‘白’‘青’两字也似无理，想来必得这两字才形容得尽，（俞校：“才形容得尽”——从庚、甲；原“方才形容的尽”。）念在嘴里倒像有几千斤重的一个橄榄。还有：‘渡头馀落日，墟里上孤烟。’这‘馀’字和‘上’字，难为他怎么想来。我们那年上京来，那日下晚便湾住船，（俞校：“便湾住船”——从庚；原“湾住船”。）岸上又没有人，只有（俞校：“又没有人，只有”——从庚、晋、甲；原“没有人，有”。）几棵树，远远的（俞校：“远远的”——从庚、晋、甲；原“远远”。）几家人家作晚饭，那个烟竟是碧青，连云直上。谁知我昨日晚上读了（俞校：“读了”——从庚；原“看了”。）这两句，倒像我又到了（俞校：“我又到了”——从庚、晋、甲；原“又到了”。）那个地方去了。”正说着，宝玉和探春也来了，也都入坐听他讲诗。宝玉笑道：“既是这样，也不用看诗。会心处不在多。（俞校：“不在多”——从庚；原“不用多”。）听你说了这两句，可知三昧你已得了。”黛玉笑道：“你说他这‘上孤烟’好，你还不知他这一句还是套了前人的来。（俞校：“套了前人的来”——从晋、甲；原下有“呢”。）我给你这一句瞧瞧，更比这个（俞校：“更比这个”——从庚、甲；原“更比那个”。）淡而现成。”说着，便把陶渊明的“暧暧远人村，依依墟里烟”翻了出来，递与香菱。香菱瞧了，点头叹赏，笑道：“原来‘上’字是从（俞校：“是从”——从庚、甲；原“是”。）‘依依’两字化出来的。”宝玉大笑道：“你已得了，不用再讲。越发倒学杂了。你就作起来，必是好的。”探春笑道：“明儿我补一个柬来，（俞校：“补一个柬来”——从庚、晋、甲；原“补一个东道来”。）请你入社。”香菱笑道：“姑娘何苦打趣我。（俞校：“打趣我”——从庚、甲；原“打趣我们”。）我不过是心里羡慕，（俞校：“不过是心里羡慕”——从庚、晋、甲；原“不过羡慕”。）才学着顽罢了。”探春、黛玉都笑道：“谁不是顽？难道我们是认真（俞校：“认真”——从庚、晋、甲；原“真”。）作诗呢。若说我们认真成了诗，出了这园子，把人的牙还笑倒了呢。”宝玉道：“这也算自暴自弃了。前日我在外头和相公们商议画儿，他们听见咱们起诗社，求我把稿子给他们瞧瞧，我就写了几首给他们看看，（俞校：“给他们看看”——从庚、甲；原“给他们看”。）谁不真心叹服。他们都抄了刻去了。”探春、黛玉忙问道：“这是真话么？”宝玉笑道：“说谎的是那架上的鹦哥。”俞校：“鹦哥”——从庚、晋、甲；原“鹦哥儿”。黛玉、探春听说，都道：“你真真胡闹。且别说那不成诗；便是成诗，我们的笔墨也不该传到外头去。”俞校：“传到外头去”——从庚、晋、甲；原“传出去”。宝玉道：“这怕什么！古来闺阁中的笔墨不要传出去，如今也没有人知道了。”俞校：“也没有人知道了”——从庚、晋、甲；原“怎有人知道呢”。说着，只见惜春打发了入画来请宝玉，宝玉方去了。香菱又逼着黛玉换出杜律来。俞校：“逼着黛玉换出杜律来”——从庚；原“逼著换出杜诗来”。又央俞校：“又央”——从晋、甲；原“又央告”。黛玉探春二人：“出个题目，让我诌去。俞校：“让我诌去”——从庚、晋、甲；原“等我诌去”。诌了来，替我改正。”黛玉道：“昨夜的月最好，俞校：“昨夜的月最好”——从庚、晋、甲；原“昨夜月景甚好”。我正要诌一首，竟未诌成。你就作一首来。俞校：“作一首来”——原“作他一首来”；甲“做一首来”；今改“作一首来”。十四寒的韵，由你爱用那几个字去。”香菱听了，喜的拿回诗来，俞校：“拿回诗来”——从庚；原“拿了诗回来”。又苦思一回，作两句诗；又舍不得杜诗，俞校：“杜诗”——从庚、晋、甲；原“杜律”。又读两首。如此茶饭无心，坐卧不定。宝钗道：“何苦自寻烦恼！俞校：“何苦自寻烦恼”——从庚、晋、甲；原“何苦呢自寻烦恼”。都是颦儿引的你，我和他算帐去。你本来呆头呆脑俞校：“呆头呆脑”——从庚、晋、甲；原“呆头呆恼”。的，再添上这个，越发弄成个呆子了。”庚双：“呆头呆脑的”有趣之至！最恨野史有一百个女子，皆曰“聪敏伶俐”，究竟看来，他行为也只平平。今以“呆”字为香菱定评，何等妩媚之至也。香菱笑道：“好姑娘，别混我。”庚双：如闻如见。一面说，一面作了一首，先与宝钗看。宝钗看了，笑道：“这个不好，不是俞校：“这个不好，不是”——从庚、晋、甲；原无。这个作法。你别怕臊，只管拿了给他瞧去，看他是怎么说。”香菱听了，便拿了诗找黛玉来。黛玉看时，只见写道是：

月桂中天俞校：“月桂中天”——从庚、晋、甲；原“月挂中天”。夜色寒，清光皎皎影团团。
诗人助兴常思玩，旅客添愁不忍观。俞校：“不忍观”——从庚、晋、甲；原“不耐观”。
翡翠楼边悬玉镜，珍珠帘外挂冰盘。
良宵何用烧银烛，晴彩辉煌映画栏。

黛玉笑道俞校：“黛玉笑道”——从庚、晋、甲；原“黛玉看了笑道”。：“意思却有，只是措词不雅。皆因你看的诗少，被他缚住了。把这首丢开，再作一首，只管放开胆子去作。”

香菱听了，默默的回来，越性连房也不入，只在池边树下，或坐在山石上俞校："山石上"——从庚、晋、甲；原"石上"。出神，或蹲在地下抠土。来往的人都诧异。李纨、宝钗、探春、宝玉俞校："宝钗、探春、宝玉"——从庚、晋、甲；原"探春、宝玉、宝钗"。等听得此信，都远远的站在山坡上瞧着他笑。只见他皱一回眉，又自己含笑一回。宝钗笑道："这个人定要疯了。昨夜嘟嘟哝哝，俞校："嘟嘟哝哝"——从庚、晋、甲；原"咕咕哝哝"。直闹到五更天才睡下。没一顿饭的工夫天就亮了，我就听见他起来了，忙忙碌碌梳了头，就找颦儿去。俞校："找颦儿去"——从庚、晋、甲；原"找颦儿去了"。一回来了，呆了一日，俞校："呆了一日"——从庚、晋、甲；原"一回来，呆了半日"。作了一首又不好，这会子自然俞校："这会子自然"——从庚；原"自然这会子"。另作呢。"宝玉笑道："这正是'地灵人杰'。老天生人，再不虚赋情性俞校："虚赋情性"——从庚、晋、甲；原"虚赋性情"。的。我们成日叹说，可惜他这么个人竟俗了。谁知到底有今日。可见天地至公。"俞校："天地至公"——从庚、晋、甲；原"天地生人至公"。宝钗笑道俞校："宝钗笑道"——从庚；原"宝钗听了笑道"。："你能彀像他这苦心俞校："像他这苦心"——从庚、晋、甲；原"像他这样苦心"。就好了，学什么有个不成的。"俞校："有个不成的"——从庚、晋、甲；原"不成的"。宝玉不答。只见香菱兴兴头头的又往黛玉那边去了。探春笑道："咱们跟了去，看他有些意思没有。"说着，一齐都往潇湘馆来。只见黛玉正拿着诗和他讲究。俞校："和他讲究"——从庚、晋、甲；原"和他讲究呢"。众人因问黛玉作的如何。黛玉道："自然算俞校："自然算"——从庚、晋、甲；原"这也算"。难为他了，只是还不好。这一首过于穿凿了，还得另作。"众人因要诗看时，只见写道是：

非银非水映窗寒，试看晴空护玉盘。
淡淡梅花香欲染，丝丝柳带露初干。
只疑残粉涂金砌，恍若轻霜抹玉栏。
梦醒西楼人迹绝，馀容犹可隔帘看。

宝钗笑道俞校："宝钗笑道"——从庚、晋、甲；原"宝玉看了笑道"。："不像吟月了，月字底下添一个'色'字倒还使得。你看句句倒是月色。俞校："倒是月色"——从庚、晋、甲；原"是月色"。这也罢了，原是诗从胡说来。俞校："从胡说来"——从庚、晋、甲；原"从胡说上起"。再迟几天就好了。"香菱自为这首妙绝，听如此说，自己又扫了兴，不肯丢开手，便要（俞校：“便要”——从庚、晋、甲；原“便又”。）思索起来。因见他姊妹们说笑，便自己走至阶前竹下闲步，挖心搜胆，（俞校：“挖心搜胆”——从庚、晋、甲；原“抠心搜肠”。）耳不傍听，目不别视。（俞校：从庚、晋、甲；原“目不他视”。）一时，探春隔窗笑说道（俞校：“笑说道”——从庚、甲；原“笑说”。）：“菱姑娘，你闲闲罢。”香菱怔怔答道（俞校：“怔怔答道”——从晋、甲；原“怔怔的答应道”。）：“‘閒’字（俞校：“閒字”——从庚、晋、甲；原“闲字”。）是十五删的，你错了韵了。”（俞校：“你错了韵了”——从庚；原“错了韵了”。）众人听了，不觉大笑起来。宝钗道：“可真是诗魔了。都是颦儿引的他。”黛玉道（俞校：“黛玉道”——从庚；原“黛玉笑道”。）：“圣人说‘诲人不倦’，他又来问我，我岂有不说之理。”（俞校：“不说之理”——从庚；原“不说的理”。）李纨笑道：“咱们拉了他（俞校：“拉了他”——从庚、晋、甲；原“拉他”。接下一个同。）往四姑娘（俞校：“四姑娘”——从庚、晋、甲；原“四妹妹”。）房里去，引他瞧瞧画儿，叫他醒一醒（俞校：“醒一醒”——从晋、甲；原“也醒一醒”。）才好。”说着，真个出来拉了他过藕香榭至暖香坞中。惜春正乏倦，在床上歪着睡午觉，画缯（俞校：“画缯”——从庚、晋、甲；原“画绘”。）立在壁间，用纱罩着。众人唤醒了惜春，揭纱看时，十停方有了三停。香菱见画上（俞校：“见画上”——从庚、晋、甲；原“见画儿上”。）有几个美人，因指着笑道：“这一个（俞校：“这一个”——从庚；原“这个”。）是我们姑娘，那一个（俞校：“那一个”——从庚；原“那个”。）是林姑娘。”探春笑道：“凡会作诗的（俞校：“凡会作诗的”——从庚、晋、甲；原“既会作诗的”。）都画在上头，你快学罢。”说着，顽笑了一回，各自散去。（俞校：“各自散去”——从晋、甲；原“各自散后”。）

香菱满心中还是想诗。（俞校：“满心中还是想诗”——从庚、甲；原“满心还是思想”。）至晚间，对灯出了一回神。至三更以后，（俞校：“三更以后”——从庚；原“三更后”。）上床卧下，两眼鳏鳏，直到五更，方才朦胧睡去。一时天亮，宝钗醒了，听了一听，他安稳睡了，心下想：“他翻腾了一夜，不知可作成了？（俞校：“可作成了”——从庚、甲；原“可作成了没有”。）这会子乏了，且别叫他。”正想着，只听香菱从梦中笑道：“可是有了。难道这一首还不好？”宝钗听了，又是可叹，又是可笑，连忙唤醒了他，问他：“得了什么？（俞校：“得了什么”——从庚、晋、甲；原“得了什么了”。）你这诚心，都通了仙了。学不成诗，还弄出病来呢。”一面说，一面起来梳洗了，会同姊妹（俞校：“会同姊妹”——从庚、晋、甲；原“会同姊妹们”。）往贾母处来。原来（俞校：“原来”——从庚、晋、甲；原无。）香菱苦志学诗，精血诚聚，（俞校：“精血诚聚”——从庚、晋、甲；原“精神诚聚”。）日间做不出，（俞校：“做不出”——从庚；原“不能作出”。）忽于梦中得了八句。梳洗已毕，便忙录出来，自己并不知好歹，便拿来又找黛玉。（俞校：“拿来又找黛玉”——从庚；

原“拿了又找黛玉来”。刚到俞校：“刚到”——从庚；原“刚至”。沁芳亭，只见李纨与众姊妹方从王夫人处回来，宝钗正告诉他们，说他梦中作诗，说梦话。庚双：一部大书起是梦，宝玉情是梦，贾瑞淫又是梦，秦之家计长策又是梦，今作诗也是梦，一并“风月鑑（鉴）”亦从梦中所有，故“红楼梦”也。余今批评亦在梦中，特为梦中之人特作此一大梦也。脂砚斋。众人正笑着，抬头见他来了，便都争着要诗看。未知如何，且听下回分解。

蒙戚回后：一扇之微，而害人如此其毒。藏之者故自无味，构求者更觉可笑。多少没天理处，全不自觉。可见好爱之端，断不可生。求古董于古坟，争盆景而荡产，势所必至，可不慎诸。

第四十九回
琉璃世界白雪红梅　脂粉香娃割腥啖膻

庚回前：此回系大观园集十二正钗之文。

戚回前：此回原为起社，而起社却在下回。然起社之地、起社之人、起社之景、起社之题、起社之酒肴，色色皆备。真令人跃然起舞。

话说香菱见众人正在说笑，他便迎上去，笑道："你们看这首。若使得，我便还学；若还不好，我就死了这作诗的心俞校："这作诗的心"——从庚：原"心"。了。"蒙侧：说"死了心"不学，方是才人"语不惊人死不体（休）"本怀！说着，把诗递与黛玉及众人看时，只见写道是：

精华欲掩料应难，影自娟娟魄自寒。
一片砧敲千里白，半轮鸡唱五更残。
绿蓑江上秋闻笛，红袖楼头夜倚栏。
博得嫦娥应借问，何缘不使永团圆。

众人看了，笑道："这首不但好，而且新巧有意趣。可知俗语说：

天下无难事，只怕有心人。社里一定请你（俞校："一定请你"——从庚、晋、甲；原"一定要请你"。）了。"香菱听了，心下不信，（俞校："心下不信"——从庚、晋、甲；原"心中不信"。）（蒙侧：听了不信，方是才人虚心。香菱可爱。）料着他们是哄自己的话，还只管问黛玉、宝钗等。正说之间，只见几个小丫头（俞校："小丫头"——从庚、晋、甲；原"小丫头子"。）并老婆子忙忙的走来，都笑道："来了好些姑娘、奶奶们，我们都不认得。奶奶、姑娘们快认亲去。"李纨笑道："这是那里的话？你们到底说明白了是谁的亲戚。"那婆子、丫头（俞校："婆子丫头"——从庚、晋、甲；原"婆子丫头们"。）都笑道："奶奶的两位妹子（俞校："两位妹子"——从庚、晋、甲；原"两位妹妹"。）都来了。还有一位姑娘，说是薛大姑娘的妹妹。（俞校："说是薛大姑娘的妹妹"——从庚、晋；原无。）还有一位爷，说是薛大爷的兄弟。（俞校："薛大爷的兄弟"——原下有"还有一位姑娘，说是薛大姑娘的妹妹"。从庚、晋、甲删。）我这会子请姨太太去呢。奶奶和姑娘们先上去罢。"说着，一迳去了。宝钗笑道："我们薛蝌和他妹妹来了不成？"李纨也笑道："我们婶子又上京来了不成？他们也不能（俞校："也不能"——从庚、晋；原"如何"。）凑在一处。这可是奇事。"大家纳闷，来至王夫人上房，（俞校："王夫人上房"——从庚、甲；原"王夫人上房内"。）只见乌压压一地的人。（俞校："一地的人"——从庚；原"的一地人"。）原来邢夫人之兄嫂带了女儿岫烟进京，来投邢夫人的；可巧凤姐之兄王仁也正进京，两亲家（俞校："两亲家"——从庚、晋、甲；原"两家亲戚"。）一处打帮来了。走至半路泊船时，正遇见（俞校："正遇见"——从庚、晋；原"正遇"。）李纨之寡婶带着两个女儿——大名李纹，次名李绮——也上京，大家叙起来，（俞校："大家叙起来"——从庚、晋、甲；原"同叙起来"。）又是亲戚，因此三家一路同行；后有薛蟠之从弟薛蝌，因当年他父亲在京时已将胞妹薛宝琴许配都中梅翰林之子为婚，（蒙侧：宝琴许配梅门，于叙事内先逗一笔，后方不突[然]。实此等法脉，识者着眼。）正欲进京发嫁，闻得王仁进京，他也带了妹子随后赶来：（俞校："带了妹子随后赶来"——从庚；原"随后带了妹子赶来"。）所以今日会齐了，来访投各人亲戚。于是大家见礼叙过。贾母、王夫人都欢喜非常。贾母因笑道："怪道昨儿晚上灯花爆了又爆，结了又结，原来应到今日。"（俞校："应到今日"——从庚、晋、甲；原"应在今日"。）（蒙侧："灯花"二语何等扯淡，何等包括有趣。着俗笔则语喇喇（刺刺）而不休矣。）一面叙些家常，一面收看带来的礼物，一面命留酒饭。凤姐自不必说，忙上加忙。李纨、宝钗自然和婶母姊妹（俞校："姊妹"——从庚、晋、甲；原"妹子"。）叙离别之情。黛玉见了，先是欢喜，次后想起众人皆有亲眷，独自己孤单无个亲眷，不免又去垂泪。（蒙侧：黛玉先喜后悲，不悲非情，不喜又非情。作（疑下有缺文）。）宝玉深知其情，十分劝慰了一番方罢。

然后宝玉忙忙来至怡红院中，向袭人、麝月、晴雯等笑道（俞校："笑道"——从庚；原"道"。）："你们还不快看人去。谁知宝姐姐的亲哥哥是那个样子，他这叔伯兄弟，形容举止另是一样了，倒像宝姐姐同胞兄弟是的。更奇在你们成日家只说宝姐姐是绝色的人物，你们如今瞧瞧（俞校："你们如今瞧瞧"——从庚、晋；原"如今你们瞧瞧去"。）他这妹子，还有大嫂子这两个（俞校："这两个"——从庚；原"的两个"。）妹子，我竟形容不出了。（俞校："形容不出了"——从庚；原"形容不出来了"。）老天，老天，你有多少精华灵秀，生出这些人上之人来！可知我井底之蛙，成日家只说现在的这几个人是有一无二的，谁知不必远寻，就是本地风光，一个赛似一个。如今我又长了一层学问了。除了这几个，难道还有几个不成？"一面自笑自叹。袭人见他又有了（俞校："又有了"——从庚；原"又有些"。）魔意，便不肯去瞧。晴雯等早去瞧了一遍回来，嘁嘁（俞校："嘁嘁"——原"喜欢"；庚"坎坎"。今改"嘁嘁"。）的笑向袭人道："你快瞧瞧去。大太太的一个侄女儿，宝姑娘一个妹妹，大奶奶（俞校："大奶奶"——从庚、晋、甲；原"大奶奶的"。）两个妹妹，倒像一把子（俞校："一把子"——从庚、晋、甲；原"一把"。）四根水葱儿。"一语未了，只见探春也笑着进来找宝玉，因说道："咱们的诗社可兴旺了。"宝玉笑道："正是呢，这是你一高兴起诗社，所以鬼使神差来了这些人。但只一件，不知他们可学过作诗不曾？"探春道："我才都问了问（俞校："问了问"——从庚、晋、甲；原"问了"。）他们，虽是他们自谦，（俞校："他们自谦"——从庚、甲；原"自谦"。）看其光景没有不会的。便是不会，也没难处。你看香菱就知道了。"袭人笑道："他们说（俞校："他们说"——从庚、晋；原"说"。）薛大姑娘的妹妹更好，三姑娘看着怎么样？"探春道："果然的话。据我看，连他姐姐并这些人，（俞校："连他姐姐并这些人"——从庚、晋、甲；原"怎么样，连他姐姐并所有这些人"。）总不及他。"袭人听了，又是诧异，又笑道："这也奇了。还从那里再好的去（俞校："再好的去"——从庚；原"再好去"。）呢！我倒要瞧瞧去。"探春道："老太太一见了，喜欢的无可不可，已经逼着太太认了干女儿了，老太太要养活，才刚已经定了。"宝玉喜的忙问："这果然的？"（俞校："这果然的"——从晋；原"道，果然的"。）探春道："我几时说过谎！"又笑道："有了这个好孙女儿，就忘了你这孙子了。"宝玉笑道："这倒不妨，原该多疼女儿些才是正理。明儿十六，咱们可该起社了。”探春道：“林丫头刚起来了，二姐姐又病了，终是七上八下的。”宝玉道：“二姐姐又不大作诗，没有他又何妨。”探春道：“越性等几天，等他们新来的混熟了，咱们邀上他们岂不好。这会子，大嫂子、宝姐姐心里自然没有诗兴的；俞校：“心里自然没有诗兴的”——从庚、晋、甲；原“自然心里没有诗兴”。况且湘云没来，俞校：“湘云没来”——从庚、晋、甲；原“湘云又没来”。颦儿才好了，人人不合式。不如等着云丫头来了，这几个新的也熟了，颦儿也大好了，大嫂子和宝姐姐心也闲了，香菱诗也长进了，如此邀一满社俞校：“满社”——从庚、晋、甲；原“社”。岂不好。咱们两个如今且往老太太那里去听听，除宝姐姐的妹妹不算外，俞校：“除宝姐姐的妹妹不算外”——从庚、晋、甲；原无“除”“外”。他一定是在俞校：“一定是在”——从庚、晋、甲；原“一定是”。咱们家住定了的；倘或那三个要不在咱们这里俞校：“咱们这里”——从庚、晋、甲；原“咱们家”。住，咱们央告着俞校：“央告着”——从庚、甲；原“央告”。老太太留下他们，也在园子里住下，岂不多添几个人，越发有趣了。”宝玉听了，喜的眉开眼笑，忙说道俞校：“喜的眉开眼笑，忙说道”——从庚、晋、甲；原“欢喜道”。：“倒是你明白，我终久是个糊涂心肠，空喜欢俞校：“空喜欢”——从庚、晋、甲；原“空欢喜”。一会子，却想不到这上头来。”俞校：“这上头来”——从庚；原“这上头”。蒙侧：观宝玉“倒底是你”数语，胸中纯是一团活泼泼天机。说着，兄妹两个俞校：“兄妹两个”——从庚、晋、甲；原“兄妹二人”。一齐往贾母处来。果然王夫人已认了宝琴俞校：“果然王夫人已认了宝琴”——从庚；原“且说贾母见了薛宝琴甚是欢喜，便命王夫人认”。作干女儿，贾母欢喜非常，俞校：“贾母欢喜非常”——从庚、晋、甲；原“因此欢喜非常”。连园中也不命住，晚上跟着贾母一处安寝。薛蝌自向薛蟠书房中住下。贾母便和邢夫人说：“你侄女儿也不必家去了，园子里住几天逛逛再去。”俞校：“逛逛再去”——从庚、晋、甲；原“佂佂再家去”。邢夫人兄嫂家中原艰难，这一上京，原仗的是邢夫人与他们治房舍，帮盘缠，听如此说岂不愿意。俞校：“邢夫人与他们”至“岂不愿意”——从庚、晋、甲；原无。邢夫人便将岫烟俞校：“便将岫烟”——从庚；原“便将邢岫烟”。交与凤姐。凤姐筹算得园中姊妹多，性情不一，且又不便另设一处，莫若送到迎春一处去，蒙侧：凤姐一番筹算，总为与自己无干。奸雄每每如此。我爱之，我恶之。倘日后邢岫烟俞校：“日后邢岫烟”——从庚、晋、甲；原“日后岫烟”。有些不遂意的事，俞校：“不遂意的事”——从庚；原“不遂意之事”。纵然邢夫人知道了，与自己无干。从此后，邢岫烟家去住俞校：“邢岫烟家去住”——从庚傍改（上有“若”点去）；原上有“若”。的日期不算，若在大观园住到一个月上，凤姐亦照迎春分例俞校：“迎春分例”——从晋、甲；原下有“一样”。送一分与岫烟。凤姐冷眼敁敠，俞校：“敁敠”——从庚、晋、甲；原“瞅著”。庚双：音“颠夺”，心内忖度也。蒙侧：先叙岫烟，次叙李纨，又叙李纹、李绮，亦何精致可玩。

岫烟的心性为人俞校："心性为人"——从庚；原"心性行为"。竟不像邢夫人及他的父母俞校："及他的父母"——从庚、晋、甲；原"并他父母"。一样，却是个温厚可疼俞校："温厚可疼"——从庚；原"极温厚可疼"。的人；因此，凤姐反怜他家贫命苦，比别的姊妹们多疼他些，邢夫人倒不大理论了。贾母、王夫人俞校："贾母王夫人"——从庚、甲；原"贾母合王夫人"。因素喜俞校："素喜"——从庚、晋、甲；原"素习"。李纨贤惠，且年轻守节，俞校："年轻守节"——从晋、甲；原"轻年守节"。令人敬伏，今见俞校："今见"——从庚、晋、甲；原"今儿"。他寡婶来了，便不肯令他外头去住。那李婶虽十分不肯，无奈贾母执意不从，只得带着李纹、李绮在稻香村住下了。当下俞校："当下"——从庚、晋、甲；原"这里"。安插既定。谁知保龄侯史鼐，俞校："史鼐"——从庚；原"史鼎"。又迁委了外省大员，俞校："外省大员"——从庚、晋、甲；原"外任大员"。不日要带了俞校："要带了"——从庚、晋；原"又带了"。家眷去上任。蒙侧：史[鼐]未必左迁，但欲湘云赴社，故作此一折耳，算(莫)被他混过。贾母因舍不得湘云，便留下他了，接到家中。原要命凤姐另设一处与他住，史湘云执意不肯，只要俞校："只要"——从庚、晋、甲；原"定要"。和宝钗一处住，因此也就罢了。

此时大观园中，比先更热闹了多少。俞校："更热闹了多少"——从庚；原"热闹多少了"。蒙侧："此时大观园"数行收拾，是大手笔。李纨为首，馀者迎春、探春、惜春、宝钗、黛玉、湘云、李纹、李绮、宝琴、岫烟，再添上凤姐儿俞校："凤姐儿"——从庚、晋、甲；原"凤姐"。和宝玉，一共十三个人。叙起年庚，俞校："叙起年庚"——从庚、晋；原"叙年庚"。除李纨年纪最长，这十二个皆不过是十五六七岁，或有这三个同年，或有那五个共岁，或有这两个同月同日，那两个同刻同时，俞校："那两个同刻同时"——从庚；原上有"或有"。所差者大半是时刻月分而已。连他们自己也不能细细分晰，俞校："也不能细细分晰"——从庚；原"也不能记清谁长谁幼了，连贾母、王夫人及家中婆媳丫环也不能细细分别"。不过是"姊""妹""弟""兄"四个字随便乱叫。如今香菱正满心满意只想作诗，又不敢十分啰唣俞校："十分啰唣"——从庚；原"啰唣"。宝钗，可巧来了个史湘云。那史湘云又是极爱说话的，那里禁得起香菱又请教他谈诗，越发高了兴，俞校："高了兴"——从庚、晋、甲；原"高兴起来"。没昼夜俞校："没昼夜"——从庚；原"便没昼没夜"。高谈阔论起来。宝钗因笑道："我实在聒噪的受不得了。一个女孩儿家，只管拿着诗作正经事俞校："拿着诗作正经事"——从庚；原"拿著作诗当正经事"。讲起来，叫有学问的人听了反笑话，说不守本分的。俞校："不守本分的"——从庚；原"不守本分"。一个香菱没闹清，偏又添了你这么个俞校："你这么个"——从庚、甲；原"你这么一个"。话口袋子，俞校："话口袋子"——从庚、晋、甲；原"话口袋"。满嘴里说的是什么：怎么是杜工部之沉郁，韦苏州之淡雅，又怎么是温八叉之绮靡，李义山之隐僻。俞校："隐僻"——从庚、晋、甲；原"隐碎"。放着两个现成的俞校："两个现成的"——从庚；原"现在的两个"。诗家不知道，提那些死人做什么！"俞校："做什么"——从庚；原"作什么"。湘云听了，忙笑问道俞校："忙笑问道"——从庚；原"忙笑问现在"。："是那两个？好姐姐，你告诉我。"宝钗笑道："呆香菱之心苦，疯湘云之话多。"二人听了，都大笑起来。正说着，只见宝琴来了，披着一领斗篷，金翠辉煌，不知何物。宝钗忙问："这是那里的？"俞校："这是那里的"——从庚、晋、甲；原"道：是那里的"。宝琴笑道俞校："宝琴笑道"——从庚、晋、甲；原"宝琴道"。："因下雪珠儿，老太太找了这一件俞校："这一件"——从庚、晋、甲；原"出来"。给我的。"香菱上来瞧道："怪道这么好看，原来是孔雀毛织的。"湘云道俞校："湘云道"——从庚；原"湘云笑道"。："那里是孔雀毛，俞校："那里是孔雀毛"——从庚、晋、甲：原下有"织的"。就是野鸭子头上的毛作的。可见俞校："可见"——从庚、晋、甲；原"可见是"。老太太疼你了。这样疼宝玉，也没给他穿。"宝钗道："真俗语说，各人有缘法。他也再俞校："他也再"——从庚；原"我再"。想不到他这会子来，既来了，又有老太太这么疼他。"湘云道："你除了在老太太跟前，就在园里来，俞校："园里来"——从庚、晋、甲；原"园中来"。这两处只管顽笑吃喝。到了太太屋里，若太太在屋里，只管和太太说笑，多坐一会无妨；若太太不在屋里，你别进去，俞校："你别进去"——从庚、晋、甲；原"你可别进去"。那屋里人多心坏，都是要害咱们的。"说的宝钗、宝琴、香菱、莺儿等都笑了。宝钗笑道俞校："宝钗笑道"——从庚、甲；原"宝钗道"。："说你没心，却又有心；虽然有心，到底嘴太直了。我们这琴儿就有些像你。你天天说要我作亲姐姐，我今儿竟叫你认他作亲妹妹罢。"湘云又瞅了宝琴半日，笑道："这一件衣裳也只配俞校："也只配"——从庚、晋、甲；原"也就只配"。他穿。别人穿了，实在不配。"正说着，只见琥珀走来，笑道："老太太说了，叫宝姑娘别管紧了琴姑娘，他还小呢。让他爱怎么样就怎么样。俞校："爱怎么样就怎么样"——从庚；原"爱怎么著就由他怎么著"。要什么东西只管要去，别多心。"宝钗忙起身俞校："忙起身"——从庚、晋、甲；原"忙站起身来"。答应了，又推宝琴笑道："你也不知是那里来的俞校："那里来的"——从庚；原"那里的这段"。福气！你倒去罢，仔细我们委屈着你。我就不信，我那些儿不如你。"说话之间，宝玉、黛玉都进来了。宝钗犹是嘲笑。湘云因笑道："宝姐姐你这话虽是顽话，却有人真心是这样想呢。"琥珀笑道："真心恼的，再没别人，俞校："真心恼的，再没别人"——从庚、晋、甲；原"他到不是这样人，真心恼的再无别人"。就只是他。"

口里说，手指着宝玉。宝钗、湘云都笑道："他倒不是这样人。"（俞校："宝钗湘云"至"这样人"——从庚、晋、甲；原"宝钗对湘云笑道：莫不是他"。）琥珀又笑道："不是他，就是他。"说着，（俞校："说着"——从庚、晋、甲；原无。）又指着黛玉。湘云便不则声。（俞校："不则声"——从庚、晋；原"不啧声"。）（庚双：是不知道代（黛）玉病中相谈赠燕窝之事也。脂砚斋。）宝钗忙笑道："更不是了。我的妹妹和他的妹妹一样，他喜欢的比我还甚呢！（俞校："他喜欢的比我还甚呢"——从晋、甲；原"他比我还更喜欢呢"。）那里还恼。你信云儿混说。他的那嘴，有什么实据。"宝玉素昔深知黛玉有些小性儿，且尚不知（俞校："且尚不知"——从庚、晋；原"然尚不知"。）近日黛玉和宝钗（俞校："黛玉和宝钗"——从庚、晋、甲；原"黛玉、宝钗"。）之事，正恐贾母疼宝琴，他心中不自在；今见湘云如此说了，宝钗又如此答，再审度黛玉声色亦不似往时，（俞校："往时"——从庚；原"往日"。）果然（俞校："果然"——从庚、晋、甲；原"居然"。）与宝钗之说相符，心中（俞校："心中"——从庚、晋、甲；原"便心中"。）闷闷不解。因想他两个素日不是这样的好，（俞校："这样的好"——从庚；原"这样的"。）如今看来，竟更比他人好十倍。（俞校："更比他人好十倍"——从庚；原"更比别人好了十倍"。）一时，林黛玉又（俞校："林黛玉又"——从庚；原"又见林黛玉"。）赶着宝琴叫"妹妹"，并不提名道姓，直是（俞校："直是"——从庚；原"真是"。）亲姊妹一般。那宝琴年轻心热，（庚双：四字道尽，不犯宝钗。脂砚斋评。）且本性聪敏，（俞校："且本性聪敏"——从庚、晋、甲；原"本性聪明"。）自幼读书识字，（庚双：我批此书竟得一秘诀以告诸公：凡野史中所云"才貌双全佳人"者，细细通审之，只得一个粗知笔墨之女子耳。此书凡云"知书识字"者，便是上等才女，不信时只看他通部行为及诗词诙谐皆可知。妙在此书从不肯自下评注，云此人系何等人，只借书中人闲评一二语，故不得有未密之缝被看书者指出，真狡猾之笔耳。）今在贾府住了两日，大概人物已知；又见诸姊妹都不是那轻薄脂粉，且又和姐姐皆和契，（俞校："和契"——从庚；原"和气"。）故也不肯待慢；其中又见林黛玉是个出类拔萃的，便更与他亲敬异常。（俞校："亲敬异常"——从甲；原"亲近异常"。）宝玉看着，只是暗暗的纳罕。（俞校："纳罕"——从庚、晋、甲；原"纳闷"。）一时，宝钗姊妹往薛姨妈房内去后，湘云往贾母处来，林黛玉回房（俞校："林黛玉回房"——从庚、甲；原"黛玉回房"。）歇着。宝玉便找了（俞校："便找了"——从庚、晋、甲；原"找了"。）黛玉来，笑道："我虽看了《西厢记》，也曾有明白的，几回（俞校："几回"——从庚；原"几句"。）说了取笑，你还曾恼过；（俞校："还曾恼过"——从晋、甲；原"还不恼过么"。）这如今想来，竟有一句不解，（俞校："一句不解"——从庚、晋、甲；原"一句不解的"。）我念出来，你讲讲我听。"黛玉听了，便知有文章，因笑道："你念出（俞校："你念出"——从庚；原"你念出来"。）我听听。"宝玉笑道："那《闹简》上有一句说得最好（俞校："说得最好"——从庚；原"说的最好"。）：'是几时孟光接了梁鸿案？'这句最妙。'孟光接了梁鸿案'这五个字，不过是现成的典，难为他（俞校："难为他"——从庚、晋、甲；原"雅，为他"。）这'是几时'（俞校："是几时"——从庚、晋、甲；原"是几时的"。）三个虚字问的有趣。——是几时接了？你说说我听听。"（俞校："你说说我听听"——从

（庚、晋、甲：原“你，你说说我听”。）黛玉听了，禁不住也笑起来，（俞校：“也笑起来”——从庚、晋、甲；原“也笑了”。）因笑道：“这原问的好。他也问的好，你也问的好。”宝玉道：“先时你只疑我，如今你也没的说了。我反落了单。”黛玉笑道：“谁知他竟真是个好人。我素日只当他藏奸。”因把说错了酒令起，连送燕窝病中所谈之事，细细告诉了宝玉，宝玉方知缘故。因笑道：“我说呢，正纳闷‘是几时孟光接了梁鸿案’，原来是从‘小孩儿家口没遮拦’上就接了案了。”黛玉因又说起宝琴来，想起自己没有姊妹，不免又哭了。宝玉忙劝道：“你又（俞校：“你又”——从庚、甲；原“这又”。）自寻烦恼了。你瞧瞧，今年比旧年越发瘦了，你还不保养。（俞校：“还不保养”——从庚、晋、甲；原“还不保养保养”。）每天好好的你必是自寻烦恼，哭一会子，才算完了这一天的事。”黛玉拭泪道：“近来我只觉心酸，眼泪却像比旧年少了些的。（俞校：“少了些的”——从庚、晋、甲；原“少了些似的”。）心里只管酸痛，眼泪却不多。”宝玉道：“这是你哭惯了心里疑的。岂有眼泪会少的。”

正说着，只见他屋里的小丫头子送了猩猩毡（俞校：“猩猩毡”——从庚、甲；原“猩猩毡的”。）斗篷来，又说：“大奶奶才打发人来说，下了雪，要商议明日请人作诗呢。”一语未了，只见李纨的丫头走来请黛玉。宝玉便邀着黛玉同往稻香村来。黛玉换上掐金（俞校：掐金”——从庚、晋、甲；原“金”。）挖云红香羊皮小靴，罩了一件大红羽纱面白狐皮里的（俞校：“白狐皮里的”——从晋；原“白狐皮里”。）鹤氅，束一条青金闪绿双环四合如意绦，头上罩了雪帽。二人一齐踏雪行来。只见众姊妹已都在那边，都是一色大红猩猩毡（俞校：“猩猩毡”——从庚、甲；原“腥腥毡”。接下一个同。）与羽毛缎的斗篷，独李纨（俞校：“李纨”——从庚、晋、甲；原“李宫裁”。）穿一件青哆啰呢对襟褂子，薛宝钗穿一件（俞校：“薛宝钗穿一件”——从庚、晋、甲；原“薛宝钗是一件”。）莲青斗纹锦上添花洋线番羓丝的鹤氅，邢岫烟仍是家常旧衣，（俞校：“旧衣”——从庚、晋、甲；原“旧衣裳”。）并无避雪之衣。（俞校：“避雪之衣”——从庚；原“有遮雪之衣”。）一时，史湘云来了，穿着贾母与他的（俞校：“与他的”——从庚、晋；原“与他”。）一件貂鼠脑袋面子大毛黑灰鼠里子里外发烧（俞校：“里外发烧”——从庚、晋、甲；原无。）大褂子，头上戴着一顶挖云鹅黄片金里大红猩猩毡昭君套，又围着大貂鼠风领。（俞校：“又围着大貂鼠风领”——从庚、晋、甲；原“大貂鼠的风领围著”。）黛玉先笑道：“你们瞧瞧，孙行者来了。他一般的也拿着雪褂子，故意装出个（俞校："装出个"——从庚、晋、甲；原"妆出一个"。）小骚达子来。"湘云笑道："你们瞧我里头打扮的。"一面说，一面脱了褂子。只见他里头穿着一件半新的（俞校："半新的"——从庚、晋、甲；原"半旧的"。）靠色三镶领袖秋香色盘金五彩绣龙窄裉（俞校："窄裉"——从晋、甲；原"窄褙"。）小袖掩襟银鼠短袄，里面短短的一件水红妆缎狐肷褶子，腰里紧紧束着（俞校："紧紧束着"——从庚、晋、甲；原"束著"。）一条蝴蝶结子长穗五色宫绦，脚下也穿着鹿皮小靴，（俞校："鹿皮小靴"——从晋、甲；原"绿皮小靴"。）越显得蜂腰猿背，鹤势螂形。（庚双：近之拳谱中有"坐马势"，便似螂之蹲立。昔人爱轻捷便俏，闲取一螂，观其仰颈叠胸之势。今四字无出处，却写尽矣。脂砚斋评。）众人都笑道："偏他只爱打扮成个小子的样儿，原比他打扮女儿（俞校："女儿"——从庚、晋、甲；原"女孩儿"。）更俏丽了些。"（俞校："俏丽了些"——从庚、晋、甲；原"俏丽些"。）湘云笑道："快商议作诗，我听听是谁的东家。"李纨道："我的主意，想来昨儿的正日已过了，再等正日又太远，（俞校："又太远"——从庚、晋、甲；原"又太过"。）可巧又下雪，（俞校："又下雪"——从庚、晋、甲；原"又遇下雪"。）不如咱们大家凑个社，又给他们接风，又可以作诗。你们意思怎么样？"宝玉先道："这话很是。只是今日晚了。若到明儿，（俞校："明儿"——从庚、甲；原"明日"。）晴了又无趣。"众人看道（俞校："看道"——从庚；原"都道"。）："这雪未必晴。纵晴了，这一夜下的也彀赏了。"李纨道："我这里虽好，又不如（俞校："又不如"——从庚、晋、甲；原"又不比"。）芦雪庵好。我已经打发人笼地炕去了，咱们大家拥炉作诗。老太太想来未必高兴，况且咱们小顽意儿，（俞校："小顽意儿"——从晋、甲；原"小顽儿"。）单给凤丫头个信儿就是了。你们每人一两银子就彀了，送到我这里来。"指着香菱、宝琴、李纹、李绮、岫烟，"五个不算外，（俞校："五个不算外"——从庚、晋、甲；原"五个人不算"。）咱们里头二丫头病了不算，四丫头告了假也不算，你们四分子送了来，我包总五六两银子也尽彀了。"宝钗等一齐应诺。因又拟题限韵。李纨笑道："我心里自己定了，等到了明日，临期横竖知道。"说毕，大家又闲话了一回，方往贾母处来。本日无话。

到了次日一早，宝玉因心里记挂（俞校："记挂"——从庚、晋；原"记罣"。）着这事，一夜没好生得睡，天亮了就爬起来。掀开（俞校："掀开"——从庚；原"掀起"。）帐子一看，虽门窗尚掩，（俞校："虽门窗尚掩"——从庚；原"虽然门窗尚掩"。）只见窗上光辉夺目，心内早踌躇起来，（俞校："早踌躇起来"——从庚、晋、甲；原"踌躇起来"。）埋怨（俞校："埋怨"——从晋、甲；原"抱怨"。）定是晴了，日光已出。一面忙起来，揭起窗屉，从玻璃窗内往外一看，原来不是日光，竟是一夜大雪，下的将有一尺多厚，天上仍是搓绵（俞校：“搓绵”——从庚、晋、甲；原“搓棉”。）扯絮一般。宝玉此时欢喜非常，忙唤起人来，盥漱已毕。只穿一件茄色哆啰呢狐皮袄子，罩一件海龙皮小小鹰膀褂，（俞校：“小小鹰膀褂”——从庚；原“小鹰膀褂子”。）束了腰，披上玉针蓑，戴了金藤笠，登上沙棠屐，忙忙的往芦雪庵来。出了院门，四顾一望，并无二色，远远的是青松翠竹，自己却如装在玻璃盒（俞校：“玻璃盒”——从庚；原“琉璃盆”。）内一般。于是走至山坡之下，顺着山脚，刚转过去，已闻得一阵寒香拂鼻。回头一看，却是妙玉门前栊翠庵中有十数株红梅，如胭脂一般，映着雪色，分外显得精神，好不有趣。宝玉便立住，（俞校：“立住”——从庚、晋、甲；原“住了脚”。）细细的赏玩一回方走。（俞校：“方走”——从庚、晋、甲；原“方欲走”。）只见蜂腰板桥上一个人打着伞走来，原来是（俞校：“原来是”——从庚、晋、甲；原“原来”。）李纨打发了请凤姐儿去（俞校：“请凤姐儿去”——从庚、晋、甲；原“去请凤姐”。）的人。宝玉来至芦雪庵，只见丫鬟、婆子正在那里扫雪开径。原来这芦雪庵盖在傍山临水河滩之上，一带几间茅檐土壁，槿篱竹牖，推窗便可垂钓，四面皆是芦苇掩覆。一条去迳逶迤穿芦度苇过去，就是藕香榭的竹桥了。众丫鬟婆子见他披蓑戴笠而来，（俞校：“而来”——从庚、晋、甲；原“来”。）都笑道：“我们才说，正少一个（俞校：“少一个”——从庚、晋、甲；原“少个”。）渔翁，如今都全了。（俞校：“都全了”——从庚；原“果然全了”。）姑娘们吃了饭才来呢，你也太性急了。”宝玉听了，只得回来。刚至沁芳亭，见探春（俞校：“见探春”——从庚、甲；原“只见探春”。）正从秋爽斋来，（俞校：“从秋爽斋来”——从庚；原“从秋爽斋出来”。）围着大红猩猩毡斗篷，戴着观音兜，扶着个（俞校：“扶着个”——从晋、甲；原“扶著一个”。）小丫头，后面一个妇人打着（俞校：“打着”——从庚；原“打著一个”。）青绸油伞。宝玉知他往贾母处去，遂立在亭边，等他来到，二人一同出园前去。宝琴正在里间屋里梳洗（俞校：“梳洗”——从庚、晋、甲；原“梳头”。）更衣。一时，众姊妹来齐。宝玉只嚷饿了，（俞校：“只嚷饿了”——从庚、晋、甲；原“只是嚷饿了”。）连连催饭。好容易等摆上来，（俞校：“摆上来”——从庚；原“摆上饭来”。）头一样菜便是牛乳蒸羊羔。贾母便说：“这是我们有年纪的人的药，没见天日的东西，可惜你们小孩子们吃不得。今儿另外有新鹿肉，（俞校：“新鹿肉”——从庚；原“新鲜鹿肉”。庚“新”下又旁添“鲜”。）你们等着吃罢。”众人答应了。宝玉却等不得，只拿茶泡了一碗饭，就着野鸡瓜齑，（俞校：“野鸡瓜齑”——从庚；原“野鸡瓜子”。庚“齑”又旁改“儿”。）忙忙的咽完了。贾母道：“我知道你们今儿又有事情，连饭也不顾吃

扫雪开径茅舍待客　琉璃世界白雪红梅

了。”俞校:“不顾吃了”——从庚、甲;原“不顾了”。便叫“留着鹿肉与他晚上吃”,凤姐儿忙说还有呢,方才罢了。俞校:“方才罢了”——从庚;原“方罢了”。史湘云便悄和俞校:“便悄和”——从庚;原“悄合”。宝玉计较道:“有新鹿肉,俞校:“新鹿肉”——从甲;原“新鲜鹿肉”。不如咱们要一块,自己拿了园里俞校:“园里”——从庚、晋、甲;原“园中”。弄着,又顽又吃。”宝玉听了,巴不得俞校:“巴不得”——从庚;原“把不得”。一声儿,便真和凤姐要了一块,命婆子送入园去。俞校:“送入园去”——从庚、晋、甲;原“送入园中去”。一时,大家散后,进园齐往芦雪庵来,听李纨出题限韵,独不见湘云宝玉二人。黛玉道:“他两个再到不了一处,若到一处,生出多少故事俞校:“多少故事”——从庚、晋、甲;原“多少事故”。来。这会子一定算计那块鹿肉去了。”俞校:“去了”——从庚、晋、甲;原“呢”。庚双:联诗极雅之事,偏于雅前写出小儿啖膻茹血极腌臜的事来,为“锦心绣口”作配。正说着,只见李婶也走来看热闹,因问李纨道:“怎么一个带玉的俞校:“一个带玉的”——从庚;原“那一个带玉的”。哥儿和那一个挂金麒麟的姐儿,那样干净清秀,又不少吃的,他两个在那里商议着要吃生肉呢,说的有来有去的。我只不信,肉也生吃得的。”俞校:“生吃得的”——从庚、晋、甲;原“生吃的”。众人听了,都笑道:“了不得,俞校:“了不得”——从庚、晋、甲;原“了不得了”。快拿了他两个来!”黛玉笑道:“这可是云丫头闹的,我的卦再不错。”李纨等忙出来找着他两个,说道:“你们两个要吃生的,我送你们到老太太那里吃去。俞校:“吃去”——从庚、晋、甲;原“去吃”。那怕吃一只生鹿,撑病了不与我相干。这么大雪俞校:“这么大雪”——从庚、晋、甲;原“怎么大雪”。怪冷的,替我作祸呢!”宝玉忙笑道:“没有的事,我们烧着吃呢。”李纨道:“这还罢了。”只见老婆子们拿了铁炉、铁叉、铁丝蒙俞校:“铁丝蒙”——从甲;原“铁镬”。来。李纨道:“仔细割了手,不许哭。”俞校:“不许哭”——从庚、晋、甲;原“可不许哭”。说着,同探春进去了。俞校:“进去了”——从庚、晋、甲;原“过去了”。

凤姐打发了俞校:“打发了”——从庚、晋、甲;原“打发”。平儿来回覆不能来,为发放年例正忙。湘云见了平儿,那里肯放。平儿也是个好顽的,素日跟着凤姐儿俞校:“跟着凤姐儿”——从庚、晋、甲;原“跟著凤姐”。无所不至,见如此有趣,乐得顽笑;因而褪去手上的镯子,三个人围着火,平儿便要先烧三块吃。那边宝钗、黛玉平素看惯了,不以为异,宝琴等及李婶深为罕事。探春与李纨等已议定了题韵。探春笑道俞校:“探春与”至“探春笑道”——从庚、晋、甲;原“探春与李纨笑道”。:“你闻闻,香气这里都闻见了,我也吃去。”说着,也找了他们来。李纨也随来,说:

“客已齐了，俞校：“客已齐了”——从庚、晋、甲；原“客齐了”。你们还吃不彀？”俞校：“吃不彀”——从庚、晋；原“没吃彀”。湘云一面吃，一面说道：“我吃这个方爱吃酒，吃了酒才有诗。俞校：“才有诗”——从庚、晋、甲；原“方才有诗”。若不是这鹿肉，今儿断不能作诗。”说着，只见宝琴披着凫靥裘，站在那里笑。湘云笑道：“傻子，你来尝尝。”宝琴笑说：“怪脏的。”宝钗笑道：“你尝尝去，好吃的。俞校：“好吃的”——从庚、晋；原“吃的甚有味”。你林姐姐俞校：“你林姐姐”——从庚、晋、甲；原“林姐姐”。弱，吃了不消化，不然他也爱吃。”宝琴听了，便过去吃了一块，果觉好吃，便也吃起来。一时，凤姐打发小丫头俞校：“打发小丫头”——从庚、晋、甲；原“打发丫头”。来叫平儿。平儿说：“史大姑娘拉着我呢，你先去罢。”小丫头去了。俞校：“小丫头去了”——从庚、晋、甲；原“小丫头听说去了”。一时只见凤姐也披了斗篷走来，笑道：“吃这样好东西，也不告诉我！”说着，也凑着俞校：“凑着”——从庚；原“凑在”。一处吃起来。黛玉笑道：“那里找这一群花子去！罢了，罢了，今日芦雪庵遭劫，生生被云丫头作践了。我为芦雪庵一大哭。”俞校：“一大哭”——从庚、晋、甲；原“一哭”。庚双：大约此话不独代（黛）玉，观书者亦如此。湘云冷笑道俞校：“冷笑道”——从庚、晋、甲；原“笑道”。：“你知道什么！‘是真名士自风流’，你们都是假清高，俞校：“都是假清高”——从庚、甲；原“都清高”。最可厌的。俞校：“最可厌的”——从庚、晋、甲；原“最可厌”。我们这会子腥膻大吃大嚼，回来却是俞校：“却是”——从庚、晋、甲；原“都是”。锦心绣口。”宝钗笑道：“你回来若作的不好了，俞校：“作的不好了”——从庚；原“作不好了”。把那肉俞校：“把那肉”——从庚、晋、甲；原“把那鹿肉”。掏了出来，就把这雪压的芦苇子俞校：“雪压的芦苇子”——从庚、晋、甲；原“雪压芦苇”。揌上些，以完此劫。”说着，吃毕，洗漱了一回。平儿带镯子时，却少了一个，左右前后乱找了一番，踪迹全无，众人都诧异。凤姐笑道：“我知道这镯子的去向。俞校：“镯子的去向”——从庚、晋、甲；原“镯子去向”。你们只管作诗去，我们也不用找，只管前头去；俞校：“你们只管”至“前头去”——从庚；原“你们只管不用找，作诗去”。不出三日，包管就有了。”俞校：“包管就有了”——从庚、甲；原“管就见了”。说着，又问：“你们今儿作什么诗？老太太说了，离年又近了，正月里还该作些灯谜儿大家顽笑。”众人听了，都笑道：“可是倒忘了，如今赶着作几个好的，预备俞校：“预备”——从庚；原“预备著”。正月里顽。”说着，一齐来至地炕屋里，只见杯盘果菜俱已摆齐，俞校：“摆齐”——从庚、晋、甲；原“齐备”。墙上已贴出诗题韵脚格式来了。俞校：“韵脚格式来了”——从庚、晋、甲；原“来”。宝玉俞校：“宝玉”——从庚、晋、甲；原“宝钗”。湘云二人忙看时，只见题目是“即景联句五言排律一首，限‘二萧’韵”，后面尚未列次序。李纨道："我不大会作诗，我只起三句罢，然后（俞校："然后"——从庚、晋、甲；原"后"。）谁先得了谁先联。"宝钗道："到底分个次序。"（俞校："分个次序"——从庚、晋、甲；原"分别次序的好"。）要知端的，且听（俞校："且听"——从庚；原无。）下回分解。

戚回后：此文线索在斗篷。宝琴翠羽斗篷，贾母所赐，言其亲也；宝玉红猩猩毡斗篷，为后雪披一衬也；黛玉白狐皮斗篷，明其弱也；李宫裁斗篷是哆啰呢，昭其质也；宝钗斗篷是莲青斗纹锦，致其文也；贾母是大斗篷，尊之词也；凤姐是披着斗篷，恰似掌家人也；湘云有斗篷不穿，着其异样行动也；岫烟无斗篷，叙其穷也。只一斗篷，写得前后照耀生色。

一片含梅咀雪文字，偏从雉肉、鹿肉、鹌鹑肉上以渲染之，点成异样笔墨，较之雪吟、雪赋诸作，更觉幽秀。

第五十回
芦雪庵争联即景诗　暖香坞雅制春灯谜

蒙戚回前：此回着重在宝琴，却出色写湘云。写湘云联句极敏捷聪慧，而宝琴之联句不少于湘云，可知出色写湘云，正所以出色写宝琴。出色写宝琴者，全为与宝玉提亲作引也。金针暗度，不可不知。

话说薛宝钗道："到底分个次序，让我写出来。"说着，便令众人拈阄为序。起首恰是李氏，然后按次各各开出。俞校："便令众人"至"各各开出"——从庚、晋、甲；原"便令众人拈阄为次序，第一却是李纨"。庚双：一定要按次序，恰又不按次序，似脱落处而不脱落，文章岐（歧）路如此。凤姐儿说道俞校："凤姐儿说道"——从庚、晋；原"凤姐道"。："既是这样说，俞校："既是这样说"——从庚；原"既这样说"。我也说一句在上头。"众人都笑说："更妙了。"宝钗便将稻香老农之上补了一个俞校："补了一个"——从庚、晋、甲；原"补了个"。"凤"字。李纨又将题目讲与他听。凤姐想了半日，笑道："你们别笑话我。俞校："别笑话我"——从庚、晋、甲；原"可别笑话"。我只有一句粗话，下剩的我就不知道了。"众人都笑道："越是粗话越好，你说了，就只管干正事俞校："干正事"——从庚、晋、甲；原"干正经事"。去罢。"凤姐笑道："我想下雪必刮北风。昨晚听见一夜的北风，我有了一句，就是'一夜北风紧'，可使得？"众人听了，都相视笑道："这句虽粗，不见底下的，这正是会作诗的起法。不但好，而且留了多少地步与后人。就是这句为首，稻香老农快写上，续下去。"凤姐和李婶、平儿又吃了两杯酒，自去了。俞校："自去了"——从庚、晋、甲；原"各自去了"。这里李纨便写了俞校："便写了"——从庚、晋、甲；原"写上"。：

一夜北风紧，

自己联道：

开门雪尚飘。入泥怜洁白，

香菱道：

匝地俞校："匝地"——从庚、晋、甲；原"迎地"。惜琼瑶。有意荣枯草，

探春道：

无心饰萎苕。价高村酿熟，

李绮道：

年稔府粱饶。葭动灰飞管，

李纹道：

阳回斗转杓。寒山已失翠，

岫烟道：

冻浦不闻潮。易挂疏枝柳，

湘云道：

难堆破叶蕉。麝煤融宝鼎，

宝琴道：

绮袖笼金貂。光夺窗前镜，列侧：琴志唐皇。

黛玉道：

香粘壁上椒。斜风仍故故，

宝玉道：

清梦转聊聊。何处梅花笛，

宝钗道：

谁家碧玉箫。鳌愁坤轴陷，俞校："坤轴陷"——从甲；原"坤轴限"。 列侧：钗全寓意。

李纨笑道："我替你们看热酒去罢。"宝钗命宝琴续联。只见湘云起来道俞校："湘云起来道"——从庚、晋、甲；原"湘云站起来道"。：

龙斗阵云销。野岸回孤棹，

宝琴也站起道：俞校："宝琴也站起道"——从庚；原"宝琴也站起来道"。

吟鞭指灞桥。赐裘怜抚戍，

湘云那里肯让人，且别人也不如他敏捷，都看他扬眉挺身的说道 靖眉：的是湘云，写海棠是一样笔墨，如今联句，又是一样写法。：

加絮俞校："加絮"——从庚、晋、甲；原"如絮"。念征徭。坳垤审夷险，

宝钗连声赞好，也便联道：

枝柯俞校："枝柯"——从庚、晋、甲；原"林枝"。怕动摇。皑皑轻趁步，

黛玉忙联道：

剪剪舞随腰。煮芋成新赏，

一面说，一面推宝玉命他联。宝玉正看宝钗、宝琴、黛玉三人共战湘云，十分有趣，那里还顾得联诗。今见黛玉推他，方联道：

撒盐是旧谣。苇蓑俞校："苇蓑"——从庚；原"艇蓑"。犹泊钓，

湘云笑道："你快下去。你不中用，倒耽搁了我。"只听得宝琴联道：

林斧不闻樵。俞校："不闻樵"——从庚、晋；原"乍停樵"。伏象千峰凸，

湘云忙联道：

盘蛇一径遥。花缘经冷聚，

宝钗与众人又忙赞好。探春又联道（俞校："探春又联道"——从庚；原"探春联道"。）：

色岂畏霜凋。深院惊寒雀，

湘云正渴了，忙忙的吃茶，已被岫烟道（俞校："岫烟道"——从庚；原"岫烟联道"。）：

空山泣老鸮。阶墀随上下，

湘云忙丢了茶杯，（俞校："丢了茶杯"——从庚、晋、甲；原"丢下茶杯"。）忙联道：

池水任浮漂。照耀临清晓，

黛玉联道：

缤纷入永宵。诚忘三尺冷，

湘云忙笑联道（俞校："湘云忙笑联道"——从庚、晋、甲；原"湘云忙联道"。）：

瑞释九重焦。僵卧谁相问，

宝琴也忙笑联道：

狂游客喜招。天机断缟带，

湘云又忙道（俞校：“湘云又忙道”——从庚、晋、甲；原“湘云道”。）：

海市失鲛绡。

林黛玉不容他道出，（俞校：“道出”——从甲；原“道”。）接着便道：

寂寞对台榭，（俞校：“对台榭”——从庚；原“荒池榭”。）

湘云忙联道（俞校：“湘云忙联道”——从庚、晋、甲；原“湘云也忙联道”。）：

清贫怀箪瓢。（俞校：“怀箪瓢”——从庚、晋、甲；原“陋巷瓢”。）

宝琴也不容情，也忙道：

烹茶冰渐沸，

湘云见这般自为得趣，又是笑，又（俞校：“见这般自为得趣，又是笑，又”——从庚、晋、甲；原“见了自为又该自己”。）忙联道：

煮酒叶难烧。

黛玉也笑道：

没帚山僧扫，

宝琴也笑道：

埋琴稚子挑。

湘云笑的（俞校："湘云笑的"——从庚；原"湘云笑"。）弯了腰，忙念了一句。众人问："到底说的是什么？"湘云喊道：

石楼闲睡鹤，（俞校："闲睡鹤"——从庚、晋、甲；原"闲睡鸭"。）

黛玉笑的握着胸口，高声嚷道：

锦罽暖亲猫。

宝琴也忙笑道：

月窟翻银浪，

湘云忙联道：

霞城隐赤标。

黛玉忙笑道：

沁梅香可嚼，

宝钗笑着称好，也忙联道：

淋竹醉堪调。

宝琴也忙道：

或湿鸳鸯带，

湘云忙联道：

时凝俞校："时凝"——从庚、晋、甲；原"犹凝"。翡翠翘。

黛玉又忙道：

无风仍脉脉，

宝琴又忙俞校："宝琴又忙"——从庚；原"宝琴也忙"。笑联道：

不雨亦潇潇。

湘云伏着，已笑软了。众人看他三人对抢，也都不顾俞校："也都不顾"——从庚傍改（"愿"改"顾"）；原"也顾不得"。作诗，看着也只是笑。黛玉还推他往下联，又道："你也有才尽俞校："才尽"——从庚；原"才尽力穷"。之时。我听听还有什么舌根嚼了？"湘云只伏在宝钗怀里笑个不住。宝钗推他起来，道："你有本事把'二萧'的韵全用完了，我才服你。"俞校："服你"——从晋、甲；原"伏你"。湘云起身笑道："我也不是作诗，竟是抢命呢！"俞校："抢命呢"——从庚、晋、甲；原"抢命了"。众人笑道："倒是你说罢。"俞校："你说罢"——从庚、晋；原"你自己说罢"。探春早已料定没有自己联的了，俞校："自己联的了"——从庚、甲；原"自己联的分了"。便早写出来，俞校："便早写出来"——从庚、晋、甲；原"便命写出来"。因说："还没收住俞校："还没收住"——从庚、晋、甲；原"道：没收住"。呢。"李纨听了，俞校："李纨听了"——从庚；原"李纹听了"。接过来便联了一句俞校："联了一句"——从庚、甲；原"便联道"。：

欲志今朝乐，

李绮收了一句道：

凭诗祝舜尧。

李纨道："彀了，彀了。虽没（俞校："虽没"——从庚、晋、甲；原"虽无"。）作完了韵，腾挪的字（俞校："腾挪的字"——从晋、甲；原无。）若生扭，用了倒不好了。"（俞校："不好了"——从庚、晋、甲；原"不好"。）说着，大家来细细评论一回，独湘云的多，都笑道："这都是那块鹿肉的功劳。"李纨笑道："逐句评去，都还一气，只是宝玉又落了第了。"宝玉笑道："我原不会联句，只好担待我罢。"李纨笑道："也没有社社担待你的。又说韵险了，又整误了，又不会联句了，今日必罚你。我才看见栊翠庵的红梅有趣，我要折一枝来插瓶。可厌妙玉为人，我不理他。如今罚你去取一枝来。"（俞校："取一枝来"——从庚、晋、甲；原"折一枝来"。）众人都道："这罚的又雅又有趣。"宝玉也乐为，答应着就要走。（俞校："就要走"——从庚、晋、甲；原"便要走"。）湘云、黛玉一齐说道："外头冷的很，你且吃杯热酒（俞校："吃杯热酒"——从庚、晋、甲；原"吃一杯热酒"。）再去。"湘云早执起壶来，（俞校："湘云早执起壶来"——原上有"于是"。从庚删。）黛玉递了一个大杯，满斟了一杯。湘云笑道："你吃了我们的酒，（俞校："我们的酒"——从庚；原"我们这杯酒"。）你要取不来，加倍罚你。"宝玉忙吃了一杯，（俞校："吃了一杯"——从晋、甲；原"吃了酒"。）冒雪而去。李纨命人好生跟着，黛玉忙拦说："不必，有了人，反不得了。"李纨点头说"是"，一面命丫鬟将一个美女耸肩瓶（俞校："美女耸肩瓶"——从庚、甲；原"耸肩瓶"。）拿来贮了水，准备插梅。因又笑道："回来该咏红梅了。"湘云忙道："我先作一首。"宝钗忙道："今儿断乎不容你再作了。你都抢了去，别人都闲着也没趣。回来还罚宝玉。他说不会联句，如今就叫他自己作去。"（俞校："自己作去"——从庚；原"自作去"。）（庚双：想此刻宝玉已到庵中矣。）黛玉笑道："这话很是。我还有个主意，（俞校："有个主意"——从庚；原"有主意"。）方才联句不彀，莫若拣着（俞校："拣着"——从庚；原"拣那"。）联的少的人作红梅。"宝钗笑道："这话是极。方才邢李三位（俞校："三位"——从庚、甲；原"二位"。）屈才，且又是客，（俞校："且又是客"——从庚、晋、甲；原"又且是客"。）琴儿和颦儿、云儿三个人也抢了许多，（俞校："抢了许多"——从庚、甲；原"抢了许多了"。）我们一概都别作，（俞校："都别作"——从庚、甲；原"都不作"。）只让他三个作才是。"李纨因说："绮儿也不大会作，还是让琴妹作（俞校："让琴妹作"——从庚；原"让琴妹妹"。庚"妹"下又旁添"妹"。）罢。"宝钗只得依允。（庚双：想此刻二玉已会，不知肯见赐否？）又道："就用'红梅花'三个字作韵，每人一首七律。俞校："七律"——从庚；原"七言律"。邢大妹俞校："邢大妹"——从庚、晋；原"邢大妹妹"。作'红'字，你们李大妹俞校："你们李大妹"——从庚、晋；原"李大妹妹"。作'梅'字，琴儿作'花'字。"李纨道："饶过宝玉去，我不服。"俞校："我不服"——从庚、甲；原"我不依"。湘云忙道："有个好题目命他作。"俞校："命他作"——从庚、晋、甲；原"叫他作"。众人问何题目。俞校："何题目"——从庚；原"是何题"。湘云道："命他就作《访妙玉乞红梅》，岂不有趣。"众人听了，都说"有趣"。一语未了，只见宝玉笑欰欰勴了一枝俞校："笑欰欰勴了一枝"——从庚；原"笑嘻嘻背了一枝"。红梅进来。众丫鬟忙已接过，插入瓶内。俞校："瓶内"——从庚、晋、甲；原"瓶中"。众人都笑称谢。宝玉笑道："你们如今俞校："你们如今"——从庚、晋、甲；原"你们"。赏玩罢。也不知费了我多少精神呢。"说着，探春早又俞校："早又"——从庚、甲；原"又"。递过一钟暖酒俞校："一钟暖酒"——从庚、晋、甲；原"一杯暖酒"。来。众丫鬟走上来俞校："走上来"——从庚；原"上来"。接了蓑笠掸雪。各人房中丫鬟都添送衣服来。庚双：冬日午后景况。袭人也遣人送了半旧的狐腋褂来。李纨命人将那蒸的大芋头盛了一盘，又将朱橘、黄橙、橄榄等物盛了两盘，命人带与袭人去。俞校："带与袭人去"——从晋、甲；原"带与袭人吃去"。湘云且告诉宝玉方才的诗题，又催俞校："又催"——从庚、晋、甲；原"又推"。宝玉快作。宝玉道："好姐姐妹妹，让我自己用韵罢，别限韵了。"众人都说："随你作去罢。"俞校："别限韵了"至"作去罢"——从庚；原无。一面说，一面大家看梅花。原来这枝梅花只有二尺来高，旁有一横枝纵横而出，约有五六尺长，其间小枝分歧，俞校："分歧"——原"分岐"，今改"分歧"。或如蟠螭，或如僵蚓，或孤削如笔，或密聚如林，花吐胭脂，香欺兰蕙，庚双：一篇《红梅花赋》。各各称赏。谁知邢岫烟、李纹、薛宝琴三人都已吟成，各自写了出来。众人便依"红梅花"三字之序看去，俞校："看去"——从庚、晋、甲；原"作去"。写道是：

咏红梅花 得红字　　邢岫烟

桃未芳菲杏未红，冲寒先已俞校："先已"——从庚；原"先喜"。笑东风。
魂飞庾岭春难辨，霞隔罗浮梦未通。
绿萼添妆融宝炬，缟仙扶醉跨残虹。
看来岂是寻常色，浓淡由他冰雪中。

咏红梅花 得梅字　　李纹（俞校："李纹"——从庚、晋、甲；原"李绮"。）

白梅懒赋赋红梅，逞艳先迎醉眼开。
冻脸有痕皆是血，酸心无恨（俞校："无恨"——从庚、晋、甲；原"无限"。）亦成灰。
误吞丹药移真骨，偷下瑶池脱旧胎。
江北江南春灿烂，寄言蜂蝶漫疑猜。（俞校："漫疑猜"——从庚、晋、甲；原"谩疑猜"。）

咏红梅花 得花字　　薛宝琴

疏是枝条艳是花，春妆儿女竞奢华。
闲庭曲槛无馀雪，流水空山有落霞。
幽梦冷随红袖笛，游仙香泛绛河槎。
前生定是瑶台种，无复相疑色相差。

众人看了都笑称赏了一回，又指末一首说更好。宝玉见宝琴（俞校："见宝琴"——从庚、晋、甲；原"见他"。）年纪最小，才又敏捷，（俞校："才又敏捷"——从庚、晋、甲；原"才更敏捷"。）深为奇异。黛玉湘云二人斟了一小杯酒，齐贺宝琴。宝钗笑道："三首各有各好。（俞校："各有各好"——从庚、晋；原"各有好处"。）你们两个天天捉弄厌了我，如今又捉弄他来了。"李纨又问宝玉："你可有了？"宝玉忙道："我倒有了，（俞校："宝玉忙道：我倒有了"——从庚、晋、甲；原"宝玉道：有到有了"。）才一看见那三首，（俞校："那三首"——从庚；原"三首"。）又吓忘了。等我再想。"（俞校："再想"——从庚、晋、甲；原"再想一想"。）湘云听说，便拿了一枝铜火箸击着手炉，（俞校："手炉"——从庚、晋、甲；原"香炉"。）说道："我击鼓了。若鼓绝不成，又要罚的。"（俞校："又要罚的"——从庚、晋、甲；原"又要罚了"。）宝玉笑道："我已有了。"黛玉提起笔来，说道（俞校："说道"——从庚；原"笑道"。）："你念，我写。"湘云便击了一下，笑道："一鼓绝。"宝玉笑道："有了，你写罢。"众人听他念道：

酒未开樽句未裁，

黛玉写了，摇头笑道："起的平平。"湘云又道："快着。"宝玉笑道：

芦雪庵争联即景诗　暖香坞雅制春灯谜

寻春问腊到蓬莱。

黛玉、湘云都点头笑道："有些意思了。"宝玉又道：

不求大士瓶中露，为乞嫦娥（俞校："嫦娥"——从庚；原"孀娥"。）槛外梅。

黛玉写了，又摇头说："凑巧（俞校："凑巧"——从庚；原"巧凑"。）而已。"湘云忙催二鼓。宝玉又笑道：

入世冷挑红雪去，离尘香割紫云来。

槎枒谁惜诗肩瘦，（俞校："诗肩瘦"——从庚、晋、甲；原"诗眉瘦"。）衣上犹沾佛院苔。

黛玉写毕，湘云大家才评论时，（俞校："湘云大家才评论时"——从庚、晋、甲；原"大家才评论"。）只见几个丫鬟跑进来回道："老太太来了。"众人忙迎出来。大家又笑道："怎么这等高兴。"（俞校："这等高兴"——从庚、晋、甲；原"这样高兴"。）说着，远远见贾母围了大斗篷，（俞校："围了大斗篷"——从庚、晋、甲；原"围着大斗篷"。）戴着灰鼠暖兜，坐着小竹轿，打着青绸油伞，（俞校："青绸油伞"——从庚、晋、甲；原"青绸伞"。）鸳鸯、琥珀等五六个丫鬟，每人都是打着伞，（俞校："鸳鸯"至"打着伞"——从庚、晋、甲；原"众人"。）拥轿而来。李纨等忙往上迎，贾母命人止住，说："只站在那里就是了。"来至跟前，贾母笑道："我瞒着你太太和凤丫头来了。大雪地下，（俞校："大雪地下"——从庚、晋、甲；原"大雪地里"。）我坐着这个无妨，没的叫他娘儿们来蹓雪。"（俞校："来蹓雪"——从庚；原"来踏雪"。）众人忙一面上前接斗篷，搀扶着，（俞校："搀扶着"——从庚、晋、甲；原"搀扶下轿"。）一面答应着。贾母来至室中，先笑道："好俊梅花！你们也会乐，我来着了。"说着，李纨早命人拿了个大狼皮褥子来铺在当中。贾母坐了，因笑道："你们只管照旧顽笑吃喝。我因为天短了，不敢睡中觉，抹了一会牌，（俞校："一会牌"——从晋、甲；原"一会骨牌"。）想起你们（俞校："想起你们"——从庚、晋、甲；原上有"忽然"。）来了，我也来凑个趣儿。"李纨早又捧过手炉来。探春另拿了（俞校："另拿了"——从庚、甲；原"另拿"。）一副杯箸来，亲自斟了暖酒，奉与贾母。贾母便饮了一口，问（俞校："问"——从庚、晋、甲；原"便问"。）：

“那个盘子里是什么东西？”众人忙捧了过来，回说：“是糟鹌鹑。”贾母道：“这倒罢了，撕一两点腿子来。”李纨忙答应了，要水洗手，亲自来撕。贾母又道：“你们仍旧坐下说笑我听。”又命李纨：“你也坐下，俞校：“你也坐下”——从庚；原“你也只管坐下”。就如同我没来的一样才好。俞校：“才好”——从庚、晋、甲；原“才是”。不然，我就去了。”众人听了，方依次坐下，只李纨便挪到尽下边。俞校：“便挪到尽下边”——从庚、晋；原“挪到尽下边去了”。贾母因问作何事，俞校：“作何事”——原“作何事来著”；庚“作何事了”，“了”傍改“来着”；晋“作何事呢”。今改“作何事”。众人便说作诗。贾母道：“有作诗的，不如作些灯谜，大家正月里好顽。”众人答应了。说笑了一回。贾母便说：“这里潮湿，你们别久坐，仔细受了潮湿。”因说：“你四妹妹那里暖和，我们到那里瞧瞧他的画儿，赶年可有了。”众人笑道：“那里能年下就有了！只怕明年端阳有了。”贾母道：“这还了得！他竟比盖这园子还费工夫了。”俞校：“竟比盖这园子还费工夫了”——从庚、晋、甲；原无“这”“了”。说着，仍坐了竹椅轿，俞校：“竹椅轿”——从庚、晋、甲；原“竹轿”。大家围随，过了藕香榭，穿入一条夹道。东西两边皆有过街门。门楼上俞校：“门楼上”——从庚、晋、甲；原“门楼之上”。里外皆嵌着俞校：“皆嵌着”——从庚；原“皆嵌”。石头匾。如今进的是西门，向外的匾上凿着“穿云”二字，向里的凿着俞校：“向里的凿着”——从庚、晋、甲；原“向里的凿的”。“度月”两字。来至堂中，俞校：“堂中”——从晋、甲；原“当中”。进了俞校：“进了”——从庚、甲；原无。向南的正门，贾母下了轿，惜春已接了出来。从里边游廊俞校：“里边游廊”——从庚；原“里游廊”。过去，便是惜春的卧房，门斗上有“暖香坞”三个字。庚双：看他又写出一处，从起至末一笔一部之文也有，千万笔成一部之文也有，一二笔成一部之文也有。如“试才”一回，起若都说完，以后则索然无味，故留此几处以为后文之点染也。此方活泼不板，眼目屡新。早有几个人打起猩红毡帘，已觉温香拂脸。庚双：各处皆如此，非独因“暖香”二字方有此景。戏注于此，以博一笑耳。大家进入房中，贾母并不归坐，只问：“画在那里？”俞校：“画在那里”——从庚、晋、甲；原“画儿画的在那里”。惜春因笑回俞校：“因笑回”——从庚、晋、甲；原“笑回道”。：“天气寒冷了，胶性皆凝涩不润，画了恐不好看，俞校：“恐不好看”——从庚、晋、甲；原“不好看”。故此收起来。”贾母笑道：“我年下就要的。你别脱懒儿。快拿出来，给我快画。”一语未了，忽见凤姐儿俞校：“凤姐儿”——从庚；原“凤姐”。披着紫羯绒褂，俞校：“羯绒褂”——从甲；原“绒褐褂”。笑吹吹的俞校：“笑吹吹的”——从庚；原“笑孜孜的”。来了，口内说道：“老祖宗今儿也不告诉人，私自就来了，要我好找。”俞校：“要我好找”——从晋、甲；原“要的我好找”。贾母见他来了，心中自是喜悦，便道：“我怕你们冷着了，所以不许人告诉你们去。你真个鬼灵精儿，到底找了我来。依理，（俞校："依理"——原"论理"；庚"以理"，傍改"论理"；晋"以礼"。今改"依理"。）孝敬也不在（俞校："也不在"——从庚、晋、甲；原"不在"。）这上头。"凤姐笑道："我那里是孝敬的心找了来。我因为到了老祖宗那里，鸦没雀静的，（庚双：这四个字俗语中常闻，但不能落纸笔耳。便欲写时，究竟不知系何四字，今如此写来，真是不可移易。）问小丫头子（俞校："小丫头子"——从庚、晋、甲；原"小头子"。）们，他们又不肯叫我找到园里来。（俞校："又不肯叫我找到园里来"——从庚、甲；原"也不肯说叫我到园子里来"。）我正疑惑，忽然（俞校："忽然"——从庚；原"忽然又"。）来了两三个姑子，我心里才明白了。那姑子必是来送年疏，或要年例香例（俞校："香例"——从庚、甲；原"香火"。）银子，老祖宗年下的事也多，一定是躲债来了。如今（俞校："如今"——从庚；原"我赶忙问了那姑子果然不错，我连忙把年例给了他们去了"。）来回老祖宗，债主已去，不用躲着了。（俞校："躲着了"——从庚、晋、甲；原"躲了"。）已预备下（俞校："预备下"——从庚、晋、甲；原"备下"。）稀嫩的（俞校："稀嫩的"——从晋、甲；原"希嫩的"。）野鸡，请用晚饭（俞校："用晚饭"——从庚、晋、甲；原"吃晚饭"。）去，再迟一回（俞校："迟一回"——从庚、晋、甲；原"迟一会子"。）就老了。"他一行说，众人一行笑。

凤姐儿（俞校："凤姐儿"——从庚、晋、甲；原"凤姐"。）也不等贾母说话，便命人抬过轿子来。贾母笑着，搀了凤姐的手，仍旧上轿，（俞校："搀了凤姐的手，仍旧上轿"——从庚；原"扶了凤姐仍上竹轿"。）带着众人，说笑（俞校："说笑"——从庚、甲；原"说笑著"。）出了夹道东门。（俞校："夹道东门"——从庚、晋、甲；原"夹道的东门"。）一看四面粉装银砌，忽见宝琴披着凫靥裘，站在山坡上遥等，身后一个丫鬟，抱着一瓶红梅。众人都笑道："少了两个（俞校："少了两个"——从庚；原"怪道少了两个"。）人，他却在这里等着，也弄梅花去了。"贾母喜的忙笑道："你们瞧这山坡上（俞校："山坡上"——从庚；原"雪坡上"。）配上（俞校："配上"——从庚、晋、甲；原"配著"。）他的这个人品又是这件衣裳，后头又是这梅花，像个什么？"众人都笑道："就像老太太屋里挂的仇十洲画的《艳雪图》。"贾母摇头笑道："那画的那里有这件衣裳，人也不能这样好。"一语未了，只见宝琴背后转出（俞校："背后转出"——从庚；原"身后又转出"。）一个披大红猩毡的人来。贾母道："那又是那个女孩儿？"众人笑道（俞校："众人笑道"——从晋、甲；原"众人道"。）："我们（俞校："我们"——从庚、晋、甲；原"姑娘们"。）都在这里，那是宝玉。"贾母笑道："我的眼越发花了。"说话之间，来至跟前，可不是宝玉和宝琴。宝玉笑向（俞校："宝玉笑向"——从庚、晋、甲；原"笑向"。）宝钗、黛玉等道："我才又到了栊翠庵，妙玉每人送你们（俞校："送你们"——从庚、晋、甲；原"送了你们"。）一枝梅花，我已经（俞校："我已经"——从庚、晋、甲；原"已经"。）打发人送去了。"众人都笑说："多谢你费心。"说话之间，已出了园门，来至贾母房中。吃毕饭，大家又说笑了一回。忽见薛姨妈也来了，说："好大

一枝独秀宝琴立雪　两访栊翠宝玉乞梅

雪，一日也没过来望候老太太。今日老太太倒不高兴？正该赏雪才是。”贾母笑道：“何曾不高兴，俞校：“何曾不高兴”——从庚；原“何曾不高兴了”。我找了他们姊妹们去顽了一会子。”薛姨妈笑道：“昨儿晚上，我原想着今儿要和我们姨太太借一日园子，摆两桌粗酒，请老太太赏雪的。又见老太太安息的早。我闻得俞校：“我闻得”——从庚、晋、甲；原“我听得”。女儿说，老太太心下不大爽，俞校：“不大爽”——从庚、晋、甲；原“不大爽快”。因此今日也没敢惊动。早知如此，我正该请。”俞校：“正该请”——从庚；原“正该请的”。贾母笑道：“这才是十月里头场雪，往后下雪的日子多呢，再破费不迟。”薛姨妈笑道：“果然如此，算我的孝心虔了。”凤姐笑道：“姑妈仔细忘了。如今先秤了俞校：“先秤了”——从庚；原“先称”。庚上又旁添“竟”。五十两银子来，交给我收着，一下雪，俞校：“一下雪”——从庚、晋、甲；原“下雪”。我就预备下酒了。俞校：“预备下酒了”——从庚、晋；原“预备下”。姑妈也不用操心，也不得忘了。”贾母笑道：“既这么说，姨太太给他俞校：“给他”——从庚、晋、甲；原“就给他”。五十两银子收着，我和他每人分二十五两。到下雪的日子，我装心里不快，混过去了。俞校：“混过去了”——从庚、晋、甲；原“就混过去了”。姨太太更不用操心，我和凤丫头俞校：“凤丫头”——从庚；原“凤姐”。倒得了俞校：“倒得了”——从庚；原“得了”。实惠。”凤姐将手一拍，笑道：“妙极了。这和我的主意一样。”众人都笑了。贾母笑道：“呸，没脸的！就顺着竿子爬上来了。你不该说俞校：“不该说”——从庚；原“不说”。姨太太是客，在咱们家受屈，俞校：“受屈”——从庚、晋、甲；原“受委屈”。我们该请姨太太才是，那里有破费姨太太的理！不这样说呢，还有脸先要五十两银子，真不害臊。”凤姐笑道：“我们老祖宗最是俞校：“最是”——从庚、晋、甲；原“最”。有眼色的，试一试，姑妈若松呢，拿出五十两来，就和我分；这会子估量着不中用了，翻过脸来拿我做法子，俞校：“做法子”——从庚、晋、甲；原“作法子”。说出这些大方话俞校：“大方话”——从庚、晋、甲；原“话”。来。如今我也不和姑妈要银子，竟替姑妈俞校：“竟替姑妈”——从庚；原“我竟替姑妈”。出银子治了酒，请老祖宗俞校：“请老祖宗”——从庚、晋、甲；原“请老太太”。吃了，我另外再封五十两银子孝敬老祖宗，算是罚我包揽闲事，这可好不好？”话未说完，众人已笑倒在炕上。贾母因又说及宝琴雪下折梅比画儿上还好，因又细问他的俞校：“因又细问他的”——从庚；原“又细问他”。年庚八字并家内景况。薛姨妈度其意思，大约要与宝玉求配。薛姨妈心中固也遂意，只是已许过梅家了，俞校："许过梅家了"——从庚、晋、甲；原"许过梅家"。 因贾母尚未明说，自己也不好拟定，遂半吐半露告诉贾母道："可惜这孩子没福，前年他父亲就没了。他从小儿见的世面倒多，跟他父母 俞校："跟他父母"——从庚；原"跟著他父亲"。 四山五岳都走遍了。他父亲是好乐的，各处因有买卖，带着家眷，这一省逛一年，明年又往那一省逛半年，所以天下十停走了有 俞校："走了有"——从庚、晋、甲；原"到走了"。 五六停了。那年在这里，把他许了梅翰林的 俞校："梅翰林的"——从庚、甲；原"梅翰林"。 儿子，偏第二年他父亲就辞世了。如今他母亲又是痰症。" 俞校："痰症"——从庚、晋、甲；原"痰疾"。 凤姐也不等说完，便嗐声跺脚的 俞校："嗐声跺脚的"——从庚、晋、甲；原"嗳声不止"。 说："偏不巧！我正要作个媒呢，又已经许了人家。"贾母笑道："你要给谁 俞校："你要给谁"——从庚、甲；原"你给谁"。 说媒？"凤姐说道 俞校："说道"——从庚；原"笑道"。 ："老祖宗别管，我心里看准了他们两个是一对。 俞校："是一对"——从庚、甲；原"却是一对"。 如今已许了人家，说也无益，不如不说罢了。"贾母也知凤姐之意，听见有了人家，也就不提了。大家又闲话了一会方散。一宿无话。

次日雪晴，饭后，贾母又亲嘱惜春："不管冷暖，你只画去。 俞校："你只画去"——从庚、晋、甲；原"只画去"。 赶到年下，十分不能便罢了。第一要紧，把昨日琴儿和丫头、梅花，照模照样， 俞校："照模照样"——从庚；原"照样"。 一笔别错，快快添上。"惜春听了，虽是为难，只得应了。一时众人都来看他如何画。惜春只是出神。李纨因笑向众人道："让他自己想去，咱们且说话儿。昨儿 俞校："昨儿"——从庚、晋、甲；原"昨日"。 老太太只叫作灯谜儿，回家 俞校："回家"——从庚；原"回了家"。 和绮儿、纹儿睡不着，我就编了两个《四书》的。他两个每人也编了两个。" 俞校："也编了两个"——从庚、晋、甲；原"也编了一个"。 众人听了都笑道："这倒该作的。先说了，我们猜猜。"李纨笑道："'观音未有世家传'，打《四书》一句。"湘云接着就说 俞校："接着就说"——从庚、甲；原"接著说：就是"。 ："'在止于至善'。"宝钗笑道："你也想一想'世家传'三个字 俞校："三个字"——从庚、晋、甲；原无。 的意思再猜。"李纨笑道："再想。" 俞校："再想"——从庚、晋、甲；原"再猜"。 黛玉笑道："哦，是了，是'虽善无徵'。"众人都笑道："这句是了。"李纨又道："'一池青草草何名'。"湘云又忙道："这一定是 俞校："一定是"——从庚、晋、甲；原"一定"。 '蒲芦也'。再不是不成？"李纨笑道："这难为你猜。纹儿的是'水向石边流出冷'，打一古人名。"探春笑问道 俞校："笑问道"——从庚；原"看著他笑问道"。 ：

“可是山涛？”李纹笑道俞校：“李纹笑道”——从庚；原“李纨道”。：“是。”李纨又道俞校：“李纨又道”——从庚、晋、甲；原“又道”。：“绮儿的是个‘萤’字，俞校：“是个萤字”——从庚、晋、甲；原“是萤字”。打一个字。”众人猜了半日。宝琴笑道俞校：“宝琴笑道”——从庚；原无。：“这个意思却深，不知可是花草的‘花’字？”李绮笑道：“恰是了。”众人道：“萤与花何干？”黛玉笑道：“妙的很！萤可不是草化的。”众人会意，都笑了说好。俞校：“说好”——从庚、甲；原“说妙”。宝钗道：“这些虽好，不合老太太的意思，俞校：“老太太的意思”——从庚；原“老太太的意”。不如作些浅近的物儿，大家雅俗共赏才好。”众人都道：“也要作些浅近的俗物俞校：“浅近的俗物”——从庚、甲；原“浅的俗物”。才是。”湘云想了一想，笑道俞校：“想了一想笑道”——从晋、甲；原“笑”。：“我编了一支俞校：“一支”——从晋、甲；原“一枝”。《点绛唇》，却真是个俗物，你们猜猜。”说着，便念道俞校：“便念道”——从庚、晋、甲；原“念道”。：

溪壑分离，红尘游戏，真何趣，名利犹虚，后事俞校：“后事”——从庚、晋、甲；原“事后”。终难继。

众人都不解，想了半日，也有猜是和尚的，也有猜是道士的，也有猜是偶戏人的。宝玉笑了半日，道：“都不是。我猜着了，一定是俞校：“一定是”——从庚；原“必定是”。耍的猴儿。”湘云笑道：“这个正是了。”俞校：“这个正是了”——从庚；原“这正是这个了”。众人道：“前头都好，俞校：“前头都好”——从庚、晋、甲；原“前头却好”。末后一句怎么解？”湘云道：“那一个俞校：“那一个”——从庚、晋、甲；原“那个”。耍的猴儿，不是剁了尾巴俞校：“尾巴”——从庚、晋、甲；原“尾把”。去的。”众人听了，都笑起来，说：“偏他编个谜儿也是刁钻古怪的。”李纨道：“昨儿姨妈说，琴妹俞校：“琴妹”——从晋；原“琴儿妹妹”。见的世面多，走的道路也多，你正该编谜儿，正用着了。俞校：“正用着了”——从庚、晋；原“正用著”。你的诗又好，何不编几个我们猜一猜？”宝琴听了，点头含笑，自去寻思。宝钗也有了一个，念道：

镂檀锲梓一层层，岂系良工堆砌成。
虽是半天风雨过，何曾闻得梵铃声。（打一物）

众人猜时，宝玉也有了一个，念道：

天上人间两渺茫，琅玕节过谨堤防。俞校："谨堤防"——从庚、晋、甲；原"谨提防"。

鸾音鹤信须凝睇，好把秋歔答上苍。

黛玉也有了一个，念道是：

騄駬何劳缚紫绳，驰城逐堑见狰狞。

主人指示风雷动，鳌背三山独立名。

探春也有了一个，方欲念时，宝琴走过来笑道："我从小儿所走的地方古迹不少，我如今拣了十个地方的古迹，作了十首怀古的诗。俞校："怀古的诗"——从庚；原"怀古"。诗虽粗鄙，却怀往事，又暗隐俗物十件。姐姐们请猜一猜。"众人听了，都说："这倒巧。何不写出来大家一看。"俞校："大家一看"——从庚、晋、甲；原"大家看看"。要知端的，下回分解。

蒙戚回后：诗词之俏丽、灯谜之隐秀不待言，须看他极整齐极参差，愈忙迫愈安闲，一波一折路转峰回，一落一起山断云连，各人局度，各人情性都现。至李纨主坛，而起句却在凤姐，李纨主坛，而结句却在最少之李绮，另是一样弄奇。

最爱他中幅惜春作画一段，似与本文无涉，而前后文之景色人物，莫不筋动脉摇，而前后文之起伏照应，莫不穿插映带。文字之奇，难以言状。

第五十一回
薛小妹新编怀古诗　胡庸医乱用虎狼药

蒙戚回前：文有一语写出大景者，如“园中不见一女子”句，俨然大家规模。“疑是姑娘”一语，又俨然庸医口角，新医行径。笔大如椽。

话说众人闻得宝琴将素昔所经过各省内的古迹为题，作了十首怀古绝句，（俞校：“怀古绝句”——从庚、晋、甲；原“怀古诗”。）内隐十物，皆说这自然新巧，都争着看（俞校：“争着看”——从庚、晋、甲；原“争看”。）时，只见写道是：

赤壁怀古　其一（俞校：“其一”——从庚；原无。下“其二”至“其十”同。）

赤壁沉埋（俞校：“沉埋”——从庚、晋、甲；原“尘埋”。）水不流，徒留名姓载空舟。
喧阗一炬悲风冷，无限英魂在内游。

交趾怀古　其二

铜铸金镛振纪纲，声传海外播戎羌。
马援自是功劳大，铁笛无烦说子房。

钟山（俞校：“钟山”——从庚、甲；原“鐘山”。）怀古　其三

名利何曾伴汝身，无端被诏出凡尘。
牵连大抵难休绝，莫怨他人嘲笑频。

淮阴怀古　其四

壮士须防恶犬欺，三齐位定盖棺时。

寄言世俗休轻鄙，一饭之恩死也知。

广陵怀古　其五

蝉噪鸦栖转眼过，隋堤风景近如何。

只缘占得风流号，惹出纷纷口舌多。

桃叶渡怀古　其六

衰草闲花映浅池，桃枝桃叶总分离。

六朝梁栋多如许，小照空悬壁上题。

青冢怀古　其七

黑水茫茫咽不流，冰弦拨尽曲中愁。

汉家制度诚堪叹，俞校："诚堪叹"——从庚；原"诚堪操"。樗栎应惭万古羞。

马嵬怀古　其八

寂寞脂痕渍汗光，俞校："渍汗光"——从庚；原"积汗光"。温柔一旦付东洋。

只因遗得风流迹，此日衣衾俞校："衣衾"——从庚；原"衣裳"。尚有香。

蒲东寺怀古　其九

小红骨贱俞校："骨贱"——从庚、晋、甲；原"贱骨"。最身轻，私掖偷携强撮成。

虽被夫人时吊起，已经勾引彼同行。

梅花观怀古　其十

不在梅边在柳边，个中谁拾俞校："谁拾"——从庚、晋、甲；原"谁舍"。画婵娟。

团圆莫忆春香到，一别西风俞校："西风"——从庚、晋、甲；原"西方"。又一年。

众人看了，都称奇道妙。宝钗先说道："前八首都是史鉴上有据的。后二首却无考，我们也不大懂得，不如另作两首为是。"庚双：如何？必得宝钗此驳，方是好文。后文若真另作，亦必无趣；若不另作，又有何法省之。看他下文如何。黛玉忙拦道庚双：好极！非代（黛）玉不可。脂砚。："这宝姐姐也忒胶柱鼓瑟，矫揉造作了。这两首虽于史鉴上无考，咱们虽不曾看这些外传，不知底里，难道咱们连两本戏也没见过不成！那三岁孩子[俞校："三岁孩子"——从庚；原"三岁的孩子"。]也知道，何况咱们。"探春道："这话正是了。"[俞校："这话正是了"——从庚、晋、甲；原"这说正是了"。][庚双：余谓颦儿必有尖语来讽，不望竟有此饰词为（代）为解释，此则真心以待宝钗也。]李纨又道："况且他原走到这个地方的，这两件事虽无考，古往今来，以讹传讹，好事者竟故意弄出这古迹来以愚人。比如那年上京的时节，单是关夫子的坟倒见了三四处。关夫子一生事业[俞校："一生事业"——从庚、晋；原"一生的事业"。]皆是有据的，如何又有许多的坟，自然是后来人敬爱他生前为人，只怕从这敬爱上[俞校："这敬爱上"——从庚、晋、甲；原"那爱敬上"。]穿凿出来也是有的。及至看《广舆记》上，不止关夫子的坟多，自古来有些名望的人坟就不少，无考的古迹更多。如今这两首诗虽无考，凡说书唱戏，甚至于求的签上皆有注批，老少男女，俗语口头，人人皆知皆说的。况且又并不是看了《西厢记》《牡丹亭》的词曲，怕看了邪书。这竟无妨，只管留着。"宝钗听说，方罢了。[庚双：此为三染无痕也，妙极！天花（衣）无缝之文。]大家猜了一回，[俞校："猜了一回"——从庚、晋、甲；原"猜了一会"。]皆不是。

冬日天短，不觉又是前头吃晚饭之时，一齐前来吃饭。[俞校："前来吃饭"——从庚；原"前来吃晚饭"。]因有人回王夫人说："袭人的哥哥花自芳进来，说他母亲病重了，[俞校："病重了"——从庚、晋、甲；原"病了"。]想他女儿，他来求恩典，[俞校："来求恩典"——从庚、晋、甲；原"求恩典"。]接袭人家去走走。"王夫人听了，便说："人家母女一场，岂有不许他去的。"一面就叫了凤姐来，告诉了凤姐，命他酌量去办理。凤姐答应了，回至房中，便命周瑞家的去告诉袭人原故。又吩咐周瑞家的："再将跟出门的[俞校："跟出门的"——从庚；原"跟著出门的"。庚又旁添"着"。]媳妇传一个。你两个人[俞校："你两个人"——从庚；原"你们两个人"。]再带两个小丫头子跟了袭人去，外头[俞校："外头"——从庚、晋；原"外"。]派四个有年纪跟车的。要一辆大车，你们带着坐；要一辆小车，给丫头们坐。"周瑞家的答应了才要去，凤姐又道[俞校："凤姐又道"——从晋、甲；原"凤姐道"。]："那袭人是个省事的。你告诉他，说我的话，叫他穿几件颜色好衣裳，[俞校："好衣裳"——从庚、晋、甲；原"好衣服好衣裳"。]大大的包一包袱衣裳[俞校："衣裳"——从庚、晋、甲；原无。]拿着，包袱也要好好的，[俞校："好好的"——从庚、晋、甲；原"好的"。]手炉也要拿好的。[俞校："也要拿好的"——从庚；原"也拿好的"。]临走时叫他先来我瞧瞧。"周瑞家的答应去了。半日，果见袭人穿戴了来了。两个丫头与周瑞家的

薛小妹新编怀古诗　胡庸医乱用虎狼药

拿着手炉与衣包。凤姐看袭人头上戴着几枝金钗珠钏，倒华丽；又看身上穿着桃红百子（俞校："百子"——从庚；原"百花"。庚"子"又旁改"花"。）刻丝银鼠袄子，葱绿盘金彩绣绵裙，（俞校："绵裙"——从庚、晋、甲；原"锦裙"。）外面穿着青缎灰鼠褂。（俞校："灰鼠褂"——从庚、晋、甲；原"灰鼠皮褂"。）凤姐笑道："这三件衣裳都是太太的，赏了你，（俞校："太太的，赏了你"——从庚；原"太太赏的"。）倒是好的；但只这褂子太素了些，如今穿着也冷，你该穿一件大毛的。"袭人笑道："太太就只给了（俞校："就只给了"——从庚；原"就给了"。）这灰鼠的，还有一件银鼠的。说赶年下再给大毛的，还没有得呢。"凤姐笑道："我倒有一件大毛的，我嫌风毛儿（俞校："风毛儿"——从庚；原"风毛"。）出的不好了，正要改去。也罢，先给你穿去罢。（俞校："穿去罢"——从庚、甲；原"穿去"。）等年下太太给作的时节，我再作（俞校："给作的时节，我再作"——从庚；原"给你作的时节再作"。）罢，只当你还我（俞校："你还我"——从庚；原"你还我的"。）一样。"众人都笑道："奶奶惯会说这话。成年家大手大脚的替太太不知背地里赔垫了多少东西，真真的（俞校："真真的"——从庚；原"真真"。）赔的是说不出来，（俞校："说不出来"——从庚；原"说不出来的"。）那里又和太太算去。偏这会子又说这小器话取笑儿。"（俞校："取笑儿"——从庚；原"取笑儿来了"。）凤姐笑道："太太那里想的到这些，究竟这又不是正经事。再不照管，也是大家的体面，说不得我自己吃些亏，把众人打扮体统了，宁可我得个好名儿也罢了。一个一个像烧糊了的捲子似的，人先笑话我，当家（俞校："当家"——从庚；原"说我当家"。）倒把人弄出个花子来了。"众人听了，都叹道："谁似奶奶这样圣明，在上体贴太太，在下又疼顾下人。"一面说，一面只见凤姐命平儿将昨日那件石青刻丝八团天马皮褂子拿出来，与了袭人。又看包袱，只得一个弹墨花绫水红绸里的夹包袱，里面只包着两件半旧绵袄与皮褂。（俞校："皮褂"——从庚；原"皮褂子"。）凤姐又命平儿把一个（俞校："把一个"——从庚、晋、甲；原"把那一个"。）玉色绸里的哆啰呢包袱拿出来，又命包上一件雪褂子。平儿走去拿了出来：一件是半旧大红猩毡（俞校："猩毡"——从晋；原"猩猩毡"。）的，一件是大红羽纱（俞校："羽纱"——从庚；原"半旧羽纱"。）的。袭人道："一件就当不起了。"平儿笑道："你拿这猩猩毡的。把这件顺手拿出来，（俞校："拿出来"——原"带出来"；庚"拿将出来"，又旁改"拿了出来"。今改"拿出来"。）叫人给邢大姑娘送去。昨儿那么大雪，人人都是有的，（俞校："都是有的"——从庚；原"都穿著"。）不是猩猩毡，就是羽缎羽纱的，十来件大红衣裳，映着大雪，好不齐整。就只他穿着那件旧毡斗篷，越发显的拱肩缩背，好不可怜见的。如今把这件给他罢。”凤姐笑道：“我的东西，他私自就要给人。我一个还花不彀，再添上你提着，更好了。”众人笑道：“这都是奶奶素日孝敬太太，疼爱下人。若是奶奶素日是小器的，只以东西为事，（俞校：“为事”——从庚、晋、甲；原“为是”。）不顾下人的，姑娘那里还敢这样了。”（俞校：“还敢这样了”——从庚；原“敢这样”。）凤姐笑道：“所以知道我的心的，也就是他还知三分罢了。”说着，又嘱咐袭人道：“你妈（俞校：“你妈”——从庚、晋、甲；原“你妈妈”。）若好了就罢；若（俞校：“若好了就罢；若”——从庚；原“要好了就罢，要”。）不中用了，只管住下，打发人来回我，我再另打发人给你送铺盖去。可别使他们的铺盖和梳头的家伙。”又吩咐周瑞家的道：“你们自然也知道这里的，（俞校：“也知道这里的”——从庚；原“是知道这里的规矩的”。）也不用我嘱咐了。”周瑞家的答应：“都知道。我们这去到那里，总叫他们的人回避。若住下，必是另要一两间内房的。”（俞校：“内房的”——从庚、晋、甲；原“房子”。）说着，跟了袭人出去，又吩咐（俞校：“又吩咐”——从庚、甲；原“了，吩咐”。）小厮预备灯笼，遂坐车往花自芳家来。不在话下。

这里凤姐又将怡红院的嬷嬷唤了两个来，吩咐道：“袭人只怕不来家，（俞校：“不来家”——从庚；原“不来家了”。）你们素日知道那大丫头们那两个知好歹，派出来在宝玉屋里上夜。你们也好生照管着，别由着宝玉胡闹。”两个嬷嬷答应着去了，一时来回说：“派了晴雯和麝月在屋里。我们四个人原是轮流着带管上夜的。”凤姐听了点头，道（俞校：“点头，道”——从庚；原“点头，又说道”。）：“晚上催他早睡，早上催他早起。”老嬷嬷们答应了，自回园去。一时，果有周瑞家的带了信回凤姐说袭人之母业已停床，（俞校：“业已停床”——从庚、晋、甲；原“病已挺床”。）不能回来。凤姐回明了王夫人，一面着人往大观园去取他的铺盖妆奁。宝玉看着晴雯麝月二人打点妥当，送去之后，晴雯、麝月皆卸罢残妆脱换过裙袄。晴雯只在熏笼上围坐。麝月笑道：“你今儿别装小姐了，我劝你也动一动儿。”晴雯道：“等你们都去尽了，我再动不迟。有你们一日，我且受用一日。”麝月笑道：“好姐姐，我铺床，你把那穿衣镜的套子放下来，上头的划子划上。你的身量比我高些。”说着，便去与宝玉铺床。晴雯嗐了一声，(俞校：“嗐了一声”——从庚、晋、甲；原“嗳了一声”。)笑道：“人家才坐暖和了，你就来闹。”此时宝玉正坐着纳闷，(俞校：“正坐着纳闷”——从庚、晋、甲；原“坐著纳闷”。)想袭人之母不知是死是活，忽听见晴雯如此说，便自己起身出去，放下镜套，划上消息，进来笑道：“你们暖和(俞校：“暖和”——从庚；原“又暖和”。)罢，都完了。”晴雯笑道：“终久暖和不成的，我又想起来，汤婆子还没拿来呢。”麝月道：“这难为你想着。他素日又不要汤婆子，咱们那熏笼上暖和，比不得那屋里炕冷，今儿可以不用。”(俞校：“可以不用”——从庚；原“可不用”。)宝玉笑道：“这个话，你们两个都在那上头睡了，我这外边没个人，我怪怕的，(俞校：“我怪怕的”——从庚、晋、甲；原“怪怕的”。)一夜也睡不着。”晴雯道：“我是在这里睡的。麝月你叫他往外边(俞校：“你叫他往外边”——从甲；原“你往他那外边”。)睡去。”说话之间天已二更，麝月早已放下帘幔，移灯炷香，伏侍宝玉卧下，二人方睡。晴雯自在熏笼上，麝月便在暖阁外边。至三更已后，宝玉睡梦之中便叫“袭人”。叫了两声，无人答应，自己醒了，方想起袭人不在家，自己也好笑起来。晴雯已醒，因笑唤(俞校：“笑唤”——从庚；原“叫唤”。)麝月道：“连我都醒了，他守在傍边还不知道，真是个(俞校：“真是个”——从庚；原“真是”。)挺死尸的。”麝月翻身打个哈气，笑道：“他叫袭人，与我什么相干！”因问作什么。宝玉说要吃茶。麝月忙起来，单穿着红绸小绵袄儿。宝玉道：“披上(俞校：“披上”——从庚；原“披了”。)我的袄儿再去，仔细冷着。”麝月听说，回手便把宝玉披着起夜的一件貂颏子(俞校：“貂颏子”——从庚；原“貂颏”。庚又旁添成“貂鼠下颏子”。)满襟暖袄披上，下去向盆内洗手，(俞校：“洗手”——从庚；原“洗洗手”。)先倒了一钟温水，拿了大漱盂，宝玉漱了一口；(俞校：“漱了一口”——从庚；原“嗽了口”。)然后才向茶隔上取了茶碗，先用温水潹了一潹，(俞校：“潹了一潹”——从庚；原“荡了一荡”。)向暖壶中倒了半碗茶，递与宝玉吃了。自己也漱了一漱，吃了半碗。晴雯笑道：“好妹妹，也赏我一口儿。”(俞校：“一口儿”——从庚；原“一口儿呢”。)麝月笑道：“越发上脸儿了。”晴雯道：“好妹妹，明儿晚上你别动，我伏侍你一夜如何。”麝月听说，只得也伏侍他漱了口，倒了半碗茶与他吃过。(俞校：吃过”——从庚；原“吃了”。)麝月笑道：“你们两个别睡，说着话儿，我出去走走回来。”晴雯笑道：“外头有个鬼等你。”

（俞校："等你"——从庚；原"等著你呢"。庚又傍改成"等著你呢"。）宝玉道："外头自然有大月亮的。我们说着话，你只管去。"一面说，一面便嗽了两声。麝月便开了后房门，揭起毡帘一看，果然好月色。晴雯等他出去，便欲吓他顽耍。仗着素日比别人气壮，不畏寒冷，也不披衣，只穿着小袄，便蹑手蹑脚的下了熏笼，随后出来。宝玉笑劝道："看冻着，（俞校："看冻着"——从庚；原"罢呀，冻著"。）不是顽的。"晴雯只摆手，随后去了。出了房门，只见月光如水，（俞校："出了房门，只见月光如水"——从庚、晋、甲；原"将出房门"。）忽然一阵微风，只觉侵肌透骨，不禁毛骨森然，心下自思道："怪道人说，热身子不可被风吹。这一冷果然利害。"一面正要吓麝月，只听宝玉在内高声说道："晴雯出去了。"晴雯忙回身进来笑道："那里就吓死了他。（俞校："吓死了他"——从庚；原"唬死了他了"。）偏你就蝎蝎螫螫，老婆汉像的。"宝玉笑道："倒不为吓坏了他。头一件，你冻着也不好；二则他不防，不免一喊，（俞校："一喊"——从庚、晋、甲；原"一唬"。）倘或惊醒了别人，不说咱们是顽意儿，反倒说袭人才去了一夜，你们就见神见鬼的。你来把我这边的被掖一掖。"（俞校："掖了掖"——从庚；原"掖了一掖"。）晴雯听说，便上来掖了掖，伸手进去渥一渥时，（俞校："渥一渥时"——从庚；原"就渥一渥"。）宝玉笑道："好冷手！我说看冻着。"（俞校："看冻着"——从庚；原"看冷著"。）一面又见晴雯两腮如胭脂一般，用手摸了一摸，也觉冰冷。宝玉道："快进被来渥渥罢。"一语未了，只听咯噔的（俞校："咯噔的"——从庚、晋、甲；原"咯噔"。）一声门响，麝月慌慌张张的笑了进来，（俞校："笑了进来"——从庚；原"笑进来"。）说道："吓了我一跳好的！黑影子里山子石后头，只见一个人蹲着，我才要叫喊，原来是那个大锦鸡，见了人一飞，飞到亮处来，我才看真了。若冒冒失失一嚷，倒闹起人来。"一面说，一面洗手，又笑道（俞校："又笑道"——从庚、甲；原"又笑说道"。）："晴雯出去（俞校："晴雯出去"——从庚；原"晴雯出去了"。）我怎么不见，一定是要吓我去了。"宝玉笑道："这不是他。在这里渥呢！（俞校："在这里渥呢"——从庚、晋、甲；原"这里渥呢"。）我若不叫的快，（俞校："叫的快"——原"嚷的快"；庚"叫人快"（又傍改"叫他来"）。今改"叫的快"。）可是倒吓你一跳。"晴雯笑道："也不用我吓去，这小蹄子已经自惊自怪的了。"一面说，一面仍回自己被中去了。（俞校："仍回自己被中去了"——从庚；原"仍旧回自己被中去"。）麝月道："你就这么跑解马似的，（俞校："似的"——从晋；原"的"。）打扮得（俞校："打扮得"——从庚；原"打扮儿"。）伶伶俐俐的出去了不成？"

宝玉道："可不就这么出去了。"麝月道："你死不拣好日子！俞校："死不拣好日子"——从晋、甲；原上有"要"。你出去白站站，把皮不冻破了你的。"说着，又将火盆上的 俞校："火盆上的"——从庚、晋、甲；原"大火盆上"。铜罩揭起，俞校："揭起"——从庚、晋、甲；原"揭开"。着灰锹 俞校："灰锹"——从庚、晋、甲；原"灰铲"。重将熟炭埋了一埋，拈了两块素香放上，仍旧罩了，俞校："放上，仍旧罩了"——从庚、晋、甲；原"来，放在火盆内，仍旧罩上"。至屏后重剔亮了灯，方才睡下。晴雯因方才一冷，如今又一暖，不觉打了两个喷嚏。宝玉叹道："如何！到底伤了风了。"麝月笑道："他早起就嚷不受用，一日也没吃饭。他这会子不说保养着些，还要捉弄人。明儿病了，叫他自作自受。"俞校："自作自受"——从庚；原"自作自受的"。宝玉问道："头上可热？"晴雯嗽了两声，说道："不相干，那里这么娇嫩起来了。"说着，只听外间房中十锦隔上 俞校："十锦隔上"——从庚；原"隔上"。的自鸣钟当当的两声。外间值宿的老嬷嬷嗽了两声，因说道："姑娘们睡罢，明儿再说罢。"宝玉方悄悄的笑道："咱们别说话了，看又惹他们说话。"说着，方大家睡了。俞校："方大家睡了"——从庚、晋、甲；原"大家笑了一会睡了"。

至次日起来，晴雯果觉有些鼻塞声重，懒待动弹。俞校："懒待动弹"——从庚、晋、甲；原"懒于转动"。宝玉道："快不要声张。太太知道了，又叫你搬了家去养息。家里虽好，俞校："虽好"——从庚；原"纵好"。到底 俞校："到底"——从庚、晋、甲；原"倒底"。冷些，不如在这里。你就在里间屋里躺着，我叫人请了大夫来，悄悄的 俞校："悄悄的"——从庚、甲；原"悄悄"。从后门进来瞧瞧就是了。"晴雯道："虽如此说，你到底要告诉大奶奶一声儿。不然，一时大夫来了，人问起来，怎么说呢。"宝玉听了有理，便唤一个老嬷嬷来吩咐道："你回大奶奶去，就说晴雯白冷着了些，不是什么 俞校："不是什么"——从庚、晋、甲；原"不是怎么"。大病。袭人又不在家，他若家去养病，这里更没有人了。传一个大夫悄悄的从后门进来瞧瞧，别回太太罢了。"老嬷嬷去了半日，回来说："大奶奶知道了，说两剂药吃好了 俞校："两剂药吃好了"——从庚；原"吃两剂药好了"。便罢；若不好时，还是出去为是。俞校："出去为是"——从庚、甲；原"出去的为是"。如今时气不好，恐沾带了 俞校："恐沾带了"——从庚；原"沾染了"。庚"带"旁改"染"。别人事小，姑娘们的 俞校："姑娘们的"——从庚、晋、甲；原"二爷"。身子要紧的。"俞校："要紧的"——从庚；原"要紧"。晴雯睡在暖阁里，俞校："暖阁里"——从庚、晋、甲；原"暖阁"。只管咳嗽，听了这话，气的喊道："我那里就害瘟病 俞校："瘟病"——从庚、晋、甲；原"温病"。

了，生怕过了人。我离了这里，看你们这一辈子都别头疼脑热的。”说着，便真要起来。宝玉忙按他，笑道：“别生气。这原是他的责任，生恐太太知道了说他。不过白说一句。俞校：“白说一句”——从庚、晋、甲；原“白说了一句”。你素昔爱生气，如今肝火自然又盛了。”正说时，人回大夫来了。宝玉便走过来，避在书架后面，只见两三个后门口的老婆子带了一个大夫俞校：“大夫”——从庚；原“太医”。本回下悉同。进来。这里的丫鬟俞校：“丫鬟”——从庚；原“丫头”。都回避了，有三四个老嬷嬷放下暖阁上的大红绣幔，晴雯从幔帐中单伸出手去。那大夫见这只手上有两根指甲，足有二三寸长，尚有金凤花染的通红的痕迹，便忙回过头来。有一个老嬷嬷忙拿了一块手帕俞校：“一块手帕”——从庚、晋、甲；原“手帕一块”。掩了，那大夫方诊了一回脉，俞校：“诊了一回脉”——从晋、甲；原“胗了脉”。起身到外间，向嬷嬷们说道：“小姐的病症是外感内滞，近日俞校：“近日”——从庚、晋、甲；原“是近日”。时气不好，竟算是个小伤寒。幸亏是小姐素日饮食有限，风寒也不大，不过是气血原弱，偶然沾带了些。俞校：“沾带了些”——从庚；原“沾染了些”。吃两剂药疏散疏散就好了。”说着，便又随婆子们出去。彼时李纨已遣人知会过后门上的人及各处丫鬟回避，那大夫只见了园中的景致，俞校：“园中的景致”——从庚；原“园中景致”。并不曾见一个女子。一时，出了园门，就在守园门的小厮们的俞校：“小厮们的”——从庚、晋、甲；原“小厮们”。班房内坐了，开了方子。老嬷嬷道俞校：“老嬷嬷道”——从庚、晋、甲；原“老嬷嬷们道”。：“你老俞校：“你老”——从庚；原“老爷”。且别去，我们小爷罗唆，恐怕还有话说。”俞校：“还有话说”——从庚；原“还有话问”。大夫忙道俞校：“大夫忙道”——从庚；原“那太医忙道”。：“方才不是小姐，是位爷不成？那屋子竟是绣房一样，俞校：“绣房一样”——从庚；原“绣房”。又是放下幔子来瞧的，如何是位爷呢？”老嬷嬷悄悄笑道：“我的老爷，怪道小厮们俞校：“小厮们”——从庚；原“小子”。才说，今儿请了一位新大夫来了，真不知我们家的事。那屋子是我们小哥儿的，那人俞校：“那人”——从庚、晋、甲；原“那病人”。是他屋里的丫头，倒是个大姐，那里的小姐！若是小姐的绣房，小姐病了，你那么容易就进去了！”说着，拿了药方进去。宝玉看时，上面有紫苏、桔梗、防风、荆芥等药，后面又有枳实、麻黄。宝玉道：“该死，该死！他拿着女孩儿们也像我们一样的治，如何使得！凭他有什么内滞，这枳实、麻黄如何禁得。谁请了来的，快打发他去罢。再请一个熟的来。”老嬷嬷道：“用药好不好我们不知道。如今再叫小厮去请王太医去倒容易，只是这个大夫又不是告诉总管房请的，这轿马钱俞校：“轿马钱”——从庚；原“马钱”。是要给他的。”宝玉道：“给他多少？”婆子道：“少了不好看，也得一两银子才是我们这门户的礼。”宝玉道：“王太医来了给他多少？”俞校：“婆子道”至“给他多少”——从庚、晋；原无。婆子笑道：“王太医和张太医每常来了，也并没个给钱的，俞校：“没个给钱的”——从庚、甲；原“没曾给银钱”。不过每年四节俞校：“四节”——从庚、晋、甲；原“节”。大趸俞校：“大趸”——从庚傍改（“大”傍添）；原“一趸”。送礼，那是一定的年例。俞校：“年例”——从庚、晋、甲；原“例”。这人俞校：“这人”——从庚；原“这个人”。新来了一次，须得给他一两银子去。”俞校：“一两银子去”——从庚；原“一两银子，少了不好看”。宝玉听了，便命麝月去取银子。麝月道：“花大奶奶俞校：“花大奶奶”——从庚；原“花大姐姐”。还不知搁在那里呢。”宝玉道：“我常见他在螺甸小柜子里取钱，俞校：“螺甸小柜子里取钱”——从庚；原“那小螺甸柜子里拿钱”。我和你找去。”说着，二人来至宝玉堆东西的俞校：“宝玉堆东西的”——从庚；原“袭人堆东西的”。房内，开了螺甸柜子。上一隔都是些笔、墨、扇子、香饼、各色荷包、汗巾等物，俞校：“等物”——从庚；原“等类的东西”。下一隔却有几串钱。于是开了抽屉，才看见一个小簸箩内放着几块银子，倒也有一把戥子。麝月便拿了一块银子，提起戥子俞校：“提起戥子”——从庚、晋、甲；原“提起戥”。来问宝玉：“那是一两的星儿？”宝玉笑道：“你问我有趣。你倒成了俞校：“倒成了”——从庚；原“到成了是”。才来的了。”麝月也笑了，又要去问人。宝玉道：“拣那大的给他一块就是了。又不作买卖，算这些做什么。”俞校：“算这些做什么”——从庚、晋、甲；原“弄这些作什么”。麝月听了，便放下俞校：“便放下”——从庚、晋、甲；原“放下”。戥子，拣了一块，掂了一掂，笑道：“这一块只怕是一两了。宁可多些好，别少了，俞校：“别少了”——从庚、晋、甲；原“别”。叫那穷小子笑话。不说咱们不识俞校：“不识”——从庚；原“不认得”。戥子，倒说咱们有心小器俞校：“有心小器”——从庚、晋、甲；原“小气”。似的。”那婆子站在外头台矶上，俞校：“外头台矶上”——从庚；原“门口”。笑道：“那是五两的锭子夹了半个，这一块至少还有二两呢。这会子又没夹剪。姑娘收了这个，再拣一块小些的罢。”麝月早掩了柜子俞校：“掩了柜子”——从庚；原“关了柜子”。出来，笑道：“谁又找去。多了些俞校：“多了些”——从庚；原“多些”。你拿了去罢。”宝玉道：“你只快叫茗烟再请王大夫去俞校：“叫茗烟再请王大夫去”——从庚、晋、甲；原“请了王大夫来”。就是了。”婆子接了银子，自去料理。

一时，茗烟果请了王太医来。先诊了脉，后说病症，与前相仿；只是方子上果无枳实、麻黄等药，倒有当归、陈皮、白芍等药，分量较先俞校："较先"——从庚、晋、甲；原"比先"。也减了些。宝玉喜道："这才是女孩儿们的药。虽然疏散，也不可太过。旧年我病了，却是伤寒，内里饮食停滞。他瞧了，还说我禁不起麻黄、石膏、枳实等狼虎药。我和你们一比，我就如那野坟圈子里长的几十年的一棵老杨树，俞校："一棵老杨树"——从庚；原"大杨树"。你们就如秋天芸儿进我的那才开的白海棠。连我禁不起的药，你们如何禁得起。"俞校："禁得起"——从庚；原"禁的起"。麝月等笑道："野坟里只有杨树不成，难道就没有松柏！我最嫌的是杨树，那么大笨树，俞校："大笨树"——从庚、晋；原"大体树"。叶子只一点子，没一丝风，他也是乱响。你偏比他，也太下流了。"宝玉笑道："松柏不敢比。连孔子俞校："孔子"——从庚；原"孔夫子"。都说：'岁寒，然后知松柏之后凋也。'可知这两件东西高雅，不怕羞臊的俞校："不怕羞臊的"——从庚；原"不怕燥的"。才拿他混比呢。"说着，只见老婆子取了药来。宝玉命把煎药的银盄子俞校："银盄子"——从庚、晋；原"银吊子"。找了出来，庚双："找"字神理，乃不常用之物也。就命在火盆上煎。晴雯因说："正经给他们茶房里煎去，弄的这屋里药气，如何使得！"宝玉道："药气比一切的花香果子香俞校："果子香"——从庚；原"草香"。都雅。神仙采药烧药，再者高人逸士采药治药，最妙的一件东西。这屋里我正想各色都齐了，就只少药香，如今恰好全了。"俞校："恰好全了"——从庚；原"却好全了"。一面说，一面早命人煨上。又嘱咐麝月打点东西，俞校："打点东西"——从庚；原"打点些东西"。遣老嬷嬷去看袭人，劝他少哭。一一妥当，方过前边来贾母、王夫人处问安吃饭。正值凤姐和贾母、王夫人商议，说："天又短了，又冷，不如以后大嫂子带着姑娘们在园子里吃饭一样。俞校："一样"——从庚；原无。等天长俞校："天长"——从庚；原"天"。暖和俞校："暖和"——从晋、甲；原"和暖"。了，再来回的跑也不妨。"王夫人笑道俞校："王夫人笑道"——从庚、甲；原"王夫人道"。："这也是好主意，刮风下雪倒便宜。吃些东西，受了冷气，也不好；空心走来，一肚子冷风俞校："冷风"——从庚；原"冷气"。压上些东西，也不好。不如后园门里头俞校："后园门里头的"——从庚；原"园子里后门里头"。的五间大房子，横竖有女人们上夜的，俞校："上夜的"——从庚、晋、甲；原"上夜"。挑两个厨子女人在那里，单给他姊妹们弄饭。

新鲜菜蔬俞校:“新鲜菜蔬”——从庚、晋、甲;原“鲜东西菜蔬”。是有分例的,俞校:“有分例的”——从庚、甲;原“分例的”。在总管房里支去,俞校:“支去”——从庚;原“支了去”。或要钱,或要东西。那些野鸡、獐、狍各样野味,分些给他们就是了。”贾母道:“我也正想着呢,就怕又添个厨房多事些。”凤姐道:“并不多事,一样的分例,这里添了,那里减了。就便多费些事,小姑娘们俞校:“小姑娘们”——从庚、晋、甲;原“姑娘们”。冷风朔气的,庚双:“朔”字又妙!“朔”作“韶”,北音也。用比(北)音,奇想奇想。别人还可,第一林妹妹如何禁得住;就连宝兄弟也禁不住,何况众位姑娘。”贾母道:“正是这话了。上次我要说这话,我见你们的大事太多,如今又添出这些事来,你们固然不敢抱怨,未免想着我只顾俞校:“只顾”——从庚、晋、甲;原“只”。疼这些小孙子、孙女儿们,俞校:“孙女儿们”——从庚、晋、甲;原“小孙女儿”。就不体贴俞校:“不体贴”——从庚、晋、甲;原“不顾”。你们这当家人俞校:“当家人”——从庚、晋、甲;原“当家的人”。了。你既这么说出来,俞校:“说出来”——从庚、晋、甲;原“说”。更好了。”因此时薛姨妈、李婶都在座,邢夫人及尤氏婆媳也都过来请安,还未过去。贾母便向王夫人等说道:“今儿我才说这话。素日我不说,一则怕逞了凤丫头的脸;二则众人不服。俞校:“不服”——从晋、甲;原“不伏”。今儿你们都在这里,都是经过妯娌姑嫂的,还有他这样俞校:“他这样”——从庚、晋、甲;原“像他这样”。想的到的没有?”薛姨妈、李婶、尤氏等齐笑道:“真个少有。别人不过是礼上面子情儿,实在他是真疼小叔子、小姑子。就是在老太太跟前也是真孝顺。”贾母点头叹道:“我虽疼他,我又怕他太伶俐了,也不是好事。”凤姐忙笑道:“这话老祖宗说差了。世人都说太伶俐聪明了,怕活不长。世人都说得,人人俞校:“人人”——从庚;原“世人”。都信得;独老祖宗不当说不当信。俞校:“不当说不当信”——从庚、晋、甲;原“不当信不当说”。老祖宗只有聪明伶俐过我十倍的,怎么如今这样福寿双全的。只怕我明儿还胜老祖宗一倍呢。我活一千岁俞校:“一千岁”——从庚、晋、甲;原“一千二百岁”。后,等老祖宗归了西,我才死呢。”贾母笑道:“众人都死了,单剩下咱们两个老妖精,俞校:“老妖精”——从庚、晋、甲;原“老妖精似的”。有什么意思。”说的众人都笑了。要知端的,俞校:“要知端的”——依庚前文增(庚此回与下回分回在上文“如今又添出这些事来”后)。且听下回分解。

蒙回后:此回再从猜谜着色,便与前回末犯重,且又是一幅即景联诗图矣，成何趣味？就灯谜中生一番讥评，别有清思，迥非凡艳。

蒙戚回后：阁起灯谜，接入袭人了，却不就袭人一面写照，作者大有苦心。盖袭人不盛饰，则非大家威仪，如盛饰，又岂有其母临危而盛饰者乎？在凤姐一面，于衣服、车马、仆从、房屋、铺盖等物一一点检，色色亲嘱，既得掌家人体统，而袭人之俊俏风神毕现。

蒙回后：文有数千言写一琐事者，如一吃茶，偏能于未吃以前、既吃以后，细细描写；如一拿银，偏能于开柜时生无数波折，平（秤）银时生无数波折。心细如发。

第五十二回
俏平儿情掩虾须镯　勇晴雯病补雀金裘

戚回前：写黛玉弱症的是弱症，写晴雯时症的是时症，写湘云性快的是快性，写晴雯性傲的是傲性。彼何人斯？而具肖物手段如此！

话说众人各自散后，宝钗姊妹等同贾母吃毕饭。宝玉因记挂着晴雯，便先回园里来。俞校："园里来"——从庚、晋、甲；原"园子里来"。到房中，俞校："到房中"——从庚；原"到了房中"。药香满室，一人不见，只见晴雯独卧于炕上，脸面烧得飞红，又摸了一摸，只觉烫手。忙又向炉上将手烘暖，伸进被去摸了一摸，身上也是火烧。俞校："火烧"——从庚；原"发烧"。因说道："别人去了也罢，麝月、秋纹也这样无情，俞校："这样无情"——从庚、晋、甲；原"却无情"。各自去了。"晴雯道："秋纹是我撵了他去吃饭的。麝月是方才平儿来找他出去了。两个人鬼鬼祟祟的不知说什么，必是说我病了不出去。"宝玉道："平儿不是那样人，况且他并不知你病，特来瞧你。想来一定是找麝月来说话，偶然见你病了，随口说特瞧你的病，这也是人情乖觉俞校："乖觉"——从庚、晋、甲；原"乖巧"。取和的常事。便不出去，有不是，与他何干。你们素日又好，断不肯为这无干的事伤和气。"晴雯道："这话也是，只是疑他为什么忽然又俞校："忽然又"——从晋、甲；原"又忽然"。瞒起我来。"庚双：宝玉一篇推情度理之谈以射正事，不知何如。宝玉笑道："等我从后门出去，到那窗根下听听（俞校："听听"——从甲；原"听听他们"。）说些什么，回来告诉你。"说着，果然从后门出去，至窗下潜听。麝月悄问道（俞校："麝月悄问道"——从庚、晋、甲；原上有"只闻"。）："你怎么就得了的？"（庚双：妙！这才有神理，是平儿说过一半了。若此时从宝玉口中从头说起一原一故，直是二人特等宝玉来听方说起也。）平儿道："那日洗手时不见了，二奶奶就不许吵嚷，出了园子，（俞校："出了园子"——从庚、晋、甲；原"出了园门"。）即刻就传给园里（俞校："园里"——从庚、晋、甲；原"园子里"。）各处的妈妈们小心查访。我们只疑惑邢姑娘的丫头，（俞校："疑惑邢姑娘的丫头"——从庚、晋、甲；原"疑心邢姑娘的人"。）本来又穷，只怕小孩子家没见过，拿了起来，也是有的，再不料定（俞校："不料定"——从庚；原"不料"。）是你们这里的。幸而二奶奶没有在屋里，你们这里的宋妈妈（俞校："幸而"至"宋妈妈"——从庚、晋、甲；原"宋妈妈"。）去了，拿着（俞校："拿着"——从庚、晋、甲；原"拿了"。）这只镯子，说是小丫头子坠儿偷起来的，被他看见，来回二奶奶的。（俞校："来回二奶奶的"——从庚、晋、甲；原无"的"。）（庚双：妙极！红玉既有归结，坠儿岂可不表哉？可知"奸贼"二字是相连的。故"情"字原非正道，坠儿原不情也，不过一愚人耳，可以传奸，即可以为盗。二次小窃皆出于宝玉房中，亦大有深意在焉。）我赶忙接了镯子，想了一想：宝玉是偏在你们身上留心用意争胜要强的。那一年有个良儿偷玉，刚冷了这一二年，（俞校："这一二年"——从晋；原"这二年"。）闲时（俞校："闲时"——从晋、甲；原"闲"。）还有人提起来趁愿；这会子又跑出一个偷金子（俞校："偷金子"——从庚、晋、甲；原"偷金镯子"。）的来了，而且更偷到街坊家（俞校："街坊家"——从甲；原"街坊上"。）去了。偏是他这样，偏是他的人打嘴。所以我倒忙叮咛宋妈，千万别告诉宝玉，只当没有这事，别和一个人提起。（俞校："提起"——从晋、甲；原"说"。）第二件老太太、太太听了（俞校："听了"——从庚、晋、甲；原"听见"。）也生气。三则袭人和你们也不好看。所以我回二奶奶，只说我往大奶奶那里去的，谁知镯子褪了口，丢在草根底下，雪深了没看见。今儿雪化尽了，黄澄澄的（俞校："黄澄澄的"——从庚、晋、甲；原"黄澄澄"。）映着日头，还在那里呢，（俞校："还在那里呢"——从庚、晋、甲；原"还在那里"。）我就拣了起来。二奶奶也就信了。所以我来告诉你们，你们以后（俞校："你们以后"——从庚、晋、甲；原"以后"。）防着他些，别使唤他到别处去。等袭人回来，你们商议着，变个法子打发出去就完了。"麝月道："这小娼妇（俞校："小娼妇"——从庚、晋、甲；原"小蹄子"。）也见过些东西，怎么这么眼皮子浅。"平儿道："究竟这镯子能多重，原是二奶奶的，说这叫做（俞校："这叫做"——从庚、甲；原"这叫"。）虾须镯。倒是这颗珠子还罢了。晴雯那蹄子是块爆炭，要告诉了他，他是忍不住的，一时气了，或打或骂，依旧嚷出来不好。（俞校："不好"——从庚、晋；原无。）所以单告诉你，留心就是了。"说着，便作辞而去。

宝玉听了，又喜又气又叹俞校："又叹"——从庚、晋、甲；原无。：喜的是平儿竟能俞校："竟能"——从庚、晋、甲；原"能"。体贴自己，气的是坠儿小窃，再叹坠儿那样一个俞校："那样一个"——从庚、晋；原"那样个"。伶俐人作出这丑事俞校："这丑事"——从庚、晋、甲；原"这样丑事"。来。因而回至房中，把平儿之语，一长一短，告诉了晴雯。又说："他说你是个要强的，如今病着，听了这话，越发要添病，俞校："要添病"——从庚；原"要添病的"。等好了再告诉你。"晴雯听了，果然气的蛾眉倒蹙，俞校："倒蹙"——从庚、晋、甲；原"倒竖"。凤眼圆睁，即时就叫坠儿。宝玉忙劝道俞校："忙劝道"——从庚、晋、甲；原"劝道"。："你这一喊出来，岂不辜负了平儿待你我之心了！不如领他这个情，过后打发他俞校："打发他"——从庚、晋；原"打发他出去"。就完了。"晴雯道："虽如此说，只是这口气俞校："这口气"——从庚；原"这气"。如何忍得。"宝玉道："这有什么气的。你只养病俞校："你只养病"——从庚、晋、甲；原"只保养病"。就是了。"

晴雯服了药，至晚间又服二和，俞校："二和"——从庚、晋、甲；原"二和药"。夜间虽有些汗，还未见效，仍是发烧头疼，鼻塞声重。次日，王太医又来诊视，另加减汤剂。虽然稍减了些烧，仍是头疼。宝玉便命麝月取鼻烟来俞校："取鼻烟来"——从庚、晋、甲；原"取平安散"。给他嗅些，痛打几个嚏喷俞校："嚏喷"——从庚、晋、甲；原"喷嚏"。接下一个同。就通快了。麝月果真去取了一个金镶双扣金星玻璃的一个扁盒来，递与宝玉。宝玉便揭翻盒扇，俞校："揭翻盒扇"——从晋；原"揭开盒盖"。里面有西洋珐琅的黄发赤身女子，两肋又有肉翅。俞校："又有肉翅"——从庚、晋、甲；原"有肉翅"。里面盛着些真正"汪恰"洋烟。俞校："真正汪恰洋烟"——从庚；原"秘制平安散"。庚双：汪恰，西洋一等宝烟也。晴雯只顾看画儿。宝玉道："嗅些，走了气就不好了。"晴雯听说，忙用指甲挑了些嗅入鼻中，不见怎样，便又多多挑了些嗅入。忽觉鼻中一股酸辣透入囟门，俞校："囟门"——从庚、甲；原"脑门"。接连打了五六个嚏喷，眼泪鼻涕登时齐流。庚双：写得出。晴雯忙收了盒子，俞校："收了盒子"——从庚、晋、甲；原"收盒子"。笑道："了不得，好辣！快拿纸来。"早有小丫头子俞校："小丫头子"——从庚、晋、甲；原"一个小丫头子"。递过一搭子细纸，晴雯便一张一张的拿来醒鼻子。宝玉笑问如何，晴雯笑道："果觉通快些，只是太阳还疼。"宝玉笑道："越性俞校："越性"——从晋、甲；原"率性"。尽用西洋药治一治，只怕就好了。"说着，便命麝月："和二奶奶俞校："二奶奶"——从庚、晋、甲；原"二姐姐"。要去，就说我说了：姐姐那里常有那西洋贴头疼的膏子，俞校："膏子"——从庚；原"膏子药"。庚下又旁添"药"。叫做'依弗哪'，找寻一点儿。”麝月答应了，去了半日，果拿了半节俞校：“半节”——从庚、晋、甲；原“半截”。来。便去找了一块红缎子角儿，铰了两块指头顶大的圆式，俞校：“圆式”——从庚、晋、甲；原“图式”。将那药烤和了，用簪挺摊上。晴雯自拿着一面俞校：“一面”——从庚、晋、甲；原无。靶儿镜贴在两太阳上。麝月笑道：“病的蓬头鬼一样，如今贴了这个，倒俏皮了。二奶奶贴惯了，倒不大显。”说毕，又向宝玉道俞校：“二奶奶贴惯了”至“又向宝玉道”——从庚、晋、甲；原无。：“二奶奶说了：明日是舅老爷的生日，太太说叫你去呢。明儿穿什么衣裳？今儿晚上好打点齐备了，省的明儿早起费手。”俞校：“费手”——从庚、甲；原“费事”。宝玉道：“什么顺手就是什么罢了。俞校：“罢了”——从庚、甲；原“罢”。一年闹生日也闹不清。”说着，便起身出房，往惜春房中去看画。

刚到院门外边，俞校：“刚到院门外边”——从庚、晋、甲；原“刚到了院门”。忽见宝琴的小丫环俞校：“小丫环”——从庚；原“小丫头”。名小螺者，从那边过去。俞校：“过去”——从庚、晋、甲；原“过来”。宝玉忙赶上问俞校：“赶上问”——从庚、晋、甲；原“赶上问道”。：“那去？”小螺笑道：“我们二位姑娘都在林姑娘房里呢，我如今也往那里去。”宝玉听了，转步也便同他往俞校：“同他往”——从庚、晋；原“往”。潇湘馆来。不但宝钗姊妹在此，且连邢岫烟也在那里。四人围坐俞校：“围坐”——从庚、晋；原“团坐”。在熏笼上叙家常，俞校：“叙家常”——从晋、甲；原“叙家常呢”。紫鹃倒坐在暖阁里临窗作针黹。俞校：“针黹”——从庚；原“针芿”。一见他来，都笑说：“又来了一个，可没了你的坐处了。”宝玉笑道：“好一幅俞校：“一幅”——原“一副”。今改“一幅”。‘冬闺集艳图’。可惜我迟来了一步。俞校：“迟来了一步”——从庚、晋、甲；原“来迟了一步”。横竖这屋子比各屋子暖，这椅子俞校：“这椅子”——从庚、晋、甲；原“这椅子上”。坐着并不冷。”说着，便坐在黛玉常坐搭着灰鼠椅搭的一张椅上。俞校：“一张椅上”——从庚、晋、甲；原“一张椅子上”。因见暖阁之中有一玉石条盆，里面攒三聚五栽着一盆单瓣水仙，点着宣石，便极口赞好花，“这屋子越发暖，俞校：“越发暖”——从庚；原“越暖”。这花香的越清香。俞校：“越清香”——从庚；原“越浓”。昨日未见？”黛玉因说道：“这是你家的俞校：“你家的”——从庚、甲；原“你家”。大总管赖大婶子送薛二姑娘的，两盆腊梅，两盆水仙。他送了我一盆水仙，送了蕉丫头一盆腊梅。我原不要的，又恐辜负了他的心。你若要，我转送你如何？”宝玉道：“我屋里却有两盆，只是不及这个。琴妹妹送的俞校：“琴妹妹送的”——从庚；原“琴妹妹送你的”。如何又转送人，这个断使不得。”黛玉道：“我一日药吊子不离火，俞校：“药吊子不离火”——从庚、晋；原“药杯子不离手”。我竟是药培着（俞校："培着"——从庚、晋、甲；原"养著"。）呢，那里还搁的住花香来薰，越发弱了。况且这屋子里（俞校："这屋子里"——从庚、甲；原"这屋里"。）一股药香反把这花香搅坏了。不如你抬了去，这花也清净了，（俞校："也清净了"——从庚；原"也到清净了"。）没杂味来搅他。"宝玉笑道："我屋里今儿也有病人煎药（俞校："煎药"——从庚、晋、甲；原"吃药"。）呢。你怎么知道的？"（俞校："知道的"——从庚、晋、甲；原"知道了"。）黛玉笑道："这话奇了。我原是无心的话，谁知你屋里的事。你不早来听说古记，这会子来了自惊自怪的。"宝玉笑道："咱们明儿下一社又有了（俞校："又有了"——从庚、晋、甲；原"又有"。）题目了，就咏水仙、腊梅。"黛玉听了，笑道："罢，罢！我再不敢作诗了。作一回罚一回，没得怪羞的。"说着，便两手（俞校："两手"——从庚、晋、甲；原"把两手"。）握起脸来。宝玉笑道："何苦来，又奚落我作什么！我还不怕臊呢，你倒握起脸来了。"宝钗因笑道："下次我邀一社，四个诗题，四个词题。每人四首诗，四阕词。头一个诗题咏'太极图'，限'一先'的韵，五言律，要把'一先'的韵都用尽了，一个不许剩。"宝琴笑道："这一说，可知姐姐不是真心起社了，这分明难人。（俞校："分明难人"——从庚；原"分明是难人"。）若论起来，也强扭的出来。不过颠来倒去弄些《易经》上的话生填，究竟有何趣味。我八岁的时节，跟我父亲到西海沿子上买洋货。谁知有个真真国的女孩子，才十五岁，那脸面就和那西洋画儿上的美人一样，也披着黄头发，打着联垂，满头戴的（俞校："戴的"——从庚；原"戴著"。）都是珊瑚、琥珀、猫儿眼、祖母绿（俞校："祖母绿"——从庚、晋、甲；原"祖母禄"。）这些宝石；身上穿着金丝织的锁子甲洋锦袄袖；带着倭刀，也是镶金嵌宝的。实在画儿上的也没他好看。有人说他通中国的诗书，会讲《五经》，能作诗填词，因此我父亲央烦了一位（俞校："一位"——从庚；原"一个"。）通事官，烦他写了一张字，就写的是他作的诗。"众人都称奇道异。宝玉忙笑道："好妹妹，你拿出来我瞧瞧。"宝琴笑道："在南京收着呢，此时那里去取来。"（俞校："去取来"——从庚、晋；原"取来"。）宝玉听了，大失所望，便说没福得见这世面。黛玉笑拉宝琴道："你别哄我们。我知道你这一来，你的这些东西未必放在家里，自然都是要带了来的。这会子又扯谎说没带来，他们虽信，我是不信的。”宝琴便红了脸，低了头，微笑不语。宝钗笑道：“偏这个颦儿惯说这些白话，俞校：“白话”——从庚、晋；原“话”。把你就伶俐的。”黛玉道俞校：“黛玉道”——从庚；原“黛玉笑道”。：“若带了来，就给我们见识见识也罢了。”宝钗笑道：“箱子笼子一大堆，还没理清，知道在那个里头俞校：“那个里头”——从庚、晋、甲；原“那里头”。呢。等过日收拾清了，找出来大家再看就是了。”又向宝琴道：“你若记得，何不念念我们听听。”宝琴方答道俞校：“方答道”——从庚；原“方答应”。：“记得是首俞校：“是首”——从庚；原“是一首”。五言律。外国的女子也就俞校：“也就”——从庚、晋、甲；原“也”。难为他了。”宝钗道：“你且别念，等把云儿叫了来，也叫他听听。”说着，便叫小螺来，吩咐道：“你到我那里去，就说我们这里有一个外国美人俞校：“外国美人”——从庚；原“外国的美人”。来了，作的好诗，请你这诗疯子来瞧去，俞校：“来瞧去”——从庚、甲；原“瞧去”。再把我们那诗呆子也带来。”小螺笑着去了。半日，只听湘云俞校：“只听湘云”——从庚、晋、甲；原“只听见史湘云”。笑问：“那一个外国美人俞校：“外国美人”——从庚；原“外国的美人”。来了？”一头说，一头果和香菱来了。众人笑道：“人未见形，俞校：“人未见形”——从庚、晋、甲；原“未见形”。先已闻声。”宝琴等忙让坐，遂把方才的话重叙了一遍。湘云笑道：“快念来听听。”宝琴因念道：

昨夜朱楼梦，今宵水国吟。
岛云蒸大海，岚气接丛林。
月本无今古，情缘自浅深。俞校：“自浅深”——从庚、晋、甲；原“有浅深”。
汉南俞校：“汉南”——从庚、晋、甲；原“满南”。春历历，焉得不关心。

众人听了，都道：“难为他！竟比我们中国人还强。”一语未了，只见麝月走来说：“太太打发人来告诉，俞校：“打发人来告诉”——从庚；原“打发人告诉说”。二爷明儿俞校：从庚、晋、甲；原“明日”。一早往舅舅那里去，就说太太身上不大好，俞校：“不大好”——从庚、晋、甲；原“不好”。不得俞校：“不得”——从庚、晋、甲；原“不能”。亲自来。”宝玉忙站起来答应道俞校：“答应道”——从庚、晋、甲；原“答应”。：“是。”因问宝钗、宝琴可去。宝钗道：“我们不去，昨儿单送了礼去了。”大家说了一回方散。

宝玉因让诸姊妹先行，自己落后。黛玉便又叫住他，问道：

“袭人到底多早晚回来？”俞校：“回来”——从庚、晋、甲；原“来”。宝玉道：“自然等送了殡才来呢。”黛玉还有话说，又不曾出口，出了一回神，便说道：“你去罢。”宝玉也觉心里有许多话，只是口里不知要说什么，想了一想，也笑道：“明日再说罢。”一面下了阶矶，低头正要迈步，复又忙回身问道：“如今的夜越发长了，你一夜咳嗽几遍？醒几次？”俞校：“醒几次”——从庚；原“醒几遍”。 庚双：此皆好笑之极，无味扯淡之极，回思则皆沥血滴髓之至情至神也。岂别部偷寒送暖，私奔暗约，一味淫情浪态之小说可比哉！黛玉道：“昨儿夜里好，只嗽了俞校：“只嗽了”——从庚；原“只咳嗽了”。庚又傍添“咳”。两遍，却只睡了四更一个更次，就再不能睡了。”宝玉又笑道：“正是有句要紧的话，这会子才想起来。”一面说，一面就挨近身来，俞校：“挨近身来”——从晋、甲；原“挨进身来”。悄悄的道：“我想宝姐姐送你的燕窝——”一语未了，只见赵姨娘走了进来瞧黛玉，问：“姑娘这两天好？”黛玉便知他是从探春处来，从门前过，顺路的人情。黛玉忙陪笑让坐，说：“难得俞校：“难得”——从甲；原“难为”。姨娘想着，怪冷的亲身走来。”俞校：“亲身走来”——从庚；原“亲自走来”。又忙命倒茶，一面又使眼色与宝玉。宝玉会意，便走了出来。正值吃晚饭时，见了王夫人。王夫人又嘱他俞校：“又嘱他”——从庚；原“又嘱咐他”。早去。宝玉回来，看晴雯吃了药。此夕俞校：“此夕”——从庚、晋、甲；原“此夜”。宝玉便不命晴雯挪出暖阁来，自己便在晴雯外边；又命将熏笼抬至暖阁前，麝月便在熏笼上。一宿无话。

至次日，天未明时，晴雯便叫醒麝月道：“你也该醒了，俞校：“也该醒了”——从庚、晋、甲；原“该醒醒了”。只是睡不够。你出去叫人给他预备茶水，我叫醒他就是了。”麝月忙披衣起来道：“咱们叫起他来穿好衣服，抬过这火箱俞校：“这火箱”——从庚、晋、甲；原“熏笼”。去，再叫他们进来。老嬷嬷们已经说过，不叫他俞校：“不叫他”——从庚、晋、甲；原“不叫你”。在这屋里，怕过了病气。如今他们见俞校：“他们见”——从庚、晋、甲；原“叫他们看见”。咱们挤在一处，又该唠叨了。”晴雯道：“我也是这么说呢。”二人才叫时，宝玉已醒了，忙起身披衣。俞校：“起身披衣”——从庚、晋、甲；原“起来披衣”。麝月先叫进小丫头子俞校：“小丫头子”——从庚、晋、甲；原“小丫头子们”。来收拾妥当了，俞校：“妥当了”——从庚；原“妥了”。才命秋纹、檀云等进来，一同伏侍。宝玉梳洗毕，麝月道：“天又阴阴的，只怕有雪，穿那一套俞校：“那一套”——从庚；原“一套”。毡子的罢。”宝玉点头，即时换了衣裳。小丫头便用小茶盘捧了一盖碗俞校："一盖碗"——从庚、晋、甲；原"一碗"。建莲红枣汤来，宝玉喝了两口。麝月又捧过一小碟法制紫姜来，宝玉噙了一块。又嘱咐了俞校："嘱咐了"——从庚、晋、甲；原"嘱咐"。晴雯一回，便往贾母处来。贾母犹未起来，知道宝玉出门，便开了房门，命宝玉进去。俞校："宝玉进去"——从庚、晋、甲；原"宝玉进来"。宝玉见贾母身后，宝琴面向里也睡未醒。俞校："贾母身后"至"未醒"——从庚；原"贾母面尚向里还未起来呢"。贾母见宝玉身上穿着荔色哆啰呢的天马箭袖，大红猩猩毡盘金俞校："盘金"——从庚、晋、甲；原"盘"。彩绣石青妆缎沿边的排穗褂子。贾母问道："下雪呢么？"俞校："下雪呢么"——从庚、甲；原"下雪么"。宝玉道："大阴着，俞校："天阴着"——从庚、晋、甲；原"天阴著呢"。还没下呢。"俞校："还没下呢"——从庚、甲；原"还没有下雪"。贾母便命鸳鸯来，"把昨儿那一件乌云豹的氅衣给他罢。"鸳鸯答应了走去，果取了俞校："果取了"——从庚、晋、甲；原"果然取了"。一件来。宝玉看时，金翠辉煌，碧彩闪灼，俞校："闪灼"——从庚、晋、甲；原"闪烁"。又不似宝琴所披之俞校："所披之"——从庚、晋、甲；原"所披"。凫靥裘。只听贾母笑道："这叫作'雀金呢'，这是哦啰斯国拿孔雀毛拈了线织的。前儿把那一件俞校："那一件"——从庚；原"那件"。野鸭子的俞校："野鸭子的"——从庚、晋、甲；原"野鸭子头的"。给了你小妹妹，俞校："小妹妹"——从庚、晋、甲；原"小妹妹了"。庚双："小"字更妙！盖王夫人之末女也。这件给你罢。"宝玉磕了一个头，便披在身上。贾母笑道："你先给你娘瞧瞧去俞校："瞧瞧去"——从庚、甲；原"瞧瞧"。再去。"宝玉答应了，便出来，只见鸳鸯站在地下揉眼睛。俞校："揉眼睛"——从庚、晋、甲；原"揉眼睁目"。因自俞校："因自"——从庚、晋、甲；原"自"。那日鸳鸯发誓决绝之后，他总不和宝玉讲话，俞校："讲话"——从庚；原"说话"。宝玉正自日夜不安。俞校："日夜不安"——从庚、晋、甲；原"日夜未安"。此时见他又要回避，宝玉便上来笑道："好姐姐，你瞧瞧我穿着这个好不好？"鸳鸯一摔手便进贾母房中去了。宝玉只得来到王夫人房中，与王夫人看了；然后又回至园中，与晴雯、麝月看过；复至俞校："复至"——原"便回至"；庚"后至"；晋"复来至"。今改"复至"。贾母房中，回说："太太看了，只说可惜了的，叫我仔细穿，别糟蹋了他。"俞校："糟蹋了他"——从庚、晋；原"塌塌了"。贾母道："就剩了这一件，你糟蹋了，也再没了。这会子特给你做这个俞校："做这个"——从庚、晋、甲；原"作这个"。也是没有的事。"说着，又嘱咐他不许多吃酒，早些回来。宝玉应了俞校："应了"——从庚、晋、甲；原"答应了"。几个"是"。老嬷嬷俞校："老嬷嬷"——从庚、晋、甲；原"老嬷嬷们"。跟至厅上，只见宝玉的奶兄李贵、王荣、张若锦、赵亦华、俞校："赵亦华"——从庚、晋、甲；原"赵品华"。本回下一个同。钱启、周瑞六个人，带着茗烟、伴鹤、锄药、扫红四个小厮，（俞校："四个小厮"——从庚、晋、甲；原"四个小子"。）背着衣包，抱着坐褥，拢着一匹雕鞍彩辔的白马，早已伺候多时了。老嬷嬷又吩咐了他六人（俞校："他六人"——从庚、晋；原"他六个人"。）些话，六个人忙答应了几个"是"，便捧鞭坠镫，（俞校："捧鞭坠镫"——从庚；原"捧鞭坠鞯"。）宝玉慢慢的上了马。李贵和王荣拢着嚼环，钱启周瑞二人在前引导，张若锦、赵亦华在两边紧贴宝玉后身。（俞校："宝玉后身"——从庚；原"宝玉身后"。）宝玉在马上笑道："周哥，钱哥，咱们打这角门（俞校："这角门"——从庚、晋、甲；原"角门"。）走罢，省得到了老爷的书房门口又下来。"周瑞侧身笑道："老爷不在家，书房天天锁着的，爷可以不用下来罢了。"宝玉笑道："虽锁着，也要下来的。"钱启、李贵等都笑道："爷说得是。要托懒不下来，倘或遇见赖大爷、林二爷，虽不好说爷，也劝两句。（俞校："不好说爷，也劝两句"——从庚、晋、甲；原"虽不好说也要劝他两句"。）有的不是，都派在我们身上，又说我们（俞校："又说我们"——从庚、晋、甲；原"又说我"。）不教爷礼了。"周瑞、钱启便一直出角门（俞校："出角门"——从庚、晋、甲；原"引出角门"。）来。正说话时，顶头果见赖大进来。宝玉忙拢住马，意欲下来。赖大忙上来抱住腿。宝玉便在镫上站起来，笑携他的手，说了几句话。接着又见一个小厮带着二三十个拿扫帚、簸箕的人进来，见了宝玉，都顺墙垂手立住，独那为首的小厮打千儿（俞校："打千儿"——从庚、晋；原"打跄儿"。）请了一个安。（俞校："一个安"——从庚；原"个安"。）宝玉不识名姓，只微笑点了点头，马已过去，（庚双：总为后文伏线。）那人方带人去了。（俞校："带人去了"——从庚、晋、甲；原"带了人去"。）于是出了角门，门外（俞校："门外"——从庚；原"外"。）又有李贵等六人（俞校："六人"——从庚、晋、甲；原"六个人"。）的小厮并几个马夫早预备下十来匹马专候。一出了角门，李贵等都各上了马，前引傍围的一阵烟去了。不在话下。

这里晴雯吃了药，仍不见病退，急的乱骂大夫，说："只会骗人的钱，一剂好药也不给人吃。"（庚双：奇文。真姣憨女儿之语也。）麝月笑劝他道："你太性急了。俗语说，病来如山倒，（俞校："如山倒"——从庚、晋、甲；原"如墙倒"。）病去如抽丝。又不是老君的仙丹，那有这样灵药！你只静养几天，自然就好了。你越急越着手。"晴雯又骂小丫头子们："那里钻沙去了！瞅我病了，都大胆子走了。明儿我好了，一个一个的才揭你们的皮呢。"吓的小丫头子篆儿忙进来问："姑娘作什么？"（庚双：此"姑娘"亦姑姑娘娘之称，亦如贾琏处小厮呼平儿，皆南北互用一语也。脂砚。）晴雯道："别人都死绝了，就剩了你不成！"说着，只见坠儿也蹭了进来。晴雯道："你瞧瞧这小蹄子，不问他还不来呢。这里又放月钱了，又散果子了，你该跑在头里了。你往前些。我不是老虎，吃了你！"坠儿只得前凑。晴雯便冷不防欠身一把将他的手抓住，（庚双：是病卧之时。）向枕边取了（俞校："取了"——从庚、晋；原"取出"。）一丈青向他手上乱戳，口内骂道："要这爪子作什么！拈不得针，拿不动线，（俞校："拿不动线"——从庚、晋、甲；原"拿不得线"。）只会偷嘴吃。眼皮子又浅，爪子（俞校："爪子"——从庚、晋、甲；原"手爪子"。）又轻，打嘴现世的，不如戳烂了。"坠儿疼的乱哭乱喊。麝月忙拉开坠儿，按晴雯睡下，笑道："才出了汗，（俞校："才出了汗"——从庚；原"你才出了汗"。）又作死！等你好了，要打多少打不得，这会子闹什么。"晴雯便命人叫宋嬷嬷进来，说道："宝二爷才告诉了我，（俞校："告诉了我"——从庚、晋、甲；原"吩咐了我"。）叫我告诉你们：坠儿很懒，宝二爷当面使他，他拨嘴儿不动；连袭人使他，他背后骂他。今儿务必打发他出去，明儿宝二爷亲自回太太就是了。"宋嬷嬷听了，心下便知镯子事发，因笑道："虽如此说，也等花姑娘回来知道了，再打发他。"晴雯道："宝二爷今儿千叮咛万嘱咐的。什么花姑娘草姑娘，我们自然有道理。你只依我的话，快叫（俞校："快叫"——从庚、晋、甲；原"叫"。）他家的人来领他出去。"（俞校："领他出去"——从庚、晋、甲；原"领了他出去"。）麝月道："这也罢了。早也是去，晚也是去，带了去早清静一日。"宋嬷嬷听了，只得出去唤了他母亲来，打点他的东西。又来见晴雯等说道："姑娘们怎么了？你侄女儿不好，（庚双："侄女"二字妙，余前注不谬。）你们教导他，怎么撵出去？也到底给我们留个脸儿。"晴雯道："你这话只等宝玉来问他，与我们无干。"那媳妇冷笑道："我有胆子问他去！他那一件事不是听姑娘们的调停！他纵依了，姑娘们不依，也未必中用。比如方才说话，虽是背地里，姑娘就直叫他的名字；（俞校："直叫他的名字"——从庚、晋、甲；原"叫他名字"。）在姑娘们（俞校："姑娘们"——从庚、晋、甲；原"姑娘"。）就使得，在我们就成了（俞校："就成了"——从庚、晋、甲；原"就成"。）野人了。"晴雯听说，一发急红了脸，说道："我叫了他的名字了。你在老太太跟前告我去，说我撒野，也撵出我去。"（俞校："撵出我去"——从庚、晋、甲；原"撵我出去"。）麝月忙道："嫂子你只管带了人

喜宝玉偶得乌云豹　勇晴雯病补雀金裘

出去，有话再说。这个地方，岂有你叫喊讲礼的！你见谁和我们讲过礼！（俞校："讲礼的"至"讲过礼"——从庚、晋、甲；原"讲理的……讲过理"。）别说嫂子你，就是赖奶奶、林大娘，也得担待我们三分。便是叫名字，从小儿直到如今，（俞校："直到如今"——从庚、晋、甲；原"直叫到如今"。）都是老太太吩咐过的。你们也知道的，恐怕难养活，巴巴的（俞校："巴巴的"——从庚、晋、甲；原"巴不得"。）写了他的小名儿各处贴着，叫万人叫去，为的是好养活。连挑水、挑粪、花子（俞校："挑水、挑粪、花子"——从庚、晋、甲；原"挑水的挑粪的"。）都叫得，何况我们。连昨儿（俞校："昨儿"——从庚、晋、甲；原"昨日"。）林大娘叫了一声爷，老太太还说他呢。此是一件。二则我们这些人，常回老太太、太太的话去，可不叫着名字回话，难道也称爷，那一日不把'宝玉'两个字（俞校："两个字"——从庚；原无。）念二百遍，偏嫂子又来挑这个（俞校："挑这个"——从庚、晋、甲；原"挑这个来"。）了。过一日嫂子闲了，在老太太、太太跟前听听我们当着面儿叫他就知道了。嫂子原也不得在（俞校："不得在"——从庚、晋、甲；原"不在"。）老太太、太太跟前当些体统差使，（俞校："体统差使"——从晋、甲；原"体面差使"。）成年家只在三门外头混，怪不得不知我们里头的规矩。这里不是嫂子久站的，再一会子，不用我们说话，就有人来问你了。有什么分证的话，且带了他去，你回了林大娘，叫他来找二爷说话。（俞校："找二爷说话"——从庚、晋、甲；原"找二爷说"。）家里上千的人，你也跑来，我也跑来，我们认人问姓还认不清呢。"说着，便叫小丫头子拿了擦地的布来擦地。那媳妇听了，无言可对，亦不敢久立，赌气带了坠儿就走。宋嬷嬷忙道："怪道你这嫂子不知规矩。你女儿在这屋里（俞校："这屋里"——从庚；原"这里"。）一场，临去时也给姑娘们（俞校："姑娘们"——从庚、晋、甲；原"姑娘"。）磕个头。没有别的谢礼罢了，便有谢礼，他们也不希罕，不过磕个头尽了心。（俞校："尽了心"——从庚；原"尽个心"。）怎么说走就走！"坠儿听了，只得翻身进来，给他两个磕了两个头。又找秋纹等，他们也不睬他。那媳妇嗐声叹气，（俞校："嗐声叹气"——从庚、晋、甲；原"嗳声叹气"。）口不敢言，抱恨而去。

晴雯方才又闪了风，着了气，反觉更不好了。翻腾至掌灯，刚安静了些。只见宝玉回来，进门就嗐声跺脚。（俞校："嗐声跺脚"——从庚；原"嗳声跺脚"。）麝月忙问原故。宝玉道："今儿老太太喜喜欢欢的给了这个褂子，（俞校："这个褂子"——从庚；原"一件褂子"。）谁知不防，后襟子上烧了一块。幸而天晚了，老太太、太太都不理论。”一面说，一面脱下来。麝月瞧时，果见有（俞校：“果见有”——从庚；原“果然有”。）指顶大的烧眼。说：“这必定是手炉（俞校：“手炉”——从庚、晋、甲；原“香炉”。）的火迸上了。这不值什么，赶着叫人悄悄的拿出去，叫个能干织补匠人（俞校：“织补匠人”——从庚、晋、甲；原“织匠人”。）织上就是了。”说着，便用包袱包了，交与一个嬷嬷（俞校：“嬷嬷”——从晋、甲；原“老嬷嬷”。）送出去，说：“赶天亮就有才好，千万别给老太太、太太知道。”婆子去了半日，（俞校：“去了半日”——从庚、晋、甲；原“答应，去了半日”。）仍旧拿回来，说：“不但织补匠人，就连（俞校：“就连”——从庚；原无。）能干裁缝、绣匠并作女工的问了都不认得这是什么，都不敢揽。”麝月道：“这怎么样呢！明儿不穿也罢了。”宝玉道：“明儿是正日子，老太太、太太说了还叫穿这个去呢。偏头一日就烧了，岂不扫兴。”晴雯听了半日，忍不住翻身说道：“拿来我瞧瞧罢。没个福气（俞校：“没个福气”——从庚；原“没那福气”。）穿就罢了。这会子又着急。”宝玉笑道：“这话倒说的是。”说着，便递与晴雯，又移过灯来细看了一会。（俞校：“细看了一会”——从庚；原“细瞧了一瞧”。）晴雯道：“这是孔雀金线织的。如今咱们也拿孔雀金线就像界线似的界密了，只怕还可混得过去。”（俞校：“混得过去”——从庚；原“混的过去”。）麝月笑道：“孔雀线现成的，但这屋里除了你，还有谁会界线！”晴雯道：“说不得我挣命罢了。”宝玉忙道：“这如何使得！才好了些，如何做得活。”（俞校：“做得活”——从庚、晋、甲；原“作的活”。）晴雯道：“不用你蝎蝎螫螫的，我自知道。”一面说，一面坐起来，挽了一挽头发，披了衣裳，（俞校：“披了衣裳”——从庚、晋、甲；原“披上了衣裳”。）只觉头重身轻，满眼金星乱迸，实实掌不住。（俞校：“掌不住”——从庚、晋、甲；原“撑不住”。）待不做，（俞校：“待不做”——从晋、甲；原“待要不作”。）又怕（俞校：“又怕”——从庚、晋、甲；原“又恐”。）宝玉着急，少不得狠命（俞校：“狠命”——从甲；原“恨命”。）咬牙挨着。便命麝月只帮着拈线。（俞校：“拈线”——从庚、晋、甲；原“纫线”。）晴雯先拿了一根（俞校：“拿了一根”——从庚、晋、甲；原“拿根”。）比一比，笑道：“这虽不很像，若补上也不很显。”宝玉道：“这就很好。那里又找哦啰斯国的裁缝去。”（庚双：妙谈！）晴雯先将里子拆开，（俞校：“拆开”——从庚、晋；原“打开”。）用茶杯口大的（俞校：“茶杯口大的”——从庚；原“茶钟口大小的”。）一个竹弓钉牢在背面，再将破口四边用金刀刮的散松松的；然后用针纫了两条，（俞校：“两条”——从庚、晋、甲；原“两条线”。）分出经纬，亦如界线（俞校：“界线”——从庚、晋、甲；原“界绵”。）之法，先界出地子，（俞校：“界出地子”——从庚；原“界出地子来”。）后依（俞校：“后依”——从庚；原“然后依”。）本衣之纹，来回织补。补两针，（俞校：“补两针”——从庚、晋、甲；原“织补两针”。）又看看；织补两针，又端详端详。无奈头晕眼黑，气喘神虚，补不上三五针，便伏在枕上歇一会。宝玉在傍，一时又问吃些滚水不吃，一时又命歇一歇，俞校："歇一歇"——从庚、晋、甲；原"歇一歇再补"。一时又拿一件灰鼠斗篷替他披在背上，一时又命拿个拐枕与他靠着。急的晴雯央道俞校："央道"——从庚、晋、甲；原"央告道"。："小祖宗，你只管俞校："你只管"——从庚、晋、甲；原"只管"。睡罢。再熬上半夜，明儿把眼睛抠搂了，怎么处！"宝玉见他着急，只得胡乱睡下，仍睡不着。一时，只听自鸣钟已敲了四下，俞校："敲了四下"——从庚、晋、甲；原"敲四下"。庚双：按"四下"乃寅正初刻，"寅"此样法，避讳也。刚刚补完。又用小牙刷慢慢的剔出俞校："剔出"——从庚、晋、甲；原"剔去"。毯毛俞校："毯毛"——从庚；原"毡毛"。来。麝月道："这就很好。若不留心，再看不出的。"俞校："看不出的"——从庚、晋、甲；原"看不出来"。宝玉忙要了瞧瞧，说道俞校："要了瞧瞧，说道"——从庚；原"要瞧瞧笑说"。："真真一样了。"晴雯已嗽了几阵，好容易补完了，说了一声："补虽补了，到底不像。——我也再不能了。"嗳哟了一声，便身不由主俞校："身不由主"——从庚、晋、甲；原"身不由自主"。倒下了。要知端的，俞校："要知端的"——从庚、晋、甲；原无。且听下回分解。

戚回后：此回前幅以药香、花香联络为章法，后幅以西洋鼻烟、西洋依弗哪药、西洋画儿、西洋诗、西洋哦啰斯国雀金裘联络为章法，极穿插映带之妙。

写宝玉写不尽，却于仆从上描写一番。于管家见时描写一番，于园工诸人上描写一番。园中马是慢慢行，出门后又是一阵烟，大家气象、公子局度如画。

中一段写黛玉与宝玉满怀愁绪，有口难言，说不出一种凄凉，真是吴道子画顶上圆光。

第五十三回
宁国府除夕祭宗祠　荣国府元宵开夜宴

蒙回前：除夕祭宗祠一题极博大，元宵开夜宴一题极富丽，拟此二题于一回中，早令人惊心动魄。不知措手处，乃作者偏就宝琴眼中款款叙来。首叙院宇匾对，次叙抱厦匾对，后叙正堂匾对，字字古艳。槛以外，槛以内，是男女分界处；仪门以外，仪门以内，是主仆分界处。献帛献爵择其人，应昭应穆从其讳，是一篇绝大典制文字。最高妙是“神主看不真切”一句，最苦心是用贾蓉为槛边传蔬人，用贾芷等为仪门传蔬人，体贴入细。噫！文心至此，脉绝血枯矣。谁是知音者？

靖回前：“祭宗祠”“开夜宴”一番铺叙，隐后回无限文字。亘古浩荡宏恩，无所母孀兄先无依，变故屡遭不逢辰，心摧人令断肠。积德子孙到于今，旺族都中吾首门。堪悲英立业雄辈，遗脉孰知祖父恩，知回首。

话说宝玉见晴雯将雀金裘补完，已使得力尽神危，忙命小丫头子来替他捶着。彼此捶打了一会俞校：“捶打了一会”——从庚、晋、甲；原无。歇下。没一顿饭的工夫，俞校：“一顿饭的工夫”——从庚；原“一顿饭时”。天已大亮，俞校：“天已大亮”——从庚、晋、甲；原“天已大亮了”。且不出门，只叫快传大夫。一时，王太医来诊了脉，疑惑道：“昨儿已好了些，今日如何反虚微浮缩（俞校：“虚微浮缩”——从庚；原“虚浮微缩”。）起来。敢是吃多了饮食，不然，就是劳了神思。外感却倒清了，这汗后失于调养，非同小可。”一面说，一面出去开了药方进来。宝玉看时，已将疏散驱邪诸药减去，倒添了茯苓、地黄、当归等益神养血之剂。宝玉忙命人（俞校：“忙命人”——从庚；原“一面忙命人”。）煎去，一面叹说：“这怎么处！倘或有个好歹，都是我的罪孽。”晴雯睡在枕上嗐道（俞校：“嗐道”——从庚、晋、甲；原“暖道”。）：“好太爷，（俞校：“好太爷”——从庚；原“好大爷”。）你干你的去罢。那里就得劳病（俞校：“劳病”——从庚、晋、甲；原“痨病”。）了。”宝玉无奈，只得去了。至下半天，说身上不好，就回来了。晴雯此症虽重，幸亏他素昔是个使力不使心的；再者，素昔饮食清淡，饥饱（俞校：“饥饱”——从庚、晋、甲；原“饑饱”。）无伤。这贾宅中的风俗秘法（俞校：“风俗秘法”——从庚；原“秘法”。）：无论上下，只一略有（俞校：“只一略有”——从庚、晋、甲；原“只略有”。）些伤风咳嗽，总以净饿为主，（俞校：“净饿为主”——从庚、晋、甲；原“静卧为主”。）次则服药调养。（俞校：“服药调养”——从庚、晋、甲；原“服药”。）故于前日一病时，净饿了（俞校：“净饿了”——从庚；原“静卧了”。）两三日，又谨慎服药调治。如今劳碌了些，又加倍培养了（俞校：“培养了”——从庚、晋、甲；原“养了”。）几日，便渐渐的好了。近日园中姊妹皆各在房中吃饭，炊爨饮食亦便，宝玉自能变法要汤要羹调停，不必细说。袭人送母殡后，业已回来。麝月便将平儿所说宋妈、坠儿一事并晴雯撵逐坠儿出去也曾回过宝玉等话，（俞校：“等话”——从甲；原“等语”。）一一的告诉袭人。（俞校：“告诉袭人”——从甲；原“告诉了一遍”。）袭人也没别说，只说太性急了些。只因李纨亦因时气感冒；邢夫人又正（俞校：“又正”——从庚；原“正”。）害火眼，迎春、岫烟皆过去朝夕侍药；（庚双：妙在一人不落，事事皆到。）李婶（俞校：“李婶”——从庚、晋；原“李婶娘”。）之弟又接了李婶和李纹、李绮家去住几日；（庚双：来的也有理，去的也有情。）宝玉又见袭人常常思母含悲，晴雯犹未大愈：因此诗社之日皆未有人作兴，便空了几社。当下已是腊月，离年日近，王夫人与凤姐治办年事。王子腾升了九省都检点。贾雨村补授了大司马，协理军机，参赞朝政。不题。

且说贾珍那边（俞校：“贾珍那边”——从庚、晋、甲；原“贾珍”。）开了宗祠，着人（俞校：“着人”——从庚、晋、甲；原“看人”。）打扫，收拾供器，请神主，又打扫上房，以备悬供遗真影像。此时荣宁二府，内外上下皆是俞校：“皆是”——从庚、晋、甲；原“皆”。忙忙碌碌。这日，宁府中尤氏正起来，同贾蓉之妻打点送贾母这边的针线礼物。正值丫头捧了一茶盘押岁锞子俞校：“押岁锞子”——从庚、晋、甲；原“押岁的锞子”。进来，回说：“兴儿回奶奶：前儿那一包碎金子共是一百五十三两六钱七分，里头成色不等，共总倾了二百二十个锞子。”说着，递上去。俞校：“递上去”——从庚、晋、甲；原“递了上去”。尤氏看了看，俞校：“尤氏看了看”——从庚；原“尤氏等看了一看”。只见也有梅花式的，也有海棠式的，也有笔锭如意的，也有八宝联春的。尤氏命俞校：“尤氏命”——从庚、晋、甲；原“尤氏命人”。收起这个来，叫他把银锞子俞校：“银锞子”——从庚、晋、甲；原“银子锞”。快快交了进来。俞校：“交了进来”——从庚、晋、甲；原“交进来”。丫鬟答应去了。一时，贾珍进来吃饭，贾蓉之妻回避了。贾珍因问尤氏：“咱们春祭的俞校：“春祭的”——从庚、晋、甲；原“春季”。恩赏可领了不曾？”尤氏道：“今儿我打发蓉儿关去了。”贾珍道：“咱们家虽不等这几两银子使，多少是皇上天恩。俞校：“皇上天恩”——从庚、晋、甲；原“皇恩”。早关了来，给那边老太太见过，俞校：“见过”——从庚、晋；原“看过”。置了俞校：“置了”——原“办了”；庚“值了”，傍改“买了”；甲“置办”。今改“置了”。祖宗的供，上领皇上的恩，俞校：“皇上的恩”——从晋、甲；原“皇恩”。下则是托祖宗的福。咱们那怕用一万银子供祖宗，到底不如这个有体面，俞校：“有体面”——从晋、甲；原“体面”。又是沾恩锡福俞校：“沾恩锡福”——从庚、晋、甲；原“沾恩赐福”。的。除咱们俞校：“除咱们”——从庚、晋、甲；原“咱们”。这样一两家之外，那些世袭穷官儿家，俞校：“穷官儿家”——从庚、晋、甲；原“穷官儿”。若不仗着这银子，俞校：“这银子”——从庚、晋、甲；原“这个银子”。拿什么上供过年。真正皇恩浩大，俞校：“皇恩浩大”——从庚、晋；原“皇恩浩荡”。想的周到。”尤氏道：“正是这话。”二人正说着，只见人回：“哥儿来了。”贾珍便命叫他进来。只见贾蓉捧着一个小黄布口袋进来。贾珍道：“怎么去了这一日？”贾蓉陪笑回说：“今儿不在礼部关领，俞校：“关领”——从庚；原“关了”。又分在光禄寺库上。俞校：“库上”——从庚、晋、甲；原“的官上”。因又到了光禄寺才领了下来。光禄寺的官儿们都说问父亲好，多日不见，都着实想念。”贾珍笑道：“他们那里是想我。这又到了年下了，不是想我的东西，就是想我的戏酒了。”俞校：“戏酒了”——从庚、晋、甲；原“戏酒”。一面说，一面瞧那黄布口袋上有印，就是“皇恩永锡”四个大字。俞校：“四个大字”——从庚、晋、甲；原“四字”。那一边俞校：“那一边”——从庚、晋、甲；原“那边”。又有礼部祠祭司的印记；又写着一行小字，道是：“宁国公贾演、荣国公贾源俞校：“贾源”——依第三回统一；原“贾法”。恩赐永远春祭赏共二分，俞校：“共二分”——从庚、晋、甲；原“共赏二分"。净折银若干两。某年月日龙禁尉候补侍卫贾蓉当堂领讫，值年寺丞某人"，下面一个朱笔花押。贾珍吃过饭，盥漱毕，俞校："盥漱毕"——从庚、晋、甲；原"盥嗽"。换了靴帽，命贾蓉捧着银子跟了来，俞校："跟了来"——从庚、晋、甲；原"跟了过来"。回过贾母、王夫人，又至这边回过贾赦、邢夫人，方回家去。取出银子，命将布袋向宗祠大炉俞校："大炉"——从庚、甲；原"火炉"。内焚了。又命贾蓉道："你去问问俞校："你去问问"——从庚、晋、甲；原"你顺便去问问"。你琏二婶子，正月里请吃年酒俞校："请吃年酒"——从庚、晋、甲；原"请客"。的日子拟了没有。若拟定了，叫书房里明白开了单子来。咱们再请时，就不能重犯了。旧年不留神，重了几家。不说俞校："不说"——从庚；原"人家不说"。咱们不留心，倒像两宅商议定了，送虚情怕费事的一样。"贾蓉忙答应了过去。一时，拿了请人吃年酒的日期单子来了。贾珍看了，命交与赖升去看了，请人别重了这上头的日子。因在厅上看着小厮们抬围屏，擦抹几案金银供器。只见小厮手里拿着个禀帖并一篇帐目，回说："黑山村的乌庄头来了。"贾珍道："这个老砍头的今儿才来！"说着，贾蓉接过禀帖和帐目来，忙展开捧着。贾珍倒背着两手，俞校："倒背着两手"——从庚、甲；原"倒背著手"。向贾蓉手内只看红禀帖上俞校："只看红禀帖上"——从庚；原"看红帖上"。写着："门下庄头乌进孝叩请爷奶奶万福金安，并公子小姐金安，新春大喜大福，荣贵平安，加官进禄，万事如意。"贾珍笑道："庄家人有些意思。"贾蓉也忙笑说："别看文法，只取个吉利罢了。"一面忙展开单子看时，只见上面写着：

大鹿三十只，獐子五十只，狍子俞校："狍子"——从庚、晋、甲；原"麀子"（小字本作"麀子"）。五十只，暹猪二十个，俞校："暹猪二十个"——从庚、晋、甲；原"暹猪二十只"。汤羊二十个，龙猪二十个，野猪二十个，家腊猪二十个，野羊二十个，青羊二十个，家汤羊二十个，家风羊俞校："家风羊"——从庚、晋、甲；原"风干羊"。二十个，鲟鳇鱼二个，俞校："鲟鳇鱼二个"——从庚；原"鲟鳇鱼二十尾"。各色杂鱼二百斤，俞校："杂鱼二百斤"——从庚、晋、甲；原"杂鱼二百尾"。活鸡、鸭、鹅各二百只，风鸡、鸭、鹅各二百只，野鸡、兔子各二百对，熊掌二十对，鹿筋二十斤，海参五十斤，鹿舌五十条，牛舌五十条，蛏干二十斤，榛、松、桃、杏、瓤（俞校："榛松桃杏瓤"——从庚、晋、甲；原"榛杏桃松仁"。（"穰"写作"瓤"，从前文统一。））各二口袋，大对虾五十对，干虾二百斤，银霜炭上等选用（俞校："银霜炭上等选用"——从庚、晋、甲；原"上等选用银霜炭"。）一千斤，中等（俞校："中等"——从庚、晋、甲；原"中等的"。）二千斤，柴炭三万斤，御田（俞校："御田"——从庚、晋、甲；原"玉田"。）胭脂米二石，（庚双：《在园杂字（志）》曾有此说。）碧糯五十斛，白糯五十斛，粉秔五十斛，杂色粱谷（俞校："杂色粱谷"——从庚、晋、甲；原"杂穀"。）各五十斛，下用常米一千石，各色干菜（俞校："干菜"——从庚、晋、甲；原"干果"。）一车，外卖粱谷（俞校："粱谷"——从庚、晋、甲；原"粮食"。）牲口各项之银，共折银二千五百两。外门下（俞校："门下"——从庚、晋、甲；原"门下庄头"。）孝敬哥儿姐儿顽意：活鹿两对，（俞校："活鹿两对"——从庚、晋、甲；原"活鹿四只"。）活白兔四对，黑兔四对，（俞校："白兔四对，黑兔四对"——从庚、晋、甲；原"黑兔四对，白兔四对"。）活锦鸡两对，西洋鸭（俞校："西洋鸭"——从庚、晋、甲；原"洋鸭"。）两对。

贾珍便命带进他来。一时，只见乌进孝进来，只（俞校："乌进孝进来，只"——从庚、晋、甲；原"乌进孝"。）在院内磕头请安。贾珍命人拉他起来，笑说（俞校："笑说"——从庚、晋、甲；原无。）："你还硬朗？"乌进孝笑回（俞校："乌进孝笑回"——从庚；原"进孝回道"。）："托爷的福，还能走得动。"（俞校："还能走得动"——从庚；原"还走的动"。）贾珍道："你儿子也大了，该叫他走走也罢了。"乌进孝笑道："不瞒爷说，小的们走惯了，不来也闷的慌。他们可不是都愿意来见见天子脚下（俞校："天子脚下"——从庚、晋、甲；原"天子脚下的"。）世面。他们到底年轻，怕路上有闪失，再过几年就可以放心了。"贾珍道："你走了几日？"乌进孝道："回爷的话：今年雪大，外头都是四五尺深的雪，前日忽然一暖一化，路上竟难走的很，耽搁了几日。虽走了一个月零两日，（俞校："虽走了一个月零两日"——从庚、晋、甲；原"走了一个月零两天"。）因日子（俞校："因日子"——从庚；原"是因日子"。）有限了，怕爷心焦，可不赶着来了。"贾珍道："我说呢，怎么今儿才来。我才看那单子上，今年你这老货又来打擂台来了。"乌进孝忙进前了（俞校："进前了"——从庚；原"前进"。）两步，回道："回爷说：今年年成实在不好。从三月下雨起，接接连连直到八月，竟没有一连晴过五日。九月里一场碗大的雹子，方近（俞校："方近"——从庚、晋、甲；原"方近打了"。）一千三百里地，连人带房（俞校："连人带房"——从庚、晋、甲；原"连人带屋子"。）并牲口粮食，打伤了上千上万的，所以才这样。小的并不敢说谎。"贾珍皱眉道（俞校："皱眉道"——从庚、晋、甲；原"皱眉说道"。）："我算定了你至少也有五千两银子来。这够作什么的！如今你们一共只剩了八九个庄子，今年倒有两处（俞校："两处"——从庚、晋、甲；原"两个"。）报了旱潦，你们又（俞校："你们又"——从庚、晋、甲；原"你又"。）打擂台，真真是叫别过年了。"乌进孝道："爷的这地方还算好呢！我兄弟离我那里只一百多地，（俞校："一百多地"——从晋、甲；原"八百多地"。）谁知竟又大差了。他现管着那府里八处庄地，（俞校："八处庄地"——从庚、晋、甲；原"八处地"。）比爷这边多着几倍，今年也只这些东西来，不过多二三千两银子，（俞校："二三千两银子"——从庚、晋、甲；原"二三千银子"。）也是有饥荒打呢。"贾珍道："正是呢。我这边都可已，没有什么外项大事，（俞校："外项大事"——从庚、晋、甲；原"别项大事"。）不过是一年的费用。（俞校："一年的费用"从庚；原"一年费用"。）我受用些就费些，（俞校："我受用些就费些"——从甲；原"多呢，我受用些，少呢"。）我受些委屈就省些。再者，年例送人请人，我把脸皮厚些，可以省些，也就完了。比不得那府里这几年添了许多花钱的事，一定不可免是要花的，却又不添些银子产业。这一二年（俞校："这一二年"——从庚、甲；原"这二年"。）倒赔了许多。不和你们要，找谁去！"乌进孝笑道："那府里如今虽添了事，（俞校："虽添了事"——从庚、晋、甲；原"添了事，是"。）有去有来，娘娘和万岁爷岂不赏的！"（庚双：是庄头口中语气。脂砚。）贾珍听了，笑向贾蓉等道："你们听听他这说话（俞校："他这说话"——从庚；原"他这话"。庚"说"又点去。）可笑不可笑。"贾蓉等忙笑道："你们山坳（俞校："山坳"——从晋、甲；原"山拗"。）海沿子上的人那里知道这道理。娘娘难道把皇上的库（俞校："皇上的库"——从庚、晋、甲；原"万岁爷的库"。）给了我们不成！他心里纵有这心，他也不能作主。'岂有不赏之理'，按时到节，不过是些（俞校："不过是些"——从庚、晋、甲；原"不过赏些"。）彩缎古董顽意儿。纵赏银子，（俞校："纵赏银子"——从庚；原"总赏"。庚"银"又旁改"金"。）不过一百两金子，才值了（俞校："才值了"——从庚、晋；原"才值"。）一千两银子，够一年的什么。这二年，那一年不多赔出几千银子来。头一年省亲连盖花园子，你算算那一注共花了多少就知道了。再两年再一回省亲，（俞校："再一回省亲"——从庚；原"再省一回亲"。）只怕就净穷了。"贾珍笑道："所以他们庄家人老实，外明不知里暗的事。（俞校："外明不知里暗的事"——从晋；原"分明不知里头的事"。）黄柏木作磬槌子——外头体面里头苦。"（庚双：新鲜趣语。）贾蓉又笑向贾珍道："果真那府里穷了。前儿我听见凤姑娘（庚双：此亦南北互用之文，前注不谬。）和鸳鸯悄悄的商议，要偷出老太太的东西去当银子呢。"贾珍笑道："那又是（俞校："那又是"——从晋、甲；原"那是"。）你凤姑娘的鬼。那里就穷到如此。他必定是见去路太多了，实在赔得很了，不知又要省那一项的钱，先设出这个法子来，使人知道，说穷到俞校：“说穷到”——从庚、晋、甲；原“就穷到”。如此了。我心里却有一个算盘，俞校：“有一个算盘”——从庚；原“有个算盘”。还不至如此田地。”说着，便命人带了乌进孝出去，好生待他。不在话下。

这里贾珍吩咐，将方才各物留出供祖的来；俞校：“供祖的来”——从庚、晋；原“供祖的”。将各样取了些，命贾蓉送过荣府里去；然后自己留了俞校：“自己留了”——从庚、晋、甲；原“自己留下了”。家中所用的；馀者派出等第来，一分一分的堆在月台下，俞校：“月台下”——从庚；原“月台底下”。命人将族中的子侄唤来，散与他们。接着荣府也送了许多供祖之物，及与贾珍之物。贾珍看着收拾完备供器，靸着鞋，披着猞猁狲大裘，命人在厅柱下石矶上太阳中铺了一个俞校：“铺了一个”——从庚、晋、甲；原“铺了个”。大狼皮褥子，负暄闲看各子弟们俞校：“负暄闲看各子弟们”——从庚、晋、甲；原“坐下看各子侄们”。来领取年物。因见贾芹亦来领物，贾珍叫他过来，说道：“你作什么也来了？谁叫你来的？”贾芹垂手回说：“听见大爷这里叫我们领东西，我没等人去俞校：“没等人去”——从庚、晋、甲；原“没等人去叫”。就来了。”贾珍道：“我这东西原是给你那些闲着无事的，无进益的小叔叔、兄弟们俞校：“兄弟们”——从庚、晋、甲；原“小兄弟们”。的，那二年你闲着，我也给过你的。你如今在那府里管事，家庙里管和尚道士们，俞校：“和尚道士们”——从庚、晋；原“和尚道士”。每月又有你的分例外，这些和尚道士的分例银子都从你手里过，你还来取这个，俞校：“取这个”——从庚；原“取这个来了”。太也贪了。你自己瞧瞧，你穿的可像个手里俞校：“手里”——从庚、甲；原“手内”。使钱办事的！先前说你俞校：“先前说你”——从庚；原“先前你说”。没进益，如今又怎么了？比先倒不像了。”贾芹道：“我家里原人口多，费用大。”贾珍冷笑道：“你还支吾我。你在家庙里干的事打量我不知道呢。你到了那里，自然是爷了，没人敢违拗你。你手里又有了钱，俞校：“又有了钱”——从庚、晋、甲；原“又有钱”。离着我们又远，你就为王称霸起来，夜夜招聚匪类俞校：“招聚匪类”——从庚、晋、甲；原“招集匪类”。赌钱，庚双：这一回文字断不可少。养老婆小子。靖眉：招匪类赌钱，养红小婆子，即是败家的根本。这会子花的这个形象，你还敢领东西来。领不成东西，领一顿驮水棍去才罢。等过了年，我必和俞校：“我必和”——从庚、晋、甲；原“我和”。你琏二叔说，换回你来。”贾芹红了脸，不敢答言。人回俞校：“人回”——从庚、晋、甲；原“忽见人回”。：“北府水王爷送了字联、荷包来了。”贾珍听说，俞校：“贾珍听说”——从庚、晋、甲；原“贾珍”。忙命贾蓉出去款

仰天恩余荫及子孙　宁国府除夕祭宗祠

待，“只说我不在家。”贾蓉答应去了。这里贾珍看着领完东西，回房（俞校：“回房”——从庚、晋、甲；原“便回房”。）与尤氏吃毕晚饭，（俞校：“吃毕晚饭”——从庚、晋、甲；原“吃毕饭”。）一宿无话。至次日，更比往日忙，都不必细说。（俞校：“不必细说”——从庚、晋、甲；原“不必说”。）

已到了（俞校：“已到了”——从庚、甲；原“到了”。）腊月二十九日了，（俞校：“腊月二十九日了”——从庚、晋、甲；原无“了”。）各色齐备，两府中都换了门神、联对、（俞校：“联对”——从庚、晋、甲；原“对联”。）挂牌，新油了桃符，（俞校：“桃符”——从庚、晋、甲；原“桃符板”。）焕然一新。宁国府从大门、仪门、大厅、暖阁、内厅、内三门、内仪门、塞门，直到正堂，一路正门大开。两边阶下一色朱红大高照，点的两条金龙一般。（俞校：“两条金龙一般”——从庚、晋、甲；原“两边金龙一样”。）次日，由贾母有封诰者，皆按品级着朝服，（俞校：“着朝服”——从庚、晋、甲；原“穿朝服”。）先坐（俞校：“先坐”——从庚、甲；原“坐”。）八人大轿，带领着（俞校：“带领着”——从庚；原“带领”。）众人进宫朝贺，行礼领宴（俞校：“进宫朝贺，行礼领宴”——从庚；原“先进宫朝贺，行礼饮宴”。）毕回来，便到宁国府（俞校：“宁国府”——从庚；原“宁府”。）暖阁（俞校：“暖阁”——从庚、晋、甲；原“暖阁前”。）下轿。诸子弟有未随入朝者，皆在宁府门前排班伺候，然后引入宗祠。且说宝琴（俞校：“宝琴”——从庚、晋、甲；原“薛宝琴”。）是初次，一面细细留神打量这宗祠。（俞校：“一面细细留神打量这宗祠”——从庚、晋、甲；原“进贾府宗祠，便细细留神打谅”。）原来宁府西边另一个院子，（俞校：“院子”——从庚、甲；原“院宇”。）黑油栅栏（俞校：“黑油栅栏”——从庚、晋、甲；原“黑油漆栅栏”。）内五间大门，上悬一块匾，（俞校：“上悬一块匾”——从庚；原“上面悬着一匾”。）写着是“贾氏宗祠”四个大字，旁书“衍圣公孔继宗书”。两边有一副长联，写道是：

肝脑涂地，兆姓赖保育之恩。功名贯天，百代仰烝尝之盛。

亦衍圣公所书。（俞校：“亦衍圣公所书”——从庚；原“亦是衍圣公所书”。）进入院中，白石甬路，两边皆是苍松翠柏；月台上设着青绿古铜鼎彝等器。抱厦前上面悬一九龙金匾，（俞校：“金匾”——从庚、晋、甲；原“金字匾”。）写道是：“星辉辅弼”，乃先皇御笔。两边一副对联，写道是：

勋业有光昭日月，功名无间及儿孙。

亦是御笔。五间正殿前悬一闹龙填青匾，写道是：“慎终追远”。俞校：“慎终追远”——从庚、晋、甲；原“慎终追远四字”。旁边一副对联，写道是：

已后儿孙承福德，至今黎庶念荣宁。

俱是御笔。里边香烛辉煌， 俞校：“香烛辉煌”——从庚、晋；原“香炉辉煌”。接下一个同。 锦帐绣幙，虽列着 俞校：“列着”——从庚、甲；原“列著些”。 神主，却看不真切。只见贾府诸人分昭穆排班立定：贾敬主祭，贾赦陪祭，贾珍献爵，贾琏、贾琮献帛，宝玉捧香，贾菖、 俞校：“贾菖”——从晋、甲；原“贾葛”。 贾菱展拜毯，守焚池。青衣乐奏，三献爵，拜兴毕， 俞校：“拜兴毕”——从庚；原“兴拜毕”。 焚帛奠酒。礼毕， 俞校：“焚帛奠酒。礼毕”——从庚、晋、甲；原无。 乐止，退出。众人围随着贾母至正堂上影前，锦幔高挂，彩屏张护，香烛辉煌。上面正居中，悬着宁荣二祖遗像，皆是披龙 俞校：“披龙”——从庚；原“披蟒”。 腰玉，两边还有几轴列祖遗影。 俞校：“遗影”——从庚；原“遗像”。 贾荇、贾芷等从内仪门挨次列站， 俞校：“列站”——从庚、晋、甲；原“站立”。 直到正堂廊下，槛外方是贾敬、贾赦，槛内是各女眷，众家人小厮皆在仪门之外。每一道菜至，传至仪门，贾荇、贾芷等便接了， 俞校：“便接了”——从庚、晋、甲；原“接了”。 按次 俞校：“按次”——从庚、晋、甲；原“按次序”。 传至阶上 俞校：“传至阶上”——从庚；原“传至阶下”。 贾敬手中。贾蓉系长房长孙，独他随女眷在槛内。每贾敬捧菜至，传与贾蓉， 俞校：“传与贾蓉”——原“传至贾蓉”；庚、晋“传于贾蓉”。今改“传与贾蓉”。 贾蓉便传与他妻子，又传与 俞校：“又传与”——从庚；原“妻子又传与”。 凤姐、尤氏诸人，直传至供桌前，方传与 俞校：“方传与”——从晋、甲；原“方传至”。 王夫人，王夫人传与贾母，贾母方捧放在 俞校：“捧放在”——从庚、晋、甲；原“捧放”。 桌上。邢夫人在供桌之西，东向立，同贾母供放。 俞校：“供放”——从庚、晋、甲；原“共放”。 直至将菜饭汤点酒茶传完，贾蓉方退出下阶，归入贾芹阶位 俞校：“贾芹阶位”——从庚、晋、甲；原“阶位”。 之首。

当时凡从“文”旁之名者，贾敬为首；下则从“玉”者，贾珍为首；再下从“草头”者，贾蓉为首。左昭右穆，男东女西。俟贾母拈香下拜，众人方一齐跪下，将五间大厅， 俞校：“五间大厅”——从庚、晋、甲；原“五间正堂”。 三间抱厦，内外廊檐，阶上阶下两丹墀内，花团锦簇，塞的 俞校：“塞的”——从庚、晋、甲；原“的”。 无一隙 俞校：“无一隙”——从甲；原“无隙”。 空地。鸦雀无闻，只听铿锵叮当，金铃玉佩微微摇曳之声，并起跪靴履飒沓之响。一时礼毕，贾敬、贾赦等便忙退出至荣府，专候俞校："专候"——从庚、晋、甲；原"专等"。与贾母行礼。尤氏上房内早已袭地铺满红毡，当地放着象鼻三足鳅沿流金珐瑯大火盆。正面炕上铺新猩红毡，俞校："猩红毡"——从晋；原"红毡"。设着大红彩绣云龙捧寿的靠背引枕外，另有黑狐皮的袱子搭在上面，大白狐皮坐褥，请贾母上去坐了。两边又铺皮褥，让贾母一辈的两三个妯娌坐了。这边横头排插俞校："排插"——从庚、晋、甲；原"插牌"。之后小炕上也铺了皮褥，让邢夫人等坐了。地下两面相对俞校："两面相对"——从庚、晋、甲；原"四面相对"。十二张雕漆椅上，都是一色灰鼠椅搭小褥，每一张椅下一个大铜脚炉，让宝琴等姊妹俞校："姊妹"——从庚；原"妹妹"。坐了。尤氏用茶盘亲捧茶俞校："亲捧茶"——从庚、晋、甲；原"亲自捧茶"。与贾母，蓉妻捧与众老祖母；然后尤氏又捧与邢夫人等，蓉妻又捧与众姊妹。凤姐、李纨等只在地下伺候。茶毕，俞校："茶毕"——从庚、晋、甲；原"吃毕茶"。邢夫人等便先起身来侍俞校："便先起身来侍"——从庚、晋、甲；原"忙先起身来伏侍"。贾母。贾母吃茶，俞校："贾母吃茶"——从庚；原"贾母吃了茶"。与老妯娌闲话了两三句，便命看轿。凤姐忙上去搀起来。尤氏笑回说："已经预备下老太太的晚饭。每年都不肯赏些体面用了晚饭过去，果然我们就不济俞校："就不济"——从庚、晋、甲；原"就不及"。凤丫头不成？"凤姐儿俞校："凤姐儿"——从庚、晋、甲；原"凤姐"。搀着贾母笑道："老祖宗快走罢。咱们家去吃去，别理他。"贾母笑道："你这里供着祖宗，忙的什么似的，那里搁得住俞校："搁得住"——从庚、晋、甲；原"搁的住"。我闹。况且每年我不吃，你们也要送去的。不如还送了去，我吃不了，留着明儿再吃，岂不多吃些。"说的众人都笑了。俞校："都笑了"——从庚、晋、甲；原"笑了"。又吩咐他："好生派妥当人夜里看香火，俞校："看香火"——从晋、甲；原"看火"。不是大意得的。"尤氏答应了。一面走出来，俞校："一面走出来"——从庚、晋、甲；原"一直送出来"。至暖阁前上了轿。尤氏等闪过屏风后，俞校："屏风后"——从庚傍改（"后"傍添）；原"屏风后面"。小厮们才领轿夫上来，请了轿出大门。尤氏亦随邢夫人等同至荣府。俞校："同至荣府"——从庚、晋、甲；原"回至荣府"。

这里轿出大门，只见这一条街上，东边合面设列着俞校："设列着"——从庚；原"设立著"。宁国公的俞校："宁国公的"——从晋、甲；原"宁国府"。仪仗执事乐器，西边合面设列着荣国公的俞校："合面设列着荣国公的"——从庚；原"设立著荣国府的"。庚"合面"又傍改成"整一面"。仪仗执事乐器，来往行人皆屏退不从此过。一时，来至荣府，也是大门正厅俞校："正厅"——从庚；原"正门"。直开到底。如今便不在暖阁俞校："暖阁"——从庚、晋、甲；原"暖阁前"。下轿了，过了大厅，便转弯向西，至贾母这边正厅上俞校："正厅上"——从庚、晋、甲；原"厅上"。下轿。众人围随同至俞校："同至"——从庚、甲；原"来至"。贾母正室之中，亦是锦裀绣屏，焕然一新。当地火盆内焚着松柏香、百合草。贾母归了坐。老嬷嬷俞校："老嬷嬷"——从庚、晋、甲；原"老嫫嫫们"。来回："老太太们来行礼。"贾母忙又起身要迎，俞校："起身要迎"——从庚、晋、甲；原"起身"。只见两三个俞校："两三个"——从庚、晋、甲；原"两个"。老妯娌已进来了。大家挽手，俞校："挽手"——从庚、晋、甲；原"拉著手"。笑了一回，让了一回。吃茶去后，贾母只送至内仪门便回来，归了正坐。贾敬、贾赦等领诸子弟俞校："诸子弟"——从庚、晋、甲；原"诸子侄"。进来。贾母笑道："一年价俞校："一年价"——从庚；原"一年家"。难为你们，不行礼罢。"一面说着，一面男一起，女一起，一起一起俞校："一起一起"——从庚、晋、甲；原无。俱行过了礼。左右两旁设下交椅，然后又按长幼挨次归坐受礼。两府男妇、小厮、丫鬟，亦按差役上中下行礼毕。散押岁钱荷包金银锞；俞校："散押岁钱荷包金银锞"——从庚、晋、甲；原"又散押岁的钱荷包金锞"。摆上合欢宴来，男东女西归坐，献屠苏酒、合欢汤、吉祥果、如意糕毕。贾母起身进内间更衣，众人方各散出。那晚各处佛堂灶王前焚香上供。王夫人正房院内设着天地纸马香供。大观园正门上也挑着大明角灯，两溜高照；各处皆有路灯。上下人等皆打扮的花团锦簇。一夜人声嘈杂，语笑喧阗，俞校："语笑喧阗"——从庚；原"笑语喧阗"。爆竹起火络绎不绝。

至次日五鼓，贾母等又按品大妆，摆全副执事，进宫朝贺，兼祝元春千秋。领宴回来，俞校："领宴回来"——从庚、晋、甲；原"饮宴毕回来"。又至宁府祭过列祖，方回家受礼毕，便换衣裳歇息。所有贺节来的俞校："贺节来的"——从庚、晋、甲；原"贺节的"。亲友一概不会，只和薛姨妈李婶二人说话取便，或者同宝玉、宝琴、钗、黛等姊妹俞校："姊妹"——从晋、甲；原无。赶围棋抹牌俞校："抹牌"——从庚、晋；原"抹骨牌"。作戏。王夫人与凤姐天天忙着请人吃年酒。那边厅上院内皆是戏酒，亲友来的络绎不绝，一连忙了七八日才完了。早又元宵将近，宁荣二府皆张灯结彩。十一日是贾赦请贾母等，俞校："请贾母等"——从庚、晋、甲；原"请贾母"。次日贾珍又请贾母，皆去随便领了半日。王夫人和凤姐儿俞校："凤姐儿"——从庚、晋、甲；原"凤姐"。连日被人请去吃年酒，俞校："吃年酒"——从庚、晋、甲；原"吃酒"。不能胜记。至十五日之夕，贾母便在大花厅上命摆几席酒，定一班小戏，满挂各色佳灯，带领荣宁二府各子侄孙男孙媳（俞校："孙媳"——从庚、晋、甲；原"媳"。）等家宴。贾敬素不茹酒，也不去请他。于后（俞校："于后"——从庚；原"于后日"。）十七日祀祖已完，他便仍出城去修养，（俞校："去修养"——从庚；原"修养去了"。）便这几日（俞校："便这几日"——从庚、晋；原"这几日"。）在家内，亦是净室默处，（俞校："净室默处"——从庚；原"静室默处"。）一概无听无闻。不在话下。贾赦（俞校："贾赦"——从庚、晋、甲；原"且说贾赦"。）略领了贾母之赐，也便告辞而去。贾母知他在此，彼此不便，也就随他去了。贾赦自到家中，与众门客赏灯吃酒，自然是笙歌聒耳，锦绣盈眸，其取便快乐另与这边不同的。（庚双：又交代一个。）这边贾母花厅之上共摆了十来席。每一席旁边设一几。几上设炉瓶三事，焚着御赐百合宫香。又有八寸来长四五寸宽（俞校："四五寸宽"——从庚、晋、甲；原"四寸宽"。）二三寸高的点着宣石布满青苔的小盆景，俱是新鲜花卉。又有小洋漆茶盘内放着旧窑茶杯并十锦小茶盂，（俞校："小茶盂"——从庚；原"小茶杯"。）里面泡着上等名茶。（俞校："名茶"——从庚；原"香茗"。）一色皆是紫檀透雕，嵌着大红纱（俞校："大红纱"——从庚；原"大红"。）透绣花卉并草字诗词的璎珞。原来绣这璎珞的也是个姑苏女子，（俞校："姑苏女子"——从庚；原"姑苏的女子"。）名唤慧娘。因他亦是书香宦门之家，他原精于书画，不过偶然绣一两件针线作耍，并非市卖之物。（俞校："市卖之物"——从庚；原"世卖之物"。）凡这屏上所绣之花卉，皆仿的是唐宋元明（俞校："元明"——从庚；原"元"。）各名家的折枝花卉；故其格式配色皆从雅本来，非一味浓艳匠工可比。每一枝花侧，皆用古人题此花之旧句，或诗词歌赋（俞校："诗词歌赋"——从庚；原"诗或歌"。）不一，皆用黑绒绣出草字来；且字迹勾踢、转折、轻重、连断皆与笔草（俞校："笔草"——从庚；原"笔写"。）无异，亦不比市绣字迹板强（俞校："板强"——原"倔强"；庚"扳强"。今改"板强"。）可恨。他不仗此技获利，所以天下虽知，得者甚少。凡世宦富贵之家，无此物者甚多。当今便称为"慧绣"。竟有世俗射利者，近日仿其针迹，愚人获利。偏这慧娘命夭，十八岁便死了，如今竟不能再得（俞校："竟不能再得"——从庚；原"再不能得"。）一件的了。凡所有之家，纵有一两件，皆珍藏不用。（俞校："凡所有"至"不用"——从庚；原"所有之家亦不过一两件而已，皆惜若宝玩一般"。）更有那一干翰林文魔先生们，因深惜"慧绣"之佳，便说这"绣"字不能尽其妙，这样针迹说一"绣"字（俞校："说一绣字"——从庚；原"只说一绣字"。）反似乎唐突了。便大家商议了，将"绣"字隐去，换了一个"纹"字，所以如今都称为“慧纹”。若有一件真慧纹之物，价则无限。贾府之荣，也只有两三件。上年将那两件俞校：“那两件”——从庚；原“两件”。已进了上；目下只剩这一副璎珞，一共十六扇，贾母爱如珍宝，俞校：“爱如珍宝”——从庚；原“爱之如珍如宝”。不入请客各色陈设之内，只留在自己这边，高兴摆酒时赏玩。又有各色旧窑小瓶俞校：“旧窑小瓶”——从庚、晋、甲；原“旧窑瓶”。中都点缀着“岁寒三友”“玉堂富贵”等鲜花草。俞校：“鲜花草”——从庚；原“鲜花”。上面两席是李婶、薛姨妈二位。俞校：“二位”——从庚；原无。贾母于东边设一席，是透雕夔龙护屏，矮足短榻，靠背、引枕、皮褥俱全。榻之上一头又设一个极轻巧洋漆描金小几，几上放着茶盅、茶碗、漱盂、俞校：“茶盅、茶碗、漱盂”——从庚；原“茶碗嗽盂”。洋巾俞校：“洋巾”——从庚、晋、甲；原“手巾”。之类；又有一个眼镜匣子。俞校：“又有一个眼镜匣子”——从庚、晋、甲；原“必有一个眼镜盒子”。贾母歪在榻上，与众人说笑一回，又自取眼镜向戏台上照一回。又向薛姨妈、李婶俞校：“李婶”——从庚；原无。笑说俞校：“笑说”——从庚；原“笑道”。：“恕我老了，骨头疼，放肆，容我歪着相陪罢。”因又命俞校：“因又命”——从庚；原“又命”。琥珀坐在榻上，拿着美人拳俞校：“拿着美人拳”——从庚、晋、甲；原“拿美人拳”。捶腿。榻下并不摆席面，只有一张高几，却设着璎珞、花瓶、香炉等物；外另设一精致小高桌，设着酒杯匙箸。将自己这一席设于榻傍，命宝琴、湘云、黛玉、宝玉四人坐着。每一肴一果来，先捧与贾母看了，喜则留在小桌上尝一尝，仍撤了放在他四人席上，只算俞校：“只算”——从庚、晋、甲；原“算”。他四人是跟着贾母坐。故下面方是邢夫人、王夫人之位；再下便是尤氏、李纨、凤姐、贾蓉之妻。西边一路是宝钗、李纹、李绮、岫烟、俞校：“岫烟”——从庚、晋、甲；原无。迎春姊妹等。俞校：“姊妹等”——从庚；原“探惜等姊妹”。两边大梁上挂着一对联三聚五玻璃芙蓉彩穗灯。每一席前竖一柄漆干倒垂荷叶，叶上有烛信，俞校：“烛信”——从庚；原“独信”。插着彩烛。这荷叶乃是錾珐瑯的活信，俞校：“活信”——从庚、晋、甲；原“活计”。可以扭转。如今皆将荷叶扭转向外，将灯影逼住全向外照，看戏分外真切。窗隔门户一齐摘下，全挂彩穗各种宫灯。廊檐内外及两边游廊罩棚，将各色羊角、俞校：“羊角”——从庚、晋、甲；原“羊角灯”。玻璃、戳纱、料丝，或绣或画、或堆或抠、或绢或纸诸灯挂满。廊上几席便是贾珍、贾琏、贾环、贾琮、贾蓉、贾芹、贾芸、贾菱、贾菖俞校：“贾菖”——从庚；原“贾蒿”。等。贾母也曾差

迎宾客合族庆佳节　荣国府元宵开夜宴

人去请众族中男女，(俞校："众族中男女"——从庚、晋、甲；原"族中众人"。)奈他们或有年迈(俞校："年迈"——从庚；原"年近"。)懒于热闹的；或有家内无人，不便来的；或有疾病淹缠，欲来竟不能来的；或有一等妒富愧贫不来的；(俞校："愧贫不来的"——从庚；原"愧贫的"。)甚至于有一等憎畏凤姐之为人而赌气不来的；(俞校："而赌气不来的"——从庚、晋、甲；原"赌气不来的"。)或有羞口羞脚，(俞校："羞口羞脚"——从庚；原"羞手羞脚"。)不惯见人，不敢来的：因此族中虽多，女客来者只不过贾菌之母娄氏带了贾菌(俞校："带了贾菌"——从庚；原"带了贾茵"。)来了；男子只有贾芹、贾芸、贾菖、贾菱四个(俞校："贾芹、贾芸、贾菖、贾菱四个"——从庚、晋、甲；原"贾芸、贾芹、贾葛、贾菱四人"。)现在凤姐麾下(俞校："凤姐麾下"——从庚、晋、甲；原"手下"。)办事的来了。当下人虽不全，在家庭间小宴中数来，也算是热闹的了。当下又有林之孝之妻(俞校："林之孝之妻"——从庚、晋、甲；原"林之孝家的"。)带了六个媳妇，抬了三张炕桌，每一张上(俞校："每一张上"——从庚、晋、甲；原"每张桌上"。)搭着一条红毡，毡上放着选净一般大新出局的铜钱，用大红彩绳串着。(俞校："串着"——从庚、晋；原"串好"。)两个人搭一张，(俞校："搭一张"——从晋、甲；原"抬一张"。)共三张。林之孝家的指示，将那两张摆至薛姨妈、李婶的跟前，将一张送至贾母榻下来。(俞校："榻下来"——从庚；原"榻下"。)贾母便说(俞校："贾母便说"——从庚、晋、甲；原"贾母道"。)："放在当地罢。"这媳妇们都素知规矩的，放下桌子，一并将钱都打开，将彩绳抽去，散堆在(俞校："散堆在"——从庚；原"竟堆在"。)桌上。正唱《西楼·楼会》这出将终，于叔夜因赌气去了，那文豹便发科诨道："你赌气去了。恰好今日正月十五，荣国府中(俞校："荣国府中"——从庚、晋、甲；原"荣国府"。)老祖宗家宴，待我骑了这马，赶进去讨些果子吃是要紧的。"说毕，引的贾母等都笑了。薛姨妈等都说："好个鬼头孩子，可怜见的。"凤姐便说道："这孩子才九岁了。"贾母笑说："难为他说得巧。"便说了一个"赏"字。(俞校："一个赏字"——从庚、晋、甲；原"叫赏"。)早有三个媳妇(俞校："三个媳妇"——从庚、晋、甲；原"三四个媳妇"。)已经手下预备下小簸箩，听见一个"赏"字，便走上去，向桌上的散钱堆内每人撮了一簸箩，走出来向(俞校："走出来向"——从庚、晋、甲；原"走出"。)戏台说道："老祖宗、姨太太、亲家太太赏文豹买果子吃的。"说着，向台上便一撒，(俞校："便一撒"——从庚；原"便撒"。)只听豁啷啷满台的(俞校："满台的"——从庚、晋、甲；原"满台"。)钱响。贾珍、贾琏已命小厮们抬了大簸箩的钱来暗暗的预备在那里，听见贾母一赏，……要知端的，下回分解。

蒙回后：叙元宵一宴，却不叙酒何以清，菜何以馨，客何以盛，令何以行。先于香茗古玩上渲染，几榻坐次上铺叙，隐隐为下回张本，有无限含蓄，超迈獭祭者百倍。

前半整饬，后半疏落，浓淡相间。宗祠在宁府，夜宴在荣府，分叙不犯手，是作者胸有成竹处。

第五十四回

史太君破陈腐旧套　王熙凤效戏彩斑衣

庚回前：首回楔子内云“古今小说千部共成一套”云云，犹未泄真。今借老太君一写，是劝后来胸中无机轴之诸君子不可动笔作书。

凤姐乃太君之要紧陪堂，今题“斑衣戏彩”，是作者酬我阿凤之劳，特贬贾珍、琏辈之无能耳。

蒙戚回前：积德于今到子孙，都中旺族首吾门。可怜立业英雄辈，遗脉谁知祖父恩。

话说贾珍、贾琏暗暗预备下大簸箩的钱，俞校：“大簸箩的钱”——从庚；原“钱”。听见贾母说赏，他们也忙命小厮们快撒钱，只听俞校：“只听”——从庚、晋、甲；原“自听”。满台钱响，贾母大悦。二人遂起身。小厮们忙将一把新暖银壶俞校：“新暖银壶”——从庚、晋、甲；原“乌银新暖壶”。递过来，贾琏捧在手内，随了贾珍趋至里面。俞校：“随了贾珍趋至里面”——从庚、晋、甲；原“随了”。贾珍先至李婶席上，躬身取下杯来，回身，贾琏忙斟了一盏；俞校：“斟了一盏”——从庚、晋、甲；原“斟了一杯”。然后便至薛姨妈席上，也斟了。俞校：“也斟了”——从庚、晋、甲；原“也斟了一杯”。二人忙起身笑说：“二位爷请坐着罢了，俞校：“坐着罢了”——从庚、晋、甲；原“坐著罢”。何必多礼。”于是除邢王二夫人，满席都离了席，俱垂手傍侍。俞校：“垂手傍侍”——从庚、晋、甲；原“垂手旁立”。贾珍等至贾母榻前，因榻矮，二人便屈膝跪了。贾珍在前捧杯，贾琏在后捧壶。虽止二人奉酒，（俞校："奉酒"——从庚；原"捧酒"。）那贾环弟兄等却也是排班按序，一溜随着他二人进来，见他二人跪下，也都一溜跪下。宝玉也忙跪下了。（俞校："跪下了"——从庚、晋；原"跪了"。）史湘云悄推他（俞校："悄推他"——从庚、晋、甲；原"悄悄的推他"。）笑道："你这会子又帮跪下作什么。（俞校："跪下作什么"——从庚、晋；原"跪作什么呢"。）有这样，（俞校："有这样"——从庚、晋、甲；原"有这样的"。）你也去斟一巡酒岂不好。"宝玉悄笑道（俞校："悄笑道"——从庚、晋、甲；原"笑道"。）："再等一会子再斟去。"说着，等他二人斟完起来，方起来。又与邢夫人、王夫人斟过了。（俞校："斟过了"——从晋、甲；原"斟过了酒"。）贾珍笑道："妹妹们怎么样呢？"贾母等都说："你们去罢，他们倒便宜些。"说了，贾珍等方退出。（俞校："方退出"——从庚、晋、甲；原"方退出去"。）当下天未二鼓，戏演的是《八义》中《观灯》八出，正在热闹之际，（俞校："热闹之际"——从庚、晋、甲；原"闹热之间"。）宝玉因下席（俞校："下席"——从庚、晋、甲；原"下席来"。）往外走。贾母因说："你往那里去？外头爆竹利害，仔细天上掉下火纸（俞校："火纸"——从庚、晋、甲；原"火"。）来烧了。"（俞校："烧了"——从庚、晋；原"烧了衣服"。）宝玉回说（俞校："宝玉回说"——从庚；原"宝玉道"。）："不往远去，只出去就来。"贾母命婆子们（俞校："命婆子们"——从庚、晋、甲；原"命人"。）好生跟着。于是宝玉出来，只有麝月、秋纹并几个小丫头随着。贾母因说（俞校："贾母因说"——从庚、晋、甲；原"贾母因问"。）："袭人怎么不见？他如今也有些拿大了，单支使小女孩子们出来。"王夫人忙起身笑回道："他妈前日没了，因有热孝，（俞校："因有热孝"——从庚、晋、甲；原"因为热孝"。）不便前头来。"贾母听了点头，又笑道："跟主子却讲不起这孝与不孝。若是他还跟我，难道这会子也不在这里不成！皆因我们太宽了，有人使，不查这些，竟成了例了。"凤姐儿（俞校："凤姐儿"——从庚、晋、甲；原"凤姐"。）忙过来笑回道："今儿晚上他便没孝，那园子里也须得他看着。灯烛（俞校："灯烛"——从庚、晋、甲；原"灯火"。）花炮最是耽险的。这里一唱戏，（俞校："一唱戏"——从庚、晋、甲；原"唱戏"。）园子里的人谁不偷来瞧瞧。他还细心，各处照看照看。况且这一散后，宝兄弟回去睡觉，各色都是（俞校："各色都是"——从庚、晋、甲；原"都是"。）齐全的。若他再来了，众人又不经心，散了回去，铺盖也是冷的，茶水也不齐备，各色都不（俞校："各色都不"——从庚；原"各样都不"。）便宜。所以我叫他不用来，只看屋子。散了又齐备，我们这里也不耽心，（俞校："也不耽心"——从庚；原"又不耽心"。）又可以全他的礼，岂不三处有益。老祖宗要，叫他来俞校："叫他来"——从庚；原"叫他，我叫他来"。庚上又旁添"叫他就"。就是了。"贾母听了这话，忙说："你这话很是，比我想的周到。快别叫他了。——但只他妈几时没了？俞校："几时没了"——从庚、晋、甲；原"几时死了"。我怎么不知道。"凤姐笑道："前儿袭人去俞校："前儿袭人去"——从庚、甲；原"前袭人"。亲自回老太太的，怎么倒忘了！"俞校："倒忘了"——从庚；原"就忘了"。贾母想了一想，笑说："想起来了。我的记性竟平常了。"俞校："竟平常了"——从庚、晋、甲；原"平常了"。众人都笑说："老太太那里记得俞校："那里记得"——从庚、晋、甲；原"那里还记得"。这些事。"贾母因又叹道俞校："因又叹道"——从晋、甲；原"又叹道"。："我想着他从小儿伏侍了我一场，又伏侍了云儿一场，末后给了一个魔王宝玉，俞校："一个魔王宝玉"——从庚；原"个宝玉魔王"。亏他魔了俞校："魔了"——从庚、晋、甲；原"魔了他"。这几年。他又不是咱们家的俞校："咱们家的"——从庚；原"咱们家"。根生土长的奴才，没受过咱们什么大恩典，俞校："什么大恩典"——从庚、晋、甲；原"大恩典"。他妈没了，我想着要给他俞校："要给他"——从庚、晋、甲；原"要给"。几两银子发送，也就忘了。"凤姐儿道俞校："凤姐儿道"——从庚、晋、甲；原"凤姐道"。："前儿太太赏了他俞校："赏了他"——从庚、晋、甲；原"已赏了他"。四十两银子，也就是了。"贾母听说，点头道："这还罢了。正好鸳鸯的娘前儿也没了，我想他老子娘都在南边，我也没叫他家去走走俞校："家去走走"——从庚；原"家去"。守孝。如今叫他两个一处作伴儿去。"又命婆子俞校："又命婆子"——从庚、晋、甲；原"又命人"。将些果子、菜馔、点心之类与他两俞校："他两"——从庚；原"他两个人"。庚下又旁添"个"。吃去。琥珀笑道："还等这会子呢，他早就去了。"说着，大家又吃酒看戏。

且说宝玉一迳来至园中，众婆子见他回房，便不跟去，只坐在园门里茶房里烤火，和管茶的女人俞校："管茶的女人"——从庚、晋、甲；原"管茶房的人"。偷空儿饮酒斗牌。宝玉至院中，俞校："至院中"——从晋、甲；原"来至院中"。虽是灯光灿烂，俞校："灯光灿烂"——从庚、晋、甲；原"灯花灿烂"。却无人声。麝月道："他们都睡了不成，咱们悄悄的进去吓他们一跳。"于是大家蹑足潜踪的进了镜壁俞校："镜壁"——从晋、甲；原"镜壁"。一看，只见袭人和一人对面都歪在地炕上，那一头有两三个老嬷嬷打盹。宝玉只当他两个睡着了，俞校："睡着了"——从庚、晋、甲；原"都睡著了"。才要进去，忽听鸳鸯叹了一声，说道："可知天下的事难定！论理你单身在这里，父母在外头，每年他们东去西来没个定准，想来你是再不能送终的了；偏生今年就死在这里，你倒出去送了终。"袭人道："正是，我也想不到能彀看俞校："能彀看”——从庚、晋；原“能彀看著”。父母回首。太太又赏了四十两银子，这倒也算俞校：“倒也算”——从晋、甲；原“也算”。养我一场，我也不敢妄想了。”宝玉听了，忙转身悄向麝月等道俞校：“悄向麝月等道”——从庚、晋、甲；原“悄悄向麝月道”。：“谁知他也来了。我这一进去，他又赌气走了，不如咱们回去罢，让他两个清清静静俞校：“清清静静”——从庚；原“静静”。的说一会话儿。袭人正一个闷着，俞校：“闷着”——从晋、甲；原“闷闷的”。他幸而来的好。”说着，仍悄悄的出来。宝玉便走过山石之后俞校：“山石之后”——从庚、晋、甲；原“山背后”。去站着撩衣。麝月、秋纹都站住，背过脸去，俞校：“背过脸去”——从庚、晋、甲；原“背过脸来”。口内笑说：“蹲下再解小衣，仔细风吹了肚子。”后面两个小丫头子知是小解，忙先出去，茶房内预备去了。俞校：“预备去了”——从庚；原“预备了”。这里宝玉刚转过身来，只见两个媳妇子俞校：“媳妇子”——从庚；原“媳妇儿”。迎面来了，俞校：“来了”——从晋、甲；原“走来”。问是谁。秋纹道：“宝玉在这里。俞校：“在这里”——从庚、晋；原“在这里呢”。你们大呼小叫，仔细吓着罢。”俞校：“吓着罢”——从庚、晋、甲；原“唬了他”。那媳妇们忙笑道：“我们不知道，大节下来惹祸了。姑娘们可连日辛苦了。”说着，已到了俞校：“已到了”——从庚；原“便已到”。跟前。麝月等问手里拿的是什么，媳妇们道：“是老太太赏金、花二位姑娘吃的。”俞校：“吃的”——从庚；原“吃的东西”。秋纹笑道：“外头唱的是《八义》，没唱《混元盒》，那里又跑出金花娘娘来了。”宝玉笑命俞校：“笑命”——从庚；原“笑道命”。：“揭起来俞校：“揭起来”——从庚、晋、甲；原“揭开盒子”。我瞧瞧。”秋纹、麝月忙上去将两个盒子俞校：“两个盒子”——从庚、晋、甲；原“两个盒盖”。揭开，两个媳妇忙蹲下身子。庚双：细腻之极！一部大观园之文，皆若食肥蟹，至此一句，则又三月于镇江江上啖出网之鲜鲥矣。宝玉看了两盒内都是席上所有的上等果品菜蔬，俞校：“菜蔬”——从庚；原“菜馔”。点了一点头，俞校：“点了一点头”——从庚、晋、甲；原“点了点头”。迈步就走。麝月、秋纹忙胡乱俞校：“忙胡乱”——从庚、晋、甲；原“胡乱”。掷了盒盖，跟上来。宝玉笑道：“这两个女人倒和气，会说话。他们天天乏了，倒说你们连日辛苦，俞校：“连日辛苦”——从庚、晋、甲；原“连日辛苦了”。倒不是那矜功自伐的。”俞校：“倒不是那矜功自伐的”——从庚、晋、甲；原“却不是那矜功自伐的么”。麝月道：“这好的也很好，那不知礼的也太不知礼。”宝玉笑道：“你们是明白人，耽待他们是粗笨可怜的人就完了。”俞校：“就完了”——从庚、晋、甲；原“就是了”。一面说，一面来至园门。俞校：“园门”——从庚、晋、甲；原“园中”。那几个婆子虽吃酒斗牌，却不住俞校：“不住”——从庚、晋、甲；原“不住的”。出来打探，见宝玉来了，也都跟上了。来至花厅俞校：“花厅”——从庚、晋、甲；原“花亭”。后廊上，只见那两个小丫头，一个捧着小沐盆，一个搭着手巾，又拿着沤子壶，（俞校："沤子壶"——从庚；原"沤子小壶"。）在那里久等。秋纹先忙伸手（俞校："先忙伸手"——从庚、晋、甲；原"忙先伸手"。）向盆内试了一试，（俞校："试了一试"——从庚；原"试了试"。）说道："你越大越粗心了，那里弄的这冰水！"小丫头笑道："姑娘瞧瞧这个天。（俞校："这个天"——从庚、晋、甲；原"这个天阿"。）我怕水冷，巴巴的倒的是滚水，这还冷了。"（俞校："这还冷了"——从庚、晋、甲；原"这还冷了呢"。）正说着，可巧见一个老婆子提着（俞校："提着"——从庚、晋、甲；原"一手端著茶杯，又提著"。）一壶滚水走来。小丫头便说："好奶奶，过来（俞校："过来"——从庚、晋、甲；原无。）给我倒上些。"那婆子道："哥哥儿，这是老太太泡茶的。劝你走了舀去（俞校："舀去"——从庚；原"取去"。）罢，那里就（俞校："那里就"——从甲；原"那里"。）走大了脚！"秋纹道："凭你是谁的！你不给，我管把（俞校："我管把"——从庚、晋、甲；原"我把"。）老太太的茶盄子（俞校："茶盄子"——从庚；原"茶杯子"。）倒了洗手。"那婆子回头见是秋纹，忙提起壶来就倒。秋纹道："够了。你这么大年纪也没个见识。（俞校："没个见识"——从庚；原"没有见识"。）谁不知是老太太的水。要不着的人就敢要了。"婆子笑道："我眼花了，没认出这姑娘来。"宝玉洗了手，那小丫头子（俞校："小丫头子"——从庚、晋、甲；原"小丫头"。）拿小壶倒了些沤子在他手内，宝玉沤了。秋纹、麝月也趁热水洗了一回，（俞校："洗了一回"——从庚、晋、甲；原"洗了一洗"。）也沤了，跟进宝玉来。宝玉便要了（俞校："便要了"——从庚、晋、甲；原"便要"。）一壶暖酒，也从李婶、薛姨妈斟起。二人也笑让坐。贾母便说："他小，让他斟去。大家倒要干过这杯。"说着，便自己干了。邢王二夫人也忙干了，让他二人。（俞校："让他二人"——从庚；原"又让著薛李二人"。）薛、李（俞校："薛李"——从庚、晋、甲；原"薛李二人"。）也只得干了。贾母又命宝玉道："连你姐姐妹妹一齐斟上，（俞校："一齐斟上"——从庚、晋、甲；原"一齐都斟上"。）不许乱斟，都要叫他干了。"宝玉听说，答应着，一一（俞校："一一"——从庚、晋、甲；原无。）按次斟了。至黛玉前，偏他不饮，拿起杯来放在宝玉唇边，宝玉一气饮干。黛玉笑说："多谢。"宝玉又替他斟上一杯。凤姐便笑道："宝玉别喝冷酒，仔细手颤，明儿写不得字，拉不得弓。"宝玉忙道："没有吃（俞校："没有吃"——从庚、甲；原"没有喒"。）冷酒。"凤姐笑道："我知道没有，不过白嘱咐你。"然后（俞校："然后"——从晋、甲；原"于是"。）宝玉将里面斟完，只除贾蓉之妻是丫头们（俞校："丫头们"——从庚；原"丫环们"。）斟的。（俞校："斟的"——从庚、晋、甲；原"斟了"。）复出至（俞校："复出至"——从晋、甲；原"然后出至"。）廊上，又与贾珍等斟了，（俞校："斟了"——从庚、晋、甲；原"斟了一巡"。）坐了一回，（俞校："坐了一回"——从庚、晋、甲；原"坐了一会"。）方进来仍归旧坐。一时上汤后，又接献元宵来。（俞校："又接献元宵来"——从庚；原"又献上元宵"。）贾母便命将戏暂歇，“小孩子们可怜见的，也给他们些滚汤滚菜的吃了再唱。”俞校：“吃了再唱”——从庚、晋、甲；原“吃些再唱”。又命将各色果子、元宵等物俞校：“元宵等物”——从庚、晋、甲；原无。拿些与他们吃去。一时歇了戏，便有婆子带了两个门下常走的女先生儿俞校：“女先生儿”——从庚；原“女先儿”。进来，放两张杌子俞校：“放两张杌子”——从庚、晋；原“放了两张杌子”。在那一边，命他坐了，将弦子、琵琶递过去。贾母便问李、薛听何书。俞校：“问李、薛听何书”——从庚；原“问李薛二人听何书好”。他二人都回说：“不拘什么都好。”贾母便问近来可有添些什么新书。俞校：“添些什么新书”——从庚、晋、甲；原“添的什么新书么”。那两个女先儿回说：“倒有一段新书，是残唐五代的故事。”贾母问是何名。女先儿道：“叫做《凤求鸾》。”贾母道：“这个名字倒好。不知因什么起的？你先大概说说原故，若好再说。”女先道：“这书上乃说俞校：“女先道：这书上乃说”——从庚；原“女先儿道：这书上乃是说”。残唐之时，有一位乡绅，本是金陵人氏，名唤王忠，曾作过两朝宰辅，如今告老还家。俞校：“告老还家”——从庚、甲；原“告老回家”。膝下只有一位公子，名唤王熙凤。”众人听了，笑将起来。贾母笑道：“这不重了我们凤丫头了！”媳妇们忙上去推他，俞校：“推他”——从庚；原“推他道”。“这是二奶奶的名字，少混说。”俞校：“少混说”——从庚、晋、甲；原“混说”。贾母笑道：“你说，你说。”女先生俞校：“女先生”——从庚；原“女先儿”。忙笑着站起来说：“我们该死了。不知是奶奶的讳。”俞校：“奶奶的讳”——从庚、晋、甲；原“奶奶的尊讳”。凤姐笑道：“怕什么，你们只管说罢。俞校：“你们只管说罢”——从庚；原“你只管说罢”。重名重姓的多呢。”女先生俞校：“女先生”——从庚；原“女先儿”。又说道：“这年俞校：“这年”——从庚；原“这一年”。王老爷打发了王公子上京赶考，那日遇见大雨，俞校：“遇见大雨”——从庚；原“遇见了大雨”。走到一个庄上避雨。谁知这庄上也有个乡绅姓李，与王老爷是世交，便留下俞校：“便留下”——从庚、晋、甲；原“所以便留下”。这公子住在书房里。这李乡绅膝下无儿，只有一位千金小姐。这小姐芳名叫作俞校：“一位千金小姐。这小姐芳名叫作”——从庚、晋、甲；原“一位姑娘，名唤作”。雏鸾，琴棋书画，无所不通。”贾母忙道：“怪道叫作《凤求鸾》。不用说，我猜着了，俞校：“猜着了”——从庚；原“已猜著了”。自然是王熙凤要求这雏鸾小姐为妻了。”女先儿笑道：“老祖宗原来俞校：“老祖宗原来”——从庚、晋、甲；原“原来老祖宗”。听过这一回书。”众人都道：“老太太什么没听过；便没听过，猜也猜着了。”贾母笑道：“这些书都是一个套子，左不过是些佳人才子，俞校：“佳人才子”——从庚、晋、甲；原“才子佳人”。最没趣儿。把人家女儿说的那样坏，还说是佳人，编的连影儿也没有了。(俞校："没有了"——从庚、晋、甲；原"没有"。)开口都是书香门第，父亲不是尚书，就是宰相，生一个小姐，必是爱如珍宝。这小姐必是通文知礼，无所不晓，竟是个绝代佳人。只一见了一个清俊的男人，(俞校："男人"——从庚、晋、甲；原"男子"。)不管是亲是友，便想起终身大事来，(俞校："终身大事来"——从甲；原"终身大事来了"。)父母也忘了，书礼也忘了，(俞校："书礼也忘了"——从庚、晋；原无。)鬼不成鬼，贼不成贼，那一点儿是佳人！便是(俞校："便是"——从庚；原"就是"。)满腹文章，(俞校："满腹文章"——从庚、晋、甲；原"满腹的文章"。)做出(俞校："做出"——从庚、晋、甲；原"作出"。)这些事来，也算不得是佳人了。比如男人(俞校："男人"——从庚、晋、甲；原"男子"。)满腹文章去作贼，(靖眉：文章满去脏腹余谓多。)难道那王法看他是才子，(俞校："看他是才子"——原"就看他是才子"。今删"就"。)就不入贼情一案(俞校："就不入贼情一案"——从庚；原"不入贼情一案了"。)不成！可知那编书的是自己塞了自己的嘴。再者，既说是世宦书香，大家小姐，(俞校："大家小姐"——从庚、晋、甲；原"大家的小姐"。)都知礼读书，连夫人都知书识礼；便自告老还家，自然这样大家人口不少，奶母、丫鬟伏侍小姐的人也不少，怎么这些书上凡有这样的事，就只小姐和紧跟的一个丫鬟？你们白想想，那些人(俞校："那些人"——从庚、晋、甲；原"那些"。)都是管什么的！可是前言不答后语。"众人听了，都笑说："老太太这一说，是谎都批出来了。"贾母笑道："这有个原故。编这样书的，有一等妒人家富贵，或有求不遂心，所以编出来(俞校："编出来"——从庚、晋、甲；原"编了来"。)污秽人家；再一等，他自己看了这些书看魔了，他也想一个佳人，所以编了出来取乐。何尝他知道那世宦读书家的道理。别说他那书上那些世宦书礼大家，(俞校："书礼大家"——从庚、晋、甲；原"书香大家"。)如今(俞校："如今"——从庚、晋、甲；原"就如今"。)眼下真的，拿我们这中等人家说起，(俞校："说起"——从庚、晋、甲；原"比说"。)也没有这样的事，(俞校："这样的事"——从庚；原"那样的事"。)别说是那些大家子。可诌掉了下巴的话。(俞校："可诌掉了下巴的话"——从庚傍改（"了"傍添）；原"可知诌掉了下把的话"。)所以我们从不许说这些书，丫头们(俞校："丫头们"——从庚；原"连丫头"。)也不懂这些话。这几年我老了，他们姊妹们住的远，我偶然闷了，说几句听听。他们一来，就忙歇了。"(俞校："就忙歇了"——从庚、晋；原"就忙叫歇了"。)李薛二人都笑说："这正是大家的规矩。连我们家也没这些杂话给孩子们听见。"凤姐走上来斟酒，笑道："罢，罢，罢，罢——(俞校："罢，罢"——从庚、晋、甲；原"罢了"。)酒冷了，老祖宗喝一口，润润嗓子再掰谎。(俞校："再掰谎"——从乙；原"辨谎罢"。)这一回就叫作《掰谎记》，(俞校："掰谎记"——从乙；原"辨谎记"。)

史太君破陈腐旧套　王熙凤效戏彩斑衣

就出在本朝本地本年本月本日本时。老祖宗一张口难说两家话，花开两朵，各表一枝，是真是谎且不表，再整那（俞校："再整那"——从庚；原"再整"。）观灯看戏的人。老祖宗且让这二位（俞校："这二位"——从庚、晋、甲；原"二位"。）亲戚吃一杯酒，看两出戏（俞校："看两出戏"——从庚、晋、甲；原"听两出戏"。）之后，再从逐朝（俞校："逐朝"——从甲；原"昨朝"。）话言掰起（俞校："掰起"——从乙；原"辨起"。）如何？"他一面斟酒，一面笑说，（俞校："他一面斟酒，一面笑说"——从庚；原"一面说，一面笑，话"。）未曾说完，众人俱已笑倒。两个女先生（俞校："女先生"——从庚；原"女先儿"。）也笑个不住，都说："奶奶好刚口。（俞校："好刚口"——从庚、晋、甲；原"好钢口"。）奶奶要一说书，真连我们吃饭的地方也没了。"（俞校："地方也没了"——从庚；原"地方儿都没了"。）薛姨妈笑道："你少兴头些。（俞校："兴头些"——从庚、晋、甲；原"兴头些罢"。）外头有人，比不得往常。"凤姐笑道："外头的只有一位珍大爷。（俞校："珍大爷"——从庚、晋；原"珍大哥"。）我们还是论哥哥妹妹，从小儿一处淘气了这么大。这几年因做了亲，（俞校："做了亲"——从庚、晋、甲；原"作了亲"。）我如今立了多少规矩（俞校："多少规矩"——从庚、晋、甲；原"多少的规矩"。）了。便不是从小儿的（俞校："从小儿的"——从庚；原"从小儿"。）兄妹，便以伯叔论，那二十四孝上的'斑衣戏彩'，他们不能来戏彩，引老祖宗（俞校："引老祖宗"——从庚、晋、甲；原"引的老祖宗"。）笑一笑；我这里好容易引的老祖宗笑了一笑，多吃了一点儿（俞校："多吃了一点儿"——从庚；原"多吃一点"。）东西，大家喜欢，都该谢我才是，难道反笑话我不成！"贾母笑道："可是这两日我竟没有痛痛的笑一场；倒是亏他才一路（俞校："一路"——从庚、甲；原"这一路"。）笑的我心里通快了些，（俞校："通快了些"——从庚；原"痛快了好些"。）我再吃一钟酒。"吃着酒，（俞校："吃着酒"——从庚、晋、甲；原"吃著"。）又命宝玉："也敬你姐姐一杯。"凤姐笑道："不用他敬，我讨老祖宗的寿罢。"说着，便将贾母的杯拿起来，（俞校："将贾母的杯拿起来"——从晋、甲；原"将贾母的"。）将半盏剩酒吃了，（俞校："将半盏剩酒吃了"——从晋；原"半杯剩酒拿起吃了"。）将杯（俞校："将杯"——从庚、甲；原"酒杯"。）递与丫鬟，另将温水浸的杯换了一个上来。于是各席上的杯（俞校："各席上的杯"——从庚、晋、甲；原"各席上的"。）都撤去，另将温水浸着待换的（俞校："待换的"——原"待换"；庚"代换的"。今增"的"。）杯斟了新酒上来，然后归坐。女先生（俞校："女先生"——从庚；原"女先儿"。）回说："老祖宗不听这书，或者（俞校："不听这书，或者"——从庚、晋、甲；原"不听这个书"。）弹一套曲子听听罢。"贾母便说道（俞校："便说道"——从庚；原"便说道：好"。）："你们两个对一套《将军令》罢。"二人听说，忙和弦按调拨弄起来。

贾母因问："天有几更了？"众婆子忙回："三更了。"贾母道："怪道寒浸浸的起来。"早有众丫鬟（俞校："众丫鬟"——从庚、甲；原"丫环"。）拿了添换的衣裳送来。（俞校："送来"——从庚、晋、甲；原"送来穿了"。）王夫人起身笑说道（俞校："笑说道"——从庚；原"陪笑说道"。）："老太太不如挪进暖阁里地炕上，（俞校："地炕上"——从庚、晋、甲；原"炕上"。）倒也罢了。这二位亲戚也不是外人，我们陪着就是了。"贾母听说，笑道："既这样说，不如大家都挪进去，岂不暖和。"王夫人道："恐里间（俞校："恐里间"——从庚；原"里面恐"。）坐不下。"贾母笑道："我有道理。如今也不用这些桌子，只用两三张并起来，大家坐在一处，挤着，又亲香，（俞校："亲香"——从庚；原"亲密"。）又暖和。"众人都道："这才有趣。"说着，便起了席。（俞校："起了席"——从庚、晋、甲；原"起身"。）众媳妇们忙撤去残席，里面直顺并了（俞校："里面直顺并了"——从庚、晋；原"在里面顺炕并了"。）三张大桌，另又添换了果馔摆好。（俞校："摆好"——从庚、晋、甲；原"摆好了"。）贾母便说："这都不要拘礼，（俞校："都不要拘礼"——从庚、晋、甲；原"却不要拘礼"。）只听我分派，你们就坐才好。"说着，便让薛、李（俞校："薛李"——从庚、晋、甲；原"薛、李二位"。）正面上坐，自己西向坐了，叫宝琴、黛玉、湘云三人皆紧依左右坐下。向宝玉说："你挨着你太太。"于是邢夫人、王夫人之中夹着宝玉。宝钗等姊妹在西边，挨次下去，便是娄氏带着贾菌，（俞校："贾菌"——从庚；原"贾茵"。）尤氏、李纨夹着贾兰；下面横头便是贾蓉之妻。贾母便说："珍哥儿带着你兄弟们去罢，我也就睡了。"贾珍等忙答应，（俞校："忙答应"——从庚、晋、甲；原"忙答应了"。）又都进来。贾母道："快去罢，不用进来。才坐好了，又都要起来。你快歇着去罢，明日还有大事呢。"贾珍忙答应了，又笑说："留下蓉儿斟酒才是。"贾母笑道："正是忘了他。"贾珍答应了一个"是"，便转身（俞校："便转身"——从庚、晋、甲；原"转身"。）带领贾琏等出来。二人自是欢喜。便命人将贾琮、贾璜（俞校："贾璜"——从庚、晋、甲；原"等"。）各自送回家去，便邀了贾琏去追欢买笑。不在话下。这里贾母笑道："我正想着，虽然这些人取乐，竟没一对（俞校："竟没一对"——从庚；原"竟无一对"。）双全的，就忘了蓉儿。（俞校："忘了蓉儿"——从庚；原"忘了蓉儿了"。）这可全了。蓉儿就和你媳妇坐在一处，倒也团圆了。"因有媳妇回说（俞校："媳妇回说"——从庚；原"媳妇儿回说"。）开戏。贾母笑道："我们娘儿们正说的兴头，（俞校："兴头"——从庚、晋、甲；原"高兴"。）又要吵起来。况且那孩子们熬夜怪冷的。也罢，叫他们且歇歇，把咱们的女孩子们（俞校："况且"至"女孩子们"——从庚；原"且把那些孩子们"。）叫了来，就在这台上唱两出，也给他们瞧瞧。"媳妇们听说，答应了出来，忙的一面着人往大观园去（俞校："往大观园去"——从庚、晋、甲；原"往大观园"。）传人，一面二门口去传小厮们俞校："二门口去传小厮们"——从庚、晋、甲；原"二门传小厮"。伺候。小厮们俞校："小厮们"——从庚、甲；原"小厮"。忙至戏房，将班中所有大人一概带出，俞校："所有大人一概带出"——从庚、晋、甲；原"所有的大人一概带出去"。只留下俞校："只留下"——从庚、甲；原"只留"。小孩子们。一时，梨香院的教习带了文官等十二人俞校："十二人"——从晋、甲；原"十二个人"。从游廊角门出来。婆子们抱着几个软包——因不及抬箱，估料着俞校："估料着"——原"估量著"；庚"故料着"。今改"估料"。贾母爱听的三五出戏的彩衣包了来。婆子们带了文官等进去见过，只垂手站着。俞校："只垂手站着"——从庚、晋、甲；原"贾母，皆垂手站著"。贾母笑道："大正月里，你师父也不放你们出来逛逛。你们如今唱什么？才刚八出《八义》俞校："大正月里"至"八出八义"——从甲；原"大出八义"。闹得俞校："闹得"——从庚；原"闹的"。我头疼，咱们清淡些好。俞校："清淡些好"——从庚、晋、甲；原"清雅些好"。你瞧瞧薛姨太太这李亲家太太俞校："这李亲家太太"——从庚、晋、甲；原无"这"。都是有戏的人家，不知听过多少好戏的；俞校："多少好戏的"——从庚、晋、甲；原"多少好戏"。这些姑娘都比咱们家的姑娘见过好戏，听过好曲子。如今这小戏子又是那有名顽戏家俞校："顽戏家"——从庚、晋；原"顽戏"。的班子，虽是小孩们，俞校："小孩们"——从庚；原"小孩子"。庚"孩"下又旁添"儿"。却比大班还强。咱们好歹别落了褒贬，少不得弄个新样儿的。叫芳官唱一出《寻梦》，只提琴合萧管，笙笛一概不用。"俞校："只提琴合箫管，笙笛一概不用"——原"只用箫随著，笙笛一概不用"；庚"只提琴至箫管合笙笛一概不用"。"只"下傍添"要"，"至"下傍添"于"。晋、甲"只用箫和笙笛馀者一概不用"。文官笑道："这也是的。俞校："这也是的"——从晋；原"这也使得"。我们的戏自然不能入姨太太和亲家太太、姑娘们的眼，不过听我们一个发脱口齿，再听一个喉咙罢了。"贾母笑道："正是这话了。"李婶、薛姨妈喜的都笑道："好个灵透孩子！俞校："灵透孩子"——从庚、甲；原"伶透孩子"。他也俞校："他也"——从庚；原"你也"。跟着老太太打趣我们。"贾母笑道："我们这原是随便的顽意儿，又不出去做买卖，俞校："做买卖"——从晋、甲；原"作买卖"。所以竟不大合时。"说着，又道："叫葵官唱一出《惠明下书》，也不用抹脸。只用这两出，叫他们听个野意俞校："野意"——原"野异"；晋"疏意"；甲"助意"。今改"野意"。罢了。若省一点力儿，我可不依。"文官等听了出来，俞校："听了出来"——从庚、晋、甲；原"听了答应出来"。忙去扮演上台。先是《寻梦》，次是《下书》，众人都鸦雀无闻。薛姨妈因笑道："实在亏他。俞校："实在亏他"——从庚；原"实在"。戏也看过几百班，从没见用箫管的。"俞校："用箫管的"——从庚；原"用箫管随他的"。庚上又旁添"不"。贾母道："也有。只是像方才《西楼·楚江情》一支，多有小生吹箫合的。俞校："吹箫合的"——从庚、晋、甲；原"吹箫随的"。这大套的实在少。这也在主人讲究不讲究罢了。这算什么出奇。”（俞校：“这算什么出奇”——从庚、晋、甲；原“这个就算出奇了”。）指湘云道：“我像他这么大的时节，他爷爷有一班小戏，偏有一个弹琴的凑了来，（俞校：“凑了来”——从庚、晋；原“凑来”。）即如《西厢记》的《听琴》，《玉簪记》的《琴挑》，《续琵琶记》的《胡笳十八拍》，竟成了真的了。比这个更如何？”众人都道：“这更难得了。”贾母便命个媳妇来，吩咐文官等叫他们吹弹一套《灯月圆》。媳妇领命而去。当下贾蓉夫妻二人捧酒，斟了一巡。凤姐因见贾母十分高兴，便笑道：“趁着女先儿们（俞校：“女先儿们”——从庚、晋、甲；原“女先儿”。）在这里，不如叫他们击鼓，咱们传梅，行一个‘春喜上眉梢’（俞校：“上眉梢”——从甲；原“上眉梢”。）的令如何？”贾母笑道：“这是个好令，正对时对景。”（俞校：“对时对景”——从庚；原“对时景”。）忙命人取了一面黑漆铜钉花腔令鼓来，与女先儿们击着。（俞校：“女先儿们击着”——从庚、晋；原“女先儿”。）席上取了一枝红梅。（俞校：“一枝红梅”——从庚、晋、甲；原“一枝红梅来”。）贾母笑道：“若到谁手里住了，吃一杯，（俞校：“吃一杯”——从庚、晋、甲；原“吃一杯酒”。）也要说个什么（俞校：“说个什么”——从庚；原“说一个什么”。）才好。”凤姐笑道：“依我说，谁像老祖宗要什么有什么呢。我们这不会的岂不没意思。依我说，也要雅俗共赏。不如谁输了，谁说个笑话儿罢。”众人听了，都知道他素日善说笑话，最是他肚内（俞校：“肚内”——从庚、晋、甲；原“肚子里”。）有无限的新鲜趣谈；今儿（俞校：“今儿”——从庚、晋、甲；原“今见”。）如此说，不但在席的诸人喜欢，连地下伏侍的老小人等无不欢喜。（俞校：“无不欢喜”——从庚、晋、甲；原“无不喜欢”。）那小丫头子们都忙出去找姊唤妹的，告诉他们：“快来听，二奶奶又说笑话儿了。”众丫头子们便挤了（俞校：“便挤了”——从庚、晋、甲；原“挤了”。）一屋子。于是戏完乐罢。贾母命将些汤点果菜与文官等吃去，便命响鼓。那女先儿们皆是惯的，或紧或慢，或如残漏之滴，或如迸豆之疾，（俞校：“迸豆之疾”——从庚；原“迸豆之急”。）或如惊马之乱驰，（俞校：“惊马之乱驰”——从庚、晋；原“怒马之驰”。）或如疾电之光而忽暗。（俞校：“疾电之光而忽暗”——从庚、晋；原“掣电之疾”。）其鼓声（俞校：“其鼓声”——从庚、晋；原“按其鼓声”。）慢，传梅亦慢；（俞校：“传梅亦慢”——从庚；原“转梅亦慢”。）鼓声急，传梅亦急。（俞校：“传梅亦急”——从庚、晋；原“转梅亦急”。）恰恰至贾母手中，鼓声忽住。大家呵呵一笑。（俞校：“呵呵一笑”——从庚；原“哈哈一笑”。）贾蓉忙上来斟了一杯。众人都笑道：“自然老太太先喜了，我们才托赖些喜。”贾母笑道：“这酒也罢了。只是这笑话倒有些个（俞校：“倒有些个”——从庚；原“有些”。）难说。”众人都说：“老太太的（俞校：“老太太的”——从庚、晋；原“老太太”。）比凤姐儿的（俞校：“凤姐儿的”——从庚；原“凤丫头”。）还好还多，赏一个，我们也笑一笑儿。”贾母笑道：“并没什么新鲜发笑的，（俞校：“并没什么新鲜发笑的”——从庚；原“并无什么新鲜笑话”。）少不得老脸皮子厚（俞校：“老脸皮子厚”——从庚；原“老脸皮厚”。）的说一个罢了。”因说道：“一家养了十个儿子，娶了十房媳妇。（俞校：“十房媳妇”——从庚、晋、甲；原“十个媳妇”。）惟有那第十个媳妇聪明伶俐，心巧嘴乖，公婆最疼，成日家说那九个不孝顺。这九个媳妇委屈，便商议说：‘咱们九个心里孝顺，只是不像那小蹄子嘴巧，所以公公婆婆（俞校：“公公婆婆”——从庚、晋、甲；原“公婆”。）老了，只说他好。这委屈向谁诉去？’大媳妇有主意，便道：‘咱们明儿到阎王庙去烧香，和阎王爷说去，问他一问（俞校：“问他一问”——从庚、晋、甲；原“问一问”。）：叫我们托生人，（俞校：“托生人”——从庚；原“脱生人”。）为什么单单的（俞校：“单单的”——从庚；原“单”。）给那小蹄子一张乖嘴，（俞校：“乖嘴”——从庚、晋、甲；原“巧嘴”。）我们都是笨的？’众人听了都喜欢，（俞校：“都喜欢”——从庚、晋、甲；原“都欢喜”。）说：‘这主意不错。’第二日，便都到阎王庙里来烧了香，九个人都在供桌底下睡着了。九个魂专等阎王驾到，（俞校：“阎王驾到”——从庚、晋、甲；原“阎王的驾到”。）左等不来，右等也不到。（俞校：“也不到”——从庚、甲；原“不来”。）正等的着急，只见孙行者驾着筋斗云来了，看见九个魂，便要拿金箍棒打，吓得（俞校：“吓得”——从庚、晋、甲；原“唬的”。）九个魂忙跪下央求。孙行者因问原故，九个人（俞校：“九个人”——从庚、晋、甲；原“九个魂”。）忙细细的告诉了他。孙行者听了，（俞校：“听了”——从庚、晋、甲；原无。）把脚一跺，叹了一口气（俞校：“叹了一口气”——从庚、甲；原“嗐叹了一声”。）道：‘这原故（俞校：“这原故”——从庚、晋、甲；原“这个原故”。）幸亏遇见我，等着（俞校：“等着”——从庚、晋、甲；原“就等著”。）阎王来了，他也不得知道的。’九个人听了，就求说（俞校：“九个人听了，就求说”——从庚、甲；原“九个魂听了求说”。）：‘大圣发个慈悲，我们就好了。’孙行者笑道：‘这却不难。那日你们妯娌（俞校：“你们妯娌”——从庚、晋、甲；原“你们妯娌们”。）十个托生时，（俞校：“托生时”——从庚、晋、甲；原“脱生时”。）可巧我到阎王那里去的，（俞校：“那里去的”——从庚、晋；原“这里来”。）因为撒了泡尿在地下，你那小婶子（俞校：“你那小婶子”——从庚、晋；原“你们那个小婶儿”。）便吃了。你们如今要伶俐嘴乖，有的是尿，再撒泡你们吃了（俞校：“你们吃了”——从庚；原“你们吃”。）就是了。’”说毕，大家都笑起来。凤姐儿笑道：“好的，幸而我们都笨嘴笨腮的，不然也就吃了猴儿尿了。”尤氏、娄氏都笑向李纨道：“咱们这里谁是吃过猴儿尿的，别装没事人儿。”薛姨妈笑道：“笑话儿不在好歹，只要对景就发笑。”说着，又击起鼓来。（俞校：“击起鼓来”——从庚、晋、甲；原“击鼓起来”。）小丫头子们只要听凤姐儿的（俞校：“凤姐儿的”——从庚、晋、甲；原“凤姐的”。）笑话，便悄悄的和女先儿说明，以咳嗽为记。须臾，传至两遍，刚到了凤姐儿手里，俞校："凤姐儿手里"——从庚、晋、甲；原"凤姐手里"。小丫头子们故意咳嗽，女先儿便住了。俞校："便住了"——从庚、晋、甲；原"便住了鼓"。众人齐笑道："这可拿住他了。快吃了酒，说一个好的，别太逗的人俞校："逗的人"——从庚；原"逗人"。笑的肠子疼。"凤姐儿俞校："凤姐儿"——从庚、晋、甲；原"凤姐吃过酒"。想了一想，笑道："一家子也是过正月半，合家子赏灯吃酒，真真的热闹非常。祖婆婆、太婆婆、婆婆、媳妇、孙子媳妇、重孙子媳妇、亲孙子、侄孙子、重孙子、灰孙子，滴滴搭搭的孙子、孙女儿、俞校："孙女儿"——原下有"侄孙女儿"。从庚、晋、甲删。外孙女儿、姨表孙女儿、姑表孙女儿……嗳哟哟，真好热闹。"俞校："嗳哟哟，真好热闹"——从庚、晋、甲；原"嗳哟，真热闹"。众人听他说着，已经笑了，都说："听数贫嘴的，又不知编派那一个呢。"尤氏笑道："你要招我，我可撕你的嘴。"凤姐儿起身拍手俞校："凤姐儿起身拍手"——从庚、晋、甲；原"凤姐起身"。笑道："人家费力说，你们混我，就不说了。"贾母笑道："你说，你说。底下怎么样？"凤姐儿想了一想，俞校："凤姐儿想了一想"——从庚、晋、甲；原无"儿"。笑道："底下就团团的坐了俞校："坐了"——从庚、晋、甲；原"作了"。一屋子，吃了一夜酒俞校："一夜酒"——从庚、晋、甲；原"一夜的酒"。就散了。"众人见他正言厉色的说了，别无他话，俞校："别无他话"——从庚；原"便再无别话"。都怔怔的还等俞校："还等"——从晋、甲；原"还等他"。往下说，只觉冰冷无味。史湘云看了他半日。凤姐儿笑道："再说一个俞校："再说一个"——从庚、晋、甲；原"再说个"。过正月半的。几个人俞校："几个人"——从庚、晋、甲；原"一个人"。抬着个俞校："抬着个"——从庚；原"扛著一个"。房子大的炮仗，往城外俞校："城外"——从庚；原"城外头"。放去，引了上万的人跟着瞧去。俞校："跟着瞧去"——从庚、晋、甲；原"瞧"。有一个性急的人等不得，便偷着拿香火点着了。只听噗哧一声，众人哄然一笑都散了。这抬炮仗的人抱怨卖炮仗的捍的不结实，俞校："抬炮仗的人抱怨卖炮仗的捍的不结实"——从庚、晋、甲；原"这扛爆竹的人道：怎么"。没等放就散了。"湘云道："难道他本人没听见响？"俞校："没听见响"——从庚；原"没听见不成"。凤姐儿道俞校："凤姐儿道"——从庚、晋、甲；原"凤姐道"。："这本人原是个俞校："原是个"——从晋、甲；原"是个"。聋子。"众人听说，一回想，不觉一齐失声都大笑起来。又想着先前那一个没完的，俞校："没完的"——从庚、晋、甲；原"没说完的"。问他："头里那一个怎么样？也该说完了。"凤姐儿俞校："凤姐儿"——从庚、晋、甲；原"凤姐"。将桌子一拍，说道："好啰唆！到了第二日是十六日，俞校："十六日"——从庚、晋、甲；原"十六"。年也完了，节也完了，俞校："年也完了，节也完了"——从庚、甲；原"年也过了，节也过了"。我看着人忙着收东西还闹不清，那里还知道底下的事了。"

众人听说，复又笑将起来。俞校：“笑将起来”——从庚；原“大笑起来”。凤姐儿笑道俞校：“凤姐儿笑道”——从庚、晋、甲；原“凤姐笑道”。：“外头已经四更，俞校：“已经四更”——从庚、晋；原“已经四更了”。依我说，老祖宗也乏了，咱们也该聋子放炮仗，散了罢。”尤氏等用手帕子握着嘴，笑的前仰后合，指他说道：“这个东西真会数贫嘴。”贾母笑道：“真真这凤丫头越发嘴贫了。”一面说，一面吩咐道：“他提起炮仗来，咱们也把烟火放了，解解酒。”贾蓉听了，忙出去带着小厮们就在院内安下屏架，将烟火设吊齐备。这烟火皆系各处进贡之物，虽不甚大，却极精巧，俞校：精巧”——从庚；原“精致”。各色故事俱全，夹着各色花炮。林黛玉禀气柔弱，俞校：“柔弱”——从庚；原“虚弱”。不禁劈磁俞校：“劈磁”——从庚；原“响炮”。之声，贾母便搂他在怀中。俞校：“怀中”——从庚；原“怀里”。薛姨妈搂着湘云。俞校：“搂着湘云”——从庚；原“便搂著湘云”。湘云笑道：“我不怕。”宝钗等笑道：“他专爱自己放大炮仗，俞校：“放大炮仗”——从庚、晋、甲；原“放大爆竹呢”。还怕这个呢！”俞校：“怕这个呢”——从庚、晋、甲；原“怕这个”。王夫人便将宝玉搂入怀内。俞校：“搂入怀内”——从庚、晋、甲；原“搂在怀中”。凤姐笑道：“我们是没有人疼俞校：“没有人疼”——从庚；原“没人疼”。的了。”尤氏笑道：“有我呢，我搂着你。也不怕臊，你这孩子又撒娇了。俞校：“也不怕臊，你这孩子又撒娇了”——从庚；原“别害怕，你这会子撒娇儿了”。听见放炮仗，吃了蜜蜂儿屎似的，俞校：“似的”——原“的似的”；庚、晋、甲“的”。今改“似的”。今儿又轻狂起来。”俞校：“轻狂起来”——从庚；原“轻狂起来了”。凤姐笑道：“等散了，咱们园子里放去，我比小厮们还放的好呢！”俞校：“还放的好呢”——从庚；原“放的还好呢”。说话之间，外面一色一色的放了又放。又有俞校：“又有”——从庚、晋、甲；原“有”。许多的满天星、九龙入云、平地一声雷、飞天十响之类的零碎小爆竹。放罢，俞校：“放罢”——从晋、甲；原“方罢”。然后又命小戏子打了一回莲花落，撒了满台钱，俞校：“满台钱”——从庚；原“满台的钱”。命那孩子们满台抢钱取乐。俞校：“命那孩子们满台抢钱取乐”——从庚；原“取乐”。又上汤时，贾母说道俞校：“贾母说道”——从庚；原“贾母”。：“夜长，觉得有些饿了。”凤姐忙回说：“有预备的鸭子肉粥。”贾母道：“我吃些清淡的罢。”凤姐忙道：“也有枣儿熬的粳米粥，预备太太们吃斋的。”贾母笑道：“不是油腻腻的，就是甜的。”凤姐又忙道：“还有杏仁茶，只怕也甜。”贾母道：“倒是这个还罢了。”说着，已命人撤去残席，外面另设上俞校：“外面另设上”——从庚；原“另设上”。各种精致小菜，大家随便随意俞校：“随便随意”——从庚；原“随便”。吃了些，用过漱口茶，俞校：“漱口茶”——从庚；原“嗽茶”。方散。

十七日一早，俞校：“一早”——从庚、晋、甲；原“早”。又过宁府行礼，伺候掩了宗祠，收过影像，方回来。此日便是薛姨妈家俞校：“薛姨妈家”——从晋、甲；原“薛姨妈”。请吃年酒。十八日便是赖大家，十九日便是宁府赖升家，二十日便是林之孝家，二十一日便是单大良家，二十二日便是吴新登家：这几家贾母也有去的，也有不去的，也有高兴直待俞校：“直待”——原“直等”；庚“直带”。今改“直待”。众人散方回的，也有兴尽半日一时就来的。凡诸亲友来请，或来赴席的，贾母一概怕拘束不会，自有王夫人、邢夫人、凤姐儿俞校：“凤姐儿”——从庚；原“凤姐”。三人料理。连宝玉只除王子腾家去了，馀者亦皆不会，只说贾母留下解闷。所以倒是家下人家来请，俞校：“家下人家来请”——从庚；原“家下人家请”。贾母可以自便之处，方高兴去逛逛。闲言不提。当下元宵已过，要知端的，下回分解。

蒙戚回前：读此回者凡三变。不善读者徒赞其如何演戏、如何行令、如何挂花灯、如何放爆竹，目眩耳聋，应接不暇。少解读者赞座次有伦、巡酒有度，从演戏渡至女先儿，从女先渡至凤姐，从凤姐渡至行令，从行令渡至放花爆：脱卸下来，井然秩然，不乱。会读者须另具卓识，单着眼史太君一夕话，将普天下不近理之“奇文”，不近情之“妙作”，一齐抹倒。是作者借他人酒杯，消自己傀儡，画一幅行乐图，铸一面菱花镜，为全部总评。噫！作者已逝，圣叹云亡，愚不自谅，辄拟数语，知我罪我，其听之矣。

第五十五回
辱亲女愚妾争闲气　欺幼主刁奴蓄险心

蒙戚回前：此回接上文，恰似黄钟大吕后，转出羽调商声，别有清凉滋味。

且说元宵已过。只因当今以孝治天下，目下宫中有一位太妃欠安，故各嫔妃皆为之减膳谢妆，不独不能省亲，亦且将宴乐俱免；故荣府今岁元宵，亦无灯谜之集。（俞校："且说"至"灯谜之集"——从庚；原"话说"。）刚将年事忙过，凤姐便小月了，在家一月不能理事，天天两三个太医用药。凤姐自恃强壮，虽不出门，（俞校："虽不出门"——从庚、晋、甲；原"虽不能出门"。）然筹画计算，想起什么事来，便命平儿去回王夫人。任人谏劝，他只不听。王夫人便觉失了膀臂，（俞校："失了膀臂"——从晋、甲；原"失了膀臂一样"。）一人能有（俞校："一人能有"——从庚、甲；原"一个人有"。）多大的（俞校："多大的"——原"多大"；庚、晋"许多的"。今增"的"。）精神，凡有了大事，自己主张；将家中琐碎之事，一应都暂令李纨协理。李纨是个尚德不尚才的，未免逞纵了下人，王夫人便命探春合同李纨裁处。只说过了一月，（俞校："过了一月"——从庚、晋、甲；原"过了一个月"。）凤姐将息好了，仍交与他。谁知凤姐禀赋气血不足，（俞校："气血不足"——从庚、晋、甲；原"血气不足"。）兼年幼不知保养，平生争强斗智，心力更亏，（俞校："心力更亏"——从庚、晋、甲；原"心力使亏"。）故虽系小月，竟着实亏虚下来。一月之后，复添了下红之症。他虽不肯说出来，众人见他面目黄瘦，便知失于调养。王夫人只令他好生服药调养，

（俞校：“王夫人只令他好生服药调养”——从晋、甲；原无。）不令他操心。他自己也怕成了大症，遗笑于人，便想偷空调养，恨不得一时复旧如常。谁知一时难痊，调养到八九月间才渐渐的起复过来，下红也渐渐的止了。此是后话。

如今且说目今王夫人见他如此，探春与李纨暂难谢事，（俞校：“暂难谢事”——从庚、晋、甲；原“骤难卸事”。）园中人多，又恐失于照管，（俞校：“失于照管”——从庚、晋、甲；原“失照管”。）因又特请了宝钗来，托他各处小心。“老婆子们不中用，得空儿吃酒斗牌。（俞校：“吃酒斗牌”——从庚、晋、甲；原“就斗牌吃酒”。）白日里睡觉，夜里斗牌，我都知道的。凤丫头在外头他们还有个惧怕，如今他们又该取便了。好孩子，你还是个妥当人。（俞校：“妥当人”——从庚、甲；原“妥当的人”。）你兄弟妹妹们又小，我又没工夫，你替我辛苦两天，照看照看。凡有想不到的事，你来告诉我，别等老太太问出来，我没话回。那些人不好了，你只管说。他们不听，你来回我。（俞校：“他们不听，你来回我”——从庚、晋、甲；原“他们如若不听，你来告诉我”。）别弄出大事来才好。”宝钗听说，只得答应了。时届孟春，黛玉又犯了嗽疾；（俞校：“嗽疾”——从庚；原“嗽症”。）湘云亦因时气所感，亦卧病于蘅芜苑，（俞校：“蘅芜苑”——从庚、晋、甲；原“蘅芜院中”。）一天医药不断。探春同李纨相住间隔，二人近日同事，不比往年，来往回话人等亦不便宜，故二人议定，每日早晨皆到园门口南边的三间小花厅上去会齐办事，吃过早饭，于午错方回房。这三间厅原系预备省亲之时众执事太监起坐之处，故省亲之后也用不着了，每日只有婆子们上夜。如今天已和暖，不用十分修饰，只不过略略的铺陈了，便可他二人起坐。这厅上也有一匾，题着“辅仁谕德”（俞校：“谕德”——从庚、晋、甲；原“论德”。）四字，家下俗呼皆只叫议事厅儿。如今他二人每日卯正至此，午正方散。凡一应执事媳妇等（俞校：“执事媳妇等”——从庚、甲；原无“等”。）来往回话者，络绎不绝。众人先听见李纨独办，各各心中暗喜，以为李纨素日原是个（俞校：“原是个”——从庚；原“是个”。）厚道多恩无罚的，自然比凤姐儿（俞校：“比凤姐儿”——从庚、晋、甲；原“比凤姐”。）好搪塞；便添了（俞校：“便添了”——从庚、晋、甲；原“后又添了”。）一个探春，也都想着不过是个未出闺阁（俞校：“闺阁”——从庚、晋、甲；原“阁”。）的青年（俞校：“青年”——原“年轻”。依庚下文改“青年”。）小姐，且素日也最平和恬淡，（俞校：“平和恬淡”——从庚、晋、甲；原“和平恬淡”。）因此都不在意，比前便懈怠了许多。只三四日后，几件事过手，渐觉探春精细处不让凤姐，只不过是言语安静，性情和顺而已。（庚双：这是小姐身分耳，阿凤未出阁想亦如此。）可巧连日有王公侯伯（俞校："王公侯伯"——从庚、晋、甲；原"王侯公伯"。）世袭官员十几处，皆系荣宁非亲即友或世交（俞校："非亲即友或世交"——从庚；原"非亲即世交"。）之家，或有升迁，或有黜降，或有婚丧红白等事，王夫人吊贺迎送，应酬不暇，前边更无人。他二人便一日皆在厅上起坐，宝钗便一日在上房监察，至王夫人回方散。每于夜间针线暇时，临寝之先，坐了小轿，带领园中上夜人等各处巡察一次。他三人如此一理，更觉比凤姐儿（俞校："比凤姐儿"——从庚、晋、甲；原"比凤姐"。）当权时倒更谨慎了些，因而（俞校："因而"——从庚、甲；原"因此"。）里外下人都暗中抱怨，说："刚刚的倒了一个（俞校："倒了一个"——从庚、晋、甲；原"去了一个"。）巡海夜叉，又添了三个镇山太岁，率性连夜里偷着吃酒顽的工夫都没了。"

这日王夫人正是往锦乡侯府去赴席，李纨与探春早已梳洗，伺候出门去后，回至厅上坐了。（俞校："回至厅上坐了"——从庚、晋、甲；原"才回至厅上坐下"。）刚吃茶时，只见吴新登的媳妇（俞校："吴新登的媳妇"——从庚、晋、甲；原"吴新登家的媳妇"。接下一个同。）进来回说："赵姨娘的兄弟赵国基昨儿死了。昨儿回过太太，（俞校："回过太太"——从庚；原"回过太太了"。）太太说知道了，叫回姑娘、奶奶来。"说毕，便垂手傍侍，再不言语。彼时来回话的不少，都打听他二人办事如何。若办得妥当，大家则安个畏惧之心；若少有嫌隙不当之处，（俞校："不当之处"——从晋、甲；原"不妥之处"。）不但不畏服，一出二门，还要编出许多笑话来取笑。吴新登的媳妇心中已有主意，若是凤姐前，他便早已献勤，（俞校："早已献勤"——从庚、晋、甲；原"献勤"。）说出许多主意，又查出许多旧例来，任凤姐儿拣择施行；（庚双：可知虽有才干，亦必有羽翼方可。）如今他藐视李纨老实，探春是青年（俞校："青年"——从庚；原"年轻"。）的姑娘，所以只说出这一句话来，试他二人有何主见。探春便问李纨。李纨想了一想，便道："前儿袭人的妈死了，听见说赏银（俞校："赏银"——从庚、晋、甲；原"赏了银子是"。）四十两。这也赏他四十两罢了。"（俞校："罢了"——从庚、晋、甲；原"罢"。）吴新登家听了，忙答应个"是"，接了对牌就走。探春道："你且回来。"吴新登家的只得回来。探春道："你且别支银子。（俞校："支银子"——从庚、晋、甲；原"支银子去"。）我且问你：那几年老太太屋里的几位老姨奶奶，（俞校："老姨奶奶"——从庚、晋、甲；原"老姨娘"。）也有家里的，也有外头的，这两个分别。（俞校："这两个分别"——从庚、晋、甲；原"这有个分别"。）家里的若死了人是赏多少？外头的死了人是赏多少？你且说两个我们听听。”一问，吴新登家的便都忙了，俞校：“便都忙了”——从庚；原“本是忘了”。忙陪笑回说：“这也不是什么大事。赏多赏少，谁还敢争不成！”探春笑道：“这话胡闹。依我说赏一百倒好。若不按例，俞校：“不按例”——从庚；原“不按理”。别说你们笑话，明儿也难见你二奶奶。”吴新登家的笑道俞校：“吴新登家的笑道”——从庚、晋、甲；原无“笑”。：“既这么说，我查旧帐去，此时却记不得。”探春笑道：“你办事办老了的还记不得，倒来难我们。你素日回你二奶奶也现查去？俞校：“现查去”——从庚、晋、甲；原“现查账去”。若有这个道理，凤姐姐还不算利害，也就算是宽厚了。还不快找了来俞校：“找了来”——从庚、晋、甲；原“找来”。我瞧。再迟一日，不说你们粗心，反像我们没主意了。”吴新登家的满面通红，俞校：“满面通红”——从庚、晋、甲；原“满脸通红”。忙转身出来。众媳妇们都伸舌头。这里又回别的事。一时，吴家的俞校：“吴家的”——从庚、晋、甲；原“吴新登家的”。取了旧帐来。探春看时，俞校：“探春看时”——从庚、晋、甲；原“探春接过来看时，上面有”。两个家里的赏过皆二十两，俞校：“皆二十两”——原“皆是二十四两”；庚、晋“皆二十四两”。依下文改“二十两”。两个外头的皆赏过四十两。外还有两个外头的，一个赏过一百两，一个赏过六十两。这两笔底下皆注有原故：一个是隔省迁父母之柩，外赏六十两；一个是现买葬地，外赏二十两。探春便递与李纨看了。探春便说：“给他二十两银子。俞校：“二十两银子”——从庚、晋、甲；原“二十四两银”。把这帐留下，我们细看看。”吴新登家的去了。俞校：“去了”——从庚、晋、甲；原“答应去了”。忽见赵姨娘进来。李纨、探春忙让坐。俞校：“让坐”——从庚、晋、甲；原“让坐下”。赵姨娘开口便说道：“这屋里的人都踩下我的头俞校：“我的头”——从庚、晋、甲；原“我”。去还罢了，姑娘你也想一想，该替我出气才是。”一面说，一面便眼泪鼻涕哭起来。探春忙道：“姨娘这话说谁？我竟不解。谁踩姨娘的头？俞校：“姨娘的头”——从庚、晋、甲；原“姨娘”。说出来，我替姨娘出气。”赵姨娘道：“姑娘现踩我，我告诉谁去！”探春听说，忙站起来，说道：“我并不敢。”李纨也忙站起来劝。赵姨娘道：“你们请坐下，俞校：“请坐下”——从庚、晋、甲；原“请坐”。听我说。我在这屋里熬油似的熬了这么大年纪，又有你和你兄弟，这会子连袭人都不如了，我还有什么脸！连你也没脸面，别说我了。”俞校：“别说我了”——原无；庚“则说我了”，“则”傍改“到”；晋、甲“别说是我了”（甲“呀”）。今改“别说我了”。探春笑道：“原来为这个。我说俞校：“我说”——从庚、晋、甲；原无。我并不敢犯法违理。”一面就坐了，拿帐翻与赵姨娘瞧，又念与他听，又说道：“这是祖宗手里的旧规矩，人人都依着，偏我改了不成！俞校：“改了不成”——从庚、晋、甲；原“改了这例不成”。也不但俞校：“也不但”——从庚；原“不但”。袭人，将来环儿收了外头的，俞校：“外头的”——从庚、晋、甲；原“外头的女孩儿”。自然也是同袭人一样。这原不是什么争大争小的事，讲不到有脸没脸的话上。他是太太的奴才，我是按着旧规矩办。说办的好，领祖宗的恩典，俞校：“按着旧规矩办。说办的好，领祖宗的恩典”——从庚、晋、甲；原“按旧规矩办的。领的是祖宗的恩典”。太太的恩典；若说办的不均，俞校：“办的不均”——从庚；原“办不匀”。那是他俞校：“那是他”——从庚、晋、甲；原“那是”。糊涂不知福，也只好凭他抱怨去。太太连房子赏了人，我有什么有脸之处；一文不赏，我也没什么没脸之处。依我说，太太不在家，姨娘安静些养神罢了，何苦只要操心。太太满心疼我，俞校：“满心疼我”——从庚、晋、甲；原“满心里疼我”。因姨娘每每生事，几次寒心。我但凡是个男人，可以出得去，我必早走了，立一番事业，俞校：“立一番事业”——从庚、晋、甲；原“另立一番事业”。那时自有我一番道理；偏我是女孩儿家，俞校：“是女孩儿家”——从庚、晋、甲；原“是个女孩儿家”。一句多话也没有我乱说的。俞校：“乱说的”——从庚、晋、甲；原“说的”。太太满心里都知道。如今因看重我，俞校：“看重我”——从庚、晋、甲；原“看重了我”。才叫我照管家务。还没有做一件俞校：“做一件”——从庚、晋、甲；原“作一件”。好事，姨娘倒先来作践我。倘或太太知道了，怕我为难，不叫我管，俞校：“不叫我管”——从庚、晋、甲；原“不叫我管了”。那才正经没脸，俞校：“正经没脸”——从晋、甲；原“正经是没脸呢”。连姨娘也真没脸。”俞校：“也真没脸”——从庚；原“真也没脸”。一面说，一面不禁滚下泪来。赵姨娘没了别话答对，便说道：“太太疼你，你越发该拉扯拉扯我们。你只顾讨太太的疼，就把我们忘了。”探春道：“我怎么忘了？叫我怎么拉扯？这也问你们各人。俞校：“你们各人”——从庚；原“他们各人”。那一个主子不疼出力得用的人；俞校：“出力得用的人”——从庚、甲；原“出力的奴才”。那一个好人用人拉扯的！”俞校：“用人拉扯的”——从庚、晋、甲；原“用人拉扯来著”。李纨在傍，只管劝说：“姨娘别生气，也怨不得姑娘。他满心里要拉扯，俞校：“要拉扯”——从晋、甲；原“有拉扯的心”。口里怎么说的出来。”探春忙道：“这大嫂子也糊涂了。我拉扯谁？谁家姑娘们拉扯奴才了？俞校：“姑娘们拉扯奴才了”——从庚、晋、甲；原“姑娘拉扯奴才来著”。他们的好歹你们该知道，俞校：“你们该知道”——从庚、晋、甲；原上有“自然”。与我什么相干！”赵姨娘气的问道：“谁叫你拉扯别人去了！你不当家，我也不来问你。你如今现说一是一，说二是二。如今你舅舅死了，你多给了俞校："多给了"——从庚、晋、甲；原"多给"。二三十两银子，难道太太俞校："难道太太"——从庚、晋、甲；原"难道"。就不依你！分明俞校："分明"——从庚、晋、甲；原无。太太是好太太，都是你们尖酸刻薄，可惜太太有恩无处使。俞校："无处使"——从庚、晋、甲；原"无处施"。姑娘放心，这也使不着你的银子。明儿等出了阁，我还想你额外照看赵家呢。如今没有长羽毛就忘了根本，只拣高枝儿俞校："高枝儿"——从庚、晋、甲；原"高枝"。飞去了。"探春没听完，俞校："没听完"——从庚、晋、甲；原"不听完"。已气的脸白气噎，抽抽咽咽的一面哭，一面问道俞校："一面问道"——从庚、晋、甲；原"问道"。："谁是我舅舅？我舅舅年下才升了九省检点，俞校："九省检点"——从庚；原下有"去了"。那里又跑出一个舅舅来？俞校："一个舅舅来"——从庚、晋、甲；原下有"了"。我倒素昔按理尊敬，俞校："按理尊敬"——从庚；原"按礼尊敬"。越发敬出这些亲戚来了。俞校："这些亲戚来了"——从庚、晋、甲；原无"了"。既这么说，每日环儿出去，为什么赵国基又站起来，又跟他上学？俞校："跟他上学"——从庚、晋、甲；原"跟他上学去"。为什么不拿出舅舅的款来？何苦来！谁不知道我是姨娘养的，必要过两三个月俞校："过两三个月"——从庚、甲；原"两三个月"。寻出由头俞校："由头"——从庚、晋、甲；原"一个由头"。来，彻底子翻腾一阵，生怕人不知道，故意的表白表白。也不知谁给谁没脸。幸亏我还明白，但凡糊涂不知理的，俞校："不知理的"——从庚；原"不知道理的"。早急了。"李纨急的只管劝，赵姨娘只管还唠叨。

忽听有人说："二奶奶打发平姑娘说话来了。"俞校："说话来了"——从庚、晋、甲；原"来了"。赵姨娘听说，方把口止住。只见平儿进来，俞校："平儿进来"——从庚；原"平儿走进来"。赵姨娘忙陪笑让坐，又忙问："你奶奶好些？我正要瞧去呢，就只没得空儿。"李纨见平儿进来，因问他来作什么。俞校："来作什么"——从晋、甲；原"作什么"。平儿笑道："奶奶说，赵姨奶奶的兄弟没了，俞校："没了"——从庚、晋、甲；原"死了"。恐怕奶奶和姑娘不知有旧例。若照常例，只得二十两；俞校："二十两"——从庚、晋、甲；原"二十四两"。如今请姑娘俞校："请姑娘"——从庚、晋、甲；原"请姑娘、奶奶"。裁度着，再添些也使得。"探春早已拭去泪痕，忙说道："又好好的添什么！谁又是俞校："谁又是"——从庚、晋、甲；原"谁是"。二十四个月养下来的！俞校："养下来的"——从庚；原"养的"。不然，也是那出兵放马，背着主子逃出命来过的人俞校："逃出命来过的人"——从庚、甲；原"逃过命的"。不成！你主子真个倒巧，俞校："真个倒巧"——从庚、甲；原"倒也巧"。叫我开了例，他做好人，拿着太太不心疼的钱乐得做人情。俞校："做人情"——从庚、晋、甲；原"作人情"。你告诉他：我不敢添减，混出主意。他添，他施恩，等他好了出来，爱怎么添怎么添去。”平儿一来时已明白了对半，今听这一番话(俞校：“这一番话”——从庚、晋；原“一番话”。)越发会意，见探春有怒色，便不敢以往日喜乐之时相待，只一边垂手默侍。时值宝钗也从上房中来，探春等忙起身让坐。未及开言，又有一个媳妇进来回事。因探春才哭了，便有三四个小丫鬟捧了沐盆、巾帕、靶镜等物来。此时探春因盘膝坐在矮板榻上，那捧盆的丫鬟走至跟前，便双膝跪下，高捧沐盆；那两个小丫鬟(俞校：“两个小丫鬟”——从庚；原“两个丫鬟”。)也都在旁屈膝捧着巾帕并靶镜脂粉之类。平儿见侍书(俞校：“侍书”——从庚、晋、甲；原“侍书之类”。)不在这里，便忙上来(俞校：“上来”——从庚、晋、甲；原“上前”。)与探春挽袖卸镯，又接过一条大手巾来，将探春面前衣襟掩了。探春方伸手向盆中盥沐。那媳妇便回道：“回奶奶、姑娘：家学里支环爷和兰哥儿的一年公费。”(俞校：“的一年公费”——从庚、晋；原“一年的公费”。)平儿先道：“你忙什么！你睁着眼(俞校：“睁着眼”——从庚、晋、甲；原“睁著眼睛”。)看见姑娘洗脸，你不出去(俞校：“不出去”——从庚、晋、甲；原“不去”。)伺候着，倒先(俞校：“倒先”——从晋、甲；原“先”。)说话来。二奶奶跟前你也这么没眼色来着！姑娘虽然恩宽，我去回了二奶奶，只说你们眼里都没姑娘，你们都吃了亏，可别怨我。”吓的那个媳妇忙陪笑道(俞校：“陪笑道”——从庚；原“陪笑说”。)：“我粗心了。”一面说，一面忙退出去。探春一面匀脸，一面向平儿冷笑道：“你迟来了一步儿，还有可笑的。连吴姐姐这么个办老了事的，也不查清楚了，就来混我们。幸亏我们问他，他竟有脸说忘了。我说他回你主子事也忘了再找去，(俞校：“再找去”——从庚、晋、甲；原“再查去”。)我料着你那主子未必有耐性儿等他去找。”(俞校：“等他去找”——从庚、晋、甲；原“等他去查”。)平儿忙笑道：“他有这一次，管包(俞校：“管包”——从庚、晋；原“包管”。)腿上的筋(俞校：“腿上的筋”——从庚、晋、甲；原“腿上筋”。)早折了两根。姑娘别信他们，那是他们(俞校：“那是他们”——从庚、晋、甲；原无。)瞅着大奶奶是个菩萨，姑娘又是腼腆小姐，固然是托懒来混。”说着，又向门外说道：“你们只管撒野。等奶奶大安了，咱们再说。”门外的众媳妇都笑道：“姑娘，你是个最明白的人。俗语说：一人作罪一人当。我们并不敢欺［蔽］(俞校：“欺［蔽］”——原“欺弊”。今改。)小姐。如今(俞校：“如今”——从庚、晋、甲；原无。)小姐是娇客，若认真惹恼了，死无葬身之地。”平儿冷笑道：“你们明白就好了。”又陪笑向探春道：“姑娘知道二奶奶本来事多，那里照看的这些，保不住不忽略。俗语说：傍观者清。这几年姑娘冷眼看着，或有该添该减的去处二奶奶没行到，（俞校："没行到"——从庚、晋、甲；原"没行到的"。）姑娘竟一添减，头一件于太太的事有益；第二件也不枉姑娘待我们奶奶的情义了。"话未说完，宝钗、李纨都笑道："好丫头，真怨不得（俞校："真怨不得"——从庚、晋、甲；原"怨不得"。）凤丫头偏疼他。本来无可添减之事，如今听你一说，倒要找出两件来斟酌斟酌，不辜负你这话。"探春笑道："我一肚子气没人煞性子，正要拿他奶奶（俞校："拿他奶奶"——从庚、晋、甲；原"拿他"。）出气去；偏他碰了来，说了这些话，叫我也没了主意了。"一面说，一面叫进（俞校："一面说，一面叫进"——从庚、晋、甲；原"一面叫"。）方才那媳妇来问："环爷和兰哥家学里这一年的银子是做那一项（俞校："做那一项"——从庚、晋、甲；原"作那一项"。）用的？"那媳妇便回说："一年学里吃点心，或者（俞校："或者"——从庚、晋、甲；原"剩的"。）买纸笔，每位有八两银子的使用。"探春道："凡爷们的使用都是各屋（俞校："各屋"——从庚；原"各屋里"。）领了月钱的，——环哥儿的是姨娘（俞校："姨娘"——从庚、晋、甲；原"姨娘屋里"。）领二两，宝玉的是老太太屋里袭人领二两，兰哥儿的（俞校："兰哥儿的"——从庚；原"兰哥"。）是大奶奶屋里领，怎么学里每人又多这八两？原来上学去的是为这八两银子！从今儿起，把这一项蠲了。——平儿，回去告诉你奶奶，说我的话，（俞校："说我的话"——从晋、甲；原"就说我的话"。）把这一条务必免了。"平儿笑道："早就该免。旧年奶奶原说要免的，因年下忙，就忘了。"那个媳妇只得答应着去了。就有大观园中媳妇们捧了饭盒来。侍书、素云早已抬过一张小饭桌来。平儿也忙着上菜。探春笑道："你说完了话，干你的去罢，（俞校："干你的去罢"——从庚、晋、甲；原"你去罢"。）在这里忙什么。"平儿笑道："我原没事的。二奶奶打发了我来，一则说话，二则恐这里人不方便，原是叫我帮着妹妹们伏侍奶奶、姑娘的。"探春因问："宝姑娘的饭怎么不端来一处吃？"丫鬟们听说，忙出至檐外，命媳妇（俞校："命媳妇"——从庚、晋；原"命媳妇们"。）去说："宝姑娘如今在厅上一处吃，叫他们把饭送了这里来。"（俞校："这里来"——从庚、晋、甲；原"来"。）探春听说，便高声说道："你别混支使人。那都是办大事的管家娘子们，你们支使他（俞校："支使他"——从庚、晋、甲；原"支使"。）要饭要茶的，连个（俞校："连个"——从庚、晋、甲；原"连一个"。）高低都不知道。平儿这

欺幼主刁奴蓄险心　敏探春兴利除宿弊

里站着，俞校："站着"——从庚、晋、甲；原"站著作什么"。你叫叫去。"平儿忙答应了一声出来。那些媳妇们都忙俞校："都忙"——从庚；原无。悄悄的拉住笑道："那里用姑娘去叫。我们已经有人叫去了。"一面说，一面用手帕掸石矶上，俞校："掸石矶上"——从晋、甲；原"掸了一掸石矶上"。说："姑娘站了半天乏了，这太阳影里俞校："太阳影里"——从庚、晋；原"太阳地里"。且歇歇。"平儿便坐下。又有茶房里的两个婆子拿了个坐褥铺下，说："石头冷，这是极干净的，姑娘将就坐一坐儿罢。"俞校："坐一坐儿罢"——从庚、晋、甲；原"坐一坐儿"。平儿忙陪笑道多谢。俞校："多谢"——从庚、晋、甲；原"多谢了"。一个又捧了一碗精致新茶俞校："精致新茶"——从庚、晋、甲；原"精致的新茶"。出来，也悄悄的笑说："这不是我们的常用茶，俞校："我们的常用茶"——从庚；原"我们常用的茶"。原是俞校："原是"——从庚、晋、甲；原"是"。伺候姑娘们的。姑娘且润一润俞校："润一润"——从庚、晋、甲；原"润一润喉"。罢。"平儿忙欠身接了。因指众媳妇俞校："众媳妇"——从庚、甲；原"众媳妇们"。悄悄说道俞校："悄悄说道"——从庚、晋、甲；原"说道"。："你们太闹的不像了。他是个姑娘家，不肯发威动怒，这是他尊重。你们就藐视欺负他。果然招他动了大气，俞校："大气"——从庚、晋、甲；原"大怒"。不过说他个俞校："说他个"——从庚；原"说他一个"。粗糙就完了，你们就现吃不了的亏。他撒个娇儿，太太也得让他一二分，二奶奶也不敢怎样。你们就这么大胆子小看他，可是鸡蛋往石头上碰。"俞校："这么大胆子"至"石头上碰"——从庚、晋、甲；原"这么著"。众人都忙道："我们何尝敢大胆了，俞校："众人都忙道：我们何尝敢大胆了"——从庚、晋、甲；原"众人道"。都是赵姨奶奶闹的。"平儿又悄悄的说俞校："悄悄的说"——从庚；原"悄悄的道"。："罢了，好奶奶们！'墙倒众人推'。那赵姨奶奶原有些到三不着两俞校："不着两"——从庚、晋、甲；原"不到两"。的，有了事都就赖他。你们素日那俞校："素日那"——从庚、晋、甲；原"素日"。眼里没人，心术俞校："心术"——从庚、晋、甲；原"心里"。利害，我这几年难道还不知道。二奶奶若是略差一点儿的，早被你们这些奶奶治倒了。饶这么着，得一点空儿，还要难他一难。好几次没落了你们的口声。俞校："你们的口声"——从庚、晋、甲；原"口声"。众人都道俞校："众人都道"——从庚、晋、甲；原"众人道，如何敢。平儿道"。他利害，你们都怕他。惟我知道他心里也就不算不怕你们呢。前儿我们还议论到这里，再不能依头顺尾，俞校："依头顺尾"——从庚、晋、甲；原"依头顺尾的"。必有两场气生。那三姑娘虽是个俞校："虽是个"——从庚、晋、甲；原"虽是姨娘的"。姑娘，你们都横看了他。俞校："横看了他"——从庚、晋、甲；原"看见了"。二奶奶这些大姑子小姑子里头，俞校："里头"——从庚、晋、甲；原无。也就只单怕他五分。俞校："怕他五分"——从甲；原"惧他五分"。你们这会子倒不把他放在眼里了。"正说着，只见秋纹走来。众媳妇忙赶着（俞校："众媳妇忙赶着"——从庚、晋、甲；原"众人忙著"。）问好，又说："姑娘也且歇一歇，（俞校："歇一歇"——从庚、晋、甲；原"歇歇"。）里头摆饭呢。等撤下饭桌子来，再回话去。"秋纹笑道："我比不得你们，我那里等得。"说着，便直要上厅去。平儿忙叫："快回来。"秋纹回头见了平儿，笑道："你又在这里充什么外围的防护。"一面回身（俞校："一面回身"——从庚、甲；原"一回身"。）便坐在平儿褥上。平儿悄问（俞校："悄问"——从庚、晋、甲；原"悄问道"。）："回什么？"秋纹道："问一问宝玉的月银，（俞校："月银"——从庚；原"月钱"。）我们的月钱，多早晚才领。"平儿道："这什么大事。你快回去告诉袭人，说我的话（俞校："说我的话"——从庚、晋、甲；原"就说我的话"。）：凭有什么事，今儿都别回。若回一件，管驳一件；回一百件，管驳一百件。"秋纹听了，忙问："这是为什么了？"（俞校："这是为什么了"——从庚、晋；原"道：是为什么"。）平儿与众媳妇等都忙告诉他原故，又说："正要找几件（俞校："几件"——从庚；原"几处"。）利害事与有体面的人来开例作法子，镇压与众人作榜样呢，何苦你们先来碰在这钉子上。你这一去说了，他们若拿你们也作一二件榜样，又碍着老太太、太太；（俞校："老太太、太太"——从庚、晋、甲；原"老太太的嘴"。）若不拿着（俞校："不拿着"——从庚、晋、甲；原"不拿"。）你们作一二件，（俞校："作一二件"——从庚；原"作一二件榜样"。）人家又说偏一个，向一个，仗着老太太、太太威势（俞校："威势"——从庚、晋、甲；原"的威势"。）的就怕他不敢动，只拿着（俞校："只拿着"——从庚、晋、甲；原"只拿我们"。）软的作鼻子头。你听听罢，二奶奶的事他还要驳两件，才压的（俞校："压的"——从庚；原"押的住"。）众人口声呢！"秋纹听了，伸舌笑道："幸而平姐姐在这里，没的臊一鼻子灰。我趁早知会他们去。"说着，便起身走了。接着宝钗的饭至，平儿忙进来伏侍。那时赵姨娘已去，三人在板床上吃饭，宝钗面南，探春面西，李纨面东。众媳妇皆在廊下静候，里头只有他们紧跟常侍的丫鬟伺候，别人一概不敢擅入。这些媳妇们都悄悄的议论说："大家省事罢，别安着（俞校："别安着"——从庚、晋、甲；原"都别安著"。）没良心的主意。（俞校："主意"——从庚、晋、甲；原"主意了"。）连吴大娘才都（俞校："连吴大娘才都"——从庚、晋、甲；原"吴大娘才"。）讨了没意思，咱们又是什么有脸的。"他们一边悄议，（俞校："悄议"——从庚、晋、甲；原"悄悄议论"。）等饭完回事。只觉里面鸦雀无声，（俞校："鸦雀无声"——从庚；原"鸦雀无闻"。）并不闻碗箸之声。一时，只见一个丫鬟将帘栊（俞校："帘栊"——从庚、晋、甲；原"帘笼"。）高揭，又有两个将桌子抬出。茶房内早有三个丫头捧着三沐盆水，见饭桌已出，三人便进去了。一回，又捧出沐盆并漱盂来，方有侍书、素云、莺儿三个，每人用茶盘捧了三盖碗茶进去。一时，等他三人出来，侍书命小丫头子（俞校："小丫头子"——从庚、晋、甲；原"小丫头们"。）："好生伺候着，我们吃了饭来换你们。别又（俞校："别又"——从庚；原"可又别"。）偷坐着去。"众媳妇们方慢慢的一个一个的安分回事，不敢如先前轻慢疏忽了。探春气方渐平。因向平儿道："我有一件大事要和你奶奶商议，如今可巧想起来。你吃了饭快来。宝姑娘也在这里，（俞校："也在这里"——从庚、晋、甲；原"也在此"。）咱们四个人商议了，再细细（俞校："细细"——从庚；原"细细的"。）问你奶奶可行可止。"平儿答应回去。凤姐因问为何去这一日。平儿便笑着，将方才的原故细细的说与他听了。凤姐笑道："好，好，好！（俞校："好，好，好"——从庚、甲；原"好好"。）好个三姑娘！我说他不错。只可惜他命薄，没托生在太太肚里。"（俞校："托生在太太肚里"——从庚、晋、甲；原"脱生在太太肚子里"。）平儿笑道："奶奶也说糊涂话了。他便不是太太养的，难道谁敢小看他，不与别的一样看了！"（俞校："一样看了"——从庚、晋；原下有"不成"。）凤姐叹道："你那里知道。虽然庶出一样，（俞校："庶出一样"——从庚、晋、甲；原"说是一样"。）女儿却比不得男人。将来攀亲时，（俞校："攀亲时"——从庚、晋、甲；原"攀亲事"。）如今有一种（俞校："有一种"——从庚、晋、甲；原"有种"。）轻狂人，先要打听姑娘是正出是庶出，多有为庶出不要的。殊不知别说庶出，便是我们的丫头，（俞校："我们的丫头"——从庚、晋、甲；原"我们的丫头们"。）比人家的小姐还强呢。将来不知那个没造化的为挑庶正（俞校："为挑庶正"——原"挑庶正"；晋"为挑庶"；甲"为挑正庶"。今增"为"。）误了事呢，也不知那个有造化的不挑庶正的（俞校："不挑庶正的"——从庚、晋、甲；原"不挑庶正"。）得了去。"说着，又向平儿笑道："你知道我这几年生了多少省俭的法子，（俞校："省俭的法子"——从庚、晋、甲；原"省俭法子"。）一家子大约也没个不背地里恨我的，我如今也是骑上老虎了，（俞校："骑上老虎了"——从庚、晋、甲；原"骑上老虎"。）虽然看破些，无奈一时也难宽放；二则家里出去的多，进来的少。凡百大小事（俞校："凡百大小事"——从庚、晋；原"凡有大小事"。）仍是照着老祖宗手里的规矩，却一年进的产业又不及先时。多省俭了，外人又笑话，老太太、太太也受委屈，（俞校："也受委屈"——从庚、晋、甲；原"又受委屈"。）家下人也抱怨刻薄，若不趁早儿（俞校："趁早儿"——从庚、晋、甲；原"趁早"。）料理省俭之计，再几年就都赔尽了。"平儿道："可不是这话。（俞校："可不是这话"——从庚、晋、甲；原"可不是"。）将来还有三四位姑娘，还有两三个小爷，一位老太太，（俞校："还有两三个小爷，一位老太太"——从庚、

（晋、甲：原“两三个小爷，一位老祖宗”。）这几件大事未完呢。”凤姐笑道：“我也虑到这里，倒也够了：宝玉和林妹妹他两个一娶一嫁，可以使不着官中的钱，老太太自有梯己拿出来；二姑娘是大老爷那边的，也不算；剩了三四两个，（俞校：“三四两个”——从晋；原“两三个”。）满破着每人花上一万银子；环哥娶亲有限，花上三千两（俞校：“三千两”——从庚、晋、甲；原“三千”。）银子，不拘那里省一抿子也就够了；老太太的事出来，一应都是全了的，（俞校：“全了的”——从庚、晋、甲；原“全的了”。）不过零星杂项使费，也满破三五千两。（俞校：“三五千两”——从庚、晋、甲；原“三五千两银子”。）如今再俭省些，（俞校：“俭省些”——从庚、甲；原“省俭些”。）陆续也就够了。只怕如今平空又生出（俞校：“又生出”——从庚；原“再生出”。）一两件事来，可就了不得了。——咱们且别虑后事，你且吃了饭，快听他商议什么。这正碰了我的机会。我正愁没个膀臂。虽有个宝玉，他又不是这里头的货，纵收伏了他，也不中用；大奶奶是个佛爷，也不中用；二姑娘更不中用，亦且（俞校：“亦且”——从庚、晋、甲；原“况且”。）不是这屋里的人；四姑娘小呢；兰小子更小；环儿（俞校：“环儿”——从庚、晋、甲；原“小环儿”。）更是个燎毛的小冻猫子，只等有热灶火炕让他钻去罢；——真真一个娘肚子里跑出（俞校：“跑出”——从庚、晋、甲；原“跳出”。）这样天悬地隔的两个人来。我想到这里就不伏。——再者，林丫头和宝姑娘他两个倒好，偏又都是亲戚，又不好管咱们家务事。况且（俞校：“况且”——从庚、晋、甲；原“况”。）一个是美人灯儿，风吹吹就坏了；一个是拿定了主意‘不干己事不张口，一问摇头三不知’，也难十分去问他。倒只剩了三姑娘一个，心里嘴里都也来得，又是咱家的正人，（俞校：“咱家的正人”——从庚、晋、甲；原“咱们家的正人”。）太太又疼他；虽然面上淡淡的，皆因是赵姨娘那老东西闹的，心里却是和宝玉一样呢。（俞校：“和宝玉一样呢”——从庚、甲；原“和宝玉一样疼呢”。）比不得环儿，实在令人难疼，要依我的性子，早撵出去了。如今他既有这主意，（俞校：“有这主意”——从庚、晋、甲；原“有这个主意”。）正该和他协同，大家做个（俞校：“做个”——从庚；原“作个”。）膀臂，（己双：阿凤有才处全在择人，收纳膀背羽翼，并非一味傍才自恃者可知。这方是大才。）我也不孤不独了。按正理，天理良心上论，咱们有他这个人（俞校：“这个人”——从庚；原“这一个人”。）帮着，咱们也省些心，于太太的事也有些益；（俞校：“也有些益”——从庚、晋；原“也有益”。）若按私心藏奸上论，我也太行毒了，也该抽头退步回头看看了，（俞校：“看看了”——从晋；原“看看”。）再要穷追苦尅，（俞校：“穷追苦尅”——从庚、晋、甲；原“穷追苦刻”。）人恨极了，暗地里笑里藏刀，咱们两个（俞校："咱们两个"——从庚；原"咱们两人"。）才四个眼睛两个心，一时不防，倒弄坏了。趁着紧溜之中，他出头一料理，众人就把往日咱们的恨暂可解了。还有一件，我虽知你极明白，恐怕你心里挽不过来，如今嘱咐你：他虽是姑娘家，心里却（俞校："心里却"——从庚、晋、甲；原"他心里却"。）事事明白，不过是言语谨慎；他又比我知书识字，更利害一层了。如今俗语说：擒贼必先擒王。他如今要作法开端，一定是先拿我开端。倘或他要驳我的事，（俞校："驳我的事"——从庚、晋、甲；原"驳我的回"。）你可别分辩，你只越恭敬，越说驳的是才好。千万别想着怕我没脸，和他一犟（俞校："一犟"——从庚；原"一强"。）就不好了。"平儿不等说完，便笑道："你太把人看糊涂了。我才已经行在先，（俞校："行在先"——从庚、晋；原"行在先了"。）这会子又反（俞校："又反"——从庚、晋；原"反"。）嘱咐我。"凤姐笑道："我是恐怕你心里眼里只有了我，（俞校："只有了我"——从庚、晋、甲；原"只有我"。）一概没有别人之故，不得不嘱咐；既已行在先，更比我明白了。你又急了，满口里（俞校："满口里"——从晋；原"满嘴里"。）你我起来。"（俞校："你我起来"——从庚、晋；原"你儿我儿起来"。）平儿道（俞校："平儿道"——从庚、甲；原"平儿笑道"。）："偏说你！你不依，这不是嘴巴子，再打一顿。难道这脸上还没尝过的不成！"凤姐笑道："你这小蹄子，要掂多少过子（俞校："掂多少过子"——从庚；原"翻多少过子"。）才罢。看我病的这样，（俞校："病的这样"——从庚、晋；原"病的这个样儿"。）还来呕我。过来坐下，横竖没人来，咱们一处吃饭是正经。"说着，丰儿等三四个小丫头子进来放小炕桌。凤姐只吃燕窝粥，两碟子精致小菜，每日的分例菜（俞校："分例菜"——从庚、晋、甲；原"分例"。）已暂减去。（俞校："已暂减去"——从庚、晋、甲；原"暂已减去"。）丰儿便将平儿的四样分例菜端至桌上，与平儿盛了饭来。平儿屈一膝于炕沿之上，半身犹立于炕下，陪着凤姐吃了饭，（庚双：凤姐之才又在能邀买人心。）伏侍盥漱毕，嘱咐了丰儿些话，（俞校："些话"——从晋、甲；原"话"。）方往探春处来。只见院中寂静，人已散出。（俞校："院中寂静，人已散出"——从庚、晋、甲；原"院中人已散了"。）要知端的，且听（俞校："且听"——从晋、甲；原无。）下回分解。

戚回后：噫！事亦难矣哉！探春以姑娘之尊，以贾母之爱，以王夫人之付托，以凤姐之未谢事，暂代数月，而奸奴蜂起，内外欺侮，锱铢小事，突动风波，不亦难乎！以凤姐之聪明，以凤姐之才力，以凤姐之权术，以凤姐之贵宠，以凤姐之日夜焦劳，百般弥缝，犹不免骑虎难下，为移祸东吴之计，不亦难乎！况聪明才力不及凤姐，权术贵宠不及凤姐，焦劳弥缝不及凤姐，又无贾母之爱，姑娘之尊，太太之付托，而欲左支右吾，撑前达后，不更难乎！士方有志作一番事业，每读至此，不禁为之投书以起，三复流连而欲泣也。

第五十六回
敏探春兴利除宿弊　识宝钗小惠全大体

蒙戚回前：叙入梦景，极迷离，却极分明。牛鬼蛇神不犯笔端，全从至情至理中写出，《齐谐》莫能载也。

话说平儿陪着凤姐吃了饭，伏侍盥漱毕，方往探春处来。只见院中寂静，只有丫鬟、婆子诸内壶近人俞校："诸内壶近人"——从晋、甲；原无。庚有之，又傍改成"园内执事人"。在窗外听候。平儿进入厅中，见他姊妹三人正议论些家务，说的便是年内赖大家请吃酒，俞校："请吃酒"——从庚、晋、甲；原"来请吃酒"。他家花园中的事。见他来了，探春便命他脚踏上坐了，因说道："我想的事不为别的，因想着我们一月有二两月银外，丫头们又另有月钱。前儿又有人回，要我们一月所用的头油脂粉，每人又是二两。俞校："又是二两"——从庚；原"又有二两"。这又同才刚学里的八两俞校："八两"——从庚、晋、甲；原无。一样，重重叠叠，事虽小，钱有限，看起来也不妥当。你奶奶怎么就没想到这个？"平儿笑道："这有个原故：姑娘们所用的这些东西自然是该有分例的，每月买办买了令女人们俞校："令女人们"——从庚、晋、甲；原"会女人们"。各房交与我们收管，俞校："我们收管"——从晋、甲；原"他们收管"。不过预备姑娘们使用就罢了。没有一个我们天天各人拿着钱，找人买头油又是脂粉去的理。俞校："买头油又是脂粉去的理"——从庚；原"买胭脂粉的"。所以外头买办总领了去，按月使女人俞校："使女人"——从庚、晋、甲；原"使人"。按房交与我们的。姑娘们的每月这二两原不是为买这些的，俞校："买这些的"——从庚、晋、甲；原"买这些东西"。原为的是俞校："原为的是"——从庚、晋；原"原是为的是"。一时当家的俞校："当家的"——从庚、晋、甲；原"当家"。奶奶、太太，或不在家，或不得闲，姑娘们偶然一时可巧俞校："可巧"——从庚；原无。要几个钱使，省得找人去。这原是恐怕姑娘们受委屈，俞校："这原是恐怕姑娘们受委屈"——从庚；原"这是恐怕姑娘受了委屈"。可知这个钱并不是买这些俞校："并不是买这些"——从晋；原"为这个"。才有的。如今我冷眼看着，各房里的我们的姊妹俞校："我们的姊妹"——从庚、甲；原"姑娘，各门的姊妹"。都是现拿钱买这些东西的，竟有一半。俞校："竟有一半"——从庚；原"竟有了一半"。我就疑惑，不是买办脱了空，迟些日子，俞校："迟些日子"——从庚；原"迟了日子"。就是买的不是正经货，弄些使不得的东西来搪塞。"俞校："来搪塞"——从庚；原"搪塞"。探春、李纨都笑道："你也留心看出来了。脱空是没有的，也不敢，只是迟些日子。催急了，不知那里弄些来，不过是个名儿，其实使不得，俞校："弄些来"至"使不得"——从庚、晋、甲；原"弄了来的那平常东西，使不得"。依然得现买。就用这二两银子，俞校："用这二两银子"——从庚、晋、甲；原下有"了"。另叫别人的奶妈子的或是弟兄哥哥的儿子俞校："奶妈子的或是弟兄哥哥的儿子"——从庚；原"奶妈或是兄弟哥哥儿子"。买了来，才使得。若使了官中的人，俞校："官中的人"——从庚；原"官中的人买去"。依然是那一样的。俞校："依然是那一样的"——从庚、晋、甲；原"照旧是那样"。不知他们是什么法子。是铺子里坏了不要的，俞校："坏了不要的"——从庚；原"坏了的不要了"。他们都弄了来，单预备给我们？"俞校："给我们"——从庚；原"给我们的"。平儿笑道："买办买的是那样的，他买了好的来，买办岂肯俞校："买办岂肯"——从庚、晋、甲；原"外办岂肯"。和他善开交，又说他使坏心，要夺这买办了。俞校："买办了"——从庚、晋、甲；原"外办"。所以他们也只得如此，能可俞校："能可"——从庚；原"宁可"。得罪了里头，俞校："里头"——从庚、晋、甲；原"主子"。不肯得罪了外头办事的人。姑娘们只能可使奶妈妈们，俞校："只能可使奶妈妈们"——从庚；原"只得使奶妈们"。他们也就不敢闲话俞校："闲话"——从晋；原"说闲话"。了。"探春道："因此，我心里不自在。钱费两起，东西又白丢一半，俞校："白丢一半"——从庚、晋、甲；原"白掷一半"。通算起来反费了两折子。俞校："通算起来反费了两折子"——从庚；原"算起来费两遮子钱"。不如竟把俞校："竟把"——从庚、晋、甲；原"把"。买办的这一项每月蠲了为是。俞校："买办的这一项每月蠲了为是"——从甲；原"买办这一分子免了罢"。此是一件事。第二件，年里俞校："年里"——从庚、晋、甲；原"年里头"。往赖大家去，你也去的，你看他那小园子比咱们这个俞校："咱们这个"——从庚、晋、甲；原"咱们的这个"。如何？"平儿笑道："还没有咱们这一半大，树木花草也少多了。"探春道："我因和他家女儿俞校："他家女儿"——从庚；原"他们家女儿"。说闲话儿，谁知那么个园子，除他们戴的花儿，吃的笋菜俞校："笋菜"——从庚、晋、甲；原"笋果"。鱼虾之外，一年还有人包了去，年终足有俞校："足有"——从庚、晋、甲；原"总有"。二百两银子剩。从那日我才知道，一个破荷叶，一根枯草根子都是值钱的。"宝钗笑道："真真膏粱纨绮 俞校："纨绮"——从庚；原"纨袴"。庚又傍改"纨袴"。 之谈。虽是千金小姐，俞校："虽是千金小姐"——从庚；原"你们原是千金小姐"。 原不知 俞校："原不知"——从庚、晋；原"不知道"。 这事，但你们都念过书识字的，竟没看见 俞校："竟没看见"——从庚、晋、甲；原"竟没有看见"。 朱夫子有一篇《不自弃文》俞校："不自弃文"——从庚、晋；原"不自弃之文"。 不成？"探春笑道："虽也看过，不过是勉人自励。虚比浮词，那里都真有的。"宝钗道："朱子都有虚比浮词？那句句都是有的。你才办了两天的事，俞校："两天的事"——原"两天的时事"；庚"两天时事"；甲"两天事"。今删"时"。 就利欲薰心，把朱子都看虚浮了。你再出去，见了那些利弊大事，越发把孔子也看虚了。" 俞校："把朱子"至"也看虚了"——从庚、晋；原"把朱夫子都看虚了"。 探春笑道："你这样一个通人，竟没看见子书。俞校："子书"——从庚；原"了书"。 当日姬子有云：'登利禄之场，处运筹之界者，俞校："姬子有云"至"之界者"——从庚、晋、甲；原"姬子曾云：登禄利之场，处运筹之境者"。 窃尧舜之词，背孔孟之道，——'"宝钗笑道："底下一句呢？"探春笑道："如今只断章取义，念出底下一句，俞校："念出底下一句"——从庚、晋、甲；原下有"来"。 我自己骂我自己不成！"宝钗道："天下没有不可用的东西，既可用，便值钱。难为你是个聪明人，这些正事大节目事 俞校："大节目事"——从庚；原"上"。 竟没经历，也可惜迟了。" 俞校："竟没经历，也可惜迟了"——从庚、晋；原"竟没经历过，如今可惜迟了些"。 己双：反点题，文法中又一变体也。 李纨笑道："叫了人家来，不说正事，你们且对讲学问。"宝钗道："学问中便是正事。此刻于小事上用学问一提，俞校："于小事上用学问一提"——从庚、晋；原"小事上用学问"。 那小事越发作高一层了；不拿学问提着，便都流入市俗去了。"三人只是取笑之谈，说了笑了一回，俞校："只是取笑之谈，说了笑了一回"——从庚；原"都是取笑之谈，说笑了一回"。 便仍谈正事。俞校："便仍谈正事"——从庚、晋、甲；原"仍谈正事"。 己双：作者又用金蝉脱壳之法。

探春因又接着说道："咱们这园子 俞校："这园子"——从庚、晋；原"园子"。 只算比他们的多一半。加一倍算，一年就有四百银子的 俞校："四百银子的"——从庚、晋、甲；原"四百银子"。 利息。若此时也出脱生发银子，自然小器，不是咱们这样人家的事；俞校："这样人家的事"——从庚、晋、甲；原"这样人家行的事"。 若不派出 俞校："若不派出"——从妙复轩本增"不"。原及所有本均无"不"。 两个一定的人来，既有许多值钱之物，一味任人作践，也似乎 俞校："也似乎"——从庚、晋、甲；原"似乎"。 暴殄天物。不如在园子里的所有的老妈妈中，拣出几个本分老成能知园圃 俞校："园圃"——从庚、晋、甲；原"园囿"。 事的，派准他们收拾料理，也不必要他们交租纳税，只问他们一年可以孝敬些什么。（俞校："可以孝敬些什么"——从庚、晋、甲；原"可有些孝敬"。）一则园子有专定之人（俞校："专定之人"——从庚；原"专管之人"。）修理花木，自有一年好似一年的，也不用临时忙乱；二则也不至作践，白辜负了东西；三则老妈妈们也可借此小补，不枉年日（俞校："年日"——从庚、晋、甲；原"每年"。）在园中辛苦；四则亦可以省了这些（俞校："省了这些"——从庚、晋、甲；原"省了些"。）花儿匠、山子匠、打扫人等（俞校："打扫人等"——从庚；原"并打扫人等"。）的工费。（俞校："工费"——从庚、晋、甲；原"工费钱"。）将此有馀，以补不足，未为不可。"宝钗正在地下看壁上的字画，听如此说一则，便点一回头，说完便（俞校："说一则，便点一回头，说完便"——从庚；原"说，便点头"。）笑道："善哉，三年之内，无饥馑矣。"李纨笑道："好主意。这果一行，（俞校："这果一行"——从庚；原"这一行"。）太太必喜欢。省钱事小，第一有人打扫。（俞校："有人打扫"——从庚、晋、甲；原"省人打扫"。）专司其职，又许他们去卖钱。使之以权，动之以利，再无不尽职的了。"（俞校："不尽职的了"——从庚、晋、甲；原"不尽职了"。）平儿道："这件事须得姑娘说出来，我们奶奶虽有此心，也未必好出口。此刻姑娘们（俞校："姑娘们"——从晋、甲；原"姑娘"。）在园里（俞校："在园里"——从庚；原"在园子里"。）住着，不能多弄些顽意儿陪衬，（俞校："陪衬"——从晋、甲；原"去陪衬"。）反叫人去监管修理，图省钱。这话断不好出口。"宝钗忙走过来摸着他的脸，笑道："你张开嘴，我瞧瞧你的牙齿舌头是什么作的。从早起来（俞校："早起来"——从庚、晋、甲；原"早起"。）到这会子，你说了这些话，一套一个样儿，也不奉承三姑娘，也没见你说奶奶才短（俞校："你说奶奶才短"——从庚；原"他说他们奶奶才短"。）想不到，也并没有（俞校："也并没有"——从庚；原无。）三姑娘说一句，你就说一句是。横竖三姑娘一套说出，（俞校："一套说出"——从庚；原"一套话出来"。）你就有一套话进去。（俞校："一套话进去"——从庚、晋、甲；原"一套进去"。）总是三姑娘想得到的，（俞校："想得到的"——从晋、甲；原"想的到"。）你奶奶也想到了，（俞校："想到了"——从庚、晋、甲；原"想的到"。）只是必有个不可办的原故。（俞校："的原故"——从庚、晋、甲；原"之故"。）这会子又是因姑娘住的园子，不好因省钱令人去监管。你们想想这话：若果真交与人（俞校："交与人"——从庚、晋、甲；原"交与他人"。）弄钱去的，那人自然是一枝花儿也不许掐，一个果子也不许动了。姑娘们分中自然不敢，天天与小姑娘们就吵不清。（俞校："吵不清"——从庚、晋、甲；原"吵不清了"。）他这远愁近虑，不抗不卑，他奶奶便不是（俞校："便不是"——从庚、晋、甲；原"便不"。）和咱们好，听他这一番话也必要自愧的变好了，（俞校："变好了"——从庚、晋、甲；原"好了"。）不和也变和了。"（俞校："不和也变和了"——从庚；原"不和的也便和了"。）探春笑道："我早起一肚子气，听他来了，忽然想起他主子来，素日当家，使出来的好撒野的人，(俞校："撒野的人"——从庚、晋、甲；原"撒野的奴才"。)我见了他(俞校："见了他"——从庚、晋、甲；原"见他"。)更生了气。谁知他来了，避猫鼠儿似的站了半日，(俞校："站了半日"——从庚、晋、甲；原"站了半天"。)怪可怜的；接着又说了那么些话，不说他主子待我好，倒说'不枉姑娘(俞校："不枉姑娘"——从庚、晋、甲；原"姑娘不枉"。)待我们奶奶素日的情意了'。(俞校："情意了"——从庚、晋、甲；原"情意"。)这一句话不但没了气，我倒愧了，又伤起心来。我细想，我一个女孩儿家，自己还闹得(俞校："闹得"——从庚、晋、甲；原"闹的"。)没人疼没人顾的，我那里还有好处去待人。"(俞校："好处去待人"——从庚、晋、甲；原"待人的好处"。)口内(俞校："口内"——从庚、晋、甲；原"口中"。)说到这里，不免又流下泪来。李纨等见他说的恳切，又想他素日赵姨娘每生诽谤，(俞校："每生诽谤"——从庚、晋、甲；原"每每诽谤"。)在王夫人跟前亦为(俞校："亦为"——从庚、晋、甲；原"亦被"。)赵姨娘所累，也都不免(俞校："都不免"——从庚、晋、甲；原"不免都"。)流下泪来。都忙劝他："趁今日清静，大家商议两件兴利剔弊的事，也不枉太太委托一场。又提这没要紧的事做什么。"(俞校："做什么"——从庚、晋、甲；原"作什么"。)平儿忙道："我已明白了。姑娘竟说谁好，竟一派人就完了。"探春道："虽如此说，也须得回你奶奶一声。我们这里搜剔不遗，已经不当，——皆因(俞校："皆因"——从庚、晋、甲；原"因"。)你奶奶是个明白人，我才这样行；若是糊涂，多歪多妒的，(俞校："多歪多妒的"——从晋、甲；原"的"。)我也不肯，倒像抓他乖一般。(俞校："抓他乖一般"——从晋；原"抓了尖儿"。)岂可不商议了行。"(俞校："商议了行"——从庚；原"商量了再行"。)平儿笑道："既这样，我去告诉一声。"说着，去了半日方回来，笑说："我说是白走一趟。这样好事，奶奶岂有不依的。"探春听了，便和李纨命人将园中所有的婆子的名单要来，大家参度，大概定了几个。又将他们一齐传来，李纨大概(俞校："大概"——从庚、晋、甲；原"即将大概"。)告诉了他们。众人听见，无不愿意，也有说："那一片竹子单交给我，一年工夫，明年又是一片。除了家里吃的笋，一年还可交些钱粮。"这一个说："那一片稻地(俞校："那一片稻地"——从庚、晋、甲；原"那片稻地"。)交给我，一年这些顽的大小雀鸟的粮食不必动官中钱粮，我还可以交钱粮。"探春才要说话，人回："大夫来了，进园瞧姑娘。"众婆子只得去接大夫。(俞校："接大夫"——从庚；原"领大夫"。)平儿忙说："单你们有一百个也不成个体统。难道没有两个(俞校："没有两个"——从庚、晋、甲；原"没有"。)管事的头脑带进大夫来？"(俞校："带进大夫来"——从庚、晋、甲；原下有"么"。)回事的那人(俞校："回事的那人"——从庚、晋、甲；原"回事的人"。)说："有吴大娘和单大娘他两个在西南角上聚锦门等着呢。”平儿听说，方罢了。

众婆子去后，探春问宝钗如何。宝钗笑答道：“幸于始者（俞校：“幸于始者”——从庚、甲；原“勤于始者”。）怠于终，缮其辞者（俞校：“缮其辞者”——从庚、晋；原“善其辞者”。）嗜其利。”探春听了，点头称赞，便向册上指出几个（俞校：“指出几个”——从晋、甲；原“指出几个人”。）来，与他三人（俞校：“他三人”——从庚、晋、甲；原“他三个人”。）看。平儿忙去取笔砚来。他三人说道：“这一个老祝妈是个妥当的，况他老头子和他儿子代代都是管打扫竹子。如今竟把这所有的竹子交与他。这一个老田妈本是个种庄家的，稻香村一带，凡有菜蔬稻稗（俞校：“稻稗”——从庚、晋、甲；原“稻麦”。）之类，虽是顽意儿，不必认真大治大耕，（俞校：“大治大耕”——从庚、晋、甲；原“耕种之事”。）也须得他去，再一按时加些培植，（俞校：“加些培植”——从庚；原“加意培植”。）岂不更好？”探春又笑道（俞校：“又笑道”——从庚、晋、甲；原“笑道”。）：“可惜蘅芜苑和怡红院这两处大地方竟没有出利息之物。”李纨忙笑道：“蘅芜苑更利害。（俞校：“蘅芜苑更利害”——从庚；原“蘅芜院里更利害”。）如今香料铺并大市大庙卖的各处（俞校：“各处”——从庚、晋、甲；原“各色”。）香料香草儿，都不是（俞校：“都不是”——从庚、晋、甲；原“都是”。）这些东西！算起来比别的利息更大。怡红院别说别的，单只说春夏天一季（俞校：“一季”——从庚；原“二季”。）玫瑰花，共下多少花！（俞校：“共下多少花”——从庚；原无。）还有一带篱笆上（俞校：“还有一带篱笆上”——从庚、晋、甲；原“并那篱笆上的”。）蔷薇、月季、宝相、金银藤：单这没要紧的草花，（俞校：“蔷薇”至“草花”——从庚；原“蔷薇花、月季花、宝香、金银藤等类的没要紧的花草”。）干了卖到茶叶铺、药铺去，也值几个钱。”探春笑道：“原来如此。只是弄这香草的没有在行的人。”平儿忙笑道：“跟宝姑娘的莺儿，他妈就是会弄这个的。上回他还采了些晒干了，编成花篮、葫芦，给我顽的。（俞校：“给我顽的”——从庚、晋；原“给我顽”。）姑娘倒忘了（俞校：“倒忘了”——从庚；原“忘了”。）不成？”宝钗笑道：“我才赞你，你倒来捉弄我了。”三人都诧异，问道：“这是为何？”宝钗道：“断断使不得。（俞校：“断断使不得”——从庚、晋、甲；原“这断断使不得”。）你们这里多少得用的人，一个一个（俞校：“一个一个”——从庚、晋；原“一个个”。）闲着没事办，这会子我又弄个人来，（俞校：“弄个人来”——从庚、晋、甲；原“弄我的人来”。）叫那起人连我也看小了。我倒替你们想出一个人来：怡红院有个老叶妈，他就是茗烟的娘，那是个诚实老人家。他又和我们莺儿的娘极好。不如把这事交与叶妈。他有不知的，（俞校：“不知的”——从庚、晋、甲；原“不知道的”。）不必咱们说，（俞校：“不必咱们说”——从庚；原“不用咱们”。）他就找莺儿的娘去商议了。那怕叶妈全不管，竟交与那一个，那是他们私情儿，俞校：“他们私情儿”——从庚、晋、甲；原“他们的私情儿”。有人说闲话也就怨不到咱们身上了。如此一行，你们办的又至公，于事又甚妥。”李纨、平儿都道：“是极。”己双：宝钗此等非与凤姐一样，此是随时俯仰，彼则逸才逾蹈也。探春笑道：“虽如此，俞校：“虽如此”——从庚、晋、甲；原“虽如此说”。只怕他们见利忘义。”俞校：“见利忘义”——从庚；原“见利忘义呢”。己双：这是探春敏智过人处，此讽亦不可少。平儿笑道：“不相干。前儿莺儿还认了叶妈做干娘，俞校：“做干娘”——从庚；原“作干娘”。请吃饭吃酒，两家和厚，好的很呢。”己双：夹写大观园中多少儿女家常闲景，此亦补前文之不足也。探春听了方罢了。又共同俞校：“共同”——从庚；原“公同”。斟酌出几个人来，俱是他四人素昔冷眼取中的，用笔圈出。一时，婆子们来回大夫已去，将药方送上去。俞校：“送出去”——从庚；原“出去”。三人看了，一面遣人送出去取药，监派调服；俞校：“监派调服”——从庚、晋、甲；原“并派煎药的人”。一面探春与李纨明示诸人，某人管某处，按四季除家中定例用多少外，馀者任凭你们采取了去取利，年终算帐。探春笑道：“我又想起一件事：若年终算帐归钱时，自然归到帐房，仍是上头又添一层管主，还在他们手心里，俞校：“手心里”——从庚、晋、甲；原“手里”。又剥一层皮。这如今我们兴出这事来，派了你们，已是跨过他们的头去了，心里有气，只说不出来，你们年终去归帐，他还不捉弄你们等什么。再者，一年间管什么的，主子有一全分，他们就得半分，俞校：“就得半分”——从庚、晋、甲；原“就有半分”。这是家里的旧例，俞校：“家里的旧例”——从庚；原“家常的旧例”。人所共知的，别的偷着的在外。如今这园子里俞校：“这园子里”——从庚；原“这园子”（小字本作“这法子”）。是我的新创，竟别入他们的手，每年归帐，俞校：“归帐”——从庚、晋、甲；原“算帐”。竟归到里头来才好。”宝钗笑道：“依我说，里头也不用归帐。这个多了，那个少了，倒多了事。俞校：“倒多了事”——从庚、甲；原“到不好”。不如问他们谁领这一分的，他就俞校：“问他们谁领这一分的，他就”——从庚、晋、甲；原“叫他们领一分子去，就派他”。揽一宗事去。不过是园里的人的动用。俞校：“园里的人的动用”——从庚；原“园子里的人动用的东西”。我替你们算出来了，有限的几宗事俞校：“几宗事”——从庚、晋、甲；原“几件事”。：不过是头油、胭粉、俞校：“胭粉”——从庚、甲；原“脂粉”。香、纸，每一位姑娘几个丫头都是有定例的；再者，各处笤帚、撮簸、掸子，俞校：“笤帚、撮簸、掸子”——从庚；原“苕帚、簸箕、担子”。并大小禽鸟鹿兔吃的粮食。俞校：“吃的粮食”——从庚、晋、甲；原“的粮食”。不过这几样，都是他们包了去，不用帐房去领钱。你算算，就省下多少来？”平儿笑道：“这几宗虽小，俞校：从庚、晋、甲；原“虽少”。一年通共算了，俞校：“通共算了”——从庚、晋、甲；原“通共算起来”。也省得下俞校：“省得下”——从晋、甲；原“省的”。四百两银子。”宝钗笑道：“却又来。一年四百，二年八百，取租的俞校：“取租的”——从晋；原“取租钱的”。房子俞校：“房子”——从庚傍改（“子”傍添）；原“房”。也能看得了几间，俞校：“看得了几间”——从庚；原“置得几间了”。薄地也可添几亩。俞校：“添几亩”——从庚、晋；原“添几亩了”。虽然还有富馀的，但他们既辛苦闹一年，俞校：“闹一年”——从庚、晋；原“一年”。也要叫他们剩些，粘补粘补自家。俞校：“自家”——从庚、晋、甲；原“自己”。虽是兴利节用为纲，然亦不可俞校：“然亦不可”——从庚、晋、甲；原“亦不可”。太啬。纵再省上二三百俞校：“二三百”——从庚、晋、甲；原“三二百”。银子，失了大礼统也不像。所以如此一行，外头帐房里一年少出四五百银子，也不觉得很艰啬俞校：“艰啬”——从庚、晋、甲；原“艰难”。了，他们里头却也得些小补；这些没营生的妈妈们也宽裕了；园子里花木也可以每年滋长蕃盛；俞校：“滋长蕃盛”——从庚；原“滋生些”。你们也得了可使之物：这庶几不失大体。若一味要省时，那里不搜寻出俞校：“要省时，那里不搜寻出”——从庚、晋、甲；原“要省，那里搜不出”。几个钱来。凡有些馀利的，一概入了官中，俞校：“入了官中”——从庚、晋、甲；原“入了官”。那时里外俞校：“里外”——从庚、晋、甲；原无。怨声载道，岂不失了你们这样人家的大体。如今这园里俞校：“这园里”——从庚、晋、甲；原“这园子里”。几十个老妈妈们，若只给了这几个，那剩的也必抱怨不公。俞校：“不公”——从庚、晋、甲；原“不公道”。我才说的他们只供给这几样，也未免太宽裕了。一年竟除这个俞校：“除这个”——从庚、晋、甲；原“除了这个”。之外，他每人俞校：“他每人”——从庚、甲；原“每人”。不论有馀无馀，只叫他拿出若干贯钱俞校：“若干贯钱”——从庚、晋；原“几吊钱”。来，大家凑齐，单散与园中这些俞校：“园中这些”——从庚；原“那些园中的”。妈妈们。他们虽不料理这些，俞校：“料理这些”——从庚、晋、甲；原“料理”。却日夜也是在园中照看俞校：“却日夜也是在园中照看”——从庚；原“他们也是日夜在园中”。当差之人，关门闭户，起早睡晚，大雨大雪，姑娘们出入抬轿子，撑船，拉冰床，一应粗糙活计都是他们的差使。一年在园里辛苦到头，这园里既有出息，也是分内该沾带些的。俞校：“姑娘们出入”至“沾带些的”——从庚；原“分内也该粘带些的”。——还有一句至小的话，越发俞校：“越发”——从庚、晋、甲；原“率性”。说破了。你们只管了自己宽裕，俞校：“宽裕”——从庚、晋、甲；原“宽裕了”。不分与他们些，他们虽不敢明怨，心里却都不服，俞校：“却都不服”——从庚、晋、甲；原“却有些不服”。只用假公借私俞校：“假公借私”——从庚；原“假公济私”。的，多摘俞校：“多摘”——从庚、晋、甲；原“多摘上”。你们几个果子，多掐俞校：“多掐”——从庚、晋、甲；原“多掐上”。几枝花儿，你们有冤还没处诉。俞校：“还没处诉”——从庚；原“无处诉呢”。叫他们也沾带了些利息，俞校：“沾带了些利息”——从庚、晋；原“得些便宜”。你们有照顾不到的，他们就替你们照顾了。”众婆子听了这个议论，又去了俞校：“又去了”——从庚、晋、甲；原“又不去受”。帐房的辖制，又不与凤姐去算帐，一年不过多拿出若干贯钱俞校：“若干贯钱”——从庚、晋；原“几吊钱”。来，各各欢喜异常，都齐声说：“愿意。强如出去被他们揉搓着，还得拿出钱来呢。”那不得管地的俞校：“不得管地的”——从晋、甲；原“不得管事的”。听了每年终又无故得分钱，俞校：“分钱”——从庚；原“钱”。也都喜欢俞校：“也都喜欢”——从庚、晋、甲；原“都欢喜”。起来，口内说：“他们辛苦收拾，俞校：“口内说：他们辛苦收拾”——从庚、晋、甲；原“口内说道：他们每年辛苦”。是该剩些钱粘补的。我们怎么好稳坐吃三注的！”俞校：“怎么好稳坐吃三注的”——从庚；原“怎好稳吃三注呢”。宝钗笑道：“妈妈们也别推辞了。这原是俞校：“这原是”——从庚、晋、甲；原“这也是”。分内应当的。你们只要日夜辛苦些，别躲懒，纵放人吃酒赌钱就是了。不然，我也不该管俞校：“我也不该管”——从庚、晋、甲；原“我不说”。这事；你们一般听见姨娘俞校：“姨娘”——从庚、晋、甲；原“姨妈”。本回下悉同。亲口嘱托我三五回，说大奶奶如今又不得闲儿，别的姑娘俞校：“别的姑娘”——从庚、晋、甲；原“别的姑娘们”。又小，讬我俞校：“讬我”——从庚；原“托我”。下一“讬我”同。照看照看。我若不依，俞校：“不依”——从庚、晋、甲；原“不管”。分明是叫姨娘操心。我们奶奶俞校：“我们奶奶”——从庚、甲；原“你们奶奶”。又多病多痛，俞校：“多病多痛”——从庚；原“多病多灾”。家务也忙。我原是个闲人，便是个街坊俞校：“街坊”——从庚、晋、甲；原“街方”。邻居，也要帮着些，何况是亲姨娘讬我。我免不得俞校：“免不得”——从庚、晋；原“少不得”。去小就大，讲不起众人嫌我。倘或我只顾了小分，沽名钓誉，那时酒醉赌博，生出事来，我怎么见姨娘！你们那时后悔也迟了，就连你们素日俞校：“素日”——从庚；原“那素昔”。的老脸也都丢了。这些姑娘小姐们，这么一所大花园都是你们照看，俞校：“你们照看”——从庚；原“你们看管”。皆因看得你们是俞校：“你们是”——从庚、晋、甲；原“你是”。三四代的老妈妈，最是循规蹈矩的，原该大家齐心顾些体统。俞校：“体统”——从晋、甲；原“体面”。你们反纵放别人任意吃酒赌博，姨娘听见了，教训一场犹可；倘若俞校：“倘若”——从晋、甲；原“倘或”。被那几个管家娘子听见了，俞校：“听见了”——从庚、晋、甲；原“知道了”。他们也不用俞校：“也不用”——从庚、晋、甲；原“不用”。回姨娘，竟教导你们一番，俞校：“一番”——从庚；原“一场”。你们这年老的反受了年小的教训。俞校：“年小的教训”——从庚；原“年少的气”。虽是他们是管家，管的着，你们何如俞校：“你们何如”——从庚、晋、甲；原“何不你们”。自己存些体统，俞校：“存些体统”——从庚；原“存些体面”。庚“统”旁改“面”。他们如何得来作践。所以我如今替你们想出这个额外的进益来，也为大家齐心，把这园里周全得俞校：“把这园里周全得”——从庚、晋、甲；原“把这园子周全的”。谨谨慎慎，使那些有权俞校：“有权”——从庚、晋、甲；原“有”。执事的看见这般严肃谨慎，且不用他们操心，他们心里岂不敬服。也不枉替你们筹画这进益。既能夺他们之权，生你们之利；岂不能省无益之事，分他们之忧。（俞校："岂不能省无益之事，分他们之忧"——原无；庚"岂不能无易之治分他们之忧"，旁改成"又可以省无益之费分他们之忧"；晋"岂不能行无为之治分他们之优"。今意改如此。）你们去细想想（俞校："去细想想"——从庚、晋；原"自己想想"。）这话。"众人听了，都欢声鼎沸，说："姑娘说的很是。从此姑娘、奶奶只管放心。姑娘、奶奶这样疼顾我们，我们再要（俞校："再要"——从庚、晋、甲；原"真要"。）不体上情，天地也不容了。"

刚说着，（俞校："刚说着"——从庚、晋、甲；原"刚说到这里"。）只见林之孝家的进来，说（俞校："进来，说"——从庚、晋、甲；原"来说"。）："江南甄府里家眷昨日到京，今日进宫朝贺。此刻先遣人来送礼请安。"说着，便将礼单送上去。（俞校："送上去"——从庚、晋、甲；原"送上来"。）探春接了，看道是：

上用的妆缎蟒缎十二疋，上用杂色缎十二疋，上用各色纱十二疋，上用宫绸十二疋，官用各色缎纱绸绫二十四疋。（俞校："上用的"至"二十四疋"——从庚、晋、甲；原"上等的妆缎蟒缎十二匹，上用各色宁绸十二匹，上用宫绸十二匹，上用缎十二匹，上用纱十二匹，上用各色绸绫四十匹"。）

李纨也看过，说（俞校："也看过，说"——从庚；原"也看过便说道"。）："用上等封儿赏他。"因又命人去回贾母。贾母便命人叫李纨，探春、宝钗等也都过来，将礼物看了。李纨收过一边，吩咐内库上人说："等太太回来看了再收。"贾母因说："这甄家（俞校："这甄家"——从庚、晋、甲；原"道：甄家"。）又不与别家相同，上等封儿赏男人，只怕展眼（俞校："展眼"——从庚、晋、甲；原"转眼"。）又打发女人来请安，预备下（俞校："预备下"——从庚、晋、甲；原"预备"。）尺头。"一语未完，果然人回："甄府四个女人来请安。"贾母听了，忙命人带进来。那四个人都是四十往上年纪，穿戴之物皆比主人不甚差别，（俞校："不甚差别"——从庚；原"不甚差远"。）请安问好毕。贾母命（俞校："贾母命"——从庚；原"贾母便命"。）拿了四个脚踏来。他四人谢了坐，待宝钗等坐了，方都坐下。（俞校："方都坐下"——从庚、晋、甲；原"方坐下"。）贾母便问："多早晚进京的？"四人忙起身（俞校："忙起身"——从庚、晋、甲；原"忙站起来"。）回说："昨日进的京。今日太太带了姑娘进宫请安去了，故先令女人们（俞校："女人们"——从庚、晋、甲；原"奴才们"。）来请安，问候姑娘们。"（俞校："姑娘们"——从庚、晋、甲；原"姑娘们好"。）贾母笑问道："这些年没进京，也不想到今年来。"四人也都笑回道（俞校："笑回道"——从庚、晋、甲；原"笑道"。）："正是。今年是奉旨进京的。"贾母问道："家眷都来了？"四人回说："老太太和哥儿、两位小姐并别位太太都没来，就只太太带了三姑娘来了。”贾母道：“有了人家没有？”四人回道：“尚没有呢。”(俞校：“尚没有呢”——从庚；原“没有呢”。)贾母笑道：“你们大姑娘和二姑娘这两家，都和我们家(俞校：“我们家”——从庚、晋、甲；原“我们”。)甚好。”四人笑道：“正是。每年姑娘们有信回去，说全亏府上照看。”贾母笑道：“什么照看。原是世交，又是老亲，原应当的。你们二姑娘更好，(俞校：“更好”——从庚、晋、甲；原“又更好”。)更不自尊自大，(俞校：“自尊自大”——从庚；原“自尊自大的”。)所以我们才走的亲密。”四人笑道：“这是老太太过谦了。”贾母又问：“你这哥儿，(俞校：“你这哥儿”——从庚、晋、甲；原“你们哥儿”。)也跟着你们老太太？”四人回说：“也是跟着老太太。”贾母道：“几岁了？”又问：“上学不曾？”(俞校：“又问，上学不曾”——从庚、晋、甲；原“念书了没有”。)四人笑说：“今年十三岁。因长得齐整，老太太很疼。自幼淘气异常，天天逃学，老爷、太太也不便(俞校：“老爷、太太也不便”——从庚、晋、甲；原“老太太也不敢”。)十分管教。”贾母笑道：“这不成了(俞校：“这不成了”——从庚；原“也不成了”。)我们家的了！你这哥儿(俞校：“你这哥儿”——从庚、晋、甲；原“你们那哥儿”。)叫什么名字？”四人道(俞校：“四人道”——从庚、晋、甲；原“四人说道”。)：“因老太太当作宝贝一样，他又生的白，(俞校：“生的白”——从庚、甲；原“生得白”。)老太太便叫他作宝玉。”贾母便向(俞校：“便向”——从庚；原“笑向”。)李纨等道：“偏也叫作个(俞校：“也叫作个”——从庚；原“也叫作”。)宝玉。”李纨(俞校：“李纨”——从庚；原“李纨等”。)忙欠身笑道：“从古至今，同时隔代，重名的很多。”四人也笑道：“起了这小名儿(俞校：“这小名儿”——从庚、晋、甲；原“这个小名儿”。)之后，我们上下都疑惑，不知那位亲友家也倒似曾有一个的。(俞校：“似曾有一个的”——从庚、晋；原“像有个似的”。)只是这十来年没进京来，(俞校：“这十来年没进京来”——从庚、晋、甲；原“十来年没进京”。)却记不真了。”(俞校：“却记不真了”——从甲；原“都记不真了”。)贾母笑道：“岂敢。就是我的孙子。人来！”众媳妇、丫鬟答应了一声，走近几步。(俞校：“走近几步”——从庚、晋、甲；原“走进来”。)贾母笑道：“园里(俞校：“园里”——从庚、晋、甲；原“园子里”。)把咱们的宝玉叫了来，给这四个(俞校：“这四个”——从庚、晋、甲；原“这”。)管家娘子瞧瞧，比他们的宝玉如何。”众媳妇听了，忙去了，半刻围了宝玉进来。四人一见，忙起身笑道：“吓了我们一跳。若是我们不进府来，倘若别处遇见，还只道(俞校：“还只道”——从庚；原“还只当”。)我们的宝玉后赶着也进了京了(俞校：“进了京了”——从庚；原“进了京”。)呢。”一面说，一面都上来拉他的手，问长问短。宝玉忙也笑问好。(俞校：“忙也笑问好”——从庚；原“也忙笑问好”。)贾母笑道：“比你们的长的如何？”李纨等笑道：“四位妈妈才一说，可知是

（俞校："可知是"——从庚、晋、甲；原"可知"。）模样儿相仿了。"贾母笑道："那有这样巧事！大家子（俞校："大家子"——从庚、晋、甲；原"大家子的"。）孩子们，再养的娇嫩，除了面上有残疾，十分黑丑的，大概看去都是一样的齐整。这也没有什么怪处。"四人笑道："如今看来，模样儿是一样；据老太太说，（俞校："据老太太说"——从庚、晋、甲；原"老太太说"。）淘气也一样；我们看来，这位哥儿性情却比我们的好些。"贾母忙问："怎见得？"（俞校："怎见得"——从庚、晋、甲；原"怎么见得"。）四人笑道："方才我们拉哥儿的手说话便知。我们那一个，只说我们糊涂，慢说拉手，他的东西我们略动一动也不依。所使唤的人（俞校："所使唤的人"——从庚、晋、甲；原"所以使唤的人"。）都是女孩子们。"话未说完，李纨姊妹等禁不住都失声笑出来。（俞校："李纨姊妹等禁不住都失声笑出来"——从庚、晋、甲；原"李纨等忍不住笑了"。）贾母也笑道："我们这会子也打发人去，见了你们宝玉，若拉他的手，他也自然勉强忍耐一时。可知你我这样人家的孩子们，凭他们有什么刁钻古怪的毛病儿，见了外人，必是要还出正经礼数来的。若他不还正经礼数，也断不容他（俞校："断不容他"——从庚、晋、甲；原"不容他"。）刁钻去了。就是大人溺爱的是他（俞校："溺爱的是他"——从庚；原"溺爱"。）一则生的得人意儿；二则见人礼数，竟比大人行出来的不错，使人见了可爱可怜，（俞校："可爱可怜"——从庚、晋、甲；原"可疼可爱"。）背地里所以才（俞校："所以才"——从庚、晋、甲；原"所以"。）纵他一点子。若一味他只管没里没外，不与大人争光，凭他生的怎样，也是该打死的。"（俞校："该打死的"——从庚、晋、甲；原"该打死的了"。）四人听了，都笑说："老太太这话正是。虽然我们宝玉淘气古怪，有时见了人客，规矩礼数更比大人有趣，所以无人见了不爱，只说为什么还打他？殊不知他在家里，无法无天，大人想不到的话偏会说，（俞校："偏会说"——从庚、晋、甲；原"他偏会说"。）想不到的事他偏要行，所以老爷、太太恨的无法。就是弄性，也是小孩子的常情；胡乱花费，这也是公子哥儿的常情；怕上学，也是小孩子的常情（俞校："胡乱花费"至"小孩子的常情"——从庚；原无。）：都还（俞校："都还"——从庚、甲；原"还都"。）治的过来。第一，天生下来这一种刁钻古怪的脾气，如何使得。"一语未了，人回："太太回来了。"王夫人进来问过安，（俞校："问过安"——从庚、晋、甲；原"问安毕"。）他四人请了安，大概说了两句。贾母便命歇歇去。（俞校："歇歇去"——从庚、晋、甲；原"歇歇去罢"。）王夫人亲捧过茶，（俞校："捧过茶"——从庚、晋、甲；原"捧过茶来"。）方退出。四人告辞了贾母，便往王夫人处来，说了一回家务，打发他们回去。不必细说。

这里贾母喜的逢人便告诉，也有一个宝玉，也都一般行景。（俞校：“也有一个宝玉，也都一般行景”——从晋、甲；原“他家也有一个宝玉，行景也是一样”。）众人都为天下之大，世宦之多，（俞校：“天下之大，世宦之多”——从庚；原“天下世宦之家”。）同名者也甚多，（俞校：“同名者也甚多”——从庚；原“多有同名者，也有”。）祖母溺爱孙者亦古今之常情，不是什么罕事，故皆不介意。独宝玉是个迂阔呆公子的性情，（俞校：“性情”——从庚；原“心性”。）自为是那四人承悦贾母之词。后至（俞校：“后至”——从庚、晋、甲；原“后回至”。）园中去看湘云（俞校：“看湘云”——从庚、晋、甲；原“看史湘云”。）病去。史湘云说他（俞校：“史湘云说他”——从庚、晋、甲；原“湘云说他”。）：“你放心闹罢。先是‘单丝不成线，独树不成林’；（俞校：“单丝不成线，独树不成林”——从庚、晋、甲；原“单丝不线，孤树不林”。）如今有了个对子，（俞校：“对子”——从庚、晋、甲；原“对子了”。）闹急了，再打狠了，你逃走到南京找那一个去。”宝玉道：“那里的谎话你也信了，偏又有个宝玉了。”湘云道：“怎么列国有个（俞校：“列国有个”——从庚、晋、甲；原“列国有”。）蔺相如，汉朝又有个司马相如呢。”宝玉笑道：“这也罢了。偏又模样儿也一样，（俞校：“也一样”——从庚、晋、甲；原“也是一样”。）这是没有的事。”湘云道：“怎么匡人看见孔子，只当是阳虎（俞校：“阳虎”——从庚；原“阳货”。本回下同。）呢。”宝玉笑道：“孔子、阳虎虽同貌，（俞校：“虽同貌”——从庚、晋、甲；原“貌虽同”。）却不同名姓；蔺与司马虽同名，而又不同貌；偏我和他就两样俱同不成？”湘云没了话（俞校：“没了话”——从庚、晋、甲；原“没话”。）答对，因笑道：“你只会胡搅，（俞校：“胡搅”——从庚、晋、甲；原“胡揽”。）我也不和你分证。有也罢，没也罢，与我无干。”说着，便睡下了。宝玉心中便又疑惑起来：若说必无，然亦似有；若说必有，又并无目睹。心中闷闷，回至房中榻上，默默盘算，不觉就忽忽的睡去。（俞校：“就忽忽的睡去”——从庚；原“忽忽睡去”。）竟到了一座花园之内。宝玉诧异道：“除了我们大观园，竟又有这一个园子。”（俞校：“这一个园子”——从庚、晋、甲；原“这个园子”。）（己双：写园可知。）正疑惑间，从那边来了几个女儿，都是丫鬟。宝玉又诧异道（俞校：“又诧异道”——从晋、甲；原“道”。）：“除了鸳鸯、袭人、平儿之外，也竟还有这一干人。”（俞校：“这一干人”——从庚、晋、甲；原“这干人”。）（己双：写人可知。妙在并不说“更强”二字。）只见那些丫鬟笑道：“宝玉怎么跑到这里来了？”宝玉只当是说他自己，忙来陪笑说道：“因我偶步到此，不知是那位世交的（俞校：“世交的”——从庚、晋、甲；原“世家的”。）花园。好姐姐们，带我逛逛。”众丫鬟都笑道：“原来不是咱家的（俞校：“咱家的”——从庚；原“咱们家的”。）宝玉。他生的倒也还干净，（己双：妙！在玉卿身上只落了这两个字，亦不奇了。）嘴儿也倒乖觉。”（俞校：“也倒乖觉”——从庚、晋、甲；原“到也乖”。）宝玉听了，忙道：“姐姐们这里也竟还有个（俞校：“还有个”——从庚、晋、甲；原“有个”。）宝玉？”丫鬟们忙道：“‘宝玉’二字，我们是奉老太太、太太之命，为保佑他延寿消灾的。（俞校：“消灾的”——从庚；原“消灾”。）我们叫他，他听见喜欢，你是那里远方来的臭小厮，（俞校：“臭小厮”——从庚；原“一个臭小子”。）也乱叫起他来。（俞校：“叫起他来”——从庚；原“叫起来”。）仔细你的臭肉，打不烂你的。”又一个丫鬟（俞校：“又一个丫鬟”——从庚、晋、甲；原“又是一个”。）笑道：“咱们快走罢，别叫宝玉看见，又说同这臭小厮（俞校：“臭小厮”——从庚、晋；原“臭小子”。）说了话，把咱们薰臭了。”说着，一迳去了。宝玉纳闷道：“从来没有人如此涂毒我，他们如何竟这样？真亦有我这样一个人（俞校：“一个人”——从庚、晋、甲；原“一人”。）不成？”一面想，一面顺步早到了一所院内。宝玉又诧异道：“除了怡红院，也竟还有这么一个院落。”忽上了台阶，进入屋内，（俞校：“进入屋内”——从庚、晋、甲；原“进了屋内”。）只见榻上有一个人卧着，那边有几个女孩儿做针线，也有嘻笑顽耍的。只见榻上那个少年叹了一声，一个丫鬟笑问道：“宝玉，你不睡，又叹什么？想必为你妹妹病了，你又胡愁乱恨（俞校：“胡愁乱恨”——从庚、晋、甲；原“胡愁胡恨”。）呢。”宝玉听说，心下也便吃惊。只见榻上少年说道：“我听见老太太说，长安都中也有个宝玉，和我一样的性情，我只不信。我才作了一个梦，竟梦中到了都中一个花园子里头，遇见几个姐姐，都叫我臭小厮，（俞校：“臭小厮”——从庚、甲；原“臭小子”。）不理我。好容易（俞校：“好容易”——从庚、晋、甲；原“我好容易”。）找到他房里，偏他睡觉，空有皮囊，真性不知那去了。”宝玉听说，忙说道：“我因找宝玉来到这里。原来你就是宝玉。”榻上的（俞校：“榻上的”——从庚、晋、甲；原“榻上的宝玉”。）忙下来拉住（俞校：“拉住”——从庚；原“拉住笑道”。）：“原来你就是宝玉。这可不是梦里了。”（俞校：“梦里了”——从庚、晋、甲；原“梦里”。）宝玉道：“这如何是梦，（俞校：“这如何是梦”——从庚、晋、甲；原“如何是梦”。）真而又真了。”一语未了，只见人来说：“老爷叫宝玉。”吓得二人皆慌了，（俞校：“吓得二人皆慌了”——从庚；原“唬的二人都慌了”。）一个宝玉就走，一个宝玉便忙叫：“宝玉快回来，快回来！”袭人在傍，听他梦中自唤，忙推醒他，笑问道：“宝玉在那里？”此时宝玉虽醒，神意尚恍惚，（俞校：“神意尚恍惚”——从庚、晋、甲；原“神思恍惚”。）因向门外指说（俞校：“指说”——从庚、晋、甲；原“指道”。）：“才出去了。”袭人笑道：“那是你梦迷了。你揉眼细瞧，（俞校：“细瞧”——从庚、甲；原“细瞧瞧”。）是镜子里照的你的影儿。”宝玉向前瞧了一瞧，

（俞校："瞧了一瞧"——从庚、晋、甲；原"照了一照"。）原是那嵌的大镜对面相照，自己也笑了。早有人捧过漱盂茶卤来漱了口。麝月道："怪道老太太常嘱咐说小人屋里不可多有镜子。人小魂不全，有镜子照多了，（俞校："有镜子照多了"——从庚、晋、甲；原"镜子照多了"。）睡觉惊恐作胡梦。如今倒在大镜子那里安了一张床。（俞校："一张床"——从庚、晋、甲；原"床"。）有时放下镜套还好；往前来天热，人肯困，那里想的到放他。比如方才就忘了。自然是先躺下照着影儿顽的，（俞校："照着影儿顽的"——从庚、晋、甲；原"瞧著影儿顽"。）一时合上眼，自然是胡梦颠倒。不然，如何得看着自己，（俞校："如何得看着自己"——从庚；原"如何看得著自己"。）叫自己的名字。不如明儿挪进床来是正经。"一语未了，只见王夫人遣人来叫宝玉。（俞校："来叫宝玉"——从庚、晋、甲；原"叫宝玉"。）不知有何话说，（己双：此下紧接"慧紫鹃试忙玉"。）且听下回分解。

戚回后：探春看得透，拿得定，说得出，办得来，是有才干者，故赠以"敏"字；宝钗认的真，用的当，责的专，待的厚，是善知人者，故赠以"识"字。"敏"与"识"合，何事不济？叙园圃事极板重，却极活泼。营心孔方，带以图记，劳形案牍，不费讴吟，高人焉肯以书香混于铜臭也哉！

第五十七回
慧紫鹃情辞试忙玉　慈姨妈爱语慰痴颦

戚回前：作者发无量愿，欲演出真情种，性地圆光，遍示三千。遂滴泪为墨，研血成字，画一幅大慈大悲图。

话说宝玉听王夫人唤他，俞校："听王夫人唤他"——从庚、晋、甲；原"听说王夫人唤他"。忙至前边来，原来是王夫人要带他拜甄夫人去。宝玉自是欢喜，俞校："自是欢喜"——从庚、晋、甲；原"自欢喜"。忙去换衣服，跟了王夫人到那里。见其家中的形景，自与荣宁不甚差别，或有一二稍盛者。细问果有一宝玉。甄夫人留席，竟日方回。宝玉方信。因晚间回家来，王夫人又吩咐预备上等的席面，定名班大戏，俞校："名班大戏"——从庚、甲；原"名班的大戏"。请过甄夫人母女。后二日，他母女二人便不作辞，回任去了，无话。这日，宝玉因见湘云渐愈，然后去看黛玉。正值黛玉才歇午觉，宝玉不敢惊动，因紫鹃正在回廊上手里做针黹，俞校："针黹"——从庚；原"针线"。便来问他俞校："便来问他"——从庚；原"便上来问他"。昨日夜里咳嗽可好些。紫鹃道："好些了。"宝玉笑道："阿弥陀佛！宁可好了罢。"紫鹃笑道："你也念起佛来，真是新闻。"俞校："宝玉笑道"至"真是新闻"——从庚、晋、甲；原无。宝玉笑道："所谓'病笃乱投医'了。"一面说，一面见他穿着弹墨绫俞校："弹墨绫"——从庚、晋、甲；原"弹墨绫子"。薄绵袄，外面只穿着青缎俞校："青缎"——从庚、晋、甲；原"青缎子"。夹背心，宝玉便伸手向他身上摸了一摸，俞校："摸了一摸"——原"抹了一抹"；庚"模了一模"。今改"摸了一摸"。说："穿这样单薄，还在风口里坐着，看天风馋，（俞校："看天风馋"——从庚；原"春风才至"。）时气又不好，（俞校："又不好"——从庚、晋、甲；原"最不好"。）你再病了，越发难了。"紫鹃便说道："从此咱们只可说话，别动手动脚的。一年大二年小的，叫人看着不尊重。打紧的那起混帐行子们（俞校："打紧的那起混帐行子们"——从庚、晋、甲；原"又打著那起混帐行子"。）背地里说你，你总不留心，还只管和小时一般行为，如何使得！姑娘常常吩咐我们，不叫和你说笑。你近来瞧他远着你还恐远不及呢。"说着，便起身携了针线，进别房去了。宝玉见了这般景况，心中忽觉浇了一盆冷水一般，只瞅着（俞校："瞅着"——从庚、甲；原"看著"。）竹子发了一回呆。（俞校："发了一回呆"——从庚、甲；原"发了回呆"。）因祝妈正来挖笋修竿，便怔怔的（俞校："怔怔的"——从庚傍改（"的"傍添）；原"忙忙"。）走了出来。一时魂魄失守，心无所知，随便坐在一块山石上（俞校："山石上"——从庚、晋、甲；原"石上"。）出神，不觉滴下泪来。直呆了五六顿饭工夫，（俞校："工夫"——从庚、晋、甲；原"时"。）千思万想，总不知如何是可。（俞校："如何是可"——从晋、甲；原"如何是好"。）偶值雪雁从王夫人房中取了人参来，从此经过，忽扭项看见桃花树下石上一人，手托着（俞校："手托着"——从庚、甲；原"手托"。）腮颊在那里出神。不是别人，却是宝玉。（己夹：画出宝玉来，却又不画阿颦，何等笔力！偏不从鹃写，却写一雁，更奇是仍归写鹃。）雪雁疑惑道："怪冷的，他一个人坐在这里（俞校："一个人坐在这里"——原无"坐"；庚"人"误"入"，旁改"坐"。今增"坐"。）做什么？（俞校："做什么"——从晋、甲；原"作什么"。本回下悉同。）春天凡有残疾人都犯病，敢是他犯了（俞校："犯了"——从庚；原"也犯了"。）呆病了？"（己夹：写妍憨女儿之心，何等新巧！）一边想，一边便走过来，蹲下笑道："你在这里做什么呢？"宝玉忽见了雪雁，便说道："你又做什么来招我，你难道不是女儿！他既防嫌，不许你们（俞校："不许你们"——从庚、晋、甲；原"总不许你们"。）理我，你又来寻我，倘被人看见，岂不又生口舌。你快家去罢。"雪雁听了，只当是他又受了黛玉的委屈，只得回至房中。黛玉未醒，将人参交与紫鹃。紫鹃因问他："太太做什么呢？"雪雁道："也歇中觉，所以等了这半日。姐姐，你听笑话儿。（俞校："笑话儿"——从庚、晋、甲；原"笑话"。）我因等太太的工夫，和玉钏儿姐姐坐在下房里说话儿，（俞校："坐在下房里说话儿"——从庚、晋、甲；原"在下房里说话"。）谁知赵姨奶奶招手儿叫我。我只当有什么话说。原来他和太太（俞校："他和太太"——从庚、晋、甲；原"合太太"。）告了假，出去给他兄弟伴宿（俞校："出去给他兄弟伴宿"——从庚、晋、甲；原"去给他兄弟"。）坐夜，明儿送殡去，跟他的小丫头子小吉祥儿没衣裳，要借我的月白缎子袄儿。我想，他们一般也有两件子的，（俞校："有两件子的"——从庚、晋、甲；原"有两件子"。）往脏

呆宝玉痴心探潇湘　慧紫鹃情辞试忙玉

地方儿（俞校："脏地方儿"——从庚；原"脏地方"。）去，恐怕弄脏了，自己的（俞校："自己的"——从庚、晋、甲；原"自己"。）舍不得穿，故此借别人的。借我的弄脏了也是小事，只是我想他素日有什么好处到咱们跟前，所以我说了：我的衣裳簪环都是姑娘叫紫鹃姐姐收着呢。如今先得去告诉他，还得回姑娘呢；姑娘身上（俞校："姑娘身上"——从庚；原"姑娘"。）又病着，更费了大事，（俞校："更费了大事"——从庚；原"竟废了大事"。）误了你老出门，不如再转借罢。"紫鹃笑道："你这个小东西子（俞校："你这个小东西子"——从庚；原"你这小东西"。）倒也巧。你不借给他，你往我和姑娘身上推，叫人怨不着你。他这会子就下去了，（俞校："就下去了"——从庚、晋、甲；原"就去了"。）还是等明日一早才去？"雪雁道："这会子就去的，（俞校："就去的"——从庚、晋、甲；原"就去"。）只怕此时已去了。"紫鹃点头。雪雁道："姑娘还没醒呢，是谁给了宝玉气受，坐在那里哭呢？"紫鹃听了，忙问在那里。（俞校："在那里"——从庚、晋、甲；原"在那里呢"。）雪雁道："在沁芳亭后头桃花底下呢。"紫鹃听说，忙放下针线，又嘱咐雪雁："好生听叫。若问我，答应我就来。"说着，便出了潇湘馆，一迳（俞校："一迳"——从晋；原"一直"。）来寻宝玉。走至宝玉跟前，含笑说道："我不过说了那两句话，（俞校："那两句话"——从晋、甲；原"两句话"。）为的是大家好。你就赌气，跑了这风地里来哭，作出病来吓我。"宝玉忙笑道："谁赌气了！我因为听你说的有理，我想你们既这样说，自然别人也是这样说，将来渐渐的都不理我了。我所以想着自己伤心。"

紫鹃也便挨他坐着。（俞校："挨他坐着"——从庚、晋、甲；原"挨他坐下"。）宝玉笑道："方才对面说话你尚走开，这会子如何又来挨我坐着？"（俞校："挨我坐着"——从庚、晋、甲；原"挨着我坐着"。）紫鹃道："你都忘了。几日前你们姊妹两个（俞校："姊妹两个"——从晋、甲；原"兄妹两个"。）正说话，（俞校："正说话"——从庚、晋、甲；原"正说话之间"。）赵姨娘一头走了进来（俞校："走了进来"——从庚、晋、甲；原"走进来"。）——我才听见他不在家，所以我来问你——正是，前日你和他才说了一句燕窝，就歇住了，总没提起，我正想着问你。"宝玉道："也没什么要紧。不过我想着宝姐姐也是客中，既吃燕窝，又不可（俞校："又不可"——从庚、晋、甲；原"不可"。）间断，若只管和他要，（俞校："和他要"——从庚、晋、甲；原"合他要去"。）太也托实。（俞校："太也托实"——从庚；原"也太托实"。）虽不便和太太要，我已经在老太太跟前略露了个风声，只怕老太太和凤姐姐说了。我告诉他的，（俞校："我告诉他的"——从庚、晋、甲；原"我正要告诉他"。）竟没告诉完了他。（俞校："竟没告诉完了他"——从庚；原"没得说完"。）如今我听见（俞校："如今我听见"——从庚、晋、甲；原"我如今听见说他"。）一日给你们一两燕窝，这也就完了。"紫鹃道："原来是你说了，这又多谢你费心。我们正疑惑老太太怎么忽然想起来，叫人每一日（俞校："每一日"——从庚、晋、甲；原"每日"。）送一两燕窝来呢。这就是了。"宝玉笑道："这要天天吃惯了，吃上三二年（俞校："三二年"——从庚、晋、甲；原"二三年"。）就好了。"紫鹃道："在这里吃惯了，明年家去，那里有这闲钱吃这个。"宝玉听了，吃了一惊，忙问："谁？往那个家去？"（己夹：这句不成话，细读细嚼，方有无限神清（情）滋味。）紫鹃道："你妹妹回苏州家去。"宝玉笑道（己夹："笑"字奇甚。）："你又说白话。苏州虽是原籍，因没了姑父姑母，无人照看才就来的。（俞校："就来的"——从庚；原"来的"。庚"就"又点去。）明年回去找谁？可见是扯谎。"（俞校："扯谎"——从庚、晋、甲；原"撒谎"。）（己夹：此论极是不介意。）紫鹃冷笑道："你太看小了人。（俞校："太看小了人"——从庚、晋、甲；原"看小了人"。）你们贾家独是大族，（俞校："独是大族"——从庚、甲；原"虽是大族"。）人口多的；（俞校："人口多的"——从庚、晋、甲；原"人口多"。）除了你家，（俞校："你家"——从庚、甲；原"你们家"。）别人只得一父一母，房族中（俞校："房族中"——从庚、晋、甲；原"族中"。）真个再无人了不成！我们姑娘来时，原是老太太心疼他年小，虽有叔伯，（俞校："叔伯"——从庚、晋、甲；原"伯叔"。）不如亲父母，故此接来住几年。大了该出阁时，自然要送还林家的。终不成林家的女儿在你贾家一世不成！林家虽贫到没饭吃，也是世代书宦之家，断不肯将他家的人丢在亲戚家，（俞校："丢在亲戚家"——从庚；原"丢与亲戚"。）落人的耻笑。（俞校："落人的耻笑"——从庚、晋；原"落人耻笑"。）所以早则明年春天，迟则秋天，这里纵不送去，林家亦必有人来接的。前日夜里姑娘和我说了，叫我告诉你：将从前小时顽的东西，有他送你的，叫你都打点出来还他；他也将（俞校："他也将"——从庚、晋、甲；原"他将"。）你送他的打叠了（俞校："打叠了"——从庚；原"也打点"。）在那里呢。"宝玉听了，便如头顶上响了（俞校："响了"——从庚、晋、甲；原"打了"。）一个焦雷一般。紫鹃看他怎样回答，（俞校："怎样回答"——从庚；原"怎么回应"。）只见他总不作声。忽见晴雯找来，说："老太太叫你呢。谁知道（俞校："谁知道"——从庚；原"谁知"。）在这里。"紫鹃笑道："他这里问姑娘的病症，（俞校："姑娘的病症"——从庚、晋、甲；原"姑娘病症"。）我告诉了他半日，他只不信，你倒拉他去罢。"说着，便自己走回房去了。

晴雯见他呆呆的一头热汗，满面紫胀，忙拉他的手，一直到怡红院中。袭人见了这般，慌起来，（俞校："见了这般，慌起来"——从庚、晋、甲；原"见了这般光景，慌张起来"。）只说时气所感，热汗被风扑了。俞校："热汗被风扑了"——从庚；原"热身子被风吹了"。无奈宝玉发热事犹小可，更觉两个眼珠儿直直的起来，口角边津液流出，皆不知觉。给他个枕头，他便睡下；扶起他来，他便坐着；倒了茶来，他便吃茶。众人见他这样，一时忙乱起来。又不敢造次去回贾母，先便差人俞校："先便差人"——从庚、晋、甲；原"便先叫人"。出去请李嬷嬷。一时，李嬷嬷来了，看了半日，问他几句话，也无回答；用手向他脉门俞校："脉门"——从庚；原"脉上"。摸了摸，俞校："摸了摸"——从庚、晋、甲；原"摸了一摸"。嘴唇人中上边着力掐了两下，掐的指印如许来深，竟也不觉疼。李嬷嬷只说了一声"可了不得了！"呀的一声，俞校："呀的一声"——从庚、晋、甲；原无。便搂着放声大哭起来。急的袭人忙拉他说："你老人家瞧瞧可怕不怕？且告诉我们去回老太太、太太去。你老人家怎么先哭起来。"李嬷嬷捶床捣枕说："这可俞校："这可"——从庚、晋、甲；原"可"。不中用了，我白操了俞校："白操了"——从庚、晋、甲；原"白操"。一世心了。"袭人等以他年老多知，所以请他来看。如今见他这般一说，都信以为实，也都哭起来。俞校："也都哭起来"——从庚；原"都哭起来"。晴雯便告诉袭人，方才如此这般。袭人听了，便忙到潇湘馆来见紫鹃，紫鹃正伏侍黛玉吃药，也顾不得什么，俞校："顾不得什么"——从庚、晋、甲；原"顾不得什么了"。便走上来问紫鹃道："你才和我们宝玉说了些俞校："说了些"——从庚、晋、甲；原"说些"。什么？你瞧瞧他去！你回老太太去，俞校："你回老太太去"——从庚、晋、甲；原无"你"。我也不管了。"说着，便坐在椅子上。黛玉忽见袭人满面急怒，又有泪痕，举止大变，便不免俞校："便不免"——从庚；原"更不免"。也慌了，忙问怎么了。袭人定了一回，哭道："不知紫鹃姑奶奶说了些什么话，俞校："什么话"——从庚、晋、甲；原"什么"。那个呆子眼也直了，手脚也凉了，话也不说了，李妈妈俞校："李妈妈"——从庚、晋、甲；原"李嬷嬷"。紧接下二处同。掐着他也不疼了，已死了大半个了！己夹：奇极之语。从急怒娇憨口中描出不成话之话来，方是千古奇文。五字是一口气来的。连李妈妈都说不中用了，那里放声大哭。只怕这会子都死了。"黛玉一听此言，李妈妈乃是经过的俞校："乃是经过的"——从庚；原"乃久经"。老妪，说不中用了，可知必不中用，俞校："说不中用了，可知必不中用"——从晋、甲；原"说他不中用了"。哇的一声，将腹中之药一概呛出，抖肠搜肺，炽胃扇肝俞校："扇肝"——从庚、甲；原"煽肝"。的痛声俞校："痛声"——从庚；原无。大嗽了几阵。一时，面红发乱，目肿筋浮，喘的抬不起头来。紫鹃忙上来捶背。黛玉伏枕喘息了半晌，推紫鹃哭道："你不用捶。你竟拿绳子来勒死我是正经。”紫鹃哭道：“我并没说什么，不过是说了几句顽话，他就认真了。”（俞校：“认真了”——从庚、晋、甲；原“认了真”。）袭人道：“你还不知道他那傻子，（俞校：“他那傻子”——从庚、晋、甲；原“那傻子”。）每每顽话认了真。”黛玉道：“你说了什么话，趁早儿去解说，只怕就醒过来了。”紫鹃听说，忙下了床，同袭人到了怡红院。谁知贾母、王夫人等已都在（俞校：“已都在”——从庚、甲；原“都已在”。）那里了。贾母一见了紫鹃，眼内出火，（俞校：“眼内出火”——从庚；原“便眼内出火”。）骂道：“你这小蹄子，（俞校：“你这小蹄子”——从庚、晋、甲；原“小蹄子”。）和他说了什么？”紫鹃忙道：“并没敢说什么，不过说了几句顽话。”（俞校：“顽话”——从庚、晋、甲；原“顽话儿”。）谁知宝玉见了紫鹃，方嗳呀（俞校：“嗳呀”——从庚、晋、甲；原“嗳哟”。）了一声，哭出来了。众人一见，方都放下心来。贾母便拉住（俞校：“便拉住”——从庚、晋、甲；原“拉住”。）紫鹃，只当他得罪了宝玉，所以拉紫鹃命他打。谁知宝玉一把拉住紫鹃，死也不放，说：“要去连我也带了去。”众人不解，细问起来，方知紫鹃说要回苏州去一句顽话引出来的。贾母流泪道：“我当有什么要紧大事，原来是这句顽话。”又向紫鹃道：“你这孩子素日最是个（俞校：“最是个”——从庚；原“是个”。）伶俐聪敏（俞校：“聪敏”——从庚、晋、甲；原无。）的，你又知道他有个呆根子，平白的哄他作什么！”薛姨妈劝道：“宝玉本来心实，（俞校：“本来心实”——从庚、晋、甲；原“素来心实”。）可巧林姑娘又是从小儿来的，他姊妹（俞校：“他姊妹”——从庚、晋、甲；原“他兄妹”。）两个一处长了这么大，比别的姊妹（俞校：“别的姊妹”——从庚、晋、甲；原“别的兄妹”。）更不同。这会子热剌剌的说一个去，别说他是个实心的傻孩子，（俞校：“傻孩子”——从甲；原“傻子”。）便是冷心肠的大人也要伤心。这不是什么大病，老太太和姨太太只管万安。（俞校：“万安”——从庚、晋、甲；原“安心”。）吃一两剂药就好了。”正说着，人回：“林之孝家的、单大良（俞校：“单大良”——原“单大”；庚“单大娘”。今改“单大良”。）家的都来瞧哥儿来了。”贾母道：“难为他们想着，叫他们来瞧瞧。”宝玉听了一个“林”字，便满床闹起来，（俞校：“闹起来”——从庚、晋、甲；原“闹起来了”。）说：“了不得了！林家的人接他们来了。快打出去罢！”贾母听了，也忙说（俞校：“也忙说”——从庚、晋、甲；原“忙说”。）：“打出去罢。”又忙安慰说：“那不是林家的人。（俞校：“林家的人”——从庚、晋、甲；原无。）林家的人都死绝了，没人来接他的。（俞校：“接他的”——从庚、晋、甲；原“接他”。）你只管放心罢。”宝玉哭道：“凭他是谁，除了林妹妹都不许姓林的。”（俞校：“不许姓林的”——从庚、晋、甲；原“不许姓林”。）贾母道：“没姓林的来。凡姓林的我都打走了。”俞校：“打走了”——从庚；原“打出去了”。一面吩咐众人：“以后别叫林之孝家的进园来。你们也别说‘林’字。好孩子们，你们听我这句话俞校：“这句话”——从庚、晋；原“一句话”。罢。”众人忙答应了，又不敢笑。一时，宝玉又一眼见了十锦隔子上陈设的一只金西洋自行船，便指着乱叫，说：“那不是接他们来的船来了，湾在那里呢。”贾母忙命拿下来，袭人忙拿下来。俞校：“袭人忙拿下来”——从庚、甲；原无。宝玉伸手要，袭人递过，俞校：“递过”——从庚；原“递过去”。宝玉便掖在被中，笑道：“这可去不成了。”一面说，一面死拉着紫鹃不放。一时，人回大夫来了。俞校：“人回大夫来了”——从庚、晋、甲；原“回王太医来了”。贾母忙命快进来。王夫人、薛姨妈、宝钗俞校：“宝钗”——从庚、晋、甲；原无。等暂避入里间。贾母便端坐在宝玉身傍。王太医进来见许多的人，忙上去请了贾母的安，拿了宝玉的手诊了一回。那紫鹃少不得低了头。王太医也不解何意，起身说道：“世兄这症乃是急痛迷心。古人曾云，痰迷有别：有气血亏柔，饮食不能镕化痰迷者；俞校：“痰迷有别”至“痰迷者”——从庚、晋、甲；原“痰迷”。有怒恼中痰裹而迷者；有急痛壅塞者。此亦痰迷之症，系急痛所致，俞校：“所致”——从庚、晋、甲；原“所至”。不过一时壅闭，较诸痰迷似轻。”俞校：“似轻”——从庚、晋、甲；原“似略轻”。贾母道：“你只说怕不怕，谁同你背药书俞校：“药书”——从庚、晋、甲；原“医书”。呢。”王太医忙躬身笑说：“不妨，不妨。”贾母道：“果真不妨？”王太医道：“实在不妨。都在晚生身上。”贾母道：“既如此，请到外面坐，俞校：“外面坐”——从庚、晋、甲；原“外面坐著”。开方子。若吃好了，俞校：“吃好了”——从庚、晋、甲；原“治好了”。我另外预备好谢礼，叫他亲自捧了，送去俞校：“捧了，送去”——从晋、甲；原“去”。磕头；若耽误了，我打发人去拆了太医院的大堂。”王太医只躬身笑说：“不敢，不敢。”他原听了说另具上等谢礼，命宝玉去磕头，故满口说“不敢”，竟未听见俞校：“竟未听见”——从庚、晋、甲；原“并未听见”。贾母后来说拆太医院之戏语，犹说“不敢”。贾母与众人反倒笑了。一时，按方煎了药来服下，俞校：“煎了药来服下”——从庚；原“煎了药服下去”。果觉俞校：“果觉”——从庚、晋、甲；原“果然”。比先安静些。无奈宝玉只不肯放紫鹃，只说他去了便是要回苏州俞校：“要回苏州”——从庚、晋、甲；原“回苏州”。去了。贾母、王夫人无法，只得命紫鹃守着他，另将琥珀去伏侍黛玉。

黛玉不时遣雪雁来探消息，俞校：“探消息”——从庚、晋、甲；原“探息”。这边事务尽知，自己心中（俞校："自己心中"——从庚；原"心中"。）暗叹。幸喜众人都知宝玉原有些呆气，自幼是他二人亲密，如今紫鹃之戏语亦是常情，宝玉之病亦非罕事，因不疑到别事去。晚间宝玉稍安，贾母、王夫人等方回房去。一夜还遣人（俞校："还遣人"——从庚、晋、甲；原"遣人"。）来问讯几次。（俞校："问讯几次"——从庚；原"问讯数次"。）李奶母带领宋嬷嬷（俞校："宋嬷嬷"——从庚；原"宋妈"。）等几个年老人用心看守，紫鹃、袭人、晴雯等日夜相伴。有时宝玉睡去，必从梦中惊醒，不是哭了说黛玉已去，便是说有人来接。每一惊时，必得紫鹃安慰一番方罢。彼时贾母又命将（俞校："又命将"——从庚、晋、甲；原"又将"。）祛邪（俞校："祛邪"——从庚、晋、甲；原"却邪"。）守灵丹及开窍通神散各样上方秘制诸药按方饮服。次日又服了王太医的药，渐次好起来。宝玉心下明白，（俞校："心下明白"——从庚、晋、甲；原"心中明白"。）因恐紫鹃回去，故又或作佯狂之态。紫鹃自那日也着实后悔，如今日夜辛苦，并没有怨意。袭人等皆心安神定，因向紫鹃笑道："都是你闹的，还得你来治。也没见我们这呆子，听了风（俞校："听了风"——从晋、甲；原"听见风"。）就是雨，往后怎么好。"（俞校："怎么好"——从庚、晋、甲；原"怎么好呢"。）暂且按下。（俞校："暂且按下"——从晋、甲；原"暂且不提"。）

因此时（俞校："因此时"——从庚；原"此时却说"。）湘云之症已愈，天天过来瞧看，见宝玉明白了，便将他病中狂态形容了（俞校："形容了"——从庚；原"形容学"。）与他瞧，倒引的（俞校："倒引的"——原"引的"；庚"到的"。今增"倒"。庚"到"下旁添"䏁"。）宝玉自己伏枕而笑。原来他（俞校："原来他"——从庚、晋、甲；原"原来"。）起先那样，竟是（俞校："竟是"——从庚、晋、甲；原"他竟是"。）不知的；如今听人说，还不信。无人时，紫鹃在侧，宝玉又拉他的手，问道："你为什么吓我？"紫鹃道："不过是哄你顽的，（俞校："哄你顽的"——从庚、晋、甲；原"哄你顽的话"。）你就认真了。"宝玉道："你说的那样有情有理，如何是顽话！"紫鹃笑道："那些顽话都是我编的。林家真没了人了；纵有，也是极远的族中，也都不在苏州住，各省流寓不定。（俞校："各省流寓不定"——从庚、甲；原"各有流寓"。）纵有人来接，老太太必不放去的。"（俞校："必不放去的"——从庚；原"也是不肯放去的"。）宝玉道："便老太太放去，我也不依。"紫鹃笑道："果真的（俞校："果真的"——从庚、晋、甲；原"果真"。）你不依？只怕是口里的话。（俞校："口里的话"——从庚、晋、甲；原"口里话"。）你如今也大了，连亲也定下了，过二三年再娶了亲，你眼里（俞校："眼里"——从庚；原"眼睛里"。）还有谁了。"宝玉听了又惊问（俞校："又惊问"——从庚、晋、甲；原"又惊问道"。）："谁定了亲？定了谁？"（俞校："定了谁"——从庚、晋、甲；原"定谁"。）紫鹃笑道："年里我听见[俞校："我听见"——从庚；原"我就听见"。]老太太说，要定下琴姑娘呢。不然，那么疼他？"宝玉笑道："人人只说我傻，你比我更傻。不过是句顽话。他已经许给梅翰林家了。果然定下了他，我还是这个形景了！先是我发誓赌咒，砸这劳什子，[俞校："劳什子"——从庚、甲；原"劳什古子"。]你都没[俞校："你都没"——从庚、晋、甲；原"都没"。]劝过，说我疯了！刚刚的这几日才好了，你又来呕我。"一面说，一面咬牙切齿的，又说道："我只愿这会子立刻我死了，把心迸出来，你们瞧见了；[俞校："把心迸出来，你们瞧见了"——从庚、晋、甲；原"把心拿出来你们瞧，瞧见了"。]然后连皮带骨一概都化成一股灰，[俞校："一股灰"——从庚、晋、甲；原"灰"。]——灰还有形迹，不如再化一股烟，——烟还可凝聚，[俞校："还可凝聚"——从庚、晋；原"还有凝聚"。]人还看的见，须得一阵大乱风[俞校："大乱风"——从庚、晋；原"大风"。]吹的四面八方都登时散了，这才好。"一面说，一面又滚下泪来。紫鹃忙上来握他的嘴，替他擦眼泪，又忙笑解说[俞校："解说"——从庚；原"解劝他"。]道："你不用着急。这原是我心里着急，故来试你。"宝玉听了，更又诧异，问道："你又着什么急？"紫鹃笑道："你知道我并不是[俞校："我并不是"——从庚、甲；原"我不是"。]林家的人，我也和鸳鸯、袭人是一伙的。[俞校："一伙的"——从庚、晋、甲；原"一样的"。]偏把我给了林姑娘使，偏生他又和我极好，比他苏州带来的好十倍。一时一刻，[俞校："一时一刻"——从庚、甲；原"一时半刻"。]我们两个离不开。我如今心里却愁[俞校："却愁"——从庚、晋、甲；原"都愁"。]他倘或要去了，我必要跟了他[俞校："跟了他"——从庚、甲；原"跟了"。]去的。我是合家在这里。我若不去，辜负了我们素日的情肠；若去，又弃了本家。所以我疑惑，故设出[俞校："设出"——从庚；原"说出"。]这谎话来问你。谁知你就傻闹起来。"[俞校："傻闹起来"——从庚、晋、甲；原"呆闹起来"。]宝玉笑道："原来是愁这个，[俞校："愁这个"——从庚；原"你愁这个"。]所以你是傻子。从此后再别愁了。我只告诉你一句打趸儿的话[俞校："打趸儿的话"——从甲；原"总话"。]：活着，咱们一处活着；[俞校："一处活着"——从庚、晋、甲；原"在一处活著"。]不活着，咱们一处化灰化烟。如何？"紫鹃听了，[俞校："紫鹃听了"——从庚、甲；原"紫鹃听说"。]心下暗暗筹画。忽有人回："环爷、兰哥儿问候。"[俞校："问候"——从庚、晋、甲；原"看来了"。]宝玉道[俞校："宝玉道"——从庚、晋、甲；原"宝玉笑道"。]："就说难为他们。我才睡了，不必进来。"婆子答应去了。紫鹃笑道："你也好了，该放我回去瞧瞧我们那一个[俞校："我们那一个"——从庚、甲；原"那一个"。]去了。"宝玉道："正是这话。我昨日就要叫你去的，偏生又忘了。我已经大好了，你就去罢。”紫鹃听说，方打叠铺盖妆奁之类。宝玉笑道：“我看见你文具里头有两三面镜子，你把那面小菱花的给我留下罢。我搁在枕头旁边，睡着好照。（俞校：“睡着好照”——从庚、晋、甲；原“睡觉好照”。）明儿出门带着也轻巧。”（俞校：“也轻巧”——从庚、晋、甲；原“轻巧”。）紫鹃听说，只得与他留下。先命人将东西送过去，然后别了众人，自回潇湘馆来。

林黛玉近日闻得宝玉如此形景，未免又添些病症，（俞校：“添些病症”——从庚、晋、甲；原“添了些病，又”。）多哭几场。今见紫鹃来了，（俞校：“紫鹃来了”——从庚、晋、甲；原“紫鹃来”。）问其原故，已知大愈，仍遣琥珀去伏侍贾母。夜间人定后，紫鹃已宽衣卧下之时，悄向黛玉笑道：“宝玉的心倒实。听见咱们去，就那样起来。”黛玉不答。紫鹃停了半晌，自言自语的说道：“一动不如一静，我们这里就算好人家。别的（俞校：“别的”——从庚、晋、甲；原“的”。）都容易，最难得的是从小儿一处长大，（俞校：“一处长大”——从庚、晋、甲；原“一处长大的”。）脾气情性（俞校：“情性”——从庚、晋、甲；原“性格”。）都彼此知道的了。”黛玉啐道：“你这几天还不乏，趁这会子（俞校：“趁这会子”——从晋、甲；原“你这会子”。）不歇一歇，还嚼什么蛆。”紫鹃笑道：“倒不是白嚼蛆，我倒是一片真心为姑娘。替你愁了这几年了。（俞校：“这几年了”——从庚、晋、甲；原“这几年”。）无父母，无兄弟，谁是知疼着热的人。趁早儿老太太还明白硬朗的时节，作定了大事要紧。俗语说：老健春寒秋后热。倘或老太太一时有个好歹，（俞校：“好歹”——从庚、晋、甲；原“好共歹”。）那时虽也完事，只怕耽误（俞校：“耽误”——从庚、晋、甲；原“耽搁”。）了时光，还不得称心如意呢。公子王孙虽多，那一个不是三房五妾，今儿朝东，明儿朝西。要一个（俞校：“要一个”——从庚；原“娶一个”。）天仙来，也不过三夜五夕，也丢在脖子后头了，甚至于为妾为丫头，反目成仇的。（俞校：“为妾为丫头，反目成仇的”——从庚；原“当作丫头使妾反目成仇的”。）若娘家有人有势的，还好些；若是姑娘这样的人，有老太太一日还好，若没了老太太，也只是凭人去欺负了。（俞校：“只是凭人去欺负了”——从庚、晋、甲；原“只好凭人欺负罢了”。）所以说拿主意要紧。姑娘是个明白人，岂不闻俗语说的，万两黄金（俞校：“万两黄金”——从庚、晋、甲；原“黄金万两”。）容易得，知心一个也难求！”黛玉听了，便说道：“这丫头今儿不疯了！（俞校：“不疯了”——从庚；原“可疯了”。庚“不”又旁改“可”。）怎么去了几日，忽然变了一个人。我明儿必回老太太，退回你去，（俞校：“退回你去”——从甲；原“退回你去罢”。）我不敢要你了。”紫鹃笑道：“我说的

惊戏语宝玉丧魂魄　慈姨妈爱语慰痴颦

是好话，不过叫你心里留神，并没叫你去俞校："叫你去"——从庚、晋、甲；原"叫你"。为非作歹。何苦回老太太。叫我吃了亏，又有何好处！"说着，竟自睡了。俞校："竟自睡了"——从庚；原"竟自己睡了"。黛玉听了这话，口内虽如此说，心内未尝不伤感。待他睡了，便直泣了一夜，俞校："泣了一夜"——从庚、晋；原"哭泣了一夜"。至天明方打了一个盹儿。次日，勉强盥漱了，吃了些燕窝粥。便有贾母等亲来看视他，又嘱咐了俞校："嘱咐了"——从庚、晋、甲；原"嘱咐"。许多话。

目今是薛姨妈的生日，自贾母起，诸人皆有祝贺之礼。俞校："祝贺之礼"——从庚、晋、甲；原"祝贺的礼"。黛玉亦早备了俞校："早备了"——从庚、晋；原"备了"。两色针线送去。是日，也定了一班小戏，请贾母与王夫人等，独有宝玉与黛玉二人不曾去得。俞校："不曾去得"——从庚、晋、甲；原"不曾得去"。至晚散时，贾母等顺路又瞧他二人俞校："瞧他二人"——从庚；原"瞧了他二人"。一遍，方回房去。次日，薛姨妈家又命薛蝌陪诸伙计吃了一天酒。连忙了三四天俞校："三四天"——从庚、晋、甲；原"四五天"。方完。因薛姨妈看见邢岫烟生得端雅稳重，且家道贫寒，是个钗荆裙布俞校："钗荆裙布"——从庚、甲；原"荆钗裙布"。的女儿，便欲说与薛蟠为妻。因薛蟠素习行止浮奢，又恐俞校："又恐"——从庚、晋、甲；原"又恐怕"。糟蹋俞校："糟蹋"——从庚；原"糟蹋了"。人家的女儿。正在踌躇之际，俞校："踌躇之际"——从庚、甲；原"踌躇之间"。忽想起薛蝌未娶，俞校："未娶"——从庚、晋、甲；原"来未曾娶亲"。看他二人恰是一对天生地设的夫妻，因谋之于俞校："因谋之于"——从庚、晋、甲；原"因而谋之于"。凤姐儿。凤姐儿叹道："姑妈素知我们太太有些左性的，这事等我慢谋。"因贾母去瞧凤姐儿时，俞校："凤姐儿叹道"至"去瞧凤姐儿时"——从庚；原无。凤姐儿便和贾母说："薛姑妈有件事俞校："薛姑妈有件事"——从庚；原"薛姨妈有一件事"。求老祖宗，只是俞校："只是"——从庚、晋、甲；原"只是自己"。不好启齿的。"贾母忙问何事。凤姐便将求亲一事说了。贾母笑道："这有什么不好启齿的。这是极好的事。俞校："极好的事"——从庚；原"极好的好事"。等我和你婆婆说了，怕他不依。"因回房来，即刻就命人来请了邢夫人过来，硬作保山。邢夫人想了一想：薛家根基不错，且现今大富；俞校："现今大富"——从庚、晋、甲；原"现大富大贵"。薛蝌生得又好；且贾母硬作保山：将机就计俞校："将机就计"——从庚；原"将计就计"。便应了。贾母十分喜欢，忙命人请了薛姨妈来。二人见了，自然有许多谦辞。邢夫人即刻命人去告诉邢忠夫妇。他夫妇原是此来俞校："原是此来"——从庚、晋、甲；原"此来原是"。投靠邢夫人的，如何不依，早极口的俞校："如何不依，早极口的"——从庚、晋、甲；原"如何不依的，早接口"。

说妙极。贾母笑道："我最爱管个闲事，今儿又管成了一件事，不知得多少谢媒钱？"薛姨妈笑道："这是自然的。纵抬了十万银子来，只怕不希罕。但只一件，老太太既是主亲，还得一位才好。"贾母笑道："别的没有，我们家折腿烂手的人还有两个。"说着，便命人去叫过贾珍婆媳二人来。贾母告诉他原故。彼此忙都道喜。俞校："忙都道喜"——从庚、晋、甲；原"都忙道喜"。贾母吩咐道："咱们家的规矩你是尽知的，俞校："你是尽知的"——从庚、晋、甲；原"你们是知道的"。从没有两亲家争礼争面的。俞校："争礼争面的"——从庚、晋、甲；原"争礼的理"。如今你替我在当中俞校："替我在当中"——从庚；原"算在当中替我"。料理，也不可太啬，俞校："太啬"——从庚、晋；原"太俭"。也不可太费，把他两家的事周全了回我。"尤氏忙答应了。薛姨妈喜之不尽。回家来忙命写了请帖，补送过俞校："补送过"——从庚、晋、甲；原"送过"。宁府。尤氏深知邢夫人情性，俞校："情性"——从庚、晋、甲；原"性情"。本不欲管，无奈贾母亲嘱咐的，俞校："亲嘱咐"——从庚、晋；原"吩咐"。只得应了。惟有俞校："惟有"——从晋；原"惟"。忖度邢夫人之意行事。薛姨妈是个无可无不可的人，倒还易说。俞校："易说"——从庚、晋、甲；原"容易说"。这且不在话下。如今薛姨妈既定了邢岫烟为媳，合宅皆知。邢夫人本欲接出岫烟去住。贾母因说："这又何妨。两个孩子又不能见面，就是姨太太和他一个大姑子，一个小姑子，又何妨。况且都是女儿，正好亲香呢！"邢夫人方罢。蝌岫二人前次途中皆曾有一面之遇，大约二人心中也皆如意。只是邢岫烟未免比先时拘泥了些，俞校："拘泥了些"——从庚、晋、甲；原"拘泥些"。不好与宝钗姊妹俞校："宝钗姊妹"——从庚、晋；原"宝钗姨妹"。共处闲话；又兼湘云是个爱取笑的，更觉不好意思。幸他是个知书达礼的，虽有女儿身分，还不是那种佯羞诈愧，一味轻薄造作之辈。宝钗自见他时，见他家业贫寒；二则别人之父母皆年高有德俞校："皆年高有德"——从庚；原"皆是年高有德"。之人，独他父母偏是酒糟透之人，于女儿分中平常；邢夫人也不过是脸面之情，俞校："脸面之情"——从庚、晋、甲；原"脸面之人"。亦非真心疼爱；且岫烟为人雅重，——迎春是个有气的死人，俞校："有气的死人"——从晋；原"有气之人"。连他自己尚未照管齐全，如何能照管到他身上，——凡闺阁中家常一应需用之物，或有亏乏，无人照管，他又不与人张口；宝钗倒暗中每相体贴接济，也不敢与邢夫人知道，亦恐多心闲话之故耳。如今却是意外之奇缘，作成这门亲事。岫烟心中先取中宝钗，然后方取薛蝌。有时岫烟仍与宝钗闲话，宝钗仍以姊妹相呼。这日，宝钗因来瞧黛玉，恰值岫烟也来瞧黛玉，二人在半路相遇。宝钗含笑唤他到跟前，二人同走至（俞校："同走至"——从庚、晋、甲；原"因走至"。）一块石壁后。宝钗笑问他："这天还冷的很，你怎么倒全换了夹的？"岫烟见问，低头不答。宝钗便知道又有了原故，因又笑问道："必定是这个月的月钱又没得。凤丫头如今也这样没心没计了。"岫烟道："他倒想着，不错日子给。（俞校："不错日子给"——从庚；原"不错日子的"。）因姑妈（俞校："姑妈"——从庚、晋、甲；原"姑娘"。）打发人和我说，一个月用不了二两银子，叫我省一两给爹妈送出去；要使什么，横竖有二姐姐的东西，哝着些儿，（俞校："哝着些儿"——原"哝著些"；庚、晋、甲"能着些儿"。今增"儿"。）搭着就使了。姐姐想，二姐姐也是个（俞校："也是个"——从庚；原"是个"。）老实人，也不大留心。我使他的东西，他虽不说什么，他那些妈妈、丫头（俞校："妈妈、丫头"——从庚；原"丫头、妈妈"。）那一个是省事的，那一个是嘴里不尖的。（俞校："是嘴里不尖的"——从庚、晋、甲；原"嘴里是不尖"。）我虽在那屋里，却不敢很使他们。（俞校："很使他们"——从庚；原"狠使唤他们"。）过三天五天，（俞校："三天五天"——从庚、晋、甲；原"三五天"。）我倒得拿出钱来，（俞校："拿出钱来"——从庚；原"拿出些钱来"。）给他们打酒买点心吃才好。因此，一月二两银子还不够使。如今又去了一两。前儿我悄悄的把绵衣服（俞校："绵衣服"——从庚、甲；原"棉衣服"。）叫人当了几吊钱盘缠。"宝钗听了，愁眉（俞校："愁眉"——从庚；原"皱眉"。）叹道："偏梅家又合家在任上，后年才进来。若是在这里，琴儿过去了，好再商议（俞校："再商议"——从庚、晋、甲；原"再商量"。）你这事，离了这里就完了。如今不先完他妹妹的事，也断不敢先娶亲的。如今倒是一件难事。再迟两年，又怕你熬煎出病来。等我和妈再商议。有人欺负你，你只管耐些烦儿，千万别自己煎熬出（俞校："自己煎熬出"——从庚；原"自己弄出"。）病来。不如把那一两银子（俞校："那一两银子"——从庚；原"一两银子"。）明儿也越性给了他们，倒都歇心。（俞校："歇心"——从庚；原"歇了心"。）你以后也不用白给那些人东西吃，他尖刺，让他们去；尖刺很听不过了，各人走开。（俞校："他尖刺"至"各人走开"——从庚；原"他们刻薄你，你装听不见，各人走开就完了"。）倘或短了什么，你别存那小家子儿女气，（俞校："儿女气"——从庚；原"女儿气"。）只管找我去。并不是作亲后方如此，你一来时咱们就好的。便怕人闲话，（俞校："怕人闲话"——从庚；原"怕人说闲话"。）你打发小丫头（俞校："小丫头"——从庚；原"小丫头子"。）悄悄的和我说去就是了。”岫烟低头答应了。宝钗又指他裙上一个碧玉佩，(俞校：“碧玉佩”——从庚、晋；原“玉佩”。)问道(俞校：“问道”——从晋、甲；原“问”。)：“这是谁给你的？”岫烟道：“这是三姐姐给的。”宝钗点头笑道：“他见人人皆有，独你一个没有，怕人笑话，故此送你一个。这是他聪明细致之处。但还有一说：你也要知道(俞校：“你也要知道”——从庚；原“也要知道”。)这些妆饰原出于大官富贵之家的小姐。(俞校：“的小姐”——从庚；原无。)你看我从头至脚可有这些富丽闲妆！(俞校：“闲妆”——从庚；原“妆饰么”。)然(俞校：“然”——从庚；原“然而”。)七八年之先，我也是这样来着。如今一时比不得一时了，所以我都自己该省的就省了。将来你这一到了(俞校：“这一到了”——从庚；原“过”。)我们家，这些没用的东西只怕还有一箱子。咱们如今比不得他们了，总要一色从实守分为主，不比他们才是。”岫烟笑道：“姐姐既这样说，我回去摘了就是了。”宝钗忙笑道：“你也太听说了。这是他(俞校：“这是他”——从庚；原“这是他的”。)好意送你，你不佩着，他岂不疑心。我不过是偶然提到这里，以后知道就是了。”岫烟忙又答应。又问：“姐姐此时那里去？”宝钗道：“我到潇湘馆去。你且回去，把那当票(俞校：“当票”——从庚、晋；原“当票子”。)叫丫头送来，(俞校：“送来”——从庚、晋、甲；原“送到”。)我那里悄悄的取出来，晚上再悄悄的送给你去，早晚好穿。不然，风扇了(俞校：“风扇了”——从庚；原“冻病了”。)事大。但不知当在那里了？”岫烟道：“叫做恒舒典，(俞校：“恒舒典”——从庚、晋；原“舒恒当”。)是鼓楼西大街的。”宝钗道：“这闹在一家子去了。伙计们倘或知道了，好说人没过来，衣裳先过来了。”(俞校：“衣裳先过来了”——从庚；原“东西倒先来了”。)岫烟听说，便知是他家的本钱，也不觉红了脸一笑。

二人走开，宝钗就往潇湘馆来。正值他母亲也来瞧黛玉，正说闲话呢。宝钗笑道：“妈多早晚来的？我竟不知道。”薛姨妈道：“我这几天连日忙，总没来瞧瞧宝玉和他，所以今儿瞧他两个。都也好了。”(俞校：“都也好了”——从庚、甲；原“一瞧，也都好了”。)黛玉忙让宝钗坐了，因向宝钗道：“天下的事真是人想不到的。怎么想的到姨妈和大舅母又作(俞校：“又作”——从庚、晋、甲；原“又作了”。)一门亲家！”薛姨妈道：“我的儿，你们女孩家，(俞校：“女孩家”——从庚；原“女孩儿家”。)那里知道。自古道：‘千里姻缘一线牵’，管姻缘的有一位(俞校：“有一位”——从庚、晋、甲；原“有一个”。)月下老人，预先注定，暗里只用一根红线，把这两个人的脚绊住；凭你两家隔着海，隔着国，有世仇的，也终久有机会作了夫妇。这一件事，都是出人意料之外。凭父母本人（俞校："凭父母本人"——从庚、晋、甲；原"凭你父母本人"。）都愿意了，或是年年在一处的，以为是（俞校："以为是"——从晋；原"已为是"。）定了的亲事，若月下老人不用红线拴的，再不能到一处。比如你姐妹两个的婚姻，此刻也不知在眼前，（俞校："在眼前"——从庚、晋、甲；原"眼前"。）也不知在山南海北呢。"宝钗道："惟有妈，说动话就拉上我们。"一面说，一面伏在他母亲怀里笑说（俞校："笑说"——从庚、晋、甲；原"笑说道"。）："咱们走罢。"黛玉笑道："你瞧这么大了，离了姨妈，他就是个最老到的；（俞校："最老到的"——从庚、晋、甲；原"最老到的人"。）见了姨妈，他就撒娇儿。"薛姨妈用手摩弄着宝钗，叹向黛玉道："你这姐姐，就和凤哥儿在老太太跟前（俞校："凤哥儿在老太太跟前"——从庚、晋、甲；原"凤姐儿在太太跟前"。）一样。有了正经事，就和他（俞校："就和他"——从庚；原"他"。）商量；没了事，幸亏（俞校："幸亏"——从庚、晋、甲；原"幸亏得"。）他开开我的心。我见了他这样，有多少愁不散的。"（俞校："有多少愁不散的"——从庚、甲；原"任有多少愁也散了"。）黛玉听说，流泪叹道："他偏在这里这样，分明是气我没娘的人，故意来刺我的眼。"（俞校："刺我的眼"——从庚、晋；原"刺我的心"。）宝钗笑道："妈，瞧他轻狂，倒说我撒娇儿。"薛姨妈道："也怨不得他伤心，可怜没父母的，到底没个亲人。"又摩娑着黛玉笑道："好孩子，别哭。你见我疼你姐姐，你伤心了。你不知（俞校："你不知"——从庚、甲；原"你不知道"。）我心里更疼你呢。你姐姐虽没了父亲，到底有我，有亲哥哥，这就比你强了。我常常和你姐姐说，心里很疼你，只是外头不好带出来的。（俞校："带出来的"——从庚、晋、甲；原"带出来"。）这里人多口杂，说好话的人少，说歹话的人多。不说你（俞校："不说你"——从庚、晋、甲；原"不说"。）无依无靠，为人作人可配人疼，只说我们看老太太疼你了，我们也洑上水去了。"（俞校："洑上水去了"——从乙；原"伏上水了"。）黛玉笑道："姨妈既这么说，我明日就认姨妈做娘。（俞校："做娘"——从庚、晋、甲；原"作娘"。）姨妈若是弃嫌（俞校："姨妈若是弃嫌"——从庚、晋、甲；原"若是嫌弃我"。）不认，便是假意疼我了。"薛姨妈道："你不厌我，就认了很好。"（俞校："就认了很好"——从庚旁改（"就"改"很"）；原"我就认了才是好呢"。）宝钗忙道："认不得的。"黛玉道："怎么认不得？"宝钗笑问道（俞校："笑问道"——从庚；原"笑道"。）："我且问你：我哥哥还没定亲事，为什么反将邢妹妹先说与我兄弟（俞校："我兄弟"——从庚、晋、甲；原"兄弟"。）了？是什么道理？"黛玉道："他不在家，或是属相生日不对，所以先说与兄弟了。"

〔俞校："或是属相生日不对，所以先说与兄弟了"——从庚、晋、甲；原"或属相不对，所以先说与兄弟"。〕宝钗笑道："非也。〔俞校："宝钗笑道：非也"——从庚、晋；原"宝钗道"。〕我哥哥已经相准了，〔俞校："相准了"——从庚、晋、甲；原"相准"。〕只等来家〔俞校："来家"——从庚、晋、甲；原"来年"。〕就下定了。也不必提出人来，我方才说你认不得娘，你细想去。"说着，便和他母亲挤眼儿发笑。黛玉听了，便也一头伏在薛姨妈身上，说道："姨妈不打他，〔俞校："不打他"——从庚、晋、甲；原"不打"。〕我不依。"薛姨妈忙也搂他〔俞校："忙也搂他"——从庚；原"便也搂他"。〕笑道："你别信你姐姐的话，他和你顽呢。"宝钗笑道："真个的。妈明儿〔俞校："妈明儿"——从庚；原"明儿妈"。〕和老太太说，求了他作媳妇，岂不比外头寻的好。"黛玉便彀上来要抓他，口内笑说："你越发疯了。"薛姨妈忙也笑劝，用手分开方罢。又向〔俞校："又向"——从庚、晋、甲；原"又问"。〕宝钗道："连邢女儿我还怕你哥哥糟蹋了他，所以给你兄弟说了，别说这孩子，我也断不肯给他。前儿老太太因要把你妹妹说给宝玉，偏生又有了人家，不然倒是一门好亲。前儿我说定了邢女儿，老太太还取笑说：'我原要说他家的人，〔俞校："他家的人"——从晋；原"他的人"。〕谁知他的人没到手，倒被他说了我们的一个去了。'虽是顽话，细想来倒〔俞校："细想来倒"——从庚；原"细想也"。〕有些意思。我想宝琴虽有了人家，我虽没人可给，难道一句话也不说。我想着你宝兄弟，老太太那样疼他，他又生的那样，若要外头说去，断不中意，〔俞校："断不中意"——从庚；原上有"老太太"。〕不如竟把你林妹妹定与他，岂不四角俱全？"黛玉先还怔怔的听，后来见说到自己身上，便啐了宝钗一口，红了脸，拉着宝钗笑道："我只打你。你为什么招出姨妈这些老没正经的话来！"宝钗道："这可奇了。妈说你，为什么打我？"紫鹃忙也跑来笑道："姨太太既有这主意，〔俞校："这主意"——从庚、晋、甲；原"这个主意"。〕为什么不和太太〔俞校："不和太太"——从庚、晋、甲；原"不合老太太"。〕说去？"薛姨妈呵呵笑道："你这孩子急什么？想必催着你姑娘出了阁，你也要早些寻一个小女婿〔俞校："小女婿"——从庚、晋；原"小婿子"。〕去了。"紫鹃听了，也红了脸，〔俞校："也红了脸"——从庚、晋、甲；原"脸红了"。〕笑道："姨太太真个倚老卖老的起来。"说着，便转身去了。黛玉先骂："又与你这蹄子〔俞校："蹄子"——从庚、晋、甲；原"小蹄子"。〕什么相干。"后来见了这样，也笑起来，说："阿弥陀佛！该，该，该！〔俞校："该，该，该"——从庚、晋、甲；原"该"。〕也臊了一鼻子灰去了。"薛姨妈母女〔俞校："母女"——从庚、晋、甲；原"母女二人"。〕及屋内（俞校：“及屋内”——从庚；原“及至屋内”。）婆子、丫鬟都笑起来。婆子们因也笑道：“姨太太虽是顽话，却倒也不差呢。到闲了时和老太太一商议，姨太太竟做媒，（俞校：“到闲了时和老太太一商议，姨太太竟做媒”——从庚；原“闲了时合我们老太太商议商议，姨太太竟作媒”。）保成这门亲事，是千妥万妥的。”薛姨妈道：“我一出这主意，老太太必喜欢的。”

一语未了，忽见湘云走来，手里（俞校：“手里”——从庚、晋、甲；原“手”。）拿着一张当票，口内笑道：“这是什么帐篇子？”黛玉瞧了，也不认得。地下婆子们都笑道：“这可是一件奇货。这个乖可不是白教人的。”（俞校：“白教人的”——从庚；原“白学的”。）宝钗忙一把接了看时，就是（俞校：“就是”——从庚；原“正是”。）岫烟才说的当票，（俞校：“当票”——从庚、晋；原“当票子”。）忙摺了起来。薛姨妈忙说：“那必定是那个妈妈的当票子失落了，回来急的他们找。那里得的？”湘云道：“什么是当票子？”众人都笑道：“真真是个呆子，连个（俞校：“连个”——从庚；原“连”。）当票子也不知道。”薛姨妈叹道：“怨不得他，真真是侯门千金，而且又小，那里知道这个，那里去有这个。便是家下人有这个，（俞校：“有这个”——从庚；原“看这个”。）他如何得见。别笑他（俞校：“别笑他”——从庚；原“别笑话他是”。）呆子，若给你们家的小姐们（俞校：“你们家的小姐们”——从庚、晋；原“你们家姑娘们”。）见了，也都成了呆子了。”众婆子笑道：“林姑娘方才也不认得。别说姑娘们，此刻宝玉他倒是外头常出去走的，只怕也还没见过呢。”薛姨妈忙将原故讲明。湘云黛玉二人听了，方笑道：“原来为此。人也太会想钱了。姨妈家的当铺也有这个不成？”众人笑道：“这又呆了。‘天下老鸹（俞校：“老鸹”——从庚、甲；原“老鹳”。）一般黑’，岂有两样的。”薛姨妈因又问（俞校：“薛姨妈因又问”——从庚、晋、甲；原“问道”。）是那里拣的。湘云方欲说时，宝钗忙说：“是一张死了没用的，（俞校：“是一张死了没用的”——从庚、晋、甲；原“一张死了不用的”。）不知那年勾了帐的。香菱拿着哄他们顽的。”薛姨妈听了此话是真，也就不问了。一时，人来回：“那府里（俞校：“那府里”——从庚、晋、甲；原“那里”。）大奶奶过来了，请姨太太说话呢。”薛姨妈起身去了。这里屋内无人时，宝钗方问湘云何处拣的。湘云笑道：“我见你令弟媳的丫头（俞校：“丫头”——从晋、甲；原“丫环”。）篆儿悄悄的递与莺儿，莺儿便随手夹在书里，只当我没看见。我等他们出去了，我偷着看，竟不认得。知道你们都在这里，所以拿来大家认认。”黛玉忙问：“怎么他也当衣裳不成？既当了，怎么又给你送去？”宝钗见问，不好隐瞒他两个，便将方才之事都告诉了他二人。黛玉便说：“兔死狐悲，物伤其类。”不免感叹起来。史湘云便动了气，说：“等我问着二姐姐去。我骂那起俞校：“骂那起”——从庚、甲；原“骂那起子”。老婆子、丫头一顿，给你们出气何如？”说着，便要走。宝钗忙一把拉住，笑道：“你又发疯了。还不给我坐着俞校：“坐着”——从庚；原“坐下”。呢。”黛玉笑道：“你要是个男人，出去打一个抱不平儿。你又充什么荆轲、聂政，真真好笑。”湘云道：“既不叫我问他去，俞校：“问他去”——从庚；原“问去”。明儿也把他接到咱们苑里俞校：“苑里”——从庚；原“园里”。庚“苑”又傍改“园”。一处住去，岂不好？”宝钗笑道：“明日再商量。”说着，人报：“三姑娘、四姑娘来了。”三人听说，忙掩了口，不提此事。要知端的，俞校：“要知端的”——从庚；原无。且听下回分解。

戚回后：写宝玉、黛玉呼吸相关，不在字里行间，全从无字句处，运鬼斧神工之笔，摄魄追魂，令我哭一回、叹一回，浑身都是呆气。写宝钗、岫烟相叙一段，真有英雄失路之悲，真有知己相逢之乐。时方午夜，灯影幢幢，读书至此，掩卷出户，见星月依稀，寒风微起，默立阶除良久。

第五十八回
杏子阴假凤泣虚凰　茜纱窗真情揆痴理

戚回前：用清明烧纸，徐徐引入园内烧纸，较之前文用燕窝隔回照应，别有草蛇灰线之趣，令人不觉。前文一接，怪蛇出水，此文一引，春云吐岫。

话说他三人因见探春等进来，忙将此话掩住不提。探春等问候过，俞校："问候过"——从庚、晋、甲；原"问候"。大家说笑了一回方散。

谁知上回所表的俞校："所表的"——从庚、晋、甲；原"所说的"。那位老太妃已薨，凡诰命等皆入朝，随班按爵守制。敕谕天下：凡有爵之家，一年内不许筵宴音乐，庶民皆三月不得婚嫁。俞校："不得婚嫁"——从庚；原"不许嫁娶"。贾母、邢、王、尤、许俞校："邢、王、尤、许"——从庚、晋、甲；原"邢夫人、尤氏"。婆媳祖孙等皆每日入朝随祭，至未正以后方回。在大内偏宫俞校："大内偏宫"——从庚；原"偏殿"。二十一日后，方请灵入先陵，地名曰孝慈县。己夹：随事命名。这陵俞校："这陵"——从庚、晋、甲；原"陵"。离都来往得十来日之功，如今请灵至此，还要俞校："还要"——从庚、晋、甲；原"还"。停放数日，方入地宫，故得一月光景。己夹：周到细腻之至。真细之至，不独写侯府得理，亦且将皇宫赫赫，写得令人不敢坐阅。宁府贾珍夫妻二人，也少不得是要去的。两府无人，因此大家计议，家中无主，俞校："家中无主"——从晋、甲；原下有"少不得又计议"。便报了尤氏产育，将他腾挪出来，协理俞校："协理"——从庚、甲；原"办理"。荣宁两府事体。因又托了薛姨妈在园内照管他姊妹丫鬟，俞校："丫鬟"——从庚、甲；原"丫环等"。薛姨妈只得也俞校："只得也"——从庚、晋、甲；原"也只得"。挪进园来。因宝钗处有湘云、香菱；李纨处目今李婶母女（俞校："李婶母女"——从庚；原下有"二人"。）虽去，然有时亦来，（俞校："有时亦来"——从庚；原"亦时常来往"。）住三五日不定，贾母又将宝琴送与他去照管；迎春处有岫烟；探春（俞校："探春"——从庚、晋、甲；原"探春处"。）因家务冗杂，且不时赵姨娘与贾环来嘈聒，（俞校："嘈聒"——从庚、晋、甲；原"聒嘈"。）甚不方便；惜春处房屋狭小；况贾母又千叮咛万嘱咐托他照管林黛玉，薛姨妈素昔也最怜爱（俞校："怜爱"——从庚、甲；原"疼爱"。）他的，今既巧遇这事，便挪至（俞校："挪至"——从庚、晋、甲；原"至"。）潇湘馆来和黛玉同房，一应药饵饮食，十分经心。黛玉感之不尽，（俞校："感之不尽"——从庚傍改（"之"傍添）；原"感激不尽"。）以后便亦如（俞校："便亦如"——从庚、晋、甲；原"便如"。）宝钗之呼，连宝钗前亦直以"姐姐"呼之，（俞校："直以姐姐呼之"——从庚、晋、甲；原"且以姊姊呼之"。）宝琴前直以"妹妹"呼之，俨似同胞共出，较诸人更似亲切。（俞校："更似亲切"——从庚、晋、甲；原"更觉亲切"。）贾母见如此，也十分喜悦放心。薛姨妈只不过照管姊妹，禁约得丫头辈，（俞校："照管姊妹，禁约得丫头辈"——从庚；原"照管他姊妹，禁约丫环辈"。）一应家中大小事务也不肯多口。尤氏虽天天过来，也不过应名点卯，亦不肯乱作威福；且他家内上下也只剩他一个（俞校："他一个"——从庚；原"他一人"。）料理；再者每日还要照管贾母、王夫人的下处一应所需饮馔铺设之物，所以也是操劳。（俞校："也是操劳"——从庚；原"也甚操劳"。）当下宁荣二府主人既如此不暇，并两处执事人等，或有跟随（俞校："或有跟随"——从甲；原"或有人跟随"。）入朝的，或有朝外照料下处事务（俞校："下处事务"——从晋、甲；原"下处"。）的，又有先蹰踏下处去（俞校："蹰踏下处去"——从庚傍改（"去"傍添）；原无"去"。）的，也都各各忙乱。（俞校："各各忙乱"——从庚、晋、甲；原"各有差使"。）因此两处下人无了正经头绪，也都偷安，或乘隙结党，与暂权执事者（俞校："暂权执事者"——从庚、晋、甲；原"那现执事的"。）窃弄威福。荣府只留得赖大并几个管事（俞校："几个管事"——从庚、晋；原下有"的"。）照管外务。这赖大手下常用的几个人已去，虽另委人，都是些（俞校："都是些"——从庚、晋、甲；原"都也是些"。）生的，只觉不顺手。且他们无知，或赚骗无节，或呈告无据，或举荐无因，种种不善，在在生事，也难备述。又见各官宦家，凡养（俞校："凡养"——从庚、晋、甲；原"凡有"。）优伶男女者，一概蠲免遣发。尤氏等便议定，待王夫人回家回明，也欲遣发那十二个（俞校："那十二个"——从庚；原"十二个"。）女孩子。又说："这些人原是买的，如今虽不学唱，（俞校："虽不学唱"——从庚、晋、甲；原"虽不学戏"。）尽可留着使唤，令其教习们（俞校："令其教习们"——从庚；原"只令其教习们"。）自去也罢了。"王夫人因说："这学戏的倒比不得使唤的。他们也是好人家的儿女，因无能卖了做这事。俞校：“做这事”——从庚、晋、甲；原“做这件事”。妆丑弄鬼的几年，俞校：“妆丑弄鬼的几年”——从庚、晋、甲；原“妆神弄鬼的这几年”。如今有这机会，不如给他们几两银子盘缠，各自去罢。当日祖宗手里都是有这例的。俞校：“有这例的”——从庚、晋、甲；原“有例的”。咱们如今损阴坏德，而且还小器。如今虽有几个老的还在，那是他们各有原故，不肯回去的，所以才留下使唤，俞校：“留下使唤”——从庚、晋、甲；原“留下使唤使唤”。大了配了咱们家的小厮俞校：“小厮”——从庚、晋、甲；原“小子”。们了。”尤氏道：“如今我们也去问他十二个。俞校：“也去问他十二个”——从庚、晋、甲；原“也问问那十二个女孩子去”。有愿意回去的，就带了信儿，叫上他的父母来，亲自来俞校：“亲自来”——从庚；原“亲自”。领回去，给他们俞校：“给他们”——从庚、晋、甲；原“赏他们”。几两银子盘费方妥。倘若不叫上他父母亲人俞校：“他父母亲人”——从庚；原“他的父母”。庚“他”下又傍添“的”。来，只怕有混帐人顶名冒领出去，又转卖了，岂不辜负了这恩典。若有俞校：“若有”——从庚、晋、甲；原“若”。不愿意回去的，就留下。”王夫人笑道：“这话妥当。”尤氏等又遣人告诉了凤姐，已双：看他任意鄙俚诙谐之中，必有一个“礼”字还清，足见是大家形景。一面说与总理房中，俞校：“总理房中”——从庚、晋、甲；原“总理人”。每教习给银八两，令其自便。凡梨香院一应物件，查清注册俞校：“注册”——从庚；原“记册”。收明，派人上夜。将十二个女孩子叫来，当面细问，倒有一多半俞校：“一多半”——从庚、晋、甲；原“一大半”。不愿意回家的：也有说父母虽有，他只以卖我们为事，俞校：“他只以卖我们为事”——从庚；原“只以卖我姐妹为事”。这一去还被他卖了；也有父母已亡，或被叔伯兄弟所卖的；也有说无人可投俞校：“无人可投”——从庚、晋、甲；原“没人可投”。的；也有说恋恩不舍的。所愿去者止四五人。王夫人听了，只得留下。将去者四五人皆令其干娘领回家去，单等他亲父母来领；将不愿去者分散在园中使唤。贾母便留下文官自使，将正旦芳官指与宝玉，将小旦蕊官送了宝钗，将小生藕官指与黛玉，将大花面葵官送了湘云，将小花面荳官送了宝琴，将老外艾官与了探春，尤氏便讨了老旦茄官俞校：“茄官”——从庚、甲；原“茹官”。去。当下各得其所，就如倦鸟出笼，俞校：“倦鸟出笼”——从庚、晋、甲；原“放鸟出笼”。每日园中游戏。众人皆知他们不能针黹，俞校：“针黹”——从庚、晋、甲；原“针指”。下一处同。不惯使用，皆不大责备。其中或有一二个俞校：“一二个”——从庚、甲；原“一二”。知事的，愁将来无应时之技，亦将本技丢开，便学起针黹纺绩女工诸务来。一日，正是朝中大祭，贾母等五更便去了。先到下处用些点心小食，然后入朝；早膳已毕，方退至下处；用过午饭，略歇片刻，复入朝待中晚二祭完毕，方出至俞校：“方出至”——从庚、晋、甲；原“方出，方退至”。下处歇息；用过晚饭方回家。可巧这下处乃是一个大官的家庙。此内比邱尼焚修，房舍极多极净，俞校：“极净”——从庚、晋、甲；原“极静”。东西二院。荣府便赁了东院，北静王府便赁了西院。太妃少妃每日宴息，俞校：“宴息”——从庚；原“晏息”。见贾母等在东院，彼此同出同入，都有照应。

外面诸事不消细述。且说大观园中，俞校：“大观园中”——从庚；原“大观园内”。因贾母、王夫人天天不在家内，又送灵去一月方回，各丫鬟、婆子皆有闲空，多在园中游玩；俞校：“园中游玩”——从庚；原“园内游玩”。更又将俞校：“更又将”——从庚、晋、甲；原“便又将”。梨香院内伏侍的众婆子一概撤回，并散在俞校：“并散在”——从庚、晋、甲；原“都散在”。园内听使，更觉人多了几十个。因文官等一干人或心性高傲，或倚势凌下，或拣衣挑食，俞校：“或拣衣挑食”——从庚、晋、甲；原“拣衣挑食”。或口角锋芒，大概不安分守理俞校：“安分守理”——从庚；原“安分循理”。者多，因此众婆子无不含怨，俞校：“无不含怨”——从庚；原“含怨”。只是口中不敢与他们分证。俞校：“分证”——从庚；原“分争”。如今散了学，大家称了愿，也有丢开手的，也有心地狭窄犹怀旧怨的。因将众人皆分在各房名下，不敢来厮侵。俞校：“厮侵”——从庚、晋、甲；原“欺隐”。可巧这日乃是清明之日，贾琏已备下年例祭祀，带领贾环、贾琮、贾兰三人去往铁槛寺祭柩烧纸。俞校：“祭柩烧纸”——从庚、晋、甲；原“上坟”。宁府贾蓉也同族中几人各办祭祀前往。因宝玉未大愈，故不曾去。饭后发倦，袭人因说：“天气甚好，你且出去逛逛，省得丢下粥碗俞校：“粥碗”——从庚、晋、甲；原“饭碗”。就睡，存在心里。”俞校：“存在心里”——从庚、晋、甲；原下有“可不好”。宝玉听说，只得拄了一枝杖，靸着鞋，步出院外。俞校：“步出院外”——从庚；原“步出院来”。己双：画出病势。因近日将园中分与众婆子俞校：“众婆子”——从庚、晋、甲；原“婆子”。料理，各司各业，皆在忙时：也有修竹的，也有剐树俞校：“剐树”——从庚、晋、甲；原“刷树”。的，也有栽花的，也有种豆的，池中又有俞校：“池中又有”——从庚；原“池中又”。驾娘们行着船夹泥的，俞校：“夹泥的”——从庚、晋、甲；原“夹泥”。种藕的。湘云、香菱、宝琴与丫鬟等俞校：“与丫鬟等”——从庚；原“与些丫环等”。都坐在山石上，瞧他们取乐。宝玉也慢慢行来。俞校：“慢慢行来”——从庚、晋、甲；原“慢慢的行来”。湘云见了他来，忙笑说：“快把这船打出去。他们是接林妹妹的。”众人都笑起来。宝玉红了脸，也笑道：“人家的病，谁是好意的。

你也形容着取笑儿。”湘云笑道：“病也比人家另一样，俞校：“病也比人家另一样”——从庚、甲；原“病与人家另是一样”。原招笑儿。反说起人来。”说着，宝玉便也坐下，俞校：“便也坐下”——从庚、晋、甲；原“便坐下”。看着众人忙乱了一回。湘云因说俞校：“湘云因说”——从庚、晋、甲；原“湘云因说道”。：“这里有风，石头上又冷，坐坐去罢。”俞校：“坐坐去罢”——从庚、晋、甲；原上有“那屋里”。宝玉也正要去瞧黛玉，便起身拄拐，辞了他们，从沁芳桥一带堤上走来。只见柳垂金线，桃吐丹霞。山石之后，一株大杏树花已全落，叶稠阴翠，上面已结了豆子大小的许多小杏。宝玉因想道：“能病了几天，俞校：“能病了几天”——从庚、晋、甲；原上有“我”。竟把杏花辜负了。不觉已到‘绿叶成阴子满枝’了。”因此，仰望杏子不舍。又想起邢岫烟已择了夫婿一事。虽说是男女大事，不可不行，但未免又少了一个好女儿。俞校：“好女儿”——从庚、晋、甲；原“好女孩儿”。不过两年，便也要俞校：“不过两年，便也要”——从庚；原“不过二年便是”。“绿叶成阴子满枝”了。再过几日，这杏树子落枝空；再几年，岫烟未免俞校：“岫烟未免”——从庚；原“岫烟”。乌发如银，红颜似槁了。因此不免伤心，只管对杏流泪叹息。己双：近之淫书满纸伤春，究竟不知伤春原委。看他并不提“伤春”字样，却艳恨秾愁，香流满纸矣。正悲叹时，忽有俞校：“忽有”——从庚、晋、甲；原“忽见”。一个雀儿飞来，落于枝上乱啼。宝玉又发了呆性，心下想道：“这雀儿必定是杏花正开时他曾来过，今见无花空有子叶，故也乱啼。这声韵必是啼哭之声。可恨公冶长不在眼前，不能问他。但不知明年再发时，这个雀儿可还记得飞到这里来，与杏花一会否？”正胡思间，忽见一股火光俞校：“一股火光”——从庚、晋、甲；原“一片火光”。从山石那边发出，将雀儿惊飞，宝玉吃一大惊。又听那边有人喊道：“藕官，你要死！怎么弄些纸钱进来烧！我回奶奶们去，仔细你的肉。”宝玉听了，一发疑惑起来，忙转过山石看时，只见藕官满面泪痕，蹲在那里，手内还拿着火，守着些纸钱灰作悲。宝玉忙问道：“你与谁烧纸钱？快不要在这里烧。你或是为父母兄弟，你告诉我姓名，俞校：“姓名”——从庚；原“名姓”。外头去叫小厮们打了包袱，写上名姓去烧。”俞校：“去烧”——从庚、晋、甲；原“去”。藕官见了宝玉，只不作一声。宝玉数问不答。忽见一婆子恶狠狠走来拉藕官，口内说道俞校：“口内说道”——从庚、晋、甲；原“口内说”。：“我已经回了奶奶们了，奶奶俞校：“回了奶奶们了，奶奶”——从庚；原“回了奶奶们，奶奶们”。气的了不得。”藕官听了，终是孩气，怕辱没了没脸，（俞校："没脸"——从庚、晋、甲；原"脸"。）便不肯去。婆子道（俞校："婆子道"——从庚、晋、甲；原"婆子说"。）："我说你们别太兴头过馀了。如今还比你们在外头随心乱闹呢。这是尺寸地方儿。"指宝玉道："连我们的爷还守规矩呢，你是什么阿物儿，跑来胡闹。怕也不中用，跟我快走罢。"（己双：如何？必是含怨之人。又拉上宝玉，画出小人得意来。）宝玉忙道："他并没（俞校："他并没"——从庚、甲；原"并没"。）烧纸钱。原是林妹妹叫他来烧那（俞校："来烧那"——从庚、晋；原"来烧"。）烂字纸的。你没看真，反错告了他。"藕官正没了主意，见了宝玉也正添了（俞校："也正添了"——从庚、晋、甲；原"又正添了"。）畏惧；忽听他反替掩饰，（俞校："反替掩饰"——从甲；原"反掩饰"。）心内转忧成喜，也便硬着口说道："你很看真是纸钱了么？我烧的是林姑娘写坏了的字纸。"那婆子听如此说，一发狠起来，便弯腰向纸灰中拣那不曾化尽的遗纸，拣了两点（俞校："两点"——从庚；原"两块"。）在手内，说道："你还嘴硬。有据有证在这里，我只和你厅上讲去。"说着，拉了袖子就拽着（俞校："拽着"——从庚，今写作"曳"；原"掖着"。）要走。宝玉忙把藕官拉住，用拄杖敲开那婆子的手，说道："你只管拿了那个回去。实告诉你（俞校："实告诉你"——从庚、晋、甲；原"我实告诉你"。）：我昨夜作了一个梦，（俞校："一个梦"——从庚；原"一梦"。）梦见杏花神和我要一挂白钱，不可叫本房人烧，要一个生人替我烧了，我的病就好的快。所以我请了这白钱，巴巴儿的和林姑娘说（俞校："巴巴儿的和林姑娘说"——从庚傍改（"说"傍添）；原"把把的合林姑娘"。）烦了他来，替我烧了祝赞，（俞校："祝赞"——从庚；原"祝谶"。）原不许一个人知道的。所以我今日才能起来。（俞校："才能起来"——从庚、晋、甲；原"才好些能起来"。）偏你看见了。我这会子又不好了，都是你冲了。你还要告他去！——藕官只管去，见了他们，你就照依我这话说。等老太太回来，我就说他故意来冲神祇，（俞校："神祇"——从庚；原"神纸"。）保佑我早死。"藕官听了，一发得了主意，反倒拉着婆子要走。那婆子听了这话，忙丢下纸钱，陪笑央告宝玉道："我原不知道。二爷若回了老太太，我这老婆子岂不完了。我如今回奶奶们去，就说是爷祭神，（俞校："祭神"——从庚；原"祭祀"。）我看错了。"宝玉道："你也不许再回，（俞校："不许再回"——从晋、甲；原"不用再回去了"。）我便不说。"婆子道："我已经回了，叫我来带他，我怎好不回去的？（俞校："不回去的"——从庚；原"不回的"。）也罢，就说我已经叫到了，又被林姑娘叫了去了。"宝玉想一想，（俞校："想一想"——从庚；原"想了一想"。）方点头应允。那婆子只得去了。

命校："只得去了"——从庚；原"去了"。这里宝玉问他命校："宝玉问他"——从庚；原"宝玉又问他"。："到底是为谁烧纸？我想来若是为命校："若是为"——从庚；原"若为"。父母兄弟，你们皆烦人外头烧过了。这里烧这几张必有私自的情理。"命校："私自的情理"——从庚、晋、甲；原"私自情理"。藕官因方才护庇之情，感激于衷，便知他是自己一流命校："自己一流"——从庚、晋、甲；原"自己一派"。的人物，便含泪说道："我这事，除了你屋里的芳官并宝姑娘的蕊官，并没第三个人知道。今日被你遇见，命校："被你遇见"——从庚；原上有"忽然"。又有这段意思，少不得也告诉了你，只不许命校："只不许"——从庚、晋、甲；原"你只不许"。再对人言讲。"命校："对人言讲"——从庚；原"对一人言讲"。又哭道："我也不便和你面说，命校："又哭道：我也不便和你面说"——从庚、晋、甲；原"又笑道：我也便不合你细说"。你只回去背人悄问芳官就知道了。"说毕，扬长而去。命校："扬长而去"——从晋；原"佯常而去"。宝玉听了，心下纳闷，己双：连观书者亦纳闷。只得踱到潇湘馆瞧黛玉，一发瘦的可怜。命校："瘦的可怜"——从庚；原"瘦到可怜"。问起来，比往日已算大愈了。命校："大愈了"——从庚；原"大好了"。己双：好，若只管病亦不好。黛玉见他也比先大瘦了，想起往日之事，不免流下泪来。些微谈了谈，命校："谈了谈"——从庚；原"谈了一谈"。便催宝玉去歇息调养。宝玉只得回来。因记挂着要问芳官那原委，偏有命校："偏有"——从庚、甲；原"偏又有"。湘云、香菱来了，正和袭人、芳官一处说笑，不好叫他，恐人又盘诘，命校："盘诘"——从庚、晋、甲；原"盘问"。只得耐着。

一时，芳官又跟了他干娘去洗头，他干娘偏又先叫了他亲女儿洗过了后，才叫芳官洗。芳官见了这般，便说他偏心，"把你女儿的剩水给我洗。我一个月的月钱都是你拿着，沾我的光不算，反倒给我剩东剩西的。"他干娘羞愧变成恼，命校："变成恼"——从庚；原"变成怒"。便骂他："不识抬举的东西！怪不得人人说命校："人人说"——从庚；原"人人都说"。戏子没一个好缠的，凭你什么好人，入了这一行，都弄坏了。这一点子猴崽子，挑么挑六，咸嘴淡舌，咬群的骡子似的。"娘儿两个吵起来。袭人忙打发人去说："少乱嚷。瞅着老太太不在家，一个个命校："一个个"——从庚、晋、甲；原"你们"。连句安静话也不说了。"晴雯因说："都是芳官不省事，不知狂的什么。也不过是会两出戏，倒像杀了贼王，擒了反叛来的。"命校："狂的什么"至"擒了反叛来的"——从晋；原"狂的是什么"。袭人道："一个巴掌拍不响。老的也太不公些，命校："太不公些"——从庚、晋、甲；原"太不公道"。小的也太可恶些。"宝玉道："怨不得芳官。自古说，物不平则鸣。己双：自来经语未

（遭如是用也。）他少亲失眷（俞校："少亲失眷"——从庚；原"少爹没娘"。）的在这里，没人照看，（俞校："没人照看"——从庚、晋、甲；原"没人照看他，反倒"。）赚了他的钱，又作践他，如何怪得！"（俞校："如何怪得"——从庚、晋、甲；原"这如何怪的他"。）因又向袭人道："他一月多少钱？以后不如你收了过来照看他，（俞校："照看他"——从庚、晋、甲；原"照管他"。）岂不省事。"袭人道："我要照看他那里不照看了，（俞校："不照看了"——从庚、晋、甲；原"照看不了"。）又要他那几个钱才照看他，没的讨人骂去了。"说着，便起身至那屋里，（俞校："至那屋里"——从庚、甲；原"走至那屋里"。）取了一瓶花露油（俞校："花露油"——从庚、晋、甲；原"花露头油"。）并些鸡蛋、香皂、头绳之类，叫了一个婆子来，送给芳官去，叫他另要水自己洗，不许吵闹了。他干娘一发羞愧，便说芳官没良心，"花掰（俞校："花掰"——从庚；原"花摆"。）我克扣你的钱。"便向他身上拍了几把，（俞校："拍了几把"——从庚；原"拍了几下"。）芳官便哭起来。宝玉便走出来。袭人忙劝："作什么？我去说他。"晴雯忙先过来，指他干娘说道："你老人家太不省事。（俞校："太不省事"——从庚、晋；原"太不懂事了"。）你不给他洗头的东西，（俞校："洗头的东西"——从庚；原"好好的洗"。）我们饶给他东西，你自己不臊，（俞校："自己不臊"——从甲；原"不害燥"。）还有脸打他！他要还在（俞校："他要还在"——从庚；原"他还在"。）学里学艺，你也敢打他不成！"那婆子便说："'一日叫娘，终身是母。'他排场我，我就打得。"（俞校："我就打得"——从庚、晋、甲；原"我就打他"。）袭人唤麝月道："我不会和人拌嘴，（俞校："拌嘴"——从晋、甲；原"办嘴"。）晴雯性太急，你快过去震吓他几句。"麝月听了，忙过来说道："你且别嚷。我且问你：别说我们这一处，你看满园子里谁在主子屋里（俞校："主子屋里"——从庚、甲；原"主子院子里"。）教导过女儿（俞校："女儿"——从庚、晋、甲；原"儿女"。）的？便是你的亲女儿，既分了房，有了主子，自有主子打得骂得；再者，大些的姑娘姐姐们打得骂得，谁许你（俞校："谁许你"——从晋、甲；原"谁许他本人的"。）老子娘又半中间（俞校："半中间"——从庚、晋、甲；原"中间"。）管闲事了！都这样管，（俞校："都这样管"——从庚、晋、甲；原"都这样管起来"。）又要叫他们跟着我们学什么！（俞校："学什么"——从庚、晋、甲；原"学针线作什么"。）越老越没了规矩。你见前儿坠儿妈来吵，（俞校："来吵"——从庚、晋、甲；原"来吵来著"。）你也来跟他学。（俞校："也来跟他学"——从庚、晋、甲；原"也跟著他学"。）你们放心。因连日这个病，那个病，（俞校："那个病"——从庚、晋、甲；原无。）老太太又不得闲心，所以我没回。等两日咱们痛回一回，大家把威风煞一煞儿（俞校："煞一煞儿"——从庚、晋、甲；原"煞一煞"。）才好。宝玉才好了些，连我们不敢大声说话，你反（俞校："你反"——从庚、晋、甲；原"你反倒"。）打的人狼号鬼叫的。上头能出了几日门，你们就无法无天的，眼睛里（俞校："眼睛里"——从庚；原"眼睛"。）没了我们。再两天，你们就该打我们了。他不要你这干娘，（俞校："你这干娘"——从庚、晋、甲；原"这干娘"。）怕粪草埋了他不成。"宝玉恨的用拄杖敲着门槛子，说道："这些老婆子（俞校："说道：这些老婆子"——从庚、晋、甲；原"说：这些老婆子们"。）都是些铁心石头肠子，也是件大奇的事。不能照看，反倒折挫。（俞校："不能照看，反倒折挫"——从庚、晋、甲；原"不能照管，反倒锉磨"。）天长地久，如何是好！"（己双：画出宝玉来。）晴雯道："什么'如何是好'，（俞校："晴雯道：什么如何是好"——从庚、晋、甲；原无。）都撵了出去，不要这些中看不中吃的。"那婆子羞愧难当，一言不发。那芳官只穿着海棠红的小棉袄，底下绿绸撒花（俞校："撒花"——从庚；原"洒花"。）夹裤，敞着裤腿，（己双：四字奇想，写得纸上跳出一个女优来。）一头乌油似的头发披在脑后，哭的泪人一般。麝月笑道："把一个（俞校："把一个"——从庚；原"把个"。）莺莺小姐，反弄成（俞校："弄成"——从庚、晋、甲；原"弄成了"。）拷打红娘了。这会子又不妆扮了，（俞校："又不妆扮了"——从庚、晋、甲；原"又不妆，就是活现的"。）还是这么松哈哈的。"（俞校："松哈哈的"——原"松怠怠的"。今改如此。）宝玉道："他这（俞校："他这"——从庚；原"他"。）本来面目极好，倒别弄紧衬了。"晴雯过去拉了他，替他洗净了发，用手巾（俞校："用手巾"——从庚、晋、甲；原"方才用手巾"。）拧干，松松的挽了一个慵妆髻，命他穿了衣服，过这边来了。（俞校："过这边来了"——从庚；原"过这边来"。）

接着司内厨的婆子（俞校："司内厨的婆子"——从庚、晋、甲；原"厨房内的婆子们"。）来问晚饭有了，可送不送。小丫头们听了，进来问袭人。（俞校："进来问袭人"——从晋、甲；原"问袭人"。）袭人笑道："方才胡吵（俞校："胡吵"——从庚、晋、甲；原"胡闹"。）了一阵，也没留心听钟几下了。"（俞校："几下了"——从庚；原"几下子了"。）晴雯道："那劳什子（俞校："那劳什子"——从晋；原"那钟"。）又不知怎么了，又得去收拾。"说着，便拿过（俞校："便拿过"——从庚；原"拿过"。）表来瞧了一瞧，说："再略等半钟茶的工夫就是了。"小丫头去了。麝月笑道："提起淘气，芳官也该打几下。（俞校：打几下"——从庚；原"打几下子"。）昨儿是他摆弄了那坠子半日，就坏了。"说话之间，便将食具打点现成。一时，（俞校："一时"——从庚、晋、甲；原无。）小丫头子捧了（俞校："捧了"——从庚、晋、甲；原"挑了"。）盒子进来站住。晴雯、麝月揭开（俞校："揭开"——从庚、甲；原"揭盖"。）看时，还是只四样小菜。（俞校："只四样小菜"——从庚；原"这四样小菜"。）晴雯笑道："已经好了，还不给两样清淡菜吃。（俞校："清淡菜吃"——从庚、晋、甲；原"清淡菜"。）这稀饭咸菜（俞校："咸菜"——从庚、晋、甲；原无。）闹到多早晚。"（俞校："多早晚"——从庚、晋、甲；原"多咱"。）一面摆好，（俞校："摆好"——从庚、晋、甲；原"摆"。）一面又看那盒子内却有一碗（俞校："一碗"——从庚、晋、甲；原"碗"。）火腿鲜笋汤，忙端了放在宝玉跟前。宝玉便就桌上喝了一口，（己双：画出病人。）说："好烫。"袭人笑道："菩萨能几日（俞校："菩萨能几日"——从庚、晋、甲；原"几日"。）不见荤，（俞校："不见荤"——从庚；原"没见荤腥"。）馋的就这样起来。"

一面说，一面忙端起，轻轻用口吹。（俞校：“用口吹”——从庚；原“用口吹油”。己双：画。）因见芳官在侧，（俞校：“在侧”——从庚、晋、甲；原“在侧边”。）便递与芳官，笑道：“你也学着些伏侍，别一味呆憨呆。（俞校：“呆憨呆”——从庚；原“呆憨呆睡的”。）口劲轻着，别吹上唾沫星儿。”（俞校：“唾沫星儿”——从晋、甲；原“吐沫星子”。）芳官依言，果吹了几口，甚妥。他干娘也忙端饭在门外伺候。向日（俞校：“向日”——从庚；原“原来”。）芳官等一到时，（俞校：“一到时”——从庚；原“初到时”。）原从外边（俞校：“原从外边”——从庚；原“就从外边”。）认的，就同往梨香院去了。这婆子原系荣府三等人物，不过令其与他们浆洗，皆不曾入内答应，故此不知内帏规矩。今亦托赖他们方入园中，随女归房。这婆子先领过麝月的排场，方知了一二分，深恐不令芳官认他做干娘，（俞校：“做干娘”——从庚；原“作干娘”。）便有许多失利之处，故心中只要买转他们。今见芳官吹汤，便忙跑进来笑道：“他不老成，仔细打了碗。让我吹罢。”一面说，一面就接。晴雯忙喊：“出去！（俞校：“出去”——从庚；原“快出去”。）你让他砸了碗，（俞校：“砸了碗”——从庚、晋、甲；原“轧了碗”。）也轮不到你吹。你什么空儿跑到这里槅子（俞校：“这里槅子”——从庚；原“内隔里”。）来了，还不出去。”一面又骂小丫头们（俞校：“又骂小丫头们”——从庚、晋、甲；原“又骂小丫头子们”。）：“瞎了心的！他不知道，你们也不说给他。”小丫头们都说：“我们撵他，他不出去；说他，他又不信。如今带累我们受气。——你可信了！我们到的地方儿有你到的一半儿，还有一半到不去的呢；何况又跑到我们到不去的地方。还不算，又去伸手动嘴的了。”一面说，一面推他出去。阶下几个等空盒傢伙的婆子见他出来，都笑道：“嫂子也没有用镜子照一照，就进去了。”羞的那婆子又恨又气，（俞校：“又恨又气”——从晋、甲；原“又气又恨”。）只得忍耐下去。（俞校：“忍耐下去”——从庚；原“忍耐下去了”。）芳官吹了几口，宝玉笑道：“好了，仔细伤了气。你尝一口，可好了？”芳官只当是顽话儿，只是笑着看袭人等。袭人道：“你就尝一口何妨。”晴雯笑道：“你瞧，我尝。”说着，便喝一口。（俞校：“喝一口”——从晋、甲；原“嗑了一口”。）芳官见如此，也便（俞校：“也便”——原“自己也便”；晋、甲“他便”。今删“自己”。）尝了一口，说：“好了。”递与宝玉。宝玉喝了半碗，吃了几片笋，又吃了半碗粥就罢了。众人拣收出去（俞校：“拣收出去”——从庚；原“捧收出去”。）了。小丫头（俞校：“小丫头”——从庚、晋、甲；原“小丫头子又”。）捧了沐盆，盥漱已毕。袭人等出去吃饭，宝玉便使个眼色与芳官。芳官本自伶俐，（俞校：“本自伶俐”——从庚；

原“本来伶俐”。又学了几年戏，何事不知，便装说头疼，俞校：“装说头疼”——从庚；原“装头疼说”。不吃饭了。袭人道：“既不吃饭，你就在屋里俞校：“在屋里”——从庚、甲；原“在这屋里”。作伴儿。把这粥给你留着，一时俞校：“一时”——从庚；原“一会儿”。庚又傍改“一会儿”。饿了再吃。”说着，都去了。

这里宝玉和他只二人，宝玉便将方才从火光发起，如何见了藕官，又如何谎言护庇，俞校：“护庇”——从庚；原“庇护”。又如何藕官叫我问你，从头至尾，细细的告诉他一遍；又问他祭的果系何人。芳官听了，满面含笑，又叹一口气，说道：“这事说来，可笑又可叹。”俞校：“又可叹”——从庚；原“可叹”。宝玉听了，忙问如何。俞校：“忙问如何”——从庚、晋、甲；原“忙问他到底祭的是谁”。芳官笑道：“你说他祭的是谁，俞校：“你说他祭的是谁”——从庚；原“他”。祭的是死了的药官。”俞校：“药官”——从庚；原“药官”。（晋、甲“药官”。）下同。宝玉道：“这是友谊，也应当的。”俞校：“也应当的”——从庚、晋；原“也是应当的”。芳官笑道：“那里是俞校：“那里是”——从庚、晋、甲；原“他那里是”。友谊，他竟是俞校：“他竟是”——从庚；原“竟是”。疯傻的想头。说他自己是小生，药官是小旦，常做夫妻；俞校：“常做夫妻”——从庚、晋；原“常作夫妻”。虽说是假的，每日演那曲文排场，皆是真正温存俞校：“温存”——从庚、晋；原“温柔”。体贴之事：故此二人就疯了，虽不做戏，俞校：“虽不做戏”——从庚、晋；原“虽不作戏”。寻常饮食起坐俞校：“起坐”——从庚；原“起居”。两个人竟是你恩我爱。药官一死，俞校：“药官一死”——从庚；原此处“药”作“药”。他哭的死去活来，至今不忘，所以每节烧纸。后来补了蕊官，我们见他一般的温柔体贴，也曾问他得新弃旧的。他说俞校：“他说”——从庚、晋、甲；原“他说道”。：‘这又有大道理：比如男子丧了妻，俞校：“丧了妻”——从庚、晋；原“死了妻”。或有必当续弦者，也必要续弦为是；但只是不把死的丢过不提，俞校：“丢过不提”——从庚、晋、甲；原“丢开不提”。便是情深意重了。若一味因死的不续，孤守一世，妨了大节，也不是理，俞校：“也不是理”——从庚；原“也不是礼”。死者反不安了。’你说可是又疯又呆，说来可是好笑。”宝玉听说了这篇呆话，独合了他的呆性，不觉又是欢喜，又是悲叹，又称奇道绝，说：“天既生这样人，又何用我这须眉浊物玷辱世界。”因又拉芳官嘱道：“既如此说，我也有一句话嘱咐他。我若亲自对面俞校：“亲自对面”——从庚傍改（“自”傍添）；原“亲对”。与他讲，未免不便，须得你告诉他。”芳官问何事。宝玉道：“以后断不可烧纸钱。这纸钱俞校：“这纸钱”——从庚；原无。原是后人的异端，不是孔子的遗训。以后逢时按节，只备一个炉，到日随便焚香，一心诚虔，俞校：“诚虔”——从庚；原“虔诚”。就可感格了。愚人原不知，无论神佛死人，必要分出等例，俞校："等例"——从庚；原"等列"。各式各样的。俞校："各式各样的"——从庚；原"各式各样来的"。殊不知只以'诚心'俞校："诚心"——从庚；原"诚信"。二字为主。即值仓皇流离之日，虽连香亦无，俞校："连香亦无"——从庚；原"连香也无"。随便有土有草，只以洁净，便可为祭。不独死者享祭，便是神鬼俞校："神鬼"——从庚；原"鬼神"。皆来享的。俞校："皆来享的"——原"皆是来享的"；庚"来享的"，上傍添"也"。今删"是"。你瞧瞧我那案上只设一炉，不论日期，时常焚香。他们皆不知原故，我心里却各有所因。随便有新茶便供一钟茶，有新水就供一盏水，或有鲜花，或有鲜果，俞校："有新茶"至"鲜果"——从庚；原"新茶新水供一钟两盏，或有鲜花鲜果"。甚至于荤羹腥菜，只要心诚意洁，便是佛也都可来享。俞校："佛也都可来享"——从庚；原"佛爷也都来享"。所以说，只在敬不在虚名。以后快命他不可再烧纸了。"俞校："再烧纸了"——从甲；原"再烧纸钱了"。芳官听了，便答应着。一时，吃过饭，便有人回："老太太、太太回来了。"要知端的，且听下回分解。

戚回后：道理彻上彻下，提笔左潆右拂，浩浩千万言不绝。又恐后人溺词失旨，特自注一句以结穴，曰诚曰信。杏子林对禽惜花一席话，仿佛茂叔庭草不除襟怀。

第五十九回
柳叶渚边嗔莺咤燕　绛芸轩里召将飞符

戚回前：山无起伏，便是顽山；水无潆洄，便是死水。此文于前回叙过事，字字应；于后回未叙事，语语伏。是上下关节。至铸鼎象物手段，则在下回施展。

话说宝玉多添了一件衣服，拄杖前边来，都见过。贾母等（俞校：“贾母等”——从晋、甲；原无。）因每日辛苦，都要早些歇息，一宿无话。次日五鼓，又往朝中去。离送灵日不远，鸳鸯、琥珀、翡翠、玻璃四人都忙着打点贾母之物，玉钏、彩云、彩霞等，皆打点王夫人之物，当面查点与跟随管事媳妇们。（俞校：“管事媳妇们”——从庚、晋、甲；原“管事媳妇”。）跟随的一共大小六个丫鬟，十个老婆子、媳妇子，（俞校：“媳妇子”——从庚、甲；原“媳妇”。）男人不算。连日收拾驮轿器械。鸳鸯与玉钏儿皆不随去，只看屋子。一面先几日预发帐幔铺陈之物，先有四五个媳妇并几个男人领了出来，坐了几辆车远道先至下处铺陈安插等候。临日，贾母带着蓉妻坐一乘（俞校：“坐一乘”——从庚、甲；原“坐二乘”。）驮轿，王夫人在后亦坐（俞校：“亦坐”——从庚、晋、甲；原“只坐”。）一乘驮轿。贾珍骑马，率领众家丁围护。又有几辆大车（俞校：“几辆大车”——从庚、晋、甲；原“几辆大车子”。）与婆子、丫鬟等坐，（俞校：“丫鬟等坐”——从庚、晋、甲；原“丫环等”。）并放些随换的衣包（俞校：“衣包”——从庚、晋、甲；原“衣服”。）等件。是日，薛姨妈、尤氏率领诸人直送至大门外（俞校：“大门外”——从庚、晋、甲；原“大门”。）方回。贾琏恐路上不便，一面打发了他父母起身，赶上贾母、王夫人驮轿，自己也随后带领家丁押后跟来。荣府内，赖大添派人丁上夜，将两处厅院都关了，一应出入人等皆走俞校："皆走"——从庚、晋、甲；原"皆是"。西边小角门。日落时便命关了仪门，不放人出入。园中前后东西角门亦皆关锁，只留王夫人大房之后，常系他姊妹出入之门，东边通薛姨妈的角门。这两门因在内院，不必关锁。里面鸳鸯和玉钏儿也各将上房门关了，自领丫鬟、婆子下房去安歇。每日林之孝之妻进来带领十来个婆子上夜，穿堂内又添了许多小厮们坐更打梆子，已安插得十分妥当。

一日清晓，宝钗春困已醒，搴帷下榻，微觉轻寒，启户视之，俞校："启户视之"——从庚、甲；原"及启户视之"。见苑中俞校："见苑中"——从晋、甲；原"院中"。土润苔青。原来五更时，落了几点微雨。于是唤起俞校："唤起"——从庚、晋、甲；原"唤起了"。湘云等人来。一面梳洗，湘云因说两腮作痒，恐又犯了杏斑癣，因问宝钗要些蔷薇硝来。俞校："蔷薇硝来"——从庚；原"蔷薇硝擦"。宝钗道："前儿剩的，都给了妹子。"因说："颦儿配了许多，我正要和他要些。因今年竟没发痒，俞校："竟没发痒"——从庚、甲；原"竟不发痒"。就忘了。"因命莺儿去取些来。莺儿应了才去时，俞校："才去时"——从庚、晋、甲；原"才要去"。蕊官便说："我同你去，顺便瞧瞧藕官。"说着，一径同莺儿出了俞校："出了"——从庚、晋、甲；原"出"。蘅芜苑。二人你言我语，一面行走，一面说笑，不觉到了柳叶渚。顺着柳堤走来，因见柳叶才吐浅碧，丝若垂金，莺儿便笑道俞校："便笑道"——从庚、晋、甲；原"便笑说"。："你会拿这柳条子编东西不会？"蕊官笑道："编什么东西？"莺儿道："什么编不得，顽的使的都可。等我摘些下来，带着叶子编个花篮儿，俞校："编个花篮儿"——从庚；原"编他一个花篮"。采了各色花儿放在里头，才是好顽呢！"说着，且不去取硝，且伸手挽翠俞校："挽翠"——从庚；原"搀翠"。披金，采了许多嫩条，命蕊官拿着，他却一行走一行编俞校："一行编"——从庚、晋、甲；原"著编"。花篮。随路见花，便采一二枝，编出一个玲珑过梁的篮子。枝上自有本来的翠叶满布，将花放上，却也别致有趣。喜得蕊官笑道："好姐姐，给了我罢。"莺儿笑道："这一个咱们送林姑娘，回来俞校："咱们送林姑娘，回来"——从庚、晋、甲；原无。咱们再多采些，编几个大家顽。"说着，来至潇湘馆中。俞校："潇湘馆中"——从庚、晋、甲；原"潇湘馆"。黛玉也正晨妆，

潇湘馆求借蔷薇硝　柳叶渚巧编柳枝篮

见了篮子，（俞校：“见了篮子”——从庚；原“见了这篮子”。）便笑说：“这个新鲜花篮是谁编的？”莺儿笑说：“我编了送姑娘顽的。”黛玉接了，笑道：“怪道人赞（俞校：“人赞”——从庚；原“人人赞”。）你的手巧，这顽意儿却也别致。”一面瞧了，一面便命紫鹃挂在那里。莺儿又问候了薛姨妈，方和黛玉要硝。黛玉忙命（俞校：“忙命”——从庚、晋、甲；原“忙问”。）紫鹃包了一包，递与莺儿。黛玉又道（俞校：“黛玉又道”——从庚；原“黛玉又说道”。）：“我好了，今日要出去逛逛。你回去说与姐姐，不用过来问候妈了，（俞校：“问候妈了”——从庚、晋、甲；原“问候妈妈”。）也不敢劳他来瞧。我梳了头，同妈（俞校：“同妈”——从庚；原“同妈都过去”。）往你们那里去，连饭也端了那里去吃，大家热闹些。”莺儿答应了出来，便到紫鹃房中找蕊官，只见藕官与蕊官（俞校：“藕官与蕊官”——从庚；原“蕊官与藕官”。）二人正说得高兴，（俞校：“说得高兴”——从庚、晋、甲；原“说的高兴”。）不能相舍。因说（俞校：“因说”——从庚；原“莺儿便笑说”。）：“姑娘也去呢，藕官先同我们去等着岂不好。”紫鹃听如此说，便也说道（俞校：“便也说道”——从庚、晋、甲；原“道”。）：“这话倒是，他这里淘气的也可厌。”（俞校：“也可厌”——从庚；原“可厌”。）一面说，一面便将黛玉的匙箸用一块洋巾（俞校：“洋巾”——从庚、晋、甲；原“汗巾”。）包了，交与藕官道：“你先带了这个去，也算一趟差了。”藕官接了，笑嘻嘻同他二人出来，一径顺着柳堤走来。莺儿便又采些柳条，越性坐在山石上编起来。又命蕊官先送了硝去再来，他二人只顾爱看他编，那里舍得去。莺儿只管催他们说：“你们再不去，我也不编了。”藕官便说：“我同你去了，再快回来。”二人方去了。

这里莺儿正编，只见何婆的小女春燕走来，笑问：“姐姐编什么呢？”正说着，蕊藕二人也到了。春燕便向藕官道：“前儿你到底烧什么纸？被我姨妈看见了，要告你没告成，倒被宝玉赖了他一大些不是，气的他（俞校：“气的他”——从庚、晋、甲；原“气的”。）一五一十告诉我妈。你们在外头这二三年，积了些什么雠恨，（俞校：“雠恨”——从庚；原“仇恨”。紧接下一处同。）如今还不解开？”藕官笑道：“有什么雠恨。他们不知足，反怨我们。在外头这两年，别的东西不算，只算（俞校：“只算”——从庚；原“只算一日”。）我们的米菜，不知赚了多少家去，合家子吃不了；还有每日买东买西赚的钱在外。逢我们使他们一使儿，就怨天怨地的。你说说，可有良心！”春燕笑道：“他是我的姨妈，也不好向着外人，反说他的。怨不得宝玉说：‘女孩儿未出嫁时是颗无价的宝珠；（俞校：“是颗无价的宝珠”——从晋；原“是一颗宝珠”。）出了嫁，不知怎么就变出（俞校：“就变出”——从庚、晋、甲；原“变出”。）许多的不好的（俞校：“不好的”——从庚、晋、甲；原“不好”。）毛病来，虽是颗珠子，却没有（俞校：“却没有”——从庚；原“却也没有”。）光彩宝色，是颗死珠了；再老了，更变的不是珠子，竟是鱼眼睛了。分明一个人，怎么变出三样来。’这话虽是混话，倒也有些不差。别人不知道，只说我妈和姨妈，他老姊妹两个，如今越老了，越把钱看的真了。先时（俞校：“先时”——从庚；原“先是”。）老姐儿两个在家抱怨，没个差使，没个进益。幸亏有了（俞校：“幸亏有了”——从庚、晋、甲；原“幸亏有”。）这园子，把我挑进来，（俞校：“把我挑进来——从晋、甲；原“挑进来”。）可巧把我分在怡红院，家里省了我一个人的（俞校：“我一个人的”——从庚、晋、甲；原“一个人”。）费用不算外，每月还有四五百钱的馀剩，这也还说（俞校：“这也还说”——从庚、晋、甲；原“也还说”。）不够。后来老姊妹二人都派到梨香院去照看他们，藕官认了我姨妈，芳官认了我妈，这几年着实宽裕了。如今挪进来，也算撒开手了，（俞校：“撒开手了”——从晋；原“散开手了”。）还只无厌。你说好笑不好笑。我姨妈刚和藕官吵了，接着我妈为洗头就和芳官吵。芳官连要洗头，也不给他洗。（俞校：“也不给他洗”——从庚；原“他不给他洗”。）昨日得了月钱，推不去了，买了东西先叫我洗。我想了一想：我自己有钱；就没钱，（俞校：“有钱；就没钱”——从庚；原“有月钱；就没了钱”。）要洗时不管袭人、晴雯、麝月那一个跟前，和他们说一声，也都容易，何必借这个光儿，好没意思。所以（俞校：“所以”——从庚；原“既以”。）我不洗。他又叫我妹妹（俞校：“我妹妹”——从庚；原“妹妹”。）小鸠儿洗了，才叫芳官，果然就吵起来。接着又要给宝玉吹汤。——你说，可笑死了人。（俞校：“可笑死了人”——从庚；原“笑死了人”。）我见他一进来，我就告诉那些规矩，他只不信，只要强作知道的，（俞校：“知道的”——从庚；原“知道”。）足的讨个没趣儿。幸亏园里的人多，倒没人（俞校：“倒没人”——从庚；原“没人”。）分记得清楚，谁是谁的亲故；（俞校：“亲故”——从庚、晋、甲；原“亲”。）若有人记得，只有（俞校：“只有”——从庚；原“只”。）我们一家人吵，什么意思呢！你这会子又跑了来弄这个。（俞校：“跑了来弄这个”——从庚、晋、甲；原“跑了弄”。）这一带地上的东西，都是我姑娘（俞校：“我姑娘”——从庚、晋；原“我姨妈”。）管着。他一得了这地方，比得了永远基业还利害，每日早起晚睡，（俞校：“早起晚睡”——从庚；原“起早睡晚”。）自己辛苦了还不算，每日逼着我们来照看，（俞校：“来照看”——从庚、晋、甲；原“照看”。）生恐（俞校：“生恐”——从庚、晋；原“深恐”。）有人糟蹋。我又怕误了我的差使。如今进来了，（俞校："如今进来了"——从庚；原"如今我们进来"。）老姑嫂两个照看得（俞校："老姑嫂两个照看得"——从庚、晋、甲；原"老姨妈两个照看的"。）谨谨慎慎，一根草（俞校："一根草"——从庚、晋、甲；原"一根草儿"。）也不许人动。你还掐这些花儿，又折他的嫩树，他们即刻就来，仔细他们抱怨。"莺儿道："别人乱折乱掐使不得，独我使得。自从分了地基之后，每日各房里（俞校："每日各房里"——原"各房里"；庚"每日里各处"；晋"各房里每日"。今增"每日"。）皆有分例，吃的不用算，单算花草顽意儿，谁管什么，每日谁就把各房里姑娘、丫头戴的，（俞校："丫头戴的"——从庚、晋；原"丫环带的"。）必要各色（俞校："各色"——从庚、晋、甲；原无。）送些折枝的去，还有（俞校："还有"——从庚；原"另外还有"。）插瓶的。惟有我们姑娘说了一概不用送，等要什么再和你们要。究竟没有（俞校："究竟没有"——从庚；原"究竟总没"。）要过一次。我今儿便掐些，他们也不好意思说的。"

一语未了，他姑娘（俞校："他姑娘"——从庚、晋；原"他那姨娘"。）果然拄了拐走来，莺儿、春燕等忙让坐。那婆子见采了许多嫩柳，又见藕官等都采了许多鲜花，（俞校："都采了许多鲜花"——从庚；原"采了多少鲜花"。）心内便不受用；看着莺儿编，（俞校："莺儿编"——从庚；原"莺儿，偏"。）又不好说什么。便说春燕道："我叫你来照看照看，你就贪住顽不去了。（俞校："不去了"——从庚；原"了"。）倘或叫起你来，你又说我使你了，拿我做隐身符儿你来乐。"（俞校："倘或"至"你来乐"——从庚；原"拿我作隐身符儿你乐"。）春燕道："你老又使我，又怕，这会子反说我。难道把我劈做（俞校："劈做"——从庚；原"劈"。）八瓣子不成！"莺儿笑道："姑妈，（俞校："姑妈"——从庚、晋、甲；原"姨妈"。）你别信小燕的话。这都是（俞校："这都是"——从庚、晋、甲；原"都是"。）他摘下来的，烦我给他编。我撵他，他不去。"春燕笑道："你可少顽儿，你只顾顽儿，他老人家（俞校："他老人家"——从晋、甲；原"老人家"。）就认真了。"（俞校："认真了"——从庚；原"认了真了"。）那婆子本是愚顽之辈，兼之年近昏眊，（俞校："年近昏眊"——从庚；原"年迈昏愦"。）惟利是命，一概情面不管。正心疼肝断，无计可施，听莺儿如此说，便倚老卖老，拿起拄杖来，向春燕身上击了几下，骂道："小蹄子，我说着你，你还和我强嘴儿呢。你妈恨的牙根痒痒，（俞校："牙根痒痒"——从庚旁改（第二"痒"傍添）；原"牙痒"。）要撕你的肉吃呢。你还来和我梆子似的。"打的春燕又愧又急，（俞校："又愧又急"——从庚、晋、甲；原上有"又羞"。）因哭道："莺儿姐姐顽话，你老就认真打我。我妈为什么恨我？我又没烧糊了洗脸水，有什么不是！"莺儿本是顽话，忽见婆子认真动了气，忙上去拉住，笑道："我才是顽话，你老人家打他，我岂不愧。"那婆子道："姑娘，你别管我们的事。难道为姑娘在这里，俞校："在这里"——从庚；原"这里"。不许我俞校："不许我"——从庚；原"不许我们"。管孩子不成？"莺儿听见这般蠢话，便赌气红了脸，撒了手，冷笑道："你老人家要管，那一刻管不得，偏我说了一句顽话，就管他了。我看你老管去。"说着，便坐下，仍编柳篮子。偏又有春燕的娘出来找他，喊道："你不来舀水，在那里做什么俞校："做什么"——从庚、晋、甲；原"作什么"。呢？"这婆子便接声儿道："你来瞧瞧你的女儿，连我也不服俞校："不服"——从庚、晋、甲；原"不伏"。了，在那里排揎我呢。"那婆子一面走过来，说："姑奶奶，俞校："姑奶奶"——从庚、晋、甲；原"姨妈你"。又怎么了？我们丫头眼里没娘罢了，连姑妈俞校："连姑妈"——从庚、晋、甲；原"连姨妈"。也没了不成！"莺儿见他娘来了，只得又说原故。他姑娘俞校："他姑娘"——从庚、晋、甲；原"他姨妈"。那里容人说话，便将石上的花柳俞校："花柳"——从庚、晋、甲；原"花篮"。与他娘瞧道："你瞧瞧，你女儿这么大孩子顽的。他先领着人糟蹋我，我怎么说人！"他娘也正为芳官之气未平，又恨春燕不遂他的心，俞校："不遂他的心"——从庚、晋、甲；原"不随他的心"。便上来打耳刮子，骂道："小娼妇，你能上来了几年，你也跟那起轻狂浪小妇俞校："跟那起轻狂浪小妇"——从庚；原"跟著那轻薄浪小妇"。学。怎么就管不得你们俞校："管不得你们"——从庚、晋、甲；原"管不得你"。了？干的我管不得，你是我肚里掉出来的，难道也不敢管你不成！既是俞校："既是"——从庚、晋、甲；原"既是这样"。你们这起蹄子到的去的地方我到不去，你就该死在那里伺候，又跑出来浪汉。"俞校："浪汉"——原"浪汗子么"；庚"浪汗"；甲"浪汉子"。今改"浪汉"。一面俞校："一面"——从庚；原无。又抓起柳条子来，直送到他脸上，俞校："他脸上"——从庚、晋、甲；原"脸上"。问道："这叫做俞校："这叫做"——从晋、甲；原"这叫"。什么？这编的是你娘的屄。"莺儿忙道："那是我们编的，你老别指桑骂槐。"那婆子深妒袭人、晴雯一干人，已知俞校："已知"——从晋、甲；原无。凡房中大些的丫鬟俞校："丫鬟"——从庚、晋、甲；原"丫头"。都比他们有些体统俞校："体统"——从庚、晋、甲；原无。权势，凡见了这一干人，心中又畏又让，未免又气又恨，亦且迁怒于众；复又看见了藕官，又是他令姊的冤家：四处凑成一股怒气。俞校："怒气"——从庚；原"怨气"。那春燕啼哭着，往怡红院去了。他娘又恐问他为何哭，怕他又说出自己打他，俞校："自己打他"——从庚；原"打他，自己"。又要受晴雯等之气，不免着起急来，俞校："着起急来"——从庚；原"著急起来"。又忙喊道："你回来。我告诉

柳叶渚边嗔莺咤燕　绛芸轩里召将飞符

你再去。”春燕那里肯回来，急的他娘跑了去又拉他。他回头看见，便也往前飞跑。他娘只顾赶他，不防脚下被青苔（俞校：“青苔”——从晋、甲；原“苔”。）滑倒，引得莺儿三个人反都笑了。莺儿便赌气（俞校：“便赌气”——从庚；原“赌气”。）将花柳皆掷于河中，自回房去。这里把个婆子心疼的只念佛，又骂：“促狭小蹄子！糟蹋了花儿，雷也是要打的。”自己且掐花与各房（俞校：“掐花与各房”——从庚、晋、甲；原“掐花儿往各房”。）送去，不提。

却说春燕一直跑入院中，顶头遇见袭人往黛玉处去问安。春燕便一把抱住袭人，说：“姑娘救我，我娘又打我呢。”袭人见他娘来了，不免生气，便说道：“三日两头儿，打了干的打亲的。还是卖弄你女儿多，还是认真不知（俞校：“还是认真不知”——从庚、晋、甲；原无“是”。）王法？”这婆子虽来了几日，见袭人不言不语，是好性子的，便说道：“姑娘你不知道，别管我们闲事。都是你们纵的，这会子（俞校：“这会子”——从庚；原“这会”。）还管什么！”说着，便又赶着打。袭人气的转身进来，见麝月正在（俞校：“正在”——从庚、晋、甲；原“在”。）海棠下晾手巾，听得如此喊闹，便说：“姐姐别管，看他怎样。”一面使眼色与春燕，春燕会意，便直奔了宝玉去。众人都笑说：“这可是没有的事，都闹出来了。”（俞校：“闹出来了”——从庚、晋、甲；原“闹出来”。）麝月向婆子道：“你再略煞一煞气儿。难道这些人的脸面和你讨一个情，还讨不下来不成？”那婆子见他女儿奔到宝玉身边去，又见宝玉拉了春燕的手，说：“别怕，（俞校：“别怕”——从庚；原“你别怕”。）有我呢。”春燕又一行哭，又一行说，把（俞校：“一行说，把”——从庚；原“一行将”。）方才莺儿等事都说出来。宝玉越发急起来，说：“你只在这里闹也罢了，怎么连亲戚也都得罪起来。”（俞校：“得罪起来”——从庚、晋、甲；原“得罪了”。）麝月又向婆子及众人道：“怨不得这嫂子说我们管不着他们的事。我们虽无知，错管了，如今请出一个管得着（俞校：“管得着”——从晋、甲；原“管的著”。）的人来管一管，嫂子就心伏口伏，也知道规矩了。”便回头命小丫头子：“去把平儿给我们叫来。平儿不得闲，就把林大娘叫了来。”（俞校：“把林大娘叫了来”——从庚、晋、甲；原无“了”。）那小丫头（俞校：“那小丫头”——从庚；原“那小丫头子”。）应了就走。（俞校：“应了就走”——从庚、甲；原“应了便走”。）众媳妇上来笑说：“嫂子，快求姑娘们叫回那孩子罢。平姑娘来了，可就不好了。”那婆子说道："凭你（俞校："凭你"——从庚；原"凭是"。）那个平姑娘来了，也平个理。没有个娘管女儿，大家管着娘的。"众人笑道："你当是那个平姑娘，是二奶奶屋里的平姑娘。他有情呢，说你两句；他一翻脸，嫂子你吃不了（俞校："你吃不了"——从庚、甲；原"就吃不了的"。）兜着走。"说话之间，只见那小丫头子回来说："平姑娘正有事，问我做什么，我告诉了（俞校："告诉了"——从庚、晋；原"告诉与"。）他。他说：既这样，且撵他出去，告诉了林大娘，在角门外打他四十板子就是了。"那婆子听如此说，自不舍得出去，便又泪流满面，央告袭人等说："好容易我进来了。况且我是寡妇，家里没人，正好一心无挂的在里头伏侍姑娘们。（俞校："姑娘们"——从庚、晋、甲；原无。）姑娘们也便宜，我家里也省些交过。我这一去，又要自己生火过活，将来不免又没了过活。"袭人见他如此，早又心软了，便说："你既要在这里，又不守规矩，又不听说，又乱打人，那里弄你这个不晓事的来，天天斗口，也叫人笑话，失了体统。"（俞校："失了体统"——从庚；原"失了体面"。）晴雯道（俞校："晴雯道"——从庚、甲；原"晴雯等道"。）："理他呢，打发去了是正经。谁和他去对嘴对舌的。"那婆子又央众人道："我虽错了，姑娘吩咐了，（俞校："吩咐了"——从庚、晋、甲；原"吩咐"。）我以后改过。姑娘们那不是行好积德。"一面（俞校："一面"——从庚、晋、甲；原无。）又央春燕道："原是我为打你起的，究竟没打成你，我如今（俞校："我如今"——从庚、晋、甲；原"如今我"。）反受了罪。你也替我说说。"宝玉见如此可怜，只得留下，吩咐他不可再闹。那婆子一一谢过了下去。只见平儿走来，问系何事。袭人等忙说："已完了，不必再提。"平儿笑道："得饶人处且饶人，得省的将就省些事（俞校："将就省些事"——从庚；原"且省些事儿"。）也罢了。能去了几日，只听各处大小人儿都作起反来了，一处不了又一处，叫我不知管那一处的是。"袭人笑道："我只说我们这里反了，原来还有几处。"平儿笑道："这算什么。正和珍大奶奶（俞校："珍大奶奶"——从庚；"原"珍大奶奶等"。）算呢，这三四日的工夫，一共大小出来了八九件了。你这里是极小的，算不起数儿来，还有大的可气可笑之事。"不知袭人问他果系何事，且听下回分解。

戚回后：苏堤柳暖，阆苑春浓，兼之晨妆初罢，疏雨梧桐，正可借软草以慰佳人，采奇花以寄公子。不意莺嗔燕怒，逗起波涛，婆子长舌，丫环碎语，群相聚讼，又是一样烘云托月法。

第六十回

茉莉粉替去蔷薇硝　玫瑰露引来茯苓霜

戚回前：前回叙蔷薇硝，戛然便住，至此回方接过蔷薇案。接笔转出玫瑰露，引起茯苓霜，又戛然便住。著笔如苍鹰搏兔，青狮戏毬，不肯下一死爪。绝世妙文！

话说袭人因问平儿，何事这等忙乱。平儿笑道：“都是世人想不到的，说来也好笑，等几日告诉你。如今没头绪（俞校：“没头绪”——从庚、晋、甲；原“没有头绪”。）呢，且也不得闲儿。”（俞校：“不得闲儿”——从庚、晋、甲；原“不得闲呢”。）一语未了，只见李纨的丫鬟来了，说：“平姐姐可在这里？奶奶等你，你怎么不去了？”平儿忙转身出来，口内笑说：“来了，来了。”袭人等笑道：“他奶奶病了，他又成了（俞校：“又成了”——从庚、晋、甲；原“又成了个”。）香饽饽了，都抢不到手。”平儿去了不提。这里宝玉便叫：“春燕，你跟了你妈去到宝姑娘房里，给莺儿几句好话听听，也不可白得罪了他。”春燕答应了，和他妈出去。宝玉又隔窗说道：“不可当着宝姑娘说，仔细反叫莺儿受教导。”娘儿两个应了出来，一壁（俞校：“一壁”——从庚；原“一面”。）走着，一面说闲话儿。春燕因向他娘（俞校：“向他娘”——从庚、晋、甲；原“问他娘”。）道：“我素日劝你老人家再不信，何苦闹出没趣来才罢。”他娘笑道：“小蹄子，你走罢。俗语道，（俞校：“俗语道”——从庚；原“俗语说”。）不经一事，不长一智。我如今知道了，你又该来（俞校：“又该来”——从庚、晋、甲；原“又该”。）质问着我。”春燕笑道（俞校：“春燕笑道”——从庚、晋、甲；原“春燕道”。）：“妈，你若（俞校：“妈，你若”——从庚、晋、甲；原“若妈”。）安分守己，在这屋里长久了，自有许多的好处。我且告诉你句话，宝玉常说，（俞校：“告诉你句话，宝玉常说”——从庚、晋、甲；原“告诉你一句话，宝玉长说”。）将来（俞校：“将来”——从庚；原无。）这屋里的人，（俞校：“这屋里的人”——从庚、晋、甲；原“这屋里人”。）无论家里外头的一应我们这些人，他都要回太太，（俞校：“回太太”——从庚、晋、甲；原“回老太太”。）全放出去与本人父母自便呢！（庚双：补前文不足处。）你只说这一件，可好不好？”他娘听说，喜的忙问：“这话果真？”（俞校：“果真”——从庚、晋、甲；原“果真么”。）春燕道：“谁可扯这谎做什么！”婆子听了，便念佛不绝。当时来至蘅芜苑中，正值宝钗、黛玉、薛姨妈等吃饭，莺儿自去泡茶。春燕便和他妈一迳到莺儿前，陪笑说“方才言语冒撞了，姑娘莫嗔莫怪，特来赔罪”等语。莺儿忙笑让坐，又倒茶。他娘儿两个说有事，便作辞回来。（俞校：“作辞回来”——从庚、晋、甲；原“辞回来”。）忽见蕊官赶出叫：“妈妈、姐姐略站一站。”一面走上来，递了一个纸包与他们，说是蔷薇硝，带与芳官去擦脸。（俞校：“擦脸”——从庚、晋、甲；原“搽脸”。）春燕笑道：“你们也太小器了，还怕那里没这个（俞校：“没这个”——从庚、晋、甲；原“没有这个”。）与他，巴巴的（俞校：“巴巴的”——从庚、晋；原“把把的”。）你又弄一包给他去。”蕊官道：“他是他的，我送的是我的。（俞校：“我送的是我的”——从庚、晋、甲；原“我送是我的”。）好姐姐，（俞校：“好姐姐”——从庚；原“姐姐”。）千万带回去罢。”春燕只得接了。娘儿两个回来，正值贾环贾琮二人来问候宝玉，也才进去。（俞校：“也才进去”——从庚、晋、甲；原“也才进来”。）春燕便向他娘说：“只我进去罢，你老不用去。”他娘听了，自此便百依百随的，不敢倔强了。春燕进来，宝玉知道回复，便先点头。（俞校：“便先点头”——从庚、晋、甲；原“先点头”。）春燕知意，（俞校：“知意”——从庚、晋、甲；原“会意”。）也不再说（俞校：“也不再说”——从乙；原“便不再说”。）一语，略站了一站，便转身出来，使眼色与芳官。芳官出来，春燕方悄悄的说与他（俞校：“说与他”——从庚、晋、甲；原“说与”。）蕊官之事，并给了他硝。（俞校：“给了他硝”——从乙；原“与他硝”。）宝玉并无与琮、环可谈之语，因笑问芳官手里是什么。（俞校：“是什么”——从庚、晋、甲；原“什么”。）芳官便忙递与宝玉瞧，又说是擦春癣的蔷薇硝。宝玉笑道：“亏他想得到。”（俞校：“亏他想得到”——从庚；原“难为他想的到”。）贾环听了，便伸着头瞧了一瞧，又闻得一股清香，便弯着腰（俞校：“弯着腰”——从庚；原“湾腰”。）向靴桶内掏出（俞校：“掏出”——从庚、晋、甲；原“淘出”。）一张纸来托着，笑说：“好哥哥，给我一半儿。”宝玉只得要与他。芳官心中因是蕊官之赠，（俞校：“蕊官之赠”——从庚、晋、甲；原“蕊官相赠”。）不肯与别人，连忙拦住，笑说道（俞校：“笑说道”——从庚、晋、甲；原“笑说”。）：“别动这个，我另拿些来。”（俞校：“另拿些来”——从庚、晋、甲；原“另拿出些来”。）宝玉会意，忙笑包上，说道："快取来。"芳官接了这个，自去收好，便从奁中去寻自己常使的。启奁看时，盒内已空，心中俞校："心中"——从庚、晋、甲；原"心内"。疑惑：早间还剩了些，如何没了？因问人时，俞校："问人时"——从庚、晋、甲；原"问人"。都说不知。麝月便说俞校："麝月便说"——从庚、晋、甲；原"麝月便说道"。："这会子且忙着问这个！不过是这屋里人俞校："这屋里人"——从庚、晋、甲；原"这里的人"。一时短了使了。你不管拿些什么给他们，他们那里俞校："他们那里"——从庚；原"那里"。看得出来。俞校："看得出来"——从庚、晋、甲；原"看的出来"。快打发他们俞校："打发他们"——从庚、晋、甲；原"打发他"。去了，咱们好吃饭。"芳官听说，便将些茉莉粉包了一包拿来。贾环见了，喜的就伸手来接。芳官便忙向炕上一掷，贾环只得向炕上拾了，揣在怀内，方作辞而去。

原来贾政不在家，且王夫人等又不在家，贾环连日也便装病逃学。如今得了硝，兴兴头头来找彩云。正值彩云和赵姨娘闲谈，贾环嘻嘻笑向彩云道："我也得了一包好的，送你擦脸。你常说蔷薇硝擦癣比外头的银硝强，你且看看可是这个？"彩云打开一看，嗤的一声笑了，说道："你是和谁俞校："你是和谁"——从晋、甲；原"合谁"。要来的？"贾环便将方才之事说了。彩云笑道："这是他们哄你这乡老呢。这不是硝，这是茉莉粉。"贾环看了一看，果然俞校："果然"——从庚；原"果见"。比先的带些红色，闻闻也是喷香，俞校："喷香"——从庚、晋、甲；原"喷香的"。因笑道："这也是好的。硝粉一样，留着擦罢，自是比外头买的高便好。"彩云只得收了。赵姨娘便说："有好的俞校："有好的"——从庚、晋、甲；原"他有好的"。给你！谁叫你要去了！怎怨他们耍你。依我拿了去，照脸摔给他去。俞校："摔给他去"——从庚、晋、甲；原"摔给他"。趁着这回子俞校："这回子"——从庚；原无。撞尸的撞尸去了，挺床的挺床，吵一出子，大家别心净，也算是报仇。莫不成两个月之后，还找出这个渣儿来问你不成！便问你，你也有话说。宝玉是哥哥，不敢冲撞他罢了；难道他屋里的猫儿狗儿也不敢去问问俞校："去问问"——从庚、晋、甲；原"去问问他"。不成？"贾环听了，便低了头。彩云忙说："这又何苦生事。不管怎样，忍耐些罢了。"赵姨娘道："你快休管，横竖与你无干。乘着抓住了理，俞校："抓住了理"——从庚、晋、甲；原"抓著了理"。骂给俞校："骂给"——从庚、晋；原"骂他"。那些浪淫妇们一顿也是好的。"又指贾环道："呸！你这下流没刚性的，也只好受这些俞校："受这些"——从庚、晋、甲；原"受这"。毛崽子的气。平白我说你一句儿，或无心中俞校："无心中"——从庚、晋、甲；原"无心"。错拿了一件东西给你，你倒会扭头暴筋，瞪着眼墩摔娘。俞校："墩摔娘"——从庚；原"墩摔"。这会子被那起毛崽子耍弄就罢了。你明儿还想这些家里人怕你呢，你没有屄本事，俞校："屄本事"——从庚；原"这本事"。我也替你羞。"贾环听了，不免又愧又急，俞校："又急"——从庚、晋、甲；原"又气"。又不敢去，只摔手说道："你这么会说，你也不敢俞校："也不敢"——从庚；原"又不敢"。庚"也"又点去。去。支使了俞校："支使了"——从晋、甲；原"支使"。我去闹，倘或俞校："倘或"——从庚；原"他们倘或"。往学里告去，俞校："告去"——从庚、晋、甲；原"告我去"。捱了打，你敢自不疼呢！俞校："捱了打，你敢自不疼呢"——从庚；原"我捱了打你敢是不疼我"。遭遭儿调唆了我闹去，俞校："遭遭儿调唆了我闹去"——从庚；原"你遭遭调唆我去"。闹出事来，我捱了打骂，你一般也低了头。这会子又调唆我和毛丫头们去闹。你不怕三姐姐，你敢去，我就伏你。"只这一句话便戳了他娘的肺，便喊说："我肠子里俞校："肠子里"——从晋、甲；原"肚子里"。爬出来的，我再怕不成！俞校："再怕不成"——从庚；原"再怕起来"。这屋里越发有的活了。"俞校："有的活了"——原"有些活头了"；庚"有的话了"，傍改"有个活头儿了"；晋"有得活了"。今改"有的活了"。一面说，俞校："一面说"——从庚、甲；原无。一面拿了那包子，俞校："那包子"——从庚、晋、甲；原"纸包子"。便飞也似俞校："飞也似"——从庚；原"飞跑"。往园中去了。彩云死劝不住，只得躲入别房。贾环便也躲出仪门，自去玩耍。

赵姨娘直进园子，正是一头火，顶头正遇见藕官的干娘夏婆子走来。见赵姨娘气恨恨的走来，因问："姨奶奶那去？"赵姨娘又说："你瞧瞧，这屋里连三日两日进来唱戏的小粉头们都三般两样的掂人分两放小菜儿了。若是别一个，我还不恼；若叫这小娼妇捉弄了，还成个什么！"俞校："成个什么"——从庚、甲；原"成了什么"。夏婆子听了，正中己怀，忙问因何。赵姨娘悉将芳官以粉作硝，轻侮贾环之事说了。夏婆子道："我的奶奶，你今儿才知道！这算什么事，连昨儿这个地方，他们私自烧纸钱，宝玉还拦到头里。人家还没拿进个什么儿俞校："什么儿"——从庚、晋、甲；原"什么"。来，就说使不得，不干不净的东西忌讳。这烧纸倒不忌讳！俞校："这烧纸倒不忌讳"——从庚、晋、甲；原无。你老想一想：这屋里除了太太，谁还大似你！你老自己掌不起来；但凡掌的起来，俞校："但凡掌的起来"——从甲；原无。谁还不怕俞校："谁还不怕"——从庚、晋、甲；原"谁还怕"。你老人家！如今我想，乘着俞校："乘着"——从庚；原"剩著"。这几个小粉头儿恰不是俞校："恰不

（是”——从庚；原“都不是”。）正头货，得罪了他们也有限的，快把这两件事抓着理，扎个筏子，（俞校：“筏子”——从庚、晋、甲；原“法子”。）我在傍（俞校：“我在傍”——从庚；原“我在傍帮著”。）作证据。（俞校：“作证据”——从晋、甲；原“作个证据”。）你老把威风抖一抖，（俞校：“抖一抖”——从庚、晋、甲；原“抖抖”。）以后（俞校：“以后”——从庚、晋、甲；原无。）也好争别的礼。（俞校：“别的礼”——从庚；原“别的理”。）便是奶奶、姑娘们，也不好为那起小粉头子说你老的。”（俞校：“说你老的”——从庚、晋；原“说你老不是”。）赵姨娘听了这话，一发有理，便说：“烧纸的事我不知道，你却细细的告诉我。”夏婆子便将前事一一的说了，又说：“你只管说去，倘或闹起来，还有我们帮着你呢。”赵姨娘听了，越发得了意，仗着胆子，（俞校：“仗着胆子”——从庚、晋、甲；原“仗著胆”。）便一迳到了怡红院中。可巧宝玉听见黛玉在那里，便往那里去了。芳官正与袭人等吃饭，见赵姨娘来了，忙都起身笑让（俞校：“笑让”——从庚；原“笑让道”。）：“姨奶奶吃饭。有什么事这等忙？”赵姨娘也不答话，走上来便将粉照着（俞校：“照着”——从庚；原“照”。）芳官脸上撒来，指着（俞校：“指着”——从庚、甲；原“指”。）芳官骂道：“小淫妇，你是我银子钱买来学戏的，不过娼妇粉头之流，我家里下三等奴才也比你高贵些，你都会看人下菜碟儿。宝玉要给东西，你拦在头里。莫不是要了你的了！拿这个哄他，你只当他（俞校：“只当他”——从庚、晋、甲；原“也只当他”。）不认得呢。好不好，他们是手足，都是一样的主子，那里有你小看他的！”（俞校：“小看他的”——从庚、晋、甲；原“小看人的”。）芳官那里禁得住（俞校：“禁得住”——从庚、晋、甲；原“禁的住”。）这话，一行哭，一行便说：“没了硝，我才把这个给他的。（俞校：“给他的”——从庚、晋、甲；原“给他”。）若说没了，又恐他（俞校：“又恐他”——从庚；原“又恐”。）不信。难道这不是好的？我便学戏，也没往外头去唱。（俞校：“外头去唱”——从庚；原“外头唱去”。）我一个女孩儿家，（俞校：“女孩儿家”——从庚、甲；原“女孩家”。）知道什么（俞校：“知道什么”——从庚、晋、甲；原“我知道什么”。）是粉头面头的。姨奶奶犯不着来骂我。我又不是姨奶奶家买的。‘梅香拜把子——都是奴儿’（俞校：“奴儿”——从庚；原“奴才”。）呢！”袭人忙拉他（俞校：“袭人忙拉他”——从庚、晋、甲；原“袭人等拉他”。）说道：“休胡说。”赵姨娘气的便上来（俞校：“便上来”——从庚、晋、甲；原“上来便”。）打了两个耳刮子。袭人等忙上来拉劝，说：“姨奶奶别和他（俞校：“别和他”——从庚；原“别合”。）小孩子一般见识，等我们说他。”芳官挨了两下打，那里肯依，便撞头打滚，泼哭泼闹起来，口内便说（俞校：“口内便说”——从庚；原“口内便道”。）：“你打得起（俞校：“打得起”——从庚；原“打的起”。）我么！你照照那模样儿再动手。我叫你打了去，我还活着！”便撞在怀里（俞校：“撞在怀里”——从庚；原“撞在他怀里”。）叫他打。

赵姨娘结怨众优伶　茉莉粉替去蔷薇硝

众人一面劝，一面拉他。晴雯悄拉袭人说："别管他们，让他们闹去，（俞校："让他们闹去"——从庚、晋、甲；原"闹去"。）看怎么开交。如今乱为王了，什么你也来打，我也来打，都这样起来还了得呢。"外面跟着（俞校："跟着"——从庚；原"跟"。）赵姨娘来的一干人听见如此，心中各各称愿，都念佛说："也有今日。"又有那一干怀怨的老婆子，见打了芳官，也都称愿。

当下藕官、蕊官正在一处作耍。湘云的大花面葵官，宝琴的荳官，两个闻了此信，（俞校："两个闻了此信"——从庚、晋、甲；原"两个人闻了此信"。）慌忙找着他两个，（俞校："他两个"——从庚、晋、甲；原"蕊藕二人"。）说："芳官被人欺负，咱们也没趣。须得大家破着（俞校："破着"——从庚、晋、甲；原"破著脸"。）大闹一场，方争过气来。"四人终是小孩子心性，只顾他们情分上义愤，便不顾别的，一齐跑入怡红院中。荳官先便一头，几乎不曾（俞校："先便一头，几乎不曾"——从庚、晋；原"先便一头撞去，几乎"。）将赵姨娘撞了一跤。那三个也便拥上来，（俞校："拥上来"——从庚、晋、甲；原"拥上"。）放声大哭，手撕头撞，把个赵姨娘裹住。晴雯等一面笑，一面假意去拉。（俞校："假意去拉"——从庚、晋、甲；原下有"劝他们众人"。）急的袭人拉起这个，又跑了那个，口内只说："你们要死！有委屈只好说，这没理如何使得。"赵姨娘反没了主意，只好乱骂。蕊官、藕官两个一边一个抱住左右手；葵官、荳官前后头顶住。四人只说："你只打死我们四个就罢。"芳官直挺挺（俞校："直挺挺"——从庚、甲；原"直挺挺的"。）躺在地下，哭得（俞校："哭得"——从庚、晋；原"哭的"。）死过去。正没开交，谁知晴雯早遣春燕回了探春。当下尤氏、李纨、探春三人带着平儿与众媳妇走来，将四个喝住。问起原故，赵姨娘便气的瞪着眼，粗了筋，一五一十，说个不清。尤、李两个不答言，只喝禁他四人。探春便叹气说（俞校："便叹气说"——从庚；原"叹气说道"。）："这是什么（俞校："这是什么"——从庚、甲；原"这有什么"。）大事，姨娘也太肯动气了。我正有一句话（俞校："一句话"——从庚、晋、甲；原"句话"。）要请姨娘商议，（俞校："商议"——从庚、晋、甲；原"去商议"。）怪道丫头们说不知在那里，原来在这里生气呢。快同我来。"（俞校："快同我来"——从庚；原上有"姨娘"。）尤氏、李纨都笑说："姨娘请到厅上来，咱们商量。"赵姨娘无法，只得同他三人出来，口内犹说长说短。探春便说："那些小丫头子们原是些顽意儿，喜欢呢，（俞校："喜欢呢"——从庚、晋、甲；原"喜欢"。）和他说说笑笑；不喜欢便可以不理他。便他不好了，也如同猫儿狗儿抓咬了（俞校："抓咬了"——从庚、晋、甲；原"抓了"。）一下子，可恕就恕；不恕时，也只该叫了管家媳妇们（俞校："管家媳妇们"——从庚、晋、甲；原"管事媳妇们"。）去说给他去责罚。何苦自己不尊重，大吆小喝，失了体统。（俞校："失了体统"——从庚；原"也失了体统"。）你瞧周姨娘怎不见人欺他，他也不寻人去。我劝姨娘且回房去煞煞性儿，别听那些混帐人的（俞校："混帐人的"——从庚；原"人"。）调唆，没的惹人笑话自己呆，白给人做粗活。心里有二十分的气，也忍耐这几天，等太太回来自然料理。"一席话说得（俞校："说得"——从庚、晋、甲；原"说的"。）赵姨娘闭口无言，只得回房去了。这里探春气得（俞校："气得"——从晋、甲；原无。）和尤氏、李纨说："这么大年纪，行出来的事总不叫人敬服。这是什么意思，也值得（俞校："也值得"——从晋；原"也直得"。）吵一吵！并不留体统，耳朵又软，心里又没有计算。（俞校："又没有计算"——从庚、晋；原"又没计算"。）这又是那起没脸面的奴才们的调停，（俞校："的调停"——从庚；原"调停的"。）作弄出个（俞校："作弄出个"——从庚、晋、甲；原"作弄出来个"。）呆人替他们出气。"越想越气，因命人查是谁调唆的。媳妇们只得答应着出来，相视而笑，都说是大海里那里寻针去。只得将赵姨娘的人并园中人唤来盘诘，都说不知道。众人没法，（俞校："众人没法"——从庚；原"众人也无法"。）只得回探春："一时难查，慢慢访查。（俞校："慢慢访查"——从庚；原"慢慢的访查"。）凡有口舌不妥的，一总来回了责罚。"探春气渐渐平服（俞校："渐渐平服"——从庚、甲；原"渐渐的平服"。）方罢。

可巧艾官便悄悄的回探春说："都是夏妈和我们素日不对，（俞校："和我们素日不对"——从庚；原"素日合我们不对"。）每每的造言生事。前儿赖藕官烧纸，幸亏是宝玉叫他烧的，宝玉自己应了，他才没话。（俞校："他才没话"——从甲；原"他总没话"。）今儿我与姑娘送手帕去，看见他和姨奶奶在一处说了半天，嘁嘁喳喳的，见了我才走开了。"探春听了，虽知情弊，亦料定他们皆一党，本皆（俞校："本皆"——从庚、甲；原"皆"。）淘气异常，便只答应，也不肯据此为实。谁知夏婆子的外孙女儿（俞校："夏婆子的外孙女儿"——从庚；原"夏婆子孙女儿"。）蝉姐儿（俞校："蝉姐儿"——从庚、晋；原"婵姐儿"。以下庚或作"蝉姐"，或作"小蝉"；晋作"蝉姐"。今"婵"俱改"蝉"字。）便是探春处当役的，时常与房中丫鬟们买东西，呼唤人。众女孩儿都和他好。（俞校："都和他好"——从庚；原"皆待他好"。）这日饭后，探春正上厅理事，（俞校："上厅理事"——从晋、甲；原"在厅上理事"。）翠墨在家看屋子，因命蝉姐儿出去叫小么儿买糕去。蝉姐儿便说（俞校："便说"——从庚；原"便笑说"。）："我才扫了个（俞校："扫了个"——从庚、晋、甲；原"扫了一个"。）大院子，腰腿生疼的，你叫个别的人俞校："别的人"——从晋、甲；原"别的"。去罢。"翠墨笑说："我又叫谁去？你趁早儿去。我告诉你一句好话，俞校："一句好话"——从庚、晋、甲；原"句好话"。你到后门俞校："你到后门"——从庚、晋、甲；原"到后门"。顺路告诉你老娘，防着些儿。"说着，便将俞校："便将"——从庚、晋、甲；原"便又将"。艾官告他老娘的话告诉了他。俞校："告诉了他"——从庚、晋、甲；原"告诉他"。蝉姐听了，忙接了钱道："这个小蹄子也要捉弄人，等我告诉去。"说着，便起身出来。至后门边，只见厨房内此刻手闲之时，都坐在阶砌上说闲话呢，俞校："说闲话呢"——从庚、晋、甲；原"说闲话"。他老娘亦在内。俞校："他老娘亦在内"——从庚；原上有"那时"。蝉姐便命一个婆子出去买糕，他且一行骂，一行说，将方才之话告诉与夏婆子。夏婆子听了，又气又怕，便欲去俞校："便欲去"——从晋、甲；原"欲去"。找艾官问他，又要往探春前去诉冤。俞校："去诉冤"——从庚、晋、甲；原"诉冤"。蝉姐忙拦住说："你老人家俞校："忙拦住说：你老人家"——从庚、晋、甲；原"忙拦住了说：老人家"。去怎么说呢！这话怎得知道的！俞校："怎得知道的"——从庚、晋；原"怎么知道的"。可又叨登不好了。说给你老防着就是了，那里忙到这一时儿。"正说着俞校："正说着"——从庚、晋、甲；原"正说"。忽见芳官走来，扒着院门，笑向厨房中柳家媳妇说道："柳嫂子，宝二爷说了，晚饭的素菜要一样凉凉的俞校："要一样凉凉的"——从庚、晋、甲；原"要一碗凉的"。酸酸的东西，只别搁上香油弄腻了。"柳家的笑道："知道。今儿怎么遣你来了告诉这么一句要紧话？俞校："遣你来了告诉这么一句要紧话"——从庚；原"遣你来告诉我这么一句话"。你不嫌脏，俞校："你不嫌脏"——从庚、晋、甲；原"不嫌脏"。进来逛逛儿不是。"芳官才进来，忽有一个婆子手里托着一碟糕来，芳官便戏道："谁买的热糕，我先尝一块儿。"俞校："尝一块儿"——从庚、晋、甲；原"尝一块"。蝉姐一手接了道："这是人家买的。你们还希罕这个。"柳家的见了，忙笑道："芳姑娘，你喜吃这个，我这里有。才买下俞校："才买下"——从庚、晋、甲；原"才买下的"。给你姐姐吃的，他不曾吃，还收在那里俞校："他不曾吃，还收在那里"——从庚、晋、甲；原"不曾吃，还放在那里"。干干净净没动呢。"说着，便拿了一碟出来，递与芳官，又说："你等我进去俞校："我进去"——从庚；原"我"。替你顿口好茶来。"一面进去，现通开火顿茶。芳官便拿着那糕问到俞校："问到"——从庚；原"问道"。蝉姐脸上说："希罕俞校："希罕"——从庚；原"谁希罕"。吃你那糕！这个不是糕不成！我不过俞校："我不过"——从庚、晋、甲；原"不过"。说着顽罢了，你给我磕个头俞校："磕个头"——从庚；原"磕上头"。我也不吃。"说着，便把手内的糕一块一块的掰了，俞校："掰了"——从乙；原"瓣了"。掷着打雀儿顽，口内笑说俞校："口内笑说"——从庚；原"口内说"。："柳嫂子，你别心疼，我回来买二斤给你。”小蝉（俞校：“小蝉”——从晋、甲；原“小婵姐”。）气的怔怔的，瞅着冷笑道：“雷公老爷也有眼睛，怎不打这作孽的！他还气我呢。我可拿什么比你们，又有人进贡，又有人作干奴才，溜溜你们，好上好儿，帮衬着说句话儿。”众媳妇都说：“姑娘们罢呀！（俞校：“罢呀”——从庚；原“罢哟”。）天天见了就咕唧。”有几个伶透的，见他们对了口，怕又生事，拿起脚来各自走开了。当下蝉姐也不敢十分说他，（俞校：“十分说他”——从庚；原“十分说”。）一面咕嘟着（俞校：“咕嘟着”——从庚、晋；原“咕唧著”。）去了。

这里柳家的见人散了，忙出来和芳官说：“前儿那话儿（俞校：“那话儿”——从庚；原“那话”。庚又旁改成“那个话”。）说了不曾？”芳官道：“说了。等一二日再提这事。偏那赵不死的又和我闹了一场。前儿那玫瑰露，姐姐吃了不曾？他到底可好些？”柳家的道：“可不都吃了。他爱的什么是的，（俞校：“什么是的”——从庚；原“什么似的”。）又不好问你再要的。”芳官道：“不值什么，等我再要些来给他就是了。”原来这柳家的有个女儿，今年才十六岁，虽是厨役之女，却生的（俞校：“却生的”——从庚；原“生的”。）人物与平、袭、紫、鸳皆类。（俞校：“皆类”——从庚、晋；原“皆类同”。）因他排行第五，便叫他（俞校：“便叫他”——从晋、甲；原“便叫做”。）五儿。（庚双：五月之柳，春色可知。）因素有弱疾，故没得差。近因柳家的见宝玉房中的丫鬟（俞校：“的丫鬟”——从庚；原无。）差轻人多，且又闻得宝玉将来都要放他们。故如今要送他到那里去应名儿。正无头路，可巧这柳家的是梨香院的差役，他最小意殷勤，伏侍得芳官一干人比别的干娘还好，芳官等亦待他们极好。如今便和芳官说了，央芳官去与宝玉说。宝玉虽是（俞校：“宝玉虽是”——从庚、晋、甲；原“虽是”。）依允，只是近日病着，又见事多，尚未说得。前言少述，且说当下芳官回至怡红院中，（俞校：“怡红院中”——从晋、甲；原“怡红院”。）回覆了宝玉。宝玉正在听见（俞校：“宝玉正在听见”——从庚；原“却说宝玉前在正厅见”。）赵姨娘厮吵，心中自是不悦，说又不是，不说又不是，只得等吵完了，（俞校：“等吵完了”——从庚、晋、甲；原“等他吵完了”。）打听着探春劝了他去后，方从蘅芜苑回来，劝了芳官一阵，方大家安妥。今见他回来，又说还要些玫瑰露与柳五儿吃去。（俞校：“与柳五儿吃去”——从庚、晋、甲；原“送柳五儿去”。）宝玉忙道：“有的，我又不大吃，你都给他去罢。”说着，命袭人取了出来，见瓶中亦不多，遂连瓶与了他。芳官便自携了瓶与他去。正值柳家的带进他女儿来散闷，在那边畸角子上（俞校："畸角子上"——从庚；原"墙角外"。）一带地方儿逛了一回，便回到厨房内，正吃茶歇脚儿。芳官拿了一个五寸来高小玻璃瓶来，迎亮（俞校："迎亮"——从庚、晋、甲；原"迎面"。）照着，里面小半瓶胭脂一般的汁子，还当是宝玉吃的西洋葡萄酒，母女两个忙说："快拿镟子（俞校："拿镟子"——从庚、晋、甲；原"拿镟子来"。）烫滚水。你且坐下。"芳官笑道："就剩了这些，连瓶子都给你们罢。"五儿听了，方知是玫瑰露，忙接了，谢了又谢。芳官又问他好些。五儿道："今儿精神些，（俞校："今儿精神些"——从庚；原"精神好些"。）进来逛逛。这后边（俞校："这后边"——从庚、晋、甲；原"只后边"。）一带也没什么意思，不过见些（俞校："不过见些"——从庚；原"不过是些"。）大石头、大树和房子后墙，正经好景致也没看见。"（俞校："没看见"——从庚、晋、甲；原"没见"。）芳官道："你为什么不往前去？"柳家的道："我没叫他往前去。姑娘们也不认得他，倘有不对眼的人看见了，又是一番口舌。明儿托你携带他有了房头，怕没有人带着他逛（俞校："带着他逛"——从庚；原"带著逛"。）呢，只怕逛腻了的日子还有呢。"芳官听了，笑道："怕什么，有我呢。"柳家的忙道："嗳哟哟，我的姑娘！我们的头皮儿薄，（俞校："头皮儿薄"——从庚、甲；原"头皮薄"。）比不得你们。"说着，又倒了茶来。芳官那里吃这茶，只漱了一口便走了。柳家的说："我这里占着手，（俞校："占着手"——从庚、甲；原"沾著手"。）五丫头送送。"五儿便送出来。因见无人，又拉着芳官说道："我的话到底（俞校："到底"——从庚、晋、甲；原"倒底"。）说了没有？"芳官笑道："难道哄你不成！（俞校："哄你不成"——从庚、晋、甲；原"还哄我不成"。）我听见（俞校："我听见"——从庚、晋、甲；原"你听见"。）屋里正经还少两个人的窝儿，并没补上（俞校："并没补上"——从庚、晋、甲；原"并无补上"。）：一个是红玉的，琏二奶奶要了去，还没给人来；一个是坠儿（俞校："坠儿"——从甲；原"赘儿"。）的，也还没补。如今要你一个，也不算（俞校："也不算"——从庚、晋、甲；原"不算"。）过分。皆因平儿每每的和袭人说，凡有动人动钱的事，得挨的且挨一日更好。如今三姑娘正要拿人扎筏子呢，连他屋里的事都驳了两三件，如今正要寻我们屋里的事没寻着，何苦来，往网里碰去。倘或说些话驳了，那时老了，倒难回转。不如等冷一冷，老太太、太太心闲了，凭是天大的事，先和老的一说，没有不成的。"（俞校："不成的"——从庚、晋、甲；原"不成"。）五儿道："虽如此说，我却性急，等不得了。趁如今挑上来了，一则给我妈俞校："给我妈"——从庚、晋、甲；原"给我妈妈"。争口气，也不枉养我一场；庚双：为母。二则添上月钱，俞校："添上月钱"——从庚；原"我添了月钱"。家里又从容些；俞校："又从容些"——从庚、晋、甲；原"从容些"。庚双：二为家中。三则我的心开一开，只怕这病就好了。便是请大夫吃药，也省了家里的钱。"芳官道："我都知道了，你只放心。"俞校："你只放心"——从庚、晋；原"只放心"。二人别过，芳官自去不提。

单表五儿回来，与他娘深谢芳官之情。他娘因说："再不承望得了这些东西。虽然是个金贵物儿，却是吃多了也最动热。俞校："也最动热"——从庚；原"又最动热"。竟把这个倒些送个人去，也是个大情。"五儿问送谁，他娘道："送你舅舅的儿子。昨日热病，也想这些东西吃。如今我倒半盏俞校："倒半盏"——从庚、晋、甲；原"倒了半盏"。与他去。"五儿听了，半日没言语，随他妈倒了半盏子去，将剩的连瓶便放在俞校："连瓶便放在"——从庚、甲；原"连瓶儿放在"。傢伙厨内。五儿冷笑道："依我说，竟不给他俞校："竟不给他"——从庚、晋、甲；原"竟别给他"。也罢了。倘有人盘问起来，倒又是一场事了。"他娘道："那里怕起这些来，俞校："怕起这些来"——从庚、晋、甲；原"怕这些个来"。还了得了。我们辛辛苦苦的，里头赚些东西，也是应当的。难道是贼偷的俞校："是贼偷的"——从庚、晋；原"作贼偷的"。不成！"说着，俞校："说着"——从庚；原"说著不听"。一迳去了，直至外边他哥哥家中。他侄儿俞校："他侄儿"——从晋、甲；原"他内侄外甥子"。正躺着，一见了这个，他哥嫂侄男无不欢喜。俞校："无不欢喜"——从晋、甲；原"无不喜欢"。现从井上取了凉水和吃了一碗，心中一畅，头目清凉。剩的半盏，用纸覆着，俞校："覆着"——从庚、晋；原"盖著"。放在桌上。可巧又有家中几个小厮俞校："小厮"——从庚、晋、甲；原"小子"。——同他侄儿俞校："他侄儿"——从庚、晋、甲；原"他外甥"。素日相好的——走来问候俞校："问候"——从庚；原"候"。他的病。内中有一小伙名唤钱槐者，乃系赵姨娘之内侄。他父母现在库上管帐，他本身又派跟俞校："又派跟"——从庚、晋、甲；原"又随"。贾环上学。因他有些钱势，尚未娶亲，素日看上了柳家的五儿标致，一心和父母说了，欲娶他俞校："欲娶他"——从庚；原"娶他"。为妻。也曾央托中保媒人，再四求告。柳家父母却也情愿，争奈五儿执意不从，虽未明言，却行止中已带出，他父母未敢应允。近日又想往园内俞校："园内"——从庚、晋、甲；原"园中"。去，越发将此事丢开，只等三五年后放出时，自向外边择婿了。钱家见他如此，也就罢了。怎奈钱槐不得五儿，心中又气又愧，发狠定要弄取成配，方了此愿。今也同人（俞校："同人"——从庚、晋、甲；原无。）来瞧望柳侄，不期柳家的在内。柳家的忽见一群人来了，内中有钱槐，便推说不得闲，起身便走了。他哥嫂忙说："姑妈怎么不吃茶就走？倒难为姑妈记挂。"柳家的因笑道："只怕里面传饭，再闲了出来瞧侄子罢。"他嫂子因向抽屉内取了一个纸包出来，拿在手内，送了柳家的出来，至墙角边，递与柳家的，又笑道："这是你哥哥昨儿（俞校："昨儿"——从庚；原"昨日"。）在门上该班儿，谁知这五日（俞校："这五日"——从庚、甲；原"这五天"。）一班，竟偏冷淡，（俞校："竟偏冷淡"——从庚、晋；原"冷淡"。）一个外财没发。只有昨儿有（俞校："昨儿有"——从庚；原"昨儿"。）粤东的官儿来拜，送了上头两小篓子茯苓霜，馀外给了门上人一篓作门礼，你哥哥分了这些。这地方千年松柏最多，所以单取了这茯苓的精液和了药，不知怎么弄出这怪俊的白霜儿来。说第一用人乳和着，每日早起吃一钟，最补人的；第二用牛奶子；万不得，滚白水也好。我们想着正宜外甥女儿（俞校："外甥女儿"——从庚；原"外甥女"。）吃，原是（俞校："原是"——从庚、晋；原"原要"。）上半日打发小丫头子送了家去的。他说锁着门，连外甥女儿也进去了。本来我要瞧瞧他去，给他带了去的；又想着主子们不在家，各处严紧，我又没什么差使，有要没紧，跑些什么。况且这两日风声，闻得里头家反宅乱的，倘或沾带了，倒值多了。姑娘（俞校："姑娘"——从庚；原"姑妈"。）来的正好，亲自带去罢。"柳氏道了生受，作别回来。刚到角门前，只见一个小幺儿笑道："你老人家那里去了？里头三次两趟叫人传呢。我们三四个人（俞校："我们三四个人"——从晋、甲；原"我们的三四个人"。）都找你老去了，还没来。你老人家却从那里来了，这条路又不是家去的路，我倒疑心起来。"那柳家的笑骂道："好猴儿崽子！——"要知端的，且听（俞校："且听"——从庚；原无。）下回分解。

戚回后：以硝出粉是正笔，以霜陪露是衬笔。前必用茉莉粉，才能构起争端，后不用茯苓霜，亦必败露马脚。须知有此一衬，文势方不径直，方不寂寞。宝光四映，奇彩缤纷。

第六十一回
投鼠忌器宝玉瞒赃　判冤决狱平儿行权

戚回前：数回用蝉脱体，络绎写来，读者几不辨何自起、何自结，浩浩无涯。须看他争端起自环哥，却起自彩云。争端结自宝玉，却亦结自彩云。首尾收束精严，六花长蛇阵也。识者着眼。

话说那柳家的笑道："好猴儿崽子！你亲婶子俞校："你亲婶子"——从己、庚、晋、甲；原"亲婶子"。找野老儿去了，你岂不多得俞校："多得"——从己、庚、晋、甲；原"得了"。一个叔叔，有什么疑的。别讨我把你头上的俞校："头上的"——从己、庚、甲；原"头上"。杩子盖似的几根黄毛挦下来。还不开门让我进去呢。"这小厮且不开门，且拉着笑说："好婶子，俞校："好婶子"——从己、庚、晋、甲；原"婶子"。你这一进去，好歹偷些杏子出来赏我吃。我这里老等。你若忘了时，日后半夜三更打酒买油的，我不给你老人家开门，也不答应你，随你干叫去。"柳氏啐道俞校："啐道"——从己、庚、晋、甲；原"笑啐道"。："发了昏的！今年还比往年！把这些东西都分给了众奶奶了。一个个的不像抓破了脸的。人打树底下一过，两眼就像那俞校："就像那"——从己、庚、晋、甲；原"就似那"。黧鸡是的，俞校："是的"——从甲；原"似的"。还动他的果子！昨儿我从李子树下一走，偏有一个蜜蜂儿往脸上一过，我一招手儿，偏你那好舅母俞校："你那好舅母"——从己、庚；原"你郝舅母"。就看见了。他离的远，看不真，只当我摘李子呢，就泼声浪嗓喊起来，俞校："喊起来"——从己、庚、晋；原"喊叫起来"。又是'还没供佛呢'，又是'老太太、太太不在家，还没进鲜呢，等进了上头，嫂子们都有分的’。倒像谁害了馋痨，等李子出汗呢。叫我也没好话说，（俞校：“没好话说”——从己、庚、晋；原“没好话”。）抢白了他一顿。——可是你舅母姨娘两三个亲戚都管着，怎不和他们要去，倒和我来要。这可是‘仓老鼠和老鸹去借粮’，（俞校：“和老鸹去借粮”——从己、庚；原“合老鸦借粮”。）守着的没有，飞着的（俞校：“飞着的”——从己、庚、晋、甲；原“飞的”。）有。”小厮笑道：“嗳哟哟，没有罢了，说上这些闲话！我看你老以后就用不着我了。就便是（俞校：“就便是”——从己、庚；原“就便”。）姐姐有了好地方，将来更呼唤着的日子多，只要我们多答应他些就有了。”柳氏听了，笑道：“你这个小猴精，又捣鬼吊白的。你姐姐有什么好地方了？”那小厮笑道：“别哄我了，早已知道了。单是你们有内纤，难道我们就没有内纤不成！我虽在这里听哈，（俞校：“听哈”——从己、庚；原“听呵”。）里头却也有两个姊妹成个体统的，什么事瞒了我们。”正说着，只听门内又有老婆子向外叫：“小猴儿们，快传你柳婶子去罢。再不来，可就误了。”柳家的听了，不顾和小厮们说话，忙推门进去，笑说：“不用忙，我来了。”一面来至厨房，虽有几个同伴的人，他们都不敢（俞校：“都不敢”——从己、庚、晋、甲；原“俱不敢”。）自专，单等他来调停分派，一面问众人：“五丫头那去了？”（俞校：“那去了”——从己、庚；原“那里去了”。）众人都说：“才往茶房里（俞校：“茶房里”——从己、庚、晋、甲；原“厨房里”。）找他们姊妹（俞校：“他们姊妹”——从己、庚、晋；原“他们姊妹们”。）去了。”柳家听了，（俞校：“柳家听了”——从己、庚；原“柳家的听了”。）便将茯苓霜搁起，且按着房头分派菜馔。

忽见迎春房里小丫头莲花儿走来，（己双：总是写春景将残。）说：“司棋姐姐说了，要碗鸡蛋，顿的（俞校：“顿的”——从己、庚、甲；原“炖的”。）嫩嫩的。”柳家的道：“就是这样尊贵。不知怎的，今年这鸡蛋短的很，十个钱一个还找不出来。昨儿上头给亲戚家送粥米去，四五个买办（俞校：“四五个买办”——从己、庚、晋、甲；原“四五十个买办”。）出去，好容易才凑了二千个来。我那里找去。你说给他，改日吃罢。”莲花儿道：“前儿要吃豆腐，你弄了些（俞校：“弄了些”——从己、庚、晋、甲；原“弄些”。）馊的，叫他说了我一顿。今儿要鸡蛋，又没有了。什么好东西，我就不信连鸡蛋都没有了，别叫我（俞校：“别叫我”——从己、庚；原“叫我”。）翻出来。”一面说，一面真个走来，揭起菜箱一看，只见里面果有十来个鸡蛋，说道：“这不是！你就这么利害！吃的是主子的我们的分例，（俞校："我们的分例"——从己、庚、晋；原"给我们分例"。）你为什么心疼？又不是你下的蛋，怕人吃了。"柳家的忙丢了手里的活计，便上来说道："你少满嘴里混吣！你娘（俞校："你娘"——从己、庚、晋；原"你的娘"。）才下蛋呢！通共留下这几个菜上的浇头，姑娘不要，还不肯做上去呢，（俞校："留下这几个"至"做上去呢"——从己、庚、晋、甲；原"留这几个"。）预备接急的。你们吃了，倘或一声要起来，没有好的，连鸡蛋都没了。（俞校："没有好的，连鸡蛋都没了"——从己、庚、晋、甲；原"没有还了得"。）你们深宅大院，水来伸手，饭来张口，只知鸡蛋是平常物件，（俞校："是平常物件"——从己、庚、晋、甲；原"平常物件"。）那里知道外头买卖的行市呢。（俞校："行市呢"——从己、庚、晋、甲；原"行市"。）别说这个，有一年连草根子都没了的日子还有呢！我劝他们，细米白饭，每日肥鸡、大鸭子，将就些儿（俞校："将就些儿"——从己、庚、晋、甲；原"就将就些儿"。）也罢了。吃腻了膈，天天又闹起故事（俞校："闹起故事"——从己、庚、晋、甲；原"闹出故事"。）来了。鸡蛋、豆腐，又是什么面筋、酱萝卜炸儿，敢自倒换口味。只是我又不是答应你们的。一处要一样，就是十来样，我倒别伺候头层主子，（俞校："头层主子"——从己、庚、晋、甲；原"头层主子了"。）只预备你们二层主子了。"（俞校："二层主子了"——从己、晋、甲；原"二层主子罢"。）莲花儿听了，便红了脸，喊道："谁天天要你什么来，你说上这两车子话！叫你来，不是为便宜，却为什么！（俞校："却为什么"——从己、庚、晋、甲；原"都是为什么"。）前儿小燕来说，（俞校："小燕来说"——从己、庚、晋；原"小燕说"。）晴雯姐姐要吃芦蒿，你怎么忙的还问肉炒鸡炒？小燕说荤的因不好，（俞校："荤的因不好"——从己、庚、晋；原"因荤不好"。）才另叫你炒个（俞校："炒个"——从己、庚、晋、甲；原"炒了"。）面筋的，少搁油才好。你忙的倒说自己发昏，赶着洗手炒了，狗颠儿似的亲捧了去。今儿反倒拿我作筏子，说我给众人听。"（俞校："说我给众人听"——从己、庚、晋、甲；原无"我"。）柳家的忙道："阿弥陀佛！这些人眼见的。别说前儿一次，就从旧年一立厨房以来，凡各房里偶然间不论姑娘、姐儿们（俞校："偶然间不论姑娘、姐儿们"——从己、庚、晋、甲；原无。）要添一样半样，谁不是先拿了钱来，（俞校："拿了钱来"——从己、庚、晋、甲；原"拿了钱"。）另买另添。有的没的，名声好听。说我单管姑娘的厨房省事，又有剩头儿，算起帐来惹人恶心：连姑娘带姐儿们四五十人，一日也只光要（俞校："只光要"——从庚旁改（"管"改"光"）；原"只管要"。）两只鸡，两只鸭子，十来斤肉，一吊钱的菜蔬，你们算算够做什么的！连本项两顿饭还撑持不住，还搁的住这个点这样，那个点那样，买来的又不吃，又买别的去。既这样，不如回了太太，多添些分例，也像大厨房里预备老太太的饭，把天下所有的菜蔬用水牌写了，天天转着吃，吃到一个月俞校："吃到一个月"——从己、庚；原"到一个月"。现算倒好。连前儿三姑娘和宝姑娘偶然商议了，要吃个油盐炒枸杞芽儿来，现打发俞校："现打发"——从己、庚、晋、甲；原"打发"。个姐儿拿着五百钱来给我。俞校："来给我"——从己、庚、晋；原"给我"。我倒笑起来了，说二位姑娘就是大肚子弥勒佛，也吃不了五百钱的去，俞校："五百钱的去"——从己、晋；原"五百钱的"。这三二十个钱俞校："三二十个钱"——从己、庚；原"三二十钱"。的事，还预备的起。赶着我送回钱去，到底不收，说赏我俞校："说赏我"——从己、庚、晋、甲；原"赏我"。打酒吃。又说：'如今厨房在里头，保不住屋里的人俞校："屋里的人"——从己、庚、晋、甲；原"屋的人"。不去叨登。一盐一酱，那不是钱买的。你不给又不好，给了你又没的赔。你拿着这个钱，全当还了他们素日叨登的东西俞校："叨登的东西"——从己、庚、晋、甲；原"叨蹬东西的"。窝儿。'这就是俞校："这就是"——从己、庚、晋、甲；原"这是"。明白体下的姑娘，我们心里只替他念佛。没的赵姨奶奶听了，又气不忿，又说俞校："又说"——从己、庚；原"反说"。太便宜了我，隔不了十天，也打发个小丫头子来，寻这样，寻那样，我倒好笑起来。你们竟成了例，不是这个，就是那个，我那里有这些赔的。"正乱时，俞校："正乱时"——从己、庚、晋、甲；原"正说著"。只见司棋又打发人来催莲花儿，说他："死在这里，怎么就不回去？"莲花儿赌气回来，便添了一篇话，告诉了司棋。司棋听了，不免心头起火。此刻伺候迎春饭罢，带了小丫头们走来，见了许多人正吃饭，见他来的势头俞校："来的势头"——从己、庚；原"势头"。不好，都忙起身俞校："忙起身"——从己、庚、晋、甲；原"忙站起来"。陪笑让坐。司棋便喝命小丫头子动手，"凡箱柜所有的菜蔬，只管丢出来喂狗，大家赚不成。"小丫头子们巴不得一声，七手八脚抢上去，一顿乱翻俞校："乱翻"——从己、庚、晋、甲；原"乱播"。乱掷的。慌的众人一面拉劝，一面央告司棋说："姑娘别误听了小孩子的话。柳嫂子有八个头，也不敢得罪姑娘。说鸡蛋难买是真。俞校："难买是真"——从己、庚、晋、甲；原"没有"。我们才也说他不知好歹，凭是俞校："凭是"——从己、庚、晋、甲；原"凭他"。什么东西，也少不得变法儿去。他已经悟过来了，连忙蒸上了。姑娘不信，瞧那火上。"司棋被众人一顿好言，方将气劝的渐平。小丫头们俞校："小丫头们"——从庚；原"小丫头子们"。也没得摔完东西，便拉开了。司棋连说带骂，闹了一回，方被众人劝去。柳家的只好摔碗丢盘，自己咕嘟了一回，蒸了一碗鸡蛋令人送去。司棋全泼了地下了。（俞校："泼了地下了"——从己、庚、晋、甲；原"泼在地下了"。）那人回来也不敢说，恐又生事。

柳家的打发他女儿喝了一回汤，（俞校："喝了一回汤"——从己、庚、晋、甲；原"嗑了一碗汤"。）吃了半碗粥，又将茯苓霜一节说了。五儿听罢，便心下要分些赠芳官，遂用纸（俞校："遂用纸"——从己、庚、晋、甲；原"随用纸"。）另包了一半，趁黄昏人稀之时，自己花遮柳隐的来找芳官。且喜无人盘问，一迳到了怡红院门首，不好进去，只在一簇玫瑰花前站立，（俞校："站立"——从己、庚、晋、甲；原"站定"。）远远的望着。有一盏茶时，（俞校："有一盏茶时"——从己、庚；原"一盏茶时"。）可巧小燕出来，忙上前叫住。小燕不知是那一个，（俞校："那一个"——从己、庚、晋、甲；原"那个"。）至跟前方看真切，因问做什么。五儿笑道："你叫出芳官来，我和他说话。"小燕悄笑道："姐姐太性急了。横竖等十来日就来了，只管找他做什么！方才使了他往前头去了，你且等他一等。不然，有什么话（俞校："有什么话"——从己、庚、晋、甲；原"有什么要紧话"。）告诉我，等我告诉他。恐怕你等不得，只怕关园门了。"五儿便将茯苓霜递与了小燕，又说这是茯苓霜，（俞校："递与了小燕，又说这是茯苓霜"——从己、庚、晋；原无。）如何吃，如何补益，我得了些送他的，转烦你递与他就是了。说毕，作辞回来。正走蓼溆一带，忽见迎头林之孝家的带着几个婆子走来，五儿藏躲不及，只得上来问好。林家的问道（俞校："林家的问道"——从晋、甲；原"林之孝家的问道"。）："我听见（俞校："我听见"——从己、庚、晋、甲；原"听见"。）你病了，怎么跑到这里来？"五儿陪笑道（俞校："陪笑道"——从己、庚；原"陪笑说道"。）："因这两日好些，跟我妈进来散散闷。才因我妈使我到怡红院送傢伙去。"林之孝家的说道："这话岔了。方才我（俞校："这话岔了。方才我"——从己、庚、晋、甲；原"这话差了，方才"。）见你妈出去，我才关门。既是你妈使了你去，（俞校："使了你去"——从己、庚、晋、甲；原"使了你来"。）他如何不告诉我说（俞校："不告诉我说"——从己、庚、晋、甲；原"不向我说"。）你在这里呢，竟出去，让我关门，是何主意？（俞校："是何主意"——从己、庚、晋；原上有"这个我就实在的不懂得他"。）可知是你（俞校："可知是你"——从己、庚；原"可知你"。）扯谎。"五儿听了，没话回答，只说："原是我妈一早叫我送去的，我忘了，挨到这时（俞校："挨到这时"——从己、晋、甲；原"挨到这会"。）我才想起来了。只怕我妈错当我先出去了，（俞校："先出去了"——从己、庚、晋；原"出去了"。）所以没和大娘说得。"林之孝家的听他辞钝色虚，又因近日玉钏儿说那边正房内失落了东西，几个丫头对赖，没主儿，心下便起了疑。可巧小蝉、莲花儿并几个媳妇子走来，见了这事，便说道：“林奶奶，倒要审审他。这两日他往这里头（俞校：“他往这里头”——从己、庚、晋、甲；原“往这里头”。）跑的不像，鬼鬼唧唧（俞校：“鬼鬼唧唧”——从己、庚、晋；原“鬼鬼祟祟”。）的，不知干些什么事。”小蝉又道：“正是，昨儿（俞校：“昨儿”——从己、庚；原“昨日”。）玉钏姐姐说，太太耳房里的柜子开了，少了好些零碎东西。琏二奶奶打发平姑娘和玉钏姐姐要些玫瑰露，谁知也少了一罐子。若不是寻露，还不知道呢。”莲花儿笑道：“这话我没听见。今儿我倒看见（俞校：“我倒看见”——从己、庚、晋、甲；原“到看见”。）一个露瓶子。”林之孝家的正因这些事没主儿，每日凤姐儿（俞校：“凤姐儿”——从己、庚、晋、甲；原“凤姐”。）使平儿催逼他，一听此言，忙问在那里。莲花儿便说：“在他们厨房里呢。”林之孝家的听了，（俞校：“听了”——从己、庚、晋、甲；原“听著”。）忙命打了灯笼，带着众人来寻。五儿急的便说：“那原是（俞校：“那原是”——从己、庚、晋、甲；原“原是”。）宝二爷屋里的（俞校：“屋里的”——从己、庚、晋、甲；原“屋里”。）芳官给我的。”林之孝家的便说（俞校：“便说”——从己、庚、晋、甲；原“说”。）：“不管你方官圆官，现有了赃证，我只呈报了，凭你主子前辩去。”一面说，一面进入厨房，莲花儿带着，取出露瓶。恐还有偷的别物，又细细搜了一遍，又得了一包茯苓霜，一并拿了，带了五儿来回李纨与探春。那时李纨正因兰哥儿（俞校：“兰哥儿”——从己、庚；原“兰哥”。）病了，不理事务，（俞校：“不理事务”——从己、庚、晋、甲；原“不理事件”。）只命去见探春。探春已归房。人回进去，丫鬟们都在院内纳凉，探春在内盥沐，只有侍书回进去。半日，出来说：“姑娘知道了，叫你们找平儿回二奶奶去。”林之孝家的只得领出来到凤姐儿那边，（俞校：“凤姐儿那边”——从己、庚；原“凤姐那边”。）先找着了平儿，平儿进去回了凤姐。凤姐方才歇下，听见此事，便吩咐：“将他娘打四十板子，撵出去，永不许进二门。把五儿打四十板子，立刻交给庄子上，或卖或配人。”（俞校：“交给庄子上，或卖或配人”——从己、庚、晋、甲；原“给庄子上，或卖了或配人”。）平儿听了出来，（俞校：“听了出来”——从己、庚、晋、甲；原“听了”。）依言吩咐了林之孝家的。五儿吓的哭哭啼啼，给平儿跪着，细诉芳官之事。平儿道：“这也不难，等明日问了芳官，便知真假。但这茯苓霜前日人送了来，（俞校：“人送了来”——从己、庚、晋、甲；原“送了来”。）还等老太太、太太回来看了才敢打动，（俞校：“打动”——从己、庚、晋、甲；原“动”。）这不该偷了去。”

五儿见问，俞校："五儿见问"——从己、庚、晋、甲；原"五儿著"。忙又将他舅舅送的一节说了出来。平儿听了，笑道："这样说，你竟是平白无辜俞校："平白无辜"——从己、庚、晋、甲；原"无罪"。之人，拿你来顶缸的。——此时天晚，奶奶才进了药歇下，不便为这点子小事去俞校："这点子小事去"——从己、庚、甲；原"这点子事"。絮叨。如今且将他交给上夜的人看守一夜，等明儿我回了奶奶俞校："回了奶奶"——从己、庚、晋、甲；原"回奶奶"。再作道理。"林之孝家的不敢违拗，只得带了出来，交与上夜的媳妇们看守，自便去了。这里五儿被人软禁起来，一步不敢多走。又兼众媳妇也有劝他说，不该做这俞校："做这"——从己、庚、晋、甲；原"作这"。没行止的事的；俞校："没行止的事的"——从己；原"没行止的事"。也有抱怨说，正经更还坐不上来，又弄个贼来给我们看，倘或眼不见寻了死，逃走了，都是我们的不是；于是又有素日一干俞校："素日一干"——从己、庚、晋、甲；原"一干素日"。与柳家不睦的人，见了这般，十分称愿，都来奚落嘲戏他。这五儿心内又气，又委屈，俞校："又委屈"——从己、庚、晋、甲；原"又受委屈"。竟无处可诉。且本来怯弱有病，这一夜思茶无茶，思水无水，思睡无衾枕。呜呜咽咽直哭了一夜。俞校："思茶无茶"至"直哭了一夜"——从己、庚、晋、甲；原无。

谁知和他母女不和的那些人，巴不得一时撵出他们去，惟恐俞校："惟恐"——从己、庚；原"深恐"。次日有变，大家先起了个清早，都悄悄的俞校："都悄悄的"——从己、庚、晋、甲；原"都悄地"。来买转平儿，一面送些东西，一面又奉承他办事简断，一面又讲述他母亲素日许多不好。平儿一一的俞校："一一的"——从己、庚、晋、甲；原"一一"。都应着，打发他们去了，却悄悄的俞校："却悄悄的"——从己、庚、晋、甲；原"却悄悄"。来访袭人，问他可果真芳官给他露了。俞校："芳官给他露了"——从己、庚、晋；原"是芳官给他露了没有"。袭人便说："露却是给了芳官，芳官转给何人俞校："转给何人"——从己、庚、晋、甲；原"转给谁"。我却不知。"袭人于是又问芳官。芳官听了，吓天跳地，忙应是自己送他的。芳官便又告诉了宝玉。宝玉也慌了，说："露虽有了，若勾起茯苓霜来，他自然也实供。若听见了是他舅舅门上得的，他舅舅又有了不是。岂不是俞校："岂不是"——从己、庚、晋、甲；原无。人家的好意，反被咱们陷害了。"因忙和平儿计议："露的事虽完，然这霜也是有不是的。好姐姐，你叫他说俞校："你叫他说"——从甲；原"你只说"。也是芳官给他的就完了。"平儿笑道："虽如此，只是他昨晚俞校："昨晚"——从己、庚；原"昨晚上"。已经同人说是他舅舅给的了，如何又说你给的？况且那边所丢的露（俞校："所丢的露"——从己、庚；原"所丢的"。）正无主儿，如今有赃证的白放了，又去找谁？谁还肯认？众人也未必心服。"晴雯走来笑道："太太那边的露，再无别人，分明是彩云偷了给环哥儿（俞校："环哥儿"——从己、庚、甲；原"环哥"。）去了。你们可瞎乱说。"平儿笑道："谁不知是这个原故！但今玉钏儿急的哭，悄悄问着他，他应了，（俞校："他应了"——从庚；原"他若应了"。）玉钏儿也罢了，大家也就混着不问了，（俞校："混着不问了"——从己、庚、晋、甲；原"罢了"。）难道我们好意兜揽（俞校："兜揽"——从己、庚、晋、甲；原"挽揽"。）这事不成！可恨彩云，不但不应，他还挤玉钏儿，说他偷了去了。两个人窝里发炮，先吵的合府皆知，（俞校："合府皆知"——从己、庚、晋、甲；原"合府里皆知"。）我们如何装没事人，少不得要查的。殊不知告失盗的就是贼，（俞校："就是贼"——从己、庚、晋、甲；原"就是贼人"。）又没赃证，怎么说他。"宝玉道："也罢。这件事我也应起来，就说是我吓他们（俞校："吓他们"——从己、庚、晋、甲；原"合他们"。）玩的，悄悄的偷了太太的来了，两件事都完了。"袭人道："也倒是（俞校："也倒是"——从己、庚、晋、甲；原"倒也是"。）件阴骘事，保全人的贼名儿。只是太太听见，又说你小孩子气，不知好歹了。"平儿笑道："这也倒是（俞校："这也倒是"——从己、庚；原"这也是件"。）小事。如今便从赵姨娘屋里起了赃来也容易，我只怕（俞校："我只怕"——从己、庚、晋、甲；原"只怕"。）又伤着一个好人的体面。别人都别管，这一个人（俞校："这一个人"——从己、庚；原"只这一个人"。）岂不又生气。我可怜的是他，不肯为打老鼠伤了玉瓶。"说着，把三个指头一伸。袭人等听说，便知他说的是（俞校："说的是"——从己、庚、晋、甲；原"说的"。）探春，大家都忙说："可是这话。竟是我们这里应了起来（俞校："应了起来"——从己、庚、晋、甲；原"应起来"。）的为是。"平儿又笑道："也须得把彩云和玉钏儿两个孽障叫了来，问準了（俞校："问準了"——从己、庚；原"问准了"。）他方好。不然，他们得了益，不说为这个，倒像我没了本事问不出来，烦出这里来完事。他们以后越发偷的偷，不管的不管了。"袭人等（俞校："袭人等"——从己、庚、晋、甲；原"袭人"。）笑道："正是，也要你（俞校："也要你"——从己、庚、晋、甲；原"你也要"。）留个地步。"（俞校："地步"——从己、庚；原"地步儿"。）平儿便命人（俞校："平儿便命人"——从己、庚；原"便命一个人"。）叫了他两个来，说道："不用慌，贼已有了。"玉钏儿先问："贼在那里？"平儿道："现在二奶奶屋里，（俞校："二奶奶屋里"——从己、庚；原下有"呢"。）你问他（俞校："你问他"——从庚；原"问他"。）什么应什么。我心里明知不是他偷的，可怜他害怕都承认。这里宝二爷不过

玫瑰露引来茯苓霜　判冤决狱平儿行权

意，要替他认一半。我待要说出来，但只是这做贼的，意思（俞校：“意思”——从己、庚；原“素日”。）又是和我好的一个姊妹；窝主却是平常，（俞校：“却是平常”——从己、庚、晋、甲；原“虽是平常”。）里面又伤着（俞校：“又伤着”——从己、庚；原“却伤著”。）一个好人的体面：因此为难，少不得（俞校：“少不得”——从己、庚、晋、甲；原无。）央求宝二爷应了，大家无事。如今反要问你们两个（俞校：“你们两个”——从己、庚、晋、甲；原“你二人”。）还是怎样？（俞校：“还是怎样”——从己、庚；原“还是怎么”。）若从此以后，大家小心存体面，这便求宝二爷应了；若不然，我就回了二奶奶，别冤屈了好人。”彩云听了，不觉红了脸，一时羞恶之心感发，便说道：“姐姐放心。（俞校：“姐姐放心”——从己、庚、晋、甲；原“好姐姐放心”。）也别冤屈了好人，也别带累了无辜之人伤体面。偷东西，原是赵姨奶奶央告我再三，我拿了些与环哥（俞校：“环哥”——从己、庚；原“环儿”。）是情真。连太太在家，我们还拿过，各人去送人，（俞校：“去送人”——从己、庚、晋、甲；原“去送他”。）也是常事。我原说嚷过两天就罢了。如今既冤屈了好人，我心也不忍。（俞校：“心也不忍”——从己、庚、晋、甲；原“心里也不忍”。）姐姐竟带了我回奶奶去，我一概应了完事。”众人听了这话，一个个都诧异，他竟这样（俞校：“他竟这样”——从己、庚、晋、甲；原“竟这样”。）有肝胆。宝玉忙笑道：“彩云姐姐果然是个正经人。如今也不用你应，我只说是我悄悄的偷的，（俞校：“偷的”——从己、庚、晋、甲；原“偷了的”。）吓你们玩，如今闹出事来，我原该承认。只求姐姐们以后省些事，大家就好了。”彩云道：“我干的事，为什么叫你应？死活我该去受。”平儿、袭人忙道：“不是这样说。你一应了，未免又叨登出赵姨奶奶来，那时三姑娘听了岂不生气。竟不如宝二爷应了，大家无事。且除这几个人，皆不得知道，这事（俞校：“这事”——从己、庚；原“这是”。）何等的干净。但只以后千万大家小心些就是了。要拿什么，好歹耐到（俞校：“耐到”——从己、庚；原“等”。）太太到家。那怕连这房子给了人，我们就没干系（俞校：“没干系”——从己、庚、晋、甲；原“无干系”。）了。”彩云听了，低头想了一想，方依允。于是大家商议妥帖。平儿带了他两个并芳官往前边来，至上夜房中叫了五儿，将茯苓霜一节也悄悄的教他（俞校：“教他”——从己、庚、晋、甲；原“叫他”。）说系芳官所赠，五儿感谢不尽。平儿带他们来至自己这边，已见林之孝家的带领了几个媳妇，押解着柳家的等彀多时。林之孝家的又向平儿说：“今儿一早押了他来，恐园里没人伺候姑娘们的饭，我暂且将秦显的女人派了去伺候。姑娘一併（俞校：“姑娘一併”——从己、庚；原“一并”。）回明奶奶。他倒干净谨慎，以后就派他常伺候罢。”平儿道：“秦显的女人是谁？我不大相熟。”（俞校：“不大相熟”——从己、庚、晋、甲；原“不相熟”。）林之孝家的道：“他是园里南角子（俞校：“南角子”——从己、庚、晋、甲；原“南角门”。）上夜的，白日里没什么事，所以姑娘不大相识。（俞校：“不大相识”——从己、庚；原“不大认识”。）高高的孤拐，大大的眼睛，最干净爽利的。”玉钏儿道：“是了。姐姐，你怎么忘了？他是跟二姑娘的（俞校：“跟二姑娘的”——从己、庚、晋；原无。）司棋的婶娘。司棋的父母虽是大老爷那边的人，他这叔叔却是咱们这边的。”平儿听了，方想起来，笑道：“哦！你早说是他，我就明白了。”又笑道：“也太派急了些。（俞校：“也太派急了些”——从己、庚、晋、甲；原无“也”。）如今这事（俞校：“如今这事”——从己、庚、晋、甲；原“如今的这事”。）八下里水落石出了，连前儿太太屋里丢的也有了主儿。（俞校：“有了主儿”——从己、庚、晋、甲；原“有主儿”。）是宝玉那日过来，和这两个孽障要什么的，偏这两个孽障（俞校：“偏这两个孽障”——从己、庚、晋、甲；原“偏他两个人”。）呕他玩，说太太不在家，不敢拿。宝玉便瞅他两个（俞校：“瞅他两个”——从己、庚；原“瞅著他两个”。）不提防的时节自己进去拿了些什么出来。这两个孽障不知道，就吓慌了。如今宝玉听见带累了别人，方细细的告诉了我，拿出东西来我瞧，一件不差。那茯苓霜是宝玉（俞校：“是宝玉”——从己、庚；原“也是”。）外头得了的，也曾（俞校：“也曾”——从己、庚、晋、甲；原“他曾”。）赏过许多人。不独园内人有，连妈妈子们讨了出去给亲戚们吃，又转送人。袭人也曾给过芳官之流（俞校：“芳官之流”——从己、庚、晋；原“芳官一流”。）的人。他们私情各相来往，也是常事。前儿那两篓（俞校：“那两篓”——从己、庚、晋、甲；原“两篓”。）还摆在议事厅上，好好的原封没动，怎么就混赖起人来！等我回了奶奶再说。”说毕，抽身进了卧房，将此事照前言回了凤姐儿（俞校：“回了凤姐儿”——从己、庚、晋、甲；原“回了凤姐”。）一遍。凤姐儿道（俞校：“凤姐儿道”——从己、庚、晋、甲；原“凤姐道”。）：“虽如此说，但宝玉为人，不管青红皂白爱兜揽（俞校：“兜揽”——从己、庚、晋、甲；原“揽揽”。）事情；别人再求求他去，他又搁不住人两句好话，给他个炭篓子戴上，什么事他不应承。咱们若信了，将来若大事（俞校：“大事”——从己、庚；原“大事情”。）也如此，如何治人！还要细细的追求才是。依我的主意，把太太屋里的丫头都拿来，虽不便（俞校：“不便”——从己、庚、晋、甲；原“不必”。）擅加拷打，只叫他们垫着磁瓦子跪在太阳地下，茶饭也别给吃。（俞校：“别给吃”——从己、庚；原“别给他们吃”。）一日不说跪一日，便是铁打的，一日也管招了。又道是‘苍蝇不抱没缝的鸡蛋’，虽然这柳家的（俞校：“这柳家的”——从己、庚、晋、甲；原“这柳家”。）没偷，到底有些影儿，人才说他。虽不加贼刑，也革出不用。（俞校：“也革出不用”——从己、庚、晋、甲；原“革出不用”。）朝廷家原有罣误的，倒也不算委屈了他。”平儿道：“何苦来操这心！（俞校：“操这心”——从己、庚、晋、甲；原“操这个心”。）‘得放手时须放手’，什么大不了的事，乐得不施恩呢。依我说，纵在这屋里操上一百分的心，（俞校：“一百分的心”——从己、庚、晋、甲；原“一百分心”。）终久咱们是（俞校：“咱们是”——从己、庚；原“偺们是往”。）那边屋里去的，没的结些小人仇恨，使人含怨。况且自己又三灾八难的，好容易怀了一个哥儿，到了六七个月（俞校：“六七个月”——从己、庚、晋、甲；原“六七月”。）还掉了，焉知不是素日操劳太过，气恼伤着的。如今趁早儿（俞校：“趁早儿”——从甲；原“趁早”。）见一半，不见一半，也倒罢了。”（俞校：“也倒罢了”——从己、庚、晋、甲；原“到也罢了”。）一席话说的凤姐儿（俞校：“凤姐儿”——从己、庚、晋、甲；原“凤姐”。）倒笑了，说道：“凭你这小蹄子发放去罢。我才清爽些了，没的淘气。”平儿笑道：“这不是正经！”（俞校：“正经”——从己、庚；原“正经话”。）说毕，转身出来，一一发放。要知端的，且听（俞校：“且听”——从己、庚、晋；原无。）下回分解。

戚回后：赵姨痛儿，弄得羞愧满面；柳家惜女，几至鞭楚随身。可知养子种孙自有大体，莫学那溺爱禽犊。柳家婆煮糕烹茶，何等殷勤，未得些儿便宜；秦家婆偷仓盗库，百般赔垫，反伤无数钱财。可知君子安贫，达人知命，原有乐处。

第六十二回
憨湘云醉眠芍药裀　呆香菱情解石榴裙

戚回前：众姊妹一番赠贶，诸僧尼一番祷祝，确是宝玉生辰。园中行礼，不亢不卑；席上设筵，不丰不啬，确是宝玉分地。

探春围棋理事，气象严厉。香菱斗草善谑，姿态俊逸。湘云喜饮酒，何等疏爽。黛玉怕吃茶，何等妩媚。晴雯刺芳官，语极尖利。袭人给裙子，意极醇良。字字曲到。

话说平儿出来，吩咐林之孝家的道："大事化为小事，小事化为没事，俞校："化为没事"——从己、庚、晋、甲；原"化为无事"。方是兴旺之家。若得不了一点子小事，便扬铃打鼓的俞校："扬铃打鼓的"——从己、庚；原无"的"。乱折腾俞校："乱折腾"——从己、庚、晋、甲；原"乱掀腾"。起来，不成道理。如今将他母女带回，照旧去当差。将秦显家的仍旧退回。再不必提此事，只是每日小心巡察要紧。"说毕，起身走了。柳家的俞校："柳家的"——从己、庚、晋、甲；原"柳家"。母女忙向上磕头。俞校："向上磕头"——从己、晋、甲；原"上来磕头"。林家的带回园中，回了李纨探春二人，皆说："知道了，能可俞校："能可"——从己、庚；原"宁可"。无事很好。"司棋等人空兴头了一阵，那秦显家的好容易等了这个空子俞校："等了这个空子"——从己、庚、晋、甲；原"得了这个空儿"。钻了来，俞校："钻了来"——从晋、甲；原"攒了来"。只兴头上半天。俞校："上半天"——从庚；原"了半天"。在厨房内正乱接收俞校："乱接收"——从己、晋；原"乱著接收"。傢伙米粮煤炭等物，又查出许多亏空来，说："粳米短了两石，常用米又多支了一个月的，炭也欠着额数。"一面又打点送林之孝的礼，俞校："送林之孝的礼"——从己、庚；原"送林之孝家的礼"。悄悄的备了一篓炭，五百斤木柴，一担俞校："一担"——从己、庚、晋；原"一石"。粳米在外边，就遣了子侄送入林家去了；又打点送帐房的礼；又预备几样菜蔬请几位同事的人，说："我来了，全仗列位扶持。自今以后，都是一家人了。我有照顾俞校："照顾"——从己、庚、晋、甲；原"照管"。不到的，好歹大家照顾些。"俞校："照顾些"——从己、庚、晋、甲；原"照管些儿"。正乱着，忽有人来说与他："看过这早饭，就出去罢。柳嫂儿原无事，如今还交与他管了。"秦显家的听了，轰去魂魄，垂头丧气，登时掩旗息鼓，俞校："掩旗息鼓"——从己、庚、晋、甲；原"卷旗收鼓"。卷包而出。送人之物白丢了许多，自己倒要俞校："自己倒要"——从己、庚、晋、甲；原"自己到"。折变了赔补亏空。连司棋都气了个倒仰，无计挽回，只得罢了。

赵姨娘正因彩云私赠了许多东西，俞校："许多东西"——从己、庚、晋、甲；原"多少东西"。被玉钏儿吵出，俞校："吵出"——从己、庚、晋、甲；原"吵"。生恐俞校："生恐"——从己、庚、晋、甲；原"深恐"。查诘出来，每日捏一把汗，打听信儿。忽见彩云来告诉说："都是宝玉应了，从此无事。"赵姨娘方把心放下来。谁知贾环听如此说，便起了疑心，将彩云凡私赠之物都拿了出来，照着彩云的脸摔了去，俞校："摔了去"——从己、庚；原"摔了来"。说："这两面三刀的东西，我不希罕。你不和宝玉好，他如何肯替你应！俞校："肯替你应"——从己、庚、晋、甲；原"替你应"。你既有担当给了我，原该不与一个人知道。如今你既然告诉了他，俞校："告诉了他"——从晋、甲；原"告诉人"。我再要这个也没趣。"彩云见如此，急的发身赌誓至于哭了，俞校："至于哭了"——从己、庚、晋、甲；原"以至哭著"。百般解说。贾环执意不信，说："不看你素日之情，去告诉二嫂子，就说你偷来给我，我不敢要。你细想去。"说毕，摔手出去了。急的赵姨娘骂："没造化的种子，蛆心孽障！"气的彩云哭个泪干肠断。赵姨娘百般的俞校："百般的"——从己、庚、晋、甲；原"百般"。安慰他："好孩子！他辜负了你的心，我看的真。让我收起来，过两日他自然回转过来了。"说着，便要收东西。俞校："便要收东西"——从己、庚、晋、甲；原"就要收东西"。彩云赌气一顿俞校："赌气一顿"——从己、庚、晋、甲；原"一顿赌气"。包起来，乘人不见时，来至园中，都撇在河内，顺水沉的沉，漂的漂了。自己气的夜间在被内俞校："被内"——从己、庚、晋、甲；原"被里"。暗哭。

当下又值宝玉生日已到。原来宝琴也是这日，二人相同。因王夫人不在家，也不曾像俞校：“不曾像”——从己、庚、晋、甲；原“不像”。往年热闹，只有张道士俞校：“张道士”——从己、庚、晋、甲；原“张道”。送了四样礼，换的寄名符儿；还有几处僧尼庙的俞校：“僧尼庙的”——从己、庚、晋、甲；原“僧尼庙内”。和尚、姑子送了供尖儿，并寿星、纸马、疏头，并本命星官、值年太岁、周年换的锁儿。家中常走的男女先儿俞校：“常走的男女先儿”——从己、庚、晋；原“长走的女先儿”。来上寿。王子腾那边，仍是一套衣服，一双鞋袜，俞校：“一套衣服，一双鞋袜”——从己、庚、晋、甲；原“一双鞋袜，一套衣服”。一百寿桃，一百束上用银丝挂面；薛姨妈处减一等。其馀家中人：尤氏仍是一双鞋袜；凤姐是一个宫制四面和合荷包，里面装一个金寿星，一件波斯国所制玩器。俞校：“玩器”——从己、庚、晋、甲；原“的顽器”。各庙中遣人去放堂舍钱。又另有宝琴之礼，不能备述。姊妹中皆随便，或有俞校：“皆随便，或有”——从己、庚、晋、甲；原“皆有随便，或”。一扇的，或有一字的，或有一画的，或有一诗，俞校：“或有一诗”——从庚；原“或有一诗的”。聊复应景而已。这日宝玉清晨俞校：“清晨”——从己、庚、晋、甲；原“清辰”。起来，梳洗已毕，冠带出来，至前厅俞校：“前厅”——从己、庚、晋、甲；原“厅”。院中，已有俞校：“已有”——从己、庚、晋、甲；原“有”。李贵等四五个人在那里设下天地香烛。宝玉炷了香，行毕礼，俞校：“行毕礼”——从己、庚；原“行礼毕”。接下一处同。奠茶俞校：“奠茶”——从己、庚、晋、甲；原“奠”。焚纸后，便至宁府中俞校：“宁府中”——从己、庚、晋、甲；原“宁府”。宗祠祖先堂两处行毕礼；出至月台上，又朝上遥拜过贾母、贾政、王夫人等。一顺到尤氏上房俞校：“尤氏上房”——从己、庚、晋、甲；原“尤氏房中”。行过礼，坐了一回，方回荣府。先至薛姨妈处，薛姨妈再三拉着，然后又遇见薛蝌，让一回，俞校：“让一回”——从己、庚、晋、甲；原“让了一会”。方进园来。晴雯麝月二人跟随，俞校：“跟随”——从己、庚、晋、甲；原“并些”。小丫头俞校：“小丫头”——从己、庚、晋、甲；原“小丫头子”。夹着毡子，从李氏起，俞校：“从李氏起”——从己、庚、晋、甲；原“从李氏”。一一挨着，长的房中俞校：“长的房中”——从晋；原“所长的房中”。到过；复出二门，俞校：“复出二门”——从己、庚、晋、甲；原“便出二门”。至李、赵、张、王四个奶嬷俞校：“奶嬷”——从晋；原“奶嫫”。家让了一回，方进来。俞校：“让了一回，方进来”——从己、庚、晋、甲；原“让了一会方进来了”。虽众人要行礼，也不曾受。回至房中，袭人等只都来说一声俞校：“说一声”——从己、庚、晋、甲；原“说了一声”。就是了。——王夫人有言，不令年轻人受礼，恐折了福寿，故皆不磕头。歇一时，贾环、贾兰等俞校：“贾兰等”——从己、庚；原“贾兰”。来了，袭人连忙拉住，坐了一坐便去了。宝玉笑说：“走乏了。”便歪在床上。方吃了半盏茶，只听外面咭咭呱呱，一群丫头笑了进来。俞校：“笑了进来”——从己、庚、晋、甲；原“笑了来”。原来是翠墨、小螺、（俞校："翠墨、小螺"——从己、庚、晋、甲；原"小螺、翠墨"。）翠缕、入画、邢岫烟的丫头篆儿，并奶子抱着巧姐儿，彩鸾、绣鸾八九个人，都抱着红毡，（俞校："抱着红毡"——从己、庚、晋、甲；原"抱了红毡"。）笑着走来，说（俞校："走来，说"——从己、庚；原"走来"。）："拜寿的挤破了门了，快拿（俞校："挤破了门了，快拿"——从己、庚、晋、甲；原"挤破了门，说拿"。）面来我们吃。"刚进来时，（俞校："刚进来时"——从己、庚、晋、甲；原"刚进门时"。）探春、湘云、宝琴、岫烟、惜春也都来了。宝玉忙迎出来，笑说："不敢起动。快预备好茶。"进入房中，不免推让一回，大家归坐。袭人等捧过茶来，才吃了（俞校："才吃了"——从己、庚、晋、甲；原"吃了"。）一口，平儿也打扮的花枝招展的（俞校："花枝招展的"——从己、庚、晋、甲；原"花枝招飐"。）来了。宝玉忙迎出来，笑说："我方才到凤姐姐门上，回了进去，不能见我；又打发人进去让姐姐的。"平儿笑道："我正打发你姐姐梳头，不得出来（俞校："不得出来"——从己、庚、晋、甲；原"不得闲出来"。）回你。后来听见又说让我，我那里禁当的起，（俞校："禁当的起"——从己、庚；原"经当的起"。）所以特赶来磕头。"宝玉笑道："我也禁当不起。"（俞校："禁当不起"——从甲；原"经当不起"。）袭人早在外间安了坐，让他坐。（俞校："外间安了坐，让他坐"——从己、庚；原"外安坐让坐"。）平儿便福下去，宝玉作揖不迭。平儿便跪下去，宝玉也忙还跪下，（俞校："还跪下"——从己、庚、晋、甲；原"还跪"。）袭人连忙搀起来。（俞校："袭人连忙搀起来"——从己、庚、晋、甲；原"平儿连忙"。）又下了一福，宝玉又还了揖。（俞校："又还了揖"——从己；原"又还了一揖"。）袭人笑推宝玉（俞校："笑推宝玉"——从己、庚、晋、甲；原"忙推宝玉"。）："你再作揖。"宝玉道："已经完了，怎么又作揖？"袭人笑道："这是他来给你拜寿。今儿也是他的生日，你也该给他拜寿。"宝玉听了，喜的忙作下揖去，说："原来今儿也是姐姐的芳诞。"平儿还福不迭。湘云拉宝琴、岫烟说："你们四个人对拜寿，直拜一天才是。"探春忙问："原来邢妹妹也是今儿，（俞校："也是今儿"——从己、庚；原"也是今日"。）我怎么就忘了！"忙命丫头："去告诉二奶奶，赶着补了一分礼，与琴姑娘的（俞校："琴姑娘的"——从己、庚、晋、甲；原"琴姑娘"。）一样，送到二姑娘屋里（俞校："二姑娘屋里"——从己、庚、甲；原"二姑娘房里"。）去。"丫头答应着去了。岫烟见湘云直口说出来，少不得要到各房去让让。探春笑道："倒有些意思。一年十二个月，月月有几个生日。人多了，便这等巧，也有（俞校："也有"——从己、庚、甲；原"有"。）三个一日的，两个一日的。大年初一日也不白过，大姐姐占了去。怨不得他福大，生日比别人就占先。（俞校："大姐姐"至"就占先"——从晋、甲；原无。）又是太祖太爷的生日。过了灯节，（俞校："又是太祖太爷的生日。过了灯节”——从己、庚；原无。就是老太太和宝姐姐，他们娘儿两个遇的巧。三月初一日是太太，俞校：“是太太”——从己、庚；原“是太太的”。初九俞校：“初九”——从己、甲；原“初九日”。是琏二哥哥。二月没人。——”俞校：“二月没人”——从己、庚、晋、甲；原“二月里没人”。袭人道：“二月十二俞校：“二月十二”——从己、庚、晋、甲；原“二月十二日”。是林姑娘，怎么没人？就只不是咱家的人。”俞校：“怎么没人？就只不是咱家的人”——从己、庚；原“怎么就不是咱们家的人”。探春笑道：“我这个记性是怎么了！”宝玉笑指袭人道：“他和林妹妹是一日，所以他记得。”探春笑道：“原来你两个倒是一日。每年连头也不给我们磕一个。平儿的生日，我们也不知道，俞校：“也不知道”——从己、庚、晋、甲；原“不知道”。这也是才知道。”平儿笑道：“我们是那牌儿名上的人，生日也没俞校：“也没”——从己、庚、晋、甲；原“也没有”。拜寿的福，又没俞校：“又没”——从己、庚、晋、甲；原“也没有”。受礼的职分，可吵闹什么。可不悄悄的过去。今儿他又偏吵出来了，等姑娘们回房，我再行礼去罢。”探春笑道：“也不敢惊动。只是今儿俞校：“只是今儿”——从己、庚；原“只是我今”。倒要替你过个生日，俞校：“过个生日”——从己、庚、晋、甲；原“作个生日”。我心里才过得去。”俞校：“过得去”——从己、庚、晋、甲；原“过的去”。宝玉、湘云等一齐都说：“很是。”探春便吩咐了俞校：“便吩咐了”——从己、庚、晋、甲；原“吩咐”。丫头：“去告诉他奶奶，就说我们大家说了，今儿一日不放平儿出去，我们也大家凑了分子俞校：“凑了分子”——从己、庚、晋、甲；原“凑分子”。过生日呢。”丫头笑着去了，半日回来说：“二奶奶说了：多谢姑娘们给他脸。不知过生日给他些什么吃。只别忘了二奶奶，就不来絮聒他俞校：“絮聒他”——从己、庚、晋、甲；原“絮叨他”。了。”众人都笑了。探春因说道：“可巧今儿里头厨房不预备饭，一应俞校：“一应”——从己、庚、晋、甲；原无。下面弄菜都是外头收拾。咱们就凑了钱，叫柳家的来揽了去，只在咱们里头收拾倒好。”众人都说是极。探春一面遣人去问李纨、宝钗、黛玉；一面遣人去传柳家的俞校：“传柳家的”——从己、庚、晋、甲；原“传柳氏”。进来，吩咐他内厨房中，快收拾两桌酒席。柳家的不知何意，俞校：“不知何意”——从己、庚、晋、甲；原“不知道何意”。因说俞校：“因说”——从己、庚、甲；原“因说道”。外厨房都预备了。探春笑道：“你原来不知道。今儿是平姑娘的华诞，俞校：“平姑娘的华诞”——从己、庚、晋；原无“的”。外头预备的是上头的；这如今我们私下俞校：“这如今我们私下”——从己、庚、晋、甲；原“如今我们是私下的”。又凑了分子，单为平姑娘预备两桌请他。你只管拣新巧的菜蔬预备了来，开了帐，我那里领钱。”柳家的笑道：“原来今日也是平姑娘的千秋，我竟不知道。”说着，便向平儿磕下头去，慌的（俞校：“慌的”——从己、庚；原“忙的”。）平儿拉起他来。柳家的忙去预备酒席。

这里探春又邀了宝玉同到厅上去吃面，等到李纨、宝钗一齐来全，又遣人去请薛姨妈与黛玉。因天气和暖，黛玉之疾渐愈，故也来了。花团锦簇，挤了一厅的人。谁知（俞校：“谁知”——从己、庚、晋、甲；原无。）薛蝌又送了巾、扇、香、帛四色寿礼与宝玉，宝玉于是过去陪他吃面。两家皆治了（俞校：“皆治了”——从己、庚；原“皆是”。）寿酒，互相酬送，彼此同领。至午间，宝玉又陪薛蝌吃了两杯酒。宝钗带了宝琴（俞校：“带了宝琴”——从己、庚、晋、甲；原“宝玉、宝琴”。）过来与薛蝌行礼把盏毕，宝钗因嘱薛蝌：“家里的酒（俞校：“家里的酒”——从己、庚、晋、甲；原“家里的”。）也不用送过那边去，（俞校：“那边去”——从己、庚、晋、甲；原“他那边去”。）这虚套竟可收了。你只请伙计们吃罢。我们和宝兄弟进去，还要待人去呢，也不能陪你了。”薛蝌忙说：“姐姐兄弟只管请，只怕伙计们也就好来了。”宝玉忙又告过罪，（俞校：“忙又告过罪”——从己、庚、晋、甲；原“告过罪”。）方同他姊妹（俞校：“他姊妹”——从己、庚、晋、甲；原“他姊姊”。）回来。一进角门，宝钗便命（俞校：“宝钗便命”——从己、庚、晋、甲；原“宝钗命”。）婆子将门锁上，把钥匙要了，自己拿着。宝玉忙说：“这一道门何必关，又没多的人走。况且姨娘、（俞校：“姨娘”——从己、庚、晋、甲；原“姨妈”。）姐姐、妹妹都在里头，倘或家去取什么，岂不费事。”宝钗笑道（俞校：“宝钗笑道”——从己、庚、晋、甲；原“宝钗道”。）：“小心没过馀（俞校：“没过馀”——从第八回前文；原“没过逆”。）的。你瞧你们那边这几日，七事八事，竟没有我们这边的人，可知是这门关的有功效了。若是开着，保不住那起人（俞校：“那起人”——从己、庚、晋、甲；原“那些人”。）图顺脚，超近路从这里走，（俞校：“超近路从这里走”——从己、庚；原“超近往这里走”。）拦谁的是！不如锁了，连妈和我也禁着些，大家别走。纵有了事，就赖不着这边的人了。”宝玉笑道：“原来姐姐也知道我们那边近日丢了东西。”（俞校：“丢了东西”——从己、庚、晋、甲；原“丢东西”。）宝钗笑道：“你只知道玫瑰露和茯苓霜两件，乃因人而及物；若非因人，你连这两件还不知道呢。殊不知还有几件，比这两件大的呢。若以后叨登不出来，是大家的造化；若叨登出来，不知里头连累多少人呢。你也是不管事的人，我才告诉你。平儿是个明白人，我前儿也告诉了他。皆因他奶奶不在外头，所以使他明白了。若不犯出来，（俞校：“不犯出来”——从晋、甲；原“不闹破”。）

大家乐得丢开手；若犯出来，他心里俞校："他心里"——从己、庚、晋、甲；原"心里"。已有稿子，自有头绪，就冤屈不着平人了。你只听我说，以后留神小心就是了，这话也不可对俞校："不可对"——从己、庚、晋；原"不可向"。第二个人讲。"

说着，来到俞校："来到"——从己、庚、晋、甲；原"来至"。沁芳亭边，只见袭人、香菱、侍书、素云、晴雯、麝月、芳官、藕官、蕊官等俞校："藕官、蕊官等"——原无"等"；己、庚、晋、甲"蕊官、藕官等"。今增"等"。十来个人都在那里看鱼作耍。见他们来了，都说："芍药栏里俞校："芍药栏里"——从己、庚、晋、甲；原"芍药栏里头"。预备下了，快去上席罢。"宝钗等随携了他们同到芍药栏中红香圃三间俞校："三间"——从己、庚、晋、甲；原"五间"。小敞厅俞校："敞厅"——原"厂厅"。今改"敞厅"。内。连尤氏已请过来了，诸人都在那里，只没平儿。原来平儿出去，有赖、林诸家送了礼来，俞校："送了礼来"——从己、庚、晋、甲；原"来送礼"。连三接四，上中下三等家人来拜寿送礼的不少。平儿忙着打发赏钱道谢，一面又色色的回明俞校："色色的回明"——从己、庚、晋；原"巴巴的回过"。凤姐，不过留下几样，也有不收的，也有收下即刻赏与人的。俞校："收下即刻赏与人的"——从己、庚；原"收下的，即刻赏人"。忙了一回，又直待凤姐吃过面，方换了衣裳往园里来。刚进了园，俞校："进了园"——从己、庚、晋、甲；原"进园门"。就有几个丫鬟来找他，一同到了红香圃中。只见俞校："只见"——从己、庚、晋、甲；原"只见园中"。筵开玳瑁，褥设芙蓉。众人都笑："寿星全了。"俞校："众人都笑：寿星全了"——从己、庚、晋；原"众人都笑道：寿星全来了"。上面四座，俞校："四座"——从己、庚；原"四坐"。定要让他四个人坐，四人皆不肯。薛姨妈说："我老天拔地，又不合你们的群儿，我倒觉拘的慌，不如我到厅上随便躺躺去倒好。我又吃不下什么去，又不大吃酒，俞校："不大吃酒"——从己、庚、甲；原"不大嗑酒"。这里让他们倒便宜。"尤氏等执意不从。宝钗道："这也罢了，倒是让妈在厅上歪着自如些。有爱吃的送些过去，倒自在了。俞校："有爱吃的送些过去，倒自在了"——从己、庚、晋、甲；原"爱吃的送过去倒自在"。且前头没人，在那里又可照看俞校："照看"——从己、庚、晋、甲；原"照应"。了。"探春等笑道："既这样，恭敬不如从命。"因大家送到议事厅上，眼看着命丫头们俞校："命丫头们"——从己、庚；原"命小丫头"。铺了一个锦褥并靠背引枕俞校："引枕"——从己、庚、晋、甲；原"卧枕"。之类，又嘱咐俞校："又嘱咐"——从己、庚、晋、甲；原"又嘱小丫头"。："好生给姨妈俞校："姨妈"——从己、庚、晋；原"姨太太"。紧接下一"姨妈"同。捶腿。要茶要水，别推三扯四的。回来送了东西来，姨妈吃了，就赏你们吃。只别离了这里出去。"小丫头们俞校："小丫头们"——从庚；原"小丫头子们"。都答应了。探春等方回来。终久让宝琴岫烟二人在上，平儿面西坐，（俞校："面西坐"——从己、庚、晋、甲；原"面西"。）宝玉面东坐。探春又接了（俞校："又接了"——从己、庚、晋、甲；原"又携了"。）鸳鸯来，二人并肩对面相陪。西边一桌：宝钗、黛玉、湘云、迎春、惜春，（俞校："惜春"——从庚、甲；原下有"依序"。）一面又拉了香菱玉钏儿二人打横。三桌上：尤氏、李纨，又拉了袭人、彩云陪坐。四桌上：便是紫鹃、莺儿、晴雯、小螺、司棋等人围坐。当下（俞校："当下"——从己、庚、晋、甲；原"妥当"。）探春等还要把盏。（俞校："还要把盏"——从己、庚、晋、甲；原下有"与众献寿"。）宝琴等四人都说（俞校："四人都说"——从己、庚、晋、甲；原"说"。）："这一闹，一日都坐不成了。"方才罢了。两个女先儿要弹词上寿。众人都说："我们没人要听那些野话，你厅上去说给姨太太解闷儿（俞校："解闷儿"——从己、庚、晋、甲；原"解闷"。）去罢。"一面又将各色吃食拣了，命人送与薛姨妈去。宝玉便说："雅坐无趣，须要行令才好。"众人有的说行这个令好，那个又说行那个令好。黛玉道："依我说，拿了笔砚，将各色全都写了，（俞校："有的说"至"都写了"——从己、庚；原"有的说行令须都写了"。）拈成阄儿，（俞校："拈成阄儿"——从己、庚、晋、甲；原"拈阄儿"。）咱们抓出那个来，就是那个。"众人都道妙。（俞校："都道妙"——从己、庚；原"都道妙极"。）即命拿了一副笔砚花笺。香菱近日学了诗，又天天（俞校："又天天"——从己、庚、晋、甲；原"天天"。）学写字，见了笔砚，便图不得，（俞校："图不得"——从己、庚；原"图不得了"。）连忙起坐，（俞校："起坐"——从己；原"起身"。）说："我写。"大家（俞校："大家"——从己、庚；原"众人大家"。）想了一回，（俞校："想了一回"——从己、庚、晋、甲；原"想了一想"。）共得了十来个，（俞校："共得了十来个"——从己、庚；原"共得十个"。）念着，香菱一一的写了，搓成阄儿，掷在一个瓶中。探春便命平儿拣。平儿向内（俞校："向内"——从己、庚、晋、甲；原"向前"。）搅了一搅，用箸拈了一个出来，打开看时，上写着"射覆"二字。宝钗笑道："把个酒令的祖宗拈出来了。（俞校："拈出来了"——从晋、甲；原"拈出来"。）射覆从古有的，如今失了传，这是后人纂的。比一切的令都难。这里头倒有一半是不会的，不如毁了，另拈一个雅俗共赏的。"（俞校："雅俗共赏的"——从己、庚、晋、甲；原"雅俗的"。）探春笑道："既拈了出来，如何又毁。如今再拈一个，若是雅俗的，便叫他们行去。咱们行这个。"说着，又叫袭人拈了一个，却是"拇战"。史湘云笑着说："这个简断（俞校："这个简断"——从己、庚、晋、甲；原"简断"。）爽利，合了我的脾气。我不行这个射覆，没的垂头丧气闷人，我只划拳（俞校："划拳"——原"猜拳"；己、庚"划拳"。）去了。"探春道："惟有他乱令，宝姐姐快罚他一钟。"宝钗不容分说，便灌了湘云一杯。探春道："我吃一杯，我是令官，[俞校："我吃一杯，我是令官"——从己、庚、晋、甲；原"我是令官，我吃一杯"。]也不用宣，只听我分派。"命取了令骰[俞校："令骰"——从己、庚、晋、甲；原无。]令盆来，"从琴妹[俞校："琴妹"——从己、晋；原"琴妹妹"。]掷起，挨下掷去，对了点的二人射覆。"宝琴一掷是个三。岫烟、宝玉等皆掷的不对，直到香菱方掷了个三。[俞校："掷了个三"——从己、庚、晋、甲；原"掷了个三来"。]宝琴笑道："只好室内生春，若说到外头去，可太[俞校："说到外头去，可太"——从己、晋、甲；原"说到外头太"。]没头绪了。"探春道："自然。三次不中者罚一杯。你覆，他射。"宝琴想了一想，说了个"老"字。香菱原生于这令，一时想不到，[俞校："一时想不到"——从己、庚、晋、甲；原"想著这"。]满室满席都不见有与"老"字相连的成语。湘云先听了，便也乱看，忽见门斗上贴着"红香圃"三个字，[俞校："三个字"——从己、庚、甲；原"三字"。]便知宝琴覆的是"吾不如老圃"的"圃"字。见香菱射不着，众人击鼓又催，便悄悄的拉香菱，教他[俞校："教他"——从己、庚、晋、甲；原"叫他"。]说"药"字。黛玉偏看见了，[俞校："看见了"——从己、庚、晋、甲；原"看见"。]说："快罚他，又在那里私相传递呢。"哄的众人都知道了，忙又罚了一杯。恨的湘云拿筷子敲黛玉的手。于是罚了香菱一杯。下则[俞校："下则"——从己、庚、晋、甲；原"下射"。]宝钗和探春对了点子。探春便射了一个"人"字。宝钗笑道："这个'人'字泛的很。"探春笑道："添一字，[俞校："添一字"——从庚；原"添一个字"。]两射一覆，也不泛了。"说着，便又说了个"窗"字。宝钗一想，因见[俞校："因见"——从己、庚、晋、甲；原"便见"。]席上有鸡，便覆着他是[俞校："他是"——从己、庚、晋、甲；原无。]用"鸡窗""鸡人"二典了，因覆了个"埘"字。探春知他覆着，用了"鸡栖于埘"[俞校："鸡栖于埘"——从己、庚、晋；原"鸡栖於埘"。]的典。二人一笑，各饮一口门杯。[俞校："一口门杯"——从己、庚、晋、甲；原"一杯"。]湘云等不得，早和宝玉[俞校："早和宝玉"——从己、晋、甲；原"合宝玉"。]三五乱叫，划起拳来。[俞校："划起拳来"——原"划起拳来"；今改。本回下"划"同。]那边[俞校："那边"——从己、庚、晋、甲；原"那"。]尤氏和鸳鸯隔着席，也七八乱叫划起来。平儿、袭人也作了一对划拳。叮叮当当，只听得腕上的[俞校："腕上的"——从己、庚；原"腕上"。]镯子响。一时，湘云赢了宝玉，[俞校："湘云赢了宝玉"——从晋；原下有"鸳鸯赢了尤氏，袭人赢了平儿，三人"。]限酒底酒面。湘云便说："酒面要一句古文，一句旧诗，一句骨牌名，一句曲牌名，还要一句时宪书上的话，[俞校："时宪书上的话"——从己、庚；原"时宪书上有的话"。]共总凑成一句话。酒底要关人事的果菜名。"众人听了，都笑说："惟有他的令也比人[俞校："也比人"——从己、庚；原"比人"。]唠叨，倒也有意思。"便催宝玉快说。宝玉笑道："谁说过这个，也等俞校："也等"——从己、庚、晋、甲；原"也等我"。想一想儿。"黛玉便道："你多喝一钟，我替你说。"宝玉真个喝了酒，听黛玉说道：

落霞与孤鹜齐飞，风急江天过雁哀，却是一只折足雁，叫的人九回肠。这是鸿雁来宾。

说的大家笑了，说："这一串子倒有些意思。"黛玉又拈了一个榛瓤，说酒底道：

榛子非关隔院砧，何来万户捣衣声。

令完。鸳鸯、袭人等皆说的是一句俗语，都带了个"寿"字的，不能多赘。大家轮流乱划了一阵。这上面湘云又和宝琴对了手，李纨和岫烟对了点子。李纨便射了一个"瓢"字，岫烟便覆了一个"绿"字。俞校："绿字"——从己、庚、晋、甲；原"缘字"。二人会意，各饮一口。俞校："一口"——从己、庚、晋、甲；原"一杯"。湘云的拳俞校："湘云的拳"——从己、庚、晋、甲；原"湘云拳"。却输了，请酒面酒底。宝琴笑道："请君入瓮。"大家笑起来，说："这个典用的当。"湘云便说道：

奔腾而砰湃，江间波浪兼天涌，须要铁锁缆孤舟。俞校："缆孤舟"——从己、庚、甲；原"练孤舟"。既遇着一江风，不宜出行。

说的众人都笑了，说："好个俞校："好个"——从己、庚、晋、甲；原无。诌断了肠子的。怪道他出这个令，俞校："出这个令"——从己、庚、晋、甲；原"出这个令行"。故意惹人笑。"又听他说酒底。湘云吃了酒，拣了一块鸭肉呷口，忽见碗内有半个鸭头，遂拣了出来吃脑子。众人催他："别只顾吃，俞校："别只顾吃"——从庚、甲；原"别吃"。到底俞校："到底"——从己、庚；原"你到底"。快说了。"湘云便用箸子举着，说道：

庆寿辰摆宴红香圃　憨湘云醉眠芍药裀

这鸭头不是那丫头，头上那讨桂花油。

众人越发笑起来。引的晴雯、小螺、莺儿等一干人都走过来俞校："走过来"——从己、庚、晋、甲；原"走来"。说："云姑娘会开心儿，拿着我们取笑儿，快罚一杯俞校："快罚一杯"——从己、庚、晋、甲；原"快罚他一杯"。才罢。怎见得我们就该擦桂花油的？俞校："该擦桂花油的"——从己、庚、晋、甲；原"搽不起桂花油"。倒得每人给一瓶子桂花油擦擦。"俞校："擦擦"——从己、庚、晋、甲；原"搽搽"。黛玉笑道："他倒有心俞校："他倒有心"——从己、庚、晋、甲；原"倒有心"。给你们一瓶子油，又怕罣误着打窃盗官司。"众人不理论。宝玉却明白，忙低了头。俞校："忙低了头"——从己、庚、晋、甲；原"低了头"。彩云有心病，俞校："有心病"——从己、庚；原"有心"。不觉的俞校："不觉的"——从己、庚、晋、甲；原"不觉"。红了脸。宝钗忙暗暗的瞅了黛玉一眼。黛玉自悔失言，原是趣宝玉俞校："趣宝玉"——从己、庚、晋；原"讥宝玉"。的，就忘了趣着彩云。俞校："趣着彩云"——从己、庚；原"打趣著彩云"。自悔不及，忙一顿行令划拳岔开了。俞校："岔开了"——从己、庚、晋、甲；原"分开了"。底下宝玉可巧和宝钗俞校："和宝钗"——从己、庚、晋、甲；原"与宝钗"。对了点子，宝钗覆了一个俞校："覆了一个"——从己、庚、甲；原"便覆了个"。"宝"字。宝玉想了一想，便知是宝钗作戏，指自己所佩通灵玉而有，俞校："而有"——从己、庚、晋；原"而言"。便笑道："姐姐拿我作雅谑，俞校："雅谑"——从己、庚、晋、甲；原"戏谑"。我却射着了。说出来，姐姐别恼，就是姐姐的讳，'钗'字就是了。"众人道："怎么解？"宝玉道："他说'宝'，底下自然是'玉'了。我射'钗'字，旧诗曾有'敲断玉钗红烛冷'，岂不射着了。"湘云说道俞校："湘云说道"——从己、庚、晋、甲；原"湘云道"。："这用时事，却使不得，两个人都该罚。"香菱忙道俞校："香菱忙道"——从己、庚；原"香菱道"。："不止时事，俞校："不止时事"——从己、庚、晋、甲；原"不是时事"。这也有出处。"湘云道："'宝玉'二字并无出处，不过是春联上或有之，诗书纪载并无，算不得。"香菱道："前日俞校："前日"——从己、庚、晋、甲；原"前儿"。我读岑嘉州五言律，现有一句，说'此乡多宝玉'，怎么你倒忘了？后来又读李义山七言绝句，又有一句'宝钗无日不生尘'。我还笑说，他两个名字，都原来在俞校："都原来在"——从己、庚、甲；原"原来在"。唐诗上呢。"众人笑道："这可问住了。快罚一杯。"湘云无语，只得饮了。大家又该对点的对点，划拳的划拳。这些人因贾母、王夫人不在家，没了管束，便任意取乐，呼三喝四，喊七叫八。满厅中红飞翠舞，玉动珠摇，真是十分热闹。顽了一回，(俞校：“顽了一回”——从己、庚、晋、甲；原“顽了一日”。)大家方起席，散了一散，倏然不见了湘云。只当他(俞校：“只当他”——从晋、甲；原“只当”。)外头自便就来，谁知越等越没了影响，(俞校：“越没了影响”——从己、庚；原“没了影响”。)使人各处去找，那里找得着。

接着林之孝家的同着几个老婆子来，生恐(俞校：“生恐”——从己、庚、晋；原“深恐”。)有正事呼唤；二者恐丫鬟们年青，(俞校：“年青”——从己、庚；原“年轻”。)乘王夫人不在家，不服探春等约束，(俞校：“探春等约束”——从己、庚、晋、甲；原“约束”。)恣意痛饮，失了体统。故来请问有事无事。探春见他们来了，便知其意，忙笑道：“你们又不放心，来查我们来了。我们没有多吃(俞校：“没有多吃”——从己、庚；原“并无有多吃”。)酒，不过是大家玩笑，将酒作个引子。(俞校：“作个引子”——从己、庚；原“作引子”。)妈妈们别耽心。”李纨、尤氏都也笑说(俞校：“都也笑说”——从己、庚；原“也都笑说”。)：“你们歇着去罢，我们也不敢叫他们多吃了。”(俞校：“多吃了”——从己、庚、晋、甲；原“多吃酒”。)林之孝家的等人(俞校：“等人”——从己、庚、晋、甲；原“等”。)笑说：“我们知道。连老太太叫姑娘们吃酒，姑娘们还不肯吃，(俞校：“不肯吃”——从己、庚；原“不吃呢”。)何况太太们(俞校：“太太们”——从己、庚、晋、甲；原“太太”。)不在家，自然(俞校：“自然”——从己、庚、晋、甲；原“自然是”。)玩罢了。我们怕有事，来打听打听；二则天长了，姑娘们玩一回子，还该点补些小食儿。素日又不大吃(俞校：“又不大吃”——从己、庚、晋、甲；原“又不吃”。)杂东西，如今吃一两杯酒，若不多吃些东西，怕受伤。”探春笑道：“妈妈们说的是，我们也正要吃(俞校：“也正要吃”——从己、庚、晋、甲；原“正也要吃”。)呢。”因回头命取点心来。两旁丫鬟们答应了，忙去传点心。探春又笑让：“你们歇着去罢，或是姨妈那里(俞校：“姨妈那里”——从己、庚、晋、甲；原“姨妈他那里”。)说话儿去。我们即刻打发人送酒你们吃去。”林之孝家的等人(俞校：“林之孝家的等人”——从己、庚、晋、甲；原无“人”。)笑回：“不敢领了。”(俞校：“不敢领了”——从己、庚、晋、甲；原“不敢领”。)又站了一回，方退了出去。平儿摸着脸(俞校：“摸着脸”——从己、庚、晋、甲；原“摸著”。)笑道：“我的脸都热了，也不好意思见他们。依我说，竟收了罢，别惹他们再来，倒没意思了。”探春笑道：“不相干，横竖咱们不认真喝酒就罢了。”正说着，只见一个小丫头笑嘻嘻的(俞校：“笑嘻嘻的”——从己、庚、晋、甲；原“笑嘻嘻”。)走来说：“姑娘们(俞校：“姑娘们”——从己、庚、晋、甲；原“姑娘”。)快瞧云姑娘去，吃醉了图凉快，在山子后头一块青板石凳(俞校：“青板石凳”——从己、庚；原“青石板凳”。)上睡着了。”众人听说，都笑道：“快别吵嚷。”说着，都走来看时，果见湘云卧于山石僻处一个石凳子上，业经香梦沉酣。四面芍药花飞了一身，满头脸衣襟上皆是红香散乱。手中的扇子在地下，也半被落花埋了。一群蜂蝶，闹穰穰俞校："闹穰穰"——从己、庚；原"闹嚷嚷"。的围着他。又用鲛帕包了一包芍药花瓣枕着。众人看了又是爱，又是笑，忙上来推唤挽扶。俞校："挽扶"——从己、庚、晋；原"扶挽"。湘云口内犹作睡语说酒令，唧唧嘟嘟说道：

泉香而酒冽，玉碗盛来琥珀光，直饮到梅梢月上，醉扶归，却为宜会亲友。

众人笑推他说道："快醒醒儿，俞校："快醒醒儿"——从己、庚、晋、甲；原"醒了"。吃饭去。这潮凳上还睡出病来呢！"湘云慢起秋波，俞校："慢起秋波"——从己、庚、晋；原"漫起秋波"。见了众人，又低头看了一看自己，方知醉了。原是来纳凉避静的，不觉的因多罚了两杯酒，娇嬝俞校："娇嬝"——从己、庚、晋、甲；原"姣弱"。不胜，便睡着了，心中反觉自愧。连忙起身扎挣着同人来至红香圃中，俞校："红香圃中"——从己、庚、晋、甲；原"红香圃"。用过水，又吃了俞校："又吃了"——从己、庚、晋、甲；原"吃了"。两盏酽茶。俞校："酽茶"——原"浓茶"；己、庚"滟茶"。今改"酽茶"。探春忙命将醒酒石拿来，给他衔在口内。一时又命他喝了一些酸汤，俞校："一些酸汤"——从己、庚；原"些酸汤"。方才觉得好了些。当下又选了几样果菜与凤姐送去，凤姐儿也俞校："凤姐儿也"——从己、庚、晋、甲；原"凤姐又"。送了几样来。宝钗等吃过点心。大家也有坐的，也有立的，也有在外观花的，也有扶栏观鱼的，各自取便，说笑不一。探春便和宝琴俞校："便和宝琴"——从己、庚、晋、甲；原"便合宝琴"。下棋，宝钗、岫烟观局。林黛玉俞校："林黛玉"——从己、庚、晋、甲；原"黛玉"。和宝玉在一簇花下，唧唧哝哝，不知说些什么。

只见林之孝家的和一群女人带了一个媳妇进来。那媳妇愁眉苦脸，也不敢进厅，只到了阶下，便朝上跪了，碰头有声。探春因一块棋受了敌，算来算去，总得了两个眼，便折了官着，两眼只瞅着棋枰，一只手却伸在盒内，只管抓弄棋子作想。林之孝家的站了半天。俞校："站了半天"——从己、庚、晋、甲；原上有"站在旁边"。因回头要茶时才看见，问什么事。林之孝家的便指那媳妇说："这是四姑娘屋里俞校："四姑娘屋里"——从晋、甲；原"四姑娘房里"。小丫头彩儿的娘，现是园内伺候的人，嘴很不好。才是我听见了，俞校："我听见了"——从

罢宴席扶栏观游鱼　醒浓酒下棋赏新花

己、庚、晋、甲：原“听见了”。问着他，他说的话也不敢回姑娘，竟要撵出去才是。”俞校：“撵出去才是”——从己、庚、晋、甲；原“撵出去才好”。探春道：“怎么不回大奶奶？”林之孝家的道：“方才大奶奶都往厅上姨太太处去了，顶头看见，我已回明白了，叫回姑娘来。”探春道：“怎么不回二奶奶？”平儿道：“不回去也罢，我回去说一声俞校：“说一声”——从己、庚、晋、甲；原“说一声儿”。就是了。既这么着，俞校：“既这么着”——从己、庚、晋、甲；原上有“探春点点头道”。就撵出他去，等太太来了再回定夺。”俞校：“太太来了再回定夺”——从己、庚；原“太太回来再作定夺”。说毕，仍又下棋。这林之孝家的俞校：“这林之孝家的”——从己、庚；原“这里林之孝家的”。带了那人出去不提。黛玉和宝玉二人站在花下，遥遥知意。俞校：“遥遥知意”——从己、庚；原“遥遥看著”。黛玉便说道：“你家三丫头倒是个乖人。虽然叫他管些事，倒也一步儿不肯多走。俞校：“不肯多走”——从晋、甲；原“不敢多走”。差不多的人就早作起威福俞校：“威福”——从己、庚、甲；原“威”。来了。”宝玉道：“你不知道呢。你病着时，他干了好几件事。这园子俞校：“这园子”——从己、庚、晋、甲；原“这园子里头”。也分了人管，如今多掐一草也不能了。又蠲了几件事，单拿我和凤姐姐做筏子禁别人，俞校：“禁别人”——从己、晋；原“禁止别人”。最是心里有算计俞校：“有算计”——从己、庚、晋、甲；原“有算记”。的人，岂止乖而已。”黛玉道：“要这样才好。咱们家里也太花费了。我虽不管事，心里每常闲了替你们一算计，俞校：“替你们一算计”——从己、庚；原“替算著”。出的多，进的少，如今若不省俭，必致俞校：“必致”——从己、庚、晋、甲；原“致”。后手不接。”宝玉笑道：“凭他怎么后手不接，也短不了咱们两个人的。”黛玉听了，转身就往厅上寻宝钗说笑去了。俞校：“说笑去了”——从己、庚、晋、甲；原“去了”。宝玉正欲走时，俞校：“正欲走时”——从己、庚、晋、甲；原“正要走时”。只见袭人走来，手内捧着一个小连环洋漆茶盘，里面可式俞校：“可式”——从己、庚、晋、甲；原无。放着两钟新茶。因问：“他往那去了？俞校：“往那去了”——从己、庚；原“往那里去了”。我见你两个半日没吃茶，巴巴的俞校：“巴巴的”——从晋、甲；原“把把儿的”。倒了两钟俞校：“两钟”——从己、庚、晋、甲；原“两钟茶”。来，他又走了。”宝玉道：“那不是他，你给他送去。”说着，自拿了一钟。袭人便送了那钟去。偏和宝钗在一处，只得一钟茶，便说俞校：“只得一钟茶，便说”——从己、庚、晋、甲；原“笑道：一钟茶”。：“那位渴了，那位先接了，俞校：“先接了”——从己、庚、晋、甲；原“先接了吃”。我再倒去。”宝钗笑道：“我却不渴，只要一口漱一漱俞校：“只要一口漱一漱”——从己、庚；原“只要漱一漱口”。就够了。”说着，先拿起来喝了一口，剩了半杯，俞校：“剩了半杯”——从己、庚、晋、甲；原“剩下了半杯”。递在黛玉手内。袭人笑说俞校：“袭人笑说”——从己、庚、甲；原“袭人笑道”。：“我再倒去。”黛玉笑道：

“你知道我这病，大夫不许多吃茶，这半钟尽够了。难为你想的到。”说毕饮干，将杯放下。袭人又来接宝玉的。宝玉因问：“这半日没见芳官，他在那里呢？”袭人四顾（俞校：“四顾”——从己、庚、晋、甲；原“回顾”。）一瞧，说：“才在这里几个人斗草的，这会子不见了。”宝玉听说，便忙回至房中，果见芳官面向里睡在床上。宝玉推他说道：“快别睡觉，（俞校：“快别睡觉”——从己、庚、晋、甲；原“快别要睡觉”。）咱们外头玩儿去。一会儿好吃饭的。”（俞校：“好吃饭的”——从己、庚、晋；原“就该吃饭了”。）芳官道：“你们吃酒不理我，叫我闷了半日，可不来睡觉罢了。”宝玉拉了他起来，笑道：“咱们晚上家里再吃。（俞校：“家里再吃”——从己、庚、晋、甲；原“家去再吃”。）回来我叫袭人姐姐带了你桌上吃饭，（俞校：“带了你桌上吃饭”——从己、庚、晋、甲；原“带你桌子上吃饭”。）何如？”芳官道：“藕官、蕊官都不上去，单我在那里也不好。我也不惯吃那个（俞校：“我也不惯吃那个”——从己、庚、晋、甲；原“我不惯吃”。）面条子，早饭（俞校：“早饭”——从庚傍改（“才”傍改“饭”）；原“早起”。）也没好生吃。才刚饿了，（俞校：“才刚饿了”——从己、庚、晋、甲；原“刚才饿了”。）我已告诉了柳嫂子，先给我做碗汤，盛半碗粳米饭送来，我这里吃了就完事。（俞校：“就完事”——从己、庚、晋、甲；原“就是了”。）若是晚上吃酒，不许叫人管着我，我要尽力（俞校：“尽力”——从己、庚；原“尽量”。）吃够了才罢。我先在家里，吃二三斤好惠泉酒呢。如今学了这劳什子，（俞校：“如今学了这劳什子”——从己、庚、晋、甲；原“偏学了这劳什古子”。）他们说怕坏嗓子，这几年也没闻见。趁今儿，我是要开斋了。”宝玉道：“这个容易。”说着，只见柳家的果遣了人（俞校：“遣了人”——从己、庚；原“遣人”。）送了一个盒子来。小燕接着，揭开里面是一碗虾丸鸡皮汤，又是一碗酒酿清蒸鸭子，一碟腌的胭脂鹅脯，（俞校：“一碟腌的胭脂鹅脯”——从己、庚、晋、甲；原“一碟腌肉，又一碟腌的脂鹅脯”。）还有一碟四个奶油松瓤卷酥，并一大碗（俞校：“一大碗”——从己、庚、晋、甲；原“一碗”。）热腾腾碧荧荧蒸的绿畦香稻粳米饭。小燕放在案上，走去拿了小菜并碗箸过来，拨了一碗饭。芳官便说（俞校：“芳官便说”——从己、庚、晋、甲；原“芳官说”。）：“油腻腻的，谁吃这些东西。”只将汤泡饭吃了一碗，拣了两块腌鹅，就不吃了。宝玉闻着，倒觉比往常之味有胜（俞校：“有胜”——从己、庚、晋；原“又胜”。）些似的，遂吃了一个卷酥，又命小燕也拨了半碗饭，泡汤一吃，十分香甜可口。小燕和芳官都笑了。吃毕，小燕便将剩的要交回去。宝玉道：“你吃了罢。若不够，再要些来。”小燕道：“不用要，这就够了。方才麝月姐姐拿了两盘子点心给我们吃了，我再吃了这个，尽不用（俞校："尽不用"——从己、庚、晋；原"尽彀了，不用"。）再吃了。"说着，便站在桌旁，（俞校："桌旁"——从己、庚、晋、甲；原"桌子旁"。）一顿吃了。又留下两个卷酥，说："这个留着给我妈吃。晚上要吃酒，给我两碗酒吃就是了。"宝玉笑道："你也爱吃酒？等着咱们晚上痛喝一阵。你袭人姐姐和晴雯姐姐量也好，也要喝，只是每日不好意思，今儿（俞校："今儿"——从己、庚；原"趁今儿"。）大家开斋。还有一件事，想着嘱咐你，我竟忘了，此刻才想起来：以后芳官全要你照看他。他或有不到的去处，（俞校："不到的去处"——从己、庚；原"不到处"。）你提他。袭人照顾不过这些人来。"小燕道："我都知道，都不用操心。但只这五儿怎么样？"宝玉道："你和柳家的说去，明儿直叫他进来罢，等我告诉他们一声就完了。"芳官听了，笑道："这倒是正经。"小燕又叫两个小丫头进来，伏侍洗手（俞校："叫两个丫头进来，伏侍洗手"——从己、庚、晋、甲；原"叫进两个丫头来服侍洗了手"。）倒茶。自己收了傢伙，交与婆子，也洗了手，便去找柳家的。不在话下。

宝玉便出来，仍往红香圃寻众姊妹。芳官在后，拿着巾扇。刚出了院门，只见袭人晴雯二人携手回来。宝玉问："你们做什么？"（俞校："做什么"——从己、庚、晋、甲；原"作什么"。）袭人道："摆下饭了，等你吃饭（俞校："等你吃饭"——从己、庚、晋、甲；原"等你们吃饭"。）呢。"宝玉便笑着将方才吃的饭（俞校："吃的饭"——从己、庚、晋；原"吃饭"。）一节告诉了他两个。袭人笑道："我说你是猫儿食，闻见了香就好。隔锅饭儿香。（俞校："闻见了香就好。隔锅饭儿香"——从己、庚；原"闻见了就是好的，隔口饭儿香"。）虽然如此，也该上去陪他们，多少应个景儿。"晴雯用手指戳在（俞校："戳在"——从己、庚、晋、甲；原"戳著"。）芳官额上说道："你就是个狐媚子！什么空儿跑了去吃饭。两个人（俞校："两个人"——从己、庚；原"两个"。）怎么就约下了！也不告诉我们一声儿。"袭人笑道："不过是（俞校："不过是"——从己、庚、晋、甲；原"不过"。）误打误撞的遇见了，说约下了，（俞校："说约下了"——从庚；原"说约下"。）可是没有的事。"晴雯道："既这么着，要我们无用。明儿我们都走了，让芳官一个人就够使了。"袭人笑道："我们都去了使得，你却去不得。"晴雯道："惟我是第一个要去，（俞校："第一个要去"——从己、庚、晋、甲；原下有"的"。）又懒，又笨，性子又不好，又没用。"袭人笑道："倘或那孔雀褂子再烧个（俞校："再烧个"——从庚旁改（"角"改"再"）；原"角儿烧个"。）窟窿，你去了，谁可会补呢！你倒别和我拿三撇四的。我烦你做个什么，把你懒的横针不拈，竖线不动。一般也不是我的私活烦你，横竖都是他的，你就都不肯做。怎么我去了几天，你病的七死八活，一夜（俞校："一夜"——从己、庚、晋、甲；原"一时"。）连命也不顾，给他做了出来？这又是什么原故？你到底说话，别只佯憨和我笑，也当不了什么。"大家说着，来至厅上。薛姨妈也来了。大家依序坐下吃饭。宝玉只用茶泡了半碗饭，应景而已。一时吃毕，大家吃茶（俞校："大家吃茶"——从己、庚、晋、甲；原"吃茶"。）闲话，又随便玩笑。

外面小螺和香菱、芳官、蕊官、藕官、荳官等四五个人，都满园中玩了一回，大家采了些花草来兜着，坐在花草堆中斗草。这一个说"我有观音柳"，那一个说"我有罗汉松"；那一个又说"我有君子竹"，（俞校："又说我有君子竹"——从己、庚、晋、甲；原无"又"。）这一个又说"我有美人蕉"；这个又说"我有星星翠"，（俞校："这个又说我有星星翠"——从己、庚；原"这个又"作"这一个"。）那个又说"我有月月红"；（俞校："那个又说我有月月红"——从己、庚；原"那个"作"那一个"。）这个又说（俞校："这个又说"——从己、庚、晋、甲；原"这一个又说"。）"我有《牡丹亭》上的牡丹花"，（俞校："牡丹亭上的牡丹花"——从己、庚、甲；原"牡丹亭畔的牡丹叶"。）那个又说（俞校："那个又说"——从己、庚、晋、甲；原"那一个又说"。）"我有《琵琶记》里的枇杷果"。（俞校："枇杷果"——从己、庚、晋、甲；原"琵琶果"。）荳官便说："我有姊妹花。"众人没了，香菱便说："我有夫妻蕙。"荳官说："从没听见有个夫妻蕙。"香菱道："一箭一花为兰，一箭数花为蕙。凡蕙有两枝上下结花者为兄弟蕙，有并头结花者（俞校："为兄弟蕙，有并头结花者"——从己、庚、晋；原无。）为夫妻蕙。我这一枝并头的，（俞校："并头的"——从己、庚、晋、甲；原"并头者"。）怎么不是？"荳官没的说了，便起身笑道："依你说，若是这两枝一大一小，就是老子儿子蕙了；若是两枝背面开的，就是仇人蕙了。你汉子去了大半年，你想夫妻了，便扯上蕙也有夫妻，好不害羞。"香菱听了，红了脸，忙要起身拧他，笑骂道："我把你这烂了嘴的小蹄子！满嘴里汗爉的（俞校："汗爉的"——从己、庚；原"汗痛的"。）胡说了。"荳官见他要勾来，（俞校："要勾来"——从己、庚；原"来要拧"。）怎容他起来，（俞校："容他起来"——从己、庚；原"容他起身"。）便忙连身（俞校："便忙连身"——从己、庚、晋；原"便连忙欠身"。）将他压倒，回头笑着央告蕊官等："你们来帮着我拧他这诌嘴。"两个滚在草地下。众人拍手笑说（俞校："拍手笑说"——从己、晋、甲；原"拍手笑说道：这"。）："了不得了！那是一洼子水，可惜污了他的新裙子了。"荳官回头看了一看，果见（俞校："看了一看，果见"——从己、庚、晋、甲；原"看见果然"。）傍边有一汪积雨，香菱的半扇裙子都污湿了，自己不好意思，忙夺了手跑了。众人笑个不住，怕香菱拿他们出气，俞校："拿他们出气"——从己、庚、晋、甲；原"拿他出气"。也都哄笑一散。俞校："哄笑一散"——从己、庚；原"哄笑了一散"。香菱起身，低头一瞧，俞校："低头一瞧"——从己、庚、晋、甲；原"一瞧"。那裙上俞校："那裙上"——从己、庚、晋、甲；原"那裙子"。犹滴滴点点流下绿水俞校："绿水"——从己、庚、晋、甲；原"水"。来。正恨骂不绝，可巧宝玉见他们斗草，也寻了些花草来凑戏。忽见众人跑了，只剩了香菱一个，低头弄裙。因问："怎么散了？"香菱便说："我有一枝俞校："香菱便说：我有一枝"——从己、庚、晋、甲；原"香菱说：我有枝"。夫妻蕙，他们不知道，反说我诌，因此闹起来，把我的新裙子也脏了。"宝玉笑道："你有夫妻蕙，我这里倒有一枝并蒂菱。"俞校："倒有一枝并蒂菱"——从己、庚、晋、甲；原"到有枝并蒂莲"。口内说，手内却真个俞校："却真个"——从己、庚；原"真个"。拈着一枝并蒂菱花，俞校："并蒂菱花"——从己、庚、晋、甲；原"并蒂莲花"。又拈了俞校："又拈了"——从己、庚、晋、甲；原"又拈著"。那枝夫妻蕙在手内。香菱道："什么夫妻不夫妻，并蒂不并蒂！你瞧瞧这裙子。"宝玉方低头一瞧，便嗳呀俞校："嗳呀"——从己、庚、晋、甲；原"嗳哟"。了一声，说："怎么就拖在泥里了？可惜这石榴红绫俞校："石榴红绫"——从晋、甲；原"石榴红绫裙"。最不经染。"香菱道："这是前儿琴姑娘带了来的，俞校："带了来的"——从己、庚、晋、甲；原"带来的"。姑娘做了俞校："姑娘做了"——从己、庚、晋、甲；原"姑娘作了"。一条，我做了一条，今儿才上身。"宝玉跌脚叹道："若你们家，一日蹧蹋这一百件俞校："一日蹧蹋这一百件"——从己、庚；原"蹧蹋这一百条"。也不值什么。只是头一件，既系俞校："既系"——从己、庚、晋、甲；原无。琴姑娘带来的，你和宝姐姐每人才一件，他的尚好，俞校："尚好"——从己、庚；原"尚好著"。你的先脏了，岂不辜负俞校："辜负"——从己、庚、晋、甲；原"辜负了"。他的心；二则姨妈老人家嘴碎，饶这么样，俞校："这么样"——从己、庚、晋、甲；原"这们样"。我还听见常说你们不知过日子，只会蹧蹋东西，不知惜福呢。这叫俞校："这叫"——从己、庚、晋、甲；原"只叫"。姨妈看见了，又说一个不清。"俞校："说一个不清"——从庚；原"说个不清"。香菱听了这话，却碰在心坎儿上，反倒喜欢起来，因笑道："就是这话了。我虽有几条新裙子，都不和这一样的。俞校："不和这一样的"——从己、庚；原"不合这一样"。若有一样的，俞校："若有一样的"——从晋、甲；原"若也有一样的"。赶着换了，也就好了。过后再说。"宝玉道："你快休动，只站着方好。不然，连小衣儿、膝裤、鞋面都要拖脏了。我有个主意：袭人上月做了一条，俞校："做了一条"——从己、庚、晋、甲；原"作了一条"。和这个一模一样的，他因有孝，如今也不穿，竟送了你换下这个来，俞校："换下这个来"——从己、庚、晋、甲；原"换下来"。如何？"香菱笑着摇头说："不好。他们倘或俞校："他们倘或"——从己、庚：原"倘或他们要"。听见了，倒不好。"宝玉道："这怕什么。等他们俞校："等他们"——从己、庚；原"等他"。孝满了，他爱什么，难道不许你送他别的俞校："送他别的"——从己、庚、晋、甲；原"送他"。不成！你若这样，还是你素日为人了！俞校："还是你素日为人了"——从己、庚；原"还"作"不"。况且不是瞒人的事，只管告诉宝姐姐也可，只不过怕姨妈老人家生气罢了。"香菱想了一想有理，便点头笑道俞校："点头笑道"——从己、庚、晋、甲；原"点头笑说"。："就是这样罢了，别辜负了你的心。我等着，你千定俞校："千定"——从己、庚；原"千万"。叫他亲自送来才好。"宝玉听了，喜欢非常，俞校："喜欢非常"——从己、庚、晋、甲；原"欢喜非常"。答应了忙忙的回来。一壁里俞校："一壁里"——从己、庚；原"一面"。低头心下暗算俞校："心下暗算"——从己、庚、晋、甲；原"暗算"。：可惜这么一个人，没父母，连自己本姓俞校："本姓"——从己、庚、晋、甲；原"本身姓"。都忘了，被人拐出来，偏又卖与了这个霸王。因又想起俞校："因又想起"——从己、庚、晋、甲；原"又因想起"。上日平儿也是意外想不到的，今日更是意外之意外的事了。一壁俞校："一壁"——从己、庚；原"一面"。胡思乱想，己双：又下此四字。来至房中，拉了袭人，细细的告诉他原故。香菱之为人，没人不俞校："没人不"——从庚旁改（"每"改"没"）；原"无人不"。怜爱的；袭人又本是个俞校："又本是个"——从己、庚、晋、甲；原"本又是个"。手中撒漫的，况与香菱素相交好，一闻此信，忙就俞校："一闻此信，忙就"——从己、庚、晋、甲；原"一闻此言，忙"。开箱取了出来摺好，随了宝玉来。寻着香菱，他还站在那里等呢。袭人笑道："我说你太淘气了，俞校："太淘气了"——从己、庚、晋、甲；原"淘气了"。足的俞校："足的"——从己、庚；原"到底"。淘出个故事来才罢。"香菱红了脸，笑说："多谢姐姐了。谁知那起促狭鬼使黑心。"说着，接了裙子，展开一看，果然同自己的一样。又命宝玉背过脸去，自己叉手向内解下来，将这条系上。袭人道："把这脏了的交与我拿回去收拾了，再给你送来。你若俞校："你若"——从己、庚、晋、甲；原"若"。拿回去，看见了也是要问的。"香菱道："好姐姐，你拿去不拘给那个妹妹罢。我有了这个，不要他了。"袭人道："你倒大方的好。"俞校："大方的好"——从己、庚、晋；原"大方的狠"。香菱忙又万福道谢。袭人拿了脏裙便走。香菱见宝玉蹲在地下，将方才的夫妻蕙与并蒂菱，俞校："并蒂菱"——从己、庚、晋、甲；原"并蒂莲"。用树枝儿俞校："树枝儿"——从己、庚、晋、甲；原"树枝"。抠了一个坑，先抓些落花来铺垫了，将这菱蕙俞校："这菱蕙"——从己、庚、晋、甲；原"这莲蕙"。安放好，又将些落花来掩了，俞校："掩了"——从己、庚、晋、甲；原"掩住了"。方撮土掩埋平服。俞校："平服"——从己、庚；原"平复"。香菱拉他的手笑道："这又叫做俞校："又叫做"——从己、庚、晋、甲；原"又做"。什么？怪道俞校："怪道"——从晋、甲；原"怪不得"。人人说你惯会鬼鬼祟祟（俞校："你惯会鬼鬼祟祟"——从己、庚、晋、甲；原"惯会鬼鬼祟祟的作这"。）使人肉麻的事。你瞧瞧，你这手（俞校："你这手"——从己、庚、晋、甲；原"这手"。）弄的泥乌苔滑的，还不快洗去。"宝玉笑着，方起身走了去洗手。香菱也自走开。二人已走远了数步，香菱复转身回来叫住宝玉。宝玉不知有何话，扎着（俞校："扎着"——从己、庚、晋；原"札著"。）两只泥手，笑嘻嘻的转来问什么。香菱只顾笑。因那边他的小丫头臻儿走来说："二姑娘等你说话呢。"香菱方向宝玉道："裙子的事，可别和你哥哥说才好。"说毕，即转身走了。（俞校："转身走了"——从己、庚、晋、甲；原"转身走来"。）宝玉笑道："可不我疯了，往虎口里探头儿去呢。"说着，也回去洗手去了。要知端的，且听（俞校："且听"——从己、庚；原无。）下回分解。

戚回后：写寻闹是贾母不在家景况，写设筵亦是贾母不在家景况。如此说来，如彼说来，真有笔歌墨舞之乐。

看湘云醉卧青石，满身花影，宛若百十名姝抱云笙月鼓，而簇拥太真者。

第六十三回
寿怡红群芳开夜宴　死金丹独艳理亲丧

蒙戚回前：此书写世人之富贵子弟易流邪鄙，其作长上者，有不能稽查之处，如宝玉之夜宴，始见之，文雅韵致，细思之，何事生端不基于此？更能写贾蓉之恶赖无耻，亦世家之必有者，读者当以“三人行必有我师”之说为念，方能领会作者之用意也。戒之！

话说宝玉回至房中洗手，因与袭人商议：“晚间吃酒，大家取乐，不可拘泥。如今吃什么好，早说给他们备办去。”袭人笑道：“你放心。我和晴雯、麝月、秋纹四个人，每人五钱银子，共是二两；芳官、碧痕、小燕、四儿四个人，俞校：“四个人”——从己、庚、晋、甲；原“他”。每人三钱银子；他们有假的俞校：“他们有假的”——从己、庚、晋、甲；原“其馀告假的”。不算，共是三两二钱银子，早已交给了柳嫂子，预备四十碟果子。我和平儿说了，已经抬了一坛好绍兴酒俞校：“一坛好绍兴酒”——从己、庚、甲；原“坛好绍酒”。藏在那边了。我们八个人单替你过生日。”宝玉听了，喜的忙说：“他们是那里的钱，不该叫他们出才是。”晴雯道：“他们没钱，难道我们俞校：“难道我们”——从己、庚、晋、甲；原“我们”。是有钱的！这原是各人的心。那怕他偷的呢，只管领他们的情就是了。”宝玉听了，笑说：“你说的是。”袭人笑道：“你一天不挨他两句硬话村你，俞校：“硬话村你”——从甲；

原“硬话儿蠢蠢的”。你再过不去。”晴雯笑道：“你如今也学坏了，专会架桥拨火儿。”俞校：“架桥拨火儿”——从己；原“架桥儿拨火儿”。说着，大家都笑了。宝玉说：“关院门罢。”袭人笑道：“怪不得人说你是俞校：“人说你是”——从己、庚、晋、甲；原“人说你”。无事忙。这会子关了门，人倒疑惑，越性再等一等。”宝玉点头，因说俞校：“因说”——从己、庚、晋、甲；原“回说”。：“我出去走走，四儿舀水去，小燕一个跟我来罢。”俞校：“跟我来罢”——从己、庚、晋、甲；原“跟我去罢”。说着，走至外边，因见无人，便问五儿之事。小燕道：“我才告诉了柳嫂子，他倒喜欢的很；只是五儿那夜受了委屈烦恼，回家去又气病了，那里来得。只得等好了罢。”俞校：“只得等好了罢”——从己、庚、晋；原“只等好好罢”。宝玉听了，不免后悔长叹。因又问：“这事袭人知道不知道？”小燕道：“我没告诉，不知芳官可说了不曾。”宝玉道：“我却没告诉过他。也罢，等我告诉他就是了。”说毕，复走进来，故意洗手。已是掌灯时分，听得院门前有一群人进来。大家隔窗悄视，果见林之孝家的和几个管事的女人走来，前头一人提着大灯笼。晴雯悄笑道：“他们查上夜的人来了。这一出去，咱们好关门了。”只见怡红院凡上夜的人都迎了出去，俞校：“迎了出去”——从己、庚、晋、甲；原“迎了出来”。林之孝家的看了不少。林之孝家的吩咐：“别耍钱吃酒，放倒头睡到大天亮。我听见是不依的。”众人都笑说：“那里有那样大胆子的人。”林之孝家的又问：“宝二爷睡下了没有？”众人都回：“不知道。”袭人忙推宝玉。宝玉靸了鞋，便迎出来，笑道：“我还没睡呢，妈妈进来俞校：“妈妈进来”——从己、庚、晋、甲；原“进来”。歇歇。”又叫：“袭人倒茶来。”林之孝家的忙进来笑说：“还没睡呢。如今天长夜短了，该早些睡，明儿起的方早。不然，到了明日俞校：“到了明日”——从己、庚、晋、甲；原“明日”。起迟了，人笑话，俞校：“人笑话”——从己、庚、晋、甲；原“被人笑话”。说不是个读书上学的公子了，倒像那起挑脚汉了。”俞校：“挑脚汉了”——从己、庚、晋、甲；原“挑脚汉子”。说毕，又笑。宝玉忙笑道：“妈妈说的是。我每日都睡的早，妈妈每日进来，可都是我不知道的，俞校：“可都是我不知道的”——从己、庚、晋、甲；原“多是我不知道”。已经睡了。今儿因吃了面，怕停住食，所以多玩一回。”林之孝家的又向袭人等笑说：“该沏些个俞校：“沏些个”——从己（“沏”作“滗”）；原“渍些”。普洱茶吃。”袭人晴雯二人忙笑说：“沏了一盄子俞校：“沏了一盄子”——从庚傍改（“杯”改“盄”。“沏”作“滗”）；原“渍了一杯子”。庚

“滗”又傍改“熬”，“盅”又傍改“吊”。女儿茶，已经吃过两碗了。大娘也尝一碗。俞校：“尝一碗”——从己、庚、晋、甲；原“尝一尝”。都是现成的。”说着，晴雯便倒了俞校：“便倒了”——从己、庚、晋、甲；原“沏了”。一碗来。林之孝家的又笑道：“这些时，我听见二爷嘴里都换了字眼，赶着这几位大姑娘们竟叫起名字来。虽然在这里，到底是老太太、太太的人，还该嘴里尊重些才是。若一时半刻偶然叫一声俞校：“偶然叫一声”——从己、庚、晋、甲；原“偶然一声”。使得；若只管俞校：“若只管”——从己、庚、晋、甲；原“若是只管”。叫起来，怕以后兄弟侄儿照样，便惹人笑话，说这家子的人眼里没有长辈。”宝玉笑道：“妈妈说的是。我原不过是一时半刻的。”袭人、晴雯都笑说：“这可别委屈了他。直到如今，他可姐姐没离了口，俞校：“他可姐姐没离了口”——从己、庚、晋；原“他还姐姐不离口”。不过玩的时候叫一声半声名字。若当着人，却是和先一样。”林之孝家的笑道：“这才好呢。这才是俞校：“这才是”——从己、庚、晋、甲；原“才是”。读书知礼的呢。越自己谦逊越尊重。别说是三五代的陈人，现从老太太、太太屋里拨过来的；便是老太太、太太屋里的俞校：“屋里的”——从己、庚、甲；原“屋里”。猫儿狗儿，轻易也伤他不的。俞校：“伤他不的”——从己、庚；原“伤他不得”。这才是受过调教的俞校：“受过调教的”——从己、庚、晋、甲；原“受调教的”。公子行事。”说毕，吃了茶，便说：“请安歇罢，我们走了。”宝玉还说：“再歇歇。”那林之孝家的已带了众人，又查别处去了。

这里晴雯等忙命关了门，进来笑说：“这位奶奶那里吃了一杯来了，唠三叨四的，又排场了我们一顿去了。”麝月笑道：“他也不是好意的，少不得也要常提着些儿。也提防着怕走了大折儿俞校：“大折儿”——从甲；原“大褶儿”。的意思。”说着，一面摆上酒果。袭人道：“不用围桌，咱们把那张花梨圆炕桌子放在炕上坐，又宽绰，俞校：“又宽绰”——从己、庚、晋、甲；原“又宽超”。又便宜。”说着，大家果然抬来。麝月和四儿那边去搬果子，用两个大茶盘，做四五次方俞校：“做四五次方”——从己、庚、晋、甲；原“做四五回”。搬运了来。两个老婆子蹲在外面火盆上筛酒。俞校：“筛酒”——从己、庚、晋、甲；原“烫酒”。宝玉说：“天热，咱们都脱了大衣裳才好。”众人笑道：“你要脱，你脱。我们还要轮流安席呢。”宝玉笑道：“这一安，就安到俞校：“就安到”——从己、庚；原“就要安到”。五更天了。知道我最怕这些俗套子，在外人跟前不得已的，这会子还呕我就不好了。”众人听了，

呆香菱情解石榴裙　寿怡红群芳开夜宴

都说“依你”。于是先不上座，且忙着卸妆宽衣。（庚双：凡吃酒，从未先如此者，此独怡红风俗。故王夫人云“他行事总是与世人两样的”，知子莫过母也。）一时将正妆卸去，头上只随便挽着纂儿，身上皆是长裙短袄。宝玉只穿着大红绵纱小袄子，下面绿绫弹墨夹裤，散着裤脚，倚着一个各色玫瑰芍药花瓣装的玉色夹纱新枕头，和芳官两个先划拳。（俞校：“划拳”——原“划拳”，今改。本回下一“划拳”同。）当时芳官满口嚷热，（己双：余亦此时太热了，恨不得一冷。既冷时思此热，果然一梦矣。）只穿着一件玉色红青酡绒（俞校：“酡绒”——从己；原“驼绒”。）三色缎子斗的水田小夹袄，束着一条柳绿汗巾；底下是水红撒花（俞校：“撒花”——从己、庚；原“洒花”。）夹裤，也散着裤腿；（俞校：“裤腿”——从己、庚；原“裤脚”。）头上眉额编着（俞校：“头上眉额编着”——从己、庚；原“头额编”。）一圈小辫，总归至顶心，结一根鹅卵粗细（俞校：“鹅卵粗细”——从己、庚；原“鹅卵细”。）的总辫，拖在脑后；右耳眼内只塞着米粒大小的一个小玉塞子，左耳上单带着（俞校：“单带着”——从己、庚；原“带著”。）一个白果大小的硬红（俞校：“硬红”——从己、庚、甲；原“映红”。）镶金大坠子；越显的面如满月犹白，眼如秋水还清。引的众人笑说：“他两个倒像是双生的弟兄（俞校：“倒像是双生的弟兄”——从庚；原“倒像一双生兄弟”。）两个。”袭人等一一的斟了酒来，说：“且等等再划拳。虽不安席，每人在手里吃我们一口罢了。”于是袭人为先，端在唇上吃了一口，馀依次下去，一一吃过，大家方团圆坐定。（俞校：“团圆坐定”——从甲；原“团团坐定”。）小燕、四儿因炕沿坐不下，便端了两张椅子，近炕放下。那四十个碟子皆是一色白粉定窑的，不过只有小茶碟（俞校：“小茶碟”——从己、庚、晋、甲；原“小茶钟”。）大，里面不过是山南海北，中原外国，或干或鲜，或水或陆，天下所有的酒馔果菜。宝玉因说：“咱们也该行个令才好。”袭人道：“斯文些的才好，别大呼小叫，惹人听见。二则我们不识字，可不要那些文的。”麝月笑道：“拿骰子咱们抢红罢。”宝玉道：“没趣，不好。咱们占花名儿好。”晴雯笑道：“正是早已想（俞校：“早已想”——从己、庚、晋、甲；原“也想”。）弄这个玩意儿。”袭人道：“这个玩意儿虽好，人少了没趣。”小燕笑道：“依我说，咱们竟悄悄的把宝姑娘、林姑娘请了来玩一回子，到二更天再睡不迟。”袭人道：“又开门喝户（俞校：“开门喝户”——从己、庚；原“开门阖户”。）的闹，倘或遇见巡夜的问呢？”宝玉道：“怕什么。咱们三姑娘也吃酒，再请他一声才好。还有琴姑娘。”众人都道：“琴姑娘罢了，他在大奶奶屋里，叨登的大发了。”宝玉道：“怕什么。你们就快请去。”小燕、四儿都得不了一声，二人忙命开了门，分头去请。晴雯、麝月、袭人三人又说，他两个去请，只怕宝、林两个不肯来，须得我们请去，死活拉他来。于是袭人、晴雯忙又命老婆子打个灯笼，二人又去。果然宝钗说夜深了，黛玉说身上不好，他二人再三央求，说：“好歹给我们一点体面，略坐坐再来。”探春听了，却也欢喜，因想不请李纨，倘或被他知道了，倒不好，便命翠墨同了小燕也再三的（俞校：“也再三的”——从己、庚、晋、甲；原“再三的”。）请了李纨和宝琴二人会齐，先后都到了怡红院中。（俞校：“怡红院中”——从己、庚、晋、甲；原“怡红院”。）袭人又死活拉了香菱来。炕上又并了一张桌子，方坐开了。宝玉忙说：“林妹妹怕冷，过这边靠板壁坐。”又拿个靠背垫着些。袭人等都端了椅子在炕沿下一陪。（俞校：“炕沿下一陪”——从己、庚、晋；原“炕沿下陪”。）黛玉却离桌远远的靠着靠背，因笑向宝钗、李纨、探春等道：“你们日日说人夜聚饮博，（俞校：“夜聚饮博”——从己、庚；原“夜饮聚赌”。）今儿我们自己也如此，以后怎么说人。”李纨笑道：“这有何妨。一年之中，不过生日节间如此，并无夜夜如此，这倒也不怕。”说着，晴雯拿了一个竹雕的签筒来，里面装着象牙花名签子，摇了一摇，放在当中。又取过骰子来，盛在盒内，摇了一摇，揭开一看，里面是五点，数至宝钗。宝钗便笑道：“我先抓，（俞校：“我先抓”——从己、庚、晋、甲；原“我抓”。）不知抓出个什么来。”说着，将筒摇了一摇，伸手掣出一根。（俞校：“掣出一根”——从己、庚；原“掣著一枝”。）大家一看，只见签上画着一枝牡丹，题着“艳冠群芳”四字。下面又有镌的（俞校：“下面又有镌的”——从己、庚、晋、甲；原“一面镌刻的”。）小字，一句唐诗道是（俞校：“道是”——从己、庚、晋、甲；原“道及”。）：

任是无情也动人。

又注着（俞校：“注着”——从己、庚、甲；原“注著”。本回下“注”同。）：“在席共贺一杯。此为群芳之冠，随意命人不拘诗词雅谑，（俞校：“雅谑”——从己、庚、晋、甲；原“歌曲”。）道一则以侑酒。”众人看了，（俞校：“众人看了”——从己、庚；原“众人”。）都笑说：“巧的很，你也原配牡丹花。”说着，大家共贺了一杯。宝钗吃过，便笑说：“芳官唱一支我们听罢。”芳官道：“既这样，大家吃了门杯好听的。”（俞校：“好听的”——从己、庚；原“好听”。）于是大家吃酒。芳官便唱：“寿筵开处风光好，——”众人都道：“快打回去。（俞校：“打回去”——从己、庚、晋、甲；原“回去”。）这会子很不用你来上寿。拣你极好的唱来。”芳官只得细细的唱了一支（俞校：“一支”——原“一枝”。今改。）——

〔赏花时〕翠凤毛翎扎帚叉，闲为仙人扫落花。您看那风起玉尘沙。猛可的那一层云下，抵多少门外即天涯。您再休要剑斩黄龙（俞校：“您再休要剑斩黄龙”——从己；原“你再休要斩黄龙”。）一线儿差，再休向东老贫穷卖酒家。您与俺（俞校：“您与俺”——从己、庚；原“你与俺”。）眼向云霞。洞宾呵，你得了人可便早些儿回话；若迟呵，错叫人留恨碧桃花。

才罢。宝玉却只管拿着那签，口内颠来倒去念“任是无情也动人”。听了这曲子，（俞校：“这曲子”——从己、庚、晋、甲；原“这曲”。）眼看着（俞校：“眼看着”——从己、庚、晋、甲；原“眼看”。）芳官不语。湘云忙一手夺了，掷与宝钗。（俞校：“掷与宝钗”——从己、庚、晋；原“递与宝钗”。）宝钗又掷了一个（俞校：“又掷了一个”——从己、庚、晋、甲；原“掷了个”。）十六点，数到探春，笑道：“我还不知得个甚么呢。”伸手掣了一根出来，自己一瞧，便撂在地下，红了脸笑道：“这东西不好，不该行这令。这原是外头（俞校：“外头”——从己、庚、晋、甲；原“外边”。）男人们行的令，许多混话在上头。”众人不解。袭人等忙拾了起来。众人看，上面是一枝杏花，那红字写着“瑶池仙品”四字。诗云：

日边红杏倚云栽。

注云：“得此签者，必得贵婿，大家恭贺一杯，（俞校：“恭贺一杯”——从己、庚、晋、甲；原“共贺一杯”。）共同饮一杯。”众人笑道：“我说是什么呢。这签原是闺阁中取戏的，除了这两三根有这话的，并无杂话，这有何妨。我们家已有了个王妃，难道你也是王妃（俞校：“也是王妃”——从己、庚、晋、甲；原“也是”。）不成！大喜大喜。”说着，大家来敬。探春那里肯饮，却被史湘云、香菱、李纨等三四个人 俞校："三四个人"——从己、庚、晋、甲；原"三四人"。 强死强活灌了下去。探春只命 俞校："只命"——从己、庚、晋、甲；原"只得"。 蠲了这个，再行别的，众人断不肯依。湘云拿着他的手强掷了一个十九点 俞校："十九点"——从晋、甲；原"九点"。 出来，便该李氏掣。李氏 俞校："便该李氏掣。李氏"——从己、庚、晋、甲；原"便该李纨掣，李纨"。 摇了一摇，掣出一根来一看，笑道："好极。你们瞧这劳什子 俞校："劳什子"——从己、庚、晋；原"劳什古子"。 竟有些意思。"众人瞧那签上，画着一枝老梅，是写着"霜晓寒姿"四字。那一面的旧诗是：

竹篱茅舍自甘心。 俞校："自甘心"——从己、庚、晋、甲；原"是甘心"。

注云："自饮一杯，下家掷骰。"李纨笑道："真有趣。你们掷去罢。我只自吃一杯，不问你们的 俞校："自吃一杯，不问你们的"——从己、庚、晋、甲；原"吃一杯，不问你们"。 废与兴。"说着，便吃酒，将骰过与黛玉。黛玉一掷是个十八点，便该湘云掣。湘云笑着 俞校："湘云笑着"——从己、庚、晋、甲；原"湘云便"。 揎拳掳袖的伸手掣了一根出来。大家看时，一面画着一枝海棠，题着"香梦沉酣"四字。那面诗道是 俞校："那面诗道是"——从己、庚、晋、甲；原"那一面诗道是"。 ：

只恐夜深花睡去。

黛玉笑道："'夜深'两个字，改'石凉'两个字。"众人便知他趣白日间 俞校："趣白日间"——从己、庚；原"打趣白日间"。 湘云醉卧的事，都笑了。湘云笑指那自行船与黛玉看，又说："快坐上那船家去罢，别多话了。" 俞校："别多话了"——从己、庚、晋；原"别多说了"。 众人都笑了。因看注云："既云'香梦沉酣'，掣此签者不便饮酒， 俞校："不便饮酒"——从己、庚、晋、甲；原"不饮酒"。 只令上下二家各饮一杯。" 俞校："各饮一杯"——从己、庚、晋、甲；原"合饮一杯"。 湘云拍手笑道："阿弥陀佛！真真好签。"恰好黛玉是上家，宝玉是下家，二人斟了两杯，只得要饮。 俞校："只得要饮"——从己、庚、晋、甲；原"只得要让"。 宝玉先饮了半杯， 俞校："先饮了半杯"——从己、庚、晋、甲；原"先饮，宝玉只饮了半杯"。 瞅人不见，递与芳官，端起来便一扬脖。 俞校："一扬脖"——从己、庚；原"一扬脖子"。

黛玉只管和人说话，将酒全折在漱盂内（俞校："漱盂内"——从己、庚、晋、甲；原"唾盂内"。）了。湘云便绰起（俞校："绰起"——从己、庚、晋；原"超起"。）骰子来一掷个九点，（俞校："一掷个九点"——从己、庚、晋、甲；原"掷了个九点"。）数去该麝月。麝月便掣了一根出来。大家看时，这面上（俞校："这面上"——从己、庚；原"这上面是"。）一枝荼蘼花，题着"韶华胜极"四字。那边写着（俞校："那边写着"——从己、庚、晋、甲；原"那边写的"。）一句旧诗，道是：

开到荼蘼花事了。

注云："在席各饮三杯（俞校："各饮三杯"——从己、庚、晋、甲；原"各领三杯"。）送春。"麝月问（俞校："麝月问"——从己、庚、晋、甲；原"麝月问道"。）："怎么讲？"宝玉愁眉（俞校："愁眉"——从己、庚；原"皱著眉"。）忙将签藏了，说："咱们且喝酒。"说着，大家吃了三口，以充三杯之数。麝月一掷个（俞校："一掷个"——从己、庚、晋、甲；原"掷个"。）十九点，该香菱。香菱便掣了一根并蒂花，题着"联春绕瑞"。那面写着一句诗，道是：

连理枝头花正开。

注云："共贺掣者三杯，大家陪饮一杯。"香菱便又掷了个六点，（俞校："掷了个六点"——从己、庚、晋、甲；原"掷了一个六点"。）该黛玉掣。（俞校："该黛玉掣"——从己、庚；原"该黛玉"。）黛玉默默的想道："不知还有（俞校："还有"——从己、庚、晋、甲；原"有"。）什么好的，被我掣着方好。"一面伸手取了一根，（俞校："取了一根"——从己、庚、晋、甲；原"取了一枝"。）只见上面画着一枝芙蓉，题着"风露清愁"四字。那面一句旧诗，道是：

莫怨东风当自嗟。

注云："自饮一杯，牡丹陪饮一杯。"众人笑说："这个好极。除了他，别人不配作芙蓉。"黛玉也自笑了。于是饮了酒，便掷了个二十点，该着袭人。袭人也伸手取了一根出来，却是一枝桃花，题着

“武陵别景”四字。那一面旧诗写着道是：

桃红又是一年春。俞校：“又是一年春”——从己、庚、晋；原“又见一年春”。

注云：“杏花陪一盏，坐中同庚者陪一盏，同辰者陪一盏，同姓者陪一盏。”众人笑道：“这一回热闹有趣。”大家算来香菱、晴雯、宝钗三人皆与他同庚，黛玉与他同辰，只无同姓者。芳官忙道：“我也姓花，我也陪他一钟。”于是大家斟了酒。黛玉因向探春笑道：“命中该着招贵婿的，你是杏花，快喝了，我们好喝。”探春笑道：“这是个什么！俞校：“这是个什么”——从己、庚；原“你说的是什么”。大嫂子顺手给他一下子。”李纨笑道：“人家不得贵婿反挨打，我也不忍的。”说的众人都笑了。袭人才要掷，只听俞校：“只听”——从己、庚、晋、甲；原“只听见”。有人叫门。老婆子忙出去问时，原来是薛姨妈打发人来接黛玉的。列双：奇文，不接宝钗而接黛玉。众人因问几更了。人回俞校：“人回”——从己、庚、晋、甲；原“来人回”。：“二更已后了，钟打过十一下了。”宝玉犹不信，要过表来瞧了一瞧，已是子初初刻十分了。俞校：“十分了”——从己、庚、晋、甲；原“十分”。黛玉便起身说：“我可掌不住了，回去还要吃药呢。”众人说：“也都该散了。”袭人、宝玉等还要留着众人。李纨、宝钗等都说：“夜太深了不像，这已是破格了。”袭人道：“既如此，每位再吃一杯再走。”说着，晴雯等已都斟满了酒，每人吃了，都命点灯。

袭人等直送过俞校：“袭人等直送过”——从己、庚；原“袭人直送过”。沁芳亭河那边方回来。关了门，大家复又行起令来。袭人等又用大钟俞校：“又用大钟”——从己、庚、晋、甲；原“又复用大钟”。斟了几钟，用盘攒了各样果菜，与地下的老嬷嬷们吃。彼此有了三分酒，便猜拳赢唱小曲儿。那天已四更时分，老嬷嬷们一面明吃，一面暗偷，酒缸俞校：“酒缸”——从己、庚、晋、甲；原“酒坛”。已罄，众人听了纳罕，方收拾盥漱睡觉。芳官吃的两腮胭脂一般，眉梢俞校：“眉梢”——从晋、甲；原“眉梢”。眼角越添了许多丰韵，身子图不得，便睡在袭人身上道：“好姐姐，心跳的很。”袭人笑道：“谁许你尽力灌起来！”小燕、四儿也图不得，早睡了。晴雯还只管叫。

俞校："还只管叫"——从己、庚、晋、甲；原"只管叫"。宝玉道："不用叫了，咱们且胡乱歇一歇罢。"自己便枕了那红香枕，身子一歪，便也睡着了。袭人见芳官醉的很，恐闹他唾酒，俞校："恐闹他唾酒"——从己、庚、晋、甲；原"恐他闹酒"。只得轻轻起来，俞校："轻轻起来"——从己、庚、晋、甲；原"轻轻的起来"。就将芳官扶在宝玉之侧，由他睡了。自己却在对面榻上俞校："对面榻上"——从己、庚、晋、甲；原"对榻上"。倒下。大家黑甜一觉，不知所之。俞校："黑甜一觉，不知所之"——从己、庚、晋、甲；原"齐睡一觉，不知所止"。及至天明，袭人睁眼一看，只见俞校："睁眼一看，只见"——从己、庚、晋、甲；原"睁眼见"。天色晶明，忙说："可迟了。"向对面床上瞧了一瞧，只见芳官头枕着炕沿上，睡犹未醒，连忙起来叫他。宝玉已翻身醒了，笑道："可迟了。"因又推芳官起身。那芳官俞校："那芳官"——从己、庚、晋、甲；原"芳官"。坐起来，犹发怔揉眼睛。袭人笑道："不害羞！你吃醉了，怎么也不拣地方儿，乱挺下了。"芳官听了，瞧了一瞧，俞校："瞧了一瞧"——从己、庚、晋、甲；原"瞧了瞧"。方知是和宝玉同榻，忙笑的下地来，说："我怎么吃的不知道了！"俞校："不知道了"——从己、庚、甲；原"都不知道了"。宝玉笑道："我竟也不知道了；若知道，给你脸上抹些黑墨。"说着，丫头进来伺候梳洗。宝玉笑道："昨儿有扰，俞校："昨儿有扰"——从己、庚；原"昨日有扰"。今儿晚上我还席。"袭人笑道："罢，罢，罢，俞校："罢，罢，罢"——从己、庚、晋、甲；原"罢，罢"。今儿可别闹了。再闹就有人说话了。"宝玉道："怕什么！不过才两次罢了。咱们也算是会吃酒了。那一坛子酒，怎么就吃光了。正是有趣，偏又没了。"袭人笑道："原要这样才有趣；必至兴尽了，反无后味了。昨儿都好上来了，晴雯连臊也忘了，我记得他还唱了一个。"俞校："他还唱了一个"——从己、庚；原下有"曲儿"。四儿笑道："姐姐忘了，连姐姐还唱了一个呢。在席的谁没唱过！"俞校："谁没唱过"——从己、庚、晋、甲；原"谁没听见"。众人听了，俞校："众人听了"——从己、庚、晋、甲；原"众人听见"。俱红了脸，用两手握着，笑个不住。忽见平儿笑嘻嘻的走来说，亲自来请昨日在席的人，"今儿我还东，短一个也使不得。"俞校："短一个也使不得"——从己、庚、晋、甲；原"短一位使不的"。众人忙让坐吃茶。晴雯笑道："可惜昨夜没他。"平儿忙问："你们夜里做什么来？"袭人便说："告诉不得你。昨儿夜里热闹非常，连往日老太太、俞校："老太太"——从己、庚、晋、甲；原无。太太带着众人玩，也不及昨儿这一玩。一坛酒我们都鼓捣光了，一个个吃的把臊都丢了，俞校："都丢了"——从己、庚、晋、甲；原"都忘了"。三不知的又都唱起来。俞校："唱起

（来”——从己、庚、晋、甲；原“唱起来咧”。）四更多天，才横三竖四的打了一个盹儿。”平儿笑道：“好！白和我（俞校：“白和我”——从己、庚、晋、甲；原“罢咧，合我”。）要了酒来，也不请我，还说着给我听，气我。”晴雯道：“今儿他还席，必来请你的，等着罢。”平儿笑问道（俞校：“笑问道”——从己、庚、晋、甲；原“笑道”。）：“他是谁？谁是他？”晴雯听了赶着笑打（俞校：“赶着笑打”——从己、庚；原“赶著打，笑”。）说道：“偏你这耳朵尖，听得真。”（俞校：“听得真”——从己、庚、晋、甲；原“听的真”。）平儿笑道：“这会子有事，不和你说，我干事去了。一回（俞校：“一回”——从己、庚、晋；原“迟一回”。）再打发人来请。一个不到，我是打上门来的。”宝玉等忙留他，已经去了。

这里宝玉梳洗了，正吃茶，忽然一眼看见砚台底下压着一张纸，因说道：“你们这随便混压东西也不好。”袭人、晴雯等忙问：“又怎么了？谁又有了不是了？”宝玉指道：“砚台下（俞校：“砚台下”——从己、庚、晋、甲；原“砚台底下”。）是什么？一定又是那位的样子，忘记了收的。”晴雯忙启砚拿了出来，却是一张字帖儿。（俞校：“字帖儿”——从己、庚、晋、甲；原“纸帖儿”。）递与宝玉看时，原来是一张粉笺子，（俞校：“粉笺子”——从己、庚；原“粉笺”。）上面写着：“槛外人妙玉恭肃遥叩芳辰。”宝玉看毕，（俞校：“宝玉看毕”——从己、庚、晋、甲；原“宝玉看了”。）直跳了起来，（己双：帖文亦蹈俗套之卧（外）。）忙问：“这是谁（俞校：“这是谁”——从己、庚；原“是谁”。）接了来的，也不告诉？”袭人、晴雯等见了这般，不知当是那个要紧的人来的帖子，忙一齐问：“昨儿谁（俞校：“昨儿谁”——从己、庚；原“昨日谁”。）接下了一个帖子？”四儿忙飞跑进来，笑说：“昨儿妙玉并没亲来，（俞校：“并没亲来”——从己、晋、甲；原“并无亲身”。）只打发个（俞校：“只打发个”——从己、庚、晋、甲；原“只打发”。）妈妈送来，我就搁在那里。谁知一顿酒就忘了。”众人听了道：“我当谁的，这样大惊小怪。这也不值的。”宝玉忙命：“快拿纸来。”当时拿了纸，研了墨，（俞校：“拿了纸，研了墨”——从己、庚、晋、甲；原“拿了笔砚”。）看他下着“槛外人”三字，自己竟不知回帖上回个什么字样才相敌。只管提笔出神，半天仍没主意。因又想：若问宝钗去，他必又批评怪诞，不如问黛玉去。想罢，袖了帖儿，迳来寻黛玉。刚过了沁芳亭，忽见岫烟颤颤巍巍的迎面走来。（列双：四个俗字写出一个活跳美人，转觉别出（书）中若干“莲步香尘”“纤腰玉体”字样无味之甚。）宝玉忙问：“姐姐那里去？”岫烟笑道：“我找妙玉说话。”宝玉听了诧异，说道（俞校：“说道”——从己、庚、晋、甲；原“说”。）：“他为人孤僻，不合时宜，万人不入他目。（俞校：“不入他目”——从己、晋；原“不入他的目”。）原来他推重姐姐，竟知姐姐不是我们一流的俗人。”岫烟笑道：“他也未必真心重我。但我和他做过十年的邻居，只一墙之隔。他在蟠香寺修炼，我家原寒素，赁的是（俞校：“赁的是”——从庚；原上有“赁房居住，就”。）他庙里的房子，住了十年。无事到他庙里去作伴。我所认的字都是承他所授。我和他又是贫贱之交，又有半师之分。因我们投亲去了，闻得他因不合时宜，权势不容，竟投到这里来。如今又天缘凑合，（俞校：“天缘凑合”——从己、庚、晋、甲；原“天缘凑巧”。）我们得遇，旧情竟未易。承他青目，更胜当日。”宝玉听了，恍如听了焦雷一般，喜的笑道：“怪道姐姐举止言谈，超然如野鹤闲云。原来有本而来。正因他的一件事我为难，要请教别人去。如今遇见姐姐，真是天缘巧合，求姐姐指教。”说着，便将（俞校：“便将”——从己、庚、晋、甲；原“将”。）拜帖取与岫烟看。岫烟笑道：“他这脾气竟不能改，竟是生成（俞校：“竟是生成”——从己、庚、晋、甲；原“是生成的”。）这等放诞诡僻了。从来没见拜帖上下别号的。（俞校：“下别号的”——从己、庚、晋、甲；原“写别号的”。）这可是俗语说的‘僧不僧，俗不俗，女不女，男不男’，成个什么道理。”宝玉听说，忙笑道：“姐姐不知道。他原不在这些人中算，他原是世人意外之人。因取我是个些微有知识的，方给我这帖子。我因不知回什么字样才好，竟没了主意，（俞校：“没了主意”——从己、庚、晋、甲；原“没主意”。）正要去问林妹妹，可巧遇见了姐姐。”岫烟听了宝玉这话，且只顾用眼上下细细打量了半日，方笑道：“怪道俗语说的，闻名不如见面。又怪不得妙玉竟下这帖子给你，又怪不得上年竟给你那些梅花。既连他这样，（俞校：“既连他这样”——从己、庚、甲；原“既然连他都这样”。）少不得我告诉你原故。他常说，古人中自汉晋（俞校：“汉晋”——从己、庚、晋、甲；原“晋汉”。）五代唐宋以来，皆无好诗，只有两句好，说道（俞校：“说道”——从己、庚、晋、甲；原“说是”。）：

纵有千年铁门槛，终须一个土馒头。

所以他自称槛外之人。又常赞（俞校：“又常赞”——从己、庚、晋、甲；原“又赞”。）文是庄子的好，故又或称为‘畸人’。他若帖子上是自称（俞校：“帖子上是自称”——从己、庚、晋、甲；原“帖子是称”。）‘畸人’的，你就还他个‘世人’。畸人者，他自称是畸零之人，你谦（俞校：“你谦”——从己、庚、甲；原“你自谦”。）

自己乃世中扰扰之人，他便喜了。如今他自称槛外之人，是自谓俞校："是自谓"——从己、庚、晋、甲；原"是谓"。蹈于铁槛之外了，俞校："之外了"——从己、庚、晋、甲；原"之外之"。故你如今只下'槛内人'，便合了他的心了。"宝玉听了，如醍醐灌顶，嗳哟了一声，方笑道："怪道我们家庙说是铁槛寺呢，原来有这一说。姐姐就请，让我去写回帖。"岫烟听了，便自往栊翠庵来。宝玉回房写了帖子，上面只写"槛内人宝玉薰沐谨拜"几个字，亲自拿了到栊翠庵，只隔门缝儿投进去便回来了。

因又见芳官梳了头，挽起纂来，戴了些花翠，忙命他改妆；又命将周围的短发剃了去，露出碧青头皮来，俞校："头皮来"——从己、庚；原"头"。当中俞校："当中"——从己、庚；原"后面当"。分大顶。又说："冬天作大貂鼠卧兔儿戴。俞校："作大貂鼠卧兔儿戴"——从己、庚；原"必须貂鼠卧兔儿带"。脚上穿俞校："脚上穿"——从己、庚；原"脚上"。虎头盘云俞校："盘云"——从己、庚；原"蹅云"。五彩小战靴；俞校："小战靴"——以庚傍改（"戦"改"战"）；原"小绒鞋"。或散着裤腿，只用净袜厚底镶鞋。"又说："芳官之名不好，竟改了俞校："竟改了"——从己、庚；原"若改了"。男名才别致。"因又改作"雄奴"。芳官十分称心，便说："既如此，你出门也带我出去。有人问，只说我俞校："只说我"——从己、庚；原"只说"。和茗烟一样的小厮就是了。"宝玉笑道："到底人看的出来。"芳官笑道："我说你是无才的。己双：用芳官一骂，有趣。咱家俞校："咱家"——从己、庚；原"咱们家"。现有几家土番，你就说我是个小土番儿。况且人人说我打联垂好看，你想这话可妙？"俞校："这话可妙"——从己、庚；原"这说的可不妙么"。宝玉听了，喜出意外，忙笑道："这却很好。俞校："这却很好"——从己、庚；原"这狠好"。我也常见官员人等，多有跟从外国献俘之种，图其不畏风霜，鞍马便捷。俞校："鞍马便捷"——从己、庚；原"鞍便马捷"。既这等再起个番名，叫作俞校："叫作"——从己、庚；原"叫"。'耶律雄奴'。'雄奴'二音俞校："雄奴二音"——从己、庚；原"二音"。又与'匈奴'相通，都是犬戎名姓。况且这两种人，自尧舜时便为中华之患，晋唐诸朝深受其害。幸得咱们有福，生在当今之世，大舜之正裔，圣虞之功德仁孝，赫赫格天，同天地日月亿兆不朽。所以凡历朝中跳梁猖獗之小丑，到了如今，竟不用俞校："竟不用"——从己、庚；原"不用"。一干一戈，皆天使其拱手俯头，俞校："拱手俯头"——从己、庚；原"拱俯"。缘远来降。我们正该作践他们，为君父生色。"芳官笑道："既这样着，你该去操习弓马，学些武艺，挺身出去，拿几个反叛来，岂不尽忠效力了！何必借我们，你鼓唇摇舌的，俞校：“鼓唇摇舌的”——从己、庚；原“摇唇鼓舌”。自己开心作戏，却说是称功颂德呢？”俞校：“却说是称功颂德呢”——从己、庚；原“却自己称功颂德”。宝玉笑道：“所以你不明白。如今四海宾服，八方宁静，千载百载俞校：“千载百载”——从己、庚；原“千秋万岁”。不用武备。咱们虽一戏一笑，也该称颂，方不负坐享升平了。”芳官听了俞校：“芳官听了”——从己、庚；原“芳官听见说的”。有理。二人自为妥帖甚宜。俞校：“甚宜”——从己、庚；原“合宜”。宝玉便叫他“耶律雄奴”。究竟贾府二宅皆有先人当年所获之囚，赐为奴隶，只不过令其饲养马匹，皆不堪大用。湘云素习憨戏异常，他也最喜武扮的，俞校：“最喜武扮的”——从己、庚；原“最喜武扮”。每每自己束鸾带，穿摺袖。近见宝玉将芳官扮成男子，他便将葵官也扮了个小子。那葵官本是常刮剃短发，好便于俞校：“好便于”——从己、庚；原“便于”。面上俞校：“面上”——从庚傍改（“上”傍添）；原“面”。粉墨油彩，俞校：“粉墨油彩”——从己、庚；原“粉抹油”。手脚又伶便，打扮了又省一层手。李纨、探春见了也爱，便将宝琴的荳官也就命他打扮了一个小童。头上两个丫髻，短袄红鞋，只差了涂脸，便俨是俞校：“俨是”——从己、庚；原“俨然是”。戏上的一个琴童。湘云将葵官改了，换作俞校：“换作”——从己、庚；原“唤作”。“大英”；因他姓韦，便叫他作韦大英，方合自己的意思。暗藏“惟大英雄能本色”之语，何必涂朱抹粉，本是男子。俞校：“本是男子”——从己、庚；原无。荳官身量年纪皆极小，又极鬼灵，俞校：“又极鬼灵”——从己、庚；原“又鬼灵”。故曰荳官；园中人也有唤他作俞校：“唤他作”——从己；原“唤作”。“阿荳”的，也有唤他作“炒荳子”的。宝琴反说琴童、书童等名太熟俞校：“太熟”——从己、庚；原“太俗”。了，竟是荳字别致，便换作俞校：“荳字别致，便换作”——从己、庚；原“荳字别改，唤作”。“荳童”。

因饭后平儿还席，说红香圃太热，便在榆荫堂中摆了几席新酒佳肴。列双：榆荫中者，馀荫也。兹既感灵，今故怀亲，所谓不失忠孝之大纲也。可喜尤氏又带了佩凤、偕鸳二妾过来游玩。这二妾亦是青年娇憨俞校：“娇憨”——从己、庚、晋、甲；原“娇态”。女子，不常过来的。今既入了这园，再遇见湘云、香菱、芳、蕊一干女子，所谓“方以类聚，物以群分”二语不错，只见他们说笑不了，也不管尤氏在那里，只凭丫鬟们去伏侍，且同众人一一的俞校：“一一的”——从晋、甲；原无。游玩。一时到了怡红院，忽听宝玉叫“耶律雄奴”，把佩凤、偕鸳、香菱三个人笑在一处，问是什么话。大家也学着叫这名字，又叫错了音韵，或忘了字眼，甚至于叫出“野驴子”来，引的合园中人凡听见者无不笑倒。宝玉又见人人取笑，恐作践了他，忙又说：“海西福朗思牙，（俞校：“福朗思牙”——从己、庚；原“福郎思牙”。）闻有金星玻璃宝石。他本国番语以金星玻璃名为‘温都里纳’。如今将你比作他，就改名唤叫（俞校：“唤叫”——从己、庚；原“唤作”。）‘温都里纳’可好？”芳官听了更喜，说：“就是这样罢。”因此又换了这名。众人嫌拗口，仍翻汉名，就唤（俞校：“就唤”——从己、庚；原“叫”。）“玻璃”。

闲言少述，且说当下众人都在榆荫堂中，以酒为名，大家玩笑，命女先儿击鼓。平儿采了一枝芍药，大家约二十来人（俞校：“二十来人”——从己、庚、晋、甲；原“二十人来”。）传花为令，热闹了一回。（俞校：“热闹了一回”——从己、庚、晋、甲；原“热闹一回”。）因人回说：“甄家有两个（俞校：“两个”——从己、庚、晋、甲；原“二人”。）女人送东西来了。”探春和李纨、尤氏三人出去议事厅相见。这里众人且出来散一散。佩凤、偕鸳两个去打鞦韆玩耍。（己双：大家千金不令作此戏，故写不及探春等人也。）宝玉便说：“你两个上去，让我送。”慌的佩凤说：“罢了，（俞校：“罢了”——从己、庚、晋、甲；原“罢罢”。）别替我们闹乱子，倒是叫野驴子来送送使得。”宝玉忙笑说：“好姐姐们，别顽了，没的叫人跟着你们学着骂他。”偕鸳又说：“笑软了，怎么打呢。掉下来栽出你的黄子来。”佩凤便赶着他打。正玩笑不绝，忽见东府中几个人慌慌张张跑来说：“老爷宾天了。”（俞校：“宾天了”——原“仙逝了”；己、庚、晋、甲“殡天了”。今改“宾天了”。）众人听了，吓了一大跳，忙都说（俞校：“忙都说”——从己、庚、晋、甲；原“都忙说”。）：“好好的并无疾病，怎么就没了？”家下人说：“老爷天天修炼，定是功行圆满，升仙去了。”尤氏一闻此言，又见贾珍父子并贾琏等皆不在家，一时竟没个着己的男子来，未免忙了。只得忙卸了（俞校：“卸了”——从己、庚、晋、甲；原“卸去了”。）妆饰；命人先到玄真观，将所有的道士都锁了起来，等大爷来家审问；一面忙忙坐车，带了赖升一干家人媳妇出城。又请太医看视，到底是何病。大夫们见人已死，何处诊脉来。（俞校：“何处诊脉来”——从己、庚、晋、甲；原“何处诊脉”。）素知贾敬导气之术总属虚诞，更至（俞校：“更至”——从己、庚、晋、甲；原“至于”。）参星礼斗，守庚申，服灵砂等妄作虚为，过于劳神费力，反因此伤了生命（俞校：“伤了生命”——从己；原“伤了性命”。）的。如今虽死，肚中坚硬似铁，面皮嘴唇烧的紫绛皱裂。便向媳妇回说：“系玄教中吞金服砂，烧胀而殁。”众道士慌的回说：“原是老爷秘法新制的丹砂吃了坏事。小道们也曾劝说，功行未到，且服不得。不承望老爷于今夜守庚申时悄悄的服了下去，便升仙了。这恐是虔心得道，已出苦海，脱去皮囊，自了去也。”尤氏也不听，只命锁着，等贾珍来发放。俞校：“发放”——从己、庚、晋、甲；原“发落”。且命人去飞马报信。一面看视这里窄狭，不能停放，横竖也不能进城的，忙装裹好了，用软轿抬至铁槛寺来停放。掐指算来，至早也得半月的工夫，贾珍方能来到。目今天气炎热，实不得相待，遂自行主持，命天文生择了日期入殓。寿木已系早年备下，寄在此庙的，甚是便宜。三日后，开丧破孝。一面且做起道场来等贾珍。荣府中凤姐儿出不来，李纨又照顾姊妹，宝玉不识事体，只得将俞校：“只得将”——从晋、甲；原“便将”。外头之事暂托了俞校：“暂托了”——从己、庚、晋、甲；原“暂托与”。几个家中二等管事人。贾㻞、贾珖、贾珩、贾璎、贾菖、贾菱等，各有执事。尤氏不能回家，便将他继母接来，在宁府看家。他这继母，只得将两个未出嫁的俞校：“未出嫁的”——从己、庚、晋、甲；原“未出嫁之”。小女带来，一并起居才放心。俞校：“才放心”——从己、庚、晋、甲；原“才得放心”。己双：原为放心而来，终是放心而去，妙甚！

且说贾珍闻了此信，即忙告假，并贾蓉是有职之人。礼部见当今俞校：“见当今”——从己、庚、晋、甲；原“因当今”。隆敦孝弟，不敢自专，具本请旨。原来天子极是仁孝过天的，且更隆重功臣之裔，一见此本，便诏问贾敬何职。礼部代奏：“系进士出身，祖职已荫其子贾珍。贾敬因年迈多疾，俞校：“多疾”——从己、庚、甲；原“多病”。常养静于都城之外玄真观，今因疾俞校：“因疾”——从己、庚、晋、甲；原“因病”。殁于寺中。其子珍，其孙蓉，现因国丧随驾在此，故乞假归殓。”俞校：“归殓”——从己、庚、晋、甲；原“归葬”。天子听了，忙下额外恩旨俞校：“忙下额外恩旨”——从己、庚、晋、甲；原“随下格外恩旨”。曰：“贾敬虽白衣无功于国，念彼祖父之功，追赐五品之职。令其子孙扶柩，由北下之门进都，入彼私第殡殓。任子孙尽丧礼毕，扶柩归籍外，着光禄寺按上例俞校：“按上例”——从己、庚、晋、甲；原无。赐祭。朝中自王公以下，准其祭吊。钦此。”此旨一下，不但贾府中人谢恩，连朝中所有大臣，皆嵩呼称颂不绝。贾珍父子星夜驰回，俞校：“星夜驰回”——从己、庚、晋、甲；原“星驰而回”。半路中又见贾㻞贾珖二人领家丁飞骑而来。看见贾珍，一齐滚鞍下马请安。贾珍忙问作什么。贾瑞回说：“嫂子恐哥哥和侄儿来了，老太太路上无人，叫我们两个来护送老太太的。”贾珍听了，赞称不绝，俞校：“赞称不绝”——从己、庚；原“称赞不绝”。又问家中如何料理。贾瑞等便将如何拿了道士，如何挪至家庙，怕家内无人，接了亲家母俞校：“亲家母”——从己、庚、晋、甲；原“亲家太太”。和两个姨娘在上房住着。贾蓉当下也下了马，听见两个姨娘来了，便和贾珍一笑。贾珍忙说了几声“妥当”，加鞭便走，店也不投，连夜换马飞驰。一日，到了都门，先奔入铁槛寺，那天已是四更天气。坐更的闻知，忙喝起众人来。贾珍下了马，和贾蓉俞校：“和贾蓉”——从己、庚、晋、甲；原“贾蓉”。放声大哭，从大门外便跪爬进来，俞校：“跪爬进来”——从己、庚、晋、甲；原“跪爬”。至棺前稽颡泣血，直哭到天亮，喉咙都哑了方住。尤氏等都一齐见过。贾珍父子忙按礼换了凶服，在棺前俯伏。无奈自要理事，竟不能目不观物，耳不闻声，少不得减些悲戚，好指挥众人。因将恩旨备述与俞校：“备述与”——从己、庚、晋；原“备述”。众亲友听了。一面先打发贾蓉家中料理停灵之事。贾蓉得不得俞校：“得不得”——从己、庚；原“巴不得”。“得不得”即“图不得”之音变。一声儿，先骑马飞来至家，忙命前厅收桌椅，下隔扇，挂孝幔子，门前起鼓手棚牌楼等事；又忙着进来看外祖母，两个姨娘。原来尤老安人年高喜睡，俞校：“年高喜睡”——从己、庚、晋、甲；原“因年高喜睡”。常歪着了。他二姨娘、三姨娘俞校：“二姨娘、三姨娘”——从己、庚、晋、甲；原“两个姨娘”。都和丫头们作活计，见他来了，都道烦恼。贾蓉且嘻嘻的望他二姨娘笑说：“二姨娘，你又来了。我们父亲正想你呢。”尤二姐便红了脸，骂道：“蓉小子，我过两日不骂你几句，你就过不得了。越发连个体统都没了。还亏你是大家公子哥儿，每日念书学礼的，越发连那小家子瓢坎的俞校：“瓢坎的”——从己、庚、晋；原“刨坎的”。也跟不上。”说着，顺手拿起一个熨斗俞校：“熨斗”——从己、庚、晋、甲；原“铜熨斗”。来搂头俞校：“搂头”——从己、庚；原“兜头”。就打。吓的俞校：“吓的”——从己、庚；原无。贾蓉抱着头，滚到怀里告饶。尤三姐便上来俞校：“尤三姐便上来”——原“尤二姐便上来”。今意改。撕嘴，又说：“等姐姐来家，咱们告诉他。”贾蓉忙笑着跪在炕上求饶，他两个又笑了。贾蓉又和二姨抢砂仁吃。尤二姐嚼了一嘴渣子，吐了他一脸，贾蓉用舌头都舔着俞校：“都舔着”——从己、庚、晋、甲；原“话著”。吃了。众丫头看不过，都笑说：“热孝在身上，老娘才睡了觉。俞校：“才睡了觉”——从己、庚、晋、甲；原“才睡著了”。他两个虽小，到底是姨娘家，你太眼里没有奶奶了。回来告诉爷，你吃不了俞校：“吃不了”——从己、庚、晋、甲；原“吃不了的”。兜着走。”贾蓉撇下他姨娘，便抱着丫头们亲嘴，俞校：“抱着丫头们亲嘴”——从庚；原“搂著那丫头们亲嘴说”。说：“我的心肝，你说的是。俞校：“你说的是”——从己、庚；原“你说的狠是”。咱们馋他两个。”俞校：“馋他两个”——从己、庚、晋；原“饶那两个丫头”。丫头们俞校：“丫头们”——从己、庚、晋、甲；原“众丫头”。忙推他，恨的骂：“短命鬼儿！你一般有老婆丫头，俞校：“老婆丫头”——从己、庚、晋、甲；原“老婆丫头的”。只和我们闹。知道的说是顽；庚双：妙极之“顽”，天下有是之顽亦有趣甚，此语余亦亲闻者，非编有也。靖眉：有天下是之玩，亦有趣甚，玩余亦之玩极妙此语编有也非亲闻。不知道的人，再遇见那脏心烂肺的爱多管闲事嚼舌头俞校：“嚼舌头”——从甲；原“嚼舌根子”。的人，吵嚷的那府里谁不知道，谁不背地里嚼舌，说咱们这边乱帐。”俞校：“乱帐”——从己、庚；原“混帐”。贾蓉笑道：“各门另户，谁管谁的事！都够使的了。从古至今，连汉朝和唐朝，人还说‘脏唐臭汉’，何况咱们这宗人家。谁家没风流事，别讨我说出来。连那边大老爷这么利害，琏叔还和那小姨娘俞校：“小姨娘”——从己、庚、晋、甲；原“小厮姨娘”。不干净呢。凤姑娘俞校：“凤姑娘”——从己、庚、晋；原“凤姐”。那样刚强，瑞叔还想他的帐。那一件瞒了我！”贾蓉只管信口开河，俞校：“信口开河”——从己、庚；原“信口开合”。胡言乱道之间，只见他老娘醒了，请安问好。又说：“难为老祖宗劳心，又难为两位姨娘受委屈，我们爷儿们感戴不尽。惟有等事完了，我们合家大小登门去磕头。”尤老安人点头道：“我的儿，倒是你们会说话。亲戚们原是该的。”又问：“你父亲好？几时得了信赶到的？”贾蓉道：“才刚赶到的，先打发我瞧你老人家来了。好歹求你老人家事完了再去。”说着，又和他二姨挤眼。那尤二姐便悄悄咬牙含笑骂：“很会嚼舌头的猴儿崽子！留下我们，给你爹作娘不成！”贾蓉又戏他老娘道：“放心罢。我父亲每日为两位姨娘操心，要寻两个又有根基俞校：“又有根基”——从己、庚；原“有根基”。又富贵又青年又俏皮的两位姨爹，好聘嫁这二位姨娘的。俞校：“这二位姨娘的”——从己、庚；原无“的”。这几年总没拣得。可巧前日路上才相准了一个。”尤老只当真话，忙问：“是谁家的？”俞校：“这几年”至“谁家的”——从己、庚；原无。尤二姊妹俞校：“尤二姊妹”——从己；原“尤二姐”。丢了活计，一头笑，一头赶着打，说：“妈别信这雷打的。”连丫头们都说俞校：“都说”——从己、庚、晋：原“说”。：“天老爷有眼，仔细雷俞校：“仔细雷”——从己、庚、晋；原“仔细看雷”。要紧！”又值人来回话：“事已完了。请哥儿出去看了，回爷的话去。”那贾蓉方笑嘻嘻的去了。未知如何，且听下回分解。

戚回后：宝玉品高性雅，其终日花围翠绕，用力维持其间，淫荡之至，而能使旁人不觉，被人不厌。贾蓉不分长幼微贱，纵意驰骋于中，恶习可恨。二人之形景天渊，而终归于邪，其滥一也，所谓五十步之间耳。持家有意于子弟者，揣此以照察之可也！

第六十四回
幽淑女悲题五美吟　浪荡子情遗九龙佩

列回前：此一回紧接贾敬灵柩进城，原当铺叙宁府丧仪之盛，但上回秦氏病故，凤姐理丧，已描写殆尽，若仍极力写去，不过加倍热闹而已。故书中于迎灵送殡极忙乱处，却只闲闲数笔带过。忽插入钗、玉评诗，琏、尤赠佩一段闲雅风流文字来，正所谓“急脉缓受”也。

话说贾蓉见家中诸事已妥，连忙赶至寺中，回明贾珍。于是连夜分派各项执事人役，并预备一切应用幡杠等物，择于初四日卯时请灵柩进城。一面使人知会诸位亲友。是日，丧仪炫耀，俞校：“丧仪炫耀”——从己、晋、甲；原“其丧仪炫耀”。宾客如云，自铁槛寺至宁府，夹路看的俞校：“夹路看的”——从己、甲；原“夹路而观者”。何止数万人。俞校：“何止数万人”——从己、晋、甲；原“何啻万数”。内中有俞校：“内中有”——从己、甲；原“也有”。嗟叹的，也有羡慕的，又有一等半瓶醋的读书人，说是“丧礼与其奢易莫若俭戚”的，一路纷纷议论不一。至未申时方到，将灵柩停放正堂俞校：“正堂”——从己、晋、甲；原“正室”。之内。供奠举哀已毕，亲友渐次散回，只剩族中人分理迎宾送客俞校：“送客”——从己、晋、甲；原“应客”。等事。近亲只有邢舅太爷俞校：“邢舅太爷”——从己、甲；原“邢大舅等”。相伴未去。贾珍、贾蓉此时为礼法俞校：“礼法”——从己、晋、甲；原“理法”。所拘，不免在灵旁藉草枕块，俞校：“枕块”——从己、甲；原“枕苫”。恨苦居丧。人散后，仍乘空寻他小姨厮混。宝玉亦每日在宁府穿孝，至晚人散，方回园里。(俞校：“方回园里”——从己、晋、甲；原“方回内里”。)凤姐身体未愈，虽不能时常在此，或遇开坛诵经，亲友上祭(俞校：“上祭”——从己、甲；原“行祭”。)之日，亦扎挣过来，相帮尤氏料理。(俞校：“料理”——从己、晋、甲；原“料理料理”。)一日，供毕早饭，因此时(俞校：“因此时”——从己、晋、甲；原“因”。)天气尚长，贾珍等连日劳倦，不免在灵旁假寐。宝玉见无客至，(俞校：“见无客至”——从己、晋、甲；原“见无客到”。)遂欲回家看视黛玉，因先回至怡红院中。进入门来，只见院中寂静无人，(俞校：“寂静无人”——从己、晋、甲；原“寂静，悄无人声”。)有几个老婆子与小丫头们在回廊下取便乘凉，也有睡卧的，(俞校：“睡卧的”——从己、晋、甲；原“睡觉的”。)也有坐着打盹的。宝玉也不去惊动。只有四儿看见，连忙上前来(俞校：“上前来”——从己、晋、甲；原“上前”。)打帘子。将掀起时，只见芳官自内带笑跑出，几乎与宝玉撞个满怀。一见宝玉，方含笑站着，(俞校：“含笑站着”——从己、晋、甲；原“含著笑站著”。)说道：“你怎么来了？你快与我拦住晴雯，他要打我呢！”一语未了，只听得屋内嘻溜哗喇(俞校：“嘻溜哗喇”——从己、甲；原“咭溜咕噜”。)的乱响，不知是何物撒了一地。随后晴雯赶来骂道：“我看你这小蹄子往那里去！输了不叫打。宝玉不在家，我看你有谁(俞校：“看你有谁”——从己、晋、甲；原“看著谁”。)来救你。”宝玉连忙带笑拦住道(俞校：“拦住道”——从己、晋、甲；原“拦住说道”。)：“你妹子小，不知怎么得罪了你，看我的分上，饶他罢。”(俞校：“饶他罢”——从己、甲；原“饶了他罢”。)晴雯也不想宝玉此时回来，乍一见不觉好笑，遂笑说道：“芳官竟是个狐狸精变的。就是会拘神遣将(俞校：“拘神遣将”——从己、晋、甲；原“勾神遣将”。)的符咒也没有这样快。”又笑道：“就是你请了神来，我也不怕。”遂夺手仍要捉拿芳官。芳官早已藏在宝玉身后。宝玉遂一手拉了晴雯，(俞校：“拉了晴雯”——从己、甲；原“拖了晴雯”。)一手携了芳官，进入屋内看时，只见西边炕上(俞校：“西边炕上”——从己、晋、甲；原“两边床上”。)麝月、秋纹、碧痕、紫绡等正在那里抓子儿，赢瓜子儿(俞校：“瓜子儿”——从己、甲；原“瓜子”。)呢。却是芳官输与晴雯，芳官不肯叫打，跑了出来。(俞校：“跑了出来”——从己；原“跑了出去”。)晴雯因赶芳官，将怀内的子儿撒了一地。宝玉欢喜道：“如此长天，我不在家，正恐你们寂寞，吃了饭(俞校：“吃了饭”——从己、晋、甲；原“噢了”。)睡觉，睡出病来。大家寻件事(俞校：“寻件事”——从晋、甲；原“寻一件事”。)玩笑消遣甚好。”因不见袭人，又问道：“你袭人姐姐呢？”晴雯道：“袭人么，(俞校：“袭人么”——从己、晋、甲；原“他么”。)越发道学了，独自个在屋里面壁呢。这好一会我们没进去，不知他作什么呢，一些声气也听不见。你快瞧瞧去罢，或者此时参悟了（俞校："参悟了"——从己、晋、甲；原"参悮了"。）也未可定。"宝玉听说，一面笑，一面走至里间。只见袭人坐在近窗床上，手中拿着一根灰色绦子，正在那里打结子呢。见宝玉进来，连忙站起，笑道："晴雯这东西，编派我什么呢？我因要赶着打完了（俞校："赶着打完了"——从己、晋、甲；原"赶著打完"。）这结子，没工夫和他们瞎闹，因哄他道（俞校："因哄他道"——从己、晋、甲；原"因说道"。）：'你们玩去罢，趁着二爷不在家，我要在这里静坐一坐，养一养。'（俞校："养一养"——从己；原"养养神"。）他就编派了我这些混话，什么面壁了参禅了的，等一会，我不撕他那嘴。"宝玉笑着，挨近袭人坐下，瞧他打结子，（俞校："瞧他打结子"——从己、晋、甲；原"瞧他所打的结子"。）问道："这么长天，你也该歇息歇息，（俞校："歇息歇息"——从己、晋、甲；原"歇息"。）或和他们玩笑。要不，瞧瞧林妹妹去也好。怪热的，打这个那里使？"袭人道："我见你带的扇套还是那年东府里蓉大奶奶的事情上作的。因那个青东西，除族中或亲友家夏日（俞校："夏日"——从己；原"夏月"。）有丧事方带得着，（俞校："带得着"——从己、晋、甲；原"带的著"。）一年遇着带一两遭，平常又不犯作；如今那府里有事，这是要过去天天带的，所以我赶着另作一个。（俞校："另作一个"——从己、晋、甲；原"另作了一个"。）等打完了结子，给你换下（俞校："给你换下"——从己、晋、甲；原"你换下"。）那旧的来。虽然你不讲究这个，若叫老太太回来看见，又该说我们躲懒，连你的穿带之物都不经心了。"宝玉笑道："这真难为你想的到。只是也不可过于赶，热着了倒是大事。"说着，芳官早托了一杯凉水内新湃的茶来。因宝玉素昔秉赋柔脆，虽暑月不敢用冰，只以新汲井水将茶连壶浸在盆内，不时更换，取其凉意而已。宝玉就芳官手内吃了半盏，遂向袭人道："我来时已吩咐了焙茗，若珍大哥那边有要紧的客（俞校："要紧的客"——从己、甲；原"要紧人客"。）来时，叫他即刻送信；（俞校："叫他即刻送信"——从己、甲；原"令彼即来通禀"。）若无要紧的事，（俞校："若无要紧的事"——从己、甲；原"若无甚要事"。）我就不过去了。"说毕，随出了房门，又回头向碧痕等道："如有事，往林姑娘处来找我。"于是一迳往潇湘馆来看黛玉。

将过了沁芳桥，只见雪雁领着两个老婆子，手中都拿着菱藕瓜果之类。宝玉忙问雪雁道："你们姑娘从来不（俞校："从来不"——从己、晋、甲；原"从不大"。）吃这些凉东西的，拿这些瓜果何用？不是要请（俞校："不是要请"——从甲；原"莫非要请"。）那位姑娘、奶奶么？"雪雁笑道："我告诉你，可不许你对姑娘说去。"宝玉点头应允。雪雁便命两个婆子（俞校："两个婆子"——从己、甲；原"那两个婆子"。）先将瓜果送去，"交与紫鹃姐姐。他要问我，你就说我作什么呢，就来。"那婆子答应着去了。雪雁方说道："我们姑娘这两日方觉身上好些了。今日饭后，三姑娘会着要瞧二奶奶去，姑娘也没去。又不知想起了什么来，自己哭了一回，（俞校："哭了一回"——从己、甲；原"伤感了一回"。）提笔写了好些，不知是诗是词。（俞校："是诗是词"——从己、晋、甲；原"是诗阿词阿"。）叫我传瓜果去时，（俞校："传瓜果去时"——从己、晋、甲；原"传瓜果时"。）又听（俞校："又听"——从己、甲；原"又听得"。）叫紫鹃将屋内摆着的小琴桌上的陈设搬下来，（俞校："搬下来"——从己、晋、甲；原"搬了下来"。）将桌子挪在外间当地；又叫将那龙文鼐（蒙戚双：子之切，小鼎也。）放在桌上，等瓜果来时听用。若说是请人呢，不犯先忙着把个炉摆出来。若说点香呢，（俞校："若说点香呢"——从己、甲；原"若说是点香呢"。）我们姑娘素日屋内，除摆新鲜花果木瓜之类，又不大喜薰衣服；就是点香，亦当点在常坐卧之处。难道是老婆子们把屋子薰臭了，要拿香薰薰不成。究竟连我也不知何故。"说毕，便连忙的去了。宝玉这里不由的低头心内细想（俞校："心内细想"——从己、甲；原"细想，心内"。）道："据雪雁说来，必有原故。若是同那一位姊妹们闲坐，亦不必如此先设馔具。或者是姑爹姑妈的忌辰？（俞校："姑爹姑妈的忌辰"——从己、晋、甲；原"姑娘妈的忌日"。）但我记得每年到此日期，老太太都吩咐另外整理肴馔送去林妹妹私祭，此时已过。大约必是七月，因为瓜果之节，家家都上秋季的坟，林妹妹有感于心，所以在私室自己祭奠，（俞校："祭奠"——从己；原"奠祭"。）取礼记'春秋荐其时食'之意，也未可定。但我此刻走去，见他伤感，（俞校："见他伤感"——从己、甲；原"见林妹妹伤感"。）必极力劝解，又怕他烦恼郁结于心；若竟不去，又恐他过于伤感，无人劝止：两件皆足致疾。（俞校："皆足致疾"——从己、甲；原"皆可致疾"。）莫若先到凤姐姐处一看，在彼稍坐即回。如若见林妹妹伤感，再设法开解，既不至（俞校："再设法开解，既不至"——从己、甲；原"即设法开解，既不致"。）使其过悲，而哀痛稍伸，亦不致抑郁致病。"想毕，遂出了园门，一迳到凤姐处来。正有许多执事婆子（俞校："婆子"——从己、甲；原"婆娘"。）们回事毕，纷纷散出。凤姐儿正倚着门和平儿说话呢。一见了（俞校："一见了"——从己、甲；原"一见"。）宝玉，笑道："你回来了么，我才吩咐了林之孝家的，叫他（俞校："叫他"——从己、甲；原无。）使人告诉跟你的小厮，若没什么事，（俞校："没什么事"——从己、甲；原"没甚事"。）趁便请你回来歇息歇息。再者那里人多，（俞校："那里人多"——从己、甲；原"彼处人多"。）你那里禁得住那些气味。不想恰好你倒来了。"（俞校："你倒来了"——从己、晋、甲；原"你回来了"。）宝玉笑道："多谢姐姐记挂。我也因今日没事，又见姐姐这两日没往那府里去，不知身上可大愈否，所以回来看视看视。"凤姐道："左右也不过是这样，三日好两日不好的。老太太、太太不在家，这些大娘们，嗳，那一个是安分的，每日不是打架，就拌嘴，（俞校："拌嘴"——从己、甲；原"办嘴"。）连赌博偷盗的事情（俞校："的事情"——从己、甲；原"之事"。）都闹出两三件来了。（俞校："都闹出两三件来了"——从己；原"已出来了两三件了"。）虽说（俞校："虽说"——从己、甲；原"虽"。）有三姑娘帮着（俞校："帮着"——从己、甲；原"相帮"。）办理，他又是个没出阁的（俞校："没出阁的"——从己、甲；原"未出阁的"。）姑娘，也有好叫他知道得的，（俞校："知道得的"——从己、甲；原"知道的"。）也有望他（俞校："望他"——从己；原"对他"。）说不得的事，也只好强扎挣着罢了。总不得心静一会儿。（俞校："一会儿"——从己、甲；原"一会"。）别说想病好，求其不添也就罢了。"（俞校："也就罢了"——从己、晋、甲；原"也罢了"。）宝玉道："姐姐虽如此说，（俞校："姐姐虽如此说"——从己、晋、甲；原"虽如此说"。）姐姐还要保重身体，少操些心才是。"说毕，又说了些闲话，别过凤姐，一直往园中走来。（俞校："园中走来"——从己、晋、甲；原"园中来，走"。）进了潇湘馆院门（俞校："院门"——从己、晋、甲；原"门"。）看时，只见炉袅残烟，奠馀玉醴，紫鹃正看着人往里收桌子，搬陈设呢。宝玉便知已经祭奠完了，（俞校："祭奠完了"——从己、晋、甲；原"祭完了"。）走入屋内，只见黛玉面向里歪着，病体恹恹，大有不胜之态。紫鹃连忙说道（俞校："连忙说道"——从己、甲；原"忙说道"。）："宝二爷来了。"黛玉方慢慢的起来，含笑让坐。宝玉道："妹妹这两日可大好些了？气色倒觉静些。（俞校："静些"——从己、晋、甲；原"比先静些"。）只是为何又伤心了？"黛玉道："可是你没的说了。好好的，我多早晚又伤心了？"宝玉笑道（俞校："宝玉笑道"——从己、甲；原"宝玉道"。）："妹妹脸上现有泪痕，（俞校："泪痕"——从己、晋、甲；原"哭泣之状"。）如何还哄我呢！只是我想妹妹素日本来多病，凡事当各自宽解，不可过作无益之悲。若作践坏了身子，使我（俞校："使我"——从己、晋、甲；原"将来使我"。）——"说到这里，觉得以下的话（俞校："以下的话"——从己、甲；原"以下话"。）有些难说，连忙咽住。（俞校："咽住"——从己、晋、甲；原"掩住"。）只因他虽说和黛玉（俞校："和黛玉"——从己、甲；原"与黛玉"。）一处长大，情投意合，又愿（俞校："情投意合，又愿"——从己、晋、甲；原"情投意和，愿"。）同生死，却只是心中领会，从来未曾当面说出；况兼黛玉心多，俞校："心多"——从己、晋、甲；原"心重"。每每说话造次，俞校："说话造次"——从己、甲；原"说话间造次"。得罪了他。俞校："得罪了他"——从己、甲；原"得罪了黛玉，致彼哭泣"。今日原为的是来劝解，俞校："来劝解"——从己、甲；原"来解劝黛玉"。不想把话又说造次了，接不下去，心中一急，又怕黛玉恼他。又想一想自己的心实在的是为好，因而转念为悲，已早俞校："已早"——从己；原"早已"。滚下泪来。靖眉：玉兄此想周到，的是在可女儿工夫上身左右于此时难其亦不故证其后先以恼况无夫嗔处。黛玉起先原恼宝玉说话不论轻重，俞校："不论轻重"——从己、庚、甲；原"不论重轻"。如今见此光景，心有所感，本来素尝俞校："素尝"——从己；原"素习"。爱哭，此时亦不免无言对泣。

却说紫鹃端了茶来，打量他二人又为何事俞校："又为何事"——从己、晋、甲；原上有"不知"。口角，俞校："口角"——从己；原"角口"。因说道："姑娘才身上好些，宝二爷又来呕来了。到底是怎么样？"宝玉一面拭泪，笑道："谁敢呕妹妹了！"一面搭讪着起来闲步，只见砚台底下微露一纸角，不禁伸手拿起。黛玉忙要起身来夺，已被宝玉揣在怀内，笑央道俞校："笑央道"——从己、甲；原"笑说道"。："好妹妹，赏我看看罢。"黛玉道："不管什么，来了就混翻。"一语未了，只见宝钗走来，笑道："宝兄弟要看什么？"宝玉因未见上面是何言词，又未知黛玉心中如何，未敢造次回答，却望着黛玉笑。黛玉一面让宝钗坐，一面笑说道："我曾见古史中有才色的女子，终身遭际，令人可欣可羡，可悲可叹者甚多。今日饭后无事，因欲择出数人，胡乱凑几句诗俞校："凑几句诗"——从己；原"凑几首诗"。以寄感慨，可巧探丫头来会我瞧凤姐姐去，我也心上俞校："心上"——从己；原"身上"。懒懒的，没同他去。才将作了五首，俞校："才将作了五首"——从己、甲；原"适才将作了五六首"。一时困倦起来，撂在那里，不想二爷来了，就瞧见了。其实给他看也倒没有什么！但只是俞校："但只是"——从己；原"但只我"。嫌他是不是的写给人俞校："写给人"——从己、甲；原"写了给人"。看去。"宝玉忙道俞校："宝玉忙道"——从己、甲；原"宝玉笑道"。："我多早晚给人看来俞校："给人看来"——从己、甲；原"给人看了"。呢！昨日那把扇子，原是我爱那几首白海棠的诗，俞校："白海棠的诗"——从己、甲；原"白海棠诗"。所以我自己用小楷写了，不过为的是拿在手中看着便宜。我岂不知闺阁中诗词字迹是轻易往外传诵不得的。自从你说了，我总没拿出园子去。"宝钗道："林妹妹这虑的也是。你既写在俞校："你既写在"——从己、甲；原"既写在"。扇子上，偶然忘记了，拿在书房里去，被相公们看见了，岂有不问是谁作的呢。倘或传扬开了，俞校："传扬开了"——从己、甲；原"传扬开去"。反为不美。自古道，女子无才便是德。总以贞静为主，女工还是第二件。俞校："还是第二件"——从己、甲；原"次之"。其馀诗词，不过是闺中游戏，俞校："诗词，不过是闺中游戏"——从己、甲；原"诗词之类不过闺阁中游戏"。原可以会，可以不会。咱们这样人家的姑娘倒不要这些才华的名誉。"因又笑向黛玉道："拿出来给我看看无妨，只不叫宝兄弟拿出去俞校："拿出去"——从己、晋、甲；原"拿去"。就是了。"黛玉笑道："既如此说，连你也可以俞校："连你也可以"——从己、甲；原"连他也可以"。不必看了。"又指着宝玉笑道："他早已抢了去了。"宝玉听了，方自怀内取出，凑至宝钗身旁， 同细看。只见写道俞校："写道"——从己、甲；原"写道是"。：

西施俞校："西施"——位置从己、甲；原在诗之下。下四题同。

一代倾城逐浪花，吴宫空自忆儿家。

效颦莫笑东村女，俞校："东村女"——从己、晋、甲；原"东邻女"。头白溪边尚浣纱。

虞姬

肠断乌骓夜啸风，虞兮幽恨对重瞳。

黥彭甘受他年醢，饮剑何如楚帐中。

明妃

绝艳惊人出汉宫，红颜命薄俞校："命薄"——从己、晋、甲；原"薄面"。古今同。

君王纵使轻颜色，予夺权何畀画工。

绿珠

瓦砾明珠一例抛，何曾石尉重娇娆。

都缘顽福前生俞校："前生"——从己、晋、甲；原"前王"。造，更有同归慰寂寥。

红拂

长揖雄谈态自殊，俞校："态自殊"——从己、晋、甲；原"态日殊"。美人巨眼识穷途。

尸居馀气杨公俞校："杨公"——从己、晋、甲；原"扬公"。幕，岂得羁縻女丈夫。

宝玉看了，赞不绝口，又说道："妹妹这诗恰好只作了五首，何不

幽淑女悲题五美吟　纨绔子厮混无纲常

就命曰[俞校："就命曰"——从己、甲；原"就命名曰"。]'五美吟'。"[蒙戚双：《五美吟》与后《十独吟》对照。]于是不容分说，便提笔写在后面。宝钗亦说道："作诗不论何题，只要善翻古人之意。若要随人脚踪走去，纵使字句精工，已落第二义，究竟算不得好诗。即如前人所咏昭君之诗甚多，有悲挽昭君的，有怨恨延寿的，又有讥汉帝不能使画工图貌贤臣而画美人的，纷纷不一。后来王荆公复有'意态由来画不成，当时枉杀毛延寿'；永叔有[俞校："永叔有"——从己、甲；原"永叔又有"。]'耳目所见尚如此，万里安能制夷狄'：二诗俱能各出己见，不与人同。[俞校："俱能各出己见，不与人同"——从己、晋、甲；原"名能俱出己见，不袭前人"。]今日林妹妹这五首诗，亦可谓命意新奇，别开生面了。"

仍欲往下说时，只见有人回道："琏二爷回来了。适才外间传说，往东府里去了，好一会了，[俞校："好一会了"——从己、晋、甲；原"好一会子"。]想必就回来的。"宝玉听了，连忙起身，迎至大门以内等待，恰好贾琏自外下马进来。于是宝玉先迎着贾琏跪下，口中给贾母、王夫人等请安；[俞校："请安"——从己；原"请了安"。]又给贾琏请了安。二人携手走了进来，只见李纨、凤姐、宝钗、黛玉、迎、探、惜等早在中堂等候，一一相见[俞校："一一相见"——从己、甲；原"俱相见"。]已毕。因听贾琏说道："老太太明日一早到家，一路身体甚好。今日先打发我来[俞校："先打发我来"——从己；原"打发我先"。]回家看视。[俞校："回家看视"——从己、晋、甲；原"回家来看视"。]明日五更，[俞校："明日五更"——从己、晋、甲；原上有"我赶"。]仍要出城迎接。"说毕，众人又问了些路途的景况。[俞校："景况"——从己、晋、甲；原"光景"。]因贾琏远路才归，遂大家别过，让贾琏回房歇息。一宿晚景，不必细述。至次日饭时前后，果见贾母、王夫人等到来，众人接见已毕，[俞校："接见已毕"——从己、甲；原"接见毕"。]略坐了一坐，吃了一杯茶，便领了王夫人等人过宁府中来。只听见里面哭声震天。却是贾赦、贾琏[俞校："却是贾赦贾琏"——从己、甲；原"却是贾瑞贾珖"。]送贾母到家，即过这边来了。当下贾母进入里面，早有贾赦、贾琏[俞校："早有贾赦贾琏"——从己、甲；原"早有贾赦"。]率领族中人哭着迎了出来。他父子[俞校："他父子"——从己、甲；原"贾瑞贾珖"。]一边一个，挽了贾母，走至灵前；又有贾珍、贾蓉跪着，扑入贾母怀中痛哭。贾母暮年人[俞校："暮年人"——从己、甲；原"暮年之人"。]见此光景，亦搂了珍、蓉等痛哭不已。贾赦、贾琏在旁[俞校："贾赦贾琏在旁"——从己、甲；原"贾赦合众人"。]苦劝，方略略止住。又转至灵右，见了尤氏婆媳，不免又相持大哭一场。（俞校：“大哭一场”——从己；原“大痛一场”。）哭毕，众人方上前一一请安问好。贾珍因贾母才回家来，未得歇息，坐在此间看着，未免要伤心，遂再三的劝。（俞校：“再三的劝”——从己、晋、甲；原“再三求贾母回家，王夫人等亦再三相劝”。）贾母不得已，方回来了。果然年迈的人，禁不住风霜伤感，至夜间便觉头闷心酸，鼻塞声重。连忙请了医生来诊脉下药，足足的忙乱了半夜一日。（俞校：“半夜一日”——从己、晋、甲；原“半夜”。）幸而发散的快，未曾传经，至三更天，些须发了点汗，脉静身凉，大家方放了心。（俞校：“方放了心”——从己、甲；原“方才放心”。）至次日，仍服药调理。又过了数日，乃贾敬送殡之期。贾母犹未大愈，遂留宝玉在家侍奉。凤姐因未曾甚好，亦未去。其馀贾赦、贾琏、（俞校：“贾琏”——从己、甲；原“贾政”。）邢夫人、王夫人等率领家人仆妇，都送至铁槛寺，至晚方回。贾珍、尤氏并贾蓉仍在寺中守灵，等过百日后，方扶柩回籍。家中仍托尤老娘并二姐、三姐照管。

却说贾琏素日既闻尤氏姊妹之名，恨无缘得见。近因贾敬停灵在家，每日与二姐、三姐相认已熟，不禁动了垂涎之意。况知与贾珍、贾蓉等素有（俞校：“素有”——从己、晋、甲；原“素日有”。）“聚麀”之诮，因而乘机百般撩拨，眉目传情。那三姐儿（俞校：“那三姐儿”——从己、甲；原“尤三姐”。）却只是淡淡相对，只有二姐儿（俞校：“二姐儿”——从己、晋、甲；原“二姐”。）也十分有意，但只是眼目众多，无从下手。贾琏又怕贾珍吃醋，不敢轻动，只好二人心领神会而已。此时出殡以后，贾珍家下人少，除尤老娘带领二姐、三姐并几个粗使的（俞校：“粗使的”——从己、甲；原“粗使”。）丫鬟、老婆子在正室居住外，其馀婢妾都随在寺中；（俞校：“都随在寺中”——从己、甲；原“随在寺中”。）外面仆妇，不过晚间巡更，日间看守门户，白日无事亦不进里面去：所以贾琏便欲趁此时（俞校：“趁此时”——从己、晋、甲；原“趁此”。）下手。遂托相伴贾珍为名，亦在寺中住宿，又时常借着替贾珍料理家务，不时至宁府中来勾搭二姐儿。（俞校：“勾搭二姐儿”——从己、甲；原“勾搭二姐”。）一日，有小管家俞禄来回贾珍道：“前者所用棚杠孝布并请杠人（俞校：“请杠人”——从己、晋、甲；原“旛杠人”。）青衣，共使银一千一百十两，（俞校：“一千一百十两”——从己、甲；原“一千两”。）除给银五百两外，仍欠六百零十两。（俞校：“六百零十两”——从己、甲；原“五百两”。）昨日（俞校：“昨日”——从己、甲；原无。）两处买卖人俱来催讨，奴才（俞校：“奴才”——从己、晋、甲；原“小的”。本回下数个同。）特来讨爷的示下。”俞校:“爷的示下”——从己、甲;原“爷示下”。贾珍道:“你且向库上领去俞校:“库上领去”——从己、甲;原“库上去领”。就是了,这又何必来回我。”俞禄道:“昨日已曾上库上俞校:“上库上”——从己、甲;原“向库上”。去领,但只是老爷宾天俞校:“宾天”——原“仙逝”;己、晋、甲“殡天”。今改“宾天”。以后,各处支领甚多,所剩还要预备百日道场及庙中用度,俞校:“庙中用度”——从己、甲;原“寺中用度”。此时竟不能发给,俞校:“不能发给”——从己、晋、甲;原“不能给发”。所以奴才今日特来回爷。或是爷内库里暂且发给,俞校:“暂且发给”——从己、晋、甲;原“暂且给发”。或者挪借何项,吩咐了,奴才好办去。”贾珍笑道:“你还当是先呢,有银子放着不使。你无论那里借了给他俞校:“借了给他”——从己、晋、甲;原“暂且借了给他”。罢。”俞禄笑回道:“若说一二百,俞校:“一二百”——从己、甲;原“一二百两”。奴才还可巴结;俞校:“还可巴结”——从己、晋、甲;原“还可以挪借”。这五六百,俞校:“五六百”——从己、甲;原“四五百两”。奴才一时那里办得来。”贾珍想了一回,俞校:“想了一回”——从己、晋、甲;原“想了一想”。向贾蓉道:“你问你娘去,昨日出殡以后,有江南甄家送来打祭银五百两,未曾交到库上去;家里再找找,凑齐了俞校:“家里再找找,凑齐了”——从己、甲;原“你先要了来”。给他去罢。”贾蓉答应了,连忙俞校:“连忙”——从己、晋、甲;原“忙”。过这边来,回了尤氏,复转来回他父亲道:“昨日那项银子已使了俞校:“已使了”——从己、甲;原“也使了”。二百两,下剩的三百两,令人送至家中,交与老娘收了。”贾珍道:“既然如此,你就带了他去,向你老娘要了出来交给他。再也瞧瞧家中有事无事,问你两个姨娘好。下剩的,俞禄先借了添上罢。”贾蓉与俞禄答应了,方欲退出,只见贾琏走了进来。俞禄忙上前请了安。贾琏便问何事。贾珍一一告诉了。贾琏心中想道:“趁此机会正可至宁府寻二姐儿。”俞校:“寻二姐儿”——从己、甲;原“寻二姐”。一面遂说道:“这有多大事,何必向人借去。昨日我方得了一项银子,还没有使俞校:“还没有使”——从己、晋、甲;原“还没使”。呢,莫若给他添上,岂不省事。”贾珍道:“如此甚好。你就吩咐了蓉儿,一并令他取去。”贾琏忙道:“这必得我亲身取去。再我这几日没回家了,还要给老太太、老爷、太太们请请安;去到大哥那边,俞校:“大哥那边”——从己、甲;原“哥哥那边”。查查家人们有无生事,再也给亲家太太请请安。”贾珍笑道:“只是又劳动你,俞校:“劳动你”——从己、甲;原“劳动老二”。我心里倒不安。”俞校:“心里倒不安”——从己、甲;原“心不安”。贾琏也笑道:“自家兄弟,这有何妨呢。”贾珍又吩咐贾蓉道:“你跟了你叔叔去,也到那边给老太太、老爷、太太们请安，说我和你娘都请安。打听打听老太太身上可大好了，（俞校："可大好了"——从己；原"可大安了"。）还服药呢没有。"贾蓉一一答应了，跟随贾琏出来，带了几个小厮，骑上马，一同进城。在路（俞校："在路"——从己、晋、甲；原"在路间"。）叔侄闲话，贾琏有心，便提到尤二姐，因夸说如何标致，如何做人好，（俞校："做人好"——从己、晋、甲；原"作人好"。）举止大方，言语温柔，无一处不令人（俞校："不令人"——从己、晋、甲；原"不好令人"。）可敬可爱，"人人都说你婶子好，据我看，那里及你二姨儿一零儿呢。"（俞校："及你二姨儿一零儿呢"——从己、甲；原"及你二姨一零儿"。）贾蓉揣知其意，便笑道："叔叔既这么爱他，（俞校："这么爱他"——从己、甲；原"这样爱他"。）我给叔叔作媒，说了做二房，（俞校："做二房"——从己、晋、甲；原"作二房"。接下一个同。）如何？"贾琏笑道："你这是玩话，还是正经话？"贾蓉道："我说的是当真的话。"贾琏又笑道："敢自好。（俞校："贾琏笑道"至"敢自好"——从己、甲；原"贾琏笑道：敢是好呢"。）只是怕你婶子不依，再也怕你老娘不愿意。况且我听见说，你二姨儿（俞校："你二姨儿"——从己、甲；原"你二姨"。）已有了人家了。"贾蓉笑道："这都无妨。我二姨儿、三姨儿，（俞校："二姨儿、三姨儿"——从己、甲；原"二姨、三姨"。）都不是我老爷养的，原是我老娘带了来的。听见说，我老娘在那一家时，就把我二姨儿（俞校："我二姨儿"——从己、甲；原"我二姨"。）许给皇粮庄头张家，（俞校："许给皇粮庄头张家"——从己、甲；原"许与皇庄张家"。）指腹为婚。后来张家遭了官司败落了，我老娘又自那家嫁了出来，如今这十数年，两家音信不通。我老娘时常抱怨，要与他家退婚，我父亲也要将姨儿（俞校："将姨儿"——从己、甲；原"将二姨"。）转聘。只等有了好人家，不过令人找着张家，给他十几两（俞校："十几两"——从己、甲；原"十数两"。）银子，写上一张退婚的字儿。（俞校："退婚的字儿"——从己、甲；原"退婚字儿"。）想张家穷极了的人，见了银子，（俞校："见了银子"——从己、甲；原"见了十数两银子"。）有什么不依的；再他也知道咱们这样的人家，也不怕他不依。又是叔叔这样人说了做二房，我管保我老娘和我父亲都愿意。倒只是婶子那里却难。"贾琏听到这里，心花都开了，那里还有什么话说，只是一味呆笑而已。贾蓉又想了一想，笑道："叔叔若有胆量，依我的主意，（俞校："依我的主意"——从己、甲；原"依我主意行去"。）管保无妨，不过多花上几个钱。"贾琏忙道："有何主意？快些说来。我没有不依的。"贾蓉道："叔叔回家一点声色也别露。等我回明了我父亲向我老娘说妥，然后在咱们府后方近左右（俞校："方近左右"——从己、晋、甲；原"坊近左右"。）买上一所房子及应用傢伙什物，再拨两窝子家人过去伏侍。择了日子，人不知，鬼不觉，娶了过去，嘱咐家人（俞校：“嘱咐家人”——从己、晋、甲；原“嘱咐家下人”。）不许走漏风声。婶子在里面住着，（俞校：“里面住着”——从己、甲；原“里住著”。）深宅大院，那里就得知道了。叔叔两下里住着，过个一年半载，即或闹出来，不过挨上老爷一顿骂。叔叔只说婶子总不生育，原是为子嗣起见，所以私自在外面作成此事。就是婶子，见生米做成熟饭，也只得罢了。再求一求老太太，没有不完的事。”自古道“欲令智昏”，贾琏只顾贪图二姐美色，听了贾蓉一篇话，遂为计出万全，将现今身上有服，并停妻再娶，严父妒妻，种种不妥之处皆置之度外了。却不知贾蓉亦非好意：素日因同他两个姨娘有情，只因贾珍在内，不能畅意；如今若是贾琏娶了，少不得在外居住，趁贾琏不在时，好去鬼混之意。贾琏那里意想及此，遂向贾蓉致谢道：“好侄儿，你果然（俞校：“你果然”——从己、晋、甲；原“果然”。）能够说成了，我买两（俞校：“我买两”——从己；原“再买两个”。）绝色的丫头谢你。”说着，已至宁府门首。（俞校：“门首”——从己、晋、甲；原“首”。）贾蓉说道：“叔叔进去，向我老娘要出银子来，就交给俞禄罢。我先给老太太请安去。”贾琏含笑点头道：“老太太跟前，别提我和你一同来的。”贾蓉道：“知道。”又附耳向贾琏道：“今日要遇见二姨儿，（俞校：“二姨儿”——从己、甲；原“二姨”。）可别性急了，闹出事来，往后倒难办了。”贾琏笑道：“少胡说。你快去罢。我在这里等你。”于是贾蓉自去给贾母请安。

贾琏进入宁府，早有家人头儿率领家人等请安，一路围随至厅上。贾琏一一的（俞校：“一一的”——从己、甲；原“一一”。）问了些话，不过塞责而已，便命家人散去，独自往里面走来。原来贾琏、贾珍素日亲密，又是弟兄，本无可避忌之人，自来是不等通报的。于是走至上房，早有廊下伺候的老婆子打起帘子，让贾琏进去。贾琏进入房中一看，只见南边炕上（俞校：“炕上”——从己、晋、甲；原“床上”。）只有尤二姐带着两个丫鬟一处做活，却不见尤老娘与三姐儿。（俞校：“三姐儿”——从己、甲；原“三姐”。）贾琏忙上前问好相见。尤二姐含笑让坐，（俞校：“含笑让坐”——从己、晋、甲；原“亦含笑让坐”。）便靠东边板壁坐了。贾琏仍将上首让与二姐。

俞校:“仍将上首让与二姐”——从晋;原“坐在上首与二姐”。寒温毕,贾琏笑问道:“亲家太太和三妹妹俞校:“和三妹妹”——原“同三妹妹”;己、甲“合三妹妹”。今改“和三妹妹”。那去了?怎么不见。”尤二姐笑道:“才有事往后面去了,也就来的。”此时伺候的丫鬟因倒茶去,无人在跟前,贾琏睨视二姐一笑。二姐亦低了头,只含笑不理。贾琏又不敢造次动手动脚,因见二姐手中拿一条拴着荷包的手巾摆弄,便搭讪着,往腰内摸了摸,俞校:“摸了摸”——从己、晋、甲;原“摸了一摸”。说道:“槟榔荷包也忘了带来了。妹妹有槟榔,赏我一口吃。”二姐道:“槟榔倒有,只是我的槟榔从来俞校:“从来”——从己、晋、甲;原“从”。不给人吃。”贾琏便笑着,欲近身来拿。二姐怕有人来看见不雅,便连忙一笑,撂了过来。贾琏接在手中,都倒了出来,拣了半块吃剩下的,撂在口中吃了,又将剩下的俞校:“撂在口中吃了,又将剩下的”——从己、晋、甲;原无。都揣了起来。刚要俞校:“刚要”——从己、甲;原“将欲”。把荷包亲身送过去,只见两个丫鬟端了茶来。贾琏一面接了茶吃茶,一面暗将自己带的一个汉玉九龙佩解了下来,拴在手巾上,趁丫鬟回头时,仍撂了过去。俞校:“仍撂了过去”——从己、晋、甲;原“撂了过去”。二姐亦不去拿,俞校:“亦不去拿”——从己、晋、甲;原“且不去拿”。只装看不见,坐着吃茶。只听后面一阵帘子响,却是尤老娘、三姐儿俞校:“三姐儿”——从己、甲;原“三姐”。紧接下一个同。带着两个小丫头自后面走来。贾琏送目与二姐,令其拾取,这尤二姐只是不理。贾琏不知二姐何意,甚是着急,只得迎上来与尤老娘、三姐儿相见。一面又回头看二姐时,只见二姐笑着,没事人似的;再又看一看,手巾已不知俞校:“已不知”——从己、甲;原“不知”。那里去了,贾琏方放了心。于是大家归坐,叙了些闲话。贾琏说道:“大嫂子说,前日有一包银子,交给亲家太太收起来了,今日因要还人,大哥俞校:“大哥”——从己、甲;原“珍大哥”。令我来取;再也看看家里有事无事。”尤老娘听了,连忙使二姐拿钥匙去取银子。这里贾琏又说道:“我也要给亲家太太请请安,瞧瞧二位妹妹。亲家太太脸面倒好,只是二位妹妹在我们家里受委屈。”尤老娘笑道:“咱们都是至亲骨肉,说那里的话。在家里也是住着,在这里也是住着。不瞒二爷说,我们家里,自从先夫去世,家计也着实艰难了,全亏了这里姑爷帮助。如今姑爷家里有了这样大事，我们不能别的出力，白看一看家，还有什么委屈了的呢！”正说着，二姐已取了银子来，交与尤老娘。尤老娘便（俞校：“尤老娘便”——从己、甲；原“老娘便”。）递与贾琏。贾琏又命一个小丫头叫了一个老婆子来，吩咐他道：“你把这个交给俞禄，叫他拿过那边去等我。”老婆子答应了出去。只听得院内是贾蓉的声音（俞校：“贾蓉的声音”——从己、晋、甲；原“贾蓉声音”。）说话。须臾进来，给他老娘、姨娘请了安，又向贾琏笑道：“才刚老爷还问叔叔呢，说是什么事情要使唤。原要使人到庙里去叫，我回老爷说叔叔就来。老爷还吩咐我，路上遇着叔叔，叫快去呢。”贾琏听了，忙要起身。又听贾蓉和他老娘说道：“那一次我和老太太说的，我父亲要给二姨（俞校：“要给二姨”——从己、晋、甲；原“要合二姨”。）说的姨爹，就和（俞校：“就和”——从己、晋、甲；原“比起来就合”。）我这叔叔的面貌身量差不多儿。老太太说，好不好？”一面说着，又悄悄的用手指着贾琏，和他二姨努嘴儿。二姐倒不好意思说什么。只见三姐笑骂道：“坏透了的小猴儿崽子！没了你娘的说了。（俞校：“你娘的说了”——从己、甲；原“你娘的”。）等我撕他那嘴。”一面说着，便赶了过来。贾蓉早笑着跑了出去。贾琏也笑着，辞了出来。走至厅上，（俞校：“走至厅上”——从己、晋、甲；原“至厅上”。）又吩咐了家人些不可耍钱吃酒等语。又悄悄的央贾蓉回去，急速和他父亲说。一面便带了俞禄过来，将银子添足，交给他拿去；（俞校：“交给他拿去”——从己、甲；原“交彼拿去”。）一面自己（俞校：“一面自己”——从晋；原“自己”。）见他父亲，给贾母去请安，不提。

却说贾蓉见俞禄跟了贾琏去取银子，自己无事，便仍回至里面，和他姨娘嘲戏了一回，方起身。至晚到寺，见了贾珍，回道：“银子已经交给俞禄了。老太太已大愈了，如今已经不服药了。”说毕，又趁便将路上贾琏要娶尤二姐作二房之意说了，又说如何在外头置房子住，不使凤姐知道，“此时总不过为的是子嗣艰难起见，为的是二姨是见过的，亲上作亲，比别处不知道的人家说了来的好，所以二叔再三央我对父亲说。”只不说是他自己的主意。贾珍想了一想，笑道：“其实倒也罢了，只不知你二姨心中愿意不愿意。明日你先去和你老娘商量，叫你老娘问准了你二姨，再作定夺。”于是又教了贾蓉一篇话，便走过来，将此事告诉了尤氏。尤氏却知此事不妥，因而极力劝止，无奈贾珍主意已定，素日又是顺从惯了的；况且他与二姐本非一母，不便深管，因而也只得由他们闹去了。俞校：“闹去了”——从己、甲；原“闹去”。至次日一早，果然贾蓉复进城来见他老娘，将他父亲之意说了；又添上许多话，说贾琏做人俞校：“做人”——从己、晋、甲；原“作人”。如何好，目今凤姐身子有病，已是不能好的了，暂且买了房子在外面住着，过个一年半载，只等凤姐一死，便接了二姨进去做正室；俞校：“做正室”——从己、晋、甲；原“作正室”。又说他父亲此时如何聘，贾琏那边如何娶，如何接了你老人家养老，往后三姨也是那边应了替聘。说得天花乱坠，不由得尤老娘不肯。况素日全亏贾珍周济，此时又是贾珍作主替聘，而且妆奁不用自己置买；贾琏又是青年公子强胜张家；俞校：“强胜张家”——从己、晋、甲；原“比张华强胜十倍”。遂忙过来俞校：“遂忙过来”——从己、晋、甲；原“遂连忙过来”。与二姐俞校：“与二姐”——从晋；原“合二姐”。商议。二姐又是水性的人，在先已和俞校：“已和”——从己、晋、甲；原“合”。姐夫不妥，又常怨恨当时错许张华，致使后来终身失所。今见贾琏有情，况是姐夫将他聘嫁，有何不肯，也便俞校：“也便”——从己、甲；原“亦便”。点头依允。当下回复了贾蓉。贾蓉回了他父亲。俞校：“回了他父亲”——从己、晋、甲；原“回复了他父亲”。次日命人请了贾琏到寺中来，贾珍当面告诉了他尤老娘应允之事。俞校：“应允之事”——从己、晋、甲；原“应允了此事”。贾琏自是喜出望外，感谢俞校：“感谢”——从己、甲；原“又感谢”。贾珍、贾蓉父子不尽。于是二人商议着，使人看房子，打首饰，给二姐儿俞校：“给二姐儿”——从己、甲；原“给二姨”。置买妆奁及新房中应用床帐等物。不多几日，早将诸事办妥。已于宁荣街后二里远近，小花枝巷俞校：“小花枝巷”——从己、晋、甲；原“小花巷”。内买定一所房子，共二十馀间；又买了两个小丫头。贾珍又给了一房家人，名叫鲍二，夫妻两口，以备二姐过去时服役。又使人将张华父子叫来，逼勒着与尤老娘写退婚书。却说张华之祖，原当皇粮庄头，俞校：“皇粮庄头”——从己、甲；原“皇庄”。后来死去，至张华父亲时，仍充此役。因与尤老娘前夫相好，所以将张华与尤二姐指腹为婚。后来不料遭了官司，败落了家产，弄得衣食不周，那里还娶得起媳妇呢！尤老娘又自那家嫁了出来，两家有十数年音信不通。今被贾府家人唤至，逼他与二姐退婚，心中虽不愿意，无奈惧怕贾珍等势焰，不敢不依，只得写了一张退婚文约。尤老娘与银十两，两家退亲，不提。俞校："不提"——从己、甲；原"不提外"。这里贾琏等见诸事已妥，遂择了初三黄道吉日，娶二姐过门，下回便见。正是：

只为同枝贪色欲，致教连理起干戈。

蒙回后：五首新诗何所居？颦儿应自日欷歔。柔肠一段千般结，岂是寻常望雁鱼。

五百年风流债，一见了偏作怪。你贪我爱自难休，天巧姻缘浑无奈。父母者子女间，莫失教训说前缘。防微之处休弛谢，严厉才能真爱怜。

第六十五回
贾二舍偷娶尤二姨　尤三姐思嫁柳二郎

蒙回前：笔笔叙二姐温柔和顺高凤姐十倍，言语行事胜凤姐五分，堪为贾琏二房，所以深著凤姐不念宗祀血食，为贾宅第一罪人。《纲目》书法。

文有双管齐下法，此文是也。事在宁府，却把凤姐之奸酸刻薄，平儿之任侠直鲠，李纨之号菩萨，探春之号玫瑰，林姑娘之怕倒，薛姑娘之怕化，一时齐现，是何等妙文！

话说贾琏、贾珍、贾蓉三人商议，事事妥帖，至初二日先将尤老和三姐送入新房。尤老一看，虽不似贾蓉口内之言，也十分齐备，俞校："也十分齐备"——从己、庚、晋；原"倒也十分齐备"。母女二人，已称了心。俞校："已称了心"——从己、庚、晋；原"也却称了愿"。鲍二夫妇见了，如一盆火，赶着尤老一口一声唤"老娘"，又或是"老太太"；赶着三姐叫"三姨"，或是"姨娘"。至次日五更天，一乘素轿，将二姐抬来。各色香烛纸马并铺盖，以及酒饭，早已备得俞校："备得"——从己、庚、晋；原"预备得"。十分妥当。一时，贾琏素服坐了小轿而来，拜过天地，焚了纸马。那尤老见二姐俞校："见二姐"——从己、庚；原"见了二姐"。身上头上焕然一新，不似在家模样，十分得意。搀入洞房。是夜贾琏同他颠鸾倒凤，百般恩爱，不消细说。俞校："不消细说"——从己、庚、晋、甲；原无。那贾琏越看越爱，越瞧越喜，不知要怎生奉承这二姐。乃命鲍二等人〔俞校："鲍二等人"——从己、庚、晋、甲；原"鲍二家的等人"。〕不许提三说二的，直以"奶奶"称之，自己也称"奶奶"，竟将凤姐一笔勾倒。〔俞校："一笔勾倒"——从己、庚、晋、甲；原"一笔勾销"。〕有时回家中，只说在东府有事羁绊。凤姐辈因知他和贾珍相得，自然见或〔俞校："自然见或"——从己；原"自然是或"。〕有事商议，也不疑心。再家下人〔俞校："再家下人"——从己、庚、晋；原"家下人"。〕虽多，都不管这些事。便有那〔俞校："便有那"——从己、庚、晋、甲；原"便有那些"。〕游手好闲，专打听小事的人，也都去奉承贾琏，乘机讨些便宜，谁肯去露风。于是贾琏深感贾珍不尽。贾琏一月出五两银子，做天天的供给。〔俞校："做天天的供给"——从己、庚、晋、甲；原"做"作"作"。〕若不来时，他母女三人一处吃饭；若贾琏来了，他夫妻二人一处吃，他母女便回房自吃。贾琏又将自己积年所有梯己一并搬了与二姐收着。又将凤姐素日〔俞校："素日"——从己、庚、晋、甲；原无。〕之为人行事，枕边衾内〔俞校："枕边衾内"——从己、庚；原"枕边"。〕尽情告诉了他。只等一死，便接他进去。〔俞校："接他进去"——从己、庚、晋、甲；原"接进去"。〕二姐听了，自是愿意。当下十来个人倒也过起日子来，十分丰足。

眼看已是两个月的光景。这日贾珍在铁槛寺做完佛事，〔俞校："做完佛事"——从晋、甲；原无。〕晚间回家〔俞校："晚间回家"——从己、庚、晋、甲；原"回家"。〕时，因与他姊妹久别，竟要去探望探望。先命小厮去打听贾琏在与不在，小厮回来说不在。贾珍欢喜，将左右一概先遣回去，只留〔俞校："只留"——从己、庚、晋、甲；原"只"。〕两个心腹小童牵马。一时到了新房，已是掌灯时分，悄悄进去。两个小厮将马拴在圈内，〔俞校："圈内"——从己、庚、晋、甲；原"棚内"。〕自往下房去听候。〔俞校："去听候"——从己、庚、晋、甲；原"听候"。〕贾珍进来，屋里才点灯，先看过了尤氏母女，然后二姐出见。贾珍仍唤"二姨"。大家吃茶，说了一回闲话。贾珍因笑说："我作的这保山如何？若错过了，打着灯笼还没处寻。过日你姐姐还备了礼来瞧你们呢。"说话之间，尤二姐已命人预备下酒馔。关起门来，都是一家人，〔俞校："一家人"——从晋、甲；原"一个人"。〕原无避讳。〔俞校："原无避讳"——从晋、甲；原"原没回避"。〕那鲍二〔俞校："那鲍二"——从己、庚、晋、甲；原"鲍二"。〕来请安。贾珍便说："你还是个有良心的小子，所以叫你来伏侍。日后自有大用你之处。不可在外头吃酒生事，我自然赏你。倘或这里短了什么，你琏二爷事多，那里人杂，你只管去回我。我们弟兄，不比别人。"

鲍二答应道："是。小的知道。若小的不尽心，除非不要这脑袋了。"贾珍点头说："要你知道。"当下四人一处吃酒。尤二姐知局，便邀他母亲说："我怪怕的，妈同我到那边走走来。"尤老也会意，便真个同他出来，只剩（俞校："只剩"——从己、庚、晋；原"只剩了"。）小丫头们。贾珍便和三姐挨肩擦脸，百般轻薄起来。小丫头子们（俞校："小丫头子们"——从己、庚、晋；原"小丫头子"。）看不过，也都躲了出去，凭他两个自在取乐，（俞校："自在取乐"——从己、庚、晋；原"自去取乐"。）不知作些什么勾当。跟的两个小厮都在厨下（俞校："厨下"——从己、庚、晋、甲；原"厨房"。）和鲍二爷（俞校："鲍二爷"——从己；原"鲍二"。）饮酒。鲍二女人上灶。忽见两个丫头也走了来嘲笑，要吃酒。鲍二因说："姐儿们不在上头（俞校："不在上头"——从己、庚、甲；原"不上头"。）伏侍，也偷来了。一时叫起来（俞校："叫起来"——从己、庚、晋、甲；原"要叫起来"。）没人，又是事。"他女人骂道："糊涂浑呛了的（俞校："浑呛了的"——从己、庚、晋、甲；原"浑帐的"。）忘八，你撞丧（俞校："撞丧"——从己、庚、晋、甲；原"嚷丧"。紧接下一处同。）那黄汤罢。撞丧醉了，夹着你那膫子（俞校："夹着你那膫子"——从己、庚、晋；原"抱著你那脑袋"。）挺你的尸去。叫不叫，与你什么相干！（俞校："什么相干"——从甲；原"甚么相干"。）一应有我承当，风雨横竖洒不着你头上来。"（俞校："你头上来"——从己、庚、晋、甲；原"你头上"。）这鲍二原因（俞校："原因"——从己、庚、晋、甲；原"原是因"。）妻子发迹的，近日越发亏他，自己除赚钱吃酒之外，一概不管，贾琏等也不肯责备他；故他视妻如母，百依百随，且吃够了，便去睡觉。这里鲍二家的陪着这些丫鬟、小厮吃酒，讨他们的好，准备在贾珍前上好儿。（俞校："上好儿"——从己；原"上些好话儿"。）四人正吃的高兴，忽听叩门之声，鲍二家的忙出来开门看时，见是贾琏下马，问有事无事。鲍二女人便悄悄的告他说："大爷在这里西院里呢。"贾琏听了，便回至卧房。只见尤二姐和他母亲都在房中，见他来了，二人面上便有些赸赸的。贾琏反推不知，只命："快拿酒来，咱们吃两杯好睡觉。我今日很乏了。"二姐忙上来陪笑接衣奉茶，（俞校："奉茶"——从庚；原"捧茶"。）问长问短。贾琏喜的心痒难受。一时鲍二家的端上酒来，（俞校："端上酒来"——从己、庚、晋、甲；原"端酒上来"。）二人对饮。他丈母不吃，自回房中睡去了。（俞校："自回房中睡去了"——从己、庚、晋；原"自回房去了"。）两个小丫头分了一个过来伏侍。贾琏的心腹小童隆儿拴马去，（俞校："隆儿拴马去"——从己、庚、晋、甲；原"拴马去"。）见已有了一匹马，细瞧一瞧，知是贾珍的，心下会意，也来厨下。只见喜儿、寿儿两个正在那里（俞校："正在那里"——从己、

（庚、晋、甲：原“正”。）坐着吃酒。见他来了，也都会意，故笑道：“你这会子来的巧。我们因赶不上爷的马，恐怕犯夜，往这里来借宿一休的。”（俞校：“也都会意”至“一休的”——从己、庚；原“说惟恐怕犯夜，往这里借宿一宵的”。）隆儿便笑道：“有的是炕，只管睡。我是二爷使我送月银的，交给了奶奶，我也不回去了。”喜儿便说：“我们吃多了，你来吃一钟。”隆儿才坐下，端起杯来，（俞校：“端起杯来”——从己、庚；原“端起酒来”。）忽听马棚内闹将起来。原来二马同槽，不能相容，互相蹶踶（俞校：“蹶踶”——从己、庚；原“蹶踢”。）起来。隆儿等慌的忙放下酒杯，出来喝马。好容易喝住，另拴好了，方进来。鲍二家的笑道：“你三人就在这里罢，茶也现成了，我可去了。”说着，带门出去。这里喜儿喝了几杯，（俞校：“喝了几杯”——从己、庚、甲；原“嗑了两杯”。）已是楞子眼了。隆儿、寿儿关了门，回头见喜儿直挺挺的仰卧炕上，二人便推他说：“好兄弟，起来好生睡。只顾你一个人，我们就苦了。”那喜儿便说道：“咱们今儿可要公公道道的贴一炉子烧饼。要有一个充正经的人，（俞校：“充正经的人”——从己、庚；原“充正经人的”。）我痛把你妈一肏。”（俞校：“一肏”——从己、庚、晋；原“一骂”。）隆儿、寿儿见他醉了，也不必多说，（俞校：“不必多说”——从己、庚；原“不多说”。）只得吹了灯，将就睡下。（俞校：“睡下”——从己、庚；原“卧下”。）尤二姐听见马闹，心下便不自安，只管用言语混乱贾琏。那贾琏吃了几杯，春兴发作，便命收了酒果，掩门宽衣。尤二姐只穿着大红小袄，散挽乌云，满脸春色，比白日更增了颜色。贾琏搂他笑道：“人人都说我们那夜叉婆齐整，如今我看来，给你拾鞋也不要。”尤二姐道：“我虽标致，却无品行，看来到底是不标致的好。”贾琏忙问：“这话如何说？我却不解。”尤二姐滴泪说道：“你们拿我作愚人（俞校：“愚人”——从己、庚、晋、甲；原“愚久”。（小字本作“愚人”））待，什么事我不知。（俞校：“什么事我不知”——从己、庚；原“我什么事不知道”。）我如今和你做了两个月的夫妻，日子虽浅，我也知你不是愚人。我生是你的人，死是你的鬼。如今既做了夫妻，我终身靠你，岂敢瞒藏一字。我算是有靠。将来我妹子却如何结果？据我看来，这个形景，恐非常策，要做长久之计方可。”（俞校：“方可”——从己、庚、晋、甲；原“方好”。）贾琏听了，笑道：“你且放心，我不是那拈酸吃醋之辈。前事我已尽知，你也不必惊慌。你因妹夫是作兄的，（俞校：“你因妹夫是作兄的”——原“你姐夫是作

贾二舍偷娶尤二姨　尤三姐思嫁柳二郎

兄的"；己、庚"你因妹夫是作弟的"，庚又旁改成"你因妹夫倒是作兄的"。今改如此。自然不好意思，不如我去破了这例。"说着走了，便至西院中来，只见窗内灯烛辉煌，二人正吃酒取乐。贾琏便推门进去，笑说："大爷在这里，兄弟来请安。"贾珍羞的无话，只得起身让坐。贾琏忙笑道："何必又作如此景象！咱们弟兄从前是如何样来！大哥为我操心，我今日粉身碎骨，感激不尽。大哥若多心，我意何安。从此以后，还求大哥俞校："大哥为我"至"还求大哥"——从己、庚、晋；原"大哥"。如昔方好。不然，兄弟能可绝后，再不敢到此处来了。"说着，便要跪下。俞校："便要跪下"——从己、庚、晋、甲；原"便要下跪"。慌的贾珍连忙搀起，只说："兄弟怎么说，我无不领命。"贾琏忙命人看酒来，"我和大哥吃两杯。"又拉尤三姐说："你过来陪小叔子一杯。"贾珍笑的说俞校："笑的说"——从己、晋；原"笑道说"。："老二，到底是你，哥哥必要吃干这钟。"说着，一扬脖。俞校："一扬脖"——从己、庚、晋；原"一扬脖子"。尤三姐站在炕上，指贾琏俞校："指贾琏"——从己、庚、晋；原"指著贾琏"。笑道："你不用和我花马吊嘴的。清水下杂面，你吃我看。见提着俞校："清水下杂面，你吃我看。见提着"——从己、庚；原"咱们清水下杂面，你吃我也见。提著"。影戏人子上场，好歹别戳破这层纸儿。你别油蒙了心，俞校："蒙了心"——从己、庚、晋、甲；原"朦了心"。打量我们不知道你府上的事。这会子花了几个臭钱，你们哥儿俩俞校："哥儿俩"——从己、庚；原"哥儿两个"。拿着我们姐儿两个权当粉头来取乐儿，俞校："取乐儿"——从己、庚、晋、甲；原"取乐"。你们就打错了算盘了。我也知道你那老婆俞校："你那老婆"——从己、庚、晋、甲；原"你老婆"。太难缠。如今把我姐姐拐了来做二房，偷的锣儿敲不得。我也要会会那凤奶奶俞校："那凤奶奶"——从己、庚、晋、甲；原"凤奶奶"。去，看他是几个脑袋几只手。若大家好取和俞校："好取和"——从己、庚、晋；原"好取合"。便罢；倘若有一点叫人过不去，我有本事先把你两个的俞校："你两个的"——从己、庚、晋、甲；原"你两个"。牛黄狗宝掏了出来，俞校："掏了出来"——从己、庚、晋、甲；原"掏出来"。再和那泼妇拚了这命，也不算是尤三姑奶奶！喝酒怕什么，咱们就喝！"说着，自己绰起壶来，斟了一杯，俞校："斟了一杯"——从己、庚、晋、甲；原"便斟了一杯"。自己先喝了俞校："先喝了"——从己、庚、晋、甲；原"先嗑"。半杯，搂过贾琏的脖子俞校："贾琏的脖子"——从己、庚、晋；原"脖子"。来就灌，说："我和你哥哥已经吃过了，咱们来亲香亲香。"吓的贾琏酒都醒了。俞校："酒都醒了"——从己、庚、晋、甲；原"酒却醒了"。贾珍也不承望俞校："贾珍也不承望"——从己、庚、晋、甲；原"贾琏也不承望"。尤三姐这等无耻老辣。弟兄两个本是风月场中耍惯的，不想今日反被这闺女俞校："这闺女"——从己、庚；原"这个闺女"。一席话说住。尤三姐一叠声又叫（俞校："又叫"——从己、庚、晋、甲；原"叫"。）："将姐姐请来。要乐，（俞校："要乐"——从己、庚、甲；原"说要乐"。）咱们四个一处同乐。俗语说，便宜不过当家。他们是弟兄，咱们是姊妹，又不是外人，只管上来。"尤二姐反不好意思起来。贾珍得便就要一溜，（俞校："就要一溜"——从己、庚；原"就一溜"。）尤三姐那里肯放。贾珍此时方后悔，不承望他是这种为人，与贾琏反不好轻薄起来。这尤三姐松松挽着头发；大红袄子，半掩半开，露着葱绿抹胸，一痕雪脯；底下绿裤红鞋，一对金莲，或敲或并，（俞校："或敲或并"——从己、庚、晋；原"或翘或并"。）没半刻斯文；（俞校："没半刻斯文"——从己、庚、晋、甲；原"无半刻斯文"。）两个坠子（俞校："两个坠子"——从己、庚、晋、甲；原"两坠子"。）却似打秋韆一般，灯光之下，越显得柳眉笼翠雾，檀口点丹砂。本是一双秋水眼，再吃了酒，又添了饧涩淫浪。不独将他二姊（俞校："他二姊"——从己、庚、晋；原"他二姐"。）压倒，据珍、琏评去，所见过的上下贵贱若干女子，皆未有此绰约风流者。二人已酥麻如醉，不禁去招他一招；（俞校："招他一招"——从己、庚、晋；原"招他"。）他那（俞校："他那"——从己、庚、晋；原"那妇"。）淫态风情反将二人禁住。那尤三姐放出手眼来，略试了一试，他弟兄两个竟全然无一点别识别见，连口中一句响亮话都没了，不过是'酒色'二字而已。自己高谈阔论，任意挥霍洒落一阵，拿他兄弟二人嘲笑取乐，竟真是他嫖了男人，并非男人淫了他。一时，他的酒足兴尽，也不容他弟兄多坐，撵了出去，自己关门睡去了。（俞校："睡去了"——从己、庚、晋、甲；原"去了"。）自此后，或略有丫鬟、婆娘（俞校："婆娘"——从己、庚、晋；原"婆子"。）不到之处，便将贾珍、贾琏、贾蓉三个泼声厉言痛骂，说他爷儿三个诓骗了他寡妇孤女。贾珍回去之后，以后亦不敢（俞校："亦不敢"——从己、庚；原"也不敢"。）轻易再来。有时尤三姐自己高了兴，（俞校："高了兴"——从己、庚、晋；原"高兴"。）悄命小厮来请，方敢去一会。到了这里，也只好随他的便。

谁知这尤三姐天生（俞校："天生"——从己、庚、晋；原"天生的"。）脾气不堪，仗着自己（俞校："仗着自己"——从己、庚、晋；原"自己仗着"。）风流标致，偏要打扮的出色另式，作出许多万人不及的淫情浪态来，哄的男子们垂涎落魄，欲近不能，欲远不舍，迷离颠倒，他以为乐。他母姊二人也十分相劝，他反说："姐姐糊涂。咱们金玉一般的人，白叫这两个现世宝（俞校："现世宝"——从己、庚、甲；原"现世包"。）沾污了去，也算无能。

而且他家有一个极利害的女人，如今瞒着他不知，咱们方安；俞校：“方安”——从己、晋；原“方妥”。倘或一日他知道了，岂肯干休，势必有俞校：“势必有”——从己、庚、晋、甲；原“必有”。一场大闹，不知谁生谁死。趁如今我不拿他们取乐作践准折，到那时，白落个臭名，后悔不及。”因此一说，他母女见不听劝，也只得俞校：“也只得”——从己、庚、晋、甲；原“只得”。罢了。那尤三姐天天挑拣穿吃，俞校：“挑拣穿吃”——从己、庚、晋、甲；原“挑拣吃穿”。打了银的，又要金的；有了珠子，又要宝石；吃着肥鹅，又宰肥鸭。或不称心，连桌一推；衣裳不如意，不论绫缎新整，俞校：“新整”——从己、庚、晋、甲；原“新旧”。便用剪刀剪碎，撕一条，骂一句。——究竟贾珍等何曾随意俞校：“随意”——从己、庚、晋、甲；原“遂意”。了一日，反花了许多昧心钱。贾琏来了，只在二姐房内，心中也悔上来。无奈二姐倒是个多情人，以为贾琏是终身之主了，俞校：“终身之主了”——从己、庚、晋、甲；原“终身之主”。凡事倒还知疼着痒的。若论起俞校：“若论起”——从己、庚；原“若论”。温柔和顺，凡事必商必议，俞校：“必商必议”——从己、庚；原“必商议”。不敢恃才自专，实较凤姐高十倍；若论标致，言谈俞校：“言谈”——从己、庚、甲；原“言语”。行事，也胜五分。虽然如今改过，但已经失了脚，有了一个俞校：“有了一个”——从己、庚、晋、甲；原“有了个”。‘淫’字，凭有甚好处也不算了。偏这贾琏又说：“谁人无错，知过必改就好。”俞校：“就好”——从己、庚、晋、甲；原“就好了”。故不提已往之淫，只取现今之善，便如胶授漆，俞校：“如胶授漆”——从己、庚；原“如胶投漆”。似水如鱼，一心一计，誓同生死，那里还有凤平二人在意了。俞校：“在意了”——从己、庚、甲；原“在意上”。二姐在枕边衾内也常劝贾琏说：“你和珍大哥商议商议，拣个相熟的人，把三丫头聘了罢。留着他不是常法子，俞校：“常法子”——从己、庚、晋、甲；原“常法”。终久要生出事来，怎么处？”贾琏道：“前儿我曾回过大哥的，俞校：“我曾回过大哥的”——从己、庚；原“我也曾回过大哥”。他只是舍不得。我说：‘是块肥羊肉，只是烫的慌。玫瑰花儿可爱，刺太扎手。俞校：“玫瑰花儿可爱，刺太扎手”——从己；原无。咱们未必降的住，正经拣个人聘了罢。’他只意意思思，俞校：“意意思思”——从己、庚；原“意意思思的”。就丢开手了。你叫我有何法。”二姐道：“你放心。咱们明日俞校：“咱们明日”——从己、庚、晋、甲；原“明日咱们”。先劝三丫头，他肯了，让他自己闹去。闹的无法，少不得聘他。”贾琏听了，说：“这话极是。”至次日，二姐另备了酒，贾琏也不出门，至午间，特请他小妹过来，与他母亲上坐。尤三姐便知其意，己双：全用醍醐贯顶，全是大翻身大解悟法。酒过三巡，不用姐姐开口，先便滴泪泣道已双：全用如是等语，一洗孽障。：“姐姐今日请我，自有一番大礼要说。但妹子不是那愚人，也不用絮絮叨叨提那从前丑事，我已尽知，说也无益。俞校：“但妹子”至“说也无益”——从己、庚；原“也无益”。既如今姐姐也得了好处安身，妈也有了俞校：“妈也有了”——从己、庚、晋；原“妈也得了”。安身之处，我也要自寻归结去，方是正礼。俞校：“方是正礼”——从己、庚、晋、甲；原“方是正理”。但终身大事，一生至一死，俞校：“一死”——从己、庚、晋、甲；原“死”。非同儿戏。我如今改过守分，只要我拣一个俞校：“拣一个”——从己、庚、晋、甲；原“拣个”。素日可心如意的人，方跟他去。若凭你们拣择，虽是富比石崇，才过子建，貌比潘安的，我心里进不去，俞校：“进不去”——从己、庚、晋、甲；原“进不去的”。也白过了一世。”贾琏笑道：“这也容易。凭你说是谁就是谁，一应彩礼都有我们置办，母亲也不用操心。”尤三姐泣道：“姐姐知道，不用我说。”贾琏笑问二姐是谁。二姐一时也想不起来。大家想来，贾琏便料定俞校：“便料定”——从己、晋；原“料定”。是此人无疑了，便拍手俞校：“便拍手”——从己、庚、晋、甲；原“拍手”。笑道：“我知道了。这人原不差，俞校：“原不差”——从己、庚、晋；原“果不差”。果然好眼力。”二姐笑问是谁。贾琏笑道：“别人他如何进得去，一定是宝玉。”二姐与尤老听了，亦以为然。尤三姐便啐了一口，道已双：奇，不知何为？：“我们有姊妹十个，也嫁你弟兄十个不成？已双：有理之极。难道除了你家，天下就没了好男子了不成！”俞校：“没了好男子了不成”——从己、庚、晋；原“没了人了”。已双：一骂反有理。众人听了都诧异。除去他还有那一个？俞校：“还有那一个”——原下有“亦如此想”；己、庚是批语；晋无；今删。已双：余亦如此想。尤三姐笑道：“别只在俞校：“别只在”——从己、庚、晋、甲；原“别在”。眼前想。姐姐只在五年前想就是了。”已双：奇甚。正说着，忽见贾琏的心腹小厮兴儿来回话：“老爷那边紧等着叫爷呢，小的答应往舅老爷那边去了。小的连忙来请。”贾琏又忙问：“昨日俞校：“又忙问：昨日”——从己、庚、晋、甲；原“忙问”。家里没人问么？”兴儿道：“小的回奶奶说，爷在家庙里同珍大爷商议作百日的事，只怕不能来家。”贾琏忙命拉马，隆儿跟随去了，留下兴儿答应人来事务。尤二姐俞校：“尤二姐”——从己、庚、晋、甲；原“二姐”。拿了两碟菜，命拿大杯斟了酒，就命兴儿在炕沿下蹲着吃，一长一短向他说话儿，问他家里奶奶多大年纪，怎个利害的样子；俞校：“怎个利害的样子”——从己、庚、晋、甲；原“怎么利害”。老太太多大年纪；太太多大年纪；姑娘几个：俞校：“姑娘几个”——从己、庚、晋、甲；原“几个姑娘”。各样家常等语。

兴儿笑嘻嘻的在炕沿下一头吃，一头将荣府之事备细告诉他母女。又说：“我是二门上该班的人。我们共是两班，一班四个，共是八个。（俞校：“共是八个”——从己、庚、甲；原“人”。）这八个人有几个是奶奶的心腹，有几个是爷的心腹。奶奶的心腹我们不敢惹，爷的心腹奶奶就敢惹。提起我们奶奶来，（俞校：“提起我们奶奶来”——从己、庚；原下有“告诉不得奶奶”。）心里歹毒，口里尖快。我们二爷也算是个好的，那里见得他。（俞校：“也算是个好的，那里见得他”——从己、庚、晋、甲；原“也就算是一个好的，那里见的他”。）倒是跟前的平姑娘为人很好，虽然和奶奶一气，他倒背着奶奶常作些个（俞校：“作些个”——从己、庚；原“作些”。）好事。小的们凡有了不是，（俞校：“凡有了不是”——从己、庚；原“常有不是”。）奶奶是容不过的，只求求他去就完了。如今合家大小，除了老太太、太太两个人，没有不恨他的，只不过面子情儿怕他。皆因他一时看的人都不及他，只一味哄着老太太、太太两个人喜欢，（俞校：“两个人喜欢”——从己、庚、晋、甲；原“喜欢”。）他说一是一，说二是二，没人敢拦他。又恨不得把银子钱省下来堆成山，好叫（俞校：“好叫”——从己、庚、晋、甲；原“好教”。）老太太、太太说他会过日子，殊不知苦了下人，他讨好儿。估着（俞校：“估着”——从己、庚；原“估量着”。）有好事，他就不等别人（俞校：“不等别人”——从己、庚、晋、甲；原“不管别人”。）去说，他先抓尖儿；或有了不好事，或他自己错了，他便一缩头，推到别人身上来，他还在旁边拨火儿。如今连他正经婆婆大太太都嫌了他，说他‘雀儿拣着旺处飞，黑母鹄（俞校：“黑母鹄”——从己、庚；原“黑母鸡”。）一窝儿。自家的事不管，（俞校：“自家的事不管”——从己、庚、晋、甲；原“自己的事到不管”。）倒替人家去瞎张罗’。若不是老太太在头里，早叫过他去了。”尤二姐笑道：“你背着他这等说他，将来你又不知怎么说我（俞校：“又不知怎么说我”——从己、庚；原“不知怎样说我”。）呢。我又差他（俞校：“我又差他”——从己、庚、晋、甲；原“我差”。）一层儿，越发有的说了。”兴儿忙跪下说道：“奶奶要这样说，小的不怕雷打！但凡小的们有造化，起先娶奶奶时若得了奶奶这样的人，（俞校：“这样的人”——从己、庚、晋、甲；原“这样人”。）小的们也少挨些（俞校：“少挨些”——从己、庚、晋、甲；原“少挨多少”。）打骂，也少提心吊胆的。如今跟爷的这几个人，（俞校：“这几个人”——从己、庚；原“这些人”。）谁不背前背后称扬奶奶圣德怜下。（俞校：“圣德怜下”——从己、庚；原“的圣德”。）我们商量着，叫二爷要出来，情愿来（俞校：“情愿来”——从己、庚、晋、甲；原“情愿”。）答应奶奶呢。”二姐笑道：“猴儿崽子，还不起来呢。说句玩话，就吓的那样（俞校：“吓的那样”——从己、庚；原“唬得这样”。）起来。你们作什么来，我还要找了你奶奶去呢。”兴儿连忙摇手，（俞校：“摇手”——从己、庚、晋、甲；原“摆手”。）说：“奶奶千万不要去。我告诉奶奶，一辈子别见他（俞校：“别见他”——从己、庚、晋、甲；原“别见”。）才好。嘴甜心苦，两面三刀；上头（俞校：“上头”——从己、庚、晋、甲；原“一头”。）一脸笑，脚下使绊子；明是一盆火，暗是一把刀：都占全了。（俞校：“占全了”——从己、庚、晋、甲；原“站全了”。）只怕三姨的（俞校：“三姨的”——从己、庚、晋；原“三姨”。）这张嘴还说他不过。好，奶奶（俞校：“好，奶奶”——从庚；原“奶奶”。）这样斯文良善（俞校：“良善”——从己、庚、晋、甲；原“良善的”。）人，那里是他的对手！”尤氏笑道：“我只以礼待他，他敢怎样！”兴儿道：“不是小的吃了酒，放肆胡说。奶奶便有礼让，（俞校：“礼让”——原“礼让他”；己、庚“理让”。今删“他”。）他看见奶奶比他标致，又比他得人心，他怎肯干休善罢。人家是醋罐子，他是醋缸醋瓮。凡丫头们，二爷多看一眼，他有本事当着爷（俞校：“当着爷”——从己、晋、甲；原“当面”。）打个烂羊头。虽然平姑娘在屋里，大约一年二年（俞校：“一年二年”——从己、庚；原“一年”。）之间，两个有一次到一处，他还要（俞校：“他还要”——从己、庚、晋、甲；原“他还”。）口里掂十个过子呢。气的平姑娘（俞校：“平姑娘”——从己、庚、晋、甲；原“平儿”。）性子发了，哭闹一阵，（俞校：“哭闹一阵”——从己、庚、晋、甲；原“哭闹一场”。）说：‘又不是我自己寻来的。（俞校：“寻来的”——从己、庚、晋、甲；原“寻的”。）你又浪着劝我。我原不依，你反说我反了。这会子又这样。’他一般的（俞校：“一般的”——从己、庚、晋、甲；原“一般”。）也罢了，倒央告平姑娘。”尤二姐笑道：“可是扯谎！（俞校：“扯谎”——从己、庚、晋；原“说谎”。）这样一个夜叉，怎么反怕屋里的人”（俞校：“怎么反怕屋里的人”——从己、庚、晋、甲；原“怎样反怕屋里人”。）呢？兴儿道：“这就是俗语说的，天下逃不过理字（俞校：“理字”——原“一个理字”；己、庚“礼字”。今删“一个”。）去了。这平儿是他自幼的丫头，陪了过来一共四个，嫁人的嫁人，死的死了，只剩了这个心腹。他原为收了屋里，一则显他的（俞校：“显他的”——从晋、甲；原“显化他的”。）贤良名儿，二则又叫拴爷的心，好不外头走邪的。（俞校：“好不外头走邪的”——从己；原“别往外头走邪路”。）又还有一段因果：我们家的规矩，凡爷们（俞校：“凡爷们”——从己、庚；原“爷们”。）大了，未娶亲之先，都先放两个人伏侍的。（俞校：“伏侍的”——从己、庚；原“服侍”。）二爷原有两个，谁知他来了没半年，都寻出不是来，都打发出去了。别人虽不好说，自己脸上过不去，所以强逼着平姑娘作了房里人。那平姑娘又是个（俞校：“又是个”——从己、庚、晋、甲；原“又真是个”。）正经人，从不把这件事放在心上，也不会挑妻窝夫的，倒一味忠心赤胆伏侍他，才容下了。”（俞校：“才容下了”——从己、庚；原上有“所以他”。）

尤二姐笑道：“原来如此。但我听见你们家（俞校：“你们家”——从己、庚；原“你们家里”。）还有一位寡妇奶奶和几位姑娘，他这样利害，这些人如何依得？”（俞校：“如何依得”——从己、晋；原“如何容得呢”。）兴儿拍手笑道：“原来奶奶不知道。我们家这位寡妇奶奶（俞校：“寡妇奶奶”——从己、庚、晋、甲；原“守寡的大奶奶”。）他的浑名（俞校：“浑名”——从己、庚；原“浑名儿”。）叫做大菩萨，第一个善德人。我们家的规矩又大，寡妇奶奶们不管事，只宜清净守节。妙在姑娘又多，（俞校：“姑娘又多”——从己、庚；原“姑娘们”。）只把姑娘们交给他，看书写字，学针线，学道理，这是他的责任。除此问事不知，说事不管。（俞校：“说事不管”——从己、庚；原“闲事不管”。）只因这一向他病了，事多，这大奶奶暂管几日。究竟也无可管，不过是按例而行，不像他多事逞才。我们大姑娘不用说，但凡不好，也没这段大福（俞校：“这段大福”——从己、庚；原“这么大福”。）了。二姑娘浑名（俞校：“浑名”——从己、庚、晋；原“混名”。）叫二木头，戳一针也不知（俞校：“戳一针也不知”——从己、庚；原“戳十针也不”。）嗳哟一声。三姑娘的浑名是（俞校：“浑名是”——从己、庚；原“混名是”。）玫瑰花，——”尤氏姊妹忙笑问（俞校：“忙笑问”——从己、庚；原“真忙问”。）何意。兴儿笑道：“玫瑰花又红又香，无人不爱的，只是有刺戳手。也是一位神道，可惜不是太太养的，老鸹窝里出凤凰。（俞校：“老鸹窝里出凤凰”——从己、庚、晋、甲；原“老鸛窝里出了凤凰”。）四姑娘小，他正经是珍大爷亲妹子，（俞校：“他正经是珍大爷亲妹子”——从己、庚；原“他不是太太养的，是珍大爷的亲妹子”。）因自幼无母，老太太命太太抱过来养这么大，（俞校：“养这么大”——从己、庚、晋；原“养著”。）也是一位不管事的。奶奶不知道，我们家里的姑娘不算，另外有两个姑娘，（俞校：“两个姑娘”——从己、庚；原“两位姑娘”。）真是天上少有，地下无双。一个是我们姑太太的女儿，姓林，小名儿（俞校：“小名儿”——从己、庚；原“小名”。）叫什么黛玉，面庞身段和三姨不差什么，一肚子文章，只是一身多病。这样的天，还穿夹的，出来（俞校：“出来”——从己、庚；原“好著出来”。）风儿一吹就倒了。我们这起没王法的嘴都悄悄的叫他‘多病西施’。（俞校：“多病西施”——从己、庚；原“病西施”。）还有一位姨太太的女儿，姓薛，叫什么宝钗，（俞校：“叫什么宝钗”——从己、庚；原“叫宝钗”。）竟是雪堆出来的。每常出门，或上车，或一时院子里瞥见一眼，（俞校：“院子里瞥见一眼”——从己；原“瞥眼一见”。）我们鬼使神差，见了他们两个，不敢出气儿。”尤二姐笑道：“你们大家规矩，（俞校：“大家规矩”——从己、庚；原“大家子规矩”。）虽然你们小孩子（俞校：“你们小孩子”——从己、庚；原“小孩子”。）进的去，然遇见小姐们，原该远远藏开。”（俞校：“远远藏开”——从己、庚；原“远远的藏开”。）兴儿摇手道：“不是，不是。那正经大礼，自然远远的藏开，自不必说；（俞校：“远远的藏开，自不必说”——从己、庚；原“藏开不必说”。）就藏开了，自己不敢出气。生怕这气大了，吹倒了林姑娘；气暖了，吹化了薛姑娘。”说的满屋里都笑起来了。俞校：“笑起来了”——从己、庚；原“笑了”。要知端的，且听俞校：“且听”——从己、庚；原无。下回分解。

戚回后：房内兄弟聚麀，棚内两马相闹，小厮与家母饮酒，小姨与姐夫同床。可见有是主必有是奴，有是兄必有是弟，有是姐必有是妹，有是人必有是马。

第六十六回
情小妹耻情归地府　冷二郎一冷入空门

蒙回前：余叹世人不识“情”字，常把“淫”字当作“情”字。殊不知淫里有情，情里无淫，淫必伤情，情必戒淫，情断处淫生，淫断处情生。三姐项下一横，是绝情，乃是正情；湘莲万根皆削，是无情，乃是至情。生为情人，死为情鬼。故结句曰“来自情天，去自情地”，岂非一篇尽情文字？再看他书，则全是“淫”，不是“情”了。

话说鲍二家的打了兴儿俞校：“打了兴儿”——从晋；原“把兴儿打了”。一下子，笑道：“原有些真的，叫你又编了俞校：“又编了”——从己、庚、晋；原“又编”。这混话，越发没了捆儿。俞校：“没了捆儿”——从己、庚、晋、甲；原“没了捆儿了”。你倒不像跟二爷的人，这些混话倒像是宝玉那边的了。”俞校：“倒像是宝玉那边的了”——从己、庚、晋、甲；原“到像跟宝玉那边的”。己双：好极之文，将茗烟等已全写出，可谓一击两鸣法，不写之写也。尤二姐才要又问，忽见尤三姐笑问道：“可是你们家那宝玉，除了上学，他做些什么？”己双：拍案叫绝！此处方问，是何文情！兴儿笑道：“姨娘别问他。说起来，姨娘也未必信。他长了这么大，独他没有上过正经学堂。俞校：“正经学堂”——从己、庚、晋；原“正经学”。我们家从祖宗直到二爷，谁不是寒窗十载，偏他不喜读书。老太太的宝贝，老爷先还管，俞校：“先还管”——从己、庚、甲；原“先还管他”。如今也俞校：“如今也”——从己、庚、晋、甲；原“如今可也”。不敢管了。成天家俞校：“成天家”——从己、庚、甲；原“成天”。疯疯颠颠的，说的话人也不懂，干的事人也不知。外头人人看着好清俊模样儿，心里自然是聪明的。谁知是外清而内浊，见了人，一句话也没有。所有的好处，虽没上过学，倒难为他（俞校："倒难为他"——从己、庚、晋、甲；原"难为他"。）认得几个字。每日也不习文，也不学武，（俞校："也不习文，也不学武"——从己、庚；原"也不学文习武"。）又怕见人，只爱在丫头群里闹。再者，也没刚柔，有时见了我们，喜欢时，（俞校："有时见了我们，喜欢时"——从己、庚；原"有一时喜欢，见了我们时"。）没上没下，大家乱顽（俞校："大家乱顽"——从己、庚、晋、甲；原"的乱顽"。）一阵；不喜欢，（俞校："不喜欢"——从己、庚、甲；原"不喜时"。）各自走了，他也不理人。我们坐着卧着，见了他也不理，（俞校："也不理"——从己、庚、甲；原"也不理他"。）他也不（俞校："他也不"——从己、庚、晋、甲；原"他不"。）责备。因此没人怕他，只管随便，都过的去。"尤三姐笑道："主子宽了你们又这样，（俞校："你们又这样"——从己、庚、晋、甲；原"又说"。）严了又抱怨，（俞校："又抱怨"——从己、庚、晋、甲；原"又还抱怨"。）可知难缠。"（俞校："难缠"——从己、庚；原"你们难缠"。）（己双：情语，情文至语。）尤二姐道："我们看他倒好，原来这样。可惜了一个好胎子。"尤三姐道："姐姐信他胡说。咱们也不是见一面（俞校："也不是见一面"——从己、庚；原"又不是见过一面"。）两面的。行事言谈吃喝，原有些女儿气，那是（俞校："那是"——从己、庚；原"那是天天"。）只在里头惯了的。若说糊涂，那些儿糊涂！姐姐记得穿孝时，咱们同在一处，（俞校："咱们同在一处"——从己、庚、晋、甲；原无。）那日正是和尚们进来绕棺，咱们都在那里站着，他只站在头里挡着人。人说他不知礼，又没眼色。（俞校："又没眼色"——从己、庚、晋、甲；原"又说没眼色"。）过后他没悄悄的告诉咱们说：'姐姐不知道，我并不是（俞校："我并不是"——从己、庚、晋、甲；原"我不是"。）没眼色，想和尚们（俞校："想和尚们"——从己、庚、晋、甲；原"细想和尚们"。）脏，恐怕气味薰了姐姐们。'接着他吃茶，姐姐又要茶，那个老婆子就拿了他的碗去倒。他赶忙说（俞校："赶忙说"——从己、庚、甲；原"连忙说"。）：'我吃脏了的，另洗了再拿来。'这两件上，我冷眼看去，原来他在女孩子们前，（俞校："在女孩子们前"——从己、庚、晋、甲；原"女孩儿们跟前"。）不管怎样都过的去，只不大合外人的式，所以他们不知道。"尤二姐听说，笑道："依你说，（俞校："依你说"——从己、庚、晋、甲；原"依"。）你两个已是情投意合了，竟把你许了他，岂不好？"（俞校："岂不好"——从己、庚、晋、甲；原"如何"。）三姐见有兴儿，不便说话，只低了头磕瓜子儿。兴儿笑道："若论模样儿行事为人，倒是一对好的。只是他已有了，只未露形，（俞校："只未露形"——从己、庚、晋；原"未露出来"。）将来准是林姑娘定了的。因林姑娘多病，二则都还小，故尚未及此。再过三二年，（俞校："三二年"——从己、庚、晋、甲；原"二三年"。）老太太便一开言，那是（俞校："那是"——从己、庚、甲；原"却是"。）再无不准的了。"

大家正说话，只见隆儿又来了，说：“老爷有事，是件机密大事，要遣二爷往平安州去。不过三五天就起身，来回也得半月工夫。今日不能来了，请老奶奶早和二姨定了那事，明日爷来，好作定夺。”说着，带了兴儿也回去了。这里尤二姐俞校：“这里尤二姐”——从己、庚、晋、甲；原“这里尤氏二姐”。命掩了门早睡，盘问他妹子一夜。至次日午后，贾琏方来了。尤二姐因劝他说：“既有正事，何必忙忙又来！千万别为我误事。”俞校：“误事”——从己、庚、晋、甲；原“误了事”。贾琏道：“也没甚事，只是偏偏的又出来了一件远差，出了月就起身，得半个月俞校：“得半个月”——从己；原“须得半个月”。工夫才回来。”尤二姐道：“既如此，你只管放心前去。这里一应不用你记挂。三妹子他从不会朝更暮改的。俞校：“他从不会朝更暮改的”——从己、庚、晋、甲；原“他不会朝更暮改”。他已说了改悔，必是改悔的。他已择定了人，你只要依他就是了。”贾琏忙问是谁。尤二姐笑道：“这人此刻不在这里，不知多早才来，也难为他眼力。他自己说了：这人一年不来，他等一年；十年不来，等十年；俞校：“等十年”——从己、庚、晋、甲；原“他等十年”。若这人死了，再不来了，他情愿剃了头当姑子去，俞校：“剃了头当姑子去”——从己、庚、晋、甲；原“剃了头发当姑子”。吃长斋念佛，以了今生。”贾琏问：“到底是谁，这样动他的心？”二姐笑道：“说来话长。俞校：“说来话长”——从己、庚、晋、甲；原“说来的话儿长”。五年前我们老娘家里做生日，妈和我们到那里与老娘拜寿。俞校：“到那里与老娘拜寿”——从己、庚、晋、甲；原“在那里做生日”。他家请了一起串客，里头有个做小生的叫柳湘莲，己双：千奇百怪之文，何至于此！他看上了，如今要是他才嫁。旧年我们闻得柳湘莲惹了一个祸，俞校：“惹了一个祸”——从己、庚、晋、甲；原“他惹了一个祸”。逃走了，不知可有来了俞校：“可有来了”——从己；原“可又来了”。不曾？”贾琏听了，说俞校：“听了，说”——从晋；原“听了道”。：“怪道呢！我说是个什么样人，原来是他。果然眼力不错。你不知道这柳二郎，那样一个标致人，最是冷面冷心的，差不多的人，都无情无义。俞校：“都无情无义”——从己、庚；原“他都没情没义”。他最和宝玉合的来。去年因打了薛呆子，俞校：“去年因打了薛呆子”——从己、庚、晋、甲；原“因打了薛呆子一顿”。他不好意思见我们的，俞校：“见我们的”——从己、庚、晋、甲；原“见我们”。不知那里去了一向。后来听见有人说来了，不知是真是假。一问宝玉的小子们俞校：“宝玉的小子们”——从己、庚；原上有“跟”。就知道了。倘或不来时，他萍踪浪迹，知道几年才来，岂不白耽搁了？”尤二姐道：“我们这三丫头，说的出来，干的出来。他怎样说，只依他便了。”二人正说之间，只见（俞校：“他怎样说”至“只见”——从己、庚、晋、甲；原无。）尤三姐走来说道：“姐夫，你只放心。（俞校：“姐夫，你只放心”——从己、庚、晋；原无。）我们不是那心口两样的人，说什么是什么。若有了姓柳的来，我便嫁他。从今日起，我吃斋念佛，只伏侍母亲，等他来了，嫁了他去。若一百年不来，我自己修行去了。”说着，将一根玉簪敲作两段，“一句不真，就如这簪子。”（俞校：“这簪子”——从己、庚、晋；原“这簪子　样”。）说罢，回房去了，真个竟非礼不动，非礼不言起来。（俞校：“真个竟”至“起来”——从己、庚、晋、甲；原无。）贾琏没了法，只得和二姐商议了一回家务。复回家与凤姐商议起身之事，一面着人问茗烟。茗烟说：“竟不知道，大约未来；若来了，必是我知道的。”（俞校：“竟不知道”至“我知道的”——从己、庚；原“竟不知道的”。）一面又问他的街坊，也说未来。贾琏只得回复了二姐。至起身之日已近，前两天（俞校：“前两天”——从己、庚、晋、甲；原“前两日”。）便说起身，却先往二姐这边来住两夜，从这里再悄悄长行。果见小妹竟又换了（俞校：“竟又换了”——从己、庚、晋；原“又竟换了”。）一个人；又见二姐持家勤慎，自是不消记挂。

是日一早出城，就奔（俞校：“就奔”——从己、庚；原“竟奔”。）平安州大道，晓行夜住，渴饮饥餐。方走了三日，那日正走之间，顶头来了一群驮子，内中一伙主仆十来骑马，走的近来，一看（俞校：“走的近来，一看”——从己、庚、晋；原“到了一看，原来”。）不是别人，竟是薛蟠和柳湘莲来了。贾琏（俞校：“和柳湘莲来了。贾琏”——从己、庚、晋、甲；原“合柳湘莲”。）深为奇怪，（己双：余亦为怪。）忙伸马迎了上来，（俞校：“迎了上来”——从晋、甲；原“迎上，在马上”。）大家一齐相见，说些别后寒温，便拣个酒店歇下，叙谈叙谈。贾琏因笑说（俞校：“因笑说”——从己、庚；原“笑说”。）：“闹过之后，我们忙着请你两个和解，（俞校：“和解”——从己、庚、晋、甲；原“说合”。）谁知柳兄踪迹全无。怎么你两个今日倒在一处了？”薛蟠笑道：“天下竟有这样奇事。（俞校：“这样奇事”——从己、庚、晋、甲；原“这等奇事”。）我同伙计贩了货物，自春天起身往回里走，（俞校：“往回里走”——从己、庚、晋、甲；原“往回里走了”。）一路平安。谁知前日到了平安州界，遇见一伙强盗，已将东西劫去。不想柳二弟从那边来了，方把贼人赶散，夺回货物，还救了我们的性命。我谢他又不受，所以我们结拜了（俞校：“我们结拜了”——从己、庚、晋、甲；原“我结了”。）生死弟兄，如今一路进京。从此后我们是亲弟亲兄一般。到前面岔口上分路，他就往南二百里，有他一个姑妈，他去望候望候。我先进京去，安置了我的事，然后给他寻一所宅子，寻一门好亲事，大家过起来。”贾琏听了道：“原来如此，倒教我们悬了几日心。”因又听道寻亲，俞校：“因又听道寻亲”——从己、庚、晋；原“又听道寻亲事”。便忙说道：“我正有一门好亲事，堪配二弟。”说着，便将自己娶尤氏，如今又要发嫁小姨一节说了出来，只不说尤三姐自择俞校：“尤三姐自择”——从己、庚、甲；原“自择”。之语。又嘱薛蟠，且不可告诉家里，等生了儿子，自然是知道的。薛蟠听了大喜，说：“早该如此。这都是舍表妹之过。”湘莲忙笑说：“你又忘情了，还不住口。”薛蟠忙止住不语，便说俞校：“便说”——从己、庚、晋、甲；原“便说道”。：“既是这等，这门亲事定要做的。”湘莲道：“我本有愿，定要一个俞校：“定要一个”——从己、庚、晋、甲；原“定要个”。绝色的女子。如今既是贵昆仲高谊，顾不得许多了，任凭裁夺，我无不从命。”俞校：“我无不从命”——从己、庚、晋、甲；原“无不从命”。贾琏笑道：“如今口说无凭，等柳兄一见，俞校：“等柳兄一见”——从己、庚、晋、甲；原“柳兄一见”。便知我这内娣俞校：“内娣”——从己、庚、晋、甲；原“内娣”。的品貌是古今有一无二的俞校：“有一无二的”——从己、庚、晋、甲；原“第一个的”。了。”湘莲听了大喜，说：“既如此说，等弟探过姑母，不过月中俞校：“月中”——从己、庚、晋、甲；原“月半”。就进京的，那时再定，如何？”贾琏笑道：“你我一言为定，只是我信不过柳兄。你乃是俞校：“你乃是”——从己、庚、晋、甲；原“你乃”。萍踪浪迹，倘然淹滞不归，岂不误了人家。须得留一定礼。”湘莲道：“大丈夫岂有失信之理。小弟素系寒贫，况且客中，俞校：“素系寒贫，况且客中”——从己、庚、晋、甲；原“素习寒贫，客中”。何能有定礼。”薛蟠道：“我这里现成，就备一分，二哥带去。”贾琏笑道：“也不用金帛之礼，俞校：“金帛之礼”——从己、庚、晋、甲；原“金帛之物”。须是柳兄亲身自有之物，不论物之贵贱，不过我带去取信耳。”湘莲道：“既如此说，弟无别物。此剑防身，不能解下。囊中尚有一把鸳鸯剑，乃吾家俞校：“吾家”——从己、庚、晋；原“吾”。传代之宝，弟也不敢擅用，只随身守藏俞校：“守藏”——从庚；原“收藏”。而已。贾兄请拿去为定。弟纵系俞校：“弟纵系”——从己、庚、晋、甲；原“纵系”。水流花落之性，然亦俞校：“然亦”——从己、庚、晋、甲；原无。断不舍此剑者。”说毕，大家又饮了几杯，方各自上马，作别起程。正是：

将军不下马，各自奔前程。

且说贾琏一日到了平安州，见了节度，完了公事。因又嘱他十月前后（俞校：“十月前后”——从己、庚、晋、甲；原“十月以前”。）务要还来一次，贾琏领命。次日连忙取路回家，先到（俞校：“先到”——从己、庚、晋、甲；原“先到了”。）尤二姐处探望。谁知自贾琏出门之后，尤二姐操持家务，十分谨肃，每日关门阖户，（俞校：“关门阖户”——原“闭门阖户”；己、庚“关门阁户”。今改“关门阖户”。）一点外事不闻。他小妹果是个斩钉截铁之人，每日侍奉母姊之馀，只安分守己，随分过活。虽是（俞校：“虽是”——从己、庚、晋；原“虽”。）夜晚间孤衾独枕，不惯寂寞，奈一心丢了众人，只念柳湘莲早早回来，完了终身大事。这日贾琏进门，见了这般景况，喜之不尽，深念（俞校：“深念”——从己、庚、晋、甲；原“亦念”。）二姐之德。大家叙些寒温之后，贾琏便将路上相遇湘莲一事（俞校：“路上相遇湘莲一事”——从己、庚、晋、甲；原“路遇柳湘莲之事”。）说了出来，又将鸳鸯剑取出递与三姐。三姐看时，上面龙吞夔护，珠宝晶荧，（俞校：“珠宝晶荧”——从己、庚、晋、甲；原“珠宝晶莹”。）将靶一掣，（俞校：“将靶一掣”——从己、庚；原“一拔出来”。）里面却是两把合体的，一把上面錾一“鸳”字，（俞校：“錾一鸳字”——从晋、甲；原“錾鸳字”。）一把上面錾一“鸯”字，（俞校：“錾一鸯字”——从己、晋、甲；原“錾鸯字”。）冷飕飕，明亮亮，如两痕秋水（俞校：“两痕秋水”——从己、庚、晋、甲；原“雨痕秋水”。）一般。三姐喜出望外，连忙取来，挂在自己绣房床上，每日望着剑，自笑终身有靠。贾琏住了两天，回去复了父命，（俞校：“复了父命”——从己、庚；原“覆了父命”。）回家合宅相见。那时凤姐已大愈，（俞校：“已大愈”——从己、庚、晋、甲；原“大愈，已”。）出来理事行走了。贾琏又将此事（俞校：“又将此事”——从己、庚、甲；原“将此事”。）告诉了贾珍。贾珍因近日又遇了新友，（俞校：“遇了新友”——从己、庚；原“相遇了新友”。）将这事丢过，（俞校：“将这事丢过”——从己、庚、晋、甲；原“这事丢过”。）不在心上，任凭贾琏裁夺。只怕贾琏独力不加，少不得又给了他三十两银子。贾琏拿来，交与二姐预备妆奁。谁知八月内湘莲方进了京，先来（俞校：“方进了京，先来”——从己、庚、晋、甲；原“方进京来”。）拜见薛姨妈。又遇见（俞校：“又遇见”——从己、庚、晋、甲；原“又遇见了”。）薛蝌，方知薛蟠不惯风霜，不服水土，一进京时便病倒在家，（俞校：“病倒在家”——从己、庚、晋、甲；原“病倒在床”。）请医调治。听见湘莲来了，请入卧室相见。薛姨妈也不念旧事，（俞校：“不念旧事”——从己、庚；原“不提旧事”。）只感救命之恩。（俞校：“救命之恩”——从甲；原“恩”。）母子们十分称谢。（俞校：“称谢”——从己、庚、晋、甲；原“承谢”。）又说起亲事一节，凡一应东西皆已妥当，只等择日。柳湘莲也感激不尽。次日，又来见宝玉。二人相会，如鱼得水。湘莲因问（俞校：“湘莲因问”——从己、庚、晋、甲；原“湘莲因笑问”。）贾琏偷娶二房之事。宝玉笑道：“我听见茗烟一干人说，我却未见。我也不敢多管。我又听见茗烟说，琏二哥哥着实问你，不知有何话说。”湘莲就将路上（俞校：“就将路上”——从己、庚、晋、甲；原“将路上”。）所有之事，一概告诉宝玉。宝玉笑道：“大喜，大喜。难得这个标致人，果然是个古今绝色，（俞校：“古今绝色”——从己、庚、晋、甲；原“绝色”。）堪配你之为人。”湘莲道：“既是这样，他那里少了人物，如何只想到我；（俞校：“如何只想到我”——从己、庚、晋、甲；原“单想到我”。）况且我又素日不甚和他相厚，（俞校：“不甚和他相厚”——从己、晋、甲；原“不大合他相厚”。）也关切不至此。路上工夫（俞校：“路上工夫”——从庚傍改（“上”傍添）；原“路上”。）忙忙的就那样再三要来定，（俞校：“来定”——从己、庚；原“定礼”。）难道女家反赶着男家不成？我自己疑惑起来，后悔不该留下这剑作定。所以后来想起你来，可以细细问个底里才好。”宝玉道：“你原是个精细人，如何既许了定礼又疑惑起来？你原说只要一个绝色便罢了，（俞校：“便罢了”——从己、庚；原“如今既得了个绝色便罢了”。）何必再疑？”湘莲道：“你既不知他娶，（俞校：“不知他娶”——从己、庚、晋；原“不知他偷娶”。）如何又知是绝色？”宝玉道：“他是珍大嫂子（俞校：“珍大嫂子”——从己、庚、晋、甲；原“珍大嫂”。）的继母带来的两位小姨，我在那里和他们混了一个月，（俞校：“一个月”——从己、庚、晋、甲；原“两个月”。）怎么不知。真真一对尤物。（俞校：“尤物”——从己、庚、晋、甲；原“人物”。）可巧（俞校：“可巧”——从己、庚（己、庚写在半边，不知是评语是正文）；原无。）他又姓尤。”（俞校：“他又姓尤”——从己、庚、晋、甲；原“他姓尤”。）湘莲听了，跌足道：“这事不好，断乎做不得了。你们东府里，除了那两个（俞校：“那两个”——从己、晋、甲；原“两个”。）石头狮子干净，只怕连猫儿狗儿都不干净。我不做这剩忘八！”（己双：极奇之文！极趣之文！《金瓶梅》中有云“把忘八的脸打绿了”，已奇之至，此云“剩忘八”，岂不更奇！）宝玉听说，红了脸。湘莲自惭失言，连忙作揖，说：“我该死胡说。（己双：忽用湘莲提东府之事，骂及宝玉，可是人想得到的？所谓“一人不曾放过”。）你好歹告诉我，他品行如何？”宝玉笑道：“你既深知，又来问我作甚么！（俞校：“作甚么”——从庚；原“作什么”。）连我也未必干净了。”湘莲笑道：“原是我自己一时忘情，好歹别多心。”宝玉笑道：“何必再提，这倒似有心了。”湘莲作揖告辞出来，若去找薛蟠，一则他现卧病，二则他又浮躁，不如去索回定礼。主意已定，便一迳（俞校：“一迳”——从己、庚、晋、甲；原“径”。）来找贾琏。贾琏正在新房中，闻得（俞校：“闻得”——从己、庚；原“听见”。）湘莲来了，喜之不尽，忙迎了出来，（俞校：“迎了出来”——从己、庚、晋；原“迎出来”。）让到内室，与尤老相见。湘莲只作揖，（俞校：“只作揖”——从己、庚、晋、甲；原“作揖”。）称“老伯母”，自称“晚生”，贾琏听了诧异。吃茶之间，湘莲便说：“客中偶然忙促，谁知家姑母（俞校：“家姑母”——从己、庚、晋、甲；原“姑母”。）于四月间定

情小妹耻情归地府　冷二郎一冷入空门

了弟妇，使弟无言可回。若从了老兄，背了姑母，似非合理。若系金帛之定，俞校："金帛之定"——从晋、甲；原"金帛之物"。弟不敢索取；但此剑系祖父所遗，请仍赐回为幸。"贾琏听了，便不自在，还说："定者，定也。原怕反悔，俞校："反悔"——原"翻悔"；依下改。所以为定。岂有婚姻之事，出入随意的？俞校："出入随意的"——从己、庚、晋、甲；原"出入随意"。还要斟酌。"湘莲笑道："虽如此说，弟愿领责领罚，俞校："领责领罚"——从己、庚、晋、甲；原"领责罚"。然此事断不敢从命。"贾琏还要饶舌。湘莲便起身说俞校："起身说"——从己、庚、晋、甲；原"起身"。："请兄外坐一叙，此处不便。"那尤三姐在房，明明听见。好容易等了他来，今忽见反悔，俞校："忽见反悔"——从己、庚；原"忽翻悔"。便知他在贾府中得了消息，自然是嫌俞校："自然是嫌"——从己、庚、晋；原"嫌"。自己淫奔无耻之流，不屑为妻。今若容他出去俞校："容他出去"——从己、庚、晋、甲；原"容他出"。和贾琏说退亲，料那贾琏必无法可处，自己岂不无趣。一听贾琏要同他出去，俞校："同他出去"——从己、庚、晋、甲；原"同出去"。连忙摘下剑来，将一股雌锋隐在肘后，俞校："肘后"——从己、晋、甲；原"身后"。出来便说："你们不必出去再议，还你的定礼。"一面泪如雨下，左手将剑并鞘送与湘莲，右手回肘，俞校："回肘"——从己、庚、晋、甲；原"回时"。只望项上俞校："项上"——从己、庚、晋、甲；原"项下"。一横，可怜：

揉碎桃花红满地，玉山倾倒再难扶。

芳灵蕙性，俞校："蕙性"——从己、庚；原"慧性"。渺渺冥冥，不知那里去了。当下吓的众人急救不迭。尤老一面嚎哭，俞校："嚎哭"——从己、庚、晋、甲；原"吓哭"。一面又大骂俞校："大骂"——从甲；原"骂"。湘莲。贾琏忙揪住湘莲，命人捆了送官。尤二姐忙止泪，反劝贾琏："你太多事。人家并没俞校："并没"——从己、庚、晋、甲；原"并无"。威逼他死，是他俞校："是他"——从己、庚、晋、甲；原"是"。自寻短见，你便送他到官，又有何益，反觉生事出丑。不如放他去罢，俞校："放他去罢"——从己、庚、晋、甲；原"放手去罢"。岂不省事。"贾琏此时也没了主意，便放了手，命湘莲快去。湘莲反不动身，泣道："我并不知是这等俞校："不知是这等"——从己、庚、晋；原"不知道是"。刚烈贤妻，可敬，可敬。"俞校："可敬，可敬"——从己、庚、晋；原"可敬"。湘莲反伏尸大哭一场。等买了棺木来，眼见入殓，又俯棺大哭一场，方告辞而去。出门无所之，俞校："无所之"——从己、庚；原"正无所之"。昏昏默默，自想方才之事：原来尤三姐这样标致，又这等刚烈，自悔不及。正走之间，只见薛蟠的小厮寻他家去，那湘莲只管出神。那小厮带他到新房之中，十分齐整。忽听环佩叮当，尤三姐从外而入，一手捧着鸳鸯剑，一手捧着一卷册子，俞校："一卷册子"——从己、庚、晋、甲；原"册子一卷"。向柳湘莲泣道："妾痴情待君五年矣，不期君果冷心冷面，妾以死俞校："妾以死"——从己、庚、晋、甲；原"妾已以死"。报此痴情。妾今奉警幻之命，俞校："妾今奉警幻之命"——从己、庚、晋、甲；原"今奉警幻仙子之命"。前往太虚幻境修注俞校："修注"——从己、庚；原"修註"。案中所有一干情鬼。妾不忍别，俞校："不忍别"——从晋；原"不忍一别"。故来一会，俞校："故来一会"——从己、庚、晋、甲；原"故因一会"。从此再不能相见矣。"俞校："相见矣"——从己、庚、晋、甲；原"相见了"。说毕便走。湘莲不舍，忙欲上前拉住问时，那尤三姐便说："来自情天，去由情地。俞校："去由情地"——从己、庚、晋；原"去自情地"。前生误被情惑，今既耻情而觉，与君两无干涉。"说毕，一阵香风，无踪无影俞校："无影"——从己、庚、晋；原"无迹"。去了。湘莲惊觉，竟似梦非梦，俞校："竟似梦非梦"——从己；原"似梦非梦"。睁眼看时，那里有薛家小童，也非新室，竟是一座破庙，旁边坐着一个跏腿道士捕虱。湘莲便起身稽首相问："此系何方？仙师仙名法号？"道士笑道："连我也不知道此系何方，我系何人，不过暂来歇足而已。"柳湘莲听了，不觉冷然如寒冰侵骨，俞校："侵骨"——从己、庚、晋、甲；原"浸骨"。掣出那股雄剑，将万根烦恼丝一挥而尽，便随那道士，不知往那里俞校："便随那道士，不知往那里"——从己、庚、晋、甲；原"随那道士不知那里"。去了。要知端的，俞校："要知端的"——从晋、甲；原无。且听下回分解。

戚回后：尤三姐失身时，浓妆艳抹，凌辱群凶；择夫后，念佛吃斋，敬奉老母。能辨宝玉，能识湘莲，活是红拂、文君一流人物。

鸳鸯剑能斩鸳鸯，鸳鸯人能破鸳鸯，岂有此理？鸳鸯剑梦里不会杀奸妇，鸳鸯人白日偏要助淫夫，焉有此情？真天地间不测的怪事。

第六十七回
见土仪颦卿思故里　闻秘事凤姐讯家童

话说尤三姐自尽之后，尤老娘和二姐儿、贾珍、贾琏等俱不胜悲恸，自不必说，忙命人盛殓，送往城外埋葬。柳湘莲见尤三姐身亡，痴情眷恋，却被道人数句冷言，打破迷关，竟自截发出家，跟随疯道人飘然而去，不知何往。暂且不表。

且说薛姨妈闻知湘莲已说定了尤三姐为妻，心中甚喜，正是高高兴兴，要打算替他买房子，治傢伙，择吉迎娶，以报他救命之恩。忽有家中小厮吵嚷，三姐儿自尽了，被小丫头们听见，告知薛姨妈。薛姨妈不知为何，心甚叹息。正在猜疑，宝钗从园里过来，薛姨妈便对宝钗说道：“我的儿，你听见了没有？你珍大嫂子的妹妹三姑娘，他不是已经许定给你哥哥的义弟柳湘莲了么，不知为什么自刎了。那柳湘莲也不知往那里去了。真正奇怪的事，叫人意想不到。”宝钗听了，并不在意，便说道：“俗语说得好，天有不测风云，人有旦夕祸福。这也是他们前生命定。前儿妈妈为他救了哥哥，商量着替他料理，如今已经死的死了，走的走了，依我说，也只好由他罢了。妈妈也不必为他们伤感了。倒是自从哥哥打江南回来了一二十日，贩了来的货物想来也该发完了。那同伴去的伙计们辛辛苦苦的来回几个月了，妈妈和哥哥商议商议，也该请一请，酬谢酬谢才是。别叫人家看着无理似的。”母女正说话间，见薛蟠自外而入，眼中尚有泪痕。一进门来，便向他母亲拍手说道：“妈妈可知道柳二哥、尤三姐的事么？”薛姨妈说：“我才听见说，正在这里和你妹妹说这件公案呢。”薛蟠道：“妈妈可听见说柳湘莲跟着一个道士出了家了么？”薛姨妈道：“这越发奇了。怎么柳相公那样一个年轻的聪明人，一时糊涂就跟着道士去了呢！我想你们好了一场，他又无父母兄弟，只身一人在此，你该各处找找他才是。靠那道士，能往那里远去，左不过是在这方近左右的庙里寺里罢了。”薛蟠说：“何尝不是呢。我一听见这个信儿，就连忙带了小厮们，在各处寻找，连一个影儿也没有。又去问人，都说没看见。”薛姨妈说：“你既找寻过没有，也算把你做朋友的心尽了。焉知他这一出家，不是得了好处去呢！只是你如今也该张罗张罗买卖；二则把你自己娶媳妇应办的事情，倒早些料理料理。咱们家没人，俗语说的，笨雀儿先飞。省的临时丢三落四的不齐全，令人笑话。再者，你妹妹才说，你也回家半个多月了，想货物也该发完了，同你去的伙计们，也该摆桌酒给他们道道乏才是。人家陪着你走了二三千里的路程，受了四五个月的辛苦，而且在路上又替你担了多少的惊怕沉重。”薛蟠听说，便道：“妈妈说的很是。倒是妹妹想的周到。我也这样想着。只因这些日子为各处发货，闹的脑袋都大了。又为柳二哥的事忙了这几日，反倒落了一个空，白张罗了一会子，倒把正经事都误了。要不然，定了明儿后儿下帖儿请罢。”薛姨妈道：“由你办去罢。”话犹未了，外面小厮进来回说：“管总的张大爷差人送了两箱子东西来，说这是爷各自买的，不在货帐里面。本要早送来，因货物箱子压着，没得拿；昨儿货物发完了，所以今日才送来了。”一面说，一面又见两个小厮搬进了两个夹板夹的大棕箱。薛蟠一见，说：“嗳哟，可是我怎么就糊涂到这步田地了！特特的给妈和妹妹带来的东西都忘了，没拿了家里来，还是伙计送了来了。”宝钗说：“亏你说还是特特的带来的，才放了一二十天；若不是特特的带来，大约要放到年底下才送来呢。我看你也诸事太不留心了。”薛蟠笑道：“想是在路上叫人把魂吓掉了，还没归窍呢。”说着，大家笑了一回，便向小丫头说：“出去告诉小厮们，东西收下，叫他们回去罢。”薛姨妈同宝钗因问：“到底是什么东西，这样捆着绑着的？”薛蟠便命叫两个小厮进来，解了绳子，去了夹板，开了锁看时，这一箱都是绸缎、绫锦、洋货等家常应用之物。薛蟠笑着道：“那一箱是给妹妹带的。”亲自来开。母女二人看时，却是些笔、墨、纸、砚、各色笺纸、香袋、香珠、扇子、扇坠、花粉、胭脂等物；外有虎邱带来的自行人、酒令儿、水银灌的打金斗小小子、沙子灯，一出一出的泥人儿的戏用青纱罩的匣子装着；又有在虎邱山上泥捏的薛蟠的小像，与薛蟠毫无相差。宝钗见了，别的都不理论，倒是薛蟠的小像，拿着细细看了一看，又看看他哥哥，不禁笑起来了。因叫莺儿带着几个老婆子，将这些东西连箱子送到园里去。又和母亲、哥哥说了一回闲话儿，才回园里去了。这里薛姨妈将箱子里的东西取出，一分一分的打点清楚，叫同喜送给贾母并王夫人等处不提。

且说宝钗到了自己房中，将那些玩意儿一件一件的过了目，除了自己留用之外，一分一分配合妥当：也有送笔、墨、纸、砚的，也有送香袋、扇子、香坠的，也有送脂粉、头油的，有单送玩意儿的。只有黛玉的比别人不同，且又加厚一倍。一一打点完毕，使莺儿同着一个老婆子，跟着送往各处。这边姊妹诸人都收了东西，赏赐来使，说见面再谢。惟有林黛玉看见他家乡之物，反自触物伤情，想起父母双亡，又无兄弟，寄居亲戚家中，那里有人也给我带些土物。想到这里，不觉的又伤起心来了。紫鹃深知黛玉心肠，但也不敢说破，只在一傍劝道：“姑娘的身子多病，早晚服药，这两日看着比那些日子略好些。虽说精神长了一点儿，还算不得十分大好。今儿宝姑娘送来的这些东西，可见宝姑娘素日看得姑娘很重，姑娘看着该喜欢才是，为什么反倒伤起心来？这不是宝姑娘送东西来倒叫姑娘烦恼了不成！就是宝姑娘听见，反觉脸上不好看。再者，这里老太太们为姑娘的病体，千方百计，请好大夫配药诊治，也为是姑娘的病好。这如今才好些，又这样哭哭啼啼，岂不是自己糟蹋了自己身子，叫老太太看着添了愁烦了么！况且姑娘这病，原是素日忧虑过度，伤了气血。姑娘的千金贵体，也别自己看轻了。”紫鹃正在这里劝解，只听见小丫头子在院内说：“宝二爷来了。”紫鹃忙说：“请二爷进来罢。”只见宝玉进房来了，黛玉让坐毕。宝玉见黛玉泪痕满面，便问：“妹妹，又是谁气着你了？”黛玉勉强笑道：“谁生什么气。”旁边紫鹃将嘴向床后桌上一努，宝玉会意，往那里一瞧，见堆着许多东西，就知道是宝钗送来的，便取笑说道：“那里这些东西，不是妹妹要开杂货铺啊？”黛玉也不答言。紫鹃笑着道：“二爷还提东西呢！因宝姑娘送了些东西来，姑娘一看就伤起心来了。我正在这里劝解，恰好二爷来的很巧，替我们劝劝。”宝玉明知黛玉是这个缘故，却也不敢提头儿，只得笑说道：“你们姑娘的缘故，想来不为别的，必是宝姑娘送来的东西少，所以生气伤心。妹妹你放心，等我明年叫人往江南去，与你多多的带两船来，省得你淌眼抹泪的。”黛玉听了这些话，也知宝玉是为自己开心，也不好推，也不好任，因说道：“我任凭怎么没见世面，也到不了这步田地，因送的东西少就生气伤心。我又不是两三岁的小孩子，你也忒把人看得小气了。我有我的缘故，你那里知道。”说着，眼泪又流下来了。宝玉忙走到床前，挨着黛玉坐下，将那些东西一件一件拿起来，摆弄着细瞧，故意问这是什么，叫什么名字；那是什么做的，这样齐整；这是什么，要他做什么使用。又说这一件可以摆在面前，又说那一件可以放在条桌上当古董儿倒好呢。一味的将些没要紧的话来厮混。黛玉见宝玉如此，自己心里倒过不去，便说：“你不用在这里混搅了。咱们到宝姐姐那边去罢。”宝玉巴不得黛玉出去散散闷，解了悲痛，便道：“宝姐姐送咱们东西，咱们原该谢谢去。”黛玉道：“自家姐妹，这倒不必。只是到他那边，薛大哥回来了，必然告诉他些南边的古迹儿，我去听听，只当回了家乡一趟的。”说着，眼圈儿又红了。宝玉便站着等他，黛玉只得同他出来往宝钗那里去了。

且说薛蟠听了母亲之言，急下了请帖，办了酒席。次日，请了四位伙计，俱已到齐，不免说些贩卖帐目发货之事。不一时，上席让坐，薛蟠挨次斟了酒，薛姨妈又使人出来致意。大家喝着酒，说闲话儿。内中一个道：“今儿这席上短两个好朋友。”众人齐问是谁。那人道：“还有谁，就是贾府上的琏二爷和大爷的盟弟柳二爷。”大家果然都想起来，问着薛蟠道：“怎么不请琏二爷和柳二爷来？”薛蟠闻言，把眉一皱，叹口气道：“琏二爷又往平安州去了，头两天就起了身的。那柳二爷竟别提起，真是天下头一件奇事。什么是柳二爷，如今不知那里作柳道爷去了！”众人都诧异道：“这是怎么说？”薛蟠便把湘莲前后事体说了一遍。众人听了越发骇异，因说道：“怪不的前日我们在店里仿仿佛佛也听见人吵嚷，说有一个道士，三言两语把一个人度了去了，又说一阵风刮了去了。只不知是谁。我们正发货，那里有闲工夫打听这个事去。到如今还是似信不信的。谁知就是柳二爷呢！早知是他，我们大家也该劝劝他才是，任他怎么着也不叫他去。”内中一个道：“别是这么着罢？”众人问：“怎么样？”那人道：“柳二爷那样个伶俐人，未必是真跟了道士去罢。他原会些武艺，又有力量，或看破那道士的妖术邪法，特意跟他去，在背地摆布他，也未可知。”薛蟠道：“果然如此，倒也罢了。世上这些妖言惑众的人怎么没人治他一下子。”众人道：“那时难道你知道了也没找寻他去？”薛蟠

见土仪颦卿思故里　闻秘事凤姐讯家童

说："城里城外那里没有找到。不怕你们笑话，我找不着他，还哭了一场呢。"言毕，只是长吁短叹，无精打采的，不像往日高兴。众伙计见他这样光景，自然不便久坐，不过随便喝了几杯酒，吃了饭，大家散了。

且说宝玉同着黛玉到宝钗处来。宝玉见了宝钗，便说道："大哥哥辛辛苦苦的带了东西来，姐姐留着使罢，又送我们。"宝钗笑道："原不是什么好东西，不过是远路带来的土物儿，大家看着新鲜些就是了。"黛玉道："这些东西，我们小时候倒不理会，如今看见，真是新鲜物儿了。"宝钗因笑道："妹妹知道，这就是俗语说的'物离乡贵'，其实可算什么呢。"宝玉听了这话，正对了黛玉方才的心事，连忙拿话岔道："明年好歹大哥哥再去时，替我们多带些来。"黛玉瞅了他一眼，便道："你要，你只管说，不必拉扯上人。——姐姐你瞧，宝哥哥不是给姐姐来道谢，竟又要定下明年的东西来了。"说的宝钗、宝玉都笑了。三个人又闲话了一回，因提起黛玉的病来。宝钗劝了一回，因说道："妹妹若觉着身子不爽快，倒要自己勉强扎挣着出来各处走走逛逛，散散心，比在屋里闷坐着到底好些。我那两日不是觉着发懒，浑身发热，只是要歪着，也因为时气不好，怕病，因此寻些事情自己混着，这两日才觉着好些了。"黛玉道："姐姐说的何尝不是。我也是这么想着呢。"大家又坐了一会子方散。宝玉仍把黛玉送至潇湘馆门首，才各自回去了。

且说赵姨娘因见宝钗送了贾环些东西，心中甚是喜欢，想道："怨不得别人都说那宝丫头好，会做人，很大方。如今看起来，果然不错。他哥哥能带了多少东西来，他挨门儿送到，并不遗漏一处；也不露出谁薄谁厚，连我们这样没时运的，他都想到了。若是那林丫头，他把我们娘儿们正眼也不瞧，那里还肯送我们东西。"一面想，一面把那些东西翻来覆去的摆弄，瞧看一回。忽然想到宝钗系王夫人的亲戚，为何不到王夫人跟前卖个好儿呢。自己便蝎蝎螫螫的拿着东西，走至王夫人房中，站在傍边，陪笑说道："这是宝姑娘才刚给环哥儿的。难为宝姑娘这么年轻的人，想的这么周到，真是大户人家的姑娘，又展样，又大方，怎么叫人不敬服呢。怪不的老太太和太太成日家都夸他疼他。我也不敢自专就收起来，特拿来给太太瞧瞧，太太也喜欢喜欢。"王夫人听了，早知道来意了，又见他说的不伦不类，也不便不理他，说道："你自管收了去，给环哥玩罢。"赵姨娘来时兴兴头头，谁知抹了一鼻子灰，满心生气，又不敢露出来，只得讪讪的出来了。到了自己房中，将东西丢在一边，嘴里咕咕哝哝自言自语道："这个又算了个什么儿呢！"一面坐着，各自生了一回闷气。

却说莺儿带着老婆子们送东西回来，回覆了宝钗，将众人道谢的话并赏赐的银钱都回完了，那老婆子便出去了。莺儿走近前来一步，挨着宝钗悄悄的说道："刚才我到琏二奶奶那边，看见二奶奶一脸的怒气。我送下东西出来时，悄悄的问小红，说刚才二奶奶从老太太屋里回来，不似往日欢天喜地的，叫了平儿去，唧唧咕咕的不知说了些什么。看那个光景，倒像有什么大事的是的。姑娘没听见那边老太太有什么事？"宝钗听了，也自己纳闷，想不出凤姐是为什么有气，便道："各人家有各人的事，咱们那里管得。你去倒茶去罢。"莺儿于是出来自去倒茶不提。

且说宝玉送了黛玉回来，想着黛玉的孤苦，不免也替他伤感起来，因要将这话告诉袭人。进来时却只有麝月、秋纹在房中，因问："你袭人姐姐那里去了？"麝月道："左不过在这几个院里，那里就丢了他。一时不见，就这样找。"宝玉笑着道："不是怕丢了他。因我方才到林姑娘那边，见林姑娘又正伤心呢。问起来却是为宝姐姐送了他东西，他看见是他家乡的土物，不免对景伤情。我要告诉你袭人姐姐，叫他闲时过去劝劝。"正说着，晴雯进来了，因问宝玉道："你回来了。你又要叫劝谁？"宝玉将方才的话说了一遍。晴雯道："袭人姐姐才出去。听见他说要到琏二奶奶那边去，保不住还到林姑娘那里。"宝玉听了，便不言语。秋纹倒了茶来，宝玉漱了一口，递给小丫头子，心中着实不自在，就随便歪在床上。却说袭人因宝玉出门，自己作了回活计，忽想起凤姐身上不好，这几日也没有过去看看；况闻贾琏出门，正好大家说说话儿。便告诉晴雯："好生在屋里，别都出去了，叫宝玉回来抓不着人。"晴雯道："嗳哟！这屋里单你一个人记挂着他，我们都是白闲着混饭吃的。"袭人笑着，也不答言，就走了。刚来到沁芳桥畔，那时正是夏末秋初，池中莲藕新残相间，红绿离披。袭人走着，沿堤看玩了一回。猛抬头看见那边葡萄架底下有人拿着掸子在那里掸什么呢。走到跟前，却是老祝妈。那老婆子见了袭人，便笑嘻嘻的迎上来，说道："姑娘怎么今日得工夫出来逛逛？"袭人道："可不是。我要到琏二奶奶家瞧瞧去。你在这里做什么呢？"那婆子道："我在这里赶蜜蜂儿。今年三伏里雨水少，这果子树上都有虫子，把果子吃的疤瘌流星的，掉了好些下来。姑娘还不知道呢。这马蜂最可恶的，一嘟噜上只咬破三两个儿，那破的水滴到好的上头，连这一嘟噜都是要烂的。姑娘你瞧，咱们说话的空儿没赶，就落上许多了。"袭人道："你就是不住手的赶，也赶不了许多。你倒是告诉买办，叫他多多做些小冷布口袋儿，一嘟噜套上一个，又透风，又不糟蹋。"婆子笑道："倒是姑娘说的是。我今年才管上，那里知道这个巧法儿呢。"因又笑着说道："今年果子虽糟蹋了些，味儿倒好，不信摘一个姑娘尝尝。"袭人正色道："这那里使得。不但没熟吃不得，就是熟了，上头还没有供鲜，咱们倒先吃了。你是府里使老了的，难道连这个规矩都不懂了！"老祝忙笑道："姑娘说得是。我见姑娘很喜欢，我才敢这么说，可就把规矩错了。我可是老糊涂了。"袭人道："这也没有什么，只是你们有年纪的老奶奶们别先领着头儿这么着就好了。”说着，遂一迳出了园门，来到凤姐这边。一到院里，只听凤姐说道：“天理良心，我在这屋里熬的越发成了贼了。”袭人听见这话，知道有原故了，又不好回来，又不好进去，遂把脚步放重些，隔着窗子问道：“平姐姐在家里呢么？”平儿忙答应着迎出来。袭人便问：“二奶奶也在家里呢么？身上可大安了？”说着已走进来。凤姐装着在床上歪着呢，见袭人进来，也笑着站起来，说：“好些了。叫你惦着。怎么这几日不过我们这边坐坐？”袭人道：“奶奶身上欠安，本该天天过来请安才是。但只怕奶奶身上不爽快，倒要静静儿的歇歇儿。我们来了，倒吵的奶奶烦。”凤姐笑道：“烦是没的话。倒是宝兄弟屋里虽然人多，也就靠着你一个照看他，也实在的离不开。我常听见平儿告诉我，说你背地里还惦着我，常常问我，这就是你尽心了。”一面说着，叫平儿挪了张杌子放在床旁边，让袭人坐下。丰儿端进茶来。袭人欠身道：“妹妹坐着罢。”一面说闲话儿，只见一个小丫头子在外间屋里悄悄的和平儿说：“旺儿来了，在二门上伺候着呢。”又听见平儿也悄悄的道：“知道了。叫他先去，回来再来，别在门口儿站着。”袭人知他们有事，又说了两句话，便起身要走。凤姐道：“闲来坐坐，说说话儿，我倒开心。”因命平儿：“送送你妹妹。”平儿答应着送出来。只见两三个小丫头子，都在那里屏声息气齐齐的伺候着。袭人不知何事，便自去了。

却说平儿送出袭人，进来回道：“旺儿才来了，因袭人在这里，我叫他先到外头等等儿。这会子还是立刻叫他呢，还是等着？请奶奶的示下。”凤姐道：“叫他来。”平儿忙叫小丫头去传旺儿进来。这里凤姐又问平儿：“你到底是怎么听见说的？”平儿道：“就是头里那小丫头子的话。他说他在二门里头听见外头两个小厮说：‘这个新二奶奶比咱们旧二奶奶还俊呢，脾气儿也好。’不知是旺儿是谁，吆喝了两个一顿，说：‘什么新奶奶旧奶奶的，还不快悄悄儿的呢。叫里头知道了，把你的舌头还割了呢。’”平儿正说着，只见一个小丫头进来回说：“旺儿在外头伺候着呢。”凤姐听了，冷笑了一声，说：“叫他进来。”那小丫头出来说：“奶奶叫呢。”旺儿连忙答应着进来。旺儿请了安，在外间门口垂手侍立。凤姐儿道：“你过来，我问你话。”旺儿才走到里间门旁站着。凤姐儿道：“你二爷在外头弄了人，你知道不知道？”旺儿又打着千儿回道：“奴才天天在二门上听差事，如何能知道二爷外头的事呢。”凤姐冷笑道：“你自然不知道。你要知道，你怎么拦人呢！”旺儿见这话，知道刚才的话已经走了风了，料着瞒不过，便又跪回道：“奴才实在不知。就是头里兴儿和喜儿两个人在那里混说，奴才吆喝了他们两句。内中深情底里奴才不知道，不敢妄回。求奶奶问兴儿，他是长跟二爷出门的。”凤姐儿听了，下死劲啐了一口，骂道：“你们这一起没良心的混帐忘八崽子，都是一条藤儿。打量我不知道呢。先去给我把兴儿那个忘八崽子叫了来，你也不许走。问明白了他，回来再问你。好，好，好，这才是我使出来的好人呢！”那旺儿只得连声答应几个“是”，磕了个头，爬起来出去，去叫兴儿。却说兴儿正在帐房儿里和小厮们玩呢，听见说二奶奶叫，先吓了一跳，却也想不到是这件事发作了，连忙跟着旺儿进来。旺儿先进去回说：“兴儿来了。”凤姐儿厉声道：“叫他。”那兴儿听见这个声音儿，早已没了主意了，只得乍着胆子进来。凤姐儿一见，便说：“好小子啊！你和你爷办的好事啊！你只实说罢。”兴儿一闻此言，又看见凤姐儿气色及两边丫头们的光景，早吓软了，不觉跪下，只是磕头。凤姐儿道：“论起这事来，我也听见说不与你相干。但只你不早来回我知道，这就是你的不是了。你要实说了，我还饶你。再有一句虚言，你先摸摸你腔子上几个脑袋瓜子。”兴儿战兢兢的朝上磕头道：“奶奶问的是什么事，奴才同爷办坏了？”凤姐听了，一腔火都发作起来，喝命：“打嘴巴。”旺儿过来才要打时，凤姐儿骂道："什么糊涂忘八崽子！叫他自己打，用你打吗！一会子你再各人打你那嘴巴子还不迟呢。"那兴儿真个自己左右开弓，打了自己十几个嘴巴。凤姐儿喝声"站住"，问道："你二爷外头娶了什么新奶奶旧奶奶的事，你大概不知道啊。"兴儿见说出这件事来，越发着了慌，连忙把帽子抓下来，在砖地上咕咚咕咚碰的头山响，口里说道："只求奶奶超生！奴才再不敢撒一个字儿的谎。"凤姐道："快说！"兴儿直蹶蹶的跪起来回道："这事头里奴才也不知道。就是这一天，东府里大老爷送了殡，俞禄往珍大爷庙里去领银子，二爷同着蓉哥儿到了东府里，道儿上爷儿两个说起珍大奶奶那边的二位姨奶奶来。二爷夸他好，蓉哥儿哄着二爷，说把二姨奶奶说给二爷。"凤姐听到这里，使劲啐道："呸！没脸的忘八蛋！他是你那一门子的姨奶奶！"兴儿忙又磕头说："奴才该死！"往上瞅着，不敢言语。凤姐儿道："完了吗？怎么不说了？"兴儿方才又回道："奶奶恕奴才，奴才才敢回。"凤姐啐道："放你妈的屁！这还什么恕不恕了。你好生给我往下说，好多着呢。"兴儿又回道："二爷听见这个话就喜欢了。后来奴才也不知道怎么就弄真了。"凤姐微微冷笑道："这个自然么！你可那里知道呢！你知道的只怕都烦了呢。是了，说底下的罢。"兴儿回道："后来就是蓉哥儿给二爷找了房子，——"凤姐忙问道："如今房子在那里？"兴儿道："就在府后头。"凤姐儿道："哦！"回头瞅着平儿道："咱们都是死人那！你听听！"平儿也不敢作声。兴儿又回道："珍大爷那边给了张家不知多少银子，那张家就不问了。"凤姐道："这里头怎么又拉扯上什么张家李家咧呢？"兴儿回道："奶奶不知道。这二奶奶——"刚说到这里，又自己打了个嘴巴，把凤姐儿倒呕笑了，两边的丫头也都抿嘴儿笑。兴儿想了想，说道："那珍大奶奶的妹子——"凤姐儿接着道："怎么样？快说呀！"兴儿道："那珍大奶奶的妹子原来从小儿有人家的，姓张，叫什么张华，如今穷的待好讨饭。珍大爷许了他银子，他就退了亲了。”凤姐儿听到这里，点了点头儿，回头便望丫头们说道：“你们都听见了！小忘八崽子，头里他还说他不知道呢。”兴儿又回道：“后来二爷才叫人裱糊了房子，娶过来了。”凤姐道：“打那里娶过来的？”兴儿回道：“就在他老娘家抬过来的。”凤姐道：“好罢咧！”又问：“没人送亲么？”兴儿道：“就是蓉哥儿，还有几个丫头、老婆子们，没别人。”凤姐道：“你大奶奶没来吗？”兴儿道：“过了两天，大奶奶才拿了些东西来瞧的。”凤姐儿笑了一笑，回头向平儿道：“怪道那两天二爷称赞大奶奶不离嘴呢。”掉过脸来又问兴儿：“谁伏侍呢？自然是你了。”兴儿赶着碰头，不言语。凤姐又问：“前头那些日子说给那府里办事，想来办的就是这个了。”兴儿回道：“也有办事的时候，也有往新房子里去的时候。”凤姐又问道：“谁和他住着呢？”兴儿道：“他母亲和他妹子。昨儿他妹子各人抹了脖子了。”凤姐道：“这又为什么？”兴儿随将柳湘莲的事说了一遍。凤姐道：“这个人还算造化高，省了当那出名儿的忘八。”因又问道：“没了别的事了么？”兴儿道：“别的事奴才不知道。奴才刚才说的，字字是实话。一字虚假，奶奶问出来，只管打死奴才，奴才也无怨的。”凤姐低了一回头，便又指着兴儿说道：“你这个猴儿崽子就该打死！这有什么瞒着我的！你想着瞒了我，就在你那糊涂爷跟前讨了好儿了，你新奶奶好疼你。我不看你刚才还有点怕惧儿，不敢撒谎，我把你的腿不给你砸折了呢。”说着，喝声：“起去！”兴儿磕了个头，才爬起来退到外间门口，不敢就走。凤姐道：“过来，我还有话呢。”兴儿赶忙垂手敬听。凤姐道：“你忙什么！新奶奶等着赏你什么呢！”兴儿也不敢抬头。凤姐道：“你从今日不许过去。我什么时候叫你，你什么时候到。迟一步儿，你试试！出去罢。”兴儿忙答应几个“是”，退出门来。凤姐又叫道：“兴儿！”兴儿赶忙答应回来。凤姐道：“快出去告诉你二爷去，是不是啊？”兴儿回道：“奴才不敢。”凤姐道：“你出去提一个字儿，堤防你的皮。”兴儿连忙答应着，才出去了。凤姐又叫：“旺儿呢？”旺儿连忙答应着过来。凤姐把眼直瞪瞪的瞅了两三句话的工夫，才说道：“好旺儿，很好！去罢。外头有人提一个字儿，全在你身上。”旺儿答应着，也出去了。凤姐便叫“倒茶”，小丫头子们会意，都出去了。这里凤姐才和平儿说：“你都听见了？这才好呢！”平儿也不敢答言，只好陪笑儿。凤姐越想越气，歪在枕上，只是出神。忽然眉头一皱，计上心来，便叫平儿来。平儿连忙答应过来。凤姐道：“我想这件事竟该这么着才好。也不必等你二爷回来再商量了。”未知凤姐如何办理，且听下回分解。

第六十八回
苦尤娘赚入大观园　酸凤姐大闹宁国府

戚回前：余读《左氏》见郑庄，读《后汉》见魏武，谓古之大奸巨滑，惟此为最。今读《石头记》，又见凤姐作威作福，用柔用刚，占步高，留步宽，杀得死，救得活。天生此等人，斲丧元气不少。

话说贾琏起身去后，偏值（俞校：“偏值”——从甲；原“偏遇”。）平安节度巡边在外，约一个月方回，贾琏未得确信，只得住在下处等候。及至回来相见，将事办妥，回程已是将（俞校：“将事办妥，回程已是将”——从己、庚、晋、甲；原“时，事情办妥，回程将是”。）两个月的限了。谁知凤姐心下早已算定，只待贾琏前脚走了，回来便传（俞校：“便传”——从己、庚、晋、甲；原“传”。）各色匠役，收拾东厢房三间，照依自己正室一样装饰陈设。至十四日，便回明贾母、王夫人，说十五一早要到姑子庙进香去。只带了平儿、丰儿、周瑞媳妇、旺儿媳妇四人，未曾上车，便将原故告诉了众人。又吩咐众男人，（俞校：“众男人”——从己、庚、晋、甲；原“众人”。）素衣素盖，一迳前来。兴儿引路，一直到了二姐门前叩门。鲍二家的开了。（俞校：“开了”——从己、庚、晋、甲；原“开了门”。）兴儿笑说：“快回二奶奶去，大奶奶来了。”鲍二家的听了这句，（俞校：“听了这句”——从己、庚、晋、甲；原“听了这话”。）顶梁骨走了真魂，忙飞进报与（俞校：“飞进报与”——从己、庚；原“飞报进与”。）尤二姐。尤二姐虽也一惊，但已来了，只得以礼相见，（俞校：“以礼相见”——从己、庚、晋、甲；原“以礼相待”。）于是忙整衣来迎了出来。（俞校：“迎了出来”——从己、庚、晋、甲；原“迎接出”。）至门前，凤姐方下车进来。尤二姐一看，只见头上皆是素白银器，身上月白缎袄，青缎披风，白绫素裙。眉弯柳叶，高吊两梢，目横丹凤，神凝三角。俏丽若三春之桃，清洁俞校："清洁"——从庚；原"清素"。若九秋之菊。周瑞旺儿二女人搀入俞校："周瑞旺儿二女人搀入"——从己、庚、晋、甲；原"两个女人搀扶入"。院来。尤二姐陪笑，忙迎上来万福，张口便叫："姐姐下降，不曾远接，俞校："不曾远接"——从己、庚、晋、甲；原"不曾远迎"。望恕仓促之罪。"俞校："仓促之罪"——从晋；原"仓卒之罪"。说着，便福了下来。凤姐忙陪笑还礼不迭。二人携手同入室中。凤姐上座，俞校："上座"——从己、庚；原"上坐"。尤二姐命丫鬟拿褥子来便行礼，说："奴家年轻，一从到了这里之事，俞校："之事"——从己、庚；原"诸事"。皆系家母和家姐商议主张。今日有幸相会，若姐姐不弃奴家寒微，凡事求姐姐的指示教训。奴亦倾心吐胆，只伏侍姐姐。"说着，便行下礼去。凤姐忙下座俞校："下座"——从己、庚；原"下坐"。以礼相还，俞校："以礼相还"——从己、庚、晋；原"一礼相还"。口内忙说："皆因我也年轻，向来总是妇人的见识，一味的只劝二爷保重，别在外边眠花宿柳，恐怕叫太爷、太太担心，这都是你我的痴心。谁知二爷倒错会了我的意，若是外头包占人家姐妹，瞒着家里也罢了；如今娶了妹妹作二房，这样正经大事也是人家大礼，却不曾和我说。我也劝过二爷早办这件事，果然生个一男半女，连我后来都有靠。不想二爷反以我为那等妒忌不堪的人，私自办了，真真叫我有冤没处诉。我的这个心惟有天地可表。头十天头里我就风闻着知道了，只怕二爷又错想了，遂不敢先说；目今可巧二爷走了，所以我亲自过来拜见，还求妹妹体谅我的苦心，起动大驾，挪到家中，你我姐妹同居同处，彼此合心合意，谏劝二爷慎重世务，保养身子，这才是大礼呢。要是妹妹在外头，我在里头，妹妹白想想，我心里怎么过的去呢！再者，叫外人听着，不但我的名声不好听，就是妹妹的名儿也不雅。况且二爷的名声更是要紧的，倒是谈论咱们姐儿们还是小事。至于那起下人小人之言，未免见我素昔持家太严，背地加减些话也是常情。妹妹想，自古说的，当家人恶水缸。我要真有不容人的地方儿，上头三层公婆，当中有好几位姐姐、妹妹、妯娌们，怎么容的我到今儿。就是今儿二爷私娶妹妹在外头住着，我自然不愿意见妹妹，我如何还肯来呢！拿着我们平儿说起，我还劝着二爷收他呢。这都是天地神佛不忍我叫这些小人们糟蹋，所以才叫我知道了。我如今来求妹妹进去，和我一样儿，住的、使的、穿的、带的，你我总是一样儿。妹妹这样伶透人，若肯真心帮我，我也得个膀臂。不但那起小人堵了他们的嘴，就是二爷回来一见，他也从今后悔我并不是那种吃醋调歪的人，你我三人更加和气。所以妹妹还是我的大恩人呢！要是妹妹不和我去，我也愿意搬出来陪着妹妹住，只求妹妹在二爷跟前替我好言方便方便，留我个站脚的地方儿，就叫我伏侍妹妹梳头洗脸，我也是愿意的。”俞校：“皆因我”至“我也是愿意的”——从甲；原“皆因奴家妇人之见，一味劝夫慎重，不可眠花卧柳，恐惹父母耽忧，此皆是你我之痴心。怎奈二爷错会奴意，眠花卧柳之事瞒奴或可，今娶姐姐二房之大事亦人家大礼，亦不曾对奴说。奴亦曾劝过二爷早行此礼，以备生育，不想二爷反以奴为那等嫉妒之妇，私自行此大事，并未说知，使奴有冤难诉，惟天地可表。前于十月之先，奴已风闻，恐二爷不乐，遂不敢先说。今可巧远行在外，故奴家亲自拜见过，还求姐姐下体奴心，起动大驾，挪至家中。你我姊妹同房同处，彼此合心，劝谏二爷慎重世务，保养身体，方是大礼。若姐姐在外奴在内，虽愚贱不堪相伴，奴心何安；再者，使外人闻之亦甚不雅观。二爷之名也要紧，倒是谈论奴家奴亦不怨。所以今生今世，奴之名节全在姐姐身上。那起下人小人之言，未免见我素日持家太严，背后加减些言语，自是常情。姐姐乃何等样人物，岂可信真。若我实有不好之处，上头三层公婆，有无数姊妹妯娌，况贾府世代名家，岂容我到今日。今日二爷私娶姐姐在外，若别人则怒，我则以为幸，正是天地神佛不忍我被小人们诽谤，故生此事。我今来求姐姐进去，和我一样，同居同处，同分同例，同侍公婆，同谏丈夫，喜则同喜，悲则同悲，情同亲妹，和同骨肉。不但那起小人见了自悔从前错认了我，就是二爷来家一见，他作丈夫之人心中也未免后悔。所以姐姐竟是我的大恩人，使我从前之名一洗无余了。若姐姐不随奴去，奴亦情愿在此相陪，奴愿作妹子，每日服侍姐姐梳洗，只求姐姐在二爷跟前替我好言方便，容我一席之地安身，奴死也愿意”。其“一味劝夫慎重”至“全在姐姐身上”又勾改略如甲；小字本则成清抄，无改迹。说着，便呜呜咽咽哭将起来。尤二姐见了这般，也不免滴下泪来。二人对见了礼，分序坐下。平儿忙也上来要见礼。尤二姐见他打扮不凡，举止品貌不俗，料定是平儿，连忙亲身搀住，只叫：“妹子快休如此，你我是一样的人。”凤姐忙也起身笑说：“折死他了！妹子只管受礼。他原是咱们的丫头，以后快别如此。”说着，又命周家的从包袱里取出四疋上色尺头，俞校：“上色尺头”——从己、庚、晋、甲；原“上色尺头来”。四对金珠簪环，为拜礼。俞校：“拜礼”——从己、庚；原“拜见之礼”。尤二姐忙拜受了。二人吃茶，对诉已往之事。凤姐口内全是自怨自错，“怨不得别人，如今俞校：“如今”——从庚、晋、甲；原“如此”。只求妹妹疼我”等语。尤二姐见了这般，便认他作极好的人：小人不遂心，诽谤主子，亦是常理。故倾心吐胆，叙了一回，竟把凤姐认为知己。又见周瑞等媳妇在傍边称扬凤姐素日许多善政，只是吃亏心太痴了，惹人怨；又说：“已经预备了房屋，奶奶进去，一看便知。”尤氏心中早已要进去同住方好，今又见如此，岂有不允 俞校：“不允”——从己、庚、晋、甲；原“不依”。 之理，便说：“原该跟了姐姐去，只是这里怎样？”凤姐道：“这有何难，妹妹的箱笼细软，只管 俞校：“只管”——从己、庚、晋、甲；原“只”。 着小厮搬了进去。这些粗笨货，要他无用，还叫人看着。 俞校：“看着”——从己、庚、晋、甲；原“看守”。 妹妹说谁妥当，就叫谁在这里。”尤二姐忙说：“今日既遇见姐姐，这一进去，凡事只凭姐姐料理。我也来的日子浅， 俞校：“日子浅”——从己、庚、晋、甲；原“日浅”。 也不曾当过家，世事不明白， 俞校：“世事不明白”——从己、庚；原“不明白世事”。 如何敢作主。这几件箱笼 俞校：“箱笼”——从己、庚；原“箱柜”。 拿进去罢。我也没有什么东西，那也不过是二爷的。”凤姐听了，便命周瑞家的记清，好生看管着，抬到东厢房去。于是催着尤二姐穿带了，二人携手上车， 俞校：“携手上车”——从己、庚、晋、甲；原“携手出来”。 同坐一处， 俞校：“同坐一处”——从晋；原“同坐一车”。 又悄悄的告诉他：“我们家的规矩大。这事老太太一概不知；倘或知道二爷 俞校：“知道二爷”——从晋、甲；原“知”。 孝中娶你，管把他打死了。如今且别见老太太、太太去。我们有一个花园子极大，姊妹们住着，容易 俞校：“容易”——从己、庚、晋、甲；原“轻容易”。 没人去的。你这一去且在园里住两天，等我设个法子回明白了，那时再见方妥。”尤二姐道：“任凭姐姐裁处。”那些跟车的小厮们皆是预先说明的，如今不去大门， 俞校：“不去大门”——从己、庚；原“不进大门”。 只奔 俞校：“只奔”——从己、庚、晋、甲；原“竟奔”。 后门而来。下了车，赶散众人，凤姐便带尤氏进了大观园 俞校：“进了大观园”——从己、庚、晋、甲；原“进大观园”。 的后门，来到李纨处相见了。彼时大观园中，十停人已有九停人知道了。今忽见凤姐带了进来，引动多人来看问。尤二姐一一见过。众人见他标致和悦，无不称扬。凤姐一一的吩咐了众人，都不许在外走了风声，“若老太太、太太知道，我先叫你们死。”园中婆子、丫鬟都素惧凤姐的，又系贾琏国孝家孝中所行之事，知道关系非常，都不管这事。凤姐悄悄的求李纨收养几日，“等回明了，我们自然过去的。” 俞校：“自然过去的”——从己、庚、晋、甲；原“自然过去”。 李纨见凤姐那边 俞校：“凤姐那边”——从己、庚、晋、甲；原“那边”。 已收拾房屋，况在服中，不好倡扬， 俞校：“不好倡扬”——从己、庚、晋、甲；原“不敢张扬”。 自是正理，只得收下权住。凤姐又变法将他的丫头一概退出，又将自己的一个丫头（俞校：“一个丫头”——从己、庚、晋、甲；原“几个丫头”。）送他使唤。暗暗吩咐园中媳妇们（俞校：“媳妇们”——从己、庚、晋、甲；原“媳妇”。）：“好生照看着他。若有走失逃亡，一概和你们算帐。”自己又去暗中行事。合家之人都暗暗的纳罕，说（俞校：“都暗暗的纳罕，说”——从晋、甲；原“无不纳罕，都说”。）：“看他如何这等贤惠（俞校：“贤惠”——从己、庚、晋、甲；原“贤慧”。）起来了！”

那尤二姐得了这个所在，又见园中姊妹各各相好，倒也安心乐业的，自为得其所矣。谁知三日之后，丫头善姐便有些不服使唤起来。尤二姐因说：“没了头油了，你去回声大奶奶拿些来。”善姐道：“二奶奶，你怎么不知好歹，没眼色！我们奶奶，（俞校：“我们奶奶”——从己、庚、晋、甲；原“我们大奶奶”。）天天承应了老太太，又要承应（俞校：“又要承应”——从己、庚、晋、甲；原“承应”。）这边太太、那边太太。这些妯娌姊妹，上下几百男女，天天起来都等他的话。一日少说，大事也有一二十件，小事还有三五十件。外头的（俞校：“外头的”——从己、庚、晋、甲；原“外头”。）从娘娘算起，以及王公侯伯家多少人情客礼；家里又有（俞校：“家里又有”——从己、庚、晋、甲；原“又有”。）这些亲友的调度。银子上千钱上万，一日都从他一个手，一个心，一个口里调度。（俞校：“银子上千”至“调度”——从己、庚、晋；原无。）那里为这点子小事去烦琐他。我劝你能着些儿罢。（俞校：“能着些儿”——从己、庚、晋、甲；原“省著些儿”。）咱们又不是明媒正娶来的。这是他亘古少有一个贤良人，才这样待你。若差些儿的人，（俞校：“差些儿的人”——从己、庚、晋、甲；原“差些的”。）听见了这话，吵嚷起来，把你丢在外，死不死，活不活，你又敢怎样呢！”一席话说的尤氏垂了头，自为有这一说，少不得将就些儿罢了。那善姐渐渐的连饭也怕端来（俞校：“也怕端来”——从晋、甲；原“也不端”。）与他吃，或早一顿，或晚一顿，所拿来之物皆是剩的。尤二姐说过两次，他反先乱叫起来。尤二姐又怕人笑他不安分，少不得忍着。隔上五日八日，见凤姐一面。那（俞校：“见凤姐一面。那”——从己、庚、晋、甲；原“见”。）凤姐却是和容悦色，（俞校：“和容悦色”——从己、庚、晋、甲；原“和颜悦色”。）满嘴里“好妹妹”不离口。又说：“倘有下人不到之处，你降不住他们，只管告诉我，我打他们。”又骂丫头、媳妇说：“我深知你们软的欺，硬的怕，背开我的眼，还怕谁。倘或二奶奶告诉我一个‘不’字，我要你们的命。”尤氏见他这般的好心，（俞校：“这般的好心”——从己、庚；原“这般好心”。）“既有他，何必我又多事。下人不知好歹也是常情。我若告了他们，受了委屈，反叫人说我不贤良。”因此反替他们遮掩。

凤姐一面使旺儿在外打听细底，（俞校：“打听细底”——从晋；原“打听细事”。）这尤二姐之事皆已深知。原来已有了婆家的。女婿（俞校：“女婿”——从己、庚、晋、甲；原“他婿”。）现在才十九岁，成日在外嫖赌，不理生业，家私（俞校：“家私”——从己、庚、晋、甲；原“家赀”。）花尽，父亲撵他出来，现在赌钱厂存身。父亲得了尤婆十两银子，退了亲的，这女婿尚不知道。原来这小伙子名叫张华。（俞校：“名叫张华”——从己、庚、晋、甲；原“名张华”。）凤姐都一一尽知原委，便封了二十两银子与旺儿，悄悄命他（俞校：“悄悄命他”——从庚、晋、甲；原“悄命他”。）将张华勾来养活，着他写一张状子，只管往有司衙门中告去，就告琏二爷国孝家孝之中，（俞校：“国孝家孝之中”——从己、庚、晋；原“国孝家孝”。）背旨瞒亲，仗财倚势，强逼退亲，停妻再娶等语。这张华也深知利害，先不敢造次。旺儿回了凤姐。凤姐气的骂：“癞狗（俞校：“癞狗”——原“籁狗”；今改“癞狗”。）扶不上墙（俞校：“扶不上墙”——从己、庚、晋、甲；原“扶不上墙去”。）的种子！你细细的说给他，便告我们家谋反也没事的。不过是借他一闹，大家没脸；若告大了，我这里自然能够平息的。”（俞校：“平息的”——从己、庚、晋；原“平息”。）旺儿领命，只得细说与张华。凤姐又吩咐（俞校：“吩咐”——从晋、甲；原“嘱咐”。）旺儿：“他若告了你，（俞校：“告了你”——从己、庚、甲；原“告了”。）你就和他对词去。”如此如此，这般这般，“我自有道理。”旺儿听了，有他做主，（俞校：“做主”——从己、庚、晋、甲；原“作主”。）便又命张华状子上添上自己，说：“你只告我来往过付，一应调唆二爷做的。”（俞校：“告我来往过付，一应调唆二爷做的”——从己、庚、晋；原“告调唆来往过付都是我就是了”。）张华便得了主意，和旺儿商议定了，写了（俞校：“写了”——从己、庚、晋、甲；原“写上”。）一张状子，次日便往都察院处喊了冤。察院坐堂看状，见是告贾琏的事，上面有“家人旺儿”一人，只得遣人去贾府（俞校：“遣人去贾府”——从己、庚、晋、甲；原无。）传旺儿来对词。青衣不敢擅入，只命人带信。那旺儿正等着此事，不用人带信，早在这条街上等候。见了青衣，反迎上去，笑道：“起动（俞校：“起动”——从己、庚、晋、甲；原“劳动”。）众位兄弟，必是兄弟的事犯了。（俞校：“必是兄弟的事犯了”——从己、庚、晋、甲；原“我犯了事”。）说不得，快来套上。”众青衣不敢，只说：“你老去罢，别闹了。”于是来至堂前跪了。（俞校：“跪了”——从己、庚、晋、甲；原“跪倒”。）察院命将状子与他看。旺儿故意看了一遍，碰头说道：“这事小的尽知，小的主人实有此事。但这张华素与小的有仇，故意扳扯小的在内。其中还有别人，求老爷再问。”张华碰头说：“虽还有人，小的不敢告他，所以只告他下人。”旺儿故意急的说：“糊涂东西！还不快说出来。这是朝廷公堂之上，凭是主子，也要说出来。”张华便说出贾蓉来。察院听了无法，只得去传贾蓉。凤姐又差了庆儿暗中打听告了起来，便忙将王信唤来，告诉他此事，命他托察院，只虚张声势，警吓俞校：“警吓”——从己、庚、晋；原“惊唬”。而已；又拿了三百银子与他去打点。是夜王信到了察院私第，安了根子。那察院深知原委，收了赃银。次日回堂，只说张华无赖，因拖欠了俞校：“因拖欠了”——从己、庚、晋、甲；原“拖欠了”。贾府银两，诳捏虚词，诬赖良人。都察院素来与王子腾交好，王信也只到家说了一声，况是俞校：“况是”——从己、庚、晋、甲；原“此时”。贾府之人，巴不得了事，便也不提此事，且都收下，只传贾蓉对词。

且说贾蓉等正忙着贾珍之事，忽有人来报信，说有人告你们如此如此，这般这般，俞校：“这般这般”——从己、庚、晋、甲；原无。快作道理。贾蓉慌了，忙来回贾珍。贾珍说：“我防了俞校：“我防了”——从己、庚、晋；原“我早防”。这一着。只亏他大胆子。”即刻封了二百银子，着人去打点察院，又命家人去对词。正商议之间，人报：“西府二奶奶来了。”贾珍听了这个，俞校：“听了这个”——从己、庚；原“听了这句”。倒吃了一惊，忙要同贾蓉藏躲。不想凤姐进来了，说：“好大哥哥，带着兄弟们俞校：“兄弟们”——从己、庚；原“兄弟”。干的好事。”贾蓉忙请安，凤姐拉了他就进来。俞校：“就进来”——从己、庚、晋、甲；原“进来”。贾珍还笑说：“好生伺候你姑娘，俞校：“你姑娘”——从己、庚、晋；原“你婶娘”。吩咐他们杀牲口备饭。”说了，忙命备马，躲往别处去了。这里凤姐儿俞校：“凤姐儿”——从己、庚；原“凤姐”。本回下悉同。带着贾蓉，走至上房。尤氏正迎了出来，见凤姐气色不善，忙笑说：“什么事情，这等忙？”俞校：“这等忙”——从己、庚、晋、甲；原“这么忙”。凤姐照脸一口唾沫啐道俞校：“啐道”——从己、庚、晋、甲；原“啐了来说道”。：“你尤家的丫头没人要了，偷着只往贾家送！难道贾家的人都是好的！普天下死绝了男人了！你就愿意给，也要三媒六证，大家说明，成个体统才是。你痰迷了心，脂油蒙了窍，国孝家孝两重在身，就把人送了来。俞校：“送了来”——从己；原“送来了”。这会子被人家告我们。我又是个没脚蟹。连官场中都知道我利害吃醋，如今指名提我，要休我。俞校：“要休我”——从己、庚、晋、甲；原“要”。我来了你家，俞校：“我来了你家”——从己、庚；原“我来了在你家”。干

酸凤姐大闹宁国府　含羞愧母子俱吞声

错了什么不是，你这等害我？（俞校：“你这等害我”——从己、庚、晋、甲；原“你们这等害我”。）或是老太太、太太有了话在你心里，使你们做这圈套，要挤我出去？如今咱们两个一同去见官，（俞校：“去见官”——从己、庚、晋、甲；原“见官”。）分证明白；回来咱们公同请了合族中人，（俞校：“公同请了合族中人”——从己、庚、晋、甲；原“再同族中人”。）大家觌面说个明白，给我休书，我就走路。”（俞校：“我就走路”——从己、庚、晋；原“我就走”。）一面说，一面大哭，拉着尤氏只要去见官。急的贾蓉跪在地下碰头，只求“姑娘婶婶息怒”。凤姐儿一面又骂贾蓉：“天雷劈脑子，（俞校：“劈脑子”——从己、庚；原“劈出脑子”。）五鬼分尸的，没良心的种子！不知天有多高，地有多厚，成日家调三窝四，干出这些没脸面，（俞校：“这些没脸面”——从己、庚、晋、甲；原“这样没天理”。）没王法，败家破业的营生。你死了的娘阴灵（俞校：“阴灵”——从己、庚、晋、甲；原“阴灵儿”。）也不容你，祖宗也不容你！还敢来劝我。”哭骂着，扬手就打。贾蓉忙磕头有声，说：“婶婶别动气，仔细手！让我自己打。婶婶别生气。”说着，自己举手，左右开弓，自己打了一顿嘴巴子。（俞校：“嘴巴子”——从己、庚、晋；原“嘴巴”。）又自己问着自己说：“以后可再顾三不顾四的混管闲事了？（俞校：“混管闲事了”——从己、庚、晋；原“混管闲事了么”。）以后还单听叔叔的话，不听婶婶的话了？”（俞校：“婶婶的话了”——从己、庚、晋；原“婶婶的话么”。）众人又是劝，又要笑，又不敢笑。凤姐儿滚到尤氏怀里，嚎天动地，大放悲声，只说：“给你兄弟娶亲我不恼，为什么使他违旨背亲，将混帐名儿给我背着？咱们只去见官，省得捕快皂隶拿来。（俞校：“拿来”——从己、庚；原“来拿”。）再者，（俞校：“再者”——从己、庚、晋、甲；原“再”。）咱们只过去，（俞校：“只过去”——从己、庚；原“过去”。）见了老太太、太太和众族人，（俞校：“和众族人”——从己、庚；原“阖族中人”。）大家公议了，我既不贤良，又不容丈夫娶亲买妾，只给我一纸休书，我即刻就走。你妹妹我也亲身接了来家，生怕老太太、太太生气，也不敢回，现在三茶六饭，金奴银婢的住在园里。我这里赶着收拾房子，和我的一样，只等老太太知道了。原说接过来大家安分守己的，我也（俞校：“我也”——从己、庚、晋、甲；原“我已”。）不提旧事了，谁知又是有了人家的。不知你们干的什么事，我一概不知道。如今告我，我昨日急了，纵然我出去见官，也丢的是你贾家的脸，少不得偷把太太五百银子去打点。（俞校：“去打点”——从己、庚、晋、甲；原“打点”。）如今把我的人还锁在那里。”说了又哭，哭了又骂，后来放声又哭起祖宗爹妈（俞校："祖宗爹妈"——从己、庚、晋；原"祖宗爷娘"。）来，又要寻死撞头。把个尤氏揉搓成了一个面团儿，衣服上全是眼泪鼻涕，并无别语，（俞校："并无别语"——从己、庚；原"尤氏没别话"。）只骂贾蓉："孽障种子！和你老子作的好事！我就说不好的。"凤姐儿听说，（俞校："凤姐儿听说"——从己、庚、晋、甲；原"凤姐一面说"。）哭着两手搬着尤氏的脸，紧对相问道："你发昏了？你的嘴里难道有茄子塞着？不然，他们给你嚼子衔上了？为什么（俞校："为什么"——从己、庚、晋、甲；原"为何"。）你不告诉我去？你若告诉了我，这会子不平安了，（俞校："不平安了"——从甲；原"平安了"。）怎得经官动府，闹到这步田地！你这会子还怨他们！（俞校："怨他们"——从己、庚、晋、甲；原"抱怨他们"。）自古说，妻贤夫祸少，表壮不如里壮。你但凡是个好的，他们怎得闹出这些事来！你又没才干，又没口齿，锯了嘴子（俞校："锯了嘴子"——从己、庚、晋、甲；原"锯了嘴"。）的葫芦，就只会一味瞎小心，图贤良的名儿。总是他们也不怕你，也不听你。"（俞校："也不听你"——从己、晋；原"也不听你说"。）说着，又啐了几口。尤氏也哭道："何曾不是这样！你不信，问问跟的人，我何曾不劝的！也得他们听。叫我怎么样呢？怨不得妹妹生气，我只好（俞校："我只好"——从己、庚、晋、甲；原"只好"。）听着罢了。"众姬妾、丫鬟、媳妇已是乌压压跪了一地，陪笑求说："二奶奶最圣明的。虽是我们奶奶的不是，奶奶也作践的够了。当着奴才们，奶奶们素日何等的好来！如今还求奶奶给留脸。"（俞校："奶奶也作践"至"给留脸"——从己、庚；原"求给留脸"。）说着，捧上茶来，凤姐也摔了。一面止了哭，挽头发，又喝骂贾蓉："出去请大哥哥来，我对面问他（俞校："对面问他"——从己、庚、晋、甲；原"问他"。）：亲大爷的孝才五七，侄儿娶亲，这个礼我竟不知道。我问问，也好学着，日后教导子侄的。"（俞校："教导子侄的"——从己、庚；原"教导子侄"。）贾蓉只跪着磕头，说："这事原不与父母（俞校："父母"——从己、庚、甲；原"我父母"。）相干，都是儿子一时吃了屎，调唆着叔叔作的。我父亲也并不知道。（俞校："也并不知道"——从己、庚、晋、甲；原"并不知道"。）如今我爷爷（俞校："我爷爷"——从晋；原"我父亲"。）正要出殡，婶婶若闹了起来，儿子也是个死。（俞校："也是个死"——从己、庚、晋、甲；原"也是一个死"。）只求婶婶责罚儿子，儿子谨领。这官司还求婶婶料理，儿子竟不能干这大事。婶婶是（俞校："婶婶是"——从己、晋；原"婶子是"。）何等样人，岂不知俗语说的，胳膊只折在袖子里！儿子糊涂死了，既作了不肖的事，就同那猫儿狗儿（俞校："狗儿"——从己、庚、晋、甲；原无。）一般，婶婶既教训，就不和儿子一般见识的，（俞校：“一般见识的”——从己、庚、晋；原“一般见识了”。）少不得还要婶婶费心费力，将外头的事压住了才好。原是婶婶有这个不肖的儿子，既惹了祸，少不得委屈还要疼儿子。”说着，又磕头不绝。凤姐见他母子这般，也再难往前施展了，只得又转过一副形容言谈来，与尤氏反陪礼，说：“我是年轻不知事的人，一听见有人告诉了，（俞校：“告诉了”——从己、庚、晋、甲；原“告了官”。）把我吓昏了，不知方才怎样得罪了嫂子。可是蓉儿说的，‘胳膊折了往袖子里藏’，少不得嫂子要体谅我。还要嫂子转替哥哥说了，先把这官司按下去才好。”尤氏、贾蓉一齐都说（俞校：“一齐都说”——从己、庚、晋、甲；原“一齐说”。）：“婶婶放心，横竖一点儿连累不着叔叔。婶婶方才（俞校：“婶婶方才”——从己、晋；原“婶子方才”。）说用过五百两（俞校：“五百两”——从己、庚、晋、甲；原“五百”。）银子，少不得我娘儿们打点五百两银子与婶婶送过去，好补上的。（俞校：“好补上的”——从己、晋；原“好补上”。）不然，岂有反教（俞校：“反教”——从己、庚；原“反叫”。）婶婶又添上亏空之名，越发我们该死了。但还有一件：老太太、太太们跟前，婶婶还要周全方便，别提这些话方好。”凤姐又冷笑道：“你们饶压着我的头干了事，这会子反哄着我（俞校：“哄着我”——从庚、晋、甲；原“哄我”。）替你们周全。我虽然是个呆子，也呆不到如此。（俞校：“呆不到如此”——从己、庚、晋；原“不至如此呆”。）嫂子的兄弟，是我的丈夫。嫂子既怕他绝后，我岂不更比嫂子（俞校：“更比嫂子”——从己、庚、晋、甲；原“比嫂子”。）更怕绝后！嫂子的令妹，（俞校：“嫂子的令妹”——从己、庚、晋、甲；原“嫂子令妹”。）就是我的妹子一样。我一听见这话，连夜喜欢的（俞校：“连夜喜欢的”——从己、庚、晋、甲；原无。）连觉也睡不成，赶着传人收拾了屋子，就要接进来同住。倒是奴才小人的见识，他们倒说：‘奶奶太好性儿了。若是我们的主意，先回了老太太、太太，看是怎样，再收拾房子去接也不迟。’我听了这话，教我（俞校：“教我”——从己、庚；原“叫我”。）要打要骂的，才不言语了。谁知偏不称我的意，偏打我的嘴，半空里又跑出个（俞校：“跑出个”——从己；原“跑出一个”。）张华来告了一状。我听见了，吓的两夜没合眼儿，又不敢声张，（俞校：“告了一状”至“不敢声张”——从己、晋、甲；原“告了”。）只得求人去打听这张华是什么人，这样大胆。打听了两日，谁知是个无赖的花子。我年轻不知事，反笑了说：‘他告什么？’倒是小子们说：‘原是二奶奶许了他的。他如今正是急了，冻死饿死也是个死；（俞校：“也是个死”——从己、晋、甲；原“也是一个死”。）现在有这个理他抓着，纵然俞校："纵然"——从己、晋、甲；原"他总然"。死了，死的倒比冻死饿死还值些，俞校："冻死饿死还值些"——从己、晋、甲；原"冻饿死的值些"。怎么怨的他告呢！这事原是爷作的太急了。国孝一层罪，家孝一层罪，俞校："国孝一层罪，家孝一层罪"——从己、晋、甲；原"两重孝在身就是两重罪"。背着父母私娶一层罪，俞校："私娶一层罪"——从己、晋、甲；原"一重罪"。停妻再娶一层罪。俞校："一层罪"——从己、晋、甲；原"一重罪"。俗语说，拚着一身剐，敢把皇帝拉下马。他穷疯了的人，什么事作不出来。况且他又拿着这满理，不告等请不成！'嫂子说，我便是个韩信、张良，听了这话也把智谋吓回去了。你兄弟又不在家，又没个商量，少不得拿钱去垫补。谁知越使钱，越被人拿住了刀靶儿，越发来讹。我是'耗子尾上长疮——多少脓血儿'，俞校："脓血儿"——从己、晋、甲；原"脓水儿"。所以又急又气，少不得来找嫂子。"尤氏、贾蓉不等说完，都说："不必操心，自然要料理的。"贾蓉又道："那张华不过是穷急，故舍了命才告咱们。如今想了一个法儿，俞校："想了一个法儿"——从己、晋、甲；原"我想了一个法子"。竟许他些俞校："许他些"——从己、甲；原"许他"。银子，只叫他应了妄告不实之罪，俞校："妄告不实之罪"——从己、晋、甲；原"枉告不实的罪"。咱们替他打点完了官司，他出来时，再给他些个俞校："给他些个"——从己；原"给他些"。银子就完了。"凤姐儿笑道："好孩子，怨不得你顾一不顾二的作这些事出来，原来你竟糊涂。若照你这话，他暂且依了，且打出官司来，又得了银子，眼前自然了事。这些人既是无赖之徒，银子到手，一旦光了，他又寻事故讹诈。倘又叨登起来，俞校："叨登起来"——从己、晋、甲；原"叨蹬出事来"。这事咱们虽不怕，也终担心。俞校："这事咱们虽不怕，也终担心"——从己；原"这可怎么样，虽不怕他，也终耽心"。搁不住俞校："搁不住"——从己、晋、甲；原"拦不住"。他说，既没毛病，为什么反给他俞校："反给他"——从己、晋、甲；原"反给"。银子！终久不了之局。"贾蓉原是个明白人，听如此一说，便笑道："我还有个主意。'来是是非人，去是是非者。'这事还得我俞校："这事还得我"——从己、晋、甲；原"我事还得我"。了才好。如今我竟去问张华个主意，或是他定要人，或是愿意了事，得钱再娶。俞校："得钱再娶"——从己、庚、甲；原"得钱"。他若说一定要人，少不得我去劝我二姨，叫他出来仍嫁他去；俞校："仍嫁他去"——从己、庚、晋、甲；原"仍叫他去嫁他去"。若说要钱，我们这里少不得给他。"凤姐儿忙道："虽如此说，我断舍不得你姨娘出去，我也断不肯使他去。俞校："断不肯使他去"——从己、庚；原"断不叫他出去"。好侄儿，你若疼我，只能可俞校："只能可"——从己、庚；原"只宁可"。多给他钱为是。"

贾蓉深知凤姐口虽如此，心却是巴不得只要本人出来，（俞校：“只要本人出来”——从己、庚、晋、甲；原“本人出来”。）他却做（俞校：“他却做”——从己、庚、晋、甲；原“他却作”。）贤良人。如今怎说怎依。凤姐儿欢喜了，又说：“外头好处了，家里终久怎么样？（俞校：“怎么样”——从己、庚、晋、甲；原“怎么样呢”。）你也同我过去回明才是。”尤氏又慌了，拉凤姐讨主意，如何撒谎才好。凤姐冷笑道：“既没这本事，谁叫你干这事了！这会子这个腔儿，我又看不上。（俞校：“这个腔儿，我又看不上”——从己、庚、晋、甲；原“又这个腔儿，我看不上”。）待要不出个主意，（俞校：“出个主意”——从己、庚、晋、甲；原“出了主意”。）我又是个心慈面软的人，凭人撮弄我，我还是（俞校：“我还是”——从己、庚、甲；原“我还”。）一片痴心。说不得，让我应起来。（俞校：“让我应起来”——从己、庚、晋、甲；原“我应起来”。）如今你们只别露面，我只领了你妹妹去与老太太、太太们磕头，只说原系你妹妹，我看上了很好。正因我不大生长，原说买两个人放在屋里的；今既见了你妹妹很好，而又是亲上做亲（俞校：“又是亲上做亲”——从己、庚、晋、甲；原“又亲上作亲”。）的，我愿意娶来做二房。（俞校：“做二房”——从己、庚、晋、甲；原“作二房”。）皆因家中父母姊妹新近一概死了，日子又艰难，不能度日，若等百日之后，无奈无家无业，实难等得。（俞校：“实难等得”——从己、庚、晋；原“实难等待”。）我的主意接了进来，已经厢房收拾了出来，（俞校：“收拾了出来”——从己、庚、晋、甲；原“收拾出来”。）暂且住着，等满了服再圆房。仗着我不怕臊（俞校：“不怕臊”——从己、庚、晋；原“不害燥”。）的脸，死活赖去，有了不是，也寻不着你们了。你们母子（俞校：“你们母子”——从己、庚；原“你们可”。）想想，可使得？”尤氏、贾蓉一齐笑说：“到底是婶婶宽洪大量，足智多谋。等事妥了，少不得我们娘儿们（俞校：“娘儿们”——从己、庚、晋、甲；原“娘儿两个”。）过去拜谢。”尤氏忙命丫鬟们伏侍凤姐梳妆洗脸，又摆酒饭，亲自递酒搛菜。（俞校：“搛菜”——从己、庚；原“捧菜”。）凤姐也不多坐，执意回去了。进园中将此事告诉与尤二姐，又说：我怎么操心打听，又怎么设法子，须得如此如此，方救下众人无罪，（俞校：“众人无罪”——从己、庚、晋、甲；原“众人才无罪”。）少不得我去拆开这鱼头，大家才好。（俞校：“大家才好”——从己、庚、晋；原“才好”。）要知端的，且听（俞校：“且听”——从己、庚、甲；原无。）下回分解。

蒙回后：人谓“闹宁府”一节极凶猛，“赚二姐”一节极和蔼，吾谓“闹宁府”情有可恕，“赚二姐”法不容诛，“闹宁府”声声是泪，“赚二姐”字字皆锋。

第六十九回
弄小巧用借剑杀人　觉大限吞生金自逝

蒙戚回前：写凤姐写不尽，却从上下左右写。写秋桐极淫邪，正写凤姐极淫邪；写平儿极义气，正写凤姐极不义气；写使女欺压二姐，正写凤姐欺压二姐；写下人感戴二姐，正写下人不感戴凤姐。史公用意，非念死书子之所知。

话说尤二姐听了凤姐之言，感谢不尽，只得跟了他来。尤氏那边怎好不过来的，少不得也过来跟着凤姐去回，俞校："少不得也过来跟着凤姐去回"——从己、庚、晋、甲；原"跟著凤姐回"。方是大礼。凤姐笑说："你只别说话，等我去说。"尤氏道："这个自然。但一有了不是，是往你身上推的。"俞校："是往你身上推的"——从己、庚；原"往你身上推"。说着，大家先来至贾母房中。正值贾母和园中姊妹们说笑解闷，忽见凤姐带了一个标致小媳妇俞校："小媳妇"——从己、庚、晋、甲；原"媳妇"。进来，忙觑着眼瞧，说："这是谁家的孩子？好可怜见的。"凤姐上来笑道："老祖宗倒细细的看看，好不好？"说着，忙拉二姐说："这是太婆婆，快磕头。"二姐忙行了大礼，展拜起来。又指着众姊妹说：这是某人某人，你先认了，等太太瞧过了，俞校："等太太瞧过了"——从晋；原"等给老太太瞧过了"。再见礼。二姐听了，一一又从新故意的问过，垂头站在傍边。贾母上下瞧了一遍，因又笑问："你姓什么？今年十几了？"凤姐忙又笑说："老祖宗且别问，只说比我俊不俊。”贾母又带上眼镜，命鸳鸯、琥珀：“把那孩子拉过来，我瞧瞧肉皮儿。”众人都抿嘴儿俞校：“抿嘴儿”——从己、庚；原“抿嘴”。笑着，只得推他上去。贾母细瞧了一遍，又命琥珀：“拿出手来我瞧瞧。”俞校：“我瞧瞧”——从己、庚、晋、甲；原“瞧瞧”。鸳鸯又揭起裙子来。贾母看毕，摘下眼镜来，笑说道：“竟是个俞校：“竟是个”——从晋、甲；原“竟是”。齐全孩子，我看比你俊些。”凤姐听说，笑着忙跪下，将尤氏那边所编之话，一五一十，细细的说了一遍，“少不得老祖宗发慈心，俞校：“慈心”——从己、庚、晋、甲；原“慈光”。先许他进来住，一年后再圆房。”贾母听了，道俞校：“贾母听了，道”——从己、庚、晋、甲；原“贾母道”。：“这有什么不是。既你这样贤良，俞校：“贤良”——从己、庚、晋、甲；原“贤慧”。很好。只是一年后方可圆得房。”俞校：“圆得房”——从己、庚、晋、甲；原“圆房”。凤姐听了，叩头起来。又求贾母着两个女人一同带去见太太们，说是老祖宗的主意。贾母依允，遂使二人带去见了邢夫人等。王夫人正因他风声不雅，俞校：“风声不雅”——从己、庚、晋、甲；原“声名不雅”。深为忧虑，见他今行此事，俞校：“今行此事”——从己、庚、晋、甲；原“行此事”。岂有不乐之理。于是尤二姐自此见了天日，挪到厢房住居。

凤姐一面使人暗暗调唆张华，只叫他要原妻，这里还有许多陪送外，还给他银子俞校：“还给他银子”——从己、庚、晋、甲；原“还有给他银子”。安家过活。张华原无胆无心告贾家的，后来又见贾蓉打发人来对词。那人原说的：“张华先退了亲。我们皆是亲戚，接到家里住着是真，并无娶之说。俞校：“并无娶之说”——从己、庚；原“并无娶妻之说”。皆因张华拖欠了我们的债务，俞校：“债务”——从己、庚、晋、甲；原“债物”。追索不与，方诬赖小的主人那些个。”俞校：“小的主人那些个”——从己、庚；原“小人。至于那些”。察院都和贾、王两处有瓜葛，况又受了贿，俞校：“况又受了贿”——从己、庚、晋、甲；原“况有了贿”。只说张华无赖，以穷讹诈，俞校：“以穷讹诈”——从己、庚、晋、甲；原“以穷民讹诈”。状子也不收，打了一顿赶出来。庆儿在外替他打点，俞校：“替他打点”——从庚；原“替张华打点”。也没打重。又调唆张华：“亲原是你家定的，你只要亲事，官必还断给你。”俞校：“还断给你”——从己、庚、晋、甲；原“断给你”。于是又告。王信那边又透了消息与察院。察院便批：“张华所欠贾宅之银，令其限内按数交足；其所定之亲，仍令其有力时娶回。”又传了他父亲来，当堂批准。他父亲亦系庆儿说明，乐得人财两进，便去贾府领人。凤姐一面吓得来回贾母，说如此这般，都是珍大嫂子干事不明，并没和那家

苦尤娘赚入大观园　尤三姐托梦斩妒妇

退准，（俞校：“和那家退准”——从己、庚、晋；原“退准”。）惹人家告了，如此官断。贾母听了，忙唤尤氏过来，说他作事不妥，“既是你妹子（俞校：“你妹子”——从己、庚、晋、甲；原“你”。）从小曾与人家指腹为婚，又没退断，使人混告了。”尤氏听了，只得说：“他连银子都收了，（俞校：“连银子都收了”——从己、庚、晋、甲；原“银子都收了”。）怎么没准！”凤姐在傍又说：“张华的口供上现说不曾见银子，也没见人去。他老子又说：‘原是亲家母（俞校：“亲家母”——从庚傍改（“母亲家”改）；原“母亲家”。紧接下一处同。）说过一次，并没应准；亲家母死了，你们就接进去作二房。’如此没有对证，只说好由他去（俞校：“只说好由他去”——从己、庚；原“这只好由他”。）混说。幸而琏二爷不在家，没曾圆房，这还无妨；（俞校：“无妨”——从己、庚、晋、甲；原“没妨”。）只是人已来了，怎好送回去，岂不伤脸？”贾母道：“又没圆房，没的强占人家有夫之人，名声也不好，不如送给他去。那里寻不出好人来。”尤二姐听了，又回贾母道：“我母亲实于某年月日给了他十两银子退准的。他因穷急了告，又翻了口。我姐姐原没错办。”贾母听了，便说：“可见刁民难惹。既这样，凤丫头去料理料理。”凤姐听了无法，只得应着回来，只命人去找贾蓉。贾蓉深知（俞校：“凤姐听了”至“贾蓉深知”——从己、庚、晋、甲；原无。）凤姐之意。若要使张华领回，成何体统，（俞校：“成何体统”——从己、庚、晋、甲；原“成何体面”。）便回了贾珍，暗暗遣人去说张华：“你如今既有许多银子，何必定要原人。若只管执定主意，岂不怕爷们一怒，寻出个由头，（俞校：“寻出个由头”——从己、庚；原“寻出一个由头”。）你死无葬身之地。你有了银子，回家去什么好人寻不出来。你若走时，还赏你些路费。”张华听了，心中想了一想：“这倒是好主意。”和父亲商议已定，约共也得了（俞校：“也得了”——从己、甲；原“得了”。）有百金，父子次日起个五更，回原籍（俞校：“原籍”——从己、庚、晋、甲；原“家”。）去了。贾蓉打听得真了，来回了（俞校：“来回了”——从己、庚、晋、甲；原“回了”。）贾母、凤姐，说：“张华父子妄告（俞校：“妄告”——从己、庚、晋、甲；原“枉告”。）不实，惧罪逃走，官府亦知此情，（俞校：“亦知此情”——从己、庚、甲；原“已知此情”。）也不追究，大事完毕。”凤姐听了，心中一想：若必定着张华带回二姐去，未免贾琏回来，再花几个钱包占住，不怕张华不依；还是二姐不去，自己相伴着还妥当，且再作道理。只是张华此去不知何往，倘或他再将此事告诉了别人，（俞校：“再将此事告诉了别人”——从己、庚、晋、甲；原“将此事再告诉别人”。）或日后再寻出这由头来翻案，岂不是自己害了自己。原先不该如此将刀靶付与外人去的。——因此悔之不迭，复又想了（俞校：“复又想了”——从己、庚、晋、甲；原“复又想”。）一条主意出来，悄命旺儿遣人寻着了他，或讹他作贼，和他打官司，将他治死；或暗中使人算计，务将张华治死，方剪草除根，保住自己的名誉。旺儿领命出来，回家细想：“人已走了完事，何必如此大作。人命关天，非同儿戏。我且哄过他去，再作道理。”因此在外躲了几日，回来告诉凤姐，只说：“张华因有了几两银子在身上，逃去第三日在（俞校：“告诉凤姐”至“第三日在”——从己、晋；原“说”。）京口地界，五更天已被截路人（俞校：“截路人”——从庚；原“截路的人”。）打闷棍（俞校：“打闷棍”——从己、庚；原“拿闷棍”。）打死了。他老子吓死在店房，在那里验尸掩埋。”凤姐听了不信，说：“你要扯谎，（俞校：“你要扯谎”——从己、庚、晋、甲；原“要扯谎”。）我再使人打听出来，敲你的牙。”自此，方丢过不究。凤姐和尤二姐和美非常，更比（俞校：“更比”——从庚；原“竟比”。）亲姊亲妹（俞校：“亲姊亲妹”——从己、庚、晋、甲；原“亲姊妹”。）还胜十倍。那贾琏一日事毕回来，（俞校：“事毕回来”——从己、庚、晋、甲；原“事毕回家”。）先到了新房中，已经（俞校：“已经”——从甲；原“已竟”。）悄悄的封锁，（俞校：“封锁”——从己、庚；原“关锁”。）只有一个看房子的老头儿。（俞校：“老头儿”——从己、庚、晋、甲；原“老儿”。）贾琏问起原故，老头子（俞校：“贾琏问起原故，老头子”——从己、晋、甲；原无。）细说原委，贾琏只在镫中跌足。少不得来见贾赦与邢夫人，将所完之事回明。贾赦十分欢喜，说他中用，赏了他一百两（俞校：“一百两”——从己、庚、晋、甲；原“一百”。）银子，又将房中一个十七岁的丫鬟（俞校：“丫鬟”——从己、庚、甲；原“丫头”。）名唤秋桐者，赏他为妾。（俞校：“名唤秋桐者，赏他为妾”——从己、庚；原二句颠倒。）贾琏叩头领去，喜之不尽。见了贾母合家中人，回来见凤姐，未免脸上有些愧色。谁知凤姐儿他反不似往日容颜，同尤二姐一同出迎，叙了寒温。贾琏将秋桐之事说了，未免脸上（俞校：“脸上有些愧色”至“未免脸上”——从己、庚；原无。）有些得意之色，骄矜之容。凤姐听了，忙命两个媳妇坐车在那边接了来。心中一刺未除，又平空添了一刺，说不得且吞声忍气，将好颜面换出来遮饰。一面又命摆酒接风，一面带了秋桐来见贾母与王夫人等。贾琏心中也暗暗的（俞校：“心中也暗暗的”——从己、庚、晋、甲；原“也心中”。）纳罕。那日已是腊月十二日，贾珍起身先拜了宗祠，（俞校：“宗祠”——从晋；原“宗祀”。）然后过来辞拜贾母等人，合族中人直送到洒泪亭方回，独贾琏贾蓉二人（俞校：“贾琏贾蓉二人”——从己、庚、晋；原“贾琏、贾蓉”。）送出，三日三夜方回。

一路上贾珍命他好生收心治家等语，二人口内答应，也说些大礼套话，不必繁叙。

且说凤姐在家，外面待尤二姐自不必俞校："自不必"——从己、庚、晋、甲；原"是不必"。说得，只是心中又怀别意，无人处只和尤二姐说："妹妹的声名很不好听，连老太太、太太们都知道了，说妹妹在家俞校："说妹妹在家"——从己、庚、晋、甲；原"说你在家"。做女孩儿就不干净，又和姐夫有些首尾，'没人要的了，你拣了来。还不休了，再寻好的。'我听见这话，气个倒仰，查是谁说的，又查不出来。这日久天长，这些个奴才们俞校："奴才们"——从己、庚、晋、甲；原"奴才"。跟前怎么说嘴。我反弄了个鱼头来拆。"说了两遍，自己又气病了，茶饭也不吃。除了平儿，俞校："除了平儿"——从己、庚、晋、甲；原下有"一人"。众丫头、俞校："众丫头"——从己、庚、晋、甲；原"众丫环"。媳妇无不言三语四，指桑说槐，暗相讥刺。秋桐自为系贾赦之赐，无人僭他的，俞校："自为系贾赦之赐，无人僭他的"——从己、庚、晋；原"自为是贾赦所赐，无人挤他的"。连凤姐、平儿皆不放在眼里，岂肯容他，张口是："先奸后娶，没汉子要的娼妇，也来要我的强。"俞校："要我的强"——从己、庚；原"占我的强"。凤姐听了暗乐，尤二姐听了暗愧暗怒。俞校："暗愧暗怒"——从晋；原"暗怒暗气"。凤姐既装病，便不和尤二姐吃饭了。每日只命人端了菜饭到他房中去吃，那茶饭都系不堪之物。平儿看不过，自拿了钱出来弄菜与他吃；或是有时，只说和他园中去玩，在园中厨内另做了汤水与他吃，也没人敢回凤姐。只有秋桐一时撞见了，便去说舌告诉凤姐，说俞校："告诉凤姐，说"——从己、庚、晋、甲；原"告诉凤姐"。："奶奶的名声俞校："名声"——从己、庚、晋、甲；原"声名"。生是平儿弄坏了的。这样好菜好饭浪着不吃，却往园里去偷吃。"俞校："园里去偷吃"——从己、庚、晋、甲；原"园子里偷著吃"。凤姐听了，骂平儿说："人家养猫拿耗子，我的猫倒只咬鸡。"俞校："倒只咬鸡"——从晋；原"只拿鸡"。平儿不敢多说，自此俞校："自此"——从己、庚；原"自此后"。也要远着了，又暗恨秋桐，难以出口。园中姊妹，如李纨、迎春、惜春等人皆为凤姐是好意；然宝、黛一干人，暗为二姐担心。虽都不便多事，惟见二姐可怜，常来了，倒还都怜恤他。每日常俞校："每日常"——从己、庚；原"每日"。无人处说起话来，尤二姐便淌眼抹泪，又不敢抱怨，俞校："不敢抱怨"——从己、庚、晋、甲；原"不敢说"。凤姐儿又俞校："凤姐儿又"——从己、庚；原"凤姐"。并没露出一点坏形来。贾琏来家时，见了凤姐贤良，也便不留心。况素昔以来，因贾赦姬妾、丫鬟最多，贾琏每怀不轨之心，只未敢下手。如这秋桐辈等人，皆是恨老爷年迈昏瞶，贪多嚼不烂，没的留下这些人作什么；因此除了几个知礼有耻的，馀者或有与俞校：“或有与”——从己、庚；原“或合”。二门上小么儿们俞校：“小么儿们”——从己、庚；原“小子们”。嘲戏的，甚至于与俞校：“甚至于与”——从己、庚；原“甚至”。贾琏眉来眼去，相偷期约的，只惧贾赦之威未曾到手。俞校：“未曾到手”——从己、庚；原“未敢到手”。这秋桐便和贾琏有意，从未来过一次。今日天缘凑巧，竟赏了他，真是一对烈火干柴，如胶投漆，俞校：“如胶投漆”——从己、庚、晋、甲；原“如胶似漆”。燕尔新婚，连日那里拆得开。那贾琏在二姐身上之心也渐渐淡了，只有秋桐一人是命。凤姐虽恨秋桐，且喜借他先可俞校：“且喜借他先可”——从己、庚、晋、甲；原“可喜借他也”。发脱二姐，自己且抽头，用借剑杀人之法，坐山观虎斗，等秋桐杀了尤二姐，自己再杀秋桐。主意已定，没人处常又私劝秋桐说：“你年轻不知事。他现是俞校：“他现是”——从己、庚、晋、甲；原“他现在是”。二房奶奶，你爷心坎儿俞校：“心坎儿”——从庚；原“心坎”。上的人，我还让他三分，你去硬碰他，岂不是自寻其死！”那秋桐听了这话，越发恼了，天天大口乱骂，说：“奶奶是软弱人，那等贤惠，俞校：“贤惠”——从己、庚、晋、甲；原“贤慧”。我却做不来。俞校：“做不来”——从己、庚、晋、甲；原“作不来”。奶奶把素日的威风怎都没了！奶奶宽洪大量，我却眼里揉不下沙子俞校：“沙子”——从己、庚；原“砂子”。去。让我和他这淫妇俞校：“他这淫妇”——从己、庚；原“淫妇”。做一回，才知道。”凤姐儿俞校：“凤姐儿”——从己、庚、晋、甲；原“凤姐”。在屋里，只装不敢出声儿，俞校：“不敢出声儿”——从己、庚、晋、甲；原“不听见不做声儿”。气的尤二姐在房里哭泣，俞校：“在房里哭泣”——从己、庚、晋、甲；原“在屋里哭泣”。饭也不吃，又不敢告诉贾琏。次日，贾母见他眼红红的肿了，问他，又不敢说。秋桐正是抓乖卖俏之时，他便悄悄的告诉贾母、王夫人等，说：“他专会作死，好好的俞校：“好好的”——从己、庚、晋、甲；原“好好”。成天家号丧。俞校：“号丧”——从己；原“嚎丧”。背地里咒二奶奶和我早死了，他好和二爷俞校：“和二爷”——从己、庚、晋、甲；原无。一心一计的过。”贾母听了，便说：“人太生嬲俏俞校：“嬲俏”——从己、庚；原“俊”。了，可知心就嫉妒。凤丫头倒好意待他，他倒这样争锋吃醋的，俞校：“争锋吃醋的”——从己、庚；原“争锋吃醋”。可是个贱骨头。”因此，渐次便不大欢喜。俞校：“不大欢喜”——从己、庚；原“不大喜欢”。众人见贾母不喜，不免又往下踏践起来。弄得这尤二姐俞校：“弄得这尤二姐”——从己、庚、甲；原“弄的尤二姐”。要死不能，要生不得。还是亏了平儿，时常背着凤姐，看他这般，与他排解排解。那尤二姐原是个花为肠肚雪作肌肤〔俞校：“雪作肌肤”——从己、庚、晋、甲；原“雪为肌肤”。〕的人，如何禁得这般磨折！〔俞校：“这般磨折”——从己、庚；原“这般折磨”。〕不过受了一个月的暗气，便恹恹得了一病，四肢懒动，茶饭不进，〔俞校：“茶饭不进”——从己、庚、晋、甲；原“茶饭不思”。〕渐次黄瘦下去。夜来合上眼，只见他小妹子手捧鸳鸯宝剑前来说：“姐姐，你一生为人心痴意软，终吃了这亏。休信那妒妇花言巧语，外作贤良，内藏奸狡。他发狠定要弄你一死方罢。若妹子在世，断不肯令你进来；即进来时，〔俞校：“即进来时”——从己、庚；原“既进来时”。〕亦不容他这样。此亦系〔俞校：“此亦系”——从己、庚、晋、甲；原“此亦”。〕理数应然，你我生前淫奔不才，使人家丧伦败行，故有此报。你还依我，将此剑斩了那妒妇，一同归至警幻案下，听其发落。不然，你则白白的丧命，且无人怜惜。”〔俞校：“无人怜惜”——从己、庚、晋、甲；原“无人可惜”。〕尤二姐泣道：“妹妹，我一生〔俞校：“我一生”——从己、庚、晋、甲；原“我生”。〕品行已亏，今日之报既系当然，何必又生〔俞校：“何必又生”——从己、庚、晋、甲；原“何必又结”。〕杀戮之冤。随我去忍耐。若天见怜，使我好了，岂不两全。”小妹笑道：“姐姐，你终是个痴人。自古‘天网恢恢，疏而不漏’，天道好还。你虽悔过自新，然已将人父子兄弟致于麀聚〔俞校：“麀聚”——从己、庚、晋；原“聚麀”。〕之乱，天怎容你安生。”尤二姐泣道：“既不得安生，亦是理之当然，奴亦无怨。”小妹听了，长叹而去。尤二姐惊醒，却是一梦。等贾琏来看时，因无人在侧，便泣说：“我这病不能好了。我来了半年，腹中已有身孕，〔俞校：“身孕”——从己、庚、晋、甲；原“孕”。〕但不能预知男女。倘天见怜，〔俞校：“倘天见怜”——从己、庚；原“倘得见怜”。〕生了下来还可；若不然，我这命就不保，何况于他。”贾琏亦泣说：“你只放心，我请明人来医治于你。”〔俞校：“医治于你”——从己；原“医治。于是”。〕出去即刻请医生。谁知王太医亦谋干了军前效力，〔俞校：“军前效力”——从庚、晋、甲；原“军前去效力”。〕回来好讨荫封的。〔俞校：“回来好讨荫封的”——从己、庚、晋、甲；原“回来时好讨荫封”。〕小厮们走去，便请了个姓胡的太医，〔俞校：“姓胡的太医”——从己、庚、晋；原“姓胡的太医来了”。〕号叫君荣，进来诊脉了。说是经水不调，全要大看补。贾琏便说：“已是三月庚信不行，又常作呕酸，恐是胎气。”胡君荣听了，复又命老婆子们请出手来再看看。尤二姐少不得又从帐内伸出手来。胡君荣又诊了半日，说：“若论胎气，肝脉自应洪大。然木盛则生火，经水不调，亦皆因由肝木所致。医生要大胆，须得请奶奶将金面略露露，（俞校："略露露"——从己、庚；原"露一露"。）医生观观气色方敢下药。"贾琏无法，只得命将帐子掀起一缝，（俞校："掀起一缝"——从己、庚、晋、甲；原"掀起来"。）尤二姐露出脸来。胡君荣一见，魂魄如飞上九天，通身麻木，一无所知。一时掩了帐子，贾琏陪他出来，问是如何。（俞校："问是如何"——从己、庚、晋、甲；原"问是何如"。）胡太医道："不是胎气，只是淤血凝结。如今只以下淤血通经脉要紧。"于是写了一方，作辞而去。贾琏命人送了药礼，抓了药来，调服下去。（俞校："调服下去"——从己、庚、晋、甲；原"调服下来"。）只半夜，尤二姐腹痛不止，谁知竟将一个已成形的男胎打了下来。于是血行不止，二姐就（俞校："谁知"至"二姐就"——从己、庚、晋、甲；原无。）昏迷过去。贾琏闻知，大骂胡君荣。（俞校："大骂胡君荣"——从己、庚、晋、甲；原"大骂胡医生"。）一面再遣人去请医（俞校："再遣人去请医"——从己、庚、晋；原"著人再去请医生"。）调治，一面命人去打告（俞校："打告"——从己、庚、晋；原"打"。）胡君荣。胡君荣听了，早已卷包逃走。这里太医院（俞校："太医院"——从庚；原"太医"。庚下旁添"太医"。）便说（俞校："便说"——从己、庚、晋、甲；原"说"。）："本来气血生成亏弱，受胎以来，想是着了些气恼，郁结于中。这位先生擅用虎狼之剂，如今大人元气十分伤其八九，一时难保就愈。煎丸二药并行，还要一些闲言闲事不闻，（俞校："不闻"——从己、庚、晋、甲；原"别管"。）庶可望好。"说毕而去。急的贾琏查是谁请了姓胡的来，一时查出，便打了个半死。凤姐比贾琏更急十倍，只说："咱们命中无子，好容易有了一个，又遇见这样没本事的大夫。"于是天地前烧香礼拜，自己通陈祷告，说："我或有病，只求尤氏妹子身体大愈，再得怀胎，生一男子，我愿吃长斋念佛。"贾琏众人（俞校："贾琏众人"——从己、庚、晋、甲；原"众人"。）见了，无不称赞。贾琏与秋桐在一处时，凤姐又做汤做水的（俞校："做汤做水的"——从己、庚、甲；原"作汤作水"。）着人送与二姐。（俞校："送与二姐"——从己、庚、晋、甲；原"送去与二姐吃"。）又骂平儿不是个有福的，也和我一样。"我因多病了，你却无病，也不见怀胎。（俞校："怀胎"——从己、庚；原"怀个胎"。）如今二奶奶这样，皆因咱们无福，或犯了什么，冲的他这样。"因又叫人出去算命打卦。偏算命的回来，（俞校："算命的回来"——从己、庚、晋、甲；原"算了回来"。）又说系属兔的阴人冲犯。大家算将起来，只有秋桐一人属兔，说他冲的。秋桐近见贾琏请医治药，（俞校："治药"——从己、庚；原"调治服药"。）打人骂狗，（俞校："打人骂狗"——从己、庚、晋、甲；原"打人"。）为尤二姐（俞校："为尤二姐"——从己、庚、晋、甲；原"为尤氏"。）十分尽心，他心中早浸了俞校："早浸了"——从己、庚、晋、甲；原"早"。一缸醋在内了。今又听见如此说他冲了，凤姐又劝他说："你暂且别处去躲几个月再来。"秋桐便气的哭骂道："理那起子瞎肏的混嚼舌根！我和他井水不犯河水，怎么就冲了他！好个爱八哥儿，在外头俞校："在外头"——从己、庚、甲；原"在外"。什么人不见，偏来了，就有人冲了。白眉赤眼，那里来的俞校："那里来的"——从己、庚、晋、甲；原"谁那里来的"。孩子！他不过指着哄我们那个棉花耳朵的爷罢了。纵有孩子，也不知姓张姓王。奶奶希罕那杂种羔子，我不喜欢。老了谁不成！谁不会养，一年半载养一个，倒还是一点搀杂没有的呢。"骂的众人又要笑，又不敢笑。可巧邢夫人过来请安，秋桐便哭告邢夫人说："二爷、二奶奶要撵我回去，俞校："撵我回去"——从己、庚、晋、甲；原"撵我"。我没了安身之处，太太好歹开恩。"邢夫人听说，慌的数落了凤姐儿俞校："凤姐儿"——从己、庚、甲；原"凤姐"。一阵。又骂贾琏："不知好歹的种子！凭他怎不好，是你父亲给的。为个外头来的撵他，连老子都没了。你要撵他，你不如俞校："你不如"——从己、庚；原"不如"。还你父亲去倒好。"说着，赌气去了。秋桐更又得意，越性走到他窗户根底下大哭大骂起来。尤二姐听了，不免更添烦恼。晚间贾琏在秋桐房中歇了。凤姐已睡，平儿过来瞧他，又悄悄的劝他："好生养病，俞校："好生养病"——从己、庚；原"好养著"。不要理那畜生。"尤二姐拉他哭道："姐姐，我从到了这里，多亏姐姐照应。为我，姐姐也不知受了多少闲气。我若逃的出命来，我必答报俞校："逃的出命来，我必答报"——从己、庚；原"逃出命来，我必报答"。姐姐的恩德；只怕我逃不出命来，也只好等来生罢！"平儿也不禁滴泪说道："想来都是我坑了你。俞校："坑了你"——从己、庚；原"错了你"。我原是一片痴心，从没瞒他的话。既听见你在外头，岂有不告诉他的。谁知生出这些个事俞校："这些个事"——从己、庚；原"这些事"。来。"尤二姐忙道："姐姐这话错了。姐姐便不告诉他，俞校："便不告诉他"——从己、庚；原"不告诉他"。他岂有打听不出来的，不过是俞校："不过是"——从己、庚；原"不道是"。姐姐说的在先。况且我也要俞校："我也要"——从己；原"我也单要"。一心进来，方成个体统，与姐姐何干。"二人哭了一回。平儿又嘱咐了俞校："嘱咐了"——从己、庚、晋、甲；原"嘱了"。几句，夜已深了，方去安息。

这里尤二姐心下自思："病已成势，日无所养，反有所伤，料定必不能好。况胎已打下，俞校："况胎已打下"——从己、庚、晋；原"胎已打下来了"。无可悬心，俞校："无可悬心"——从己、庚；原"无可悬心之处"。何必受这些零气。不如一死，倒还干净。常听见人说俞校："常听见人说"——从己、庚、甲；原"常闻"。生金子可以坠死，岂不比上吊自刎又干净。"想毕，扎挣起来，打开箱子，找出一块生金，也不知多重，狠命俞校："狠命"——从甲；原"恨命"。紧接下一处同。含泪便吞入口中，几次狠命直脖，俞校："直脖"——从己、庚、晋、甲；原"直脖子"。方咽了下去。俞校："咽了下去"——从己、庚；原"咽了下去了"。于是赶忙俞校："赶忙"——从己、庚、晋、甲；原"连忙"。将衣服首饰穿戴齐整，上炕躺下了。当下人不知，鬼不觉。到第二日早辰，丫鬟、媳妇们见他不叫人，乐得且自去梳洗。俞校："且自去梳洗"——从己；原"自己去梳洗"。凤姐和秋桐都上去了。平儿看不过，说丫头们："你们就只配没人心的打着骂着使也罢了；俞校："只配没人心的打着骂着使也罢了"——从己、庚、晋、甲；原"没人心，打著骂著使唤倒也罢了"。一个病人，也不知可怜可怜。他虽好性儿，你们也该拿出个样儿来，别太过馀了，俞校："过馀了"——从甲；原"过了"。'墙倒众人推'。"丫鬟们听了，急推房门进来看时，俞校："进来看时"——从己、庚、晋、甲；原"进去看时"。却穿戴的齐齐整整，死在炕上。于是俞校："于是"——从己、庚、甲；原无。方吓慌了，喊叫起来。平儿进来看时，俞校："进来看时"——从庚、晋；原"进来看了"。不禁大哭。众人虽素昔惧怕凤姐，然想尤二姐实在温和怜下，比凤姐原强，如今死去，谁不伤心落泪，只不敢与凤姐看见。当下合宅皆知。贾琏进来，搂尸大哭不止。凤姐也假意哭："狠心的妹妹，你怎么丢下我去了！辜负了我的心。"尤氏、贾蓉等也来哭了一场，劝住贾琏。贾琏便回了王夫人，讨了梨香院停放五日，挪到铁槛寺去，王夫人依允。贾琏忙命人去开了梨香院的门，收拾出正房俞校："正房"——从己、庚；原"正房三间"。来停灵。贾琏嫌后门出灵不像，俞校："不像"——从己、庚；原"不"。便对着梨香院的正墙上通街现开了俞校："对着梨香院的正墙上通街现开了"——从己、庚；原"对著正墙开了通街"。一个大门。两边搭棚，安坛场，做佛事。用软榻铺了锦缎衾褥，将二姐抬上榻去，用衾单盖了，八个小厮和几个媳妇围随，从内子墙一带抬往梨香院来。那里已请下天文生预备，揭起衾单俞校："揭起衾单"——从庚；原"接起衾单"。一看，只见这尤二姐俞校："尤二姐"——从己、庚；原"二姐"。面色如生，比活着还美貌。贾琏又搂着大哭，只叫："奶奶你死的不明，都是我坑了你。"贾蓉忙上来劝："叔叔解着些儿，我这个姨娘自己没福。"说着，又向南指大观园的界墙。贾琏会意，只悄悄跌脚说："我忽略了，（俞校："我忽略了"——从己、庚；原"我想著了"。）终久对出来，我替你报仇。"天文生回说："奶奶卒于今日正卯时，五日出不得，或是三日，或是七日（俞校："或是三日，或是七日"——从己、庚；原"三天七日"。）方可。明日寅时入殓大吉。"（俞校："大吉"——从己、庚；原无。）贾琏道："三日断乎使不得，（俞校："断乎使不得"——从己、庚；原"使不得"。）竟是七日。因家叔、家兄皆在外，小丧不敢多停。（俞校："小丧不敢多停"——从己、庚；原"不敢多停因小丧"。）等到外头，还放五七，做大道场才掩灵。明年往南去下葬。"天文生应诺，写了殃榜而去。宝玉已早过来，（俞校："已早过来"——从己、庚；原"早已过来"。）陪着哭了一场。众族中人（俞校："族中人"——从己、庚；原"族中"。）也都来了。贾琏忙进去找凤姐，要银子治办棺椁丧礼。凤姐见抬了出去，推有病，回老太太、太太说，我病着，忌三房，（俞校："回老太太、太太说，我病着，忌三房"——从己、庚、晋、甲；原"面回老太太、太太说，病著，忌三堂"。）不许我去，因此也不出来穿孝。且往大观园中来，绕过群山，至北界墙（俞校："北界墙"——从己、庚、晋、甲；原"北头墙"。）根下往外听，隐隐绰绰（俞校："隐隐绰绰"——从己、庚；原"隐隐约约"。）听了一言半语（俞校："一言半语"——从晋、甲；原"一半言语"。）回来，又回贾母说如此这般。贾母道："信他胡说。谁家痨病死的孩子不烧了一撒，也认真了开丧破土起来！既是二房一场，也是夫妻之分，（俞校："二房一场，也是夫妻之分"——从己、庚；原"二房夫妻一场"。）停五七日，（俞校："五七日"——从己、庚、晋、甲；原"五七"。）抬出去，或一烧，或乱葬地上（俞校："或乱葬地上"——从己、庚、晋、甲；原"或检乱葬地上"。）埋了完事。"凤姐笑道："可是这话。我又不敢劝他。"正说着，丫鬟来请，（俞校："来请"——从晋；原"来请凤姐"。）说："二爷等着奶奶拿银子呢。"凤姐只得来了，便问他："什么银子？家里近来艰难，你还不知道！咱们的月例，一月赶不上一月，鸡儿吃了过年粮。昨儿我把两个金项圈（俞校："两个金项圈"——从己、庚；原"金项圈"。）当了三百银子，你还做梦呢。这里还有二三十两银子，你要，就拿去。"说着，命平儿拿了出来，递与贾琏，指着贾母有话又去了，恨的贾琏没话可说，只得开了尤氏箱柜去拿自己的梯己。及开了（俞校："及开了"——从己、庚、晋、甲；原"乃开了"。）箱柜，一滴无存，（俞校："一滴无存"——从己、庚；原"一点无存"。）只有些折簪烂花并几件半新不旧的绸绢衣服，都是尤二姐素昔所穿的，不禁又伤心哭了起来。自己用个包袱一齐包了，也不命小厮、丫鬟来拿，便自己提着（俞校："自己提着"——从己、庚、晋、甲；原"自己拿著"。）来烧。平儿又是伤心，又是好笑，忙将二百两一包的碎银子（俞校："二百两一包的碎银子"——从己、庚；原

“二百两一包碎银”。偷了出来，到厢房拉住贾琏，悄递与他说：“你只别作声俞校：“别作声”——从己、庚；原“别做声”。才好。你要哭，外头多少哭不得，又跑了这里来点眼。”贾琏听说，便说：“你说的是。”接了银子，又将一条裙子递与平儿说：“这是他家常穿的。你好生替我收着，作个念心儿。”俞校：“念心儿”——从己、庚、甲；原“念想儿”。平儿只得掩了，俞校：“掩了”——从己、庚、晋；原“接了”。自己收去。贾琏拿了银子，与众走来，俞校：“与众走来”——从己、庚；原“与衣服走来”。命人先去买板。好的又贵，中的又不要，贾琏骑马自去要瞧，至晚间果抬了一副好板进来，俞校：“好板进来”——从己、庚；原“好板来”。价银五百两赊着，连夜赶造。一面分派了俞校：“分派了”——从己、庚、晋、甲；原“分派”。人口，穿孝守灵。贾琏晚来也不进去，只在这里伴宿。俞校：“只在这里伴宿”——从己、庚、晋、甲；原无。要知端的，且听俞校：“要知端的，且听”——从晋、甲；原无。下回分解。

戚回后：凤姐初念在张华领出二姐，转念又恐仍为外宅，转念即欲杀张华为斩草除根计。一时写来觉满腔都是荆棘，浑身都是爪牙，安得借鸳鸯剑，手刃其首，以寒千古奸妇之胆。

看三姐梦中相叙一段，真有孝子悌弟、义士忠臣之概，我不禁泪流一斗，湿地三尺。

第七十回
林黛玉重建桃花社　史湘云偶填柳絮词

戚回前：空将佛事图相报，已触飘风散艳花。一片精神传好句，题成谶语任吁嗟。

话说贾琏自在梨香院伴宿七日夜，天天僧道不断做佛事。贾母唤了他去，吩咐不许送往家庙里去。贾琏无法，只得又和时觉俞校："又和时觉"——从己、庚、晋、甲；原"又合地主"。说了，就在尤三姐之上点了一个穴，俞校："一个穴"——从己、庚、晋、甲；原"一穴"。破土埋葬。那日送殡，只不过族中人与王信夫妇，尤氏婆媳而已。凤姐一应不管，只凭他自去办理。俞校："自去办理"——从己、庚、晋、甲；原"自己办理"。因又年近岁逼，诸务猬集不算外，又有林之孝开了一个人名单子来，共有八个二十五岁俞校："二十五岁"——从己、庚、晋、甲；原"二十八岁"。的单身小厮，应该娶妻成房的，等里面有该放的丫头们，好求指配。凤姐儿看了，俞校："看了"——从己、庚、晋、甲；原"见了"。先来问贾母和王夫人，大家商议。虽有几个应该发配的，俞校："应该发配的"——从己、庚、晋、甲；原"发配的"。奈各人皆有原故：第一个鸳鸯，发誓不去。自那日之后，一向未和宝玉说话，也不盛妆浓饰。众人见他志坚，也不好相强。第二个琥珀，又有病，俞校："又有病"——从己、庚、晋；原"现有病"。这次不能了。彩云因近日和贾环分崩，俞校："分崩"——从己、庚、晋、甲；原"分蹦"。也染了无医之症。只有凤姐和李纨房中粗使的大丫鬟俞校："大丫鬟"——从己、庚；原"大丫头"。出去了。其馀年纪未足，令他们外头自娶去了。

俞校："自娶去了"——从己、庚、晋、甲；原"自择了"。

原来这一向因凤姐病了，[俞校："因凤姐病了"——从己、庚、晋；原"凤姐病了"。]李纨、探春料理家务，不得闲暇；接着过年过节，出来许多杂事，[俞校："出来许多杂事"——从己、庚、晋；原"出了多少杂事"。]竟将诗社搁起。如今仲春天气，[俞校："仲春天气"——从己、庚、晋、甲；原无。]虽得了工夫，争奈[俞校："争奈"——从己、庚、甲；原"怎奈"。]宝玉因冷遁了[俞校："冷遁了"——从己、庚、晋；原"冷淡了"。]柳湘莲，剑刎了尤小妹，金逝了尤二姐，气病了柳五儿：连连接接，闲愁胡恨，一重不了一重添，[俞校："一重添"——从己、庚、晋、甲；原"又一重"。]弄得[俞校："弄得"——从己、庚；原"弄的"。]情色若痴，语言[俞校："语言"——从己、庚、晋、甲；原"言语"。]常乱，似染怔忡之疾。[俞校："怔忡之疾"——从己、庚；原"怔忡之症"。]慌的袭人等又不敢回贾母，只百般逗他玩笑。这日清晨方醒，只听外间房内咭咭呱呱，笑声不断。袭人因笑说："你快出去解救。晴雯和麝月两个人按住温都里那[俞校："温都里那"——从己、庚、晋；原"温都里那儿"。]隔肢呢。"宝玉听了，忙披上灰鼠袄子，[俞校："灰鼠袄子"——从己、庚、晋；原"灰鼠皮袄"。]出来一瞧，[俞校："出来一瞧"——从己、庚、晋、甲；原"走出来一瞧"。]只见他三人被褥尚未叠起，大衣也未穿。那晴雯只穿着葱绿院绸[俞校："院绸"——从晋；原"绸花"。]小袄，红小衣，红睡鞋，披着头发，骑在雄奴身上。麝月是红绫抹胸，披着一身旧衣，在那里抓雄奴的肋肢。[俞校："肋肢"——从己、庚、晋、甲；原"胁肢"。]雄奴却仰在炕上，穿着撒花[俞校："撒花"——从己、庚、晋、甲；原"洒花的"。]紧身儿，红裤绿袜，[俞校："绿袜"——从己、庚、晋、甲；原"绿袄"。]两脚乱蹬，笑的喘不过气来。宝玉忙上前[俞校："忙上前"——从庚傍改（"前"傍添）；原"忙"。]笑说："两个大的欺负一个小的，等我助力。"说着，也上床来隔肢晴雯。[俞校："隔肢晴雯"——从甲；原"抓晴雯膈肢"。]晴雯触痒，[俞校："触痒"——从己、庚、晋、甲；原"旧痒"。]笑的忙丢下雄奴，和宝玉对抓。[俞校："和宝玉对抓"——从己、庚、晋、甲；原"来抓宝玉"。]雄奴趁势又将晴雯按倒，向他肋下[俞校："肋下"——从己、庚、晋；原"胁下"。]抓动。袭人笑说："仔细冻着了。"看他四人裹在一处倒好笑。忽有李纨打发碧月来说："昨儿晚上，[俞校："昨儿晚上"——从己、庚、晋、甲；原"昨日晚上"。]奶奶在这里把块手帕子忘了，[俞校："手帕子忘了"——从己、庚、晋；原"手巾忘了去"。]不知可在这里？"小燕说[俞校："小燕说"——从己、庚、晋；原"小燕道"。]："有，有，有。我在地下拾了起来，[俞校："拾了起来"——从己、庚、晋；原"拾起来"。]不知是那一位的。才洗了出来晾着，还未干呢。"碧月见他四人乱滚，因笑道："倒是这里热闹，大清早起就咭咭呱呱的玩到一处。"宝玉笑道[俞校："宝玉笑道"——从己、庚、晋、甲；原"宝玉道"。]："你们那里人也不少，怎么不玩？"碧月道："我们奶奶不玩，把两个姨娘和琴姑娘也宾住了。 俞校:“宾住了”——从己、庚;原“摈住了”。 如今琴姑娘又跟了老太太前头去了, 俞校:“又跟了老太太前头去了”——从己、庚;原“往老太太前头去”。 更寂寞了。 俞校:“更寂寞了”——从己、庚、晋;原“更觉寂寞了”。 两个姨娘,今年过了,到明年冬天都去了,又更寂寞呢!你瞧宝姑娘那里出去了一个香菱,就冷清了多少,把个云姑娘落了单。”正说着,只见湘云又打发翠缕来说:“请二爷快出去 俞校:“快出去”——从己、庚、晋、甲;原“快去”。 瞧好诗。”宝玉听了,忙问:“那里的好诗?”翠缕笑道:“姑娘们都在沁芳亭上,你去了便知。”宝玉听了,忙梳洗了出来,果见黛玉、宝钗、湘云、宝琴、探春都在那里,手里拿着 俞校:“手里拿着”——从己、庚、晋、甲;原“手拿著”。 一篇诗看。见他来时,都笑说道:“这会子还不起来!咱们的诗社 俞校:“咱们的诗社”——从己、庚、晋、甲;原“咱们的社”。 散了一年,也没有人作兴。如今正是初春时节, 俞校:“初春时节”——从己、庚、晋、甲;原“初春时”。 万物更新,正该鼓舞另立起来才好。”湘云笑道:“一起诗社 俞校:“一起诗社”——从己、庚、晋、甲;原“一起社”。 时是秋天,就不应发达。如今恰好万物逢春,皆主生盛。况这首桃花诗又好,就把海棠社改作 俞校:“改作”——从己、庚、晋、甲;原“改做”。 桃花社。” 庚双:起时是后有名,此是先有名。 宝玉听着,点头说 俞校:“宝玉听着,点头说”——从己、庚、晋、甲;原“宝玉点头道”。 :“很好。”且忙着要诗看。众人都又说:“咱们此时就访稻香老农去,大家议定好起的。”说着,一齐起来,都往稻香村来。宝玉一壁走,一壁 俞校:“一壁走,一壁”——从己、庚、晋、甲;原“一壁里走一壁里”。 看那纸上写着 俞校:“写着”——从己、庚、晋、甲;原“写的”。 《桃花行》一篇,曰:

桃花帘外东风软,桃花帘内晨妆懒。
帘外桃花帘内人,人与桃花隔不远。
东风有意揭帘栊,花欲窥人帘不卷。
桃花帘外开仍旧,帘中人比桃花瘦。
花解怜人花也愁,隔帘消息风吹透。
风透湘帘花满庭,庭前春色倍伤情。
闲苔院落门空掩,斜日栏杆人自凭。
凭栏人向东风泣,茜裙偷傍桃花立。
桃花桃叶乱纷纷,花绽新红叶凝碧。

贾宝玉垂泪感知音　林黛玉重建桃花社

雾裹烟封一万株，烘楼照壁红模糊。
天机烧破鸳鸯锦，春酣欲醒移珊枕。
侍女金盆进水来，香泉影蘸胭脂冷。
胭脂鲜艳何相类，花之颜色人之泪。
若将人泪比桃花，泪自长流花自媚。
泪眼观花泪易干，泪干春尽花憔悴。
憔悴花遮憔悴人，花飞人倦易黄昏。
一声杜宇春归尽，寂寞帘栊空月痕。

宝玉看了，并不称赞，却滚下泪来。便知出自黛玉，因此落泪。又怕众人看见，又忙自己擦了。因问："你们怎么得来？"宝琴笑道："你猜是谁作的？"俞校："是谁作的"——从己、庚、晋、甲；原"谁作的"。宝玉笑道："自然是潇湘子稿。"俞校："潇湘子稿"——从己、庚；原"潇湘子的稿咧"。宝琴笑道："现是我作的呢。"宝玉笑道："我不信。这声调口气，迥乎不像蘅芜之体，所以不信。"宝钗笑道："所以你不通。难道杜工部首首都作俞校："首首都作"——从己、晋、甲；原"首首都做"。'丛菊两开他日泪'之句不成！一般的也有'红绽雨肥梅''水荇牵风翠带长'之媚语。"宝玉笑道："固然如此说。但我知道俞校："但我知道"——从己、晋、甲；原"但只我知道"。姐姐断不许妹妹有此伤悼语句，妹妹虽有此才，是断不肯作的，比不得林妹妹曾经离丧，作此哀音。"众人听说都笑了。已至稻香村中，将诗与李纨看了，自不必说俞校："自不必说"——从己、庚、晋、甲；原"是不必说"。称赏不已。说起诗社，大家议定，明日乃三月初二日就起社，便改"海棠社"为"桃花社"，林黛玉就为社主。明日饭后，齐集潇湘馆，因又大家拟题。黛玉便说："大家就要桃花诗一百韵。"宝钗道："使不得。从来桃花诗最多，纵作了，必落套，比不得你这一首古风。须得再拟。"正说着，人回："舅太太来了，姑娘们出去请安。"因此，大家都往前头来见王子腾的夫人，陪着说话。吃饭毕，又陪入园中来，各处游玩一遍。至晚饭后掌灯方去。

次日乃是探春的寿日，元春早打发了两个小太监送了几件玩器，合家皆有寿仪，自不必说。（俞校："自不必说"——从己、庚；原"是不必细说"。）饭后探春换了礼服，各处去行礼。黛玉笑向众人道："我这一社，开的又不巧了，偏忘了这两日是他的生日。虽不摆酒唱戏的，少不得都要陪他在老太太、太太跟前玩笑一日，如何能得闲空儿。"因此改至初五。这日，（俞校："这日"——从己、庚、晋、甲；原"这一日"。）众姊妹皆在房中侍早膳毕，（俞校："侍早膳毕"——从己、庚、晋、甲；原"侍膳毕"。）便有贾政书信到了。宝玉请安，将请贾母的安禀拆开，念与贾母听。上面不过是请安的话，说六月中准进京等语。其馀家信事务之帖，自有贾琏和王夫人开读。众人听说六七月回京，（俞校："说六月中"至"六七月回京"——从己、庚；原"说六月七月回京"。）都喜之不尽。偏生近日王子腾之女许与保宁侯之子为妻，择于五月初十日过门，凤姐儿（俞校："凤姐儿"——从己、庚、晋、甲；原"凤姐"。）又忙着张罗，常三五日不在家。这日，王子腾的夫人又来接凤姐儿，一并请众甥男甥女（俞校："众甥男甥女"——从己、庚、晋、甲；原"甥男甥女"。）闲乐一日。贾母和王夫人命宝玉、探春、林黛玉、宝钗四人同凤姐去。众人不敢违拗，只得回房去，另妆饰了起来。五人作辞，去了一日，掌灯方回。宝玉进入怡红院，（俞校："进入怡红院"——从己、庚、晋、甲；原"进了怡红院"。）歇了半刻，袭人便乘机见景，劝他收一收心，（俞校："收一收心"——从己、庚、晋、甲；原"收心"。）闲时把书理一理预备着。宝玉屈指算一算，（俞校："算一算"——从己、庚、甲；原"一算"。）说："还早呢。"袭人道："书是第一件，字是第二件。到那时你纵有了书，你的字写的在那里呢？"宝玉笑道："我时常也有写了的好些，（俞校："好些"——从己、庚、晋、甲；原"好些的"。）难道都没收着？"袭人道："何曾没收着。你昨儿不在家，我就拿出来共总（俞校："共总"——从庚傍改（"算"改"总"）；原"共算"。）数了一数，才有五六十篇。这三四年的工夫（俞校："三四年的工夫"——从己、庚、晋、甲；原"三四年工夫"。）难道只有（俞校："只有"——从己、庚、甲；原"只有了"。）这几张字不成！依我说，从明日起，（俞校："从明日起"——从己、庚、甲；原"从今日起"。）把别的心全收了起来，天天快临几张字补上。虽不能按日都有，（俞校："按日都有"——从己、庚、晋、甲；原"按月都有"。）也要大概看得过去。"（俞校："看得过去"——从己、庚、晋、甲；原"看的过去"。）宝玉听了，忙得（俞校："忙得"——从晋；原"忙的"。）自己又（俞校："自己又"——从己、庚、晋、甲；原"自己"。）亲检了一遍，实在搪塞不过去，便说："明日为始，一天写一百字才好。"说话时，大家安下。至次日起来梳洗了，便在窗下研墨，恭楷临帖。贾母因不见他，只当病了，忙使人来问。宝玉方去请安，便说写字之故，先将早起清晨的工夫尽了出来，再做别的，因此出来迟了。贾母听了，俞校："贾母听了"——从己、庚；原"贾母听说"。便十分欢喜，就吩咐他："以后只管写字念书，不用出来也使得。你去回你太太知道。"宝玉听说，便往王夫人房中来俞校："便往王夫人房中来"——从己、庚、晋、甲；原"便来王夫人房中"。说明。王夫人便说俞校："王夫人便说"——从己、庚；原"王夫人说"。："临阵磨枪也中用！俞校："也中用"——从己、庚；原"也不中用"。有这会子着急，俞校："着急"——从己、晋、甲；原"著急的"。天天写写念念，有多少顽不了的！俞校："顽不了的"——从己；原"完不了的"。这一赶又赶出病来才罢。"宝玉回说："不妨事。"这里贾母也说怕急出病来，探春、宝钗等都笑说："老太太不用急，书虽替他不得，俞校："替他不得"——从己、庚、晋；原"替不得"。字却替得的。我们每人每日临一篇给他，搪塞过这一步就完了。一则老爷到家不生气，二则他也急不出病来。"贾母听说，喜之不尽。原来林黛玉闻得贾政回家，必问宝玉的功课，宝玉肯分心，俞校："宝玉肯分心"——从己、庚、晋；原无。恐临期吃了亏；因此自己只装作俞校："只装作"——从己、庚；原"只妆"。不耐烦，把诗社便不起，也不以外事去勾引他。探春宝钗二人，每日也临一篇楷书字与宝玉。宝玉自己每日也加工，俞校："每日也加工"——从己、庚；原"也加工"。或写二百三百不拘。至三月下旬，便将字又集凑出许多来。这日正算再得五十篇，也就混得过了。俞校："混得过了"——从晋；原"混得过去了"。谁知紫鹃走来，送了一卷东西与宝玉，拆开俞校："拆开"——从己、庚、晋、甲；原"扯开"。看时，却是一色老油竹纸上临的俞校："临的"——从己、庚、晋、甲；原"临的是"。钟王蝇头小楷，字迹且与自己十分相似。喜的宝玉和紫鹃俞校："和紫鹃"——从己、庚；原"向紫鹃"。作了一个揖，又亲自来俞校："又亲自来"——从己、庚、晋、甲；原"又说亲自来"。道谢。史湘云宝琴二人皆亦临了几篇相送，凑成虽不足功课，亦足搪塞了。宝玉放了心。于是将所应读俞校："所应读"——从己；原"所读"。之书，又温理过几遍。俞校："几遍"——从己、庚；原"几次"。正是天天用功，俞校："用功"——从己、庚、晋、甲；原"用工"。可巧近海一带海啸，又糟蹋了几处生民，地方官题本奏闻，奉旨就着贾政顺路查看俞校："顺路查看"——从己、庚、晋、甲；原"顺路"。赈济回来。如此算去，至冬底方回。宝玉听了，便把书字又搁过一边，俞校："又搁过一边"——从己、庚；原"搁在一边"。仍是照旧游荡。

时值暮春之际，史湘云无聊，因见柳花飘舞，便偶成一小令，调寄《如梦令》，其词曰：

岂是绣绒残吐，卷起半帘香雾。纤手自拈来，空使俞校："空使"——从己、庚、晋、甲；原"岂使"。鹃啼燕妒。且住，且住，莫放春光别去。

自己作了，心中得意，便用一条纸儿写好，与宝钗看了，又来找黛玉。黛玉看毕，笑道："好，也新鲜有趣。我却不能。"湘云笑道："咱们这几社总没有填词，你明日何不起社填词，改个样儿，岂不新鲜些。"俞校："岂不新鲜些"——从己、庚、晋、甲；原"新鲜些"。黛玉听了，偶然兴动，便说："这话说的极是。我如今便请他们去。"说着，一面吩咐预备了几色果点俞校："果点"——从己、庚、晋、甲；原"果品"。之类，一面就俞校："一面就"——从己、庚、晋、甲；原"就"。打发人分头去请众人。这里他二人俞校："他二人"——从己、庚；原"二人"。便拟了柳絮之题，又限出俞校："又限出"——从己、庚、晋、甲；原"限"。几个调来，写了绾在壁上。众人来看时，以柳絮为题，限各色小调。又都看了史湘云的，称赏了一回。宝玉笑道："这词上我们平常，俞校："我们平常"——从己、庚；原"我到平常"。少不得也要胡诌起来。"俞校："也要胡诌起来"——从己、庚、晋、甲；原"胡编起来"。于是大家拈阄。宝钗便拈得了《临江仙》，宝琴拈得了《西江月》，探春拈得了《南柯子》，黛玉拈得了《唐多令》，宝玉拈得了《蝶恋花》。紫鹃炷了一枝梦甜香。庚双：重建，故又写香。大家思索起来。一时，黛玉有了，写完。接着宝琴、宝钗都有了。他三人写完，互相看时，宝钗便笑道："我先瞧完了你们的，再看我的。"探春笑道："嗳呀！俞校："嗳呀"——从己、庚；原"嗳哟"。今儿这香怎么这样快，已剩了三分了。我才有了半首。"因又问宝玉可有了。宝玉虽作了些，只是自己嫌不好，又都抹了要另作，俞校："要另作"——从己、庚；原"又另作"。回头看香已将烬了。俞校："已将烬了"——从己、庚；原"已将尽了"。李纨等笑道："这算输了。蕉丫头俞校："蕉丫头"——从己、庚、晋、甲；原"瞧三丫头"。的半首且写出来。"探春听说，忙写了出来。众人看时，庚双：却是先看没作完的，总是又变一格也。上面却只半首《南柯子》，写道是俞校："半首《南柯子》，写道是"——从己、庚、晋、甲；原"半首写道是《南柯子》"。：

空挂纤纤缕，徒垂络络丝，也难绾系也难羁，一任东西南北，各分离。

李纨笑道：“这也却好作，（俞校：“也却好作”——从己、庚；原“也都好作”。）何不续上。”宝玉见香没了，情愿认输，不肯勉强塞责，将笔搁下，来瞧这半首。见没完时，（俞校：“见没完时”——从己、庚、晋、甲；原“没完时”。）反倒动了兴，开了机，乃提笔续道是：

落去君休惜，飞来我自知。莺愁蝶倦（俞校：“蝶倦”——从己、庚、晋、甲；原“蝶卷”。）晚芳时，纵是（俞校：“纵是”——从己、庚；原“总是”。）明春再见，隔年期。

众人笑道：“正经你分内的又不能，这却偏有了。纵然好，也不算得。”说着，看黛玉的《唐多令》：

粉堕百花洲，香残燕子楼。一团团逐对成毬。（俞校：“逐对成毬”——从己、庚、晋；原“逐队成毬”。）飘泊亦如人命薄，空缱绻，说风流。

草木也知愁，韶华竟白头。叹今生谁拾谁收。（俞校：“谁拾谁收”——从己、庚；原“谁舍谁收”。）嫁与东风春不管，凭尔去，（俞校：“凭尔去”——从己、晋、甲；原“凭你去”。）忍淹留。

众人看了，俱点头感叹，说：“太作悲了，好是固然好的。”（俞校：“好是固然好的”——从己、庚、晋；原“好果然是好的”。）因又看宝琴的是《西江月》：

汉苑零星有限，隋堤点缀无穷。三春事业付东风，明月梅花一梦。

几处落红庭院，谁家（俞校：“谁家”——从己、庚、晋、甲；原“谁知”。）香雪帘栊。江南江北一般同，偏是离人恨重。

众人都笑说：“到底是他的声调壮。（俞校：“声调壮”——从己；原“声调悲壮”。）‘几处’‘谁家’两句最妙。”宝钗笑道：“终不免过于丧败。我想柳絮原是一件

（俞校："原是一件"——从己、庚、晋、甲；原"原系一件"。）轻薄无根无绊的东西，然依我的主意，偏要把他说好了，才不落套。所以我诌了一首来，未必合你们的意思。"众人笑道："不要太谦，我们且赏鉴，自然是好的。"因看这一首《临江仙》道是：

白玉堂前春解舞，东风卷得均匀。

湘云先笑道："好一个（俞校："好一个"——从己、庚、晋、甲；原"好个"。）'东风卷得均匀'！这一句就出人之上了。"又看底下道：

蜂团蝶阵乱纷纷。几曾随逝水，岂必委芳尘。
万缕千丝终不改，（俞校："终不改"——从己、庚、晋、甲；原"不改"。）任他随聚随分。韶华休笑本无根，好风频借力，送我上青云。

众人拍案叫绝，都说（俞校："都说"——从己、庚、晋、甲；原"都说好"。）："果然翻得好气力，自然是这首为尊。缠绵悲戚，（俞校："悲戚"——从己、庚、晋、甲；原"悲感"。）让潇湘妃子；情致妩媚，却是枕霞；小薛与蕉客，今日落第，要受罚的。"宝琴笑道："我们自然受罚，但不知付白卷子的，（俞校："付白卷子的"——从己、庚；原"付白卷子"。）又怎么罚？"李纨道："不要忙，这定要重重的罚他。下次为例。"

一语未了，只听窗外竹子上一声响，恰似窗屉子倒了一般，众人吓了一跳。丫鬟们（俞校："丫鬟们"——从己、庚、晋、甲；原"丫环"。）出去瞧时，帘外丫鬟嚷道："一个大蝴蝶风筝挂在竹梢上了。"众丫鬟笑道："好一个齐整风筝，不知谁家的，断了绳，拿下他来。"宝玉等听了，（俞校："宝玉等听了"——从己、庚、晋、甲；原"宝玉听了"。）也都出来看时，宝玉笑道："我认得这风筝，这是大老爷那院里娇红姑娘（俞校："娇红姑娘"——从己、庚；原"嫣红姑娘"。）放的。拿下来给他送过去罢。"紫鹃笑道："难道天下没有一样的风筝，单他有这个不成！我不管，我且拿起来。"探春道："紫鹃也学小器了。你们一般的也有，这会子拾人

史湘云偶填柳絮词　趁春光群芳放纸鸢

走了的，俞校："拾人走了的"——从己、庚、晋、甲；原"拾人家丢了的"。也不怕忌讳。"黛玉笑道："可是呢，知道是谁放晦气的，快掉出去罢。把咱们的俞校："咱们的"——从己、庚、晋、甲；原"我们的"。拿出来，咱们也俞校："咱们也"——从己、庚、晋、甲；原"我们也"。放晦气。"紫鹃听了，赶令小丫头们俞校："小丫头们"——从己、庚；原"小丫头子们"。将这风筝送出与园门上值日的婆子去了，倘有人来找，好与他们去的。这里小丫头们听见放风筝，巴不得一声儿，七手八脚，都忙着拿出个俞校："拿出个"——从己、庚；原"拿出一个"。美人风筝来，也有搬高凳去俞校："搬高凳去"——从己、庚；原"搬高凳"。的，也有捆剪子股的，也有拨籰子的。宝钗等都立在院门前，命丫头们在院外敞地下放去。宝琴笑道："你这个不大好看，不如三姐姐的那一个软翅子俞校："软翅子"——从己、庚、晋、甲；原"软翅"。大凤凰好。"宝钗笑道俞校："宝钗笑道"——从己、庚、晋、甲；原"宝玉笑道"。："果然。"因回头向翠墨笑道："你去把你们的拿来也放放。"俞校："也放放"——从己、庚；原"也放一放"。翠墨笑嘻嘻的果然也取去了。俞校："也取去了"——从庚；原"取去了"。宝玉又兴头起来，也打发个小丫头子家去，说："把昨儿赖大娘送我的那个大鱼取来。"小丫头子去了半天，空手回来，笑道："晴姑娘昨儿放走了。"俞校："放走了"——从己、庚、晋、甲；原"放丢了"。宝玉道："我还没放一遭儿呢。"探春笑道："横竖是给你放晦气罢了。"宝玉道："也罢，再把那个大螃蟹拿来罢。"丫头去了，俞校："宝玉道"至"丫头去了"——从己、庚；原"丫头们去了"。同了几个人扛了一个美人并籰子来，说道："袭姑娘说，昨儿把螃蟹给了三爷了。这一个是林大娘才送来的，放这一个罢。"宝玉细看了一回，只见这美人做的十分精致，俞校："精致"——从己、庚；原"精缀"。心中欢喜，便命叫放起来。此时探春的也取了来，翠墨带着几个小丫头子们在那边山坡上俞校："那边山坡上"——从己、庚；原"那里山坡上"。已放了起来。宝琴也命人将自己的一个大红蝙蝠也取来。宝钗也高兴，也取了一个来，却是一连七个大雁的，俞校："七个大雁的"——从己、庚；原"七个大雁"。都放起来了。独有宝玉的美人放不起去。俞校："放不起去"——从己、庚；原"放不起来"。宝玉说丫头们不会放，自己放了半天，只起房高，便落下来了。俞校："宝玉说"至"落下来了"——从己、庚、晋、甲；原无。急的宝玉头上出汗，众人又笑。宝玉恨的掷在地下，指着风筝道："若不是个美人，我一顿脚跺个稀烂。"黛玉笑道："那是顶线不好，拿出去另打了顶线就好了。"宝玉一面使人拿去打顶线，俞校："拿去打顶线"——从己、庚；原"拿出去另打顶线"。

一面又取一个（俞校："又取一个"——从己、庚；原"又取出一个"。）来放。大家都仰面看天上，（俞校："看天上"——从晋、甲；原"而看天上"。）这几个风筝都起在半空中去了。一时，丫鬟们又都拿了许多各式各样送饭的来，（俞校："送饭的来"——从己、庚；原"送饭的"。）玩了一回。紫鹃笑道："这一回的劲大，（俞校："劲大"——从己、庚；原"劲大了"。）姑娘来放罢。"黛玉听说，用手帕垫着手，顿了一顿，果然风紧力大；接过籰子来，随着风筝的势将籰子一松，只听一阵豁剌剌（俞校："豁剌剌"——从己、庚；原"豁唧唧"。）响，登时籰子线尽。黛玉因让众人来放。众人都笑道："各人都有，你先请罢。"黛玉笑道："这一放虽有趣，只是不忍。"李纨道："放风筝图的是这一乐，所以又说放晦气。你更该多放些，把你这病根儿都带了去就好了。"紫鹃笑道："我们姑娘越发小器了。那一年不放几个子，今日忽然又心疼了。姑娘不放，等我放。"说着，便向雪雁手中接过一把西洋小银剪子来，齐籰子根下寸丝不留，咯噔一声铰断，笑道："这一去，把病根儿可都带了去了。"那风筝飘飘飖飖，只管往后退了去。一时只有鸡蛋大小，展眼（俞校："展眼"——从庚；原"转眼"。）只剩了一点黑星，（俞校："一点黑星"——从庚；原"一点"。）再展眼便不见了。（俞校："再展眼便不见了"——从庚；原"再转眼不见了"。）众人皆仰面睃眼说："有趣，有趣。"宝玉道："可惜不知落在那里去了。若落在有人烟处，被小孩子得了还好；若落在荒郊野外无人烟处，我替他寂寞。想起来把我这个（俞校："把我这个"——从庚；原"把这个"。）也放去，叫他两个作伴儿罢。"（俞校："作伴儿罢"——从庚；原"作伴儿罢了"。）于是也用剪子剪断，照先放了。探春正要剪自己的凤凰，见天上也有一个凤凰，因道："这也不知是谁家的。"众人皆笑说："且别剪你的，看他倒像要来绞的样儿。"说着，只见那个凤凰渐逼近来，遂与这凤凰绞在一处。众人方要往下收线，那一家也要收线，正不开交，又见一个门扇大的玲珑喜字带响鞭，（俞校："带响鞭"——从庚；原"响鞭"。）在半天如钟鸣一般，也逼近来。众人笑道："这一个也来绞了。（俞校："这一个也来绞了"——从庚；原"这个也来绞绞"。）且别收，让他三个绞在一处倒有趣呢。"说着，那喜字果然与这两个凤凰绞在一处。三下齐收乱顿，谁知线都断了，那三个风筝飘飘飖飖都去了。众人拍手哄然一笑，说："倒有趣！（俞校："倒有趣"——从庚；原"道：有趣"。）可不知那个喜字是谁家的，忒促狭了些。”黛玉说：“我的风筝也放了，我也乏了，我也要歇歇去了。”宝钗说：“且等我们放了去，大家好散。”说着，看姊妹都放去了，大家方散。黛玉回房歪着养乏。要知端的，下回分解。

蒙戚回后：文于雪天联诗篇，一样机轴两样笔墨。前文以联句起，以灯谜结，以作画为中间横风吹断，此文以填词起，以风筝结，以写字为中间横风吹断，是一样机轴。前文叙联句详，此文叙填词略，是两样笔墨。前文之叙作画略，此文之叙写字详，是两样笔墨。前文叙灯谜，叙猜灯谜，此文叙风筝，叙放风筝，是一样机轴；前文叙七律在联句后，此文叙古歌在填词前，是两样笔墨。前文叙黛玉替宝玉写诗，此文叙宝玉替探春续词，是一样机轴。前文赋诗后有一首诗，此文填词前有一首词，是两样笔墨。噫！参伍其变，错综其数，此固难为粗心者道也！

第七十一回
嫌隙人有心生嫌隙　鸳鸯女无意遇鸳鸯

蒙戚回前：叙贾母开寿筵，与宁府祭宗祀是一样手笔，俱为五凤裁诏体。

话说贾政回京之后，诸事完毕，赐假一月在家歇息。因年景渐老，事重身衰；又近因（俞校："又近因"——从庚、晋、甲；原"又因"。）在外几年，骨肉离异；今得晏然复聚于庭室，自觉喜幸不尽，一应（俞校："一应"——从庚、晋、甲；原"所有"。）大小事务一发付于（俞校："一发付于"——原"一概发付于"；今删"概"。）度外，只是看书，闷了（俞校："闷了"——从庚、晋、甲；原"闲了"。）便与清客们下棋吃酒；或日间在里面，母子夫妻共叙天伦庭闱（俞校："庭闱"——从庚；原无。）之乐。因今岁八月初三（俞校："初三"——从庚、晋、甲；原"初二"。）日乃贾母八旬之庆，又因亲友全来，恐筵席排设不开，便早同贾赦及贾珍、（俞校："及贾珍"——从庚；原"与贾珍"。）贾琏等商议，议定（俞校："议定"——从庚、晋、甲；原"定了"。）于七月二十八日起，至八月初五日止，荣宁两处（俞校："荣宁两处"——从庚；原"荣宁两府"。）齐开筵宴。宁国府中单请官客，荣国府中（俞校："单请官客，荣国府中"——从庚、晋、甲；原无。）单请堂客。大观园中收拾出缀锦阁并嘉荫堂等（俞校："嘉荫堂等"——从庚、甲；原"嘉荫堂"。）几处大地方来作退居。二十八日，请皇亲、驸马、王公，诸公主、（俞校："诸公主"——从庚；原"并"。）郡主、王妃、国君、太君、夫人等；二十九日，便是阁下、都府、督镇及诰命（俞校："督镇及诰命"——从庚、晋、甲；原"督镇诰命"。）等；三十日，便是诸官长及诰命（俞校："诸官长及诰命"——从庚、晋、甲；原"诸官长诰命"。）并远近亲友及堂客；（俞校："及堂客"——从庚、晋、甲；原"堂客"。）初一日是贾赦的家宴；俞校："家宴"——从庚、晋、甲；原"宴"。初二日是贾政；初三日是贾珍、贾琏；初四日是贾府中合族长幼大小共凑的家宴；初五日是赖大、林之孝家下管事人等俞校："家下管事人等"——从庚、晋、甲；原"等"。共凑一日。自七月上旬，送寿礼者俞校："送寿礼者"——从庚、晋、甲；原"送寿礼"。便络绎不绝。礼部奉旨：钦赐金玉如意一柄，俞校："一柄"——从庚、晋、甲；原"各一柄"。彩缎四端，金玉杯四个，帑银五百两。俞校："五百两"——从庚、晋、甲；原"千两"。元春又命太监送出金寿星一尊，沉香拐一支，迦南珠一串，福寿香一盒，金锭一对，俞校："金锭一对"——从庚、晋、甲；原"金锭二对"。银锭四对，彩缎十二疋，玉杯四只。馀者自亲王驸马以及大小文武官员之家，凡所来往者俞校："凡所来往者"——从庚、晋、甲；原"凡素有往来者"。莫不有礼，不能胜记。堂屋内设下大桌案，铺了红毡，将凡所有精细之物俞校："将凡所有精细之物"——从庚；原"凡庆寿之物"。都摆上请贾母过目。贾母先一二日还高兴过来瞧瞧，后来烦了，也不过目，只说："叫凤丫头收了，改日闷了再瞧。"俞校："闷了再瞧"——从庚、甲；原"闲了再瞧"。至二十八日，两府中俱悬灯结彩，屏开鸾凤，褥设芙蓉，笙箫鼓乐之音，通衢越巷。宁府中本日只有北静王、南安郡王、俞校："北静王、南安郡王"——从庚、晋、甲；原"南安王、北静王"。永昌驸马、乐善郡王并几个俞校："并几个"——从庚；原"并些个"。世交公侯俞校："世交公侯"——从庚、晋、甲；原"公侯世交"。应袭；荣府中，南安王太妃、俞校："南安王太妃"——从庚、晋、甲；原"南安太妃"。北静王妃、并几位世交公侯诰命。俞校："诰命"——从庚、晋；原"的诰命"。贾母等皆是按品大妆迎接。大家厮见，先请入大观园内嘉荫堂，茶毕更衣，方出至荣庆堂上拜寿入席。大家谦逊半日，方才坐席。俞校："方才坐席"——从庚；原"方才入席"。上面两席是南北王妃，俞校："上面两席是南北王妃"——从庚、晋、甲；原"上面两桌席是两王妃"。下面依叙，俞校："依叙"——从庚；原"依次"。便是众公侯诰命。俞校："公侯诰命"——从庚、晋、甲；原"公侯的诰命"。左边下手一席，陪客是锦乡侯诰命俞校："锦乡侯诰命"——从庚、晋、甲；原"锦乡侯的诰命"。与临昌伯诰命；俞校："临昌伯诰命"——从庚、晋、甲；原"临昌伯的诰命"。右边下手一席，方是贾母主位。俞校："贾母主位"——从庚、晋、甲；原"贾母的主位"。邢夫人、王夫人俞校："邢夫人王夫人"——从庚、晋、甲；原"邢王二夫人"。带领尤氏、凤姐并族中几个媳妇，两溜雁翅站在贾母身后侍立。林之孝、赖大家的带领众媳妇都在竹帘外面伺候上菜上酒。周瑞家的带领几个丫鬟在围屏后伺候呼唤。凡跟来的人，早又有人管待别处去了。俞校："管待别处去了"——原"款待别处去了"；庚"管别处去了"，傍改"别处管待去了"。今改"管待别处去了"。

一时，台上参了场，台下一色俞校："一色"——从庚、甲；原"一"。十二个未留发的小厮

欣逢贾母八旬之庆　荣宁两府齐开筵宴

伺候。须臾，一小厮捧了戏单至阶下，先递与回事的媳妇。这媳妇接了，才递与林之孝家的，用一小茶盘托上挨身入帘来，递与尤氏的侍妾 俞校："侍妾"——从庚、晋、甲；原"使妾"。 佩凤。佩凤接了，才奉与尤氏。 俞校："奉与尤氏"——从庚、晋、甲；原"递与尤氏"。 尤氏托着，走至上席，南安太妃谦让了一回， 俞校："谦让了一回"——从庚、晋、甲；原"前，太妃让了一回"。 点了一出吉庆戏文； 俞校："吉庆戏文"——从庚、晋、甲；原"吉庆戏"。 然后又谦让了一回，北静王妃也点了一出。众人又让了一回，命随便拣好的唱罢了。 俞校："众人又"至"罢了"——从庚、晋、甲；原"众人又谦了一回才罢了"。 少时，菜已四献，汤始一道，跟来各家的 俞校："跟来各家的"——从庚、晋、甲；原"跟来的人拿出赏来，各家"。 放了赏。大家便更衣复入园来，另献好茶。南安太妃因问宝玉。 俞校："因问宝玉"——从庚、晋、甲；原"问宝玉"。 贾母笑道："今日几处庙里念'保安延寿经'，他跪经去了。"又问众小姐们。贾母笑道："他们姊妹 俞校："他们姊妹"——从庚；原"他们姊妹们"。 病的病，弱的弱，见人腼腆，所以叫他们给我看屋子去了。有的是小戏子，传了一班，在那边厅上陪着他姨娘家 俞校："姨娘家"——从庚、晋、甲；原"姨娘家的"。 姊妹们也看戏呢。"南安太妃笑道："既这样，叫人请来。"贾母回头命凤姐儿 俞校："凤姐儿"——从庚、晋、甲；原"凤姐"。 去把史、薛、林带来，"再只叫你三妹妹陪着来罢。"凤姐答应了，来至贾母这边，只见他姊妹们正吃果子看戏， 俞校："看戏"——从庚、晋、甲；原"看戏呢"。 宝玉也才从庙里跪经回来。 俞校："才从庙里跪经回来"——从庚、晋、甲；原"从庙里回来"。 凤姐说了话。宝钗姊妹与黛玉、探春、湘云五人来至园中，大家见了，不[过]请安 俞校："不[过]请安"——原"不用请安"；晋、甲"大众俱请安"。今意改"过"。 问好让坐等事。众人中也有见过的，还有一两家不曾见过的，都齐声夸赞不绝。 俞校："夸赞不绝"——从庚、晋、甲；原下有"人非草木，见此数人焉得不垂涎称妙"。 其中湘云最熟，南安太妃因笑道："你在这里，听我来了还不出来， 俞校："还不出来"——从庚、晋、甲；原"也不出来"。 还只等 俞校："还只等"——从庚；原"还等"。 请去。我明儿和你叔叔算帐。"因一手拉着探春， 俞校："拉着探春"——从庚；原"来拉探春"。 一手拉着宝钗， 俞校："拉着宝钗"——从庚；原"来拉宝钗"。 问几岁了，又连连夸赞。因又松了他两个，又拉着黛玉、宝琴，也着实细看，极夸一回。又笑道："都是好的，不知叫我夸那一个的是。"早有人 俞校："早有人"——从庚、晋、甲；原"早有一人"。 将备用的礼物打点出两分来：金玉戒指各五个，腕香珠五串。 俞校："腕香珠五串"——从庚、晋、甲；原"香串五副"。 南安太妃笑道："你姊妹们 俞校："你姊妹们"——从庚、晋、甲；原无。 别笑话，留着赏丫头们罢。"五人忙拜谢过。北静王妃也有五样礼物，馀者不必细说。吃了茶，园中略逛了一逛，贾母等因又让入席。南安太妃便告辞，俞校："便告辞"——从庚、晋、甲；原"便辞"。说身上不快，"今日若不来，实在使不得，因此恕我竟先要俞校："竟先要"——从庚、晋、甲；原"先"。告别了。"贾母等听说，也不便强留，大家又让了一回，送至园门，坐轿而去。接着北静王妃略一坐也就告辞了。馀者也有终席的，也有不终席的。贾母劳乏了一日，次日便不出来俞校："便不出来"——从庚、晋、甲；原"更不出来"。会人，一应都是邢夫人、王夫人管待。俞校："邢夫人王夫人管待"——从庚；原"邢王夫人款待"。有那些世家子弟俞校："世家子弟"——从晋、甲；原"老家子弟"。拜寿的，只到厅上行礼，贾赦、贾政、贾珍俞校："贾珍"——从庚、晋、甲；原无。等还礼，管待俞校："管待"——从庚；原"款待"。至宁府坐席。不在话下。

这几日，尤氏晚间也不回那府俞校："不回那府"——从庚；原"不回那府里"。庚下傍添"里"。去，白日待客，晚间在园内李氏房中俞校："晚间在园内李氏房中"——从庚、晋、甲；原"晚间在李纨房中"。原上有"晚间陪贾母顽笑，又帮著凤姐料理出入大小器皿以及收放赏礼事务"，从庚删。歇宿。这一日晚间伏侍过俞校："伏侍过"——从庚、晋、甲；原"服侍"。贾母晚饭后，贾母因说俞校："贾母因说"——从庚；原"贾母说"。："你们也乏了，我也乏了，早些寻一点子吃的歇歇去。明儿还要起早闹呢。"尤氏答应着退了出来，到凤姐房里来吃饭。凤姐在楼上看着人俞校："看着人"——从庚、晋、甲；原"看著"。收送来的俞校："送来的"——从晋、甲；原"送礼的"。新围屏，俞校："新围屏"——从庚；原"围屏"。只有平儿在房里与凤姐叠衣服。尤氏因问："你们奶奶吃了饭了没有？"平儿笑道："吃饭岂不请奶奶俞校："岂不请奶奶"——从庚；原"岂有不请奶奶"。去的。"尤氏笑道："既这样，我别处找吃的去。饿的我受不得了。"说着，就走。平儿忙笑道："奶奶请回来。这里有点心，且点补一点儿，回来再吃饭。"尤氏笑道："你们忙的这样，我园子里和他姊妹们闹去。"一面就走。平儿留不住，只得罢了。且说尤氏一迳来至园中，只见园中正门与各处角门庚双：伏下文。仍未关，犹吊着各色彩灯，因回头命小丫头子叫该班的女人。那丫鬟走入班房中，竟没一个人影儿，回来回了尤氏。尤氏便命传管家的女人。这丫头应了，便出去，到二门外俞校："便出去，到二门外"——从庚、晋、甲；原"出去到一门外"。鹿顶内，乃是管事的女人议事取齐俞校："取齐"——从庚、晋、甲；原无。之所。到了这里，只有两个婆子分菜果吃。俞校："分菜果吃"——从晋；原"分菜果呢"。因问："那一位管事的奶奶俞校："管事的奶奶"——从晋、甲；原"奶奶"。在这里？东府奶奶立等一位奶奶，有话吩咐。”这两个婆子只顾分菜果，俞校：“分菜果”——从晋、甲；原“分菜”。又听见是东府里的奶奶，不大在心，因就回说：“管家奶奶们才散了。”小丫头道俞校：“小丫头道”——从庚、甲；原“小丫头子道”。：“散了，你们家里传他去。”婆子道：“我们只管看屋子，不管传人。姑娘要传人，再派传人的去。”小丫头听了俞校：“小丫头听了”——从庚、晋、甲；原“丫头听了”。道：“嗳哟，嗳哟，这可反了！怎么你们不传去！你哄那新来的，怎么哄起我来了！素日你们不传，谁传去！俞校：“谁传去”——从庚、晋、甲；原“谁传”。这会子打听了梯己信儿，或是赏了那位俞校：“赏了那位”——从庚、晋、甲；原“赏那一位”。管家奶奶的东西，你们争着狗颠儿似的传去，不知谁是谁呢。琏二奶奶要传，你们可也这么回！”这两个婆子一则吃了酒，二则被这丫头揭挑着弊病，俞校：“揭挑着弊病”——从庚；原“揭挑急了”。便羞激怒了，因回口道：“扯你的臊！我们的事，传不传不与你相干。你不用俞校：“不用”——从晋；原“未曾”。揭挑我们。你想想你那老子娘，在那边管家爷们跟前比我们还更会溜呢！什么‘清水下杂面，你吃我也见’的事。各家门，另家户，你有本事，排场你们那边俞校：“你们那边”——从庚、晋、甲；原“你家”。人去。我们这边，你们还早些俞校：“你们还早些”——从庚、晋；原“你还早些”。呢！”丫头听了，气白了脸，因说道：“好，好！这话说的好！”一面转身进来回话。

尤氏已早入园来，因遇见了袭人、俞校：“袭人”——从庚、晋、甲；原“岫烟”。宝琴、湘云三人同着地藏庵的两个姑子正说故事玩笑，尤氏因说饿了，俞校：“饿了”——从庚、晋、甲；原“我饿了”。先到怡红院，袭人装了几样荤素点心出来俞校：“出来”——从庚、晋、甲；原“来”。与尤氏吃。两个姑子、宝琴、湘云等俞校：“湘云等”——从庚；原“湘云”。都吃茶，仍说故事。那小丫头子一迳找了来，气狠狠的把方才的话都说了出来。尤氏听了，冷笑道：“这是两个什么人？”两个姑子同宝琴、湘云等听了，生怕尤氏生气，忙劝说：“没有的事，必定是这一个听错了。”两个姑子笑推这丫头道：“你这孩子好性气！那糊涂老嬷嬷俞校：“老嬷嬷”——从庚、晋、甲；原“老妈妈”。们的话你也不该来回才是。咱们奶奶万金之躯，劳乏了几日，俞校：“几日”——从庚、晋、甲；原“几天”。黄汤辣水没吃，咱们哄他俞校：“哄他”——从庚、晋、甲；原“哄的他”。欢喜一会俞校：“欢喜一会”——从庚；原“欢喜一会儿”。还不得一半儿，说这些话做什么！”俞校：“做什么”——从庚、晋、甲；原“作什么”。袭人也忙笑拉出他去，说："好妹妹，你且出去歇歇，我打发人叫他们去。"尤氏道："你不要叫人，你去就叫这两个婆子来，到那边（俞校："到那边"——从庚、晋、甲；原"再到那边"。）把他们家的凤儿叫来。"袭人笑道："我请去。"尤氏道："偏不要你。"两个姑子忙立起身来笑说（俞校："笑说"——从庚、晋、甲；原"说"。）："奶奶素日宽洪大量，今日老祖宗的千秋，奶奶生气，岂不惹人谈论。"（俞校："谈论"——从庚傍改（"谈"傍添）；原"议论"。）宝琴湘云二人（俞校："宝琴湘云二人"——从庚；原"宝琴湘云"。）也都笑劝。尤氏道："不为老太太的千秋，我不依。且放着就是了。"说话之间，袭人早又遣了一个丫头去到园门外找人。可巧遇见周瑞家的，这小丫头子就把这话（俞校："就把这话"——从庚、晋、甲；原"将这话"。）告诉周瑞家的。周家的（俞校："周家的"——从庚；原"周瑞家的"。庚又傍添"瑞"。）虽不管事，（俞校："虽不管事"——从庚、晋、甲；原"不管事"。）因他素日（俞校："素日"——从庚、晋、甲；原无。）仗着是王夫人的陪房，原有些体面，心性乖滑，专管（俞校："专管"——从庚；原"专惯"。）各处献勤讨好，所以各处房里的主人（俞校："各处房里的主人"——从庚；原"各房主人"。）都喜欢他。他今日听了这话，忙的便跑入（俞校："便跑入"——从庚；原"跑入"。）怡红院来，一面飞走，一面口内说（俞校："口内说"——从庚；原"口内说道"。）："气坏了奶奶了，（俞校："气坏了奶奶了"——从庚、甲；原"气坏了奶奶"。）可了不得！（俞校："可了不得"——从庚、晋、甲；原"可使不得"。）我们家里，如今惯的太不堪了。偏生我不在跟前，且打给他们（俞校："打给他们"——从庚；原"打他们"。）几个耳刮子，再等过了这几日算帐。"（俞校："过了这几日算帐"——从庚、晋；原"过了几日再弄帐"。）尤氏见了他，也便笑道（俞校："也便笑道"——从庚、晋、甲；原"便笑道"。）："周姐姐，你来。有个理，你说说。这早晚门还大开（俞校："门还大开"——从庚；原"园门大开"。）着，明灯蜡烛，出入的人又杂，倘有不防的事，如何使得。因此叫该班的人吹灯关门，谁知一个人芽儿（俞校："人芽儿"——原"人芽"；庚、甲"人牙儿"。今增"儿"。）也没有。"周瑞家的道："这还了得！前儿二奶奶还吩咐了他们，（俞校："还吩咐了他们"——从庚；原"吩咐了他们了"。）说这几日事多人杂，一晚就关门吹灯，不是园里人（俞校："园里人"——从庚；原"园里的人"。）不许放进去。今儿就没了人。这事过了这几日，（俞校："过了这几日"——从庚、晋、甲；原"过了几日"。）必要打几个才好。"尤氏又说小丫头子的话。周瑞家的道："奶奶不要生气，等过了事，（俞校："过了事"——从晋、甲；原"过了事儿"。）我告诉管事的打他个臭死。只问他们，谁叫他们说这'各家门各家户'的话！我已经叫他们吹了灯，关上正门和角门子了。"正乱着，（俞校："正乱着"——从庚、晋、甲；原无。）只见凤姐儿（俞校："凤姐儿"——从庚、晋、甲；原"凤姐"。）打发人来请吃饭。（俞校："请吃饭"——从庚、晋、甲；原"请尤氏吃饭"。）尤氏道："我也不饿了，才吃了几个饽馔。请你奶奶自吃罢。”

一时，周瑞家的得便出去，便把方才的事回了凤姐。又说：“这两个婆子就是管家奶奶们，（俞校：“就是管家奶奶们”——从庚；原“好像管家奶奶”。）时常我们和他说话，都似（俞校：“都似”——从庚；原“都是”。）狠虫一般。奶奶若不戒饬，大奶奶脸上过不去。”凤姐道：“既这么着，记上两人的名字，（俞校：“既这么着，记上两人的名字”——从庚；原“既这般，记著这两个人的名字”。）等过了这几日，（俞校：“过了这几日”——从庚、晋、甲；原“过了这两天”。）捆了送到那府里凭大嫂子开发。或是打几下子，或是他开恩（俞校：“开恩”——从庚、晋、甲；原“施恩”。）饶了他们，随他去就是了。什么大事。”（俞校：“什么大事”——从庚、晋、甲；原无。）周瑞家的听了，得不的一声，（俞校：“得不的一声”——从庚；原“巴不得一声儿”。）——素日因与这几个人不睦，——出来了便命一个小厮到林之孝家传凤姐的话，立刻叫林之孝家的进来见大奶奶；一面又传人立刻捆起这两个婆子来，交到马圈里（俞校：“马圈里”——从庚、晋、甲；原“马棚里”。）派人看守。林之孝家的不知有什么事，此时已经点灯，忙坐车进来，（俞校：“忙坐车进来”——从庚、晋、甲；原“坐车进来”。）先见凤姐。至二门上传进话去，（俞校：“传进话去”——从庚、晋、甲；原“传进话去了”。）丫头们出来说：“奶奶才歇了。（俞校：“才歇了”——从庚；原“才歇下了”。）大奶奶在园里，（俞校：“在园里”——从庚；原“在园子里呢”。）叫大娘见了大奶奶（俞校：“见了大奶奶”——从庚；原“去见见大奶奶”。）就是了。”林之孝家的只得进园来到稻香村。丫鬟们回进去，尤氏听了，反过不去，忙唤进他来，（俞校：“唤进他来”——从庚、晋、甲；原“唤进来”。）因笑向他道（俞校：“笑向他道”——从晋、甲；原“笑说”。）：“我不过为找人找不着，因问你。你既去了，也不是什么大事，谁又把你叫进来，倒要你白跑一遭。（俞校：“白跑一遭”——从庚；原“白跑了一遭”。）不大的事，已经撂开手了。”林之孝家的也笑道：“二奶奶打发人传我，说奶奶有话吩咐。”尤氏笑道：“这是那里的话。只当你没去，白问你。这是谁又多事，告诉了凤丫头？大约周姐姐说的。家去歇着（俞校：“家去歇着”——从庚；原“你家去歇著”。）罢，没有什么大事。”李纨又要说原故，尤氏反拦住了。（俞校：“反拦住了”——从庚、晋、甲；原“又拦住了”。）林之孝家的见如此，只得便回身出园去。可巧遇见赵姨娘，因笑道：“嗳哟哟，我的嫂子！这会子还不家去歇歇，还跑些什么？”林之孝家的便笑说，何曾不家去的。如此这般进来了，又是个齐头故事。赵姨娘原是好察听这些事的，（俞校：“原是好察听这些事的”——从庚；原“原是个好察听的”。）且素日又与管事的女人们扳厚，互相连络，好作首尾，

(俞校："好作首尾"——从庚；原"作首尾"。)方才之事已经得(俞校："已经得"——原"已经闻得"；庚"已竟得"。今删"闻"。)八九。听林之孝家的如此说，便恁般如此告诉了(俞校："告诉了"——从庚；原"告诉了林家的"。)一遍。林之孝家的听了，笑道："原来是这事，(俞校："是这事"——从庚；原"如此"。庚"这"下又傍添"个"。)也值一个屁。开恩呢，就不理论；心窄些儿，(俞校："心窄些儿"——从庚、晋、甲；原"心窄些呢"。)也不过打几下子就完了。"赵姨娘道："我的嫂子，事虽不大，可见他们太张狂(俞校："张狂"——从庚；原"倡狂"。)了些。巴巴儿的传进你来，明明(俞校："明明"——从庚；原"明明的"。)戏弄你，玩耍你。快歇歇去，明儿还有事呢，也不留你吃茶去。"说毕，林之孝家的出来，到了侧门前，就有方才两个婆子的女儿上来哭着求情。林之孝家的笑道："你这孩子好糊涂！谁叫你娘吃酒混说了，惹出事来！连我也不知道。二奶奶打发人捆他，连我还有不是呢。我替谁讨情去！"这两个小丫头子才七八岁，原不识事，只管哭啼求告。缠的林家的没法，(俞校："没法"——从庚、晋、甲；原"无法"。)因说道："糊涂东西！你放着门路不去，却缠我来。(俞校："缠我来"——从庚、甲；原"缠我"。)你姐姐现给了那边太太(俞校："那边太太"——从庚；原"那边大太太"。)作陪房(俞校："作陪房"——从庚、晋、甲；原"的陪房"。)费大娘的儿子，你走过去告诉你姐姐，叫亲家娘和太太一说，(俞校："和太太一说"——从庚、晋、甲；原"求大太太"。)什么完不了的！"(俞校："什么完不了的"——从庚、晋、甲；原"什么完不得的事"。)一语提醒了一个，(俞校："提醒了一个"——从庚；原"提醒了这一个丫头"。)那一个还求。林之孝家的啐道："糊涂攮的！他过去一说，自然都完了。没有个单放了他妈，又只打你妈的理。"说毕，上车去了。(俞校："上车去了"——从庚、晋、甲；原"坐车去了"。)这一个小丫头(俞校："小丫头"——从庚；原"小丫头子"。)果然过来告诉了他姐姐，和费婆子说了。这费婆子原是邢夫人的陪房，(俞校："原是邢夫人的陪房"——从庚；原无。)起先也曾兴过时，(俞校："也曾兴过时"——从庚；原"也兴过时"。)只因贾母近来不大作兴(俞校："作兴"——从庚；原"兴"。)邢夫人，所以连这边的人也灭了威势。凡贾政这边有些体面的人，那边各各(俞校："那边各各"——从庚；原"那边"。)皆虎视眈眈。这费婆子倚老卖老，仗着邢夫人，常吃些酒，嘴里胡骂乱怨的(俞校："胡骂乱怨的"——从庚；原"胡乱詈骂著"。)出气。如今贾母庆寿这样大事，干看着人家逞才卖技办事，呼么喝六(俞校："呼么喝六"——从庚；原"呼么喝六的"。)弄手脚，心里早已不自在，指鸡骂狗，闲言闲语的(俞校："指鸡骂狗，闲言闲语的"——从庚；原"虽闲言闲语"。)乱闹。这边的人也不和他较量。如今听见周瑞家的捆了他亲家，越发火上浇油，(俞校："火上浇油"——从庚；原"火上烧油"。)仗着酒兴，指着隔断的墙，庚夹：细致之甚。大骂了一阵，便走上来求邢夫人，说他亲家并没有什么不是，“不过和那府里的大奶奶的小丫头白斗了两句话，周瑞家的便调唆了咱家二奶奶，捆到马圈里，等过了这两日俞校：“并没有什么不是”至“等过了这两日”——从庚；原“并没有不是，说过了这两日”。还要打。求太太——我那亲家娘俞双：“亲家娘”——从庚；原“亲家”。也是七八十岁的老婆子——和二奶奶说声，饶他这一次罢。”邢夫人自为要鸳鸯之后，讨了没意思，后来见贾母越发冷淡了他，风姐的体面反胜自己；且前日南安太妃来了，要见他姊妹，贾母又只令俞校：“又只令”——从庚；原“又令”。探春出来，迎春竟似有如无，自己心里早已怨忿不乐，只是使不出来。又值这一干小人在侧，他们心内嫉妒挟怨之事不敢施展，便背地里造言生事，调拨主人。先不过是告那边的奴才，后来渐次告到凤姐，只说凤姐：“只哄着老太太喜欢了，他好就中作威作福。辖治着琏二爷，调唆二太太，把这边的俞校：“这边的”——从庚；原“这边”。正经太太倒不放在心上。”后来又告到王夫人，说：“老太太不喜欢太太，都是二太太和琏二奶奶调唆的。”邢夫人总是铁心铜胆的人，妇女家俞校：“妇女家”——从庚；原“妇人家”。终不免生些嫌隙之心，近日因此着实恶绝凤姐。今又听了俞校：“听了”——从庚、晋、甲；原“听见”。如此一篇话，也不说长短。

至次日一早，见过贾母。众族中人到齐，坐席开戏。贾母高兴，又见今日无远亲，都是自己族中子侄辈，只便衣常妆，俞校：“便衣常妆”——从庚；原“穿便衣”。出来堂上受礼。当中独设一席，引枕、靠背、脚踏俱全，自己歪在榻上。榻之前后左右，皆是一色的小矮凳。俞校：“一色的小矮凳”——从庚；原“一色矮凳”。宝钗、宝琴、黛玉、湘云、迎春、探春、惜春俞校：“迎春、探春、惜春”——从庚、晋、甲；原“迎探惜”。姊妹等围绕。因贾瑞之母也带了俞校：“贾瑞之母也带了”——从庚、晋、甲；原“贾瑞之母带了”。女儿喜鸾，贾琼之母也带了女儿四姐儿，还有几房的孙女儿，大小共有二十来个。俞校：“几房的孙女儿，大小共有二十来个”——从庚、晋、甲；原“几房子女，大小共二十个”。贾母独见喜鸾与四姐儿生得又好，说话行事与众不同，心中喜欢，俞校：“心中喜欢”——从庚；原“心中欢喜”。便命他两个也过来榻前同坐。宝玉却在榻上脚下，与贾母捶腿。俞校：“与贾母捶腿”——从庚、晋、甲；原“捶腿”。首席便是薛姨妈，下边两溜皆顺着房头辈数下去。俞校：“下去”——从庚、晋、甲；原“坐下去”。帘外两廊都是俞校：“都是”——从庚、晋、甲；原“却是”。

族中男客，也依次而坐。先是那女客一起一起行礼后，方是男客行礼。贾母歪在榻上，只命人说“免了罢”，早已都行完了。然后赖大等带领众家人，从仪门直跪至大厅上，磕头礼毕，又是众家下媳妇，（俞校：“家下媳妇”——从庚、晋、甲；原“家人媳妇”。）然后各房的（俞校：“各房的”——从庚；原“是各家的”。）丫鬟，足闹了两三顿饭时。然后又抬了许多雀笼来，在当院中（俞校：“当院中”——从庚、晋、甲；原“当院子里”。）放了生。贾赦等焚过了（俞校：“焚过了”——从庚；原“焚过香”。）天地寿星纸，方开戏饮酒。直到歇了中台，贾母方进来歇息，命他们取便。因命凤姐儿（俞校：“凤姐儿”——从庚、晋、甲；原“凤姐”。）留下喜鸾、四姐儿，玩两日再去。凤姐出来便和他母亲说。他两个的母亲素日都承凤姐的（俞校：“承凤姐的”——从庚、甲；原“承凤姐儿的”。）照应，也巴不得一声儿；他两个也愿意在园内玩耍，至晚便不回家了。

邢夫人直至晚间散时，当着许多人，（俞校：“许多人”——从庚；原“众人”。）陪笑和凤姐求情说：“我听见昨儿晚上二奶奶生气，打发周管家的娘子捆了两个老婆子，可也不知犯了什么罪。论理，我不该讨情。我想老太太好日子，发狠的还舍钱舍米，周贫济老，咱们家先倒磨折（俞校：“磨折”——从庚；原“折磨”。庚又勾转。）起人家（俞校：“人家”——原“老人家”；庚“来人家”，又点去“来”“家”。今删“老”。）来了。不看我的脸，权且看老太太，（俞校：“看老太太”——从庚、晋、甲；原下有“的好日子”。）竟放了他们罢。”说毕，上车去了。凤姐听了这话，又当着（俞校：“又当着”——从庚、晋、甲；原“又当”。）许多人，又羞又气，一时抓寻不着头脑，别得（俞校：“别得”——原“瘸的”；庚“鳖得”；晋、甲“逼得”。今改“别得”。）脸紫胀，（俞校：“紫胀”——从庚、晋、甲；原“紫胀起来”。）回头向赖大家的等（俞校：“赖大家的等”——从晋、甲；原“赖大等家的”。）笑道（庚双：又写笑，妙！凡凤直（凤真）怒处必曰“笑”，凌凌不错。）：“这是那里的话！昨儿因为这里的人得罪了那府里的大嫂子，我怕他多心，（俞校：“怕他多心”——从庚、甲；原“怕大嫂子多心”。）所以仅让他发放，并不为得罪了我。这又是谁的耳报神这么快！”王夫人因问为什么事。凤姐笑将昨日的事说了。尤氏也笑道：“连我并不知道。你原也太多事了。”凤姐道：“我原为你脸上过不去，所以等你开发，不过是个礼。（俞校：“是个礼”——从晋、甲；原“是个理”。）就如我在你那里，有人得罪了我，你自然送了来尽我。（俞校：“尽我”——从庚、晋、甲；原“尽我开发”。）凭他是什么好奴才，到底错不过这个礼（俞校：“这个礼”——从庚、晋、甲；原“这个理”。）去。这又不知谁过去，没的献勤儿，这也当作一件事情去说！”王夫人道：“你太太说的是。就是珍哥媳妇也不是外人，也不用这些虚礼。老太太的千秋要紧。放了他们为是。”说着，回头便命人（俞校：“便命人”——从庚、晋、甲；原“就命人”。）去放了那两个婆子。凤姐由不得越想越气越愧，不觉的灰心转悲，（俞校：“灰心转悲”——从庚；原“灰心，遂”。）滚下泪来。因赌气回房哭泣，又不（俞校：“又不”——从庚、晋、甲；原“又不肯”。）使人知觉。偏是贾母打发了琥珀来叫，（俞校：“偏是贾母打发了琥珀来叫”——从庚、晋、甲；原“偏又贾母打发琥珀来问，叫”。）立等着说话。琥珀见了，诧异道：“好好的，这是什么原故？那里立等你呢！”凤姐听了，忙擦干了泪，洗面（俞校：“擦干了泪，洗面”——从庚、晋、甲；原“擦干了眼泪，洗了洗脸”。）另施了脂粉，方同琥珀过来。贾母因问道：“前儿这些人家送礼来的共有几家有围屏？”凤姐道：“共有十六家有围屏，十二架大的，（俞校：“十二架大的”——从庚；原“有十二架大的”。）四架小的炕屏。内中只有江南甄家（庚双：好，一提甄事。盖直（真）事欲显，假事将尽。）一架大屏（俞校：“一架大屏”——从庚、晋、甲；原“一架大围屏”。）十二扇，是大红缎子缂丝（俞校：“缂丝”——从庚；原“刻丝”。）‘满床笏’，一面是（俞校：“一面是”——从庚；原“一面”。）泥金‘百寿图’的是头等的。还有粤海将军邬家（俞校：“邬家”——从庚；原“邬家的”。）一架玻璃的还罢了。”贾母道：“既这样，这两样别动，好生搁着，（俞校：“好生搁着”——从庚、晋、甲；原“好生放著”。）我要送人（俞校：“送人”——从庚、晋、甲；原“给人”。）的。”凤姐儿（俞校：“凤姐儿”——从庚、晋、甲；原“凤姐”。）答应了。鸳鸯忽过来向凤姐儿面上只管瞧，（俞校：“向凤姐儿面上只管瞧”——从庚；原“向凤姐面上只管细瞧”。）引的贾母问说：“你不认得他？只管瞧什么？”鸳鸯笑道：“怎么他的眼（俞校：“他的眼”——从庚；原“他的眼睛”。）肿肿的？所以我诧异只管看。”（俞校：“只管看”——从庚、晋；原无。）贾母听说，便叫近前来，也觑着眼看。凤姐笑道：“才觉得一阵痒痒，（俞校：“痒痒”——从庚；原“痒”。）揉肿了些。”鸳鸯笑道：“别又是受了谁的气了不成？”（俞校：“不成”——从庚、晋；原无。）凤姐道（俞校：“凤姐道”——从庚；原“凤姐笑道”。）：“谁敢给我气受！便受了气，老太太好日子，（俞校：“老太太好日子”——从庚；原“老太太的好日子”。）我也不敢哭的。”（俞校：“不敢哭的”——从晋、甲；原“不敢哭”。）贾母道：“正是呢。我正要吃晚饭，你在这里（俞校：“在这里”——从庚、晋、甲；原无。）打发我吃，剩下的你就和珍儿媳妇吃了。你两个在这里帮着两个师父替我拣佛豆儿，（俞校：“佛豆儿”——原“豆儿”；庚“伕豆儿”。今改“佛豆儿”。）你们也积积寿。前儿你姊妹们和宝玉都拣了，如今也叫你们拣拣，别说我偏心。”说话时，（俞校：“说话时”——从庚、晋、甲；原“说话之间”。）先摆上一桌素的来，两个姑子吃了；然后才摆上（俞校：“才摆上”——从庚；原“摆上”。）荤的，贾母吃毕，（俞校：“贾母吃毕”——从庚、晋、甲；原“奉贾母吃毕”。）抬出外间。尤氏凤姐二人正吃，（俞校：“正吃”——从庚、晋；原“正吃著”。）贾母又叫把（俞校：“又叫把”——从庚、晋、甲；原“又叫”。）喜鸾四姐儿二人也叫来，跟他二人吃。（俞校："跟他二人吃"——从晋、甲；原"跟著他二人吃"。）吃毕洗了手，（俞校："洗了手"——从庚、晋、甲；原"洗手"。）点上香，捧过一升豆子来，两个姑子先念了佛偈，然后方一颗一颗的拣在一个簸箩内。（俞校："一个簸箩内"——从庚；原"簸箩里"。）每拣一颗，念一声佛。（俞校："念一声佛"——从庚；原"念声佛"。）明日煮熟了，令人在十字街（俞校："十字街"——从庚、晋、甲；原"十字街上"。）结寿缘。贾母歪着，听两个姑子又说些佛家的因果善事。鸳鸯早已听见琥珀说凤姐儿哭之一事，又和平儿前打听得缘故，晚间人散时，便回说："二奶奶还是哭的。那边大太太当着人给二奶奶没脸。"（俞校："给二奶奶没脸"——从庚、晋、甲；原"给二奶奶没脸来"。）贾母因问（俞校："贾母因问"——从庚、晋、甲；原"贾母问"。）为什么原故。鸳鸯便将原故说了。贾母道："这才是凤丫头知礼处。难道为我的生日，由着奴才们把一族中的（俞校："一族中的"——从庚、晋、甲；原"一家子的"。）主子都得罪了也不管罢！这是大太太素日没好气，不敢发作，所以今儿拿着这个作法子，明是当着众人（俞校："当着众人"——从庚、晋、甲；原"当著人"。）给凤儿（俞校："给凤儿"——从庚；原"给凤姐"。）没脸罢了。"说着，只见宝琴等进来，也就不说了。贾母因问："你在那里来？"宝琴道："在园里林姐姐屋里（俞校："林姐姐屋里"——从庚；原"林姐姐屋内"。）大家说话来。"贾母忽想起一事，忙唤过一个老婆子来，吩咐他到园里各处女人们跟前嘱咐嘱咐（俞校："各处女人们跟前嘱咐嘱咐"——从庚；原"各处女人跟前吩咐吩咐"。）："留下的喜姐儿和四姐儿，虽然穷，也和家里的（俞校："也和家里的"——从庚；原"合家里"。）姑娘们是一样，大家照看经心些。我知道咱们家的男男女女，都是一个富贵心，两只体面眼，未必把他两个（俞校："他两个"——从庚；原"他两人"。）放在眼里。有人小看了他们，我听见，可不依。"（俞校："可不依"——从庚；原"可不饶"。）婆子答应了，方要走时，鸳鸯道："我说去罢。他们那里听他的话！"说着，便一迳往园里来。先到了稻香村中，李纨与尤氏都不在这里。问丫鬟们，说："都在三姑娘那里呢。"鸳鸯回身又来至晓翠堂，果见那园中人都在那里说笑。见他来了，都笑说（俞校："都笑说"——从晋；原"都笑说道"。）："你这会子又跑来做什么？"（俞校："跑来做什么"——从庚；原"跑了来作什么"。）又让他坐。鸳鸯笑道："不许我也逛逛么！"于是把方才的话说了一遍。李纨忙起身听了，就叫人把各处的头儿唤了一个来，（俞校："就叫人把各处的头儿唤了一个来"——从庚；原"即刻把各房的丫头头儿唤了来"。庚"一"又旁改"儿"。）令他们传与诸人知道，不在话下。

这里尤氏笑道："老太太也太想的到。实在我们年轻力壮的人捆上十个也赶不上。"李纨道："凤丫头仗着鬼聪明儿，俞校："鬼聪明儿"——从庚；原"鬼聪明"。还离脚踪儿不远。咱们是不能的了。"俞校："不能的了"——从庚、晋、甲；原"不能了"。鸳鸯道："罢哟，还提凤丫头虎丫头俞校："虎丫头"——从庚、晋、甲；原无。呢，他也可怜见儿的！俞校："也可怜见儿的"——从庚；原"可怜见的"。虽然这几年没有在老太太跟前有个错缝儿，暗里也不知得罪了多少人。总而言之，为人是难作的俞校："是难作的"——从庚；原"是难的"。：若太老实了，没有个机变，公婆又嫌太老实了，家里人也不怕；若有些俞校："若有些"——从庚、晋、甲；原"若有"。机变，未免又治一经损一经。俞校："又治一经损一经"——从庚、甲；原"治一经又损一经"。如今咱们家里俞校："咱们家里"——从庚；原"咱们家"。更好，新出来的这些底下奴字号的奶奶们，一个个俞校："一个个"——从庚、晋、甲；原无。心满意足，都不知要怎么样才好，少有俞校："少有"——从庚、晋、甲；原"稍"。不得意，不是背地里俞校："背地里"——从庚、晋、甲；原"背地"。咬舌根，俞校："咬舌根"——从庚；原"嚼舌"。就是俞校："就是"——从庚、甲；原"就"。挑三窝四的。俞校："挑三窝四的"——从庚、晋、甲；原"挑三窝四"。我怕老太太生气，一点儿也不肯说；不然，我告诉出来，大家别过太平日子。这不是我当着三姑娘说，俞校："我怕"至"当着三姑娘说"——从庚、晋、甲；原"不过安静日子，这不是三姑娘听著"。老太太偏疼宝玉，有人背地里怨言还罢了，算是偏心；如今老太太偏疼你，我听着也是不好。这可笑不可笑？"探春笑道："糊涂人多，那里较量得俞校："较量得"——从庚、晋、甲；原"较量的"。许多。我说，倒不如小人家人少，俞校："小人家人少"——从庚；原"小人家儿人少的好"。虽然寒素些，俞校："寒素些"——从庚、晋、甲；原"人少寒苦些"。倒是欢天喜地俞校："欢天喜地"——从庚；原"娘儿们欢天喜地的"。大家快乐。我们这样人家，俞校："我们这样人家"——原下有"人多"；庚下有"多"。今删"人多"。外头看着我们不知俞校："不知"——从庚、晋、甲；原"不知我们"。千金万金小姐何等快乐，殊不知我们这里俞校："我们这里"——从庚；原"这里"。说不出来的烦难俞校："烦难"——从庚、晋、甲；原"苦难"。更利害。"宝玉道："谁都像俞校："谁都像"——从庚、晋、甲；原"谁像"。三妹妹好多心。事事俞校："事事"——从庚；原"多事"。我常劝你总别听那些俗话，想那俗事，俞校："想那俗事"——从庚；原"想那些俗事"。只管安富尊荣才是。比不得我们没这清福，该应浊闹的。"尤氏道："谁都像你真是一心无罣碍，俞校："一心无罣碍"——从庚、晋、甲；原"一无罣碍"。只知道和姊妹们玩笑，饿了吃，困了睡，俞校："困了睡"——从庚、晋、甲；原"倦了睡"。再过几年不过还是这样，一点俞校："一点"——从庚、晋、甲；原"一点子"。后事也不虑。"宝玉道："我能够和姊妹们过一日是一日，死了就完了，俞校："死了就完了"——从庚、甲；原"死了完了"。什么后事不后事。"李纨等都笑道："这可又是胡说！就算你

嫌隙人有心生嫌隙　鸳鸯女无意遇鸳鸯

是个没出息的，终老在这里，难道他姊妹们都不出门的？”尤氏笑道：“怨不得人都说他是假长了一个胎子，究竟是个又傻又呆的。”宝玉笑道：“人事莫定，知道谁死谁活。倘或我在今日明日，今年明年俞校：“今年明年”——从庚、晋、甲；原无。死了，也算是遂心一辈子了。”俞校：“一辈子了”——从庚、晋、甲；原“一辈子”。众人不等说完，俞校：“不等说完”——从庚、晋、甲；原“不等话说完”。便说：“可是又疯了，别和他说话才好。若和他说话，不是呆话，就是疯话。”喜鸾因笑道：“二哥哥，你别这样说，等这里姐姐们果然都出了门，横竖老太太、太太也寂寞，我来和你作伴儿。”李纨、尤氏等都笑道：“姑娘也别说呆话。难道你是不出门的？这话哄谁！”说的喜鸾低了头。俞校：“低了头”——从庚；原“也低了头”。当下已是起更时分，大家各自归房安歇，俞校：“安歇”——从庚、晋、甲；原“安息”。众人都且不提。

且说鸳鸯一迳回来，刚至园门前，俞校：“园门前”——从晋、甲；原“园门”。只见角门虚掩，犹未上闩。此时园内无人来往，只有该班的俞校：“该班的”——从庚、晋、甲；原“该班”。房内灯光掩映，微月半天。庚双：是月初旬，起更时也。鸳鸯又不曾有个作伴的，也不曾提灯笼，独自一个，脚步又轻，所以该班的人皆不理会。偏生又要小便，俞校：“小便”——原“小解”；庚“便是”，点去。今改“小便”。因下了甬路，寻微草处，行至一湖山石俞校：“湖山石”——从庚、甲；原“山石”。后，大桂树阴下来。俞校：“阴下来”——从庚、晋；原“阴下”。庚双：是八月，随笔点景。刚转过石后，只听一阵衣衫响，吓了一惊不小。定睛一看，只见是两个人在那里，见他来了，便想往石后树丛俞校：“石后树丛”——从庚；原“树丛里石后”。藏躲。鸳鸯眼尖，趁月色看准，一个穿红裙子、梳鬅头的高大丰壮身材庚双：是月下所[见]之像，故不写至容儿也。的是迎春房里的司棋。鸳鸯只当他俞校：“只当他”——从庚、晋、甲；原“只道他”。和别的女孩子也在此方便，俞校：“方便”——从庚、晋、甲；原“小解”。见自己来了，故意藏躲，恐吓着耍，俞校：“恐吓着耍”——从庚；原“恐吓著顽”。庚双：此见是女儿们常事，观书者白(自)亦为如此。因便笑叫道：“司棋，你不快出来！吓着我，我就喊起来，当贼拿了。这么大丫头了，没个俞校：“这么大丫头了，没个”——从庚；原“这么大丫头，也没”。黑家白日的，只管玩不够。”这本是鸳鸯戏语，俞校：“鸳鸯戏语”——从庚、晋、甲；原“鸳鸯的戏语”。叫他出来。谁知他贼人胆虚，庚双：更奇，不知后为何事？只当鸳鸯已看见他的首尾了，生恐叫喊起来，俞校：“叫喊起来”——从庚；原“叫喊出来”。使众人知觉，更不好；俞校：“更不好”——从庚、晋、甲；原“更不好了”。且素日鸳鸯又和自己亲厚，不比别人；便从树后跑出来，一把拉住鸳鸯，便双膝跪下，只说："好姐姐，千万别嚷。"（庚双：奇甚。）鸳鸯反不知因何，忙拉他起来，笑问道（俞校："笑问道"——从庚、晋；原"笑问"。）："这是怎么说？"司棋满面红胀，（俞校："红胀"——从庚、晋；原"紫胀"。）又流下泪来。鸳鸯再一回想，那一个人影儿恍惚像个小厮，（俞校："像个小厮"——从庚、晋；原"像一个小厮"。）心下便（俞校："心下便"——从庚、晋、甲；原"便心下"。）猜疑了八九，（庚双：是聪敏女儿，妙！）自己反羞的面红耳赤，（俞校："面红耳赤"——从庚；原"面红过耳"。）又怕起来。（庚双：是姣贵女儿，笔笔皆到。）因定了一回，忙悄问："那个是谁？"（俞校："那个是谁"——从庚；原"那一个是谁"。）司棋复跪下道："是我姑舅兄弟。"（庚双：妙！）鸳鸯啐了一口道："要死，要死！"（庚双：如见其面，如问（闻）其声。）司棋又回头悄道（俞校："悄道"——从庚、甲；原"悄说道"。）："你不用藏着，（俞校："不用藏着"——从庚、晋、甲；原"也不用藏著"。）姐姐已看见了，快出来磕头。"那小厮听了，只得也从树后爬出来，磕头如捣蒜。鸳鸯忙要回身，司棋拉住苦求，哭道："我们的性命都在姐姐身上，只求姐姐超生要紧。"鸳鸯道："你放心。我横竖不告诉一人就是了。"一语未了，只听角门上有人说道："金姑娘已出去了，角门上锁罢。"（俞校："角门上锁罢"——从晋、甲；原"上锁罢"。）鸳鸯正被司棋拉住，不得脱身，听见如此说，便接声道（俞校："接声道"——从庚、晋、甲；原"接声说道"。）："我在这里有事，且略住手，（俞校："且略住手"——从庚、晋；原"略住住手"。）我就出来了。"司棋只得松手，（俞校："松手"——从庚、晋、甲；原"松了手"。）让他去了。要知端的，（俞校："要知端的"——从晋、甲；原无。）且听下回分解。

蒙戚回后：叙一番灯火未息，门户未关。叙一番赵姨失体，费婆鳖气。叙一番林家托大，周家献勤。叙一番凤姐灰心，鸳鸯传信：非为本文渲染，全为下文引逗，良工苦心，可谓惨淡经营。

司棋事后从鸳鸯误吓得来，是善周全处。方与鸳鸯前后行景不至矛盾，一何精细如此！

第七十二回
王熙凤恃强羞说病　来旺妇倚势霸成亲

戚回前：此回似着意似不着意，似接续似不接续，在画师为浓淡相间，在墨客为骨肉停匀，在乐工为笙歌间作，在文坛为养局，为别调。前后文气，至此一歇。

话说鸳鸯出了角门，脸上犹红，心内突突的，真是意外之事。因想这事非常，若说出来，奸盗相连，关系人命，还保不住带累了旁人。横竖与自己无干，且藏在心里不说与一人知道。回房复了贾母的命，大家安息。从此凡晚间便不大往园中来。因思园中尚有这样奇事，俞校："这样奇事"——从庚；原"这些奇事"。何况别处，因此连别处也不大轻走动了。原来那司棋因从小儿和他姑表兄弟在一处玩笑起住时，小儿戏言，便都订下将来不娶不嫁。近年大了，彼此又出落得品貌风流，常时俞校："常时"——从庚、晋、甲；原"时常"。司棋回家时，二人眉来眼去，旧情不忘，只不能入手。又彼此生怕父母不从，二人便设法，彼此里外买嘱园内老婆子们留门看道，俞校："留门看道"——从庚、晋、甲；原"留门看到"。今日趁乱俞校："今日趁乱"——从庚、晋、甲；原"今日乘乱"。方初次入港。虽未成双，却也海誓山盟，私传表记，已有无限风情俞校："无限风情"——从庚；原"无限的风情"。了。忽被鸳鸯惊散，那小厮早穿花度柳从角门出去了。司棋一夜不曾睡着，又后悔不来。至次日俞校："至次日"——从晋、甲；原"直至次日"。见了鸳鸯，自是脸上一红一白，百般过不去。心内怀着鬼胎，茶饭无心，起坐恍惚。挨了两日，竟不听见有动静，方略放下了心。这日晚间，忽有个婆子来悄告诉他道：“你兄弟竟逃走了，三四天没归家。如今打发人四处找他（俞校：“四处找他”——从庚、晋、甲；原“四下里找他”。）呢。”司棋听了，气个倒仰。因思道：“纵是闹了出来，也该死在一处。他为是（俞校：“他为是”——从庚；原“他自为是”。）男人，先就走了，可见是个没情意的。”因此，又添了一层气。次日便觉心内不快，百般支持不住，一头睡倒，恹恹的成了大病。鸳鸯闻知那边无故（俞校：“无故”——从庚、晋、甲；原无。）走了一个小厮，园内司棋（俞校：“园内司棋”——从庚、晋、甲；原“司棋”。）又病重，要往外挪，心下料定：“是二人惧罪之故，生怕我说出来，方吓到这样。”因此（俞校：“因此”——从庚、晋、甲；原“因而”。）自己反过意不去，指着来望候司棋，支出人去，反自己立身发誓，与司棋说（俞校：“与司棋说”——从庚、晋、甲；原“与司棋听，说”。）：“我要告诉一个人，立刻现死现报。你只管放心养病，别白糟蹋了小命儿。”司棋一把拉住哭道：“我的姐姐，咱们从小儿耳鬓厮磨，你不曾拿我当外人待，我也不敢待慢了你。如今我虽一着走错，你若果然不告诉一个人，你就是我亲娘一样。从此后我活一日，是你给我一日。（俞校：“给我一日”——从庚；原“给我一日的”。）我的病好之后，把你立个长生牌位，（俞校：“长生牌位”——从晋、甲；原“灵牌”。）我天天焚香礼拜，保佑你一生福寿双全。我若死了时，变驴变狗（俞校：“变狗”——从庚、晋、甲；原“变马”。）报答你。再俗语说，千里搭长棚，（俞校：“搭长棚”——从庚；原“搭棚”。）没有个不散的筵席。再过三二年，咱们都是要离这里的。俗语又说，浮萍尚有相逢日，人岂全无（俞校：“人岂全无”——从庚；原“为人岂无”。）见面时。倘或日后咱们遇见了，那时我又怎么报你的德行。”一面说，一面哭。这一席话反把鸳鸯说的心酸，也哭起来了。因点头道：“正是这话，我又不是管事的人，何苦我坏你的声名，我白去献勤。况且（俞校：“况且”——从庚、晋、甲；原“况”。）这事我自己也不便开口向人说。你只放心。从此养好了，可要安分守己，再不许胡行乱作（俞校：“胡行乱作”——从庚、晋；原“行”。）了。”司棋在枕上（俞校：“枕上”——从庚、甲；原“枕边”。）点头不绝。

鸳鸯又安慰了他一番方出来。因知贾琏不在家中，又因这两日见凤姐声色怠惰了好些，（俞校：“好些”——从庚傍改（“他”改“好”）；原“些”。）不似往日一样，因顺路儿也来望候。因进入凤姐院门，俞校：“院门”——从庚、晋；原“院中来”。二门上的人见是他来，便立身待他进去。鸳鸯刚至堂屋中，俞校：“刚至堂屋中”——从庚；原“刚入堂屋中”。只见平儿从里间出来，见了他来，便忙上来悄声笑道：“才吃了一口饭，歇了午觉。你且这屋里略坐坐。”俞校：“这屋里略坐坐”——从晋、甲；原“别屋里坐著”。鸳鸯听了，只得同平儿到东边房里来。小丫头俞校：“小丫头”——从庚、晋、甲；原“小丫头子”。倒了茶来。鸳鸯因悄问：“你奶奶这两日是怎么了？我看他俞校：“我看他”——从庚；原“我只看他”。懒懒的。”平儿见问，因俞校：“平儿见问，因”——从庚、晋、甲；原“平儿见”。房内无人，便叹道：“他这懒懒的也不止今日俞校：“不止今日”——从庚、晋；甲；原“不止一日”。了，这有一月之先俞校：“一月之先”——从庚、晋、甲；原“一月之前”。便是这样。又兼这几日忙乱了几天，又受了些闲气，从新又勾起来，这两日比先又添了些病，所以支持不住，便露出马脚来了。”鸳鸯忙道：“既这样，怎么不早请大夫来治？”俞校：“早请大夫来治”——从庚；原“请大夫治呢”。庚“早”下又旁添“些”。平儿叹道：“我的姐姐，你还不知道他那脾气的！别说请大夫来吃药，我看不过，白问一声儿身上觉怎么样，俞校：“觉怎么样”——从庚；原“这样”。他就动了气，反说我咒他病了。饶这样，天天还是查三访四，自己再不肯俞校：“再不肯”——从庚；原“再不”。看破些，且养身子。”鸳鸯道：“虽然如此，到底该请大夫来瞧瞧俞校：“来瞧瞧”——从庚、晋、甲；原“瞧瞧”。是什么病，也都好放心。”平儿叹道：“说起病来，据我看也不是什么小症候。”鸳鸯忙道：“是什么病呢？”平儿见问，又往前“平儿见问，又往前”——俞校：从庚、晋、甲；原“平儿往前又”。凑了一凑，向耳边说道：“只从俞校：“只从”——从庚；原“是从”。上月行了经之后，这一个月竟沥沥淅淅的俞校：“沥沥淅淅的”——从庚、晋、甲；原“沥沥淅淅”。没有止住。这可是大病不是？”俞校：“可是大病不是”——从庚、晋、甲；原下有“大病”。鸳鸯听了，忙答道俞校：“忙答道”——原“忙道”；晋、甲“忙答应道”。今增“答”。：“嗳哟！依你这话，这可不成了血山崩俞校：“血山崩”——从庚、晋、甲；原“血崩”。了。”平儿忙啐了一口，俞校：“忙啐了一口”——从庚、晋、甲；原“啐了一口”。又悄笑道：“你女孩儿家，这是怎么说的！俞校：“怎么说的”——从庚；原“怎么说，你”。倒会咒人呢。”鸳鸯见说，不禁红了脸，又悄笑道：“究竟我也不知什么是崩不崩的。你倒忘了不成，先我姐姐不是害这个病死了。我也不知是什么病，因无心中听见妈和亲家妈俞校：“亲家妈”——从庚、晋、甲；原“亲家娘”。说，我还纳闷。后来也是听见妈细说原故，才明白了一二分。”平儿笑道：“你知道，我竟也忘了。”俞校：“竟也忘了”——从庚、晋；原“也竟忘了”。二人正说着，只见小丫头进来向平儿道：

“方才朱大娘又来了，我们回了他奶奶才歇午觉，俞校：“才歇午觉”——从庚、晋、甲；原“才午觉”。他往太太上头去了。”平儿听了点头。鸳鸯问：“那一个朱大娘？”平儿道：“就是官媒婆那朱嫂子。因有什么孙大人家来和咱们求亲，所以他这两日天天弄个帖子来赖死赖活。”俞校：“赖死赖活”——从庚傍改（“活”傍添）；原“赖死”。

一语未了，小丫头跑来说：“二爷进来了。”俞校：“小丫头跑来说：二爷进来了”——从庚、晋；原“小丫头跑进来说：二爷来了”。说话之间，贾琏也走至堂屋门，口内唤平儿。平儿答应着才迎出来，俞校：“才迎出来”——原“才要出来”；庚“才迎出”，下傍添“去”；晋、甲“忙迎出来”。今改“迎”字。贾琏已找至这间房内。来至门前，俞校：“来至门前”——从庚、晋、甲；原“来至门口”。忽见鸳鸯坐在炕上，便煞住脚，笑道：“鸳鸯姐姐，今儿贵脚俞校：“贵脚”——从庚、晋、甲；原“贵体”。踏贱地。”鸳鸯只坐着，笑道：“来请爷、奶奶的安，偏又不在家的不在家，睡觉的睡觉。”贾琏笑道：“姐姐一年到头辛苦伏侍老太太，我还没看你去，那里还敢劳动来看我们。——正说巧的很，我才要找姐姐去。因为穿着这袍子热，先来换了夹袍子，俞校：“夹袍子”——从庚；原“袍子”。再过去找姐姐。俞校：“找姐姐”——从庚；原“找姐姐去”。不想天可怜，省我走这一趟，姐姐先在这里等我了。”一面说，俞校：“一面说”——从庚、晋、甲；原无。一面在椅上俞校：“椅上”——从庚；原“椅子”。坐下。鸳鸯因问：“又有什么说的？”贾琏未语先笑道：“因有一件事，俞校：“因有一件事”——从庚、晋、甲；原“有一件事”。我竟忘了，只怕姐姐还记得。上年老太太生日，曾有一个外路和尚来俞校：“外路和尚来”——从庚、甲；原“外路来的和尚”。孝敬一个蜡油冻的佛手，俞校：“孝敬一个蜡油冻的佛手”——从庚、晋、甲；原“孝敬了一个蜡油冻的佛手”。因老太太爱，就即刻拿过来摆着了。俞校：“摆着了”——从庚、晋、甲；原“摆了”。因前日老太太生日，我看古董帐上还有这一笔，却不知此时这件俞校：“这件”——从甲；原“这件东西”。着落何方。古董房里俞校：“古董房里”——从庚、晋、甲；原“古董房”。的人也回过我两次，俞校：“两次”——从庚、晋、甲；原“多次”。等我问准了，好注上一笔。所以我问姐姐，如今还是老太太摆着呢，还是交到谁手里去了呢？”鸳鸯听说，便道：“老太太摆了几日，俞校：“摆了几日”——从庚、晋、甲；原“摆了几天”。厌烦了，就给了你们奶奶。你这会子又问我来。我连日子还记得，还是我打发了俞校：“打发了”——从庚、晋、甲；原“打发”。老王家的送来的。俞校：“送来的”——从庚傍添（“的”傍添）；原“送来”。你忘了，或是问问你们奶奶和平儿。”平儿正拿衣服，听见如此说，忙出来回说：“交过来了，现在楼上放着呢。奶奶已经打发过人出去说过，给了这屋里，俞校:“给了这屋里”——从庚;原“给了这屋里了”。他们发昏没记上,又来叨登这些没要紧的事。”贾琏笑道:“既然给了你奶奶,我怎么不知道,你们就昧下了!”平儿道:“奶奶告诉二爷,二爷还要送人,奶奶不肯,好容易留下的。这会子自己忘了,倒说我们昧下。那是什么好东西,什么没有的物儿!比那强十倍的东西也没俞校:“也没”——从庚、晋、甲;原“也没有”。昧下一遭儿,这会子爱上那俞校:“爱上那”——从庚、晋;原“又爱上那”。不值钱的!”贾琏垂头含笑,想了一想,拍手道:“我如今竟糊涂了。丢三忘四,惹人抱怨,竟不大像先了。”鸳鸯笑道:“也怨不得。俞校:“也怨不得”——从庚、晋、甲;原“怨不得”。事情又多,口舌又杂,你再喝上两杯酒,那里清楚的许多。”一面说,一面就起身要去。贾琏忙也立身说道:“好姐姐,再坐一坐,俞校:“再坐一坐”——从庚;原“再坐坐”。兄弟还有事俞校:“还有事”——从庚;原“还有一事”。相求。”说着,便骂小丫头俞校:“小丫头”——从庚、晋、甲;原“小丫头子”。:“怎么不沏好茶来!快拿干净盖碗,把昨儿进上的新茶沏一碗来。”说着,向鸳鸯道:“这两日,因前日俞校:“因前日”——从庚、晋;原无。老太太的千秋,所有的几千两银子都使了。几处房租地税俞校:“地税”——从庚;原“地租”。通在九月才得,这会子竟接不上。明儿还要送俞校:“还要送”——从庚傍改(“下”改“还”);原“又要送”。南安府里的礼,又要预备娘娘的重阳节礼,还有几家红白大礼,俞校:“几家红白大礼”——从庚、晋、甲;原“几家的红白大事”。至少还得三二千两银子用,一时难去支借。俗语说,求人不如求己。说不得,俞校:“说不得”——从庚、晋、甲;原上有“可怎样呢”。姐姐担个不是,暂且把老太太查不着的俞校:“查不着的”——从庚、晋、甲;原“用不著的”。金银家伙偷着运出一箱子来,暂押千数两银子,支腾过去。不上半年俞校:“不上半年”——从庚;原“不上半个月”。的光景,银子来了,我就赎了交还,断不能叫姐姐落不是。”鸳鸯听了,笑道:“你倒会变法儿,亏你怎么想了。”俞校:“怎么想了”——从庚、晋、甲;原“怎么想来”。贾琏笑道:“不是我扯谎,若论除了姐姐,也还有人手里管的起千数两银子的;俞校:“千数两银子的”——从庚;原“千数两银子的事”。只是他们为人俞校:“他们为人”——从庚、晋、甲;原“他们的为人”。都不如你明白有胆量,俞校:“有胆量”——从庚、晋、甲;原“有胆气”。我和他们一说,反吓住了他们。所以我宁撞金钟一下,不打破鼓三千。”一语未了,忽有贾母那边俞校:“贾母那边”——从庚;原“贾母处”。小丫头子忙忙走来找鸳鸯,说:“老太太找姐姐半日,俞校:“半日”——从庚;原“这半日”。我们那里没找到,却在这里。”鸳鸯听说,忙的且去见贾母。

王熙凤恃强羞说病　贾二舍密谋托鸳鸯

贾琏见他去了，只得回来（俞校："只得回来"——从庚、晋、甲；原"回来"。）瞧凤姐。谁知凤姐已醒了，（俞校："已醒了"——从庚、晋、甲；原"早已醒了"。）听他和鸳鸯借当，自己不便答话，只躺在榻上。（俞校："榻上"——从庚、晋、甲；原"炕上"。）听见鸳鸯去了，贾琏进来，凤姐因问道："他可应准了？"（俞校："应准了"——从庚、晋、甲；原"应了"。）贾琏笑道："虽然未应准，却有几分成手，须得你晚上再和他一说就十成了。"（俞校："十成了"——从庚；原"十分成了"。）凤姐笑道："我不管这事。倘或说准了，这会子（俞校："这会子"——从庚、晋、甲；原"这会"。）说得好听，（俞校："说得好听"——从庚；原"说的好听"。）有了钱的时节，你就丢在脖子后头了。谁和你打饥荒去！倘或老太太知道了，倒把我这几年的脸面都丢了。"贾琏笑道（俞校："贾琏笑道"——从晋、甲；原"贾琏道"。）："好人，你若说定了，我谢你如何？"凤姐道："你说，谢我什么？"贾琏笑道："你说要什么，就有什么。"平儿在旁笑道："奶奶倒不要谢的。昨儿正说要做一件什么事，却少一二百银子使，不如借了来，奶奶拿一二百银子，岂不两全其美。"凤姐笑道："幸亏提起我来。就是这样也罢。"（俞校："也罢"——从庚；原"罢了"。）贾琏笑道："你们太也狠了。（俞校："太也狠了"——从庚、晋、甲；原"也太狠了"。）你们这会子，别说一千两（俞校："一千两"——从庚、晋、甲；原"一千两银子"。）的当头，就是现银子要三五千，（俞校："三五千"——从庚、晋、甲；原"三五千两"。）只怕也难不倒。我不和（俞校："我不和"——从庚、晋、甲；原"你，不合"。）你们借就罢了。这会子烦你说一句话，还要个利钱，（俞校："还要个利钱"——从晋、甲；原"还要利钱"。）真真了不得。"凤姐听了，翻身起来说道："我有三千五万，不是赚的你的。如今里里外外，上上下下，背着我嚼说我的不少，就差你来说了。可知没家亲引不出外鬼来。我们王家可那里来的钱，都是你们贾家赚的！别叫我恶心了。你们看着你家什么（俞校："你家什么"——从晋、甲；原"你们"。）石崇、邓通！把我王家的（俞校："我王家的"——从庚、晋、甲；原"王家"。）地缝子扫一扫，就够你们过一辈子了。（俞校："过一辈子了"——从晋；原"过一辈子的了"。）说出来的话也不怕臊。现有对证，把太太和我的嫁妆细看看，比一比（俞校："细看看，比一比"——从庚、晋、甲；原"细细的看看比"。）你们，（俞校："你们"——原"你们的"；庚"的们"。今改"你们"。）那一样（俞校："那一样"——从庚、晋、甲；原"那一样儿"。）是配不上你们的。"（俞校："配不上你们的"——从晋；原"配不上的"。）贾琏笑道："说句玩话儿，就急了。这有什么这样的！要使（俞校："要使"——从庚；原"你要使"。）一二百两（俞校："一二百两"——从庚、晋、甲；原"一二百"。）银子值什么，多的没有，这还有。先拿进来，你使了再说如何？"凤姐道："我又不等着衔口垫背，（俞校："衔口垫背"——从庚、晋、甲；原"含口垫背"。）忙了什么?”贾琏道:“何苦来!俞校:“何苦来”——从庚、晋、甲;原“何苦来这么著”。不犯着这样肝火盛。”俞校:“这样肝火盛”——从庚、晋、甲;原“这么肝火盛”。凤姐听了,又自笑起来俞校:“又自笑起来”——从庚;原“又自笑道”。:“不是我着急,你说的话戳人的心。我因为我想着俞校:“我想着”——从庚;原“想著”。后日是尤二姐的周年,我们好了一场,杨双:奇想,奇文。虽不能别的,到底给他上个坟,烧张纸,也是姊妹一场。他虽没留下个男女,也不要俞校:“也不要”——原“不要”;庚、晋“也要”;甲“也别要”。今改“也不要”。‘前人撒土迷了后人的眼’才是。”俞校:“才是”——从庚、晋、甲;原无。一语俞校:“一语”——从庚;原“这一语”。倒把贾琏说没了话,低头打算了半晌,方道:“难为你俞校:“打算了半晌,方道:难为你”——从庚;原“打算半晌,方说道:难为你想著”。想的周全,我竟忘了。既是后日才用,若明日俞校:“若明日”——从庚、晋、甲;原“明日”。得了这个,你随便使多少就是了。”

一语未了,只见旺儿媳妇走进来。凤姐问道:“可成了没有?”旺儿媳妇道:“竟不中用。我说须得奶奶作主就成了。”贾琏便问:“又是什么事?”凤姐儿见问,便说道俞校:“凤姐儿见问,便说道”——从庚、甲;原“凤姐便道”。:“不是什么大事。旺儿有个小子,今年十七岁了,还没得女人,因要求太太房里俞校:“太太房里”——从晋、甲;原“太太房内”。的彩霞,不知太太心里俞校:“太太心里”——从庚、晋、甲;原“太太”。怎么样,就没有计较得。前日太太见彩霞大了,二则又多病多灾的,因此开恩,打发他出去了,给他老子娘随便自己拣女婿去罢。因此旺儿媳妇来求我。我想他两家也就算门当户对的,一说去自然成的,俞校:“自然成的”——从庚、晋、甲;原“自然成的了”。谁知他这会子来了,说不中用。”贾琏道:“这是什么大事,比彩霞好的多着呢。”旺儿家的陪笑道:“爷虽如此说,连他家还看不起我们,别人越发看不起我们了。好容易相看准一个媳妇,我只说求爷、奶奶的恩典,替作成了;俞校:“替作成了”——从庚、晋、甲;原“替我做成了”。奶奶又说他必肯的,我就烦了人走过去俞校:“走过去”——从庚;原“过去”。试一试,俞校:“试一试”——从庚、晋、甲;原“一试”。谁知白讨了个俞校:“白讨了个”——从晋、甲;原“白讨了一个”。没趣。若论那孩子倒好,据我素日俞校:“据我素日”——从庚、晋、甲;原“与我素日”。合意儿试他,俞校:“试他”——从庚;原“是”。他心里俞校:“他心里”——从庚、晋、甲;原“他心内”。没有甚说的,只是他老子娘两个老东西太心高了些。”一语戳动了凤姐和贾琏。凤姐因见贾琏在此,且不作一声,只看贾琏的光景。贾琏心中有事,那里把这点子事放在心里;俞校:“放在心里”——从庚、晋、甲;原“放在心上”。待要俞校:“待要”——从庚、晋、甲;原“待若”。不管，只是看着他是凤姐儿的陪房，且又素日出过力的，脸上实在过不去，俞校："实在过不去"——从庚、晋、甲；原"过不去"。因说道："什么大事，只管咕咕唧唧的。你放心且去。我明儿作媒，打发两个有体面的人，一面说，一面带着定礼去，就说我的主意。俞校："有体面的人"至"我的主意"——从庚、晋、甲；原"有体面的带著定礼，就说我的话"。他十分不依，叫他来见我。"旺儿家的看着凤姐，凤姐便俞校："旺儿家的看着凤姐，凤姐便"——从晋、甲；原"凤姐看著旺儿家的便"。扭嘴儿。俞校："扭嘴儿"——从庚；原"扭嘴"。旺儿家的会意，忙爬下就给贾琏磕头谢恩。贾琏忙道："你只给你姑娘磕头。我虽如此说了这样行，到底也得你姑娘打发个人，俞校："打发个人"——从庚；原"打发个人去"。叫他女人上来，俞校："叫他女人上来"——从庚、晋、甲；原"叫他女人来"。和他好说更好些。虽然他们必依，这事也不可霸道俞校："霸道"——从庚；原"太霸"。了。"凤姐忙道："连你还这样开恩操心俞校："开恩操心"——从庚、晋、甲；原"施恩操心"。呢，我倒反俞校："倒反"——从庚；原"反倒"。袖手旁观不成！旺儿家的，你听见了？说了这事，你也忙忙的给我完了事来，说给你男人，外头所有的帐，一概赶今年俞校："赶今年"——从庚、晋、甲；原"都赶今年"。年底下收了进来，少一个钱我也不依的。俞校："不依的"——从庚；原"不依"。我的名声俞校："名声"——从庚、晋、甲；原"声名"。不好。再放一年，都要生吃了我呢。"旺儿媳妇笑道："奶奶也太胆小了。谁敢议论奶奶！若收了时，公道说，我们倒还俞校："倒还"——从庚；原"还"。省些事，不大得罪人。"凤姐冷笑道："我也是一场痴心白使了。我真个的俞校："真个的"——从庚；原"真果的"。还等钱作什么，不过为的是日用，出的多，进的少。这屋里有的没的，我和你姑爷一月的月钱，俞校："月钱"——从晋、甲；原"钱"。再连上四个丫头的月钱，通共一二十两银子，还不够三五天的使用呢。若不是我千凑万挪的，早不知道俞校："早不知道"——从庚；原"早不知过"。到什么破窑俞校："破窑"——从庚、晋、甲；原"破窑子"。里去了。如今倒落了一个俞校："落了一个"——从庚、晋、甲；原"落了个"。放帐破落户的名儿。庚双：可知放帐乃发。所谓"此家儿知耻恶"之事也。既这样，我就收了回来。我比谁不会花钱，咱们以后就坐着花，到多早晚是多早晚。俞校："到多早晚是多早晚"——从庚；原"花到多早晚儿再说"。这不是样儿俞校："这不是样儿"——从庚、晋、甲；原"这不是样儿么"。：老太太生日，俞校："老太太生日"——从庚；原"前儿老太太的生日"。太太急了两个月，想不出法儿来；还是我提了一句，后楼上现有些俞校："现有些"——从庚、晋、甲；原"有那"。没要紧的大铜锡家伙俞校："家伙"——从庚；原"器"。四五箱子，拿去算了俞校："拿去算了"——从庚；原"拿出来弄了"。三百银子，才把太太遮羞礼儿俞校："遮羞礼儿"——从庚、晋、甲；原"遮羞的礼儿"。搪过去了。我是你们知道的，那一个金自鸣钟卖了五百六十两俞校："五百六十两"——从庚、晋、甲；原"五百六十四两"。银子，没有半个月，大事小事没有十件，俞校："大事小事没有十件"——从庚；原"大事倒有十来件"。白填在里头。今儿外头也短住了，不知是谁的主意，搜寻上老太太了。明儿再过一年，俞校："再过一年"——从庚、晋、甲；原"再过几年"。各人搜寻到头面衣服，可就好了。"旺儿媳妇笑道："那一位太太、奶奶俞校："太太、奶奶"——从庚、晋、甲；原"奶奶、太太"。的头面衣服折变了不够过一辈子的，只是不肯罢了。"庚双：闲语补出近日诸事。凤姐道："不是我说没了能耐俞校："能耐"——从晋、甲；原"能奈"。的话。要像这样，我竟不能了。昨儿晚上忽然作了一个梦，说来也可笑。俞校："也可笑"——从庚、晋、甲；原"也好笑"。庚双：反说"可笑"，妙甚！若必以此梦为凶兆，则思返落套，非红楼之梦矣。梦见一个人虽然面善，却又不知名姓，庚双：是以前授方相之旧，数十年后矣。找我。问他作什么，他说娘娘打发他来俞校："打发他来"——从庚、晋、甲；原"打发来"。要一百疋锦。我问他是那一位娘娘，俞校："那一位娘娘"——从庚、晋、甲；原"那位娘娘"。他说的俞校："他说的"——从庚、晋、甲；原"他说"。又不是咱们家的娘娘。我就不肯给他，他就上来夺。正夺着，就醒了。"庚双：妙！实家常触景闲梦，必有之理，却是江淹才尽之兆也，可伤。旺儿家的说道俞校："说道"——从庚；原"笑道"。："这是奶奶俞校："这是奶奶"——从晋、甲；原"这是奶奶的"。日间操心，常应候宫里的事。"庚双：淡淡抹去，妙！

一语未了，人回："夏太府打发了一个小内家俞校："小内家"——从庚、晋、甲；原"小太监家"。来说话。"贾琏听了，忙皱眉道："又是什么话！一年他们也搬够了。"凤姐道："你藏起来，等我见他。若是小事罢了，若是大事，我自有话回他。"贾琏便躲入内套间俞校："内套间"——从庚、晋、甲；原"套间"。去。这里凤姐命人带进小太监来，让他椅子上坐，吃了茶。俞校："椅子上坐，吃了茶"——从庚；原"椅上坐，吃茶"。因问何事。那小太监便说："夏爷爷因今年俞校："今年"——从庚傍改（下有"儿"，点去）；原"今儿"。偶见一所房子，如今竟短二百两银子，打发我来问舅奶奶家里，有现成的银子暂借一二百，俞校："一二百"——从庚、晋、甲；原"一二百两"。过一两日俞校："过一两日"——从庚、晋、甲；原"过几天"。就送过来。"庚双：可谓"蜜（密）处不用针"。凤姐儿听了，俞校："凤姐儿听了"——从庚、晋、甲；原"凤姐见说"。笑道："什么是送过来！有的是银子，只管先兑了去。改日等我们短了，再借去也是一样。"小太监道："夏爷爷还说了，上两回还有一千二百两银子没送来，等今年年底下，自然一齐都送过来。"俞校："一齐都送过来"——从庚；原"都一齐送了过来"。凤姐笑道："你夏爷爷俞校："你夏爷爷"——从庚；原"你夏爷"。好小器，这也值得俞校："这也值得"——从庚、晋、甲；原"这也"。提在心上！我说一句话，不怕他多心，若都这样记清了[俞校：“若都这样记清了”——从庚、晋、甲；原“若是这样记的清”。]还我们，不知还了多少了。只怕没有，若有，只管拿去。”因叫旺儿媳妇来，出去[俞校：“出去”——从庚、晋、甲；原无。]不管那里，先支二百两银子来。旺儿媳妇会意，因笑道：“我才因[俞校：“因笑道：我才因”——从庚、晋、甲；原“说：我才到”。]别处支不动，才来和奶奶支的。”凤姐道：“你们只会里头来要钱，叫你们外头弄去就不能了。”说着，叫平儿：“把我那个金项圈拿出去，暂且押四百两银子。”平儿答应着，去了半日，果然拿了一个锦盒子来，里面两个锦袱包着。打开时，[俞校：“打开时”——从庚、晋、甲；原“打开是”。]一个金累丝攒珠的，那珍珠都有莲子大小；一个点翠嵌宝石的：两个都与宫中之物不离上下。[庚双：是太监眼中看、心中评。]一时拿去，果然拿了四百两银子来。凤姐命与小太监打叠起一半来。[俞校：“一半来”——原“一半”；庚“一半月来”，“月”旁改“银子”。今增“来”。]那一半[俞校：“那一半”——从晋、甲；原“那一半命人”。]与了旺儿媳妇，命他拿去办八月中秋节。[俞校：“中秋节”——从庚；原“中秋的节礼”。][庚双：过下伏脉。]那小太监便告辞，凤姐命人替他拿着银子，送出大门去了。这里贾琏出来笑道：“这一起外祟何日是了！”凤姐笑道：“刚说着，就来了一股子。”贾琏道：“昨儿周太监来，张口一千两，我略应的慢了些，他就不自在。将来得罪人之处不少。这会子再发个[俞校：“再发个”——从甲；原“再发”。]三二百万[俞校：“三二百万”——从庚、晋、甲；原“三二万银子”。]的财就好了。”一面说，[俞校：“一面说”——从庚、晋、甲；原“一面说话”。]一面平儿伏侍凤姐另洗了面，更衣往贾母处去伺候晚饭。

这里贾琏出来，刚至外书房，忽见林之孝走来。贾琏因问何事。林之孝说道：“方才听得[俞校：“方才听得”——从庚；原“方才打听得”。]雨村降了，却不知因何事，只怕未必真。”贾琏道：“真不真，他那官儿也未必保得长。[俞校：“保得长”——从庚；原“保的长”。]只怕将来有事，[俞校：“只怕将来有事”——从晋、甲；原“将来有事只怕未必不连累”。]咱们宁可疏远着他好。”林之孝道：“何尝不是，只是一时难以疏远。如今东府大爷和他更好，老爷又喜欢他，时常来往，那个不知。”[俞校：“那个不知”——从庚、晋、甲；原“那一个不知”。]贾琏道：“横竖不和他谋事，也不相干。你去再打听真了，是为什么。”[俞校：“打听真了，是为什么”——从庚、晋、甲；原“打听真是为了什么”。]林之孝答应了，却不回身，[俞校：“回身”——原“动身”；庚“同心”，傍改“去回身”。今改“回身”。]坐在下面椅子上，且说些闲话。因又说起[俞校：“因又说起”——从庚、晋、甲；原“因又说些”。]家道艰难，便趁势又说：“人口太重了。俞校：“太重了”——从庚、晋；原“太众了”。不如拣个空日，俞校：“拣个空日”——从晋、甲；原“减些好”。回明俞校：“回明”——从庚、晋、甲；原“回回”。老太太、老爷，把这些出过力的老家人，用不着的，开恩放几家出去，一则他们各有营运，二则家里一年也省些口粮月钱。再者里头的姑娘也太多。俗语说，一时比不得一时。如今说不得先时的例了，少不得大家委屈些，该使八个的使六个，该使四个的便使两个。若各房算起来，一年也可以省得许多俞校：“省得许多”——从庚、甲；原“省许多”。月米月钱。况且里头的女孩子们一半都太大了，也该配人的配人。成了房，岂不又俞校：“岂不又”——从庚、晋、甲；原“岂不又是一件好事，又”。孳生俞校：“孳生”——从晋；原“滋生”。出人来。”贾琏道：“我也这样想着。只是老爷才回家来，多少大事未回，那里议到这个上头。前儿官媒拿了个庚帖来求亲，太太还说老爷才来家，每日欢天喜地的说骨肉完聚，俞校：“完聚”——从庚、晋、甲；原“团聚”。忽然就提起这事，恐老爷又伤心，所以且不叫提这事。”林之孝道：“这也是正理。太太想的周到。”俞校：“太太想的周到”——从庚；原“二爷想的到”。贾琏道：“正是，提起这话，我想起一件事来。我们旺儿的小子，要说太太房里俞校：“太太房里”——从庚；原“太太屋里的”。彩霞。他昨儿求我，我想什么大事，不管谁去说一声去。这会子有谁闲着，俞校：“有谁闲着”——从庚；原“谁闲著”。我打发个人去说一声，就说我的话。”俞校：“就说我的话”——从庚、晋、甲；原下有“就是了”。林之孝听了，只得应着，俞校：“只得应着”——从庚；原“答应著”。半晌笑道：“依我说，二爷竟别管这件事。旺儿的那小儿子，俞校：“小儿子”——从庚；原“小子”。虽然年轻，在外头吃酒赌钱，无所不至。虽说都是奴才们，到底是一辈子的事。俞校：“一辈子的事”——从庚、晋、甲；原“一辈的事”。彩霞那孩子这几年我虽没见，听得越发出挑的好了，何苦来白糟蹋一个人。”俞校：“白糟蹋一个人”——从庚、晋、甲；原“白糟蹋他做什么”。贾琏道：“他小儿子俞校：“他小儿子”——从庚、甲；原“他小子”。原会吃酒不成人！”林之孝冷笑道俞校：“冷笑道”——从庚；原“道”。：“岂止吃酒赌钱，在外头无所不为。我们看他是奶奶的人，俞校：“奶奶的人”——从庚；原“奶奶的陪房”。也只见一半不见一半罢了。”贾琏道：“我竟不知道这些事。既这样，那里还给他老婆！且给他一顿棍，俞校：“一顿棍”——从庚、晋、甲；原“一顿棍子”。锁起来，再问他老子娘。”林之孝笑道：“何必在这一时。[即]是错，也俞校：“[即]是错，也”——原“那是我错了”；庚“那是错也”，俱点去。今改“即是错，也”。等他再生事，我们自然回爷处治。如今且恕他。”贾琏不语。一时，林之孝出去。晚间凤姐俞校："晚间凤姐"——从庚、晋、甲；原"凤姐晚间"。已命人唤了彩霞之母来说媒。俞校："说媒"——从庚、晋、甲；原"说"。彩霞之母满心纵不愿意，俞校："彩霞之母满心纵不愿意"——从庚、晋、甲；原"他总不愿意"。见凤姐亲自和他说，何等体面，庚双：今时人因图此现在体面，误了多少女儿，此正是回(为)今时女儿一笑(哭)。便心不由意的满口应了出去。俞校："应了出去"——从庚、晋、甲；原"应承出来"。凤姐问贾琏可说了没有，贾琏因说俞校："贾琏因说"——从庚、晋、甲；原"贾琏因说道"。："我原要说的，打听得俞校："打听得"——从庚、晋、甲；原"打听"。他小儿子大不成人，俞校："大不成人"——从庚、晋、甲；原"太不成人"。故还不曾说。若果然不成人，且管教他两日，再给他俞校："再给他"——从庚、晋、甲；原"给他"。老婆不迟。"凤姐听说，便说俞校："便说"——从庚；原"便说道"。："你听见谁说他不成人？"贾琏道："不过是家里的人，还有谁。"凤姐笑道："我们王家的人，连我还不中你们的意，俞校："你们的意"——从庚、甲；原"你的意"。何况奴才呢！我才已和他娘说了，他娘已经欢天喜地应了，难道又叫进他来，俞校："叫进他来"——从庚、甲；原"叫他来"。不要了不成？"贾琏道："既你说了，俞校："既你说了"——从庚、甲；原"你既说了"。又何必退。明儿说给他老子，好生管他就是了。"这里说话不提。

且说彩霞，因前日出去等父母择人，心中虽是与贾环有旧，尚未作准。俞校："作准"——从庚、晋、甲；原"准"。今日又见旺儿每每来俞校："每每来"——从庚、甲；原"每每"。求亲，早闻得旺儿之子酗酒赌博，而且容貌丑陋，一技不知，自此俞校："一技不知，自此"——从庚；原无。心中越发懊恼。生恐旺儿仗凤姐之势，一时作成，终身为患，不免心中急躁。遂至晚间，悄命他妹子小霞庚双：霞大小，奇奇怪怪之文，更觉有趣。进二门来找赵姨娘，问个端的。赵姨娘素日深与俞校："深与"——从庚、晋、甲；原"与"。彩霞契合，巴不得与了贾环，方有个膀臂，不承望王夫人放了出去。俞校："放了出去"——从庚；原"又放了出去"。每唆俞校："每唆"——从庚、晋；原"每日调唆"。贾环去讨，一则贾环羞口难开，二则贾环也不大甚在意，——不过是个丫头，他去了，俞校："他去了"——从庚、晋、甲；原无。将来自然还有，俞校："自然还有"——从庚、甲；原"还有"。庚双：这是世人之情，亦是丈夫之情。遂迁延住俞校："遂迁延住"——从庚、晋、甲；原"迁延著"。不说，意思便丢开手。无奈赵姨娘又不舍，又见他妹子来问，是晚得空，便先求了贾政。庚双：这是使[人]想不到之文，却是大家必有之事。贾政因说道："且忙什么。俞校："忙什么"——从庚、晋、甲；原"忙甚么"。等他们再念一二年书，再放人不迟。我已经看中了两个丫头，一个与宝玉，一个给环儿，只是年纪还小，又怕他们误了书，所以再等一二年。"庚双：妙文。又写出贾老儿女之情。细思一部书总不写贾老，则不然(成)文，若不如此写，则又非贾老。赵姨娘道："宝玉已有了二年了，老爷还不知道？”俞校：“还不知道”——从庚；原上有“难道”。贾政听了，忙问道：“谁给的？”俞校：“谁给的”——从庚；原“是谁给的”。赵姨娘方欲说话，俞校：“方欲说话”——从庚；原“才欲说”。只听外面一声响，不知何物，大家吃了一惊不小。俞校：“不知何物，大家吃了一惊不小”——从庚；原无。要知端的，且听俞校：“且听”——从庚；原无。下回分解。

蒙回后：夏雨冬风，常不解其何自来，何自去。鸳鸯与司棋相哭发誓，事已瓦释冰消，及平地风波一起，措手不及，亦不解何自来，何自去。

第七十三回
痴丫头误拾绣春囊　懦小姐不问累金凤

蒙回前：贾母一夕话，隐隐照起全文，便可一直叙去，接笔却置贼不论，转出赌钱。接笔又置赌钱不论，转出奸证，接笔又置奸证不论，转出讨情。一波未平，一波又起，势如怒蛇出穴，蜿蜒不就捕。

话说那赵姨娘俞校："那赵姨娘"——从庚、晋、甲；原"赵姨娘"。和贾政说话，忽听外面一声响，不知何物。忙问时，原来是外间窗屉不曾扣好，蹋了屈戌了吊下来。赵姨娘骂了丫头几句，俞校："几句"——从庚、晋、甲；原"两句"。自己带领丫鬟上好，方进来打发贾政安歇。俞校："安歇"——从庚、晋、甲；原"安歇了"。不在话下。

却说怡红院中，宝玉正才"正才"——从庚、晋；原"才"。睡下了，丫鬟们正欲各散安歇，忽听有人击院门，老婆子开了，俞校："开了"——从庚、晋、甲；原"开了门"。见是赵姨娘房内的丫鬟，名唤小鹊的。问他什么事，小鹊不答，直往房内来找宝玉。庚双：奇，从未见此婢也。只见宝玉才睡下，晴雯等犹在床边坐着，大家玩笑。见他来了，都问："什么事？这时候又跑了来作什么？"庚双：又是补出前文矣，非只张一回也。小鹊笑向宝玉道："我来告诉你一个信儿。方才我们奶奶这般如此在老爷前俞校："在老爷前"——从晋、甲；原"老爷前"。说了。你仔细明儿俞校："你仔细明儿"——从庚、晋、甲；原"明儿你仔细"。老爷问你话。"说着，回身就走。袭人欲留他吃茶，因怕关门，遂一直去了。

这里宝玉听了这话，便如孙大圣听见了紧箍儿咒一般，登时四肢五内，一齐皆不自在起来。想来想去，别无（俞校："别无"——从庚、晋、甲；原"总无"。）他策，且理熟了（俞校："且理熟了"——从晋、甲；原"只理熟了"。）书，预备明儿盘考。只书内（俞校："只书内"——原"只能书"；庚"只内"，"只"又傍改"口"。今改"只书内"。）不舛错，便有他事，也可搪塞一半。（俞校："也可搪塞一半"——从庚、晋；原"也不相干，也可以搪塞"。）想罢，忙披衣起来要读书。心中又自后悔，（俞校："又自后悔"——从庚、晋、甲；原"正自后悔"。）这些日子只说不提了，偏又丢生，早知该天天好歹温习些的。（俞校："温习些的"——从庚、晋、甲；原"温习些"。）如今打算打算，肚子内现可背诵（俞校："现可背诵"——从庚、晋、甲；原"现有背诵"。）的，不过只有《学》《庸》《二论》是带注背得出的。至上本《孟子》就有一半（俞校："就有一半"——从庚、晋、甲；原无。）是夹生的，若平空提一句，断不能接背的；至下《孟》（俞校："下孟"——从庚、晋、甲；原"下孟子"。）就有一大半了。（俞校："一大半了"——从庚；原"一大半忘了"。）算起五经来，因近来作诗，常把《诗经》读些，虽不甚精阐，还可塞责。（庚双：妙！宝玉读书原系从问中滥而有。）别的虽不记得，素日贾政也幸未（俞校："幸未"——从庚、晋、甲；原"未曾"。）吩咐过读的，纵不知也还不妨。（俞校："也还不妨"——从庚、晋、甲；原"也不妨"。）至于古文，这是那几年所读过的几篇，连《左传》《国策》《公羊》《谷梁》、汉、唐等文不过几十篇，这几年来竟未曾温得（俞校："温得"——从庚；原"记得"。）半篇片语，虽闲时也曾遍阅，不过一时之兴，随看随忘，未下苦功夫，（俞校："未下苦功夫"——从庚；原"未曾下苦工夫"。）如何记得。这是断难塞责的。更有时文八股一道，因平素深恶此道，原非圣贤之制撰，焉能（俞校："焉能"——从庚、晋、甲；原"亦能"。）阐发圣贤之微奥，不过作（俞校："不过作"——从庚傍改（本作"不故偶"）；原"不过是"。）后人饵名钓禄之阶。虽贾政当日起身时选了百十篇命他读的，不过偶因见其中（俞校："见其中"——从庚；原"其中"。）或一二股内，或承起（俞校："承起"——从庚、晋、甲；原"承题"。）之中，有做得或精致、（俞校："或精致"——从庚；原"精致"。）或流荡、或游戏、或悲感，稍能动性者，（俞校："动性者"——从晋、甲；原"动心悦意"。）偶一读之，不过供一时之兴趣，究竟何曾成篇潜心玩索！（庚双：妙！写宝玉读书非为功名也。）如今若温习这个，又恐明日盘诘那个；若温习那个，又恐盘驳（俞校："盘驳"——从庚、晋、甲；原"盘诘"。）这个。一夜之功，亦不能全然温习。因此，越添了焦躁。自己读书不致紧要，（俞校："不致紧要"——从庚；原"不知紧要"。）却带累着一房丫鬟们皆不能睡。袭人、麝月、晴雯等几个大的（俞校："几个大的"——从庚傍改（"人"改"个"）；原"几人大的"。）是不用说，在旁剪烛斟茶；那些小的都困眼朦胧，前仰后合起来。晴雯因骂道："什么蹄子们！一个个黑日白夜挺尸挺不够，偶然一次睡迟了些，就装出这腔调来了。再这样，我拿针戳给你们俞校："戳给你们"——从晋；原"戳你们"。两下子。"话犹未了，俞校："话犹未了"——从庚、晋、甲；原"说犹未了"。只听外间咕咚一声，急忙看时，原来是一个小丫头子坐着打盹，一头撞到壁上了。从梦中俞校："梦中"——从庚、晋、甲；原"梦里"。惊醒，恰正是晴雯说这话俞校："说这话"——从庚；原"说话"。之时，他怔怔的只当是晴雯打了他一下，遂哭央说："好姐姐，我再不敢了。"俞校："再不敢了"——从庚、晋、甲；原"不敢了"。众人都发起笑来。宝玉忙劝道："饶他去罢。俞校："饶他去罢"——从庚；原"饶他罢"。原该叫他们都睡去俞校："都睡去"——从庚；原"都睡"。才是。你们也该俞校："也该"——从庚、晋、甲；原"也乏了，该"。替换着睡去。"袭人忙道："小祖宗，你只顾俞校："你只顾"——从晋、甲；原"只顾"。你的罢。通共这一夜的工夫，你把心暂且用在这几本书上，俞校："这几本书上"——从庚、晋、甲；原"这书上"。等过了这关，由你再张罗别的，俞校："张罗别的"——从庚、晋、甲；原"张罗别的去"。也不算误了什么。"宝玉听他说的恳切，只得又读。读了没有几句，麝月又斟了俞校："斟了"——从庚、晋、甲；原"斟"。一杯茶来润舌。宝玉接茶吃着，因见麝月只穿着短袄，解了裙子，宝玉道："夜静了，冷，到底穿一件大衣裳才是。"麝月笑指着书俞校："指着书"——从庚、晋、甲；原"指书"。道："你暂且把我们忘了，心且略对着他些罢。"庚双：此处岂是读书之处，又岂是伴读之人？古今天下误尽多少纨袴，何况又是此等时之怡红院，此等之鬟婢，又是此等一个宝玉哉！话犹未了，只听金星玻璃从后房门跑进来，口内喊说："不好了，一个人从墙上跳下来了。"众人听说忙问在那里，即喝起人来各处寻找。晴雯因见宝玉读书苦恼，劳费一夜神思，俞校："一夜神思"——从庚、晋、甲；原"一夜的神思"。明日也未必妥当，心下正要替宝玉想出一个主意来脱此难，正好忽逢此一惊，俞校："逢此一惊"——从庚、甲；原"逢此惊怪"。便生计俞校："便生计"——从晋、甲；原"便出计"。向宝玉道："趁这个机会，快装病，只说吓着了。"正中宝玉心怀，因而遂传起上夜人等俞校："上夜人等"——从庚、晋、甲；原"上夜看门的人等"。来，打着灯笼，各处搜寻，并无踪迹，都说："小姑娘们想是睡花了眼出去，风摇的俞校："风摇的"——从庚、晋、甲；原"想是风摇的"。树枝儿，错认了人。"俞校："错认了人"——从晋、甲；原"错认作人了"。晴雯便道俞校："晴雯便道"——从庚、甲；原"晴雯说"。："别放狗屁！你们查的不严，怕得不是，还拿这话来支吾。才刚俞校："才刚"——从庚；原"刚才"。并不是一人见的，宝玉和我们出去有事，大家亲见的。如今宝玉吓的颜色都变了，满身发热，俞校："发热"——从庚、晋、甲；原"皆发热"。我如今还要上房里取安魂丸药俞校："安魂丸药"——从庚、晋、甲；原"安魄丸药"。去。太太问起来，是要回明白（俞校："回明白"——从庚、晋、甲；原"回明"。）的。难道依你说（俞校："依你说"——从庚、晋、甲；原"依你们说"。）就罢了不成！"众人听了，吓得不敢则声，（俞校："不敢则声"——从庚、晋、甲；原"不敢啧声"。）只得又各处找。（俞校："各处找"——从庚；原"各处去找"。）晴雯和玻璃二人果出去要药，故意闹的众人皆知宝玉吓着了。（俞校："吓着了"——从庚；原"著了惊唬病了"。）王夫人听了，忙命人来看视给药；又吩咐各上夜人仔细搜查；又一面叫查二门外邻园墙（俞校："邻园墙"——从庚、甲；原"邻围墙"。）上夜的小厮们。于是园内灯笼火把，直闹了一夜。至五更天，就传管家男女，（俞校："管家男女"——从庚；原"管家众男人"。）命仔细查一查，拷问（俞校："查一查，拷问"——从庚；原"访查一回细问"。）内外上夜男女人等。

贾母闻知宝玉被吓，细问原由，不敢再隐，只得回明。贾母道："我料到必有此事。如今各处上夜（俞校："各处上夜"——从庚；原"各处上夜的人"。）都不小心，还是小事，只怕他们就是贼，也未可知。"当下邢夫人并尤氏等都过来请安，凤姐、李纨及姊妹等皆陪侍，听贾母（俞校："听贾母"——从庚、甲；原"贾母听"。）如此说，都默无所答。独探春出位笑道："近因凤姐姐（俞校："凤姐姐"——从庚、晋、甲；原"凤姐"。）身子不好，几日园内的人比先放肆了许多。先前不过是大家偷着一时半刻，或夜里坐更时，三四个人聚在一处，或掷骰，或斗牌，小小的顽意，（俞校："顽意"——从庚、晋、甲；原"顽儿"。）不过为熬困。近来渐次放诞，（俞校："放诞"——从庚、甲；原"放荡"。）竟开了赌局，甚至有头家局主，或三十吊、五十吊、三百吊的（俞校："三百吊的"——从庚；原"一百吊"。）大输赢。半月前竟有争斗相打之事。"贾母听了（俞校："贾母听了"——从庚、甲；原"贾母"。）忙说："你既知道，为何不早回我们来？"探春道："我因想着太太事多，且连日不自在，所以没回。（俞校："所以没回"——从庚、晋、甲；原上有"凤姐又病著"。）只告诉了大嫂子和管事的人们，戒饬过几次，近日好些。"贾母忙道："你姑娘家，如何知道这里头的利害。你自为耍钱常事，不过怕起争端；殊不知夜间既耍钱，就保不住不吃酒；既吃酒，就免不得门户（俞校："既吃酒，就免不得门户"——从庚；原"再保不住门户不"。）任意开锁，或买东西，寻张不见李。其中夜静人稀，趁便藏贼引盗，何等事作不出来。况且园内你姊妹们起居所伴者皆系丫头、（俞校："所伴者皆系丫头"——从庚、晋、甲；原"相伴皆系丫环"。）媳妇们，贤愚混杂。贼盗事小，再有别事，倘略沾带些，（俞校："沾带些"——从庚、晋、甲；原"沾带了"。）关系不小。这事岂可轻恕。"探春听说，便默然归坐。凤姐虽未大愈，精神固比常稍减，（俞校："固比常稍减"——从庚；原"比素常稍加"。）

庚双：看他渐次写来，从不作一年易安之笔，况阿凤之文哉！今见贾母如此说，便忙道："偏生我又病了。"遂回头命人速传林之孝家的等总理家事四个媳妇到来，当着贾母深说俞校："深说"——从庚；原"申饬"。了一顿。贾母命即刻查了头家俞校："查了头家"——从庚、晋、甲；原"拿"。赌家来，有人出首者赏，隐情不告者罚。林之孝家的等见贾母动怒，谁敢徇私，忙至园内俞校："园内"——从庚、晋、甲；原"园中"。传齐人，一一盘查。俞校："盘查"——从庚、晋、甲；原"盘问"。虽不免大家赖一回，终不免水落石出。查得大头家三人，小头家八人，聚赌者通共俞校："通共"——从庚；原"共"。二十多人，都带来见贾母，跪在院内磕响头俞校："磕响头"——从庚、晋、甲；原"磕头"。求饶。贾母先问大头家名姓和钱之多少。原来这三个大头家，一个是林之孝的俞校："林之孝的"——从庚；原"林之孝"。两姨亲家，一个是园内厨房内俞校："厨房内"——从庚、晋、甲；原"厨房"。柳家媳妇之妹，一个是迎春之乳母。这是三个为首的，馀者不能多记。贾母便命将骰子牌一并烧毁，所有的钱入官，分散与众人；将为首者每人四十大板撵出，总不许再入；从者每人二十大板，革去三月月钱，拨入圊厕行内。俞校："拨入圊厕行内"——从庚、晋、甲；原"贬入坑厕行内"。又将林之孝家的申饬了一番。林之孝家的见他的亲戚又与他打嘴，俞校："见他的亲戚又与他打嘴"——从庚、晋、甲；原"亲戚又给他打了嘴"。自己也觉没趣。迎春在坐，也觉没意思。黛玉、宝钗、探春等见迎春乳母如此，也是物伤其类的意思，遂都起身笑向贾母俞校："笑向贾母"——从庚、晋、甲；原"笑着向贾母"。讨情说："这个妈妈素日原不玩的，不知怎么俞校："不知怎么"——从庚、晋、甲；原"不知怎么今日"。也偶然高兴。求看二姐姐面上，饶他这次罢。"贾母道："你们不知。大约这些奶子们，俞校："奶子们"——从庚、晋、甲；原"奶妈子们"。一个个仗着奶过哥儿姐儿，原比别人有些体面。他们就生事，比别人更可恶，专管调唆主子，护短偏向。我都是经过的。况且要拿一个作法子，恰好果然就俞校："果然就"——从庚、晋、甲；原"果然"。遇见了一个。你们别管，我自有道理。"宝钗等听说，只得罢了。

一时，贾母歇晌，大家散出。都知贾母今日生气，皆不敢各散回家，只得在此暂候。尤氏便往凤姐处来闲话了一回，因他也不自在，只得园内寻众姑嫂俞校："众姑嫂"——从庚；原"众姊妹"。闲谈。邢夫人在王夫人处坐了一会，也就往园内散散心俞校："散散心"——从庚、晋；原"散散闷"。来。刚至园门前，只见贾母房内的小丫头子名唤傻大姐的 俞校:“名唤傻大姐的”——从庚、晋、甲;原无“的”。 笑嘻嘻的走来，手内拿着个花红柳绿的东西。低头一壁瞧着，一壁只管走，不防迎头撞见 俞校:“撞见”——从庚、甲;原“撞著”。 邢夫人，抬头看见方才站住。邢夫人因说:“这痴丫头，又得了个什么狗不识儿，这么欢喜？拿来我瞧瞧。”原来这傻大姐年方十四五岁，是新挑上来的与贾母这边提水桶、扫院子专作粗活的一个丫头。只因他生得体肥面阔，两只大脚，作粗活简捷爽利，且心性愚顽，俞校:“且心性愚顽”——从庚、甲;原“其心性愚顽”。 一无知识，行事出言常在规矩之外；贾母因喜欢他爽利便捷，又喜他出言可以发笑，便起名为“呆大姐”，常闷来 俞校:“常闷来”——从庚;原“发闷时”。 便引他取笑，一毫无避忌，因此又叫他作“痴丫头”。他纵有失理之处，见贾母喜欢，他们依然不去苛责。俞校:“苛责”——从庚;原“责备”。 这丫头也得了这个力。若贾母 俞校:“若贾母”——从庚;原“贾母”。 不唤他时，便入园内来玩耍。今日正在园内掏促织，忽在山石背后得了一个五彩绣香囊，极其华丽精致，固是可爱；但上面绣的并非花鸟等物，一面却是两个人赤条条的 俞校:“赤条条的”——从庚、晋、甲;原“赤条条”。 盘踞相抱，一面是几个字。这痴丫头原不认得是春意，便心下盘算:“敢是两个妖精打架？不然，必是两口子相打？”左右猜解不来，正要拿去与贾母看，俞校:“与贾母看”——从庚、晋、甲;原“与人瞧看”。 庚双:险极，妙极！荣富(府)堂堂诗礼之家，且大观官园又何等严肃清幽之地，金闺玉阁尚有此等秽妙(物)，天下浅闲浦募之家宁不慎乎！虽然，但此等偏出大官世族之中者，盖因其房宝香宵、嬛婢混杀(杂)，鸟(焉)保其个个守礼特即(持节)哉？此正为大官世族而告戒。其浅闲浦募之处，母如主婢日夕耳鬓交磨，一止一动悉在耳目之中，又何必谆谆再四焉！ 是以笑嘻嘻的一壁看正走。俞校:“正走”——从庚;原“一壁走”。 忽见了 俞校:“忽见了”——从庚;原“忽见”。 邢夫人如此说，便笑道:“太太，真个说的巧，真是个狗不识呢。庚双:妙！寓言也，大凡知此交媾之情者，真狗畜之说耳，飞(非)肆言恶詈，凡识此事者即狗矣。然则云与贾母看，则先骂贾母矣。此处刑(邢)夫人亦看，然则又骂刑(邢)夫人乎！故作者又难。 太太请瞧一瞧。”说着，便送过去。邢夫人接来一看，吓得 俞校:“吓得”——从庚、晋、甲;原“吓的”。 连忙死紧攥住，庚双:妙！这一“吓”字方是写世家夫人之笔，虽前文明书邢夫人之为人稍劣，然不在情理之中，若不用慎重之笔，则刑(邢)夫人直系一小家卑污极轻贼(贱)极轻之人矣，已(岂)得与荣府联房哉！所谓此书针锦(绵)慎密处，全在无意中一字一句之间耳，看者细心方得。 忙问:“你是那里得的？”傻大姐道:“我掏促织儿，俞校:“掏促织儿”——从庚、晋、甲;原“掏促织，忽”。 在山石上捡的。”俞校:“山石上捡的”——从庚;原“山石背后捡了这个”。 邢夫人道:“快休告诉一人。俞校:“告诉一人”——从庚、晋;原“告诉人”。 这不是好东西。连你也要打死。俞校:“打死”——从庚、晋;原“打死才是”。 皆因你 俞校:“皆因你”——从庚、晋;原“皆因”。 素日是傻子。以后再别提起了。”俞校:“提起了”——从庚;原“提起”。 这傻大姐听了，反吓得黄了脸，俞校："吓得黄了脸"——从晋、甲；原"唬的白了脸"。说："再不敢了。"磕了个头，呆呆而去。邢夫人回头看时，都是些女孩儿，不便递与，自己便塞在俞校："便塞在"——从庚、晋、甲；原"塞在"。袖里，心内十分罕异，揣摩此物从何而至，且不形于声色，且来至迎春室中。

迎春正因他乳母获罪，自觉无趣，心中不自在，忽报母亲来了，遂接入内室。奉茶毕，邢夫人因说道："你这么大了，你那奶子俞校："奶子"——从庚；原"奶妈子"。行此事，你也不说说他。如今别人都好好的，偏咱们的人做出俞校："做出"——从庚、晋、甲；原"作出"。这事来，什么意思！"庚双："咱们"二字，便见自怀异心，从上文生离异发沥（源）而来，谨密之至。更有人[甚]于此者，君未知也，一笑。迎春低首弄衣带，半晌答道："我说他两次，他不听也无法。况且他是妈妈，只有他说我的，没有我说他的。"庚双：妙极！一直画出一个懦弱小姐来。邢夫人道："胡说。你不好了，他原该说；如今他犯了法，你就该拿出小姐的身分来，他敢不从，你就回我去才是。如今直等俞校："直等"——从晋、甲；原"只等"。外人共知，是什么意思。俞校："是什么意思"——从庚、晋；原"这是什么意思"。庚双：我敬问：外人为谁？再者，放头儿，俞校："放头儿"——从庚、晋、甲；原"只他去放头儿"。还恐怕他巧言花语的和你借贷些簪环衣履作本钱，俞校："巧言花语的和你借贷些簪环衣履作本钱"——从庚；原"巧言花语借簪环衣服作本"。你这心活面软的，未必不周济他些。若被他骗去，我是一个钱没有的，看你明日怎么过节。"迎春不语，只低头弄衣带。俞校："衣带"——从庚、晋；原"衣裳"。邢夫人见他这般，因冷笑道："总是你那好哥哥好嫂子一对儿，赫赫扬扬，琏二爷，凤奶奶，两口子遮天盖日，俞校："遮天盖日"——从庚；原"遮天盖地"。百事周到，竟通共这一个妹子全不在意。庚双：加在于琏、凤，的是父母常情，极是。何必又如此说来，便见又有私意。但凡是我身上掉下来的，又有一话说，——只好凭他们俞校："凭他们"——从庚；原"凭他"。罢了。庚双：如何？此皆妇女私假之意，大不可者。况且你又不是俞校："你又不是"——从庚傍改（"有"改"又"）；原"你也不是"。我养的，庚双：更不好。你虽不是同他一娘所生，到底是同出一父，也该彼此瞻顾些，也免别人笑话。庚双：又问：别人为谁？又问：彼二人虽不同母，终是同父。被（彼）二人既同父，其父又系君之何人？吁！妇人私心，今古有之。我想天下的事也难较定，你是大老爷跟前人俞校："跟前人"——从庚；原"跟前的人"。养的，这里探丫头俞校："探丫头"——从庚、晋、甲；原"探春丫头"。也是二老爷跟前人俞校："跟前人"——从庚傍改（"是"改"人"）；原"跟前的人"。养的，出身一样。如今你娘死了，从前看来，你两个的娘只有你娘比如今赵姨娘强十倍的，你该比探丫头强才是。怎么反不及他俞校："反不及他"——从庚；原"你反不及他"。

一半！谁知竟不然，这可不是异事。倒是我一生无儿无女的一生干净，也不能惹人笑话议论为高。”庚双：最可恨妇人无字（子）者引此话是说。旁边伺候的媳妇们便趁机俞校：“趁机”——从庚；原“乘机”。道：“我们的姑娘老实仁德，那里像他们三姑娘，伶牙俐齿，会要妹妹们俞校：“妹妹们”——从庚；原“姊妹们”。的强。他们明知俞校：“他们明知”——从庚；原“他明知”。姐姐这样，他竟不顾恤俞校：“顾恤”——从庚；原“照顾”。一点儿。”庚双：杀，杀，杀！此辈专生离异。余因实受其蛊，今读此文，直欲拔剑劈纸。又不知作者多少眼泪洒出此回也。又问：不知如何顾恤些？又不知有何可顾恤之处？直令人不解。愚奴贱婢之言，酷肖之至。邢夫人道：“连他哥哥嫂子还如是，别人又作什么呢！”一言未了，人回：“琏二奶奶来了。”邢夫人听了，冷笑两声，俞校：“冷笑两声”——从庚、晋、甲；原“冷笑道”。命人出去说：“请他自去养病，我这里不用他伺候。”接着又有探事的小丫头俞校：“探事的小丫头”——从庚、晋、甲；原“探事的”。来报说：“老太太醒了。”邢夫人方起身前边来。迎春送至院外方回。

绣橘因说道：“如何！前儿我回姑娘，那一个攒珠累金凤竟不知那里去了。回了姑娘，姑娘竟不问一声儿。我说必是老奶奶拿去典了银子俞校：“典了银子”——从庚；原“当了”。放头儿的，姑娘不信，只说司棋收着呢。问司棋，俞校：“问司棋”——从庚；原“叫问司棋”。司棋虽病着，心里却明白，我去问他，他说：‘没有收起来，还在书架上匣内暂放着，俞校：“暂放着”——从庚；原“放著”。预备八月十五日俞校：“八月十五日”——从庚；原“八月十五”。恐怕要戴呢。’姑娘就该问老奶奶一声，只是脸软怕人恼。如今竟怕无着，俞校：“竟怕无着”——从庚；原“正无著落”。明儿要都戴时，独咱们不戴，是何意思呢！”庚双：这个“咱们”使得恰，是女儿喁喁私语，非前问之一倒（例）可比者。写得出，批得出。迎春道：“何用问，自然是他拿去，暂时借一肩了。俞校：“暂时借一肩了”——从庚；原“暂借一肩儿”。我只说他悄悄的拿了出去，不过一时半晌，俞校：“一时半晌”——从晋、甲；原“一日半晌”。仍旧悄悄放上，俞校：“悄悄放上”——从晋；原“悄悄的送来就完了”。谁知他就忘了。俞校：“他就忘了”——从晋、甲；原“他就忘记了”。今日偏又闹出来，俞校：“闹出来”——从庚、晋、甲；原“闹出事来”。问他想也无益。”俞校：“想也无益”——从庚；原“也无益”。绣橘道：“何曾是忘记！他是试准了俞校：“何曾是忘记！他是试准了”——从庚、晋、甲；原“他何曾是忘记，他是识准了”。姑娘的性格，所以才这样。如今我有个主意俞校：“有个主意”——从庚、晋、甲；原“有了主意”。：我竟走到二奶奶房里，将此事回了他，或他着人去，俞校：“着人去”——从庚；原“著人去要”。或他省事，拿几吊钱俞校：“拿几吊钱”——从庚、晋、甲；原“拿出几个钱”。来替他赔补。如何？”庚双：写女儿各有机变，个个不同。迎春忙道：“罢，罢，罢，俞校：“罢，罢，罢”——从庚、晋、甲；原“罢罢”。省些事罢。宁可没有了，又俞校：“宁可没有了，又”——从庚、晋、甲；原“宁可无事”。何必生事。”庚双：总是懦语。绣橘道：“姑娘怎这样俞校：“怎这样”——从庚、晋、甲；原“怎么这样”。软弱！都要省起事来，将来连姑娘还骗了去呢！我竟去的是。”说着便走。迎春便不言语，只好由他。谁知迎春乳母子媳（俞校：“子媳”——从庚；原“之媳”。）王住儿媳妇，（俞校：“媳妇”——从庚、晋、甲；原“的媳妇”。）正因他婆婆得了罪，来求迎春去讨情，听他们正说金凤一事，且不进去。也因素日迎春懦弱，他们都不放在（俞校：“都不放在”——从庚、晋、甲；原“不放在”。）心上。如今见绣橘立意（俞校：“立意”——从庚、晋、甲；原“的主意”。）去回凤姐，估量这事脱不去的，（俞校：“脱不去的”从庚；原“脱不去了”。）且又有求迎春之事，只得进来，陪笑（俞校：“陪笑”——从庚、晋、甲；原“哭著”。）先向绣橘说：“姑娘，你别去生事。姑娘的金丝凤，（俞校：“金丝凤”——从庚、晋、甲；原“金凤”。）原是我们老奶奶老糊涂了，输了几个钱，没的捞梢，（俞校：“捞梢”——原“捞稍”。今改。）所以暂借了去。原说一日半晌就赎的，因总未捞过本来，就迟住了。（俞校：“迟住了”——从庚；原“迟误了”。）可巧今儿又不知谁走了风声，弄出事来。虽然这样，到底（俞校：“到底”——从庚、晋、甲；原“到底是”。）主子的东西，我们不敢迟误下，终久是要赎的。如今还要求姑娘看从小儿吃奶的情常，（俞校：“情常”——从庚、晋、甲；原“情分”。）往老太太那边去讨个情面，救出他老人家来才好。”迎春先便说道：“好嫂子，（俞校：“好嫂子”——从庚、晋、甲；原“嫂子”。）你趁早儿（俞校：“趁早儿”——从庚；原“趁早”。）打了这妄想。要等我去说情儿，（俞校：“说情儿”——从庚、甲；原“说情”。）等到明年也不中用的。方才连宝姐姐、林妹妹大伙儿说情，老太太还不依，何况是我一个人。我自己愧还愧不过来，反去讨臊去！”（俞校：“讨臊去”——从庚、晋、甲；原“讨臊”。）绣橘便说：“赎金凤是一件事，说情是一件事，别绞在（俞校：“赎金凤”至“别绞在”——从庚、晋；原“赎金凤是一件，讨情是一件，莫绞在”。）一处说。难道姑娘不去说情，你就不赔了不成？嫂子且去（俞校：“且去”——从庚；原“且”。）取了金凤来再说。”王住儿家的听见（俞校：“听见”——从庚、晋、甲；原“听”。）迎春如此拒绝他，绣橘的话又锋利，无可回答，一时脸上过不去，也明欺迎春素日好性，乃向绣橘发话道：“姑娘，你别太张势（俞校：“张势”——从庚、晋、甲；原“仗势”。）了。你满家子算一算，谁的妈妈、奶奶不仗着主子哥儿（俞校：“主子哥儿”——从庚；原“主子哥儿姐儿”。）多得些益，偏咱们就这样丁是丁，卯是卯的！只许你们偷偷摸摸的哄骗了去。自从邢姑娘来了，太太吩咐一个月俭省出一两银子来与舅太太去，这里饶添了邢姑娘的使费，反少了一两银子。常时短了这个，少了那个，那不是（俞校：“那不是”——从庚、甲；原“不是”。）我们供给！谁又要去！不过大家将就些罢了。算到

众姊妹安慰贾迎春　懦小姐不问累金凤

今日，少说些也有三十两了。我们这一项（俞校：“这一项”——从庚傍改（“向”改“项”）；原“这一项钱”。）岂不白填了限（俞校：“白填了限”——从庚、晋、甲；原“白填了眼”。）呢！”绣橘不待说完，便啐了一口道：“作什么你白填了三十两！（俞校：“你白填了三十两”——从晋、甲；原“白填了三十两银子”。）我且和你算算账。（俞校：“算算账”——从庚、晋、甲；原“算一算”。）姑娘要了些什么东西？”迎春听见这媳妇发邢夫人之私意，（庚双：大书此句，诛心之笔。）忙止道：“罢，罢，罢！（俞校：“罢，罢，罢”——从庚、晋、甲；原“罢罢”。）你不能拿了金凤来，不必牵三扯四乱嚷。我也不要那凤了。便是太太们问时，我只说丢了，也妨碍不着你什么的。（俞校：“你什么的”——从庚；原“你什么”。）你出去歇息歇息倒好。”一面叫绣橘倒茶来。绣橘又气又急，因说道：“姑娘虽不怕，我们是作什么的！把姑娘的东西丢了，他倒赖说姑娘使了他们的钱，（俞校：“他们的钱”——从庚、晋、甲；原“他的钱”。）这如今竟要（俞校：“竟要”——从庚、晋、甲；原“要”。）准折起来。倘或太太问姑娘为什么使了这些钱，敢是我们就中取势了？这还了得！”一行说，一行就哭了。司棋听不过，只得勉强过来帮着绣橘问着那媳妇。迎春劝止不住，自拿了一本《太上感应篇》去看。（庚双：神妙之其（甚）！出一位懦弱小姐，从上且书又有奇，大妙！）

三人正没开交，可巧宝钗、黛玉、宝琴、（俞校：“黛玉、宝琴”——从庚、晋、甲；原“宝琴、黛玉”。）探春等，因恐迎春今日不自在，都约来安慰他。走至院中，听得两三个人较口。探春从纱窗（俞校：“纱窗”——从庚、甲；原“窗”。）内一看，只见迎春倚在床上看书，若有不闻之状。（庚双：看他写迎春，虽稍劣，然亦大家千金之格也。）探春也笑了。小丫环（俞校：“小丫环”——从庚；原“小丫头”。）们忙打起帘子报道：“姑娘们来了。”迎春方放下书起身。那媳妇见有人来，且又有（俞校：“且又有”——从庚、晋、甲；原“且又”。）探春在内，不劝而自止了，（俞校：“而自止了”——从庚、晋；原“而止”。）遂趁便要走。探春坐下，便问：“才刚（俞校：“才刚”——从庚、晋、甲；原“刚才”。）谁在这里说话？倒像拌嘴似的。”（俞校：“似的”——从庚、晋、甲；原“的”。）（庚双：瞧他写探春气宇。）迎春笑道：“没有说什么，左不过（俞校：“左不过”——从庚、晋、甲；原“不过”。）是他们小题大作罢了。何必问他。”探春笑道：“我才听见什么‘金凤’，又是什么‘没有钱只和我们奴才要’。谁和奴才要钱了？难道姐姐和奴才要钱了不成？难道姐姐不是和我们一样有月钱的，一样的用度不成？”司棋、绣橘道：“姑娘说的是了，姑娘们都是一样的。那一位姑娘的钱不是由着奶奶、妈妈们使，连我们也不知道怎样是算帐，不过（俞校：“不过”——从庚；原“不过是”。）要东西只说得一声儿。如今他偏要说姑娘使过了头儿，他赔出许多来了。俞校："许多来了"——从庚；原"许多来"。究竟姑娘何曾和他要什么了。"探春笑道："姐姐既没有和他要，必定是我们或者和他们俞校："或者和他们"——从庚；原"合他们"。要了不成？你叫他进来，我倒要问问他。"迎春笑道："这话又可笑。你们又无沾碍，何得带累于他。"探春道："这倒不然。我和姐姐一样，姐姐的事和我的事也一般。他说姐姐，即是说我。我那边有人怨我，俞校："我那边有人怨我"——从庚、晋、甲；原"我那边的人有抱怨我的"。姐姐听见，也即同怨姐姐是一理。咱们是主子，自然不理论那些钱财小事，只知想起什么要什么，也是有的事。但不知金累丝凤因何又夹在里头？"那王住儿媳妇生恐俞校："生恐"——从庚、晋、甲；原"恐"。绣橘等告出他来，遂忙进来用话掩饰。探春深知其意，因笑道："你们所以糊涂。如今你奶奶已得了不是，俞校："已得了不是"——从庚、晋、甲；原"既得了不是"。趁此求求俞校："求求"——从庚；原"求"。二奶奶，把方才的钱尚未散人的拿出些来赎取了俞校："赎取了"——从庚；原"赎了"。就完了。比不得没闹出来，大家都藏着留脸面；如今既是没了脸，趁此时纵有十个罪，俞校："十个罪"——从庚、晋、甲；原"十分罪"。也只一人受罚，俞校："受罚"——从庚、晋、甲；原"受去"。没有砍两颗头俞校："两颗头"——从庚、晋、甲；原"两个头"。的理。你依我，竟是和二奶奶说说。俞校："说说"——从庚；原"说去"。在这里大声小气，如何使得。"这媳妇被探春说出真病，也无可赖了，只不敢往凤姐处自首。俞校："自首"——从庚、晋、甲；原"去自首"。探春笑道："我不听见便罢；既听见，少不得替你们分解分解。"谁知探春早俞校："谁知探春早"——从庚、晋、甲；原无。使个眼色与侍书出去了。这里俞校："这里"——从庚、晋、甲；原无。正说话，忽见平儿进来。宝琴拍手笑说道俞校："笑说道"——从庚；原"笑道"。："三姐姐敢是有驱神召将俞校："召将"——从庚、晋、甲；原"遣将"。的符术？"黛玉笑道："这倒不是道家玄术，倒是用兵最精的，俞校："最精的"——从庚、晋、甲；原"最精"。所谓'守如处女，脱如狡兔'，出其不备之妙策也。"二人取笑。宝钗便使眼色俞校："便使眼色"——从庚、晋、甲；原"使眼色"。与二人，令其不可，遂以别话岔开。俞校："岔开"——从庚、晋、甲；原"分开"。探春见平儿来了，遂问："你奶奶可好些了？真是病糊涂了，事事都不在心上，叫我们受这样的委屈。"平儿忙道："姑娘怎么委屈？谁敢给姑娘气受？姑娘吩咐我。"俞校："姑娘吩咐我"——从甲；原"快吩咐我"。当时住儿媳妇儿俞校："住儿媳妇儿"——从庚；原"住儿媳妇"。方慌了俞校："方慌了"——从庚、晋、甲；原"慌了"。手脚，遂上来赶着平儿叫："姑娘坐下，让我说原故，姑娘请听。”俞校：“姑娘请听”——从晋、甲；原“请听”。平儿正色道：“姑娘这里说话，也有你我俞校：“你我”——从庚；原“你”。混插口的礼！俞校：“的礼”——从庚；原“的理”。你但凡俞校：“你但凡”——从庚、晋、甲；原“但凡”。知礼，只该在外头伺候。不叫你进不来的地方，俞校：“进不来的地方”——从庚；原“进不来的”。也有俞校：“也有”——从晋、甲；原“几时有”。外头的媳妇子们，无故到姑娘房里来的！”俞校：“姑娘房里来的”——从庚、晋、甲；原“姑娘房里来的例呢”。绣橘道：“你不知我们这屋里是俞校：“我们这屋里是”——从庚、晋、甲；原“我们这房里”。没礼的，谁爱来就来。”平儿道：“都是你们的不是。姑娘好性儿，你们就该打出去，然后再回太太去才是。”住儿媳妇儿俞校：“住儿媳妇儿”——从庚；原“住儿媳妇”。见平儿出了言，红了脸方退出去。探春接着道：“我且告诉你，若是别人得罪了我，倒还罢了；如今那住儿媳妇俞校：“那住儿媳妇”——从庚；原“这住儿媳妇”。和他婆婆，仗着是妈妈，又瞅着俞校：“瞅着”——从庚、甲；原“瞧著”。二姐姐好性儿，如此这般私自拿了首饰去赌钱，而且还捏造假帐妙算，俞校：“妙算”——从庚、晋；原“折算”。威逼着还要去讨情，和这两个丫头在卧房里大嚷大叫，二姐姐竟不能辖治。所以我看不过，才请你来问一声：还是他原是天外的人，不知道理？还是谁俞校：“还是谁”——从庚；原“还是有谁”。主使他如此，先把二姐姐制伏，然后就要治我和四姑娘俞校：“就要治我和四姑娘”——从庚、晋、甲；原“就制伏我并四姑娘”。了？”平儿忙陪笑道：“姑娘怎样今日说这话出来！我们奶奶如何当得起！”探春冷笑道：“俗语说的，俞校：“俗语说的”——从庚；原“俗语说”。‘物伤其类’，‘唇竭齿亡’，俞校：“唇竭齿亡”——原“齿竭唇亡”。今改。我自然有些惊心。”平儿问迎春道：“若论此事，还不是大事，极好处的。俞校：“极好处的”——从晋、甲；原“极好处治”。但他现是姑娘的奶嫂，据姑娘怎么样为是？”当下迎春只和宝钗阅感应篇故事，俞校：“感应篇故事”——从庚、晋、甲；原“感应篇”。究竟连探春之语亦不曾闻得，忽见俞校：“忽见”——从庚、晋、甲；原“忽听”。平儿如此说，仍笑道：“问我，我也没什么法子。他们的不是，自作自受，我也不能讨情，我也不去苛责就是了。至于私自拿去的东西，送来我收下，不送来我也不要了。太太们要问，我可以俞校：“我可以”——从晋、甲；原“我若能”。隐瞒遮饰过去，是他的造化；若瞒不住，我也没法，没有个为他们反欺枉俞校：“欺枉”——从庚、晋、甲；原“欺诳”。太太们的理，少不得直说。你们若说我好性儿，没个决断，竟有好主意俞校：“竟有好主意”——从庚、晋、甲；原“竟有个好主意”。可以八面周全，不使太太们生气，任凭你们处治，我总不知道。”众人听了，都好笑起来。黛玉笑道：“真是：‘虎狼屯于俞校：“屯于”——从庚、晋、甲；原“屯食”。阶陛，尚谈因果。’若使二姐姐是个男人，这一家上下若许人，俞校：“若许人”——从庚、晋；原“许多人”。又如何裁治他们！”迎春笑道：“正是多少男人尚如此，何况我哉。”一语未了，只见一人进来。正不知道是那个，俞校：“正不知道是那个”——从庚；原“不知是谁”。且听下回分解。

戚回后：一篇奸盗淫邪文字，反以《四子》书、《五经》、《公羊》、《谷梁》、秦汉诸作起，以《太上感应篇》结，彼何心哉？他深见“书中自有黄金屋”“书中有女美如玉”等语误尽天下苍生，而大奸大盗皆从此出。故特作此一起结，为五阴浊世顶门一声棒喝也。眼空似箕，笔大如椽，何得以寻行数墨绳之。

探春处处出头，人谓其能，吾谓其苦；迎春处处藏舌，人谓其怯，吾谓其超。探春运符咒，固足役鬼驱神；迎春说因果，更可降狼伏虎。

第七十四回
惑奸谗抄检大观园　矢孤介杜绝宁国府

蒙回前：司棋一事，在七十一回叙明，暗用山石伏线，七十三回用绣春囊在山石上一逗便住，至此回可直叙去，又用无数曲折，渐渐逼来，及至司棋，忽然顿住，结到入画。文气如黄河出昆仑，横流数万里，九曲至龙门，又有孟门、吕梁峡束，不得入海。是何等奇险怪特文字，令我拜服！

话说平儿听迎春说了，正自好笑，俞校："听迎春说了，正自好笑"——从庚、晋、甲；原"听了迎春之言，正是好笑"。忽见宝玉也来了。原来管厨房的柳家媳妇之妹，也因放头开赌得了不是。俞校："也因放头开赌得了不是"——从庚、晋、甲；原"也在案内"。这园中俞校："这园中"——从庚；原"因园中"。有素与柳家俞校："素与柳家"——从庚、晋、甲；原"素与他"。不睦的，庚双：前文已卯之伏线。便又告出柳家来，俞校："告出柳家来"——从庚、晋；原"告诉出来"。说他俞校："说他"——从庚、晋、甲；原"说柳家的"。和他妹子是伙计，虽然他妹子出名，其实赚了钱两个人平分。因此凤姐要治柳家之罪。那柳家的得了此信，便慌了手脚，因思素日与怡红院人最为深厚，故走来悄悄的央求晴雯、金星玻璃等人。金星玻璃告诉了宝玉。宝玉因思内中俞校："因思内中"——从庚、晋、甲；原"因思"。迎春之乳母也现有此罪，俞校："现有此罪"——从庚、晋、甲；原"现有些罪"。不若来约同迎春讨情，俞校："讨情"——从庚；原"去"。比自己独去单为柳家说情又更妥当，故此前来。忽见许多人在此，见他来时，都问："你的病可好了？跑来做什么？"宝玉不便说出讨情一事，只说来看二姐姐。当下众人也不在意，且说些闲话。

平儿便出去办累丝金凤一事。（俞校："办累丝金凤一事"——从庚、晋；原无。）那王住儿媳妇紧跟在后，口内百般央求，只说："姑娘好歹口内超生，我横竖去（俞校："我横竖去"——从庚、晋、甲；原"横竖去"。）赎了来。"平儿笑道："你迟也赎，早也赎。既有今日，何必当初！你的意思得过去了就过去了。既是这样，我也不好意思告人，趁早取了来，（俞校："取了来"——从晋、甲；原"赎了来"。）交与我送去，我一字不提。"（俞校："我一字不提"——从庚；原"一字不提"。）王住儿媳妇听说，方放下心来，就拜谢。（俞校："拜谢"——从庚、晋、甲；原"说就拜缴"。）又说："姑娘自去贵干，我赶晚拿了来，先回了姑娘再送去，如何？"平儿道："赶晚不来，可别怨我。"说毕，二人方分路各自散了。（俞校："各自散了"——从庚、晋、甲；原"散了"。）平儿到房，凤姐问他："三姑娘叫你作什么？"平儿笑道："三姑娘怕奶奶生气，叫我劝着奶奶些，问奶奶这两天可吃些什么。"（俞校："劝着奶奶些，问奶奶这两天可吃些什么"——从庚、晋、甲；原"劝著奶奶，这两天可吃什么"。）凤姐笑道："倒是他还记挂我。（俞校："记挂我"——从庚、晋、甲；原"记挂著我"。）刚才又出了一件事，有人来告柳二媳妇和他妹子通同开局，凡他妹子所为，都是他作主。我想你素日肯劝我，多一事不如省一事，就可闲一时心，（俞校："闲一时心"——从晋；原"闲一时"。）自己保养保养也是好的。我因听不进去，果然应了些，先把太太得罪了，而且自己反赚了一场病。（俞校："一场病"——从庚、晋、甲；原"一身病"。）如今我也看破了，随他们闹去罢，横竖还有许多人呢！我白操一会子心，倒惹的万人咒骂。我且养病要紧。便是好了，（俞校："便是好了"——从庚；原"便是病好了"。）我也作个好好先生，得乐且乐，得笑且笑，一概是非，都凭他们（俞校："都凭他们"——从庚、晋、甲；原"却凭他们"。）去罢。（庚双：历了世人到此作此想，但悔不及矣。可伤可叹。）所以我只答应着知道了，白不在我心上。"（俞校："白不在我心上"——从庚、晋；原"自不在心上"。）平儿笑道："奶奶果然如此，便是我们的造化。"一语未了，只见贾琏进来，拍手叹气道："好好的又生事！前儿我和鸳鸯借当，那边太太怎么知道了！才刚太太（俞校："才刚太太"——从庚、晋、甲；原"刚才"。）叫过我去，叫我不管那里先迁挪二百银子，做八月十五日（俞校："做八月十五日"——从庚、甲；原"作八月十五日"。）节间使用。我回没处迁挪。太太就说：'你没有钱，就有地方迁挪；我白和你商量，你就搪塞我，你就没地方。（俞校："你就没地方"——从晋、甲；原"说是没地方了"。）前儿一千银子（俞校："一千银子"——从庚、的当是那里的？晋、甲：原“那一千两银子”。连老太太的东西你都有神通弄出来，这会子二百银子你就这样。幸亏我没和别人说去。’俞校：“说去”——从庚、晋、甲；原“说”。我想太太分明不短，何苦来要寻事奈何人。”凤姐道：“那日并没俞校：“那日并没”——从庚、晋、甲；原“那一日并无”。一个外人，谁走了这个消息？”平儿听了，也细想那日有谁在此，想了半日，俞校：“想了半日”——从庚、晋、甲；原“想了半天”。笑道：“是了。那日说话时没一个外人，但俞校：“那日说话时没一个外人，但”——从庚；原“那日”。晚上送东西来的时节，老太太那边傻大姐的娘也可巧来俞校：“也可巧来”——从庚、晋；原“也来”。送浆洗的衣服。他在下房里坐了一回子，见一大箱子东西，俞校：“一大箱子东西”——从庚、晋、甲；原“大箱子”。自然要问，必是小丫头们俞校：“小丫头们”——从庚、晋、甲；原“小丫头子们”。不知道，说了出来也未可知。”庚双：奇奇怪怪，从何处转至素日成，真如常山之蛇。因此便唤了几个小丫头来问：“那日谁告诉傻大姐的娘来？”众小丫头俞校：“众小丫头”——从庚、晋、甲；原“众丫头们”。慌了，都跪下赌咒发誓，说：“自来也不敢多说一句话。有人凡问什么，都答应不知道。这事如何敢说。”凤姐详情说俞校：“详情说”——从晋；原“详情说道”。：“他们必不敢多说，倒别委屈了他们。如今且把这事靠后，且把太太打发了去要紧。宁可咱们短些，又别俞校：“又别”——从庚、晋、甲；原“再别”。讨没意思。”因叫平儿：“把我的金项圈拿来，且暂押二百银子来送去完事。”贾琏道：“越性多押二百，咱们也要使呢。”凤姐道：“很不必。俞校：“很不必”——从庚、晋、甲；原“狠不用”。我没处使钱。这一去还不知指那一项赎呢。”平儿拿去，吩咐一个人唤了旺儿媳妇来俞校：“唤了旺儿媳妇来”——从庚；原“叫了来旺媳妇来”。领去。不一时，俞校：“不一时”——从晋、甲；原“一时”。拿了银子来，贾琏自然送去。俞校：“自然送去”——从庚；原“亲自送去”。不在话下。

这里凤姐和平儿猜疑终是谁人俞校：“终是谁人”——从庚；原“是谁”。走的风声，竟拟不出人来。俞校：“拟不出人来”——从庚；原“拟不出来”。凤姐儿又道俞校：“凤姐儿又道”——从庚；原“凤姐道”。：“知道这事还是小事。怕的是小人趁便，又造非言，生出别的事来。打紧那边正和鸳鸯结有仇了，俞校：“又造非言”至“有仇了”——从庚；原“又造言生事，那边正和鸳鸯结下仇了”。如今听得他私自借给琏二爷东西，那些小人眼馋肚饱，连没缝儿还要下蛆的，俞校：“连没缝儿还要下蛆的”——从庚；原“没缝儿还要下蛆”。如今有了这个因由，恐怕又造出些没天理的话来俞校：“没天理的话来”——从庚；原“原故来，又说些没天理的话”。也定不得。在你琏二爷还无妨，俞校：“还无妨”——从庚；原“还不妨”。只是鸳鸯正经女儿，带累了他受屈，俞校：“带累了他受屈”——从庚；原“带累他受委屈”。岂不是咱们的过失。”平儿笑道：“这也无妨。鸳鸯借东西，看的是（俞校："看的是"——从庚；原"原看的是"。）奶奶，并不为的是二爷。一则鸳鸯虽应名是他私情，（俞校："应名是他私情"——从庚；原"应名儿是他的私情"。）其实他是回过老太太的。老太太因怕孙男弟女多，这个也借，那个也要，（俞校："也要"——从庚；原"也借"。）到跟前都撒个娇儿，和谁要去，因此只装不知道。（庚双：奇文，神文！岂世人余相（想）得出者？前文云"一想（箱）子"若私是拿出，贾母其睡梦中之人矣。盖此等事作者曾经，批者曾经，实系一写往是（事），非特造出，故弄新笔，究竟不记不神也。鸳鸯借物一回于此便结乐（了）。）纵闹了出来，究竟那也无碍。"（俞校："那也无碍"——从庚；原"他也无碍"。）凤姐道："理虽如此，只是你我知道的；（俞校："知道的"——从庚；原"知道的便罢了"。）不知道的焉得不生疑呢。"一语未了，人报："太太来了。"凤姐听了诧异，不知为何事亲来，与平儿等忙迎出来。

只见王夫人气色更变，（庚双：奇。）只带一个贴己（俞校："贴己"——从晋、甲；原"贴己的"。）小丫头走来，一语不发，走至里间坐下。凤姐忙奉茶，因陪笑问道："太太今日高兴，到这里逛逛。"王夫人喝命："平儿出去。"平儿见了这般，（俞校："见了这般"——从庚、晋、甲；原"见了这般光景，心内"。）不知（俞校："不知"——从晋、甲；原"著慌，不知"。）怎么样了，忙应了一声，带着众小丫头（俞校："众小丫头"——从庚、晋、甲；原"众丫环"。）一齐出去，在房门外站住。越性将房门掩了，自己坐在台阶（俞校："台阶"——从甲；原"台矶"。）上，所有的人一个不许进去。凤姐也着了慌，不知有何等事。只见王夫人含着泪，从袖内（俞校："袖内"——从庚；原"袖里"。）掷出一个香袋子（俞校："香袋子"——从庚、甲；原"香袋"。）来，说："你瞧。"凤姐忙拾起一看，见是（俞校："忙拾起一看，见是"——从庚、晋、甲；原"拾起一看是"。）十锦春意香袋，也吓了一跳，忙问："太太从那里得来？"王夫人见问，越发泪如雨下，颤声说道："我从那里得来！我天天坐在井里，把你当个细心人，所以我才偷个空儿。（俞校："偷个空儿"——从庚；原"偷了空儿"。）谁知你也和我一样。这样的东西，（俞校："这样的东西"——从庚；原"这样东西"。）大天白日里明摆在园里山石上，被老太太的丫头拾着。不亏你婆婆遇见，（俞校："遇见"——从庚；原"遇见了"。）早已送到老太太跟前去了。（俞校："跟前去了"——从庚、晋、甲；原"跟前去"。）我且问你，这个东西如何遗在那里来？"（庚双：奇问。）凤姐听得，（俞校："凤姐听得"——从晋、甲；原"凤姐听了"。）也更了颜色，（俞校："更了颜色"——从庚、晋、甲；原"变了颜色"。）忙问："太太怎知是我的？"（庚双：问甚的。）王夫人又哭又叹，说道："你反问我！你想，一家子除了你们小夫小妻，（俞校："小夫小妻"——从庚、晋、甲；原"小夫妻"。）馀者老婆子们，要这个何用！（俞校："要这个何用"——从庚、甲；原"要这何用"。）女孩子们，是从那里得来！自是那琏儿不长进下流种子，那里弄来。你们又和气，当作一件玩意儿，年轻人儿，闺房私意是有的。你还和我赖。幸而园内上下人还不解事，尚未捡得。倘或丫头们俞校："倘或丫头们"——从庚、晋、甲；原"倘或丫头"。捡着，你姊妹看见，这还了得！不然，有那小丫头们俞校："小丫头们"——从庚、晋、甲；原"丫头们"。捡着出去，说是园内捡着的，外人知道，这性命脸面要也不要！"凤姐听说，又急又愧，登时紫涨了面皮，便依炕沿俞校："依炕沿"——从庚、晋；原"倚炕沿"。双膝跪下，也含泪诉道："太太说的固然有理，我也不敢辩我并无俞校："我并无"——从庚、晋、甲；原"我并没有"。这样的东西。俞校："这样的东西"——从庚；原"这样东西"。但其中还要求太太细详其理。这香袋是外头雇工仿着内工绣的，俞校："仿着内工绣的"——从庚；原"做的"。带这穗子一概是市卖货，俞校："带这穗子一概是市卖货"——从庚、晋、甲；原"请看带子穗子一概是卖货，若是内工绣的自然都是好的"。我便年轻不尊重些，也不要这劳什子，俞校："劳什子"——从庚、晋；原"劳什古子"。此是一。二者，这东西也不是常带着的，我纵有，也只好在家里，焉肯带在身上各处去；况且又在园里，个个姊妹，我们都肯俞校："都肯"——从庚、晋、甲；原"都"。拉拉扯扯，倘或露出来，不但在姊妹前，就是奴才们看见，俞校："奴才们看见"——从庚、晋、甲；原"奴才看见"。我有什么意思。我虽年轻不尊重，亦不能糊涂至此。三则论主子内，我是年轻媳妇，俞校："年轻媳妇"——从庚、晋、甲；原"年轻的媳妇"。算起奴才来，比我更年轻的又不止一个人了。况且他们也常进园，晚间各人家去，焉知不是他们身上的。四则除我常在园里之外，还有那边太太常带过俞校："常带过"——从庚、晋、甲；原"常带"。几个小姨娘俞校："小姨娘"——从庚、甲；原"小姨娘们"。来，如嫣红、翠云俞校："翠云"——从庚、晋、甲；原"素云"。等人，皆系年轻侍妾，俞校："年轻侍妾"——从庚、晋；原"年轻"。他们更该有这个了。俞校："有这个了"——从庚、晋、甲；原"有这个"。还有那边珍大嫂子，俞校："那边珍大嫂子"——从庚、甲；原"珍大嫂子"。他不算甚老，俞校："不算甚老"——从庚、晋；原"也不算甚老"。他也常带过佩凤等人来，焉知又不是他们的。五则园内丫头太多，保的住个个都是俞校："个个都是"——从庚；原"个个是"。正经的不成，焉知年纪大些的，知道了人事，或者一时半刻，人查问不到，偷着出去；或借着因由，同二门上小么儿们打牙犯嘴，外头得了来的，也未可知。如今不但我没此事，就连平儿，我也可以俞校："我也可以"——从庚、晋、甲；原"我可以"。下保的。太太请细想。"王夫人听了这一席话大近情理，因叹道："你起来。我也知道，你大家小姐俞校："大家小姐"——从庚、晋；原"大家子小姐"。出身，焉得轻薄至此。不过我气急了，拿了话俞校："拿了话"——从庚；原"拿话"。激你。但如今却怎么处？你婆婆才打发人封了这个俞校："封了这个"——从庚、晋、甲；原"封了"。给我瞧，说是前日俞校："前日"——从庚傍改（"日"傍添）；原无。从傻大姐手里得的，把我气了个死。"凤姐道："太太快别生气。若被众人觉察了，保不定老太太不知道。且平心静气，暗暗访察，俞校："访察"——从庚、晋、甲；原"访查"。才得确实；纵然访不着，外人也不能知道。俞校："不能知道"——从庚、晋、甲；原"不得知道"。这叫作'胳膊折在袖内'。俞校："折在袖内"——从庚；原"折了在袖内"。如今惟有趁着赌钱的因由革了许多的人这空儿，把周瑞媳妇、旺儿媳妇等四五个俞校："四五个"——从庚、晋、甲；原"四五个人"。贴近不能走话的人安插在园里，俞校："园里"——从庚、晋、甲；原"园内"。以查赌为由。再如今的丫头也太多了，保不住人大心大，生事作耗，等闹出事来，反悔之不及。如今若无故俞校："无故"——从庚、晋、甲；原"无"。裁革，不但姑娘们俞校："姑娘们"——从庚、甲；原"姑娘"。委屈烦恼，就连太太和我也过不去。不如趁此机会，以后凡年纪大些的，或有些咬牙难缠的，俞校："咬牙难缠的"——从庚、晋、甲；原"难缠咬牙的"。拿个错儿，俞校："拿个错儿"——从庚、晋、甲；原"拿错儿"。撵出去配了人，一则保得住没有别的事，二则也可省些用度。太太想我这话如何？"王夫人叹道："你说的俞校："你说的"——从庚、晋、甲；原"说的"。何尝不是。但从公细想，你这几个姊妹也甚可怜了。庚双：犹云"可怜"，妙人！在别人视之，今古无比；移若在荣府论，实不能比先矣。也不用远比，只说你如今俞校："你如今"——原"如今"；庚"的如今"。庚七十回后"你"每误"的"，今增"你"。林妹妹的母亲，未出阁时，是何等的俞校："何等的"——从庚；原"何等"。娇生惯养，是何等的金尊玉贵，那时像个千金小姐的体统。如今这几个姊妹，不过比人家的丫头俞校："人家的丫头"——从庚；原"人家丫头"。略强些罢了。俞校："罢了"——从庚；原"罢"。庚双：所谓"贯子（惯于）海者难为水"，俗子谓王夫人不知足，是不可矣，又谓作太过，真蟪蛄鸠觉（蟪蛄鸠莺）之见也。通共每人只有两三个丫头像个人样，俞校："像个人样"——从庚；原"像个人"。馀者纵有四五个小丫头子，竟是庙里的小鬼。如今还要裁革了去，不但于我心不忍，只怕老太太未必就依。虽然艰难，难不至此。俞校："难不至此"——从庚；原"也穷不至此"。我虽没受过俞校："没受过"——从晋、甲；原"无受过"。大荣华富贵，比你们是强的。如今俞校："如今"——从庚；原"你如今"。宁可我省些，别委屈了他们。以后要省俭，先从我来倒使得。如今且叫人传了周瑞家的等人进来，就吩咐他们快快暗地访拿这事要紧。"凤姐听了，即唤平儿进来，吩咐出去。

一时，周瑞家的与吴兴家的、郑华家的、来旺家的、来喜家的，俞校："来旺家的、来喜家的"——从庚、晋、甲；原"来旺来兴两家的"。现在五家陪房进来，馀者皆在南方，各有执事。（庚双：又伏一笔。）王夫人正嫌人少，不能勘察，忽见邢夫人的陪房王善保家的（俞校："王善保家的"——从庚、晋、甲；原"王保善家的"。下悉同。）走来，方才正是他送香囊（俞校："送香囊"——从庚；原"送了香袋"。）来的。王夫人向来看视邢夫人之得力心腹人等原无二意，（庚双：大书看下人犹如此，可知待刑（邢）夫人矣。）今见他来了，打听此事，十分关切，（庚双：小人外是内非，委皆如此。）便向他说："你去回了太太，也进园来（俞校："也进园来"——从晋、甲；原"你也进园来"。）照管照管，不比别人又强些。"这王善保家正因（俞校："这王善保家正因"——从庚；原"王保善家的因"。）素日进园去，那些丫鬟们不大趋奉他，（俞校："趋奉他"——从晋、甲；原"抽奉他"。）他心里（俞校："他心里"——从庚、晋、甲；原"心里"。）大不自在，要寻他们的事故，又寻不着，恰好生出这事（俞校："生出这事"——从庚；原"生出这样事"。）来，以为得了把柄；又听（俞校："又听"——从庚、晋、甲；原"又听见"。）王夫人委托他，（俞校："委托他"——从晋、甲；原"托他"。）正撞在心坎上，连忙应道："这个容易。不是奴才多话，（俞校："多话"——从庚、晋、甲；原"多说"。）论理这事该早严紧些（俞校："该早严紧些"——从晋、甲；原"早该严禁些"。）的。太太也不大往园里去，（俞校："往园里去"——从庚、晋、甲；原"往园子里去"。）这些女孩子们，一个个倒像受了封诰是的，他们就成了千金小姐了。闹下天来，谁敢哼一声儿。不然，就调唆姑娘的丫头们，（俞校："姑娘的丫头们"——从庚；原"姑娘们"。）说欺负了姑娘们了，谁还耽得起。"（俞校："耽得起"——从庚、晋、甲；原"当得起"。）王夫人道："这也有的（俞校："这也有的"——从庚、晋、甲；原"这也是有的，本是"。）常情，跟姑娘们的丫头原比别的（俞校："原比别的"——从庚；原"比别的"。）娇贵些。你们该劝他们。连主子们的姑娘不教导，尚且不是，何况他们。"王善保家的道："别的都还罢了。太太不知道，（俞校："太太不知道"——从庚；原"太太不知"。）头一个宝玉屋里的晴雯，那丫头（俞校："那丫头"——从庚、晋、甲；原"丫头"。）仗着他生的模样儿比别人标致些，（俞校："标致些"——从庚、晋、甲；原"标致"。）又生了一张巧嘴，天天打扮的像个西施的样子，（俞校："样子"——从庚、晋、甲；原"样儿"。）在人跟前能说惯道，掐尖要强。一句话不投机，他就立起两个骚眼睛（俞校："骚眼睛"——从庚、晋；原"吊眼睛"。）来骂人。妖妖趫趫，（俞校："妖妖趫趫"——从庚；原"妖妖娆娆"。）大不成个体统。"（庚双：活画晴雯出来。可知已前知晴雯必应遭妒者，可怜可伤，竟死矣。）王夫人听了这话，猛然触动往事，便问凤姐道："上次我们跟了老太太进园逛去，有一个水蛇腰，（庚双：妙，妙，好腰！）削肩膀，（庚双：妙，妙，好肩！俗云："水蛇要（腰）则游曲小也。"又云："美人无肩。"又曰前或皆之美之刑（形）也。凡写美人，偏用俗笔、反笔，与他书不同也。）眉眼又有些像你林妹妹的，（庚双：更好，刑（形）容尽矣。）正在那里骂小丫头。我的心里很看不上那狂样子，因同老太太走，我不曾说得。后来要问是谁，又偏忘了。今日对了槛儿，这丫头想就是他了。"凤姐道："若论这些丫头们，

（俞校："这些丫头们"——从庚、晋、甲；原"众丫头们"。）共总比起来，都没晴雯生得好。论举止言语，他原轻薄些。方才太太说的倒很像他。我也忘了那日的事，不敢乱说。"（俞校："不敢乱说"——从庚、甲；原无。）王善保家的便道："不用这样，此刻不难叫了他来，太太瞧瞧。"王夫人道："宝玉房里常见我的，只有袭人、麝月，这两个笨笨的倒好。若有这个，他自然（俞校："他自然"——从庚傍改（"然"傍添）；原"也自然"。）不敢来见我的。我一生最嫌这样人。（俞校："这样人"——从庚；原"这样的人"。）况且又出来这个事，（俞校："这个事"——从庚、晋、甲；原"了这事"。）好好的宝玉，倘或被这蹄子勾引坏了，那还了得。"因叫自己的丫头来，吩咐他到园里去，"只说我说有话问他们，（俞校："有话问他们"——从庚；原"的话叫他们"。）留下袭人、麝月伏侍宝玉不必来，有一个晴雯最伶俐，叫他（俞校："叫他"——从晋、甲；原"叫你"。）即刻快来。你不许和他们（俞校："和他们"——从庚；原"合他"。）说什么。"小丫头子答应了，（俞校："小丫头子答应了"——从庚、晋；原"丫头子答应著"。）走入怡红院。正值晴雯身上不自在，睡中觉才起来，正发闷。听如此说，只得随了他来。素日这些丫鬟，皆知王夫人最恶趫妆（俞校："趫妆"——从庚；原"乔妆"。）艳饰，语薄言轻者，故晴雯不敢出头。（俞校："不敢出头"——从庚、晋、甲；原下有"见王夫人"。）今因连日不自在，（庚双：音神之至！所谓"魂早离会"矣，将死之兆也。若俗笔必云十分妆饰，金（今）云"不自在"，想无挂心之罢（态），更不入王夫人之眼也。）并没（俞校："并没"——从庚、晋、甲；原"并无"。）十分妆饰，自为无碍。（庚双：好！可知天生美人原不在妆饰，使人一见不觉心惊目骇。可恨也（世）之涂脂抹粉，真同鬼魅而不见觉。）及到了凤姐房中，王夫人一见他钗亸（俞校："钗亸"——从庚、晋；原"钗歪"。）鬓松，衫垂带褪，有春睡捧心之遗风，而且形容面貌，恰是（俞校："恰是"——从庚、晋、甲；原"却正是"。）上月的那人，不觉勾起方才的火来。王夫人原是天真烂熳之人，喜怒出于心臆，不比那些饰辞掩意之人，今既真怒攻心，又勾起往事，便冷笑道："好个美人！真像个病西施了！你天天作这个轻狂样儿给谁看！你干的事打量我不知道呢。且放着你，自然明儿揭你的皮。——宝玉今日可好些？"晴雯一听如此说，心内大异，（俞校："心内大异"——从庚、晋、甲；原"心内诧异"。）便知有人暗算了。他虽然着恼，只不敢作声。他本是个（俞校："本是个"——从庚、晋、甲；原"本是"。）聪明过顶的人，（庚双：深罪聪明，到应（底）不错一笔。）见问宝玉可好些，（俞校："可好些"——从庚、晋、甲；原无。）他便不肯以实话对，（俞校："以实话对"——从庚、晋、甲；原"以实言对"。）只说："我不大到宝玉房里去，又不常和宝玉在一处，好歹我不能知。这只问（俞校："这只问"——从庚；原"只问"。庚"这"又旁改"道"。）袭人、麝月两个。"（俞校："两个"——从庚、晋；原"两个人"。）王夫人道："这就该打嘴。你难道是死人！要你们作什么！”晴雯道：“我原是跟老太太的人，因老太太说（俞校：“因老太太说”——从庚、晋、甲；原“老太太说”。）园里空，大人少，宝玉害怕，所以拨了我去外间屋里上夜，不过看屋子。我原回过我笨，不能伏侍。老太太骂了我一顿，说：‘又不叫你管他的事，要伶俐的作什么！’我听了这话才去的。不过十天半个月（俞校：“十天半个月”——从庚；原“十天半月”。）之内，宝玉闷了，大家玩一会子就散了。至于宝玉饮食起居，上一层有老奶奶、老妈妈们，下一层有袭人、麝月、秋纹几个人。我闲着还要做老太太屋里的针线，所以宝玉的事，竟不曾留心。太太既怪，从此后（俞校：“从此后”——从庚、晋、甲；原“自后”。）我留心就是了。”王夫人信以为实，忙说：“阿弥陀佛！你不近宝玉，是我的造化。竟不劳你费心。既是老太太给宝玉的，我明儿回了老太太，再撵你。”（俞校：“回了老太太，再撵你”——从庚、晋、甲；原“回明了老太太再拨你”。）因向王善保家的道：“你们进去，好生防他几日，不许他在宝玉房里（俞校：“宝玉房里”——从庚、晋、甲；原“房里”。）睡觉。等我回过老太太，再处治他。”喝声：“去！（俞校：“喝声：去”——从庚、晋；原“喝声：去罢”。）站在这里，我看不上这浪样儿。谁许你这样花红柳绿的妆扮。”晴雯只得出来，这气非同小可，一出门，便拿手帕子（俞校：“手帕子”——从庚、晋、甲；原“手巾”。）握脸，一头走，一头哭，直哭到园内去。这里王夫人向凤姐等（俞校：“向凤姐等”——从庚、晋、甲；原“向凤姐”。）自怨道：“这几年我越发精神短了，照顾不到。这样妖精似的东西竟没看见。（俞校：“竟没看见”——从庚、晋、甲；原“我竟没看见”。）只怕这样的还有，明日倒得查查。”凤姐见王夫人盛怒之际，又因王善保家的是邢夫人的耳目，常时调唆着邢夫人生事，纵有千百样（俞校：“千百样”——从庚、晋、甲；原“千百样的”。）言辞，此刻也不敢说，只低头答应着。王善保家的道：“太太请（俞校：“太太请”——从庚；原“太太且请”。）养息身体要紧。这些小事，只交与（俞校：“只交与”——从庚、晋、甲；原“只管交给”。）奴才。如今要查这个主儿，也极容易。等到晚上园门关了的时节，内外不通风，我们竟给他们个猛不防，带着人到各处丫头们房里搜寻。（俞校：“丫头们房里搜寻”——从晋、甲；原“丫头房中搜寻一遍”。）想来谁有这个，断不单只有这个，（俞校：“只有这个”——从庚、晋；原“只有这一个”。）自然还有别的东西。那时翻出别的来，自然这个也是他的了。”王夫人道：“这话倒是。若不如此，断不能清的清白的白。”因问凤姐如何。凤姐只得答应说：“太太说是，（俞校："太太说是"——从庚；原"太太说的是"。庚又旁添"的"。）就行罢了。"王夫人道："你主意（俞校："你主意"——原"这主意"；原"的主意"，又旁改成"你的主意"。今改"你主意"。）很是。不然，一年也查不出来。"于是大家商议已定。

至晚饭后，待贾母安寝了，（俞校："待贾母安寝了"——从庚、晋、甲；原"贾母安寝了"。）宝钗等入园时，王家的（俞校："王家的"——从晋、甲；原"王保善家的"。本回下悉同。）便请了凤姐一并入园，喝命角门皆上锁，便从（俞校："便请了凤姐"至"便从"——从庚、晋、甲；原"便请凤姐同入园，喝命园门皆锁上，从"。）上夜的婆子处抄检起，（俞校："抄检起"——从庚；原"抄拣起来"。）不过抄检出些多馀攒下蜡烛、灯油（俞校："攒下蜡烛、灯油"——从庚、晋；原"剩下蜡烛油"。）等物。（庚双：毕真。）王善保家的道："这也是贼，不许动。等明儿（俞校："等明儿"——从庚；原"明儿"。）回过太太再动。"于是先就到怡红院中，喝命关门。当下宝玉正因晴雯不自在，忽见这一干人来，不知为何直扑了丫头们的房门（俞校："丫头们的房门"——从庚、晋、甲；原"丫头们房内"。）去，因迎出凤姐来，（俞校："迎出凤姐来"——从庚、晋、甲；原"迎向凤姐"。）问是何故。凤姐道（俞校："凤姐道"——从庚、晋、甲；原"凤姐说"。）："丢了一件要紧的（俞校："要紧的"——从庚、晋、甲；原无。）东西，因大家混赖，恐怕有丫头们偷了，（俞校："丫头们偷了"——从庚、晋、甲；原"丫头偷了"。）所以大家都查一查，去疑儿。"一面说，一面坐下吃茶。王家的等搜了一回，又细问这几个箱子是谁的，都叫本人来亲自打开。袭人因见晴雯这样，知道必有异事；又见这番抄检，只得自己先出来打开了箱子并匣子，任其搜检一番，不过是平常动用之物。随放下，又搜别人的，挨次都一一搜过。到了晴雯的箱子，因问："是谁的？怎不开了让搜？"袭人等方欲代晴雯开时，（俞校："代晴雯开时"——从庚、晋、甲；原"代晴雯开"。）只见晴雯挽着头发闯进来，（俞校："闯进来"——从庚、晋、甲；原"闯进"。）嘭一声，（俞校："嘭一声"——从庚；原"豁啷的一声"。）将箱子掀开，两手提着底子朝天，（俞校："底子朝天"——从庚；原"底子朝上"。）往地下尽情一倒，将所有之物尽都倒出。王善保家的也觉没趣，看了一看，也无甚私弊之物。回了凤姐，要往别处去。凤姐儿道（俞校："凤姐儿道"——从庚；原"凤姐道"。）："你们可细细的查。若这一番查不出来，难回话的。"（俞校："查不出来，难回话的"——从庚、晋、甲；原"查不出东西来，难回话去"。）众人都道："都细翻看了，（俞校："都细翻看了"——从庚；原"都细细的翻著看了"。）没什么（俞校："没什么"——从庚、晋；原"没有什么"。）差错东西。虽有几样男人物件，（俞校："男人物件"——从庚、晋、甲；原"男人的物件"。）都是小孩子的东西，想是宝玉的旧物件，（俞校："旧物件"——从庚；原"旧时物件"。）没甚关系的。"凤姐听了，笑道："既是如此，咱们就走，再瞧别处去。"（俞校："咱们就走，再瞧别处去"——从庚、晋、甲；原"咱们就往别处去"。）说着，一径出来，因向王善保家的道："我有一句话，不知是不是。要抄检，只抄检咱们家的人，薛大姑娘屋里断乎检抄不得（俞校："检抄不得"——从庚、晋；原"抄不得"。）的。"王善保家的（俞校："王善保家的"——从晋、甲；原"王保家的"。）笑道："这个自然。岂有抄起亲戚家（俞校："亲戚家"——从庚；原"亲戚"。）来。"凤姐点头道："我也这样说呢。"（俞校："凤姐点头道：我也这样说呢"——从庚、晋、甲；原"凤姐笑道：我也这样说"。）（庚双：写阿凤心灰意懒，且避祸从时，迥又是一个人矣。）一头说，一头到了潇湘馆内。黛玉已睡了，（俞校："已睡了"——从庚、晋、甲；原"已睡下了"。）忽报这些人来，也不知为甚事。（俞校："为甚事"——从庚、晋、甲；原"为何事"。）才要起来，只见凤姐已走进来，忙按住他不许起来，只说："睡着罢，我们就走。"这边且说些闲话。那个王善保家的带了众人，到丫鬟房中，也一一开箱倒笼，抄检了一番。因从（俞校："因从"——从晋、甲；原"因在"。）紫鹃房中抄出两副（俞校："两副"——从庚、晋、甲；原无。）宝玉常换下来的寄名符儿，（俞校："寄名符儿"——从庚、晋、甲；原"两副记名符"。）一副束带上的披带，（俞校："披带"——从庚、晋、甲；原"帔带"。）两个荷包并扇套，套内（俞校："并扇套，套内"——从庚、晋、甲；原"扇套之内"。）有扇子。打开看时，皆是（俞校："皆是"——从庚、晋、甲；原"皆"。）宝玉往年夏日（俞校："夏日"——原"往日"；庚"往日"傍改"夏天"。今改"夏日"。）手内曾拿过的。王善保家的自为得了意，遂忙请凤姐过来验视，又说："这些东西从那里来的？"凤姐笑道："宝玉和他们从小儿在一处（俞校："在一处"——从庚、晋、甲；原"一处"。）混了几年，这自然是（俞校："这自然是"——从庚、晋、甲；原"自然是"。）宝玉的旧东西。这也不算什么罕事，撂下再往别处去是正经。"紫鹃笑道："直到如今，我们两下里的帐也算不清。要问这一个，（俞校："这一个"——从庚、晋、甲；原"这个"。）连我也忘了是那年月日有的了。"王善保家的听凤姐如此说，也只得罢了。（庚双：一处一样。）又到探春院内，（俞校："探春院内"——从庚、晋、甲；原"探春房内"。）谁知早有人报与探春了。（庚双：不板。）探春也就猜着（俞校："猜着"——从庚、晋、甲；原"猜著了"。）必有原故，所以引出这等丑态来，（庚双：实注一笔。）遂命众丫鬟秉烛开门（俞校："众丫鬟秉烛开门"——从庚、晋、甲；原"丫环们秉烛"。）而待。一时，众人来了。探春故问何事。凤姐笑道："因丢了一件东西，连日（俞校："连日"——从庚、晋、甲；原无。）访察不出人来，恐怕旁人赖这些女孩子们，所以越性大家搜一搜，使人去疑，倒是洗净他们的好法子。"探春冷笑道："我们的丫头自然都是些贼。我就是头一个窝主。既如此，先来搜我的箱柜，他们所偷了来的，都交给我藏着呢。"说着，便命丫鬟们把箱一齐打开，将镜奁、妆盒、衾袱、衣包，若大若小之物一齐打开，请凤姐去抄阅。凤姐陪笑道："我不过是（俞校："我不过是"——从庚、晋、甲；原"我不过"。）奉太太的命来，妹

进谗言平地起风波　惑奸谗抄检大观园

妹别错怪我。俞校:"错怪我"——从庚、晋;原"错怪了我"。何必生气。"因命丫鬟们快快关上。平儿、丰儿等先忙着替侍书等关的关,收的收。探春道:"我的东西倒许你们搜阅,要想搜我的丫头,这却不能。我原比众人歹毒,凡丫头所有的东西,我都知道,俞校:"我都知道"——从庚、晋、甲;原"我们都知道"。都在我这里间收着,一针一线,他们也没的收藏。要搜,所以只来搜我。俞校:"所以只来搜我"——从晋、甲;原"自来搜我"。你们不依,只管去回太太,只说我违背了太太,该怎么处治,我去自领。你们别忙,自然连你们抄的日子有呢。你们今日早起不曾议论甄家自己家里好好的抄家,果然今日俞校:"果然今日"——从庚、晋、甲;原"果然"。真抄了!庚双:奇极!此曰甄家事。咱们也渐渐的来了。可知这样大族人家,若从外头杀来,一时是杀不死的。这是古人曾说的,俞校:"曾说的"——从庚、晋;原"曾说"。百足之虫,死而不僵。俞校:"死而不僵"——从庚、晋、甲;原"虽死不僵"。必须先从家里自杀自灭起来,才能一败涂地呢。"说着,不觉流下泪来。凤姐只看着众媳妇们。周瑞家的便道:"既是女孩子的东西全在这里,奶奶且请到别处去罢,也让姑娘好安寝。"凤姐便起身告辞。探春道:"可细细的搜明白了。若明日再来,我就不依了。"凤姐笑道:"既然俞校:"既然"——从庚、晋、甲;原"既是"。丫头们的东西都在这里,就不必搜了。"探春冷笑道:"你果然倒乖。连我的包袱都打开了,还说没翻。明日敢说我护着丫头们,不许你们翻了。你趁早说明,若还要翻,不妨再翻一遍。"凤姐知道探春素日与众不同的,只得陪笑道:"我已经连你的东西都搜查明白了。"探春又问众人俞校:"又问众人"——从庚、甲;原"便又问众人"。:"你们也都搜明白了不曾?"周瑞家的等都陪笑说:"都翻明白了。"那王善保家的本是个心内没成算俞校:"没成算"——从庚、晋、甲;原"无成算"。的人,素日虽闻探春的名,那是为俞校:"那是为"——从庚;原"他自为"。众人没眼力没胆量罢了,那里一个姑娘家,俞校:"那里一个姑娘家"——从庚;原"那里有一个姑娘"。就这样起来;况且又是庶出,他敢怎么。俞校:"他敢怎么"——从庚、晋、甲;原"便敢怎么"。他自恃是邢夫人陪房,俞校:"邢夫人陪房"——从庚;原"陪房"。连王夫人尚俞校:"王夫人尚"——从庚、晋;原"王夫人尚且"。另眼相看,何况别个。俞校:"何况别个"——从庚、晋;原"何况别人"。今见俞校:"今见"——从庚;原"今儿见"。探春如此,他只当是俞校:"他只当是"——从庚;原"只当是"。探春认真单恼凤姐,与他们无干。他便要趁势作脸献好,因越众向前,拉起探春的衣襟，故意一掀，嘻嘻笑道："连姑娘身上我都翻了，果然没有什么。"凤姐见他这样，忙说："妈妈走罢，别疯疯颠颠的。"〔俞校："疯疯颠颠的"——从庚、晋、甲；原下有"了"。〕一语未了，只听拍的一声，〔俞校："拍的一声"——原"拍一声响"；庚"怕的一声"；晋、甲"啪的一声"。〕王家脸上早着了探春一掌。探春登时大怒，指王家的〔俞校："指王家的"——从庚；原"指著王保善家的"。〕问道："你是什么东西，敢来拉扯我的衣裳！〔俞校："衣裳"——从庚、晋、甲；原"衣服"。〕我不过看着太太的面上，你又有年纪，叫你一声'妈妈'，你就狗仗人势，天天作耗，专管生事。如今越性了不得了。你打量我是同你们姑娘那样好性儿，由着你们欺负他，就错了主意。你来搜检东西，我不恼，你不该拿我取笑。"〔俞校："拿我取笑"——从庚、晋；原"拿著我取笑儿"。〕说着，便亲自解衣卸裙，拉着凤姐儿细细的翻，"省得叫奴才来翻我身上。"凤姐、平儿等忙与探春束裙整袂，口内喝着王善保家的说："妈妈吃两口酒，就疯疯颠颠〔俞校："疯疯颠颠"——从庚、甲；原"疯疯颠颠的"。〕起来。前儿把太太也冲撞了。快出去，不要提起了。"又劝〔俞校："又劝"——从庚旁改（"又"傍添）；原"劝"。〕探春休得生气。探春冷笑道："我但凡有气，〔俞校："但凡有气"——从庚、晋、甲；原"但凡有气性"。〕早一头碰死了。不然，岂许奴才来我身上翻贼赃呢！明儿一早我先回过〔俞校："明儿一早我先回过"——从庚、晋、甲；原"明儿我先回了"。〕老太太、太太，然后过去给大娘陪礼。该怎么，我就领。"那王善保家的讨了个没意思，只在窗外〔俞校："只在窗外"——从庚傍改（"说"改"在"）；原"在窗外"。〕说："罢了，罢了，这也是头一遭挨打。我明儿回了太太，仍回老娘家去罢。这个老命，还要他做什么。"探春喝命丫鬟道："你们没听他〔俞校："没听他"——原"听著他"；庚"听没他"，"没"点去。今改"没听他"。〕说话？还等我和他对嘴去不成！"侍书等听说，便出去说道："你果然回老娘家去，倒是我们的造化〔俞校："我们的造化"——从庚、甲；原"你的造化"。〕了。只怕你舍不得去。"凤姐笑道："好丫头！真是有其主必有其仆。"探春冷笑道："我们作贼的人，嘴里都有三言两语的。这还算笨的。背地里就只不会调唆主子。"平儿忙也陪笑解劝一回，又拉了侍书进来。周瑞家的等人劝了一番。凤姐直待〔俞校："直待"——从晋、甲；原"只待"。〕伏侍探春睡下，方带着人往对过暖春坞来。

彼时李纨犹病在床上。他与惜春是紧邻，又与探春相近，故顺路先到这两处。因李纨才吃了药睡着，不好惊动，只到丫鬟们房中一一的（俞校："一一的"——从庚、晋、甲；原"一一"。）搜了一遍，也没有什么东西。遂到惜春房中来。因惜春年幼，尚未识事，（俞校："年幼，尚未识事"——原"年纪尚幼小"；庚"年力尚未说事"；晋、甲"年少尚未识事"。今改"年幼尚未识事"。）吓的不知当有什么事故，（俞校："当有什么事故"——从甲；原"当怎样"。）凤姐也少不得（俞校："也少不得"——从庚；原"少不得"。）安慰他。谁知竟在入画箱中寻出一大包金银锞子来，约共三四十个，（俞校："三四十个"——原下有"为直奸情，反得贼赃"，各本均有。今据庚本后人批语（眉批"似批语，故别之"）删去。）（庚双：奇。）又有一副玉带板子，并一包男人的靴袜等物。入画也黄了脸。因问是那里来的，入画只得跪下，哭诉真情，说："珍大爷赏我哥哥的。（庚双：妙极；事（是）极。盖入画本系宁府之人也。）因我们老子娘（俞校："因我们老子娘"——从庚、晋、甲；原"我老子娘"。）都在南方，如今只跟着叔叔过日子。我叔叔、婶子只要吃酒赌钱，我哥哥怕交给他们又花了，所以每常得了，悄悄的烦了（俞校："烦了"——从庚；原"烦"。）老妈妈带进来，叫我收着的。"惜春胆小，见了这个，也害怕说："我竟不知道。这还了得！二嫂子你要打他，好歹带他出去（俞校："带他出去"——从庚、晋、甲；原"带他去"。）打罢，我听不惯的。"凤姐笑道："这话若果真呢，（俞校："果真呢"——从庚、晋、甲；原"果是真呢"。）也倒可恕；只是不该私自传送进来。这个可以传递得，（俞校："传递得"——原"传递的"；庚、晋"传的"。庚"的"旁改"得"。今改"传递得"。）什么不可以传递。（俞校："传递"——从庚、晋、甲；原"传递呢"。）这倒是传的人（俞校："传的人"——从庚傍改（"人"傍添）；原"传的那人"。）的不是了。若这话不真，倘是偷来的，你可就别想活了。"入画跪哭道："我不敢扯谎。奶奶只管明日问我们奶奶和大爷去，若说不是赏的，就拿我和我哥哥一同打死无怨。"凤姐道："这个自然要问的。（俞校："自然要问的"——从庚、晋、甲；原"是要问的"。）只是真赏的，也有不是。谁许你私自传送东西的！你且说谁作接应，我便饶你。下次万万不可。"惜春道："嫂子别饶他这次方可。这里人多，（俞校："这里人多"——从庚、晋、甲；原"我们这里人多"。）若不拿一个人作法，那些大的听见了，又不知怎么样呢。嫂子若依他，我也不依。"（俞校："我也不依"——从庚、晋、甲；原"我就不依"。）（庚双：这是自己反不依的。各得自然之理，各有自然之妙。）凤姐道："素日我看他（俞校："素日我看他"——从庚、晋、甲；原"我看他素日"。）还好。谁没一个错。只这一次；二次犯下，二罪俱罚。（俞校："二罪俱罚"——从庚、晋、甲；原"二罪并罚"。）但不知传递是谁？"惜春道："若说传递，再无别个，必是后门上的张妈。他常肯（俞校："常肯"——从庚、晋、甲；原"肯"。）和这些丫头们鬼鬼祟祟的，这些丫头们也都肯（俞校："也都肯"——从庚、晋、甲；原"也都"。）照顾他。"

凤姐听了，便命人记下，将东西且交给（俞校："且交给"——从庚、晋、甲；原"且交与"。）周瑞家的暂拿着，等明日（俞校："等明日"——从庚；原"明日"。）对明再议。

于是别了惜春，方往迎春房内（俞校："迎春房内"——从庚、晋、甲；原"迎春处"。）来。迎春已经睡着了，丫环们也才要睡，（俞校："丫环们也才要睡"——从庚、晋、甲；原无。）众人叩门，半日才开。凤姐吩咐："不必惊动小姐。"遂往丫鬟们房里来。因司棋是王善保的（俞校："王善保的"——从庚；原"王保善家的"。）外孙女儿，（俞校："外孙女儿"——从庚、晋、甲；原"外孙女"。）（庚双：玄妙奇诡，出人意外。）凤姐倒要看王家的可藏私不藏，（俞校："看王家的可藏私不藏"——从庚、晋；原"看看王家私藏不私藏"。）遂留神看他搜检。先从别人箱子搜起，皆无别物。及到了司棋箱中，搜了一回，（俞校："搜了一回"——从庚；原"搜了一会"。）王善保家的说："也没有什么东西。"才要关箱时，（俞校："关箱时"——从甲；原"关箱"。）周瑞家的道："且住，这是什么？"说着，便伸手（俞校："便伸手"——从庚、晋、甲；原"伸手"。）掣出一双男子的锦带袜（俞校："锦带袜"——从庚；原"棉袜"。）并一双缎鞋来，（庚双：险极！）又有一个小包袱。打开看时，里面有（俞校："里面有"——从庚；原"里面是"。）一个同心如意并一个字帖儿，（俞校："字帖儿"——从庚、晋、甲；原"字帖"。）一总递与凤姐。（俞校："递与凤姐"——从庚、甲；原"递与凤姐看"。）凤姐因理家事，每每看开帖（俞校："开帖"——从庚；原"帖"。）并帐目，也颇识得几个字了，便看那帖子是大红双喜笺，（庚双：纸就好。余为司其（棋）心动。）帖上面（俞校："帖上面"——从庚；原"帖面上"。）写道：

> 上月你来家后，父母已觉察你我之意。但姑娘未出阁，尚不能完你我之心愿。（俞校："心愿"——从庚、晋、甲；原"意"。）若园内可以相见，你可托张妈给一信息。我等（俞校："我等"——从庚傍改（"若"改"我"）；原"若得"。）在园内一见，倒比来家得说话。千万，千万！再所赐（俞校："所赐"——从庚、晋、甲；原"赐"。）香袋二个，今已查收外，特寄香珠一串，略表我心。千万收好。（俞校："收好"——从庚、晋、甲；原"收存"。）表弟潘又安拜具。（庚双：名字便妙。）

凤姐看罢，（俞校："看罢"——从庚、晋、甲；原"看毕"。）不怒而反乐。（庚双：要（恶）毒之至。）别人并不识字。王家的素日并不知道他姑表姊弟（俞校："他姑表姊弟"——从晋、甲；原"姑表兄弟"。）有这一节风流故事，见了这鞋袜，心内已是（俞校："心内已是"——从庚、晋、甲；原"心中已"。）有些毛病；又见有一红帖，凤姐又看着笑，他便说道："必是他们[乱]写的（俞校："[乱]写的"——原"故写的"。"故"疑"乱"之误，今意改。）

帐目，不成个字，所以奶奶见笑。”凤姐笑道：“正是这个帐竟算不过来。俞校：“算不过来”——从庚、晋、甲；原“不算过来”。你是司棋的老娘，俞校：“老娘”——从庚、晋、甲；原“姥姥”。他的表弟也该姓王，怎么又姓潘呢？”王善保家的见问得奇怪，只得勉强告道：“司棋的姑妈给了潘家，所以俞校：“所以”——从庚、晋、甲；原无。他姑表兄弟姓潘。上次逃走了的潘又安，就是他表弟。”俞校：“就是他表弟”——从庚；原“是他姑表兄弟”。凤姐笑道：“这就是了。”因说：“我念给你听听。”说着，从头念了一遍。大家都吓一跳。这王家的一心只要拿人的错儿，俞校：“人的错儿”——从晋、甲；原“人错儿”。不想反拿住了俞校：“反拿住了”——从庚、晋、甲；原“反拿住”。他外孙女儿，又气又臊。周瑞家的四人俞校：“四人”——从庚、晋、甲；原“等人”。又都问着他道：“你老可听见了？明明白白，再没的话说了。俞校：“没的话说了”——从庚；原“没的说了”。如今据你老人家，该怎么样？”俞校：“该怎么样”——从庚、晋；原“该怎样”。这王家的只恨没地缝儿钻进去。凤姐只瞅着他俞校：“瞅着他”——从甲；原“瞧著他”。嘻嘻的笑，庚双：恶毒之至。向周瑞家的笑道俞校：“向周瑞家的笑道”——从庚；原无“笑”。：“这倒也好。不用你们作老娘的操一点儿心，俞校：“作老娘的操一点儿心”——从庚傍改（“作”傍添）；原“老娘操一点心”。他鸦鹊不闻的给你们弄个好女婿来，大家倒省心。”庚双：刻毒之至！按凤姐虽系刻毒，然亦不应在下人前为不寻次等人前不得不如是也。周瑞家的也笑着凑趣儿。王家的气无处泄，俞校：“气无处泄”——原“气没处泄”；庚“气无取泄”；晋“无处息气”。今改“气无处泄”。自己回手打自己的脸，骂道：“老不死的娼妇，怎么造下孽了！说嘴打嘴，俞校：“说嘴打嘴”——从庚、晋、甲；原“说著打嘴”。现世现报在人眼里。”众人见这般，俱笑个不住，俞校：“笑个不住”——从庚、晋；原“笑了个不住”。又半劝半讽的。凤姐见司棋低头不语，也并无畏惧惭愧之意，俞校：“畏惧惭愧之意”——从庚、晋、甲；原“畏惧之心”。倒觉可异。料此时夜深，且不必盘问；只怕他夜间自[己]去寻拙志，俞校：“夜间自[己]去寻拙志”——从庚（“己”误“七”）；原“夜里去寻短志”。遂唤两个婆子监守起他来。俞校：“监守起他来”——从庚；原“监守起来”。带了人，拿了赃证回来，且自安歇，等待明日料理。俞校：“料理”——从庚、晋、甲；原“办理”。谁知夜里俞校：“夜里”——从晋、甲；原“到夜里”。又连俞校：“又连”——从庚；原“一连”。起来几次，下面淋血俞校：“淋血”——从晋、甲；原“血淋”。不止。至次日便觉身体十分软弱起来，俞校：“十分软弱起来”——从庚、晋、甲；原“软弱，头目”。发晕，遂掌不住，俞校：“掌不住”——从庚、晋、甲；原“撑不住”。请太医来。诊脉毕，遂立药案云：“看得少奶奶系心气不足，俞校：“心气不足”——从庚；原“心血不足”。虚火乘脾，俞校：“虚火乘脾”——原“虚火入脾”；庚“虚乘脾”。今改。皆由忧劳所伤；以致嗜卧好眠，胃虚土弱，俞校：“胃虚土弱”——从庚；原“胃弱土虚”。不思饮食。今聊用俞校：“今聊用”——从庚；原“聊用”。庚“聊”又点去。升阳俞校：“升阳”——从庚；原“升阳降火”。养荣之剂。”写毕，俞校：“写毕”——从庚；原“写案毕”。遂开了几样药名，不过是人参、当归、黄芪（俞校："黄芪"——从庚；原"黄蓍"。）等类之剂。一时退去，（俞校："退去"——从庚；原"退出"。）有老嬷嬷（俞校："老嬷嬷"——从庚；原"老妈妈"。）们拿了方子，回过王夫人，不免又添一番愁闷，遂将司棋等事暂且不理。

可巧这日尤氏来看凤姐，坐了一回，（俞校："坐了一回"——从庚、晋、甲；原"坐了一会"。）到园中去又看过李纨。才要望候姊妹（俞校："姊妹"——从庚；原"众姊妹们"。）去，忽见惜春遣人来请，尤氏遂到（俞校："遂到"——从庚；原"遂到了"。）他房中去。惜春便将昨晚之事细细告诉与尤氏，又命将入画的东西一概要来与尤氏过目。尤氏道："实是你哥哥赏他哥哥的，只不该（俞校："只不该"——从庚、晋、甲；原"只是不该"。）私自传送，如今官盐竟成了私盐了。"因骂入画："糊涂脂油蒙了心（俞校："蒙了心"——从庚；原"朦了心"。）的！"惜春道："你们管教不严，反骂丫头。这些姊妹，独我的丫头（俞校："我的丫头"——从庚、晋、甲；原"我的丫环"。）这样没脸，我如何去见人！昨儿我立逼着凤姐姐带了他去，他只不肯。我想，他原是那边的人，凤姐姐不带他去也原有理。我今日正要送过去，嫂子来的恰好，（俞校："恰好"——从庚、晋、甲；原"却好"。）快带了他去。或打（俞校："或打"——从庚、晋、甲；原无。）或杀或卖，我一概不管。"入画听说，又跪下哭求，说："再不敢了。（俞校："再不敢了"——从庚；原"不敢了"。）只求姑娘看从小儿情常，（俞校："情常"——从庚；原"情分"。）好歹生死一处（俞校："一处"——从庚；原"在一处"。）罢！"尤氏和奶娘等人也都十分分解，说："他不过一时糊涂了，下次再不敢的。他从小儿（俞校："他从小儿"——从庚；原"从小儿"。）伏侍你一场，到底留着他为是。"谁知惜春虽然年幼，（俞校："虽然年幼"——从庚；原"虽年幼"。）却天生地（俞校："天生地"——从庚；原"天生成"。）一种百折不回的廉介孤独僻性，任人怎说，他只以为丢了他的体面，咬定牙，断乎不肯。更又说的好："不但不要入画，如今我也大了，（俞校："我也大了"——从庚、晋、甲；原"我已大了"。）连我也不便往你们那边去了。况且近日我每每（俞校："每每"——从庚；原"每日"。）风闻得有人背地里议论什么（俞校："议论什么"——从庚；原"议论"。）多少不堪的（俞校："不堪的"——从庚；原"不堪"。）闲话，我若再去，连我也编上了。"（俞校："编上了"——从庚；原"编派上来"。）尤氏道："谁议论什么？又有什么可议论的？姑娘是谁？我们是谁？姑娘既听见人（俞校："听见人"——从庚、晋、甲；原"听见"。）议论我们，就该问着他才是。"惜春冷笑道："你这话问着我倒好。我一个姑娘家，只有躲是非的，我反去寻是非，成个什么人了！还有一句话，我不怕你恼：好歹自有公论，又何必去问人。古人说得好，(俞校：“说得好”——从庚、晋；原“说的好”。)善恶生死，父子不能有所勖助。何况你我二人之间。我只知道保得住我就够了，不管你们。(俞校：“不管你们”——从庚傍改（下有“去”，点去）；原“不管你的”。)从此以后，(俞校：“从此以后”——从庚；原“从此后”。)你们有事，别累我。”尤氏听了，又气又好笑，因向地下众人道：“怪道人人都说这四丫头年轻糊涂，我只不信。你们听才一篇话，(俞校：“才一篇话”——从庚；原“方才这篇话”。)无原无故，又不知好歹，又没个轻重，虽然是小孩子的话，却又能寒人的心。”众嬷嬷(俞校：“众嬷嬷”——从庚；原“众妈妈”。)笑道：“姑娘年轻，奶奶自然吃些亏的。”惜春冷笑道：“我虽年轻，这话却不年轻。你们不看书，不识几个字，所以都是些呆子，(俞校：“呆子”——从庚、晋、甲；原“傻子”。)看着明白人，倒说我(俞校：“倒说我”——从庚、晋、甲；原“倒说”。)年轻糊涂。”尤氏道：“你是状元探花，(俞校：“探花”——从庚；原“榜眼”。)古今第一个才子，我们是糊涂人，不如你明白，何如？”惜春道：“状元[探花]，(俞校：“[探花]”——原“榜眼”。依前改。庚本此处有脱漏。)难道就没有糊涂的不成？可知他们有不能了悟的(俞校：“有不能了悟的”——原上有“更”；庚亦有“更”；又点改“也”。今删“更”。)更多。”尤氏笑道：“你倒好，(俞校：“你倒好”——从庚、晋、甲；原“你道好”。)才是才子，这会子又作大和尚了，又讲起了悟来。”惜春道：“我不了悟，我也舍不得入画了。”尤氏道：“可知你是个冷口冷心(俞校：“你是个冷口冷心”——从庚；原“你是心冷口冷”。)的人。”惜春道：“古人曾也说的，(俞校：“曾也说的”——从庚；原“曾说的”。)不作狠心人，难得自了汉。我清清白白的一个人，为什么教你们(俞校：“教你们”——从庚；原“叫你们”。)带累坏了我！”尤氏心内原有病，怕说这些话。听说(俞校：“听说”——从庚、晋、甲；原“听见”。)有人议论，已是心中羞恼激射，(俞校：“羞恼激射”——从晋；原“羞恼激烈”。)只是在惜春分中不好发作，忍耐了大半；今见惜春又说这句，因按捺不住，因问惜春道：“怎么就带累了你？你的丫头的不是，无故说我，我倒忍了这半日，你倒越发得了意，只管说这些话。你是千金万金的(俞校：“千金万金的”——从庚；原“千金万金”。)小姐，我们以后就不亲近，(俞校：“不亲近”——从庚、晋、甲；原“不敢亲近”。)仔细带累了小姐的美名。”即刻就叫人将入画带了过去。说着，便赌气起身去了。惜春道：“若果然不来，倒也省了口舌是非，大家倒还清净。”(俞校：“清净”——从庚；原“清静”。)尤氏也不答话，(俞校：“不答话”——从庚；原“不答言”。)一迳往前边去了。不知后事如何，且听下回分解。

蒙戚回后：诸院皆宴息，独探春秉烛以待，大有堤防，的是干才，须另席款待。

凤姐喜事，忽作打破虚空之语；惜春年幼，偏有老成炼达之操，世态何常，知人其难！

第七十五回
开夜宴异兆发悲音　赏中秋新词得佳谶

蒙回前：贾珍居长，不能承先起后，丕振家风，兄弟问柳寻花，父子呼么喝六，贾氏宗风，其坠地矣。安得不发先灵一叹！

乾隆二十一年五月初七日对清。缺中秋诗，俟雪芹。

□□□　开夜宴　发悲音

□□□　赏中秋　得佳谶

话说尤氏从惜春处赌气出来，正欲往王夫人处去。跟从的老嬷嬷们因悄悄的回道："奶奶且别往上房去。才有甄家的几个人来，还有些东西，不知是作什么机密事。奶奶这一去（俞校："奶奶这一去"——从庚、晋、甲；原"这一去"。）恐不便。"尤氏听了道："昨日听见你爷说，看邸报甄家犯了罪，现今抄没家私，（俞校："抄没家私"——从晋、甲；原"抄没家事"。）调取进京治罪。怎么又有人来？"老嬷嬷道："正是呢。才来了几个女人，气色不成气色，慌慌张张的，想必有什么瞒人的事情。"尤氏听了，便不往前去，仍往李氏这边来了。（庚双：前只有探春一语，过至此回，又用尤氏略为陪点，且轻轻谈（淡）染出甄家事故，此画家来落墨之法也。）恰好太医才诊了脉去。李纨近日也略觉清爽了些，拥衾敧枕，（俞校："敧枕"——原"倚枕"；庚"敧枕"，傍改"倚枕"。今改"敧枕"。）坐在床上，正欲一二人来说些闲话。因见尤氏进来，不似往日和蔼可亲，只呆呆的坐着。李纨因问道："你过来了这半日，可在（俞校："可在"——从庚；原"可曾在"。）别处屋里吃些东西没有？只怕饿了。”命素云瞧有什么新鲜点心拣了来。尤氏忙止道：“不必，不必。你一向病着，那里有什么新鲜东西，况且（俞校：“况且”——从庚、晋、甲；原无。）我也不饿。”李纨道：“昨日（俞校：“昨日”——从庚、晋、甲；原无。）他姨娘家送来的好茶面子，（俞校：“茶面子”——从庚、晋、甲；原“茶面”。）倒是对碗来你喝罢。”说毕，便吩咐人去对茶。尤氏出神无语。（俞校：“出神无语”——从庚、晋、甲；原“仍出神无话”。）跟的丫头、媳妇们因问：“奶奶今儿中晌尚未洗脸，这会子趁便可净一净（俞校：“净一净”——从庚、晋、甲；原“洗一洗”。）好？”尤氏点头。李纨忙命素云来取自己妆奁，素云一面取来，一面将自己的胭粉（俞校：“胭粉”——从庚；原“脂粉”。）拿来，笑道：“我们奶奶就少这个。（俞校：“我们奶奶就少这个”——从晋、甲；原“我们”。）奶奶不嫌脏，这是我的，能着（俞校：“能着”——从晋、甲；原“咊著”。）用些。”李纨道：“我虽没有，你就该（俞校：“我虽没有，你就该”——从庚、晋、甲；原“你该”。）往姑娘们那里取去。怎么公然拿出你的来！幸而是他，若是别人，岂不恼呢！”尤氏道：“这又何妨。自来我每逢过来，谁的没使过。今日忽然（俞校：“忽然”——从庚；原无。）又嫌脏了。”一面说，一面盘膝坐在炕沿上。（俞校：“炕沿上”——原“炕上”；庚“炕沿上”。今改“炕沿上”。）银蝶上来，忙代为卸去腕镯、戒指，又将一大袱手巾盖在下截，将衣裳（俞校：“衣裳”——从庚；原“衣服”。）护严。小丫鬟炒豆儿捧了一大盆温水，走至尤氏跟前，只弯腰捧着。银蝶笑道：“说一个个（俞校：“一个个”——从庚；原“一声”。）没［机变］（俞校：“没［机变］”——原“没权便”；庚“没截变”，“截变”又点去。今改“没机变”。）的，说一个葫芦就是一个（俞校：“就是一个”——从庚；原“就是个”。）瓢。奶奶不过待咱们宽些，在家里不管怎样罢了，你就得了意，不管在家出外，当着亲戚也只随着便了。”（俞校：“随着便了”——从庚；原“随便罢了”。）尤氏道：“你随他去罢，横竖洗了就完事了。”炒豆儿忙（俞校：“炒豆儿忙”——从庚；原“炒豆”。）赶着跪下。尤氏笑道：“我们家下（俞校：“我们家下”——从晋、甲；原“我们家上下”。）大小的人只会讲外面（俞校：“外面”——从庚、晋、甲；原“外面的”。）假礼、假体面，究竟（俞校：“究竟”——从庚、晋、甲；原“就竟”。）作出来的事都彀使的了。”（俞校：“彀使的了”——从甲；原“彀使了”。）（庚双：按尤氏犯七出之条，不过只是“过于从夫”四字，此世间妇人之常情耳。其心术慈厚宽顺，竟可出于阿风（凤）之上，时用之名（明）犯七出之人从公一论，可之（知）贾宅中暗犯七出之人亦不少。似明犯者反可宥恐（恕），其什（饰）己（己）非而扬人恶者，阴咊（昧）僻谲之流，实不能客（容）于世者也。此为打草惊蛇法，实写刑（邢）夫人也。）李纨听如此说，便知他已知昨夜之事，因笑道：“你这话有因。谁作事究竟彀使的了？”尤氏道：“你倒问我。你敢是（俞校：“敢是”——从庚、甲；原“敢”。）病着死过去了！”（俞校：“死过去了”——从庚、晋、甲；原“死过了去”。）一语未了，只见人报（俞校：“只见人报”——从庚、晋、甲；原“人报”。）：“宝姑娘来了。”忙说“快请”时，宝钗已走进来。尤氏忙擦脸起身让坐，因问："怎么一个人忽然走来？俞校："一个人忽然走来"——从庚、晋、甲；原"忽然一个人走来"。别的姊妹都怎么不见？"宝钗道："正是我也没有见他们。俞校："没有见他们"——从庚、晋、甲；原"没见他们"。只因今日我们奶奶俞校："我们奶奶"——从庚、晋、甲；原"我们妈妈"。身上不自在，家里两个女人也都因时症未起炕，别的靠不得，我今儿要出去伴着老人家夜里作伴儿。要去回老太太、太太，我想又不是什么大事，且不用提，等好了我横竖进来的，所以来告诉大嫂子一声。"李纨听说，只看着尤氏笑。尤氏也只看着李纨笑。

一时，尤氏盥沐已毕，俞校："盥沐已毕"——从庚、晋、甲；原"洗沐毕"。大家吃面茶。李纨因笑道俞校："因笑道"——从庚、晋；原"笑道"。："既这样，且打发人去请姨妈的安，问是何病。我也病着，不能亲自来的。好妹妹，你去只管去，我自打发人俞校："我自打发人"——从庚；原"我自然打发人"。去到你那里去看屋子。你好歹俞校："你好歹"——从庚、甲；原"好歹"。住一两天还进来，别教我俞校："教我"——从晋、甲；原"叫我"。落不是。"宝钗笑道俞校："宝钗笑道"——从庚、甲；原"宝钗道"。："落什么不是呢？这也是通共常情，俞校："通共常情"——从庚、晋；原"通融常情"。你又不曾卖放了贼。依我的主意，也不必添人过去，竟把云丫头请了来，你和他俞校："你和他"——从庚、晋、甲；原"你合"。住一两日，岂不省事。"尤氏道："可是史大妹妹俞校："史大妹妹"——从庚、晋、甲；原"史大姑娘"。往那里去了？"宝钗道："我才打发他们找你们探丫头去了，叫他同到这里来，我也明白告诉他。"正说着，果然报俞校："果然报"——从庚、晋、甲；原"人报"。"云姑娘和三姑娘来了"。大家让坐已毕，宝钗便说要出去一事。探春道："很好。不但姨妈好了还来的，就便好了不来也使得。"尤氏道："这话奇怪。怎么撵起亲戚来了？"探春冷笑道："正是呢，有叫人撵的，不如我先撵。俞校："我先撵"——从庚、晋、甲；原"先撵"。亲戚们好，也不在俞校："也不在"——从庚；原"也不"。必要死住着才好。咱们倒是一家子亲骨肉呢，一个个不像乌眼鸡，恨不得你吃了我，我吃了你！"尤氏忙笑道俞校："忙笑道"——从庚、晋、甲；原"笑道"。："我今儿是那里来的晦气，偏都俞校："偏都"——从甲；原"偏多"。碰着你姊妹们的气头儿上了。"探春道："谁叫你赶热灶来了！"因问："谁又得罪了你呢？"因又寻思道："四丫头俞校："四丫头"——从晋；原"惜丫头"。也不犯啰唣你，却是谁呢？"尤氏只含糊答应。探春知他畏事，不肯多言，因笑道俞校："知他畏事，不肯多言，因笑道"——从庚、晋、甲；原"知畏事，不敢多言，因道"。："你别装老实了。除了朝廷治罪，没有砍头的。你不必畏头畏尾的。实告诉你罢，我昨儿把王善保俞校："王善保"——从晋、甲；原"王保善"。的那老婆子打了，我还顶着个罪俞校："顶着个罪"——从庚；原"顶著了罪"。呢。不过背地里说我些闲话，难道也还打我一顿不成！"宝钗忙问俞校："宝钗忙问"——从庚、晋、甲；原"宝钗因问"。因何又打他，探春悉把昨夜俞校："昨夜"——从庚、晋、甲；原"昨日"。怎的抄检，怎的打他一一说了俞校："一一说了"——从庚；原"一一都说了"。出来。尤氏见探春已经说了出来，便把惜春方才之事也说了出来。探春道："这是他的俞校："这是他的"——从庚、晋；原"这是他"。僻性，孤介太过，我们再傲不过他的。"又告诉他们说："今日一早不见动静，打听凤辣子又病了。我就打发我妈妈俞校："我妈妈"——从庚；原"我奶妈子"。出去打听王善保家的俞校："王善保家的"——从晋、甲；原"王保善"。是怎样，回来告诉我说，王善保家的俞校："王善保家的"——从庚、晋、甲；原"王保善家"。挨了一顿打，嗔着他多事。"尤氏、李纨道："这倒也是正礼。"俞校："正礼"——从庚、晋、甲；原"正理"。探春冷笑道："这种掩饰谁不会作。且再瞧就是了。"尤氏、李纨皆默无所答。一时，估着俞校："估着"——从庚、晋；原"估量著"。前头用饭，湘云和宝钗回房打点衣衫。不在话下。

尤氏等遂辞了俞校："尤氏等遂辞了"——从庚；原"尤氏辞了"。李纨，往贾母这边来。贾母歪在榻上，俞校："歪在榻上"——从庚、晋、甲；原"坐在榻上"。王夫人说甄家因何获罪，如今抄没了家产，回京治罪等语。贾母听了俞校："贾母听了"——从晋、甲；原"贾母听的"。不自在。恰好见他姊妹来了，因问："从那里来的？可知凤姐妯娌两个的病，今日怎样？"尤氏等忙回俞校："尤氏等忙回"——从庚、晋、甲；原"尤氏便忙回"。道："今日都好些。"贾母点头叹道："咱们别管人家的事，且商量咱们八月十五日赏月是正经。"庚双：贾母已看破孤（狐）悲兔死，故不改己，聊未自遗（遣）耳。王夫人笑道俞校："王夫人笑道"——从庚、晋、甲；原"王夫人道"。："都已预备下了，俞校："预备下了"——从庚、晋、甲；原"齐备下了"。不知老太太拣那里好？只是园里空，俞校："园里空"——从庚；原"园里恐"。夜晚风冷。"贾母道："多穿两件衣服俞校："衣服"——从庚、晋、甲；原"衣裳"。何妨。那里正是赏月的地方，岂可倒不去的。"说话之间，早有媳妇、丫鬟们抬过饭桌来，王夫人、尤氏等忙上来放箸捧饭。俞校："放箸捧饭"——从晋；原"帮箸捧饭"。贾母见自己的几色菜已摆完，另有两大捧盒俞校："两大捧盒"——从庚、晋、甲；原"两个大捧盒"。内捧了几色俞校："几色"——从庚、晋、甲；原"几样"。菜来，便知道各房另外孝敬的旧规矩。贾母因问："都是些什么？上几次我就吩咐过，如今可以把这些蠲了罢，你们还不听。如今比不得在先的时光了。”俞校:“在先的时光了”——原“先辐辏的时光了”;庚如原,“辐”作“铣”,通句旁改成“在先的时候了”。今改“在先的时光了”。鸳鸯忙道:“我说过几次,都不听,也只罢了。”俞校:“也只罢了”——从庚、晋、甲;原“也只得罢了”。王夫人笑道俞校:“王夫人笑道”——从晋、甲;原“王夫人道”。:“不过都是家常东西。今日我吃斋,没有别的;那些面筋、豆腐老太太又不大甚爱吃,只拣了一样椒油莼齑酱来。”贾母笑道俞校:“贾母笑道”——从庚、晋、甲;原“贾母道”。:“这样正好,正想这个吃。”鸳鸯听说,便将碟子挪在跟前。宝琴一一的俞校:“一一的”——从庚、晋、甲;原“一一都”。让了方归坐。贾母便命探春来同吃。探春也都让过了,便和俞校:“便和”——从晋、甲;原“便同”。宝琴对面坐下。侍书忙去取了碗箸俞校:“忙去取了碗箸”——从晋、甲;原“忙取出碗菜”。来。鸳鸯又指那几样菜俞校:“那几样菜”——从晋、甲;原“几样菜”。道:“这两样看不出是什么东西来,俞校:“是什么东西来”——从庚、晋、甲;原“是什么东西”。是大老爷送来的;这一碗是鸡髓笋,是外头老爷送上来的。”一面说,一面就只将这碗笋送至桌上,贾母略尝了两点。便命将那两样着人送回去,“就说我吃了,以后不必天天送,我想吃,自然来要。”媳妇们答应着,仍送过去。不在话下。贾母因问俞校:“贾母因问”——从庚、晋、甲;原“贾母问”。:“有稀饭吃些罢。”尤氏早捧过一碗来,说是红稻米粥。贾母接来吃了半碗,便吩咐将这粥送给凤哥儿俞校:“凤哥儿”——从庚;原“凤姐儿”。吃去,又指着俞校:“又指着”——从庚、晋、甲;原“又指”。这一碗笋俞校:“这一碗笋”——从庚;原“这碗笋”。和这一盘风腌果子狸俞校:“这一盘风腌果子狸”——从庚;原无“一”。给颦儿、宝玉两个吃去,那一碗肉给兰小子吃去。又向尤氏道:“我吃了,俞校:“我吃了”——从庚、晋、甲;原无。你就来吃了罢。”尤氏答应。待贾母漱口洗手毕,俞校:“尤氏答应。待贾母漱口洗手毕”——从庚、晋、甲;原“尤氏答应着,待贾母洗手嗽口毕”。贾母便下地和王夫人说闲话俞校:“说闲话”——从庚、晋、甲;原“说话”。行食。尤氏告坐。探春宝琴二人也起来了,笑道:“失陪,失陪。”俞校:“失陪,失陪”——从庚;原“失陪”。尤氏笑道:“剩我一个人,大排桌的俞校:“大排桌的”——从庚;原“大排桌”。不惯。”贾母笑道:“鸳鸯、琥珀来趁势也吃些,俞校:“也吃些”——从庚;原“吃些”。又作了陪客。”尤氏笑道:“好,好,好,我正要说呢。”俞校:“正要说呢”——从庚;原“正说呢”。贾母笑道:“看着多多的人吃饭,最有趣的。”又指银蝶道:“这孩子也好,也来同你主子一块俞校:“一块”——从庚;原“一块儿”。来吃,等你们离了我,再立规矩去。”尤氏道:“快过来,不必装假。”贾母负手俞校:“负手”——从庚;原“背手”。看着取乐。因见伺候添饭的手内捧着一碗下人的米饭,尤氏吃的仍是白粳饭,贾母问道:“你怎么昏了?

盛这个饭来给你奶奶。”那人道：“老太太的饭完了。今日添了一位姑娘，所以短了些。”鸳鸯道：“如今都是可着头做帽子了，要一点儿富馀俞校：“一点儿富馀”——从庚、晋、甲；原“一点富裕”。也不能的。”王夫人忙回道俞校：“忙回道”——从庚；原“回道”。：“这一二年旱涝俞校：“旱涝”——从甲；原“水旱”。不定，田上的米俞校：“田上的米”——从庚、晋、甲；原“田上米”。都不能按数交的。这几样细米更艰难了，所以都可着吃的多少关去。生恐一时短了，买的不顺口。”贾母笑道：“这正是‘巧媳妇做不出没米粥来’。”俞校：“没米粥来”——从晋；原“没米的粥来了”。众人都笑起来。鸳鸯道：“既这样，你就去把三姑娘的饭拿来添，也是一样。就这么笨！”尤氏笑道：“我这个就够了，也不用取去。”俞校：“不用取去”——从庚；原“不用去取”。鸳鸯道：“你够了，我不会吃的！”地下的媳妇们听说，方忙着取去了。庚双：总伏下文。一时，王夫人也去用饭。这里尤氏直陪贾母说话取笑。到起更的时候，贾母说：“黑了，过去罢。”尤氏方告辞出来。走至大门前上了车，银蝶坐在车沿上。众媳妇放下帘子来，便带小丫头们俞校：“小丫头们”——从庚；原“小丫头儿们”。先直走过那边大门口等着去了。因两府之门相隔没有一箭之路，每日家常来往，不必定要周备，况天黑夜晚俞校：“天黑夜晚”——从庚；原“黑夜”。之间，回来的遭数更多；所以老嬷嬷带着小丫头，俞校：“小丫头”——从庚；原“小丫环”。只几步便走了过来。两边大门上的人都在东西街口早把行人断住。尤氏大车上也不用牲口，只用七八个小厮挽环俞校：“挽环”——原“搀镮”；庚“搀环”。今改“挽环”。拽轮，轻轻的便推拽过这边阶基上俞校：“阶基上”——原“台基上”；庚“堦矶上”。今改“阶基上”。了。于是众小厮退过狮子以外，俞校：“狮子以外”——从庚；原“狮子以后”。众嬷嬷打起帘子，银蝶先下来，然后搀下尤氏来。大小七八个灯笼照的十分真切。尤氏因见俞校：“因见”——从晋、甲；原“见”。两边狮子下放着俞校：“放着”——从庚、晋、甲；原无。四五辆大车，便知系俞校：“便知系”——从庚、晋、甲；原“便知是”。来赴赌之人所乘，俞校：“所乘”——从庚；原无。遂向银蝶众人道：“你看坐车的是这样，骑马的还不知有几个呢。俞校：“有几个呢”——从庚；原“有几个”。马自然在圈里俞校：“圈里”——从庚；原“棚里”。拴着，咱看不见。也不知他娘老子挣下多少钱与他们，这么开心儿。”俞校：“开心儿”——从庚；原“开心”。一面说，一面已到了厅上。贾蓉之妻带了俞校：“带了”——从晋；原“带”。家下媳妇、俞校：“媳妇”——从庚；原“众媳妇”。丫头们也都俞校：“也都”——从庚；原“也都来”。秉烛接了出来。尤氏笑道俞校：“尤氏笑道”——从晋、甲；原“尤氏道”。：“成日家我要偷着瞧瞧他们，俞校："瞧瞧他们"——从庚；原"瞧瞧"。也没得便。今儿倒巧，就顺便俞校："就顺便"——从庚、晋；原"就便"。打他们窗户跟前走过去。"众媳妇答应着，提灯引路，俞校："答应着，提灯引路"——从庚、晋、甲；原"答应，提灯笼引路"。又有一个先去悄悄的知会伏侍的小厮们，俞校："伏侍的小厮们"——从庚、晋、甲；原"小子们"。不要失惊打怪。于是尤氏一行人悄悄的来至窗下，只听里面称三赞四，耍笑之音虽多；庚双：妙！先画赢（赢）家。又兼着恨五骂六，忿怨俞校："忿怨"——从庚、晋、甲；原"怨忿"。之声亦不少。庚双：妙！人（又）画输家。原来贾珍近因居丧，每不得俞校："每不得"——从庚、晋；原"不得"。游玩旷［荡］，俞校："旷［荡］"——原无；庚、晋"旷朗"。今改"旷荡"。又不得观优闻乐作遣，无聊之极，俞校："无聊之极"——从庚、晋、甲；原"无聊之际"。便生了个破闷之法：日间以习射为由，请了各世家弟兄，及诸富贵亲友来较射；因说白白的只管乱射，终无裨益，不但不能长，而且坏了式样，必须立个罚约，赌个利物，才有勉力之心。因此天香楼下箭道内立了鹄子，皆约定每日早饭后俞校："早饭后"——从庚、晋、甲；原"早起饭后"。来射鹄子。贾珍不肯出名，便命贾蓉作局家。这些来的皆系世袭公子，人人家道丰富，且都在少年，正是斗鸡走狗，问柳评花的一干游荡纨袴。因此大家议定，每日轮流作晚饭之主。——每日来射，俞校："每日来射"——从庚；原"每日来射箭"。不便独扰贾蓉一人之意。于是天天宰猪割羊，屠鹅戮鸭，好似俞校："好似"——从庚、晋、甲；原"好是"。"临潼斗宝"一般，都要卖弄自己家的好厨役，好烹炮。俞校："好烹炮"——从庚；原"好烹宰"。不到半月功夫，贾赦、贾政听见这般，不知就里，反说这才是正理，文既误矣，武事当亦该习，况在武荫之属。俞校："况在武荫之属"——从晋、甲；原"况现在世族"。两处遂也命俞校："两处遂也命"——从庚；原"也命"。贾环、贾琮、宝玉、贾兰等四人，于饭后过来，跟着贾珍习射一回，方许回去。贾珍志不在此，再过一二日，俞校："一二日"——从晋；原"一次"。便渐次以歇［臂］俞校："歇［臂］"——原"歇肩"；庚"歇背"。今改"歇臂"。养力为由，晚间或抹抹骨牌，俞校："抹抹骨牌"——从庚；原"抹牌"。赌个酒东而已，至后渐次至钱。俞校："渐次至钱"——从庚、甲；原"渐次赌钱"。如今三四月的光景，竟一日一日俞校："竟一日一日"——从庚、晋、甲；原"一日一日"。赌胜于射了，公然斗叶掷骰，放头开局，夜赌起来。俞校："夜赌起来"——从庚；原"日夜赌起来"。家下人借此各有些俞校："各有些"——从庚、晋、甲；原"名有些"。便益，巴不得的如此，所以竟成了势了。俞校："成了势了"——从庚；原"成了事"。外人皆不知一字。近日邢夫人之胞弟邢德全，也酷好俞校："酷好"——从庚、晋、甲；原"素好"。如此，故也在其中。又有薛蟠，头一个惯喜送钱与人的，见此岂不快乐。这邢德全虽系邢夫人之胞弟，(俞校："邢夫人之胞弟"——从庚、晋；原"邢夫人胞弟"。)却居心行事大不相同，只知吃酒赌钱，眠花宿柳为乐。手中(俞校："手中"——从庚、晋、甲；原无。)滥漫使钱，待人无二心，好酒者喜之，不饮者则亦不去(俞校："则亦不去"——从庚；原"只亦不去"。)亲近，无论上下主仆皆出自一意，并无(俞校："并无"——从庚；原"无"。)贵贱之分，因此都唤他"傻大舅"。薛蟠(俞校："薛蟠"——从庚、晋、甲；原"薛蟠更是"。)早已出名的"呆大爷"。今日二人皆凑在一处，(俞校："皆凑在一处"——从庚、晋；原"都凑在一处"。)都爱抢新快爽利，便又会了(俞校："又会了"——从庚、晋、甲；原"会了"。)两家，在外间(俞校："外间"——从庚、晋、甲；原"外边"。)炕上抢新快；别的又有几家在当地下大桌子上打公番；(俞校："打公番"——从庚；原"打么番"。本回下同。)里间又有一起(俞校："又有一起"——从晋、甲；原"又一起"。)斯文些的，抹骨牌，打天九。此间伏侍的小厮都是十五岁以下的孩子，(俞校："孩子"——从庚、晋、甲；原无。)若成丁的男子到不了这里，故尤氏方潜至窗外偷看。其中有两个十六七岁(俞校："十六七岁"——从庚；原"十七八岁"。)变童，(俞校："变童"——从庚、晋；原"优童"。)以备奉酒的，都打扮的粉妆玉琢的。今日薛蟠又输了一张，(俞校："一张"——从庚；原"一账"。下"二张"同。)正没好气，幸而掷第二张完了，算来除翻过来倒反(俞校："倒反"——从庚；原"到"。)赢了，心中只是兴头起来。贾珍道："且打住，吃了东西再来。"因问那两处怎样。里头打天九的也作了帐等吃饭。(俞校："等吃饭"——从庚；原"等吃呢"。)打公番的未清，且不肯吃。是各不能催，(俞校："是各不能催"——从庚；原"于是不顾"。)先摆下(俞校："先摆下"——从庚、晋、甲；原"先放下"。)一大桌，贾珍陪着吃，命贾蓉落后陪那一起。薛蟠兴头了，便搂着一个变童吃酒，又命将酒去敬邢傻舅。傻舅输家(俞校："傻舅输家"——从庚、晋、甲；原"傻舅输了"。)没心绪，吃了两碗，便有些(俞校："有些"——从庚、甲；原"有"。)醉意，嗔着两个变童，只赶着赢家，不理输家了，因骂道："你们这起兔子，就是这样专[洑]上水。(俞校："专[洑]上水"——原无；庚"专没上水"。今改"专洑上水"。)天天在一处，谁的恩你们不沾，(俞校："你们不沾"——从庚、晋、甲；原"不沾过"。)只不过这一会子输了几两银子，你们就三六九等了。难道从此以后再没有求着我们的事了！"众人见他带酒，忙说(俞校："忙说"——从庚、晋、甲；原"都说"。)："很是，很是。果然他们风俗不好。"因喝命(俞校："喝命"——从庚；原"喝道"。)"快敬酒赔罪"。两个变童都是演就的局套，忙都(俞校："忙都"——从庚、晋、甲；原"都"。)跪下奉酒，说："我们这行人，师父教的，不论远近厚薄，只看一时有钱势就亲敬；(俞校："亲敬"——从庚、晋；原"亲近"。)便是活佛神仙，(俞校："活佛神仙"——从庚；原"活佛活仙"。)一时没了钱势了，不好去理他。(俞校："没了钱势了，不好去理他"——从庚；原"没了钱势，也不许理他"。)

况且我们又年轻，又居这个行次，求舅太爷体恕些，我们就过去了。”说着，便举着酒俯膝跪下。庚双：吊（调）侃，骂死世人不是骂。 庚眉：此一段变童语句太真，反不得其为钱为势之神，当改作委曲认罪语方妥。邢大舅心内俞校：“邢大舅心内”——从庚、晋；原“邢大舅心里”。虽软了，只还故作怒意不理。俞校：“不理”——从庚；原无。众人又劝道：“这孩子是实情说话。俞校：“实情说话”——从庚；原“实情话，说得倒是”。老舅是久惯怜香惜玉的，如何今日反这样起来？若不吃这酒，他两个怎样起来。”俞校：“怎样起来”——从庚、晋；原“怎敢起来”。邢大舅俞校：“邢大舅”——从庚；原“邢舅”。已掌不住了，便说道：“若不是众位说，我再不理。”说着，方接过来一气喝干。又斟了一碗来。这邢大舅俞校：“这邢大舅”——从晋；原“这大舅”。便酒勾往事，醉露真情起来，乃拍案对贾珍叹道：“怨不得他们视钱如命。多少世宦大家出身的，若提起‘钱势’二字，连骨肉都认不得了。老贤甥，昨日我和你那边的令伯母赌气，你可知道否？”俞校：“你可知道否”——从庚；原“你不知道么”。贾珍道：“不曾听见。”邢大舅叹道：“就为钱这件混帐东西。利害，利害！”俞校：“利害，利害”——从庚；原“利害”。贾珍深知他与邢夫人不睦，每遭邢夫人弃恶，扳出怨言，因劝道：“老舅，你也太散漫些。若只管花去，有多少给老舅花的。”邢大舅道：“老贤甥，你不知我邢家底里。我母亲去世时，我尚小，世事不知。他姊妹三个人，只有你令伯母年长出阁，一分家私都是他把持带来。如今二家姐俞校：“二家姐”——从庚、晋；原“二家姊”。虽也出阁，他家也甚艰窘。俞校：“也甚艰窘”——原“甚也艰穷”；庚“也人跟窘”；晋“也甚艰穷”；甲“也很艰窘”。今改“也甚艰窘”。三家姐俞校：“三家姐”——从庚、晋；原“三家姊”。尚在家里，一应用度，都是这里陪房王善保家俞校：“王善保家”——从庚、晋；原“王保善家”。掌管。我便来俞校：“我便来”——从庚、晋；原“便来”。要钱，也非要的是你贾府的，我邢家家私也就够我花了。无奈竟不得到手，所以有冤无处诉。”庚双：众恶之，必察也。今邢夫人一人，贾母先恶之，恐贾母心偏，亦可解之。若贾琏、阿凤之怨恕，儿女之私，亦可解之。若探春之怒，女子不识大而知小，亦可解之。今又忽用乃弟一怨，吾不知将又何如矣。贾珍见他酒后叨叨，恐人听见俞校：“酒后叨叨，恐人听见”——从庚；原“酒后絮絮叨叨，恐被众人听见”。不雅，连忙用话解劝。俞校：“用话解劝”——从庚、晋、甲；原“用言语去解释”。外面俞校：“外面”——从庚、晋、甲；原“这外面”。尤氏等听得俞校：“听得”——从庚、晋、甲；原“听的”。十分真切，乃悄向银蝶笑道俞校：“悄向银蝶笑道”——从庚；原“悄悄向银蝶道”。：“你听见了？这是俞校：“这是”——从庚、晋、甲；原“这就是”。北院里大太太的兄弟抱怨他呢。可怜他亲兄弟还是这样说，俞校：“这样说”——原“这么样”；庚“样说”。今改“这样说”。可就怨不得这些人了。”因还要听时，俞校：“还要听时”——从晋；原“还要再往下听时”。正值打公番的也歇住了，要吃酒。因有一个问道：“方才是谁得罪了老舅？我们竟不曾听明白。俞校："听明白"——从庚、晋、甲；原"听得明白"。且告诉我们俞校："告诉我们"——从甲；原"告诉我"。评评理。"俞校："评评理"——从庚、晋、甲；原"我替评评这理"。邢德全见问，便把两个娈童不理输的只赶赢的俞校："不理输的只赶赢的"——从庚；原"不来理输的只去赶赢的"。话说了一遍。俞校："说了一遍"——从庚、晋、甲；原"告诉了一遍"。这一个俞校："这一个"——从庚；原"这个"。年少的就夸道："这样说来，原可恼的，俞校："原可恼的"——从庚；原"原实可恼"。怨不得舅太爷生气。我且问你两个：舅太爷虽然输了，输的俞校："虽然输了，输的"——从庚；原"输了的"。不过是银子钱，并没有输丢了𣬉毛，俞校："𣬉毛"——从庚、晋、甲；原"指头"。怎就不理他了？"俞校："怎就不理他了"——从庚、晋；原"你怎么就该不理他了"。说着，俞校："说着"——从庚、晋、甲；原无。众人大笑起来，俞校："大笑起来"——从庚；原"听了都大笑起来"。连邢德全也喷了一地饭。尤氏在外面悄悄的啐了一口，骂道："你听听这一起子俞校："这一起子"——从庚；原"这等"。没廉耻的小挨刀的，才丢了脑袋骨子，就胡吣嚼毛了。俞校："嚼毛了"——从庚；原"嚼毛的"。再肏攮下黄汤去，俞校："再肏攮下黄汤去"——从庚；原"若再灌嗓下些黄汤去"。还不知吣出些什么俞校："吣出些什么"——从晋、甲；原"再吣出些什么东西"。来呢。"一面说，一面便进去卸妆安歇。至四更时贾珍方散，往佩凤房里去了。俞校："至四更时贾珍方散，往佩凤房里去了"——从庚、晋、甲；原"这里贾珍直至四更时方才散了，就往佩凤屋里去了"。

次日起来，就有人回西瓜、月饼都全了，俞校："都全了"——从庚、晋、甲；原"都预备全了"。只待分派送人。贾珍吩咐佩凤道俞校："吩咐佩凤道"——从庚、晋、甲；原"吩咐佩凤"。："你请你奶奶看着送罢，我还有别的事呢。"佩凤答应去了，回了尤氏。尤氏只得一一分派，遣人送去。一时，佩凤又来说："爷问奶奶今儿出门不出。说咱们是孝家，明儿十五俞校："明儿十五"——从庚；原"明日十五"。过不得节，今儿晚上倒好，可以大家应个景儿，俞校："应个景儿"——从庚、晋、甲；原"应应景儿"。吃些瓜饼酒。"俞校："瓜饼酒"——从庚；原"瓜果酒饼"。尤氏道："我倒不愿出门呢。俞校："不愿出门呢"——从庚、晋、甲；原"不愿出门"。那边珠大奶奶病了，凤丫头又睡倒了，我再不过去，越发没个人了。俞校："没个人了"——从晋、甲；原"没了人了"。况且他又不得闲，应什么景儿。"佩凤道："爷说了，今儿已辞了众人，直等十六才来呢，好歹定要请奶奶吃酒的。"俞校："请奶奶吃酒的"——从庚；原无"的"。尤氏笑道俞校："尤氏笑道"——从庚；原"尤氏道"。："请我，我没的还席。"俞校："没的还席"——从庚；原"没得还席"。佩凤笑着去了，俞校："笑着去了"——从庚；原"去了"。一时又来，笑道俞校："笑道"——从庚；原"道"。："爷说，连晚饭也请奶奶吃，好歹早些回来，叫我跟了奶奶去呢。"俞校："跟了奶奶去呢"——从庚、甲；原无"呢"。尤氏道："这样，早饭吃什么？快些吃了，我好走。"佩凤道："爷说，早饭在外头吃，请奶

宁国府赏月丛绿堂　开夜宴异兆发悲音

奶自己吃罢。”尤氏问道：“今日外头有谁？”佩凤道：“听见说外头有两个南京新来的，俞校：“南京新来的”——从庚、晋、甲；原“新来的南京人”。倒不知是谁。”说话之间，贾蓉之妻也梳妆了来见过。少时摆上饭来，俞校：“摆上饭来”——从庚；原“摆上饭”。尤氏在上，贾蓉之妻在下陪，婆媳二人吃毕饭。俞校：“吃毕饭”——从庚；原“吃毕”。尤氏便换了衣服，仍过荣府来，至晚方回去。俞校：“仍过荣府来，至晚方回去”——从庚、晋、甲；原“仍过荣府，至晚方回”。果然贾珍煮了一口猪，烧了一腔羊，馀者桌菜及果品之类不可胜记，俞校：“桌菜及果品之类不可胜记”——从庚；原“果菜亦不可胜记”。就在会芳园丛绿堂中，俞校：“会芳园丛绿堂中”——从晋、甲；原“汇芳园中丛绿堂上”。屏开孔雀，褥设芙蓉，带领妻子姬妾，先饭后酒，开怀赏月作乐。俞校：“作乐”——从庚；原无。将一更时分，真是风清月朗，上下如银。贾珍因要行令，俞校：“因要行令”——从庚；原“要行令”。尤氏便叫佩凤等四个人也都入席，俞校：“四个人也都入席”——从庚、甲；原“四人入席”。下面一溜坐下，猜枚划拳，俞校：“划拳”——从庚；原“划拳”。饮了一回。贾珍有了几分酒，一发高兴，便命取了一竿紫竹箫来，俞校：“紫竹箫来”——从庚、晋、甲；原“紫竹箫”。命佩凤吹箫，文花俞校：“文花”——从甲；原“文化”。唱曲，喉清嗓嫩，真令人魄醉魂飞。俞校：“魄醉魂飞”——从庚；原“魄散魂飞”。唱罢，复又行令。那天将有三更时分，俞校：“三更时分”——从庚、晋、甲；原“三更时”。贾珍酒已八分了。大家正添衣俞校：“正添衣”——从庚、晋、甲；原无。饮茶，换盏更酌之际，忽听那边墙下有人长叹之声。大家明明听见，都悚然疑畏起来。庚双：余亦悚然疑畏。贾珍忙厉声叱咤，问：“谁在那里？”连问几声，没有人答应。俞校：“没有人答应”——从庚；原“并无有人答应”。尤氏道：“必是俞校：“必是”——从庚、晋、甲；原“是”。墙外边家里人也未可知。”贾珍道：“胡说。这墙四面皆无下人的房子，况且那边又紧靠着祠堂，庚双：奇绝神想，余更为之悚惧矣。焉得有人。”一语未了，只听得俞校：“只听得”——从庚、晋、甲；原“一时只听得”。一阵风声，竟过墙去了。俞校：“竟过墙去了”——从庚、晋、甲；原“过墙去了”。恍惚闻得祠堂内隔扇开阖之声。俞校：“隔扇开阖之声”——从晋、甲；原“阖房槅之声”。只觉得风气森森，比先更觉凉飒起来。月色惨淡，也不似先明朗。众人都觉毛发倒竖。俞校：“毛发倒竖”——从庚、晋、甲；原“毛发悚然”。贾珍酒已醒了一半，只比别人撑持得住些，心下也十分疑畏，便大没兴头起来。勉强俞校：“便大没兴头起来。勉强”——从庚、晋、甲；原“大没兴头起来。免强”。又坐了一会子，俞校：“一会子”——从庚；原“一会”。就归房安歇去了。俞校：“安歇去了”——从庚、甲；原“安歇了”。

次日一早起来，乃是十五日，带领众子侄俞校：“众子侄”——从庚、晋、甲；原“众人”。开祠堂行朔望之礼。细看祠内，都仍是俞校：“都仍是”——从庚、晋、甲；原“都仍”。照旧好好的，并无怪异之迹。俞校："怪异之迹"——从庚、晋、甲；原"异怪之迹"。贾珍自为醉后自怪，也不提此事。礼毕，仍闭上门，看着锁禁起来。俞校："看着锁禁起来"——从晋、甲；原"照旧锁上"。庚双：未写"荣府庆中秋"，却先写"宁府开夜宴"，未写荣府数尽，先写宁府异道。盖宁乃家宅，凡有关于吉凶者，故必先示之。且列祖祠此，岂无得而警乎？几人先人虽远，然气运相关，必有之利（理）也。非宁府之祖独有感应也。贾珍夫妻至晚饭后，方过荣府来。只见贾赦、贾政都在贾母房内坐着说闲话，与贾母取笑。贾琏、宝玉、贾环、贾兰皆在地下侍立。贾珍来了，都一一见过。说了两句话后，贾母命坐，贾珍方在近门小杌子上告了坐，警身侧坐。俞校："近门小杌子上告了坐，警身侧坐"——从庚、晋；原"进门杌子上坐了"。贾母笑问道："这两日你宝兄弟的箭如何了？"俞校："贾母笑问道"至"如何了"——从庚、晋、甲；原"贾母问道：你兄弟这两日箭如何了"。贾珍忙起身道："大长进了，不但样式好，而且弓也长了一个力气。"俞校："贾珍忙"至"一个力气"——从庚；原"贾珍道：大长了，不但式样好，弓也长了一个力"。贾母道："这也够了。且别贪力，仔细努伤。"俞校："努伤"——从晋、甲；原"弩伤"。贾珍忙答应几个"是"。俞校："忙答应几个是"——从庚、晋；原"答应是"。贾母又道："你昨日送来的月饼好；西瓜看着好，打开却也罢了。"俞校："贾母又道"至"却也罢了"——从庚、晋、甲；原"贾母道：昨日送来的西瓜月饼皆好"。贾珍笑道俞校："贾珍笑道"——从庚；原"贾珍道"。："月饼是新来的一个专做点心的厨子，我试了试果然好，才敢做了孝敬。西瓜往年都还可以，不知今年怎么就不好了。"贾政道："大约今年雨水太勤之故。"俞校："西瓜往年"至"雨水太勤之故"——从庚、晋；原无。贾母笑道俞校："贾母笑道"——从庚、晋、甲；原"贾母道"。："此时月已上了，俞校："月已上了"——从庚；原"月上了"。咱们且去上香。"说着，俞校："说着"——从庚、晋、甲；原无。便起身扶着宝玉的肩，带领众人，齐往园中来。当下俞校："当下"——从庚、晋、甲；原无。园之正门俱已大开，吊着羊角大灯。嘉荫堂前月台上焚着斗香，秉着风烛，陈献着瓜饼及各色果品。俞校："及各色果品"——从庚；原"各色果品"。邢夫人等一干女客，皆在里面久候。真是俞校："真是"——从庚、甲；原"正是"。月明灯彩，人气香烟，晶艳氤氲，不可形状。地下铺着拜毯锦褥。贾母盥手上香，拜毕，于是大家皆拜过。俞校："贾母盥手"至"皆拜过"——从庚、晋、甲；原无。贾母便说："赏月在山上最好。"因命在那山脊上的大厅上俞校："大厅上"——从庚；原"大亭上"。去。众人听说，就忙着俞校："就忙着"——从庚；原"忙著"。到那里去铺设。贾母且在嘉荫堂中吃茶少歇，说些闲话。

一时，人回："都齐备了。"贾母方扶着人上山来。俞校："上山来"——从庚、晋、甲；原"上山"。王夫人等因说俞校："因说"——从庚；原"说"。："恐石上苔滑，还是坐竹椅俞校："竹椅"——从晋、甲；原"竹椅子"。上去。"贾母道："天天有人打扫，况且极平稳的宽路，何必不疏散疏散筋骨。”于是贾赦、贾政等在前导引，俞校：“导引”——从庚；原“引路”。又是俞校：“又是”——从庚、晋、甲；原无。两个老婆子秉着两把羊角手罩，俞校：“羊角手罩”——从晋、甲；原“羊角手罩灯”。鸳鸯、琥珀、尤氏等贴身搀扶，邢夫人等在后围随。从下逶迤俞校：“从下逶迤”——从庚、晋、甲；原无。不过百馀步，至主山之峰脊上，便是这座敞厅。俞校：“这座敞厅”——从庚、晋、甲；原“这坐敞厅”。因在山之高脊，故名曰“凸碧山庄”。于厅前俞校：“厅前”——从庚、晋、甲；原“亭前”。平台上列下桌椅，又用一架大围屏隔作两间。凡桌椅形式俞校：“桌椅形式”——从庚、晋、甲；原“桌椅形势”。皆是圆的，特取团圆之意。上面居中，俞校：“上面居中”——从庚、甲；原“居中”。贾母坐下，左垂首俞校：“左垂首”——从庚；原“左垂手”。下“右垂首”同。贾赦、贾珍、贾琏、贾蓉，右垂首贾政、宝玉、贾环、贾兰，团团围坐。只坐了半壁，俞校：“只坐了半壁”——从庚傍改（“了”下有“桌”，点去）；原无。下面还有半壁馀空。贾母笑道俞校：“贾母笑道”——从庚、晋、甲；原“贾母道”。：“常日倒还不觉人少，今日看来，还是俞校：“还是”——从庚；原“究竟”。咱们人也甚少，算不得甚么。俞校：“算不得甚么”——从庚、晋、甲；原无。庚双：未饮先感人丁，总是将散之兆。想当年过的日子，到今夜男女三四十个，何等热闹。今日就这样太少了。待要再叫几个来，他们都是有父母的，家里去应景，不好来的。如今叫女孩们俞校：“女孩们”——从庚；原“女孩子们”。来，坐那边俞校：“坐那边”——从庚、晋、甲；原“坐在那边”。罢。”于是令人向围屏后邢夫人等席上俞校：“令人向围屏后邢夫人等席上”——从晋、甲；原无。将迎春、探春、惜春俞校：“迎春、探春、惜春”——从庚、晋、甲；原“迎探惜”。三个请出来。贾琏、宝玉等一齐出坐，先尽他姊妹坐了，然后在下方俞校：“贾琏、宝玉”至“在下方”——从庚；原无。依次坐定。贾母便命折一枝桂花来，命一媳妇在屏后击鼓传花。若花在手中，俞校：“花在手中”——从晋、甲；原“在手中”。饮酒一杯，罚说笑话俞校：“说笑话”——从庚、晋、甲；原“笑话”。一个。庚双：不犯前几次饮酒。于是俞校：“于是”——从庚、晋、甲；原无。先从贾母起，次贾赦，一一接过。鼓声两转，恰恰在贾政手中住了，俞校：“贾政手中住了”——从庚、晋、甲；原“贾政手中”。庚双：奇妙！偏在政老手中，竟能使政老一谑，真大文章矣。只得饮了酒。众姊妹弟兄都你悄悄的扯我一下，我暗暗的又捏你一把，都含笑，倒要听是何笑话。俞校：“姊妹弟兄”至“是何笑话”——从晋；原“姊妹弟兄皆要听是何笑话”。庚双：余也要细听。贾政见贾母喜悦，只得承欢。俞校：“只得承欢”——从庚、晋、甲；原“只得说”。方欲说时，贾母又笑道俞校：“贾母又笑道”——从庚、晋、甲；原“贾母道”。：“若说的不笑了，还要罚。”贾政笑道俞校：“贾政笑道”——从庚、甲；原“贾政道”。：“只得一个，说来不笑，也只好受罚了。俞校：“说来不笑，也只好受罚了”——从庚；原“若不笑，只好愿罚了”。一家子一个人，最怕老婆的。俞校：“最怕老婆的”——从庚；原“最怕老婆”。——”才说了一句，俞校：“才说了一句”——从庚；原“只说了这一句”。大家都笑了。——因从不曾见贾政说过笑话，俞校：“说过笑话”——从庚；

原"说过"。所以才笑。庚双：是极，摹神之至。贾母笑道俞校："贾母笑道"——从庚、晋、甲；原"贾母道"。："这必是好的。"贾政笑道俞校："贾政笑道"——从庚、甲；原"贾政道"。："若好，老太太多吃一杯。"贾母笑道俞校："贾母笑道"——从庚、晋、甲；原"贾母道"。："自然。"贾政又说道俞校："贾政又说道"——从庚、晋、甲；原"贾政道"。："这个怕老婆的人从不敢多走一步。偏是那日是八月十五，俞校："八月十五"——从庚、晋、甲；原"八月十五日"。到街上买东西，便遇见了几个朋友，死活俞校："死活"——从庚、晋、甲；原无。拉到家里去吃酒。不想吃醉了，便在俞校："便在"——从庚、晋、甲；原无。朋友家睡着了，第二日才醒，俞校："第二日才醒"——从庚；原"第二日醒了"。后悔不及，只得来家赔罪。他老婆正洗脚，说：'既是这样，你替我舔舔就饶你。'这男人只得给他𫍢，俞校："给他𫍢"——从庚、晋、甲；原"舔"。未免恶心要吐。他老婆便恼了，要打，说：'你这样轻狂。'俞校："你这样轻狂"——从庚、晋、甲；原"就这么轻狂"。吓得他男人俞校："吓得他男人"——从庚；原"吓的男人"。忙跪下求说俞校："求说"——从庚、晋、甲；原"说"。：'并不是奶奶的脚脏，俞校："奶奶的脚脏"——从晋；原"奶奶脚臭"。只因俞校："只因"——从庚、晋、甲；原"只是"。昨晚吃多了黄酒，又吃了几块俞校："吃了几块"——从庚；原"吃了"。月饼馅子，所以今日有些作酸呢。'"俞校："作酸呢"——从庚、晋、甲；原"作酸的"。说的俞校："说的"——从庚；原无。贾母与众人俞校："贾母与众人"——从庚、晋、甲；原"贾母众人"。都笑了。庚双：这方是贾政之谑，亦善谑矣。贾政忙斟了一杯，送与贾母。贾母笑道俞校："贾母笑道"——从庚、晋、甲；原"贾母道"。："既这样，快叫人取烧酒来，别叫你们受累。"众人又都笑起来。于是又击鼓。便从俞校："于是又击鼓。便从"——从庚、晋、甲；原"又击鼓，从"。贾政传起，可巧传至宝玉鼓止。宝玉因俞校："宝玉因"——从庚、晋、甲；原"因"。贾政在坐，自是踧踖不安，花偏又俞校："花偏又"——从庚傍改（"花"傍添）；原"偏又"。在他手内，因想："说笑话倘或不发笑，俞校：不发笑"——从庚傍改（"不"下有"好"，点去）；原"说不好了"。又说没口才，连一笑话不能说，何况别的，这有不是；俞校："连一笑话"至"这有不是"——从庚；原无。若说好了，又说正经的不会，只惯油嘴贫舌，俞校："只惯油嘴贫舌"——从庚、晋；原"只管油嘴贫舌"。更有不是。不如不说的好。"庚双：实写旧日往事。乃起身辞道："我不能说笑话，求再限别的罢了。"贾政道："既这样，限一个'秋'字，就即景做一首诗。若好，便赏你；若不好，明日仔细。"俞校："明日仔细"——从庚、晋、甲；原"明日好好仔细"。贾母忙道："好好的行令，如何又要作诗了？"俞校："又要作诗了"——从庚；原"又作诗"。贾政道："他能的。"贾母听说："既这样，就作。"命人俞校："既这样，就作。命人"——从庚；原"就命快作叫"。取了纸笔来。贾政道："只不许用那些冰、玉、晶、银、彩、光、明、素等样堆砌字眼，要另出己见，试试你这几年的情思。"俞校："情思"——从庚、晋、甲；原"心思"。宝玉听了，碰在心坎上，遂立想了四句，向纸上写了，呈与贾政

聚天伦贾母感寥落　赏中秋新词得佳谶

看。俞校："呈与贾政看"——从庚、晋、甲；原"呈与贾赦看"。道是……贾政看了，点头不语。贾母见这般，知无甚大不好，便问："怎么样？"贾政因欲贾母喜悦，便说："难为他。只是不肯念书，到底词句不雅。"贾母道："这就罢了。俞校："这就罢了"——从庚、晋、甲；原"就罢了"。他能多大，定要他做才子俞校："做才子"——从庚；原"作才子"。不成！这就该奖励他，以后越发上心了。"贾政道："正是。"因回头命个老嬷嬷俞校："老嬷嬷"——从庚、晋、甲；原"婆子"。出去，吩咐书房内的小厮俞校："书房内的小厮"——从庚；原"书房内小子们"。："把我海南带来的扇子取两把给他。"宝玉忙拜谢，仍复归座俞校："仍复归座"——从庚；原"仍旧归坐"。行令。当下贾兰见奖励宝玉，他便出席，也做了一首，递与贾政看时，写道是……俞校："递与贾政看时，写道是"——从庚；原"递与贾政"。贾政看了，喜不自胜，遂并讲与贾母听时，俞校："讲与贾母听时"——从庚、晋、甲；原无"时"。贾母也十分欢喜，也忙令贾政赏他。俞校："忙令贾政赏他"——从甲；原"忙令赏"。于是大家归坐，复行起令来。这次贾赦手内住了，只得吃了酒，说笑话。因说道："一家子一个儿子最孝顺。偏生母亲病了，各处求医不得，便请了一个针灸俞校："针灸"——原"针炙"。今改"针灸"。本回下数个同。的婆子来。这婆子原不知道脉理，只说是心火，如今用针灸之法，针灸针灸就好了。这儿子慌了，便问：'心见铁即死，如何针得？'婆子道：'不用针心，只针肋条就是了。'儿子道：'肋条离心甚远，怎么就好？'婆子道：'不妨事，你可知天下父母心偏的多呢。'"俞校："你可知天下父母心偏的多呢"——从庚、晋；原"你可知道天下的父母的心偏得多呢"。庚"多"下旁添"着"。众人听说，俞校："众人听说"——从庚、晋、甲；原"众人"。都笑起来。贾母也只得吃半杯酒，半日笑道："我也得这个婆子针一针就好了。"贾赦听见，便知自己失言冒撞，贾母疑心，俞校："贾母疑心"——从晋、甲；原"贾母疑了心"。忙起身笑与贾母把盏，以别言解释。贾母亦不好再提，且行起令来。不料这次花却在俞校："却在"——从庚、晋、甲；原"在"。贾环手里。贾环近日读书稍进，其脾味俞校："脾味"——从庚；原"脾胃"。中不好务正，也与宝玉一样，故每常也好看些诗词，专好奇诡仙鬼一格。俞校："一格"——从庚；原"一路"。今见宝玉作诗受奖，他便技痒，只当着贾政不敢造次。如今可巧花在手中，便也索纸笔来，俞校："索纸笔来"——从庚、甲；原"拾取纸笔"。立挥一绝与贾政。庚双：偏立贾政戏谑，已是异文，而贾环作诗，贾（实）奇中又奇之奇文也，总在人意料之外。竟有人曰："贾环如何又有好诗，似前言不搭后文矣。"盖不可向说问。贾环亦荣公子（之）正脉，虽少年顽劣，见今故（古）小儿之常情年（耳）。读书岂无长进之理哉？况贾政之教是弟子目（自）己，大觉疏忽矣。若是贾环连一平仄也不知，岂荣府是寻常膏梁（粱）不知诗书之家哉？然后之（知）宝玉之一种情思，正非有益子（之）总（聪）明，不得谓比诸人皆妙者也。贾政看了，亦觉罕异，只是词句终带着（俞校："词句终带着"——从庚、晋；原"词句中略带著"。）不乐读书之意，遂不悦道（俞校："遂不悦道"——从庚、晋、甲；原"不悦道"。）："可见是弟兄了，发言吐气，总属邪派。将来都是不由规矩准绳一起下流货。妙在古人中（俞校："古人中"——从庚、晋、甲；原"古人云"。）有'二难'，你两个也可以（俞校："也可以"——从庚、晋、甲；原"也可"。）称'二难'了。只是你两个的'难'字，却要做'难以教训'的'难'字讲才好。哥哥是公然以温飞卿自居，如今兄弟又自为曹唐再世了。"说的贾赦等（俞校："贾赦等"——从庚、晋；原"贾赦"。）都笑了。贾赦乃要诗瞧了一遍，（俞校："乃要诗瞧了一遍"——从庚傍改（"了"傍添）；原"因要诗瞧一遍"。）连声赞好道："这诗据我看，甚是有气骨。（俞校："赞好道：这诗据我看，甚是有气骨"——从庚、晋、甲；原"赞道好，这诗据我看去，甚有气骨"。）想来咱们这样人家，原不比那起寒酸，定要雪窗萤火，一日蟾宫折桂，方得扬眉吐气。咱们的子弟，都原该读些书，不过比人略明白些，可以做得官时，（俞校："做得官时"——从庚、晋、甲；原"看得过时"。）就跑不了一个官的。何必多费了功夫，反弄出书呆子（俞校："书呆子"——从庚、晋、甲；原"呆子"。）来。所以我爱他这诗，竟（俞校："我爱他这诗，竟"——从庚、晋、甲；原"爱他这诗"。）不失咱们侯门的气概。"（俞校："侯门的气概"——从庚、晋、甲；原"侯门气概"。）因回头吩咐人去（俞校："吩咐人去"——从庚、晋、甲；原"吩咐人"。）取了自己的许多玩物（俞校："许多玩物"——从庚、晋、甲；原"顽物"。）来赏赐与他。因又拍着贾环的头，笑道："以后就这样做去，（俞校："这样做去"——从庚、晋、甲；原"这样作去"。）方是咱们的口气。将来这世袭的前程定跑不了你袭呢。"贾政听说，忙劝道："不过他胡诌如此，那里就论到后事了。"说着，便斟上酒，又行了一回令。（俞校："行了一回令"——从庚、晋、甲；原"行一回令"。）（庚双：便又轻轻抹去也。）贾母便说："你们去罢。自然外头还有相公们候着，也不可轻忽了他们。况且二更多了，你们散了，再让我和姑娘们（俞校："我和姑娘们"——从庚傍改（"们"改"和"）；原"我们姑娘们"。）多乐一回，好歇着了。"（俞校："好歇着了"——从庚、晋、甲；原"好歇著"。）贾赦等（俞校："贾赦等"——从庚；原"贾赦"。）听了，方止了令，又大家公进了（俞校："又大家公进了"——从庚；原"大家共进了"。）一杯酒，方带着子侄们出去了。要知端的，再听（俞校："再听"——从晋、甲；原无。）下回分解。

戚回后：下回有一篇极清雅文字，下幅有半篇极整齐文字，故先叙抢快摸牌，沉湎酒色为反振，有骏马下坡、鸷鸟将翔之势。

看聚赌一段，宛然"宵小群居终日图"，看赏月一段，又宛然"望族序齿燕毛录"，说火则热，而说冰则寒，文心固无所不可。

第七十六回
凸碧堂品笛感凄清　凹晶馆联诗悲寂寞

戚回前：此回着笔最难，不叙中秋夜宴则漏，叙夜宴又与上元相犯；不叙诸人酬和则俗，叙酬和又与起社相犯。诸人在贾政前吟诗，诸人各自为一席，又非礼。既叙夜宴，再叙酬和，不漏不俗，更不相犯。云行月移，水流花放，别有机括，深宜玩索。

话说贾赦、贾政带领贾珍等（俞校："带领贾珍等"——从庚、晋、甲；原"等"。）散去，不提。且说贾母这里命将围屏撤去，两席并而为一。（俞校："并而为一"——从庚；原"并为一席"。）众媳妇另行擦桌整果，更杯洗箸，陈设一番。贾母等都添了衣，盥漱吃茶，方又入坐，团团围绕。贾母看时，宝钗姊妹二人不在坐内，知他们家去圆月去了。且李纨凤姐二人又病着，少了四个人，便觉冷清了好些。（庚双：不想这次中秋反写得十分凄楚。）贾母因笑道："往年你老爷们不在家，咱们越性（俞校："越性"——从庚；原"随性"。）请过（俞校："请过"——从庚、晋、甲；原"都请"。）姨太太来，大家赏月，却十分热闹；忽一时想起你老爷来，又不免想到夫妻母子儿女不能一处，也都没兴。（俞校："也都没兴"——从庚、晋、甲；原"也都有些没兴"。）及至今年，你老爷来了，正该大家团圆取乐，（俞校："正该大家团圆取乐"——从庚、晋、甲；原"大家团圆"。）又不便（俞校："又不便"——从庚、晋、甲；原"却又不便"。）请他们娘儿们（俞校："他们娘儿们"——从庚、甲；原"他娘儿们"。）来说说笑笑。况且他们今年又添了两口人，也难丢了他们，跑到这里来。偏又把凤丫头病了。有他一人来说说笑笑，还抵得十个人的空儿。可见天下事俞校："天下事"——从庚、晋、甲；原"天下的事"。总难十全。"说毕，不觉长叹一声，遂命拿大杯来斟热酒。王夫人笑道："今日得母子团圆，自比往年有趣；往年娘儿们虽多，终不似今年自己骨肉齐全的好。"贾母笑道："正是为此，所以我才高兴拿大杯来吃酒。你们也换大杯才是。"邢夫人等只得换上大杯来。因夜深体乏，不能胜酒，未免俞校："不能胜酒，未免"——从庚、晋、甲；原"不能饮酒"。都有些倦意，无奈贾母兴犹未阑，俞校："兴犹未阑"——从晋、甲；原"兴犹未尽"。只得陪饮。贾母又命将罽毯俞校："罽毯"——原"罽毡"；庚"属毡"，改"洋毡"。今改"罽毯"。铺于阶上，命将俞校："命将"——从庚、晋、甲；原"命人将"。月饼、西瓜、果品等类都叫搬下去，令丫头、媳妇们也都团团围坐赏月。贾母因见月至中天，比先越发俞校："越发"——从庚、晋、甲；原"益发"。精彩可爱，因说："如此好月，不可不闻笛。"因命人将十番上女孩子传来。贾母道："音乐多了，俞校："贾母道：音乐多了"——从庚、晋、甲；原"吩咐说：音乐多"。反失雅致，只用吹笛的远远吹起来就够了。"说毕，刚才去说时，俞校："刚才去说时"——从庚傍改（"吹"改"说"）；原"刚去吹时"。只见跟邢夫人的媳妇走来，俞校："走来"——从庚、晋、甲；原"便走来"。向邢夫人前说了两句话。贾母便问："说什么事？"俞校："说什么事"——从庚；原"什么事"。那媳妇便回说："方才大老爷出去，被石头绊了一下，崴了腿。"贾母听说，忙命两个婆子快看去，又命邢夫人快去。邢夫人遂告辞起身。贾母便又说："珍哥媳妇也趁着便就家去罢，俞校："也趁着便就家去罢"——从庚、甲；原"趁著便儿你就去罢"。我也就睡了。"尤氏笑道："我今日不回去了，定要和俞校："定要和"——从庚、晋、甲；原"定与"。老祖宗吃一夜。"贾母笑道俞校："贾母笑道"——从庚、晋、甲；原"贾母说道"。："使不得，使不得！你们小夫妻家，今夜不要俞校："不要"——从庚、晋、甲；原"也要"。团圆团圆，如何为我耽搁了！"尤氏红了脸，笑道："老祖宗说的我们太不堪了。我们虽然年轻，俞校："虽然年轻"——从庚；原"虽年轻"。已经是俞校："已经是"——从庚、晋、甲；原"已经"。十来年的夫妻，也奔四十岁的人了。况且孝服未满，陪着老太太玩一夜还罢了，岂有自去团圆之理。"贾母听说，笑道："这话很是。我倒也忘了孝未满。可怜你公公已是二年多了。俞校："已是二年多了"——从庚；原上有"转眼"。庚双：不是弄（算）贾敬，却是弄（算）赦死斯（期）也。可是我倒忘了，该罚我一大杯。既这样，你就越性别送，俞校："别送"——从庚、晋、甲；原"别去"。陪着我罢了。俞校："罢了"——从庚；原"罢"。你叫蓉儿媳妇送去，俞校："送去"——从庚、晋、甲；原"他"。就顺便回去罢。"尤氏说了，蓉妻答应着，送出邢夫人，一同至大门，各自上车回去。不在话下。

这里贾母仍带众人赏了一回桂花，又入席换暖酒来。正说着闲话，猛不防那壁厢桂花树下，呜呜咽咽，悠悠扬扬吹出笛声来。趁着这俞校：“趁着这”——从庚、晋、甲；原“趁著”。明月清风，天空地净，俞校：“天空地净”——从庚；原“天空地静”。真令人烦心顿解，万虑齐除，俞校：“万虑齐除”——从庚、晋、甲；原“万慝齐消”。都肃然危坐，默相赏听。约两盏茶时，方才止住，大家称赞不已。于是遂又斟上暖酒来。贾母笑道：“果然可听么？”俞校：“可听么”——从庚；原“好听么”。众人笑道：“实在可听。俞校：“实在可听”——从庚、晋、甲；原“实在好听”。我们也想不到这样。须得老太太带领着，我们也得开些心胸。”俞校：“开些心胸”——从庚、晋；原“开心胸”。贾母道：“这还不大好，须得拣那曲谱越慢的俞校：“曲谱越慢的”——从庚、晋、甲；原“曲谱中越慢的”。吹来越好。”说着，便将自己吃的一个内造瓜仁油俞校：“瓜仁油”——从庚；原“瓜仁油的”。松瓤月饼，又命斟一大杯热酒，送给谱笛之人慢慢的吃了，俞校：“吃了”——从庚、晋、甲；原“吃了来”。再细细的吹一套来。俞校：“吹一套来”——从庚、晋、甲；原“吹一套”。媳妇们答应了，方送去，只见方才瞧贾赦的两个婆子回来说：“瞧了。右脚面上白肿了些。如今调服了药，俞校：“调服了药”——从庚、晋、甲；原“服了药”。疼得好些了，也不甚大关系。”贾母点头叹道：“我也太操心。打紧俞校：“打紧”——从庚、晋、甲；原“得紧”。说我偏心，我反这样。”因就将方才贾赦的笑话说与王夫人、尤氏等听。王夫人等因笑劝道俞校：“笑劝道”——从庚；原“笑说劝道”。：“这原是酒后大家说笑，俞校：“大家说笑”——从庚；原“说笑”。不留心也是有的，岂有敢说老太太之理！老太太自当俞校：“老太太自当”——从庚；原“自当”。解释才是。”只见鸳鸯拿了软巾兜与大斗篷来，说：“夜深了，恐露水下来，风吹了头，须要添了这个。坐坐也该歇了。”贾母道：“偏今儿高兴，你又来催。难道我醉了不成！偏到天亮。”俞校：“偏到天亮”——从庚、晋、甲；原“偏天亮才歇”。因命再斟酒来。一面戴上兜巾，俞校：“因命再斟酒来。一面戴上兜巾”——从庚、晋、甲；原“命斟酒来。一面戴了兜巾”。披了斗篷，大家陪着又饮，说些笑话。只听桂花阴里，呜呜咽咽，袅袅悠悠又发出一缕笛音来，果真比先越发凄凉，大家都寂然而坐。夜静月明，且笛声悲怨，贾母年老带酒之人，听此声音，不免有触于心，禁不住堕下泪来。众人彼此俞校：“彼此”——从庚；原“此时也”。都不禁凄凉寂寞之意，半日，方知贾母伤感，才忙转身陪笑，发语解释。庚双：“转身”妙！画出对月听笛如痴如呆、不觉尊长在上之形景来。又命暖酒，俞校："暖酒"——从庚；原"换酒"。且住了笛。尤氏笑道："我也就学了一个笑话儿，说与老太太俞校："老太太"——从庚、晋、甲；原"老祖宗"。解解闷。"贾母勉强笑道俞校："勉强笑道"——从庚、晋、甲；原"勉强的笑道"。："这样更好，快说来我听。"尤氏乃说道俞校："乃说道"——从庚、晋、甲；原"乃说"。："一家子养了四个儿子：大儿子只一个俞校："只一个"——从庚、晋、甲；原"是一个"。紧接下三个同。眼睛，二儿子只一个耳朵，三儿子只一个鼻子眼，四儿子倒都齐全，偏又俞校："倒都齐全，偏又"——从庚、晋、甲；原无。是个哑叭。"正说到这里，只见贾母已朦胧双眼，似有睡去之态。俞校："睡去之态"——从庚、晋、甲；原"睡著之态"。庚双：总写出凄凉无兴景况来。尤氏方住了，忙和王夫人轻轻的俞校："轻轻的"——从庚、甲；原"轻轻"。请醒。贾母睁眼笑道："我不困，白闭闭眼养神。你们只管说，俞校："你们只管说"——从庚、晋、甲；原"你只管说"。我听着呢。"庚双：活画。王夫人等俞校："王夫人等"——从庚、晋、甲；原"王夫人"。笑道："夜已四更了，风露也大。请老太太安歇罢。俞校："安歇罢"——原"安歇罢了"；庚"歇罢了"，旁改"歇着罢"。今改"安歇罢"。明日再赏十六，也不辜负这月色。"贾母道："那里就四更了？"王夫人笑道："实已四更。他们姊妹们熬不过，都去睡了。"贾母听说，细看了一看，果然都散了，只有探春在此。俞校："探春在此"——从庚；原"探春一人在此"。贾母笑道："也罢。你们也熬不惯。俞校："熬不惯"——从庚、晋、甲；原"熬不惯夜"。况且弱的弱，病的病，去了倒省心。俞校："去了倒省心"——从庚、晋、甲；原"可倒要费心"。只是三丫头可怜，尚还等着，俞校："只是三丫头可怜，尚还等着"——从庚、晋、甲；原"只有三丫头可怜见儿的，尚还等著呢"。你也去罢。我们散了。"俞校："我们散了"——从庚、甲；原"我们要散了"。说着便起身，吃了一口清茶，便有预备下的俞校："便有预备下的"——从庚；原"便预备下"。竹椅小轿，便围着斗篷坐上，两个婆子搭起，众人围随出园去了。不在话下。

这里众媳妇收拾俞校："收拾"——从庚、晋、甲；原"归收"。杯盘碗盏俞校："碗盏"——从庚；原"碗箸"。时，却少了个俞校："却少了个"——从庚、晋、甲；原"少了一个"。细茶杯，各处寻觅不见，又问众人："必是谁失手打了。撂在那里，告诉我，拿了磁瓦俞校："磁瓦"——从晋、甲；原"磁瓦子"。去交收是证见；不然，又说偷起来了。"众人都说："没有打了。只怕俞校："只怕"——从庚、晋、甲；原"只怕是"。跟姑娘们的人打了，也未可知。你细想想，或问问俞校："或问问"——从庚、晋、甲；原"或是问问"。他们去。"一语俞校："一语"——从庚、晋、甲；原"一语未了"。提醒了这管家伙的媳妇，因笑道："是了。那一会记得是翠缕拿着的，我去问他。"说着俞校："我去问他。说着"——从庚、晋、甲；原"我去问他去。随著"。便去找时，刚下了甬路，就遇见了紫鹃和翠缕来了。庚双：妙！又出一个。翠缕便问道："老太太散了，可知我们姑娘那去了？"庚双：更妙！这媳妇道俞校："这媳妇道"——从庚、晋、甲；原"媳妇道"。：

"我来问那一个茶钟（俞校："茶钟"——从庚、晋、甲；原"茶杯"。）往那里去了，你们倒问我要姑娘。"翠缕笑道："我们倒茶（俞校："我们倒茶"——从庚；原"我涮茶"。）给姑娘吃的，展眼（俞校："展眼"——从晋、甲；原"转眼"。）回头，就连姑娘也没了。"（俞校："也没了"——从庚、晋、甲；原"都不见了"。）那媳妇道："太太才说都睡觉去了。你不知那里玩去了，还不知道呢。"翠缕和紫鹃道："断乎没有悄悄的睡去（俞校："睡去"——从庚、晋、甲；原"睡觉"。）之理，只怕在那里走了一走。（俞校："走了一走"——从庚、晋、甲；原"走了走"。）如今见老太太散了，（俞校："老太太散了"——从庚；原"老太太走了"。）赶过前边送去，（俞校："送去"——从庚、晋、甲；原"送去了"。）也未可知。我们且往前边（俞校："往前边"——从庚、晋、甲；原"往里边"。）找找去。有了姑娘，自然你的茶钟（俞校："茶钟"——从甲；原"茶杯"。）也有了。你明日一早再找，有什么忙的。"媳妇笑道："有了下落就不必忙了。（俞校："不必忙了"——从庚、晋、甲；原"不忙了"。）明儿就和你要罢。"说毕回去，仍查收家伙。这里（俞校："这里"——从晋、甲；原"这"。）紫鹃和翠缕便往贾母处来，不在话下。（俞校："不在话下"——从庚、晋、甲；原"不提"。）

原来黛玉和湘云二人并未去睡觉。（俞校："并未去睡觉"——从庚；原"并未曾去睡"。）只因黛玉见贾府中许多人赏月，贾母犹叹人少，不似当年热闹，又提宝钗姊妹家去母女弟兄自去赏月等语，不觉对景感怀，自去俯栏垂泪。宝玉近因（俞校："近因"——从庚、晋、甲；原"近日因"。）晴雯病势甚重，诸务无心，（俞校："诸务无心"——从庚、晋、甲；原"诸事无心"。）（庚双：代（带）一笔，妙！更觉谨密不漏。）王夫人再四（俞校："再四"——从庚、晋、甲；原"再三"。）遣他去睡，他便去了。探春又因近日家事恼着，（俞校："家事恼着"——从庚、晋、甲；原"这事著恼"。）无暇（俞校："无暇"——从庚；原"也无暇"。）游玩。虽有迎春、惜春（俞校："迎春、惜春"——从庚、晋、甲；原"惜春、迎春"。）二人，偏又（俞校："偏又"——从庚、晋、甲；原"便又"。）素日不大甚合。所以只剩了湘云一人宽慰他。因说："你是个明白人，何必作此形象（俞校："作此形象"——从庚；原"作此景象"。）自苦。我也和你一样，我就不似你这样心窄。何况你又多病，还不自己保养。可恨宝姐姐姊妹天天说亲道热，早已（俞校："说亲道热，早已"——从晋、甲；原无。）说今年中秋，要大家一处赏月，必要起社，大家联句；到今日便弃了咱们，自己赏月去了。社也散了，诗也不作了，倒是他们父子叔侄纵横起来。你可知宋太祖（俞校："你可知宋太祖"——从庚、晋、甲；原"可是"。）说的好："卧榻之侧，岂许（俞校："岂许"——从庚；原"岂容"。）他人酣睡。"他们不作，咱们两个竟联起句来，明日羞他们（俞校："竟联起句来，明日羞他们"——从庚、晋、甲；原"联句来，明日著他们"。）一羞。"黛玉见他这般劝慰，不肯（俞校："不肯"——从甲；原"不"。）负他的豪兴，因笑道："你看这里这等人声嘈杂，有何诗兴。"

湘云笑道："这山上赏月虽好，终不及近水赏月（俞校："近水赏月"——从庚、晋、甲；原"近水"。）更妙。你知道这山坡底下就是池沿，（俞校："池沿"——从庚、晋、甲；原"那沿"。）山坳里近水一个所在就是凹晶馆。可知当日盖这园子时就有学问。这山之高处就叫作凸碧，（俞校："凸碧"——从晋、甲；原"凸碧山"。）山之低洼近水处就叫作凹晶。（俞校："凹晶"——从庚、晋、甲；原"凹晶馆"。）这'凹''凸'二字历来用的人最少，如今直用作（俞校："直用作"——从庚、晋、甲；原"只用作"。）轩馆之名，更觉新鲜，不落窠臼。可知这两处一上一下，一明一暗，一高一矮，（俞校："一高一矮"——从庚、晋、甲；原无。）一山一水，竟是因玩月（俞校："因玩月"——从晋；原"特因玩月"。）而设此处。（俞校："而设此处"——从庚、晋、甲；原"而设此两处"。）有爱那山高月小的，便就这里来；有爱那皓月清波的，便往那里去。只是这两个字，俗念'洼''拱'（俞校："洼拱"——从庚、晋、甲；原"洼迭"。）二音，便说俗了，不大见用。只陆放翁用了一个（俞校："不大见用。只陆放翁用了一个"——从庚、晋、甲；原"不大见了。只有陆放翁用了"。）'凹'字，说'古砚微凹聚墨多'，还有人批他俗，岂不可笑！"黛玉道："也不只（俞校："也不只"——从庚；原"也不但"。）放翁才用，古人中用者太多。如江淹《青苔赋》，东方朔《神异经》，以至《画记》上云张僧繇画一乘寺的故事，不可胜举。只是今人不知，误作俗字用了。实和你说罢，这两个字还是我拟的呢。因那年试宝玉，因他拟了几处，也有存的，也有删改的，也有尚未拟的。（俞校："因那年"至"尚未拟的"——从庚；原无。）这是后来我们大家把这（俞校："大家把这"——从庚；原"大家把"。）没有名色的，也都拟出来了，注了出处，（俞校："拟出来了，注了出处"——从庚；原"拟出，注了出来"。）写了这房屋的坐落，一并带进去与大姐姐瞧了。他又带出来（俞校："带出来"——从庚；原"出来"。）命给舅舅瞧过。谁知舅舅倒喜欢起来，又说：'早知这样，（俞校："早知这样"——从庚；原"早知道这样"。）那日该就叫（俞校："该就叫"——从庚；原"就该叫"。）他姊妹一并拟了，岂不有趣。'所以凡我拟的一字不改，都用了。如今就往凹晶馆去看看。"

说着，二人便同下了山坡，只一转弯就是池沿。沿上（俞校："就是池沿。沿上"——从庚；原"就是池上"。）一带竹栏相接，直通着（俞校："直通着"——从庚、晋、甲；原"直通"。）那边藕香榭的路径。（庚双：点明，妙！不然此园竟有多大地亩了。）因这几间在此山（俞校："在此山"——从庚；原"就在此山"。）怀抱之中，乃凸碧山庄之退居，因洼而近水，（俞校："洼而近水"——从庚；原"低洼而近水"。）故颜其额曰（俞校："颜其额曰"——原"颜其馆曰"；庚"颜其额"。今改"额"字。）"凹晶溪馆"。因此处房宇不多，且又矮小，故只有（俞校："故只有"——从庚；原"只有"。）两个老婆子上夜。今日打听得凸碧山庄的人（俞校："凸碧山庄的人"——从庚；原"凸碧山庄人"。）应差，与他们无干。

凸碧堂品笛感凄清　凹晶馆联诗悲寂寞

这两个老婆子关了月饼果品并犒赏的酒食来，俞校："并犒赏的酒食来"——从庚；原"并犒赏的酒并各色的菜"。二人吃得既醉且饱，早已息灯睡了。庚双：妙极！此书又（有）径（进）一步写法。如王夫人云"他姊妹可怜，那里像当日林姑妈那样"，有（又）如贾母云"如今人少，那里日（如）当日人多"等数[语]，此谓进一步法也。有退一步法，如宝钗之对刑（邢）岫烟"此一时也，彼一时也，如今此（比）不得先的活（话）了，只好随是十分"，又如风（凤）姐之对平儿云"如今我也〈我〉明白了，我如今也要作好好先生罢"等类，此谓退一步法也。今〈有〉方收拾故（过）贾母高乐，却有（又）写出二婆子高乐，此[进]一步之实也。如前文海棠诗四手（首）以（已）足，忽又用湘云独成二律反厌（压）卷，此又进一步实事也。所谓"法法皆全，然（全）然不夹（爽）"也。黛玉、湘云见息了灯，湘云笑道："倒是他们睡了好。咱们就在这卷棚底下赏这水月如何？"二人遂在两个湘妃竹墩上坐下。只见天上一轮皓月，池中一轮水月，上下争辉，如置身于晶宫鲛室之内。微风一过，粼粼然池面皱碧铺纹，真令人神清气净。俞校："神清气净"——从庚；原"神清气爽"。湘云笑道："怎得这会子坐上船吃酒倒好。这要是我家里这样，我就立刻坐船了。"黛玉笑道："正是古人常说的，俞校："常说的"——原"常说的好"。今意删"好"。事若求全何所乐。据我说，这也罢了，偏要坐船起来。"俞校："偏要坐船起来"——从庚、晋、甲；原无。湘云笑道："得陇望蜀，人之常情。可知那些老人家俞校："老人家"——从庚；原"古人"。说的不错。说贫穷之家，自为富贵之家事事称心，告诉他说竟不能随心，俞校："随心"——从庚；原"称心"。他们不肯俞校："他们不肯"——从庚；原"他也不肯"。信的，必得亲历其境，他方知觉了。就如咱们两个虽父母不在，然却也俞校："然却也"——从庚；原"然也"。忝在富贵之乡，只你我竟有许多俞校："竟有许多"——从庚；原"就有许多"。不遂心的事。"黛玉笑道："不但你我不能称心，俞校："不能称心"——原"不得称心"；庚"不能趁心"。今改"能"字。就连老太太、太太以至宝玉、探丫头等人，无论事大事小，有理无理，其不能俞校："其不能"——从庚；原"皆不能"。各遂其心者，同一理也。何况你我俞校："何况你我"——从庚；原"何况你我是"。旅居客寄之人。"庚双：以立未不怡然得享自然之乐者矣。书中若干女子，从生（主）及婢，未有必各有所觉、各有所试、各有所长者，皆未如宝宝（玉）无可关切筹画，可叹。湘云听说，恐怕黛玉又伤感起来，忙道："休说这些闲话，咱们且联诗。"俞校："且联诗"——从庚；原"且联句"。正说间，只听笛音俞校："笛音"——从庚；原"笛声"。庚又旁改"笛韵"。悠扬起来。黛玉笑道："今日老太太、太太高兴了，这笛子吹的有趣，倒是助咱们的兴趣了。俞校："咱们的兴趣了"——从庚、晋、甲；原"咱们的诗兴"。庚双：妙！正是吹笛之时。分（勿）认作人（又）一处之笛也。咱两个俞校："咱两个"——从庚、晋、甲；原"咱们两个"。都爱五言，就还是五言排律罢。"湘云道："限何韵？"黛玉笑道："咱们数这个栏杆的直棍，俞校："直棍"——从庚、晋、甲；原"直柱"。这头到那头为止。他是第几根，就用第几韵。——若十六根，便是'一先'起。这可新鲜？"湘云笑道："这倒别致！"于是二人起身，便从头数至尽头止，得十三根。湘云笑道：“偏又是‘十三元’，（俞校：“十三元”——从庚、晋、甲；原“十三根元字”。）这个韵（俞校：“这个韵”——从庚；原“这韵”。）少，作排律只怕牵强不能押韵（俞校：“不能押韵”——从晋；原“不能压的稳”。）呢。少不得你先起一句罢了。”黛玉笑道：“倒要试试咱们谁强谁弱。只是没个纸笔记。”湘云道：“不妨，明儿再写。（俞校：“明儿再写”——从庚、晋、甲；原“明日再写”。）只怕这一点聪明（俞校：“聪明”——从庚、晋、甲；原“记心”。）还有。”黛玉道：“我先起一句现成的俗语罢。”因念道：

三五中秋夕，

湘云想了一想（俞校：“想了一想”——从庚、晋、甲；原“想了想”。）道：

清游拟上元。撒天箕斗灿，

林黛玉笑道（俞校：“林黛玉笑道”——从庚、晋、甲；原“黛玉道”。）：

匝地管弦繁。几处狂飞盏，

湘云笑道：“只一句‘几处狂飞盏’有些意思，这倒要对的好呢。”想了一想，笑道：

谁家不启轩。轻寒风剪剪，

黛玉道：“对的比我的却好。（俞校：“却好”——从庚、晋、甲；原“恰好”。）只是这一句又说熟话了，就该加劲说了去才是。”（俞校：“加劲说了去才是”——从庚、晋、甲；原“加上劲说了去才好”。）湘云笑道（俞校：“湘云笑道”——从庚、甲；原“湘云道”。）：“诗多韵险，也要铺陈些才是。纵有好的，且留在后头。”黛玉笑道：“到后头没有好的，我看你羞不羞。”因联道：

良夜景暄暄。争饼嘲黄发，

湘云笑道："这句不好，杜撰，用俗事来难我了。"黛玉笑道："我说你是不曾见过书呢。吃饼是旧典，《唐书》《唐志》，你看了来再说。"湘云笑道："这也难不倒我，我也有了。"（俞校："我也有了"——从庚；原"也有了"。）因联道：

分瓜笑绿媛。香新荣玉桂，

黛玉笑道："分瓜可是实实你的杜撰了。"湘云笑道："明日咱们对查了出来，大家看看。这会子（俞校："对查了出来，大家看看。这会子"——从庚、晋、甲；原"对查出来大家再说，这会"。）别耽误工夫。"（俞校："耽误工夫"——从庚；原"耽误了工夫"。）黛玉笑道："虽如此，下句也不好。不犯着（俞校："不犯着"——从庚；原"不犯"。）又用'玉桂''金兰'等字样来塞责。"因联道：

色健茂金萱。蜡烛辉琼宴，

湘云笑道："'金萱'二字便宜了你，（俞校："便宜了你"——从庚、晋、甲；原"便宜你了"。）省着（俞校："省着"——从庚；原"省了"。）多少力。这样现成的韵被你得了。只是不犯着替他们颂圣去。况且下句你也是塞责了。"黛玉笑道："你不说'玉桂'，我难道强对'金萱'么！再也要（俞校："再也要"——从庚、晋、甲；原"再要"。）铺陈些富丽，（俞校："富丽"——从庚、晋、甲；原"富丽的话"。）方是（俞校："方是"——从晋、甲；原"方是。方才"。）即景之实事。"湘云只得又联道：

觥筹（俞校："觥筹"——从庚、晋、甲；原"觥筹"。）乱绮园。分曹尊一令，

黛玉道："下句好，只是难对些。"因想了一想，联道：

射覆听三宣。骰彩红成点，

湘云笑道："'三宣'有趣，竟化俗成雅了。只是下句又说上骰子。"少不得联道：

传花鼓滥喧。晴光摇院宇，

黛玉笑道："对的却好。（俞校："对的却好"——从庚；原"对却好了"。）下句又溜了，只管拿些风月来塞责。"湘云道："究竟没说到月上。也要点缀点缀，方不落题。"黛玉道："且姑存之，明日再斟酌。"因联道：

素彩接乾坤。赏罚无宾主，

湘云道："又说他们作什么，不如说咱们。"只得联道：

吟诗（俞校："吟诗"——从庚、晋、甲；原"歌吟"。）序仲昆。构思时倚槛，

黛玉道："这可以入上你我了。"因联道：

拟景或依门。（俞校："依门"——从晋、甲；原"敲门"。）酒尽情犹在，

湘云说道（俞校："湘云说道"——从庚、晋、甲；原"湘云道"。）："这时候了。"乃联道：

更残乐已谖。渐闻语笑[远]，（俞校："语笑[远]——原"语笑寂"；庚"语笑道"。今意改"语笑远"。）

黛玉说道（俞校："黛玉说道"——原"黛玉说"；庚"黛玉道说"。今改"黛玉说道"。）："这时候（俞校："这时候"——从庚、晋、甲；原"这时"。）可知一步难似一步了。"因联道：

空剩雪霜痕。阶露团朝菌，

湘云笑道："这一句怎么押韵？让我想想。"因起身负手（俞校："负手"——从庚、晋、甲；原"背手"。）想了一想，笑道："够了。幸而想出一个字来，几乎败了。"因联道：

庭烟敛夕棔。秋湍泻石髓，

黛玉听了，不禁也起身叫妙，说（俞校："叫妙，说"——从庚、晋、甲；原"叫妙"。）："这促狭鬼，果然留下好的。这会才说'棔'字，亏你想得出。"湘云道："幸而昨日看历朝文选，见了这个字，我不知是何树，因要（俞校："不知是何树，因要"——从庚、晋、甲；原"不知何树，要"。）查一查。宝姐姐说，不用查，这就是如今俗叫作'明开夜合'的。我信不及，到底查了一查，果然不错。看来宝姐姐知道的竟多。"黛玉笑道："'棔'字用在此时更恰，（俞校："更恰"——从庚、晋、甲；原"更确"。）也还罢了。（俞校："也还罢了"——从庚、晋、甲；原"这也罢了"。）只是'秋湍'一句（俞校："秋湍一句"——从庚、晋、甲；原"秋湍这一句"。）亏你好想。只这一句，别的都要抹倒。我少不得打起精神来对一句，（俞校："对一句"——从庚；原"对这一句"。）只是再不能似这一句了。"因想了一想，道（俞校："想了一想，道"——从庚、晋、甲；原"想了一想联道"。）：

风叶聚云根。宝婺情孤洁，

湘云说："这对的（俞校："这对的"——从庚、甲；原"这句对的"。）也还好。只是下一句你也溜了。（俞校："你也溜了"——从庚、晋、甲；原"也溜了"。）幸而是景中情，不单用'宝婺'来塞责。"因联道：

银蟾气吐吞。药经灵兔捣，

黛玉不语，点头半日，随念道：

人向广寒奔。犯斗邀牛女，

湘云也望月点首，联道：

乘槎待帝孙。盈虚俞校："盈虚"——从甲；原"虚盈"。轮莫定，

黛玉道："对句不好，合掌。下句推开一步，倒还是急脉缓灸法。"因又联道俞校："黛玉道"至"因又联道"——从甲；原"黛玉笑道：又用比兴了。因联道"。：

晦朔魄空存。壶漏声将涸，

湘云方欲联时，俞校："方欲联时"——从庚；原"方欲联诗"。黛玉指池中黑影与湘云看道："你看那河里怎么像个人在黑影里去了。敢是个鬼罢？"湘云笑道："可是又见鬼了。我是不怕鬼的，等我打他一下。"因弯腰拾了一块小石片向那池中打去，只听打得水响，俞校："打得水响"——从庚、晋、甲；原"打的水响"。一个大圆圈将月影荡散复聚者几次。列双：写得出。试思若非亲历其妙境者，如何模（摹）写得如此。只听那黑影里戛然一声，却飞起一个白鹤来，庚双：写得出。直往藕香榭去了。黛玉笑道："原来是他。猛然想不到，反吓了一跳。"湘云笑道："这个鹤有趣，倒助了我了。"因联道：

窗灯焰已昏。寒塘渡鹤影，

林黛玉听了，俞校："林黛玉听了"——从庚、甲；原"黛玉听了"。又叫好，又跺足说俞校："又跺足说"——从庚、晋、甲；原"又跺足说道"。："了不得！这鹤真是助他的了！这一句更比'秋湍'不同，叫我对什么才好？'影'字只有一个'魂'字可对。况且'寒塘渡鹤'，何等自然，何等现成，何等有景，且又新鲜，我竟要搁笔了。"湘云笑道："大家细想就有了。不然，就放着明日再联也可。"黛玉只看天不理他。半日，猛然笑道："你不必捞嘴，俞校："捞嘴"——从晋、甲；原"得意"。我也有了。你听听。"因对道：

冷月葬花魂。

湘云拍手赞道："果然好极，非此不能对。好个'葬花魂'！"因又叹道："诗固新奇，只是太颓丧了些。你现病着，不该作此过于凄清（俞校："凄清"——从甲；原"凄楚"。）奇谲之语。"黛玉笑道："不如此，如何压倒你。下句竟还未得，只为用功在这一句了。"

一语未了，只见栏外山石后转出一个人来，笑道："好诗，好诗。果然太悲凉了，（俞校："太悲凉了"——从庚、晋、甲；原"太悲凄了"。）不必再往下联。若底下只这样去，（俞校："只这样去"——从庚、晋、甲；原"只这样"。）反不显这两句了，倒觉得堆砌牵强。"二人不防，倒吓了一跳，细看时（俞校："细看时"——从庚、晋、甲；原"细看"。）不是别人，却是妙玉。二人皆诧异，（庚双：原可诧意（异），余亦诧意（亦诧异）。）因问："你如何到了这里？"妙玉笑道："我听见你们大家赏月，又吹的好笛，我也出来玩赏这清池皓月，顺脚（俞校："顺脚"——从庚、晋、甲；原"顺"。）走到这里，忽听见你两个联诗，更觉清雅异常，故此就听住了。只是方才我听见这一首中，（俞校："这一首中"——从庚、晋、甲；原"这一首诗中"。）句虽好，（俞校："句虽好"——从庚；原"有几句虽好"。）只是过于颓败凄楚，（俞校："颓败凄楚"——从庚、晋、甲；原"颓丧凄楚"。）此亦关人之气数而有，所以我出来止住。如今老太太都已早散了，（俞校："都已早散了"——从庚、甲；原"都早已散了"。）满园的人想俱已睡熟了，（俞校："俱已睡熟了"——从庚、晋、甲；原"已睡了"。）你两个的丫头还不知在那里找你们呢，你们也不怕冷了？（俞校："也不怕冷了"——从晋、甲；原"也不怕冷著了"。）快同我来到我那里吃杯茶，（俞校："吃杯茶"——从庚、晋、甲；原"吃杯茶去罢"。）只怕就天亮了。"（俞校："就天亮了"——从庚、晋、甲；原"天就亮了"。）黛玉笑道："谁知道就这个时候了。"三人遂一同来至栊翠庵中，只见龛焰犹青，炉香未烬，（俞校："龛焰犹青，炉香未烬"——从庚、晋、甲；原"龛焰青青，炉香未尽"。）几个老嬷嬷也都睡了，只有小丫鬟在蒲团上垂头打盹。妙玉唤他起来，现去烹茶。忽听叩门之声，小丫鬟忙去开门看时，却是紫鹃、翠缕与几个老嬷嬷来找他姊妹两个。进来见他们正吃茶，（俞校："正吃茶"——从庚、晋、甲；原"吃茶"。）因都笑道："要我们好找。一个园里（俞校："一个园里"——从庚、晋、甲；原"一个园子"。）走遍了，连姨太太那里都找到了。才到了那山坡底下小亭里找时，可巧上夜的正睡醒了，（俞校："正睡醒了"——从庚、晋、甲；原"睡醒了"。）我们问他们，（俞校："我们问他们"——从庚；原"我就问他们"。）他们说方才亭外头棚下两个人（俞校："两个人"——从庚、晋、甲；原"两人"。）说话，后来又添了一个，俞校："又添了一个"——从庚；原"又添了一个人"。听见说大家俞校："听见说大家"——从庚、晋、甲；原"听见大家说"。往庵里去。我们就知道是这里了。"妙玉忙命小丫鬟引他们到那边去坐着歇息吃茶。俞校："到那边去坐着歇息吃茶"——从庚、晋、甲；原"那里去坐著歇歇吃茶"。自却取了俞校："自却取了"——从晋、甲；原"自己都取了"。笔砚纸墨出来，将方才的诗俞校："将方才的诗"——从庚、甲；原"方才的诗"。叫他二人念着，遂从头写出来。俞校："从头写出来"——从庚、晋、甲；原"从头至尾写出来"。黛玉见他今日俞校："见他今日"——从庚、晋、甲；原"见他"。十分高兴，便笑道："从来没见你这样高兴。我也不敢唐突俞校："我也不敢唐突"——从庚、晋、甲；原"若不见你这样高兴，我也不敢搪突"。请教。这还可以见教否？若不堪时，便就烧了；若或可改，俞校："若或可改"——从晋、甲；原"若可改正"。即请改正改正。"妙玉笑道："也不敢俞校："也不敢"——从庚、晋、甲；原"不敢"。妄加评赞。俞校："妄加评赞"——原"妄改评赞"；庚"忘改许赞"，"改"旁改"加"。今改"加"字。只是这才有了二十二韵。我意思想着你二位俞校："你二位"——从晋、甲；原"你二位的"。警句已出，再若续时，恐后力不加；我竟要续貂，又恐有玷。"黛玉从没见俞校："从没见"——从庚、晋、甲；原"从无见"。妙玉作过诗，今见他高兴如此，忙说："果然如此，我们的虽不好，亦可以带好了。"妙玉道："如今收结，俞校："收结"——从晋、甲；原"收法"。到底还该归到本来面目上去。若只管丢了真情真事，且去搜奇检怪，一则失了咱们的闺阁面目，俞校："闺阁面目"——从庚、晋、甲；原"闺阁体"。二则也与题目无涉了。"林史二人皆道极是。妙玉遂提笔一挥而就，递与他二人，道："休要见笑。依我必须如此方翻转过来，虽前头俞校："虽前头"——从庚、晋、甲；原"虽前"。有凄楚之句，亦无甚碍了。"二人接了看时，只见他续道：

香篆销金鼎，俞校："销金鼎"——从晋；原"锁金鼎"。脂冰腻玉盆。
箫憎嫠妇泣，衾倩侍儿温。
空帐悬文凤，闲屏俞校："闲屏"——从庚、甲；原"开屏"。掩彩鸳。
露浓苔更滑，霜重竹难扪。
犹步萦纡沼，还登寂历原。
石奇神鬼搏，木怪虎狼蹲。
赑屃朝光透，罘罳晓露屯。
振林千树鸟，啼谷一声猿。
歧熟俞校："歧熟"——原"岐熟"，今改"歧熟"。焉忘径，泉知不问源。

钟鸣栊翠寺，鸡唱稻香村。

有兴悲何继，无愁意岂烦。

芳情（俞校："芳情"——从庚、晋、甲；原"苦情"。）只自遣，雅趣向谁言。

彻旦（俞校："彻旦"——从庚、晋、甲；原"彻思"。）休云倦，烹茶更细论。

后书："右中秋夜大观园（俞校："后书：右中秋夜大观园"——从庚、晋、甲；原"中秋夜园"。）即景联句三十五韵。"

黛玉湘云二人（俞校："黛玉湘云二人"——从庚、晋、甲；原"黛玉、湘云"。）皆赞赏不已，说："可见我们天天是（俞校："天天是"——从庚、晋、甲；原"天天"。）舍近而求远。现有这样诗仙在此，却天天去（俞校："天天去"——从庚、晋、甲；原"天天"。）纸上谈兵。"妙玉笑道："明日再润色。此时想快天明了，（俞校："想快天明了"——原"想已快天明了"；庚"想明天明了"，傍改"想是天亮了"。今删"已"。）到底（俞校："到底"——从庚、晋、甲；原"倒底"。）要歇息歇息才是。"（俞校："才是"——从庚、晋、甲；原无。）林史二人听说，便起身告辞，带领丫鬟出来。妙玉送至门外，看他们去远，方掩门进来。不在话下。

这里翠缕向湘云道："大奶奶那里还有人等着咱们睡去呢，如今还是那里去好？"湘云笑道："你顺路告诉他们，叫他们睡罢。我这一去，未免惊动病人，（俞校："惊动病人"——从庚、晋、甲；原"惊动起来"。）不如闹林姑娘半夜（俞校："半夜"——从庚；原"一夜"。）去罢。"说着，大家走至潇湘馆中，有一半人已睡去。二人进去，方才卸妆宽衣，盥漱已毕，方上床安歇。紫鹃放下绡帐，移灯掩门出去。谁知湘云有择席（俞校："择席"——从晋、甲；原"择息"。下一个同。）之病，虽在枕上，只白睡不着。黛玉又是个（俞校："又是个"——从庚、晋、甲；原"又是一个"。）心血不足常常失眠的，今日又错过困头，自然也是睡不着。二人在枕上翻来覆去。黛玉因问道："你怎么还没睡着？"湘云笑道："我有择席的病，况且走了困，（俞校："走了困"——从甲；原"去了困"。）只好躺躺罢。你怎么也睡不着？"黛玉叹道（庚双：一"笑"一"叹"，只二字便写出平日之行景。）："我这睡不着也并非今日了。（俞校："也并非今日了"——从庚傍改（"了"傍添）；原"并非今日"。）大约一年之中，通共也只好睡十夜满足的。"湘云道："却是你病的原故，所以——"不知下文什么，（俞校："下文什么"——从庚、晋；原"是什么"。）再详分明。（俞校："再详分明"——从晋；原"下回分解"。）

戚回后：诗词清远闲旷，自是慧业才人，何须赘评？须看他众人联句填词时，各人性情，各人意见，叙来恰肖其人；二人联诗时，一番讥评，一番叹赏，叙来更得其神。再看漏永吟残，忽开一洞天福地，字字出人意表。

只一品笛，疑有疑无，若近若远，有无限逸致。

第七十七回
俏丫鬟抱屈夭风流　美优伶斩情归水月

蒙戚回前：司棋一事，前文着实写来，此却随笔收去；晴雯一事，前文不过带叙，此却竭力发挥。前文借晴雯一衬，文不寂寞；此文借司棋一引，文愈曲折。

话说王夫人见中秋已过，凤姐的病已比先减了些，虽未大愈，然亦可出入行走得了，仍命大夫每日诊脉服药，又开了丸药方子来配调经养荣丸。俞校："调经养荣丸"——从庚、晋、甲；原"调理养荣丸"。因用上等人参二两，王夫人命人取时，翻寻俞校："翻寻"——从庚、晋、甲；原"寻"。了半日，只向小匣内寻了几枝簪挺粗细的。王夫人看了嫌不好，命再找去，又找了一大包俞校："一大包"——从庚、晋、甲；原"一包"。须末出来。王夫人焦燥俞校："焦燥"——从庚、晋、甲；原"焦躁"。道："用不着偏有，但用着了，再找不着。成日家我说叫你们查一查，都归拢在一处，你们白不听，就随手混撂。你们不知他的好处，用起来得多少换买来还不中使呢。"彩云道："想是没了，就只有这个。上次那边的太太来寻了些去，太太都给过去了。"王夫人道："没有的话。你再细找找。"俞校："细找找"——从庚、晋、甲；原"细找一找"。彩云只得又去找，拿了俞校："拿了"——从晋、甲；原"寻了"。几包药来，说："我们不认得这个，请太太自看。除了这个，再没有了。"王夫人打开看时，也都忘了，不知都是些什么，俞校："都是些什么"——原"是些什么东西"；庚、晋、甲"都是什么"。今改"都是些什么"。并没有一枝人参。俞校:"并没有一枝人参"——从庚、晋、甲;原"并无有一枝人参在内"。因一面遣人去问凤姐有无。凤姐来说:"也只有些参膏俞校:"参膏"——从庚、晋、甲;原"参羔"。芦须。虽有几枝,也不是上好的,每日还要煎药里用俞校:"煎药里用"——从庚、甲;原"煎药用"。呢。"王夫人听了,只得向邢夫人那里问去。邢夫人说:"因上次没了,才往这里来寻,早已用完了。"俞校:"才往这里来寻,早已用完了"——从庚、晋、甲;原"才往你太太那里去寻"。王夫人没法,只得亲身过来俞校:"亲身过来"——从庚、晋、甲;原"亲自过来"。请问贾母。贾母忙命鸳鸯取出当日所馀的来,俞校:"取出当日所馀的来"——从庚、晋、甲;原"取出当日所馀的"。竟还有一大包,皆是手指头粗细的,俞校:"手指头粗细的"——从庚;原"手指粗的"。遂称了二两与王夫人。王夫人出来交与周瑞家的拿去,令小厮俞校:"令小厮"——从庚、甲;原"命人"。送与医生家去;又命将那几包不能辨得的药也带了去,命医生认了,各记号上来。俞校:"记号上来"——原"记号了来";庚"说号上来"。今改"记号上来"。庚双:此等家常细是(事),岂事(是)揣摩得此〈皆〉者。一时,俞校:"一时"——从庚、晋、甲;原"不一时"。周瑞家的又拿了进来,俞校:"又拿了进来"——从庚、晋、甲;原"拿了来"。说:"这几包都各包好,记上名字了。但这一包人参固然是上好的,如今就连俞校:"就连"——从庚、晋;原"连"。三十换也不能得这样的了,但俞校:"这样的了,但"——从庚、晋;原"这样的,就只是"。年代太陈了。这东西比别的俞校:"比别的"——从庚、晋、甲;原"与别的"。不同,凭是怎样好的,只过俞校:"只过"——从庚、晋、甲;原"只过了"。一百年后,自己就成了灰了。如今这个虽未成灰,然已成了朽糟烂木,俞校:"然已成了朽糟烂木"——从庚;原"已成了朽株枯木"。也无性力的了。请太太收了这个,倒不拘粗细俞校:"倒不拘粗细"——从庚、晋、甲;原"不拘"。好歹,再换些新的才好。"俞校:"才好"——从庚傍改("到好"改);原"倒好"。王夫人听了,低头不语,俞校:"王夫人听了,低头不语"——从庚、晋、甲;原"王夫人低头"。半日方说:"这可没法了,只好去买二两来罢。"也无心俞校:"无心"——从庚、晋、甲;原"没心"。看那些,只命:"都收了罢。"因向周瑞家的道俞校:"向周瑞家的道"——从晋;原"说给周瑞家的"。:"你就去说给外头人们,俞校:"外头人们"——从庚、晋、甲;原"外头的人们"。拣好的换二两来。倘或一时老太太问,俞校:"老太太问"——从庚、晋、甲;原"老太太再问"。你们只说用的是老太太的,不必多说。"周瑞家的方才要去时,宝钗因在座,乃笑道:"姨娘俞校:"姨娘"——从庚、晋、甲;原"姨妈"。且住。如今外头卖的俞校:"卖的"——从庚;原"买的"。人参都没好的。虽有一枝全的,他们也必截做俞校:"截做"——从庚、晋、甲;原"截作"。两三段,镶嵌上芦泡须枝,搀匀了俞校:"搀匀了"——从晋、甲;原"卷匀了"。好卖,看不得粗细。我们铺子里常和参行交易,如今我去和俞校:"我去和"——从庚、晋、甲;原"我合"。妈妈说了,叫哥哥去托个伙计过去,和参行商议说明,俞校:"商议说明"——从庚;原"说明"。叫他把未作的原枝好参兑二两来。不妨咱们多使几两银子，也得了好的。”王夫人笑道：“倒是你明白。就难为你亲自俞校：“亲自”——从庚、晋、甲；原“自”。走一趟更好。”于是宝钗去了，半日回来说：“已遣人去，赶晚就有回信的。明日一早去配也不迟。”俞校：“也不迟”——从庚、晋、甲；原“不迟”。王夫人自是喜悦，因说道：“‘卖油的娘子水梳头。’自来家里有的，好坏俞校：“卖油的娘子”至“好坏”——从庚；原“好的歹的”。不知给了人多少，这会子轮到自己用，反倒各处求人去了。”说毕，长叹。宝钗笑道：“这东西虽然值钱，究竟不过是药，原该济众散人才是。咱们比不得那没见世面俞校：“没见世面”——从甲；原“没见识面”。的人家，得了这个，俞校：“得了这个”——从庚、晋、甲；原“得了”。就珍藏密敛的。”庚双：调侃语。王夫人点头道：“这话极是。”俞校：“极是”——从庚、晋；原“狠是”。

一时宝钗去后，因见无别人在室，遂唤周瑞家的来，问前日园中搜检的事情，可得下落。俞校：“可得下落”——从晋、甲；原“可得个下落”。周瑞家的已和凤姐等人商议停妥，一字不隐，遂回明王夫人。王夫人听了，虽惊且怒，却又作难，因思司棋系迎春之人，皆系那边的人，只得令人去回邢夫人。周瑞家的回道：“前日那边太太嗔着王善保家的俞校：“王善保家的”——从晋、甲；原“王保善家的”。多事，打了几个嘴巴子，如今他也装病在家，不肯出头了。俞校：“不肯出头了”——从庚、晋、甲；原“不肯出头”。况且又是他外孙女儿，自己打了嘴，他只好俞校：“他只好”——从晋、甲；原“只好”。装个忘了，日久平服了俞校：“平服了”——从庚、晋、甲；原“平静了”。再说。如今我们过去回时，恐怕又多心，倒像似俞校：“倒像似”——从庚、晋、甲；原“倒像是”。咱们多事的。不如直把司棋带过去，一并连赃证与那边太太瞧了，不过打一顿配了人，俞校：“配了人”——从庚、晋、甲；原无。再指个丫头来，岂不省事。如今白告诉去，那边太太再推三阻四的，又说：‘既这样，你太太就该料理，又来说什么。’岂不反耽搁了。倘或那丫头瞅空寻了死，反不好了。如今看了两三天，人都有个偷懒的，俞校：“人都有个偷懒的”——从庚；原“都有个偷懒的样儿”。倘一时不到，岂不倒弄出事来。”王夫人想了一想，说：“这也倒是。快办了这一件，再办咱们家的那些妖精。”周瑞家的听说，俞校：“听说”——从庚、晋、甲；原“听了吩咐”。会齐了那几个媳妇，俞校：“那几个媳妇”——从庚；原“那边几个媳妇”。先到迎春房里，俞校：“迎春房里”——从庚、晋、甲；原“迎春房中”。回迎春道：“太太们说了，司棋大了，连日他娘求了太太，太太已赏了他俞校：“赏了他”——从庚傍改（“他”傍添）；原“赏了他娘”。配人，今日叫他出去，另挑好的与姑娘使。”俞校：“与姑娘使”——从庚；原“给姑娘使”。说着，便命司棋打点走路。俞校：“便命司棋打点走路”——从庚；原“便令司棋打点出去”。迎春听了，含泪似有不舍之意；因前夜已闻得别的丫鬟俞校：“丫鬟”——从庚；原“丫头”。悄悄的说了原故，虽数年之情难舍，但事关风化，亦无可如何了。司棋亦曾求了迎春，实指望迎春能死保赦下俞校：“死保赦下”——从庚；原“保救下”。的，只是迎春语言迟慢，耳软心活，是不能作主俞校：“作主”——从庚、晋、甲；原“做主”。的。司棋见了这般，知不能免，因哭道：“姑娘好狠心！哄了我这两日，如今怎么连一句话也没有？”俞校：“也没有”——从晋、甲；原“也没了”。周瑞家的等说道：“你还要俞校：“你还要”——从庚、晋、甲；原“你还想”。姑娘留你不成？便留下，你也难见园里的人俞校：“园里的人”——从庚、晋、甲；原“园子里的人”。了。依我们的好话，俞校：“好话”——从庚、晋、甲；原“话好”。快快收了这样子，俞校：“收了这样子”——从庚、晋、甲；原“收拾了”。倒是人不知鬼不觉的去罢，大家体面些。”迎春含泪道：“我知道你干了什么大不是，我还十分说情俞校：“我还十分说情”——从庚、晋；原“我若说情”。留下，岂不连我也完了！你瞧入画也是几年的，怎么说去就去了。自然不止你两个，想这园里凡大的都要去呢。依我说，将来终有一散，不如你各人去罢。”俞校：“各人去罢”——从庚、晋、甲；原“各自去罢”。周瑞家的道：“所以到底是俞校：“所以到底是”——从晋、甲；原“倒底是”。姑娘明白。明儿还有打发的人呢，你放心罢。”司棋无法，只得含泪与迎春磕头，和众姊妹告别。俞校：“告别”——从庚、晋、甲；原“作别”。又向迎春耳根俞校：“耳根”——从庚；原“耳边”。说：“好歹俞校：“好歹”——从庚、晋、甲；原“姑娘好歹”。打听我受罪，替我说个情儿，就是主仆一场。”迎春亦含泪答应“放心”。俞校：“答应放心”——从庚、晋、甲；原“答应说你放心”。于是周瑞家的等人带了司棋出去。又命两个婆子将司棋所有的东西都与他拿着。走了没几步，后头只见绣橘赶来，一面也擦着泪，俞校：“擦着泪”——从晋、甲；原“擦著眼泪”。一面递与司棋一个绢包儿，说：“这是俞校：“说：这是”——从庚、晋、甲；原“这是”。姑娘给你的。主仆一场，如今一旦分离，这个与你作个想念俞校：“想念”——从庚、晋、甲；原“念想儿”。罢。”司棋接了，不觉更哭起来了，俞校：“更哭起来了”——从庚、晋、甲；原“又哭起来”。又和绣橘哭了一回。周瑞家的不耐烦，只管催促，二人只得散了。司棋因又哭告俞校：“因又哭告”——从庚、晋、甲；原“又哭告”。道：“婶子俞校：“婶子”——从庚、甲；原“婶婶”。大娘们，好歹略徇个情儿，如今且歇一歇，让我到相好的姊妹跟前辞一辞，也是我们这几年好了一场。”周瑞家的等人皆各有事务，作这些事便是不得已了，俞校："不得已了"——从庚、晋、甲；原"不得已的"。况且又深恨他们素日俞校："他们素日"——从庚、甲；原"素日他们"。大样，如今那里有工夫听他的话，俞校："听他的话"——从庚、甲；原"听他们的这些话"。因冷笑道："我劝你走罢，别拉拉扯扯的了。我们还有正经事呢。谁是你一个衣胞俞校："衣胞"——从甲；原"衣包"。里爬出来的，辞他们作什么！他们看你的笑声俞校："笑声"——从庚；原"笑声儿"。还看不了呢。你不过挨一会是一会俞校："是一会"——从庚、晋、甲；原"是一会的"。罢了，难道就算了不成！依我快走罢。"一面说，一面总不住脚，直带着往后角门俞校："直带着往后角门"——从晋；原"直带到后角门"。出去了。司棋无奈，又不敢再说，只得跟了出来。可巧正值宝玉从外而入，一见带了司棋出去，又见后面抱着些东西，料着此去再不能俞校："再不能"——从庚、晋、甲；原"又不能"。来了。因闻得上夜之事，俞校："上夜之事"——从庚、晋、甲；原"昨夜之事"。又兼俞校："又兼"——从庚傍改（"兼"傍添）；原"又因"。晴雯之病亦因俞校："亦因"——从庚、晋、甲；原"是"。那日加重，细问晴雯，又不说俞校："又不说"——从庚、晋、甲；原"又不知"。是为何。上日俞校："上日"——从庚；原"昨日"。又见入画已去，今又见司棋亦走，俞校："今又见司棋亦走"——从庚；原"又见司棋出来"。不觉如丧魂魄一般，因忙拦住问道："那里去？"周瑞家的等俞校："周瑞家的等"——从庚、晋、甲；原"周瑞家的"。皆知宝玉素日行为，又恐唠叨误事，因笑道："不干你事，快念书去罢。"宝玉笑道："好姐姐们，且站一站，我有道理。"周瑞家的便道："太太不许俞校："太太不许"——从庚；原"太太吩咐不许"。少捱一刻，又有什么道理？我们只知遵俞校："只知遵"——从晋；原"只尊"。太太的话，管不得许多。"司棋见了宝玉，因拉住哭道："他们做不得主，俞校："做不得主"——从庚、晋、甲；原"作不得主"。你好歹求求太太去。"宝玉不禁也伤心，含泪说道："我不知你作了什么大事。晴雯也病了，俞校："也病了"——从庚；原"也气病了"。如今你又去，都要去了，这却怎么的好！"庚双：宝玉之语全作囫囵（囫囵）意，最是极无未（味）之[语]，是极浓极有情之语也。只合如此写，方字（是）宝玉，稍有真功（切），则不是宝玉了。周瑞家的发燥，俞校："发燥"——从庚、晋、甲；原"听了宝玉之言，忙发躁言"。向司棋道："你如今不是副小姐了，俞校："你如今不是副小姐了"——从庚、晋、甲；原"如今你已是有事的人，不是伏侍小姐的了"。若不听话，我就打得你。俞校："打得你"——从庚；原"打得你了"。别想着往日姑娘护着你们俞校："姑娘护着你们"——从庚；原"有姑娘护著任你们"。作耗。越说着，你还不好好走。俞校："好好走"——从庚；原"好好儿的走"。如今和小爷们拉拉扯扯，俞校："和小爷们拉拉扯扯"——从庚；原"又合小爷们拉拉扯扯的"。成个什么体统！"那几个媳妇不由分说，拉着司棋便出去了。俞校："便出去了"——从庚、晋、甲；原"就出去了"。宝玉又恐他们去告舌，恨的俞校："恨的"——从庚；原"急的"。只瞪着他们。看已去远了，俞校："看已去远了"——从晋；原"看看已去远了"。方指着恨道："奇怪，奇怪！怎么这些人只一嫁

降雷霆发遣怡红院　俏丫鬟抱屈夭风流

俞校："怎么这些人只一嫁了"——从庚、晋、甲；原"只嫁了一个"。了汉子，染了男人的气味，就这样混帐起来！比男人更可杀了！"庚眉："染了男人的气味"实有此情理，非躬亲阅历者亦不知此语之妙。守园门的婆子听了，也不禁好笑起来，因问道："这样说，凡女儿个个是好的了，女人个个是坏的了。"宝玉点头道："不错，不错。"俞校："守园门的"至"不错，不错"——从庚、晋；原"守园的婆子们听了，也不禁笑起来，说道：这个宝二爷说的也不知是些什么，也不知从那里学来的这些话，叫人听了又可气又可笑。因问道：这样说，但凡女儿个个都是好的了，女人们个个都是坏的了。宝玉点头道：也不错，也不错"。婆子们笑道："还有一句话，我们糊涂不解，倒要请问请问。"

方欲说时，只见几个老婆子走来忙说道："你们小心，俞校："你们小心"——从庚、晋、甲；原"你们小心著"。传齐了伺候着。此刻俞校："此刻"——从庚、甲；原无。太太亲自来园里，俞校："园里"——从庚、晋、甲；原"园子里"。在那里查人俞校："查人"——从庚、晋、甲；原"查点人"。呢，只怕还查到这里来呢。"又吩咐："快叫俞校："快叫"——从庚、晋、甲；原"快传"。怡红院的晴雯姑娘的哥嫂俞校："哥嫂"——从庚、晋、甲；原"哥哥嫂子"。来，在这里等着，领出他妹妹俞校："他妹妹"——从庚；原"他姊妹"。去。"因又笑道："阿弥陀佛！今日天睁了眼，俞校："天睁了眼"——从庚、晋、甲；原"天睁了眼了"。把这一个俞校："把这一个"——从庚；原"把这个"。祸害妖精退送了，大家清净些。"宝玉一闻得王夫人进来亲查，俞校："亲查"——从庚、晋、甲；原"亲自查点"。便料定晴雯也保不住了，早飞也似的赶了去，所以这后来称愿之语竟未得听见。俞校："未得听见"——从庚；原"未听见"。宝玉及到了怡红院，只见一群人在那里，王夫人在屋里坐着，一脸怒色，见宝玉也不理。晴雯四五日水米不曾沾牙，俞校："不曾沾牙"——从庚、晋、甲；原"没曾沾牙"。恹恹弱息，如今现从炕上拉了下来，蓬头垢面，两个女人搀架起来去了。王夫人吩咐俞校："王夫人吩咐"——从庚、晋、甲；原"王夫人吩咐道"。只许把他贴身的衣服撂出去，馀者好衣服留下给好丫头们穿。又命把这里所有的丫头们都叫来一一过目。原来王夫人自那日着恼之后，王善保家的俞校："王善保家的"——从庚傍改（"保善"二字勾转）；原"王保善家的"。去趁势告倒了俞校："去趁势告倒了"——从庚；原"趁势儿治倒了"。晴雯，本处有人和园中不睦的，俞校："本处有人和园中不睦的"——从庚；原"他合园中不睦之人，他"。也就随机趁便，下了些话。俞校："下了些话"——从庚；原下有"说在王夫人耳中"。王夫人皆记在心里，因节间有碍，俞校："节间有碍"——从庚；原"节间有事"。故忍了两日，所以今日特来亲自阅人。俞校："亲自阅人"——从庚；原"亲自到园中阅人"。一则为晴雯俞校："为晴雯"——从庚；原"为晴雯事"。犹可；二则因竟有人指宝玉为由，说他大了，俞校："说他大了"——从庚；原"说他也近来"。已解人事，都由屋里的丫头们俞校："屋里的丫头们"——从庚；原"屋里丫头们"。不长进教习坏了。俞校："教习坏了"——从庚；原"引诱坏了"。因这事更比晴雯一人较甚，庚双：暗伏一段"更比"。觉烟迷雾罩之中更有无限溪山矣。乃从袭人起以至于极小的粗活小丫头们，俞校："以至于极小的粗活小丫头们"——从甲；原"至作粗活的小丫头"。个个亲自看了一遍。因问："谁是和宝玉一日的生日？"俞校："一日的生日"——从庚、晋、甲；原"一日生日的"。本人不敢答。俞校："不敢答"——原"不敢答应"；庚"不敢巷"。今删"应"。老嬷嬷指道："这一个蕙香，又叫作四儿的，是同宝玉一日生日的。"俞校："一日生日的"——从庚、晋、甲；原"一日生日"。王夫人细看了一看，虽比不上晴雯一半，却有几分水秀，俞校："比不上晴雯一半，却有几分水秀"——从庚、晋、甲；原"比不上晴雯，却也有几分水色"。视其行止，聪明皆露在外面，俞校："露在外面"——从庚、晋、甲；原"露于外面"。且也打扮的不同。王夫人冷笑道："这也是个不怕臊的！俞校："不怕臊的"——从庚；原"不害燥的"。他背地里说的同日生日俞校："同日生日"——从庚、晋、甲；原"同日同时"。就是夫妻，这可是你说的？打量我隔的远，都不知道呢！可知道俞校："可知道"——从庚；原"可知"。我身子虽不大来，我的心耳神意时时都在这里。难道我通共一个宝玉，就白放心，凭你们勾引坏了不成！"这个四儿见王夫人说着他俞校："说着他"——从庚、晋、甲；原"说为他"。素日和宝玉的私语，不禁红了脸，低头垂泪。王夫人即命也快把他家的人叫来，领出去俞校："领出去"——从庚、晋、甲；原"领了去"。配人。又问："谁是俞校："谁是"——从庚；原"谁是什么"。耶律雄奴？"老嬷嬷们俞校："老嬷嬷们"——从庚；原"老嫫嫫"。便将芳官指出。王夫人道："唱戏的女孩子自然是狐狸精了。上次放你们，你们又懒待出去，可就该安分守己才是。你就成精鼓捣起来，调唆着宝玉无所不为。"芳官笑辨道俞校："笑辨道"——从庚、晋、甲；原"哭辨道"。："并不敢调唆什么来。"王夫人冷笑道俞校："冷笑道"——从晋；原"笑道"。："你还强嘴！我且问你：前年间俞校："前年间"——原"前年"；庚"前年问"。今改"前年间"。我们往皇陵上去，是谁调唆宝玉要柳家的丫头五儿俞校："柳家的丫头五儿"——从庚、晋；原"柳家的五儿丫头"。来着？幸而那丫头短命死了，不然进来了，你们又俞校："进来了，你们又"——从庚、晋；原"进来，你们又是"。连伙聚党遭害这园子。你连你干娘都欺倒了，岂止别人！"因喝命，"唤他干娘来俞校："唤他干娘来"——从庚、晋、甲；原"叫他干娘来"。领去，就赏他外头自寻个俞校："自寻个"——从庚；原"寻个"。庚"自"下又傍添"己"。女婿去罢。把他的东西一概给他。"俞校："一概给他"——从庚、晋、甲；原"一概给他们"。又吩咐上年凡有姑娘分的唱戏女孩子们，一概不许留在园里，都令其各人干娘带出，俞校："凡有"至"带出"——从庚、甲；原"凡有姑娘们分使的唱戏的女孩子们，一概都令其干娘带去"。自行聘嫁。一语传出，这些干娘皆感恩趁愿不尽，都约齐与王夫人磕头领去。俞校："趁愿不尽，都约齐与王夫人磕头领去"——从晋、甲；原"称愿，不禁都约齐了来与王夫人磕头"。王夫人又满屋搜检俞校："搜检"——从庚、晋、甲；原"搜检一遍"。宝玉之物，凡略有眼生之物，一并命俞校："一并命"——从晋、甲；原"一并命人"。收的收，卷的卷，着人拿到自己房内去了。因说俞校："因说"——从庚、晋、甲；原"因说道"。："这才干净，省得傍人口舌。"因又吩咐袭人、麝月等人："你们小心！俞校："你们小心"——从庚、晋、甲；原"你们可要小心"。往后再有一点分外之事，我一概不饶。因叫人查看了，今年俞校："查看了，今年"——从庚、晋、甲；原"查看了书"。不宜迁挪，暂且挨过今年，明年一并给我仍旧搬出去心净。"俞校："心净"——从庚、晋、甲；原"清净"。庚双：一段神奇鬼讶之文，不知从何想来，王夫人从来未理家务，岂不一木偶哉？且前文隐隐约约已有无限口舌，漫阔之潜（浸润之谮）原非一日矣。若无此一番更变，不独终无散场之局，且亦大不近乎情理。况此亦此（是）余旧日目睹亲问（闻），作者身历之现成文字，非搜造而成者，故迥不与小说之离合悲欢窠旧（臼）相对。想遭冷落之大族见（儿）子见此，难（虽）事有各殊，然其情理似亦有点（默）契于心者焉。此一段不独批此，真从妙脸（抄检）大观园及贾母对月兴尽生悲，皆可附者也。说毕，茶也不吃，遂带领众人又往别处去阅人。暂且说不到后文。

如今且说宝玉，只当王夫人不过来搜检搜检，俞校："搜检搜检"——从庚、晋、甲；原"搜检，即搜检也"。无甚大事，谁知竟这样雷嗔电怒的来了。所责之事皆系平日之语，俞校："平日之语"——从庚；原"平日私语"。一字不爽，俞校："一字不爽"——从庚、晋、甲；原"一字不错"。料必不能挽回的。虽心下恨不能一死，但王夫人盛怒之际，自不敢多言一句，多动一步。一直跟送俞校："跟送"——从庚、甲；原"跟"。王夫人到沁芳亭。王夫人命，"回去好生念念那书，仔细明儿问你，才已发下狠了。"俞校："发下狠了"——从甲；原"发下恨了"。宝玉听如此说，俞校："听如此说"——从庚、晋、甲；原"听如此"。方回来，一路打算："谁这样犯舌？况这里事也无人知道，如何就都说着了？"俞校："都说着了"——从庚、晋、甲；原"多说著了"。一面想，一面进来，只见袭人在那里垂泪。且去了第一等的人，俞校："第一等的人"——从庚、晋、甲；原"心上第一个人"。岂不伤心，便倒在床上也哭起来。袭人知他心内别的还犹可，独有晴雯是第一件大事，俞校："第一件大事"——从晋、甲；原"一件大事"。乃推他劝道："哭也不中用了。你起来，我告诉你，晴雯已经好了，他这一家去，倒心净俞校："已经好了，他这一家去，倒心净"——从庚、晋、甲；原"今日已经好了，他这家去，倒清净"。养几天。你果然舍不得他，等太太气消了，你再求老太太，慢慢的叫进来俞校："慢慢的叫进来"——从庚、晋、甲；原"慢慢叫他进来"。也不难。不过太太偶然信了人的讲言，一时气头上如此罢了。"宝玉哭道："我究竟不知晴雯犯了何等滔天大罪！"庚双：余亦不知，盖此等冤，实非晴雯一人也。袭人道："太太只嫌他生的太好了，未免轻佻些。在太太是深知俞校："深知"——从庚、晋、甲；原"深知道"。这样美人似的人，不必安静，俞校："美人似的人，不必安静"——从庚；原"美人似的必不安静"。所以很嫌他。像我们这粗粗笨笨的倒好。"宝玉道："这也罢了。咱们私自顽话，俞校："私自顽话"——从庚、晋、甲；原"私自顽的话"。怎么也知道了？又没外人走风的，（俞校：“走风的”——从庚；原“走风”。）这可奇怪。”袭人道：“你有甚忌讳的，一时高兴了，你就不管有人无人（俞校：“有人无人”——从庚、晋；原“有人没人”。）了。我也曾使过眼色，也曾递过暗号，被那人已知道了，你还不觉。”（俞校：“你还不觉”——从晋、甲；原“你反不觉”。）宝玉道：“怎么人人的不是太太都知道，单不挑出你和麝月、秋纹来？”袭人听了这话，心内一动，（俞校：“心内一动”——从庚、晋、甲；原“心一动”。）低头半日，无可回答，因便笑道（俞校：“因便笑道”——从庚、晋、甲；原“因慢笑道”。）：“正是呢。若论我们也有玩笑不留心的孟浪去处，怎么太太竟忘了？想是还有别的事，（俞校：“别的事”——从晋、甲；原“别事”。）等完了再发放我们，也未可知。”宝玉笑道：“你是头一个出了名的至善至贤之人，他两个又是你（俞校：“又是你”——从晋、甲；原“又是”。）陶冶教育的，焉得（俞校：“焉得”——从晋、甲；原“焉能”。）还有孟浪该罚（俞校：“该罚”——从庚、晋、甲；原无。）之处！只是芳官尚小，过于伶俐些，未免倚强压倒了人，（俞校：“压倒了人”——从庚、晋、甲；原“压弱”。）惹人厌。四儿是我误了他，还是那年我和你拌嘴（俞校：“拌嘴”——从晋、甲；原“辨嘴”。）的那日起叫上来作些细活，未免夺占了（俞校：“夺占了”——从庚；原“夺佔了”。）地位，故有今日。只是晴雯也是和你一样，从小儿在老太太屋里过来的，（俞校：“从小儿在老太太屋里过来的”——从庚、晋、甲；原“从小过来的”。）虽然他生得比人强，（俞校：“生得比人强”——从庚、晋、甲；原“生的比人强些”。）也没甚妨碍去处。（俞校：“没甚妨碍去处”——从晋；原“没甚么要紧”。）就只他的性情爽利，（俞校：“性情爽利”——从庚；原“情性爽利”。）口角锋芒些，究竟也不曾得罪你们。想是他过于生得好了，反被这好所误。”说毕，复又哭起来。袭人细揣此话，好似宝玉有疑他之意，竟不好再劝，（俞校：“有疑他之意，竟不好再劝”——从庚、晋、甲；原“有疑他们之意，竟不好再往前劝”。）因叹道：“天知道罢了。此时也查不出人来，白哭一会子也无益。倒是养着精神，等老太太喜欢时，回明白了再要他进来是正理。”宝玉冷笑道：“你不必虚宽我的心。等到（俞校：“等到”——从庚；原“等”。）太太平服了，再瞧势头去要时，（俞校：“去要时”——从庚；原“去要他时”。）知他的病等得等不得。（俞校：“他的病等得等不得”——从庚；原“他的那病等的等不的”。）他自幼上来娇生惯养，何尝受过一日委屈！连我知道他的性格，还时常冲撞了他。（俞校：“连我”至“冲撞了他”——从庚；原无。）他这一下去，就如同（俞校：“就如同”——从庚；原“就同”。）一盆才抽出嫩箭来的（俞校：“抽出嫩箭来的”——从庚；原“抽出来的嫩箭”。）兰花，送到猪窝里去一般。况又是一身重病，里头一肚子的闷气。他又没有亲爷热娘，（俞校：“亲爷热娘”——原“亲爹娘”；庚“亲爷熱娘”；晋、甲“亲爹热娘”。今改“亲爷热娘”。）只有一个醉泥鳅（俞校：“醉泥鳅”——从庚、晋；原“醉泥鳅的”。）姑舅哥哥，他这一去，一时也（俞校：“一时也”——从庚；原“时是”。不惯的，那里还等得几日。知道还能见他一面两面不能了！”俞校：“不能了”——从庚；原“能不能了”。说着，又越发伤心起来。袭人笑道：“可见你只许州官放火，不许那百姓俞校：“不许那百姓”——从庚；原“不许民间”。点灯。我们偶然说一句略妨碍些的话，就说是不利之谈，你如今好好的咒他，是该的！他便比别人娇些，也不至这样起来。”宝玉道：“不是我妄口咒他，今年春天已有兆头的。”袭人忙问何兆。宝玉道：“这阶下好好的一株海棠花竟无故死了半边，我就知有异事，果然应在他身上。”袭人听了，又笑起来，因说道：“我待不说，又掌不住，你太也俞校：“你太也”——从庚；原“你太”。婆婆妈妈的了。这样的话俞校：“这样的话”——从庚、晋、甲；原“这样话”。岂是你读书的男人说的！草木怎又关系起人来？若不俞校：“若不”——从庚；原“若不是”。婆婆妈妈的，真也成了个呆子了。”宝玉叹道：“你们那里知道！不但草木，凡天下之物皆是有情有理的，也和人一样，得了知己，便极有灵验的。若用大题目比，就有俞校：“就有”——从庚、晋；原“就是”。孔子庙前之桧、坟前之蓍，诸葛祠前之柏，岳武穆俞校：“岳武穆”——从庚、晋、甲；原“武穆王”。坟前之松，这都是堂堂正大随人之正气，千古不磨之物，世乱则萎，世治则荣，几千百年了，枯而复生者几次。这岂不是俞校：“这岂不是”——从庚；原“岂不是”。兆应！小题目比，俞校：“小题目比”——从庚；原“就是小题目比”。就有俞校：“就有”——从晋；原“也有”。杨太真沉香亭之木芍药、端正楼之相思树，王昭君冢上之草，岂不也有灵验！所以这海棠亦应其人欲亡，故先就死了半边。”袭人听了这篇痴话，又可笑又可叹，因笑道：“真真的这话越发说上我的气来了。那晴雯是个什么东西，就费这样心思，比出这些正经人俞校：“正经人”——从庚、晋、甲；原“人”。来。还有一说，他纵好，也灭不过我的次序去。俞校：“我的次序去”——从庚、晋、甲；原“我的次序”。便是这海棠，也该先来比我，也还轮不到他。想是我要死了。”俞校：“要死了”——从庚；原“要死的了”。宝玉听说，忙握他的嘴，劝道：“这是何苦！一个未清，你又这样起来。罢了，再别提这事，别弄的去了三个，又饶上俞校：“又饶上”——从庚、晋、甲；原“再饶上”。一个。”袭人听说，心下暗喜道：“若不如此，你也不能了局。”宝玉乃道：“从此休提起，全当他们三个死了，不过如此。况且死了的也曾有过，也没见我怎样。此一理也。俞校：“此一理也”——从庚；原“总是一理”。庚双：宝玉至终一着全作如是想，所以此（始）于情终于语（悟）者。既能络（终）于语（悟）而止，则情不得滥漫，而涉于淫佚之事矣。一人前事，一人了法，皆非“弃竹而复惘笋”之意。如今且说现在的，倒是把他的东西，作瞒上不瞒下，俞校：“作瞒上不瞒下”——从庚；原“瞒上不瞒下”。悄悄的打发人送出去俞校：“送出去”——从庚；原“送”。与了他；再或有俞校：“再或有”——从庚、晋、甲；原“再或”。咱们常日积攒下的钱，拿几吊出去，给他养病，也是你姊妹好了一场。”袭人听了，笑道：“你太把我们看的又小器，又没人心了。俞校：“又小器，又没人心了”——从庚；原“小器了，又没人心”。这话还等你说！我才已将他素日所有的衣裳以至各色各物，总打点下了，俞校：“打点下了”——从庚；原“点下了”。都放在那里。如今白日里人多眼杂，又恐生事，且等到晚上，悄悄的叫宋妈给他拿出去。我还有攒下的几吊钱，俞校：“几吊钱”——从晋、甲；原“钱，也有几吊”。也给他罢。”俞校：“也给他罢”——从庚；原“也给他去罢”。宝玉听了，感谢不尽。袭人笑道：“我原是久已俞校：“久已”——从晋、甲；原“早已”。出了名的贤人，连这一点子好名儿俞校：“好名儿”——从庚、晋、甲；原“现成的好名儿”。还不会买来不成！”宝玉听他方才的话，俞校：“听他方才的话”——从庚；原“听了他方才的话”。忙陪笑抚慰一回。晚间果密遣宋妈送去。

宝玉将一切人稳住，便独自得便俞校：“独自得便”——从庚、晋、甲；原“独自特便”。出了后角门，央一个老婆子带他到晴雯家去瞧瞧。先这婆子俞校：“先这婆子”——从庚、晋、甲；原“偏这婆子”。百般不肯，只说：“怕人知道，回了太太，我还吃饭不吃饭！”俞校：“不吃饭”——从庚、甲；原“不吃”。无奈宝玉死活央告，又许他些钱，那婆子方带了他来。俞校：“那婆子方带了他来”——从庚；原“那个婆子方带了来”。这晴雯当日系赖大家用银子买的。那时俞校：“那时”——从庚；原“那”。晴雯才得十岁，尚未留头。因常跟俞校：“因常跟”——从庚；原“因尝跟著”。赖嬷嬷进来，贾母见他生得俞校：“生得”——从庚；原“生的十分”。伶俐标致，十分喜爱，故此赖嬷嬷就孝敬了贾母使唤，后来所以到了宝玉房里。这晴雯进来时也不记得家乡父母，只知有个俞校：“只知有个”——从庚；原“只有”。姑舅哥哥，专能庖宰，也沦落在外，俞校：“沦落在外”——从庚；原“流落在外”。故又求了赖家的俞校：“赖家的”——从庚；原“赖大家的”。收买进来吃工食。俞校：“吃工食”——从庚；原“食工食”。赖家的俞校：“赖家的”——从庚；原“赖大家的”。见晴雯虽到贾母跟前，千伶百俐，嘴尖性大，却倒还不忘旧，庚双：口（只）此一句便是晴雯正传。可知〈无〉晴雯为聪明风流可（所）害也。一篇为晴雯写传，是哭晴雯也。非哭晴雯，乃哭风流也。故又将他姑舅哥哥收买进来，把家里一个俞校：“家里一个”——从庚；原“家里的一个”。女孩子配了他。成了房后，谁知他姑舅哥哥一朝身安泰，就俞校：“身安泰，就”——从庚；原“身安乐”。忘却当年流落时，任意吃死酒，俞校：“吃死酒”——从庚；原“饮酒”。家小也不顾。偏又娶了个多情美色之妻，见他不顾身命，不知风月，一味死吃酒，便不免有蒹葭倚玉之叹，红颜寂寞之悲。又见他器量宽宏，庚双：趣极！“器量宽红（宏）”如此用，真扫地矣。并无嫉衾妒枕俞校：“嫉衾妒枕”——从庚；原“嫉妒衾枕”。之意；这媳妇遂恣情纵欲，俞校：“恣情纵欲”——原“恣意纵欲”；庚“恣情重欲”。满宅内便延揽英雄，俞校：“满宅内便延揽英雄”——从庚；原“延揽满宅内的英雄”。收纳材俊，上上下下，竟有一半是他考试过的。若问他夫妻姓甚名谁，俞校：“姓甚名谁”——从庚；原“行径”。上回贾琏所接见的多浑虫灯姑娘儿的便是了。俞校：“上回”至“便是了”——从庚；原“与上回所述的多浑虫多姑娘一般，这媳妇却叫做灯姑娘”。庚双：奇奇怪怪，左盘右旋，千丝万缘，皆自一体也。目今晴雯只有这一门亲戚，所以出来就在他家。俞校：“这一门亲戚，所以出来就在他家”——从庚；原“这门亲戚，出来就住他家”。此时多浑虫俞校：“多浑虫”——从庚；原“他表哥往”。外头去了，那灯姑娘吃了晚饭，去串门子，俞校：“去串门子”——从庚、晋；原“也去串门子去了”。只剩下晴雯一人睡在芦席土炕上，俞校：“睡在芦席土炕上”——从庚；原无。在外间房内爬着。俞校：“爬着”——从庚、晋、甲；原“卧著”。庚双：总哭晴雯。宝玉命那婆子在院门瞭哨，俞校：“院门瞭哨”——从庚；原“院内瞭望”。他独自掀起草帘庚双：“草帘”。进来，一眼就看见俞校：“就看见”——从庚、晋、甲；原“就瞧见”。晴雯睡在芦席土炕上，庚双：“芦席土炕”。幸而衾褥俞校：“衾褥”——从庚；原“衾枕被褥”。还是旧日铺的。心内俞校：“心内”——从庚、晋、甲；原“见了心里”。不知自己怎么着才好，因上来含泪伸手轻轻的拉他，悄唤俞校：“悄唤”——从庚、晋、甲；原“悄悄唤”。两声。当下晴雯又因着了风，又受了哥嫂的歹话，俞校：“歹话”——从庚、晋、甲；原“一夕话”。病上加病，嗽了一日，才朦胧睡了。俞校：“嗽了一日，才朦胧睡了”——从庚、晋、甲；原“嗽了一口，才朦胧睡著”。忽闻有人唤他，强展星眸，一见是宝玉，又惊又喜，又悲又痛，忙一把死攥住他的手，哽咽了半日，方说出半句话来：“我只当不得见你了。”俞校：“不得见你了”——从庚、晋、甲；原“今生不得见你了”。接着便嗽个不住。俞校：“接着便嗽个不住”——从庚、晋、甲；原“一句话未完，便咳嗽了个不住”。宝玉也只有哽咽之分。俞校：“哽咽之分”——从庚、晋、甲；原“哽咽的分儿”。晴雯道：“阿弥陀佛！你来的好，俞校：“你来的好”——从庚、晋、甲；原“你来的狠好”。且把那茶倒半碗我喝。俞校：“倒半碗我喝”——从庚、甲；原“润半盏给我嗑”。渴了这半日，叫半个人也叫不着。”宝玉听说，忙拭泪问：“茶在那里？”晴雯道：“那炉台上就是。”宝玉看时，虽有个黑沙吊子，却不像个茶壶。只得桌上去拿一个碗，也甚大甚粗，俞校：“拿一个碗，也甚大甚粗”——从庚、晋、甲；原“拿个碗，也大也粗”。不像个茶碗，未到手内先就闻得油膻之气。庚双：不独为晴雯一哭，且为宝玉一哭亦可。宝玉只得拿了来，先拿些水洗了两次，复又用水汕过，俞校：“复又用水汕过”——从庚、晋；原“后又用水汕了两遍”。方提起沙壶俞校：“沙壶”——从庚；原“茶壶”。斟了半碗。看时绛红的，俞校：“绛红的”——从庚、晋、甲；原“绛红颜色”。也太不成茶。晴雯扶枕道：“快给我俞校：“快给我”——从庚、晋、甲；原“快递给我”。喝一口罢。这就是茶了。那里比得咱们的茶。”宝玉听说，先自己尝了一尝，（俞校："尝了一尝"——从庚、甲；原"尝了一口"。）并无清香，且无茶味，（俞校："且无茶味"——从庚；原无。）只一味苦涩，略有茶意而已。尝毕，方递与晴雯。只见晴雯如得了甘露一般，一气都灌下去了。宝玉心下暗道："往常那样好茶，他尚有不如意之处。今日这样看来，可知古人说的：饱饫烹宰，饥餍（俞校："饥餍"——原"餓餍"；庚"饥厌"。今改"饥餍"。）糟糠'，又道'饭饱弄粥'，可见都不错了。"（庚双：妙！通篇宝玉最要书者，每因女子之所历始信其可，此谓触类傍通之妙快（诀）矣。）一面想，一面流泪问道："你有什么说的？（俞校："什么说的"——从庚、晋、甲；原"什么话"。）趁着没人告诉我。"晴雯呜咽道："有什么可说的！不过挨一刻是一刻，挨一日是一日。我已知横竖不过（俞校："我已知横竖不过"——从庚、晋、甲；原"我已知道横竖"。）三五日的光景就好回去了。（俞校："就好回去了"——从庚；原"我就好回去了"。）只是一件，我死也不甘心的：我虽生的比人略好些，并没有私情密意，勾引你怎样，如何一口死咬定了我是狐狸精！我太不服。（俞校："我太不服"——从庚；原"我大不服"。）今日既已担了虚名，而且临死，不是我说一句（俞校："说一句"——从庚、晋、甲；原"说句"。）后悔的话，早知如此，我当日也另有个道理。不料痴心傻意，（俞校："痴心傻意"——从庚、晋；原"痴心痴意"。）只说大家横竖是在一处。不想平空里生出这一节话来，有冤无处诉。"说毕，又哭。宝玉拉着他的手，只觉瘦如枯柴，（俞校："瘦如枯柴"——从庚、晋、甲；原"骨如枯柴"。）腕上犹带着四个银镯，因泣道："且卸下这个来，等好了再带上罢。"因与他卸下来，塞在枕下。又说："可惜这两个指甲，好容易长了二寸长，这一病好了，（俞校："这一病好了"——从庚、晋、甲；原"这病好了"。）又损好些。"晴雯拭泪，就伸手取了剪刀，（俞校："取了剪刀"——从庚；原"取剪子"。）将左手上两根葱管一般的指甲齐根铰下；（俞校："齐根铰下"——从庚、晋、甲；原"都齐根铰下"。）又伸手向被内将贴身穿着一件旧红绫袄脱下，并指甲都与宝玉道："这个你收了。以后就如见我一般。快把你的袄儿脱下来我穿。我将来在棺材内独自躺着，（俞校："独自躺着"——从庚、晋；原"淌著"。）也就像还在怡红院的一样了。论理不该如此，只是担了虚名，我可也是（俞校："我可也是"——从庚；原"我也是"。）无可如何了。"宝玉听说，忙宽衣换上，藏了指甲。晴雯又哭道："回去他们看见了（俞校："看见了"——从庚、晋；原"看见"。）要问，不必撒谎，就说是我的。既担了虚名，越性（俞校："越性"——从庚；原"率性"。）如此，也不过这样了。"（俞校：也不过这样了"——从庚、晋；原"也不过"。）（列双：晴雯此举胜袭人多矣，真一字一哭也，又何必鱼水相得，而后为情哉。）

一语未了，只见他嫂子笑嘻嘻俞校："笑嘻嘻"——从庚、晋、甲；原"笑嬉嬉"。掀帘进来，说道："好呀！你两个的话，我已都听见了。"又向宝玉道："你一个作主子的，跑到下人房里作什么？看我年轻又俊，敢是来调戏我么？"宝玉听说，吓的俞校："吓的"——从庚、晋；原无。忙陪笑央道："好姐姐，快别大声。他伏侍我一场，我私自出来瞧瞧他。"灯姑娘便一手拉了宝玉进里间来，笑道："你不叫我嚷也容易，只是依我一件事。"说着，便坐在炕沿上，却紧紧的将宝玉搂入怀中。宝玉如何见过这个，心内早俞校："心内早"——从庚、晋、甲；原"蚤"。突突的跳起来了，急的满面红涨，又羞又怕，俞校："满面红涨，又羞又怕"——从庚；原"满面红胀"。只说："好姐姐，别闹。"庚双：如问（闻）如见，"别闹"二字活跳。灯姑娘乜斜醉眼，笑道："呸！成日家听见你风月场中惯作工夫的，怎今日就反讪起来？"宝玉红了脸，笑道："姐姐放手，有话咱们好说。俞校："咱们好说"——从庚、晋、甲；原"好说"。外头有老妈妈俞校："老妈妈"——从庚、晋、甲；原"婆子"。听见，什么意思！"灯姑娘笑道："我早进来了，已叫那婆子去园门等着呢。俞校："园门等着呢"——从庚、晋；原"园子门等你"。我等什么似的，今儿等着了你。虽然，'闻名不如见面'，空长了一个好模样儿，竟是个没药性的爆竹，只好装幌子罢，倒比我还发讪怕羞。可知人的嘴一概听不得的。就比如俞校："就比如"——从庚、晋；原"就比"。方才我们姑娘俞校："我们姑娘"——从庚、晋；原"我们小姑"。下来，我也料定你们素日偷鸡盗狗的；俞校："偷鸡盗狗的"——从晋；原"偷鸡摸狗"。我进来一会在窗外细听，屋里只你二人，若有偷鸡盗狗的事，岂有不谈及的，俞校："不谈及的"——从晋；原"不谈及于此"。谁知你两个竟还是各不相扰。俞校："各不相扰"——从庚、晋；原"个不相扰的"。可知天下委屈事也不少。如今我反后悔，错怪了你们。既然如此，你但放心，以后你只管来，我也不俞校："我也不"——从庚；原"我不"。啰唣你。"宝玉听说，才放下心来，方起身整衣，央道："好姐姐，你千万照看他两天。我如今去了。"说毕出来，又告诉晴雯。二人自是依依不舍，也少不得一别。晴雯知宝玉难行，遂用被蒙头总不理他，宝玉方出来。意欲到芳官、四儿处去，无奈天黑，出来了半日，恐里面人俞校："里面人"——从庚；原"里面"。找他不见，又恐生事，遂且进园来了，明日再作计较。因乃至后角门，俞校："后角门"——从庚、晋；原下有"看时，只见角门上"。小厮们俞校："小厮们"——从庚傍改（"们"傍添）；原"小厮"。正抱铺盖，里边嬷嬷们正查人，若再迟一步也就关了。俞校：“也就关了”——从庚、晋；原“儿，门就关了”。

宝玉进入园中，且喜无人知道。到了自己房内，俞校：“自己房内”——从庚、甲；原“自己房中”。告诉袭人，只说在薛姨妈家去的，也就罢了。一时铺床，袭人不得不问今日怎么睡。宝玉道：“不管怎么睡罢了。”原来这一二年间，袭人因王夫人看重了他，他越发自要尊重，俞校：“自要尊重”——从庚、晋、甲；原“自尊自重”。凡背人之处，或夜晚之间，总不与宝玉狎昵，比先幼时反倒疏远了；况虽无大事办理，然一应针线并宝玉及诸小丫头们出入银钱、俞校：“出入银钱”——从晋、甲；原“凡出入银钱”。衣履什物等事，俞校：“什物等事”——从庚、晋、甲；原“事务”。也甚烦琐；且有吐血俞校：“吐血”——从庚、晋、甲；原“失血”。旧症虽愈，然每因俞校：“然每因”——从庚；原“每因”。劳碌风寒所感，即嗽中带血：故迩来夜间总不与宝玉同房。宝玉夜间常醒，又极胆小，每醒必唤人；因晴雯睡卧警醒，俞校：“警醒”——原“警心”；庚“警性”，“性”改“醒”；晋“警苏”；甲“惊醒”。今改“警醒”。且举动轻便，故夜晚俞校：“夜晚”——从庚；原“夜间”。一应茶水起坐呼唤之任俞校：“之任”——从庚、晋；原“之事”。皆悉俞校：“皆悉”——从庚、晋；原“皆系”。委他一人，所以宝玉床外俞校：“床外”——原“外床”；庚“好床”，改“的床外”。今改“床外”。只是他睡。今他去了，袭人只得要问，因思此任比日间紧要俞校：“紧要”——从庚；原“要紧”。之意。宝玉既答不管怎样，袭人只得还依旧年之例，遂仍将俞校：“仍将”——从庚；原“将”。自己铺盖搬来，设于床外。

宝玉发了一晚上呆。庚双：一句足矣。及催他睡下，袭人等也都睡后，只听俞校：“只听”——从晋、甲；原“听著”。宝玉在炕上长吁短叹，复去翻来，直至三更以后俞校：“三更以后”——从庚；原“三更已后”。方渐渐的安顿了，略有鼾声。袭人方放心，也就朦胧睡着。没半盏茶时，只听宝玉叫“晴雯”。袭人忙睁开眼，连声答应，问作什么。宝玉因要吃茶。袭人忙下去向盆内蘸过手，从暖壶内倒了半盏茶来吃过。宝玉乃笑道庚双：“笑”字好极，有文章，盖恐冷落袭人也。：“我近来叫惯了他，却忘了是你。”袭人笑道：“他一乍来时，你也曾俞校：“你也曾”——从庚、晋、甲；原“你也是”。睡梦中直叫我，半年后才改了。——我知道这晴雯人虽去了，这两个字只怕俞校：“这两个字只怕”——从庚、晋；原“只怕这两个字”。是不能去的。”说着，大家又卧下。宝玉又翻转了一个更次，至五更方睡去时，只见晴雯从外头走来，仍是往日形景，进来笑向宝玉俞校：“笑向宝玉”——从庚；原“哭向宝玉”。道：“你们好生过罢，我从此就别过了。”说毕，翻身便走。宝玉忙叫时，又将袭人叫醒。袭人还只当他惯了口乱叫，却见宝玉哭了，说道："晴雯死了。"袭人笑道："这是那里话！你就知道胡闹。被人听着什么意思！"宝玉那里肯听，恨不得一时亮了就遣人去问信。及至亮时，就有王夫人房里小丫头立等俞校："立等"——从庚；原"立刻"。叫开前角门，传王夫人的话，"'即时叫起宝玉，快洗脸，换了衣裳快来；俞校："换了衣裳快来"——从庚、晋、甲；原"穿了衣裳"。因今儿有人请老爷寻秋赏桂花，老爷因喜欢他前儿作得诗好，故此要带他们去。'俞校："要带他们去"——从庚；原"要带他去"。这都是太太的话，一句别错了，你们快飞告诉去，俞校："告诉去"——从庚、晋、甲；原"告诉"。立逼他快来，老爷在上屋里，俞校："上屋里"——从庚；原"上房里"。还等他俞校："等他"——从庚；原"等他们"。吃面茶呢。环哥儿已经来了。快飞，快飞。俞校："快飞，快飞"——从庚；原无。再着一个人去叫兰哥儿，也要这等说。"俞校："也要这等说"——从庚；原"也要带他去呢，这等说"。里面的婆子听一句，应一句，一面扣钮子，一面开门。一面早有两三个人一行扣衣，俞校："扣衣"——从庚；原"扣衣裳"。一行分头去了。俞校："分头去了"——从庚；原"外头分头去叫"。袭人听得叩院门，便知有事，忙一面命人问时，自己已起来了。听得这话，促人来俞校："促人来"——原"忙著叫人来"；庚"足人来"（又傍改成"赶着叫人来"）；晋"忙促人"。今改"促人来"。舀了面汤，催宝玉起来盥漱。他自去取衣服。因思跟贾政出门，便不肯拿出十分出色的新鲜衣履来，只拿那二等成色的来。宝玉此时亦无法，只得忙忙的前来。果然贾政在那里吃茶，俞校："吃茶"——从庚、晋、甲；原"吃茶呢"。十分喜悦。宝玉忙行了省晨之礼。贾环贾兰二人也都见过宝玉。俞校："见过宝玉"——从庚；原"见过了宝玉"。贾政命坐俞校："命坐"——从庚、晋、甲；原"命坐了"。吃茶，向环兰二人道："宝玉读书不如你两个，论题联和诗这种聪明，你们皆不及他。今日此去，未免强你们作诗，宝玉须得便助俞校："得便助"——原"得帮助"；庚"听便助"，点去；晋"听便助"；甲"随便助"。今改"得便助"。他们两个。"王夫人等自来不曾听见这等考语，真是意外之喜。

一时，候他父子二人等俞校："父子二人等"——从庚；原"父子四人"。去了，方欲过贾母这边来时，就有芳官等三个的俞校："三个的"——从庚；原"三人的"。干娘走来，回说："芳官自前日俞校："前日"——从庚、晋、甲；原"那日"。蒙太太的恩典赏了出去，他就疯了似的，茶也不吃，饭也不用，俞校："饭也不用"——从庚；原"饭也不吃"。勾引上藕官、蕊官，三个人俞校："三个人"——从庚、晋、甲；原"三人"。寻死觅活，只要剪了头发作尼姑。我只当是小孩子家，一时出去不惯，也

劝行善尼姑藏私心　美优伶斩情归水月

是有的，不过隔两日就好了。谁知越闹越凶，打骂着也不怕。实在没法，所以来求太太，或是就依他们做尼姑去，或教导他们一顿，赏给别人作女儿去罢。我们也没这福。”王夫人听了道：“胡说！那里由得他们起来！佛门也是轻易人（俞校：“轻易人”——从庚；原“轻易”。）进去的。（俞校：“进去的”——从庚、甲；原“进入得的”。）每人打一顿给他们，看还闹不闹了。”当下因八月十五日各庙内上供去，皆有各庙内的（俞校：“各庙内的”——从庚；原“各庙的”。庚又旁添“内”。）尼姑来送供尖之例，王夫人曾就留下（俞校：“曾就留下”——原“曾留下”；庚“曾于十五日就留下”。今改“曾就留下”。）水月庵的智通与地藏庵的圆心（俞校：“圆心”——从庚傍改（“两信”改“圆心”）；原“圆信”。）住两日，至今未回。听得此信，巴不得又拐两个女孩子去作活使唤，（俞校：“作活使唤”——从庚、晋；原“好作活使唤”。）因都向王夫人道：“咱们府上（俞校：“咱们府上”——从庚傍改（“们”傍添）；原“太太府上”。）到底是善人家。因太太好善，所以感应得（俞校：“感应得”——从庚、晋、甲；原“感得”。）这些小姑娘们皆如此。虽说佛门轻易难入，也要知道佛法平等。我佛立愿，原是连一切众生无论鸡犬皆要度他，（俞校：“度他”——从庚；原“度脱他”。）无奈迷人不醒。若果有善根能醒悟，即可以超脱轮回。所以经上（俞校：“经上”——从庚；原“如今”。）现有虎狼蛇虫得道者不少。（俞校：“得道者不少”——从庚；原“得道的就不少”。）如今这两三个（俞校：“两三个”——从庚；原“三个”。）姑娘既然无父无母，（俞校：“无父无母”——从庚；原“无父母”。）家乡又远，他们既经了（俞校：“既经了”——从庚、晋、甲；原“既经过了”。）这富贵，又想从小儿命苦，入了这风流行次，将来知道终身怎样，所以苦海回头，立意出家，修修来世，也是他们的高意。太太倒不要限了善念。”（俞校：“倒不要限了善念”——从庚；原“别要阻他善念”。）王夫人原是个好善的，先听彼等之语不肯听其自由者，因思芳官等不过皆系小儿女一时不遂心，（俞校：“不遂心”——从庚傍改（“之”改“心”）；原“不遂之谈”。）但恐（俞校：“但恐”——从庚；原“恐”。）将来熬不得清净，反致获罪。今听（俞校：“今听”——从庚；原“今听了”。）这两个拐子（俞校：“拐子”——从庚、晋、甲；原“姑子”。）的话大近情理；且近日家中多故，又有邢夫人遣人来知会，明日接迎春家去住两日，以备人家相看；且又有官媒婆来求说探春等事，心绪甚烦，（俞校：“心绪甚烦”——从晋；原“心绪甚繁”。）那里着意在这些小事上。既听此言，便笑答道：“你两个既这等说，你们就带了作徒弟去，如何？”（俞校：“如何”——从庚、晋、甲；原“如何呢”。）二姑子听了，（俞校：“二姑子听了”——从庚、晋、甲；原“姑子们听了”。）念一声佛，道：“善哉，善哉！若如此，可是你老人家（俞校：“你老人家”——从庚；原“你老人家的”。）阴德不小。”说毕，便稽首拜谢。王夫人道：“既这样，你们问他们去。若果真心，即上来当着我拜了师父去罢。”这三个女人听了出去，果然将他三人（俞校：“他三人”——从庚、晋、甲；原“他们”。）带来。王夫人问之再三，他三人已是立定主意，遂与两个姑子叩了头，又拜辞了王夫人。王夫人见他们意皆决断，知不可强了，反倒伤心可怜，忙命人来（俞校：“忙命人来”——从庚、晋、甲；原“忙命人”。）取了些东西来，赍赏了（俞校：“赍赏了”——从庚；原“都赏了”。）他们，又送了两个姑子些礼物。从此芳官跟了水月庵的智通，蕊官藕官二人跟了地藏庵的圆心，（俞校：“圆心”——从庚；原“圆信”。）各自出家（俞校：“各自出家”——从庚、甲；原“出家”。）去了。要知后事，（俞校：“要知后事”——从晋、甲；原无。）再听下回分解。

蒙回后：看晴雯与宝玉永绝一段，的是消魂文字；看宝玉几番呆论，真是至诚种子；看宝玉给晴雯斟茶，又真是阿公子。前文叙袭人奔丧时，宝玉夜来吃茶，先呼袭人，此又夜来吃茶，先呼晴雯。字字龙跳天门，虎卧凤阙；语语婴儿恋母，稚鸟寻巢。

第七十八回
老学士闲徵姽婳词　痴公子杜撰芙蓉诔

蒙戚回前：文有宾主，不可误。此文以《芙蓉诔》为主，以《姽婳词》为宾；以宝玉古歌为主，以贾环、贾兰诗绝为宾。文有宾中宾，不可误。以清客作序为宾，以宝玉出游作诗为宾中宾。由虚入实，可歌可咏。

话说两个尼姑领了芳官等去后，王夫人便往贾母处来省晨，见贾母喜欢，便趁便回道俞校："趁便回道"——从庚、晋、甲；原"回道"。："宝玉屋里有个晴雯，那丫头也大了，而且一年之间俞校："一年之间"——从庚、晋、甲；原无。病不离身，我常见他比别人分外淘气，也懒，前日又病倒了十几天，叫大夫瞧俞校："叫大夫瞧"——从庚、晋、甲；原"大夫瞧"。说是女儿痨，所以我就赶着叫他下去了。俞校："下去了"——从庚、晋、甲；原"出去了"。若养好了，也不用叫进来，就赏他家配人去也罢了。再那几个学戏的女孩子，我也作主放出去了。俞校："作主放出去了"——从庚；原"作主意放了"。一则他们都会戏，口里没轻没重，只会混说，女孩儿们俞校："女孩儿们"——从庚、晋、甲；原"女孩们"。听了如何使得；二则他们既唱了会子戏，白放了他们，也是应该的。况丫头们也太多，若说不彀使，俞校："不彀使"——从庚、晋、甲；原"不彀"。再挑上几个来也是一样。"贾母听了，点头道："这倒是俞校："这倒是"——原"这是"；庚"这道是"。今改"这倒是"。正理，我也正想着俞校："我也正想着"——从庚、晋、甲；原"我正想著"。如此呢。但晴雯那丫头我看他甚好，怎么就这样起来！我的意思，这些丫头的模样爽利，言谈、（俞校："言谈"——从庚、晋、甲；原"言语"。）针线多不及他，将来只他还可以给宝玉使唤得。（俞校："使唤得"——从庚；原"使唤"。）谁知变了。"（俞校："变了"——从庚、晋、甲；原"变了性"。）王夫人笑道："老太太挑中的人原不错。只怕他命里没造化，所以得了这个病。俗语又说，女大十八变。况且有本事（俞校："有本事"——从晋、甲；原"有了本事"。）的人，未免有些（俞校："未免有些"——从庚、晋、甲；原"未免有"。）调歪，老太太还有什么不曾经验过的。三年前，我也就（俞校："我也就"——从庚、晋、甲；原"我就"。）留心这件事，先只取中了他。我便留心冷眼看去，他色色虽比人强，（俞校："我便留心冷眼看去，他色色虽比人强"——从庚傍改（"眼"傍添）；原"色色比人强"。）只是不大沉重。若说沉重知大礼，莫若袭人第一。虽说'贤妻美妾'，然也要（俞校：从庚；原"却也要"。）性情和顺，举止沉重的更好些。就是袭人模样（俞校："袭人模样"——从庚；原"袭人的模样"。）虽比晴雯略次一等，然放在房里（俞校："放在房里"——从庚、晋、甲；原"放在屋里"。）也算是一二等的了。况且行事大方，心地老实。这几年来从未逢迎着宝玉淘气。凡宝玉十分胡闹的事，他只有死劝的。因此品择了二年，一点不错了，我就悄悄的把他丫头的月分钱（俞校："月分钱"——从庚；原"月钱"。）止住，我的月分银子里擘出二两银子来给他。不过使他自己知道，越发小心学好之意。且不明说者：一则宝玉年纪尚小，（俞校："年纪尚小"——从庚、晋、甲；原"年轻"。）老爷知道了又恐说耽误了书；二则宝玉再自为已是（俞校："再自为已是"——从庚；原"最是为自己"。）跟前的人，不敢劝他说他，反倒纵性起来。所以直到今日才回明（俞校："才回明"——从庚、晋、甲；原"才回明了"。）老太太。"贾母听了，笑道："原来这样。如此更好了。袭人本来从小儿不言不语，我只说他是没嘴的葫芦。既是你深知，岂有大错误的。（俞校："岂有大错误的"——从庚、晋、甲；原"岂还有错误的"。）而且你这不明与宝玉的主意更好。且大家别提这事，只是心里知道罢了。我深知宝玉将来也是个不听妻妾劝的。我也解不过来，也从未见过这样的孩子，（俞校："这样的孩子"——从庚；原"这样孩子"。）别的淘气都是应该的，只他这种（俞校："只他这种"——从庚；原"他这种"。）和丫头们好却是难得。我为此也耽心，每每（俞校："每每"——从庚；原"每"。）冷眼查看他，只和丫头们闹，必是人大心大，知道男女的事了，所以爱亲近他们。既细细查试，究竟不是为此。岂不奇怪！想必原是个丫头，（俞校："原是个丫头"——从庚；原"他原是丫头"。）错投了胎不成！"说着，大家笑了。王夫人又回今日贾政如何夸奖，又如何带他们逛去，贾母听了，更加喜悦。

一时，只见迎春妆扮了俞校："妆扮了"——从庚、晋、甲；原"打扮了"。前来告辞过去。凤姐也来省晨。伺候过早饭，又说笑了一回。俞校："说笑了一回"——从庚；原"笑说了一回"。贾母歇晌后，俞校："歇晌后"——从庚；原"歇晌午觉"。王夫人便唤了凤姐，问他："丸药可曾配来？"俞校："可曾配来"——从庚、晋、甲；原"可曾配好"。凤姐儿道俞校："凤姐儿道"——从庚；原"凤姐道"。："还不曾呢，如今还是吃汤药。太太只管放心，我已大好了。"俞校："我已大好了"——从庚、晋、甲；原"我已是大好了"。庚双：总是勉强。王夫人见他精神复初，也就信了。庚双：只用此一句，便又（入）后文。因告诉俞校："因告诉"——从庚、晋、甲；原"因又告诉"。撵逐晴雯等事。又说："怎么宝丫头私自已回家睡去了，你们都不知道？我前儿顺路都查了一查。谁知兰小子这一个新进来的奶子也十分的妖乔，俞校："十分的妖乔"——从庚、晋；原"十分妖娆"。我也不喜欢他。我也说与你嫂子了，俞校："说与你嫂子了"——从庚；原"说与你嫂子"。好不好，叫他各自去罢。况且兰小子也大了，俞校："兰小子也大了"——从庚傍改（"也"傍添）；原"又大了"。用不着这些奶子。我因问你大嫂子：'宝丫头出去，难道你不知道不成？'他说，是告诉了他的，不过两三日，等的俞校："不过两三日，等的"——从庚；原"不两三日，等你"。姨妈好了就进来。姨妈究竟没甚大病，俞校："姨妈究竟没甚大病"——从庚、晋、甲；原"你姨妈究竟无甚大病"。不过还是咳嗽腰疼，年年是如此的。他这去必有原故。敢是有人得罪了他不成？那孩子心重，亲戚住一场，别得罪了人，俞校："别得罪了人"——从庚、晋、甲；原"倒得罪他"。反不好了。"凤姐笑道："谁可好好的得罪他们！他们天天在园里，俞校："在园里"——从庚；原"在园子里面住著"。左不过是他们一群人。"王夫人道："别是宝玉有嘴无心，俞校："有嘴无心"——从庚、晋、甲；原"有口无心"。傻子俞校："傻子"——从庚傍改（"之"改"子"）；原"孩子"。似的，从没个忌讳，俞校："从没个忌讳"——从庚；原无。高兴了信嘴胡说也是有的。"凤姐笑道："这可是太太过于操心了。若说他出去干正经事说正经话去，却像个傻子；俞校："干正经事说正经话去，却像个傻子"——从庚、晋、甲；原"说正经话干正经事去，却像个孩子"。若只叫他进来，在这些姊妹跟前，俞校："姊妹跟前"——从庚、晋、甲；原"姊妹前"。以至于大小的丫头俞校："大小的丫头"——从庚、晋、甲；原"大小人的"。跟前，他最有俞校："他最有"——从庚；原"最有"。尽让，又恐怕得罪了人，那是俞校："那是"——从庚、晋、甲；原"可是"。再不得有人恼他的。我想薛妹妹此去，俞校："此去"——从晋、甲；原"出去"。想必为着前日搜检众丫头的东西的原故。他自然为信不及园里的人俞校："园里的人"——从庚、晋、甲；原"园子里的人"。才搜检，他又是亲戚，现也有丫头、老婆子在内，我们又不好去俞校："不好去"——从庚、晋、甲；原"不好"。搜检，恐我们俞校："恐我们"——从庚、晋、甲；原"他恐我们"。疑他，所以多了这个心，自己回避了。也是应该避嫌疑的。”王夫人听了这话不错，他是以多了这个心自己回避了。【俞校：“他是以多了这个心自己回避了”——从庚傍改（“他”傍添）；原无。】自己遂低头想了一想，便命人请了宝钗来，分晰前日的事，以解他的疑心，又仍命他将来【俞校：“将来”——从庚；原“进来”。】照旧居住。宝钗陪笑道【俞校：“陪笑道”——从庚、晋、甲；原“笑道”。】：“我原要早出去的，【俞校：“原要早出去的”——从庚、晋、甲；原“原早要出去的”。】只是姨娘【俞校：“姨娘”——从庚、晋、甲；原“姨妈”。本回下统作“姨娘”。】有许多的大事，所以不便来说。可巧前日妈又不好了，【俞校：“妈又不好了”——从庚、晋；原“母亲又不好了”。】家里两个靠得的女人也病着，我所以【俞校：“我所以”——从庚；原“所以我”。】趁便出去了。姨娘今日既已【俞校：“今日既已”——从庚、晋、甲；原“今既”。】知道了，我正好明讲出情理来，就从今日辞了好搬东西【俞校：“好搬东西”——从庚、晋、甲；原下有“出去”。】的。”王夫人、凤姐都笑道：“你太固执了。正经再搬进来【俞校：“再搬进来”——从庚、晋、甲；原“仍搬进来”。】的为是，休为没要紧的事【俞校：“没要紧的事”——从庚、晋、甲；原“无要紧的事”。】反疏远了亲戚。”宝钗笑道：“这话说的【俞校：“这话说的”——从庚、晋、甲；原“这说的话”。】太不解了。并没为什么事我出去。我为的是妈近来神思比先大减，【俞校：“近来神思比先大减”——从庚、晋、甲；原“近日神思较先大减”。】而且夜间晚上没有得靠的人，【俞校：“得靠的人”——从庚、晋、甲；原“靠得的人”。】通共只我一个；二则如今【俞校：“如今”——从庚、晋、甲；原无。】我哥哥眼看【俞校：“眼看”——从庚、晋、甲；原“眼前”。】娶嫂子，多少针线活计并家里一切动用的器皿，尚有未齐备的，我也须得帮着妈去料理料理，——姨娘和凤姐姐都知道我们家的事，不是我撒谎；三则自我在园里，东南上小角门子就常开着，原是为我走的，保不住出入的人就图省路，也从那里走，又没人盘查，设若从那里弄出【俞校：“弄出”——从晋、甲；原“做出”。】一件事来，岂不两碍脸面，而且我进园里来睡原不是什么大事，因前几年年纪皆小，且家里没事，有在外头的不如进来，姊妹相共或作针线，或玩笑，皆比在外头闷坐着好，【俞校：“闷坐着好”——从庚；原“闷坐著不好么”。】如今【俞校：“如今”——从庚、晋、甲；原“但如今”。】彼此都大了，也都有事。况【俞校：“况”——从庚、晋、甲；原无。】姨娘这边历年皆遇不遂心的事故，那园子也太大，一时照顾不到，皆有关系，惟有少几个人，【俞校：“少几个人”——从庚、晋、甲；原“少几个人儿”。】就可以少操些心：所以今日不但我执意辞去，此外【俞校：“此外”——从晋、甲；原“此后”。】还要劝姨娘如今【俞校：“如今”——从庚、晋、甲；原无。】该减些的就减些，【俞校：“就减些”——从庚；原“也就减些罢”。】也不为失了大家的体统。【俞校：“也不为失了大家的体统”——从庚、晋、甲；原“也不会失了大家子的体面”。】据我看，园里这一项【俞校：“园里这一项”——从庚、甲；原“园子里的这一向”。】费用也竟可以免的，说不得当日的话。姨娘深知我家的，难道我们当日俞校："我们当日"——从庚；原"我们家当日"。也是这样冷落俞校："这样冷落"——从庚；原"这等零落"。不成！"凤姐听了这篇话，便向王夫人笑道俞校："向王夫人笑道"——从庚、晋、甲；原"向王夫人道"。："这话竟是。不必强了。"俞校："这话竟是。不必强了"——从庚；原"这话依我说便不必强他了"。王夫人点头道："我也无可回答，只好随你便俞校："随你便"——从庚；原"随你的便"。罢了。"

说话之间，只见宝玉等已回来，因说他父亲俞校："他父亲"——从庚、晋；原"父亲"。还未散，恐天黑了，所以先叫我们回来了。王夫人忙问俞校："忙问"——从庚、晋、甲；原"忙问道"。："今日可曾丢了丑？"宝玉笑道俞校："宝玉笑道"——从庚、晋、甲；原"宝玉道"。："不但不丢丑，拐了许多东西来。"俞校："拐了许多东西来"——从晋、甲；原"倒拐了东西来了"。接着，就有老婆子们从二门上小厮手内俞校："小厮手内"——从庚、晋、甲；原"小厮们手里"。接了东西来。王夫人一看时，俞校："一看时"——从庚、晋、甲；原"看时"。只见扇子三把，扇坠三个，笔墨共六匣，香珠三串，玉绦环俞校："玉绦环"——从庚、晋、甲；原"玉套环"。三个。宝玉说道："这是梅翰林送的，那是杨侍郎送的，这是李员外送的，每人一分。"说着，又向怀中取出一个旃檀香的小护身佛来，说："这是庆国公单给我的。"王夫人又问在席何人，作何诗词等语俞校："等语"——从庚；原"宝玉一一答应"。毕，只将宝玉一分令人拿着，同宝玉、环、兰前来见过贾母。贾母看了，喜欢不尽，不免又问些话。无奈宝玉一心记着晴雯，俞校："记着晴雯"——从庚、晋、甲；原"记挂著晴雯"。答应完了话时，便说骑马颠了骨头疼。贾母便说："快回房去俞校："贾母便说：快回房去"——从庚、晋、甲；原"贾母说：快回房里"。换了衣服，疏散疏散就好了。不许睡倒。"宝玉听了，便忙入园来。当下麝月、秋纹已带了两个丫头来等候。见宝玉辞了贾母出来，俞校："辞了贾母出来"——从庚、晋、甲；原"出来"。秋纹便将笔墨拿起，一同随宝玉进园来。俞校："随宝玉进园来"——从庚、晋、甲；原"随来"。宝玉满口里说"好热"。一壁走，一壁便摘冠解带，将外面的大衣服都脱下来，麝月拿着。庚双：看他用智之处。只穿着一件松花俞校："松花"——从庚、晋、甲；原"松花绿"。绫子夹袄，袄内俞校："袄内"——从庚、晋；原"内"。露出血点般大红裤子来。秋纹见这条红裤俞校："这条红裤"——从庚、晋；原"这条裤子"。是晴雯手内针线，俞校："手内针线"——从庚；原"做的"。因叹道："这条裤子以后收了罢，真是物件在人去了。"俞校："物件在人去了"——从庚；原"物在人不在了"。庚又傍改"物在人亡了"。麝月忙也笑道俞校："忙也笑道"——从庚傍改（"也"傍添）；原"忙道"。："这是晴雯的针线。"俞校："晴雯的针线"——从庚；原"晴雯针线么"。又叹道："真是'物在人亡'了。"

秋纹将麝月拉了一把，笑道："这裤子配着松花色（俞校："松花色"——从庚、甲；原"松花"。）袄儿，石青靴子，越显出这靛青的头，（俞校："靛青的头"——从庚、晋、甲；原"靛青头皮"。）雪白的脸来了。"宝玉在前只装听不见，又走了两步，便止住步道："我要走一走，这怎么好？"（俞校："这怎么好"——从庚、晋、甲；原"怎么好"。）麝月道："大白日里还怕什么！还怕丢了你不成！"因命（俞校："因命"——从庚、晋、甲；原"因叫"。）两个小丫头跟着，"我们送了这些东西去再来。"（俞校："去再来"——从庚、晋、甲；原"回来"。）宝玉道："好姐姐，等一等我（俞校："等一等我"——从庚、晋、甲；原"等我一等"。）再去。"麝月道："我们去了就来。两个人手里都有东西，倒像摆执事的，一个捧着文房四宝，一个捧着冠袍带履，成个什么样子。"宝玉听见，（俞校："宝玉听见"——从庚；原"宝玉听说"。）正中心怀，便让他两个去了。他便带了两个小丫头到一石后，也不怎么样，只问他二人道："自我去了，你袭人姐姐打发人（俞校："打发人"——从庚、晋、甲；原"可打发人"。）瞧晴雯姐姐去了不曾？"这一个答道："打发宋妈妈去了。"（俞校："去了"——从庚；原"瞧去了"。庚又傍改成"去来着"。）宝玉道："回来说什么？"小丫头道："回来说晴雯姐姐直着脖子叫了一夜，今儿早起就闭了眼住了口，世事不知，（俞校："世事不知"——从庚、晋、甲；原"人事不知"。）也出不得一声儿，（俞校："一声儿"——从庚；原"一声儿了"。）只有倒气的分儿了。"宝玉忙道（俞校："宝玉忙道"——从庚、甲；原"宝玉忙问道"。）："一夜叫的是谁？"小丫头子说："一夜是叫娘。"宝玉拭泪道："还叫谁？"（俞校："小丫头子说"至"还叫谁"——从庚；原无。庚"是"又傍改"只"，"娘"上添"他"，"还"上添"他"。）小丫头子道："没有听见叫别人了。"（俞校："叫别人了"——从庚、晋、甲；原"叫别人"。）宝玉道："你糊涂，想必没有听真。"（俞校："没有听真"——从庚、晋、甲；原"没听真"。）旁边那一个小丫头（俞校："那一个小丫头"——从庚、晋、甲；原"那小丫头子"。）最伶俐，听宝玉如此说，便上来说（俞校："听宝玉如此说，便上来说"——从庚、晋、甲；原"听见宝玉如此说便来说道"。）："真个他糊涂。"又向宝玉道："不但我听得真切，（俞校："听得真切"——从庚、晋、甲；原"听的真切"。）我还亲自偷着看去的。"（俞校："看去的"——从庚、晋、甲；原"看他去的"。）宝玉听说，忙问："你怎么又亲自看去？"（俞校："亲自看去"——从庚、晋、甲；原"亲自看他去"。）小丫头道："我因想晴雯姐姐素日与别人不同，待我们极好。如今他虽受了委屈出去，（俞校："出去"——从庚、晋、甲；原"出去了"。）我们不能别的法子救他，（俞校："别的法子救他"——从庚、晋、甲；原"别的"。）只亲去瞧瞧，也不枉（俞校："只亲去瞧瞧，也不枉"——从庚、晋、甲；原"只去瞧瞧他也不枉了"。）素日疼我们一场。就是人知道了，回了太太，打我们（俞校："人知道了，回了太太，打我们"——从庚、晋、甲；原"太太知道了，打我"。）一顿，也是愿受的。所以我拚着挨一顿打，偷着下去瞧了一瞧。（俞校："瞧了一瞧"——从庚、晋、甲；原"瞧瞧他"。）谁知他生平为人聪明，至死不变。也因想着俞校：“也因想着”——原“也因他想著”；庚、晋“也应想着”（庚“也”改“他”）。今删“他”。那起俗人俞校：“那起俗人”——从庚；原“那起人”。不可说话，所以只闭眼养神，见我去了，便睁开眼，俞校：“便睁开眼”——从庚、晋、甲；原“睁开眼”。拉着我的手，问：‘宝玉那去了？’我告诉实情。他叹了一口气，说：‘不能见了。’我就说：‘姐姐何不等一等他，回来见一面，岂不两完心愿？’俞校：“心愿”——从庚、晋；原“愿心”。他就笑道：‘你们还不知道。俞校：“还不知道”——从庚；原“不知道”。我不是死，如今天上俞校：“天上”——从庚、晋、甲；原“天下”。少了一位花神，玉皇敕命俞校：“玉皇敕命”——从庚；原“星，敕命著”。我去司主。我如今在未正二刻到任司花，宝玉须待俞校：“宝玉须待”——从庚、晋、甲；原“那宝玉须待”。未正三刻才到家，只少得一刻的工夫，不能见面。世上凡该死之人，阎王俞校：“阎王”——从庚、晋、甲；原“阎君”。勾取了过去，是差些小鬼来捉人魂。俞校：“捉人魂”——从庚；原“提人魂”。若要迟延一时半刻，不过烧些纸钱，俞校：“纸钱”——从庚、晋、甲；原“钱纸”。浇些浆饭，俞校：“浆饭”——从庚、甲；原“浆水”。那鬼只顾抢钱去了，该死的人就可多待些个工夫。俞校：“就可多待些个工夫”——从庚、晋、甲；原“可就多待些工夫”。原下有“又从来皆说阎王注定三更死，谁能留人至五更之语”，庚系夹评，晋、甲无，今删去。庚双：好，奇之至！今忽借此小女儿一篇无稽之谈，反成无人敢翻之案，且又寓意调侃，骂尽世熊（态）。岂非之至文章耶？寄语观者：至此一浮一大白者，已后不必看书也。靖眉：古来皆说“阎王注定三更死，谁能留人至五更”。今忽以小女儿一番无稽之谈，及（反）成无人敢翻之案，且寓调侃世人之意，骂尽世态。真（岂）非绝妙之文？可（寄）语观者浮一[大]白后，不必看书了。我这如今是有俞校：“是有”——从庚；原“是”。天上的神仙来召请，岂可挨得时刻。’我听了这话，竟不大信。及进来到房里，留神看时辰表时，俞校：“及进来到房里，留神看时辰表时”——从庚；原“至回来看表时”。果然是未时正二刻他咽了气，正三刻上就有人来叫我们，说你来了，这时候倒都对合。”宝玉忙道：“你不识字看书，所以不知道。这原是有的。不但花有一个神，一样花一位神俞校：“一样花一位神”——从庚；原“一样花有一位神”。庚又傍添“有”。之外还有总花神。但他不知是俞校：“但他不知是”——从庚；原“这丫头听了一时发呆。宝玉又问道：但不知是他”。作总花神去了，还是俞校：“还是”——从庚、晋、甲；原“还是他”。单管一样的花神？”这丫头听了，一时诌不出来。恰好这是八月时节，园中池上俞校：“八月时节，园中池上”——从庚、晋、甲；原“八月节，园中”。芙蓉正开。这丫头便见景生情，俞校：“便见景生情”——从庚；原“见景生情”。忙答道：“我也曾俞校：“我也曾”——从庚；原“我曾”。问他：‘是管什么花的神？告诉我们，日后也好供养的。’他说：‘天机不可泄漏。你既这样虔诚，我只告诉你，你只可俞校：“只告诉你，你只可”——从庚、晋；原“告诉你，只可”。告诉宝玉一人。除他之外，若泄了天机，五雷就来轰顶的。’俞校：“轰顶的”——从庚；原“轰顶”。他就告诉我说，他就是专管这俞校：“他就是专管这”——从庚；原“他是单管”。芙蓉花的。”宝玉听了这话，不但不为怪，亦且去悲而生喜，俞校：“去悲而生喜”——从庚；原“去愁而生喜”。乃指芙蓉俞校：“乃指芙蓉”——从庚、晋、甲：原"乃指芙蓉花"。笑道："此花也须得这样一人去 俞校："这样一人去"——从庚；原"这样一个人"。 司掌。我就料定他 俞校："我就料定他"——从庚、晋、甲；原"我就说"。 那样人必有一番事业作的。"虽然超出苦海，从此不能相见，也免不得伤感思念。因又想 俞校："虽然"至"因又想"——原无；庚"从"作"坐"；晋、甲"也"作"了"。今增。："虽然临终未见，如今且去灵前一拜，也算尽这五六年的情常。" 俞校："情常"——从庚；原"情肠"。 想毕，忙至房中，又另穿带了，只说去看黛玉，遂一人出园， 俞校："一人出园"——从甲；原"一径出园来"。 往前次 俞校："前次"——从庚、晋、甲；原"前日"。 之处来，意谓停柩在内。 俞校："停柩在内"——从庚、晋、甲；原"停灵在内"。 谁知他哥嫂见他一咽气，便回了进去，希图早些得 俞校："早些得"——从庚、晋、甲；原"得"。 几两发送例银。王夫人闻知，便命 俞校："便命"——从庚、晋、甲；原"便就"。 赏了十两烧埋银子。 俞校："烧埋银子"——从庚、晋、甲；原"银子"。 又命："即刻送到外头焚化了罢。女儿痨死的，断不可留。"他哥嫂听了这话，一面得银， 俞校："一面得银"——从庚、晋、甲；原无。 一面就僱了人来入殓，抬往城外化人厂去了。剩的衣履簪环，约有 俞校："约有"——从庚、晋、甲；原"还有"。 三四百金之数，他兄嫂自收了为后日之计。 俞校："后日之计"——从庚、晋、甲；原"日后之计"。 二人将门锁上，一同送殡去未回。宝玉走来，扑了个空， 庚双：收拾晴雯，故为红颜一哭。然亦大令人不堪。上云王夫人怕女儿痨不详（祥），今则忽从宝玉心中[道]其苦，又模拟出非，是已悒郁[其]词，其母子至心中体贴眷爱之情，曲委已尽。 自立了半天， 俞校："自立了半天"——从晋；原上有"宝玉发怔"。 别没法儿，只得复身 俞校："复身"——从晋、甲；原"翻身"。 进入园中。待回至房中，甚觉无味， 俞校："待回至房中，甚觉无味"——从庚、晋、甲；原"待回自房，甚觉无趣"。 因乃顺路来找黛玉。偏黛玉 俞校："偏黛玉"——从庚；原"偏他"。 不在房中，问其何往，丫鬟们回说 俞校："问其何往，丫鬟们回说"——从庚、晋、甲；原"问问丫头说"。 ："往宝姑娘那里去了。"宝玉又到蘅芜苑中，只见寂静无人，房内搬的空空落落的，不觉吃一大惊。 俞校："吃一大惊"——从庚、晋、甲；原"吃了一大惊"。 忽见个老婆子走来，宝玉忙问这是什么原故。 俞校："忽见个"至"什么原故"——从庚；原"忽见几个"。 老婆子道："宝姑娘出去了。这里交给我们看着，还没有搬清楚呢。我们帮着送了些东西去，这也就完了。你老人家请出去罢，让我们扫扫灰尘也好。从此你老人家也省跑这一处的腿子了。"宝玉听了，怔了半天，因 俞校："怔了半天，因"——从庚；原"怔了半晌"。 看着那院中的香藤异蔓，仍是 俞校："仍是"——从庚；原"仍"。 翠翠青青，忽比昨日好似改作凄凉了一般， 俞校："凄凉了一般"——从庚；原"凄凉一派"。 更又添了伤感。默默出来，又见门外的一条翠樾埭上也半日无人来往， 俞校："无人来往"——从庚；原"无人往来"。 不似当日各处房中 俞校："各处房中"——从庚；原"各房中的"。 丫鬟不约而来者络绎不绝。又俯身看那埭下之水， 俞校："埭下之水"——从庚；原"埭下水"。

仍是溶溶脉脉的流将过去。心下因想天地间竟有这样无情的事！悲感一番，忽又想到去了司棋、入画、芳官等五个；死了晴雯；今又去了宝钗等一处；（俞校："宝钗等一处"——从庚；原"宝钗"。）迎春虽尚未去，然连日也不见回来，且接连有媒人来求亲：大约园中之人不久都要散的了。纵生烦恼，也无济于事。（俞校："无济于事"——从庚傍改（"于"傍添）；原"无济事"。）不如还找黛玉去，相伴一时，回来还是和袭人厮混。只这两三个人，只怕还是同死同归的。想毕，仍往潇湘馆来，偏黛玉尚未回来。宝玉想亦当出去候送（俞校："候送"——从庚；原"送送晴雯"。）才是，无奈不忍悲感，（俞校："不忍悲感"——从庚；原"又怕悲感"。）还是不去的好，遂又垂头丧气的回来。

正在不知所以之际，忽见王夫人的丫头进来找他说："老爷回来了，找你呢。又得了好题目来了。快走，快走。"宝玉听了，只得跟了出来，到王夫人房中，他父亲（俞校："他父亲"——从庚、晋、甲；原"贾政"。）已出去了。王夫人命人送宝玉到书房中。（俞校："书房中"——从庚、晋、甲；原"书房去"。）彼时贾政正与众幕友们（俞校："幕友们"——从庚、晋、甲；原"幕友"。）谈论寻秋之胜，又说："临散时忽然谈及一事，最是千古佳谈。'风流隽逸，（俞校："隽逸"——从庚；原"俊逸"。）忠义慷慨'八字皆备，倒是个好题目，大家要作一首（俞校："要作一首"——从庚、晋；原"都要作一首"。）挽词。"众幕宾（俞校："众幕宾"——从庚、晋、甲；原"众人"。）听了，都忙请教系何等妙事。（俞校："系何等妙事"——从庚、晋、甲；原"是何等妙题"。）贾政乃道："当日曾有一位王封，曰（俞校："贾政乃道：当日曾有一位王封，曰"——从庚；原"贾政乃说近日有一位"。）恒王，出镇青州。这恒王（俞校："这恒王"——从庚、晋、甲；原"这王"。）最喜女色，且公馀好武，因选了许多美女，日习武事。每公馀辄开宴连日，（俞校："开宴连日"——从庚；原"开宴"。）令众美女以（俞校："令众美女以"——从庚、晋；原"日会众女习"。）战斗攻拔之事。其姬中有一姓林行四者，姿色既冠，且武艺更精，皆呼为林四娘。恒王最得意，遂超拔林四娘统辖诸姬，又呼为'姽婳将军'。"众清客都称妙极神奇，"竟以'姽婳'下加'将军'二字，反更觉（俞校："反更觉"——从庚；原"更觉"。）妩媚风流，真绝世奇文也。（俞校："绝世奇文也"——从庚、甲；原"绝世奇文"。）想这恒王也是千古第一（俞校："千古第一"——从庚、晋、甲；原"第一"。）风流人物了！"贾政笑道："这话自然是（俞校："这话自然是"——原"这是自然"；庚"这话是然是"。今改"这话自然是"。）如此。但更有可奇可叹之事。"众清客都愕然（俞校："愕然"——从庚傍改（"愧然"改）；原"骇然"。）惊问道："不知底下有何奇事？"（俞校："底下有何奇事"——从庚；原"何等奇事"。）贾政道："谁知次年便有'黄巾''赤眉'一干流贼馀党，复又乌合，抢掠俞校："抢掠"——从庚、晋、甲；原"强掠"。山左一带。庚双：妙！"赤眉""黄巾"两时之时（事），今合而为一，盖云一[不]过是此等众类，非特历历指明某赤某黄。若云不合两用便呆矣。此书全是如此，为混人也。恒王意为犬羊之恶，不足大举，因轻骑前剿。不意贼众颇有诡谲智术，两战不胜，恒王俞校："两战不胜，恒王"——从庚、晋、甲；原"恒王二战不胜"。遂为众贼所戮。俞校："遂为众贼所戮"——从庚；原"遂为贼众所杀"。于是青州府内文武官员，各各皆谓：'王尚不胜，你我何为！'俞校："你我何为"——从庚、晋、甲；原"尔我何为"。遂将有俞校："遂将有"——从庚、晋、甲；原"遂有"。献城之举。林四娘得闻凶报，俞校："凶报"——从庚；原"凶信"。遂集聚众女将，发令说道：'你我皆向蒙王恩，戴天履地，俞校："戴天履地"——从庚、晋、甲；原"戴天覆地"。不能报其万一。今王既殒身于国，俞校："殒身于国"——从庚旁改（"国"旁添）；原"殒身国事"。我意亦当殒身于王。尔等有愿随者，即时同我前往；俞校："同我前往"——从庚、晋、甲；原下有"同一死战"。有不愿者，俞校："有不愿者"——从庚；原"如不愿者"。亦早各散。'众女将听他这样，都一齐说'愿意'。俞校："愿意"——从庚、晋、甲；原"愿去"。于是林四娘带领众人，连夜出城，直杀至贼营里头。俞校："贼营里头"——从庚、晋、甲；原"贼营"。众贼不防，也被俞校："也被"——从庚、晋、甲；原"竟被"。斩戮了几员首贼。然后大家见是不过俞校："然后大家见是不过"——从庚；原"然贼见不过是"。几个女人，料不能济事，遂回戈倒兵，俞校："料不能济事，遂回戈倒兵"——从庚、晋、甲；原"料不济事，遂回戈"。奋力一阵，把林四娘等一个不曾留下，倒作成了这林四娘的俞校："这林四娘的"——从庚、晋、甲；原"林四娘的"。一片忠义之志。后来报至中都，自天子以至百官，无不惊骇。想其朝中自然又有人去剿灭，天兵一到，化为乌有，俞校："想其"至"化为乌有"——从庚、晋、甲；原"道奇。后朝中方遣将去剿灭了，其事"。不必深论。只就这林四娘一节，众位听了，可羡不可羡？"众幕友都叹道："实在俞校："实在"——从庚、晋、甲；原"实是"。可羡可奇，实是个俞校："实是个"——从庚、晋、甲；原"果是个"。妙题，原该大家挽一挽才是。"说着，早有人取了笔砚，按贾政口中之言稍加改易了几个字，便成了一篇短序，递与贾政看了。贾政道："不过如此。他们那里已有原序。昨日因又奉恩旨：着[查]核前代以来应加褒奖而遗落未经请奏各项人等，无论僧、尼、乞丐、女妇人等有一事可嘉，即行汇送履历至礼部，备请恩奖。所以他这原序也送往礼部去了。大家听见这新闻，所以都要作一首《姽婳词》，以志其忠义。"众人听了，都又笑道："这原该如此。只是更可羡者，本朝皆系千古未有之旷典隆恩，实历代所不及处。可谓'圣朝无阙事'，唐朝人预先说了，竟应在本朝。如今年代方不虚此一句。”贾政点头道：“正是。”俞校：“早有人”至“贾政点头道：正是”——从庚（庚“查核”误“察该”，“乞丐”误“吃与”，“汇送”误“来送”，“说了”作“竟说了”，“应在”作“应再”）；原“一清客按贾政口中之言稍加改易写成了一篇短序，贾政看道：不过如此，他们却原是有序，因送往礼部去了，未曾抄得来。大家听了这新闻，都要做一首姽婳词”。

说话之间，贾环叔侄亦到。贾政命他们看了题目。他两个虽则能诗，较腹中之虚实，虽也去俞校：“较腹中之虚实，虽也去”——从庚；原“相去”。宝玉不远；但第一件他两个俞校：“第一件他两个”——从庚；原“一件他二人”。终是别途，若论举业一道似高过宝玉，若论杂学则远不能及；俞校：“远不能及”——从庚；原“远不及”。第二件俞校：“第二件”——从庚；原“况”。他二人才思滞钝，不及宝玉空灵娟逸，俞校：“空灵娟逸”——原“空灵”；庚“空灵涓逸”。今改“空灵娟逸”。每作诗亦如八股之法，未免拘板庸涩。那宝玉俞校：“那宝玉”——从庚；原“宝玉”。虽不算是个读书人，然亏他天性聪敏，俞校：“亏他天性聪敏”——从庚；原“他天性聪明”。且素喜好俞校：“素喜好”——从庚；原“素习好”。些杂书，他自谓古人中也有杜撰的，也有误失处，俞校：“误失处”——从庚；原“失误处”。拘较不得许多；若只管怕前怕后起来，纵堆砌成一篇，俞校：“纵堆砌成一篇”——从庚；原“堆砌成篇”。也觉得甚无趣味。俞校：“甚无趣味”——从庚；原“甚没趣味”。因心里怀着这念头，每见一题，不拘难易，他便毫无费力之处，就如世上俞校：“世上”——从庚；原“世上的”。油嘴滑舌之人，无风作有，信着伶口俐舌，长篇大论，胡扳乱扯，敷演出俞校：“敷演出”——从庚；原“诌出”。一篇话来。虽无稽考，却都说得四座春风。虽有正言厉语之人，亦不得压倒这一种风流去的。近日贾政年迈，名利大灰。俞校：“名利大灰”——从庚；原“名利亦渐冷”。然起初天性也是个诗酒放诞之人，因在子侄辈中少不得规以正路。因见宝玉虽不读书，竟颇能解此，细评起来，也还不算十分玷辱了祖宗。俞校：“玷辱了祖宗”——从庚；原“玷辱祖宗”。就思及祖宗们各各亦皆如此，虽有深精举业的，也不曾发迹过一个，看来此亦贾门之数。俞校：“就思及”至“贾门之数”——从庚；原无。况母亲溺爱，遂也不强以俞校：“不强以”——从庚；原“不以”。举业逼他了。所以近日是这等待他。又要环兰二人举业之馀，怎得亦同俞校：“怎得亦同”——从庚；原“怎样也如”。宝玉才好。所以每欲作诗，俞校：“每欲作诗”——从庚；原“每遇作诗”。庚双：妙！世事皆不可无足厌，只又（有）“读书”二字是万不可足厌的。父母之心可不甚哉！近只（日）父母只怕儿子不能名利，岂不可叹乎！必将三人一齐唤来对作。闲言少述。俞校：“少述”——从庚；原“少叙”。且说贾政又命三人各吊一首，俞校：“各吊一首”——从庚、晋、甲；原“各作一首”。谁先成俞校：“谁先成”——从庚、晋；原“先成”。者赏，佳者额外加赏。贾环、贾兰俞校：“贾环贾兰”——从庚、晋、甲；原“环兰”。二人，近日当着多人皆作过几首了，胆量愈壮。俞校：“胆量愈壮”——从庚、晋、甲；原“胆气愈壮”。今看了题目，俞校：“今看了题目”——从庚、甲；原“看了这题目”。遂自去思索。一时，贾兰先有了。贾环生恐落后，也就有了。二人皆已录出，宝玉尚出神。俞校："尚出神"——从庚、晋、甲；原"尚出神呢"。庚双：妙，篇（偏）写出钝熊（态）来。贾政与众人俞校："与众人"——从庚、晋、甲；原"同众人"。且看他二人的二首。贾兰的俞校："贾兰的"——从庚、晋、甲；原"贾兰"。是一首七言绝，俞校："七言绝"——从庚；原"七言绝句"。写道是：

姽婳将军林四娘，玉为肌骨铁为肠。
捐躯自报恒王后，此日青州土亦香。

众幕宾俞校："众幕宾"——从庚、甲；原"众幕友"。看了，便皆大赞："小哥儿十三岁的人就如此，可知家学渊源，真不诬矣。"俞校："真不诬矣"——从庚、晋、甲；原无。贾政笑道："稚子口角，也还难为他。"又看贾环的是首五言律，写道是：

红粉不知愁，将军意未休。
掩啼离绣幕，抱恨出青州。
自谓酬王德，讵能俞校："讵能"——从庚、晋；原"谁能"。复寇仇。
谁题俞校："谁题"——从庚、晋；原"诗题"。忠义墓，千古独风流。

众人道："更佳。到底是大几岁年纪，立意俞校："立意"——从庚、晋、甲；原"主意"。又自不同。"贾政道："还不甚大错，俞校："还不大甚错"——从庚；原"到还不大甚错"。终不恳切。"众人道："这就罢了。俞校："这就罢了"——从庚、晋、甲；原"就罢了"。三爷才大不多两岁。在未冠之时俞校："在未冠之时"——从庚；原"俱在未冠之时"。如此用了工夫，俞校："用了工夫"——从庚；原"用了功去"。再过几年，怕不是大阮小阮了。"贾政笑道："过奖了。只是不肯读书的过失。"因又问宝玉怎么样。俞校："怎么样"——原"怎样"；庚"怎么"，下傍添"样了"。今改"怎么样"。众人道："二爷细心镂刻，定又是风流悲感，不同此等的了。"俞校："不同此等的了"——从庚、晋、甲；原"不同此等了"。宝玉笑道："这个题目似不称近体，须得古体，或歌或行长篇一首方能恳切。"众人听了，都立身点头拍手道："我说他立意不同。每一题到手，必先度其体格宜与不宜，这便是老手妙法，就如裁衣一般，未下剪时，须度其身量。俞校："就如裁衣"至"度其身量"——从庚；原无。这题目名曰'姽婳词'，且既有了序，必是俞校："必是"——从晋；原"必要"。长

老学士闲徵姽婳词　贾宝玉歌挽林四娘

篇歌行方合体的。（俞校："方合体的"——从庚；原"方合题势"。）或拟温八叉《击瓯歌》，或拟白乐天《长恨歌》，或拟古词，（俞校："或拟白乐天长恨歌，或拟古词"——原二句颠倒；从庚改（庚"古词"作"等古词"）。）半叙半咏，流利飘逸，（俞校："半叙半咏，流利飘逸"——从庚、晋、甲；原"半叙半吟，流丽飘逸"。）始能尽妙。"贾政听说，也合了主意，遂自提笔向纸上要写，又（俞校："遂自提笔向纸上要写，又"——庚、晋、甲；原"自提笔"。）向宝玉笑道："如此（俞校："如此"——从庚；原无。）你念，我写。不好了，（俞校："不好了"——从庚、甲；原"若不好了"。）我捶你那肉。（俞校："你那肉"——从庚、晋、甲；原"你那屁股"。）谁许你先（俞校："你先"——从甲；原"你"。）大言不惭了。"宝玉只得念了一句，道是：

恒王好武兼好色，

贾政写了看时，摇头道："粗鄙。"一幕宾道："要这样方古，究竟不粗。且看他底下的。"贾政道："姑存之。"（俞校："贾政写了"至"姑存之"——从晋、甲；原"众幕友道：起的就有力。贾政道：姑存之，且看他底下"。）宝玉又道：

遂教美女习骑射。秾歌艳舞不成欢，列阵挽戈为自得。

贾政写出，众人都道："只这第三句便古朴老健，极妙。这四句（俞校："这四句"——从庚、晋；原"第四句"。）平叙出，也最得体。"贾政道："休谬加奖誉，（俞校："休谬加奖誉"——从庚、晋、甲；原无。）且看转的如何。"宝玉念道：

眼前不见尘沙起，将军俏影红灯里。

众人听了这两句，便都叫妙（俞校："叫妙"——从庚、晋、甲；原"叫妙极"。）："好个'不见尘沙起'！又承了一句（俞校："又承了一句"——从庚；原"又承一句"。）'俏影（俞校："俏影"——从庚、晋、甲；原"将军俏影"。）红灯里'，用字用句皆入神化了。"宝玉道：

叱咤时闻（俞校："时闻"——从庚、晋、甲；原"声闻"。）口舌香，霜矛雪剑娇难举。

众人听了，便拍手俞校："便拍手"——从庚；原"更拍手"。笑道："一发画出来了。俞校："画出来了"——从庚、晋、甲；原"化出来了"。当日敢是宝公也在座，俞校："也在座"——从庚、晋、甲；原"也在坐"。见其娇且闻其香俞校："且闻其香"——从庚、晋、甲；原"而且闻其香"。否？不然，何体贴至此？"宝玉笑道："闺阁习武，任其勇悍，俞校："任其勇悍"——从庚、晋、甲；原"纵任其勇悍"。怎似男人！庚双：贾老在坐，故不便出"浊物"二字，妙甚，细甚！不问而已知俞校："已知"——原"可知"；庚"以知"。今改"已知"。娇怯之形的了。"贾政道："还不快续，这又有你说嘴的了。"俞校："这又有你说嘴的了"——从庚、晋、甲；原"你又说嘴了"。宝玉只得俞校："宝玉只得"——从庚、晋、甲；原"宝玉听了"。又想了一想，念道：

丁香结子芙蓉绦，

众人都道："转'绦'，'萧'韵更妙，这才流利飘荡。俞校："萧韵更妙，这才流利飘荡"——从庚、晋；原"潇洒更流丽"。而且这一句也绮靡秀媚的妙。"贾政写了看道："这一句不好。已写过'口舌香''娇难举'，何必又如此。这是力量不加，故又用这些堆砌货来唐塞。"宝玉笑道："长歌也须得要些词藻点缀点缀。不然，便觉萧索。"俞校："贾政写了"至"便觉萧索"——从庚、晋；原无。贾政道："你只顾俞校："你只顾"——从庚、晋、甲；原"只顾"。用这些，俞校："用这些"——从庚傍改（"这"傍添）；原"用"。这一句底下如何能转至武事？若再多说两句，岂不俞校："岂不"——从庚、晋、甲；原"岂不是"。蛇足了。"宝玉道："如此底下一句转煞住，想亦可矣。"贾政冷笑道："你有多大本领！上头说了一句大开门的散话，如今又要一句连转带煞，岂不心有馀而力不足些！"宝玉听了，垂头想了一想，说了一句道：

不系明珠系宝刀。

忙问俞校："忙问"——从庚、晋、甲；原"忙问道"。："这一句可还使得？"俞校："可还使得"——从庚、晋、甲；原"可使得"。众人拍案叫绝。贾政写了看着，俞校："写了看着"——从庚；原"看了"。笑道："且放着，再续。"宝玉道："若使得，我便要俞校："我便要"——从庚；原"我好"。一气下去了；若使不得，越性涂了，我再想别的意思出来，再另措词。"贾政听了，便喝道："多话！不好了再作。便作十篇百篇，还怕辛苦了不成！"宝玉听说，只得想了一会，便念道：

战罢夜阑心力怯，脂痕粉渍污鲛绡。

贾政道："又一段。俞校："又一段"——从庚、晋、甲；原"又一宕"。底下怎么？"俞校："底下怎么"——从庚；原"底下怎样"。宝玉道：

明年流寇走山东，强吞虎豹势如峰。

众人道："好个'走'字，便见得高低了。俞校："便见得高低了"——从庚、晋、甲；原无。且通句转的俞校："转的"——从庚、晋、甲；原"精的"。也不板。"宝玉又念道：

王率天兵思剿灭，一战再战不成功。
腥风吹折陇头麦，日照旌旗虎帐空。
青山寂寂水澌澌，正是恒王战死时。
雨零白骨血染草，月冷黄沙鬼守尸。

众人都道："妙极，妙极！布置、叙事、词藻，无不尽美。且看如何至四娘，必另有妙转奇句。"俞校："妙转奇句"——从庚、晋、甲；原"妙转"。宝玉又念道：

纷纷将士只保身，青州眼见皆灰尘。
不期忠义明闺阁，愤起恒王得意人。

众人都道："铺叙得委婉。"俞校："众人都道：铺叙得委婉"——从庚、晋、甲；原"众人道：铺设的委婉"。贾政道："太多了，底下只怕累赘俞校："累赘"——从甲；原"累廢"。呢！"宝玉乃又念道：

恒王得意数谁行，姽婳将军俞校："姽婳将军"——从甲；原"就是将军"。林四娘。
号令秦姬驱赵女，艳李秾桃临战场。

绣鞍有泪春愁重，铁甲无声夜气凉。
胜负自然难预定，誓盟生死报前王。
贼势猖獗不可敌，柳折花残实可伤。
魂依城郭家乡近，马践胭脂骨髓香。
星驰时报（俞校："时报"——从庚、晋、甲；原"电报"。）入京师，谁家儿女不伤悲。
天子惊慌愁失守，（俞校："愁失守"——从甲；原"恨久守"。）此时文武皆垂首。
何事文武立朝纲，不及闺中林四娘。
我为四娘长太息，歌成馀意尚徬徨。

念毕，众人都大赞不止，（俞校："都大赞不止"——从庚、晋、甲；原"大赞不止"。）又都（俞校："又都"——从庚；原"都"。）从头看了一遍。贾政笑道："虽然说了几句，到底不大恳切。"因说："去罢。"三人如得了赦的一般，一齐出来，各自回房。（俞校："各自回房"——从庚、晋、甲；原"各自回家"。）

众人皆无别话，不过至晚安歇而已。（俞校："不过至晚安歇而已"——从庚、晋、甲；原无。）独有宝玉一心凄楚，回至园中，猛然见（俞校："猛然见"——从庚傍改（"他"改"然"）；原"猛看见"。）池上芙蓉，想起小丫鬟说晴雯作了芙蓉之神，不觉又喜欢起来，乃看着芙蓉嗟叹了一会。忽又想起死后并未至灵前一祭，如今何不在芙蓉之前一祭，岂不尽了礼，比俗人去灵前祭吊又更觉别致。想毕，便欲行礼。忽又止住道："虽如此，也不可太草率了，也须得衣冠正齐，（俞校："衣冠正齐"——从庚；原"衣冠齐整"。）奠仪周备，方为诚敬。"想了一想："如今若学世俗之奠礼，断然不可；竟也还（俞校："竟也还"——从庚；原"也还"。）别开生面，另立排场，（俞校："另立排场"——从庚；原"另立个排场"。）风流奇异，于世无涉，方不负我二人之为人。况且古人有云：'潢污行潦，蘋蘩温藻之贱，可以羞王公，荐鬼神。'原不在物之贵贱，全在心之诚敬而已。此其一也。二则诔文挽词，也须另出己见，自放手眼，亦不可蹈袭前人的套头，（俞校："前人的套头"——从庚；原"前人套头"。）填几字搪塞耳目之文，亦必须洒泪泣血，一字一咽，一句一啼，宁使文不足悲有馀，万不可（俞校："万不可"——从庚、晋；原"方是，不可"。）尚文藻而反失悲切。况且古人多有微词，非自我今作俑。无奈今之人全惑于（俞校："全惑于"——从庚；原"全切于"。）'功名'二字，故尚

睹落红宝玉悼亡者　痴公子杜撰芙蓉诔

古之风一洗皆尽，恐不合时宜，于功名有碍之故也。我又不希罕那功名，我又不为世人观阅称赞，何必不远师楚人之《大言》俞校："大言"——从庚、晋；原"言"。《招魂》《离骚》《九辩》《枯树》《问难》俞校："九辩、枯树、问难"——从晋（"辩"本作"辨"）；原"九转、枯树、闲观"。《秋水》《大人先生传》等法，或杂参单句，或偶成短联，或用实典，或设譬寓，俞校："譬寓"——从庚；原"譬喻"。随意所之，俞校："随意所之"——从庚；原"随其所之"。信笔而去，喜则以文为戏，悲则以言志痛，辞达意尽为止，何必若世俗之拘拘于方寸之间俞校："方寸之间"——从庚；原"绳尺之间"。哉。"宝玉本是个不读书之人，再心中有了这篇歪意，俞校："这篇歪意"——从庚；原"这片歪意"。怎得有好诗好文作出来。他自己却任意纂著，并不为人知慕，所以大肆妄诞，竟杜撰成俞校："竟杜撰成"——从庚；原"之意，杜撰成"。一篇长文，用晴雯素日所喜之冰鲛縠一幅楷字写成，名曰《芙蓉女儿诔》，前序后歌。又备四样晴雯所喜之物，于是夜月下，命那小丫头捧至芙蓉花前，俞校："芙蓉花前"——从庚、晋、甲；原"芙蓉花之前"。先行礼毕，俞校："先行礼毕"——从庚、晋；原"先行了礼"。将那诔文即挂于芙蓉枝上，俞校："芙蓉枝上"——从庚、晋、甲；原"芙蓉枝上了"。乃泣涕念曰俞校："乃泣涕念曰"——从庚、甲；原"涕泣念曰"。庚双：诸君阅至此，只当一笑话看去，便可醒倦。：

惟

太平不易之元，庚双：年便奇。蓉桂竞芳之月，庚双：是八月。无可奈何之日，庚双：日更奇。细思月（日）何难于说真某某，今偏用如此说，可则知矣。怡红院浊玉，庚双：自谦的更奇。盖常以"浊"字许（评）天下之男子，竟自谓。所谓"以责人之心责己"矣。谨以群花之蕊，庚双：奇香。冰鲛之縠，庚双：奇帛。沁芳之泉，庚双：奇蕿。枫露之茗庚双：奇名（茗）。：四者虽微，聊以达诚申信，乃致祭于白帝宫中抚司秋艳芙蓉女儿庚双：奇称。之前曰：

窃思女儿自临浊世，庚双：世不浊，内（因）物所混而浊也，前后便有照应。"女儿"称妙！盖思普天下之称断不能有如此二字之清洁者。亦是宝玉之真心。迄今凡十有六载。庚双：方十六岁而夭，亦伤矣。其先之乡籍姓氏，湮沦俞校："湮沦"——从庚、晋、甲；原"湮没"。而莫能考者久矣。庚双：忽又有此文不可，后来亦可伤矣。而玉得于俞校："得于"——从庚、晋、甲；原"得与"。衾枕栉沐之间，栖息宴游俞校："宴游"——从庚；原"晏游"。之夕，亲昵狎亵，相与共处者，仅五年俞校："仅五年"——从庚、晋、甲；原"五年"。八月有奇。庚双：相共不足六载，一旦夭别，岂不可伤！忆女儿曩生之昔，俞校："曩生之昔"——从庚、甲；原"曩生之日"。其为质则金玉不足喻其贵，其为性则冰雪不足喻其洁，其为神则星日不足喻其精，其为貌则花月不足喻其色。姊妹悉慕媖娴，俞校："媖娴"——从晋；原"幽闲"。妪媪咸仰惠德。孰料鸠鸩恶其高，鹰鸷翻遭罦罬；庚双：《离骚》："鸷鸟之不群兮。"又："语（吾）令鸩为媒兮，鸩告余以不好。雄（雄）鸠之鸣逝兮，余[犹]恶直（其）《轻》佻[巧]。"注：鸷特立不群，故不群，故不于。鸩羽毒杀人。鸠多声，有如人之多言不实。罦罬，音孚拙。翻毕网（车网）。《诗经》："罹（离）于罦。"《尔雅》："罬（罬）谓之罦。"薋葹妒其臭，茝兰竟被芟鉏！俞校："芟鉏"——原"芟荑"；庚"芟租"；晋、甲"芟葅"。庚双：《离骚》：薋、葹皆恶草，以便（辨）邪接（佞）。茝兰芳草，以别君子。

花原自怯，岂奈狂飚；柳本多愁，何禁骤雨。偶遭蛊虿之谗，遂抱膏肓俞校："膏肓"——从庚、晋、甲；原"膏盲"。之疚。故尔樱唇红褪，韵吐呻吟；杏脸香枯，色陈颇颔。庚双：《离骚》："长颇颔亦何伤。"面黄色。诼谣谣诟，出自屏帏；荆棘蓬榛，蔓延户牖。岂招尤则替，实攘诟而终。庚双：《离骚》："朝谇（谇）夕替（谒）。"替，废也。"忍（忍）尤而相询（攘诟）。"询同诟。"攘，取也。既忳幽沉俞校："既忳幽沉"——从庚；原"既屯幽沉"。于不尽，复含罔屈于无穷。高标见嫉，闺帏恨比长沙；庚双：汲黯辈嫉贾谊之才，谪（谪）贬长沙。直烈遭危，巾帼惨于羽野。庚双：鲧刚真（直）自命，舜殛于羽山。《离骚》曰："鲧悻真（婞直）以[亡]身《之》兮，终然大（夭）乎羽之野。"自蓄辛酸，谁怜夭折！仙云既散，芳趾难寻。洲迷聚窟，俞校："聚窟"——从庚、晋、甲；原"蘂窟"。何来却死之香？俞校："却死之香"——从庚、晋、甲；原"却死之乡"。海失灵槎，不获回生之药。眉黛烟青，昨犹我画；指环玉冷，今倩谁温？鼎炉之剩药犹存，襟泪之馀痕尚渍。镜分鸾别，愁开麝月之奁；梳化龙飞，哀折檀云之齿。委金钿俞校："委金钿"——从庚、晋、甲；原"萎金钿"。于草莽，拾翠匐俞校："拾翠匐"——从庚；原"松翠匐"。于尘埃。楼空鳷鹊，徒悬七夕之针；带断鸳鸯，谁续五丝之缕？况乃金天属节，白帝司时，俞校："金天属节，白帝司时"——从庚、晋、甲；原"金天届节，白帝司权"。孤衾有梦，空室无人。桐阶月暗，芳魂与倩影俞校："倩影"——从庚、晋、甲；原"清影"。同销；俞校："同销"——从庚；原"同消"。蓉帐香残，娇喘共细言皆绝。俞校："皆绝"——从庚、晋；原"皆息"。连天衰草，岂独蒹葭；匝地悲声，无非蟋蟀。露苔晚砌，穿帘不度寒砧；雨荔秋垣，俞校："雨荔秋垣"——从庚、晋、甲；原"雨洒秋垣"。隔院希闻怨笛。俞校："希闻怨笛"——从庚、晋、甲；原"悉闻怨笛"。芳名未泯，檐前鹦鹉犹呼；艳质将亡，槛外海棠预老。庚双：恰极！捉迷屏后，俞校："捉迷屏后"——从庚、晋、甲；原"埋香屏后"。莲瓣无声；庚双：元微之诗："小楼深迷藏。"斗草庭前，兰芽枉待。俞校："兰芽枉待"——从庚、晋、甲；原"兰芽罔茁"。抛残绣线，银笺彩缕谁裁？摺断冰丝，俞校："摺断冰丝"——从庚；原"褶断冰丝"。金斗御香未熨。昨承严命，既趋车俞校："趋车"——从庚、晋、甲；原"驱车"。而远涉芳园；今犯慈威，复拄杖俞校："拄杖"——从晋、甲；原"泣杖"。而遽抛孤匶。庚双：柩本字。俞校："孤匶"——从庚；原"孤柩"。及闻槥棺俞校："槥棺"——从庚；原"樐棺"。被燹，俞校："被燹"——从晋、甲；原"被焚"。惭违俞校："惭违"——从庚；原"渐违"。共穴之盟；石椁成灾，愧迨俞校："愧迨"——从庚；原"愧逮"。同灰之诮。（庚双：唐诗云："先开石椁，木可为棺。"晋杨公回诗云："生回（为）并身物（杨），死作同〈同〉棺灰。"）尔乃西风古寺，淹滞青磷。落日荒丘，（俞校："荒丘"——从庚、晋、甲；原"荒墟"。）零星白骨。楸榆（俞校："楸榆"——从庚、晋、甲；原"秋榆"。）飒飒，蓬艾萧萧。隔雾圹以啼猿，遶烟胜而泣鬼。自为（俞校："自为"——从庚；原"自分"。）红绡帐里，公子情深；（俞校："公子情深"——从庚、晋、甲；原"公子多情"。）始信黄土垅中，女儿命薄！（俞校："女儿命薄"——从庚、晋、甲；原"女儿薄命"。）汝南泪血，（俞校："泪血"——从庚、晋、甲；原"泣血"。）斑斑洒向西风；梓泽馀衷，（俞校："馀衷"——从晋；原"馀衰"。）默默诉凭冷月。呜呼！固鬼蜮之为灾，岂神灵而亦妒。（俞校："而亦妒"——从庚；原"而亦嫉"。）箝诐奴之口，讨岂从宽；（俞校："讨岂从宽"——从庚、晋、甲；原"罚岂从宽"。）剖悍妇之心，忿犹未释！（庚双：《庄子》："箝杨墨之口。"《孟子》谓："诐辞知其所蔽。"）在君之（俞校："在君之"——原"在乡之"；庚"在君子"。今改"在君之"。）尘缘虽浅，然玉之鄙意岂终。因蓄（俞校："因蓄"——从庚、晋、甲；原"因蓄此"。）惓惓之思，不禁谆谆之问。始知上帝垂旌，花宫待诏，生儕兰蕙，死辖芙蓉。听小婢之言，似涉无稽；以浊玉之思，则深为（俞校："则深为"——从庚；原"深为"。）有据。何也？昔叶法善摄魂以撰碑，李长吉被诏而为记，事虽殊，（俞校："事虽殊"——从庚；原"事虽相殊"。）其理则一也。故相物以配才，苟非其人，恶乃滥乎？（俞校："滥乎"——从庚、晋、甲；原"滥乎其位"。）始信上帝委托权衡，可谓至洽至协，（俞校："至洽至协"——从庚、晋、甲；原"至确至协"。）庶不负其所秉赋也。因希其（俞校："因希其"——从庚、甲；原"自希其"。）不昧之灵，或陟降于兹，（俞校："陟降于兹"——从庚、晋、甲；原"陟降于花"。）特不揣鄙俗之词，有污慧听。乃歌而招之曰：

天何如是之苍苍兮，乘玉虬以游乎穹窿耶。（庚双：《楚辞》："驷玉虬以乘鷖兮。"）

地何如是之茫茫兮，驾瑶象以降乎泉壤耶。（庚双：《楚辞》："杂瑶象以为车。"）

望繖盖之陆离兮，抑箕尾之光耶。

列羽葆而为前导兮，卫危虚于傍耶。

驱丰隆以为比从（俞校："以为比从"——从庚；原"而为庇从"。）兮，望舒月以离（俞校："以离"——从庚；原"以临"。）耶。（庚双：危、虚二星为卫护星。丰隆，电（雷）师。[望]舒，月御也。）

听车轨（俞校："车轨"——从晋、甲；原"车轴"。）而伊轧兮，御鸾鹥以征耶。

闻馥郁而薆然（俞校："薆然"——从庚；原"蔼然"。）兮，纫蘅杜以为纕耶。

炫裙裾之烁烁（俞校："烁烁"——从庚、晋、甲；原"烁灿"。）兮，镂明月以为珰耶。

藉葳蕤而成坛畤兮，檠莲焰以烛兰膏耶。

文爬匏 俞校："爬匏"——从庚、晋、甲；原"爬匏"。 以为觯斝兮，漉醽醁以浮桂醑耶。

瞻云气而凝盼 俞校："凝盼"——从庚；原"凝睇"。 兮，仿佛有所觇 俞校："有所觇"——从庚、晋、甲；原"有所观"。 耶。

俯窈窕 俞校："窈窕"——从庚；原"窃窕"。 而属耳兮，恍惚有所闻耶。

期汗漫而无天阏兮，忍捐弃余于尘埃耶。 庚双：《逍遥游》："天（夭）阏"，上（止）也。

倩风廉 俞校："风廉"——从庚、晋、甲；原"飞廉"。 之为余驱车兮，冀联辔而携归耶。

余中心为之槩然兮， 庚双：《庄子·至乐篇》："我独何能无概（慨）然？" 徒嗷嗷而何为耶。 庚双：《庄子》："噭噭善（嗷嗷然）随而哭子（之）。"

君偃然 俞校："君偃然"——从庚；原"卿偃然"。 而长寝 俞校："而长寝"——从庚、晋、甲；原"长寝"。 兮，岂天运之变于斯耶。 庚双：《庄子》："偃善（然）寝于巨室"，谓人死也。又"变而[有]气，气变而有形，形变之有生，今又变之死，是相与为春秋冬夏，四时行也。"《天道变（篇）》："其死也物化。"

既窀穸且安稳兮，反其真而复奚化耶。 庚双：窀穸（音）肫。《左传》："窀穸之事"，墓穴幽堂也。左贵殡（嫔）《杨石诔》："早即窀穸。"《庄子·太（大）宗归（师）》："而以反（已其）真。"注："以死为真。"

余犹 俞校："余犹"——从庚、晋、甲；原"余从"。 桎梏而悬附兮，灵格余 俞校："灵格余"——从庚、晋、甲；原"灵格全"。 以嗟来耶。 庚双：《庄子·太（大）宗归（师）》：桎桔（梏）之名。"被（彼）以生为县（悬）疣附赘，以死为快（决）疣溃（溃）痈。""嗟来桑户乎！嗟来桑户乎！"注：桑户，人名。孟（反）子琴张二人，招其魂而语之也。"方将不化，恶如意（知已化）哉！"言人死犹如化去。《法华经》云："法华道师多朱（殊）方便，于险道中化一诚（城），疲极之众，人（入）城皆生已度想，安稳想。"

来兮止兮，君其来耶！ 俞校："君其来耶"——从庚；原"卿其来耶"。

若夫鸿蒙而居，寂静以处，虽临于兹，余亦莫睹。搴烟萝而为步障，列鎗蒲而森行伍。警柳眼之贪眠，释莲心之味苦。 俞校："味苦"——从庚、晋、甲；原"苦味"。 素女约于桂岩， 俞校："桂岩"——从庚、晋、甲；原"桂巘"。 宓妃迎于兰渚。弄玉吹笙，寒簧击敔。 俞校："击敔"——从庚、晋、甲；原"繁敔"。 徵嵩岳之妃，启骊山之姥。龟呈洛浦 俞校："洛浦"——从庚、晋、甲；原"洛酒"。 之灵，兽作咸池之舞。潜赤水兮龙吟，集珠林兮凤翥。爰格爰诚，匪簠匪筥。 俞校："匪筥"——从庚、晋；原"匪莆"。 发轫乎霞城，返旌乎玄圃。既显微而若通，复氤氲而倏阻。离合兮烟云，空蒙兮雾雨。尘霾敛兮星高，溪山丽兮月午。何心意之忡忡， 俞校："忡忡"——从庚；原"冲冲"。 若寤寐之栩栩。余乃欷歔怅望，泣涕 俞校："泣涕"——从庚、晋、甲；原"涕泣"。 彷徨。人语兮寂历，天籁兮筼筜。鸟惊散而飞，鱼唼喋以响。 俞校："鸟惊散而飞，鱼唼喋以响"——从庚、晋、甲；原"鸟啁啾而欲下，鱼唼喋以空昂"。 志哀兮是祷， 俞校："是祷"——从庚、晋、甲；原"足祷"。 成礼兮期祥。呜呼哀哉！尚飨！

读毕，遂焚帛奠茗，犹依依不舍。小鬟催至再四，方才回身。忽听山石之后有一人笑道：“且请留步。”二人听了，不免一惊。那小鬟回头一看，却是个人影从芙蓉花中走出来，他便大叫：“不好，有鬼！晴雯真来显魂了。”吓得宝玉也忙看时，——且听下回分解。

俞校：“读毕”至“下回分解”——从庚；原无。

戚回后：前文入一院，必叙一番养竹种花，为诸婆争利渲染。此文入一院，必叙一番树枯香老，为亲眷凋零凄楚。字字实境，字字奇情，令我把玩不释。《姽婳词》一段，与前后文似断似连，如罗浮二山，烟雨为连合，时有精气来往。

第七十九回
薛文龙悔娶河东狮　贾迎春误嫁中山狼

蒙回前：静含天地自宽，动荡吉凶难定，一喙一饮系生成，何必梦中说醒。

话说宝玉才祭完了晴雯，只听花影中（俞校：“花影中”——从庚；原“影中”。）有人声，倒吓了一跳。[及]走出来（俞校：“[及]走出来”——原“走出来”；庚“既走出来”。今改“及走出来”。）细看，不是别人，却是林黛玉，满面含笑，口内说道：“好新奇的祭文，可与曹娥碑并传的了。”宝玉听了，（俞校：“宝玉听了”——从庚、甲；原“宝玉”。）不觉红了脸，笑答道（俞校：“笑答道”——从庚、晋、甲；原“笑道”。）：“我想着世上这些祭文都蹈于熟滥了，所以改个新样。原不过是我一时的（俞校：“一时的”——从晋、甲；原“一时”。）玩意，谁知又被你听见了。有什么大使不得的，何不改削改削。”黛玉道：“原稿在那里？倒要细细一读。长篇大论，不知说的是什么。（俞校：“是什么”——从庚；原“是些什么”。）只听见两句（俞校：“两句”——从庚；原“中间两句”。庚又旁添“中间有”。）什么‘红绡帐里，公子多情；黄土垄中，女儿薄命’。这一联意思却好，只是‘红绡帐里’未免熟滥些。放着现成的真事，为什么不用？”宝玉忙问：“什么现成的真事？”黛玉笑道（俞校：“宝玉忙问：什么现成的真事？黛玉笑道”——从庚、晋、甲；原无。）：“咱们如今都系霞影纱糊的（俞校：“都系霞影纱糊的”——从庚；原“都是霞彩糊窗的”。）窗隔，何不说（俞校：“何不说”——从庚、晋、甲；原“何不就说”。）‘茜纱窗下，公子多情’呢？”宝玉听了，不禁（俞校：“不禁”——从庚、晋、甲；原“不觉”。）跌足笑道：“好极！（俞校：“好极”——从晋、甲；原“好”。）是极！到底是你想的出，说的出。可知天下古今（俞校：“古今”——从庚、晋、甲；原“古人”。）现成的好景妙事尽多，只是愚人蠢子（俞校：“蠢子”——从庚、晋；原“蠢才”。）

说不出，想不出罢了。但只一件：虽然这一改（俞校："但只一件：虽然这一改"——从晋、甲；原"就只一件，既然这一段"。）新妙之极，但你居此则可，在我实不敢当。"说着，又接连说了一二百句"不敢"。（俞校："说了一二百句不敢"——从庚、晋；原"一二百句不敢当"。）

黛玉笑道："何妨。我的窗即可为你之窗，何必分晰得如此生疏。古人异姓陌路，尚然同肥马，衣轻裘，敝之而无憾，何况咱们呢！"宝玉笑道："论交道（俞校："论交道"——从晋、甲；原"论交之道"。）不在肥马轻裘，即黄金白璧，亦不当锱铢较量。倒是这唐突闺阁，万万使不得的。如今我越性（俞校："越性"——从庚；原"率性"。）将公子女儿改去，竟算是（俞校："竟算是"——从庚、晋、甲；原"竟算"。）你诔他的倒妙。况且素日你又待他甚厚。故今（俞校："故今"——从庚；原"今"。）宁可弃此一篇大文，万不可弃此'茜纱'新句。竟莫若改作'茜纱窗下，小姐多情；黄土垄中，丫鬟薄命'。如此一改，（俞校："如此一改"——从庚、晋、甲；原"如今一改"。）虽于我无涉，我也是惬怀的。"（俞校："惬怀的"——从庚；原"惬怀的罢了"。）黛玉笑道："他又不是我的丫头，何用作此语。况且小姐丫鬟亦不典雅。等我的紫鹃死了，我再如此说，还不算迟。"（俞校："还不算迟"——从庚、晋、甲；原"还不算迟呢"。）（庚双：明是为与阿颦作谶，却先偏说紫鹃，总用此狡猾之法。）宝玉听了，（俞校："宝玉听了"——从庚、晋、甲；原"宝玉"。）忙笑道："这是何苦，（俞校："这是何苦"——从庚、晋、甲；原"这是何苦来"。）又咒他。"（庚双：又画出宝玉来，究竟不知是咒谁，使人一笑一叹。）黛玉笑道："是你要咒的，（俞校："要咒的"——从庚、晋、甲；原"要咒他"。）并不是我说的。"宝玉道："我又有了，这一改可妥当了。（俞校："可妥当了"——从庚；原"可极妥当"。）莫若说：'茜纱窗下，我本无缘；（庚双：双关句，意妥极。）黄土垄中，卿何薄命'。"（庚双：如此我亦为（谓）妥极。但试问当面用"尔""我"是（字）样，究竟不知是为谁之谶，一笑一叹。一篇诔问（文），总因此二句而有，又当知虽来（诔）晴雯，而又实诔黛玉也。奇幻至此！若云必因请（晴）雯而来（诔），则呆之至矣。）（靖眉：观此知虽诔晴雯，实诔黛玉也。试观"证前缘"回黛玉逝后诸文便知。）

黛玉听了，忡然变色，（庚双：慧心人可为一哭。观此句，便知诔文实不为晴雯而作也。）心中虽有无限的狐疑乱拟，（俞校："狐疑乱拟"——从庚；原"胡乱之想"。）（庚双：用此事更妙，盖又欲瞒观者。）外面却不肯（俞校："却不肯"——从庚、晋、甲；原"都不肯"。）露出，反连忙笑着点头（俞校："笑着点头"——从庚；原"含笑点头"。）称妙，说："果然改的好，再不必乱改了，（俞校："乱改了"——从庚、晋、甲；原"改了"。）快去干正经事罢。才刚太太打发人叫你明儿一早快过（俞校："快过"——从庚；原"过"。庚"快"又点去。）大舅母那边去。你二姐姐已有人家求准了，想是明儿那家人（俞校："那家人"——从庚、晋；原"那人家"。）来拜允，所以叫你们过去呢。"宝玉拍手道："何必如此忙。我身上也不大好，明儿还未必能去呢。"黛玉道："又来了。我劝你把脾气改改罢。一年大，二年小，——"一面说话，一面咳嗽起来。（庚双：总为后文伏线。阿颦之问可见不是一笔两笔所写。）宝玉忙道："这里风冷，（俞校："风冷"——从庚、晋、甲；原"风凉"。）咱们只顾呆站在这里。（俞校："呆站在这里"——从庚、晋；原"站著"。）快回去罢。"黛玉道："我也家去歇息了，（俞校："歇息了"——从庚、晋、甲；原"歇息去了"。）明儿再见罢。"说着，便自取路去了。宝玉只得闷闷的转步，又忽想起来（俞校："想起来"——从庚；原"想起"。）黛玉无人随伴，忙命小丫头子（俞校："小丫头子"——从庚、晋、甲；原"小丫环"。）跟送回去。自己到了怡红院中，果有（俞校："果有"——从庚、晋、甲；原"果然有"。）王夫人打发老嬷嬷来，吩咐他明日一早过贾赦那边去，与方才（俞校："方才"——从庚、晋、甲；原"适才"。）黛玉之言相对。

原来贾赦已将迎春许与孙家了。这孙家乃是大同府人氏，（庚双：设云"大概相同"也，若必云真大同府则呆。）祖上系军官出身，乃当日宁荣府中之门生，算来亦系世交。如今孙家只有一人在京，现袭指挥之职，此人名唤孙绍祖，生得相貌魁梧，体格健壮，（俞校："相貌魁梧，体格健壮"——从庚、晋、甲；原"相貌魁伟，身体健壮"。）弓马娴熟，应酬权变，（庚双：画出一个俗物来。）年纪未满三十，且又家质饶富，（庚双：此句断不可少。）现在兵部候缺题升。因未有室，贾赦见是世交之孙，（俞校："见是世交之孙"——从庚；原"见其世交子侄"。）且人品家当都相称合，遂青目（俞校："青目"——以庚傍改（"目"旁添）；原"情愿"。）择为东床娇婿。亦曾回明贾母，贾母心中却不十分称意。但想来拦阻亦未必听，儿女之事自有天意前因，况且是（俞校："况且是"——原"况且自"；庚"况且他是"。今改"况且是"。）他亲父（俞校："亲父"——从庚、甲；原"父母"。）主张，何必出头多事：为此（俞校："为此"——从庚；原"因此"。）只说"知道了"三字，馀不多及。贾政又深恶孙家，虽是世交，当年不过是彼祖希慕荣宁之势，（俞校："荣宁之势"——从庚、晋、甲；原"宁荣之势"。）有不能了结（俞校："不能了结"——从庚、晋、甲；原"不能结"。）之事才拜在门下的，并非诗礼名族之裔，因此倒劝谏（俞校："劝谏"——从庚、晋、甲；原"劝"。）过两次，无奈贾赦不听，也只得罢了。宝玉却从未会过（俞校："从未会过"——从庚；原"未会过"。）这孙绍祖一面的，次日只得过去了，（俞校："只得过去了"——从庚；原"只得过去"。）聊以塞责。只听见说娶亲的日子（俞校："娶亲的日子"——从庚、晋、甲；原"娶的日子"。）甚急，不过今年就要过门的；又见邢夫人等回了贾母，将迎春接出大观园去等事，越发扫去了兴头，（俞校："扫去了兴头"——从庚、晋；原"扫兴了"。）每日痴痴呆呆的，不知作何消遣；又听得说（俞校："又听得说"——从庚；原"又听说"。）陪四个丫头过去，（俞校："过去"——从庚、晋、甲；原"去"。）更又跌足自叹道（俞校："自叹道"——从庚；原"自己叹道"。）："从今后这世上又少了五个清洁人了。"因此天天到紫菱洲一带地方，徘徊瞻顾，见其轩窗寂寞，屏帐翛然，（俞校："翛然"——

（从甲；原“萧然”。）不过有（俞校：“不过有”——从庚；原“不过只有”。）几个该班上夜的老妪。（庚双：先为“对境悼颦儿”作引。）再看那岸上的蓼花苇叶，池内的翠荇香菱，也都觉摇摇落落，似有追忆故人之态，迥非素常逞妍斗色之可比。既领略得如此寥落凄惨之景，是以情不自禁，乃信口吟成一歌曰（庚双：此回上半截是“灰聚向秉（悔娶河东）狮”，今却偏连（逢）“中山狠（狼）”，倒装业下情工（上下情孽），细〈下〉腻写来，可见迎春是书中正传，阿呆夫妻是副，殡（宾）主次序严肃之至。其婚聚（娶）俗礼一概不及，只用宝玉〈玉〉一人过去，正是书中之大吉（旨）。）：

池塘一夜秋风冷，吹散芰荷（俞校：“芰荷”——从庚、晋、甲；原“菱荷”。）红玉影。
蓼花菱叶不胜愁，重露繁霜压纤梗。
不闻永昼敲棋声，燕泥点点污棋枰。
古人惜别怜朋友，况我今当手足情。

宝玉方才吟罢，忽闻背后有人笑道：“你又发什么呆呢？”宝玉回头忙看是谁，原来是香菱。宝玉忙转身笑问道：“我的姐姐，你这会子跑到这里来做什么？（俞校：“做什么”——从庚、晋、甲；原“作什么”。）许多日子也不（俞校：“许多日子也不”——从庚、晋、甲；原“多日不”。）进来逛逛。”香菱拍手，笑嘻嘻的说道：“我何曾不要来。如今你哥哥回来了，那里比得先时自由自在的了。才刚我们奶奶使人找你凤姐姐，竟没找着，（俞校：“竟没找着”——从庚；原“竟找不著”。）说往园子里来了。我听见了这信，（俞校：“听见了这信”——从庚；原“听见了”。）我就讨了这件差（俞校：“这件差”——从庚；原“这件差使”。）进来找他。遇见他的丫头，说在稻香村呢。如今我往稻香村去，谁知又（俞校：“谁知又”——从庚、晋、甲；原“就”。）遇见了你。我且问你：袭人姐姐这几日可好？怎么忽然把个晴雯姐姐也没了？到底是什么病？二姑娘搬出去的好快，你瞧瞧这地方好空落落的。”宝玉应之不迭，又让他同到怡红院去吃茶。（庚双：断不可少。）香菱道：“此刻竟不能。等找着（俞校：“等找着”——从晋、甲；原“等我找著”。）琏二奶奶，说完了正经事再来。”宝玉道：“什么正经事，这么忙？”香菱道：“你哥哥娶嫂子的事，（俞校：“你哥哥娶嫂子的事”——从庚；原“为你哥哥娶嫂子”。）所以要紧。”（庚双：出题法，闲闲引出。）宝玉道：“正是说的到底是那一家的？（俞校：“到底是那一家的”——从庚、晋、甲；原“倒是那一家子的”。）只听见吵嚷了这半年，今儿又说张家的好，明儿又要（俞校：“明儿又要”——从庚、晋、甲；原“明儿又说”。）李家的，后儿又议论王家的。这些人家的女儿他也不知道造了什么罪了，俞校："他也不知道造了什么罪了"——从庚；原"他并不知道犯了什么罪"。叫人家俞校："叫人家"——从甲；原"叫人"。好端端的俞校："好端端的"——从晋、甲；原"好好的"。议论。"香菱道："这如今定了，可以不用搬扯别家了。"宝玉忙问："定了谁家的？"俞校："香菱道"至"定了谁家的"——从庚；原无。香菱道："因你哥哥上次出门贸易时在顺路到了个亲戚家去。这门亲原是老亲，且又和我们是同在户部挂名行商，也是数一数二的俞校："数一数二的"——从庚、晋、甲；原"数一数二"。大门户。俞校："大门户"——从庚、甲；原"大门户的"。前日说起来时，你们两府都也知道的。俞校："都也知道的"——从庚、晋、甲；原"也都知道"。合长安俞校："合长安"——从庚、晋；原"阖长安"。城中，上至王侯，下至买卖人，都称他家是俞校："他家是"——从庚、晋、甲；原"他是"。'桂花夏家'。"庚双：夏日何得有桂？又桂花时即(节)焉有得又(得又有)雪？三是(事)原系风马牛，金(今)若强凑合，故终不相符。来此败运之事，大都如此，当局者自不解耳。宝玉笑问道俞校："笑问道"——从庚；原"忙笑问道"。庚双：听得"桂花"回(诨)号原觉新雅，故不觉又一笑，余亦欲笑问。："如何又称为俞校："又称为"——从庚；原"又称"。'桂花夏家'？"香菱道："本姓夏，俞校："本姓夏"——从晋、甲；原"他家本姓夏"。非常的富贵。其馀田地俞校："其馀田地"——从庚、晋、甲；原"其田地"。不用说，单有几十顷地独种桂花。俞校："独种桂花"——从庚、晋；原"种桂花"。凡这长安城里城外俞校："城里城外"——从庚、甲；原"城中"。桂花局俱是他家的，俞校："俱是他家的"——从庚、晋、甲；原"都是他家的"。连宫里一应陈设盆景亦是他家贡奉，俞校："他家贡奉"——从庚、晋、甲；原"他家供应"。因此才有这个混号。俞校："混号"——从晋、甲；原"混号儿"。如今太爷也没了，只有老奶奶带着一个亲生的姑娘过活，也并没有哥儿兄弟，俞校："哥儿兄弟"——从庚、晋；原"哥儿弟兄"。可惜他竟一门尽绝了。"俞校："他竟一门尽绝了"——从庚、甲；原"他们家竟绝了后"。宝玉忙道："咱们也别管他绝后不绝后，只是这姑娘可好？俞校："这姑娘可好"——从庚、晋、甲；原"这姑娘如何"。你们大爷怎么就中意了？"庚双：补出阿呆素日难得中意来。香菱笑道："一则是天缘；二则是'情人眼里出西施'。当年俞校："当年"——从庚；原"当年时"。又是通家来往，俞校："通家来往"——从庚、晋、甲；原"通家常来往的"。从小儿都一处厮混过。俞校："厮混过"——从庚、晋；原"厮混"。叙亲是俞校："叙亲是"——从庚、晋、甲；原"叙老亲又是"。姑舅兄妹，又没嫌疑。虽离了这几年，前儿一到他家，夏奶奶又是没儿子的，一见了你哥哥出落的这样，又是哭，又是笑，竟比见了儿子的还胜。俞校："还胜"——从庚、晋、甲；原"还亲热"。又令他兄妹相见。谁知这姑娘，出落得花朵俞校："花朵"——从庚、晋、甲；原"花朵儿"。似的了，在家里也读书写字，所以你哥哥当时就一心相准了。俞校："就一心相准了"——从庚傍改("一"改"相")；原"一心就看准了"。连当铺里老朝奉俞校："老朝奉"——从庚；原"的"。伙计们一群人，蹧扰俞校："蹧扰"——从晋、甲；原"糟蹋"。了人家三四日，他们还留多住，俞校："还留多住"——从晋；原"还留多住著呢"。好容易苦辞才放回家。你哥哥一进门，就咕咕唧唧求我们奶奶去求亲。我们奶奶原也是见过这姑娘的，且又（俞校：“见过这姑娘的，且又”——从庚；原“见过的，又且”。）门当户对，（俞校：“门当户对”——从庚、晋、甲；原“门当户对的”。）也依了。和这里姨太太、凤姑娘商议了，（俞校：“商议了”——从庚、晋、甲；原“商量了几日”。）打发人去一说就成了。只是娶的日子太急，所以我们忙乱的很。（俞校：“忙乱的很”——从庚；原“狠忙”。）（庚双：阿呆求妇一段文字，切（却）从香菱口中补明，省却许多闲文累笔。）我也巴不得早些过来，（俞校：“早些过来”——从庚、晋、甲；原“早些娶过来”。）又添一个作诗的人了。”（庚双：妙极！香菱口声，段（断）不可少。看他下作死语，知其心中略无忌讳疑卢（虑）等意，（夏）真是浑然天真之[人]，余为一哭。）宝玉冷笑道（庚双：忽曰“冷笑道”，二字便有文章。）：“虽如此说，但只我倒替你担心虑后呢。”（庚双：又为香菱之识（谶），偏是此等事体等到。）香菱听了，不觉红了脸，正色道：“这话是什么话？素日咱们都是厮抬厮敬的，今日忽然提起这些事来，（俞校：“这些事来”——从晋、甲；原“这些事”。）是什么意思！怪不得（俞校：“怪不得”——从庚、晋、甲；原“怪道”。）人人都说你是个亲近不得的人。”一面说，一面转身走了。

宝玉见他这样，（俞校：“见他这样”——从庚、晋、甲；原“见这样”。）便怅然如有所失，呆呆的站了半天，思前想后，不觉滴下泪来，只得没精打采，还入（俞校：“还入”——从庚、晋、甲；原“回入”。）怡红院来。一夜不曾安稳。睡梦之中犹唤晴雯，或魇魔惊怖，（俞校：“惊怖”——从庚；原“惊悸”。）种种不宁。次日便懒进饮食，身体作热。此皆近日抄检大观园、逐司棋、别迎春、悲晴雯等，羞辱惊恐（俞校：“惊恐”——从庚、晋、甲；原“惊悸”。）悲凄之所致，兼以风寒外感，故酿成一疾，卧床不起。贾母听得如此，天天亲来看视。王夫人心中自悔，不合（俞校：“不合”——从庚、晋、甲；原“不该”。）因晴雯过于逼责了他。心中虽如此，脸上却不露出，只吩咐众奶娘等好生伏侍看守。一日两次带进医生来诊脉下药。一月之后，方才（俞校：“方才”——从庚、晋、甲；原无。）渐渐的痊愈。好生保养过百日，方许动荤腥油面等物，方可出门（俞校：“方可出门”——从庚、晋、甲；原“方准出门”。）行走。这一百日内，（俞校：“这一百日内”——从庚、晋、甲；原“这百日内”。）连院门前皆不许到，（俞校：“院门前皆不许到”——从庚、晋、甲；原“院门也不许出”。）只在房中玩笑。四五十日后（俞校：“四五十日后”——从庚、晋、甲；原“至五六十日后”。）就把他拘约的（俞校：“拘约的”——从庚；原“拘束的”。）火星乱迸，那里忍耐得住。虽百般设法，（俞校：“虽百般设法”——从晋、甲；原“诸般设法”。）无奈贾母、王夫人执意不从，也只得罢了。因此和这些（俞校：“和这些”——从晋；原“合那些”。）丫鬟们（俞校：“丫鬟们”——从庚；原“丫头们”。）无所不至，恣意耍笑作戏。又听得薛蟠摆酒唱戏，热闹非常，已娶亲入门。闻得这夏家小姐十分俊俏，也略通文翰，（俞校：“略通文翰”——从庚、晋、甲；原“通文墨”。）宝玉恨不得就过去一见才好。再过些时，又闻得迎春出了阁。宝玉思及当时姊妹们一处，耳鬓厮磨，从今一别，纵得相逢，也必不似先前那等亲密了。眼前又不能去一望，真令人凄惶迫切之至。少不得潜心忍耐，暂同这些丫鬟们厮闹释闷，幸免贾政责备逼迫读书之难。这百日内只不曾拆毁了（俞校：“拆毁了”——从甲；原“拆了”。）怡红院，和这些丫头们无法无天，凡世上所无之事都玩耍出来。如今且不消细说。

且说香菱自那日抢白了宝玉之后，心中自为宝玉有意（俞校：“有意”——从庚、晋、甲；原“有心”。）唐突他。“怨不得我们宝姑娘不敢亲近，（俞校：“不敢亲近”——从庚；原“不敢亲近他”。）可见我知宝玉不如姑娘（俞校：“知宝玉不如姑娘”——原“不如宝姑娘”；庚“不知宝玉姑娘”，傍改“不如宝姑娘”。今改“知宝玉不如姑娘”。）远矣；怨不得林姑娘时常和他角口，气的痛哭，自然唐突他也是有的了。从此倒要远避他些（俞校：“远避他些”——从甲；原“远避他”。）才好。”因此，以后连大观园也不轻易进来了。日日忙乱着，薛蟠娶过亲，（俞校：“娶过亲”——从庚、晋、甲；原“娶过”。）自为得了护身符，自己身上分去责任，到底比这样安宁些；二则又闻得是个有才有貌的佳人，自然是典雅和平（俞校：“典雅和平”——从庚、晋、甲；原“温雅和平”。）的，因此他心中盼过门的日子比薛蟠还急十倍。好容易盼得一日娶过了门，也便十分殷勤小心伏侍。原来这夏家小姐，今年方（俞校：“今年方”——从庚；原“今年方才”。）十七岁，生得亦颇有姿色，亦颇识得（俞校：“亦颇识得”——从庚、晋、甲；原“也识得”。）几个字。若论心中的邱壑经纬，（俞校：“经纬”——从庚；原“泾渭”。）颇步熙凤之后尘。只吃亏了一件：从小时（俞校：“从小时”——从庚、晋、甲；原“从小儿”。）父亲去世的早，又无同胞弟兄，寡母独守此女，娇养溺爱，不啻珍宝，凡女儿一举一动，彼母皆百依百随，因此未免娇养太过，竟酿成个盗跖的性气，爱自己尊若菩萨，待他人秽如粪土，外具花柳之姿，内秉风雷之性。在家中时常就和丫鬟们（俞校：“和丫鬟们”——从庚、晋、甲；原“合丫头们”。）使性弄气，轻骂重打的。今日出了阁，自为要作当家的奶奶，比不得作女儿时腼腆温柔，须要拿出些威风（俞校：“拿出些威风”——从晋、甲；原“拿出这威风”。）来，才钤压得住人；况且见薛蟠气质刚硬，举止骄奢，若不趁热灶一气炮制熟烂，将来必不能自竖旗帜（俞校：“自竖旗帜”——从庚、甲；原“自立旗帜”。）矣；又见有香菱这等一个（俞校：“这等一个”——从庚、晋、甲；原“这等”。）才貌俱全的爱妾在室，越发添了“宋太祖灭南唐”之意，“卧榻之侧岂容人酣睡”之心。因他家多桂花，他小名就唤作金桂。他在家时，不许人口中带出“金桂”二字来。凡有不留心误道一字（俞校：“误道一字”——从庚、晋、甲；原“误道二字”。）者，他便定要苦打重罚才罢。他因想“桂花”二字是禁止不住的，须得另换一名。因想桂花曾有广寒嫦娥（俞校：“嫦娥”——从晋、甲；原“婵娥”。紧接下一个同。）之说，便将桂花改为“嫦娥花”，又寓（俞校：“又寓”——从庚、晋、甲；原“又写”。）自己身分如此。薛蟠本是个怜新弃旧的人，且是有酒胆无饭力的，如今得了这样一个妻子，正在新鲜兴头上，凡事未免尽让他些。那夏金桂见了这般形景，便也试着，一步紧似一步。一月之中二人气概还都相平，至两月之后，便觉薛蟠的气概渐次低矮了下去。

一日，薛蟠酒后，不知要行何事，先与金桂商议，金桂执意不从。薛蟠忍不住，便发了几句话，赌气自行了。（俞校：“自行了”——从庚；原“走出去了”。）这金桂便气的哭如醉人一般，茶汤不进，（俞校：“茶汤不进”——从庚、晋、甲；原“茶饭不进”。）装起病来。请医疗治，医生又说：“气血相逆，当进宽胸顺气之剂。”薛姨妈恨的骂了薛蟠一顿，说：“如今娶了亲，（俞校：“如今娶了亲”——从晋、甲；原“今娶了亲”。）眼前抱儿子了，还是这样胡闹。人家凤凰蛋似的，好容易养了一个女儿，比花朵儿还轻巧，原看的你（俞校：“看的你”——从庚、晋、甲；原“看你”。）是个人物，才给你作老婆。你不说收了心，安分守己，一心一计，和和气气的过日子，还是这样胡闹，哧嗓了（俞校：“哧嗓了”——从庚；原“灌了”。）黄汤折磨人家。这会子花钱吃药白遭心。”（俞校：“白遭心”——从庚、晋、甲；原“白操心”。）一席话说的薛蟠后悔不迭，反来（俞校：“反来”——从庚、晋、甲；原“反求”。）安慰金桂。金桂见婆婆如此说丈夫，越发得了意，更装出些张致来，总不理薛蟠。薛蟠没了主意，惟自怨而已。（俞校：“自怨而已”——原“自怨恨”；庚“是然而已”；晋、甲“自软而已”。今改“自怨而已”。）好容易十天半月之后才渐渐的哄转过金桂的心（俞校：“金桂的心”——从庚、晋、甲；原“金桂”。）来。自此更加一倍小心，不免气概又矮了半截下来。那金桂见丈夫旗纛渐倒，婆婆良善，也就渐渐的持戈试马起来。先时不过挟制薛蟠，后来倚娇作媚，将及薛姨妈，又将至薛宝钗。（俞校：“薛宝钗”——从庚；原“宝钗”。）宝钗久察其不轨之心，每随机应变，暗以言语弹压其志。（俞校：“弹压其志”——从庚、晋、甲；原“弹压”。）金桂知其不可犯，每欲寻隙，又无隙可乘，（俞校：“无隙可乘”——从庚、晋、甲；原“无隙可寻”。）只得曲意俯就。

一日，金桂无事，因和香菱闲谈，问香菱家乡父母。香菱皆答忘记。金桂便不悦，说有意欺瞒了他。因问他‘香菱’二字是谁起的名字。香菱便答：“姑娘起的。”金桂冷笑道：“人人都说姑娘通，只这一个名字就不通。”香菱忙笑道：“嗳哟！（俞校：“忙笑道：嗳哟”——从庚、晋、甲；原“笑道”。）奶奶不知道，我们姑娘的学问，连我们姨老爷时常还夸呢。”欲明后事，（俞校：“欲明后事”——从庚；原无。）且听下回分解。

蒙回后：作诔后，黛玉飘然而至，增一番感慨，及说至迎春事，遂飘然而去。作词后，香菱飘然而至，增一番感慨，及说至薛蟠事，遂飘然而去。一点一逗，为下文引线。且二段俱以“正经事”三字作眼，而正经里更有大不正经者在，文家固无一呆字死句。

从起名上设色，别有可玩。

第八十回
美香菱屈受贪夫棒　王道士胡诌妒妇方

蒙回前：叙桂花妒用实笔，叙孙家恶用虚笔，叙宝玉卧病是省笔，叙宝玉烧香是停笔。

话说金桂听了，俞校："金桂听了"——从庚、晋、甲；原"香菱言还未尽，金桂"。将脖项一扭，嘴唇一撇，俞校："一撇"——从晋、甲；原"一撬"。庚双：画出一个悍妇来。鼻孔里哧哧两声，俞校："哧哧两声"——从庚、晋、甲；原"吓两声"。庚双：真真追魂摄魄之笔。拍着掌俞校："拍着掌"——从晋；原"拍著手"。冷笑道："菱角花俞校："菱角花"——从庚、晋、甲；原"菱角"。谁闻见香来着！俞校："香来着"——从庚傍改（"者"改"着"）；原"香来者"。若说菱角香了，正经那些香花放在那里去！可是不通之极。"靖眉：是乃（仍）不及全（钗）儿。昨闻煦堂语，更难揣其意。然则余亦幸有，雨（两）意[不]期然合而不谋漫同。香菱道："不独菱花，俞校："不独菱花"——从庚；原"不独菱角"。就连荷叶莲蓬都是有一股清香的。但他那俞校："但他那"——从庚；原"但他"。原不是花香可比。若静日静夜，或清早半夜，细领略了去，那一股香俞校："那一股香"——从庚；原"那一股清香"。比是花儿俞校："比是花儿"——从庚；原"皆比是花儿"。都好闻呢。就连菱角、鸡头、俞校："鸡头"——从庚、晋、甲；原"鸡豆"。苇叶、芦根，得了风露，那一股清香就令人心神爽快的。"庚双：说得出便是慧心人，何况菱卿哉！金桂道："依你说，兰花、桂花倒香的不好了。"庚双：一倍（又陪）一个兰花，一则是[自]高声价，二则是诱人犯法。香菱说到热闹头上，俞校："热闹头上"——从庚、晋、甲；原"热闹上"。忘了忌讳，便接口道："兰花、桂花的香又非别花之香可比，——"一句未完，俞校："一句未完"——从晋、甲；原"一句未说完"。金桂的丫鬟名唤宝蟾者，忙指着香菱的脸儿俞校："脸儿"——从庚；原"脸"。说道："要死，要死！你怎么真叫起俞校："怎么真叫起"——从庚；原"怎直叫起"。姑娘的名字来了！"香菱猛着了，俞校："猛着了"——从庚；原"猛省了"。

庚"着"又傍改"省"。反不好意思，忙陪笑赔罪，说："一时说顺了嘴，奶奶别计较。"金桂笑道："这有什么，你也太小心了。但只是我想这个'香'字到底不妥，意思要换一个字，不知你服不服？"香菱忙笑道："奶奶说那里话。俞校："说那里话"——从庚、晋、甲；原"说那里话来"。此刻连我一身一体俱属奶奶，何得换一名字反问我服不服，叫我如何当得起。奶奶说那一个字好，就用那一个。"俞校："就用那一个"——从庚、晋、甲；原"就用那一个字"。金桂笑道俞校："金桂笑道"——从庚；原"金桂冷笑道"。："你虽俞校："你虽"——从庚、晋、甲；原"我虽"。说的是，只怕姑娘多心，说'我起的名字，反不如你，你能俞校："反不如你，你能"——从庚；原"反不如他的意，他能"。来了几日，就驳我的回了。'"俞校："驳我的回了"——从庚；原"剥我的回了"（小字本"回"作"面"）。香菱笑道："奶奶有所不知。当日买了我来，原是老奶奶俞校："买了我来；原是老奶奶"——从晋；原"我来的时候原是老太太"。使唤的，故此姑娘起的名字。后来我自伏侍了爷，就与姑娘无涉了。如今又有了奶奶，一发不与姑娘相干了。况且姑娘又是极明白的人，如何恼得这些呢。"金桂道："既这样说，俞校："既这样说"——从庚、晋、甲；原"既这样说来"。'香'字竟不如'秋'字妥当。菱角菱花皆盛于秋，岂不比'香'字有来历些。"香菱笑道："就依奶奶这样罢了。"自此以后，遂改了"秋"字，宝钗亦不在意。

只因薛蟠天性是"得陇望蜀"的，如今得娶了金桂，又见金桂的丫鬟宝蟾有三分姿色，举止轻浮可爱，便时常要茶要水的故意撩逗他。宝蟾虽亦解事，只是怕着金桂俞校："怕着金桂"——从庚；原"怕金桂"。庚"着"又点去。不敢造次，且看金桂的眼色。金桂亦颇觉察其意，想着俞校："想着"——从庚、晋、甲；原"想其意"。："正要摆布香菱，无处寻隙，如今他既看上了宝蟾，如今且舍出俞校："舍出"——从庚、晋、甲；原"舍了"。宝蟾去与他，他一定就和香菱疏远了。我且乘他疏远之时，摆布了香菱。那时宝蟾原是我的人，也就好处了。"打定了主意，伺机而发。俞校："伺机而发"——从庚；原"待机而发"。这日，薛蟠晚间微醺，又命宝蟾倒茶来吃。薛蟠接碗时俞校："接碗时"——从庚、晋、甲；原"接碗"。故意捏他的手，宝蟾又乔装俞校："乔装"——从庚、晋、甲；原"假妆"。躲闪，连忙缩手。两下里失误，豁啷一声，茶碗落地，泼了一身一地的茶。薛蟠不好意思，佯说宝蟾不好生着，俞校："不好生着"——从庚；原"不好生拿著"。庚"着"旁改"递"。宝蟾说："姑爷不好生接。"俞校："不好生接"——从庚、晋、甲；原"不好生接著"。金桂冷笑道："两个人的腔调儿俞校："腔调儿"——从庚、晋、甲；原"腔调"。都够使的了。别打量谁是傻子。"薛蟠低头微笑俞校："低头微笑"——从庚、晋、甲；原"只低头微笑"。不语，宝蟾红了脸出去。一时，安歇之时，金桂便故意的撵薛蟠别处去睡，"省得你馋痨饿眼。"薛蟠只是笑。金桂道："要做什么，和我说。别偷偷摸摸的，不中用。"薛蟠听了，仗着酒盖脸，便趁势跪在被上，吃着俞校："吃着"——从庚；原"拉著"。庚"吃"又旁改"向"。金桂笑道："好姐姐，你若把宝蟾赏了我，你要怎样就怎样。你要人脑子俞校："人脑子"——从庚；原"活人脑子"。也弄来给你。"金桂笑道："这话好不通。你爱谁，说明了，就俞校："说明了，就"——从庚、晋、甲；原"就把谁"。收在房里，省得别人看着不雅。我可要什么呢。"薛蟠得了这话，喜的称谢不尽。是夜曲尽丈夫之道，奉承金桂。庚双："曲尽丈夫之道"，奇问（闻）奇语。次日也不出门，只在家中厮耐，越发放大了胆。俞校："放大了胆"——从庚；原"放大胆了"。至午后，金桂故意出去，让个空儿与他二人。薛蟠便拉拉扯扯的俞校："拉拉扯扯的"——从晋、甲；原"拉拉扯扯"。起来。宝蟾心里也知八九，俞校："心里也知八九"——从庚、晋；原"也知八九了"。也就半推半就。正要入港。谁知金桂是有心等候的，料必在俞校："料必在"——从庚；原"料在"。难分之际，便叫丫头小舍儿过来。原来这小丫头也是金桂从小儿在家使唤的，因他自幼父母双亡，无人看管，便大家叫他作小舍儿，专做些粗笨的生活。庚双：铺钗（叙）小舍儿手（首）尾，亡（忙）中又点"薄命"二字，与痴丫头遥遥作对。金桂如今有意，独唤他来吩咐道："你去告诉秋菱，俞校："告诉秋菱"——从晋、甲；原"告诉香菱"。到我屋里将手帕取来。不必说我说的。"

庚双：金桂极坏！所以独使小舍为此。小舍儿听了，一迳寻着香菱，说："菱姑娘，奶奶的手帕子忘记在屋里了，俞校："手帕子忘记在屋里"——从庚、晋；原"手帕忘了在屋里"。你去取来送上去，岂不好？"香菱正因金桂近日俞校："金桂近日"——从庚、晋、甲；原"近日金桂"。每每的折挫他，不知何意，百般竭力挽回不暇，庚双：总为痴心一人笑（人一哭）。听了这话，忙往房里来取。不防正遇见他二人推就之际，一头撞了进去，自己倒羞的耳面飞红，忙转身回避不迭。那薛蟠自为是过了明路的，除了金桂，无人可怕，所以连门也不掩。今[见]俞校："今[见]"——原"今儿"。意改"今见"。香菱撞来，也略有些惭愧，还不十分在意。无奈宝蟾素日最是说嘴要强的，今既遇见了香菱，俞校："遇见了香菱"——从庚；原"被香菱遇见了"。便恨无地可入，俞校："无地可入"——从庚、晋、甲；原"无地缝儿可入"。忙推开薛蟠，一径跑了。俞校："一径跑了"——从庚、晋、甲；原"一径跑了出来"。口内还恨怨不迭，俞校："恨怨不迭"——从庚；原"怨恨不迭"。说他强奸力逼俞校："说他强奸力逼"——

薛文龙悔娶河东狮　美香菱屈受贪夫棒

从庚、晋、甲；原“说道强奸力逼著”。等语。薛蟠好容易圈哄的要上手，却被香菱打散，俞校：“打散”——从庚、晋、甲；原“冲散”。不免一腔兴头变作了一腔恶怒，都在香菱身上，不容分说，赶出来啐了两口，俞校：“啐了两口”——从庚、晋、甲；原“啐了一口”。骂道：“死娼妇！你这会子作什么来撞尸游魂！”香菱料事不好，三步两步俞校：“三步两步”——从庚、晋、甲；原“三步二步”。早已跑了。

薛蟠再来找宝蟾已无踪迹了，于是恨的只骂香菱。至晚饭后，已吃得醺醺然，洗澡时不防水略热了些，烫了脚，便说香菱有意害他，赤条精光，赶着香菱踢打了两下。香菱虽未受过这气苦，既到此时，俞校：“既到此时”——从庚；原“既到了此时”。也说不得了，只好自悲自怨，各自走开。彼时金桂已暗和宝蟾说明，今夜令薛蟠在香菱房中俞校：“香菱房中”——从庚；原“宝蟾房中”。去成亲，命香菱过来陪自己先睡。先是香菱不肯，金桂说他嫌脏了，再必是图安逸，怕夜里劳动伏侍。俞校：“伏侍”——从庚、晋、甲；原“服侍人”。又骂说：“你那没见世面的主子，见一个俞校：“见一个”——从庚、晋、甲；原“见了一个”。爱一个，把我的人霸占了去，又不叫你来。到底是什么主意？想必是逼我死罢了。”俞校：“逼我死罢了”——从庚；原“逼死我罢了”。薛蟠听了这话，又怕闹黄了宝蟾之事，忙又赶来骂香菱：“不识抬举！再不去时便要打了。”香菱无奈，只得抱了铺盖来。金桂命他在地下铺睡。香菱无奈，只得依命。刚睡下，便叫倒茶，一时又叫捶腿：如是者一夜七八次，总不使其安逸稳卧俞校：“稳卧”——从庚、晋、甲；原“稳睡”。片时。那薛蟠得了宝蟾，如获珍宝俞校：“如获珍宝”——从庚、晋、甲；原“如获宝珍”。一般，一概都置之不顾。恨的金桂暗暗的发恨道：“且叫你乐这几天，等我慢慢的摆布了来，俞校：“摆布了来”——从庚、晋；原“摆布著来”。那时可别怨我。”一面隐忍，一面设计摆布香菱。半月光景，忽又装起病来，只说心疼难忍，四肢不能转动，庚双：半月工夫，诸计安矣。请医疗治不效。众人都说是香菱气的。闹了两日，忽又从金桂的枕头内俞校：“金桂的枕头内”——从庚；原无“的”。抖出纸人来，上面写着金桂的年庚八字，有五根针钉在心窝并四肢骨节等处。俞校：“并四肢骨节等处”——从庚；原“内”。于是众人反乱起来，当作新闻，先报与薛姨妈。薛姨妈先忙手忙脚的，俞校：“先忙手忙脚的”——从庚、晋、甲；原无“先”。薛蟠自然更乱起来，俞校：“更乱起来”——从庚、晋、甲；原“更反乱起来”。立刻要拷打众人。金桂笑道：“何必冤枉众人，俞校：“冤枉众人”——从庚、晋、甲；原“冤枉众人呢”。大约是宝蟾的镇魇法儿。”俞校：“镇魇法儿”——从庚；

原“镇压法儿”。庚双：恶极！坏极！薛蟠道：“他这些时并没多空儿在你房里，何苦赖好人。”俞校：“赖好人”——从庚、晋、甲；原“奈何好人”。庚双：正要老兄此句。金桂冷笑道：“除了他还有谁？莫不是我自己不成！俞校：“我自己不成”——从庚；原“我自己害我自己不成”。虽有别人，谁可敢进我的房呢！”薛蟠道：“香菱如今是天天跟着你，他自然知道，先拷问他就知道了。”金桂冷笑道：“拷问谁！谁肯认！依我说，竟装个不知道，大家丢开手罢了。俞校：“金桂冷笑道”至“丢开手罢了”——从庚、晋、甲；原“金桂道：大家丢开罢了”。横竖治死了我也没什么要紧，乐得再娶好的。若据良心上说，左不过俞校：“左不过”——从庚；原“左不过是”。你三个多嫌我一个。”说着，一面痛哭俞校：“痛哭”——从庚、晋、甲；原“恸哭”。起来。薛蟠更被这一席话激怒，顺手抓起一根门闩来，庚双：与前要打死宝玉遥遥一对。一径抢步找着香菱，不容分辨，便劈头劈脸浑身打起来，一口咬定是香菱所施。香菱叫屈。俞校：“叫屈”——从庚、晋、甲；原“叫屈不迭”。薛姨妈跑来禁喝说：“不问明白，就打起人来。这丫头伏侍了你这几年，那一点俞校：“那一点”——从庚；原“那一点儿”。不周到不尽心。他岂肯如今作这没良心的事！你且问个清浑皂白，俞校：“清浑皂白”——从庚、晋、甲；原“青红皂白”。再动粗卤。”金桂听见他婆婆这样说着，俞校：“这样说着”——从庚；原“如此说”。怕薛蟠俞校：“怕薛蟠”——从庚、晋、甲；原“生怕薛蟠”。耳软心活，便一发嚎啕大哭起来，一面又哭喊道：“这半个多月，把我的宝蟾霸占了去，不容进我的房，惟有秋菱俞校：“惟有秋菱”——从晋、甲；原“惟有香菱”。跟着我睡。我要拷问宝蟾，你又护到头里。你这会子又赌气打他去。治死我，再拣富贵的，标致的，娶来就是了。何苦作出这些把戏来！”薛蟠听了这些话，越发着了急。薛姨妈听见金桂句句挟制着儿子，百般恶赖的样子，十分可恨。无奈儿子偏不硬气，已是被他挟制软惯了。如今又勾搭上俞校：“勾搭上”——从庚、晋、甲；原“勾答上了”。丫头，被他说俞校：“被他说”——从甲；原“说被他”。霸占了去，他自己反要占俞校：“反要占”——从庚；原“反先占”。温柔让夫之礼。这魇魔法究竟不知谁作的，俞校：“谁作的”——从庚傍改（“的”傍添）；原“谁作”。实是俗语说的“清官难断家务事”，此时正是“公婆难断床帏事”了。因此无法，只一赌气俞校：“只一赌气”——从庚；原“只得赌气”。喝薛蟠俞校：“喝薛蟠”——从晋、甲；原“骂薛蟠”。说：“不争气的孽障！骚狗也比你体面些！谁知你三不知的把陪房丫头也摸索俞校：“摸索”——从晋、甲；原“摸娑”。上了，叫老婆说嘴俞校：“说嘴”——从庚；原“说”。霸占了丫头，什么脸出去见人。也不知谁使的法子，也不问青红皂白，好歹就打人。（俞校："就打人"——从庚、晋、甲；原"就来打人"。）我知道你是个得新弃旧的东西，白辜负了我当日的心。他既不好，你也不许打。我即刻叫人牙子来卖了他，你就心净了。"（俞校："心净了"——从庚、晋、甲；原"心静了"。）说着，命香菱（俞校："命香菱"——从庚；原"又命香菱"。）："收拾了东西，跟我来。"一面叫人去："快叫个人牙子来，（俞校："人牙子来"——从庚、晋、甲；原"人来找个人牙子"。）多少卖几两银子，拔去（俞校："拔去"——从庚、晋、甲；原"拔出"。）肉中刺，眼中钉，大家过太平日子。"（俞校："过太平日子"——从庚、晋、甲；原下有"罢了"。）

薛蟠见母亲动了气，早也低下头了。（俞校："低下头了"——从庚；原"低了头"。）金桂听了这话，便隔着窗子往外哭道："你老人家只管卖人，不必说着一个，扯着一个的。我们狠是那吃醋拈酸，容不下人的不成？怎么拔出'肉中刺''眼中钉'？是谁的钉，谁的刺？但凡多嫌着他，也不肯把我的丫头也收在房里了。"薛姨妈听说，气的身战气咽（俞校："身战气咽"——从庚、晋、甲；原"身颤气咽"。）道："这是谁家的规矩？婆婆这里说话，媳妇隔着窗子拌嘴。亏你是旧家人家的女儿，满嘴里大呼小喊，（俞校："大呼小喊"——从庚；原"大呼小叫的"。庚"喊"又旁改"叫"。）说的是什么！"薛蟠急的跺脚，说："罢哟，罢哟！看（俞校："罢哟，罢哟！看"——从庚、晋、甲；原"罢哟"。）人听见笑话。"金桂意谓一不作，二不休，越发（俞校："越发"——从庚、晋、甲；原"越性"。）发泼喊起来了，说："我不怕（俞校："说：我不怕"——从庚、晋、甲；原"我不怕"。）人笑话！你的小老婆治我害我，我倒怕人笑话了！再不然，留下他（俞校："留下他"——从晋、甲；原"就留下他"。）就卖了我。（俞校："就卖了我"——从庚；原"卖了我罢"。）谁还不知道你薛家有钱，行动拿钱垫人，又有好亲戚，挟制着别人。你不趁早（俞校："趁早"——从庚、晋、甲；原"趁早儿"。）施为，还等什么？嫌我不好，谁叫你们瞎了眼，三求四告的跑了我们家作什么去了！这会子人也来了，金的银的也赔了，略有个眼睛鼻子的也霸占去了，该挤发我了。"一面哭喊，（俞校："哭喊"——从庚、晋、甲；原"哭"。）一面滚揉，自己拍打。薛蟠急的说又不好，劝又不好，打又不好，央告又不好，只是出入咳声打气，抱怨说运气不好。（庚双：果然不差（差）。）当下薛姨妈早被薛宝钗（俞校："薛宝钗"——从庚；原"宝钗"。）劝进去了，只命人来（俞校："只命人来"——从庚、晋、甲；原"只命叫人来"。）卖香菱。宝钗笑道："咱们家从来只知买人，并不知卖人（俞校："只知买人，并不知卖人"——从庚、晋、甲；原"只知买过人，并不曾有卖过人"。）之说。妈可是气的胡涂了。（俞校："气的胡涂了"——从庚；原"气糊涂了"。）倘或叫人听见，岂不笑话。哥哥嫂子嫌他不好，留着我使唤，我正也没人使呢。”薛姨妈道：“留下他还是淘气，不如打发了他干净。”俞校：“干净”——从庚、晋、甲；原“到干净”。宝钗笑道：“他跟着我也是一样，横竖不叫他到前头去。从此断绝了他那里，也如卖了一般。”俞校：“卖了一般”——从庚；原“卖了一样”。香菱早已跑到薛姨妈跟前，痛哭哀求，只不愿出去，情愿跟着姑娘。薛姨妈也只得罢了。俞校：“薛姨妈跟前”至“也只得罢了”——从庚；原“薛姨妈这边也只得罢了”。自此以后，香菱果跟随宝钗去了，把前面路径竟一心断绝。俞校：“竟一心断绝”——从庚；原“一心断绝”。虽然如此，终不免对月伤悲，挑灯自叹。本来怯弱，虽在薛蟠房中几年，皆因血分中有病，是以并无胎孕。今复加以气怒伤感，内外折挫不堪，竟酿成干血之症，俞校：“干血之症”——从庚、晋、甲；原“干血痨之症”。日渐羸瘦作烧，饮食懒进，请医诊视服药亦不效验。那时金桂又吵闹了数次，气的薛姨妈母女惟有暗中垂泪怨命而已。薛蟠虽曾仗着酒胆挺撞过两三次，俞校：“两三次”——从庚；原“三两次”。持棍欲打，那金桂便递与他身子随意打；俞校：“随意打”——从庚；原“著他随意打”。这里持刀欲杀俞校：“持刀欲杀”——从晋、甲；原“持刀欲杀”。时，便伸与他脖项。俞校：“脖项”——从庚、晋、甲；原“脖子”。薛蟠也实不能下手，只得乱闹了一阵俞校：“乱闹了一阵”——从庚；原“乱闹一阵”。罢了。如此习惯成自然，反使金桂越发长了威风，薛蟠越发软了气骨。虽是香菱犹在，却亦如不在的一般，纵不能十分畅快，俞校：“纵不能十分畅快”——从庚；原“虽不能十分畅意”。也就不觉的俞校：“不觉的”——从庚；原“不觉他”。碍眼了，且姑置之不究。如今又渐次寻趁上宝蟾。宝蟾却不比香菱的情性，最是个烈火干柴，既和薛蟠情投意合，便把金桂忘在脑后。列双：妙！所谓天理还不爽。近见金桂又作践他，他便不肯低服容让半点。俞校：“半点”——从庚；原“一半点儿”。先是一冲一撞的拌嘴角口，后来金桂气急，甚至于骂，再至于打。俞校：“再至于打”——从晋、甲；原“再至于厮打”。他虽不敢还言还手，俞校：“还言还手”——从庚；原“还手”。便大撒泼性，俞校：“大撒泼性”——从庚；原“大泼性”。拾头打滚，寻死觅活，昼则刀剪，夜则绳索，无所不闹。俞校：“无所不闹”——从庚、晋、甲；原“无所不至”。薛蟠此时，一身难以两顾，惟徘徊观望于二者之间，十分闹的无法，俞校：“闹的无法”——从庚；原“闹的没法”。便出门躲在外厢。俞校：“外厢”——从庚；原“外头”。金桂不发作性气，有时欢喜，便纠聚人来斗牌掷骰行乐。俞校：“斗牌掷骰行乐”——从晋、甲；原“斗纸牌掷骰子作乐”。又生平最喜啃骨头，每日务要杀鸡鸭，将肉赏人吃，只单以油炸焦骨头下酒。吃的不耐烦，或动了气，便肆行海骂，

散情思还愿天齐庙　王道士胡诌妒妇方

说："有别的忘八粉头乐的，我为什么不乐！"薛家母女总不去理他。薛蟠此时，亦无别法，惟日夜悔恨不该娶这绞家星罢了，都是一时没了主意。俞校："没了主意"——从庚、晋、甲；原"无了主意"。 庚双：补足本题。于是宁荣二宅俞校："二宅"——从庚；原"二府"。之人，上上下下，无有不知，俞校："无有不知"——从庚、晋、甲；原"无人不知"。无有不叹者。

此时宝玉已过了百日，出门行走。亦曾过来见过金桂，举止形容也不怪厉，一般是鲜花嫩柳，与众姊妹不差上下的人，俞校："不差上下的人"——从庚；原无"人"。焉得这等样情性，可为奇之至极。俞校："奇之至极"——从晋；原"奇之至"。 庚双：别书中形容妒妇，必曰"黄发黧面"，岂不可笑！因此心下纳闷。这日，与王夫人请安去，又正遇见迎春奶娘来家请安，说起俞校："说起"——从庚、晋、甲；原"说起话来"。孙绍祖甚属不端，"姑娘惟有背地里俞校："背地里"——从庚、甲；原"背地"。淌眼抹泪的，只要接了来家散诞俞校："散诞"——从庚、晋；原"散宕"。两日。"王夫人因说："我正要这两日接他去，只因七事八事的都不遂心，庚双：草蛇灰线，后文方不见突然。所以就忘了。前儿宝玉去了，回来也曾说过的。庚双：补明。明日是个好日子，就接他去。"俞校："就接他去"——从晋、甲；原"就接他去罢"。正说着，贾母打发人来找宝玉，说明儿一早俞校："明儿一早"——从庚、晋、甲；原"明日一早"。往天齐庙还愿去。宝玉如今巴不得各处去逛逛，听见如此，俞校："听见如此"——从庚、晋、甲；原"听见如此说"。喜的一夜不曾合眼，俞校："不曾合眼"——从庚、晋、甲；原"不曾睡著"。盼明不明的。次日一早，梳洗穿带已毕，随了两三个老嬷嬷坐车出西城门外天齐庙来烧香还愿。这庙里已是昨日俞校："已是昨日"——从庚；原"已是于昨日"。预备停妥的。俞校："停妥的"——从庚、晋、甲；原"停妥"。宝玉天生性怯，不敢近狰狞神鬼之像，这天齐庙本系前代所修，极其宏壮，如今年深岁久，又极其荒凉，里面俞校："里面"——从庚；原无。泥胎塑像皆极其凶恶，是以忙忙的供过纸马钱粮，便退至道院歇息。

一时吃过饭，众嬷嬷和李贵等人围随着宝玉到各处散诞俞校："散诞"——从庚、晋；原"散宕"。玩耍了一会。宝玉困倦，复回至静室安歇。众嬷嬷生恐他睡着了，便请俞校："便请"——从庚；原"便请了"。当家的老王道士来陪他说话儿。俞校："说话儿"——从庚、晋、甲；原"说话"。这老王道士俞校："老王道士"——从庚；原"王道士"。专在江湖上卖药，弄些海上方治人射利，这庙外现挂着招牌，丸散膏丹色色俱备。亦常在宁荣两宅俞校："两宅"——从庚；原"两府"。走动熟惯，都与他起了个混号，俞校："混号"——从晋、甲；原"混号儿"。唤他作俞校："唤他作"——从庚；原"唤作"。"王一贴”。言他膏药最验，只一贴百病皆除之意。当下王一贴进来，宝玉正歪在炕上想睡，李贵等正说“哥儿别睡着了”，厮混着。见王一贴进来，都笑道：“来的好，来的好。王师父你极会说古记的，说一个与我们小爷（俞校：“与我们小爷”——从庚、晋、甲；原“我们小爷”。）听听。”王一贴笑道（俞校：“王一贴笑道”——从庚；原“王一贴道”。）：“正是呢。哥儿别睡，仔细肚里（俞校：“肚里”——从庚；原“肚子里”。）面筋作怪。”说着，满屋里人都笑了。（庚双：王一贴又与张道士遥遥一对，特犯不犯。）宝玉也笑着，起身整衣。王一贴喝命徒弟们快泡好酽茶（俞校：“好酽茶”——从庚；原“好茶”。）来。茗烟道：“我们爷不吃你的茶。连这屋里（俞校：“连这屋里”——从庚；原“连在这屋里”。）坐着还嫌膏药气息呢。”王一贴笑道：“没当家花花的，（俞校：“没当家花花的”——从庚傍改（“的”傍添）；原无。）膏药从不拿进屋里（俞校：“拿进屋里”——从庚、晋、甲；原“拿进这屋里”。）来的。知道哥儿今日必来，（俞校：“今日必来”——从庚、晋、甲；原“今日来”。）头三五天（俞校：“头三五天”——从庚；原“头一两天”。）就拿香薰了又薰的。”宝玉道：“可是呢，天天只听见你的膏药好，到底治什么病？”王一贴道：“哥儿若问我的膏药，说来话长，其中细理一言难尽。共药一百二十味，君臣相配，宾主得宜，温凉兼用，贵贱殊方；内则调元补气，（俞校：“调元补气”——从庚、晋、甲；原“补元气”。）开胃口，养荣卫，宁神安志，去寒去暑，（俞校：“去寒去暑”——从庚、晋、甲；原“去寒暑”。）化食化痰；外则和血脉，舒筋络，去死肌，生新肉，去风散毒。（俞校：“去风散毒”——从庚、晋、甲；原“去疯散毒”。）其效如神，贴过的便知。”宝玉道：“我不信，一张膏药就治这些病。我且问你，倒有一种病，可也贴的好么？”王一贴道：“百病千灾，无不立效。（俞校：“无不立效”——从庚、晋、甲；原“无不效验”。）若不见效，哥儿只管揪着胡子，打我这老脸，拆我这庙（俞校：“打我这老脸，拆我这庙”——从庚、晋、甲；原“打我的老脸折我的庙”。）何如？只说出病原来。”（俞校：“病原来”——原“病原”；庚、晋、甲“病源来”。今增“来”。）宝玉笑道：“你猜，若你猜的着，（俞校：“若你猜的着”——从庚傍改（“的”改“你猜”）；原“的著”。）便贴的好了。”王一贴听了，（俞校：“王一贴听了”——从庚、晋、甲；原“王一贴”。）寻思一会，笑道：“这倒难猜，只怕膏药有些不灵了。”宝玉命李贵等：“你们且出去（俞校：“且出去”——从庚；原“出去”。）散散。这屋里人多，越发蒸臭了。”李贵等听说，且都出去自便，只留下茗烟一人。这（俞校：“只留下茗烟一人。这”——从庚；原“只留茗烟”。）茗烟手内点着一枝梦甜香，（庚双：与前文一照。）宝玉命他坐在身旁，却依在他身上。王一贴心有所动，（庚双：四字好。万生端（端生）于心，心邪则意在于财。）（列双：四字好。万端生于心，心邪射则（则意）在于邪。）便笑嘻嘻的走近前来，悄悄的说道：“我可猜着了。想是哥儿（俞校：“哥儿”——从庚、晋、甲；原“哥儿大了”。）如今有了房中的俞校："房中的"——从庚、晋、甲；原"房中"。事情，要滋助俞校："滋助"——从庚、晋、甲；原"滋补"。的药，可是不是？"

话犹未完，俞校："话犹未完"——从庚、晋、甲；原"说犹未了"。茗烟先喝道："该死，打嘴！"宝玉犹未解，庚双："未解"妙！若解则不成文矣。忙问："他说什么？"茗烟道："信他胡说。"吓的王一贴不敢再问，只说："哥儿明说了罢。"宝玉道："我问你可有贴女人的俞校："女人的"——从庚、晋、甲；原"女人们的"。妒病方子没有？"列双：千古奇文奇语，仍归缩结至上半回正文，细密如此。王一贴听了，俞校："王一贴听了"——从晋、甲；原"王一贴听见"。拍手笑道："这可罢了。不但说有方子，俞校："有方子"——从晋；原"没有方子"。就是听也没有听见过。"俞校："没有听见过"——从庚、晋、甲；原"没听见过"。宝玉笑道："这样还算不得什么。"王一贴又忙道："这贴妒的膏药倒没经过。倒有一种汤药，或者可医，只是慢些儿，不能立竿见影的效验。"俞校："效验"——从庚；原"见效"。宝玉问俞校："宝玉问"——从庚傍改（"问"傍添）；原"宝玉道"。："什么汤药？怎么吃法？"王一贴道："这叫做俞校："这叫做"——从庚、晋、甲；原"这叫作"。'疗妒汤'。用极好的秋梨一个，二钱冰糖，一钱陈皮，水三碗，梨熟为度。每日清早吃这么一个梨，吃来吃去就好了。"宝玉道："这也不值什么，只怕未必见效。"王一贴道："一剂不效，吃十剂；今日不效，明日再吃；今年不效，俞校："今年不效"——从庚；原"明日不效"。吃到明年。横竖这三味药都是润肺开胃不伤人的，甜丝丝的，又止咳嗽又好吃。吃过一百岁，人横竖要死的，死了俞校："要死的，死了"——从庚、晋、甲；原"要死去"。还妒什么！那时就见效了。"庚双：此科诨一收，方为奇趣之至。说着，宝玉、茗烟都大笑不止，骂："油嘴的牛头！"王一贴笑道："不过是闲着解午盹儿罢了，有什么关系。说笑了你们，可就值钱。实告诉你们说罢：连膏药也是假的。我有真药，我还吃了作神仙呢。俞校："作神仙呢"——从庚、晋、甲；原"作神仙去呢"。有真的，跑到这里来混！"庚双：寓意深远，在此数目（语）。正说着，吉时已到，俞校："吉时已到"——从庚、晋、甲；原"已到吉时"。请宝玉出去焚化钱粮散福。功课完毕，方进城回家。

那时迎春已来家好半日，孙家的婆娘媳妇等人已待过晚饭，打发回家去了。迎春方哭哭啼啼俞校："哭哭啼啼"——从晋、甲；原"哭哭泣泣"。的在王夫人房中诉委屈，说俞校："在王夫人房中诉委屈，说"——从庚、晋、甲；原"告诉王夫人这些委屈"。："孙绍祖一味好色好赌酗酒，家中所有的俞校："家中所有的"——从庚、晋、甲；原"所有的"。媳妇丫头将及淫遍。略劝过两三次，俞校："两三次"——从

（晋、甲：原“三两次”。）便骂我是（俞校：“骂我是”——从庚；原“骂我”。）醋汁子老婆拧出来的。（庚双：奇文奇骂。为迎春一哭，又为荣府一哭。恨薛蟠何等刚霸，偏不能以此语及金桂，使人忿忿。此书中全是不平，又全是意料之外。）又说老爷曾收着他五千银子，（俞校：“五千银子”——从庚、晋、甲；原“五千两银子”。）不该使了他的。如今他来要了（俞校：“他来要了”——从庚、晋、甲；原“要了”。）两三次不得，他便指着我的脸说道：‘你别和我充夫人娘子。你老子使了我五千银子，（俞校：“五千银子”——从庚、晋、甲：原“五千两银子”。）把你準折（俞校：“準折”——从晋、甲；原“准折”。）卖给我的。好不好，打一顿撵到下房里睡去。当日有你爷爷在时，希图上（俞校：“希图上”——从庚；原“希图仗”。）我们的富贵，赶着相与的。论理我和你父亲是一辈，如今强压我的头，卖了一辈。（俞校：“卖了一辈”——从庚；原“晚了一辈”。庚“卖”旁改“长”。）又不该作了这门亲，倒没的叫人看着赶势利似的。’”（庚双：不通，可笑。遁辞如开（闻）。）一行说，一行哭的呜呜咽咽，连王夫人并众姊妹无不落泪。王夫人只得用言语解劝，说：“已是遇见（俞校：“已是遇见”——从晋、甲；原“已是遇见了这”。）不晓事的人，可怎么样呢！想当日你叔叔也曾劝过大老爷，不叫作这门亲的。大老爷执意不听。一心情愿，到底作不好了。我的儿，这也是你的命。”迎春哭道：“我不信我的命就这么苦。从小儿没了娘，幸而过婶子这边（俞校：“婶子这边”——从庚；原“婶娘这边”。）来，过了几年心净日子。（俞校：“心净日子”——从庚、甲；原“清静日子”。）如今偏又是这么个结果。”王夫人一面解劝，一面问他随意要在（俞校：“随意要在”——从庚、晋、甲；原“随意在”。）那里安歇。迎春道：“乍乍的离了姊妹们，只是眠思梦想；二则还记挂着我的屋子。还得在园里旧房子里（俞校：“园里旧房子里”——从庚；原“园子里”。）住得三五天，死也甘心了，（俞校：“死也甘心了”——从庚、晋、甲；原“死了也甘心”。）不知下次还可能得住不得住了呢。”王夫人忙劝道：“快休乱说。不过年轻的夫妻们，斗牙斗齿，亦是万万人之常事。何必说这些丧话。”（俞校：“这些丧话”——从晋、甲；原“这丧气的话”。）仍命人忙忙的收拾紫菱洲房屋，（俞校：“紫菱洲房屋”——从庚、晋、甲；原“紫菱洲的房屋”。）命姊妹们陪伴着解释。（俞校：“解释”——从庚、晋、甲；原“解释他”。）又吩咐宝玉：“不许在老太太跟前走漏一些风声。倘或老太太知道了这些事，都是你说的。”宝玉唯唯的听命。迎春是夕仍在旧馆安歇。众姊妹丫鬟等更加亲热异常。一连住了三日，才往邢夫人那边去。先辞过（俞校：“先辞过”——从庚、甲；原“先辞了”。）贾母及王夫人，然后与众姊妹分别，更皆（俞校：“更皆”——从庚；原无。）悲伤不舍。还是王夫人、薛姨妈等安慰劝释，方止住了，过那边去。（庚双：凡迎春之文，皆从宝玉眼中写出。前“悔聚（娶）河东狮”是实写，“误家（嫁）中山狼”出迎春口中，可为虚写，以虚虚实实变幻体格，各尽其法。又在邢夫人处住了两日，就有孙绍祖的人来接去。迎春虽不愿去，无奈惧孙绍祖之恶，只得勉强忍情，作辞去了。邢夫人本不在意，也不问其夫妻和睦，家务烦难，只面情塞责而已。终不知端的，俞校："终不知端的"——从庚；原无。且听下回分解。

蒙回后：此文一为择婿者说法，一为择妻者说法。择婿者必以得人物轩昂、家道丰厚、荫袭公子为快，择妻者必以得容貌艳丽、妆奁富厚、子女盈门为快，殊不知"以貌取人，失之子羽"。试看桂花夏家、指挥孙家，何等可羡可乐，卒至迎春含悲、薛蟠贻恨，可慨也夫！